两世欢

THE LOVE
LASTS TWO
MINDS

寂月皎皎 ◎ 著

上

百花洲文艺出版社
BAIHUAZHOU LITERATURE AND ART PRESS

图书在版编目（CIP）数据

两世欢 / 寂月皎皎著 . — 南昌 : 百花洲文艺出版社，2017.04（2020.2 重印）
ISBN 978-7-5500-2057-3

Ⅰ . ①两… Ⅱ . ①寂… Ⅲ . ①长篇小说－中国－当代
Ⅳ . ① I247.5

中国版本图书馆 CIP 数据核字 (2016) 第 325994 号

两世欢

寂月皎皎 著

责任编辑	安姗姗 刘玉芳
特约策划	秦 瑶 涂继文
特约编辑	秦 瑶
插 画	唐 卡
封面设计	姚姚设计工作室
出版发行	百花洲文艺出版社
社 址	南昌市红谷滩新区世贸路 898 号博能中心 A 座 20 楼
邮 编	330038
经 销	全国新华书店
印 刷	香河利华文化发展有限公司
开 本	700mm×1000mm 1/16
印 张	38
版 次	2017 年 4 月第 1 版
印 次	2020 年 2 月第 2 次印刷
字 数	500 千字
书 号	ISBN 978-7-5500-2057-3
定 价	59.80 元（全二册）

赣版权登字 05-2016-453

邮购联系 0791-86895108
网 址 http://www.bhzwy.com
图书若有印装错误，影响阅读，可向承印厂联系调换。

目录
Contents

目录

Contents

第一卷 灵鹤髓

LIANG
SHI
HUAN

或许有一天，她会忘了自己是谁。但她一定不会忘记景辞。

那个总是仰起高傲头颅的少年，向来居高临下地负手睥睨着她，却以羸弱之躯不惜一切守护着她。

他是她生命中比性命更重要的存在。但她从不曾想过，她已长成了他生命中的一根毒刺，足以致命。

若能一切重来，是更添几重伤心，还是留住几分幸运？

——《两世欢》题记

梦里不知身是客

　　沁河县距离大梁西都不远，尚称得上是个富足的地方，百姓安居乐业之余，也会看个戏儿、听个曲儿、寻些闲趣儿。

　　热闹的茶楼里，说书人正说得满面红光、双目炯亮。

　　"话说这燕国二皇子柳时文本已布局停当，要利用风眠晚将三皇子柳时韶引入圈套。只要三皇子出事，谁还能拦他继位？眼看一切顺利，三皇子被假扮风眠晚的女子刺倒，二皇子急忙带人奔过去看时，四周高墙上忽然出现无数弓箭手，万箭齐发……"

　　"啊——"

　　众人正凝神听着，忽被这分不出是戏里还是戏外的大叫惊到。说书人正要敲下去的醒木在惊吓里歪了歪，擦过桌沿跌到了地上，滚到一个男人的膝前。

　　嗯，那人被压得动弹不得，膝盖便跪在了地上。

　　也是昂藏七尺的汉子，可偏偏被一个瘦瘦的少年紧紧抓住，后背也被少年的靴子抵紧，差点将他的胸口压到地面。

　　少年才不过十八九岁，一身素白长衫，唇红齿白，眸明如玉，笑起来时更有一对梨涡漾起，看起来十分俊秀讨喜。他甚至十分温柔地向那男人笑道："拿出来！不然，把你的骨头敲成一节一节喂我家小坏！"

　　他的手也瘦瘦的，白净细长得完全不像会武的人，但那汉子挣扎得胳膊上的肌肉都快爆出来，手腕却似被火钳夹住般挣脱不开。他终于惨叫着松开另一只手。

　　几个钱袋、荷包跌落在地，便听那边有人惊呼，纷纷摸向自己的腰间或怀中。

　　茶楼老板已笑容可掬地迎上来，哈着腰道："原爷辛苦了！辛苦了！小的便知道只要原爷出手，再没有找不出的贼人来！"

那汉子有些绝望："你……就是沁河新来的原捕快？"

少年眉梢眼角都含着笑，看上去居然有几分顽劣："好说，好说！叫我阿原就好！"

他看众人将失物认领回去，潇洒地拍拍手，将那汉子一脚踹倒在地，随后便有身着便服的衙役持着绳索冲上前，将汉子捆了就走。

不论乱世还是治世，总少不了鸡鸣狗盗之徒、男盗女娼之辈。有这些人的地方，便少不了阿原他们这些捕快。

茶楼老板急急地为阿原上茶时，阿原已拾起说书人跌落在地的醒木，在桌上敲了敲："杨木的？"

说书人点头，惋惜地看着醒木上跌出的裂缝。

阿原还给他："继续说书吧！说得好听，下回我带个乌檀木的给你。"

说书人眼睛亮了亮，连声应了。

那边已有人心急，顾不得眼前的插曲，急急地问道："先生，后面怎样？三皇子死了吗？"

又有那见多识广的"喊"了一声，答道："三皇子哪里会死？谁不知如今燕国的皇帝正是三皇子柳时韶？继位有半年了吧？"

说书人忙将醒目一拍，继续说道："二皇子刚要去看三皇子有没有死，那边万箭齐发，竟将二皇子乱箭射死！站在那些弓箭手后面的，正是三皇子的红颜知己风眠晚！说起这女子，可真真了不得，长了副倾国倾城的相貌不说，还武艺高强，心狠手辣！与她青竹梅马一起长大的师兄，只因挡了她的道，竟被她挑断脚筋，丢入山谷喂了狼！她这招将计就计，直接取了二皇子性命，将三皇子送上了皇位！"

他又拍了一下醒木，便觉得这醒木的声势的确不够，低头瞧一眼阿原，不晓得这位刚到沁河两三个月便名声大震的少年捕快，会不会真的送他一个乌檀的醒木。

阿原显然听得入了神，侧着头若有所思，眉眼间显出几分少年的稚气。

这时茶楼内忽然一阵骚动，一个浓眉阔口的肥胖贵公子带了七八名奴仆奔来，喝道："姓原的，你打定了主意要跟老子抢女人是不是？"

紧接着，一个蓬头垢面的丫头冲出来，指着那贵公子的鼻子，气急败坏地叫道："你谁啊，少坏我家公子爷的名声！"

贵公子道："花月楼的傅姑娘说了，非原沁河不嫁！我呸，一个小小的捕快，没品没级，跟我朱绘飞抢人？"

茶楼里多得是无事耳听八方的闲人，晓得这贵公子朱绘飞乃当今大梁皇帝的族人，又是家中嫡长子，平时任意妄为、花天酒地，闹出的事比说书人说的书还热闹，便也都顾不得再听说书了。

阿原却不愿成为八卦的主角，撇开朱绘飞不理，只问说书人："后来呢？三皇子当了皇帝，风眠晚就当了皇后？"

说书人迟疑了下："没有。燕帝后来立了他的嫡妻宁氏为皇后，风眠晚被送往晋国和亲，嫁给了晋国大将军李源。"

阿原叩了叩桌沿，嘀咕："无趣！"

说书人纳闷，寻常男人们听说书，先关注的都是男人们的荣华富贵，罕有先问女子是否心愿得偿的。他仔细看了看阿原平滑的脖颈，再联系隐约听到的一些流言，顿时恍然大悟，忙笑道："听闻那李源对风眠晚思慕已久，这眠晚姑娘也是自愿入晋和亲的……"

那边的朱绘飞被无视，几乎咆哮起来："原沁河！"

阿原抬头："朱绘飞？"

朱绘飞横眉顿足，肚子上腆出来的肥肉晃了三晃，自觉更加威猛不凡、气吞山河。他拍胸道："朱绘飞！"

阿原将足尖点在地上，活动了几下脚踝关节，扬腿踹出。

一块硕大的肥肉呼啸着掠过众人头顶，在惊叫和惨叫声里飞出了茶楼。

奴仆们慌忙奔出去搀扶时，阿原拍了拍手："果然，猪会飞！小鹿，走了！"

那蓬头小丫头连忙应了，跟在后面咯咯地掩嘴笑"招惹咱家小姐，真是猪脑袋！"

众人都在惊叫哄笑，谁也没注意这个小丫头在说什么。

只有说书人惊愕地看她两眼，然后喃喃道："我的书还没说完呢！风眠晚在和亲途中遭遇劫杀，被接入晋国时身受重伤，据说一身武艺全废了，连性情都变了……也好，也好，晋国若得风眠晚，岂不如虎添翼，更不肯听咱们大梁的了……"

自梁王朱煌杀唐哀帝自立，迄今已有数年。如今诸国并立，却都不如梁国强大，纷纷向梁国纳贡称臣，独河东晋国以大唐嫡系自居，君臣悍勇，至今交战不歇，正乃梁国心腹大患。

只是此等家国大事，与他小小的说书人有何关系，又和那小小的捕快有何关系？

都是混口饭吃罢了。

阿原走到林子边，撮口为哨。远处很快传来清亮的鹰声相和，同时一道黑影破空而下，掠过杨柳枝、桃花林，俯冲过来。

阿原笑得两眼弯弯，抬起臂膀，那黑影便徐徐敛了翅翼，立于她的臂腕上。

褐翅白腹，黄脚乌爪，雪色眉纹下黑目炯炯，昂首四顾时颇有睥睨众人的王者之气。

竟是一只半大的苍鹰，偏偏温驯如鹦鹉，正用它尖锐如钩的黑喙啄着翅膀，然后温柔地看着阿原。

阿原从怀中取出一块油纸，打开，露出一大块兔肉。她将兔肉递给苍鹰："小坏，吃肉了！"

那只叫小坏的苍鹰立时双眼发亮，俯身大块朵颐的姿态更显矫健。

茶馆里的喧嚣已离得远了。两三只黄鹂儿在柳枝间纵跃着，忽被什么惊到一般，着急地扑着翅膀飞开。翼尖触到清澈的溪水，便有一道细细的水纹悠悠地荡开。桃花开得正盛，正有落瓣随风轻盈地飘落于一人一鹰跟前。

阿原笑意愈盛，深陷的酒窝似盛了浓郁春意，清美得宛如自画中步出，令人心荡神驰。

其实，她的轮廓甚是柔和，只是身材高挑，简简单单一袭布衫裹在身上，亦有种迥异于常人的挺拔骄傲，一眼看去绝无寻常女子的娇羞矜持，何况又是公门中人，纵有疑心，谁又敢多嘴？

蓬着头的小鹿趴在石头上看着这一人一鸟，眼睛里依然是满满的惊叹。

她道："小姐，才两个月，你到底是怎么把这鹰驯得跟养熟了的狗似的？"

阿原摸着油亮的鹰翅，说道："不知道。想着应该怎样养，便怎么养着。或许以前养过吧？"

小鹿摇头："小姐是养过鹰，可那是别人帮你养的。有一日那养鹰的少年去了夫人房里，一夜没出来，小姐就把那鹰炖了汤……倒是养的狗不错。虽然也是下人养的，可小姐喂的骨头多，那狗每次瞧见小姐都摇头摆尾的……"

阿原道："我不喜欢狗。"

小鹿笑道："小姐不喜欢鹰，不喜欢狗，连小猫小兔小鸟也没一个喜欢的。小姐只喜欢年轻俊秀的男子，跟收集古董似的收集了一堆！小姐手里这把剑，就是那个叫萧潇的剑客留下的。"

阿原很满意地摸向腰间的剑："这是把好剑。"

小鹿好奇地道："可小姐当时不是这么说的呀！"

"当时……我说什么了？"

"小姐看着他抱头逃去的背影，满眼失落，忧伤地叹气……"小鹿学着那神情，圆圆的脸上努力地浮现几分幽怨，"小姐说，可惜啊可惜，这么好的男人……"

阿原低头瞧着油亮的剑柄，以及剑柄上发黑的"破尘"二字，可以想象得出原先的主人每日摩挲这把破尘剑的爱惜之情。这也就让她更加难以想象，那剑客怎么会被一个花容月貌的贵家小姐追得落荒而逃，连随身宝剑都不敢要了。

她问："后来呢？我也用它练过剑吧？"

"练剑？"小鹿笑了起来，"小姐要笼络萧潇时，倒是缠着他教过几日。后来萧潇逃走，小姐每天早上便只对着挂在墙上的剑长吁短叹几声，然后去找谢公子、小贺王爷他们玩去了……"

小鹿仔细打量着阿原，依然疑惑不已："小姐明明没练过剑，没研究过追捕犯人，更没驯过鹰……"

看小坏吃完兔肉，阿原甩一甩手，让它到一旁的树上歇息，问小鹿："我原来每日在家，都学些什么？"

小鹿道："学得可多了！琴棋书画固不必说，歌舞诗词也是京中闺秀必学的！小姐还精茶艺，擅女红。去年太后贺寿，小姐送了一幅亲绣的江山图，又当众画了幅百寿图，看得皇上龙心大悦，大赞小姐才貌双，当即赏了一千两黄金，还说京中那些王孙贵族、名门公子，但凡小姐看上的，尽可禀明，皇上都会成全。"

阿原撩起袍角，单腿支于山石上，俯身含笑："于是，后来我要了那个病得快死的端侯？"

小鹿竖起大拇指，满脸佩服："看咱们小姐多聪明！端侯病重，不能人道，便是小姐跟别的男子在一起，他也没法说什么。待他死了，这无兄无弟的，还能留下一大笔家财给小姐享用，从此也不必再看夫人眼色……"

阿原的脸上红红白白的，说不出是羞还是窘，只将手中的破尘剑连着鞘一下一下戳在山石上，苦恼道："世人眼里，我便是……如此风流浪荡、毫无节操？"

小鹿脸色变得有些怪异："小姐，小鹿跟了你四年，好像从没见过你有节操这玩意儿……"

阿原一剑敲下去，小鹿慌忙抱头，破尘剑恰好从她的脑袋边擦过，却连她一根头发丝都没碰到。小鹿忙叫道："小姐息怒！息怒！节操这东西原本也没什么用，又不能当饭吃……何况小姐虽没节操，可天生一副仙姿国色，才情高、性情好，温柔婉约、娇美娴静、善解人意……要节操做什么？"

阿原将左手随意地搁在自己支着的腿上，右手拿剑不停地敲石头，横眉问："我温柔婉约、娇美娴静、善解人意？"

小鹿挠头，再挠头。

眼前一身男装的女子虽有着和往日一样的容颜，可她的身手高明，言行爽利，眉眼少了几许温柔妩媚，多了几分机灵俏皮，一眼看去简直不像女人，更不像从前那个高贵风流引无数儿郎竞折腰的大小姐。

于是，小鹿好久才能道："喏，其实小姐也不用想太多。有夫人在，小姐……算不得风流浪荡。"

有原夫人在，原家小姐绝不会是最浪荡的。

她的母亲原夫人容色倾城，裙下之臣遍布梁、燕、赵等国，上至皇帝，下至走卒，无不是原夫人的入幕之宾。想当年，原夫人只言片语，便令昭帝被害，群臣受诛，最终令江山改朝换代，那才是真真正正的红颜祸水，令世人为之侧目。

阿原一直在想，肯定是哪里弄错了，她不可能是原家大小姐原清离。

可原家上下数百口，加上与原家交好的无数亲友，以及那些和原清离有过肌肤之亲的情郎们，绝不会认错人。

据说，原清离在前去探望病重的未婚夫的途中遇伏，随身侍从大多遇害，她被救后昏迷数日才醒过来，然后……忘了自己是原家小姐，更忘了自己曾那般风流。

她把自己的脸皮抓了又抓，抓了又抓，确定这张脸绝对是她自己的，哀叹未歇，便悲剧地发现床头侍奉着的那众美少年，竟都是跟她有过肌肤之亲的小情郎，顿时浑身的汗毛都竖了起来。再听闻数日后将嫁给快死的端侯，她毫不犹豫地脚底抹油，卷了铺盖行李，带着这个叫作小鹿的呆萌侍女逃之夭夭了。

离开梁都后，她阴差阳错地救了前来上任的沁河县县令李斐，于是阴差阳错成了沁河县的女捕快。

她没觉得自己有什么诗词歌赋的天分，但横刀立马抓捕坏人对她来说却像是饭后茶点，干起来轻松愉快。

于是，大梁原家小姐失踪了，沁河多了个姓原的捕快。

她不好说自己是艳名远播的原家清离小姐，只说自己叫阿原，从南方逃难而来。彼时战乱频起，四处流民颇多，官府常会招揽逃来的流民去耕种因战乱荒芜的农田，于是李斐也不怀疑，凭着当地父母官的职权，轻轻松松给她在沁河县落了个户籍，并指沁河为名，叫原沁河。

薪俸不高，但县令大人青眼有加，她又聪慧爽朗，倒也和县衙同僚处得融洽，过得悠闲轻松。即便有知晓她是女子的，也不愿去揭穿，只是她生得俊俏，便多少有些流言传了出去。

苍鹰小坏歇在树上，眨巴着黑眼睛，忽然振翅俯冲下去，却是冲着芦苇边自由嬉戏的野鸭而去。野鸭们吓得游窜向岸边的草丛，而水中亦有鲤鱼惊起，纵跃出水面，银鳞划过空中，似一道雪亮的锋刃闪过。

阿原看着小坏从银鳞上方掠过，忽然间怔了下。

眼前似乎看到了谁执剑在手，手指清瘦苍白，却修长有力，利落迅捷地划过一道雪亮剑影。翅羽零落处，但闻唳声凄厉，一只飞鹰拖着一串血珠栽下……

"小坏！"

阿原蓦地高叫，连呼吸一时之间也顿住了。

小坏立时转身飞回，落于她跟前的白石之上，黑眼睛亮晶晶地看着她。

小鹿抬头，见阿原面色有异，忙问："小姐，怎么了？"

阿原定定神，摸着小坏的脑袋，低头看它油亮无瑕的翅羽。不过是从鱼鳞上反射过来的阳光，哪里来的剑光？又哪来的伤痕？

她沉吟道："没什么……我还是觉得我以前养过鹰。"

小鹿坚持道："小姐只养过画眉！"

这时，只闻有人大呼小叫道："这谁家的鹰养得跟画眉似的？大号的画眉吧？"

竟是刚才被阿原教训过的那个富家公子朱绘飞。

他应该是不服被教训了一顿，执著地追了过来，却不知为何耽搁到现在。

阿原明知朱家是皇室宗亲，即便不得势，也不是寻常人该惹的，遂也不想跟他纠缠，懒懒地道："嗯，不招惹它，它比画眉还乖……它刚啄瞎了一只野狗的眼睛。"

阿原说得云淡风轻，朱绘飞却忍不住摸了摸自己的眼睛，再看向小坏的利喙，张了张口，一时竟然说不出话来。

阿原得意地笑笑，举目看向朱绘飞的身后，拍着小坏的手忽然顿住。

朱绘飞的身后依然有四五名奴仆簇拥着，因都晓得阿原是官府中人，不太好招惹，便没有原先狗仗人势的霸气，都在和旁边一个骑在马背上的年轻人说话。

那年轻人二十出头的模样，穿着一身天青色布衣，容貌俊秀，眉眼淡淡，唇色微白，似有些病容，却骑着匹极高大的枣红马。他高踞马背之上，正居高临下地盯着阿原，嘴角扬起一抹似有若无的弧度。他的眼睛形状很好看，眸子很清、很亮，偏又深且黑，好像谷底的清泉，明明隔绝尘世，清澈无尘，偏偏处于绝崖之下，深不见底，一眼看去只剩幽黑。

阿原并没有见过这样的眼睛，至少她从昏迷中醒来后，便不曾见过这样的眼睛。这般清幽如潭的眼睛，任凭哪个女子见到，都会难以忘怀。而且那眼神……竟似直直地看到了她的心里，令她莫名地忐忑起来。

见阿原注视着自己，那年轻人收回目光，向朱绘飞道："朱兄，谢兄让我带给你的那些册子，你还要不要？"

他的声线平和，无波无澜，只是尾音微微上扬，有些含笑调侃的意味。

朱绘飞连声应道："要！要！"

他转头看向阿原，托了托下垂的肥肚子，自觉气势上来几分，才高声道："原捕快，你给我听好了，傅……傅蔓卿是本公子看上的，不许你染指，不然，砍掉你的手指头蒸了下酒！"

阿原道："哦，那你留着吧！记得将她娶回家去，否则你要砍的手指头一锅都蒸不完，还得劳烦我去逮捕你。这宗亲伤人罪，也不晓得县令大人会怎样定，想想都替咱们李大人愁。"

朱绘飞的肥指头戳向她，怒道："你这是什么话？"

阿原一笑，脸颊上酒窝深深，更多了几分漫不经心："人话。"

她撮口为哨，很悠扬的调子响起，小坏已振翅而飞，从主人头顶掠过，自在地飞旋于空中。而阿原衔了根青草在口中，将翠叶儿咬得有节奏地跳跃着，已潇洒地径自离去。

小鹿向朱绘飞做了个鬼脸，大笑道："朱公子，你听不懂吗？公子说，花月楼那位傅姑娘，只要有钱，谁都能染指。你没砍完他们的手指头，就要被县令老爷抓去大刑伺候啦！"

朱绘飞怔了怔，叫骂两声，大概牵挂着那年轻人说的什么册子，无暇再跟阿原的小丫头计较，忙忙催促那年轻人离去。

远远地，尚听得到他在大叫："景知晚，别盯着那个捕快了！再好看，也不过是个男的……"

阿原走出一段路，拈了齿间的青草在手上把玩，问小鹿："那个人是不是一直在盯着我？"

小鹿道："哪个人？朱绘飞喊的那个？他好像叫景知晚……嗯，他在看小姐？我怎么觉得他一直在看我？"

她整理着自己乱糟糟的头发，从袖里掏出一面小靶镜，对着镜子笑得龇出小虎牙。

阿原敲了敲额头："我以前……可曾见过他？"

"没有！"小鹿答得很快，"这么病恹恹的，小姐不会喜欢。不过……长得的确好看，就是太瘦了！"

正说话时，只见一个小衙役飞奔过来，叫道："原爷，可找到你了！出大案子了！"

阿原弹开指间的青草："嗯？"

小衙役道："朱蚀死了！"

"朱蚀？"阿原看向朱绘飞离开的方向，"朱绘飞的老爹？"

小鹿忍不住抓了抓头发，把好不容易理顺的头发又抓乱了："这家人是不是有毛病？儿子叫猪会飞，老子叫……猪屎？"

阿原不由地大笑："嗯，也许给这对父子取名的人，脑子进了屎吧？"

哪怕朱蚀真的是猪屎，他死了也算是沁河县的头等大事。

他是当今大梁皇帝朱煌的堂弟，却不知何故得罪了皇帝，连一官半职都没捞着，只能算平头百姓。可他到底是不折不扣的皇室宗亲，连诸皇子经过沁河，都会过来见见这位堂叔。有这样的根底在，李县令自然要十万火急地找回被视作心腹的阿原。

阿原赶过去时，朱家那位流连风月的长子还没回来，只有朱夫人、次子朱继飞和几名管事的在，跪在一边哭得涕泗横流，满屋子凄凄惨惨戚戚。

见阿原到来，李斐擦着额上的汗，说道："仵作刚已验过尸，应该是服用仙丹过量，得道升天了！"

阿原看着前方地上那具五官扭曲的尸体，抚额道："仙丹？得道升天？"

李斐道："已经问过了，这两三年，朱蚀身体不怎么好，一直在服用丹药，寻求长生不老之道。"

说是朱家老爷，其实朱蚀也不算老，从尸体来看，也才五十不到的模样，比朱绘飞还要胖几分，腹部隆起得厉害。他的脸色发黑，面部和手足都生了不少红色的疹子；双目微张，口鼻流涎，兀自留有亮闪闪的半干残液。阿原托起尸体下巴细看其口内，可见其牙龈肿烂，口疮犹存。

阿原转头看向仵作："我说兄弟，得道升天就是这种死状？"

仵作干笑一声，慢吞吞地道："听闻炼制丹药需用到水银，若急于求成，一次性服用太多，那就……"

过量服用水银，很可能引发急性中毒，如皮肤丘疹、口腔溃烂、胸腹肿胀等都是明显的水银中毒迹象。但如果他的死是服用自家炼制的丹药所致，说他得道升天也未为不可。他死得瞑目，家人也免得伤心。

阿原拍拍手站起身："既然朱老爷求仁得仁，谁报的案？"

朱家母子背后，一名管事忽地站起，高声叫道："是小人！是小人报的案！老爷前天还好好的，昨天忽然嚷着头痛，手足发抖，夜间就没了！他服食那灵鹤髓已经一两年了，每日神采奕奕，怎么会突然归天呢？"

另一名叫井乙的老捕快走过来，道："这个王管事一直说有人下毒，我等方才已检查过朱老爷近日的饮食，倒也看不出蹊跷。这药就是朱老爷所服的灵鹤髓，听闻炼制所需的原料里的确含有水银。"

他捧来一个玉盒，打开盖子，便见里面有二三十枚浅褐色药丸，香气扑鼻，倒也令人心神愉悦。小鹿看到尸体，本缩着头躲在一边，闻着那香气却不由地上前走了两步，深深呼吸数下，说道："这朱老爷倒挺有品位，药丸子也弄得这般香！"

阿原接过，一颗颗剥开外壳仔细闻着，说道："这香味只是丸子外层的，虽好闻，却会迷幻人心，即便不服食下去，也觉得身轻体健。"

她挑出其中两颗递给井乙："找个大夫仔细研究下这两颗药的成分，看到底有什么不同。"

李斐本已打算按朱蚀自行服药"得道升天"结案，闻言忙道："有异样？"

阿原揉揉鼻子："看着都是一样的药丸，但剥开外壳后，发现它们的气味不一样。"

井乙闻言也对着两颗药丸子嗅了又嗅，嘀咕道："阿原，你长着狗鼻子吗？我怎么闻着都差不多？"

他虽这般说着，到底信得过阿原的本事，正待去安排时，那报官的王管事忽然膝行上前，高叫道："果然药被掉包了？我就知道！我就知道！那天早上二公子进过老爷的房间，那时辰，正是老爷服药的时间！"

那位一直垂首跪地的二公子朱继飞蓦地抬头，眼神间有藏不住的惶恐和愤怒："这……没有，我没有……我怎么会害我的父亲？"

外面，已传来男子的咆哮："谁？谁害了我爹！"

便见朱绘飞笨重的身体飞一般地奔了进来，愣愣地看了眼榻上父亲的尸体，忽双膝一曲，跪过去号啕大哭，却震得木榻簌簌摇动，连门窗都嗡嗡地响着，叫人忍不住担忧，下一刻整个屋子都塌下去，盖住这一生一死两个胖子，顺道拉了满屋子的人陪葬。

李斐、阿原等向后退了几步，朱继飞却膝行上前，与朱绘飞跪于一处痛哭流涕，倒也不见真相被揭穿的惊惧。

朱绘飞和朱继飞这兄弟俩都和老爹朱蚀的眉眼有几分相像，但朱继飞瘦瘦高高，便觉斯文清秀多了。兄弟俩抱头大哭时，那对比更是明显，朱绘飞看起来简直比蠢猪好不了多少。一白遮三丑，一胖毁所有，果然是万古不易之真理。

阿原啧啧地叹了一声，才发现跟随朱绘飞回府的，除了随身的侍仆，居然还有那个叫作景知晚的年轻人。

虽不在马背上，他依然眉眼岑寂，即便唇角有一抹淡淡的笑意，也掩不住那骨子里透出的清冷孤傲。他正静静地扫过屋中诸人，掠过阿原时，又似稍稍顿了下。

阿原正准备继续研究手中的药丸，被他那么淡淡地看了一眼，忽然间便觉得有些呼吸不畅，原先有条不紊的思绪也不知飘到哪里去了。

而景知晚已若无其事地上前，向李斐行了一礼："大人！"

李斐看到他，脸上已堆满笑，说道："景县尉，你来得正好，如此大案，正需大家齐心协力一起商议。阿原、井乙，来见过景大人！景大人从京中来，今早才到县衙上任，以后县里这些案子，你和井乙就听景大人的安排吧！"

景知晚上前向阿原、井乙作揖，简洁地自报家门："景知晚。"

阿原、井乙已听得蒙住了。

县尉执掌治安捕盗等事，这一职位沁河县空缺已久。这一来等于给阿原、井乙等捕快安了个顶头上司。

李斐不过是个小小的县令，眼见这京中突然安排过来这么个县尉，未必晓得原因，却也不敢得罪，明知他是自己的下属官员，也是以礼相待，不敢疏忽。

井乙最先回过神来，先不忙着去找大夫验药，满脸堆笑地行礼道："小人井乙，见过景大人！"

阿原定定神，将手中那颗药丸装入一个小小的陶罐，方上前道："阿原见过景县尉！"

景知晚向井乙示意免礼，神情温雅却疏离，转向阿原时那疏离似更深了些，有种秋霜般的清寒。他看向阿原放到小鹿手上的陶罐，用清朗好听的声音问道："那颗药丸怎么了？"

阿原实在不晓得自己是否和这人有过交集，仔细看他的神色，又看不出有明显异样，遂道："没什么，证物而已。"

景知晚走过去，将那药丸看了一眼，然后扫向朱夫人和她身后的侍女。

因事发突然，她们虽换了素衣，去了簪饰，面上犹有原先敷的脂粉未及洗净。朱夫人的手上还套着个宽边的金镯子，指甲用凤仙花染了浅浅的胭脂红。如今她一脸悲戚地看着朱绘飞、朱继飞，说不出是惶惑还是怨恨。

井乙见景知晚看过去，忙低声说道："县尉大人，这朱夫人是续弦，并非朱家二子的生母。朱绘飞的生母早已逝世，朱继飞则是妾室所出。"

将井乙的话听入耳中，李斐"啧"了一声，立时吩咐道："阿原，你去搜一搜朱继飞的屋子！"

阿原带着朱家兄弟步入朱继飞的卧房，差役们得了吩咐，早已四处翻找起来。

朱绘飞跟朱继飞说了几句话，揉着红通通的眼睛向前走了几步，问道："为何搜我弟弟的屋子？"

井乙欠身，笑容可掬地说道："大公子，咱们这也是例行公事。"

朱绘飞便指向阿原："是不是这不阴不阳的家伙存心找我们的麻烦？我跟你说，小子，敢公报私仇，看我怎么收拾你！你们那位景县尉，可是我的好友！"

"哦！"阿原无视朱绘飞投来的谴责眼神，抱着肩走向床榻边，悠闲地说道："好友……甚好。我会禀明知县大人，让景县尉回避。"

"喂，你……"

朱绘飞捋起袖子，很想冲上前将她痛揍一顿，好让她见识见识朱大公子的拳头有多狠，气概有多猛。只是刚向前走出一步，他那被阿原踹过的屁股歪了歪，脚下便有些瘸，纵然真有天大的气势也出不来了。

他摸了摸屁股，疑惑地看了看阿原白净纤瘦的巧手。

这样的小拳头，打在身上本应该像傅姑娘那般，软绵绵的、轻飘飘的，让人销魂蚀骨，而不是酸痛入骨。

阿原懒得看他愣头愣脑的模样，走上前察看差役从枕下掏出的东西。

两颗褐色的药丸，香气怡人。

井乙上前只看一眼，已吸了口香气："让朱老爷得道升天的仙丹？"

阿原将一颗药丸的外层刮开了些，嗅了嗅，问朱继飞："这是你的东西？"

朱继飞怔了怔："这是我父亲素日所服的灵鹤髓，我没服用过，不知这是从哪里来的……"

朱绘飞挤上前来，倒也很认真地将那药丸看了一下，道："没错，这就是灵鹤髓。虽然也算珍贵，但咱们这样的人家，要什么没有？就是我爹送了几颗给二弟，又有何奇怪的？"

阿原问："你如何认得这是灵鹤髓？"

朱绘飞得意地笑："姓原的，你狗眼看人低，真当我是草包？这灵鹤髓所用的药材远非寻常丹药可比。别看这么一小颗丸子，你辛苦一年都未必赚得来！不少炼药的原材料性热，不宜久服，故而从海外寻来血气平和又有灵性的赤颈鹤，日日喂它们药材，每隔半月采一次它们的血，再用血来炼药，使得药性中正和平且多了仙鹤灵气，久服更见功效，方才取名为灵鹤髓。"

阿原道："嗯，从你那父亲大人如今的状况来看，功效的确不错。要不要把你家的赤颈鹤也用金棺材装上，送到地下继续效力？"

别说两名差役，连井乙都忍不住笑了。

朱绘飞恼羞成怒，说道："这不是重点，重点是，这丹药里有灵鹤血，颜色和寻常药丸不同！这就是我父亲所服丹药，有两颗出现在二弟的枕下有什么奇怪的？"

阿原拈着那药丸，悠悠而笑："这药里有没有灵鹤血我不知道，我只知道这药的气味和你父亲素日所服的不一样。"

朱绘飞不以为然地哼了一声："呸！官府的狗腿儿真是名不虚传，这狗眼、狗鼻子真是与众不同！我警告你，若冤枉了我二弟，看我怎么收拾你！"

阿原不理他，看这边差不多了，遂将那两颗药丸作为证物先收了，吩咐道："走，再去搜下大公子的卧房！"

朱绘飞怔了怔，忽然叫道："你……你公报私仇！我要去找你们知县理论！"

阿原道："你爹死得蹊跷，你不想着查明真相，反而处处阻挠公差办案，可见心中有鬼。不搜你搜谁？"

朱绘飞道："你……你敢！"

阿原丢过去一记大白眼，喝问外边的管事："还不领我们去大公子的卧房？"

她的手指细细长长，但握剑握得很稳当，连同剑柄一起搭上那管事的肩膀时，那管事便觉得那剑锋隔着剑鞘冒出丝丝寒气，如毒蛇在耳边吐着信子，惊得一缩脖子，立时恭恭敬敬在前面领路，再不敢看一眼他家大公子。

朱绘飞摸着酸痛的屁股，到底没敢伸手去拦她。他站在原地愣了半天，问朱继飞："二弟，你不会真在灵鹤髓里做什么手脚吧？"

朱继飞揉着通红的眼睛道："哥，我不知道那药丸从哪里来的。而且，她也去搜你的屋子了……"

刚不是说原捕快公报私仇吗，指不定也搜出几颗有毒的药丸子来……

朱绘飞的脑门上顿时冒出大颗汗珠，一个纵身跳起来，叫道："等我一起才算数！休想嫁祸给我！啊——"

随着砰的一声，他奔得太过激动，撞到了门框上，重重摔到地上。

井乙忙将他扶起，看着他瞬间青紫的眼眶，摸了摸自己的脸，都有些替这位肉厚皮却不粗的贵公子疼痛。

阿原却笑出一对好看的酒窝，悠悠道："按大梁律令，搜你屋子也需你在场。大公子，你屋子里也没什么见不得人的吧，为何这般着急？"

朱绘飞差点气得呕血，一抬头正见知县李斐、县尉景知晚走来，似看到了亲人，忙冲过去，正了正脸色，道："二位大人，原捕快公报私仇，还想搜我的屋子！"

阿原道："既有嫌疑，自当例行公事！"

朱绘飞的脸都气歪了，却把伤处牵得越发疼痛，忙捂着眼睛道："笑话！我是朱府嫡长子，要什么没有，害我父亲做什么？你分明就是因为想和我抢女人，故意与我作对！"

李斐知道阿原是女子，咳了一声，问阿原："他有何嫌疑？"

阿原低声答道："大人，从朱继飞的枕下搜出两颗药丸，与朱蚀那些被换了的药丸气味相同。只是大人见过谁可能害人性命的药丸放在自己枕下，等着人去搜呢？"

富贵人家多有服药强身的习惯，房中出现各色药丸都不稀奇，只是这害人的药丸不但没被好好收藏起来，还生怕别人发现不了似的单单放了两颗在枕下，未免匪夷所思。

朱绘飞的眼睛差点撞瞎，耳朵却还没聋，思维的反应速度也比他壮硕的身体要敏捷得多，几乎立刻叫起来："你……你……你难道怀疑我嫁祸我二弟？"

阿原道："朱大公子，我可没这么说。如今真相未明，大家都有嫌疑。不仅你，连你母亲的屋子也难免要例行搜查一番。如此推三阻四，难道大公子房中还真有什么见不得人的？井哥，咱们待会儿倒要仔细翻找翻找。"

阿原笑得两眼弯弯，明明很好看，朱绘飞两眼冒火，恨不得一拳将那笑脸砸个稀烂。可看着阿原淡定持剑的细巧手指，朱绘飞连伸拳都不敢，目光扫过偏心阿原的李斐，然后奔向倚门静立的景知晚："景兄弟，你说这算什么事儿？若我爹真的是被歹人所害，我们就是苦主，怎的这原捕快拿凶拿到我们头上来了？"

景知晚眸深若水，声音也清清淡淡的："哦，大公子既是苦主，必定也急着查明真相，便请大公子在前面带路，大大方方地让原捕快搜上一回，既可洗去嫌疑，也可令那些妄加揣测之人无言以对。"

阿原听得他言语间并无善意，不由抿唇看他。

景知晚并不回避她眼底的疑惑和愠怒，唇角笑意清凉，却吐字尖锐："查案便查案，徒逞口舌之利，着实不像公门中人，倒与那些撒泼无礼的市井妇人一般无二。"

朱绘飞听得心里舒服多了，立时觉得辩不过这个市井泼妇般的原捕快也不是什么了不得的事，忙道："景兄弟说得极是，极是！我这便领你们前去我那屋子！"

他也顾不得屁股酸疼，颠儿颠儿地赶到前面带路，比被阿原用剑逼着的管事行动迅捷多了。

阿原站在原地，看他们走出好一段路，方才抚了抚额，冲着景知晚的背影翻了个白眼，"嘁"了一声。

小鹿算是阿原的半个助手，时刻跟在阿原身边，早将眼前之事看得分明，跳过来悄声问道："小姐，你得罪这县尉大人了？"

阿原道："我跟他今天才头一次见面，你应该看得很清楚吧？我有得罪他的地方吗？"

"顶多得罪了他的狐朋狗党……"小鹿沉吟片刻，忽一拍大腿，"是了！我虽没在原府见过他，但保不齐小姐在外面见过。可能小姐不喜欢这种病美男型的，冷落了他，他求而不得，因爱生恨，如今再看到小姐，自然处处找碴儿了……"

阿原道："小鹿，你去找找茶馆那个说书先生吧！"

"嗯？"

"问问他还收不收徒。你这编故事的天赋，做我的丫头真是可惜了……"

小坏见生人都离得远了，便又飞过来，落到阿原肩上，钩子般的尖喙啄歪了她的帽子。

阿原扶住帽子，看着她的鹰，笑道："看来看去，还是我家小坏最慈眉善目。"

小坏未必懂得阿原在说什么，却听出主人在表扬它，立时兴奋起来，振翅飞起，然后盘旋着俯冲向那边的围栏。

却听鹤唳声起，夹杂在翅膀扑棱声中，更添嘈杂。

阿原心念一动，忙奔过去看时，两名养鹤人正拎着棍棒急匆匆地把小坏往外赶。围栏中有十余只灰鹤犹自慌张地四处乱撞，只是翅膀上的羽毛差不多被齐根剪去，无法飞起逃走。

那鹤腿长颈长，伸出的喙足有四寸长，与寻常灰鹤无异，只是脖颈和头部有一大圈鲜艳的朱红，想必就是朱蚀用来采血炼药的赤颈鹤。

阿原细细看时，果然发现有些鹤的腿部包着纱布，犹有干涸的血迹。她问养鹤人："这是你们老爷养的？最近几次采血，可有记录？"

养鹤人嘀咕道："方才不是已经问过了吗？"

"谁问过？"

"知县和那位县尉大人呀……"

阿原来到朱绘飞的屋子时，正听得朱绘飞咆哮不已，震得窗外一只画眉惊恐地拍着翅膀，只恨脚下绑了细细的铁链子，怎么也逃不开这气震山河的号叫。

屋内药味冲天，一炉丹药正被踹翻在地，药丸滚得满地都是。朱绘飞是朱家长子，他的屋子极大，还单独隔出一间做了炼丹房，瞧来是打算继承他父亲的衣钵，将炼丹进行到死了。

景知晚捏开一粒药丸说道："用的材料不错，一颗药丸的价值应该顶得上半碗米饭了。"

朱绘飞擦着满头的汗，闻言更是暴跳如雷："这里面用了千年人参、百年灵芝，一颗药差不多能顶得上这么大的一块黄金，你说顶半碗饭？景兄弟，你家饭粒是金砂煮的吗？"

景知晚含笑看他，言语温和："倒也不是。只是用一些萝卜和现采的蘑菇制成，除了新鲜味美些，实在不比米饭营养丰富。"

"萝卜！蘑菇！"朱绘飞抓狂，"里面还有灵鹤血！你怎不说里面是鸡血！"

景知晚又将那药丸揉碎，认真观察了一下，眉眼更是和煦如春日暖阳："大公子，你说对了，这里面渗的是鸡血。"

朱绘飞怒道："你方才还说那空瓶子里有灵鹤血的气味……"

景知晚笑得温柔："大公子，瓶子里有灵鹤血的气味，和这炉丹药用萝卜、蘑菇与鸡血炼制，并不冲突。"

小鹿刚走到门口，开始以为听错了，待听景知晚细说了那丹药的配方，忍不住笑得弯下了腰："萝卜、蘑菇、鸡血？哈哈哈，朱大公子何不直接炖汤来喝？总比炼成这黑乎乎的模样更味美、更爽口吧？"

李斐咳了一声，阿原忙向小鹿示意，止住了她太过张扬的嘲笑，走过去问道："什么空瓶子？"

那边差役已用托盘呈来一个瓶子，和两颗拾起的药丸。

景知晚懒懒地扫向她："听闻原捕快颇通医理，想来更能辨得分明。"

他的声音清醇柔和，本该令人听得心情舒畅，可阿原总是能听出其中暗含几分嘲讽之意。她又将他打量了一番，方懒懒地道："我并不懂医理。景县尉为何认为我一介武夫会通晓医理？"

景知晚微微一笑："我略通医理，方才辨得出丹药原料。原捕快不通医理还闻得出药味的差异，莫非真是狗鼻子？"

他揉了揉俊挺如玉的鼻梁，又是一笑，竟拂袖走出屋去。

这一回，朱绘飞都已听出景知晚在嘲讽阿原了，很是解气，但眼见景知晚离屋，不由地慌了，连声唤道："景兄弟！景兄弟！"

李斐走到阿原身边，低声问："你们以前见过？有过节？"

阿原终于可以确定景知晚不仅不喜欢她，甚至还厌恶她，却也只能摇头道："没有。"

李斐疑惑："可我看他待人不错，对你怎么会……"

阿原摸摸自己的脸，冲李斐做了个鬼脸："或许……嫉妒我比他貌美？"

李斐撑不住，扑哧笑出声来："这个，倒也有可能……"

小鹿的眼睛滴溜溜转着，得意地冲阿原使着眼色。

景知晚嫉妒阿原的美貌……嗯，相比之下，似乎求而不得因爱生恨的可能性更大些。

不过，恨也罢，恼也罢，阿原拍了拍自己的剑，没觉得自己需要退缩或害怕。她去检查那个在角落里拾到的空瓶子，也揉开一颗药丸细察，然后说道："我虽不通医理，倒还真能从这药丸里闻出鸡肉味儿来……小鹿，晚上我想吃小鸡炖萝卜。"

朱绘飞冲到她跟前，胖胖的手指头差点指到她的鼻子："你血口喷人！"

阿原笑眯眯地对小鹿说道："再来一盅鲜蘑汤，别放猪肉。听闻猪肉吃多了不但会胖，还会蠢，蠢得跟猪似的……"

"你……"

"不过今天开始，你大概不会再蠢下去了！"阿原转向李斐，"空瓶中有残药气息，应该就是装那假灵鹤髓的瓶子。朱绘飞近日接连取过灵鹤血，却用鸡血炼药，看来大有嫌疑！请大人将朱绘飞收监，做进一步审理！"

李斐虽万分不愿得罪皇室宗亲，但如今线索分明都在指向朱家兄弟，只得道："来人，先将朱绘飞带回衙门，待详加审理后再处置！"

朱绘飞叫道："什么叫我大有嫌疑？姓原的，你脑子被女人啃掉了？我为何要杀我爹？"

阿原踢了一脚翻在地上的炼丹炉，笑容灿烂："因为你脑子已经被这炼丹炉炼化了啊！正常人是不会杀父，可正常人会拿萝卜、蘑菇来炼药吗？"

"……"朱绘飞转头向缩在屋外的小厮咆哮："棂幽呢？"

那边小厮嗫嚅道："棂幽师父在屋中为大公子炼药，很少外出。不过自从老爷出事，似乎就没再看到棂幽师父……指不定到傅姑娘那里去了……"

阿原向井乙使了个眼色，井乙明了，立时带了一名公差出去，径直奔花月楼而去。

李斐则安抚道："朱绘飞，我们也只是请你去协从审讯而已。真相如何，自然还需继续调查。"

朱继飞紧紧挽着他兄长的胳膊，说道："要去也可以，需我带了侍仆相伴才行。"

李斐原本就没想拿这宗室子弟怎样，闻言便顺手推舟道："若二公子执意如此……那就请二位尽快安排一下吧！"

朱绘飞听有弟弟相伴，倒也安心不少。朱继飞去安排了一下父亲的后事，还向朱夫人和诸管事嘱咐了几句。朱夫人和两三名妾室的屋子也已有人搜查过，倒没有查出不妥，暂时便不用带回衙门了。

朱夫人倒没说什么，倒是那报官的王管事叫道："大公子，二公子居心叵测，你留他在身边，小心和老爷一样，被他害得死无葬身之地啊……"

阿原在旁听得乐了："王管事既然不放心，一起去衙门走一趟吧！不过朱家家大业大，倒也不用担心死无葬身之地。把那十几只鹤拔了毛当作大鹅卖给别人下酒，大概也够买副薄棺材了……"

朱绘飞恨得跺脚，待要出门时，忽又转身，抱起桌上的一本册子和两轴画卷。

阿原问："这是什么？"

朱绘飞吼道："这是你们县尉大人送我的，莫非你也要查查？"

阿原不答，很不客气地抓过去。朱绘飞忙握紧时，却觉腕间某个部位忽被阿原指尖一指，似被黄蜂蜇了下，细而锐地一痛，册子和画轴就都到了阿原手中。她打开册子，只扫了一眼，就匆忙合上，狠狠瞪向朱绘飞，脸上已泛起红晕。

朱绘飞啐了一口，说道："看什么看？子曰，食色，性也。这事儿谁不爱？若不是这事儿，你爹妈又怎么生得出你……大惊小怪的，可见是个没见识的！"

小鹿瞧着主人脸色不对，连忙走过来抽阿原手中的画轴。阿原阻拦不及，画轴已被小鹿抽开绳扣，哗的一声整轴画散开，顿时一览无余。

凳上卧着的女人、站在女人两腿间的男人、散落在地间的衣裙披帛……顿时映入眼帘，——竟是一幅秘戏图！

这曼妙春情，可比外面的锦绣韶光还要旖旎几分。

屋中尚有李斐、朱继飞和两名公差在，盯着那画儿一时转不开眼来。

阿原窘了，忙催促道："小鹿，先收起来……"

那画原本对着外面，小鹿反而是最后一个看到的。她低头将秘戏图仔细一瞧，不以为然地笑起来："这个……的确没什么了不得的……论起这方面，咱们公子可比你们见闻广博多了！"

几个男人的眼睛齐刷刷地转向这个十六七岁的小丫头，连在外面候着的景知晚都已走到门前，清明的眸光静静地凝望着那对主仆，顿感一阵凉意。

阿原正抚额时，李斐身为本县父母官，第一个回过神来，目光虽不曾从那画轴挪开半分，咳嗽了一声，用抑扬顿挫的声调一本正经地打着官腔："胡闹！胡闹！既是诗礼之家，怎可如此有失斯文？咳……另一幅画可与案情相关？也打开瞧瞧。"

阿原"啊"了一声，而小鹿已利落地将手一抖，将另一张画轴也展开了。

这幅画描绘的是一对男女在软榻上行那夫妻之事，另一女子专注地从半掩的花窗外向内偷窥，一副悠然神往的模样……

朱绘飞拿到这画轴，就听说父亲暴毙而匆匆回府，未曾好好细看，如今见一个俏生生的小丫鬟拿着这图，一时连父亲的死都忘到脑后，定定地看呆了。

李斐也看得两眼发直，悠然神往，只喃喃道："有辱斯文啊有辱斯文……指不定与本案有关，先收回县衙吧！"

回衙后，李斐对"有辱斯文"的画轴很是念念不忘，含糊地跟景知晚提了提，可惜那些画只是景知晚代人所送，无法让他心愿得偿。知趣的朱继飞劝他哥匀了一幅秘戏图给知县大人。李斐好好收藏了，心满意足，便想起正事来。

遣去请名医左言希辨药的差役已经返回，得出的结论正如阿原所料：朱蚀的灵鹤髓被人调包了一大半，假药中水银和有毒药物的含量极高。朱蚀素日所服之药本就暴烈，服上两颗便足以致命。但那替换的假药似乎也可以称作灵鹤髓，因为里面也用了灵鹤血和其他类似药材，乍闻气味并无太大区别。

因景知晚与朱家有来往，李斐避开他，悄悄将阿原唤去商议。

"阿原，你当真觉得朱绘飞有嫌疑？"

"比他弟弟的嫌疑要大些。朱继飞看着比他哥要精明不少，若真是他害了朱蚀，单放两颗药丸在自己枕下等人来搜，似乎说不过去。"

"可细审下来，闻得朱蚀一心炼丹，对两个儿子管束并不严，朱绘飞游手好闲，却挥金如土，终日美酒佳人，这小日子过得要多惬意有多惬意，便是偶有争执，也不至于令他丧心病狂，做出杀父之举。"

何况还有心情跟人讨要秘戏图，何况到底割爱送了一轴给李斐……

阿原点头："他有没有丧心病狂一时倒还看不出来，但有些缺心眼是真的。这鸡血蘑菇丹，可不是一般人炼制得出来的！"

李斐哈哈大笑，悟出了阿原的言外之意："你是觉得有人利用他的缺心眼害了朱蚀？"

阿原道："这个有待进一步查证。至少那个炼药的什么棍幽大师，绝对脱不了干系。"

李斐点头感慨："也难得……这鸡血蘑菇丹，可不是一般人想得出来的……不过，井乙去花月楼找棍幽，似乎空手而返。那个傅蔓卿本是风尘女子，朝三暮四，既已和朱家公子交好，又怎么看得上寻常的炼药师？"

阿原笑道："可敢拿鸡血鱼目混珠欺骗宗室子弟的，倒也不多。而且，棍幽替换走的灵鹤血，哪里去了呢？"

令朱蚀死亡的假灵鹤髓里，同样含有灵鹤血，气味相似，天天服药的朱蚀才会不疑有他，最终服药而亡。而朱家老爷一心想成仙，万事不上心，独独对炼丹的药材看得如命根子一般，事无巨细都会亲自过问。灵鹤血是最重要的一关，采血更是严格限制，每次均有记录，偷采几乎是不可能之事。棍幽懂得炼丹，又能换走灵鹤血，便有了炼制假灵鹤髓的可能。

但椤幽是朱绘飞请来的药师，本身和朱蚀并无利害冲突，论起杀人动机，也只能是因为朱绘飞的缘故。

以朱绘飞宗室子弟的身份，李斐只是小小知县，断不敢刑讯逼问，便试图在椤幽身上打开缺口。他道："如今我已派人四处搜寻椤幽，如果他还不曾离开沁河，一定要将他找出来。"

说话间，只闻得鼻际隐有肉香。李斐忙问："这时候谁在煮汤？"

阿原一吐舌头，悄声道："我让小鹿给我做小鸡炖萝卜呢，可惜没找着童子鸡，她买了只大公鸡回来，请人清理干净了，这会儿她正窝在厨房里炖着。看着好大一只，估计也快熟了，待会儿正好和大人一起吃。"

李斐大悦，连声应了，又道："不如再备些酒菜，请景县尉一起。一则他今日刚来，权当为他接风；二则他与你似有些嫌隙，往后共事的时候多，不如让我来做这个中间人，替你们和解和解。"

阿原想起景知晚淡漠得近乎冷情的眼神，捏着鼻子，心不甘情不愿地道："但凭大人做主！"

李斐笑道："景县尉博学多才，对京中人事也颇为了解，绝非池中之物。阿原，多和他接触接触，于你前程大有好处！"

阿原只得点头："嗯，前程……"

若以富贵论前程，想来想去，回去当她的原家大小姐，无异前程大好。父亲虽逝，母亲长袖善舞，艳名天下闻，她自己也是才貌双全，大梁皇帝是原夫人的裙下之臣——指不定还是她的裙下之臣，才会发了昏任凭她挑选王侯公子。

抛开手中剑，回到西都城，日日洞房，夜夜新郎，花样少年左拥右抱，美酒佳肴任她择选，简直是……

简直是如同隔世的荒唐岁月啊……

为何她母亲会觉得很享受，她从前也觉得很享受，可她醒来后被那些曾有过肌肤之亲的情郎们摸几回手，便有如毛毛虫从脚底爬到脊背，再从脊背爬上后脑勺，凉飕飕得令她片刻都忍受不了，只能抱头鼠窜，狼狈逃去。

或许她以前脑子有毛病，才会认为那些事快活，但如今看来，也许她现在才有毛病。

李斐寻常时明明是个端方君子，看了那样的画儿眼都直了；景知晚看似清高孤傲，可他不仅收着那些书册画轴，还传递着那些书册画轴；还有那些公差们，一个个分明也将那些事当作人间极乐……

如此看来，还是她有毛病。

当然，她脑子本来就有毛病，不然也不至于半点往事都想不起来。

阿原坐下未久，景知晚也到了。

他似乎已打算休息，松松地披着件寻常的素白布袍走过来，头上也未戴冠，只用一支白玉簪绾着发。阿原看了一眼那支白玉如意簪，便知这景知晚的确值得李斐费心好好结交一番。

那簪子雕工精细，通透温润，与景知晚略显苍白的面庞相映衬，更添几分清秀优雅，眉眼间的疏离反而显出几分与众不同的贵气来。这簪子的价值，真的抵得上同等大小的黄金。

景知晚向周围看了下，又看了看桌上的一碟醋芹、一碟酱萝卜，皱了皱眉，倒也没说什么，跟李斐行了礼，便在他下首坐了，却正好在阿原的旁边。

阿原对他笑了笑："沁河是小地方，县衙也不宽敞，景县尉只能将就将就了……"

知县大人临时吃顿消夜，自然不值得到后堂铺排桌椅伺候。他们如今所在的屋子是和厨房相连的一个隔间，寻常时住在县衙的书吏、捕快等多在此处用膳，桌椅碗筷虽然齐全，但到底简陋，完全不能与京中相比。何况自古有云，君子远庖厨。景知晚虽刻意低调，分明出身不凡，自然看不上。

景知晚也不否认他的嫌弃，向她懒懒一瞥，悠然道："嗯，只能将就。我已将就习惯了！"

阿原听得心下忽然打了个突，只觉得这话说不出的熟悉，似在什么时候听过，但凝神细想时，怎么也想不起来。

这时，小鹿已从那边的厨房出来，手中战战兢兢地捧着一大盆鸡汤，小脸笑得有点僵硬："大人、公子，快来尝尝小鹿的手艺！"

阿原瞧着那鸡双脚朝天，鸡头挂在碗边，一副死不瞑目的模样，汤汁看着也油腻，顿时有些窘，忙将鸡汤接过，将那鸡翻了个身，让小鹿取来用清水涤过的碗，亲自动手盛汤。可能火候不到，那鸡肉尚有些难夹开，她使出拿剑的巧劲来，才撕下一条鸡腿，放入汤碗递给李斐。

李斐忙让给景知晚，笑道："景县尉是客，这一碗理当先给景县尉。"

景知晚道了谢，待李斐、阿原都盛了汤，方低下头来，啜了一口。

小鹿有些怕他，却也格外期盼得到他的认可，很是殷殷地看向他，近乎谄媚地笑着问道："县尉大人，味道如何？"

景知晚眉目不动，又啜了一口，有些玩味地扫过李斐和阿原。

阿原忽然有一种不大妙的感觉，隐隐想起小鹿似乎没煮过饭菜。

只是，太迟了。

李斐已跟着喝了一大口，然后扑哧一声全喷了出来。

小鹿忙问："大人，这是……烫着了？"

阿原已有警觉，喝的时候只敢小口地啜，然后迅速吐出，舌尖品了品余味，瞪向小鹿："你……汤里放的是什么？这么咸……不对，好像也很甜？"

咸和甜在那被称作汤的腥油物质里，融合成某种极致的重口味，迥异于阿原记忆中的鸡汤，已不是"难吃"二字所能形容。

阿原禁不住看向景知晚若无其事的眉眼，第一次打心眼里佩服他。

敢喝下这样的汤，他绝对是真的勇士。

小鹿自己也盛了半碗，尝了一口，竟也咽了下去，五官皱成一团，片刻后，才干干地笑："其实……也没那么难喝，就是盐放多了，太咸，便加了些糖，然后觉得味太重了，又加了些水……鸡肉还没熟，萝卜就炖烂了，然后炖没了……我看着半天没油出来，又放了一勺子油进去……"

阿原不太记得鸡汤该怎么煮，只是听着这煮汤方法很不对头。她静了片刻，悄声问道："你以前煮过鸡汤没？"

小鹿尴尬地笑，同样悄声地道："我向来只负责把厨房里送来的饭菜从食盒里端到小姐桌上……"

原家小姐的贴身侍女，本就威势不小。原府厨房里，名厨六七位，厨娘一大堆，又怎么需要劳烦小鹿姑娘的玉手？

小鹿挠了挠自己的乱发，忽然就有些不明白，她击退那群心灵手巧的姐妹，成了唯一跟着小姐的侍女，怎么会沦落到这样的境地。

阿原正抚额时，景知晚忽然站起身来，解下外袍，只着短袖单衣，端起那碗鸡汤，说道："稍等。"

从阿原身边走过时，他淡淡地道："过来烧火。"

阿原蒙住："烧……烧火？"

小鹿忙道："我来，我来！"

景知晚道："哦，那你过来重煮，我便不动手了！"

小鹿顿住。

新鲜的鸡肉都被煮成这样，再回锅一次，天晓得会变成什么模样。

原家大小姐十指纤纤不沾阳春水，让她弹琴画画吟诗作赋，必定比洗手做羹汤容易得多，更别说跑到灶下做个烧火丫头了。

小鹿心惊胆战地看着自家小姐，甚至已瞄好水盆水缸的所在，预备阿原一旦操作失误引发火灾立刻扑上前英雄救美，绝不让烧鸡变成烧人。

但想象中火烧县衙的情形并未出现，阿原不过略问了问，便用火石引燃柴草，一根根添着柴，甚是妥当，还有闲暇观察景知晚的动静。

景知晚挽起袖子，露出清瘦却好看的一双手，先找出两把木耳用水泡了，然后将半熟的鸡捞出来冲洗一遍，往锅里加了清水，又在四处转了一圈，手中便多了黄芪、当归、枸杞等配料，接着取来姜、葱等物，熟练地切成丝，与配料一起裹入纱布、捆好，放入锅中，然后去清洗渐渐泡开的木耳。

阿原看着他修长白净的手指灵巧翻动，一时看得呆了。

景知晚淡淡投来一瞥："若你不想天亮都没得吃的话，看好你的火。"

阿原忙看向灶下，发现火势果然小了许多，忙往里添了几根柴，然后将炉灰拨得空些，便见那火很快又旺上来了，将她的脸映得红红的，鼻尖上的细密汗珠让她的面容多了几分平时没有的天真。

景知晚瞥她一眼，忽一掌用力击在水盆中，顿时水花四溅，水以及几片黑褐色的木耳残渣迅速沾在了他的衣衫上。

小鹿惊愕地看着他，他顿了顿，若无其事地一笑："木耳洗好了。"

两刻钟后，在隔壁候着的李斐被扑鼻的香气吸引，不顾君子不君子，奔过来查看曾让他失望不已的消夜。

小鹿愣愣地看着锅里那诱人的汤汁以及花朵般起伏其中的木耳，揉了揉自己的眼睛，忽然发觉口角有些湿，忙拿袖子擦了擦，才发现口水都流出来了。

景知晚用一块月白色无花纹的帕子将修长好看的手仔仔细细擦干净，随手将用过的帕子丢到小鹿怀中："去洗下手，给他们盛汤吧！"

小鹿傻傻地接了。景知晚素衣裹于顾长的身子，依然纤尘不染，走过去跟李斐打了个招呼，径自取了外袍走出去。

小鹿禁不住叫道："喂，你不喝汤吗？"

景知晚低低地叹息一声："不喝。过了亥时，我不再进食。"

"为什么？"

"会发胖。"

"……"

小鹿摸着自己的圆脸，心中立时陷入天人交战。片刻后，天理便被人欲打得溃不成军、烟消云散。于是，她立时冲向美妙的鸡汤。

此时景知晚已走到门口，从阿原的方向，恰能看到他窗外的身影。行动之际，那身姿宛若铺着一层月华，又似笼着一层清霜，不见半点烟火气息，仿佛方才洗手做汤的男子根本就不是他。

他走不走，似乎已经不重要了，重要的是，他把汤做好了。

给李斐、阿原各盛了一碗后，锅中剩汤大概还有一碗多，小鹿差点连骨头都啃了，又往锅里那点汤汁张望了无数遍，恨不得把大锅取下，细细舐上一回。

李斐将最后一块鸡翅骨吮了又吮，眼见再吮不出滋味来，才意犹未尽地舒了口气，正一正脸色，对阿原说道："看来我们景县尉着实是个通才！通才！阿原，你要好好把握，不要错失良机！"

阿原也觉得那汤极好喝，柔韧的木耳比鸡肉还要味美。大概以前在原府也喝过这样的汤，尝来竟有几分熟稔。但她出身富贵，倒还不像那二位一般大为赞叹，依然细嚼慢咽，一碗汤才喝了一半，闻得李斐跟自己说话，她顺口应了，过了一会儿才疑惑地抬起头来："什么良机？他大概……也不会天天炖汤给咱们吃吧？"

李斐笑得正气："那是自然。看他这模样，多半是因为什么缘故出来历练历练，早晚会回京。但他这样的手艺，若是一直藏着，未免可惜。"

"嗯？"阿原看着他正气的脸，除了鸡汤之外，忽然嗅出了狐狸的味道。

果然，只听李斐道："你虽聪慧美貌，能文能武，可到底是个女子，便是当捕快，也不能当一辈子。你看这景县尉年纪轻轻，有才有识，家世也不简单，最重要的是，能煮那么好的汤！若能勾得他动心，哄得他日日为你洗手做羹汤，至少他在沁河县这段日子，咱们也能跟着享享口福呀！如此于人于己大有益处的好事，何乐而不为，何乐而不为！"

"咳——"阿原呛出了一大口鸡汤。

这夜，阿原居然做了一夜的梦。

梦里倒不曾闻着鸡汤的味道，却总是看到一双男子的手，清瘦修长、白白净净，好看得不得了，正熟练地切着菜、煮着饭，甚至一根根小心地剔着鱼刺，然后用一双乌木筷子夹到她的碗中……

阿原猛地惊起，后背已有一层汗，而满眼竟还是那双手，仿佛一伸臂便能握住，便能感觉到那暖暖的体温。

小鹿睡得颇沉，却始终记挂着尊贵的小姐身边只剩她一个人在服侍，觉出那边有动静，一骨碌便从旁边的床塌上爬起，问道："小姐，又做噩梦了？"

阿原点头，又摇头。

梦里并无惊恐，甚至有着隐隐的向往和欢喜，绝对不能算是噩梦。

她接过小鹿端来的水，喝了两口，方才稍稍定神。抬眼看向窗外，天色漆黑，估计还没到四更天，她沉吟着问："小鹿，我以前是不是也常做梦？"

"什么梦？"小鹿有些心虚，原大小姐虽喜欢她的忠诚耿直，但她和房中别的侍女比实在算不得灵巧，夜间侍奉的时候其实并不多。

阿原尚有些恍惚，倒也没察觉出异样。她尴尬地揉了揉耳朵，答道："春梦。"

"春梦……"小鹿久经熏陶，这方面颇是开窍，立刻说道，"小姐天天做春梦。"

"真的？"

"小姐夜夜春宵，当然天天做春梦……"

"……"

阿原竟无话反驳。

其实她也不知道，不断地梦到一双男子的手，到底算不算春梦。只是，她在梦中看着那双手时，的确满怀欣赏，甚至有点迷恋。她完全说不清那莫名的迷恋从何而来，明明她并不像李斐、小鹿那样爱极了他的厨艺。梦中，她似乎从不曾看清他的脸，却下意识地知道，那男子是景知晚。

"景知晚，景知晚……"阿原念着这个今天第一次听说的名字，忽回头问小鹿，"可记得那时和我定亲的那个端侯叫什么？"

小鹿道："这……我倒不知道。虽看过庚帖，可我又不识字。小姐看帖时念过他的名字，我只听了一遍，记不清了。咦，好像也姓景！"

阿原蓦地顿住呼吸："姓景？"

小鹿点头："嗯，姓景。不过，不是景知晚，绝对不是景知晚。我记得是两个字。"

阿原脱口道："景辞？"

小鹿怔了怔，立刻拍手道："对，对！我记起来了，就是这两个字！"

她笑嘻嘻地看向阿原："原来小姐没有忘记！小姐居然连端侯的名字都想起来了！"

"景辞，景辞，景辞……"

阿原喃喃地念着这两个字，只觉心怦怦乱跳，似有无数鼓点咚咚敲击着，又似谁把黄连捣成了汁，用药杵一刻不停地搅拌着——似有什么被敲裂，又似不知哪里来的苦意汹涌喷出，沸水般四处奔腾流溢。

她甚至完全不晓得自己为何会脱口念出这名字。她没有关于这个名字、这个人的任何记忆。

而小鹿兀自在絮絮道："咦，小姐不记得谢公子、不记得小贺王爷、不记得萧少侠，偏偏记得端侯……小姐，莫不是从前你和端侯认识？"

阿原压着突突疼痛的太阳穴，问小鹿："我认不认识，你不知道？"

小鹿道："若小姐在外面和他相识，不曾带回府中，我没和小姐在一起，我怎么会知道？若是曾带回府来，我大概都会认识……"

她的脸忽然红了起来，悄声道："小姐带那一拨拨男人回来睡时，也是我在门槛边守着呢！哪个厉害、哪个不中用、哪个最令小姐满意、哪个小姐只是看在皮相份上敷衍着，没有我不知道的……"

阿原愣愣地听着，开始懵懵懂懂，不解其意，待见小鹿闪着光又羞又笑的眼神，才蓦地悟了过来，"呸"了一声，翻身卧到床上继续睡，可哪里还睡得着。

小鹿脑洞一开，说书的天分立时又爆发出来，兴奋道："看来他不是求而不得，而是快成亲时被甩了，怪不得如此幽怨！难道他不甘心，千方百计打听到了小姐的下落，追到沁河来了？"

阿原侧目："我这是抗旨逃婚，端侯若是知晓我在这里，不论是上报皇上，还是找上原府，都会有人来找我回去，需要他亲自走一遭？何况，端侯不是病得快死了吗？若不是他病得快死，我不会点名要嫁给他吧？"

为了一棵树，放弃整片森林，她是不是傻？

"可你看景县尉的确有点病恹恹的。也许端侯的病并没有传说中那么严重，也许一听快成亲，他的病就好了大半。"小鹿双眼滴溜溜乱转，脑子也转得飞快，"或者，你们早就相识，小姐一时改了口味，爱上了这样的病美男，彼此情投意合，所以决定嫁给他？"

"哦……那我定亲后，还有和其他少年来往吗？"

"当然有啊！小姐出事的前一天晚上，还和小贺王爷、谢公子喝酒，闹了整整一夜。"

"然后，第二天我送走这两位情郎，转身就去看望我的未婚夫了？"

"对！端侯一直在北郊的端侯府里养病，路途遥远，小姐才会遇劫。"

阿原将景知晚代入了一下端侯，想象他心甘情愿戴上绿帽子的模样，顿时打了个寒噤，说道："小鹿，你赶紧睡吧。天亮后，我去仁心堂给你抓副药。"

"嗯？什么药？"

"据说想得太多，脑子会坏。你需要买包补脑散，保心护脑很及时，速效救治不反弹。"

"啊，真有这样的药？小姐赶紧给自己来两包吧，指不定脑子一正常，就不会想着不入侯府入县衙，不当夫人当捕快了……"

阿原噎住："死丫头……"

"天天在富贵乡里花天酒地，寻欢作乐，要什么有什么，快活得神仙都不换，跑这巴掌大的沁河县来当捕快……小姐，你病得不轻……"

小鹿很想再劝，忽然想起一旦回了原府，她混在那群伶牙俐齿的侍女中，便没了如今的独自侍奉小姐的风光，顿时觉得小姐还是别吃药好了。她闭了嘴，打了两个哈欠，很快又睡着了。

阿原思来想去，却再未成眠。

既然睡不着，阿原便早早起了。

但居然有比她更早的，景知晚坐在他们昨晚喝美味鸡汤的那间屋子里，正慢慢喝着一碗白粥，眼前只有小小一碟咸菜。

他生得极好，哪怕衣着朴素坐于简陋的破屋里，依然流转着淡淡的明珠般的光华。但他似乎也没睡好，面色比前一天更苍白，漆黑的眼眸下有一圈淡淡的青色。

见阿原走来，他的眸光更冷了几分，转头问厨娘："我让煎的蛋呢？"

大概他出手不小气，厨娘在隔壁应得很高声："来了！"

片刻后，厨娘端来两个碗，一个上面装着两个煎蛋，另一个上面则装着两个水煮蛋。

阿原见他对自己视若无睹，也懒得理会，自己去盛了一碗粥，然后坐到另一张桌前开吃。

景知晚对着眼前的蛋发怔，然后微有愠色地问厨娘："我不是只要煎蛋吗？"

厨娘讨好地冲他笑，闻言忙道："县尉大人，你方才说，两个煎蛋两个水煮蛋，煎蛋七成熟，水煮蛋需煮透……"

"水煮蛋需煮透……"景知晚喃喃地念了一句，慢慢接过那两个水煮蛋，声音莫名有点哑，"嗯，来一碟醋。"

厨娘应了。

不一会儿，屋中便充满了刚煮好的鸡蛋的清香和淡淡的醋香。

阿原有意背对着他，看不到他的神情，却觉得他又看过她几次。那淡然的眼神，偏偏背对着他也无法忽略他的存在。她觉得她简直就是他筷子上的水煮蛋，正被他一筷筷地夹碎。

这感觉，简直诡异。

更诡异的是，她居然觉得水煮蛋蘸着醋应该很好吃，想着那味道时甚至有些想流口水。

当然，水煮蛋也要七成熟才好。煮得太透的蛋黄硬邦邦的，没有七成熟的蛋黄那种令人流连的清香和鲜嫩。

正就着那蛋香埋头吃清粥咸菜时，她身后有轻缓的脚步声传来。

梦中曾出现的那只手又出现了，修长白净，弯曲时有着好看的弧度，指甲闪动着青玉般的光泽。这只手端着一个白瓷碗，里面还有一个水煮蛋。

景知晚将碗放到她的面前，指尖在桌上叩击两下，说道："这个给你。吃完了，随我出去查案。"

清冷的声音如地底涌出的寒泉，令阿原无法觉出半点善意。

这么好看的手，这么可恶的眼神和嗓音……

阿原将目光从他的手指转到碗中轻晃的鸡蛋，然后抬头给了景知晚一个大大的笑容。

景知晚眯起眼时，阿原已站起身，说道："谢谢景县尉，不过我已经饱了。而且，我不爱吃鸡蛋。"

与景知晚近距离对面而立时，她才发现他看着瘦弱，却比她还高挑不少。她需抬起眼才能直视他的眼睛，问他："我们去哪里？"

花月楼，是沁河县那些富家子弟最爱流连的烟花之地。

开门迎客本是店铺常态，但花月楼的门是关着的。

景知晚敲门，好久才探出个蓬着发的老苍头，听说要见他们家头牌姑娘傅蔓卿，揉了揉布满眼屎的眼睛，说道："姑娘不在家。"

啪的一声，门又关了，差点打到景知晚的鼻梁。

景知晚退后一步，依然斯斯文文地站在那里，皱了皱眉。

他和阿原在沁城自然算不得富家子弟，至少以他们目前县尉、捕快之类的小官差那点微薄的月俸，入不了老鸨龟公们的法眼。何况如今二人的穿着也很寻常，看门的老苍头自然看不上，还当是年轻人不懂规矩，有了几串铜钱便一大早跑来喝瑟。姑娘们都是夜里揽生意，劳碌得很，岂能一早就被惊扰？若是她们来不及装扮收拾下，叫人看到那脂粉零落后的粗糙面容，岂不坏了姑娘们的美名，降低了姑娘们的身价？

阿原已在县衙混了两三个月，跟着井乙等人见识过不少迥异于王侯府第的风光。

见景知晚犹豫，她大步跨上前，未等老苍头闩上门，便重重一脚踹去，将门踹得大开。

老苍头差点没被踹飞，捂着胸口要喊人时，阿原手上已亮出腰牌，冷冷地横他一眼："官差办案！敢拦我们？这么大年纪，想吃牢饭？"

老苍头顿时闭嘴，噔噔噔地奔了进去。

阿原转头看向景知晚："景县尉，你打算在这里和他们谈谈大梁律法，讨论下这般冲进来是否合理合法？"

景知晚负手踏入，懒懒而笑："没有，你做得很好。这等粗活，本就应该你来做。"而不该劳烦县尉大人的贵手。

不过，阿原承认县尉大人的手的确灵巧好看，比她更不像干粗活的人。看在他那双能烹煮美食的双手的份上，她也不去计较，反而向后退了一步，请他走到前面。

那边老鸨得报，已披着衣衫匆匆迎上来，赔笑道："两位官爷一大早过来，也不提前告诉一声，妾身也好早早过来迎候。"

景知晚看都不看她一眼，淡淡道："如此热情，要不要跟我们回衙门住几日？"

老鸨双手正热情地搭向景知晚的肩，闻言忙缩了回去，脸上的肉堆了几堆，终于又堆出亲切的笑容，说道："不用不用，咱们这花月楼虽小，却还闹腾，妾身一时半会儿离不开……不晓得二位来此有何贵干？若是问那个棂幽药师，昨日一位姓井的官爷已经查问过了，这两天，他并不曾到我们花月楼来过。"

景知晚道："可听闻井捕快昨日并未见到傅姑娘。现在，且请傅姑娘出来谈谈吧！"

老鸨笑容依然亲切，眼底却有了些骄傲的神色："这个……昨日井爷过来，妾身就说了，傅姑娘这两日与贵客在一起，不便出来见官。"

景知晚笑了笑："怎样的贵客？皇上的同宗手足遇害，有嫌疑的药师棂幽、大公子朱绘飞都和傅姑娘交往甚密，偏偏傅姑娘这时攀上某位贵客躲避问讯，莫非一切都是傅姑娘设计的，才早早做了安排？"

老鸨听闻傅蔓卿被绕进去，顿时慌了，忙道："不是不是……那贵客昨日方来。不如请二位官爷稍等，我去问问蔓卿醒了没。"

阿原上前一步："我要到傅姑娘的房间看一看。"

老鸨虽是不忿，到底现官不如现管，也不敢辩驳，虽嘴里嘀咕着，但也不得不急急地奔上楼去。

片刻后，景知晚、阿原被引入傅蔓卿的房中。

先前傅蔓卿被恶人嘲弄，适逢阿原解围，后来也不知这位傅姑娘说了什么，沁河县才会有花月楼的傅姑娘恋上原捕快的流言。

阿原离府时带的金银珍珠不少，上得起青楼，下得起酒馆，可她是女儿身，即便傅蔓卿对她有意，她也只有眼巴巴看着的份儿。

若是男子，恐怕她早把持不住了。

眼前的女子娇娇弱弱，摇曳身姿如春柳扶风，在兰麝氤氲的卧房中烟视媚行，似一朵裹于雾霭中的白玉兰，韵致楚楚，我见犹怜，叫人一眼看去再挪不开眼。至于容貌是否完美，五官是否精致，反而没人注意。有时气质这东西，比容貌本身更令人迷恋。

阿原盯着傅蔓卿出神时，景知晚已无视前来行礼的傅蔓卿，扫了一眼床塌前低垂的帐幔，走到梳妆台前把玩着胭脂水粉等物。

傅蔓卿从那气势便已看出这景知晚才是二人中做主的那位，但景知晚完全无视她，甚至眉峰蹙起，隐现嫌恶，一时不敢搭讪，只抬起盈盈秀目，瞥向阿原，幽幽地道："原爷，蔓卿虽是卑贱之人，可一向秉公守法……"

阿原不由柔缓了声线，说道："莫怕，只是过来问你几句话。"

傅蔓卿向帐幔中看了一眼，眉眼添了几分笑意，言语却依然谦卑："原爷有话请讲。"

阿原问："椹幽是你介绍给朱绘飞的？"

傅蔓卿眸光微微一飘，道："蔓卿命薄，迎来送往，三教九流的人倒是都认识些。朱大公子想要这样的药师，我恰好认识这样的药师，的确曾从中引荐。他们认识后，椹幽便去了朱府，二人商议过什么事、炼制过什么药，却不是小女子能知道的了。"

"听闻椹幽入府后，也常往花月楼跑？朱大公子原来爱去满月楼和穿花巷，但这一两个月，他似乎最爱来花月楼了？"

傅蔓卿闻言，不以为意："请恕我直言，朱大公子的性情，原就没什么定性。他既然信任椹幽，椹幽爱往我这边跑，他们男人私下交流交流，大概……也便爱往我这边跑了吧！"

她抬袖掩住唇角的笑，明眸含羞，向阿原柔柔一飘。

男人往往对两种女子最感兴趣，第一种是像风尘女子的大家闺秀，如生病前的原清离；第二种就是像大家闺秀的风尘女子，如眼前这位傅蔓卿。

当然，前提是，这女子必须长得非常好，若长得不是非常好，也需如傅蔓卿这般，举手投足间都含有无限风情。

傅蔓卿这般掩口而笑，玉臂纤指在薄纱间若隐若现，令人心醉神迷，偏偏又有种大家闺秀般笑不露齿的娇羞风范，不晓得迷倒过多少男子。

傅蔓卿很有自信地看着阿原，果然看到阿原的眸光亮了亮，甚至轻捉起她的柔荑，出神般看着她薄纱下玉白的手，看着她指尖新涂的指甲。指甲上是很轻柔的淡紫，颜色夺目却不招摇，轻盈得像指尖的一缕风，却能牢牢吸引住男人的目光。

无疑，这一回，傅姑娘又赢了。

她羞怯地抽出手来，若惊若喜般看向阿原，又悄悄往帐幔内一瞥，到底没敢投怀送抱地靠过去。

阿原瞅着景知晚远远地站到了窗口，负手看着她们，根本没有前来询问之意，只得自己一一问起疑点。

朱绘飞虽有嫌疑，但帮他炼药的棍幽无疑嫌疑更大。

傅蔓卿的言语温柔真诚，何时相识棍幽、棍幽曾在何处暂住、入朱府前后来花月楼的频率、素日为人如何，几乎知无不答。

棍幽是这里的常客，朱绘飞是近来的常客。朱蚀出事后，朱绘飞的确不曾来过，但出事前一天，他曾携棍幽一同前来。傅蔓卿似有些顾忌，对三人相处的情形不肯说得太细，便已听得阿原面上发烫，只得借喝茶掩饰。

算来她和傅蔓卿虽然身份悬殊，但阅人无数这一点上，大概区别不会太大。阿原不晓得自己哪来的难堪和羞窘。

傅蔓卿瞧着阿原微微低垂的面庞，愈发觉得她眉眼沉凝，俊美明秀，看着看着竟有些春心荡漾，便主动坐得离她更近些，殷勤地为她添茶。

屋中本就香气萦绕，那熏制的衣衫更是甜香阵阵，将阿原熏得喉咙发痒，忍不住一个喷嚏打了出去，将那美人惊了一惊，茶倾在了阿原的袖上。

阿原忙站起身甩袖上的水珠，却听旁边景知晚轻笑一声，分明含了几分嘲弄。

阿原羞恼不已，推开傅蔓卿靠上前的芬芳身躯，若无其事地拂开茶叶碎末，问景知晚："属下笨拙，一时查不出更多，不知景县尉有何高见？"

景知晚走上前来，懒懒地看她一眼，问道："傅姑娘，朱绘飞给过你哪些药？棍幽又给过你哪些药？"

傅蔓卿惊愕，樱红的唇颤了颤，一时不知怎么回答。

景知晚道："是姑娘自己找给我，还是让我动手翻？"

他这样说着，目光却已投向梳妆台。

傅蔓卿何等玲珑，立时猜到瞒不过去，笑着走向前，说道："那些药……若是朱大公子跟大人提过这药，自然不会不晓得它的功效。"

阿原一大早便被景知晚拎到花月楼，还未来得及和井乙细谈，闻言不由地疑惑不已。

因阿原对自己有救命之恩，又是自己一手提拔的，寻常这些办案事宜，李斐大多交给阿原办理。井乙虽是老捕快，反倒靠后一步，遇到这些事不会自己做主，必定会和阿原商量。景知晚新官上任，架势不小，一路过来竟半个字都不曾和阿原提过。

傅蔓卿袅袅娜娜地走到景知晚跟前，纤纤柔荑抚向梳妆台的抽屉，目光幽幽地投向景知晚，隐隐透着委屈。

景知晚退了一步，慢慢抬手，竟似在掩鼻避开。

傅蔓卿只得垂下眼睑，默默取出一个青瓷瓶、一个白瓷瓶。二者俱是上上品的官窑瓷器，轻巧简洁，清透如玉，隐隐见得其中有药丸滚动。

她将两个瓶子里的药丸各倒了数粒在丝帕上，指给二人看："这颜色深些的是遂心丸，供女子服用，是朱大公子送来的；这颜色浅些的是午阳丹，供男子服用，是椋幽药师送来的。"

"都有何功效？"

"咳！"傅蔓卿的眸光向景知晚一飘，怨他不懂怜香惜玉，问出如此扫兴的问题，"自然是助兴所用。"

景知晚轻笑："仅是助兴？朱绘飞怎么告诉我，那是价值堪比黄金的药材，辅以椋幽千方百计求来的遂心草、天香膏、灵鹤血，可以令女子神魂不属，死心塌地恋上同样服用此药的男子？"

他拿起一粒，黑眸微眯："若是你此时服上一粒，莫不是就恋上了我和原捕快？若你昨晚服上一粒，恋上的大概就是昨晚的恩客？但傅姑娘真正的心头所爱，大概是椋幽药师吧？你替椋幽从朱大公子那里哄骗到了多少钱财，又骗走了多少药材呢？"

傅蔓卿只觉这个年轻人的声音不高，却字字暗含锋芒，截然不同于他瘦弱修长的外表，倒有种从骨子里渗出的冷意，压得人快要透不过气来。

这人根本不懂怜香惜玉。

念头闪过时，她膝盖一软，跪了下来。

去掉傅姑娘话语里身为微贱女子的自怜和逼不得已，她的供述其实很简单。

朱绘飞饱食终日，无所事事，却也晓得一身肥膘坏了自己英伟男儿的好形象。临到娶妻之际，公侯之家嫌他蠢胖无爵，平民之家他又瞧不上。出身世家却因故没落清贫的女孩儿本是他最合适的选择，他却担忧对方看上的是自己的家世钱财，而不是他本人。

于是，满怀纠结的朱绘飞决定找一个真心待他的。若这副尊容不能让姑娘真心相待，至少他可以用点别的手段让姑娘真心相待。

椋幽想要钱财，想要朱家的珍奇药材，偶尔结识朱绘飞，正愁没手段在朱家出头。傅蔓卿则是个聪明人，看尽了同行前辈们的下场，早早便悟出，再怎样的曼妙风姿都有消逝的一天，最美好的年华就是最值钱的年华。她费尽心思要为自己的皮肉生涯画上一个终止符。

朱绘飞即便肥胖如猪，也高高在上，翱翔于她们够不着的地方，年轻有财、出手大方，又是家中嫡子，若是她嫁入朱家，当个寻常的姬妾，这一辈子也可衣食不愁了。

三人各有所需，很快一拍即合。椋幽为朱绘飞炼制遂心丸，并劝他用"出淤泥而不染"的傅蔓卿试药。傅蔓卿则放出手段来，欲擒故纵，加之药丸的助兴功效，能在某些时刻将对方的好处放大十倍百倍，遂令朱绘飞认为药丸有效，拿出更多的名贵药材交给棂幽，甚至为傅蔓卿争风吃醋，才有在茶楼找阿原吵闹的那一出。

"妾身只盼嫁入朱家，终身有托，岂会有坑害朱大公子之意？"她窥探着景知晚的神情，"至于棂幽那药究竟用了什么药材，我也无从得知，只是……服用后，的确看朱大公子比先前顺眼许多。"

景知晚温和一笑："傅姑娘，服了那药，你就是看一头公猪，都会很顺眼。"

同理，朱绘飞服药后看母猪都会很顺眼……

看傅蔓卿涨红了脸，景知晚也不理会，负手走出房去。

阿原忙紧随景知晚步出，问道："不再仔细问问？"

景知晚道："这样朝三暮四的女子，棂幽不可能把鸡血、蘑菇这类惊世骇俗的配方告诉她，何况她所说的和朱绘飞所说的大致相符，应该不假。"

阿原思量着，昨日回到衙门天色已不早，景知晚若曾和朱绘飞仔细聊过，多半是他离开厨房后便直接去见了朱绘飞——更有可能，李斐派人找他时，他正在朱绘飞那里。朱绘飞虽是嫌犯，如今证据不足，朱斐不敢将他关到大牢里，关押他的屋子只怕比阿原的卧房还舒适。

想象着景知晚和朱绘飞同处一室，一脸孤傲地欣赏着秘戏图，阿原哆嗦了下。

见阿原不说话，景知晚忽然说道："你怎么不进帐幔内瞧瞧，傅蔓卿的那位贵客兼恩客是哪位？"

阿原笑了笑："我以为景县尉应该对此更感兴趣。"

虽察觉帐幔内有人，但对这位新来的县尉，她完全摸不着深浅，的确想试试景知晚能不能发现，看看他会怎样处置。

何况夜宿青楼的能有什么好人？多半如朱绘飞那般肥大耳，还衣冠不整。若一掀帐幔，床上躺着堆白花花的大肥球，岂不反胃？她早饭吃得不多，还有一堆事要处理，不想吐光，此等好事当然要留给吃了一碗粥和两个鸡蛋的县尉大人……

阿原想象着县尉大人呕得俊脸发青的模样儿，正有些悠然神往时，景知晚冷冷瞅她一眼："我对男人没兴趣。"

阿原笑嘻嘻地道："我对男人也没兴趣。我只爱看傅姑娘那样的美人儿，举手投足都是戏，美不胜收。"

景知晚道："可惜……她就是吃再多药，对你也不会有兴趣！"

阿原道："可惜……她就是没吃药，都对县尉大人很有兴趣呢！"

她仰着脸，晨间微暖的阳光投在她的面颊上，如玉的肌肤笼了一层浅浅的红，那笑意便愈显出几分顽劣。景知晚眯眼，似想斥责他，突然又抿了抿薄唇，抬手在她额上敲了一记，快步向前走去。

阿原被敲得有些蒙，恍惚间那阳光揉碎了般撒到眼里，有点热和刺眼。

待回过神来，景知晚已走得远了。

阿原忙追过去，问道："还准备去哪里？"

景知晚道："你方才不是问了棂幽可能的落脚之处？过去查查吧！"

阿原看着他瘦削得显出几分病态的身形，笑道："景县尉不嫌累，我自然奉陪！"

景知晚睨她一眼，一言不发地向前走去。

阿原越看越觉得她的顶头上司很欠抽，除了人长得好看、手长得秀气、饭煮得好吃外，简直一无可取。

花月楼上，一个高挑的身影从帐幔间掠出，飞快奔到窗边，轻轻推开一条缝，仿若含着笑意的桃花眼向上挑着，仔仔细细地看着那两个离去的身影。

傅蔓卿将衣摆和乌发理了又理，以温婉的姿态端坐在桌边，静候她的贵客注目。可她搓出了满手心的汗，那贵客的目光依然凝注于街角。哪怕那二人已经走远，再看不到踪影，他依然看着他们离开的方向。

"小贺王爷……"

傅蔓卿终于坐不住，娇嗔地唤着，站起身去扯贵客的袖子。

贵客回转身来，是个二十岁左右的年轻男子，容貌俊秀，举止潇洒，桃花眼含着猫儿般的悠悠媚意流转，所及之处宛若能勾来万树花开。

他随意地扣着松散的衣袍，拍拍傅蔓卿的手："先别问我。我只问你，你怎么招惹来他们两个？"

傅蔓卿低头，只用眼睛余光带了三分娇媚、三分羞窘，委屈地窥探他的神色："小贺王爷方才不是听到了吗？大概朱家老爷死得不明，他们怀疑椟幽，也可能怀疑朱大公子，偏偏这两个都爱往我这边跑，连累我一早被他们讯问……"

年轻男子伸手一勾她的下颌，笑得越发妩媚："依我说，他们没把你拉到衙门里见官，你就该偷着乐才是。这细皮嫩肉的，一顿板子上去打成一堆肉沫儿，不怕你不承认联合椟幽谋害朱老爷的大罪？少了你这么个无关痛痒的风尘女子，他们交了差，朱家两个儿子也洗了嫌疑，岂不大家得益？"

傅蔓卿想笑，可对着他一脸灿烂的笑容，脸上肌肉竟似僵住般久久挤不出一丝笑，好不容易才哑声道："真敢如此，还有王法吗？何况，小贺王爷断不会让人这般欺凌我。"

年轻男子笑道："王法？当今乱世，王法多少钱一斤？至于我，好好当着我的富贵闲人，为何要卷入皇家宗亲遇害的案子里？就凭……"

他指向梳妆台上的那瓶午阳丹："就凭傅姑娘这两晚在茶水里给我放的那玩意儿？"

傅蔓卿看他笑容一如既往，却再觉不出亲近来，不禁慌了，勉强道："这……这午阳丹不容易炼制，男子服用不仅可以大显雄威，于身体也颇有裨益……"

"既然如此……"年轻男子拿过女子服用的遂心丸，"这女子用的更是价比黄金，我喂你服上十颗八颗，可好？"

傅蔓卿看他准备去拔瓶塞，不禁花容失色，正要阻止时，年轻男子却住了手，叹道："不过朱绘飞的初心原本也不错。遂心、遂心，能得意中人真心相待，才是真的遂心……不管有没有效，回头我先试试吧！横竖……"

他并未说下去，摇头叹笑一声，将遂心丸收入自己怀中，转身往外走去。

傅蔓卿眼见他离去，想着好不容易遇到如此性情、容貌、家世都是上上之选的贵人，这两日费尽心力都不曾抓住，不觉伤心、难堪，泪珠便一行行滚落下来。

年轻男子顿了顿，掷出一锭金元宝，说道："别指望那些歪门邪道了，虽然的确很有用……找个差不多的男人踏踏实实过日子去吧！还有，你给我好好记住了，小贺王爷慕北湮从没来过你这里。你我从来不相识，你听明白了吗？"

他笑语晏晏，温柔亲切，最后一句却蓦地冷了下来，泛着森森寒意。

傅蔓卿打了个寒噤，顾不得细品他言中之意，急急地点头。

风尘女子，再怎么端着高贵的架势，终究是这些贵人们的玩物，捧着时可以视若金玉，厌弃时难免命如蝼蚁。歪门邪道很有用，也只能让这些贵人们用。

在她默默掂量之际，年轻男子已下楼离去。

"慕北湮……"

贺王慕钟的独子，原来叫慕北湮。

年轻俊秀，敏慧潇洒，又得皇上赏识，正是继承贺王爵位的不二人选，故而被称为小贺王爷。如此青年，可谓前程大好，偏偏喜欢和声名狼藉的原家大小姐原清离厮混。原清离风流了些，但出身高门，若肯安下心做他的小贺王妃，也不失为一段良缘。

可惜……

可惜原清离选择了端侯为夫婿，后来病了一场，索性跑了个无影无踪，原夫人翻遍京城都没找出来。

天晓得那位惊世骇俗的原家小姐在想什么，反正小贺王爷是想不开了。他借酒消愁半个月，然后跑出了京城，不知在哪里玩了两个月，终于想起在沁河养病的父亲，于是来到沁河想尽尽孝心，然后……出现在花月楼。

如今，傅蔓卿忍不住觉得可惜。

可惜她百般手段笼络，数度颠鸾倒凤，他依然说他们从来不认识。

她连他的名字都不配提起。

阿原等人居然找到了椇幽。

在城东一处小小的院落，隔年的梧桐叶被吹在墙角翻滚，即便是春天，也有几分瑟瑟冷意。

耳房的锁被砸开，地上躺着个五短身材的中年男人，面色青黑，双目半睁，早已死了。他的手边有一个盛水的空碗，地上并无水渍。

里正擦着汗，说道："这个人原本不是我们这边的。他前年从南方逃来，因会些医术，我等便容他在此处赁屋居住。但他在这边住的时候并不多，近来倒是听说他被请到朱老爷府上久居了！"

房东则道："他虽在我家租着两间耳房，却和锦里巷的一个寡妇勾搭得欢腾，又爱往那些不正经的地方去，没多久便不大回来。去年冬天连房租也没付，小人本等着收回屋子，谁知椇幽赶在年关又回来了，不但补足房租，还预交了半年租金。"

阿原看着生锈的锁和灰扑扑的门窗："没回来住过？"

房东道："或许也曾回来过，是小人没留心，未曾看到。比如这一次……这一次……小人便完全不知他是几时回来的。"

李斐闻得此事，不敢怠慢，早已带了仵作和井乙等捕快赶来。仵作仔细检查完尸体，回禀道："死者约莫三十出头，身长六尺三寸，发长一尺六寸，微秃，周身未见明显伤痕，指甲发黑，死亡时间约在凌晨子初到丑正。"

阿原垂头看着地上的尸体："死因呢？看起来并不像寻常的中毒而亡。"

仵作从死者喉舌间取出验毒的银钗，瞧着并未变色，也不敢下定论，只迟疑道："一时瞧不出来。乍看上去，像是暴病而亡。且容小人等清洗尸体，用酒醋进一步检查有无其他伤处。"

景知晚一直静静地看着仵作验尸，直到此时方退后一步，淡淡道："小腹隆起且微胀，毛孔细看微有血出，应该是服用金石药物致死。"

阿原抚额："又是服药致死？朱老爷吃错药了，紧跟着椇幽也吃错药了？"

李斐走到后面，看着窗棂上隐约的脚印，点头道："也不是不可能。他半夜三更爬窗回来，连房东都没被惊动，黑灯瞎火里摸错药也不奇怪。"

大门一直紧锁，而窗户内外，只有椇幽一个人的脚印，足见现场并无第二个人到过。

既然无人加害，说是他自己拿错药也算推断得合理。最要紧的是，衙门里的这群人，从县太爷到小衙役，都不必顶着天大压力继续追踪杀害朱蚀的凶手了。一个现成的凶手正倒在他们脚下……

这时，景知晚打开了墙边的药柜，看着里面排列得整整齐齐的药罐药瓶，道："他会拿错药？"

李斐搓搓手："他怕人发现，没有点灯，平时又极少回来，药柜里都是差不多大小的瓶子，忙乱之下自然有可能拿错。"

景知晚一笑："首先，他未必懂医，但必定懂药，不会连不同药丸的气味都闻不出来。他可能拿错，却不可能服错。其次，他常回来，只是一直留意掩藏行踪，从不曾被人看到过。"

阿原瞅了他一眼，却也无可辩驳。

屋里满是灰尘，桌椅凌乱，床铺霉烂，一眼看去似乎许久不曾有人住过。但药柜里外却擦拭得干干净净，药罐分门别类贴着标签，大多是价值不菲的上佳药材。倒是炼制好的药丸并没几瓶，其上也歪歪扭扭地贴了名称，多是遂心丸、午阳丹之类的玩意儿。或许，这些东西才是椋幽多年来混迹江湖、赖以谋生糊口的根本。

以椋幽的底子，那些贵重药材必定是从朱府索要或诓骗而来。他多交半年租金，并不是钱多的没处花，而是打定主意用这穷酸的地方贮藏他的宝贝。就是盗贼想偷，也不会偷这么破的地方，更不会盯着寻常人不懂得的药材。

李斐是文官，也不认识药材，但阿原认得。她已取出其中一罐来，将密封的油纸包打开，悄悄地指给他看："大人，看这两株老山参，少说有上百年，可补五脏，安精神，轻身延年。就是病得快死了，也可以用它来煎汤吊命。这么说吧，这一包老山参，够他把这小院子整个买下来了……"

李斐咋舌："朱家再有钱，也不会将这些药送给他……他必定是趁炼药时私藏药材，因不敢放在朱府，所以藏在这破屋子里！"

"对！这应该就是他用萝卜替换下的老山参。再看这一罐，是上上品的灵芝，大概就是炼药时用蘑菇替换下来的……"阿原看着地上的椋幽，不知是怜悯还是鄙夷，"费尽心机，连蒙带骗攒的宝贝，他这会儿还能带得走？咦，灵鹤血呢？"

李斐已笑了起来："这不难猜，自然是炼制那个假的灵鹤髓用掉了！对对对，唯一可能炼假药的人，只能是他！他就是凶手！"

思维一旦从灵鹤髓发散开来，李斐顿时大彻大悟，满怀敞亮地开始了他的总结陈词："椋幽盗换朱绘飞的珍奇药材，朱蚀未必能发现。但灵鹤血是朱蚀最珍视的，椋幽屡屡取用，所炼药丸却不含灵鹤血，朱蚀若发现必会起疑心。椋幽想无所顾忌，自然希望害死朱蚀，让朱绘飞掌家。如此一来，椋幽既能铲除后患，又能无所顾忌地大发不义之财。以灵鹤血仿制灵鹤髓，本可神不知鬼不觉地害死朱蚀。便是朱家报官，多半也会认为是朱蚀服药过量而死，谁会怀疑他？朱继飞枕下的假药，自然也是他放的，为的是一旦死因被识破，可以将矛头指向朱家次子。不想咱们办案仔细，偏偏怀疑到他身上，他看着躲不过了，便回到这里来，用他辛苦得来的珍奇药材自杀身亡！"

服药自杀……

阿原扫过地上尚未被彻底检查完毕的尸体，苦笑道："于是……我们可以结案了？"

李斐大手一挥："整理下材料，再找朱家兄弟和朱府管事们核实下梍幽的状况，如果都无异议，自然就可以结案了！结案！"

最要紧的，是赶紧结案。

皇室宗亲遇害，是大案，能一两天内破案，则是大功。

只要上下对此案都无异议，自然化大案为大功，于人于己都大大有益，指不定因此受上司赏识，从此升官发财，前途一片光明呢……

他这样想着时，连地上的尸体都觉得格外顺眼起来。

梍幽的尸体被运走后，李斐也急匆匆地赶回衙门核实梍幽之事，景知晚、阿原留在原地继续勘察善后。

当然，以县太爷的推断，其实已不需要勘察了。但梍幽盗来的药材正是他犯案的动机和罪证，还是需要好好收拾带回衙门的。

阿原跟在景知晚身后，一一检查着那些药材，奇异地发现，她对药材比想象中还要了解。

她不仅能叫得出药材的名字来，连药材的功效也大多了解，仿佛天生便知晓，就像天生便晓得如何驯鹰一般。

可惜她今天一早被景知晚直接从厨房里带出来，没来得及带上小鹿和小坏，不然就可以问问小鹿，她以前是不是学过医了。

但这问题小鹿多半也答不出来。和小鹿离开京城后不久，她便察觉出小鹿虽是原家大小姐的贴身侍女之一，但行事粗心，大大咧咧，对自家小姐究竟了解多少，着实存疑。

生病前的原清离优雅高贵，能诗善画，绣工精绝天下，还以浪荡闻名，最爱年轻俊美的男子。而生病后的阿原却屡被美少年的殷勤服侍惊倒，抱头鼠窜般狼狈地逃出京城。她倒也写得一手好字，但提到作诗，再怎么搜肠刮肚，似乎还不如提剑砍人来得轻松爽利，至于刺绣，她大概也会一点，只是拈着绣针便觉得有千斤重，想不出当日是怎样绣出那个为她赢来短命夫婿的什么江山图。

景知晚正检视证物，却似脑后长了眼睛，忽道："别发呆了。这个，这个，还有这个，先搬出去。"

阿原怔了怔："这几样药材和棂幽之死有关？"

景知晚道："证物，挺值钱。"

阿原悻然，随手抱起两罐药材，交给差役搬入牛车，又走回来四下打量寻找。

景知晚问："找什么？"

阿原道："棂幽所服之药。"

景知晚道："不用找了。我找过了，没有。"

阿原啼笑皆非："那……还要定棂幽是自杀吗？"

景知晚拂袖走了出去："你说呢？"

阿原抱着破尘剑，看着他孤傲清瘦的身影："如果你是县太爷，你说了算；如果你不是县太爷……嗯，还是你说了算！"

棂幽之死疑点重重，且不说杀人动机有些牵强，替换药丸、嫁祸朱二公子，凭他一人之力也未必能办到，只看现场，根本找不到足以令棂幽死亡的金石药物，甚至连装药的器皿都未发现。而棂幽临死之际有取碗喝水的动作，且将倒来的水喝得干干净净，并不像有求死之念。

李斐这个小小的七品县令，有文官的宽容温和，也有文官的优柔怯懦，面对境内忽然出现的皇亲遇害案，自然希望尽快找到凶手结案，纵有疑窦未解，也会有意无意地忽略过去。

若是以往，阿原会上去提醒一二，但如今，有顶头上司景县尉在，她自然不敢越俎代庖，顺便还可以考考这位县尉大人的真才实学。县尉虽是不入流的小官，但也不能凭着一副好相貌或一手好厨艺便尸位素餐，白吃皇粮。

而景知晚显然比她想象的要高明许多。

好吧，做她的上司应该是绰绰有余，不论是破案能力还是厨艺。

不过，她为何又想起他的厨艺？他的厨艺何曾与她相干？

前夜的梦境不禁浮上心头，阿原有点恍惚，快步踏出屋时，耳边忽然闪过年轻男子的低笑："有我在，你笨些也没什么。"

淡淡的调侃、淡淡的鄙视，难得那声音还能清润悦耳，生生让她听出几分宠溺来。

仿佛有那么一瞬的惊喜和羞恼交错，却在屋外阳光照到面庞的一瞬感觉眼睛刺痛。

她不禁抬起头，身旁并没有人，景知晚已走出十余步远，发觉她站在那里，微蹙着眉淡淡地看了她一眼。

自然不是他在说话。

可她方才怎么就觉得正是他在耳边低低地说着话，说着那些辨不出是爱惜还是羞辱的话呢？

阿原心头无端凌乱起来，见景知晚走过去跟差役说话，她忽然高声喊道："景辞！"

景知晚果然有了动静。

他回过头来，冷冷地扫她一眼："原捕快，你也吃错药了？还是在那屋里待得太久，被冤魂附体了？这么大呼小叫，成何体统！"

阿原涨红了脸，瞪他一眼，默不作声地步出那破旧的小院。

原想在沁河栖身，虽无泼天富贵，却也不必面对从前那种美男环绕、风流浪荡的混乱人生，且温饱不愁，自由自在，倒也惬意得很。如今多了这么个煞星般的上司，眼看好日子要到头了。

或许，她该另做打算才是。

跟景知晚比起来，阿原无疑算是笨的。

但至少她那句话说得没错，案子结不结，县太爷说了不算，县尉大人说了才算。

景知晚傍晚回衙门时，把朱家管事和侍仆带了一串回来，连同那个据说与椋幽有染的漂亮寡妇。

李斐温和地问询过朱绘飞，甚至劝慰了好久，已唤主簿整理案情，准备结案，却生生被一大叠写得满满当当的证词一击，似被一个棒槌敲得头晕眼花，半天回不过神来。

或许椋幽的确盗换珍奇药物，炼制了假的灵鹤髓，但朱夫人和朱蚀房中的姬妾证明，朱家到底是皇室宗亲，内外有别。何况椋幽的那些药，在修心养性寻求长生之道的朱蚀看来，一向是旁门左道，朱蚀素来瞧不上，故而椋幽根本无法踏足他放置药物的卧房，更别说找到并盗换灵鹤髓了。

和椋幽走得近的仆役、管事则证明，椋幽的确为不得朱蚀欢心而烦恼，出事前两天还在打探朱蚀的喜好，希望得到朱蚀的另眼相待。

寡妇则泪眼婆娑地证明，椋幽绝对不想杀人或自杀，他打算在朱家赚上一笔，带她过上衣食无忧的好日子……

还有，替换掉的灵鹤髓不见踪影，前后三次所取的灵鹤血也不至于尽数用光，令椋幽死亡之药也未发现……

破绽多得跟筛子似的，景知晚看李斐的眼神，也似要将他看得浑身是洞。

李斐哆嗦了下，想不出这个温和瘦弱的年轻人怎么会有这样毒的目光，悄悄地折起结案文书，塞到自己的袖中，咳了一声，打着官腔说道："既然如此，此案自然要深查、彻查！绝不冤枉一个好人，绝不放过一个凶手！景县尉多才多智，胸有城府，此案便交给景县尉全权处理吧！只是事关皇室宗亲，又已飞报朝廷，万万不可拖宕，在这一两日内便查出真凶才好！"

景知晚坦然道："知晚遵命！"

虽是景知晚领下的任务，可身为他的下属，阿原也在劫难逃，第二日便和井乙等人被带往各处医馆药铺排查，再也没时间到茶楼听说书喝茶了。

景知晚从一开始便没对谁是凶手下过论断，而是请了名医左言希为他辨别出真假灵鹤髓的成分，确定二者成分相似，只在炼制时做了一点手脚，就生生地将养生补药化成了夺命利器。既然椴幽之死另有蹊跷，炼药的材料便有可能并非来自朱府，如其中的砒霜有剧毒，在药铺购买本就有限制；再如其中的老山参等物，非常珍贵，并不是寻常人买得起的。沁河比不得西都繁华，若有人购买这些药材，老板必有印象。

小鹿被留在衙门里一天，第二日无论如何也要忠心耿耿地跟着她家小姐，遂跟着跑了一整日，到夜里回衙，抱着满是水泡的脚差点哭出声来："小姐，看我的脚都跑大了！凭什么他一个不入流的小官差，在肩舆上坐着指挥这个那个，还指使小姐去检查什么药材？这算什么男人啊，我呸！"

疲累之下，她已完全忘了景知晚高超的厨艺。

景知晚显然身体不大好，但很有自知之明，早早找了副肩舆抬着，一路悠闲地看书，到了地儿则懒洋洋地负手指挥下属行动。尤其对她们主仆，他简直是颐指气使。于是，再美味的饭菜都已不能弥补小鹿和她家小姐被人当作奴仆般使唤的悲愤。

阿原瞧瞧自己的脚，竟觉不出多少酸疼来。

她着实不像贵家小姐，这身子骨折腾了一天，依然骑得了马，拿得了剑，抓得了贼，比贵家小姐的丫鬟还强悍十倍。

生病前后的变化着实有点大，大得连她自己都莫名地有些心虚，咳了两声方道："这个倒也没什么……他要查药材，除了我之外，咱衙门里好像没人懂。"

"可小姐又没学过医，怎会懂药？"

"呃……"阿原忍不住走到铜镜前，仔仔细细看着自己这张脸，终于道，"其实我也不明白，但我的确是你家小姐，是不是？"

小鹿点头，说道："当然是！我跟了小姐这么久，难道还能认错人？便是我认错了，难道夫人还能认错女儿？明明……就是这张脸，连声音都没变。咦，声音虽没变，以前似乎语速没这么快，声音软软糯糯的……"而不是现在这样的清爽干脆，连眉眼都透着山明水秀般的清灵，举手抬足都是令人舒心的明亮通透，全然不同于之前那种出身贵家的娇姿妍态。

如果说受伤重病后失去记忆令小姐性情大变，其实也说得过去。可会武艺、会驯鹰、会抓坏人，还懂什么医药……该怎么解释？以小姐那品性，若说懂得椴幽炼的那种药，她倒是相信的。

小鹿终于也有些疑惑了，她跑过去揉了揉阿原的脸，悄声问："莫非……我原来的小姐已经遇害了？你是……借尸还魂？"

阿原的头皮炸了炸，转头笑眯眯地看向她的侍女："小鹿，明天你别跟着跑了，帮我做件事。"

小鹿的脚底又疼痛起来，忙点头道："只要是为小姐做事，小鹿我万死不辞！"

阿原道："你去给茶楼那说书先生做一个黑檀醒木送过去吧！我应了的事，不能失信。若你脚疼，学那景县尉唤个肩舆抬着去也使得，银钱到书案上那个木匣里拿，应该还有几串。"

小鹿点头："好！"

阿原又道："给了他醒木，就在那里好好跟人家学学吧！能想到借尸还魂什么的，也怪不容易的。既然有这天赋，我可不能耽误了你。"

"……"

在景知晚的坚持下，朱家大公子朱绘飞第二天被正式收监，连他心心念念好不容易拿到的秘戏图都没能带进去。

朱绘飞看着秘戏图离自己越来越远，自然捶胸顿足，号啕不已，差点当众责怪李斐翻脸无情，收了他的秘戏图还如此苛待于他。

但阿原觉得朱大公子实在是想得太多了。等他在老鼠满地爬、蟑螂满身滚的牢狱里待上两天，吃上几顿粗糠粥，立时会发现什么遂心丸、什么秘戏图，都是浮云啊浮云……

二公子朱继飞倒是手足情深，见兄长被羁押，拿了成叠的银票去苦求李斐。

李斐哪里敢收，为难道："景县尉再三说了，椋幽是朱绘飞请入府的，昨日又查到朱家有仆役曾在药铺买过几味药，正是炼制仙鹤髓的必备药材。椋幽暴毙，还能是谁的替死鬼？算来算去，只有朱绘飞的嫌疑最大，可惜那日卖药的伙计这两天告假回老家了，不然领到朱家把那仆役指认出来，大概很快便能真相大白。"

朱继飞道："可这两日大哥和我同居衙门，怎么可能分身前去谋害椋幽？"

李斐沉吟道："椋幽之死，自然不需他亲自动手。"

他拈着胡须，忽然一顿，看向朱继飞，眼底闪过疑惑："你父亲和兄长都喜欢服食丹药，结交方士，你耳濡目染，这些人大概也认识不少吧？"

朱继飞忙道："回大人，继飞不通医理，父亲也常教导我多读诗书，故而很少出门，并不认识这些江湖术士。"

"那朱绘飞呢？"

"我兄长……"朱继飞犹豫着，好一会儿才道，"他常在外面行走，三教九流的人，大概都会认识一些。"

李斐点头，感慨道："那就是了，那就是了……"见朱继飞还在旁边站着，他道，"你且回去吧，帮着你母亲处理父亲的丧事要紧。"

朱继飞含泪道："真凶未捕，反而兄长被关到牢房，只怕父亲泉下难安。"

李斐拍拍他的肩，道："那你更该回去看看。若是你们兄弟俩都不在家披麻戴孝，你父亲岂不是更加泉下难安？"

朱继飞闻言，对着兄长被关押的方向看了又看，终于一步三回头地回去了。

井乙在旁看着，不禁感慨，悄声对阿原道："看来朱家还是这个次子成器些。朱绘飞那个草包若能成才，除非猪真的会飞！"

阿原抱着破尘剑倚在墙边，微微蹙眉思忖着，一时没有回答。

这时，只闻立于李斐身后的景知晚吩咐道："井乙，你带两个差役再去一次朱府，继续勘察有无线索。"

朱府几位主子的卧房都已由景知晚等人搜过一回，井乙也不知还有什么可以让他勘察的，闻声只得应了，正要离开时，景知晚又道："朱继飞、朱夫人等人去过哪里、见过什么人，需仔细牢记，一一回禀。"

井乙才知景知晚其实是让他借着勘察为名，暗中跟踪监视朱继飞等人，再不敢怠慢，急急领命而去。

而景知晚依然坐着肩舆，带着阿原等人继续去医馆探查线索。

这一回，他们去的是恕心医馆。

恕心医馆和别的药铺一样对外卖药，也有大夫在医馆中坐诊。但景知晚等人却是正经地递了名帖，等着主人同意，方才在仆役的迎候下步入后院去见医馆的主人——左言希。

左言希和朱家兄弟一样，是白身，无官无爵。但他的义父，却是正儿八经的贺王爷，跟着大梁皇帝打过天下。贺王慕钟征战时落下伤病，不时发作，近来正在沁河的别院调养，随同左右每日开药诊治的正是左言希。

这座恕心医馆，是从贺王府的别院隔出来的。景知晚等人所进的后院，其实已是贺王府的院子，与居家静养的贺王近在咫尺，不经通报，谁敢轻易闯入？

衙门里的公差自然极有眼色，跟着景知晚等人踏入后院，便不觉屏住呼吸，生恐行差踏错，惹到那位以性情暴烈出名的贺王爷。

穿过月洞门，迎面便是梨花如雪，纷扬而下。满园的蝶戏春光中，有琴声玲珑，幽泉般冷冷流出，盖过了近处的莺啼婉转和落花缤纷，令人悠然神往，忍不住要驻足凝神细听。

眼前素帘春风卷，绿窗雪梨绽，怎么看，此处都像是高人隐士所居，绝不像医者的住处。

景知晚显然早已与左言希相识，未至门前，他便出言打断他的琴声："既是红尘中人，何必奏出尘之曲？听来真是矫情，矫情！"

他撩开帘子，也不急着进去，白皙的手指叩于门框之上，笃笃有声。

琴声不禁乱了，然后顿住。

然后，只闻得有人轻叹道："景兄，我矫情又非一日，正如你多情也非一日。不求与你同病相怜，但可否请你收了这些刻薄的言语？还嫌吃的亏不够大，受的苦不够多？"

琴案后，身穿淡青色衣衫的年轻男子缓缓站起，迎向他们。

他也不过二十出头，举止恬适闲逸、优雅大方，眉眼疏朗俊秀，唇角一抹笑意亲切柔和，却丝毫不失出身贵家的高贵气度。众人肃然之际，他的目光缓缓扫过，似春阳般和煦，令人心神宁谧，紧张之感顿时一扫而空。

阿原一对上他的眼神，心下便怔了怔。这人瞧着有些眼熟，看向她时眉眼间的笑意也深了深，莫非……也曾是她的入幕之宾？

好像小鹿曾说过，贺王府的什么公子，与她的交情非比寻常，出事前晚还在她闺阁内喝酒嬉戏，通宵达旦……

她头皮发麻，悄悄地向后挪了挪，将半个身子隐到随行的差役后方。

左言希似乎并未留意她，看着景知晚步入，便让他在案边坐下，抬手为他诊脉。半晌，他道："调养得倒还好，只是还需放宽心胸，不然，夜间睡不安稳，就算做出再美味的饭菜也会食难下咽，只能瘦得跟鬼似的。"

他的话语其实也很刻薄，但他神情柔和，怎么看都是名士高人的温厚蕴藉，叫人见而忘俗，再觉不出言语间的尖锐凌厉来。

那厢侍儿已奉上清茶，阿原等人站得颇远，都能嗅出那茶香来。

可惜他们很快连茶香都没机会闻。有形容秀美的侍儿走上前，有礼却疏离地请他们到耳房里用茶，摆明了不想他们打扰那二位叙旧。

没错，是叙旧。

二人谈笑晏晏，阿原丝毫没看出景知晚有查案的意思。

或许，他今天就是过来找老友叙旧的。

不过，想着这贺王的义子跟她有可能相识，阿原宁愿景知晚只是过来叙旧的，她便能悄无声息地避开他，免得被人识破身份，再次陷入被众美环绕的尴尬境地。

从前的原清离为何喜欢那样放浪荒诞的生活？她真是想破脑袋也想不出来。

但是，也许，从前的原清离也想不通，阿原为何放着金尊玉贵的贵家小姐不做，跑来做了这么个跟下里巴人打交道的小捕快。

不是从前的原清离中了邪，便是如今的阿原中了邪。

阿原感慨之际，侍儿已奉上茶来，倒也清香扑鼻。

阿原正待品茶，目光扫过侍儿纤细的手指，吸了口气，忽然笑着问道："还未请教姑娘的名字，在这府上待了几年了？"

大户人家的侍婢极懂规矩，见她询问，虽有些诧异，依然恭敬地答道："奴婢小玉，在这别院已有两年多了！"

阿原点头道："贺王府果然与众不同，看把小玉姑娘调理得跟枝玉簪花似的清丽可人。"

但凡世间女子，无不爱惜自己的容貌，何况阿原神清骨秀，论起飘逸秀美，比起左言希、景知晚等也是有过之而无不及。小玉听闻她夸奖，早已红了面庞，冲着她掩口而笑，目光有些含情脉脉。

阿原又看向她的指甲，微笑道："这指甲的颜色甚美，娇俏又不显俗气，难得，难得。"

小玉忙答道："这是用玫红色的凤仙花汁染的。那颜色的凤仙花不多见，当年贺王妃喜爱，便命人从京城带来花籽，在后院种植了不少。这花染指甲很好看，只是有些难上色。"

阿原问："我在别处还没见过有这样颜色的。贺王府如今便有这花？"

小玉道："这时节凤仙花还未开。我们染指甲用的是去年保存下来的花汁。"

阿原啧啧惋惜，喝着茶跟她闲聊。不一会儿，这别院里住了哪些人、女眷和侍女里又有哪些特别爱染指甲等，无不打听得明明白白。她又道："既然未开，小玉姑娘可否带我去挖几株回去？我有个嫡亲的妹妹，平日最爱染指甲，若移几株回去，她必定欢喜得紧。"

小玉被这俊秀的"少年"拉着说了许久的话，颇有些心驰神荡，倒也愿意帮忙，说道："咱们王爷需静养，不喜外人打扰。不过原公子要的话，我可以悄悄挖些过来送给公子。"

阿原知道王公贵族的府第并不会轻易放外人进去，只得点头道："如此，劳烦小玉姑娘了！"

待小玉离开，阿原找了个借口出了屋，顺着小玉的踪迹悄悄向后园内寻去。

她的怀中正收藏着几颗害死朱蚀的"灵鹤髓"，仿制得惟妙惟肖，但其中一颗有细微的玫红色弯月状印痕。若非阿原是女子，看得细致，肯定认不出那女子刚染过的指甲上留下的是凤仙花汁的痕迹。

这种颜色的凤仙花别处并不多见，但它天生易生长，算不得珍贵，故而住在贺府别院的女眷和侍女们都能采到凤仙花。

但爱用这种花汁染指甲，又可以接触药材的，只有侍奉左言希的小玉和侍奉贺王服药的一名姬妾。

小玉挖凤仙花时，那姬妾正走过来，笑问："这是谁呢，也爱这凤仙花汁？"

小玉涨红了脸，说道："是衙门里的一位捕快，说爱这颜色，要带给他妹妹。"

那姬妾便道："真真是有眼光！我也觉得好看。我们的言希公子也爱这颜色，上回还跟我要了一瓶，也不知送给哪个姑娘了！"

小玉道："公子这次回来后我才被拨过去服侍，倒不知他看上了谁家的姑娘。"

二人便开始说起左言希的风姿和学识，小玉不禁两眼晶亮，连那姬妾都是一副悠然神往的模样。

阿原隐于一道蔷薇花篱后静静地听着，有些怀疑那位深居简出养病的老贺王爷，帽子上会不会已经染上了一点春天的绿意。

听得她们的交谈间再无有价值的线索，阿原返身欲离去，才发觉身后不知何时多出一人，与她近在咫尺，差点和她撞到一起。

她吸了口气，忙退了一步，定睛看了一下，眼前是一名年轻男子，俊朗优雅，眼底映着蔷薇的花色，悠悠若有媚意流转，在松松扣着的紫檀色华衣的映衬下，有种猫儿般的慵懒和娇贵，看着有几分眼熟。他正眯眼审视着她，若惊若喜。

贺王府的别院并不是寻常男子想进就能进的，何况此人衣饰不凡……

阿原脑中灵光一闪，已猜到这人是谁，忙弯腰行了一礼，说道："在下县衙捕快原沁河，见过公子！在下随我们县尉大人过来拜见左公子，刚出来如厕，不小心迷了路，正踌躇着跟那两位女眷问路不方便，恰遇到公子。不知公子如何称呼，能不能指点一下回左公子住处的路？"

那年轻公子张了张嘴，用食指指了指自己："你……不知如何称呼我？"

阿原故意思忖了片刻，才道："莫非……公子是贺王世子慕北湮？"

慕北湮又张了张嘴，食指转而指向她："你……要如厕？"

阿原猛地觉出哪里不对劲，背上顿时浮上一层汗："却不知贺王府的小贺王爷，指的是左公子，还是世子？"

慕北湮盯着她，笑容明媚，眸光却锐如尖锥："你说呢？"

阿原对大梁的王侯将相们不甚了解，但贺王在沁河县养病，她多少有所耳闻，何况方才小玉已将贺王府别院的人丁大致说过，故而她立时便猜到眼前这位是贺王独子慕北湮。

大概是先入为主，她以为左言希才当日与她有交集的贺王府公子，也就是小鹿提过好几次的小贺王爷。

可贺王慕钟有慕北湮这个亲生儿子，旁人又怎么会称他的义子为小贺王爷？

于是，慕北湮才是她出事前还和她一起风流快活的小贺王爷吗？

阿原汗颜，忙笑道："公子若是忙，我自己去寻一寻，应该能找得着……"

她刚要逃开时，手臂一紧，已被慕北湮握住。

他已收了讶异之色，懒洋洋地笑道："你已进了女眷们所居的后院，即便是公差，被当作歹人打个半死也没地儿说理去。罢了，我陪你走一遭吧！"

阿原头皮发麻，挣了挣，竟没挣开他铁钳般捏紧她的手掌。她一时也不好改口，只得默默随他而行。

没走两步，她已诧异："这……不是去左公子住处的路吧？"

慕北湮便怪怪地看着她："你不是说出来如厕迷路的吗？自然要先带你去茅房！"

"不……不用了……"

阿原正要后退，慕北湮已推开旁边一间房子的小门，慢悠悠地道："到了！"

洁净清雅的小阁，四廊围着镂空的落地纱窗，乍看分明是赏景休憩的好去处，小阁内更是散发出檀香袅袅，沁人心脾，叫人想不到此处居然是五谷轮回之所。

阿原生生被扯了进去，慕北湮方才放开她，伸手去解自己的裤带。

阿原暗暗吸了口气，掉头就要往外逃时，慕北湮却似背后长了眼睛，手指往后一勾，巧巧地勾住了她后侧的腰带，悠闲地说道："原……捕快，你好不容易找到地儿，还不赶紧解决？"

阿原听得那边已有水声不急不缓地响起，顿时周身血液都往头部涌去，边往外挣着边道："呃……不用了……刚找不到路，惊得一身汗，如今已经不那么急了……"

慕北湮笑道："不那么急也要解决一下才好。不然，待会儿急了，只怕又要找不着地儿解决了！"

他的手上颇有力道，阿原一时挣不开，只挣得他身体晃动了一下，便有水渍歪到旁边的地上。她窘得无以复加，将他奋力一甩，终于脱开身来，匆忙道："真不用……我……方才内急得厉害，已在角落里方便过了……冒犯！冒犯！"

她匆忙逃了出去，深深呼吸数下，阵阵檀香味扑入鼻中，便觉芬香得有些过了，远不如左言希院前的满树梨花清新怡人。

左言希不是小贺王爷，慕北湮才是小贺王爷，和她颠鸾倒凤不知多少回的小贺王爷……

她在他跟前扮男人，还说什么如厕，简直就是送上门来让他验明正身。

这笑话闹得大了！

她的脑门上简直贴着个大大的"蠢"字，整条沁河都冲不掉了。

这贺王府的别院不能待了，这县衙不能待了，这沁河县也不能待了……

她双颊烧得滚烫，飞快地转过念头时，里面已传来舀水洗手的声音，然后便见慕北湮拿手巾擦着手，匆匆走了出来。待瞧见阿原未逃开，他抿紧的唇才扬起，依然是懒洋洋的猫儿般的笑容。

他拢了拢衣衫，笑得狡黠："既然你也知道自己冒犯了，赶紧说下方才你在哪里方便的，我还来得及遣人去收拾。"

阿原一万个不情愿地跟他讨论这个的问题，见他居然还在纠缠，便道："就在方才那蔷薇花篱下，哪里还看得出？若这府里有人长着狗鼻子，大概还闻得出来。"

慕北湮揉了揉自己的鼻子："狗鼻子？"

阿原不想搭理他，垂着眼帘向他告辞："方才我已想起来时的路，不敢再劳烦世子大人相领。县尉大人还在那边候着，在下这便过去！"

她不待慕北湮答话，逃一般飞快地奔往左言希所住的院落。

慕北湮没有追。

他负手看着她的背影，低低笑叹："清离，这就是你所说的……诀别过去？真当我是死人呢！"

阿原返回左言希的住处时，景知晚、左言希等已去了前面的铺子，倒是小玉挖来凤仙花，正在那边殷勤地等候着。

小玉黑眸含情，细细地吩咐道："这凤仙和别的凤仙不同，听说特别招蛇，而且招毒蛇，栽下后可以在附近撒些雄黄、硫磺之类的，免得被毒蛇侵扰。"

阿原接过凤仙，勉强地笑道："毒蛇啊……恐怕会惊我妹妹。"

小玉笑道："不会的。公子令我们惊蛰后每月撒一次雄黄，我们在这府里就没见过蛇，更别说毒蛇了！而且凤仙整株都可解毒，尤其对蛇毒特别有效！"

她说得热切，但阿原被慕北湮惊吓了一回，已顾不得安慰美人，匆匆谢过她，便逃一般地狂奔离去。小玉对着她仓皇离开的背影惆怅不已，自此落下相思病根，多愁善感之际，掉下了几滴眼泪。

景知晚等人赶往前面的药铺，是因为安排在铺子外暗中监视的差役发现了一个人——朱府那位最初报案的王管事。

这王管事曾说过，是二公子居心叵测，暗害朱蚀。

此时他面色惊慌不已，目光比先前更倔强，叫道："你们不必再挨个儿铺子乱查！先前大公子炼药的砒霜、老山参等药材，是老奴替他去仁和堂买的！可大公子真的只是让棌幽炼他想要的药，并不是灵鹤髓，更未有过谋害老爷之心！"

景知晚端坐于榻上，淡淡地看着他："朱绘飞、朱继飞二人都是朱蚀之子，你一个朱府管事，为何偏心至此，一口咬定朱绘飞不会弑父，朱继飞则嫌疑重重？"

王管事道："大公子是老奴看着长大的，他的品行老奴怎会不知？他虽然贪吃贪玩，可本性纯良，不像二公子貌似忠厚，暗藏奸猾。偏偏大公子肥胖了些，人便都道二公子俊秀聪明，生生把大公子传成笑话！可惜大公子到底是嫡长子，再怎么着，这家业的一大半还是会留给他，二公子自然不服，暗动手脚谋害老爷，然后嫁祸给大公子，才好独享这万贯家财！"

景知晚轻轻一笑："朱绘飞请棌幽入府，难道也是二公子安排的？"

棌幽是朱蚀之死最大的嫌疑人，也是朱绘飞脱不开嫌疑的主要原因。可根据他们近日所观察的，朱继飞行事端方稳重，并不像父兄那般喜欢结交方士，与棌幽几乎没什么交集，也未发现与任何江湖术士有联系。于是，不论是王管事当日的指证，还是今日的指证，都似水上浮萍，全无根据。

阿原心神略定，想起别的事，问道："王管事，听说，你是当年朱蚀的原配夫人带入朱府的？"

如今的朱夫人乃是继室，朱蚀早逝的原配夫人，正是朱绘飞的生母。

王管事心虚，兀自梗着脖子道："那又如何？老奴忠心耿耿，一心一意都在为朱家打算！"

可惜他为朱家打算，只是为朱家的大公子打算。

如今，他主动跳出来承认曾代朱绘飞购药，无疑让朱绘飞谋害生父的嫌疑更增大了几分。

景知晚摇了摇头，站起身道："来人，将王管事押回县衙！"

王管事慌了，忙道："不对，不对……老奴是报案人，报案人啊！"

景知晚拂袖道："你是在告发主人之子弑父。仆告主，不论确切与否，依律都当受杖责，并处以流刑！"

"不不，这不对……"

王管事抗议之际，那边早有公差上前，一副绳索将他捆缚，押了出去。

大梁沿用前朝律法，豪门贵族家中侍仆若为主人隐瞒罪行，不予追究，但若告发主人，除非是谋反、大逆等罪，常被处以徒刑或流刑，严重的甚至处以绞刑。

王管事并无确切的证据，一再指认朱继飞是凶手，将他以仆告主收监，无不妥。

大概景知晚已和左言希叙完旧，并未再在贺王府停留，也未再去别的药铺筛查，径自回了县衙。

阿原沉吟许久，终于道："景县尉，左言希有嫌疑。"

她将那颗沾有凤仙花痕的仿制灵鹤髓小心地取出，放到景知晚跟前："至于证据，相信景县尉早已注意到了！"

当日在现场，阿原察觉有异，将其当做证物收起时，景知晚便要去查看。随后，他也曾留意过朱家女眷的指甲和傅蔓卿的梳妆台，必定是在搜寻线索，但一直未有所得。如今小玉前来引阿原等人离去时，柔白的五指上鲜艳的指甲甚是夺目，景知晚难道不曾发现？

景知晚闻得阿原的话，似有几分愠怒，冷淡地扫过她，说道："你想多了！他近日才回沁河，跟朱蚀八竿子打不着，没动机也没时间去准备什么假药害人！"

阿原笑道："可凤仙花痕是目前最重要的线索，难道景县尉就因自己跟左言希的私情，不去查这条线了？"

景知晚不由侧目而视："我和左言希的私情？你把我当什么了？"

阿原本是口误，见他鄙夷，不由红了脸，强辩道："我不过说你跟他私人情意深厚而已……景县尉如此在意，莫非还真的跟左言希有点什么？"

她信口说着时，想起景知晚清俊秀逸，左言希温文尔雅，都是出身不凡，可到了适婚年龄都未娶亲……

竟是越想越真，最后连看景知晚的目光都古怪起来。

景知晚被噎住，一时竟无法反驳，只是本来苍白的面容变得更加如瓷器般的半透明的白，神情也变得十分古怪。

他默默地端起茶盏，准备先喝口茶水压压惊。

李斐对此事十分上心，闻得他们回来，已赶过来探问，看景知晚神色有异，忙打圆场道："这个……其实……咳，其实也没什么。听闻如今最时兴男风，不少王侯公子引以为风流雅事，景县尉为了那左公子特地跑沁河这种小地方，更见得是重情之人，更见得是雅人，雅人……"

"噗……"

雅人景知晚被呛得一口水喷出，正好喷在阿原的袖上。

阿原倒不计较，难得温柔地看着他，一脸的善解人意，以示十分开化、十分同情、十分理解……

下面尚有阿树等差役，本来还认真地听着关于凤仙花的分析，忽发现话题一不小心歪到了十万八千里外，看向景知晚的神情也精彩起来。

景知晚瓷白的面庞不禁泛起红，很想上前一把将阿原掐死。

可惜，他从前不肯对她痛下杀手，如今……似乎已无能耐对她痛下杀手。

这时，那边有人禀报："井捕快回来了！"

说话间，井乙已擦着汗奔进来，匆匆行礼道："大人，我去朱府后，做了各处搜查，吸引住众人视线，令他们提心吊胆。待喝茶休息时，我故意放松下来，装作在打瞌睡，让他们找到机会离去，我趁机让跟随的差役去查探朱绘飞、朱夫人的动静。"

"朱夫人？"

"原捕快曾说，也需多留意能接近朱老爷的朱家女眷。"井乙悄悄窥伺阿原的神色，很快决定还是抱住县尉大人的大腿，"不过朱夫人应该并无嫌疑，她回屋后便和要好的姬妾商议，想打点衙门，看能不能把朱绘飞捞出去，莫让老爷泉下不得安生，又打听着京中是否有可以求托之人，无论如何要为大公子洗去嫌疑，找出真凶……"

他看向李斐："大人您看，她私底下这样说，足以证明她和朱蚀之死无关，且相信朱绘飞不是凶手，至少，不愿意相信朱绘飞是凶手。何况她平时里便待人和气，时常去慈心庵拜佛念经，连蚂蚁都不肯踩的人，哪会害人？"

李斐点头称是："那还有什么发现？"

井乙道："我还遣了差役丁曹去暗暗观察朱继飞的动静，发现朱二公子那里也很平静，只是他的书童曾去见了上回报案的王管事，说了两句话便离开，后来看着很正常。直到我休息好了，朱继飞又来作陪，才听闻那书童悄悄出府了。那个王管事也不声不响地出府去了，不知去了哪里。我倒是料到了朱继飞自己不便出马，所以叫丁曹一直盯着那书童，如今已悄悄跟下去了。只是那王管事去了哪里，却没有分出人手去查，想来与这案子有关。"

李斐不由有些得意，忙道："亏得景县尉提醒，我故意在朱继飞跟前说衙门的人正在各处药铺清查买药之人，并说有人目睹朱家仆役买过，只是证人回乡，暂时不能确定是谁，以试探朱继飞的动静。果然，他立刻去告诉了王管事。那位忠心不二的王管事循着景县尉他们查案的方向，发现衙门的确在清查药铺，遂挺身而出，主动承认买药，想帮朱绘飞撇清嫌疑。呵呵，这朱绘飞的确有嫌疑，居然还在我跟前扮兄弟情深的模样！"

阿原沉吟道："王管事替朱绘飞买药，的确更令朱绘飞难脱嫌疑。只是朱继飞如何得知王管事曾代为买药？再者，若是朱绘飞害了朱蚀，以王管事对朱绘飞的忠心，不可能毫无所觉，怎么可能向官府报案？他不怕陷害不了朱继飞，把朱绘飞搭进去？"

井乙抚手道："这样看来，反而是朱继飞更可疑？能知道王管事买药之事，并拿此事做文章，足以证明他对朱绘飞的一举一动早已十分留意。可他明明说过，他对丹药之事丝毫不感兴趣。看来……真的居心叵测啊！"

景知晚眼眸低垂，似有乏意，此时方淡淡地道："证据呢？"

众人一时静默。

李斐抬头看向堂上高挂的"秦镜高悬"四字，咳了一声，说道："不论王孙公子还是平民百姓，至少在本官这里，不会枉杀一人，不会错放一人！"

略显狭窄陈旧的县衙大堂因他这话多了几分肃穆。

景知晚抬头看他一眼，眼底难得清澄如水，似有感慨之意。他轻声道："是丁曹在盯着那个书童？且等他回来再说吧！"

但那个叫丁曹的差役当晚没有回来，而朱继飞的那个书童，却在天黑前赶回了朱府。

第二天，丁曹还是没有消息。

直到傍晚，北郊八里外的涵秋坡有里正来报，在坡下发现男尸一具，身着公差服，年岁面貌，似与失踪差役相似……

李斐大为震怒，忙带景、原等人去看，发现果然是那个失踪的差役丁曹。

仵作验了尸，初步认定的结果是：从高处跌落，摔死。根据尸斑推测，死亡时间应该在前一晚半夜到凌晨之间。

也就是说，那书童离开几个时辰后，丁曹才意外死去。

李斐已忍不住喝骂道："胡扯！胡扯！这必定是有人加害！必定是有人加害！"

沁河县并无高山峻岭，这涵秋坡虽有陡坡，但丁曹所经路径生有大片林木，即便是山路，也相对平缓，若是七八十岁的老人一时不慎摔到脑袋身亡倒还好说，丁曹在衙门当差，身强力壮，还会些武艺，居然好端端地摔死在查案的道路上，真是匪夷所思。

景知细察尸体，说道："死者的刀在鞘中，说明死亡前并未与人正面交锋搏斗。他的体表有大小不一的擦伤、挫伤，右腿骨折，衣衫被撕裂，口鼻出血，结合坡上明显的滑落痕迹，无疑是跌落后内腑受重伤而死。"

他翻检衣物，又仔细看了看右腿骨折处，道："骨折处有外皮刮伤，但死者曾用衣袖擦过伤处的血迹，故而骨折应该发生于跌落之前。从骨折处的皮肤受损情况判断，应该也是摔伤。"

井乙惊讶道："也就是说，他摔过好几次？"

景知晚看着那被磨损得不像样的衣衫和满是擦伤的皮肤，再目测了下他摔落的高度，沉吟道："应该……好多次。"

"好多次？"李斐听着也觉得不可思议了，"你是说丁曹在山林里摔了很多次，最后还摔死在山里？"

若是偶尔失足摔倒，运气背到家恰好摔掉了小命，或许还能让人相信。若说一个好端端的壮汉，一路都在不断地摔跤，摔断腿不算，最后还摔掉了性命，着实不可思议。

阿原留意着丁曹的伤痕，倒也相信景知晚所言，闻言踌躇苦笑："难道丁曹下山时见鬼了？被鬼吓疯了乱跑，还是被鬼惊出了失心疯？"

此时夜幕渐沉，山坡间草木森森，在充满寒意的夜风里沙沙作响，扑到春日里略显单薄的衣衫上，顿时凉飕飕的，将众人都吹出一身的鸡皮疙瘩。山下的几户人家已点了灯，灯光此时在阴冷的夜色里摇曳，鬼火似的诡异。

李斐打了几个哆嗦，挥手道："天色已晚，先将尸体抬回去，找人封锁此地，待明日再细细勘察勘察吧！"

景知晚抬眼看向阴沉的天，忽道："不成。今夜可能有雨，雨水一冲，还能找到什么线索？"

李斐道："附近人口不多，咱们可以一一排查，看看有没有消息。再说，那书童也该审问。此事越来越蹊跷，只怕……真的冤枉了朱大公子！"

大概又想起朱绘飞赠给他秘戏图的好事，他搓着手感慨，有些后悔不该苛待朱大公子了。

景知晚淡然而笑："人口不多却分散，山林间发生何事更难查清。至于审问书童，是要审问跟踪他的人为何遇害吗？"

"……"

李斐踌躇之际，听得天边似有惊雷隐隐，而天色愈发黑了下来。秉着"死道友不死本尊"的坚定信念，他硬着头皮笑道："既然如此，本县令先带死者离开，此地便交给景县尉继续勘察吧！"

他又向井乙道："你带几个人在这里听候景县尉差遣吧！"

井乙暗暗叫苦，不得已领命时，景知晚忽道："井捕快等人尚有老母妻儿在家倚闾而望，何况查案不是搜人，人多无益。原捕快手脚灵活，武艺高超，不如让原捕快在此帮忙，其他人都回去吧！"

李斐知道阿原是女儿身，并不想留她在此冒险，闻言便只得看向阿原："阿原，你看……"

阿原躬身一礼："既然景县尉需要人保护，我便跟随保护他吧！"

景知晚是坐着肩舆上来的，此时两名舆夫见官府里的人都准备离开，顿时慌了，向景知晚道："大人，我们也有老母妻儿……"

景知晚皱眉，目光扫过阿原，说道："罢了，你们在山下等我，我出双倍的价。"

舆夫这才松了口气，笑容可掬地急忙随了李斐等人一同下山。

山坡上便只剩下阿原跟景知晚。一道闪电劈过，面对面站着的两个人，中间正好是死尸摔出的不正常的人形坑。不知若一夜雨水刷下，能不能将这死亡的痕迹冲刷干净。

景知晚负手立于那痕迹之上，面色在电光下白得惊人，但一对眸子依然黑得出奇，也静得出奇，淡淡地看着阿原。

阿原很不自在，一阵阵地心虚着，倒似做了什么对不住他的事一般。

不过，若他真是端侯，她先点了他为夫婿，再莫名其妙地放他鸽子，的确很对不住他。

她俯身拾起留给他们的灯笼，向高处照了照，然后撮口为哨吹响，便听暗夜里鹰唳声起，小坏已扑着翅膀掠下，欢快地落到她的肩上。

阿原稍稍安心些，笑着拍拍小坏的脑袋，才若无其事地向景知晚说道："景县尉，现在不查案，等半夜女狐仙出没再去吗！"

景知晚这才道："走吧！"

经过阿原时，他睨了眼小坏，眼底似有一丝怅惘闪过，低低地嘲讽一声："这鹰真丑！"

阿原愕然。

小坏虽不通人言，倒也能觉出景知晚言语间的恶意满满，也是愕然。它歪着脑袋瞪了一眼这清瘦俊秀的男子，竟不敢去招惹他，又往阿原的脖颈处挪了挪，气愤地扇了扇翅膀。

阿原被扑了一脸灰，笑骂道："作死呢！"

虽这么说着，她心下已安妥了些，将灯笼提着，沿着丁曹摔落之处，仔细照着地上的痕迹，慢慢往上寻找他跌落的路径和可能的线索。

景知晚也提了灯笼在手中，却转向另一条相对平缓的小道，慢悠悠地觅路前行。他甚至悠然道："原捕快，寻得仔细些。从丁曹的擦刮伤处来看，创口多而密集，或大片表皮擦伤，或长而深的山石树木割伤，足见他奔得飞快，指不定真有女鬼在追……"

阿原仗着身手轻捷，寻着可以依附之物向上攀爬，忽听得他说什么女鬼在追，纵然平日里常与死尸打交道，也不由得背上一道寒意嗖地蹿上。还未及瞪向景知晚，草丛里忽有一道黑影蹿过，沙石迅速滚落，噔噔的诡异声响清清冷冷，声声似敲在谁的心上。

阿原一惊，不由趔趄了下。她忙伸手去扶树木站稳身体，手中灯笼便跌了下去，被风一吹，熄灭了。

小坏鸣叫着往黑影掠过的方向俯冲而下，锐利的尖爪钩起一只活蹦乱跳的野兔，径自找地儿大块朵颐去了。

景知晚忽闻阿原那边有所动静，不由驻足，唤道："原捕快！"

阿原正准备应他时，想起此人的促狭和可恶，往树影下一闪，悄悄藏了自己的身形，再不作声。

景知晚凝目而望，声音终于有了几分急促："原捕快！阿原！阿原！"

风雨将至，夜色愈暗。景知晚所立之处较矮，与阿原相距足有七八丈远，且中间隔着灌木草丛，原就依仗阿原提着灯笼方才勉强看清。如今阿原刻意隐藏，他又怎能看得到？

阿原目测着两人间的距离，看了看满是草木荆棘的山坡，悄悄做了个鬼脸。

以景知晚这种病恹恹的身体状况，连到大街上调查几个药铺都需坐着肩舆，何况这夜幕下连路都找不出来的山间？阿原等着他焦急惊怒，最好慌乱失措，看他还敢不敢对她冷眼睥睨，出言不逊。

景知晚连唤七八声，终于不再唤她，只是静静立着，如一尊凝固的石像。但他衣袂随风飘舞，似误入尘世的谪仙，怅然独立，竟似有无限伤心。

阿原远远地瞅着，不知怎的心弦越绷越紧，便开始思量自己是不是做得太过了。

这时，景知晚举步向前走了两步，前方已被嶙峋的山石拦住。阿原还未来得及感慨他的文弱，就见他忽然跃身而起，迅速踩上石块，似暗夜里一只振开翅翼的白凤，快速飞向她的方向。

与此同时，他手中的灯笼飞出，稳稳地飘向她的方向，正好落于她身畔不远处。灯笼中的烛火虽暗了一暗，但很快又亮了起来，照出树下阿原惊愕的面庞。

他竟然会轻功，他竟然是难得一见的高手，甚至远在她之上……

她还未回过神来，他愠怒的眉眼已贴近她的脸，一掌以迅雷不及掩耳之势迅速地击在她的肩上，将她重重压在身后的小树上，差点将她压得透不过气来。

他盯着她，面色清冷，声音有些哑："敢骗我？倒是长了能耐了！"

阿原想挣开，才发觉他劲道极大，以她明显习过武的身手，一时竟也挣不开。

她忙搭上破尘剑待要抽出时，景知晚伸手往下一压，生生地将她拔了一半的剑压了回去。他扫过她拔剑的手，微哂："嗯，果然能耐越来越大！或许……这才是你的本性吧？"

阿原才知这看似文弱的男子武艺高超，远在她之上，心念转了两转，立时弯起唇角，笑嘻嘻地道："你既然知道我的本性，也该知道我绝对不会对景县尉这样年轻俊秀的男子有恶意。开个玩笑，你也跟我计较？"

虽穿着男儿装，她偏着面颊侧头而笑时，有着孩子般的顽劣淘气，又有着少女的灵巧狡黠，在灯笼摇曳的淡红光线下仿佛散着珠玉般秀润的光彩，清美夺目。

"你……"

景知晚看着她的笑容，微微失神，眼底似有什么在裂开，但他的手依然稳稳地压得她不能动弹。

阿原胸口发闷，用力咳了一声，听到稍远处传来小坏的鸣叫，正准备呼唤时，景知晚忽道："从前有位比你讨喜百倍的姑娘，也养了这么一只鹰，比你这个要凶猛百倍。你可晓得它妄图啄我的下场？"

他的目光依然清澈，仿若含了笑意，却冷得像冰川下寒冷的潭水，令阿原立时打了个寒战。

曾经的幻象忽然间再度浮上。

修长好看的手持着宝剑，毫不留情地利落地划过一道水银般清亮的弧度，银瀑般倾下。随之而起的，是鹰的惨叫和纷飞的血珠，雪白的羽毛四散飘落……

这一次，阿原居然听到了女子同样凄厉的惨叫："不要！"

似有男子的声音隐隐传来，隔了山水般缥缈，听不清声线，却能知晓他在说什么，甚至能清晰地感觉到他深深的怒和恨。

"比忘恩负义更令人恶心的，是恩将仇报。人是这样，鹰也是这样，可见鹰如其主，都该千刀万剐！"

"那你剐吧！千刀、万刀，我受！"女子拼尽全力地叫着，哽咽中含着沉入海底般的绝望……

第六章　寒野惊风误归程

LIANG SHI HUAN

阿原汗出如浆，忽然间头痛欲裂，人也萎顿下来，无力地滑坐于地。

身畔暖了暖，却是小坏听得动静飞了过来，立于她的身侧，歪着脑袋警惕地看向景知晚。

不知什么时候，景知晚已放开她，垂首静静地看着她。

素衣翩然，颀长单薄，怎么看都是手无缚鸡之力的文弱书生，仿佛刚才那个瞬间制住她的高手不是他，就像那双好看的手将白鹰斩成数段那般，是她伤病后的后遗症导致的幻觉。

可景知晚偏偏从原先所站的位置，转瞬就赶到了她跟前，迅捷得可怕。

夜风吹来，混乱的思维也似被吹走，阿原清醒了许多，拍拍小坏的头安抚好它，才扶着树慢慢站直身，对景知晚笑了笑："景县尉好身手！好身手！阿原佩服得五体投地！"

景知晚提到的那只凶猛的鹰，还有那个比她讨喜百倍的姑娘，应该跟她没什么关系，至于那些幻觉，或许只是因他提到了鹰，提到了女子。失去往日的记忆后，她不解的事已太多，不在乎多这一桩。至于那些谜题，能破解则破解，破解不了则顺其自然，绝不自找纠结。

出乎意料地，景知晚再未冷眼相对，只是转过身，有些萧索地说道："走吧！继续查案！"

阿原惊魂初定，将他白皙的双手看了又看，才道："好！景县尉愿意走那边的路，也请便！这边行路辛苦，我慢慢搜寻便可。"

他生得再好看，做的菜再好吃，想到他方才给她带来的惊悸，她已不想跟他走得太近。

景知晚瞅她："怕我？"

阿原怔了怔，怕？似乎还不至于。

他刚才虽向她露了一手罕见的武艺，但其实也未拿她怎样。

她终于仰起脸来，冲他盈盈一笑："景县尉说笑呢！我怎么会怕你？我只是看你连走路都嫌累的模样，一时不敢相信你能瞬间化身为眼前的绝世高手，以为女鬼附体了，自然被骇住。"

鬼魂附体不算，还来个女鬼附体……

景知晚微有愠色。

阿原见他不若往日清冷，便觉得那愠色也有几分亲切，摸了摸被他压过的肩，问道："你既然有一身好武艺，为何懒得走路？"

景知晚道："你都说了，是懒得走路。"

懒，的确是不走路的理由。

阿原无可辩驳，只得点头道："好，县尉大人你可以继续懒着，我继续向前找。若有线索，我再请县尉大人过来定夺便是！"

景知晚拾起阿原遗落的灯笼，重新点亮递给她，说道："不用。我怕林子里钻出个女鬼来，吓傻了你，没法跟知县大人交代！"

于是，本该阿原保护景知晚，如今变成了景知晚保护阿原了？

但这感觉显然不坏。黑灯瞎火一个人在山林里乱钻，便是没孤鬼野兽，不时踩到动物的腐尸或粪便的滋味也不好受。堂堂的原家大小姐，这样自己找虐，传出去简直是天大的笑话。

当然，有景知晚陪着一起踩腐尸粪便，一起成为天大的笑话，似乎也没什么了不得。

若他真是端侯，如此文武全才，品貌超逸，便怨不得当初的原清离会点他为夫婿。或许，她真的打算收收心，安心跟他一辈子吧？只是为何他会被传病弱垂死呢？甚至在沁河也装作一副弱不禁风的模样……

阿原百思不得其解之际，提着灯笼走在前面的景知晚忽道："留意前方。"

阿原忙将灯笼提高，赶上两步，仔细将前方一打量，说道："从坠落的方向和草木卧倒的方向看，丁曹应该是从这个方向行来的，不会错。看，他应该在这里摔倒过，这山石上尚有血迹……"

景知晚看了一眼她刚越过的那块松动的山石，再不肯说他只是提醒她留意脚下，懒洋洋道："我是说，小心女鬼抓你！"

阿原笑道："放心，有景县尉这才貌双全的人物在前，女鬼要抓也不会抓我！"

见景知晚又有愠色，她挑了挑眉："别老是皱着眉瞪人，容易老！"

景知晚淡淡道："处处心机用尽之人才易老。可惜，他们还自以为聪明绝顶。"

阿原怔了怔："你说的自然不是我。"

她小小地捉弄他一回，能算什么心机？不过……她定亲又逃婚，在他看来算不算心机用尽？

正有些心虚时，忽听得景知晚喝道："看着点儿脚下！"

但他似乎说得太晚了些，阿原已觉脚下一软，低头看时，靴子结结实实地踩在某只野兔的腐尸上，顿时被腐肉弄脏了半只靴子。她低头准备清理时，一阵恶臭冲鼻，差点没吐出来。

景知晚忙将她扯到一边，摘下树叶为她清理靴上的腐肉，恼道："你这么笨，能活到今天也是奇迹！"

阿原虽知他有心提醒，但那命令式的喝斥着实令她不爽，怒道："你这么刻薄，能娶到娘子才是奇迹！"

景知晚面色一沉，丢开脏了的叶子，甩手走了开去。

阿原瞪他一眼，俯身自己去擦，却觉那恶臭熏得人发晕，忽然想起景知晚出身不凡，方才似乎蹲坐于地，为她清理污物……

她忙转头看过去，只见景知晚将灯笼放在兔尸旁，正拿帕子掩住鼻，用树枝小心地翻弄着那堆已不成样子的腐尸。

阿原好奇地问道："你还会给兔子验尸？"

景知晚道："你踩了一脚，都不曾发现异样？"

阿原将那兔子仔细看了看，不禁讶异道："中毒而死？"

景知晚道："周身肿胀，毒气蔓延全身，左后腿有咬啮的黑痕，比别处肿得更厉害，这是被毒蛇咬后中毒而死。"

"这与案子有关？"

"没有，考验下你的眼力而已。"

"……"

阿原完全不想理他了，将脚下的污物在山石上刮了几下，便快步向上攀爬。

景知晚看着她大步前行的步伐，估摸着即便是毒蛇也未必咬得穿她那厚实的小皮靴，这才吐了口气，正准备起身离开时，脚踝处忽然传来钻心的疼痛。

他一晃身，人已跌坐在地。

阿原辨着一路可能的痕迹，向前走出一程，又见旁边灌木上挂有一些衣衫的碎片。她仔细看了看周围，才将那碎片拾起，正待收起时，忽然若有所觉，将灯笼凑向碎片，仔细观看，又放到鼻际嗅了嗅。

脑中顿时有片刻混沌，像有光怪陆离的人或物闪过，一时也辨不出是些什么，只觉无边的恐惧如潮水般涌来。

阿原忙将碎片拿开，深深吸了一口气，那怪异的幻觉才渐渐消失。

自生病后，她莫名而起的幻觉也不少，但这一次显然不大一样。

她小心包起那块碎片，向后看时，却不曾看到景知晚，甚至连灯笼的淡淡光线都没看到。

难道走岔道了？

阿原看了看愈发阴沉的天色，提起灯笼返身往下寻找。

走到一处拐角，她才见景知晚缓缓走了过来，忙迎了过去，急急地说道："丁曹不是意外摔伤！"

景知晚"哦"了一声，继续向前行走，却走得很是缓慢。

阿原走到他跟前，才注意到他的面色比平时还要白皙，甚至近乎惨白，连唇边的颜色都已褪尽。她怔了怔，问道："你不舒服？"

"没有。"

景知晚答得很快。他的眸子暗淡，却依然睥睨着她，微微地嘲讽道："丁曹被人下过药，才会迷失神智，在山林间癫狂奔逃，直到摔断腿，丢了性命。你不会是刚刚找到了什么，凑到鼻前闻过才知道吧？"

阿原很想否认，但他偏偏说得宛如亲眼所见，让她着实无可反驳。她涨红了脸，吞吞吐吐地说道："你……你早就发现丁曹被下了药？那怎么不曾说起？"

景知晚缓缓从她旁边走过，懒洋洋道："你同样精通药理，我以为你知道。"

阿原恼道："谁说我精通药理……"

她说了一半，忽然住口。

从小鹿知晓的情况来看，原家小姐只对男人感兴趣，肯定不曾研究过什么医术、什么药理。可她来到沁河这些日子，遇到的命案虽不多，但对于投毒、伤人等案了，她大多能分辨得出是中了何种毒、被何种器物所伤……

最明显的，在朱蚀一案中，真假灵鹤髓是何等药物成分她虽不能确切地说出，但同样能辨出其中差异……

连贴身侍女小鹿都不晓得原清离懂得医术，景知晚怎么会知晓？

还有，景知晚说她武艺高超，留她下来帮忙，可她似乎并未在他跟前显露过武艺。以他的精细，也不至于听衙役们夸几句她厉害，便深信不疑吧？

阿原思量着时，景知晚已向前走得远了。她想了想，快步奔上前，将他拦住。

"喂……景……景知晚！"她走得急了，有些喘，眼眸倒比平时更明亮，"有件事，我想跟你说一下。"

景知晚皱眉，目光从她起伏的胸前一扫而过，投向她手中摇曳的灯笼："什么事？"

阿原坦诚地看着他的眼睛，认真地说道："我其实并不知道我为何懂得些药理，就像我不知道我为何懂得些武艺。几个月前，我生了一场病，醒来后什么也记不得了。如果你知道我从前的事，告诉我可好？若我曾得罪过你，我先跟你道歉！"

她竟真的端端正正向他躬身一礼，说道："若真有得罪之处，还望景县尉大人有大量，莫要计较。如今，我只是一个小小捕快而已，赚些小钱，喝些小酒，悠然随性，无欲无求，不论景县尉来沁河有何目的，我都不会去挡景县尉的道。"

景知晚自始至终只看着灯笼幽幽的光芒，眼底亦是幽暗一片。听她说完，他才淡淡地扫她一眼："扯淡扯完了？继续查案吧！"

"喂……"

阿原掏心窝子的诚意被他的漫不经心打击得七零八落，目瞪口呆地看着他从自己跟前走过，憋了一肚子气，默默地跟在后面。

好一会儿，才听景知晚道："你是小捕快，我也只是小县尉而已。至于从前的事，我倒也想忘记，可惜……"

阿原竖着耳朵细听，但景知晚终究没有说下去。

涵秋坡虽称不上高陡，但此刻风势大了，灯笼的光线不够，二人继续往前找寻时，便越来越难辨别丁曹一路奔逃的方向，何况丁曹迷失神智，在山中狂奔多时，路线凌乱，本就难以捉摸。即便是偶然有所发现，一时再分不出是丁曹所留，还是山野间的动物所留。

景知晚不知什么时候落在了后面，遇到坎坷处行得更加缓慢。他忽道："我从那边山道上走，在坡上那间木屋里等你。你继续寻找，找到线索便跟我会合，找不到……"

他抬头看着黑如锅底的天空，苦笑："也尽快来跟我会合吧！眼看会有一场大雨，不能怪咱们不尽力。"

阿原惊讶，但她已习惯他这古怪莫测的性情，遂懒懒地道："既然景县尉不想与我同行，那就请便吧！我随身带有蓑衣，倒也不担心淋雨。"

她转身欲走时，景知晚又唤住她。

他低咳了一声，说道："从那只兔子的伤口和所中毒性来看，那毒蛇似乎并不是这一带所产，那个暗害丁曹的人有可能还在山间，你需多留意。若是害怕，此刻跟我一起先到坡上避避雨也好。"

害怕？

阿原已辨不出他是嘲讽还是激将，他话语间似有关心之意，只是他武艺这般高，却要先行离去，留她孤身在密林荒草间寻线索，着实看不出有半点好心肠来。她有些苦恼，抿了抿唇角，说道："我自然不害怕。既然景县尉尊贵，怕被风吹着、雨淋着，那我一个人继续搜好了。"

景知晚出乎意料地不曾嘲讽回去，只淡淡地道："你不是一个人，你还有小坏陪你。何况这山坡也不大，若是遇险或有急事，可以撮口为哨通知我，我会立刻赶过去。"

阿原暗自腹诽他太虚伪，但心念动处，却已撮口为哨。哨声响起，一长二短，出奇的悠扬婉转，流畅悦耳。

这几个月驯鹰，似乎不曾对小坏用过这样的韵律，但她吹起来很是自然，得心应手得像已吹过很多次。小坏敛翅立于树上，侧耳倾听着，不知所措地看着她。

阿原自己也有片刻的恍惚，对景知晚笑道："就用这样的哨声，如何？"

景知晚盯着她，眼前似有白鹰的翅翼掠过，接着是少女明亮的笑容，那样清脆脆地对他说道："师兄，若我有事，便用这样的哨声唤你，好不好？"

除了眼底少了永不离弃的追随和深入骨髓的眷恋，眼前的女子似与记忆中的女子并无二致。

他终于唇角一动，简洁地答她："好。"

他的神色很怪异，连声音也很怪异，但鉴于此人一向怪异，阿原便忽略了他所有的怪异，向她的鹰招呼了一声，径自向前搜寻，搜寻风雨将至时越来越渺茫的线索。

走出数十步，阿原心头忽然也怪异起来。

景知晚如此刻薄可恶，刚刚也只同行了不到半个时辰，为何她跟他分开后，会忽然觉得心头空落落的，有种说不出的不安的感觉？

她转头向后方看去，只见林木森森，在暗夜里随风起伏，如一张将整座山坡都扣住的巨大的黑网。她已看不到他的身影，甚至连他那盏灯笼的微光都看不到，想他身手高明，轻功极佳，必定早已离去，奔向坡上那间猎人搭来遮风避雨的小木屋了。

他尊贵，自然该享受，于是自愿当小捕快的原大小姐，只能继续在黑夜中跋涉……

阿原摇摇头，一边往前走着，一边向小坏笑道："他走了……走了真好，这么个人在身边，看着多碍眼！"

小坏未必懂得她在说什么，只是扑着翅膀鸣叫一声，以表万分赞同。

在她和景知晚分开的那一处，景知晚正紧靠山石坐在地上。他摸着脚踝，面色惨白，已疼得额上渗出大颗大颗的汗珠。他的旁边放着被他吹灭的灯笼。

阿原的笑声和话语，不高也不低，恰能一字不漏地传入他的耳中。

而她的笑声于他太过熟悉，那曾经刻入骨髓的笑容，在他孤寂一人苦苦挣扎于绝望和苦痛之际，依然夜夜入梦，提醒他曾经拥有的一切，以及已经失去的一切。

眼前的女子坦荡明朗，眼底的光彩也不算陌生。

当年，他将白鹰送给那个十五岁的少女时，她也曾展现过这样明亮的笑容。

她还抬起如水的眸子惊喜地问他："这鹰，由我来驯？"

"既然给你，自然由你来驯。"他负手看着她，"把它驯得比五皇子那只鹰更凶猛、更听话，便不必眼巴巴地羡慕人家了！"

她围着架子上的小鹰转着圈，仰起的面庞如明月般皎洁无瑕："它叫什么名字？"

"还未取名。"他看着她的笑容，难得促狭一回，"就叫小晚吧！"

她顿时红了脸，欲骂他，又不敢，只愤愤地瞪他："为什么不叫小辞？"

最后，小白鹰取名为小风。

它展翅而过时，轻捷得像风，羽毛振动的声音扑到耳边便是温柔的风声，取名小风，可谓名副其实。

于是，发现抗议无效后，她很郁闷。

不止一次，他听到她在背后嘀咕："风眠晚吗……风是姓，又不只我一个人姓风。"

但也不是她一个人的名字中有个"晚"字。为何小晚用不得，小风就用得？

而他不晓得的是，其实风并不是她的姓。

很久很久以前，知夏姑姑带回了一个刚出世的小小女婴。仿若惊恐着未来的命运，她一直在啼哭。隔得好远，他都能听到冬日冷风呼啸里那女婴的哭声。即便舅舅遣人照顾着，她依然每夜哭闹，很晚都不肯睡觉。

数日后的一个深夜，雪下得很大，再次被她异样的哭闹惊醒时，他忍不住披起衣服奔了过去，然后看到了持剑在手的知夏姑姑。

他看着女婴哭得通红的脸庞，还有滚着泪水的干净眼睛，说道："别杀她。以后……让她跟着我吧！"

舅舅便道："罢了，养几日看乖不乖。若是太闹，便不用留了。外面的风好大，偏偏这丫头这么晚还哭闹不休，嗯，就叫……风眠晚吧！"

那年，他五岁。

她渐渐长大，他也渐渐长高，她始终仰视着他。

她自然是乖巧的。在他不动声色的调教下，她越来越乖巧。知夏姑姑终于想不起要拿起已经放下的剑。

谁也说不清知夏姑姑是对还是错，但他必定是错了。

从一开始就错了，且知道错了，还不知悔改，生生把一条没有尽头的暗路走到了无处可去的漆黑。

侧耳听着阿原的脚步声越来越远，渐渐地完全看不到灯笼的亮光，景知晚从怀中摸出个玉瓶来，倒出两颗药丸服下，才蹒跚起身，取出一柄极锋利的短匕，截下一段树枝削作短棍，然后拄着那短棍，一步步在黑暗中向前摸索着，走向通向坡上的那条山道。

山坡上根本就没有路，只有凹凸不平的山石和荆棘四布的密林，他走得很艰难。

他一直走得很艰难。

阿原不断地和她的鹰说着话。

她完全不记得自己有没有过这种孤身一人行走在荒山密林的经历，但她原先对这样的境地似乎并不觉得害怕。

现在呢，也不是害怕。

只是从一个人变成可以彼此依靠的两个人，再变成一个人，忽然间便有些忐忑。

这么快习惯有人依靠真是件很丢人的事，尤其那人还总是对她横挑鼻子竖挑眼的景知晚。

大概她是太孤单了吧？

但她还有小坏，她还可以跟小坏说话，所以她不断地说着话，以示她并不孤单，并不害怕。

天色黑如锅底，不时闪过惨白的电光。被照亮的乌云宛若张开大嘴的怪兽，这里那里窥伺着，似随时要扑下来，将地上的猎物尽数吞噬。

小坏灵活地穿梭于林间，翅膀扑棱的声音却不时被风声雷声淹没。阿原手中的灯笼也禁不住那大风，被卷得飘摇如萤火虫般时明时暗。

举目四顾，连前方往哪边走都难以辨清，更别说去找什么线索了。

她有些懊恼，后悔没有随景知晚一起去避雨，转而想起丁曹往日粗豪说笑的模样，又有了精神，对小坏道："既然担了这责任，总要尽力而为，才对得起枉死的亡者，对不对？"

小坏鸣叫一声，以示应答，忽然掠翅俯冲而下，扎入不远处的草丛，随即传来搏斗之声，却看不出到底遇到了什么。

阿原忙拔出破尘剑，跃了过去。

一条细长的蛇影正飞向她，恰好被她一剑斩成两截，兀自在地上扭动，随即小坏拍翅飞出，歪着头冲她鸣叫，似在邀功一般。

阿原忙细看，发现那蛇先前已被破开腹部，抠去内脏，这显然是小坏的尖喙利爪所为。看那蛇虽不大，但头部呈扁平三角状，分明是条毒蛇。如今虽过惊蛰，天气还不算热，蛇虫之类尚少，说不定这蛇便是咬死野兔的那条。

忆及景知晚曾说过蛇毒不似本地所产毒蛇的，阿原又走到方才鹰蛇相斗之处查看。

片刻后，她拣起了两株被连根拔起的半枯的凤仙。

和平时所见的凤仙不大一样，叶片稍小、稍密，正是阿原在贺王府见过的开玫红花朵的那种凤仙。

左言希的侍女小玉曾说，这凤仙招蛇，但凤仙整株都可解蛇毒。如此看来，这毒蛇正是被凤仙花所引来。

一道闪电从山顶掠过，劈亮了她手中的凤仙，随即便是大颗的雨点劈头盖脸地砸下。

这风雨酝酿了大半日，一旦发作出来，着实不是闹着玩的。

阿原忙将凤仙藏起，抖开蓑衣匆匆披上，又将灯笼半拢于怀间，以防那点微光被夜风吹灭或被雨水浇熄。

看那凤仙茎叶的枯萎程度，很可能就是丁曹所采。丁曹一直跟着这个案子，知道这凤仙的颜色曾出现在仿制的灵鹤髓上，也曾出现在贺王府，若是查案时发现这种凤仙，必定会拔下几株留存。或许，正是因为他已查到关键所在，才会遭此毒手。

凤仙被弃于此处，那么，丁曹极可能便是在此处遭遇暗算。

这场大雨后，残存的线索必定被冲刷得无影无踪。她必须趁着风雨刚至时，抓住最后的机会搜寻线索。

灯光很暗，她需要倾了身仔细察看，才能看清周遭情形。

有条猎户或樵夫走出的小小山道从山上蜿蜒而下，旁边又有小道绵延。丁曹走到此处时，应该尚未迷失神智，而只是急于下山，抄了小道。附近并无明显打斗痕迹，只在一处草丛里看到一条头部被拍扁的毒蛇——正与方才那条被小坏啄死的毒蛇同一种类。

阿原啧啧一声，对小坏说道："看你啄得血淋淋的，多恶心！你看人家，刀背反过来往脑袋上这么一拍，两三下完事，多利落！"

小坏歪头看着她，一脸的无辜。

但小坏好歹能歪着头看她，那个两三下利落地拍扁毒蛇脑袋的丁曹，却再也转不了脑袋了。

阿原弓着腰，几乎把灯笼抱在怀中，一寸一寸地仔细地在附近的草丛中翻找着。大颗雨点打在蓑衣上，模糊了听觉，雨水从帽沿滑落，也不断模糊着视线。

她将溅到脸上的雨水擦了无数次，有些麻木的脚尖终于碰到了什么，将草丛里的一样东西踢得滚了出来。

阿原眼睛一亮，忙俯身将那物拾在手中，正待细看时，忽听小坏一声鸣叫，紧跟着，一直被雨水拍打着的蓑衣上似有什么动了动，随即感觉左肩骤然一疼。

惊痛吸气之际，小坏已斜掠过来，飞快地从蓑衣上抓起一个扭曲着的条状物，用力啄下。

阿原忙举高灯笼看，只见小坏爪下那物，正挣扎着伸出扁平的三角状脑袋，冲小坏嘶嘶吐着蛇信……

竟然还有一条毒蛇！

因大雨倾盆而下，打在蓑衣上一直飒飒作响，她又全神贯注于脚下，根本不曾察觉那条蛇是什么时候爬到蓑衣上的，又是什么时候昂起了丑恶的头颅……

蛇有剧毒，不仅能毒死野兔，也能毒死人。

何况，左后方的肩背靠近心脏和内腑，比起手足被咬，距离死亡更近。瞬间的疼痛后，已有令人惊怖的麻木迅速延展开来，令她再无力举起手臂，甚至很快连灯笼都提不住。

这种凤仙招引毒蛇，但凤仙整株可以解蛇毒……

阿原不晓得需多少凤仙茎叶才能解毒，反应极快地立刻丢开灯笼，从怀中取出那两株本用来留作物证的凤仙，也不管是否脏污，匆忙塞入口中猛嚼，同时努力伸出右手，试图去挤出毒血，可惜够不着被咬之处。

凤仙开的花儿好看，气味也清新，但茎叶嚼在口中，苦而辛涩，令人反胃。不过，阿原似已习惯药味，强咽了下去。她抬头向坡上看了一眼，立时决定尽快赶到木屋去求助。

景知晚不是大夫，但显然懂些医术，即便不喜欢她，也不至于见死不救。

正待勉强运起轻功奔去时，她忽闻脑后有锐器破空声起，连忙在空中一个侧翻，躲过了袭来的剑锋。然后，她迅速扬起破尘剑，向暗袭者挥去。

待她翻身稳住身形时，暗袭者已挡住破尘剑，冷冷剑光破开雨幕，继续向她进击。

头顶有电光闪过，照出那暗袭者，却是通身裹着黑衣，连头部都遮得结结实实，只留一双幽幽黑眸，连形状也看不清楚。他的剑亦非凡品，与破尘剑撞击时火花四迸。剑柄上所扣的苍黑色剑穗被雨水浸透，闪着细微的光亮，便能看到其间的双雀流苏结打得十分精致，栩栩如生，似欲在风雨中振翅飞去。

阿原并不认为此人武艺在自己之上，但她吃亏在毒伤在身，已麻木了半边身子，行动不由迟缓了许多。

小坏察觉主人遇袭，奋力甩开那条不知死活的毒蛇，试图从旁帮忙，阿原心神略缓，几乎不曾细想，便已撮口为哨，传出悠扬的哨声。

一长二短，正是她跟景知晚约定的求救信号。

只是此刻风大雨大，不时惊雷震响，哨声再清亮，都已被吹得七零八落，坡上的景知晚能听到吗？便是能听到，他肯屈尊在这样的风雨之夜前来相救吗？便是愿意前来，沉沉雨夜，山路坎坷，连灯笼都已熄灭，他又该怎样准确地找到她的方位？

她甚至觉得下意识地发出这么个求救信号，不过是自取其辱，且还分了心，差点又被黑衣人砍到。

沮丧之际，第二次的哨声只发出一半，她便顿住口，以破尘剑奋力反击，试图自救。

小坏很为没能及时发现毒蛇和敌手而心虚愤怒，振着翅膀不时从上抓向黑衣人的脸面。黑衣人有所顾忌，因此，阿原虽单手对敌，倒也暂时不曾吃亏。

可惜，只是暂时而已。

拾起的两株凤仙对蛇毒虽有一定的抑制作用，可她交手之际，血液流动加快，遂令毒性也蔓延得更快。若不能及时处理毒伤，只怕凤仙还未来得及发挥解毒的功效，她便毒气攻心而死了。

她的动作越来越迟钝，被追击得在山石间滚了数回，蓑衣上沾满了草和泥污，渐渐连闪避都十分困难。

正对着逼来的剑锋左支右绌时，忽听风雨里隐约传来景知晚的呼唤："阿原！阿原在哪里？"

阿原还在怀疑是不是自己中毒后产生的幻听时，小坏已高鸣一声，迎着电光猛地飞向高空，在她头顶盘旋。即便风雨再大，已到附近之人也能借着电光看清小坏高飞的身影。

没了小坏相助，阿原更难支撑，眼见黑衣人的剑穗甩过一串水珠，带着凛冽的寒气逼上前来，她勉强以破尘剑抵挡，劣势的位置竟令她握不住剑，差点跌落在地。

那边又传来呼唤，听来竟是异常焦灼："阿原！阿原！"

近在咫尺，并不像幻觉。

阿原拼尽全力在泥水里一滚，躲过致命的一剑，高声应道："我在这里！"

有人影飞快掠来，接着是景知晚同样满是泥水的狼狈面庞对向她的脸。他匆忙揽住她，问道："你怎么样了？伤到哪里？"

阿原只顾看向他的身后，挣扎地说道："小心杀手！"

景知晚回头打量，问道："杀手在哪里？"

阿原定睛细看，哪里还有那黑衣人的踪影？

从景知晚出现的那一霎，黑衣人竟像平白出现般，又平白消失了。

如果不是附近留下太过明显的打斗痕迹，阿原简直要怀疑刚刚那场生死搏斗是中毒后的幻觉。

她喉咙间吃力地滚动了下，说道："可能……听到你来，逃走了！不过……我被蛇咬了！"

景知晚忙打量她被蓑衣和泥土狼狈裹住的身体："毒蛇？咬在哪里？"

"左后肩。刚找到两株被拔起的凤仙，本该留做证物，不过……被我吃掉了！"

"很好！"

景知晚说着，坐在地上将她扶到自己怀中，拉开蓑衣，再用力一扯，已将她后肩的衣物扯开大半，露出已经黑肿的伤处。

阿原只觉后背一凉，雨水肆无忌惮地打在肌肤上。

雨水很冷，被蛇咬的伤处却很烫，完全觉不出疼痛来。他的手指也很凉，触在她肌肤上时，似有微微的颤抖。而她被那颤抖传染，从激战里松懈下来的身体竟也颤得厉害。

风雨里，她的面庞贴在他的胸前，感觉得到他温暖的体温。她的注意力便似全被他的体温和他游移于自己半麻身躯的指尖吸引住。她的心跳莫名变得激烈，连呼吸都炙热起来。

这感觉太过异样，她不由地挣扎着想从他怀中坐起。

景知晚手上略一用力，将她压在怀里，淡淡地道："有什么好害臊的？你身上哪一处我没看过？"

阿原倒吸了口凉气，再也站不起身。

往日的原大小姐到底有过多少男人？也包括眼前这位吗？

景知晚已拔出一把短匕，割开了她后肩的咬伤处。

她依然毫无疼意，却能觉出锋刃入肉的薄薄触感。血迹被雨水冲下，竟是黑紫色的。

她抚额低哑道："若我被蛇咬死在荒山，必定是全京城最大的笑话。"

不当原大小姐，不当公侯夫人，不要滔天富贵，不要清俊的男子，跑来当个不入流的小捕快，还在查案时惨死荒山，说不定还会像那只野兔一样，连尸体都烂在山上……

正惆怅之际，景知晚说道："原大小姐放心吧！即便你没被咬死在荒山，也是全京城最大的笑话。"

"……"

他径自点名阿原的身份，叫阿原愕然不知如何面对。而下一刻，她几乎全身都紧绷起来。

景知晚抬起腿将她的身体托得高些，揽紧她，倾身凑上伤处，为她吸出毒血。

明明已麻木的伤处蓦然间敏锐起来。她吸着气，尚能自如活动的右手绞紧他的衣角，依然有种无处安放的紧张和慌乱之感。片刻后，她的手臂环上他的腰，感觉他每一个动作带来的腰部牵引的力量，终于安心下来。

景知晚看了看伤口，吐出最后一口毒血，哑着嗓子道："部分蛇毒已蔓延到别处，没办法了。希望你服下的凤仙有效，不然就在这山上等死吧！"

他将她的衣衫拉起，草草覆住她露出的肩背，待要扶她坐起，才发觉她正抱紧自己的腰。他皱眉："松手。"

阿原的脸半贴在他的胸腹间，道："你要负责。"

景知晚怔了怔，冷笑道："哦？碰过你就要对你负责？谁不知原家小姐阅人无数，早已青出于蓝，永无餍足之时？你想要多少男人对你负责？"

阿原差点一口热血喷出嘴，强撑起身，涨红着脸高叫道："是你坚持要连夜搜山！你既然知道我的身份，还无耻地留我一个女子在荒山里，被蛇咬了，难道不应该由你负责医好我吗？你……万万别想得太多，我就是瞎了眼也不会找你这么个自私无耻的刻薄男人！"

以前原大小姐能挑上他，实在是瞎了眼……

连心眼都瞎了！

她站起身，罩上那件已经不成形状的蓑衣，挡住难以蔽体的衣衫，活动了下手脚，发现除了左臂，基本还能活动，只是头晕目眩，胸口阵阵发闷欲呕，显然毒素一时难以清理完。

当下最要紧的，还是找个地方休息。若是此刻在风雨中倒下，淋上那么一夜，只怕从此便不用起来了。

她将脸上的雨水拂了又拂，眼前除了雨幕便是密林，眼前阵阵昏黑之际，再也辨别不出该往哪个方向走。

转头看向景知晚，他未穿蓑衣，衣衫湿透，同样被淋得落汤鸡似的，却还保持原来的姿势，撑着额默默地坐着，竟没有要离开的意思。

"景知晚！"

阿原忍不住怒意，拼尽全力高喝一声。

景知晚似吃了一惊，转头看向她："什么事？"

一道闪电划过，把他的脸色映得很不好看，而阿原更是惨白着脸浑身哆嗦，抱着肩冲他叫道："留在这里等死吗？"

"哦！"

景知晚应了一声，仿佛还低低说了句什么，却被随之而来的惊雷掩住，再也听不清。但他终于也站了起来——却是挂着不知何时多出的一根木棍，有些吃力地站起身。

"走吧！"他扶住她，"离那木屋并不远，我们……很快可以走过去。"

阿原这才略略消气，跟着他在黑暗的雨夜里深一脚浅一脚地艰难跋涉着。

景知晚来得匆促，并未带灯笼，而阿原的灯笼早在打斗间熄灭了，这样的大雨里也没法再点上，只得丢弃。亏得景知晚已走过一回，还不至于迷路。小坏不离不弃地飞行于他们上空，却也被淋得受不住，不时哀叫一声，听起来有几分凄惨。

阿原很是怜惜，叹道："苦了我们家小坏，跟我受这样的苦！"

景知晚不答，脚下忽地一滑，一条腿跌跪于山石上。

阿原毒伤发作，四肢无力，被带得一起摔落在地上，忙挣扎着爬起，又去拉景知晚，怒道："你武艺这么高，存心坑我是吧？"

拿出他先前奔来寻她的身手，以轻功带上一个人迅速离开应该并不困难，犯得着像被淹得半死的落水狗般在泥泞里慢吞吞地爬行吗？

地上的景知晚吸了口气，冷冷地道："我不坑你，你可以自己离开。我让你查案，没让你被蛇咬……"

阿原差点呕得吐血，好歹是他的馊主意，才令她因公负伤，说不定还会因此丢了命，如今他轻飘飘来这么一句话……

当真气死人不偿命。

她正想将拉他的手甩开时，忽觉出哪里不对。

他似乎一直拄着那根木棍，挽扶她右臂的左手也一直很用力，用力地以臂腕搂紧她，而不是以手握紧她。这是不是说明，他的指掌间并没有太多力量，才要借助更有力的臂腕？

她的手向下一滑，握住了他的手。

很凉，凉得跟冰块似的，连掌心都觉不出半点暖意。

觉出她的试探，景知晚扫了她一眼，却也不曾挣开，拄着木棍站起，低沉道："走吧！"

阿原的嘴唇动了动，终于一个字也没说，与他相扶相携着，顶着风雨慢慢摸索向那本该并不遥远的木屋。

她骂了景知晚多少遍刻薄自私，但如果景知晚身体不适，无疑她才是最刻薄最自私的那个。

走到木屋时，两人都已筋疲力尽，再分不出沾湿衣衫的，到底是雨水、汗水还是血水。

所幸景知晚早先已在这里待过，木屋里收拾得还算齐整，青石搭成的小小灶台里还有些余烬。景知晚添了些干柴，重新引燃，那灶台便慢慢吐出幽幽的火焰，照出两人狼狈不堪的模样。

景知晚取过灶台边放着的一个酒壶，饮了两口，递给阿原："先喝几口驱寒。你中的蛇毒尚未完全解去，虽要不了命，但若淋雨后着凉发烧，说不定真会丢了性命。"

酒壶里的酒既美又烈，还被熨得温温的，入腹如有一团火焰升起，慢慢涌向四肢百骸，总算让阿原被雨水浸得冰冷的身躯舒缓许多，连失去知觉的左臂都有了些暖意。

她向关起的木门看了一眼，有些庆幸，又有些疑惑，说道："亏得那杀手没追来。若他追来，我们当真成了俎上鱼肉，只能任人宰割了！"

景知晚解开外袍，将水拧去，凑到火边慢慢烘着，低低地问道："那杀手什么模样？你是查到了什么，让他决定杀你灭口？"

阿原才想起景知晚根本不曾看到那个黑衣人。就算有心细查，他先为她吸毒，随后被她催促离开，大概也没办法在那样的情形下继续查案。这样看来，他其实还是把她的性命放在了第一位。

阿原恨恨地道："浑身上下裹得跟得了麻风病似的，谁看得清他长什么模样？"

她在怀中掏了掏，总算最后拣到的那个东西还在，忙取了出来："还好，这个还在。"

她从草丛里拣起的，是一颗扣着墨青流苏的黑檀佛珠，刻有佛像和六字真言，看来应该是当作腰佩使用的。

以丁曹的粗疏，自然不会随身带着这样的佛珠，便是寻常富贵人家，也多用金玉之物做腰佩，罕有用这等珍贵木质所雕佛珠做佩饰的。

景知晚将它拈于手中，细细赏玩着佛珠，感慨道："果然是件好东西，好东西……"

他沉吟片刻，忽地看向阿原："怎么不把衣服脱下来烘干？"

阿原怔了怔，再不想听到他说"你身上哪一处我没看过"之类的刻薄话，用尚能活动的右手胡乱拧着衣角的水，说道："横竖都在火边，穿在身上更容易干些。"

景知晚从衣摆处撕出两根布条，一声不响地站起，在两人间悬起一条绳索，再将二人的蓑衣甩了甩水搭上去，便成了一道简陋的帘子，勉强可以将二人隔开。然后，他继续坐到火堆边把玩着佛珠，懒洋洋道："捂出病来又该说我坑你了。脱了，没人看你……也没什么好看的。"

于是，阿原又被他恶毒地刻薄了一回。

若不是隔着蓑衣，阿原很想伸出爪子，像泼妇般在他清俊的脸庞挠上几道血痕，才能稍稍解气。

但既然他早已知晓她的身份，又这么说了，她还扭扭捏捏的话，未免太矫情，遂解了发髻，拧了拧水散开晾着，再将外袍脱了慢慢烘着，随口问道："你得了什么病？"

她已看出他方才连走路都吃力，丢开木棍后更是明显。再加上他出门必定坐肩舆，她至少敢确定，他有腿疾。

因景知晚的脾气怪异，阿原本没指望他回答。但他沉默片刻后，居然答道："是胎里带出的疾病。我母亲生下我后死去，家人原以为我也活不了。不过，在药罐子里泡了几年，倒也不比寻常人孱弱多少。"

阿原嘀咕道："走路都走不动，还说不孱弱？"

景知晚沉默了更久，才道："我一直注意调养，又习武强身，本已无大碍。后来遭人暗算，挑断双足脚筋，弃于荒野喂狼……好不容易在朋友的相助下逃脱，但身体已伤得太厉害，再不可能恢复如初。"

阿原一惊，忍不住从蓑衣间探出脑袋看向他："你……你家世应该极好，武艺也这般高，谁敢这样害你？"

景知晚抚着手中的佛珠，盯着佛珠上悯视众生的佛像，轻笑："自然……是我从未想过会害我的人。"

阿原细细品味着他的话中之意，疑惑道："莫非这个恶人是你相识的？"

景知晚神情漠然，声音寡淡得听不出半点喜怒哀乐："相识，自然相识……"

阿原很意外，旋即想起朱绘飞也是他朋友，而且是因为秘戏图臭味相投的朋友，遂道："那便是你识人不明，交友不慎，才会自讨苦吃！"

"识人不明……"

景知晚低垂的浓睫颤了颤，唇角有丝笑意宛若涟漪荡开，却苦涩如捏碎的黄连汁液。一缕烟尘升起，将他苍白的面庞映得如隔云雾。

阿原顿了顿，嗅到异样的焦味，探头一瞧，忙道："景……景知晚，你的袍子被烧焦了，焦了……"

景知晚一惊，这才注意到搭在树枝上的衣袍太久没去翻动，距离火堆太近的部位被烘干了水分，竟被吞吐的火焰燎到。他忙掸灭火焰看时，衣服的腋下已被烧出一个黑黑的破洞。

他便又看向阿原，眼底意味难明。

阿原正倾身向前，探出了半边身子。虽知自己尚穿着中衣，何况诚如景知晚所说，她也没什么好看的，但她还是脸上发烫，连忙缩到衾衣后，专心致志地烘她的衣衫。

景知晚问："你会缝补衣裳吗？"

阿原想起那个为她赢来夫婿的江山图，苦笑道："听说我从前的刺绣手艺高明得很，缝补衣裳大概更不成问题。只是现在我很不喜欢拈针绣花，宁可送出去交给绣娘裁制修补。"

景知晚道："嗯，可见你以前裁衣刺绣，其实都不是出于本心。"

阿原怔了怔："不知道。我说了，我记不得从前的事。"

景知晚没有纠缠此事，出神片刻后，问道："若有人救下小小女婴，带她远走他乡，教她学文习武，将她爱逾性命，视若明珠，待她长大，她拔剑相向，断他手足，弃他荒野，害他性命，当如何处置？"

阿原忍不住又探头打量他："你说的，莫非就是害你的那位？是个你自己养大的小姑娘？"

他看起来多高傲多精明的一个人，难道会被自己一手养大的小姑娘坑掉大半条命？

景知晚睨她："你觉得是笑话？我也觉得是个笑话。"

他的神情依然很厌揍，但阿原终于不忍笑话他。静默片刻，她道："你不是笑话，那姑娘才是。你既然无事了，必定已为自己报了仇吧？嗯，忘恩负义，死不足惜！"

"死不足惜……"他击掌，却叹息地道，"可我不想让她死。"

"那她……"

阿原好奇他到底会怎样处置那个小姑娘，景知晚已打断她："附近有没有寺庙，或者在家修行的富贵人家？"

阿原知道他在猜测那枚黑檀佛珠的来历，摇头道："这里偏僻，我也是头一回来，需等明日打听了才知道。"

黑檀贵重，佛珠雕工精致，所用流苏质地也好，的确应该是出家人或在家修行的居士所有。那杀手早不动手，晚不动手，恰在她寻到佛珠时下手，很可能也是因为佛珠透露了太多信息。

她将案子从头到尾细想了一遍，说道："是了，这案子其实还是我们最初所想的兄弟争夺家财的旧把戏。朱继飞故意藏了两颗假灵鹤髓在自己枕下，先让自己被怀疑，然后让朱绘飞那里出现更大的疑点，加上傅蔓卿的证词、棂幽的死，令朱绘飞更难逃脱嫌疑。朱继飞不研究炼药，但结交懂得炼药之人，而且……就在涵秋山附近！"

景知晚淡淡道："你若现在才想到，也真是……够蠢的！"

阿原吸气，再吸气，然后冲他嫣然一笑："我晓得你养大的那个姑娘为什么想害你了！"

景知晚眼底有锐光闪过，抬眸盯向她。

阿原甩了甩半干的长发，眉眼呈现出少有的温柔："这么毒的嘴，被你从小损到大，只怕做梦都想弄死你！那小姑娘忍你一二十年，不容易了！"

景知晚便也吸气，一口气将酒壶中剩下的酒饮尽，用他修长好看的手抖了抖烘干的衣袍，披在身上。

阿原屡屡被他损得体无完肤，难得也能刻薄一回，同样把他嘲讽得无言以对，顿时心情大畅。她笑嘻嘻地将自己那件干得差不多的外袍穿了，撤了两人之间的亵衣，慢悠悠地梳理她那头墨黑的长发。大概喝下的酒催发了凤仙的药性，她虽还头晕乏力，左臂已渐渐恢复知觉，已能握住头发，为自己绾一个漂亮的髻。

这一夜虽然惊险，所幸二人的小命保住了。

猎鹰小坏更是头一次经历这样的生死劫，敛着翅膀一直跟在阿原身后惊恐四顾，待阿原放松下来，方才安心地打起盹来。

阿原摸摸小坏的脑袋，往灶台里添了些柴，便和衣躺在地上休憩。

这木屋到底是村民临时所建，虽能遮避些风雨，地上依然很凉，但比起在黑漆漆的夜里被毒蛇咬、被杀手砍，无论如何要强上太多。阿原很知足，闭上眼时，甚至愉快地笑了笑。

大概，是因为景知晚那样孤高清傲的贵家公子，披着件腋下一个大洞的衣袍坐于粗陋的灶台前取暖，看起来着实有趣吧？

只是他安静地坐着的姿态，看起来如此孤绝落寞，令她莫名地有些忐忑。

她的头脑尚昏沉着，何况困乏得厉害，本该很快睡着。可不知为什么，那忐忑感始终挥之不去。景知晚的衣衫，以及衣衫上被烧出的破洞，不时在眼前晃动，然后在她意识渐渐模糊之际，化作另一件洁净的衣衫。

是一件刚做好的素青衣衫，布料华贵精美，做工却极寻常，正穿在一个身材高挑顾秀的男子身上。

他从房中步出，正淡淡地吩咐小童："把她方才丢掉的东西再备一份吧！"

有女子走近，低头瞧瞧自己被扎得满是针眼的手指，说不出是欢喜还是惊讶，扭着衣襟问道："你既然嫌弃我做的衣衫针脚粗陋，干吗还穿？你……你把这些东西找出来做什么？"

小童在案上排了香炉，又取来一把绣花针，一个白瓷碗。

男子走过去，将碗中注满清水，悠悠道："代你乞巧。"

"嗯？"

"我不想日后总穿破衣出门。"

他抬袖，便见腋下大片针脚已脱，裂开一个大洞。

明明只是针脚脱落，可破洞边缘有明显的烧焦的痕迹，分明是被火焰所燎。

那衣衫也变了，不再是崭新的素衣，而是件带着雨渍泥土的旧衣。墨黑的烧焦的痕迹里，渐有红色的火星在闪动，慢慢跳出火焰。火焰变换着千奇百怪的形状，没有将那破洞燎得更大，偏偏能越烧越旺，忽然间旋成一张血盆大口，蓦地向她兜头扑来。

阿原仿若被火焰裹住，睡梦里也觉不出被烧灼的痛楚，只是热得透不过气来，终于在憋得受不住时，低呼一声，猛地坐起身来。

耳畔有谁在低低呻吟，带着隐忍的痛楚，却在她梦醒坐起的一霎戛然而止。

她重重地吐了口气，浑身汗出如浆，终于清醒过来。

梦中的场景依然历历在目，梦中人的对话也还回旋在耳边。她甚至能觉出梦中那男子清冷的言语之下，暗藏的触手可及的温暖。

她揉着自己的太阳穴，下意识地看向景知晚的外衣。

他安安静静地盘膝坐于她对面，衣衫上被燎出的破洞还在，但火堆已快熄灭，幽暗的光线下根本看不太清，更别说喷出灼烧她的火焰了。

如此离谱的梦境，只怕还是因为景知晚那张时刻不忘损她几句的臭嘴。

阿原起身添了些柴，看火苗吞吐，木屋中渐又暖和起来，方才放心地坐到边上取暖，顺便打量着景辞。

他低眉闭目，神色似无异样，但额上和鼻尖上有细细的汗珠渗出。他的双手居然握住脚踝，宽袖下的手臂隐见微颤。

阿原记起方才醒转时听到的低吟，忙挪过去，问道："景……知晚，你是不是不舒服？"

　　景知晚开始不理会，待察觉阿原一直侧头打量他，方才睁开眼来，不耐烦地睨她："没什么。你被蛇咬伤的地方好了？还不躺着去！"

　　阿原道："刚才做梦，出了一身汗，反而觉得好多了。"

　　"噩梦？"

　　"不算噩梦。"阿原回想梦里的情形，她见那男子穿着针脚粗陋的新衣，分明有着难以言喻的欢喜和甜蜜，怎么都算不上噩梦。最后把她燎醒的火焰，却是来自景知晚所穿的衣衫。——如此看来，只有景知晚才算是她的噩梦。

　　她将她的噩梦再一思量，走到墙边铺了些柴草，又将已晾干的褰衣覆上，伸手去拉景知晚。

　　景知晚面色一沉，声音低而冷："做什么？"

　　阿原扑哧笑出声，说道："别逞强了，扶你那边睡去。别怕，我虽好色，还不至于乘人之危……"

　　景知晚被呛住："你要不要脸？"

　　阿原已觉出其肌肤滚烫，推她的力道甚弱，远没有疾奔而来将她压得不能动弹的气势，于是拦腰将他抱住，拖到褰衣上躺下，嘻嘻地笑道："不要！有景县尉这样的雅人相伴，还要脸做什么？"

　　景知晚的眸深如夜，盯着她握拳，再握拳……

　　阿原凑到他耳边，轻笑道："更不要脸的事得等景县尉好了才能做。如今……你还是安心睡一觉吧！"

　　景知晚如活吞一大堆的绿头苍蝇，终于噎在那里半个字也说不出来，转过脸再不理她。

　　所谓人不要脸，天下无敌。原大小姐本就风流浪荡，但凡天下俊秀男子，无不看作囊中之物，恨不得即刻收入闺闼。阿原脸皮厚上一厚，偶尔代入一回，果然大获全胜。景知晚再怎么刻薄无礼，出言如刀，碰着这刀枪难入的厚脸皮，也不由地卷了锋刃，难入分毫。若非双腿不便，他只怕已丢盔弃甲，落荒而逃。

　　阿原很得意，心满意足地靠着潮湿的墙壁坐下，把他的鞋褪了，一次次将掌心搓得发热，再去揉他的脚踝。

　　他的腿肚和脚跟之间，有狰狞的刀割伤痕和驳续筋腱的伤疤。若换了寻常人，如此狠毒的两刀下去，便是不死，这辈子也别想站起来了。

　　阿原一时也想不出，他一手养大的那什么小姑娘到底怀着怎样的险恶心肠，才能对他下这样的毒手。细细算来，他今日伤病发作，着实跟她有脱不开的干系。他这般谨慎，为保养身体连多走几步路都不肯，却因为她接连在深山行走，甚至用了轻功，虽说本来有心坑她，但无疑把他自己坑得更惨。

阿原很浪荡，但阿原更善良，所以她大人不计小人过，一心一意地用她尚未恢复的双手替他揉捏着，期盼能为他稍减痛楚。

景知晚紧蹙眉尖，不掩厌恶之色。阿原已见惯他的嫌弃，也不以为意，只管为他揉捏着，看他渐渐放松下来，不一时便闭着眼传出均匀的呼吸，方才打了个呵欠，将他的双足抱在自己腿上捂住，和她的鹰相偎着，靠在墙边打盹。

不知过了多久，阿原被远处的钟声惊醒，一睁眼便见小坏正叼着一只山鸡歪头看着她，原来一早便出去为主人觅来了食物。

柴门半敞，露出阴白的天空。天亮了，雨也停了，山石树木兀自湿漉漉地闪着水光。檐头不时有水珠滴落，细微的叮咚声夹在晨间的鸟鸣声中，甚是悦耳。

因坐着睡了许久，阿原的肩背有些僵硬。她略略一动，身上披着的一件外袍便滑了下来。

经历过风雨后沾了泥污的素青衣衫，腋下有一个烧穿的大洞，正是景知晚的那件。

而景知晚保持着她入睡前的模样，侧过脸安睡着，甚至脚踝依然被她捂在掌中，与她肌肤相触，在火堆完全熄灭后互相传递着彼此的温暖。

阿原将那衣衫看了又看，实在想不出景知晚要怎样才能保持着现在这样的姿势，还能为她盖上衣衫。莫非是她睡着时嫌冷，下意识地抢了他的衣衫？

她不禁心虚，悄悄将衣衫盖回他身上，然后敲了敲小坏的脑袋，竖着大拇指低声表扬道："小坏太听话了、太善解人意了！比那些要么不开口、一开口便损人无极限的家伙能干太多了！"

他们上山前虽吃了些东西，但经过这一夜的折腾，早已饥肠辘辘，一早若能炖个山鸡汤什么的，必定提神养气，若能采几朵松蘑放入，更会鲜美可口。不过，这山鸡浑身的毛该怎样处理，着实是个大难题。

她垂涎欲滴地看着那山鸡，然后看向景知晚，就像看着一大锅香喷喷的山鸡汤。

景知晚不知何时也睁开了眼，见状懒懒地道："你可以整个儿烤来吃。一大早的，我不会给你炖鸡汤。"

阿原猜不出他怎么会一眼就看出自己的心思，忙丢开山鸡，说道："谁让你炖鸡汤？我只是想问你，你刚才有没有听到钟声？"

"钟声？"景知晚似还没有完全醒转，搁在她腿上的脚随意蹭了蹭，"我只听到有人没规没矩，又在胡乱骂人。"

他的双足隔着衣物蹭上她，有着粗糙的触感，算不得舒适，阿原却觉得有人在心窝口恰到好处地挠了一下，痒痒的，伴随着不胜向往般的愉悦，从相触处飞快地扩散开来。

阿原整个人都不对了，连忙挪开他的双足，站起身来说道："我骂的是那些该骂的，景县尉机敏聪慧，自然晓得我骂的另有其人，绝非景县尉。"

本来温暖的双足蓦地暴露于空气中，又开始隐隐作痛。景知晚盯着脚踝处可怕的伤疤，黑眸寂静苍凉，一如此时寒意瑟瑟的天空。半晌，他唇角勾起一抹自嘲的笑："嗯，如今……我自然不能再糊涂。你刚说什么？钟声？"

"对！钟声！"阿原舒展了手足，负手看向门外，英姿飒飒，眉目含着光，"若是我没记错，暮击鼓，晨敲钟，是寺庙里的规矩。"

景知晚的眼睛也亮了："附近有寺庙！"

阿原点头："寺庙离我们很近，凶手和真相……也离我们很近！"

佛珠、凤仙、丁曹、书童，所有线索都已有了明确的指向。

正因为他们已接近真相，随时可能窥破凶手的真身，丁曹才会遇害，阿原也差点遇害。

李斐等天亮后来到涵秋坡查看，发现景、原二人不曾下山，那两名舆夫还在下面等着他们的双倍赏金，给惊吓得不轻，唯恐他们也步了丁曹后尘，匆匆带上舆夫，紧赶慢赶地奔往山间寻找。

但他们并没有费太大力气，便找到了那两位——是循着木屋里的鸡汤香气找到的。

景知晚对阿原的嫌恶，其实很多人都看在眼里，想象中，若二人无事，阿原必被景知晚使唤得焦头烂额，欲哭无泪。

但阿原抱着一只有缺口的陶钵，正快活无比地喝着鸡汤，不时用树枝削成的筷子捞着里面的蘑菇和野菜。而她的身后，景知晚正安静地坐于一角，面色苍白，双眸暗淡。

见李斐、井乙等人过来，阿原忙招呼道："那锅里还有一碗，景县尉说没胃口，你们要不要来点儿？"

李斐见二人没事，顿时心情大畅，忙道："好，好！一早赶过来，的确有些饿了！"

他也不嫌弃木屋里脏乱，当真四处翻找起可以盛汤的器具。

井乙不好和县太爷抢着吃，走过去问景知晚："县尉大人，是不是夜间受了累，哪里不舒适？"

景知晚轻轻一笑："我很好。能在这种地方炖出鸡汤来，我简直是……好得不能再好了！"

他看着阿原大快朵颐的模样，淡淡的笑意竟然凉如霜雪。其实连他自己都想不通，他为何拖着病体辛苦地为她宰剥山鸡炖汤，并很乐意看到她在山林里来回寻找蘑菇野菜的模样。

那次重伤之后，他的肠胃愈发虚弱，根本不能食用这些野味或山菇。

他竟只为她不曾说出口的愿望，折腾了整整一早上。

自作孽，不可活，一次又一次……

井乙摸不着头脑，继续考虑着要不要从县太爷嘴下分几口汤时，景知晚忽然拄着木棍站起身，高声道："大人，昨夜我等已寻到线索，需立刻前往附近的寺庙擒拿凶手。若是晚了，凶手闻声逃去，这案子就难破了！"

李斐刚找着一只破瓢盛上鸡汤，闻声答道："好，待我喝了这汤就去。"

景知晚道："大人，此案涉及皇室宗亲，听闻京城已有使者赶来，若真的耽误了破案，只怕……"

看着刚端上手的鸡汤，李斐的脸有些发绿。

这景知晚不仅在跟阿原作对，也在跟他这知县大老爷作对啊！他们两人在山上好久了吧？连有荤有素营养丰富的鸡汤都炖出来了，哪像急着破案缉拿凶手的样子？分明就是不让他喝汤，不让他喝汤呀……

李斐喝不成汤，阿原自然也喝不成。但她已喝得差不多，鸡肉却不怎么爱吃，摘了片阔大的叶子裹起钵里剩下的半只山鸡递给井乙。井乙大喜，一边啃着鸡肉，一边跟着他们去寻寺庙。

李斐一路闻着肉香，更是满怀羞恼，只恨自己是沁河的父母官，子曰，诗云里熏陶出来的名流士子，不得不顾着些斯文体面，绝不能像井乙这般粗鲁无状，边走路边啃鸡肉，还啃得满嘴流油……

他抬袖，悄悄擦拭嘴角不小心流出的口水。

而景知晚已上了他的肩舆，潇洒地走远了。

阿原休息一晚，又得鸡汤大补，蛇伤已然无碍，竟也能精神大好，健步如飞，很快也将流口水的知县大老爷甩出老远。

涵秋坡的地形并不复杂，附近民风也极淳朴，里正一听说要找寺庙，立时晓得说的是哪里。他在前面领着路，笑道："那里没有庙，但有个尼姑庵，颇有些来历。"

阿原忙问："什么来历？"

"听闻先前随皇上打江山的部将，好些没能回来，皇上厚加抚恤。有些无儿无女又不愿再嫁的，都有发给钱粮；也有要出家的，便命地方修建庵堂让他们安身。前面这个慈心庵，因和皇家有些牵扯，早年便香火鼎盛，后来安排遗属入内出家修行，自然人气更旺。"

"人气旺……庙里的师太们也应该挺富足吧？"

若不富足，便不可能有闲钱买那种贵重佛珠来做腰佩。

果然，里正道："那是自然。皇上恩恤，赏过不少钱银，大多有些家底。还有那边一大片地，都是最肥沃的，也是划归慈心庵，每年的租子便足够她们花销了！"

里正所指的，是涵秋坡另一面的平缓之处。除了大片肥沃土地种着五谷杂粮，还沿着地形种植了数十垄茶树。茶树的东南侧，大片树木掩映下，有十余间黑瓦黄墙的建筑，显然就是慈心庵了。

李斐直到此时才摆脱山鸡汤的诱惑，仔细打量着地形，纳闷道："若是凶手藏在庙中，那书童为何大费周章地从坡上翻过来？从山下大道绕到庵中，岂不更方便？"

里正笑道："的确有大道从城里直通慈心庵，车轿都能行走，故而一般不会有人舍近求远翻过这道山坡前去上香。昨日老爷问附近情形，我等未提此庵，正是这个原因。"

既然山道并非通往慈心庵，谁又能将山道上的命案和慈心庵这等清净庵堂联系在一起？

景知晚高高坐于肩舆之上，修长的手指轻敲着扶手，悠悠道："上香的人，自然不会从这条路走。"

可不是上香的人，也就没必要从这条路走。

县老爷驾到，慈心庵的住持妙枫不敢怠慢，带着几个弟子亲身迎出。

听得来意，妙枫颇不以为然，说道："有施主在附近遇害，贫尼深感不安，今日必定为他多念几遍往生咒，愿他泉下安息，早日投胎。不过我们这庙里都是出家修行之人，入夜便闭了庙门，不许一个人出入，怎么可能跑出去害人？"

李斐皱眉："那你们庵中有没有人蓄养毒蛇、炼制邪药？"

妙枫面露愠色："知县大人，出家人以慈悲为怀，求的是普度众生，养毒蛇做什么？至于炼药，贫尼倒是略通一二，若遇时疫，便炼些药来分发给穷苦人家，为的是治病救人，难道也能算作邪药？"

李斐忙道："师太切莫误会！诸恶莫作，诸善奉行，自净其意，是诸佛教。虔心修行的佛门弟子哪会跟那等毒邪之物打交道？只是闻得庵中香火旺盛，也有些居士会借住于庵中修行，难保个个心无杂念。如今既有证物显示可能与佛门败类有关，师太何妨配合下官清查清查，也可去去嫌疑，免得被人说三道四。"

妙枫虽不乏底气，但当地父母官到底不好得罪，只得道："那么，如何清查，请大人吩咐！只是庙中都是女流之辈，且多出自功勋之家，不宜受惊扰。"

李斐犹豫之际，景知晚忽道："我们先在屋外各处走走，师太约束众弟子在屋中暂避即可。"

妙枫还欲再言，眼见景知晚穿着虽普通，却连知县都礼让几分，料他不是寻常之辈。她踌躇片刻，才道："若只在屋外走走……倒也不妨。"

李斐这一回带来的衙役不少，路上听阿原说了凤仙和毒蛇之事，只暗暗吩咐手下留意有无未开花的凤仙植株，或新近翻动的泥土——若对方有所察觉，难保不会提前将凤仙挖去，毁去证据。

毒蛇或许能藏于室内，凤仙却只能种于室外。算来他们搜查屋外也够了。

但庵堂内外翻了个遍，竟连最寻常的凤仙都未曾见到一株，更别说那种叶片小而密的特殊凤仙了。

想想也是，山野里栽种招蛇的凤仙，着实不智。何况出家人又不能染指甲，再美艳的颜色对她们也无甚吸引力。

李斐沮丧，悄声问景知晚："丁曹会不会是从别处摘来的凤仙？虽说寺庙就这一处，难保附近也有在家礼佛之人。咱也不能因为拣了枚佛珠便一口咬定是慈心庵的吧？"

妙枫隐隐听见，问道："还有何物证明此事与佛堂相关？不如拿出来让贫尼分辨分辨。"

阿原取出那枚佛珠腰佩，问道："你看下可曾有你庙中的小师父戴过？"

妙枫接过，翻来覆去看了几遍，沉吟道："哦，若是此物，难怪会怀疑我等。这佛珠清素小巧，雕工精湛，必定价格不菲，的确应该是有些身份的礼佛之人才会佩戴。话说庵中来往女眷虽多，如此别致的腰佩却也罕见。若贫尼曾见过，不会没有印象。看来只得劳烦知县大人到别处去找找了！"

李斐无奈，正待领人离去时，景知晚忽道："请问师太，围墙那边的小院，是何人居住？"

众人举目，见寺院院墙边另有小门，乍看似乎只是进出庵堂的普通角门，细看才发现墙外绿树浓荫之下，也有屋檐隐隐，分明另有玄机。

妙枫迟疑了下，说道："那边精舍住的并不是庵里的弟子，而是留着招待贵客的。"

景知晚问："怎样的贵客？"

妙枫眼底隐隐有丝傲气："贵客嘛，自然要尊贵些。若是平头百姓，便是一百两黄金拿来，贫尼也不会让他住进去！莫非知县大人觉得这样的贵家小姐，会半夜里跑去杀一个微贱的小衙役？"

联想到有关这座庵堂的某些传言，李斐顿起退缩之心，正准备敷衍几句离开时，旁边井乙听得她言语间轻慢遇害的丁曹，所谓物伤其类，暗暗愤怒，悄悄底扯了扯阿原袖子。

阿原与井乙、丁曹等人相处融洽，知井乙被家室所累，不敢出声，遂上前一步，懒懒笑道："师太此言差矣！我佛悲悯，素来讲究众生平等，视王侯将相或贩夫走卒本无二致，师太何以如此计较贵贱之分？何况若有一百两黄金，我哪里住不得，跑这山野间喂虫子，也太无聊了。"

她看向那精舍，打了个手势，笑道："我倒是真的好奇，这贵家小姐住这里来做什么？"

小坏正靠在树枝上打盹，见她手势，立时振作精神，张翅在众人头顶盘旋两圈，飞了开去。

妙枫被阿原明嘲暗讽一番，不由面色微赤，说道："这位施主是新来的吧？如果久在沁河，该知晓这慈心庵与别处不同。旁的不说，庵中的比丘尼多为功臣遗属，若是有所差池，并非贫尼说一句众生平等便能交代的。"

她转头看向李斐："若大人执意搜查，贫尼自然不能阻拦。只是若惊吓了贵人，上面追究起来，贫尼也只好照实说。"

言外之意，如有差池，这责任需县太爷承担。若日后影响县太爷的仕途，勿谓她老尼姑没有事先通知也……

李斐自然不想担那断送仕途的风险，何况这老尼姑上面有人，看起来着实不好惹。待要撤时，景知晚忽道："今日或明日朝廷所派使臣应该就会赶来督查此案了。

若再不破案，皇上震怒，这责任……"

他欲言又止，好看的手指踌躇般轻叩扶手，笃笃的微响愣把李斐听得出了一头的汗水。

进退两难时，忽听翅翼破空，却是小坏越过墙头扑棱楞飞来，落到阿原的肩头，邀功似的将衔着的一抹绿意拂到阿原的脸庞。

阿原接过一看，大喜，高声叫道："凤仙！就是这种凤仙！"

李斐顿时挺直腰杆，叫道："下官不想惊吓贵人，但查案是职责所在，岂能有所疏漏？给我冲进去，不许让嫌犯跑了！"

井乙等人领命，立时冲上前，一脚踹开小门，冲了进去。

眼前是一座独立于庵堂的小院，院中芭蕉舒展，绣球吐蕊，更觉幽静雅致，一时倒也未见凤仙。

阿原被毒蛇咬怕了，持了破尘剑在手，才一脚踹开精舍的门，向后提醒道："大家小心毒蛇！"

一行人戒备着冲进去，倒也未见毒蛇，甚至不曾见到半个人影。一排四间精舍，格局玲珑，陈设典雅，清香扑鼻，倒是檀香里裹着说不出的气味。

待搜到东边的房间，阿原才知那是药的香味。

靠墙的一面是个百宝架，放着若干装药材或药丸的瓶瓶罐罐。阿原扫了一眼，见几个瓷瓶很眼熟，正与当日装假灵鹤髓的瓷瓶一模一样。

阿原忙取过来，拔了木塞一一试闻，突然眼睛亮了。她举起其中一瓶，说道："这个不是灵鹤髓，但这药里含有灵鹤血的成分！"

景知晚缓缓走过，手中也多了一个小小的玉瓶："这里面，是玫红色的凤仙花加入明矾捣烂而成的花汁，可用来染指甲。染指甲时，需将花汁浓浓地敷上，以树叶包住，第二日便会染成凤仙花的颜色。这期间若不留意，花汁便会沾到别处。"

比如，沾在仿制的灵鹤髓上……

李斐很有气魄地一挥手，喝道："搜！立刻把这人找出来！"

妙枫犹豫着还要上前说话时，李斐怒道："帅太，遇害者乃是当今皇上同气连枝的宗亲！为何慈心庵会和嫌犯扯上关系？若皇上追究起来，只怕贵庵清誉难保呀！"

妙枫脸色变了变，忙道："贫尼之意，既然大人怀疑姜姑娘与此案有关，还是赶紧将她找回来问清楚吧！"

李斐问："那什么姜姑娘是何来历？人呢？"

妙枫还未来得及回答，那边井乙已奔过来，急急地回禀道："大人，院中未见人影，后院另有一扇门，似乎有小道可通往山间，也可折往庵前的大路！还有，后院墙根下种有凤仙，很可能就是丁曹摘取凤仙茎叶之处！他必定查到了此处，又被人觉察出了踪影，才匆匆逃入山林准备离开，不料……"

井乙红了眼圈，狠狠地瞪了妙枫一眼。其他人看向妙枫等比丘尼的眼神，也全然没有了最初的敬重。

景知晚已将四周细细察看过，说道："你们赶紧找到这女子。从卧房的陈设和衣物来看，应该是个未婚少女，爱穿浅蓝或淡紫的衣衫，衣饰并不是很华丽，但很有教养。"他看了眼百宝架最上面的空格，继续道，"她的身材纤瘦，个子不高，染着玫红色指甲，应该很好认。"

李斐忙问："该往哪边搜？若是搜山，只怕得多派点人手。"

景知晚道："从厨房里的药渣来看，此女应该染了风寒，或患有咳嗽，且病得不轻，应该无力藏入山间。既然她知道逃离此处，必定有人暗中通知她，此刻……多半在同伙的接应下沿大道逃奔。赶紧追，还要留意沿路的车马。"

李斐竖起大拇指，说道："我亲自带他们去追！劳烦景县尉带人在此处继续搜，若能将真假灵鹤髓找出来，那便是凶犯杀人的铁证！"

景知晚点头，转眸看向阿原。

阿原忙道："我要保护李大人，就不陪景县尉了！"

她一溜烟地跟着李斐跑开时，只闻身后景知晚悠闲地道："我只是想告诉你，别毛手毛脚的，再被毒蛇咬几口！赶紧拔几株凤仙带在身边，被咬了也不至于丢了小命！"

"这死乌鸦！死乌鸦嘴！"

阿原低咒两声，随李斐等人奔出院门，忽又转过身来，在墙角胡乱拔了几株凤仙塞入怀中，才匆匆追了出去。

若被这乌鸦嘴说中，可真不是闹着玩的。

天很蓝，山很青，景知晚的鸡汤很好喝……她当然得多多珍惜自己的性命，才能继续喝汤吃肉，逍遥地当她快乐的小捕快。

原以为那位姓姜的女子狡猾狠毒，缉捕可能得颇费一番手脚。但出乎意料的是，一刻钟后，他们便追到了她所乘的马车。

那马车在路上走得并不快，被赶到时更是一副欲行不行的模样。阿原一眼看出这是朱府的马车，更是笃定了原来的猜想，立刻带人冲上前拦住马头。

锦帘被撩起，探出了朱继飞难掩仓皇的俊脸。

他定定神，强笑道："原捕快，忽然拦我的去路，不知有何贵干？"

阿原笑道："贵干没有，公干有一桩。刚我们查案经过慈心庵，住持跟我们哭诉朱二公子拐跑了她们庵中一名女眷，我等只得前来看看，朱二公子车中是不是真藏了那位美娇娘！"

朱继飞紧捏着帘子，半挡住车内情形，说道："原捕快说笑了！在下虽不才，还不至于做那诱拐良家妇女之事。"

阿原一脚踩在车上，赶走车夫，拄着剑对他懒洋洋地笑："那车里的姑娘是谁？所谓独乐乐不如众乐乐，有美人儿大家看嘛，何必藏着掖着？"

朱继飞涨红了脸："原捕快请自重！"

阿原叹道："谋害生父、嫁祸亲兄，如今又携同谋潜逃……如此行径，朱二公子劝我自重？"

朱继飞沉默，抿着唇盯住阿原一言不发，却执着地护住车中之人，毫无退却之意。

见他不曾否认，阿原更笃定几分，转头冲井乙笑道："井哥，如我等这样的粗人，拿着刀剑将朱二公子拖下来，是不是太不斯文？"

井乙早带人将马车团团围住，道："虽是粗人，尚晓得人伦天理，岂不比斯文人强太多？阿原，你下不了手，我来！"

他在县衙待得久了，极懂得看眼色，猜着这二公子人证物证俱全，再难翻身，也便没了顾忌，冲上前去抓着朱继飞的衣襟只一拉，便将他扯下车来，跌在地上。

朱继飞兀自往回看向车内，声音已经变得沙哑："探儿！"

井乙准备再去揪出那女子时，帘子已被一只纤细的手轻轻拉开，白玉般的手指流转着一抹鲜艳的玫红，竟似有弯弯虹彩在人眼前晃过。

帘内竟是一个才十七八岁的少女，一身素衣，黑发如墨，容貌清秀之极，一双黑而大的眼睛盈满泪水，顾盼之际尽是小鹿般的惊慌失措，令人见之生怜，恨不得捧于掌心细加呵护。

井乙想去抓人的大手不由地顿住，呆呆地看向少女，疑惑地问阿原："这……是凶手？"

李斐文人出身，走得未免慢些，此时方才赶到，气喘吁吁地问道："怎么不抓人？"

待看清马车中风都能吹跑的纤弱少女，他一时也呆住了。

那少女已提着裙裾，小心翼翼地下车，却还是趔趄了一下。朱继飞忙奔上前，将她轻轻扶住，轻柔地问道："还撑得住吗？"

少女点头，将众人扫过，便向李斐行下礼去："小女子姜探，见过大人！"

李斐半晌才咳了一声，拖着尾音问道："你叫姜探？到底是何方人氏，何时到的沁河？与朱家有何关系？"

姜探低眉垂目，声音轻柔："回大人，小女子许州人氏，与朱家……并无关系。"

李斐忍不住有丝怒意："那你又怎么会在朱二公子的马车上？为何能在你的住处搜出灵鹤血所制的药丸？"

姜探叹道："大人容禀，因小女子自幼多病，不得不四处游历求医，也因此学了些皮毛。经过沁河时，听闻朱家独有的灵鹤血极其难得，且益气补血，正对我病症，所以千方百计求了二公子，取了些灵鹤血回来炼药。"

李斐哼了一声："你是想说，你跟朱蚀之死全无关联，只是恰好跟二公子要了些灵鹤血？"

他言语间全然不信，但眼见姜探娇娇弱弱的模样，再想象不出她谋人性命的狠毒，心下竟有几分将信将疑。

朱继飞见姜探眉眼安静，竟也冷静下来，上前说道："姜姑娘病得很重，但父亲对灵鹤血管束得很紧。我听说大哥曾要过灵鹤血给椋幽炼药，的确从椋幽那里要了一些，仅用于给姜姑娘配药而已。后来椋幽到底把其他灵鹤血给了谁配制假药，我等并不知晓。"

李斐沉吟间，那边忽传来景知晚的声音："连我们都无法确定，那仿制的灵鹤髓到底是椋幽所炼，还是他给了其他什么人炼制，为何你就能一口咬定，是椋幽给了旁人配制的假药？"

他腿脚不便，但舆夫健壮，睡了一晚好觉，想着双倍的赏钱，跑得飞快，竟也赶到了。

肩舆落地，他依然懒懒地坐着，轻笑道："如果我说，我在姜姑娘的卧房中把真假灵鹤髓都搜了出来，你是不是还会说，是椋幽死而不僵，暗中嫁祸？"

朱继飞一呆，脱口道："不可能！不可能还有假灵鹤髓！"

他看向姜探。

姜探淡粉的唇动了动，眉眼中有些无奈。

那厢李斐已笑了起来："朱继飞，你为何一口断定搜不出假灵鹤髓？难道你早已知晓，那里没有仿制的灵鹤髓，却有真正的灵鹤髓？"

朱继飞面色顿时惨白，紧紧握住姜探的手，一言不发。

景知晚已从袖中取出一物，淡淡道："藏得挺严实，一般人还真找不出来。"

而他当然不是一般人，于是，他找出了朱蚀那些被替换掉的真正的灵鹤髓。

姜探的身体有些摇晃，纤弱得似能被一阵风刮跑。

可惜她四周都是手执刀剑的捕快和衙役，再大的风都没法带她逃离重重围困。

她凄惶地环顾了一下，低哑着声音道："没错，这些灵鹤髓是我的。"

见她承认，李斐反而有些不忍，叹道："看着如此清秀的女子，竟能这般狠毒，真是红粉骷髅，红粉骷髅啊！"

李斐正要压下怜香惜玉的心思，将她押回衙门审问时，朱继飞已将她护在手臂下，惊叫道："不能抓她，不能……她，她重病在身，哪里经得起这折磨？"

景知晚不耐烦地道："怎么不去问问你九泉下的爹，死前经受过怎样的折磨？别急，这一路你还可以继续照应着。你以为这事你脱得了干系？"

朱继飞紧揽姜探，哆嗦着喃喃道："我没有，没有……"

李斐很是羞恼最初不曾看出朱继飞的险恶，怒道："你没有？姜探和朱府既无交集，怎么会无缘无故仿制灵鹤髓？她的药又怎么会跑到朱府，还跑到你父亲的卧房？分明是你早有毒杀生父、嫁祸亲兄之心，令姜探炼药害人……"

姜探忽道："大人，我承认这些灵鹤髓是我的，但它们并非毒药，而是强身健体的补药，是我炼来自己服用的。"

李斐顿住："你……是说这些真灵鹤髓是你所炼，那毒害朱蚀的灵鹤髓呢……"

"我自幼重病在身，只知救人，不知害人。"姜探上前一步，衣带随风翩翩，愈觉风韵致楚楚，"至于那位大人搜出的灵鹤髓，是我托朱二公子觅来配方、找来灵鹤血，自己配制炼成，与害死朱老爷的毒物毫无关联，不知大人怎么会怀疑是我所害？"

见此女柔弱多病，阿原本有几分怜意，忽听得她矢口否认，顿觉她奸猾且矫情，冷笑道："姜姑娘这是看着我们未曾搜出仿制的灵鹤髓，我等并无真凭实据，打算一口抵赖？可姑娘知不知道，姑娘的指甲便已留下了线索和证据？"

众人不由看向姜探的手。

她的手纤瘦白皙，病人的指甲本该苍白暗淡，但她以玫红色的凤仙花汁染过指甲，鲜亮的一抹色泽曳于指间，立时添了几分娇艳。

对着她婴儿般无辜的眼神，阿原不由地嘲讽一笑："姑娘肯定没想到，你在炼制或装仿冒的灵鹤髓时，在其中一颗药丸上留下了凤仙花汁的印痕。我开始怀疑朱夫人或朱家姬妾触碰过药丸，但仔细看过朱家女眷和侍女，并未发现有人染这种颜色的花汁。后来听闻棂幽是经傅蔓卿介绍进朱府的，又怀疑傅蔓卿。但留意过她的指甲和梳妆台上那些脂粉之物，同样不曾发现这种颜色。在贺王府意外地发现深玫红色的凤仙花后，贺王府那位名医便也难免有些嫌疑。可惜他刚来沁城不久，并没有杀人动机。"

姜探垂首看着自己的指甲，低低道："不……不可能！"

景知晚道："姑娘是想说，你触碰那些仿冒的灵鹤髓时，并没有裹染指甲？"

姜探的唇动了动，又抿紧。

景知晚挖了个坑给她跳。不论她说染或没染，前提都是她曾碰过仿冒的灵鹤髓。

见姜探不上当，阿原便继续道："当然，你也没有杀人动机，也没必要将纤纤玉手染上血腥。你只是替朱二公子办事而已。那位王管事其实是实诚人，一口道破二公子本性——貌似忠厚、暗藏奸猾！他害死父亲后，故意将假的灵鹤髓置于枕下，这极易被发现，却也极易被人想到栽赃嫁祸，反而最易洗刷嫌疑。但你们所用的灵鹤血是从棂幽处得来，棂幽又很容易被怀疑，为了杜绝后患，你哄着有三脚猫本领的棂幽服下足以致命的金石药物，令他在回屋后暴毙。"

李斐对自己的得意部下甚是满意，连连点头道："对，对，就是因为棂幽之死，才让我们对朱绘飞起了疑心。算来，真是冤枉他了！"

阿原点头，看向朱继飞："你明知朱绘飞不通医药，只与棂幽有过交往，偏说兄长结识江湖术士，暗示朱绘飞有机会取得害死棂幽的药物，使他更难洗刷嫌疑。并且，我等从未说过棂幽因何而死，你又是如何得知，并做出这样的暗示？"

朱继飞紧握住姜探的手，咬牙道："原捕快想得太多，我并未暗示什么。"

"嗯，你没暗示，是我们大人神机妙算，向你做了点暗示。"阿原笑弯了眉，含糊地不提到底是知县大人还是县尉大人的主意，"然后引蛇出洞，故意清查药铺，并告诉你找到了人证，只等那人从乡下回来便可去朱府指认。你唯恐露了马脚，去提醒王管事他已被怀疑，令他引开我们的注意力，趁机派书童来通知姜探姑娘。书童为避人耳目，故意从山间绕道而行，但丁曹早已暗中盯牢，一路跟踪发现了此处，并采摘了可以用做证据的凤仙离开。此时天色渐暮，他赶着下山，仗着健壮，便抄近道而回。但姜姑娘行事谨慎，察觉出事情败露……"

"姜姑娘本来打算以毒蛇伤其性命，不料丁曹身手灵活，不但避开，还将蛇斩杀在当场。姑娘无奈，只得暗施迷魂之药，丁曹不防，遂着了道。迷失神智前，他曾试图抓住姑娘，姑娘虽挣脱，但心慌意乱之际，将佛珠失落……"阿原打量着姜探弱不禁风的模样，略有些犹豫地道，"又或者，不是你亲自出手，另有人暗中帮忙？"

她又想起那个剑上佩有双纹纹流苏穗子的黑衣杀手。

从身形和身手来判断，绝不可能是朱继飞。

她尚有疑惑，李斐却已很满意，负手道："二位，你们还有何话可说？"

朱继飞胸口起伏，白着脸无力地辩驳道："可我不曾谋害父亲，从来不曾……"

姜探则盯紧暴露她的玫红色指甲，喃喃细语几不可闻："不可能，不可能……"

李斐也不急着逼他们即刻认罪，横竖证据确凿，回头堂上一审，杀威棒一打，不怕他们不招。

正要令人将他们押入衙门时，忽然身后有人惊呼道："放开我儿！"

姜探虽身姿纤弱，神色偶有彷徨，却比朱继飞要冷静不少。但她听到那声音，脸上蓦地浮上惊恐，猛地抬起头来。

众人回头一看，只见两名健壮的汉子抬着一顶小轿快速赶到，一个中年美妇人正探出身焦急地望来。

那妇人低眉顺眼，容貌端正，是他们都认识的朱蚀之妻，即朱绘飞、朱继飞的嫡母朱夫人。

景知晚的眉峰微微扬起，扯了扯阿原的袖子。

阿原怔了怔，倾下身听景知晚低低而笑："你推理得极有道理，但这回好像逞不了能，还闹了笑话！"

早上喝的鸡汤还没消化完，阿原对他这一夜患难与共好不容易积攒出的那点感情却已消化得差不多了。她压下气恼，笑嘻嘻地道："其实吧，我也觉得那姜姑娘不像坏人。"

景知晚似信非信地睨她："哦！"

阿原道："你看，她生得美，又会说话，又讨人喜欢，跟你简直是天生一对！你不是坏人，她自然也不是。"

强词夺理，气死人不偿命，不只他景知晚会……

景知晚眯眼瞧她，她便更加笑得眉眼弯弯，毫不畏缩地跟他对视，甚至也带了些许嘲讽……

景知晚终于转过脸去，专心地看向跌跌撞撞冲过来的朱夫人，而眼前还浮动着往昔那个娇俏的身影。

其实也算不得玲珑细腻，只是她总在窥伺他的心意，不肯拂逆半分，和眼前针锋相对的阿原判若两人。

也许，本就已是两个人。

朱夫人奔上前来，一把推开走到姜探跟前的捕快，紧紧抱住她，冲李斐叫道："大人，这不关探儿的事，不关她的事……"

以众人的猜测，若是朱夫人涉入案中，多半是跟朱二公子暗有勾结，没想到她竟一头抱住了姜探。

李斐惊异半晌，方问道："朱夫人，姜探是你的何人？她与此案无关，难道你与此案有关？"

姜探泪光闪动，忽叫道："此事与她无关，与二公子也无关……是我，都是我……我寻找机会混进朱府，替换了灵鹤髓，逃出来后，也是我杀了椘幽和丁曹，一概与他人无关！"

她竟然一改方才的辩解，立时揽下所有罪名。

李斐愕然："姜氏，你敢信口雌黄，戏耍本官？除非朱府上下都死绝了，才能叫你一个陌生人混进去换药！这病恹恹的，还能凭你一己之力杀了椘幽和丁曹？"

姜探道："兵者，讲究方法也。只需攻其不备，出其不意，完全可以斗智不斗力。你们看，他们哪个是死于蛮力？"

李斐一时哑然。

椘幽死于金石药物，但炼丹服药者众多，有多少人因此而死呢？何况他自己本身就是药师，虽然有点蒙人，也不至于全然不懂，明显是被比他高明太多的药师或医者所害；丁曹更是服药后神智不清摔死。他们的死，显然都与精通医药者相关。

这时，朱夫人忽然将姜探猛地一推，险些将她推倒在地。她叫道："探儿，你给我闭嘴！我做的事，不需要你为我顶罪！"

朱继飞慌忙扶住姜探时，朱夫人已跪倒在地，泪痕满面地向李斐连连叩首，说道："大人，民妇不敢隐瞒，朱蚀之死，与绘飞无关，也与继飞无关，全是民妇一手所为！"

若不是阿原走到近前扶着，李斐几乎想闪身避开。

朱蚀虽无官无爵，却千真万确是皇帝的堂弟；朱夫人虽是续弦，也是他们名正言顺的主母，皇室宗亲。他一个小小的七品知县，好像有点受不起这一跪。

待阿原拉他，他才想起，如果朱夫人杀了皇帝的堂弟，犯的就是十恶不赦的大罪，皇帝绝不会轻饶她。

他站直身，咳了两声，方道："你是说，你才是真凶？"

姜探挣开朱继飞的手，又要往前冲时，李斐喝道："再上前咆哮，给我掌嘴！"

阿原忙上前将她压住，对朱继飞笑了笑："二公子，这姑娘被咱们粗手笨脚地掌上几十个嘴巴子，必定再也说不了话吧？却不知还能不能站得起来……"

朱继飞噤声。

朱夫人急急地又要扑过去，厉声叫道："不要碰我女儿！"

李斐的眼珠子差点掉下来："女儿？"

朱夫人恨恨地道："朱蚀那厮，不知听了哪个方士胡说八道，说我八字极好，正与他契合，能助他早日修成正果，觅得长生之道……他竟让人将我夫婿推入水中活活淹死，又送走我女儿，强行娶我为妻……可怜我的探儿那年才六岁，被扔在远亲那里饿了四五天，哭哑了嗓子，病得快死了都没人管……好不容易托人救下来，已经落下病根……朱蚀害得我夫婿横死，独女重病，偏偏跟他要几滴灵鹤血来救人都不肯，要我眼睁睁地看着我的探儿死去！这样的禽兽，他不该死，谁该死？"

她双目通红，眼底的恨意不加掩饰，已叫人不得不信，她真能做出杀夫之事。

谁也没想到，朱蚀遇害不算，死后还被拖进这样的陈年命案里。他可是梁帝的堂弟……

李斐满额汗涔涔，阿原轻声道："大人，带回衙门细审吧！"

李斐忙点头，悄声道："或许三人都有参与。嗯，最好等使臣到了再审……"

无论如何，抢着认罪总比没人认罪好。真凶已浮出水面，他心头那块大石也可放下一半了。

回衙门的路上，景知晚虽坐着肩舆，明显精神不济，歪在舆上一言不发。

阿原见他安静，倒也稀奇，得空走过去问："我既然闹了笑话，景县尉何不分析分析，那对母女，到底谁是主谋、谁是从犯？"

景知晚瞅她一眼，仿佛在看一枚白痴一样："既然确定了与他们相关，距离真相大白已不远，何必多此一举？"

阿原碰了一鼻子灰，太没意思，正准备拍拍灰远离他时，景知晚忽然唤道：

"阿原。"

阿原回头。

景知晚道："那个姜探是挺倒霉的，被坑得一辈子疾病缠身，就是真的参与谋害朱蚀，也是情有可原。"

阿原不知道他这句没头没脑的话因何而发。他的眼神深沉，盯住她时宛如看不见底的一双深井，莫名令人心悸。

阿原思量片刻，终于换上了然的神情。

她凑上前，贼兮兮地笑："你这是在怜惜姜探？咦，难得景县尉也懂得怜香惜玉！放心，你回头可以向李大人求情，只要她牵涉不深，李大人必会卖你面子的。"

她将双手拇指并拢，勾了两勾，比出个成双结对的手势，扮个鬼脸大笑着跑开了。

景知晚却半点笑意都没有。

她居然把他和别的女子扯在一起……

这种荒谬感，在他被抽去脚筋于荒野间独自面对群狼苦苦支撑时也曾出现过。

一行人还未赶到县衙，那边已有衙役飞奔来报，说是京中使臣到了。

李斐大喜过望，笑道："极好，极好！本官这便去迎接使臣！"

阿原紧跟着李斐等人一起回衙，忽见小鹿从路的另一头飞奔而来，上气不接下气地冲向她。

阿原愕然，忙拉过她问："什么事？"

小鹿将她扯到一边，上气不接下气地说道："小姐，来的那位使臣……使臣大人，是谢公子！"

阿原问："谢公子？哪位谢公子？"

小鹿急得跺脚，挥着手连连比画："小姐你真糊涂了，还有哪个谢公子？就是你喜欢的那个谢公子呀！"

"我喜欢的……"对着小鹿诡异的神情，阿原迷惑片刻，从额头上滴落一颗大大的汗珠，"是……和我相好的那个谢公子？"

小鹿连连点头："对，对，谢瞳谢大人的公子，谢岩。他往年时常随侍在皇上跟前，后来被长乐公主缠得没办法，便称病离宫，跑来与小姐相会。小姐不记得吗？长乐公主还曾到原府堵过他，被夫人赶走了……"

阿原抱头："我当然不记得……"

连公主喜欢的男子也敢收入囊中，原清离这是有多大的胆子！连公主都敢赶，原夫人又得了多大的权势！

小鹿叹道："小姐肯定也记不得，谢公子和小贺王爷与你最投契，你出事前那一晚，就是他俩通宵达旦跟你玩乐着……"

谢岩、慕北湮……

竟都跑到沁河这个小地方来了！

阿原顿了半晌，无奈地说道："看来，我得向大人告假了……嗯，我昨晚被毒蛇咬了，的确应该休息两日……"

"小姐既然不愿见他们，咱们就先避一避……这案子就先别管了吧！"

"这都快结案了，怎能不管？"阿原提着破尘剑，用剑鞘一下一下地戳着旁边的老树，"就像做了一桌子的好菜，终于能入口了，咱们能不吃就跑了吗？"

小鹿的嘴角抽动了几下，终于忍不住说道："小姐，你是不是想得太多了？你从没做过饭，做不出一桌子的好菜，便是做了，那也……没办法入口啊！"

连她小鹿做的汤都没法吃，何况连厨房门都不曾踏入过的大小姐……

"……"

阿原无言以对，又将破尘剑用力地戳了下树干，垂头丧气地走向李斐。

经过景知晚时，她觉出有异样，忙抬头一看，正见景知晚缓缓收回凝视着她的目光，唇边扬起一抹淡淡的嘲笑。

他的手依然搭在扶手上，若无其事地轻叩着。

阿原疑惑地看了两眼，继续向前走了几步，忽然间明白了哪里不对。

景知晚轻叩扶手的节奏，正与她刚刚用剑戳着树干的节奏一模一样。

她的面庞不禁泛起红晕，转过头狠狠地瞪了他一眼。

李斐等人去接见使臣时，告假的阿原已悄悄从侧门回衙，喂饱小坏，沐浴更衣完，便叫小鹿去前面打听动静。

她在衙中的卧房虽小，倒也收拾得清清爽爽，窗外还种有一丛栀子花，已有洁白花苞等待绽放，散发出阵阵甜香。阿原临窗坐着，边品茶边赏着花，刚觉出几分惬意，忽然鼻子酸了下，连打了两个喷嚏。

不久，小鹿气喘吁吁地推门而入，说道："小姐，使臣……就是谢公子。他正和知县大人在大堂审嫌犯呢！我去看过了，咱们可以绕到后墙悄悄地听着。只是，大人的座椅后设有屏风，虽有窗，也不太容易看清里面的情形。"

阿原丢开茶盏，笑道："本就只想听听此案的前因后果，谁要看他们了？纵然一个个貌比潘安，但比得了本小姐颠倒众生吗？"

她将食指托着腮，清亮的眼睛悠悠流转，想象着往年颠倒众生的情状来，努力做出一个倾国倾城的姿态来。

小鹿指着她笑得要跌倒："当然比不了！"

踏出门时，小鹿又问："小姐的耳朵有没有发烫？"

"没有。"

"有没有打喷嚏？"

"……"阿原转身看她，"怎么了？"

"小贺王爷一直在谢公子跟前念叨你。"

"小贺王爷……"在贺王府茅房里的那一幕涌上，阿原再也潇洒不起来，果然耳朵发烫了，"慕北湮……怎么也来了？"

"他们本就是好友啊！因为小姐的缘故，他们常日夜在一处，简直是好上加好的一对璧人！谢公子来了，小贺王爷自然要过来相见的。"

阿原连脸庞都已烫得像蹿上了一团火焰，也顾不得用"璧人"的称呼来形容两个男人有多别扭，急忙问道："他们不是在办案吗？怎么会议论我？"

小鹿道："谁不知道小贺王爷又尊贵又任性？当着那么多人的面，就在问我们大人，'你们那位很有趣的原捕快呢'。谢公子也凑热闹，说原捕快在破案中大有功绩，该请来一并审案。"

"李大人……自然向着我，说我有伤在身。"

"那当然。小贺王爷听了半晌才说，那是该好好休养，但谢公子却道，既然病了，待审完案子该过去探望探望……"

"……"阿原终于道，"不如，我先去瞧瞧他们吧！"

天色依然半阴半晴，阳光并不烈。可不知为何，阿原刚踏出门槛，对上那天光，立时又毫无风度地仰面打了一个大大的喷嚏。

阿原熟门熟路，很快带小鹿绕到大堂后，从一侧的窗棂仔细向内观望。

县衙的大堂逼仄，没法和京城诸部衙门相比。今日使臣驾到，捕快、衙役等都在大堂内外听候使唤，加上数名嫌犯，顿时挤了满满一堂。屏风后有点窄，知县大老爷的宽肩肥臀露出了小半边，又将阿原她们的视线挡去不少。

目测这情形，主座上的应该就是京城来的使臣、阿原的旧情人谢岩。看李斐被挤到这地步，多半她的另一个旧情人慕北湮也在旁边。以那二位的尊贵，能给李斐留半个屁股的座位就不错了。

景知晚似乎未在其中。他辛苦一夜，更需好好调理休养。

朱继飞、姜探被押在别屋；朱绘飞被关了好几天，惊吓之下也瘦了一二十斤，令李斐大为愧疚，何况使臣谢岩的堂兄正是跟朱绘飞暗通款曲赠送秘戏图的那位，于是他便被放出来，还搬了张椅子让他在堂下坐着听审。

如今正审着的，是朱夫人。

确切地说，根本没人在审，只是朱夫人沙哑着嗓子在控诉朱蚀的荒唐狠毒和自己女儿的凄惨可怜。

她道："朱蚀那畜生，害了我夫婿不说，连我女儿也要害，难道还要我顾念什么夫妻之情？何况他怎么能算是我丈夫？明明是我的杀夫仇人！"

她恨意盈胸，言语罕见的铿锵，另一边却有人清朗而笑，很是悠然地问道："于是，隔了十余年，你忽然变得贞烈起来，杀现在的丈夫为从前的丈夫报仇？"

辨其位置，应该正是主座的谢岩。他的声音说不出的清澈，好听得出奇。景知晚的声音低沉，却总是回旋着令人心悸的磁性，其实也极好听，常令阿原有些失神。

只是，他动辄嘲讽阿原，阿原便怎么也没办法欣赏了。

她低声问小鹿："谢公子……长得也很好吧？"

小鹿细察其意，似有开窍之意，顿时喜笑颜开："自然长得好！小姐从前最喜欢他了！"

阿原抱了抱肩，一时想不出自己与那谢公子颠鸾倒凤的模样，便做了个鬼脸，又看向堂内。

她未曾留意到，在另一边的角落里，景知晚青衫落拓，眉眼淡淡地瞧着她，早将她的一字一句听入耳中，并将她的神情尽收眼底。

大堂内，朱夫人正愤然地说道："我杀他又如何？恨他将灵丹妙药视如性命，跟他讨要几滴灵鹤血，居然将我怒斥一顿，怪我不知廉耻，抬举我嫁作朱家妇，享他朱家的锦衣玉食，还敢惦念姜家的女儿！我到底读书少，的确不知廉耻二字怎么写，便去请教读书多的继飞，他父亲的所为，该不该把廉耻二字做成牌坊高悬在他朱家的大门上！"

朱绘飞瘦了一大圈，披着宽大的锦衣坐于椅上细听，此时才喃喃道："二弟心软，必定帮你……"

朱夫人道："继飞不像他那禽兽父亲，怕损坏了我和探儿的名誉，也不敢跟旁人提起，便买通椴幽，拿到绘飞那里的灵鹤血给探儿炼药。他又知我不便常去慈心庵，便时常过去照应。算来，一个自幼丧父，一个自幼丧母，都是苦命的孩子，倒也情投意合。可惜，我虽有成全之心，也做不了主。"

说到这里，连朱绘飞都明白过来，不由站起身来，失声道："你……你就是为了成全他们，所以杀了我的父亲，然后嫁祸给我？"

朱夫人的目光从他脸上闪过，很快避开，声音低了些："我并未想过嫁祸给你……谁晓得官府会判定是谋杀……"

朱绘飞跺脚道："那个装过假药的瓶子，难道不是你丢入我房中的？这还不是嫁祸？哦，对了，你是盼着我被判成凶手伏法，你女儿便可继承这朱家的家业了！"

朱夫人不答。

她嫁入朱家已成事实，虽日夜牵挂女儿，但囿于朱蚀的凶狠，无法将女儿接到身边。可是，如果朱继飞娶了姜探，姜探便能以儿媳的名义待在朱家，既能圆她母女团聚的心愿，又不必担心姜探流落在外无法觅得珍奇药材治病。

朱继飞不顾被怀疑，第一时间赶过去试图接出姜探，百般维护，足以证明他待姜探的确出自真心。因此，朱夫人要做的，就是踢开一切阻挡女儿入门的障碍。

第一个障碍当然是朱蚀。他毒杀姜探之父，无论如何不会允许姜探进门，何况还是个可能瓜分其珍奇药材的女子。

朱绘飞虽是个不折不扣的纨绔公子，但本性不坏，两兄弟感情也不错，没了朱蚀反对，多由继母做主，并不会阻拦朱继飞的亲事。可朱继飞受猜疑时，朱夫人还是将他推了出去。

阿原、景知晚都不在跟前，朝廷使臣在旁盯着，李斐便不得不自己考虑起案情。他问："如此说来，那假药必定是你盗了配方交给姜探炼制的？那朱继飞枕下出现的两颗仿制灵鹤髓，又是从何而来？把装假药的瓶子丢入朱绘飞房中，到底是你所为，还是朱继飞所为？"

朱夫人攥紧拳，高声道："不关探儿的事！之前我见朱蚀炼坏过一炉，说是火候掌握有误，大补成了大毒，便跟探儿说，让她也依着灵鹤髓的配方炼制一炉，吃着强身健体，然后我趁她炼制时动了手脚，出来的药丸便有大毒。探儿本说将它倒掉重炼，是我要了来，悄悄替换了朱蚀的药。继飞也不知情，但他晓得探儿曾炼坏过药，便有些怀疑，所以在朱蚀死后拿了两颗药出来，打算回头叫探儿分辨。不料，当日便有人报了官，他还未来得及将那药收起，我在匆忙之下也只好先丢了药瓶……"

朱继飞根本不曾好好收藏假药，于是看起来更像被嫁祸的那个……

李斐叹气："好吧，朱蚀是你所害，你的好女儿、好女婿全不知情……那椴幽和丁曹呢？你一个深闺妇人，难道能把那两个一起给害了？"

朱夫人道："那晚继飞陪着绘飞进了县衙，椴幽混在宾客里来寻我，我怕他纠缠不清，给了他一些钱财，让他赶紧离开沁河。他又跟我索要朱蚀素日所炼之药，我的确拿了几样给他，至于他有没有服用，我便不知晓了……"

李斐问："毒药？"

"说毒药也没错……"朱夫人眼底闪过嘲讽，"是药三分毒。朱蚀服食那么久的'仙丹'，也未见怎样身轻体健，最后送他升天的，不还是他的那些药？椴幽号称药师，炼的都是下三烂的药物，根本不懂得药物配伍，不慎服用过量，猝死也不稀奇。"

"这……"

李斐看向谢岩。

谢岩沉吟："你说你私下打发走椴幽，可有人证明？"

朱夫人笑起来："大人糊涂了吧？这种事岂能让人知晓？"

谢岩懒懒地笑："那丁曹呢？且说，夫人是怎样运筹于帷幄之中、杀敌于荒山之上的？"

朱夫人冷笑："丁曹更是自己找死！我女儿独居一隅，怎么会毫无防备？入夜后，她正屋会燃上内含草乌的熏香，并不会害人性命，但能令人神智昏愦惊恐而去。这原本是探儿的自保之道。丁曹闻了那香，自己奔到山林里摔死，还能怪我的探儿？"

李斐听她对自己死去的手下不敬，忍不住怒道："那为何丁曹下山途中会遇到毒蛇？毒蛇被杀之处，又为何会出现佛珠？"

朱夫人横眉睨他："大人，丁曹遇到毒蛇，与我或探儿何干？请问，你是在探儿处搜到了她豢养的毒蛇，还是在朱府发现了毒蛇？至于佛珠，却不知是怎样的佛珠，为何大人一口咬定，那是探儿之物？"

"这……"

朱夫人咄咄逼人，李斐反而一时语塞。

朱夫人继续道："我既认了杀夫之罪，横竖都是个死字，也不在乎多认下两条人命，又何苦撒谎？大人，你说是也不是？"

李斐不由地抬袖擦汗。他出身书香门第，讲究的是文采风流，不失风度，如破案之类的事务，他便基本交由阿原和景知晚二人办理，细节并不清楚。不想那两个不靠谱的，审案时双双跑得无影无踪，让他在使臣面前大失颜面。

这时，只闻轻轻的啜茶声，然后是谢岩不紧不慢的好听的声音响起："你横竖都是死，怎么都逃不脱，自然不在乎认下更多的人命。最要紧的，是保你女儿周全，对不对？"

朱夫人的身体微微僵住时，谢岩已懒懒地说道："来人，带姜探、朱继飞。待会儿若二人说话与夫人有所不同，不许朱氏开口。如若不然……"

茶杯的盖子徐徐地撩过杯沿，然后是清润含笑的话语："便只能让人用牛粪塞住夫人的嘴了！"

朱绘飞在旁听完前因后果，不住地摇头叹气，待闻得谢岩的话，却有些不忍，站起身准备说话时，谢岩又道："被人坑成这样还心存妇人之仁，或许你真的是猪，但绝对不是会飞的猪，要不要先把你的嘴给堵了？"

朱绘飞顿时闭嘴。

阿原在外听得谢岩处置得得心应手，愈发钦佩不已，努力想看清谢岩的模样，偏偏一点也看不清，忍不住叹息。想她当日醒来之后，这谢岩必定也曾前来探望过，可惜她被成群的俊秀男子惊吓住，记不得他的模样。

她退了两步，两眼放光地瞧向小鹿："你说，谢岩来沁河，会不会是因为我？"

小鹿怔了怔，连忙点头："很有可能！谢公子虽在吏部挂职，但向来不大管事，离京办案什么的，也轮不上他呀！肯定是小贺王爷见到你后，通知了谢公子，谢公子才讨了这差事过来！"

阿原叹道："小贺王爷和谢公子相处得这般好？"

这两个难道不应该是情敌吗？

小鹿正为自己跟着小姐办案学来的推理得意，一时有些忘形，笑道："当然好！好得简直可以同穿一条裤子……嗯，他们本来就是都跟小姐同睡一个被窝的！"

阿原大窘。

不过，谢岩这般品貌，似乎不输于景知晚，又比景知晚知情解趣。既有前缘，应该很容易亲近？

她揉着太阳穴悄声问小鹿："若我出去相见，应该也不碍事吧？"

小鹿眼珠一转，打了个响指："没问题！可以继续三人睡一个被窝！小鹿我会继续替小姐把门！"

"……"

阿原默默地收起萌动的春心，继续向堂内张望。

堂内，姜探已慢慢走上前来。她的身姿飘摇如风中之柳，脸色也比先前苍白，精巧的嘴唇似褪尽春色的杏花落瓣，虚弱得快要看不出生机来。朱继飞亦步亦趋地跟着，目光一瞬不瞬地凝视着她。

堂中一群粗汉不由地屏住呼吸，唯恐不慎气息大些，生生将她吹倒在地。

谢岩依然淡淡地说道："姜探，朱夫人说是她杀了朱蚀、害了棂幽，你有什么想说的？"

姜探扬起唇角，微微的笑意如梨花浅浅舒展："大人自然是不信的。"

谢岩尚未说话，朱夫人忽然尖叫道："为何不信？这本来就是事实！事实！"

李斐一拍惊堂木，斥道："你真想吃牛粪吗？"

井乙等人虽被姜探的风姿摇曳了心神，却还记得职责所在，忙拖过朱夫人给点儿教训时，忽听姜探尖厉叫道："娘！"

井乙正要将一团破布塞住朱夫人的嘴，被她叫得手一歪，便碰到朱夫人的嘴角，黏腻腻的什么弄得满手都是。

李斐、谢岩等人都已站起身，而姜探则挣开了押她的衙役，直接扑了过去。

朱夫人口鼻流血，双目失神，人已瘫软在地。

不知她在什么时候服下了剧毒，正好在姜探到来之际发作。

姜探满眼是泪，慌乱地试图抱起母亲，可是，哪里抱得住？结果，他和朱夫人一起跌倒在地。她也顾不得爬起，伏在地上便为母亲诊脉。

她的手指渐渐颤抖，脸色也越来越白，眸心越来越黑。松开母亲的脉门后，她也已瘫倒在地，细弱的手腕抱住母亲，只是一声声凄厉地哭叫道："娘啊，娘亲，你何必……何必……"

毒性发作，朱夫人双目已盲，伸出双手来，捧着女儿的脸，仔细地擦着她面颊上的热泪，嘶哑着叫喊道："探儿，娘这一辈子都对不住你，快死了更不能拖累你……你不必管娘，娘犯下的错，不必你来承担！"

姜探痛哭，断断续续地道："不是的，不是母亲的错……"

朱夫人面色已然泛出青黑，直着嗓子叫道："不是我的错，是朱蚀的错，都怪朱蚀……是，是我杀的朱蚀！是我造的孽，我自己来还……老天爷，你……你放过我苦命的探儿……"

她猛地支起身躯，手臂直直向外伸去，似真的要向门外的天空讨要什么。

众人忍不住往外张望时，朱夫人已经扑倒在地，双眼双耳都渗出黑血来，显然没了气息。

姜探浑身哆嗦着盯住母亲，竟连泪水都似已流不出，然后如一张纸片般，无声无息地倒了下去。

朱继飞痛苦着要扑过去时，谢岩已大步走下堂来，弯腰将姜探抱起，侧身吩咐道："先将朱继飞带下去，押后再审。井乙，去找大夫！"

朱继飞不肯离去，高叫道："她的病极重，寻常大夫救不了……就让我……守着她吧！她已经什么都没了，什么都没了……"

他颤着手紧紧捏住姜探低垂的袖子，簌簌落泪。

朱绘飞虽恼恨愤怒，到底顾念兄弟之情，不由地走过去，扶住他的肩。

谢岩顿了顿，看向跟过来的慕北湮："北湮，案情尚未完全明朗，恐怕要劳烦你家言希了！"

慕北湮低头瞧姜探双目紧闭，知她情形不妙，笑道："好，我这就叫人去请。"

谢岩点头，大踏步向外走去。

李斐忙跟在后面，说道："这模样恐怕暂时不能收监。"

有使臣在，就是姜探瘐死，也不会有人追究县太爷的责任，但眼睁睁地看着这女子就此死去，委实有些残忍。

谢岩淡淡道："嗯，有方便的房间先找一间让她诊病吧！"

他看着清瘦，但手上颇有力道，很快绕过大堂，径自奔向衙门后院，然后迎面碰上阿原。

大堂内事发突然，阿原一时也看得怔住，见谢岩带姜探出来，忙从后方绕出，预备避开时，不想谢岩也正从侧廊绕过去，两人差点撞个正着。

二人相距极近，阿原抬眸便见一张清朗俊秀的面庞，一双微微上挑的凤眸清澈如泉，冷而明澈，直直地看到她眼底，竟让她的心跳顿时漏了一拍。

尚未来得及说话，谢岩已扬唇，轻笑："原捕快来了，真巧！麻烦带我们去你的屋子，先给这女子治病吧！"

阿原下意识地应了一声，在前面领着走了两步，才觉出似乎不大对劲。

他应该与"原捕快"素未谋面，却如此自然而然地唤她，亲切温和得令她自然而然地应了，自然而然地在前面领路了……

可县衙说大不大，说小也不小，空闲的屋子也不至于找不出来，为何带姜探去她的屋里，为何她还乖乖地在前面领路？

他认出她，却不点破她，微笑着将一个垂危的嫌犯送入她房中，是在盘算什么吗……

正发蒙时，小鹿一溜烟跑到她身边紧跟着，苦恼地道："这个姜探不会得的是痨病吧？若是被传染，可不得了！不过她是女人，也只好住我们那边去吧……"

阿原恍然大悟。

这谢岩简直是七窍玲珑心，等于不声不响地暗示他已知晓她女子身份，而她同意将姜探往自己房中领，无疑也承认了自己的身份——若是男子，必定觉得不方便。

又或者，谢岩说那句找"方便的房间"时，便已打算好去她屋子了？

他根本就是在试探她，而她毫无防备，如水晶人似的被他看穿……

阿原虽"沦为"小小捕快，却还保留着女儿家的本性。谢岩等人踏入房中，一眼扫过去，只觉窗明几净，陈设用具甚是齐整。窗边的小案上，秘色瓷瓶斜插了一枝含苞欲放的栀子花，还置着一套白瓷茶具，茶盏中尚有半盏茶水，散着淡淡芬芳。

谢岩径自要将姜探送到阿原的床榻上时，小鹿已赶上前来，叫道："别弄脏我们小……公子的床！放到我的床上吧！"

阿原忙道："得，放我床上吧，我家这丫头娇贵，别回头吓得不敢睡。"

谢岩笑了笑，将姜探放到阿原的床上，柔声问道："你不怕？"

阿原道："我一个大……大男人，怕什么……"

她的脸皮显然修炼得还不够厚"大男人"三字说出口，舌头便有些打结，匆匆偏过头避开谢岩的目光，正好看见慕北湮端起她先前喝掉一半的茶，嗅了嗅，一饮而尽。

阿原看直了眼，张着嘴愣是没能说出话来。

慕北湮桃花眼里满是笑意，亮晶晶地映照着阿原惊愕的脸庞。

然后，一只手拍在慕北湮的手上，几乎没见怎样动作，那茶盏便已落到另一人手中。

五指修长，洁净如冰玉，深潭般的黑眸淡淡一转，清俊面容便有浅浅笑意，却冷得冻人："小贺王爷，不知道衙门里的水，不能随便喝吗？"

慕北湮眯起桃花眼，扫向眼前这个高高瘦瘦的年轻男子，看过他那身极寻常的一袭布袍，以及布袍上细密精致的针脚，慢慢敛去傲意，抱了肩轻笑道："这位是……"

李斐擦着汗，忙道："这是本县刚来的县尉，景知晚景县尉……也是从京城来的。"

"县尉……"并不入流的品级，慕北湮却不敢小觑，凝视他片刻方道，"这位……景县尉，衙门里的水喝不得，还是原捕快的茶喝不得？"

景知晚轻笑："都喝不得。"

"哦？"

"衙门里的水，指不定有犯人的血。杀威棍抬得高，怎么会没有血腥气？本就不是小贺王爷这等贵人该喝的。至于原捕快这里的茶……"景知晚微笑，将茶盏中的茶水倒尽，"你可知昨晚她被毒蛇咬伤？她喝的茶里有以毒攻毒之物，所以……小贺王爷，你当真没觉得哪里有不适吗？"

慕北湮愕然，不由按向自己的腹部。

景知晚径自走到床榻前，为姜探把脉。

谢岩正站于床榻边，不经意间与景知晚四目相对，两人都不由地怔了下，然后各自移开目光。

谢岩问："景县尉也懂医术？"

景知晚道："不算懂。只是病得久了，略知皮毛。"

"病了很久……"谢岩研判地望向他，"听景县尉的口音，似乎不是京城人氏？"

景知晚忽抬头看了他一眼："我在镇州长大。"

"镇州！"谢岩吸了口气，眸中有异样的光亮一闪而过，却很快岔开话题，"这女子的病情如何？"

景知晚沉思好一会儿，松开为姜探诊脉的手，叹道："我只是奇怪……她病成这样，怎么活到现在的？"

"……"谢岩一笑，"嗯，还是等言希来吧！"

慕北湮悄悄地走到阿原跟前，问道："你真被蛇咬了？"

阿原斜睨他："嗯。"

慕北湮便握住她的手臂细细瞧起来："现在没事了吧？咬哪儿了？给我瞧瞧。"

阿原被他捏得动弹不得，吸了口气，低声道："小贺王爷，你没事吧？我那茶真的喝不得……"

慕北湮轻笑："你也学坏了！想信口雌黄，也说这水里有毒？你在以毒攻毒解蛇毒？"

阿原道："这倒不是……但你没见我窗户开着的吗？"

阿原将茶盏放回原位，倒了满满一盏茶，向窗外吹哨一声，但闻翅膀的扑棱声，小坏已掠身下来，稳稳当当地落到桌下，低头饮水，仰头咽下，低头饮水，仰头咽下……

转眼便只剩了半盏茶。

阿原悄声笑道："小贺王爷，我出门时倒满水，是打算喂小坏的。小坏昨晚吃过毒蛇、野兔腐尸，还啄过人肉……你……真觉得这茶水很可口？"

慕北湮握住她手臂的手指向下一挪，捏住她的手掌，与她五指交握，轻笑道："自然没你可口！"

软硬不吃的无赖！

阿原勾起手指，将他用力一带，笑道："可不可口，我们家小坏应该知道得最清楚！"

她的唇微扬，有很低的哨声响起。正喝水的小坏蓦地抬头，然后看向跟它主人缠在一处、动机不明的陌生男子，顿时一仰尖喙，扑着翅膀啄向慕北湮……

慕北湮虽是无赖的贵公子，身手不差，避开小坏袭击倒没困难，不过，阿原就可以趁势甩开他，笑嘻嘻地袖手旁观。小坏虽占不了便宜，翅膀扫过茶盏，在攻击慕北湮时便带出一串串的水珠，很不客气地甩了慕北湮一头一脸。

阿原的屋子不大，如今一下子挤了七八个人进来，早显得狭窄异常。

景知晚早已退开数步，冷眼旁观，目光却始终不曾离开慕北湮握向阿原的手。待阿原召来小坏捉弄慕北湮，这才缓缓转过眼，若无其事地抚弄着食指和拇指间的薄茧。

那是长期练剑的人，才会留下的薄茧。即便此刻双足不便，他依然可以出剑如电，击向对手。

可惜，他似乎并不知道谁是对手。阿原吗？为何隐隐的杀意，只想冲着向来放荡不羁的小贺王爷？

其他如李斐、朱绘飞等人抱着头闪到一边，拘于身份不好说什么，谢岩则留意着阿原的神情，沉吟不语。

正闹腾得厉害时，忽闻得床榻边有人高吼道："滚出去！"

众人愕然，连小坏都惊得落回阿原的肩上，歪着脑袋看过去。

一路执着地跟过来的朱继飞定定地站在床榻前，双目通红，哑着嗓子叫道："出去，都出去！不要吵她！"

他的言行已全无往日的温文尔雅。

慕北湮眯了眯眼，还未来得及说话，小鹿已跳起来，叉腰叫道："喂，你也有病吧？病糊涂了吧？这是我们的屋子，你赶我们出去？你别喧什么剁猪好不好？真想剁了你们这些猪？"

李斐忍不住问："什么……什么剁猪？"

慕北湮道："大概说错了，想剁了她家鹰吧！"

阿原不得不感慨自己的教导无方，只得亲自更正道："是……喧宾夺主。"

众人无语凝噎，只有朱继飞继续喃喃地说道："可你们吵到她了，你们吵到她了……"

左言希是贺王的义子，与慕北湮等于是一家人，何况跟景知晚也交好，故而来得很快。

为姜探诊脉毕，他默默地看向她，许久方低叹一声："你们还有什么要问的，或许还能问一问。"

朱继飞身体一晃，已跌跪于地，失魂落魄地盯着床上无声无息的苍白女子。

朱绘飞忙去晃动左言希，叫道："什么意思？她……她没救了？可我还没弄清楚她有没有参与害我父亲呢……"

左言希低叹："害了又如何？没害又如何？无非以命相抵而已。而她……"

小鹿闻言不住点头，对朱绘飞道："可不是！算来，她爹也是被你爹杀了，你爹又被她妈杀了，她妈又自杀了……何况她妈也是你妈，该死的都死光了，犯不着非得扯上她吧？"

她一席话绕口令似的说完，众人居然都能听懂，居然都不想指责这丫头无礼。

慕北湮似笑非笑地看向阿原："看来你们的听力不错嘛！只是为何不进去听审？窗外冷得很，不怕蛇伤之后再添冻伤？"

阿原将一条腿支到凳子上，拿未出鞘的破尘剑戳着凳面，懒懒地道："冷吗？那哪来的蛇？"

刚过仲春，天气甚凉，从死去的丁曹到夜行的阿原，便都遇到了蛇，而且都是毒蛇。毒蛇之外，雨夜里忽然冒出的杀手也诡异至极，阿原敢断定那杀手绝不可能是朱夫人、姜探或朱继飞中的任意一个。

慕北湮不知阿原指的是案情，摸着下巴一时不解，景知晚已道："言希，让她醒过来。"

左言希含笑应了，从随身带着的医箱中取出数颗药丸喂姜探服下，又施以金针，等了片刻，果见姜探喉间滚动，低低呻吟着醒转过来。

朱继飞慌忙扑过去，也不知是笑还是哭，连声唤道："探儿，探儿，你怎么样了？"

姜探眼底恍惚片刻，终于在映出朱继飞的面庞时温柔而清莹起来："继飞，我没事……你别怕，别怕……"

朱继飞胡乱地擦着泪，握住她的手笑道："嗯，你没事，我自然不怕，不怕的……"

左言希已俯身说道："姜姑娘，有一些事，几位大人要问你。"

姜探抬眼看到他，微有惊愕，然后虚弱地笑了笑："我娘……死前……把所有的罪都认下了，对不对？"

左言希柔声道："在下不知。但姑娘病已至此，想来也不愿将秘密带到地底下去。"

阿原顿时刮目相看。

如此温雅优雅地宣布一个年轻姑娘将死，左言希的毒舌其实跟景知晚不相上下，果然……般配！

仿佛为了验证阿原所想，景知晚亦走到姜探的跟前，淡淡道："你母亲认了多少不该她背负的罪过，姑娘应该很清楚，不如趁着清醒赶紧说明白，以免二公子日后说不清楚。"

朱继飞却似不曾听到左、景二人说话，跪在榻前痴痴地凝视着姜探，干涸着嗓子道："探儿，你不必想别的，好起来最要紧。若你好不了，我……我也只好陪着你。我不会辜负当日的誓言。"

姜探仰了仰精巧的下颌，眼底的泪水倒涌，泪光淡了下去。她甚至微微地笑道："继飞，谢谢你……谢谢你陪我这一程。"

朱继飞胸口起伏不已，揉捏着她纤瘦的手指，似要将她搓碎，压到自己的骨肉之中。

姜探喘着气，将眼前众人一一看过去，然后停留在谢岩的面上："棂幽……是我杀的。他知道得太多，猜到与我有关，但他心里又有鬼，那边一报官，便逃过来找我，威胁我……索要钱财不算，还对我……对我甚是无礼。但他极蠢，对医药之道全然不懂，偏要装作大师，轻轻松松被我骗着服下两种混在一起后足以致命的'强身'之药。"

她说棂幽对她无礼时，脸上泛的红晕明显含着羞怒，叫人不难猜到，那个丑陋粗鄙的江湖骗子，对这病弱的绝色女子，怀了怎样的心思。

李斐不由地摇头："这骗子，真是该死、该死……"忽见众人都抬眼看他，他舌尖转了转，忙道，"那丁曹呢？算是无辜被你害了性命吧？朱蚀所服之药，是你母亲掉换无疑。而你当然是同谋，才会杀丁曹灭口。"

姜探凄冷地笑道："朱蚀所服的灵鹤髓，是我故意掌握不住火候，炼成了夺命毒丸。我知道我娘要做什么。那是我的杀父仇人，我没觉得我们做错了，但此事继飞并不知情。他知道我也炼过灵鹤髓，才心生疑虑，暗藏起两颗药丸准备问我娘，却被官差发现……他虽怨我和母亲害死了他的父亲，但也担心我出事，发现官差在清查药材，怕我被盯上，遂叫书童通知我，想让我有所准备。"

景知晚似在惋叹："可惜，反而暴露了你……"

姜探也叹息道："我也……无奈。继飞其实想让我避一避，可我在这世上最亲近的人就是娘亲和他，我也不知该避到哪里去。何况……我已避了十来年。我父母是名正言顺的夫妻，我是他们光明正大生下的女儿，却不得不躲躲藏藏地生活，连跟亲生母亲见上一面，都跟做贼似的……"

她咳嗽起来，屋里有异样的腥味溢出。

谢岩盯着她虚弱的模样，问道："杀丁曹……你是怎么做到的？朱二公子没有参与？"

姜探道："朱府被盯得那样紧，他怎么可能参与？丁曹入我屋中查探过，中了草乌毒后慌忙离开，我怀疑他听到了我和书童的对话，勉强追了出去，刚好看到他击杀毒蛇后狂奔离开，我追不上，反而在附近摔了一跤，体力不支，只得回去了……"

阿原不由地摸了摸还在隐痛的被毒蛇咬伤的地方，问道："于是……毒蛇与你无关，平白冒出来的？"

"毒蛇……"姜探声音愈发低了下去，"我并不知道从哪里来……大概……他采了我屋外的凤仙，把蛇引去了吧……"

她忽身体一晃，整个人伏在榻沿，大口呕吐，吐出来的竟是墨绿色的汁液。

朱继飞慌忙扶住她，又扯住左言希，叫道："你是名医对不对？是名医对不对？快救她，快救救她！"

左言希拍了拍他的肩："医者救得病，救不得命。她五脏衰竭，本就靠药物吊着命，如今惊痛之下肝胆俱裂，方才呕出这样的液体，当真……公子，你节哀吧！"

朱继飞将他猛地一推，叫道："胡说！她早上还好端端的！她明明说她会好起来的！她……她刚才还叫我别怕……"

他不顾污秽，跪在地上去捧姜探的脸，连声唤道："探儿！探儿！"

姜探微微地喘息，半睁着眼看他一眼，眸心的光亮已暗淡下去，然后无声地垂下了头。

阿原怔了片刻，忙叫道："毒蛇不是你养的？那是哪里来的？还有那杀手……那杀手是谁？"

丁曹所采的凤仙偶尔引来一次毒蛇，还能勉强说得过去，但阿原拣到那两株凤仙时，凤仙已然半枯，何况谁见过毒蛇从上方攻击人的？凤仙再怎么招蛇，也不至于招来杀手吧？

姜探不答，墨黑的长发盖住了苍白精致的脸。

景知晚走近一搭脉，看向阿原："死了。"

朱继飞蓦地叫道："不可能！不可能！不会医便不会医，为什么胡说八道地咒她？为什么咒她……"

他颤抖着抱起姜探，极温柔地对她说道："我不怕，你也别怕，别怕……我带你去找大夫，找好大夫！要灵鹤血是吧？没事，我去给你拿，拿很多的灵鹤血……谁也拦不了，拦不了……"

姜探极瘦极轻，朱继飞抱着她走得飞快，脚下却似喝醉了般歪扭着，奔到门槛时竟重重往门框上一撞，整个人仰面摔倒。

"二弟！"

朱绘飞忙要奔过去扶时，朱继飞已一骨碌爬起，也不顾额上破了条大口子，只是惊恐地摸向姜探的脸，慌乱地问道："探儿，有没有撞到哪里？疼不疼？都是我不好，是我不好……"

额上的伤处有鲜血喷涌而出，迅速淋了他满头满脸，他却浑然未觉，只将姜探宝贝似的紧紧地藏在怀中，跟跄着飞奔出去。

朱绘飞呆呆地看着沿路留下的血迹，忽然无力地坐倒在地，高声哭叫道："什么灵鹤髓啊，什么灵鹤血啊，要什么你们说呀！我都给你们，我什么都不要，你们别发疯了好不好？为什么一个个都疯了？疯了？"

那些死去的、那些活着的，到底是疯了还是没疯，其实没人说得清。

但阿原等人最后能确定的是，朱继飞真的疯了。

朱蚀生前看得跟眼珠子般珍贵的那群赤颈鹤，被往日那个连杀鸡都不敢的朱二公子，一只不剩地全宰了，有的被砍成两半、有的被扭断脖子、有的连翅膀都被活生生撕下……然后被献祭般排到姜探的尸体前。

朱继飞满身是血，抱着姜探又哭又笑，口口声声说她会醒来、会嫁给他、会跟他生一堆的男娃娃女娃娃，且个个都健健康康、长命百岁……

朱绘飞继承了万贯家财，但本来还算和美的家已乱成一团，好不容易在两个还算忠心的管事的帮助下安葬了父亲，又将朱夫人和姜探远远地葬到涵秋坡上，让他们黄泉之下也隔得远远的，免得死后还记挂着那些怨恨，魂归地府都不得安宁。

丧事刚毕，各处田庄的账册又被塞到朱绘飞的跟前，他还不得不照顾疯了的朱继飞，日日寻医煎药，忙得人仰马翻，连傅蔓卿的邀约都不曾理会，更不会惦记什么午阳丹、遂心丸了。

因祸得福的是，他本为肥胖的身段烦恼，被关入牢狱那数日瘦了十余斤，操劳家事又瘦了二三十斤，竟意外地变回了身姿挺拔的英俊公子，后来还娶了个贤惠美貌的妻子，很是恩爱，遂将害了父母兄弟的那些所谓的珍奇药材，送的送了，丢的丢了，一样都没留。

他的变化委实太大，以至于沁河人提起他来，无不啧啧称奇，以为是猪会飞般的奇事。也不知当年他生母为他取这样的名字，是不是真的因为精通道法，预测到了他后来的种种经历。

当然，这些都是后话。

无论如何，这案子算是结了，李斐可以交差了，谢岩也可以回京了。

但几个人都有耿耿于怀之事。

李斐摇头叹息于人心不古："这朱继飞也是个读书人，老子死了都没见多难受，为一个女人要死要活的，还疯了，这是读书读疯魔了吗？"

景知晚当时未曾回答李斐的话，有一次却跟井乙道："说什么父慈子孝，首先也要父慈才行。父不慈，子何必孝？"

阿原对"慈"或"孝"的感觉甚是模糊，她还记得小鹿说过从前原夫人抢过她喜欢的什么养鹰少年，而她对母亲显然也心有芥蒂，大概慈孝什么的，跟她们母女也没什么关系。她只记挂着，那晚险些让她丢掉小命的杀手依然不曾找出来，更猜不透他是何来历。

可惜，那晚跟她交手的杀手就她一人见到，赶过去的景知晚只发现她被蛇咬伤，听她嘀咕此事，还毫不客气地问她："你真的确定，不是被蛇咬伤后出现的幻觉吗？"

阿原很郁闷。

难道和杀手交手时看到的那把剑，还有剑上的双雀纹流苏穗，都是她的幻觉？

谢岩在查明案子后，写了道折子递入京中，禀明前因后果，但并未立刻回京。

他竟屈尊住在了小小的县衙里，慕北溟也相伴左右，坑得李斐只好让出自己的卧房，卷铺盖在外面的客房里睡了两晚，委屈得不敢怒更不敢言。

阿原对谢岩颇有好感，看到慕北溟却总想起先前在贺王府别院的尴尬，羞怒得恨不能找个地洞钻进去藏起来。

再想起她不记得的那些年月里，她跟这两位不知怎样颠鸾倒凤，日夜荒唐，被慕北溟拉着上茅房这事似乎就算不得什么了……

来回想了几次，她已如坐针毡，不但不敢亲近谢岩，连走路都远远地绕开。她甚至跟小鹿商量，悄悄整理好行装，预备他们一旦戳穿她的身份，立刻一走了之，必要时哪怕大打一架，也得先保住自己的清白。

小鹿倒是应了，只是踌躇了许久，终于还是忍不住嘀咕道："小姐，清白那玩意儿……你什么时候有过？"

阿原脸红："总归……有过吧？"

在很遥远的从前总该有过吧？何况如今的原捕快一心为民，天天在沁河县抓贼，拒绝了多少花朵般的美人儿，难道还不够洁身自好？

小鹿偏偏掰着手指数给她看："皇上后宫三千，小姐是不好比，但手指头随便掰掰，百儿八十还是有的。若从中选出个队长来，不知小姐是中意谢公子，还是中意小贺王爷？"

阿原沮丧："一个都不敢中意……"

"那么，中意景县尉吗？"

"噗……更不敢！"

阿原反驳得很快，脸庞却烫了起来。

景知晚也曾是她的入幕之宾，而且言语恶毒刻薄，但她想着山上的那一夜，心口一阵温暖，居然有种说不出的欣喜之感。

于是，她端来清水奋力擦地时，暗暗思量着，她大概是太喜欢景知晚煮的汤了。

这粗活本该是小鹿做的。可惜小鹿想着姜探死在她们的房里，恨不得换间屋子住，唯恐姜探魂魄不去，半夜来取她的小命，阿原只得百般安慰，亲自动手清除姜探等人留下的污秽物和血渍。

于是，小鹿反倒跟个主人似的背着手在屋里来回走着，忽然说道："小姐，你有没有发现，谢公子和景县尉长得有些像？"

阿原顿住手："嗯？"

小鹿道："他们的身材气度都有些像，还有，眼睛特别像！景县尉的眼睛更好看些，但谢公子看起来更和气！"

阿原想起第一眼看到谢岩的眼睛时那种心跳蓦地漏掉一拍的感觉，忽然间呆住。

那到底是因为埋藏在记忆深处的往日情分，还是因为……景知晚？

谢岩明摆着已认出阿原就是原清离，却无意揭穿她，甚至也无意跟她再续前缘。

他虽在衙中住着，时不时遇到她，偶尔还到她的窗外赏赏花，入内讨两口茶，很随意地跟她和小鹿说说话，并无任何异常，更无逾矩之举。

倒是阿原，见他明澈双眸含有微微笑意，好看得惊心魂魄，便不由自主地想多看几眼，颇有些恋恋不舍之意。

好吧，景知晚与他有着相似的眉眼，可惜从不曾对她如此温暖轻柔地微笑。

何况如此清俊的男子，谁不愿意多看几眼呢？

不过她想多看几眼似乎也不行，谢岩身边还有个慕北湮，时时刻刻跟他形影不离。

慕北湮也不曾为难她，可一双桃花眼看向她时充满笑意，似有种说不出的意味——就像一只找到老鼠的猫，因专注而格外可爱动人。

不幸的事，阿原就是那只绝色猫咪相中的老鼠。于是，她只能抱头鼠窜，避之唯恐不及。

她不知道的是，慕北湮其实很想逗逗她这只看到他便动不动脸红的老鼠，可惜谢岩每次都拦得很快。

"她不是清离。"

无人之际，谢岩很沉默，但最终下了判断。

慕北湮剥着松子笑着无赖："你觉得，清离不该是这个样子？可旁人不知，你我应该知晓，清离从来不是旁人眼中的那个样子。若有机会失去记忆重来一次，指不定就是这样……虽不如从前端雅高贵，却比先前可爱得多！这才像个活生生的真人嘛！"

谢岩也拿过一粒松子，剥了剥，没剥开，随手掷了，说道："清离懂得的，她不懂得；清离不懂得的，她懂得。何况你想得出清离会擦地吗？还是为了安抚侍女而自己去擦地。"

原清离自出世便如众星捧月般长大，别说擦地，连倒茶都罕有自己动手的。

而阿原擦地居然擦得自然熟稔，看起来并不是第一次做这等粗活——就像并不是第一次使剑、第一次养鹰一样。

最要紧的是，原清离以风流闻名，阅人无数，可阿原跟男子接触时很不习惯，明显有种女儿家的敏锐羞怯。这岂会是原清离的做派？

"可明明还是那样的容貌！或许天底下有相像之人，但哪有这么像的？"慕北湮懒懒地向后一靠，轻松地将一颗松子仁弹起，张嘴接住，笑嘻嘻道："我不管。既然她以原清离的身份出现，那她就是原清离，就是我的女人！"见谢岩眯眼瞅他，他忙又加了一句，"我们的女人！"

谢岩又拿起一颗松子，居然还是剥不开，他不得不再次放弃，眼底闪过怅惘，低低地道："若她不愿意，她就不是我们任何一个的女人。"

慕北湮顿时扫了兴："难道还能算作是端侯的女人？当日清离倒是说过，他们是两相情愿。但清离逃婚，离京这么久，端侯那里似乎没什么动作。"

"你怎知他没有动作？你我都不曾见过他，便是他如今站在我们跟前，我们也认不出来。"

"你是说……"

慕北湮将手中松子掷了，起身走到窗口，看向某个方向。

一个中年妇人正走进对面的房间，苍青衣衫，身姿挺拔，行动甚是利落。

谢岩顺着他的目光看过去，说道："这妇人今天刚到，应该是一向服侍他的下人。看来他病得不轻，这两天都没出屋子。李斐有事要商量，都是纡尊降贵跑到他房里商议。"

慕北湮问道："你觉得……他可疑？"

"我觉得端侯可疑。"谢岩沉吟，"从端侯忽然出现，清离忽然和他定亲开始，整件事便透着古怪。清离遭遇劫杀之事……不简单。"

慕北湮抚额："其实我也觉得不大对劲。可如果她不是清离的话，你可能认错，我可能认错，总不能连原夫人都认错吧？那是她自己的女儿，独女！"

"所以，等拜见过贺王爷后，我就回京找原夫人谈谈吧！"谢岩看向慕北湮，"若她不是清离，我就必须弄清，真正的清离究竟去哪里了！"

慕北湮也不由地收敛了嬉笑之意，低低道："对，若她不是清离，若一切都是有心人安排，那清离她……可能出事了！"

谢岩淡淡地道："她既然视我如为知己，我便不能辜负她。我会找到她，生要见人，死要见尸！"

慕北湮点头，却又道："可指不定是清离出事后，有其他人借尸还魂呢！新来的魂其实也不错，我其实……还挺喜欢。"

他不知该愁还是该喜，又坐到案前剥松子。

"……"

谢岩无言以对，默默地瞅他一眼，走到一边摊开了一幅绢画。这是原清离出事前一晚送给他的画。

画的是她自己的背影，衣带当风，清丽脱俗，却有种与众不同的豪放旷达的气概。

她行走于雪地中，正走向另一边的碧树花影。

第二日，大雨。

谢岩、慕北湮都被困在房中，阿原无事便也不愿出门，只窝在房中看书。慕北湮见不到美人，甚感无趣，遂和谢岩商议，决定离开县衙，回贺王府别院居住。

李斐听闻，简直热泪盈眶，差点烧高香相送。他住的客房窄小不说，还漏雨。外面哗啦啦下着大雨，屋里摆满锅碗瓢盆接那屋顶漏下来的雨，叮叮当当此起彼伏，跟奏乐似的，好生热闹。李斐听了一夜，起床时还踢翻了床尾接水的铜盆，害他湿漉漉地爬下床，真是心塞欲死。当官当成他这样的，也是没谁了……

阿原却真的在屋里上了三炷香，感谢上天送走瘟神，她可以暂时不用考虑离开沁河了。

原先景知晚咄咄逼人，她想着要不要避开他，潜回京调查她当日遭遇劫杀的真相。而如今，景知晚因为足疾已经两三天没怎么出门了。

她不仅想念他煮的汤，还有些想念他的模样。

如果他真的是端侯，如果他不那么言语刻薄，也许……她不用逃婚。

傍晚雨势稍小，她走过去探望景知晚，一推门便闻到了满屋的苦涩药味。长檠灯下，景知晚倚榻而坐，就着烛光翻看一卷书，精神似乎还不错。

阿原不由底暗暗舒了口气。那日左言希离开前曾为他诊脉开药，又调养了两天，想来颇有效果。

发现阿原进来，景知晚抬眼，如深潭般幽深的眸子似被阳光照进，意外地亮了亮。

阿原笑问："可曾好些了？"

景知晚丢开书卷，凝视她片刻，轻笑："若你替我按捏一回，大概会好很多。"

阿原做了个鬼脸，果然坐到床榻边，如那日雨夜在木屋一般，替他按捏受过重伤的脚踝。

景知晚沉默地看着她的动作，眸心的光芒淡淡，似有惆怅之意。

阿原问："你怎么不跟着去贺王府别院住两日？"

景知晚睨她："我为何要去？"

阿原道："我看谢公子品貌绝佳，小贺王爷似乎很是喜欢。如今他们去了贺王府，跟言希公子咫尺之遥，你不担心？"

景知晚轻笑："你一会儿说我对姜探怜香惜玉，一会儿猜我和言希有什么风流韵事，怎么不说我为你留在了这小县衙，一片真情难得？"

微暖的灯光下，他的眉眼柔和得出奇，也好看得出奇，阿原一时看得出神，不由顿住了手。

好一会儿，她努力地厚起脸皮，说道："嗯，的确真情难得。其实我也……我也很领情，领情……"

她往日身经百战，想来这些顺水推舟的情话，都能信手拈来。可如今她需要搜肠刮肚才说得出来，说得极为艰难。

更糟糕的是，她还不曾说完，脸庞就又烧烫起来，再无半分传说中她睡遍京城俊秀公子的风流倜傥。

还有，眼前这家伙完全洞悉她的底牌，而她连他是不是景辞、是不是被她甩过的未婚夫都不知晓，更不用说他们的过往、他前来沁河的动机了。

当然，不论是什么动机，也许他并没有撒谎，他真是为她而来……

如现在这般和谐相处，听他说着不知是真是假的情话，她居然忘了他往日的刻薄无礼，只想跟他亲近些，更亲近些。

她是不是被朱继飞传染，也有些疯了？其实连慕北湮都比景知晚可爱些，更别说同样俊秀却尔雅得多的谢岩了……

景知晚见她揉搓着手出神，本已恬静下来的眉眼不禁微微挑起："我怎么瞧着……不像领情的样子？"

阿原便叹道："我很想领情，但景县尉高高在上，我便不怎么敢领情了！"

她不晓得自己说得算不算清楚明白，但她只是说了这么几句，面庞就红了又红，而景知晚看她的眼神也变了又变。

也许按原大小姐原先的个性，径自抱住他滚在榻上才算领情。而她说那么几句，便觉得好不容易撑起来的厚脸皮被刮掉一层般火辣辣的，差点落荒而逃。

"我高高在上……"

景知晚似乎哼了一声，侧过脸没再说话。灯光摇曳，他的面容半浸于黑暗中，侧颜更是完美得无可挑剔，一双黑眸闪动着深井般幽且淡的光泽，竟有种说不出的苦涩。

屋里的气氛说不出的奇怪。

阿原不仅脸上发烫，连心跳都变得怪异急促起来，擂鼓般咚咚作响。她有些透不过气来，正要起身离去，避开这莫名的尴尬，掩住的房门忽然被推开，一道冷风伴着水雾袭了进来，让她周身蓦地一凉。

景知晚转过脸来，面容变成波澜不惊的温文恬淡："姑姑，你回来了！"

阿原定睛一看，只见一个妇人湿漉漉地踏入，反手关上门，才解了湿透的蓑衣，走了过来。

那妇人腰背挺直，步伐有力，看起来年纪并不算太大，头发却已花白。她的面上覆了一张薄薄的银质面具，盖住整个额头和左半边脸颊。从她露出的右半边脸来看，眼角虽有细纹，却丰颊杏目，年轻时应该也是个美人胚子。

景知晚说道："阿原，这是从小照顾我的知夏姑姑，昨日刚从京城过来。"

对着那张半藏半露的脸，阿原忽有久远的惧意不知从哪里钻出来。她定定地盯着知夏姑姑，半晌才道："姑姑好！"

知夏姑姑冷冷地瞥过她："一个女孩儿家，天黑了还跑男人屋里来，懂不懂规矩？"

阿原愕然，转头看景知晚，他懒懒地倚榻看着，竟无阻止之意。这是在等着看好戏吗？

阿原吸了口气，原先那莫名的惧意已迅速被怒意取代。

她唇角浮上笑意，按剑站到知夏姑姑跟前，说道："姑姑，我跟你主人说话，几时轮到你这下人指点教训了？原来这就是你家的规矩！不好意思，我没学过！我敬你上了年纪，才叫你声姑姑，可别真把自己当棵葱了！如果景县尉不懂规矩、不知教训，别怪我下回不客气，剁了你这棵葱给你主子炖鸡汤！"

知夏姑姑又惊又气，指着她道："你……你还反了天了！"

阿原啐了一口，鄙夷地扫过这对主仆，大步走出门去，啪地甩上门，差点没把门框震落。

恰小鹿见雨大了，打着伞过来接她，见她怒气冲冲地走出，忙问道："怎么啦？"

阿原深深地呼吸着外面沁凉湿润的空气，片刻才向小鹿笑了笑："没什么，遇到个老贱人！不对，两个贱人！"

"啊？"

　　小鹿已看出小姐动了心思，却不晓得如今的小姐还能不能一口气将这县尉大人拿下，故而不曾跟来守门。如今见阿原摔门而出，目光不由地往屋里探了探，悄声问道："有情敌？"

　　阿原记起自己对景知晚那若有似无的好感，顿时气不打一处来，低喝道："没有！景知晚也是个贱人！大贱人！以后你若看到我再对他动心思，你直接打我三个大嘴巴子！"

　　小鹿张了张嘴，小声道："可我不敢呀……"

　　阿原不要伞，转身冲入雨幕。

　　小鹿忙叫道："喂，公子等等我……小心着凉呀！"

　　风雨声颇大，二人后面的低声交谈被冲得有些模糊，听不清晰，但至少前面阿原斥骂"贱人"的话，已一字不落地听入屋内主仆的耳中。

　　知夏姑姑气红了脸，宽大的外袍一拂，已露出暗藏在腰间的短剑。她伸手拍上剑柄，竟与阿原素日按剑的动作并无二致。

　　她正准备持剑奔出时，景知晚忽然唤道："姑姑。"

　　声音不高，却似有一种无形的气势，生生止住了知夏姑姑的步伐。

　　知夏姑姑终于放下握剑的手，却充满压抑不住的怒气，走过去说道："阿辞，她做什么、说什么，你总听得清清楚楚、明明白白了吧？这才是她的本性！本性！"

　　景知晚步下榻来，一步一步，有些吃力地走到窗前，听得窗外雨声淅沥，主仆二人已走得远了，方淡淡道："是的，这才是她的本性。她不再唯唯诺诺，不再看见姑姑就如老鼠见了猫。"

　　知夏姑姑吸了口气："你怪我？怪我待她严厉？她这样的本性，不严厉些还得了！"

　　景知晚却似不曾听到她的话，只低低喟叹："其实我从未试图仔细去了解，她究竟是怎样的本性。"

　　知夏姑姑道："她的本性，我却早就看透了！她就是跟她妈一样的狐媚性子，只是不敢明着显露出来，背地里迷惑你，让你宠她宠了十几年！只恨我当年一时心软，留下这祸害，害苦了你！"

　　她话语间的凌厉渐渐散去，看向景知晚的双足，喉间已有哽咽。

　　景知晚的脚踝在阵阵抽痛。从此年年月月，他都将逃不过阴雨天带来的旧创折磨。他终于轻声道："姑姑，或许她是祸害，但留下她的，是我。十八年前是我，十八年后，也是我。"

　　知夏姑姑道："你说过，留她一命，让她再世为人，只为让她生不如死。当年你口硬心软，结果害惨自己，差点送命。只希望这一回你可以说到做到，别最后反而让自己生不如死！"

景知晚看着被大雨弄得不见天日的夜幕，眼底恍惚有少女清亮明媚的笑容闪过，然后是双足被人挑断筋脉后飞溅的血迹，模糊了那张不知何时刻入骨髓的笑颜……

难以忍受的痛意弥漫，却不仅仅因为受伤的双足。他的衣袖无力地垂落，呼吸里带了刺般刺痛肺腑，手指却越发用力地握住窗棂，以维持面容上清浅淡然的一抹笑："姑姑，多虑了！"

知夏姑姑站在他身后定定地看着他，欲言又止，最终只是垂下头来，叹息道："阿辞，我也希望……我只是多虑。"

从当年他阻拦她杀掉那个小祸害开始，她便一直劝自己，不必多虑。

可惜，最终他还是逃不脱那最可怕的命运。

一世聪明，一世孤傲，却养虎为患，差点被反噬得尸骨无存。

这夜，阿原睡得很不安宁，从入睡开始，便有人影幢幢，带着逼人的寒意，不时跳到跟前。

依然看不清梦中人的模样，只是比先前更多了几分惊悸和恐慌。

忽一抬首，便见有女子半边脸罩着银色的面罩，一身白衣如大雪般纷扬卷来。她惊恐地退避时，冰凉的衣裳拂过脸庞，然后是一柄雪凉的短剑刺向她的脖颈……

"姑姑——"

阿原惊叫之际，人猛然坐起，浑身冷汗涔涔。

小鹿迷迷糊糊坐起，立时意识到阿原又在做噩梦，忙跳下床榻，奔过去问道："小姐，又梦到什么了？"

阿原摸了摸自己的脖颈。

虽然梦境真实得可怕，但她的头颅还在，颈上并无伤疤，真的只是梦而已。

她重重地倒回床上，擦着额上的汗咕哝道："嗯，又是梦……这一回，梦到有脸的了……可惜只有半边！"

"啊？"

"也许这一次不一样吧？那个什么知夏姑姑……的确容易让人做噩梦！"

只是梦里还是不大一样。青衣瑟瑟满头斑白的知夏，在梦境里居然很年轻，白衣胜雪，黑发如墨。

她抱着头平定情绪时，一道惊雷劈开夜幕，似将黑不见底的苍穹撕开了一道大口子。

她的脑中有什么电光石火般闪过，居然也像在忽然间被扯开了一道裂口，无数熟悉的不熟悉的人或事在汹涌，随时都能喷涌而出。但当她屏住呼吸试图去抓住一丝半点时，那些人或事却如烟灭，迅速沉没于无边的黑暗中。

来得迅猛，去得快捷。

涵秋坡上，闪电亦破开雨夜，照亮了新修的坟茔。

风雨之中，天地孤寂。

有黑衣人披着蓑衣，静立于雨夜中，看另两名蒙面男子挥着铁锹挖开坟墓，露出崭新的棺木。

黑衣人几步冲上前，用袖子拂擦棺木上的泥水。那边的蒙面男子一个急忙起钉开棺，另一个撑开一柄大伞。

电光闪过，照上那被挖得倾斜的墓碑，其上刻着姜探之墓等字样。

棺木终于被开启，露出清瘦苍白的女子，容颜清丽，眉目宛然。

黑衣人低呼一声，颤抖着手将两颗药丸塞入她口中，伸臂将她抱出，小心拢到胸怀间，方才侧头吩咐："把坟墓填上，一切恢复原状。"

"是！"

那二人领命，继续忙碌。

而黑衣人已抱起女子，飞快地奔往坡下。

又一道电光闪过，天地有瞬间格外明亮，照出黑衣人蓑衣上滴下的水珠，也照出他斜伸出蓑衣的剑柄。

苍黑色的双雀流苏结剑穗，在雨水里幽幽闪亮，双雀栩栩如生。

第二卷 帐中香

LIANG
SHI
HUAN

贺王府别院。

终于迎来一个月朗星稀的夜晚。天清似水，数日前被雨水清洗过的竹林在夜风里摇曳，疏朗隽秀，一如竹中对酌的两位贵公子。

谢岩轻晃手中的夜光杯，声音清润如月色："言希还是没过来？"

慕北湮摇头："应该去县衙了。你明天就回京，他应该回来送送的，只怕是被耽搁了。"

"又为了景县尉？"

"应该是。言希傲得很，但和景县尉还算合得来。景县尉刚到沁河，就借查案前来见过他。我问言希，他说是先前在外游学时认识的故交，其他并不肯多说。"慕北湮侧头看向谢岩，"他应该不仅仅是县尉。"

"当然。"

"那他是……"慕北湮搁下夜光杯，桃花眼里终于多了几分慎重，"我们猜的那个人？"

"我不敢确定。"

谢岩低眸，手中美酒晶亮，薄如纸的墨绿色杯壁清亮如明镜，变幻着奇异的流光。

慕北湮无奈："其实你本该知道的。若他真的是……端侯，他似乎没打算瞒着你，不然先前也不会邀你去端侯府了！"

谢岩苦笑："嗯，他邀请我时，恰好长乐公主又犯病，缠得我受不住，只好先出去躲避，故而并不在府中。正好我堂兄谢以棠在，你知道的，他说聪明时也聪明，听说端侯相邀，立时自己跟过去相见，倒是见过端侯。"

"就是你那个以写艳诗出名的堂兄？"

谢岩叹气："就是他。也不晓得他都跟端侯说了什么，回府后还送了什么东西给端侯。我后来问起时，我那堂兄说端侯对京中风流韵事也很感兴趣，他便送了几幅字画过去。我听说后觉得不妥，递了名帖前往端侯府求见时，看门的人回答端侯病得厉害，暂不见客。"

慕北湮哈哈大笑："谢大公子，你……你居然吃了闭门羹！我原以为只有别人吃你闭门羹的份！"

谢岩指尖轻晃："也未必有心让我吃闭门羹。算了下日子，或许他那时就已经离京了呢？若已是旁的身份，自然不便再和我相见，但他也不是没给过暗示。"

慕北湮好奇道："什么暗示？我们在县衙住着时，他似乎一直闭门养病……"

谢岩沉默片刻，说道："他说，他在镇州长大。"

"镇州……"慕北湮茫然，"跟你有关？"

"我母亲姓景，在前往镇州的途中遇害。"

"倒未听你提过你母亲之事……"慕北湮捏紧杯盏，"不过，也是镇州，也姓景！二者有关联吗？"

"嗯，我母亲是陪我二姨回镇州省亲的。听说二姨侥幸得以逃脱，但不久也从镇州传来噩耗，随即便传来镇州的成德节度使王榕起兵要塞、封锁南北交通的消息。当时皇上尚是梁王，并未与王榕计较，后来登基为帝，还封王榕为赵王。王榕虽接受封号，暗中却与晋国结盟。皇上虽恼怒，但这些年始终不予追究，每每封赏还甚厚。"

"此事我父亲也提过。"慕北湮眼底也收了素日的怠懒，沉吟道，"父亲说，赵王王榕原是世袭的节度使，所管辖之地虽不好和我们大梁或晋国、燕国相比，但也根基深厚，逼得紧了，梁晋交战时相助晋国，于大梁甚是不利，故而还是以怀柔政策笼络为主。"

谢岩将杯中美酒饮尽，慢慢地晃着幽绿幽绿的夜光杯，低声道："还有一个原因。我母亲去世时，我还没满三个月。据说，母亲之所以丢开我陪二姨回镇州，是因为二姨已经怀了七八个月的身孕。"

慕北湮蓦地明白过来，失声道："也就是说，景县尉……可能在暗示，他是你二姨的孩子，是你……表兄弟！"

谢岩低低道："对，应该是我表弟，我从未见过的表弟。"

"于是，景县尉当然不会是小小的县尉。"

"若真如我们推测，他当然不是小小的县尉。"

谢家还不是贺王这种以军功起家的，而是正宗的名门高户，地位显赫。但谢家夫人能抛下不满三个月的爱子陪妹妹回家省亲，其妹自然不是寻常人物。

"端侯、景辞、景知晚……"慕北湮皱眉，"他来沁河，是为了……清离？"

谢岩默然喝酒，如玉的面庞渐渐泛起微醺的红晕。他轻抚怀中绢画，叹道："北湮，我想清离了！"

想清离，而不是沁河的原捕快。

慕北湮沉思着什么，忽一击桌，说道："我知道了！"

谢岩眸中闪过希冀："知道什么？"

"我知道你堂兄给端侯送的是什么字画了！"慕北湮哈哈大笑，"听闻景知晚到沁河的第一天，就给朱绘飞送去了几幅秘戏图，说是京中友人托他带过来的……端侯一直病重谢客，哪来的友人？就你堂兄去见过他！端侯必定向他打听过沁河的风俗，他猜到端侯要来，竟托端侯送秘戏图！哈哈！秘戏图！"

"……"

谢岩脸色难看得不能再难看时，慕北湮笑得重心不稳，一个倒仰从椅子上翻了下来，兀自笑个不停。

响亮的笑声里，便无人能注意到，不远处的密林内，正有人发出垂死的低吟。

黑暗的草丛中，一只苍白的手正吃力地伸出。纤细的五指在月光下颤抖，白得炫目。

毫无血色的指尖，尚有艳光流转，分明涂着玫红色的凤仙花汁。

灵鹤髓结案已有些日子，但阿原还是有诸多疑惑。

谢岩、慕北湮离开，景知晚休养的时候多，她暂时又做回了自在的小捕快，便开始和李斐探讨灵鹤髓案留下的疑点。

她道："第一，那个杀手是个最大的疑点。"

李斐好不容易又过上琴棋书画诗酒茶的悠闲生活，见她还在纠结，便有些烦恼，敷衍道："可那杀手就你见到了……连景县尉都说当时风雨正大，根本不曾见到其他人。"

"那毒蛇从何而来？姜探临终时已认罪，没道理不承认毒蛇之事。那么，毒蛇最可能是杀手所放。毒蛇的尸体大家都见到过了，这总该不是我的幻觉吧？"

"但姜探也说了，那凤仙招蛇……"

"第二，那夜我和景县尉滞留山间，发现佛珠和丁曹留下的凤仙，方才猜疑慈心庵，等天亮后与大人会合，立刻就去慈心庵搜查，这期间根本不可能也来不及传出任何消息，为何朱继飞恰在那日赶到，差点就带走了姜探？"

"嗯，这个是疑点……可惜朱继飞已经疯了……"

"第三，慈心庵那处小院，不是说只给贵人住吗？但姜探是平民之女，算不得贵人吧？朱蚀虽是宗亲，并无爵位，即便勉强算作贵人，朱夫人也不好以朱家名义在慈心庵安排前夫之女，朱继飞也不过是庶子，试问到底是谁安排姜探入住那里的？"

"可惜姜探、朱夫人都已死去，这事也无从查起。"

"她们死了，妙枫还在呀！"阿原眸光清亮，精神奕奕，"妙枫必定知道姜探的根底，而且，她先前分明试图阻拦我们前去搜那小院，口口声声说她不曾见过那枚佛珠腰佩。"

李斐不耐烦道："那去问问妙枫也无妨。"

阿原一笑，正要领命时，李斐忽又道："且慢！这案已经结了，真凶也已伏法，三名死者也该瞑目了……即便有些疑点，其实也没什么要紧。"

阿原道："于是疑点再大，也不用查了？"

李斐拈须迟疑："听闻皇上去年伐晋失利，身体大不如前。朱蚀虽被冷落，到底是皇上的堂弟，如今他因自己的荒唐孽债而死，皇上纵然难过，也不至于太伤心。再查下去牵扯出别的来，反而令皇上忧心。"

李斐所说，句句是真。自朱煌登基为帝，河东的晋王一心想光复前朝，与大梁屡起战端。去年晋国攻伐燕国，朱煌亲自领兵袭晋，却在途中生病，又中了晋国大将李源声东击西之计，被迫烧营撤军，返回西都休养。

阿原把鼻子揉了又揉，无奈地说道："既然真凶已明，查的无非是些琐事，怎么会牵扯到皇上？大人是不是……忠心得太过了？"

李斐啐了一口，才低声道："你这丫头懂什么？你道妙枫为何敢如此猖狂，连本官都不放在眼里？当年她是救过吕夫人的，听闻吕夫人就是在慈心庵产下了郢王殿下。"

郢王，梁帝朱煌的第三子朱友珪。即便阿原不记得从前之事，亦知晓梁帝长子郴王英年早逝，次子博王朱友玟是朱煌养子，并非亲生。那么，三子郢王朱友珪，应该是最有可能继承皇位之人。

如此算来，这慈心庵，的确太不一般，难怪妙枫盛气凌人。

阿原最后只能说道："好吧，那我只去慈心庵礼佛听禅，可好？"

李斐顿时眉开眼笑"当然好！你悄悄换女装去，更方便，也可求求你的好姻缘！"他向景知晚的住处指了指。

阿原便凑近两步，低声道："其实我也觉得他不错，除了脾气臭了些，奶妈凶了些。"

李斐抚掌："那挺好啊！要不要本官为你保这个大媒？"

阿原摇头："我不要他。"

"嗯？"

"再好吃的馍，里面夹着一堆老鼠屎，换成你，你会吃吗？"

"……"

李斐默默捏住鼻子。

于是，从京城来的贵人景县尉，就这么被名不见经传的小捕快嫌弃了……

阿原再度来到慈心庵，却已不是腰悬利剑的原捕快，而是娉娉袅娜的贵家小姐了。

她的女装是现成的，且都是从原府带出，件件精致华美，虽被压在箱底几个月，稍加打理便已齐齐整整。小鹿虽然常顶着一头乱发，但替阿原绾的发髻还算别致，再插上两支珠钗，立时显出原先的仙姿国色来。

慈心庵负责接待的比丘尼妙安眼见小轿内下来个锦衣玉饰的贵小姐，后面跟着个脑袋圆圆的俏丫环。虽然贵小姐戴着帷帽让她看不清模样，她也先堆上笑来恭敬迎入，一路伺候敬香礼佛，十分周到。

阿原知道妙枫狡黠，难以问出消息，遂从妙安这边下手，称自己是从京城赶来探望贺王的贺王府女眷，跟妙安闲聊之际出手极大方，于是没等几处的香上完，妙安便已一副推心置腹、知无不言的热忱模样。

世间最容易赢得他人好感的，总是这样一脸热忱的“真诚”人。

阿原自然也不需要她的真诚。她只想真诚地打听些消息而已，比如慈心庵的背景、慈心庵来往的贵客。

对于传扬慈心庵的美名，妙安自然是不遗余力的。她摸着阿原刚递过来的金叶子，一副出尘的世外高人模样，挺直胸膛说道：“本庵能有今日之兴旺，都因我那妙枫师姐种下了善因。当年吕夫人军中受孕，皇上因战事激烈无暇顾及，她只得自行前往西都相寻。路过沁河时，她拖着八九个月的身子不幸染病，也曾求助朱家亲友，却无人援手。最后还是妙枫师姐慈悲为怀，将她接入庵中调理，后来就是在咱们庵中生下了郢王殿下。”

阿原撩起纱帷露出半边脸，笑容清丽无邪：“原来是这样的来历，怪不得贺王府几位夫人都说慈心庵沾了贵气，说我要进香，就应该来这里。”

妙安忍不住流露出几分自得：“正是。本庵虽地处荒僻，但吕夫人另眼相看，郢王殿下也颇为眷顾，京城来的女施主便多是慕名而至的。”

阿原一路跟她聊着，眼见距离姜探所住的那座小院不远，便叹道：“本想着沁河不比京城，总会安静些。不想我那表哥聒噪，不论男女都只管往别院里带，每每撞见了，好生尴尬。若此处有空余的屋子，我倒想借住数日，还能落个清静。”

妙安也听说过贺王府的小贺王爷慕北湮是将门犬子，风流荒唐，对阿原更深信了几分，忙道：“小姐若是要住过来，空屋子多得是。”

阿原道：“我喜静不喜闹，最好是独门独院的。若有这样的地儿，我便打算扰上数日。当然，布施和香火钱是不敢少的，横竖也算是一件功德！”

妙安往那门窗紧闭的小院看了一眼，干笑两声：“小姐有这心，自然极好，极好……”

阿原妙目微转：“咦，那里是个小院吗？看着好生幽静，不知里面可有人住着？”

妙安踌躇道："没有……目前没有。不过行李还未搬走，需要好好收拾收拾。"

阿原问道："是谁家的女眷？若是性情好的女子，没搬走也不妨，正好可以一起作伴。"

妙安道："是一位京中大臣家的女眷，不过……咳，她前些日子回京了！"

"既然如此，我就定下这院子。待我回去跟舅舅说了，就把行李搬过来。"阿原笑靥如花，将数片金叶子递过去，"这就算是订金吧！"

妙安一时不敢收，犹豫道："小姐请稍候，待我去问过住持师姐才能回复。"

阿原笑道："那便有劳师太快去问问吧！"

妙安便行了一礼，匆匆离开。

灵鹤髓一案完结，姜探住过的院子也没再被封锁，慈心庵自然有权另行处置。只是到底牵涉过杀人案，敢不敢在数日后便交给另一名贵家小姐住，就得看妙枫等人的胆量和良心了。

小鹿一直在旁静听着，见妙安离去，才跳起来问道："小姐，你不会真的搬到这里来住吧？还京中大臣的女眷，什么鬼？不对，就是女鬼……小姐好大的心，居然要跟死去的女鬼住在一屋……"

阿原横她一眼："活着的，我都不怕，还怕死了的？"

小鹿一怔："也是哦！"

可她往深里一想，怎么还是不怕活着的，只怕死了的呢？

小鹿抱着头，觉得这真是个今生今世难以解答的谜题。

而阿原已不由地沉吟："京中大臣的女眷……倒是……奇了！"

朱蚀无官无爵，朱夫人、朱继飞凭什么让目高于顶的妙枫安排姜探暂住于此，并百般维护，这一直是阿原困惑之事。

难道，妙安并非满嘴跑马地胡扯，姜探真与京中某位大臣有关？

思索之际，忽听不远处传来一声鹰叫。阿原忙抬眼一看，小坏正盘旋于小院上方，虎视眈眈，分明是一副警戒之色。

小坏原本也随主仆二人同行，入庵前阿原便令它飞得远远的，莫让人怀疑，毕竟当时发现凤仙还是小坏的功劳，妙枫、妙安等人必定有印象。

而小坏显然还记得这个让它立功的小院，闲来无事也不去捕野物了，又飞入小院中细看。

姜探出事后，庵中应该很少有人会去这么个晦气的地方，即便是去打扫收拾，也不可能关上和庵堂相连的角门。

那么，如今在小院里的，还会有什么异常让小坏格外警惕呢？是毒蛇，还是女鬼？

"在这里等着！"

阿原瞧着四下无人，吩咐了小鹿，拔出暗藏的破尘剑，纵身跃上墙头，轻轻一点，已飞落小院中。

阳光下，芭蕉滴绿，绣球舒展，幽静却不阴森，倒似那个清丽的少女依旧在此住着一般。因近来无人打理，院中所铺的鹅卵石小道上已长出茸茸的青草，倒显得碧绿可爱，也看不到毒蛇毒蝎之类的东西。

阿原看向小坏，小坏便扑着翅膀欲往屋内飞，但飞到门槛边又斜斜掠出，歇在枝头歪着脑袋看向阿原。

阿原这才发现正屋的门是虚掩着的，尚留着一条小缝。

而毒蛇当然不会开门或关门。

破尘剑迅速插入门缝，轻轻一挑，门被拨开。

屋内，立时传来年轻男子一声低喝："谁？"

有人快步掠来，剑光如流瀑飞快地袭出，径自射向阿原。阿原忙扬剑抵住，本来半敞的纱帷被激荡得飞扬开去，露出清丽出尘的面容来。

而阿原也看清屋中那人，竟是个十八九岁的少年，一身寻常布衣，但眉清目秀，意外地有种肃穆的干净气息，似此时被树枝筛过漏下的阳光，带着天然的暖意。

他看清阿原，明净的眸光缩了缩："是你……"

他迅速收剑，头一低，脚下一点，飞快地踏出门槛。

阿原完全不记得自己什么时候见过他，正微微发怔之时，竟被他从身畔擦肩掠过。她忙回头相拦时，已看清了那少年的剑和剑穗。

剑是宝剑，明光如镜，在黑暗里一晃而过时，纵然削铁如泥，也未必有太大的辨识度，但那剑穗已不知多少次盘旋在阿原的脑海中。

苍黑色的剑穗，双雀纹流苏结，精致的丝线在阳光下散发着幽幽的色泽——与那日雨夜所遇杀手所用的剑穗一模一样。

她到底找到了他，可以证明她不是幻觉了！

阿原吸了一口气，待要大踏步追过去时，脚下趔趄了下，差点被自己的长裙绊倒。天晓得，她只是抱着一线希望来寻找有无线索，根本没打算跟人大打出手，更没打算追捕凶犯。这繁复美丽却令人举步维艰的的长裙，只适合用来相亲吧？

少年见她趔趄，反而停下步来，退到墙边疑惑地看着她，张了张唇没有说话。

阿原羞恼。

这是欺负她衣衫不便，根本没办法抓到他吗？

她反手将剑一挥，将长裙迅速割开，飞快地撩起裙角。

少年顿时变色，剑虽入鞘，人却如鸟雀般掠上墙头。

这时，听闻得有人高喊道："小姐！"

却是小鹿听得里面有动静，唯恐阿原出事，弄开了门，冲了进去，然后第一眼便看到了已逃到墙头的少年，顿时惊得张大嘴巴，半天合不拢。

少年扫了小鹿一眼，也顾不得再细看阿原，匆匆跃墙而去。

阿原已将撩起的裙角塞入腰带，不管半露着袴裤太不雅观，提着破尘剑逾墙而出，直追过去。

小鹿看着飞檐走壁的大小姐，抱着脑袋在原地转了两个圈，飞奔过去把通往庵堂的角门关上，然后拨开院门，从山道绕到屋外寻找阿原。

庵堂后的山林颇密，小鹿想着林中的毒蛇和惨死的丁曹，早已心惊胆战，不敢乱跑，只好在林边连声唤道："小姐！小姐！"

片刻后，便见阿原从林中奔出，她已在追逐中掉了帷帽，鬓发也散落下来，沾在汗水淋漓的额上。她掸着自己裙不似裙、裤不似裤的衣衫，愤愤地说道："跑得好快！若不是林子茂密，我又穿了这么一身，断不会让他这样逃了！"

小鹿见到她自然欢喜，闻言不由跺脚道："你从前不就懊恼过不该追他太急，把他给吓跑了？为何不吸取教训，又将他追得满山跑？"

阿原道："这人行踪诡异，疑点重重，我自然要追。"

小鹿蒙了："不……不对……"

阿原擦着额上的汗，才悟出她所说的和小鹿所说的，似乎不是一回事。

她侧过头来，认真地看向小鹿："我从前……就追过他？"

小鹿点头："你忘了？你的剑还是他的呢！"

阿原提着手中的破尘剑，看向久经摩挲后变得油亮的剑柄，依稀记起小鹿以前提过的事："那个……剑客？"

小鹿拍手笑道："对，对！就是那个叫萧潇的剑客啊！他在原府住过几日，还教过你剑法呢，可你只想着占他便宜，他又害羞。有一天晚上，也不晓得你跑到他房里做了什么，他就跑掉啦，跑得飞快，连时时不离手的破尘剑也不要了！"

"……"

阿原低头瞧着她已万万舍不得的破尘剑，忽然觉得自己真够无耻的。

好一会儿，她才有气无力地向前走着，咕哝道："那他刚才跑什么？可见还是心虚！"

小鹿叫道："他能不跑吗？你一看到他就猛撕自己的裙子，换成我，我也跑啊！"

砰——

震惊回头的阿原结结实实地撞在一株大树上，娇嫩的额头上顿时鼓起一个大包。

狼狈万分的阿原没法再回慈心庵，索性绕过涵秋坡，从小道回城。

小鹿一路心惊胆战，总算没遇到冤鬼或毒蛇，平平安安地下了山。回到城中，她也不敢抱怨脚底跑出了水泡，只是呼呼地喘着气，催阿原赶紧回衙，好沐浴更衣，洗去一身狼狈。

阿原看看天色，说道："早着呢，我得继续盯着那个萧潇。"

小鹿急了："小姐，听小鹿一句劝，心急吃不了热豆腐呀！何况这种事，靠女人霸王硬上弓，成不了事的吧？"

阿原摸着额上长出的那犄角般的大包，叹道："小鹿，你想得太多了……就是冲着这个毁我美色的大包，我也不至于挑今天下手呀！乖，你累了，你先回去，我还得继续查案。"

小鹿道："这没头没脑的，你去哪里查案？咱明天去不成吗？"

阿原看着从不远处飞过来的小坏，展颜而笑："不成！这会儿去，只怕还能堵个正着！"

小鹿恍然大悟："你……你叫小坏盯着萧潇！"

阿原理了理凌乱的鬓发，尽量将平衣裙上的褶皱，笑得有些得意："对，他剑术颇高，轻功不错……但他总比不过小坏飞得快吧！"

小鹿骇然："连这主意都想得出！小姐你真是色胆包天！"

阿原也顾不得她在说什么，推她赶紧离开："小坏是从贺王府那个方向飞过来的，说不定和贺王府有什么关联……你赶紧回去，给我准备好一桶热水，让我回去能洗个热水澡就谢天谢地了！"

小鹿无奈，只得一步三回头地走开，一路却念叨个没完："色迷心窍，果然是色迷心窍……景县尉还在衙中呢，知道了，准得气死……色迷心窍呀！"

阿原充耳不闻，招呼过小坏，径自随它向前行去，找向萧潇的落脚点。

最终，小坏飞入了恕心医馆。

恕心医馆，是贺王府的地方，恕心医馆的主人，是左言希。他有个义父是贺王慕钟，官大势大，手握精兵，深得梁帝器重，他还有个好友是景知晚，虽是小得不能再小的芝麻官，却神秘又神经，比贺王慕钟还让阿原头疼。

阿原沉吟片刻，整整衣衫，缓步踏入。

里面伙计忽见踏入这么个清丽夺目的绝色少女，也不管她额上多出的"犄角"，生生看呆片刻，才急急地迎上前道："姑娘需要什么？"

阿原的目光四处逡巡，寻找着萧潇可能的藏身之所，心不在焉地答道："哦，一个男人。"

伙计的眼珠子差点掉下来："姑娘你……"

鳏居的老账房正拿着毛笔记账，闻言毛笔自指间滑落，跌在账册上。他也不管墨汁糊了账册，赶紧用帽子盖紧半秃的脑袋，站起身问道："请问姑娘需要怎样的男人？"

"我需要……"阿原这才觉出似乎哪里不对，提起破尘剑，在柜台一拍，说道，

"刚才有一个年轻男子想占我便宜，还打破了我的头。我问过了，他逃入了这间医馆。我正准备搜他出来绑他去见官，你们不会把他藏起来了吧？"

伙计悄无声息地向后退了一步，便成了老账房一张爬满菊花纹的老脸直直地对着阿原倨傲凶悍的俏脸。

她的衣衫看起来有些古怪，额上的"犄角"更古怪，只有鬓间两支镶着明珠的金簪与她罕见的美貌很匹配，匹配到可以让旁人轻易忽略掉她的古怪，直到那把寒气森森又凛冽的宝剑被拍到柜台上。

老账房对美色的憧憬才露出那么点小苗头，已被她那气势连拍带碾，掐得连根都不剩。他退了一步，撞到伙计身上，又被生生顶在前面，退无可退，只得边骂娘边无奈地咳了一声，说道："姑娘，这边每日来往的客人不少，多是病人或病人家属，并未见到什么年轻男子。"

阿原笑道："老伯，我又没说是怎样的年轻男子，你怎么一口否认没见到？难不成到你这里来看病的，不是老头就是女人，没一个年轻的男人？"

"不是……"

老账房忍不住去抓藏在帽子里的头发，却是被她一声"老伯"懊恨得把头发扯断了几十根。过了好一会儿，他才道："姑娘美貌无双，打姑娘主意的男子必定不少，但敢打姑娘的绝对不多。以老朽数十年的经验来看，今天来的男子，不论是老是少，没有一个敢打姑娘。"

这话听得阿原甚是舒坦，便望向通往后堂的廊道，问道："那有没有你不曾留意过的男子入内向左公子求医？"

老账房连忙摇头："不曾，不曾。公子今日不曾坐诊，有客人在呢！"

"客人？"

阿原转念一想，萧潇不曾受伤，跑这医馆来应该不是为了治病。何况萧潇当日能入原府并被原家小姐注意，足见其背景并不简单。那么，他会不会认识左言希，赶到恕心医馆是为了见朋友？

她精神大振，大跨步向后院走去。

这一次，连伙计都急了，连忙上前拦住，说道："姑娘，我们公子今天不坐诊。"

阿原道："我不看病。我要见左公子。"

伙计道："我们公子也不见客！"

阿原道："扯淡！你们刚明明说了，他在见客！"

"……"伙计终于妥协，"至少，得容我等通报一声吧？不知姑娘姓甚名啥，求见公子有何要事？"

阿原不耐烦，一手亮出腰牌，一手抬起破尘剑，在伙计肩颈处一搭，冷笑道："官府办案！要不要向你通报案情进展？"

剑虽未出鞘，依然有锋刃冰寒锐利的气息直袭肌肤。伙计僵在那里，白着脸一动不敢动，只连声道："不用，不用……小人这便去为姑娘通报！"

美人虽绝色，奈何狠如蛇蝎，他和老账房必定被美色迷了心窍，才会只看到她的容貌，全然不曾注意到她轩昂的举止和锋利的宝剑。

至于她究竟是什么来历，身为女子怎么会为官府办案，他们已经完全没勇气追究了。

阿原此刻的确是女装打扮。

好在她打算见的是左言希，跟景知晚好得可以合穿一条裤子的左言希，何况他算得上是慕北湮的兄长，必定早已知晓她是女子，便是以女装出面，似乎也不碍事。

当然，慕北湮还是能不见就不见，尤其谢岩已经回京，谁还想见那个无赖？

若有机会，她得把他丢茅房里锁上一夜，或许还能洗刷那日被他强抓着看他如厕的羞辱。

她盘算着这些事时，正在后院的一间茶房里悠然地喝着茶，等候下人们去通报。横竖小坏还在附近盘旋，只要那萧潇不钻到地底下去，不怕他飞上天。

以她往日的尊贵，怎么着也不至于被人带到仆人们常来常往的小茶房喝茶。但她此刻品着茶，看着烧水的粗使丫头进进出出拎水壶、拿茶叶，忙得不亦乐乎，竟很是安然。

算起来她并不是第一次来恕心医馆，只是当时医馆这些人的眼睛大概都放在与他们家公子交好的景知晚身上，不会有人注意夹杂在众衙役中的阿原。

嗯，除了小玉。

她问那粗使丫头："记得医馆里有个叫小玉的侍女，怎么没看到？莫非在左公子跟前伺候？"

粗使丫头笑道："小玉姐姐三四天前回老家去了，说是母亲重病。"

阿原好奇道："她不是卖给贺王府的侍女吗？怎么还能回老家？"

粗使丫头眼睛里便闪过光亮，道："的确是死契，但我们王爷、小王爷都是慈善的人，听见这样的事，都会放下人回家探病或送终，有的侍奉得久了，到一定年纪便还了卖身契，放回家任其父母做主婚配。"

"慈善的人……"阿原抚额。

朱煌还是名义上听命前朝的梁王时，贺王慕钟便随其四处征战，攻凤翔、屠宦官，并斩杀包括宰相在内的三十余名朝臣，手段之狠厉远非常人所能想象，不想家中下人反倒认为贺王父子是什么慈善的人……

或许，他们对家里的下人的确慈善，天底下本就没有纯粹的恶人，正如本就没有纯粹的好人一样。

粗使丫头跟阿原说了一会儿话，便觉亲近许多，一边上前为她添茶，一边笑道：

"姑娘这裙子是今年才时兴的样式吗？可真真是好看！"

"咳……是……是吧！"

阿原一口水呛住，不觉将双腿拢了拢。

裙子前面被撕成两片，怎么看都不雅观。但她身段高挑，双腿修长，容貌又出色，便是披个破麻袋都能把麻袋衬出几分秀气，何况只是长裙破成两半呢……

粗使丫头倒是细致，见阿原呛得咳嗽不已，连忙过来替她捶肩拍背，又道："下个月咱们也该做夏日里的衣衫了，若是小玉姐姐在，便能撺掇她去找靳总管说说，把咱们的衣裙都做成这样的，那咱贺王府的女孩儿出去，必定是最出挑的，看花沁河城那些土包子们的眼睛！"

阿原眼泪都咳了出来，不知自己在笑还是在哭，忙揉着眼睛道："难道不是看花你们家小贺王爷的眼睛吗？"

粗使丫头疑惑不已，说道："小王爷不看我们，他只看美人，像姑娘这样的大美人……"

她忽像想到了什么，看阿原一眼，悄悄退开两步，继续去烹茶。

阿原思量着是不是她的话太莽撞，又或者这丫头是不是在羞愧自己的容貌算不得美人，心下便有些歉疚，压下咳嗽后便笑道："你用的什么香？怪好闻的。"

见阿原转移话题，粗使丫头舒了口气，忙道："是我们家薛夫人自己制的香，说是仿的贡香，用香梨和沉香屑蒸煮而成。薛夫人屋里的兰冰姐姐跟我相处得好，所以给了我一包，我也只舍得放到随身的香囊里沾点儿香气。"

阿原细闻，果然在茶香之外闻出了裹着淡淡果香的沉香气息，雅静而清甜，却在冲入脑门时化作奇异的热力，让人连血液都似滚烫起来，开始如沸水般翻涌。

她看着粗使丫头有些忐忑的神色，再去细品那茶水，猛地将茶盏拍在桌上，站起身来喝问道："你在茶水里放了什么？"

粗使丫头顿时慌乱起来，叫道："姑娘这个怎么说？我……我并没放什么呀！"

她这样说着，却不由地将目光瞥向刚拿进来的茶罐。

阿原只觉得血液中的热力已透出肌肤，身体似被什么涨满，却莫名有些空虚，似迫不及待地想搜寻什么来填满，说不出的难受。

她脸一沉，大跨步冲过去，取过茶罐细看时，已发现其中细小的异样颗粒。

粗使丫头没待她拿剑，便叫起来，说道："我真没放什么呀……方才是小王爷忽然叫我过去，让我拿这罐茶给姑娘泡茶……"

而她显然也对这茶有所怀疑，方才如此慌乱心虚。

阿原已嗅出这茶中混的药并不陌生，正是先前灵鹤髓一案中，椋幽为朱绘飞所炼的遂心丸，传说能让女子心甘情愿地爱上下药者的"神药"。慕北湮竟将其捏碎，放入了捣好准备煮给她喝的茶叶中……

阿原虽懂得些药性，但遂心丸本身气味不强，被茶水冲开后更了淡许多，何况这里本身是药馆，四处都是消散不去的药香，她完全没有防备，又如何辨得出茶水被人做了手脚？

"慕北湮，我剁了你死王八羔子！"

阿原将茶罐狠狠掷碎于地，拔出破尘剑便冲了出去。

此时已近傍晚，但阳光尚带着午时的温暖。阿原一出门槛，便被那阳光刺得几乎睁不开眼，而身上更是热得烦闷，恨不得将衣裙立时扯下。

她转头看到那粗使丫头正战战兢兢地窥向她，冲上去一把揪住，明晃晃的剑指向她的脖颈，喝道："最近的井水在哪里？赶紧带我去！不然别怪我拿你的血来醒神儿！"

那丫头抱住头，杀猪般号叫起来："好！好！我带你去……"

　　虽说有不少下人围观，阿原还是从井中连打了三四桶冷水，将自己从头到尾浇了个通透，这才觉得好受些。只是衣衫淋湿后贴在身上，玲珑曲线毕露，更不雅观，她遂扯过那粗使丫头来，一把脱下她的外衣自己披上了。

　　那丫头愣愣地看着阿原，张张嘴没敢说话。

　　阿原冷笑道："怪我拿走你的衣服？我没拿走你的性命，你便偷着乐吧！"

　　粗使丫头摇头："不是……我只是想着，为什么你穿着我这么丑的衣服，也能这么好看呢。"

　　狼狈成这样，还好看……

　　阿原差点呕吐而死。

　　眼见下人明里暗里跑来一堆看热闹，左言希、萧潇却毫无踪影，阿原更是气得想吐血。

　　慕北湮是浑蛋无疑，左言希显然也不是好东西，跟景知晚一样，都是金玉其表、败絮其中的货色！

　　她满腔恼恨，握剑向贺王府正院方向奔了几步，又顿住身，捏着破尘剑定定神，返身走向医馆大门。

　　井水没法完全解去她身上的药性，再待下去，指不定还会露出什么丑态，真做出一两桩丢人现眼的事来，岂不成了沁河县的笑柄？虽说她已成了西都城的笑柄，但至少她在沁河的名声还算清白。

　　好汉不吃眼前亏，慕北湮这笔账，可以留着以后慢慢算，反正也不是他一个人有手段，真斗上了，鹿死谁手还不可知。

她正磨牙想着日后如何报复慕北湮时，眼前忽然一花，一双漂亮的桃花眼已笑弯在她跟前："原捕快，贵客啊，怎么刚来就要走？"

阿原眨了好几下眼睛，才确定并非幻觉。

她吸了口气，左手举起破尘剑，右手已搭上剑柄，冷冷地喝道："小贺王爷，我不计较你的卑劣行径，也请你别再招惹我！如今我脑筋不太清楚，宝剑也不太好使，不小心伤了小贺王爷，只怕令尊也不好在皇上跟前为你申冤！"

慕北湮耸耸肩，笑得跟花狐狸一般狡黠："你可以计较的！在下甘愿当小姐的解药，以赎前愆！"

阿原气得眼冒金星，心里骂了他无数遍无耻之徒，却也顾不得跟他纠缠，只想赶紧绕过他逃开。慕北湮哪里肯放，笑嘻嘻道："既然来了，岂能就走？来来，要不要我当解药是另一说，好歹咱们先叙叙旧可好？"

阿原怒道："不好！"

看他伸出手来，竟要抓住她，强留她下来，破尘剑已然出鞘，凶悍地直斩过去。

若非慕北湮手缩得快，只怕一条胳膊都已被她生生砍下。

慕北湮惊愕，却很快转作笑容明媚，柔声道："不叙旧也不用发火呀！瞧瞧这一身湿漉漉的，可别弄出病来，我先陪你去换身干净的衣服吧？"

换衣服……

是真情还是假意，阿原已无暇分辨，只觉得这话从他口中说出，就已下流之极，想都不想便换招出剑。

她浑身湿透，狼狈不堪，但持剑极稳，一招一式凌厉狠辣，破尘剑的锋刃划过的银光璀璨却凛冽，竟如毒蛇般径自朝慕北湮胸腹部的要害处刺去。

如此卑劣之人，便是一剑刺死又何妨？贺王世子又怎样？原府也不是吃素的，就是原夫人也不会容得下别人这般欺辱自己的女儿吧？

慕北湮原本打算跟她笑闹一番，当然寻到机会跟她再续前缘更好，至于那些助兴的药物，从前也不是没试过。他已猜到如今的阿原和从前的原清离大不一样，却没想到她被激怒后竟能狠下心来痛下杀手，招招致命。他虽身手不凡，此刻赤手空拳对敌，不由手忙脚乱，三招便被挑破了两处衣衫，五招被逼得跌坐于地，第六招在地上使出一招懒驴打滚才勉强避过，头顶发冠已被挑落，黑发披下时，已见一绺断发挑在阿原的剑尖上。剑尖上的断发还没来得及飘落，阿原已迅速使出第七招，长剑裹着雷霆之势，直刺他后背……

不带这样玩的！

而不会武艺的下人，眼见这清丽女子瞬间化作夺命女煞星，剑锋所到之处，方圆数丈都有砭人肌肤的骇人杀机，早已吓得呆住，根本不敢前来相助。

慕北湮惊得魂飞魄散，叫道："喂，清离……有话好说……"

旁边蓦地伸来一只手，将他奋力一拉，让他啃了满嘴的泥巴，后背也传来哧啦一声衣衫被割开的裂响，但总算从破尘剑下逃过一劫。

那边破尘剑不依不饶地还要刺来时，但见苍黑色流苏一闪，已有一把宝剑将她挡住。

奋力出招时，阿原便觉得身上翻涌的炙热散了许多，愈发一招比一招凶狠毒辣，见有人前来阻挡，正准备连这人一起收拾时，一眼看到那剑柄上的双雀纹流苏剑穗。

她看向持剑的少年，眼底的狂暴这才缓缓消失。

萧潇收剑，笑容清朗明净："原姑娘，小贺王爷只是任性了些，还请姑娘得饶人处且饶人。毕竟，这是贺王的地方。"

若真在此杀了小贺王爷，惊动贺王，那可不好收场。

慕北湮惊魂初定，摇晃着站起身时，已满脸泥灰。他吐着口中夹杂血腥味的泥土，叫道："原清离，你还真是疯了！"

他散落着黑发蓬乱如鬼，袖口破碎的衣衫沾满尘土，背部衣料直接被劈成两片破布，飘飘摇摇地挂在身上，竟比阿原还要狼狈不堪。

在药物和怒火的双重作用下，阿原的一双眸子亮得惊心动魄。她肩背挺得直直的，破尘剑直直地指向慕北湮，声音伴在剑锋的冷光里，字字铿锵，清冽似冰："慕北湮，你敢招惹你家姑奶奶，你才疯了！我警告你，再敢动什么歪心邪念，我活剥了你的皮去蒙大鼓！"

慕北湮抹了把满是尘灰的脸，那张漂亮的面庞便愈发黑沉得可怕。他冷笑道："歪心邪念？这些歪心邪念，难道不是原大小姐你教的？现在跟我装什么贞女烈妇，到底知不知羞、要不要脸？"

阿原胸口一堵，手中破尘剑却冷硬依旧，不见半分动摇和瑟缩。她道："知不知羞、要不要脸，都是我自己的事，反正我没逼着你动那些歪心邪念！你敢逼我，我就敢阉了你！"

她的面容潮红，是罕见的艳丽，但行动似因此而变得更加直白狠辣，整个人都似她手中的剑锋般尖锐逼人，令人不敢直视。

慕北湮又气又怒，待要上前理论时，萧潇已拖住他，说道："小贺王爷，那边有人唤你！"

慕北湮转头一看，果然见到父亲屋里的一名侍从紧张地站在身后。见慕北湮看向他，他连忙道："小王爷，王爷传你立刻去见！"

"什么事？"

"小人不知。但王爷似乎很不高兴，小王爷还是尽快换了衣裳过去要紧。"

贺王行伍出身，虽娇惯独子，但那性子发作起来也不是一般人承受得了的。

慕北湮暗自嘀咕，莫非是谁多嘴多舌，将这里发生的事告诉了父亲？他看向萧潇：

"你是什么人？"

萧潇笑了笑："这里是医馆，我自然是病人！"

慕北湮看来看去，并看不出他有病的样子，倒是阿原凶悍如虎，自己落魄如狗，看着都像有病。

既然那母虎疯了般大展威风，他的阴谋已很难得逞，似乎也没必要再跟她对峙——难道真要弄得从此后两人视若仇雠，见面就你死我活地大打出手？

他瞪一眼阿原，生生咽下这口恶气，转身向别院方向行去。

阿原犹自愤怒，持剑欲向前追，却被萧潇拦住。

他的笑容依旧干净温和："原姑娘，你不是在找我吗？"

阿原静了静，才觉得自己真的被慕北湮那浑球儿气得发晕，连来这里的目的都忘了。她慢慢垂下剑尖，说道："对！我想请萧公子随我回衙门一趟，有些事需向你请教！"

萧潇道："好！姑娘请前面带路！"

阿原吃尽苦头才找到他，如今狼狈万分，原以为要带他回去免不了又是场追逐或恶战，谁知他这般爽快地答应下来，不由得大为诧异，将他细细打量一番，才拢一拢衣衫，大步向医馆外走去。

她刚刚把贺王府的少主人打得差点儿满地找牙，如今医馆那些下人看见她恨不得绕着走，再不敢阻拦，由着她和萧潇气势如虹地迈出。

待走到外面的街道，阿原从头到脚都湿淋淋的，连披在身上的侍女衣衫都已浸透，引得人人注目。羞恼烦躁之际，她又在心底将那该死的慕北湮骂了千万遍。

萧潇犹豫片刻，将自己的外衫解下，递给阿原："冷不冷？先披上我的外衣吧。"

阿原浑身的血液都在沸腾，正煎熬得难受，哪里会冷？她看也不看，抓过他的衣衫甩了出去，怒道："什么臭男人穿过的！拿远些！"

萧潇拾起衣衫，看着眼前这个虽然狼狈却与以往容貌一样的女子，忍不住有些困惑。

以前那个借着酒醉往他身上扑的女子，这会儿在嫌弃他的衣服是臭男人穿过的？

他快走几步，赶上前问："原姑娘，你知道我姓萧，你应该……认识我吧？"

阿原燥热得越发难受，连湿衣都似被蒸腾得冒着热气，恨不得将衣服尽数扯落才痛快。她眼睛泛红，狠狠地瞪着萧潇："嗯，据说我以前有点瞎，看上的男人有点多……你应该是其中一个吧？我的侍女还记得你，可惜……我一个都不记得了！"

萧潇并不讶异，只轻笑道："不记得也好。"

他悄无声息地走到她身侧，看着街上稀稀落落的行人，尽量替她遮挡些，让她看起来不那么怪异。

阿原已看出他好像无恶意，但他离她愈近，那股陌生的男子气息便愈加浓烈，危险又充满诱惑，竟让她有点透不过气来，心间恨不得伸出一只手来，将他一把抓到跟前，生吞活剥。

从前的原清离把萧潇吓得落荒而逃，大概就是她把心中所想真的付诸行动了吧？

如今，她还要做出这样的事吗？

阿原忽然踉跄几步，冲到墙角边呕吐。

萧潇忙走上前，扶住她的肩问："你怎么样了？要不，我扶你回恕心医馆，请左大夫帮你医治？"

药性因为二人身体相触而越发汹涌。阿原汗出如浆，将萧潇猛地一推："不用！你……离我远些！"

萧潇有些无措，但行走江湖多年，倒也猜得出阿原遭了怎样的算计。他抬头看了下，眼睛便亮了起来："那边有个客栈，我先带你进去要间房歇脚，再去寻大夫来替你诊治，好不好？"

阿原咬牙道："不要大夫！你到衙门把我侍女找来便成。"

萧潇应了，急急地带阿原进了旁边的客栈，安顿她住下，替她盛了一大盆清水，看她将赤红的脸浸入冷水中，犹豫片刻，终于问道："除了你侍女，还要不要找别人？你最近……有没有要好的朋友是男子？"

原大小姐身边从不缺男人，却不知她失忆后有没有将这可怕的习惯保留下来。他脸皮薄，不好意思问她最近有没有相好的男人，不过，也自认为已把意思传达得很清楚。

阿原抱着那盆冷水，浑身冷热交织，也说不出那充盈又空虚的欲望从何而来，只坐在地上筛糠似的发抖，耳中听得萧潇相问，眼底便有许多身影走马灯似的转过，哆哆嗦嗦地答道："有。"

"谁……"

那些身影忽然间都远了，独一个身影越来越近，越来越清晰。

阿原苍白着嘴唇，轻声道："景知晚。"

慕北湮怕被父亲堵个正着，也不敢满身狼藉地过去，令人悄悄取来干净衣衫，收拾清爽后便匆匆走向父亲的住处。

走到竹林边，忽然看到左言希立于路边，正拈着几株药草细细审视，却分明在等候着什么。左言希身畔，除了素日跟随他的侍女小馒头，还站着先前传他去见父亲的那个侍从。侍从有些局促地搓着手，不敢看他的眼睛。

慕北湮忽然明白过来，眼底便有些愠意："言希，是你在捣鬼？"

左言希笑了笑："不然怎么办？看你跟你心上人反目成仇，大打出手？"

慕北湮拂袖，怒道："谁让你管我的事了？"

左言希道："我也不想管，但你真伤了原大小姐，原夫人岂会善罢甘休？义父想维护你，必定处处为难。若原大小姐伤了你，义父也会心疼。"

慕北湮叹道："言希，你如此玲珑孝顺，不晓得的，都以为你才是我父亲亲生的！"

左言希微微欠身："不敢！世子只是尊贵惯了，不太愿意设身处地为他人着想。若有一日成家立业，自己做了父亲，大概便能懂得义父每每从严管束你的苦心了！"

慕北湮掩耳："姓左的你够了！才不过大我几个月，整天跟个老太婆似的絮叨不休，也不嫌累得慌！若论娶妻生子，你都不急，我急什么？"

他一边说着，一边已掉头奔逃而去。

左言希摇头叹息，向身畔的侍从说道："今日的事，不许和王爷提起。近来他似乎情绪不太好，不必惊扰他。"

侍从低头应了退下后，左言希拈着手中的药草对身畔的小馒头道："前年撒了些剩余的种子在林里，不想真长出了些药草。我正缺这草做引子，跟我去寻一寻，拔些带回医馆制药吧！"

小馒头应了，忙去替他寻药草。

片刻，她自老槐树旁的短草中拈出一物，笑道："公子，我拣到一颗金珠子！"

左言希走过去一瞧，笑道："不是金的，应该是颗鎏金的镂空银珠，大概是哪件器物上的坠子，先收起来，若是没人找寻，你就自己留着玩吧！"

小馒头把玩着那精致的小银珠，说道："这上面镂雕的一对鸟儿真好看。我正好有朵小珠钗掉了坠脚，回头缀那上面去！"

左言希摇头微笑："傻丫头，那对鸟是鸳鸯……"

小馒头顽皮地吐吐舌："我笨，所以看不出来。若是小玉姐姐在，只怕连这个是什么东西上用的都能认出来！"

主仆二人说笑着，带着采好的药草离开了小林子。

他们不曾留意，他们刚离开的那株老槐树上的一些树皮被人生生抓裂，还沾着已干涸的褐红色血迹，散着淡淡的血腥气……

景知晚走入客栈的房间时，并没有立刻看到阿原，便有那么一瞬间怀疑自己走错了房间。

小鹿气喘吁吁地跟在身后，一眼瞥过去没见人影，立时叫起来："我的小姐呀，不会自己出去找'解药'了吧？妈呀，千万要找个好看的，别把歪瓜裂枣都拉到床上，那就太掉价了！"

景知晚看了她一眼，冷冷淡淡，仿若和寻常时一般无二，小鹿却似被人当头一盆冷水淋下，冻得有点缓不过神来，僵着脸赔笑道："嗯，小姐应该多等一会儿，景县尉……景县尉自然更愿意自己当解药……"

景知晚道："滚！"

小鹿无措，却也不肯滚，正东张西望时，忽听角落里有人哑着嗓子唤道："小鹿！"

小鹿跳起来，急忙冲了过去，高声唤道："小姐！"

在床榻侧面的角落里，阿原浑身湿淋淋地抱着半盆冷水坐在地上，身下亦有一大摊水，正不住地哆嗦。破尘剑已出鞘，正在她手边，若有人欲对她不利，只怕立刻会被她抓来泄火，——无关男女情事的泄火。

景知晚缓步走过去，蹲到她跟前，低声问："你怎么样了？"

阿原居然神智尚清，摇头答道："挺倒霉。估计我这辈子都没这么倒霉过。"她看向小鹿，"萧潇呢？"

小鹿道："不知道。"

"不知道？"

"是啊！"小鹿学着萧潇的声音说道，"他就跑来找我说，你家小姐在这边客栈，中了媚药，你赶紧过去，最好把那个叫景知晚也带去，你家小姐点了他的名。"

"然后，他走了？"

"走了呀！他让我找景县尉，摆明了不愿跟你在一起……"小鹿苦口婆心地劝她，"小姐，不是我说你，对萧潇那种人，霸王硬上弓是没有用的！你看，当初想扑倒他，把他给吓跑了，这回想扑倒他，又把他吓跑了吧？"

小鹿随手一拉景知晚的臂膀，也不曾瞧他的脸色，只顾殷切万分地开导她的小姐："小姐，虽说得不到的总是最好的，但也要记得，强扭的瓜不甜！你看景县尉一听说小姐这里出了状况，也不管足疾未愈，立刻就奔来了！这会儿也找不到更好的了，不如……你就凑合凑合吧！"

她小心地窥伺着阿原的神色，唯恐阿原不允，不想拉住景知晚臂膀的手猛地被人一扯，还未来得及弄清怎么回事，人已整个儿被掷了出去，跌在房间中央。她捂着臀部连声痛叫道："小姐，小姐，我屁股都摔成两半了！"

景知晚将她甩开，也不理会她的哀号，伸手扶起阿原，问道："谁下的药？那个萧潇？"

阿原被他扶住，隔着衣物触到他的肌肤，便似被那隐约的温暖夺了魂，竟比与萧萧同行时难忍百倍，一直强行压住的药性顿时汹涌上来。她环住他的腰，喃喃道："不是……"

她的指尖极用力，用力得仿佛要抠破他的衣衫，嵌到他的肉里，但她的身体异常柔软，软得像揉过的面条，又像化开的水。当景知晚托住她的腰，努力扶她站稳时，她更像找到了攀援物的蛇。

景知晚吸了口气，飞快地取出两颗药丸，塞入阿原的口中，转头看向小鹿："你去找那个萧潇，问清楚是谁下的药。如果查不出来，我保证会把你的屁股踹成两半，再也合不起来！"

小鹿顿时止住了呻吟，惊恐地看看他，再看看紧紧揪住景知晚不放的阿原，想着好女不吃眼前亏，揉着屁股飞快地退了出去，顺手掩上门。

料得景知晚不乐意有人守门，她也不敢久待，一瘸一拐地往客栈外走着，不晓得该到哪里去找那个传完消息便跑得无影无踪的剑客，心下对景知晚更加不满，咕哝道："什么玩意儿？除了长得人模狗样，干得哪样是人事？病鬼身子棺材脸，小姐看得上他才怪，还不如萧潇呢，长得好看，人也和气，就是不让小姐扑，真是为难……或许该弄些药给他吃。可惜，这回便宜姓景的了……"

走到客栈外，正见几拨人快步跑往茶楼方向，小鹿忙揪住其中一个问道："茶楼那里有什么事吗？"

那人笑道："没事，没事！茶楼说书的张先生病了几日，今天才又开张。我们记挂着后面的故事，这不是赶着去听吗！"

小鹿精神一征，忙道："我也去！我也去！"脚下便已不由自主地跟着那些人奔往茶楼。

也许萧潇也爱听说书呢？也许她一边听说书一边就找到萧潇了呢？

方向明确，劳逸结合，她真是睿智至极。

客栈里，景知晚让小二又拎了一大桶冷水进去，拿手巾浸湿，拧了水，替阿原擦拭身体。

他并未说给阿原吃的是什么药，但阿原服下后只觉清清凉凉，体内要命的炙热便冷却了些。只是景知晚那个冤家，为何总会令她莫名地感觉温暖和亲近？就如此刻，仿佛有两只手一前一后地拉着，一只冷静地要将她拖开，告诉她眼前之人可恶可恨，另一只手却只想扑过去，将他紧紧抱住。

景知晚虽未褪下她的衣衫，但她的模样，比赤诚相对也好不了多少，何况冷水替她擦拭时，依然能觉出他指间细微的暖意熨帖着肌肤。

冷水本该让她冷静，可再细微的触感都能让她悸动，瞬间将冷水带来的清明冲得无影无踪。

而她也许不必拘谨，她跟景知晚之间，必定早已称不上清白。当日他替她吸蛇毒时，便说过她身上没什么他没看过的，此刻替她擦拭身体时他也很自然，仿佛只是随手在擦洗桌椅、书案之类……

她揽住景知晚的手蓦地用力，在他疼得吸气蹙眉时，凑过去吻住他。

景知晚手中的手巾跌落，修长的手指迟缓地顿在她的肩上，然后慢慢收紧。

许久，湿淋淋的手巾已将棉被洇湿了一大片，而阿原愈发放肆，双手不断地在他身上乱抓。景知晚身体猛然抽紧，抬手迅速拍向她的穴位。

阿原软软地倒在棉被上，而景知晚呼吸不均匀好一会儿，才慢慢睁开眼睛，眸中兀自含着些意乱情迷。

他弯腰将冷水拍到自己的脸上，才扶她卧好，低低道："越发胆大包天了……谁教你的？"

而她发现自己是原大小姐后不久便逃之夭夭，又有谁能教她？

如知夏姑姑所说的，这是天性？

他拾起手巾，坐在床沿微微出神。

这感觉……其实并不坏。

阿原醒来时，她已睡在县衙自己的屋子里。朝阳斜斜地从半开的窗棂间投入，照着小鹿乱蓬蓬的发髻，闪着淡淡的金光。

她正抓了把红豆，从一个茶盏里一颗颗放到另一个茶盏里，嘴里念念有词地数着数："五十六、五十七……"

阿原拖着疲软的身子坐起身来，唤道："小鹿！"

小鹿忙跳起来，冲过来笑道："小姐，你醒啦！"

阿原脑中兀自混沌着，忆着前日之事，竟似一场梦。

梦里自然甚荒唐，追年少的剑客追得狼狈之极不说，还梦到景知晚替她擦拭身体，而她更是趁机穷追猛打，好像干了不少羞人的事？

她摸着阵阵疼痛的脑壳儿，叹道："我怎么在这里？昨日进慈心庵，是不是被鬼迷了心窍？莫名睡了这么久，还做了许多怪梦……唉，我是不是得开些宁心静气的药来吃？老是做梦……"

小鹿正替她拿衣衫，闻言笑得差点跌倒："做梦……小姐，你都把人家景县尉吃干抹尽了，还说是做梦！亏得景县尉把你带回来时，还一脸的温柔？"

阿原蒙住："真的？"

"当然是真的啦！我从没见过景县尉那么温柔的模样！"小鹿回忆起景知晚趁着天未明时将阿原抱入屋中的情形，是一脸的神往，"景县尉一向可恶，很可恶……不过他温柔起来的模样真的很好看！比小姐先前那些男人都要好看！"

阿原仔细回想着昨日之事，才觉得那些好像真不是梦，不由抱着头呻吟："我的老天啊！这都什么事儿！"

小鹿笑嘻嘻地为她披衣裳："好事儿啊！你看景县尉的态度不是立刻变了吗？想来小姐虽然什么也记不得，那什么的本领还在，才立刻将他收拾得服服帖帖，真棒！"

她窥向阿原神色："小姐自然是很厉害的，不晓得景县尉厉不厉害？"

阿原依稀还记得两人拥抱亲吻时彼此身躯的炙热，后来的事却打破脑袋也想不起来，看小鹿一脸希冀地等她答案，只好说道："记不清了……"

小鹿有些失望，很快又振作起来，笑道："没事，下回再试试，必定就记得了！唉，看在他长得好看的份上，就别计较他往日的臭脾气啦！"

阿原摸摸中衣，干燥洁净，分明是小鹿后来为她更换的。她一时便再也想不出，她在客栈跟那臭脾气的景知晚颠鸾倒凤会是怎样的情景。

她问："你后来没在客栈？干什么去了？"

小鹿心虚，忙道："我？我没干什么呀，我刚就在数红豆呢！"

"数红豆？"

"我在算小姐有过多少男人呢！不算景县尉，我已经数到五十七个了！红豆……又叫相思豆，多合适！"

小鹿被景知晚喝斥走，跑茶楼去找萧潇，自然是没有找到。看看天色晚了，也不敢去客栈见景知晚，她就一溜烟跑了回来。如今听阿原问起，生恐她怪自己不够忠诚，只当领会错了，继续说原大小姐的男人们。

阿原果然不说话了，披衣坐在床榻上，将发烫的脸颊埋在双掌里，怔怔地发呆。

这时只听门吱呀一声开了，却是景知晚走进来，手中漆盘上托着一盅汤。他眉眼清淡，并看不出小鹿所说的温柔，但显然没打算恶语相向。

他将汤递过去，说道："醒了？正好趁热喝了这汤。"

小鹿忙接了，打开盅盖时，已闻得淡淡的药味伴着鸡汤的香味缭绕而出。

阿原从昨日折腾到现在，滴水未进，早已饿得饥肠辘辘，见状忙令小鹿端来吃时，药材裹在鸡汤里，不但觉不出苦涩，反而让鸡汤变得异常鲜香。阿原闷着头一口气喝了半盅，才抬起头看向景知晚："你炖的？"

景知晚淡淡睨她，也不回答，分明是嫌弃她明知故问。

小鹿在一旁已将口水咽了又咽，这时终于忍不住问道："还有没有？"

景知晚道："有。李大人、井乙他们把剩下的端走了……"

小鹿含恨："也不早知会我一声……"

这时，只听景知晚叹道："我这鸡汤里另外加了药材，特地配给你喝的，可以清心寡欲……李斐没家喝点也就罢了，你说井乙也争着抢着，没等我说完就把汤给盛跑了是怎么回事？但愿他妻子不要怨恨我……"

阿原刚喝入口的汤被呛了出来。

小鹿忙接过她还剩一半的鸡汤，说道："饱了就放着吧，我待会儿可以吃，不会浪费……"

她收拾着阿原喷出来的汤水，低声道："看你把人家景县尉折腾的！给吓着了吧？一早就赶着给你送这种汤！"

阿原迷糊了一会儿，才意识到小鹿似在怨她不懂得"怜香惜玉"，张了张嘴没有说话。

现在瘫软在床上的人是她，她才该是怜香惜玉的对象吧？

景知晚也不理会，走到桌边，看小鹿数的红豆："五十七颗？"

小鹿怔了怔："嗯，就是……红豆而已！"

景知晚也不说话，将茶盏里那五十七颗豆子一齐倒入一方帕子上，包好塞入怀中，说道："挺好，晚上炖红豆汤给你们喝。"

小鹿张大嘴，瞠目结舌起来。

阿原见他快要踏出门去，忽然唤道："景知晚！"

景知晚顿住。

阿原道："其实……昨晚就是个误会，对不对？"

景知晚道："我不觉得是个误会。"

不是误会，便是当真了？

阿原不由地盯紧他，心口怦怦直跳，掌中竟捏出了大把的汗。

景知晚回头看她一眼："昨天是慕北湮捣的鬼？"

阿原僵硬地点点头："你查到了？"

景知晚也不答她，只道："回头我塞给他十颗午阳丹，把他送到最老最丑的青楼女子那里过夜。"

替她出气吗？

阿原心跳变快，勉强地笑道："那倒不用。若能把他在最脏最臭的茅房里关上一整夜，让他三天吃不下饭，我也就解气了！"

景知晚道："好！"

他快步走了出去。

两人对话之际，他竟不曾回头看过她一眼。

但不看似乎更好，阿原按着自己的心口，只觉得那心七上八下地蹦个不停，仿佛随时都要跳出胸腔一般。

她抬头看向正在喝汤的小鹿："小鹿，如果我说，我又对他动了心思，你会不会真的抽我三个大嘴巴？"

小鹿品着汤，笑得两眼弯弯："不会！我说过我不敢……而且景县尉厨艺好呀！你看，景县尉会做汤啊！"

于是，除了长得好看，会做汤也可以成为阿原接受他的理由吗？

何况景知晚真是她的男人了，是她可怜的记忆里唯一的男人了……

阿原脸上发烫，忽然低吟一声，将头埋入被中，整个人裹在衾被间滚来滚去。

但这天晚上，阿原等人并没有喝到那五十七颗红豆煲的汤。

就算景知晚真的煲好红豆汤，只怕他们也喝不下去。

午后，沁河边的渔民打捞出一具女尸，井乙带仵作去验看后，立刻遣人回衙禀报，说是又出命案了。

李斐很是头疼，连忙带景知晚、阿原去看，远远地便闻到了尸臭味，不由掩鼻，嘀咕道："这些人是怎么回事？皇上暂时休战，正该休养生息，偏偏放着这难得的好日子不过……还嫌战场上死的人不够多？"

女尸已被陈放在堤岸边，覆着一张旧草席。井乙等人过来见礼，摘下塞住鼻子的棉团，说道："开始以为是沿岸谁家姑娘失足落水，但仵作验过尸，尸体虽已膨胀，但腹中无水，应该属于死后抛尸。"

"死因呢？"

"脖子上有勒痕，身上有明显的蹭擦伤痕，应该是被掐死，且死前有过挣扎。"

"可曾查问出死者何人？"

"已经问过里正，应该不是附近的女子。仵作说至少已经死了三天了，沁河水虽然平缓，三天也可以漂流得很远了，也不知是从上游哪里飘来的。"

说话间，差役已揭开草席，却见那女尸果然已经被泡得胀大，皮肤泛出青黑，口唇外张，杏黄色的细布单衣将尸身勒得紧紧的，领口碧叶蓝花的缠枝兰花纹反而显得格外娇媚，与那肿胀变形的面部形成鲜明的对比。

景知晚取过苍术、皂角在上风处烧了，将尸臭味熏得淡些，才蹲身检查着，沉吟道："也可能不是上游飘来的，就是这附近的。"

李斐看看水流，摇头道："你看这河水的确有流动，恐怕还是远处飘来的可能性更大。"

景知晚指向女尸的腰部，让他们看剪开的腰带和腰带勒出的痕迹："仔细看这处勒痕，被腰带束紧后并不像别处肿得那么厉害。它是不是比腰带要宽？腰侧这里，仔细看能分辨出有两道印痕。"

李斐怔了怔："是死后被人在腰间系上重物，沉入水底？"

"死者被沉水时，腰带居然打了死结。这不合常理，很可能是凶手打的结，想来悬挂重物的绳索也曾缠在腰带上加固，以免她浮起。可惜人算不如天算，腰带未散，悬重物的绳索却意外地散了，这才让死者浮上了水面。"

李斐看着那尚未泡得肿胀的淡淡的绳索勒痕，喃喃道："嗯，有理，有理……"

景知晚惋惜地看着女尸的领口，叹道："应该出身小康之家，更可能是大户人家得宠的侍女，才有那闲情在领口绣上这么精致的花纹。"

阿原也要上前细看时，景知晚忽道："慢着！"

阿原抬头，景知晚取过两个蘸过麻油的小棉团，塞入她的鼻子，说道："麻油可以掩去那气味，免得太过恶心反胃。"

他的言语依然清淡，阿原入耳却听出几分爱惜。他的指尖触到她的面庞，凉凉的、痒痒的，她心下便不由地欢悦起来，冲他笑了笑，方才低头察看，然后有些疑惑地说："我怎么看着这人这么眼熟？"

景知晚道："嗯，头脸肿得厉害，但五官轮廓还在。若是日常相识的，应该能辨别得出来。"

但这女子显然不是日常相识的。阿原虽觉得眼熟，一时也辨不出是谁，直到看到女尸的指甲。

看得出，指甲曾被小心呵护着，圆润秀丽，却不知抠在什么上面，硬生生折断了好几处，青白的指甲内看得到生前受伤留下的血影，虽在水中泡了数日，但染指甲的花汁显然不同于一般，居然还能在指甲上显出淡淡的玫红。

这种玫红的色调极罕见，但阿原已不陌生。当日正是从这种颜色的凤仙花汁入手，破了灵鹤髓一案。

阿原又盯向那肿胀的五官仔细看了片刻，终于叫了出来："小玉！这是小玉！"

景知晚蓦地回头："哪个小玉？"

阿原看向他的神情颇有深意，说道："就是贺王府的小玉，侍奉你好友左言希的那个！昨日我在恕心医馆，听说她回老家三四日了，原来……"

李斐的双腿已开始发软："贺王府……近来这些苦主，怎么一个比一个厉害！"

"沁河水的确从贺王府的东侧流过，若是从那里抛尸，确实可能顺着水流被冲到这里。"井乙挠头，"可是，难道咱们得进贺王府查案？那门槛咱们进得去吗？就是进去，真不会被乱棍打出来？"

阿原想起慕北湮，已恨得牙痒痒，冷笑道："没事，小玉是恕心医馆的，小玉侍奉的，就是咱们景县尉的好友——左言希左公子。"

"那就先通知左言希吧！"李斐沉吟，"这小玉姑娘是不是生得不错？"

阿原想起小玉先前的伶俐，不由地惋叹："的确，算是个小美人儿！"

李斐便道："有没有找稳婆？"

井乙道："已经找过了，但一直没过来，恐怕是打听到这尸体不太好，想推辞不来。"

李斐挥手道："那就请井捕快亲自去一次吧！"

官府常会安排有些名气的稳婆协助办案，方便对案情相关的女子进行身体检验。若是通奸、强奸案，验看是否处子、有无胎孕等，稳婆固然不可缺少；若有必要，验看女尸也得叫上稳婆，且需当着尸主女性亲友的面验看，以避嫌疑。

只是如今尸身已开始腐烂，那气味和手感已不是一般人所能承受的，官府那点儿赏钱对稳婆便没什么吸引力了。

恕心医馆很快派人过来，却是老账房和茶房里那个粗使丫头。

二人看到阿原，立时认出她便是昨日大闹医馆的美貌女子。老账房固然什么念头也不敢有了，连粗使丫头也只敢吐吐舌头，不敢赞她男装同样俊美，可以倾倒一堆的女人了。

他们上前报了名字叩拜知县大人，阿原才知道，那粗使丫头原来叫吟儿，倒还有些书香气。

吟儿只远远地看了女尸一眼，便道："那不是小玉姐姐。腰那么粗，腿那么壮！小玉姐姐不胖不瘦，细腰长腿儿，好看着呢！"

阿原将她拎到近前，说道："你在水里泡个三天，会比她更胖！仔细看她的脸！"

吟儿捂着脸惊叫时，老账房已战战兢兢道："是……是小玉！我看清了，她左耳的耳洞后边有颗小痣，是小玉没错。可她不是回老家了吗？莫非遇到强盗劫财了？"

阿原仔细一看，果然看到女尸左耳后有个芝麻大的小黑痣，叹道："老先生倒是眼尖！只是还需谨记，漂亮的女子不能随便看，不然指不定这眼珠子便再也看不了人了！"

说话间，井乙已将一个满脸不情愿的稳婆领了过来。

好在稳婆满脸雀斑，把那不情愿的情绪掩盖了些，李斐便也不计较，客客气气地让她去验尸。

小玉在沁河并无亲人，贺王府的夫人们也不会因一个小小侍女抛头露面跑来看什么验尸，于是有吟儿闭着眼睛在一旁"看"着也就够了。

稳婆鼻中虽塞了棉团，还是受不住那恶臭，大概也想草草查完了事，但仔细看过阴户后，脸色立刻凝重起来。

半晌，她上前禀告道："回大人，此女生前曾被奸污，下体有明显撕裂。从创伤看，她应该是处子，阴户狭窄，遭人粗暴对待，且施暴人异常强壮，才会伤得如此严重。"

"奸杀！"

李斐看向老账房，那个连小玉耳朵上的小痣都知道得清清楚楚的老鳏夫。

老账房慌了，膝盖一软便跪倒在地，连忙叫道："大人，这个不关我的事啊！小玉在后院侍奉左公子，我都没见过几面！"

李斐冷笑："可你却晓得小玉耳后有痣！"

老账房道："我只是看得仔细了些……她是左公子心坎上的侍女，小人怎敢动半分念头！"

言外之意，便是有那贼心也没那贼胆……

小鹿在旁嘻嘻笑道："大人，我也觉得不可能是他。"

老账房正感激地看向小丫头时，小鹿已道："他这么老，只怕比太监好不了多少，哪里称得上强壮？"

人人侧目之际，老账房嘴巴被气歪了，却一个字都不敢辩驳。

阿原也感到窘迫，忙咳了一声，说道："大人，先把尸体带回去，去贺王府上查清小玉有没有回老家，到底是在医馆出的事，还是在回老家的路上遇害。"

李斐点头，却已不胜烦忧："只好如此……唉，贺王的地方！"

贺王一柄陌刀重五十八斤，战场上挥手便能断送数人性命，区区一个侍女之死根本不会放在心上，惹恼了他，只怕连知县大人的小命都不会放在心上。

见差役去抬死者，景知晚已坐上肩舆，眉眼间有几分倦色。

阿原想着昨晚的事，景知晚那素日瘦弱的身子，大概也会劳累，心下便有些歉疚，悄声问道："脚还疼吗？要不要先让小鹿送你回县衙休息？"

景知晚道："你是不是希望我回去炖红豆汤给你喝？"

阿原想起那代表她五十七个情郎的五十七颗红豆，忙道："不用，不用……这气味闻得我几天都不想吃东西了……可惜了，原本那样伶俐清丽的女孩儿！"

她说着，目光不由地瞥向那个面目全非的女尸，却在尸体被翻动时，恍惚看到尸体口中似有什么闪了闪。

她忙道："且慢！她的嘴里是什么？"

井乙道："没见什么呀！仵作已检查过，喉间有水沫，无泥沙，正是死后抛尸的佐证。"

阿原不答，探入尸体口中一掏，便掏出一颗金光灿烂的珠子，镂空的鸳鸯花纹十分精致。

这珠子甚小，原先应该被压在舌下，所以仵作检验喉咙时不曾发现，但检验后，尸僵被破坏，舌间松动，这珠子才在翻动时从舌下滚出，恰好被阿原从半张的嘴唇里发现。

她叹道："咱们大人真得犯愁了……九成的可能是死在府中啊！"

如此精致的鎏金镂花银珠，也不知是何等器物上的配珠，但绝对不是寻常百姓家能有的，路上劫色的歹人更不可能随身携带连配珠都透着富贵气息的精致器物。

好在小玉首先是恕心医馆的人。

李斐不敢去找贺王，至少敢先会会左言希。

左言希听得景县尉和知县大人一起造访，虽很讶异，倒也很快就亲自出来，将他们迎了进去。

"小玉？"

他惊讶地差点弄掉侍儿刚送上来的茶水。

李斐满脸堆着笑道："听闻景县尉和你相熟，不如让他跟你说说吧！"

贺王家的门槛太高，幸好小小的沁河县衙也藏龙卧虎，如今正好派上用场。

景知晚眉眼间难得地显露出几分苦恼，半晌才苦笑地问道："言希，小玉什么时候不见的？当真是回老家吗？"

左言希沉吟："她的确曾和我提起，说她母亲这一两年身体不好，希望有空回去看看。然后几日前便听说她母亲病重，她就告假回家了！"

"几日前？到底是几日前？早上还是中午？她没跟你说起？"

左言希皱眉："平时跟我的丫头也有四五个，这一阵我又常出门，还真弄不清是什么时候离开的……我叫人问问去。"

老账房再怎么说小玉是左言希心坎上的，于他来说到底只是个侍女而已，若侍奉的人多，怎么会留意到具体哪一天少了个侍女？

他唤人去问时，旁边抹着泪的小馒头忽然说道："我只记得小玉姐姐前一天还去茶楼听说书呢，傍晚回来兴致勃勃地跟我讲听来的故事。但第二日一早便听说小玉姐姐因为母亲急病赶着回家了！"

"茶楼听说书？"小鹿眼睛一亮，"我昨日去听说书时，那说书人提起过，他近日嗓子不好，已经歇了四天了！"

阿原抬头："你昨日什么时候去茶楼听说书了？"

小鹿说漏了嘴，忙掩住唇，嘿嘿笑了两声："其实也就是回衙前顺便拐进去瞄了一眼。"

景知晚微微蹙眉："你是说，小玉母亲重病垂死，她还有闲情去茶楼听说书？又或者是晚上得到的消息，她连你们这些姐妹都不告诉，收拾行李连夜回家了？你们听说小玉回老家，都是听谁说的？"

左言希道："自然是我这些侍女。"

小馒头则道："我是听顺儿讲的，然后我就告诉其他姐妹了！"

"顺儿是谁？"

"顺儿是王爷从京城带回的侍僮，不过王爷近来养病，他常跟在靳总管身边。小玉要告假，便是告诉了公子，也要跟靳总管说一声，好让他考虑要不要另外安排人手侍奉公子。"

"靳总管是整座别院的主管？"

"是，不过，好像不仅……"

小馒头显然不知道如何表述，用求助的目光看向左言希。

"靳总管叫靳大德，不仅是这里的主管，还是京城贺王府以及贺王所有家业的主管。"左言希很快接了口，"跟我义父二十多年了，战场上出生入死时也跟着。"

言外之意，这靳大德虽是贺王府下人，但在府中的地位并不低，连左言希等人也不敢低看分毫。

景知晚沉思："也就是说，靳大德平时并不住在这里？这次贺王到沁河养病，他才跟了来？"

左言希点头："这里安静，我挺喜欢，闲了便喜欢潜心学医，顺便开了这家医馆。小玉从那时候便在这里，算来也有两年多了吧！"

"她跟靳大德或其他人，有没有什么仇怨嫌隙？"

"应该没有吧！小玉性情不错，做事也仔细，没听说得罪过谁。"左言希看向身边的小馒头、吟儿等人，"你们听说她跟谁结过怨吗？"

几人一齐摇头。

吟儿道："没见过比小玉姐姐性子更好的人，有时看我在茶房里忙不过来，她都会跑过来帮我忙。实在想不通谁会害她！"

左言希观察着景知晚的言行，皱眉道："阿辞，你疑心小玉是在这里遇害？这不可能！谁敢动我的侍女！"

景知晚站起身，拍拍他的肩："先去小玉房中看看吧！"

"好！"

左言希立刻站起身，在前疾步而走。

阿原却一时僵在那里，心口怦怦乱跳，不知是惊是喜。

景知晚一直否认他是景辞，但此刻左言希脱口便唤出了"阿辞"，而景知晚如此自然而然地接受了他的这一称呼……

这是不是可以确定，这个冒牌县尉其实就是她的未婚夫端侯景辞？

或许她该跟他说明，她不想逃婚了。

虽然端侯景辞有足疾又体弱多病，但她好像完全不计较，挺喜欢他成为她的夫婿。

小玉和小馒头等贴身侍奉左言希的侍女都住在左言希卧房附近的屋子里，方便随时听候传唤。小玉的确最得脸，其他人都是两人住一间，只有她单独住了一间。她人不在，那门便锁着。

左言希自然不管这些小事，问向身边的人："钥匙呢？"

那边有下人答道："除了小玉姑娘自己，便只有靳总管那里有了！"

那边便有小厮飞奔去别院取钥匙了。

阿原问小馒头："这门是小玉自己锁的，还是你们替她锁的？"

小馒头茫然："小玉姐姐闲暇时也爱锁了门去别院内外四处逛，我们开始并没有留意，后来听说她回老家时，那门已经是锁着的了，或许是她自己锁的？"

说话间，已有一个身材魁梧的中年人快步奔来，人未至便已急急底问道："到底怎么了？谁说小玉出事了？"

左言希迎上前，言语甚是谦和："靳叔，他们已去辨认过，小玉……可能真的出事了！"

"怎么可能！怎么可能！"

靳大德一边开着门，一面喃喃低语，显然惊愕万分。他目光炯炯，满脸的络腮胡子，乍看面相有些凶狠，但眼角微微上挑着，总似含着笑意，看着让人有种和蔼可亲的感觉。

门开了，数日不曾住人的屋子并无任何霉潮气息，依然清香馥郁，沁人肺腑。

小鹿禁不住捅了捅阿原："咱们回头也弄点香回去吧！以前你也爱弄，但来了这小县衙，屋子里顶多剩了点儿花香，连脂粉香都闻不到了！"

阿原悄声答道："用这香很吉利吗？小玉如今怎么样了？"

小鹿打了个寒战，不说话了。

屋子虽狭小，但小玉收拾得整洁有致，看起来井井有条，连被子都叠得整整齐齐，还用纱布覆着挡灰，显然是准备出门，且短期内不会回来。

差役打开衣柜，熟识的丫头很快分辨出，衣物已少掉不少，看着的确像是仔细收拾了行李，然后自行离去。

阿原四处看了一遍，然后盯上了简洁的梳妆台。

虽是侍女，但贺王府不比别家，小玉又得宠，她的脂粉首饰并不少。阿原一件件翻看，见那些被用了一半的胭脂水粉居然都很不错，并不像下人用的东西。她甚至找到了一瓶用了一半的凤仙花汁，正是用那种玫红色的凤仙花制得。

她招来小馒头，问道："这些都是小玉素日所用？"

这些侍女吃穿不愁，素日在一起所讨论的，除了怎样侍奉主人，无非就是这些女儿家所爱之物。小馒头果然不陌生，一一看过那些东西，点头道："都是小玉姐姐平日里用的。"

"看起来都不是寻常之物。"

"对，小玉姐姐讨人喜欢，外面管事的为夫人们采办的好东西有时候也会给她捎些，再者我们公子偶有闲情，会自己做些面脂、唇脂之类的，我们便能分到一些。"

"但都不会太多，对不对？"阿原拈过一个小小的瓷盒，"比如这妆粉，若我没猜错，是宫中所用的迎蝶粉，寻常市集上绝对买不到。"

小馒头眼睛看得有些发直："对，这应该是夫人们用的。薛夫人她们也喜欢小玉，大概就赏了给她吧？这个我也不知道。"

李斐忙问："哪里不对吗？"

阿原又拿过那凤仙花汁看了下，说道："这里被人刻意收拾过，装作小玉自行收拾离府的模样。这些脂粉等物都比较难得，以小玉的身份，大概都在这里了。小玉爱美，为何不把这些带回去？"

靳大德叹道："小玉爱美不假，问题是她母亲重病，指不定就成了奔丧，她能带这些花红柳绿的东西回去吗？你看她的首饰大部分也没动过。"

阿原问："那日她是跟你告假然后离开的？"

靳大德点头："那时已经挺晚了，忽然跑过来，哭得眼睛都肿了，妆也花了，我能说什么？赶紧给了她一些盘缠，让她回家看母亲去。"

"可难道小玉会连夜回去？她人缘好，做人必定周到。就算左公子正好不在府中，不曾和左公子告别，难道连小姐妹们都不用辞行，连招呼一声都等不及？"

靳大德道："这个我并不知晓，指不定是夜间睡不着，天没亮就赶早离府了。那时其他人还未醒，自然不便道别。"

他久经世故，已听出阿原的言外之意，面色便有些沉下来，也不理会阿原这小捕快，只对李斐道："李大人，莫非你们怀疑我们贺王府的人害了小玉，然后伪造她离府的现场？我说句大实话，大人别见怪，若是我们贺王府的下人犯错，当真一顿乱棍打死，破席一卷丢入乱葬岗，谁人敢管？犯得着这么复杂，还来个杀人抛尸、伪造现场？"

李斐被他瞪得心里发毛，连声道："总管说得对，的确是实诚人、实诚人……贺王爷跟随皇上南征北战，刀下亡魂不知凡几，这么个小侍儿的确……"

旁边忽有人清清冷冷地说道："可我也觉得，是杀人抛尸、伪造现场。"

却是一直站在衣柜前察看的景知晚。

左言希与他交好，始终站在他附近，闻言已皱眉，低声道："阿辞，这不可能！"

景知晚道："言希，听说那丫头挺讨你宠爱。但你可知她死得多惨？她是被人奸杀，死前承受了极大的痛苦，指甲都已被一个个抠断。"

左言希深吸了一口气，慢慢握住了拳。

两世欢

LIANGSHI HUAN

景知晚从衣柜里取出两条腰带，一条翠绿，一条嫣红，说道："小玉的衣柜里少了不少衣服，但只是少了放在最上面一层的衣物。取衣服的人并未仔细察看，才会取走衣裙，却把配套的腰带都落在这里。当然，也可以说，是小玉收拾行李时太匆忙，把腰带给忘了。可她既然忌讳着母亲的病，连胭脂首饰都没带走，为何带上如此鲜艳的衣裙？何况这里收拾得如此齐整，像是匆忙离去的人所为吗？"

众人一时沉默，而李斐则开始抬袖抹汗。

他只是个七品小县令而已，七品的。贺王府的一个管事都能压他一头，他该怎么查贺王府内部的案子？

左言希慢慢退了一步，侧头看着梳妆台上精致的铜镜，仿若在看往日那少女巧笑倩兮的模样。他轻轻道："好，查吧！义父那里，我会去说明。"

他向靳大德道："内宅规矩多，还麻烦靳叔多给他们行方便。"

靳大德无奈道："好吧……"

李斐这才稍稍松了口气。

有左言希在前面挡着，想来贺王那五十八斤重的陌刀，暂时不会向他们举起了。

看着难以发现更多线索，阿原正待随众人离开，左言希忽然叫住了她。

阿原顿身时，左言希已走过来，诚挚地说道："原姑娘，北湮打小儿任性惯了，义父忙于军政之事，也没空管束，所以这么些年，一直是小孩心性。我知道他昨日得罪了姑娘，在此代他给姑娘赔礼，希望姑娘大人有大量，莫与他计较。"

他说完，竟真的端端正正地行了一礼。

阿原一时无措。

身后，已经走出房的景知晚不知什么时候又走进来，说道："慕北湮再怎么小孩心性，终究不是小孩，要你替他赔礼？何况阿原原谅又如何？你敢担保慕北湮没有下次？"

阿原悚然而惊。

昨日的奇耻大辱，于她是，于慕北湮也是。她没打算就此罢手，只怕慕北湮也没打算就此罢手。

贺王府的别院，包括这恕心医馆，都是慕北湮这混世小魔王的地盘。

她向左言希笑了笑："左公子虽有意化干戈为玉帛，我却怕他从这玉帛里再捅来一刀，才当真防不胜防。不过左公子既然知道我是谁，应该晓得他敢捅马蜂窝，我就敢捅了他！若再来招我，鹿死谁手，咱们走着瞧！"

左言希抚额轻叹，显然也无法确定他那兄弟会不会再有什么惊世之举。

景知晚却笑起来："我昨日还说，不如塞他满嘴遂心丸，丢到青楼那些老女人怀里几夜，他必定没力气再动那些念头，也可以给他点教训，从此长长记性！"

左言希微愠："不可！我义父就他一棵独苗，伤了身子怎么得了！"

景知晚道："你不是要替他赔礼吗？不然塞你一嘴遂心丸，把你丢到青楼去？"

左言希微微变色，不肯答话。

景知晚一笑，携了阿原扬长而去。

阿原不料他竟肯为自己为难左言希，猜想他跟左言希之间应该不是自己想象的那等亲密，不觉得意，紧扣住景知晚的手，悄声问："阿辞，你真舍得如此为难你的左公子？"

景知晚睨她："他若是女人，我绝对要他不要你。可惜，他不是。"

她究竟从哪里推测出他喜好男风，还把他和左言希拉在一起？

但阿原的重点在后面这一句。

她双眸晶亮，笑盈盈地看着景知晚："你承认你是景辞了？端侯景辞？"

景知晚的脊背微微一僵。

什么时候起，他已习惯她唤他阿辞？明明她从前便极少敢这样唤他，如今更是不该这样唤他。

他慢慢转过脸，眸心澄净却幽黑如墨染："你唤我知晚便很好。其实……景辞早已死了！"

他松开她的手，快步追向李斐等人。

小鹿很知趣地一直闪在一边，此时才跑过来，低低地问："什么意思啊？端侯景辞已经死了？他是冒牌的？"

阿原怔忡片刻，很快放开了心胸："不知道。管他呢，他是他就行了！"

"什么意思？他是他……"小鹿揉着自己的乱发，然后茅塞顿开，"嗯，只要他是长得好看的那个他就行！就是这意思！"

到底没白跟小姐出来这几个月，她真是越来越博闻强识，越来越善解人意了。

虽说是一家，但小玉毕竟住在恕心医馆，到别院的时候少，别院内并未发现更多线索。

据靳大德说，小玉是夜间接到家书匆忙前去跟他告假的。这封家书若是送得很晚，必定要敲门通传，可当晚并不曾有人通传送信；若送得较早，医馆上下人等多半还没睡，为何一个都不知道此事？

贺王的别院虽称作别院，但占地并不小，不仅有假山古树，还有竹林小池，池子里的水是从旁边沁河引来的活水。以小玉当时的急迫，走的自然应该是最近的路，一路也会经过仆役或园丁的住处，但并无一人见过小玉。

别院和医馆都有两三处出行的大门或角门，但没有一处有人注意到小玉带行李离开。

小玉来告假，除了靳大德本人，就一个顺儿可以证明，而顺儿是靳大德的心腹。

很多线索集中起来，某些人的疑点自然越来越重。

阿原瞧着不断抹汗的李斐，悄声问景知晚："怎么办？"

景知晚沉吟，然后对靳大德道："不知靳总管可否带我去你房里走一遭？"

靳大德面色微变，虽带着笑，却明显有了怒意："难不成你们怀疑我？"

景知晚懒懒地道："靳总管是最后一个见到小玉的，查得仔细些正好去去嫌疑，有何不可？"

靳大德盯着他，然后不情愿地说道："大人请！"

他可以不把知县大人放在眼里，却不能不给这个年轻的县尉几分薄面，能被左言希当作朋友相待的人，并不多。

靳大德的卧房与他处理家务的屋子相距不远。阿原等人步入卧房时，便闻到阵阵幽香拂面，熏人欲醉。

她转头看向靳大德："靳总管好雅兴，这屋子里熏的香，应该是用郁金香加上可以愉悦心情的丁香等合成的吧？"

靳大德茫然："郁金香？不知。薛夫人喜欢合香，言希公子高兴起来，也会合几种，常会分给众人。大概是他们收拾屋子时熏的吧？"

这话想来不假。小玉屋中数日不曾住人，香气仍未散；吟儿那种茶房里的粗使丫头，也随身带着香料，作为贺王府的大总管，下人收拾时为他熏上价值不菲的香也便是意料之中的事。

除此之外，靳大德的屋中再无异样。

宽大厚实的原木色桌椅陈设，并不奢华，但线条流畅有力，透着耿介劲健之气，既不僭越，又不失贺王府大总管的气派。

屋中器物正与简洁的家具相匹配。除了摆在案上的一个形制古朴的博山小香炉，再无金玉装饰之物，更不可能出现被小玉含在口中的那枚鎏金银珠。

出了那屋子，阿原悄声问："难道不是他？"

这人高大健壮，倒与稳婆所说的强壮男子相符。可如果是小玉前来时见色起意，这里岂不是最合适的地方？

景知晚瞅她："假如小玉根本不曾过来找他呢？"

"那他为何撒谎？"阿原的眼睛忽然亮了，"他是在为其他人掩饰！呵，我想我知道是谁了！"

如先前推断，小玉根本不曾出府，则必定是府中男性犯案。靳大德在贺王府的地位超然，值得他维护的，只剩下贺王父子了。

贺王慕钟是大将，固然勇猛，却是因伤病在沁河休养，大概算不得强壮；其义子左言希似乎也称不上强壮，何况他端庄高雅，怎么会做出那种丧心病狂之事？

那么，剩下的就只有一个了。

好色无耻到敢在阿原茶水里下毒的那位纨绔公子——慕北湮。

景知晚皱眉："你怀疑小贺王爷？"

阿原道："除了他，还能有谁？"

"那你怎么不怀疑言希？"

"小玉是左公子的侍女，身份卑微。以左公子的身份气度，想将她收入房只是一句话的事。左公子犯不着用强，更犯不着杀她。"

"慕北湮是贺王世子，想要自家的一个侍儿，也不是难事。就算他行事荒唐，真的用强了，也犯不着杀她。你见谁家主人强占侍女被追责的？若长辈得知，不反过来责怪侍儿狐媚惑主就算好的了！"

景知晚看向阿原，眼底若有深意。

阿原茫然不解，狐媚惑主什么的，大概跟她没什么关系。她绝对没什么主人需要狐媚，倒是一群美少年会狐媚她。

她那呆呆求解的模样着实无辜，景知晚忍了又忍，只得垂下眼帘，继续道："退一万步来说，他真的杀了个小侍女又如何？正如靳大德所说，破席一卷丢入乱葬岗，谁敢多嘴？犯得着这样抛尸沁河，掩人耳目？"

"说谁掩人耳目呢？"

身后，忽有人懒洋洋地发问。

阿原回头，眼睛燃起一簇火来，恨不得将那人烧个对穿。

慕北湮一身紫檀色的便服，抱肩看着他们，然后迈着长腿潇洒地走到阿原的跟前，说道："刚才言希过来找我，劝我跟你解开误会。"

阿原面色略和，却依然警惕地盯着他，说道："我并不觉得有什么误会。"

慕北湮笑着击掌："所谓英雄所见略同，我也是这个意思。我问他是不是给人看病看多了，传染了脑疾，才会如此胡言乱语？当日她负情，忽然把我这情郎抛下逃离京城，这账又怎么算？何况我跟原大小姐玩过的把戏多着呢，昨日不过重拾闺趣而已！"

阿原一听到提起往日那些她完全记不得的糊涂账就头疼，见他言谈之间咄咄逼人，愈加愤怒，冷笑道："你既然是我的情郎，如此死皮赖脸也要跟我在一起，当日皇上为我和端侯赐婚，怎么不见你一根绳子吊死在原府大门，以示你三贞九烈，非我不娶？或者本事更大些，跑去找皇上理论，说我负情，害你慕家绝了后，让皇上收回旨意？输不起又放不下，只会用下三烂的龌龊手段对付我，你还算是个男人？换我早就一剑抹了脖子，省得在这世上丢人现眼，浪费了粮食还令你祖宗十八代在地下蒙羞！"

她连珠炮似的一串儿骂下来，居然舌头都不曾闪一下。别说慕北湮听得脑子发蒙双眼发直，连景知晚都一眼不眨地盯住了阿原。

眼前这个握剑咆哮的女子，和他们印象中的那个人，似乎有着天悬地隔的差别。

三人一时陷入沉默，却听那边小鹿和两名差役走过来，一路愤愤地说着话。

小鹿正道："听听，听听，我就知道那货笑面虎似的，不是个好东西！连怀孩子的女人都搞，看到个小姑娘半夜跑过去，来个饿狼扑食简直是顺理成章啊！"

差役也没把小鹿当女人看待，张嘴便道："真是个畜生，老畜生！坏成这样，应该头顶生疮，脚底流脓，生个儿子没屁眼，生个女儿万人骑！呸，这老狗坑得老子提心吊胆，还得跟着小心行事，真是背到姥姥家去了！"

另一名差役闻声也跟着怒骂，遂连小鹿也"老货""老狗"乱骂起来。

景知晚、慕北湮再看向阿原，才恍然悟出阿原是在哪里学的了。

甚至根本不需要学，天天跟这些出身卑微的糙汉子们待在一处，耳濡目染之下，平时不和人争吵还无碍，惹急了一样满口脏话往外飙。

阿原骂了一通，倒也气顺不少。听得小鹿等人说的话，她忙喊过来问道："什么事？"

差役瞧见慕北湮在这边，都变了脸色不敢说话，小鹿却已叽叽喳喳地说道："就是那个总管，叫什么大德的，一点都没德！我瞧着你们那边忙，就到别处去打探。别院里那些人都畏畏缩缩的，不敢说他的不是，我以为他真是个好人呢，谁晓得后面的柴房里还捆着个人，哭号着说靳大德奸污了他怀孕的妻子，结果第二日出血不止，一尸两命，跑来理论便被塞了满嘴马粪关在柴房里，已经两三天了！"

慕北湮怔了怔，忙道："不可能吧？靳总管忠心耿耿，怎么会做出这等丧尽天良之事？"

阿原忍不住"呸"了一声："忠心耿耿和丧尽天良矛盾吗？对你们父子忠心耿耿，对那些无辜女子丧尽天良呀！看来小玉这案子，很快可以结了！"

景知晚便道："世子，恐怕要劳烦你们家总管随我们到衙门走一趟了！"

慕北湮怒道："就算他行为不检，也不可能奸杀府中的侍儿！我们家要什么样的女人没有？"

阿原冷笑："要什么样子的女人都有，为何还要对我暗下阴招？"

慕北湮正要辩驳，景知晚已截口道："小玉之案可以慢慢审问，但如今有人指控他奸污妻子，害了他家一尸两命，当然要请他去衙门走一趟。即便被冤枉，也需当堂交代明白。"

他转向那差役："你们去把那人带回衙门，我们去请靳总管吧！"

差役胆战心惊地看了看慕北湮，暗自揣度贺王府再怎么记恨，大概也记恨不到他们这些替人办事的无名小卒身上，才捏着冷汗奔去提人。

景知晚又对慕北湮道："此事事关贺王府的名声，大概贺王和世子也不想为这点事闹到皇上耳边，必定会督促靳总管配合官府调查吧？若他被人冤枉，李大人必会还他清白，严惩诬陷他的小人。"

慕北湮扫过景知晚，面色微悸。

谢岩临行前再三叮嘱他别招惹阿原，别得罪景知晚，如今看来，他不但招惹了阿原，似乎也得罪景知晚了⋯⋯

在他犹豫之际，景知晚又道："世子若不放心，可以随同一起去衙门，监督李大人是否秉公处理。"

慕北湮终于道："好！"

于是，县太爷也不得不坐肩舆回衙了。

景知晚坚持把总管靳大德、贺王世子和那位苦主一起带回衙门，把李斐吓得两条腿生生软得走不了路。

走到衙门时，李斐才留意到慕北湮不见了，忙问景知晚："小贺王爷呢？"

景知晚道："走到中途，他瞧见一个美貌的小娘子，转身便跟过去了。若是两相情愿，其实也是无妨的。"

李斐看看已经昏暗下来的天色，再看看因好色被带回衙门的靳大德，正要摇头批判几句将门犬子，突然舌头打了个转，笑道："正是，正是，若是两相情愿，自然是无妨的⋯⋯"

阿原却听得纳闷不已。

走到中途时，明明是景知晚忽然遣人跟慕北湮说了些什么，慕北湮才一脸莫名其妙地跟景知晚拐向了另一条路，然后⋯⋯就只有景知晚一人坐着肩舆回来了。

眼看天色已暮，也来不及审讯犯人，李斐只得安排靳大德好吃好喝地先住下，又招呼主簿先去安排苦主写诉状，陈案情。

阿原得空便问景知晚："慕北湮那个浑蛋呢？"

景知晚懒懒地睨她："刚才不是说了，追美貌的小娘子去了！"

阿原道："胡扯！我看到他追着你跑了，然后没回来！难道你是那美貌的小娘子？"

景知晚轻笑："我是不是美貌的小娘子，你难道不知道？"

阿原噎住，脸上有火苗烈烈地往上蹿，慌忙逃开了，再顾不得问那倒霉的慕北湮哪去了。

倒霉人估计自有倒霉的去处。

景知晚负手瞧她离开，依然眉眼淡淡，唇角却有一丝笑意微绽。

知夏姑姑走来，看着阿原的背影，已忍不住自己的憎恶，冷冷地道："果然天性轻浮无礼！你看她这样子，哪有半点名门闺秀的模样！"

景知晚道："嗯。她颇有自知之明，所以跑来当了个小捕快，甚好。"

知夏姑姑皱眉，仔细地看着这个自己一手带大的贵公子，却怎么也看不出他究竟是真心赞扬还是暗含嘲讽。

而景知晚已转身离去。

幽暗的暮色投于他高瘦的身形，宛如一道孤寂行走的单薄剪影。

在他还是蹒跚学步的幼童时，他看着同龄人在父母的爱惜下欢声笑语，他便有一种和富丽堂皇的府第格格不入的孤寂。

直到，那个如影子般无时无刻跟在他身后的小女孩出现，他的眼底才渐渐有了些暖意。

　　这一晚，慕北湮并没有再出现，阿原开始想着他放过这么好的可以过来纠缠自己的机会，是不是真的遇到更美的小娇娘了，心下便有些庆幸。

　　可糟糕的是，第二天一大早，贺王出现了。

　　李斐已经为是否得罪了贺王忐忑了一整夜，听闻传报贺王亲临县衙，连跌带爬地从床上滚下，歪着帽子边系腰带边奔出去迎接。

　　贺王气势威猛，高而精壮，但气色并不怎么好，手上也没提五十八斤重的大陌刀，而是拄着根竹杖。

　　他从轿中出来，并未和李斐多话，而他手下一众亲兵早已冲入狱中，将那妻儿被害的苦主拉出来，刀架在他的脖子上问道："再告诉知县大人一遍，你妻子是怎么死的！"

　　那苦主早已被打得鼻青脸肿，满脸是血，哭号道："是……是小产自己死的！"

　　"靳总管有没有碰你的妻子？"

　　"没有，没有，靳总管是好人，大好人，是我……是我诬陷了他！王爷饶命，饶命啊……"

　　满是杀气的壮汉刀持得很稳，稳稳地割破了那苦主脖颈上的皮肤。虽不致命，鲜血滑落时，那男人已在惊吓之中撕心裂肺地号叫起来。他的脚下渐渐显出一团湿痕，却不是血，而是尿。

　　大梁建国未久，基本延用前朝律令，有诬告反坐的规定。也就是说，诬人偷盗，诬告之人将以偷盗罪论处；诬人奸淫他人妻女，当然也要以奸淫他人妻女罪论处。但大刀架在脖子上，就要砍下去，对身首异处的恐惧便远远超过了对诬告反坐的恐惧，于是杀猪般的号叫和求饶便是意料之中的事。

李斐一个小小文官，几时见过这等阵仗？别说那苦主吓尿了，连他都快吓尿了，伏在地上连连叩首，只管赔罪道："下官原想着查清楚便将靳总管放回，可以洗刷嫌疑，还他清白，免得落人口舌，损了贺王的清誉，都是下官的不是，没有事先请示贺王的意思……"

贺王冷笑道："你想多了！本王杀人无数，刀下亡魂不知几许，哪有什么清誉？本王也不怕落人口舌，谁舌头长，我就割谁的舌头，割个百八十条，谁还敢多嘴？"

说话间，靳大德已被带了出来，向贺王行了一礼，贺王也不看他一眼，挂着竹杖上轿，高喝道："回府！"

一众亲兵便带着贺王和靳大德飞奔而去。

来如闪电，去如疾风，只在县衙大堂前留下受惊吓昏死的苦主，以及跪在地上筛糠般抖成一团的李斐。

等睡梦中的阿原听到动静披衣赶来，李斐兀自惊魂未定，抱着乌纱帽在堂间捶胸顿足地高声咆哮："景知晚呢？景知晚呢？这个不靠谱的东西，要紧关头死到哪里去了？他惹出来的一大摊子烂事儿，脖子一缩当了王八，一锅屎尿全扣到老子头上算怎么回事？"

看着平时子曰诗云的大老爷发疯，小鹿又是骇异，又是好笑，老气横秋地背着手摇头，说道："真是斯文扫地啊，斯文扫地！"

李斐所不知道的是，那边气势昂扬收兵而退的贺王也正咆哮大怒。

他拿竹杖敲着轿门，高吼道："给我去找！把那不靠谱的小畜生给我找回来！不回来打断腿给我抬回来！这点破事也要老子出马，这儿子养来何用？他心里只有花街柳巷的美娇娘，哪有我这个老子！"

侍从连忙应了，举目四顾，却是茫然。

本来世子随着同去，都以为一起去衙门逛个弯吃个饭就回府了，根本没敢回禀贺王。结果，靳大德没回去，世子也没回去。内院主事的薛夫人不放心，曾叫人过去打听，才知他们家小贺王爷跟到半路就跑了，听说是看到了什么美貌的小寡妇还是小娘子，丢了魂儿般追美人去了……

贺王虽听左言希提过官府查案，却不晓得查的居然是靳大德，根本没当回事儿。第二日醒得早，天没亮就找靳大德有事吩咐，闻得被押入了小小的沁河县衙，差点气歪了嘴。多年征伐的暴烈性子上来，唤了素日跟随的亲兵，直奔县衙，带回了靳大德，再想起放着正事儿不干、天天追着美人到处跑的宝贝独子，自然气不打一处来。

问题是，这回小贺王爷似乎没去花街柳巷，天晓得这会儿在哪里风流快活。难不成让他们挨家挨户到人家床上去找人？

贺王见侍从干应着不动，又吼道："还不快去！老子要剥了他的皮蒙大鼓！"

有前一日围观过阿原和世子之战的，便忽然想起，小贺王爷最近真的挺倒霉的。

喜欢的小美人要剥他的皮不算，这会儿连他的爹也要剥他的皮了。

他的皮虽厚，大概也不够蒙两张大鼓。

天色将明未明，坊间已有不少百姓起床，洗漱的洗漱，洗衣的洗衣，洗刷的洗刷。刷的是恭桶。

妇人们拎着满满的恭桶，走向街坊们共用的茅房，然后意外地发现茅房的破门居然被锁上了。

"谁这么缺德呀？怎么连茅房都锁了，叫人怎么用啊？"

"就是……咦，不对，这里有封条！官府的封条！"

"啊？"

妇人们从门缝往内张望。

这种小茅房结构很简单，大大的粪池一半在屋内，方便遮身蔽体出恭，从里面闩上妇人也能用；另一半在屋外，方便粪池满了时，让乡下的掏粪车装走。于是茅房根本不曾设窗，只能从茅坑的上方投入一点外面的微光，看不清里面的情形。

一个妇人踌躇道："里面好像吊着个人。"

另一个妇人吃了一惊："啊，不会有人吊死在这里吧？"

先前那妇人也惊恐起来："昨日是有很多公差从前面路上走过，指不定真的出人命案了！大概天太晚，才锁上预备今天来处置？"

"那咱们的恭桶……还要不要刷？"

"当然刷！反正我们在外面刷，也碰不着里面！"

"也是！"

片刻后，秽物哗啦啦被倒入粪池，搅动一池粪水，恶臭熏天。

妇人们也顾不得张嘴抱怨，屏着呼吸提来清水倒入恭桶，拿竹刷转着圈儿刷了几遍，看着恭桶上的秽物刷净，再用清水清洗两遍，方才提了恭桶到别处晾晒。

因那粪池着实恶臭得厉害，她们走出老远，才开始议论茅房内到底发生了怎样骇人听闻的杀人案。

再片刻，又一壮汉捂着腹部奔来，一眼也瞧见门上有锁，嘀咕道："搞什么鬼！"

眼瞧四下无人，他解了裤带便蹲到粪池边，但听得一阵噼里啪啦，那人便惬意地仰头叹道："爽！好爽！"

茅房内，一双眼睛尚能透过粪池上方的空间，看到纷纷而下的坠物溅起的臭水花……

待那人去了，雾霭中才有年轻男子走出，远远便摸了摸秀挺的鼻子，向身后半边脸戴着银质面具的妇人道："知夏姑姑，真的挺臭呢！"

知夏姑姑看向她的公子，神色温和："若得罪你，臭死也活该。"

景知晚莞尔："去放下来吧！小心别把他掉坑里去。"

知夏姑姑点头："放心，绝不让他熏到阿辞。"

她快步奔过去，迅速打开锁，撕去封条，闪进去飞快地掷出一人。

那人被捆得跟粽子似的，但被掷出前绳索已挑开，他便能在重重落地后立时拉开捆缚自己的绳索，然后拉出塞在嘴里的破布，拖着酸麻的双腿跟跄地冲到墙角，扶墙大吐，不但呕出了隔夜饭，差不多连胆汁都已呕尽，兀自腹部抽搐，满额汗水直冒。

景知晚走过去，已闻到他被恶臭熏了一整夜后的满身气味，不由又退了一步，才问道："你还好吧？"

那人蓦地转头，散乱的头发里露出俊秀发黄的脸，一双桃花眼经过一夜的臭气煎熬后暗淡了许多，又因痛苦的呕吐显出几分迷乱。

正是传说中风流潇洒、去衙门途中都能开溜去追美貌小娘子的小贺王爷慕北湮。

待看清景知晚，他吸了口气，扬拳便击了过去。

景知晚淡淡扫过他击来的拳风，不见身子如何行动，竟轻松地避了开去。

慕北湮正准备变招，打歪他那张云淡风轻的脸，忽觉一道森冷杀气逼来，犹未觉出来自何处，脖颈上已蓦地一凉，竟被一柄雪亮的宝剑抵住。薄而冷的剑锋似渐融的冰水，悄无声息间就要将那寒意沁到骨子里。

慕北湮终于只能僵在那里，盯着眼前这个瘦弱得似乎手无缚鸡之力的男子，半晌才道："你敢动我！"

景知晚轻笑："敢不敢动，你不是已经知道了？"

慕北湮慢慢地从牙缝中挤出两个字来："端……侯！"

景知晚缓缓收剑，眉眼却凝上寒意："知道我是谁，便应该知道我因何而来，你还敢对阿原无礼？"

"阿原……"慕北湮惊骇，"你……你果然是因她才报复我！没错，你才是她的未婚夫。可是，难道你不清楚她是怎样的人、她和我原来又是怎样的关系吗？"

景知晚静如深潭的目光闪过锐意："你既然和原大小姐是那样的关系，难道没看出来她根本不是原来那个跟你寻欢作乐的原清离了吗？就算你眼睛里只有那副皮相，看不出其他，谢岩难道也看不出，没告诉过你？"

慕北湮冷笑："我这人素来浅薄，猜不透端侯文武全才，却为何示弱于人，还佯作病重，与一声名狼藉的女子联姻，自然更看不出原清离有何异样。谢岩起疑，难道我就得信他而不信自己的眼睛？何况，真要论起真假，难道原夫人认不出自己的亲生女儿？"

景知晚低眉，眼底却有嘲意："原夫人何等精明之人，怎么会认不出自己的亲生女儿？"

"原夫人认得出亲生女儿？认得出她并非清离？"慕北湮惊疑，"既然她认得出，为何不当众揭穿阿原，还将错就错地将她认作清离？"

"她想揭穿什么？"景知晚浅笑，"揭穿这个和原清离一模一样的女子不是她女儿？可惜阿原什么都不记得，白纸一张，难道让她盯着这个什么都不知道的女孩儿，要她杳无音讯的女儿吗？"

"可她难道就不想找回清离？"

"那也得她找得回……"景知晚惋惜般轻叹，弹着青玉般的指甲，仿佛在轻轻弹去那些看不见的浮尘，"她当年种下种种孽因时，就该想到如今之孽果。我倒要瞧瞧，她就算能只手遮天，又能不能找得回她的清离！"

慕北湮的汗意渐渐下去，被晨间的冷风一吹，竟打了个哆嗦。他眯着桃花眼，慢慢道："是你？清离遇劫失踪、你和这个连自己是谁都不知道的阿原同时出现、联姻……都不是巧合，而是你在暗中布置？你……到底是谁？"

景知晚笑了笑："你不是知道了吗？"

这问题似乎有些可笑，谢岩猜到了，慕北湮也猜到了，这会儿更是连景知晚都承认了。

他不是景知晚，他是端侯。

端侯景辞。

但慕北湮依然不晓得端侯景辞究竟是什么人。

尚在京城时，梁帝忽然封了一个来历不明的年轻男子为端侯，然后是声名狼藉的原大小姐点名要嫁给端侯为妻。有人曾猜疑是不是因为原家母女得宠，才顺便封了原大小姐心仪的男子为侯。可后来的消息，端侯分明身患重病，原大小姐又怎么会喜欢一个快死的男子？

随后，又有人传说，端侯是梁帝的私生子。可梁帝的私生子也没啥不好说的。郢王朱友珪的母亲吕氏原是军中营妓，因生得貌美，被留在帐篷侍奉了些日子，后来梁帝拔营而去，吕氏发现有孕，遂前往西都相寻，中途在慈心庵产下一子，梁帝闻讯，立时欢欢喜喜地接了回去。到底传宗接代最重要，吕氏虽微贱不得帝心，郢王却已封王，且是梁帝亲生诸子中最年长的皇子。

然后便有人猜测，是义子或养子。二皇子博王朱友玫便是养子，随梁帝四处征战，立下汗马功劳，梁帝遂也一视同仁，甚至有传言出来，梁帝打算立其为太子。

但如养子、义子之类，要么是亲自养育，要么随侍左右出生入死，梁帝才可能格外眷顾，对其封王封侯。

端侯似乎哪个都不沾，却无疑极得梁帝宠爱。

原清离倾国倾城，裙下之臣众多，且多是王孙公子，婚约传出后，颇有些不满。于是，某宠妃的小弟愤愤之余，到端侯府去求见，大概也没打算说啥好话。端侯谢客养病，自然是拒见的，因为，这位说的话更不好听。他正嘲讽骂得起劲，不知哪里传出女子一声咳嗽，那厢安静如死的深宅内蓦地奔出数名壮汉，将那小国舅爷揍得鼻青脸肿，差点连他爹娘都认不出，然后被丢垃圾般丢出府门。

小国舅爷被人抬回城，刚到家，还未得及入宫求他姐姐出头，宫中的黎公公已领了梁帝口谕赶来，说公子对端侯出言不逊，奉皇命给点教训，然后小太监冲过去，长棍短棒齐上，一顿乱打。可怜那公子皮娇肉嫩的，哀号了一夜，没等天亮就一命呜呼了。他的宠妃姐姐自此失宠，并于数日后暴毙于冷宫，死因不明。

谢岩常在梁帝跟前侍奉，又因生母的缘故，对当年旧事知晓一二，却也不敢透露太多，只在当时便暗暗警告过慕北湮等人好几回，千万不可去招惹端侯。

如今，这位神秘莫测的端侯居然为阿原跑来沁河这种小地方。

若阿原和原清离根本就是两个人，他布置这一切究竟是为什么？阿原若不是原清离，那么她又是谁？为何她有着和原清离一样的容貌？为何她认定自己是原清离？真正的原清离又去了哪里？又或者，天下真有方法，可以让一个人借着另一个人的躯体复活？

还有，阿原分明一无所知，那么，围绕她布下的，又是怎样的陷阱？

日光渐渐破开雾气，而那如雾气般出现的端侯景辞，不知什么时候已如雾气般消失得无影无踪。

"景辞，景辞……"

慕北湮喃喃念着这个陌生的姓名，快步逃离那个今生都不愿回首的臭地方，脑中混沌一片，鼻中的恶臭却如跗骨之蛆般挥之不去，像自始至终都没能逃开这一夜的噩梦。

前方已是大道，有眼熟的人影从旁边奔过。

他挽着披散的头发，正惘然不知该往何处去时，那边奔过的两道人影往后看了一眼，已连滚带爬地又奔了回来，叫道："小王爷！"

这声"小王爷"总算将慕北湮丢了的魂又拾了回来。他定睛看向二人，才发现他们正是父亲的随从，其中一个还是那日帮着左言希骗自己的那位。

他整了整凌乱的衣衫，咳了一声，方问道："什么事？"

侍从忙道："小王爷，赶紧回府吧！王爷正找你呢！"

慕北湮顿时怒了起来："你们还跟我扯淡？又是左言希拿我爹压我，是不是？"

侍从慌忙道："没有，没有……这回是真的！王爷刚去县衙带回了靳总管，把那李知县骂得跟坨屎似的，然后……"

两人相视一眼，到底没敢说，贺王一路叫骂，差点把他的宝贝儿子也骂成一坨屎了。

慕北湮这才想起被押到衙门去的靳大德，虽有些心虚，兀自犟着嘴道："我这会儿去县衙，也不晚吧？我爹也太心急了，还怕这小小的沁河县衙把靳总管吃了不成？"

其实小小的沁河县衙当然是吃不下靳大德这尊贺王府的金刚，但如果县衙里多了那位端侯，只怕连他这个小贺王爷也照吞不误……

他不禁沮丧，挥手道："走走，回府去！"

侍从忙应了，一边跟在他后面急急地往贺王府行去，一边往慕北湮出现的方向看去，忍不住问道："那边……有什么样的小娘子？很漂亮？比花月楼的傅姑娘还漂亮？"

慕北湮待下人素来没什么架子，闻言便问："什么小娘子？"

侍从道："不是说你半途遇到什么美貌的小娘子，所以丢下靳总管不管，跟着那小娘子跑了？"

慕北湮暗暗将那个杀千刀的景辞诅咒了千遍万遍，却也万万不肯说出这夜之狼狈难堪，只得道："嗯，那小娘子挺有味道，有味道……"

侍从这才点头，却又不由地揉了揉鼻子："哪里来的臭味？"

另一名侍从终于也道："是臭，好臭，好像是……"

慕北湮瞪他们一眼："是什么？"

"是小王爷身上传来的……"

"呸，我刚不是说了吗？那小娘子有味道，有味道……有狐臭啊，真是熏死老子了！"

"那小王爷干吗还追着跑……"

"人长得漂亮呀！大眼睛、高鼻子、樱桃小嘴儿……"

慕北湮说着，嗅了嗅自己的衣衫，忍不住奔到路边，弯腰大吐。

臭成这样，他三五天都别想好好吃饭了。

侍从一旁看着，又是呐喊，又是佩服。

他们家小贺王爷就是吐光了隔夜饭，也不愿错过有味道的小娘子，果然口味独特，与众不同，堪称天下第一风流公子，举世无双。

返回县衙时，景辞一路并不安生。

知夏姑姑露在外面的半张脸已经阴沉得快要倾下暴风雨。她道："我以为那小贺王爷得罪了你……弄了半天，你还是为了那个小贱人？你这一世在她手中吃的亏还不够多？好不容易在燕国保住一条命，打算葬送在梁国？"

景辞缓缓向前走着，并不说话。

他的双足不利于行，但今日所做之事也不便让人知晓，一路行走，难免吃力。若是听着知夏姑姑的言语，一步一步更是沉重。

知夏姑姑道："你化名景知晚，知晚，无非知晓风眠晚那小贱人的本性而已！她空有一副美人皮相，实则毒如蛇蝎。你细想她种种行径，恩将仇报、鲜廉寡耻，若非你侥幸保住一条命，她此刻早已嫁作他人妇，踏在你的尸骨上享她一世的荣华富贵！你居然还敢记挂着她！"

景辞的眸光飘忽，声音寡淡如水："姑姑，如今这世上，已没有风眠晚，只有阿原。"

知夏姑姑冷笑："阿原？你以为让她失去记忆，便是由你涂抹的白纸？也不想想，当年你执意留下的那个女婴，才是真真正正的一张白纸，你教她识文习字，教她练剑驯鹰，将她看得命根子般宝贵，最后她给你的是什么？你是不是觉得她很善良，她居然没有立刻取你性命，而是断了你双足，留你拖着重伤之躯，赤手空拳在荒山里对抗群狼和野兽？"

景辞眼底仿佛又映入了当日漫无边际的黑。

黑夜里，殷红的鲜血在流淌，生命和体力在流失，不远处，狼群如影随形，绿色的眼睛在黑暗里幽幽闪亮，不时发出闻到浓重血腥味后的兴奋的嘶吼……

他曾是它们最勇猛的对手，但终将是它们最可口的美食……

狼的爪牙在他体力耗尽后，竟能如此轻易地扎入他的皮肤。

他一直以为他会是狩猎者，但终究他成了猎物，被设定好折断双足、受尽折磨而死的猎物……

春末的沁河，阳光灿烂，却意外地失去了热度。

景辞轻抱着肩，仿佛又是人在地狱般的阴冷和痛楚。

知夏姑姑继续说道："你以为她现在换了个名字、换了个性情出现在你跟前，就真的是另一个人了？看看这几个月，她又学坏了多少？比之前更不像话，想害你，只怕更加得心应手！"

景辞终于开口："姑姑，你想太多了……"

知夏姑姑道："我想多了吗？你明明和先前一样待她，看她爱吃什么，早早为她烹煮；看她想做什么，也不劳她出手，抢先替她做了……这不都是你从前干的事儿？"

景辞慢条斯理地道："那又如何？若不让她如先前那般恋上我，我又怎么能将她施了我的，一一还给她？"

知夏姑姑正气势汹汹，忽听得这句话，所有怒意顿时被生生地压下。她愣愣地看着他，声音微哑："她……还会恋上你吗？"

景辞淡淡道："她来了。"

"嗯？"

知夏姑姑不解地抬头，正见那边阿原带着小鹿东张西望地一路走过来。忽一眼看到景辞，阿原的眼睛亮了。

"阿辞！"

她奔过来，背后的阳光染着她精致的轮廓，连绾起的发髻都散着璀璨的明光。虽是男装打扮，可她奔向他时，并不失女儿家的明媚和剔透。

景辞站定，待她赶到跟前，才微笑地问道："找我？又有案子？"

阿原摇头，却又忍不住捧腹大笑："你最好暂时别回衙门。李大人已经疯了，气疯了！"

"哦？"景辞低头沉吟，然后眉峰一挑，"莫非贺王前去带走了靳大德？"

阿原大惊："你怎么知道？"

景辞叹道："李大人涵养不错，不容易生气，除非被人骂得狗血淋头，还得受着，才可能气疯。近来和咱们大人有瓜葛的，也就贺王府了。你能跑出来，也足以证明嫌犯走了，衙门里闲了……"

阿原更加佩服，见他身后的知夏姑姑用看贼般的眼光看着她，才不敢太过夸张，只悄悄地向他竖起大拇指。

可惜一旁的小鹿唯恐天下不乱，已凑上前来，谄媚地笑道："不愧是我们小姐相中的，果然是拔尖儿的！要才情有才情，要容貌有容貌，当真可称得上才貌双全，才貌双全啊！"

阿原大为头疼，看景辞不曾生气，才松了一口气，连忙道："小鹿，你不是说要去茶楼听说书吗？也快开门了，还不快去？"

她掷了一串钱过去，小鹿忙接着，笑道："好，好……有景县尉陪着，小姐今天自然不需要我陪。我晚上再回去吃景县尉炖的红豆汤好了！"

既然小姐如今只喜欢景县尉，大概不会介意把那五十七颗红豆都煮成红豆汤。

景辞转头向知夏姑姑道："姑姑，你来沁河后也不曾好好逛逛，不如也去听听说书吧！"

知夏姑姑扫过他云淡风轻的面庞，犹豫片刻，默默行礼离去。

路边便只剩下二人静静相对。

阿原面庞不由地又泛起红晕，赶紧垂了眼帘，竟不敢抬头看他的眼睛。

景辞默然地看向她晶莹的面庞，忽然低声问道："你喜欢我？"

阿原羞窘，下意识便想摇头，又觉违心。再一想，以先前原大小姐的本性，开口说喜欢只怕比张口吃饭还轻松方便，她居然这般藏着掖着，未免太矫情。

踌躇半日，她鼓起勇气看向景辞，说道："如果你不再对我出言不逊，也管住你那个什么姑姑别对我出言不逊，我便考虑……喜欢你！"

景辞凝视她，然后低声答道："好！"

阿原听他应得爽快，反而惊讶，局促地搓着手指要看往别处时，景辞已低下头来，覆上她的唇。

阿原瞪大眼，整个人都僵在那里，却又很快柔软下来，柔软得如依傍着他而生的一株紫藤花，舒展着所有的藤蔓，拥抱他赋予的柔情。

许久，许久，阿原终于从彼此的纠缠中解脱出来，兀自抱紧他，面庞贴于肩胸，轻叹道："阿辞，我们是不是认识很久了？也彼此喜欢很久了？"

景辞眉眼淡淡："为何这么问？"

阿原的心咚咚乱跳，却坦然地说道："其实很多时候你很可恶，我本该讨厌你的。可不知为什么，便是当时生气，过后又讨厌不起来。第一次见到你，我便觉得似曾相识，如今……"

她仰头看他，黑亮如曜石的眼睛有些迷离："为何我觉得，抱着你时，竟似抱着我的命？"

景辞笑了笑："你若真心这么想便好了！"

他将她的手夹在他的胳膊间，懒懒地向前走着。

阿原欢喜，笑道："我自然是真心的。"

景辞道："嗯，你以前也真心过。"

阿原怔了怔，便想起那五十七颗红豆来，面庞不由得红了。她道："以前……我不记得了！我是不是做过对不住……你的事……"

她的话还没说完，便恨不得咬了自己的舌头。

光小鹿就数出五十七颗红豆来，没数出来的还不知有多少，每颗红豆都是她对不住他的明证。何况，她至少还记得她离开西都最主要的目的便是逃婚——逃开他和她的婚约。

他素来出言刻薄，只怕她又要被损得体无完肤了……

她忐忑之际，景辞却只是沉默。

许久，景辞轻声道："大概是我做得不够好。我会改。"

阿原的胸口忽然间一闷，闷得她一句话也说不出来，只是眼底热热的，似乎有什么要往下淌。

她转身抱住他，抱紧他，闻他身上清新温暖的气息，脑中忽然混乱地闪过许多零落不成片段的画面。

他的微笑、他的骄傲、他的沉默、他的黯然、他转身而去的落拓孤寂……

她果然早就认识他，早已熟悉他的喜怒哀乐、他的一言一行……

她很没良心地把那一切都忘了，却能从零落的画面里觉出她深深的眷恋和潮水般的无边愧疚。

许久，她才抱住在努力回忆里阵阵昏黑刺痛的脑袋，伏在他胸前微微地哽咽：
"对……对不起……"

景辞静默了许久，才低声道："就当你这是道歉吧，我接受。不许再有下一次，
绝对……不许！"

阿原抬起泪汪汪的眼，待要看清他说这话的神色时，他却忽然将她拥得紧了，
将她按在自己肩上，不许她回头。

她看不到他的神情，只觉得他在发抖，浑身都在微微地发抖。

慕北湮回府后，第一件事就是沐浴。

洗了好几遍，用掉好几把澡豆，皮肤都搓得红了，他才换上用薛夫人炼制的上
好熏香熏过四五遍的衣裳，回到香气缭绕的卧房，预备喝几口清粥，洗洗熏臭的肠胃。

才喝两口，他就抬手把粥碗掷了："谁做的粥？里面放什么了？味道怪怪的！"

侍儿忙奔上来道："都依公子说的，就是用粟米熬的，什么也没放呀！"

慕北湮不答，取过那茶盅喝茶时，又似闻到了那股味儿。他抬手把茶盅也砸了。

侍儿张了张嘴，没敢说话。

那厢贺王闻得不成器的独子终于回来了，已经传了好久，但慕北湮洗个澡差
不多洗了一个时辰，看模样洗得还不痛快。

贺王的侍从已来看了好多回，见状忍不住说道："小王爷，还是赶紧去见王爷吧！
王爷这回气得不轻，趁着言希公子安抚了许久，心情好些，赶紧去跟王爷说几句好
听的，这事也就过去了！"

慕北湮道："既然言希在那里侍奉着，有事吩咐他就行了。不是一直说，言希
行事稳妥谨慎，我是个不靠谱的人吗？"

侍从忙笑道："小王爷，快别说那气话了……言希公子因为昨天放了那些官差
进来查案，又不曾和贺王说明是小玉的案子，一早也被罚跪，骂得够惨的。"

慕北湮道："老家伙糊涂了吧？言希那么好的性子也骂！放进来查案又怎么了？"

侍从不敢答话。

慕北湮只得先去见他的父亲，一路闻着自己的衣裳，只觉得还是有股子臭味仿
佛从骨子里透出来，衣裳熏得再香都掩盖不了，一路不禁把景辞又骂了几百遍。

贺王已等得烦躁，左言希借着替他诊脉针灸拖延了许久，也快经不起左唤右唤
却不见慕北湮人。

见慕北湮过来行礼，他已道："你眼里还有我这个爹？一天到晚出去浪，从京
城浪到沁河，还没浪够？"

慕北湮硬着头皮道："孩儿一时糊涂，把靳总管那档子事给忘了……孩儿知错，
求父亲大人恕罪！"

贺王怒道："你能记得什么？路边的美娇娘？花街柳巷的脏女人？还是那位人

尽可夫的原大小姐？"

慕北湮赔笑道："原大小姐倒也不是人尽可夫，她至少得看脸……长得不好看的、气质差些的还不要呢！"

贺王气得差点儿一口气没上来："敢情你还觉得被原大小姐看上是你的荣幸？要不要放个爆竹庆祝下？"

慕北湮道："那就不用了……"

贺王被噎住，抬手抓过旁边的竹杖便打了过去，吼道："如果老子松一松口，你是不是还打算娶个什么原大小姐傅大姑娘进门？"

慕北湮连忙抱住头，臂上早着了几下。贺王本是武将出门，虽伤病在身，此刻怒气勃发，力道着实不小，慕北湮的臂膀上顿时火辣辣地疼痛起来。他忙叫道："父亲息怒！父亲息怒！我不娶她们便是。"

左言希已过去拦住贺王，急急地道："义父，北湮只是贪玩了些，并非不知轻重之人。还请义父不要动怒，别为这些不要紧的事伤了身子！"

贺王吼道："不要紧吗？把大德丢在衙门不管，去找女人，让小小的沁河县县令都蹬到老子脸上来了，贺王府还不够丢脸？"

慕北湮翻过袖子一看，昨夜被捆的瘀青外，又多了数处杖伤，正飞快地青肿起来，不觉又是疼痛，又是羞恼。只是昨夜那件丢脸的事，万万不好让他人知晓，遂只得叫道："若靳大德真的有错，自当交给官府处置，有什么丢脸不丢脸？真做下那辱人妻女、害人性命之事，传出去都是贺王府的人仗势欺人、鱼肉百姓，那才叫丢脸！"

贺王当胸一脚踹了过去，将他踹倒在地，举杖便打，怒斥道："你这兔崽子居然敢教训老子？老子给了你骨肉精血，刀里来血里去换了你一世荣华，现在翅膀还没长硬朗就敢教训老子？等翅膀硬了，还不把老子踩到脚底下去？"

他武将的火爆性子上来，竹杖如雨点般打得又快又狠。侍从们不敢劝，左言希眼见劝不住，上前拦时，也被结结实实地打了好几下。

慕北湮憋了一肚子气回府，又被父亲蛮不讲理训斥毒打一顿，疼得难忍时，猛地跳起身来，抓过贺王的竹杖，用力一扯，竟将那竹杖抢下，手一甩远远地掷出屋去。

贺王伤病在身，身手大不如前，竟被慕北湮带得猛地一趔趄，忙站稳了身子，却已被怒火烧红了眼，一个箭步冲到墙边，取过陌刀，拔刀便砍向慕北湮，喝道："除了吃喝嫖赌，一事无成，我留你这忤逆的畜生何用？再不收拾，早晚能做出弑君杀父之事！不如趁早了结，免得祸殃全族……"

慕北湮连闪开两刀，眼看父亲刀刀致命，真有取他性命之意，一时骇得不轻。

左言希忙抱住贺王，冲慕北湮叫道："还不快跑！"

慕北湮怔了怔，拔腿便跑了出去，耳边兀自传来父亲的咆哮，还有左言希的安抚恳求。

半个时辰后，左言希在自己的医馆里找到慕北湮。

他已让人给自己上了药，又把左言希珍藏的好酒翻了出来，正抱着个酒壶大口喝酒。

左言希一把将他拖起来，说道："走，跟我去跟义父磕头认罪！"

慕北湮将他甩开，怒道："我认什么罪？一没杀人放火，二没淫人妻女，认什么罪？难道他是老子，我便该伸着脖子，任他打死砍死？"

左言希愠道："他是你的亲生父亲，恨铁不成钢，骂你几句、打你几下又怎么了？你认个错，看他会不会真的砍你！"

慕北湮道："我有什么错？他仗势欺人，看着咱府里的人把人弄得家破人亡还护着，才叫错！"

左言希叹道："你应该知道义父性如烈火，即便他处置失当，也该以后慢慢劝谏，一时急不来。"

慕北湮冷笑道："劝谏不是还有你吗？要我操什么心！"

他丢开酒壶，便要向外走去。

左言希忙拉住他，问道："义父那边还没消气呢，你又准备去哪里？"

慕北湮懒散地笑："自然是出去浪！你们都说了我只会寻花问柳找女人，也不能辜负了你们的期望，是不是？"

左言希扯过他的臂膀便往回拉，说道："北湮，你听愚兄一句，别再惹义父生气了！"

慕北湮甩着他的手，冷笑道："放开我！拉拉扯扯成什么样？你自己和景知晚偷偷摸摸、不干不净的，拜托别再扯上我！再多条喜好男风的罪过，我十条命都不够我爹砍的！"

左言希不由地松开他的手，怒道："你胡扯什么呢？"

慕北湮道："我胡扯吗？景知晚来了也没多少日子，你往他那边跑了多少回？他来见了你多少次？哪次不是门一关两个人悄悄地待在一处，天晓得你们在做什么丑事！"

左言希满面绯红，怒道："他只是我的病人！"

慕北湮有着这么个温雅多才的义兄，一向被父亲拿来对比着，早已愤愤，见他动怒，越发笑得开怀："病人？你的病人多得很，怎不见你和其他人这般亲近？却不知你晓不晓得，景知晚是为了那个阿原而来？景知晚又晓不晓得，你暗中也养着个小美人？"

左言希面色忽然间白了："什么小美人？"

慕北湮捧腹笑道："要让人不知，除非己莫为！你悄悄做的那些脂粉都送给了谁？好几回夜不归宿又是跟谁在一起？真的是医者父母心，整夜在外出诊？最好笑的是，你从男人睡到女人，背地里不知做了多少龌龊事儿，偏偏装作一副正人君子的模样，骗得一个个以为你多正经，也不怕人笑掉大牙！"

左言希一张俊秀面庞时红时白，声音却已低了下来："北湮，不可胡说！"

慕北湮拍拍他的肩，说道："我不说你，你也别训我！我走了！"

左言希忙道："你到底去哪里？"

"花月楼！"慕北湮挥一挥手，"你暗着睡你的，我明着睡我的！各走各的路，你少管我就行了！"

左言希看他走远，出了片刻神，低叹了口气，转身欲回别院安抚内院时，却听那边随从禀道："县衙里的景县尉遣人来请。"

左言希问："可曾问有什么事？"

随从答道："好像是景县尉又病了。"

左言希踌躇片刻，答道："跟他说，我这里有点事耽搁住了，午后过去。"

贺王气得不轻，又等不到慕北湮去认错赔礼，说不定还会大发脾气，他不得不先将义父安排妥当。

李斐满腹怨气，本打算见了景辞，怎么着都要明着暗着将他损上几句，最好挑唆得他即刻奔到贺王那里去斗个两败俱伤，才能消了他晨间之辱。

但景辞回来时面色不大好看，似乎又病了，他身旁的阿原更是一脸紧张，李斐捉摸不透景辞那病要不要紧，很多话一时便不敢乱说——若是把景辞气出个什么好歹来，日后有人追究起来，他一样官帽不保。

知夏姑姑和小鹿都不在，景辞也没要其他差役帮忙，只剩了阿原跟在身边忙前忙后，听说左言希一时来不了，又翻出上回没吃完的药，亲自到厨房煎上。

李斐疑惑地看了许久，便走过去问："阿原，你额上的伤好了？不去抓那个萧萧了？"

阿原摸摸额上已经消肿的"犄角"，说道："好多了！那个萧萧自然还是要找的，我正请井捕快他们帮着搜人呢！等煎好药，安顿好景县尉，我也找人去。"

李斐问："煎好药不算，还要安顿好他？他有他的仆役，用不着你费心吧？"

阿原摸摸发烫的脸，说道："那个知夏姑姑不是不在吗……"

李斐到底是过来人，见她不敢与他直视，忽然笑问："你是不是改了主意，想我保大媒了？"

阿原想了想，厚着脸皮，向李斐一揖到底："如此，有劳李大人了！"

李斐笑道："你不是说他脾气臭，奶妈恶，就是里面夹着一堆老鼠屎的香馍馍吗？"

阿原悄声道："他说会改了臭脾气，也不让他奶妈凶恶了，于是老鼠屎没了，只有香馍馍了，我干吗不要？"

李斐闻言大笑："他说会改脾气，你就信了？他说不让他奶妈凶恶，你也信了？"

阿原在炉下添了些柴，灰扑扑的手继续欢快地揉她发烫的脸："为什么不信？你看他那硬邦邦的死样子，会哄人吗？"

李斐原想笑话阿原太过天真，听了这话却只得挠头："好像……是有点道理！"

再想到景县尉的厨艺无人能及，若阿原将他搞定，自此他们应该口福不浅，何况贺王既然已把人带走，细算来也是贺王那边理亏，料想还不至于为这点子事再来为难他一个小小知县，他似乎很没必要再为此得罪景县尉了。

如此想时，他晨间受的气已消散了大半，笑道："好，好，你先顾着他……小玉那案子，他这病不好，只怕是查不下去了！"

老虎嘴边拔须的事儿，他不干，也干不来。

天塌下来还得景县尉去顶着，所以县尉大人还是赶紧养好身体要紧。

阿原把药送过去时，景辞正倚在窗前竹榻上看书，手中却拿着柄锋利的匕首把玩。

他看阿原将药放下，转头看向窗外："知夏姑姑和小鹿也该回来了。"

阿原道："这会儿可能正热闹呢，小鹿又贪玩，只怕一时半会儿不会回来。"

景辞放下短匕去拿那药碗，目光在阿原面庞上扫来扫去。

阿原摸脸："我脸上长花了？"

"没有。以后这些事儿还是让小鹿她们去做吧！"

景辞说完，低头将那药一口饮尽，竟连眉峰都不曾皱一下，显然早已习惯。

阿原问："你到底是什么病？怎么忽然便说不舒服了？"

景辞的眉眼不觉间又淡漠下来："我先前告诉过你，是胎里带来的疾病。"

阿原记起那夜在涵秋坡的木屋里他所说的话，不禁又瞅向他的双足："嗯，你说过本来已经好得差不多了，后来有恶人暗算了你，你身体颓败，旧疾发作……很难痊愈吗？"

景辞点头："若你嫁给我，或许会年轻守寡，一世痛苦。"

阿原心头钝钝地抽了下，闷痛得一时竟有些透不过气来，连忙笑道："没关系……"

"哦？"

"守寡……嗯，也不至于痛苦。"阿原绞尽脑汁地想安慰他的话，然后想到了，"我还有五十七颗红豆呢，怎么着也不至于痛苦……"

五十七颗红豆，五十七个情郎，还有没计算进去的，再凑凑能满百了……

一听这话，景辞连书都没法看了。他甩手将书拍在案上，侧身向里而卧。

阿原无措。

他既然担心她守寡痛苦，她便告诉他，她不会痛苦，还会自己寻些快活，错了吗？可原大小姐不是一向这样的风格吗？

她坐到榻边，倾身拍着他的肩，果断转移话题："那个害你的恶人呢？有没有把她大卸八块？"

景辞便眯眼瞧她："没有。我打算让她生不如死，却不晓得能不能做到。"

阿原笑道："自然能做到。告诉我那人在哪里，我帮你。"

景辞道："以后再告诉你。"

他一伸手，已揽住阿原，让她跌在自己身上，亲住她。

阿原脑中顿时混沌一片，如装了满满的浆糊。不一会儿，连那浆糊都似抽空了，心头眼底只剩下眼前这个说不出何时开始熟悉的男子，甚至连他口中的药味品来都觉得好生亲切。

正有些把持不住时，听到门口有人轻咳一声，景辞的身体才微微一怔，将她放开。

阿原连忙站起身来，瞥见了半敞的门，差点没给自己一个耳光。她果然生性风流，才确定两情相悦，便巴不得两人亲近些，更亲近些，都没注意有没有闩上门。

觑向景辞时，见他的面色依然不太好，却在苍白里浮上了沉溺的红晕，分明也已动情。

阿原放了心，原来把持不住的并不只她一人。

想起传说中她那些荒唐事，如今这些似乎也算不得什么，于是她便硬着头皮看向门外，问道："谁？"

左言希一脸尴尬地探身走出，笑道："景捕快，我来给阿辞看病。不过瞧着他已好得差不多了。应该通知我一声，我便不过来了。"

景辞叹道："别矫情了，赶紧过来给我诊脉。"

左言希一笑，这才走过去替他诊脉，然后皱起了眉："这两日劳累了？还是跟人动了手？你筋脉受损，气血两虚，若再不好好调养，连三五年都未必活得了。"

景辞微笑道："三五年？也不错，还有好多个日夜呢！"

左言希愠道："别胡说！认真把身体调理好才是最要紧的！还有，房事需有节制，不可任性纵欲！"

说最后一句时，他看向了阿原。

阿原那好不容易撑起来的脸皮顿时似被戳了个洞，羞得恨不得钻到地底下去。

景辞却已懒懒笑道："这事你交代我就好了，看她做什么？"

左言希淡然道："哦，我只是看她脸上真够脏的。"

阿原听得一怔，连忙找出铜镜一照，果然双颊满是灰，想来是煎药时脏手摸在脸上，生生把自己摸成了花猫脸。

她又窘又恼，问景辞："你怎么不告诉我一声？"

景辞悠闲地说道："你不是怪我言语刻薄吗？我怕说出口又不太好听，只好不说了！"

"……"

阿原无语之际，却闻景辞又叹道："让我别言语刻薄，自己那张嘴却毒得跟刀子似的！"

阿原奔出去洗脸之际，才想起他是指她打算边守寡边红豆凑满百的事儿。

井水打在脸上，很凉，但阿原的心里竟似在被煎着熬着般翻腾着，耳边不断回旋着左言希的警告。

若不好好调养，景辞连三五年都活不过。

她蹲下身来，抱着肩，才压抑住手足不听使唤的颤抖。

他不是景知晚，他也不只是景辞，他是她生命里不知何时弄丢的一块，直到被找到，才发现遗失。

混沌地遗失，混沌地找回，却被告知早晚都会被带走。

她感觉到了心被扯开般的疼痛。

可怕的是，这种疼痛，她竟也如此熟悉……

左言希替景辞诊脉开药完，瞧着屋外无人，方道："阿辞，你不该来沁河。"

景辞懒懒地道："继续留在端侯府发霉长毛，看你们都跑到这边来逍遥快活？"

左言希道："你的病情你自己应该清楚，虽没传说中那般危在旦夕，但本是从娘胎里带出来的疾病，当年保住了命就不容易了，这次重伤引得旧疾复发，很难痊愈，再不调养，便是华佗再世也救不了你！"

景辞道："于是，我就应该留在端侯府等死？"

左言希皱眉道："又胡说！就是你肯，皇上也不肯。罢了，你就当来沁河散心吧，反正我在这边。安心养着，我还要去找北湮。"

景辞眸光闪了闪："他跑哪去了？"

左言希苦笑道："大概去找哪里的小美人了吧？"

景辞道："挺好。人生得意须尽欢……两厢情愿就好。"

左言希道："他先前曾对眠晚无礼，不过今日也被义父教训过了，你别太跟他计较。"

景辞一笑："不计较了！"

有仇报仇，有怨报怨，报完了一拍两散，自然不计较了。

花月楼里，那风姿袅娜的傅蔓卿眉眼含情，且舞且行，将一方手绢丢在了慕北湮身上。

慕北湮本有些心神恍惚，被那手绢丢得回过神来，笑盈盈地接过那手绢，抖开看时，上面绣了朵百合，还有个"蔓"字，凑近一闻，便闻得阵阵芳香，虽算不得上好，倒也将困扰他的异味冲淡不少。他便招一招手，笑道："过来！"

傅蔓卿见他那日去后再不曾来，以为已将她抛到脑后，今天忽然见他过来，真是意外之喜，自然刻意笼络，见状立时妩媚一笑，在老鸨和看客的起哄声中依了过去，慕北湮却猛地向后一倾，让她扑了个空，险些摔倒在地。

慕北湮自己也是未有防备，被一道大力向后扯得差点摔倒，忙回头一看，却见左言希愠怒的眉眼。

左言希道："你闹够了没有？义父在找你呢，赶紧回去！"

慕北湮怒道："告诉他，我胸无大志，这辈子就想寻花问柳，逍遥一世！他爱怎样就怎样，看不过去改立你为世子也行！"

左言希恼道："你把我当什么人了？"

慕北湮道："当好人呀！有我这个不成器的，岂不更将你衬得才识过人、孝顺知礼？"

他将那手绢塞入怀中，抱起傅蔓卿就要上楼。

左言希还要拦时，慕北湮已笑道："姓左的，再惹我，别怪我当众把你那些丑事说出来！"

旁边多是青楼常客，看热闹不嫌事大，听得兄弟二人争执，更是饶有兴趣地竖起耳朵。

左言希不禁涨红了脸，稍稍踌躇了下，慕北湮已抱着美人奔上了楼，很快传来关门声。

先前那侍从便走过来低问："公子，这可怎么办？"

左言希顿了顿，叹道："算了，咱们回去就说……世子到庙里忏悔去了吧！"

两个侍从面面相觑。

这话连他们都不信，更别说贺王爷了。

左言希抚额："要不，你们就说一时没找到、是我让你们不用找的吧……"

侍从看他的眼神便有些同情。

贺王怒意未消，左言希已被连累得挨骂又挨打，这么回复过去，多半又会被责罚。

这黑锅，背得有点沉。

景辞第二日一早见到阿原时，阿原的脸上又是灰扑扑的。

她端给景辞的，居然是红豆汤。

景辞将她的脸看了又看，又将那红豆汤看了又看，问道："你煮的？"

小鹿已觉出小姐心意，对景辞的态度立马有了一百八十度的大转弯，忙上前笑道："小姐隔夜便用水泡着了，四更天起床煮上，炖了好久呢！"

景辞拿匙子慢慢地搅着红豆汤，问道："怎么会想到煮红豆汤？"

阿原揉着鼻子，笑道："把剩余的红豆都煮了，省得你不高兴。"

剩下的都煮了，还有五十七颗都在景辞那里，便是守寡也没法凑百了……

她真是知错能改，想必一定可以抚慰景辞被她真诚的刻薄言语伤到的心。

小鹿则在旁边赞道："县尉大人快尝尝！我们小姐虽没下过厨，但看起来颇有天分，这汤味道不错，比我做得强多了呢！"

景辞微哂，忍住了没有出言嘲讽，低头便要喝汤。

这时，忽闻知夏姑姑的声音在身后响起："你在给他喝什么？"

景辞眉眼不动，却飞快地用手将那碗掩住，轻笑道："红枣汤而已。我许久不曾吃甜食，尝两口。"

知夏姑姑奔上前来，嗅了一嗅，冷笑道："什么红枣汤？明明就是红豆汤！我就说她是个祸害，你还不信！明知你脾胃虚弱，不能吃这些豆类，还给你吃这个，就是想要你的命！"

景辞有些无奈："姑姑，这话过了！"

知夏姑姑道："过了？她对你的病情问都不问一声，就乱给你东西吃，根本不曾想过后果吗？她长的到底是猪脑还是人脑？"

小鹿在旁已听得大怒，叉腰便骂道："吃得吃不得，我们不知道，景县尉自然知道。就算我们煮错了，景县尉都没说什么，怎么轮得到你这老虔婆过来乱说！"

知夏姑姑怒道："他能说什么？这祸害端来的东西，就是鹤顶红，他都能先喝上两口再说！小贱婢倒是跟主子学得像，出言恶毒，目无尊长！"

阿原忙了半日才煮出这么碗汤来，被知夏姑姑说得一腔热血都冷了下来。见小鹿要冲上去理论，知夏姑姑已将右手按向腰间，她心下一凛，一把将小鹿拖到自己身后，笑道："姑姑所言有理，小鹿的确不懂事，胡说八道。怎么能说你是老虔婆呢，你也就是一个老太婆而已……"

听得阿原有致歉之意，知夏姑姑面色才略和缓，猛听得她后面那句，粗俗无礼到险些让她背过气去。

正怒不可遏地要拔剑冲过去时，景辞已站起身来，说道："姑姑，别与他们小辈计较。"

知夏姑姑还未来得及再骂，阿原抢先道："我年轻不会说话做事，若有说错话、做错事的地方，还望姑姑包涵！阿辞，姑姑年岁大了，有脾气是正常的，你别生气，伤了身体不好。"

景辞吸了口气，连知夏姑姑都忍不住转头看她。她的确是在道歉了，还向景辞表达了关切，却不动声色地又将了知夏姑姑一军，暗指知夏姑姑不顾景辞病情，刻意挑事。

他们记忆中的风眠晚，要么沉默、要么认错，乖巧得让知夏姑姑无数次怀疑她暗藏心机，刻意为之。

如今，知夏姑姑似乎更有理由这样怀疑了。

可惜阿原根本无心与她争执，对景辞笑道："既然你不能喝红豆汤，我给你做红枣汤，好不好？加点银耳，少放点糖，补血益气，应该还适宜吧？"

景辞盯着她半晌，叹道："但我实在很想喝了这红豆汤！"

阿原抓过案上那碗红豆汤，一口气喝得干干净净，拍拍他的肩说道："你我二人分什么彼此？我喝了，就跟你喝了一样。等着，我给你煮红枣汤去！"

景辞微笑："算了，我去煮吧！"

阿原拉住他的手："一起去吧！"

景辞眼底有星子般的东西闪了又闪，然后整个人都似精神了不少。他笑着答道："也好！"

二人便真的携了手一起走了出去，走向贵人不该亲临的厨房。

小鹿跟了两步后，顿住身，在原地转了两个圈，便兴奋地跺着脚大笑道："小姐的脑子终于好了，终于又会追男人了！这势头，稳狠准，必定百发百中！铁打的小姐，流水的情郎！凑满两百颗红豆都不成问题啊！"

知夏姑姑定定地站着，喃喃道："这还了得，这还了得……"

以前的风眠晚还算老实，都能迷了公子的心窍，如今变成阿原，竟然真的跟换了个人似的，还敢在她眼前任意放肆，如何了得？

但阿原和景辞并没能做出红枣汤来。

李斐亲自冲进去告诉他们贺王被杀时，阿原惊得打翻了刚洗好的红枣。

景辞也禁不住微微变了脸色，侧头看向李斐："消息可确切？"

李斐道："是贺王府的左公子派人来报的案。其实……其实这案子报到我这里来，我也没那能耐管，对不对？刚已经派人飞马进京，禀告此事，想来很快会有钦差大臣前来处理此事。"

景辞弯腰拣起一颗颗红枣："这么说来，咱们也不用管？"

李斐慌忙去拉他："哎呀我的小爷，赶紧去贺王府吧！若是前期勘察不曾做好，或是与沁河县治安不力有关，别说这顶乌纱帽，就是下官这脑袋也未必保得住呀！"他挥手让人去备肩舆，又道，"左公子派人传话时说得很明白，请李大人和景县尉尽快到府上商议。这话我怎么听都是特地请景县尉的意思呀！"

他本来就想着天塌下来有景县尉顶着，如今天真的塌下来了，自然无论如何要把景县尉拉在身边，让他帮忙顶着，也算不负他这些日子的百般笼络和莫名受的那些委屈。

阿原也知这事委实太大，李斐一个七品芝麻官绝对担不下来，忙拉了景辞道："走，咱们也瞧瞧去！"

贺王慕钟威名赫赫，飞扬跋扈，大闹县衙之事在他光彩绚烂的一生里连开胃小菜都算不上。阿原虽未亲见，但从事后的描述里已晓得这位贺王爷的威猛霸道绝对名不虚传，连他死后仰躺在地上，都有一股威猛霸道的气势。

当然，更威猛霸道的，是扎在他胸口、将他钉在地上的陌刀。

他那把杀敌无数的五十八斤重的陌刀。

贺王竟在自己的卧房内，被自己的兵器所杀。

李斐很谨慎，令井乙等人都在外面把守询问，只带景辞、阿原和仵作进去，严格按照律令量了四至方位，令书吏在外一一记下，才去细看昨日还气焰熏天、把一方父母官骂得狗血淋头的贺王。

贺王的卧室布置得居然颇为典雅，案几箱柜都是用精雕细琢的花梨木制成，完全不同于贺王本人的粗犷。螺钿大床上围了织有竹报平安纹的帐幔，鎏金帐钩则錾着白头长春的花纹，还垂了七彩玛瑙编织的流苏。帐中悬着香囊，幽香馥郁，衾被已被铺展开来，但并无睡过的痕迹。

贺王所躺的位置，位于床榻和长案间。长案坐榻依然齐整，甚至茶壶茶盏都有序地摆放在案间，显然出事前并未发生激烈的搏斗。

贺王死去已久，尸身早已僵硬。因其尊贵，仵作也不敢破坏已经僵硬的骨节，抬起尸身检查了背部，断定他身上并无其他外伤，的确是当胸那一刀即刻致命。

验完后，让贺王依然保持着原来的姿势，面色发青，怒目圆睁。他胸口的鲜血早已凝固，赭色锦衣几乎被染透。

左言希跪在贺王跟前看着，一直僵直着脊背，握紧拳沉默不语，眉眼间有种一触即发的锋锐。

景辞跪坐到他跟前，低声道："言希，节哀！"

左言希紧绷的身体终于倾了倾，将头靠在景辞的肩上，竟无声地痛哭起来。

他自幼失怙，被贺王养于膝下，虽是异姓，着实与亲生无异。如今贺王祸生不测，他自然悲痛。

景辞揽住他，轻拍他的肩，道："逝者已矣，伤心也是无益。寻出真凶，然后过好自己的日子，便算是对逝者、对自己最好的交代了！"

打开的大门，有晨风裹着浓重的血腥气吹来，连卧房里芬郁的清香都无法掩盖。阿原不由地抱住肩，竟然觉得冷得心悸。

窗外的廊下，传来数名女子的悲泣，显然是贺王的姬妾。

左言希听到通报赶过来时，虽是悲痛，但眼见义父死于非命，也恐人多手杂破坏了现场，立时将已经赶到的姬妾请出门外，派人四处把守停当，方令人火速报官，并命人去找贺王世子慕北湮。

如今官府的人已经到了，验完尸了，慕北湮还没见踪影。

李斐虽打定主意，在这件事上只做一个忠实的记录者和追随者，此时也禁不住问道："小贺王爷哪里去了？"

那边贺王府的侍从便忍不住抻着脖子往外看："早就让人去找了……"

李斐摇头："莫非你们不清楚他到底看上了哪家的小娘子，还没找到？"

"不……不是……"

慕北湮说过要去花月楼，左言希和贺王的侍从更是亲眼看到他留宿在花月楼。花月楼和县衙相距不远，没道理衙门里一大群人都到了，慕北湮还没回来。

正说着时，外面忽有人叫唤道："左言希，你给我滚出来！为了哄我回来，连我爹遇害这谎都编得出来！果然是孝子！大孝子！"

景辞面色一沉，大步踏了出去。

门外传来一记清脆的耳光声，然后是景辞冷冷地道："进去看了再说话！"

慕北湮蒙住，然后飞奔进去，看着屋中的尸体惊住。

他小心地走过去，跪地推了推父亲，低声唤道："爹！爹！"

他摸了摸贺王昨天尚能大力殴打他的大手，颤抖的手指又触了触他胸口已经干涸的血迹，忽然冲过去，扯住左言希的前襟，声音已在愤怒间变了调："怎么回事？怎么回事？谁做的？谁？"

左言希被他扯得透不过气来，吃力地抬起眼，苦涩地道："我也想知道。"

慕北湮几乎要将拳头挥到左言希的脸上，叫道："你不是在府里吗？你怎么会不知道？"

阿原忍不住上前，叫道："他在府里便该事事知晓？那你是贺王世子，岂不更该承欢膝下，事事了然于心？"

慕北湮没话辩驳，回头再看一眼地上的父亲，已有泪水滚落。他松开左言希，哑着声音问："到底……是谁干的？"

左言希摇头："我……不清楚，听到消息赶来时，义父已经遇害。"

慕北湮不可置信："也就是说，父亲在自己的卧房遇刺，你们这么多人竟然都没有发现！连守在外面的侍卫，一个个都是死人，什么动静也没听到？"

阿原已仔细问过当夜侍奉贺王的侍从和姬妾，闻言便道："这个得问昨日世子做了些什么，令贺王如此大发雷霆？听闻贺王侍从去找你，你不肯回府，侍从不敢担责，想从实说，被左公子阻拦。左公子自行去回禀贺王，说是想让你们父子俩都消消气，自作主张没让侍从出去找，结果被贺王当胸踹了一脚，一直被罚在门外跪着。后来，靳大德入内跟贺王回禀了一些府中事宜，薛夫人过来替贺王铺了床，差不多亥时，二人告退出去，左公子才一起离开。"

慕北湮道："于是，昨夜屋内外只有我爹一个人？"

他又看向门口的侍从，怒喝道："你们当时都在哪里？"

侍从连忙叩首道："王爷当时正在生气，走出来跟言希公子说，滚出去，又跟我们说，都滚出去！都不中用，没一个让他省心……于是，我们只得各自离开，但稍远处的廊下、角门，都有人值守巡逻，并未发现异常，不知凶徒是什么时候混进来的……"

贺王性格暴烈刚硬，被世子忤逆后怒发冲冠，连素来温和听话的义子都一再被打被罚了，其他人自然不敢靠近，被斥骂离去简直是求之不得。何况入夜后别院防守严密，贺王又是当朝猛将，武艺超群，谁能想到他竟会在自己府中遇害？

景辞看过门窗内外，又走到案前，看那茶壶茶盅，将茶水闻了闻。

左言希道："我已检查过，茶中无毒，而且茶水还是满的，义父应该不曾饮用过。"

贺王身为武将，被人一刀致命，无法置信之余，难免怀疑是不是饮食被人做了手脚。左言希精通医理，若饮食被动了手脚，断然瞒不过他。

景辞沉吟："贺王有睡前饮茶的习惯？"

左言希道："有。不过这一两年病着，我提醒过他数次，饮茶太多会影响夜间安睡，建议他少喝或不喝。"

景辞道："那怎么会在睡前给他预备一满壶的茶？"

慕北湮抹了把泪，转头喝问："靳大德，是谁备的茶？"

靳大德一直坐在门外靠墙哭泣，闻言忙站起身，在门口回道："世子，小人不知！小人昨晚被王爷叫进来说话，王爷一直在生气，倒是喝了不少茶。"

屋外忽有一女子轻声道："是臣妾为王爷备的茶。"

慕北湮转头看过去："薛姨！"

那女子踏入门槛，向李斐等人行了一礼，如一株海棠般照亮了人的眼睛。

竟是个高挑美貌的少妇，生得长眉秀目，虽一袭素衣，未饰簪珥，依旧明媚照人，艳惊四座。

靳大德极懂得观察眼色，见李斐、景辞等人不识，便说道："这是我们家薛夫人。贺王爷的饮食起居，向来都是薛夫人照顾。"

第
十
六
章

飞花留梦轻踏浪

贺王妃早逝，贺王兵马倥偬，也就未曾再娶，只纳了数名姬妾。那些姬妾中，数薛夫人薛照意最聪慧最细致，深得贺王宠爱，故而内院之事，多由薛照意打理。

阿原瞧着薛夫人有几分眼熟，仔细一想，才记起这美人正是当日小玉为她挖凤仙时，与小玉闲聊的那名姬妾，不料居然是贺王府内院主事的夫人。

贺王府的妾，其实也只是妾而已，"夫人"不过是个尊称，与真正的王妃根本不好相比。但这薛照意无疑在贺王府很得人心，靳大德对她颇有敬意，先前吟儿、小馒头提起薛照意，同样对她充满敬服。

薛照意虽然神色悲戚，但显然见过世面，惊变陡生之际尚能从容上前答道："昨晚王爷大发脾气，大概话说得多，所以也喝了许多水，我瞧着一壶已经见底，怕稍后王爷口渴时没水喝，所以赶紧令人去茶房另取了一壶来。怎么，这茶有问题？"

景辞问："原先那壶茶呢？"

薛照意道："自然交给侍儿送到茶房了。我早先原本打算自己为王爷烹茶，但王爷说我烹的茶太烫了，不如茶房里现提来的好，所以后来都是茶房里直接送的，各处都一样。"

嫌弃茶烫……

阿原蓦地想起吟儿曾赞薛夫人能自己制香分给众人，想来也是个锦心妙手的雅人，自然精于烹茶品茶。遇到这么个以冷热来品评茶道的贺王爷，大概也无奈得很。

景辞问："原先那个茶壶可还找得出来？"

薛照意道："就算找得出来，也早被洗干净了。大人怀疑茶有问题？不过，因为王爷不讲究这些，每次要喝茶都是茶炉里现烹着的倒上一壶，不仅他喝，靳总管和其他姐妹们也喝，全都一样的。何况昨晚所有人都知道言希公子在这边，谁敢在他跟前对王爷下药？”

左言希的医术，旁人不知，景辞却是最清楚不过。若左言希在跟前，即便不曾喝茶，茶中异味飘出，也很可能被他察觉。

景辞有些头疼。他看着左、慕等人，轻叹道："那么，这府里素日得贺王信任的健壮男子，大概都难逃嫌疑。"

薛照意失声道："大人怀疑，是贺王府的内贼所为？"

这一回，连阿原都忍不住冷笑了一声："不是内贼，难道还真有刺客飞檐走壁，不惊动一名守卫，便能夺走贺王兵器，刺死贺王？若贺王是个手无缚鸡之力的书生，我倒还相信。"

她弯腰拾起地上那柄五十八斤重的陌刀，挥舞了两下，也觉得有些吃力。

寻常女子提起这刀都吃力，更别说用它将贺王钉在地上，健壮的男子倒是能做到，但贺王当时还未睡，再怎么伤病在身，都有武者的警觉在，身手差不到哪里去，怎么可能毫无挣扎便被人刺倒在地？

唯一的解释，杀贺王之人乃是他所信任的熟人，他在毫无防备之下，遭受致命一击，当场死亡。

李斐把景辞、阿原都叫到了一边。

"如今怎么办？先填好尸体资料，将贺王入棺，然后咱们一边慢慢调查，一边等着朝廷使臣到来，可好？此事不比先前朱蚀的案子，顶多两三天，京中使臣必定赶到。"

死的是当朝猛将，位列王侯，正得梁帝器重。杀人的嫌犯必定在府中，若能分开拷打审问，应该不难找出真凶。

可如果是贺王信任之人，岂会是平平之辈？若他背后有人，更是伸伸手指头便能将他这个小知县碾得死无全尸。

最好的办法，自然是将一切能准备的都准备好，等使臣过来，准确无误地陈述案情，再让景辞赶到前方替他挡掉些风雨，他便可以无功无过地把这事交给使臣。若是由使臣主导破案之事，不管真凶是谁都怨不到他李斐头上，他就能平安无事地继续当他的县太爷了……

景辞沉默，然后道："若是拖得久了，凶犯更有机会销毁罪证，掩饰罪行，甚至可能潜逃他处。"

李斐道："这个好办，我们就请小贺王爷和左公子配合下，最近封闭别院门户，不许任何人进出。能得贺王信任的侍卫也先一一筛查，不管有无疑点，都派人昼夜守着，不让四处走动就是了。"

总之就是拖也要拖到使臣到来。

正说着时，忽听头顶传来鹰叫之声，急促而尖厉，分明有警戒之意。阿原忙注目一看，见小坏正在前方盘旋不已，目测其方位，应该在别院正门附近。

正踌躇着要不要奔去看时，外面的阍者奔来，仓皇地说道："外面有个年轻人，求见原捕快。"

阿原怔了怔："什么样的年轻人？"

阍者慌忙地比画着："二十上下的年轻人，这么高，瘦瘦的，长得倒还好看，但拿着剑，很凶。我只说了句今日府中有事，他就把剑搁在我的脖子上了……"

他摸着脖子，差点没哭出来。

阿原蓦地猜到来人是谁，正要奔出去时，见小坏鸣叫着已经飞了过来，几乎同时，另一道玄黑色人影已越墙而入，其速度之快居然不比空中的小坏差。

"萧潇！"

阿原吸了口气。

萧潇向阿原点一点头，阿原还未来得及问他这般神出鬼没所为何事，萧潇眸光一转，已掠过她看向景辞，向前行一礼："见过公子！"

景辞有些意外，将他细细打量，才认了出来："是你？你就是萧潇？"

萧潇点头："正是！"

阿原惊住："你们认识？"

景辞抬手抚额："好像见过两回。"

萧潇微笑："三回。"

景辞懒懒地看他一眼，并不答话。

萧潇也不在意，问阿原："是不是贺王出事了？"

阿原警惕地看向他："你问这个做什么？"

景辞却肯定地回答他："贺王昨夜遇害，死于他自己的刀下，目测应该是熟人所为。"

阿原不由地瞪向景辞："你怎么跟他说这个？你可知他很可能就是那晚在涵秋坡想杀我的那名杀手？"

景辞还未回答，萧潇已问她："哪晚？"

阿原掰了掰手指："应该是十八吧！那日下了一整夜的雨。"

萧潇便笑了笑："那必定不是我。原姑娘，你认错人了！"

阿原指向他腰间的宝剑，说道："我认得这剑，还有这剑穗。同样的宝剑、同样花纹的剑穗，难道还会有错？"

萧潇明显有些震惊，但唇角很快扬起柔和的弧度："可那不会是我。我当时还在京城，不可能分身出现在涵秋坡。"

阿原问："谁能证明？"

萧潇声音低了一低："当时我正随侍皇上身侧，皇上便可证明！"

李斐仔细听着他们的交谈，闻言已不由地屏住呼吸，悄悄向后退了一步。

阿原却有恼意："你这是欺负我们无法入宫找皇上对质吗？"

萧潇笑了笑，声音更低了些："那晚我随侍皇上去探望一位公子，但那公子不知什么时候已经离京了。皇上在那公子的卧房坐了一夜，我等便在廊下站了一夜，听了一夜雨。那公子府上的人都可做证。皇上离开前，还跟侍奉那公子的姑姑说，'她没说错，他果然去沁河了。赶紧找他去吧'！那姑姑如今应该已经到了沁河，也可为我做证。"

阿原完全不晓得萧潇所传达的梁帝口中的"她"是谁，但梁帝所探望的那位公子是谁，连李斐都猜到了。

他们都看向了景辞。

偏偏这么巧，灵鹤髓一案告破没几天，知夏姑姑就跑到沁河找他来了。

景辞的面色不太好看，眼底也微微泛红。半晌，他轻轻撇开话题："你为贺王之死而来？"

萧潇点头："兹事体大，未必是私仇。为皇上计，希望公子能协助沁河知县尽快破案，不要等待朝中使臣，以免耽误时机。"

景辞漫不经心道："这事跟你前来沁河的目的有关？"

萧潇有些犹疑："我不确定。其实皇上一心盼公子好生养病，应该不愿公子卷入这些事。但我着实放心不下，怕误了皇上的事，才希望公子帮忙。"

景辞便问："我查案，那你呢？"

萧潇一笑："我自然留下来听从公子吩咐！"

景辞道："不用了，你滚远点就好，越远越好。"

萧潇清秀的面庞顿时窘得泛红，却依然清朗地答道："是，公子！"

他当然没有滚，返身离去的背影挺拔得像株小白杨，令阿原不觉又多看了几眼。

倒是小坏已将萧潇视为仇敌，见他离开，跟在后面盘旋鸣叫，只是害怕他的剑锋之威，到底不敢攻击。

见他走得不见人影，阿原方问："你怎么不留他下来帮忙？"

景辞道："他又不能预知贺王之死，来沁河自然有别的事，我留他下来做什么？供你欣赏他高挑的身段、俊秀的脸蛋？"

阿原道："你想多了，他没你高，生得也没你好。"

景辞果然释怀不少，眉眼也舒展开来。他看向李斐，轻笑道："大人，我们还是继续查案吧！"

李斐飞快地权衡着其中利害关系，满脸赘肉已堆得跟怒放的花儿一般，急急地答道："成，成！为皇上做事，本该鞠躬尽瘁，死而后已！最好能赶在使臣来到前破案，皇上必对公子更加看重。"

景辞的笑却有些发苦，低低道："我并不需要他看重。不过……还是赶紧查案吧！"

李斐哈着腰道："好！好！"他忽然万分庆幸，昨天被贺王羞辱后，没能有机会在景辞身上补回来。

若是为了死去的贺王，得罪这位显然深得皇上看重的贵公子，那才是背到家了。

幸亏没得罪他，幸亏还是一起看秘戏图的好同僚，幸亏他们的阿原生得俊俏，便是对他有怠慢之处，将阿原往他怀里一推，再也没有解决不了的事儿……

阿原暗自纳闷，待无人在跟前时，便悄声问景辞："喂，你跟皇上到底是什么关系？他为何封你为端侯，还特地跑到郊外去看你？"

得知近来梁帝身体也不大好，有什么事大可把人叫进宫去吩咐，岂有纡尊降贵自己跑去看望的道理？端侯府又不在西都城内，沿途有些地段还颇为荒凉，才会发生原家大小姐遭遇劫杀之事。

更耐人寻味的是，景辞不在，梁帝也不生气，安安静静地待在他的卧房，一待就是一整夜……

景辞显然不愿意多提此事，只淡淡道："没什么关系。"

"嗯？他有病，平白封你为侯？"阿原挠头，"你到底有着怎样的身世？以前必定告诉过我吧？可惜如今我全忘了，连你父母是谁，哪里人氏都不晓得……"

景辞眸光暗沉下来："我父母早逝，是舅舅将我养育成人。"

"那皇上……"

"皇上跟我没关系，早已桥归桥，路归路。只是他自己觉得亏欠我罢了……"

景辞的神情阴郁下来，大概自己觉得已经解释得够细致，转身便要走开。

阿原瞧他面色很不好看，似乎有些羞怒，再听他说什么桥归桥路归路，倒似有一刀两断的意思。她凝视着景辞俊秀得不似真人的面庞，细细思忖一番，终于恍然大悟："莫非皇上喜好男风？他……他对不住你？唉，那什么，谁过去没点算不清的烂账？算了，别放在心上，咱们好好过以后的日子便成了……"

景辞心神不属，开始没留意她说什么，待听着好像有点不对劲，才留意看向她时，她正很男子气地一手叉着腰，一手拍着他的肩以示安抚……

他慢慢抬手抚了抚额，问道："你刚刚……在说什么？"

阿原爽朗地笑："没什么，没什么……即便你从前喜好男风也没什么，反正我从前也荒唐……"

景辞一口气上不来，差点噎死，怒道："你……你才喜好男风！什么乌七八糟的，哪里想出来的？"

他拍开她的手，快步走了开去。

阿原甩着被他拍疼的手，鼓起腮瞪他的背影："弄错了？好吧，错就错吧……不过我怎么会喜好男风呢？我只喜欢男人！"

嗯，必须是景辞这样高冷好看偏偏有着好厨艺好武艺的男人！

那些受贺王信任的随从大多跟随贺王出生入死过，平时没有一个是好相处的，李斐亲眼见过他们在县衙打人伤人跟打稻谷劈柴火般寻常，原本没那个胆子去细查，但如今，顶着这事的成了景辞，他便没有太多顾忌了。

贺王意外遇害，左言希明显支持官府查案，世子慕北湮惊痛父亲之死，尚未回过神来，何况已知晓景辞身份非同寻常，遂也不曾对小小沁河知县在贺王府兴师动众排查凶手提出异议。贺王府声势再炬赫，此时那些武将没了依靠，倒也敛了气焰，乖乖地配合一次次的盘问，先洗清自己的嫌疑要紧。

李斐等人日夜辛苦，足足盘查比对了两日，惊异地发现，似乎别院所有可能杀害贺王的人都被排除了嫌疑。

根据死亡时间推测，贺王应该在左言希、靳大德等人离开不久后便已遇害。那段时间，因贺王大怒驱逐，随侍们都有些忐忑，除了部分值守的，其他人聚在一起议论好久才散去，大多可以找到证人，且彼此分开询问时，连讨论小王爷最爱的是哪家的小娘子之类的话都能对得上。

因前日之事，李斐对靳大德颇有成见，但贺王的爱妾薛照意因贺王大怒，在离开后就与靳大德商议，想在第二日设法将贺王世子劝回来，免得贺王气坏了身子。以薛照意和她的侍女兰冰的证词，靳大德根本没有作案时间。

何况，靳大德完全靠着贺王的威势才能作威作福。这样护短护得不分青红皂白的好主子，他就是打着灯笼也没地儿找去，又怎么会相害？

阿原踌躇了许久，说道："如今贺王府没被盘查又能让贺王全无防备之心的，只有两个人了。"

李斐张了张嘴，没敢说话。

慕北湮，贺王世子；左言希，贺王义子，且是景辞好友。

事发当天，慕北湮与贺王激烈争吵，甚至动上了手；左言希无辜受累，同样被打骂罚跪。虽是父子，可算来都有矛盾。

景辞翻着案上越来越厚的证词，缓缓道："也不必盘查，这些侍卫和下人的证词，基本能证实这两位主子那晚的行踪。慕北湮当晚住在花月楼，整夜未归；左言希跪得双膝红肿，回到医馆后便敷药睡下。"

阿原左手背在身后，右手手指有力地叩着那些卷宗，铿锵地说着自己的推断："证词应该不假，但慕北湮睡下后难道不能趁着夜深人静再悄悄回来？他有武艺在身，对地形又熟悉，瞒过众人耳目悄悄回来，应该没什么难度吧？左言希虽文弱了些，但住得更近，去而复返向贺王下手，估计更容易。"

李斐咳了几声，说道："这个……都难说……我先去喝杯茶。"

眼见又遇需要下决断的为难之事，他当机立断地踱了出去。

景辞皱眉瞥阿原一眼，也转身走向门外。

阿原忙跟过去："你觉得呢？"

景辞道："我觉得你背着手一点也不像好好的姑娘家。"

阿原尴尬地揉着鼻子笑道："我这个原家大小姐，咳……的确算不得好好的姑娘家。我以后不吃红豆了，还成不？"

阅人无数，青出于蓝，红豆都快凑成百了，她自然算不得好好的姑娘家。不过她原来是怎样的，景辞应该一清二楚吧？当日的婚约，分明是两相情愿的。

景辞不由转过身站定，阿原红着脸闷头走，差点撞到他的怀里。

她愕然抬头时，景辞正无奈地瞅着她："我说你现在的举止跟个男人似的，言语也动不动粗俗不堪……你没觉得哪里不对吗？"

阿原怔了怔，细想当日原大小姐颠倒众生，必定气质高贵，优雅不凡，的确不可能像她这样动不动就拔剑拍桌子。

她觑着景辞的俊雅面容，忙笑道："嗯，我以后改，一定会……像一个好好的姑娘家！"

想想也是，如景辞这般人物，旁边站着个言行举止比男人还粗俗的女子，的确不般配，太不般配……

景辞很满意，又叮嘱道："特别要记住，以后万万别再说那些糙老爷们说的脏话。跟没刷过的马桶似的，臭不可闻，难道你自己说着不恶心？"

阿原问："你是不是也说过，以后不会再对我说这些刻薄话了？"

景辞怔了怔，别过脸道："我去花月楼，查证下慕北湮那夜的行踪。"

阿原忙道："你腿脚不方便，还是我去吧！"

景辞道："不用，那地儿不是你该去的地方。你留在这里，去找言希的侍儿谈谈吧！"

"难道是你该去的地方？"

阿原虽愤愤，但景辞显然没打算跟她讨论此事，转身便坐了肩舆离开别院。

阿原默默思量着自己从前在原府时应该是怎样的言行，顺便扭着腰向前走了几步，忽听得身后井乙叫道："原兄弟，你腿怎么了？扭伤了吗？"

阿原被他这么一叫，差点真的扭到腿，连忙站稳身，背着手笑道："没什么，刚左言希的一个侍儿走过，走得好生怪异，我学着走两步，看看是什么感觉。"

井乙笑道："这些小娘们有什么好学的？"

待说完，他才想起，阿原其实也是个小娘们，这两日还和景辞走得亲近，知县大人似乎颇有撮合之意……他咳了一声，忙向前一指："是不是那个侍儿？"

阿原看去，只见左言希那个叫小馒头的侍儿正提着个食盒走向那边的正屋。

贺王已被装入棺椁，慕北湮、左言希除了配合查案，每日都在灵堂守着。只是案子未破，使臣未至，暂未通知京中亲友，如今只有他们和数名姬妾守着，并请了两名高僧念诵经文。贺王死得憋屈，死后又没人供他打骂砍杀，想来更不痛快。即便这经文无法超度亡魂，让他平心静气、少些怒意也是好的。

贺王活得粗疏，贺王府两名公子却活得各有个性。慕北湮喜欢精致的美人儿，而左言希自己便活得很精致，小馒头另外为他准备饮食便也不稀奇。

阿原正要问左言希的事，见状便清了清嗓子，斯斯文文地唤道："那位姑娘，请过来说话，在下有事相询。"

小馒头仿佛飘来一眼，也不知是没听清，还是装作没听清，沿着回廊径自往前走着。

井乙怪异地看了眼阿原，高喝道："那个小娘们，官府办案，大爷有事要问，还不滚过来？"

小馒头呆了呆，慌忙奔了过来，满脸堆笑地问道："二位爷有何吩咐？"

阿原也深感她办案时着实不便代入她原家大小姐的角色，一抬右脚重重地踏在旁边青砖砌成的花坛上，手中破尘剑戳着砖面，方笑问道："贺王遇害那晚，是你侍奉左公子洗漱睡觉的？"

小馒头忙道："是我和小钿姐姐侍奉的。"

"当时是什么时辰？左公子入睡又是什么时辰？"

小馒头看着她手中的破尘剑，战战兢兢地道："大概过了亥时才回来的吧！我等听说左公子又被罚了，都不放心，已经去看了几次，大致时间应该没错。公子回来后应该很累，敷完药就睡了。"

阿原疑惑："什么叫又被罚了？左言希不是挺得贺王欢心吗，怎么老被罚？"

小馒头道："公子性情好，王爷向来疼爱得很。可先前因为小玉姐姐的事，公子擅自放官差进来查案，王爷那天早上知道，不知怎么就恼了，罚他跪在那里反省，直到王爷从衙门带回靳总管，才让他回去。晚上则是因为小王爷的事儿，又被罚……后来我们把他扶回来看时，两边膝盖都青了一大片。"

"那他入睡后有没有人在他屋内听候使唤？"

小馒头连忙摇头："我们公子向来洁身自爱，夜间并不要侍婢入内服侍。"

夜间无人服侍，那么左言希后来有没有出去过，等于没有了人证。

阿原沉吟之际，目光扫过小馒头低垂的头，不觉定住。

她抬手，慢慢搭上小馒头黑色的发髻，在其上摩挲着。

小馒头偷眼觑她，正见她模样俊美，似比自家公子还要秀丽几分，不觉脸颊通红，虽缩了缩脖子，竟不曾躲闪，连看她握剑的姿态也觉得格外气势昂扬，再不觉得害怕。

阿原已从她发髻间拈出一支小小的珠钗，问道："这支珠钗哪里来的？"

小馒头顿时慌乱，忙道："我自己的，刚试戴，一时忘了取下来……"

这珠钗虽然小，并不起眼，但如果主人刚逝，绝不可戴这些金玉簪饰。

阿原笑道："漂亮得很。"

小馒头见她双眼发亮注视着自己，全无追究之意，有些讶异，又有些得意，说道："是我们公子给我的。"

"他就给过你一个人？"

"小玉姐姐也有一支。"

"一样的？"

"嗯，公子一起买的，给了我们一人一支。"

"哦！"阿原看着珠钗下方缀的镂空鸳鸯鎏金小银珠，笑容更是温和，"借我把玩几日可好？"

小馒头犹豫："这……"

阿原笑道："刚才你所说的，连同这个珠钗的事，那边的书吏都会记录下来，你去按个手印，若到时我不还你，你让你家公子拿着那证词找我算账好了！他跟我们县尉大人熟着呢！"

她的笑容温柔，好看的眼睛里倒映着小馒头看痴了的脸。小馒头不由地应道："好！"

待井乙带着小馒头到书吏那边复述一遍，看书吏记录下来，让她按了手印，小馒头才觉得似乎哪里不对。

这算是……证词？

李斐等人临时用来处理案情的那间屋子里，阿原正盯着眼前的两颗珠子发呆。

一颗是小玉嘴里含着的，一颗是小馒头珠钗上的。

一模一样的镂空银珠，连鸳鸯相对的姿势都全无二致。

阿原道："我又去小玉的卧房看过了，并未发现一模一样的小珠钗。小玉的那支，应该是在遇害时遗失了。"

若是簪被插在发际，尸体泡在水中被冲刷了那么久，自然是找不到了。

李斐惊疑不已："小玉临死时把这珠子含在口中，到底是什么意思？想告诉我们此事与左言希有关，还是想告诉左言希什么事？"

阿原道："左言希好像很爱惜小玉，才让我们在贺王府查案，后来被贺王责骂，也是因为小玉的事。这事闹到贺王跟前的当天夜里，贺王便遇害。"

因贺王之死，小玉之案不得不暂且靠后，这两日主要在查贺王遇害当晚，府中那些平日让贺王信任的随侍有无可疑迹象。

也曾怀疑过二人之死有所关联，但贺王近来才到别院静养，小玉又住在左言希的医馆内，相隔甚远。从仆人们的证词来看，小玉心思玲珑，聪明俊秀，颇得靳大德、薛照意等人怜爱，但并未与高高在上的贺王有所交集。若非小玉遇害，只怕贺王根本不晓得府里有这么个叫小玉的侍儿。

贺王与小玉虽无交集，但他们中间连着一个左言希。

李斐也由不地沉吟道："贺王虽霸道，但那日一早亲自冲到县衙强行把靳大德带走，本官一直觉得蹊跷……靳大德再怎么受器重，到底是贺王府的下人，犯得着这么着急？随后为这事儿大动肝火，罚了干儿子又打亲儿子，怎么看都有点小题大做……"他忽然一拍书案，"莫非小玉之死与贺王有关？贺王不是急着想带走靳大德，而是不想我们查小玉的案子？"

阿原叹道："他不想我们查下去，罚了干的打亲的，难道小玉之死跟他有关？"

李斐想起贺王从衙门带人时的霸道蛮横，摸头道："那也不对呀！贺王想弄死一个自家的小侍儿，不比捏死一只蚂蚁麻烦吧？犯得着这样大动干戈杀人抛尸？"

阿原灵光一闪："假如他有所顾忌，不想让人知道小玉被杀呢？"

贺王府上下，包括左言希在内，都认定小玉是因为母亲重病回老家了……

然后，在小玉之死被发现的第二天，贺王死于非命……

正觉得隐隐有什么快要浮出水面时，却听得外面忽然传来急促的脚步声，然后是衙差匆匆奔入，气喘吁吁地回禀道："大人，大人……京中使臣到了！"

李斐忙整理衣冠，急问道："知不知道来的是哪位大人？"

那衙差便笑起来："是……不久前刚回去的谢大人！"

李斐摸向帽子的手顿了顿："谢大人？谢岩？"

谢岩年纪不大，只在吏部挂着闲职，但到底是梁帝心腹，查朱蚀那类闲散宗亲的案子资历算是够了，但如今遇害的是贺王，威名赫赫、手握兵权的贺王……

李斐几乎怀疑自己听错了。

但衙差肯定地答道："是谢大人！他在咱们衙门里住了好几日，我怎么会认错？这回还带着女眷呢，看着也是个贵家小姐，长得可好看了！不过谢大人的脸色不太好，看起来很不高兴。"

很不高兴……

李斐哆嗦了下，看了眼阿原，问道："景县尉是不是去花月楼了？我绕个弯儿，喊他一起回去迎接谢大人吧！"

阿原想起谢岩清风朗月般的气度，颇有些心向往之，随即想起景辞来，忙道："好。大人这便召集大家一起去迎接谢大人吧！我便装作也回去了吧！"

"装作也回去？"李斐疑惑地看着她，"你不打算一起去迎接谢大人？"

阿原微微一笑："我想看看衙门里的人都撤走后，这贺王府的人都有什么反应。"

小小的沁河县衙，从知县到衙役，对威名赫赫的贺王府本该毫无威慑力。但基于贺王被认定是内贼所杀，府中之人各自忐忑，看旁人固然疑心重重，也担忧自己被人怀疑，这两日无不谨小慎微，对着衙里的小公差们也不敢有所失礼。

如今瞧着知县带着公差们尽数撤出，一方面暂时松了口气，另一方面不由对朝中使臣的到来捏了一把冷汗。

小知县不敢拿贺王府这些人怎么样，使臣奉皇命而来，一切就说不准了。稍有疑心，不管三七二十一先打上几十杖，丢入狱中百般刑讯，能不能活着出来就难说了。

于是，少了县衙公差四处扫视的目光，很多人抓住这短暂的时段，卸下紧绷的面具，找素日交好的同僚或友人吐一吐这些日子想说却不敢说、不便说的话，或做些想做却不敢做、不便做的事。

阿原到各处看了一眼，便潜入贺王的卧房中，再一次仔细察看现场，希望能找到一星半点与小玉或左言希有关的线索。

除了尸体被移走，卧室基本保持着原状。血腥味已淡了许多，丝丝缕缕的清香在屋中萦绕。

阿原看那鸭子形状的金色香炉中的香料，早已燃尽凉透，隔了这么几日，不可能还这般芳香。

她嗅了几嗅，走到了床榻边，便觉香气更深了些。

抬眼一看，看到帐中以银链悬着一枚银制石榴纹镂空银球，下方还用珍珠、琥珀做了小小的流苏坠子，做工十分精湛。

在阿原短短的数月记忆里，她并未见过这样的银球，却晓得这银球实际上是个银制香囊。这种香囊被称作帐中香炉，通常在镂空银球内安置两个同心环，环内置一个小小的圆钵，用以盛放香料。因其设置巧妙，不论在帐中如何转动，哪怕跌落在衾被间滚动，圆钵都会保持水平，球内燃着的香料便不会洒到衾被间。

阿原打开银制香囊，果然看到里面有雪亮的圆钵，里面盛着满满的香丸，虽未点燃，却香气馥郁，正和屋中所飘的淡淡清香气味一致。

想来这香囊也是那位薛夫人所制，虽悬在帐中，但贺王心情不好，自然没那心情赏香，也便没人去点燃这香了。

阿原拈过一颗香丸，细细一闻，便能辨出其中有沉香、藿香、丁香等名贵香料，沉香行气止痛，藿香和胃化湿，丁香舒缓心境，算来都对贺王的伤病有些益处，大概是特地为贺王所制的香料。

正沉吟时，忽听得屋外有细微的脚步声，阿原忙收好香囊，纵身跃起，握住大床上方顶部支架，藏于帐幔顶部，悄悄向下观望。

门被小心推开，却是靳大德带着贺王的一名侍卫悄悄走了进来。

二人紧张地四下寻找着什么，又顾忌着被人察觉，并不敢胡乱翻动。

半晌，靳大德急急地低问道："会不会是你看错了？"

那侍卫摇头："我不会瞧错。服侍更衣的侍女是最先发现王爷遇刺的，惊得奔出来时第一个便遇上我。我一边让她们通知言希公子和总管，一边进来看，就看到一块绢帕飘在门槛内，当时还特地弯腰瞧了瞧，上面分明绣着一样的百合花，还有个'蔓'字。我想着言希公子或你老人家过来必定会处理，所以也不敢乱动，谁知后来就不见了！"

靳大德沉吟："那时都有谁来了？"

侍卫道："先是薛夫人、赵夫人带着侍儿进来哭叫，再就是言希公子过来，将我们都赶出屋，又命赶紧报官。再后来你老人家也到了，都不曾有机会进到这里面来。我出门时，那绢帕好像就不见了。"

他皱眉回忆着，继续道："夫人和侍儿们当时都吓坏了，应该都没留意那帕子。我想来想去，都觉得是言希公子收起来了。但他并未跟人提起，我也不敢乱说。"

靳大德叹道："这么看着，多半是他收起来了。据你所说，那天不只你们两人，言希公子也在花月楼，亲眼看到小王爷从傅蔓卿手里拿走了这方帕子。你都认出来了，言希公子那么细致的人，怎么会认不出来？"

侍卫惶恐地看向靳大德："可言希公子为什么不将这事说出来？"

靳大德道："王爷毕竟只有小王爷这么一点血脉，言希公子素来贤良，必定不想小王爷被牵扯进去。"

侍卫低叫道："可小王爷……小王爷很可能是凶手呀！言希公子也不理吗？"

靳大德叹道："或许言希公子觉得小王爷情有可原，希望能保全小王爷吧？久病床前无孝子，何况那日王爷脾气暴躁，之前更把他们两个都责罚了……"

"可这是弑父！弑父呀！"侍卫几乎要哭出来，"这事憋在我心里几天，我看着那些县尉捕快就忍不住心惊胆战……"

靳大德喝道："心惊胆战也得继续憋着！回头使臣再来排查讯问，你一定要当这事没发生过，听到没有？等回头有机会，我会再细问言希公子是怎么回事。"

"可……如果真是小王爷杀了王爷，靳总管你也不管吗？"

靳大德跺脚道："叫我怎么管？如今那帕子根本找不到，口说无凭，到时说你诬陷主人，以杀人罪反坐，掉脑袋的就成了我们了！何况这事也说不准。或许并不是小王爷做的，或许小王爷只是一时糊涂，言希公子又明摆着在包庇小王爷，即便最终拿到证据，难道将王爷亲子义子一起断送，让王爷日后连个清明上坟的后人都没有？"

他的嗓子哑了，再抹一把眼泪，拉着那侍卫悄悄地退了出去。

阿原跃身跳下，站在那里一时蒙住。

贺王很可能是慕北湮所害？左言希有证据在手，却暗中维护？

好在，那证据尚与第三个人有关。

傅蔓卿……

第十七章 金屋有怨不成眠

阿原闪身从窗户跃出，然后关好门窗，正要潜出别院，赶到花月楼找傅蔓卿查证，忽见左言希拉着慕北湮正从灵堂出来，想着要不要跟上去看看时，忽听不远处有人在高唤道："原捕快！原捕快！快出来，有急事，急事！"

慕北湮神思恍惚，似没怎么注意，左言希却转头看了一眼，才继续向前走。

阿原虽藏身得快，但也说不准有没有被左言希发现，又听出是井乙等人正在寻她，只得先奔过去，问道："什么事？"

井乙大喜，喘着气冲上来道："原兄弟，可找着你了！走，赶紧回去！"

阿原忙问："出了什么事？"

井乙摆手道："不清楚，谢大人身边那位贵小姐，将我们扫了一眼就问姓原的捕快哪里去了，李大人说还在查案，那贵小姐便说，竟敢不来迎接，立刻去找来！半个时辰内见不到人，先把李大人打个三十杖……"

阿原吸了口气："好威风的贵小姐！这是哪尊大佛呀？谢大人也不管？"

井乙摇头："不知是什么人……谢大人脸色很不好，低声跟我们说，还不去找？我们就赶紧骑马奔过来了……"

阿原更加纳闷，挠头道："怎样的来头让谢岩都退避三舍？"

尤其谢岩已知晓她是原家小姐，他身边那位贵小姐多半也已知晓她的身份，居然没把她放在眼里？

又或者，根本就是冲着她来的？

井乙见她犹疑，一把扯过她便飞奔出去，叫道："小祖宗，半个时辰快到了，赶紧回衙门吧！再晚一刻，就算三十杖没打下来，李大人都该吓出病来了！"

陈设奢华的卧房里，慕北湮踉跄走入，扑到桌上抓过茶壶，仰头便灌。

左言希紧跟着走进来，伸手便抢茶壶，急急地说道："别喝！这两天咱们都没回房，也不知这茶水放了多少天了……"

话没说完，慕北湮已弯下腰来，痛苦地呕吐。

左言希伸手搭住他的脉门，眼底焦灼，声音却甚是柔和："我知道你为义父之死难过，但慕家就你一根独苗，你还是得保重自己，才能继承慕家香火，才能配合使臣，查出真凶！"

"我没事……"慕北湮甩开他的手，蹲在地上，掩着这几日蓦地清瘦下来的面庞，哽咽道："都怪我，怪我……如果不是我激怒他，他不至于那样大发雷霆，把侍从姬妾都赶走，给了凶手可乘之机！"

他愧悔交加，这两日守着父亲棺椁，几乎不吃不喝，刚左言希再三相劝，才浑浑噩噩随他回房更衣。

左言希抚着他的肩，安慰道："若是有人刻意算计，那夜不下手，早晚也会下手。打起精神，等谢岩来了，再跟他好好商议，如何找出真凶。"

慕北湮看向他："你怎么知道来的是谢岩？他回京尚有别的事，何况资历尚浅，皇上怎么会让他来？"

左言希道："谢岩资历不够，但很得皇上器重，若能从中斡旋，至少可以安排与贺王府、谢家亲近的大臣前来。我就怕来的是不相干的人，你我卷进去后便脱不了身，才特地给谢岩寄了书信，请他尽量帮忙。"

慕北湮抬眼："什么意思？我爹遇害，我肯定得追查到底，什么叫我们卷进去脱了不身？此事我们本就不可能置身事外。"

左言希道："追查此事，和被视作凶手追查，完全是两回事。"

慕北湮不解："被视作凶手……我？还是你？"

左言希已从怀中取出一方绢帕递了过去，问道："你还认得这个吗？"

慕北湮那日在花月楼喝了不少酒，但神志还清醒，倒还记得这绢帕。他接过，看着上面那个"蔓"字，疑惑道："这是傅蔓卿的手绢，怎么会在你这里？"

左言希轻叹："你还做梦呢！这方傅蔓卿给你的手绢，在义父遇害时被人丢在他房中。"

慕北湮的桃花眼终于眯起，却有些不可置信："嫁祸？"

左言希道："那夜好些人亲眼看到傅蔓卿将那绢帕丢给了你，这绢帕却出现在义父遇害的现场。这样的话，你当晚不曾回来，怎么看都像刻意制造不在场的证据，欲盖弥彰。"

慕北湮双手按于桌面，呼吸急促："那个试图嫁祸给我的人，自然就是杀害父亲之人。你怕我被人怀疑，所以藏起了绢帕？"

左言希摇头："我倒不担心这个。我只是想着凶手见嫁祸失败，也许还会有所行动，可惜这两日一直留心观察，并未发现谁有异常。"

慕北湮问道："你为何不担心我被官府怀疑？"

左言希道："你应该看得出来，李知县那点能耐，哪敢查我们王府的案子？无非是因为有景县尉在。我跟他也算是知己，若我认定你是被嫁祸的，他必定会选择相信我。"

提起景辞，慕北湮又想起那一夜所受的屈辱，简直气不打一处来，冷笑道："你自然早已知晓，他就是端侯。"

左言希道："我跟他相识时，他只是我的病人，并不是什么端侯。后来我护送他去西都后便回了沁河，倒也不晓得他是几时被封的侯。关于他的根底，你和谢岩走得近，他应该提醒过你。"

慕北湮愤然道："他倒是提了些，你却只字未提！"

左言希道："你跟他并没有什么交集，提不提原本也不打紧。你只记着别再去招惹阿原就行了。那个小女人，他应该打算留着自己捏死。"

"什么意思？"慕北湮问了一句，随即想起阿原他其实真的只是个陌生人，倒是他和贺王府目前已陷入难测的危局。他不由得灰心，转过话头问道："你既然和谢岩通过书信，应该知道来的使臣是谁吧？谢岩是跟着一起来的？"

贺王赫赫威名在外，他这小贺王爷却是风流名声在外。敢害死贺王之人绝对不简单，若真刻意对付他，他身在明处，必定十分被动。左言希藏起嫁祸之物，却难保对方不会采取下一步行动。如果素日交好的谢岩来了，于他当然十分有利。

"来的使臣，就是谢岩。"左言希答着，却无半分欣慰之色，"但长乐公主也跟着来了……"

"长乐公主……"

慕北湮忍不住弯下腰来，又想呕吐。

左言希叹道："好像谢岩跟皇上提起人选时，长乐公主正好来了，然后便跟皇上说，谁都不合适，不如她和谢岩来。于是……"

慕北湮咕哝道："阴魂不散！"

左言希道："县衙里的人明面上似乎都回去迎接使臣了，但原捕快应该还留在府里某处暗察。刚刚有人赶过来，救火似的四处在找，估计很快会把原捕快给请回去。"

"她也太倒霉了！"慕北湮脱口而出，随即苦笑，"没事，原夫人虽然不在，这不是还有端侯吗？呵！这小小的沁河，几时变得这么热闹？"

左言希沉默片刻，答道："还是不要热闹的好。"

慕北湮道："你担心什么？担心你的端侯斗不过长乐公主？呸，也是活该！"

他将傅蔓卿的那方绢帕塞入怀中，摔门而去。

左言希看着他的背影，已是无语。

左言希自幼发愤苦读，读书有成，年纪稍长离家拜名师学习兵法，却意外对医道大感兴趣，研习没几年，居然成了远近闻名的医道高手；慕北湮天资虽高，却洒脱不羁，习武读书在他看来都是追求心仪美人时应该具备的风流才艺，所以才肯稍稍用功。

有这样的义子比照着，贺王当然对慕北湮诸多不满，慕北湮自然也对把自己比下去的义兄诸多不满，每每出言挤兑，兄弟二人算不得和睦。

可奇怪的是，左言希偏偏一看到凶案现场的绢帕便断定弟弟是被嫁祸，慕北湮也认为哥哥藏起绢帕暗护自己理所当然，彼此连个因由都没问。

阿原回到沁河县衙门时，并没有立刻看到李斐，倒是谢岩迎了出来，还抬头看了看天色："嗯，半个时辰，也差不多吧！"

眉眼清淡，仪态安闲，谢岩看起来与上回离去时并无二致，只是他的眼底的确似有什么在灼烧，却被生生地压住，令他的脸色看起来确实很不好看。

阿原问："我们大人呢？"

谢岩道："哦，好像尿急，换裤子去了……"

尿急也不至于换裤子，除非真的吓得尿身上了……

阿原不知是骇还是笑，问道："到底谁要见我这么个小捕快？我天天在这小地方抓抓小贼而已，不至于得罪什么大人物吧？"

谢岩深深地看着她："我相信，你没得罪……"

阿原笑道："对，你看我多安分，肯定没得罪过那些大人物。"

可惜谢岩下一句道："但人家认为你得罪了，你就是得罪了！"

"……"

连谢岩都这么说，阿原深感压力重重。

还没来得及追问，这两日在衙门里躲着的小鹿已飞奔过来，叫道："小姐，你可回来了！长乐……长乐公主把咱们的房间给占了！"

"长乐公主？"阿原蒙住，"她是谁？"

谢岩扫她一眼，凤眸里闪过一丝怅然，但很快恢复微冷的清明："你最怕的那个。"

"我……怕？"

阿原实在想不出自己怕谁，一时感觉不可思议。

那厢小鹿已叫道："就是被咱们夫人赶出去的那位公主呀！她虽厉害，可不是一样怕我们夫人？"

谢岩退后一步，叹道："可惜……这里并不是京城。她虽忌惮原夫人，原夫人却鞭长莫及，帮不了你。"

阿原瞧着小鹿的神色，才猛然悟出，这位长乐公主便是不时纠缠谢岩，还跑到原府堵人的那位"情敌"。不在宫里好好地当她金枝玉叶的公主，跑来这小小的沁河县，显然来者不善。

说不定就是得到阿原在沁河的消息，怀疑谢岩过来与她相会，才执意跟过来。

小鹿见谢岩有袖手旁观之意，忍不住问道："咱们夫人帮不了忙，难道谢公子也不打算帮忙？"

谢岩静了片刻，方道："她是公主，做臣子的不能不顾着君臣尊卑。"

阿原很头疼，开始怀疑当年的自己究竟是怎样的眼光才会看上他。

慕北湮家世高贵，却是个不折不扣的风流公子。谢岩倒像是纨绔子弟中的一道清流，可公主因他为难他往日的情人，他还真打算置身事外？

阿原又问小鹿："景县尉呢？"

小鹿道："长乐公主过来没说几句话，景县尉便径自走了。李大人说，景县尉是查案累了，旧疾发作，站不住。但我瞧着景县尉就是懒得听才拔脚跑了，李大人在打圆场而已！"

嗯，总算还是有个靠谱的。

阿原拍拍脑袋："好吧，她是公主，我是草民，我先去拜见公主吧！小鹿，你去告诉景县尉，我回来了，不用担心。"

她转身往被占了的卧房走去，谢岩紧跟在她身后，突然问道："喜欢景县尉？"

阿原白他一眼："当然。不喜欢他还能喜欢谁？难不成继续犯蠢跟公主抢男人？"

还是个遇事头一缩不肯担责的男人，真是晦气。

谢岩听着她直白至极的回答，也不生气，凝视着她的眼睛竟微微漾开了笑意。

阿原走入自己住了四个月的屋子，有种走错门的感觉。

简朴得一眼可看到底的房间，已被松花色的帐幔层层分割开来，地上铺了织锦毯子，桌上也铺了锦罩，摆了一套青瓷茶具和一只青釉花瓶，质地光滑，比阿原原先用的不知珍贵多少。

小鹿的卧榻卧具早不知被扔到了哪里，阿原的卧榻还在，已被金紫色眩目的帐帷衾被掩得看不出原来的样子。一名细腰长腿的女子支着额卧于榻上，长眉秀目，乌发如云。她披着一袭金凤纹银红大袖衫，是寻常女子很难压住的华丽色调，偏偏被她穿出迥异于他人的慵懒和华贵来，令她整个人明艳得让人不敢直视。

阿原走过去行礼："小人沁河县捕快阿原，拜见公主！"

长乐公主妙眸微微一闪，将她上上下下仔细扫了一眼，才轻轻一笑："原清离，你跟我装什么小捕快呢？是不是这县衙里有什么特别的男子勾了你的心，特地跑来寻个新鲜？刚一个个看了，好像也没见几个人模狗样的呀！你这口味倒是越发独特了！"

阿原叹道："禀公主，我数月前遭遇匪人，头部受伤，先前的事一件也记不得了，大概口味也会有些变化。"

长乐公主抬头看了眼着实没法装饰的陈旧屋顶，叹道："这个我倒相信。若换了以往，我打死也不信原大小姐会住这种鬼地方。"

阿原道："对啊，我居然觉得这里住着轻松自在，由此可见，我和从前那个原清离，真的已经完全不同了！嗯，喜欢的人也不一样了，公主切莫再将我与当日的原清离相提并论！"

言外之意，往日的恩怨，可以别记在她头上了。

长乐公主下颌微抬，冷冷一笑，虽未发一语，那神色分明在道："小贱人，你莫把我当成白痴！"

阿原大为头疼，继续笑道："公主这么匆忙地找我回来，是不是急着想知道贺王的案子？抑或者已经有了眉目，有事吩咐小人去做？"

长乐公主轻笑："嗯，的确急。不过再急也得等本公主洗去风尘，稍作休息。"

阿原干笑道："应该，应该……"

长乐公主道："那就麻烦原姑娘替我准备沐浴的热水吧！"

阿原愣了下，指向自己的鼻子："我？"

长乐公主睨她："莫非觉得委屈了你？可我来得匆忙，只带了个粗使的女侍，玩刀弄枪还可以，这些细致活儿全都做不来。若是觉得委屈，也只能请原姑娘委屈一下了！"

长乐公主身边的确有个握着剑的女侍，应该是个贴身保护公主的剑道高手。但细致活儿做不来，鸠占鹊巢后短短一两个时辰便让这屋子大变样，又是谁做的？

可公主让她委屈下，她当然只能委屈下，笑着说道："好！公主说怎么着，便怎么着吧！"

准备洗澡水而已。

以她近日下厨煮红豆汤的经验来看，就是让她去烧水，似乎都没什么问题。

那场莫名的伤病后，她忘了太多原先的技能，没法当个琴棋书画样样精通的风流小姐，但抓贼驯鹰乃至烧火煮饭这样的粗活倒像天生就会。

不久后，浴桶里便已装满热水。跟在阿原后面的女侍看得明明白白，阿原不曾偷懒，烧水、提水、舀水等事必躬亲，并不假手于人，虽把自己弄得满脸灰尘，满桶的水却清澈洁净，只得向长乐公主示意，着实没什么可疑的。

长乐公主诧异，细看阿原时，见她满额乱发，满面灰尘，精巧的鼻翼上还渗出细密的汗珠，甚是狼狈。但她举止爽利从容，双眸清亮带笑，明洁如玉的双颊在忙碌中泛起浅浅红晕，虽是男装打扮，不施脂粉，也有一种水底明珠般的夺目光彩。她再不似先前那般高贵温婉，却如春日海棠般明媚动人，同样摇曳人心。

她正打量着时，阿原已笑着问道："要不要我侍奉公主沐浴更衣？"

长乐公主慢慢放下她的茶盅，轻笑道："等了这么久，本公主饿得很，倒不急着沐浴了。"

阿原眼珠一转："公主想用晚膳？那我不得不先跟公主回禀一声，我虽会煮饭，但煮出来的东西好不好吃，就是个见仁见智的问题了！目前似乎只有我家小坏没嫌弃过我做的东西不好吃。"

"小坏？"

"我养的鹰……"

长乐公主怪异地盯她一眼："你拿吃生肉的扁毛畜生跟我比？"

阿原道："公主何出此言？我从不敢拿它和人比，公主为何去和它比？"

"……"

长乐公主显然不习惯跟人斗嘴，懒懒地转过头去，吩咐道："带她去拿我的晚膳。记得，先让她洗一下手和脸。"

女侍应了，将她领入厨房，看她洗了手，便抱着剑监督她将一碗清粥、三四碟小菜端进去。

阿原不晓得她先前和长乐公主闹过怎样的矛盾，但她生性豁达，倒也不在意，老老实实地立于一旁，看长乐公主优雅地用完晚膳，奉上温水让她漱了口。

长乐公主见她安之若素，越发纳闷，随即道："该沐浴了。还需麻烦原姑娘去瞧瞧，那水温还合适不合适。"

简直就是废话。

原本温度正合适的水，放上半个时辰，能合适才有鬼……

阿原咳了一声，笑道："大概已经凉了。没事，我重新给公主准备热水去。"

这态度好得任谁都找不出半分错处来。

"去吧！"

长乐公主懒懒地答了一句，抬臂看胳膊上刚起的红疹子，叹道："这屋子，再怎么收拾也干净不了。得多脏的人，才能在这里长长久久地住着！"

阿原不答，转身去厨房重新准备热水，然后意外地看到景辞正坐在灶下。

阿原问："这里脏脏的，你跑来做什么？"

景辞盯着灶膛里跳跃的柴火，淡淡道："有点冷，过来烧点柴火取暖。"

阿原已渐渐习惯他的口是心非，一边折着柴枝，一边笑道："叫知夏姑姑给你准备个暖炉就好……不过这时候还用暖炉，只怕有些夸张。"

景辞笑了笑：“我也觉得有些夸张，所以就过来火边坐一会儿。长乐公主为难你了？”

阿原道：“才没有。我倒觉得她怪可怜的，明明又不算胖，晚膳还吃得那么素、那么少，跟个行脚僧似的，何苦呢？再一想阿辞的鸡汤，便觉得再怎么华贵的公主，也顶不上我半分快活！”

景辞转头看她，眼底映着火光，璀璨得近乎绚丽。

阿原笑道：“我脸上长花了？”

景辞道：“对，长花了！”

他凑上前，在她那又开始沾上黑灰的面庞上亲了一亲。

阿原再次给长乐公主准备好热水时，心情更是愉悦无比。

长乐公主看着她眼底欣喜跳动的火花，不得不怀疑她当日是不是真的把脑子给摔坏了。

这时候，难道她不该故态复萌，拿出她逗引男人的手段来，抿唇垂泪，做出种种令人怜惜的委屈情状，令那些自称正直的男子拍案而起，指责公主仗势欺人、气量狭窄？

而她长乐公主是恶人，自然只能继续恶下去。

长乐公主笑盈盈地站起，扶了阿原的手步入崭新的浴桶。

细腰长腿，乌发如墨，将肌肤衬得更是白皙如脂。

青布素服、满头灰尘的阿原，顿时黯然失色。

长乐公主很满意这样的效果，向女侍使个眼色，女侍便将一个黑漆托盘送到阿原跟前，上面排了六个玉碗，盛了各色花瓣和香料。

阿原只得将那花瓣、香料一样样地洒入水中，那热气中立时蒸腾出馥郁的芳香，令人闻之欲醉。

论起这差事，就该精致洁净的小侍儿来做，或者换作夫妻爱侣间的调情，也会颇有气氛。

阿原垂首看看自己那身打扮，又看向香气氤氲中的尊贵美人儿，笑问：“公主，要不要唤谢岩进来侍奉？”

长乐公主愠怒，一甩手拍得水花四溅：“你敢坏我名声？以为我是你这样的贱人吗？”

阿原笑道：“公主，如今我是男装打扮，侍奉着公主沐浴，公主倒不怕坏了名声？”

长乐公主扑哧一笑：“我怕什么？到时当众扒了你的衣服，就说你是女人，你说是坏了谁的名声呢？”

阿原拍手道：“好主意！只是我本就声名狼藉，这名声再坏又能坏到哪里去？

不过，从此皇上和谢岩都会知晓，公主是怎样欺负羞辱伤病失忆的原家小姐……不知会不会觉得公主气势如虹、威风八面，大大长了皇家人的脸？"

长乐公主被噎住。

对原清离这种融合了天仙与恶魔双重特征的女子来说，名声二字的确太虚无。如梁帝、谢岩这等聪明人，岂会不知原清离浪荡无耻？可偏偏他们又和那些只看脸的世俗男子一般，对她另眼相待，百般爱怜……

阿原又道："何况公主用茉莉花泡澡，应该知晓茉莉遇热后散发的香气，能刺激男女情欲吧？再者，公主所用的香料里配了这么重的栴檀……栴檀不仅润泽肌肤，还可使人愉悦。公主与谢岩同来，又用这样的香，不知要让我如何理解？"

长乐公主的脸黑了黑，侧头看向女侍，低喝道："谁准备的这香？"

女侍慌了，忙答道："都是挑的公主素日所爱的花儿和香料各带了些过来，委实没仔细研究过都是什么材料所制……"

长乐公主抓了抓手臂上那些小红疹，怒道："这热水怎么越洗越痒？不洗了！来替我更衣！"

阿原看她出了浴桶，忙去拿她的衣衫，长乐公主道："你去倒水吧！"

阿原摸摸头，只得用水勺一次次将芳香扑鼻的热水舀入木桶，然后一桶桶提出去倒掉，最后才能和别人将沉重的浴桶抬出。

此时她真的万分庆幸她不是那个只会弹琴绣花的原大小姐，不然，这会儿只能蹲在墙角抱着瘦瘦小小的自己哭了……

哭完还得继续给长乐公主准备洗脚水，因为长乐公主说洗得不舒服，想用热水泡泡脚。

阿原第三次走到厨房烧水时，不仅景辞在，连谢岩也在了。

一个素衣浅淡，一个锦衣华贵，都是爱洁之人，偏偏都坐在油腻腻的桌边说着话儿，也不知已说了多久，看着很是投契。

见阿原提着个洗脚的木盆进来，景辞依然眉眼清淡，对谢岩笑了笑，说道："这还没完了？"

傻子都看得出长乐公主是有心要折腾死她。可惜，阿原虽疲乏，但她星眸清亮，顾盼生辉，完全不像会被累垮的模样，倒是跟在她身后监视的女侍，已是满脸无奈。

谢岩无奈地叹道："原姑娘，真是委屈你了！"

阿原笑道："不妨。她赶了一天路，又折腾这么久，也该累了。待她睡下就好了。"

谢岩诧异，"你不怨她？"

阿原道："我怨她做什么？她做得越多，越无法讨得心仪之人欢心，也怪可怜的。何况她绞尽脑汁想着怎样让我不开心，偏偏我还开心得很，于是，她只会更不开心。"

景辞睨她："你倒想得开！"

阿原一边拎起一桶清水倒入铁锅里，一边笑道："当然想得开！你看，公主皮肤娇嫩，也不知触碰了什么，已经开始起疹子了，可她为了折腾我，偏去泡什么热水澡，却不知热水只会让疹子更痒。这不是跟自己过不去吗！还亏得我聪明，故意从她沐浴所用的香料上挑刺儿，让她早早地洗完。不然，夜里疹子越冒越多，又得怪我那屋子不干净了！"

谢岩凝视着她，眸光闪了又闪，轻笑道："你是个好姑娘。"

阿原扮了个鬼脸："对，我现在就是个好姑娘！只求公主也能尽快看出来，谢公子你不领她的心意，绝对不是因为我呀！"

谢岩道："嗯，的确不是因为你。"

女侍已在旁催道："原姑娘，赶紧烧水吧。公主等得久了，只怕又会不悦。"

阿原看看她腰际的宝剑，虽无惧意，却也头疼不已，说道："嗯，她不悦，只怕会令我更不悦。"

她一推谢岩，悄声笑道："要不，你去劝劝？"

谢岩轻叹："若我去劝了，她今晚恐怕睡不着了！"

旁边景辞懒懒地道："其实也方便。若你陪她睡，她必定能睡着，而且再不会为难阿原。"

谢岩苦笑："于是，阿原不为难，我为难了……你可真是……"

阿原已走过去烧水，笑嘻嘻地道："谢公子放心，我是忍辱负重、心地善良的好姑娘，不为难！正好你们都在，索性把李大人也请过来，我们分析分析案情吧！"

景辞看着并不感兴趣，令小鹿给自己倒了茶来，慢悠悠地啜着，说道："我已去过花月楼，那位傅姑娘证明，慕北湮整夜都和她在一处，并未离开过。"

阿原的脸颊被灶膛内的火映得红扑扑的，笑意明朗舒展："可我敢肯定，此事必定和花月楼脱不了干系。"

待李斐赶到，她便将发现小馒头那支珠钗，以及靳大德带人进去寻找傅蔓卿绢帕的事一一说了。

谢岩沉吟着："你这是怀疑北湮，还是言希？"

阿原道："看着慕北湮的嫌疑更大，但细想下来左言希更可疑。"

话未毕，那边已传出齐刷刷的两个声音。

景辞道："不会是言希。"

谢岩道："不会是北湮。"

阿原对他们笑了笑："但二者必居其一！"

李斐抬袖擦着额上的汗，下定决心以后做一个安静的追随者就好，绝对不再多说一句话，多做一件事——即便对阿原，从此也得多留个心眼，不能随意呼来喝去了。长乐公主那等人物，也不是寻常人想得罪就得罪得了的。

景辞淡淡地瞥了阿原一眼，伸手揭开了锅盖，说道："水开了，你该为公主端洗脚水了！"

沸腾的水汽扬起，迅速将厨房弥漫得雾气氤氲。景辞似也被水汽模糊了视线，将手在水汽上方拂了拂，才将锅盖提到一边，向那边一直警惕地站着的女侍说道："你看清楚了，原姑娘送过去的水很洁净，回头公主的疹子若是变严重了，可不能冤枉了原姑娘。"

阿原提了水离开，景辞对谢岩道："待会儿公主应该可以消停了，我跟阿原再去一次花月楼。"

谢岩点头："若那侍卫所言是真，至少那绢帕是被人从傅蔓卿的卧房带出去的，的确得设法查清。只是你怎么知道公主会消停？"

景辞摸了摸自己的脸："其实皮肤动不动就起疹子，也是一种病症。我小时候不慎碰了柴草，或嗅了某些花香，就会浑身起疹子。后来药吃得多，这病症不知什么时候就没了。"

谢岩想起景辞在沸水前晃荡过，蓦地有种不妙的感觉："你做什么了？"

景辞道："没做什么，你看刚才阿原碰了那水，不是好端端的？"

谢岩何等聪明，猜到他必定做了手脚，苦笑道："阿辞，那是公主……"

"那是喜欢你的公主。"景辞转身向外走去，"我便不信她愿意让'情敌'看到她满脸疹子的模样。当然，应该更不愿意你看到她那副模样。嗯，你这一路辛劳，身累心更累，正好赶紧睡个好觉去……"

谢岩赶紧走几步追出去，见景辞披上知夏姑姑递来的外衣，悠闲地踱了开去。

谢岩准备唤他，想起他这些年的坎坷，苦笑着闭了嘴，举步走到阿原的卧房前，看着窗口透出的明亮灯光。

不久，便听得里面传来长乐公主的惊叫，然后是怒喝："原清离，你这屋子以前是养跳蚤的吗？看看我这满身的疹子！"

阿原在内纳闷道："不应该呀，刚这洗脚的水是清水，怎么还起疹子？莫非公主这体质，闻不了窗外的花香？还是公主带来的被褥太久没晒过？咦，脸上也开始泛出疹子了，是不是很痒？"

屋子里静默片刻，然后传出铜镜被砸下的声音："你给我出去！出去！传太医！传太医！"

阿原道："这里哪来的太医？不如我去请谢大人过来？"

长乐公主立时叫道："不用！算了，给我去请大夫，赶紧去！"

果然不想见阿原，也不想见谢岩了。

谢岩摇了摇头，转身走了开去，挥手传自己的随侍："立刻去找大夫，把沁河最好的大夫都找过来！"

随侍应了，说道："沁河最好的大夫，应该是左言希左公子。不过他如今正有孝在身。"

谢岩道："不妨，去把他也请过来吧！就说是我相请，他会来的。"

半个时辰后，附近的两个大夫已赶到，去请左言希的随侍也回来了，却是一个人回来的。

"没请到左公子。下人说他身体不支，可能在哪里打盹，但黑灯瞎火的，一时也找不到。"

按惯例，父母去世，孝子贤孙应该日夜跪于灵前，绝不可偷懒回房休息。只是连着几个日夜不睡，凭他铁打的人也受不住，所以困乏之极时，多有倚墙坐着打盹的，也有悄悄在僻静无人处打个地铺睡上一两个时辰的。

左言希熬了两三天没睡，如今趁着公差离开、使臣未到之际找地方休息一下也是情理之中。

谢岩踌躇片刻，只能叹道："罢了，先叫那两名大夫去给公主诊治吧！"

若诊治无效，他便不得不去请他的好表弟手下留情了。

正思量时，那边小道上传来阿原的笑声，忙举目一看，景辞正拉着阿原的手，不紧不慢地向县衙外走去。

看他们眉眼含情的模样，哪里像去查案，分明就是打算出去看看星星、看看月亮，顺便看看今夜能不能凑成双。

可惜，就是他真能狠下心来不理长乐公主，他也找不回那个愿意跟他看星星、看月亮的原大小姐了……

但阿原的确是因为发现了疑点，才尽职尽责地赶来花月楼查案。

老鸨虽不敢无礼，但发现景辞又来了，着实不快。她道："这位差爷，白天不是已经查过了吗？我们家蔓卿是实在人，跟竹筒倒豆子似的把该说的都说了，还想问什么？"

阿原道："你家竹筒长得美人蛇似的，有点弯，一次倒不干净，只能多来几次。若再倒不出来，爷只好剥了蛇皮慢慢捋出来了！"

她的破尘剑重重地磕在老鸨面前的凳子上，问道："你说，让她自己倒好，还是我们带回衙门里慢慢捋好？谁叫她是贺王世子那晚不在场的唯一证人呢？按本朝律令，凶手未能确认，相干证人都可因入狱中，以防诬告或做伪证。妈妈，准备好送牢饭了吗？"

老鸨脸色变了几变，迅速从满脸松懈的褶子里拧出一个大大的笑脸，媚声道："咱们家姑娘的确太娇气，我也瞧着得多捋捋。你们肯帮忙捋几下，也是咱们家姑娘的荣幸！正好今晚咱们傅姑娘闲，屋里也干净，就别去衙门了，直接去傅姑娘屋里坐坐可好？整夜捋都行！怎么着都让她把豆子给倒得干干净净！"

阿原听得倒真的诧异了。

放在西都城，也许傅蔓卿算不得什么。但在沁河县，傅蔓卿绝对是青楼第一红人，夜间居然不接客，着实是怪事一桩。

除非傅蔓卿因某些原因不想接客。

而近来，除了贺王府这事，还有什么能把她扰乱到连表面的若无其事都做不到，直接拒绝接客？

景辞眸光一沉，忽然推开老鸨逢迎过来的身躯，快步奔上楼去。

他和阿原都已来过一两次，对这花月楼也是熟门熟路，如今既有疑心，不用老鸨引路，径自冲向了傅蔓卿的卧房。

才到门口，就听得里面一声女子惨叫，二人不由得大惊。

景辞正准备推门时，阿原抬脚，奋力一踹，已将反闩着的门生生踹开。

屋内窗户大开，帐幔飘摇，傅蔓卿倒于地上，胸口血流如注，一名黑衣人正掷下手中染血的匕首，飞快地跃向窗外。

阿原记挂着景辞有足疾，忙道："你看着傅蔓卿，我去追凶手。"

景辞跟她冲出去两步，然后盯着前面那个飞快消失于黑夜中的身影，顿住了脚。

他低头看傅蔓卿，见她胸口尚在微微起伏，抬手将她抱起，沉声问道："傅蔓卿，是谁要害你？"

傅蔓卿一息尚存，挣扎着喘息道："不……不是小贺王爷……"

景辞道："嗯，不是小贺王爷，是谁？"

"不……不知……"

傅蔓卿的面颊滚过大串泪珠，依然漂亮的眼珠绝望而迷惑地转动着，蓦地似想起什么，猛然闪亮起来。她挺身几乎要坐起，直着嗓子叫道："是他，是他……"

景辞急急地问道："是谁？"

傅蔓卿将手猛地向窗外某个方向一指，嘶声道："他……"

紧绷的身体一软，她无力地跌落于地上，纤白好看的手兀自伸着食指，也重重垂落下来。她的眉眼间依然韵致楚楚，甚至眼睛都还保持着生前的美好形状，却已没了呼吸。

景辞走到窗口，看向傅蔓卿所指的方向。

所指之处分明就是街道。街道上尚有行人来往，观其行色，多是青楼或酒馆的常客，并无任何异样。街道的另一边，茶楼和布庄均已打烊，漆黑一片。

傅蔓卿也是个聪明人，应该在最后关头想到了自己遭人毒手的缘由，可惜身中要害，竟来不及说出那个关键人物是谁。

阿原持了破尘剑在手,正奋力地追着那个黑衣人。

但黑衣人的身手居然在她之上。他转头看了阿原一眼,略略踌躇了下,忽掉转方向,向另一边房屋低矮、巷道错综处奔去。

所谓月黑风高夜,杀人放火时,这时夜色漆黑,难以看清贼人样貌,贼人想逃走也方便。如今他若往哪个角落一钻,阿原孤身一人,往哪里找去?

见黑衣人跑得越来越远,渐渐与她拉开了距离,阿原正焦灼时,前方蓦地有剑光闪过,然后是锋刃交击之声。

刀剑交进时的声响和光芒,立时将黑衣人快要消失的身影暴露无疑。

阿原连忙奔过去,听得有年轻男子清朗的责问:"左言希,你到底知不知道自己在做什么?"

阿原惊得一个趔趄,差点没摔倒在地。

可她已奔到近前,已经能看得清清楚楚,那个黑衣人眉眼清俊、温雅端庄,正是贺王的养子左言希。

而拦住他正跟他交手的那个年轻男子,则是来自京城的剑客萧潇。

左言希文采风流,精通琴棋,又以医术闻名,才名远胜慕北湮,加上性情又好,在阿原看来,除了不会武艺,这人已近乎完美,所以才屡屡将他和景辞认成一对,不曾想他剑术之高,竟能与萧潇抗衡一时。

看着他已不是近乎完美,而是真的很完美。只是这么完美的人居然是杀人凶手,这种"完美"未免幻灭得太快。

她拔出破尘剑,正要去相助萧潇、擒下左言希时,左言希已一剑将萧潇刺来的剑封住，然后轻轻一松手，宝剑已被弃于地上。

萧潇的剑便在下一刻架到了左言希的脖颈上。

萧潇有些讶异，手中的剑依然持得稳当笔直。他问："你果然背叛皇上，害死了贺王？"

左言希苦笑着看向阿原："你也这样认为？"

阿原一时弄不清他弃剑的缘由，谨慎地打量着他，说道："我不想这样认为。但我们查贺王一案刚查到傅蔓卿，就遇到你前来灭口，不知你想让我们怎样想？"

左言希轻叹道："我没有杀傅蔓卿。"

阿原指着自己："你当我眼瞎？还有景县尉是跟我一起过来的，他总不至于陷害你吧？"

左言希笑了笑："他会相信我。"

阿原被噎住。

左言希继续道："贺王是养育我成人的义父，实与生父无异。我比谁都想尽快查出谁是真凶。我也是对傅蔓卿有所疑心，才暗中赶过来打算问她一些事，可惜我来晚了！"

萧潇收回了剑，盯着他道："那个傅蔓卿刚遇害了？你想说，杀害傅蔓卿的另有其人，你只是赶来的时间不巧？"

左言希苦笑："我赶到时，傅蔓卿已被匕首刺中要害，目测已然无救，所以去拔那匕首细看时，发现柄上还温热着，应该是凶手一直将其持在手中留下的体温，我遂立刻弃下匕首追出窗外，不料反被当成了凶手……"

阿原向四处眺望了下："你也在追凶手？你追的凶手在哪里？也往这边跑了？"

周围夜色沉沉，一片寂静，哪有什么凶手？

萧潇挺直的眉微微一挑，说道："我是看着你奔来这个方向，所以从旁边包抄过来，但并未在附近看到其他可疑的人影。"

阿原好奇地道："你怎么会在这里？孤身在外太寂寞了，也来逛青楼？"

萧潇不安地咳了一声，声音都有了几分慌乱："没有，没有……我猜这事是贺王府的内贼所为，所以近来一直监视着贺王府。看到有人出府，自然会跟上来。"

阿原眼睛一亮："这么说来，刚才傅蔓卿被杀前后的事，你应该看得清清楚楚了？"

萧潇摇头："左公子身手高明，我也不敢距离太近，只知他进了这里，一时也不知进了哪个房间。这时正好见你和景公子过来，便留意着你们的去向，于是……"

于是，他是跟着阿原等人才知道屋中出事，然后发现左言希奔离、阿原追击，立刻跟了上来。

左言希所说的那个凶手，谁也没瞧见，但至少有三个人亲眼看到他掷下凶器，奔逃而去。

阿原拾起左言希扔在地上的宝剑，才发现那也是一柄宝剑，与萧潇所持的剑外形无异，竟像是一对，但左言希的剑柄上光秃秃的，并无剑穗。

阿原疑惑地上下打量着左言希的身材，然后道："不论如何，这一次，得请左公子跟咱们回衙门走一趟了！"

左言希垂头苦笑："我能拒绝吗？"

阿原笑道："好像不能。"

她的身手未必比得上左言希，但她旁边还有个萧潇，二对一无论如何都能将他扣下。

左言希也无意逃离，一拂袖，温和地说道："那走吧！"

依然一派从容安详的模样，完全没有即将身陷囹圄的惊怒恐惧。

待赶回花月楼，阿原忽然明白了左言希并不惊慌的原因。

景辞端正地坐在傅蔓卿的房间里，刚讯问过老鸨和侍儿，见阿原带着一身黑衣的左言希进来，丝毫没有讶异，只淡淡地道："你怎么搞的？怎么会把自己给拖进来？"

左言希同样淡淡地答道："一时不慎而已。你自然会还我清白。"

辛辛苦苦好不容易抓到疑犯的阿原不开心了。

怎么看着他们又像是一对儿了？熟稔得仿佛她才是个外人一样。

景辞甚至还冷冷扫过不辞辛劳日夜盯住贺王府的萧潇，说道："这里用不着你，离阿原远点。"

萧潇正留心察看阿原的神色，被景辞这么一说，连脖子都羞红了，向他行了一礼，转身快步离去，竟顾不得说起他近日有没有查到别的线索。

阿原有些不满，低问道："阿辞，你是不是太意气用事了？"

景辞道："我向来意气用事。"

阿原怔了怔，点头道："嗯，我们家阿辞果然有个性！我喜欢得紧。"

原家大小姐行事大胆，有一说一，有二说二。阿原虽学不会从前的左拥右抱，至少也不该矫情做作，遇到喜欢的，自然要放出百般手段好好笼络，令他死心塌地地爱上自己，然后在他的额上刻个章，打上她原大小姐的专属印记，才算不负这一世的风流名声。

景辞的神色有些怪异。

左言希将阿原多注目了两眼，神色也有些怪异。

片刻后，景辞将现场交给里正看守，拉着阿原的手向外走去，唇边已掠过细微的笑意。

左言希紧随其后，轻叹宛如呓语："阿辞，你完了！原来绵羊般的姑娘，怎么忽然变成了精怪？"

回到县衙时，长乐公主已经服药睡了，谢岩、李斐都换了家常便服在书房里守候。

见左言希被带回，两人都是一惊，却也不敢怠慢，请他入座，又命小鹿奉上清茶。

景辞接过知夏姑姑闻讯送来的药，一口气喝了，才对左言希道："你有什么想解释的，当着大家的面解释一下吧！"

左言希苦笑道："我是因为在义父遇害的现场发现了傅蔓卿的一方绢帕，怀疑有人想嫁祸北湮，才决定过来探查，谁知已被人先下手为强。"

他将自己拾到并藏起绢帕且于今日白天交还给慕北湮之事一一说了，果然与阿原在贺王卧房所听到的差不多。

阿原问："既然如此，为何你早先不将绢帕交给衙门？"

左言希叹道："北湮虽风流任性，但天性纯良，绝不可能谋害生父。若交给衙门，北湮难以洗清嫌疑。凶手既然想嫁祸给他，他便不宜再来花月楼，所以我才走了这一遭。可惜，还是晚了片刻！"

阿原道："贺王、傅蔓卿之死，你是打算撇得干干净净了？那小玉之死怎么说？"

左言希诧异："小玉？"

阿原将那支小珠钗取出："这珠钗是你送给小馒头的？小玉也有一支？"

左言希接过，翻来覆去看了片刻，才道："也许吧……先前的确顺手给过他们每人一支，什么样子的记不太清了！"

阿原冷笑："可这钗子上的小银珠，为何会含在小玉的口中？她至死都不吐出，是在传递怎样的信息？"

左言希的面庞已因羞怒泛起红晕："你想说，小玉将我给她的珠钗含在口中，是在暗示我是凶手？"

阿原摇头："恰好相反，她应该只是告诉爱惜她的公子，她记挂着他，希望他替她报仇。"

左言希皱眉："我只知她回老家了，能找谁报仇？"

阿原道："她既然想到给你留线索，自然有把握你知道凶手，随后不就是贺王被亲近之人所害吗？"

书房中顿时传来吸气声。

左言希似被惊住，然后苦笑："原姑娘，别闹了！"

阿原抬脚踏住凳子，一掌拍在桌上，道："既然在查案，我就是原捕快，不是原姑娘！先前所有的线索，都指向靳大德有谋害小玉的嫌疑。靳大德虽是贺王府总管，可到底只是一个下人，贺王为何一早便迫不及待地亲入衙将他带走？贺王还因为他被官府扣留，罚了干儿子又打了亲儿子？唯一的可能就是，小玉之死是贺王主使，贺王怕靳大德将他供出，只好急急地把人救出来。"

众人皆沉默，李斐不小心咳了一声，忙掩住自己的嘴。

小鹿听得连连点头，在阿原身后学着她一掌拍在桌上，说道："我家公子分析得有理！有理！"

谢岩叹道："阿原，我记得送来的卷宗上，好些人证明那夜左言希被罚跪得太久，双膝受伤，走路都不大灵便，一早就回房睡了。"

阿原将左言希的宝剑丢到桌上，说道："跪得久了，也许会一时青肿麻木，但并不至于走不了路。何况他暗藏武艺，身手灵活，我都自叹弗如，又怎么会因为罚跪影响了行动？明着关门睡下，暗中却潜回贺王的卧室……贺王见他去而复返，即便惊讶，也绝不会想到向来温顺的义子会起杀心，才被他抢过陌刀，一刀毙命！"

景辞拿手指轻叩桌沿，淡淡道："阿原，你是说，贺王杀了小玉？"

"未必是贺王亲手所杀，但必定是贺王主使，而处理尸体这等脏活累活，自然是由靳大德代劳。"阿原徐徐道，"小玉美貌，贺王是什么时候留意、什么时候动心思的，我们无从知晓，但小玉自己应该很清楚，也曾告诉过主人左言希，所以左言希听说小玉被人奸杀后，立刻猜到是贺王下的手，才同意官差入贺王府搜查，将矛头指向靳大德。可惜，靳大德很快被贺王带走，左言希发现无法借助外力，只好自己动手。"

李斐终于忍不住说道："这……这不对呀！依你所说，现场发现了傅蔓卿的绢帕，正好可以嫁祸小贺王爷，为何左公子反将绢帕藏起？靳大德对此事应该心知肚明，对左公子恨都来不及，自然不会帮他在你跟前演那出戏。"

阿原道："那有何奇？你看我们推断到最后，左、慕二人最有嫌疑，二人也多半会互疑对方。可左公子主动交还绢帕，小贺王爷必定心怀感激，设法维护左公子，反而让他自己更加令人起疑，左公子便可趁机洗清嫌疑。"

左言希面色发白，神情反而越发沉凝冷静。他微微嘲讽道："你这么会编，怎么不去说书呢？"

小鹿不由得扑哧一声笑了，这话正是阿原时常嘲笑她的，忽听得阿原也被这话嘲笑，她自然乐了。

阿原正瞪向小鹿时，外面有人急急地奔来回禀："诸位大人，不好了，小贺王爷来了！"

话音刚落，就见慕北湮一身重孝，手执苴杖，领着披麻戴孝的一群人冲进来，喝道："你们到底还有完没完了？把小小的别院翻个底朝天，查不出凶手，就想把我们兄弟拖下水吗？"

李斐似又看到那日贺王大闹县衙的架势，惊得腿都软了几分，看到谢岩等人迎上前，才意识到如今的风雨用不着他在前面挡了，顿时松了口气。

而小鹿悄悄地向阿原竖了竖大拇指。

都说贺王的养子亲子不和，而他们这几日所见所闻，二人的确也和睦不到哪里去。但左言希这才被带回衙门没多久，慕北湮便赶来兴师问罪，足以见得很是上心，正与阿原的推测相符。慕北湮果然因绢帕之事开始感激并维护左言希。

左言希皱起眉，未等旁人发声，已上前说道："北湮，莫误会，我偶遇景县尉身体不适，故而送他回衙门休息，与我们家的凶案无关。"

景辞并未起身相迎，此时正悠然地喝着茶，闻言眉尖便蹙了蹙，放下茶盅按着胸部喑哑地咳了两声，说道："不错，是我请左言希送我回衙门，替我诊病来着。我的病来势凶猛，今晚还得劳烦言希在衙里住上一宿。"

慕北湮双掌击于景辞前方的桌面，喝道："你当我是傻子！"

左言希还未来得及阻止，谢岩已低声喝道："北湮，不得无礼！"

慕北湮鼻际不知怎的又飘起让他作呕至今的恶臭，忍不住捏着鼻子干呕了下。

景辞一笑，说道："方才谢大人已经说了，会和言希住一屋。"

慕北湮定了定神，绕开景辞，走到谢岩的跟前，说道："那么，言希我就交给你了！"

谢岩拍拍他的手："放心，明早我们会跟他一起回贺王府！"

慕北湮略舒了口气，返身又走回左言希跟前，啪地一脚踹飞他跟前的凳子，喝道："左言希你记着，是你自己要留在这里的，如果有个什么，可别说是我无情无义，留了你在这是非之地担风险！"

左言希眉眼安宁，微笑道："放心！"

慕北湮无言以对，只得领了众人，拂袖而去。

待他离去，谢岩揉了揉鼻子，问景辞："为何不让言希跟你住一屋？"

景辞道："你家长乐公主抢了阿原的屋子，你让阿原住哪里？这县衙狭小，一下子多了这么多人，本就很挤了，总不能让她睡柴房里吧？"

谢岩俊秀的面庞不由得黑了黑："长乐公主不是我家的，是你家的！"

景辞冷冷一笑："只有阿原是我家的，其他都不算！"

阿原受宠若惊，瞄着李斐、井乙等人诡异的神色，干笑道："不妥吧？"

景辞道："你捕快，我县尉，哪里不合适？不然，你跟李大人睡一处，还是跟井兄弟他们挤一挤？"

李斐、井乙知道阿原是姑娘家，连忙不停摆手，说道："不用不用，很……不方便。"

李斐更是加了一句："我现在住的屋子，漏雨，漏雨……"

他正日求夜求，公主和使臣在县衙的这段时间，千万别再下雨了，他不想当水上县令，还得打躬作揖，四处看人眼色。

阿原轻声问："你为何不跟左言希宿一处？"

景辞眉目不动，更轻地回答她："怕你吃醋！"

阿原甚感有理，但看着左言希果然随了谢岩离去，又觉得哪里不对。

她啧了一声，问小鹿："疑犯与钦差大人共住一屋……这叫什么？"

小鹿眼珠滴溜溜一转，悄悄笑道："这就叫蛇鼠一窝！"紧接着，她转头问道，"可他们不住一处，难道安排你和谢公子住一处？想想往日，你们俩……如果再加上小贺王爷，那可是齐全了！"

"……"

阿原忽然想起，景辞未必是怕她吃醋，而是他自己吃醋了。

看景辞也离去，她忙跟在后面要问他，景辞忽然开口了。

"阿原，我记得你昨天用的是一支碧玉簪，簪头是如意云纹；明天也会记得你今天用的是一支银簪，椭圆头，素白无纹。"

阿原眸光大亮："你一直在留意我用什么簪子？你喜欢我用哪一支？"

男装不够美，她自然更该用景辞喜欢的簪子，愉悦了他的眼目，他眼底的光亮便能愉悦她的眼目，正是双方得益之事。

景辞淡淡地瞥她："我只是告诉你，若一个人在意另一个人，会在意她的每一处细节，绝不可能连她的簪子都认不出来。"

阿原蓦地悟出，他是指左言希认不出那支小珠钗，证明他根本不曾将小玉放在心上。

但她已因他话中另一重含义惊喜不已："嗯，你只是在告诉我，你很在意我。"

景辞顿了顿，负手走得远了，再不理会她。

阿原命小鹿："去拿个布袋给他。"

小鹿不解："拿布袋给他做什么？"

阿原笑嘻嘻地道："装！让他装！"

这晚阿原睡得不好，很不好。

不知谁欺负了知夏姑姑，把她的房间也占了去，于是知夏姑姑也搬到景辞的卧房打地铺了。

而本来打算跟知夏姑姑凑合一晚的小鹿也只能跟过去了。

知夏姑姑不仅在景辞床边放了一架屏风，还把她的地铺打在景辞的床边，阿原、小鹿只能在稍远处另外打了个地铺。

阿原虽略有遗憾，但真的孤男寡女共处一室，纵然能与景辞更加亲密，回头面对昔日同僚，还得每日共事，到底尴尬。看来，想修炼出当日原大小姐颠倒众生、恬不知耻的能耐，她还任重道远——幸亏她只想颠倒景辞一个。

因自家小姐不能睡床，小鹿有些愤怒，但想着不必和知夏姑姑睡一处，倒也欢喜，抱着小姐柔韧的腰肢很快入睡了。

她睡着时依旧是不老实的，依然不时在阿原的腰际捏几把，顺便将她蹭上几蹭，蹭开了两人盖的棉被，最后伸出腿来，搭到了阿原的腿上。

阿原又是查案，又是侍奉长乐公主，奔波了一整日，早已累乏得不行，睡梦中觉得吃力，一脚蹬开小鹿的腿，顺势又将她压住。

小鹿睡得死，咕哝两声，伸臂揽住她小姐的脖颈，口水差点流到阿原的脸上。

知夏姑姑年纪越大，睡眠越浅，隐约听到那边的动静，便再也睡不着，忍不住低低咒骂："贱人！贱人的侍婢也是贱人！"

忽觉眼前有黑影一晃，然后便传来小鹿的惨叫。

看起来瘦弱无力的景辞，轻而易举地抓起八爪鱼般的小鹿，丢到了知夏姑姑的铺位上。

阿原惊得坐起，下意识地先抓向破尘剑，景辞将她的手压住，轻声道："是我。她跟你在一起，扰得大家都睡不好，不如让她跟知夏姑姑睡得好。"

小鹿被丢得苏醒过来，拖着哭腔叫唤道："我明明睡得很好！"

阿原有些无力："我睡得……也还行！"

景辞道："我压根儿没睡着！"

小鹿道："我天天跟小姐睡一屋，又不打呼噜，怎么会让你睡不着？"

知夏姑姑忽然阴森森地道："说梦话比打呼噜还让人睡不着！"

她虽说着话，却依然闭着眼一动不动地宛若睡着一般。小鹿就在她的身畔，给吓得差点跳起来，低头怔怔地看她片刻，才道："我……我信了！果然说梦话比打呼噜还让人睡不着……人吓人，吓死人了！"

阿原眼皮又涩又沉，说道："算了算了……你就跟姑姑将就一晚吧！"

景辞道："嗯，不用管她。你若困了，赶紧睡吧！"

阿原打着呵欠，说道："当然困……也不知长乐公主明天还会有什么馊主意。若是她命我劈柴，你陪我一起劈吧！"

景辞道："好。"

简洁得不能再简洁的一个字，依然是日常清淡得听不出任何感情的语调，偏偏如一注幽泉般无声地沁入心间，清甜清甜的，遂连五脏六腑都似被熨过般舒坦，醺醺然说不出的惬意。

阿原的睡意不知被扫到了哪里，抬眼怔怔地看着景辞。

景辞冲她浅浅而笑，抬手替她盖好被子，说道："快睡。"

屋中并未点灯，但阿原居然能借着窗外投入的素月柔光看清他唇边的浅笑，看到他眸心的光彩，以及他替她拉起被子时修长的手指。

卧房里随后一直很安静，只有小鹿因不习惯与陌生人同宿，在地铺上辗转反侧着，不时发出细微的声响，只是慑于知夏姑姑之威，她连梦话都不敢说了。

阿原没听到床榻上的景辞再有任何动静。

他那样的性情，不论睡着还是没睡着，应该都不容易让人听出他的动静来。

也不知过了多久，阿原实在困得不行了，才渐渐睡去，眼前兀自晃着景辞修长的五指。

那五指白白净净，轻叩在案板上，伴着他微含愠怒的清冽声音："谁让你学切鲙了？"

少女委屈地答道："姑姑说你最爱吃切鲙，我却只能等着你做给我吃，失了女儿家的本分。"

他冷笑，斥道："你倒是听话！可如果你学得会，还用我去做吗？"

少女仿佛在流眼泪，却倔强地继续去切鱼片，他拍开她裹着纱布的纤细手指，声音柔软了许多："……算了，就算我喜欢做给你吃好了。"

他的手灵活利索地抓起菜刀，不忘用嘲讽的口吻损她道："让你剁鲤鱼，没让你剁手指……呆成你这样，也不容易……"

少女慢慢止住啜泣，出神地看他切割鱼肉时均匀摆动的双臂，纤白的手颤抖，犹豫着张开臂膀，拥向他的腰肢，寻求他的安抚。

忽有轰的一声巨响，宛若巨雷当头劈过，又似谁在厉声怒斥……

阿原惊叫一声，猛地坐起身来，只觉心口怦怦乱跳，满背的热汗已把中衣也濡湿了一大片。

举目一看，窗口已微微露白，并无风雨声，更无巨雷声。

屋中一片静谧，连小鹿都没再翻来覆去，应该睡得正沉。

阿原大口的喘息慢慢平定，汗水也渐渐地蒸发了，但胸中始终有一块滚烫得厉害。

切鲙，她和景辞切鲙，并不像是幻境或梦境。

那个委屈却倔强的少女，分明就是她，而活得张扬肆意的原清离，几时这样委屈地活过？梦中之意，是被知夏姑姑训斥，怪她蠢笨，不会切鲙，要劳景辞动手？

阿原很想否认，但梦中的景象历历在目，分明就是亲身经历。可若是往细里想，脑中便传来阵阵疼痛，电光石火间再无法抓住一点确切的场景。

她定定神，披衣而起，绕过小鹿和知夏姑姑，绕过屏风，慢慢地走到景辞的跟前，借着迷蒙的月光仔细地看那张第一眼看来便觉得异样熟稔的面容。

他们有着过往，可那到底是怎样的过往？而表面风光无限、左拥右抱的原大小姐，又有着怎样不为人知的过往？到底在什么时候、什么地方，曾那样小心翼翼地活在知夏姑姑的阴影之下？

没错，她感觉得太清楚，梦中的她，是如此敬畏忌惮着知夏姑姑，而景辞居然不曾为此责怪知夏姑姑，也完全不曾安慰过她，只是悄悄地替她做完知夏想让她做的事。

在她忍受这些委屈时，原夫人在哪里？小鹿在哪里？她为何有那种除了景辞便彷徨无依靠的悲戚感？从她目前所得到的记忆推究，她就是个连厨房门朝哪边开都不知道的尊贵小姐，又怎么会被完全不相干的知夏姑姑教训？

阿原怔怔地看了片刻，手上忽然一热，竟被景辞牵住。

他睁开眼来，低低地问道："看够了没有？"

声音极轻，却无半点愠怒。

他的目光如月光般柔和，唇角不觉间弯着一抹极温柔的浅笑。

阿原还未来得及答话，身后啪的一声屏风倒地，随即传来知夏姑姑的厉喝："半夜三更往男人床上爬，真是恬不知耻！"

阿原、景辞俱是意外，还未来得及说话，刚端倒屏风坐起的知夏姑姑身后，蓦地跳出一个瘦小却矫健的身影，却是小鹿不知什么时候也醒了。她一抬手将棉被蒙住知夏姑姑的头脸，骑到她的腰上扬拳便打，高声尖叫道："死虔婆、老贱人，人家夫妻恩爱关你屁事，一张贱嘴天天吃屎的吗？看姐姐我打烂你这张比屎还臭的大嘴巴！"

景辞忙喝道："住手！"

阿原抢先上前，一把拉过小鹿藏到自己身后，才作势去拉知夏姑姑身上的棉被。

知夏姑姑是习武之人，一时不防着了小姑娘的道儿，虽隔着棉被打得并不疼痛，也不由地气得暴跳如雷，喝道："贱丫头，竟敢打我？"

阿原抢过话头说道："这贱丫头的确不懂得上下长幼的规矩，满口喷粪，我回头会好好教训她！只是姑姑不问缘由，把你未来的主母都骂了，不知又把主仆尊卑的规矩放在哪里？"

知夏姑姑怒道："谁是我未来的主母？你要不要脸？"

阿原冷笑道："原家小姐与端侯的婚事，是皇上钦赐，婚书还在我原府呢，有本事你找皇上退去！否则，我就是夜夜爬上你公子的床，都轮不到你来教训我半句！"

"你……"

知夏姑姑气极，伸手去抓枕边的剑时，阿原眼疾手快，一脚将她的剑踢飞老远，自己却已抓过破尘剑，拉着小鹿披衣便跑。

景辞抚额，叫道："阿原！"

阿原回头瞪他一眼，又冲知夏姑姑道："今晚我会继续住在这里，你愿意守着便在床下继续守着吧！不过，我告诉你，你家公子……我原清离要定了！"

小鹿也啐道："死虔婆、臭虔婆，硬赖在人家小夫妻的屋子里不走，真是不要脸！看得多了，也不怕长针眼！呸！什么东西！"

看主仆二人骂骂咧咧远去，知夏姑姑气得手足冰冷，拔出剑来狠狠地刺在地上，怒道："她……她反了天了！当真吃了熊心豹子胆了！"

景辞坐起身来，叹道："姑姑，你还没看出来吗？她是真的把自己当成原清离了。

她正以原清离一贯的行事风格来调整自己。一个战战兢兢、谨小慎微，一个我行我素、任意妄为。她……醒来后的确像一张空白的纸，但从别人告诉她，她是原清离的那一刻起，她就在不知不觉中将原清离的个性往自己身上套。"

而她从旁人口中了解得最多的，是原清离的风流不羁、恣情放纵。

学不会原清离的琴棋书画，学不会原清离的朝三暮四、夜夜寻欢，她至少可以学会原清离的张扬骄狂，并有了原家小姐视天下男子如囊中之物的风流和傲气。

当然，如今被她看作囊中物的，似乎只有他景辞。

景辞看着窗外的天光，露出一丝笑意，不知是欣慰还是苦涩。

该他咽下的，不该他咽下的，终究还得他一一吞入腹中。

她本是他生命里不可替代的存在。

生生剜去，那一块便空了，空洞洞的，没有任何东西可以替代。

就像被斩断了手足，装上再好看再结实的假肢，从身体到灵魂，依然只认可最初与之融合无间的血肉躯干。

天都快亮了，一群人自然不用睡了。

而此时阿原开始无比庆幸长乐公主脸上长了疹子，不然，只怕还得揉着惺松的睡眼去侍奉她。

她穿好衣衫，打了井水梳洗过，又打了盆清水仔细端详自己的容貌。

小鹿在旁边竖起拇指，笑道："不必看了，我家小姐什么时候都是国色天香，把那什么长乐公主短乐公主甩开一条街去！"

阿原自己也很满意，拍拍自己的脸，说道："这不叫国色天香，这叫英俊潇洒！还有，嘴里给我留意些，别学那老虔婆，动不动跟泼妇似的骂人……其实骂得很对，可关键是你骂得过她，打不过她呀！长乐公主更是得罪不得，她未必敢砍我，砍你那是眼睛都不用眨的事儿！"

小鹿道："可她们欺负你！"

阿原道："欺负我的，咱们可以找机会欺负回去。好汉不吃眼前亏，懂不懂？以后遇到那个老虔婆，骂完了撒腿便跑，挑人多的地方逃，拉官儿最大的那位替你挡刀……实在没当官的在场，你挑个高的抱住好了，跟人肉盾牌似的，最安全！"

小鹿连声称是，深感小姐英明无比。

阿原替她整理了发髻，挽着她的手走向厨房，还不忘继续叮嘱："还有啊，人多时别骂人了，连原因都不必说，拿出你最拿手的招数就行。"

小鹿问："什么招数？"

阿原道："满地打滚，哭叫着说那姑姑疯了，拿着刀剑要砍你杀你就行了……"

主仆二人且说且行离去，左言希、谢岩和景辞才慢慢从晨雾掩映的砖墙后走出。

左言希忍不住叹道："阿辞，我……我到底有没有看错？她……她怎么会变得如此泼辣难缠？"

景辞道："你昨晚不是已经见识过了？她认定你是凶手后那态度，还有几分当日的模样？"

谢岩抱着肩沉吟："泼辣？我怎么觉得好可爱？"

另二人一齐看向他。

谢岩觉出二人神色有异，才回过神来，轻笑道："我是说，弟妹般的可爱，嗯，弟妹。阿辞，你放心，我看到她的第一眼，就知道她不是清离。"

景辞道："嗯，我很放心。你必定会离她们远远的。这里就数你官儿最大。"

谢岩微微变色时，左言希忍不住笑出了声。

阿原说得很明白，官儿最大的，最适宜拉出来挡刀……

偏偏谢岩还是数人中唯一不会武艺的。

他心上的那位恋人，能诗善画、才情过人、容色倾城，自然是文雅俊秀的才子与之最匹配。

长乐公主虽满脸长了疹子，也不敢耽搁正事，早早地就令左言希入内诊了脉，服了药，便带谢岩等人前往贺王府别院。

她戴着帷帽，挡住了长了疹子的面庞，但还怕阿原看清她的狼狈，也不叫阿原在她跟前侍奉了，阿原乐得陪着坐肩舆的景辞走在最后。因刚刚得罪过知夏姑姑，小鹿也不敢留在县衙，乖乖地跟着小姐查案来了。

景辞道："若是困了，待会儿你找个角落歇歇，睡一会儿去。"

阿原笑道："我不困。你若再不好好管束你那个姑姑，才是真的麻烦，以后咱们天天不用睡觉了？"

景辞的目光暗了几分："真打算与我睡在一处？"

阿原脸上烫了起来，硬着头皮嘀咕道："不然怎么办？我带小鹿搬到柴房去住？"

景辞道："那倒不用。左言希今天应该可以不用跟我们去衙门了。"

阿原笑道："你就这么相信他？"

景辞道："若他都信不得，这世间便再无一人可信了！"

阿原听得一怔，而小鹿已噘嘴道："难道比小姐还值得信任？"

景辞没有回答，目光轻轻飘开，已投向遥远的天空。

阿原心头没来由地沉了一沉。

景辞和左言希无疑有着很深的交往，但在她隐约的记忆里，她和景辞也应该情谊深厚。

景辞对她处处维护，但知夏姑姑无礼痛斥她时，他虽有阻止，可并不坚决，否则，知夏姑姑再怎么倚老卖老也不敢如此放肆。

他信任左言希和知夏姑姑，更甚于她。

在她失踪的那些年月里，他们之间究竟发生过什么？

阿原沉吟着，终于忍不住问道："我从前是不是骗过你什么事，才让你不相信我？"

景辞眉眼淡漠，也不看她的眼睛，懒懒地别过了脸："我几时说不相信你了？"

阿原道："那好，那你跟我说说，我们是怎么认识的，后来又怎么会定亲，中间都发生过哪些故事？"

景辞闭上眼，似在打盹。

阿原以为他真的犯困了，偏偏他又说了话。

他喟叹般低声道："我也不记得了……"

"……"

想完全攻克这个心思飘忽如天际流云般的男子，任重而道远。

长乐公主虽爱公报私仇，办事倒也毫不含糊，居然已将案子了解得清清楚楚。到了贺王府别院，她先和谢岩去拜祭了贺王，便直奔小玉的卧房，令人揭开官府的封条，把小馒头叫来，协助官差搜查。

小馒头对那小珠钗很是熟悉，听说要找小玉那根小钗，在小玉的梳妆盒内翻找片刻，很快取出一支小钗来，递给阿原："这就是小玉的那支。"

阿原忙接过一看，不由地怔住。

果然是一模一样的小珠钗，但小馒头翻出来的那支，下方缀的却是一颗珍珠。

阿原犹自不信，将先前的小珠钗取出，连同先前从小玉口中寻出的鎏金小银珠一起放于黑漆托盘中比对，遂看得更清楚。

一模一样的珠钗，小馒头那支上面缀的才是那种可疑的鎏金小银珠。

左言希此时终于后知后觉地想起："这……这珠子不是上回我们拣到的那颗吗？"

小馒头连连点头："对呀，就是我们在林子里拣到的那颗珠子。横竖也没什么用，所以我拿出去请匠人用来修我的小钗了。公子看，这修得根本看不出已经换过珠子吧？"

"……"左言希沉默了，看着这个差点连累自己跳进黄河也洗不清的小侍儿，好一会儿才道："嗯，的确……天衣无缝。"

阿原也沉默了。

左言希整晚都与谢岩在一处，虽未被羁押，到底算是嫌犯；县衙又因公主和使臣的到来守卫森严，他不可能找到机会赶回医馆，串通小馒头换掉小珠钗上的坠珠。何况其他侍儿很快也证实，那两支小钗上，原来的确缀的是珍珠。

谢岩便问小馒头："这银珠是在哪里拣的？"

小馒头道："就在那边的竹林后面，那棵老槐树下。我和公子在那里采药引子时拣的。"

"什么时候的事？"

"也就几天前吧！"小馒头眼珠子转了几转，想起来了，"对，那天有位很漂亮也很厉害的小姐跟我家小王爷打架来着，公子就叫人去骗开小王爷，还在那竹林边跟小王爷说了会儿话！"

慕北湮不放心，也已跟了过来，闻言悻悻地对阿原说道："不就是你大闹医馆那天的事儿吗！没错，那边是有棵槐树。"

小馒头这才仔细留意阿原的容貌，果然发觉和那日远远所见的美貌小姐很是相像，眼底像碎了什么东西，亮晶晶的，默默地往她家公子身边靠了靠。

谢岩沉吟道："难道小玉真的就在这别院中遇害的？走，我们去那里瞧瞧。"

若小玉在王府内遇害，便可能与随之发生的贺王遇害有关。

阿原等人正要回应时，长乐公主忽然说道："慢着！那个侍儿的遇害现场，阿原他们去检查就好。谢岩要跟我去搜查几处屋子。"

谢岩皱眉："搜什么？"

"这府里所有有熏香习惯的人的屋子，都要搜！"长乐公主拈过那鎏金小银珠，睨着阿原冷笑道，"连这个都不认识，真是……乡巴佬！"

谢岩皱眉："公主，我也不认识这个。"

慕北湮也久与这位公主相识，对她并无好感，当下也抱着肩，冷着脸道："我也不认得。与长乐公主相比，我们自然都是乡巴佬！"

阿原忙道："嗯，公主见多识广，能认出这珠子的来历，自然再好不过。我就跟景县尉他们去勘察下那林子吧！"

她深感自己若是再跟着谢岩一处，指不定会被长乐公主纱帷后的眼神剜得浑身是洞。

想想她似乎也不是太冤，初见谢岩时那种被他眼神直直撞到心底的感觉，的确称得上心动——只是终究压不过面对景辞时的热烈和欢喜。

长乐公主没有回答阿原，只是高傲地向她拂了拂袖以示许可，那睥睨的神色分明在说，算你识趣……

当着长乐公主的面，景辞倒是谨守小县尉的本分，一直安静地抱肩立于屋外，也不知是在沉思，还是在休息。见阿原出来，他才微微舒展了眉眼，随她一起走向那林子。

阿原笑道："这下你放心了吧？至少左言希的嫌疑没那么大了。"

景辞道："即便小玉真有一模一样的银珠，也不足以证明他是凶手。何况他秉承医者之心，至情至性，不可能做出弑父之事。"

"哦！"阿原问，"你们是不是已经认识很久，才会这般了解？"

景辞沉默片刻，方答道："其实相识并未太久，但他救过我的命。如果不是他，我早已惨死于荒山，葬身于狼腹，连一块骨头都休想剩下！"

他素来清冷寡言，但此刻答得竟有几分急促，显然当日的遭遇令他刻骨铭心，震撼至今。

阿原对他或他们的过去茫然无知，却还记得他当日说过被人背叛后重伤垂死的往事，立时猜到当日必定是因为左言希的援手才得以脱困。见他说完之后越走越快，忙上前扶住他，道："你足疾未愈，别走得太快！"

景辞回头瞥她一眼，双眸映着翠竹清影，竟似被竹枝割得皴裂。那陌生的隐痛令阿原心头莫名地一揪，手上不由得松了松。

景辞的手也动了动，似想将她甩开，却最终反手一握，坚决地将她的手牵住，低低地道："好在都过去了，过去了……"

只是留下了今生难以痊愈的足疾，诱发了可能夺去他性命的痼疾而已。

阿原慢慢与他十指相扣，紧紧握住，柔声道："既然过去了，便不用再想。就像我也会抛开我的过往，从此只陪着你……陪着你调养好身体，一起活到白发苍苍。"

景辞道："好。"

小馒头正在前面领着路，听他们的对话听得入神，砰的一声撞在一株大竹子上，顿时晕头转向。

小鹿当年见惯了小姐与众男子的调情，可谓见多识广，根本没把这点情话听入耳内，见状拍掌大笑，叫道："她额上也要长犄角了！小姐，有人要陪着你一起长犄角了！"

景辞闻言，将手在阿原额上抚了抚，说道："已经消了。"

阿原想象着自己当初的坦荡，好不容易厚起脸皮将心里的话一一说了，脸庞已泛了红；再觉出景辞在额际的碰触，连脖颈和耳根都已赤红。她忙转开话题，说道："应该就是那株老槐树吧？隔了好些日子，只怕很难留下有价值的线索了！"

小馒头已捂着额指给他们看："看，这就是我们那日采的药草。当时那银珠就是滚在这药草旁边。"

景辞仔细打量着，然后低叹一声："这里……应该就是小玉被害的第一现场。"

槐树根部的树皮隐见抓痕，并不起眼，但景辞俯身，从树皮间抠出一枚折断的指甲。

树下阴凉，那指甲居然还闪着一抹嫣然的玫红，只是折断处血迹隐隐，显然是痛苦之际硬生生被掐断在树皮间。

小馒头惊得抱住肩，四下张望着，说道："小玉姐姐不是遭了贼吗？怎么会在这里，在这里……"

四周林木葱茏，花香袭人，不远处竹影摇曳，韵致悠然，诚然是赏景胜地。但夜间无非丛林密草，谁又会来这里，谁又能注意到小玉在此处被人摧残至死？

春日草木繁盛，早已掩去泥土被压蹭的痕迹，但老槐树上尚有绳索捆缚的痕迹隐约可见。

阿原推断道："小玉并非如我们先前所料的，在哪处的卧房遇害，而是被施暴者劫到此处，捆住双手，绕过头顶，扣于树干上。因双手无法动弹，痛苦之际便将指甲掐断了，也无法因挣扎在施暴者或自己身上留下伤痕，故而她身体的外部并未留下太明显的被施暴的痕迹。"

小鹿道："可那个靳大德不是吹牛，他们家弄死一个下人跟弄死一只蚂蚁般轻而易举，并不怕人追查，为何又想着抛尸了？"

阿原道："若是不引人注目的小人物，自然无妨。但小玉到底是左言希的贴身丫头，大概凶手还是有所顾忌的吧？"

景辞皱了皱眉。

阿原已知他十分维护左言希，忙道："凶手顾忌左言希，并不是说一定与左言希有关，但必定与靳大德有关吧？"

靳大德和他的心腹顺儿，力证小玉告假离府，如今小玉被确认是在此处遇害，这二人无疑在撒谎。

随即，他们继续在附近搜寻，又在草丛中找出一朵玉粉色的小小绢花。这回小馒头立刻认出了是小玉素日所簪，于是他们更能确定，小玉正是在此处遇害。

景辞轻轻掸了掸袖上的灰尘，说道："阿原，回去禀告长乐公主，准备刑讯靳大德吧！如今可没人护得了他了！"

慕北湮这个贺王世子，如今才是贺王府的主宰者。他对靳大德并无父亲对他那样有着深厚的感情，并且他同样急于探知真相。

阿原应了，正要与景辞等人离去时，那边忽有人疾奔而来。

他们抬头一看，竟然是井乙冲过来，急急地叫道："小贺王爷和公主吵起来了，谢大人让先将左公子收押，又命我赶紧把你们找回去！"

景辞吸了口气："为何又要收押左公子？"

井乙道："听说左公子的屋子里搜出了小玉的贴身之物，还发现了那个银香囊！"

"什么银香囊？"

"就是那个银珠……缀那个银珠子的……他们都说是贺王的东西，猜测是贺王杀了小玉，左公子为替小玉报仇才做出弑父之事……"

他的话尚未说完，景辞已快步奔了出去。

月洞门内，左言希那座清幽静雅的小院，已成了官府临时审案的公堂。

一众公差的随侍下，长乐公主端坐于梨花树下的一张圈椅之中，正悠闲地啜着茶。此处似乎比别处更清冷些，暮春初夏的时节，依然有散落的梨花碎瓣飘落，洁白如雪，却很快被众人匆忙来去的靴子碾压成尘。

左言希被绳索缚住双手推出门来，面容有些苍白，但神情还算镇静。慕北湮重孝在身，提了苴杖在手，紧跟着走出，护在左言希的跟前，与长乐公主两名执鞭在手的随从对峙。

谢岩如此紧张，让人立刻通知景辞，不仅因为长乐公主打算收押左言希，还因为长乐公主已打算当场用刑逼供。

左言希再尊贵，也无法和奉皇命前来查案的长乐公主相比。若她执意刑讯左言希，连谢岩也无法阻拦。

景辞也顾不得会被人猜疑身份，疾步走到那边的石桌前，看向托盘内的证物。

一件是浅粉色的女子小衣，大概已被确定是小玉所有；另一件则是鎏金银香囊。

香囊是镂雕着鸳鸯戏水的纹理，和先前贺王床榻上悬着的那个帐中香囊一样，中间暗藏机括，可以确保不论怎么翻滚，其内燃烧的香料都不会翻落。只是，这个更加小巧，尚不足小儿的拳头大，上方的挂链已断，下方则有小小的坠脚，本该缀着三颗银珠，如今却只剩了一颗。

那颗银珠同样镂雕着鸳鸯，正与小玉口中所含、小馒头槐树下所拣的银珠一模一样。

贺王的一名姬妾正跪在地上，禀道："这香囊的确是王爷帐中所用，前些日子不见了，薛夫人便让我们另找一个悬在帐中了。"

薛照意也跪在一边，哭泣道："可言希公子素来孝顺谦和，绝不可能做弑父之事，求公主明鉴！"

长乐公主问："左言希会不会弑父先放一边，你且先回答我，小玉失踪那晚，是不是去了贺王那里？"

薛照意叩首道："王爷近来伤病在身，妾身与两位姐妹虽照顾王爷起居，但很少留下来侍奉王爷，委实不知那夜情形！"

长乐公主冷笑道："可贺王床榻上的东西，也不会无故飞到左公子的卧房中，更不会无故飞到他的侍儿口中吧？"

薛照意虽为人玲珑，此时也手足无措，不知如何应对。

左言希藏有小玉的小衣，可证明左言希与小玉有私情，至少已超越了一般的主仆之情；与小玉之死有关的银香囊的出现，证明左言希很清楚小玉的死因——那死因无疑与贺王相关。

而贺王遇害那晚，左言希并无确凿的不在场证据，何况他一身武艺深藏不露，若想暗中潜回贺王的卧房杀人，简直轻而易举，越发令人生疑。

　　长乐公主虽视阿原如眼中钉，但二人判断竟出乎意料的一致。

　　而今，不仅证据确凿，若算上昨晚杀害证人傅蔓卿，连证人都齐全了，完全可以定案了。

　　慕北湮并不相信父亲奸杀小玉，但目前更要紧的是不能让左言希受刑，可即便他冒险与长乐公主对峙，也难以解决左言希眼前的困境。

　　景辞沉吟着走到谢岩的跟前，轻声说了几句。

　　谢岩正在踌躇，闻言眼睛亮了下，上前道："公主，刚阿原他们已经勘察过，并找到证据，证实小玉正是在那边的树林中遇害。"

　　长乐公主道："不论小玉在哪里遇害，既然有香囊为证，足以说明与贺王、与左言希脱不了干系。"

　　她的目光淡淡地扫过谢岩，声音冷而清朗："左言希既然有重大嫌疑，收监审讯是少不了的例行程序。既然你们都不愿为难这位左公子，那就让本公主来做这个恶人。父皇交代下的差事，你们敢耽误，本公主可不敢耽误！"

　　此话一出，谢岩自然不好硬拦，连慕北湮也不由得犹豫起来。

　　慕北湮素日里虽任性胡闹，但到底久在京中，深知宦海浮沉，君心难测。梁帝出身武将，伐晋失败后性情越发暴躁多疑，爱将遇刺对他必定也是不小的打击。慕北湮若敢阻拦公主审讯嫌犯，追究起来一样罪责难逃。

　　左言希忽然绕过慕北湮走上前，平静地道："想来，我再怎样辩解自己从未见过这些证物，于公主而言，也不过一面之词。但我若将所有罪责揽下，公主当真认为便可以向皇上交差了？"

　　长乐公主靠在椅背上，轻笑道："为何不能交差？"

　　左言希尚未回答，旁边忽有一人答道："小玉乃是被人奸杀，若是贺王所为，以贺王的权势，根本无须借着深林暗夜掩饰才行动，更无须抛尸。左言希虽有嫌疑，但为一个侍女弑父，即便真是心中所爱，也是匪夷所思，难以服众。他留下小玉的贴身衣物做纪念还可理解，把小玉遇害时凶手留下的香囊留下做什么？怕人无法发现他的杀人动机？何况，他既然留下香囊，岂会认不出香囊上的珠子？又怎么会让另一名侍儿将珠子缀在珠钗上招摇？生怕旁人不疑心吗？暗中布局之人做得越多，破绽便越多，公主聪慧英明，想来不会受人诱导，妄动刑罚。"

　　长乐公主眸光连连闪动，盯着眼前抱肩而立的年轻男子，慢慢地问道："你是何人？"

　　景辞轻轻扬唇："我姓景。"

　　他很无礼，未说官号，未报名字，甚至没有最起码的敬称和谦称。

但长乐公主手中的茶盏已顿了一顿："景……"

谢岩忙上前道："以公主之才智，当然也已看出其中蹊跷。好在小玉之案已有进展，不如先将左言希押下，若下面能查出更多证据，也可令他无可辩驳。若是真有人刻意栽赃陷害，公主也必定能还他清白！"

长乐公主透过纱帷打量着他和景辞，又啜了口茶，方惬意地轻笑："嗯，你们说的……也有道理。来人，先将左言希押下去，待我细细查过再审吧！若你们能证实他的确是被冤枉的，我自然还他清白！"

谢岩松了口气，应道："遵命！"

慕北湮也略略放了心，只低喝着押送左言希的侍从道："给我小心侍奉着，如果有什么差错，小爷要了你们的脑袋！"

侍从领命时，左言希转头看了眼他的卧房。

卧房内早已被翻得底朝天，所有箱柜一概被打开，衣物衾被一一被搬出，连他珍藏的药材都被尽数取出，摊了一地。

阿原慢慢穿过满地的杂物走出，手中执着一枚刚刚找出的半旧的剑穗，清亮的眸子有些黑沉，正冷冷地盯着左言希。

苍黑色的剑穗，编织了精致的双雀纹绳结，垂落着长长的流苏。

左言希蓦地变色，连唇边的血色也在顷刻间褪尽。

景辞、慕北湮等人一心为左言希化解眼前的危机，都未曾留意到阿原什么时候进了左言希的卧房，见左言希面色不对，才顺着他的目光看向阿原。

阿原已悄悄藏起那枚双雀纹剑穗，然后在他们的注视下，空着双手若无其事地走了出来。

景辞打量着她，问："有什么发现？"

阿原摇头："没有。就是看着不少罕见的药材被翻在地上，太可惜了。"

景辞沉吟："嗯，都是他的宝贝，回头叫人收拾下。"

他们说话间，左言希已在侍卫的押送下离去，再看不出是何神情。

长乐公主的目光向来爱在谢岩身上流连，但此刻更多地在盯着景辞，颇有几分研判之意。

景辞已走到那边石桌旁坐下，仔细检查那个香囊。

长乐公主问："你和谢岩可把这香囊拆开两遍了，看出什么没有？"

谢岩对她向来避之不及，可惜如今避无可避，只得淡淡地道："没什么，就看着里面的香丸尚未燃尽。"

长乐公主沉吟："燃了一半时，熄了？倒有些奇怪。"

贺王所用之香丸和炭料，当然都是最好的，不可能无缘无故中途熄灭。

谢岩道："并不像淋了雨或浇了水，不然，香丸早就被泡得没有形状了……"

小鹿不知从哪里摸了个桃子在啃着，亦凑在阿原旁边观望。

景辞忽然向她一招手："过来！"

小鹿指了指自己的脸，嘴里含着一口桃子，口齿不清地问："我？"

阿原将她一推，推到景辞的跟前。

景辞握住她的手，仔细地看她的脸。

小鹿受宠若惊，忙将桃肉咽下，努力挺胸显出几分贵家侍婢的端庄气度来。

景辞手持香囊，和她手中的桃子比了比，又放到小鹿嘴边比了比。

小鹿有些心虚起来，问道："有……有什么不对吗？"

阿原道："没什么，他只是看看你嘴里能不能塞得下这个香囊。"

"香囊……塞嘴里干吗？"小鹿很奇怪，忽然想起香丸中途熄灭，不觉变了色，"莫非，莫非……"

她的想象力素来丰富，又跟阿原去过小玉遇害的地点，此刻几乎都能还原出小玉被人欺凌的场面了。

贺王的卧室里，锦衾绣褥间，小玉被人压在身上，哭叫求饶……

悬于帐中的鎏金银香囊因小玉的挣扎和那人的凶悍而左右摆动着……

大手伸出，将香囊拽下，连同断了的挂链和上面的缀珠，一起毫不留情地塞向小玉的嘴，堵住她的惨叫和求救……

本来尚在萦着袅袅烟气的香囊，在小玉叫不出声的嘶喊中慢慢被濡湿，熄灭……

但小玉最后并不是死在那锦绣床榻中，而是死在深林密丛中。

她被人从贺王的卧室带出，带到那株老槐树下，在黑夜里继续施暴。

凶手尽兴后，终于从受尽蹂躏的小玉口中，取出了那枚香囊，然后掩住她的口鼻……

香囊随后被收起，小玉的尸体也被穿上衣裙，扛出林去，丢入沁河之中。

但林中黑暗，那人没办法留意到，小玉口中尚残留着一颗小银珠，而老槐树下也滚落了另一颗小银珠……

小鹿忍不住弯腰呕吐，手里的桃子再清甜也吃不下了。

她将桃子丢了出去，咕哝道："没熟的桃子，真酸，酸……"

慕北湮的面色已越发难看，侧过脸默默地看向父亲停灵的方向。

谢岩不忍，拍了拍他的肩，低声道："真相未明，先别想太多。"

景辞瞥过他们，将香丸捻开，细细嗅着，缓缓道："这香里还另外加了些东西。"

长乐公主丝毫不曾受案情影响，依然悠闲优雅地喝着茶，随口问道："什么东西？"

景辞不答，只问慕北湮："贺王来到沁河后，是不是很少唤姬妾侍寝？"

慕北湮对他既憎又恨，懒懒地答道："应该很少吧！他来沁河，本为休养身体，并非寻欢作乐。"

景辞道："可这香丸中有催情之物，用量虽不多，若是闻得久了，只怕也有些难以把持。"

慕北湮吸气，向廊下远远跪着听候传唤的那群人喝道："薛氏！给我出来！"

薛照意惶恐地行来，行礼道："小王爷，有何吩咐？"

慕北湮问："你在我父亲用的香里，动了什么手脚？"

薛照意花容失色，忙磕头道："公主明鉴！小王爷明鉴！妾身岂敢在王爷所用之物里动手脚？是王爷……王爷吩咐，让我在里面加了些调节闺房情趣之物。"

慕北湮眼底已有岩浆般的怒意在涌动，喝道："胡说！这是看我父亲没法从棺材里爬出来和你对质吗？"

薛照意慌忙道："妾身不敢！真的是王爷自己的意思！小王爷若不相信，可以去问其他姐妹……就是言希公子，每日为王爷把脉，应该也是知道的。王爷上回在战场受伤，伤了筋脉，所以……所以……"

慕北湮忍不住喝道："闭嘴！"

虽说小贺王爷以怜香惜玉闻名，但此刻他显然很想冲过去将她踹上两脚。说贺王奸杀小玉、左言希因此弑父，已然够荒诞，但如今证据对左言希大大不利，只能强忍着不发作，再不料如今竟牵扯出贺王不举，自然羞愤交加。

他看了一眼负手看笑话的长乐公主，紧握着拳快步奔了出去。

阿原先前被他算计得狼狈不堪，但到底不曾真的吃亏，还因此成全了她和景辞的好事，对他的愤恨已消解不少，见状不由唤道："慕北湮！"

慕北湮顿身看向她，阴沉的眼底微转柔和。

阿原走过，低声道："即便小玉真的曾在贺王的卧房中出现，也不能断定是贺王所害。小玉是被力大强悍者奸杀，你可曾想过谁最有可能？"

慕北湮的眸光闪了闪，说道："多谢！"

待慕北湮离去，阿原才发现长乐公主终于不再悠闲地啜茶，而是紧紧地盯着她，似要在她脸上盯出一个洞来。

阿原摸摸脸，问道："公主觉得我做得不妥？"

长乐公主摇头，掷下茶盏笑道："没有。甚妥，甚妥！你的脑子若是少放些在男人身上，看着倒还有几分聪明！"

阿原眉峰挑了挑，作揖笑道："谢公主赞赏！"

潇洒利落，全无芥蒂，似完全听不出长乐公主话语间的嘲讽。

长乐公主将她再打量了几眼，哼了一声，拂袖而去。

小鹿冲着她的背影做了个鬼脸，然后茫然地看向她的小姐："她什么意思？小姐……又做什么了？"

谢岩负手微笑："她没做什么，只是偷了个懒而已！"

景辞令人将证物收起，却唤了小馒头等侍儿，亲自带她们进了左言希的卧室，看着她们收拾那些药材。

阿原捏着袖中的双雀纹剑穗，犹豫片刻，依然将剑穗藏起，进去帮着收拾。

贺王虽没了，但贺王在朝堂和军中的影响力还在，他的亲友部属并没那么好动。先前长乐公主想刑讯左言希，虽然证据确凿，慕北湮都打算出手阻拦。

不论是为了查出父亲遇害的真相，还是为了还左言希清白，作为贺王府的少主人，慕北湮将不得不彻查此事，也最有资格彻查此事。

而阿原提醒他的线索已经够多。

贺王长期静养，甚少离开自己的院子。如果确定小玉曾在贺王的卧室中出现过，说贺王不知情，着实太勉强。那么，即便慕北湮再怎么不愿承认，小玉之事都与贺王脱不了干系。若这个推断成立，杀害小玉的，必定是贺王的心腹之人，且好色勇猛。

这个范围并不大，对于深知府中众人底细的慕北湮来说，更容易确定。

谢岩不太放心，意欲跟着前去帮忙，那厢长乐公主却道："谢岩，本公主闻着这满院子的药味，疹子犯得更厉害了。你陪我回县衙，继续找大夫诊治吧！左公子的药，我可不敢用了！"

她挠了挠发痒的面颊，又怕挠破皮肤，言语间便又多了几分烦躁。

虽然左言希医术高明，但如果真是丧心病狂的弑父凶手，指不定就会施展些什么手段，令前来查案的长乐公主病得见不得人。她担忧得并非没有道理。

谢岩无奈，悄声对阿原说道："北湮虽然聪明过人，但自幼娇惯，平生不曾经历过太大波折，我担心他冲动之下有什么行差踏错的。你在这边帮忙照看些。"

阿原张了张嘴，指向自己的鼻子："我？照看他？"

谢岩轻笑："你照看不了也不碍事。只要你在一旁照看着，景县尉自然也会在一旁照看着。"

景辞正立于不远处的梨树下负手看残花，似乎并不曾留意他们的言语。但谢岩刚提到他，他已冷冷一眼横了过去。

谢岩向他远远一揖，微笑着走了。

阿原便问他："那咱们要不要去瞧瞧小贺王爷那边的情形？"

景辞不耐烦地扫过谢岩的背影，懒懒地道："钦差大人吩咐，还能不去？呵，他还真会料理人！"

阿原道："他这钦差大臣不过是挂名的，说到底还不是长乐公主在做主？说来也奇怪，皇上为何派个公主过来查案？"

景辞道："诸位皇子公主里，只有长乐公主我行我素、敢做敢当，可称得上耿直公允。皇上看重的，应该是这个。"

阿原好奇地道："你对宫里的事很清楚？"

景辞道："哦，谢岩说的。"

"你跟谢岩很熟？"

"其实……也不太熟。"景辞忽然看向阿原，"你有没有觉得，谢岩和长乐公主挺般配的？"

"般配？"阿原看着他探究的眼神，笑了起来，"不知道。我跟他们……完全不熟！"

景辞仿佛不屑般哼了一声，牵着她的手向外走去。

也不知是不是错觉，阿原总觉得他眉眼间有种心满意足。于是，阿原也心满意足起来。

对着这么个有心机的男子，当一个同样有心机的女子，无疑是最英明最睿智的决策。

同样有心机的小县尉和小捕快并没有立刻去找慕北湮。

他们先去见了李斐，问明其他各处屋子搜查的情况，然后去了一次厨房。

小鹿本来跟在阿原身后亦步亦趋，待阿原等人问完话，她看见厨房里正在蒸包子，蒸得热气腾腾，香气扑鼻，一时迈不开步，便留在厨房里等包子了。

阿原等人在书房找到慕北湮时，慕北湮也才刚刚开始他的内部审讯。

无论是谢岩，还是阿原，似乎都低估了慕北湮。

他并不像他们预料的那般，将可疑的贺王亲信一网成擒，挨个审讯，而是和颜悦色地将顺儿唤进屋去，软硬兼施地问小玉失踪那晚的情形。

顺儿虽忠心，但他不仅对靳大德忠心，更对贺王忠心。贺王死后，他最该忠心的对象无疑成了贺王世子。

于是，靳大德叮咛多少遍让他保守的秘密，他立誓受尽酷刑也不会说出去的秘密，很快在慕北湮的循循善诱下和盘托出。

小玉那晚并未收到什么老家来的信，而是靳大德命他悄悄将小玉唤来，且叮嘱他不许惊动任何人。

顺儿是贺王的心腹，上下无不熟悉，又有靳大德暗助，想事先支开沿路守卫易如反掌，故而不论是医馆还是别院，根本不曾有人发现小玉去了贺王那里。

小玉闻得贺王召见，似乎已经有所预感，一路赔笑，试图问出贺王找她的缘由。

顺儿只能答她："不知。"

他的确不知，他也只是奉命行事而已。

小玉被带入贺王所住的院落后，靳大德便命他先回去，亲自领着小玉走了进去。

顺儿离去前，隐约听到了贺王的怒斥和小玉的哭叫，却无论如何也想不通，远远地住在医馆里的言希公子的侍儿，怎么会得罪王爷。

其后发生的事，顺儿并不知晓。靳大德半夜才回来，叫醒他来吩咐他，从此若有人问起小玉，只许说她因母亲病重告假回家了，不准谈及其他。

顺儿知道这必定是贺王的意思，只得应了，心下却已明白，从此这世间再不会有小玉了。

慕北湮将细节都一一问明白，方叫人唤来靳大德，当着靳大德的面又问了一遍。

顺儿虽有些畏怯，到底不敢反口，只得照旧一一说了。

待顺儿说完，慕北湮也不说话，将自己面前茶盏里的水一口饮尽，便静静地盯着靳大德。

阿原陪着景辞坐在一侧瞧着，悄声道："我原以为慕北湮只会斗鸡养狗，不想也懂得攻心之计！"

景辞淡淡道："他老子就是条老狐狸，他耳濡目染，没吃过猪肉也见过猪跑，论心计自然差不到哪里去。"

他的目光柔和了些，低低地在她耳边道："所以你上回不慎被他算计，也没什么好丢人的。"

想起那回被慕北湮算计的"后果"，阿原咳了一声，厚着脸皮只当没听到，耳垂却已不由得悄然红透，红宝石般诱人。

景辞盯着她的耳垂看了片刻，才若无其事地收回目光。

在贺王世子的威压下，屋中气氛已安静得近乎沉重。靳大德跪在地上，额上慢慢滚落大颗大颗的汗珠。

半晌，他终于叩首道："小王爷明鉴！小玉她……她的确并未回老家，而是……而是被王爷下令处死了！"

慕北湮那双往日媚意悠悠的桃花眼森寒锐利，如有血光翻涌："我父亲为何处死小玉？他让你去老槐树下奸杀小玉了？"

靳大德垂头道："回小王爷，王爷的心思，小人也不明白。王爷似乎发现了什么，下令暗中传来小玉时，脸色便不大好看。后来叫小玉进去说话时，我也只敢在外面守着，并不知道他们议论了什么。"

景辞忽然插口问："小玉和贺王曾有过长时间的对话？"

靳大德点头："具体说了什么，小人听不清，看样子是小玉做了什么让王爷十分生气。究竟发生了什么，小人也不知，王爷也未说起过。后来王爷把我唤进去，命我将小玉处理掉，还让我手脚干净些，莫让人发现了尸体。我进去看时，小玉敞着衣裳躺在床上，死活不知。小人一时鬼迷心窍，想着反正她也活不成了，所以将她带到秘林……"

他垂着头，抬手左右开弓打自己的耳光，边打边道："小人该死！小人该死！不该色胆包天，动王爷动过的女人……"

他不说后一句还好，后一句才出口，慕北湮已抬脚将他当胸踹倒，冷笑道："你见色起意便见色起意，偏要诬赖我父亲做什么？先前不是还说他受伤不举吗？"

靳大德被踹得趴在地上，他慌忙磕头认罪，说道："对，都是小人的错，小人奉王爷之命将她处死抛尸即可，为何要见色起意，令她死前受那样的罪……"

慕北湮被噎得握紧了拳，一时竟无言以对。

从顺儿和靳大德的的交代来看，不管贺王有没有对小玉施暴，至少是他主使杀人抛尸无疑。而靳大德奉主人之命行事，罪责并不算，——何况追究他，就必须追究贺王。谁又肯为了小侍女去追究贺王的罪责？

阿原沉吟着问道："以贺王的地位，要处置这么个小小婢女，不比捏死只蚂蚁麻烦多少吧？为何非要杀人抛尸、伪造成小玉回乡的假象？"

靳大德道："小人不知。王爷似乎有什么顾忌，当时只是说让她永远消失，别让旁人发觉……我后来猜测，或许这小玉勾引言希公子做出了什么事，令王爷生气，但又不想让言希公子伤心，所以才这般处置。不料言希公子还是知道了，终令王爷招来杀身之祸……"

他伏在地上擦眼睛，呜咽着喊道："王爷死得冤呀，王爷……死得太冤了！"

慕北湮气得面色泛青，问道："你凭什么认定是左言希杀了我父亲？"

靳大德哭道："公主不是从他屋里搜出了他跟小玉有私情的证据了吗？"

慕北湮冷笑道："要在我屋里搜，别说女人的小衣，连女人的头发和指甲都能找出一堆。若这都能算作杀人证据，我岂不是杀人无数？你为何不提起，最令左言希百口莫辩的，是那个曾堵住小玉嘴的香囊？你倒告诉我，本该由你收起来的香囊，怎么会跑到左言希的屋里？"

靳大德忙道："小王爷明鉴，那香囊颇为珍贵，小人事后曾带回，随手置于桌上，原想着回头看看能不能修好，谁知没两天忽然便不见了。后来我悄悄问过，当时除了素日来往的那些侍从，言希公子也来过。这事儿顺儿也能证明。"

顺儿连忙点头道："对对对，小人不敢撒谎，靳总管问起香囊那日，言希公子的确曾去过。"

慕北湮道："你自己都说了，来来往往的人多了，小爷三天两头去账房领银子，指不定也去过，为何你们偏偏要特别议论起言希？难道那时你们就预知会在他房中搜出香囊？还是预知他和小玉有私情？"

靳大德垂头道："或许是我等心里有鬼，回想着言希公子的确和小玉很亲近，对小玉很好，所以发现香囊不见了，便忍不住怀疑言希公子。"

慕北湮道："左言希对谁不好，跟谁不亲近？亲近便是有私情？他的确有心仪的姑娘，可那姑娘根本不在贺王府，更不会是小玉！与其怀疑他，还不如怀疑我，毕竟长得好看的姑娘，我向来会多看几眼，而言希一眼都不会看！"

他忽然想起出现在父亲遇害现场的傅蔓卿的帕子，背上猛地浮上一层汗珠。

暗中操纵之人，不是不想将慕北湮推出去。

贺王遇害之前，他刚和贺王起了极大的争执，本该是最容易被怀疑的一个，而那帕子正是令他百口莫辩的最有力的证据，甚至根本不必去牵扯小玉之事。

但左言希暗中维护，悄悄藏起了绢帕，纵然旁人有百般猜忌，也不好无凭无据怀疑世子弑父。那把想引到他身上的邪火，到底没能烧起来。随后，傅蔓卿遇害，前往暗查绢帕之事的左言希成了疑凶，在衙门住了一晚，他的房间里便出现了"铁证"，而在父亲棺椁前整夜守灵的慕北湮才算彻底洗刷了嫌疑。

靳大德还在嗫嚅道："可小玉毕竟是言希公子的人……"

慕北湮喝道："闭嘴！小玉是左言希的侍儿没错，可你们凭什么认为，左言希会认出那香囊与小玉被害有关？难道小玉在那香囊上写了字，说她曾被这香囊塞住嘴后奸杀？说到底，不过是你想嫁祸，想当然地认为这是最有力的证据而已！"

靳大德慌忙道："冤枉！我素来敬重言希公子，怎么会嫁祸给他？又怎敢嫁祸给他？至于言希公子怎么会知晓这香囊与小玉有关，小人也不敢妄加揣度……"

慕北湮冷笑道："那我便明着告诉你，左言希不可能知道这香囊与小玉有关！他那样细致的人，会连香囊上的小银珠都认不出来？拣到后竟由得小馒头拿去修珠钗，还大摇大摆地戴在头上让官差认出来——你以为他是和你一样的蠢货吗？"

景辞目光微微一低，似笑非笑地扫过阿原，阿原脸上便不由得有些烫，好似慕北湮骂的蠢货是她一般。

她咳了一声，终于也说话了："靳大德，今天长乐公主下令搜查，并不只搜了左言希的卧房，素日用过熏香的屋子，都搜过。当然，包括你的卧房。"

靳大德的圆脸上满是汗水，倒比平时看着忠厚些。他怔怔地看着阿原："我的卧房里……并没有什么。"

阿原道："嗯，你离了贺王，便是离了水的鱼、揭了壳的王八，谁也不会怀疑你，自然也不会有人往你房中塞什么莫须有的证据。只是，你能不能告诉我，你的妻妾并未跟来沁河，你房中为何也有薛夫人所制的香？嗯……就是香囊中那种有助于男女情事的香？"

靳大德面色微变，忙道："原捕快，我一个粗人，哪里懂得什么香不香的？承蒙薛夫人看重，她一向制了什么香，都会赏些给我，打扫的丫头们也不过随意拿来熏了，我倒从未觉出那些香有什么区别。薛夫人随手赏赐，必定也没想那么多吧！"

慕北湮已不屑道："靳大德，你在旁人面前装正经人也就罢了，怎么着，想连我一起糊弄？你那些破事，瞒得过谁？那日你从衙门被带回，我早就问明白了，你淫人妻子，致人小产而死，确有其事。父亲看你多年辛勤侍奉，才肯百般维护。你要了这药来，也不知打算祸害谁。"

阿原嘲笑一声，正待说话时，景辞悄悄伸出手去，按了她的手止了她的话头。阿原不解时，景辞已开口道："世子必定不知，这药以熏香为主，于房事虽有助兴之效，但也不至于让人完全无法把持，所以说他打算祸害谁，着实有点冤枉。不过最冤枉的该数贺王。若他知晓他的心腹把他的帽子染得绿油油的，不知还会不会这般维护？"

慕北湮差点跳起来，反应却极快："你是说……他和薛氏？"

景辞淡淡一笑，击了击掌，那边小鹿便推着一个妇人走进来，手中兀自抓着一个刚出锅的肉包子啃着。

慕北湮倒也认识："你是厨娘林氏？嗯，听说过你和靳大德的事……"

林氏是寡妇，又有三分姿色，靳大德的妻妾俱在京城，二人有点什么倒也不奇，阿原等人在贺王府查了数日，也听过些风声。算来，贺王的妻妾本就不少，小贺王爷更是恋上情人无数的原大小姐，论起风流韵事，林氏和靳大德的这点儿完全不够看，故而根本无人留意。

林氏刚在厨房被阿原等人审过，小鹿等包子时又不知添了多少的话，此刻她满面的惊吓和惶恐犹存，也不敢瞧向靳大德，只磕头道："小王爷恕罪！小王爷恕罪！奴婢虽曾与靳总管相好，但靳总管所作所为从不与奴婢商议，奴婢什么都不知道呀！"

景辞睨她："你知道什么，又不知道什么？"

林氏老老实实道："奴婢只知道靳总管和薛夫人相好，并不知道是不是他们合谋杀了王爷……"

若非有侍从按住，靳大德差点冲上前甩她几耳光，挣扎着高喝道："贱人，你胡说什么？"

靳大德久在贺王府管家，林氏惊得浑身哆嗦，硬着头皮道："我哪知你做了多少伤天害理的事？若你害了王爷，那是满门抄斩的罪过！夫妻本是同林鸟，大难来时各自飞。何况你我露水情缘，本就不比你和薛夫人你侬我侬，情意深厚！"

靳大德怒道："我和薛夫人不过是主仆情谊，时常在一处打点府中事宜而已，你怎么能血口喷人？"

林氏道："我不懂得你们是怎样的主仆情谊，我只知你有一日醉后还跟我提起，薛夫人身体柔软如棉，令人如痴如醉，又道薛夫人胸间有一豆大红痣，晶莹剔透。"

靳大德泛着油光的脸涨得红紫如猪肝，几乎嘶吼道："林氏，我素来待你不薄，竟敢如此诬赖我，诬赖薛夫人？"

林氏道："我怎知你们做下了多少杀千刀的勾当！我膝下有儿有女，只求你们做下的那些事别连累我儿女就好！至于我是不是诬赖，叫人将薛夫人的胸口检查一下不就清楚了？我久在沁河，身份卑微，跟这次才从京城来的薛夫人并不熟悉，编不出这谎来。"

竟是断定了靳大德犯下大罪，巴不得跟他一刀两断，免得连累他们孤儿寡母。

小鹿从怀中掏出绢帕包住的两个包子，递给阿原，悄声道："小姐，吃刚出笼的热包子！可香了！靳大德翻不了身了，我才不过说了几句，林氏就认定是靳大德和薛夫人私通，恋慕女色，害死了贺王爷……其实我只是顺着你的话头胡猜而已！"

阿原到底没法像小鹿那般旁若无人地啃包子，随手将那包子接了，递到景辞手上，说道："嗯，说书的天分，有时蛮管用的！"

慕北湮思维更敏捷，看林氏猜疑的神情，不由得惊怒交加，喝道："如此看来，我父亲遇害那晚，你与薛照意的证词也是作不得数了？奸夫淫妇而已，自然互相庇护！是了，若是你们夜间行那苟且之事被我父亲撞破，或存着那天长地久的心思，忘恩弑主又何足为奇？为了不让自己被怀疑，自然得设法把自己撇清。于是，用绢帕嫁祸给我不成，听说言希被怀疑，便将香囊等物栽赃到了言希房中？"

小鹿忙将剩下的包子皮塞入口中，含糊地击掌叫好道："对……对……就是这样！别院和医馆的门禁都在他的掌握中，想进左公子的房间，谁能比他更方便？"

靳大德擦着满额的汗，叫冤不停，哭号道："小王爷，王爷待我恩重如山，我再怎么着也不能谋害他呀！就是薛夫人，也是老奴一时糊涂，见她常守空房，便不时寻借口去瞧瞧她，挑逗几句，其实并未真的怎样。"

慕北湮道："我不想知道你们那些破事儿，我现在只要你明白地给我一个交代，为何嫁祸左言希？"

靳大德叫道："天地可鉴，我并未嫁祸他，而是……而是他的确就是害死王爷的凶手呀！"

"哦，你还要说，是言希从不会说话的香囊上识别出谁害死了小玉？"

"不，不是……香囊……的确是我放入左言希的房间的。"

"你……还敢说不是嫁祸？"

"不是嫁祸……就是左言希杀了王爷，是我亲眼看到的！"

"什……什么？"

别说慕北湮，就是阿原、景辞都不由地抬头盯住靳大德。

靳大德大喘着气，小眼睛里突突似有火焰跳动，终于说道："那夜，王爷将我们都赶走后，我借口寻找薛夫人商谈世子之事，在薛夫人那里待了许久。"

景辞取出一个包子来，咬了一口，慢慢咀嚼着，不紧不慢地问道："研究她的香料，还是研究阴阳和合？"

靳大德垂着头不敢回答，片刻后方继续说道："我从薛夫人屋里出来时已经不早，也怕被人议论，准备悄悄离开，这时忽瞥见有人从贺王的卧房后窗奔出，忙闪到一边。"

慕北湮抿着唇，咬牙道："你想说，你看到的人是左言希？"

靳大德道："薛夫人的住处在贺王那院子的后面，何况……咳，我也有些私心，那附近夜间没怎么安排巡守的人，入夜罕有人至。故发现人影时，着实有点奇怪，看得格外仔细。那人……的确是言希公子。他换了件深色衣衫，并未蒙面，但神情说不出的怪异，好像有点惊慌，又有点伤心，半点不像平时优雅的模样。我自己心虚，也不敢上前问，也亏得没上前问，因为他一拔腿便跃身跑了，竟有一身的好武功！"

他惊魂未定般看向慕北湮："小王爷，言希公子虽然出门在外的时候多，但在家的时候也不少吧？你可晓得言希公子竟这般深藏不露？"

慕北湮唇角弯了弯，笑得有点苦："我当然知道。九岁那年，我一时看他不顺眼想揍他，结果反被他揍了。我老子看我连他都打不过，又把我更结实地揍了一顿，从此他就没再练武了，后来明明是送出去学兵法的，结果学了身医术回来——他当我不知道，他怕折了我的面子，又怕我老子比较后会迁怒我，才故意装出那云淡风轻的斯文人模样。"

靳大德呆住："我……竟完全不知道！看着言希公子离开，纳闷得很，便从他推开的窗户往内看，便看到王爷已倒在地上。我赶紧跳进去看时，王爷身体还温热着，却已没了呼吸。待要叫人时，想着言希公子素日名声极好，说起来旁人必定不信。我又是从薛夫人那里出来的，也解释不清忽然出现在内院的缘由，只怕反被人怀疑，连忙又退出屋去，返身去找薛夫人商议……也是小人懦弱自私，薛夫人也害怕至极，唯恐旁人发觉我们的事，便决定当作不知道，我照旧回自己屋子睡觉……"

慕北湮不怒反笑："你是想说，你忠心耿耿，把我爹的女人都睡了，还想着为我爹报仇？"

靳大德战栗，却磕着头坚持道："小人肖想主母，的确不忠不义！但小人想为主人报仇，也是一心一意！"

小鹿在旁已听得呆住，感慨道："如此忠仆……真让人大开眼界！大开眼界！回头讲给说书先生听，又可以编出一套好故事了！"

景辞已站起身来，走到靳大德的跟前，忽将他咬过一口的肉包子塞入靳大德口中，塞了他满口。

靳大德忙要伸手去掏时，景辞将他下颌一捏，差点捏得他脱臼，再将包子往下一拍，已将差不多整个肉包子塞入他的喉间。靳大德被噎得翻白眼时，景辞清清淡淡地说道："能吃的时候多吃些吧！看着你也不像想活的样子，当个饿死鬼，太亏！"

他说毕，一拂袖已走了出去。

阿原明知他深信左言希，认定左言希不会杀人，不由地捏着袖中的双雀纹剑穗，无奈地叹了口气。

若她指证左言希是那晚想杀她的黑衣人，景辞会相信吗？

当然，现在不是添乱的时候。如果景辞不相信，她便得继续努力，让他更加倾心，倾心到完全相信她的地步。

不过，他曾经倾心过她吗？

可惜，如今的他，她看不清晰；从前的他，她忘得一干二净……

她思索着这个玄奥难测的问题，正准备跟随景辞离去时，慕北湮忽然叫住了她。

他扫过小鹿和地上跪着的林氏，问道："我想到的，其实你们也早已想到了，对不对？"

阿原道："我倒没想太多。最早怀疑靳大德、建议从靳大德情妇下手追查的，是阿辞。"

这是实话。

如果左言希仅仅是手无缚鸡之力的名医，她也愿意相信左言希的无辜。但她亲眼见他弃下凶器从傅蔓卿房中逃走，又发现他身形和所用的宝剑都与黑衣人十分相似，随后又留心在他卧房找出那枚剑穗，着实不敢相信他是无辜的。

"阿辞……"

慕北湮却不曾留意她眼底的犹疑，重复着阿原的称呼，默默地看着她一如往昔的清丽面庞，桃花眼里已是不胜怅惘。

阿原、原清离，她们并非一个人。

他其实并不指望阿原如往日的原清离一般，亲亲热热地一声声唤他"北湮"。可看着她与他生疏如初识，却与景辞亲密如斯，那心头的不甘和酸楚，竟会在不知不觉间如浪潮翻涌。

沉默之际，前方似有什么芒刺般扎来。他抬眼看时，正见景辞不知什么时候已顿在门口，负手看着他们，似在等候阿原。见慕北湮注目，他方缓缓收回那清冷的目光，唤道："阿原，走了！"

慕北湮懒得理他，转身吩咐部属道："靳总管这几年享福享得太多了，来人呀，给他松松筋骨！"

于是，阿原、景辞离开之际，屋内棍棒虎虎生风的拍打声里，传出靳大德杀猪般的惨叫。

靳大德最后被长乐公主提回县衙时，虽被打得鲜血淋漓、体无完肤，全无往日总管的威风，却依然一口咬定，亲眼看到左言希杀害贺王，方才嫁祸左言希，欲为贺王报仇。

长乐公主脸上的疹子未消退，却对案子的进展丝毫不敢怠慢，命人录下供状，又连夜审讯顺儿和贺王的亲信侍卫，同样记录下证词。

证词对靳大德很不利，但对左言希更不利。

靳大德奉贺王之命杀小玉几乎可以确定，但靳大德并没有杀贺王的动机，也没有陷害左言希的理由。纵然靳大德跟薛夫人有私情，至少贺王被害当日的表现，不像已看破他们的样子。退一步说，如果贺王已然知晓，必定提起陌刀奔到薛夫人那里斩杀奸夫淫妇，而不会在自己房中毫不提防地被人用自己的兵器杀害。

靳大德在外面虽然嚣张，但对府中侍仆还算厚道，对贺王府的主子更是恭恭敬敬，从无违拗。左言希时常不在贺王身边，与靳大德的交集并不多，而且他温雅有礼，并不像慕北湮那样放旷不羁，跟靳大德从无嫌隙，靳大德实在没有嫁祸他的理由。

于是，纵然谢岩一心想替左言希开脱，也已寻不出理由相助，眼睁睁地看着左言希被桎梏加身，投入又脏又臭的牢狱中，严加看管。

这晚，阿原终于有床榻睡了。

左言希被锁到牢狱里，景辞夜间便可以和谢岩住一屋。知夏姑姑不必担心阿原"勾引"她家公子，懒得对着阿原那张令她见而生厌的漂亮面孔，早就寻别的地方睡去了。

于是，阿原、小鹿主仆舒舒服服地霸占了景辞的卧房。

只是阿原很是担心，景辞跟左言希感情深厚，待左言希比待她还要信任几分，如今左言希以弑父之罪身陷牢笼，他夜间还能不能睡得着。

而她虽然有了柔软舒适的床榻，同样无法成眠。

她思虑片刻，起身又披上衣衫，说道："小鹿，陪我去牢里走一趟。"

小鹿揉着眼睛道："去做什么？把那个靳大德再打一顿？脏脏的，我懒得打他了！"

阿原道："想打他的人多了，要打也轮不着咱们打。"

小鹿想了想，笑了起来："对！景县尉跟左公子那般要好，此刻看到左公子受罪，只怕吃他的心都有！咦，你说景县尉为啥那么喜欢左公子？他们会不会……"

她将两只大拇指骈起，勾了两勾，比了个成双结对的手势。

阿原撇撇嘴，笑得如石榴花般耀眼。她道："没事！景县尉虽信任左言希，却更喜欢我！便是有点那什么的想法，我把他抢回来不就结了？"

小鹿顿时将一对大拇指竖向她家小姐，大加赞赏："对！原家小姐出手，天下男子，谁不俯首！"

阿原颇是受用，深感有时候做回风流潇洒的原大小姐的确不错。

虽有谢岩暗中照顾，到底是杀害贺王的重犯，监禁左言希的牢房虽然铺了干净的被褥，但牢房里满是久不见天日的霉臭味，左言希的手足都被锁住，大概也极不舒适。

但阿原提着灯笼走进去时，左言希静默地倚墙坐于棉被间，眉眼看着居然很安谧。

见阿原踏入，他似从沉思中醒悟过来，居然冲她笑了笑："你来了？"

阿原让小鹿到外面守着，方走过去审视他清俊的脸："你猜到我要来？"

左言希微微一笑："还是要谢谢你没有当着阿辞的面揭穿我。"

阿原道："别谢我。我只是看阿辞看重你，不想他伤心。"

左言希瞥过她的面庞："难为你了！"

他虽这般说着，但眉眼淡漠，并无半点歉疚之意，分明只是因他一贯的温和有礼，习惯性地回复了这么一句。

阿原有些恼怒，问道："你这算是承认了，那晚在涵秋坡刺杀我的黑衣人就是你？你当时忽然放弃杀我，是因为阿辞来了？他跟你很熟，即便你蒙着脸，大概也瞒不过他。"

左言希静默片刻，答道："是。"

阿原问："为何我发现丁曹遗落的凤仙后立刻对我下手？莫非你也和灵鹤髓一案有关？"

左言希轻叹："你想多了！"

阿原盯住他："那你为什么想杀我？我跟你没仇没怨吧？"

左言希微一闭眼："嗯，没仇没怨。但阿辞又靠近你，本身就是件极糟糕的事。"

阿原倒吸一口凉气："你是为阿辞杀我？"

左言希清浅的笑意依然温雅，却已难掩微微的嘲讽："喜欢阿辞的人，大概都会想着杀你。"

"喜欢……喜欢阿辞？所以杀我？"阿原愕然，然后感慨，"我虽不记得从前的事，但这么看来，他大概真的很喜欢我，才令你嫉妒得如此丧心病狂！"

左言希蓦地抬眼，却似比她还要惊愕几分。

但他很快恢复日的清浅淡然，微笑道："你若要这样认为……嗯，也随你。"

阿原问："难道我说得不对吗？你方才已说得很清楚，是因为喜欢阿辞才杀我……"

左言希抬起被锁住的手，抚额道："嗯，就是这样，没其他原因。"

阿原走出牢房时，差点和脸贴在牢门上的小鹿撞个正着。

小鹿向狱中扬了扬拳，悄声道："原来他竟想过杀了小姐，真是太坏了！活该他落得如此下场！"

阿原道："诚然该死。不过贺王一案疑点重重，可能真不是他杀的。"

小鹿道："要不，咱们再去看看靳大德？"

阿原点头："也好。"

如靳大德那等人精，人前人后向来是两张面孔。如今狱中向隅，伤痛落魄之余，指不定会有什么异常举止，留下些可供参考的线索。

狱中虽然多了几个从京中来的高手帮着监守，但阿原到底是知县大人的心腹，尚能来去自如。

附近巡逻的一名狱卒一边开牢门，一边道："今天来的两名犯人倒是奇异。一个干净得像是来牢里做客的风雅公子，还有一个被打得血肉模糊，居然都是一声都不吭的。"

阿原道："那公子本来就是过来做客的……"

就算左言希真的杀了贺王，那位毫无原则信任他的端侯大人，也会想办法把他救出来吧？

阿原虽已记不得她的未婚夫到底是怎样的来历，却也看出景辞很得梁帝宠信。如果他一意孤行硬要救左言希，这案子想秉公办理只怕不是件容易的事。

说话间，牢门已被打开，狱卒将灯笼举了举，高叫道："喂，有人看你来了！"

榻上无人，却有血淋淋的一团躺在地上，隐约看得出人形，脑袋却似靠在榻沿上。

贺王一死，靳大德失了依靠，再不是上回走个过场似的关押，而是真真切切地被丢入肮脏简陋的牢房。虽也有张木榻，但上面只铺了些碎草，没有左言希的那种待遇。

狱卒见靳大德不动弹，走上前去踢了一脚："起来！"

阿原闻得冲鼻的血腥气，忽有种不妙的感觉，喝道："且慢！你看看他的脖颈……"

狱卒定睛一看，手中灯笼差点跌落，惊呼道："人犯自尽了！自尽了！"

靳大德死了。

他并不是脑袋搁在榻沿，而是撕了一段衣带，用衣带穿过榻沿，系了死结套在脖颈上，然后拖着重伤的身体吊死在榻边。

墙上，还留下了他用血写的遗书。

他要追随贺王，在九泉之下继续侍奉效忠；他还求公主秉公办案，将弑父的左言希绳之以法，为贺王报仇。

果然忠贞不二，直接将左言希衬托成大逆不道、丧心病狂的衣冠禽兽。

长乐公主睡梦中听闻，也不顾污秽，披了衣袍起身，亲自赶到牢中查看，然后问谢岩："你还觉得左言希无辜吗？"

谢岩看着狼藉的牢房，一时无言以对。

此案虽然还有疑点，但靳大德已录下口供。这不是死无对证，而是以死明志，更坐实了左言希的弑父罪名。

因前日审完靳大德时已经太晚，还未来得及审讯薛照意。但薛照意的屋子早被长乐公主派人守住，连侍儿都被隔绝在外，不许和任何人通传消息。

靳大德一死，薛照意天未明便被带入衙门。

她一身素缟，面色苍白，神情萎蘼，眼底尽是海水般的苍凉和悲伤，被两边衙役喝斥时神情木然，怎么看都是丈夫逝去后悲痛欲绝的妻妾，再挑不出半点错来。

谢岩高坐席上，问道："听闻你和靳大德私交要好？"

薛照意欠身，答道："是的，靳总管待妾身很好，有时便有些不顾嫌疑，久久不肯离去。王爷要么在外征战，要么在家调养，我虽然主持中馈，王爷其实也不大放在心上，见靳总管体贴，心中感激，的确比寻常人亲近些。但论起私情，那是不敢的。不信你们可以细细查问我那些侍儿，若有这等事，岂能逃过她们的眼目？"她竟坦然地说出了谢岩待问未问的言外之意，从容不迫、滴水不漏。

谢岩问："哦，但靳大德说，贺王遇害那晚，你们两个在一处？"

薛照意垂头道："正是。那晚王爷因小王爷之事怒气冲冲，我很不安，靳总管便过来安慰我，又说起近来府中的事，很久才离开。但他很快又回来，惊慌地告诉我，王爷被言希公子害了……妾身又惊又怕，待要前去查看，靳总管又说我们这时候还在一处，若是旁人生疑，我们浑身长嘴也说不清，不如不提的好。"

正与靳大德先前所说的严丝合缝，毫无破绽。

谢岩点头："仵作推断，贺王遇害时当在亥正左右，那时应该也不太晚。你们只不过在一处说说话而已，彼此并无私情，怎么会怕人怀疑，连贺王被害这样天大的事都瞒着？"

薛照意神色发苦，犹豫半晌方道："其实那晚靳大德有跟我表白心意，并有些……有些不规不矩，我虽然将他逐出，却也不想让人知晓，坏了我和他的名声。他后来返身回来说起王爷遇害，我又惊又怕，他也心虚，才决定绝口不提。这的确怪我们自己心里有鬼。还有个缘故，言希公子暗藏武艺，心机深沉，素日里人人认为他谦和有礼，至孝至纯，何况又不是当场抓住他行凶，谁肯相信他弑父？何况他是主，靳总管是仆，真闹开去，靳总管占不了半分便宜，指不定还会被人指鹿为马，说成凶手。"

谢岩沉吟地盯着这个眉眼哀伤、思维却极清晰的女子，一时没有说话。

长乐公主嗅着薛照意衣襟上隐隐传出的熏香气味，只觉脸上刚有些消退的疹子又开始痒起来，不由地冷笑道："何必把自己摘得跟白莲花似的干净？真跟靳大德清清白白，丈夫被害这般天塌下来的事儿，还肯捂着不说？你名声重要，奸杀小玉、调戏主母的靳大德名声重要，贺王被害反而不重要？"

薛照意掩面垂泪："当然是王爷重要……是我一时想岔了念头，又怕言希公子报复，一直不敢说出真相……"

长乐公主摆手道："带下去，带下去！我最见不得这种拿着美貌和才情当幌子，四处扮无辜装可怜的贱样儿！你家王爷都死了，这是打算扮给谁看？"

一直站在旁边听审的阿原耳朵有些烫，然后便注意到长乐公主冷冷瞥来的目光。

拿美貌和才情当幌子，四处扮无辜装可怜，说的难道是她？

阿原真的觉得很无辜。

这长乐公主指桑骂槐，倒是半点不含糊。

为了笼络景辞，她倒是不介意扮无辜装可怜。可她终日穿着男装，美貌早已大打折扣，才情那玩意儿，似乎也跟她没什么关系。

随后，薛照意的侍儿、靳大德的小厮等也先后被提审，最终得出的结论是，二人虽走得亲近，但的确没有确凿的证据证明他们间有私情。

慕北湮早将衙门里的这些动静打听得一清二楚，听闻薛照意查无实据，当即要求将她领回。

薛照意只能算是证人，论起过错，顶多就是个知情不报，而且情有可原，若是贺王府的少主人决定不追究，当然也是可以不追究的。

长乐公主有些无奈，却也摆手道："罢了，贺王已逝，咱们也不能落个欺负他遗孀的骂名，贺王世子想保她，就由他去吧！"

小鹿喷喷两声："小贺王爷果然不负多情声名，都这时候了，还不忘怜香惜玉呢！"

阿原敷衍道："嗯，难得，难得……"心下却也纳闷，一时猜不透慕北湮在打什么主意。

长乐公主也不怕辛劳，随后又将恕心医馆众多下人带上堂，一个个细细审问，所得结果令众人大为惊诧。

左言希身份尊贵，虽然是大夫，寻常坐诊的时候多，出诊的时候少。但他这两个月不时出门，据说是出诊，可坐堂的伙计们并不曾发现有人前来求医。

更有甚者，小馒头证实，有一次夜间有人病危求医，十万火急地敲开医馆大门，小馒头一时心软，赶去公子卧房相唤时，竟发现床榻间空空如也。

事后，左言希说是临时出诊，但小馒头明明记得那晚是看着公子睡下的，根本没发现有人过来相请。

长乐公主斟酌许久，到底对谢岩说道："谢岩，不是我不给情面，但你看，如今这情面可没法给了！咱们奉皇命前来，如今证据确凿，若不秉公处置，恐怕没法对父皇交代。"

谢岩苦笑道："此案尚有疑点。"

长乐公主道："认为左言希跟小玉没那么亲近，弑父动机不足？这个方便，把他提上堂，打个一百杖，或许他便自己交代了。"

却听两道声音同时响起："不可！"

一道声音来自坐于堂下听审的景辞，另一道声音却来自屋外。

众人举目看时，一俊秀干净的少年剑客自屋檐翩然而下，正是那个神出鬼没的萧潇。

上一回出现，是在贺王府。他确认贺王遇害后，曾进言景辞，劝他别等使臣，继续查案。

他不是寻常的剑客，而是梁帝近侍，连长乐公主都已认出他来。她皱眉问道："你也想替左言希求情？"

萧潇微笑，眉眼间带着晨光般的清澈明朗："我不是替他求情，而是敢肯定，他并不是谋害贺王的凶手。"

长乐公主一笑："凭你空口白牙一句话，我便相信你？"

萧潇笑道："我已在屋顶听了良久，左言希之所以被认定是凶手，也不过因为靳大德空口白牙一句话而已！可靳大德绝对在撒谎！"

谢岩已听出其中蹊跷，忙问："何以见得？"

萧潇道："那晚左公子的确曾离开他的卧房，但不是去了贺王住处，而是出了医馆，向东南方向至少行出七八里路，接近丑初才回了医馆。而贺王在亥正左右遇害，前后相差一两个时辰，怎么可能是他下的手？"

长乐公主问："你怎么知道？"

萧潇欠身道："禀公主，臣也在查案，但查的是别的案子，正好与左公子有点关联，故而对恕心医馆很是留意。那晚我发现左公子离开，便跟了过去，只是后来跟丢了而已。但臣可以肯定，直到丑初他才回到医馆。我那晚便睡在他院子里那株梨树上，看得很明白，他是从外面回来的。"

这两日查案查得沸反盈天的一群人，包括长乐公主、谢岩等，无不睁大睡眠不足的通红双眼瞪向萧潇，一时说不出话来。阿原立在一旁，却清晰地听到坐于李斐下首的景辞舒了口气。

萧潇是侍奉梁帝的近卫，身份特殊，不论前来沁河查什么案子，都不可能偏私为左言希做伪证。

长乐公主回过神来，不由羞恼交加，怒道："你既然早已知道左言希不是凶手，为什么不早说？"

萧潇清亮地挠了挠头，说道："公主，我没想到他会被当作凶手呀！而且那晚他曾出门，除我之外，必定还有其他人可以证明他当时不在别院。他宁愿被指认弑父，都不肯说出那个证人，倒也是奇事！"

长乐公主问："那个证人是谁？你又在查什么案？"

萧潇一笑："其实和公主的来意差不多。皇上为何派公主来查此案，公主应该很清楚吧？"

阿原听得莫名其妙。长乐公主来查的，不就是贺王一案？可萧潇刚刚明明说了，他查的是别的案子。这中间到底有着怎样的差别，藏着怎样的玄机？

李斐、井乙等人跟她一样茫然。

长乐公主的面容掩在纱帷间，一时看不清神情，只是忽然间沉默下来，并不再继续追问。谢岩端了茶盏在手，冷澈的眼眸扫过景辞。

景辞若无其事地说道："既然左言希只是被陷害，可以放他回府了吧？"

李斐愁道："可如今岂不是一切又回到了原点？靳大德到底为什么舍下性命来陷害他？"

景辞轻笑："谁说一切回到了原点？解决后面这个问题，想来一切可以迎刃而解。"

"后面这个问题？"李斐眼睛一亮，"靳大德为什么舍下性命陷害左公子？"

阿原抱着肩笑起来："这问题似乎并不太难。他不是还有个证人，证实靳大德当时是亲眼看到左言希从贺王卧房离开吗？"

长乐公主不禁一掌拍在案上，高声道："对！那朵香气飘飘的白莲花！"

她看向景辞，隔着纱帷都能觉出那眼底忽然闪动的光芒："贺王世子不是真心想保薛照意吧？"

景辞淡淡道："不知道。我只是得空儿跟他说了句话。"

"什么话？"

"我说，薛照意侍妾而已，算不得贺王府的主母，更算不得贺王的遗孀。"

"那他……"

"他近来脾气不大好，听闻左言希被指认为凶手，估计脾气更不好。大概……不会把薛照意当作他亲妈或后妈供养起来吧？"

景辞忽然抬眼，黑潭般的眼底闪过一抹清亮如水的笑："我忽然觉得，这案子快破了！"

慕北湮脾气不好，于是薛照意根本没能回到贺王府。横竖他父亲姬妾不少，不在乎少一个姬妾哭丧。

至于少了主内的姬妾，少了主外的总管，贺王府会混乱成什么模样，他大概是不会考虑的。

不过，从小到大，他就是贺王府里的头号混世小魔王，最大的混乱似乎都是他掀起来的，他没在府中，或许贺王府那座没了主人的别院，反而更安生些。

不得安生的，是被他弄到府外的娇贵美人。

阿原等人很快就知道薛照意被慕北湮弄到哪里去了。

他竟把薛照意卖到了花月楼。

少了傅蔓卿的花月楼，惹了命案丢了花魁，眼看着门庭冷落，当然最需要有才有貌的俏佳人来拉回失去的人气。

当然，老鸨神智还清醒，再怎样狗胆包天，也不敢把贺王的爱妾买来接客的。怎奈小贺王爷如玉面修罗，剑架在她的脖子上硬逼着她收下卖身契。

论起那身价，倒也十分公道，根本就是半卖半送，只差点儿在薛照意额上贴个大大的"贱"字了。

薛照意早已哭得肝肠寸断，只是哀求道："小王爷，我当真不曾半分对不住王爷，为何这般待我？"

慕北湮冷笑道："嗯，你没对不住王爷，你只是对别的男人重情重义，连丈夫遇害都能故作不知，既然如此，我只能为你预备更多的男人，才算对得起你这般多情仗义！"

薛照意面色雪白，哭道："小王爷，你不能这么对我……我到底是……到底是王爷的人呀！"

慕北湮不以为然地撇了撇嘴，叹道："可惜我爹已然遇害，再救不了你！你们不想让我和言希好过，你们一个个也别想好过！"

他用寒光四射的剑身拍着老鸨的脸，说道："听见没？我不想让她好过！"

老鸨惊得筛糠般颤抖，忙道："小王爷放心，我们有一百种手段让人舒坦，也有一千种手段让人生不如死！到底该怎样……怎样收拾这贱人，小王爷请明示，请明示……"

慕北湮没有明示。

他的确是个怜香惜玉的人，向来只会疼惜女人，不晓得怎么折磨女人。

但他在风月场里混惯还是有一个好处。他很清楚薛照意这样的女人应该由什么人来对付。

身戴重孝，却在青楼寻欢作乐，本是大罪。

但他满身煞气地坐于楼下喝酒时，花月楼那些千娇百媚的姑娘竟一个也不敢靠近这位以风流闻名的小贺王爷。

谁都说不清，他那双往日笑起来如猫儿般媚意悠悠的桃花眼，如今怎么会如冬日雪水般冷意森森，让人望之胆寒，望而却步。

于是，那边薛照意该怎么被收拾，就怎么被收拾，再无一人敢阻拦，更无一人敢相助或说情。

斜对面的茶楼上，阿原、景辞一边喝茶，一边听衙役传递来的消息。

阿原啧啧称奇，问景辞道："不是说左言希、慕北湮兄弟俩并不和睦吗？可我瞧着慕北湮这是铁了心想替左言希洗清罪名。"

"和睦不和睦，跟彼此有没有感情、是不是互相信任，其实是两回事。打小儿的兄弟情，并不是外人所能知晓的。左言希看到现场的绢帕，不也第一时间就认定慕北湮是被嫁祸的？"景辞悠然地啜茶，说道，"其实有萧潇出来做证，左言希基本可以排除嫌疑。慕北湮不仅想为左言希洗清罪名，还想查明杀害父亲的真凶。"

阿原窥着他的神色，问道："但左言希行踪诡异也是实情。你跟左言希那么熟，应该知道他借着出诊暗中前去相会的，究竟是什么人吧？"

"不知。"

"不知？"

"他是我朋友，我了解他的为人就够了，没必要了解他的朋友，更没必要去盯着他的行踪。"

"他宁可背负弑父的罪名，都不肯对你说出他的行踪，让你替他查证，还他清白……你还这么信他？"

"我信他。每个人都有不愿说起的往事，不愿道出的秘密。我有，你也有。有些秘密，的确比性命更重要，宁死不肯吐露，也不足为奇。"

景辞答道，摆弄起手中的荷包，从其中捻出几颗红豆来，挑于指尖把玩着。

阿原立时想起这豆子多半就是那五十七颗不曾被煮掉的红豆，顿时红了脸，说道："你这么爱红豆，不如把这豆给我，隔天也煮给你吃了吧！省得你天天惦记。"

景辞道："哦，不用。我就看着这红豆很有趣，打算留着玩耍。"

他抬头，清亮的眼睛若幽泉潋滟："何况我肠胃不好，吃了这豆子身体会不适，知夏姑姑又该为难你了！"

阿原不屑道："她凭什么为难我？我不为难她，她便偷着乐吧！"

虽然是男装，但她眉眼含着光彩，眸心含光，唇角一抹笑意张扬自信，宛若拂动青青柳枝的一缕清风，不经意间便能吹皱一池碧水。

这根本就不是那个唯唯诺诺跟在知夏姑姑后的小眠晚，甚至也不再是那个背着人时窥探着他的神色跟他撒娇的小眠晚……

景辞好一会儿才移开目光，扫过前方空荡荡的小看台，换了个话题："先前你和小鹿不时到什么茶楼听说书，大概就是这里？"

阿原道："茶楼里龙蛇混杂，我有时会过来看看，顺便抓几个小毛贼，倒没怎么听说书。小鹿倒是喜欢，得空儿便往这里钻。"

说话间，跑到后面找伙计打探消息的小鹿已悻悻走过来，说道："还想着来这边茶楼等消息，可以顺便听听说书呢！谁知张先生今天又病了，说这两日都未必能来。"

"张先生？那个说书先生？"阿原嗤之以鼻，"瞧你这狂热劲儿，还真打算拜他为师了？"

小鹿笑嘻嘻道："我仔细想过了！我一没小姐的容貌，二没小姐的才情，如果学得一手说书的本领也不错。日后小姐抓贼抓乏了，不想动弹时，我也可以靠说书来养活小姐！"

阿原看着她全无心机的笑脸，半晌方道："有志气！有志气！我真是……太谢谢你能想得那么周到了！"

小鹿便道："那我现在就去瞧瞧张先生吧！他住得离这里不远。想讨好他教我说书，不如就趁他生病时去端个茶递个水什么的，必定事半功倍！"

阿原抚额道："好，好……学得能说会道，以后可以帮我吵架骂人也是极好的。"

小鹿得了小姐的应允，欢呼一声，已奔了出去。

景辞看着主仆二人说话，清冷的黑眸渐转柔和。他轻轻笑道："小鹿想多了。我虽然没有滔天富贵，但养你大概还养得起。即便我注定命短，留给你的家财也可以让你一世富足。”

阿原愕然：“你……你说什么？”

景辞道：“我说，待处理好此事，你便随我回京吧！端侯府虽偏僻了些，倒也清静。”

阿原忽听得他说得如此直白，顿时又羞又喜，反而有些手足无措，忙垂下头掩饰自己发烫的脸颊，说道：“其实……嗯……也是个好主意。不过我终究是原家的女儿，还是要跟母亲商议商议的……”

先前逃婚，那是因为无法面对她的过去，也无法想象嫁给一个即将死去的陌生人是何等情形。如今她已见到景辞，确定了彼此的心意，当然愿意光明正大地嫁过去，从此与他双宿双飞，何等快活！

但对面的景辞迟迟没有应答。

阿原疑惑地抬头，发现景辞抿着淡白的唇，正将手压住胸口，微微闭着暗淡的双眸低低地喘息。

她忙扑过去，问道：“阿辞，怎么了？”

景辞勉强一笑：“没事。休息片刻便好。”

阿原不太明白，景辞这几日明明已经好得差不多了，怎么忽然又病了。

虽说查人命案时谈婚论嫁，有点不合时宜，但不管怎么着，谈婚论嫁总是喜事，何况又是景辞自己提出来的，所谓人逢喜事精神爽，哪有谈起喜事病如山倒的？

见景辞不适，又放不下案情，阿原只得去附近的客栈要了间上房，陪他在客栈里休息。

景辞的症状一直到入夜后才渐渐缓解，披衣坐起向花月楼的方向眺望。

阿原端了碗清粥来，又问道：“你这病到底是怎么回事？左言希那么好的医术，也不能帮你除去病根？”

“不是说了吗，先天的疾病，脏腑本就比寻常人虚弱些。若控制得好，没有大悲大怒，兴许还能活个几十岁吧！”

景辞漫不经心地答，仿佛在说着与自己无关的闲事。

阿原立时想起他被亲近之人背叛、挑断足筋弃于狼群的消息，不由打了个寒噤。

凭他怎样的刚毅深沉、涵养不凡，遇到这等挫折都不可能等闲视之，大悲大怒，引发旧疾，便是意料中的事。

景辞走到桌前，看着熬得黏稠清香的粥，被夜色浸得暗淡的眸子忽然闪亮了下：“你熬的粥？”

阿原道：“嗯，看你睡着了，反正花月楼那边没消息传出来，就去炖了些粥。既然胸闷不适，吃什么都嫌腻味，喝点粥想来应该不碍事。”

她尚未说完，景辞已坐到桌边，拿汤匙在粥中挑了挑，浓黑的眉峰挑起：“是粳米和粟米一起熬的？"

阿原点头："我想着药补不如食补，粟米和着粳米，性温味甘，阳中带阴，清淡养体，长长久久吃着，对脏腑调理必有益处。"

景辞也不说话，一勺一勺吃着，不过片刻竟已吃了个底朝天。

阿原见状大是欢畅，笑道："想来劳碌了一整天，早就饿了。要不要再给你盛一碗？"

景辞丢下汤匙，摇头道："现在不用，等晚一点再热一碗就好。既然病着，也只能少吃多餐了……"

阿原连声道："好！好！你若爱吃，我以后继续给你煮。想来知夏姑姑要挑毛病，也挑不出这粥的毛病吧？"

景辞静默片刻，答道："以粥养体，本就是她教你的。"

"啊？她？"

"你虽不记得了，但熬制的粥倒是和从前一样的味道。"

"我……以前熬过？"

阿原刚收了空碗准备送出去，闻言不由愣在那里。

看着他眼底不知是希望还是绝望的星芒，她脑中似也有点点星芒混乱地闪动着。

恍惚间，她仿佛听到少女娇柔的声音："师兄若是爱喝我熬的粥，我天天熬给师兄喝，好不好？"

有年轻男子仿佛哂笑一声，不曾答她的话，转身给了她一个冷淡的背影。

那背影颀长高挑，蒙了雾气般看不清楚，可她能清楚地知道，那就是他，就是景辞。

"师兄……"

她几乎拼命全力地叫，想要破开眼前突如其来的幻觉。

哐当的碗碎声中，阿原抱住蓦然疼痛得似要裂开的头。

"眠晚！"

有人低低地惊呼，她的身上便暖了一暖。

阿原喘着气，努力调匀呼吸，终于强迫自己慢慢从幻觉中回过神来。

空碗跌在地上，已经裂成数块。

景辞不知什么时候已将她揽于怀中，紧紧地拥住。

他的声音低哑，难掩的惊慌失措："莫怕，莫怕，师兄在这里……"

阿原侧过脸，看到他清秀苍白的脸，漆黑焦灼的眸，全无寻常时的冷淡与骄傲。

阿原的身体渐渐抖得没那么厉害。她看着他那平日里让人无法看清的眼眸，喘息良久，才从喉间憋出字来："师兄？为什么是师兄？"

景辞颤了颤，松开了她。

他凝视她片刻，面色虽然苍白，神情已渐渐恢复最初的清淡平静。他道："哦，因为我从前也有过一个师妹，害怕时的模样倒跟你有几分相像。我大概病得不轻，刚有些糊涂，竟分不清你们来。"

阿原脑中半是现实半是幻觉，混沌交错间接口道："我怎么觉得你就是我师兄？"

景辞黑眸如墨，紧盯着她仓皇的脸庞，呼吸顿住片刻，方道："我生长于镇州，你则是从小在西都长大的原家大小姐，怎么可能有我这么个师兄？"

阿原擦着额上大颗大颗渗出的冷汗，含糊地应道："也是，也是……"

她仿佛已听得很明白，却总是觉得哪里不对。

景辞拂了拂她额前的散发，无声地叹息一声，张臂又将她拥入怀中，低声道："别想了。我问过左言希，你当日头部受创，所以头疼、眩晕或产生幻觉都很正常。"

"是……是吗？"

可她的幻觉里为什么偏偏会有景辞、有师兄，甚至还有她熬的粥？

她已不记得她为他熬过粥，他却清晰地记得她熬制的粥的味道。

如他所说，他在镇州，她在西都，她这个连厨房都不知道在哪里的原家大小姐，到底是什么时候、在哪里替他熬的粥？她又怎么会跟知夏姑姑有交集？

知夏姑姑对她，那不仅是有成见，简直是恨之入骨。

她满腹疑惑，想问更多时，景辞已轻叹道："别再想着你从前是什么样了。真正的原大小姐究竟是怎样的，其实知道的人并不多。我以为我知道，后来才晓得错得离谱。如今……这样的你，也挺好，挺好……"

他的声音越来越低沉，嗓音中竟似有一丝哽咽，又似有着隐约的期待。

阿原听他耳语般低低说着，全无素日的清冷疏离，竟有种品啜美酒后的微醺，又似有道暖暖的煦阳透到心底，凌乱的思维竟不觉间飘远了。

她抬眼看他深黑的眸，双臂环上他的腰，靠在他胸前感受他怀抱的坚实和温暖——她愈发相信他们的确知相识已久。这感觉温馨而踏实，竟如此熟稔。

景辞垂眸瞧她，眼底的星光愈发璀璨，如倒映着银河，明明灭灭，却越发诱得人只想探索。

阿原伸出手指，揉了揉他的眼眶，欲将他看得更加清晰。他由她揉着，忽然低下头，覆上她的唇。

阿原颤抖了下，便觉身心俱已如春水般柔软，含糊地嘤了两声，踮起脚尖如藤蔓般纠缠着他、回应他。她似跌入了温暖的湖泊，在其间徜徉嬉游，沉溺酣醉，不舍得抽离。

迷离之际，她似又有了那日被慕北湮算计后的那种炙热和渴求。

原大小姐素来很忠于自己的欲望，原大小姐与心爱的景辞虽未成亲但早该是老夫老妻。

所以她顺从着自己的内心，伸手解开景辞的衣带，暖暖的纤长手指贴着他单薄的中衣，摩挲于他的腰间。

景辞身躯一震，长长地吸着气，看着她近在咫尺的绯红面庞。

这时，只闻门外传来小鹿的叫声："小姐，小姐，我可找到你了！"

门被啪的一声推开，二人相拥相亲的模样顿时一览无余，连阿原不老实伸出的手都落入小鹿的眼底。

小鹿看着二人暧昧得不能再暧昧的姿势，张了张嘴，然后才嚷道："小姐，你继续，继续！我在门外守着！守着！"

她一伸手，又啪地将门关上，然后身形一矮，果然尽职尽责地坐在门槛上守着了。

阿原愕然地看着门缝中隐约能见的小鹿的背影，一时不知道还要不要继续下去。

景辞垂头瞧了一眼，默默按住她搭在腰间的手。

阿原不敢看他幽深的眼，盯着他淡白的唇，干笑道："其实……嗯，其实这时机也不大对。好歹得让你养好病，是不是？"

景辞不答，轻轻松开她，走到桌边取过茶盏，将盏中凉透的茶水饮尽，然后又倒了一盏，再饮尽，继续倒了一盏……

一气喝了三盏茶，他不疾不徐地扣上衣带，举止间俨然已是素日的清高淡然，从容不迫。

阿原也有些口干舌燥，也不好和他抢茶喝，遂过去打开门，踢了踢正慌忙背过脸的小鹿，问道："玩到这时候，哪里疯去了？"

小鹿跳起身来，笑嘻嘻道："也没去哪里。因张先生没在家，我想着他是不是去找大夫了，所以又去附近两个大夫家寻了寻，都没找到人，再晃回去时，张先生已经在家了，便跟他说了很久的话。后来看着天快黑了，赶紧回来找小姐，打听半天才听衙役说你们在这里。"

她负手将房间打量了一番，见床榻间衾被尚算齐整，料得小姐今天不曾得手，便有些遗憾，叹道："早知道我便晚半个小时再回来，还可以跟张先生讨教下说书的诀窍。"

阿原好奇道："你跟那说书先生在一起也很久了吧？没跟他讨教怎样说书？那你去干吗了？"

小鹿道："他不是病着嘛，我就给他煎药烧水了。他看在我当日送他乌檀醒木的份上，对我倒是和颜悦色，还说要收我做女弟子呢！不过张先生可真是敬业，听说我是京中来的，又是侍奉小姐的，各种打听小姐的事迹，说以后可以编进故事里去。"

阿原抚额："你不会什么都说了吧？"

小鹿道："为啥不说？这天底下有比小姐更传奇的女子吗？对了，张先生也挺关心贺王府的案子呢，我把我知道的都说了，问他，如果是说书的话，谁最可能是杀贺王的凶手……"

那厢阿原、景辞都不由地皱眉。阿原道："小鹿，你这个没长脑子的，不会都给说了吧？这是惊动皇上的天大的案子！一个不好，朝堂里不知多少高官贵人会被连累，你居然跟一个说书的老头讲这个？"

小鹿怔了怔，挠头道："我倒没想那么多。他一介平民而已，能告诉谁去？何况又应了我暂时不会把贺王的案子往故事里编，所以我顺口就都说了呗！"

景辞忽然问道："他是不是问得很仔细？"

小鹿低头想了想，点头道："好像挺仔细，还问我左公子是不是已经回府了，又问起花月楼的情形，问薛照意被送到花月楼后是怎样的言行举止……"

景辞、阿原脸色便都不大好看了。

小鹿忙道："他说了，他对这些其实没兴趣，只是想从旁观者的态度推断推断，究竟谁最可能是凶手。"

景辞问："那他最后是什么推断？"

小鹿道："他说，既然左公子有了证人，薛照意又不可能拿得动陌刀，证明真凶还没找到，需重新排查……"

阿原怒道："这不是废话吗！"

景辞蓦地走到窗口，望向被暗夜笼罩的街道。

这家客栈与花月楼都在街北，夜幕中能勉强看到不远处那座茶楼的轮廓。

阿原回想着小玉、傅蔓卿遇害前后发生的事，不由得越想越惊心，忙问道："小鹿，你在说书先生那里那么久，有没有发现什么可疑的迹象？"

小鹿奇道："可疑？他一个说书的，有什么可疑的？"

阿原冷笑道："不可疑吗？一个说书的，若编些前朝往事混口饭吃，倒也不奇，但他怎会有鼻子有眼地说起燕国诸皇子的争位之事？后来得空我打听了下，他说的那件事居然与事实毫无出入，而且他说得还细致合理得多。那事发生在半年前，若他从燕国来，听到些消息也不奇怪，但他一介草民，怎么会知道得那般仔细？"

小鹿道："他们这些老江湖，就仗着这个混口饭吃，每到一个地方必定会打听些新鲜事儿。你看他不就从我这里打听到了贺王案的细节了吗？"

阿原道："那是你蠢！论起公门里当差的本分，便是小偷小摸的琐碎案子，都不可以在外面胡说半个字！我一向把你宠坏了！你再嘴碎不知轻重，回头让李大人好好打你一顿板子，给你长长记性！"

小鹿吐了吐舌头，歪头一想，忽然说道："对了，我在灶下替他烧水时在柴火边拣到一样东西，我瞧着有点古怪，不像寻常人用的，便拣起来打算问问它的来历，后来只顾聊贺王府的事儿，就忘了。"

阿原忙道："什么东西？"

小鹿一边从怀中掏出一物，一边说道："像哪个府上的令牌，上面还有个字，我不认得。多半是他说书时在茶楼里拣的吧，所以才会漫不经心地丢在了灶边。不过这是铜的，没法当柴烧呀！"

阿原接过来仔细一看，果然是一块雕着如意云纹的铜质令牌，背面正中则刻了个"郢"字。

她不由失声道："郢王！是郢王府的令牌！"

郢王朱友珪，梁帝朱煌的第三子，也是梁帝最年长的亲生儿子。慈心庵之所以得到官府的大力支持，香火旺盛，便是因为住持妙枫当年曾救过郢王之母吕氏。

景辞闻声已走过来，接过那令牌翻来覆去地看着，眉峰渐渐锁紧。

阿原叹道："阿辞，这说书先生只怕不寻常。你在这里休息吧，我先去见见他。"

景辞睨她一眼："我睡了半日，早就没事了。你若犯困，留在这里休息倒也无妨。"

阿原悻然："我又没生病，休息什么？你若撑得住，便一起去吧！只是打架抓人那些事儿，交给我好！"

景辞也不答话，摸了摸腰间暗藏的软剑，开门走了出去。

阿原知道他孤高要强，不肯不去，对着他的背影翻了个大白眼，急急地跟了上去。

路上，小鹿已忍不住追问道："为什么因为区区一块令牌就怀疑张先生？那茶馆热闹得很，每天不知多少人来往，若是有郢王府的人恰好路过，遗落了这令牌，被天天在那里的张先生拣到，也算不得奇事吧？"

阿原被缠得无奈，答道："你可记得小馒头曾说过，小玉遇害前一天，曾到茶楼听说书？当时我们曾因此断定，小玉至少在白天尚未得到母亲病重的消息。随后那说书人就病了，也是你打听到的，说嗓子不好，歇了四天。"

小鹿道："是，他病好开张那天，我正好去听了。可这又怎么了？"

阿原道："那我们可不可以猜测，小玉是因为去茶楼见了什么人，才遇害的？而说书人那么巧就生病了，是不是那日做了什么或知道了什么，心里有鬼？"

小鹿还是有点发蒙："说书人……小玉……八竿子打不着呀！"

景辞忽道："傅蔓卿被刺杀后，开始并不知道自己为何惨遭毒手，她也没有提起左言希，而是拼命地想自己被害的缘由。若是左言希曾从她那要走绢帕，那必定是杀人灭口，她怎么会不知缘由？可见杀她的人不是左言希，而是她不认识的人。"

阿原道："但嫁祸慕北湮的绢帕必定是从她那里流出去的。她虽不知道绢帕被用来嫁祸慕北湮，但左言希也恰在那时候出现，她恐怕已猜到与贺王案有关。"

小鹿骇然道："难道杀她的人是说书人？"

阿原道："不是。说书人就在斜对面的茶楼说书，两人说到底是同一流的人物，不可能不认识。如果杀她的是说书人，她当时有机会，早该说出来了！"

小鹿不解："那傅蔓卿之死和说书人有什么关系？"

景辞决然道："绢帕是说书人要走的！他那晚很可能以别的什么借口跟傅蔓卿要走了绢帕，傅蔓卿一直不曾将那绢帕和贺王府的案子联系起来，但说书人要走绢帕本身也透着几分古怪，所以最后一刻，她终于想起来了，却已说不出来。"

他望向茶楼的方向，叹道："她一直指着窗外的那个方向，我当时以为她指的是窗外的什么人，但窗外不远处就是街道，然后便是茶楼、布庄。她想说的，正是茶楼。"

说话间，忽听那边人声嘈杂，一群人举着火把冲了出来，领头的竟是慕北湮和井乙等人。

阿原忙迎上前问："出什么事了？"

井乙慌忙答道："薛照意跑了！"

"什……什么？"

"我等本来在外面守着，看里面开始有叫唤，后来没了动静，以为这贱人认命了呢！谁知后来进去一看，买她头一晚的那个恩客倒在地上，被一根金簪活活地扎在胸口刺死了！"

"被……金簪刺死？没听到惨叫？"

"是。我们查看过了，屋里的茶水中下了迷药，那恩客被迷昏在地，所以竟悄无声息地被一根小小的金簪刺死了！"

阿原瞧着慕北湮双目通红，又恨又悲又怒的模样，猛地醒悟过来，脱口道："贺王遇害那晚，喝过薛照意送的茶！薛照意还换掉过贺王先前喝的茶！"

这回连小鹿都听明白了："凶手竟是薛照意！她迷昏了贺王，然后用陌刀杀死了贺王！"

他们认定贺王是勇武之人所杀，前提是贺王神志清醒，但如果贺王被迷药迷倒，即便薛照意这样的女流之辈都能提起陌刀将他刺穿。她的手速应该不太快，贺王在被刺倒后曾有瞬间的清醒，睁眼发现是日日侍奉自己的爱妾，自然怒目圆睁。

但彼时他身中要害，迷药的药效又不曾消失，根本无力反抗，最后保持着怒目圆睁的模样死去。

小鹿都想得到的，慕北湮当然也想得到。

尤其想起父亲征战沙场，一世英雄，竟被枕边人以如此阴毒的手段害得死不瞑目，慕北湮恨得咬牙切齿，握紧的拳已将指甲掐入肉间。

他几乎从齿缝中挤出字来："就是翻遍沁河，我也要将她找出来，挫骨扬灰！"

若贺王是薛照意所害，说书人从傅蔓卿处拿走的绢帕，随后当然也是被薛照意放在谋杀的现场，用于嫁祸慕北湮。

那么薛照意和说书人又是什么关系？

阿原心念一转，脱口道："我想，我们能找到薛照意！小鹿，快带路！"

小鹿张大嘴："去……哪里？"

"去找你的好师父，那个说书人！他是同谋！"

说书人的住处并不远，就在后面那条巷子尽头的一处小院，独门独户，门庭破旧。

慕北湮也不叫门，冲上前奋力一踹，已将大门踹开。

还未来得及冲入，忽见里面蹿出一道黑影，跃上围墙，向外飞奔而去。

阿原知道必定与凶手有关，大喝道："哪里逃！"

她拔出破尘剑，奋力追上前去。

"阿原！"

景辞唤了一声，跃身跟了过去。

他的动作迅捷，速度比阿原快了许多，奔出数丈后猛一趔趄，匆忙扶住道旁一株老树方才站稳，却已痛得面色惨白。

他弓着腰瞧着自己颤抖的双足，额上渗出大颗汗珠。

身旁又有黑影掠来，然后便是萧潇慌乱地询问道："公子，你怎么样了？"

景辞立时猜到他也在留意此事，应该是循着慕北湮等人的行踪跟来，抬眼看向阿原离开的方向，勉强道："快去帮阿原！她不是那黑衣人的对手！"

萧潇不过略一迟疑，便应道："是！"

景辞走出还没多远，那边也有公差跟了上来。以他们那点本领，想抓到那身手高明的黑衣人，难如登天，但照顾景辞应该没问题。

看萧潇飞身离开，景辞抬袖拭去额上的冷汗，掩去眼底的忧虑和痛苦，站直身子向赶过来的差役说道："没事了，先回那院里看看。"

他虽竭力维持着身体的平衡，但遭受重创无法痊愈的双足并没那么听使唤。他缓缓往回走的步履有些蹒跚。

两名赶来的差役见状，忙上前搀扶，景辞甩开他们的手，冷冷扫过去一眼。

差役被他目光中的寒意扫得打了个寒噤，各自退开一步，面面相觑。

景辞定定神，努力稳住身子，艰难地保持着挺直的肩背继续往前走。

双足痛如刀割时，他还是忍不住又回头看了眼阿原离开的方向。

目之所及，是将一切吞噬的黑暗。

他向来极有主见，但此刻，他完全不知道，破开这无边无垠的黑暗，能不能看到他所希冀的那片洒满阳光的天空。

景辞的判断很准确。

那个黑衣蒙面人的武艺极高，阿原本该追不上。但地上跑的无论如何都快不过天上飞的，关键时刻，天天跟在主人后闲逛的小坏又派上用场了。

黑衣人自以为甩了阿原，两度放缓步伐略作休息时，都被阿原追上，最后竟在某处巷道被堵住。待刀剑相向，他发现有个扁毛畜生在旁鸣叫助威，才晓得自己摆脱不了她的缘由。

他并无惧色，却笑得森冷，喝道："既然你执意找死，也只好成全你了！"

阿原接了他几招，已然叫苦不迭。

她着实不该因为在沁河不曾遇过强敌，就高估了自己的身手。这人不论体力、武艺，都远在她之上。她当日在涵秋坡曾见景辞出手，可称得上快若流星。此人的身手应该与景辞不分上下。

但景辞并未跟来，即便跟来，他疾病缠身，足疾未愈，也无法跟这人相抗衡。

她曾见过说书人数次，知道其年龄身材，可以判断出这人绝对不是说书人。那么，这人到底是怎样的来历，与那说书人以及贺王案又有着怎样的关联？

惊心之际，她忍不住问道："你究竟是什么人？"

那人不答，只是手中单刀愈发使得凶悍迅猛。阿原虽打足十二分的精神对敌，怎奈实力悬殊，再缠斗数招，左肩蓦地一凉，已被砍了一刀。若不是退得快，只怕连整条胳膊都会被他卸下。

阿原只觉伤处热血涌出，很快热辣辣地疼起来，不由大惊。但此时她想撤退已经来不及，眼看黑衣人一刀狠似一刀，招招逼往要害，竟真的打算取她性命，并不因为她是公门中人而有所顾忌。

小坏见主人遇险，也慌了，斜掠着翅膀一次次俯冲而下，想啄向敌人。黑衣人早就想着砍了这扁毛畜生以绝后患，见状正中下怀，寻到机会狠狠一刀砍去。

阿原见状，连忙挥剑相救，小坏腹部还是中了一刀，惨叫着振翅高飞逃去。

当空划过的锋刃光芒，以及猎鹰中刀后的惨叫，似又将某处隐约的记忆撕开了一个缺口。

此情、此景，熟悉得可怕。

惊怒疑惑之际，阿原稍一分神，黑衣人的刀已劈面袭来，锋刃转瞬而至。

阿原避无可避之际，只听清脆的叮当一声，一把宝剑横着冲来，挡下了那极险的一刀。

黑衣人怔了怔，抬眼便见萧潇临风而立，挺秀如竹，却刚硬如岩，与他对面而立，把受伤的阿原护到了身后。

萧潇微微侧脸，向后问道："原大小姐，没事吧？"

阿原惊魂未定，答道："没事，手……手臂还在。"

萧潇略舒了口气，扬剑逼向黑衣人，喝道："欺负个女孩子算什么本事，且让我来会会你！"

黑衣人似这才知晓阿原是女子，惊异地扫了她一眼，又扫过萧潇的面容，飞快与萧潇对了几招，寻隙跃起身来，纵身逃去。

萧潇准备追时，感觉那人身手似在自己之上，又记挂着受伤的阿原，不知情形如何。稍一踌躇，黑衣人的身影已消失在暗夜中。

他迟疑了下，返身先去察看阿原的伤势。

薛照意果然在说书人的屋子里。

但谁也没想到的是，这个狡黠多智的贺王小妾，差点从众人眼皮子底下逃开，此刻竟已倒在了地上。

她和贺王一样，被人当胸插了一刀。

但她还没死，刚刚点燃的油灯下，尚能看到她的胸口在微微地起伏着。

慕北湮抱起她，急促地问道："是你杀了我父亲，对不对？你到底为什么这样做？为什么？"

贺王府并无主母，贺王也无续弦之意，薛照意出身并不高贵，虽是妾室，却打理着贺王府内务，几乎是半个主母，也可算得富贵尊荣。而她的富贵全从贺王而来，贺王又不曾发现她的奸情，她为何做出弑主之事？

薛照意的头发散乱，滑落的衣衫下尚有被折磨留下的青紫痕迹。她那双曾顾盼含情的美眸无力地盯着上方，不知在看满是灰尘的屋顶，还是在看逼问她的慕北湮。

慕北湮看着她微张却始终不曾发出声音的嘴，有些怀疑她是不是已经伤重得神志不清，再也说不了话了。

小鹿眼看着小姐追着贼人跑了，也跟着追了几步。可惜她没那飞檐走壁的本事，眼看着追不上，气势汹汹地叫骂几声，才匆匆赶到小屋。

慕北湮追问薛照意时，她正忙着在屋里寻找她的说书师父。

摸着先前她为说书人烧的水还微温，她冲过来问那垂死的美人儿："喂，张先生呢？他不至于会杀你吧？何况你连贺王都能杀了，他又病又瘦的，自然不是你的对手。"

薛照意呆滞的目光忽然转动了下。

慕北湮急着追问道："薛照意，快说，你为何杀我父亲，又是谁杀的你？你都活不了了，还打算保护凶手，让自己死不瞑目吗？"

薛照意急促地喘着气，慢慢抬起手来，压住胸部的创口。鲜血顺着她的指缝飞快沁出，蜿蜒于清秀却泛出青白的手背。

大概感觉出生命正随着热血涌出，她的眼底终于涌过慌乱和绝望，然后直着嗓子尖叫起来："是张和，张和！"

慕北湮急问道："张和是谁？"

小鹿已道："说书先生姓张，莫非……就是张和？"

薛照意眼底通红，似有赤焰在熊熊燃烧，半昏半醒般厉声叫道："是他……是他……他背叛了我们！背叛了我们！"

慕北湮微眯了桃花眼，盯着她一时困惑不已："你们……到底是什么人？"

久在京城的贺王爱姬、小县城的茶楼说书人，天悬地隔的两个人，偏偏说什么背叛，难道他们本是一路人？

薛照意又抿紧了唇，越来越无神的眼珠乱转着，不知在想什么。

不知什么时候，景辞也走到了门口。他扶着门框慢慢走进来，垂头看着薛照意，问道："小玉，是因为张和的背叛，才被贺王除去？"

薛照意唇动了动，终于道："是，小玉……张和害了小玉……他向贺王密报了小玉的行踪，说下一个就是我，就是我……"

慕北湮急问："小玉的行踪怎么了？莫非你们都有见不得人的身份？你们潜在贺王府，到底是何居心？"

薛照意喘息愈急，却不肯再回答。

景辞沉吟，然后道："张和故意暴露小玉，贺王才会杀小玉？他还故意让你猜测，贺王已经怀疑你，下一个很可能就是你，所以你杀了贺王？然后呢？你好不容易逃出来，却当了糊涂鬼，被张和杀了？"

薛照意听得他的言语，仿若句句都被击中心口，浑身越发抖得厉害，猛地一挣坐起身来，尖叫道："张和，张和，我做鬼也不会放过你！"

慕北湮不料她垂死之际尚有如此大的力气，一时没防备，竟被她挣脱开去，见她往门外猛地一扑，已重重地倒在地上。

她满是殷红鲜血的手在地上抓了两下，似乎还想爬起来，但终究虚脱地垂了下去。

慕北湮冲上前，喝问："张和究竟是什么人？那黑衣人是谁？你们背后的人又是谁？是谁？"

薛照意仿佛没有听到，充满希冀地望向黑黢黢的门外，竭力地吐出几个字来：

"为……我报……仇！"

她垂下头，没了声息。

她的半边衣衫已被鲜血浸透，但到底因为长年酷爱制香，居然还有淡淡的芳香在血腥味中萦绕。

旁边的公差上前一探，说道："死了！"

一道夜风卷入幽暗破旧的屋子，伴着森冷的死亡气息，令慕北湮不由地打了个寒噤。昏黄的油灯被风吹得越发暧昧不清，他举目看去，便觉门外的黑暗仿佛随着那风袭进来，如罗网般悄悄围困住他。

他的面色越来越不好看："小玉的死不是普通的奸杀，我父亲的死也不是寻常的仇杀。只怕……有天大的阴谋！"

景辞摸着袖中那块令牌，沉默地盯着死去的薛照意，没有说话。

小鹿想说话，瞥见景辞的眼神，又悄然闭嘴。

郓王府的令牌并不能说明什么，可能是他自己的，也可能是茶客失落的，也可能是他仇人的，才会那般不经意地被丢在灶膛前。

郓王是皇子，可能成为未来皇帝的皇子。若贺王案与之有关，不论是敌是友，似乎都不大好玩。她再不知轻重，到底在极接近皇宫的原府待了几年，晓得其中利害，见端侯不吱声，自然也知趣不提了。

慕北湮思忖半晌不得要领，只从对方敢害自己父亲来看，晓得对手不同寻常。他抬头看向景辞："那个逃走的人是张和吗？"

景辞摇头："小鹿说张和又病又瘦，但那黑衣人高大魁梧、武艺高强，显然不是一个人。方才薛照意说了，杀她的是张和。如此看来，黑衣人应该是她的同伙，只是来晚了，她已被张和所害。"

他察看着薛照意的伤处，说道："她中的这刀扎得很深，但并没有刺中心脏，看来张和身手平平，且走得匆忙，并未发现她一息尚存，甚至等来了同伙。"

慕北湮沉吟道："薛照意躺在墙角处，并不易被发现。我们到来时，屋中也未点灯。所以那黑衣人很可能刚刚赶到，便发现了薛照意，薛照意也可能还有很多事未来得及交代，临死才会冲着外面叫唤，让同伴替她报仇。"

他也忍不住看向外面："那黑衣人必是知情者。阿原能追到他吗？若是被他逃了，想找出主使者，只怕难上加难！"

景辞垂首看着自己突突疼痛的双足，苦笑一声："哦，可我只盼阿原能顺利逃开，以后再设法缉拿那黑衣人。看那人的身手，应该远在阿原之上。"

慕北湮惊怒："那你怎么不去帮她？"

景辞不答。

慕北湮极不放心，正待出去查看时，外面的差役忽叫道："原捕头回来了！"

二人忙出去看，只见阿原在萧潇的扶持下白着脸奔回，袖口处兀自滴落着血珠。

"清离！"

慕北湮忙奔过去看时，景辞行动比他还快，已握住阿原的手腕，仔细看她的伤处。

萧潇恭敬地道："公子，我看过了，那刀砍得虽狠，但原捕头避得快，所以只是皮外伤。左公子那边的伤药治外伤特别有效，回头跟他要些敷上，应该很快就能痊愈。"

景辞"噢"了一声，见阿原泪光闪闪的模样，眉峰不觉皱起："疼得厉害？我给你敷药。"

阿原摇头，哽咽道："小坏为救我挡了一刀，中刀后逃开了，也不知是死是活。"

慕北湮忙道："别难过，我这便叫人替你找去。若找不到，回头我寻一只更好的猎鹰送给你。"

阿原点头，又道："不知怎的，我总觉得我不是第一次看到小坏被人伤到……"

慕北湮一边招呼随侍去府中召唤人手搜查黑衣人和小坏，一边劝慰道："别想太多了。你以前从未养过鹰，必定是因为伤到头部，所以产生了幻觉。"

可前提是，她是原清离。

慕北湮眼神暗淡下去，转身准备去细细搜查这屋子，只闻阿原苦恼地叹息道："那不是幻觉。我一定是养过鹰的，只是记不起来了。我原先那只鹰应该是雪白色的，被恶人用一把剑开膛破肚。那恶人还想杀我……"

啪的一声，景辞刚取出的药瓶不知怎的跌落在地上。

他俯身拣起，淡淡地看向阿原："想起来了？还想起什么？"

阿原摇头："没别的了，细想时头疼得厉害。待我们回京后，我要再查下当日被劫杀的前后因由。我总觉得没那么简单。"

景辞不答。

慕北湮静默片刻，说道："对，你被劫杀之事，绝对没那么简单。就像我父亲遇害、小玉遇害，都不像我们眼睛所能看到的那般简单。"

贺王杀了小玉，薛照意杀了贺王并试图嫁祸给慕北湮，却因左言希的维护转而嫁祸左言希，左言希想查出真相时，傅蔓卿被薛照意的同伙人杀害——与说书人相关，但下手的很可能就是这个黑衣人。

真凶已死，贺王之案算是破了，但背后之人犹在看不见的迷雾中，怎么也看不清晰。

这边的事很快由公差传入衙门，长乐公主、谢岩等人都被惊动，于是这一夜又无法安睡。

匆匆忙忙披衣赶来，问明情形后，二人一边安排人手缉拿黑衣人和说书人张和，一边纡尊降贵地窝在张和的陋室里细细搜查，并叫来里正邻居和茶楼老板、伙计，询问张和的来历。

但所有人的证词异常的一致：张和半年前来到沁河，说是因战乱逃难而来。他说书曲折生动，为人和蔼谐趣，遂在茶楼站住脚，且和周围之人相处融洽。他平日里的行为与常人无异，至少在周围接触过他的这些人眼里，并无可疑之处。若说缺点，顶多有些贪杯好色而已，也不曾做什么出格的事，所以无伤大雅，是众人眼里容易相处的好人。

张和的屋子几乎被翻转过来，却不曾查到更多有用的线索，甚至没有一点字迹或器物，显示出他与贺王或郢王这样的贵人有关。

景辞知道贺王遇害案不可能是寻常的凶杀案，寻机跟谢岩、长乐公主说了郢王府令牌的事。

二人虽年轻，到底时常跟在梁帝身边，很多事看得比一般人清晰很多，脸色便都不太好看了。

谢岩低叹道："此事暂时别让北湮知道。他关心则乱，若一时冲动行差踏错，恐怕会闯出不可收拾的大祸来。"

长乐公主脸上的疹子已消失了大半，匆忙出来时便没再戴帷帽，此刻面色泛着白，倒显得剩余的几颗疹子格外扎眼。但她已顾不得容貌，沉着脸问："你们怀疑跟我三哥有关？"

谢岩沉吟道："未必。"

景辞亦点头："看这张和行事细致，几乎滴水不漏。但如此谨慎的一个人，怎么会把郢王府的令牌失落在灶膛前？还在小鹿相探时遗落，恰被小鹿拣去？"

长乐公主眼睛一亮："你觉得……有人陷害三哥？"

景辞道："张和应该是故意遗落令牌，将我们的注意力引到郢王那里。他可能是想陷害郢王，但也可能就是想告诉我们，郢王才是背后的主使者。薛照临死时说得很明白，张和背叛了他们。故意遗落令牌，是不是同样出于背叛，刻意暴露郢王？"

真作假时，假亦真，何况牵涉的是当今皇子。若无确凿的证据，连长乐公主都不敢因为小小一块令牌就向梁帝进言。一个不慎，令梁帝起了疑心，今天这些查案的公主、臣子们，只怕都得搭进去。

长乐公主叹道："如今，我们只能指望着早点抓到那个黑衣人了？"

谢岩瞅她一眼："恐怕没那么容易。连接近过他的阿原和萧潇，都无法描述出他的容貌，到哪里找他去？即便找到，凭这人的身手，也不是一般人能抓捕得到的。"

长乐公主有些烦躁，怒道："总不能因此便不查吧？此人行动矫健，应该正值壮年，身材高大，暗藏腰刀，有外地口音，并不经常在沁河出现……咱们就按这特征到花月楼和茶楼细细排查，特别是小玉和贺王出事前后，他出现过的地方，看能不能找到线索。"

谢岩只得应道："是！不过这两处人员流动极大，除了部分熟客，至少六七成都是生客，这里面符合条件的只怕有一半……而且多是临时住一宿或歇个脚，纵然查出有部分人可疑，也无从排查他们从何处来，往何处去……"

长乐公主恼道："难道就不查了？"

"可以去查，但不必耗费太多精力。"景辞接过话头，眉眼间有微微的锋芒，"还是……继续查贺王府吧！"

长乐公主诧异："贺王府还有什么好查的？"

谢岩已醒悟过来："对，小玉！小玉、薛照意，还有张和，都属于同一股势力的人，且那股势力相当厉害，厉害到贺王都不愿意明着得罪，才会命靳大德杀人抛尸，对外只声称小玉回了老家。那么，说书人是怎样把小玉暴露给贺王的？"

长乐公主击案道："贺王静养不出，张和只能通过贺王府常在外面行走的人将消息传递进去，而且必须是贺王身边的亲信，才可能确保将消息直接传递给贺王。"

谢岩沉吟："但贺王遇害后，你们不是已经把贺王那些亲信查遍了吗？似乎并未听到相关的消息。"

景辞道："当时清查的是贺王被害时，他那些亲信的行踪，根本不曾将贺王案与小玉案联系在一起。后来因银香囊这条线索，推测出小玉是在贺王府中遇害，查案的重心便放到了靳大德、顺儿、薛氏等人身上，便没再询问贺王的其他亲信。何况贺王之死，众亲信都有嫌疑，这些日子人人自危，便是参与其中的亲信想到了两件案子有所关联，也不敢冒失上报。"

谢岩的眼睛渐渐亮起来："这事继续交给慕北湮就好。"

景辞笑了笑："他虽荒唐了些，但颇通驭下之道，一轮查下来，必定有所斩获。"

也不必提起郓王府令牌，仅目前留下的疑点，已足以让慕北湮下定决心追查小玉、薛照意的真实身份。

换了个角度，他们很快弄清了小玉遇害前发生的事。

被说书人利用，为贺王传回消息的，是跟着贺王南征北战多年的亲卫李瑾青。

贺王静养，李瑾青等一众亲卫暂别戎马倥偬，闲暇无事时便常到茶楼听听说书、听听小曲儿。李瑾青性情直爽，加上有心人刻意结交，一来二去很快与说书人张和成了朋友。

既是朋友，自然无话不谈，包括贺王和两位公子的样貌脾性，也包括贺王府那些姬妾侍婢哪位有才、哪位有貌、哪位手段不凡，早晚能攀上高枝，或更上一层楼。

小玉容貌出色，也在闲谈之列。

那一日，李瑾青去喝茶，恰张和刚说完一段书，便又坐在一起喝茶闲扯。

虽然是闲聊，作为一个绝对忠于贺王的亲卫，张和的几句话引起了李瑾青的注意。

张和问："那位小玉姑娘是不是近日打算去京城？"

李瑾青惊讶："京城？小玉是服侍言希公子的，一直住在沁河，并不是从京城带出来的，怎么会去京城？"

张和便纳闷道："可前儿我见她身上掉下一块令牌，上面有个'郢'字。当时拣起递给她时，她慌慌张张的，脸都涨红了。如果我没记错，郢王是当今三皇子的封号吧？我正猜着是不是郢王府有人看上了她，准备接她入京呢！"

李瑾青从未听说此事，越发纳闷，追问道："她后来有没有说什么？"

张和答他："没有，她好像是过来见另一位姑娘的。那姑娘生得比她还标致，虽然看起来病恹恹的，可那气度风韵，连花月楼的傅蔓卿都抵不上她一根手指头。对了，她和小玉姑娘一样，指甲上涂着玫红色的凤仙花汁。说来奇怪，我走南闯北这么久，都没见过有女子指甲上会染那种招眼又清爽的玫红！"

李瑾青沉吟道："这个我知道，我们府里便有那种凤仙，王爷几名爱妾常用它来染指甲……难道这女子是我们府里的？"

张和拍手道："错不了，错不了，肯定也是贺王府的！有一回我还见那位小美人跟你们家薛夫人在茶楼后面的一处小包间喝茶呢！"

李瑾青问："和薛夫人在一起？是小玉姑娘，还是那位病恹恹的美人？"

张和道："当然是病美人！到底是大户人家的贵人，出来喝茶都藏着掖着！亏得我是这茶楼里的，不然还真没机会见到你们家薛夫人的真容呢！"

"你怎么会认得那是薛夫人？"

"咳，李兄弟你忘了？先前你护送薛夫人到旁边的布庄去挑绸缎，恰遇到我，说起过那是薛夫人。后来薛夫人出来时，我便留心多看了几眼。虽说她当时戴着帷帽，到底那身材气质在，她又擅长制香，远远便能闻得清芬馥郁，迥异于其他贵夫人所用的香料，我怎么会认不出来？"

"哦……对，对……"

李瑾青应了，回府后却越想越疑惑。何况若真的事关郢王，怎么着都不会是小事。

于是，在与贺王单独相处的时候，他便将此事一五一十地悄悄告诉了贺王。

贺王显然不认得小玉，但对此事极为慎重，尤其听说小玉容貌出色，甚得左言希欢心，更是面沉如铁。他沉吟片刻，叮嘱李瑾青别和其他人提起此事，才命他离去，又把靳大德唤去。

不久后，府中便传出小玉因母病告假的消息，随即就是小玉被杀害并沉水的消息。

官府查到门上，靳大德其实还是有些紧张的。他特地将李瑾青唤去，说是贺王之意，命他不许提前日之事。李瑾青料得贺王必定遣靳大德仔细查过，多半查出了小玉有什么不妥之处，才下令除掉。

李瑾青跟随贺王多年，见的世面不少，很清楚哪些事该知道，哪些事便是知道了也只能当作不知道，最好赶紧忘掉。

于是，衙门里前来调查小玉一案时，李瑾青心知肚明，那就是贺王主使，却不肯多提半个字。后来贺王遇害，贺王所有的亲卫被查得人人自危，他偶尔也思考过会不会与小玉或郢王有关，但一则怕多说多错，惹人怀疑，二则势必扯出贺王除掉小玉之事，恐怕又会生出别的事端。

何况上面还有个靳大德是真正的知情者和执行者，若靳大德都不提，他又何必多话？

随着靳大德、薛照意先后被发落，李瑾青越发怀疑，早就忐忑不已，故而慕北湮回府一问起小玉之事，他立刻上前，将前后因由一五一十都说了。

上至长乐公主、谢岩，下至李斐、阿原，都挤在县衙那间小书房中，听慕北湮将李瑾青知道的那些事说完，然后都沉默了。

挤了这么多人，门窗紧闭的书房更显得逼仄异常，又闷又热。

李斐这个正经的沁河县父母官是众人中官位最小的，只能奉陪末座，坐于最角落里的墙边不时擦着汗，却断不敢开窗。他甚至忍不住将凳子又向后挪了挪，恨不得把自己缩到墙壁后面去，省得听到许多他这个七品小县令不该听的话。

景辞坐在左言希的旁边，撑着额低低叹了一声，说不出的黯然和无奈，倒似经历了许多沧桑般无奈。

黑衣人和张和都不曾搜到，小坏也不曾找到，阿原很不痛快，所幸她受伤不重，敷药便无大碍，遂也跟了过来，站在景辞的身后听着。忽听得景辞这声叹息，她心下竟咯噔一下，好像有什么要紧的事涌了上来，但细细想时，却想不出是什么事来。

长乐公主啜着茶，竟也听到了，搁下茶盏问景辞："景县尉，你有什么看法？"

谢岩、慕北湮等人的身份地位都远高于小县尉景辞，但几人都不约而同地看向景辞。

景辞眸光幽暗，淡淡道："没什么看法，只是觉得贺王案可以结了。凶手是薛照意，帮凶是靳大德。他们因奸情做出弑主之事。"

再查下去，便是贺王都在顾忌的某些真相了。

小玉明明只是一个小小的侍婢，对杀人如麻的悍将贺王来说，弄死她本该和捏死一只蚂蚁差不多，根本不必有所顾忌。可贺王偏偏杀人沉河，毁尸灭迹，还命靳大德制造出她离府回老家的假象。

他不是想瞒过左言希，而是想瞒过小玉背后的那个人，他不想明着得罪的那个人。

深得帝宠、手握兵权的贺王都需顾忌的人，在坐的人又岂能不顾忌？

而一再提起的郢王府，已让众人看到贺王案后盘根错节并强大到可怕的权势之争——连生于皇家的长乐公主都在尽力避免卷入的权势之争。

慕北湮一双好看的桃花眼里有火焰在跳动，拳头捏了又松，松了又捏，忽一拳击在案上，喝道："不行！父亲戎马一生，辛苦半世，我不能让他死得不明不白！我要找出这背后的主使者，真正的元凶！"

破旧的书案禁不住他的大力，案面跳动时，满满的一杯茶跌落在地上，洒了满地的茶水。紧闭的窗外，有飞禽扇动翅膀的声音掠过。但众人各自沉思，再无一人往地上多看一眼，更顾不上理会窗外的动静了。

好一会儿，谢岩才轻声道："主使者是谁，可以日后慢慢查。但眼下……还是依景县尉的主意结案最好。若对方放松警惕，或许能暴露出更多线索。"

左言希仿佛精神不济，一直扶着案以手撑额，好像不曾从那夜被囚禁的苦楚中解脱出来。直到此时，他才抬起头来，轻声道："你们是不是都忘了一件事？主使者并不是小玉和薛照意背后的人，而是那个说书人张和。"

自从发现此案可能与郢王有关，长乐公主一直有些沮丧和犹疑，直到此时才挺了挺脊背，点头道："对！从小玉案到贺王案，再到傅蔓卿案，可能全在张和的算计之中。他通过李瑾青传递消息，出卖了小玉。若靳大德在小玉的卧房搜出证据，证实小玉是某位大人物安在贺王府的钉子，贺王当然会除掉小玉。张和还将薛照意扯了进去，但从贺王的表现来看，他应该没有真正怀疑她，只是问过她一些事。薛照意心中有鬼，再有张和在后蛊惑，担心自己重蹈小玉的覆辙，才会决定先下手为强。"

长乐公主漂亮的眼睛渐渐恢复原来的明亮："黑衣人一时身份不明，张和的年龄长相却很明确，且颇有自己的特点。李知县，尽快绘制出他的图像，行文遍告各处州府，通缉这个老狐狸吧！"

李斐忙点头时，慕北湮却还在皱眉："可这事还是不对呀！靳大德能帮着薛照意诬陷言希，证明他们是一伙的，怎么又会帮我父亲搜索证据，并杀人沉尸？"

景辞冷笑："这太简单了！靳大德的妻儿都在京中吧？如果薛照意背后的人足够强大，强大到可以拿他妻儿要挟他，他又没了贺王做靠山，只能拼死诬陷言希。一旦他死去，对方再对付他妻儿已毫无意义，薛照意脱身后多半也会念着这份情谊，力保他的妻儿。"

谢岩忍不住点头："对！对！靳大德对将死的小玉还能大发兽性，也可以证明他当时还没意识到他心仪的薛夫人跟小玉是一路人。薛照意是在决定杀害贺王后，才软硬兼施地把靳大德拉到她那边。"

慕北湮道："说到底，还是那个把薛照意、小玉安放在贺王府的幕后之人可恶！我这便叫人去京城，细查靳大德的妻儿到底有没有受人威胁，又是受什么人威胁！"

左言希道："不必了！"

"嗯？"

"我昨天回府后，已经安排人手前往京城调查了！"

慕北溟半晌才道："甚好，甚好，你想得总比我快一步。"

左言希怔了怔，忙道："此事与我自身安危有关，的确处理得急了些。原本应该跟你商议下的，恰好你昨天一直没回府。"

慕北溟微哂："得了得了，先行一步是好事，别把我想得那么气量狭窄，仿佛这天底下的好人都已死绝，就剩下你这么一个君子了！"

左言希便闭口不言。

慕北溟盯着他，准备说什么，又咽了下去，转身坐回椅子上，垂着眼帘一言不发。

阿原的目光也扫过左言希，踌躇片刻，到底忍不住，说道："我倒认识一个病恹恹的小美人，比傅蔓卿还要美上十倍，且也爱染那种颜色的指甲。"

长乐公主忙问："是谁？"

阿原道："姜探。朱蚀的妻子与前夫所生的女儿，朱夫人杀夫，她也有参与。但她在朱夫人自尽后，早已病情急剧恶化而死，又怎么会再次出现在沁河，还和小玉在一起？"

长乐公主便问向左言希："左言希，你知道小玉跟这个姜探有来往吗？"

左言希扶着额的手指动了动，面色沉静如水，很快答道："回公主，言希不知。"

慕北溟扫过左言希泛白的面庞，不屑道："他终日里只想着他的医药，小玉这么个美人儿在他跟前丢了，他都留意不到，更别说小玉素日与什么人交往了。姜探之死是我们都亲见的，不会有讹误，张和所说的多半另有其人，或根本就是在胡扯，想引起我父亲胡乱猜疑。"

景辞修长的手指在茶盏上摩挲着，沉吟道："对，张和可能想让贺王将小玉与朱蚀之死联系起来，故意误导。"

李斐已顺着几个人的话头，说道："既然公主和诸位大人认为张和最可疑，下官这就行文附近州府，联合缉拿张和。我们搜查得紧，他必定不敢走官道，也许还没逃远。再有临近州府帮忙，早早布下天罗地网，不怕他逃到天上去！"

长乐公主点头令他离去时，景辞却已低低一叹，说道："不怕他逃到天上去，却怕他根本逃不出沁河。"

谢岩思忖，然后失声道："那个黑衣人……"

景辞道："黑衣人只是其中之一。能把眼线安插到贺王府，其能耐可见一斑。如今张和这么一搅和，断送了小玉、薛照意的性命，更暴露了郓王府。不论这事是不是与郓王府有关，郓王都可能被逼得卷进来。这后果绝对不是薛照意的那些同伴愿意看到的。何况，张和是他们中间的背叛者，对他们的事必定知道得很多。"

谢岩抚额叹道："于是，我们急于找到张和审问，他们却急于杀了张和灭口？"

景辞苦笑："而且，我们不知道张和的来历，他们与张和共事已久，对他行事性情应该了如指掌。你们觉得，会是我们先抓到张和，还是他们先除掉张和？"

谢岩踌躇片刻，道："恐怕……我们的胜算不大。"

窗外又传来飞禽扑棱翅膀的声音。

阿原终于听出那声音有几分耳熟，正要冲出去看时，已听得一声鹰鸣，以及谁的利剑出鞘的声音。

几乎同时，屋顶有沙石从瓦桄间滚落的嗒嗒声。

长乐公主蓦地喝道："谁？"

阿原已听得分明，欢喜地叫道："小坏！"

众人忙打开门冲出去看，只见一少年狼狈地从屋檐跌落在地，对着飞旋于头顶的小坏怒喝道："这扁毛畜生，真当我不敢砍了你？"

阿原怒道："你敢！"

那少年抬头，仰起一张清朗的俊脸，正是萧潇。他赔笑道："嗯……不敢。不然它还能活到现在？"

他手中持着剑，但的确只是虚虚比画着。哪怕小坏凶悍的利爪差点抓到他的面庞，他都不曾真的伤它。

殷红的血珠滴下，落于萧潇的衣襟。

萧潇无奈地抚额，挥手道："少对我张牙舞爪……还真不想要命了？快去你主子那里……"

阿原忙招呼小坏，小坏有气无力地转头看她，果然歪歪扭扭地扑过去，如往日一般落到她的肩上，脚下却明显不稳，爪子不安地钩住她的衣服，看着随时都可能一头栽下去。

它的腹部有明显的一道剑伤，经过七八个时辰的静养，伤口的血液本该大致凝固，如今却又在滴着血珠。

想来它不知在哪里歇了一夜，待伤处略略好些，不知怎样千辛万苦才勉强飞回县衙，找到"藏"在书房的主人，还意外地发现了藏在屋顶的萧潇。它尚记得主人命它追踪萧潇之事，却不晓得它前夜受伤逃开后，正是萧潇救了阿原，居然很尽心地继续履行职责，拖着受伤之躯攻击萧潇，硬生生把他逼下屋檐。

阿原仔细检查它的伤处，哑着嗓子笑道："原来你没死，你没死……我真怕你也被杀了……"

眼前又有雪白的鹰影掠过，她已分不出是幻境还是回忆，更没注意到她不自觉间居然用了个"也"字。她如获至宝般将小坏抱到怀中，急急地带它去治伤，口中无意识般地喃喃念道："小风，别怕，我会救你，小风……"

她走出好长一段，才怔住。

为什么她唤的，不是小坏，而是小风？

小风是什么？

她疑惑着离开时，并未注意到景辞忽然间苍白的脸庞。

他的目光掠过她的背影，看向左言希。

左言希不曾注意到阿原说了什么。他低头看着他治病救人的白皙双手，竟似魂不守舍。

长乐公主看着收剑前来见礼的萧潇，倒也没责怪他偷听，只问道："你鬼头鬼脑地躲在屋顶做什么？光明正大地到里面来听，也不会有人拦你吧？"

萧潇咳了一声，笑道："回公主，有……有人拦……"

他将食指暗暗地指了指景辞，又飞快地缩回。

景辞竟已看到，冷冷道："现在不拦了！"

长乐公主有些不解，旋即想起阿原，不屑地啐了一声，说道："你不会也是为了那姓原的贱丫头吧？真是服了你们，这眼光，真真是狗都不如！"

景辞便对谢岩道："听见没有？公主说你狗都不如。"

长乐公主被噎住，谢岩连狗都不如，她苦追着一个狗都不如的人，岂不更是自甘下贱？

谢岩只当没听到两人话语间的锋芒，迅速转开话题，问萧潇："萧潇，你怎么看？"

萧潇毫不回避，答道："我同意景大人的每一个字，立刻缉拿张和，然后结案。至于案中涉及的其他隐情……若能搜集到更多证据，也可以择机禀告皇上。"

长乐公主凝视着他："行……贽土一案的凶手已明，只要搜到张和，的确可以结案。至于其他的，恐怕……并不是留在沁河便能查明的。"

萧潇笑道："公主明鉴！"

张和的消息比想象中来得还要快。

他果然没逃出去，甚至没能逃离沁河。

长乐公主、谢岩等人坐了很久的马车，又在乡野间崎岖不平的小道上走了半夜，才赶到张和被害的地点。

张和死在当地的一处小庙里。

那庙离村庄有一段距离，里面只有一名老僧带着个小沙弥住着，故而附近的里正、保长都不曾发现庙里多了个逃犯，直到有村民经过小庙发现两名僧人倒在地上，进而发现有个陌生男人死在了后面一间禅房里。

两名僧人没死，却已疯疯癫癫，连说话都说不清楚。

因景辞近来身体状况不佳，左言希以医者的身份再三告诫，不许他前来，并劝阿原也留下，照顾景辞，还可以照顾她的鹰，但左言希、慕北湮及李斐、井乙等人都已赶了过来。

长乐公主看着在泥泞里流着口水呵呵傻笑的老僧，掩鼻看向左言希："你看看他们还能恢复神智吗？"

左言希知其意，过去搭了脉，摇头叹道："就是用药调理，也只能缓解症状，很难完全恢复。想靠他们了解案发时的情形，只怕不可能了……"

李斐在旁看着，想说什么，又踌躇着不敢上前。井乙却忍不住道："怎么又是发狂？先前丁曹不就是发狂而死的吗？"

长乐公主蓦地抬起头来："丁曹？是谁？"

李斐这才道："回公主，是我们县衙的一个公差。他在追查朱蚀一案时，被姜探察觉并下药，最后因癫狂跌落山坡而死。"

长乐公主便问谢岩："就是你上回来办的那个案子吗？姜探呢？"

谢岩盯着发狂的僧人，也不由得困惑起来，沉吟道："姜探一直重病在身，她母亲认下谋杀亲夫的大罪后自尽，她受不住刺激，当天便吐血而死。"

左言希道："虽然同样迷失神智，但从症状来看，应该不是同一种药。"

张和的尸体已经被抬了出来，是明显的中毒而死。

脚踝上有一处啮伤，从齿痕看，应该是蛇咬的。他虽曾割开伤处试图挤出毒血，但显然没什么效果。伤痕周围黑肿发亮，流出来的黑血已经凝固，糊在高肿变形的脚背上，狰狞得可怕。

长乐公主仔细察看着那简陋的禅房，缓缓道："这时节，乡间蛇虫出没，不足为奇吧？"

谢岩扫过空荡荡的屋子，确定张和随身携带之物连半根针线都不曾剩下，叹道："蛇虫吗……大半个月前就有了！阿原先前就在涵秋坡被咬过吧？"

李斐急忙答道："对……对，也是毒蛇所咬……"

长乐公主便嫣然一笑："于是，最后的元凶也被毒蛇咬死，贺王一案真的可以结了！贺王世子，你说是不是？"

她问的是慕北湮，但慕北湮并没有回答。

他那双桃花眼有些迷惑、有些苦恼，也有些愤怒，正出神地看向窗外。

窗外，左言希一袭素衣如雪，默然立于隔年的枯枝败叶和新生的蓬勃的杂草间，怔怔地盯着手上一截半枯的植物。

那是一株凤仙，隔夜采摘的凤仙。

结了贺王案，长乐公主、谢岩很快离开了沁河，竟比来时还要快。

李斐不敢相信，长乐公主居然就这么离开了沁河，完全没理会案件里残留的疑点。

虽说聪明人都该明哲保身，但长乐公主既然是奉皇命而来，早就应该考虑到贺王案可能牵涉到的复杂性，怎么肯如此轻易罢手而去？

不过那等高层斗法，对小小的七品县令来说，着实遥不可及。

一个不小心，或许能平步青云，但再一个不小心，可能死无葬身之地。

有时候，"糊涂"二字，才是长长久久立足官场的不二法宝。

于是，当晚李斐搬回自己的卧房，睡得格外踏实、格外安心。

阿原也搬回了原来的住处，享受起了公主般的待遇。

长乐公主离开前，曾将景辞召去，连同谢岩在内，三个人有过一番长谈。出门时，景辞的面色不太好看，对谢岩淡淡地道了一句："重色亲友，说的就是我某位好亲戚！"

谢岩负手而笑："死贫道不如死道友，何况既已相见，早早摊开来说，岂不更好？"

景辞点头："嗯，更好。亲上加亲更好。"

谢岩便再也笑不出来了。

送走景辞后，长乐公主的脸色却好转很多，连脸颊上剩余的几颗小红疹都在她的笑容里闪闪发亮。

或许因为心情大好，她离开时并未撤走屋里额外布置的那些陈设，连她的卧具和瓶盏等器物都未带走，白白便宜了阿原，陋室成了华屋。小鹿很开心，回屋时在地上铺着的柔软毡毯上打了好几个滚。

但阿原还是睡得很不好。

眼看景辞病势好转，小坏也无碍，阿原终于忍耐不住，拉着景辞去了涵秋坡。

她并没有勘察当日被毒蛇咬伤的地方，也没有再去回顾那夜患难相守的木屋，而是去了姜探的墓地。

景辞坐于肩舆上，远远瞧见坡上那处隆起，不由得微微一皱眉。

阿原紧走几步，围着坟头转了两圈，居然从草丛里找出一把锄头、一把铁锹来。

景辞讶异："你什么时候准备的？"

"不是我准备的，除了我之外，也有人起疑心了吧？"阿原嫣然一笑，将铁锹等掷给两名舆夫，顺便又丢过去几串钱，"给我挖开！"

舆夫相视愕然，一时不敢动手。

挖人坟墓，坏人风水，不仅亡者家属不肯饶过，便是告到官府，也是不可宽恕的重罪，轻则杖刑，重则绞刑。盗墓这等勾当，着实不是一般人敢做的。

但阿原已亮出官府的腰牌，说道："放心，官府不会追究，这墓主也没什么亲人了，不会有人过问此事。"

景辞叹道："听说那个朱继飞虽然疯了，却还记得姜姑娘，时不时跑过来，一坐就是大半日。"

阿原道："幸亏他已经疯了……若他没疯，晓得他为之癫狂的姑娘，竟是个心机深得可怕的蛇蝎妇人，一直都在利用他，只怕会疯得更厉害吧？"

景辞轻叹："你怀疑姜探未死？"

阿原道："我不信你不怀疑、小贺王爷不怀疑。只是你俩一心维护左言希，才不肯深究。李瑾青提过，张和说小玉死前曾与病美人见面，小贺王爷立刻辩解说，病美人可能另有其人，你则难得糊涂，居然说张和是想让贺王把小玉与朱蚀之死联系起来，故意误导。可贺王深居简出，便是知道朱蚀一案，也不可能关注已经'死去'的姜探的容貌，怎么会因为小玉与什么病美人见面，就立刻联系到朱蚀案？"

景辞静默片刻，方道："或许，注意到病美人是用贺王府的凤仙染的指甲？"

阿原道："那又如何？凤仙虽是朱蚀一案的重要线索，但贺王知道这细节的可能性微乎其微。不过我倒是听左言希的侍儿提起过，左言希偶尔会亲手做些胭脂水粉，不知送给哪位姑娘。我还曾听薛照意向小玉提起，左言希曾跟她要过凤仙花汁，同样不知送给哪位姑娘。由此可见，薛照意、小玉和姜探即便是一路的，至少并不相熟。我查案时并未刻意打听，都能知道这些事，贺王又怎么会不知道？至少，他应该听说左言希已对某位姑娘动了心。张和故意提到病美人，并不是想把小玉和病美人扯在一处，而是想暗示贺王，对方已经算计上他的义子了！"

景辞看着坟头一寸寸矮下去，渐渐露出依然泛着油亮光泽的黑漆棺木，黑眸幽静如潭："你是说，言希和那个姜探？"

阿原道："你可记得贺王遇害那日，小贺王爷激怒了贺王，却是左言希被罚跪，跪得双膝青肿？贺王应该是恼怒左言希意志不坚，恋上了不该恋的人，卷入了不该卷入的事非之中。"

浮土被铲尽，棺盖已经尽数露出。阿原看着四边被起开长钉的痕迹，唇角笑意越发明媚而自信："姜探'病死'前，左言希到底给她服的什么药？或许，传说是真的，这世间真有那种可以令人假死的药物？"

棺木被打开，本来准备掩鼻避开的舆夫都睁大了眼睛。

陪葬的衣衫器物犹在，翻开的被褥间犹有躺卧过的痕迹，但棺中根本没有尸体。

这墓被盗过，但被盗的只有尸体。

阿原看向景辞，叹道"阿辞，你看，姜探果然没有死，不但没死，还卷进了贺王案。"

景辞沉默地盯了那空棺片刻，才问："为何张和最后死于蛇毒？"

阿原轻笑："蛇毒是其一。先前傅蔓卿之死，只怕也是姜探所为吧？自从那个黑衣人出现，我们都怀疑是那黑衣人所为。可如果左言希没撒谎，他赶到傅蔓卿被害的现场，俯身检查她的伤处，拔出匕首，在我们出现后才去追凶，以黑衣的身手，他还能看得到黑衣人的去向？唯一的解释是，他一心维护凶手，知道真凶尚未走远，唯恐她被发现，便以他自己来引开我们的视线，以帮助凶手脱身。"

景辞的目光慢慢扫过墓碑上崭新的字迹，显然有些意兴阑珊："你认为他想保护的是姜探？"

阿原窥伺着他的神色，眼底清亮如水，却带了狐狸般的狡黠，柔声问："阿辞觉得呢？"

既然景辞骄傲，她想跟他长长久久的相伴，一生一世携手，便得处处给他留几分颜面。即便她心中的答案是肯定的，也得让他先明白地说出来。

景辞没有回答她，只是忽然转过身，向后面的密林静静地看去。

林中传来细微的声响，随即便见左言希一身素衣如雪，缓缓走了出来。

他双眸暗淡，面色有些发白，但并不改素日的温雅从容。他对景辞勉强地笑了笑："你知道我会来？"

景辞道："我还知道，有些事你一定会跟我说清楚。"

左言希便连勉强的笑意也挤不出来了。他的目光扫过空棺，变得异常幽深苦涩，声音也沉得像坠着千钧重物："姜探开始是我的病人，后来……是我心仪之人。我发现她不简单时已经晚了，但我没法看着她毁在我跟前。就是这样。"

景辞凝视着他，眼底渐有无奈。

他拍了拍他的肩，叹道："我明白。"

这时，只闻得林子里又传来另一个年轻清朗的声音："我不明白！"

几人回头一看，却见萧潇一身素青布衣走出，身姿依然如小白杨般挺拔俊秀，唇角的笑意里有着迥异于平时的慎重和肃然。

他抬脚从刚挖出的松软泥土里挑起锄头，对阿原笑了笑："我就知道原捕头不解开这心结，终究是放不下的。果然，这些工具没白准备。"

阿原笑道："若我不来，再隔两日，萧少侠大概会挽起袖子自己挖了吧？"

"若景公子没来，我便是挖了也没用。"萧潇向景辞恭敬地一揖，"公子，我还有些事不明白，想请教左公子。"

景辞静默片刻，略略挥了挥手，以示许可。

左言希已说道："问傅蔓卿被害的事吗？那晚是姜探扮作侍儿进了她的卧房，刺死了她。因为那块用来嫁祸北湮的手绢，我当时也暗暗潜入了花月楼，正好目睹此事。眼看她越窗而出，我踌躇着没有立刻追过去，谁知那时候你们也赶到了……她其实稍微懂些武艺，但身体底子在那里，真被追逐时，根本逃不脱。我只能引开你们，方便她逃离险境。"

眼见左言希亲口承认，终于解了自己的疑惑，阿原心情大畅，呼出一口气，说道："我原来就猜着你必定在护着谁，直到发现姜探未死，才猜到应该是她。"

只是，这么病恹恹的小美人，居然敢亲自动手杀人，听着有些吓人。

萧潇却皱眉："左兄，我不是问这个。"

左言希问："要问什么？姜探是何人所遣，还是她如今的行踪？"

萧潇点头："左兄心思玲珑，是个聪明人。"

左言希怅然般低叹一声："抱歉，我从未问过她的来历。那日在县衙，的确是我用封闭脉息之药将她救下，后来也曾多次前去为她开药诊治。但她痊愈后便离去。她有她的打算，我也不想强留。"

萧潇不觉敛了笑意，神色越发凝重："这话我可以相信，却不晓得皇上信不信。如今，还得请左兄随我入京面圣，亲自去跟皇上解释解释。"

左言希低叹："若我不答应，你大概也会押我回京吧？"

萧潇不答，转而问道："你有没有话要转达给贺王世子？"

左言希道："不用转达什么了。他看着轻浮，内里清明。我的事，瞒不过他。若我没回府，他自然知道我出事了。好在义父之案已结，他这几日也该护送义父的灵柩回京了……"

萧潇便点头："如此，冒犯了！"

说完，他手中多了一根银光闪闪的特制绳索，飞快地伸臂擒住左言希的双手将其紧紧地缚住，又将他身上的宝剑、荷包等物尽数收去。

左言希面色越发苍白，却无一丝抗拒，由着萧潇将他双手压在背后捆得动弹不得，才对景辞道："阿辞，我做过的事，的确有必要跟皇上有所交代。该我承担的责任我会承担，你不必插手。"

景辞冷冷扫他一眼，并不答话。

左言希喉间滚动了一下，转身向坡下走去。

走到阿原身畔时，他的身子略略一顿，飞快地轻道了声："谢谢！"

没等阿原回过神来，他已随萧潇走得远了。

景辞竟已听到，一边令舆夫照旧把坟墓填上，一边问道："他谢你什么？谢你挖出他瞒天过海、包庇凶犯的证据？"

阿原明知左言希谢她，只是因为她终究不曾告诉景辞，他就是那个意图在涵秋坡杀她的黑衣杀手。

一边是没过门的妻子，一边是救过自己性命的好友，若她说起，景辞恼恨之余，必定为难。

想景辞伤病在身，不宜烦恼，何况左言希很了解他的病情，日后多半还需仰仗他来诊治。权衡利害后，阿原也不愿追究此事，遂闭口不提。见景辞问起，她便道："左言希庇护姜探，想必也心虚得很。应该是谢我点破此事，解了他的心结吧？"

景辞"哦"了一声，也不知是信还是不信。

阿原忍不住又问："那个萧潇为什么不把左言希交给官府处置，反而大费周章地亲自将他押回京城？"

景辞眺望着左、萧二人离去的方向，回答她道："萧潇是皇上的影卫，只听皇上一人吩咐，也只对皇上一人负责。有时，他也会替皇上出面，暗中处理一些比较私密的事。当然，若是影卫行动时有什么不妥，犯下过错，也只能由皇上一人处置。"

"这和左言希有什么关系？"

"言希也是皇上的影卫。"

"……"

重新掩好坟墓，景辞等人正准备离开时，那边山道上忽然又传来急促的脚步声。

举目一望，阿原禁不住叫道："是朱继飞！"

眼前的朱继飞依然年轻俊秀，眉宇间依稀看得出往日的温雅斯文，可他质地华贵、做工考究的衣衫上尽是凌乱的褶皱，看着倒像刚在野外囫囵睡了一觉。但很不和谐的是，他的头发上虽有一两片枯叶，却梳得齐齐整整，用一支镶着明珠的银簪仔细地绾着，纹丝不乱。

他的步履很是踉跄，中途还摔了一大跤，却飞快地爬起，也不晓得去掸身上的尘土，更无视景辞等人的目光，径自冲向那坟墓。

"探儿、探儿！"

他双眸闪亮，笑容温暖，呼唤心上人的名字时轻柔多情，完全不像得了失心疯的人。

他凝视着墓碑，手指小心翼翼地抚着姜探的姓名，柔声道："我就知道你放不下我，必定会来找我。可你为何总在我睡着的时候来找我？我想醒着时好好看看你。"

他的手很干净，只有方才摔跤时沾上的泥土，但他的左腕似受过伤，用一块帕子包扎着。

景辞走向前，问道："你既然过来看她，为何会睡着？"

朱继飞便抓起头，很快将齐整的发髻抓得有几分凌乱。他纳闷道："是呀，我为什么会睡着，为什么会睡着……若我不睡，便能见到探儿了！"

他将手探入怀中掏了片刻，竟摸出一个沾着血的瓷瓶来。他温柔地看着坟墓，说道："不过也不碍事的，探儿你看，我又带灵鹤血来了……你说这个配药有用，我以后看到灵鹤便取它们的血来给你，可好？"

可是，朱继飞疯了那日，便已将朱蚀所养的鹤杀得干干净净，朱府里哪还有鹤？也不晓得是厨房里的鸡鸭还是园子里的鸳鸯倒了霉，被失了心智的二公子当作灵鹤砍了放血。

阿原的目光却已凝注在朱继飞左腕包的帕子上。

她上前，握住他的手腕，含笑问道："你的手怎么受伤了？谁给你包扎的？"

朱继飞茫然："受伤？包扎？"

他不解地看向腕间的帕子，用力扯了几下。

阿原伸出手，用指尖灵巧地拨了拨，那帕子上的结便松散开来，露出朱继飞腕上的一道伤痕。

伤口被清理过，血迹已凝固，看着不像是刚刚受的伤。从朱继飞手中的"鹤血"来看，多半是他杀鸡宰鸭时误伤了自己。

朱绘飞待弟弟甚好，若是发现，应该会让人替他包扎，但绝对不可能用普通的帕子包裹伤口。

阿原将帕子一抖，帕子舒展开来，却是质地上好的一方丝帕，一角绣了朵雪白的绣球花。

如此素净的帕子和刺绣……

阿原心头一跳，低声道："阿辞，我记得先前姜探住的院里便有绣球花。"

景辞蓦地转头，扫向朱继飞奔来的方向，然后上前拍了拍朱继飞的肩，温声道："二公子，你看，姜姑娘并没应你，或许还没回来吧？方才你睡在哪里？或许她只是一时走开，这会儿又回去等着你了！"

朱继飞一呆，居然听懂了景辞的意思，忽高声叫道："探儿、探儿，你别走，别走，我……来了，来了……"

他捏紧瓷瓶，返身往来路冲了回去。

朱继飞虽然疯傻，但关系到姜探时，半点也不糊涂。他很快奔到山侧一块大石后，呆呆地四下张望，寻觅着他心上人的踪影，高声叫道："探儿、探儿，你在哪里？"

这一回，他的行为其实再正确不过。

大石后方有一层干草，有明显的、被人躺卧过的痕迹，旁边还有沾着血迹的水碧色湿布条。

朱继飞不是梦里见到姜探，而是姜探的确来了。

以她用药的能耐，想迷晕疯癫的朱继飞轻而易举。她发现朱继飞腕上有伤，撕下裙角替他清理了伤口，又用帕子包扎好。她甚至还替他梳了发，重新绾了整整齐齐的发髻。

阿原纳闷道："奇怪，她为什么迷晕朱继飞？"

景辞站到那山石旁，四下一打量，手指在石上轻轻一叩，说道："你过来看！"

阿原忙走过去，顺着景辞所指的方向一看，看到树丛和草丛间隐隐露出的那座坟墓，以及坟墓前的部分情形。

她略一思索，便明白过来："是了，我们挖掘坟墓时，朱继飞正好来了。姜探或许是跟着朱继飞来的，或许是跟着我们来的，眼见她假死的消息瞒不住了，生怕朱继飞看到空棺后再受刺激，所以将他拦下来，一起藏在这里了！"

她再看一眼坟墓的方向，背上惊出一层汗水来："也就是说，方才坟前发生的那些事，她早已看得明明白白、一清二楚？"

景辞面色清冷得有些可怕，低声道："对！包括言希怎样被她连累、怎样被萧潇捆走！"

他的眸光清寒如冰："或许，言希根本就是故意站出来的。他怕我们怀疑后会到这边寻找，暴露姜探。可她竟在这里与朱继飞亲昵相伴，替他绾发裹伤，眼睁睁地看着言希陷入危难之中！"

直到左言希被带走，空棺重新被掩盖，再不会刺激到朱继飞，她才弄醒朱继飞，自己悄然离去。

阿原听得他话语间对姜探的厌憎，忙道："其实也不是坏事。等左言希明白姜探对他的薄情寡义，冷了心肠，便可以另择佳妇，再不怕被这女人连累了！"

"不会的。"

"嗯"

"他对姜探的情谊……远比我先前所料得深厚得多。他不会放手。"景辞的声音冰冷，连身子都在微微颤抖，"他其实跟我是一样的人，愚蠢……愚蠢得可怕！"

阿原想不出景辞愚蠢在哪里，但见景辞面色不对，立时慌了，忙扶住他道："阿辞，你脸色不好，是不是哪里不舒服？既然姜探已经离开，这枝繁叶茂的，凭我们二人之力，只怕也没办法仔细搜查。不如先回去，请李大人多派点人手过来搜山吧！"

景辞的手冰冷至极，低头瞧着眼前身着男装却依然俊美俏丽的阿原，眸心有隐忍不住的凛冽杀机，又似汹涌着岩浆般的浓浓怒意。

阿原更加担忧，猜不出姜探怎么会令他如此失态，忙要拉他去坐肩舆，忽听旁边一声分不出是凄厉还是惊喜的高叫，回头一看，只见朱继飞抱着头仓皇地四下张望着，然后号叫着向山林深处冲去。

"探儿、探儿……"

他凄厉地叫喊着，脚下一滑，顿时又摔了一跤，额头磕到了山石，热血顿如泉水般涌出，糊了满脸。他竟浑然不觉，胡乱抹了把糊住眼睛的鲜血，跌跌撞撞地继续往前冲，却跟没头苍蝇般找不着方向，没几步便踩到一处松散的石头，一头就要栽下坡去。

他虽然疯了，但姜探依然是他放在心坎上的人，看得比自己的性命还要重要，懵懵懂懂间听了景辞和阿原的对话，也不晓得听明白多少，刺激之下只知姜探就在附近，竟疯得越发厉害，只顾仓皇地奔找。幸好阿原已赶到近前，见他要栽下去，连跃带扑，总算将他拉住，免得他步丁曹的后尘，也在癫狂中摔死在深山。

朱继飞本是文弱的公子，连着摔了几次，已跌得晕头转向，气力衰微。他透过眼前淋漓的血光，隐约看到眼前多出一人，耳边似传来姜探低柔的轻笑，顿时宽慰不已，伸出手来握住阿原的手臂，笑得温软甜蜜。

"探儿、探儿，我可等到了你……"

他说着，便晕了过去，唇角兀自挂着欣喜的笑容。

无力紧握的手指慢慢松开，在阿原袖上留下了几个殷红的血手印。

阿原忽然觉得，若朱继飞自此再不能醒来，未必不是一件好事。

世间最快乐的事，无非等到了一心所等的，盼到了一心所盼的。时间若能停留在这里，铭刻于心、铭记于脑的，便只剩下美好的回忆和欢喜的当下，岂不妙哉？

与其醒来时看着一切在眼前破碎，连曾经最真实动人的伊人也幻灭无踪，还不如此刻怀抱幸福，含笑逝去。

晕过去的朱继飞最终坐着景辞的肩舆被送回朱府。

阿原顾不上猜测朱继飞醒来会不会疯得更厉害，先扶景辞下坡，又找了辆牛车载着他们慢悠悠地回城。

景辞见她谨小慎微的模样，反而有些不悦，说道："你别听左言希胡说，我没那么孱弱。大夫为了哄病人喝药，诊病时，十个能有八个被他们说成将死之人。"

阿原道："你当然不是将死之人。但我求的是你能长命百岁，好让我跟你白头到老，自然要把你养得壮壮的、胖胖的，不要出半点差池。"

"壮壮的、胖胖的？"景辞面色有些古怪，"像井捕快那样壮壮的，还是像朱绘飞那样胖胖的？"

阿原道："都行。虽说年轻俊秀更养眼，但我们早晚都会老去。你胖胖的时候，我指不定也开始长白头发了，咱们谁也别笑谁，谁也别嫌弃谁。若能一起变老变丑，老到满脸皱纹，丑到鸡皮鹤发，更是人生第一幸事。"

牛车晃晃悠悠的，景辞的面容也在时不时被掠开的布帘后时明时暗。

他忽然轻声道："过来。"

阿原正坐于他身畔，闻得他说话，便向他身边靠了靠。

景辞张臂，将她紧拥于怀。

他揉着她细巧的肩颈，低低道："从前，我曾对一个小丫头说，让她时刻注意自己的仪容，若她老了、丑了，我就不会再看她一眼。如今，我收回这话。若她老了、丑了，我也不会嫌弃她，只要还是她……就够了！"

阿原的心狂跳不已，似要蹦出胸腔来，仰起面庞问道："你……你说的那个丫头，是我吗？"

景辞唇角扬起一抹弧度，清淡柔和，却难掩神伤："你说呢？"

阿原将他背部的衣料抓了又抓，终于笑了起来："是我，当然是我！就算从前的事我一件也不记得了，也记得我们是彼此喜欢的。我们必定是彼此喜欢的，才会有后来的婚约，对不对？"

景辞喉间滚动了下，没有说话。

阿原道："但我始终想不起我们的过去，真是遗憾。不如你细细讲给我听吧！指不定我听着听着，便将从前那些事都想起来了！"

"其实……想不起也不打紧。"

景辞的声音入耳有些空落，甚至有些清冷，但阿原靠在他胸前，觉出他温暖胸怀下激烈的心跳，便觉得他不论说什么都悦耳至极。

她窥见他淡白的唇翕动，悄悄舔了舔唇，正待凑过去亲昵一番时，车帘忽然被撩开一角，探入车夫的脸。

"二位爷，县衙到了！"

车夫边赶车边说话，待说完才看清车内相拥的一对清俊男子，顿时傻眼了，张了张嘴再说不出话来，只呆呆地看着二人，也不记得垂下车帘。

景辞面色冷了下去："看够没有？"

车夫道："没……没看够……"

景辞道："哦，那继续看吧！"

他低眸，亲向阿原嫣红的面庞。

车夫果然看得两眼发直，呆了片刻，慌忙垂下帘子，再不敢催促了。

阿原只觉骨头都一寸一寸地变得柔软起来，软绵绵地靠在他身上，半晌才低笑道："这里不方便……"

景辞微微吸气，眸光凝注于她，过于白皙的面庞上居然也泛起了红晕。

阿原猛地觉出她话语间的歧义，忙补充道："我并不是让你找方便的地儿……"

话刚出口，她便恨不得打自己一耳光。

简直是越描越黑……

不过原大小姐阅人无数，这点事似乎可以忽略不计了吧？

如此一想，她顿时心安理得起来，甚至壮着胆子仰起下颌，亲他柔软的唇。

景辞吸了口气，猛地将她夹入怀中，撩开帘子，大步跨出车厢。

阿原被他夹得动弹不得，气都喘不上来，想不到她这个文弱多病的未来夫婿怎么会有这样大的力道。她怀疑他会直接将她掷下车去，把她的额头磕出个大洞来。

景辞果然快速地跃下了车，将她放下的动作似乎也有些粗鲁，但他的手始终轻扶住她的腰，恰能让她稳稳地落地，顺便让傍晚微凉的风将她满怀的春意吹得散开些。

阿原荡漾的春心果然很快消停了。

倒不是因为天边吹来的风，而是因为知夏姑姑那张黑沉得跟锅底般的脸。

她将一封拆开过的信函递给景辞，然后瞪向阿原那张令她厌憎的俏脸。她那黑黢黢的眼神恶毒得可怕，如果能化作利箭，只怕顷刻便将阿原的脑袋射穿。

知夏姑姑视阿原如寇仇，阿原当然不屑用热脸贴她的冷屁股，便连看都懒得看她一眼，越过她径自向前走去。

好在衙门前那对大石狮旁翘首以盼的，除了知夏姑姑，还有小鹿。

小鹿已蹦蹦跳跳地上前迎她的小姐，顺便横了知夏姑姑一眼，才笑道："公子，你跟景县尉玩了一天，这气色好像更好了！"

阿原笑道："那是自然，你家公子风华无双，倾倒少女无数……"

她一揽小鹿的脖颈，亲昵地凑到她耳边，用恰能让知夏姑姑也听到的声音轻笑道："更能倾倒我的端侯夫婿！"

那牛车车夫再也看不下去，匆匆挥鞭掉头而去，一路愤愤地低骂："伤风败俗、伤风败俗……"

只是那话语间，除了愤恨，又夹杂了说不出的艳羡。

毕竟容貌俊俏到宜男宜女、男女通吃，还真不是一般人能办到的。

阿原见知夏姑姑的脸色更黑沉，越发心情舒畅，大笑着拥着小鹿进了衙门，却不曾注意到景辞展信阅览时忽然血色尽褪的面庞。

李斐得知姜探未死并出现在涵秋坡，倒是大吃一惊，带了井乙等人连夜去搜山。但阿原料到姜探虽病弱，却机警聪明，又有同伴相助，必定难有结果，索性就在衙中休息，顺便让小鹿去给她煮碗面。

她对小鹿的厨艺并未抱太大希望，好在她于饮食并不挑剔，煮熟能吃就行。

她对住处也不讲究，如今住在精致华丽的卧房里，也未觉得比原先的简单陈设舒适多少。不过，她很喜欢长乐公主留下的那个大浴盆。山野间奔忙了一整天，能痛痛快快地泡个澡，松散松散筋骨，无疑是难得的享受。

湿淋淋地爬出来，她才听得小鹿在外面唤道："公子，面来啦！香喷喷的排骨面呢！"

阿原一边披上衣衫，一边甩着湿发去开门，笑道："排骨面？大晚上的，你哪里弄来的排骨面？"

但门一打开，她立刻晓得哪来的排骨面了。

小鹿正努力保持着一副端庄稳重的姿态，紧跟在景辞的身后。她手中端着个托盘，里面果然放着两碗色味俱佳的排骨面。

景辞素袖洁净，身上看不出半点烟火气，但阿原只闻着那排骨面的香味，便晓得这必定出自景辞之手——这感觉，倒似吃过很多回他煮的饭菜一般。

她微微失神时，小鹿已将面摆放到桌上，笑道："我正请厨娘替我擀面呢，刚好景县尉过来，也说要吃面，于是……"

小鹿盯着洁白柔滑的面条，咽了下口水，说道："景县尉的手艺，自然比我强多了！对了，那边还有半锅呢！"

景辞扫过阿原松散的衣衫，淡淡道："那你还不去盛？再晚可就没了！"

小鹿怔了怔，忙笑道："好，好，我去盛面、吃面……你们慢慢吃、慢慢吃！"

她暗暗骈起大拇指弯曲了两下，向阿原做了个比翼双飞的动作，贼兮兮地挤了挤眼，才急急地奔了出去。

和从前左拥右抱的生活相比，她家小姐不仅吃得太素，而且吃得太少，是时候饱餐一顿了……

景辞做的面，即便是纯素的，也有种自然的清香，更别说排骨面了。

但阿原几乎没品出排骨面是什么味道来。

景辞气定神闲地坐在她对面吃着面，泰然自若地拿她的杯子漱着口，但看她的目光，似乎她才是他的排骨面。

这不对吧？

她是风流无双的原大小姐，他是她志在必得的如意郎君。他才是她想吃的排骨面。

可为何她食不知味、魂不守舍，还绞尽脑汁地揣度着，以往面对她的情人们时，她应该是怎样的姿态和神情。

"吃完了？"

景辞忽然低沉地问她，取过旁边宽大的浴巾，拢住她的长发，一点点替她吸去头发上的水。

他的手指灵活却冰凉，时不时触到她的脖颈。

阿原身体一阵阵绷紧，却又有种说不出的虚软无力。她说不上那是种什么滋味，只觉得越发唇干舌燥起来。

她虽不记得从前都是怎样面对她那些情人的，可她显然不曾改变原先的风流本性，根本经不起如景辞这般清俊的男子的示好。

阿原很想回过头去将他抱住，但此时孤男寡女共处一室，那干柴烈火燃烧起来，倾了沁河之水都难以熄灭。

这本该是她从身到心都冀盼的，可真有实践的机会时，她竟莫名有些恐慌。

"阿……阿辞，如今正闲着，你何不跟我说说，我们过去的事儿？"

趁着他换干净的浴巾之际，她急急脱开身，一边倒水喝着，一边试图转开话题，继续追问她问了多次却始终没能问出的答案。

"哦，过去……"景辞走上前，将她刚拢起的衣衫向下一扯，将她打横抱起，说道，"过去……就是这样的……"

阿原手中饮了一半的茶水啪地跌落在地上，人被他轻轻丢入衾被间。她想要拒绝，却又觉得太矫情，实在有失身大小姐视天下男子为囊中之物的风范。看他欺身而上，一双清亮的眸子愈来愈黑，如旋涡般要将她吸入，她再也忍耐不住，揽住他的脖子，用力将他亲住。

景辞身子一震，动作越发激烈。

他的手还是那样凉意袭人，所过之处却似有烈焰焚烧，渐渐将她仅余的神智抽空，满心满眼都只剩眼前的男子，以及眼前男子带来的欢愉。

混沌里，一样看不透的旋涡般的双眸、一样令她无法抗拒的欢愉，她却似乎在唤着不一样的名字。

她似在呜咽里低唤道："师兄，师兄……你醉了……"

将她倾覆于身下的男子一如既往地沉默着，根本不屑回答她半句，只以近乎粗鲁的动作宣示着他对她的主权。

阵阵酒气迎面扑来，她辨不出是害怕还是渴求，终究不再挣扎，只是轻声说道："师兄，我不想嫁给二殿下。哪怕是明媒正娶的夫人，我也不想嫁。"

她的唇颤抖得厉害，却很小心地贴到他发烫的面颊："我只想跟你在一起，一辈子。"

这句话似在心底被压了无数个日夜，她拼尽了这么多年积攒的勇气，才敢轻轻说出口。

对面那人忽然间顿在那里。

黑暗里，她看到他的眼睛里跳动着不明的火焰，幽深而可怕。

片刻后，他放开她，撩起帐帷，跟跄地奔出。

她躺在凌乱的衾被间，由着沸腾的热血渐渐凉下去，努力地大睁着双眼让自己平静下来，却再也不能抑制眼底的热泪汹涌而出。

床前忽然闪过一道黑瘦的身影，伴着妇人狠毒的咒骂："竟敢趁着阿辞醉酒勾引他！贱婢！贱婢！"

声声斥骂里，妇人手起手落，金针重重扎向女子见不得人的部位……

她失声痛叫，却被那妇人用衾被压住头脸和双手，动弹不得。

一针一针，含着那妇人不知隐忍了多久的怒火，继续重重扎下、拔起，重重扎下……

她的惨叫和哭叫尽数被厚重的棉被压住，半点声音也发不出来，更不可能唤回醉酒离去的他……

她仿佛在奋力挣扎着，又仿佛只是绝望地承受着。她似被溺入深不可测的海水里，又似被关入黑不见底的炼狱中，疼不可耐……

"阿……阿辞！"

阿原蓦地惊叫出声，重重地吐了口气。

"阿原。"

与她亲昵着的男子应她，声音低哑，却是难得的温柔。

她没在海水里，没在炼狱中，挣脱开那莫名的幻境，她满心依然是对眼前之人的贪恋和渴求。

阿原定定神，轻声道："阿辞，我们必定在一起过，还曾因为彼此想在一起受尽磨难。"

景辞凝视着她，声音干涩："你想多了！"

阿原笑道："我也觉得我想多了。或许……是我们前世受了太多的折磨，又没能在一起，才会有今日的缘分吧？"

原大小姐出身高贵、风流张扬，上有梁帝、原夫人宠爱，中有众情人相助，下有护院家丁保护，怎么可能活得那样谨小慎微，受尽他人的欺凌和折磨？

她断断续续想起的那些零落的片段，大多悲惨痛苦，和原大小姐本该拥有的生活全不相干。或许，那次受伤令她失去了从前记忆的同时，意外唤起了她前世的一些记忆？

阿原晃了晃脑袋，抛开那些不合时宜出现的幻觉，不由自主地说起她幻境里曾说过的话。

她道："阿辞，我只想跟你在一起，一辈子。"

景辞的神情有片刻的恍惚，伸手抚她面庞，然后，倾身。

"嗯……"

阿原吸气,疼得整个人都蜷缩起来。

烛影摇红里,景辞的面庞比寻常柔和许多,双眸却依然清亮而冷静。他俯身在她耳边轻声问:"是不是太久未与人同房?"

阿原全然记不起往日与人同房是何等情形,上回在客栈中似乎也与景辞亲近过,却因药性昏沉得人事不知,根本不晓得当时是欢愉还是痛苦。

她道:"我不知道。我只知道我以后只想跟你在一起。除了你,我谁都不会要。"

景辞那般骄傲的人,必定容不得她再风流下去,何况她如此贪恋与他藤蔓般彼此相缠、永不能分开般的充盈感觉,仿佛在海浪间飘了好久,终于找到陆地般的踏实。

她将头靠向他的颈窝,将他拥得更紧。

红帏翠帐内,锦衾鸳枕间,不知谁轻怜慢惜,绸缪无尽,不知谁黛眉低蹙,春梦沉酣。

颠鸾倒凤,一夜荒唐,偏又美好得不真实。

阿原醒来时,见小鹿在卧房中忙碌着,收拾昨夜留在桌上的碗筷。

阿原坐起身,看着空空的床畔,开始怀疑夜间的事又是幻象。

作为一个曾经摔坏过脑袋的人,把幻象当作真实并不稀罕,所以,昨夜她可能只是做了个梦?

疑惑之际,她的身子略动了动,立时觉出些异常。

她抬头看向小鹿:"小鹿,昨晚景县尉来过?"

小鹿蒙了,伸手去摸阿原的额:"小姐,你没事吧?景县尉刚刚才离开,临走还跟我说,让我手脚轻些,别吵着你。结果你……这么快就把人给忘了?小姐,好歹你还没下床呢,就薄情成这样,不至于吧?莫非景县尉身体不好,让小姐很不开心?"

阿原似被塞了满脑的浆糊,挠着头开始回忆夜间之事,闻言不由大窘,抬头在小鹿的脑门上轻轻敲了一记:"死丫头,胡说什么呢?"

小鹿揉着乱糟糟的头发,傻笑着问:"那你……昨天到底开不开心?"

阿原仔细想着,唇角笑意渐浓酽如酒。她黑黑的长睫扑闪着,笑嘻嘻地道:"开心!开心得很啊!"

确定昨夜不是幻觉、不是梦境,她不由得又倒回到床榻上,抱着尚有二人气息的锦被在被褥间滚来滚去,滚来滚去,心里却像大热天吃了沁凉的冰糖梅子般酸甜舒爽。

小鹿恨铁不成钢地打量她,忍不住嘀咕道:"又不是第一次见识,犯得着这么开心吗?这眼皮子也太浅了……"

阿原叹道："不能怪我，我记不得从前的，只记得眼前这一个了……"

她忽想起一事，忙扯过小鹿问："你晚上住哪里的？景辞出去时怎么会正好碰上你？"

小鹿得意地道："我在厨娘那里将就了一宿，天没亮就过来守门啦！因为什么都没听到，猜着景县尉是不是走了呢，谁知从门缝一瞧，景县尉已经披衣起来，正站在床前看着你呢，也不知傻傻地看了多久……"

阿原立时面庞发烫，啐道："你也太无聊了，这个也要守着听、守着看？以后我若跟他在一起，你不许在外听，更不许往里看！"

小鹿委屈："可我以前一直是守着的呀……"

阿原捂着发烫的面庞，愠道："以前是以前，现在是现在。现在我就不爱你守着！若你再守着，以后你家姑爷做的汤呀面的，你一口也别想吃！"

"姑爷，姑娘……"小鹿飞快地权衡利害关系，立时妥协并笑得开怀，"好，好，这都成姑爷了，自然跟别个不同，不同……"

姑爷固然与别个不同，姑爷的厨艺更是与别个不同，看在姑爷厨艺的份上，她也只能委屈领命了。

阿原起得稍晚，原以为只能在厨房里找些残粥填饱肚子了，谁知小鹿去厨房里转了一圈，居然端回来一碗小米红枣粥和两个水煮蛋。

小鹿笑嘻嘻道："是姑爷煮的，说是留给小姐吃。厨娘搁在蒸锅里，这会儿还热着呢！"

阿原也不由得笑逐颜开，忙剥开水煮蛋，一个是煮透的，一个是七成熟的——后者的蛋黄幼滑柔软，正是阿原最爱的。

阿原想了想，筷子欢快地戳上了那枚煮透的。

若她没记错，景辞用早膳时，要的七分熟的煎蛋，煮透的水煮蛋。他爱的应该是煮透的蛋。

他爱的水煮蛋，她吃得很香，但也没忘了问道："景县尉呢？他应该早吃了吧？"

小鹿道："应该早吃了吧？听闻知夏姑姑一早就在收拾行李，安排车驾，景县尉也去见李大人了，准备告辞回京。"

"噗！"

阿原刚入口的粥连同蛋末一起被喷了出来："他要回京？"

"是呀！"小鹿诧异地看着她，"小姐不知道？我以为他跟小姐好上了，所以跟小姐商议了，打算一起回京成亲呢！"

小鹿的推测很有道理。先前查案时景辞就曾说过，要带她回京，带她回端侯府，阿原当时便提起，要先回原府回禀母亲，将二人婚事办了，光明正大地嫁入端侯府。

可惜，正谈论时景辞忽然犯病，这事才被暂时搁置，未再提起。

如今二人已亲密如斯，一起回京势在必行。但景辞居然都不跟她商议，就这么先收拾起行李，难道是认定她必定会乖乖地跟他回京？

"自高自大！粪坑里的石头，又臭又硬！"

阿原很是愤怒地将鸡蛋戳了几下，将红枣粥一口一口喝完，抬头笑道："咱们也赶紧收拾行李吧，预备跟李大人辞行吧！"

虽说景辞这性子孤高寡淡得不近人情，但作为一个通情达理的好姑娘，阿原很快善解人意地替他想到了缘由。左言希以戴罪之身被押往京城，身为挚友的景辞当然得赶回京去营救，越快越好。

小鹿应了，随即又有些发愁。

若回了原府，小姐就不是她一个人的小姐了。府里比她更聪明更伶俐的侍女一抓一大把，她又该被挤到茶房里去烧水了。

阿原见她噘嘴，问道："怎么啦？"

小鹿道："回京是挺好，屋子大，服侍的人也多……不过咱们是不是应该去问下景县尉，他们什么时候动身？兴许他们还有别的打算？"

"能有什么打算？"

阿原悻悻，忽然想起夜间她意乱情迷之际，景辞清明冷静的眼眸。她打了个寒噤，也有一丝不安无声无息地冒了出来。

她漱了口，揽镜照了照，仔细整理了领口，方道："走，咱们这就去找他问个明白！"

县衙不大，二人走到景辞的住处也不过片刻，然后看着紧锁的大门怔住了。

小鹿看向她家小姐，犹疑道："这是……临时有事出门了？"

他和阿原已这般亲密，总不至于一声不吭地跑了，连个招呼都不打吧？

阿原拍了拍那锁，也是纳闷："奇怪了，这么急匆匆的，跑哪去了？"

说话间，井乙正走来，笑道："原兄弟，你没去送送景县尉？"

阿原蒙住，问道："他……走了？"

井乙道："是呀！李大人带我们搜了一夜山才回来，景县尉便赶过来，说家中有急事，要即刻回京。李大人还没来得及多问，知夏姑姑便抱了行囊赶过来，催着便走。我们送到外面，马车什么的都在等着了……"

"马车什么的都在等着了？"小鹿红了眼睛，跺脚道，"他……他早就准备走了？为什么都没跟我们说一声就走了？"

阿原的心咯噔了一下，忙笑道："走就走了呗！都说了有急事……匆匆离开也不奇怪。"

她一边说着，一边往前院走去。

井乙忙道："原兄弟，他们已经走了！"

阿原头也不回地道："我去见见李大人。"

小鹿忙跟在她身后，紧张地看着她："小姐，你……你别着急。"

虽说原大小姐也不能诸事遂心，甚至也被萧潇之流拒绝过，但这位景县尉前一夜还在你侬我侬，前一刻还亲手为她备下早饭，下一刻招呼都不打便逃之夭夭，这对心高气傲的小姐是何等的打击……

阿原的脸色诚然不好看，却对着小鹿笑了笑："我不着急。跑得了和尚跑不了庙，我还怕他飞上天去不成？"

小鹿愕然，然后大赞："小姐说得有理！何况你们是皇上赐婚，有婚约在。他是咱们家名正言顺的姑爷，逃都逃不了！"

二人一边说着，一边往前走，忽听外面人声鼎沸，然后便见李斐满头大汗，正着衣冠带着部属往外飞奔而去。

井乙也已觉出动静，忙扯住奔来的一名差役问道："出什么事了？"

那差役急急地道："京中又来了贵客，大人迎去了，吩咐小人赶紧去找原捕快，让她将房间收拾出来……"

井乙一指阿原主仆："原捕快不是在这里吗？"

差役这才看见，忙尴尬行礼。

阿原脑中尚混沌着，倒是小鹿猛听又要将屋子让出来，急忙问那差役："长乐公主又回来了？"

差役摇头："不是，说是什么原夫人来了！你们到门外看那车、那马……好气派！连长乐公主也赶不上！"

阿原张了张嘴，没有说出话来。

而小鹿早已尖叫起来："什么？原……夫人来了？"

沁河县衙似乎从未像今年春天这般热闹过。

继年轻的钦差大人和长乐公主走后，大名鼎鼎的原夫人也到了。

原夫人的夫婿原皓，原是前朝大将，梁帝继位后笼络人心，原皓得保爵禄倒也不奇，奇的是不久后还加官晋爵，封作武安侯。有很多人传说，这与原夫人时常出入宫禁有关。原皓病逝后，原家屹立如故，原府依然门庭若市，达官贵人往来不绝，竟比原侯在世时还要热闹几分。

这其中，有探原夫人的，也有探原大小姐的。母女二人风流却高贵，哪怕被京城的贵妇小姐们戳烂了脊梁骨，依然富贵尊荣，裙下之臣无数。

李斐没见过原夫人，但早已听说原夫人比长乐公主还要难缠，且如今来得莫名其妙，迎接时越发诚惶诚恐。

原夫人步下轿辇，扫过破落的县衙大门，眼底微见凄凉，却很快转作温和轻笑："李知县免礼！"

李斐应了，一边请原夫人入内，一边才敢借机觑向这位名动天下的原夫人。

她一袭青莲色兰草团花纹长裙，罩一件浅蓝色大袖罗衫，鬓间也只寥寥珠花点缀，并没有传说中的盛气凌人或狐媚妖娆，一眼看去只觉风姿绰约，举止温雅，容色端庄清丽，令人心神荡漾，禁不住暗生亲近之意，全然注意不到她眼角渐起的细微皱纹。

原夫人扶着侍儿的手缓缓步入县衙，目光在李斐身后的部属中逡巡，许久才收回，眼底有些许失望。

李斐纳闷，不顾一夜未睡的劳顿，殷勤地引原夫人至厅中坐了，方问道："不知夫人突然造访本县，有何要事？若有下官帮得上忙的，夫人只管吩咐。"

原夫人微笑道："并没什么要紧的事，过来找个人而已。怎么没见那个叫景知晚的孩子？"

李斐正因景辞忽然离开不解，忙道："原来夫人是来寻找景公子的？景公子说京中有急事，今早已经回京了。"

他看了看天色："算时辰，此时应该刚出城不久，指不定路上还曾遇到过夫人的车驾。"

难道景县尉和原夫人有什么关系，原夫人是特地前来寻找的？若是此时快马去追，应该还来得及。

但原夫人只是静默了片刻，又问道："那原沁河呢？"

"原……原沁河……哦，是阿原呀！她大概在收拾房间，预备给夫人休息吧！"李斐差点结巴，沁河这名字，本是他随意给阿原取来落户的，寻常时根本没人以此相称，不晓得远在京城的原夫人怎么会知晓。

原夫人听闻，摆手道："哦，不用了。带我去见她吧！"

话未了，便听门外几名原夫人的侍从齐齐行礼道："大小姐！"

李斐举目看时，便见一女子徐步踏入，虽背着光，一时看不清容貌，但其身形颀长袅娜，衣袂在步履间随风轻掠，翩然不若凡尘中人。

李斐揉了揉眼睛，那女子已到近前，便可见得她清逸秀雅的面容，眉似远山，眸若秋水，那种风流蕴藉，竟如江南山水般难描难画。她经过李斐时，向李斐微一点头以示招呼，李斐才觉出眼前女子有几分眼熟。

而那女子已上前向原夫人行礼道："母亲！"

言行循规蹈矩，凭谁也挑不出错，但她眉眼淡漠，再柔和的声音也掩不住那种近乎陌生的疏离。

原夫人凝视着她，微笑着站起身来挽住她的手，柔声说道："出来玩了这么久，也该玩腻了吧？该回家了！"

女子似有些不耐烦，别过脸道："嗯，腻了！"

她向旁边挪了挪，手指下意识地动了下。李斐几乎能猜到她下一个动作，应该是将一只脚支到椅子上，提起剑用剑鞘边敲椅子边思索着说话。

可惜这会儿她手里并没有剑，也不方便撩起长裙将脚踩到椅子上。

李斐很快看到了剑在哪里。

小鹿抱着个大包袱，用破尘剑挑着，吭哧吭哧地跑过来，一路叫道："小姐，你跑得也太快了，这东西还没收完呢！"

女子转头瞧了她一眼，懒洋洋地道："旧的不去，新的不来，都丢了也无妨。还怕原府少了你吃的穿的？"

李斐听着这语调，才敢确信这是阿原的声音，差点脚一软跌在地上。他叫道："阿原，你……你……你怎么会是原大小姐？"

天天跟在他身边、对女人比对男人更感兴趣的阿原，怎么会是那个传说中荒唐淫乱、片刻离不开男人的风流大小姐？

阿原见他惊骇，反而从与母亲相见的尴尬里解脱出来，笑道："嗯，其实我也不明白我怎么会是原大小姐。但他们都说我是原大小姐，大概不会错吧？"

李斐抹汗，叹气道："小祖宗，我为了搜出那个姜探，一夜没睡，都快折腾掉半条命了，你这是想吓掉我另外半条命吗？"

阿原道："那我索性再吓你一下。景县尉，真名景辞，封端侯，是我未婚夫。"

李斐本软了的双腿终于撑不住，一晃身跌跪在地，却正对着小鹿。

小鹿慌了，丢下行囊便去拉李斐，连声叫道："哎哟我的大人，他们是侯爷、是小姐，可我真的只是个小丫头，我……我受不起呀！"

李斐道："不是，不是……我没跪你，没……"

他颤巍巍地站起身，依然站不太稳。

阿原道："我和阿辞在沁河这些日子，亏得李大人时时照拂，阿原甚是感激，还打算请李大人做我们的证婚人呢！"

李斐膝盖软得差点又跪下去，连声道："下官不敢，下官不敢！"

原大小姐失踪前夕，他正在京中候旨，早就听说她与端侯是皇上赐婚，哪里还轮得到他一个七品芝麻官来证婚？

原夫人打量女儿良久，见她虽比先前稍黑了些，但并不见瘦，且双眸清亮，气色甚佳，整个人跟明珠似的光彩夺目，知她的确不曾受苦，至少过得称心如意，不由地舒了一口气。

可惜的是，往日那个如明月般皎洁温柔的原大小姐，不知到哪里去了……

她低叹一声，对李斐说道："小女承蒙李大人照拂，妾身在此谢过！待我带了这孩子回京，定当有所报答！"

李斐忙道："不敢、不敢！阿原……原大小姐在县衙里对下官襄助良多，下官也感激不尽、感激不尽……"

原夫人微笑着一点头，携了阿原的手缓缓踱了出去。原府的侍女和随从们即刻跟上前去，屏息静气地将母女二人送上驷马高车，小鹿则抱着行李、带着小坏上了另一辆车，同样有人接应照料。

进退有度，规矩森严，一派大家风范。

李斐领着井乙等人恭恭敬敬地看马车走得不见影儿，才松了口气，个个直起腰来。

井乙忍不住低声道："大人，这……有没有弄错？阿原是原大小姐？那个整天和贵家公子乱来的原大小姐？"

李斐将额上的汗抹了又抹，只觉怎么抹也抹不干净，甩袖道："你问我？我问谁去！原夫人的风言风语更多呢！"

井乙看着马车留下的隐隐灰尘，叹道："我怎么觉得我刚才就是做了个梦？梦见来了位仙女，接走了另一个仙女……"

可转身走回衙门，天空不再有小坏的盘旋，门内也不再有阿原顾长英俊的身影、小鹿的大惊小怪，他们终于觉得像弄丢了什么般满心空落落的。

李斐对着斑驳陈旧的青砖院墙叹道："咱们这县衙，真的太清静，也太破落了……"

原夫人的马车精致奢华，茶具和梳洗用具一应俱全。原夫人用楠木梳子替阿原将匆匆梳好的发髻重新梳顺，绾了个堕马髻，斜斜插了三支碧玉凤头簪，其余簪饰一概不用，立时令她显出几分温雅尊贵来，一张俏生生的面庞如出水芙蓉般媚而不妖，清丽俊秀。

原夫人很满意，微笑道："我的女儿，永远是最出色的。即便做个小捕快，也是最好看、最聪慧的小捕快！"

她用手试了试茶壶的温度，倒了一杯茶递给她："看你方才出来得急，怕是渴了。来，喝点水。"

阿原正垂头摸着母亲为她梳理的发髻，闻言接过茶来，喝了一口，依然沉默不语。

原夫人显然是个聪明绝顶的女人。她只是小心翼翼地观察着女儿的神情，从不试图提起往事来唤起她的记忆，或唤醒她们间存在过的母女亲情——即便如小鹿所说，母女间有嫌隙，但原夫人只有她一个独女，从眼下情形来看，原夫人也算恪尽着母亲的职责，二人间总该有些温暖彼此的往事吧？

但原夫人居然跟景辞一样，只字不提。

景辞……

尴尬之外，阿原心头又添烦乱。

她终于问向母亲："母亲知道景辞来找我吗？"

原夫人眸光暗了暗，却温和地答她："我一直在找你，所以我知道他也在找你。"

所以，景辞的行踪并没有瞒过原夫人，就如原夫人早就知道阿原在沁河？

阿原咳了一声，说道："母亲，我知道我不该逃婚，但我当时实在不晓得景辞是个怎样的人，甚至……不晓得我自己是个怎样的人。"

原夫人道："嗯，所以我给你时间，让你晓得自己是怎样的人、端侯又是怎样的人。"

她微笑着看向阿原："我听说你在沁河扮男孩子抓小毛贼抓得挺开心。你是不是情愿做个小捕快阿原，也不愿当原家的清离小姐？"

阿原怔了怔，老实道："我不晓得我从前为什么那样……那些据说侍奉过我的俊秀男子，我瞧见就厌烦。他们看我的眼神，像毛毛虫爬在我的身上。我不喜欢跟毛毛虫在一起，只好跑得远远的。"

原夫人苦笑："毛毛虫……"

阿原忙声明："我知道我从前很喜欢他们，可我听人说着以前的我，好像在听着另一个人的事。有时候我都觉得，也许是弄错了，我根本不是原清离。可一两个人认错也就罢了，不可能原府上下所有人都认错，母亲当然也不会认错自己的女儿，对不对？"

原夫人凝视着她，眼底渐涌上泪意，却哽咽着笑起来："对，我……我怎么会认不出自己的女儿！你……千真万确，是我的女儿！"

阿原心底一暖，眼中顿时也热了，连忙别过脸，定定神方道："既然母亲说是，那自然……错不了！"

原夫人拭去泪水，握住她的手道："嗯，若你不爱那些……毛毛虫，回头我替你把他们都遣走。即便有些不肯离去的，你也不用担心，以后出门时多唤人跟着，不怕他们纠缠。"

阿原咳了一声，清了清嗓子，笑道："我不怕！我是原家大小姐，我怕谁？敢来纠缠的，看我一顿好打，让他们满地找牙！"

原夫人瞧着她，半晌方道："罢了，你跟往日的清离，的确跟两个人似的……既然死里逃生，再世为人，从此你就叫原沁河，就叫阿原，也挺好……"

阿原听人唤了四五个月的阿原，早觉阿原二字远比清离亲切，听原夫人这么说，心下大为畅快，笑道："我原也觉得，我就不该叫清离这么个悲悲戚戚的名字，还是阿原顺耳。"

原夫人怅然道："嗯，清离……的确不是个好名字，本就不该叫这个名字……"

阿原便问："不该叫这个名字，为何又取了这个名字？"

若原夫人由此说起她取名的由来或她小时候的故事，也许能让她对自己原大小姐的身份有进一步的认知和认同。

可原夫人的唇颤了颤，面庞上有了一抹胭脂水粉掩饰不了的黯然，连眼神也沧桑起来。她好一会儿才轻声道："阿原，人生在世，总有走错路、做错事的时候，何况只是取错了一个名字？"

阿原没想到原夫人居然这样回答，很是失望，看着马车驶出城门，记忆里最熟悉的沁河县越来越远，颇有些恋恋不舍。

她们要去的那个西都城，是她自幼长大的地方，但她逃出去前溜达过几圈，怎么看都觉得陌生。

原夫人瞧着她的神色，沉吟着问道："端侯这些日子跟你在一起，应该……相处得很好吧？"

阿原顿时想起昨夜的缠绵，面庞红了，厚着脸皮道："是，很好。我很喜欢他。等回京后，请母亲安排我们尽快成亲吧！我不想和别人在一起，只想跟他到白头。"

原夫人凝视着她，微有恍惚："哦！"

阿原双颊发烫，却黑眸晶亮："其实我认识他也没多久，可不知怎的就是想和他在一起，不想分离。想来我从前必定和他有过很多交集，才会跟他有了婚约，他才在我逃婚后辛苦地寻找吧？端侯……他究竟是什么来历？我当日又是怎么认识他的？"

原夫人闭了闭眼，轻声道："我不知道。"

阿原怔了怔："不知道？"

原夫人的声音低而苦涩："阿原，我真的不知道。皇上下旨，说景辞出身高贵，先人乃朕生死之交，朕爱其才识，怜其病弱，不忍其孤苦，故封为端侯。在此之前，我根本不知朝中还有这么个人。你忽然跟皇上请旨赐婚，我更是措手不及。"

阿原惊愕："我……不曾与母亲商议过，母亲也不曾问过皇上？"

原夫人长叹："你向来有自己的主见，不愿与我商议。因为你，皇上跟我有分歧已久。你跟我极像，从容貌到性情，像极了。皇上大概更喜欢你。"

阿原背上浮起一层冷汗，说话都结巴了："你说我跟皇上……跟皇上……"

原夫人定定地看她，然后摇头："还不至于。这次对晋发兵失败，皇上性情越发孤僻，却对端侯格外爱惜。他既然为你与端侯指婚，便不会动你。"

阿原傻眼，脱口道："因为与景辞有婚约，皇上才不至于动我？我们究竟有多脏？"

原夫人的脸白了。

阿原才觉出，这话不仅骂了自己，还把原夫人一起骂了。

她吸气，再吸气，才压下满心羞愤，沮丧道："对不起……我的确看什么都不对劲。如果不是从前的我被迷了心窍，便是如今的我被迷了心窍，才会混乱得连是非贤愚也分不出。"

她这话同样很不好听，但原夫人居然轻柔地叹道："嗯，其实我情愿你就是现在这个样子，至少还能和我好好说说话。"

这样也能叫好好说话？

那当日的原大小姐和原夫人的关系究竟糟糕到了什么程度？

阿原沉默片刻，说道："我想去找景辞。"

原夫人抬眸："他应该回京了。等你回京，很快就能见到他。"

阿原道："我若喜欢，便一刻也不愿跟他分开。"

原夫人叹息："你一刻不愿与他分开，也要他一刻不愿与你分开才好。他为何不等你一起回京？"

阿原笑了笑："我也想知道。不过，他不等我也没关系，我脚程快，很快就能追上他。"

原夫人捏着袖口的手指紧了紧，微笑道："你若不怕颠得慌，我让车夫加快脚程，或许可以追上他同行。"

阿原摇头道："我不怕颠，但也不能颠着母亲。我骑马赶过去，天黑前就能赶上。"

原夫人蛾眉蹙起："骑马？"

阿原忐忑，却依然坚定地看着原夫人："骑马。"

原夫人静默片刻，撩开帘子，吩咐停下马车，又向外唤道："廿七，把你的坐骑让出来，给小姐骑吧！"

外面紧随车畔的精瘦汉子立时应了，飞身下马，迅速取下自己的行囊，掸了掸马鞍上的灰尘，向跳下车的阿原道："大小姐，请！"

阿原拍了拍马儿的脑袋，满意地一点头，飞身跃上马去，向后唤道："小坏！小鹿！"

伤势痊愈的小坏一声大叫，已从后面那辆马车振翅飞出，小鹿也探出头来，见阿原一身女装英姿飒爽地骑于高头大马上，不觉惊喜，叫道："小姐好帅！小姐，我也要骑马！"

阿原驱马行去，朗声笑道："等我以后教你！给我破尘剑！"

小鹿欢快地应了，将破尘剑从车厢中递了出来。

阿原一手持着缰绳，一手轻松接过，随意插入腰间，人已掉转马头，高声道："母亲，京城见！"

骏马长嘶声中，但见一人一马，飞一般越过众人，向前疾驰而去，却是又快又稳。

原夫人已步出车厢，扶轼而立，眺向女儿的背影。

衣袂飘飘，妩媚而轻灵，她哪像出身名门的千金小姐？分明是狐仙剑侠一流的人物。

廿七已骑上部属让出来的另一匹马，依然伴在原夫人身侧，目睹眼前情形，暗吸了口凉气，低声道："夫人，你怎么会让她去找端侯？那端侯……"

原夫人看着阿原的背影渐渐消失于官道，只留被扬起的黄尘漫漫卷向天际，轻叹道："她的确是我的女儿，却没有清离那种永远让人看不透的弯弯绕的小心思。她的心地，明朗干净得像没有阴翳浮云的碧空，像山间未经混沌浊世的清泉。"

廿七的目光里有凌厉的杀机闪动："这才最让人担心！人心险恶，纵然她会些武艺，又怎么敌得过那些人的刻意算计？"

"那我也只能将计就计了……"原夫人的声音更低了，"我等着她在端侯那里碰得头破血流，才会真正回到我的身边！那位则笙郡主，也快到京城了吧？"

她浅浅一笑，转身坐回车厢，依然温温和和地吩咐道："赶路吧！"

两世欢

THE LOVE
LASTS TWO
MINDS

寂月皎皎 ◎ 著

下

百花洲文艺出版社
BAIHUAZHOU LITERATURE AND ART PRESS

目录
Contents

目录

Contents

第三卷 鸳鸯谱

LIANG
SHI
HUAN

前往京城的道路虽不是只有一条，但能行马车的官道，就那么一条。何况还有小坏相助，阿原没到傍晚便追上了景辞。

她策马行到马车后方，将缰绳一甩，已轻松扣到后方的横木上，人已如鲤鱼般纵跃而起，落于车厢前方。

见眼前蓦地多出一人，车夫不由地失声惊呼。

几乎同时，车厢内也传来知夏姑姑警惕的喝问："谁？"

"我！"

阿原大大方方地应了一声，随手撩开帘子，一眼看到了倚在一旁小憩的景辞和盘膝坐于另一边的知夏姑姑。

景辞面色有些苍白，见她一身清丽的女装潇洒步入，刚睁开的暗淡双眸在惊愕后闪过一抹璀璨的光亮。他上下打量着她，问道："你怎么来了？"

阿原将马鞭一圈圈绕到腕间，不客气地挤到他身畔，说道："你是不是应该先告诉我，你怎么忽然就走了？"

她的眼底含笑，仿若漫不经心般随意发问，一双熠熠生辉的黑眸却紧紧盯着他的面庞，不肯遗漏他一丝的神色变化。

景辞静了片刻，伸臂轻搭于她的肩膀，修长的五指轻捏了两下，总算将二人不同往日的情愫显露几分。

他低沉道："嗯，我临时决定回京。反正你也要回京，很快又能在京城见面，就没必要多说了吧？"

阿原道："你早就知道我母亲要来接我？"

景辞抬袖，拭去她额上细密的汗珠，淡淡道："知道。原夫人时常入宫，若发现我和你在一起，不经意间在皇上那里说点什么，指不定皇上那边又生出别的念头。我不想节外生枝，还是不见她更好。"

对于那个据说很欣赏她的梁帝，阿原完全没有任何印象，也想不出原夫人可能在皇上跟前说什么，令梁帝多心。但同样受梁帝宠信，景辞和原夫人显然是两个极端。一个清冷孤僻，懒与人共；另一个柔姿媚人，声名狼藉。

如此想来，景辞不肯与原夫人见面、不肯和原夫人母女一同回京，的确有他的道理。

阿原憋在胸中的那口怨气不觉间消散了许多，只撇撇嘴道："那你也不至于连个招呼都不打就走吧？"

景辞"哦"了一声，手指轻轻在她的肩上弹跳了几下，清清凉凉地说道："本想告诉你，可你睡得正香。"

阿原猛地记起小鹿的确提过，景辞起床后，曾在床榻前对着她站了许久，她的面颊顿时烧了起来，连仅剩的疑虑也已消散无踪，返身抱住他的腰傻傻地笑着："也是，你从来都是这样我行我素，几时替别人想过？只是你潇洒了，我却憋屈得紧，差点以为被人甩了……"

景辞问："若我真把你甩了，你会如何？"

阿原倚在他怀中，并不掩饰与心上人重聚时的欢喜。她的眼底若春水激滟，不经意间便是令人沉醉的娇媚姿态："我既然选择你为夫婿，当然相信你并不是那种薄情寡义的人。何况，我能把萧潇追得满天飞，就能把你追得满地跑！"

她与景辞耳鬓厮磨着，笑得顽皮而娇俏，端的是色不醉人人自醉。

景辞静静地凝视着她清丽无瑕的面庞，依然是一贯的清高自持，黑不见底的眼睛里看不出太多的情愫，只是环住她的臂膀不由地抱得更紧。

旁边的知夏姑姑再也忍不住，怒道："呸！天底下怎么会有这么不要脸的女人！到底晓不晓得羞耻二字怎么写？"

阿原知道跟她已结下梁子，自始至终就没看她一眼，此时听得她斥骂，阿原连眼皮都没抬，随手将手里的马鞭丢过去，说道："我们夫妻亲热，关你什么事？闲事管到主子床上，谁不知羞？看不顺眼自己下车，后边有马。"

知夏姑姑脸都黑了，冷笑道："夫妻？一夜夫妻吗？真不害臊！以为你们那见鬼的亲事真的笃定了……"

未来得及说完，却听旁边一道声音冷如寒泉："出去！"

知夏姑姑一惊，抬头看见景辞的眼神竟冰冷得连周围的空气都被凝结了一般。她的唇动了动，拾起马鞭猛地站起身，撩开帘子奔了出去。

不一会儿，便听得马蹄声急促地在马车旁响起，伴着知夏姑姑毫不收敛的痛骂：

"贱人！老贱人生的小贱人！"

阿原笑道："阿辞，这位姑姑一辈子没嫁过人吧？不然就是年轻守寡，才活生生被憋得这样变态，把好好的男欢女爱看成了洪水猛兽。不晓得的，还以为她不是人生父母养的，是石头里蹦出来的呢！"

对面车窗的小帘子蓦地被抽开，马鞭如毒蛇般准确地抽向阿原那张俏脸。

阿原早已瞧见，正准备腾出手来抓住马鞭，顺便将那恶虐婆拉得翻个大跟斗，不防景辞的臂膀忽然坚硬如铁，硬生生将她箍得动弹不得。

眼看这鞭子下来，生生要抽花她这张脸，阿原又骇又怒，圆睁杏目，狠狠地瞪着景辞。景辞也不瞧她，眼见鞭子到了近前，箍住她的臂膀才向内侧一收。

鞭子入肉的脆响里，景辞闷哼一声，阿原的脸安然无恙，景辞的右肩却已被抽破衣衫，皮开肉绽。

阿原大惊，也顾不得再恼他，忙抱住细看，口中已禁不住向外怒喝道："连狗都不咬主人，怎么遇到这么个死虐婆、老贱人！恶毒成这样，怪不得到老到死都没人要！老天爷长了眼，回头必定一记天雷劈死你！"

景辞伸手掩住她的唇，低喝道："够了！"

知夏姑姑已从窗扇看到里面的情形，也变了脸色，忙命车夫停下马车，急急向内问道："公子，你怎么样了？"

景辞拉过阿原挡住自己的伤处，平静地道："不碍事。你到前面先替我准备好卧房、炖些清粥吧！外面的东西，未必干净。"

知夏姑姑不答，骑在马上盯着车内二人，抿紧了唇角。

景辞声音略略抬高："姑姑，还不快去？"

知夏姑姑的眼圈便泛了红，几乎是从牙缝中挤出几个字来："你……真是疯了！"她扬鞭，狠狠一记抽在马腹上。无辜的马儿惨叫一声，箭一般地蹿出去了。

景辞这才松开掩住阿原嘴唇的手，将她推到一边，眉眼虽是一贯的淡漠，言语间已有些愠意："她应该暂时不会再招惹你了，你也安生些，凡事多多忍让。她照顾我这么多年，与我情同母子，我也视其为长辈，不希望你再对她无礼。何况，女孩儿家说话这么刻薄，你就不怕嫁不出去？"

阿原撕开景辞的袖子，仔细端详了伤处，利落地取出伤药，为他敷药包扎好，才舒了口气，指着自己的脸说道："我被她这么一鞭子甩在脸上，才会真的嫁不出去！这老虐婆打定了主意想毁了我，阿辞你还打算让我敬着她、捧着她？我没把她抽死在脚底下就是对她最大的敬重了！"

景辞的目光变得冰冷起来："你当真……变得太多了！"

阿原收拾着伤药，散漫地笑道："幸亏我已记不得从前是怎样的性子。如果从前知夏姑姑也是这么对我，我还百般忍让，只能说我够蠢，蠢到现在的我想打死那时的我！"

景辞冷冷地睨她一眼，吩咐外面的车夫："继续走吧！夜间还在我们来时借住的那户人家歇息。"

车夫应了，马车便摇摇晃晃，继续向前行驶。

阿原想着坐到景辞的身畔，怕碰着景辞的伤处，待坐到先前知夏姑姑的位置，又觉距离景辞有点远。她略一踌躇，将裙角一提，盘膝坐在了景辞的脚边。

如此不雅的坐姿……

景辞抚额无语，却又不得不承认，生得好实在太占便宜，她抱剑而坐时，居然也能显出别样的潇洒俊雅来。

阿原坦荡地笑道："我虽已不记得作为原大小姐该知道的那些规矩礼仪，但出京当了四个月多的小捕快，也见识了作为原大小姐可能这辈子永远都不会了解的人情悲欢。除了朱蚀案和贺王案，我遇到的，其实大多是些鸡毛蒜皮的小案——但对于当事人来说，却没有一桩不是性命攸关的天大变故。"

景辞皱眉："打算给我讲故事？"

阿原摇头："都说了是鸡毛蒜皮的小案，哪来的什么故事？就记得有户人家为死去的女儿鸣冤，说婆婆凶恶，丈夫愚孝，他们教女儿温良恭俭让，对恶婆婆百般容让，冀盼感化夫家，日子能好过些。可惜婆婆变本加厉，天天逼着媳妇干活还不断立规矩，折磨得媳妇滑胎了，还怪媳妇失德，上天才让她失去孩子。媳妇小月子里被罚跪忏悔，又在大冷天里被赶去洗衣挑水，结果手足虚软跌落河中，等天亮捞上来尸体都硬了！这事虽被告到官府，但到底是她自己失足落水，李知县也只能将那恶婆婆训斥一顿，然后放了。不久后，听闻他家又娶了新媳妇，红红火火继续过日子，好似前面那个媳妇根本不曾存在过一般。"

景辞微哂："你在告诉我，你不会以德报怨？"

阿原道："我再说一个小案子，还是一个年轻守寡的恶婆婆，也是百般跟媳妇过不去，媳妇熬不下去，夺过婆婆打她的拐棍，把婆婆痛殴一顿，奔到官府自首，露出满身伤痕说只求一死。李知县以不孝殴母之罪，将那媳妇杖责，再按'义绝'之制，解除二人婚姻，准其各自嫁娶。如今那媳妇已经再嫁了，那婆婆还守着儿子四处托人说亲呢，可那媳妇大闹一场，人人都晓得那婆婆打媳妇都打成瘾了，谁敢把女儿嫁过去？"

阿原说完，笑眯眯地看着景辞。

景辞欲待不理，半晌见她依然盯着自己，只得道："嗯，你又在告诉我，善恶到头终有报？"

阿原点头，又摇头，笑道："善恶到头终有报，那是天意。可天意也得你争气，才能来得快些。对着懂得仁义礼智信的人，自然应该温良恭俭让，对着恶人也说什么温良恭俭让，那就是自寻死路，老天也帮不了你！"

她拿剑柄将车厢底板敲得噔噔响，悠然道："知夏姑姑从一开始就对我恶意满满，我若敢容让半分，和自寻死路没什么差别。从现在起，她不招我，我不惹她；她敢伤我，就别怪我以牙还牙，以暴制暴！她敢毁我的容，我便敢爆她的头！即便打不过她，也要寻出一百种手段把她赐予我的还回去！"

她盯着景辞，等着景辞表态。景辞却闭着眼，像是睡过去了。

阿原正失望时，忽闻景辞低叹道："难为你想那么多……你放心吧！有我在，没有人能伤你。"

阿原盯着他的伤处，冷笑道："可我不需要你用受伤来容忍她、保护我。"

景辞道："你为何不觉得，我是在容忍你、保护她？"

"容忍我？"阿原愕然，"我脾气这么坏？"

景辞道："够坏，不过也未必是坏事。总比压抑了本性、最后全部爆发出来毁天灭地好。"

"嗯？"

阿原不解。

景辞的眼眸里倒映着她恢复女装后清丽妖媚的面庞，却似又不只眼前的她。曾经稚嫩无邪的少女的音容，音容连同那些灌了蜜般的明亮岁月，呼啦啦如烈风般涌了过来。

他忽然将阿原用力拉起，拥入怀中，亲住她。

"喂，你的伤……"阿原想挣扎，却在片刻后反手抱住他的腰肢。

这时节，韶华正艳盛，满眼春色迷人眼，更哪堪伊人眼如秋水、态若行云？

后来……阿原是被景辞抱下车的。

至于景辞肩上的伤，阿原想，也许是她太多虑了。

世间最好的止疼药，可能并不是左言希的伤药。

知夏姑姑终于没再碍他们的眼。

阿原对景辞代她受下的那一鞭颇为不以为然，甚至觉得他太过窝囊。但这一招显然很有成效，知夏姑姑为景辞煮好清粥后便悄然离开，也不晓得是恨景辞有了娘子忘了娘，还是不想看到阿原小人得志的嚣张模样。

景辞并未太在意知夏姑姑的离去，又或者，他天性如此，根本不屑把真正的想法显露半分。就像他再怎么喜欢阿原，待她也常是冷冷淡淡的——除了这一晚。

不再像前一夜那般生涩，她固然食髓知味，渐渐领悟当日的原大小姐周旋于众多俊秀男子间觅得的乐趣，而景辞的眼底也无法再保持原来的清明冷静。

她春心荡漾、恣情纵意，他终究也免不了情难自控，随之推波助澜，渐渐也不知到底谁迷失于谁的怀抱。

也许，这已无关紧要。

重要的是，他们两情相悦，又将是名正言顺的夫妻。往后的年年岁岁、朝朝暮暮，他们都将相伴一起，到鸡皮鹤发、到子孙满堂。

锦衾绣帷之中，欢浓情重之际，阿原喘息着说道："阿辞，咱们回京后，第一要紧之事，就是赶紧查清左言希之案！"

景辞专注于身下盛放如菡萏的女子，低问："为何忽然提起他？"

阿原道："我要你长命百岁，真正与我百年好合。我怕你错过最合适的好大夫……唉……"

未来得及说完，她已被蓦然迅猛的力道震得惊呼一声，纤长的十指扯紧了被褥。她似被一层紧似一层的巨浪托到了高高掀上天空的浪峰，整个人都已漂浮起来，在失重的状态里昏沉着、晕眩着，不由自主地探索着那深切更深切的愉悦。

半晌，阿原才能睁开眼，虚浮地喘息着，微笑着看她的夫婿。

景辞黑眸如潭，看似淡漠，却始终不曾从她绯红的面庞移开分毫。他的额上有汗珠涔涔滑下，一颗两颗地凝于他入鬓的眉和浓黑的睫。

阿原抬手替他擦拭时，景辞忽然抱住她，细密的汗珠便蹭到了她的脖颈。

阿原只觉二人肌肤相贴，宛若血肉交融，愈发欢喜不尽，低低道："阿辞，我好像越来越喜欢你了……"

景辞闭着眼，许久方答道："知道了！"

阿原哑然失笑。

好吧，这辈子看来是不能指望从他口中听到情真意切的绵绵情话了。

这夜纠缠得久了，未免就不够节制；不够节制，便觉情长夜短。何况没有知夏姑姑的白眼，便是磨蹭到日上三竿也无人催促。

景辞向来很自律，只是遇到很不自律的阿原，便只得在屋内边喝茶边等她起床。

至于他有没有不时走过去，瞧几眼酣睡的阿原，有没有不时为她掖下衾被，阿原就不知道了。

阿原只知道他们吃了午饭才离开，赶到京城时差点错过时辰，被关在城门外。

但也许再在城外待上一晚也没什么不好。

到了京城，她就不得不回原府了。

与其迫不及待地跟景辞回端侯府，看知夏姑姑鼻子不是鼻子、眼睛不是眼睛的，不如先回去和母亲商议，赶紧跟景辞把亲事办了。待她成了端侯府的主母，跟知夏姑姑的千般仇怨，化解或解决起来也能名正言顺，不至于落人话柄。

端侯府在城外，景辞便不用进城，目送着她下车。

临行，阿原又殷切地道："阿辞，救左言希的同时，你千万记得调理好身子。天底下多少人不看好咱们的亲事，认定我浪荡、认定你病重，我们成亲便是个笑话，可咱们偏偏要快快乐乐活上一世，让那些笑掉大牙的人，惊掉下巴！"

景辞没有回答，只向她轻轻挥了挥手，示意她赶紧离去，莫误了入城的时辰。

阿原紧紧盯着他，直到看清他唇角若有似无的一抹笑意，方才放下心来，带着小坏转身离去。

景辞的性情很可恶，一如初见时那般可恶，但他们来日方长，有一辈子那么长的时间来适应彼此的性情。他终究会视她为最知心的妻子和爱人，对她知无不言、言无不尽。

可惜，她终究未能看到，她的背影消失后，景辞越来越幽暗的眸光，像此刻越来越黑沉的天色，更像半年多前那个没有星月、只有狼群相伴的荒野之夜。

慢慢放下帘子时，景辞的手禁不住颤抖。

眼前纯然的漆黑里，他眼前似乎又有无数野狼的眼睛闪动着绿光。此起彼伏的狼嚎声便又回旋在耳边，如子夜噩梦般挥之不去。足筋被挑断的痛楚里，另一处的痛楚更加锥心刺骨。

他慢慢抱住肩，唇间低而冷地唤出那个不知多久没唤起过的名字："眠晚……"

原府。

管事和侍从们将阿原迎进去，并不热烈，更不冰冷，言行恭谨而自然，仿佛她根本不曾逃婚，根本不曾一去数月杳无行踪，只是去赴了某公子的宴席，如今酒足饭饱，兴尽而返。

阿原走向她陌生的卧房，远远便看到窗扇上映出的原夫人等候着的身影。那身影同样曾经陌生，但分开一段时间再聚首，又似乎很熟悉。

阿原凝视着那身影，眼底便有些发热。

"小姐！"

小鹿听着小坏的鸣叫，已欢快地迎上前来，给了她一个大大的拥抱，笑道："你可回来了！我们下午就到了，夫人已经看了好几回天色，傍晚又问了最近你爱吃什么菜，令人准备了晚膳，就等你回来了！"

她凑到阿原的耳边，悄声道："我跟夫人说，你最爱吃端侯做的饭菜，最爱和端侯一起住，夫人便说，那指不定你今晚都回不来。不过说也奇怪，夫人说这话时，好像并不太开心。"

阿原怔了怔："是吗？"

她缓步走进去时，原夫人已听得外面的动静，快步迎了过来，恰在门槛间将她接到，面容上的殷切冀盼之色，迅速被恰如其分的温婉慈爱替代。她微笑道："阿原，你可回来了！"

阿原有些羞窘，说道："路上有事耽搁了下，反而回来得晚了，让母亲记挂了！"

原夫人道："无妨无妨，便是没事，多与端侯相处相处，也是好事。早些熟悉了，成亲后也就更容易夫妻融洽。"

阿原红着脸，却笑道："嗯，我也是这样想的。"

原夫人点头："一路奔波着，大概也累了吧？走，咱们娘俩先去吃晚饭，待会儿早些休息，明天上午我陪你入宫见驾吧！"

阿原一惊："入宫？"

原夫人一边牵她的手走向花厅，一边微笑地说道："你的亲事，原是皇上钦赐。你这一逃婚，知道的，说你是伤病未愈，一时糊涂；那不知道的，指不定就能参你个大逆不道、抗旨不遵的大罪！"

阿原忙笑道："有母亲在，自然不用担心皇上治我的罪。"

原夫人微微一笑："先前已跟皇上提过，他只说赶紧找回来养病要紧，大概也不会太过计较。明日入宫，你就说当时病糊涂了，连自己在做什么都不清楚，我再在旁边求几句情，此事应该不难过去。"

她顿了顿，又道："不过你逃婚之事，京城里传得沸沸扬扬，着实很伤端侯府的脸面。话说端侯的性子很是古怪，看着对我颇有成见，却偏偏很得皇上宠爱。我不晓得当初你们是怎样相识，又是怎样商定好定亲事的，如今又是怎样的情分，只盼他别计较这事才好。不然的话，他若在皇上跟前添上些话，不仅亲事难成，指不定还会闹出什么别的乱子来！"

阿原心头不由地打了个突。原夫人居然和景辞一样，都在怀疑对方会在梁帝前说些对己不利的言辞……

她略一犹豫便轻松地笑道："母亲不必多虑，阿辞的身体不大好，性子也就别扭些，但心胸磊落坦荡，绝不会对母亲或我不利。"

原夫人叹道："傻丫头，你了解他多少？他连他的来历都没仔细地跟你说起过。"

阿原道："嗯，但我晓得我喜欢他，他也喜欢我。总有一日，他会仔细地跟我说起过去的事，总有一日，他会对千百人孤僻，却视我为心中瑰宝！"

原夫人清眸流转，如透过稀疏的林叶投下的月光，皎洁却有说不清的意味："你希望他有一日能视你如心中瑰宝？"

阿原笑嘻嘻道："只要我真心待他，终究会有那一日的。"

说话间，二人已来到花厅，那厢有人流水似的送入各种菜式，不一时便摆了满满一桌。原夫人那个叫琉薇的贴身侍儿一边布菜一边道："夫人、大小姐，有些菜式得现烹的才好吃，如今厨房里正在继续准备呢，不如慢些儿，边吃边等吧！"

阿原笑道："不用了吧？我在外面一菜一汤便足够了，桌上这些哪里吃得完？快叫他们别再做了！"

原夫人留意着阿原爱夹的菜，轻笑道："你病好后口味好像变了不少，也不晓得你爱吃什么，只好令他们多做几样。"

阿原摆手道："我不挑食的，随便怎样的家常菜式都可以。何况我在小县城里待了这么久，也算真正懂得了米饭的来之不易。有福当惜福，咱们别铺张浪费才好。"

原夫人便道："也好。俗话说，花无百日红。这数十年来，诸藩镇各据重地，你争我夺，几番风云变幻，连这天下都换了主人，原府却能屡次逃过大劫，也算是乱世之中的异数了。可这天下依旧战乱纷纷，谁又能保得谁一世安乐？若能享得了富贵，耐得住贫穷，日后不管处于怎样的境地，都能知足常乐，安安稳稳过完这一辈子。"

阿原不料会引得原夫人这样一番话来。她怔了半晌，才问道："母亲，我只是随口一说，你别多心。我受伤前，说话应该也是这样直来直去，才会常常惹你生气吧？"

原夫人摇头，神思便有些恍惚："你……从不会直来直去地说话。你虽是我的亲生女儿，却向来有自己的主见，不爱跟我这个母亲说起自己的心事。很多时候，我根本看不懂你在想什么，的确彼此有些心结。"

阿原因自己有着风流浪荡的名声，料得她往日必定放荡不羁，所言所行无不石破天惊，明知有些言行有失女儿家的矜持，也会试着代入从前的心态，于是，很多女儿家不该或不便说出口的话，她都能厚一厚脸皮坦然直言，一般女儿家不敢做的事，只要契合本心，她也照做不误。

但如今原夫人在说什么？

阿原不由得纳闷地问道："那……我从前究竟是怎么说话的？"

原夫人苦笑："哦……比如看着桌上菜式多，你大概会轻言细语地吩咐，这鱼难得，这山珍味儿也不错，送去给周公子吧！那菜还有那汤，小林儿爱吃，用个食盒装了送他府上去。琉薇，这个蛋羹你爱吃，便赏给你吧，那几样就给瑞英、小鹿她们。"

阿原刚夹了一片蘑菇在筷上，怔怔地听原夫人说着，连蘑菇跌落在桌上都没发现。

她想都没想过从前的她居然会是这样的言行。

但从为人处世而论，从前的原大小姐无疑高明太多了，不动声色间，既未浪费饭菜，又享受了美食，还能示好他人，收买人心。难怪原大小姐在京中声名狼藉，无人不知其风流浪荡，却依然有大好男儿前赴后继，甚至连谢岩这样家世品貌绝佳的贵公子都对其念念不忘，连长乐公主都不放在心上。

原夫人定定地看着阿原，似乎想从她身上找出原来那个原大小姐的神态风姿。渐渐地，她的眼底涌上了泪光。她沙哑着嗓子笑道："于是，即便厨娘做再多的饭菜，在清离的跟前，向来只有三五样她爱吃的，且大多清淡。有一日，皇上过来探望，正好她在用膳，还大赞她懂得节俭，她也顺势将皇上哄得龙颜大悦。皇上得了什么珍奇之物，往往不会忘了赏她一份。我一直不晓得，她如此聪明灵巧，到底是好事，还是坏事……"

阿原点头，然后觉出哪里不对来："母亲，为什么……是'她'？"

她就是原清离，原清离就是她。如今她就在原夫人的跟前，原夫人也一直以"你"相称，此刻却意外地称之为"她"。

阿原原以为她可能说得不明白，但原夫人居然听懂了。她抬袖拭去眼眶里打转的眼泪，轻笑道："哦……或许，你前后性情变化有些大，有时我甚至觉得你好像变了一个人。"

阿原搁了筷，沉默片刻后，说道："我这听旁人说起从前的原大小姐时，也好像在听着旁人的事。"

原夫人叹道："我也不解。你嫌我管束得太厉害，这几年不肯跟我太亲近。别的不说，单说那个端侯，这府里就没人知道你是什么时候跟他认识并交往的……"

她伸手，轻抚阿原有些散乱的鬓发，清浅的笑意愈发柔软温和："我一直晓得你有很多秘密，我等着你有一天能主动跟我说起。但谁也没想到会有那场意外，让你自己都记不得那些事了……好在，不管你有多大改变，我都还认得自己的女儿。我的女儿，欢迎回家！"

阿原心里一暖，轻声道："嗯，我回家了！我也很开心！"

或许，一路真的太过劳顿，又或许，小鹿、小坏依然伴在她身侧，阿原居然没觉得离开数月的原府陌生，这一夜睡得甚好。

于是，第二天换上锦衣华服，随原夫人入宫见驾时，她的精神颇佳。

原夫人叮嘱道："沁河那两桩大案，皇上很上心。他若问起你时，你只按官方的结案公文回复就好。"

阿原讶异："那两个案子的确还有疑点……母亲莫非也知道些缘由？"

原夫人眸中闪过烦忧，却很快用温婉的笑意掩饰住，低声道："我不知道。但这皇宫来的次数多了，便晓得哪些人不能碰、哪些事不该沾。好在这事有端侯和萧、左二位参与，不用咱们费心。"

阿原应了，留意着两边宫室，虽然殿宇高大整洁，但看着有些陈旧，两侧配殿更可见得门窗开裂褪色。想来连年征战，梁帝只顾打天下，一时也顾不得修葺宫室了。

梁帝居住的建章宫倒是巍峨宏丽，陈设奢华。

梁帝朱煌似乎并未从去年那次兵败中完全走出，正倚在榻上，听得通传，方懒懒答道："玉罗来了？进来吧！"

原夫人走上前，拉过阿原行礼道："皇上，我带清离请罪来了！"

梁帝这才坐起身来，仔细打量着阿原："清离……回来了？"

阿原听说梁帝从前待她极好，但这种"好"如今让她有些心惊胆战，何况她也想不出当日的原大小姐该用何等娇媚玲珑的姿态应对梁帝，遂只是低眉顺眼地答道："是，皇上。清离当日病得糊涂，其实已不太记得那时的情形了。离京这段日子，清离心智渐渐恢复，母亲又教导了许多，清离才明白闯了多大的祸，所以立刻随母亲回京，向皇上请罪！"

梁帝眼角挑了一挑，有些浮肿的眼皮抬起，深黑的瞳仁里有种冷而锐的光芒射出："你都说了你是病糊涂了，朕若还治你的罪，天下人岂不说朕不近人情？"

阿原听着这说话的声调似乎不大对时，原夫人已微笑道："皇上向来宠爱清离，谁人不知？要臣妾说，这清离就是被皇上宠坏了，才会这样无法无天！"她上前两步，依然跪于梁帝身畔，为他捶着腿，柔声道，"皇上忘了？这孩子先前跟皇上最亲近，比我这个当母亲的还亲近。冬天那场意外，着实快毁了这丫头了！你看看她，如今时常像一根木头似的，嘴都笨了，也不晓得几时能恢复过来。"

梁帝又瞧了她几眼，说道："哪里像木头了？我看着聪明得很。听说她在沁河当个小捕快也能当得有声有色，破案抓贼样样在行，还将阿辞、北湮他们收拾得服服帖帖……哦，对了，还养了只鹰，是不是？当真是能文能武，难得啊！"

阿原愕然，不知梁帝怎么会将她在沁河的事打听得如此清楚。何况，她与景辞两情相悦不假，但她收拾景辞？开什么玩笑？景辞那臭脾气，她才是被收拾的那个吧？至于她收拾慕北湮，更不知从何说起。

原夫人觑着梁帝的脸色，从宫女手中接过茶，笑道："这些可不是臣妾教的！倒是听闻她当日和皇上身边的那个萧潇处得不错，也不知是不是皇上偏心，暗地里让萧潇指点她？"她用手背试过茶盏的温度，才奉给梁帝："皇上，是刚泡的茶，小心烫着。"

梁帝点头，啜了两口茶，才神色稍霁，说道："都起来吧，也不是什么大事儿，别跪着了！清离，你在沁河叫阿原，是吧？"

阿原更不明白，梁帝和原夫人为何都纠结于她的名字，只得答道："皇上，清离那阵子真的糊涂得厉害，总觉得自己不是清离，所以在外面就自称阿原了。"

梁帝沉吟："嗯，憨兹珍木，离离幽独。清离，这名字的确太悲戚了些，还是阿原亲切。日后你就叫阿原吧！"

阿原不晓得往日那个左拥右抱、情人无数的原清离，跟什么离离幽独有何关联。但如今的她似乎跟那个高贵婉约的原大小姐差别有点大，的确是"阿原"这个简单朴素的名字更合适。她遂笑道："阿原遵旨！从此我便叫阿原吧！"

原夫人扫过阿原，轻笑道："皇上，阿原身体未恢复，如今的心思耿直简单，若有冲撞之处，还请皇上看在臣妾的份上，切莫跟她计较。"

梁帝听她言语委婉，拍拍她的手，声音便柔和下来："既然是你的孩子，我怎么会计较？"

原夫人点头道："听闻这些日子，端侯跟她一起查案、一起抓贼，凡事都商议着，同甘共苦。有这样的情分在，想来他们成亲后也能处得更好。"

梁帝道："哦！成亲的事，以后再说吧！毕竟当日是原家小姐逃的婚，太伤端侯的颜面。朕不能让朝野上下的人看端侯的笑话。"

原夫人道："皇上说得是。那就等这两个孩子先将身子骨养好，再做下一步的打算吧！"

梁帝不觉将茶盏沉沉地叩在案上，叹道："是，阿辞那孩子……也太不容易！"

正说着时，忽听得殿外传来长乐公主爽朗的笑声："原大小姐回京了？我就知道，原夫人亲自出马，原大捕快再也没办法在沁河逞威风了！"

梁帝的眼睛亮了下，笑道："长乐，有你在，谁逞得了威风？"

长乐公主翠罗衫子绿罗裙，快步走了进来，语带娇嗔："只要有我在，谢岩总会逞威风！就仗着我对他好，总是各种别扭，不把我放在眼里！"

她说着，向梁帝行了一礼，完全无视了原夫人，只向阿原笑道："玩了这许久，终于舍得回来了？跟父皇赔个罪，赶紧把你跟端侯的婚事办了吧。"

阿原尚未说话，梁帝已道："也不必跟朕赔罪，不过这事终究得问端侯的意思。"

长乐公主道："我在沁河看得很明白，她跟端侯好着呢，没事儿！我跟阿岩如今也好着呢，他们既然不急，父皇是不是先把我们的事儿给定下来？"

梁帝瞅着她："你刚刚还在说，谢岩各种别扭，不把你放在眼里。"

长乐公主扯着他的袖子撒娇道："不把我放在眼里没关系，我晓得他如今把我放在心里就行了！"

原夫人瞥她一眼，仿若无声地叹了口气，但并没有说话。

梁帝便道："既然如此，隔日我也问下谢岩的意思。反正你都等了好些年了，不在乎再多等些日子。"

长乐公主有些不悦，却很快笑道："好！回头我让谢岩自己来跟父皇说！到了那时候，父皇可别再耳根子一软，听人拨弄，坏了女儿的好姻缘！"

梁帝摇头道："你看你，还像个女孩子家吗？"

原夫人为梁帝捶着肩，微笑道："公主的性情一向如此，直爽可爱。皇上，算来长乐公主的年纪也不小了，既然谢岩如今已改了心意，还是赶紧定下来好。"

梁帝边点头沉吟，边伸出粗糙的大手，搭在原夫人白皙的五指上，一根一根地细细揉捏着，神色渐渐缓和下来。

长乐公主不以为然地翻了个白眼。

阿原握着拳默然侍立，才恍然悟出，原来传言不假，原侯早逝，原家依然富贵煊赫，的确是因为某些不宜明言的关系。她正想要不要提醒母亲一起告退时，外面忽响起一阵嘈杂的议论。

梁帝抬眼时，长乐公主已走过去问道："出了什么事？"

外面便有人答道："揽月湖里里淹死了一个太监、一个宫女。"

梁帝道："哦，近来可真不太平！长乐，你上回不是夸口说你会查案吗？这事儿便交给你去查吧！阿原这阵子当惯了捕快，这一闲下来只怕也坐不住，就跟着长乐一起查案去吧！"

阿原知道梁帝想遣开她，只得应了，与长乐公主一起退了出去。

而梁帝未等二人走远，便已揽住原夫人的细腰步向内殿。

原夫人侧头看着梁帝，却是唇角含笑，温柔如水。她虽不再年轻，亦有种寻常女子难以企及的雍贵典雅，果然风流蕴藉、韵致无双。

走出建章宫，长乐公主忽然转头看向阿原："很意外？"

阿原怔了怔，才知指的是原夫人与梁帝的私情。她懒懒道："不意外。我虽不记得从前的事，但也不是聋子。我只好奇皇上为何不将我母亲纳入后宫。"

她的父亲武安侯原皓早逝，原夫人年轻守寡，不论是改嫁或入宫，都不会引出太多流言，至少不会闹到现在这样声名狼藉。

长乐公主已冷笑着答道："妻不如妾，妾不如偷！你看这皇宫里，除了育有子女的妃嫔，像她这年纪的，还有几个能得父皇青眼？"

阿原苦笑道："看来，你因为这个很讨厌我母亲。"

长乐公主道："倒不是因为这个。我父皇虽然出身武将，却很是多情，风流债惹得不少，多她一个也没什么。我最厌恶的，就是她明晓得你并不想嫁给谢岩，还一心要撮合你们！为了不让我去原府找谢岩，在父皇跟前明褒暗贬，不知说了我多少坏话，害得我被她讥讽不说，回宫还被父皇训斥！"

阿原抚额道："哦，我以前常和谢岩在一起，却不想嫁给他？公主，对不住，我真的……记不得了！"

"记不得才好！"长乐公主双眸黑亮，长睫扑闪如蝶，"之前的原大小姐，其实跟你母亲差不多的德行。谢岩多少次想娶你，你都不肯答应，偏偏还扯着他，不时和他来往。"

阿原想不出，当初的原家母女，到底怎样应付着这位娇贵的公主，才能做到在轻描淡写间占尽上风。她将额头揉了又揉，无奈地叹道："放心，如今我想嫁的、想偷的，都只有景辞一人。公主若能劝皇上尽快让我和阿辞成亲，我连看都不会再看你的谢公子一眼。"

长乐公主顿时双眸清亮，宛若熠熠星光。她抓过阿原的手，跟她重重一击掌，说道："成交！只要你别打谢岩的主意，你想嫁给景辞，我便帮你嫁给景辞；你想嫁给贺王世子，我便帮你嫁给贺王世子；就是你想入宫当我的母妃，我都会倾力相助！"

阿原蒙了："什……什么？"

这应得也太爽快了，还有，做她母妃是怎么回事？

简直是见了鬼……

被长乐公主拉着一路飞奔往揽月湖时，阿原才算想明白，长乐公主对她所有的敌意，都是因为谢岩。

只要她赶紧嫁了，赶紧放弃谢岩，并断了谢岩的念头，长乐公主才不管她嫁的是谁。长乐公主如今盼她嫁人的心思，远比她自己或原夫人急切。

但阿原很是奇怪，为何长乐公主忽然间就不再防范她？她就不怕阿原哪天记起了往事，或一时兴起故态复萌，跟谢岩再续前缘？

揽月湖和附近的亭台水榭也是前朝所留，原为后宫嬉戏观赏之所。但揽月湖离诸妃嫔的住处较远，梁帝忙于征战，并未曾命人好好修缮清理。如今，这湖里的水虽还清澈，但沿岸俱是蒲苇杂草，房屋也陈旧失修，破败不堪，或空置，或多用来安置年迈或失宠的宫人，看着很是冷清。

湖畔一座朱漆斑驳的小亭子里，躺着两具湿淋淋的尸体。梁帝的贴身大太监、内常侍黎焕已赶来，将闲杂人等逐去，带了几名胆大的小太监，正试图将那两具尸体分开。

见长乐公主等人过来，黎焕连忙行礼，赔笑道："哪个多嘴的惊动了公主？其实就是有两名宫人失足落水，并不是什么大事。"

长乐公主道："失足落水的确不是什么大事儿，可不巧传到父皇的耳朵里，不巧父皇又将这事交给了我和原家小姐。我得查个明白，才好给父皇一个交代吧！"

黎焕连声应是，说道："是得查清楚，查清楚！老奴已问明，死亡的宫女是林贤妃的瑟瑟，太监则是乔贵嫔宫里的小印子。刚叫人打听过了，小印子近来是有些神思不属，曾在林贤妃宫前出现过几次，据说和这个瑟瑟情投意合，一直有来往。"

"于是两人相约在此处见面，然后双双跌落水中淹死？"

长乐公主扶着栏杆，看下方的情形。

亭子紧依湖水，建于稍高的石基上。石基的上方倒是长了一大丛的蔷薇，绯红的花朵从栏杆缝隙处探进了亭内，倒给小亭添了几分春意盎然。石基的下方则已完全看不出当年的繁盛，密密的杂草快有半人高，近水处的零落石块布满青苔，不难看出新近被踩踏和跌滑的痕迹。

往南五六丈外的岸边，则有许多凌乱的脚印和水渍，想来是打捞尸体上岸时所留。

果然，黎焕解释道："看样子，他们就是在这边落水的。下方其实没什么景致，指不定就是看着安静才下去玩耍。听闻当年建这亭子时清理过下方的淤泥，这处的水便特别深，所以这一处有石堤围护。只是时日久了，石堤坍塌了不少，加上青苔密布，若是夜里不留意，很容易失足滑落水中。"

长乐公主沉吟着点头时，阿原已检查了两具尸体，站起身道："一齐失足落水？还保持着这样的姿势死去？"

长乐公主早先便注意到尸体怪异，听阿原提醒，忙细看，只见二人并非相拥而死，而是保持着那太监背着小宫女的姿势。太监们正试图将两具尸体分开，怎奈二人骨节早已僵硬，怎么也拉不开。

黎焕赔笑道："对，看模样，小印子是背着瑟瑟时落水的，瑟瑟可能太害怕，一直抱住小印子的脖子，小印子偏偏也不会水，便都沉下去了！"

长乐公主啧啧称奇："可人落水后，第一反应难道不应该是赶紧松开手往岸上逃生吗？这得多深情才会死都不肯放手？"

阿原"噗"地一笑："公主说对了！这个瑟瑟，的确是死了，所以才没法放手，若死后有灵，大概也不肯放手！"

黎焕叹道："对呀，小印子到底是个太监，再怎样两情相悦，有国法宫规在，也没法活着做夫妻。瑟瑟明知逃不了，便宁愿抱住他同赴黄泉。这份情，真真是感天动地！"

同为太监，他颇是心有戚戚焉，惋惜地摇头叹息不已。

阿原抬脚踏在亭中石凳上，拍着腿笑得乐不可支："黎总管，他们的故事有没有感天动地，我不知道，但我算是听出来了，至少是感动你。可惜……只是个故事而已！"

黎焕看她一身精美女装，容色清丽之极，行为举止却如此豪放，全无往日的娇媚，惊骇地揉了揉眼睛。

长乐公主已听出她的话中之意，忙走过去仔细检查，黎焕慌忙道："公主，这里肮脏，小心弄脏了衣裙。"

阿原却已上前指给她瞧："公主请看，这小太监嘴唇紧闭，双臂双足向前，两手拳握，指甲缝内有在水底挣扎时嵌入的泥沙，这是典型的溺死症状。但这宫女，居然保持着被小太监背着的姿势，双腿交夹于他的腰侧，双臂自然垂落于他的胸前，且口眼张开，明显是死后才被投入水中。"

黎焕骇然道："你是说……瑟瑟落水前就已经死了？可这一眼看去，瑟瑟身上并无其他伤痕。而且你们看，他们的腹部都胀鼓鼓的，这难道不是溺死才有的症状？"

阿原向尸体一揖，说道："姑娘，想来你也不愿死得不明不白，在下得罪了，请见谅！"

说完，她单膝跪于地上，伸手握住女尸的肘关节，用力一扭，但听轻微的咯的一声，便见尸体的手臂垂落下来。阿原双手不停，又去扭女尸别的关节。

几个太监虽不敢往后退，也不由得看得变色。

长乐公主掩住耳朵，有些无力地问道："一定要……这样吗？"

阿原手中不停，随口道："尸体一旦完全僵硬，就得等血肉开始腐化才能柔软下来。像这样的天气，可能也要等个三五天吧。公主，咱们总不能等三天后，对着两具发臭的尸体研究死因吧？"

长乐公主干呕了下，急急地道："嗯，不能，不能……查案要紧。"

说话间，几个太监小心翼翼折腾半天没能分开的两具尸体，已被平放到了地上，果然，腹部都有些鼓胀。

阿原道："你们仔细听！"

她在两具尸体鼓胀的腹部各拍了数下，但听到的都是嘭嘭的响声，只是声音高低清浊有所不同，差异很明显。

黎焕莫名其妙地摸头时，长乐公主已叫起来："男尸是溺死的，满肚子都是水！女尸的肚子里……是空的？"

她有些不确定地看向阿原。

阿原肯定地点头："你看女尸面色发青，泛着赤黑，双目突出，若我没猜错，应该是以湿布或湿纸，一层层搭到她的口鼻上，令其窒息而死，故而周身无伤，腹部干胀。若将其尸体抛入池中，乍看去的确很像溺水而亡。"

她对黎焕道："宫中的案子，大概也不便让刑部出面处理吧？不过，借两个有经验的仵作来应该不难。黎总管可以让他们仔细检查口鼻，他们应该会告诉你，这太监口鼻内呛有泥沙，而宫女口鼻内则因长期窒息而吸附了很多黏液。"

"这……"黎焕不敢答话，只拿眼觑着长乐公主。

小太监、小宫女诚然算不得什么要紧的人物，可他们背后的林贤妃、乔贵嫔，一个位分高，一个得帝宠，哪个是他惹得起的？

长乐公主也大为头疼，不晓得为何她随口多问了一句，便摊上了这么个事儿。她叹道："阿原，你既然懂得这些，自然不会弄错。宫里的事，尽量宫里解决好了。死因既然已经弄清楚了，这案子应该也不难推断。小印子把瑟瑟的尸体背来此处，即便不是害死瑟瑟的凶手，至少也是知情者。他应该是过来……抛尸的？"

黎焕也开始顺着长乐公主的推断思考，说道："或许，是抛尸时失足落水？当然，若他喜欢瑟瑟的传言是真的，也可能是求而不得，杀了瑟瑟后投水相殉。"

长乐公主不耐烦道："你是不是常跑宫外听说书，听多了才子佳人的苦情戏？若小印子打算相殉，掐死或刺死她都容易，有必要用什么湿布湿纸类的东西捂她的口鼻吗？明摆着就是不想留下伤痕，希望无声无息地害死她。"

黎焕道："公主说得有理……可小印子落水后为何不抛下尸体？近岸处的池水并不是太深，若丢下尸体，指不定还能爬上岸来。"

长乐公主不由地皱眉，沉思着看向阿原。

阿原正要回答，忽发现亭边的山石后，有两道人影闪过。她笑了笑，悄声道："公主，刚死之人，身躯是柔软的，但很快就会僵硬。如今天气颇暖，估计过那么半个时辰，四肢关节就开始僵硬了。"

长乐公主双目立时亮了起来，笑道："这就是了！"

阿原道："公主有何推断？"

她一边说着，一边向长乐公主使了个眼色，向亭边指了指。

长乐公主瞥到山石边的一角有男子的衣袂，顿时心里也敞亮起来。她朗声道："那夜小印子背着瑟瑟的尸体，的确是过来抛尸的。他背上尸体时，瑟瑟应该刚死不久，尸体还未僵硬。但不知出于什么原因，小印子背着瑟瑟，并没有立刻抛尸。或许绕了远路，或许中途在哪里耽搁了，总之……"

她抱肩看着小印子的尸体，推断道："他打算抛尸时，发现瑟瑟的尸体已经僵硬，紧紧扣在了他身上——就和打捞上来时你们看到的一样，尸体的双臂、双足都已僵硬，锁链似的缠紧他。当然，小印子若是镇静下来，也不是不能将瑟瑟的关节掰开。但那时是深夜，他刚杀了瑟瑟，就算是杀瑟瑟的帮凶，在这么个黑漆漆阴森森的湖边，忽然发现背上的尸体如有神助般紧紧抓住了自己，怎么也甩不掉，他会怎样想？"

阿原拍手道："他当然心虚害怕，或许第一个念头，就是瑟瑟变成鬼找他来了！"

长乐公主更是满面春风，明眸顾盼之际光华闪耀，竟比亭畔盛放的蔷薇还要艳丽几分。她道："不错。他发现尸体甩不下来，惊惧之下顾不得看脚边，很可能就此滑落水中。近岸处的水虽然不深，但他落水后行动不便，越挣扎往下沉得越厉害，越怀疑是瑟瑟在找他索命，于是真的溺死在水中了……"

黎焕和几名太监听得目瞪口呆。半晌，黎焕才道："或许，真的是瑟瑟在索命？"

旁边一名小太监犹豫良久，忽扑通跪于地上，说道："公主、原大小姐，小人冒昧地说一句，小印子不会杀瑟瑟！小人跟瑟瑟是同乡，知道的事情可能比旁人多些。瑟瑟跟小印子的确……的确很要好。瑟瑟曾跟我说，如果有一日被放出宫去，便在宫外等着小印子。"

长乐公主不觉看向阿原："唉，真的有苦情戏？"

若这小太监说的话是真的，小印子的确没有杀瑟瑟的动机，更不可能抛尸灭迹。

阿原忍不住抓头，低低道："公主，看来咱们推测的方向不太准确……"

长乐公主一直留意着山石后的动静，早已发现谢岩的衣角消失，身影转向另一个方向，闻言也不着急，悄声道："没事儿，咱得聪明，但也只能适当聪明，太聪明压过了他们，反而会坏事！"

阿原也注意到谢岩的行踪，忙赞道："公主英明！"

二人正盘算着各自的小心思时，亭下已传来谢岩清朗的声音。他叹道："恐怕不只是苦情戏，还有杀人灭口的把戏！"

长乐公主往下一探，正见谢岩素雅的身影，唇角便不自禁地浮上笑意，唤道："阿岩，你怎么下去了？快上来，小心脚滑！"

谢岩不知什么时候已走到小印子的落水处，负手观察着，然后一招手："你们过来看！"

长乐公主闻他唤她们，差点要直接跳下亭子，阿原忙拉她出了亭子，欲走下去细瞧，险些与立于山石后的景辞撞个满怀。

阿原早先便已看到他的身影，见谢岩下去，原以为他必定跟去，不料他居然还在那里。她又是欢喜，又是纳闷，不由地道："阿辞，你不下去瞧瞧？"

景辞静静地看她一眼，抬脚往亭内走了几步，才懒懒地丢下一句："有你们去瞧也就够了！"

阿原悻然，无奈地嘀咕道："为什么他的口吻……听着总有些欠揍？"

长乐公主忙安慰道："没事，越高傲的男子越死心眼，嫁给了他，一世省心！"

最要紧的是，她省心了！

她们走到谢岩的身畔时，又听得景辞在上方亭子里说道："不过，我想提醒一句，人死后的确会很快开始僵硬，但要僵硬到用正常的力道难以掰开，可能要数个时辰。"

长乐公主皱眉："这……几位妃嫔的宫院距离这里都不到一里路，小印子再怎么耽搁，也不至于数个时辰里都背着瑟瑟的尸体吧？"

谢岩负手看着眼前的草丛，说道："所以，其实小印子并没有耽搁太久。他应该就是在这里背着瑟瑟的尸体躲了一刻钟到半个时辰的样子。"

下方草丛高而密，有很明显的被压过的痕迹，露出亭子下方因松脱剥落而凹陷下去的台基部分。

看那痕迹的大小和方位，正与谢岩所说吻合。小印子背着瑟瑟的尸体，应该在这里藏身了一段时间，才会把草丛压成这样。

阿原抱着肩认真思索着，悄悄用眼睛的余光瞥着长乐公主。

果然，长乐公主仔细观察着青苔上的脚印，又仰首看了眼小亭，思忖片刻，便道："于是，小印子真的不是前来抛尸的，而是背着瑟瑟的尸体从哪里逃出来……逃到这里时，可能追兵也赶到，所以他曾背着瑟瑟在下面躲藏过。可惜追兵还是发现了他。"

她指点着青苔上的痕迹："若是抛尸，他的脚尖印应该对着湖水，向后方滑落，面朝下倾向湖水，但你们看，现在他的脚尖印是斜对着岸边的……"

不仅滑落处的脚尖印对着岸边，前面青苔上还留下半个脚印，同样是脚尖对着岸边。

正常走路应该往前走，滑落的脚印却在后面……

阿原忽抬头向亭内问道："阿辞，你检查下小太监前胸或前腹有没有不明显的伤痕。"

话音刚落，便听得景辞懒洋洋地答道："右肩有一处泛红，比鸡蛋略小的样子，可能是刀柄或剑柄所留。"

几人看着地上的脚印，不由打了个寒噤。

他们几乎可以想象出当时的画面了：小太监的行踪被人识破，慌忙背着小宫女的尸体从草丛中奔出，想要向前奔逃，但前面蓦地出现一个人。他惊恐地往后退时，对方掉转刀头，以迅雷不及掩耳之势，用刀柄磕向他的右肩。重力之下，小太监立足不稳，鞋底在满是青苔的碎石上滑过，仰面跌落湖水。

他必定在水中挣扎过，而岸边之人必定持着兵器虎视眈眈，直到冰冷的湖水彻底将他吞没，方才转身离开。

小太监的背上始终背着瑟瑟。

他在水中挣扎时，或许至死都没有想过抛开她，或许偶尔也有过念头想甩开她。

瑟瑟的关节虽已开始僵硬，他真想甩开，也不至于完全甩不掉，但当他感觉出她手足环于他身上的力道时，想到更多的，也许是她曾经温暖的怀抱，以及她用渐渐僵硬的四肢传出的恋恋不舍。

于是，他保持着背负她的姿势，一起沉入了湖水里。

冰冷黑暗的深水里，两人的身躯渐渐僵冷，依然彼此纠缠、紧紧相依、难分难舍。

生不离，死不弃，无非如是。

阿原想着自己一手将二人拆开，颇有些难过。她低叹道："公主，此事只怕比我们最初想象的要复杂很多。"

长乐公主也有些懊恼，随即道："再难的案子，也得查个水落石出。若连我们都推辞起来，谁还敢穷究这个案子？黎焕，刑部仵作不方便，便找个嘴紧可靠的稳婆入宫，让她按例验尸并填好资料，直接送到我宫里去。"

黎焕连忙应了，那个瑟瑟的同乡小太监却已抹起了眼泪。

阿原便道："待查明此案，就将他们合葬一处吧！"

长乐公主犹豫道："以他们的身份……只怕不妥。不过反正是葬到宫外，回头招呼一声，应该也问题不大。"

她微笑着看向谢岩："阿岩，我们出宫可能不大方便，这事儿回头你帮忙关注下吧？"

谢岩欠身道："公主有命，臣自当遵命！"

他眉眼淡然，波澜不惊，长乐公主甚是无奈，只得转头问阿原："现在，咱们是不是该去林贤妃和乔贵嫔的宫里看看了？"

阿原很是善解人意，眼见长乐公主对谢岩垂涎不已，遂道："时候不早了，不如我们请端侯和谢大人帮忙，分开行动吧！"

谢岩忙道："公主，我们还有要事，得去面见皇上。"

长乐公主笑道："你们入宫见皇上，怎么会跑揽月湖来？皇上在建章宫休养，这地方怎么着也不顺路吧？"

谢岩抚额看向上方的小亭。

景辞正扶着栏杆悠然地望向他们，一副置身事外看好戏的神色。

好在他并不打算一直看戏。他终于悠闲地接了话头，说道："谢岩听说你在这里，便跟着来了。"

说这话时，景辞正似笑非笑地盯着阿原。阿原不慌不忙地拉过长乐公主道喜："公主，谢大人对你可真是情真意切，一听你在这里，连皇上也不见了，一心要陪你办案呢！"

长乐公主眉眼含春，睨着谢岩温柔而笑："嗯，本公主也断不会辜负阿岩的这番情意！"

谢岩打了个寒噤，垂眸不去看她，言行依然谨慎恭敬："公主，臣乃外臣，何况并无皇命，恐怕不宜前往妃嫔的宫院查案。"

长乐公主眸光流转，含情脉脉："没事，你是父皇的近臣，时常来往宫中，这些妃嫔哪个不认识你？若你拘着礼节，回头在宫院外等着我也行。"

阿原对眼前的进展十分满意，忙帮腔道："有道理，有道理！你看，这皇宫之内，居然连出两条命案，足以说明背后凶手胆大包天、手段高强。何况如今我在明，敌在暗，我们两人是女子，论起才识心机远远不够，恐怕会被人算计。若能由谢大人保护公主，端侯相助我，应该就妥当了吧！"

长乐公主击掌称赞，道："妥当！太妥当了！咱们这就兵分两路！你跟端侯去找林贤妃，我跟阿岩去见见乔贵嫔。端侯，你意下如何？"

景辞顿了顿，点了点头，转身出亭。

阿原欣赏着景辞缓步而下的清朗风华，笑道："嗯，时候不早了，咱们这就赶过去吧！"

谢岩已走到景辞的身侧，低声道："阿辞你坑我？"

景辞微微挑眉："这话从何说起？"

谢岩道："是你问了阿原的行踪过来的，我不过顺路跟着你而已，怎么就成我要过来了？"

景辞道：“哦，我原本就说你是跟着来的……”

只是没说谢岩到底是听了消息跟着阿原或长乐公主过来，还是顺路跟着景辞过来而已……

谢岩很想扯过他的衣襟，好好教育他该怎么说话，可惜阿原已走过来，牵过景辞的衣袖，眼底亮晶晶的，宛若春水荡漾：“阿辞，我们走！”

紧跟着，长乐公主也走过来，牵过谢岩的衣衫，同样深情款款，笑容璀璨：“阿岩，我们走！”

谢岩便不得不走。

临行，他忍不住又看了眼阿原离去的背影。

仿佛是她，又不是她。

终究如她所愿，她离这个肮脏的京城、这座肮脏的皇宫，以及……那个肮脏的她，越来越远，也离他越来越远。

他早就知道会有这么一天，却始终跳不出心底那场困住他多年的红尘故梦。

走向林贤妃所居的怡明宫时，阿原一路握着景辞微凉的手掌，贪婪地将他清俊的侧颜看了又看，心下竟是说不出的惬意满足。她半依于他的肩，轻声问道：“赶了两天路，你大概也累得很，怎么不歇息一日再入宫？”

景辞似有些无奈，低叹道：“听闻，左言希被关在刑部大牢了！”

阿原虽恼左言希当初想害她，但此时只能安慰道：“没事，皇上好像很信任你，你去求求情，回头再让长乐公主也帮忙说说，应该不难放他出狱。说到底，他就是一时糊涂帮了那个姜探，也不是什么大事儿。”

景辞轻轻应了，又往建章宫的方向看了一眼。

阿原猛然想起，景辞在建章宫吃了闭门羹，知晓他们去了后，必定也已知道梁帝此刻正和原夫人做着怎样的好事，不觉窘迫，忙岔开话题，笑道：“对了，你有没有发现谢岩跟长乐公主很般配？一个稳健，一个开朗；一个是名门子弟，一个是当世公主，门第、才貌无不合适，简直是天作之合！”

景辞仿佛低笑了一声，方道：“若谢岩听见，只怕又会指责你乱点鸳鸯谱。可怜……他担心左言希，一早便到端侯府接我，一起入宫为左言希求情，不料皇上没见着，却被你卖到了长乐公主的手里。”

“这哪叫乱点鸳鸯谱？他们就是很合适，便如你和我一样合适。”阿原做了个鬼脸，“何况他不是被我卖的，是被我们一起卖的！谢岩跟你过来的，你总不至于想着让他来找我吧？”

五十七颗红豆的事还历历在目，阿原不相信他有这么大方。

“他找你有什么不好？你在沁河第一次瞧见他，那直勾勾瞪着人家的模样，恨不能把他给吃了……"景辞嗔了一声，旋即低笑道，"不过……我瞧着他和长乐公主的确更合适。"

阿原失笑。

听说端侯与原大小姐来访，林贤妃立时出来相见，问得二人前来的缘由，忙道："瑟瑟的确是我宫里的，几时离宫的，我竟不知道。"

再问了几句瑟瑟遇害的情形，林贤妃便焦虑起来，站起身在殿内来回踱着，长吁短叹道："怎么会发生这种事？我宫里怎么会发生这种事？"

那边已有侍女赶紧上前安慰，又有侍女发现林贤妃压着胸口，赶紧命人去煎药。

论才智、容貌，在美人如云的后宫里，林贤妃都平凡得不能再平凡。和原夫人差不多的年纪，她已颇显老态，厚厚的脂粉都盖不住脸上焦黄的气色和眼角密密的皱纹。若不是曾抚养过博王朱友文，她在这后宫几乎没有任何存在感。

阿原见她焦虑的模样，只得温言劝道："贤妃娘娘不必忧心，说到底不过是个小宫女的事儿，我们过来也就是问下她的行踪，看看能不能找出她遇害的缘由。"

林贤妃叹道："她的行踪去问屏儿就好，她们住一屋。可你说，为何宫里那么多人都没出事，就我这里的丫头出事了？"

她又按着胸口呻吟，分明烦恼至极。

阿原猜出这位贤妃娘娘谨小慎微的性子，虽从武将侍妾熬到了一品贤妃，但担惊受怕数十年，指不定早就落下了什么毛病，只得劝慰几句，才去找那个屏儿。

屏儿跟林贤妃一样胆小怕事，阿原和颜悦色地问了良久，她才答道："昨晚瑟瑟姐入夜不久就出去了，我也不晓得她去哪里了。但她和印公公是真的很好，曾跟我说印公公虽然是个太监，却比寻常男人更像个男人。他们应该时常相见，但究竟在哪里见面，又都是什么时候见面，我不清楚，也……也不好细问。"

"于是，昨晚她出去，你也认为她是去见小印子了？"

"娘娘歇下后，她悄悄出门，多半就是去见小印子，但也说不好，毕竟咱们谁也没亲眼看见，对不对？"

"守门的太监不管吗？"

"瑟瑟姐是娘娘身边的，平时待人又好，这怡明宫上下谁不相熟？夜间出个门便算不得什么了。反正都在宫里，谁想得到会出这样的事儿呢？"

屏儿抹着泪带阿原去她们的卧房。阿原翻了翻，翻出个男人的荷包，还有一双做了一半的男人的鞋子。

屏儿道："是给印公公的，去年也做过这么一双。"

除此之外，再无任何有价值的线索。

阿原叹道："他们不是相好吗？怎么连来往书信都不曾留下半封？"

"瑟瑟姐不识字。"

"……"

景辞虽伴在阿原身畔，但似乎真的只是陪她走这一趟，从头到尾几乎都沉默着。

阿原不免纳闷，出了怡明宫便问道："你对这事儿怎么看？"

景辞怅然地回望一眼身后的殿宇，没有回答。树荫掩映下的怡明宫，既不怡人，也不明亮，像垂垂老矣的妇人，在皇宫深处沉默地苟延残喘着。

阿原挽住他的臂膀，捏了一下："想什么呢？"

景辞恍惚一叹："没什么，只是忽然想着，老死在这深宫里的女人到底有多少，本朝的、前朝的……便是这林贤妃，年轻时想必也美丽动人、温婉贤淑吧？"

阿原觉得他的话有点莫名其妙，说道："那又怎样？不论哪朝哪代，哪个皇帝不是后宫无数？有名位的算是不错了，更多的什么都没有，等着老死宫中，蝼蚁般一世寂寞。"

她随口说着，忽然想起和小印子相恋的瑟瑟，又想起她母亲宁可背负骂名也不肯入宫，不由地哆嗦了一下。

身畔景辞的声音听入耳中，便多了几分寒凉："只为一人淫乐，令背后多少女子孤寂绝望，为何会被视作理所当然？"

阿原怔了怔，随即颇以为然："嗯，如此说来，我当日所为也没什么错。为何男子可以三妻四妾，可以流连花街柳巷，连养上许多外室情人都被视作风流旷达、倜傥不羁，女子却不行？"

景辞蓦地回首看她，眼底冰凉，似凝了月下的霜花，说不出是冷峻还是幽雅，却将阿原看得一时炫目。

不过再怎么炫目，她还是记得他始终计较着的那五十七颗红豆，晓得自己一时口无遮拦惹他不痛快了，忙依在他的肩臂，亲密地大加奉承："当然，我的阿辞不会娶三妻四妾，不屑身边美人如云……便如我从此以后也只想和阿辞一人相守，一起长命百岁、儿孙成群……"

她的眉眼清亮带笑，衬着藕荷色的衣裙，整个人便似东君大笔一挥迤逦渲染开的妩媚春色，压得浅桃深杏黯然无光。

景辞那点怒意，便在不知不觉间如风中飞絮般消失无踪。

他低眸看着她，正准备去抚她泛起蔷薇色的面庞，前方气急败坏的吼叫瞬间打散两人间刚刚浮起的暧昧。

原来是长乐公主在高叫："喂，谢岩呢？谢岩是不是过去找你们了？"

阿原还没回过神来，景辞已冷冷地扫过去一眼："你看着谢岩会在吗？"

长乐公主这才注意到二人亲昵的情形，愕然半晌，尴尬地摆了摆手道："嗯，他不在，不在……你们继续、继续。我去找谢岩。"

阿原甚窘，再怎么厚脸皮也没办法继续下去，忙追过去稳她的阵线联盟，问道："公主，谢岩不是跟你一起去了鸾鸣宫？怎么会没在一起？"

长乐公主恨恨地道："这个书呆子，竟真的一口咬定他是外臣不宜入宫，偏偏要在鸾鸣宫外等。等我问完出来，他的影子都没了！我以为他懒得见我，跑来找你们了呢！"

阿原道："放心吧，就算他真的来，阿辞也会把他赶走！"她向景辞笑得愈发明媚，"阿辞，我说得对不对？"

景辞扫了她一眼，也不答她，只向长乐公主道："公主，我想，我猜到谢岩去哪里了……"

长乐公主眼睛一亮："他跑哪去了？"

三人又回到了揽月湖边。

阿原这时也想明白了："嗯，我们当时走得其实太急切了些……"

这里是案发现场，她们本该将附近再仔细察看察看。可惜各自心上人驾到，所思所想便不由得都歪了歪。

谢岩正从湖边站起身来，再次步入那座已经空无一人的小亭。

一见到他，长乐公主顿时将所有的不快都抛到脑后，快步奔过去，笑道："我原本也想着应该再过来看看的，看来都想到一起了！有没有发现什么线索？"

"不知道算不算线索。"

谢岩沉吟着，摊开手中一方帕子，里面包着数片松子壳。

景辞皱眉："在哪里发现的？"

谢岩道："就在这亭子里。移开尸体后，这地上除了枯叶碎屑，还有些新鲜的松子壳。"

阿原怔了怔："这说明什么？凶手杀人前在这里剥过松子吃？但在这宫里，松子并不是什么珍贵的东西，指不定是这两日恰有其他人在此歇脚时随手剥了几颗。"

谢岩道："你说得很有道理。可我曾在另一处案发现场也发现过松子壳，不过那次我并未放在心上，以为只是巧合。"

阿原忙问："哪个案子？"

谢岩沉默，眼睛一眨不眨地盯向她，神色说不出的古怪。

阿原正不明所以时，长乐公主忽觉有道冷意从脚底袭上来，神色也变得怪异起来。她踌躇片刻，终于道："是……原清离那个案子？"

阿原倒吸了口凉气，指住自己的鼻子："是……我？我的案子？"

长乐公主几乎要跳起来："当然是你的案子！阿岩虽挂着刑部的职，可每天除了随侍皇上，就是伴着原大小姐，除了沁河那两次，几时查过案子？但原清离出事后，他亲身去过好几次出事地点，后来发现原……发现你病得认不出人来，更是泡在刑部，将卷宗看了又看，还将疑犯审了又审，生生地把两名主犯吓得一个撞柱而死，一个……”

谢岩蓦地打断了她：“你相信穷凶极恶的杀人犯会被吓得自尽吗？我都不曾用刑！他们的死，疑点重重！就像……原大小姐所遭遇的那场劫杀一样，疑点重重！”

他一字一字，似从齿缝中迸出字来，凤眸清冷如寒泉，冰冷地看着长乐公主，然后转向阿原和景辞。

景辞的眼底渐有忧色，低声道：“谢岩……”

谢岩面色发白，突兀地一笑，哑着嗓子道：“我知道我该罢手，我也的确不想查了……但居然又在杀人现场看到了松子壳……也许，真的是巧合？两次都是巧合？”

阿原没想到，长乐公主随口应下过来查的宫人意外落水案，查成手段高超的谋杀还不说，最后还扯到了自己身上，委实意外得很。她抬足踏在石凳上，将手肘搁在膝上撑住额，苦笑道：“实话说，我也早就觉得，我那个案子，疑点重重。”

她正准备说起这几个月以来的疑惑，却被那边疾奔而来的脚步打断。

是个建章宫的小太监如飞般奔至，急急道：“端侯爷、端侯爷，皇上传召你即刻去见！”

景辞冷淡地扫过那小太监：“皇上难道不需要再休息一两个时辰吗？”

即便某些事办完，以梁帝近来的身体状况，的确应该加倍休养。但景辞这短短的一句话怎么听怎么刻薄，完全没有因为嘲讽的对象是梁帝便稍留情面。

阿原很想笑，但想起梁帝不顾病体贪恋的对象是她母亲，便再也笑不出来了。

小太监自然不敢多话，愈发谦恭地说道：“回侯爷的话，听闻是镇州的则笙郡主来了！”

景辞一震，忽一撩衣摆，快步走了出去。

谢岩忙道：“阿辞，我跟你一起去！”

眼见二人走得远了，阿原定定地站在原地出神。

长乐公主已消了气，拍拍她的肩问："你想什么呢？"

阿原道："没什么，只是听着这什么则笙郡主……好像有些耳熟？"

长乐公主道："哦，则笙郡主呀，是赵王王榕的女儿。不过你应该不认识她，她生于镇州，长于镇州，从没来过京城。"

镇州，听着也很耳熟。

景辞好像提过，他也是在镇州长大的？

天空忽传来一声鹰鸣。

阿原抬头一看，见小坏不知什么时候跟了过来，张开翅翼飞翔在阴霾密布的天空下。

长乐公主也仰首看着，笑道："这鹰有趣。这宫墙再高，拦得住人，拦不住鹰呀！改天我也养一只吧！"

小坏发现主人看向它，兴奋地一扇翅膀，飞了下来。

翅翼掠起的风拂过她的面庞，阿原的眼睫颤了下，那鹰便似变成了白色。

那般如雪如霜的白，似反射着碧空明净的光，漂亮得惊心动魄。

心底便忽然间也似碧空般明净清澈，有淡淡的欢喜，如轻云般悠悠荡漾着。这般一世安然，如琉璃般通透美好，分明就是她毕生所求。

知足的人最好命，知足的人最幸运，而她就是那个懂得知足的人。

她知足地悄悄靠在旁边男子的肩上。

身后，欢快的脚步声传来，伴着少女明亮如阳光般的笑声。

"景哥哥，这鹰好看！给我玩好不好？"

"哦！眠晚……"

眠晚，谁是眠晚？

阿原忽然听到了幻觉中的琉璃蓦地被砸开的清脆碎裂声。

满怀的安然和美好，似在破碎的一瞬间沉没，仅余黑暗和疼痛……

长乐公主正看着那鹰，忽听旁边一声闷响，忙转头一看，惊叫起来："阿原！"

阿原双手抱头，面色煞白，弓着腰倒在了地上。

长乐公主连忙扶她，急问道："阿原、阿原，你怎么了？"

阿原忍着头部快要开裂般的疼痛，努力睁大眼睛。

好一会儿，她终于能辨出前方那片忽远忽近的白色，是满是阴霾的天空。湖水打在满是蒲苇的堤岸，声音低沉而复杂。

抱住她的是刚刚与她化敌为友的长乐公主，落在栏杆上歪头看她的是褐翅乌爪的猎鹰小坏。

没有清得透明的碧空，也没有白得耀眼的鹰，更没有令她安稳的肩膀、令她惶惑无措的少女笑声。

阿原长长地呼吸着，却连呼吸都在颤抖。她自己都说不清，她究竟是想赶紧回到现实中来，还是留恋着那疼痛前那片刻的欢喜和安然。

长乐公主看她情形不对，站起身来要唤人去传太医时，阿原扯住她的袖子。

"不用了！"

不过眩晕了这么一会儿工夫，她的声音竟已沙哑，舌头涩滞得几乎转不动。

长乐公主扶她倚栏坐稳，急问道："你没事吧？怎么说倒就倒下了？真是吓死人了！若原夫人看见，指不定又猜着是我怎么着你了！"

阿原将太阳穴揉了又揉，终于镇定下来，对长乐公主叹道："或许是那次受伤后的后遗症吧？时不时便会头疼，还出现各种各样的幻象。原以为养着养着就会慢慢好起来，谁晓得还越发严重了！"

长乐公主道："那还得了？赶紧让太医治呀！"

阿原叹道："公主，我越来越觉得……我好像不是你们口中的原大小姐。"

长乐公主一怔，很快笑出声来："你果然病得厉害了！是不是原大小姐，难道我们那么多双眼睛看不出来？即便我们看不出来，你那个母亲是多精明的人，会认不出自己的女儿？"

阿原抱着膝，灰头土脸地叹气："是，所有人都说我是，所以我也觉得我是。可对着谢岩、慕北湮这些故人，我半点印象都没有。"

长乐公主盯着她，干笑："那你对谁有印象？"

阿原仔细想着，眼睛渐渐清亮起来："景辞吧？对，是景辞。我常常在幻境中看到一个男子，但总是看不清他的脸。但我后来越来越觉得他就是景辞，偶尔还有他那个变态的姑姑。"

她看向小坏，终于确定道："还有一只白鹰，应该是我养的，和我很亲近。不过……应该死了吧？"

偶尔闪过的幻象里，她曾见过血珠迸溅，白羽飞扬。

头痛渐止，胸口却有闷闷的痛传来。

小坏发现主人的眼神温柔，也不顾长乐公主就在身畔，用黑喙啄着阿原的衣襟，还歪过脖颈让阿原替它挠痒痒。

长乐公主的眼珠转了又转，才道："景辞是你的未婚夫，你自己选择的夫婿，自然比谢岩、慕北湮都要亲近。你既然记得他，甚至记得他姑姑，证明你就是原大小姐，没错呀！"

阿原皱眉道："但我怎么觉得我跟景辞在一起时，完全不像是原家大小姐的身份？"

零落的碎片，完全拼不出具体的事件。但她记得那种想靠近又不敢的羞怯娇憨，也记得知夏姑姑对她的颐指气使，甚至讥讽欺辱。

她忽然看向长乐公主："你看，我现在会武艺、会驯鹰，还会查案……按我母亲的意思是，我从小就主意大，指不定是自己在暗中悄悄学的。你觉得这可能吗？"

长乐公主的嘴角扯了好一会儿，终于扯出个极不自然的笑来："怎么……不可能了？你母亲都说可能了！我总不至于比你母亲更了解你！"

阿原一笑："我母亲关注的事太多，不免疏忽了我。而且我相信最了解原大小姐的，应该是长乐公主。"

长乐公主愕然："为……为什么？"

阿原道："因为原大小姐会抢走谢岩呀！对于敌手，当然事无巨细，了解得越详细越好！"

沉思了好一会儿，长乐公主拍了拍自己的额头，走开看向揽月湖："嗯，我的确曾安排人在原府打探你的动静，可惜你母亲太精明，没多久那眼线就被发现了……"

阿原不免失望，叹道："其实景辞应该知道的，但他的性子高傲又孤僻，我出事前多半曾和他有过不快，每次我追问，他要么不理，要么顾左右而言他，真是可气！"

她思量片刻，忽然拉过长乐公主，悄声道："谢岩不是说了，我遇劫那个案子疑点重重吗？我也觉得很不对劲。公主，不然你帮我个忙，想法子替我把案卷找出来，我从这个案子入手，看能不能找到其他的线索！"

"啊！"长乐公主不禁站起身来，"这个……这个不行！案卷在刑部，不是我说拿就能拿得到的。"

阿原道："没事，谢岩是刑部的，我们找他帮忙就行了！"

长乐公主踌躇片刻，忽然笑道："嗯，你的案子虽有疑点，但已经过去这么久，也没这么着急，对吧？当务之急，是查眼前这桩宫人被杀案。还有，贺王一案虽结，但靳大德为何执意诬陷左言希，咱们也该去弄清了吧？"

阿原见长乐公主似乎不太愿意去查自己的案子，只得道："嗯，也是……但暗中的对手恐怕没那么容易让我们查到线索。"

长乐公主拉起她走出亭子，说道："那可不一定！魔高一尺，道高一丈！"

阿原的身体渐渐恢复过来，又想起景辞去得匆忙，心下疑惑，追问道："对了，那个则笙郡主来京城做什么？怎么景辞、谢岩一听说就都急着去瞧了？"

长乐公主道："赵王王榕，是谢岩的表舅，算亲戚吧！端侯先前在镇州住过，认识则笙郡主也不奇怪。"

"哦！那个……景辞到底什么来历？怎么会忽然被封作端侯？"

"你这是……在问我？"

"哪里……不对吗？"

"我听说是因为你看上了，打算招作夫婿，皇上才封的侯爵……"

"好吧……"

阿原无奈抚额时，长乐公主忙安慰道："你放心，无论如何，景辞这个人，你不会看错的！我就没见过比你们俩更适合的一对了，何况又有婚约。"

阿原扑哧一笑，说道："可惜因为我逃婚的事儿，皇上说伤了端侯的颜面，要把我们的婚事先放一放。这事儿还得看景辞的意思。"

长乐公主大笑道："这不是他巴不得的事吗？明儿让他自己跟父皇说一声，没有不成的。走，咱们也去瞧瞧那位则笙郡主吧！"

阿原道："喂，我们不是还得查案吗？"

长乐公主拉起她便跑，边跑边道："没事儿，指不定这会儿父皇都把这案子给忘了，不会有人催问。何况，查案再要紧，哪有看美人要紧？"

但阿原还是没能看到那位则笙郡主。

没到建章宫，她们便遇到了原夫人。

原夫人的脸色并不怎么好看，但依然举止端雅、言语温柔，连衣衫发髻都已收拾得齐齐整整，纹丝不乱，再看不出先前与梁帝做过怎样的好事。她向长乐公主行礼后，便拉过阿原的手，说道："皇上那边正有事儿，我们先回府吧！"

阿原道："我还要查案呢！"

原夫人道："皇上的建章宫里，有你要查的案子？"

"……"

阿原无言以对。建章宫里当然没有案子，但有景辞，还有景辞匆匆赶去看望的则笙郡主。

长乐公主向原夫人翻个大白眼，也懒得跟她说话，只跟阿原挥手道："你先回吧，改天我去找你。"

她唤了侍儿伴着，整整衣襟，径自走向建章宫，却也不失公主的气派。

原夫人看她潇洒离去，方问阿原："往日你们见面就是针尖对麦芒，怎么忽然间就好得蜜里调油了？"

阿原道："大概是因为我如今对谢岩没兴趣了吧？"

原夫人似被噎了下，低叹道："我是真心不晓得你这孩子怎么想的。论性情、论门第、论才识，谢岩哪样不是最拔尖儿的？便是以前……难得他一心待你，你也跟他亲近，看着分明是天作之合，可我再怎么一心成全，你都不肯答应。"

阿原才晓得谢岩竟是原夫人心中的佳婿人选，怪不得原夫人当日会一改平日的温文尔雅，不惜与长乐公主起正面冲突，也不肯让她坏了女儿和谢岩的好事。

如此看来，长乐公主的百般提防，倒也不算多心。

对母亲的一片心意，阿原只得干笑道："谢岩的确不错，但我看着景辞更好。母亲是过来人，自然也懂得，情人眼里出西施。"

原夫人仿若在轻笑：于是，他在你眼里，没一处不好？"

阿原道："也不是……他那性情，其实算不得好。不过也无妨，相处得久了，自然会习惯。"

原夫人轻叹道"他若真心待你，性情再不好，待你也会好，不会委屈你去习惯他。"

阿原怔了怔，说道："我的性情，似乎也不大好？"

原夫人道："你从前的性情不大好，如今的性情……很好，但我宁愿你性情不好。"

阿原悟了过来："母亲这是……怕我被景辞欺负？放心吧！景辞不会欺负我，我也不会让人欺负。母亲你必定没看到我将萧潇追得上天无路、下地无门的模样！"

原夫人不答。

出了宫，原夫人的车辇正在宫门外等候。侍女扶原夫人上了车辇，正待去扶阿原时，阿原已轻盈地跃了上去，顺便撮口为哨，呼唤小坏。

小坏远远听见，立时越过高高的宫墙飞来，在她们头顶盘旋着。它的身姿矫健而灵巧，让铅云密布的阴沉天空顿时为之一亮。

原夫人不禁向小坏注目，低赞道："好漂亮的鹰！好漂亮的……天空！"

阿原不解："这天空……漂亮？"

原夫人道："因为鹰在飞吧！鹰有翅膀，飞得出这皇宫，飞得出这京城……"

她的声音充满无限萧索，随后，她默默坐入车内，垂下了眼前的锦帘。

阿原不解其意，随之入内坐了，纳闷地问道："母亲不喜欢这皇宫、这京城？那也不难，咱们大可像贺王一样，到沁河之类的地方购一处别院，闲了就过去住上几个月，又清静，风光又好，觉得闷了再回京来，岂不逍遥？"

原夫人道："哦，贺王这算是逍遥了吗？"

"贺王……"

阿原噤声，眼睛一眨不眨地瞧着原夫人，却看不出母亲安静从容的眉眼下，藏着怎样的心思。

原夫人沉默片刻，忽道："阿原，王则笙是赵王王榕的女儿，此次过来，说是郡主年少，想到京中见见世面，实则朝中上下都明白，王榕把他的独生女儿送来，是打算作为人质，安定皇上的心。"

阿原一惊："人质？"

原夫人道："皇上虽登基为帝，但河东晋王一直想光复前朝且兵强马壮，实力与大梁不相上下。去年北方的燕国诸皇子争位，燕国大乱，晋王趁机攻伐燕国。见晋国移兵北线，皇上也跟着发兵袭晋，不料晋人狡诈，地处梁、晋、燕三国中间的镇州的赵王又暗中相助晋国，皇上又抱病在身，才会无功而返。"

阿原早听说过梁帝伐晋失败的事，忙问道："这么说，兵败也与赵王有关？那皇上怎么不问罪赵王？"

原夫人叹道："赵王虽接受了皇上的册封，但他本是世袭的成德节度使，几代驻守镇州，虽喜文厌武，当地的部将百姓却依然奉他为主。何况镇州地处三国之间，若被逼得狠了，必会投向晋国或燕国，于梁国更加不利。皇上权衡之下，虽派人问责，却也留了余地，赵王也知趣，将则笙郡主和两名大将之子送来京城当人质。"

阿原沉吟："但我瞧着，皇上好像对则笙郡主的到来很看重，并不像对待寻常的人质。景辞和谢岩一听说她来了，也赶着去看望。"

原夫人眼神一恍惚："谢岩……当然会去看望。他的母亲和二姨，当年也是被王家送来的镇州女子。那时王榕年少，镇州掌权的是他母亲景太夫人，故而被送来联姻的，是在景太夫人跟前长大的两个侄女。"

"联姻？"

"姐姐嫁给了出身名门又极有才干的谢瞳，妹妹则嫁给了梁王。"

"也就是嫁给了……皇上？可我听说故去的元贞皇后姓张。"

"对，元贞皇后张惠是皇上的结发妻子，美丽贤惠，见梁王痴迷景二小姐，景太夫人又不肯委屈侄女为妾，张惠便主动让出王妃名位，让梁王以妃礼迎娶景二小姐，情愿屈居其下。可惜没两年，景家姐妹先后逝去。梁王伤痛之余，又是张惠细心陪伴开解，故而梁王对她一直很敬重，登基后自然封她为皇后。"

阿原不由点头："有这层关系，难怪皇上对王家格外宽仁……如今赵王把则笙郡主送来，是仿照当年之事了？那郡主多大年纪？皇上难道打算纳她为妃？"

原夫人摇头道："也才十七八岁，娇花似的年纪。皇上也想拉拢王榕，应该不会委屈她，必定把她许配给哪位皇子。"

"会是哪位皇子？"

"不知道，多半还是要看则笙郡主和……"

原夫人忽然顿住口，没再说下去，目光沉沉地凝注于阿原的脸庞。

阿原摸摸自己的脸："脏了？"

原夫人眼底晶莹，手指温柔地抚她的面庞："嗯，猴子似的乱跑，瞧这脸颊，哪里蹭的灰？"

阿原笑嘻嘻道："可能在湖边蹭的，那里有点脏。"

原夫人笑着点头，趁着阿原抬袖擦那根本看不见的灰尘时，悄悄拭去了眼角的湿润。

而阿原没顾得上细问则笙的终身大事，除了她自己，还得看谁的意思。

大概是梁帝吧？

反正则笙要嫁的是皇子，与景辞无关，也便与她无关了。

长乐公主未必对贺王案有多大兴趣，尤其猜到薛照意等人的背后，可能跟她的三哥郢王有些关联，更该退避三舍。她虽是随着父亲的称帝才成为公主的，但这些年眼睁睁地看着前朝覆灭，看着诸兄弟明争暗斗，深知其中的利害关系。稍有不慎，即使是帝子皇孙，同样斧钺加身，万劫不复。

可如果要论起色胆包天，除了当年的原大小姐，还真没一个敢与她比肩的。

她需要找个光明正大的理由把谢岩拖在身边。谢岩原本打算不理，却见阿原不知死活地跟在她身边，不得不忧心这二位联手会闯出什么无法收拾的滔天大祸，便只得跟着她们，准备收拾烂摊子了。

虽说谢岩、慕北湮都与当日的原大小姐纠缠不清，惹出很多闲言碎语，但难得他们之间全无芥蒂，还因此交情匪浅，出入彼此府第跟行走自家后院没什么差别。

因此，慕北湮虽还在回京的路上，谢岩也能轻易地从贺王府问到靳大德的住处，并很快得到其家人的信任。

靳大德虽好色无德，但对家人照顾得很是周到。老母、妻子和四个儿女住在一处前后三进的宅第，并有三四个仆人供使唤，称不上大富大贵，也算得上富足小康。

但如今，他们家的仆人一个也没了，靳大德的老母亲和小儿子都病着，正请医服药。

他妻子龚氏垂泪道："那晚忽然来了一群人，把我们都抓了，又当着我们的面，把我们四个侍仆的头都割了下来，说如果不听他们的，就是我们的下场。后来，我们被押到一个小屋子里关了两日，前天才放出来。我婆婆和孩子都被吓到了，病到如今。"

长乐公主问："可记得抓你们的人是什么模样？被关押的屋子又在哪里？"

龚氏摇头："他们都蒙着脸，又凶神恶煞的，谁敢细看？我们被蒙着眼睛扔在一辆马车上送到那屋子，也不晓得那是什么地方。"

阿原问："马车有没有什么特征？比如，有没有什么特别的气味，陈设、被褥之类又是什么材质的？一路又走了多久？"

龚氏道："大概也就行了半个时辰吧？应该没有出城。褥子很旧……有股血腥味。"

长乐公主叹道："他们刚杀了人，指不定你们身上都溅到了血，自然有血腥味。"

旁边靳大德的一个女儿忽然道："我闻到了醋味。"

几人便都望向那个十五六岁的少女。

少女生得甚美，眉眼间尚有浓浓的稚气，但应该已听说父亲出事的消息，双拳握得紧紧的。她道："娘说他们是坏人，怕他们欺负我，把我藏在最下面……我的脸贴着褥子，闻到了醋味。那垫褥应该很脏，不像是用寻常的羊皮或兔皮所制，倒像是虎皮或豹皮。"

长乐公主啧了一声："你看不到，居然认得出那些皮毛？"

少女道："爹爹从前常带我到王府去。王爷和小王爷屋里都是虎皮的垫褥，我听爹爹说了，曾仔细地摸过闻过，记得那感觉。"

她想了想，又道："那屋子外面应该有梧桐树。他们虽然把门窗钉死，但我看到屋角有梧桐的枯叶。"

长乐公主不觉看向谢岩，轻叹道："线索……居然还不少。"

谢岩沉吟道："这数十年来战乱频起，诸国重武轻文，公侯将相往往以猛兽的皮毛做装饰或垫褥，马车中有此物并不奇怪。既然用来抓人，自然是比较脏旧的马车，不会是正主儿素日所乘，指不定是替换下来的闲置马车。"

长乐公主道："褥上有醋味，莫非是厨房所用？"

谢岩道："如今各处的马匹基本被征为军用，即便是将相之家，也不可能有太多闲置的马匹。若是用于厨房采办，必会惹人非议。"

长乐公主叹道："那这个范围有点儿大……如今正是用人之际，我若敢一家家去搜查那些贵人的马车，父皇大概会拧下我的脑袋，看看里边装的是不是水。"

阿原悄声道："不是水，是谢岩！"

长乐公主嫣然一笑，看向谢岩时越发含情脉脉，于是谢岩的脸色便越发不太好看起来。

那少女低头想了想，忽道："还有件事，不晓得算不算线索。"

"什么事？"

"我们被放回来后，并没有看到那四名仆人的尸体，连鲜血都被打扫干净了……但我家屋后的那株老槐树下面的泥土，好像被翻动过。"

"……"

差役们很快把老槐树下的新土挖开，刨出了里面的四具尸体。

确切地说，是四具散发着臭气的无头尸体。

龚氏等人早就躲到院内，惊惧地哭成一团，不敢出来看上一眼。

依然是那个少女走过来，仔细辨认一番，说道："从身材、衣物来看，就是我们家被害的那四名仆人，不会有错。"

她甚至还往刨出的大坑里探了探脑袋："他们的头颅呢？"

谢岩低叹了一声。

阿原则拍了拍少女的脑袋，问道："你叫什么名字？"

"靳小函。"

"好，靳小函，真是怪有天分的。以后若有机会呢，不妨也去当个女捕快什么的，必定不会比那些男人差。"

"他们的头颅呢？"靳小函执着地追问，黑白分明的眼睛紧紧地盯着阿原。

阿原迟疑片刻，答道："我不知道。但我猜，应该在沁河。八成有人拿了这四颗脑袋去告诉你爹，你们落在他们手里了，若不听话，你们也就是这样的下场。于是……你爹死了。"

"就是……这样？"靳小函的目光从阿原转向谢岩，向他们少主的好友求证。

"大致就是这样吧！至于这些人是谁，目前并不清楚。"谢岩眸光暗沉，拍了拍靳小函的肩，低声道，"你只需记住，你爹爹的死与言希公子或小贺王爷无关。相反，有人想利用你们，继而利用你爹爹去害贺王、去害贺王府的公子。"

靳小函仿佛听懂了，又仿佛没听懂，定定地看着地上腐臭可怕的无头尸，眼圈慢慢地变红了。

长乐公主捏着鼻子在墙边来回走了一圈，忽然蹲下身子从挖出的泥土里拣起一样小小的东西，抬头笑了笑："这个……也是巧合？"

她的掌心里，是一小片松子壳。

阿原抬眸："公主，郢王是你哥哥，对不对？你得空去他府里逛一圈儿，顺便查看一下他家的马车，应该没太大问题吧？"

日光透过槐树枝叶筛下，她清丽的面庞被铺了一层亮亮的光芒，笑容越发如珠宝般璀璨明亮起来。

考虑到那块郢王府的令牌，郢王无疑最可能是薛照意等人背后的那个人。但除此之外，并无其他证据。说书人张和居心叵测，并不排除是他刻意嫁祸。若能循着马车这条线索追查，最终查清的，或许不仅仅是贺王一案。

但郢王是皇子，可能继位为帝的皇子……

长乐公主踌躇片刻，揉着额头道："我跟三哥也不怎么亲。他说我不像女人，我说他不像男人……不过你跟他熟，若你张口说要到他府上住几晚，他绝对欢迎！"

"我……"

阿原不料郢王竟也是她往日的入幕之宾，顿时傻眼，好一会儿，方道："若我去了，端侯会不会拧下我的脑袋？"

长乐公主拍手笑道："会！而且我敢肯定，他会觉得你脑子里装的不仅有水，还有屎……"

谢岩皱眉道："都别闹了！你们俩都别插手，此事我回头再与景辞商议商议。"

阿原不觉看向端侯府的方向。她和长乐公主出门前，把她们的行踪同时遣人告知了景辞和谢岩。

但谢岩来了，景辞一直没来。

则笙公主被安排在林贤妃的怡明宫暂住。

阿原本来没觉得这事儿跟自己有什么太大的关联，但连着数日想去见景辞都落空了。

遣人去端侯府问时，景辞要么在怡明宫，要么在前往怡明宫的路上。

阿原渐渐有些不安。

趁着长乐公主前来跟她商讨案情，阿原问："端侯是不是跟则笙郡主很要好？他一个外臣，居然也能时时出入怡明宫？"

长乐公主愤愤道："就是！那个王则笙很会来事，不时把景辞和谢岩请去叙旧，半点也不避讳！可恶的是，父皇还说他们是亲戚难得相见，不许拦着！景辞是在镇州长大的，据说跟王则笙是自幼相识的青梅竹马，倒也罢了，谢岩都没见过她，也不知拐了多少弯的亲戚，拉着他干吗？真是可恶！"

阿原猛又想起幻象中少女清脆亲昵的呼唤。

"景哥哥，这鹰好看！给我玩好不好……"

那少女难道是……王则笙？

她的心头忽然间被人揉搓般闷闷地疼起来，也便闷闷地问道："他忙着陪则笙郡主，不想救左言希出狱了吗？"

她曾以为左言希是景辞心坎上的，看来她错了；后来她认为自己才是他心坎上的，难道……也错了？

长乐公主也关注着此事，皱眉道："这事儿我跟谢岩打听过，好像他们求过几次了，皇上不允，叫人继续搜查那个姜探的下落，要弄清二人间到底是何关联。不过左言希好像换了间单人牢房，暂时不至于受罪。"

阿原晃了晃脑袋，努力晃去满怀的不适，又问道："上回托公主安排我查阅当日我遇劫时的卷宗，有回音了没？"

长乐公主低着长长的黑睫，半晌才道："没有父皇的旨意，我也不好冒失地去让刑部给我们拿卷宗。本来指望谢岩的，可你瞧，谢岩被那个刚来的小妖精给迷住了！"

阿原沉默了。

这几日她们一直安排人手留意王公大臣的宅第，也曾亲自赶到大臣上下朝必经的道路，看有没有破旧马车来往。期间倒也有觉得可疑的，拦下来看时，不过是穷酸些的大臣，无力置办上等的车驾而已。

当然，更穷酸的是乘二人小轿的，以及步行的。

可是，那些被冒然拦下的臣僚们并不觉得自己穷酸。发现拦自己的是长乐公主和原大小姐时，有清正的不屑而去，也有想入非非的，不敢高攀刚硬强悍的长乐公主，得闲不免多到原府门口转悠几回，于是很快便有原大小姐故态复萌的流言传出。

唯一的好处是，经过这些日子的相处，加上景辞去怡明宫常会拉上谢岩，长乐公主跟她同仇敌忾、休戚与共，终于彻底抛开了往日那些恩怨，化敌为友。

见阿原发愁，长乐公主安慰道："无妨，改天贺王出殡，景辞总会出现的。"

贺王案最终的定论是，凶手薛照意，帮凶靳大德，两人因奸情谋害主人。

于是朝野上下，无不惋惜，贺王戎马倥偬一生，最后竟死于奸诈的仆人与宠妾之手，着实不值。

梁帝痛失心腹爱将，哀悯不已，早就下诏厚葬，并让其独子慕北湮承袭贺王爵位，以慰老贺王在天之灵，以安其部属伤痛犹疑之心。

出殡之日，阿原一身素服，带着小鹿早早赶到，便见慕北湮守于父亲灵前，还照应着来往宾客，很是辛苦。

说来，慕北湮天性放浪不羁，从不理会家中事务，如今父亲遇害，害人的又是府中分别主管内外事务的薛照意和靳大德，唯一的义兄又被押在狱中，悲痛之余，也难免忙得焦头烂额。不过，他虽然苍白瘦削了许多，神色倒还镇定。他的一双桃花眼依然像猫儿般流转，却不再是引得万树花开的媚意悠悠，而是潜于暗夜寻找猎物般的寒意凛冽。

见阿原来得早，他面上的阴冷才散开了些，说道："来得正好。我请了同族的两个姊子照管，但府里的下人骄纵惯了，未必肯听命，你去帮着些？"

阿原怔了怔："怎么帮？"

慕北湮道:"我们家的人,要么是从过军的,要么是亲友从过军的,所以我先前已吩咐过,父亲丧事期间,府里就照军营的规矩来,不听吩咐的,一律棍棒伺候!你拿不来棍棒,刀剑伺候也无妨。"

阿原笑道:"好。反正我名声坏,不在乎更坏些!"她拍拍他的肩,柔和了声音道,"还有太多的事需要处理,你也要节哀顺变,好好保重自己。"

慕北湮握住她的手腕,定定地看她片刻,唇角弯出一抹细微的笑,轻声道:"会的。"

阿原到后面帮忙照看了一圈,发现慕北湮并不是传说中的那般平庸无能。

一下子接手偌大的府第,又得操办贺王的丧事,大小事务繁琐至极,但他已基本安排停当,府中众人各司其职,并无想象中的混乱。

但贺王的丧事震动朝野,前来吊唁的宾客极多,迎来送往之际,不时有临时性的调度安排。被慕北湮请来管事的慕五婶、慕七婶精明能干,但到底不是贺王府的人,且都是中产之家,不比贺王府豪富,贺王府有些资历的家人便不太将她们放在眼里。嫉恨不平之余,偷懒拖延还算是好的,还有几个故意对着干,存心想看二人丢脸。

无非自认为是贺王府的老人,抱怨少主人放着他们不用,请了两个外来的女流之辈管束他们,失了颜面。

阿原留意着,帮五婶、七婶喝斥过几回,见还有人阳奉阴违地故意捣乱,遂看准其中闹腾得最厉害的,抬脚将其当胸踹倒,先将其踢得嗷嗷叫唤,再一扬破尘剑,雪白冰寒的剑锋便抵到那人的脖颈。她道:"想逞能也不看看时候!不以大局为重,不把小王爷放在眼里,让老王爷的丧事出乱子,能耐越大越添乱!"

原大小姐出身高贵,再怎么声名狼藉,从前跟小贺王爷的关系无人不知,倒也无人敢对她无礼。但她一改往日的温婉,忽然间如此勇悍,倒是惊倒了一堆人。

那人兀自不服,吐着被踹出的鲜血叫道:"我对老王爷一片忠心,到头来却受妇人之气,天理何在?王爷、王爷,早知如此,老奴还不如追随而去,省得受这些气!"

"现在追随,也不晚呀!"阿原笑着,令人立时将其送到慕北湮处,让小鹿传话道,"这个人一心殉主,请贺王成全吧!"

慕北湮听闻,不过冷冷扫了一眼,随手将佩剑掷下:"难得你忠心,本王自当成全。你的家小本王会代为照料,放心地去吧!"

那人有家有室,衣食不愁,依仗自己跟随老贺王多年便闹腾不已,好叫少主从此更不敢怠慢自己而已,不料竟会弄假成真,一时惊惧得浑身颤抖,哪敢去拾剑?

慕北湮大怒,又一脚将他踹倒,说道:"这就叫一心殉主?欺骗我倒也罢了,连逝去的老王爷也敢欺骗?来人,把他重打五十大棍,关入柴房,等老贺王的丧事结束后再做处置……"

那人在角门处的惨叫还未停歇，原来闹腾的老仆们便已纷纷退散，各自领命做事，再不敢闹出什么事端来。

阿原见一切井然有序，这才放下心来。

但景辞迟迟未至。

不但景辞未至，连长乐公主和博王、郢王等人都没有消息。

眼见快到出殡的时辰，外面才传来略带惶恐的通传："皇上驾到！"

梁帝朱煌竟抱病亲自来贺王府致祭，抚着一同出生入死的爱将的棺木，痛哭流涕。

相随的博王、郓王、均王及长乐公主等人，纷纷在旁解劝，然后一一上香致祭。

景辞居然是随他们一起来的，待诸王与公主祭过，也上前接过下人燃好的香。正待行礼之际，旁边已有一少女靠过来，同样接了香，向景辞看了一眼。景辞略一踌躇，便向一旁退开些，与那少女一齐行礼。

小鹿伸长脖子看着，已经看得呆了，拼命摇着阿原的胳膊，低问道："这……这是怎么回事？这女的哪里冒出来的？懂不懂规矩？端侯是小姐的！是小姐的！"

阿原定定地看着那少女，只见那少女行完礼，若有所觉地转过脸来，目光越过众人，准确地望向阿原。

极美的少女，双眸灵动清亮，睫毛扑闪时仿佛带了晨间露珠的清亮晶莹。

待与阿原目光相接，她莞尔一笑，手臂自然而然地挽住景辞，依在他身畔退到一边。

她裹着一袭素衣，宛若一朵含苞欲放的玉兰花，端的是秀逸出尘，与景辞比肩而立，恰似雪玉琢就的一双璧人，怎么看怎么般配。

她就是……王则笙？

可他们怎能这么亲密？早已定亲的阿原和景辞才应该是一对吧？

景辞显然已注意到阿原和那少女的动静，目光轻轻在二人间扫过，微皱起眉，正准备迈步走向阿原，知夏姑姑不知什么时候赶到了他身边，一把扯住他，低低说了句什么。景辞顿了顿，向阿原微一颔首以示打了招呼，却缓缓退到后面，越过人群匆匆向外走去。

阿原一努嘴，伸手捂住小鹿喋喋不休的嘴巴，同样绕开人群，从后门绕了出去，跑向景辞离开的方向。

整天跟别的女子腻在一处，着实可恶。但以他的自负，大概根本察觉不出自己的可恶。阿原便不得不免为其难地去告诉他，在她谨守妇道的同时，他也该谨守夫道了。

景辞走得很快，阿原追出去时，他的背影快要消失在拐角处的树荫里。

所幸护送梁帝前来的宫廷侍卫虽多，大多认识原大小姐，并不拦她。她甚至看到萧潇扶着剑柄立于众侍卫间，正若有所思地望向她，面上隐有忧色。但阿原急着去追景辞，已顾不得萧潇眼神里的异样。

沿着五色鹅卵石拼就的小道，她正准备加快脚步时，前方树丛中人影一闪，伴着一道剑光直向面门而来。

阿原骇然避开，正要拔剑对敌时，对方已然收手，嘲讽地盯着她。

覆住半边面庞的银质面具，在剑风荡起的荼蘼花瓣里散着冷冷的金属光泽。知夏姑姑眼里的光芒，则比金属更冷更凛冽。

她道："原大小姐，不用追了。端侯要处理他自己的事，与你无关——他的事，从来都与你无关！"

阿原已见惯她横眉怒眼的模样，懒懒地扫过她，说道："他的事是否与我有关，你说了不算！连他自己说了，都不算！"

她迈步又往前行去，知夏姑姑再去相拦时，阿原脚步错开，虚虚地晃了晃身，便灵巧地飞快掠过她，继续向前行走。

知夏姑姑气极反笑，一面继续阻拦，一面喝道："我说了不算，他说了也不算，却不知皇上说了算不算？"

阿原不由地回头看向她："皇上？皇上的赐婚，自然是算的。"

知夏姑姑冷笑道："皇上赐婚不假，可原大小姐逃婚也不假。既然原大小姐不把这婚约当回事儿，皇上收回成命，于情于理，都是无可指摘的吧？"

阿原不由得心头紧了紧。

旁边已有少女轻笑道："姑姑，你在这里做什么？把我景哥哥拐到哪里去了？"

那声音清脆而熟稔，那声景哥哥，更是和幻境中一样刺耳。

在阿原的幻境里，是同样声线的少女在讨鹰："景哥哥，这鹰好看！给我玩好不好……"

景哥哥，景辞？

鹰，白色的鹰，她的鹰？

阿原猛地转头，盯向王则笙，盯向这个带着几分天真笑容徐徐走近的俏丽少女，脑中似有激浪翻滚。不知多少早已隔绝的人或事在喧嚣着，一波波海浪般汹涌，似随时要呈现到她眼前，又似化作了无底深渊，呼啸着要将她席卷而去。

她终究什么也抓不住，只能勉强弄清，王则笙的确与景辞相识已久，很可能曾向景辞讨要过她的鹰。

王则笙的身后，伴着一个浓眉大眼的年轻男子。阿原方才见他拜祭过，便认得他是梁帝的次子，博王朱友玟。

阿原定定神，直接无视了王则笙，只向博王行礼道："阿原见过博王殿下！"

博王笑了笑："清离，都不是外人，不用客气。"

阿原早就听说博王虽不是梁帝亲生，但博才多识、礼贤下士，颇得梁帝和群臣赞誉。听博王的口吻，从前的原大小姐与博王也应该熟识，但眼下阿原对博王毫无印象，听他言语温厚亲切，微笑点头，说道："阿原有事想去找端侯商议，所以冒然出来。博王殿下这是……"

博王向王则笙一指："则笙郡主见端侯离开，也说要出来透透气。"

王则笙年少貌美，未来将嫁给大梁的皇子，身后又有赵王兵马的支持，博王关切王则笙当然是顺理成章之事。

阿原道："那殿下就陪着则笙郡主吧！我要去找端侯了，失陪！"

她转身要离去时，知夏姑姑忽然扬声道："则笙郡主跟端侯是自幼一起长大的青梅竹马，不仅门当户对，容貌性情也异常般配，这样的天作之合，并不是旁人想拆就能拆得了的。"

阿原闻言，不由驻足道："天作之合？我怎么听来听去，都像是人作之合？这是知夏姑姑一人的意思吧？"

博王立于一旁，依然唇角含笑，温和地道："知夏姑姑向来稳重，当然不会认为自己是天。"

阿原道："也不一定，连主人的婚事也敢插手，看来真以为自己是天了！"

博王抱着肩道："首先，她得上得了天……"

阿原忍不住笑了："即便是她上得了天，也管不了我跟端侯的事儿！"

眼看着景辞走得远了，再也追不上，她索性走到知夏姑姑的面前，直视着她道："知夏姑姑，你给我记好了，端侯是我的人，我一天不放手，天说了都不算！"

她的唇角弯了弯，凑到知夏姑姑的耳边，冷冷道："所以，管不管端侯的事，谁说了都不算，我说了算！"

阿原的眼眸又黑又亮，似敛了满园的荼蘼春色，张扬美丽、动人心魄。

知夏姑姑倒吸了口凉气，指着她道："你……你还真反了天了！"

阿原笑道："过奖，过奖！我只反你，不反天！"

她退了两步，待要离去时，一直旁观的王则笙忽然轻笑道："可我只知道，这一向，景哥哥的事，你说了不算，但你的事，景哥哥说了算。"

王则笙笑得双目如弯弯月牙，越发多了几分娇憨可人，惹人怜爱。但她的眸心深处，却藏有跟她的笑容绝不相称的尖锐。她叹息般笑道："听知夏姑姑说起你如今的模样，我还不敢相信。原来，你真的跟换了个人似的。话说，以前你说景哥哥在乎你，我信，如今，景哥哥若还在乎你……你当他眼瞎？"

　　阿原瞪她一眼，走到博王身畔，轻轻拍了拍他的臂膀，低笑道："博王殿下，听说郡主会嫁给某位皇子？瞧瞧这性情、这教养，博王……你得自求多福了！"

　　博王显然很中意王则笙，虽然对知夏姑姑将王则笙与端侯撮合在一起大是不满，却不肯说王则笙的不是，只微笑着不说话。

　　王则笙睨着阿原，笑道："博王怎么会娶我？你当他眼瞎？"

　　阿原被噎住，博王虽然性情好，也被呛得作声不得，瞅了一眼王则笙纯真无害的笑容，转身走回灵堂。

　　王则笙若无其事地问知夏姑姑："景哥哥哪去了？"

　　知夏姑姑亲昵地握住她的手腕，虽嗔怪她对博王出言不逊，却半个字也不曾责怪，反而温言安慰道："听闻他那个关在狱中的好友有急事找他。你不用管，反正他办完事就会去怡明宫找你。放心，他懂你的心意，你当然也明白他的心意。他会向皇上请求，将你俩的事安排妥当……"

　　阿原一听便知是左言希有事将景辞请了去。但左言希人在狱中，怎么会那般巧，恰在这时候派人找景辞？难道是知夏姑姑故意引开他，不想阿原见他？

　　阿原踌躇片刻，跟着博王返回灵堂。

　　景辞已经追不上，刑部又不是沁河县衙，她没办法跟着景辞进刑部大牢，便只能先帮慕北湮处理好老贺王的丧事，再去找景辞。

　　若景辞有心跟王则笙在一起，或许，她也该考虑下景辞的丧事了……

　　贺王风光大葬后，贺王府也似乎恢复了往日的平静，连当日的小贺王爷慕北湮在继承贺王之位后都安稳许多。有对他们父子心怀不满的，想趁着老贺王倒下，顺便把小的也整倒，一时居然无机可乘。

　　不管贺王一案背后还有多少难以言说的秘事，如今也只能装作一切尘埃落定。

　　因阿原着实帮了不少忙，慕北湮甚是感激，待府中诸事完毕，便找阿原致谢道："这几日算是我欠了你的情，谢了！"

　　阿原心念一转，笑道："若真谢我，不如帮我个忙。"

　　"什么忙？"

　　"你在刑部有没有认识的人，帮我找一下刑部的卷宗，关于我被劫杀的那个案子。"

　　慕北湮怔了怔："这案子……卷宗不难找吧？你母亲若开口，刑部那几个官儿会屁颠屁颠地直接送到你府上。再者，谢岩是刑部员外郎，上下都熟得很，带你进去查下你自己的案子，好像不算什么事儿吧？”

阿原皱眉道："母亲为我的事估计也头疼了很久，好不容易安生下来，不想让她知道我还在怀疑这件事。至于谢岩，天天跟着景辞去怡明宫，把长乐公主都看得急了，差点天天奔怡明宫堵人……话说，如今我的原府好像冷清得很。"

慕北湮沉默了片刻，笑道："没事，我回头天天去瞧你，就不冷清了！既然谢岩忙，我带你去刑部吧！"

慕北湮虽然行事风流荒唐，但人脉甚广，素日一同游玩的贵公子都是高门子弟，多在各处衙门任职，何况他如今继承王位，虽无父亲庇护，一样地位尊崇，故而刑部官吏很快令人将大堆的案卷搬到他们跟前，让他们慢慢阅览。

慕北湮拍着半尺来高的案卷，惊叹道："你这案子……居然留下这么多记录！要不要叫他们替你预备晚膳？"

阿原坐下翻阅着，抚额叹道："只怕还得预备消夜……"

慕北湮的目光扫过卷宗，看向阿原专注的面庞："其实，最重要的是，你已经回来了，健健康康的，其他都不打紧。我想长乐公主他们懒得领你来看，大概也是这意思。"

阿原头都没抬，说道："贺王遇害，凶手伏法，同样也结案了，你会就此罢休吗？"

慕北湮愕然地盯着她，一时无法作答。

阿原便继续翻阅着如山的卷宗。

她的容貌清美，五官好看得无可挑剔，依然还是慕北湮熟悉的旧日模样，但她成为阿原后，美则美矣，眉眼间再不曾有过原大小姐那种迷失于浮华时浅醉般的媚态。那等媚态含有高门贵女的才情与骄傲，色不迷人人自迷，即便轻嗔薄怒，也能令人神魂俱荡，难以自持。

慕北湮没办法评判阿原和当日的原清离哪个更美。眼前的女子目光澄明专注，举手投足静若青莲，淡若白梅，神姿高彻，通身气度出尘绝俗，超逸湛然，明澈得似月夜里的瑶瑟朱弦上轻轻奏出的一支名曲，让人痴醉向往，却不忍亵渎。

慕北湮静默片刻，坐到了她的对面，低声道："阿原，我帮你查。"

原大小姐遇劫案听着并不复杂，出事后的第二天，被劫走的原大小姐便被救了出来，劫他的匪徒也尽数落网。卷宗之所以特别厚，是因为原府遇害的随从相当多，连两名侍女在内，共十一人被杀，而不久后落网的匪徒也多。以原夫人的能耐，官府也不敢怠慢。凶徒固不必说，从被害人的亲友到凶徒的亲友，每人都有一大叠证词。

被害人的亲友多是原府的人，证词大同小异。随从们提前便被告知将随大小姐前往端侯府，第二日收拾得齐齐整整，欢欢喜喜去未来的姑爷家，然后……被砍得七零八落横着送了回来。

劫杀原大小姐的匪徒是京城里的一伙游手好闲的无赖，素日里欺男霸女，劣迹斑斑，各自身后都有一堆案底。但他们原先所犯的，多是些偷鸡摸狗的小案，且有着市井无赖的共同点：贪财好色、欺软怕硬、刁猾强横，但横过他们的或有官府背景的，根本不敢招惹。谁也没想到他们会打原大小姐的主意，更没想到他们吃了熊心豹子胆，劫了原大小姐不算，还杀了那么多人。

阿原越看越感到奇怪，将最终的结案文书找出来看，发现那群人只是偶尔听说原大小姐去新姑爷家，晓得原府大富大贵，原家小姐美色无双，一时垂涎动了邪念，才会结队前去打劫车队，并劫走了原大小姐。

原大小姐孤身落入一群无赖手中，居然不久便自己逃了出来。官府搜山不久便找到了昏倒的原大小姐，随即劫车的匪徒也被杀或被抓，一个都没能逃脱。被活捉的五名匪徒，包括领头的无赖裘四在内，都招认了劫人之事。

但他们只招认打倒原大小姐的随从、劫走了她，并抢走了她随身的金银首饰。

再怎么刑讯逼供，他们都不肯承认杀害了原府的十一名随从。不久后，五名凶犯先后病死或自杀，但此案证据确凿，不容抵赖，眼见梁帝催问，刑部、大理寺诸臣共同商议后，决定将此案以杀人劫财定性结案。

阿原掷下卷宗，问道："我以前找随从，是不是只看长相？十一名随从，就这么被一群从没杀过人的市井无赖撂倒了？连个活口都没有？他们……得文弱成什么模样？"

慕北湮摇头："喜欢原大小姐的人有多少，憎恨原大小姐的人就有多少，所以你养了十六名身手相当不错的侍卫，轮班保护自己。那次去端侯府，是你素日出门的标准配备，八个侍卫、两个侍女，外加一个车夫。这些侍卫都曾受你母亲身边那个叫廿七的高手调教，虽说不上以一当十，但想放倒三四个普通的壮汉应该不在话下。"

阿原又去翻案犯的卷宗："那就是这些无赖都经过专门的训练，身手更高？"

"他们身手平平，欺负老弱妇孺还好，遇到原府侍卫，根本不可能占到便宜。"

"那这些证词和供词都是什么？"阿原一页一页地翻着，"双方数量相当，但实力悬殊。这些市井无赖是怎么做到把他们打倒或杀害的？既然这些匪徒如此厉害，我当初又是怎么逃出来的？"

慕北湮拍着手边的卷宗，叹道："我不知道。不仅你疑惑，当时我们以及负责此案的大理寺、刑部官员也疑惑得紧。但那几名无赖的口供一致，他们好像很轻易就将原府的侍从尽数打倒在地。他们带原大小姐上山时，原大小姐忽说要解手，几个人看她进了旁边一处草丛，忽听到一声惊叫，赶过去看时就没了原大小姐的踪影。"

阿原道："难道你们没觉得这其中有太多不合情理的地方？在天子脚下行凶，就为劫个美人？为劫个美人杀了那么多人，结果还让美人从他们一群人的眼皮子底下跑了？这也太不可思议了吧？"

慕北溟道："的确疑点重重。可当时你正昏迷不醒，大伙儿便都只记挂着你什么时候能醒过来，即便是大理寺那些办案的官员，也盼着你赶紧醒来，当时是怎样的情形，就能真相大白。谁知……"

谁知原大小姐醒是醒了，却连自己是谁都不知道了……

阿原往前翻着，问道："那后来就没继续追查吗？就这么……结案了？我母亲也没意见？"

"怎么会没意见？平时性情那么好，你昏迷那几天，她听大夫说你可能醒不过来，把大理寺、刑部那些前去探望的官儿骂得抬不起头来。后来你醒了，她又亲自来过刑部查看卷宗，还见了为首的人犯，但也是无功而返。随后，你便逃了，她也就顾不上这案子，由得刑部结案了事。"

"我好像听说，谢岩后来也查过这个案子？"

"谢岩一直在刑部挂职，平时虽不管事，但对于你的案子，他可没闲着，从头到尾都在盯。据说就是因为他盯得太紧，那几名凶犯才会惊惧自尽。"

"胡说！"

阿原不以为然，继续阅览案卷。

慕北溟翻看案卷的手却忽然顿了顿，沉吟道："好像那几名案犯都提到在作案的前一天，他们曾在外喝花酒，逍遥了整整一夜，乌六付的银钱。"

"乌六？"

"和裴四一样，算是这群无赖中拔尖儿会闹事的地头蛇。官兵搜捕那天，他在奔逃中掉落山坡摔死了。"

"哦，出去喝花酒……不奇怪吧？犯案前先享受一回，即便是被捕被杀，也不枉来这世上走一遭。"

"可有个案犯供词里提到了他们喝花酒的地方是芙蓉院。芙蓉院是京城最有名的妓院之一，这花酒的开销可不小。这么多人，大概一晚上能花掉一个中产人家十年的积蓄吧？"

作案前一天的事，供词里大多一带而过，阿原并未留意，慕北溟大概也不会太留意，但他时常混迹花街柳巷，各处青楼都很熟悉，供词中忽然出现芙蓉院，难免多看两眼。

阿原还是疑惑："这说明什么？那个乌六……很有钱？"

"四处讹钱为生的无赖而已！"慕北溟将一份证词递给阿原，"他母亲在证词里大骂儿子不孝，说病了半个月，不但没钱抓药，连粥都没得吃了。保长也证实，他老母靠亲友和邻居接济，才能勉强糊口。"

阿原道："也就是说，乌六是在出事前忽然有了一大笔钱？"

"而且没给他老母，至少是没来得及给他老母。"慕北湮的桃花眼里又开始有灿亮如星的光华悠悠流转，看着便似有了几分笑意，"他犯事前几天曾回去过，因为还想着卖掉家里仅剩的三亩薄地，被他老母打了出去。"

阿原忙接过那证词看，边看边叹道："这些证词，为什么当时办案的官员没注意到？"

慕北湮道："因为乌母人不错，又有病在身，保长和街坊邻居出来做证，是希望能保全乌母，别被不孝子牵连。对于当时正被大量口供和证词淹没的官员来说，这些人的证词都只为了替乌母开脱，跟案子本身没什么关联。"

"决定劫人的是裴四，但最初提议的人是乌六？"

"对！听说，是乌六在酒馆无意听说原大小姐第二天将带着大批珠宝去端侯府，才和裴四商议，决定带人动手。"

"但裴四被他一游说，就决定干这杀人抢劫的勾当？没这么好糊弄吧？如果乌六曾因此事拿过一大笔钱，裴四有没有拿过？"

"于是，咱们重点再研究一下这两个人的资料？"慕北湮敲着厚厚的案卷，低低道，"其实我也一直想知道，那天究竟发生了什么，原清离……到底出了什么事？"

原清离，不是阿原。

那个明媚骄傲、视天下男子为玩物的女子，那个容色若春水、内心如烈焰的女子，那个生长于繁华和喧嚣之中，却始终游离于繁华和喧嚣之外的女子……

但所有的证词和供词里，并没有乌六、裴四出事前得到大笔钱财的记录。

慕北湮沉吟片刻，命人把堂审时负责记录的两名书吏叫了过来。

原清离一案当时闹得很大，两名书吏倒也记得清楚。年长些的书吏答道："其实也曾问过乌六钱财的来历。但乌六抬下山时已经死了，他老母又病得七荤八素，什么都问不出来。想那乌六本就是个街头无赖，花光钱时蹭吃蹭喝，讹到钱时胡吃海喝，到底跟本案没关联，后来也便没人问了。"

"裴四也不知道乌六那笔钱财的来历？"

"乌六当时只跟同犯说，偶尔发了笔小财，请兄弟们出来一起玩乐。抢劫原大小姐的事也是在喝花酒的间隙商议的。裴四据说是听了乌六的话，一时脑热才决定动手，但咬死是原府那些人不堪一击，才被他们轻易地打倒在地，劫走原大小姐。"

年轻些的书吏一直忍不住地把眼睛往阿原身上瞟，闻言谄笑着补充道："他们一直不承认杀人，可这事儿哪里抵赖得了？"

阿原皱眉："那个裴四的家境怎么样？"

老书吏道："看穿着很平常。他是有家小的，听闻入狱后他妻子还曾四处花钱求人，想见裴四一面。这样的重犯，狱卒自然不敢，连饮食都没敢送进去。不过，能在刑部打点，估计家里还有点钱。"

年轻书吏忙道："那裴四的确家境不错，他妻子前不久带了两个儿子搬到我家前面的一处巷子里，刚买了一座两进两出的院子，粉刷一新，收拾得蛮清爽。"

阿原"哦"了一声："但裴四先前所留的案底里，提到裴四好赌，曾因赌债被逼得不敢回家，也提到他惧内，曾因妻子被人索债毒打，带人跟另一帮无赖大打出手，闹得那一带鸡犬不宁……这才一年不到的时间，他妻子就有钱为他在刑部打点，还有钱在他死后买新屋居住？"

慕北湮的手指不由得急促地敲着案卷，说道："所以……不仅乌六拿到了钱，裴四也拿到了，也许还更多？"

老书吏迟疑道："这个……小人不知。"

年轻书吏却不肯错过引起美人注意的机会，赶紧道："提起这事儿，小人倒想起来了，那裴四受刑不过，曾提过是有人给他们钱，让他们劫走原大小姐，再把原大小姐放走。"

别说阿原，就是慕北湮都已失声问道："你……你说什么？"

老书吏忙道："裴四受过一次重刑后的确说过，但说完就昏过去了，等第二天醒来……又翻供了，说是受刑不过才胡说的。"

阿原急问："既然他曾供出此事，当时的供词上可曾记录下来？"

年轻书吏连忙点头："记了，记了！是我亲笔记下来的！"

慕北湮好奇道："有吗？我刚刚好像没注意到……"

阿原忙去翻裴四几次过堂的记录，疑惑道："没有吧？我一页一页看过……"

"我……我来找给小姐看。"

年轻书吏殷勤地上前翻找，很熟练地找到某几页，然后怔住，慌乱往前后乱翻："这供词一份份都粘贴在一起的，怎么不见了？串页了吗？"

老书吏已看出来不对，上前将其中一份供词抽出，看了一眼，失声道："这是……被谁撕掉了一页？"

年轻书吏看一眼内容，忙道："对，就是这次堂审他招认的，但有一页被撕了！"

那页撕得很仔细，内容衔接上也没有明显纰漏，如果不仔细看，根本没法发现边缘残存的纸张。

阿原静了片刻，说道："我本来还真觉得裴四是受不住刑胡说八道。"

慕北湮低叹："现在呢？"

阿原笑了笑，脸色却有些发白："你在想什么，我便在想什么。"

若真是胡说八道，根本不用理会，刻意撕去这一页，才欲盖弥彰。结合裴四惧内、家人在他生前设法营救、妻儿在他死后衣食无忧，连他为何翻供都能猜得出来。

慕北湮看向两名书吏："这些案卷，平时都有谁能拿到？"

老书吏犹豫道："这个难说。从大理寺到刑部，这案子不少官员曾过问，他们都有权限调阅卷宗。"

"大理寺和刑部以外呢？有人看过吗？"

"那就只有原夫人吧！原夫人是亲自过来看的。"

这事慕北湮提过，原夫人不但过来调看了卷宗，还去见了主犯裴四。

慕北湮轻笑道："母女关心，原夫人调阅案卷倒也不奇怪。算了，这事没什么要紧，不必理会，你们也不必在外提起。"

两名书吏领了厚赏，恋恋不舍地退下，室中二人又将案卷浏览一遍，愈觉撕去的那页可疑，一时相对无言，连外面送来的食盒都没心情打开。

好一会儿，阿原方低声道："莫非我母亲知道什么？那个裴四，好像我母亲见过后，他才忽然死去的？"

慕北湮拍了拍她的手，柔声道："并不是忽然死去。据说，是谢岩逼问得厉害，几名案犯才先后自尽或惊吓而死。"

阿原道："先前的酷刑拷问都没吓倒他们，谢岩几句逼问就把他们吓得自尽了？这话你也不信的吧？"

慕北湮道："到底是怎样的真相，咱们可以慢慢查。原夫人向来行事稳重谨慎，不会胡来，你别胡思乱想。"

阿原撑着头叹道："我也不想胡思乱想呀，但总是有些乱七八糟的想法往外钻，拦都拦不住。"

"什么乱七八糟的想法？"

"比如我自身吧，我常觉得我不是原清离，而是全不相干的另一个人。可母亲给我的感觉，明明就是我母亲，她当然也不会认错女儿，我没道理是别人。再比如最近的几个案子，你爹遇害案、宫人落水案，甚至朱蚀案，以及我的案子，看起来各不相干，但我总觉得这几个案子隐约有着什么关联。"

如果松子壳是跟真凶相关的某位所留，至少其中三桩案子有着某种关联。

慕北湮凝视着她，许久方轻笑道："你的确想得不少。不过那几个案子，我也认为没那么简单。谢岩、景辞他们没空，我这闲散王爷陪你查吧！"

阿原的胸口闷闷地抽疼了下，问道："谢岩也是个闲散公子哥儿吧？景辞更是一个需时时静养的闲散侯爷。他们就这么为一个远方来的少女日日忙碌，忙得连跟我见面都没空？"

"那个则筌郡主？"这些日子慕北湮忙于父亲的丧事，并未太过留意，费劲地回忆着，"是不是那天跟端侯一起祭拜的女子？我记得她的模样很寻常。那长相气度，比不上长乐公主，更比不上你。放心，他们俩都不瞎，看不上她的。"

阿原按着胸口叹道："谢岩未必瞎，但我总觉得景辞有点瞎，又或者，是我有点瞎吧？"

慕北湮失笑："为什么这么说？"

阿原道："我其实根本不知道他的来历、他的过去，还有他当日跟我的感情……我什么都不知道，便已认定他是我的良人。如果他不是，岂不是我瞎？传出去得被人笑死。"

慕北湮收拾着卷宗，笑道："没事，他若恋上那个郡主，我便娶了你，不叫人笑你瞎。"

阿原白他一眼："胡扯！"

慕北湮做了个鬼脸："怎么胡扯了？我虽没权没势，但也没爹没娘，爱娶谁就能娶谁。到时咱俩爱怎么玩儿便怎么玩儿，拆了王府都没人管！更妙的是，那些家当够咱俩败上一世了，只要他们打仗不打到京城里来，往后的日子逍遥着呢！走了，趁着这会儿夜深无人，咱们先去见见言希吧！嗯，我还有个兄长，但他也管不了咱们的事儿。"

阿原听他信口胡扯，不由啼笑皆非，忙摆手道："他未必愿意看到我，我也不想看到他，还是算了吧！"

想起左言希因景辞喜欢她，便想着杀她，阿原就有些毛骨悚然。若景辞变心喜欢上王则笙，不晓得左言希会不会想着去杀王则笙。

慕北湮也不追问，将阿原送出衙门，便提起那盒他们没吃的消夜，径自走向刑部大牢。

看他熟门熟路，回京后应该早就暗中探望过了。如今他们在刑部查案，慕北湮当然会顺路再去看看他的难兄难弟。

天气越来越热，但不论是原清离案，还是宫人落水案，始终没有什么进展。

宫人落水案原是梁帝命长乐公主跟阿原一起查的，但梁帝显然已记不得这事儿了，根本不曾追问过。长乐公主担忧谢岩被王则笙勾了魂，也顾不上查案。阿原没有她的帮忙，连入宫的机会都没有，更别说查案了。

慕北湮将贺王府的各种应酬处理完毕，果然来找阿原，一同去找了裴四的妻子，又去了乌六出事前赁居的小屋，几番打听下来，基本可以确定，二人在打劫原清离前两日，的确得到过一大笔钱。

然而这并没有什么用，知情人已经死光了，线索断得很彻底。

阿原试着向原夫人打听时，原夫人诧异，反问道："供词中曾提过，有人买通他们劫持你再放走你？怎么没人跟我说起过？”

阿原便再也没法问了。

原夫人很坦然，并没有阻止阿原查案，发现慕北湮时常陪着时，大概认为阿原有心重续旧缘，居然颇是欣慰，说道："其实我瞧着北湮这孩子不错，若是你喜欢，在一起也无妨。"

阿原心下一沉，问道："母亲忘了？我跟景辞还有婚约。"

原夫人漫不经心地轻笑："阿原，你忘了？因你逃婚之事，皇上对你俩的亲事并不看好。"

阿原道："嗯，皇上的意思是，要问问景辞的意思。"

原夫人黑眸流转，如一痕秋水从她的面庞掠过，望向屋外盛开的石榴花："景辞的意思，你还不明白吗？"

阿原欠身："望母亲明示。"

原夫人的声音便如秋水般明澈而清凉起来："最近七八天，他都被皇上留在宫里，说他病着，留在宫中方便养病。但他先前病得更厉害，皇上也应该会想着留他在身边养病，怎么没听说他留在宫里？"

阿原沉默了片刻，笑道："母亲是说，景辞是因为某些原因改变了心意，自己要留在宫里？"

原夫人道："景辞有多得宠，你也应该看到了。他若还有心娶你，在皇上跟前说明心意，你觉得皇上会阻拦？"

阿原的指尖发冷，轻笑道："母亲好像说过，则笙郡主会嫁给某位皇子。"

原夫人道："我是说过。我还说过，景辞是你选择的夫婿，皇上封他为端侯，可能也有你的缘故。如今看来，我错得离谱。"

阿原抬起泛红的眼睛，笑问："什么意思？"

原夫人道："你可记得我提过，镇州曾嫁过两姐妹到京城？姐姐嫁给了谢家，妹妹则成了梁王妃。"

"提过。母亲还提过，二姐妹早夭。"

"她们是在回镇州娘家探亲的途中遇到了劫匪。当时谢夫人已经产下了谢岩，而梁王妃已经有了八个多月的身孕。后来赵王回报，谢夫人当场遇害，梁王妃虽勉强逃脱，但未到镇州便伤重不治，一尸两命。"

阿原不由地站起身来，失声道："母亲是怀疑……梁王妃没死？"

原夫人眸光幽暗："梁王妃美貌却刚烈，如果没死，不可能这么多年不出现。但她的孩子就说不定了。景辞姓景，在镇州长大，年纪也相当。仔细看时，他的眉眼分明也和当日的梁王妃有几分相像。"

阿原越发惊骇："这么说，景辞……也是皇子？可皇上怎么没把他找回来？何况现在景辞不是回京了？如果他是皇子，为何不跟皇上相认？"

"可能是赵王另有打算，刻意隐瞒，也可能是我猜错了。何况……"原夫人直面阿原，声音微微沙哑，"孩子，景辞这个人，你真的看得懂吗？你难道没发现，自从他入宫，你已完全失去了皇上的宠爱？"

阿原无法理解："我？皇上的宠爱？"

皇上的宠爱，听着离她很遥远，从来不是她之所求，想来也是她求不来的。回来近一个月才入宫见了梁帝一次，她并未觉得有什么不妥。

原夫人叹道："这几年，只要皇上在京中，你哪个月不入宫好几次？便是你不求见，皇上也会记挂着传你入宫说话。如今，别说你，就是我，皇上见得也少了。"

她顿了顿，声音越发低了下去："我不知道景辞在皇上跟前说了多少中伤我们的话，不过，孩子，跟景辞的婚事，你最好别抱希望，日后还能少些伤心。"

阿原只觉一道寒意从脊背上涌起，周身的血液似已凝固。她依然在笑着，只是面色越来越苍白："不可能！景辞他……不可能说中伤我们的话！他这个人傲得紧，便是心中再怎么鄙夷不屑，也只会当面讽刺，绝不至于背后中伤！"

原夫人蓦地冷笑："你还晓得他心中不屑！我最瞧不上这些装腔作势的伪君子，口口声声的仁义道德，可看到容貌出挑些的，又有几个把持得住？待海誓山盟把姑娘哄到了手，提起裤子就能怪人家姑娘不知自重，转头去娶他们心中贤良淑德的女子……我就不晓得，究竟是谁不知廉耻！"

她看向阿原，眼神出乎意料的冰冷："在你回京前后，景辞已将你哄到手了，对不对？"

阿原的胸口闷得快要透不过气来，勉强地笑道："其实也不晓得算是谁哄了哄。我们早就在一起过，对不对？而他……其实只是我很多情人中的一个，对不对？"

原夫人盯着她，唇边也渐渐失了血色，声音却渐渐柔和下来："嗯，咱们本也不必在乎他们是怎么想的，快活地过自己的日子才最重要！咱们也不必等他回绝我们，明天我便去跟皇上说，先解除了你们的婚约，也省得给人笑话，还低了自己名头。"

阿原静默了片刻，慢慢站直身体，挺直脊梁"母亲，不用你去说，我会自己去问他。我不怕被人笑话，也不怕低了自己的名头。富贵名声，原本不过身外之物。我要的，只是以我的真心，换他的真心。若他负我，又或者始终将我一片真心视若敝履，我自当尽快抽身。"

原夫人慢慢将她的手握紧："若你能看开这些事，这一世必能开怀许多。"

阿原道："我看不开，但我看得明。若他并非真心，便是他愿娶，我也不会嫁。成亲前做个了断，总比成亲后纠缠不清强。"

原夫人笑道："你能这样想再好不过。我就说，不论是谢岩，还是慕北湮，都比景辞合适得多。"

阿原微微一笑："谢岩就算了。君子不夺人所好，这点义气我还有。慕北湮还在热孝里，我也不想招惹他犯错，落人口舌。好在天下好男儿多得是，若说寻不出一个真心的，我是不信的。既然景辞近日总在宫里，母亲帮我安排一下，明天我入宫去见他吧！"

原夫人柔声道："好！"

阿原离去，原夫人凝望着她孤寂瘦削的背影消失于视线中，方轻轻唤道："廿七。"

廿七飞快自门前闪入，行礼："夫人！"

原夫人低低道："你应该都听到了！"

廿七低声道："听到了！但这正是夫人意料之中的。景辞接近阿原小姐，是另有所图。小姐为他所伤，必会与夫人亲近，即便她日后恢复记忆，即便她的到来跟某些阴谋有关，她也会时时记得夫人是她的母亲。何况，母女连心，这骨肉亲情，任他是谁都无法割舍。"

原夫人苦笑："无法割舍？那我的清离怎么会离我而去？她……的心里是有多恨我，竟和外人串通，行这李代桃僵之计？可怜这阿原，也不晓得原来究竟是怎样的性情，但如今瞧着，实在是……招人疼啊！"

廿七道："是，阿原小姐性情爽朗平和，行事磊落大气，虽不像清离小姐多才多艺，但那股子不输男儿的气度，着实让人心折。"

原夫人道："但是我担心景辞的事，会将她变成第二个原清离。"

廿七一惊，忙道："夫人多虑了吧？阿原小姐应该原来就跟景辞有所交集，分分合合不会是第一次，纵然难过，也不至于因此就怎样。"

原夫人冷笑，眼底却有泪光闪动："他们先前有过什么分分合合，我并不清楚。但我晓得，景辞此次来京，绝对心怀恶意。我仔细问过小鹿，景辞先前虽跟阿原亲近，但真正在一起，应该是在我到沁河的前一晚。景辞早就知道我会去，并不想跟我打照面，第二天一早便离开，事先都不曾告诉阿原只字片语。"

廿七惊怒："夫人是说，景辞知晓夫人第二天会来，刻意在临走前要了小姐？"

原夫人泪珠滚落，却很快抬手拭去，说道："我都不敢想，这事儿到底跟清离有什么关系。清离怨恨我，暗中筹谋离开不足为奇。到底谁帮她做到这一切，又是怎么找来阿原替换了她，我完全猜不出。但清离在离开前策划了跟端侯的亲事，无疑……是为阿原挖的坑，等阿原醒来不得不跳的一个坑！清离到底有没有想过，阿原会遭遇什么？"

廿七的喉咙动了下，强笑着安慰道："清离小姐年轻气盛，只怕想不到这么多。至于阿原小姐，虽然吃了大亏，只要暗中之人没有别的阴谋，我们自然可以帮她慢慢走出来。"

原夫人苦涩而叹："恐怕……难。这姐妹俩都是一样的痴心人。那个李源，简直是清离命里的克星，让她变了这么多！而阿原遇上了景辞……景辞占了她后当即不辞而别，如此明显的恶意满满，她居然肯轻易原谅，并不管不顾地追上去，心甘情愿让那混账男人继续占便宜！你可晓得，当日我猜到阿原并不是清离，其中一个重要的原因就是，阿原臂上尚有守宫砂。她先前根本就是个未经人事的姑娘家！"

所以，景辞不是阿原许多情人中的一个，而是她生命里的第一个男人，抱着险恶居心占有她的唯一男人……

廿七攥紧拳，却柔声道："好在阿原小姐还是把自己当作清离，如今看来倒还不坏。即便婚事不成，她也会下意识劝自己另觅佳婿。"

原夫人冷笑道："婚事当然成不了。阿原先前多半得罪过景辞，景辞才会刻意占了她的身、占了她的心，再将她抛弃，指不定还会欲擒故纵，变着法儿欺辱她。可怜阿原顶着清离的名声，再怎样被欺负，也会被人指着脸骂成淫妇，根本没人会帮她说半句话。如果阿原舍不下他，势必会被折磨得求生不得、求死不能。"

廿七沉吟道："既然阿原小姐从前跟景辞有嫌隙，或许她恢复记忆后便能放下这段情了吧？"

原夫人点头："我会继续找人给她医治，同时，我们也不能处处被动，束手待毙。"

廿七眸光一闪："从景辞入手？"

原夫人抬起手来，抚着她青玉般柔润却闪着幽冷光泽的指甲："既然他病着，那病重或病死，也不算奇怪的事吧？"

廿七道："当然不奇怪。谁不晓得他重病在身，注定命短？"

原夫人唇角一弯，笑容浅浅，含有旖旎春光无限，端的是倾国倾城，勾魂夺魄。

她道："幸好他最近住在宫内，倒比端侯府方便些。先去把他的药方找来研究研究吧！若他敢再逼我的阿原，我也只好……送他一程了！"

建章宫。

景辞正与梁帝对弈。

王则笙依在他身畔，俏面含春，笑嘻嘻道："景哥哥，你的棋艺是不是退步了？看看，又快被皇上杀得片甲不留了！"

景辞揉揉她的脑袋，淡淡而笑："本来就是家常戏耍而已，赢又如何，输又如何？"

他的面色比回京时更憔悴瘦削了些，双目幽黑深邃，叫人看不清晰。

梁帝瞅着他，忽大笑道："说得好！本就是家常戏耍……朕也盼着，咱爷俩能常常这样下下棋、吃吃饭、说说话儿。"

景辞不答，握着拳低低咳了两声。

知夏姑姑将一件外袍披到他身上，柔声道："虽说天气热了，你近来身子不好，还得多留意。"

景辞皱眉："我并不冷。"

王则笙笑道："有一种冷，叫姑姑觉得你冷。披上吧，姑姑也是好意。"

景辞不说话了。

这时，大太监黎焕在外禀道："皇上，原夫人在殿外求见。"

梁帝踌躇，手中的棋子不觉间落下。

王则笙拍手笑道："皇上，这个子错了，错了！把自己的棋眼给堵上了！"

景辞挥袖，将满盘棋子拂乱，说道："皇上若有事，先去忙吧！"

梁帝尴尬地笑道："也没什么事。我让她回去，明天再来也成。"

黎焕忙道："听说原夫人给皇上预备了莲子糕，要不我把糕点取下，命她明日再来？"

"莲子糕……"

江南莲花开，红光覆碧水。色同心复同，藕异心无异。

其实也有过海誓山盟的时候，其实也有过亏欠太多无法弥补的时候……

梁帝怅然叹息，向景辞道："不然，朕去瞧瞧她？阿辞，你稍等片刻，朕待会儿继续陪你下棋。"

黎焕笑道："原大小姐跟着一起来了，刚还问老奴，端侯是不是也在这里？想来原大小姐是听闻端侯不适，过来探望端侯的。"

梁帝顿时面色一沉："那个阿原也来了？"

黎焕笑着点头："是……"

景辞的眸光暗了暗，正要说话时，梁帝忽道："把玉罗引偏殿去。跟阿原说，端侯已睡下了，不宜见客，让她改日再来吧！"

他转头对景辞说道："玉罗的性情，朕再清楚不过。当年之事，绝对和她不相干。但阿原就难说了，眼前看着便狡黠得很，想来从前更是心机深沉、手段毒辣，才会那样害你。朕会跟玉罗挑明，解了你们的婚约。若你实在不肯放手，待成亲后不妨收了她做妾室，则笙、知夏可以帮着打压，也不至于让她太过猖狂。"

景辞双手按于案上，指甲因用力而泛出青白："若我不同意呢？"

梁帝不由得恼怒，按捺不住素日的暴烈性子，喝道："朕的话，也由不得你不同意？赵王着实把你给宠坏了！信不信朕先去斩了左言希，再去找王榕算账？"

王则笙忙跪地道："皇上息怒！我父亲的确太宠景哥哥，但无非是因为怜惜景哥哥自幼无母，且有疾在身，朝不保夕……"

梁帝道："够了！"

知夏姑姑忙去推景辞，嗔怪道："公子，瞧瞧你都说什么呢！皇上也是好意……"

"嗯，知道了，你们都是好意。可惜好意太多，景某承受不住！"景辞站起身来，向梁帝行了一礼，"臣告退！"

他退了两步，绕过屏风，从后廊离开建章宫。

梁帝在殿中走了两个来回，越发恼火，说道："你们看到了没有？不认朕就算了，这算是什么态度？跟朕称臣，哼，换作寻常大臣，信不信朕当场把他斩了？"

知夏姑姑道："皇上有所不知，公子身子弱，但从来懂进退、知礼仪，只是被那小贱人迷晕了头，偏又吃了大亏，所以提到她就会各种失常。皇上一片慈爱之心，自然会体恤公子。这些日子公子因郡主和言希公子的事烦心，病得不轻。皇上何不等他病好了，再好好教训他？"

梁帝拂袖道："哼，就没一个让我省心的！"

王则笙妙目盈盈一转，笑道："不如，我去见见阿原？说来也是自小相识的，叙叙旧也好。她若真对景哥哥痴情，大概不介意为妾为婢。"

梁帝瞅她一眼，点头道："也好。不过她终究是玉罗的女儿，留点儿分寸。"

王则笙微愕，知夏姑姑已叹道："皇上大概不晓得那小贱人的手段，装着一副柔柔弱弱狐媚的样子，实则能文能武，跟她那个母亲一样，心机深得很呢！"

梁帝道："心机再深，还不是被你夺去女儿，欺负了十几年？"

知夏姑姑给呛得张了张嘴，一时也不知如何回答。

而梁帝已拂袖而去。

知夏姑姑又惊又怒，向王则笙道："你看看，楚玉罗那个妖精，狐媚皇上二十年，到现在都没消停！看着跟皇上见面少了，到底枕边风厉害，也不晓得在皇上跟前说了多少颠倒黑白的话儿，皇上居然还这么相信她，连她女儿都维护！"

王则笙忙安慰道："姑姑，别难过，你看皇上这不是已经决定解除景哥哥跟原家的亲事了吗？"

知夏姑姑拍拍她的手，含泪道："可你看阿辞那样子！好孩子，当年咱们王妃就被那贱人逼得含恨而去，如今再被那小贱人夺了阿辞的心，才是真正的大败亏输，我连死后都没颜面去见王妃！"

王则笙说道："姑姑放心！今儿我就让皇上厌她憎她，再不想看她一眼！"

眼见母亲随梁帝离去，候在宫外的阿原耸了耸肩，转身走了进去。

是非对错，延续了这么多年，已不是她所能评判的，她看得开，便不打算自寻烦恼，去管他们那笔君不君、臣不臣的糊涂账。

她问向旁边领路的小太监："这大白天的，端侯在睡觉，长乐公主总不至于在睡觉吧？"

小太监踟蹰："小人不知……"

阿原道："那便麻烦公公走一趟，看下长乐公主有没有在睡觉。如果没睡觉，便问下她有没有兴趣继续查查上回的案子吧！我先去揽月湖走走，找找有没有线索。"

小太监连忙应了要去时，阿原又叫住他，笑嘻嘻地加了一句："如果谢大人在，便请谢大人一起吧！"

若是谢岩在，长乐公主被迷得晕头转向，很可能重色轻友，顾不得查案什么的了。

而她现在很需要找点什么事去做一做、想一想，免得去记挂景辞到底睡得好不好，她该不该祝他别再醒来，免得他避她避得这般辛苦。

转身走向揽月湖时，身后忽有人唤道："原大小姐！"

阿原一看，却是个阴沉着脸的小宫女，向她僵硬地行了个礼："原大小姐请稍候，我们郡主要见你。"

"郡主？则笙郡主？"阿原笑了笑，"她想见我呀？可我跟她不熟，不想见她。"

小宫女沉着脸道："你怎么可以如此无礼？"

阿原道："你摆着一张棺材脸指责我无礼？嗯，我就是无礼了，你咬我呀！"

小宫女咬牙切齿，握紧了拳。

阿原不紧不慢地挽袖子："来，试试你牙硬还是我拳头硬，正好昨儿本小姐不开心，把贺王府一条狗的牙给打爆了，很是过意不去，不知掰了你的牙，能不能装到狗嘴里？至于你那个小粉拳，就别装模作样了，正经地多倒几年恭桶，好好练几把力气再来找我吧！"

小宫女愕然，看阿原如渊渟岳峙般立于眼前，谈笑间散漫又不失气势凌人，女修罗般可怕，那拳便再不敢打下去，转身往回奔逃。

阿原啧了一声，向一直在旁观望的大太监黎焕道："这丫头是镇州跟来的吧？必定是知夏姑姑一手调教出来的，看着一个德行！天天对着这等货色，着实委屈了公公！"

黎焕干笑几声，说道："还好，还好！她们刚到京城，不懂规矩，阿原小姐莫要生气！"

阿原扫了建章宫一眼："咱们过来求见时，公公还说皇上正跟端侯、则笙郡主说话呢，怎么就皇上出来这一会儿工夫，一个睡着了，一个好似比皇上还忙，要见我还装腔作势让我等着……这脸大得真可以蒙鼓了！"

黎焕苦笑，低声道："阿原小姐，咱家跟原夫人认识数十年了，有什么事儿向来不肯瞒着，所以刚才就多了一句嘴……"

阿原笑道："黎公公肯明白地告知，阿原感激得紧，日后必有所报！"

黎焕道："好说，好说！端侯的确是身体不适，临时走了，则笙郡主则是要去换件衣服。"

阿原眼珠一转，笑了起来"只怕还得梳妆打扮一番，收拾得袅娜多姿才肯来见我，既能看到我吃闭门羹的窘迫，又能炫耀她王则笙情场得意、艳色逼人？"

黎焕但笑不语，却忍不住多看了她几眼。

这阿原小姐看着并不像长乐公主等人描述的勇悍豪气，更不像知夏姑姑所说的那样心机深沉，步步为营。可她见事之细致清明，绝不下于当年的清离小姐，只是表现出来的言行截然不同而已。

阿原理了理自己被风吹得有点散乱的发髻，转身走向揽月湖，兀自懒洋洋地笑着。

她道："向来缺少什么，才会想着炫耀什么。她这是认定没我好看吗？嗯，开始还觉得她长得不赖，现在看着……她比起我来，差得远了！"

黎焕远远听到，不由得哑然失笑，忽然觉得这个阿原聪慧直白，果然招人喜欢，怪不得端侯被她毁成那样，还对她念念不忘，不肯放手。

已经过去快一个月，揽月湖能留下的线索当然更少。

想起这案子过去这么久，宫中居然还能平静如斯，阿原有些心惊。自林贤妃、乔贵嫔、长乐公主到黎焕等人，无不知晓此案蹊跷，竟由得此案拖宕未破，到底是人心涣散，不将小小宫人的性命放在心上，还是都觉出涉及某些人或某些事，下意识地不想冒险查下去？

阿原感慨着沿湖走动时，忽见前方破旧的水榭下方，有淡淡一道青烟袅袅而上。

她忙紧走几步，奔过去一瞧，却见一个白发苍苍的老妪正抹着泪烧纸钱。

见阿原过来，老妪顿时慌了，连忙用脚去踩纸钱灰，想将其踩到淤泥中。

阿原晓得宫中烧纸钱是大忌，指不定会因此招来杀身之祸，忙道："姑姑别怕！我不是宫里的人，不会坑害你。"

那老妪松了口气，忙弯腰道谢道："多谢姑娘！姑娘好人必有好报！"

阿原见她满脸皱纹，衰老不堪，猜她必定是极记挂死去的亲人，才会不顾宫规寻这僻静处祭奠，唯恐她被自己惊吓到，低头拣起剩下的几张纸，扔到余烬中燃尽，才道："没事了，去吧！"

老妪不识得她是谁，听她言语温和，便恭敬地行了一礼，转身走向那座屋顶长满蒿草的破旧水榭。

原来竟是住在这里的老宫婢。

阿原略一思忖，忙赶上前道："姑姑，你莫非就住在这里？我有件事，想跟您打听一下。"

老妪抬起浑浊湿润的眼。

阿原问："先前乔贵嫔宫里的小印子或林贤妃宫里的瑟瑟姑娘，有没有熟识的亲友住在这边？"

老妪顿一顿，疑惑道："乔贵嫔……是谁？林贤妃就是当年梁王的爱妾林氏吧！她从前跟我们俞妃很要好，时常入宫相探。俞妃被迁来这里后，林氏入了宫，反而不敢来探了，但暗地里也接济过几回。俞妃死后，听闻林氏升了妃位，好像就是贤妃。咳！"她定定地遥想片刻，摇了摇头，一步一晃地继续往前走，苍老的声音越发沧桑，"这皇宫，这皇宫……哪有什么富贵荣华梦？只有千丈是非海，日日起风波……我们俞妃可怜呀……可谁又不可怜呢？"

阿原看老妪进了水榭，关上破旧的门，呆了片刻，才悟出这人应该是侍奉前朝妃子的宫女。

阿原沉吟之际，身后已有人叫道："阿原，你跑这里来做什么？"

转身一看，却见王则笙带着知夏姑姑和方才那个棺材脸小侍女赶了过来。

湖边久不清理，碎石嶙峋，杂草丛生，王则笙高髻长裙，衣饰华贵，自然行走不便。

阿原忍不住笑起来："我来查案呀！则笙郡主大概不晓得，上个月皇上曾命长乐公主和我追查此处的宫人落水案。这么荒芜冷清的地方，则笙郡主过来做什么？陪我查案吗？"

知夏姑姑沉着脸道："郡主找你有话说。"

阿原斥道："是郡主找我有话说，你一个下人插什么嘴？哪家的规矩？不晓得的，还以为你是她妈呢！赵王妃能容得下你，也真真是好涵养！"

知夏姑姑大怒，王则笙忙笑道："姑姑莫怒，说到底，都不是外人。待我去跟原大小姐谈谈吧！"

她说着，亲亲热热地拉着阿原的手，走向那边的水榭。

阿原不动声色地松开手，与她拉开距离，笑道："咦，不是外人？我们很熟？我自幼生长在京城，郡主则是首次进京，我们怎么会很熟？"

王则笙提着裙裾小心地向前走着，悠悠道："不熟。但我听皇上的意思，大概我们很快便会是一家人吧！"

阿原走入水榭廊中，扶住摇摇晃晃的栏杆俯视着下方冰冷的湖水，说道："嗯，你好像想告诉我什么。好吧，我洗耳恭听。"

她单刀直入地问着，懒得跟她多话的意图直白得不能再直白。

王则笙的确想绕着弯嘲讽几句，却被她两句话扳得不得不活生生咽下去，直视着阿原说道："景哥哥这么久不肯见你，你大概也晓得是怎么回事了吧？"

阿原道："我当然知道是怎么回事。郡主远道而来，又是有备而来，再加知夏姑姑的好教导，便是一哭二闹三上吊，也得把你的景哥哥留在身边，对不对？"

王则笙不由涨红了脸，好不容易才能维持住公侯小姐的风度，清了清嗓子，叹道："阿原，你怎么会变成这个样子？难怪景哥哥越来越不喜欢你。"

阿原笑道："我就纳闷了，我原来什么样子，你们怎么一个个都比我清楚、一个个比我妈还关切？嗯，你比我还关切着你的景哥哥喜不喜欢我，莫非恋着我的未婚夫？"

她言笑晏晏，却出语如刀，寸步不让，有种凶悍的气势自温柔含笑的眉眼间飞出，反而令王则笙有些透不过气来。

王则笙认真地打量她几眼，方道："阿原，他不是你未婚夫了。皇上已应允，将会为我跟景辞指婚。你逃婚失德在先，若执意要跟他，也不配做正室，若景哥哥着实喜欢，可以纳作婢妾。只是堂堂原侯之女嫁人作妾，只怕全京城的人都会笑掉大牙吧？"

她笑盈盈地看着阿原，等着这个曾把景辞视逾性命的女子惊怒失色、羞恨交加。

但阿原神色根本没什么变化，不紧不慢地说道："则笙郡主，端侯的庚帖、婚书和聘礼都还在我们原府呢，皇上一日没说解除我跟他的婚约，他就一日是我的未婚夫。你是王侯小姐，自然比我懂礼数，想来不会有事无事黏在一个有妇之夫的身边，免得惹人笑话，坏了名声！"

几句话已将王则笙听得笑意全无，面庞发白。她怒道："你……你说什么？你竟敢毁谤我的名声？"

阿原轻笑着拍拍她的肩："承蒙则笙郡主好意，再三提醒我，你快抢走我夫婿了，我自然也要提醒则笙郡主，我跟景辞的婚约一日未解除，你跟你的景哥哥就是名不正、言不顺，会被人耻笑的。当然，如果则笙郡主和我一样不怕人耻笑，当我没说好了！"

王则笙气得浑身乱颤："你……谁和你一样不要脸？"

"嗯，我不要脸，你要脸，所以你要加紧撬我家墙脚，等把原府女婿撬成赵王女婿，旁人就会觉得这个则笙郡主真要脸啊，终于把别人家的男人给抢成她男人啦，真是厉害，太厉害了！"阿原退开一步，看了看天色，惋惜而叹，"不过这都快一个月了，皇上怎么还不下旨退婚呢？看来郡主想达成愿望，还任重道远啊！记得多多在皇上面前搬弄是非，指不定明日皇上就圆了你的心愿呢！加油，我看好你哦！"

她向王则笙潇洒地挥了挥手，转身便往廊外走。

王则笙怔了怔，忽然抬手扯住她的袖子，说道："阿原，你别这样……"

她扯得极紧，阿原随手挣了挣，待要挣脱她时，忽觉臂上蓦然一松，然后便听到身后王则笙一声惊叫。

她忙转头一看，只见王则笙翻下栏杆，扑通一声，直直跌落湖中，水花四溅。

阿原低头看看自己的手，再看看王则笙落水时最后所站的位置，叹息一声，向那边慌忙奔来的知夏姑姑高叫道："姑姑快来！则笙郡主投湖了！"

知夏姑姑已冲了过来，向湖中一瞧，失声惊呼道："郡主！"

她一边脱掉外袍，一边向那个跟来的小宫女怒道："还不去叫人？去请皇上和公子快来！原大小姐把郡主推到湖里去了！"

小宫女急忙应了，提了裙子便往建章宫方面奔去。

阿原摸了摸自己的脖颈，扶额嘀咕道："苦肉计？这屎盆子当头扣下来，臭不可闻还是小事，要我的小命可就糟了！我不能当这冤大头……"

探头向下方一瞧，见知夏姑姑年纪虽不轻，倒也非常神勇，正奋力地拖起王则笙，游向岸边。

王则笙大概懂水性，但裹着宽袍长裙，走路都得小心，游水便更吃力，但瞧着不像会被淹死的样子。

阿原放了心，便不再理会，俯身仔细看王则笙落水前留下的脚印，拔出银簪来在地面勾勒了，用一方帕子覆住，又从角落里拣了块破木板压住，然后才去检查王则笙落水时翻越的栏杆，用银簪在栏杆各处敲了几下……

待她缓步走出水榭，走到知夏姑姑游近的岸边时，已有附近的太监和宫人闻声赶来，七手八脚地将二人拖上岸。

再隔片刻，梁帝、原夫人、景辞等人也带人匆匆而来。

紧跟着，长乐公主、谢岩也到了。

长乐公主看着岸边混乱的情形，骇然道："怎么了？又有落水案了？"

王则笙虽在知夏姑姑的相助下游上岸来，但也呛着好些水，裹着宫女不知从哪里找来的一件旧袍子，抱着肩瑟瑟发抖，此时听见长乐公主说话，又见梁帝、景辞等人焦急地上前询问，顿时哇地大哭出声。

她指着阿原道："她……她推我！她推我落水，想淹死我！"

知夏姑姑是北方人，水性也一般，此时狼狈不堪地趴跪于地，咳嗽着说道："是，奴婢亲眼看见阿原小姐跟我们郡主起争执，一伸手便将郡主推入水里……她……她这是想谋害郡主的性命呀！求皇上做主！求皇上做主！"

所有人都看向若无其事走来的阿原。除了原夫人、长乐公主和谢岩显出惊诧和不信，其他人虽眼神各异，但更多的分明是愤怒和鄙夷。

王则笙容貌美丽，灵巧可爱，在宫中颇有人缘，阿原却声名狼藉……

听闻如今的阿原还莫名其妙有了一身不错的武艺，当然更可能欺负年少力弱的则笙郡主。

梁帝看向身畔的原夫人，皱紧眉拈须不语。

景辞匆匆上前，将外袍披到知夏姑姑身上，揽住宫女们围住的王则笙，抬头看向阿原：“怎么回事？”

阿原笑了笑：“你不是看到了？她自己跳下湖，叫人引来你们，好栽赃给我，让我如现在这般，千夫所指，百口莫辩！”

景辞双眸幽深而清明，静静地映着她的面容，缓缓道：“你若辩，我便听。”

阿原道：“我刚已经辩了，就是她投湖然后栽赃给我。现在我也想问问，你到底是信我，还是信你抱在怀里的这个贱人？”

景辞眸光更暗：“你骂谁？”

阿原道：“就骂你怀里这个装天真卖无辜却栽赃给我的小贱人！把贱人当宝贝维护的，同样是贱人，有眼无珠的贱男人！”

梁帝再也忍耐不住，喝道：“住口！谁许你在这里大呼小叫、出言不逊？这教养还敢骂则笙？你有照照镜子，看看你自己这副泼妇模样吗？”

知夏姑姑爬到梁帝脚前，哭道：“皇上明鉴！我们郡主自幼娇贵，根本不怎么会水，这边四下无人，奴婢也是略懂水性，方才差点一起葬身湖底！郡主虽不喜欢原大小姐，这没仇没怨的，哪有拿自己性命做赌注害她的道理？阿原小姐谋害我家小姐不算，还反咬一口，求皇上严惩！求皇上严惩！”

如今天气虽然暖和，湖边风大，比别处要冷不少，王则笙湿淋淋的，更是禁不住地哆嗦，不断缩到景辞的怀里，呜咽道：“景哥哥，你求皇上把我送回镇州吧……原大小姐太厉害……太厉害了，我斗不过她……让我躲开她还不行吗？”

景辞一言不发，默默将她揽得更紧了，人便坐倒在地，目光盯向自己的双足。

蹲得稍久，旧创引发的疼痛已令他难以忍受。那疼痛，无时无刻不在提醒着他，前面那个曾经看着良善的女子，一旦存了异心，有着多么狠毒的心肠。

梁帝咳了一声，喝道：“来人！将阿原拉下去，重责五十鞭，交原府监禁，三年不得离府半步！”

原夫人沉吟着一直没有说话，此时方吃了一惊，忙道：“皇上，此事必有蹊跷，还需细细查清再处置！”

梁帝恼道：“玉罗，我晓得你心疼女儿的心思。可你瞧瞧，你这女儿还有半点人性？再不好好教训，真要反了天了！”

旁边已有侍从上前，准备拉阿原，阿原向前跨出两步，不动声色地避开，正好走到景辞跟前尺许处。

她低头看向景辞，说道：“我不在乎旁人信不信我，我只想问你，你信不信我？”

景辞好一会儿才抬起头，静静地盯着她，轻叹道“其实我一直很想信你，可惜……

实在不知道该怎么信你。"

阿原笑了起来："也就是说，你不信我？"

她明明在笑着，可不知为什么，看着她的笑容，即便是平时极厌她的人，也觉得周身莫名地寒凉起来，如有冬日的朔风在她清艳绝伦的笑容里穿梭而过，把一道冷意带入心底，连五脏六腑都随之冷了一冷。

景辞便仿佛又看到当日那个弃他于荒野、踩着落叶枯草一步步远去的花朵般的姑娘。他苦涩地笑了起来。

不知是对着自己，还是对着眼前的女子，他缓慢而坚决地摇了摇头。

阿原退了一步。

旁边的长乐公主再忍不住，上前说道："父皇，我信阿原！阿原行事向来有分寸，不会做出这样的事。她是约我过来查上次那个宫人落水案的，总不会叫则笙郡主一起吧？则笙郡主怎么会出现在这里？再者，若是她们单独相处时则笙出事，阿原怎么着也逃不了嫌疑，她便是真和则笙有嫌隙，也不至于做这么蠢的事吧？"

梁帝领兵打仗的时候多，行兵布阵颇有计谋，却从来懒得去想这些后辈女孩儿的心思，更不会想得如此细致，闻言不觉一怔。

谢岩见长乐公主开了口，也上前恭敬地行礼："皇上，不如先勘察一下则笙郡主落水的现场，或许能还原出当时的情形？"

"落水现场？"梁帝看向水榭，"则笙在哪儿落的水？"

众人都走向水榭，步入前廊，连湿淋淋的王则笙和知夏姑姑都不肯回去休息。

王则笙虚弱地指着落水之处："就是那里。咦，谁挪来的木板，还想掩盖什么？"

阿原上前搬开木板，取开帕子，露出银簪勾画出的脚印。此处久不打扫，灰尘颇厚，故而众人能很清楚地看出那脚印正与王则笙所穿的崭新绣花鞋鞋底相符，而阿原穿的则是一双羊皮小靴，跟那脚印明显有异。

阿原问向王则笙："这里是你落水之处吧？"

王则笙道："是。旁边那些不是你的脚印吗？"

若阿原在王则笙落水后便离开，或许还能辨出她当时正向廊外走，鞋尖对着廊外。背对着王则笙却能推她入湖，的确难以说通。但事后阿原曾到栏杆边向下张望，早已在旁边留下明显的靴印，就再也说不清了。

阿原却不以为意，淡淡道："你承认那是你落水时留下的脚印就好。"

她转身对着众人，笑得有些黯然："我原想着必定会有很多人到落水现场查探线索，故而将郡主落水之时的脚印勾画出来，小心保护好，免得人群走动时破坏了脚印，令我有冤无处诉。要不然，我的话没人听，现场也没人看，就凭着两个贱人空口白牙的陷害，就要扣我个杀人罪名，把我打个半死，再囚上三年……"

原夫人柔声道："阿原，你想多了，皇上只是想吓吓你、等你自己说实话而已！他日理万机，朝堂内外不晓得多少军国大事等候决断，哪里顾得上这些小事？"

梁帝也有些不自在，负手道："嗯，这里是现场，朕等你证明给朕看。"

阿原苦笑："嗯，因她们陷害，就得我自己来证明自己的清白……"

梁帝不耐烦道："若一时无法证明，朕会遣大理寺官员和宫中管事一起细细察明此案，绝不冤了你！"

原夫人微笑道："皇上英明！"

阿原却道："不用了，我即刻便可以证明！"她看向长乐公主，"只是需要公主帮忙配合一下。"

长乐公主立刻变得精神抖擞起来，忙上前道："怎样配合？"

阿原依着王则笙留下的脚印站定，向长乐公主道："你现在推我试试。"

长乐公主愕然："推你？推你入湖？"

阿原道："后面还有栏杆呢，哪有那么容易摔下去？不过则笙郡主既然咬定我有杀她之心，我这一推力道必定极大，才能把她推得翻落栏杆，跌落湖水。我的力道既然很大，她的后背必定会先撞到栏杆再跌下去。"

长乐公主顿时悟了过来："对！这样大的力道撞上栏杆，必定会撞出伤痕！"

阿原笑道："嗯，你试着用力推我一下，我会扶住栏杆不让自己摔下去，只试一下，看会撞在何处，回头请医女验一下王则笙差不多的位置有没有伤痕，岂不真相大白？"

长乐公主看向王则笙："则笙，你被撞在哪一处？"

王则笙呆了呆，摸着背部喃喃道："不晓得，刚惊得魂儿都没了，也记不清当时是怎么样撞过去的……"

知夏姑姑冷笑道："她的力气这般大，指不定一撞当即便被撞得飞了出去，后背根本没能碰着栏杆呢？"

阿原便向长乐公主勾勾手："来，公主全力撞我一下，就算力道没我的一半大，至少可以让我试验一下，有没有可能被撞得飞出去。"

长乐公主拍了拍手掌，笑道："好！从前你也没少欺负我，这一回，我就当报仇啦！"

她站到阿原面前，用尽全力猛地一推。

但闻咔嚓一声，众人脚下猛地晃动，失声惊呼后退之际，阿原已飞了出去，连同她身后的一整段栏杆，一起飞了出去，直直落入湖中……

原夫人大惊，叫道："阿原！"

她急冲过去时，脚下的木板松动，若不是梁帝拉得快，差点也摔落湖中。

景辞亦失色，急着冲过去要救人时，知夏姑姑死死地拽住他，叫道："公子，你在做什么？你这身子可经不住呀！"

景辞怒道："她不会水！她怕水！"

　　那边侍卫知道他尊贵，早冲上前将他紧紧拦抱住，不肯让他再冒险。

　　眼见整个走廊都在震动，连屋檐都在随之摇晃，碎瓦石屑簌簌而落，梁帝忙拉住原夫人往后退，口中高呼道："快，快把阿原救上来……"

众人急急地撤出水榭时，谢岩兀自蹲在断裂处仔细察看。

长乐公主一把扯起他，叫道："快走快走，这房子……烂成这样，会不会塌到湖里去呀？"

谢岩只得跟她往外跑着，居然还能在混乱中答道："会！这水榭年久失修，很多地方早已被蛀虫蠹空了！刚才那栏杆连接处，已被蛀得腐烂了大半，所以阿原一撞上去，立刻整个儿断了！"

长乐公主已跑下水榭，站在梁帝身畔喘气半天，忽想到一事，顿时惊呼起来："这么说来……真的是冤枉阿原了！那个位置离栏杆那么近，根本不可能不碰到栏杆便落水！可如果碰到了栏杆，阿原想杀人的力道当然远比我大，栏杆早就该断了，怎么会等到现在？"

王则笙惊惶，叫道："不对，不对！那栏杆明明好端端的，怎么会忽然断了？"

那边已有多事的侍从去摇动其他的栏杆，分明也在摇摇晃晃，完全称不上好端端的。

梁帝静默片刻，说道："则笙，你既然受了惊吓，赶紧先回宫休息吧！"

说话间，救人的侍从已将阿原拖到岸边，景辞不顾足疼，冲入水中，径自将她接过，扶上岸来。

阿原好像真的不会水，落水后立刻呛着了，随水浮沉间脑中阵阵恍惚，似看到知夏姑姑的银色面具在闪动。

知夏姑姑的唇角分明正扬起一抹金属般冰冷的笑，看她一次次在水中挣扎，每次待她露头，又一次次伸手将她的头按入水中……

阿原一弯腰，一连吐出数口污水，才看清旁边的景辞，奋力将他一推，甩开了他的搀扶，跟跄着走向众人。

长乐公主也不顾她浑身湿透，忙扶住她道："喂，你怎么样？不好意思呀，我实在不晓得那栏杆这么不牢靠……"

阿原满脑混沌，跌跌撞撞向前走着，却径自走到知夏姑姑的身边，一把揪过她的衣襟，哑着嗓子喝道："你曾经将我按到水里，一次次想淹死我，是不是？你还曾用那么长的银针扎我，把我扎得满床乱滚，是不是？就因为我跟你家公子好，你就一直处心积虑地要害我，是不是？老贱奴！"

她扬手一拳，狠狠地打在知夏姑姑的脸上，将她打得倒退两步，景辞披在她身上的外袍顿时滑落。

王则笙尖叫一声，忙上前拉扯阿原，怒道："风眠晚，你这疯子，疯子！"

景辞已上前扶住知夏姑姑，重新将外袍披到她的身上，双眸却冷冷地盯着她，唇角抿得发白。

知夏姑姑下意识地摸向腰间，恰摸了个空，才记得这里是皇宫，不宜暗藏兵器。待要握拳上前打回去时，忽然触到景辞的眼神，顿似有一道冰水直倾心口，不觉松开了手，辩道："谁拿她怎样？你看她这泼辣的模样，谁能欺负得了她？"

阿原听见，越发愤怒，张口便骂道："老虔婆、死变态！坏得头顶生疮脚底流脓，怪不得一辈子没男人要，活活憋成这么个满肚子坏水的老娼妇，天天只想着怎么使毒计害人！我等着老天爷长眼睛，明儿一道天雷劈下来，劈开你祖宗十八代的坟墓，让你家那些被丢尽脸面的老祖宗爬出来把你这老贱人送进拔舌地狱，剁成千段百段，油里煎、火里熬，看你还能红口白牙害人不！"

原夫人原本准备上前去拉阿原，听她如此恶毒利落地爆出一长串不堪入耳的粗口，伸出的手顿在空中，张了张嘴，竟不晓得从何说起。

梁帝本是半路里抢来的皇位，大半生都在戎马倥偬中度过，听惯了军中汉子们的粗口连篇，但也想不出这个长相清丽的少女能骂得如此粗俗，愕然片刻，方拂袖道："胡闹！胡闹！"

长乐公主慌忙抱住阿原，叫道："阿原，你被水淹糊涂了吧？父皇在这里呢，你看清楚，父皇在这里呢！"

阿原静了片刻，一转身，直直地跪到梁帝的跟前，说道："阿原的确被水淹糊涂了，御前失仪，求皇上恕罪！"

梁帝摆手道："算了，算了！此事……也的确是为难了你！"

阿原道："阿原不为难！只是阿原被人诬陷杀人，差点送掉半条命，阿原为自证清白，又落水差点送掉整条命。皇上英明，应该看得出，不是我在谋害他人性命，而是有人想借刀杀人，谋害我的性命！求皇上为我做主，求皇上严惩凶手！"

知夏姑姑惊怒，忙拉住王则笙跪在地上，叫道："皇上明鉴！郡主来宫中这些日子，皇上应该也看得清楚，她究竟是怎样的人！平时连杀鸡都不敢的姑娘，怎么会有害人之心？何况奴婢刚刚就在这边等着，看得清清楚楚，就是阿原将郡主推下去的！"

王则笙似被惊吓到了，红着眼圈只顾抽泣，不肯抬起头来。

阿原冷笑："一个害人者，也敢出来当证人？蠹成那样的栏杆动都没动，王则笙背上的伤痕估计也找不着，再怎么信口雌黄，也只会被人当作大笑话！我倒也的确好奇，我和你们到底有过怎样的恩怨，让你在我失忆前、失忆后，都这样丧心病狂地害我！"

梁帝的目光扫过湿淋淋的主仆二人，虽有恼怒之色，却踌躇不语。

阿原刚被救上来时双眼迷离，心神未复，却径自冲过去痛打知夏姑姑，可见之前必有恩怨。知夏姑姑所谓的证词，在栏杆断裂后，实在难以取信于人。但王则笙是赵王之女，事关边疆和镇州的安稳，当然责罚不得。而知夏姑姑又是景辞的心腹……

景辞静默片刻，正准备走到梁帝跟前请罪时，原夫人忽道："皇上，谁是谁非，一时大概也分辨不出。看看这两个孩子，好不容易从湖里上来，又被冷风吹这么久，只怕会冷出病来，还是赶紧让她们换上干净的衣衫，喝碗祛除风寒的汤药要紧。"

见原夫人如此贴心解围，梁帝大为欣慰，点头道："正是这话……"

还未来得及说完，忽听得水榭那边吱呀一声，竟是一个老妪推开水榭的门，扶着墙小心地沿廊走出。

此时众人正屏息等梁帝处置此事，周围极静，都能听到她的旧鞋踩在悬空的木廊上发出的咯吱咯吱的响声，甚至能听到老妪无奈地叹道："住不得了，真住不得了……"

阿原立时认出，她正是先前在湖前烧纸钱的老妪。阿原还记起那老妪似乎走入了那水榭，但后来动静再大都不曾出现过，还以为她早就离开，不料居然还在那里。

别说她，连王则笙、知夏姑姑都看得直了眼。

长乐公主大喜，奔上前和颜悦色地跟那老妪说了几句，便领着她到梁帝跟前，笑道："居然还有个证人……谁是谁非，大概即刻能辨明了吧？"

老妪上前拜见梁帝，虽然年迈腿颤，礼仪居然半点没错。

梁帝无奈，只得问道："你方才都看到了？——说给朕听。"

老妪道："回皇上，是这位原姑娘先来，然后这位王姑娘带着两名从人过来，让从人在这边等着，她拉着原姑娘到老妪屋前的廊下谈论抢原姑娘丈夫的事。"

王则笙被噎住，直瞪着老妪连泪珠都落不下来了。知夏姑姑怒道："你胡说什么？"

老妪站在那里，湖风掠过她的破旧衣衫，露出瘦骨嶙峋的腿，颤巍巍得似随时会倒下，但她偏偏还是稳稳地站着，就像她的声音，苍老却字字清楚："这个年长些的从人，也曾这般跟原姑娘说话。原姑娘答她，'是郡主找我有话说，你一个下人插什么嘴？哪家的规矩？不晓得的，还以为你是她妈呢！赵王妃能容得下你，也真真是好涵养'！"

她一个老妇学着阿原俏生生的声音骂人，说不出的怪异好笑，但眼前已没一个人笑得出来。这话也的确只有阿原说得出口，这老妪编都编不来。

原夫人上前一步，和善地问道："老人家，后来呢？原姑娘是不是对王姑娘很无礼？"

老妪仔细将她一打量，已笑起来："原姑娘不曾无礼，而且一直在笑。王姑娘说，原姑娘的未婚夫会跟原姑娘解除婚约，原姑娘想嫁给她未婚夫，只能做妾做婢。原姑娘没生气，笑嘻嘻地说婚书还在，王姑娘日日黏着有妇之夫，会惹人笑话，还说王姑娘是个要脸的人，所以要加紧撬墙脚，早日把原府女婿撬成赵王女婿，把原姑娘的男人撬成她的男人，旁人就不会笑话了。看起来原姑娘根本不想搭理王姑娘，这样笑呵呵说了几句，转身便走了。"

原夫人诧异，眉梢有春风拂动般的柔和："走了？"

老妪道："嗯，原姑娘往外走，王姑娘拉她的袖子，原姑娘一挣手，王姑娘就自己越过栏杆跳下湖啦！"

原夫人微微笑着，妙目盈盈地扫向王则笙，声音愈发温柔如水："跳湖呀？郡主就是一时撬不动墙脚，也不该如此想不开吧？真是……可怜！"

王则笙再也站不住，掩住脸"哇"地大哭着，转身往怡明宫方向奔去。

知夏姑姑和她身畔的众人俱是大惊，忙追过去，一路喊道："郡主，郡主……"

梁帝摇头道："胡闹，胡闹！"

景辞抱着肩，闭了闭眼，沉凝的神色间苦涩和无奈一闪而逝。谢岩已走到他近前，轻轻地拍了拍他的肩，然后便见长乐公主向他翻了一记大白眼。

老妪还在说道："还有后续，不晓得诸位想不想听。"

长乐公主忙道："还有什么？"

老妪道："王姑娘落水，原姑娘在喊，郡主投湖了！跟随王姑娘的那姑姑则在喊，快去请皇上，原大小姐把郡主推湖里去了！等那姑姑跳下水救人，原姑娘便在自语，'苦肉计？这屎盆子当头扣下来，臭不可闻还是小事，要我小命可就糟了！我不能当这冤大头……'"

长乐公主向阿原竖起大拇指，赞她看人清明，见事机警。但阿原盯着那老妪，脸色并不好。

果然，老妪接着道："原姑娘说完，便将王姑娘落水时的脚印勾勒出来，掩好，然后用银簪敲着那栏杆，挑被虫蛀得腐烂的木榫挖空。这栏杆早就被虫蛀得差不多了，再被她这样一挖，别说一个人撞上去，就是随便一脚踹上去，都能立刻折断。"

"……"

众人齐刷刷地看向阿原，梁帝好一会儿才吐气道："真是……好心机！你这是从一开始就为自己设置好了脱身之道？"

阿原面庞泛红，向梁帝行礼道："请皇上恕罪，阿原不想蒙受不白之冤！若无栏杆断落为证，这老姑姑又不出来为我做证，如今我那五十鞭，快要受完了吧？"

梁帝暗恼阿原不知进退，压着性子说道："嗯，既然你早有打算，为什么开始不直接让我们去勘察现场？端侯当时便说了，让你为自己分辩，他会听。"

景辞的面色忽然泛了白。

阿原轻轻地笑了起来，神色凄凉至极："皇上，所谓危难见人心，我只想看看人心而已！自我当日伤重醒来，所有人对我来说都是陌生的。连同我母亲、我夫婿、我朋友，甚至我自己，我完全不晓得他们都是怎样的人，更不晓得他们是真心待我，还是虚情假意。是则笙郡主跳入湖水，还是被我推入湖中，她口说无凭，我也口说无凭。我就想瞧瞧，在双方都口说无凭时，帮我的是谁、害我的是、信我的是谁、疑我然后把我推向万劫不复的，又是谁！"

她慢慢走向景辞："若是她跳入湖水，嫁祸给我，她的身份与众不同，何况远来是客，根本不会拿她怎么样；若是我推她入湖，皇上虽存爱怜之心，一样会处置我。我得背着杀人罪名被鞭笞、被囚禁，从此身败名裂、身心俱残……以我夫婿的聪明睿智，自然能将后果看得清清楚楚。可即便这样，我的夫婿还是毫不犹豫地选择信任害我的人，成为加害我的一员！"

景辞静静地凝视着她，半晌方答道："阿原，是我错了。我并没你想象的聪明睿智，所以我不曾细想过信或不信的后果。我只是下意识地选择了我认为是对的一方。"

阿原冷笑："不曾想过后果？不曾想过自己妻子背负杀人的恶名的后果？"

景辞低了眉，叹道："则笙于我如亲妹妹一般，或许，我是习惯性地疼爱她，忽略了你的感受。对不起！"

他的声音是从未有过的诚恳，阿原却笑得更厉害："你当她是亲妹妹也好、新夫人也好，总之你已告诉了我，她在你心里才是最宝贵的、最不容伤害的，即便她是错的、即便她在害人，你都会全心全意地维护她！而我……你其实是下意识地认为，我便是背负了这罪名、背负了这责罚，也没什么大不了，对吧？"

景辞不答，藏在袖中的指尖不觉间微微颤抖。

那个从小到大努力讨他欢心的小姑娘，因着某些无法向她明言的原罪，无故背负罪名、背负责罚的时候……似乎并不少？

而她总是看着他的脸色，隐忍着委屈，唯唯诺诺地接受一切有理或无理的指责……几乎成了习惯。

他其实并不是不知道她的委屈，所以在她无辜受责后，总是千方百计地待她好，弥补她，甚至带她远走异国逃开那一切……

因为曾经弥补或即将弥补，他好像真的认为，让她去承受罪名或指责，没什么大不了？

何况，他总是将她护在身后，注定会和她一起，去承担所有人对她的指责。

可他好像的确没问过，她愿不愿意去承受那些指责甚至责罚……

阿原看他低垂的浓睫、清冷的面庞，慢慢地退了几步，退到梁帝跟前，忽然跪地，以额碰地，重重磕了三个响头，说道："皇上，端侯待我既无情，又无义，更没有半分夫妻间的维护和信任。我怕活着嫁入端侯府，被人害得横着抬出来！求皇上解除我和端侯的婚约，救阿原一条小命，放阿原一条生路！"

"你……这也说得太过了，哪有这样离谱……"梁帝虽早就想着解除二人婚约，但此时阿原如此决绝地主动提出，景辞的面色却越来越不好看，于是犹豫起来，"这事……待朕跟你母亲再商议吧！"

阿原道："皇上疼爱端侯，必定能看出他最看重的人是谁，当然会成全他的心愿。我于他虽然轻于鸿毛，倒也不甘因此自轻自贱，做他甘受白眼的妻子。既然各有二心，何必同床异梦？还求皇上别耽误他，也别耽误我！"

景辞忽然冷冷地喝道："你住口！既然是我的人，就少做别的梦，也就不会有什么同床异梦了！"

阿原扑哧一声笑起来："你不管我的生死，却想管我的梦？你以为你是天、你是神？你是天神也管不了我做什么、想什么！"

景辞道："不论你在想什么，不想着凉的话，先去把衣服换了！"

他的话头转换之快，令阿原很是意外，瞪了他一眼。

梁帝趁势亦摆摆手："嗯，长乐，陪阿原去你宫里换衣服吧，女孩儿在一起好说话。"

长乐公主应了，忙去扶阿原时，阿原却依然直直地跪着，岩石般动也不动。

梁帝虽然不肯向原夫人提太多景辞的事，但原夫人心思玲珑，早看出梁帝的心思，也上前扶阿原，向她使着眼色道："阿原听话，先去换衣服。有什么事，日后皇上自然会为你做主！"

阿原只得忍着性子，向梁帝行礼告退。

随长乐公主离开之际，忽听得旁边的景辞萧索般说道："阿原，你记住，我们的婚约不可能解除！"

阿原惊诧，顿身看向他，又笑了起来。

她道："你敢跟我成亲，我就敢给你戴遍全京城的绿帽子！"

阿原扬长而去，留了一地惊骇发呆的人群。

景辞凝视着她的背影，忽然转身，从另一个方向快步离开。

依然是一袭青衫，映在苍茫的湖水里，青冥天色，看着说不出的沉寂，并觉不出愤怒或羞辱。

谢岩忙道："皇上，我跟去瞧瞧。"

梁帝正担心，见状忙道："好，给朕看住他些。"

谢岩应了，急急地追了过去。

梁帝看向原夫人："玉罗，朕实在不信……不信她是你的女儿。"

原夫人虽风流，但言语温柔，善解人意，不可能说出此等惊世骇俗的言语。虽说世俗对女人诸多限制，动辄以礼教约束，可一旦女人百无禁忌起来，好像也很容易让男人无地自容。

原夫人亦在嗟叹，却道："我倒觉得皇上更该相信，她千真万确是我的女儿。她所做的、所说的，都是玉罗这些年来想做、想说，却不敢做、不敢说的……同样被辜负，我的女儿比我勇敢。这样挺好，我不在乎养她一辈子，她也不愁没男人。"

梁帝待要说什么，瞅着原夫人抬袖拭泪，只能按捺住，叹道："你们呀……"

旁边似乎也有人在叹息，却是方才做证的老妪。

原夫人打量了她几眼，越看越面熟，问道："你叫什么名字？我们是不是见过？"

老妪道："夫人必定忘了，当日我在太后身边侍奉，你是昭宗皇帝的宫女，当时时常见面的。后来昭宗赐婚，我还赠过夫人一对荷包。当时我们都以为赐的是朱将军……哦，就是如今的皇上，谁想后来竟赐了原将军。"

原夫人仔细辨她的眉眼，猛地认了出来："你是……勤姑？"

勤姑叹道："奴婢老迈，面目全非，夫人倒是容色依旧。"

原夫人道："听闻当年太后薨逝，宫人四散，我还以为你早已出宫去了。"

勤姑道："我与俞妃投缘，后来去了她宫里。待她被迁于此地，我便也跟着来了……"

原夫人举目望去，但见此处蒿草连天、屋宇败旧，不觉凄然，转而向梁帝说道："皇上，既然是往年故人，不如让臣妾带她回原府？阿原颇不懂事，正好让宫中老人多教教她礼仪。"

梁帝听勤姑提到往事，也是黯然，看原夫人的目光也柔和许多，立时道："既然是故人，带回去帮你照应照应府里也是好的。朕瞅着你那个阿原，不像会持家过日子的人。"

勤姑忙叩首道："谢皇上！谢夫人！"

再怎样的高风亮节，窝在这蒿草遍地的冷宫冷院待上一二十年，也该待够了。

阿原的身量比长乐公主高，将长乐公主的衣衫穿在身上略显小，但举手投足间倒显得更加利落。

长乐公主命人端来祛除风寒的汤药，阿原一声不响地接了，一口饮尽，倚在榻上休息，胸口起伏得急促而剧烈。

长乐公主躺到她的身畔，捅了捅她的腰肢："喂，想哭就哭出来，想靠就靠过来！本公主胸怀宽广，够你靠了！"

阿原不屑："甩了一个我不要的男人，为何要哭？哭也该别人哭！"

长乐公主眼珠一转："也是。这会儿端侯应该在哭吧？"

阿原睨她："你见过他哭？"

"没有。"长乐公主觑着她漫散的眉眼，"但他最近也没你想的那般舒坦。他的事，父皇说我小孩子家，不肯跟我多提，但我也看得出来，他不想退婚。父皇好像有些恼，哪怕我和谢岩、慕北湮几度求情，都不肯放左言希出来。左言希那事儿可大可小，这么多人求情都没用，只怪他跟端侯太要好了……"

阿原怔了怔："退不退婚，还不是皇上一句话？有必要拿左言希的事儿威胁他？横竖有我逃婚的把柄在，皇上想解除我跟他的婚约，都不需要另找借口。"

长乐公主道："好像还希望他娶了王则笙吧？"

阿原笑了起来："他把王则笙看得跟自己的眼珠子似的，比我金贵千倍万倍，弃我娶她，岂不正遂了他的心愿？方才我居然忘了说句恭喜，真是罪过呀罪过！"

长乐公主张张嘴，没能接话。半晌，她问："你接下来怎么办？"

阿原侧过身，撑着头去捏长乐公主的下颌，好看的眼睛笑得如弯弯月牙："什么怎么办？小爷我要钱有钱、有才有才、要身段有身段、要长相有长相，当日在沁河，喜欢我的女人从东城排到西城。如今在京城，喜欢我的男人从皇宫排到原府！其实我也愁着怎么办呢，是先睡男的，还是先睡女的？先睡年长有涵养的，还是先睡年少有才情的？真真是愁死我了！"

她反身将听呆了的长乐公主压下，笑道："不然先睡了咱们仗义美貌的长乐公主，好不好？"

长乐公主被压得哈哈大笑，边推她边笑道："得了得了，不如从你先前那堆情人开始睡吧！他们一定乐意得很！不过……"

她一用力，反过来将阿原压在身下，眼底闪过狡黠："我可以给你睡，但有个人，你不许睡！"

阿原笑道："嗯，我也仗义，就放过谢岩了！我睡小贺王爷，你没意见吧？"

长乐公主抓过她的手来，与她击掌为誓，笑道："一言为定！慕北湮也不错，你若喜欢，我现在安排马车，送你去贺王府，可好？"

阿原笑道："如此，劳烦公主了！"

景辞喜静不喜闹，这些日子因病被留于宫中，住在相对僻静的陶然居，距离同样偏远的怡明宫不远。

他举目看着匾额上的"陶然"二字，自嘲一笑，飞快地走了进去。

谢岩跟在景辞身后，看着他有些虚浮的步伐，已锁紧了眉。

他随景辞入内，吩咐宫人道："去取侯爷的药来。"

景辞坐到桌边，接过茶来喝着，摆手道："没事……"

谢岩皱眉："阿辞，如今没什么比你养好自己的身体更重要。"

景辞摇头："放心，不过是些积年的旧疾，一时无法痊愈，但一时也不至于怎样。"他看向谢岩，"你见过比阿原更离谱的女子吗？"

谢岩答得很快："当然见过。被你弄到晋国去的清离，比阿原离谱多了。"

景辞微哂："你还记挂着她？她跟她母亲是一个品行。长乐公主也罢，其他名门闺秀也罢，都比她不知强多少，不晓得你看中她哪样。"

谢岩低叹："阿辞，你抱着这样的心思，那么，很快你会发现，阿原可能也跟她们一个品行。"

"给我戴遍全京城的绿帽子？"景辞低低地笑，"或许，这才是她的本性？"

"本性？"谢岩忽然笑了起来，"如果说这是本性，也是你逼出来的本性。"

景辞目光便冷了："因为我信了则笙，不信她？这就是逼她？"

谢岩道："再加上你这一个月的避而不见，你觉得她还有理由接受你这施舍般的婚姻或感情？"

景辞愠怒："施舍？"

谢岩低头啜了口茶，说道："抱歉，我当日听你说起她从前的事，就觉得是施舍。只是当年的她像你养的一条小猫小狗，习惯了被施舍，并能受宠若惊。如今的她则会把你的施舍当作羞辱，踩到脚底并羞辱回去。还有，如果你身边的人都把她当作你养的猫狗，她不会得到半分尊重。一旦他们觉得她有所逾越，随时可能会发生今天这样的事，而且……她们不会觉得有什么不妥。"

景辞道："你想多了！知夏姑姑不喜欢她是真，但其实也不曾对她怎样过。则笙从前更是把她当作姐姐看待。"

"可以随意使唤的姐姐吧？一个承蒙你的薄面才被收留下来的所谓孤女，一个是高高在上的赵王郡主。姐姐？阿辞，你在欺骗我，还是欺骗你自己？"谢岩冷笑，"今天，你心爱的妹妹和尊敬的姑姑想教训教训你们心里不知感恩的孤女，你也跟着指责……却都忘了，她是和你们比肩而立的堂堂正正的原家小姐，早就没再把自己当作猫儿狗儿。她根本不会觉得欠你什么。你们想毁她一世，还指望她感恩戴德？她原先有多在乎你，如今就有多怨恨你。全京城的绿帽子，你等着收吧！我猜，以她自幼习武的体力和耐力，真能青出于蓝，很快会超过她母亲、妹妹……"

景辞正低着头默默喝茶，似被茶水呛了一下，猛地剧烈地咳起来。他匆忙地取丝帕掩住口，又是压抑地咳嗽两声，才低头看一眼帕子，即刻又将丝帕捏住，掖入袖中。

他的动作虽然迅捷，谢岩已看到了丝帕上的一抹淡红。

"阿辞！"

谢岩急急地站起身，待要唤人时，景辞已摆手示意他不要吱声。

谢岩怔了怔，旋即想起，若他病情因此恶化，只怕梁帝、知夏姑姑等人更厌恶阿原。

可惜，在阿原的心里，或许会顾忌梁帝厌恶她，至于王则笙、知夏姑姑等人怎样看待她，根本不在考虑之列。

他暗叹一声，见景辞面色极差，又懊悔自己说得太过，待宫人将药端来给景辞喝了，令他们退下，方拍了拍他的手背，低声道："算了，等她明天消了气，你主动去赔个罪，纵然她不肯释怀，还不至于立刻给你……咳，戴什么绿帽子。"

景辞道："若她是跟她母亲、妹妹一样的人，我还去给她赔罪？"

谢岩黯然道："她的母亲、她的妹妹……你可晓得原夫人和清离遭遇过什么？"

"难道也是被人逼着，变得不知廉耻？"

"差不多吧……原夫人名唤楚玉罗，出身书香门第，少时与皇上相识，大概也少不了海誓山盟，有过嫁娶之约。可皇上当时一介武夫，家徒四壁，楚父不允。后来，楚家被权臣弹劾抄家，楚玉罗便被收入宫中为婢，因容貌出色、工诗善画，不久被选去在御书房侍奉当时的昭宗皇帝，时常能与朝中的文臣武将相见。当时爱慕她的，除了已成为宣武军节度史的皇上，还有后来的武安侯原皓。昭宗皇帝便为楚玉罗指婚，故意传出消息，说她会嫁给朱将军。楚玉罗开开心心地准备嫁妆，结果成亲当天被送入了原皓的新房。皇上当时尚在边疆，虽然听到消息，却鞭长莫及。"

景辞略一沉吟，便明白过来"皇上当年剿灭叛军，收复蔡州、郓州等地，兵强马壮，功高震主，昭宗有意重用原皓，引得两虎相争，方便他从中制衡，这的确是帝王的手段，可惜大厦将倾，徒唤奈何！"

谢岩点头："听闻楚玉罗发现嫁错夫婿，当夜以簪刺喉，重伤卧床数月。彼时昭宗还欲将妹妹嫁给皇上，以笼络皇上之心，皇上便匆匆迎娶了同样相识于寒微之时的楚玉罗的好友张惠。楚玉罗痊愈后便被原皓逼着圆房，眼见一切已成定局，无力回天，一改往日的贞淑，四处留情，暗中替皇上笼络大臣，伺机夺权。可笑的是，连昭宗最后被她迷惑，做了不少自毁长城的事儿。因有昭宗撑腰，权臣打压，原皓根本无法管束妻子。"

他将声音低了低："听闻皇上之所以杀昭宗，就跟楚玉罗有关。当日昭宗乱点鸳鸯谱时，没想到会因此丧命吧？后来原侯病逝，楚玉罗声誉已毁，不愿入宫，皇上心怀歉疚，也便由她在宫外自在。"

景辞道："皇上……果然多情。那你的清离呢？"

谢岩叹道："她呀，出身高门、博才多艺、淡雅有节，却自幼被母亲声名所累，对母亲的行为不以为然。我曾有求娶之意，原夫人倒是应了，但清离一心想嫁的，是驰骋沙场的盖世英雄，也算是前世的孽缘。跟大梁作对很多年的晋王遣了其弟李源来谈判，她不知怎么一眼就看上了他。李源也是个倒霉的人，谈判之际，边境忽起冲突，皇上一怒之下命人捕杀李源，他身受重伤，居然还是逃出了梁国。后来晋国传言，李源得仙女救助，故能脱身。"

景辞道："这仙女自然就是原清离。"

谢岩沉默了好一会儿，才道："清离在一次大醉之后说起，她救了李源，将她藏在原府一处别院。可那处别院，是原夫人和数名情夫约会之所，而她并不知道。那几个禽兽无意发现后，以李源的性命要挟，将她轮奸。那一年，她十五岁。她不动声色地将李源送走后，便大量结交朝中有权势的大臣和贵家公子，不出半年便将那几个禽兽收拾得家破人亡。也是从那时候起，她们母女离心离德，再也没好好说过一句话。"

景辞眼底幽光闪烁，忽然长吸了一口气："怪不得……怪不得李源执意迎娶眠晚！晋、梁两国结怨极深，他们两人根本不可能结亲，李源是想娶眠晚以慰相思！也怪不得……原清离一听说代眠晚入晋，立刻答应了……"

谢岩苦笑："一场算计，歪打正着。清离也算得偿所愿，可以凭借风眠晚清清白白的家世嫁给李源。"

景辞咳嗽着笑起来："然后，把她混乱的人生，留给眠晚去延续吗？"

"我不知道。"

谢岩取出怀中的绢画，看着绢画里正从雪地走向另一边碧树花影的女子。

衣带当风，飘逸却决绝，再无半分留恋。

他原先不懂，但在沁河跟景辞相认后，到底明白过来。

她早已恨透了这个繁华、肮脏、跟冰雪一样冷彻她心扉的京城。

而他是属于这里的，理所当然地被她连同这座城池一起抛弃。

谢岩轻轻道："我现在很放心。真的，我很放心。"

景辞将五指攥了又攥，低声道："我不放心。"

谢岩拍拍他的肩，柔声道："其实也不用想太多，知道她过得好，也就可以安心了！"

景辞不答，转头对屋外吩咐道："去长乐公主那里看下，阿原小姐还在不在。"

谢岩怔了怔，旋即欣喜道："你打算现在就去见她？也好，虽然她怒意未消，但也可以看到你的诚意了！"

这时，屋外之人答道："回侯爷，阿原小姐让长乐公主备了车，已经去贺王府了……"

"慕……慕北湮！"

景辞吸气，蓦地站起身来，正待踏步前去拦阻时，眼前骤然一黑，人已栽倒下去。

谢岩失声叫道："阿辞……"

贺王府的后园里，慕北湮正悠闲地烤着兔子。

已喝得微醺的阿原啃得满嘴油腻，瞥见旁边还有刚洗剥好的兔肉，取了刀子，熟练地割下两条兔腿，拿盐和酒渍了，用铁丝串了，血淋淋地伸到火堆上烤。

慕北湮啧啧道："天地间竟有你这样的女人，也是罕见。怪不得端侯不敢要你了！"

阿原在火堆上翻转着兔腿，懒懒地道："小王爷，你弄清楚，是我不要他，跟他要不要我，半点关系都没有。"

慕北湮瞅她："你不要他……你可晓得他如今多得圣宠？若他有心报复，谁敢娶你？"

阿原笑道："巧了，我也没打算嫁。总不至于我亲近谁，他便报复谁吧？我生性风流，恐怕他报复不过来。"

她拎过酒壶，痛快地饮了一大口，歪头看向慕北湮："你怕他报复吗？"

兔腿的香味已经萦绕了满园，稍远处侍立的从人悄悄地擦着口水。慕北湮却似又闻到了当日被整夜悬于茅房的恶臭。他的胃里翻滚了一下，忙将手中烤熟的兔腿递给阿原，悠然道："怕。不过我更想看到他被人甩掉后痛不欲生的模样。"

阿原很是满意他的君子之风，接过兔腿后顺手又将烤了一半的兔腿换给他继续烤，指点着他大笑道："看你，真是恶毒！恶毒！不过，我想着我这个未婚夫居然帮着老虔婆她们害我，我就喜欢你这样的恶毒！"

她啃着喷香的兔肉，又大口喝酒，笑道："不过，小王爷，我告诉你，我还是喜欢他，喜欢得紧。想到他从此会和别的女人做夫妻，我的心口像被人挖了一块般空荡荡的，一碰就咕噜噜往外冒血，疼得喘不过气来。"

慕北湮叹道："那就等这事缓几日，看能不能找人说和下。"

阿原嗤之以鼻："还说和个屁！我当捕快时看得多了，就有一种男人，口口声声疼惜自己的妻子，可是，父母姐妹一说妻子怎样不好怎样不懂事，再疼惜的妻子都成了外人，恨不得帮着父母姐妹把妻子打一顿。可怜妻子被欺负个半死，男人还委屈，以为受了夹心气……别说什么夫妻一体，我呸！一不懂得保护，二不懂得信任，这种人嫁了只会遭罪，不分还留着过年啊？得，长痛不如短痛！幸亏还有小贺王爷的美酒美食解我烦忧！"

她仰脖再喝酒时，酒壶却空了。她晃了晃，不满地扔到一边，高声吩咐从人："拿酒来！把你们王府最好的美酒拿来！"

她曾在老贺王的丧仪上帮忙，后来常与慕北湮一起查案，走得颇近，从人闻得吩咐，果然听话地又抱来两坛酒。

慕北湮看她喝酒吃肉，看得傻了。

阿原却不傻，一眼瞥到他手中的兔肉，高声道："烤焦了，烤焦了！快换面！"

阿原喝得大醉，自然只能留宿在贺王府。

慕北湮将她扶向自己的书房，咕哝道："咦，怎么反而沉了许多？果然没了男人更长肉……"

阿原笑道："那是自然。活得自在潇洒，那好看是从内而外的好看，胖了也好看！"

幸亏这时候原府已晓得小姐多半回不来，便遣了她的侍儿小鹿、琉璃带着阿原的卧具衣饰等赶过来侍奉。小鹿给阿原倒了醒酒茶，真诚地说道："是，好看，咱家小姐一直都这么好看……"

阿原笑着喝了几口，端着茶盏站起身，醉意醺醺地四下观望："我以前应该常来这里吧？可看着还是眼生得很……嗯，除了景辞和那个见鬼的姑姑，什么都眼生得很。"

小鹿眨巴着眼睛一时没法回答。

小姐失忆前，她完全不得宠，虽晓得小姐是贺王府的常客，但并不晓得她住在贺王府何处。

那边琉璃已应声道："小姐到贺王府，最爱的就是书房。说书房又大又清静，书籍又多又干净，坐着都舒服。"

阿原扑哧一声笑了："老的只想看兵器，小的只想看美人，谁来看书？满架子的书就用来装门面了，被搬回来后翻都没人翻过，怎么会不干净？"

慕北湮抱肩看着她酡红的面庞，轻笑道："谁说没人翻过？"

他正要说什么，又抿了抿唇，桃花眼暗淡了下，笑容便有些发苦。

而琉璃已笑道："从前小姐常常坐在这个位置看书，有时一看就是一下午，还令奴婢等人在门外烹茶。小姐说，这茶香，加上屋外的花草香、屋内的书墨香，是世间最干净最好闻的气味。"

阿原嗅了嗅："我闻到了兔肉香……"

她眸光一转，看到了对面墙上的一幅画儿，笑道："要不要把这兔子也烤来吃？"

画儿题名为《嫦娥》，但画上并无美人。

一扇半开的窗户，临窗的案上摆着一局残棋，还有一只向外眺望的雪白玉兔。窗外斜斜地伸来一枝合欢，叶轻卷，花盛开，掩映着枝叶后一轮凄清的冷月。

阿原虽在酒醉中，亦能品出此画画风清丽幽雅，有种踟蹰萧索之意，不觉又叹道："画这画儿的，是女子吧？她大概是不敢烤兔子吃的。"

慕北湮正凝视着她，闻得她这话，神色便有些怪异。

琉璃忍不住说道："小姐，可这画……就是你亲笔画的呀！连诗词落款都是你亲笔题写的……"

阿原忙一看，果见旁边题着李义山的诗句——云母屏风烛影深，长河渐落晓星沉。嫦娥应悔偷灵药，碧海青天夜夜心。

落款，清离居士。

原清离，满纸清愁离恨。

阿原向后退了两步，再两步，歪头细细端详半晌，方道："这不是我的字画。"

琉璃笑了起来："小姐果然醉了！这幅画儿，是奴婢亲眼看着你坐在这边画画题词的，怎么会不是你的字画？"

阿原的确醉得不轻，可脑中忽然间异常清明。

她再次说道："这不是我的字画！这绝对不是我的笔迹！"

小鹿看她说得认真，忙道："是或不是，咱们写几个字不就知道了？我来给小姐磨墨！"

她挽袖去磨墨。

慕北湮一直抱着肩，留意阿原的神情，此时也缓缓走来，取出数页纸笺铺到书案上。

他的桃花眼似笑非笑，仿若在欣赏着她的醉态，细看却了无笑意，说不出的凝重。

片刻后，利落轻盈的三个字跃然纸上。

阿原吹了吹墨迹，提到《嫦娥》图旁边，与落款对照。

同样是"原清离"三字，同样神清韵雅，但落款处的字柔媚流利，自成风范，阿原刚写的字则遒劲率性得多。

这字迹，明显是出自两个人的手笔。

阿原怔怔地看着那字迹，忽抬头看向琉璃："我以前很爱写字作画？但我受伤醒来后，好像没看到府中有我的画？"

琉璃道："原来是有的。小姐的书房里、卧房里，都有小姐的字画，还有刺绣。特别是书房里，收藏着上百幅呢！后来，夫人让人把字画全都收了起来，封存到库房里，一件都不许出现。"

阿原听得如坠云里雾中，几乎怀疑是自己在做梦："你说什么？母亲让人把我自己的字画和刺绣都收起来，不许出现？"

琉璃点头，道："夫人还特地把我们几个贴身服侍的叫去嘱咐过，说小姐头部受创，已不记得从前那些才艺了，别特地在小姐跟前提起这些事儿，免得小姐伤心……但如今小姐既然问起，奴婢说出来也没事吧？"

省得原先在姐妹间不入流的小鹿整天多嘴，装作无所不知的模样。也不晓得小姐看上她哪里，莫名其妙她就成了小姐的心腹大丫鬟，连月钱都涨成其他人的两倍，说她前儿跟着小姐东奔西跑的，太辛苦了……

小鹿果然不吱声，专注地继续磨她的墨。

阿原退回书案前，慢慢问道："大概是什么时候的事？"

琉璃道："应该就在小姐苏醒后一两天吧！"

阿原取笔，饱蘸浓墨，顿了片刻，落笔如飞，却是行云流水的三个字：风眠晚。

长空片云般高远明净，山际奔泉般流畅悠然，写来比方才"原清离"三字更觉韵致出尘，风采飘然，倒似写过千百遍一样。

眠晚、眠晚、晚晚、晚晚……

风眠晚、风眠晚……

阿原定定地看着那三个字，酒意翻涌间，若有无数人在耳边一声声呼唤，纷杂混乱，如浪潮般裹住她。似有什么东西突突地向外钻去，要从脑部某个闭合处冲出来，又似有什么东西沉沉地压来，把一颗心碾来碾去，疼得她透不过气来。

慕北湮走到她跟前，看看字，再看看她，轻声道："这个……是谁？"

阿原好一会儿才吐出一口气，揉了揉莫名生疼的胸口，低低道："今天王则笙恼羞成怒时，曾唤我这个名字。这名字……很熟悉，很熟悉。"

慕北湮细细想了一下，摇头道："京中虽有姓风的人，但没听过这名字。"

琉璃亦道："小姐素日交往的人中，没有叫这个的。"

小鹿也凑过去看，怎奈那字认得她，她不认得那字，只得问道："这写的……什么？"

琉璃鄙夷地瞪她："风眠晚。难道你听说过？"

小鹿睁大眼："风眠晚？我当然听说过呀！"

几个人反而怔住，一起看向她。

小鹿笑道："小姐你忘了？沁河那个说书人，说书时就曾说过风眠晚！"

琉璃不禁抚额，连慕北湮也深感这小丫头太不靠谱了，叹道："小丫头，咱这是谈正事呢，就别说故事了！"

小鹿急了："虽是说书，可听闻他说的都是真事儿呀！那一段，说的就是大半年前发生的，燕国诸皇子夺位之事。"

慕北湮摇头，抱肩调笑道："好，那你且说来听听，燕国先前的皇帝是谁，有几个皇子，夺得皇位的又是哪位，姓甚名谁？"

小鹿顿时挺直了脊背，不慌不忙地说道："燕帝柳人恭，皇子有五六个，但最有可能夺位的，只有二皇子柳时文，和三皇子柳时韶。柳时文仁厚，又有深得柳人恭器重的名士陆北藏相助，本该胜券在握。何况柳时韶勇武却荒唐，与其庶母罗氏有染，被父亲杖责后一度逐出幽州，虽有兵马在手，看着并无胜算。谁料陆北藏病逝，其女弟子风眠晚……"

阿原失声道："对，我想起来了，风眠晚，那个说书人的确讲过！她明面上是二皇子的谋士，实际上是三皇子的红颜知己。柳人恭重病之际，她故意答应二皇子，为他刺杀三皇子，暗中却是与三皇子合谋，将计就计，除掉了二皇子，让三皇子柳时韶登上了皇位！"

窗扇开着，吹到酒后汗意涔涔的身子上，阿原不由打了个寒噤。

说书人说的故事她还记得，只是忘却了曾在夺位之争中起过关键作用的那女子的姓名。

风眠晚三字，如此耳熟，难道就是因为先前听了说书人的故事？

可王则笙并没有听过说书人的故事，又怎么会忽然唤出这样的名字？

兔肉和酒的味道忽然从胃部一起翻涌上来，阿原干呕了下，恍惚着一时没再说下去。

小鹿却已拍手道："原来小姐也想起来了！但那个风眠晚必定是跟小姐没有关系的。柳时韶继位后，没娶风眠晚，把风眠晚嫁给了晋国大将李源啦！"

慕北湮听小鹿说起燕国之事有头有尾，并无讹误，惊诧之余早在凝神细听，此时骤然白了脸，厉声道："你说什么？你说风眠晚嫁给了谁？"

小鹿吓了一跳，愣愣地看着慕北湮，小声道："李源呀，晋王的弟弟……怎么了？有什么不对？"

慕北湮额上的青筋突突直跳，妩媚的桃花眼里有星星点点的光芒在闪烁，不知是兴奋，还是悲哀。他跳起身来，叫道："对！很对！一切就该是那样的！我就说，我就说……"

他退了两步，转身走到窗口，看着窗外的合欢树，抬手在窗棂间狠击两记，几乎要把窗扇打得脱落。他的胸口起伏，握紧拳喘得厉害。

阿原越听越疑惑，忙走过去问道："哪里对？又哪里不对？是不是我醉得厉害，迷糊得厉害，而其他人……早已醒了？"

慕北湮转头看向她，目光渐渐柔和。

他握住了她的手，轻笑道："没有，我也醉着，也迷糊着。"

他忽然张臂，紧紧将她拥住，声音哑了下去："我醉了，居然听说你嫁人了，还是嫁给了你最爱的男人，我……很开心。清离，你一定要好好的，好好的……"

阿原终于笑了起来，拍着他的背，柔声道："你果然……醉了呢！"

慕北湮没喝多少酒，但必定醉得厉害了。

他居然泪流满面。

窗外，月影朦胧，合欢摇曳，有侍从蹑着手脚走过，不敢惊扰窗内相拥的一双人。

男子俊秀，女子清丽，年貌相当，家世相若，彼此知根知底，谁敢说他们不是一双璧人呢？

原府。

原夫人刚刚从宫中归来，眉眼微醺，居然也有几分醉意，更添几分楚楚韵致。

廿七将一封密信递了过去："夫人，咱们从镇州赵王府和端侯入手，果然查到了阿原小姐先前的行踪！"

原夫人连忙打开，一字一句看了，唇角微微扬起，眼底的迷离酒意一扫而空，却涌上了大片水雾。

"风眠晚，她果然是风眠晚……我就知道清离……"

廿七柔声劝道："夫人，清离小姐下落已明，也算凤愿得偿，说来也是件好事。阿原小姐虽被人设计，但看起来也不是坏事。"

原夫人道："是他们小看我女儿了！即便是猫儿狗儿，也有着天然的野性。忘了往事的同时，她也不再记得那些被逼迫出来的温驯。"

廿七道："王则笙陷害小姐不成，反而令小姐更生警惕，也与端侯嫌隙更深。下面端侯想摆布她，只怕没那么容易了！"

"摆布？他做梦！"原夫人慢慢将信笺按到桌上，"听闻景辞回去后就病了，皇上又急又恼。我佯作醉酒，比他还烦恼，他方不忍责怪于我。明日我会继续求见皇上，告诉他，阿原被那对主仆刺激得不轻，已经留宿于贺王府。行事如此荒唐，当然再难与端侯匹配，为端侯计，还是先解了他们的婚约再说。"

廿七沉吟道："皇上看来着实不喜欢阿原小姐，不晓得则笙郡主和那老毒妇到底跟皇上说什么了……"

原夫人叹道："可惜我们只查到阿原曾和景辞一起拜陆北藏为师，随他去了燕国，又在燕国闹了那么多事，却不晓得后来究竟发生了什么。"

"难道景辞后来重伤重病，真与阿原有关？"

原夫人不以为意，冷笑道："与阿原有关又怎样？你没瞧见知夏那副嘴脸，必定时时处处都在想着怎样坑害阿原。先前的恩怨先不提，单凭他们今日所为，阿原就是弄死他们都不为过！"

她恨恨地说着，黑漆漆的星眸转动着，很快又浮上浅浅的笑意："不过我倒是看出来了，知夏那贱人很中意则笙，唯恐景辞真的迎娶阿原，而景辞，不论是为了收拾阿原还是真的在乎阿原，的确很想娶阿原……我便顺了知夏的心意，成全景辞和王则笙如何？"

她看向廿七"把阿原与贺王同寝的消息传出去吧，传得越不堪越好。最要紧的是，一定……要传到景辞的耳朵里！"

"琉璃传回的消息，阿原小姐与小贺王爷虽喝得大醉，同宿于书房，却是分床而居……"廿七犹豫时，忽瞥得原夫人唇边那抹不甘的冷笑，立时悟了过来，转而道，"他们同寝的消息，属下一定设法让端侯亲耳听到。听闻他病得厉害，受不了刺激……若是病情再重，左言希该被放出来了吧？"

原夫人对他的善解人意很是欣慰："左言希是皇上影卫，当日又是他带着景辞一起回京。先前在燕国发生的事，他必定有参与，那么阿原失忆之事，多半是他做了手脚。叫人多留意左言希的行踪，看能不能找机会让他恢复阿原的记忆。阿原时常头疼，必定与此有关。"

廿七迟疑："可是，夫人，从前的阿原小姐，只怕还不如现在的阿原小姐跟夫人贴心。她……是景辞、知夏他们一手带大的。"

"所以，咱们尽快促成景辞和王则笙吧！知夏设计陷害阿原，景辞又负心另娶同样想害阿原的王则笙……阿原被他们明里暗里捅了那么多刀，便是记起往日情分又如何？还能跟他们贴心？"原夫人眉眼微哂，声音细不可闻，"所以，我很想谢谢知夏他们，这样一步一步，生生把阿原又推回到我的身边……"

廿七点头，犹豫片刻，又问道："咱们……要不要设法联系清离小姐？"

原夫人静默片刻，笑道："只怕……她并不乐意我插手她如今的生活吧？"

她笑了片刻，眼圈却已红了。

廿七静静地凝视她。然后，他粗大的手掌推向前，将一方柔软的素白丝帕沿着桌面推到她跟前。

原夫人接了，将帕子掩住眼睛，叹道："这孩子，什么时候能让我放心？总算……"

总算阿原回来了，总算阿原在她跟前，总算她感觉得到，阿原那些张扬行为背后的赤诚和善良。

第二日，慕北湮亲自将阿原送回了原府，并未顾忌可能流传开来的那些闲言碎语。

或许，根本没必要顾忌。

这满京城，哪有比慕北湮更纨绔的贵家公子？哪有比原大小姐更厚颜无耻的千金小姐？

他们或真或假的荒唐故事成了市井人家的开胃调料，而街头巷尾的指点议论也不过是他们的下酒小菜。

但阿原回来时脸色不大好，慕北湮的神情也有点不大对。

原夫人见二人齐至，倒也正中下怀，悄悄向廿七使了个眼色。

廿七心领神会，去找贺王府的随从。原大小姐整夜未归，小贺王爷恋恋不舍，亲自送回原府，这事儿想着就已足够香艳，传入宫中时想必更香艳……

阿原径直走向原夫人，说道："母亲，有些事，我想问清楚。"

原夫人点头："跟我来。"

她转身走向书房时，见慕北湮也跟了来。

他恭恭敬敬道："夫人，我也有很多疑惑。"

原夫人知道原清离待慕北湮、谢岩与旁人不同，料得也已瞒不过去，低叹一声，说道："走吧！"

阿原闷着头向前走着，迎面被晨间的凉风一吹，胸口顿时又像有什么涌上来，忍不住又干呕了下。

原夫人、慕北湮一齐转头看向她，面色都有些怪异。

阿原瞪着他们："看什么呢？若真有了，或打掉，或到乡间悄悄生下来，也算不得什么吧？"

她轻描淡写地说完，径自行向书房。

而原夫人不由地踌躇起来。

自阿原回京，她处处小心，时时留意，因此，她很清楚，这个月阿原的癸水未至。

女子生产本就很有风险，打胎更是一只脚踏入阎王殿，因此出血不止死去的妇人不知凡几。掩人耳目，悄悄于乡间产子或许可行，但面临的岂不又是一幕母子或母女分离的惨剧？

慕北湮拍了拍额，叹道："或许，我昨天应该拦着她些，不让她喝酒？若是伤了身子，岂不糟糕？"

原夫人面笼寒霜，慢慢捏紧了手指，说道："嗯，很糟糕。而且……太不值得！景辞……真该死！"

这世间的男女之情，各有各的欢喜和悲伤，能幻作叫人无法理解的千百种模样，原不能以值得或不值得来评判。但这世间所有的女子，在付出一片真心时，都该得到爱侣同样真心的回应和呵护，而不是背叛和猜疑。

原夫人、慕北湮踏入原府的书房时，阿原正若无其事地端详着满架子的书，然后从中抽出一册李义山的诗集，翻开。一枚书签从其间无声飘落。

阿原拣起签子时，已瞥见签子上的一行字："思君如满月，夜夜减清辉。"

那字迹，正与贺王府那幅《嫦娥》图上的题诗一致。

阿原举起那签子，若无其事地问原夫人："这字好秀气，透着掩不住的才情。她是……我姐姐，还是我妹妹？"

原夫人叹道："到底瞒不过你。"

阿原笑道："我倒宁愿什么都不知道，宁愿做那个自在潇洒人尽可夫的原清离。可我终究不能被人当成傻子，戏耍到最后，还不晓得自己是谁，又为什么被耍。我是……风眠晚？"

原夫人向后退了一步，却挤不出笑容来。她低低道："你是阿原，我的女儿。原清离是你的妹妹，比你晚出世一刻钟。或许，你是风眠晚吧？但你从此只能是原清离，只能是阿原。"

自前朝末年以来，晋、梁双雄并立，结怨数十年，彼此视若仇雠，所以梁国贵女原清离根本不可能嫁给晋王之弟李源，李源敢娶与梁帝有纠葛的原家小姐，也逃不了私通敌国的滔天大罪。

于是，原清离绝对不能再是原清离了，而阿原也注定不能再找回风眠晚的身份。

晋梁各有眼线关注着对方的动静，若阿原承认了自己是风眠晚，那身在晋国的"风眠晚"又该如何立足？

阿原喉间似被什么拉得绷紧，干涩地问："原清离是我……双胞胎的妹妹？那我为什么会在燕国，为什么会是风眠晚？我又什么成了原清离？"

原夫人哽咽，半晌，方哑着嗓子道："阿原，你是聪明人，又不似清离娇惯任性，虽从未问我，也该猜到我像你们这般大时，经历过多少迫不得已。我原也不过盼着，与我海誓山盟的那人，能一心一意待我，一生一世相守，但终归一切成了泡影。后来怀了孩子，便满心想着，我混沌一世，至少我孩子应当清清白白做人。若是出世，不论男女，都取名为清吧！谁知出世即分离……清离，原清离……或许，是命中注定吧！"

阿原笑道："若非天灾，便只能是人祸，算不得命中注定！"

原夫人看她眉眼坚毅，倒觉安心不少，点头道："嗯，不是天灾，是……人祸。我刚刚生产下第一个孩子，正筋疲力竭，昏沉间隐约听得有人呻吟，勉强转过身来看时，帮我接生的稳婆倒在地上，她带来帮忙的妇人正抱起我的孩儿，出手便将三四个侍奉的仆人打晕在地，飞快奔了出去。我赶紧唤人，可嗓音嘶哑无力，待要去追，刚下床便翻滚在地，腹中疼痛难忍，才晓得我怀的是双胞胎……"

阿原疑惑："听说，我父亲是名武将？"

既然是武将，身手必高。从如今看到的原府情形来看，守卫也颇森严，哪会让敌人说来就来，说走就走？

原夫人苦笑着答道："原皓倒是在外守着。那妇人说稳婆让她去厨房里拿几样接生用的东西，把你放在篮子中提着，径自从他身边逃了……等原皓听清我在房内挣扎求救、冲进来问明缘由再去搜人时，那妇人早就没了踪影。我好不容易生下第二个孩子，虚脱得昏睡了整整两日，醒来时身畔只剩下清离。原皓找不到人，便哄我说只生了这一个，那个被抱走的女儿只是我做梦，还让家人侍从一起哄我。我虽应着，心里并不相信。可我后来自行调查时，同样一无所得。"

阿原皱眉："原府找来的稳婆，当然是知根知底且年长有资历的。那妇人既然是稳婆带来的人，难道稳婆不晓得她的来历？"

"我细细查过，那妇人是稳婆新近认识的，那日因惯用的帮工临时有事，她主动提出相助，稳婆觉得她胆大心细，又稍懂些医术，才将她带入原府帮忙接生，没有人知道她的来历。抱走我的孩儿后，她再没有出现过。我找来找去找不到，有时便宁愿欺骗自己，那个被抱走的女儿，或许真是幻觉……此事当年知道的人便不多，何况又隔了这么多年，要好的亲友都认定原家只有原清离一个女儿，连我自己也差点信了。"

"直到十九年后，你被当作清离送回我身边。"原夫人叹息着，抚向阿原有些憔悴的眉眼，"你昏迷时，我的确分辨不出，但你开口说话不久，我便晓得你不仅是失忆这么简单了。再怎么相像，旁人认不出，我怎么会认不出自己的女儿？"

阿原眼底阵阵热意涌动，忙压了下去，说道："于是，原清离……真的是自己离开的？然后，以我的名义嫁去了晋国？这偷天换日之计，涉及燕、梁、晋三国，谁能办得到？"

原夫人摇头："我猜不出。但我对景辞的身世起疑后，就派人去了镇州和幽州调查他，以及他和你的关系。你当年被盗后，应该直接被带到了镇州，然后一直被景辞带在身边，先养在赵王府，后来同拜陆北藏为师，去了燕国，还参与了燕国储君之争。你本该帮你师父辅佐二皇子柳时文，但不晓得为何最后竟帮助三皇子柳时韶继位，随后柳时韶安排了你和李源的亲事。"

阿原低头，脑中有个高大沉稳的男子身影闪过。但她闭目细思时，怎么也记不起那男子的模样。她只隐约觉出，他的眉眼深邃冷峻，但凝视她的目光偏偏温和安静，令她安心。

她抱住在苦思中阵阵生疼的头，慢慢下了定论："嗯，我认识李源，对他的印象好像……不坏。"

原夫人道："李源是清离的心上人。但晋、梁势不两立，我当然不许他们在一起。我不想棒打鸳鸯，可我不能看着自己的女儿自寻死路。我不晓得她后来偷偷救了李源，更不晓得她竟因此被人欺负。从那以后，她便恨我，恨透了我。"

阿原怔怔地问："她因救李源被人欺负,为何恨上你?"

原夫人叹道:"清离以为欺负她的那些人都是与我素日相好的,其实不是。皇上虽登基为帝,可不少表面归附的前朝大臣首鼠两端,甚至暗中与晋人来往。皇上不放心,派我和这些人接触,试探他们是否忠心。清离安置李源的那所别院很隐蔽,故而我曾几次在那里邀他们见面,故意提起昭宗时的旧事,试探他们的本意。他们大概也猜到是皇上的意思,对我又恨又怕,随后发现清离的秘密,虽不想出卖李源得罪晋人,却借机要挟清离,报复在她身上……后来他们先后被杀,也不是完全因为她的缘故。"

若梁帝本就猜忌,原夫人、原清离母女寻机添些话,再怎样的高官猛将,断送他们的前程和性命真的不难。

慕北湮默默坐在一边听着,面前放的一盏茶早已凉透。他忽道:"听闻夫人年少时曾与皇上有婚姻之约。皇上登基前,夫人一直暗中与诸大臣将领联络,助力不少。"

原夫人扫过书房中雅致却难掩奢华的陈设,笑得凄凉:"是的,我名声尽毁,却能成为他有力的臂助,不论在他登基前,还是登基后。我不入宫,对他的用处更大,所以他也愿意给我比寻常妃嫔更多的富贵荣宠。可清离素来清高要强,恨不得从不曾有过我这个母亲。可惜,我终究还是连累了她。"

慕北湮不由轻叹:"清离聪慧勤奋,什么都盼着做到最好,琴棋书画无一不精,只希望旁人议论起来,先记起她的才情,然后想起她母亲的声誉。可怜她从小到大所有的努力和梦想,都被那场灾难毁灭。到后来,她大概也只有在我和谢岩跟前能找到些慰藉吧?她说,只有跟我们在一起的时候,才觉得自己还算是个会说会笑会恼的真正的人。大概因为我喜欢调侃她,总让她烦恼欢喜,啼笑皆非,谢岩则时常伴她谈诗论画,让她格外安心吧?当然,如今……她都不需要了……"

她找到了她真正需要的人,当然不再需要他们那些完全不足以填补心底空虚的安慰。

阿原想起了慕北湮在沁河遇到她后的屡屡捉弄。那些在她看来充满恶意的捉弄,其实正是当日慕北湮与原清离习以为常的取乐?

她忽然间有些羡慕她那个从未谋面的妹妹。如今,真正的原清离已与她所爱的人在一起,而原清离曾坦然相处的昔日情人,如谢岩、慕北湮等人依然记挂着她。他们伤怀,却没有怨恨。

而阿原呢?

若那些模糊的记忆是真的,她从前喜欢的人,应该就是景辞吧?而她后来喜欢的人,当然也是景辞。

她不是原清离,原清离和景辞的婚约也很可能是他们事先安排好的计谋——那计谋自然是针对阿原的。承受这个婚约的是姐姐阿原,而不是妹妹原清离。

可她并不是那个曾有过无数情人的原清离。

想起在沁河的一夜缠绵，她在缠绵时的疼痛不适，想起那一日傍晚景辞曾在县衙门接到过一封信笺，第二日景辞不曾留下只言片语便不辞而别，而原夫人恰在彼时赶到沁河接她……

回京之后，他再也没有碰过她，甚至避而不见……

阿原便笑了起来。她笑道："我这个妹妹，其实还算是幸运的。虽然经历了许多波折，到底有人真心待她好。分开那么多个日夜，依然时时为她着想，一心一心待她好。我……竟远不如她！"

她笑着笑着，终于忍耐不住胃部阵阵抽搐，猛地弯下腰，痛苦地呕吐起来。

原夫人慌忙扶她，问道："阿原，你……很不舒服吗？我……我给你传太医。"

阿原拉住她，笑道："不……不用。我只是想到景辞，忽然觉得恶心而已！我恶心……我瞎了眼，居然那样轻率地去喜欢一个人、相信一个人……当日他抱着羞辱我的心思刻意玩弄我，再甩了我，我还傻兮兮地追上去，相信他所有的解释，白白让他又拿我取乐几回……不知他在心底是怎样嘲笑我？你说，你们说，我有多愚蠢！我是比猪还蠢，比猪还蠢……"

她忽然扬拳，重重地砸向自己的头。

一记，又一记……

"阿原！"

原夫人失声叫着，准备去拉她的手，却哪里拉得住？

慕北湮冲上去，用力握住她的手腕，喝道："阿原，这不是你的错！不是你的错！都怪那个景辞！丢开你，他才是蠢猪，比猪还蠢！"

阿原摇头，仿佛还在笑，泪水却再也克制不住，大颗大颗地汹涌出来。

她的面色煞白得像宣纸，嘴唇上下哆嗦着，憋在喉间的声音因痛苦而扭曲得几乎听不清。

"是我，是我……"

"是他，是他……"

谁也不晓得她在骂自己蠢，还是骂景辞蠢。

握剑的手无力地扶住书架，她慢慢地顺着书架滑落在地，伏在地上呕吐，吐得浑身颤抖，满脸是泪，似要将那些不知什么时候浸润入心、铭刻入骨的情愫，连同隔夜的酒水一起吐出……

陶然居。

左言希将针灸所用的器具一一收好，返身坐在景辞的床边，又替他诊脉。

良久，他叹道："阿辞，我在狱中月余，都不曾憔悴成你这副模样。若你一心求死，便是华佗再世也救不了你。"

景辞淡淡地看向窗外。

这两日一直病卧在床，春已过，百花残落，只剩了深浓的绿，满眼郁郁葱葱，再无半点鲜艳的色调。

最好的时光，终究已经过去了。

左言希拍了拍他的肩："别多想了！若你想报复她，如今她也算被报复了。你已得到过她，而她声名狼藉，又被退婚，她只能沿着她妹妹那条不堪的道路越走越远，再也回不了头。"

景辞清冷的目光终于扫过他："报复她？我怎么觉得是她在报复我？"

左言希道："她会痛苦，痛苦很久。"

景辞低咳，压在喉间的咳嗽听着有几分破碎。

左言希默默地看着他咳得消停些，方道："你可别告诉我，你见不得她痛苦。为何我瞧着，你比她还痛苦？被她折腾掉大半条命，眼看着再难复原，还不够让你放手吗？"

景辞许久方道："我从未想过放手。或许……是习惯吧？"

近二十年的习惯，未免太可怕了。

他抬头撑住自己的额，苦笑。

左言希无奈地叹息："既然如此，当初咱们又何必兜那么大一个圈子把她换成原清离，还背负了那般不堪的名声？连你也不得不陪着她荒唐，损了清誉。将她好好教训一回就直接带回大梁，多好！"

景辞沉默更久，方道："言希，若我当日跟你们说，我不可能放手，你们会放过她吗？若我没记错，你和知夏姑姑最初的计划，是将她折断手足后丢入狼群，让她尸骨无存。那时我伤势重，根本拦不了你们，也没有理由去拦你们。"

左言希不禁垂下头，好一会儿才道："阿辞，这只是以其人之道，还治其人之身。她本来就是这样对付你的。"

但他想在涵秋坡杀了阿原以绝后患，阿原却没有想着杀他，甚至代为隐瞒他想杀她之事——为的，仅仅是不想让景辞伤心为难。

景辞神思倦怠，倒未留意左言希的异常。他倚在枕上懒懒地笑："对，她就是这样对付我的。从前乖巧听话，如今张扬放纵，却都晓得怎么对付我。"

左言希犹豫着问："那你……还打算报复她吗？"

景辞幽幽的目光扫过他："我从未想过报复。姜探一再利用你，险些把你坑到大牢里送掉小命，你想过报复她吗？"

左言希的面庞顿时泛了红："你胡说什么？她……只是我偶尔认识的病人。"

景辞笑了起来："她就是你提起过的小师妹吧？那个和你花前月下数载，却忽然告诉你，她已另有所爱的那个小师妹。你这样的人，榆木疙瘩的脑袋，怎么会忽然对什么女病人移情别恋？这话你哄哄别人也就罢了，何必拿来搪塞我！也难为你，居然还这样一次次地维护她，把自己卷入险境。若不是我这次病得重了，你至少还得在大牢里喂一夏天的蚊虫吧？"

左言希不自在地咳了一声，说道："有你和北湮帮忙，也没什么辛苦的，正好可以静下心来多看几日医书。"

提到慕北湮，景辞的眸光暗了下去。他问："这几日你有没有回贺王府？"

左言希摇头："皇上放我出来，就是为了让我替你治病。你病未愈，我哪里回得去？"

景辞的唇动了动，有些一直想问的问题，还是没能问出口。

或许，从谢岩、长乐公主等人回避的神色里，他早就对那个答案心知肚明，于是更懒得去求证。

他坐起身来，轻笑道："今天其实已好转不少。走，陪我去外面散散心。"

天气已颇有些炎热，沿路已能听得蝉声鸣叫，越过树梢吹来的风亦充满暖意。

景辞脚下有些虚浮，但扶着左言希缓缓走了一段，适应了骄阳的炎烈，倒觉得心怀舒爽。他道："往日在幽州，我也常带眠晚散步。她总爱跟在我后边，却不晓得我更愿意她走在我前面。我可以看清她的一举一动，也可以看见，她时不时地回头偷看我。”

左言希叹道：“那时她自然是喜欢你的。听知夏姑姑说，你本是她最敬重的人。你让她往东，她绝不敢往西；你让她哭，她绝不敢笑；你的喜怒哀乐，就是她的喜怒哀乐。也正因为如此，你从不防范她。”

景辞道：“我从不需要她看着我的脸色行事，也从不认为需要防范她。”

左言希道：“可她终究看你脸色看了十九年，终究给了你致命一击。如今，她与往日判若两人，你大概也无法再如从前那般信任她，难道还打算跟她在一起？听闻，皇上听了知夏姑姑的话，一直想解除你们的婚约，你一口拒绝，皇上才不肯放我出来。”

景辞冷笑：“愿不愿跟阿原在一起是另一回事。他当日应下我与原清离的婚事，我才答应回京，如今又想反悔？何况你在狱里看医书，不也挺自在？”

“……”左言希半晌才道，“怪不得皇上说，你跟你母亲的容貌性情，都是一个模子里刻出来的。”

“性情都不好？”

“个性太强，伤人伤己。想那阿原本是你囊中之物，对你死心塌地，可一盘好棋被你下成这样，我也是佩服，佩服！”

景辞静默片刻，才道：“这次终归是我的错，等我好些便去见她。你替我拖着则笙和知夏姑姑，别让她们一会儿水土不服，一会儿头疼脑热，再千方百计地拦我。”

左言希笑道：“这个可以有！水土不服、头疼脑热，都该找我这个大夫，找你有什么用！”

二人说笑片刻，连日来满怀的阴霾终于消散不少。

眼见前方一架荼蘼，花朵凋零得差不多了，兀自有残香袅袅传来。

左言希深吸了数下，看景辞眉眼渐渐舒展，正待再劝他几句时，蓦地听那荼蘼架后传来窃窃笑语。

此处已在陶然居外，颇为偏僻，宫人说笑也是常事。他本不留意，只是耳边无意听得仿佛提到了“小贺王爷”，不由地站定身，凝神细听。

却听一个小太监在道：“我表哥说，眼见着他俩就站在窗口那边抱着亲嘴儿，一点都不顾忌的。小贺王爷说，从未这么开心过，那一位也说，要嫁便嫁给如小贺王爷那般健壮有力的，谁愿跟个病恹恹活不了多久的男人，何况还处处不信她？往日必定是瞎了眼才往火坑里跳。”

左言希被关月余，两日前方才出来，景辞和阿原之事，虽听谢岩说了个大概，到底不甚了解，闻言疑惑地看向景辞。

景辞默然倾听着，依然眉眼淡漠，并无任何异样。

花架后，便有声音苍老些的太监在低笑：“臭小子，你懂个屁！男女间这事儿呀，原本也要有比较才晓得谁更好。后来呢？"

那小太监道："那还用说，如胶似漆呗！日上三竿，那两位才起床。小贺王爷亲自将她送回原府，大概要跟原夫人商量他俩的事吧！说来也好笑，听闻原来是在书房里商议的，后来不知怎的，小贺王爷直接把原大小姐抱起来，径自抱回她的卧房去了……大白天的呀，啧啧！听闻这两日小贺王爷都舍得回王府，天天在原府厮混。从人告诉他，言希公子被放出来了，他也只淡淡地回一句'知道了'！似乎很不乐意言希公子出狱似的。"

老太监喊了一声："你知道什么呀？言希公子出来是为端侯治病的，而那两位的心思，只怕……盼着端侯从此再也好不了吧？怪不得昨日原夫人见了皇上，口口声声说女儿配不上端侯，一心劝皇上解除了这婚约呢！"

左言希越听越惊心，已不敢看景辞的脸色，疾走几步，喝道："你们在胡说什么呢？"

两位太监转头看到他们，惊得差点跳起来，连忙跪地磕头。

景辞是建章宫的常客，一眼认出那老太监的确是建章宫侍奉梁帝的，遂问向那小太监："你表哥是贺王府的？"

小太监吓得浑身哆嗦，吞吞吐吐道："回……侯爷，其实不是嫡亲的表哥，他爹爹跟我娘是同宗，我入京后，我娘拜托他家照看一二，所以认了亲……"

景辞问："他叫什么名字？"

小太监惊惧，却不敢不答："叫……李瑾青。"

"……"

李瑾青，是贺王的亲信侍卫，曾向贺王回禀过小玉的异常，因其忠诚可靠，如今成了慕北湮的心腹，自然对慕北湮这些私密之事了如指掌。而小太监直接说了李瑾青的姓名，显然也不怕他们对质。

景辞静了好一会儿，终于道："知道了。下去吧！"

两名太监没想到端侯竟会如此轻易地饶过他们，顿时如蒙大赦，连忙磕了头，抹着额上的汗，飞一般逃了。

左言希的额上也沁出了汗珠。

他那兄弟的品性，他向来很清楚。阿原不是原清离又如何？以慕北湮的风流，冲着她们一样的容貌，冲着和景辞明里暗里的不对盘，他都能很轻易地恋上阿原，甚至迎娶阿原。

没有了贺王的管束，除非梁帝发话，真的没有人能拦得住他娶谁了。

何况慕北湮和原清离同样声名狼藉，论起般配，也真的没有人比他们更般配。

景辞默立片刻，低声道："回去吧！"

他果然返身往住处走去，居然走得异常迅速。只是炙热的阳光洒到他身上，竟似蓦地冷了下去，散出了冰霜般的萧索和寒凉。

左言希定了定神，慌忙追了上去，说道："阿辞，你……别放在心上。"

景辞被他扯得身体晃了下，但很快站稳，低头瞧着自己的双足。

被割裂处的足痛，曾日日夜夜噬心蚀骨，这一刻，却奇异地麻木起来，麻木得连整个人都失去了痛感。

左言希忐忑，低低道"阿辞，若你不肯放手，我待会儿回去找北湮，跟他好好谈谈。何况婚约还在，皇上必定会听你的。"

景辞看向他，冷冷地问："强留住她，让她给我戴遍全京城的绿帽子吗？"

左言希抚额，叹道："不会，她不是原清离……"

他说了一半又顿住。阿原就是以原清离的身份活着，当然完全可以按原清离的方式生活。

与慕北湮的复合，或许真的只是第一步。

景辞垂头看着随风飘摆的衣袂，眼底一片荒凉霜色。

他轻声道："言希，你说过，我的病恐怕支持不了几年。如今，你猜，我还能支持多久？"

建章宫。

才将那些不中用的太医撵出去，梁帝的脸色阴沉得厉害，一时却不好将眼前跪着的女子逐走。

原夫人一袭素衣，神色憔悴，含着泪叩首请罪道："听闻端侯重病，臣妾也万分歉疚。偏偏阿原自从遭了那场劫杀，性情大变，这次又着实受了委屈，也在气头上，臣妾无法约束，都是臣妾之过！"

梁帝叹道："罢了，朕不怪我。这个阿原……"

他正要说下去，却又踌躇，觉得似乎怪不得人家阿原。风眠晚的确可恶可恨至极，尤其是恩将仇报害了景辞，更是不可饶恕。但说到底也是知夏自己将这祸害抱了回去。这次明摆着是知夏等人陷害阿原，偏偏还不便处置她们，阿原愤怒退婚似乎也在情理之中。

当然最可怜的是跟他那么多年的原夫人。好端端的母女分离近二十年，如今还被送走她养大的那个，塞给她陌生的这个，着实也无辜得很。

不好对原夫人发作，于是梁帝看侍立在旁的知夏姑姑的眼神，便多了几分恼怒。

原夫人又道："听闻知夏也一再地在皇上跟前说，二人并不般配，希望解除他们的婚约。我也想着，大概他俩真的是八字犯冲。皇上想想，他们订婚没多久，阿原就出了那么大的事，接着就是前两天的事，端侯的病情也一再加重，可见二人实在不合适，何不如了知夏的心愿，说不定端侯的病就好了呢？"

眼见原夫人将事情尽数推到自己的头上，知夏姑姑的脸一阵红一阵白，却不敢造次上前进言。

她一直想解除二人婚约不假，可景辞始终不肯听劝，只有她和则笙在梁帝面前再三撺掇。如今闹到这等田地，景辞重病不说，还恼她生事，见都不愿见她，而原家母女退婚的心竟比她还迫切了。

退婚虽顺了自己的意愿，可景辞的伤病再重下去，谁敢担待？她辛苦地谋求退婚，也无非是为景辞着想而已。

梁帝正沉吟间，殿外有人急急通报道："皇上，端侯求见！"

话未了，景辞一袭素衣，快步走上前来见礼，左言希蹙眉含愁，紧随其后。

梁帝见他虽然清瘦苍白，但眉眼安谧镇静，便放心了些，含笑问道："你怎么来了？今儿可好些了？"

景辞道："谢皇上记挂，臣病势渐轻，今日精神好转不少。"

梁帝拈须沉吟："嗯，看来还是左言希对你的病情最清楚。朕该早些将他放出来才是。"

景辞的神色愈发沉凝，说道："方才听闻原夫人又为婚约之事赶来，想着还是过来做个了断才好。"

梁帝手上一用力，差点把胡须拈断几根。他问："了断？你……也想退婚了？"

景辞沉声道："是。不过退婚前，我想再见阿原一次，当面问清楚她的意思。"

梁帝看向原夫人，原夫人道："阿原就在宫门外等消息，贺王也跟着一起来了。"

梁帝拂袖道："这还没退婚呢！"

原夫人凄然道："皇上也认为，非得要有名分才能在一起吗？"

梁帝顿时想起他和原夫人二十余年都没名没分，责怪的话再说不出口，只得挥手道："叫他们进来，都进来！"

阿原、慕北湮很快入殿行礼。

慕北湮还在孝中，一身白袍，勾人的桃花眼泰然坦荡，含着笑意，只在看向景辞、知夏姑姑时，忍不住露出一丝厌恶。

阿原似乎瘦了些，但薄薄敷了层脂脂粉，目光清莹冷彻，乍看气色还不错。她的发髻高挽，并排插了三支一模一样的云纹碧玉簪，又用裁剪利落的水碧色衣衫束出细细的腰，行走之际，端的是如月下白梅，清美绝尘。她行毕礼，疏离地看向景辞，声音寡淡得听不出半点感情："端侯要见我？"

景辞端详着她的眉眼，分明还是当年那个从蹒跚学步开始跟在自己身后，一点点慢慢长大的少女，可分明又是如此的不同。

近在咫尺，心隔天涯。

到底是从何时开始，他们之间有了如此遥远的距离？

他恍惚记起，在幽州的某日，他提起要将她嫁给柳时文时，她离开住处，足足一整夜都没回去。而他也找了她一整夜，才在一株老榕树下找到她。那时她的神色似乎也是这样，疏离冷淡得仿佛将整个世界都弃于脑后。

但当他抱住她时，所有的疏离冷淡顿时如烟云散去。

她的衣衫被露水打湿，而他的衣衫也被她的泪水打湿。

将她交予他人的念头，便在那一刻也如烟云散去。

又或者，在发现她伤心离开时，他便已打消了那个念头。

纵然是孽缘，他也认了。她应该是他的，只能由他来守护。

他并未告诉她，他的打算和想法。她自然会一直跟在他的身边，听从他的安排。

他抱她回去时，她将脸贴在他的胸膛，根本不敢看他的眼睛——她从未像现在这样，钉子般直直地盯着他看，仿佛要将他的五脏六腑都钉穿。

或许，她真的只是阿原。那个深爱他却能置他于死地的风眠晚，早已消失了。

阿原已等得不耐烦，问道："端侯看够了没有？看了十九年，没看厌也是件奇事！"

景辞心神大震，好一会儿才道："你……记起了以前的事？"

左言希目光闪动，也忙举目细察阿原的神色。

梁帝狐疑，看看阿原，又看看原夫人。

原夫人依然垂首侍立，眉眼安静而悲伤，韵致楚楚一如年少时那般惹人怜惜。

梁帝咳了一声，若无其事地别开脸，负在身后的手却已握得紧了。

阿原答道："没有。若你不想让我记起，大概我这辈子都不会记起吧？不过我想着也不会是什么好事，记不得也好。"

见景辞的身体似乎好转不少，知夏姑姑终于按捺不住，冷笑道："便是你记得，大概也不会懂得羞愧两个字怎么写！"

阿原笑了笑："你一个下贱侍女诬陷侯门小姐，眼见着被当众戳穿，都没懂得羞愧二字怎么写，还敢来问我？这脸也真大，竟不怕被扇！不好意思，那些恩恩怨怨，我已不感兴趣！就算真有过什么对不住你们的，也只好请你们受了！毕竟一个刚出世的婴儿，没那能耐飞到镇州跟你们纠缠不清。当日谁抱走的我，谁害我们母女分离十九年的，姑姑就去找谁算账吧！找到了记得告诉我一声，我也想活劈了她，谢她这天高地厚之恩！"

知夏姑姑被噎住，盯着她的眼里几乎要喷出火来。

景辞喝道："姑姑，够了！"

原夫人立于梁帝身侧，早已红了眼圈，低低道："有这样的恶奴在，也不晓得我这阿原从前过的是什么日子……"

梁帝很不自在，拍了拍她的手，上前一步问向景辞，说道："阿辞，原家想退婚，而你……你自然也可以找到更适合的，对不对？"

景辞面色泛白，却意外地笑了一下："嗯，我自然……也不愿戴遍全京城的绿帽子！"

梁帝凝视他半晌，一时也看不出他究竟在想什么，终于道："既然如此，你俩的婚事就此作罢。等你好些，再商议你跟则笙的事吧！她到底知根知底，且一心待你。"

景辞道："谢皇上！"

阿原亦上前道："谢皇上成全！"

梁帝恼道："退婚也算是成全吗？"

阿原眉目不动，答道："皇上成全了臣女和端侯的心愿，也成全了则笙郡主和知夏姑姑的心愿，臣女感激不尽！臣女告退！"

她叩首行礼，正待退出殿去，旁边蓦地伸出一只手来，将她拽住。

阿原回眸看时，却是慕北湮拉过她，然后一起又在梁帝跟前跪了，说道："皇上，臣有事相求！"

梁帝愠道："你又凑什么热闹？"

慕北湮垂头道："皇上，自父亲逝去，臣不胜哀戚。尤其忆及父亲多番要为我娶妻，绵延慕家子嗣，而臣只顾玩乐，百般推托，着实不孝之极！"

梁帝忆及贺王在世时的种种襄助，摇头道："贺王就你一根独苗，长年在外征战，论理你早该娶亲生子，不该整日胡闹，让他忧心。"

慕北湮道："皇上教训得是。臣痛定思痛，深感今是而昨非，决定尽快成家立业，圆了父亲的心愿。既然阿原与端侯的婚约已经解除，臣想求娶阿原……"

阿原惊异，抬眼看向慕北湮，差点要跳起身来。

慕北湮将她的手用力握紧，依然拉紧她跪在地上，侃侃道："臣父一生为皇上效力，忠贞不二。如今臣父逝去，皇上既是臣的君王，又是臣的长辈，臣希望臣的婚事，能由皇上做主指配，也免得臣和臣未来的妻子被人看轻。"

梁帝看向阿原，一时不敢相信："听闻你这几日又在原府荒唐？"

慕北湮道："回皇上，臣没有荒唐。自臣回京，一直安分在家，从未有逾矩之举。阿原因前几日受了委屈，心情不佳，臣才陪伴她数日，深谈了好几次，才觉得从前我俩的确是最合适的。我们都曾荒唐，但都已迷途知返，还请皇上成全！"

梁帝侧头问原夫人："玉罗，你意下如何？"

原夫人轻叹道："皇上，阿原有句话，我觉得很有道理——危难见人心。小贺王爷丧父，多少人把他当作平庸无能的纨绔子弟，等着看笑话，阿原不顾辛劳助他处理家事；阿原被诬，有人袖手旁观、有人落井下石，小贺王爷却能善意开解，静静相守，静静陪伴。"

她凝视着梁帝，眼底有薄薄水雾泛起，嗓音也微微变哑了："当年我也曾有过四顾无助的时候。可叹，却不曾有过一个人，如果慕北湮这般陪我熬过那些艰辛岁月……"

梁帝不觉黯然，说道："既然你同意，朕也没有反对的道理。何况慕钟就北湮这一个独子，朕也盼着北湮早日安定下来，能如他父亲一般辅佐朕开疆辟土，成就大业！"

原夫人忙道："皇上英明！"

慕北湮大喜，忙拉了阿原叩首道："谢皇上赐婚！臣必肝脑涂地，誓死效忠吾皇！"

阿原轻瞥他一眼，同样叩首，低声道："臣女谢皇上隆恩！"

梁帝拈须点头，不由看向景辞。

景辞面色苍白得厉害，但眼底依然是一贯的清冷安静，看不出半点惊怒羞恼，倒是他身后的左言希眉峰紧锁，欲说什么，到底不便开口，只是暗暗地搓手嗟叹。

见梁帝看向他，景辞的唇角一弯，说道："皇上，臣该服药了，先行告退！"

梁帝摆摆手，道："去吧，去吧！言希，你这几日继续住在宫中，好好为端侯医治，不能出任何差错！"

左言希只得应道："臣遵旨！"

慕北湮、阿原等人见状，亦行礼告退。

原夫人也准备离去时，梁帝道："玉罗，你留下，朕还有话说。"

原夫人柔顺地应了一声，安静地立于他身畔。

出了建章宫，景辞走得很快，只是脚下飘忽，差点撞上前面飞奔而至的人影，然后很快被对面那人扶住，只闻那人失声叫道："阿辞，你怎么了？"

景辞定定神，才发现眼前匆匆奔来的，是谢岩和长乐公主。谢岩扶着他，正惊疑不定地打量他。

景辞淡淡地答道："没事。"

他拂过谢岩的手，快步离去。

谢岩愕然看向左言希："出什么事了？"

左言希苦笑道："退婚了……"

长乐公主紧张，急问道："是阿原和端侯……退婚了吗？那么阿原她……"

她的目光不由地扫向谢岩。

虽说在沁河最后一夜，她已听谢岩、景辞说起阿原并非原清离，但阿原毕竟有着和原清离一样的容貌，而且原夫人当日的心思她看得再明白不过。一旦阿原退婚，在门当户对的贵家公子里选择起来，只怕谢岩又该成为原夫人的第一目标了……

此事关系她的切身利益，她听闻后自然来得快捷，问得迅捷。

左言希看向身后携手走出的慕北湮和阿原，苦笑道："阿原呀……大概会是我的弟妹了！皇上已经答应他俩的婚事。则笙郡主和端侯……只怕也不远了吧？"

长乐公主又骇又喜，笑问道："真的吗？可是，这……这妥当吗？"

谢岩已皱紧了眉，低低道："妥当才怪！简直是乱点鸳鸯谱！"

长乐公主不悦："难道为你和阿原指婚才妥当？"

谢岩不答，只对左言希道："照顾好端侯……心疾更难医！"

左言希苦笑："我明白。"

而谢岩已迎向慕北湮，一把将他拖过："跟我来！"

慕北湮被他拉得一个趔趄，兀自向阿原挥了挥手："你先到宫外候着，我稍后就来……"

可阿原哪里回得去，长乐公主已将她用力一扯，同样扯到另一边，不遗余力地大大夸奖。

"恭喜，恭喜！阿原，你真是有志气、有眼光！不合适的，就该一拍两散！情投意合的，就该努力争取！放心，你跟慕北湮大婚之日，我和阿岩必定奉上一份重重的贺礼，好好庆祝庆祝！"

阿原深吸了口气，散乱的眼神终于聚起淡淡的光芒，微微笑着回答她："多谢，多谢！待你和谢岩的婚事定下，咱们这群人，也算是圆满了！"

长乐公主闻言更是满怀愉悦，笑道："当然会圆满，圆满！你和北湮都成了，我们还会远吗？"

她和谢岩的未来，简直就是眼下触手可及的盛夏，热烈得让人心跳加速呀！

谢岩那里却已气白了脸。

走到背着人的一处蔷薇架后，他愠怒地问慕北湮道："你到底在想什么？景辞和阿原的事，你还嫌不够乱，还要凑上去添把火？"

慕北湮甩开他的手，同样有些怒意："谢岩，你早就知道阿原是什么人，早就知道清离去了哪里，对不对？端侯的母亲跟你母亲是嫡亲的姐妹，血脉相通，他自然不会一直瞒你。"

谢岩静了一静，答道："是。但知道也罢，不知道也罢，已经发生的那些事已无法改变。对于清离，我会盼着她过得好，不会去惊扰她。"

慕北湮道："那对于阿原呢？为了让清离如愿，阿原就该过着这种乱七八糟的生活？"

谢岩叹道："子非鱼，焉知鱼之乐？清离留下的声名虽然不大好听，但有房有地，更有母亲爱惜，富贵尊荣，说实在的，我觉得比她原先的生活强。"

慕北湮冷笑："我不晓得她原先的生活是怎样的，我只晓得她本就是原家的大小姐，本就该有房有地，有亲爹亲妈爱惜。能把她送回来的，自然晓得她身世，别告诉我，他们和当初盗原府小姐的人没关系！难不成阿原还得感谢他把她送回她娘身边？嗯，一辈子都没见过亲爹，也得感激涕零对不对？何况如今还受他们主仆几个那样的欺负！"

谢岩心下原有些恼他，不料慕北湮竟似比他还恼火。他从阿原的角度想了一回，慕北湮的话似乎还颇有道理，只得委婉地劝道："北湮，你并不知道他们往日的事。"

慕北湮"呸"了一声，说道："他们的往事关我屁事！我只晓得景辞睡完阿原，就把她像抹布似的随手丢到脑后，天天跟那什么则笙卿卿我我，还任新欢和恶奴联手欺负她！要知道阿原不是原清离，还是个好端端的姑娘家，他缺不缺德！"

谢岩道："北湮，景辞虽有些傲气，但重情重义。就是则笙和知夏姑姑，也不会无缘无故针对阿原……"

"你也晓得她是阿原？"慕北湮不客气地打断谢岩的话头，"阿原是怎样的性情，如今你也看得分明。爽朗大气、行事磊落，尤其对景辞一心一意，何曾辜负半分！"

谢岩正准备插嘴时，慕北湮一把拎过他的前襟，指着他的鼻子，叫道："你别跟我扯风眠晚的事儿，你我认得的只有阿原，没什么风眠晚。阿原自己也不晓得什么风眠晚，难不成还得猜着她根本记不得的什么风眠晚的事儿，试图去原谅景辞？若她这么贱，我还真瞧不上她了！"

谢岩素来斯文，也不挣扎，只是揉着鼻梁，头疼不已："于是，你……还真打算娶阿原？知道她不是原清离还娶？"

慕北湮也不好欺负他文弱，只得放开他，舒展了下双臂，桃花眼里闪过猫儿般的狡黠和妩媚："如果她是清离，顾忌着咱俩的交情，或许我还会犹豫。至于阿原，难不成我还要顾忌着景辞不成？何况这次是他应允退婚的，难不成他都准备娶王则笙了，还不许阿原嫁给我？"

谢岩愕然道："你说……景辞这次是自己应允退婚的，还准备娶则笙？"

慕北湮笑道："他跟皇上的关系，你比我清楚。若不是他自己应允，谁能逼得了他？所以咱们都各自准备准备吧，他和王则笙，我和阿原，还有你和长乐公主，估计各家都得忙碌一阵了吧？哈哈！哈哈哈！"

他莫名地笑得很乐，而谢岩呆呆地站着，喃喃道："乱了，乱了，都乱了……"

宫门外的马车里，阿原抱着双膝，静静地坐着。

一阵迅捷的脚步声后，锦帘被拉开，午后炙热的阳光射入，她眯了眯眼，才觉得眼睛酸痛得厉害。

慕北湮坐了进来，却笑得明朗，问道："阿原，公主跟你说什么呢？"

阿原笑了笑："哦，她开心得很，说会准备重重的贺礼。想来我也得准备一份回礼吧？她跟谢岩的好日子，只怕也不远了！"

慕北湮道："他们只怕会在咱们后面。咱们两家合成一家，备一份贺礼就行了，真是划算！"

他边吩咐车夫回府，边揽着阿原笑道："我想想送啥。送一朵鲜花插在牛粪上，如何？"

阿原道："你太不厚道了，怎么能把长乐公主说成牛粪？回头她告诉皇上，皇上得拧下你的脑袋！"

慕北湮笑道："我岂会那般不厚道？我是说，长乐公主这一朵鲜花，插在谢岩这堆牛粪上了！"

"……"阿原也忍俊不禁，"谢岩也算是百里挑一的青年才俊，你居然这般说他！"

慕北湮扬了扬拳头："再怎样的青年才俊，他的拳头没我的大，官位没我的高，所以我爱怎么说就怎么说。"

他的表情有些夸张，阿原笑了片刻，便低下头去，沉吟半晌方道："北湮，我跟景辞的事，其实你没必要插手的。纵然现在有些看不破的事儿，早晚我都能看破，并没什么好担心的。"

慕北湮笑道："怎么？你看不上我？晚了！皇上金口一开，你想反悔也没机会了！"

阿原的手指轻轻敲着座椅，无声却急促。她叹道："我没什么悔不悔的，但我不想毁了你小贺王爷的大好基业。我晓得你面恶心善，怕我被人嘲笑，日后诸多不便，才会主动提出与我成亲。可我怀着孩子嫁入贺王府，占了你贺王府嫡长子的名分，我又成了什么？"

慕北湮气结："你……你说什么？我面恶心善？我哪里面恶了？"

他在车中翻来翻去，试图找出面铜镜来，瞧瞧自己怎么着就面相凶恶了。

阿原忙道："这个不是重点……最要紧的是，贺王府的血脉不能被我混淆……"

慕北湮道："咱们行伍出身，不讲究这个。你看皇上的那些皇子，博王、冀王都是养子，不是一样得宠？"他声音低了些，"我父亲生前最欣赏博王，说他勇武宽仁，英明有才，还向皇上进言，天下未平，当立贤者为储君。博王又最得皇上宠信，皇上似乎真有立其为嗣君的打算。可见孩子只要孝顺聪明，是不是亲生的根本不要紧。咱还是谈谈最要紧的事——我怎么就面恶心善了？"

阿原抚额："我只是随口一说……"

"随口说也不应该呀，你看我这容貌气度，说我面善心恶还可，怎么就是面恶心善呢？你见过长得这么俊秀的恶人吗？"

"呃，那便是我说错了……"

"为何会犯这般低等的错误！"

"大概刚刚认识时，你有点……嗯，无耻吧！"

刚见面便拉着她去茅房，查个案还对她下媚药……

他明明就是个长得异常俊秀的恶人，于是再俊秀在她看来也是面相凶恶了。

慕北湮勉强接受了阿原最后的解释，但沿路依然在纠结那句"面恶心善"，甚至找出一柄亮闪闪的匕首来，把锋刃当作镜子照着，试图告诉阿原，他顶多是面善心恶，绝对不会面恶心善……

原夫人这晚留宿于宫中，根本不曾回府。阿原知道她跟梁帝的关系不同寻常，也不便追问，遂叫琉璃等人找出当日端侯府下的聘礼和婚书，准备退回去。

婚书被压在她的妆匣下，聘礼也很好找，库房中抬出十八个用大红绸子紧紧捆缚住的箱笼。

阿原看了两圈，问道："好像都没打开过？"

管事忙道："回大小姐，当日聘礼到了，大小姐看了看礼单，便命人收入库中，的确没有打开过。"

连聘礼都懒得看一眼，只能说原清离根本没把这桩婚事放在心上，或者说根本没当真。这只是她为离开大梁所做的筹划中的一步而已。

阿原命人收拾好，预备明日送回端侯府，然后坐到窗前，边喝茶边皱眉沉思。

慕北湮见她虽有愁意，但到底已不是数日前的伤痛难抑，很是宽慰，遂上前问道："你还在想清离的事？"

阿原点头："虽说咱们已能肯定，清离早与景辞暗中有了联系，借劫杀之事脱身，取代风眠晚……也许就是我吧……嫁给那个李源。但这其中还有很多谜团未解。"

慕北湮点头："这事既然与端侯相关，前因后果，大概也只有他最清楚。不如咱们去问问端侯？"

"不用了……"

景辞或清冷或含笑的面庞在阿原脑中一闪而过，但始终踟蹰不去的，竟是景辞从建章宫匆匆离开时的背影。

不过淡淡一瞥，她仿佛并不曾把他放在眼里，就好像并不曾把两人来得荒唐去得莫名的婚约放在眼里。

心头不知什么时候被捅出的某个窟窿似被灌入了凛冽的风，呼啦啦透胸穿过，寒冷，裂开般的疼，竟又让她失神。

慕北溟别过脸，当作不曾留意她泛白的面庞，悠闲地笑道："也对，他既然参与其中，必定不肯说出其中细节。要不，回头我抓住言希问问吧！那段时间他正奉密旨出京办什么事儿，偏偏又对端侯的病那么了解，指不定就是去办端侯的事儿了！"

阿原定了定神，苦笑道："左言希？嗯，他必定是知情者，也许还是执行者……和知夏姑姑、则笙郡主一样，他很想杀我。"

慕北溟惊愕，旋即笑了起来："阿原，这个你可想错了！医者父母心，何况他还是医者中的医者，向来只会救人，怎么会杀人？"

阿原叹道："可他不仅是医者，还是皇上的影卫。你认为皇上会养不懂得杀人的影卫吗？"

慕北溟柔声道："这是你不晓得他的身世。他父亲原本是皇上最亲近的心腹侍卫，也是我爹的好友，当年在战场上为救皇上而死。皇上怜惜他幼弱，才让我爹收养下来，但并未改姓，说好日后还要继承左家香火，像他父亲那样效力于皇上麾下。所以即便他无才无艺，都可以是皇上的影卫。这次他被押解回京，下入狱中，端侯担忧，我却不太着急，也就是这个原因。念着他生父旧情，只要不是十恶不赦的大罪，皇上都不会真的拿他怎样。"

阿原慢慢地旋着茶盏，低头瞧着茶水中映出的自己的憔悴面容，顿了半晌，方道："于是，他杀人，同样可以无所顾忌？"

慕北溟听她的口吻，怔住："你好像知道些什么事？"

阿原道："当日灵鹤髓一案，沁河衙差丁曹发狂后失足摔死，我一直疑惑，姜探病弱，是怎么样做到半夜三更在山间追杀他，并放出毒蛇的。后来，左言希承认他恋着姜探，我才敢肯定那夜追丁曹的是他。是他想以毒蛇杀丁曹，又在山间遗落姜探所赠的佛珠。后来丁曹失足摔死，他才放心离去。"

慕北溟还想否认，忽想起一事，顿时变了脸色："我记得，你查朱蚀一案时，也被毒蛇咬过？你……认为那个人是言希？"

阿原叹道："不是我认为，而是我肯定，就是言希。他当时还想杀我，但景辞一出现，他怕被识破身份，立刻匆匆离去。但我记得他的剑和剑穗。后来，在贺王一案中，搜他房间时恰搜出了同样的剑穗。我还曾因萧潇佩有相同的宝剑怀疑过他。"

她翻出那枚苍黑色的双雀纹流苏剑穗，递给慕北溟："我后来打听过，左言希的剑和萧潇的剑是一对，都是皇上所赐。皇上先给了左言希一把，后来萧潇被清离戏弄，丢下破尘剑落荒而逃，皇上便把另一把给了萧潇。言希便是想用那把剑杀我的。"

慕北溟持那剑穗在手，脸色终于也不大好看了："你好像从未跟人说过这事？

言希……怎么会想杀你？"

阿原道："景辞曾说，当年他的心上人挑断他的脚筋，把他丢在荒野里喂狼。我后来想着，他指的莫非就是当年的我？所以他往日亲近的那些人，一个个看到我都是一副想掐死我的模样。可笑我当时还以为左言希和景辞有点那什么不可描述的关系呢，可人家左言希喜欢的明明是姜探那样病恹恹的女人，而不是景辞那样病恹恹的男人……"

她努力说得轻松，言语间不乏调侃，但慕北湮委实已笑不出来。

他轻声道："阿原，你不会是那样狠毒的女人。"

阿原道："我也觉得我不会。虽记不得风眠晚的事，但我记得身为风眠晚时的感受。"

梦境或幻觉中零落的小片段里，她谨小慎微，无时无刻不在看着他人的眼色，根本没有说书人口中的那种操纵朝政、颠倒乾坤的女谋士的威风。她的心里眼里，满满当当，只有一个人的影子。

她开始看不清，但如今终于能辨出，那人正是景辞。

阿原突兀地笑起来，掩藏住胸口蓦地汹涌上来的绞痛，大笑道："我以前像是谁都可以过来踩几脚的小羊羔……北湮，你知道我为什么会养鹰吗？我以前也养过一只的，应该叫小风。大概它惨死在我面前，所以我潜意识里还记得它，小坏受伤那回，我把它喊成了小风……真好笑，我叫风眠晚，我养的鹰叫小风，是不是可以理解成，我和我的鹰其实是同一类，都只是旁人豢养起来看家护院、偶尔还能拿来取乐的小玩意儿？"

慕北湮忽然也有些透不过气来。

他上前，轻轻将她拥住，低声道："你……别想太多。如果左言希有参与此事，那你失忆之事，也可能与他有关。回头我找他，问问可有医治的方子。"

阿原大口地喘着气，将眼底涌出的泪花一点点逼退下去，方道："不用了！我现在很好，不想当回那个卑微的风眠晚。别说一个景辞，便是天下人弃我于不顾，我都不会再那样卑微地活着。"

慕北湮笑道："你当然不会卑微。你现在是原家大小姐，未来是贺王妃，即便跟我这个浪荡公子不怎么投契，日后也可以养上一群美貌小情人寻欢作乐……咱们以后的日子不知会有多快活，又怎么会卑微？"

阿原将湿淋淋的眼睛用袖子掩住片刻，再将面庞露出来时，已努力弯起了一抹笑："有道理……不过燕国的风眠晚可以被人算计，大梁的阿原可不想再被人算计。至少，我该弄清当日到底都有谁参与了原清离遇劫案。我可不想有一天，再被人换回风眠晚。"

连自己是谁都无法掌控的感觉，实在太可怕。

慕北湮凝视着她，半晌方道："彼时原府那么多人遇害，恐怕不是原清离或当时身受重伤、人在燕境的端侯所能办到的。"

　　阿原道："原清离只想离开，不会令人杀害原府从人，何况其中不少都是跟她很久的侍从。裴四、乌六等人只是市井无赖，有家有室，只想谋财，不想害命。以原府侍从的身手，这些无赖根本无法得逞，所以真正下手的，是一直没有暴露的第三方人马。这群无赖只是掩护第三方的替死鬼。裴四等受刑不过，说了不该说的话，恰我母亲亲自去刑部查问此事，所以才会有案犯暴毙和供词被撕等事吧？或许，绕了这么多，只是为了掩过我母亲的耳目，不至于让我母亲丢了女儿都没能得个交代？嗬，若真是这样，倒也不难猜到是谁。"

　　"你怀疑……"慕北湮欲言又止，干笑了两声，忙喝茶掩饰。

　　阿原道："清离遇劫现场、宫人落水现场、靳家奴仆掩尸现场都出现了松子壳。这三桩案子，本该风牛马不相及，难道是巧合？"

　　说话间，小鹿从外探进头来，笑道："小姐，那个刚来的勤姑，听说你们从宫里回来，一直在打听小姐是不是正忙，估计有什么事儿。"

　　阿原心念一动，忙道："请她进来！"

　　勤姑进来见礼，阿原问："姑姑，你是不是想告诉我什么事？"

　　勤姑穿得虽还朴素，但衣饰齐整，看着精神不少。她苦笑道："大小姐，其实……我真不晓得这事该不该跟你说。"

　　慕北湮卧在榻上，支起他的大长腿懒洋洋地笑："这话说的……明明就是姑姑想说，这么吊人胃口就没意思了！"

　　勤姑早知阿原聪明，不料慕北湮竟也是个人精，未免多看他两眼，方道："那日小姐在宫中问起小印子的事，老身不知深浅，有些事并不敢多声张。"

　　阿原不觉凝神看她："那个小印子逃往揽月湖的方向，其实……是想投奔姑姑你？"

　　勤姑黯然点头："他是我的一个本家侄子，入宫不久便已寻到我，与我相认，待我颇为孝顺，还带那个瑟瑟来见过我一回。只是因为我前朝宫婢的身份，到底有些不便，所以每次都是悄悄来，并不曾跟其他人提起。"

　　慕北湮眯着桃花眼轻笑："你侄儿是个聪明人。乔贵嫔虽是皇上新宠，到底入宫未久，若是听说小印子与前朝宫人有来往，难免忐忑，指不定就不敢重用他了……不过聪明也没用，还是死了……"

　　勤姑满是皱纹的脸有些发黑："小印子跟我提过，乔贵嫔和她的父亲以及郓王，暗中来往得很密切，不像寻常安分守己的妃嫔。他年纪虽轻，但聪明机警，必定是发现了什么，不会无缘无故说这话。"

慕北湮笑了笑："姑姑，枉你在宫中这么多年，难道不知前朝后宫向来有着千丝万缕的联系？纯粹是张白纸的，能有几个！那乔立靠着郢王当了京官，又靠着女儿得宠当上了大理寺卿，乔贵嫔和他们有来往不是很正常？"

勤姑道："这个老身自然懂。但小印子特地说起，必定是发现了什么，只是并未跟老身仔细说起过。出事那晚，我似也有些感应，翻来覆去睡不着。恍惚听到远处有人高叫，倒有些像小印子的嗓音，一时也没敢出去看，只从屋内悄悄向外观望，正好看见一名武将带了两名龙虎军服色的禁卫持刀奔来，在附近打量着，似在寻找着什么。老身唯恐被发觉，只得回到卧榻，一动也不敢动。那人好像真的曾入屋检查，大概瞧着老身不像他要找的人，这才离去。住在附近的别的宫婢，也曾发现有外人入屋，但多是不敢惹事的，哪敢声张？第二日，便听说跳水死了一个小太监和一个小宫女。"

说到伤心处，她禁不住又拿袖子去擦眼睛。

阿原那日遇到她烧纸钱，自然就是祭拜她这个枉死的本家侄子了。

但此刻，不仅阿原盯住她，连慕北湮都已坐起身来，问道："武将？你确定领头的是武将，而不是寻常禁卫？"

大梁目前的禁卫军，都是梁帝未称帝时的亲信兵卒，由龙虎军、龙骧军、天兴军等数支组成，无一不是精挑细选的悍勇兵士，直接受命于梁帝本人。负责守卫西都皇宫的禁卫，正是龙虎军。

若是寻常禁卫，或许可以猜测是禁卫里有个别人另有图谋，或者只是恰好巡逻到附近。若是龙虎军中有品级的武将出手，那就很不寻常了。

勤姑答得很肯定："他的服色与另两名字普通禁卫的并不一样，气势也完全不同。我看得很清楚，这人应该是小校以上的将领，绝不是普通的禁卫。"

阿原抬起手指，慢慢地揉捏自己的眉心。

勤姑叹道："其实我明白背后的人必不寻常。小印子颇得乔贵嫔宠信，可乔贵嫔明明知道小印子死得蹊跷，并未追究此事，大概也猜到或知晓了某些事吧？一两个宫人的性命，原本算不得什么。可我到底看不开……我想知道，小印子到底因何而死。"

慕北湮懒懒地笑："这年头，想死得明明白白，其实真有些不容易。别说小印子，即便是帝王将相，不知自己因何而死的，也多得是……"他拍了拍桌子，"小鹿，有没有酒？给我弄一坛来！"

他的父亲老贺王秦钟，不只是封王封侯，且生前忠勇，死后荣耀，这普天之下有几个比得上？

可老贺王的死因，真的是官方公布出的那么简单吗？

阿原看慕北湮大口喝酒，也不阻拦，沉默半晌才向勤姑道："我不知道最终能不能查出一个可以告诉你的结果，我只能保证，你来到原府会比留在皇宫安全。"
她忽然粲然一笑，"你站出来帮我做证，又引母亲念起故旧之情，不就是为了离开
那里？你怕谋害小印子的凶手会杀你灭口。毕竟，小印子知道的秘事，很可能告诉你。
而你尚不晓得，你听说的那些秘事里，究竟哪一桩给小印子带来了灭顶之灾。"

勤姑终于躬身一礼："大小姐英明！"

这一回，却是真心实意，半点也不掺假。

原夫人到第二日午后才回到原府。

她虽仔细化了妆，但看着气色并不大好，眼底总有种湿漉漉的潮意。

见阿原盯着她瞧，原夫人笑了笑："因商议你的事，不觉就晚了，所以没回来。
瞧着你精神倒还好，大概不曾再吐吧？"

阿原摇头："吃甜食或太油腻的，胸中似乎有些翻涌，其他还好。"

原夫人道："这倒不碍事，回头我让人多预备些清淡的饮食，一样补身子。"
她说着，忽又笑起来，"刚我出宫了，遇到知夏了。说来也好笑，我见了她还没怎样，
她倒一副红着眼睛想掐死我的模样！"

阿原道："母亲理她做什么？我这一向都把她当作端侯豢养的一条恶狗，平时
乱叫就算了，真招惹上来，把她打个半死再去问她的主人，怎么就不把狗链给拴好？"

小鹿拍手道："对，对！咱们小姐才不怕她！这老虔婆，给她三分颜色就能开
染坊！咱小姐都是看着她气势快要上来时，啪地一棍子敲上去，趁着她晕头转向时
拔腿就跑……从没吃过亏！"

原夫人讶异："阿原，你打过她？"

阿原笑了笑："没有。斗智能赢的，何必动武？多不斯文！"

原夫人微笑："我也是这么想的。所以她说我是妖精，我也好言好语告诉她，
咱们家的人再怎么妖精，也没打算迷惑过他们家的男人。倒是他们家上上下下拿出
一副被人害的嘴脸来害人，被天下人看了场大笑话，着实可怜。顺便又问她，听闻
她们欺上瞒下，手段恶毒得把他们家侯爷都给气病了，如今可曾好些了？退婚什么
的，如了我们阿原的愿，也如了她们的愿，下面可得好好守着她们侯爷，真有个好歹，
可不许把这事儿再怪到咱们家头上！"

小鹿想象着原夫人轻言细语温柔万分地跟知夏姑姑说这些话，不由地拍腿叫好，
笑道："夫人说得妙！这皇宫内院她还不能动手，只能跟个大乌龟似的忍着、憋着，
不晓得会不会被活活气死？"

原夫人笑得端庄娴雅："若是她被活活气死，我自然要去烧高香。若她能得
到这般报应，也算是如了我的愿！"

阿原看着原夫人连刻意微笑都无法掩饰的浮肿的眼睑，忽问："母亲，皇上有

没有跟你说起过什么？"

原夫人怔了怔，笑道："既然在一起，自然会说些闲话。你指的是什么？"

阿原道："母亲是聪明人，阿原也不至于太笨。昨日在殿上，我虽未否认我是原清离，但也提到和景辞相识十九年。既然景辞是皇上的亲骨肉，他回到大梁以及他与清离的那门亲事，皇上不可能全不知晓。纵然母亲先前装作愚钝，不曾跟皇上提起过，昨日挑明此事，难道皇上就没有只字片语的解释？"

原夫人强笑道："阿原，你想得太多了！皇上国事政事一大堆，哪里顾得到这么多？听闻是左言希见过清离，晓得她跟你长着一样的相貌，又因北湮的缘故，晓得清离的心思，所以暗中联系了清离，行了这调包计。"

阿原道："凭着那些市井无赖，就能杀了原府那么多随从？景辞在大梁毫无根基，还能一边养病一边将手伸到刑部大牢，悄悄处理那几个乱说话的市井无赖？若那些市井无赖说得太多，母亲怀疑追究起来，势必无法结案。这么看来，景辞居然是在顾忌母亲的态度？"

她半笑不笑，原夫人静静地听着，面色虽无明显变化，眸光却越来越暗淡。

景辞和知夏姑姑等人无疑与当年盗婴之事相关，对原夫人完全称不上善意，当然不可能顾忌原夫人的态度。阿原就差点没直说，这一切很可能都与梁帝有关。

梁帝与原夫人二十余年的感情，何况原夫人颇有能耐，那昨日梁帝忽然留下原夫人，多半会给原夫人解释解释，而原夫人回来后的神情无疑也证实了这一点。

原夫人避开阿原的目光，沉默了许久，方缓缓道："阿原，你要相信为娘。为娘待在皇上身边那么久，经历了那么多风风雨雨，看人看事向来比寻常人清明，不会有错。"

阿原静默片刻，说道："母亲既然这样说，必定是错不了的。"

原夫人知道她口不应心，抬手轻轻拍她瘦削的肩膀，低叹道："孩子，你的终身大事总算有了着落，北湮也不会比任何贵家公子逊色半分，日后好日子长着呢。不管从前和谁有着怎样的纠葛，如今都该放开手，一心一意向前看，别想得太多了，知道吗？"

阿原喉间溢出一声说不出味道的寡淡的笑："嗯，糊涂人总比聪明人活得长久，我明白。"

她转身走出屋子，径自去寻慕北湮，商议调查落水案之事。

慕北湮看着游手好闲，但久在京中，豪爽旷达，交友十分广阔，不久便将出事那晚当值的所有禁卫的名单拿到了手，连当日在宫中领队的几名校尉、虞侯等情况都查得清清楚楚。

这些校尉、虞侯里，虽有两个身材长相与勤姑说的类似，但派人仔细查探后，基本可以确定彼时他们正在值房里喝酒吃肉掷骰子，不可能出现在揽月湖。

阿原大是纳闷："难道我们查案的方向错了，落水一案并不是禁卫军里的人所为？或者这些禁卫军将领里有人只顾赌博喝酒，官服被人盗了？"

慕北湮道："这个不大可能吧？武将的甲胄袍带都有定例，若是遗失怎么可能瞒过众人？何况勤姑看到的是一名武将带着两名禁卫，总不可能三个人一起遗失吧？"

阿原沉吟："难道这三个人并不在当值的禁卫之中？可其他禁卫入不了宫吧？"

慕北湮眼睛亮了："寻常禁卫入不了宫，但如统军、副统军之类的龙虎军主将，入夜后完全可以入宫巡查，除了皇上，根本无人可以管束。"

阿原一击桌案："这就是了！敢公然在宫中杀人，当然不可能是寻常的禁卫！咱们查那些领头的准没错！"

慕北湮额上滑落一大颗汗珠："爷，统军是二三品的大员了，而且那些人都是跟着皇上出生入死的，在皇上跟前说话比我这个不学无术的草包管用，咱们真的要查他们？"

阿原问："怕了？"

慕北湮道："你想想，这些人个个悍勇，拳头比咱们大，人数比咱们多，随便一个官帽丢下来能压死十个八个沁河县令！"

"于是呢？"

"可横行京城的小贺王爷和原大小姐，这辈子怕过谁呀？等着，明天就能给你消息！"

慕北湮大笑，一摆手，大跳步跨出屋去。

阿原忙追出去，叫道："小心些，别打草惊蛇！"

慕北湮应了几声，快步走了出去，抬袖擦了擦汗，思量着怎么才能不被蛇咬。

真要反过来被蛇咬上一口，他已没了劳苦功高的父亲救他，只怕未必受得住。

那个忠贞一世、如今埋于地底却未必能安息的父亲……

明晃晃的阳光有些刺眼，慕北湮的眼眶一阵阵地发酸。

该做的还是得做，该查的还是得查。

不论为了阿原，还是为了他死去的父亲……

端侯府。

林木葱郁，烈日的阳光在这里淡了，蝉的鸣叫也似在这里远了。

这远离闹市的幽深大宅，从内到外都安静得如一池深水，无声无息，无波无澜。

书房外四五名侍卫、书房内三四名侍女，连同知夏姑姑，无不垂手而立、屏气敛息地看着景辞静静地泡茶。

红泥小茶炉上搁着极精致极小巧的茶釜，盛着甘甜的山泉水。景辞拨着银霜炭，留意着火候，看着锅边如珠玉般跳动起串串水泡，先盛出一瓢，再拿一支雕花竹片去搅那沸水，边搅边撒入茶粉，看釜中茶水翻滚起来，才将先前盛出的那瓢水倒回釜内。等釜中的水再次沸腾，那茶便算煮成了。

景辞闻着那茶香，微微地笑了笑，说道："眠晚，分茶。"

诸人愕然。

知夏姑姑忙要上前帮忙时，景辞已醒悟过来，淡淡地瞥她一眼，说道："姑姑，不用了。"

他站起身，自行端起茶釜，稳稳地倒入旁边的白瓷茶盏。

小小一釜，顶多不过四五盏的样子。

景辞的手很稳，却倒得不快，好一会儿才倒出三盏。

茶沫均匀地飘于茶面，居然各成图案，分别是梅、竹、菊，在袅袅热气中栩栩如生，伴着萦在鼻际的茶叶清芬，颇有韵味。

侍儿看出景辞釜中还有茶水，猜着他是不是嫌第四只茶盏放得远了，连忙上前将空茶盏往景辞手边挪了挪。

知夏姑姑想阻拦已来不及，只狠狠地剜了那侍儿一眼。

侍儿茫然不解。

景辞盯了那空茶盏一眼，缓缓将茶釜放下，只端了一盏，走到一边品茶看书去了。

知夏姑姑张了张口想说话，却什么也没敢说。

梅兰竹菊，花中四君子。

当日景辞教风眠晚泡茶分茶时，便试图教她将茶沫弄成这四种模样。可惜教来教去，风眠晚只能弄出最简单的兰花——连花骨朵儿都没有的兰花。

景辞甚是无奈，在叹息几回"朽木不可雕"后，每次泡好茶，便唤风眠晚来分茶，让她先分出兰花图样来，自己再接过去分出梅、竹、菊三种。

于是，花中四君子，风眠晚一直只会分出兰花状的茶沫来。

总算熟能生巧，她后来分出的兰花渐渐有了花骨朵，偶尔还能飞个蝴蝶，变幻得颇有特色。

景辞很满意，这几年便只挑她分出的那盏茶喝了。

如今，他分茶的技艺越发高超，却似乎再分不出兰花的图案来。

水晶帘子忽然发出一阵叮铃铃悦耳的脆响，萧潇大踏步走了进来，笑道："好热！侯爷，我瞧着外面的兄弟热得都快拧出水来了，怎么不让他们回屋歇着？"

知夏姑姑不满地瞪他一眼。

景辞病情反复，偏偏固执得很，执意从宫中搬回侯府休养，谁能放心？故而梁帝特地让萧潇带人跟着住进端侯府保护照顾。谁晓得萧潇太不靠谱，自己静不下心来乱走，还准备把其他人也带坏？

萧潇似没看见知夏姑姑的神情，鼻子用力嗅了嗅，俊秀的面容立时浮上欣慰的笑容："侯爷，可以讨盏茶吧？"

景辞头也没抬，说道："请便。"

萧潇在外奔波许久，已渴得厉害，也不管那茶上有多么精致的花纹，端起茶来就喝，一口气将两盏都饮尽，顺手又将茶釜里剩下的茶也倒出来，喝得干干净净。

知夏姑姑微含愠意，别过了脸。

萧潇是皇上派来的人，她到底不便指责他不懂规矩，可是，这样大口喝茶，简直就是饮牛饮马的做派，哪里像皇帝身边的人？真是白长了副清秀的好皮囊！

景辞从书卷里抬起头来，审慎地看向萧潇，片刻才问道："你走了很远的路。这是去哪里了？"

萧潇道："听宫里的朋友说起一些事，不太放心，去贺王府和原府转了一圈。"

景辞的鼻子里仿佛发出一声笑："你还敢去原府？"

萧潇道："此原大小姐非彼原大小姐，我为何不敢去？"

景辞问："那两位做什么了，让你不放心？"

知夏姑姑忙道："阿辞，你搬回侯府来，不就图个清静吗，管那些事做什么？"

景辞将茶盏放下，说道："姑姑，你带他们去把原府送回来的聘礼收拾收拾，换上新箱笼预备着。一堆人在这屋里，的确闷热得紧。"

知夏姑姑见他赶逐，又是伤怀，又是担忧，问道："这会儿换上新箱笼做什么？若要给则垄郡主，自然还要添些东西，重新预备一番。"

景辞冷冷地道："姑姑，当着舅舅的面，我也已说了很多次，则垄与我亲妹妹无异。为何姑姑总听不进，不论在舅舅那里，还是在皇上那里，总是没完没了地扯起我跟她的婚事？当日你为何想淹死眠晚，好像还没给过我解释？"

知夏姑姑慌忙道："公子，我说过了，有时候见她不知进退，教训教训是有的，但绝对没有过想淹死她的事。何况她什么都记不得，怎么会偏偏记得我要害她？根据彼时的情形来看，只怕是她刻意挑拨，想陷害我吧？"

景辞不置可否，只道："下去吧！"

知夏姑姑还要说时，景辞已斥向屋中那些侍女："你们还不跟姑姑下去？"

知夏姑姑再也站不住，只得退向屋外。

刚到门槛边，萧潇忽将她叫住。

他道："姑姑，天那么热，戴着面具不热吗？"

一时知夏姑姑等人离去，萧潇又命屋外的守卫到别处喝点水松快松快，竟将内外人等逐了个干净。

景辞看向萧潇："你在帮阿原数落知夏姑姑？"

萧潇笑了笑："原大小姐年轻貌美、爽朗可爱，我不帮她，难道帮侯爷这个整天给我脸色瞧的老奴婢？"

景辞道："我原来倒不晓得，你是这么没有原则的人。"

萧潇道："我的原则就是完成皇上的托付，不能让侯爷不快。这几日我算是瞧明白了，知夏姑姑管东管西，甚至越俎代疱，就是侯爷凡事不痛快的源头。侯爷恕我直言，不痛快就直接把她撵走，只怕还能求回让你开怀的原大小姐。"

景辞道："谁告诉你原大小姐能让我开怀？何况我跟她早已退婚，从此两不相干。"

萧潇叹道："两不相干？也就是说，若是她和小贺王爷中计落入他人罗网，你也打算坐视不理？"

景辞手中的茶盏忽然翻了，细碎的茶沫洒于书卷："你说什么？"

萧潇看着茶水流下，半晌方叹道："怪不得，怪不得我向谢岩谢公子请教如何保得端侯安妥，谢公子说，先保得原大小姐安妥。"

景辞拂袖道："皇上让你来保护我，就是因为你废话特别多？"

"我从来没有半句废话。"萧潇抱着剑，笑得明朗干净，"其实也没什么，听闻这二位好像没在好好预备婚事，却莫名其妙地一直在调查上回那个宫人落水案。不过我向谢公子请教时，谢公子脸都黑了，说什么他们其实是为自己查案，又说他们可能会给自己带来麻烦。侯爷先前常跟他们在一起，大概明白其中缘由吧？"

景辞的目光幽暗下去："他们……得到了什么线索？目前从哪一处入手在查？"

萧潇摇头道："不知道他们有什么线索，但他们明显是在怀疑龙虎军的将领参与了宫人落水案，也许……还有原清离劫杀案和贺王案。不然他们不会这么执着。至于他们怎么会把这三个案子联系在一起，谢公子似乎猜到了一些，但并未跟我提起过。"

景辞想起几次案发地出现的松子壳，再想起龙虎军的实力，抬手撑住了额："龙虎军耳目众多，若真与这些案子有关，只怕也会留意到他们的动静，并事先做好防范。"

萧潇一揖："侯爷英明！因我长年在皇上身边，禁卫中颇多知交好友，故而还能打听到一些消息。听闻近来他们已经查到了左统军韩勃头上。此人勇猛耿直，据说不肯受人冤枉，今天已经设下圈套，打算将计就计，引小贺王爷、原大小姐入毂。"

景辞双眸愈发黑沉，却在抬头看向萧潇时意外地变得清亮而锋锐："冤枉吗？"

萧潇道："在下愚钝，冤枉不冤枉，我着实看不出来，只是看出小贺王爷没了贺王的庇护，有些将领未必还会将他放在眼里。倒是原大小姐，看在原夫人的面上，一时大概还不至于拿她怎么样。怕就怕原大小姐不知进退。话说，如果她懂得进退，早就应该安心地做她的原家小姐、贺王正妃了吧？侯爷，你说这原大小姐的脑袋一天到晚上都在想些什么呢？若是从前的原大小姐，必定不会这般自讨苦吃、自寻死路……"

话未了，景辞已站起身来，闪身向外走去。

但听得他吩咐道："备车！"

刚歇下的侍卫们不得不起身，更焦急的是还没来得及取下面具稍作歇息的知夏姑姑，几乎是飞身出来高声问道："你病成这样，又赶着去哪里？"

萧潇抱肩看向众人忙碌的背影，终于舒了口气。

第三十四章

LIANG SHI HUAN

斧光烛影向夜阑

通往某处山林的小道上，阿原被慕北湮拉得气喘吁吁，愠道："北湮，你奔这么急，赶着去投胎吗？"

慕北湮笑道："我娃还在你肚子里呢，怎敢去投胎？总得等咱们娃出世，听他叫声爹吧？"

阿原瞪他一眼："你就扯吧！"

慕北湮拉着她向山上爬着，道："我才没扯……可惜我丧父未久，不宜大操大办，只能委屈你先入门，等回头孝期过了，咱们再筹划着宴请亲友，好好庆祝一回。好在皇上开了口，你在贺王府的屋子也已收拾好了，择个良日便能搬过去。"

他觑着阿原尚平坦的腹部："再有两三个月，也该显怀了，你那边也该预备预备。"

慕北湮向来说得极轻巧，但阿原这些日子思来想去，总觉心烦意乱。但原夫人一心为她打算，将骨肉分离的苦楚说了又说，阿原闹心之余，一时也无更好的主意，此刻也只能苦着脸答道："其实我始终觉得很不妥当。"

慕北湮笑道："换了别人，自然不妥当。但于咱们还真的没什么不妥的。咱俩这名声，再坏又能坏到哪里去？万一真的合不来，咱们还可以和离，到时候依然可以各自嫁娶，岂不大妙？"

阿原瞅他一眼，还是没觉得妙到哪里去，但眼前最要紧的是，走完这崎岖的山道。

她已有孕在身，但妊娠反应并不剧烈，加上身怀武艺，平时看着与往日没什么差别。如今她跟着慕北湮快马加鞭地赶出城，再奋身攀爬这几乎看不出路的山坡，一路穿过灌木草丛，踩死了几回毒虫，又惊走了几条草蛇，便有些手足发软，觉得精力的确大不如前，才爬到半山腰就开始疲累了。

慕北湮在爬山不久已察觉阿原体力不支，暗自懊恼不该因她素日英武不输男儿，便忽略了她眼下的特殊状况。此时他虽出言调侃，脚下却已慢了下来，又取出水袋来递过去，笑道："来，先润润喉咙。"

阿原喝了两口水，抬袖抹了把汗，又看向空中悠闲盘旋着等待他们的小坏："应该不远了吧？你确定韩勍会到这鬼地方见什么人？"

慕北湮道："大概不会有错。传给我消息的那位朋友，他爹是我爹的老部下，他便被弄进了龙虎军，很快升到了小校，如今算是韩勍的心腹吧！"

阿原顿了顿："那应该算是你自小相识的好友吧？"

慕北湮点头："不过这事风险也大，指不定就连累了他，故而我应允他从后山绕过去，尽量不惊动韩勍。凭咱们的身手，应该不难做到。"

阿原看看天上的飞鹰，胸臆间已有悲愤涌上："嗯，原本也不需惊动谁，也不指望讨回什么公道。不过……想要个真相而已。"

她干涩地笑了笑："世界再可恶，咱们也得活下去，痛痛快快地活出个人样来，对不对？"

慕北湮高声道："那是自然！你是最好的，我也是最好的，我们的未来自然也要抛开那些不开心的，活得比任何人都好！"

高处的小坏见他们行得缓慢，不耐烦地鸣叫着，振翅飞得更高。阿原仰起脖颈看着，眸子倒映着青山外的高远天空，渐渐明净如水。

她低低道："嗯，我未必能活得比任何人都好，但至少可以选择不让自己活成一个笑话！"

与并不值得去爱的负心男子分开而已，未来会多出一个孩子而已，也没什么大不了。

她会活得精彩，比从前的原大小姐或原大捕快活得更精彩。

山坡其实并不算陡，二人加紧脚步，很快看到了山顶的那几间精舍。精舍四面围以青砖矮墙，但并不高。此处在京畿，山明水秀，当然也不太可能有虎豹之类的猛兽，有这样的矮墙也够了。以慕、原二人的身手，想越过那矮篱自然也是轻而易举。

慕北湮正要过去时，阿原拉住他："咱们绕到精舍前面看看。"

慕北湮好奇道："怎么了？"

阿原道："你得到的消息，韩勍会来此地跟某厉害人物有所密谋。想此地荒凉偏僻，他们心怀鬼胎，必定会各带几个心腹之人随同保护。但密谋之事当然不方便让手下人个个都听到或参与，所以必定会留下人手在精舍外守候。"

她看向小坏，却见小坏泰然自若地在那精舍上方盘旋了两圈，便飞到一处高树下歇着，懒洋洋地梳理羽毛。

慕北湮忽然懂了："小坏这么悠闲，必定是精舍内外很安静，它根本没发现任何异样。难道你猜错了，他们是孤身前来，或者只带了一两个心腹，全进了屋内，没有在精舍外等候？"

阿原看向慕北湮："如果换成你，想和人暗中图谋什么事，又约在很偏远的地方，会放心孤身前去吗？何况，这些日子我们虽尽量藏在暗处，可动作并不小，以韩勃的地位，不会全无察觉。即便为了防范我们，也会多带侍从，小心行事。即便艺高人胆大，带的人极少，至少也会留下一两个人在屋外放风守望，以防万一吧？"

她从怀中取出一幅中年武将的画像，看着画像中的人看似耿直的面孔，皱了皱眉。

他们将视线扩展到龙虎军的统军、副统军之类的首领身上后，很快就找到了符合条件之人。

龙虎军左统军韩勃，身材高大，武艺高强，对敌时常会喝酒以助威势和胆识。胜券在握时，他甚至会边喝酒边啃上几块肉干或剥上几颗松子，以示其闲情逸致，取人头颅如探囊取物般轻巧……

昨日慕北湮拿到韩勃的画像，交给勤姑辨认时，勤姑立时认出这人就是那夜出现在揽月湖的那名武将。

韩勃，忠勇耿直，是跟梁帝征战很多年的老部下。据说，他的性情耿直得有点可怕，平生只服梁帝一人，其他若是看不上眼的，即便是顶头上司或王公贵族，一样梗着脖子硬顶。据说，某次征战，郓王被派去督军，不许他出战时喝酒，竟被韩勃趁醉打了。郓王愤愤告状，梁帝虽然出言安抚，也只是罚了韩勃三个月的俸禄，背地里还赞韩勃耿直忠诚，反而比先前更宠信。

如果是韩勃，他背后的人是谁，着实不难猜测，这也正与阿原他们先前的推测相符。

如此，宫人落水案，乔贵嫔不愿追究，原清离劫杀案，原夫人红着眼圈归来也不肯多说，便都在情理之中。

这世间从来没有真正的公平，也不是所有的冤屈都能洗雪、所有的正义都能伸张。

尤其，关系到皇家，关系到权势，关系到某些不可明说的交易和争斗。

唯一不可解的是，在靳大德家发现的松子壳。

杀靳大德的侍婢，擒靳大德的家人，为的是威胁靳大德，让其将贺王遇害之事栽赃到左言希的身上。但老贺王忠心耿耿，梁帝多有倚重，断无自断臂膀相害之理，何况被陷害的左言希虽低调处世，其父却是救过梁帝性命的，梁帝怎么着也不会让人嫁祸给他。

阿原等人揣测了许久，始终不得要领。慕北湮不甘心，再去仔细打听时，便有先前的朋友吞吞吐吐地提起，韩勃似乎跟朝中某位高官暗有来往，但行踪极诡秘，或许与先前那些事有关，至少应该与贺王之事有关。慕北湮授以重金，对方才犹豫着告诉了他们这个地点。

至于韩勃约见的是谁，密谈的又是什么事，慕北湮这友人并不知晓，或是怕惹事，佯作不知。

如此满怀疑惑，慕北湮自然要来的，阿原也不肯闲着，何况也不放心，毫不犹豫地选择了同行。

慕北湮虽急于弄清父亲遇害背后的真相，但此刻听阿原分析，也开始觉得有点不太对劲，沉吟道："难道我们来早了，或韩勃他们有所警惕，并没有过来？"

阿原道："也可能根本不会过来。"

慕北湮怔了怔："你的意思是，我的朋友欺骗我，想让我白走这一遭？"

阿原沉吟道："如果韩勃根本不会过来，那么，骗我们白走这一遭，可能是我们对人心最好的推测了！"

慕北湮不以为然："阿原，你是不是太多疑了？"

阿原拉住他，踩踏着半人高的草丛，艰难地觅路而行。她一边往精舍的前方跋涉，一边说道："或许真是我多疑，但我总觉得我好像经历过类似的事。难道从前有人这般设计过我？或者……"

说书人说过的风眠晚的故事忽然间又冒了出来。

风眠晚明里在相助二皇子柳时文，暗中却与三皇子柳时韶定计，将柳时文送上了绝路。

阿原不由顿住了身。

慕北湮不解地看着她，阿原面色发白，突兀地笑了笑："或许，我不是多疑，而是我很坏，当年也曾做过类似的事？"

慕北湮捏住她的手，笑道："胡说什么呢？我瞧你就是怀着孩子，容易胡思乱想。再说，坏就坏呗，反正咱们本就不是啥好人！"

阿原竟无可反驳，挠头道："也是。别说则笙郡主、知夏姑姑他们觉得我是坏透了的毒妇，便是其他人，也从没认为我们是好人吧？"

这样想着时，她反而舒展了眉头，抬眼看到小坏跟着飞来，心念动了动，挥手招呼它歇到自己肩上，带着它行走。

慕北湮好奇道："你是……怕它暴露咱们的行迹？"

阿原道："嗯，我们是坏人，自然要怀着歹心小心防范，不能让别的坏人算计了去。"

她侧头看向慕北湮："你说过，你那朋友跟着韩勃为的是谋个好前程，如今连这等秘事都能知晓，他无疑没吹牛，早已是韩勃的心腹。不过，你给你朋友的重金，比得上韩勃给他的前程吗？"

慕北湮原先只想他是自幼相识的好友，并未想太多，如今被阿原一问，细细沉思后，也觉得其前后态度似乎有些微妙的变化。从原来只字不提，到后来暗示有所线索，让他主动求索追问，直到重金相赂，买下线索……

若不曾花重金相赂，或许他会猜疑，但花了大把金银，便不觉间踏实许多。

但再多的金银，又岂能比得上似锦前程？

慕北湮终于道："阿原，咱们留心些，宁可慢慢查，不能落入他人的陷阱！"

阿原冲他一竖拇指："小贺王爷英明！"

慕北湮大笑，抬眼看向那几间被山岩和树林挡住的精舍，忽然间觉得，即便真有陷阱重重，他们这般携手并行，也没什么好怕的。

颇是费了一番周折，他们才绕到精舍的前方。

这精舍比先前从山后遥望时气派得多。一条修葺得颇齐整的山道从山下蜿蜒而上，直通山顶。山顶居然甚是空阔，两侧甚至种植了些蔬菜瓜果。精舍两进，共七八间，白墙乌瓦，朱漆大门，虽然算不得华丽，但考虑到此地偏僻，也不是寻常人置办得起的。

小坏被阿原约束着飞不了，颇有些不耐烦，不时啄啄羽毛、扑扑翅膀，忽听到什么似的，竖起头来看向精舍方向。

阿原和慕北湮忙转头看去，只听吱呀一声，那大门被小心地打开了。一名仆役模样的汉子探出头来，向四周张望了下，方才踏步出来，向精舍左右山林仔细察看，甚至还往天上看了几眼。

阿原和慕北湮早有准备，连小坏都已藏得严严实实，那仆役自然看不出任何动静。

大概一无所获，仆役大为失望，又着腰摸了摸脑袋，转身要回去时，又伸长脖子向下方的山道看了一眼。

一眼之后，他立时奔过去，蹲下身子借着树丛的掩护仔细看了几眼，忽然跳身奔回屋内，轻轻掩上门。

阿原、慕北湮在暗处将这人鬼头鬼脑的模样尽收眼底，又是好笑，又是愕然，连小坏都瞪大黑溜溜的眼睛，一脸的莫名其妙。

山道上必定有了动静，但从他们这个位置，自然看不到山道上是怎样的情形。

慕北湮轻声道："我去瞧瞧？"

阿原道："一动不如一静。"

慕北湮便听话地伏在坡上，支着头看向阿原，啧啧称奇道："明明是个活蹦乱跳的姑娘家，怎么会这般老成持重……倒像受过训练的小坏一样！"

阿原横他一眼，却也不由得微微失神。

她当然不是被驯化的鹰，但她至少已被训练出了相当好的耐性和应变力。

几个月的捕快生活，让她见识更广博，言行更爽利，却不可能教会她拥有好的耐性和应变力。

正沉吟时，小坏忽似发现了什么，急急地振动翅膀，欲向山道那边飞去。

阿原忙捏紧它的足部不许它乱动，小坏兀自愤愤地冲着那边拍着翅膀挣扎，眼睛都发红了，倒似看到了什么生死仇人般激动。

阿原定睛看了片刻，才发现来的还真是小坏的"仇人"。

山道上来的是两乘肩舆，后面一乘垂了素帷看不出里面的人的模样，前面坐的那人正是小坏从前追踪过的剑客萧潇。

小坏的记性相当好，不仅记得阿原命它追踪过他，还记得它当日被从说书人处逃离的黑衣人所伤后，好不容易飞回县衙，又与在屋顶窃听的萧潇有了冲突。

它当时受伤极重，满腹怨气找不到地方发泄，与萧潇对抗更是伤上加伤，于是萧潇当真成了它天字第二号的仇人。

嗯，天字第一号的，自然是那个差点把它开膛破肚的黑衣人。

阿原一边安抚一边训斥，终于令它不甘不愿地顿下身，只恶狠狠地盯着渐行渐近的萧潇。

而阿原留意萧潇时，总觉得哪里不对。

这人怎么好像和从前有些不一样了？

锦衣华袍、玉冠束发，宝剑不知被藏到了何处，看着颇有几分贵气，和原先的素雅干净全然不同。

慕北湮纳闷："这萧潇搞什么鬼？怎么会穿成这样？"

阿原也感到奇怪，悄声道："萧潇不会也有长得相像的孪生兄弟吧？"

慕北湮点头："这个还真不好说。"

他这样说时，忽想到一事，将阿原打量了几眼，道："先前我问过清离，怎么会对萧潇感兴趣？既然对他感兴趣，怎么他逃入宫中后就肯放过他，不再穷追猛打了，你晓得清离怎么回我？"

阿原奇道："怎么回？说她原来喜欢的是萧潇的孪生兄弟？"

慕北湮摇头："清离没回答我，隔了好一会儿，才忽然跟我说，她母亲不守妇道，她父亲不甘之下，与别的女子生下儿女，应该算是人之常情吧？"

"……"

阿原好久才能说道："原府这么简单的人口，关系还能更混乱些吗？"

慕北湮苦笑着拍拍她的手："也许没那么乱……清离也没有明说，我也不便追问更多。瞧着萧潇的举止，也不像想跟原府扯上关系的样子。"

阿原静默片刻，说道："若换作是我，大概也不愿跟原府扯上关系。"

二人说话之际，萧潇身畔的一名侍从，已上前拍门道："开门！贺王求见升宁长公主！"

慕北湮正扬着唇凝神看热闹，闻声倒吸的一口凉气呛入喉间，差点没滚下山坡去。阿原同样又骇又笑，转头打量慕北湮时，只见他今日为查案而来，特地穿得很朴素，根本看不出素日的张扬，反而是萧潇此时的穿着打扮更像威风八面、纨绔荒唐的小贺王爷。

萧潇竟是以贺王的身份前来……

而精舍中住的，难道是梁帝的姐姐升宁长公主？

传说升宁长公主与梁帝情感颇好，但升宁是个吃斋信佛的人，最厌杀戮。然而梁帝志在天下，又岂肯休兵罢战？于是姐弟俩屡起争执。升宁不愿跟梁帝无休无止地争吵下去，索性避世修行，称要为梁帝吃斋念佛，减他罪孽。梁帝气得够呛，却也无可奈何，便由她去了。

升宁既是长公主，并不匮乏资财，故而在西都内外修有多处精舍，大多在佛寺附近，方便与高僧谈禅论道，修行之处也变化不定。因其极少回京，连慕北湮都没见过几面，再不知她住于此处，而阿原更是只听说过梁帝有这么个姐姐。

大门打开，四名舆夫抬着两架肩舆，连同三四名随从一起步入院中，那大门便又被缓缓关上。

阿原想不出其中因由，侧头问慕北湮："韩勃和假扮成你的萧潇议事吗？还约在升宁长公主的住处？"

慕北湮苦笑："自然不会。升宁长公主很讨厌我父亲，说他撺掇皇上杀人无数，她也很讨厌我和清离，说我们风流浪荡，有悖天道。有一次正好我们一起面见皇上，她在旁边就说皇上身边不该留着我们这些妖孽，扬起拐棍便要打我们，还好我们年轻，跑得快，没让打着……"

"也就是说，你和升宁没交情，还有仇怨？那么，刚出来的那个仆役在等什么？等你？然后等到你，还飞快地把你迎进去？"

"也许，等的并不是我，而是萧潇假冒的我？"

"目的呢？"

"我没觉得萧潇对你或我有恶意，但他是皇上的人。"慕北湮不觉间打了个寒噤，"韩勃也是皇上的人。皇上这几年应该不怎么喜欢升宁长公主。若我们是被韩勃特地引过来……"

"那么……长公主如果出了什么事，会不会算到我们头上？还有，第二乘垂着纱帷的肩舆，里面坐的是谁？"

"如果前面一乘是我慕北湮，那后面一乘，当然是原大小姐你了！"

"那么，眼下是什么状况？"

两人面面相觑，再也猜不透如今面对的到底是一个怎样的局。

精舍内，檀香袅绕的静室里，升宁长公主正闭目眼神。

有人谨慎而有节奏地扣门，轻巧而熟练。

升宁的眼皮都没动，缓缓道："止戈吗？进来。"

止戈入内，正是先前在屋外观察的那仆役。他垂首道："长公主，贺王来了！"

升宁睁开眼："那个视人命如草芥的慕钟？"

止戈道："长公主，慕钟春天的时候已经死了，据说是被他小妾和奸夫合谋所害。如今继承贺王之位的，是他的儿子慕北湮。"

升宁念了声佛，说道："这才叫天道轮回，报应不爽！我记得他儿子，也是个不成器的混账东西！他来做什么？叫他滚出去！"

止戈恭敬道："是！"

待止戈带上门离去，升宁怒意未歇，冷笑道："踏着他人鲜血得到的富贵，还想着长长久久？嗬，用人命谋来的福气，有命得，没命享！瞧着这慕北湮也是个夭寿的！"

她伸手准备去取茶盏喝水，那茶盏忽长了脚般跑到了她的指间。

升宁接过，惊异地抬头，见一高瘦的锦衣中年人出现在眼前。那中年人缓缓收回递给她茶盏的手，躬身行了一礼："小人是贺王侍卫，有事请教长公主。"

升宁愕然地看了眼不知什么时候敞开的后窗，怒道："那杀千刀的小兔崽子能有什么事？你怎么敢擅闯老身住处？快滚！"

中年人叹道："长公主原先也是家徒四壁，全靠皇上杀人无算换来千里江山，随之鸡犬升天，难道不也是踏着他人鲜血得到的富贵？长公主骂我家小贺王爷骂得这么狠毒，就不怕这富贵你也有命得、无命享？"

升宁大怒："大胆！你是什么东西，敢来教训老身！"

她正要高唤随侍驱赶来人时，忽见银光一闪，顿时胸口一凉。

她倒地之际，中年人擦拭着剑尖的鲜血，冷笑道："长公主怪不得我们小王爷。好意求见，不见也就罢了，还骂得如此狠毒！若留着你在皇上跟前胡说八道，才是小贺王爷的不幸，武将的不幸……"

阿原、慕北湮等了许久听不见动静，都有些焦躁。阿原摸了摸小坏的脑袋："乖，过去瞧一瞧，不许闯祸！"

小坏茫然地看着她。

阿原叹道："唉，到底不如小风灵巧……"

小风……

她竟不觉间又说出了小风……

阿原失神，然后轻轻松手，放开小坏。

小坏立刻鸣叫一声，振翅飞去。

原、慕二人行得更些观察时，却见小坏振翅盘旋于精舍上方，久久不去，显然院中有人引起了它的注意。但萧潇此刻必定没在院子里，否则它就该冲下去啄人了……

正揣测之际，忽隐隐听到女子在惊奇地唤道："小坏！"

阿原闻声看去，已然大喜，拉起慕北湮便冲了出去，叫道："长乐公主！"

他们的注意力集中于精舍时，又一乘肩舆前呼后拥而来，从锦舆中行下的，竟是长乐公主。

她看着阿原、慕北湮自林中奔出，又惊又喜，忙挽住阿原，问道："你们怎么来了？"

慕北湮还未来得及见礼，阿原已抢先答道："可不是，怎么会这般巧？今日瞧着风光不错，所以出城走走，谁晓得路上小坏瞧见萧潇那小子了，赶着要上前啄。我赶紧阻拦，不过瞧着萧潇装束得好生奇怪，竟与北湮十分相像，一时好奇，便与北湮一路跟来此处了！最奇怪的是，刚萧潇自报家门，居然自称是贺王，要求见升宁长公主。"

慕北湮立时会意，阿原这是要先将他们二人从精舍内发生的事情里撇出，忙道："正是。眼见他进去了，咱俩正纳闷呢，一转头又见公主来了！公主这是来探望长公主？居然这么巧全赶在这会儿到了！"

长乐公主同样摸不着头脑，说道："前日父皇做梦，梦到了少年时和大姑姑相处时的情形，很是记挂。因我和大姑姑还相得来，特地叫我备上礼物前来探望，顺便看看她什么时候有空回宫叙叙。"

说话间，她的侍儿已上前叩门，叫道："启禀长公主，长乐公主来访！"

门好一会儿才打开，随之跟跄而出的，却是一名惊慌失措的中年女侍，冲上前扯住长乐公主哭叫道："长乐公主，长乐公主，长公主被杀了……"

长乐公主大惊："什么？"

他们奔进去时，升宁长公主倒在地上，胸口汩汩流出鲜血，还残留着最后一口气。

长乐公主快步奔过去，急唤道："大姑姑！大姑姑！这……这是怎么回事？谁伤的你？"

升宁道："小……小贺王……"

慕北湮已随之奔入，闻言忙道："长公主，你看清了，不是我！"

但升宁的脑袋歪了歪，便没了气息。

阿原踏入这间已经称不上静室的静室时，眼皮忍不住跳了几下。

屋中除了锦衣华服无奈而立的萧潇，居然还有景辞！

她做梦也没想到，居然能在此情此景下见到景辞。难道方才跟萧潇同行的人居然是景辞？

景辞却未看她，只紧盯着那个叫止戈的仆役，指向萧潇，问道："长公主是说，他是凶手？"

他的目光淡淡，似无半分威逼之意。止戈正有些疑惑地观察慕北湮，偏被景辞的目光逼得慌乱，一时不敢跟他对视，只垂头抹泪哭道："好像……是。"

长乐公主虽因这意外之变又惊又怒，但神智始终清明，闻言立时站起身来，厉声道："是，或者不是？什么叫好像是？"

止戈嗫嚅着无法回答。

景辞问："你且说说，你进屋时见到了什么，公主又说了什么，让你一奔出来，就大叫贺王杀人了？"

止戈只得道："小人回复了贺王，公主不想见客，这时侯爷从院中肩舆里步出，让再去通传，端侯求见。小人不敢不从，却因愚钝闭塞，犹豫说不清端侯的来历，又被长公主责骂，所以在门口站了片刻，没敢立刻进去。这时听到长公主呻吟，忙进去看时，窗户洞开，长公主已遇刺倒地。她扯住我说，是小贺王派人杀她的，杀她……"

萧潇苦笑道："若指的是我……我一直站在屋里没离开，从人也和端侯一起在院里候着，如何指使人杀她？又为何要杀她？"

止戈道："小人当时也在问，怎么会这样？为什么？长公主便勉强答了一句，说因她不肯见贺王，贺王担心她日后在皇上面前进言，毁了他的前程……"

阿原忍不住笑了起来："只为不肯相见，便担心毁他前程，派人杀了他？问题是小贺王爷一向名声不大好，不肯见他的王公大臣多着呢，时不时找皇上告状的大概也不少。怎么小贺王爷一个不杀，偏偏杀一个很少有机会回宫进言的长公主？这谎话编的，你自己信吗？"

止戈慌忙道："小人不敢撒谎！长公主的确是这么说的，如有半句假话，天打雷劈！"

他又指向角落里一个哭得喘不过气的小侍女，说道："不信你问慧儿！长公主说这话时，慧儿也已经闻声赶过来了！"

小侍女哭得满面鼻涕，闻言连连点头："是……长公主是这样说的……贺王为什么害长公主？长公主是好人，是好人啊！"

她瞪向萧潇，咬牙切齿，倒是真真切切的悲痛和怨恨。

直到此时，景辞的目光才淡淡扫过阿原，竟未停留片刻，而是很快转向了长乐公主："他们所指的，以及长公主所指的，好像都是萧潇。"

长乐公主扫过萧潇："听闻你自称贺王？"

萧潇并不否认，躬身道："回公主，微臣听说此处有人欲对贺王不利，原以为只是玩笑，顺口跟端侯提了一句。端侯建议我乔装打扮成贺王，前来一探究竟。"

他看向止戈，轻叹："或许，是微臣的错？若微臣不曾冒名前来，也许恶人不会对长公主下手了！"

长乐公主忽然间悟了过来，瞪了一眼阿原。

阿原忙道："回公主，我们出京是为了查案，也的确有人刻意把我们往这边引。但我总觉得这事儿有蹊跷，后来见萧潇过来，才决定尾随而来。"

止戈忽然叫道："不对！不对！我好像早就看到你那只鹰了！你上山已经有了好一会儿了，指不定就是你们杀害的长公主呢？"

阿原笑道："这可就奇怪了！你连端侯是谁都不知道，怎么会认得我？就算听说过原大小姐，又怎么会知道原大小姐养了只鹰？咦，你是不是早就知道我们要来，事先探听过我们的模样喜好，就等着我们出现，便对长公主下手，好嫁祸给我们？"

慕北湮摊手而笑："那可真得替你惋惜！你嫁祸的那位，是个假贺王，而且是皇上最信任的影卫，跟长公主素无冤仇。你说他杀长公主，便是天下人都信，皇上也不会信的。这可怎么办呢？要不，你把这杀人嫁祸的罪名给认下？反正诬告罪反坐其身，认不认都是死！"

长乐公主立时悟了过来，抬脚端向止戈，喝道："说，谁指使你杀人嫁祸的？"

止戈骇极，也顾不得为他家长公主哭泣了，爬起来奔向敞开的窗户，要越窗奔逃。

此时房中连主带仆足有十余人，哪里容得他逃去？

他那边身形才动，萧潇已疾步上前，剑锋闪动，飞快将人截住，生生逼回到长乐公主的跟前。

长乐公主喝道："来人！将他押回宫中候审！封锁这处屋子，将所有人等带回京中，待查明此案后再处置！"

随侍们忙应了，唤升宁长公主的侍仆们收拾东西，封存所有可能的凭证，又遣人飞奔下山，预备棺椁送升宁长公主的尸体下山。

阿原明知回京后，这案子未必轮得到她插手，还要赶着问止戈几句，一转眼看到景辞蹲于尸体旁，正检查其致命伤处。她心念一动，忙走过去看时，景辞已瞅见她，站起身退开几步，一言不发，倒似视她如洪水猛兽一般。

阿原的心像被什么堵了一下，顿时痛起来。

她忙捏紧拳，抑制住满怀懊恨，若无其事地蹲下身子察看了那伤口，再扫了眼捆得跟粽子似的止戈，向长乐公主道："公主，这个人不是凶手。长公主的伤口窄而深，出血不多，证明来人用的是剑，且身手高明，出剑快捷，直指要害……"

她顿了顿，沉吟道："长公主没有当场遇害，恐怕还是他故意留下她最后一口气，留她在公主到来时说出伤人者是贺王……"

长乐公主听她分析，越想越心惊："也就是说，连我的到来，都在他们的算计之中？

可我也是前天才领了父皇的旨意，预备了今天的行程。"

阿原道："若凶手来自皇上身边，第一时间便知道了公主的行程，有一两天的时间准备这些事，已经足够了！"

"父皇身边？"长乐公主骇异，"谁？"

"回头我们细说……"

阿原一边说着，一边向窗外张望，然后撮口为哨。

哨声悠扬，穿过精舍内的喧嚣，随风飘入山林，久久地回响着。

长乐公主忙问："怎么了？"

阿原道："我的鹰不见了！"

不知什么时候，小坏不见了。

阿原眼前恍惚浮现的又是当日她的白鹰碎羽与血珠零落飘散的情形。她忽然心慌得厉害，一跃身从窗口奔出。

"公主先处理这里的事，我去去就来！"

她说这话时，人已奔出了老远。

慕北湮大急，忙道："等等我呀！"

他正要追过去，忽然肩上一紧，回头一看，竟是景辞拉住了他。

萧潇看了他们一眼，飞身跃出窗去，紧跟在阿原的身后而去。

慕北湮略略放心，奋力甩开景辞的手，怒道："景辞，你知不知道你这个人实在很讨人厌？"

景辞淡淡地看着他："知道。"

"……"慕北湮怪异地瞅他，"你有病吧？"

景辞笑了笑："我本来就有病，一直在吃药，难道你不知道？"

"……"

慕北湮终于无言以对。

景辞道："走，出去聊聊吧！关于阿原的事。"

他负手向外走去，竟笃定慕北湮会跟他走。

长乐公主正对着升宁长公主的尸体抹泪，见状忙道："端侯哥哥，大姑姑的事儿还得处理呢！"

景辞道："关我什么事？"

长乐公主愣住，看慕北湮一脸愤愤地随他而去，也不由得一脸愤愤起来。

她跺着脚道："难怪阿原不要你！换我也不要再看你一眼！什么臭脾气？！"

当年她觉得谢岩爱理不理的冷淡模样让人烦恼，但如今看来，谢岩的性情实在是可爱，很可爱。

果然有对比就有幸福，连好气度都是对比出来……

阿原一路唤了很多声，依然没看到小坏的踪影，却已累得气喘吁吁，差点急出泪来。

萧潇跟在她身后，见她弯腰喘息，递上一块素帕。

阿原接过擦汗，却觉脚下发虚，竟踉跄了下。

萧潇忙扶她在山道旁坐下，说道："莫急，兴许是发现敌人的踪迹，跟了出去。"

阿原道："我就担心这个。这家伙笨得紧，让它抓个兔子、探个路什么的还好，真要跟人打斗，也只会张牙舞爪吓吓人而已，连个寻常的壮汉都打不过，更别说杀害长公主的那个高手了……"

萧潇笑道："但它上次吃过一次大亏，如今遇到持剑的高手，以它欺善怕恶的小心眼儿，总该懂得退避三舍。何况你着急也无益，不如回精舍等着，它若对付不了那个人，必定会回来找你诉委屈。即便不放心，也没必要急着叫唤，它在五里外瞧见我，都能冲上来啄我。我就是你最好的寻鹰利器，何必再费力气唤它……"

他的言语温和谐趣，阿原听得不由地笑了起来，这才稍稍安心，转而问道："对了，你怎么会冒着贺王之名过来？"

萧潇坐到她身畔，笑道："方才我不是说了？其实只是偶尔听到一些消息，顺口一提，是端侯听入耳内，多了心，务必要和我过来瞧瞧。皇上既然让我保护他，我自然只能从命。"

阿原微哂："不晓得你偶尔在哪里听到的消息，居然这么巧，将他们准备嫁祸我们的时间、地点都听得清清楚楚？"

萧潇轻笑："我在宫中待了多年，跟随皇上的护卫大多认识，且不少是生死之交，若偶尔听到些什么，再找相关之人往深里打听，倒也不难打听出来。"

阿原叹道："这样往深里打听的，也算是偶尔听到的消息？"

萧潇俊秀的面庞便微微泛了红，看向她的目光却越发柔和："其实真不是什么大事儿，顺口一问而已。倒是端侯有心，一听你这厢出事，急得跟什么似的，也不顾这么个大热天，也不顾皇上一再让他静养，立刻就奔来了！"

阿原不觉冷笑："他？为我着急？萧公子，这话虽是你说的，只怕你自己也不敢信吧？"

萧潇苦笑："纵然谁都不信，我也信。他这人心冷意冷，是个狠心有决断之人。但越是这样的人，越是对认定的人或事死心眼。纵然退婚，他一样放不下原姑娘，容不得他人陷害你。"

阿原的眉眼挑起，满脸的不驯："那我是不是得感动一下，为他甩我一巴掌后转头赏了颗甜枣？可惜本大小姐不稀罕。若我愿意，成筐的甜枣任我挑！"

萧潇沉思道："嗯，也有道理。他这性情若是不改改，只怕一世都娶不到媳妇。"

阿原正抬手欲拭额上的汗，闻言侧头，从帕子下方瞥见萧潇带了三分愁意的俊秀面容，顿时笑起来："你被遣去保护他没几天吧？怎么忽然间就这般忠心耿耿了？我倒瞧不出他人缘这么好！不过你也是想太多了。以他的身份，以皇上的盛宠，还怕娶不到媳妇？旁的不说，那位青梅竹马的则埕郡主，就是他心坎上的，少了我这眼中钉、肉中刺，大概那赐婚的圣旨，很快就能颁下吧？"

萧潇无奈道："要不要打个赌，这圣旨绝对颁不下来？"

阿原的心莫名地跳了跳："赌？赌什么？"

萧潇道："嗯……你输了就叫我一百声哥哥吧！"

阿原不觉垂下手，张张嘴一时不知如何作答。

而萧潇已笑起来，拉过她说道："先回去吧，他们不放心，也该等着急了。小贺王爷当时便要跟来，被端侯拦住了。嗯，其实小贺王爷也挺好，若是跟了他，不论贫富贵贱，这辈子应该都过得挺自在。"

阿原跟随他走着，说道："若是不论贫富贵贱都能自在度日，真应该心满意足，凭谁都不该再奢求别的了吧？"

她这样说着，却忽然想起了景辞。

他虽身世贵重，才情不凡，但在简陋的沁河县衙里，粗茶淡饭，他一样安之若素，偶尔还能洗手做羹汤让她一饱口福，或不顾病痛陪她彻夜查案……

贫富贵贱，只怕他也视若云烟，并不曾丝毫放在心上。

但也许，一切都只是他刻意而为吧……

阿原不肯想下去，转而道："不论如何，这次谢谢你。若不是你们前来搅局，即便我们发现不对，不曾潜入长公主的住处，到底来过附近，必定难逃嫌疑。"

萧潇静默片刻，低声道："你还在查什么？当日的劫杀案，还是上回的落水案？"

阿原反问："难道不该查吗？萧兄是明眼人，当然也能看得出来，除了这两个案子，还有我们经手的那几个惊天案子，其实都颇有疑点。"

萧潇浓黑的睫便垂落下来，低叹道："原姑娘，这世上，其实并无绝对的是非对错。何况，当今乱世，胜者为王，多少人还把律法放在心上？手中权势、掌下兵马、眼前富贵，才是多少人毕生所求，梦寐所思。活着的人，不是执棋者，便是被执的棋子。当然，更多的人，既是棋者，又是棋子，身不由己，也令他人身不由己。"

阿原不料他竟能说出这么一番道理，不由得顿住身，转头看向他道："你既然看得这般通透，又为何陷入权势的旋涡中，恋恋不去？"

萧潇静默片刻，轻声道："其实我和言希差不多，都是父亲早逝，被皇上安排抚育成人。不过言希偏爱学医，我酷好学武，年长后回宫才彼此认识。但我父亲并无言希之父那样有救驾之功，我欠皇上抚育之情。"

阿原记起慕北湮所说，原清离似疑生父原皓在外另有子女之事，不免又将萧潇多瞅了几眼，小心问道："你父亲自然也是朝中臣子。他……也姓萧？当年身居何职？"

萧潇道："我随母姓。"

阿原屏息静气，等他继续说下去。

但萧潇忽抬起头，笑着向天空一指："看，小坏回来了！"

阿原已闻得小坏的鸣叫，不由大喜，忙扬唇而啸，便见小坏抖着翅翼迅速扑下。

它虽扑得不大稳当，倒也能迅捷地落到阿原的肩上，却蓬着羽毛哆嗦不已，小脑袋左右惊恐地张望，竟似受了极大的惊吓，居然不曾想到去攻击它的大仇人萧潇。

阿原忙仔细打量一番，发现它左边的翅膀齐刷刷少了一截羽毛，分明是极快的刀剑所削。

它果然追到了凶手，可惜凶手完全没把它看作对手。它若不是逃得快，就不是被削断几根羽毛那么简单了。

阿原见它无恙，松了口气，拍着它安慰道："好了好了，下回看到那人就唤我去报仇，千万量力而行，别去逞能，知道不？"

萧潇在旁笑道："嗯，量力而行最好。其实你想知道当日劫杀案的真相，问端侯便是。想来他也不愿你再这么冒失查下去，指不定什么时候又闯大祸！"

阿原抚额："我什么时候闯过祸？没见过谁像你这般唠叨！"

"我唠叨……"萧潇啼笑皆非，顺手拍了拍她的肩，"我便不信，我比小贺王爷还唠叨！"

阿原也不觉得大笑："嗯，其实唠叨有时候也挺好的。多热闹！"

二人正相视而笑时，空气忽然间冷了下来。萧潇搭在她肩上的手略略一紧，然后飞快地松开。

阿原抬头，见景辞负手立于高处，沉默地看着他们。

其实他的神情并不凌厉或清冷，身形也比先前瘦削，敛眉之际目光萧索，若深秋潭水般清冷，不该让人有这种透不过气的压迫感，但阿原静静地站在那里，偏偏觉得喘不上气来，比先前寻小坏寻得筋疲力尽时还要胸闷气促。

正要绕过他而行时，萧潇忽道："侯爷来得正好，听闻阿原有事想问侯爷。不如二位趁着还未下山，好好谈谈？"

他说着向二人行了一礼，快步离去。

小坏张了张兀自蓬着的翅膀，想去追，但犹豫了片刻，依旧紧紧抓住主人的肩膀。

报仇虽要紧，小命更要紧。

阿原下意识地拔腿想走，但转而一思量，她又不曾做什么亏心事，为何要躲避他？何况原清离的案子，的确只有景辞最清楚。

景辞缓缓走了过来，问道："想问什么？"

阿原平视着他的眼睛，挺直脊梁与他面对而立，说道："清离遇劫之事，当然是你联合清离一手安排的。但清离没道理杀原府的部属，你安排的？还是……谁？"

"就这个？"

"还不够？"

夕阳透过山林斜斜地照在两人身上，长长的影子拖入了幽深的树影间，模糊着、融汇着，再看不清晰。

阿原努力地端详着他，居然也看不清他背着夕阳的容颜，更看不清他的神情。

但闻景辞平静地答道"清离想嫁给李源，而我想你回到大梁，二人需求一拍即合。当然，清离不会武艺，我当时还在燕国，有些事便不得不请皇上帮忙。清离不想伤原府之人，所以临行前赏了做过手脚的糕点和水，令他们不堪一击，好让山匪顺利劫走她。但皇上怕令慈追究起这事不好交代，命人在清离离开后，将原府之人尽数杀了灭口，做过手脚的糕点和水自然也会处理干净。"

"于是，清离被劫之事，其实就是皇上所为？原府的那些侍卫仆役，是龙虎军所为？确切地说，是皇上的心腹韩勃带人所杀？"想起那日原夫人回宫后红肿的眼睛，阿原的声音有些颤抖，"其实皇上多虑了，母亲和原家的富贵生死，还不是掌握在他的手上？母亲知道了，又敢说什么？更别说追究了！"

景辞轻叹："皇上待令慈倒也算深情，并不希望她发现原清离被替换，一心想用相同面貌的你将她糊弄过去。毕竟她跟清离早有嫌隙，母女之情算不得深厚。或许，是我们小觑了母女间血融于水的亲情，根本没想到令慈这么快就发现换回的是另一个女儿……"

阿原截口道："从你们当初劫走我时，便该想到了！没有一个做母亲的会忘了自己丢失的女儿，也没有一个女儿对自己失散的母亲全无情感！"

景辞微微嘲讽："哦！于是，如今更添一层恨了？我是害你们母女分离的元凶呢！"

阿原道："不然呢？我要不要叩谢端侯不杀之恩？"

景辞抿唇，负于身后的双手绞得很紧，却一言不发。

阿原只当他默认，心下愤然，忽又想到一事，说道："不对，你刚刚说，清离离开时，你还在燕国？清离不是跟你定亲后一段时间才出事的吗？"

景辞道："她是在跟我定亲后才出事，但定亲时我还没回大梁。"

阿原立时悟了过来："皇上和清离早已商量好，在你没回来时，便虚拟了一个端侯在那里。横竖端侯要养病，谁也见不着，当然更不会知道你究竟是什么时候真正来到大梁。从燕国到梁国，还牵涉了娶风眠晚的晋国大将，你们……怎么做到的？"

景辞淡然一笑："李源是你自己要嫁的，怎么做到的要问你自己。"

"我？"

嫁给李源的是当时的风眠晚，而不是当下的阿原。阿原当然不晓得她怎样嫁的李源。她所知道的，仅仅是风眠晚在出嫁途中被劫——如今看来，无非是景辞一手安排，让清醒的原清离代替被失忆的风眠晚嫁往晋国。

阿原终于道："不好意思，你们既然把我变作原清离，变作阿原，我如今只是阿原。风眠晚的事，与我无关。难不成你希望我是风眠晚，我就得是风眠晚，你希望我是阿原，我就得是阿原？别把我想得太伟大，我不会背负我不记得的风眠晚的过去。人只能活一世，我已丢了半世，当然要把剩下的半世好好地过着，绝不做任何自寻烦恼的事。"

景辞静默良久，低声道："嗯，你若这样想，那敢情好。你还有什么想问的？"

阿原道："皇上为什么会帮你，不惜杀了原府这么多人，送走受宠的原大小姐，也要帮你？"

景辞眼底有苦涩闪动，但很快平静地答道："我和皇上的关系，大概你已猜到。当年因他之过，累我母亲年轻早逝，我舅父一家耿耿于怀，并不希望他认回我，所以舅父一直隐瞒着我的存在，在我七八岁时便将我送到燕国。但皇上一直有所怀疑，后来得到一些消息，遂派左言希到燕国查证，以大夫之名接近我。他见过原清离，也见过你，知道你们容貌相同。后来我出事，他救了我，和盘托出他的来意，希望我能回大梁休养。我答应了，但要求将你一并带回大梁，不能让你嫁给李源。"

"不能让我嫁给李源，要嫁只能嫁给你？"

于是，在梁帝的安排下，一切不可能的事，忽然变得轻而易举。

阿原眼底已浮上雾气，连忙眨了眨眼，依然盯着景辞，沙哑地笑："于是，你是在告诉我，当年你对风眠晚有多么痴情？那个挑了你足筋把你丢在野外喂狼的小师妹，就是风眠晚吧？"

也就是……从前的那个她？

景辞凝视她半晌，垂下了眼睫，淡淡道："当然不是。"

阿原已经屏息准备听到他肯定的答复，闻他此言大出意外，讶异道："不是？"

景辞道："若你是她，我早就打折你的腿，也丢野外喂狼了！若有仇怨，我怎肯不报，还留你和慕北湮一世逍遥？"

阿原便问："那我们当年又有何恩怨，让你非得和我定这么个婚约？又让你如此卑劣，故意与我相好然后弃我不顾？"

"卑劣？"

景辞仿若轻笑了一声，只是暮色愈沉，阿原看不清他是否真的在笑。

很快，景辞清晰地答道："我与风眠晚本有婚约，但我出事后她不但不曾施以援手，反而很快悔婚嫁给李源。你说我该不该报复？难道因为你认为你只是阿原，我便该大人大量地将你从前的负心一笔勾销？我不过设法延续了当日的婚约，哄你失身失心，然后仿你所为，弃你不顾。"

他向后退一步，却站得更高，一如既往地睥睨着她："若这算是卑劣，也是你卑劣在前。哪怕则笙曾对你无礼，哪怕知夏姑姑曾有意或无意地伤害你，我并不曾负你半分。我器量狭窄，容不得你如此待我。如今，你弃我伤我一回，我也弃你伤你一回，也算扳平了吧？从此两不相欠，各自嫁娶，互为陌路，未尝不是一件好事。"

阿原又有些喘不过气来，僵硬地点了点头："嗯，好事。"

景辞笑了笑："知道便好。从此桥归桥，路归路，各自安好吧！"

阿原道："请便！长公主的事，我便不参与了。对手原是冲着我们来的，谢谢你这次跟着萧潇为我们解围，日后也不敢再劳烦端侯大驾！"

景辞已转身向精舍走去，懒懒的回答随着夜风轻轻飘过。

"长公主是我姑姑，我为她而来，不幸没能救她而已。你千万别会错了意，自作多情以为我转了心意，对你还有什么念想！我不要的，便是不要了……"

阿原被噎在当场，看着他远去的背影，再也说不出话来。

她的手颤抖得厉害，抱住慢慢恢复平静的小坏问："是这样吗？就是……这样简单吗？"

小坏歪着头不解地看着她，满眼茫然。

阿原道："他说的大概是真的吧？我什么都不记得，为何偏偏觉出他往日真的待我很好？为何我感觉我就是那个师妹？但我当然不会害他的性命。"

她抱着小坏，坐到一处山石边，眺着黑黢黢的山色，听山风从耳边擦过，闭上眼静静回想不时出现在幻境中的那个从前的她。

娇憨、善良、笨拙、痴情。

心里眼里只有一个阿原始终看不清面目的男子、一个她唤作师兄的男子。

而那男子，无疑是景辞。

后来那个自信俊美、骄傲聪明、武艺高强的女捕快原沁河，哪会那么容易喜欢一个人，还如此轻易地被他彻底掳获？

情不自禁地靠近他，情不自禁沉沦其中的，只是风眠晚吧？

那个似乎早已远远离去却根本无法与阿原分出彼此的风眠晚。

阿原笑着问小坏："于是，还有很多我并不知道的事吗？可到底不重要了，对不对？我不该听了萧潇几句话，便以为他真有悔意，真能深情待我。他对我并无念想，我更不该有所念想，对不对？过去的终归已过去，我就该丢开那些痛苦的过去，活得精彩、亮堂，对不对？"

小坏懵懂地看着她，然后振了振翅膀，扬翅飞向高空，只在她头顶自在地盘旋。

阿原笑道："小坏蛋，坏蛋！"

笑着笑着，忽觉手上一凉，她伸手在面上一摸，满手的凉湿。

可她明明看得很开，明明一直在笑……哪来的泪水？

也许，哭泣的是风眠晚吧？

应该被永远摒弃的风眠晚……

慕北湮找到阿原时，阿原已在山石边坐了很久。

她头顶的夜空里，小坏恢复了精神，正努力学着用少了半截羽毛的翅膀平稳飞翔。见小坏这般悠闲，慕北湮倒没怎么担心阿原，直到他看到阿原的神情。

他快步上前，唤道："阿原！"

阿原的脸色苍白，神思恍惚，定定地看着幽深的天空。慕北湮唤了两遍，她方转过脸来，半晌方勉强地笑道："长公主的事处理完了？"

慕北湮道："只要不把咱们牵涉进去，什么都好说。我不过在那边看了会儿热闹。如今，谢岩已带人前来接应长乐公主，端侯也走了，咱们自然也该下山了！"

他忽向山道一指："你看，他们已走得远了！"

阿原举目，见山道上数支火把亮起，在夜风里起伏明灭，照出众人簇拥下稳稳而行的肩舆。

来的时候，为刻意引对方认为来的是阿原，景辞的肩舆笼了纱帷，但此刻身份大白，他肩舆上的纱帷已被撤去，阿原便能隐隐约约地看到肩舆上他脊背挺直的瘦削身影。他依然孤僻骄傲，目无下尘，连报复也报复得狠毒薄情、干脆爽利。

慕北湮顺着她的目光看了一眼，柔声向她道："端侯说，关于当日的劫杀案，他会亲自跟你说清楚。他……说了什么？"

阿原低低道："其实也没说什么，无非就是我们猜的那些。相助他将我和清离调换的是皇上，杀原府家仆的当然也是韩勍所遣的龙虎军……"

她忽然顿住口，定定看向山道。

景辞一行人已沿着山道走出颇远,火把不时被林木掩住,星星点点的光芒越发微弱。但有一支火把不知什么时候落到了最后面,并且停在了阿原能看到的空旷处,然后高高举起。

阿原仔细一看,慕北湮已道:"咦,是萧潇!他正往这里看呢!啧啧,如果他不是你哥,那就一定是恋上你了!我打听过,今天景辞就是被他撺掇着来解围的。"

果然是萧潇的意思,并不是景辞自己要来。

阿原站起身,向萧潇挥了挥手。

她的身后是冉冉而起的一轮明月,她立于月下,高挑别致的身影似在黑夜中闪着霜白的月光,衣袂被风吹得翩然扬起,飘逸得不似凡尘中人。

萧潇果然一眼看到了她,顿时扬唇一笑,向她一挥手,方才大踏步向山下奔去,追向景辞。

阿原满怀的悲恨不觉间散去许多,这才向慕北湮道:"他很可能不是我哥。"

"嗯?那还真是恋上你了?"

"指不定是我弟呢?"

"……"

"谁年长谁年少,还说不定呢!我瞧着他更像我弟。"

尤其跟她打赌,说输了唤他哥……

事后怎么想都觉得怪怪的……

山道上,景辞悄然收回透过山林努力看向她的目光,握着拳掩到唇边,低低咳了两声。

萧潇已快步赶了上来,轻声嘱咐舆夫:"脚下宁可慢着些,一定要稳当。"

景辞道:"不碍事,时辰已不早,赶紧下山吧!"

萧潇苦笑道:"公子,你若因此病情加重,知夏姑姑一状告到皇上那里,都是我惹的事儿,我又得吃不了兜着走!"

景辞道:"既然是我的主意,连累不着你,放心。"他看向萧潇,"你觉得慕北湮和阿原般配吗?"

萧潇怔了怔,笑道:"我与小贺王爷相交不深,无法判断。公子下午不是找小贺王爷谈过吗?合不合适,公子心中应该早就有一杆秤。幸好小贺王爷这人虽任性了些,倒还通达爽朗,不是蛮横无礼之人。"

景辞却敛眉沉吟,笼了月光的面庞竟浮出几分不确定。他低声道:"当日慕北湮无礼,我曾教训过他,他可能早就怀恨在心。今日我问他待阿原有几分真心,他竟说半分俱无,只为报昔日受辱之仇。"

萧潇一惊:"他与原姑娘在一起,也是为了报复?"

景辞迅速地瞥他一眼。

一个"也"字，恰说明萧潇认为景辞先前待阿原的种种所为，也是出于报复之心。

萧潇自知失言，忙笑道："小贺王爷不像这种小鸡肚肠的人。"

景辞又瞥他一眼。

萧潇尴尬得差点儿咬上自己的舌头，他可没说景辞像这种小鸡肚肠的人……

但景辞再怎么小鸡肚肠，倒也不曾跟他计较。静默片刻后，他问道："真是奇怪了，她们一样的容貌，为何你避开清离，却和阿原亲近得很？"

萧潇笑道："我何曾回避过清离？不过是她想学剑，我得闲去原府教了几日，随后依旧回宫侍奉皇上，没再去而已。外面那些传言我也听说过，可也没法澄清。她在街头巷尾留下的传言太多，没事都能编出故事来，也不在乎再多这么一桩。至于阿原，干净通透的女孩儿，跟谁不亲近？"

景辞沉默更久，叹道："萧潇，我倒觉得，你跟阿原更般配。"

萧潇手一抖，火把差点跌落，忙道："公子，我与阿原只是朋友之交，绝无非分之想。公子思虑太多，只怕于身体有害无益。"

景辞没有回答。

又一阵山风掠过，裹挟着夜间的寒意透衣而过，直砭肌肤。萧潇正要命人取件外袍给景辞披上时，景辞已抬袖，掩住唇又咳嗽几声，却是低而剧烈，然后带出一声快要破裂般的呕吐。

萧潇忙抬头一看，见景辞袖上一团殷红。

升宁长公主一案，到底没能连累阿原或慕北湮。

原夫人听二人说起此事后，第二天一早便更衣入宫，面见梁帝。

原夫人尚未回府，龙虎军中便传出有人服毒自尽的消息。

彼时，阿原因前日太过劳累而有些不适，正懒懒地卧在榻上休养，闻言便道："北湮，收你重金给你传递消息的那'朋友'，估计在黄泉路上享用他的功名富贵了！"

慕北湮忙叫人打听时，果然死的正是那位。他苦笑道："为了我重情重义的名声，我是不是还得送上一个花圈？真是晦气，赔进去那么多金子，还得搭进去一个花圈。"

阿原道："便是他没死，我都想着送他花圈了！但这花圈似乎不该只送给他一人。"

慕北湮听着屋外乱蝉高嘶，抬袖抹了把汗，自语般道："该送的，早晚都会送吧？"

原夫人傍晚才回，虽有疲惫之色，但眉眼已轻松不少。她向二人道："长公主身边的那个止戈已经招认，长公主脾气暴躁，喜怒无常，止戈早已忍受不了，更忍受不了跟着公主在荒山野地里长年累月地吃素，所以龙虎军里有人重金收买，让他相助杀害长公主，他很快答应下来，并商议好引来与长公主有隙的贺王背黑锅。"

阿原道："重金收买他的，是那个自杀的龙虎军参将？动机呢？"

原夫人道："说是他父亲得罪过长公主，被长公主在皇上面前进谗，才久久不得升迁。他似乎也被长公主训斥责打过，听闻皇上有意与长公主修好，担心起他的前程，才决定杀了长公主。"

阿原道："这前后因由，母亲相信吗？"

原夫人顿了顿，低低道："我晓得你在想什么，皇上也不是糊涂人。你们因查案正查到韩勃头上，故而在怀疑韩勃。可韩勃向来对皇上忠心耿耿，且跟你们、跟当日的老贺王，都没听说有什么了不得的仇怨，若说此事是他主使，也说不过去。好在皇上也觉得疑点重重，已责成谢岩和长乐公主继续追查此事。想必这次应该不会不了了之，我们静候结果便好。"

原夫人坐到软榻前，拍了拍阿原的肩，目光愈见慈和："眼下再没什么比你调养好身子更要紧。其余的事，且放一放吧。何况……皇家的事，向来不简单，不宜掺和。听母亲一句劝，该糊涂时不妨糊涂着，才是长久自保之道。"

阿原不语。

原夫人便看向慕北湮，微笑道："北湮，你们的事，也准备得差不多了吧？"

慕北湮正低头若有所思，一时竟不曾听到原夫人的话。

原夫人微微讶异，再唤道："北湮？"

慕北湮恍然大悟，忙道："夫人有事吩咐？"

原夫人道："也没什么，只是想着你们的事儿，该择日办了才是。"

她又温和地笑道："还有，你们的亲事既已定下，你是不是也该改口了？"

饶是慕北湮脸皮厚，此时也不禁红了脸，躬身行了一礼："岳母大人放心，我那边已准备妥当，明日便请族里叔伯前来与岳母大人商议行聘、纳吉诸事。虽说不宜招摇，但也不能太简单，免得叫人笑话了去。"

原夫人道："这个自然。我身边也只有阿原一个女儿，旁的不好说，妆奁嫁赀断不会比别家姑娘少。只要你们这一世丰足和乐，我也就放心了！"

二人又细细商议一回，慕北湮便告辞而去。原夫人猜他需回府准备亲事，遂也不再留他，含笑叫人送了出去。

第二日，慕北湮的一个族叔果然领了媒人前来原府议亲。因阿原腹中的孩儿等不得，当即挑了数日后的一个吉日行聘纳采，交换凤札鸾书，正式订立婚约。

阿原身体未复，便遵着原夫人的嘱咐，不再过问长公主的案子，继续在府中静养。而原府上下已越发忙碌起来，来来往往的侍仆眼底都盈了府里喜事将近的欢喜。

聘礼送入原府的那天，小鹿去围观一回，更是欢天喜地，奔来告诉阿原道："小姐快去瞧瞧，小贺王爷可比端侯阔绰多了，抬来的箱笼又大又多，足足是上回的两倍！礼单有那么长！聘礼里还有那么大的明珠，那么高的珊瑚！"

阿原不答，只默默地看向送来的婚书。

承皇帝御旨，荷天恩浩荡，慕家公子北湮，与原家大小姐结朱陈之好合，缔秦晋之姻缘，白头偕老，五世其昌。

其实与往日那张婚书看起来并无二致，除了新郎换了个名字。

滑稽得不真实，偏偏又真实得可怕。

可细想下来，似乎也没什么可怕的。

从家世，到才貌，到性情，到同样狼藉的声名，他们简直是天造地设的一对。

但阿原看着婚书，感觉头更疼了。

她问小鹿："贺王有没有过来？"

小鹿道："有，不过没待多久就走了。我悄悄问过贺王府的人，说是有正经事儿，并没去花街柳巷乱来。"

她俯到阿原耳边，说道："小姐，我看来看去，小贺王爷如果收了心，比端侯好得多呢！这性情多好，出手多阔绰，便是对咱们下面的人也和气得多！你瞧瞧端侯那张脸，就是生得再好看，谁愿意天天对着他那硬邦邦的一张棺材脸？尤其是那双眼睛，冷冰冰的，天天只往上瞧，看得起谁？"

景辞的眼睛只往上瞧吗？

但阿原想来想去，只记得他居高临下垂眸看向自己的目光，看着淡淡的，但始终那般专注……

但见多识广的原夫人对女儿的这桩婚事很看好，对新换的女婿也十分满意。

隔日，她便将预备好的嫁妆单子拿给阿原看，竟比贺王府的聘礼单子还要长上很多。

她道："北湮是个有心人，虽然匆促，聘礼倒也预备得丰厚。所谓投桃报李，咱们家回过去的妆奁也不能少。我按他的单子，双倍陪嫁过去，另外还有两处最肥沃的大田庄，也会作为奁田随嫁。至于那些四季衣物，珠宝首饰，原先便有预备，近来还在陆续赶着添补，绝不会比别家的公侯小姐差半分。"

阿原翻看着，苦笑道："母亲，这也太多了吧？打算将半个原府给我做陪嫁吗？"

原夫人不以为然："给你半个原府又如何？我一世谨小慎微，挣下偌大家当，不留给你们，难道留给原家旁枝儿的侄子侄孙？清离这么一走，离得那般远，便是想着多多给她嫁妆，也有限得很。若不是贺王丧父未久，不宜招摇，我必定预备得更多。不过也无妨，婚后我还会给你添补东西，绝不叫你和我的小外孙受委屈，也不叫北湮受委屈。哪怕只靠你的嫁妆，你们母子俩也能丰足一世，不必看人脸色，也不必觉得占了贺王府便宜，心里不自在。"

阿原不料母亲竟已想得如此深远，心里五味翻涌之际，不由地握住了母亲的手，沙哑着嗓子笑道："妆奁再丰厚，也抵不上母亲的心意万一。可阿原从不曾好好孝顺过母亲，何德何能受母亲如此疼爱？"

原夫人也不禁盈了泪，亲昵地揽着她的肩，柔声笑道："傻孩子，天底下哪会有母亲希图儿女的回报？无非出于母女天性而已！何况我生了你却未能庇护你，让你流落别处，不知受了多少苦……如今好不容易母女团聚，自然该好好补偿你。"

阿原笑道："我没觉得受苦。如今更有母亲和北湮真心待我好，我开怀得很。那些让我不痛快的事、让我不痛快的人，自然该远远甩到脑后，绝不自寻烦恼。"

原夫人道："你不是那等小家子气的矫情女子，凡事能想得明白，又有自己的主见，我也放心得很。嗯，我这辈子得不到的，我的女儿必定可以得到，必定可以一世快快乐乐的。"

她的眼睛里蒙着雾气，却格外的清亮晶莹，显然对眼下情形十分欣慰。

阿原亦大笑，说道："对，旁人越不想我们快乐，我们越该快快乐乐地过着，才是对那些居心险恶之人最大的报复！"

原夫人很是满意，感慨道："我的女儿，果然比我有志气！"

她当然也算是有志气的。

虽然连她自己都说不清，这么着离经叛道过了半辈子，到底是对还是错。

不一会儿原夫人离去，阿原沉吟片刻，问小鹿："贺王这几日都没过来？"

小鹿道："来过两次呀！或早上，或晚上，不过好像有急事，来去都挺匆忙的，也没进内院，就喊我出去问问你的情况，然后就走了。"

阿原嘀咕："有急事？"

小鹿回道："或许，是在忙着预备你们的婚事？小姐这边有夫人照应安排，他那里得事事亲力亲为吧？再者，小姐这几天精神不大好，他不来惊扰，可见他对小姐真不是一般的温柔体贴！"

若是看得顺眼，果然时时处处都顺眼。连过其门而不见，都能代为揣摩出一堆的善意来。

阿原斟酌片刻，站起身去取破尘剑："走，咱们去贺王府瞧瞧！"

小鹿欢呼雀跃："小姐要去见姑爷？一日不见，如隔三秋，小夫妻俩正该如此！我去唤琉璃姐姐来给小姐梳妆，她的手比我巧多了！"

她是小姐的贴心小棉袄，最识大体，当然不能因争宠误了小姐的大事。

如阿原所料，慕北湮真的没在王府。

但以阿原今时今日在贺王府的地位，想问出慕北湮的行踪也是轻而易举。

半个时辰后，阿原在一家小面馆找到了慕北湮。

慕北湮青衣布袍，正跷着二郎腿坐在窗边，跟两名同样乔装成寻常百姓的侍从说笑。见阿原进来，他不由直了眼："你不在家休养，跑这里来做什么？"

阿原提起桌上油腻腻的茶壶，给自己倒了盏茶，若无其事地笑道："没病没灾的，难不成一直窝在家绣花？不如来检查下你的案子查得怎么样了……"

慕北湮有些笑不出来："你知道我在查案？谁多嘴多舌又跟你提这个？"

阿原抬眸对他一笑："当日的清离劫杀案算是水落石出，可老贺王案中犹有疑点。我可以放下清离案，你却不可能放下贺王案。你想查明你父亲遇害背后的真相。"

而不是官方结论里那个简单而窝囊的结果。

慕北湮静默了片刻，叹道："阿原，这事儿跟你无关。"

阿原散漫而笑，说道："不论你娶我是出于真心还是出于同情，我既然入了贺王府，从此跟你就是一条绳上的蚂蚱，出点什么事儿谁也逃不了，所以，你的事儿，没一桩跟我无关。"

慕北湮叹道："不论我娶你是何居心，你既然入了我贺王府，平平安安做贺王府的女主人就好。这么舞刀弄剑的，岂不是显得我太无能？"

阿原微笑："原大小姐闹出什么事都不稀奇，正如小贺王爷闹出什么事旁人都不会意外。我是不是厉害，你是不是无能，只怕没人关注。"

慕北湮白她一眼："你就逞能吧！"

他还准备说什么，忽瞥到窗外，忙一拉阿原，藏了身形只从侧面观察外面的动静。

阿原留心细看一眼，只见那边小巷里一顶青布围幔的简朴小轿行出，看着并不招眼。她低头一想，明白了过来，问道："韩勍在这里有房子？"

慕北湮点头："他有个相好的寡妇住在这边，所以每隔三五日便来一次。但我不觉得他过来仅仅是为了会情人。"

"那小轿里的人是……"

"不知道。但我知道他在这边见的人，都不简单。"慕北湮的脸色有些阴沉，转头看到阿原专注认真的目光，又笑了起来，"既然来了，咱们就一起过去瞧瞧，韩勍偷偷摸摸见的这位，到底是什么人……"

阿原正了正衣冠，笑道："走吧！你这副打扮，是不是乔装成我的随从更方便？"

慕北湮叹道："我倒也愿意乔装成你的随从，可叹我这颠倒众生的模样，想装也装不像吧？"

阿原失笑。

慕北湮的确生得太好看，青衣布袍难掩一身贵气，桃花眼宜喜宜嗔总是含情，如何装作随从？

不仅慕北湮，连她自己长得都也太招摇了些……

若因此被对手察觉，也是万般无奈之事。

阿原、慕北湮最终分开行动，各自带了一名随从，一前一后盯着那小轿，一路小心谨慎，到底没被轿中之人发现。

小轿终于停在了某处民宅前。

阿原藏到墙角窥望，尚未来得及看到轿中之人的模样，先看到了立于宅院前默然等候的一名白衣男子，忙揉了揉眼睛。

慕北溟已赶到她身后，盯着那白衣男子，差点把桃花眼瞪成杏仁眼："言希？"

那白衣男子眉眼间有些愠恼，但容貌俊秀出众，举止温文儒雅，正是老贺王的养子、慕北溟的养兄左言希。

阿原盯着那小轿，低声道："你猜，那轿里的人是谁？"

慕北溟呼吸有些粗重："总不会是死人吧？"

阿原叹道："只怕你猜对了！"

左言希迎向小轿时，轿帘已被轻轻挑开，里面盈盈步出一少女，长发如墨、肌肤似雪，极美丽、极娇弱，正是当日在朱蚀案中"死去"的朱继飞的心上人姜探。

他们不曾想到，姜探竟已来到京城，还跟左言希暗中取得联系。

慕北溟看左言希去扶姜探，不禁捏紧了拳，正准备步出去阻止时，阿原忙拉住他，低问道："你做什么？弄清姜探和韩勍的关系了吗？这处房屋虽是寻常民居，看着挺大的，应该不是姜探一个人住着吧？"

慕北溟道："自然不是。"

他答毕，便知阿原在提醒他，姜探背后可能牵涉甚多，不可打草惊蛇。

只是左言希居然还跟卷入他父亲案子的姜探不清不楚，不由地让他倍感沮丧。

他正懊恼之际，左言希已跟姜探说了两句，竟随之步入那院中。

看左言希的神色，似乎颇有些不悦，但他隐忍着并未多说。从姜探踏出轿门的那一刻，他的目光便没有从她身上移开过。

而姜探依然一派恬淡的娇柔模样，一路眉眼温柔，与左言希轻言细语，不晓得都在说些什么。

待左言希、姜探等人进去，慕北溟忍不住叉腰低骂："这混账东西被美色迷晕了头，打算一错到底吗？他真想把自己给搭进去？"

"先弄清这姜探的底细吧！"阿原看向大门两侧悬着的灯笼，沉吟道，"嗯，这家人姓丁。"

那对灯笼上各有一个"丁"字，显然是主人的姓氏。

慕北溟打量着有些陈旧的屋宇，说道："看这情形，应该只是有点闲钱的寻常人家，不会是朝中要员。"

阿原道："但很可能与朝中要员有关。"

她拉着慕北溟悄悄退开，到附近寻了一家胭脂铺走进去，先挑了盒胭脂买下，才向里面的伙计打听："东面那户人家是不是姓丁？昨天我哥哥经过那里，无意见到他家的姑娘，说生得真好，喜欢得紧。若是门当户对，便打算和父母商议，托人前去求亲了！"

伙计便笑起来："哦，论起他家门楣倒也不算高，只是这会儿去求亲，只怕难。"

"怎么说？"

"那家主人叫丁昭浦，在郿王府里做事，听说最得郿王宠信。谁不晓得郿王是当今皇上最年长的亲生儿子？日后郿王继位，他身边的人少不得跟着一飞冲天。这丁家的姑娘生得好看，人又聪明，听说还懂医术，所以提亲的还真不少，不过都被回绝了。大伙儿都猜着，这丁昭浦是不是打算日后当了大官，把姑娘嫁给哪家的王侯公子，或者根本就是打算将她送入皇宫当娘娘……"

"……"

继续监视丁家时，两人都有些心事重重。

慕北湮叹道："我是不是该请些高僧回去做场法事？言希一向是聪明人，怎么会忽然如此糊涂？八成是被女鬼迷了心窍吧？"

姜探弱不胜衣，却苍白清秀之极，瞧着的确不似活人。

阿原对鬼神之说不过付诸一笑，抚着破尘剑沉吟道："其实若只是儿女情长，倒还好说。"

"你是指……姜探和韩勍有来往？"

"确切地说，应该是丁昭浦，或者说是郿王……跟韩勍有来往。"

"如果我没记错，郿王和韩勍素来不睦，给外人的感觉势如水火……"

"可如果所谓的势如水火，只是他们有心营造的错觉呢？"阿原眸光闪动，如夕阳下的潋潋秋波，明光炫目，"老贺王一案里，说书人曾遗落郿王府的令牌，并暗示姜探与小玉、薛照意有联系。他这是千方百计想把我们查案的目光引向郿王府。但正因为他做得太刻意，反而让我们觉得他居心叵测，故意混淆视听。可如果说书人说的是真的呢？如果韩勍也是郿王的人呢？"

慕北湮的脸色已十分不好看："如果韩勍是郿王的人，那么……我父亲的死，可能真和郿王有关。还有升宁长公主遇害，也就能说得通了！"

阿原对朝中之事不甚了解，却很快猜到这些事的关键所在："与……储君之位有关？"

慕北湮苦笑道："你也应该看得出来，皇上对郿王并不满意，不然早就将他立为太子了！"

阿原思量着回京后断断续续听到的一些传闻，越想越心惊："老贺王……不喜欢郿王？"

慕北湮道："我父亲虽是武将，但更倾向于待人宽仁的博王，而且……有点瞧不上郿王，觉得他急功近利、见识短浅。这些话我曾听他跟杨大将军提过，估计也跟皇上提过。若是二王争夺储位，父亲无疑会相助博王。还有，升宁长公主也偏爱博王，说博王和均王是皇上诸子中最厚道的。而郿王好武，长公主便很不喜欢，说他行事狠毒，和他母亲一样，满脸的刻薄相……"

阿原失笑，不由地点头："对！长乐公主曾说，皇上与长乐公主虽然屡有争执，但感情并不坏，派她上山原是为了接升宁长公主回宫。皇上抱恙在身，调养了这几个月也不曾完全好转，必会考虑储位的问题。叫长公主回宫，很可能会跟她商议此事。对了，还有朱蚀案，如今看着可能也不是那么简单了！"

慕北湮惊异："朱蚀一案？嗯，朱蚀好歹是皇亲，他的继室夫人敢联合姜探谋害他，多半还是因为姜探背后有郓王撑腰的缘故。"

阿原摇头："我不是说这个。听闻当年吕氏怀着郓王，入京投奔皇上之际，皇上正征战在外。途经沁河时，吕氏病困潦倒，曾向朱蚀求助，朱蚀因她是个营妓，置之不理，后来还是慈心庵的住持妙枫收留了她，并容她生下郓王。朱蚀是皇帝堂弟，皇上登基后却没捞着一官半职，指不定就跟这个有关？朱蚀虽未入朝为官，到底是朱家的人，跟宫里的太妃、宫外的宗亲多有联系。听闻诸位皇子路经沁河时，也多会前去拜望，由此可见，他在朝中并非全无影响力。但前去拜望的皇子里，只怕不包括郓王吧？他跟郓王这仇怨结得可不浅！"

慕北湮也不觉叹道："若你推断正确，那朱蚀受往事所累，一世白身，自然不愿郓王继位。他对皇上的影响力远不如我父亲，但成事难，败事易，亲友间挑唆几句，郓王想当太子，阻力更大。那么……朱蚀遇害，可能也和郓王相关？"

他越想越心惊，立在夏日的夜风里，竟觉那风凉飕飕地穿胸而过，嗓子都哑了下去："若姜探曾受命参与谋害我父亲，他还敢跟她交往？那他……他又成了什么人？"

他与左言希的行事风格南辕北辙，性格迥异，但自幼便如亲兄弟般相处，彼此了解甚深。贺王遇害后，即便有人刻意挑拨嫁祸，两人都毫不犹豫地选择了相信并维护对方。

但这一刻，慕北湮禁不住彷徨起来。

约莫半个时辰后，天已完全黑了下来，左言希才从丁家步出。

隐在暗处的慕北湮稍稍松了口气，嘀咕道："有本事你留宿在丁家，我就服了你！"

他对阿原说道："既然有了头绪，不怕找不出真相。我去找言希谈谈，你先回去，把我两名侍从留在这边监视着丁家的动静就行。一路小心，别把自己累着！"

阿原微笑："好！"

慕北湮抬头见小坏歇于一处檐角，褐色身形几乎与暗夜融为一体，并不惹人注目。阿原穿得也朴素，夜间看着并不出奇，便也放了心，转身追向左言希。

以慕北湮的性情，此去必起争执。但阿原经历过贺王案，深知二人兄弟情分颇深，想来还不至于闹翻，倒也不怎么担忧。可慕北湮能从左言希口中问出多少真相，就很难说了。

阿原沉吟着，看天色不早，便吩咐贺王府的两名随从继续监视，正要带小坏先回府时，却听那边"吱呀"声响，竟是丁家大门被打开了。

有人打着灯笼，引出一顶青布小轿，正是先前姜探所乘。

阿原吸了口气，立时改变主意，向侍从一招手，紧随那小轿蹑踪而去。

小坏已被阿原调教过，也机警地不肯暴露形迹，待阿原等人走出好长一段路，才振翅跟了上去。

慕北湮跟着左言希转过巷角，看着行人稀少，正准备追上前时，却见左言希一转身步入旁边的药铺。

慕北湮猜他是不是进去抓药，遂在门口等了片刻，始终不见他出来，于是踏步进去察看，可哪里还有左言希的踪影。

他一把揪住伙计的前襟，问道："方才进来的年轻公子呢？"

伙计受惊不轻，吞吞吐吐道："左……左公子吗？"

慕北湮怔了怔："你认识他？"

伙计向后一指："他是老贺王的义子，皇上身边的人，如今正陪着皇上跟前最得宠的端侯住在我们家医馆，和我家老爷子一起为端侯诊治呢！"

他故意将左言希的来历和来意说得极清楚，意图惊走这个好看却不知好歹的年轻人。

慕北湮真的惊住了，不由松开了那伙计。

景辞也住在这里？

他退开一步，仔细将药堂又看了看，才发现这药堂收拾得虽然齐整亮堂，但药柜什么的都有了年头，木把手被汗渍浸得油光发亮。

显然是京内有年头的老药铺，并有相当出名的老大夫坐诊。

慕北湮不由地问向那伙计："端侯是吃错药吃坏了脑子，还是病得快死了？好端端的皇宫和端侯府不住，跑这里来做什么？"

他们这里有动静时，早有伙计飞奔入内禀报。

慕北湮看到快步走出查看的英俊少年，终于相信景辞的确在这里："萧潇？"

萧潇也有些诧异，松开按剑的手，上前行了一礼："贺王爷！"

天黑如墨，弦月如钩。

阿原紧跟着姜探所乘的那顶小轿，转过两道巷子，便见小轿在一座气势不凡的府第前停了下来。

轿中行出之人，果然就是姜探。那府前已有人候着，一见她便飞快地迎了进去。

阿原走到近前，举目看向门楣上的金漆大字："乔府？"

她对朝中大员并不熟悉，但姓乔的恰好知道一位，正与她前阵子留意过的宫人落水案有关。

乔贵嫔之父，大理寺卿乔立。

勤姑在来到原府后，曾特地告诉阿原，小印子可能是被灭口。她更曾提过，小印子告诉过她，乔立是靠郢王之助才当上京官，随后更因为乔贵嫔的缘故做到大理寺卿这样的高官。乔贵嫔与郢王来往得很密切，似乎很不寻常。

因韩勃是梁帝的心腹，在确定韩勃就是杀小印子的人后，阿原等人便几乎能确定，小印子和瑟瑟必是知道了什么不该知道的，才被梁帝密令灭口。

两位妃嫔的心腹宫人都被灭口，可见他们知道的那些秘密实在不宜为让外人知晓，故而连原夫人都不便去跟梁帝求证。

此刻，与郢王、韩勃都有联系的姜探竟出现在乔府……

阿原沉吟之际，小坏已飞入乔府，在乔府上空盘旋片刻，忽鸣叫一声，飞快折身而回，一口气冲下来歇到阿原的肩上，蓬着翅膀哆嗦不已，一对黑眼睛东顾西盼，竟似惊恐之极。

阿原连忙带了小坏和两名侍从匆忙奔离原地，唯恐小坏忽然间的失态引来乔府守卫察看。

小坏虽被驯服未久，跟着阿原也经历过些风雨，从未有过这般退缩恐惧的时刻。

它这一生最惊险的遭遇，当属薛照意被杀那晚，为相助主人险些被黑衣人开膛破肚。后来它九死一生找回县衙，倒也没见它怕过，还色厉内荏地攻击过萧潇。倒是数日前长公主遇害，它孤身追凶，虽只断了几根羽毛，回到阿原身边时却似受了很大的惊吓。

眼前这情形，正与它那日被断羽后的模样差不多……

阿原沉吟许久，向其中一名贺王府侍从道："小贺王待会儿必定会回丁家察看，你去候着，待他回去便告诉他，我要进乔府探上一探。"

侍从骇然："原大小姐想夜探乔府？"

阿原眺向黑夜笼罩下的深宅大院，缓缓道："如果我没猜错，杀害升宁长公主的凶手，和当日出现在说书人屋子里的黑衣人，应该是同一位。他是薛照意的同伙。他们背后的主子，就是杀害老贺王的主使者。如今那个黑衣人应该就在乔府。机会难得，我一定要进去瞧瞧那人的真面目！"

这是小坏从胆大如虎忽然变得胆小如鼠的唯一解释。

阿原跟那黑衣人正面交过手，吃过亏。可当时夜色深沉，黑衣人蒙面持刀，除了武艺极高外，阿原并未对他的其他特征留下印象。但小坏视觉敏锐，并不需要依靠人的五官来辨认。它必定认得将它重伤的黑衣人，并且印象深刻。升宁长公主遇害时，它是因发现了它天字第一号的大仇人，才顾不得通知主人，奋勇追凶而去。

可惜小坏和黑衣人的实力委实相差太过悬殊，又差点被砍死，从此对这人的惧意根深蒂固，乃至刚刚见到他后，立时吓得敛翅而还，顾不得报仇雪恨了。

报仇诚要紧，小命价更高，连禽兽都掂量得出二者的轻重缓急。

侍从听阿原提到老贺王的案子，也不敢拦阻，踌躇片刻，说道："大小姐既然如此说，不如索性等上片刻，等属下找回王爷，商议了再一起行动可好？"

阿原道："好是好。只怕等他赶到时，我想找的人也跑了！"

侍从忙道："我会速去速回！"

跟着老贺王身经百战的侍卫果然与众不同，唯恐晚了片刻便误了阿原的大事，话音落下，人已飞奔而去，堪称快如闪电。

阿原抚额道："你跑得再快又有什么用？难道慕北湮会在丁家门口等你？"她拍了拍兀自不安地扑着翅膀的小坏，"怕成这样就别在这里碍事！去，帮我找北湮去！"

小坏黑溜溜的眼睛瞪她，茫然不解。

阿原叹道："找北湮，慕北湮！慕北湮！就是小贺王爷，你家姑爷！"

小坏听得"姑爷"二字，立时昂起头来，一扑翅膀便飞了出去，端端正正地飞往慕北湮离开的方向。

阿原瞪大了眼睛："这鹰成精了，不然就是小鹿附体？"

原府侍奉阿原的侍儿众多，小鹿常常插不上手，清闲得很。小坏凶猛，却只认得小鹿，于是小鹿便时常跟小坏说话儿，提到慕北湮时，一口一个"你家姑爷"，再不料小坏别的听不懂，却已晓得慕北湮就是它家姑爷……

小坏的姑爷已被萧潇引入药铺的后院。

左言希听到他来，已快步迎出，蹙眉道："北湮，你怎么来了？"

慕北湮不答，步入房中一看，景辞坐在临窗的竹榻上看书。他的手边有碗药，已经没有半分热气，大概早就凉了，却一口都没动过。

他淡淡地瞥了一眼左言希，并未起身，继续闲闲地翻着书。他的面容清瘦，气色也不大好，但眉眼清凉而坚毅，并未因病痛显出孱弱来。

慕北湮看到他这样的眼神便忍不住嫌恶。

当日他戏弄阿原一回，景辞设计擒他，将他吊在臭不可闻的茅厕中时，便是这样清凉可恶的眼神。

正因为记得他的可恶，升宁长公主遇害后，他特地唤出慕北湮，问他为何执着地要娶阿原时，慕北湮很恶意地说只是想报复他。

不论景辞对阿原究竟是怎样的感情，至少他是真的不想其他男人碰她。尽管慕北湮对阿原下了药，不曾做什么，都会那样对他，那如果慕北湮娶了她呢？这可还是借着皇命光明正大地娶了她，爱怎么碰她便怎么碰她呢？

慕北湮原以为景辞羞怒之下必会大发雷霆，谁知景辞安静了许久，才低低答他一句："若你因那次之事怀恨在心，我向你道歉。我怎样报复你，你也可以怎样报复我，我承受便是。但请你善待阿原，否则，我绝不轻饶你！"

慕北湮当时听得简直不敢相信自己的耳朵。

景辞言语间虽未示弱，但已说得很明白。他在为上次之事道歉，并愿意接受慕北湮的报复。

于是，他曾将慕北湮挂在茅厕熏了一整夜，慕北湮可以报复回来，将他也挂在茅厕里熏上一夜？

但慕北湮旋即想起，他若敢这样做，梁帝指不定会剥了他的皮把他丢到茅坑里活活淹死。

于是，慕北湮对景辞的大度嗤之以鼻，不曾当真。

因此，那次关于阿原终身大事的交谈，两人不欢而散。

左言希紧跟着走进来，追问道："北湮，你怎么会知道这里，追到这里来找我？"

慕北湮反问："你又怎么会在这里？"

左言希皱眉道："经营这药铺的吕大夫与我亦师亦友，对端侯所患的这类病症颇有心得，所以带端侯过来住几日，方便就近诊治。"

慕北湮冷笑："就近诊治？是就近跟你的心上人姜探姑娘相见吧？"

景辞眸光闪了闪，终于看向左言希。

显然，左言希也不曾说起过此事。

萧潇倒了盏茶，倚在门边，一手抱肩，一手持着茶盏慢慢地喝着，算是在为众人守望，却能将众人的神情尽收眼底。

左言希面庞泛红，尴尬之余便也有了几分羞恼："北湮，你跟踪我？"

慕北湮怒道："你天天跟在大贵人身后摇头摆尾，我得多犯贱才有那心跟踪你？我盯的是韩勃，发现有人鬼鬼祟祟跟他来往，顺便跟着他的小轿走了一回，不想盯到郓王心腹丁绍浦家，刚好见姜探下轿，然后和你手牵手地进屋……"

他恨恨地盯着左言希："你在丁家等候，足以见得你早就知道，姜探还有一重身份，是丁绍浦的女儿，是郓王的人……那么，在姜探一再出现在先前那些案子里时，你就应该知道她或者说郓王，与父亲被害有关？你还帮她，一而再地帮她？甚至回京后还在跟她暗通款曲？"

左言希面色已由红转白："你……还在查韩勃？查义父遇害的案子？"

慕北湮斥道："别和我提什么义父！你不配！再怎么谦恭孝顺受人称赞，你都不配！你唯一的那重身份，就是那个参与害我父亲的小贱人的情人！还义父……你别恶心我了！父亲瞎了眼才收养了你这么个畜生！我瞎了眼才把你当兄弟！什么狗东西！"

景辞、萧潇都不由凝神看向左言希。

慕北湮喝骂得虽狠毒，一双桃花眼却闪过幽光，紧紧地盯着左言希，分明在等左言希的解释。

左言希抿着唇沉默好久，才轻声道："我对不起义父。"

慕北湮愕然，胸口的愤怒顿时翻涌而出，连骂都骂不出，抬起腿来，狠狠一脚踹在左言希胸腹间。

左言希虽有武艺在身，居然不躲不闪，生生受了他大怒之际的一脚，立时被踹得飞了出去，沿着墙边滑落，口角竟已渗出血来。

萧潇眼见闹得大了，慕北湮还欲冲上去揍人，景辞冷冷地看着，竟没有插手之意，忙要放下茶盏去阻拦时，忽听身后风起，尚未来得及回首，已见小坏扑进屋来，翅羽扫过他的手边，恰将他的茶盏打翻在地。

萧潇知道这扁毛畜生莫名地恨他入骨，偏偏又是阿原的心肝宝贝，伤它不得，忙退出数步，留意防范时，小坏已越过他，径自飞向慕北湮，落到他的肩上，傲娇地睥睨众人，倒也没有找萧潇报仇的意思。

慕北湮一凛，顾不得再揍左言希，忙问道："小坏，你怎么没跟阿原回去？阿原呢？"

小坏扑了扑翅膀，看他一眼，似有些得意的模样，却再听不懂他在说什么，正如慕北湮完全不晓得它想表达什么。

但小坏无论如何都不该忽然出现在他身边。

景辞终于站起身来，盯着慕北湮："难道你拉着阿原一起在查你父亲的案子？"

慕北湮虽担忧阿原，却一万个看不惯景辞这气势凌人的模样，怒道："我拉她一起查案怎么了？我们夫妻一体，不论富贵忧患，同进共退，天经地义！我的父亲，她的公公，一世英雄，岂能死得如此不明不白？我再不成器，也不会是左言希！我会不惜代价查到最后！"

景辞听他说起夫妻一体云云，竟似被人当胸射了一箭般连退数步，正退到案边，俯首看向案上那碗凉了的药。

他端起那药碗，仰脖饮尽。

萧潇记挂阿原，只得先丢开左言希，大踏步奔了出去。

刚踏出门槛，便听得墙头有人惊喜地叫道："王爷，可找到你了！我就晓得小坏也在找你，跟着它果然找到了！"

慕北湮已辨出那个攀在墙头向院内张望的人正是自己的侍从，忙问道："你怎么来了？阿原呢？"

侍从跳下墙来，奔上前急急禀道："原大小姐让小人转告王爷，谋害升宁长公主的凶手，就是当日出现在说书人屋里的那个黑衣高手。现在那人就在乔府上，她要进乔府探探，看清那人的真面目。"

慕北湮失声道："乔府？她怎么会去乔府？"

侍从道："那位姜姑娘在言希公子离开不久便又出门，我们跟了一路，跟到了乔府。"

他迟疑了下，又道："那凶手应该武艺极高，小坏发现后立刻躲了回来，根本不敢跟他打照面。小人虽劝原大小姐等找回王爷商议后再行动，但原大小姐怕错失机会，不一定愿意等。"

慕北湮道："走，赶紧过去瞧瞧！这死丫头，也不看看是啥地儿，又想胡乱逞能！"

他一边说着，一边带着侍从和小坏奔了出去，转瞬不见踪影。

左言希不放心，跟跄向外追了两步，又弓下腰来，咳嗽不已。

景辞取出伤药递给他，低低道："你可真是……自己作死！"

萧潇却快步上前，说道："公子，不如我也去一次乔府？那个黑衣人和我过过招，原大小姐不是他的对手，我也未必制得住。但他如果是皇宫或哪位王府的高手，多半不会与我缠斗。"

景辞看一眼墨黑如漆的苍穹，低低道："哦，去吧！"

萧潇领命，飞身跃上墙头，迅速消失在黑暗中。

景辞看向左言希："我们在这边等消息？"

左言希压着胸腹间的伤处，苦笑道："我不信你能安心地等着。"

景辞面色沉了下去，清淡的眼底苍凉如雪。

左言希便叹道："好吧……是我不能安心地等着。即便我是畜生，我也不能坐视北湮出事。"

他忍痛站直身，问道："你还支持得住吗？"

景辞不答，却已返身去更衣。

左言希苦涩地一笑，轻声道："阿辞，其实我也是最近才知道探儿是郸王的人。你不想见则笙郡主，我顺手推舟劝你搬到这里来，的确有私心。我想见她，也想跟她好好谈谈。她做得再多，错得再多，我都做不到放弃她。"

景辞已换上齐整的锦袍，转头看向他："即便她嫁给朱继飞，即便她可能成为郸王的爱妾，你都不打算放弃她？"

左言希道："阿原和北湮很快就是明媒正娶的夫妻，如今已已形影不离，你放弃了吗？"

景辞扣衣带的手顿了顿，终于沉默。

男女间所谓的不放弃，至少有两种含义，一种是势在必得，一种是放卿圆满。

放弃拥有，却依旧不能放心，还得成全心上那人得偿所愿、一世圆满。

第四卷 蟠龙劫

LIANG
SHI
HUAN

阿原拿一方手帕蒙了脸，借着夜幕飞身潜进了乔府。

虽说已有近两个月的身孕，这些日子在府中休养，她倒没觉得身子有何不便。如今真的飞檐走壁起来，才觉得身手到底不如之前轻盈。

她想揭开真凶的真面目，但并不想被人当刺客拿下了，于是行动越发小心，回忆着小坏受惊吓之处，一路贴着墙边缓缓靠了过去。

乔立是个文官，哪怕这两年因乔贵嫔升迁得特别快，在兵荒马乱、胜者为王的乱世中，也没法与跟随梁帝出生入死的那拨实力将领相比。他的府里或许有几个身强体壮的家丁，还不至于去养什么特别厉害的能人异士。但如今忽然出现在乔府的那黑衣人却是不折不扣的绝顶高手。若是被发现，以阿原的身手根本斗不过，即便加上慕北漂，大概也就是逃命的机率大些而已。

当然，若来的是景辞，以他不曾受创时的身手，大可和那黑衣人一战。她至今记得在涵秋坡第一次见到他施展轻功时的惊艳和惊吓。

阿原的胸口忽然又堵得厉害，扶着墙的手莫名有些发抖。

她深呼吸了两下，欲待吐出满怀的烦闷，却觉夜晚的空气依然裹挟着白天的炙热，反将五脏六腑都灼得疼痛起来。

景辞，该死的景辞……

阿原无声地嘟囔两句，才将那个已跟她毫无关系的男子暂时甩到脑后，再向前潜行一阵，便见有仆役提着灯笼从对面行来，一路低低地交谈。

一个年少的仆役在道："这来的到底是什么大人物？"

另一个年老的仆役警告道："我说你来府里也好些天了，怎么还这么蠢？记住，不该看的别看，不该问的别问！那么大的好奇心，回头都不知是怎么死的！"

年少仆役道："原也不想多看多问，不过后来进来的那姑娘实在好看，是男人都会多看几眼呀！"

年老仆役便道："你得了！再看几眼，指不定眼珠子都给人挖出来了！你一定不知道书房外守着的那剑客是谁，是……"

他们一路说着，从阿原藏身的树丛边走过，渐渐走得远了。阿原虽竖着耳朵听，却再听不清那剑客是什么人。

听那言语间的敬畏，想来那剑客便是她想找的那个黑衣高手。

而他竟只能站在书房外值守。

回想起先前的推测，阿原隐约猜到了些，额上便忍不住地冒出汗来。

书房内外，灯火通明。

两名仆役用竹子赶走夜间还在不知趣地鸣叫的蝉，蹑手蹑脚地退到稍远的回廊里，还有数名佩着刀剑的侍从亦远远地站在那边，并不敢靠近。

唯一一个守卫在书房前的人是个三十出头的男子，腰佩单刀，身材高大魁梧，满脸络腮胡子，一双深凹的眼睛正警惕地观望着四周的动静。

阿原藏于回廊后的摇曳树影间，仔细打量其身材气势，果然与那日跟她交手的黑衣人相似。

书房的门窗紧紧闭着，隐约看到人影浮动在窗纸上，房内应有好些人在品茗交谈，但阿原再怎样侧耳细听，只闻得屋外枝叶萧萧，怎么也听不到里面在谈些什么。

阿原犹豫片刻，趁着一阵夜风刮过，借那风声树影的掩护，如狸猫般悄无声息地滑落下树，灵巧地一翻身，潜到书房背后，隐于窗扇下的草丛里。

一连串的行动时机抓得极好，利落得近乎完美，即便不曾怀孕，大概也不会做到更好。

但那佩刀男子居然已听到了些动静，阿原刚刚隐藏好身形，他便已快步奔到书房后，拔刀持于手中，向暗夜树影间看去。

阿原屏息静气，紧贴墙边坐着，悄悄握紧腰间的破尘剑。

她身材瘦小，又隐于草木深处，此时一动不动，像与草木融为一体，即便在白天乍看去，也未必能看得出异样。但男子察看得极仔细，大概发现在草丛有轻微的伏倒痕迹，竟欲走到墙边察看。

阿原手心沁出汗来，正想着该从什么角度刺这人一剑得手可能性更大时，忽闻夜空里传来飞禽扑动翅膀的声音。

佩刀男子顿时止步，凝望那只擦着檐角飞过的鹰，低低道："莫非又是那只？"

他跃起身来，纵向旁边的高树，竟欲斩向那只鹰。

阿原见他出刀之招式和力度，更敢肯定这人便是当日那个黑衣人。

而黑衣人想斩杀的那只鹰正是小坏。好在小坏吃过他的大亏，远远瞧见男子刀光闪动，早已惊得高高飞起，夜幕里不晓得隐到何处了。

男子已觉出那鹰来得古怪，满天寻着小坏的动向，再顾不上阿原这边了。

阿原又是惊喜，又是担心，思量着小坏机灵，应该不至于被抓到，便继续挪动脚步，寻了个靠窗处隐住身形，才悄悄舔湿窗纸，查看里面的动静。

屋内果然有三四个人正在品茗。

姜探眉目温婉、身姿纤袅，正替一位中年官员倒茶。窥见那官员年纪气度，应该就是乔贵嫔的父亲，大理寺卿乔立。

上首坐的却是个二十出头的华衣青年，已经在品刚添上的茶了。

阿原不如当日的原清离长袖善舞，却也认得此人正是郓王朱友珪。老贺王出殡之时，他曾和博王、均王、端侯等一起随梁帝前去吊唁。

郓王生得颇为英挺，微微弯着唇角，虽不若博王雍容温雅，倒也和蔼可亲，甚是平易近人，并看不出随父征战沙场时视人命如草芥的狠戾残暴。

他正向身后侍立的中年文士轻笑道："绍浦，你们家探儿出去这么些日子，性子倒是越发稳重了！"

他身后那文士，应该就是姜探的养父丁绍浦。当年朱夫人被朱蚀强娶，姜探因无人照顾而重病，朱夫人多半就是托了丁绍浦收养，母女俩才会一直保持联络。阿原在朱蚀案结案后，还有些疑点未解，曾乔装再入慈心庵，借口欲借住姜探住过的小院，探听姜探来历，当时接待的妙安师太就曾说起，她是京中大臣的女眷。

也就是说，慈心庵让姜探住在那里并诸多维护，并不是因为朱夫人或朱家公子，而是京城中有人安排。

阿原疑惑更甚，屏息细听，却听丁绍浦笑道："探儿多病，我到底娇惯了些，乖巧的时候的确乖巧，但使小性子时也够让人头疼的！"

郓王道："还亏得会使些小性子，不然还不知怎么惹人癫狂。听闻已经疯了一个朱二公子，眼见着贺王府那位言希公子也快疯了……父皇对左言希颇是信任，若能让他为我所用，倒也是桩极好的事。"

丁绍浦道："但他对探儿已有戒心，又终日与端侯在一起，只怕更偏向于端侯。"

乔立亦皱眉道："端侯身世虽未明言，但到底也算是嫡子，又最得皇上宠爱。一旦皇上将其身世公诸于众，令其认祖归宗，到时也是劲敌呀！"

郓王道："这倒不用忧心。景辞虽有才，到底不是父皇跟前长大的，朝中那些大臣未必认他，他自己好像也没动过这心思。还有，虽然太医口风紧，我到底问出来了。他本就有痼疾在身，难以痊愈，这几个月又是查案，又是退婚，闹得病势越发沉重，父皇才命左言希日夜跟在他身边诊治调理。他这状况，未必还能活多久，更不必说跟我争皇位了。咱们最需要留心的，还是博王那边。"

乔立焦灼地站起身，负手来回走着，唉声叹气："你们看，皇上这是在想什么呢？放着好好的亲骨肉不立太子，还在思量着要不要传位给外人……"

丁绍浦："只怪博王心机太深，你看那副胸怀天下的模样，上上下下打点得多好，愣是让那些老臣老将们争着帮他说话，皇上便是有心传位给我们王爷，也会踌躇难决……"

窗外的阿原已在不觉间倚墙坐倒，阵阵凉意从地底传来，连血液一时也随之凉了。额上依然有汗，但汗水不知什么时候已经冷下去。夜风轻轻拂过时，她竟抱着肩，不由自主地哆嗦起来。

景辞……病得厉害？甚至活不了多久？

左言希似曾说过，景辞不好好保养，可能活不了几年。

但景辞可以得到最好的医药、最好的诊治，所以他当然还可以活很久很久，久到跟他心爱的则荦郡主成亲，甚至生一堆的孩儿，直到儿孙满堂……

可是，端侯重病垂死的消息，当初几乎伴着端侯到来的消息一起出现。后来景辞也承认，借着重病避不见人，是他没回梁国时便计划好的。

或许，这回景辞又想以重病来避开梁帝诸子夺位的纷争？

阿原这般想着，心下终于安妥了些，这才能继续听屋中之人交谈。

郓王正在说道："……想对付杨世厚，只怕没那么容易。"

乔立道："真要做的话，也不过多费一番手脚而已，未必见得比慕钟或升宁难办。"

丁绍浦忙道："以属下看来，上回已经打草惊蛇，暂时还是不要轻举妄动的好。杨世厚领兵在外，兵强马壮，并非在家静养的老贺王可比。便是贺王之事，慕北湮似乎还在追查，并没打算罢手。"

乔立不屑道："查又如何？慕钟虽有些根基，但谁又会把这小子放在心上？"

丁绍浦道："乔大人，你别忘了，一则皇上念着老贺王的旧情，会对小贺王格外宽容，二则他已是原府的女婿，原夫人到底是皇上多少年的旧爱，心机又深，那枕边风吹起来，只怕不输于令爱，三则杨世厚与老贺王是战场上刀里来血里去结下的生死之交，也会格外照拂他。听闻前儿杨世厚给皇上的奏表上，还在质疑老贺王的死因。这事不用说，必定是慕北湮传过去的消息。"

郓王叹道："还有，当年杨世厚也是原夫人的裙下之臣。原夫人是个聪明人，看着并不想卷入我和博王的纷争，可如果她发现我在对付贺王和杨世厚，就难说了！"

大将杨世厚、老贺王慕钟、升宁长公主……

惊天阴谋，便在这些人闲谈之间轻易透出。阿原又惊又骇，牙齿不禁上下打战。她忙稳住心神，待要细听时，忽觉旁边黑影一闪，忙屏住呼吸握向破尘剑，那人借着花丛掩护稍藏了身形，仔细往这一带察看。

他虽也蒙着脸，但还是白天的青布衣衫，桃花眼在窗内隐约透出的灯光下晶晶亮亮，隐含焦灼——正是慕北湮。

她略略起身，向他扬了扬手。

慕北湮瞧见她，双目立刻笑得弯弯如月，瞳仁里都似蕴了柔和的月光。他蹑足上前，挨到她身边坐了，握住她的臂膀，低笑道："你可真是贼胆包天！我瞧见那个人了！是郢王手下第一高手冯廷谔，两个你加两个我都未必打得过！"

他说着，忍不住又看了眼窗内，指着里面向阿原递过去一个询问的眼神。

既然冯廷谔亲自在外面守卫，那么郢王必在书房内？

阿原对郢王身边的人并不了解，眼见慕北湮一口道出这人姓名来历，料得这人的确极有名极厉害，忙点了点头："他们都在里面。"

她很是担忧郢王等人再提到老贺王之死，令慕北湮失态，遂向他打了个离开的手势，悄声道："知道他是郢王的人也就够了，咱们先走吧！"

慕北湮侧耳听了听，正听到郢王在吩咐乔立道："贵嫔那里，我到底不宜常去，还需劳烦乔大人时常走动。"

乔立连声应是："这个自然，自然。皇上老迈，我父女的身家富贵，全仰仗王爷日后照应，微臣敢不尽心？王爷放心，贵嫔那里必会劝说皇上早点拿定主意，若有其他打算，也会立刻遣人告诉微臣，不会耽搁。"

慕北湮皱眉，握着阿原臂膀的手紧了紧，却很快松开，低笑道："嗯，反正你也应该听得差不多、看得差不多了，赶紧脱身要紧！也亏得小坏机灵，在附近飞来飞去，分散了冯廷谔的注意力，不然想从他眼皮子底下溜过来找你，还真不容易！"

若冯廷谔就是当日和薛照意、说书人来往的黑衣人，老贺王遇害的真相已呼之欲出。只是他再想弄清父亲之死的真相，也得先考虑自己和阿原的小命。至于郢王的野心，以及郢王与乔立父女暗中勾结之事，虽然也要紧，倒也不是现在该考虑的。

阿原想着冯廷谔的身手，心里也有些发毛，点头道："好，赶紧走……小坏呢？可别被冯廷谔给伤了！"

二人对这冯廷谔很是忌惮，小心察看半晌，确定冯廷谔的确没在视线范围内，方悄悄潜离书房，顺利藏身到回廊后的花木树丛间，方才松了口气。

冯廷谔到底就一个人，还得守在书房附近，分身乏术。只要离开了书房，以他们的身手，从寻常守卫眼底脱身应该没那么困难。

二人正相视而笑时，忽闻头顶一声欢快的鸣叫，轻捷的黑影伴着呼啦啦的翅翼破空声，亲热地扑向阿原。

"小坏……"

阿原大骇，想小声都不行了。

紧盯住小坏的冯廷谔顺着小坏的踪影，立时发现阿原等人的藏身之处，惊骇之余，立时持刀纵身赶来。

小坏已歇到阿原的身上，兀自得意地扑着翅膀，以示自己不畏艰辛勇寻主人的坚贞不屈。

慕北湮差点把它扇到地上，拉起阿原便逃："快跑呀……"

真是成也小坏，败也小坏……

他不该高估了这扁毛畜生的智商，还以为它是在为他们引开冯廷谔的注意力——它分明只是在寻找它的主人，冒着被天字第一号大仇人砍倒的风险寻找它的主人而已……

嗯，阿原藏得很严实，所以它这么久才找到她。

可惜它还来不及跟阿原诉说相思担忧之情，便被慕北湮很不知趣地一巴掌拍飞了，而阿原和慕北湮也在忽然间跑得跟飞似的……

他们跑得虽快，可到底比不上冯廷谔的本事。

何况，原来守在回廊上的侍卫也闻声冲上前来，截住他们不说，还不停地高喊同伴帮忙："抓刺客，大家快抓刺客！"

阿原叫苦不迭，连忙将面容掩得更紧些，手持破尘剑奋力对敌。

但她的蒙面帕子似乎也是白蒙了，冯廷谔持刀与她才对了两招，沉沉黑眸扫过她的剑，很快盯住她："原大小姐？"

好吧，扯下蒙面巾，她能认出他，蒙上蒙面巾，他当然也能认出她。

何况，她用的依然是先前的那把破尘剑，稀有贵重的破尘剑……

只是再锋利的宝剑遇到冯廷谔这样的高手，似乎都钝成了菜刀。阿原勉强接了几招，已被逼到回廊墙角，连逃都没地儿逃。

慕北湮应付几名寻常守卫倒也轻松，只是眼见着赶来的人越来越多，又不便真的伤人，想脱身却不易。

正焦灼之际，忽听得阿原闷哼一声，觑眼一看，只见阿原被冯廷谔逼到墙边，死死用剑挡住他逼来的刀锋，额上已冒出了冷汗。冯廷谔见刀锋被挡，也不撒招，扬手一拳捅向阿原的小腹。

慕北湮大惊，也不顾身后正有守卫一剑砍来，奋力冲上前劈向冯廷谔的左臂，生生逼得冯廷谔撤拳，反手砍向慕北湮。

慕北湮躲过冯廷谔这一刀，却没躲过身后侍卫的那一剑，肩上着了一下，闷哼着向前冲了几步，拦在阿原的跟前，将阿原护到了身后，低声问她道："你怎么样了？"

阿原喘了口气，只觉小腹隐隐作痛，却只能强笑道："不碍事，还可一战！"

书房里的人显然听到了动静。当着许多人的面，郓王、姜探等人不好露脸，乔立却已步出，扫过阿原、慕北湮，喝道："这两人意欲行刺本官，又伤我家人，穷凶极恶，还不拿下？如有抵抗，就地格杀！"

既然可能看到了不该看的，听到了不该听的，拿下不拿下根本就是废话，就地格杀才是最要紧的——这当然不仅是他的意思。

冯廷谔心领神会，刀势愈发凌厉狠辣，要将二人一起斩杀。

慕北湮虽全力应敌，但武艺相差悬殊，没几招前胸又中了一刀，顿时血珠飞溅。而冯廷谔丝毫不放松，闪着寒光的刀锋如野兽的森冷门齿，迅猛地咬向慕北湮的要害。

他并没有打算去揭开慕北湮蒙在脸上的帕子，一心要将他当作刺客立斩于此，回头梁帝追究，也能轻易将这事敷衍过去。

慕北湮虽贵为王侯，但半夜闯到大臣府中行刺被杀，梁帝也无法怪到乔立头上吧？

阿原见状大惊，也不顾身体不适，正待奋力相救时，忽见旁边一道剑光横来，光芒淡淡，却能越过众人，恰恰挡住斩向慕北湮的刀锋。

冯廷谔定睛一看，眸光已微微收缩："是你？"

萧潇横剑于胸前戒备，微笑道："是我！"

慕北湮的脖颈上仿佛已沾上刀锋触肤的寒意，不由汗毛根根倒竖，惊魂未定地叹息："少壮不努力，老大徒伤悲，古人诚不欺我！早晓得今日会被人打得这般狼狈，我该少去几次青楼，多练几回剑法才对。"

萧潇向他莞尔一笑："小贺王爷现在能领悟这道理也不晚呀！"

乔立忙道："萧护卫，这里只有刺客，哪来的小贺王爷？你执意相帮这两名刺客，难道是一伙的？"

萧潇笑道："乔大人这意思，莫非打算连在下一起当作刺客斩于当场？若真是如此，令爱向皇上解释起来，恐怕有些费力。"

乔立怒道："你们深夜带兵器闯入本官府第，不是刺客，难道是来做客的？"

萧潇道："在下微贱，当然不配到乔大人府上做客。不过小贺王爷和原大小姐的确是在做客，在端侯爷那边做客。也就么巧，他那边也遇到刺客了，我等一路追来，不知怎么就追到了乔大人府上……"

慕北湮已回过神来，索性扯下蒙面帕子，走出几步，笑道："正是如此！我和阿原的婚事在即，有些事想跟言希商议，听闻他正陪端侯在东边那家医馆养病，跟言希商议时，不料有刺客欲行刺端侯，被我等阻止后逃得飞快。这夜色沉沉，全仗我们家鹰哥儿帮着追人，谁知追着追着一路把我们往贵府引，也不晓得是我们小坏花了眼呢，还是这刺客真的进了贵府？原本怕引起乔大人的误会，才蒙了面想进来寻一回，想不到乔大人居然把我们当作刺客，痛下杀手……"

萧潇随之道："乔大人，方才小贺王爷去医馆之事，不仅我、端侯、言希公子、药铺里的大夫、伙计，还有小贺王爷的侍从都可做证。端侯病势不轻，但对谁敢刺杀他也很好奇，刚已有从人回去，将刺客进入乔府之事禀告他了，应该很快便会过来问乔大人。"

阿原也揭开面巾，向冯廷谔笑了笑："我也想知道你们不问缘由便痛下杀手的因由。难道那行刺端侯的人真的在贵府，所以你们才迫不及待地想要杀人灭口？"

冯廷谔虽还持着刀，却只看向乔立，踌躇着不敢动手。

乔立搓揉着袖子皱眉沉吟时，那边已有侍从快步冲过来禀道："大人，大人，端侯来访！"

乔立倒吸了口凉气："现在？"

侍从道："正是！阍者不敢相拦，已经……已经快到这边了！"

乔立忙看了眼书房，忙道："走，快随本官出迎，迎入正厅叙话！三位，也请一起去见端侯吧！端侯人品贵重，若由他来说明其中缘由，不难弄清其中是非黑白。"

若让端侯赶来这里，难道请他进书房叙话？那书房内的郓王该如何脱身？

景辞、左言希很快踏入正厅，被迎至上座。

萧潇抢上前，说道："公子，我与小贺王爷追踪袭击公子的刺客，被原大小姐的猎鹰引入了乔府。小贺王爷、原大小姐不信乔大人会窝藏刺客，遂潜入府中察看，不料乔府卧虎藏龙，竟将贺王和原大小姐当作刺客，意欲当场格杀。"

他不肯说当时二人危险的情形，但景辞一眼瞥到慕北湮脚下不断滴落的血珠，便猜得当时情形有多惊险。转头看向阿原，只见她鬓发有些散乱，脸色也不大好看，倒也没见哪里受伤。

阿原也正看向景辞。

他虽清瘦，但身姿挺拔，幽黑眉眼隐含锋芒，再不是往昔那种冷眼看世情的淡漠。他的目光轻轻扫过二人，与阿原目光相触，也不曾停留，而是很快看向了乔立："方才在药铺意图袭击本侯之人，身手倒也极高明。本侯疏于朝堂之事，倒不晓得乔大人什么时候养了那样的高手？也不知本侯几时得罪了乔大人，要令乔大人下此毒手？"

竟然一口咬定，乔立是那个莫须有的刺客的指使者。

乔立慌忙道："侯爷明鉴，下官向来循规蹈矩，哪敢派人刺杀侯爷？这其中必有误会，误会……"

景辞道："什么误会？把贺王当作刺客是误会，还是你养着顶尖能干的高手是误会？如今贺王受伤不轻，皇上明日必会追问。乔大人不如赶紧说明，回头皇上问起，本侯也好替大人说几句话。"

乔立道："这……都是误会、误会……贺王与原大小姐蒙面而来，我等辨识不出当作刺客，的确是愚钝了！我府中也没什么高手，只是小儿顽劣，一心想学些武艺，日后才好报效吾皇，故而我今日请了一名高手入府做客，想请他帮忙看看我儿习武资质如何，不想正遇到贺王等人入府，这……这可真是误会，误会呀！"

景辞笑道："那贺王所受的伤难道也是误会？若本侯没看错，你家高手所用的刀剑就是奔着他的要害而去，一心想取他的性命吧？他们入府寻人而已，又不曾伤你分毫，你凭什么就认定他们为刺杀你而来，又凭什么下格杀令？乔大人这是得罪了多少人，做了多少见不得人的事，连刺客是谁派来都懒得审问，只想杀人灭口？"

乔立连声叫冤道："下官一介文士，手无缚鸡之力，哪懂什么杀人灭口？那高手不明因由，或许是以为仇人寻衅，下手才重了些……"

左言希见慕北湮伤处出血不止，到底不放心，走上前低声道："北湮，我先带你去包扎下伤口。"

慕北湮道："滚！"

他瞥见景辞往这边注目，索性拉住阿原的手，亲昵道："阿原，这边交给端侯处理就行，咱们先回去吧！那个天杀的冯廷谔，下手还真重，又得辛苦夫人为我敷药裹伤了！"

阿原扶了慕北湮，笑盈盈道："好。想必今日之事，乔大人必会给我们、给端侯一个交代！"

乔立闻她话里藏刺，暗暗叫苦不迭。他本来还占着理儿，被端侯这一插手，刺客成了追刺客的，反倒处处被动，不但无法追究二人闯府之事，还得千方百计先把自己和郢王撇清。

那边景辞兀自轻叹道："唉，乔大人说得倒也在理。看来是本侯胆小，刚才求见乔大人一介文士时，居然胆战心惊，好似进的是龙潭虎穴一般……"

阿原携着慕北湮走到门边，闻得他话语里有种莫名的凄怆感，胸口闷了闷，不由回头又看了他一眼。

那个似乎已和她很陌生，但总让她不由自主想去亲近的男子，依然那样高踞于堂上，漫不经心却步步紧逼，完全没有就此放过乔立之意。

眼看她与慕北湮携手离去，他眼底仿佛有一丝笑，又仿佛没有。

他的手正抚于腰际一个荷包上。

石青的荷包，质地做工甚佳，却朴素无纹，看着有几分眼熟。

阿原步出乔府，走出好一段，才蓦地想起，在沁河时他便时常佩着那么一个荷包了。

那荷包里装的，是五十七颗红豆。

五十七颗红豆，五十七位阿原其实根本不曾拥有过的情郎。

多少往事，记得清晰的和模糊成零碎片段的，忽然在那一瞬间如潮水般涌了上来。

阿原闷闷的胸口顿时像是裂了数道缝。

破裂般的剧痛里，似有黄连拧出的汁液四下流淌。

五脏六腑，连同流动的血液，都被浸渍得苦涩难当。

她难受得几乎喘不过气来。

回到原府时，已是三更时分。

原夫人听说二人受伤归来，惊吓得不轻，披衣前去瞧时，阿原已替慕北湮处理完伤口，下人也预备了消夜送上。二人折腾了大半日，早已饥肠辘辘，洗了手在房中喝汤吃点心，看着倒还风平浪静。

但原夫人瞧着地上尚未来得及清理的血迹，以及几名侍女眼底未消的惊惧之意，便知慕北湮受伤不轻。

她苦笑道："你们这是去哪里花前月下了？其实原府和贺王府的风光都不赖。"

慕北湮已起身迎她入内，笑道："都是我惹的事儿，连累阿原跟着奔波，也让岳母费心了！"

原夫人笑道："我倒没什么，阿原的确不能累着，最近气色并不怎么好。究竟有什么事，把你们折腾成这样？"

慕北湮踌躇，一时不敢直说，只笑着看向阿原。

阿原犹豫片刻，便将她去找慕北湮、与慕北湮跟踪姜探并夜探乔府的事，连同景辞、萧潇等人前去解围之事，都一一说了。

他们前去乔府查探，最终几乎撕破脸皮闹了这么一场，乔立、乔贵嫔固然不必说，就是郓王只怕也会对他们心生疑忌。此事关系的已不仅仅是她或慕北湮，甚至不仅仅是原府或贺王府，显然不能隐瞒。

而慕北湮直到此时才知道，郓王等人说起的谋害老贺王、长公主等事，不由惊恨交加，接过小鹿奉来的茶，喝了两口，却觉满嘴满胸都热辣辣的，再忍耐不住心头那股恶气，甩手将茶盏重重掷在地上，几乎砸得粉碎，瓷片四处飞溅。

侍儿们已被遣出在外，虽远远闻声，一时也不敢探头，只有守在门口的小鹿惊吓地向内张望一眼，无辜地径自去和小坏交流新姑爷的性情好坏。

阿原瞅他一眼，抬手重新为他倒了一盏，却也同样烦恼，说道："如今这事儿，的确麻烦。郓王的目的是继承皇位，若有阻拦他的，不论是大将还是老臣，只怕他都不会放过。"

原夫人拍了拍她的手，柔声道："莫怕。依你所说，郓王并不知道你们听了多少，猜到了多少。真想置身事外，我找机会在他跟前装个糊涂，指不定还能敷衍过去。只是他明明就是杀了贺王和长公主的幕后主使者，却偏偏是最可能继位的皇子，往后我们的境地，无论如何都有些为难。"

"怎么会为难？"慕北湮从齿缝中迸出字来，却笑得烂漫，宛如春日满树桃花旖旎盛绽，"难道我还指着他杀了我父亲，却在继位后放过我？又或者咽下这口气奴颜媚色地向他示好求恕，再眼睁睁地看他心愿得偿，还得俯伏在他跟前，对他三叩九拜，大呼万岁？"

阿原知道慕北湮看着纨绔，却是性情中人，一日不曾放弃过父仇，而原夫人为保自身周全，早已习惯圆滑处世，并不愿卷入皇子夺储之争中，亦是头疼，说道："郢王为皇位不择手段，连皇上的股肱大将都不肯放过，如此心地歹毒，不顾大局，日后若是继位，恐怕不是大梁之福。"

原夫人听二人之意，都不肯就此罢手，倒也不意外，只微微蹙眉，浅啜了两口茶，才低低道："是不是大梁之福，其实跟咱们无关。李家天下也罢，朱家天下也罢，我们只要保得自家上下平安，也就够了！不过如今瞧着，若是郢王继位，于我们的确大大不利。"

阿原见原夫人眉眼镇静，不由得安心不少，问道："如果皇上知道郢王所为，还会让郢王继承皇位吗？"

原夫人冷然一笑："继承皇位？若有确切证据，他能保住小命都不容易了！"

所谓君臣父子，先是君臣，然后才是父子。任何君王都不可能容忍他人觊觎皇位，哪怕是自己的亲骨肉。何况，梁帝性烈如火，当日大皇子便是被他怀疑有不臣之心，差点被斩杀当场。

阿原略略松了口气："如今虽无确切证据，但郢王无论如何脱不了干系，母亲应该可以寻机在皇上面前进言一二吧？"

原夫人道："相机行事，让他不受皇上待见，倒也不是没可能，但也不能操之太切。皇上多疑，对立储之事决断不下，如我这般从不过问此事的，若是无故提及，反而惹他起疑。"

她眼波流转，唇边弯起浅浅的笑弧："他居然还想谋害杨世厚？"

阿原回忆着乔立、郢王等人的对话，说道："早先应该已经动过手，未能成功。他们有打草惊蛇之举，说明杨大将军已经有所警觉。"

原夫人点头，"杨世厚亦是我的好友，的确偏爱博王，但大概也没想过要针对郢王。我明日修书给他，告诉他此事，约他共扶博王，送那郢王一程吧！"

阿原听她说得云淡风轻，不觉讶异而笑："母亲这是打算对付郢王了？"

原夫人淡淡道："他不死，指不定我们得死。自然还是他死的好，何况他杀了他自己的亲姑姑，难道不该偿命？长乐公主不是在查这个案子吗？她看着没心没肺，但能在皇上这些子女里倍得宠信，自有她的能耐。阿原，你得空跟她提一提，她若能查实，必定会寻机进言。"

她又看向慕北湮："北湮，你明天悄悄去找左言希，告诉他郢王等人的密谋，左言希必定会告诉景辞、萧潇。他们很得皇上信任，且都是聪明人，今日出面为你们解围，等于得罪了郓王，当然也不愿郓王继位，也会找机会跟皇上提起。所谓三人成虎，即便没有确切证据，皇上也会信上几分。郓王心术不正，接下来我们有的是机会让他露出马脚。只要皇上存了猜忌之心，他想要的一切，都只会是竹篮打水，一场空！"

慕北溟听她不紧不慢地分析安排，满怀愤懑已然散去不少，点头道："好。我便等皇上怀疑郓王后，再去禀报父亲遇害的真相吧！"

原夫人微微一笑，低头看自己明洁如玉的纤纤五指，说道："有些事，能让别人出头，还是别自己冒险得好。先放着吧！博王前阵子被遣去巡查东都军营了，但隔些日子就会回来。他虽然宽仁，但明里暗里被郓王使的绊子不少。"

阿原已悟了过来："对！博王未必喜爱王则筌，但听闻他和郓王一样，时常前去探望，嘘寒问暖，很是热切，证明同样看重那个位置。他会抓住一切机会扳倒郓王，何况若能帮贺王翻案，既长了威望，又得了母亲和杨大将军的拥护，何乐而不为？"

郓王的母亲吕氏和博王的养母林贤妃其实同样不受宠。郓王如今胜在有乔贵嫔代为美言，若博王也能有得宠又根基强大的原夫人相助，自然事半功倍。

"北溟想报仇，那是人之常情，理所应当。此仇难报，无非是因为郓王乃皇家贵胄。莫急，且等他落难那天，咱们再痛打落水狗吧！"原夫人抚着阿原瘦削的肩膀，依然笑语晏晏，满面慈爱，"你当下最要紧的，就是养好自己的身体。还有，赶紧把你们的婚事办了！"

慕北溟以往并不怎么留意朝堂之事，但自丧父后人情冷暖颇是见识了不少，此时听得原夫人这般老道的分析，更是冷静下来，轻笑道："北溟懂了！岳母大人放心，我不会鲁莽行事。君子报仇，十年不晚！"

他拈过一块桂花糕，一口咬下了大半边。

慕北溟、阿原夜闯乔府之事，并没有闹到梁帝那里去。

景辞到底不曾真的遇刺，乔立同样心虚与郓王密谋并意图灭口之事，于是在景辞咄咄逼人的兴师问罪和乔立低三下四的忍辱赔罪后，此事不了了之。

阿原等人料想郓王不会就此罢手，好在他们有原夫人的支持，倒也无惧应战——既已卷入旋涡，鹿死谁手，那就看各自的本领了。

慕北溟不顾有伤在身，隔日便去医馆寻左言希商议。阿原知慕北溟犹有恼意，虽不愿再看到景辞，却担忧慕北溟与左言希再起争执，遂也跟着前去。亏得她习武之人素来强健，休息一夜身体便已基本平复。

原夫人不放心，唯恐郓王或乔立再派人算计，特地遣廿七带了两名侍卫跟着。

这回医馆里的伙计已认得慕北溟，一见面便低头哈腰将他们请进去，又提醒道："侯爷正与一位贵家小姐在屋里说话，你们去找言希公子时，莫要去惊扰了。"

慕北湮讶异："什么贵家小姐？"

伙计道："不清楚。像是侯爷的亲近之人，左公子恭恭敬敬地唤她姑姑，唤那小姐郡主。"

"姑姑……"

慕北湮看向阿原。

阿原笑了笑，将头发理了理，唇边咬出几分娇媚嫣红，然后不紧不慢地捋袖子。

慕北湮问："想打架？"

阿原道："你还伤着，待会儿闪一边儿去。她那狗嘴里再敢有一个字不敬，看我大嘴巴子抽她！"

慕北湮抚额："你未必打得过她。"

阿原侧头问廿七："我打不过怎么办？"

廿七道："我不打女人。"

"……"

"不过她主子是男人吧？"

"……"阿原半晌才道："可我担心……你打不过景辞。"

他们一边说着，一边踏入后院。

左言希正坐在芭蕉树底下的石桌旁捣药，听到禀报，忙起身迎上前，含笑打量二人："北湮，你有伤在身，怎么不在家歇着？总算气色还好。原大小姐，你来探望端侯？他正好有客人在。"

阿原淡淡道："左公子想什么呢？你本该称我一声弟妹，为何不想着我是来看你的，却想着我会去看望一个刚被我像抹布一样甩开的男子？"

左言希吸了口气，苦笑道："端侯其实从未对不起你。你……是不是太刻毒了？"

"刻毒？"阿原浅笑，"那如果说，恭喜他和他的亲人爱人们，终于能像甩抹布一般甩掉我，是不是就很中听了？"

慕北湮瞧见那边窗扇内隐约走来一个高瘦的人影，不等左言希再说话，抢先道："我最喜欢阿原的刻毒了！日后入了贺王府，若是太良善，指不定哪个贱人便敢栽赃她，害她的命，我再耳根子一软被人挑拨，由着一堆贱人害了她还把她踩到脚底，让她受尽侮辱而死，还得背着个毒妇的恶名，多惨！不如就这么刻毒着，我不敢害她，旁人想害她也得睁大狗眼看清楚，眼前的人是不是他招惹得起的！"

阿原已觉出窗内那道熟悉的目光又凝注于她的身上。她的呼吸忽然间的有些不稳，忙稳了稳心神，笑道："我向以良善待人，只因相信旁人也会以良善待我。我有眼无珠，才令人有机会报我以满满恶意，所以再多的恶果苦果，我也只能自己含笑咽了。但从此以恶意待我之人，休想再从我这边得到半分善意！即便言语刻毒，你也就受着吧！好歹没学着旁人将刻毒付诸行动，你该额手称庆才是！"

左言希叹道："你……又何必！你可知昨天一听你有险，端侯立刻不顾重病匆忙赶过去解围？"

阿原道："你以为我会信？"

左言希微愠："你为何不信？"

阿原笑道："左公子是聪明人，当知道这天底下有一种东西，摧毁容易，想重建则难如登天。"

"男女之情？"

"错了，是信任。"阿原星眸流转，笑容散漫，说不出的秀雅风韵，"你被姜探坑了又坑，也没见你放弃。可如果她父亲利用她把你引过去打个半死，她跑过来大赞她父亲打得好，顺手再捅你几刀，你逃得性命出来，纵然还爱她，你还敢信她吗？"

左言希盯着她，向日温雅的眉眼浮过苦涩，好一会儿才道："不敢！换成任何人，都不敢！"

站于窗内向外观望的高瘦身影不知什么时候已悄悄地退开。

阿原眉目不动，心头却似搬开了一座大石，顿时轻松许多，对慕北湮笑道："你不是找言希有事？赶紧说去。这地儿看来不欢迎我，你说完了，咱好赶紧离开。"

慕北湮道："不过是个医馆而已，什么晦气地儿，不欢迎你正是咱们的幸事！等着，我去去就来！"

他一拉左言希，径自钻到耳房里说话去了。

阿原笑了笑，眼看着烈日当头，热得脊背浮上一层汗意，遂走至芭蕉树下，坐到石椅旁歇着。

小坏也热坏了，扇着翅膀歇在石桌上，顺便啄了两下方才左言希正捣的药，然后嫌弃地猛甩脑袋。

阿原好奇，用指尖拈过一些捣好的药末，嗅了一嗅，只觉一道清寒之气直透卤门，迅速逼迫开了周遭的热意。她一个激灵，仰天连打了几个喷嚏，顿时眼泪直流。

正拿丝帕擦眼睛时，前方恍惚多了一个人，紧跟着是廿七在冷冷地说道："姑娘请留步！"

阿原定睛一看，只见王则笙不知什么时候走到了跟前。她一身浅杏衫子，衬着身后如烈火般盛放的石榴花，依旧容貌俏美，只是面色煞白，眼眶泛红，水汪汪的眸子里似乎还含着泪。

她薄唇颤动，走到阿原跟前，欲言又止。

阿原抚弄着丝帕，笑道："廿七叔，这姑娘是来自赵国的则笙郡主，可不许得罪了！"

廿七微微诧异，立时上前行了一礼："原来小姐就是那位寻短见的则笙郡主！郡主，你看这天大地大，夏有凉风冬有雪花，秋有明月春有百花，再不济郡主身后还有石榴花，有什么想不开的呢？得空不如多到咱们原府走动走动，咱家夫人心地良善，指不定给郡主送上十个八个花儿似的美少年，郡主天天对着他们，这辈子都不愁不快活了！"

王则笙听他一本正经地胡说八道，张大嘴巴，眼睫上一滴泪珠凝结，一时竟掉不下来。

知夏姑姑赶上前来，怒道："郡主，别听这些下三烂的人胡说！没一句正经话！"

阿原忍不住又打了个喷嚏，一边拿帕子掩着嘴，一边笑得如榴花般耀眼："嗯，郡主跟姑姑在一起最正经了，所以姑姑让你跳湖时，千万别跳海。真把自己玩死，凭你什么好爹爹、好哥哥也救不活，只能留下天大的富贵给别人享用，天大的笑柄给别人谈论了！"

王则笙原准备说些什么，被她和廿七连着嘲讽，竟没机会说出口。她忽一掩面，快步奔了出去。

知夏姑姑怨毒地瞪了阿原，居然也没说什么，转身追着王则笙，急急地唤道："郡主，慢些儿走！"

阿原笑道："是得慢些儿走，大热天的，若是中暑了，岂不叫你家景辞哥哥心疼死？"

知夏姑姑明明听到她的话，竟不曾回头，就这么追着王则笙走了……

见二人如此轻易地罢手而去，阿原大感意外，站起身看着她们离去的身影，摸了半天脑袋，方道："这两个今天怎么这么温良？吃错药了？"

廿七不屑："大小姐，那老婢横眉怒眼的，还能叫温良？那个郡主看着也蠢头蠢脑的。"

如原夫人那般温言细语，才叫温良；如原夫人那般杀仇敌于无形的，才叫聪慧。却不知以前的阿原小姐，怎么会被这两个女人欺负了？

阿原疑惑之际，萧潇已抱着剑正色步出，走到近处，才粲然一笑，向屋中一指："端侯说屋外炎热，请原大小姐进去喝盏茶去去暑气。"

阿原的眼皮跳了跳："端侯？"

屋子里收拾得很整洁，卧塌桌椅俱是松木原色，看着简朴雅致。屋中除了原木的清香、药香，还有淡淡的茶香萦绕，阵阵沁人肺腑，与外面的酷暑难当相比，竟似两个世界。

景辞正端坐于一个小茶炉前，用竹片搅动着茶釜沸腾的茶水，不轻不慢地撒入茶粉。他的面色专注，在袅袅升起的水气里，苍白却温和，反而不似从前疏离冰冷。

看釜中茶水再次沸腾，他倒入了先前舀出的一瓢水，压一压火头，等茶水再次沸腾，飘起一层细密的浮沫，他便提起了茶釜，往旁边的一排青瓷茶盏里倒茶。

极有技巧地倒茶，将浮沫绘作不同图案。

阿原知道这叫分茶，一种将茶水注入茶碗，并让茶沫形成山水云雾或花鸟虫鱼等物象的独特技艺。但她从前并未见人有如此高超的分茶技艺。

原夫人门第颇高，想来也该懂得，只是她的夫婿和情人都是武将出身，大概没那么好的闲情逸致看她烹茶分茶，于是原夫人素日喝的，也就是茶房里下人预备的茶，并不见得格外高妙。

阿原立于一旁，瞧着他手底的动作，瞧着那浮沫均匀飘出的形状，忽然觉得这情形很熟悉、很熟悉。

她甚至清楚地晓得，他的手腕在下一刻会极轻盈极巧妙地顿上一顿，指尖带动细细的水珠游动，茶面便会浮出一朵栩栩如生的梅花；若是往旁稍稍挪一星半点，就是一段倾斜而出的竹枝，还缀着数片灵动的竹叶……

阿原脑中又开始阵阵昏黑，恍惚便听到有人在耳边轻叹道："眠晚，你还能更笨些吗？"

仿佛有少女委屈的嘟囔声，又仿佛有年轻男子含着宠溺笑意的鄙夷轻斥。

少女的娇憨和男子的爱怜，就像是从沸水里飘上的浮沫，满得快要溢出……

阿原深深地吸气再吸气，终于将那仿若隔世的人影和声音尽数摒除，静静地垂头看着景辞分茶。

梅、竹、菊，秀逸轻灵的图案已跃然于茶水表面，衬着青瓷茶盏，竟比笔墨所画的画儿更多出几分隽秀。

三盏分毕，景辞忽将茶釜递给阿原："你要不要试试，看能不能绘出一朵兰花？"

他的微笑近在咫尺，温软好看得出奇，阿原一时失神，手中已接过了茶釜，才定在那里，惘然地问道："兰花？"

景辞眸黑如深潭，清浅笑容如水面温柔轻漾的涟漪，低沉的声音便有种出奇的魅惑："兰花。很简单的纹路，是梅兰竹菊中最好绘的。"

耳边便似有往日的声音与景辞的声音重合："眠晚，再试试。很简单的纹路，是梅兰竹菊中最好绘的。"

阿原很想拒绝，却似有人握着她的手，细致地在茶水间描摹风物。

兰花，她能绘得出来吗？

她的手微微地抖，但很快以素日握剑的稳定持住。她看向青瓷茶盏，臂腕和五指轻匀巧劲，然后缓缓倾下。

图案渐渐绘成，一朵素兰宛然出现，居然清丽蕴藉，韵致楚楚。

阿原甚至记得，在某处稍作变化，便能勾勒出一两朵兰花，使整个纹路布局更加合理，更加精致纤秀，不输于笔墨丹青。

她慢慢放下茶釜，对着自己绘出的兰花，一时怔住。

景辞却已微微一笑，拈过她新绘出的兰花茶水，出神地欣赏了片刻，仿佛叹了口气，便端到自己跟前轻啜。

萧潇走向前来，随手递给她一盏茶，说道："喝吧！汤纹再好看，也是用来喝的。"

他说着，径自取过一盏，饮了一口，细品半晌，很是愉快地啧了啧嘴："好香的茶！香！"

茶盏中，景辞精心绘就的梅花汤纹已然凌乱变形，萧潇再喝上两口，便完全看不出形状了。

而景辞呷了两口茶，兰花汤纹几乎没什么变化，依然精致如画。

他没有再看阿原，只是专注地盯着手中的茶，眉眼间说不出是怅然，还是满足。

阿原回到原府后，脑中一直都是景辞边叹息边缓缓喝茶的模样。

她喝了他绘的茶，他喝了她绘的茶，似乎没什么不对，又似乎哪里都不对。

慕北湮还在恼恨左言希的无情无义，却向阿原道："左言希再没良心，也不至于为了一个女人把自己和朋友一起葬送了。他应该会和景辞他们好好商议此事。"

左言希虽与姜探牵扯不清，到底不可能无视景辞、慕北湮的处境，再加上被慕北湮冷言冷语嘲讽得不轻，应该也会仔细将他告知之事一一听入耳中，不会放任郓王胡来。

阿原随口应着慕北湮的话，接过小鹿递来的西瓜，下意识地咬了几口，忽见慕北湮、小坏齐齐地瞅着她，忙咽下嘴里的一口西瓜，问道："怎么了？"

小鹿指着她啃了一半的西瓜，吞吞吐吐地说道："那么多的西瓜籽儿，你……你怎么全吞了？"

阿原蒙了，摸了摸自己的脖子，强笑道："还……还好，籽儿小，没什么感觉。西瓜籽儿清肺润肠、和中止渴，其实是好东西，好东西！"

慕北湮盯着她道："清肺润肠、和中止渴？整个儿吞进去，整个儿拉出来，能润肠止渴？"

"……"

阿原看看西瓜，终于没法吃了，随手丢到窗边给小坏解暑。

慕北湮也不吃西瓜了，坐到阿原身边敲着凳子问道："我出来时，你正在景辞屋里喝茶是吧？这是……解开心结了？"

阿原莫名心虚了下，忙笑道："扯什么呢？那样的大热天，进屋喝杯茶而已！"

慕北湮道："景辞就是个白痴！这么个大热天，请你吃荔枝、吃西瓜都好，喝刚烹的茶岂不是更热得满头大汗？当然，他本来就很蠢，不然也不会便宜我！"

他笑得很得意，顺便在她脸上捏了一把："我看我那个兄长越看越想打人，但看你越看越舒畅，简直比大夏天吃西瓜还舒畅！阿原，我现在觉得，你怎么比你妹妹还可爱些？"

阿原一掌拍开他的爪子，说道："可惜，我比你心爱的那位凶悍多了，没半分你们想要的温柔贤惠！"

慕北湮道："可惜她不只是我心爱的，还是很多人心爱的……最要紧的是，她最心爱的人从来不是我，也不是谢岩。"

阿原不想继续这个话题，站起身来说道："你见了左言希，我是不是也该见见长乐了？咳，这案子，她自然要拉着谢岩一起查的。"

她想了想，径自去书房写信。

慕北湮看着她的背影，喃喃道："我好像忘了说了，我最心爱的也不是清离了……咱把心爱的那位都换一换可好？"

他拉开阿原的妆匣，取过放在最底层的婚书。

"慕家公子北湮，与原家小姐阿原结朱陈之好合，缔秦晋之姻缘，白头偕老，五世其昌……"

他一字字又仔细看过，眉梢眼角都是春日里桃李盛放的冶艳。

想起日后他会和这丫头结为夫妻，一世纠缠，他竟情不自禁地涌上满怀欢愉。

他现在无比庆幸他半路截来的这门亲事——哪怕最初只是为了免她陷于尴尬的未来，才一时仗义替她解围。

见小鹿在旁愣愣地盯着他有些怪异的举止神情，他问道："你家姑爷和你家小姐很般配，对不对？"

小鹿立时将头点得跟小鸡啄米似的："般配，般配！太般配了！"

慕北湮满意之极，顿时将左言希带来的不快抛诸脑后了。

这些日子长乐公主正在查长公主的案子，又体谅阿原近来身体不适还得忙于婚事，很少过来找她。再加上，她日日与谢岩一起查案，多了个阿原未确实不方便，故而，阿原也避着嫌，不肯轻易去扰她。

收到阿原的书信，长乐公主很快出宫来探。

二人约在一家绸缎庄见面，可以顺便瞧瞧有没有新鲜花样的绸缎。

阿原是准备成亲；长乐公主也暗地里想着，既然男人快定下来了，她当然也可以先准备着——虽说各自家中都是大富大贵，必定会安排丰厚的妆奁，但自己寻些时兴中意的自然更佳。

何况，是跟心上人一起去看嫁妆，这愉悦之情更是难以言说，如沸腾的水般热烈得快要溢出来。

长乐公主往阿原身边打量了几眼，确定她只带了笨笨的小鹿和笨笨的小坏，好奇道："怎么没见慕北湮？"

阿原笑道："说回去瞧瞧新房收拾得怎样了，要摆几样我喜欢的陈设进去。"

她看向谢岩："谢公子近来看着还算悠闲，早知道我偷个懒儿，让北湮直接找你说事儿，也省得公主在大热天天跑出来这一趟。"

谢岩苦笑道："也不悠闲。上回谋害长公主的那个侍仆受不住刑死在狱中，好不容易找到的线索又断了，皇上催问过好几次了！"

阿原问："是死在大理寺监牢里？"

谢岩道："嗯，皇上虽然安排了我和公主负责此案，但尚未正式移交刑部，所以他被关押在大理寺。"

阿原道："哦，那他想不死都难呀！"

谢岩、长乐听她这话蹊跷，忙要追问时，绸缎庄又来了客人，只得闭嘴不提，于是后面连看绸缎花色都难免心不在焉了。

进来的女客人是个年纪极轻的黄衫女孩儿，虽绾了已婚妇人的发髻，清新秀丽，但眉眼间稚气犹存，顶多不过十五六岁。她带了个婆子在身边，正跟那婆子议论绸缎的好坏，偶尔会用眼睛余光瞄向阿原等人。看她们挑的布料也是最好最昂贵的，想来也是出自富贵之家。

长乐公主已留意到，嘀咕道："那是谁家的女眷？看着好生面熟。"

谢岩定睛看了两眼，吸了口气，说道："我想起来了……"

他正准备说时，阿原瞧见那黄衫女孩儿悄然递来一个眼神，忙将手中一块面料塞过去，说道："谢公子快看这花纹，九曲十八弯，看着混乱无绪，倒也别致。"

谢岩怔了怔，忙道："是，这花纹好看，你们都裁些吧……"

选完绸缎，阿原令小鹿抱上马车先送回原府，立于铺子门口高声道："回去跟夫人说，许久不曾出来，我们要去绸缎铺子东面的太白楼喝酒。听闻那边楼上开阔，正可以欣赏欣赏窗外的好景致。"

小鹿应了，只抬头看了看天色，纳闷地想着，这午膳刚过不久，晚膳早着呢，这会儿喝什么酒？

三人随即径自去了太白楼，将楼上整个儿包了。阿原吩咐道："跟我们同行的还有个十五六岁的黄衫女孩儿，稍后就来。其他人一个不许放上来。"

这时远未到晚饭时间，本就无什么客人，见三人出手阔绰，掌柜自然欢迎之极。

没等酒上来，长乐公主便问："那女孩儿到底是什么人？我看着眼熟，但怎么也想不起来。"

阿原低笑道："你忘了？当初靳大德那个伶俐的女儿。"

长乐公主恍然大悟："对，对！咦，也不能怪我认不出，这通身的气派，不像丧父毁家的模样呀！"

阿原道："没事，横竖谢公子一直伴在你身边，只要谢公子认得出来就行了！"

长乐公主顿时扫去满怀阴霾，笑道："嗯，我眼力差，查案的确少不了阿岩在身边。看来，以后出门就得让阿岩陪着才行，指不定路上遇着个嫌疑人也认不出呢？"

谢岩面庞微红，倒也不辩驳，只咳了一声，问道："阿原，你特地唤公主出来，是不是有急事？"

阿原点头，将跟踪姜探、夜探乔府前后之事尽数说了，然后摊一摊手，说道："先前诱我们去找长公主的那位韩勃的心腹小校已'畏罪自杀'，止戈又死在狱里，咱们又没那耐冲进去揪出郢王——便是揪出来，也不能凭我一面之词便定了郢王的罪，于是这案子……其实已不必查了，对不对？"

长乐公主的面色有些不大好看，刚送来的乌梅汤再也喝不下去了，只嘀咕道："姑姑也糊涂，怎么会信了这么一个随从？止戈止戈，拼起来不就是个'武'字吗，哪还会有她想要的太平？"

谢岩眸光依然清湛，静静扫过长乐公主，说道："杀害长公主的显然是高手，以止戈的能耐根本做不到，所以即便他认罪，我们还是要继续追查。我们也认定那位小校背后有人指使，北湮又是因怀疑到韩勃时被人设计，韩勃就更可疑了。但他与贺王或长公主并无矛盾，且对皇上忠心耿耿，他并没有参与谋害贺王或长公主的理由。"

阿原冷笑："若似忠实奸，才是最可怕的！他秘会姜探，随后姜探同她父亲秘会郢王，又该怎么解释呢？"

忠奸并不写在脸上，大奸若忠之人最有心机，这也是最可怕的。

谢岩沉吟之际，长乐公主已道："可韩勃与郢王的矛盾并不假，韩勃不可能替郢王办事。先前征战时有所争执，我并未亲眼看见，但他们两人几次在皇上跟前互相告状，恰好我都在跟前。其实北湮怀疑韩勃有参与此事，无非是因为靳家也出现过松子壳。但你们别忘了，靳家奴婢遇害好些天后我们才查过去，谁也说不好那松子壳是什么人什么时候留下的。姜探这女人看着跟白莲花似的娇滴滴，却一贯会装神弄鬼。她秘会韩勃、秘会郢王算什么？我敢肯定，她还秘会过朱绘飞，秘会过左言希，指不定还有其他男人！"

她忽看向谢岩。

谢岩怔了怔，忙道："我并不认识她。"

长乐公主道："可我听闻当日查朱蚀一案，姜探被审时装病装死，是谢钦差抱着她去阿原卧室的，而且是谢钦差让慕北湮去找左言希前来救人……如果来的不是她相好的左言希，她岂会有装死的机会？咦，难怪你对她格外青眼，这朵娇滴滴的白莲花，对付男人的手段和原清离如出一辙呀！"

谢岩撑住了额，只觉浑身长嘴也说不清，苦恼道："当日一心救人，何曾想过这么多？便是请左言希，也是因为一向交好，晓得他在沁河，且医术高明……"

他的手指顿了顿，抬眼道："但由此也可以看出，姜探心思细腻，料事如神。她竟已料到，必定会有人救她，且以她的病情，必定会请来左言希。"

长乐公主还准备不依不饶，阿原忙岔开话头："于是，谢公子和公主都认为韩勍并未和郓王联手？"

谢岩知趣地赶紧接话："嗯，公主方才分析得极有道理。姜探行踪诡异，不能因她去秘会韩勍，就断定韩勍在帮郓王，就像不能因为她秘会左言希或朱继飞，就认定左言希或朱继飞是郓王的人。她不过是郓王手下谋士的女儿而已！"

阿原定睛看向窗外，忽笑道："你们说得对，绝不能因为谁跟郓王的人接触，便认为他是郓王的人。即便跟郓王本人接触，也不能认为他就是郓王的人……"

长乐公主听她说得古怪，忙也看向窗外，正好看到先前那黄衫女孩儿立于一辆朱缨翠盖的华丽马车旁，跟随行的婆子说些什么。

片刻后，那马车缓缓驶开，那黄衫女孩则转到旁边的胭脂铺逛了片刻，才不紧不慢地向这个方向走来。

而长乐公主等人的目光，依然凝注于那辆马车，以及马车后方挑出的一块垂着杏黄缨络的朱漆木牌，上面赫然是个"郓"字。

字体大小和花纹布局，与他们在说书人那里找到的那块郓王府令牌如出一辙。

靳大德的那个女儿，在家破人亡之际尚能思维异常清晰地应对官差，并协助官差找到埋藏的仆役尸体，当日连长乐公主都纳罕不已，因此都记得她唤作靳小函。

如今她的衣饰气度迥异，伙计早不敢小瞧，恭恭敬敬将她引上楼来，小心翼翼地退了下去。

靳小函见了阿原等人，眼圈微微地泛红，却从从容容地上前见礼。她的嗓音清脆，有着她那个年纪的稚弱。

长乐公主令她坐下，打量着她，惊异道："你进了郓王府？"

靳小函落落大方地答道："是。"

"你现在……是郓王的侍妾？"

"对。"靳小函对阿原笑了笑，"原大小姐曾说，我或许能做个女捕快。可惜，我便是做了女捕快，也查不了我爹的案子，不如做了郓王的小妾，自上而下想法子，反而方便快捷。"

"你……早就怀疑郓王府？"

"不是我怀疑，是你们早就在怀疑，只是拘于郓王的身份地位，不便彻查而已！"

长乐公主纳闷了："你怎么知道我们怀疑过郓王？"

靳小函冲阿原一笑："原大小姐在查案时问过公主，能不能去查看郓王府的马车。公主没问原因，反而推给原大小姐，希望原大小姐入郓王府查。由此可见，必定已有线索指向郓王府，只是你们不敢确定，也怕惹上麻烦，并未沿那条线查下去。"

阿原恍惚记得在靳家查案时，曾半开玩笑跟长乐公主提过此事，万万没想到靳小函人小心大，竟已牢记在心。她叹息："于是，你就因为我们随口一句交谈，便设法当了郓王的侍妾？"

靳小函道："我为了这条线索，特地去求了我一个在郓王府帮工的姑姑，让她把我带进去，在厨房帮忙，没两天便找到了那辆绑架我们的马车。确切地说，是用于采办日常杂物的牛车。平时拉车的是牛，绑架我们那一日，拉车的是马。但我在车里发现了破旧的虎皮褥子，还闻到了出事那天闻到的醋味。后来我问过，那虎皮褥子是以前清出来预备扔了的，管事便让人垫在牛车里，坐着总比寻常褥子厚实柔软。"

长乐公主忍不住叹道："牛车！居然是牛车！小妹子，你说咱们不查也着实冤枉，你不晓得阿原看见人家破破旧旧的马车就拦下查看，差点又惹上一身的风流债！"

却怎么能想到，马车的真面目却是辆牛车……

阿原追问："然后呢？你想方设法接近了郓王？他没细查你的身世，便纳了你为妾？"

若说是贺王府靳大德的女儿，再怎样的天香国色，郓王也不敢动这念头。

靳小函道："我进郓王府时便是以我姑姑侄女的名义进的，只说父母双亡无依无靠才投奔的她，而她又是郓王府的老人，所以郓王府的人都知道我家世微贱可怜，却清白得很。"

她玩着指甲，轻柔跳动的五指幼白得炫目："我查到那辆车时，便听说咱们这位郓王最怜惜孤弱幼女，尤其是无依无靠视他为天还带着几分天真的女孩儿……于是，他喜欢什么样的，我便是什么样的。"

靳小函完全不像其父魁梧健壮，也不似姜探那样弱不胜衣，但清秀稚嫩，同样惹人怜爱。若郓王恰喜欢这一类的，靳小函破釜沉舟赌上去，迅速上位成为郓王心坎上的爱妾也不稀奇。

但阿原已忍不住叹息："舍身饲虎，值得吗？何况，他喜欢年少青春的，你还能一直年少青春？"

靳小函微笑："值不值得倒也没想过，只是我父亲因为我们而受人胁迫，背负骂名而死，身为子女，我便不能不为他洗雪这恶名。只要我能利用年少的这段时间替我父亲报了这冤仇，也就够了！"

众人沉默，一时无法评判她是对还是错。以她的身份，想要接近郓王并寻得报仇时机，不计代价地爬到他的身边，做他不提防的枕边人，的确是最快最有用的办法，没有之一。

谢岩嗟叹着问道："你跟着我们过来，就是为了告诉我们，当日抓了你们、威胁你父亲陷害左言希的，就是郫王？"

靳小函托着下颔微笑："大概……也只能告诉你们一下了！我晓得你们便是怀疑也没办法将郫王怎样。若是打草惊蛇，即便你们个个身世不凡，也未必能保得来日安生。"

长乐公主笑道："看来侍奉皇子果然长见识！不晓得你还见识到了什么？"

靳小函道："他和那个大理寺卿走得很近，也就是乔贵嫔她爹。说来郫王也够孝顺的，听闻那时他一眼就看上了乔贵嫔，却不曾带回府，足足调教了大半年，才将她送给了皇上。不知内情的外人，都当这乔贵嫔是天然的知情解趣，才能一言一行正中皇上心意。"

谢岩道："乔立本就靠逢迎郫王才得以在朝中站稳脚跟，又通过郫王向皇上献了女儿，自此平步青云……乔贵嫔和郫王的关系，不是什么秘密吧？"

靳小函扑哧一笑，盈盈妙目在他和阿原的面庞流转，颇有些意味深长："听闻谢公子也是风流人物，怎么就听不懂我说的话？乔贵嫔入宫前就与郫王有染，入宫后依然暗中来往，也不算秘密？那么，乔贵嫔入宫就是为了助郫王夺位，并早就约定，待郫王登基后立刻旧梦重圆，册她为贵妃，这算秘密吗？"

谢岩不觉怔住，苦笑道："这个……若是真这样打算，也太离谱了。这不是乱伦吗？"

长乐公主搅着乌梅汤，咕哝道："若他谋夺储位时不择手段，哪会有那么多的顾忌？何况前朝先例在那里呢，太宗纳了哥哥的爱妾为妃，高宗册了父亲的才人做皇后，明皇更是讨了儿媳妇做贵妃……"

谢岩瞅她："没事少看街头巷尾那些胡说八道的杂书。"

长乐公主忙扯着他道："我看的是史书……野史而已！还有杂书记录这些吗？待会儿陪我去找几本如何？"

谢岩顿时后悔不该挑起这个话题，忙转头问向靳小函："算时间，你入郫王府也没多久吧？怎么会知道这些？"

靳小函眼珠盈盈一转，水汪汪，整个人充满无辜的孩子气："我怎么会知道呢？因为我笨笨的，郫王说什么就是什么，郫王让我不对人提，我便傻傻地只字不提呀！何况我最爱憨吃憨睡，有时在他书房侍奉他，一不小心就睡着了，他跟别人说事时便没办法让我回避，难免让我听到些。嗯，横竖我是个不识字的乡下丫头，什么也听不懂，当然是不碍事的。"

她说得渴了，径自倒了碗乌梅汤，双手捧汤咕咕地喝着，大眼睛扑闪扑闪，看着果然像极了没见过世面的天真小姑娘。

几人不由得面面相觑，叹为观止，这样能装会演的丫头，难怪郫王不去提防。

好一会儿，阿原才问："你……还听到了什么？"

靳小函道："我不能时时跟在他身边，也不方便打听，有些事觉得蹊跷，但也捉摸不透，比如前阵子郓王似乎有些坐立不安，还责怪冯廷谞做事太不小心，连招惹来的人是端侯都不知道，还得劳烦他去收拾残局。我留意了下，那几日出的最大的事儿，就是长公主被她自己的侍仆所害。嗯，长公主的事儿，也是郓王在暗中使坏。贺王都能被他的枕边人害了，长公主被她的贴身侍仆害了就更不奇怪了……若皇上再不立郓王为太子，下面挡他路的王公大臣不知会怎么死……"

阿原沉吟道："可惜，单凭你几句话，并无实据，难以服众，更难以令皇上信服。"

靳小函道："想令皇上信服当然没那么容易。好在你们查了这么久，应该还肯信我吧？只要你们肯信我，待我日后拿到更多证据，便可直接找你们帮忙，一起送郓王去见老贺王爷！"

阿原吸了口凉气，默默喝着乌梅汤，试图让自己冷静下来。

原夫人只想扳倒郓王，扶立博王，以求自保；而这位想要的，直接是郓王的脑袋了。

很多人挺倒霉，不知怎的就得罪了郓王，但郓王得罪了这个小丫头，似乎也挺倒霉的。

长乐公主忍不住叹道："你怎么敢跟我说这些话？要知道郓王是我的皇兄，你就不怕我一转头告诉了他，让你死无葬身之地？"

靳小函一笑，梨瓣般娇白的面庞陷进去一双醉人的小酒窝，好看之极："昨儿我一不小心又在书房睡着了，便听见郓王跟丁绍浦说，前夜之事，原大小姐和小贺王爷来者不善，便是没发现他们的事，可能也已猜到不少。闹这么一场，原府、贺王府这仇怨是结定了。还道长乐公主如今与原家走得近，谢岩又是跟小贺王爷穿一条裤子的，若有机会，这两位也留不得……公主仁善，顾念手足之情，可大概也不至于为这样的手足之情断送贱妾微贱的性命吧？"

长乐公主忍不住磨了磨牙，方能笑道："哟，瞧这口齿伶俐的，若真的断送你的性命，倒显得我不厚道了！罢了，你该怎么着就怎么着吧，有朝一日被人追得没地儿跑时，我远水救不了近火，贺王府或原府也许还能帮到一二。"

阿原虽觉得舍身侍奉仇人未免牺牲太大，却也不得不敬佩此女敢想敢为、胆大心细，点头道："嗯，尽管来。既然这仇怨结定了，不在乎更深些。"

靳小函嫣然而笑："如此，小函先谢过诸位！若日后诸位有难，小函也会鼎力相助！"

她看了看窗外的天色，又道："这时辰也不早了，跟随我的姑姑也该回来了。她乘了我的马车，拿了我送她的绸缎回娘家，既贴补了兄嫂，又炫耀了她在郓王府的威势，心情必定不错，回府后得空大概又会跟人夸耀我乖巧懂事了吧？"

她不卑不亢地行了礼，告退而去。

长乐公主看她离开，半晌才啧啧道："现在这些小妮子，比我当年还猖狂！我们落难，她相助？呵呵！"

可多了这么个精灵古怪的同盟，似乎也不赖。

鸾鸣宫，朱殿华宇，银屏绣幕，嘉木掩映下，水晶帘子映着阳光，璀璨明泽的光华悠悠流转，将榻上的美人衬得越发娇艳慵懒。

乔贵嫔正百无聊赖地逗着她的白猫，顺口问向心腹太监："小春儿，则笙郡主前天去见了端侯后，好像没有再出过怡明宫？"

小春儿忙道："是。好像也没出卧房，连林贤妃去探望都没出来吃饭，也亏得林贤妃性情好，居然一点也不生气，还特地吩咐厨房多做些郡主素日爱吃的饭菜，交给知夏姑姑送进去，可体贴了！"

乔贵嫔嗤之以鼻："你懂什么！博王找了多少借口，千方百计地将她安顿在了林贤妃那里，为的是什么？不就是希望近水楼台先得月，好将她娶作博王妃吗！"

小春儿道："也亏得贵嫔机灵，对则笙郡主百般笼络，如今她还不是跟贵嫔最亲近？"

乔贵嫔轻笑："她自然只能跟我亲近。你们看，这满宫的妃嫔，要么太老，跟她谈不到一处；要么不得宠，一味地奉承，她又看不上。同龄的公主郡主倒也有，最得脸的是长乐，满心偏着原大小姐，嘴里客客气气的，暗地里不知扯了她多少回后腿。"

小春儿笑得谄媚，低低道："她远道而来，在京城本就没什么朋友，初时尚有端侯百般体恤怜爱，后来闹出那事儿，端侯这一护短不要紧，原大小姐寒了心当众退婚，生生黄了两家亲事，端侯便也不待见她了，听闻为了避她连端侯府都不回。如今这满宫里的人，则笙郡主能说说心里话的，大概只有贵嫔了吧？"

乔贵嫔随意逗弄着猫儿，沉吟道："听闻她见端侯回来后两眼红肿，必定受了极大的委屈，可竟然不曾找我诉苦……难道端侯警告过她，不许和我亲近？"

小春儿道："可惜，不论端侯吩咐了什么，都已在贵嫔的算计之中了……"

乔贵嫔一笑："她既然不来，你不妨去请一请吧！就说……我这边备好了茶炉茶釜，请则笙郡主赏脸，过来教我分茶吧！"

小春儿应了，正待出去时，乔贵嫔又叫住他："悄悄地去请就行，莫惊了她身边那个知夏。那婆子虽然有些倒三不着两，但到底见过世面，也是个难缠的人。"

王则筜许久方来，果然只带了素日跟随她的两名侍儿。

乔贵嫔已将茶炉等摆放在案边，下方则置了冰好消消暑热。总在富贵乡里消磨日子，她体态略丰，有些惧热，在不停地擦着汗。

王则筜意兴阑珊地看她摆弄着这些精致的器具，懒懒地道："其实也没什么好学的，这些争斗的把戏，又当不得饭吃，也不见得能讨人欢心，也未必如何好喝，学来做什么？"

"所谓技多不压身，多学一样能耐，也不是坏事。"

乔贵嫔嫣然笑着，自顾看着炉火，看那茶水沸了，提过茶釜递向王则筜。

王则筜虽然敷了脂粉，依然难掩淡青的黑眼圈。见乔贵嫔递来茶釜，她也不好拒绝，双手将其接过，凝一凝神，缓缓压下臂腕。

茶水缓慢倾下，便见云痕淡淡，素月迷离，一个人影负手于山石，举目望月。

小小茶盏，自是无法描摹那人的眉眼衣饰，但那清贵疏离的气韵竟已勾勒出来，乔贵嫔都能一眼认出那人正是景辞。

茶水再倾，是一男子月下抚琴，背影孤寂，衣袂随风，居然又是景辞。

乔贵嫔端了一盏在手，却不知喝还是不喝。半晌，她叹道："你这丫头，真是着魔了？"

王则筜垂着眼睫，专注地又倾了一盏，却见天高云阔，一个小小少年正牵着三四岁的小女孩奔于草地间。

这一回，乔贵嫔便认不出是谁了。

她歪头看了半晌，笑道："这是你和端侯小时候吧？看年纪正相符。"

王则笙不答，盯着茶水中的人影，忽然取过小匙，在水中快速一搅，那少年和小女孩顿时消失不见了，只有大堆浮沫凌乱地在茶水中旋着圈儿。

乔贵嫔拍手笑道："我知道了！必定是端侯和阿原小时候吧？"

她低了声音，轻笑道："我虽不知原大小姐小时候怎么会有机会结识端侯，但依你从前所说，他们似乎也是青梅竹马的玩伴？"

王则笙坐到案边，晃了晃茶水，说道："不是她，是我。我和景辞哥哥。其实他心里一向只有她，可惜我总是看不明白。好吧，如今他已由不得我，一心将我嫁予他人，我该看开了。"

乔贵嫔怔了怔，挥手令宫人尽数退开，方挪到她身畔，低低地问道："怎么了？上回你那姑姑不是说，端侯退婚，为的就是娶你吗？"

王则笙见四下无人，眼圈泛红了，但眉眼尚算平静。她道："姑姑一厢情愿而已。景辞哥哥被她一啰唆，连我也不肯见了。知夏姑姑领我去端侯府找他，他一声不响便走了，好久后才听说搬到一处药铺去了，还遇上了刺客……"

乔贵嫔惊讶："真遇上刺客了呀？到底谁这样胆大包天，连端侯都敢行刺？"

王则笙摇头："不知。他向来不太愿意跟我说这些事儿，嫌我小孩子家不懂事……却不想想，眠……阿原跟我差不多大，可往日不管他去哪里、做什么，都会把她带在身边。而我……我一直只是他眼里没长大的小妹妹而已！"

乔贵嫔道："因你金贵，舍不得你担心受累吧？"

王则笙道："我曾想着，如果伴着他走南闯北、分担他心事的那个人是我，他大概就不会只记挂着阿原了吧？真是……可恶呀！"

她的嗓音已哑了，吸着鼻子自嘲地笑了一声，低头默默地喝茶。

乔贵嫔拍拍她的手，安慰道："他记挂不记挂，如今都不要紧了吧？横竖他们已经退婚，而且阿原都快嫁入贺王府了，他们再不可能在一起。咦，你刚说什么？端侯要将你另嫁他人？他……莫不是疯了？"

王则笙忍不住又要落泪，却轻笑道："他没疯……他说他已权衡过了，以我的性情，博王比郓王更合适，说会向皇上提议，让我嫁给博王。"

"嫁给博王？"

"我问他，有没有想过，我心里想嫁的人是谁？他说，想嫁给别人也行，皇上不肯时，他来出嫁妆。他会像嫁妹妹一样看我出嫁。他还说，我年纪到了，即便亲兄妹也该避些嫌疑，让我别听知夏姑姑挑唆，毁了自己的名声。"

"这是……说上次落水之事？"

"是。他口中不说，心里不知有多怨我。他一心信我，却被阿原设计说我陷害，等于当众被打了脸。何况，阿原再不好，也是他不惜性命都想娶的妻子，却被激得当场退婚，眼看另嫁他人。他的性子傲得很，虽不曾为此责怪我，但因此日夜不宁，身体才会每况愈下。"王则笙竟似有些冷般抱住肩，黑黑的眸子已克制不住地滚下泪来，"我厌恶阿原，却看不得景哥哥出事。"

乔贵嫔拿帕子替她拭泪："放心，端侯有皇上疼爱，什么名医良药找不到？何况如今左言希寸步不离地陪在端侯的身边，那医术武艺都没说的，还用担心什么？"

王则笙的眸光越发黯然，哽咽道："他的病情我一直很清楚，又是那样的性子，若这样下去，只会病得越来越重。我不是阿原，我做不到她那样狠心。先前的事到底因我而起，我怕我害了他……"

她再也压抑不住，扑在案上无声地抽泣起来。

乔贵嫔轻抚她的背，叹道："可真是个傻丫头呢，何苦往自己身上揽？你也说了，怪只怪那个阿原不知廉耻，当众让端侯丢脸，才让端侯落下心病。"

王则笙摇头道："其实早先还发生过很多事，不方便跟贵嫔细说……景哥哥其实特可怜，阿原着实太对不住他，我不能这么看着他出事。"

"你……打算怎么办？"

"解铃还须系铃人，我去找阿原说清楚。"

"这个能说得清楚？"

"说得清楚。让她变成原来那位就行了……"王则笙慢慢坐直了身子，从袖中取出一个小小的碧玉瓶，"我已托左言希给我配了药，可以让她记起往事……若想起从前的那一切，她还能这样心狠，决绝毒辣，我便服了她！"

乔贵嫔惊异："你希望她想起往事后去跟景辞和解，甚至悔婚继续跟景辞在一起？那……你怎么办？"

"他们在一起，我自然就嫁给博王了……"王则笙勉强地笑，却涩得发苦，"无论如何，景哥哥好好活着比什么都重要。我也不等他去跟皇上说了，待我跟阿原谈好，便自己去跟皇上说，我想嫁给博王，省得景辞哥哥觉得是他在勉强我，又添心事。"

乔贵嫔花瓣般的唇动了动，好一会儿方轻笑道："你确定原大小姐恢复记忆后一定会跟景辞和好？我隐约听说，原大小姐的出事和失忆，似乎都有些隐情，倒不晓得具体是怎样的。左言希居然能治好原大小姐的失忆？真是奇事。那怎么不早些给她开药？"

王则笙踟蹰片刻，到底不肯细说，只道："大概是近来闲了，才找出了医治的方子吧？"

乔贵嫔点头："原大小姐原先的性情，的确温婉可人，虽说风流了些，若是夫婿厉害，大概也能约束得住。"

她静候片刻，见王则笙无意提及此事，只得罢了，摇着团扇轻笑道："若真的要见原大小姐，最好悄悄的，别让知夏姑姑知道，她跟原大小姐针尖对麦芒似的，若她坚持跟过去，以原大小姐目前这性情，没当场打起来便算好的了，你给的药也万万不敢吃呀！便是原大小姐那里，也是惊动的人越少越好。慕北湮不用说，便是原夫人，如今大概也是一万个不愿意她跟景辞和好吧？"

王则笙呆呆地坐着，看着茶沫散去，茶水渐凉，轻声道："所以，除了我之外，如今已经没有人盼着他们和好？连他们自己也已不再想着和好？我……是不是很蠢？"

乔贵嫔手中的团扇半掩着如玉的面庞，眼眸在扑闪的浓睫下显得明亮而真挚。她柔声道："你不是蠢，也不是真心盼他们和好。你只是不想你的景哥哥因心病难愈而有所闪失。你是痴情人。"

王则笙笑道："对，我当然不能让景哥哥有所闪失。你不晓得他待我有多好，但凡我要的，他没有不给我的。即便是阿原最心爱的东西，我说一声要，他也会毫不犹豫地让阿原送给我。可惜，我最想要的，他始终不愿意给我。"

景辞愿意给她一切，甚至愿意给她风眠晚的一切。

但他把他自己留给了风眠晚。

阿原再次收到长乐公主从宫中传来的信函时，已是那次太白楼见面的数日之后。

长乐公主约她去西溪泛舟，顺便有礼物相赠，并让她轻装简从即可，省得成亲前最后一次出来游玩，也要受人约束。

算来再有两日，便是她嫁入贺王府的好日子了。

郢王与乔立父女勾结，并暗害贺王等人之事，到底不是凭一二人之力，在短时间内就能一击成功的。稍有不慎，反被虎噬，便得不偿失。

于是，对原府和贺王府来说，两位少主人的婚事，才是眼下最要紧的。

虽然阿原早就跟慕北湮说明，并不把二人婚事当真，不过容她有个名分生下腹中孩子而已。但眼见原夫人正儿八经地将慕北湮当作女婿看，差点拿半个原府给她当嫁妆，慕北湮的称呼也从岳母大人改为母亲，叫得一声比一声亲热，也由不得她不当一回事儿，因而她这几日着实忙碌。

见长乐公主传来信函，阿原跟原夫人说了，原夫人道："这大热天的，也亏她想得出来。莫非跟谢岩吵架了，找你诉苦？"

阿原笑道："她约的是傍晚，何况又在水边，想来不会太热。"

原夫人点头："那早去早回，留心别把自己累着，别戏水，别管他人闲事……"

阿原听她唠叨，笑嘻嘻做了个鬼脸："母亲放心！"

西溪风景甚好。

绿杨筛翠影，红莲照水明，阵阵水风扑面，暑热为之一散，连小坏扑闪翅膀的姿态都格外优雅了些。

一个老渔夫正戴着个破斗笠在树荫下垂钓，忽然手一动，扬起鱼竿，便见一条银白色的鲫鱼在钩上活蹦乱跳。老渔夫熟练地抓过、取下，丢到旁边的鱼篓里，眼角的皱纹里都似含有亮晶晶的笑意。

他发现有人在旁看他，抬头一看，只见一个着玉青衣裙的贵家女子带了一个侍儿立在跟前，友善地笑了笑。

阿原道："老人家今晚可以喝新鲜的鱼汤了！"

老渔夫欠了欠身，说道："钓得多了，也吃不了这么多。姑娘若是喜欢，要不要带几条回去？"

阿原笑道："不用了，我晚上应该有人请吃饭。老伯钓得多，可以多炖些给儿孙们吃。"

老渔夫摇头："他们吃不了啦！四个儿子，早年有两个跟着唐皇，被一个姓李的节度使杀了，还有一个在洛阳死了，剩下的一个去年跟着如今这个皇上出征，也不晓得如今在哪个军营里。但没消息应该是好事吧？多半还好端端地活着。如今儿媳妇也带着小孙子回娘家半年有余了，家里就剩我这么个老东西跟老伴儿看门。"

阿原向老渔夫行了一礼，默默地走开了。

平安健康、和乐团圆，果然才是人生一世最要紧的。多少人争权夺势，为了向上再走一步，不惜打得头破血流，拉了多少人的枯骨做自己的垫脚石，可终究又能怎样呢？

富贵名利转头空，是非一梦中。

小鹿还在吸着鼻子感慨老渔父可怜时，阿原已看到了前面垂柳下静候着的华美画舫，然后看到画舫内钻出来的端丽少女。

她向小鹿叹息道："小鹿，我后悔没带廿七叔来了！你会水吗？"

小鹿摇头："不会。"

阿原挠头道："你会什么？"

"我会晕船。"小鹿可怜兮兮地看着她，"小姐，待会儿记得跟长乐公主说，让人将船儿行得稳些。我……怕我会晕船……"

"晕船……你还跟着我来做什么？"阿原无奈地看着她，"可惜，来的不是长乐公主，是则笙郡主。若她这回再'不慎'掉下水，得赶紧拉她上来。我还年轻着呢，还想当新娘呢，不想再被她坑上一回。"

小鹿这才看清画舫中走出来的果然是王则笙。她这一惊非同小可，忙扯住阿原的袖子道："那咱们还上什么船呀，赶紧跑吧！她小小年纪，跟知夏姑姑学了满肚子坏水，有什么好说的？她会不会水还是小事，小姐你不会水呀！若行到河中央，她把船底挖个大洞怎么办？"

阿原想了想，笑道："她沉船应该没我运剑快。嗯，其实我很好奇她到底想跟我说什么。"

她一直记得，那日王则笙从景辞屋中出来，几度欲言又止的模样。

王则笙见她们驻足说话，有些忐忑，已经命人靠岸，立于船头笑道："阿原，你可来了！真担心你不敢来。"

阿原提起裙袂，缓步走上画舫，悠闲地说道："的确不敢。则笙郡主伪造长乐公主的信函约我就罢了，偏偏还约在水边，说不怕还真的没人信。"

王则笙道："放心，是我约的你，从前又落过水，便是再蠢也不至于故技重施。"

阿原道："嗯，其实我就是怕你犯蠢呀，若不蠢，倒也不失为一个好姑娘。嗯，与你那景辞哥哥般配，般配，太般配了！"

眼前的王则笙穿着一身丁香紫的衣裙，鬓间插着两支簪子，式样虽简洁，却镶嵌了指头大的明珠，悠悠珠光将她的面庞映得白生生的，越发明媚耀眼。她在碧荷红莲间亭亭而立，竟似占尽了这一溪的春光。

阿原不得不承认，王则笙的确是个少见的小美人。即便从人品性情而言，也恰能跟景辞那种孤高自负的性情相配。

胸臆间又莫名地抽痛，阿原忙努力将那痛意模糊过去，继续笑道："我的好事近了，想必你们的好事也近了吧？忘了说声恭喜了！"

"你不必对我说恭喜，正如我也不会恭喜你和小贺王爷。"王则笙眼圈红了红，狠狠剜了她一眼，退回画舫内，才道："进来说吧！"

小鹿忙拉住阿原："小姐，当心船底有洞！"

阿原悠闲地说道："我说了，我耍剑比沉船快。我不会扮无辜，也不会装好人。若有人想谋害我的性命，先得想好自己能不能全身而退！小鹿，你若晕船，就到岸上候着去！"

小鹿挺了挺胸："不行！我要留在这里保护小姐！"

阿原笑道："行，那你就在船头抱着门吧，若真的淹了，逃得也能快些！"

小鹿郑重地点头，果然抱着门坐在地上，恶狠狠地瞪着王则笙，好似真能保护她家小姐一般。

阿原哑然而笑。

王则笙赞道："倒也忠实。"

她说着，已将跟随她的两名侍从遣了出去。

前舱内，便只剩下她和阿原二人。

舱内的楠木案上，已预备了新鲜的瓜果和茶水，俱是用银器所盛，显然是为了解除阿原的疑心和戒心。

阿原与王则笙面对面坐下，取过茶来随意喝了一口，细品了品，点头道："好茶！"

王则笙道："其实我来得太早，已等了许久，这会儿茶都凉了。不过，于你而言，大概没下过毒的茶便是好茶了吧？"

阿原赞道："郡主英明！"

王则笙道："你如今是阿原。如果你还是风眠晚的话，根本不需要我以银器盛装自证了吧？因为景辞哥哥身体不好，常需服药，你在他身旁侍奉煎药，总是放心不下，常跟大夫们讨教，又常看些医书研习，故而寻常药草的药性、配伍和入药方式，你都很熟悉。若这茶中有异，你必定能立刻分辨出来。"

阿原的心突突地跳起来，亦已想起她未必懂得多少医理，但如灵鹤髓等案中，她偏偏能分辨得出那些真假药丸的大致成分。

她盯着王则笙，把玩着茶盏，轻笑道："你告诉我这个做什么？想证明我当日对景辞有多尽心吗？侍奉？这还把我当作服侍的丫鬟了？而如今，那个男人却已与我形同陌路，即将跟你结为夫妻，一世恩爱？"

王则笙叹道："阿原，你想错了！他从未想着跟你形同陌路，也从未想过跟我结为夫妻。上回我去药铺看望他，他已明白地说了，会请皇上做主，将我嫁给博王。"

"博王？"阿原终于讶异了，"他居然不娶你？那你和知夏姑姑一出一出的，岂不白折腾了？嗨，也太可惜了！"

王则笙被她嘲讽的尾音激得面色发白，微愠道："你就不问问，他不娶我，还坚持要将我嫁给博王的原因吗？"

阿原道："他娶谁是他的事，你嫁给谁是你的事，关我什么事？对了，我和你们也不相干了，我要嫁给谁也不关你们的事。既然同在京城，抬头不见低头见，还是各扫门前雪，各管各家事就好。咸吃萝卜淡操心，管起别人家的事，未免无趣。"

王则笙叹道："若是往年，便是装，你也得装出为他不惜性命的模样。"

阿原喷了一声："我现在是没良心的，往年当然也是没良心的……你到底找我做什么？你嫁给谁与我无关，但我隔日便要嫁入贺王府，忙得紧呢，没空陪你泛舟西溪，忆苦思甜。"

王则笙见她油盐不进，根本无心跟她多话，只得道："我也知道你对我成见已深，约你出来必定不会理的，不得已才借了长乐公主的名义……但的确是有大礼相送。"

她自怀中取出一个碧玉瓶，郑重地递给阿原。

阿原拈在手中，好奇道："什么玩意儿？"

王则笙道："连服三颗，可以恢复你往日的记忆。如果担心受不住，可每次一颗，连服三日，应该也能奏效。"

阿原将那玉瓶打开，远远一嗅，便闻得一股清凉辛辣的气息直冲鼻际。

这气味不陌生。前几日陪慕北湮去药铺找左言希时，他正在捣的药，正是类似的气味。

阿原的唇角一勾，声音便冷了："这是左言希配的药丸？那么，令我失忆的药丸，必定也是他配的了？一会儿让我丢失记忆，一会儿让我恢复记忆，你们以为我的人生是小孩儿过家家闹着玩儿呢？"

王则笙忙道："我只是想让你知道，你和景辞从前究竟发生过什么，你们该不该走到这一步！"

阿原冷笑："什么是该？什么是不该？据说我曾辜负过他，但他也绕了一个大圈把我扔回梁国，顺手拉了一群人陪他演了这出大戏，欺骗羞辱我一回，也算人仇得报了吧？既然说我曾对不住他，再大再苦的恶果我会自己吞下，不去计较了。但也请你，还有你们这群人，别再来添堵。快刀斩乱麻赶紧了断清楚，早早丢到脑后，才是于我、于你们都大大有益之事。"

王则笙听得一愣，恼道："他一心待你，几时欺骗羞辱过你？你对自己的评判果然极有自知之明，就是全无良心！"

阿原不觉摸向小腹，想起景辞回京前后刻意骗身骗心，不觉握紧了拳，却只嫣然笑道："嗯，我全无良心，你们家良心多，多得连狗都啃不完！"

王则笙怜悯地看着阿原，说道："你嘴这么犟，为何不服下这药试试？你懂得药理，应当知道其中多是提神开窍之药，并无毒物。"

阿原冷笑："我为何要服下？"

王则笙讶异："你为何不服下？你就不想知道从前发生过什么事？你就不想知道你和我们家、和景哥哥是怎么回事？让真相大白，再做出自己该做的抉择，才对你、对景哥哥最公平最正确吧？"

"公平？正确？"阿原笑了起来，"则笙郡主聪慧无双，请告诉我，什么是公平，什么是正确？我好端端的侯门小姐，被你们抱去当丫鬟般养大，只因你们给了我一口饭吃，或施舍了一点笑脸，我便应该感恩戴德？"

王则笙见阿原面色不对，忙道："我们何尝把你当丫鬟？因为你那个该被千刀万剐的母亲，原本是要把你杀了祭我景二姑姑的，景哥哥不但拦下，还把你好好养大，教你学文习武，待你不知有多好，你还想怎样？"

阿原点头："嗯，对我很好。刚刚出世便让我母子分离，还想弄死我！我是个婴儿便被你们养着，看你们的眼色活着，自然你们想我是怎样的，我就得是怎样的！想我像低三下四的侍婢活着，我便得低三下四着；想我失去记忆，我便得如一张白纸般任你们涂抹；涂抹得不如意了，希望我还是原来那样子，于是我还得如了你们的意！我告诉你，王则笙，这大白天的，少做春梦了！我自己的路，我自己走！已经糊涂过了十九年，我不会再糊涂下去。我的人生，也不会再容得任何人来掌控！任何人！"

她稳稳地举起那敞着口的玉瓶，眼睛泛了红，却极温柔地笑了笑，然后，一甩手，将玉瓶扔到了窗外。

只听噔的一声，王则笙忙奔到窗口一看，只见那玉瓶在河水里汩汩冒着水泡，慢慢沉了下去。

她白了脸，看向阿原，叫道："你疯了！你真的疯了！"

阿原道："你才疯了！你和你的知夏姑姑，还有那个为虎作伥的左言希，全是失心疯！都离我远点，别让我看见你们这一张张恶心虚伪的脸！"

王则笙从不曾被人这样当头斥骂，又是灰心，又是委屈，忍不住哭道："你……你怎么敢对我如此无礼！"

阿原道："省省吧，你这一哭二闹三上吊的把戏，留着对付景辞或博王就好。别对着本小姐哭干了眼睛，回头入宫告我状时滴不下猫尿来！"

王则笙被气到，跌坐在地上叫道："你……你就欺负我父母俱在远方、无人为我做主吗？"

阿原道："欺负你怎么着了？不过以牙还牙而已！我过了十八年父母俱在远方、无人为我做主的日子呢，你敢说你和知夏那老虔婆没欺负过我？回了西都你们都敢欺负我，何况以往！我用脚趾头都想得出来你们是怎样的德行！请麻溜地滚一边儿去，别再在我跟前出现！小鹿，咱们走！"

小鹿在旁听得四肢通泰，心舒神畅，差点拍掌叫好，连晕船都不记得了。闻得阿原唤她，她精神百倍地一跃而起，说道："好！好！小姐真是好见识！好见识！"

被阿原拉着向船头走去时，她兀自冲着王则笙的两名侍从道："你们看好了，你们家小姐好端端地趴在地上哭呢，没掉水里！别回头落了水，又说是咱们小姐坑害的！"

此时侍从已撑着画舫向前行了一段，他们正处于河中央。好在西溪不宽，阿原揽住小鹿，纵身一跃，便已跃到岸边，头也不回地便往回走。

王则笙追到船头哭叫道："可景哥哥掏心掏肺待你，你却断他双足，弃他于荒野喂狼，也是理所应当吗？你这样待他，又想他怎样待你、我们怎样待你？"

阿原身形滞了滞，脚下一刻不停，脑中却忽然间似被撕扯开了一大块，无数陌生而凌乱的东西汹涌而至。

黑夜深处的刀兵四起，青砖墙后的乱箭纷飞，厮杀声里迸溅的血，尸体所倒之处燃起的火……

清幽雅致的小筑，一张两张陌生而熟悉的脸，温和多情的、笑里藏刀的、死去的、活着的……

柳时文、柳时韶……

终于有两个名字突如其来地蹦出来时，她忽然看到了景辞的脸，极清瘦、极苍白。

他一向有些病容，但她从未见过他那样清瘦苍白的模样。他羸弱得似刚从鬼门关阖回，那般无力地靠在轮椅之上，连坐都坐不稳。但他清幽无底的眸里却腾着热烈的火焰，也不知含了多少悲恨和羞怒，利箭般地灼向她。

脑中的剧痛蓦地如水星溅入油锅，噼里啪啦炸响中烈烈腾起油星和水汽，模糊了所有的幻象……

阿原嗓子口一甜，一口血被呛了出来，溅了满襟。

小鹿大惊失色，忙扯住她，连声叫问道："小姐，小姐，你怎么了？"

阿原定神，那些乱七八糟的幻象终于消失，慢慢看清眼前的绿杨碧水。头顶的阳光明晃晃的，照得她头晕。背上沁出了一层层的汗，她整个人都似虚飘飘的，几乎已迈不开前行的脚步。

她弯下腰，用力喘过几口气，方抬袖拭去袖上的血迹，勉强地笑了笑，说道："没事，以后不见这些人便好了。"

小鹿点头："这什么郡主赶紧嫁了吧！嫁给博王也好，嫁给端侯也好，别再招惹咱们就好！这都什么人呢，看了都晦气！"

阿原不答，神思不属地自顾向前走着，连再经过那老渔夫时都没察觉。

老渔夫向她笑着致意，见她不理，也就罢了，只是不免多看了她几眼，然后看到了她襟前的血迹。

他疑惑地揉了揉眼睛。

小坏不知藏在哪里，这时才受惊般从老渔夫头顶掠过，飞向阿原，惶恐不安地盘旋于她们上空，再不敢离远。

景辞已搬回了端侯府。

他从未对王则笙有过半句重话，但那次在药铺相见，他已决绝地表明自己的态度。知夏姑姑也不敢再劝，只得时常入宫陪伴王则笙，唯恐她心情太过郁结伤了身体。但这日傍晚她去宫中探望，却扑了个空。

她天黑后才回来，却已担忧之极，向景辞道："听闻郡主带了两名侍从悄悄出宫去了，也不晓得去了哪里……"

景辞正倚在榻上翻阅书卷，闻言抬起脸来："她不曾跟身边的人提起过？"

知夏姑姑道："这才是最叫人担忧的。我细问过了，她居然没跟一个人提过。带去的两名侍从倒还可靠，都是从镇州跟来的，忠心耿耿且身手不错。"

景辞皱眉，沉吟不语。

左言希正在一旁收拾医用器具，踌躇片刻，说道："郡主曾托我配制能令阿原恢复记忆的药丸，前日配好，我已给了她。她这两日应该会想着见阿原一面，让阿原服了那药。"

景辞的书卷自手中跌落，沿着榻边掉落在地。他的面色沉了下去。

知夏姑姑已然失色："她不会去找阿原了吧？如今这贱人忘恩负义、心狠手辣，天晓得她还会做出什么来！"

萧潇正蹲在门口擦剑，闻言抬起头来，笑道："姑姑，这话有失偏颇了吧？她伤愈后查案众多，小贼抓了不少，没听说做什么伤天害理的事儿呀！"

知夏姑姑屡屡被他掺和几句，不由恼了："萧潇，你为什么总是帮着那个贱人？听闻你俩的传言也不少，莫非你也对她动了什么歪心邪念？"

"我是喜欢她。"萧潇不以为意地笑了笑，眼眸清清亮亮，居然跟阿原有几分相似，"当然，我所说的喜欢，跟姑姑心里想的喜欢不是一回事儿。我还喜欢端侯呢，姑姑千万别用你那些猥琐的念头来想我。我不碍事，损了端侯的清誉便大大不妙了！"

他吹了吹雪亮的剑锋，将剑入鞘，虽然还是笑嘻嘻的，却连看都没看知夏姑姑一眼。

见二人争执，景辞已支起身，吩咐道："萧潇，你和原大小姐还算合得来，不如去原府走一趟，探查下她有没有跟则笙在一起。另外，派人到则笙素日往来的朋友那里问问，指不定歇在哪位的府上了！"

萧潇应了，转身走了出去。

知夏姑姑顾不得跟他计较，对景辞焦灼地说道："郡主老实，平时不过就在宫里走走，和乔贵嫔他们说说话儿，还能去谁家？"

景辞眉眼微寒："我不是说过，让她少去乔贵嫔那里吗？"

知夏姑姑道："你也是近来才提醒她的，可自则笙入宫以来，除了咱们这里，也就跟乔贵嫔处得好些。必定是原家那母女心机深沉，撺掇旁人不和我们郡主来往。"

景辞扫了左言希一眼："言希，你若是闲着，不如给姑姑诊诊脉。她年岁大了，越来越容易胡思乱想，瞧瞧能不能给她开些药，让她清静清静？"

知夏姑姑又气又怒："公子，你……"

左言希忙截口道："姑姑，阿辞这阵子病得不轻，需要安心静养，不宜动怒伤怀。"

知夏姑姑滚到喉间的哽咽声生生压了下去，忍了满怀苦楚，勉强道："好……我先带人去找则笙郡主。"

她快步走了出去，身形已有些踉跄。

待她出去，左言希瞅着景辞，叹道："你还在生知夏姑姑的气？"

景辞扶着额，淡淡道："没有。她胡思乱想，你也跟着胡思乱想，莫非也需要服药？话说，配制解药之事，为何不跟我说？"

左言希轻叹："阿辞，别骗自己了……你根本放不下阿原。若阿原嫁给他人，你的病只会越来越重。难得则笙能想通，能抛开成见，以你的身体为重，你何不给自己一个机会？照这样发展下去，你的病势的确难以好转。但如果阿原回到你身边，你不再终日郁郁，可能会有所转机。"

景辞低眸，唇边微有自嘲："言希，她已不是风眠晚。她有自己的主见。所谓当局者迷，如今细细想来，往年她在我身边的确受过很多委屈，我也的确待她不够好。她当日背叛我，大概也是那些年的积怨一起爆发了出来吧？既然我已注定寿短，何必再强拉着她不痛快？不该强求的，我不会去强求，由她去吧！"

左言希皱眉，负手在屋中来回走动几回，断然摇头道："不对，你的病情虽不轻，但更致命的是心病！那日你请她饮茶，不过坐了那么两炷香的工夫，你的脉搏便忽然平稳许多，足以看出当日引你病发的，是她的背叛，而不是你所受的足伤！半年前我们截下晋国的迎亲车队，她束手就擒，由着我们处置下药，分明早已痛悔，愿意以命相抵。她还是恋着你的，只要想起往事，她会回到你身边！"

景辞眸光暗淡，却道："或许吧！但她如今恋着的，已不再是我。既然木已成舟，何必造孽，再令她痛苦为难？由她良宵夜夜，月好花圆，又……如何？"

他大笑出声，取过案上已凉透的茶水，一饮而尽，伸手又取茶壶倒水。

其实他想饮的是酒，可惜有左言希等人在身边，整个端侯府只怕都找不出一滴酒。

左言希踌躇片刻，忽然走到他跟前，夺过他手中茶壶，说道："她尚未成亲，便称不得木已成舟。而且……她心里依然有你。她必定没告诉你，我曾想杀她。"

景辞蓦地看向他。

左言希深吸了口气，说道："涵秋坡出现的那个黑衣人，就是我。为了帮姜探，我曾想放蛇杀丁曹，但没能得手，后来丁曹自己摔死了，省了我手脚。你可记得，你曾跟她在涵秋坡查案？我担心你们会查到姜探身上，又担心她会再令你神魂颠倒，那夜一直在暗中跟踪，并向她放过毒蛇，试图取她性命。后来她在查我义父案子时便认出了我，但始终不曾揭穿。不为别的，她担心你发现我是凶手，惊怒为难之下会加重病情。她……为的是你！"

景辞一把揪住左言希，眼底有火焰突突跳动。

左言希坦然地看着他："我已晓得我错了！她当日害你，很可能只是一时糊涂。只要多加留心，便是你继续为她神魂颠倒，也不至于丧命。但她离开你，你真的会死……从前一直听说，她离不开你。但也许……是你离不开她？"

景辞的手指一根一根松开，眉眼间再没有了原来的疏离清淡。他的目光灼灼，眼底跳跃的，都是伊人娇俏含笑的面容。

他们未来携手而行的路，原本影该很长很长，一生一世那样长。

阿原并没敢告诉原夫人，约她去西溪相见的，不是长乐公主，而是则垄郡主。

但小鹿见阿原吐血，也不敢隐瞒，得空便一五一十地告诉了原夫人。

原夫人又是心疼，又是恼火，急急地寻了嘴严的相熟太医过来给阿原诊治，问下来说是一时气火攻心，虽无大碍，但不好好调理，只怕对胎儿不利。

原夫人忙命人去煎药，令阿原卧床调养，不许人来惊扰。

阿原服了药，睡到第二日才醒来，却做了整整一夜的梦，醒来满脑都是陌生却又熟稔的人影闪过，细思却又一无所得。她虽有决断，凡事也看得穿，也不由得一颗心浮浮沉沉，竟似没个着落处。

因见原夫人日夜守在身畔，她也不肯露出烦恼之色，只微笑道："母亲怎么不去休息？我昨日只是被晒得有些头晕，这一觉醒来便已全好了。"

原夫人对王则笙恼火之极，只觉这丫头有病，且病得不轻，又见阿原贴心，反而劝慰她，更对这个失而复得的女儿痛爱不已，微笑道："你也不用瞒我，我已听小鹿说起过。其实咱们根本不必管旁人说什么，既然能重新活过，便是老天爷的恩赐，不能白瞎了这一世！咱就得烈马青葱地活着，痛痛快快地过着，比任何人都逍遥自在。待咱们把那些闲言碎语碾到脚底下，就是那些在背后嚼舌根的人没脸了！你明日便是名正言顺的贺王妃了，有的是富贵悠闲的日子，还理这些自命清高的贱人做什么！"

小鹿愤愤道："不怪小姐不开心，可恶这王则笙居然一副为小姐好的模样，好似这天下独她是一朵纯洁无瑕的白莲花，真是脸大！"

原夫人道："她的年纪也不小了，我该劝皇上尽快将她嫁了，省得她没事瞎捣乱，自己不如意，就想着坏了别人的大好姻缘。眼前先不用管她，最赶紧的是你得养好身子。明日成亲，还得忙碌一整天呢！"

阿原的神思兀自有些恍惚，勉强地笑道："母亲放心，我向来看得开，必定快快活活过着，宁可委屈了别人，也不会委屈了自己。"

正说着时，廿七命人来请原夫人。

原夫人又安慰阿原几句，忙出去一看，廿七正皱眉等着她。

原夫人问："怎么了？"

廿七低声道："听闻则笙郡主不见了！端侯府的人找了一夜，如今宫里也开始派出人手四下寻找了！"

"不见了？"原夫人一惊，转头看了眼阿原卧房的方向，"留意宫中和端侯府的动静，若有什么讯息立刻告诉我，但暂时不要跟阿原说起。"

廿七迟疑了下："昨天傍晚小姐出去见的那个人，不是长乐公主，是则笙郡主吧？"

原夫人道："嗯，指不定是阿原没如那小贱人的意，所以那小贱人又在捣乱，装死装活地想让阿原不自在。明日是阿原大喜的日子，可不能让她不痛快。"

廿七低低应了，快步离去。

端侯府遣出的人没有找到王则笙。

因阿原身体不适，暗暗请医调理着，早早就歇下了，即便萧潇是"原大小姐"昔日心头所爱，原府管事都没敢放进去。阿原甚至都不晓得萧潇到过原府。

梁帝被惊动，派出宫中禁卫寻找，依然没有下落。

直至午后，才有地方紧急报来命案，却是在西溪的一条画舫里，发现一女二男三具尸体。

知夏姑姑开始尚不敢跟景辞提起，匆忙赶去查看时，当场昏倒在地。

地方官慌忙传回消息，长乐公主、刑部侍郎谢岩以及负责京师案件的大理寺卿乔立等闻讯，震惊之余连忙赶去查看时，景辞竟也已赶到，正一言不发默默地跪坐于王则笙的尸体旁。

画舫内有格斗的痕迹，两名侍从都倒于船头已经发黑干涸的血泊里，被烈日暴晒了半日，散发出难闻的腥臭味；王则笙则躺于船舱内的地上，颈间有明显的掐痕，同样僵死多时。

地方官领了仵作向谢岩等人禀道："经初步检查，三名死者的皮肉颜色已有所变化，应死于昨日申时至酉时。两名男子兵器都在手边，应当是经过一番搏斗后才被凶手所杀。由五处伤口的形状来看，凶手所用的是一把长剑，身手颇高。伤口长约有一寸一分，故而凶手所用之剑较窄，宽度应当在一寸至一寸一分之间。女子是被人掐死，从伤处所留指痕可以推断，凶手手掌较小，指骨纤细，可能是身材极瘦小的男子或少年，也可能是……女子。"

他悄悄擦擦汗，觑着景辞泛白的唇色和滚动的喉间，声音低了下去："从衣饰来看，两名男子是随从护卫，那女子则是……年约十八九岁的贵家小姐。"

他不敢明说这女子是谁，但长乐公主等人早已猜到，遇害者必是王则筝。

她躺于舱内阴凉处，尸体倒不曾有太大变化，看着依然乌发如墨，身姿曼妙，只是面色惨白，唇色绀青，再没有从前巧笑倩兮的娇媚可人。景辞坐在她身畔，面色已不比死去的王则筝好多少。

知夏姑姑已被左言希针灸救醒，灌了药正在喘气，忽冲上来叫道："凶手不会是别人，必定是阿原，是阿原那个贱人！"

长乐公主一惊，忙斥道："姑姑有年纪的人，怎么可以红口白牙地诬蔑他人？若认真追究起你来，端侯面上会不好看！"

知夏姑姑满脸是泪，叫道："我何曾诬蔑她！则筝出来就是为了找她，想送她药丸，让她恢复昔时记忆，不想她竟下此毒手！"

长乐公主道："咦，原夫人请了多少名医，用了多少良药，都不曾治好阿原的失忆之症，则筝郡主与阿原素来不睦，怎么会晓得怎么治阿原的病，还为她送什么药丸？何况，前儿落水嫁祸之事殷鉴不远。姑姑，这话便是我信，只怕父皇也不信吧？你可不能因私怨耽误了追拿真凶呀！"

知夏姑姑的面庞几乎扭曲，汗水自她半边的银质面具下滚落。她浑身颤抖，嘶哑着声音喊道："私怨……正因有私怨，她才会害则筝！我小瞧了这贱人的毒辣！公主莫忘了，她的破尘剑本就比一般的剑要窄，且锋利无比，岂不正与侍仆的伤口相符！何况则筝是被女子掐死的，除了阿原，寻常女子哪来这样的胆量和力道？"

长乐公主见她双眼通红，目眦欲裂，皱眉道："可知夏姑姑你别忘了，阿原明天就大婚，则筝抱着什么念头给她送药咱们不知，以阿原的个性，又怎么可能跑到这般偏僻的地方来见素不投契的则筝？"

知夏姑姑咬牙切齿地冷笑道："是或不是，查问过她的行踪，岂不就真相大白了？"

乔立忙道："姑姑放心，则筝郡主之事，不论谁是凶手，皇上必会深究到底，给赵王一个交代！"

长乐公主白了乔立一眼，还准备说话时，谢岩将她轻轻一拉，说道："乔大人说得有理！我们先勘察现场，收集线索要紧。皇上那里当然要尽快禀明，但也不能一问三不知。"

乔立点头道："谢大人言之有理！"

他走上前，恭恭敬敬地对景辞道："端侯爷，是不是……该让人先将郡主等送下画舫，好安排人手细细勘察此处？"

景辞没有回答。

他垂头对着地上的女子，眼前依然是她从小到大灵动的身影。而他耳边那一声声脆生生的"景哥哥"，似乎从未停歇过。

地上这僵冷的没有生机的女子，正在走向腐烂的女子，像一个击不破的噩梦。

谢岩迟疑了下，蹲到他身畔，轻轻拍了拍他的肩，低声道："阿辞，节哀顺变！而且……这事没那么简单，我们必须查出真相，还郡主一个公道！"

景辞黑睫颤了两下，微微闭起眼，便有湿意从他苍白的面庞爬过。他深呼吸着，抬起颤抖的手，缓慢而用力地揉搓着自己的面庞。

见两名侍从的尸体已移开，谢岩正待唤人进舱带走王则笙的尸体，忽闻景辞低低道："我来。"

他俯身将尸体抱起，就如少年时抱起他不懂事的小妹妹。他轻声道："则笙，景哥哥带你回家了！"

或许，顽皮的小妹妹只是玩得困乏，睡着了。一觉醒来，她又能活蹦乱跳。

见景辞离开画舫，乔立松了口气，转身安排人入画舫勘察，又命人在附近细细查看，寻找有无目击证人。

长乐公主皱眉，悄悄对谢岩说道："京师大案，依律是由大理寺负责审理。可乔立和阿原、北湮他们算结下梁子了吧？若刻意往他们身上引，恐怕有些麻烦。算来明天就是他们成亲的好日子了！"

谢岩苦笑，安慰道："无妨，还需刑部复核呢！何况这等大案，应该很快会有旨意，让大理寺、刑部一起办理。我盯着乔立，不让他使坏就行。再者，原夫人也不是好招惹的，若无确切证据，乔立敢怎样？"

话未了，却见那边有公差从窗边地上拾起一物，交给乔立："大人，请看这个……"

长乐公主眼尖，一眼便看到，那是一枚小小的耳坠。

虽说慕北湮丧父未久，但他和阿原的亲事到底是梁帝钦赐，又借着完成老贺王心愿的名头，倒也无人指摘其不合规矩。

于是，二人亲事虽不敢大操大办，应有的礼仪并不少。

阿原一早便被唤起梳妆打扮时，满府里已贴满喜字，沿着主道边悬挂的一大串大红灯笼鲜艳得耀眼，连小坏的足间都被小鹿用红绳很细致地绑了个漂亮的合欢结——小鹿的手算不得灵巧，但打的结向来很漂亮。

她的嫁衣喜帕自然也是最华美最精致的，和排满梳妆台的簪珥珠饰摆在一起，炫丽招摇，却非常刺眼，让她眼底泛起阵阵酸涩。

外面的吹打声和欢笑声听着便有些遥远，铜镜里被侍儿的巧手一点点化出的精致妆容的面庞也显得陌生了。

这是她大喜的日子，但她竟觉不出半分的欢喜，看着嫁衣上五色丝线绣成的鸳鸯和牡丹，反而一阵阵虚软无措。

不该是这样的。

即便这婚事只是她和慕北湮心照不宣的一场戏，至少她可以免去未婚生子的尴尬，又有慕北湮知疼知热的陪伴，总该有几分欣慰，而不是这般魂不守舍，做梦般全无真实感。

阿原问向琉璃："夫人呢？"

琉璃等陪嫁侍儿同样锦衣华饰，足蹬珠履，满头珠钗将面庞映得愈发齐整俏丽。见阿原问起，琉璃只当她不舍母亲，忙道："夫人被皇上传召入宫了。想来皇上也记挂着小姐的婚事，特意唤了夫人入宫吩咐。小姐今日大喜，皇上必定有赏赐。"

阿原向外看了一眼："廿七叔跟夫人一起去了？"

琉璃笑道："廿七爷自然一起去了，应该很快会回来，绝不会误了小姐的好时辰。"

阿原点头，却觉心下更是不安，总觉得哪里不大对劲。她侧头向小鹿道："拿我的剑来。"

小鹿忙递过去，笑道："小姐的破尘剑自然要一起带入贺王府，但到底戾气重了些，就不必带入花轿吧？"

阿原将破尘剑持于手中，心头才踏实了些，轻笑道："带着也无妨，辟邪。"

正说着时，忽听得外面一阵喧哗，然后便有下人急急地奔入，叫道："大小姐，郢王和大理寺卿乔立乔大人来了！"

阿原愕然："他们？"

此时天色尚早，宾客多还未至，而郢王、乔立这二位，似乎也不在邀请之列。

外面已传来纷杂的脚步声，伴着原府管事慌乱的拦阻声，阿原皱了皱眉，将破尘剑轻轻放到桌边触手可及处。

郢王等人果然快步踏入，惊得房中众女眷回避不及。

来的不仅是他和乔立，更有一队甲胄鲜明的禁卫气势汹汹相随。原府管事带着七八个原府侍从紧紧跟着，欲拦又不敢拦，只连声道："郢王爷，郢王爷，今天是我家小姐大喜的日子呀……"

阿原站起身行礼相迎，微笑道："郢王殿下大驾光临，大概不会是为了喝杯喜酒吧？"

郢王颔首，唇边有一抹叹惋般的笑："有个案子，需请原大小姐去大理寺走一趟。"

阿原大出意外："什么案子？非得在我大喜之日，请我去大理寺？"

乔立冷笑："原大小姐，你杀了则笙郡主，还想若无其事地嫁入贺王府？"

阿原这一惊非同小可："王则笙死了？"

小鹿忍不住惊叫起来："不可能！前天傍晚我们离开时，她还好好的，身边还有两个牛高马大的厉害的侍从跟着呢！"

乔立顿时看向她。

郢王微露讶异，然后轻笑："这是承认前天傍晚你们曾跟则笙郡主在一起？甚好，连这丫头一起带走！还有原大小姐的剑，也一并带上吧！"

小鹿大惊，叫道："你们疯了！这是皇上御赐的亲事，你们存心搅黄是吧？那个则笙郡主坏得不行，必定又在想着什么诡计，要害我家小姐！"

乔立道："端侯已验明无误，将她尸体领了回去。难道原大小姐想说，则笙郡主掐死了自己，然后嫁祸给原大小姐？"

郓王忙道："乔大人，只是原府的丫头在胡说八道罢了，原大小姐并未说什么。咱们还是请原大小姐随我们走一趟，先将事情问清楚再说吧！"

他向阿原抬手示意，温和道："原大小姐，请吧！"

阿原双手捏出冷汗，神智却忽然间清明起来。

成亲前日王则笙邀约，成亲当日她成疑凶，同时原夫人、廿七被调虎离山，一张针对她的巨网看来早已张开，只等她入彀。

郓王俊秀挺拔，看着公正和蔼，只是阿原已见过他真实的那一面，便能从那含笑的眼里看出某种嗜血的阴鸷。以他的身份，既然亲自到原府带人，即便原夫人在府里，只怕也拦不了他。

原府侍从向来得原夫人厚待，眼见郓王等人不依不饶，已围到他们身畔，跃跃欲试。

阿原向侍从们一摆手，抬手摘下满头珠饰，坦然地笑道："既然是郓王亲至，我想不去大概也不行。你们去跟我母亲和贺王说一声，这亲事……得往后推一推了！"

她嗟叹一声，抚向小腹，再拖下去，待到三四个月时，大热天衣衫单薄，肚子只怕藏不住了。

但眼下显然已没必要考虑藏不藏得住肚子的问题。

若对方要的是她的命，覆巢之下，安有完卵？

她带着小鹿随禁卫军离开时，小坏不安地扑了扑翅膀，竟不顾持着刀剑在手的禁卫，落到了她的肩上。

乔立道："这鹰曾在西溪出现过，也是证据！抓住它！"

阿原忙吹哨一声，小坏得讯惊起，猛一振翅，顿时如离弦之箭般高飞而去，转瞬消失得无影无踪。

乔立怒道："原大小姐，你这是何意？"

阿原道："鹰算什么证据？莫非乔大人懂得鸟语，可以审鹰？"

小鹿不知危险，兀自在道："我们路上还遇到过狗呢！乔大人若会说狗语，也可以把狗拉来做证，跟狗交流交流……汪！汪汪！"

大理寺。

谢岩、长乐公主等人已在大堂候着。见到阿原，长乐公主顿显焦灼，待要上前说话，又被谢岩扯住。

让阿原意外的是，景辞居然也在。

他坐于郓王下首，身形比上回相见时更清瘦，眉眼间难掩憔悴和伤恸。但他看向阿原时更多的只是疑惑和苦涩，甚至……有隐隐的期待。

阿原到底身份尊贵，如今罪名未定，当着长乐公主等人的面，乔立倒也不敢太过不敬，命人搬了张椅子，让阿原坐着说事儿——其实也跟受审差不多了。她留意到景辞的神色，心头又是一堵，但很快若无其事地转过目光。

若不是王则笙遇害案这个不算意外的意外，她本已披着红嫁衣，身在贺王府了……

乔立虽是大理寺卿，但在诸人面前，他的位次还低了那么点，所以反而坐在下首，有条不紊地说起则笙郡主遇害案。

他问阿原："听闻那日她约你见面，为的是给你送药？请问原大小姐，为何她在给你送药时死去？"

阿原将前去赴约之事大致说了一次，叹道："乔大人，你这办案也太不严谨了吧？我只是前去跟她见了一面而已，而且是她冒长乐公主之名，执意跟我相见，我根本不乐意见她，瞧见是她，没说两句话便走了，乔大人怎么能就一口咬定她是在给我送药时死去？我大喜之日在即，哪来的空跟她纠缠不清？又有何杀她的动机？"

长乐公主已拿到乔立等人搜出的书信，啧啧道："正是，正是……阿原与则笙郡主早已各走各路，两不相干，哪来的动机？这则笙究竟在打什么主意，居然冒充本宫笔迹相邀阿原？"

乔立叹道："听端侯府侍者知夏与贺王府左言希证词，则笙郡主不欲原大小姐嫁给贺王，故而找左言希配了可以令原大小姐恢复记忆的药丸，希望她清醒后能改变主意。据说则笙郡主往昔与原大小姐矛盾不浅，若原大小姐服药后恢复记忆，当场与则笙郡主有所争执，或者因此动上了手，有此后果便不足为奇了吧？"

阿原冷笑："乔大人办案，都是如此胡攀乱扯地推测吗？证据呢？"

乔立道："证据自然有。首先，郡主两名侍从中剑而亡，刚令人查验过原大小姐的破尘剑正与他们伤处的宽窄大小相符。其次，郡主遇害现场留有待客时的茶具和瓜果，看情形客人在画舫中盘桓时间不短，且在打斗间遗落过一枚耳坠。我问过昔日与原大小姐相好的男子，说原大小姐似乎就有这么一枚耳坠。最要紧的是，在郡主遇害的那日傍晚，有目击者曾见郡主从那里经过。"

他一挥手，便见衙差领进一名老渔夫，正是先前阿原在西溪见到的那位。

乔立问："老人家，在坐这么多人，你且说说，前日傍晚你见到的是哪位？"

老渔夫眯眼将众人扫过，很快指向阿原和阿原身后的小鹿："就是这两位姑娘。她们还带着一只鹰。"

他将阿原遇到阿原前后之事说了，又道："这姑娘返身离去时神色不大好看，衣襟上还染了血。"

乔立又命衙差取来一件衣衫，正是阿原前日所穿。他指着衣衫上的血迹，说道："原大小姐，这染了血的衣衫恰也被下官找出，不知你还有何话讲？"

小鹿听乔立条条证据指向阿原，早已惊怒，此时忍不住惊叫道："我们小姐和则笙郡主置气，离开画舫时便吐了血……你难道看不出那血迹是在前襟吗？"

乔立点头，向书吏说道："记下小鹿的证词，原大小姐离开前曾与则笙郡主置气争吵……"

小鹿又是惊愕，又是害怕，张嘴想说什么，又赶紧咬住舌头，眼泪汪汪地看向阿原："小姐，我……说错话了？"

阿原心下寒凉，却淡淡道："没说错。则笙郡主曾嫁祸我，又冒充长乐公主引我去，口口声声都是为了我好，难不成我就真以为她对我很好，真得感激涕零？想着婚期将近，却遇到则笙郡主胡说八道，我拂袖而去后一时气血攻心，的确吐了血。乔大人倒是心细如发，却不知是几时从原府偷走了我的衣衫？"

以原府的规矩，阿原当日换下的衣物，最晚第二日上午便被清洗完毕，不可能是乔立方才入府时搜到的。

乔立被阿原嘲讽，不觉击案道："原大小姐莫要仗着原家声势便无法无天！如今人证物证俱全，由不得你抵赖！"

阿原冷笑："欲加之罪，何患无辞！则笙已说了她会嫁给博王，而我也即将嫁给贺王，各有各的前程，她异想天开送我药，我骂她一顿扔了那药也就够了，杀她做什么？"

乔立怔了怔："你……没服那药？"

阿原反问："若一个害过你的人冒你好友之名，满怀好意给你送什么药，你会信吗？你会吃吗？"

长乐公主拍手道："当然不能信，不能吃！乔大人，阿原成亲在即，便是与则笙有所龃龉，也没道理这时候去伤她或杀她。话说阿原也挺倒霉的，怎么就被盯上了呢？这回真的误了大喜的日子了！"

乔立见她发话，一时踟蹰。

郓王则道："虽动机不明，但如今种种证据都指向原大小姐。在未洗清嫌疑之前，需委屈原大小姐在大理寺待上几日了！"

阿原轻笑："有人苦心积虑想将我留下，我想离开自然不容易。"

正说话时，外边有衙差冲进来急急地禀道："启禀各位大人，贺王爷、原夫人在外求见！"

郓王便道："请他们进来吧！来人，先将原大小姐和这位小鹿姑娘带下去！"

阿原明知罗网重重，暂时休想得脱，只得立起身来，随衙差退出大堂。

长乐公主大急，待要阻拦时，谢岩悄悄使个眼色阻住。

诸多证据都对阿原不利，又是郢王发话，若不能寻出有力证据为阿原洗脱嫌疑，即便长乐公主站出来也无法助阿原脱困。若她与郢王起了争执，不过白白将兄妹间的矛盾放到了明面上，有百害而无一利。

经过景辞身畔时，景辞忽低声道："站住。"

阿原站定，冷眼看他。

他眸深如井，定定地看着她："你真的没有服下则笙的药？"

阿原道："我为何要服她给的药？"

景辞立起身，高瘦的身形比她高出一截，虽是病弱，却有难掩的迫人气势："你当然想知道往年发生过什么。你懂得药理，当然也清楚那药有没有毒，会不会害你。"

阿原扑哧一声笑了："我为何要知道往年发生过什么？知道往年过得痛苦已经足够了，难不成还要我自己撕开创口试试到底有多痛？咦，难道你怀疑我服了药，已经记起往事，却装作想不起来，以免被人看出杀人动机？"

景辞微微眯眼："我并未疑你。"

阿原只将他这简短的解释当作随口的敷衍，更是灰心，淡淡道："疑不疑是你的事，我并不感兴趣！只要你别昧着良心，以受害人家属的身份来落井下石、颠倒黑白，我便感激不尽！"

她大踏步走出时，景辞忽然又问："既然你不曾服那药丸，为何现场并未发现那药？"

阿原道："扔了。"

"嗯？"

"我被人摆布了一辈子，谁也休想再摆布我，想我怎样便怎样！"阿原回眸瞪他，双目泛红，却冰冷决绝，"所以我把药连瓶子都扔水里了……可笑则笙比我还着急，就这么希望我变回唯唯诺诺毫无骨气的那位？可惜，不可能了！便是折断我的脊骨，打断我的双腿，我依然会是堂堂正正的人，和你一样的堂堂正正的人，而不是仰人鼻息看人眼色的奴才！"

她拂袖，大步离去。

景辞立于原地，沉默着再未解释半句。

堂堂正正的人……

他从未将眠晚当作奴才，但他似乎的确没有细想过，眠晚是可以跟他执手比肩、一起踏遍千山万水的堂堂正正的人。

如今，她不用任何人教，便已是足以与他比肩的堂堂正正的人——却站在了他的对立面。

原夫人、慕北湮虽来到大理寺，但有郚王坐镇，乔立的腰杆子无疑硬了许多，被责问案情时答得有来有去，就差点没当面嘲讽原夫人管教不严，才让女儿临嫁人还胆大妄为招惹出这么一场滔天大祸。

慕北湮闻言，只是懒懒地笑，抱肩道："原来真出了人命案呀？我还当乔大人记挂着上次我们追刺客闯入乔府的事儿，刻意公报私仇呢！说到这个，我这肩膀被郚王府那位高人刺得真是不浅，至今还疼着呢！怎么就这么巧，这回偏偏是郚王和乔大人在办这个案子？"

乔立微微变色，郚王却道："贺王若觉得本王办案不公，大可启奏皇上，将此案移交他人。"

慕北湮面色沉了沉："我的新娘在哪呢？我总可以去见上一面，问问清楚我这半路被撇下的新郎还要不要娶亲吧？"

郚王道："这案子未了，贺王的亲事暂时得搁置了吧？既是父皇御赐的姻缘，本王会去跟皇上解释此事。至于原大小姐，如今身涉重案，真相未明，贺王不便前去探望，还望贺王以大局为重，不可任性！"

慕北湮轻笑道："郚王殿下这是在教训我不识大体？"

郚王叹道："贺王将门虎子，本王岂敢教训？只是则笙郡主遇害，势必令赵王和赵王麾下众多将士不安，若不谨慎处理，恐怕会动摇大梁根基。贺王是聪明人，自然懂得其中利害关系。"

慕北湮知道他们得罪了郚王，此事断难善了，正踟蹰时，原夫人已道："北湮，我们两府的宾客到得差不多了，如今闹成这样，好歹需给他们一个交代。你先回去安置好府中事宜要紧。"

慕北湮磨了磨牙，应道："是，母亲。"

天大喜事变作塌天祸事，两府早已乱成一锅粥，其实不在乎更乱些。但既然大理寺这边无办法可想，他便得到别处想法子，救出他没过门先入狱的新娘。

景辞听得慕北湮这一声自然而然的"母亲"，不觉失了失神。

而原夫人已看向他，说道："端侯，老身有事相商，可否借一步说话？"

景辞看她一眼："夫人，请！"

大理寺是前朝留下的屋宇，衙门内外颇多参天古树，小小的荷花池以湖石围就，满是斑驳的青苔。

原夫人凝视着有了年月的石栏，好一会儿才道："当年我以为嫁的是梁王，入了府才发现嫁的是原皓，寻死过好几回。这样的太湖石，我撞过两回，头上至今有一块疤。"

景辞负手立于稍远处，看着池中白玉般皎洁的莲花随风飘拂，淡淡道："夫人请我过来，就是想告诉我，你跟皇上先前的这些事？"

原夫人道："你觉得算不得什么，是吧？其实后来我回头再看时，也觉得太不值。他很快娶了我的好友张惠，又因为恋上景家二小姐，明着暗着劝说，叫张惠让出了正室之位，于是，你母亲就成了梁王妃。而我呢……人人都说，我是梁王心坎上的，但我那时正奔走在不同的男子之间，为梁王联络大臣，助他夺得前朝的天下。他舍不得你母亲抛头露面，却让我牺牲自己去成就他的大业！"

景辞点头："嗯，我听说过。你与我母亲素来不睦。"

原夫人苦笑："张惠让出正室之位，贤良淑德，向来退避三舍，不肯争宠，故而与你母亲情同姐妹。于是，梁王再不专一，你母亲也怨不着张惠，只恨上我。我是梁王好用听话的棋子，又是对他死心塌地的旧爱，令他既得意，又骄傲。故而，哪怕他心里眼里都只剩了你母亲一个，也会对我另眼相待。也就是这另眼相待，令她和她当时的侍女知夏对我恨得咬牙切齿，屡屡为难于我。我那时也年轻，想着本该属于我的一切都已被剥夺，声誉尊严都已因为梁王被踩到了脚底，你景二小姐做了现成的梁王妃，高高在上，何苦还来欺负我？因此的确有心气她，趁她身怀六甲不便侍寝时，常去梁王府侍奉梁王，终于把她气得跟梁王大吵一架，不顾八个月的身孕执意要回镇州。"

景辞声音冷了："你在说我母亲的不是？"

原夫人道："我本不准备说，但你那位知夏姑姑一大早便闹到了皇上那里，不仅告我的状，说我是当日谋害你母亲的元凶，还说我女儿是谋害则筌郡主的元凶！可恶我赶到时皇上已经被说动，派人召我入宫，支开我好令人捉拿阿原，甚至吩咐禁卫，如有抵抗，可当场格杀！幸亏阿原不曾反抗，不然她在新婚大喜之日就横尸花轿前、血染红嫁衣了吧？"

景辞沉默片刻，说道："我相信，若阿原不曾恢复记忆，她绝不会因为先前那点龃龉便杀害则筌。至于你……"

他的黑眸含着寒意，嘲讽道："你是不是想告诉我，你是因我母亲再三逼迫，才向我母亲动了手？"

"我没对她动手！"原夫人不耐烦地瞪回他，"知夏那个蠢货，是不是从你小时候起便重复千百遍地告诉你，我是你的杀母元凶，无可置疑的凶手？可你知不知道，她的佐证只有你母亲离开大梁是因我与你父亲吵架，还有就是杀她的劫匪曾无意间说起是受我之命行事……你走南闯北见过不少世面，请你告诉我，谁家杀手在杀人前会主动告诉对方，谁是雇她的主谋？这是戏文看多了，自己成了傻子，还把人都看成傻子了？栽赃嫁祸这事可别太容易！她知夏前不久不是刚做过吗？不是还有那自作聪明的傻子，居然信了，还深信不疑？你说，有些人怎么能愚蠢成那样，糊涂了二十年都悟不过来！"

景辞忽然间胸口抽住，也顾不得原夫人话语间满满的恶意嘲讽，蓦地看向她："你……你是说杀害我母亲的，另有其人？"

他虽聪明机警，但几乎从他懂事的那天起，知夏姑姑和舅舅一家，便一直告诉他，是原侯夫人楚玉罗逼走了他母亲，杀害了他母亲……

亲身经历过劫杀之事的知夏姑姑这样说，他母亲拖着重伤的身子回到镇州，勉强生下他，临死前同样这样说。于是，赵王府上下早就认定，是梁王负心薄幸，抛弃景二小姐，并纵容原夫人谋害了景二小姐……

深信了二十余年，从未有过半分怀疑的"真相"，难道竟不是真相？

原夫人已在冷笑："富贵人家姬妾众多，为争名争利争正室之位，斗个你死我活原也不足为奇。可我当时是原皓的妻子，是梁王见不得阳光的旧日情人，杀了你母亲我能得到什么？"

景辞向后退了一步，从古柏的繁密枝叶间筛下的点滴阳光都似在刺着眼，晃得整个人都在眩晕。他拿手压住胸口，重重地喘息两次，才稍稍缓了过来，勉强道："我为何要信你？当日与我母亲结下仇怨的，除了你，似乎没有谁了吧？"

"仇怨？只是女人间的的嫌隙而已，哪里说得上仇怨？"原夫人唇边浮着一抹笑，却冰泉般冷得彻骨，"在你回京后，我觉出你似因你母亲之事衔恨于我，曾特地去查当年之事。原以为隔了这么多年不太好查，可巧落水案中带回的那个叫勤姑的老宫人，偏偏记起她哥那段时间曾受命悄悄离京，回来后阔绰许多。她哥哥当时在张乐帐下，而张乐则是张惠的堂兄。你母亲出事，张惠哭得比谁都伤心，梁王便又将她升回梁王妃，后来生了均王，更成了张皇后。其实那年出事后，我就怀疑是张惠所为，但毕竟没有证据，何况与我无关，我自然懒得理会，再不料竟有人早早把罪名扣在了我头上！"

而原夫人依然是背负恶名的原侯夫人，在此事件中一无所得。

景辞有些站不住，弯下腰扶住双膝，修长的手苍白得看不出血色。他喑哑道："张皇后早就死了……张乐呢？"

原夫人道："张乐和勤姑的哥哥也已死于兵乱，但张乐帐下的人还没死绝。亏得我事先查过这些，今日皇上雷霆大怒之际，我尚有话可回，不然指不定今日我们母女得在这好日子里一起命丧黄泉了！如今皇上已遣人去寻张乐当年的亲兵，想来总能找出几个人证。端侯若还不信我的话，可以再等上几日，看看皇上找出的证人怎么说。不过，我劝你，也别恼恨张皇后了，她也是个可怜人。当年我另嫁，她才敢借着传递我消息的名义找到梁王，跟他东征西伐，几乎舍了性命，终于赢得梁王欢心，成了梁王妃。可一转头你母亲出现，占去她夫婿宠爱不说，还提出不能为妾，生生逼她让出正室之位，还得在你母亲跟前立规矩，天天行婢妾之礼……换作你，你服吗？"

景辞不能答，甚至根本不能抬起头，只握紧拳说道："我会查清楚……若是我的错，我任由阿原处置……"

原夫人仿佛没听到他的话，又或者，根本就没把他的话放在心上。她的身体也在哆嗦，偏偏又在夏日浊风里固执地站稳，声音却似冬日里快要割裂肌肤的北风般寒凉："其实我也不服！我倾心相待的那个，因为百般为难不曾娶我，却克服千难万难娶了张惠，又娶了景二小姐。我除了背负一身骂名，只剩下两个女儿，一个被他送出去换得他儿子的归来，从此天南海北，想再见一面难如登天；还有一个从小骨肉分离，险些被他儿子拿来祭了母亲，后来被当作仇人之女收养着，天晓得受了多少冷眼才长这么大。如今好不容易抛开过去有个盼头，又被你们这群渣滓陷害成凶手，天晓得会落得怎样的境地！"

她已没了素日的温婉，形状美好的眼睛里迸着泪，却有着蛇信般的狠毒和狰狞。她忽然揪住景辞的前襟，鼻息扑到景辞的面庞，如一只护犊的母豹，似在下一刻便要扑过去咬断他的脖颈。她咬牙切齿道："这一世，我冤，我女儿更冤！我一片痴心，被你父亲当妓女般嫖了；阿原清清白白的女儿家，也被你这畜生当妓女般嫖了！不过我还是比阿原幸运，你父亲一再想着牺牲我女儿，还没想过要牺牲我！而你！你竟一而再地陪着你家那些贱人把我的阿原往死路推！若阿原有个三长两短，我要你们父子给她陪葬！陪葬！你们这些无情无义的禽兽，恬不知耻还敢自命正义！怎么不去死！去死！"

她奋力一推，景辞竟被她推得一踉跄，弯腰咳嗽不已。他忽然觉得当日重伤在身，被狼群追咬着，艰难爬行于荒野时都不曾如此狼狈。

错了吗？在最初的最初，竟是他错了吗？

究竟是她对不起他，还是他对不起她？

而原夫人弓着腰，在原地哆嗦着，竟已失声痛哭。

廿七守在附近，见原夫人神情不对，忙奔上前来，扶住原夫人，急急道："夫人，夫人，别哭了！这大热天的，一急一怒，中了暑可如何是好？阿原小姐还等着咱们想办法呢！"

"阿原，阿原……"

原夫人念叨两声，失神的眼睛惶然转动片刻，终于恢复了几分镇定，扶着廿七的手跟跄离去。

而景辞已忍不住看向关押阿原的方向，哑声低唤："眠晚，眠晚……"

世间本不该有眠晚，可偏偏有了她。

她似乎是他命里的劫数，但更有可能，他才是她命里的劫数。

一切讹误，竟是从他们没出世时那一场场难分是非的妻妾之争开始……

阿原曾将不少小贼送入牢狱，但她被人送入牢狱，还是送入大理寺的牢狱，着实是破天荒头一遭。

小鹿当然也是头一遭。

她虽是侍婢，但经历过最大的风险大概就是在沁河陪着小姐抓小贼了。她抬头瞧见牢狱顶部的蜘蛛，向墙角缩了缩，偏一低头又瞧见身畔的蟑螂，惊叫着扑到阿原身上，哭叫道："小姐，这地儿，怎么待呀？"

阿原看看手足间沉重的镣铐，苦笑一声，说道："小鹿，你不是说要保护小姐吗？你看小姐我手上的镣铐是你的双倍沉重，正需要你照顾呢，你连蟑螂老鼠都怕？"

小鹿怔了怔，忙道："我不怕，我才不怕！"

她抬起脚，半掩住眼，对着墙角连踢带踹，终于追到那蟑螂，再勇猛地踏上几脚，便把那可怜的蟑螂碾成了辨不出形状的黑渣。

阿原赞道："小鹿厉害，好厉害！"

小鹿捂着胸口惊魂未定，但被小姐这么一表扬，顿时也觉得自己厉害，不由挺直脊梁，握住拳头高声道："嗯，我要保护小姐！"

她抬头看头顶的蜘蛛，思量着从哪个角度可以将那蜘蛛打下来，省得她们睡觉时爬到她们的脸上。

阿原捏死两只歇到她手背上的蚊子，说道："先别折腾了，这里又闷又热，赶紧休息，保存体力要紧。"

小鹿被她这么一说，也觉得热不可耐，一边用戴着镣铐的手为她扇风，一边替她赶蚊子，焦躁道："咱们夫人不是来了吗？为什么还不把我们放出去？难不成得在这里过夜？"

阿原叹道："过夜大概是免不了了……而且，这是大理寺……"

小鹿奇道："大理寺怎么了？监牢还有区别不成？"

当然有区别。

大理寺卿乔立是郢王的人，先前已结下仇怨，巴不得贺王府和原府出事，正如慕北湮有机会，也不会放过主使杀他父亲的郢王。

对方既然敢对她动手，无疑早有准备，即便原夫人去求梁帝，即便梁帝有心宽宥，关系到赵王那一方势力的态度，此事也没那么容易罢休。若梁帝想将阿原推出去顶罪，平息赵王一系愤怒，阿原固然无从辩白。即便梁帝也有疑惑，打算彻查此事，郢王等人不甘心错失机会，也会趁着阿原羁系于大理寺中时暗动手脚。

这些事对小鹿来说委实太过复杂，阿原便不说出来惊吓她。阿原静默片刻，手指头轻轻在她肩上拍了拍，柔声道："其实也不用怕，天塌下来有你家高个儿的小姐顶着呢！真有人问你什么，你照实回答就行，若是答不了，只管推在我身上。"

小鹿点头："小姐放心，我晓得怎么回答。虽然小姐的人比我高，剑比我快，但我比小姐壮，我会不惜代价保护小姐！"

阿原替她将乱蓬蓬的长发重新绾了个小髻，笑道："有志气！有志气！"

二人说笑之际，外面传来匆忙的脚步声，然后便是一个官员带着数名随从步入，高声道："乔大人命带人犯原清离前去问话！"

小鹿惊吓，忙牵住阿原的手，惶然道："小姐，我……我陪你一起去！"

阿原拍拍她的手，轻声道："没事，你乖乖待在这里等我。"

她拖起沉重的脚镣步向狱外时，那官员随手在旁替她拉了一把手上的铁铐，高声嘲讽道："原大小姐出身名门、才貌双全，何苦做那些伤天害理之事，这是坑我们大梁呢，还是坑你母亲呢？"

他这般说着时，藏于袖中的手忽然探到阿原掌边，轻轻塞入一物。

阿原警觉，悄然捏住，暗暗打量这官员服色，该是大理寺丞之类的官位。寻机看手中之物时，却是一小小绢帕，里面包着一颗药丸。

绢帕上以凤仙花汁写了数字："若受刑，服之。"

正是原夫人亲笔。

原夫人究竟在朝中多年，即便乔立是大理寺卿，又有郢王撑腰，她到底还能在大理寺安排下内应，为女儿铺好迫不得已时的退路。

　　这一回的审讯，并未安排在公堂，也没有了长乐公主、景辞等人的旁听。

　　小小的刑室内，只有乔立和数名衙差、两名书吏，还有就是满墙触目惊心的刑具。除了沁河县衙里见过的笞杖、讯杖、拶子、夹棍等，更多了许多不知名的刑具，都已脏污得失了本色，散着可怖的腥臭味。

　　乔立见阿原皱眉看向刑具，已有些得意之色，笑道："原大小姐是个聪明人，自然晓得下官请你来做什么。如今没了长乐公主和原夫人替你撑腰，你总该知趣些，赶紧把实情说明白。"

　　阿原叹道："乔大人，该说的话大堂上已经说完了，你还要问什么？"

　　乔立冷笑道："原清离，你别敬酒不吃吃罚酒！如今人证物证俱在，不容你抵赖！若只顾嘴犟，回头吃了亏，伤了原府的脸面，可怨不得下官！"

　　阿原道："什么人证？什么物证？我被诱去见则垒郡主，有则垒郡主假传的书信为证；衣襟有血迹，是一时气急吐血，有那日傍晚为我医治的太医为证；至于拣到的耳坠，大人似乎是从我当日相好的男子那里求证？可这些人至少半年没进原府，怎知我如今用怎样的耳坠？有没有打听过我前日戴的是什么耳坠？为何就一口咬定是我的，而不是真正凶手留下的？大人稍有办案常识，该查的是还有谁知晓则垒约见我之事，那个人的嫌疑才最大吧？乔大人放着白天不审不问，偏偏等天黑了才带我来这样的地方，着实叫人疑惑乔大人的居心！"

　　乔立击案道："好个贱人，满口狡辩，还敢教我怎么办案！看来你就是不见棺材不掉泪！来人，用刑！我看你嘴犟到几时！"

　　用的是拶刑。

五根七寸长的圆木，径围各四分五厘，以牢固细绳相串，套入手指后收紧，圆木立时紧夹手指。

所谓十指连心，这般单单作用于指间的刑罚，看似寻常，最是煎心煎肺，痛不可耐。若是夹得狠了，骨裂指折，便是一世的伤残。

阿原虽是贵家小姐，但这一向经历的苦楚大概不少，对于疼痛的承受力比一般人强许多，却也已痛得冷汗涔涔，浑身发抖。

乔立见她居然不曾像别的人犯那般号哭求饶，大是诧异，斥喝道："再夹，再夹！你们晚上没吃饭吗？"

衙差慌忙加重力道时，忽听阿原闷哼一声，紧闭双目，口吐白沫，一头栽倒在地，竟已晕死过去。

乔立冷笑道："我以为有多横，也就如此罢了！给我泼醒！"

冷水立时被提来，连着泼了几桶，阿原湿淋淋地战栗着，却不曾醒来，且白沫吐得愈多，不但面色煞白，连唇色都已泛出青紫。

乔立皱眉时，旁边那个大理寺丞已喝令旁边的书吏："老田，你颇知医道，去把把脉，看她是不是装死！"

书吏应了，忙上前搭脉时，几乎怀疑自己诊错，忙凝神再细诊一回，慌忙回道："回大人，人犯气息微弱，脉象沉迟，这是气血阻滞虚寒之症。她……她莫不是得了急病？"

乔立怒道："胡扯！哪有这么巧，刚夹两下手指便得什么急病？"

大理寺丞道："未必是巧。听闻原清离上次遭遇劫杀后就没痊愈过，看着比先前健壮，还会舞刀弄枪的，可一直在请医诊治，药都没停过。若她所说吐血之事为真，可见早两日便有些症候了，再受点惊怕，吃点苦头，引发急病倒也不奇。"

乔立犹自不信，亲自过去搭脉时，也觉其脉象极弱，几近于无。

大理寺丞低声道："大人，即便她真是凶手，大人办案时闹出了人命，可就说不清是因为用刑还是急病了！原夫人和贺王都不是善茬儿，到时必定喊冤。皇上便是相信大人一心为国，也得给他们一个交代。依本朝例律，官员拷问人犯致死的，可是要按过失杀人罪论处的……"

大梁建国未久，基本沿用前朝律法。虽说前朝酷吏众多，很少有拷打犯人致死的官员被问罪。但原家大小姐显然不好和别的犯人相比。原夫人并未失宠，又有长乐公主、贺王等维护，即便乔立有乔贵嫔、郢王撑腰，也未必能抵得过这些人一齐发难……

何况，还有个态度不明的端侯，那才是梁帝如今最看重的……

大理寺丞窥他脸色，提醒道："其实要定她罪也不是非她承认不可。现场不是还有其他目击者吗？若能拿到她的口供，原清离还怎么抵赖？便是抵死不认，皇上还会相信她是无辜的吗？"

乔立恍然大悟，拈须道："是非曲折，到时皇上自有公断！来人，将她带下去，明天一早去找个大夫过来看看，别真的有个什么，一头栽到本官头上。"

阿原早在乔立准备令人行刑之际服下了那药丸。

她尚记得用刑时的剧痛，但那剧痛很快模糊，连同神志都模糊着，似乎整个人都陷入了破不开的浓雾之中。

这种令她身心模糊的感觉有种奇怪的熟稔感，令她疑惑不已。她努力去抓寻那种熟稔感的由来，头脑却越发昏沉。

她在昏沉之中不知疑惑了多久，忽然间不知哪里钻出一道亮光，让她猛然间似乎勾住了什么。

她听得有男子在耳边轻道："眠晚，立个赌约如何？即便再世为人，半年为期，你会重新选择与我在一起。"

嗓音很熟悉，却含有难以言喻的伤心和绝望，竟让她也在一瞬间似被那伤心和绝望淹没，坠到了黑而沉的湖底。即便身体渐渐失去知觉，也已掩不去那种凄伤到了骨子里的冷锐剧痛。她仿佛已不能说话，却又仿佛默默答了他的话。

她道："莫说再世为人，便是三生三世，生生世世，我也愿与你在一起。"

心口蓦地裂痛，似有人探手进去，活生生撕扯下一块，拿着石磨来来回回地碾着。

她呻吟一声，终于有些清醒，只觉浑身汗出如浆，那幻梦中的痛意依然如影随形，跗骨之蛆般甩之不去。受刑后的五指肿胀得厉害，反而觉不出疼痛来。

她咳了两声，空荡荡的牢狱里有沉闷的回声，而远处，隐隐有谁的惨叫声传来。

阿原终于吃力地睁开了眼，仰着的面庞正看到牢狱顶部张扬爬动的蜘蛛和壁虎。一只蟑螂肆无忌惮地越过她零乱地的长发，径自爬向墙角。

阿原怔怔地看了片刻，忽觉得哪里不对。

没人念叨可恶可怕的蜘蛛蟑螂，着实太空旷了、太安静了……

安静得她终于听清远处的惨烈哭号发自谁的口中。

她猛地扑向狱门，用尽力气尖叫道："小鹿！小鹿！"

西溪，深夜。

急促的马蹄声由远而近，坐在肩舆上闭目休憩的景辞立时醒转，看向夜幕里渐渐奔近的那骑身影。

萧潇一直抱剑侍立于旁，目光不时扫过在河水中忙碌着的端侯府侍从和附近请来的会水的渔夫，闻声也定睛看去，说道："是言希来了！"

说话间，左言希已奔到跟前，匆匆下马，也顾不得拭去满额的汗水，便急急道："阿辞，你怎么还在这里？画舫并未靠岸，一直在水面浮沉，必定早已飘离原位。

你数夜不曾闭眼，这身体……"

景辞正了正身，打断了他的话："有消息？"

左言希无奈地啧了一声，说道："长乐公主一心想为阿原洗雪冤屈，找到了那夜为阿原诊治的太医，可以肯定阿原那日的确曾吐血，且这两日一直在服药。我也查验过那太医开的方子，正与原府中剩下的药相符。"

景辞微微冷笑："那么，所谓的血衣，根本不能作为证据？"

左言希道："最多只能算作佐证，称不得铁证。但老渔夫的证词依然对她不利。那个时间段，的确只有她曾带小鹿经过。你见过那个那老渔夫了？他居然这么巧在这边钓鱼，看到了阿原经过，更看到了阿原身上的血迹……说他不曾被人收买，我不太相信。"

景辞轻叹："他倒不曾被收买，只是事发前一天傍晚，有人带着一篓鲜鱼途经他家歇脚，有意无意提起这时候西溪某处的鱼特别多，且容易上钩。这老渔夫近来闲着，几乎日日出去钓鱼，得知此讯，第二日自然便在那一处钓鱼了……老渔夫是土生土长的当地百姓，四个儿子都曾从军，口碑相当不错，若有人引他做证，自然更易让人信服，有事半功倍之效。"

萧潇揉着头，苦笑道："有人存心算计，不知谋划了多久……原府正预备亲事，谁想到会在这时候被人算计，也太恶毒了！"

景辞道："其实是谁做的，并不难猜。毕竟阿原得罪的人有限，能兴起那么大风浪的人，更是数得出来。"

他说话时，看向了左言希。

左言希垂着头，不曾接他的话，忽道："太医给阿原开的方子好生奇怪。阿原有肝气郁结之象，本该多用疏散化淤之药，但太医那个方子里这类药分量极轻。她成亲在即，难道不该加重药量，以求尽快复原？"

景辞听得他似话里有话，正待细问时，却听溪边一阵喧哗，然后有侍从疾奔过来。

"侯爷，找到了！"

侍从浑身湿淋淋的，将一物举高，托到景辞跟前。

是一个敞着口的玉瓶，早已浸满了水。

景辞接过玉瓶察看，清瘦的手指有一丝颤意。

左言希一直担忧地紧随于景辞身边，见状忙道："给我看下。"

他命人将灯笼提近，取出一张油纸，小心地向油纸上倒着玉瓶中的浊水。

甫倒出小半瓶，便有淡淡的药香味传来，油纸的水也转作黏稠黑褐色的药液。原来玉瓶瓶口甚小，只容得一两颗药丸滚出的样子，故而玉瓶虽然落水，药丸也溶化开，但溶解的药大多还留在瓶中，尚未被流水冲走。

左言希尽数倒出，仔细看了几眼，断言道："我只给了则笙郡主三颗，差不多也就是这么多的量了。阿原没有撒谎，她……根本没有服药，更没有恢复记忆。"

景辞无声地吐了口气："没有服药……最好不过……"

他虽这般说着，双手却已捏紧肩舆的扶手，面色几乎与月色类似，苍白得看不到半点血色。

左言希不解："为什么？她若能记起过去，记起你对她的好，岂不极好？哦，你也认为她如果没服药，就没有杀害则笙郡主的动机，洗脱嫌疑的可能性就大了？"

"她不会杀则笙。不过……听说你给了她药，我原先大概也是盼着她服下的吧？"

她若服下，至少证明还对他和他们间的往事有些放不下。然而她竟真的如此决绝地丢了药瓶，如此决绝地与他们曾经经历的那一切一刀两断……

景辞恍惚地答着，低涩的嗓音萦绕于夜间的蒙蒙雾气里，也似月光般的清凉："也许……她记不起往事，对她更好。有些往事于她，的确是莫大的羞辱。"

"羞辱？"左言希愕然，"莫非白天原夫人跟你说了什么？她狡黠多智，心机深沉，你莫被她影响了心智，反添了病。"

"也没什么。"景辞笑，脸上是显而易见的自嘲，然后盯向左言希，"你上午没陪我进大堂，听闻是去找了衙差，索要现场遗落的耳坠查看？之前你已看过书吏绘下的耳坠图样，为何还要亲眼查看耳坠？你和太医院里的人也算相熟，但居然是长乐公主先找到了那位替阿原诊病的大夫？"

左言希再未想到景辞居然能在忙乱之际还关注到他的行踪，踌躇片刻方道："其实我也不相信阿原会杀则笙，希望从证物和证词上寻出些蛛丝马迹。那枚耳坠是上好的珍珠所制，虽不便宜，式样却是最常见的，应该很多贵家女子都有，未必就是阿原的。再者，衣物上的血迹虽可疑，但从血迹的形状和沾染的部位来看，的确更可能是她自己吐的血。"

萧潇在旁忽道："其实她的身体还算健壮，本不该吐血。"

左言希静默片刻，说道："她虽不记得往事，但那些事到底发生过，若有人刻意提醒，令她心智混乱，一时气血攻心也是可能的。"

景辞问："以她目前的身体状况，服用你转过去的药，应该没问题吧？"

左言希瞧着从人都已退到稍远处，低声道："其实就是先前带她离开燕国时喂她服过的那药，看着虽是重病垂危的模样，实则并无大碍，用于掩人耳目那是极好的。北湮比我预料中还要上心，一听有此药，立刻拿上跟原夫人商议去了。以原夫人的人脉，必定有办法交到阿原手上。不过……还是用不上的好。"

景辞的拳头捏紧又松开，松开又捏紧，半晌方道："时候不早了，天大的事，也得明日再说。我们先回府吧！"

萧潇应了，正要去唤溪边的众人时，景辞叫住了他："萧潇，你对大理寺那边还熟悉吧？"

萧潇怔了怔："有几个熟人，但我跟大理寺卿不熟，且有点过节。"

那过节自然也因为那夜在乔府相助阿原、慕北湮之事。萧潇记起这事，手心忽然间冒出汗来："公子担心有人会对原大小姐下手？原夫人并未失宠，皇上不发话，还不至于有人敢真拿她怎样吧？"

景辞的眸中似蓄了满目夜色："未必。下午听谢岩说起，那晚他们闯入乔府时，郢王正与乔立在一起。阿原多半听到了什么，或者，郢王认为阿原知道了什么，才会有今日之祸。"

"到底……知道了什么？"

"谢岩有所顾忌，语焉不详。明日我会再去见见长乐公主，问明此事。"景辞黯然一笑，"其实皇子与臣子的秘密，无非就是那些，猜也猜得到。可惜再怎样心如明镜，身在局中，人人是棋者，人人是棋子，根本挣不脱……"

在燕国，他曾以为自己是执棋者，但终究成为被牺牲的棋子，而执棋人竟换作了人人视之为棋子的风眠晚……

萧潇闻得阿原有险，已无心品他话外之意，忙道："既然如此，我这便去大理寺走一趟吧！"

他跃身纵上方才左言希骑来的马，一夹马腹，那马儿吃痛，嘶叫一声，箭一般地蹿了出去。

景辞抚额："言希，他可真心急，把你的马给骑跑了，你怎么回去？"

左言希诧异："我自然跟你同行。"

景辞道："你也不用去了。我的身体并不碍事，你先回贺王府，留意北湮那边的动静。他到底年轻冲动，先是父亲死得不明不白，再是亲事被搅成这样，一个按捺不住，再惹出事来，只怕更无从收拾。"

左言希打了个寒噤，轻声道："他看着轻狂，其实甚有主见。义父遇害与郢王脱不了干系，他固然想着报仇，郢王也想着斩草除根。或许，这才是阿原招来祸患的根由？"

景辞低叹道："可惜郢王从头到尾都置身事外，我们目前完全对付不了他。还是先想着怎么安抚好慕北湮，别让他一时冲动，再被郢王算计。他是你义父唯一的骨肉，你可不能疏忽了！"

左言希点头："好，我还是回贺王府吧！你记得按时服药，总得保重了自己，才有机会救出阿原。"

他说着时，已跟侍从要了马，纵马疾驰而去。

匆匆来回，他倒也不曾喊一声辛苦。

景辞见他身影渐远，挥手唤来武艺最高的两名侍卫："跟紧他，监视他这两日的动静！去过哪里，见过哪些人，事无巨细地告诉我！"

侍卫原本是跟过梁帝的，也不多问，应了一声，立时飞身离去。

景辞眸光越发清冷，抬手向身后的其他侍卫道："走吧！回宫！"

侍卫怔了怔："不是回端侯府吗？"

"去皇宫。"景辞淡色的唇抿作一线，轻声道，"这一次的战场，在皇宫。"

萧潇赶到大理寺时，已近丑初。

衙门里的讯问声和惨叫声早已止歇。乔立等人大概也累得不行，已然各自回府。

熟识的牢头收了一块金子，便让萧潇换了衣服，悄悄将他引了进去，一路低低道："你就装作是大夫吧！旁的狱卒问你，你就说是有人奉乔大人之命，来为一位女犯人医病的……横竖乔大人已经吩咐过，明天一早唤大夫进来瞧瞧，过了子时算是明天了吧？"

萧潇答应时，牢头已将他推入一间牢房，把手中灯笼塞给他，说道："半个小时后我来接你出去。"

门锁嗒的一声被锁上，萧潇心头不由自主地随之一紧，叹道："这是把我一起给关上了吗？"

他虽艺高胆大，此刻一时看不清狱内情形，只闻得霉臭味和血腥味浓得呛人，不由脊背涌上一股寒意。正待提高灯笼细瞧时，隐没于黑暗中的人已认出他，猛地扑上前，差点将他推倒。

"萧潇，你有没有带药？有没有带伤药？"

萧潇已听出正是阿原的嗓音，只是已经颤抖得变了调，忙扶住她，连声道："有！有！有药！你受伤了？"

他举高灯笼，见阿原鬓发散乱，满身血迹，清丽的面容满是惊恨痛惜，同样沾了许多血污。他不由惊怒，叫道："你……你怎么伤成这样？乔立那走狗，竟敢这样对你用刑！"

阿原脸色极难看，咬牙道："不是我……不是我的血！"

她用她肿胀染血的手指，指向了墙角的那一团："是我的……我的……"

她哑着嗓子再说不出话，淌着泪又扑了过去，跪在那一团的身边，一时不敢再去触碰。

的确只能算作一团。

已被打得血肉模糊，几乎看不出人形。

萧潇拿灯笼照过去，看清破衣烂衫内被夹得变形的双腿，和已粘连成一团、辨不出五指的双手。被小心擦干血迹的圆圆面庞倒还干净，却灰白泛青，再看不出半点生机。

萧潇终于失声叫道："小鹿！是小鹿！"

他忙放下灯笼，在怀中一掏，果然掏出一瓶伤药捏于手中，看着小鹿满身狼藉的伤处顿住。

这般沉重的伤势，这么小小一瓶伤药，无异于杯水车薪。

可即便此刻请来最好的大夫，都未必能救得了她——即便有机会救活，也已逃脱不了一世伤残。

小鹿觉出些动静，呻吟一声，睁开了眼，失神的眼珠转来转去，却始终找不到焦点。

她便惶恐地唤道："小姐，小姐！"

想来受刑之际，惨嚎嘶叫声早已扯坏了嗓子，她的声音似被锉刀挫成了碎末，低哑破裂得不成样子。一边说话时，她的唇边已滚落黏稠的鲜血。

阿原慌忙抱住她，说道："小鹿，小鹿，我在这里呢！"

小鹿抬手，摸着阿原的脸，眼睛睁得极大："牢里不是有盏小灯的吗？为什么我瞧不见？"

壁上原先的确有盏极小的油灯，但不知什么时候已经油尽灯枯。可此时萧潇提来的灯笼就在他们眼前，比那小灯亮堂多了。

阿原拿手指在小鹿眼前晃了几下，小鹿依然茫然地转着眼珠，寻找着她印象中的些微光芒。

完全不知是哪里的伤令小鹿忽然间失明，但阿原终于确定，小鹿真的看不到了……

阿原盯着灯笼，嘴唇颤了好一会儿，才能答道："小灯……有的。只是灯灭了，等回头找到火折子，我就能点上了！"

小鹿松了口气，笑道："在小姐身边就好……我才不怕黑，我还要保护小姐呢！"

她很是威武地抬起手臂，做出一个捏拳的动作。她的手臂也的确很勉强地举了举，但她的手早已血肉模糊，看得到血肉间森白的骨节，自然捏不起拳来。

阿原小心将她的手托住，低低道："嗯，小鹿最勇猛了，一直在……在保护我。乖，我先给你上药。"

萧潇忙将药瓶递过去，阿原接了，小心地将药粉一点点撒向小鹿的伤处，柔声问道："疼不疼？"

小鹿道："不疼，不疼……先前被打的时候那才疼……我好多次以为真的会死，或已经死了……"

她忽然哆嗦得厉害："小姐，小姐，我是不是已经死了，所以什么也看不到，也觉不出疼来？"

阿原勉强地笑道："傻子，你若死了，岂会在我身边？"

小鹿大是宽慰，说道："对呀……小姐自然不会死，我也不会死。可我好怕呀，好痛呀……他们就要我说，是小姐杀了王则笙，但小姐明明没杀她，该杀的是那些只想着冤枉小姐的害人精！"

阿原道："嗯，等小姐我出去，把那些害人精都砍了，剁了他们的肉包饺子！"

她抚慰小鹿的声音极温柔，但说到最后一句时，萧潇已明显看到了她眼底森森的寒意和涌动的杀机。

若此刻乔立或嫁祸她的真凶立于跟前，只怕她会立时奔去捅上几百个窟窿，根本不会计较后果。

小鹿听闻，唇角已扬起一抹天真好看的弧度，笑道："坏人的肉是臭的，包成的饺子也是臭的，只好喂狗……"

阿原也不顾手指的伤痛，用袖子一点点拭她唇角溢出的血，拂开她散落于面颊的乱发，轻声道："嗯，那便砍了他们喂狗！"

小鹿便笑道："怪怕人的，我便不去看了。不过他们要害小姐时，我还是要去保护小姐的。"

阿原道："对，满沁河的人都知道，满京城的人都知道，小鹿最忠心了，对小姐最好了……"

小鹿道："天明了是不是还会审我？我什么都不会说，不会让他们冤枉小姐……可棍棒敲在身上好疼呀，手上也疼，腿上也疼……如果一直这样不疼不痛，就好了……"

阿原抱紧她，说道："小鹿不怕。等天亮了，夫人就来接我们回去了！我给你找最好的大夫，很快就能治好你，再带你去沁河玩。嗯，还有小坏……"

小鹿道："嗯，我好像看到小坏了……"

阿原道："小坏会飞，坏人抓不到它，我们当然能看到小坏。"

话未了，忽闻外面高高传来一声鹰叫，拖了长长的尾音——竟真的是小坏的鸣叫。

小鹿欢喜，猛地坐起身来，叫道："小坏，小坏，快来，我们一起去沁河，陪小姐……去沁河……"

狱外飞旋夜空的小坏又是一声长鸣，悠扬婉转，似在应和小鹿的话语。

而小鹿身体一软，已倒在阿原怀里，再也没了声息。

阿原泪流满面，将她紧紧拥抱住，喑哑着嗓子，一声声温柔地告诉她的小婢："嗯，小鹿，咱们一起去。那里有青山绿水，有茶馆戏台，有淳厚朴实的百姓。虽然也有个把小贼，咱们也不用怕。小鹿会保护小姐，小坏会保护小姐……"

就像当日那只叫作小风的白鹰，碎羽纷纷，血飞如雨，却依然勇敢地挡在主人的身前，迎向对手的剑锋……

萧潇静静地看着这对阴阳相隔的主仆，清亮的眼里已涌上水雾。

他跪到阿原身侧，半揽住她，低低道："阿原，节哀！"

阿原完全止不住眼泪，哽咽道："这天底下的人，大概没有比我荒唐的人生。我记得的只有短短的半年，却发生了那么多事。自始至终，不离不弃陪着我的，只有小鹿，只有小鹿……她是替我死的，那些人本来刑讯的是我。若受刑的是我，他们大概还不至于如此毫无顾忌地把人往死里打。"

侍婢的命，自然是最不值钱的，可在阿原眼里，小鹿却是她半年来最贴心的伴侣，甚至胜过那个她素未谋面的亲妹妹。

她捏紧了拳，肿胀的五指裂开，渗出淡红的血水。

萧潇默然瞧着，许久方叹道："一旦涉及宫里那些争斗，连王公大臣的命都不值钱，更何况其他人？"

阿原吸着鼻子，凝泪的双眸里毫不掩饰刀锋般的凌锐，低低地问："郢王？"

萧潇道："没有证据。我已怀疑很久，甚至皇上也有些怀疑，但始终没有证据。"

阿原满怀痛恨，却也听得他话里有话："怎么说？"

萧潇道："你可知朱蚀案后，我为何出现在沁河，又插手贺王案？在此之前，皇上领兵出征之际，就先后有两名爱将出事，一个马失前蹄摔死，一个莫名陷入敌方圈套，落败遇害。后来听闻大将军杨世厚也曾遭遇意外，总算防备周全，并未出事。博王大概也有所警觉，有意无意地在皇上跟前再三提起，出事的将领一个是他好友，一个是他舅舅，杨世厚则算是他半个老师……因朱蚀与郢王不投，便与博王颇为亲近，皇上听闻后有些怀疑，才命我前去调查。而贺王虽未公然支持哪位皇子，却跟杨世厚是生死之交，我晓得皇上心意，贺王出事后自然也要去提醒端侯多加关注。"

阿原道："也就是说，两个案子虽破，但都有疑点指向郢王博王夺位之争，但因为没有证据，你也没办法明着禀告皇上？"

萧潇叹道："他是皇子！"

诬告皇子是怎样的大罪，谁都知道。他虽得梁帝信任，但到底只是一名侍卫而已。

阿原抹了一把脸上的泪水，咬牙道："总会有证据的……听闻王则笙遇害现场出现一枚耳坠？那耳坠并不是我的，应该是真凶所留。掐死王则笙的，应该是一名会武艺的女子。"

萧潇沉吟不语。

阿原又道："我离开时有些神思恍惚，但后来细细回想，小坏在我跟王则笙说话之际并未出现在画舫上，后来才赶回我身边，但只敢在我头顶飞翔，不敢远去……我怀疑它是不是又看到了令它恐惧的那个人，先前才藏了起来。"

萧潇失声道："冯廷谔？"

阿原道："其实我回京后养尊处优，极少跟人动手。算来也只有这位跟我交过两次手，对我的佩剑和招式很是了解，才能用类似的长剑和招式击杀两名侍卫。"

她抬起眼："如果我猜对了，那掐死王则笙的女子，范围又缩小了。郢王身边会些武艺但身手不算高，会在打斗间遗落耳坠的女子，只怕不多，偏偏还有一个我们认识的。”

萧潇立时知道她说的是谁。

他犹豫片刻，说道："端侯大概跟你想到一块去了。他昨天就派人监视丁家，并让人留意左言希的动静，下午问了好几回。他……这次真没有怀疑你。则笙郡主出事，他虽伤怀，但发现你居然成了疑凶，虽未明说，却一直在设法寻找真凶，想替你洗去嫌疑。"

阿原道："他当然要找出真凶。不然王则笙在他身边横死异乡，他怎么能对得住养他长大的舅舅？便是日后死了，也不好跟他的则笙妹妹交代呀！"

萧潇眼睛凝注于她："你这是咒他吗？"

阿原静默片刻，说道："或许不是咒他，是咒我自己吧？我想把关于他的一切，都剜掉，剜得干干净净。"

可如果长在了心里呢？何况腹中的那一块是真真切切的他的骨肉，又怎么能剜得掉？

萧潇叹息："你便是真咒他，他大概也会想办法救你。上回长公主遇害之事也好，这次也好，他其实真的把你放在了第一位。"

他垂头看向小鹿的尸体："天太热，我先把她带出去吧！你也别多想了，赶紧休息一两个时辰，明天只怕还有一堆的事儿要应付。"

"不用了，让她再陪陪我。"

阿原抬手捏死靠近小鹿的一只蟑螂，赶了赶围聚过来的蚊子，依然抱住她。

仿佛怕小鹿疼痛，抱住她时，阿原小心绕过了她创伤最重的后背，声音温柔起来："小鹿更愿意陪我。她会保护我，她真的在保护我……"

她的声音低了下去："可我竟保护不了她……我竟保护不了她……"

满怀满胸堵着惨痛的凝噎，阿原几乎喘不过气来。她抱着小鹿，弓着腰爬跪于地，泪水簌簌落于小鹿灰白的面庞。

而小鹿再也不能蓬着头发嚣张地叉腰，指点江山般高声告诉众人："招惹咱家小姐，真是猪脑袋！"

勇敢的小鹿言而有信，自始至终都在尽心尽力地保护着他家小姐……

萧潇的唇动了动，终究不曾说什么。他又瞥一眼她受伤的手指，将伤药和一壶清水放在灯笼边，悄无声息地退了出去。

王则笙的灵堂被设在陶然居。

虽然梁帝觉得景辞多灾多病的，不宜再在住处停灵。怎奈景辞坚持，希望远离故乡的妹妹能离自己近些，又言他毕竟住在宫外的时候多，梁帝这才应允。

此案很是棘手，一个处理不当，赵王必会心生怨恨，当真亲家不成成仇人了。所幸景辞亦是赵王养育成人，众多跟王则笙前来的镇州随从也能证实，王则笙遇害乃是意外，并非梁帝不爱惜。

梁帝不放心景辞，再次带着四皇子均王朱友桢过来探望时，见他照旧吃饭服药，气色倒还好，这才稍稍放心。梁帝道："今日玉罗又来见朕，被朕挡了回去，没见。此事你可写信跟赵王说明，不论凶手是谁，朕必会给他一个交代，绝不偏私！"

景辞点头，却道："我和长乐公主仔细梳理过案情，眼下疑点众多，阿原更像被人刻意栽赃。可听闻昨日乔立连夜刑讯阿原和她的侍儿，手段异常狠辣，不仅用了刑，还将她的侍儿活活打死。若继续用刑，阿原也有个好歹，却查出凶手另有其人，只怕跟原夫人不好交代。"

均王在旁听闻，亦道："父皇，端侯所言有理。原夫人一心为父皇打算，也没见求什么富贵权势，反弄得声名狼藉，如今只剩下这么个女儿相依为命，若真是被冤死，伤心绝望之下未必还活得下去。"

梁帝只听闻阿原杀人，人证物证俱全，才由得乔立等抓人用刑。如今听说阿原可能被冤，他不觉怔了怔，果然觉得对原夫人太不公，便道："既然如此，先让他们继续追查凶手，暂时别对阿原用刑吧！不过此事务必尽快查明，万万耽搁不得！"

景辞素日与均王见面不多，却知他与原夫人并无深交，听他居然肯设身处地地为原夫人着想，不觉多看了他几眼。

均王不解，却向他微微笑着点头致意了，才扶梁帝回寝宫。

景辞目送二人离去时，已远远见得左言希快步入宫。他的眸光深了深，若无其事地候他入内，蹲到棺椁边，边烧纸钱边问道："你没在贺王府陪着慕北湮？"

左言希容色有些憔悴，说道："北湮回来得很晚，并未说起太多，且天未亮又离开了，听闻是原夫人相请，大概又去原府商议阿原的事了！"

景辞叹道："并不与你商议，也不肯告诉你他的去向？因为你维护姜探的事？"

左言希静默，然后低低一叹："阿辞，我并非黑白不分。只是姜探……我不想她一错再错。我想拉她一把。"

景辞抬头看向漆黑沉重的棺椁，声音冷锐下去："当一个人存心作死，谁能拉得住？昨晚你回贺王府前不是又去拉了她一把？拉住没有？"

有微风入户，火盆里燃烧的纸钱闪着红光接二连三被卷起，在精雕细绘的梁楹间轻盈旋舞，便愈显得厚重棺木的冰冷阴森。

左言希打了个寒噤，涩声道："昨晚跟踪我的人……是你派的？"

"我也不想你一错再错，想拉你一把。脑子是个好东西，我希望你有。"景辞抬眼，冷冷地道，"我似乎病得更厉害了，不得不麻烦言希辛苦些照应。从现在起，你不许离开我半步！"

左言希失声道："你……你想做什么？"

景辞又将一叠纸丢入火盆。火焰和烟雾腾起，模糊了他的眉眼和神情。

但闻他道："自古以来，成事难，败事易。败人事，更易！"

左言希以为景辞必会继续搜罗证据，想办法替阿原脱困。但景辞这天真的什么都没做，甚至困乏不支时还让他开了安神汤，睡了两个时辰。

宫中看似没有太大变化，闷热的天空如一口烧红了的巨锅，将整座皇宫倒扣着，悄无声息地煎熬着人心。

不知有多少人将目光投在陶然居，但陶然居一直很安静，安静得诡异。

傍晚时分景辞才醒来，这时宫中终于有了动静，却似有一道微风破开死寂的湖面，然后迅速水激浪涌，皇宫内外的人群都随之振奋或仓皇起来。

景辞坐于棺木前分茶，奉了一盏在王则笙灵前，低低道："则笙，景哥哥不会让你屈死。不管凶手是谁，景哥哥都会让他付出代价！"

左言希已察觉宫中的骚动来自于鸢鸣宫，忙出去打听时，才知乔贵嫔忽然被带往建章宫，禁卫神色颇是不善。他忽然悟了过来，失声道："你……你根本没打算去查案！你已联合原夫人和北湮对付郢王和乔贵嫔！"

他本是心思细密之人，心念一转，更是手足发凉："你昨晚让我回贺王府，一是想看我会不会联系姜探，二则根本是想支开我，好暗中和原夫人等人联系？"

景辞品着茶，淡淡道："所谓釜底抽薪，擒贼先擒王。若郚王不倒，我便是找出一百个阿原不曾杀人的证据，他都能觅到一百零一个扣她在狱中的理由。我不对付他，留他对付完阿原和原夫人，转而对付你我吗？"

虽是炎炎盛夏，他的面庞竟如冰雪般剔透，目光如寒泉般从左言希身上滑过："若你留在我身边，发现我有意对付郚王，你是不是又打算为了保住你的探儿，卖了我顺便卖了你自己？至于你的亲人，从你义父到你义弟，都已经被你无视了吧？"

左言希面色惨白，脱口道："我并未忘记义父的养育之恩！义父之死与郚王有关，但和她并无直接关联！"

景辞道："但她是郚王的人！你想保她，便不得不考虑保住郚王！当日在大燕，我执意要留下眠晚性命，你尚且说我为了儿女之情忘了父母大仇。如今，你呢？"

左言希喃喃道："我当日只是不想你再接近风眠晚，怕你一时糊涂再被她所害……"

景辞道："嗯，如今你便不在意我会被你心上人所害，更不在意你义弟为报父仇而成为郚王的必杀目标？你想用你的亲友甚至你自己的尸骨垫脚，来换取你心上人的富贵之路？倒是符合你向来的风骨。只是你有没有问过，你义父甘不甘心一世豪雄冤死于妇人之手，我和慕北湮愿不愿意为你的痴情奉献性命？"

左言希慌忙道："我从未这般想过！阿辞，我是怎样的人，我待你如何，难道你不清楚？"

景辞拂袖："清楚！你忠、勇、孝、义，只是一遇到姜探，便只剩了蠢！"

左言希眼底灼起怒意，却很快暗淡下去。他颓然坐到他旁边，撑着额低低道："嗯，我是蠢，蠢……"

景辞见他居然承认，满怀愠意倒也消散了些，叹道："或许……也怨不得你。人这一世，谁没个蠢的时候？"

他若不蠢，不至于落得一身伤病，满怀孤寡；王则笙若不蠢，不至于年少韶华，惨死异乡。如此说来左言希的确算不得最蠢。

左言希苦笑，取过景辞分好的茶，一口饮尽，才吐了口气，看向景辞，"我们手上并无足以扳倒郚王的铁证。于是……你盯上了乔贵嫔？"

景辞冷冷道："以则笙之力，安排船只，找人仿冒长乐笔迹邀约阿原，虽不难办到，但不可能身边之人全不知晓，除非有人代劳……也就这么巧，出事前两日乔贵嫔的心腹侍儿频频前去怡明宫见则笙，问起来不过是些鸡毛蒜皮的小事儿，但都盘桓过好一会儿，有没有说其他的，连则笙的侍儿都没留意。"

左言希目光闪动："所以，你怀疑是乔贵嫔在暗中设计了则笙郡主？"

"则笙在宫中并无友人，但与乔贵嫔走得很近。前儿我向则笙说起过，打算让她嫁给博王，并要她远离乔贵嫔。因她年少，一时不曾跟她说起其中利害关系，只想着到底在宫中，又有我和知夏姑姑照应，总不至于出事。她必定是将乔贵嫔当作知己，说起过将嫁给博王的事儿，这才招来杀身之祸。"

景辞将手抚向冰冷的棺木，苦苦一笑："她以为让阿原变回风眠晚，便是疗我痼疾的良药……却不知人心险恶，她早已是旁人设计好的棋子，被轻轻推上死路……一石二鸟，既免得她嫁给博王，免得镇州兵马成为博王继位的助力，又能嫁祸给阿原，令原夫人、贺王府身陷旋涡，甚至遭受灭顶之灾。"

左言希道："则笙郡主虽任性了些，待你却一心一意。但这些也只是你的推测而已，乔贵嫔深得皇上宠爱，你……哪里找来的证据？"

"没有证据。"景辞淡淡道，"没有证据，我只好让他们自己给出证据了。原夫人遣了一个旧宫人去找林贤妃叙旧，顺便告诉林贤妃，我们这些人想对付郓王，让她稍稍配合一下，比如忽然叫人为博王裁制华衣，又忽然让工匠去修葺博王房屋，并拿出银两和体己宝物送入博王府……"

"这是想让人感觉博王这边很快会有喜事？"

"光感觉还不够，顺便也要半遮半掩地告诉她身边的人，皇上那里很快会传出博王的好消息。则笙遇害，博王的喜事不会是亲事，那会是什么呢？下面的人会往哪里想并不重要，重要的是郓王多年经营，林贤妃身边的宫人里必有郓王的眼线，会很快将此事传给乔贵嫔。此事不足为据，乔贵嫔还会继续注意我的动向。皇上屡次来看我，我跟皇上私下说点什么当在意料之中。但皇上看望我后，我从则笙遇害后的昼夜不安，忽然平静下来，甚至安稳地睡了一觉，乔贵嫔当然会想到，是不是皇上答应了什么，或者承诺了什么，才让我放下心来。再联系林贤妃那边的消息，她必定会千方百计地打探皇上到底应允了什么……"景辞凝视着茶盏中随着浮沫破开渐渐消逝的竹影，清淡一笑，"说到底，只是攻心之策而已。我便是要她认定，皇上跟我商议了储位之事，我因怀疑郓王，已劝动皇上立博王为太子。此事若是由我的人主动说出，她自然不信，但我身边正好有一两个先前她就刻意想笼络的随侍，此时才收下她的重金，悄悄地告诉过去，她大概便能信个七八成了。便是心有所疑，至少也会赶紧传讯告诉她的父亲和郓王。"

左言希向景辞身后一扫，恍然大悟："你在等着截乔贵嫔这个讯息！原夫人在宫中眼线众多，加上有萧潇居中联络相助，留意并拿到这讯息，并不难！如今……你成功了？"

景辞道："她设计则笙，我设计她，这一报还一报，应该还公平吧？"
左言希想着建章宫如今的情形，呼吸不觉沉重："北湮如今也在建章宫？"
景辞向外眺了一眼："他不仅要救阿原，报父仇，还要自救，当然不惜代价。"
左言希道："那么……阿原应能洗雪冤情，很快出狱了！"

景辞道："真凶未能抓获，冤情大概洗雪不了。但郢王自顾不暇时，原夫人想救出她的女儿应该不难。"

他看向左言希："乔贵嫔并非因为则笙遇害案受责，想来这真凶一时半会儿也抓不着，你该放心了吧？"

"……"

左言希待要顾左右而言他时，景辞已站起身来，说道："你是不是也不放心慕北湮？这才见得兄弟手足的情分。走，一起去建章宫瞧瞧……别往后看了，则笙已在天上，再不会醒来！你跟紧我，莫走丢了！"

建章宫。

乔贵嫔依然娇艳美丽，却没有了原来的张扬傲气，正跪在一边，哭得梨花带雨，楚楚可怜。

黎焕垂手侍立一边，正战战兢兢地说道："小贺王爷三番五次地求见，老奴想着当日老贺王爷一生为国，也觉得可怜，所以走到宫门口去劝上几句，谁知看见那小太监鬼鬼祟祟地要出宫，见我们转头就跑，老奴喊了三四声没喊住，小贺王爷性子烈，撸起袖子便冲上去抓人了……想不到搜出了这密函。"

梁帝正持信函在手，对着光细看。

慕北湮立于阶下，说道："这信函乍看只是乔贵嫔写给父亲的寻常家书，但臣见那小太监神色异样，便有些怀疑。恰先前曾听闻，有一种药水写就的字迹，对着烛光或阳光方能识别，故而多了个心眼，对着阳光细瞧，果然发现了字迹，不想臣看信时，那小太监见事情败露，竟一头撞死了……"

梁帝已看清寻常家书后隐藏的字迹，不觉大怒，一掌击在桌上，斥道："乔氏，你竟让你父亲赶紧通知郢王，说朕有意立博王，让他尽快筹谋，务必不惜代价，阻拦朕下诏？不惜代价……什么是不惜代价？"

他愤愤起身，抬脚踹向乔贵嫔。

乔贵嫔惊骇之极，生生受了他一脚，却趁势抱住梁帝的腿，呜咽道："皇上明鉴，那小太监虽是我宫里的，但并不是我素日看重之人，我怎么会让他送什么密信？密信虽是我的笔迹，可先前原大小姐不是一样被人仿冒笔迹陷害？"

话未了，忽闻殿下有人冷冷地喝问："贵嫔也认为，原大小姐是被人陷害？"

众人举目，正见景辞携左言希缓缓步入，向梁帝行了一礼。他的容色苍白，目光便犹显冷锐，闪着锋刃般雪凉刺心的碎芒。

梁帝蓦地想起刚找回来的这个孤僻寡言的爱子，这两日曾提过王则笙似被人唆使才约了阿原，又多次提过乔贵嫔与则笙郡主交好……

而他身后，原夫人面有忧愁，侍立于梁帝身畔，盯着乔贵嫔，盈盈水眸有强忍的委屈苦楚，亦有恼恨猜疑……

梁帝吸了口气，退开两步，甩开乔贵嫔的抱持，喝问道："乔氏，则笙遇害之事，莫非也与你有关？"

乔贵嫔爬在地上，连连以头触地，哭叫道："皇上，臣妾冤枉！冤枉！臣妾只是因为阿原是被仿冒长乐公主笔迹的信函引去西溪，联想必定是有人伪造我的笔迹嫁祸于我……至于则笙遇害的真相如何，我一介深宫妇人，如何知晓？"

原夫人已然泪痕满面，哽咽道："你一深宫妇人，又是则笙好友，都能脱口说出阿原被人陷害，为何你的父亲却那等心狠手辣，也不细细查问清楚，便迫不及待地连夜用刑，把我女儿打成重伤，更把她的侍女活活打死？我何尝得罪过你们，为何你们父女一门心思地偏要掐断我这一世最后一点念想？"

乔贵嫔恨不得长出一百张嘴来，去辩解她的本意只是阿原被王则笙仿造的书信诱去，正与她被人仿造笔迹之事相类。她想表达的是自己被陷害，而非阿原被陷害。可惜她终究清楚阿原是被陷害的，才会脱口而出。

她努力想再解释时，原夫人却已不容她开口。原夫人扯着梁帝的袖子，软软地跪倒在地，泣道："皇上，我万分不解，阿原究竟为何被人陷害，如今我可算想明白了！听闻阿原相助北湮追拿刺客时曾误入乔府，若非端侯及时赶到，他们二人险被当成刺客误杀。事后阿原便告诉我，她无意发现了郓王正和乔立密谋什么，似与储位之事相关……我女人家怕事，当即劝她莫再提起，横竖储位之事皇上自有定夺，并不是凭谁的手段便能随便肖想来的。如今瞧来，这才是阿原招来杀身大祸的缘由呀！"

联想到阿原这半世苦楚，眼下身陷不测之境，原夫人痛哭失声，伏在地上哀哀欲绝，倒也无须作伪。梁帝见她哭得可怜之极，不由得弯腰拉过她，低声道："你莫哭坏了身子……此事朕自当查明。"

慕北湮忙道："回皇上，此事千真万确！当时端侯遇刺，我和阿原是跟着刺客误入的乔府。如今看来，端侯遇到的刺客不简单，当时乔府那些人，也不是误伤或误杀，而是刻意想杀我们灭口！其实阿原并未听到太多，只是隐约听到郓王怨恨皇上偏爱养子，又提起杨大将军和我父亲，似有不喜之意。此事倒让臣想起，臣父遇害之际，参与谋杀臣父的凶手同谋那里，发现了一块郓王府令牌……当时只想着该是偶然，毕竟臣父与郓王无冤无仇，岂有相害之理？"

梁帝听得骇然，怒道："竟有此事？竟有此事？阿辞，你居然从未跟朕提起？"

景辞忙跪地道："启禀皇上，乔立欲杀贺王和原大小姐之事，当时在场的很多人都可以证明。但臣并不知郓王在乔府，更不知原大小姐等人是因此才被围攻，见他们都没什么大碍，便没敢惊动皇上。至于老贺王遇害案，真凶已明，便有令牌指向郓王，也不足为凭，臣也不敢冒然回禀皇上。"

"皇上，皇上……"梁帝见景辞依然以君臣相称，并不肯认他这父亲，更是怒不可遏，只是不好向他发脾气，抬眼见萧潇侍立一侧，当胸一脚踹了过去，喝道，"叫你去沁河查案，回来只说似还有些疑点，为何不说明白可能与郢王相关？叫你保护端侯，为何让他遭遇刺客？"

萧潇跪地，又被踹倒，只得勉强道："皇上，是微臣无能，始终查无实据……"

至于那个莫须有的刺客，便是真的有，他只能贴身保护景辞，又怎能做到提前拦着不让刺客出现？

可惜梁帝怒火中烧，说不得理，依然怒喝道："若是无能，养你做什么！"

竟又是几脚当胸踹去。

萧潇虽武艺高超，但梁帝亦是武将出身，力道极大，萧潇连受数下，唇边已溢出血来。

景辞忙插到二人间，将萧潇护到身后，低声道："皇上龙体欠佳，还请善加保养，别因这些闲气伤了身体。"

梁帝听他言语中有关怀之意，这才怒意稍减，转而连声叫道："郢王呢？不是让人叫他来见朕，怎么还不来？这畜生，瞒着朕做了多少伤天害理之事？远不只一个贺王慕钟吧？"

话未了，只听外面通传道："皇上，郢王来了！"

梁帝击案道："叫那畜生滚进来！"

说话间，郢王已疾步入内，从容跪地见礼，飞快地说道："儿臣见过父王！听闻三十六计中，有一计名为围魏救赵，如今儿臣亦身在局中，求皇上做主，为儿臣解围！"

梁帝原积了满腹恶怒，欲待将这不肖子劈头盖脸痛责一顿再论其他，听他这般说不由一怔，喝道："你胡扯什么？你的好谋划、好算计，快把朕都一股脑儿算计进去了，还需谁给你解围？"

郢王道："听闻乔贵嫔处传出与儿臣勾连的消息，若儿臣没猜错，如今殿上诸位，大概也都是冲着儿臣而来。可父皇请看，原夫人是原大小姐的母亲，贺王是原大小姐如今的未婚夫，端侯则是她原大小姐从前的未婚夫，旧情未断。他们不约而同出现在此处，无非是想令儿臣和乔贵嫔身处困境，乔大人受牵累，无法再审理则笙郡主一案。说到底，原大小姐罪证确凿，原夫人无法为女儿脱罪，才寻出事端，将祸事引到儿臣身上，才方便营救她女儿。"

他重重磕下头去，声音愈发清朗动情："儿臣自知愚钝，从不敢有非分之想，只知冲锋陷阵，助父皇开疆拓土，以冀父皇少些顾虑，好好保养身体，才好收拾山河，平定天下，令四海晏然，八方来朝……谁想偏有人利用父皇的信任和怜爱，要置儿臣于死地！他们既然将儿臣说得十恶不赦，坏事做绝，到底有何铁证？虽说众口铄金，三人成虎，可究竟黑是黑，白是白。父皇英明，必会细细查明，绝不会听信谗言，让人离间了父子君臣的情感！"

他一边自辩，一边盛赞梁帝，说得极是真挚，眉眼间满是诚恳之色，并不回避梁帝猜忌的目光。

梁帝哼了一声："你倒是和你母亲一样，天生的能言善辩！以为朕真的不知你满心在算计着什么吗？"

他虽这般说着，扫过殿内众人，不由踌躇。

他本是多疑之人，与博王亲近的武将宗室先后出事，他猜疑郓王不假，但诚如郓王所说，仅凭数人言语，实在不足为凭。便是鸾鸣宫小太监身上搜出的密信，真假且不论，如此凑巧被寻常很少入宫的慕北湮搜出，也有些不合常理。

郓王还要再叙父子情分时，慕北湮忽道："郓王殿下，你再三说是我等馋言陷害，乔贵嫔亦说信件非她所写，这么说来，你二人当真清清白白，向来无涉？"

郓王怔了怔，叹道："乔大人颇有才识，本王颇是钦佩，拜访过数回，故而乔贵嫔入宫前也曾见过一两面。莫非你还打算借此再编排什么，毁谤本王声誉？"

慕北湮笑了笑，向梁帝道："皇上，其实臣见到鸾鸣宫的小太监生疑，执意擒住细细搜查，并不仅因为其行为有异，更因臣无意找到一位人证，可证实乔贵嫔与郓王有染，并且……居心险恶！"

自郓王赶到，乔贵嫔的神情已安然很多，此时忽听他如此说，不觉失色，怒道："你……你血口喷人！"

梁帝倒吸了口凉气，喝问："人呢？"

慕北湮道："就在宫门外候旨！"

梁帝喝令："传！"

很快，一名老仆妇被带了上来。

郓王一眼瞧见，面色已是微变，只强作镇静地与乔贵嫔对视一眼。

这老仆妇上前拜见梁帝，进退举止，拿捏得半分不错，一看便是久经历练的老宫人。

梁帝细细端详她，已有惊疑之色："你……你是……"

老仆妇道："回皇上，奴婢是郴王的乳母郭氏，当年一直跟随在郴王身边的。"

梁帝想了起来："对，你早年侍奉他母亲，后来侍奉郴王，是跟了我们十几年的老人了……朕记得郴王逝后，跟着他的人大多被遣出了王府。"

郴王便是梁帝的长子朱友裕，倒是允文允武，颇得人心。可当日亦曾被梁帝猜忌谋反，忧惧之下年轻早逝。梁帝后悔不已，却也无可奈何，将他府上的姬妾侍婢遣散时，倒也不曾苛待。

郭氏已答道："皇上好记性！奴婢出府后回了老家随本家侄儿度日，不想侄媳厉害，容不得奴婢，奴婢便又到京城寻些差使过活，恰好郓王府寻人教导乔家小姐宫里的规矩礼仪，便把奴婢请了去。"

梁帝眯了眯眼，目光横过郢王，止住他声辩，问道："你是说，是郢王府请你教乔氏规矩？你见到郢王了吗？"

郭氏笑了笑："奴婢当然见过郢王。郢王每隔三五日便去和乔氏相会，你侬我侬，情意款洽得很呢！"

梁帝蓦地色变，郢王亦失色，慌忙磕头道："父皇莫听小人挑拨！这老婢的确是乔府请来教导乔贵嫔的，儿臣只是见过一两面而已，不知她为何陷害于我！"

乔贵嫔亦道："臣妾冤枉，冤枉！"

郭氏道："莫忙着喊冤。若论冤，哪有侍奉乔大小姐的卉儿冤？只因郢王多看了两眼，你便将卉儿割掉舌头丢出了府。听闻她后来流落街头，受尽欺凌，也不晓得如今死了没有。郢王对此事倒也没意见，反而认为乔大小姐已痴心不移，又让奴婢告诉她皇上的性情喜好，那些侍奉皇上的妃嫔，又是怎样各出手段抓住皇上的心，赢得皇上的宠爱……"

梁帝退后两步，盯着乔贵嫔，眼底已快喷出火来。乔贵嫔入宫之初便乖巧伶俐，一言一行无不合他心意，故而让他宠爱不已。原以为她是天生的善解人意，如此说来岂不都是步步为营的刻意算计？更可恶的是，他堂堂大梁皇帝的帽子，已被亲生儿子染成一江春水绿如蓝了……

郢王额上已冒出汗来，急急地道："父皇明鉴，儿臣以性命担保，绝无此事，绝无此事！若儿臣真有这念头，还会留着这贱婢性命，容她在皇上跟前胡说八道？"

郭氏道："皇上明鉴！奴婢虽愚钝，到底跟了皇上多年，岂会看不懂其中关窍？若真的等到乔大小姐被送入宫侍奉皇上的那天，奴婢的下场只怕比卉儿还惨！故而奴婢只当看不出郢王的用心，又拖延数日，便借口侄儿重病，赶紧辞行回了老家。前儿再次来到京城，果然听说乔大小姐已是当今最得宠的贵嫔娘娘！"

乔贵嫔惊怒之极，捏紧袖子，伏在地上连连叩首，哭叫道："皇上莫听郭氏胡乱攀诬！她贪婪自私，不容于家人，到我府上后劣习不改，各种生事，被我责备几回，这才离府而去。想来她衔恨在心，又被人重金收买，才如此诬陷于我！臣妾承蒙皇上青眼，恩宠有加，又岂会萌生他念？可皇上待我的好，终究碍了旁人的眼，却不知他们还搜罗了多少伪证预备陷害于我！"

郭氏忙伏地说道："当日侍奉乔贵嫔的侍儿，除了卉儿，还有大春儿、小春儿，听闻都已跟随乔贵嫔入宫。皇上何不将她们抓来细细拷问，奴婢所言是虚是实，立刻可见真章！"

乔贵嫔又惊又怒，再也忍耐不住，冲上前揪打郭氏，哭叫道："老贱婢，我何尝薄待过你，竟敢如此诬陷于我！"

梁帝上前一把将她拉开，重重掷于地上，喝道："是不是诬陷，朕自会查明！来人，去拿大春儿、小春儿！"

乔贵嫔簪珥尽落，伏地痛哭道："皇上，重刑之下，何求不得！他们这是沆瀣一气，铁了心要置我于死地！"

梁帝尚未说话，那厢原夫人忽说道："你父亲抓我女儿，连随处可见的破耳坠都成了铁证，不名一文的乡野村夫更是公证无私的证人，可以因此一言不合把人打个半死，为何到了乔贵嫔这里，端侯、贺王的话都成了伪证，你自己的侍婢也成了伪证？却不知换作乔大人来执法，会不会先把乔贵嫔打死，再去查实究竟？"

梁帝已被新欢旧爱闹得眼冒绿光，怒喝道："你也够了！"

原夫人哭道："我原本也活得够了！我数十年如一日，尽心尽力侍奉皇上，最终落得什么？眼看着家破人亡，一无所得！我们母女微贱，皇上想送就送，想打就打，想杀就杀！如今跟随阿原的小鹿已被活活打死，阿原也被当场打昏，这样的大热天关在暗无天日的牢笼里，没医没药的，还能活吗？不如我跟她一起去了，免得成了多少人的眼中钉、肉中刺，日日被人中伤，生不如死！"

她一边说着，一边已拔过头上一根金簪，刺向自己的脖颈。

梁帝大惊，忙抱住抢夺时，那簪子已划破脖颈，渗出一长串的血珠。

"玉罗……"梁帝忙掷下簪子，掩住她的伤处，连声唤道，"快传太医，太医……"

原夫人握住梁帝的手，哭得肝肠寸断，说道："我这一世，从十二三岁的豆蔻年华，到如今年近半百，日日夜夜都在为皇上而活，何曾为自己活过一回！如今连自己仅剩的女儿都被人害了去，我还要活着做什么？"

梁帝急急道："放心，朕绝不叫人害了她。"

他这般说着时，终于想起阿原的侍儿已被打死，阿原似乎也受伤不轻。虽说向赵王有所交代很重要，但他似乎也得向痴心陪伴他二十多年的原夫人有个交代。

何况，若阿原真的出事，真凶未明，同样无法向赵王交代。

说来说去，只能说乔立无能，或刻意公报私仇，才会胆大包天，在抓人的第一天就弄出人命来。

梁帝不觉又瞪了乔贵嫔一眼，转头吩咐黎焕："传朕旨意，既然阿原伤病在身，容她先回府养病，随时听候传唤便是。"

黎焕应了，急急出去传旨。

原夫人虽还落泪，呜咽之声却低了，由人将她扶入偏殿治伤。

慕北湮留意原夫人伤处应无大碍，再听梁帝命人去放人，顿时大大松了口气，睨了一眼旁边的郓王和乔贵嫔，悄悄向外使了个眼色，却是命自己的随从跟着宫中使者一起去大理寺接出阿原。

纵虎容易擒虎难，郓王等人未必不知一旦阿原被放出，想再将她送进去着实不易。只是如今他们自顾不暇，哪敢火上浇油，去阻拦咆哮中的梁帝放人？

有乔贵嫔的密信，有郭氏的证言，深挖下去，乔贵嫔的大春儿、小春儿和乔府其他侍从，指不定会供出更多证词，加上先前贺王等案又与郢王牵扯不清，此次郢王或乔贵嫔想脱身只怕有点困难。

只是牵涉到郢王和乔贵嫔的不伦私情，事关梁帝颜面，即便得宠如景辞，也不好留着围观梁帝的头巾到底绿成了什么模样。故而鸾鸣宫的宫人被带来后，慕北湮连忙告退，景辞亦推不适，带左言希、萧潇一齐退离建章宫。

一行人刚踏下台阶，便见林贤妃领着三四名宫人急急往这边走来。

景辞、慕北湮等人忙行了礼，让到一边。

待林贤妃步入，慕北湮看向景辞，悄问："这又是你的安排？"

景辞已皱眉，答道："不是。"

当日得了靳小函的讯息，原夫人便开始搜集郢王与乔贵嫔曾在一起的证据，于是找到了郭氏，果然在这次交锋时派上了用场。景辞联合林贤妃的攻心之计，令乔贵嫔自露马脚，搜出的密函又能与郭氏证词两相印证，更令郢王、乔贵嫔难以撇清。但林贤妃亲自出马，却不在二人商议之列。

慕北湮纳闷："那林贤妃这会儿进去凑什么热闹？痛打落水狗？"

景辞看了一眼身后巍峨的大殿，轻叹："这落水狗，恐怕没那么好打。郢王苦心经营多年，没那么容易一溃到底。"

慕北湮道："可林贤妃要的，就是郢王一溃到底！博王虽宽仁，但并不愚蠢，有心拥立他的大臣和亲友一再出事，当真看不出是何人所为？以郢王的毒辣，一旦继位，他们母子岂能保全？便是我们，大概也只有引颈就戮的份儿了！"

他忽然看向景辞，贼兮兮地笑："你虽是那什么……但好歹姓景，一时犯不着他，本来应该无妨。如今这事闹出来，他若能翻身，只怕你死得比我们还快吧？"

景辞睨他："你这是很开心，若有那么一天，你们会比我晚死？"

慕北湮笑道："能不死当然最好！我可不想我的金银宝贝、我的绝色美人被别人占了去！"

景辞眸光深了深，自顾往前走着，不肯再接话。

这次慕北湮与景辞暗中联手，不仅救出阿原，更有指望彻底扳倒郓王，为他父亲报仇，于是当日的茅厕之辱，便被他暂时甩到了一边。

他赶上景辞，说道："无论如何，谢谢你这次肯出手相助，救我的阿原。等我和岳母大人重新议定好日子，一定请你喝两杯！"

景辞呼吸一滞，转脸看他笑得眯起的桃花眼，眸心便有种被刺割般的锐意，却很快化作霜雪般的苍凉。他道："不必谢我。我只是不想谋害则筀的凶手得偿所愿，让则筀冤死异乡。"

他抿紧薄唇，快步走向陶然居方向，脚下却不由得有些踉跄。

眠晚，风眠晚，阿原，几时轮到旁人来替她向他道谢？

左言希紧随其后，低低提醒道："阿辞，放宽心胸，保重身体要紧！"

景辞瞥他一眼："我看着是心胸狭窄之人？"

"……"

左言希正无从作答时，旁边忽传来女子急唤："端侯哥哥！"

景辞抬头一看，见长乐公主满头大汗奔过来，向他打了招呼，又向稍远处正待离开的慕北湮挥了挥手："北湮！"

慕北湮知这几日长乐公主亦在为阿原的事奔忙，今日之事该告诉她一声，略一踌躇便走过来，笑问："这大热天的，公主跑来跑去做什么？"

长乐公主不答，先问道："听闻乔贵嫔被抓了，三哥也被传进宫来，想来是你俩弄了什么玄虚？"

景辞淡淡一笑："也不必我们弄什么玄虚。公主这几个月也办过些蹊跷的案子，是个明白人，该晓得有些人恶事做得委实太多，难免留下些把柄。"

慕北湮忙将事情经过简略说了，笑道："便是郓王能耐了得，赖掉谋害我父亲和长公主的事，跟乔贵嫔的私情看他怎么解释！便是皇上饶过他，也不会再考虑立他为储了吧？"

只要不立郓王为储，他和阿原就不必等着引颈就戮，可以继续过他们富贵悠闲的小日子了，若博王继位，翻起旧账来，有些仇恨便能好好清算清算了……

长乐公主闻得已有人去释放阿原，顿时松了口气，却将景辞和慕北湮一扯，扯到一旁杨柳树下躲避灼热的阳光，低声道："三哥果然已呈败象……怪不得林贤妃要再去加把火，好令他无法翻身……"

慕北湮忙问："莫非林贤妃那里也抓到了什么把柄？"

长乐公主道："与先前那个落水案有关。听闻林贤妃在收拾瑟瑟的遗物时发现了烧掉半页的残信，是郓王给乔贵嫔的亲笔。据林贤妃猜测，这残信应该是乔贵嫔烧毁之际无意残留下来的，小印子有心与瑟瑟双宿双飞，却担心自己知道得太多，到时乔贵嫔不放，才悄悄留下当作把柄，并交给瑟瑟保管。"

慕北湮拍手笑道："甚好，甚好，果然又是一个证据！林贤妃跟阿原可没什么交情，郓王总不至于再叫屈，怪林贤妃也冤枉她吧？"

长乐公主点头，却叹道："我这三哥也太想不开了，当皇帝又怎样，天天想着怎样抢夺人家江山，又得担心人家抢夺自己的江山，还得想着收揽民心、笼络大臣，也不嫌累得慌！便是父皇，若非肩上挑着这大梁三千里河山，必定自在很多，何至于累出这一身的伤病！瞧着这一两年，又添了多少皱纹、多少白发！"

她虽不喜郓王，到底是同父异母的兄妹，见诸人齐心协力地对付他，料他难以脱身，不知会落得怎样的下场，便有嗟叹无奈之意。

景辞瞅她一眼，说道："掌握他人生杀大权，生受万人景仰拜伏，何等威风，何等气势！愿意拿性命来换的大有人在，何况额上几条皱纹，头顶几根白发？"

长乐公主道："但我瞧着你是半点儿也不感兴趣。"

景辞不欲纠缠此事，淡淡道："有那精神，我还不如养好身子，多看几天日出。"

长乐公主猛地想起他的病情，也不敢多说，只向建章宫看了一眼，说道："林贤妃看着是个佛爷似的人物，那心思也不简单，应该一直在暗中调查上回的宫人落水案。午后她特地跑来告诉我，瑟瑟遇害那夜，似有人看到郓王乔装成侍卫入宫，当晚乔贵嫔也不曾侍寝。瑟瑟很可能是去鸾鸣宫找小印子时无意撞破他们的奸情，才被他们杀害。听闻宫中秘密处置人的手段，只需以湿纸层层掩人口鼻，便可令人窒息而死，且毫无伤痕，回头尽可装作自尽或落水而死，再看不出端倪——这岂不正与瑟瑟的死状相符？小印子舍不下瑟瑟，又或者以为瑟瑟没死，寻机背了瑟瑟逃出时，曾被林贤妃安插在鸾鸣宫的眼线看到。后来被人追到揽月湖附近，小印子曾藏身在草丛间躲避，但还是被发现推入湖中淹死。彼时瑟瑟死去好一阵，已经开始僵硬，所以被打捞上来时，还保持着小印子背负她的姿势。"

左言希不由嗟叹："同生共死，倒是深情……可惜到底没缘分。"

景辞沉吟："这都是林贤妃告诉你的？她想让你去跟皇上说明此事？"

长乐公主道："这案子皇上倒是让我查的，只是这时候让我出面，无端端卷进二哥和三哥的纷争里，父皇一怒，以为我在挑唆什么，岂不糟糕？所以我跟林贤妃说，这事我要跟谢岩商议商议，毕竟这案子是咱俩一块负责的。"

景辞皱了皱眉："你推到谢岩身上？"

长乐公主狡黠一笑："我想着等她回头再催我时，我便说天太热，谢岩中暑了……

横竖拖几日观望观望。谁晓得你们这边行动迅速，她怕错过了好机会，这会儿就去见皇上了！"

慕北湮啧啧称奇："这林贤妃真耐得住性子。她安插在乔贵嫔宫里的眼线曾目睹小印子背着瑟瑟逃离，又能得到郢王那夜乔装入宫的消息，必定早已猜出郢王和乔贵嫔的私情。可这些线索她先前何尝透露一丝半点？"

长乐公主轻笑："可不是！她哪是要破案子！她只是苦攒着证人证据，寻觅将三哥一击致命的机会而已！若证据不够，白搭了她的眼线，指不定还得搭上这些年在父皇心目里留下的贤惠印象，岂不大大糟糕？"

至于瑟瑟的冤仇，与儿子的储位相比，已经算不得什么了。

但慕北湮总觉得哪里不对，沉吟道："依林贤妃所言，小印子和瑟瑟是被郢王灭口？可这不对呀，勤姑说……"

他正待说勤姑目睹韩勃搜人之事，旁边萧潇忽弯下腰来，干呕不已。

萧潇受了梁帝几脚，脸色一直不大好，此时站了片刻，竟呕吐起来。

左言希也不计较往日他擒自己入京之事，连忙上前搭脉，皱眉道："是不是被踹伤内腑了？皇上一时气恼，你莫放在心上。"

萧潇摇头："我无父无母，承蒙皇上看顾才得以长大成人，视他如君如父，又怎会放在心上？只是想着帝王之家父子相疑，兄弟阋墙，明争暗斗不绝，忍不住反胃……其实还不如寻常人家粗茶淡饭，却一家和睦，其乐融融。"

景辞、长乐公主一时沉默，慕北湮叹道："寻常人家也未必能安生。谁晓得什么时候遭受池鱼之殃，祸从天降？"

一不留神连老贺王都被卷在其中送了命，更别说如小印子、瑟瑟等小人物了……

左言希已替萧潇搭了脉，说道："亏得你健壮，吃点伤药便无大碍了。上回给你的伤药可还在身边？"

萧潇道："没了，留给原大小姐了。"

景辞飞快瞥向他："你不是说她没怎么受刑吗？"

萧潇道："手指受伤，算不得严重。可小鹿遇害对她打击很大。我离开时，她脸白得跟鬼似的，连小鹿的尸体都不肯让人带出去，精神极差。"

他先前虽向景辞说过阿原的情形，但景辞抱病在身，他恐添他忧虑，自然不敢多说。如今梁帝下令释放阿原，以阿原的身份，立时能得到最好的医药照料，再说起便无妨了。

慕北湮闻言便道："这半年日日伴在她身畔的，可不就是小鹿！只怕她看待小鹿比我还亲近些呢！我这便出宫瞧她去。"

他返身要出宫时，忽见那边大道上，他遣去接阿原的侍从飞奔而来，忙问道："怎么了？没接到王妃？"

侍从点头，又忙摇头。

慕北湮焦急，正待细问时，眼前人影一晃，便见那侍从被景辞提起前襟，喝问："她人呢？说！"

侍从慌忙道："王妃……原大小姐没事，没事！她……她满身是血，把一具发臭的女尸丢给我，抬头就问她的剑在哪里。书吏说剑是证物，她一耳光扇过去打掉了人家满口牙，拿了剑便奔出去，正好一位大人的马车刚到衙门前歇下，她挥剑砍断缰绳，拉了一匹骏马便跑，马夫和侍从想拦，被她抬脚端飞了。我赶上前要替她解围时，她已骑马奔出老远，不晓得奔哪里去了……"

这侍从口齿伶俐，虽受惊不浅，却飞快地将所见之事简洁利落地说得明明白白。

阿原抱着小鹿的尸体在狱中待了几乎一整天，满怀愤懑，甚至有些心智失常，一出狱便伤人夺马，不知所踪……

正说着时，与侍从一起出宫传旨的太监也气喘吁吁地赶了过来。他满头大汗，说道："各位爷，这事不大好，得赶紧告诉原夫人才行。原大小姐的神色很不对，眼睛都是红的……狱卒说她早上就像在发高烧了，送进去的饭菜碰都没碰。乔大人倒是有传大夫，但听闻前去治病的大夫被她端出去了……"

慕北湮失声道："那她……她究竟去了哪里？"

景辞的脸也泛了白："她想为小鹿报仇？她应该是去找……"

郓王？乔立？还是……

萧潇按着伤处思量片刻，忽然跳了起来，叫道："姜探！只要她尚有一丝理智，去找的都是姜探！她推测杀王则笙的人，是冯廷谔和姜探！"

冯廷谔和乔立都是郓王的走狗，一个武艺高强，一个从者如云，阿原伤病在身，想对付他们并不容易。但姜探是朱蚀案中的凶手之一，又被阿原认定是谋害王则笙并嫁祸给她的元凶，如今连累小鹿丧命，她自然第一个去找她。

报仇、雪冤，甚至揪出背后的指使者，都可以从姜探那里找到突破。

慕北湮吸了口气，快步往宫外奔去。

左言希慌忙拉住他，说道："北湮，别着急……阿原武艺高超，便是病着，姜探也不是她的对手……"

慕北湮被他扯住，再也耐不住，返身一拳狠狠打在他的脸上，叫道："阿原满身伤病还怀着三个月的身孕，你还姜探姜探，今儿个我不剥了这条美人蛇的皮，我跟你姓！"

左言希重重着了一下，顿时眼冒金星，只觉眼前人影连晃，慕北湮、景辞在顷刻间便失了踪影。他也顾不得脸上的伤，快步跟了出去。

侍从、太监随后亦各自奔离，柳荫下便只剩下长乐公主和萧潇。

长乐公主问："萧潇，你刚才听到慕北湮说什么了吗？"

萧潇道："小贺王爷说要剥了姜探的皮。"

"不是，前一句。"

"我……"

"说阿原什么？几个月身孕？"

"三个月……"

萧潇猛地打了个寒噤，一时也忘了伤处不适，掰起手指数着："七月、六月、五月……"

他跳起身来，也奔出宫去。

长乐公主惊愕地在原地转了两圈，才跟着向外奔去："等等我……"

注意力完全被阿原的事吸引过去后，谁也顾不上林贤妃的事了，当然更顾不上再去探究那两名小宫人的真正死因。

风起于青萍之末，却能在不经意间酝酿成灾，可飞沙走石，可遮天蔽日，甚至可翻云覆雨，颠倒乾坤……

阿原握紧缰绳的手指，关节依然青肿。有的伤处磨破，已经渗出了淡红或浅黄的液体。但她并觉不出手指的疼痛，甚至也觉不出腹部的疼痛。

小鹿死在她怀中，大悲大怒之后，腹部也曾一阵阵坠痛。只是痛得久了，便渐渐麻木。

便如此刻，她纵马驰骋，整个人都似麻木着，但脑中却格外清醒，清醒地晓得自己从何处来，往何处去，打算做什么。

小坏已在大理寺守了一夜，好不容易守得小姐逃脱牢笼，倒是兴奋之极，欢快地长鸣一声，紧随于阿原身畔，展翅疾翔。

但她赶到丁绍浦家时，姜探应该已得到梁帝下旨放人的消息，已然没了踪影。

转角处，两个青衣人被迷晕在地，引来一群人围观。

阿原已认出这二人是端侯府的人，当即寻来一盆冷水，择了其中一名当头浇下，拎起对方的衣襟，喝问："姜探去哪里了？"

那人尚记得自己来此的任务，勉强向东方的大道指了指。

审视着其方向，阿原料立时猜到姜探应该是出城而去，此刻多半还未走远，抿紧唇纵身上马，向小坏道："追！小坏，我们追！"

小坏的翅膀在空中划了个悠长的弧度，大声鸣叫。

阿原的长发不过草草绾起，衣衫上的隔夜血污已泛了黑，行走之际如一株黑紫的曼陀罗花，冰冷美丽却煞气流转，宛若从奈何桥边爬回的绝色女鬼，令人又爱又怕，忍不住驻足而望。

然后，偶尔便有一二人，留意到奔跑中滴落的血珠。

一滴，两滴。

新鲜，殷红，似还带着她的体温。

长乐公主到底不会武艺，无法追上景辞等人，追到半路便折往谢府，找谢岩商议眼下之事。

景辞、慕北湮等人经由丁家追出城外，沿路打听着阿原的行踪，足足追出去三四十里，还是在半夜时追丢了。

阿原一骑一鹰，虽然惹眼，但过了亥时，连官道上都罕有人踪，又到哪里去探听她的消息？

四人虽挑了最好的马匹，从傍晚寻至半夜，粒米未进，旁人犹可，景辞的气色已越来越不好，但握缰绳的手一直很稳，并无半点退却之意。

慕北湮已发觉情急之下说漏了嘴，懊恼了一路，也闹心了一路。见萧潇、左言希不时留意观望景辞的动静，便道"咱们四个大男人追一个女人，是不是有点夸张？端侯，你不是病着吗？萧潇，你被皇上端的那几脚还没缓过来吧？都不需要回去休息的？"

萧潇苦笑，向前指了指，说道："幸亏言希公子在……不如到前面那座土地庙里先歇歇，让言希先给端侯诊治诊治？"

慕北湮不屑地扬了扬眉，道："你们都歇着去吧，我继续去找阿原。"

他策马欲行，左言希已一把拉过他的缰绳，说道："北湮，你也累了许久，这半夜三更的，一时也寻不出阿原的去向，不如一同歇会儿吧！几处府里应该都已得到消息，很快会遣出人手前来帮忙。等天亮大家会合，找人就方便多了！"

慕北湮提起手中宝剑，剑柄上拇指大的明珠照出了左言希被打得青肿的左眼。他道："放手！信不信我打瞎你另一只眼？"

左言希还未说话，景辞已道："打不打无所谓，他反正瞎。"

左言希被噎住，萧潇都忍不住同情地看了他一眼。

这般兢兢业业体贴入微，还能搞得自己众叛亲离，也不晓得该说他太愚蠢，还是那位姜探太聪明。

景辞嘲讽完，掩住唇极压抑地咳了两声，方握紧缰绳，说道："走吧！"

慕北湮听得他嗓音越发暗沉，空气中隐隐有血腥味浮动，再看了一眼他月光下惨白得近乎透明的容色，踌躇了片刻，懒洋洋道："罢了，我也渴得厉害，咱们还是先去歇会儿，喝口水再说吧！"

乡里间的小小土地庙未必比外面凉快多少，且蚊虫众多。萧潇寻了几把半湿的草引燃，试图用腾起的烟气赶走蚊子。但蚊子虽被熏跑不少，景辞也有些被呛到，按住胸口又是几声低而破碎的咳嗽，然后便静默地坐在墙角，一言不发。

慕北湮向庙里供的土地神像躬身一礼，才松散了衣衫，擦着满额满脸的汗喝了几口水，又到土地庙前四下张望。

左言希知道几人都不放心阿原，说道："你们莫太忧心，阿原武艺颇高，姜探又无伤她之意，便是真动手，吃亏的也不是阿原。"

景辞忽道："慕北湮，若你正闲，不如替我把剩下的那拳给打了。"

慕北湮听左言希言中之意，居然有为姜探说话的意思，也着实恼火。但左言希虽不改素日的温文清逸，但眉眼忧愁，竟似有种骨子里的凄凉透出，交织于夏夜混沌的空气里，说不出的忧惧伤感。于是慕北湮虽有万分不满，也没法真的再去揍他一拳，只叹道："若是打不醒，岂不白白疼了我的手？"

左言希慢慢翻找着随身所携的可用之药，闻言顿了顿，转头看向他们，问道："你们……是不是都认为我偏袒她，不分是非，不知好歹？"

慕北湮摇头："你向来行事稳重，有才有识，更比我懂得人情世故，怎么会不分是非，不知好歹？你只是中了邪，或被下了降头……"

萧潇取出干粮来分给诸人，笑道："既然是姜探下的手，倒也好办。这回无论如何把她抓住，让她替你解了降头，可好？"

慕北湮一边就着冷水啃着馒头，一边道："只要没被我的王妃砍成八段，我倒不介意带她来为你解降头。但她若伤我的王妃一丝半点，我只能先将她砍成八段再说了！俗话有云，妻子如性命，兄弟似手足，回头你这降头解得解不得，我可管不了！"

景辞居然也不嫌弃馒头冷硬，将左言希给他的药丸吞了，又一口一口地吞咽着馒头，待慕北湮一口一个"王妃"地说完，才喝了口水，说道："若不是她怀孕，她不会成为你的王妃吧？"

慕北湮怔了怔，便大笑起来："怎么会呢？我们两情相悦，她怀不怀孕都会是我王妃！"

景辞又咬了口馒头，淡淡道："她怀了我的孩子，却不曾与我成亲。若是未婚生子，难免惹人议论。为了让孩子名正言顺地出世，她才允了你的亲事。跟我退婚那日，她应已知晓自己怀孕，所以你冒然求婚，她虽惊讶，但并未回绝。她只是为孩子着想，并非真的想嫁给你。"

慕北湮笑道："你想多了！她成为阿原的这半年，你才见她几面，跟她在一起多久？我跟她却时常在一起。不瞒你讲，我们在沁河时便好上了！你以为她真的喜欢你呀？不过看你生得好看，又是她当时名分上的未婚夫，睡你一睡而已！其实她那时已怀上我的骨肉，所以我才赶着娶她回家。当然，也谢你给我机会，让我可以名正言顺地娶她，让我的孩子不至于冠他人之姓！"

景辞悠闲地说道："编！你继续编！"

慕北湮将手里的馒头摔到景辞脚边，瞪他道："你莫忘了，我和她早就在一起，而且是御赐的亲事，就差拜天地了！这次的好日子虽然错过，到底已经通知过亲友，回头直接领她回府补拜个天地就行，谁还能说我们不是夫妻？"

景辞轻轻一笑："御赐……你以为皇上会让我的孩子冠你之姓？"

景辞一直没认梁帝为父，但梁帝显然早就认了这儿子。于是，景辞的孩子便是皇家子孙，岂有流落在外之理……

慕北溟脸都青了，桃花眼眯了又眯，才若无其事地冷笑道："嗯，你真要孩子，只要阿原愿意，孩子给你好了！但阿原依然是我的王妃！"

景辞低着眸，苍白的唇微微一颤，居然又弯出一个笑弧："我原本就不信她会移情别恋，如今更不信。她只是怨恨我不肯信她。若我苦求她原谅，她必会原谅。"

慕北溟再也忍不住，扬拳打向景辞的脸，喝道："你算什么东西？哪来的谜一样的自信？"

萧潇听得二人话语间火星四溅，早在旁边留意，见状忙扬臂挡住慕北溟，笑道："二位爷，都消消气……如今这情形，难道不是找到原大小姐更重要吗？至于原大小姐究竟想跟谁在一起，大家还是见面后再考虑吧！"

左言希轻叹："若论她的真心……北溟，不是我偏向阿辞，我觉得，不论是从前还是现在，阿原真心恋着的，只能是阿辞，正如阿辞心里从来只有阿原一样。"

慕北溟憋了满肚子的怒气，冷笑道："嗯，阿原恋着端侯，所以断他双足送他喂狼？端侯恋着阿原，所以搞大她肚子再甩了她不闻不问？不好意思啊，你们这一出出相爱相杀的好戏码，老子看不懂啊，也不想懂！老子只要晓得如今的阿原很正常，也很健康，必定愿意跟我快快活活过一辈子，生上十个八个聪明漂亮的小娃儿！"

"健康……"

景辞低低地重复了这两个字，却涩得跟含了满口的黄连汁般模糊。他伸手又取过一个馒头，连同那些难言的苦涩，一口一口艰难地吞咽着。

慕北溟暂时占了上风，也便释怀了不少，只是根本吃不下馒头了，转头向左言希道："言希，我晓得你还恋着那个姜探。但我话撂在这里了，她是郢王的爪牙，既然与我父亲的死有关，又是谋害宗亲朱蚀的凶手，更可能是杀害则笙郡主的凶手。于公于私，我们都不可能放过这个女人。明日若寻到她，你再因她给我们添乱，可别怪我不再把你当兄弟！否则，便是我把你当手足，也会亲手把手足给砍了！"

他的语速很快，甚至闲散带笑，却一字一句说得极清晰，似要如银针般一针针扎到左言希的身上，扎醒他这个本该比他更清醒更明事理的养兄。

左言希失神，旋即避开他的眼神，向景辞道："阿辞，我上回给阿原配的药丸，还有些在药柜的最上面一格里，贴着绿色的签子。至于药方，还有你素日所服的那些药的方子，都在下面的屉子里。"

景辞眼皮都没抬，懒懒道："别顾左右而言他。若你跟来只为守护你的姜探，最好给一个能说服我们的理由。难道就为你恋着她，就得毫无原则地保她救她，不管她是人是畜生，不管她害了多少无辜？"

他手中的馒头不知什么时候被捏裂，碎屑自指缝间簌簌而落："或许她是你眼中的绝世珍宝，但则笙、阿原何尝不是各自亲人朋友眼中的珍宝？我绝不饶她！"

左言希面色发白，默默地坐到土地庙前，抬眼看一轮幽冷的弯月，许久才道："可你们方才都说了，妻子是性命，不是可以随便甩开的衣服。"

几个人便都抬头看向他。

"妻子？怎么你们就成夫妻了？我怎么不知道？"慕北湮骇然而笑，"一夜夫妻吧？"

左言希难堪，却一字字咬得清晰："的确……只有一夜。但我们是夫妻。"

"夫……夫妻……"慕北湮盯着自己的义兄，向来利落的口舌已似有些转不过来，"你天天跟那些稀奇古怪的药物作伴，是不是学神农尝百草吃错了药？她是郢王那个心腹谋士樊大的吧？她曾色诱朱二公子没错吧？如今还时常侍奉郢王也没错吧？你说她跟你是夫妻？"

慕北湮越想越荒唐，忍不住笑出了声："夫妻……人家是头顶一片青天，你是头顶一片草原呀，绿油油的，一望无边，这风光简直美得突破天际了！你说你没吃错药，我绝对不信！"

他几乎捧腹大笑。

但左言希静静地坐着，宛如一座淋透风雨的石雕，又如一片随时能被剪穿戳破的纸人。景辞、萧潇凝视着他，同样沉默着。

慕北湮一个人干笑几声，终于笑不下去。

他一把拖起左言希，指着庙中供养的神像，喝道："当着土地爷的面，你赶紧告诉我，你跟那个什么探已经没关系了！那贱人害过我们父亲，更可能是为了一己私心害死则笙、嫁祸阿原的凶手，就该被天打雷劈！难道你想跟着她被天打雷劈？"

左言希被他扯得透不过气来，喉间滚动了下，方低声道："也许，我跟她命中注定会被天打雷劈吧？但她不是坏人，真的不是……"

景辞慢慢站起身来，说道："情人眼里出西施，即便是只苍蝇，你会也夸那苍蝇体态娇小身姿柔美嗡声悦耳，连叮的臭肉都能品出与众不同的鲜美来……只是你能不能照顾下我们的感受？"

慕北湮道："对！想想我温文尔雅的好兄弟忽然变成了一块行走的臭肉，我很反胃的好不好？不只我嫌弃，你问问你身边的朋友，谁愿意跟苍蝇相中的臭肉为伍？"

左言希垂眸，深浓的眼睫在惨白的面颊上映下两道暗淡的阴影。他低叹道："她不是苍蝇，她是我一起拜师学艺的师妹，就如眠晚是你师妹一样……"

左言希从未细述过他在师门的经历。

即便亲近如慕北湮、景辞等人，也只知他是梁帝栽培的心腹，因酷好医术，曾被送在一位名医门下学医数载。

如今细述起来，就像风眠晚是因景辞的缘故，才意外地成为陆北藏弟子那般，姜探也是因为左言希的缘故，才成为那位名医的女弟子。

彼时丁绍浦穷困潦倒，变卖了部分家产才将养女送到名医处医治。其妻很不乐意，恼火之下带着亲生女儿回娘家，不料娘家失火，丁家幼女葬身火海，夫妻二人悲痛欲绝，于是丁绍浦更将养女看待得如眼珠子一般，而丁妻迁怒姜探，恨不得生食其肉，为爱女泄恨。

以丁家那点财力，原不足以支持姜探继续医治。但名医受了当时的梁王嘱托，教导左言希极是尽心，见姜探病情复杂，一时难愈，索性将她留下，当作让爱徒练手的实验品。

左言希入门未久，用药施针难免会犯差错，既有差错，难免负疚于心，看待这小病人更与众不同。何况姜探温柔聪慧，不仅赢得左言希的爱惜，也让名医称叹，见她久病后在医术上颇有见地，左言希又屡次请求，索性将她也收作了弟子，跟左言希成了师兄妹。

既是师兄妹，难免日日相对，既要治病，难免肌肤相亲，最后到底是谁先动的情，谁先用的心，早已说不清楚。

他们的师父并未阻拦过这对师兄妹相亲相爱。左言希家世不俗，但生来淡泊名利，义父贺王慕钟出身行伍，也不会计较他未来的媳妇是不是出身高门，他们在一起似乎也没什么不合适的。

郎才女貌，更兼郎情妾意，他们的未来看似一片光明。二人虽都是谨慎之人，也不由地敞开心怀，彼此越陷越深，再不舍放手。

左言希一心想出师后便将姜探带回京城或沁河，但谁也不料就在那两年丁绍浦已攀上了郢王，并在成为郢王的心腹后打定主意，要将姜探嫁入郢王府，让她下半辈子锦衣玉食，也让丁家随之水涨船高，甚至随着郢王的一步登天而平步青云。

姜探自然不愿。当时贺王尚在，又有梁帝宠信，左言希若执意迎娶姜探并不难，料得郢王还不至于为部属的一个养女便出头与左言希抢人。

可姜探不仅欠养父母一条命，还欠他们一个女儿。她的养母永远在提醒她，她究竟欠他们多少。

她虽温柔娇弱，但性情极是刚强有主见。左言希踌躇之际，竟是她下了决断。

左言希回京前夜，她拉了他，请天地为媒，撮土为香，以茶代酒，二人结为夫妻，立誓相守一生。

半湿的蒿草依然在土地庙中腾着烟雾，左言希便似被烟气熏得双眼迷离、神思恍惚。他喃喃道："我们早已约定，彼此只是暂时分开。待报了养父母的恩情，她便来找我，与我夫妻团聚。"

慕北溟侧目而视，冷笑道："说来说去就是为了这个女人而已，怎的从你口中说出来这般感天动地？想来的确感人，为了还她父母之恩，为了与心爱的人一世相守，这娇娇弱弱的女孩儿手起刀落，断送了多少人的性命……就差没亲手杀死心上人的义父……若她亲手杀了我爹，你是不是更会感动得痛哭流涕？"

左言希摇头："她不会杀义父。她当时去沁河，只是为了和母亲小聚几天，顺便帮郢王打探一下朱蚀的态度。她母亲根本不晓得我跟她的事，一心想着替她生父报仇，又想着撮合她和朱二公子，以求母女团聚。后来母亲自尽，朱二公子疯癫，都在她意料之外。她当时的病并不假，我想尽法子，才将她救了回来。"

慕北溟冷笑："意料之外？杀人偿命是意料之外？"

"朱蚀跟她有杀父夺母之仇，逍遥这么多年，若非她们母女设计，谁又能令他杀人偿命？朱二公子无辜，她也在尽量弥补，这些时日一直在寻找可以令他恢复神智的法子。"

"……"慕北溟尚记得阿原说起过姜探在墓地为疯癫的朱二公子整理仪容之事，一时语塞，转而质问道，"那她所害的其他人呢？总该换她杀人偿命了吧？"

"义父并非她所害，事先也不知情。但薛照意的确与她有联系，义父遇害后，同是郢王的部下，她也只得帮着善后……"

景辞微哂："你这是承认傅蔓卿是姜探所杀？那个说书人张和也是姜探所杀的

吧？他原来是郓王的人，后来不知为何背叛了郓王，是不是？当然，你的爱妻必定又是迫不得已。连她杀了则笙、嫁祸阿原也都是迫不得已。因为郓王之命？因为养育之恩？因为与你情深似海，不得不用他们的血肉之躯垫出你们的团圆之路？"

"没有……"

左言希答得很无力，慢慢地抱住头。月光下，他的手指插在有些凌乱的发间，颤抖不已。

慕北湮却已越听越心惊，越想越心凉："也就是说，义父遇害不久，你便已清楚真相？包括这次则笙郡主遇害的缘由和经过，你也早就心知肚明？但为了你的心上人，你竟只字未提？"

一阵夜风吹来，虽没有了白天的暑热，却裹挟了漫天的沙尘。左言希扑了满头满脸的灰，一动也没动。他哑声道："这是她为郓王做的最后一件事。我责怪过她，也跟她说过阿原的身世。她沉默了很久，说她欠了阿原，欠了很多人。"

慕北湮将拳握紧又松开，松开又握紧，终于挤出一丝笑脸："好了，我们这里三个人六只耳朵听得很清楚，杀则笙郡主的是姜探，阿原就是个无辜的替死鬼！回头在皇上跟前，可不容你再抵赖！"

左言希垂着头，声音如轻尘般飘在夜风里，虚软无力："一切因我而起，若有惩罚，都惩罚在我身上好了！她……苦了一世！"

慕北湮干呕了一声，抬脚将他踹倒在地。

景辞与他交换了一个眼神，眼底竟闪过同样的杀机。

于阿原，二人彼此竞争，势难相让，于左言希，二人的立场却出奇的一致。

他们容不得那个不知用什么方法迷惑左言希失去心智的蛇蝎美人。他们必须找回他们曾经的兄弟和朋友，找回那个他们所熟悉的左言希。

远远近近和谐的蛙叫虫鸣，忽被由远而近的隆隆响声打破。

慕北湮看一眼外面的星光，怔了一怔："打雷吗？"

原本盘膝而坐靠墙休息的景辞忽然支起了一条腿，手中不知什么时候多了一柄软剑。那软剑锋刃明锐，宛若一痕月华浮动，显然不是凡品。他道："是马蹄声。人不少，只怕有百来骑。"

萧潇一个箭步冲了出去。

慕北湮看了看天色，沉吟道："莫非是我们府里的侍从赶过来帮忙找人？可这马蹄声也太齐整了！"

他也摸向了腰间的佩剑。

不过片刻，便听萧潇在外叫道："端侯、小贺王爷，是均王殿下来了！"

均王朱友桢，元贞皇后张惠所出的四皇子，颇得梁帝喜爱，却喜文厌武，常与诗书为伴，很少参与朝堂之事，看情形根本不想卷入储位之争。

昨日阿原被释，郓王受责，林贤妃又插了一脚，凭谁都能猜到这事与诸子争位有关。均王既然想避嫌，明知景辞、慕北湮等人是追寻阿原而来，又怎么会紧跟而来？

诸人正纳闷时，均王已被迎入，倒先向景辞一揖，说道："端侯可还安好？"

景辞早藏了剑，点头道："我不碍事。均王怎么会到这里来？"

均王一笑，颊边的酒窝里便盛了些少年的稚气。他道："皇上听说你可能追着原大小姐出京了，着急得不行。我恰在旁边侍奉，他便让我带一队禁卫军出城找你回去。"

景辞心中一动，眸光便柔和了些，只道："我还没有找到原大小姐。"

他的母亲景二小姐和谢岩的母亲景大小姐，都是景太夫人的内侄女儿。因父母早逝，这对姐妹花遂被景太夫人抱在王家，和自己的儿子王榕一起抚育成人。景二小姐容色倾城，王榕与她青梅竹马一起长大，自有一番不足为外人道的心思。谁想当年梁帝千方百计娶了景二小姐，却不曾好好珍惜，才致她年轻早逝。王榕虽在梁帝称帝后受封赵王，但对于这段往事始终恨得咬牙切齿，教导景辞时不免将梁帝的不堪说上很多遍。

同样的，还有原夫人的不堪和狠毒。

但那日在大理寺，原夫人已将往事说得明白，景二小姐之死与她关系不大，根本不是他从小被所告知的血海深仇——被知夏姑姑盗来的风眠晚更是无辜，差点被活祭了她生母，随后又被当作仇人之女养着，受尽委屈。

一直以为的正义不再是正义，一直以为的邪恶不再是邪恶，他冷落了搬弄是非的知夏姑姑，也难免重新看待往日的恩恩怨怨。

这些日子梁帝待他如何，他早已看得明白，而此刻烦心着郓王之事，还想着派出均王前来找寻，更可见其记挂之情。

均王颇为善解人意，听出景辞话中之意不肯放弃，已道："父皇其实并不是阻拦你找人，就是担心你身体受不住。既然你觉得不碍事，又有左大夫在旁作陪，我遣人回去向父皇报声平安，请他老人家放心即可。我带来的人多，正好可以帮你继续找人。"

慕北湮眼尖，早已认出均王带的这队人马隶属龙骧军，和龙虎军一样是梁帝未称帝时的兵员，战斗力颇强，领头的龙骧军副统领皇甫麟也是难得的高手，大为振奋，笑道："甚好甚好，有均王殿下帮忙，必定事半功倍！"

萧潇见景辞沉吟着欲问不问，料得他也不放心宫中情形，便问道："均王殿下，昨天似乎发生了不少事，不知宫中目前可还安定？"

均王有烦忧之色，说道："嗯，三哥惹了不少麻烦。昨天林贤妃一反常态，添了很多话。皇上生气得很，把郓王赶出了宫，回寝殿看原夫人。也不知原夫人有没有再说什么，没多久又传出道旨意，任三哥为莱州刺史，命他即日上任。"

慕北湮大为痛快，笑道："下一步，该是传博王回京了吧？莱州在海边，皇上把他遣那里去抓鱼吗？"

均王静默片刻，叹道："能一世平安抓鱼，大概就是幸事了吧？"

慕北湮不解之际，萧潇已在旁低低地道："先前已有两名犯事的大臣被封为刺史遣出京，但……一直没能到任。"

有些过错不可原谅，但有的王公大臣因为这样那样的原因，又不宜明着处置。远远调出京城，并在路上寻机了结，无疑是个好法子——不仅省事，也省得撕破脸面，让和这些犯事大臣交好的将相们难堪，便能将诛杀大臣引发的混乱降至最低。

时值乱世，很多将相之才缺少不得，而郢王几度随父征战，拥护他的武将并不少。再者，他不仅有暗害贺王、则笙郡主等人的嫌疑，更给他老子戴了一顶华丽丽的大绿帽，这桩丑事可没法公诸于众，以此问罪无疑大伤皇家脸面。

如此看来，郢王真的可能到不了莱州了。

均王、皇甫麟所带的这支禁卫军足有百余人，都是身经百战的梁帝亲兵，颇有才干，第二日未到午时，便寻到了阿原最后的落脚处。

那是某个偏僻村落后的一片荒坡，山石已被晒得干裂，石缝间有稀稀落落的野草，大多耷着叶子，被晒得蔫蔫的。山石上方有株老柏树，倒还生得苍郁劲健，几只蝉儿藏在深密的枝叶间，正声嘶力竭地呐喊。

附近的农家老头指给他们看："喏，就是这里，昨夜那两个女鬼打架打了好久……刀剑碰在一起，叮叮当当乱响，生生把我们吵醒了，也只敢从窗边远远地看……"

山石上有很明显的血迹，有零星的，有大片的，都已被炙热的阳光烤成了黑褐色，印在灰白的山石间，触目惊心。

慕北湮气息不匀，捏紧了拳，森然道："你哪只眼睛瞧见她们是女鬼？女鬼也能让你瞧见，莫非你也是鬼？"

老头窥着几人面色都不善，慌忙道："这半夜在这坡上蹦来蹦去的，难道不是女鬼？嗯……也许是老朽看错了，虽说昨晚月光还算亮堂，到底是晚上，打到那边老柏树下更是看不清楚，指不定……指不定是狐妖呢？对，对，就是妖，妖呀……不然哪来的血？"

萧潇唯恐慕北湮一个克制不住，会扬拳把那老头打一顿，忙拉开他，向那老头道："别扯这些，我且问你，后来那两名女子哪里去了？"

老头道："打了好一会儿，其中一个就倒在地上了，应该是被杀了吧……流了很多血……看，就是这里！"

他指向那一大片早已干涸的血迹："打赢的那个就是从这里抱起另一个的尸体，

往竹林那边去了……"

连萧潇都已开始透不过气来了，捏住老头的衣袖问："哪个赢了？哪个死了？赢的……赢的那个是什么模样？"

老头道："两个都是长头发的，大半夜那衣服也瞧不出颜色……不过死了的那个，把剑跌在地上了！"

景辞久久地立于那片血迹前，忽冲上前，揪起那老头的前襟，恶狠狠地问道："在哪里？剑呢，在哪里？"

他的声音已变了调，五官也似已扭曲，大颗的汗珠正从惨白的面庞滚落，看着极是怕人，全无素日的雍贵疏离。

老头骇得不轻，直着嗓子冲他家老屋方向叫喊道："阿……阿八，阿八……"

老头的儿子飞快奔来，手忙脚乱地递上粗布旧衣裹住的一柄无鞘宝剑。

剑柄已被磨得油亮，柄上发乌的"破尘"二字便格外清晰。萧潇握住剑柄只一抖，剑身明晃晃若一痕秋水在阳光下荡漾，分明就是往年他曾用过的那把，亮得灼眼。

他的手颤抖起来。

这时，只闻旁边轻微的"噗"的一声，一个人影倒下，然后便是左言希失声高喊道："阿辞！阿辞！"

景辞跌倒于山石间，淡白的唇咬了又咬，终究没能忍住，大口鲜红的血咳出，正落于那片干涸的血迹上，迅速被滚烫的山石吸入。

慕北湮宛如做梦般地看着破尘剑，看着倒在地上的景辞，却觉眼前模糊得什么都看不清晰，忙抬手将眼睛一抹，竟抹了满手的水迹，才晓得早已爬了满脸的泪。

萧潇有些茫然地把手里的破尘剑晃了下，干涸着嗓子道："其实……只是……只是剑而已，对不对？"

景辞的手指几乎掐进岩石，用力吞下左言希送到唇边的药丸，吃力地喘了口气，喉咙间似被什么拉直了似的，嗓音便说不出的怪异："嗯，只是她的剑而已……她……她必定不会有事。我知道的，她不会有事……"

均王擦着额上的汗，将这荒坡来回打量了数遍，忽道："这个地方，我好像来过？"

伴在他身畔的禁卫军副统领皇甫麟提醒道："均王殿下，你忘了？前年皇上劝谕桑农，曾带诸皇子和几名大臣来过此地，还曾在后面那片竹林里歇过脚。"

均王失声道："对，我想起来了……那片竹林里有位隐士，据说和三哥颇要好，当时我还进去讨过茶。"

话未了，慕北湮已冲了过去。

景辞凝了凝神，扶着萧潇亦奔了过去。

而左言希不知什么时候已冲到了最前面。

坡后果然另有一番风光。

竹叶萧萧,清风习习,暑气为之一散,连蝉噪声都似被阻隔在另一方空间。

三椽木屋隐于竹林深处,一弯细细的溪水从屋边绕过。沿溪的地面和山石上,竟自在地爬了一层青苔。瞧来此处的确是乡野间上好的隐居之所。

左言希立于门前迟疑时,慕北湮已径自冲上前,一脚踹开虚掩的门,正待奔进去时,已听得门上一枚铃铛叮当作响,清脆地招摇于竹林间。

萧潇在后急呼道:"小贺王爷,小心有毒蛇或毒气!"

此处看着世外桃源般幽静,可他们尚记得说书人死于毒蛇之口,而丁曹亦是探过姜探在慈心寺的居所后发狂而死。于他们而言,这姜探的确是个比蛇蝎更可怕的人物。

慕北湮虽焦灼难安,被萧潇一提醒,举目一看,发现眼前正屋内有桌椅陈设,却空无一人。前方供桌上燃着线香,烟气正袅袅拂动。他忙一手横剑于胸,一手掩住口鼻,到两侧房中查看。

一边砌着炉灶,摆着若干农具和柴米;另一边则是卧房,质朴简陋得与寻常农家无异。

但慕北湮奔进卧房时,即便掩着口鼻,都已闻到了浓重的血腥味。

一低眸,他已瞧见地上竹篮里的衣裳。

浅紫的衣裙又皱又破,糊满了新的和旧的血污,再辨不出最初那质地的柔滑贵重,更识不出那裁剪的精细高明,但这些日子慕北湮常与阿原作伴,便能一眼认出,这正是阿原的衣衫。

他脑中嗡的一声似要炸裂,早已放下掩住口鼻的手,跟跄地冲过去捏紧那衣衫,哽咽着说不出话来。

景辞亦已冲入,同样身形不稳,握着门框才立于卧房前,低头看向那些血衣,眸光跳了一下,迅速转往别处。

这时,只闻得左言希在窗外大喊道:"探儿,快跑!"

慕北湮吸气,掷下血衣,提剑冲了出去。

景辞急急地拉道:"慕北湮!"

慕北湮充耳不闻,挥手将他甩开。

屋外,有女子正拎了一只竹篮沿小溪匆匆走来,听得左言希呼唤,愕然抬起了头。

身似弱柳,发如墨染,眉眼萦情含愁,清秀之极,又有素衣随风翩舞,看着更是韵致楚楚,惹人怜惜——正是姜探。

举目瞧见左言希,她的眸子顿时映了天光般明亮起来,定定凝注于他的身上,竟是掩都掩不住的缱绻柔情,完全无视了那边怒发冲冠的慕北湮。

眼见慕北湮持剑而去，左言希忙奔上前拦阻，又向姜探高喝道："快走！"

姜探仿若没听到，兀自提着竹篮，目光一刻不曾从左言希身上挪开过，只低低道："言希，你来了……"

一时也听不出是欢喜还是惆怅，只见那双盈盈黑眸已涌上大片水雾。

慕北湮越被左言希阻拦，越觉得此女心机深沉，天下无人能出其右，再见不得她故作可怜魅惑人心的矫情模样，连连出剑，逼开左言希，又刺向姜探。

均王连声道："别打了，别打了……"

他自然只是让慕北湮莫和左言希动手，却早已向皇甫麟使了个眼色，令他带着跟随而来的数名禁卫绕到后方，先截断姜探的后路。

姜探会些武艺，但到底体弱多病，根基浅薄，慕北湮盛怒而来，她岂是对手？不过数招，便已狼狈不堪，手中提篮在抵挡之际生生被劈作两半，里面的物什散落一地，却是些刚采回的药草。

左言希见她不敌，又赶上前来，拦住慕北湮，涩声道："北湮，你当真要取她性命吗？"

慕北湮冷笑道："不取她性命，难道还学你怜香惜玉，纵她一再害人吗？以命抵命，天经地义！"

他的剑擦过左言希的左臂，将他衣衫挑开一道裂缝，迅速指向姜探的前胸要害。

既已证据确凿，当着景辞和均王的面，他便是将姜探就地格杀，也不怕郢王或郢王党羽摘出不是来。

左言希面色煞白，眼看姜探行动迟缓，断难躲开这一剑，忽快速退了两步，再次将姜探奋力拉开。

慕北湮大怒变招，剑尖再度如毒蛇般袭向姜探，要在左言希援手之前先将这恶女了结。

眼看剑出如电、要将姜探立毙剑下时，旁边白影跃出，迅速将她推开，挡于剑前。

慕北湮满怀愤恨，全力一击，未留丝毫余地，再来不及撤手，锋锐的宝剑已将那道白影洞穿。

他心知不妙，慌忙撤剑细看时，失声叫道："言希！"

左言希未携兵器，的确已来不及救人，最后的奋力一跃，将剑下的姜探推倒在地，却用自己的胸口迎向了慕北湮的宝剑。

倒于地上时，他胸前的衣衫已迅速被汹涌而出的鲜血染红。他面色煞白，用手掩着伤口，犹自努力挣扎着站起身来，看向姜探。

姜探被他大力一推，早已跌倒在地。她慌忙坐起身，转头看了左言希一眼，顿时凄厉大叫，纵身扑了过去。

左言希见姜探无恙，方松了口气，唇角竟有一丝安慰的笑意。

慕北湮的宝剑已跌落在地，瞧着倒地的左言希，一时竟似在做梦。

倒是均王最先反应过来，急上前扶住他，向皇甫麟高喝道："有没有伤药？快，快拿伤药来！"

景辞、萧潇听得外面声音不对，才从木屋中赶出，见状亦是大惊失色，忙奔上前来，急问道："这……这怎么回事？"

景辞久病成医，亦知些医理，往左言希受伤的部位一瞧，刚有些血色的面庞又转作灰白。他看向慕北湮跌落在地的染血的剑，压着怒气低喝道："你疯了！"

左言希吃力地喘着气，说道："阿辞，别……别怪北湮。他想杀探儿，你们都想杀探儿……其实都没错。是我错了，归根结底，都是我的错。探儿只是想跟我在一起……是我无能，不能替她分忧，让她在那条万劫不复的路上越走越远……"

姜探已跟跄着冲到他跟前，颤抖的手指从腰间香囊里拔出数根金针，扎向他几处穴位，意欲为他止血续命。

左言希握住她的手，叹道："你我都是大夫，哪些能救，哪些不能救，都该清楚得很，莫白白耗费心神。"

姜探呆呆地看着他胸前越涌越多的鲜血，手中金针跌落于尘埃中。她伸出纤白的手，揽住他的脖颈，呜咽道："万劫不复也是我的事……你前夜来找我，不是已经跟我说过，你再不要我这样蛇蝎心肠的女子，再不会见我，再不会理我……我的生死，早该与你无关。你又来找我做什么？你又来帮我做什么？"

左言希道："傻子，我气你不听我劝，越走越远，才跟你说那些。何况我只说过一次不要你，却已说了无数次要你……你自然还是我的妻子。"

众人才知王则笙遇害后，左言希发现耳坠像姜探之物，暗中去向姜探求证时，曾与姜探大吵一架，甚至因此决裂。只是再怎样的分歧，依然抵不过两人在漫长岁月里结下的如斯深情。景辞、左言希因姜探之事责怪左言希时，左言希依然执着相护，不惜被兄弟和好友鄙夷疏远。而姜探性命攸关时，他更用自己的性命在诠释什么是夫妻情深，至死不渝。

他抬头看向景辞等人，眼底忍不住有烦恼苦涩流溢。他轻声道："北湮、阿辞，我晓得你们恼我……恼我冥顽不灵、是非不分。可我还是求你们……以命抵命，就用我的命去抵，饶过姜探可好？"

慕北湮的确还想骂他冥顽不灵，为这么个蛇蝎美人搭上一生一世一条命。可他瞧着左言希越来越灰白的气色，喉间早已堵得像塞了二斤棉絮，怎么也说不出话来。

姜探已将左言希抱得更紧，那样低哑而温柔地说道："傻子，你才是傻子……我欠了什么我向来知道，欠了的命也不需要你替我抵。我欠你最多，也只想偿还你一人。天底下所有人的性命加起来，也抵不上你一个人。"

左言希叹道："你这一世，受了多少病痛折磨，旁人不知，我却清楚得很。从小到大，你无数次在病痛里翻滚，嗓子都哭哑了还在咬牙撑着……这么多年，你不是活在人世，是活在地狱……若杀人害人都该有报应，你早已受够了！若有没够的，剩下的报应，我来承受吧！"

他看向景辞，并不掩饰最后的哀伤和祈求："阿辞，放过她可好？可好？她还欠着的，我下世还你，还则笙郡主，可好？"

景辞已红了眼圈，向木屋看了一眼，才沙沙哑着嗓子道："她的确可恶，但也许真的不是十恶不赦。阿原想抓她归案，但她的确无意伤阿原。阿原受伤小产，她将阿原带到这里来医治。"

慕北湮吸了口气，猛地看向木屋，吞吞吐吐道："你……你是说……阿原还活着？"

景辞看向他，涩声道："孩子没了……现在她还在床上昏睡，总算脉息还算平稳，应该没有性命之忧。"

慕北湮猛地想起他冲动奔出时，景辞似乎拦过他，而且明知姜探在外，许久不曾出来，顿时恍然大悟："你……早就猜到阿原不曾遇害？"

景辞叹道："若姜探杀了阿原，必会寻地埋尸，怎么可能带回屋内？作为证据的血衣更该掩埋深藏，怎么会随意放在竹篮中？唯一的解释就是，阿原没有死，那些染血的衣衫是她换下的。还有……屋中有药味，是小蓟根叶、益母草等产后调养之药。我便知……是阿原小产了。"

姜探垂眸道："她一直在追我，我想法子毒昏了她的鹰，她还是跟了过来。我打不过她，趁她不留意把她也毒昏，正想离开时发现她一直在流血，才晓得她小产了，所以带她过来医治。"

左言希的眼睛已经清亮起来，他握住姜探的手柔声笑道："嗯，我就知道，你会改，会改……再不会害人。"

姜探道："那是自然。你说我们是大夫，只能救人，不能害人，我听见了；你说阿原是好人，那她就是好人，我也听见了。我什么都不强求了……从此你说什么就是什么，你要我做什么，我便做什么。"

左言希道："嗯，你好好活下去。"

姜探道："好。"

左言希欣慰，微微地笑了笑，将头靠在她的肩上，便不再动弹了。

姜探抱紧他，满脸都是泪，却慢慢地笑起来："好好活下去……活下去容易，好好活下去……言希，从我家破人亡，母女离散的那一天，我就没好过呀……"

景辞盯着左言希宛然如生的秀逸面庞，眼底泪光闪烁，却咬牙道："越是没好过，越是要过好。可助纣为虐、滥杀无辜，只会让你更不好过。"

姜探亲了亲左言希渐渐冷下来的面颊，低低道："我早就该死了……活下去便是欠了人的债。欠了我养父母的，也欠了言希的。我只想用一年时间还尽欠我养父母的，他们便休想再阻拦我跟言希在一起。至于欠言希的，我会用一世去还他。"

她低眸，看左言希垂落的眼睫随风拂动，似随时都能睁开，温柔的声音有种沉醉梦境般的迷离："我的一世其实并不会太久。听闻你有先天弱疾，未必能活很久，我比你还不如。我常常很痛，痛得满地打滚。师父最初还不愿给我开止疼药，想让弟子们更仔细地观察我的病情，由我喊天天不应，喊地地不灵……后来，我喊言希师兄……他翻遍医书给我寻药，为我煎药，整夜整夜陪我，让我一点点从地狱中走出来，看到些微的希望。"

景辞道："他让你从地狱中走出来，就是为了让你把别人送入地狱、把他送入地狱吗？"

"地狱……我何尝走出去过？"姜探失魂落魄地笑，泪水簌簌扑入怀中男子的脖颈，"这一世，除了痛苦，便没有别的。你可知我为什么能撑得下去？我开始懵懂地思念母亲，思念我毁了的家，后来便只剩下他，只有他……与他在一起，便是我唯一的快乐。"

慕北湮一直坐于地上，抱着头一声不吭，此时才通红着眼睛冷笑道："于是，你倒行逆施，不顾他人的性命，也不顾他心里怎样想？当然，他再怎样反对也会护着你……"

用性命护着她，不惜死在亲人兄弟的剑下，只想为她求得一条生路……

想起左言希从小到大的容让爱护，慕北湮再也忍耐不住，揪着头发失声痛哭。

姜探恍惚地笑："倒行逆施，可知我为何倒行而逆施？日暮途穷，说的就是我，就是我呀……言希说，端侯跟我一样自幼的症侯，未必能活多久。但阿原若能恢复记忆，与你重归于好，也许你还有希望……而我……我血气不足，根本活不了几年……日薄西山，我只想还清欠我养父母的，再跟他静静度过剩下的岁月……"

当年伍子胥为父报仇，不惜掘出楚平王的坟墓，鞭尸三百，往昔挚友痛责其辱及死人，全然不顾曾经的君臣之谊，伍子胥便答："吾日暮途远，吾故倒行而逆施之。"说的是他年纪已大，时日无多，怕没有时间报仇，方才违背天理，倒行逆施。

姜探病势沉重，自知寿短，只愿多与左言希相处些时日，于是同样倒行逆施，不惜为虎作伥，乱伤人命……

景辞黑眸幽深如井，冷冷地道："如今，你如愿以偿了吗？带上言希，去静静度过你剩下的岁月吧！"

言外之意，自然是放姜探自行离开。

论起姜探所犯之罪，着实百死难赎。可左言希最后的心愿，他们不能不顾。均王是名正言顺的皇子，此刻便顾自与皇甫麟说话，只当作不曾留意景辞放人；慕北湮误杀左言希，对姜探更是切齿痛恨，却也不肯违了左言希最后的遗愿，坐在地上抹了把满脸的泪，红着眼睛也不说话。

姜探却不曾起身。

她抬头看向景辞，轻轻笑了笑："言希向来都在为他身边的人考虑。他认为杀了阿原对你更好时，他真的曾想下手杀阿原，但他前儿跟我大吵一架时，偏又认为保下阿原让她恢复记忆对你更好。如今，他又认为以命抵命保下我更好。可他当真晓得什么才是对我最好的吗？"

景辞道："于他而言，你活着便是最好的。"

姜探叹道："你们这些人呀，就喜欢自作聪明。若你跟言希一样的想法，大概原大小姐也会有生不完的闷气，怪不得宁愿嫁给慕北湮。"

"……"景辞好一会儿才能问，"他错了吗？若不能活着，一切都是空谈。"

姜探笑了起来，脸色愈加苍白："当然错了！若不能和他一起活着，若用他的死换我的生，若从此阴阳相隔再不相见，活着比死去更痛苦！"

景辞蓦地盯向她，连慕北湮都已眯起桃花眼，忽扑上前去，将左言希的尸体抱过。

姜探素衣染得鲜红，却不仅是左言希的血。她的胸口端端正正刺着她自己的一支簪子，只剩了簪头上的凤首露在外面，沾满了鲜血，乍看竟似那凤首在汩汩冒着血。

没了左言希尸体的支持，姜探便支持不住，亦倒在了地上，兀自以肘撑地，趴在地上凝视左言希的面庞，柔声道："其实我很怕他生气，很怕他真的跟我决裂，所以我不敢杀阿原，看她大出血，还努力给她采药医治，并在药里掺进了几味能促使她恢复记忆的草药。未必有言希专门炼制的药丸有效，但这既然是言希的心愿，我也盼着能替他实现。"

哪怕彼时左言希刚跟她大吵一场，决绝而去，他依然是她心中视若性命的挚爱，就如她是他心中比性命更宝贵的存在。

景辞吸气，忙近前一步，急道："萧潇，快拿伤药来！"

姜探笑了笑："不用了……我活着只是为了他……这么痛苦的人世，终于可以……离得远远的了……言希，言希……"

她伸出手，伸向旁边的左言希，小鹿般清澈好看的眼睛里似盛了蜜糖，在阳光下软软的，似快要融化一般。

而她整个人也在同一时刻忽然软了下来，软软地倒在左言希的身侧，手指恰搭在了左言希的腰间，竟是一个温柔拥抱的姿势。

那样亲密而暧昧，却坦坦荡荡，旁若无人。

从此再无病痛，大概也真能旁若无人地继续他们苦尽甘来的相依相守了吧？

阿原的确就在木屋中。

慕北湮见到血衣后便失了理智，只顾去寻姜探报仇，并未入内仔细察看。而景辞察觉疑点，又闻出药味有异，入内找寻时，很快找到了帷帐后的阿原。

但阿原始终昏睡不醒，全然不知屋外的生死离合、爱恨交加。

均王素日常在京畿与文人雅士吟诗作赋，附近也有一二知交，遂借了一处依山傍水的清幽别院，引众人带了阿原入内暂住。

精于医术的左言希、姜探都已逝去，均王遣人寻来附近几个郎中诊治时，有说小产后元气大伤的，有说身中奇毒难解的，也有说被庸医用错药的，始终没个定论。

萧潇见状，日夜兼程赶回宫中，连夜带回两名太医，又找出左言希先前留下的方子，好为景辞调理身体——此时他们才知，左言希在破庙中告诉他们方子收在何处时，已有一死谢罪的打算了。

可即便太医到来，阿原依然没醒。

她的面色苍白如纸，干裂的唇边毫无血色，说不出的虚弱憔悴。景辞拿棉签蘸了温水为她润湿嘴唇，偶见她昏睡抿一抿唇，能吮到一星半点的湿意，眸中便会闪过欣慰。

慕北湮见插不上手，索性边喝酒边跷着腿在旁瞧着，叹道："早知今日，何必当初！既赢得佳人芳心，又有婚约在手，早早将她娶回去，哪来后面那么多破事？就如掷骰子，明明掷出了满园春，偏要丢了重来，换回个满盘皆输，何苦来哉！"

他虽说着，料着景辞那别扭性子必定不肯答的，转身去瞧均王正读着什么书。

谁知景辞竟答道："嗯，此事我错了。"

慕北湮、均王一齐抬头看向他。

景辞闭了闭眼，低低道："她曾辜负我，我始终心结难解，的确有心冷落，希望稍稍疏远些，免得再和当初那般泥足深陷，被她陷于死地兀自难以自拔，也免得太过骄纵了她，寒我舅父和知夏姑姑的心。"

均王瞪着他，忽叹道："恐怕有些难。左大夫还想跟姜探决裂呢，终究为护她而死……我瞧你如今的情形，可不像恨她辜负你的模样……"

"便是辜负，也是我咎由自取。她其实最无辜，上一辈的仇恨不该落到她头上。何况……我连恨都恨错了人。"他忽然看向均王，"隔了那么多年，很多当年的仇恨，其实已分不出对或错吧？"

均王已笑了起来："对错自然是有的。无论如何，因嫉恨而设计杀人，还试图嫁祸他人，总是错的。"

景辞眸中闪过一丝锐芒："你知道？"

均王慢慢合上手中的书卷，低叹道："很小的时候，我曾看到母后在偷偷地祭祀一名女子。她哭着说，你莫怨我，我实在是退无可退，无法可想了。你抢走我夫婿，抢走我名分，抢走我的宠爱，让我为婢为妾也就罢了，为何连个孩子也不肯给我留下？"

"孩子？"

"听闻我前面本该有个哥哥的，都怀了五六个月了，跟原夫人一起喝了蛊茶，就没了。"

"原夫人？"

"不是她动的手脚。听闻那几年她也怀不住孩子。梁王妃出事后，她请医服药，隔了四五年才生下了原大小姐。"他忽抬头看向景辞，笑了一笑，"依我说，她们都错了！虚名浮利，你争我夺，便是赢了又如何？两眼一闭腿一蹬，谁又能带到棺材里去？母后苦心经营一世，熬尽心血，何尝有一日快活？不如远离是非之地，挚友诗酒相伴，从此逍遥一世，岂不快哉？"

景辞默默撑住了额："你说得对。"

慕北湮持了酒壶在手，晃了晃头，说道："莫非我喝醉了？为何你们说的话我一句也听不懂？"

景辞忽伸手，夺过他的酒壶，仰脖便喝。

慕北湮急道："喂，我的酒……喂，你不要命啦？"

其实均王还是错了。

恩恩怨怨，是是非非，真的分不出对或错。

阿原做了很长很长的梦，几乎有一生那么长。

也许，真的就是一生吧？

那个叫作风眠晚的女孩儿的一生。

梦境里，没有梁帝，没有原夫人，没有慕北湮，更没有原大小姐。

只有一个叫风眠晚的笨丫头，总是被人欺负，却总是很快乐。

快乐地当她师兄的小尾巴，快乐地跟她师兄远走天涯，快乐地学着总是被师兄歧视的各种技能，快乐地吃着师兄专门为她一个人做的饭菜。

他们的师父陆北藏是燕帝柳人恭的心腹谋臣，他们也因此与二皇子柳时文、三皇子柳时韶熟识。但彼时眠晚并没觉得这事跟她有什么关系。她自然是要跟景辞师兄在一起的，一生一世都不会分离。

当然，柳时文、柳时韶并不这么想。

陆北藏的女弟子聪慧乖巧，绝色倾城，柳时文几乎一见倾心，而柳时文倾心的，柳时韶也难免掺和一脚。其中多少真情多少假意，大概只有柳时韶自己知道。

哪怕眠晚曾无意撞破柳时韶和他父亲的贵嫔罗怡的私情，柳时韶都不曾放弃过赢得佳人的芳心。

燕国的风眠晚，和梁国的原清离一样，其实很有男人缘，闹出的风风雨雨并不少。但风眠晚憨憨呆呆，心里眼里向来只有一个景辞师兄，其他人的满腔深情，早在不经意间被她轻轻略去。

但知夏姑姑有意无意间在他们跟前说了好多次，景辞跟赵王是骨肉至亲，因父母双亡才由王家抚育成人，眠晚则是个无根孤女，看在景辞的份上方才被养大，说是景辞的师妹，其实欠了王家天大的人情，只能算作侍婢姬妾之流。赵王府的郡主王则笙自幼恋慕表哥，赵王也有心撮合，他们才应该是正经的一对……

景辞向来不置可否，照旧时时刻刻带着眠晚，虽不曾有一句半句甜言蜜语，却能将她宠得越来越挑嘴，连吃外面大厨煮的饭菜都能挑出一堆的毛病——自然师兄做的饭菜最鲜美最可口最能将她调养得肤白貌美心神愉悦。

于是，知夏姑姑未免因此恼火，虽不敢对景辞怎样，眠晚却因此着实受了不少委屈。可她只是微贱不堪的孤女，将她养大便是赵王府天大的恩情，若她再不知趣，赵王和知夏姑姑他们固然不高兴，连景辞都难免受责备。于是，再怎样过分的言辞或责打，她都老老实实地受着挨着，并不敢跟景辞提起一句。

一次很偶然的机会，被罗贵嫔灌醉的眠晚，半睡半醒间听到知夏姑姑在责怪景辞不知饮水思源，冷落王则笙，却把仇人的女儿捧在掌心，枉为人子……

酒醒后，她怀疑她所听到的那些只是醉梦里的幻觉。但景辞那几日真的疏远了她，并出语试探，想将她嫁给二皇子柳时文。

眠晚整个人都傻了。

随后的日子混乱而忙碌起来。

陆北藏生病，柳时韶借口探病，对眠晚颇是无礼。景辞及时赶来解围，却气得脸都白了，力劝师父扶立人品端正的柳时文。陆北藏遂上书燕帝，极力推举立二皇子柳时文为太子。

不久，陆北藏病逝。景辞护送师父的灵柩回镇州，却意外地决定将眠晚留在燕国，让柳时文代为照应。

眠晚则无论如何摆脱不了从此与师兄分开并另嫁他人的惶恐无助。那种绝望似乎能抽尽她这一世所有微小的快活，抹去她这一生里所有亮丽的色彩。

景辞预备离开燕国的前一晚，又将她撇开，独自在外喝得醉醺醺的，眠晚抱膝坐于他们越来越冷清的小院，等了半夜才等回半醉半醒的他。

她将他扶回房，给他倒水解酒，又低低地向他恳求："师兄，带我一起回镇州好不好？我……不想跟师兄分开，我想留在师兄身边。"

她想，景辞撇开她回镇州，应该就是为娶妻吧？娶王则笙。

她被如侍婢般教养长大，如此卑微而小心地爱着他，当然没资格阻拦。可她想跟他在一起，只要能跟他在一起，似乎怎样都可以，哪怕为妾、为婢……

景辞听她在耳边哀哀地祈求，本就不匀的呼吸忽然间变得炙热。他推开她的手，任由杯盏落地，重重将她压在身下。

"师兄，师兄……你醉了……"

她那般惶恐无措，却又有着奇妙的欢喜。他的手那般凉，但再粗鲁的动作都似能点燃她陌生的欢愉。

她整个人都软了下去，由他予取予夺，战栗着抱紧他，低低告诉他："我不想嫁给二殿下……我只想跟你在一起，一辈子……"

什么都不要，只要跟他在一起。

如斯深情而卑微的话语，却令他定在那里，幽冷地盯着她，然后……弃她而去。

第二日一早，他带着师父的灵柩回镇州，并未跟她辞行，她也没有去相送。

他自然不会知道，眠晚没去，是因为他离开后，知夏姑姑用女人对付女人所能用的最恶毒的手段好好整治了她。她几乎站不起身，也说不出口。

就像某一年他们回镇州，赵王让景辞陪则笙郡主去探访亲友，眠晚不知趣地也说要跟去时，知夏姑姑借着赵王妃的由头，将她留下来教导她女红，然后在景辞离开后，将她推落湖水。

她稍通水性，怎奈她一次次挣扎出水面，知夏姑姑一次次将她按回水下……直到有人经过，才若无其事地将她拉了上来，说眠晚淘气，失足落水。

她大病一场，从此畏水如虎。

当然，景辞所能听到的唯一的说法就是，眠晚自己淘气，差点把湖水淹死，于是难免又将她痛骂一回。

所幸，景辞痛骂归痛骂，见她病得日日发烧，夜夜噩梦，为她准备的饭菜便越发精致可口。

好不容易复原后，她才算想明白，知夏姑姑或王则笙想要的，她都不能争。不论是人、是物，还是感情……

这一夜的折磨比那次落水更甚，她受尽羞辱，身心重创，且再也没有了景辞的怜惜和安慰。

最惨的是，给她无限压力的知夏姑姑并没有离开。

眠晚大致也猜到知夏姑姑想趁着景辞不在的时候，赶紧将她的婚事谈定，免得她这"贱婢"再去"勾引"她家尊贵的公子。若赵王府出来的风眠晚嫁给燕国皇子，或者说送给燕国皇子，赵王和燕国的关系都能因此变得更密切。赵王府留着她，大概也曾预备派上这用场吧？

她不仅什么都不能争，连低到尘埃里的自尊都被碾得粉碎，好像注定只能由着他们将她像提线木偶一般操纵安排着。

就在那段形同行尸走肉的日子里，她遇到了李源，那个据说身经百战的晋国使臣。李源沉默寡言，又来自实力最强的晋国，并不好打交道，却常邀她出去品茶鉴酒，游湖赏花，待她极好，但看她的眼神却似看着她以外的另一个人。

李源告诉她，在遥远的梁国，有个叫原清离的姑娘，温良美貌，是梁帝情人原夫人的女儿，有着与她一般无二的容貌。

被她冷落的柳时韶也寻机告诉她，她的父母与景辞乃是生死仇敌，赵王留她另有用处。

为替她寻出真相，罗贵嫔将她藏于宫中，邀来知夏姑姑打探。眠晚亲耳听到知夏姑姑向罗贵嫔炫耀道："说起这风眠晚的身世，其实也不辱没哪位皇子。说是原夫人生的，谁不晓得原夫人是梁帝数十年的老情人？那个在梁国的原清离，梁帝可不就当成公主在养着！一对双胞胎女儿，都是梁帝亲生的呀，顶着个原家的姓而已！当日原夫人害了我家小姐，我才将这小妮儿抱出来准备祭奠小姐。谁晓得我们公子从小心软，明晓得她是杀母仇人的女儿，还是把她当亲妹子一样养着。"

罗贵嫔笑道："梁帝薄情，未必当她是女儿。如今梁、晋正在大战，晋国遣使来，就是要联合我们对付梁国。两国交战，我们还要留她当皇子妃？"

知夏姑姑道："如今晋梁结下大仇，其他诸国分分合合，谁保得住日后如何？横竖两位皇子都恋着她，不如先娶了，了了心愿。日后若是交战，还可推出去牵制梁帝。别忘了风眠晚可是学过武术、读过兵书的，令她去领兵对阵都没问题，到时咱们坐观父女相残的好戏，岂不大妙？"

罗贵嫔便问："却不知这主意，是你们公子的意思，还是赵王的意思？听闻你们公子对她可宠得很！"

知夏姑姑道："他们当然也都是这心思。公子虽有几分眷恋，可到底是杀母仇人之女，哪能长久留着？既然皇子有心，不论嫁给哪个皇子，都是她的福分，也可见得我们赵王府和燕国的情谊。"

她虽知景辞有意结交二皇子柳时文，但二皇子看着待眠晚倒有几分真心，她记着故主的仇恨，便不愿眠晚真的平步青云，宁可她嫁给三皇子柳时韶了。

柳时韶颇有才干，却暴虐好色，纵然喜欢眠晚貌美，只怕三两个月也就玩腻了，若能使上别的用处，自然更乐意娶她。有了这层心思，对着与三皇子交好的罗贵嫔，知夏姑姑不免将眠晚的身世虚虚实实夸张几分，只盼能将三皇子说得更动心，即刻设法将眠晚娶了去。

她却不知，她这些虚虚实实的话语，已被帷后的眠晚一五一十地听了去，再与景辞、赵王府诸人这么多年的态度一一印证，竟没一句像是假的。

待知夏姑姑离去，罗贵嫔笑盈盈地拉开帷幕，见眠晚满是泪痕的面容。

眠晚道："贵嫔，我不想一世做别人的棋子，活得不清不楚，死得不明不白。我要做那执棋的人。"

梦中人说这话时，阿原的胸口剧烈地绞痛起来，似有人拿了很多柄刀子锤子，剜着捣着，活生生将一颗心抠烂挖出，还笑嘻嘻地捧给她看："你这贱婢，就该是这样的下场！"

她失声惊呼，撑着床榻便要坐起身来。

但她的身体那样软，软得如同沸水煮过的面条，根本抬不起来。她自以为尖厉的呼声，也不过低低的一声呻吟。

但这声呻吟刚出口，帐外男子们低低的交谈声立时中断。迅疾的脚步声后，帐帷猛地被撩开。

"眠晚！"

有人开口呼唤，熟悉的声音焦灼急迫，让人听得心忍不住颤抖。

阿原卧在榻间微微地喘气，定睛看着首先奔来的那男子。

逆着窗外投入的日光，她看不清他的五官，却能很清楚地在脑中描摹出他面庞上的每一处起伏，每一根线条。

她慢慢转动目光，看向他身后那个弯着桃花眼看向她的英挺男子，轻轻笑了笑，唤道："北湮！"

慕北湮忙扔开酒壶，挤开景辞，扑上前握住她的手，笑道："我在！你可醒了！足足睡了三四天，还没睡够，可真叫人……"

他的眼圈红了，却赶忙又咧开嘴，拍拍她的脸道："醒了就好，醒了就好……"

阿原抚向小腹，原来硬硬的一团已经不见，柔软得仿佛什么都不曾来过。她也许该松一口气，却笑着落下泪来："没有了，是不是？"

慕北湮迟疑了下，笑道："没事，咱们健康着呢，只要好端端地活着，以后要上十个八个都不难！"

他握紧她的手，柔声道："姜探已经认罪伏法，那些人再也冤不到你，你千万别再东想西想，好好调养自己的身子才是最重要的。"

阿原微一恍惚，问道："她没杀我，反而救了我？"

慕北湮静默片刻，答她："嗯，虽然她做错了太多事，但对你总算还留了点人性。回头我好好安葬她，便是谢过她的不杀之恩了！"

二人交谈之际，景辞无声无息地退出了内室。

他走到外间的窗边，靠墙立了片刻，才发现均王、萧潇的目光都正凝注于他，便弯了弯唇角，说道："她如今自然跟北湮更亲近些，让他们说说话也好。"

均王对他和阿原的往事不甚了解，心思却极通透，忙道："既然醒来，以后有的是机会好好聊聊，倒也不急的。"

景辞定定神，看向萧潇，问道："你这次回宫，皇上居然没见你？"

萧潇连日奔波，秀逸的面容有些倦色，但双眸依然是少年人的清朗明净。他苦笑道："嗯，小太监说原夫人正在侍奉……咳，或许因为这个，一时没见我吧？好在我回京主要是为了找太医。"

他又看向床榻边亲密叙话的那二人，挠头沉吟道："太医说阿原忧思太过，方才久久不曾醒来。我原以为是姜探用的药有效了，让她记起了往事，才会忧思太过。"

景辞静默片刻，淡淡道："记不记得起往事，其实也没那么重要，能快快活活地活在当下，才是最要紧的。"

均王性情仁善，颇因其生母与景辞生母结下的仇恨不安，有心与这异母兄长修好，故而这几日为阿原、景辞寻医觅药，照应得十分尽心。如今听得景辞言语豁达，不由击掌笑道："正是如此！多少旧事，翻出来就是一团乱麻，提起来就是一堆烦恼，何必去想太多？"

景辞黯然一笑，正待转身步出屋子时，那厢慕北湮已撩开帷帐奔出，探到窗外向人吩咐道："快，叫人预备清淡的米粥来！我们阿原嚷着饿呢！"

景辞下意识地去卷袖子，预备走向厨房，抬头看向慕北湮朝气蓬勃的面庞，又悄悄地放下袖子。

萧潇也松了口气，笑道："她好几日不曾进食，当然饿了！但晓得饿，想着吃东西，应该可以很快复原。哦……我好像也饿得很。"

他这么说着时，旁边几个人都已听得他腹中咕咕乱叫，不觉相视而笑。

均王忙唤人预备诸人饮食，又向萧潇笑道："往日听人说笑，说原大小姐倾心于你，把你惊得落荒而逃，回宫后便不敢再出来……瞧来都是些信不得的谣言。”

萧潇笑了笑，垂下头并不言语。

几个人各怀心思，眼见阿原未醒，这几日何曾安生过？但萧潇不过是梁帝遣来保护景辞的侍从而已，本无须为阿原的事如此劳神忧心。

慕北溟想了想，似笑非笑地看向萧潇：“萧潇，其实你本该叫原潇吧？”

“没什么本该不本该。”萧潇见他揭穿，仿若有丝怅然，但很快转作清朗的笑容：“我愿意姓萧，那便姓萧，正如端侯愿意姓景，那便姓景。不负本心，才是最合适的。”

他这样说了，无疑承认了慕北溟的猜测。

景辞、均王从未留意萧潇的身世，如今听得二人对答，立时猜出真相，不由惊讶。景辞重新将萧潇打量一番，微微笑了笑：“怪不得你明里暗里护着阿原，原来是这个缘故……”

“挺好，不会跟我争阿原了！”慕北溟随口便说出景辞心头所想却不肯说出口来的话，又好奇地问道，“你和阿原她们谁大？”

萧潇道：“不知道。”

“嗯？”

“据说原夫人产女那日，原侯本是在我娘那里的。他得报匆匆离去时，我娘心不在焉，摔了一跤，也早产了，故而我也是那一日差不多的时辰出生。原侯等候阿原她们出世时，也记挂着我娘那边，数度走开让人探听动静，这才让歹人钻了空子，盗走了一个女儿。原侯因此觉得愧对原夫人，从此便疏远了我娘。我娘郁郁寡欢，两年后便去世了。”

慕北溟大为不解：“不论疏远不疏远，你娘都为原侯生下儿子了，总该接你们回府，给你们母子一个名分吧？公侯之家，妻妾成群那是常事，何况原夫人自己也……”

原夫人情人众多，原皓没道理守着她一个人，还把生下儿子的姬妾留在外面。

萧潇笑得发苦：“听闻原侯对原夫人十年如一日地爱之入骨，总盼着原夫人迷途知返，故而一心一意待她，不肯接我娘入府。待阿原弄丢，他愧疚之下更不敢提起我和我娘的存在。后来皇上即位，他可能没了指望，不久便病重不治，临死大概想起我还寄养在舅舅家，无父无母，可能一生困厄无望，才将我暗暗托付给皇上。”

慕北溟抚额，啧了一声道：“这算是托付给妻子最厉害的情人？怎么想的？”

萧潇道：“不知道。或许是病糊涂了，随口一说吧？于他，我的出世就是个错误。可他既然对原夫人深情如斯，又何苦招惹我娘？”

无疑，萧潇及萧潇的生母，是被原皓辜负得最深的。萧潇不认其父，不肯姓原，也便在情理之中。

景辞静静地听着，此时方道：“素来得不到的才是最好的，原夫人的手段也非常人可比，原侯心心念念不肯放手并不奇怪。不过他临死将你托付给皇上应该不是随口一说。彼时已有君臣之分，原家满门生死富贵，尽悬于皇上之手。原侯当年娶了皇上的心上人，皇上必有心结，虽因原夫人尚在原家，暂时不会计较，但日后指不定会迁怒原家亲友。原侯眼看败局已定，再难翻身，才借着将幼子托付给皇上的举止，向皇上俯首认输，承认从功名富贵到男女之情，他都输得彻底。"

慕北湮也悟了过来，点头道："原侯临终托孤，姿态卑微，足以让皇上往日的怨恨消散，且皇上见到其子，也会想起这场男人间的交锋他赢得多漂亮，心下自然畅快，也便不会亏待他的孩子。"

萧潇静了片刻，笑道："于是，我就是原侯呈给皇上的乞降书，就是皇上用以证明他那场胜利的纪念品？"

均王瞅他："未必，原侯也应该在为你的前程着想。"

"前程……"萧潇自嘲般笑了笑，抬手挑起桌上的宝剑，潇洒地搭到肩上，"不必安慰我。前程或往事，我都不会纠结。何况方才端侯也说了，人世本苦，活在当下就好，何必为难自己去探究那些没有答案的问题？走，喝酒去！咱得好好庆贺庆贺阿原洗刷冤情！"

阿原小产虽不是什么好事，但鉴于孩子的到来本来就是个意外，如今恰能将一切归于原点，既不必受拘于当日和景辞的亲事，也不必再因孩子匆匆嫁入贺王府，未来的抉择反而可以从容起来。

或许因少了这些心事，阿原复原得不错，第二日便能下地与众人一起用膳，且很快与均王、皇甫麟等人熟识起来，言语间甚是融洽，更别说原就相熟的慕北湮、萧潇等人了。

但她跟景辞交流得极少。

不仅很少说话，她甚至很少正眼看他，全然不似风眠晚的乖巧温顺，更无半点昔年相处的战战兢兢。

对着慕北湮等人，她分明还是他们素日所熟识的爽朗英气的阿原，但对着景辞时，她眉眼淡淡，一如景辞素日的疏离冷漠。

景辞很沉默，但并未因阿原的冷遇便避开，只是静静坐于一侧听他们说话，待快要用餐时便服过太医按左言希的方子煎的药，径自去厨房里煮饭做菜。

慕北湮明知他醉翁之意不在酒，有心挑些毛病，换回原来的厨娘，但尝了两筷便决定先让他做两餐再说。毕竟端侯爷亲手做的饭菜可遇不可求，并不是寻常人想吃就能吃到的。

萧潇得空悄悄问慕北湮："阿原究竟有没有想起从前的事？怎么对景辞不冷不淡的？"

慕北湮问："不然呢？应该即刻甩了我，重投旧情人的怀抱？"

萧萧干笑："我只是记挂着左大夫先前所说，端侯病势不轻，若阿原恢复记忆，二人重归于好，他大概还有痊愈的机会。这也是左大夫的心愿吧？"

慕北湮冷冷睨他："你这是希望我让出阿原，免得耽误了景辞的病？"

萧萧忙道："端侯的病的确愁人，不过我瞧着他这几日已在努力调养，一时应该无碍。"

慕北湮哼了一声，拂袖欲走，又顿了身，偏了头说道："我喜欢阿原，喜欢得紧。如果她觉得嫁给景辞比嫁给我好，我不拦；可如果她心里还愿意和我在一起，难道我还跟她说，景辞没你会没命，你赶紧嫁给景辞？我不是脑子有病吗？"

萧萧听他的口吻虽然凶悍，却有松动之意，不觉点头道："也对哦……可问题又来了，她到底想起来没有？如果想起来，为什么还像在生端侯的气？听说她虽被端侯报复得不浅，但端侯被她坑得更厉害，不但被挑断了脚筋，还差点喂了狼，落下了这身重病……怎么着都该扯平了吧？"

慕北湮道："你问我，我问谁去？"

萧萧思量片刻，终究只能叹道："这些旧事，其实摊开来大家说明白了最好。如今……我们先吃几顿好吃的吧！以前的阿原真是好福气，吃了这么多年这么好吃的饭菜……"

好吧，他更偏向于景辞，一半因为相处这些时日觉出其真心，另一半未尝不是因为景辞的好厨艺……

这二者间有着分明的因果关系。当日他就听知夏姑姑咬牙切齿地抱怨，那个眠晚笨手笨脚连个菜都做不好，景辞将她宠上了天，才会不管自己是何等身份，先去学了手好厨艺。

于是，他厨艺再好，也只肯做给阿原一个人吃。

至于其他人，都是沾了阿原的光，蹭的阿原的饭。

傍晚时，均王便收到了京中密函，走来与景辞商议："京中似乎有点不大寻常，我需回去瞧瞧。"

景辞微微皱眉："宫里出事了？"

均王摇头道："未必有事，只是听闻父皇这两日病情加重，一直在建章宫休养，原夫人也在宫中相陪，但始终没有露面。或许也是因为父皇生病的缘故，三皇兄也未去莱州赴任。京中有些人事调动，倒也算不得稀奇。可我想着还是不大放心，打算这就回京瞧瞧父皇病得怎样了。"

他迟疑了下，黑黑的眼睛看向景辞："如果真的是父皇生病，肯定盼着端侯尽快入宫见驾，毕竟……都是一家人。"

景辞正命人将做好的饭菜摆在桌上，闻言眸光暗了暗，低低道："哦！"

均王欢喜，又觉饭菜香味传入鼻际，不由地坐到桌边，笑道："端侯手艺难得，待我蹭完这顿饭再回宫吧！"

诸人也各自落座吃饭时，阿原记挂着这几日母亲竟不曾有信来，便问均王："皇上没露面，我母亲也一直在宫里没回去吗？"

均王道："是，听闻长乐求见，父皇都拒了。"

景辞正举筷夹菜，闻言顿住："连长乐都不见？若是病了，更该让公主在旁侍奉吧？"

均王道："或许父皇病中一时烦躁，不想见她？但听闻见了三哥，也是……有些奇怪。"

他皱眉，沉吟道："不过如今守卫皇宫的是跟随父皇多年的龙虎军，骁勇善战，忠心耿耿，便是有心人想在皇宫生事，大概也没那么容易。"

慕北湮正快活地啃着鸡腿，闻言猛地顿住，含着鸡肉失声叫道："龙虎军！韩勍！我怎么把他给忘了！"

均王诧异："韩勍怎么了？"

慕北湮脸色有些发白，叫道："乔贵嫔宫里那个小太监遇害时，勤姑曾亲眼看到左龙虎军统领韩勍出现在揽月湖，几乎可以肯定，是他杀了小印子和瑟瑟。我们一直怀疑是这两个宫人知道了什么不该知道的，才被皇上灭口……可前儿在建章宫，林贤妃又说小印子和瑟瑟是因为知道了郓王和乔贵嫔的秘密才被灭口……我当时听得不对劲，正想说时，听闻阿原出狱后夺马而去，赶紧追她来着，也就忘了这回事了……"

阿原手心也捏出了汗意："姜探当日也曾秘密与韩勍相见……原本猜着可能是二人私交，未曾往深处想。还有，引我们去长公主住处试图嫁祸给我们的，不也是韩勍的部属吗？"

均王失声道："也就是说，韩勍处处与三哥为敌，只是为了掩人耳目，不叫旁人起疑？他……他忠心的根本不是父皇，而是三哥？"

景辞慢慢地站起身来，脸色已极不好看："均王殿下，我随你一起回京，少带几个人，轻装回京即可。北湮，你在这里陪护阿原，等我们给你传来确切的消息后再做打算吧！"

慕北湮忙道："放心……看来真得辛苦端侯了！等阿原恢复得差不多，我会相机行事，指不定就带她去找你们了！"

景辞低眸看向阿原："我不在身边时，你……你们要保重。"

阿原淡淡地瞥他一眼，转身走出了屋子。

慕北湮便瞪向景辞："你多说几句好听的哄哄她会死吗？还是一心想死，连好听的都不想说了？"

景辞皱眉："你这张嘴，还能更毒些吗？"

慕北湮道："彼此彼此！但你对女人嘴也这样毒，当初是怎么把人家姑娘骗到手的？"

景辞便不答，快步走了出去。

院中已有夜晚的习习凉意，挂着花朵的紫薇在月下柔软地舒展着，淡淡的花叶气息随风流淌。

又或许，是因为紫薇花下那个清丽绝俗的身影，才使这夏夜格外妖娆。

明月清明澄澈，映出伊人容颜。

眉若远山翠，目似秋波横，分明还是熟识得不能再熟识的眠晚。

但她眼底绝无从前那等如履薄冰般的谨小慎微，身姿也似顿长高挑了些，从容地立于素月流辉下，更觉神姿高彻，清灵旷达，整个人都似散着明月般的光华。

撇开旁人加诸于她的诸多不公目光后，她不仅清丽无双，更添了几分温婉风流无限，真真正正的绝色倾城。

见景辞走来，她仰着下颌看着他，眉眼间有一丝不逊的笑意："你来了！"

眼见分离在即，前程难测，终究没法回避了。分也好，合也好，他们之间总得有个抉择。

景辞低眸瞧她，然后轻轻一叹，唤道："眠晚！"

阿原笑了笑："这世上已经没有眠晚了！或者说，这世上，从没存在过眠晚。那只是我的一个梦，也许……也是你的一个梦。你可以考虑继续留连在那个梦境里，但我的梦已醒了，谁也别想再拉我继续做那个梦。"

景辞静默，然后问道："于你，那是个彻头彻尾的噩梦？"

阿原仔细想了想，笑了起来："也不算噩梦吧？你做的饭菜很好吃，你笑起来很好看。被人侮辱习惯了，也没觉得怎样痛苦。当然也是我蠢，习惯了自卑自贱，不敢跟你告状，也不敢动手反抗，再怎样难以支撑，只要能在你身边看到你的笑容，便开心得很——很可笑吧？至少现在想来，可笑得很。更可笑的是，你只怕根本不知道我在想什么。"

景辞似被噎了一下，方轻声道："你没说过，但我知道。"

阿原道："嗯，你高傲尊贵，根本不必给我脸，毕竟我只是你名义上的师妹，在你的亲友和忠仆眼里，我比侍婢好不了多少，偶尔给我点笑容，已是百般抬举，天大的恩赐，对不对？"

她的呼吸急促，冷冷地盯着他，眼底有刀锋般的光芒闪动。

景辞并不回避，坦然地看向她，低声道："有些事，我误会了很多年。就像你习惯于承受他人加诸于你的不公，我也习惯用你的忍让去化解抚养我的亲人们的仇恨。明知不妥，却常自我安慰，认为只要我对你好，就够了……其实一切都是我错了！恨错了人，做错了事，自以为是地安排着你的未来，一厢情愿地认为那是为你好。"

阿原听他黯然地说着他的不是，惊诧抬头，然后轻笑："一厢情愿为我好……是指将我嫁给二皇子？"

景辞自嘲地笑："你听着很荒唐对不对？但彼时我真觉得他会是一辈子对你好的人，比我更合适。你在我身边，拘于舅舅他们的成见，我甚至没法给你一个名分。你将永远低人一等，看着诸如我舅父舅母和知夏姑姑他们的眼色说话行事，永难翻身。我希望你过得好，比我更好。我打算送完师父的灵柩后回来，便全力相助二皇子继位，而你会是他的妻子，甚至会是燕国的国母。你可以站于高高在上的位置，接受万人膜拜，不必再担心任何人看轻你，更不必担心赵王府的人再看轻你。你不会再自卑，你可以坦坦荡荡地对着所有人笑。我喜欢也期盼看到你坦荡快乐的样子。"

阿原心跳得很快，却又倍感荒谬。居然是这样？连将她嫁给他人，都是为她好？

她忍不住笑了起来："端侯，你在说笑呢！"

景辞低而苦涩地笑："你就当我在说笑吧！自以为是到这等地步，如今想来也着实狂妄得可怕。我想给你的，只是我认为你可能最需要的，但我从未问过你需不需要。我并未想过你会因此恨我，是……我的错。我道歉，为往日的眠晚、今日的阿原。"

阿原认真地看着他，景辞亦沉静地看着她。

他的眼底有月光般的温柔，像放了很多年的酒，入口淡淡的，细品才觉得出其中甘醇。

而往日的眠晚，当然早早迷醉在这样的温柔里。哪怕那时他肯给予的情感，看着很淡很淡，深知他的眠晚都能默默地品味出无限的宠溺来，再也抵挡不住。

眠晚抵挡不住，那么，阿原呢？

阿原的眼睛有些湿，将身子向后一靠，靠于紫薇树上。淡紫粉白的花瓣纷落如雨，簌簌飘扬，便令她眼前越发模糊。

她喉间滚动了下，压住眼中涌起的酸意，慢慢道："你明知我不是清离，占了我再弃我而去，也是为我好？"

景辞垂头看一眼自己的双足，低声道："你知道我一度很恨你吗？恨你，却不肯让人杀你……也许更恨我为什么无法放手……"

阿原笑道："于是，你只是为了报复我？"

景辞抬眸，眼底的流光意味深长："你觉得，那两夜，我是在报复你？"

阿原忽然间说不出话来，脸庞烫了起来。

她可以数出景辞很多缺点，但他的确洁身自爱，不近女色，甚至不曾亲近过除她以外的女子。但那两夜他显然在努力地取悦她，才令她初尝情事，便食髓知味。

景辞耳朵居然也有些泛红，轻笑道："好吧，其实我也是怕了……我怕我陷得太深，再不知死活地恋着你，我也怕知夏姑姑等人晓得我陷得太深，又生出别的念头……"

阿原忽然间有些不敢再看他的眼睛，转眸看夜空一抹浮云如淡淡水墨拂过明月，叹道："于是，你会相信我推则筌落水？"

景辞笑得发苦，说道："因为……我不敢信你，却愿意信他们。那是我的亲人。"

"我不是？"

"你是我的爱人，但你曾想用最惨烈的方式置我于死地。"景辞抬手，一朵朵拈着跌在她头上的紫薇花瓣，声音低沉寡淡，"那个冬夜，我从被挑断足筋时的剧痛里惊醒，手无寸铁，却被成群的饿狼追逐。若我不会武艺，三两下被吃得连骨头都不剩，倒也是好事。可我偏偏会武艺，偏偏没那么容易死去。我拖着无法施力的双足，跟狗一样满地乱爬，抓着触手可及的一切石头和树枝，抵抗着饿狼的爪牙。言希找到我时，我浑身是血，被嘶咬得惨不忍睹，上百处的伤口，跟筛子似的。那一夜，月亮都是血红的。后面的事，我已记不得了，只听言希后来说起，我在昏迷中问了无数次，为什么，为什么，为什么……"

为什么倾尽心力想要呵护的师妹，竟能如此狠心地害他，要让他以那样惨烈的方式死去。

但他拈尽阿原鬓间的花瓣，竟轻轻笑了起来："其实吧，哪来那么多的为什么？就如我曾恨你，你大概也恨着我吧？你必定是为我才忍受知夏姑姑他们那些白眼，你待我远比我待你真心，而我却要将你嫁给二皇子，还在醉后轻薄你，指不定还说过好些不该说的话，你必定也恨上我了……我离开那日，你没来送我，我就该想到了！"

"你想到什么？想到我气量狭窄，终于忍不了你的轻薄和知夏姑姑的白眼？"

"怨不得你。性情越好，忍得越久，发作起来也会越厉害。你自幼在我身边，我本该懂你，但终究是我无礼在先，思虑不周在后。"

若他事后肯放下他素日目无下尘的高傲，为他醉后的无礼说一声抱歉，或许一切都不会发生了吧？而他当日犹豫之后，竟觉得她就此伤心也不是坏事，若能让她就此放开怀抱接受二皇子，于她未来似乎更加有利。只要他能助她乘风而上，平步青云，他或他的亲友对她的伤害便能就此轻轻揭过……

他终究不曾为自己解释更多，只是一身素衣立于溶溶月色下，一如往日般风华出众，却双眸明澈，不复往日的目无下尘，甚至有种近乎虔诚的小心翼翼，柔和地凝视着阿原。

阿原被他看得一颗心怦怦乱跳，几乎要蹦出胸腔来。

这自然不该是她阿原该有的情绪，这是眠晚，这是无论景辞做了什么，都会无条件原谅和服从的眠晚。

那个娇憨温顺的眠晚，其实从不曾死去，从不曾。

她的眼睛已然湿润，忙抬手抚了抚额前的碎发，借机用袖子拂去泪意，方才挺直了腰，说道："其实你还是不懂眠晚。她能承受的可能比你想象得还要多得多。知夏姑姑必定不会告诉你，那次令她终身怕水的落水，只是因为她痴心妄想，居然敢要求跟随你和则垄郡主一起去探访亲友，才被知夏姑姑亲手推入湖水，淹到濒死再拖上来，然后再淹下去，再拖上来，一次又一次……那次生病，不是因为落水，而是因为恐惧，对水流不断呛入肺中的恐惧，以及，对死亡的恐惧。"

景辞的瞳孔蓦地收缩，抿唇盯住她。

阿原仿佛又觉出那种冰冷而恐怖的窒息，声音竟有些发抖："你回镇州那日她没去送你，并不是计较你夜间的轻薄，而是你离开后，你的好姑姑恨她受了教训还不知羞耻，竟敢勾引她尊贵的少主，拿针将她扎得起不了身，把……她根本说不出口的部位被扎得跟筛子似的，——估计比你被饿狼咬的伤口还要多。"

景辞面色已然苍白，他退了一步，问道："还有吗？"

阿原道："有！不过倒也全怪不得她了，她蠢，我也蠢。她上了人家的当胡说八道，而我也中了人家的计信以为真。她说我是原夫人和梁国皇帝的女儿，燕国皇子娶了我好处多多，既可以随心所欲地玩弄我，玩腻了可以借我身世之事将我打入冷宫，顺便牵制梁国皇帝，或者让我帮着领兵对阵，看我跟梁帝父女相残……我藏在帐帷后，听她向罗贵嫔说着赵王府的好计谋，差点吐了。从一出世就被人这般摆弄戏要着，我这辈子算什么？你们背地里的笑柄，还是行走着的天大笑话？"

她本不愿承认那个温顺到懦弱的眠晚是她，但这时已然以"我"自称，却是激愤得难以抑制。

又或许，她自己也已分辨不出，她到底是眠晚，还是阿原。

景辞未来得及听她说完，便已猛一弓腰，痛苦地呕吐出声。

蔷薇的清香里立时弥漫着药的苦涩。

他做了丰盛的晚膳，但他病势未愈，喝的药远比饭菜多。

他本不是为自己做的饭菜，也不想为别人做饭菜。他只喜欢看他宠溺着的小丫头能香香甜甜地吃着他亲手做的饭菜，吃得双颊鼓鼓的，眼睛亮晶晶地仰望他。他看她成了瘾，所以从不吝啬为他的笨丫头洗手做羹汤。

好不容易将服下的药汁吐得干干净净，他艰难地站起身时，已是满天星斗乱晃，白玉般的明月也不知闪成了多少个。

身后悄无声息地伸来一双手，扶住他，让他稳住身形，才递过去一方丝帕。

景辞接过，拭去唇角的污渍，只觉满口的苦涩蔓延开去，侵得满心满肺都苦得化不开。他喘着气，低低道："眠晚，对不起。阿原，对不起，对不起……"

他忽转身，将阿原抱住，紧紧抱住。

阿原想推开，却觉他居然在发抖，全身都在发抖。一滴两滴的热泪滚落在她的颈间，烫得灼人。

阿原的眼睛忽然也烫得厉害，沙哑着笑道："没什么对不起。眠晚恨你，但也没有你想象的那般恨你。如后来众所周知的，她明着和二皇子很亲近，暗中却与三皇子联手，佯作要杀三皇子，却反戈一击，将二皇子置于死地。你若在场，当然会阻拦，于是在罗贵嫔的建议下，眠晚利用你的信任在你素日服的药里动了手脚，在你晕倒后将你远远送出京城，以免你在大战后受二皇子大败所累，被夺得储位的三皇子诛杀。"

景辞的身子发僵："你……只是要将我送走？"

阿原终于推开了他，向前走了几步，侧身对着他，轻叹道："对，只是送走，连同她和你之间的所有往事。你送给她的所有东西，包括首饰、宝剑、珍宝、金银，都被收入行囊，和你一起送走。曾经一起住过近十年的那个院子，她亲手一把火烧成了平地。她唯一留下的，是那只险些被你送给则笙郡主的白鹰小风。那是一个鲜活的生灵，世间唯一还能给她安慰、让她的世界不至于黑暗到底的朋友。"

景辞当然记得小风。

面对她的背叛，他对她还是下不了手，却不顾重伤之躯，当着她的面将忠心护主的小风斩于剑下。

如今愤怨既释，他先想到的已是另一个问题："你……把我给你的剑一起放进行囊，和我一起送出了城？"

阿原已沉浸于那时那地的绝望之中，听到他问，咳了好几声，才找回些原来的声线，说道："你也找到根源了？我把你送入车时，你尚未完全失去神志，被带到虎狼出没的荒野时，你同样未曾恢复神志。被挑断足筋那一刻你可能会惊痛而醒，认出断你双足的宝剑是我的剑，或许，你还看到了一个类似我的身形。彼时若有与我身材相类的女子穿着我的衣衫动手，你惨痛之际，大概一时也分辨不出究竟是不是我。"

景辞素来手足冷凉，此时更是凉得跟寒冰似的："我晕倒前你在我身边，车辆前行时目不能视、耳不能听，但依然觉得你在我的身边。我还做了个梦，梦见你跟我说，想离开燕国，离开镇州，离开那些是是非非。我恼怒你自作主张，却又觉得没什么不好。直到……"

直到身畔的人用熟悉的宝剑狠毒决绝地挑断他的足筋，那让他恼怒又暗生欢喜的梦境顿时如镜花水月般消散无踪。

痛彻心肺的惨叫里，拖着血珠的宝剑在他眼前一闪而过，他熟悉的衣衫迅速溶向茫茫暗夜，剑柄上的夜光石兀自在她腰间闪着清亮碧绿的光芒。

眠晚总爱一个人在黑暗里抱着膝发呆，所以他为她的剑镶了夜光石，方便他能一眼找到她。

他从未想到，有一日他会凭此辨识出她想杀他，以最残忍的方式杀他。

被挑断足筋给他留下的只是惊骇，当他发现他处于怎样的境地时，他不可置信之余，几乎万念俱灰。

景辞闭了闭眼，梳理着思绪："是……三皇子柳时韶的设计？"

阿原眺望着西北无垠的夜空，喟叹声飘荡于夜雾间："他知道你支持二皇子，又在诸臣中有影响力，也知道我钟情于你，不仅想杀你，还想你死不瞑目。"

让景辞被最爱的师妹所害，在群狼的撕咬中惨死并尸骨无存，当然能令他死不瞑目。

景辞苦笑："我一心扶立二皇子，不仅出于私心，更因为看穿柳时韶残暴毒辣，不希望燕国多出一位暴君。如今……"

如今，燕国的确多了一位暴君。除掉他二哥时，燕帝柳人恭正在病中，柳时韶一不做，二不休，索性将他爹囚入牢中，自己直接称了帝。

阿原沉默了片刻，说道："李源也这样说过。"

"李源？"

"晋国使臣，晋王之弟。他说我做错了，柳时韶暴戾好战，燕国早晚大祸临头，建议我跟他离开是非之地，到晋国安身。见柳时韶想纳我入宫为妃，他便开口向他讨人。我那些日子魂不守舍，却也晓得这等杀兄囚父的国君信不得，便去找罗贵嫔。罗贵嫔好不容易盼得与柳时韶双宿双飞，也不愿我夺了她的宠爱，极力劝说柳时韶放手，拿我作为向晋国求和的筹码。晋王以前朝正统自居，极恨燕国妄自称帝，若得罪李源，回头在晋王跟前撩拨几句，晋国眼见与梁国僵持不下，极有可能掉过头来先对付燕国。柳时韶权衡其中利害，便答应了李源。"

随即李源回晋，柳时韶也心不甘情不愿地预备了嫁妆，将风眠晚嫁往晋国。而死里逃生的景辞也已通过救他的左言希联系到梁帝，终于设计出了这出双胞胎姐妹的调包计。

景辞疑惑尽释，看向阿原的目光愈发柔和，低叹道："当日知夏姑姑拖你下轿，拎你到我跟前，我虽一怒斩了前来阻拦的小风，但也问过你害我并另嫁李源的缘由，你……一直只是哭着说是你的错……"

阿原笑道："因为那时的我，是眠晚。我以为你已安然回到镇州，指不定已经娶了王则笙，忽有一日你形销骨立满身是伤地坐着轮椅来到我跟前，知夏姑姑还在扇了我无数耳光的同时还说明了是我所害，我能说什么？自然恨不能一死以谢，由你处置了……总归是我蠢，不想被你利用，才会被人利用来害你。"

"……"景辞眼圈通红，看她笑弯的双眸中的泪光，"若再来一回，你还会由我处置吗？"

"不会。"阿原笑着抹去泪花，"老虔婆打我的耳光，我都会还回去，然后堂堂正正地告诉你，她对我做的是什么，我对你做的又是什么。"

她虽有泪，但笑容居然明亮得足以映亮旁边的花枝："然后，你跟你的老虔婆过日子，我天涯海角去寻找我的良人。从此恩怨了断，更莫相憎，一别两宽，各生欢喜。这结局，于你于我，再合适不过。"

"一别两宽，各生欢喜……"景辞随她念了一遍，低头不语。

阿原问："你也觉得有道理？若我都告诉你了，你也愿意一别两宽，各生欢喜吧？"

景辞瞥她，似又有了些居高临下的气势："休想！便是我有一万个对不住你，你既然将我害成这样，当然生也随我，死也随我！"

阿原哼了一声，举步欲走向屋内时，景辞又道："当然，我既然对不住你，我同样生也随你，死也随你。你可还要？"

阿原顿住，侧耳细听着，几乎怀疑自己是不是听错了。

高傲尊贵的景辞，会说出如此低声下气的话语？

清瘦好看的手伸出，从后轻轻环住她的腰。他在她耳边低而清晰地说道："我害你母女分离，害你受尽委屈，羞辱你，不信你，逼得你怀着孩子退婚……我是恶人，未必能活多久，却会努力活得久些的恶人，期盼跟你从孩童到少年，从少年到白头，都能相依相守的恶人。这样的恶人，你……还要不要？"

阿原牵了牵唇角，想要嘲讽几句，可垂头瞧着他微微颤抖的苍白指尖，竟一个字也说不上来。眼底有大团热流涌上，止也止不住地簌簌掉落。

景辞将她抱紧，听她低低的哽咽声。半晌，他道："我病势难愈，前些日子也曾想过从此再不拖累你，让你另觅良人。但你已不仅是阿原，还是眠晚，我的……眠晚。请容许我这恶人自私一回，这般害你，还想坑你。我想跟你在一起。便是死，我宁愿死在你身边。"

阿原低低的哽咽转成了痛哭失声，双膝跪倒于地。景辞随之坐下，从后看她小产后苍白的面容，也不知是在等待她的回复，还是在努力将她此时的模样铭刻到心底。

阿原猛地转过身，甩了景辞一耳光，叫道："阿原不愿意！"

"哦！"

景辞木木地应着，仿佛也觉不出痛来，手指却一根一根地松开，慢慢从她身前抽离。

但阿原又道："可眠晚说，她只愿景辞师兄心愿得偿！"

"眠……"

景辞的手猛地又收紧，将她拥住。

阿原泪落如雨，双手捏了几下，慢慢环住他的腰。

当年，上巳节许愿，眠晚千辛万苦做了荷灯，许下与景辞师兄一世相守的愿望。景辞不知眠晚的心愿，见她辛勤半日，遂也做了个荷灯放出。眠晚偷偷追到下游截下，打开看时，景辞的愿望只有一个：愿风眠晚心愿得偿。

他所犯下的最大的错误，就是他始终不晓得风眠晚的心愿。

他所付出的代价，是近一年来日日夜夜的煎心之痛，以及不知何时油尽灯枯的破败身体。

够了吗？难道还不够吗？

别院内的屋子静悄悄的，仿佛并没有人注意到两个人的花前月下。

见景辞久未回屋，均王先带了十余名随行的侍从步出别院，萧潇却走过去，与慕北湮一起蹲于回廊中，借着前方的花木藏了身形，悄悄向那边窥望。

慕北湮依稀看到景辞的唇触上了阿原的额，他坐在地上摸了摸自己的头，问萧潇："我的头巾是不是有点绿？"

萧潇笑道："没有。你们又没拜堂……估计也不会拜堂了吧？先前你倒是让端侯的头顶有些绿。"

慕北湮愤愤道："我都还没亲过阿原呢！景辞这王八蛋！"

萧潇一愕，随即轻笑道："这样呀，那端侯回京后，你想办法亲她几下，小心别被她甩耳光！"

慕北湮摸摸他的脸："恐怕……有点难。我想着都觉得脸有点疼。"

但那边的花树下，景辞亲上阿原时，阿原并没有甩他耳光。

她闭着眼，默默地承受他的亲吻，安静得出奇。

良久，阿原才别开脸，淡淡道："你该去京城了。"

景辞看一眼天色，眉峰蹙了蹙，低声应了，说道："你自然会等我回来。"

他这般说着，却仔细留意着她的神情，竟有种不确定的紧张和忐忑。

阿原低头看着自己的鞋，足尖在泥土里漫无目的地碾着，碾出了小小的坑。

景辞呼吸不匀，小心地继续向她求证："阿原……"

阿原的足尖终于顿住。她抬起下颌，向他轻盈一笑："阿原呢，向来气性大得很，自然是不乐意等你的。不过眠晚说，她喜欢不了别人，还是等着吧！"

景辞的眸光立时澄澈起来，含笑道："气性大也是应该的……我为阿原做一辈子饭菜，算作赔礼可好？"

阿原的唇角扬起："一言为定！"

景辞不胜欢悦，饶是性子清冷，此时也已禁不住执紧她的手，低低道："你肯有这心意，我也可死而无憾了！"

阿原心头一抽，笑道："随便我有怎样的心意，也需你活着回来。皇上虽维护你，但如今京城形势波诡云谲，万事难料，你也需步步为营，莫叫人算计了去。"

景辞微笑："放心，我也不是人人都能算计的。"

权谋武艺，本是他师从陆北藏时所学。他天资极高，遂将娇憨聪慧的眠晚比得颇有几分笨拙——可惜最后他偏偏被眠晚算计了去，差点丢了性命。

阿原明知其意，一时也无法论断彼此对错，低叹不语。

景辞踌躇片刻，在腰间一摸，便摘下一个素蓝色的荷包，递到阿原的手边："这个留着吧！"

阿原接过，打开一看，正是眼熟的一把红豆。

当日在沁河时，她尚认为自己是阅人无数的原清离，小鹿更以红豆计数，计算她有过多少情人。景辞瞧见，默不作声地将小鹿数出的红豆收了，说给她们炖红豆汤。

但他终究没炖，倒是阿原彼时动情，主动将剩余的红豆炖了汤以示忠贞……

"南国生红豆，春来发几枝……"景辞似笑非笑地瞧着她，漫不经心般说道，"万一我真的没回来，五十七颗红豆，大概也够慰你一世寂寞了吧？屋里那位小贺王爷不过其中之一，若你喜欢，必能寻得更多中意之人。"

阿原啼笑皆非，眼圈却不由得又红了，只懒懒道："可惜这种可以吃的红豆，并不是诗人们所说的相思豆。那种叫相思豆的红豆有毒，根本吃不得。至于这种……"

她慢慢将红豆撒在花树下松软的泥土里："不如种在这里，等来年长出很多豆子来，我给你煮红豆汤吃。"

景辞失神，唇边已有笑意温软："嗯，红豆汤。好，我等着……等着明年喝你的红豆汤……"

他转身走向院门。

萧潇见状也忙绕回屋中，再若无其事地步出，手上却多了一碗煎好的药。

景辞也不迟疑，仰脖将药饮尽，才掷下药碗，向阿原一挥手，带了萧潇等人步向黑暗。

稍远处的林子里，均王等人已牵了马匹在等候。

阿原从花间步出，侧耳倾听着黑夜中渐行渐远的马蹄声，揉搓着手中已经空了的素蓝荷包。

夏天眼看就要过去了。明年，听着并不遥远。

只要活着，只要回来，他们有的是时间去慢慢修补从前留下的缺憾。

把颠倒了的世界摆正，把错过了的感情握紧，把遗落了的彼此找回。

她是阿原，也是眠晚。

慕北湮不知什么时候走了出来，有些暗淡的桃花眼看看明月、看看紫薇，唯独没有看身畔比月色和娇花更艳丽的美人。

他摸着头，笑着跟阿原说话。他道："阿原，若我还坚持要娶你，是不是得预备几顶绿头巾？"

"北湮……"阿原抚额，"你说呢？"

慕北湮唇角有些僵硬，却很快弯起，冲她没心没肺地做了个鬼脸："我小贺王爷天纵神姿、俊美无双，即便戴着绿头巾，一样风华无双，引无数美人竞折腰……不过，若你舍得给我煮几碗红豆汤，我不介意把这绿头巾送给端侯爷！"

阿原听他胡说八道，扑哧一声笑了出来。

慕北湮也随之大笑时，阿原忽然敛了笑意，轻声说道："北湮，谢谢你！"

慕北湮垂头，正见她郑重地看着他，亮如星辰的瞳仁恰恰映住他的面庞。他心中一颤，笑得越发高声："谢什么！没婚约捆着，我岂不是更快活？天底下美人如云，由我赏、由我挑、由我怜，何等快活！"

阿原明知他有心放手成全，越发感激，低笑道："那么，我就感谢上苍吧，让我能遇上你这样一生的挚友！"

慕北湮指住她的鼻子，笑道："嗯，一生的挚友，我可听得很明白！说好了，即便嫁给了景辞，也不许冷落了我！我必定天天过去蹭饭，顺便在旁好好监督着他，监督他带你过好这一辈子！"

"嗯，我们都要过好这一辈子。"

阿原眺望着前方的月夜，微微地笑。

有爱人生死相随，有亲人不离不弃，有友人相依相伴，又何惧来日风雨？

均王、景辞等人虽然离开，但他们轻装而去，原先跟着他们的数十名侍从还在。阿原让他们依然在原处住着，跟慕北湮四处巡视一番，正待去睡时，门外忽又传来马蹄声。

阿原不觉微诧："这时候会有谁来？"

那边阍者已开了门，很快迎入一名信使，却是原府的侍卫。

他快步上前行礼，递上一封书信，说道："廿七爷听说大小姐在这边，特遣小人前来送信。"

阿原知道廿七是跟了母亲数十年的老人，再忠诚不过，见他来信，倒似见到母亲亲笔般喜悦，忙接信拆阅，随口问道："廿七叔还在京城伴着我母亲吧？"

那侍卫迟疑下，方道："廿七爷应该已在前来这里的路上。他一问到小姐在这边，立刻便遣小人前来送信了，但他有事耽搁住了，只怕要晚个一两天才到。"

阿原听他话音，竟似廿七是刚刚才晓得她的落脚之处，不觉讶异，忙展信一看，果然是廿七颇为粗豪的笔迹，却只寥寥数行。

慕北湮忙问道："廿七叔说什么了？"

阿原纳闷道："也没说什么，就说大概初九那日来见我，还约了个附近的地址。难道觉得来此处见面不方便？"

慕北湮悄声笑道："自然不方便。若均王、端侯没走，只有我算得上是原府的自己人吧？"

原府众人并不知晓阿原刚刚已与景辞和解，依然认定端侯是和他们家大小姐决裂的前姑爷，均王总与文人雅士来往，原夫人这等声名狼藉的长辈，自然也不会跟他有什么太深的来往。

慕北湮转而问那侍卫："廿七叔这么久才得到阿原的消息，难道最近没在京城？他跑哪里去了？"

侍卫迟疑："这个……等姑爷见了廿七爷，自然就知道了！"

慕北湮摸鼻子，苦笑："原来我也不是自己人……"

侍卫忙笑道："姑爷当然是自己人……不过廿七爷再三交代属下别多嘴，说一切都是夫人的安排，不可有任何差错。小姐如果有疑问，也需等廿七爷来后再细问。"

阿原听得是母亲安排，忙道："嗯，初九不就是明天吗？北湮，你明天和我一起去见廿七叔吧！"

慕北湮顿时展颜："恭敬不如从命！"

虽收到了廿七的信，但这晚阿原还是睡得很不好。

忽儿是母亲的脸，忽儿是知夏的脸，交替着温柔的笑意和恶毒的诅咒，令人时寒时热。

混乱的刀兵声里，有火光冲天而起，迅速燎入屋中，燎向她的面庞，烫得她惊坐而起时，见有人破开火光冲来，喝道："阿原，醒醒，有敌来袭！"

阿原犹似身在梦中，耳中已听得小坏在窗外惊恐地扇动翅膀，下意识地先抓了枕边的破尘剑拔出。

薄而冷的锋刃已被火光映得寒光四射，正照出慕北湮冷沉惊怒的脸庞。

他亦执剑在手，冲过来拉住阿原叫道："别怕，我带你冲出去！"

话未了，脑后传来刀剑破空的锐响。他忙扭头一看，见破尘剑堪堪击落一支疾射向他的燃着火的飞箭。

慕北湮转眸看到阿原黑亮的眼睛、紧抿的唇角，才知自己死里逃生一回，遂笑道："罢了，你带我冲出去！"

阿原仿佛又看到当日燕国皇子夺储之争时的血火交织，眉眼愈发坚毅，抓过屋中的花瓶，将两条手巾撕破，用瓶中的水润湿了手巾，迅速抽出一条递给慕北湮，自己抓过另一条掩住口鼻，喝道："走！"

屋外已四处升起熊熊火焰，兀自有燃烧着的飞箭不断射入，连这边的门窗也已被烧了起来，隐约听得到外面阵阵的厮杀声。

已有慕北湮的两名贴身侍卫掩着口鼻冲过来，叫道："王爷，快走！这些匪徒逢人就杀，身手又高明得很，咱们……不是对手。"

阿原奔到窗口眯着眼睛匆匆一瞥，不由得惊心。别院里这点人手何止不是对手？对方来势凶猛，且人数众多，对着沉睡中的乡间别院，分明就是一场屠杀……

所幸的是，他们在此处虽为阿原养伤，但有均王在，正屋必定要安排均王居住。均王对景辞的身世心知肚明，也有心化解上一辈的恩怨，邀景辞一同住于正屋，阿原、慕北湮等人则住于厢房之中。如今正屋首当其冲，留守在其中的均王的人马正与袭击者交锋，两侧厢房的攻势便没那么激烈。

二人眼看袭击者极多，敌我悬殊，且火势也越来越猛，燎得满脸生疼，忙用湿手巾捂住口鼻，提剑击倒袭入察看的两名袭击者，敲破后窗，匆匆跃出烟火弥漫开来的屋子，落入厢房后的夹道。

这夹道可通往前院和后院，但入夜后门户都已下锁关闭，夹道中只有两名黑衣人留意着动静，闻声飞奔过来察看时，阿原、慕北湮一人一个迅速将他们劈倒，不容他们发声求援。

院内已火光冲天，厮杀声震耳欲聋，夹道中的惨叫遂被忽略过去。

几个人沿着夹道向后院奔去时，阿原顿身从门缝间又瞧一眼正屋那边的冲天大火，脊背上的那层汗意愈盛。她向慕北湮叹道："他们要杀的，并不是我们。"

慕北湮也已悟了过来，冷笑道："当然也是我们！既然跟均王、端侯走得近，顺手一刀解决后患再好不过！"

二人出身高门，对京中各路人马都还熟悉，与对手一交锋，便已看出袭击者绝对不是什么匪人，而是训练有素的官兵。以其身手而论，极可能是来自京中的禁卫军。

禁卫军直接受命于梁帝，而梁帝当然不会对均王或景辞下手。

可梁帝居然无法掌控，让禁卫军杀向了皇子，这意味着什么？

夜风夹着炙热的烟气和新鲜的血腥味扑来，不久前还悠闲得宛若世外桃源的别院已成人间地狱。

阿原等人已无暇细想，仗着已在别院住了些日子，对地形还算了解，明知正门和角门必有人围堵，当机立断借着夜色掩护冲向后院，攀上墙边的老榆树，借势跃过墙头，飞落于别院外，带着紧随他们的两名侍从，奔向坡上的树林。

而袭击者显然不知道均王和景辞已然回京，目标更多地放在正屋，只将正屋出来的人影团团围困，阿原等人居然顺利脱身。

小坏似已被大火惊到，此时不敢张扬，小心地半敛着翅膀，紧随阿原一起潜行。

阿原见它惊悚的模样，心念转了转，失声道："莫非来的又是冯廷谔？"

敌人都烧到门上了，小坏迟迟不曾示警，本就有些蹊跷。它在冯廷谔手上吃过大亏，独独对他畏若猛虎，避之唯恐不及，惊恐之余一时噤声应该是意料之中的事。

慕北溟闻言不由头皮发麻："他……和禁卫军一起杀了过来？那宫里……"

阿原捏紧剑，声音已有些虚浮："只怕……变天了！"

慕北溟失声道："那皇上……"

阿原咬牙道："还有我母亲。她……当真在宫中伴驾吗？为何廿七叔没在她身边？"

　　二人虽说着话，阿原倒也能辨识路径，一路领着慕北湮等人，飞快穿过荒草和密林，奔出了颇远，方四处观望着逡巡起来。

　　慕北湮擦着汗，好奇道："你在找什么？"

　　"廿七叔约我见面的地点，应该就在这附近。我想着先在这边避避，等跟他碰面后再做打算。"阿原边说边寻觅着，眼睛忽然一亮，"就是那里！"

　　前方的山壁前，是一处依山而建的破旧草堂，草堂门庭败落，被官府的封条封禁着，看样子已经很久没人住过了。

　　慕北湮走上前，已看到旁边贴的告示，顿时苦笑："不许进入，说是……鬼屋？官府也能满嘴鬼话？"

　　阿原低低道："也不一定。我们住的那别院，过了今日，也应该被称作鬼屋了吧？"

　　慕北湮沉默，两名侍从已忍不住抹泪。

　　他们虽侥幸逃脱，但这些日子与他们朝夕相处的同伴们多半难逃毒手。

　　阿原推门进去，借着破尘剑上的明珠光亮四下瞧了瞧，却见里面的粗陋家具已然腐朽一半，西首的厨房里锅碗瓢盆俱无，只有个旧磨盘被扔在灶边的地上。

　　料得廿七也没那么快到来，阿原先退了出去，只纳闷道："廿七叔为何约在这里见面？"

　　慕北湮道："大概因为附近的人都知道这里有个鬼屋，既僻静，又好找吧！"

　　二人一边说着，一边察看周围的地形，却见四处林木森森，借着夜色掩护一时应该不至于被人搜到，遂让跟来的两名侍卫在下方守望，二人则攀到一处稍高的山石上，向别院方向观望。

别院早已被大火吞噬，再看不到人影。但以那些袭击者的身手，别院里的其他人只怕很难逃过毒手。

远离了灼热的火场，夜风贴着汗水浸湿的衣衫吹过，阿原忍不住连打了几个寒噤。

所谓人命关天，当日她在沁河办案，哪个人命案子不是战战兢兢地办着？她竟忘了，乱世里的人命原本是最不值钱的——哪怕是王侯之家的人命。

慕北湮趴在山石上看着，说不出的安静，往日温存好看的桃花眼再不见微微眯起时的笑意，阴冷得有些骇人。

似受主人影响，小坏也蓬着羽毛惊悸地蹲在他们旁边，不时扇动翅膀，却不敢乱飞。

阿原咬住牙关直哆嗦，努力平定了心绪，说道："如果皇上出事，禁卫军又掉转矛头指向均王、端侯他们，如今京城应该控制在郓王手上了吧？"

慕北湮的声音也有些干涩，勉强地笑了笑，道："若京城和文武百官已在郓王的控制之下，他们最需要对付的，不该是均王或端侯。除非……"

他忽然说不下去了，按在山石上的指甲几乎要抠断。

郓王想要的当然不仅是控制京城，而是那把高高在上的龙椅。

均王虽是皇子，但向来行事低调，并未卷入郓王和博王的储位之争；景辞回到大梁未久，长期在府中静养，连皇帝老子都没认，更不可能去争那个高高在上的位置。

他最需要对付的，是根基深厚且甚得人心的博王，其次才是梁帝这一明一暗两位嫡子。

如今居然能腾出手来对付均王和端侯，难道已经认定博王不足为患？以博王的地位和影响力，想他不足为患，除非他已是死人……

阿原慢慢搓揉着冰凉的指尖，声音有些变调："若皇上、博王遇害，韩勍带着禁卫军拥立郓王，谁能阻拦？我母亲还在京城，如今……均王和景辞也赶回京城……岂不是自投罗网？"

慕北湮知道她的身体未愈，忙握住她的手，柔声劝慰道："阿原，别太担心！事情未必有想象中那样糟。你看，郓王派来的人对均王和景辞的行踪全不知情，想借着袭击别院相害。这说明什么？"

阿原手足冰冷，却低着头，强迫自己冷静下来，点头道："对，他们离开时轻装简行，并没带几个从人，必定早有防备，一路的行踪隐蔽，瞒过了郓王的眼线。"

慕北湮点头："均王仁厚但细致，端侯更有手段，既然有了防备，怎么会轻易让郓王算计了去？不过他们大概也没想到，郓王根本没打算等他们入京再处置。"

郓王要的，是他们根本回不了京城。

阿原叹息："当日为帮我们，阿辞的确得罪过郓王，但他何必连均王都容不下？真比我们想象的还要狠辣！"

正说着时，耳边隐约听得一阵打斗叱喝声顺风飘来。她正以为自己听错了，慕北湮已在侧耳细听，沉吟道："下面谁在打斗？莫非……别院里还有人逃出来了？"

阿原立时跳下山石，说道："走，看看去！"

两名侍从想拦，可哪里拦得住？

若是别院中尚有其他人逃出，他们断断不可能坐视不理。

但当看清被追的那位是谁时，阿原、慕北湮都慢下了双足，已认出追她的五六名黑衣人，正是别院杀人放火的那些禁卫军。

慕北湮隐在树干后，悄悄扯了扯阿原的袖子："这老虔婆，咱们就不管了吧？"

阿原眼底蒙着黑沉沉的树影，看着那个曾把自己折磨得死去活来的知夏姑姑正被人追杀得死去活来，"嗯"了一声。

慕北湮松了口气，说道："那咱们撤吧！为这老贱人暴露行踪，太不值当！"

阿原又"嗯"了一声，忽一抬眸，眼底仿佛映了星光般闪耀起来："可你不觉得，我救了她，比她被人杀了还让她难受吗？"

她这么说着时，人已纵身飞起，破尘剑如水银泻地，拖出一片凌厉的杀机，直袭正将单刀劈向知夏姑姑胸膛的黑衣人。

黑衣人被迫撤招自保时，慕北湮也已紧随其后出手，一剑刺向那人后背。

两名侍卫见状，也忙冲过去帮忙，很快将黑衣人击溃。

眼看有黑衣人欲逃，慕北湮唯恐泄露行踪，纵身追过去，手起剑落之际，取人性命同样利落得可怕，丝毫不含糊。

他潇洒地一拂散落的碎发，回身再看阿原时，阿原已收了剑，冷冷睨了知夏姑姑一眼，向他一招手，转身向密林深处走去。

知夏姑姑也不知跟人恶战了多久才逃到此处，早已浑身是血，连银质面具都已被鲜血糊满，看来早已身受重伤，筋疲力竭。见阿原不屑而去，她又羞又恼，却仍提气向她喝道："风眠晚，你把我家公子哄到哪里去了？"

阿原已然习惯她的羞辱，尤其恢复记忆后更是看得开，权且当作犬吠，置若罔闻。

慕北湮素来骄贵，几番听人说起知夏姑姑作祟，早已记在心间，此时亲耳听见，不由大怒，抬脚将她踹得差点滚落山坡，冷笑道："小爷可真看不上这以怨报德的轻狂样儿，谁教的？贱到姥姥家了，知道吗？"

知夏姑姑挣扎道："我已去火场找过了，阿辞没在里面！他……他必定是跟你们一起撤出来，看到我遇险才让你们救我，却被你们哄得不肯出面，对不对？"

慕北湮听得她居然冒险冲入火场中寻找景辞，也有些惊讶，便猜出阿原救她不仅为了景辞，也有悯其忠心之意。他哼了一声，向阿原道："看见没？你的好心，她当成什么了？"

阿原不以为然，说道："我没什么好心，只是做我想做的。她爱怎样想是她的事，与我何干？"

知夏姑姑被踹得不轻，一时居然没能挣扎起来，只倚着树干喘息道："你当然没什么好心……你只是和你母亲一样的狐媚子，哄住了小贺王爷，还甜言蜜语骗着阿辞，让他忘了母仇，不再理我，也不肯出来见我！"

阿原向慕北湮勾勾手："走了，别理这怨妇！天底下的人都欠她害她，独她一朵白莲花，风吹雨也打，把她折磨得这般苦哈哈！"

慕北湮道："什么白莲花，明明是个纠缠不清的大南瓜！"

他一时也不走，蹲身到知夏姑姑跟前，戳着她的肩说道："阿原懒得理你，但冲着端侯，我还要跟你说道说道。你偷了原夫人的女儿，无非是因为你认定原夫人是谋害梁王妃的凶手而已。但你可知害梁王妃的人，是张皇后，而不是原夫人？"

知夏姑姑顿了顿，忽然尖叫道："你胡说！我亲耳听见那个毁了我脸的匪人说是得了原夫人的好处！"

慕北湮向地上的尸体一指："若我们不曾救你，这些人杀你前，说是原夫人命他们乔装来杀你，大概你也会信吧？蠢字下面两条虫，是不是已经在你脑中安营扎寨、生儿育女了？自己糊涂，把端侯也从小教得糊涂，由你们把他的心上人当侍婢作践……你可知皇上已找到当日张皇后派去截杀你们的部属？你可知均王也知情，才请命前来，希望消弥上一代的恩怨？你可知原家母女不是恶人，你才是盗人子女害人骨肉分离的恶人？"

知夏姑姑眼底充血，尖声道："不可能！不可能！我……我怎么可能弄错？何况……到底是楚玉罗那贱人和皇上勾三搭四，才气跑了我们王妃！"

慕北湮啧了一声，说道："你得了吧！谁不晓得原夫人是皇上最早恋上的女人？谁不晓得张惠才是皇上的原配妻子？怎么就你家主子跟皇上亲近名正言顺，其他女人都成了勾三搭四？谁比谁清高，谁比谁清白？都别装了！"

知夏姑姑扶着树干强站起身，厉声道："阿辞呢？我要见阿辞！"

慕北湮摇头道："果然蠢得不可救药！若是端侯在，救不救你都是他的事，犯得着我们多事？他和均王已在回京的路上了，你赶紧去追吧，求你这张老脸别在我们跟前晃了，看着反胃！"

他说完，也不再理会摇摇欲坠的知夏姑姑，径自走向阿原，微微笑了一笑："走吧！"

阿原在旁静静地看着，此时与他一同行往那边的"鬼屋"，方道："其实没必要跟她说太多。该恨她的人是我，但我都懒得恨了。"

慕北湮握紧她的手，说道："我恨！我见不得别人欺负你。嗯，以后若是端侯欺负你，我一样会为你出头。"

阿原道："放心，他不会欺负我。若他欺负我，我必定双拳打回去！"

慕北湮道："他虽病着，可身手比你好多了！"

阿原道："但我再怎样打他，他也不会还手。"

朦胧的冷月下，她答得轻描淡写，却确凿无疑。慕北湮并不知她从前与景辞具体有着怎样的过往，只是听她笃定的口吻，心下忽然似有什么打破，说不出的感觉溢了出来，一时竟分不出是苦涩还是欢喜。

他定睛看向她，正要说话时，忽听小坏叫声尖厉，同时背后嗖的一声利器破空而来，他连忙矮身避开时，阿原的破尘剑已然出鞘，飞快挡向另外飞来的数支利箭。

小坏眼见下面动上了手，虽然惊惧，在空中盘旋了下，还是飞快地向不远处的林木间俯冲而下。

阿原远远见得那林木间的刀光，已是惊骇，忙高呼一声，欲唤小坏回来，只听得小坏惨叫一声，斜着身子歪歪扭扭地向远方飞去。等它的身影隐没于黑夜间，兀自听到它凄惨而去的尾音。

"小坏！"

阿原惊叫一声，拉过慕北湮便逃。

慕北湮说道："小坏……"

阿原道："回头再去寻它。来的人真是……冯廷谔。他必是尾随知夏姑姑而来！"

知夏姑姑武艺虽不错，但想从冯廷谔的眼皮子底下逃脱，并不容易。最可能的是，久在京中的冯廷谔认识知夏姑姑，故意放走她，试图通过她来找到景辞、均王等人。

可知夏姑姑的确不知道景辞的动向，只是误打误撞被他们救了，然后暴露了阿原他们。

慕北湮也知冯廷谔的厉害，此次身处荒山，这人再无所顾忌，必定大开杀戒，再不容情，忙招呼了两名从人，飞快往密林深处逃去。

可他们跑得快，冯廷谔更快。

刀光起处，激起的碎石飞沙都似含着刀剑的锋芒和杀机，巨浪般卷向阿原等人。

阿原、慕北湮等避无可避，只得扬剑应战。他们的身手甚高，两名侍从武艺也不弱，此时生死攸关，避无可避，全力以赴对敌，一时倒也不落下风。但他们打斗之际，跟随冯廷谔上山的黑衣人也已赶到，立时上前相助冯廷谔。

别院方向的大火烧得愈烈，几乎映亮了半边山坡。而夷平别院也未曾找到均王和端侯的其他黑衣人，闻得这边动静，正陆续赶过来。

两名侍从先后黑衣人从二人身边逼开，不时便传来落败遇害的惨叫声。阿原武艺并不下于慕北湮，但吃亏在小产未久，体力不足，此时再难支撑，躲避得稍一迟缓，肩上已着了重重一记，顿时血如泉涌。

眼见冯廷谔的手腕翻卷，森寒刀锋以极刁钻的姿势自下而上扫去，竟欲将阿原当场开膛破腹。慕北湮大惊，奋力横剑挡去，只听噔的一声，他的宝剑已被磕得断作两截。

他也不顾断剑，拉起地上的阿原，急急地问道："阿原，你怎么样了？"

话未了，只觉背心一凉，然后是阿原变了声调的呼喊："北湮！"

他本来倾下的身体被阿原猛地拉倒，飞快向一边滚去，居然逃了开去。

慕北湮转头，见冯廷谔撤开染血的刀，迎向身后不要命般刺向他的知夏姑姑。

他反手一摸，抓到满手的血，才觉出些痛意，却连心都凉了，再也立不稳，身体一晃已跌坐下去，只将阿原一推，低声道："阿原，我……我不行了！你快走，我……我再将他们挡上一挡。"

阿原劈开追到近前的一名黑衣人，奋力将他拖起，斥道："胡扯！你是恶人，我也是恶人，我们都要祸害一千年的，怎么会不行？快走！"

那边知夏姑姑满身的血，脸上半边银质面具脱落，露出一道丑陋的刀疤，在鲜血淋漓间狰狞如厉鬼。她正一剑一剑地刺向冯廷谔，暴风骤雨般又快又急，竟是只攻不守的拼命打法。她尖厉地嘶叫道："狗贼，想杀我家的人，需从我身体上跨过去！"

阿原正拖着慕北湮奋力杀出一条血路，闻言心头颤了颤，差点又被人砍了一刀。

她恍惚想起，知夏姑姑虽然待她恶毒，但无论在镇州还是燕国，若有外人胆敢指责或欺凌她，知夏姑姑同样会像护犊的老母鸡般竖起浑身翅羽，不惜一战以卫尊严，并不肯容人伤她一星半点。

阿原是她仇人的女儿，但同时也是她一手养大的侍儿。就像她曾是阿原母女分离的罪魁祸首，却被眠晚当作养母般敬畏着。

中间多少恩怨，已不是一个简单的"恨"字所能概括。

已然身受重伤的知夏姑姑即便再怎样拼命，也无法与冯廷谔抗衡，就像受伤的阿原再怎样努力，也无法带重伤的慕北湮突出重围。

眼前的黑衣人越聚越多，而阿原手中的破尘剑已越来越沉。

慕北湮勉强助她击退一名敌人，吃力道："阿原，别管我，赶紧走！你一名女子，他们未必会穷追不舍。"

慕北湮是老贺王慕钟的独子，虽不曾领兵打仗，有其父生前树立的威望在，有其父老友部属的拥戴，想在军中立足并不困难。与阿原相比，慕北湮更不能放过。

阿原臂上又挨了一剑，破尘剑差点跌落，忙竭力握紧，笑道："我是女子，但我也是武将之后！"

武将之家，满腔热血，岂能弃友而去，独自逃生？

慕北湮不觉叹道："罢罢罢，能与知己同生共死，原本也是人生一大幸事，但愿景辞那小子别恨我……"

说话之际，二人都已伤重力竭，眼见黑衣人刀剑迫到身前，再难抵挡，忽听得锐器破空而来，但闻叮当数声，竟是数粒石子打在袭向他们的兵器上，恰将二人救下。

阿原定睛一看，不觉惊喜地叫道："廿七叔！"

精瘦的中年汉子已提刀而出，寒光连闪，迅速将逼向他们的黑衣人接连砍倒，奔到阿原跟前，果然是廿七。才不过七八天光景，他已满脸虬髯，看着黑瘦憔悴许多，连对敌之际都似失魂落魄。

听到阿原唤他，他将她一打量，便将一封书信塞到她怀中，低喝道："到鬼屋去！"

眼前又有黑衣人袭来，他一边反击，一边跟阿原说了句什么，却连慕北湮也没听清。

但廿七是原夫人第一看重的心腹高手，虽不一定斗得过冯廷谔，但没他们两个伤者拖累，趁着黑夜掩护脱身的机率并不小。

慕北湮与阿原对视一眼，再不犹豫，沿着廿七用刀光为他们劈开的道路，向鬼屋方向奔去。

临行前，阿原忍不住又看了眼知夏姑姑。

冯廷谔终于把这狗皮膏药般不要命赶着他砍的女人踹了开去，旁边终于逮到机会的数名黑衣人刀剑齐下，疯了般齐齐捅下去……

把知夏姑姑钉成了刺猬。

阿原嗓子口一堵，忙努力咽下，却不知咽下去的是脏腑间的鲜血还是汹涌而上的泪水。

冯廷谔追过去时，鬼屋也着火了。

近月不曾下雨，半朽中空的屋子比别院燃起来还要快。团团围着屋子的十余名黑衣人，眼睁睁地看着整间小筑都在片刻间被大火吞噬殆尽。

冯廷谔扯下蒙面巾，握着滴血的单刀问："人呢？"

那边有黑衣人忙上前回答："回大人，应该还在里面。"

"谁放的火？"

"应该是……他们自己。最早跟进去的两名兄弟被杀了，我等警戒之际，里面就四处着火了。"

"没见出来？"

"我等一直围在四周，并未看到他们逃出。何况他们重伤在身，想逃也逃不了！"

火焰已吞没屋脊，很快整间屋子都被烧得坍塌下去，烧起的火焰燎亮了一众黑衣人野兽般通红的双眼。

别说活人，便是生铁，只怕也得在这样的大火里被烧得熔化。

冯廷谔沿着屋子走了一圈，眯了眯眼："难道他们自知无法逃脱，自焚殉情？"他向后退一步，"把坡上的尸体都丢到火里去，一并烧了！虽说……还是别留话柄的好。"

众人应命，很快搬来尸首掷入火海。

重物落入火中，带得一串火星腾起，焰火般向天空扑了扑。

烈火映照中，满天星月早已失了踪影。苍穹如墨，竟已找不出半点光亮。

数日之内，大梁朝堂已然天翻地覆。

据说，那日梁帝先后见了乔贵嫔、原夫人、林贤妃等人，大动肝火，也不晓得究竟是什么缘故，就将乔贵嫔打入冷宫，又拿鞭子将郓王一顿好抽，还传出消息，要将郓王遣往莱州。

但不久又出现另一种说法，郓王并未犯错，只是梁帝受人挑拨而已。至于挑拨的是原夫人还是林贤妃，便说不清楚了。

第二天夜间，宫外都有人听到巨大的撞击声，甚至有隐隐的厮杀声，但并未持续太久。天亮后，龙虎军统领韩勃已领近千兵马驻扎于皇宫内外保护。

据说，梁帝的贴身大太监、内常侍黎焕联合部分禁卫军欲对梁帝不利，被韩勃等龙虎军当场格杀。梁帝本就有病在身，受惊之余病情加重，连长乐公主等人都不见，只传原夫人入宫侍奉。郓王自然也在宫中侍病，于是大小事务，反而通过郓王之口代传。

朝臣自然惶恐不已，但宫中传出的消息一日数变，连入了宫的原夫人都杳无音讯。

三天后，终于传出消息，梁帝驾崩，原夫人、林贤妃悲不自禁，自尽以殉。

与此同时，博王的死讯也已传入京中。

先前宫中叛乱，据称就是博王指使黎焕所为，梁帝大怒之下，下旨赐死博王。

至于远在东都的博王为何忽然指使黎焕谋害梁帝，梁帝派去传旨的使臣为何是郓王的心腹谋士丁绍浦，虽有人追问，但很快追问的人也没了。

该贬斥的贬斥，该下狱的下狱，连长乐公主都三缄其口，默默观望——然后不出意外地看着郓王拿出梁帝的"遗诏"继位登基。

群臣惊愕之余，眼看拥护郓王的那些人拜下，长乐公主也识时务地去跟郓王道贺，还送了郓王爱妾厚礼，也只得跟着拜倒。

奉旨出京公干的均王在郓王登基的第三日回到京城，郓王待其甚是和煦，顺便还送了他两名貌美如花的侍婢。

均王并无异议，端侯病卧于城外端侯府，也递表恭贺，于是郓王登基为帝，已成定局。

郓王忙于安定朝野局势，潜邸内的姬妾们暂时无名无分，倒还算清闲。

最得宠的靳小函，为了谢长乐公主的厚礼，甚至拎了一坛酒，将她和谢岩约到揽月湖相见。

揽月湖僻静依旧，一抬首便能见到当日打捞过宫人的那个亭子。至于勤姑住过的那片冷宫，远远望去，满眼都是枯树野草，偶见数只昏鸦来去，才能依稀辨出倾颓的屋顶。湖水拍着岸，卷起雪白的泡沫，看着没什么力道，却已将沿岩的石堤冲得细滑。

长乐公主一身缟素，修眉紧锁，面色也有些苍白，但双眸深黑幽亮，倒比往日多出几分坚毅。

她问："慕北湮和阿原也出事了？"

靳小函替她倒了一盅酒，懒洋洋道："或许吧！听说那个知夏姑姑良心发现，也曾过去帮忙，廿七更是高手，但都没能将他们救下。冯廷谔说，他们重伤之后，死于大火。"

长乐公主沉吟："不该呀！廿七既然能及时出现，不会全无防备，何况又是跟了原夫人很多年的高手，谋略武艺都是上上之选，怎么会连自保之力都没有？"

靳小函道："所以端侯亲自跑回去察看了。"

她似有些沮丧，但很快又打起精神来，眼睛亮闪闪地笑"这两人都不是什么善茬。尤其是小贺王爷，风流花心，不晓得坑苦多少闺中女儿，所谓祸害一千年，怎么会轻易死去？"

长乐公主正端起酒盏大口饮尽，闻言抬了抬眼："闺中女儿？"

包括靳小函在内吗？

以靳小函的年纪，她随其父亲在贺王府来往时，正值豆蔻年华，倾慕少主人着实不足为奇。可惜慕北湮醉心花丛，只怕从未留意过这么个没长开的小丫头。

靳小函不答，同样大口喝酒。

谢岩皱眉沉吟："听说……廿七待原夫人也不比寻常。原夫人出事，他有意相殉也未可知。"

长乐公主道："若是有意相殉，为何在原夫人入宫之际离京？若是为阿原出京，阿原出事，即便他死后相殉，又有何面目去见原夫人？"

靳小函点头："端侯也这么说。他对阿原姐姐抱有期望，我当然……也不会放弃。"

长乐公主道："所以，你千方百计劝郓王放过均王和端侯，还有……我和谢岩，是希望此事还有转机？"

当日靳小函曾言，若长乐公主等有难，她将会鼎力相助，彼时长乐公主当笑话听着。不料宫中横生大变，均王知道郓王有杀他之心，带着随从藏身城外，进退两难；长乐公主明知父皇死得不明，但郓王已掌控大局，她同样步步危机。以她和原府、贺王府的亲近，若有人添上一句半句，必定落得原夫人、林贤妃一样的下场。

正无措之际，景辞悄悄潜入京中，秘密见了谢岩，随即又一起见了靳小函，靳小函很快答应，愿相助他们渡过难关。

随后，郓王果然表明对均王的友好之意，派人将他迎回京中，并亲自去安慰长乐公主，解释梁帝暴毙纯属意外，都怨博王利欲熏心，做出丧心病狂之事……

靳小函道："想让他暂时放过你们，倒也不难。我最景慕大英雄了，他也得想着他的身前死后名。他被贬莱州，一手策划宫变，弑父杀兄，岂不心虚？若再将皇弟皇妹们都害死，日后史书再怎样文过饰非，只怕也会传出许多议论。若他立稳脚跟，你们既然无与他对抗的实力，又肯'顺天应命'承认他的帝位，能帮他堵一堵悠悠众口，他又何必杀你们？"

但长乐公主等人心里自然没把他当成梁帝。她咬紧牙，半晌才问："我父皇死得是不是很惨？"

靳小函盯着她看了片刻，方柔和地笑了笑："这个倒不清楚。但他走得应该不寂寞。听闻原夫人入宫前已经猜到了，看到梁帝尸体时，说了一句话就服毒自尽了！"

长乐公主顿下酒盏，抹了把湿润的眼眶，问道："说了什么？"

靳小函道："她说，我是最早陪伴你的女人，也是最后陪伴你的女人，也算是善始善终了吧？"

"就这句？"

"就这句。"

"……"长乐公主微有恍惚，"其实我原来瞧不上她，但如今看来，倒也是个可钦可敬之人，的确称得上善始善终。"

"可我不觉得。"靳小函微哂，"若所托非人，尽快抽身及时行乐才是最要紧的，吊死在一棵歪脖子树上自苦一世才叫愚蠢！"

"……"

见她竟把父皇比作歪脖子树，长乐公主很是不悦，但细想梁帝的行径，尤其是对女人的行径，何止是歪脖子树，简直是蛀空了的歪脖子树……

转头看向谢岩，见他正凝眉细思，容色清俊宁和，这才略略安心。

从女人而言，遇到梁帝那种多情到泛滥的男人，才是大不幸，不论是对原夫人、张皇后，还是景二小姐，甚至林贤妃。

不久后，靳小函离去，长乐公主问谢岩："她怎么会答应端侯跟咱们合作？以她如今的得宠，册妃封嫔易如反掌。"

谢岩道："你忘了她为何侍奉郢王了？她虽年少，却极有主见，怎能容得下杀父仇人窃得天下？何况，阿辞答应了她一件事。"

"什么事？"

"事成后成全她和慕北湮。"

"这……这不是玩笑？"长乐公主骇然，"而且，北湮和阿原……当真还在世吗？"

"不知道。但景辞必须认定阿原还活着，并让靳小函相信北湮还活着，他们才能支撑下去。"

谢岩的声音很沉，压在湖风里灌入耳膜，如鼓点般一下一下敲在心头。

长乐公主定定地看着他，眼圈渐渐红了起来："是。若没有你在我身边，我也支撑不下去。"

谢岩执住她的手，慢慢握紧，然后低低道："放心，我在你身边。"

传说中的鬼屋已和曾经清幽宜居的别院一样，被一把火焚作平地。

景辞一身素白孝服，缓步踏在焦黑的灰烬间行走，一寸一寸细细地察看着，试图寻出一二线索，指明他的眠晚的动向。微凉的山风卷起灰尘，扑到他秀逸清冷的面庞，他竟连睫毛都不曾颤动一下。

火场外，萧潇正皱眉检查着草席上的一具具烧焦的尸体。

侍从在旁低低道："都已烧成炭了，也分不清是刺客还是贺王他们……"

萧潇皱眉道："但并没有看到原大小姐的破尘剑，对不对？原大小姐和贺王在一起，若她逃脱，贺王自然也能逃脱，对不对？"

侍从的嘴角抽动了下，到底不忍说，偌大的山林，没找到破尘剑并不能说明什么。

旁边的破草席上，尚有侍从们搜索到的一些遗物。除了散落的衣衫碎片，还有沾着血污的银质面具，和灰烬中翻找出来的若干烧得变形的兵器。

面具是知夏姑姑的，兵器中的某把单刀则能辨出是廿七的。

连他们终日不离身的面具和兵器都已失落，再结合靳小函探听到的消息，这些难以辨明身份的尸骨里，极可能有他们。

若他们遇害，重伤在身的慕北湮、小产未愈的阿原，又该怎样绝地逃生？

天空忽然传来一声鸣叫，声调不高，短促凄惶，入耳却有几分熟悉。

萧潇正拿着廿七的单刀出神，猛抬头看到时，已失声叫道："小坏！"

已被焚去刀柄的单刀从他手中跌落到地，冷冷地钉在地上，嗡嗡摆动着。

小坏虽然战斗力平平，到底是禽类，飞得高、看得远，平日里时时跟着阿原，即便在山林间也断不可能找不出它的主人——除非，它的主人真的找不到了，找不出了……

萧潇的面色已然发白，暗淡的眸光在那些被烧得不成形状的枯骨间逡巡。

貌美如花的阿原，第一次见面便撕开裙摆豪情满天地将他当贼抓的女剑侠般的人物，难道也变成了这一堆堆的枯骨？枯骨里面，哪一具会是她的？

他忽然不敢去细看那些枯骨，只仰头看向小坏，却连小坏的身影都已渐渐在泪影里模糊。

景辞也抬头看了眼天空中凄惶盘旋的小坏，向后退了一步，却很快稳住身形，继续埋头拨弄着灰烬。

身畔的侍从是跟了梁帝十多年的老人，颇有些龙虎军的朋友，此次回京亦打听到真真假假的若干细节，愤然道："皇上一世豪雄，不想竟会死于逆子之手！听闻韩勍领禁卫军驻守皇宫，却在半夜撞开建章宫大门，砍倒黎总管他们，去杀皇上……皇上虽伤病在身，到底武艺高强，一边斥骂郓王，一边还想逃离，谁想郓王身边的冯廷谔身手极高，围着柱子打了一阵，皇上力乏，便被砍倒在床上…听说肠子都流出来了，郓王也不收拾，拿棉被将尸体一裹，随手藏在床下，对外还宣称是博王谋反，他郓王救驾有功……"

萧潇瞥一眼景辞，忙摆手止住侍从的话。

景辞早已与谢岩、靳小函等人相会，怎么会不知生父之死的真相？

可怜他们父子相聚这几个月，关系虽有所缓解，他竟始终不曾唤过梁帝一声父亲……

如今，便是他想唤，梁帝也听不到了。

生父死了，被他视作母亲的知夏姑姑也死了，难道他还得面对阿原的死亡？

又或者，他并不肯面对她的枯骨，才不断地寻找不可能的生机？

萧潇正担忧之际，景辞忽然顿住了身，定定看着地上一物。

萧潇忙奔过去看，却是一个被熏得漆黑的旧磨盘。

从仅剩的断墙残垣和若干破损的锅碗陶罐来看，此处应该用作厨房和杂物间，出现用以磨碎粮食的石磨并不稀奇。

见景辞出神，萧潇正要发问时，再瞥一眼磨盘所在的位置，忽失神叫起来："这磨盘被移动过！"

地面一体被熏得焦黑，难以看出异样，但仔细察看时，石磨沿边积了好些细碎的泥土，分明有新近挪动过的痕迹，。

想来阿原、慕北湮藏入屋内时，冯廷谔也提防过他们趁乱脱逃。只是火势正大时，势必无法入屋内检查，即便是火势熄灭后，地面余温一时也降不下去。只要火中没有活人出来，基本便能判断二人丧生其中。

可如果这屋中另有乾坤呢？

萧潇屏住呼吸，低声道："听闻这草堂是附近一位豪绅所筑，但只派了个老仆看屋子，后来兵乱四起，那豪绅举家逃走，也不晓得到哪里去了……这地方既无景致，又无沃土，甚至连水都没有。可这豪绅不可能无缘无故建这么间草堂。"

景辞端详着石磨，忽抬手，将石磨推了一圈，再往后扳回半圈。

只听咯吱声响，黑灰蓦地自残破的灶膛间涌出。

萧潇忙冲过去，失声道："有暗道！他们……"

他尚未说完，便见一身素白衣衫的景辞跃身飞入黑灰乱舞的暗道。他忙跟侍从要了盏灯笼，掩住口鼻，急急地跟了下去。

暗道内同样有一个石磨，景辞先反向扳了半圈，再扳回一圈，便见原先隐于灶膛下的两块青石板缓缓合上。

下方满是青苔和散落的烟灰，自然说不上干净。沿着滑腻的山石，深一脚浅一脚地走了不过数十步，萧潇只觉足底渐凉，忙提着灯笼往脚下细看，只见山石青苔间的水渍已浸透了鞋袜。

而他们的耳边，已闻得水声潺潺。

萧潇道："原来是暗河！原来……原来那豪绅只是想留一处逃生之路。"

于是闹鬼的传说，并非空穴来风。若豪绅或其家人进了草堂再没有出去，或有其他知情人曾来往于此处，当地百姓发现有人进了草堂后再不见人影，或莫名走出人来，当然会将此处视作鬼屋。

因为是鬼屋，很少有人敢进来乱碰乱摸，自然不可能发现暗道。

二人蹚着水走了很远，几次差点被暗流拖入水中，好不容易才从一处极低的山洞中湿淋淋地爬出。

刚从黑暗中步出，他们的眼睛似被外面炙烈的阳光灼得睁不开，温热的液体不能克制般直往外涌。

萧潇忙抬袖拭了眼睛，奔到外面举目一瞧，笑道："这里是山岭的另一端，难怪小坏也找不到他们了！他们……他们应该逃出来了吧？"

他这般说着，却不敢确定。

水路很难走，慕北湮又身负重伤，阿原又畏水，他们……真能逃得出来吗？

景辞缓缓地在洞口走了一圈，忽蹲下身去，小心自山石边拣起两三绺脱落的棉线，看棉线上隐约的血迹，又取出一方丝帕，拭去旁边山壁上可疑的暗痕，放到鼻际嗅了嗅。

萧潇紧张地盯着他："是……是什么？"

"血迹。靳小函曾说，慕北湮应该是背部受了伤。"

山壁蹭上的血痕，似让人看到了重伤的慕北湮气息奄奄地坐靠在那里，而阿原正努力拧干衣角，撕出布条为他包扎伤处，然后扶起他走向远方……

景辞笑了笑，又笑了笑，踉跄着走出山洞，侧耳细听着。

秋风拂过枝丫的沙沙声里，依稀听到阿原往日清脆的笑语。他忽然冲着周围的密林，高声唤道："阿原！阿原！"

用尽力气，声音却还压在喉嗓深处，好不容易透过气团逼出的声线，似被风声打得破碎，模糊得听不清晰。

他弓着腰大口喘息，抵着膝盖的双手颤抖着，但眸心的清冷已被眼底闪烁的璀璨光亮掩去。

他低低道："阿原，谢谢你……"

谢谢阿原逃出来了，让他得以绝境逢生。

冬去春来，转眼郢王已登基数月，但在很多大臣眼里，他依然只是郢王，而非新的大梁皇帝。

梁帝朱煌马上打的天下，信任的大臣多是跟他鞍前马后一起拼杀过的。虽说梁帝脾气暴躁，但也不曾亏待过这群出生入死的部属。梁帝死得不明不白，这些人自然不甘不愿，加上原夫人殉情一说连鬼都不信，素日交好的也未免愤愤。

郢王明知人心不服，自是种种加官进爵，设法笼络群臣。

均王恍若不知友人的别院是因他的缘故才被夷作平地，也不曾问起过"意外"失火后贺王和原大小姐的生死，看着战战兢兢，比先前更加恭谨守礼，终日与一帮儒士们谈诗论词，倒让郢王戒心渐消。

端侯因心上人逝世，病情急转直下，郢王遣太医去瞧了几次，都说挣扎不了多久，于是也由得他在京畿养病，不曾理会过。

景辞是不是皇子并不重要，重要的是他并未认祖归宗，依然冠着景姓，对郢王的帝位并无威胁。

郢王肯暂时放过均王等人，当然也跟宫中那位新晋的贵嫔娘娘分不开。

乔贵嫔之外，又多了个靳贵嫔。

靳小函年少美貌，娇俏玲珑，最要紧的是真将郢王当作盖世英雄般景仰着，自己侍奉还觉对不住郢王的神武英姿，还劝他广纳后宫，收揽更多青春美貌的少女一起侍奉。如此知情解趣，谁不爱？何况郢王谋夺皇帝的手段极不光明，能得小美人如此膜拜夸奖，自是受用无比，弑父夺位的忐忑也随之消散许多，对靳小函更是宠爱入骨。

当日乔贵嫔也曾是他心坎上的，但到底是先帝的妃嫔，郓王继位后反而不肯太过亲近，唯恐更惹话柄。于是，贵嫔靳小函受尽恩宠，一时风头无两。

因女儿与郓王的私情，大理寺卿乔立先前被梁帝丢进阿原待过的大理寺牢狱，差点送命，但一场天翻地覆后，他依然衣朱紫，食金玉，颇得信任。

只是对他的信任和看重与靳小函比起来，似乎又逊色颇多。

数日不曾见到郓王，这天他手执奏章，到万春宫求见郓王时，竟被靳小函一口回绝。

她道："皇上日夜忙碌，好不容易歇下了，我可不敢惊扰。"

乔立道："靳贵嫔，臣有要事，耽误不得呀！"

靳小函道："乔大人每次过来都这么说。可皇上不见的时候多了，也没见耽误多少事。皇上去乔姐姐的鸾鸣宫时，却没见乔大人去惊扰过。何苦来！谁不晓得我无根无底，能在宫中有立足之地，全仗着皇上宠爱。非要次次在我这里弄些幺蛾子，好让我被皇上厌弃吗？"

她起身命人送客，竟不留半点情面。

乔立隐约听得内室传出郓王和女子的调笑之声，也不敢争执，只得无奈退去。

靳小函笑了笑，若无其事地喝茶时，冯廷谔走出，说道："靳贵嫔，你拦着乔大人虽无妨，但事后最好告诉皇上一声。若真的误了大事，只怕我们担待不起。"

靳小函道："冯叔放心，我次次都有告诉皇上，只是皇上不乐意再听他一天到晚参奏这个抨击那个，才越来越不待见他。想咱们皇上英明睿智、文武双全、天命所归，早晚一统河山，可这个乔立从未为皇上谋划该怎样开疆拓土、怎样训练将士，天天只晓得撺掇着皇上杀这个、贬那个，要将朝中那些谋臣勇将赶光，那还有谁还来为皇上打江山？连杨将军、谢大人都想动，我都怀疑他是不是晋人的细作了，非要把咱大梁激出大变来才甘心！"

她笑嘻嘻地牵住冯廷谔的袖子，说道："冯叔，咱们皇上是天下第一等的大英雄、大豪杰，你可得帮我说说，别让他被这些鼠目寸光的奸臣耽误了平定天下的大事！"

冯廷谔细思乔立父女所为，也有些疑惑："咦，说来也是，梁、晋结怨已久，乔大人似乎真的未曾劝过郓王提防晋王。若大梁混乱，晋王趁机来袭，的确险，险……"

于是，郓王不但不曾试图收回杨世厚的兵权，并从厚封赏，授其开府仪同三司，兼领侍中等职，并在靳小函的建议下，与文官中很有声望的右仆射谢瞳结了亲——指给谢瞳之子谢岩的，自然是长乐公主。

长乐公主虽对她和谢岩的亲事一万个赞成，但每次看向被弃置的建章宫时，便再也笑不出来。

她的父亲，便是在那里被她这个兄长谋害，肠穿肚烂，死状凄惨。

终有一日，她向谢岩道："咱们预备得差不多了吧？"

谢岩微微一笑："回公主，端侯此刻应该已经在均王府中了！"

"均王府？"

"多谢乔立，一心不想均王好过，生生把跟他走得极近的龙骧军副统领皇甫麟说成意图行刺皇上的叛党，关在狱中。"

"那……还谢乔立？"长乐公主扯住他的臂膀，牵牵他的衣袖，追问，"快说，你们给均王出了什么主意救人？"

谢岩垂头看她星眸微嗔，顾盼之际满是小女儿的娇态，不觉微微失神，好一会儿方道："其实我并未出什么主意，但阿辞去见了次均王，龙骧军便有流言纷纷，说皇甫麟只是一个开端，皇上器重龙虎军，听了乔立和韩勍等人的挑拨，有意裁撤龙骧军，并秘密处死军中将校，免留后患。"

龙骧军和龙虎军同是梁帝未称帝时的亲兵，后来都成为大梁禁卫军。因韩勍统领龙虎军助郢王夺得皇权，立下大功，龙骧军地位已远不如前，其副统领被指有心为梁帝报仇，其他军使将校不免也在怀疑之列。

长乐公主已悟了过来："龙骧军众将校本就对朱友圭不满，眼见杀身之祸将临，若有人提点一二，必定愿意破釜沉舟，放手一搏……咦，皇甫麟虽对父皇忠心，但行事稳重，也不至于冒失到去刺杀朱友圭吧？这事儿……是某些人有意挖的坑吧？"

她的眼珠滴溜溜地转："是你的主意，还是端侯哥哥的主意？"

谢岩微笑道："自然出自阿辞，在下不敢掠美！"

长乐公主道："的确像是他的主意。不过想说服皇甫麟依计而行，必定只能靠我们谢公子了吧？"

谢岩笑而不语。

长乐公主踮脚在他唇上亲了一亲："我夫婿最有才干了！"

谢岩顿时满面通红："喂，这大白天的……"

以彼之道，还施彼身。

郢王夺得帝位，缘于宫变；那么，想将他拉下帝位，也只差一场宫变而已。

这晚郢王闻得外面杀声震天，匆忙推开怀中小美人持剑而出时，那厢太监已尖着嗓子禀道："皇上不好了，龙骧军反了！"

郢王一脚将他踹开，喝道："胡扯什么？谁不好了？"

靳小函也已听得动静，匆匆披衣而出，说道："皇上天命所归，雄姿英发，岂会惧那些小小毛贼！皇上，赶紧传韩大人护驾，一起剿灭叛贼吧！"

郢王定定神，冷笑道："朕岂会惧怕他们？爱妃去烹壶好茶，等朕收拾了他们回来共饮！"

他匆匆踏出万春宫时，冯廷谔正快步迎来，向他急急地说道："皇上，韩勍不在宫中，龙虎军……阵脚有些乱。"

靳小函远远听得他们走远，踱回自己的卧室，也不烹茶，径自倒了一盏茶，一边喝着，一边向身畔的贴身侍儿轻笑道："听闻今日韩大人去他情妇那里了……那寡妇今天生日呢！倒也是个多情种子！咦，不晓得原大小姐如今在哪里，若她来，必定更热闹。"

她侧耳听着外面的喧嚷厮杀声，又品了口茶，轻叹道："这大正月的隔夜茶，冷得入心入肺……或许，我真该为自己烹壶热茶了吧？"

侍儿瞠目不知所对。

靳小函也不需要侍儿回答，慢慢掭着手中的凉花，悠然道："有情的还情，有债的还债，有恩的报恩，有仇的报仇，这才叫天道！"

群龙无首的龙虎军被打得措手不及，已成了一团散沙，在寒风凛冽的宫殿里四下奔窜。

郓王虽赶至，但黑暗之中敌我难辨，只闻到处都是将卒在吼叫道："朱友圭弑父！为先帝报仇！朱友圭弑父！为先帝报仇！"

声音开始散乱，混杂于厮杀声中，随着守军的败退，不知什么时候起，四面八方都传来同样雄浑有力、节奏铿锵的吼声："朱友圭弑父！为先帝报仇！朱友圭弑父！为先帝报仇……"

梁帝遇害的建章宫附近，忽然传来怪异的巨响，似平地雷声起，又似有什么从地底深处即将破土而出，奋力撞击着地狱之门。

郓王开始还强撑着指挥心腹侍卫抵抗，待闻得建章宫的巨响，眼前不由浮现父亲死后怒睁的双眼，以及收尸时腐臭不堪的尸骨脏腑。曾经蜿蜒于尸身旁的肚肠似在建章宫的异响中活了过来，滑腻腻地缠向他的脖颈，臭味直钻内腑……

郓王干呕了一声，才在冯廷谔的推搡里从幻觉中清醒过来。

他抬头再看向建章宫的方向，只见浓黑的烟雾腾空而起，迅速飘向夜空，形状亦说不出的诡异，仿佛有人正狞笑着，要俯下身来掐死他这弑父的逆子。

郓王不觉胆寒，向冯廷谔道："廷谔，我们向永安门撤！"

冯廷谔刚砍倒一个逼近前来的士卒，闻言怔了一下，环顾四周，果然随从已越打越少，宫中四面楚歌，已无力支撑——一如他们攻破宫门、谋害梁帝的那夜。

只是，今夜被算计的那人，成了郓王……

有剩余的侍从拼死保护，郓王等终于奔到离寝宫最近的永安门。

一只苍鹰掠过，叫声悠长，在他们头顶盘旋，透过夜幕都似能感觉到它窥视的锐眼。

冯廷谔顿了顿身。

郢王问："怎么了？"

冯廷谔道："没什么。这鹰……看着眼熟。不过天底下的鹰应该都是差不多的样子。"

说话间，他们已到永安门下。随从尚未来得及奔过去呼唤守卫开门，便见永安门被缓缓打开，一名白衣男子正提着宫灯自黑暗中徐徐步来。

宫灯温暖微黄，但映上那人清冷高华的面容，却似敷了层霜雪般幽冷洁净起来。

郢王吸气："端侯！"

传说中病得起不了床的景辞，虽然不见得多有精神，但步履沉稳，举止安详，绝不像将死之人。

天空中那鹰又盘旋了一圈，敛翅栖到他的肩上。景辞抬手抚了抚它的羽毛，居然柔和地笑了一笑。

冯廷谔忍不住道："这是……当日原大小姐养的鹰？"

景辞素来寡言，但此刻居然甚是耐心地答道："是，它叫小坏，两次差点被你弄死，还被害得失去了主人。我教了它很久，才教会它莫怕恶人，便是打不过也不要紧，寻机再战即可。"

阿原的鹰，他自然要带回的。好在她一生所学，大多是他所教，包括如何驯鹰。只要他愿意，将小坏的鹰驯成他的鹰，绝对不是什么难事。

再说了，连阿原都是他的，阿原的鹰自然也应该是他的……

而郢王自然是无心管他的鹰，扭头看向来路时，却见萧潇领了十余名侍卫，抱肩拦于路前，不容他们回宫，而景辞阻挡着他们的去路，看着倒是最薄弱的一环。

但景辞真的弱吗？均王很少研读兵法，真能布下今夜这样的局吗？

从皇甫麟被抓，到军中的风起云涌，到叛军齐喝的诛心口号，到建章宫的种种异样，再到如今他在永安门的守株待兔……

上兵伐谋，攻心为上，这谋篇布局，必定是高手所为，不可能出自均王。

郢王记起当日打听到的景辞的背景，终于道："今日的叛变，背后的推手就是你吧？端侯，朕自认并未亏待过你，这一向派的太医、送的良药，并不少吧？"

景辞淡淡地笑："先帝养育你成人，给你富贵尊荣，若你不那么阴损，指不定还会亲手给你这大梁江山……你又用什么还报他了？"

郢王怒道："他要取朕性命，朕又岂能束手待毙？你又不认他，这还打算替他报仇？还是打算夺取这大梁江山，自己坐上龙椅？"

景辞道："我没认他不假。但我回梁国后，他尽过人父之责，我便不能不尽人子之责。至于龙椅，谁坐，都轮不到你坐！"

他言辞冷锐犀利，眼见绝无转圜余地，郢王悄悄向冯廷谔递了个眼色，又看向右方一处不引人注意的阁楼。

一道烽烟已燃起，无声无息地飘向天空。

景辞竟留意到他的目光，也凝神看向那道烽烟。

但此时冯廷谔已然挥刀冲了过去，直冲他的要害之处，却是招招致命，一心想速战速决，将他钉死在这座永安门下。

郢王已持剑在手，领着其他侍从返身对着萧潇，预备阻拦萧潇相助。

他深知萧潇身手不凡，剑术极高，指不定能与冯廷谔一拼高下。但景辞再怎样心智过人，拖着一身伤病，又岂是冯廷谔的对手？

但萧潇抱剑在胸，一时竟无攻击之意，只凝神看着景辞二人打斗。

郢王忙转头看时，不由怔住了。

冯廷谔出招狠准，纵横开阖之际，如江涛澎湃，激浪高卷，凶悍得似要将对手即刻吞没；景辞手持一柄月华流转般的软剑，素衣宛若席卷于惊涛骇浪间，却顺着涛峰浪尖流转，看似惊险之极，偏偏次次擦身而过，甚至不曾溅湿半分衣角……

他的招式并不狠辣，守多攻少，闲淡应对之际，甚至有几分跟他本人相似的遗世独立般的清冷。

冯廷谔明知萧潇等人尚在一旁，一旦同时动手，郢王等人只怕难以抵挡。心急之下，他出招更是迅疾，如暴雨般飘泼而至，要将景辞立毙刀下。

景辞被他逼得连连后退，直至退到宫墙处，退无可退，竟在暴雨般的刀芒袭至自己肌肤之前纵身而起，双足抵于墙面，清冷的剑锋幽幽流动，如一缕细泉在暴雨间蛇一般地柔软穿梭，然后在距离冯廷谔不到半尺处蓦地大亮，如阳光下的璀璨雪瀑，炫目而凌厉，以迅雷不及掩耳之势扎向冯廷谔。

冯廷谔的刀锋从景辞的身侧擦过，景辞的宝剑却差点将冯廷谔整个胳膊卸下。

冯廷谔手中的单刀落地，哐当一声，宣告了他的惨败。

郢王等人无法置信，冯廷谔自己也看着地上的刀呆住了，似感觉不到伤口的疼痛。

景辞翩然落地，衣衫上竟无半点血迹。他的剑尖指向冯廷谔，依然声音清淡："你杀害先帝之时，便该想到今日！"

冯廷谔的嗓子干涩得变了调："真没想到，你竟将一身武艺才识隐藏得这么好！你……才是最该坐上那个位置的！"

他说最后一句话时，已看向了那边带着人马赶来接应的均王。

他的声音抬得颇高，足以让均王在混乱中听清。

萧潇皱眉，喝道："你为虎作伥，恶贯满盈，如今死到临头，还要挑拨几句才甘心吗？"

他的剑终于出鞘，却先袭向郢王。

郢王时常随梁帝征战，身手也不弱，连忙抵住，喝道："若其他兄弟有景辞这样的才识，要来争这个位置，我认！凭什么博王摆出副贤德模样便能收复人心！凭什么均王这种软蛋也敢跟我争！不是我无情，是你们太没用！"

均王挥手令部属上前帮忙，负手道："朱友圭，我的确没用。但我再没用，也不能坐视不理你弑父夺位，丧尽天良！"

皇宫中依然混乱不堪，均王所带人手虽然不多，但要联合景辞、萧潇等人对付郢王一行人，已是绰绰有余。

郢王身边的人越来越少，冯廷谔在景辞的进逼下左支右绌，根本无力招架，更别说相援郢王了。

郢王受了几处伤，眼见是岌岌可危之际，宫门外忽然传来急促的马蹄声，越来越近，轰然如雷鸣。

均王、萧潇等人急忙向外看去，甲胄鲜明的一支禁卫军已策马冲到宫门前，冯廷谔已高声喊道："护驾！快护驾！"

马蹄疾奔而至，打斗的人群立时被疾驰而来的铁骑冲乱，前面几名将校迎着景辞的剑锋，拼死赶到郢王、冯廷谔身畔，将他们团团围护于中央，提刀执戟迎向均王一行人。

郢王死里逃生，抹了把冷汗，已笑了起来："朱友桢，你找人帮你谋划得再周密又有何用？岂不知朕早料到或许有一天也有人用这样的手段对付朕，特地调出一支禁卫军去帮着镇守京城，并和他们约定，一旦宫中传出烽烟号令，即刻拔营前来相援！宫里那些逆贼不过游兵散勇而已，又如何与朕千余精兵相比？贤弟，功败垂成的滋味如何？"

均王面色发白，却还镇静，只叹道："朱友圭，你这些算计人心的才干，用在正道上多好！"

郢王道："什么正道歪道？自古以来，成王败寇，今日之后，你和景辞，还有你们这些人，都会是万世唾骂的叛党奸贼，断子绝孙！"

他扬手喝道："众儿郎们，诛杀叛贼者，人人皆有重赏！诛杀均王、端侯者，封侯爵，食邑千户，赏金万两！"

众人摩拳擦掌，一齐应诺，立时勒马冲入宫门。

均王变色之际，景辞已迅速跃到他的跟前，拉过他往后撤去，同时大声下命："退后百步！"

被景辞等人挑选出来的随从都是射手不凡之辈，闻他一声令下，立时向后飞快退去。

郢王诧异，笑道："你们以为宫中还有人能救你们？别做梦了……"

话未了，只闻景辞喝道："放箭！"

两边黑黢黢的灌木中、屋顶上，顿时探出数十张强弓，但见飞矢如急雨，迅速射向宫门。

应命前来救援的禁卫军虽多，都是策马而来。永安门并非正门，寻常看着虽还宽敞，但何尝想过有朝一日会成为交战之地？数马并行便觉逼仄，故而只有数十骑当先驰入，其他大队人马尚拥堵于宫门之外，未来得及进入。隐于暗处的弓箭手接连几轮密集箭雨射下，已入宫的那些禁卫，有人躲避，有人抵挡，有人中箭落马，所乘马匹进退失据，挤作一团；后面的骑兵不知前面的情况，一时止不住身子，只顾撞向前方，顿时混乱不堪，甚至有自相践踏而死的。

郓王大惊，领头的统领也急忙退后，传令整顿人马。

好不容易平息混乱，郓王待要再命人先去拔除隐于暗处的弓箭手时，忽听得外面杀声震天，喊叫连连，竟似这支禁卫军正被人从外围殴……

冯廷谔厉声问："怎么回事？是……是他们也造反了吗？"

统领待要去打听，宫内外首尾不接，好一会儿才有后方的人冲上来回禀道："不好了，是……是小贺王爷来了！"

冯廷谔怒道："不可能！慕北湮早就死了！就是没死，这都离开半年了，他哪来的兵马？"

那人叫道："真的是小贺王爷！还有原大小姐！领的好像……好像是魏州的兵马！"

郓王失声道："魏州！杨世厚！他的兵马怎么会跑到京城来？"

那人不能答，黑暗之中，有景辞清淡的笑声传来："皇上棋高一着，想到将禁卫军调去守卫京城，那皇上也该想到，禁卫军尊贵傲娇，早将原来的守军得罪得差不多了……如今禁卫军一走，这些守军也该大开城门，放杨大将军的兵马进京了吧？"

郓王面色蓦地惨白，：京城！"

景辞微笑："对！皇宫已不在你的掌控中，京城也已落在我们这些叛党奸贼手里。皇上，你这是打算带着你这几百名禁卫军共存亡，重新打出一片天下吗？"

郓王握着拳，五官恨得扭曲之际，只闻均王高声道"朱友圭弑父篡位，罪不可恕！如今天道昭昭，本王已拿下皇宫，杨大将军也已手提重兵入京相援，尔等从者还不放下武器，回头是岸！"

景辞接上他的话头，朗声道："若有一错再错，怙恶不悛者，罪及九族！若能迷途知返，为新皇诛灭奸恶之辈，一概既往不咎，论功行赏！"

均王愕然。

而景辞的话已迅速起了作用。

禁卫军在片刻的静默后，不知谁喊了声"诛杀弑父逆贼朱友圭"，其他人轰然应和，一齐杀向郓王等人。

混乱之中，景辞轻声向均王道："殿下，恶人由微臣来做即可，殿下……做个宽仁有度、广得人心的明君便好。"

他虽这般说着，目光却只看向宫外。

越过黎明时最沉重的黑夜，越过喊杀震天的人群，越过闪烁血光的刀剑，他依稀看到了他英姿飒爽的心上人。

沉凝眉眼不由散去清冷，素色衣衫闪出了晨曦般的微暖光华。

他轻声道："阿原，好久不见。眠晚，欢迎回家！"

当年，她说过的，有他的地方，就是她的家。

有大将军杨世厚领军相助，大梁的宫闱大战已无悬念。

郓王败退，走投无路之际，便命冯廷谔杀了自己，以免落入往昔臣子手中受辱；冯廷谔倒也善始善终，杀了郓王后当即自刎相殉。

均王对着两具尸体沉默良久，叹道："一死百了……父皇也该安息了！罢了，以庶民之礼，好好收葬他们吧！"

然后该抓的抓，该杀的杀，该升官的升官，该贬谪的贬谪。

景辞仿佛在这场厮杀后累着了，即便均王再三询问，都不肯再参与这些朝堂之事。好在朝中大臣多对郓王心怀不满，又有杨世厚、慕北湮等一力支持，善后和继位登基都不会再有太大问题。

杨世厚入京后问过原夫人埋骨之处，带了阿原亲去拜祭，并让阿原以一品夫人之礼重新安葬。

原来当日原夫人察觉宫中出事，料得无法脱身，遂让廿七去了魏州，寻手握重兵的旧侣杨世厚相助，并托他照应女儿阿原。原夫人出事太快，京中变故频生，杨世厚、廿七鞭长莫及，只得先去接应阿原。

鬼屋主人之子，正效命于杨世厚魔下，听闻阿原住在附近，便将此处秘密告知。廿七彼时也不知均王、景辞已然离去，担忧别院里人多口杂，遂先叫人送了书信，约阿原在鬼屋相见。当晚别院遇袭，阿原避往鬼屋，被冯廷谔等人追杀时，廿七刚好赶到。他自年轻时便有一段心事，闻得原夫人死讯，已抱殉死之念，遂将杨世厚的书信交给她，并低声告知鬼屋暗道之事，让她带重伤的慕北湮先行离开，他会在脱身后前去魏州跟他们会合。

廿七武艺高强，趁着夜色和密林的掩护，脱身应该并不困难。阿原不疑有他，遂一把火烧了鬼屋，阻住追兵脚步，带着慕北湮艰难地逃出河道，在杨世厚的接应下直接去了魏州。

他们一个是杨世厚一起出生入死的老友之子，一个是旧日情侣临终托付的爱女，杨世厚自然百般维护，借口是本家侄子侄女，将他们的身世掩藏得跟铁桶似的，即便郓王屡次派人笼络试探，都不曾露出马脚。

算来老贺王、原夫人，以及故主梁帝都是死于郢王之手，杨世厚自然对新帝恨得咬牙切齿，只是拘于君臣名分，生怕落人口舌，不曾有所动作。

　　但此事若有人从中穿针引线，一起对付了郢王，还不负他素日的忠义名声，他当然愿意顺手推舟。

　　于是，京中的均王、景辞、谢岩等人，早与魏州的杨世厚、慕北湮、阿原暗中联络，互通消息。

　　阿原在魏州，比西都还安全，景辞遂能放心调养身体，筹谋布局，设下计中计、谋中谋，终于一击成功。

　　母亲遇害之事，阿原如鲠在喉，早已记挂许久。那夜在双方搏杀间与景辞远远见了一面，她便先去处理母亲后事，一时也未来得及好好说话。

　　此事景辞不急，萧潇却有些着急了。

　　伴景辞出宫时，他道："公子，贺王与阿原那可是生死与共的交情，特别是上回贺王重伤，阿原不离不弃，拼命救他脱险，只怕贺王更不肯放手了吧？"

　　"不会。贺王只会放手得更快。"

　　慕北湮虽风流，却是性情中人。越是感觉欠了阿原，越可能放开阿原，放手让她寻觅她的幸福。

　　提起未来，景辞微微一笑："你没见阿原都不急着跟我相聚吗？"

　　萧潇蒙了："这还算是好事？"

　　"好事。"景辞轻笑，"她不仅当我是情人，还当我是亲人。我们还有很漫长的时间在一起，所以不急。"

　　"啧，前夜你们见面时，隔着那么多人，天还那么黑……你究竟怎么看到的？"

　　景辞笑而不答。

　　半年时光，冲淡了往日的怨憎，却将岁月沉淀下来的感情滤得越发明晰。来往信函，她几度试探，他几度交心。当彼此真挚相对，很多横亘在他们之间的问题，早已不成问题。

　　隔了再多人又如何？天色再昏暗又如何？

　　他的眼里只有她，正如她的眼里只有他。

　　萧潇说不出是感慨还是羡慕，忍不住叹气道："可贺王对阿原用情深了，你答应靳小函的事怎么办？"

　　"靳小函？我只答应均王登基后，给她和贺王下道赐婚的圣旨。至于这婚约能不能成真，还得看靳小函的能耐……"

　　阿原先跟景辞有婚约，随后又跟慕北湮有婚约，最终还是愿与景辞相守，两次的婚约何尝作数？均王虽能赐婚，但慕北湮、靳小函都曾历尽艰难，此次又立下大功，以均王的宽仁，断不会强迫他们成亲。

于是……那景辞应下的婚约，其实只是一纸空文？

萧潇忽然有点同情靳小函。

二人说话间，却见数辆香车迅捷行过，奔往贺王府的方向。看车辙滚过的痕迹，应该满载重物。

萧潇留意车中人影，忽然失声道："咦，是……是靳小函！她这是要把家当全搬到贺王府去吗？"

景辞抱肩，清亮的眼睛很是愉悦地弯了弯："挺有能耐。"

萧潇的感觉顿时变了。

他开始同情慕北湮。

当狐狸般的景辞猎走阿原时，同样如狐狸般的靳小函则盯上了慕北湮。

可怜的小贺王爷……能逃开这丫头的魔掌吗？

阿原请了高僧在府中做着法事，又让堪舆大师在城外为母亲寻了一处风水极好的阴宅。这日她亲去察看时，景辞居然找过去了。

阿原定定地看他，然后轻笑："不是说累着了要静养吗？"

景辞道："我岳母的阴宅关系我们子孙后代的福祉，再累再困也得来呀！"

阿原绯红着脸瞪他："谁是你岳母？"

景辞道："我夫人的母亲就是我岳母。"

阿原正要说话，景辞已拿手指压住她的唇，说道："你别问谁是我的夫人。我的夫人向来只有一个，二十年不曾变过。你当然知道是谁。"

阿原啐道："我出世都没二十年，你哪来的二十年的夫人？"

景辞凝视着她，微笑道："前世注定的姻缘，需从你在娘肚子里算起！"

阿原扑哧一声笑了："萧潇来信时常提起你，说你性情和以前一般无二，却没说过你从何处学来这么多甜言蜜语！"

景辞道："你师兄天纵之才，举世无双，还用人教？"

阿原翻了个白眼："我未见过如此厚颜无耻之人！"

景辞笑，半晌方道："以前我要么话太少，不太告诉你我在想什么；要么口出恶语，辛苦你总是猜不出我的心思，才让我一再地犯错，才让我们一再地错过。阿原，我不想再错过了。其实我不会说甜言蜜语，我所说的，只是我之所想。天底下再没有比我夫人更要紧的人。我不想再亏欠她，也不想再让她有所缺憾。"

阿原笑道："那么，我们便别再错过了！"

景辞侧头，看着她映着朝霞的绯红面庞。坦诚的清眸里有强掩的羞涩和不肯掩饰的欢喜，既是他娇憨痴情的小师妹，又是旷达磊落的阿原。

她美得如此惊心动魄，眼前依山傍水的风水宝地已失了颜色。

他终忍不住，张臂拥住她，拥紧。

良久，良久，他笑道："阿原，等安葬了你母亲，我们去晋国看你妹妹吧！"

阿原点头："母亲的事，本该让她知晓。何况我也想见见这个素未谋面的妹妹。"

算来，她刚出世便被抱走，真的连襁褓间都不曾与原清离见过一面。

景辞静默片刻，说道："兵乱之后，乔立和乔贵嫔不见了。我亲自去搜过乔府，从他的密室里寻到了一些晋人的信件。"

阿原蓦地抬头："晋人？"

景辞颔首："他们应该不是父女，而是晋王派来的奸细。他们从未劝先帝厉兵秣马，扩张版图，却一再鼓动郢王争夺皇位，谋害如老贺王、杨世厚等得力大臣。你可还记得朱蚀案和贺王案里出现的那个说书人张和？他们的信中提到了他。他是郢王的眼线，遇害的侍儿小玉通过他向郢王府传递消息，他又怎会这么不小心，居然暗示对老贺王极忠诚的李瑾青，小玉是郢王的人？以老贺王的刚硬性子，这么做的唯一结果，只能是小玉被杀。小玉被杀后，老贺王的爱妾薛照意同样也是在他的鼓动下，担心身份暴露，才决定向老贺王动手……"

"张和……也是晋人？目的呢？"

"诸子夺位，梁国大乱，晋国才有机可乘，趁机吞并梁国疆土……"景辞眸光凛冽，眺向北方，"晋王等这机会，已经很久了！他其实也成功了！大梁接连两次大乱，父子相残，兄弟阋墙，虽有郢王不孝的缘故，但何尝不是他们推波助澜的缘故？"

阿原的手足有些发凉："两国仇怨结得如此之深……乔立、乔贵嫔虽不知详细，但很可能也猜到了我和清离并不是一个人……那原清离在晋国，会不会有危险？"

景辞道："难说。所以我们还是去一次更好。"

原夫人落葬后，景辞果然禀明均王，带阿原秘密前往晋国。

均王万分不舍，这日亲自将他们送到北城外，叹道："如今百废待兴，我只恨素日所学太过死板，群臣又各有主意，总是难以决断。若你在一旁相助，我必定省心许多。"

景辞微笑："其实臣也只是粗粗学了些兵法，并未研习过治国之道。皇上饱读诗书，又在先帝跟前耳濡目染，必能处置得比臣更妥当。"

均王无奈，说道："既然是原二小姐的事，的确得去一次，我也拦不得。只是你千万记得，到了晋国悄悄给我报个平安。如果瞧了原二小姐那里安定，还是尽快回来才好。"

景辞在马上欠身应了，与阿原相视一笑，策马飞奔而去。

若他留下，均王与他便是君臣；但他既是同父异母的兄长，又于扶立均王有大功，均王只能将其视若贵宾。

而均王并无景辞那等运筹帷幄之风范，相处久了，一旦均王觉得他锋芒太盛，有喧宾夺主之势，必定心生嫌隙。还不如趁此分开，均王承他扶立之情，铭感五内，日后再相见依然可以宾主融洽，手足情深。

小坏刚与旧主人团聚，常思念着新主人，如今见两位主人同行，自然欢悦异常，一路快活地扇着翅膀，在天空划过深深的痕迹。

均王坐于马上，仰首看着小坏的身影渐渐消失，才喟然一叹，待要拨马回城时，忽听得那边马蹄声疾，却是慕北湮一身紫衣，连包袱都没带，正策马向前狂奔。

他叫喊道："阿原，等等我！我们……一起呀！"

他满面焦急，只顾着追人，从均王身畔骑过都不曾留意到他。

均王失笑，一时也想不出他们三人同行会是怎样的场面，景辞又是怎样的神情。

他带了从人继续往城门行去时，迎面又一骑冲来，却是靳小函。

她也似急得疯了，却还记得抓了个大包袱挂在马鞍边，拍着马向前高叫道："北湮，北湮，等我一起呀！大家一路……热闹！"

她同样无视了特地让到一边的均王……

均王大笑，忽然觉得景辞他们这一路，真的会很热闹。

他笑了半日，满怀的欢快渐渐转作了发涩的苦味。

他垂头丧气地拍着马，慢吞吞地沿着官道走着，也不知在低叹些什么。

跟在他身后的随从竖起耳朵，好容易才听到他在说："……我也想在一起……热闹，真好……"

但当他推开他那不孝的哥哥，坐上龙椅的那一刹，那些自由自在随心所欲的时光，便已离他远了。

命中注定般，离他远了。

国家社会科学基金项目成果

十国诗文集版本考述
与十国文学研究（上册）

李最欣 ◎ 著

中国社会科学出版社

图书在版编目(CIP)数据

十国诗文集版本考述与十国文学研究：全二册 / 李最欣著．—北京：中国社会科学出版社，2017.12

ISBN 978-7-5203-1603-3

Ⅰ.①十… Ⅱ.①李… Ⅲ.①中国文学–古典文学研究–十国（907—979）Ⅳ.①I206.432

中国版本图书馆 CIP 数据核字（2017）第 288408 号

出 版 人	赵剑英	
责任编辑	曲弘梅	
责任校对	何又光	
责任印制	戴 宽	

出 版	中国社会科学出版社	
社 址	北京鼓楼西大街甲 158 号	
邮 编	100720	
网 址	http://www.csspw.cn	
发 行 部	010-84083685	
门 市 部	010-84029450	
经 销	新华书店及其他书店	

印刷装订	北京君升印刷有限公司
版 次	2017 年 12 月第 1 版
印 次	2017 年 12 月第 1 次印刷

开 本	710×1000 1/16
印 张	82.25
字 数	1519 千字
定 价	298.00 元（全二册）

自　序

本书是在笔者主持的 2006 年度国家社会科学基金青年项目的结题成果《十国诗文集版本考述和十国文学研究》的基础上修订而成的。本书的研究对象是唐宋之间除北汉外皆在中国南方的十个割据、半割据政权的文学（主要是诗词）概况。

本书的阅读对象是古籍整理者、古代文史的研究者和爱好者。为尽可能少地浪费读者的时间，现将各编主旨和阅读建议交代如下。

第一编《十国艺文志考索》调查曾有著作的十国文人有多少，这些文人各有著作多少，现存多少，现存著作中有集部善本书存世者是多少。结论是，十国 243 人曾有著作 562 种 9821 卷，现存 83 种 1029 卷，现存著作中有集部善本书存世者是 21 人 22 种 157 卷（不知卷数者均不计）。如欲知十国中各国著作对比等情况，请看本编小结；如欲知每个作者、每种著作的详情，请阅读本编正文，尤其是"笔者按"。该编《十国艺文志考索》是历史上第二部"以人领书，以书隶人"的艺文志（第一部此类艺文志见 2007 年版拙著《钱氏吴越国文献和文学考论》的第二章《吴越国艺文志考索》，本书第一编《十国艺文志考索》修订后已经收录）。之所以要摒弃传统艺文志"经史子集"四部分类或四部子目分类的方法，是因为传统艺文志分类法"辨章学术，考镜源流"（章学诚语）的优点因十国著作太少而无从发挥，而且本书确实没有考辨学术源流的任务（本书只考辨十国文人集部著作的版本源流）。

第二编《十国文人集部著作序跋文字和著录文字辑录》收集了十国集部著作的序跋 332 篇，其中 109 篇世所罕闻，连《古籍版本题记索引》这样的工具书也未提及，这 109 篇序跋因为本次收录而得以问世；《古籍版本题记索引》提及的 223 篇序跋有许多序跋也是因为这次抄录而首次得见（具体未统计，以罗隐著作序跋为参照的话，则在半数以上）。这 332 篇序跋纵跨唐代至近代一千余年的历史，其作者或为著名文人，或为著名学者，或为著名的文人兼学者，总之是向学之士。假若有读者觉得："嗯，这书其他四编没啥价值，就是抄录的十几万字的前人序跋有点用。"那笔者就甚感宽慰了。提醒一下，对于十国研究者来说，这 332 篇序跋必读必看，属于绕不过去的材料，故于此郑重推荐。

第三编《十国文人集部著作流传过程和版本源流考辨》全面、彻底、系统地考辨了十国中 21 名作者 20 部诗文集（李璟、李煜二人的词作合为一部书）的流传过程和版本演变的源流，并且制作了版本源流示意图。这是历史上第一部有一定规模的版本源流示意图著作（此前仅有某部古籍整理者绘制的单部书的版本源流示意图）。如欲从事古籍整理，尤其是十国中这 21 人著作的整理或再整理（修订），则本编具有参用价值。版本学名家黄永年先生在《古籍版本学》中呼唤一种"一检即得、备详其书版本源流优劣的高级工具书或曰专著"，本编是对黄先生呼吁的首次实践性回应。

第四编《十国文人生平事迹与作品真伪辨正》仅对十国文人中生平和著作有争议而且笔者有心得的疑难问题展开讨论，而不是对十国文人生平行迹和著作的全面考索。也就是说，要了解十国文人生平行迹的详细情况仅看本编是绝对不可以的，而必须看《唐才子传校笺》、《唐五代文学编年史》等著作才行；本编中讨论的九个问题多数是学术界的热点问题，而且每个问题（不管是不是热点）皆有笔者自己的创见。

第五编《十国文学创作述论》全面论述十国文学的背景、特点和意义。其价值在于，一是描述了十国历史的简要情况及其与文学的关系；二是分析了十国中每个国家主要文人的重要诗词，为《十国文人诗词选》之类著作的问世打了头阵；三是努力以文学性的语言还原了十国作品中作者的心境和作品的意境。这里补说一下。自来诗词鉴赏，不外二种方法。一是古人随手批注的只言片语式点评，诗话、词话著作的点评亦属此种；二是随着 20 世纪 80 年代诗词鉴赏热兴起而出现的《唐诗鉴赏辞典》之类工具书中的欣赏文章。感悟式点评真意较多，但字数太少，而且往往语义不明；辞典式欣赏又仔细又全面，相较感悟式点评无疑是巨大的进步，但与原诗词往往是两张皮，鲜有探骊得珠之妙。笔者无知无畏，尝试用还原意境的方法分析诗词，这可以称为意境还原法。因为是初创，还原不够，文笔不美，故只能起抛砖引玉之效，甚或"之笑"。

笔者读研究生时，还可以写出编辑和朋友都认为"太高深"、"看不懂"的论文，而从攻读博士学位开始，所写论文连理工科的朋友都能看得懂，其水平明显呈下行之势。每思及此，不免黯然。所以从事该项目之初，笔者曾想写得高深一点，以符合"国家项目"的级别，但下笔仍旧浅显，连前三编文献研究中的"笔者按"文字都是如此风格。故本书的第一个特点是又肤浅又通俗，而且鲜有白居易新乐府诗浅俗外表下的雅正内涵。

本书的撰写当然受到了前人学术著作的指引，但全书所有内容都是笔者亲力亲为。材料是自己找的，而且尽可能用最早材料；顺序是自己排的，而且尽可能符合事理逻辑；结论是自己得出的，而且总是直言不讳。其结果是，不但指出了包括《文献通考》这种经典在内的十余种学术著作的诸多错误，而且试图推翻包括王国维先生在内一些学术名家的权威论断，给人一种"遇错必敢纠正，当仁不让大师"的莽撞和执拗，颇有点王安石写史论文的味道，但远没有王安石洞察历史的不俗眼光。又执拗又鲁莽，这应该是本书的第二个特点。

1998 年读到叶嘉莹女士《唐宋词十七讲》等著作时，古典诗词的魅力在笔者内心深处激起巨大浪花，朵朵鲜美，弹指间十余年过去，"芳至今犹未歇"。于是笔者分析诗词时不惧邯郸学步之讥，极力地发掘古人的精义妙言以图"发潜德之幽光"，而且自不量力地想让自己的文笔像古典诗词一样魅力四射。但是，天资的过于驽钝再加上过多的文献研究使得本书给读者诸君留下最深印象的，肯定不是分析古典诗词时叶氏智慧的灵光闪现，而是 18 万序跋著录文字抄录时（其实很多时候是键盘输入）雕像般的僵硬呆板，以及笔者在图书馆电脑前劳作一天后浑身上下一如明版书字体般的傻里傻气。灵气才气全无，笨功夫特别多，这是本书的第三个特点，也是最突出的特点。

如果您碰到本书偶翻一过，然后摇头不已，叹息连连："真肤浅，真执拗，真笨拙"，那么您就看出笔者的原形了。

欢迎鼓励，谢谢！欢迎批评，谢谢！欢迎指正，谢谢！

李最欣

2017 年 11 月 25 日

前　言

十国，指历经唐末、五代和宋初，即从公元 891 年到 979 年长达 89 年的历史中，独立于中原王朝之外的十个割据、半割据政权：吴、南唐、前蜀、后蜀、南汉、楚、吴越、闽、荆南、北汉。

本书《十国诗文集版本考述与十国文学研究》有五项任务：一是考索十国文人著作的书名、卷数、作者、类别、内容、出处、流传、存佚和真伪问题；二是辑录十国中有诗文集善本书存世的 21 名文人诗文集的序跋文字和著录文字；三是考辨 21 人诗文集的流传过程和版本源流，并绘制《十国文人集部著作流传过程和版本源流示意图》；四是辨析十国文人生平行迹和作品真伪方面的疑点问题；五是十国文学创作述论。

一　本书的研究意义

十国文学是"五代十国文学"的重要组成部分，是唐文学向宋文学嬗变的关键环节；十国除北汉之外的九国皆处于长江以南，故十国文学是南中国地区的文学，体现着很强的地域性，是文学地理学研究的经典案例；就像十国一直被作为五代或晚唐五代的附庸一样，十国文学一直被作为五代文学或晚唐五代文学的附庸，更严重的是，即便就附庸的地位而言，十国文学被研究得依然很不全面、很不充分。所有这些，使得本书《十国诗文集版本考述与十国文学研究》的价值和意义得到彰显和加强。

首先，十国文学成就突出，是五代十国文学的主体，是唐五代十国文学中一个重要的组成部分，是文学史上"一个灿烂的时期"。先看一组数据：清康熙时朱彝尊（1629—1709）《词综》所选五代词 6 首（李存勖 2 首、和凝 4 首），占五代十国词入选总数 148 首的 4.1%；清乾隆时李调元（1734—1803）《全五代诗》所含十国篇幅 83 卷，占五代十国篇幅 100 卷的 83%①，今人的统计结果与李调元的卷数安排大致相当，例如张兴武先生说唐末五代文学作品

---

① （清）李调元编，何光清点校：《全五代诗》（100 卷）（全 2 册），巴蜀书社 1992 年版，第 1 册，目录第 1—53 页。

中，南方作家的作品"占总数的 82%"①；据笔者统计，《唐诗品汇》所选数量之多排名前 10 位的五代十国诗人中，十国诗人以 93 首的入选数量占五代十国入选诗歌 110 首的 84.5%（前 10 名是：张乔 27 首、韦庄 23 首、罗隐 10 首、王贞白 10 首、司空图 7 首、贯休 7 首、韩偓 7 首、崔道融 7 首、杜荀鹤 6 首、罗邺 6 首，其中仅王贞白和司空图是五代诗人）。可见，从词到诗，从数量到质量（入选数量的多寡一定程度上体现着质量的高低），十国文学都是五代文学的主体。再看一个数据：傅璇琮先生主编的《唐五代文学编年史》所含《五代卷》（五代卷含五代和十国，而且主要是十国）篇幅 656 页，占全书篇幅 3463 页的 18.9%。可见，以十国文学为主体的五代十国文学至少在篇幅上可以追步初唐文学、盛唐文学、中唐文学、晚唐文学从而成为唐五代十国文学五个阶段中一个重要的组成部分。很可能正是因此，清代学者郑方坤（生卒年不详，1720 年前后在世）在《五代诗话·例言》中先论断说："五代中原多故，风流歇绝，固不若割据诸邦，犹能以文学显。此朱竹垞先生《词综》标目，有五代十国之称也。"然后又将韩偓（842—914?）、罗隐（833—910）、韦庄（836?—910）这三个十国诗人称为五代十国时期的"华岳三峰"②。杨荫深（1908—1989）《五代文学》的说法是："就五代而言五代（指梁唐晋汉周），那是没有什么文学可以说的；就五代而旁及十国，五代仍不愧为有文学的一个时代，而且在文学史上还可称为一个灿烂的时期。"③ 杨荫深先生说不含十国的五代，是没有什么文学可说的，而含有十国的五代，才是文学史上一个灿烂的时期，那显然是说，十国文学是文学史上一个灿烂的时期。

其次，十国文学特色鲜明，是与唐代文学、五代文学（不含十国文学）在地域、体裁、作用三方面大有不同的一段历史时期的文学。十国中北汉国的文学最弱，几乎没有研究的价值，十国文学的成就主要体现在其他九国中，而其他九国皆在长江以南。可以说，唐代文学和五代文学（不含十国文学）主要是黄河流域的文学，而十国文学主要是长江流域、珠江流域、闽江流域的文学，尤其以长江流域的文学最为发达。例如，吴国文学、南唐国文学、前蜀国文学、后蜀国文学、荆南国文学、楚国文学、吴越国文学这七个国家的文学分布于长江流域。从文学地理学的角度（或者说从文学地域特征的角度）看，十国文学的研究价值不言而喻。五代十国文学最有成就的体裁是词。许总

---

① 张兴武：《五代作家的人格与诗格》，人民文学出版社 2000 年版，第 74 页。

② （清）王士禛原编，郑方坤删补，戴鸿森校点：《五代诗话》（10 卷），人民文学出版社 1989 年版，《例言》第 1—2 页。

③ 杨荫深：《五代文学》，（上海）商务印书馆 1935 年版，第 2 页。

《唐诗史》以林大椿《唐五代词》为据统计后得出的结论是，五代词人占唐五代词人的 40.4%，五代词作占唐五代词作的 67.5%，但五代时间只占唐五代时间的 15.2%①。从曾昭岷等先生主编的《全唐五代词》看，五代词占唐五代词篇幅上的 65.9%。由此可知，五代十国文学在体裁上确实以词著称于文学史。对此，郑振铎《插图本中国文学史》评价云："五代的文坛，以新体的诗，所谓'词'者为主体。词人们雄踞着当代的各个文艺中心的骚坛上，气焰不可一世。"② 杨荫深《五代文学·绪言》的评价是："词原起于中唐，至五代而方盛，后至于宋，始更发挥光大。所以，五代可以说是词的草创时代，若不经过这一个时代，词的发展是不会有这样迅速的。所以，五代在文学史上，便永远成为一个可纪念的时代。"③ 五代十国文学尤其是十国文学是唐宋文学演变的一个关键环节，这既表现在长达半个世纪以上的历史时期中文学的重心从黄河流域迁移到长江流域这一重要历史现象上，又表现在词这种新兴的诗体在经过了唐代二百余年的长期积累后终于在十国中的蜀地和南唐得到长足发展从而为词在宋代的兴盛奠定了基础这一基本事实上，还表现在十国文人诗歌的诗句对柳永、欧阳修、李清照等宋代词人的影响和十国文人诗歌侧重风情的倾向（例如后蜀国韦縠编选的《才调集》100 卷）对元明清诗人（例如金代《唐诗鼓吹》和清代杜诏、杜庭珠《中晚唐诗叩弹集》）的影响上。可惜，这些现象很少引起学界的注意，连李定广先生认为唐末五代在唐代雅文学向宋代俗文学这一重大转折过程中"似乎不只是蜂腰，更是咽喉"的论断④，也应者寥寥。

再次，十国文学的研究成果相当薄弱，许多内容的研究还是空白，是一段亟待开发的研究领域。如前所述，从数量到质量，十国文学在五代十国文学中都占有百分之八十以上的比重，是紧紧跟随在初唐文学、盛唐文学、中唐文学、晚唐文学之后能够完成承先启后作用的一段历史时期的文学，完全具有独立出来专门研究的价值和资格，"十国文学"这个名词早该应运而生了；与唐五代其他阶段的文学形成鲜明对照的是，初唐文学、盛唐文学、中唐文学、晚唐文学、五代文学这些名词不仅常被人提起，而且还作为研究题目屡次出现，而"十国文学"这样的名词尚且未见有人提出，更不用说让"十国文学"这个名词出现在研究题目中了；退一步讲，即使不用"十国文学"这样的题目，

---

① 许总：《唐诗史》（下册），江苏教育出版社 1994 年版，第 512 页。
② 郑振铎：《插图本中国文学史》，北京出版社 1999 年版，第 430 页。
③ 杨荫深：《五代文学》，（上海）商务印书馆 1935 年版，第 2 页。
④ 李定广：《唐末五代乱世文学研究》，，中国社会科学出版社 2006 年版，第 16 页。

而是将"十国文学"隐含在"五代文学"中，只要实际上对十国文学都作了研究而且研究得比较充分和深入，那就不一定非得提出"十国文学"这样的名词不可，可是，即使从隐含十国文学于五代文学这样的层面讲，十国文学的研究还是有不少内容从未被人关注，而被关注和研究的内容又不无片面、粗浅和疏漏的缺点。由此看来，对十国文学展开全面而深入的研究，其必要性不容置疑。

二　本书的研究条件

学界涉及十国文学的研究成果为笔者的研究提供了莫大的帮助，现胪述如下。

（一）早在清代前期，就有三种文史类著作将"十国"从"五代"中区分开来。

康熙八年己酉岁（1669）成书的《十国春秋》114卷（1788年周昂重刻《十国春秋》时撰有《拾遗》一卷、《备考》一卷，全书成为116卷）的编纂目的并不是为了十国文学研究，也没有《文苑传》、《文艺传》、《儒学传》之类的文人专传或学者专传来强调十国中的一些文人或学者，但是，博通经史的人鲜有不留心艺文之事者，吴任臣正是这样，他为人物作传时不仅交代传主的文艺爱好，而且常常提到传主的著作，更难得的是，行文中往往例举传主诗、词、文的名作乃至名句。这三点已经可以对十国文学研究起到辅助和促进作用了。但是，更有价值的是，《十国春秋》将五代十国时期众多的历史人物从五代中甄别出来，分置于十个不同的国家中，其中包含了十国许多文人，这就使得十国许多文人尤其是著名文人或重要文人的国别认定有了现成的参考依据。

康熙十二年癸丑岁（1673）朱彝尊所编《词综》（26卷，汪森增补10卷于1691年刊刻后成为36卷）第2卷、第3卷的题目是《五代十国词》①，这是历史上将"十国"和"五代"并列起来作为文学资料的第一次，朱彝尊也因此成为将"十国"作为一个名词提出来以供文学研究的第一人。可是，《词综》仅限于在篇章题目上提出"十国"这个名词并将"十国"和"五代"并列（这说明在内心里，朱彝尊主张把十国从五代中分离出来），选收词的时候并没有把五代词人和十国词人区分开来，更没有把十国中的前蜀词人、后蜀词人、南唐词人、荆南词人区分开来。从事文学资料编纂时，将十国和五代区分开来，并将十国中每个国家的文人区分开来的，是乾隆四十五年庚子岁

---

① （清）朱彝尊、汪森编，李庆甲校点：《词综》（36卷），上海古籍出版社1978年版，卷2—卷3，第21—63页。

（1780）成书的《全五代诗》一书。

《全五代诗》的编者是李调元（1734—1803），全书共 100 卷，含五代 17 卷和十国 83 卷。五代 17 卷是：梁 8 卷、唐 2 卷、晋 2 卷、汉 2 卷、周 3 卷；十国 83 卷是：吴 6 卷、南唐 16 卷、前蜀 17 卷、后蜀 4 卷、南汉 1 卷、楚 4 卷、吴越 9 卷、闽 13 卷、荆南 12 卷、北汉 1 卷。尽管李调元对文人所属政权的区分不可能都正确，例如将杜荀鹤置于后梁名下、将谭用之置于北汉名下就颇值得商榷，作为历史上第一部五代十国诗歌总集，而且能把十国文人从五代文人中甄别出来、将十国中每个国家的文人区分开来，其成绩还是值得肯定的。该书一举完成了五代十国文人政权身份的认定和诗歌作品的收集这样的双重任务，其功劳不可谓不大，也使该书成为对十国文学研究最具参考价值的著作。

（二）能够成为收集十国文学作品渊薮并对《全五代诗》的疏漏起到订正作用的六种总集类著作（及其一系列订补作品），至今已经全部完成。

康熙四十六年丁亥岁（1707），彭定求等人奉康熙皇帝之命编成了《全唐诗》900 卷（卷 882 至卷 888 共 7 卷为《补遗》，卷 889 至卷 900 共 12 卷为词）此后出现了一系列补遗著作，计有：1788 年日本上毛氏河世宁先生的《全唐诗逸》3 卷、1936 年孙望先生的《全唐诗补逸》19 卷、1962 年王重民先生的《补全唐诗》（不分卷，共 39 页）、1980 年王重民先生的《补全唐诗拾遗》3 卷、1980 年童养年先生的《全唐诗续补遗》17 卷、1988 年陈尚君先生的《全唐诗续拾》60 卷。以上《全唐诗》900 卷及 6 种补遗类著作均被收入中华书局 1999 年 1 月第 1 版的《全唐诗》（增订本）（全 15 册）中。此后有零星的补遗著作出现，例如《文史》2003 年第 1 辑（总第 62 辑）发表的查屏球先生《新补〈全唐诗〉102 首》等。这是唐诗总集的现有成果。

20 世纪 30 年代林大椿辑有《唐五代词》一书，80 年代张璋、黄畬辑有《全唐五代词》一书，中华书局 1999 年 12 月出版了由曾昭岷、曹济平、王兆鹏、刘尊明编撰的《全唐五代词》一书，该书书名是《全唐五代词》，书中也没有将"十国"二字列入一个章节标题中，但是，其内容实际包含了十国词。所以，该书是目前收词最完备、考辨最全面的一部唐五代十国词总集类著作。

嘉庆十九年甲戌岁（1814）闰二月，董诰领衔主编的《全唐文》编成，共 1000 卷，收文 18488 篇，作者 30042 人，编成后即交内府刊印（全唐文将十国附五代后）。此后，光绪十四年戊子岁（1888），陆心源刊印了自辑的《唐诗拾遗》72 卷，收文 3000 篇；光绪二十一年乙未岁（1895），陆纯伯刊印了其父陆心源所辑的《唐文续拾》16 卷，收文 310 篇。这 3 种著作被中华书局于 1983 年 11 月加了句点后影印出版，全 12 册（其中第 12 册为索引）。上海古籍出版社 1992 年 11 月出版了周绍良先生主编的《唐代墓志汇编》（全 2 册）370 万余字。上海古籍出版社 2001 年 12 月出版了周绍良、赵超两位先生主编的《唐代墓志汇编续集》192 万余字。中华书局 2005 年 9 月出版了陈尚君先生辑校的《全唐文补编》（全 3 册），共 160 卷，290 万余字。吉林文史出版社出版了周绍良主编的《全唐文新编》22 册，达两千余万字。这是唐文总集的现有成果。

《全宋诗》由北京大学古文献研究所编，北京大学出版社 1998 年出版。

《全宋词》（全 5 册），唐圭璋编纂，王仲闻参订，孔凡礼补辑，中华书局 1999 年 1 月新 1 版。该书 371 万余字，录词人 1330 余家，词 19900 余首（不计残篇）。

《全宋文》（全 360 册），曾枣庄、刘琳两位先生主编，上海辞书出版社、安徽教育出版社 2006 年 9 月第 1 版，收作者接近 1 万，收文 17 万余篇，字数近 1 亿。

以上六种总集类著作，将十国文人的作品几乎全部囊括其中，这就使得十国文人诗、词、文的收集工作变得相当容易。

（三）包含了十国文学编年的唐五代文学编年类著作已经出现，对逐年考辨十国文学史实具有参考价值的正史类、载记类等多个类别的著作数量相当庞大，也比较容易找到。

1954 年夏承焘所撰《唐宋词人年谱》含韦庄、冯延巳、李璟、李煜四个十国文人的年谱，在此之前，有汪德振的《罗隐年谱》、震钧的《韩承旨年谱》等几种年谱著作问世（见项目成果末尾的《引用文献》，此处略）。这些著作对十国文学编年十分有用，可称为十国文学编年的拓荒之作。以包含这些拓荒之作在内的编年类作品为基础，进行了更为深广的研究，从而成为全面系统而又相当完备的十国文学编年专著的，是辽海出版社 1998 年 12 月出版、由傅璇琮先生主编的《唐五代文学编年史·五代卷》。《唐五代文学编年史》共 4 册 254 万余字（含第四册的《人名索引》），其中第四册《五代卷》由贾晋华、傅璇琮撰写，不含《人名索引》共 656 页 46 万余字。该书对每一年的文学史实按照先中朝（即先排五代中的某一代）后十国、十国则谨遵吴任臣《十国春秋》安排（即吴、南唐、前蜀、后蜀、南汉、楚、吴越、闽、荆南、北汉）的顺序予以胪述，史实胪述之下有详细的考辨。这样的体例给读者的感觉是，五代是五代、十国是十国，全书纲举目张，脉络相当分明。该书书名虽然是《唐五代文学编年史·五代卷》，但实际上是对五代文学和十国文学的编年，所以，准确点说，该书的名字应该是《唐五代十国文学编年史·五代十国卷》或《五代十国文学编年史》。再加上该书的二位作者傅璇琮先生和贾晋华先生撰写此书前曾经主编或参与撰写了《唐才子传校笺》和《中国文学家大辞典·唐五代卷》二书，故该书考辨谨严，识断精当，是研究十国文学最可靠的编年类著作。

无意于给十国文学编年提供帮助但事实上可以提供这种帮助的书数量很多，分布于多个类别。例如正史中的《旧唐书》《新唐书》《旧五代史》《新五代史》《宋史》；编年史中的《资治通鉴》《续资治通鉴长编》《续资治通鉴》；载记类中的路振《九国志》、马令《南唐书》、陆游《南唐书》等；五代以来多被今人视为笔记小说的"小说类"、"杂家类"著述，例如五代孙光宪《北梦琐言》、北宋沈括《梦溪笔谈》、南宋洪迈《容斋随笔》、明杨慎《丹铅余录》、清王士祯《居易录》等。这些书籍在项目成果末尾的《引用文献》中有详细开列，此处从略。

（四）北宋以来包含诗话在内涉及十国文学评点的批评类著作，为本研究提供了理论上的引导。

宋佚名《后山诗话》（托名北宋陈师道）无疑是涉及十国艺文之事较早的一部诗话著作，此后谈论十国艺文之事的诗话著作数量较多，此处不予枚举。除诗话外，古人所写涉及十国文学的批评类著作亦有多种，今人所写在古代批评类著作基础上展开深广研究、成绩斐然而且对十国文学研究不无助益的著作，数量也不少。例如：罗根泽先生的《中国文学批评史》（上海古籍出版社1984年3月新1版）；罗宗强先生的《隋唐五代文学思想史》（中华书局1999年8月第1版），等；王运熙、杨明二位先生的《中国文学批评通史·隋唐五代卷》（上海古籍出版社1996年12月第1版）；顾易生、蒋凡、刘明今三位先生的《中国文学批评通史·宋代卷》（上海古籍出版社1996年12月第1版），等等。这些批评类著作给十国文学研究以引导，堪称十国文学研究理论方面的航标。

（五）民国以来至少在章节题目上提及或突出"十国"，或者章节题目上虽没有提及或突出"十国"但将十国囊括其中的唐五代文学研究类著作，在多个年代都有所出现。

至少在章节题目上提及或突出"十国"的唐五代文学研究类著作不算多，常见者有前文已经提到的杨荫深先生于民国时出版的《五代文学》；吴庚舜、董乃斌二位先生主编的《唐代文学史》（人民文学出版社1995年12月第1版）（《五代十国文学》两章的撰写者为贺中复先生）；贾晋华、傅璇琮二位先生撰写的《唐五代文学编年史·五代卷》（辽海出版社1998年12月第1版）；张兴武先生的《五代十国文学编年》（人民文学出版社2001年10月第1版）。将十国囊括其中的唐五代文学研究类著述，数量相当多，质量过硬者也不少，不论是数量很多的专著，还是数量更多的论文（含已发表的论文和待发表的论文，例如笔者手头有纸质文本和网络上有电子文本的学位论文），皆是这样，这些著述给予本研究成果的助益，行文中自会交代，这里就不举例了；而未能在本研究成果中出现的唐五代文学研究类著述，仍然给作者以多方面的巨大助益，这一点，必须在此特意声明并谨志谢忱。

以上五个类别的成果针对的是"十国文学研究"这样的工作，本研究的名称《十国诗文集版本考述与十国文学研究》决定了从事文献的搜集和考辨是本项目的首要任务。作为一个古籍整理和史事考辨的爱好者，笔者案头（含书架）具有从事文献工作所需要的常备工具书，例如《中国丛书综录》系列四种、《中国古籍善本书目》和《中国古籍善本总目》、《宋元明清书目题跋丛刊》系列、《四库全书总目》及其辨正著作系列，等等。这些书籍在行文中和项目成果末尾的《引用文献》中有详细开列，此处从略。

三　本书的研究内容

具备了文献整理、生平辨正和作品分析三方面的条件之后，依据本研究当初《申请书》的设计，需要从事如下五方面内容的研究。

第一，弄清曾经有过著作的十国文人都有哪些；这些文人各有哪些著作，这些著作的种类、流传、存佚是怎样的。这就是第一编《十国艺文志考索》。

第二，考察一下历代学者，尤其是历代刻书、藏书的学者，如何评价十国文人中有诗文集善本著作存世的文人作品。这就是第二编《十国文人集部著作序跋文字和著录文字辑录》。

第三，在辑录著录文字和序跋文字的基础上，通过比较版本异同，来弄清楚有诗文集善本著作存世的文人集部著作曾经有过哪些版本、这些版本的演变情况是怎样的、最佳版本是哪一个，并制作《流传过程和版本源流示意图》。这就是第三编《十国文人集部著作流传过程和版本源流考辨》。

第四，在收集著录文字、序跋文字以及考辨十国文人集部著作版本源流的过程中，必然涉及十国文人生平事迹和作品真伪两方面有争议的问题。考察前人的争辩理由，并就此写出自己的见解。这就是第四编《十国文人生平事迹与作品真伪辨正》。

第五，通过仔细分析作品文本，并兼顾前人的选录和评价，采用以人为纲的方法，对十国文学予以尽可能全面而深入的剖析，写出一本类似于《十国文学史》的著作。这就是第五编《十国文学创作述论》。

四　本书的研究原则和方法

本书的研究尽可能遵循着这样三个原则：一是全面性原则；二是深入性原则；三是创新性原则。对这三个原则就不解释了，不解释的原因不是偷懒，而是研究开始之初就声称要遵循这三个比较动听的原则，多少有点自我吹嘘的味道，而且这种声称没有多大意义，因为谁也不会声称自己的研究遵循着片面、肤浅、抄袭的原则。不论声称遵循着什么，关键看落实得如何，毕竟说得好不等于做得好，做得好永远胜过说得好。

本书的研究方法有三个。第一是文献学的方法，指通过对材料的收集、考辨和排序，以编纂出新的文献成果。第二是逻辑学的方法，指通过比较、推理和判断，来弄清事实之真伪和事理之正误。第三是诗艺体味的方法，指通过阅读、体会和分析，去探求作家作品思想内容的广狭深浅和艺术特色的高下短长以及地位上的前之所承和后之所启，这个方面的探求永无止境而且容易见仁见智，不可能要求所有的人完全同意，故只能说"去探求"（而不宜用"来获得"之类的措辞），但也正是因此而具有了挑战和趣味，成为本书最该严谨、最具活力、也最可能引起争议的部分。

不论是研究原则还是研究方法，预设起来都比较容易，贯彻下去都相当困难。常见的一个现象是，做事前好话说在人前，做事时承诺抛在脑后。所以，第一个需要克服的困难是，如何才能保证研究的过程中时时惦记着并且尽可能落实着五个原则和三个方法的要义。应该说，谁也不能保证、也没有任何办法能保证做到这一点，但是提出几个注意事项有助于做到这一点。以下就谈谈从事本研究的注意事项，既是给自己的研究警醒，也是给读者的阅读提示。

五　关于本书的几点说明

本着全面、深入和创新的原则，本书尽力注意如下问题：

第一，对收集到的材料一定注明出处，而且尽可能注明最早的出处，对没有收集到的材料一定说清为何没有收集到，并交代收集的线索；进行逻辑分析的时候尽可能考虑到所有的可能性，而且在自感已经考虑到并且交代了所有可能性的情况下，仍然用"其他可能"之类的用语表示自己的考虑不周，既防止自己思维可能一时短路所造成的过错，也明言请读者点拨和帮助的期待之情。这是全面性原则的一个重要体现（但不是所有的重要体现，更不是所有体现）。

第二，对前贤所使用的材料一定追溯其来源；对前贤所得出的结论一定核实其论证；发现前贤的观点正确，一定赞同，绝不敢闪烁其词或缄默不语以示治学不阿而又沉稳；发现前贤的观点有误，一定指出，并尽可能更正，绝不敢视而不见或曲为左袒以示为人谦逊而又希贤。

第三，对没有或者几乎没有研究成果的研究对象一定亲力亲为，钝锄拓荒（事实上也只好如此），对已有研究成果或者研究成果颇为可观的研究对象，在了解了已有研究成果而且没有发现任何疏漏的情况下，仍然重新研究一遍，宁愿"重吃二遍苦，重受二茬罪"（对笔者自己而言，实际是第一遍苦、第一茬罪）之后一无所获，也不以尊重和善用他人劳动成果为托词，把对现有研究论著的熔铸或粉饰当作自己的收获，然后宣称"我是站在巨人的肩膀上"如何如何。

第四，对使用的每一份文献材料都尽可能找到最早的出处和面目，并用前人的描述与之对比，以核实学界的成说；对需要考辨的每一个问题都尽可能罗列众说并梳理众说演变的源流，以便提出自己的观点；对分析的每一首诗都务必（注意这次不是"尽可能"了）如实地交代自己的看法，宁愿献丑以惹人耻笑，也不藏拙以守旧因循，因为学术创新的大忌（其实也是任何创新的大忌），不是众人眼里不知天高地厚的乱喷，而是自己内心对主流人物和权威说法的追随。

第五，凡遇年号纪年、干支纪年或古代其他纪年方式，一般均在其后的括号中以阿拉伯数字注出公元纪年，并省略"公元"和"年"三个字，但一般会避免一千字以内篇幅中的重复出注；凡遇人名，一般均于其后的括号内以阿拉伯数字出注生卒年份；凡遇帝王或国主，一般均于其后的括号内以阿拉伯数字加"年在位"三字出注在位年份（个别情况下的出注会精确到月份乃至日子）；凡遇古书，一般均于其后的括号内以阿拉伯数字加"年成书"三字出注成书年份（个别情况下的出注会精确到成书月份，有时还注出第一种刻本的竣工时间），这些书完成和刊刻的时间一般得自于该书的序跋文字或四库馆臣所写《四库全书总目》之类的考辨文字，为免烦琐，文中对古书完成、刊刻时间的出处不再出注（确实有必要出注的情况除外）。

第六，凡笔者的解释性文字，为了使这些解释性文字得到强调而又变得醒目，不管是在括号内，还是在括号外，都以"笔者按"三字发端，但是要注意，"笔者按"三字只是为了使解释性文字得到强调并与他人的按语相区别，而不是说未加"笔者按"三字的文字，就不是笔者的话。

由于笔者的自不量力和贪多务得，本研究头绪多而内容杂，疏漏不当之处，肯定不少。诚望学界长辈和读者诸君有以教我，不胜感激。

总 目 录

上　册

第一编　十国艺文志考索

第二编　十国文人集部著作序跋文字和著录文字辑录

第三编　十国文人集部著作流传过程和版本源流考辨

下　册

第四编　十国文人生平事迹与作品真伪辨正

第五编　十国文学创作述论

目　录

（上册）

第一编　十国艺文志考索

第一编　十国艺文志考索

小　引

唐末宋初接近百年的历史时期中，吴国、南唐国、前蜀国、后蜀国、南汉国、楚国、吴越国、闽国、荆南国、北汉国十个割据、半割据性政权的地域上生活着众多文人。与生活于后梁、后唐、后晋、后汉、后周这五个中原王朝的文人相比，十国的这些文人，数量更多，名气更大，文学活动更为有声有色。为了对十国文人在数量、名气和文学活动三方面的详情了解得更为清晰和透彻，特撰写本编《十国艺文志考索》。

所谓"考索"，包含两方面的含义：一个是"考"，要求言必有据，据必切实；一个是"索"，要求搜罗收集，力求全备。"考索"的这两个含义具体到十国文人的著作，包含了八项内容：书名、卷数、作者、类别、内容、出处、流传、存佚。《十国艺文志考索》即交代十国文人著作这八方面内容的情况。

本《十国艺文志考索》体例如下。

一、文人国别的认定，一般以清朝吴任臣《十国春秋》为准；如发现《十国春秋》在某个文人国别的认定上有误，则辨正后置于适合的国别名下；未收入《十国春秋》者，以南宋郑樵《通志》的认定为准；《十国春秋》与《通志》的认定不一致时，辨正后置于适合的国别名下；《十国春秋》和《通志》均未收录者，据其他材料辨正后判定其国别。所有辨正均加按语予以说明。

二、所有的著述分置于作者名下，即采用"以人领书、以书隶人"的方法，同一人的书则按照各公私目录书目以类别著录的顺序。"以人领书、以书隶人"的方法既是受到《全唐文》"以人领文、以文隶人"之体例的启发而作出的，又是因为传统艺文志按照经史子集分类的方法不利于清楚地反映出十国各作者的著述情况，其"辨章学术，考镜源流"的优长也因十国著作数量少而效果差，故摒弃不用。

三、同一种书的著录，依据各公私目录书目著录的时间先后为序，且详细注明在某卷某类；同时对每一种目录书目均注明此目录书的成书年份或年代，以便读者清晰地知道被考索之书在历史上被著录的时间，进而了解其流传过程。这是综合了唐圭璋先生《南唐艺文志》和张兴武先生《五代艺文考》的方法而作出的。

四、作者前后顺序的排列甚为复杂，需要特别说明。本编《十国艺文志考索》所收十国 243 名作者前后顺序的排列有五种情况：其一为生卒年清楚者；其二为生年大致可考且对排序有帮助者；其三为生年无考、交游有可靠记载者；其四为生年无考、交游无可靠记载但卒年清楚或大致可考者；其五为生年、交游、卒年均不可考知者。前两种情况下的作者，据生年而定其先后，不会有争议；第三种、第四种情况的作者，或者据交游，或者据卒年，只是据交游而不知其与参照者的年齿长幼，据卒年而不知其寿命之长短，故此二种情况下作者先后的认定是万般无奈的权宜之计，故凡遇此二种情况，均随时加写按语，而且按语中用"暂时置于此"以存疑备考；第五种情况下的作者，置于所属国别下作者的最后，以存疑备考。

五、人名有异说，则采用通行名；不知通行名，则采用最早的名字；未被采用的名字在介绍作者时予以注明。书名有异说者仿此，即首选通行名，次选最早的名字，未被采用者予以注明。书的卷数有异说，一般以宋元史志和公私目录中卷数最多者为准，未被采用的卷数著录予以注明；如果没有采用卷数最多者之说法，一定会加写按语说明原因。一般情况下，书之目录与书的正文内容视为同一书。

六、凡古代年号纪年，必加注公元纪年；凡出现作者，尽可能加注生卒年份；凡出现皇帝或国王，必加注在位的起止年份。

七、介绍作者时，原则上仅交代其七点内容：一为生卒；二为字号；三为籍贯；四为登第年代；五为国别之说的出处；六为著作总数统计；七为存佚情况的交代。其余一概省略，以免篇幅冗长。但有时候为了判定作者前后排列的顺序，会对其生平作较详细之交代。

八、中华书局版《中国文学家大辞典·唐五代卷》、中华书局版《中国文学家大辞典·宋代卷》、上海古籍出版社版《中国历代人名大辞典》是质量过硬的三种工具书。本《十国艺文志考索》作者介绍一项的内容，首先依据《中国文学家大辞典·唐五代卷》、《中国文学家大辞典·宋代卷》的著录，如此二书无，则依据《中国历代人名大辞典》，凡依据此三书中的任何一种，均在作者介绍中随文出注所据书名与页码。若此三书均无，则加写按语交代出处，并于注释中注明所据内容的出处；若此三书有讹误，也会加写按语予以说明。

九、今存宋代四种常见公私目录著作、宋代一种正史著作、元代一种通史著作、元代一种正史著作和清代吴任臣的《十国春秋》这八种书在本《十国艺文志考索》中引用较多，为节省篇幅，对其中的六种著作均用简称，且于简称后将其成书的最晚年份标注于后，置于括号内。具体如下：北宋王尧臣等《崇文总目》（1041）简称《崇文》（1041），南宋晁公武《郡斋读书志》（衢本）（1187）简称《郡斋》（1187），南宋尤袤《遂初堂书目》（1194）简称《遂初》（1194），南宋陈振孙《直斋书录解题》（1262）简称《直斋》（1262），元朝马端临《文献通考》（1319）简称《通考》（1319），清朝吴任臣《十国春秋》（1672）简称《十国》（1672）。《新唐书》、《宋史》的成书年份也被标注于书名后的括号内，因为此二书书名本来就短，故不再使用简称。这八种书在本《十国艺文志考索》中引用的频率太高了，如果每次引用都出注，则注释过于烦琐尚是小事，更重要的是篇幅会增大许多。为节省篇幅且使得眉目清楚一点，本《十国艺文志考索》对这八种书不再注明今人整理本的页码，仅随文注明卷数，而且使用这八种书的影印文渊阁四库全书本。读者依据这八种书的影印文渊阁四库全书本的卷数在今人整理本中查找，不是难事。

十、本艺文志考索各国末尾著作统计，将"数卷"、"数十卷"视为不知卷数，将"某某余卷"视为"某某卷"，例如将"三十余卷"视为"三十卷"。

十一、本艺文志考索的所有引用文字均注明出处，凡笔者的分析、总结文字，均注明"笔者按"、"笔者又按"、"笔者三按"等字样。

十二、本艺文志考索末尾将十国之著述与中原五朝之著述予以对比并制定出比较表，以便读者在更广阔的背景下清楚地了解十国文人的著述情况。

十三、一本书的开始撰写时间和最后完成时间当然是不一样的，有时候时间跨度还比较长，甚至很长。从理论上说，只要一种书的开始撰写时间和最后完成时间中有一个时间处于十国时代，这种书就可以被视为十国文人著作了。但是，十国文人著作中，并不是每一种书的最后完成时间都是可以考知的，开始撰写时间就更难考知了。有鉴于此，本《十国艺文志考索》采取的办法是，只要某一个国家的某个文人去世于该国开国国王或国主实际控制该国疆域以后，或者某一个国家的某一个文人出生于该国消亡前20年，则这个文人的著作即可被视为十国文人著作（例如吴国杜荀鹤就是这种情况），即使该文人的某一种著作被明确地知道最后完成时间是宋朝或者该国消亡若干年后，依然如此处理，原因是无法知道该书的开始撰写时间是不是在该国消亡后（例如南唐国乐史的一些书就是这种情况）。当然，如果确知某一种书的开始撰写时间和最后完成时间均与该人所处的国家无涉，则该书不能再被视为十国文人著作了。这一条通俗地说，是这样的：只要某个文人出生于该国消亡前20年，哪怕其某种著作完成于宋太宗甚至宋真宗时期，仍可被视为十国文人著作，除非该书的开始撰写时间也被确认为是该国消亡后。

十四、《中国古籍总目》史部、子部、丛部、经部、集部于 2009 年 10 月到 2012 年 7 月由中华书局、上海古籍出版社两家出版社合作陆续出版，该书的出版无疑是继《中国古籍善本书目》之后古籍研究界的一件大事，值得庆贺，该书也值得利用。但是，第一，《中国古籍总目》将像《灵壁子》这种篇幅极短（《灵壁子》等 9 种书合起来才一卷）且明代才出现的罗隐著作著录为一种古籍，与本艺文志在体例上不相符合。第二，《中国古籍总目》将不同版本的《广陵妖乱志》视为 3 种书，又与本艺文志在体例上不相符合。因此之故，本艺文志对十国文人著作存佚情况的交代仍以《中国古籍善本书目》、《中国古籍善本总目》、《中国丛书综录》（含《中国丛书综录续编》、《中国丛书广录》）和国内几个主要图书馆书目检索为依据，而不依据《中国古籍总目》。特此说明。

最后，五代十国艺文志的辑录工作，迄今有六人六种著作。一为清顾櫰三的《补五代史艺文志》、二为清宋祖骏的《补五代史艺文志》，三为清汪振民的《补南唐艺文志》，四为现代学者唐圭璋的《南唐艺文志》，五为今人杜文玉先生的《南唐艺文志》，六为今人张兴武先生的《五代艺文考》。其中第六种著作《五代艺文考》作为最新的五代艺文志，后出转精，本《十国艺文志考索》对该书及其他五种艺文志著作多所参考、借鉴。昔贤时彦之赐，不敢稍忘，特此提出，以志谢忱（笔者按：巴蜀书社 2003 年 9 月出版的张兴武先生《五代艺文考》修订后更名《补五代史艺文志辑考》，由上海古籍出版社 2016 年 5 月出版，本书亦有所参考，谨志谢忱）。

第一章　吴国艺文志考索

01 吴国杜荀鹤 2 种 11 卷（存 1 种，卷数作 3 卷）

杜荀鹤（846—904），字彦之，行十五，池州石埭（今安徽石台）人。因居九华山，故自号"九华山人"。大顺二年（891）方登进士第，年四十六（《中国文学家大辞典·唐五代卷》，第256—257页）。有著作 2 种 11 卷，今存 1 种，卷数作 3 卷。存诗 3 卷又 5 首，见《全唐诗》卷六九一至卷六九三、《全唐诗补遗》"四"、《全唐诗补编·续拾》卷三五。《十国春秋》卷十一"吴十一"有传。

（一）《杜荀鹤诗集》一卷（佚）

《崇文》（1041）卷十二"别集四"云："《杜荀鹤诗集》一卷。"

《通志》（1161）卷七十艺文略第八"别集五·别集诗"云："《杜荀鹤诗集》一卷。"

《遂初》（1194）"别集类"云："杜荀鹤"。

笔者按：依据《遂初堂书目》的体例，书名记为"杜荀鹤"，则书名就应该是《杜荀鹤集》或者《杜荀鹤诗集》，而不会是《唐风集》，紧跟"杜荀鹤"三字后的"韩偓《香奁集》"即可证明此种推断。

（二）杜荀鹤《唐风集》十卷（存，卷数作三卷）

书名又作《杜荀鹤文集》。卷数又作三卷、二卷。详下。

《郡斋》（1187）卷四"别集类中"云："杜荀鹤《唐风集》十卷。右唐杜荀鹤，池州人。大顺二年（891）进士，善为词，句切理。宣州田頵重之，尝以牋问至梁祖，荐为翰林学士、主客员外。恃势侮易缙绅，众怒，欲杀之而未及。天祐（904—907）初病卒，有顾云序。荀鹤自号九华山人。"

《直斋》（1262）卷十九"诗集类上"云："《唐风集》三卷。唐九华山人杜荀鹤撰（按，晁公武《读书志》作十卷）。"笔者按：《直斋书录解题》卷十九"诗集类上"后注云"凡无他文而独有诗及虽有他文而诗集复独行者别为一类"，《唐风集》入"诗集类"，可见是杜荀鹤的诗集。

《通考》（1319）卷二百四十三经籍考七十"集·诗集"于"杜荀鹤《唐风集》十卷"后引晁公武《郡斋读书志》如上著录语之后，又曰："《陈录》作三卷。《幕府燕谈》：'杜荀鹤诗鄙俚近俗，惟宫词为唐第一，云早被婵娟误，欲妆临镜慵。承恩不在貌，教妾若为容。风暖鸟声碎，日高花影重。年年越溪女，相忆采芙蓉。故谚云杜诗三百首，惟在一联中。正谓风暖日高句也（此句欧公诗话以为周朴诗）。'"

《宋史》（1343）卷二百八艺文七"别集类"云："杜荀鹤《唐风集》二卷。"

笔者按：《宋史》（1343）卷二百九"古文史类"有"强行父《唐杜荀鹤警句图》一卷"的著录，由此可见杜荀鹤诗在宋代名气之大。强行父（1091—1157），余杭（今浙江杭州）人，与唐庚（1071—1121）有交往。

笔者又按：上海图书馆藏有宋蜀刻本《杜荀鹤文集》三卷，索书号为828718—21，此本被上海古籍出版社1980年、1994年各影印过1次，北京图书馆出版社2004年12月出版的再造善本又据此影印。宋刻本书没有著录于《宋史·艺文志》者，为数不少，此《杜荀鹤文集》三卷就是一例。

02 吴国陈岳4种150卷，另1种不知卷数（均佚）

陈岳（生卒年不详），吉州庐陵（今江西吉安）人。昭宗光化（898—901）间，朝廷拟征召，镇南节度使钟传辟为从事，不久病卒（《中国文学家大辞典·唐五代卷》第465页）。有著作4种150卷，另1种不知卷数，均佚。存文1篇，即《春秋折衷论序》，见《全唐文》卷八二九。《十国春秋》卷十一"吴十一"之《陈濬传》有附传，陈岳为陈濬之父。

（一）陈岳《折衷春秋》三十卷（佚）。

书名又作《春秋折衷论》、《三传折衷论》。详下。

《崇文》（1041）卷二"春秋类"云："《折衷春秋》三十卷。唐陈岳撰。以三家异同三百余条，参求其长以通《春秋》之意。"

《新唐书》（1060）卷五十七艺文志第四十七"春秋类"云："陈岳《折衷春秋》三十卷（唐末钟传江西从事）。"

《通志》（1161）卷六十三艺文略第一经类第一"春秋·传论"云："《春秋折衷论》三十卷（陈岳）。"

《郡斋》（1187）卷一下"春秋类"云："《春秋折衷论》三十卷。右唐陈岳撰。以《左氏传》为上、《公羊》为中、《谷梁传》为下，比其异同而折中之。岳，唐末钟传辟为江西从事。"

《直斋》（1262）卷三"春秋类"云："《春秋折衷论》三十卷。唐江西观察判官庐陵陈岳撰。以三传异议折衷其是非而断于一。岳，唐末十上春官，晚乃辟江西从事。"

《通考》（1319）卷一百八十二经籍考九"经·春秋"云："《春秋折衷论》三十卷。'《崇文总目》：唐陈岳撰。以三家异同三百余条，参求其长以通《春秋》之义。'晁氏曰：'其书以《左传》为上、《公羊》为中、《谷梁》为下，比其异同而折衷之。岳，唐末十上春官，晚乃从钟传，辟为江西从事。'"

笔者按：第一，《通考》引"晁氏"之言比引《崇文总目》之言要低一个格子，不知何故。第二，陈岳《春秋折衷论》一书，《郡斋》晁氏、《直斋》陈氏均有著录，而且两者的著录有不同，不知《通考》何以只引"晁氏"之言而不引"陈氏"之言。第三，《通考》名义上引《郡斋》"晁氏"而未引《直斋》"陈氏"，但是实际上其内容还是引了《直斋》"陈氏"的，因为"唐末十上春官"就出自《直斋》，只是这句话明明是陈振孙的话，马端临《通考》引到"晁氏曰"之下，让人以为是晁公武的话，显然不合适。不知《通考》何以会有如此不合理的事情。

《宋史》（1343）卷二百二艺文一"春秋类"云："陈岳《春秋折衷论》三十卷。"

笔者按：第一，《直斋》（1262）卷二"诗类"云："《诗折衷》二十卷。皇祐莆田刘宇撰，凡毛郑异议折衷从一。盖仿唐陈岳《三传折衷论》之例，凡一百六十八篇。"由此可见陈岳《春秋折衷论》的影响。第二，司空图（837—908）《司空表圣文集》卷三《疑经著述》云："钟陵秀士陈用拙出其宗人岳所作《春秋折衷论》数十篇，赡博精致，足以下视两汉迂儒矣。"由此可见《春秋折衷论》撰写的大致时间和水平之高。

（二）陈岳《春秋谥族图》五卷（佚）

《宋史》（1343）卷二百二艺文一"春秋类"云："陈岳……《春秋谥族图》五卷。"笔者按：《通志》卷六十三"春秋·世谱"云"《春秋谥族谱》一卷"，不著撰人，不知是否就是陈岳的《春秋谥族图》五卷，录此备考。

（三）陈岳《唐统纪》一百卷（佚）

书名又作《大唐统纪》。卷数仅四十卷者，非全书。详下。

《崇文》（1041）卷三"编年类"云："《唐统纪》一百卷。"

《新唐书》（1060）卷五十八艺文志第四十八"编年类"云："陈岳《唐统纪》一百卷。"

《通志》（1161）卷六十五艺文略第三史类第五"编年·唐"云："《唐统

纪》一百卷（陈岳撰）。"

《直斋》（1262）卷四"别史类"云："《大唐统纪》四十卷。唐江南西道观察判官陈岳撰。用荀袁体。起武德（618—626），尽长庆（821—824），为一百卷。今止武后如意（692），非全书也。"

《通考》（1319）卷一百九十三经籍考二十"史·编年"所云引《直斋》同。

《宋史》（1343）卷二百三艺文二"编年类"云："陈岳《唐统纪》一百卷。"

《十国》（1672）卷十一《陈潜传》云："陈潜，庐陵人。父岳，仕唐为南昌观察判官，著《唐统纪》一百卷。"

笔者按：第一，宋王应麟《玉海》（文渊阁四库全书本）卷四十七云："《唐统纪》。《志》：'陈岳《唐统纪》一百卷（《崇文目》同）'。《中兴书目》：'检校尚书屯田员外郎陈岳撰。以荀悦、袁宏有《汉纪》，遂《大唐统纪》，起武德（618—626），尽长庆（821—824）末，凡十三朝，成一百卷，用《春秋》例，间著论云。'"第二，《唐统纪》一书，宋叶大庆《考古质疑》、清《御定渊鉴类函》一书有片段存留。

（四）陈岳《陈子正言》十五卷（佚）

王定保《唐摭言》卷十云："陈岳……以所为述作，号《陈子正言》十五卷。"

（五）《陈岳词赋歌诗》（笔者按：此是为笔者代拟）若干卷（佚）

王定保《唐摭言》卷十云："陈岳……其词赋歌诗，别有编帙。"

笔者按：五代王定保《唐摭言》（文渊阁四库全书本）卷十云："陈岳，吉州庐陵人也，少以词赋，贡于春官氏，凡十上，竟抱至冤。晚年从豫章钟传，复为同舍所潜，退居南郭，以坟典自娱，因以博览群籍。常著书商较前史得失，尤长于班史之业，评三传是非。著《春秋折衷论》三十卷，约大唐实录，撰《圣纪》一百二十卷。以所为述作，号《陈子正言》十五卷。其词赋歌诗别有编帙。光化（898—901）中执政议以蒲帛征。传闻之，复辟为从事，后以谗黜。寻遘病而卒。"

03 吴国陈潜3种33卷，另1种1卷存疑（均佚）

陈潜（生卒年不详），又作陈浚，吉州庐陵（今江西吉安）人。史学家陈岳之子（《中国文学家大辞典·唐五代卷》第469页）。有著作3种33卷，另1种1卷存疑，均佚。《十国春秋》卷十一"吴十一"有传。

（一）陈濬《吴杨氏本纪》六卷（佚）

《通志》（1161）卷六十五艺文略第三史类第五"霸史下"云："《吴杨氏本纪》六卷（伪吴陈濬撰，记杨氏始终）。"

笔者按：清朝倪涛《六艺之一录》续编卷六《江都县吴寻阳长公主墓铭跋》云："陈濬《吴杨氏本纪》、信都芳《淝上英雄小录》、徐铉《吴录》、《邗沟要略》、《吴将佐录》诸书，皆不传。"

（二）陈濬《吴录》二十卷（佚）

《十国》（1672）卷十一："陈濬，庐陵人。……濬有史才，能世其学，事睿帝（920—937 年在位）为中书舍人、翰林学士。撰《吴录》二十卷，官终尚书。子乔，仕南唐，有传。"

（三）陈濬《江南揖让录》七卷（佚）

书名又作《揖让录》、《揖让集》。详下。

《崇文》（1041）卷十二"别集六"云："《江南揖让录》七卷（缺）"。

《宋史》（1343）卷二百八艺文七"别集类"云："陈濬《揖让录》七卷"。

《十国》（1672）卷十一："陈濬，庐陵人。……（濬又有《揖让集》七卷）。"

（四）存疑书：《吴将佐录》一卷（佚）

《通志》（1161）卷六十五艺文略第三史类第五"霸史下"云："《吴将佐录》一卷，记杨行密时功臣三十九人行事，又三十四人只载姓名。"笔者按：据郑樵《通志》体例，此《吴将佐录》一卷，应该属于陈濬的著作，但是未必可靠，录此备考。

04 吴国沈文昌 1 种 20 卷（佚）

沈文昌（生卒年不详），湖州（今属浙江）人。唐末为宁国节度使田頵幕僚，曾为田氏草檄骂杨行密。田败后，杨行密赦其罪，用为节度牙推（《中国文学家大辞典·唐五代卷》第 388 页）。有著作 1 种 20 卷，佚。《十国春秋》卷十一"吴十一"有传。

笔者按：依据杨行密（852—905）于 903 年十二月打败田頵后赦免沈文昌，知沈文昌大致年代，故置于此。

（一）《沈文昌集》二十卷（佚）

书名又作《沈文昌记室集》。卷数又作三卷。详下。

《崇文》（1041）卷十二"别集七"云："《沈文昌记室集》三卷

（缺）"。

《宋史》（1343）卷二百八艺文七"别集类"云："《沈文昌集》二十卷。"

05 吴国王振 2 种 2 卷（均佚）

王振（生卒年不详），字文飞，郡望太原（今属山西）。仕唐为左拾遗，仕吴为史官（《中国文学家大辞典·唐五代卷》第 44 页）。有著作 2 种 2 卷，均佚。《十国春秋》卷十一"吴十一"有传。

笔者按：朱全忠 907 年篡唐，改名朱晃，王振《汴水滔天录》一卷记载朱全忠篡唐事，由此可知王振的大致年代。

（一）王振《汴水滔天录》一卷（佚）

《崇文》（1041）卷三"杂史类"云："《汴水滔天录》一卷"。

《新唐书》（1060）卷五十八艺文志第四十八"杂史类"云："王振《汴水滔天录》一卷（昭宗时拾遗）。"

《通志》（1161）卷六十五艺文略第三史类第五"杂史"云："《汴水滔天录》一卷（五代王振撰，记梁太祖事）。"

《遂初》（1194）"杂史类"云："《汴水滔天录》"。

《直斋》（1262）卷五"杂史类"云："《汴水滔天录》一卷。唐左拾遗王振撰，言朱温篡逆事。"

《通考》（1319）卷一百九十六经籍考二十三"史·传记"所云引《直斋》同。

《宋史》（1343）卷二百三艺文二"传记类"云："王振《汴水滔天录》一卷。"

（二）《王振诗》一卷（佚）

《崇文》（1041）卷十二"别集五"云："《王振诗》一卷。"

《宋史》（1343）卷二百八艺文七"别集类"云："《王振诗》一卷。"

06 吴国信都镐 1 种 3 卷，另 1 种 9 卷作者存疑（均佚）

信都镐（生卒年不详），隋信都芳之后，著有《淝上英雄小录》二卷，记录杨行密事（《中国文学家大辞典·唐五代卷》、《中国历代人名大辞典》无信都镐）。有著作 1 种 2 卷，佚；另 1 种 9 卷，作者存疑，佚。《十国春秋》卷十一"吴十一"有传。

笔者按：杨行密 902 年为吴王，919 年卒，信都镐《淝上英雄小录》二卷记录杨行密将吏中 24 名泲上人，由此可知信都镐之大致年代。

（一）信都镐《泲上英雄小录》三卷（佚）

书名又名《泲上英雄录》。卷数又作二卷。详下。

《崇文》（1041）卷三"伪史类"云："《泲上英雄小录》二卷。"

《通志》（1161）卷六十五艺文略第三史类第五"霸史下"云："《泲上英雄小录》二卷（伪吴信都镐撰。记杨行密起庐州入广陵，所从将吏五十人。）"

《遂初》（1194）"伪史类"云："《泲上英雄小录》"。

《直斋》（1262）卷五"伪史类"云："《泲上英雄小录》二卷。信都镐撰。所录杨行密将吏有勋名者四十人，其二十四人皆泲上，余诸道人。又有僧道渔樵之属十人。录其小事，故名小录。"

《通考》（1319）卷二百经籍考二十七之"史·伪史霸史"所云引陈氏同。

《宋史》（1343）卷二百四艺文三"霸史类"云："吴信都镐《泲上英雄小录》三卷"。

《十国》（1672）卷十一云："信都镐，隋信都芳之后也。少以著作自负。当太祖入广陵，功臣三十九人，而同时佐将吏实五十人焉。镐录其名氏功绩，为《泲上英雄小录》二卷。《文献通考》云："信都镐撰《泲上英雄小录》，中录杨行密将吏有勋名者四十人，其二十四人皆泲人。余诸道人。又有僧道渔樵之属十人。录其小事，故名小录。"

笔者按：《十国》（1672）卷首《凡例》云："《泲上英雄录》"。

（二）存疑书：《邗沟要略》九卷（佚）

《崇文》（1041）卷三"伪史类"云："《邗沟要略》九卷（缺）"。

《通志》（1161）卷六十五艺文略第三史类第五"霸史下"云："《邗沟要略》九卷。记杨行密据淮南事。"

笔者按：《五国故事》之余寅《五国故事序》云："其时汤悦《江南录》、徐铉《吴录》、信都镐《泲上英雄录》、《邗沟要略》。"

07 吴国殷文圭 7 种 99 卷（均佚）（有清抄本 1 种 1 卷）

殷文圭（生卒年不详），又作殷文珪、汤文圭、商文圭。字表儒，小字桂郎，池州青阳（今属安徽）人。乾宁五年（898）进士及第。吴武义元年（919），杨隆演称帝，以殷文圭为翰林学士，仕终左千牛卫将军（《中国文学家大辞典·唐五代卷》第 649 页）。有著作 7 种 99 卷，均佚。存诗 1 卷，见《全唐诗》卷七零七，《全唐诗补编·续补遗》卷一一又补诗 3 首；文 1 篇，见《全唐文》卷八六八。《十国春秋》卷十一"吴十一"有传。笔者按：浙江图书馆有《殷文圭诗集》一卷，系清抄本。

（一）殷文圭《登龙集》十五卷（佚）

作者名又作汤文圭。详下。

《崇文》（1041）卷十一"别集二"云："汤文圭《登龙集》十卷（缺）。"

《通志》（1161）卷七十艺文略第八"别集五·伪朝"云："汤文圭《登龙集》十卷（伪吴）。"

《宋史》（1343）卷二百八艺文七"别集类"云："殷文圭……又《登龙集》十五卷。"

《十国》（1672）卷十一本传云："殷文圭……有《登龙集》十卷。"

（二）殷文圭《从军稿》二十卷（佚）

作者名又作商文圭。详下。

《崇文》（1041）卷十二"别集七"云："《从军稿》二十卷（缺）。"

《宋史》（1343）卷二百八艺文七"别集类"云："商文圭《从军稿》二十卷。"

《十国》（1672）卷十一本传云："殷文圭……《从军稿》二十卷。"

（三）殷文圭《笔耕词》二十卷（佚）

作者名又作汤文圭、商文圭。书名又作《笔耕》。详下。

《崇文》（1041）卷十二"别集七"云："汤文圭《笔耕》一卷（缺）。"

《通志》（1161）卷七十艺文略第八"表章"云："汤文圭《笔耕》二十卷（伪吴人）。"

《宋史》（1343）卷二百八艺文七"别集类"云："商文圭……《笔耕词》二十卷。"

《十国》（1672）卷十一本传云："殷文圭……有……《笔耕》二十卷。"

笔者按：《江南通志》卷一百九十三艺文志集部一云："《冥搜集》二十卷、《登龙集》十五卷、《从军稿》二十卷、《笔耕词》二十卷（俱贵池殷文圭）。"

（四）殷文圭《镂冰录》二十卷（佚）

作者名又作商文圭。书名又作《镂冰集》。卷数又作三卷。详下。

《崇文》（1041）卷十二"别集七"云："《镂冰集略》三卷（缺）。"

《通志》（1161）卷七十艺文略第八"别集五"云："殷文圭《镂冰集》二十卷。"

《宋史》（1343）卷二百八艺文七"别集类"云："商文圭……又《镂冰

录》二十卷。"

笔者按:《江南通志》卷一百九十二艺文子部云:"《镂冰录》(贵池殷文奎)",殷文奎,当作殷文圭。

(五)殷文圭《冥搜集》二十卷(佚)

作者名又作汤文圭。详下。

《崇文》(1041)卷十二"别集五"云:"《冥搜集》二十卷。"

《通志》(1161)卷七十艺文略第八"别集五·伪朝"云:"汤文圭……又《冥搜集》二十卷。"

《宋史》(1343)卷二百八艺文七"别集类"云:"殷文圭《冥搜集》二十卷。"

《十国》(1672)卷十一本传云:"殷文圭……有……《冥搜集》二十卷。"

(六)殷文圭《四六》三卷(佚)

《通志》(1161)卷七十艺文略第八"四六"云:"殷文圭《四六》三卷(赵文翼注)

(七)《殷文珪集》一卷(佚)

书名又作《殷文圭诗集》。详下。

《直斋》(1262)卷十九"诗集类上"云:"《殷文珪集》一卷。唐殷文珪撰。乾宁五年(898)进士,后仕南唐。其子曰殷崇义,归朝后更姓名,即汤悦也。"

《通考》(1319)卷二百四十三经籍考七十"集·诗集"所云引《直斋》同。

笔者按:"《殷文珪集》一卷"已经被著录于陈振孙《直斋书录解题》中了,《宋史》竟然会漏掉此书,不知《宋史·艺文志》的体例是怎样的?也不知这样的情况,还有多少。

08 吴国徐融2种4卷(均佚)

徐融(生卒年不详),被吴齐王李昪(888—943,937—943年在位)沉入江中而卒(《中国文学家大辞典·唐五代卷》第647页)。有著作2种4卷,均佚。今存诗断句1联,见《全唐诗》卷七九五;酒令2句,见《全唐诗》卷八七九。

(一)徐融《帝王指要》三卷(佚)

《宋史》(1343)卷二百五艺文四"杂家类"云:"徐融《帝王指要》

三卷。"

（二）《徐融集》一卷（佚）

《宋史》（1343）卷二百八艺文七"别集类"云："《徐融集》一卷。"

09 吴国黄讷 1 种 1 卷（佚）

黄讷（生卒年不详），五代时苏州人。唐哀帝天祐（904—907）时为镇南节度使刘威幕客，吴杨行密（852—905）卒后，徐温欲图刘威，黄讷劝说刘威轻舟入觐徐温，以释嫌疑。刘威从，果得徐温善待（《中国文学家大辞典·唐五代卷》、《中国文学家大辞典·宋代卷》无黄讷，《中国历代人名大辞典》第 2063 页）。有著作 1 种 1 卷。《十国春秋》卷十"吴十"有传。

（一）黄讷《家戒》一卷（佚）

《宋史》（1343）卷二百五艺文四"儒家类"云："黄讷《家戒》一卷"。

10 吴国沈颜 3 种 30 卷（均佚）

沈颜（？—927 前），字可铸，吴（今江苏苏州）人。曾祖沈既济、祖父沈传师皆有文名。天复（901—904）初登进士第，授校书郎。顺义（921—927）中卒。（《中国文学家大辞典·唐五代卷》第 394—395 页）有著作 3 种 30 卷，均佚。存诗 2 首，见《全唐诗》卷七一五；文 11 篇，见《全唐文》卷八六八。《十国春秋》卷十一"吴十一"有传。

笔者按：《中国文学家大辞典·唐五代卷》第 394 页云沈颜生卒不详，但是又云沈颜顺义中卒，顺义为吴国杨溥年号，即 921—927 年，由此可判定沈颜卒于 927 年前。

（一）沈颜《聱书》十卷（佚）

书名又作《聲书》。详下。

《崇文》（1041）卷十一"别集类"别集一云："《聱书》十卷"。

《新唐书》（1060）卷六十艺文志第五十"别集类"云："沈颜《聱书》十卷"。

《通志》（1161）卷七十艺文略第八"别集五"云："沈颜《聱书》十卷（伪吴）。"

《郡斋》（1187）卷四中"别集类中"云："沈颜《聱书》十卷。右伪吴沈颜，字可铸，传师之孙。天复（901—904）初进士，为校书郎，属乱离，奔湖南，辟巡官。吴国建，为淮南巡官、礼仪使、兵部郎中、知制诰、翰林学士。顺义（921—927）中卒。颜少有词藻，琴棋皆臻妙。场中语曰'下水船'，言为文敏速，无不载也。性闲淡，不乐世利。尝病当时文章浮靡。仿古著书百篇，取元次山聱叟之说，附己志而名书。其自序云：'自孟轲以后千余年，经百千儒者，咸未有闻焉。天厌其极，付在鄙子。'其夸诞如此。"

《直斋》（1262）卷十六"别集类上"云："《聱书》十卷。唐天复进士沈颜可铸撰。传师之孙。仕伪吴，顺义中为翰元苑。名聱者，以元结聱叟自况也。其文骪骳而自序之语极其矜负。"

《通考》（1319）卷二百三十三经籍考六十"别集"著录"沈颜《聱书》十卷"后所云引《郡斋》同，引《直斋》云："颜，传师之孙，其文骪骳而自序之语极其矜负。"

《宋史》（1343）卷二百五艺文四"杂家类"云："沈颜《聲书》十卷。"笔者按：《聲書》，当为《聱书》。

（二）沈颜《解聱书》十五卷（佚）

书名又作《解聱》。详下。

《崇文》（1041）卷十一"别集一"云："《解聱书》十五卷。"

《通志》（1161）卷七十艺文略第八"别集五"云："沈颜……《解聱书》十五卷。"

《宋史》（1343）卷二百八艺文七"集类·别集类"云："沈颜……《解聱》十五卷"。

《十国》（1672）卷十一本传云："沈颜……又有《解聱书》十五卷。"

（三）沈颜《陵阳集》五卷（佚）

《宋史》（1343）卷二百八艺文七"集类·别集类"云："沈颜《陵阳集》五卷。"

11 吴国游恭 4 种 47 卷（均佚）

游恭（生卒年不详），建安（今福建建瓯）人。唐昭宗时，为武昌军节度使杜洪掌书记。天祐二年（905）杜洪死后，归吴，署馆驿巡官。吴杨隆演武义（919—921）初，迁驾部员外郎，知制诰（《中国文学家大辞典·唐五代卷》第769页）。有著作4种47卷，均佚。《十国春秋》卷十一"吴十一"有传。

（一）游恭《小东里集》三卷（佚）

书名又作《东里集》。详下。

《崇文》（1041）卷十一"别集二"云："《游恭文集》一卷（缺）。《小东里集》三卷（缺）。"

《通志》（1161）卷七十艺文略第八别集五云："游恭……《小东里集》三卷。"

《宋史》（1343）卷二百八艺文七"别集类"云："游恭《东里集》三卷。"

《十国》（1672）卷十一本传云："游恭……有《小东里集》四卷。"

（二）游恭《广东里集》四十卷（佚）

卷数又作四卷、二十卷。详下。

《崇文》（1041）卷十一"别集二"云："《广东里集》四十卷（缺）。"

《通志》（1161）卷七十艺文略第八别集五云："游恭……《广东里集》四卷。"

《宋史》（1343）卷二百八艺文七"别集类"云："游恭……《广东里集》二十卷。"

《十国》（1672）卷十一本传云："游恭……有……《广东里集》四卷。"

（三）游恭《短兵集》三卷（佚）

《宋史》（1343）卷二百八艺文七"别集类"、卷二百九艺文八"总集类"皆云："游恭……《短兵集》三卷。"

（四）游恭《游恭文集》一卷（佚）

书名又作《游恭集》。详下。

《崇文》（1041）卷十一"别集二"云："《游恭文集》一卷（缺）。"

《通志》（1161）卷七十艺文略第八"别集五"云："《游恭集》一卷（伪吴）。"

12 吴国汤筠1种5卷（佚）

汤筠（生卒年不详），五代时吴国人（《中国文学家大辞典·唐五代卷》第396页）。有著作1种5卷，佚。据《通志》卷七十知汤筠为吴国人。

（一）汤筠《戎机集》五卷（佚）

《崇文》（1041）卷十二"别集三"云："汤筠《戎机集》五卷（缺）。"

《通志》（1161）卷七十艺文略第八"军书类"云："汤筠《戎机集》五卷（伪吴人）"。

《宋史》（1343）卷二百八艺文七"别集类"云："汤筠《戎机集》五卷。"

13 吴国僧修睦 1 种 1 卷（佚）

修睦（？—918），号楚湘，昭宗光化（898—901）间庐山僧正。与贯休、齐己、虚中、处默、栖隐、李咸用等为诗友。后应吴国征辟往金陵，天祐十五年（918）死于朱瑾之难（《中国文学家大辞典·唐五代卷》第 585—586 页）。有著作 1 种 1 卷，佚。存诗 31 首，《全唐诗》卷八四九存 27 首，《全唐诗补编·补逸》卷一八补 1 首，《续拾》卷四三补 3 首又 1 句。

（一）《修睦诗》一卷（佚）

《通志》（1161）卷七十艺文略第八"别集·诗"云："《修睦诗》一卷。"

《遂初》（1194）"别集类"云："《僧修睦》。"

《直斋》（1262）卷十九"诗集类上"云："《栖白集》一卷、《修睦东林集》一卷、《尚颜供奉集》一卷。皆唐僧，贯休而下，尽唐末人也。"

《通考》（1319）卷二百四十三经籍考七十之"集·诗集"所云引《直斋》云："《柳白集》一卷、《修睦东林集》一卷、《尚颜供奉集》一卷。陈氏曰：'皆唐僧。自贯休而下尽唐末人也。'修睦死于维扬朱瑾之难。"笔者按：《柳白集》应为《栖白集》

《宋史》（1343）卷二百八艺文七"别集类"云："《僧修睦诗》一卷。"

14 吴国徐鉉 1 种 3 卷，另 1 种 3 卷作者存疑（均佚）

徐鉉（生卒年不详）（《中国文学家大辞典·唐五代卷》、《中国历代人名大辞典》无此人）。有著作 1 种 3 卷，另 1 种 3 卷作者存疑。据《通志》卷六十五知徐鉉为吴国人。

（一）徐鉉《三朝革命录》三卷（佚）

《崇文》（1041）卷三"杂史下"云："《三朝革命录》三卷（缺）。"

笔者按：《通志》卷六十五说三朝为隋梁唐。

《通志》（1161）卷六十五艺文略第三"杂史"云："《三朝革命录》三卷（载隋唐事。尽天祐禅梁。伪吴徐鉉撰）。"

《宋史》（1343）卷二百三艺文二"别史类"云："徐鉉《三朝革命录》三卷。"

（二）徐鉉《豫章记》三卷（佚）

《崇文》（1041）卷四"地理类"云："《豫章记》三卷（缺）。"

钱塘倪涛撰《六艺之一录》卷一百三"石刻文字"七十九云："《豫章

记》三卷，南唐徐锴撰。"

笔者按：第一，据《新唐书》、《通志》的记载，《豫章记》的作者为雷次宗，不知道《六艺之一录》何所据而云然。第二，据郑樵《通志》，徐锴为吴国人。第三，雷次宗《豫章记》一书在《太平寰宇记》等书中有片段存留。

15 吴国僧十朋2种15卷（均佚）

僧十朋（生卒年不详），有著作2种15卷，均佚（《中国文学家大辞典·唐五代卷》、《中国历代人名大辞典》无僧十朋）。据《通志》卷六十七知僧十朋为吴国人。

（一）僧十朋《五经指归》五卷（佚）

《宋史》（1343）卷二百二艺文一"经解类"云："《僧十朋五经指归》五卷。"

笔者按：朱彝尊《经义考》卷二百四十一云："僧（十朋）《五经指归》。《宋志》：五卷。佚。"

（二）僧十朋《请祷集》十卷（佚）

书名又作《十朋请祷集》。卷数又作一卷。详下。

《崇文》（1041）卷十"释书类"云："《请祷集》十卷（缺）。"

《通志》（1161）卷六十七艺文略第五"释类铨述"云："《请祷集》十卷（伪吴僧十朋撰）。"

《宋史》（1343）卷二百五艺文四"道家附释氏神仙类"云："《十朋请祷集》一卷。"

16 吴国处常子1种2卷（佚）

处常子（生卒年不详），《郡斋读书志》卷四下"总集类"云其为伪吴人。《中国文学家大辞典·唐五代卷》、《中国文学家大辞典·宋代卷》、《中国历代人名大辞典》无处常子。有著作1种2卷，佚。

（一）处常子《续本事诗》二卷（佚）

《崇文》（1041）卷十一"总集下"云："《续本事诗》二卷。"

《通志》（1161）卷七十艺文略第八"诗总集"云："《续本事诗》二卷。"

《郡斋》（1187）卷四下"总集类"云："《续本事诗》二卷。右伪吴处常子撰。未详其人。自有序云：'比览孟初中《本事诗》，辄搜箧中所有依前题七章，类而编之。'然皆唐人诗也。"

《通考》（1319）卷二百四十八经籍考七十五之"集·总集"所云引晁氏同。

《宋史》（1343）卷二百九艺文八"总集类"云："《续本事诗》二卷。"

笔者按：第一，《直斋》（1262）卷二十二"诗集类上"云："《续广本事诗》五卷。聂奉先撰。虽曰广孟棨《本事诗》，其实集诗话耳。"从陈振孙这话看，《说郛》所引15则显然是聂奉先《续广本事诗》之内容，非伪吴处常子《续本事诗》二卷之内容。可见，有四人写过《本事诗》，孟棨，处常子、聂奉先、徐电发。第二，据《四库全书总目》（1781）卷一百三，南宋绍兴二年（1132），进士许叔微《类证普济本事方》十卷一书即"取《本事诗》一书以名之。"结合吴国处常子《续本事诗》二卷，可见，孟棨《本事诗》一书之影响。吴景旭《历代诗话》所引为聂奉先之《续本事诗》五卷的内容，非吴国处常子《续本事诗》二卷的内容。就是说，处常子此书已佚。第三，明胡震亨《唐音癸签》卷三十二"集录三"有"《续本事诗》（二卷，伪吴处常子，依孟棨类续篇）"的记载，但是，胡震亨此书只是过录历代史志，不能证明胡震亨看到过处常子的《续本事诗》一书。

17 吴国朱浔 1 种 30 卷（佚）

朱浔（生卒年不详），五代时吴国人，以文章名家（《中国文学家大辞典·唐五代卷》第 175 页）。有著作 1 种 30 卷，佚。

（一）朱浔《启霸集》三十卷（佚）

书名又名《昌吴启霸集》。详下。

《崇文》（1041）卷十二"别集七"云："《启霸集》三十卷（缺）。"

《通志》（1161）卷七十艺文略第八"表章"云："《启霸集》三十卷（伪吴朱浔撰）。"

《宋史》（1343）卷二百八艺文七"别集类"云："朱浔《昌吴启霸集》三十卷。"

《十国》（1672）卷十一本传云："朱浔，素以文章名家，所撰《启霸集》三十卷，为当世所重。"

18 吴国周延禧 1 种 20 卷（佚）

周延禧（生卒年不详），洛阳（今属河南）人。避乱徙家广陵（今江苏扬州），唐末明经及第。吴时为淮南巡官，官至户部郎中（《中国文学家大辞典·唐五代卷》第507页）。有著作1种20卷，佚。

笔者按：郑樵《通志》卷六十五艺文略第三"传记·列传"云："《周延禧传》一卷"，不知此传作者为谁，录此备考。

（一）周延禧《百一集》二十卷（佚）

《崇文》（1041）卷十一"别集二"云："周延禧《百一集》二十卷（缺）。"

《通志》（1161）卷七十艺文略第八"别集五"云："周延禧《百一集》二十卷（伪吴）。"

《宋史》（1343）卷二百八艺文七"别集类"云："周延禧《百一集》二十卷。"

《十国》（1672）卷十一云："朱洊，素以文章名家，所撰《起霸集》三十卷，当世所重。同时，有周延禧者，亦号通才，自名其集曰《百一集》。"

19 吴国成氏1种，不知卷数（佚）

成氏（生卒年不详），上谷（今河北省张家口市）人。《中国文学家大辞典·唐五代卷》、《中国文学家大辞典·宋代卷》无此人，《中国历代人名大辞典》所收众多成姓人中，没有一个是五代时上谷人，故此成氏事迹难考，仅见于徐铉《骑省集》卷十八《成氏诗集序》中。详下。

（一）《成氏诗集》，不知卷数（佚）

徐铉《骑省集》卷十八《成氏诗集序》云："……今上谷成君亦有之。不然者，何其朝舍鹰犬，夕味风雅，虽世儒积年之勤，曾不能及其门者也。逮予之知，已盈数百篇矣。睹其诗，如所闻；接其人，如其诗。既赏其能，又贵其异，故为冠篇之作，以示好事者云。戊戌岁（938）正月日序。"[1]

笔者按：《五代艺文考》之《五代艺文志补遗》云："《成氏诗集》，成氏撰。此条据唐圭璋《南唐艺文志》补。"[2] 可见，唐圭璋将《成氏诗集》当作南唐国的著作。但是，《成氏诗集序》作于戊戌岁，即938年，此年徐铉（916—991）23岁，杨吴政权937年十月被李昪篡夺，称齐国，939年才称唐。所以《成氏诗集》应该属于吴国人的著作。笔者又按：张兴武《补五代

---

① （宋）徐铉撰：《骑省集》，景印文渊阁四库全书本，卷18。

② 张兴武：《五代艺文考》，巴蜀书社2003年版，第346页。

史艺文志辑考》未能修订其《五代艺文考》这个疏漏，依然把《成氏诗集》当作南唐国著作，这也许和张兴武先生对十国文人的国别原本就不介意有关。①

20 吴国张翼 2 种 11 卷 （均佚）

张翼（生卒年不详），《中国文学家大辞典·唐五代卷》、《中国历代人名大辞典》无张翼。有著作 2 种 11 卷，均佚。笔者按：《中国文学家大辞典·宋代卷》第 461 页有"张翼"，生卒年不详，为宋宁宗赵扩嘉泰二年（1202）进士，但未言其有著作，从《崇文总目》卷十二著录"《张翼诗》"的前后文人皆为五代人看，这两个"张翼"显然不是同一个人。据《通志》卷六十五知《宰辅明鉴》十卷的作者是吴国人，则《崇文总目》卷十二所云《张翼诗》的作者也是吴国人。笔者又按：《五代艺文考》仅收张翼著作 1 种 10 卷，见该书《五代艺文志补遗》"格令类"。

（一）张翼《宰辅明鉴》十卷（佚）

作者又作张辅。详下。

《通志》（1161）卷六十五艺文略第三史类第五"职官下"云："《宰辅明鉴》十卷（伪吴张翼撰）。"

《宋史》（1343）卷二百五艺文四"杂家类"云："张辅《宰辅明鉴》十卷"。

（二）《张翼诗》一卷（佚）

《崇文》（1041）卷十二"别集三"云："《张翼诗》一卷（缺）。"

《宋史》（1343）卷二百八艺文七"别集类"云："《张翼诗》一卷。"

笔者按：张兴武《五代艺文考》之《五代艺文志补遗》"总集类"云："《唐僧诗》三卷，僧法钦编。《文献通考》卷二四八《经籍》七五著录《唐僧诗》三卷，识曰：'陈氏曰：吴僧法钦集唐僧三十四人诗，二百余篇，杨杰次公为之序。'"② 此法钦（714—793）为昆山（今属江苏）人，俗姓朱（《文苑英华》卷八六五、《宋高僧传》卷九有传，《中国历代人名大辞典》第1590 页有"法钦"辞条），是唐朝玄宗、肃宗、代宗、德宗时人，不是五代人。陈振孙所说的"吴僧"即吴地僧人，非吴国僧人，故不收入《吴国艺文志考索》中。笔者又按：张兴武《补五代史艺文志辑考》未能订正其《五代

① 张兴武：《补五代史艺文志辑考》，上海古籍出版社 2016 年版，第 497 页。

② 张兴武：《五代艺文考》，巴蜀书社 2003 年版，第 324 页。

艺文考》的这个疏漏，依然把盛唐中唐时人法钦编的《唐僧诗》三卷当作五代著作。[①] 这虽是白璧微瑕，亦应注意。

以上吴国 20 名文人，著作 40 种 487 卷，另 2 种不知卷数，3 种 13 卷作者存疑。存 1 种 3 卷。

---

①　张兴武：《补五代史艺文志辑考》，上海古籍出版社 2016 年版，第 465、623 页。

第二章 南唐国艺文志考索

01 南唐国沈彬 2 种 12 卷 （均佚）

沈彬（864？—961），字子文，高安（今属江西）人。仕南唐，积官至吏部郎中。与诗僧虚中、齐己、贯休为诗友，与韦庄、杜光庭相唱和（《中国文学家大辞典·唐五代卷》第393页）。有著作2种12卷，均佚。

（一）沈彬《闲居集》十卷（佚）

《宋史》（1343）卷二百八艺文七"别集类"云："沈彬《闲居集》十卷。"

（二）《沈彬诗》二卷（佚）

书名又作《沈彬集》。卷数又作一卷。详下。

《崇文》（1041）卷十二"别集五"云："《沈彬诗》二卷。"

《郡斋》（1187）卷四中"别集类中"云："《沈彬诗》一卷。右唐沈彬保大（943—957）中以尚书郎致仕，居高安。集中有与韦庄、杜光庭、贯休诗，唐末三人皆在蜀，疑其同时避乱尝入蜀云。上李昪山水图诗在焉。"

《通志》（1161）卷七十艺文略第八别集五"别集诗"云："《沈彬诗》二卷。"

《遂初》（1194）"别集类"云："《沈彬》。"

《通考》（1319）卷二百四十三经籍考七十"集·诗集"云："《沈彬集》一卷。晁氏曰：南唐沈彬，保大（943—957）中以尚书郎致仕，居高安。集中有与韦庄、杜光庭、贯休诗，唐末三人皆在蜀，疑其同时避乱尝入蜀云。上李昪山水图诗在焉。"笔者按：《郡斋读书志》作《沈彬诗》，不知《文献通考》何以会误为《沈彬集》。

02 南唐国李建勋 2 种 22 卷 （存 1 种 2 卷）

李建勋（873？—952），字致尧，广陵（今江苏扬州）人，南唐赵王李德诚子。历仕南唐烈祖李昪、中主李璟，积官至平章事，以司徒致仕，赐号钟山公。卒谥靖（《中国文学家大辞典·唐五代卷》第 295 页）。有著作 2 种 22 卷，存 1 种 2 卷。诗一卷，见《全唐诗》卷七三九，《全唐诗补编·补逸》卷一四补 1 首。

（一）李建勋《钟山公集》二十卷（佚）

书名又作《李建勋集》、《钟山集》。详下。

《崇文》（1041）卷十二"别集五"云："《钟山公集》二十卷。"

《通志》（1161）卷七十艺文略第八"别集五·伪朝"云："《李建勋诗》二卷（伪唐），又《钟山公集》二十卷。"

《遂初》（1194）"别集类"云："南唐李建勋"。

《唐才子传》（1304）卷七《李建勋传》云："有《钟山集》二十卷，行于世。"

《宋史》（1343）卷二百八艺文七"别集类"云："《李建勋集》二十卷。"笔者按：此《李建勋集》二十卷，显然就是李建勋的《钟山公集》，故作同书异名对待。

（二）《李建勋诗》二卷（存）

书名又作《李建勋集》、《李丞相诗集》。卷数又作一卷。详下。

《崇文》（1041）卷十二"别集五"云："《李建勋诗》二卷。"

《通志》（1161）卷七十艺文略第八"别集五·伪朝"云："《李建勋诗》二卷（伪唐），又《钟山公集》二十卷。"

《直斋》（1262）卷十九"诗集类上"云："《李建勋集》一卷。南唐宰相李建勋撰。"

《通考》（1319）卷二百四十三经籍考七十"集·诗集"所云引《直斋》同。

笔者按：瞿氏铁琴铜剑楼 1918 年有影宋刊本《李丞相诗集》二卷，系据南宋陈宅书籍铺刻本影刻，商务印书馆 1934 年影印入《四部丛刊续编》中，上海古籍出版社 2002 年影印入《续修四库全书》中，北京图书馆出版社 2003 年有《中华再造善本》版。此《李丞相诗集》二卷为南宋刊刻书籍的名家陈起的书籍铺所刊刻，不是声名不彰的无名氏刊刻的，更不是抄本，这样的书，竟然没有被著录于《宋史·艺文志》中，真是奇怪。清康熙四十一年（1702）席启寓琴川书屋据宋刻本重新刊刻，收入《唐诗百名家全集》中，亦是常见书，清乾隆三十八年至四十八年（1773—1783）纂修四库全书时，又漏收了此《李丞相诗集》二卷，这又是怪事。中华书局 1992 年版《中国文学家大辞典·唐五代卷》"李建勋"词条云李建勋的著作"皆已散佚"的讹误，很可能受到了此书不见收于《四库全书》这一事实的影响。

03 南唐国孙鲂 1 种 3 卷（佚）

孙鲂（生卒年不详），字伯鱼，南昌（今属江西）人。一作乐安（今属江西）人。从郑谷学诗于宜春。历仕吴、南唐。南唐烈祖时，官宗正郎，卒。与沈彬、李建勋、齐己等人为诗友，有诗名（《中国文学家大辞典·唐五代卷》第 232 页）。有著作 1 种 1 卷，佚。存诗 36 首，见《全唐诗》卷七四三、《全唐诗补遗》五、《全唐诗补编·续拾》卷四三。

（一）《孙鲂诗集》三卷（佚）

书名又作《孙鲂诗》。详下。

《崇文》（1041）卷十二"别集五"云："《孙鲂诗》三卷。"

《通志》（1161）卷七十艺文略第八"别集五"云："《孙鲂诗》三卷（伪唐）。"

《宋史》（1343）卷二百八艺文七"别集类"云："《孙鲂诗集》三卷。"又云："《孙鲂诗》五卷。"

04 南唐国孙晟 3 种 11 卷（均佚）

孙晟（？—956）初名凤，又名忌，密州（今山东诸城）人。少为道士，居庐山简寂宫。好为诗，画贾岛像于屋壁，朝夕事之。后易儒服，至镇州谒后唐庄宗，授著作佐郎。后唐明宗天成（926—930）间为汴州判官。后亡命陈、宋间。后唐末奔吴，为徐知诰（即李昇）所知。历事南唐烈祖、元宗二十余年。保大十四年（956）为后周所杀。南唐追赠鲁国公（《中国文学家大辞典·唐五代卷》第 235 页）。有著作 3 种 11 卷，均佚。存文 1 篇，见《全唐文》卷八六一，署名孙忌。

（一）《孙晟集》五卷（佚）

《通志》（1161）卷七十艺文略第八"别集五"云："《孙晟集》五卷（伪唐）。"

《宋史》（1343）卷二百八艺文七"别集类"云："《孙晟集》五卷。"又云："孙晟《续古缺文》一卷。"

（二）孙晟《续古缺文》一卷（佚）

《宋史》（1343）卷二百八艺文七"别集类"云："《孙晟集》五卷。"又云："孙晟《续古缺文》一卷。"

（三）《孙晟文集》五卷（佚）

卷数又作三卷。详下。

《崇文》（1041）卷十一"别集二"云："《孙晟文集》五卷。"

《郡斋》（1187）后志卷二"别集类"云："《孙晟文集》三卷。右南唐孙晟，字凤，密州人。好学有文辞，尤长于诗。少为道士。常画贾岛像置于屋壁，晨夕事之。后乃儒服，谒唐庄宗于镇州。庄宗以为著作佐郎。天成（926—930）中，奔于吴。李昇父子用之为相。周世宗征淮，璟惧，遣晟奉表求和。世宗召问江南事，不对，杀之。璟闻，赠鲁国公。"

《通考》（1319）卷二百三十三经籍考六十"集·别集"所云引《郡斋》同。

05 南唐国宋齐丘8种42卷（存2种9卷）

宋齐丘（887—959），其名一作齐邱，初字超回，后改字子嵩，庐陵（今江西吉安）人，小时家居南昌。历仕吴、南唐，积官宰相。赐号九华先生，封青阳公。后自缢死，谥丑缪（《中国文学家大辞典·唐五代卷》第397—398页）。有著作8种42卷，存2种9卷。存诗4首，见《全唐诗》卷七三八、《全唐诗补编·续拾》卷四三。存文4篇，见《全唐文》卷八七零、《唐文拾遗》卷四七。笔者按：《中国文学家大辞典·唐五代卷》云宋齐丘"集均佚"①，显然错误。

（一）宋齐丘《化书》六卷（存）

作者名又作宋齐邱。详下。

《崇文》（1041）卷五"小说类"云："《化书》六卷。"不言作者。

《通志》（1161）卷六十七艺文略第五道家"诸子"云："宋齐邱《化书》六卷。"

《郡斋》（1187）卷三上"杂家类"云："宋齐丘《化书》六卷。右伪唐宋齐丘子嵩撰。张耒文潜尝题其后云：'齐丘之智，特犬鼠之雄耳，盖不足道。其为《化书》，虽皆浅机小数，亦微有以见于黄老之所谓道德，其能成功，有以也。文章颇亦高简有可喜者。其言曰：君子有奇智，天下不亲，虽圣人出，斯言不废'。"

《遂初》（1194）"道家类"云："宋齐丘《化书》。"

《直斋》（1262）卷十"杂家类"云："《化书》六卷。南唐宰相庐陵宋齐

---

① 周祖谟主编：《中国文学家大辞典·唐五代卷》，中华书局1992年版，第398页。

丘子嵩撰。"

《通考》（1319）卷二百十四经籍考四十一"子·杂家"所云引《郡斋》同。

《宋史》（1343）卷二百五艺文四"杂家类"云："宋齐丘《化书》六卷，又《理训》十卷。"

《十国》（1672）卷二十《宋齐邱传》云："宋齐邱……有《文集》六卷（《宋史》艺文志：宋齐邱《祀玄集》三卷）、《增补玉管照神经》十卷、《化书》六卷。或曰：《化书》，谭峭所作。齐邱特窃而有之。"

《文渊阁书目》卷四"道书"云："谭景升《化书》一部一册。"又云"文昌《化书》一部一册。"笔者按：不知和宋齐邱此书有关否。笔者又按：南唐谭峭《化书》，四库现存。

《四库全书总目》（1781）卷一百七十七"子部·杂家类"云："《化书》六卷（江西巡抚采进本）。旧本题曰齐邱子，称南唐宋齐邱撰。宋张耒跋其书，遂谓齐邱犬鼠之雄，盖不足道。晁公武亦以齐邱所撰，著于录。然宋碧虚子陈景元跋称旧传陈抟言谭峭景升在终南著《化书》，因游三茅，历建康，见齐邱有道骨，因以授之曰：'是书之化，其化无穷，愿子序之，流于后世。'于是，杖靸而去。齐邱遂夺为己有而序之，则此书为峭所撰，称齐邱子者，非也。书凡六篇，曰道化、术化、德化、仁化、食化、检化，其说多本黄老道德之旨，文笔亦简劲奥质。元陆友仁《砚北杂志》称谭景升书，世未尝见他书言，其论书道，钟王而下，一人而已。今考《书道》一条，见在《仁化》篇中王。友仁顾未之见，则元世流传，盖已罕矣。明初，代王府尝为刊行，后复有刘氏、申氏诸本，今仍改题《化书》而以陈景元跋附焉。峭为唐国子司业洙之子，师嵩山道士得辟谷养气之术，见沈汾《续仙传》中，其说神怪不足深辨。又道家称峭为紫霄真人，而《五代史·闽世家》称王昶好巫，拜道士谭紫霄为正一先生，其事与峭同时，不知即为一人否。方外之人，行踪靡定，亦无从而究诘矣。"

笔者按：《化书》的作者，郑樵《通志》、晁公武《郡斋读书志》、尤袤《遂初堂书目》、陈振孙《直斋书录解题》、元脱脱《宋史》均云是宋齐邱，即便是嘲讽宋齐邱的张耒，也没有说《化书》的作者不是宋齐邱，反而说《化书》的作者就是宋齐邱。《化书》作者为谭峭的说法，出于宋碧虚子陈景元，陈景元的依据是"旧传"，"旧传"的依据是"陈抟说"，陈抟说法的依据是什么，没有交代，是有根还是无根，不知道，至少是没有看到有根。所以，《化书》的作者是谭峭的说法不但只有一个孤证，而且这个孤证是没有依据的，故不可信从。而元陆友仁所说谭景升《化书》，从逻辑上看，完全可能得自于宋碧虚子陈景元的说法，至少，陆友仁也没有提出其说法的任何依据。可见，《化书》的作者还是看作是宋齐邱比较稳妥，四库馆臣的观点不可信从。

笔者又按：元陆友仁《砚北杂志》只是说"谭景升书，世未尝见他书言"，陆友仁没说自己没见，而且陆友仁能如此说，即使不能证明陆友仁见过所谓的谭景升书，至少也是听说过该书，而"其论书道，钟王而下，一人而已"的评论，正好证明陆友仁确实见过所谓的谭景升的《化书》。不知道四库馆臣何以会得出"友仁顾未之见"的结论，真是奇怪。再退一步，就算陆友仁未见过《化书》，或者就算陆友仁认为《化书》一书，"世未尝见他书言"，那也很难得出"则元世流传，盖已罕矣"的结论，除非明确指出陆友仁对藏书和艺文志之事十分熟悉或者他找《化书》下了很大功夫，或者他博览众书，亦未见他书有言《化书》者。至少，四库馆臣认为《化书》一书"友仁顾未之见"的说法是肯定错误的，因为陆友仁确实见了且翻看了《化书》。

（二）宋齐丘《理训》十卷（佚）

《宋史》（1343）卷二百五艺文四"杂家类"云："宋齐丘《化书》六卷，又《理训》十卷。"

（三）宋齐丘《玉管照神局》二卷（存，卷数作三卷）

书名又名《玉管照神经》。详下。

《宋史》（1343）卷二百六艺文五"五行类"云："宋齐丘《玉管照神局》二卷、《花经》三卷（序云黄巢得于长安）。"

《通志》（1161）卷六十八艺文略第六"五行类"之"相法"云："宋齐邱《玉管照神局》二卷。"

《十国》（1672）卷二十《宋齐邱传》云："宋齐邱……有……《增补玉管照神经》十卷。"

《四库全书总目》（1781）卷一百九"子部·术数类"云："《玉管照神局》三卷（永乐大典本）。旧本题南唐宋齐邱撰。齐邱，字超回，改字子嵩，庐陵人。初以布衣事李昇，授殿直军判官，擢右司员外郎，累迁同平章事，兼知尚书省事。李璟嗣立，以太傅领剑南、东川节度使，封楚国公。寻得罪，被废，自经死。事迹具《南唐书》本传。齐邱生五季俶扰之世，以权谲自喜，尤好术数，凡挟象纬青乌姑布壬遁之术，居门下者，常数十辈，皆厚以资之。是书专论相术，疑即出其门下客所撰集而假齐邱名以行世者也。《宋史》艺文志、焦竑《经籍志》皆称《玉管照神局》二卷，其名与此本同。陈振孙《书录解题》则称《玉管照神》而无局字，且仅有一卷，疑所见本非完帙。吴任臣《十国春秋》则载齐邱有《玉管照神经》十卷，名目稍异而卷数亦与宋志不符。钱曾《读书敏求记》所载与《十国春秋》相合，且称上局所论皆人之体貌有形可见，故谓之阳局；下局所论皆出形之外，无象可观，故谓之阴局。其言体例甚悉。此本为永乐大典所载，大指皆以形状立论，与钱氏所云有阴阳二局者不符。疑此本即宋志所称之二卷，故与十卷之本多所同异欤？术家之书，为后人缘饰增损，彼此抵牾，往往如此，不足深诘。特以其议论颇为清晰而所取各书尤多世所未睹，犹属相传旧文，故稍加订正，类为三卷，录备一家焉。"

（四）宋齐丘《花经》三卷（佚）

《宋史》（1343）卷二百六艺文五"五行类"云："宋齐丘《玉管照神局》二卷、《花经》三卷（序云黄巢得于长安）。"

（五）宋齐丘《祀玄集》三卷（佚）

《宋史》（1343）卷二百八艺文七"别集类"云："宋齐丘《祀玄集》三卷。"

（六）《宋齐丘文传》十三卷（佚）

《宋史》（1343）卷二百八艺文七"别集类"云："《宋齐丘文传》十三卷。"

笔者按：《宋史》卷三百六《乐黄目传》云《宋齐丘文传》十三卷为乐史所作。

（七）《宋齐邱集》四卷（佚）

卷数又作六卷。详下。

《崇文》（1041）卷十一"别集二"云："《宋齐邱集》四卷。"

《通志》（1161）卷七十艺文略第八别集五"伪朝"云："《宋齐邱集》六卷（伪唐）。"

（八）《宋齐邱四六》一卷（佚）

《通志》（1161）卷七十艺文略第八"四六"云："《宋齐邱四六》一卷。"

06 南唐国王绍颜 1 种 10 卷（佚）

王绍颜（生卒年不详），五代南唐时人。烈祖升元三年（939），书宋齐丘《凤凰台诗》并刻石（《中国文学家大辞典·唐五代卷》第 39 页）。有著作 1 种 10 卷，佚。

（一）王绍颜《军书》十卷（佚）

《崇文》（1041）卷十一"总集类"云："王绍颜《军书》十卷（缺）。"

《宋史》卷二百九艺文八"总集类"云："王绍颜《军书》十卷。"

《通志》（1161）卷七十艺文略第八"军书"云："王绍颜《军书》十卷（伪唐人）。"

笔者按：《中国文学家大辞典·唐五代卷》"王绍颜"词条云"著有《军书》'十卷'，《通志·艺文略》收入总集类。"① 但是，此书入"军书"类，非总集类，《通志》卷七十艺文略第八"总集"类所收七十二部书中无王绍颜《军书》。

07 南唐国廖凝 1 种 7 卷（佚）

廖凝（生卒年不详），字熙绩，虔州虔化（今江西赣州）人。后梁太祖（907—913 年在位）时，奔湖南。951 年，南唐灭楚，廖凝遂至金陵。诗人廖匡图之弟。历仕马楚、南唐，积官连州刺史。与李建勋为诗友，江左学诗者多造其门（《中国文学家大辞典·唐五代卷》第 810 页）。有著作 1 种 7 卷，佚。存诗 3 首，见《全唐诗》卷七四零。

（一）《廖凝诗集》七卷（佚）

书名一作《廖凝诗》。详下。

《崇文》（1041）卷十二"别集五"云："《廖凝诗》七卷（缺）。"

《宋史》（1343）卷二百八艺文七"别集类"云："《廖凝诗集》七卷、《廖邈诗集》二卷、《廖融诗集》四卷。"

《十国》（1672）卷二十九《廖凝传》云："廖凝……久之，复起为连州刺史。与张居咏辈为诗友。未几，复辞归，隐衡山，有诗集七卷。"

08 南唐国姜虔嗣 2 种 20 卷，另 2 种 83 卷存疑（均佚）

姜虔嗣（生卒年不详），五代时人。有著作 2 种 20 卷，另 2 种 83 卷存疑，均佚（《中国文学家大辞典·唐五代卷》、《中国文学家大辞典·宋代卷》、《中国历代人名大辞典》无此人）。

笔者按：据《崇文总目》卷二知姜虔嗣为南唐人；据《通志》卷六十五知吴国天祚（935—937）时姜虔嗣撰成《江南刑律统类》十卷，假定此时姜虔嗣四十余岁，则其生年应在史虚白（895? —961?）之前，故将姜虔嗣置于此处。

---

① 周祖谟主编：《中国文学家大辞典·唐五代卷》，中华书局 1992 年版，第 39 页。

（一）姜虔嗣《春秋三传纂要》十卷（佚）

书名又作《春秋纂例》。卷数又作二十卷。详下。

《崇文》（1041）卷二"春秋类"云："《春秋纂要》十卷（缺）。伪唐人姜虔嗣撰。以春秋左氏、公、谷三家之传学者抄集之文（谨按：此下似有脱文）谨按：《文献通考》引此作《春秋纂例》，《宋志》作'纂要'。"

《宋史》（1343）卷二百二艺文一"春秋类"云："姜虔嗣《春秋三传纂要》二十卷。"

《通考》（1319）卷一百八十二经籍考九之"经·春秋"所云引《崇文》同。

（二）姜虔嗣《江南刑律统类》十卷（佚）

《崇文》（1041）卷四"刑法类"云："《江南刑律统类》十卷"。

《通志》（1161）卷六十五艺文略第三"刑法总类"云："《江南刑律统类》十卷（伪吴天祚中姜虔嗣撰）。"笔者按：吴国天祚为935—937年。

《宋史》（1343）卷二百四艺文三"刑法类"云："姜虔嗣……《江南刑律统类》十卷。"

存疑书二种：

（一）《江南格令条》八十卷（佚）

《宋史》（1343）卷二百四艺文三"刑法类"云："姜虔嗣……《江南格令条》八十卷。"

（二）《蜀杂制敕》三卷（佚）

《宋史》（1343）卷二百四艺文三"刑法类"云："姜虔嗣……《蜀杂制敕》三卷。"

笔者按：《江南格令条》八十卷、《蜀杂制敕》三卷是不是姜虔嗣的著作，《宋史》未交代清楚，但明曹学佺《蜀中广记》（文渊阁四库全书本）卷九十三有"姜虔嗣《蜀杂制敕》三卷"的记载。如果曹学佺的说法不错，那么，依据《宋史·艺文志》"姜虔嗣《江南刑律统类》十卷、《江南格令条》八十卷、《蜀杂制敕》三卷"的著录顺序，《江南格令条》八十卷也应该是姜虔嗣的著作。但是，明曹学佺没有交代出处或依据，故还是存疑为妙。

09 南唐国史虚白 1 种 1 卷（存）

史虚白（895? —961?），字畏名，北海（今属山东）人。南唐人（《中国文学家大辞典·唐五代卷》第131页）。有著作1种1卷，存。笔者按：《中国文学家大辞典·唐五代卷》第131页云："《宋史·艺文志》著录其《钓矶立谈》一卷，实为其子所著。"又云："陆游《南唐书》（1210）谓有《虚白文集》，宋仁宗天圣（1023—1032）中由其孙史温献上，久佚。"因《虚白文集》未入各艺文志和书目类书籍，故存此待考。

（一）史虚白《钓矶立谈》一卷（存）

书名又作《钓矶立谈记》。详下。

《遂初》（1194）"别集类"云："《钓矶立谈》。"

《宋史》（1343）卷二百五艺文四"小说类"云："史虚白《钓矶立谈记》一卷。"

《十国》（1672）卷二十九《史虚白传》云："史虚白……著有《钓矶立谈》一卷。言江南废兴事颇备（宋天圣中，虚白孙温官虞部员外郎，献《虚白文集》，仁宗爱之，追号虚白冲靖先生）。"

《四库全书总目》（1781）卷六十六史部"载记类"云："《钓矶立谈》一卷（江苏巡抚采进本）。是书世有两本。此本为叶林宗从钱曾家宋刻抄出，后题临安府太庙前尹家书籍铺刊行，不著撰人名氏。前有自序云，叟，山东一无闻人也。清泰（934—936）年中随先校书避地江表，始营钓矶于江渚。割江之后，先校书不禄。叟嗣守敝庐，不复以进取为念。王师吊伐，时移事往，将就芜没，随意所向，迹之于纸，得二百二十许条，题之曰《钓矶立谈》云云。别一本为曹寅所刊，卷首佚其自序。又，卷首有'杨氏奄有江淮'、'赵王李德诚'二条，其余亦多异同，而题曰史虚白撰，盖据《宋史》艺文志之文。考马令《南唐书》，虚白，山东人，中原多事，同韩熙载渡淮，以诗酒自娱，不言其有所著述。观书中'山东有隐君子者'一条，称与熙载同时渡淮，以书干烈祖，擢为校书郎，非其所愿，遂卒不仕。又'唐祚中兴'一条云有隐君子作割江赋以讽。又有隐士诗云'风雨揭却屋，浑家醉不知'云云，与虚白传悉合。则隐君子当即虚白。序中两称先校书，则作书者当为虚白之子。宋志荒谬不足为据。曹氏新本，竟题虚白名，殊未考也。又，南宋费枢亦尝撰《钓矶立谈》，今尚载陶宗仪《说郛》中，其文与此迥别，则又名同而实异者矣。其书杂录南唐事迹，附以论断。其中徐铉一条，称铉方奉诏与汤悦书江南事，虑铉与潘佑不协，或诬以他词，则亦杂史中之不失是非者也。"

10 南唐国乔匡舜 3 种 23 卷（均佚）

乔匡舜（898—972），又名乔舜封、乔舜，字亚元，广陵高邮（今属江西）人。仕南唐，积官刑部侍郎。乔匡舜在宋齐丘门下，每为文赋诗咏，多为人所称赏，与诗人徐铉、徐锴兄弟为忘年交。其卒后，徐铉有诗哭之，称其为"词赋离骚客"（《中国文学家大辞典·唐五代卷》第178页）。有著作3种23卷，均佚。笔者按：《中国文学家大辞典·唐五代卷》"乔匡舜"未提到乔匡舜又作"乔舜封"、"乔舜"，亦未提到乔匡舜除《拟谣》十卷之外的二种著作。

（一）乔舜封《古今语要》十二卷（佚）

《崇文》（1041）卷五"杂家类"云："《古今语要》十二卷。"

《通志》（1161）卷六十八艺文略第六"杂家"云："《古今语要》十二卷（伪唐乔舜封撰）。"

《遂初》（1194）"杂家类"云："《古今语要》。"

《宋史》（1343）卷二百三艺文二"史钞类"云："乔舜《古今语要》十二卷"，卷二百七艺文六"类事类"云："乔舜封《古今语要》十二卷。"笔者按：乔舜和乔舜封，应当是一人，《古今语要》十二卷，既被收于卷二百三"史钞类"，又被收于卷二百七"类事类"，因为在不同类别，完全可能是史臣有意识这么做的，不能认为是误收或者重收。

（二）乔舜《拟谣》十卷（佚）

《宋史》（1343）卷二百八艺文七"别集类"云："乔舜《拟谣》十卷。"

（三）乔舜《桂香诗》一卷（佚）

《宋史》（1343）卷二百九艺文八"总集类"云："乔舜《桂香诗》一卷。"

11 南唐国尉迟枢1种3卷（佚）

尉迟枢（生卒年不详），五代南唐人。中主保大四年（946），书《中兴佛窟寺碑》刻石，立于金陵（《中国文学家大辞典·唐五代卷》第734页）。有著作1种3卷，佚。

（一）尉迟枢《南楚新闻》三卷（佚）

《崇文》（1041）卷四"传记类"云："《南楚新闻》三卷。"

《新唐书》（1060）卷五十九艺文志第四十九"小说家类"云："李跃《岚斋集》二十五卷、尉迟枢《南楚新闻》三卷（并唐末人）。"

《通志》（1161）卷六十五艺文略第三"小说类"云："《南楚新闻》三卷（唐尉迟枢记宝历至天祐时事）。"

《宋史》（1343）卷二百六艺文五"小说类"云："尉迟枢《南楚新闻》三卷。"

12 南唐国江文蔚 2 种 13 卷（均佚）

江文蔚（901—952），字君章，建安（今福建建瓯）人。后唐明宗长兴二年（931）登进士第，除河南馆驿巡官。四年（933），坐秦王李从荣事免官，南奔仕吴，为宣州观察巡官。仕吴时积官知制诰。南唐烈祖（937—943 年在位）时，拜中书舍人。元宗李璟（943—961 年在位）时，判太常卿。保大五年（947），因弹劾冯延鲁、冯延巳误国而被贬江州司士参军，旋加江州营田副使。六年（948），入为卫尉卿，拜右谏议大夫，权知贡举。保大十年（952）八月卒，年五十二。谥简。善诗赋。有《江简公集》十卷，佚（《中国文学家大辞典·唐五代卷》第 220 页）。有著作 2 种 13 卷，均佚。存文 2 篇，见《全唐文》卷八七零、《唐文拾遗》卷四七。存诗 2 句，见《全唐诗补编·续拾》卷四三。

（一）江文蔚《江翰林赋集》三卷（佚）

《崇文》（1041）卷十二"别集五"云："《江翰林赋集》三卷（缺）。"

《通志》（1161）卷七十艺文略第八"赋"云："《江翰林赋集》三卷（伪唐江之蔚撰）。"

（二）江文蔚《江简公集》十卷（佚）

徐铉《骑省集》卷十八《翰林学士江简公集序》云："或焚稿之外，或削材之余，汇聚群分，得十卷，授之执友，以命冠篇。"

13 南唐国高越 1 种 1 卷（佚）

高越（生卒年不详），字冲远（一作仲远）。幽州（今北京）人。少举进士，精警有才思。卢文进镇上党，具礼迎。936 年，后晋高祖石敬瑭即位，高越南奔至广陵，吴王徐知诰以为秘书郎。南唐烈祖代吴，高越迁水部员外郎。元宗李璟保大四年（946），因上书指斥冯延巳兄弟被贬蕲州司士参军。后主李煜即位，积官至户部侍郎、修国史。卒谥穆。卒年六十二。高越好学不倦，儒学淹雅，颇精词赋，少即有名于燕赵间，归南唐后与江文蔚俱以能赋擅名江表，时人谓之"江高"（《中国文学家大辞典·唐五代卷》第 660 页）。有著作 1 种 1 卷，佚。存诗 1 首，见《全唐诗》卷七四一。

（一）高越《舍利塔记》一卷（佚）

《宋史》卷二百五艺文四"道家附释氏神仙类"云："高越《舍利塔记》一卷。"

14 南唐国韩熙载 5 种 35 卷（均佚）

韩熙载（902—970），字叔言，其先为南阳（今属河南）人。父韩光嗣，迁于齐，遂为潍州北海（今山东潍坊）人。卒谥文靖（《中国文学家大辞典·唐五代卷》第 749—750 页）。有著作 5 种 35 卷，均佚。存诗 6 首，见《全唐诗》卷七三八、《全唐诗补编·补逸》卷一六。存文 8 篇，见《全唐文》卷八七七、《唐文拾遗》卷四七。

（一）韩熙载《格言》五卷（佚）

书名又作《韩熙载文集》。详下。

《崇文》（1041）卷五"杂家类"云："《格言》五卷。"

《郡斋》（1187）卷四中"别集类中"云："韩熙载《格言》五卷。伪唐韩熙载，字叔言。兆海人。后唐同光中进士。南奔江淮。李昇建国，用为秘书郎。使与其子璟游。璟嗣位，为虞部员外郎、史馆修撰，兼太常博士、知制诰。顷之，请诛陈觉，黜和州司马，复召中书舍人，累迁兵部尚书。第宅华侈，妓乐四十余人，不加检束。时人比之徐子才。璟欲倚以为相，用是不果。后左授右庶子分司。乃尽斥群妓，单车引道，留为秘书监。俄复位。已而其去妓皆还。上书论古今之变，名《格言》。熙载天才俊敏，工隶书及画，声名冠一时。自朱元叛后，煜颇疑北人，多因事诛之。熙载愈益淫纵，然喜延誉后进，如舒雅等，后多相知。谥曰文。"《郡斋》（1187）后志卷二"子类"云："《格言》五卷。右伪唐韩熙载叔言撰。熙载以经济自任，乃著书二十六篇，论古今王霸之道，以干李煜。首言阳九百六之数及五运迭兴事，其驳杂如此。有门生舒雅序。"

《直斋》（1262）卷十"杂家类"云："《格言》五卷。南唐中书侍郎，北海韩熙载叔言撰。"

《通考》（1319）卷二百十四经籍考四十一"子·杂家"所云引《郡斋》后志卷二同。笔者按：不知道马端临《文献通考》为何不引《郡斋读书志》卷四中"别集类中"的记载。又，《通考》（1319）卷二百三十三经籍考六十"集·别集"所云引《郡斋》（1187）卷四中"别集类中"云"韩熙载《格言》五卷"的全部记载文字，但是书名却作"《韩熙载文集》五卷"，而不是"《韩熙载格言》五卷"。依《郡斋读书志校证》校证者孙猛辨析云："疑《文集》、《格言》同书异名，然则，衢本复出。"[1]《中国文学家大辞典·唐五代

---

[1]　（宋）晁公武撰，孙猛校证：《郡斋读书志校证》（20 卷），上海古籍出版社 1990 年版，卷 18，第 945 页。

卷》云"《郡斋读书志》著录《韩熙载集》五卷"①，所谓《韩熙载集》显然是《韩熙载文集》。

《宋史》（1343）卷二百五艺文四"儒家类"云："韩熙载《格言》五卷、《真宗正统》十卷。"又"杂家类"云："韩熙载《格言》五卷，又《格言后述》三卷。"

《十国》（1672）卷二十八《韩熙载传》云："《宋史》云：乾德丁卯年，五星连珠于奎。是岁，熙载著《格言》五卷。自序其事云鲁无其应，韩子格言成之。人多笑之。"

（二）韩熙载《格言后述》三卷（佚）

《宋史》（1343）卷二百五艺文四"杂家类"云："韩熙载《格言》五卷，又《格言后述》三卷。"

（三）韩熙载《真宗正统》十卷（佚）

《宋史》（1343）卷二百五艺文四"儒家类"云："韩熙载《格言》五卷、《真宗正统》十卷。"

（四）韩熙载《拟议集》十五卷（佚）

陆游《南唐书》（1210）卷十二韩熙载本传云："著《格言》及《后述》三卷、《拟议集》十五卷、《定居集》二卷。"

（五）韩熙载《定居集》二卷（佚）

出处同上《拟议集》十五卷之出处。

15 南唐国田霖1种1卷（佚）

《中国文学家大辞典·唐五代卷》、《中国文学家大辞典·宋代卷》、《中国历代人名大辞典》无田霖，《十国春秋》卷十七《后主本纪》云："是岁（建隆二年，即961年），宋葬昭宪太后，国主遣户部侍郎韩熙载、太府卿田霖会葬。"②可见，田霖确实如陈振孙《直斋书录解题》所说为南唐人。有著作1种1卷，佚。

（一）《田霖四六》一卷（佚）

书名又作《田霖四六集》。详下。

《直斋》（1262）卷十六"别集类"云："《田霖四六集》一卷。南唐

---

① 周祖谟主编：《中国文学家大辞典·唐五代卷》，中华书局1992年版，第750页。

② （清）吴任臣撰，徐敏霞、周莹点校：《十国春秋》（116卷），中华书局1983年版，卷17，第241页。

田霖撰。"

《通考》（1319）卷二百三十三经籍考六十"集·别集"云："《田霖四六集》一卷。晁氏曰：南唐田霖撰。"笔者按：《郡斋读书志》未收《田霖四六》一卷，《直斋书录解题》收有，不知《文献通考》何以会有此误。

《宋史》（1343）卷二百八艺文七"别集类"云："田霖《四六》一卷。"

16 南唐国冯延巳 1 种 1 卷（存）

冯延巳（903？—960），巳，又作已、己，均误。一名延嗣，字正中，广陵（今江苏扬州）人。仕南唐，积官至左仆射、同平章事（《中国文学家大辞典·唐五代卷》第 146—147 页）。有著作 1 种 1 卷，存。存词 112 首，见曾昭岷等编《全唐五代词》正编卷三；存诗 4 首，见《全唐诗》卷七三八、《全唐诗补编·续补遗》卷一一；存文 2 篇，见《全唐文》卷八七六、《唐文拾遗》卷四七。

（一）冯延巳《阳春集》一卷（存）

书名又作《冯延巳集》、《阳春录》。详下。

《崇文》（1041）卷十二"别集五"云："《冯延巳集》一卷（缺）。"

《通志》（1161）卷七十艺文略第八别集五"伪朝"云："《冯延巳集》一卷（伪唐）。"

《遂初》（1194）"乐曲类"云："冯延巳《阳春集》一卷。"

《直斋》（1262）卷二十一"歌词类"云："《阳春录》一卷。南唐冯延巳撰。高邮崔公度伯易题其后，称其家所藏最为详确，而《尊前》、《花间》诸集往往谬其姓氏。近传欧阳永叔词亦多有之。皆失其真也。世言'风乍起'为延巳所作，或云成幼文也。今此集无有，当是幼文作。长沙本以置此集中。殆非也。"

《通考》（1319）卷二百四十六经籍考七十三"集·歌词"所云引《直斋》同。

《宋史》（1343）卷二百八艺文七"别集类"云："冯延巳《阳春录》一卷。"

17 南唐国孟拱辰 1 种 3 卷（佚）

孟拱辰（生卒年不详），为徐知证幕僚。吴让帝天祚二年（936），任司理参军。南唐烈祖升元三年（939），书徐知证撰《重修东林寺记》、《太乙真人庙记》，刻于江州（《中国文学家大辞典·唐五代卷》第 544—545 页）。有著作 1 种 3 卷，佚。今存联句诗 1 首，见《全唐诗补编·续拾》卷四三。

（一）孟拱辰《凤苑集》三卷（佚）

书名又作《孟拱辰文集》、《孟拱辰集》。详下。

《崇文》（1041）卷十一"别集二"云："《孟拱辰文集》三卷（缺）。"

《通志》（1161）卷七十艺文略第八"别集类"云："《孟拱辰集》三卷（伪唐）。"

《宋史》（1343）卷二百八艺文七"别集类"云："孟拱辰《凤苑集》三卷。"

18 南唐国周彬 1 种，不知卷数（佚）

周彬，庐陵（今江西吉安）禾川人。李昇代吴（937 年李昇代吴），仕南唐，为诸卫巡官，积官尚书郎（《中国文学家大辞典·唐五代卷》、《中国文学家大辞典·宋代卷》无周彬。《中国历代人名大辞典》第 1526 页）。有著作 1 种，不知卷数，佚。

（一）周彬《郊望论》数千言，不知卷数（佚）

《十国》（1672）卷三十一云："周彬……烈祖镇金陵，招辟儒生。彬往依之。禅代后制度、草创，会有事于南郊，著《郊望论》数千言，广陈前古得失上之，署诸卫巡官。"

19 南唐国陈承勋 1 种，不知卷数（佚）

陈承勋（生卒年不详），《中国历代人名大辞典·唐五代卷》、《中国文学家大辞典·宋代卷》、《中国历代人名大辞典》无陈承勋，事迹见陆游《南唐书》（1210）卷一《烈祖本纪》。著作 1 种，不知卷数，佚。

（一）陈承勋《中正历》，不知卷数（佚）

陆游《南唐书》（1210）卷一《烈祖本纪》云："昇元四年（940）……三月丁未，颁《中正历》，历官陈承勋所撰也。"

20 南唐国章僚 1 种 3 卷（佚）

章僚（生卒年不详），五代时南唐人。官如京使。昇元（937—943）中出使高丽国，著《海外使程广记》，详细录所经海道及其国山川、事迹、物产等

（《中国历代人名大辞典》第 2199 页，《中国文学家大辞典·唐五代卷》和《中国文学家大辞典·宋代卷》均无章僚）。有著作 1 种 3 卷，佚。

（一）章僚《海外使程广记》三卷（佚）

《通志》（1161）卷六十六艺文略第四地理"朝聘"云："《高丽国海外使程记》三卷（昇元中录）。"

《直斋》（1262）卷八"地理类"云："《海外使程广记》三卷。南唐如京使章僚撰。使高丽所记海道及其国山川事迹物产甚详。史虚白为作序，称己未十月，盖本朝开国前一岁也。"

《通考》（1319）卷二百经籍考二十七"史·伪史霸史"、二百六经籍考三十三"史·地理时令"所云均引《直斋》同。笔者按：此书在《直斋》中仅出现一次，为"地理类"，不知道《文献通考》何以会将此书重复收录于不同类别中，真是奇怪。

《宋史》（1343）卷二百四艺文三"地理类"云："章僚《海外使程广记》三卷。"

《十国》（1672）卷二十九《章僚传》云："章僚，雅善著述。后主时，充如京使，奉使高丽，具得其国山川、事迹、物产，撰《海外使程广记》三卷（《春秋·续演繁露》作《海外行程记》，云中间引保大初，徐弼使事为证），史虚白为之序。大抵言高丽有二京六府九节度百二十郡，内列十省四部，官朝服紫丹绯绿青碧，俗喜匾头生男旦日按压其首。又言高丽多铜，田家馔具皆铜为之。有温器名服席状，如中国之铛，其底方，其盖圆，可容七八升。地志家多称其书为博洽云（章僚，程大昌亦作张僚）。"

21 南唐国张易 2 种 87 卷，另 1 种不知卷数（均佚）

张易（生卒年不详），字简能，魏州元城（今河北大名）人。后唐时应进士试，不第。南唐烈祖李昇昇元二年（938），归南唐，授校书郎、大理评事，迁上元令。元宗李璟时，以水部员外郎通判歙州。建隆二年（961），为太子左庶子。后主即位后，迁谏议大夫，复判大理寺，改勤政殿学士，判御史台。卒年六十一岁（《中国文学家大辞典·唐五代卷》第 422 页）。有著作 2 种 87 卷，另 1 种不知卷数，均佚。

（一）张易《谏书》八十卷（佚）

《崇文》（1041）卷十一"总集类"云："《谏书》八十卷（缺）。"

《通志》（1161）卷七十艺文略第八"奏议"云："《谏书》八十卷（集历代君臣父子朋友谏诤之说）。"

（二）张易《唐直臣谏奏》七卷（佚）

书名又作《谏奏集》。详下。

《崇文》（1041）卷十一"总集类"云："《大唐直臣谏奏》七卷。"

《通志》（1161）卷七十艺文略第八"奏议"云："《大唐直臣谏奏》七卷（伪唐张易纂）。"

《宋史》（1343）卷二百九艺文八"总集类"云："张易《唐直臣谏奏》七卷。"

《十国》（1672）卷二十五《张易传》云："张易……采武德至宝历君臣问对及臣下论奏骨鲠者七十事为七卷，曰《谏奏集》上之。注《太玄经》未成，卒，年六十一。"

（三）张易《注太玄经》（未成），不知卷数（佚）

《十国》（1672）卷二十五《张易传》云："张易……注《太玄经》未成，卒，年六十一。"

22 南唐国郭鹏 1 种 1 卷（佚）

郭鹏（生卒年不详），庐陵（今江西吉安）禾川人。南唐中书保大（943—957）初进士，积官大理司直。宋显德五年（958），坐宋齐丘党免官（《中国文学家大辞典·唐五代卷》第 666 页）。有著作 1 种 1 卷，佚。

笔者按：宋无显德年号，显德为后周太祖郭威、世宗柴荣、恭帝柴宗训年号，即 954 年至 959 年。或者"显德五年（958）"为"乾德五年（967）"之误，存此备考。

（一）《郭鹏诗》一卷（佚）

《崇文》（1041）卷十二"别集五"云："《郭鹏诗》一卷（缺）。"

《通志》（1161）卷七十艺文略第八别集五"伪朝"云："《郭鹏诗》一卷（伪唐）。"

《宋史》（1343）卷二百八艺文七"别集类"云："《郭鹏诗》一卷。"

23 南唐国朱存 2 种 5 卷（均佚）

朱存（生卒年不详），金陵（今江苏南京）人，曾仕南唐。南唐中主保大（943—957）时，曾取吴大帝及六朝兴亡成败之迹，作《览古诗》二百章，每章四句（《中国文学家大辞典·唐五代卷》第 173 页）。有著作 2 种 5 卷，均佚。存诗 17 首，见《全唐诗》卷七五七，《全唐诗补编·续补遗》卷一一、

《全唐诗续拾》卷四四。

（一）朱存《金陵古迹诗》四卷（佚）

书名又作《金陵览古诗》。卷数又作二卷。详下。

《崇文》（1041）卷十二"别集四"云："《金陵古迹诗》四卷（缺）。"

《通志》（1161）卷七十艺文略第八别集五"伪朝"云："李存《金陵古迹诗》四卷（伪唐）。"笔者按："李存"，疑为"朱存"之误。笔者又按：郑樵《通志·艺文略》系抄录《新唐书·艺文志》而成，但是，朱存《金陵古迹诗》四卷不见于《新唐书·艺文志》，《通志》却有，说明郑樵《通志·艺文略》不仅仅是抄《新唐书·艺文志》。值得注意。

《宋史》（1343）卷二百八艺文七"别集类"云："朱存《金陵览古诗》二卷。"

笔者按：《直斋》（1262）卷二十"诗集类下"云："《金陵览古诗》三卷，虞部员外郎杨备撰。亿之弟也。"《通考》（1319）卷二百四十四经籍考七十一"集·诗集"所云与《直斋》同。可见《金陵览古诗》，除南唐朱存外，北宋杨亿之弟杨备也有一种。

（二）朱存《金陵诗》一卷（佚）

《宋史》（1343）卷二百八艺文七"别集类"云："朱存《金陵诗》一卷。"

《十国》（1672）卷二十九《朱存传》云："朱存，金陵人，保大（943—957）时常取吴大帝及六朝兴亡成败之迹，作《览古诗》二百章，章四句，地志家多援以为证。"

24 南唐国章震 3 种 30 卷（均佚）

章震（生卒年不详），南唐时人。中主保大二年（944）撰《后唐重建巢湖太姥庙记》（《中国文学家大辞典·唐五代卷》第 725 页）。有著作 3 种 30卷，均佚。存文 1 篇，见《全唐文》卷八七一。

（一）章震《肥川集》十卷（佚）

《宋史》（1343）卷二百八艺文七"别集类"云："章震《肥川集》十卷。"

（二）章震《磨盾集》十卷（佚）

《崇文》（1041）卷十二"别集七"云："《磨盾集》一卷（缺）。"

《通志》（1161）卷七十艺文略第八"表章"云："《磨盾集》十卷（唐人表疏）。"

《宋史》（1343）卷二百八艺文七"别集类"云："章震……又《磨盾集》十卷。"

（三）《章震诗》十卷（佚）

《崇文》（1041）卷十二"别集五"云："《章震诗》十卷（缺）。"

《通志》（1161）卷七十艺文略第八别集五"伪朝"云："《章震诗》十卷（伪唐）。"

25 南唐国华宗寿1种3卷（佚）

华宗寿（生卒年不详），《中国文学家大辞典·唐五代卷》、《中国文学家大辞典·宋代卷》、《中国历代人名大辞典》无此人。据《通志》卷六十九知华宗寿为南唐人。有著作1种3卷，佚。

笔者按：华宗寿《昇元广济方》三卷写南唐烈祖李昇昇元（937—942）年间的药方，由此可判定，华宗寿的年龄应该稍长于徐铉（916—991），故置华宗寿于徐铉前。

（一）华宗寿《昇元广济方》三卷（佚）

《崇文》（1041）卷七"医书二"云："《昇元广济方》二卷（缺）。"

《通志》（1161）卷六十九艺文略第七医方类第十"方书"云："《昇元广济方》三卷（伪唐华宗寿撰）。"

《遂初》（1194）"医书类"云："《广济方》。"

《宋史》（1343）卷二百七艺文六"医书类"云："华宗寿《昇天（一作元）广济方》三卷。"笔者按："昇天"，当作"昇元"，《崇文总目》卷七即作"昇元"。

笔者按："昇元"为南唐烈祖（即先主）李昇年号，从937年到943年，共7年，又据《新唐书》卷五十九艺文志第四十九"医术类"所载"《玄宗开元广济方》五卷"一书来看，《昇元广济方》之"昇元"就是李昇的年号"昇元"，即937—943年。

26 南唐国徐铉11种93卷，另1种
不知卷数（存2种38卷）

徐铉（916—991），字鼎臣，原籍会稽（今浙江绍兴），其父迁居广陵（今江苏扬州），遂为广陵人。历仕吴、南唐、宋。积官至右散骑常侍，迁左常侍（《中国文学家大辞典·唐五代卷》第643—644页）。有著作11种93

卷，另 1 种不知卷数，存 2 种 38 卷。存诗 6 卷，见《全唐诗》卷七五一至卷七五六，《全唐诗补编·补逸》卷一六补诗 2 首四句，《全唐诗续拾》卷四四补诗二句，移正 1 首；存词 2 首，见《全唐诗》卷八九八；存文十卷，见《全唐文》卷八七八至卷八八七，《唐文拾遗》卷四七补文 9 篇。

（一）徐铉校定《说文解字》十五卷（佚）

卷数又作三十卷。详下。

《崇文》（1041）卷二"小学类"云："《说文解字》十五卷，徐铉等校定。"

《郡斋》（1187）卷一下"小学类"云："《说文解字》十五卷。右汉许慎纂，李阳冰刊定，伪唐徐铉再是正之，又增加其缺字。"

《直斋》（1262）卷三"小学类"云："《说文解字》三十卷。汉太尉祭酒、汝南许慎叔重撰。凡十四篇，并序目一篇，各分上下卷。凡五百四十部，九千三百五十三文，重一千一百六十三。雍熙（984—987）中右散骑常侍徐铉奉诏校定，以唐李阳冰排斥许氏为臆说。末有新定字义三条。其音切则以唐孙愐韵为定。"

《通考》（1319）卷一百八十九经籍考十六之"经·小学"云："《说文解字》三十卷。晁氏曰：'汉许慎纂，李阳冰刊定，伪唐徐铉再是正之，又增加其缺字。'陈氏曰：'凡十四篇，并序目一篇，各分上下卷。凡五百四十部，九千三百五十三文，重一千一百六十三。雍熙（984—987）中右散骑常侍徐铉奉诏校定，以唐李阳冰排斥许氏为臆说。末有新定字义三条。其音切则以唐孙愐韵为定。'容斋洪氏《随笔》曰：'许叔重在东汉，与马融、郑康成不甚相先后，而所著《说文》引用经传，多与今文不同。聊摭逐书十数条以示学者，其字异而音同者不载……（笔者按：以下举例的 220 字，省略）'"

笔者按：第一，《文献通考》未说明晁氏《郡斋读书志》所言是《说文解字》十五卷。第二《通考》所引陈氏《直斋书录解题》省略了陈氏对《说文解字》三十卷作者的介绍。可见，《通考》对陈氏、晁氏书的引用，不能让人看到陈氏晁氏书的全部内容，而只能让人看到陈氏、晁氏书的大部分内容。这就是陈氏书晁氏书存在的价值。第三，另外，从《通考》关于《说文解字》三十卷对洪迈《容斋随笔》的引用可知，《通考》艺文志部分并不只是引陈氏、晁氏书而已。就是说，《通考》有它自身的价值，并不是陈氏书、晁氏书能够代替得了的。

（二）徐铉等《吴录》二十卷（佚）

《崇文》（1041）卷三"伪史类"云："《吴录》二十卷。"

《通志》（1161）卷六十五艺文略第三"史·霸史下"云："《吴录》二十

卷。伪唐徐铉等撰。记杨行密据淮南，尽杨溥（921—937年在位）。"

《宋史》（1343）卷二百四艺文三"霸史类"云："《吴录》二十卷（徐铉、高远、乔舜、潘佑等撰。"

（三）徐铉等《江南录》十卷（佚）

《崇文》（1041）卷三"伪史类"云："《江南录》十卷。"不言作者。

《通志》（1161）卷六十五艺文略第三史类第五"霸史"云："《江南录》十卷。徐铉、汤悦撰，记江南李氏三主事。"

《郡斋》（1187）卷二下"伪史类"云："《江南录》十卷。右皇朝徐铉等撰。铉等自江南归朝，奉诏撰集李氏时事。王介甫尝谓，书至亡国之际，不言其君之过，但以历数存亡论之，虽有愧实录，其于春秋箕子之义得之矣。虽然，潘佑以直言见杀而铉书佑死以妖妄，何也？殆与佑争名，且耻其善不及佑，故匿其忠，污之以罪耳。若然，岂唯厚诬忠臣，其欺吾君不亦甚乎？"

《直斋》（1262）卷五"伪史类"云："《江南录》十卷。给事中广陵徐铉鼎臣、光禄卿池阳汤悦德川撰，二人皆唐旧臣，故太宗命之撰次。悦即殷崇义，避宣祖讳及太宗旧名，并姓改焉。"

《通考》（1319）卷二百经籍考二十七"史·伪史霸史"所云引晁氏、陈氏同。

《宋史》（1343）卷二百四艺文三史类"霸史类"云："徐铉、汤悦《江南录》十卷。"

（四）徐铉《三家老子音义》一卷（佚）

《宋史》（1343）卷二百二艺文一"小学类"云："徐玄《三家老子音义》一卷。"笔者按："玄"，显然是"铉"。

（五）徐铉《棋图义例》一卷（佚）

《总目》（1041）卷六"艺术类"云："《棋图义例》一卷。"

《宋史》（1343）卷二百七艺文六"杂艺术类"云："徐铉《棋图义例》一卷。"

（六）徐铉《篆书千丈》一卷（佚）

《郡斋》（1187）卷五下（本卷为《读书附志》，作者为宋人赵希弁，非晁公武）云："《篆书千丈》一卷。右徐铉篆周兴嗣之音也。"

（七）徐铉《古钲铭碑》一卷（佚）

南宋翟耆年《籀史》（不分卷，文渊阁四库全书本）有"徐铉《古钲铭碑》一卷"，唐圭璋《南唐艺文志》据此补入"小学类"。笔者按：王士祯《居易录》（文渊阁四库全书本）卷五云："徐铉《古钲铭碑》一卷。"

（八）徐铉《金谷园九局谱》一卷（佚）

《通志》（1161）卷六十九艺文略第七艺术类第九"弈棋"云："《金谷园九局谱》一卷（伪唐徐铉撰）。"

（九）徐铉《江南画录拾遗》，不知卷数（佚）

宋郭若虚《图画见闻志》（文渊阁四库全书本）卷一云："《江南画录拾遗》（徐铉撰）。"

（十）徐铉《稽神录》十卷（存，卷数作六卷）

卷数又作一卷。详下。

《崇文》（1041）卷六"小说类下"云："《稽神录》十卷。"

《通志》（1161）卷六十五艺文略第三史类第五传记"冥异"云："《稽神录》十卷。宋朝徐铉撰。"

《郡斋》（1187）卷三下"小说类"云："《稽神录》十卷。右南唐徐铉撰。记怪神之事。序称自乙未岁（935）至乙卯（955），凡二十年，仅得百五十事。杨大年云：江东布衣蒯亮好大言夸诞。铉喜之，馆于门下。《稽神录》中事，多亮所言。"

《遂初》（1194）"小说类"云："《稽神录》"。不著撰人、卷数。

《直斋》（1262）卷十一"小说家类"云："《稽神录》一卷。南唐徐铉撰。元本十卷，今无卷第，总作一卷，当是自他书中录出者。"

《通考》（1319）卷二百十六经籍考四十三"子·小说家"所云引《郡斋》、《直斋》同。

《宋史》（1343）卷二百六艺文五"小说类"云："徐铉《稽神录》十卷。"

《十国》（1672）卷二十八《徐铉传》云："所著《稽神录》，多出于客蒯亮，非铉作也。铉不喜释氏而好神怪，蒯亮尤夸诞，年逾九十，铉延门下，谈神异之事。"笔者按：依据杨大年的说法，《稽神录》中的事情，多出于徐铉之客蒯亮，杨大年没有说《稽神录》就是蒯亮所作，吴任臣《十国春秋》显误。

《四库全书总目》（1781）卷一百四十二子部"小说家类"云："《稽神录》六卷（内府藏本）。宋徐铉撰。铉字鼎臣，广陵人。仕南唐为翰林学士，随李煜归宋，官至直学士院、给事中、散骑常侍。淳化（990—994）初，坐累谪静难军司马，卒于官。事迹具《宋史》本传。是编皆记神怪之事。晁公武《读书志》载其自序称：'自乙未岁（935）至乙卯岁（955），凡二十年。'则始于后唐末帝清泰二年（935），迄于周世宗显德二年（955），犹未入宋时所作。书中惟乾宁、天复、天祐、开成、同光，书其年号，自后唐明宗以后，则但书甲子。考马永易《懒真子》称：'南唐自显德五年（958）用中原正朔，士大夫以为耻，碑文但书甲子。'此书犹在李璟去帝号前三年，殆必原用南唐年号，入宋以后迫改之。其称杨行密曰伪吴，称南唐曰江南，其官亦称伪某官，亦入宋以后所迫改欤？《读书志》云'所载一百五十事'。陈振孙《书录解题》云：'元本十卷，此无卷第，当是他书中录出者。'按，今本止六卷，而反有一百七十四事，末又有《拾遗》十三事，与晁氏、陈氏所云卷数、条数俱不合。按，《枫窗小牍》云：'太宗命儒臣修《太平广记》时，徐铉实与编纂，《稽神录》所著也，每欲采撷，不敢自专，辄示宋白，使问李昉，昉曰：讵有徐率更言无稽者。于是此录遂得见收。'疑是录全载《太平广记》中，后人录出成帙。而三大书征引浩博，门目丛杂，所列诸书，凡一名叠见者，《太平御览》皆作'又'字。《文苑英华》皆作'前名'字，《广记》皆作'同上'字。其间前后相连，以甲蒙乙者，往往而是。或缘此多录数十条，亦未可知也。《读书志》又云：'杨大年云：江东布衣蒯亮，好大言夸诞。铉喜之，馆于门下。《稽神录》中事，多亮所言。'考铉《骑省集》中有《送蒯参军亮》诗，前四句云：'昔年闻有蒯先生，二十年来道不行。抵掌曾谈天下士，折腰犹怍俗人情。'则铉客实有蒯亮，然不言及说鬼事。又书中载破瘤得棋子、得针二章，云'闻之于亮'，则不题亮名者，似非亮语。赵与时《宾退录》备载洪迈《夷坚志》诸序，称其三志庚集序。考徐铉《稽神录》，辨《杨文公谈苑》所载蒯亮之事非是，其说必有所考，今不得而见之矣。"

（十一）徐铉《质论》一卷（佚）

《崇文》（1041）卷十二"别集六"云："《质论》一卷。缺。谨按，《东观余论》云：'《崇文总目》：《质论》李后主与徐铉书云为尔于质论前作得一小序子。'即此论也。"

《通志》（1161）卷七十艺文略第八之"论"云："《质论》二卷。皇朝徐铉集。"

《宋史》（1343）卷二百五艺文四"儒家类"、卷二百八艺文七"别集类"云："徐铉《质论》一卷。"

笔者按：马令《南唐书》卷十四《徐锴传》云："徐锴……锴著《质论》十余篇，后主札批其首。后主文集，复命锴为序。君臣上下，互为贲饰。儒者荣之。"吴任臣《十国春秋》卷二十八《徐锴传》云："徐锴……锴凡四知贡举，号为得人。锴常著《质论》十余篇，后主为丹黄校定，复袤己所制文，命锴为之序。士以为荣。"可见，《质论》作者为徐铉还是徐锴，有不同说法，姑且遵从宋王尧臣等《崇文总目》、宋郑樵《通志》、元脱脱等《宋史》的说法，同时录马令《南唐书》、清吴任臣《十国春秋》的说法以备考。

（十二）《徐铉集》三十二卷（存）

书名又作《徐常侍集》。卷数又作三十卷。详下。

《通志》（1161）卷七十艺文略第八"别集五·宋"云："《徐铉集》二十卷。"

《郡斋》（1187）卷四中"别集类中"云："《徐铉集》三十卷。右伪唐徐铉，字鼎臣，广陵人。仕杨溥（吴国第三任国主，921—937年在位）为秘书郎，直宣徽北院，掌文翰。李昪时，知制诰，璟、煜时累官为翰林学士。归朝为直学士院给事中、散骑常侍。淳化（990—994）初，坐累黜静难军司马。铉初至京师，见御毛褐者辄哂之。邶苦寒，竟以冷气入腹而卒。铉幼能属文，尤精小学。为文未尝沈思，自云：'速则意思壮敏，缓则体势疏慢'云。集有陈彭年序。"

《直斋》（1262）卷十七"别集类中"云："《徐常侍集》三十卷。左散骑常侍、广陵徐铉鼎臣撰。其二十卷，仕河南所作。余十卷，归朝后所作也。所撰李煜墓铭，婉微有体，《文鉴》取之。"

《通考》（1319）卷二百三十三经籍考六十之"集·别集"云："《徐常侍集》三十卷。晁氏曰：南唐徐铉，字鼎臣。广陵人。仕杨溥为秘书郎，直宣徽北院，掌文翰，李昪时知制诰，煜时累迁翰林学士。归朝为直学士院给事中、散骑常侍。淳化初，坐累黜靖难军司马。铉初至京师，见御毛褐者，辄哂之。邶苦寒，竟以冷气入腹而卒。铉幼能属文，尤精小学，文思敏速，凡所撰述，常不喜预作。有欲从其求文者，必戒临事即来请，往往执笔立就，未尝沈思。常曰：'文速则意思敏壮，缓则体势疏慢。'"所引陈氏语略。笔者按：《文献通考》所引晁公武语与《郡斋读书志》卷四中之晁公武语有不同，值得注意。

《宋史》（1343）卷二百八艺文七"别集类"云："《徐铉集》三十二卷。"

笔者按：顾櫰三《补五代史艺文志》、宋祖骏《补五代史艺文志》、汪振民《补南唐艺文志》均有徐铉《射书》五卷，因未交代出处，且今日不知其出处，故不采信，仅录此备考。

27 南唐国郭贲 1 种 1 卷（佚）

郭贲（生卒年不详），五代南唐时人。著有《体物赋集》一卷。今不存。事迹见《崇文总目》卷五、《通志·艺文略》卷七十（《中国文学家大辞典·唐五代卷》第664页）。有著作1种1卷，佚。

笔者按：徐铉《骑省集》卷十九有《送张佖郭贲二先辈序》，据此可知郭贲之大致时代。

（一）郭贲《体物集》一卷（佚）

书名又名《体物赋集》。详下。

《崇文》（1041）卷十二"别集五"云："《体物集》一卷（缺）。"

《通志》（1161）卷七十艺文略第八"赋"云："郭贲《体物赋集》一卷（伪唐人）。"

《宋史》（1343）卷二百八艺文七"别集类"云："郭贲《体物集》一卷。"

28 南唐国陈士良 1 种 10 卷（佚）

陈士良（生卒年不详），南唐陪戎副尉、剑州医学助教，于 974 年完成《食性本草》十卷。事迹见《重修政和证类本草》（唐圭璋《南唐艺文志》有引用）。《中国文学家大辞典·唐五代卷》、《中国文学家大辞典·宋代卷》、《中国历代人名大辞典》无陈士良。有著作 1 种 10 卷，佚。

笔者按：据徐锴曾为陈士良《食性本草》十卷作序，将陈士良置于徐锴之前。

（一）陈士良《食性本草》十卷（佚）

《崇文》（1041）卷七"医书四"云："《食性本草》十卷（缺）。"

《通志》（1161）卷六十九艺文略第七医方类第十"食经"云："《食性本草》十卷（伪唐陈士良撰）。"

《宋史》（1343）卷二百七艺文六"医书类"云："陈士良《食性本草》十卷。"

唐圭璋《南唐艺文志》著录陈士良《食性本草》十卷后注云："《重修政和证类本草》云：'《食性本草》，伪唐陪戎副尉、剑州医学助教陈士良撰。以古有食医之官，因食养以治病，故取《神农本草经》泊陶隐居、苏恭、孟诜、陈藏器诸家关于饮食者类之。附以已载食医诸官及五时调养脏腑之术。集贤学士徐锴为之序。'"笔者按：徐锴（920—974）为陈士良《食性本草》十卷作序，可知《食性本草》成书在 974 年之前。

29 南唐国徐锴 9 种 576 卷，另 1 种
不知卷数（存 2 种 45 卷）

徐锴（920—974），字楚金，原籍会稽（今浙江绍兴），后其父迁居广陵

（今江苏扬州），遂为广陵人。与兄徐铉以文学知名当时。仕南唐，积官至右内史舍人（《中国文学家大辞典·唐五代卷》第 646—647 页）。有著作 9 种 576 卷，另 1 种不知卷数，存 2 种 45 卷。存诗 5 首，见《全唐诗》卷七五六；存文 6 篇，见《全唐文》卷八八八。

（一）徐锴《说文解字系传》四十卷（存）

书名又作《说文系传》。卷数又作三十八卷。详下。

《崇文》（1041）卷二"小学类"云："《说文解字系传》三十八卷，徐锴撰。谨按，徐锴依前姜虔之例，宜有伪唐字。锴卒于围城中，未入宋也。"

《通志》（1161）卷六十四艺文略第二"小学类·文字"云："《说文解字系传》三十八卷（徐锴）。"

《直斋》（1262）卷三"小学类"云："《说文解字系传》四十卷。南唐校书郎广陵徐锴楚金撰。为《通释》三十篇，《部叙》二篇，《通论》三篇，《祛妄》、《类聚》、《错综》、《疑义》、《系述》各一篇。锴至集贤学士、右内史舍人，不及归朝而卒。与兄铉齐名，或且过之。而铉归朝通显，故名出锴上。此书援引精博，小学家未有能及之者。"

《通考》（1319）卷一百八十九经籍考十六"经·小学"所云引《直斋》同。

《宋史》（1343）卷二百二艺文一"小学类"云："徐锴《说文解字系传》四十卷。"

《四库全书总目》（1781）卷四十一经部"小学类"云："《说文系传》四十卷（兵部侍郎纪昀家藏本）。南唐徐锴撰。锴，字楚金，广陵人。官至右内史舍人。宋兵下江南，卒于围城之中。事迹具《南唐书》本传。是书凡八篇。首《通释》三十卷，以许慎《说文解字》十五篇，篇析为二。凡锴所发明及征引经传者，悉加'臣锴曰'及'臣锴按'字以别之。继以《部叙》二卷，《通论》三卷，《祛妄》、《类聚》、《错综》、《疑义》、《系述》各一卷。《祛妄》斥李阳冰臆说；《疑义》举《说文》偏旁所有而阙其字及篆体字画相承小异者；《部叙》拟《易序卦传》以明《说文》五百四十部先后之次；《类聚》则举字之相比为义者，如一、二、三、四之类；《错综》则旁推六书之旨，通诸人事，以尽其意；终以《系述》，则犹《史记》之《自叙》也。锴尝别作《说文篆韵谱》五卷。宋孝宗时，李焘因之作《说文解字五音谱》。焘《自序》有曰：'《韵谱》当与《系传》并行。今《韵谱》或刻诸学官，而《系传》迄莫光显。余搜访岁久，仅得其七八，阙卷误字，无所是正。每用太息。'则《系传》在宋时已残缺不完矣。今相传仅有抄本。钱曾《读书敏求记》至诧为惊人秘笈，然脱误特甚。卷末有熙宁（1068—1077）中苏颂记云：

'旧阙二十五、三十共二卷，俟别求补写。'此本卷三十不阙。或续得之，以补入。卷二十五则直录其兄铉所校之本，而去其所附之字。殆后人求其原书不获，因摭铉书以足之。犹之《魏书》佚《天文志》，以张太《素书》补之也。其余各部阙文，亦多取铉书窜入。考铉书用孙愐《唐韵》，而锴书则朝散大夫行秘书省校书郎朱翱别为反切。铉书称某某切，而锴书称反。今书内音切与铉书无异者，其训释亦必无异。其移掇之迹，显然可见。至示部窜入铉新附之祧、祅、祚三字，尤凿凿可证者。锴编篇末，其文亦似未完，无可采补，则竟阙之矣。此书成于铉书之前，故铉书多引其说。然亦时有同异。如铉本'福，祐也'，此作'备也'。铉本'莱，耕多草'，此作'耕名'。铉本'迎，前颔也'，此作'前顿也'。铉本'鹢，大鹝也'，此从《尔雅》作'天颧也'。又铉本禜字下引《礼记》，禂字下引《诗》之类，此作'臣锴按《礼记》曰'、'臣锴按诗曰'。则锴所引，而铉本淆入许氏者甚多。又如□字下云'阙'，此作'家本无注，臣锴按'，疑许慎子许冲所言也。是铉直删去'家本无注'四字，改用一'阙'字。其凭臆删改，非赖此书之存，何以证之哉？此书本出苏颂所传，篆文为监察王圣美、翰林祇候刘允恭所书。卷末题'子容'者，即颂字也。乾道癸巳（1173），尤袤得于叶梦得家，写以与李焘，详见袤跋。书中有称'臣次立按'者，张次立也。次立官至殿中丞，尝与写嘉祐二字《石经》。陶宗仪《书史会要》载其始末云。按：是书在徐铉校《说文》之前，而列其后者，铉校许慎之原本，以慎为主，而铉附之。此书锴所论著，以锴为主，故不得而先慎也。"

（二）徐锴《说文解字韵谱》十卷（佚）

《崇文》（1041）卷二"小学类"云："《说文解字韵谱》十卷。"

《通考》（1319）卷一百八十九经籍考十六"经·小学"云："《说文解字韵谱》十卷。晁氏曰：南唐徐锴撰。锴以许慎学绝，取其字分谱四声，殊便检阅，然不具载其解为可恨，颇有意再编之。"笔者按：《文献通考》此条又不见于四库本《郡斋读书志》，值得注意，可以补遗。

《宋史》（1343）卷二百二艺文一"小学类"云："徐锴……又《说文解字韵谱》十卷。"

（三）徐锴《篆韵》五卷（存）

《郡斋》卷五上云："《篆韵》五卷。右徐铉序，盖其弟锴所集也。铉字鼎臣，仕南唐为昭文馆学士，入朝为太子率更令。太平兴国（976—984）初，诏以本官直学士院。锴字楚金，仕南唐为右内史舍人。卒，李煜赠之礼部侍郎云。"

《四库全书总目》（1781）卷四十一经部"小学类"云："《说文解字篆韵

谱》五卷（两江总督采进本）。南唐徐锴撰，其书取许慎《说文解字》以四声部分，编次成书，凡小篆皆有音训，其无音训者，皆慎书所附之重文。注史字者籀书，注古字者古文也。所注颇为简略。盖六书之义已具于《说文系传》中，此特取便简阅，故不更复赘耳。据李焘《五音说文韵谱序》，此书篆字，皆其兄铉所书。铉集载有此书序二篇。《后序》称：'韵补既成，广求余本，孜孜雠校，颇有刊正。今承诏校定《说文》，更与诸儒精加研覈。又得李舟所著《切韵》，殊有补益。其间有《说文》不载而见于序例注义者，必知脱漏，并从编录。疑者则以李氏《切韵》为正。'是此书铉又更定，不仅出锴一手。其以序例注义中字添入，亦铉所为也。《前序》称：'命锴取叔重所记，以《切韵》次之。声韵区分，开卷可睹'云云。考《后序》称：'又得李舟《切韵》。'则所谓《切韵》次之者，当即陆法言书，即《唐韵》、《广韵》所因也。然锴所编部分，与《广韵》稍异。又上平声内痕部并入魂部，下平声内一先二仙后，别出三宣一部；又魂部之下注痕部附字；宣部则不著别分，似乎《切韵》原有此部，殆不可晓。或此书部分，铉亦以李舟《切韵》定之，故分合不同欤？是书传本甚少，此为明巡抚李显所刻。寒部阑、澜、涟、瀾、阑五字，当在乾、阑、谰、□四字之后；豪部高、皋、菒、羔、膏五字，当在獋、謞、號、號、□五字之后，皆讹前一行。麻部娲、譁、諸、艍、掌五字，当在□、□、誇、侉、夸、家、加、茄、葭九字之前，讹后二行。盖刻其书者，失于校覈。其《后序》一篇，亦佚去不载，今从铉《骑省集》录出补入，以成完帙焉。"

（四）徐锴《说文解字通释》四十卷（佚）

《宋史》（1343）卷二百二艺文一"小学类"云："徐锴……《说文解字通释》四十卷。"

（五）徐锴《登科记》十五卷（佚）

《宋史》（1343）卷二百三艺文二"传记类"云："徐锴《登科记》十五卷。"

（六）徐锴《方舆记》一百三十卷（佚）

《通志》（1161）卷六十六艺文略第四地理类"地理"云："《方舆记》一百三十卷（伪唐徐锴撰）。"

陆游《南唐书》（1210）卷五云："著《说文通释》、《方舆记》、《古今国典》、《赋苑》、《岁时广记》及他文章数百卷。"

《宋史》（1343）卷二百四艺文三"地理类"云："徐锴《方舆记》一百三十卷。"

《十国》（1672）卷二十八《徐锴传》云："开宝七年（974）七月卒，年五十五。赠礼部侍郎，谥曰文。著《说文解字系传》四十卷、《说文通释》四十卷、《方舆记》一百三十卷。又《古今国典》、《赋苑》、《岁时广记》及他文章凡若干卷。"

（七）徐锴《岁时广记》一百二十卷（佚）

《崇文》（1041）卷二"类书类"云："《岁时广记》一百二十卷。谨按，郑樵《通志》云：'岁时，自一家书。如《岁时广记》，《崇文总目》不列于岁时而列于类书，何也？'"

《通志》（1161）卷六十四艺文略第二礼类第二月令"岁时"云："《岁时广记》一百二十卷。徐锴撰。"

《遂初》（1194）"农家类"云："《岁时广记》。"

陆游《南唐书》（1210）卷五云："著《说文通释》、《方舆记》、《古今国典》、《赋苑》、《岁时广记》及他文章数百卷。"

《宋史》（1343）卷二百五艺文四"农家类"云："徐锴《岁时广记》一百二十卷（内八卷缺）。"

《十国》（1672）卷二十八《徐锴传》云："开宝七年（974）七月卒。年五十五。赠礼部侍郎，谥曰文。著《说文解字系传》四十卷、《说文通释》四十卷、《方舆记》一百三十卷。又《古今国典》、《赋苑》、《岁时广记》及他文章凡若干卷。"

（八）《徐锴集》十五卷（佚）

《崇文》（1041）卷十一"别集二"云："《徐锴集》十卷。"

《通志》（1161）卷七十艺文略第八"别集五"云："《徐锴集》十卷（伪唐）。"

《宋史》（1343）卷二百八艺文七"别集类"云："《徐锴集》十五卷。"

（九）徐锴《赋苑》二百卷目一卷（佚）

《崇文》（1041）卷十一"总集类"云："《赋苑》二百卷（缺）。"

《通志》（1161）卷七十艺文略第八"赋"云："《赋苑》二百卷（伪吴徐锴、欧阳集唐人及近代律赋）。"

《宋史》（1343）卷二百八艺文七"总集类"云："徐锴《赋苑》二百卷目一卷。"

《十国》（1672）卷二十八《徐锴传》云："开宝七年（974）七月卒。年五十五。赠礼部侍郎。谥曰文。著《说文解字系传》四十卷、《说文通释》四十卷、《方舆记》一百三十卷。又《古今国典》、《赋苑》、《岁时广记》及他文章凡若干卷。"

（十）徐锴《历年年谱》，不知卷数（佚）

《通志》（1161）卷七十二图谱略第一"纪运"云："徐锴《历年年谱》。"

30 南唐国高远 2 种 30 卷（均佚）

高远（约 920—976），籍贯不详，为南唐史馆修撰，《中国文学家大辞典·唐五代卷》、《中国文学家大辞典·宋代卷》、《中国历代人名大辞典》无高远。据下文所引陆游《南唐书》、陈振孙《直斋书录解题》知其生卒和官职。著作 2 种 30 卷，均佚。

（一）高远《南唐烈祖实录》二十卷（佚）

卷数又作十三卷。详下。

《直斋》（1262）卷五"伪史类"云："《南唐烈祖实录》十三卷。南唐史馆修撰高远撰。缺第八第十二卷。远又尝为《吴录》二十卷，而徐铉、郑文宝皆云开宝（968—976）中，远始辑昇元（937—943）以来事，书未成而疾，悉焚其草，故事多遗落。"

《通考》（1319）卷二百经籍考二十七"史·伪史霸史"所云引《直斋》同。

《宋史》（1343）卷二百三艺文二"编年类"云："《南唐烈祖实录》二十卷（高远撰）。"

《十国》（1672）卷三十《信都镐传》云："远自保大（943—957）中，预史事，始撰《烈祖实录》二十卷，叙事详密，后主嗣位，远与徐铉、乔匡舜、潘佑共成《吴录》二十卷。又自撰《元宗实录》（《唐余纪传》云：编辑昇元以来故事为一家之言。"）

陆游《南唐书》（1210）卷九云："远自保大（943—957）中，预史事，始撰《烈祖实录》二十卷，叙事详密。后主嗣位，远犹在史馆，与徐铉、乔匡舜、潘佑共成《吴录》二十卷。远又自撰《元宗实录》十卷。未及上，会属疾，取史稿及他所著书凡百余卷，悉焚之。卒年五十七，赠给事中，谥曰良。后主（937—978）欲修国史，访稿于其家，无复在者。"

（二）高远《元宗实录》十卷（佚）

见陆游《南唐书》（1210）卷九，同上引。

31 南唐国刘洞 1 种 1 卷（佚）

刘洞（？—975），世居建阳（今属福建），马令《南唐书》称其庐陵

（今江西吉安）人。少游学入庐山，学诗于处士陈贶，陈贶卒，犹居庐山二十年。南唐后主李煜立，至金陵，献诗百篇，后主览其首篇《石城怀古》后，掩卷为之改容，不复读它诗。留居金陵二年，不为后主所用，遂南还庐陵。宋开宝八年（975）卒。刘洞与同门夏宝松及蒋密为诗友。其诗尤长于五言，自号"五言长城"。其诗颇为时人所称，与夏宝松俱名显于当世。所作《夜坐》诗尤为警策，最为著名，故人称其"刘夜坐"。（《中国文学家大辞典·唐五代卷》第204—205页）。有著作1种1卷，佚。存诗1首，见《全唐诗》卷七四一。

（一）《刘洞诗》一卷（佚）

书名一作《刘洞遗集》。不知卷数。详下。

马令《南唐书》卷十四《刘洞传》云："开宝八年（975）卒，其遗集行于世。"

笔者按：刘洞诗在公私各书目中无记载，顾櫰三《补五代史艺文志》著录《刘洞诗》一卷，已佚。

32 南唐国乐史23种661卷（存4种223卷）

乐史（930—1007），字子正，抚州宜黄（今属江西）人。初仕南唐为秘书郎，入宋，历平原主簿、武成军掌书记、著作佐郎等职，又知陵州、黄州、商州（《中国文学家大辞典·宋代卷》第137页）。有著作23种661卷，存4种223卷。

（一）乐史《贡举故事》二十卷目一卷（均佚）

《宋史》（1343）卷二百三艺文二"故事类"云："乐史《贡举故事》二十卷目一卷。"

（二）乐史《登科记》三十卷、《登科记》一卷、《登科记》二卷（均佚）

《郡斋》（1187）后志卷一"传记类"云："《登科记》三十卷。右皇朝乐史撰，记进士及诸科登名者，起唐武德，迄天祐末。"

《通考》（1319）卷一百九十八经籍考二十五"史·传记"所云引《郡斋》同。

《宋史》（1343）卷二百三艺文二"传记类"云："乐史《登科记》三十卷、《登科记》一卷、《登科记》二卷，起建隆（960—963）至宣和四年（1122）。"

（三）乐史《江南登科记》一卷（佚）

《崇文》（1041）卷四"传记下"云："《江南登科记》一卷（缺）。"

《通志》（1161）卷六十五艺文略第三传记"科第"云："《江南登科记》一卷（乐史撰）。"

（四）乐史《重修登科记》三十卷（佚）

卷数又作三卷。详下。

《崇文》（1041）卷四"传记下"云："《重修登科记》三卷（缺）。"

《通志》（1161）卷六十五艺文略第三传记"科第"云："《重修登科记》三十卷。乐史撰，起唐，迄五代。"

（五）乐史《重定科第录》十卷（佚）

《崇文》（1041）卷四"传记下"云："《重定登科录》十卷（缺）。"

《通志》（1161）卷六十五艺文略第三传记"科第"云："《重定科第录》十卷（宋朝乐史撰）。"

（六）乐史《宋朝登科记》三卷（佚）

《通志》（1161）卷六十五艺文略第三传记"科第"云："《宋朝登科记》三卷（乐史撰）。"

笔者按：乐史以上 6 种讲科举的书共 108 卷，严格地说，不是 6 种 108卷，是 9 种 108 卷，这 9 种 108 卷的科举书在内容上应当是有所重合的，就是说，可能是 9 种书，也可能比 9 种要少。究竟怎样，无从知道，只好存疑。

（七）乐史《唐孝悌录》十五卷（佚）

《崇文》（1041）卷四"传记下"云："《唐孝悌录》十五卷（缺）。"

《通志》（1161）卷六十五艺文略第三传记"孝友"云："《唐孝悌录》十五卷（宋朝乐史撰）。"

（八）乐史《孝悌录》二十卷、《赞》五卷（均佚）

《崇文》（1041）卷四"传记下"云："《孝悌录》二十卷（缺）。"

《通志》（1161）卷六十五艺文略第三传记"孝友"云："《孝悌录》二十卷（乐史撰，起唐及五代至宋朝）。"

《宋史》（1343）卷二百三艺文二"传记类"云："乐史《孝悌录》二十卷、《赞》五卷。"笔者按：这《赞》五卷应该就是《孝悌录》的"赞"，则其书名应当是《孝悌录赞》五卷。

（九）乐史《广孝悌（一作新）书》五十卷（佚）

《崇文》（1041）卷四"传记下"云："《广孝新书》五十卷（缺）。"

《宋史》卷二百三艺文二"传记类"云："乐史《广孝悌（一作新）书》五十卷。"

（十）乐史《唐滕王外传》一卷（佚）

《宋史》（1343）卷二百三艺文二"传记类"云：……又云："乐史《唐

滕王外传》一卷，又《李白外传》一卷、《洞仙集》一卷、《许迈传》一卷、《杨贵妃遗事》二卷（题岷山叟上）。"

《文渊阁书目》（文渊阁四库全书本）"史杂"云："《唐滕王外传》一部一册。"

（十一）乐史《李白外传》一卷（佚）

《宋史》（1343）卷二百三艺文二"传记类"又云："乐史《唐滕王外传》一卷，又《李白外传》一卷、《洞仙集》一卷、《许迈传》一卷、《杨贵妃遗事》二卷（题岷山叟上）。"

（十二）乐史《洞仙集》一卷（佚）

《遂初》（1194）"道家类"云："乐史《洞仙集》。"

《宋史》（1343）卷二百三艺文二"传记类"云：……又云："乐史《唐滕王外传》一卷，又《李白外传》一卷、《洞仙集》一卷、《许迈传》一卷、《杨贵妃遗事》二卷（题岷山叟上）。"

（十三）乐史《许迈传》一卷（佚）

《崇文》（1041）卷十"道书"云："《许迈传》一卷（缺）。"

《宋史》（1343）卷二百三艺文二"传记类"云：……又云："乐史《唐滕王外传》一卷，又《李白外传》一卷、《洞仙集》一卷、《许迈传》一卷、《杨贵妃遗事》二卷（题岷山叟上）。"

（十四）乐史《杨贵妃外传》二卷（存）

书名又作《杨妃外传》、《杨贵妃遗事》。卷数又作一卷。详下。

《郡斋》（1187）卷二下"传记类"云："《杨贵妃外传》二卷。右皇朝乐史撰。叙唐杨妃事迹，迄孝明之崩。"

《遂初》（1194）"杂传类"云："《杨贵妃遗事》。"

《直斋》（1262）卷七"传记类"云："《杨妃外传》一卷。直史馆临川乐史子正撰。"

《通考》（1319）卷一百九十八经籍考二十五"史·传记"所云引《郡斋》同。

《宋史》（1343）卷二百三艺文二"传记类"云："《野史甘露新记》二卷、《讳行录》一卷、《大和野史》三卷、《逸史》一卷、《拓拔记》一卷、《文场盛事》一卷、《杨妃外传》一卷（并不知作者）。"又云："乐史《唐滕王外传》一卷，又《李白外传》一卷、《洞仙集》一卷、《许迈传》一卷、《杨贵妃遗事》二卷（题岷山叟上）。"

（十五）乐史《绿珠传》一卷（存）

作者又作曾致尧。详下。

《郡斋》（1187）后志卷一"传记类"云："《绿珠传》一卷。右皇朝乐史撰。"

《通考》（1319）卷一百九十八经籍考二十五"史·传记"所云引《郡斋》同。

《宋史》（1343）卷二百三艺文二"传记类"云："曾致尧《广中台记》八十卷，又《绿珠传》一卷。"

（十六）乐史《坐知天下记》四十卷（佚）

《宋史》卷二百四艺文三"地理类"云："乐史《坐知天下记》四十卷。"

（十七）乐史《太平寰宇记》二百卷（存）

书名一作《太平寰宇志》。详下。

《崇文》（1041）卷四"地理类"云："《太平寰宇记》二百卷。"不言作者。

《通志》（1161）卷六十六艺文略第四"地理"云："《太平寰宇记》二百卷（宋朝乐史撰）。"

《郡斋》（1187）后志卷一"地理类"云："《太平寰宇志》二百卷。右皇朝乐史等撰。太平兴国（976—984）中，尽平诸国，天下一统，史悉取自古山经地志，考正讹谬，纂成此书，上之于朝。"

《遂初》（1194）"地理类"云："《太平寰宇记》。"

《直斋》（1262）卷八"地理类"云："《太平寰宇记》二百卷。太常博士、直史馆，宜黄乐史子正撰，起自河南，周于海外。当太宗朝上之。"

《通考》（1319）卷二百零四经籍考三十一"史·地理"所云引《郡斋》、《直斋》同。

《宋史》（1343）卷二百四艺文三"地理类"云："乐史《太平寰宇记》二百卷。"

（十八）乐史《总仙记》一百三十卷（佚）

书名一作《总仙秘录》。详下。

《崇文》（1041）卷九"道书二"云："《总仙记》一百三十卷（缺）。"

《通志》（1161）卷六十七艺文略第五"道家二"云："《总仙记》一百三十卷（宋朝乐史撰）。"

《宋史》卷二百五艺文四"道家附释氏神仙类"云："乐史《总仙秘录》一百三十卷。"

《宋史》卷三百六十《乐黄目传》云："乐黄目，字公礼……父史，字子正，齐王景达镇临川，召奏牍，授秘书郎，入朝为平原主簿。太平兴国五年（980），与颜明远、刘昌言、张观并以见任官。举进士，太宗惜科第，不与，但授诸道掌书记。史得佐武成军，既而复赐及第。上书言事，擢为著作佐郎，知陵州，献《金明池赋》，召为三馆编修。雍熙三年（986），献所著《贡举事》二十卷、《登科记》三十卷、《题解》二十卷、《唐登科文选》五十卷、《孝悌录》二十卷、《续卓异记》三卷。太宗嘉其勤，迁著作郎、直史馆，转太常博士，知舒州，迁水部员外郎。淳化四年（993）春，与司封员外郎、直昭文馆李蕤同使两浙巡抚加都官，知黄州。又献《广孝传》五十卷、《总仙记》一百四十一卷，诏秘阁写本进内。史好著述，然博而寡要，以五帝三王皆云仙去。论者嗤其诡诞。咸平（998—1003）初，迁职方。复献《广孝新书》五十卷、《上清文苑》四十卷。出知商州。史前后临民，颇以贿闻。俄以老疾为言，听解职分司西京。五年（1002），郊祀毕，奉留守司表入贺，因得召对。上见其矍铄不衰，又知笃学，尽取所著书藏秘府。复授旧职，与黄目同在文馆，人以为荣。出掌西京磨勘司，黄目为京西转运，改判留司御史台，车驾幸洛，召对赐金紫。史久在洛，因卜居有亭榭竹树之胜，优游自得。未几卒，年七十八。所撰有《太平寰宇记》二百卷、《总记传》百三十卷、《坐知天下记》四十卷、《商颜杂录》、《广卓异记》各二十卷、《诸仙传》二十五卷、《宋齐邱文传》十三卷、《杏园集》、《李白别集》、《神仙宫殿窟宅记》各十卷、《掌上华夷图》一卷，又编己所著为《仙洞集》百卷。"笔者按：这里交代了乐史编和著的书多达 22 种。

笔者又按：明彭大翼《山堂肆考》卷一百二十三云："《总仙记》。宋乐黄目知黄州，献《广孝传》五十卷、《总仙记》一百四十卷。"

（十九）乐史《续广卓异记》三卷（佚）

《通志》（1161）卷六十五艺文略第三传记"冥异"云："《广卓异记》三卷（宋朝乐史撰）。"

《宋史》（1343）卷二百六艺文五"小说类"云："陈翰（一作陈翱）《卓异记》一卷。乐史《续广卓异记》三卷、《小名录》三卷。"又云："乐史《广卓异记》二十卷。"

（二十）乐史《小名录》三卷（佚）

《崇文》（1041）卷四"传记上"云："《小说录》五卷。"

《遂初》（1194）"谱录类"云："《小名录》。"

《宋史》（1343）卷二百六艺文五"小说类"云："乐史……《小名录》三卷。"

（二十一）乐史《广卓异记》二十卷（存）

卷数又作三卷。详下。

《通志》（1161）卷六十五艺文略第三传记"冥异"云："《广卓异记》三

卷（宋朝乐史撰）。"

《直斋》（1262）卷十一"小说家类"云："《广卓异记》二十卷。乐史子正撰。"

《通考》（1319）卷二百十六经籍考四十三"子·小说家"所云引《直斋》同。

《宋史》（1343）卷二百六艺文五"小说类"云："乐史《广卓异记》二十卷。"笔者按：从书名上看，"《广卓异记》二十卷"显然应当在"《续广卓异记》三卷"之前，但《宋史》二百六艺文五"小说类"正好把《广卓异记》二十卷和《续广卓异记》三卷的前后顺序弄颠倒了，此处姑从之，并予以说明。

《四库全书总目》（1781）卷六十一史部"传记类"云："《广卓异记》二十卷（浙江鲍士恭家藏本）。宋乐史撰。史，字正子，宜黄人，官太常博士直史馆，事迹附载《宋史·乐黄中传》。是编前有自序，称唐李翱《卓异记》三卷（按《卓异记》非李翱作，史盖考之未详，谨附订于此）述唐代君臣卓绝盛事，中多漏录。史初为《续记》三卷以补其缺。后复以仅仅载唐代，未为广博，因纂集汉魏以下，迄五代并唐事，共为一帙，名《广卓异记》，分为二十卷。首卷记帝王，次卷记后妃、王子、公主，三卷杂录，四卷至十七卷，皆记臣下贵盛之极与显达之速者，十八卷杂录，十九卷举选，二十卷专记神仙之事。大抵牵引驳杂讹谬亦多。如所称晋书王导以下至王褒九世，皆自有史传，中有俭子仲宝仲宝子规云云。按，史仲宝乃王俭字，非其子名也。俭之子名骞，骞之子名规，非仲宝子名规也，且规子褒附见规传，亦非自有传。诸传杂见于宋齐梁书及南史，亦非全在晋书。舛谬殊甚。又石勒每更闻鼓鼙声，武士護闻空中言唐公为天子与梦高祖乘白马上天之类神怪无稽，颇为芜杂。至引录传称周时尹氏贵盛，会食家数千人，遭饥荒罗粟作糜吭之，吭糜之声闻于数十里，亦不近事理之谈。其末卷则于自撰总仙记中，撮其殊异者入此书，所言不出全家登仙，祖孙兄弟登仙，及三世四世五世登仙，四人六人七人登仙之类，重复支离，尤不足信。自序称采自汉魏而下，而编中乃及楚孙叔敖、周尹氏，末卷所列神仙并及尧舜之时，与序自相矛盾，又其小失矣。"笔者按：乐史，字子正，非"字正子"，四库馆臣误。

（二十二）乐史《唐登科文选》五十卷（佚）

《崇文》（1041）卷十一"总集上"云："《唐登科文选》五十卷（缺）。"

《宋史》（1343）卷二百九艺文八"古文史类"云："乐史《唐登科文选》五十卷。"

（二十三）乐史《登科记解题》二十卷（佚）

书名又作《登科记题解》。详下。

《崇文》（1041）卷十二"文史类"云："《登科记题解》二十卷（缺）。"

《宋史》（1343）卷二百九艺文八"古文史类"云："乐史《登科记解题》二十卷。"

33 南唐国汤悦1种3卷（佚）

汤悦（生卒年不详），殷文圭子，本名殷崇义，后避讳改名汤悦，字德川，池州青阳（今属安徽）人。仕南唐，中主（943—961年在位）时为学士，历枢密使、右仆射。尝出使后周，为周世宗柴荣（954—959年在位）所礼待。后主（961—975年在位）时，为礼部侍郎。开宝二年（969），迁南唐门下侍郎平章事，后罢为润州节度使，仍同平章事。南唐亡（975年），事宋，奉命预修《江南录》、《太平御览》。《全唐诗》卷七五七录其诗5首，《全唐诗补编·续补遗》卷一一补1首。《全唐文》卷八七七收其文1篇（《中国文学家大辞典·唐五代卷》第395页）。有著作1种3卷，佚；参编1种10卷，存。

（一）《汤悦集》三卷（佚）

《宋史》（1343）卷二百八艺文七"别集类"云："《汤悦集》三卷。"

笔者按：《宋史》（1343）卷二百四艺文三史类"霸史类"云："徐铉、汤悦《江南录》十卷。"就是说，汤悦参与了徐铉负责的《江南录》十卷的撰写，此书存，但此书归属于徐铉名下。

34 南唐国李中1种3卷（存）

李中（生卒年不详），字有中，九江（今属江西）人。郡望陇西（今陇山以西地区）。南唐时，与刘钧共学于庐山国学。元宗（943—961年在位）时，仕于下蔡。后主（961—975年在位）时，任吉水县尉，宋乾德二年（964），罢吉水县尉。后历任晋陵、新喻，又于宋开宝五年（972），任淦阳县令。李中工诗，与诗人沈彬、左偃善，多有酬和之作。开宝六年（973），尝集五七言兼六言诗二百篇为《碧云集》，孟宾于为之序（《中国文学家大辞典·唐五代卷》第264页）。有著作1种3卷，存。《全唐诗》编其诗为4卷，见《全唐诗》卷七四七至卷七五零。

（一）《李中诗集》三卷（存）

书名又作《李有中诗》、《碧云集》。卷数又作二卷。详下。

《郡斋》（1187）卷四中"别集类中"云："《李有中诗》二卷。右伪唐李有中，尝为新涂令，与水部郎中孟宾于善。宾于称其诗如方干、贾岛之徒。宾于，晋天福（936—944）中进士也。有中集中有《赠张韩徐三舍人诗》，韩乃韩熙载，张乃泊，徐乃铉也。《春日》诗云：'乾坤一夕雨，草木万方春'，颇佳，他皆称是。"

《唐才子传》（1304）卷七《李中传》云："有《碧云集》，今传。"

《通考》（1319）卷二百四十三经籍考七十"集·诗集"云："《李有中诗》二卷。晁氏曰：南唐李有中，尝为新涂令，与水部郎中孟宾于善。宾于称其诗如方干、贾岛之徒。宾于，晋天福（936—944）中进士也。有中集中有《赠张韩徐三舍人诗》，韩乃韩熙载，张乃泊，徐乃铉也。《春月》诗云：'乾坤一夕雨，草木万方春'，颇佳，他皆称是。"笔者按：第一，晁公武《郡斋读书志》云"伪唐"，马端临《文献通考》云"南唐"，值得注意。第二，《春月》，当作《春日》。

《宋史》（1343）卷二百八艺文七"别集类"云："《李中诗集》三卷。"

35 南唐国左偓 1 种 1 卷（佚）

左偓（生卒年不详），南唐时人。居金陵，以赋诗自乐，终生不仕。与李中多有唱和，与韩熙载有交谊。《雅言杂录》谓其有诗千余首（《中国文学家大辞典·唐五代卷》第108页）。有著作1种1卷，佚。存诗10首，见《全唐诗》卷七四零。

（一）左偓《钟山集》一卷（佚）

《宋史》（1343）卷二百八艺文七"别集类"云："左偓《钟山集》一卷。"

笔者按：《中国文学家大辞典·唐五代卷》"左偓"词条云"顾櫰三《补五代艺文志》记《左偓集》一卷、《狎鸥集》一卷、《画锦集》、《宏词前后集》二十卷。皆佚。"① 但是，据《五代诗话》卷六《翁承赞》知，除《左偓集》一卷外，这些都是翁承赞的作品，非左偓的作品，不知顾櫰三何以会有此误。而且，《左偓集》亦未见史料记载，存此备考。

---

① 周祖谟主编：《中国文学家大辞典·唐五代卷》，中华书局1992年版，第108页。

36 南唐国李弘冀 1 种，不知卷数（佚）

李弘冀（933？—959），徐州（今属江苏）人。南唐元宗李璟长子。交泰元年（958）三月，立为皇太子。后周显德六年（959）九月，病卒，谥文献。有集 1 种，不知卷数，佚（《中国文学家大辞典·唐五代卷》第 271 页）。《十国春秋》卷十九"南唐五"有传。

（一）李弘冀《文献太子诗集》，不知卷数（佚）

徐铉《骑省集》（文渊阁四库全书 本）卷十八有《文献太子诗集序》。

37 南唐国李弘茂 1 种 10 卷（佚）

李弘茂（933—951），字子松，徐州（今属江苏）人，南唐中主李璟次子。弘茂善诗，与宾客朝士宴游，亦以赋诗为乐。其诗格调清古（《中国文学家大辞典·唐五代卷》第 271 页）。《十国春秋》卷十九"南唐五"有传。存诗断句 2 联，见《全唐诗》卷七九五。有著作 1 种 10 卷，佚。笔者按：李弘茂，又作李洪茂。

（一）《李洪茂诗集》十卷（佚）

《宋史》（1343）卷二百八艺文七"别集类"云："《李洪茂集》十卷。"笔者按："洪"当为"弘"之讹。

38 南唐国张洎 2 种 51 卷（存 1 种 1 卷）

张洎（934—997），字师黯，改字偕仁，滁州全椒（今属安徽）人。南唐时登进士第，授上元尉。后又仕宋，积官至参知政事。存诗 2 首，1 首见《全唐诗补编·续拾》卷四四，1 首为入宋后诗，见《宋诗纪事》。（《中国文学家大辞典·唐五代卷》第 430 页）有著作 2 种 51 卷，存 1 种 1 卷。

（一）张洎《贾氏谈录》一卷（存）

书名又作《贾公谈录》。详下。

《郡斋》（1187）卷三下"小说类"云："《贾氏谈录》一卷。右伪唐张洎奉使来朝，录典客贾黄中所谈三十余事，归献其主。"

《直斋》（1262）卷七"传记类"云："《贾公谈录》一卷。序言：庚午衔命宋都，闻于补阙贾黄中，凡二十六条，而不著其名。别本题清辉殿学士张洎。盖洎江南奉使也。庚午，实开宝三年（970），黄中，晋开运中以七岁为童子擢头（按，《宋史》本传：六岁，举童子科），十六岁，进士及第第三人。"

《通考》（1319）一百九十八经籍考二十五"史·传记"云："《贾公谈录》一卷。陈氏曰：序言庚午衔命宋都，闻于补阙贾黄中，凡二十六条，而不著其名。别本题清辉殿学士张洎。盖洎江南奉使也。庚午，实开宝三年（970），黄中，晋开运中以七岁为童子擢头，十六岁，进士及第第三人。"又，卷二百十六经籍考四十三"子·小说家"云："《贾氏谈录》一卷。晁氏曰：南唐张洎奉使来朝，录贾黄中所谈三十余事，归献其王。"笔者按：《文献通考》所云与晁公武《郡斋读书志》、陈振孙《直斋书录解题》字句稍异，故并录于此。又，《贾公谈录》与《贾氏谈录》显然是同一书，《文献通考》将其置于不同类别中，不知是何用意，也不知同一本书，被《郡斋》、《直斋》等书置于不同类别中时，《通考》是如何处理的。

《十国》（1672）卷三十《张洎传》云："张洎……与徐铉素厚善。后因论事相忤，至绝交。然手写铉文章，访求其笔札，藏箧笥，甚于珍玩。洎有文集十五卷、《贾氏谈录》一卷传世。"

《四库全书总目》（1781）卷一百四十"子部·小说家类"云："《贾氏谈录》一卷。宋张洎撰。洎字思黯，改字偕仁，全椒人。初仕南唐为知制诰、中书舍人，入宋为史馆修撰、翰林学士。淳化（990—994）中，官至参知政事。事迹具《宋史》本传。是书乃洎为李煜使宋时录所闻于贾黄中者，故曰《贾氏谈录》。前有自序，题庚午岁，为宋太祖开宝三年（970）。《宋史·贾黄中传》载黄中官左补阙在开宝初，与此序合。盖其时为洎馆伴也。又序末称贻诸好事而晁公武《读书志》乃称南唐张洎奉使来朝，录贾黄中所谈，归献其主。殆偶未检此序欤。史称黄中多知台阁故事，谈论亹亹，听者忘倦。故此录所述，皆唐代轶闻。晁氏称原书凡三十余事，明陶宗仪《说郛》所载仅九事，宋曾慥《类说》所载，亦仅十七事。惟明《永乐大典》所载，较曾、陶本为详，今从各韵蒐辑，参以《说郛》、《类说》，共得二十六事（笔者按：四库本《贾氏谈录》提要误为六十二事），视洎原目盖已十之九矣。原叙一篇，《类说》及《永乐大典》皆佚之。惟《说郛》有其全文，今仍录冠卷首，以补其缺。是书虽篇帙无多，然如牛李之党其初肇衅于口语，为史所未及，而《周秦行纪》一书，晁公武尝据此录以辨韦瓘之诬。他如兴庆宫、华清宫、含元殿之制，淡墨题榜之始以及院体书、百衲琴、澄研泥之类，皆足以资考核，较他小说固犹为切实（笔者按："切实"，四库本《贾氏谈录》提要作"笃实"），近正也。"

（二）《张洎集》五十卷（佚）

书名又作《张师黯集》。详下。

《通志》（1161）卷七十艺文略第八"别集五"之"宋朝"云："《张洎集》五十卷。"

《郡斋》（1187）后志卷二"别集类"云："《张师黯集》五十卷。右皇朝张洎，字师黯，滁州人。仕李煜，知制诰、中书舍人，归朝为史馆修撰、翰林学士。淳化（990—994）中参知政事。至道二年（996）卒。洎风神洒落，文辞清丽，通释氏学。然性险诐而谄附，集有吴淑序。其子安期所编。咸平五年（1002）上之。"

《遂初》（1194）"别集类"云："张洎。"

《通考》（1319）卷二百三十三经籍考六十"集·别集"所云引《郡斋》同。

《宋史》（1343）卷二百七艺文六"类事类"云："《张洎集》五十卷。"

《十国》（1672）卷三十《张洎传》云："张洎……与徐铉素厚善。后因论事相忤，至绝交。然手写铉文章，访求其笔札，藏箧笥，甚于珍玩。洎有文集十五卷、《贾氏谈录》一卷传世。"

39 南唐国伍乔 1 种 1 卷 （佚）

伍乔（生卒年不详），庐江（今属安徽）人。南唐诗人。南唐中主（943—961 年在位）时状元及第，仕南唐，积官考功员外郎，入宋卒。存诗 1 卷，见《全唐诗》卷七四四。（《中国文学家大辞典·唐五代卷》第 180 页）。有著作 1 种 1 卷，佚。

（一）《伍乔集》一卷 （佚）

《直斋》（1262）卷二十"诗集类下"云："《伍乔集》一卷。本江南进士，后归朝。"

《通考》（1319）卷二百四十三经籍考七十"集·诗集"所云引《直斋》同。

《十国》（1672）卷三十一《伍乔传》云："元宗大爱乔文，命勒石以为永式，仕至考功员外郎卒。有集一卷行世。"

40 南唐国李煜 4 种 23 卷，另 1 种 1 卷为
合编 （存 1 种 1 卷，乃合编）

李煜（937—978），字重光，初名从嘉，自号钟隐，又称钟山隐士、钟峰隐者、钟峰白莲居士等。徐州（今属江苏）人。南唐中主李璟第六子（《中国

文学家大辞典·唐五代卷》第 333—334 页）。有著作 4 种 23 卷，另 1 种和李璟作品合编为 1 卷。存 1 种 1 卷，乃合编。存诗 19 首，见《全唐诗》；存词 40 首，见《全唐五代词》；存文 11 篇，见《全唐文》（《中国文学家大辞典·唐五代卷》第 333—334 页）。

（一）李煜《杂说》二卷（佚）

《宋史》（1343）卷二百五艺文四"杂家类"云："南唐后主李煜《杂说》二卷。"

（二）李煜《李后主集》十卷（佚）

书名又作《李煜集》。详下。

《崇文》（1041）卷十一"别集二"云："《李煜集》十卷、《李煜集略》十卷（缺）。"

《通志》（1161）卷七十艺文略第八别集五"伪朝"云："《李后主集》十卷（伪唐）、《李后主集略》十卷。"

《郡斋》（1187）卷四中"别集类中"云："《李煜集》十卷。右伪唐主李煜重光也。璟之子。少聪悟，喜读书属文，工书画、知音律。建隆三年（962）嗣伪位。开宝八年（975）王师克金陵，封违命侯。太平兴国三年（978）终陇西郡公，赠吴王。江邻几《杂志》云：为秦王廷美所毒而卒。"

《直斋》（1262）卷十六"别集类上"云："《李后主集》十卷。江南国主李煜重光撰。"

《通考》（1319）卷二百三十三经籍考六十"集·别集"云："《李后主集》十卷。晁氏曰：伪唐主李煜重光也。少聪悟，喜读书，属文，工书画，知音律。建隆三年（962）嗣伪位。开宝八年（975），王师克金陵，封违命侯。太平兴国三年（978），终陇西郡公。赠吴王。江邻几《杂志》云：为秦王廷美所毒而卒。"笔者按：《文献通考》所录《郡斋读书志》之著录语，信息有异，故重录。笔者又按：《郡斋》作《李煜集》，《通考》作《李后主集》，不知《通考》何以会如此不严谨。

《宋史》（1343）卷二百八艺文七"别集类"云："《李煜集》十卷……《南唐李后主集》十卷。"笔者按：《李煜集》十卷和《南唐李后主集》十卷显然是同一种书，《宋史》重收了。

（三）《李煜集略》十卷（佚）

《崇文》（1041）卷十一"别集二"云："《李煜集略》十卷（缺）。"

《宋史》（1343）卷二百八艺文七"别集类"云："李煜……《集略》十卷，诗一卷。"

（四）《李煜诗》一卷（佚）

《宋史》（1343）卷二百八艺文七"别集类"云："李煜……诗一卷。"

（五）李璟、李煜《南唐二主词》一卷（存）

《直斋》（1262）卷二十一"歌词类上"云："《南唐二主词》一卷。中主李璟、后主李煜撰。卷首四阕，《应天长》、《望远行》各一、《浣溪纱》二。中主所作。重光尝书之，墨迹在盱江晁氏，题云'先黄（笔者按：先黄，当为先皇）御制歌词'。余尝见之于麦光纸上，作《拨灯书》，有晁景迁题字。今不知何在矣。余词皆重光作。"

《通考》（1319）卷二百四十六经籍考七十三"集·歌词"云："《南唐二主词》一卷。陈氏曰：中主李璟、后主李煜撰。卷首四阕，《应天长》、《望远行》各一、《浣溪纱》二。中主所作。重光尝书之墨迹，在盱江晁氏赵云先黄御制歌词，余尝见之于麦光纸上，作《拨灯书》，有晁景迁题字。今不知何在矣。余词皆重光作。"笔者按："晁氏赵云"应为"晁氏题云"，《通考》误。

41 南唐国潘佑 1 种 20 卷（佚）

潘佑（938—973），幽州（今北京）人，生于金陵（今江苏南京）。祖潘贵，为刘守光所杀。其父潘处常，南奔事南唐烈祖李昇。潘佑积官至中书舍人（《中国文学家大辞典·唐代卷》第 827 页）。有著作 1 种 20 卷，佚。另参与撰写 1 种 20 卷（《吴录》徐铉、乔匡舜、潘佑等撰）。存诗 5 首，见《全唐诗》卷七三八、《全唐诗补编·续补遗》卷一一。存文 5 篇，见《全唐文》八七六、《唐文拾遗》卷四七。

（一）潘佑《荥阳集》二十卷（佚）

卷数又作十卷、三十卷。详下。

《郡斋》（1187）卷四中"别集类中"云："潘佑《荥阳集》十卷。右伪唐潘佑，金陵人。韩熙载荐于璟，授秘书正字，直崇文馆。煜时为虞部员外郎、史馆修撰、知制诰、中书舍人。佑性贞介，文章赡逸，尤长论议，坐言事悖慢，下狱自刭死。人颇言张洎谮之。"

《遂初》（1194）"别集类"云："南唐潘佑。"

《通考》（1319）卷二百三十三经籍考六十"集·别集"所云引《郡斋》同。笔者按：马端临在《文献通考》看来还是引用《郡斋》多，《直斋》少，或者说，本来，《郡斋》就收书多，而《直斋》收书少。

《宋史》（1343）卷二百八艺文七"别集类"云："潘佑《荥阳集》二十卷。"

《十国》（1672）卷二十八《潘佑传》云："有《荥阳集》三十卷。"

42 南唐国陈致雍6种32卷（均佚）

陈致雍（生卒年不详），字表用，莆田（今属福建）人，一作晋江（今属福建）人。南唐中主（943—961年在位）时以通礼及第，后主时致仕归泉州，约卒于宋太宗（976—997年在位）时（《中国文学家大辞典·唐五代卷》第468页）。有著作6种32卷，均佚。存文三卷，见《全唐文》卷八七三至卷八七五。

（一）陈致雍《州县祭祀仪五礼仪镜》六卷（佚）

《宋史》（1343）卷二百四艺文三"仪注类"云："陈致雍……《州县祭祀仪五礼仪镜》六卷。"

（二）陈致雍《祭祀仪》一卷（佚）

《宋史》（1343）卷二百四艺文三"仪注类"云："陈致雍……《祭祀仪》一卷。"

（三）陈致雍《新定寝祀礼》一卷（佚）

《直斋》（1262）卷六"礼注类"云："《新定寝祀礼》一卷。不知作者。《中兴馆阁书目》有此书，云前后有序，题太常博士陈致雍集，今此本亦前后有序，意其是也。致雍，晋江人，及仕本朝。"

《通考》（1319）卷一百八十七经籍考十四"经·仪注"所云引《直斋》同。

（四）陈致雍《曲台奏议集》二十卷（佚）

书名又作《曲台奏议》。详下。

《崇文》（1041）卷十二"别集六"云："《曲台奏议集》二十卷。"

《通志》（1161）卷七十艺文略第八"奏议"云："《曲台奏议》二十卷（伪唐陈致雍撰）。"

《遂初》（1194）"别集类"云："南唐陈致雍《曲台奏议》。"

《宋史》（1343）卷二百四艺文三"仪注类"云："陈致雍《曲台奏议集》。"又，卷二百八艺文七"别集类"云："陈致雍《曲台奏议集》二十卷。"

《十国》（1672）卷九十七《陈致雍传》云："陈致雍……撰《晋安海物异名记》及《闽王列传》（一作《闽王事迹》）、《五礼仪鉴》诸书，好事者复编其议礼诸论为《曲台奏议》二十卷（雍《海物异名记》云：荒余之产，郭璞未详，张华不载，《临海记》、《稽圣赋》、《古今注》以及诸家集在此卷）。"笔者按："雍《海物异名记》"应为"致雍《海物异名记》"。

《文渊阁书目》卷一"经济"云："南唐陈致雍《曲台奏议》（一部二册）。"

笔者按：第一，陈致雍《曲台奏议》在《宋史》中既入"仪注类"，又入"别集类"，似乎入"仪注类"更合适。故置于陈致雍三部"仪注类"书之后；第二，《中国文学家大辞典·唐五代卷》"陈致雍"词条云："《曲台奏议》，清朱绪曾藏有十卷本，今无考。《永乐大典》引录此书甚多。《全唐文》卷八七三至八七五据以辑出九四篇，分为三卷。"①

（五）陈致雍《晋安海物异名记》三卷（佚）

书名又作《海物异名记》、《晋江海物异名记》。卷数又作二卷。详下。

《崇文》（1041）卷四"地理类"云："《晋安海物异名记》二卷。"

《通志》（1161）卷六十六艺文略第四地理"方物"云："《晋安海物异名记》二卷（伪唐陈致雍撰）。"

《遂初》（1194）"小说类"云："《海物异名记》。"

《直斋》（1262）卷八"地理类"云："《晋江海物异名记》三卷。秘书监莆田陈致雍撰。致雍仕伪闽、南唐，后归朝。"

《通考》（1319）卷二百五经籍考三十二"史·地理"所云引《直斋》同。

《宋史》（1343）卷二百六艺文五"小说类"云："陈致雍《晋安海物异名记》三卷。"

《十国》（1672）卷九十七《陈致雍传》云："陈致雍……撰《晋安海物异名记》……。"

（六）陈致雍《闽王列传》一卷（佚）

《直斋》（1262）卷五"伪史类"云："《闽王列传》一卷。秘书监晋江陈致雍撰。二世七主，通六十年。"又云："《闽王事迹》一卷。不知何人作。卷末称光启二年至天圣九年（1031）一百三十八年，其所记颇详（按，闽亡于五代之末，其世纪不得至天圣九年，疑有误）。"笔者按：从光启二年到天圣九年（886—1031）共146年，非138年，不知陈振孙何以会有此误。

《通考》（1319）卷二百经籍考二十七"史·伪史霸史"所云引《直斋》同，又云："《闽王事迹》一卷。不知何人作。卷末称光启二年至天圣九年（886—1031）一百三十八年，所记颇详。"

《宋史》（1343）卷二百四艺文三"霸史类"云："刘恕《十国纪年》四

---

① 周祖谟主编：《中国文学家大辞典·唐五代卷》，中华书局1992年版，第468页。

十卷、《闽王事迹》一卷、《高氏世家》十卷、《湖南故事》十三卷、《十国载记》三卷、《江南余载》二卷、《高宗皇帝过江事实》一卷、《广王事迹》一卷（并不知作者）。"

笔者按：第一，依据陈振孙的记载，《闽王列传》一卷与《闽王事迹》一卷显然不是同一种书；第二，《十国春秋》卷七十九"吴越三"《文穆王世家》云："间读余公绰《闽王事迹》云永隆三年（941），吴越世宗文穆王薨。林仁志《王氏启运图》云永隆二年（940），吴越世皇崩，子成宗嗣。"① 可见，《闽王事迹》作者为余公绰，只是，余公绰为何人，难以考知。

43 南唐国郭昭庆 2 种 40 卷（均佚）

郭昭庆（生卒年不详），一作郭昭度，庐陵（今江西吉安）禾川人。南唐大理司直郭鹏之子。博学善著作，曾撰《唐春秋》三十卷。中主（943—961年在位）时，献所著《治书》五十篇，授扬子尉，不受而归。后主（961—975年在位）初，再至金陵献《经国治民论》，擢著作郎。因与徐锴兄弟不相能，为徐锴使人鸩死（《中国文学家大辞典·唐五代卷》第664页）。有著作 2 种 40 卷，均佚。《十国春秋》卷二十八"南唐十四"有传。笔者按：由被徐锴（920—974）使人鸩死，可知郭昭庆卒于 974 年之前。

（一）郭昭庆《唐春秋》三十卷（佚）

《十国》（1672）卷二十八《郭昭庆传》云："郭昭庆……常拟《九经》撰《唐春秋》三十卷，元宗时献所著《治书》五十篇……昭庆《治书》内有《禁绝》三篇，多天文孙吴之述，及经国论等，皆行于世，惟《唐春秋》为铉、锴所匿，不得见云。"

笔者按：第一，郭昭庆《唐春秋》三十卷不见于史志和宋元公私目录书，《新唐书》（1060）卷五十八艺文志第四十八"编年类"云："吴兢《唐春秋》三十卷、韦述《唐春秋》三十卷、陆长源《唐春秋》六十卷"；《通志》（1161）卷六十五艺文略第三"编年·唐"云："《唐春秋》三十卷（吴兢撰）、《唐春秋》二十卷（韦述撰）、《唐春秋》六十卷（陆长源撰）。"不知道吴兢、韦述、陆长源三人之这三种书对郭昭庆之书有无影响，考虑到这三人的这三种书对考索郭昭庆《唐春秋》三十卷有帮助，故具列于此，以备考。第二，《十国春秋》卷二十八《郭昭庆传》所云传主"《唐春秋》三十卷"在陆

---

① （清）吴任臣撰，徐敏霞、周莹点校：《十国春秋》（116卷），中华书局1983年版，卷79，第1131页。

游《南唐书》（1210）（文渊阁四库全书本）卷十五《郭昭庆传》中有如此的记载："郭昭庆……尝著《唐春秋》三十卷。保大（943—957）中，献所著《治书》，补扬子尉，辞不受。"但是，《十国春秋》卷二十八《郭昭庆传》显然得自于马令《南唐书》（文渊阁四库全书本）卷十四《郭昭庆传》："昭庆博通经史，拟《元经》（笔者按：《元经》，当作《九经》）作《唐春秋》三十卷，著《治书》五十篇，皆引古以励今，献之……所献《治书》内有《禁绝》三篇，多天文孙吴之术及经国论等，皆行于世，唯《唐春秋》为铉、锴所匿。"

（二）郭昭庆《芸阁集》十卷（佚）

作者又作郭昭度。详下。

《崇文》（1041）卷十一"别集二"云："《芸阁集》十卷（缺）。"

《遂初》（1194）"别集类"云："吕与叔《芸阁集》。"

《通志》（1161）卷七十艺文略第八别集五"伪朝"云："郭昭庆《芸阁集》十卷（伪唐）。"

《宋史》（1343）卷二百八艺文七"别集类"云："郭昭度《芸阁集》十卷。"

44 南唐国舒雅 2 种 12 卷（均佚）

舒雅（？—1009），字子正，宣城人，姿容秀发，以才思自命。保大时，随计金陵，怀所业献于吏部侍郎韩熙载。韩熙载一见如故，馆给之。后韩熙载拔为进士。久仕南唐李氏。归宋，为将作监丞，后充秘阁校理。善属文。太宗太平兴国（976—984）中，参与编纂《文苑英华》。真宗咸平（998—1003）末，出守舒州。秩满致仕，掌灵仙观，在观累年，以优游山水吟咏自娱，卒年七十余（《中国文学家大辞典·宋代卷》第906页）。传见《宋史》卷四百四十一、《十国春秋》卷三十一"南唐十七"。有著作 2 种 12 卷，均佚。

（一）舒雅《山海经图》十卷（佚）

书名又作《山海图经》。详下。

《崇文》（1041）卷四"地理类"云："《山海经图》十卷。舒雅修。"

《通志》（1161）卷六十六艺文略第四地理"方物"云："《山海经图赞》二卷（郭璞注）、《山海经图》十卷（宋朝舒雅等撰）。"

《郡斋》（1187）后志卷一"地理类"云："《山海经图》十卷。右皇朝舒雅等撰。雅仕江南，韩熙载门人也。后入朝，数预修书之选。闽中刊行本，或题曰张僧繇画。妄也。"

《通考》（1319）卷二百四经籍考三十一"史·地理"所云引《郡斋》同。

《十国》（1672）卷三十一《舒雅传》云："雅有《山海图经》若干卷。"

笔者按：《新唐书》（1060）卷五十八艺文志第四十八"地理类"云："郭璞《注山海经》二十三卷，又《山海经图赞》二卷"；《宋史》（1343）卷二百六艺文五"五行类"云："《山海图经》十卷（郭璞序，不著姓名）。"舒雅此书应和郭璞此书有关系，录此备考。

（二）舒雅《十九代史目》二卷（佚）

《崇文》（1041）卷四"目录类"云："《十九代史目》二卷。"

《通志》（1161）卷六十六艺文略第四"目录类·经史目"云："《十九代史目》二卷（宋朝舒雅等撰）。"

45 南唐国王颜 2 种 20 卷（均佚）

王颜（生卒年不详），《中国文学家大辞典·唐五代卷》、《中国文学家大辞典·宋代卷》均无王颜，《中国历代人名大辞典》所收之王颜（782—802）为唐德宗时人①，非五代南唐王颜。据陈振孙《直斋书录解题》卷五知王颜为南唐滁州刺史。有著作 2 种 20 卷，均佚。

（一）王颜《南唐烈祖开基志》十卷（佚）

《宋史》（1343）卷二百四艺文三"霸史类"云："王颜《南唐烈祖开基志》十卷。"

《直斋》（1262）卷五"伪史类"云："《南唐烈祖开基志》十卷。南唐滁州刺史王颜撰。起天祐乙丑（905），止昇元癸卯（943），合三十九年。"

《通考》（1319）卷二百经籍考二十七"史·伪史霸史"所云引《直斋》同。

（二）王颜《续传信方》十卷（佚）

《通志》（1161）卷六十九艺文略第七"方书"云："《续传信方》十卷（伪唐王颜撰）。"

《宋史》（1343）卷二百七艺文六"医书类"云："王颜《续传信方》十卷。"

---

① 张㧑之、沈起炜、刘德重主编：《中国历代人名大辞典》，上海古籍出版社 1999 年版，第 153 页。

46 南唐国刘鄂 1 种 20 卷 （佚）

刘鄂（944—986），宋吉州庐陵人，字仲翔，少年能文，弱冠已驰名。尝愤五代文辞卑弱，仿扬雄《法言》，著《法语》。太宗召见，未及用而卒（《徐公文集》卷三零墓志铭）（《中国历代人名大辞典》第 652 页，《中国文学家大辞典·唐五代卷》和《中国文学家大辞典·宋代卷》均无刘鄂）。有著作 1 种 20 卷，佚。

（一）刘鄂《法语》二十卷（佚）

《崇文》（1041）卷五"杂家类"云："《法语》二十卷。"

《郡斋》（1187）后志卷二"子类"云："《法语》二十卷。右南唐刘鄂撰。鄂，甲戌岁擢南唐进士第，实开宝七年（974）也。著书凡八十一篇，言治国立身之道，徐铉为之序。"

《通考》（1319）卷二百九经籍考三十六"子·儒家"所云引《郡斋》后志同。

《宋史》（1343）卷二百五艺文四"杂家类"云："《刘子法语》二十卷（刘鄂撰），又《通论》五卷。"笔者按：《宋史》卷二百七艺文六"类事类"有"洪迈《经子法语》二十四卷、《春秋左氏传法语》六卷、《史记法语》八卷、《前汉法语》二十卷。"由此可见书名含"法语"的书的种类，故录之以供参考。

47 南唐国尉迟偓 1 种 3 卷 （存，卷数为二卷）

尉迟偓（生卒年不详），五代南唐人，官给事中（《中国文学家大辞典·唐五代卷》第 734 页）。有著作 1 种 3 卷，存，卷数为二卷。

笔者按：据《通志》卷六十五知尉迟偓为南唐人。

（一）尉迟偓《中朝故事》三卷（存，卷数为二卷）

《崇文》（1041）卷三"杂史上"云："《中朝故事》三卷。"

《通志》（1161）卷六十五艺文略第三史杂史"唐"云："《中朝故事》三卷（伪唐尉迟枢撰，记宣、懿、昭三宗事）。"

《郡斋》（1187）卷二上云："《中朝故事》二卷。右伪唐尉迟偓撰。记唐懿、昭、哀三朝故事，故曰中朝。"

《遂初》（1194）"杂传类"云："《中朝故事》。"

《直斋》（1262）卷七"传记类"云："《中朝故事》二卷。伪唐给事中尉迟偓撰。载唐末杂事。"

《通考》（1319）卷一百九十六经籍考二十三"史·传记"所云引《郡斋》同。

《宋史》（1343）卷二百三艺文二"故事类"云："尉迟偓《中朝故事》二卷。"

《四库全书总目》（1781）卷一百四十子部"小说家类"云："《中朝故事》二卷（浙江鲍士恭家藏本）。南唐尉迟偓撰。偓，履贯未详。书首旧题朝议郎、守给事中、修国史骁骑、赐紫金鱼袋臣尉迟偓奉旨纂进。盖李氏有国时，偓为史官，承命所作。李昇自以为出太宗之后，承唐统绪，故称长安为中朝也。其书皆记唐宣懿昭哀四朝旧闻。上卷多君臣事迹及朝廷制度，下卷则杂录神异怪幻之事，中间不可尽据者。如宣宗为武宗所忌，请为僧行江表一事，司马光《通鉴考异》已斥其鄙妄无稽。又路岩欲害刘瞻，赖幽州节度使张公素上疏申理一事。考是时镇幽州者乃张允伸，非张公素，所记殊误。又郑畋鬼胎一事，与唐人所作齐推女传首尾全同，而变其姓名，尤显出蹈袭，然其时去唐末未远，故家文献所记，亦往往足征。如崔彦昭王凝相仇一事，司马光考异虽摘其以彦昭代凝领盐铁之误，而其事则全取之。与正史分别参观，去讹存是，固未尝不足以资参证也。"

48 南唐国刘崇远 2 种 5 卷（均佚，有新辑本 1 种 2 卷）

刘崇远（生卒年不详），自号金华子。洛阳（今属河南）人。五代南唐昇元（937—943）以后人。中年后方出仕，积官至大理司直（《中国文学家大辞典·唐五代卷》第 208—209 页）。有著作 2 种 5 卷，1 种有新辑本 2 卷，1 种存逸文。

（一）刘崇远《金华子杂编》三卷（佚，有新辑本二卷）

书名又作《金华子新编》。详下。

《崇文》（1041）卷四"传记下"云："《金华子杂编》三卷。"

《通志》（1161）卷六十五艺文略第三杂史"唐"云："《金华子杂编》三卷（伪唐刘荣远记太中、咸通后事）。"

《郡斋》（1187）卷三下"小说类"云："《金华子》三卷。右唐刘崇远撰。金华子，崇远自号也。录唐大中后事。一本题曰《刘氏杂编》。"

《直斋》（1262）卷十一"小说家类"云："《金华子新编》三卷。大理司直刘崇远撰。五代时人。记大中以后杂事。"

《通考》（1319）卷二百一十六经籍考四十三"子·小说家"云："《金华

子》三卷。晁氏曰：‘唐刘崇远撰。金华子，其自号，盖慕皇初平为人也。录唐大中后事。一本题曰《刘氏杂编》。’陈氏曰：‘崇远，五代时人，仕至大理司直。’"笔者按：《文献通考》录《郡斋》、《直斋》之记载竟然会录错，值得注意。

《宋史》（1343）卷二百六艺文五"小说类"云："刘崇远《金华子杂编》三卷。"

《四库全书总目》（1781）卷一百四十"子部·小说家类"云："《金华子》二卷（永乐大典本）。南唐刘崇远撰。崇远，家本河南，唐末避黄巢之乱，渡江南徙仕李氏，为文林郎大理司直。尝慕皇初平之为人，自号金华子，因以为所著书名。崇远有自序一篇，颇具梗概。序末题名具官称臣，不著年月，而书中所称烈祖高皇帝者，乃南唐先主李昪庙号。又有昪元受命之语，亦南唐中主李景纪年。晁公武读书志乃以为唐人。陈振孙《书录解题》则泛指为五代人。宋濂诸子辨则并谓其人不可考。诸说纷纭，皆未核其自序而误也。其书宋艺文志作三卷，世无传本，惟散见永乐大典者，汇采尚得六十余条，核其所记，皆唐末朝野之故事，与晁氏所云录唐大中后事者相合。其中于将相之贤否、藩镇之强弱以及文章吟咏、神奇鬼怪之事，靡所不载，多足与正史相参证。观《资治通鉴》所载宣宗对令狐绹、李景让禀母训、王师范拜县令、王式驭乱卒诸事，皆本是书，则司马光亦极取之，惟其纪刘鄩袭兖州一条，以兖帅为张姓，而考之五代欧薛二史，则当时兖帅实葛从周，不免传闻异词，然要其大致可信者，多与《大唐传载》诸书摭拾委巷之谈者相去固悬绝矣。胡应麟九流绪论乃以鄙浅讥之。考应麟仍以崇远为唐人，不纠晁氏之误，知未见其自序。又取与刘基郁离子、苏伯衡、空同子相较，是并不知为记事之书误侪诸立言之列。明人诡薄，好为大言以售欺，不足信也。谨衷缀编次，分为二卷，而以崇远原序冠之简端，以存其略焉。"

《文渊阁书目》卷二"子杂"云："刘崇远《金华新编》（一部三册）。"

（二）《刘氏耳目记》二卷（佚）

书名又作《耳目记》。详下。

《崇文》（1041）卷五小说类"小说上"云："《耳目记》二卷。"

《通志》（1161）卷六十五艺文略第三"杂史·五代"云："《耳目记》二卷（记唐末五代以来事）。"

《郡斋》（1187）后志卷一云："《耳目记》二卷。右题云刘氏，未详何时人。杂记唐末五代事。"

《直斋》（1262）卷十一"小说家类"云："《耳目记》一卷。无名氏《邯郸书目》云刘氏撰，未详其名。记唐末以后事。"

《宋史》（1343）卷二百六艺文五"小说类"云："《刘氏耳目记》二卷。"

笔者按：《中国文学家大辞典·唐五代卷》"刘崇远"词条云："刘崇远著有《金华子杂编》三卷、《耳目记》二卷。"① 不知判定《耳目记》二卷作者为刘崇远的依据为何，存此备考。

49 南唐国沈汾 2 种 4 卷（存 1 种 3 卷）

沈汾（生卒年不详），一作沈玢，五代南唐时人。历官溧水县令、监察御史（《中国文学家大辞典·唐五代卷》第 391 页）。有著作 2 种 4 卷，存 1 种 3 卷。存文 1 篇（即《续神仙传》自序），见《全唐文》卷八二九。

（一）沈汾《元类》一卷（佚）

《宋史》（1343）卷二百三艺文二"别史类"云："沈汾《元类》一卷。"

（二）沈汾《续神仙传》三卷（存）

书名又作《续仙传》。详下。

《新唐书》（1060）卷五十九艺文志第四十九"道家类神仙"云："沈汾《续神仙传》三卷。"

《遂初》（1194）"道家类"云："《续仙传》。"

《直斋》（1262）卷十二"神仙类"云："《续仙传》三卷，唐溧水令沈汾撰，或作玢。"

《通考》（1319）卷二百二十五经籍考五十二"子·神仙家"所云引《直斋》同。

《宋史》（1343）卷二百五艺文四"道家附释氏神仙类"云："沈汾《续仙传》三卷。"

《四库全书总目》（1781）卷一百四十六子部"道家类"云："《续仙传》三卷（两淮盐铁采进本）。旧本题唐溧水令沈汾撰。陈振孙《书录解题》曰：'汾，或作玢。'按，吴淑《江淮异人录》载有侍御沈汾游戏坐蜕事，亦道家者流，疑即其人。书中记及谭峭而称杨行密曰吴太祖，则所谓唐者，南唐也。其书上卷载飞升一十六人，以张志和为首。中卷载隐化十二人，以孙思邈为首。下卷载隐化八人，以司马承祯为首。虽其中附会传闻，均所不免，而大抵因事缘饰，不尽子虚乌有。如张志和见《颜真卿集》，蓝采和见《南唐书》，谢自然见《韩愈集》，许宣平见《李白集》。孙思邈、司马承祯、谭峭，各有

---

① 周祖譔主编：《中国文学家大辞典·唐五代卷》，中华书局 1992 年版，第 209 页。

著述传世，皆非凿空。他如马自然、许碏、戚道遥、许宣平、李昪、徐钧者，谭峭、李阳冰诸诗，亦藉其采录。惟泛海遇仙使归，师司马承祯事，上卷以为女真谢自然，下卷又以为女真焦静真，不应二人，同时均有此异。是其虚构之词，偶忘其自相矛盾者矣。"

50 南唐国吴淑 6 种 52 卷（存 2 种 32 卷）

吴淑（947—1002），字正仪，润州丹阳（今属江苏）人。幼俊爽敏捷，为韩熙载、潘佑所器重。仕南唐，以校书郎直内史。入宋，仕学士院，授大理评事，预修《太平御览》、《太平广记》、《文苑英华》等书。历官太府寺丞、著作佐郎、秘阁校理，献《九弦琴五弦阮颂》，太宗称赞其学问渊博，又作《事类赋》，分注为三十卷进上。至道二年（996），兼起居舍人，预修《太宗实录》，迁职方员外郎。咸平五年（1002）卒，年五十六（《中国文学家大辞典·宋代卷》第 372 页）。有著作 5 种 42 卷，存 2 种 32 卷。

（一）吴淑《说文五义》三卷（佚）

《宋史》（1343）卷四百四十一《吴淑传》云："吴淑……善笔札，好篆籀，取《说文》有字义者千八百余条，撰《说文五义》三卷。又著《江淮异人录》三卷、《秘阁闲谈》五卷。"

（二）吴淑《异僧记》一卷（佚）

《崇文》（1041）卷六"小说下"云："《异僧记》一卷（缺）。"

《通志》（1161）卷六十五艺文略第三史类第五传记"冥异"云："《异僧记》一卷。"

《宋史》（1343）卷二百六艺文五"小说类"云："吴淑《异僧记》一卷。"

（三）吴淑《江淮异人录》三卷（存，卷数为二卷）

书名又作《江淮异人传》。卷数又作二卷。详下。

《崇文》（1041）卷四"传记类"云："《江淮异人录》三卷。"

《通志》（1161）卷六十七艺文略第五"道家二"之"传"云："《江淮异人录》三卷（宋朝吴淑撰）。"

《遂初》（1194）"杂传类"云："《江淮异人传》。"

《直斋》（1262）卷五"伪史类"云："《江淮异人录》二卷。吴淑撰。所纪道流、侠客、术士之类，凡二十五人。"

《宋史》（1343）卷二百六艺文五"小说类"云："吴淑《秘阁闲观》五卷，又《江淮异人录》三卷。"又，卷四百四十一《吴淑传》云："吴淑……

有集十卷。善笔札，好篆籀，取《说文》有字义者千八百余条，撰《说文五义》三卷。又著《江淮异人录》三卷、《秘阁闲谈》五卷。"笔者按：《秘阁闲观》显然为《秘阁闲谈》之误。

《通考》（1319）卷二百经籍考二十七"史·伪史霸史"所云引《直斋》同。

《四库全书总目》卷一百四十二子部"小说家类"云："《江淮异人录》二卷（永乐大典本）。宋吴淑撰。淑有《事类赋》，已著录。是编所纪多道流、侠客、术士之事，凡唐代二人，南唐二十三人。徐铉尝积二十年之力，成《稽神录》一书。淑为铉婿，殆耳濡目染，挹其流波，故亦喜语怪欤？铉书说鬼，率诞漫不经。淑书所记，则《周礼》所谓怪民、《史记》所谓方士，前史往往载之，尚为事之所有。其中如耿先生之类，马令、陆游二《南唐书》皆采取之，则亦未尽凿空也。尤袤《遂初堂书目》载此书作《江淮异人传》，疑传写之讹。又，《宋史》淑本传载是书三卷而陈振孙书录解题作二卷，宋艺文志亦同，则列传以二为三，由字误矣。其书久无传本。今从《永乐大典》中掇拾编次，适得二十五人之数。首尾全备，仍为完书。谨依宋志，仍分上下二卷，以复其旧焉。"笔者按：《江淮异人录》一书，《崇文总目》、郑樵《通志》、《宋史》艺文志和吴淑传，均作三卷，不知四库馆臣何以会有此误。《四库全书简明目录》卷十四云："《江淮异人录》二卷。宋吴淑撰。原本久佚，今从《永乐大典》录出，所载道流、侠客、术士，凡唐代二人，南唐二十三人。大抵语怪。然其中耿先生事，马令、陆游并采入《南唐书》中，则亦不尽凿空也。"

（四）《秘阁闲谈》五卷（佚）

书名又作《秘阁闲观》。卷数又作四卷。详下。

《通志》（1161）卷六十八艺文略第六"小说"云："《秘阁闲谈》四卷（吴淑撰）。"

《郡斋》（1187）卷三下"小说类"云："《秘阁闲谈》五卷。右皇朝吴淑撰。记秘阁同僚燕谈。"

《遂初》（1194）"小说类"云："《秘阁闲谈》。"

《直斋》（1262）卷十一"小说家类"云："《秘阁闲谈》五卷。起居舍人吴淑正仪撰。淑，丹阳人。"

《通考》（1319）卷二百十六经籍考四十三"子·小说家"云："《秘阁闲谈》五卷。晁氏曰：皇朝吴淑撰，记秘阁同僚燕谈。淑，仕南唐，后随李煜降，丹阳人。"笔者按：《文献通考》的艺文志部分一般总是抄写晁公武《郡斋读书志》和陈振孙《直斋书录解题》，这里不知为何突然不采用陈振孙的说法，而自行注释吴淑生平，且不注明出处。真是奇怪。

《宋史》（1343）卷二百六艺文五"小说类"云："吴淑《秘阁闲观》五卷，又《江淮异人录》三卷。"又，卷四百四十一《吴淑传》云："吴淑……有集十卷。善笔札，好篆籀，取《说文》有字义者千八百余条，撰《说文五义》三卷。又著《江淮异人录》三卷、《秘阁闲谈》五卷。"

（五）吴淑《事类赋》三十卷（存）

《郡斋》（1187）卷五上"类书类"云："《补注事类赋》三十卷。右吴淑所进也。始，淑进一字赋百首为二十卷，奉旨令其注释，遂广为三十卷云。淑，勃海人。"

《直斋》（1262）卷十四"类书类"云："《事类赋》三十卷。校理丹阳吴淑正仪撰进并注。"笔者按：不知马端临《文献通考》此处为何不引用《郡斋读书志》的记载。

《通考》（1319）卷二百二十八经籍考五十五"子·类书"所云引《直斋》同。

《宋史》（1343）卷二百七艺文六"类事类"云："吴淑《事类赋》三十卷。"

《十国》（1672）卷三十一《吴淑传》云："吴淑……与修《太平御览》、《文苑英华》，又作《事类赋》以献。"

《四库全书总目》（1781）卷一百三十五子部"类书类"云："《事类赋》三十卷（内府藏本）。宋吴淑撰并自注。淑字正仪，丹阳人，仕南唐为内史，归宋荐试学士院，授大理评事，后官至起居舍人、职方员外郎。事迹具《宋史·文苑传》。是编乃所作类事之书。卷首结衔称博士，盖其进书时官也。前有淑进书状，称：'先进所著，一字题词百首，退惟芜累，方积兢忧，遽奉训词，俾加注释'。又称：'前所进二十卷，加以注解，卷帙差大，今广为三十卷，目之曰《事类赋》'云云。是淑初进此赋二十卷，尚无书名。及奉敕自注，乃增益卷数，定著今称也。凡天部三卷，岁时部二卷，地部三卷，宝货部二卷，乐部一卷，服用部三卷，什物部二卷，饮食部一卷，禽部二卷，兽部四卷，草木部、果部、鳞部、介部各二卷，虫部一卷。分子目一百，与进状数合。类书始于《皇览》。六朝以前旧笈，据《隋书·经籍志》所载，有朱澹《远语对》十卷，又有《对要》三卷、《群书事对》三卷。是为偶句隶事之始，然今尽不传，不能知其体例。高士奇所刻《编珠》，称隋杜公瞻撰者，伪书也。今所见者，唐以来诸本，骈青妃白、排比对偶者，自徐坚《初学记》始；熔铸故实、谐以声律者，自李峤《单题诗》始；其联而为赋者，则自淑始。峤诗一卷，今尚存，然已佚其注。如桂诗中'侠客条为马，仙人叶作舟'

之类，古书散亡，今不知为何语，故世不行用。淑本徐铉之婿，学有渊源，又预修《太平御览》、《文苑英华》两大书，见闻尤博。故赋既工雅，又注与赋，出自一手，事无舛误，故传诵至今。观其进书状称‘凡谶纬之书及谢承《后汉书》，张璠《汉记》、《续汉书》、《帝系谱》，徐整《长历》、《元中记》、《物理论》，皆今所遗逸，而著述之家相承为用，不忍弃去，亦复存之’云云。则此逸书数种外，皆采自本书，非辗转拾扯者比，其精审益为可贵，不得以习见忽之矣。”

（六）《吴淑集》十卷（笔者按：题代拟）（佚）

《宋史》（1343）卷四百四十一《吴淑传》云：“吴淑……有集十卷。”

51 南唐国龚颖 1 种 6 卷（佚）

龚颖（生卒年不详），宋邵武人。龚慎仪从子。历仕南唐、宋太祖、宋太宗。积官检校司徒。卒谥端。（《中国历代人名大辞典》第2142页）有著作1种6卷，佚。

（一）龚颖《运历图》六卷（佚）

《郡斋》（1187）后志卷一“编年类”云：“《运历图》六卷。右皇朝龚颖撰。起于秦昭王灭周之岁乙巳，止于国朝雍禧丁亥，以历代兴亡大事附见。其下四年，献于朝，优诏奖之。欧阳公尝据之考正集古目录称其精博。按，《晋史》张轨世袭凉州，如但称愍帝，建兴年号，其间唯张祚篡窃改建兴四十二年为和平元年。始奉穆帝升平之朔始末，不闻有改元事。唯颖书载张实改元曰永安，张茂改元曰永元，张重华曰永乐曰和平，张元龙曰太始，张天锡曰太清，张大豫曰凤凰，不知颖何所据，二言或出崔鸿《十六国春秋》，鸿书久不传于世，莫得而考焉。”

《通志》（1161）卷六十五艺文略第三史类编年“运历”云：“《运历图》六卷（宋朝龚颖撰，至雍熙）。”又卷七十二图谱略“纪运”云：“龚颖《运历图》。”

《通考》（1319）卷一百九十三经籍考二十“史·编年”所云引《郡斋》同。

《宋史》（1343）卷二百三艺文二“编年类”云：“龚颖《运历图》三卷。”又“别史类”云：“龚颖《年（一作运）历图》八卷。”笔者按：《宋史》同卷所收《运历图》三卷和《运历图》八卷，应该是同一种书，仅仅是卷数不同，故不再另作一种书记载。

52 南唐国何晦 2 种 30 卷（佚）

何晦（生卒年不详），五代南唐时乡贡进士。后主开宝六年（973），下第寓于金陵凤台旅舍，撰《广摭言》（或作《唐摭言》）十五卷（《中国文学家大辞典·唐五代卷》第 381 页）。有著作 2 种 30 卷，佚。

（一）何晦《摭言》十五卷（佚）

《崇文》（1041）卷五小说类"小说上"云："《摭言》十五卷。"笔者按：晚唐五代十国时书名为《摭言》且卷数为十五卷者有二本，一为王定保撰，一为何晦撰。不知《崇文总目》此《摭言》十五卷为谁的著作，姑录于此备考。

《宋史》（1343）卷二百六艺文五"小说类"云："何晦《摭言》十五卷。"

（二）何晦《广摭言》十五卷（佚）

《宋史》（1343）卷二百六艺文五"小说类"云："何晦……《广摭言》十五卷。"

《直斋》（1262）卷十一"小说家类"云："《广摭言》十五卷。乡贡进士何晦撰（按，晦原本作临。《文献通考》、《宋史·艺文志》俱作晦，《十国春秋》亦云'何晦著《摭言》'，今改正）其序言太岁癸酉下第于金陵凤台旅舍。癸酉者，开宝六年（973）也。时江南犹未下。晦盖其国人软？"

53 南唐国丘旭 3 种 3 卷（均佚）

丘旭（生卒年不详），五代末宋初宣州宣城人，字孟阳。农家子。南唐李煜时试赋，擢第一人。南唐亡，归宋，授令录，迁京秩，卒于衡州（《中国历代人名大辞典》第 437 页）。有著作 3 种 3 卷，均佚。

笔者按：丘旭，又作邱旭，《十国春秋》卷三十一"南唐十七"有传。

（一）丘旭《宾朋宴语》一卷（佚）

《宋史》（1343）卷二百三艺文二"传记类"云："丘旭《宾朋宴语》一卷。"

《十国》（1672）卷二十九《邱旭传》云："邱旭……常纂古名贤遗言为《宾朋宴语》行世，其词赋得故唐程度体，时人取以为法。"

（二）《丘旭赋》一卷（佚）

《崇文》（1041）卷十二"别集五"云："《丘旭赋》一卷（缺）。"

《宋史》（1343）卷二百八艺文七"别集类"云："丘旭……又赋一卷。"

（三）《丘旭诗》一卷（佚）

《崇文》（1041）卷十二"别集五"云："《丘旭诗》一卷（缺）。"

《宋史》（1343）卷二百八艺文七"别集类"云："《丘旭诗》一卷。"

54 南唐国邵拙 2 种 301 卷（均佚）

邵拙（生卒年不详），字拙之，宣城（今属安徽）人。一作雁门（今属山西）人，南唐时人，后归宋，应制科试，未放榜而卒。邵拙文学韩愈、柳宗元，曾作诗三百篇，尚书郎孙迈为之作序，名曰《庐岳集》。又手书史传文集三百卷藏于官府。今存断句一联，见《全唐诗》卷七九五（《中国文学家大辞典·唐五代卷》第 474 页）。有著作 2 种 301 卷，均佚。

笔者按：邵拙，《十国春秋》卷二十九"南唐十五"有传。

（一）邵拙《庐岳集》一卷（佚）

马令《南唐书》（1105）卷二十二《邵拙传》云："著书埒韩柳，有诗三百篇，尚书郎孙迈为之序，命曰《庐岳集》。"

宋潘自牧《记纂渊海》（成书于宋宁宗赵扩庆元后，即 1195—1200 年后）卷十云："皇朝邵拙有文曰《庐岳集》。"

《十国》（1672）卷二十九《邵拙传》云："有诗百篇，曰《庐岳集》。"

清赵宏恩等《江南通志》（文渊阁四库全书本）（1736）卷一百九十三云："《庐岳集》一卷（宣州邵拙）。"笔者按：据清王之锜等《江南通志序》知《江南通志》成书于乾隆元年（1736）。

（二）邵拙"手钞史传文集"三百卷（佚）

马令《南唐书》（1105 年）卷二十二《邵拙传》云："归皇朝，就应制科，有司以闻，未诏而卒，郡将哀之，籍其装，得拙手书史传文集三百卷，藏于官府。时悼其苦学能文而不得达于名位。"笔者按："手钞史传文集"不是书名，故不加书名号，但也可算为艺文之事，故暂且作为一种著作看待。

《十国》（1672）卷二十九《邵拙传》云："……又有手钞史传文集三百卷。及卒，门人袁氏买地葬之。"

55 南唐国毛炳 1 种，不知卷数（佚）

毛炳（生卒年不详），洪州丰城（今江西丰城）人。聚生徒讲学于白鹿洞，性嗜酒，每得钱则买酒尽醉。时彭会好茶，有"彭生说赋茶三斤，毛氏传经酒半升”之谣。又曾讲学于南台山（《中国文学家大辞典·唐五代卷》第89页）。有著作1种，不知卷数，佚。存诗断句1联，见《全唐诗》卷七九五。

笔者按：毛炳，《十国春秋》卷二十九“南唐十五”有传。

（一）《毛炳诗集》，不知卷数（佚）

马令《南唐书》卷十五《毛炳传》云："因大醉，一夕卒，有诗集传于世。"

笔者按：毛炳诗在公私各书目中无记载，顾櫰三《补五代史艺文志》著录《毛炳诗集》一卷，不知"一卷"之说得自何处，存疑。

56 南唐国黄载 1 种，不知卷数（佚）

黄载（951—1021），《中国文学家大辞典·唐五代卷》、《中国文学家大辞典·宋代卷》无黄载，《中国历代人名大辞典》无南唐时黄载。据《十国春秋》卷三十一"南唐十七"《黄载传》知为南唐人，且知其生于951年，卒于1021年。有著作1种，不知卷数，佚。

（一）黄载《礼经释》，不知卷数（佚）

《十国》（1672）卷三十一"南唐十七"云："黄载……常释《礼经》若干卷，其直百千，为人取去。笑曰：'彼无赀者也。将籍此以成家，亦我之德也。'了不介意……金陵陷，载以隐居获免。宋天禧（1017—1021）末，一夕醉死。年七十。妻与子皆先卒。"

57 南唐国郑文宝 6 种 48 卷（存 3 种 7 卷）

郑文宝（953—1013），字仲贤，宁化（今属福建）人。郑彦华子。以父荫仕南唐为奉礼郎，官至校书郎。入宋，补广文馆生。太平兴国八年（983），进士及第，积官至兵部员外郎。郑文宝师事徐铉，以诗名家，尤长于绝句（《中国文学家大辞典·宋代卷》第587—588页）。有著作6种48卷，存3种7卷。存诗16首，见《全宋诗》卷五八；存文8篇，见《全宋文》卷一三五

（一）郑文宝《玉玺记》一卷（佚）

《遂初》（1194）"谱录类"云："《玉玺记》。"

《宋史》（1343）卷二百二艺文一"小学类"云："郑文宝《玉玺记》一卷。"

（二）郑文宝《南唐近事》二卷（存）

书名又作《南唐近事集》。卷数又作一卷、三卷。详下。

《通志》（1161）卷六十五艺文略第三"史·霸史"云："《南唐近事》二卷（郑文宝撰）。"

《郡斋》（1187）卷二下"伪史类"云："《南唐近事》二卷。右皇朝郑文宝编。纪李氏二主四十年间杂事之可纪者。"

《遂初》（1194）"伪史类"和"小说类"均有《南唐近事》一书。笔者按：可见，尤袤《遂初堂书目》亦有为互见而重复收录书籍的情况。

《直斋》（1262）卷五"伪史类"云："《南唐近事》二卷。工部郎江南郑文宝撰。序云三世四十年。起天福己酉，终开宝乙亥（按，宋太祖在位十七年，首庚申，尽丙子，乙亥乃开宝八年。原本作己亥，误，今改正）然泛记杂事，实小说传记之类耳。"

《通考》（1319）卷二百经籍考二十七"史·伪史霸史"所云引《郡斋》、《直斋》同。笔者按："实小说传记之类耳"之"类"，《通考》作"流"。

《宋史》（1343）卷二百四艺文三"霸史类"云："郑文宝《南唐近事集》一卷。"

《十国》（1672）卷三十《郑文宝传》云："文宝工诗……有《南唐近事》三卷传于世。"

《四库全书总目》（1781）卷一百四十子部"小说家类"云："《南唐近事》一卷（江苏巡抚采进本）。宋郑文宝撰。文宝有《江表志》，已著录。是书前有自序。题太平兴国二年丁丑（977），盖犹未仕宋时所做。《宋史·艺文志》作《南唐近事集》，名目小异，未详何据。然《宋史》多舛，集字盖误衍也。其体颇近小说，疑南唐亡后，文宝有志于国史，蒐采旧文，排纂叙次，以朝廷大政入《江表志》，至大中祥符三年（1010），乃成。其余丛谈琐事，别为缉缀，先成此编，一为史体，一为小说体也。中如控鹤致毙一诗，先见何光远《鉴戒录》，乃女冠蒋炼师事，而此以为庐山九空使者庙道士，似不免于牵合附会。又如韩偓依王审知以终，未见南唐之平闽，乃记其金莲烛跋事，亦失断限。然文宝世仕江南，得诸闻见，虽浮词不免而实录终存焉，故马令、陆游《南唐书》采用此书几十之五六，则宋人固不废其说矣。书中以庆王宏茂作王宏，严可求作严求，刘存中作刘存忠。所记姓名多与他书不合。又，此书之杜业，《江表志》作杜光邺，尤自相违异。殆传抄者有所讹漏，不尽旧本欤？按，偏霸事迹，例入载记，此书虽标南唐之名而非其国记，故入小说家。盖以书之体例为断，不以书名为断，犹《开元天宝遗事》不可以入史部也。"笔者按："按，偏霸事迹"开始的话低二格排列，不知道是谁的按语。

（三）郑文宝《江表志》三卷（存）

卷数一作二卷。详下。

《通志》（1161）卷六十五艺文略第三"史·霸史"云："《江表志》三卷（郑文宝撰）。"

《遂初》（1194）"伪史类"云："《江表志》。"

《直斋》（1262）卷五"伪史类"云："《江表志》三卷。郑文宝撰。序言徐铉、汤悦所录，事多遗落，无年可编。然前录固为简略而犹以年月纪事，今此书亦止杂记，如事实之类尔。《近事》称太平兴国二年丁丑（977），今称庚戌者，大中祥符三年（1010）也。"

《通考》（1319）卷二百经籍考二十七"史·伪史霸史"云："《江表志》三卷。晁氏曰：郑文宝撰。序言徐铉、汤悦所录，事多遗落，无年可编。然前录固为简略而犹以年月纪事，今此书亦止杂记，如事实之类尔。《近事》称太平兴国二年丁丑（977），今称庚戌者，大中祥符三年（1010）。"笔者按：这话明明是陈振孙《直斋书录解题》的著录语，不知道马端临《文献通考》何以会误以为是晁公武《郡斋读书志》的著录语。此类错误，在《文献通考》中也许还有，须留意。

《宋史》（1343）卷二百四艺文三"霸史类"云："郑文宝……《江表志》二卷。"

《四库全书总目》（1781）卷六十六"史部·载记类"云："《江表志》三卷（福建巡抚采进本）。宋郑文宝撰。文宝，字仲贤，宁化人。南唐镇海节度使彦华之子。初仕为校书郎，入宋举太平兴国八年进士，历官至陕西转运使、兵部员外郎，《东都事略》载入《文艺传》中。始，徐铉、汤悦奉诏集李氏事，作《江南录》，多所遗落，文宝因为此编，上卷纪烈祖事，中卷纪元宗事，下卷纪后主事。不编年月，于诸王大臣并标其名，亦无事实，记载甚简。又独全录韩熙载归国状，张佖谏疏各一首。去取亦颇不可解。然文宝为南唐旧臣。《砚北杂志》载其归宋后常披蓑荷笠作渔者以见李煜，深加宽譬，煜甚忠之。《铁围山丛谈》又载其初受业于徐铉，及为陕西转运使，时铉方谪居，仍叩谒执弟子礼，铉亦坐受其拜。盖惓惓笃故旧之谊者。故其纪后主亡国，亦祗以果于自信越人肆谋为言，与徐铉墓碑相类。其意尚有足取。其记李煜时贡献赋敛一条，王巩随手杂录，全取之，且注其下曰'《江表志》，郑文宝撰'，则亦颇重其书。又如'江南江北旧家乡'一诗，文宝以为吴让皇杨溥所作，而马令《南唐书》则直以为后主作。然文宝亲事后主，所闻当得其真。是亦可以订马书之误也。晁氏《读书志》称文宝有序，题庚戌，乃大中祥符三年（1010），此本无之，今从《学海类编》补录成完帙焉。"

（四）郑文宝《江南余载》二卷（存）

《直斋》（1262）卷五"伪史类"云："《江南余载》二卷。不著姓名。序言徐铉始奉诏为《江南录》，其后王举、路振、陈彭年、杨亿皆有书，大概六家皆不足以史称，而龙衮为尤甚。熙宁八年（1075），得郑君所述，于楚州事迹，有六家所遗或小异者，删落是正，取百九十五段，以类相从。郑君者，莫知何人，岂即文宝也耶?"

《通志》（1161）卷六十五艺文略第三"霸史下"云："《江南余载》二卷。"

《宋史》（1343）卷二百四艺文三"霸史类"云："《闽王事迹》一卷、《高氏世家》十卷、《湖南故事》十三卷、《十国载记》三卷、《江南余载》二卷、《高宗皇帝过江事实》一卷、《广王事迹》一卷（并不知作者）。"

《四库全书总目》（1781）卷六十六"史部·载记类"云："《江南余载》二卷（永乐大典本）。不著撰人名氏。《宋史·艺文志》载之霸史类中，亦不云谁作。马端临《文献通考》、戚光南《唐书音释》并作《江南馆载》，字之讹也。陈氏《书录解题》载是书原序略曰：'徐铉奉诏为《江南录》，其后王举、路振、陈彭年、杨亿皆有书，大概六家皆不足以史称而龙衮为尤甚。熙宁八年（1075），得郑君所述于楚州，其事迹有六家所遗或小异者，删落是正，取百九十五段，以类相从'云云。振孙谓郑君者莫知何人。考郑文宝有《南唐近事》二卷，作于太平兴国二年丁丑（977）。又《江表志》三卷，作于大中祥符三年庚戌（1010），不在此序所列六家之内，则所称得于楚州者，当即文宝之书。检此书所录杂事，亦与文宝《江表志》所载，互相出入，然则所谓删落是正者，实据《江表志》为稿本矣。今世所行《江表志》，名为三卷，实止二十四页。盖残缺掇拾，已非完书。此书所谓一百九十五段者，今虽不可全见而《永乐大典》所引尚夥，多有《江表志》所不载者，则《江表志》虽存而实佚，此书虽佚而尚有大半之存也。《宋志》载此书二卷，《书录解题》及诸家书目并同，今采辑其文，仍为二卷，以补《江表志》之阙焉。"

（五）郑文宝《谈苑》二十卷（佚）

《宋史》（1343）卷二百七十七《郑文宝传》云："郑文宝……又撰《谈苑》二十卷。"

（六）《郑文宝集》二十卷（佚）

《宋史》（1343）卷二百七十七《郑文宝传》云："郑文宝……有集二十卷，又撰《谈苑》二十卷、《江表志》三卷。"

58 南唐国刘吉1种2卷，另1种不知卷数（均佚）

刘吉（生卒年不详），燕蓟（今北京、天津蓟县一带）人。五代南唐后主（961—975 年在位）时为传诏承旨。入宋，为供奉官。宋太宗太平兴国（976—984）间，以治河有绩，人称刘跋河（《中国文学家大辞典·唐五代卷》第 191—192 页）。有著作 1 种 2 卷，另 1 种不知卷数，均佚。存诗 2 句，见《全唐诗补编·补逸》卷一六。

（一）刘吉《钓鳌集》，不知卷数（佚）

《五代诗话》卷三云："刘吉……有诗三百首，目为《钓鳌集》，徐铉为序，其首篇《隐者》诗云：'一箭不中鹄，五湖归钓鱼。'人多诵之。以塞河有方，人目为刘跋河。"①

（二）刘吉《江南续又玄集》二卷（佚）

《崇文》（1041）卷十一"总集下"云："《江南续又玄集》二卷。"

《宋史》（1343）卷二百九艺文八"总集类"云："刘吉《江南续又玄集》二卷。"

59 南唐国倪晓2种4卷（均佚）

倪晓（生卒年不详），南唐人，有著作 2 种 4 卷，均佚。事迹见《通志》卷七十。《中国文学家大辞典·唐五代卷》、《中国文学家大辞典·宋代卷》和《中国历代人名大辞典》无此人。笔者按：据《通志》卷七十知倪晓为南唐国人。

（一）《倪晓赋》一卷（佚）

《宋史》（1343）卷二百八艺文七"别集类"云："《倪晓赋》一卷。"

《通志》（1161）卷七十艺文略第八"赋"云："《倪晓赋》一卷（伪唐人），又《获稿》三卷（倪晓既亡，得其遗稿二十一首赋）。"

笔者按：《崇文》（1041）卷十二"别集五"云："《倪曙赋》一卷。"此倪曙，当即倪晓。录此备考。

（二）倪晓《获稿》三卷（佚）

《通志》（1161）卷七十艺文略第八"赋"所云同上《倪晓赋》一卷之著录。

---

① （清）王士祯原编，郑方坤删补，戴鸿森校点：《五代诗话》（10 卷），人民文学出版社 1989 年版，卷 3，第 165 页。

60 南唐国李明 1 种 5 卷（佚）

李明（生卒年不详），南唐时人（《中国文学家大辞典·唐五代卷》第289页。有著作1种5卷，佚。存诗1首，见《全唐诗补编·续拾》卷四四。

笔者按：据《通志》卷七十知李明为南唐国人。

（一）《李明诗集》五卷（佚）

《崇文》（1041）卷十二"别集五"云："《李明诗集》五卷（缺）。"

《通志》（1161）卷七十艺文略第八别集五"伪朝"云："《李明诗集》五卷（伪唐）。"

《宋史》（1343）卷二百八艺文七"别集类"云："《李明诗集》五卷。"

61 南唐国李叔文 1 种 1 卷（佚）

李叔文（生卒年不详），一作季叔文，南唐时人（《中国文学家大辞典·唐五代卷》第287页）。有著作1种1卷，佚。笔者按：如下文所述，《宋史·艺文志》云李叔文一作李叔父，未见李叔文作"季叔文"的记载，不知《中国文学家大辞典·唐五代卷》"一作季叔文"出自何处，录此存疑。

（一）《李叔文诗》一卷（佚）

《崇文》（1041）卷十二"别集五"云："《李叔文诗》一卷。"

《通志》（1161）卷七十艺文略第八别集五"伪朝"云："《李叔文诗》一卷（伪唐）。"

《宋史》（1343）卷二百八艺文七"别集类"云："《李叔文（一作父）诗》一卷。"

62 南唐国成彦雄 2 种 10 卷（均佚）

成彦雄（生卒年不详），字文幹，江南人。南唐时进士。其诗多为写景咏物之作，尤长于绝句（《中国文学家大辞典·唐五代卷》第163页）。有著作2种10卷，佚。存诗1卷，见《全唐诗》卷七九五。

（一）成彦雄《梅顶集》五卷（佚）

作者又作盛文乾。书名又作《梅岭集》。卷数又作五卷。详下。

《崇文》（1041）卷十一"别集二"云："盛文幹《梅顶集》五卷。"笔者按：不知这"盛"、"成"是否笔误，"文幹"和"彦雄"是否为一个人的字和名。也就是说，不知盛文幹和成彦雄是否为同一人。

《通志》（1161）卷七十艺文略第八别集五"伪朝"云："成文幹《梅岭集》五卷。"

《郡斋》（1187）卷四中"别集类中"云："成彦雄《梅顶集》。右伪唐成彦雄，江南进士，有刘铉序。"

《通考》（1319）卷二百三十三经籍考六十"集·别集"云："成彦雄《梅顶集》一卷。晁氏曰：南唐成彦雄，江南进士。有刘铉序。"笔者按：《郡斋读书志》不言成彦雄《梅顶集》是一卷，不知道《文献通考》何以有此误。

（二）《成文幹诗集》五卷（佚）

《宋史》（1343）卷二百八艺文七"别集类"云："《成文幹诗集》五卷。"

63 南唐国蔡翼 1 种 1 卷（佚）

蔡翼（生卒年不详），有著作 1 种 1 卷，佚。事迹见《崇文总目》卷一。《中国文学家大辞典·唐五代卷》、《中国文学家大辞典·宋代卷》无此人，《中国历代人名大辞典》之蔡翼，非南唐时人，乃南朝陈末隋初时人。笔者按：据《崇文总目》卷一知蔡翼为南唐国人。

（一）蔡翼《琴调》一卷（佚）

《崇文》（1041）卷一"乐类"云："《琴调》一卷（缺）。伪唐蔡翼撰。"

《宋史》（1343）卷二百二艺文一"乐类"云："蔡翼《琴调》一卷。"

《通考》（1319）卷一百八十六经籍考"经·乐"云："《崇文总目》：伪唐蔡翼撰。琴曲有大小胡笳十八拍。沈辽集世名沈家声小胡笳，又有《契声》一拍，共十九拍，谓之祝家声。不详何人所载，乃小胡笳子。"

64 南唐国程匡柔有著作 3 种 16 卷（均佚）

程匡柔（生卒年不详），又作程正柔、程柔（《中国文学家大辞典·唐五代卷》、《中国文学家大辞典·宋代卷》、《中国历代人名大辞典》无程匡柔）。《直斋书录解题》卷五云程匡柔为南唐人。有著作 3 种 16 卷，均佚。

（一）程匡柔《大唐补记》三卷（佚）

作者名又作程正柔、程柔。书名又作《唐补记》、《大唐补纪》。详下。

《崇文》（1041）卷三"杂史下"云："《唐补记》三卷。"

《遂初》（1194）"杂史类"云："《唐补记》。"

《直斋》（1262）卷五"杂史类"云："《大唐补记》三卷。南唐程匡柔撰

（按，马令《南唐书》作程匡柔，原本作臣柔，误，今改正），序言懿宗朝有焦璐者，撰《年代纪》，述神尧止宣宗。匡柔袭撮三百年历，补足十九朝。起咸通戊子（868），止癸巳（873），附璐书中乾符（874—879）以后，备存补记。末有后论一篇，文辞虽拙，论议亦正。"

《通考》（1319）卷一百九十六经籍考二十三"史·传记"所云引《直斋》同。

《宋史》（1343）卷二百三艺文二"编年类"云："程正柔《大唐补纪》三卷。"

（二）程匡柔《五曹算经求一法》三卷（佚）

作者名又作程柔。详下。

《宋史》（1343）卷二百七艺文六"历算类"云："程柔《五曹算经求一法》三卷。"

（三）程匡柔《安居杂著》十卷（佚）

作者名又作程柔。详下。

《宋史》（1343）卷二百八艺文七"别集类"云："程柔《安居杂著》十卷。"

65 陈彭年作于南唐国者 1 种万余言，不知卷数（佚）

陈彭年（961—1017），字永年，抚州南城（今属江西）人。师事徐铉。雍熙二年（985）进士及第，仕宋，积官至刑部员外郎（《中国文学家大辞典·宋代卷》第 510 页）。有著作 10 种 172 卷。存文 2 卷，见《全宋文》卷一八七至一八八。

（一）陈彭年《皇纲经》万余言，不知卷数（佚）

《十国》卷三十一"南唐十七"《陈彭年传》云："年十三，著《皇纲经》万余言，为名辈所赏。后主闻之，召入宫，令幼子仲宣与之游。"

笔者按：除《皇纲经》万余言外，陈彭年还有著作 10 种 172 卷，但是，均非在南唐作，陈彭年 15 岁即入宋，故陈彭年是宋代人，其作于南唐归宋后的著作 10 种 172 卷不予置于《南唐国艺文志考索》中。特此说明。

66 南唐国李侯 1 种 1 卷（佚）

李侯（生卒年不详），事迹据《闻见后录》卷二十七。有著作 1 种 1 卷，佚。《中国文学家大辞典·唐五代卷》、《中国文学家大辞典·宋代卷》无李侯，《中国历代人名大辞典》无南唐李侯。

（一）李侯《阁中集第九》一卷（佚）

笔者按：顾櫰三《补五代史艺文志》、宋祖骏《补五代史艺文志》均有"李侯《阁中集第九》一卷"的著录，但是，没有交代出处或依据。今据宋邵博《闻见后录》卷二十七"予收南唐李侯《阁中集第九》一卷"的记载知，李侯有《阁中集第九》一卷，佚。

67 南唐国夏鸿 1 种，不知卷数（佚）

夏鸿（生卒年不详），宋池州人，尝与弟夏鹏撰《十三代史略》，后辟为团练推官（《中国历代人名大辞典》第 1874 页据《万姓统谱》卷八五）。

（一）南唐夏鸿、夏鹏《十三代史略》（佚）

明彭大翼《山堂肆考》（文渊阁四库全书本）（1595）卷一百二十三云："宋池州人夏鸿与其弟夏鹏撰《十三代史略》，后以辟为团练推官。"笔者按：据《山堂肆考》卷首之凌儒《山堂肆考序》作于万历乙未岁（1595），知《山堂肆考》成书于 1595 年。

清赵宏恩等《江南通志》（文渊阁四库全书本）（1736）卷一百六十九云："夏鸿，贵池人。尝与兄鹏辑《十三代史略》，隐居不出，乡人罕见其面。子乾锡，樊师古尝师事之。及守池，荐于朝，宋祖为制冠服召之，竟不起。自号清溪布衣。时推一门高尚。"

笔者按：《十三代史略》的作者，据《山堂肆考》，则为夏鸿、夏鹏，因为夏鸿为兄；据《江南通志》，则为夏鹏、夏鸿，因为夏鹏为兄。此处《山堂肆考》成书时间早于《江南通志》一百余年，此处采用《山堂肆考》之说。唐圭璋《南唐艺文志》据《江南通志》补"《十三代史略》，夏鹏、夏鸿撰"，亦可。

考辨（四篇）：

中晚唐陈陶有著作 3 种 22 卷而南唐国陈陶无著作

《五代艺文考》第 208 页提到"《陈陶文集》十卷、《诗》一卷"，并云顾櫰三《补五代史艺文志》、宋祖骏《补五代史艺文志》、汪振民《补南唐艺文志》、杜文玉《南唐艺文志》均如此著录，只有唐圭璋《南唐艺文志》仅列《陈陶文集》十卷，未提到陈陶的诗。

首先，诸公私目录书和史志从未有《陈陶文集》这样的书名。《五代艺文考》提到的"《陈陶文集》十卷"在公私目录书和史志中，均作"《陈陶文录》十卷"。不知顾櫰三等六位前辈学者何以会有此误。

其次，清康熙时龚贤《中晚唐诗纪》、清康熙时刘云份《中晚唐诗》中均含《陈陶诗》一卷，不知所刊刻的《陈陶诗》一卷的作者，是中晚唐陈陶，还是南唐陈陶。清康熙时席氏琴川书屋自刻《唐诗百名家全集》本含《陈嵩伯诗集》一卷，既然称陈嵩伯，则确知是中晚唐陈陶，非南唐陈陶。因为晁公武《郡斋读书志》（1187）卷四中"别集类中"云："《陈陶集》二卷。右唐陈陶嵩伯也。鄱阳人。大中（847—860）时隐洪州西山，自号三教布衣云。《江南野史》有传。"又，《中国文学家大辞典·唐五代卷》"陈陶"（803？—879？）（即中晚唐陈陶）词条云："字嵩伯，长江以北人。……陶工乐府，《陇西行》传诵甚广。有《文录》一〇卷，已佚。后人辑有《陈嵩伯诗集》一卷，《全唐诗》卷七四五、七四六存诗二卷。其事迹多与南唐陈陶相混，后人常误作一人，其集中亦混入南唐陈陶及他人作品，尚有待甄辨。"

最后，诸公私目录书和史志中，隶属于"陈陶"名下的著作有3种22卷。一是《陈陶文录》十卷，见于《崇文总目》卷十一"别集二"、《通志》卷七十艺文略第八"别集四·唐"、《宋史》卷二百八艺文七"别集类"；二是《陈陶集》二卷，见于尤袤《遂初堂书目》（最晚1194年成书）"别集类"、晁公武《郡斋读书志》卷四中"别集类中"（《文献通考》卷二百三十三"别集"引《郡斋读书志》）；三是《陈陶诗》十卷，见于《宋史》（1343）卷二百八艺文七"别集类"云。《通志》卷七十将"《陈陶文录》十卷"收录于"别集四·唐"，而不是"别集五（五代、伪朝、宋、别集诗）"中。可见，《陈陶文录》的作者是中晚唐陈陶，而不是南唐陈陶。如上所述，晁公武明确地说《陈陶集》二卷的作者字嵩伯，大中（847—860）时隐居于洪州西山，可见《陈陶集》二卷的作者也是中晚唐陈陶，非南唐陈陶。那么，只剩下《宋史》卷二百八著录的"《陈陶诗》十卷"的作者难以判定是中晚唐人还是南唐人了。此《陈陶诗》十卷后来再未见人提到过，到清代康熙时席启寓刊刻《唐诗百名家大全集》时，收录并刊刻了一本名为《陈嵩伯诗集》一卷的书。显然，这又是中晚唐陈陶而非南唐陈陶了。

补说一下，张兴武《补五代史艺文志辑考》关于陈陶的著作，沿袭其《五代艺文考》的论述，仅前后句子稍有调整，未进行修订，故其疏漏未得到纠正。① 中晚唐陈陶（803？—879？）不论是从生卒看还是从经历看，都可能与贯休（832—912）有交往。所以，不能断定与贯休有交往的陈陶是南唐的

---

① 张兴武：《补五代史艺文志·辑考》，上海古籍出版社2016年版，第271—272、626页。

陈陶。《陈陶诗》一卷的作者还是认定为中晚唐的陈陶比较合适。清康熙时人席启㝢，现当代学者唐圭璋的做法可取。

综上可见，在诸公私目录书和史志等载籍中，未见南唐陈陶有著作，故本《南唐国五艺文志考索》所收之书的作者中，未出现"陈陶"的名字。

所谓南唐国周载《齐职仪》实非五代著作更非南唐国著作

汪振民《补南唐艺文志》著录周载《齐职仪》，注云："据《十国春秋·徐锴传》'后主尝得周载《齐职仪》'补。"《五代艺文考》之《新编五代艺文志》"仪注类"据此著录"《齐职仪》，周载撰"。[①] 但是，"周载"不见于《中国文学家大辞典·唐五代卷》、《中国文学家大辞典·宋代卷》、《中国历代人名大辞典》三种工具书，亦未见其他史籍载有此人。郑樵《通志》卷六十五所收关齐梁时代职官类著作的三部书及其作者是："《齐职官仪》五十卷（齐长水校尉王珪之撰）、《齐职仪》、《梁新定官品》十六卷（沈约撰）。"该书该卷所收自古以来一百四十六部职官类著作的作者，没有一个名"周载"的。所以，"后主尝得周载《齐职仪》"的"周载"未必是人名，所谓"周载《齐职仪》"，可能相当于"全本《齐职仪》"的意思。即使"周载"是人名，而且是五代时南唐国人，那也不太可能撰写《齐职仪》这样的书。因为《齐职仪》是讲齐国职官礼仪的，那应该是很早就写出的一本书。如果再仔细读一下《十国春秋》卷二十八"南唐十四"《徐锴传》的相关记载，就会发现，这种判断是可以被证实的。《十国春秋》卷二十八《徐锴传》曰："锴酷嗜读书，隆冬烈暑，未尝少辍。后主一日得周载《齐职仪》，江东初无此书，人无知者，以访锴，一一条对，无所遗忘，其博记如此。"[②] 所谓"江东初无此书"，言外之意是说此书很早就有了，但是未见有人提到江东有此书；又说博闻强记的徐锴能将《齐职仪》的内容"一一条对"，更可见此书不是徐锴当代人的著作。又，《新唐书》卷五十八"杂史类"有"孟仪注《周载》三十卷"，可见，正确的读法和标点也可能是："后主一日得《周载》、《齐职仪》"，如是这样，则"江东初无此书"的"此"，应该就是"此类"的意思（《周载》和《齐职仪》都是史书）。总之，《齐职仪》不是五代人的著作。因此，本《南唐国艺文志考索》不著录《齐职仪》，并辨正于此。

---

① 张兴武：《五代艺文考》，巴蜀书社 2003 年版，第 418 页。

② （清）吴任臣撰，徐敏霞、周莹点校：《十国春秋》（116 卷），中华书局 1983 年版，卷 28，第 404 页。

宋初张泌的 3 种著作属宋还是属南唐国只能存疑

张泌（生卒年不详），泌，一作佖，字子澄，淮南（今安徽寿县）人。仕南唐，后主时为句容县尉，宋建隆三年（962），上后主书言国事，得监察御史之职。开宝五年（972），以内史舍人知礼部贡举，积官内史舍人（《中国文学家大辞典·唐五代卷》第 423 页）。存诗 1 卷，见《全唐诗》卷七四二，《全唐诗补编·续补遗》卷一一补其诗 1 首。存文 1 篇，见《全唐文》卷八七二。

（一）张泌《汉书刊误》一卷（佚）

《宋史》（1343）卷二百三艺文二"正史类"云："张泌《汉书刊误》一卷。"

宋王应麟《玉海》（文渊阁四库全书本）卷四十九《景祐汉书刊误》云："《汉书刊误》一卷。淳化（990—994）中史官修撰张佖撰。"笔者按：首先，张佖即张泌。第二，不知王应麟所云"淳化（990—994）中史官修撰张佖撰"是什么意思？如果是说史官修撰张佖于淳化（990—994）中撰成《汉书刊误》一卷，则此书乃宋代著作，非南唐著作；如果是说《汉书刊误》一卷的作者就是淳化（990—994）年间担任史官修撰的张佖，那么，《汉书刊误》可能撰写于淳化（990—994）中，也可能撰写于淳化（990—994）前，那就是说，《汉书刊误》可能是南唐著作，也可能是宋代著作。究竟怎样，难以确知，故存疑。

（二）张泌《十事疏》，不知卷数（存）

笔者按：建隆二年（961）张泌以十事上书李煜，此十事的要义是："一曰举简大以行君道，二曰略繁小以责臣职，三曰明赏罚以彰劝善惩恶，四曰慎名器以杜作威擅权，五曰询言行以择忠良，六曰均赋役以安黎庶，七曰纳谏诤以容正直，八曰究毁誉以远谗佞，九曰节用以行克俭，十曰克己以固旧好。"此有关十事的上书保存于宋郑文宝《江表志》卷三中，全文共一千余字。此为一篇文章，且篇幅不够大，故很少可能被编集成一本书。汪振民《补南唐艺文志》据此补"《十事疏》，张泌撰"，显然不够合理，不够可靠。但是，考虑到古人的书写和刊印工具等技术问题，谁也不能保证古人绝不会把一千余字的一篇文章编集成书。究竟如何，无法确知，只好存疑。

（三）《张泌诗》一卷（佚）

《五代诗话》卷三云："张泌，淮南人。初官句容尉，上书言治道，后主征为监察御史，官至内史舍人，入宋后归家毗陵。诗一卷。后主壬申岁

（972），泌知贡举，试《天鸡弄和凤》……（《全唐诗录》）。"① 据《四库全书总目》卷一百九十知，《全唐诗录》一百卷为清徐倬编，于康熙丙戌岁（1706）进呈。可见，《全唐诗录》、《五代诗话》均为清人著作，此二种著作所言张泌诗一卷，未言版本，则所谓张泌诗，在宋初未必编集成书，故存疑于此。

许洞著作宜归属于宋代不宜归属于南唐国

汪振民《补南唐艺文志》著录"《杂古文赋》一卷，许洞、徐铉撰。"《五代艺文考》第441页之《新编五代艺文志》"总集类"亦如此著录。许洞生卒不详，但是，据《宋史》卷四百四十一本传，大中祥符四年（1011），许洞献《三盛礼赋》于真宗，除吴江主簿，卒年四十二。那么，许洞生年最晚在970年。这样，978年南唐亡国时，许洞还不足八岁，是不可能和徐铉合作撰写《杂古文赋》一卷的。可见，虽然许洞有著作6种137卷，存1种20卷，但是，许洞包括《杂古文赋》在内的所有著作都不能被归属于南唐国。许洞是地地道道的宋代学者。

以上南唐国67名文人，著作156种2437卷，另11种不知卷数，1种1卷为合编，2种83卷存疑。存21种365卷，另存新辑本1种2卷、存合编1种2卷。

---

① （清）王士禛原编，郑方坤删补，戴鸿森校点：《五代诗话》（10卷），人民文学出版社1989年版，卷3，第160页。

第三章　前蜀国艺文志考索

01 前蜀国冯涓 4 种 18 卷，另 1 种不知卷数（均佚）

冯涓（生卒年不详），字信之，婺州东阳（今浙江东阳）人。一说信都（今河北冀州市）人。祖冯宿，有文名。冯涓登大中十一年（857）进士第（一说大中四年）。景福（892—893）时，冯涓为王建辟为西川节度判官。后拜前蜀御史大夫，卒（《中国文学家大辞典·唐五代卷》第 148 页）。有著作 4 种 18 卷，另 1 种不知卷数，均佚。

笔者按：《十国春秋·冯涓传》关于冯涓的几次上谏，可见唐末文人的历史作用，由冯涓也可见唐末文人的迁徙情况。《唐诗纪事》卷六十六云："冯涓……在西川重围中……徒步糊口，著《怀秦赋》，有《南冠》、《龙吟》等集，皆伤蹭蹬也。"

（一）冯涓《怀秦赋》一卷（佚）

《崇文》（1041）卷十二"别集五"云："《怀秦赋》一卷（缺）。"

《通志》（1161）卷七十艺文略第八"赋"云："《怀秦赋》一卷（伪蜀冯涓撰）。"

《宋史》（1343）卷二百八艺文七"别集类"云："冯涓《怀秦赋》一卷。"

《十国》（1672）卷四十本传云："冯涓……涓于成都墨池灌园自给。著《怀秦赋》及《蜀駃引》以见志。"

（二）《冯涓集》十三卷（佚）

《宋史》（1343）卷二百八艺文七"别集类"云："冯涓……又集十三卷。"

（三）冯涓《龙吟集》三卷（佚）

《崇文》（1041）卷十一"别集二"云："《龙吟集》三卷（缺）。"

《通志》（1161）卷七十艺文略第八"别集五·伪朝"云："冯涓《龙吟集》三卷（伪蜀），又《长乐集》十卷。"

《宋史》（1343）卷二百八艺文七"别集类"云："冯涓……《龙吟集》三卷。"

《十国》（1672）卷四十本传云："冯涓……所著有……《龙吟集》三卷。"

（四）冯涓《长乐集》一卷（佚）

卷数又作十卷。详下。

《崇文》（1041）卷十一"别集二"云："《长乐集》一卷（缺）。"

《通志》（1161）卷七十艺文略第八"别集五·伪朝"云："冯涓……又《长乐集》十卷。"

《宋史》（1343）卷二百八艺文七"别集类"云："冯涓……《长乐集》一卷。"

《十国》（1672）卷四十本传云："冯涓……所著有……《长乐集》十卷。"

（五）冯涓《南冠集》，不知卷数（佚）

《十国》（1672）卷四十本传云："冯涓……所著有《南冠集》。"

笔者按：《十国春秋》卷四十《冯涓传》云："涓于成都墨池灌园自给。著《怀秦赋》及《蜀狖引》以见志。高祖分藩西川，表涓节度判官……所著有《南冠集》、《龙吟集》三卷、《长乐集》十卷，又撰《橄龙文》、《大虫膀》、《嵫竿歌》，皆有文采。"但是，《蜀狖引》、《橄龙文》、《大虫膀》、《嵫竿歌》这四种作品可能是文章，未必成书，故不能作为冯涓的书看待，录此备考。

02 前蜀国贯休 2 种 31 卷（存 1 种 25 卷）

贯休（832—912），字德隐，俗姓姜氏，婺州兰溪（今属浙江）人（《中国文学家大辞典·唐五代卷》第 609—610 页）。有著作 2 种 31 卷，存 1 种 25 卷。今存诗 12 卷，见《全唐诗》卷八二六至卷八三七，《全唐诗补编·补逸》卷一八补 2 首、《全唐诗·续补遗》卷一三补 8 首、《全唐诗续拾》卷五二补 6 首。

（一）贯休《禅月集》三十卷（存，卷数为二十五卷）

书名又名《贯休集》、《西岳集》、《禅月诗》。卷数又作十卷、四十卷、二十五卷。详下。

《通志》（1161）卷七十艺文略第八"别集四"云："《禅月诗》三十卷（贯休）。"

《郡斋》（1187）卷四中"别集类中"云："贯休《禅月集》三十卷。右唐僧贯休撰，字德隐，姓姜氏，婺州人，后入蜀，号禅月大师。初，吴融为之序，其弟子昙域削去，别为序引，伪蜀乾德（919—924）中献之。"

《直斋》（1262）卷十九"诗集类上"云："《禅月集》十卷（按：《唐诗纪事》作《西岳集》，《文献通考》作《宝月诗》一卷。此本作《禅月集》者，贯休号禅月上人，因名其集也），唐僧兰溪贯休撰。姓姜氏，后入蜀。"

《宋史》（1343）卷二百八艺文七"别集类"云："《贯休集》三十卷。"

《十国》（1672）卷四十七本传云："贯休……有……《西岳集》四十卷。"笔者按：宋张唐英《蜀梼杌》卷上云："贯休本兰溪人，善诗，与齐己齐名，有《西岳集》十卷。"

《四库全书总目》（1781）卷一百五十一"集部·别集类"云："《禅月集》二十五卷、《补遗》一卷（内府藏本）。唐释贯休撰。贯休，字德隐，姓姜氏，兰溪人。旧本题曰梁人。按：贯休初以乾宁三年（896）依荆南成汭，后历游高季兴、钱镠间，晚乃入蜀依王建，至乾德癸卯（912）乃卒，年八十一，终身实未入梁，旧本误也。陶岳《五代史补》称贯休《西岳集》吴融序之。然集末载其门人昙域后序，编次歌诗文赞为三十卷，则岳亦误记矣。此本为宋嘉熙四年（1240）兰溪兜率寺僧可燦所刊，毛晋得而重刊之。仅诗二十五卷，岂佚其文赞五卷耶？《补遗》一卷，亦晋所辑，然所收佚句如'朱门当大道，风雨立多时'一联，乃《赠乞食僧诗》，今在第十七卷之首，但'道'作'路'，'雨'作'雪'耳。晋不辨而重收之，殊为失检。《文献通考》别载《宝月集》一卷，亦云贯休作，今已不传。然昙域不云有此集，疑马端临或误。毛晋又云：'《西岳集》或作《南岳集》。考贯休生平，未登太华，疑南岳之名为近之，西字或传写误也。'又，书籍刊板始于唐末，然皆传布古书，未有自刻专集者。昙域后序作于王衍乾德五年（923），称检寻稿草及阁记忆者，约一千首，雕刻成部。则自刻专集，自是集始，是亦可资考证也。"笔者按：贯休卒于912年，乃梁太祖乾化二年壬申岁，非乾德癸卯。而且，王衍乾德年为919—924年，宋太祖乾德年为963—968年。这两个乾德年号均无癸卯岁，不知四库馆臣何以会有此误。

（二）贯休《宝月集》一卷（佚）

《通考》（1319）卷二百四十三经籍考七十"集·诗集"云："《宝月诗》一卷。晁氏曰：唐僧贯休撰。字德隐，姓姜氏，婺州人。后入蜀，号禅月大师。初，吴融为之序。其弟子昙域削去，别为序引，伪蜀乾德（919—924）中献之。"笔者按：《郡斋》所收贯休著作，是《贯休禅月集》三十卷，未收

《宝月诗》一卷。不知道《通考》引《郡斋》何以会有此误。

《十国》（1672）卷四十七本传云："贯休……有《宝月集》一卷、《西岳集》四十卷。"

03 前蜀国韦庄 10 种 34 卷（存 2 种 13 卷）

韦庄（836?—910），字端己，京兆杜陵（今陕西西安）人。谥文靖（《中国历代文学家大辞典·唐五代卷》第 72—74 页）。有著作 10 种 34 卷，存 2 种 13 卷。《全唐诗》编其诗为 6 卷，见卷六九五至卷七零零，卷八九二又录其词 52 首。《全唐诗补编·补全唐诗》及《续补遗》卷一三又各补其诗 1 首。文 3 篇，见《全唐文》卷八八九。

（一）韦庄《蜀程记》一卷（佚）

《崇文》（1041）卷四"传记类"之"传记下"云："《蜀程记》一卷。"

《通志》（1161）卷六十七艺文略第五"行役"云："《蜀程记》一卷（唐韦庄撰）。"

《遂初》（1194）"地理类"云："《蜀程记》。"

《宋史》（1343）卷二百四艺文三"地理类"云："韦庄《蜀程记》一卷。"

《十国》（1672）卷四十本传云："韦庄……有集二十卷、《笺表》一卷、《蜀程记》一卷，又有《浣花集》五卷。"

（二）韦庄《峡程记》一卷（佚）

《崇文》（1041）卷四"传记类"之"传记下"云："《蜀程记》一卷。"

《通志》（1161）卷六十七艺文略第五"行役"云："《峡程记》一卷（唐韦庄撰）。"

《遂初》（1194）"地理类"云："《峡程记》。"

《宋史》（1343）卷二百四艺文三"地理类"云："韦庄……《峡程记》一卷。"

（三）韦庄《采玄集》一卷（佚）

《宋史》（1343）卷二百九艺文八"总集类"云："韦庄《采玄集》一卷。"

（四）韦庄《又玄集》三卷（存）

卷数又作一卷。详下。

《崇文》（1041）卷十一"总集类·总集下"云："《又玄集》一卷。"

《遂初》（1194）"总集类"云："《唐又玄集》。"

《宋史》（1343）卷二百九艺文八"总集类"云："韦庄《又玄集》三卷。"

笔者按：上海古典文学出版社1958年影印了日本昌平坂学问所官版《又玄集》三卷。

（五）韦庄《浣花集》二十卷（存，卷数作十卷）

卷数又作五卷、一卷、十卷。详下。

《崇文》（1041）卷十一"别集二"云："《浣花集》二十卷（缺）。"卷十二"别集五"云："《浣花集》二十卷。"笔者按：《崇文总目》对《浣花集》一书收重复了，但是，第二次收录时不注"缺"字了，值得注意。

《通志》（1161）卷七十艺文略第八"别集五·伪朝"云："韦庄《浣花集》二十卷（伪蜀）。"

《郡斋》（1187）卷四中"别集类中"云："韦庄《浣花集》五卷。右伪蜀韦庄，字端己，仕王建至吏部侍郎、平章事。集乃其弟霭所编，以所居即杜甫草堂旧址，故名云。伪史称庄有集二十卷，今止存此。"

《直斋》（1262）卷十九"诗集类上"云："《浣花集》一卷。蜀韦庄撰。唐乾宁元年（894）进士也。"

《通考》（1319）卷二百四十三经籍考七十"集·诗集"云："韦庄《浣花集》五卷。晁氏曰：伪蜀韦庄，字端己，仕王建，至礼部侍郎、平章事。集乃其弟霭所编。以所居即杜甫草堂旧址，故名。伪史称庄有集二十卷。今止存此。"笔者按：《通考》所引《郡斋》语仅少一个"云"字，其他全同。又，《通考》对《直斋》所收《浣花集》一卷略而不提，由此可窥见《通考》对同一书卷数不同时的取舍办法。

《宋史》（1343）卷二百八艺文七"别集类"云："韦庄《浣花集》十卷。"

《十国》（1672）卷四十本传云："韦庄……又有《浣花集》五卷。"

《四库全书总目》（1781）卷一百五十一"集部·别集类"云："《浣花集》十卷、《补遗》一卷（编修汪汝藻家藏本）。唐韦庄撰。庄，字端己，杜陵人，乾宁九年第进士，授校书郎，转补阙，后仕蜀王建，至礼部侍郎、同平章事。《文献通考》载庄集五卷。此本十卷，乃毛晋汲古阁所刻，为庄弟霭所编，前有霭序。疑后人析五为十，故第十卷仅诗六首也。末为《补遗》一卷，则毛晋所增。然如《癸丑年下第献新先辈》一首，既见于卷八，又入补遗。殊为失检。《全唐诗》所录较此本多《勉儿子即事》等篇，共三十余首。盖霭序作于癸亥年六月，为唐昭宗之天复三年（903）。庄方得杜甫草堂，故以名集。自是以后篇什，皆未载焉，故往往散见于诸书，后人递有增入耳。"笔者按：《十国春秋》等书均云韦庄乃第年为乾宁元年（894），非乾宁九年；而且乾宁为唐昭宗年号，为894—898年，共5年。四库馆臣误。

（六）韦庄《谏草》一卷（佚）

《遂初》（1194）"章奏类"云："唐韦庄《谏草》。"

《通志》（1161）卷七十艺文略第八"奏议"云："《韦相谏草》一卷。"

《宋史》（1343）卷二百八艺文七"别集类"云："韦庄……《谏草》一卷。"

（七）韦庄《谏疏牋表》四卷（佚）

《宋史》（1343）卷二百八艺文七"别集类"云："韦庄《谏疏笺表》四卷。"

（八）韦庄《韦文靖牋表》一卷（佚）

书名又作《笺表》。详下。

《通志》（1161）卷七十艺文略第八"表章"云："《韦文靖笺表》一卷（伪蜀韦庄撰）。"

《宋史》（1343）卷二百八艺文七"别集类"云："《韦文靖笺表》一卷。"

《十国》（1672）卷四十本传云："韦庄……有……《笺表》一卷。"

（九）韦庄《幽居杂编》一卷（佚）

《崇文》（1041）卷十二"别集四"云："韦庄《幽居杂编》一卷（缺）。"

（十）韦庄《谏疏集》三卷（佚）

《崇文》（1041）卷十二"别集六"云："韦庄《谏疏集》三卷。"

04 前蜀国韦霭 1 种 1 卷（佚）

韦霭（生卒年不详），京兆杜陵（今陕西长安）人。诗人韦庄之弟。天复三年（903），编次韦庄诗为《浣花集》，并作序（《中国文学家大辞典·唐五代卷》第83页）。有著作1种1卷，佚。存文1篇，见《全唐文》卷八八九。

（一）《韦霭诗》一卷（佚）

《新唐书》（1060）卷六十艺文志第五十"别集类"云："《韦霭诗》一卷。"

《通志》（1161）卷七十艺文略第八"别集五·别集诗"云："《韦霭诗》一卷。"

《宋史》（1343）卷二百八艺文七"别集类"云："《韦霭诗》一卷。"

05 前蜀国杨复恭1种1卷（佚）

杨复恭（842前—894），唐闽人，字子恪，本姓林，宦官杨玄翼养子，杨复光（842—883）从兄（《中国历代人名大辞典》第877页）。有著作1种1卷，佚。笔者按：杨复光生卒为842—883年，而杨复恭为杨复光从兄，故知杨复恭生年在842年之前。

（一）杨复恭《行朝诗》一卷（佚）

《崇文》（1041）卷十二"别集三"云："杨复恭《行朝诗》一卷。"

《通志》（1161）卷七十艺文略第八"别集五·别集诗"云："《行朝诗》一卷（杨复恭）。"

《宋史》（1343）卷二百八艺文七"别集类"云："杨复恭《行朝诗》一卷。"

06 前蜀国张道古1种1卷，另1种不知卷数（均佚）

张道古（？—908），字子美，青州临淄（今山东淄博）人，一作沧州蒲台（今山东博兴）人。乾符（874—879）时，为王镕幕僚，与众文士居于文华馆。景福二年（893）进士，释褐为著作佐郎，迁右拾遗。韦庄仰其名，荐为前蜀节度判官。后郑遨为诗，极推仰其风概（《中国文学家大辞典·唐五代卷》第441页）。有著作1种1卷，另1种不知卷数，均佚。今存诗2首，见《全唐诗》卷六九四。

（一）张道古《兵论》一卷（佚）

《新唐书》（1060）卷五十九艺文志第四十九"兵书类"云："张道古《兵论》一卷（字子美，景福进士第）。"

《通志》（1161）卷六十八艺文略第六"兵书"云："张道古《兵论》一卷。"

（二）张道古《易题》数卷（佚）

《十国》（1672）卷四十二《张道古传》云："道古深于象象，著《易题》数卷，行于世。"

笔者按：顾櫰三《补五代史艺文志》著录《易题》十卷，不知出处，故不采用，仅存此待考。

07 前蜀国庾传昌 3 种 60 卷（均佚）

庾传昌（？—917），义成（今河南滑县）人。历官前蜀中书舍人、翰林学士，前蜀先主通正元年（916）卒（《中国文学家大辞典·唐五代卷》第720页）。有著作 3 种 60 卷，均佚。

笔者按：《中国文学家大辞典·唐五代卷》云庾传昌通正元年（916）卒，这是采信了《十国春秋》云庾传昌"通正元年卒"的说法。但是，《蜀梼杌》（文渊阁四库全书本）卷上云："通正二年（917）正月，梁遣使来聘。二月，翰林学士庾博昌卒。博昌，后周义成侯信之后，富文藻，著《金行启运录》二十卷、《青宫载笔记》十五卷、《玉堂集》二十卷。""博昌"，显然是"传昌"之误。从成书时间和地域远近上看，显然应该采信《蜀梼杌》所云庾传昌通正二年（917）卒之说，故此处认定庾传昌卒于通正二年，即 917 年。虽然前蜀国先主王建通正年号仅 916 年，917 年王建改元天汉，但这不妨碍《蜀梼杌》的作者宋代张唐英误以为 917 年为通正二年。皇帝已改年号，某个读书人因种种原因仍然使用旧年号，这是常见现象。

（一）庾传昌《玉堂集》二十卷（佚）

《崇文》（1041）卷十二"别集六"云："《玉堂集》二十卷。"笔者按：据《新唐书》卷六十有"独孤霖《玉堂集》二十卷"，不知《崇文总目》著录的"《玉堂集》二十卷"为独孤霖所作，还是庾传昌所作，录于此备考。

《十国》（1672）卷四十四《庾传昌传》云："庾传昌……《玉堂集》二十卷。"

（二）庾传昌《青宫载笔记》二十卷（佚）

《十国》（1672）卷四十四《庾传昌传》云："庾传昌……《青宫载笔记》二十卷。"

（三）庾传昌《金行启运集》二十卷（佚）

书名又作《金行启运录》。卷数又作十卷。详下。

《崇文》（1041）卷十二"别集七"云："《金行启运集》十卷（缺）。"

《通志》（1161）卷七十艺文略第八"表章"云："《金行启运集》十卷（伪蜀庾传昌集）。"

《宋史》（1343）卷二百八艺文七"别集类"云："庾传昌《金行启运集》二十卷。"

《十国》（1672）卷四十四《庾传昌传》云："庾传昌……《金行启运录》二十卷。"

08 前蜀国严遵美 1 种 8 卷（佚）

严遵美（生卒年不详），冯翊（今陕西省大荔县）人。唐掖庭局博士严季实之子。历仕唐、前蜀。卒年八十余岁。《新唐书》卷二百七《马存亮传》云："唐世中人以忠谨慎称者，唯存亮、西门季玄、严遵美三人而已。"《资治通鉴》卷二百五十六光启二年（886）三月事，有"山南西道监军冯翊严遵美迎上于西县"（《中国文学家大辞典·唐五代卷》、《中国文学家大辞典·宋代卷》无严遵美。《中国历代人名大辞典》第 819 页）。事迹见《资治通鉴》、《十国春秋》等。有著作 1 种 8 卷，佚。

笔者按：顾櫰三《补五代史艺文志》、宋祖骏《补五代史艺文志》有"《北司治乱记》十卷，严道美撰"的著录，"严道美"当为"严遵美"之讹；不知其"十卷"的说法有何依据，录于此备考。又，《五代艺文考》之《新编五代艺文志》"小说类"采信了"十卷"的说法，未言依据。

（一）严遵美《北司治乱记》八卷（佚）

《十国》（1672）卷四十六本传云："严遵美……所著有《北司治乱记》八卷，备载阉宦忠佞，传于世。"

09 前蜀国胡秀林 2 种 4 卷（均佚）

胡秀林（生卒年不详），唐昭宗景福（892—893）中，为司天少监，后为前蜀王建司天监（《中国文学家大辞典·唐五代卷》、《中国文学家大辞典·宋代卷》无胡秀林。《中国历代人名大辞典》第 1697 页）。有著作 2 种 4 卷，均佚。

（一）胡秀林《蜀武成永昌历》三卷（佚）

书名又作《武成永昌历》三卷。卷数又作二卷。详下。

《崇文》（1041）卷八"历数类"云："《武成永昌历》三卷（缺）。"

《通志》（1161）卷六十八艺文略第六"历数·正历"云："《武成永昌历》二卷（伪蜀司天监胡秀林撰）。"

《宋史》（1343）卷二百七艺文六"历算类"云："《蜀武成永昌历》三卷。"

《十国》（1672）卷四十五本传云："胡秀林……著《武成永昌历》二卷、《正象历经》一卷。后人咸取法焉。"

（二）胡秀林《正象历经》一卷（佚）

《崇文》（1041）卷八"历数类"云："《正象历经》一卷（缺）。"

《通志》（1161）卷六十八艺文略第六"历数·历术"云："《正象历经》一卷（伪蜀胡秀林撰）。"

《宋史》（1343）卷二百七艺文六"历算类"云："胡秀林《正象历经》一卷。"

10 前蜀国杜光庭41种412卷（存5种58卷），另伪托杜光庭者1种1卷（存）

杜光庭（850—933），字宾圣，一作宾至，号东瀛子，一作登瀛子，又号华顶羽人。京兆杜陵（今陕西西安）人，寓居处州缙云（今属浙江）。光启二年（886），从僖宗奔兴元。不久入蜀，依蜀帅王建，住成都玉局观。后主王衍即位后，从其受道箓。乾德三年（921），封其为传真天师、崇真观大学士。不久解官，隐居于青城山白云溪，以著述为务。卒年八十五（《中国文学家大辞典·唐五代卷》第250—251页）。

笔者按：《中国文学家大辞典·唐五代卷》第250页云"卒年八十五"，显误，应为八十四岁。有著作41种366卷，存5种58卷，另伪托杜光庭者1种1卷，存。存诗1卷，见《全唐诗》卷八五四，其中11首为郑邀诗误入。《全唐诗补编·续补遗》补录1首，《续拾》卷五一补150余首，其中一部分诗录自杜光庭整理的道教典籍，未必是杜光庭所作；《全唐文》卷九二九录其文十六卷，《唐文拾遗》卷五零补其文4篇。

（一）杜光庭《古今类聚年号图》一卷（佚）

《崇文》（1041）卷十"编年类"云："《古今类聚年号图》一卷。"

《通志》（1161）卷六十五艺文略第三"编年·运历"云："《古今类聚年号图》一卷。伪蜀杜光庭撰。自汉至伪蜀。"

《宋史》（1343）卷二百三艺文二"编年类"云："杜光庭《古今类聚年号图》一卷。"

（二）杜光庭《帝王年代州郡长历》二卷（佚）

《宋史》（1343）卷二百三艺文二"别史类"云："杜光庭《帝王年代州郡长历》二卷。"

（三）杜光庭《续成都记》一卷（佚）

《通志》（1161）卷六十六艺文略第四"地理·郡邑"云："《续成都记》一卷（杜光庭撰）。"

《宋史》（1343）卷二百四艺文三"地理类"云："杜光庭《续成都记》一卷。"

（四）杜光庭《道德经广圣义》三十卷（佚）

书名又作《道德经广圣义疏》。详下。

《崇文》（1041）卷五"道家类"："《道德经广圣义》三十卷（缺）。唐杜光庭撰。以明皇注疏演其义。"

《通志》（1161）卷六十七艺文略第五"道家一·老子"云："《道德经广圣义》三十卷（唐杜光庭撰）。"

《通考》（1319）卷二百十一经籍考三十八"子·道家"云："《道德经广圣义》三十卷。《崇文总目》：唐杜光庭撰。以明皇注疏演其义。"笔者按：《通考》未有《崇文》所云"缺"字。

《宋史》（1343）卷二百五艺文四"道家类"云："杜光庭《道德经广圣义疏》三十卷。"

（五）杜光庭《二十四化诗》一卷（佚）

《宋史》（1343）卷二百五艺文四"道家附释氏神仙类"云："杜光庭《二十四化诗》一卷。"

（六）杜光庭《二十四化图》一卷（佚）

《宋史》（1343）卷二百五艺文四"道家附释氏神仙类"云："杜光庭……《二十四化图》一卷。"

（七）杜光庭《神仙感遇传》十卷（存，卷数为五卷）

《宋史》（1343）卷二百五艺文四"道家附释氏神仙类"云："杜光庭……《神仙感遇传》十卷。"

《四库全书总目》（1781）卷一百四十七"子部·道家类"云："《神仙感遇传》五卷（两淮盐政采进本）。蜀杜光庭撰。记古来遇仙之事。《云笈七签》所载凡四十四条。此本凡七十五条，然第五卷末，尚有阙文。不知凡佚几条也。"

（八）杜光庭《墉城集仙录》十卷（存前六卷）

卷数又作六卷。详下。

《崇文》（1041）卷十"道书九"云："《墉城集仙录》十卷。"

《通志》（1161）卷六十七艺文略第五"道家二"云："《墉城集仙录》十卷（杜光庭集古今女子成仙者百九人）。"

《宋史》（1343）卷二百五艺文四"道家附释氏神仙类"云："杜光庭……《墉城集仙录》十卷。"

《十国》（1672）卷四十七《杜光庭传》云："杜光庭……著……《墉城

集仙录》十卷。"

《四库全书总目》（1781）卷一百四十九"子部·道家类"云："《墉城集仙录》六卷（两淮盐政采进本）。蜀杜光庭撰。记古今女仙凡三十七人。云墉城者，以女仙统于王母而王母居金墉城也。张君房《云笈七签》所载与此本互异，然此本前数卷皆袭汉武内传、陶宏景真诰之文，真伪盖不可知。疑君房所录为原本而此本为后人杂掇他书，砌合成编。然均一荒唐悠谬之谈，其真伪亦无足深辩耳。"

（九）杜光庭《圣祖历代应见图》三卷（佚）

书名又作《应现图》。详下。

《通志》（1161）卷六十七艺文略第五"道家三·符箓"云："《圣祖历代应见图》三卷（杜光庭撰）。"

《宋史》（1343）卷二百五艺文四"道家附释氏神仙类"云："杜光庭……《应现图》三卷。"

（十）杜光庭《仙传拾遗》四十卷（佚）

《崇文》（1041）卷九"道书二"云："《仙传拾遗》四十卷。"

《宋史》（1343）卷二百五艺文四"道家附释氏神仙类"云："杜光庭……《仙传拾遗》四十卷。"

（十一）杜光庭《历代帝王崇道记》一卷（佚）

《崇文》（1041）卷十"道书九"云："《历代帝王崇道记》一卷。"

《通志》（1161）卷六十七艺文略第五"道家·记"云："《历代帝王崇道记》一卷（杜光庭撰）。"

《宋史》（1343）卷二百五艺文四"道家附释氏神仙类"云："杜光庭……《历代帝王崇道记》一卷。"

（十二）杜光庭《道教灵验记》二十卷（存）

卷数又作十五卷。详下。

《通志》（1161）卷六十七艺文略第五"道家·记"云："《道教灵验记》二十卷（杜光庭撰）。"

《直斋》（1262）卷十二"神仙类"云："《道教灵验记》二十卷。蜀道士杜光庭撰。"

《通考》（1319）卷二百二十五经籍考五十二"子·神仙家"所云引《直斋》同。

《宋史》（1343）卷二百五艺文四"道家附释氏神仙类"云："杜光庭……《道教灵验记》二十卷。"

《四库全书总目》（1781）卷一百四十七"子部·道家类"云："《道教灵

验记》十五卷（两淮盐政采进本）。蜀杜光庭撰。光庭有《了证歌》，已著录。其书历述奉道之显应，以自神其教。凡宫观灵验三卷、尊像灵验二卷、天师灵验一卷、真人王母等神灵验一卷、经法附录灵验三卷、钟磬法物灵验一卷、斋醮拜章灵验二卷。以光庭自序及宋徽宗序考之，尚缺五卷。张君房《云笈七签》亦载此书，仅六卷一百十八条，又节删之本，更非其旧矣。陶岳《五代史补》载光庭长安人，僖宗时应九经举不第，尝从道士潘尊师游。会僖宗求可领蜀中道教者，潘荐光庭，遂奉诏披戴，赐号广成先生，而《青城山志》载元符（1098—1100）中彭崇一序，则云光庭字宾圣，京兆杜陵人，与郑云更应百篇举，不第，入天台为道士，扈僖宗入蜀，留居青城以卒。其说小异，未详孰是。然其为由儒入道则同，故所述皆娴于文字，较他道家之书，词采可观。惜其纯为神怪之说，不足据为典要耳。旧本题曰唐人，考朱子《通鉴纲目》书王建以道士杜光庭为谏议大夫而光庭《广成集》中又有《谢户部侍郎表》，则非惟入蜀且仕蜀矣，故今改题焉。"

（十三）杜光庭《道经降传世授年载图》一卷（佚）

《宋史》（1343）卷二百五艺文四"道家附释氏神仙类"云："杜光庭……《道经降传世授年载图》一卷。"

（十四）杜光庭《虬髯客传》一卷（佚）

《崇文》（1041）卷四"传记类"云："《虬髯客传》一卷。"

《宋史》（1343）卷二百六艺文五"小说类"云："杜光庭《虬髯客传》一卷。"

（十五）杜光庭《录异记》十卷（存）

卷数又作八卷。详下。

《崇文》（1041）卷六"小说下"云："《录异记》十卷。"

《遂初》（1194）"道家类"云："杜光庭《录异记》。"

《宋史》（1343）卷二百六艺文五"小说类"云："杜光庭《录异记》十卷。"

《四库全书总目》（1781）卷一百四十四"子部·小说家类"云："《录异记》八卷（两江总督采进本）。蜀杜光庭撰。光庭有《了证歌》，已著录。此书宋志作十卷，与今本异。白云霁《道藏目录》收于洞元部记传类恭字号中。然光庭虽道士，而此书所述实无与于道家。卷首沈士龙题辞谓光庭以方术事蜀孟昶，故成此书以取悦。考陶岳《五代史补》：'光庭以唐僖宗幸蜀时入道，其后历事王建、王衍，未入后蜀。'即以此书而论，其记蜀丁卯年（907）会昌庙城壕侧龟著金书'王字'、'大吉字'，则王建天复七年（907）也。又称'蜀皇帝乾德元年己卯（919）七月十五日庚辰降诞广圣节，王彦徽得白龟以进'，则王衍元年（919）也。凡此皆为前蜀王氏诞陈符瑞，以云悦昶，失考甚矣。其言皆荒诞不足信。《冶城客论》曰：'广成先生杜光庭撰《仙传》、《录异》等书，率多自作，故人有无稽之言谓之杜撰。' 然则光庭之妄，前人已言之矣。"

（十六）杜光庭《历代忠谏书》五卷（佚）

《宋史》（1343）卷二百七艺文六"类事类"云："杜光庭《历代忠谏书》五卷。"

（十七）杜光庭《唐谏诤论》十卷（佚）

《宋史》（1343）卷二百七艺文六"类事类"云："杜光庭……《唐谏诤论》十卷。"

（十八）杜光庭《青城山记》一卷（佚）

《崇文》（1041）卷四"地理类"云："《青城山记》一卷。"

《通志》（1161）卷六十六艺文略第四"名山洞府"云："《青城山记》一卷。" 不著作者。

《郡斋》（1187）卷二下"地理类"云："《青城山记》一卷。右伪蜀杜光庭宾圣撰。集蜀山若水在青城者，悉本道家方士之言。"

《直斋》（1262）卷八"地理类"云："《青城山记》一卷。蜀道士杜光庭撰。"

《通考》（1319）卷二百六经籍考三十三"史·地理"云："晁氏曰：伪蜀道士杜光庭宾圣撰。集蜀山若水在青城者，悉本道家方士之言。"

笔者按：《通考》抄录《郡斋》关于《青城山记》一书的著录语时，竟然吸收了《直斋》关于杜光庭身份为"道士"的说法于《郡斋》的著录语中，且明言是"晁氏曰"，真是匪夷所思。而且，《通考》此处没有提及《直斋》，让人不知道《直斋》是否收录了《青城山记》。《通考》的作法失策。从《通考》的著录语看，《通考》是确实知道《直斋》收录了《青城山记》一书的。

《宋史》（1343）卷二百四艺文三"地理类"有"《青城山记》一卷……并不知作者。"

《十国》（1672）卷四十七《杜光庭传》云："杜光庭……著……《青城山记》一卷。"

（十九）杜光庭《武夷山记》一卷（佚）

《崇文》（1041）卷四"地理类"云："《武夷山记》一卷。"

《通志》（1161）卷六十六艺文略第四"名山洞府"云："《武夷山记》一卷（唐杜光庭撰）。"

《直斋》（1262）卷八"地理类"云："《武夷山记》一卷。杜光庭撰。"

《十国》（1672）卷四十七《杜光庭传》云："杜光庭……著……《武（缺）山记》一卷。"笔者按："《武（缺）山记》"，当为"《武夷山记》"。

（二十）　杜光庭《猴氏岭会真王氏神仙传》五卷（佚）

书名又作《王氏神仙传》。卷数又作四卷、一卷。详下。

《通志》（1161）卷六十七艺文略第五"道家二·传"云："《猴氏岭会真王氏神仙传》五卷（杜光庭撰）。"

《郡斋》（1187）卷三下"小说类"云："《王氏神仙传》。右伪蜀杜光庭纂。光庭集王氏男真女仙五十五人，以谄王建。其后又有王虚中，续纂三十人附于后。"《郡斋》（1187）后志卷二云："《王氏神仙传》四卷。……以上袁本子类，衢本史类。"

《直斋》（1262）卷十二"神仙类"云："《王氏神仙传》一卷。杜光庭撰。当王氏有国时，为此书以媚之。谓光庭有道，吾不信也。"

《通考》（1319）卷二百二十五经籍考五十二"子·神仙家"所云引《郡斋》、《直斋》同。笔者按：《王氏神仙传》一书，《郡斋》作四卷，《直斋》作一卷。《通考》于卷数采用《郡斋》之说，而于引用《直斋》著录语时不取其卷数之说，也不加说明，显有不妥。不知诸如此类不妥，《通考》一书还有多少。

（二十一）　杜光庭《道教降代传授年载记》一卷（佚）

《通志》（1161）卷六十七艺文略第五"道家·记"云："《道教降代传授年载记》一卷（杜光庭撰）。"

（二十二）　杜光庭《洞天福地岳渎名山记》一卷（佚）

《四库全书总目》（1781）卷一百四十七云："《洞天福地岳渎名山记》一卷（两淮马裕家藏本）。蜀杜光庭撰。首仙山，次五岳，次十大洞天，附以青城山，次五镇海渎，次三十六精庐，次三十六洞天，次七十二福地，次灵化二十四。皆神仙杳渺之言。故虽纪山川，不隶之地理类焉。"

笔者按：此书历代艺文志不载。明白云霁《道藏目录详注》卷二云："《洞天福地岳渎名山记》一卷。广成先生杜光庭撰。言岳渎众山，中国五岳大洞十天海镇岳渎十洲三岛三十六靖庐七十二福地二十四化四镇诸山以及宫城处所得道姓名洞府主张仙曹品秩等迹。"这是关于杜光庭《洞天福地岳渎名山记》一书的最早记载。

（二十三）　杜光庭《安镇城邑宫阙醮仪》一卷（佚）

《崇文》（1041）卷九"道书一"云："《安镇城邑宫阙醮仪》一卷。"

《通志》（1161）卷六十七艺文略第五"道家三·科仪"云："《安镇城邑

宫阙醮仪》一卷（杜光庭撰）。"

（二十四）杜光庭《太上黄箓斋坛真文玉诀仪》一卷（佚）

《崇文》（1041）卷九"道书一"云："《太上黄箓斋坛真文玉诀仪》一卷。"

《通志》（1161）卷六十七艺文略第五"道家三·科仪"云："《太上黄箓斋坛真文玉诀仪》一卷（杜光庭撰）。"

（二十五）杜光庭《醮章奏仪》十八卷（佚）

《崇文》（1041）卷九"道书一"云："《醮章奏仪》十八卷。"

《通志》（1161）卷六十七艺文略第五"道家三·科仪"云："《醮章奏仪》十八卷（杜光庭撰）。"

（二十六）杜光庭《灵宝明真斋忏灯仪》一卷（佚）

《通志》（1161）卷六十七艺文略第五"道家三·科仪"云："《灵宝明真斋忏灯仪》一卷（杜光庭撰）。"

（二十七）杜光庭《太上河图内元经禳灾九曜醮仪》一卷（佚）

《通志》（1161）卷六十七艺文略第五"道家三·科仪"云："《太上河图内元经禳灾九曜醮仪》一卷（杜光庭撰）。"

（二十八）杜光庭《灵宝安宅斋仪》一卷（佚）

《通志》（1161）卷六十七艺文略第五"道家三·科仪"云："《灵宝安宅斋仪》一卷（杜光庭撰）。"

（二十九）杜光庭《灵宝自然行道仪》一卷（佚）

《通志》（1161）卷六十七艺文略第五"道家三·科仪"云："《灵宝自然行道仪》一卷（杜光庭撰）。"

（三十）杜光庭《圣祖历代应见图》三卷（佚）

《通志》（1161）卷六十七艺文略第五"道家三·符箓"云："《圣祖历代应见图》三卷（杜光庭撰）。"

（三十一）杜光庭《阴符经》一卷（佚）

《通志》（1161）卷六十七艺文略第五"道家一·阴符经"云："《阴符经》一卷（杜光庭撰）。"

（三十二）杜光庭《混元图》十卷（佚）

《通志》（1161）卷六十七艺文略第五"道家二·记"云："《混元图》十卷（杜光庭撰）。"

（三十三）杜光庭《元门枢要》一卷（佚）

《通志》（1161）卷六十七艺文略第五"道家二·书"云："《元门枢要》一卷（杜光庭撰）。"

（三十四）杜光庭《道门枢要》一卷（佚）

《通志》（1161）卷六十七艺文略第五"道家二·书"云："《道门枢要》一卷（杜光庭撰）。"

（三十五）广成子《养生论》一卷（佚）

《通志》（1161）卷六十七艺文略第五"道家二·论"云："《养生论》一卷（广成子撰）。"

（三十六）杜光庭《谏书》八十卷（佚）

《崇文》（1041）卷十一"总集类"云："《谏书》八十卷（缺）。"

《通志》（1161）卷七十艺文略第八"奏议"云："《谏书》八十卷，集历代君臣父子朋友谏诤之说。"

《宋史》（1343）卷二百七艺文六"类事类"云："杜光庭……《谏书》八十卷。"

（三十七）杜光庭《广成集》一百卷（存十七卷）

卷数又作五十四卷。详下。

《通志》（1161）卷六十七艺文略第五"道家二·书"云："《广成集》五十四卷。"

《宋史》（1343）卷二百八艺文七"别集类"云："杜光庭《广成集》一百卷。"

（三十八）杜光庭《壶中集》三卷（佚）

《宋史》（1343）卷二百八艺文七"别集类"云："杜光庭……《壶中集》三卷。"

（三十九）杜光庭《三教论》一卷（佚）

《崇文》（1041）卷五"小说类"云："《三教论》一卷。"

《宋史》（1343）卷二百八艺文七"别集类"云："杜光庭《三教论》一卷。"

（四十）杜光庭《大宝论》一卷（佚）

《遂初》（1194）"道家类"云："杜光庭《大宝论》。"

《宋史》（1343）卷二百八艺文七"别集类"云："杜光庭……《大宝论》一卷。"

（四十一）《杜光庭集》三十卷（佚）

《崇文》（1041）卷十一"别集二"云："《杜光庭集》三十卷。"

《通志》（1161）卷七十艺文略第八"别集五·伪朝"云："《杜光庭集》三十卷。"

伪托杜光庭《杜天师了证歌》一卷（存）

《四库全书总目》（1781）卷一百五"子部·医家类"云："杜光庭《杜天师了证歌》一卷（浙江巡抚采进本）。旧本题唐杜光庭撰。光庭字宾圣，晚自号东瀛子，括苍山人，应百篇举不第，入天台山为道士。僖宗幸蜀，召见，赐紫衣，充麟德殿文章应制。王建据蜀，赐号广成先生，除谏议大夫，进户部侍郎。后归老于青城山。此书题曰天师。据陶岳《五代史补》，亦王建时所称也。考光庭所著，多神怪之谈，不闻以医显。此书殆出伪托，其词不类唐末五代人。钱曾《读书敏求记》以为真出光庭，殊失鉴别。其注称宋人高氏、伍氏所作而不题其名。后附《持脉备要论》三十篇，亦不知谁作。多引王叔和《脉诀》而不知叔和有《脉经》，则北宋以后人矣。"

11 前蜀国牛峤 1 种 30 卷（佚）

牛峤（生卒年不详），字松卿，一字延峰，狄道（今甘肃临洮）人。乾符五年（878）登进士第。大顺二年（891），王建镇蜀，召其为判官。王建建前蜀，牛峤为给事中，卒（《中国文学家大辞典·唐五代卷》第91页）。有著作1种30卷，佚。今存诗词35首，见《全唐诗》卷六六七、卷八九二，《全唐诗补编·补逸》卷一三，《全唐诗续补遗》卷一三。

（一）《牛峤歌诗》三十卷（佚）

书名又作《牛峤集》。卷数又作三卷。详下。

《郡斋》（1187）卷四中"别集类中"云："《牛峤歌诗》三卷。右伪蜀牛峤，字延峰，陇西人，唐相僧儒之后，博学有文，以歌诗著名。乾符五年（878）进士。历拾遗、补阙、尚书郎。王建镇西川，辟判官。及开国（笔者按：王建907年开国），拜给事中，卒。集本三十卷。自序云：'窃慕李长吉所为歌诗，辄效之。'"

《通考》（1319）卷二百四十三经籍考七十"集·诗集"所云引《郡斋》同。

《十国》（1672）卷四十四"前蜀十"《牛峤传》云："牛峤，字松卿，一字延峰，陇西人也。……高祖以节度使镇西川，辟为判官，及开国，拜给事中，卒。有集三十卷、《歌诗》三卷。自言窃慕李贺长歌，举笔辄效之。"

笔者按：据《郡斋》（1187）的著录看，晁公武家藏《牛峤歌诗》只有三卷，但是，原本是三十卷，书名可能仍然是《牛峤歌诗》，也可能是《牛峤集》。清吴任臣《十国春秋》采信了书名是《牛峤集》的说法，这无疑是可以的。但是，吴任臣认为除了《牛峤集》三十卷，牛峤的著作还有一种"《牛峤歌诗》三卷"，显然是错误的。正确的说法是：《牛峤集》或者《牛峤歌诗》只有一种，原本三十卷，晁公武家藏者只有三卷。

12 前蜀国唐求 1 种 1 卷（存）

唐求（生卒年不详），一作唐球，成都（今属四川）人。唐昭宗时，王建帅蜀，召其为参谋，辞不就。隐居于味江山，人称之为"味江山人"、"唐山人"（《中国文学家大辞典·唐五代卷》第668—669页）。有著作1种1卷，存。存诗1卷，见《全唐诗》卷七二四。笔者按：《中国文学家大辞典·唐五代卷》"唐求"词条云："《遂初堂书目》、《直斋书录解题》皆著录《唐求集》一卷，今不存。"① 但是，《唐求集》在《中国古籍善本书目》中有两种刻本而且这两种刻本都是宋刻本，所以，《唐求集》无疑是流传至今，而不是"今不存"。

（一）《唐求诗集》一卷（存）

书名又作《唐求集》。详下。

《遂初》（1194）"别集类"云"《唐求集》"。

《直斋》（1262）卷十九"诗集类上"云："《唐求集》一卷。唐唐求撰。与顾非熊同时，《艺文志》不载。"

《通考》（1319）卷二百四十三经籍考七十"集·诗集"所云引《直斋》同。

笔者按：中国国家图书馆藏有宋版《唐求诗集》一卷，索书号08422，北京图书馆出版社2003年出版的再造善本《唐求诗集》一卷，即据此而来。笔者又按：此宋版《唐求诗集》居然不见于宋元公私目录书和史志，真是奇怪。

13 前蜀国僧昙域 2 种 40 卷（均佚）

昙域（生卒年不详），又作昙城，唐末至五代前期诗僧，扬州（今属江苏）人。约生于咸通（860—874）前后，师从贯休，前蜀后主乾德五年（923），编贯休集为《禅月集》三十卷（《中国文学家大辞典·唐五代卷》第497页）。有著作2种40卷，均佚。存诗3首，见《全唐诗》卷八四九。

---

① 周祖譔主编：《中国文学家大辞典·唐五代卷》，中华书局1992年版，第669页。

（一）僧昙域《龙华集》十卷（佚）

《宋史》（1343）卷二百八艺文七"别集类"云："僧昙域《龙华集》十卷。"

（二）僧昙域《补说文字解》三十卷（佚）

书名又作《补说文解字》。详下。

《宋高僧传》（988）卷三十《梁成都府东禅院贯休传（处默、昙域）》云："昙域，戒学精微，篆文雄健，重集许慎《说文》，见行于蜀。有诗集，亚师之体也。"

《通志》（1161）卷六十四"文字类"云："《补说文字解》三十卷（僧昙域）。"

《宋史》（1343）卷二百二艺文一"小学类"云："僧雲械《补说文解字》三十卷。"笔者按："雲械"当为"昙域"之讹。

《十国》（1672）卷四十七"前蜀十三"《贯休传》云："贯休弟子昙域戒学精严，能诗善篆，重集许氏《说文》行于蜀。贯休诗集，皆出昙域所校辑者。"

14 前蜀国张蠙 1 种 1 卷（存）

张蠙（生卒年不详），字象文，郡望清河（今河北清河），家居江南。乾宁二年（895）登进士第，释褐为校书郎，入前蜀国后仕王建、王衍（《中国文学家大辞典·唐五代卷》第 446 页）。有著作 1 种 1 卷，佚。《全唐诗》卷七零二收其诗 1 卷，《全唐诗补编·续补遗》卷一三补 1 首。

（一）《张蠙诗集》一卷（存）

书名又作《张蠙诗》、《张蠙集》、《张象文诗集》。卷数又作二卷。详下。

《崇文》（1041）卷十二"别集四"云："《张蠙诗》一卷。"

《新唐书》（1060）卷六十艺文志第五十"别集类"云："《张蠙诗集》二卷（字象文）。"

《通志》（1161）卷七十艺文略第八"别集五·别集诗"云："《张蠙诗集》二卷。"

《郡斋》（1187）卷四中"别集类中"云："《张蠙诗》一卷。右伪蜀张蠙，字象文，清河人。唐乾宁中进士，为校书郎、栎阳尉、犀浦令。建开国，拜膳部员外郎，后为金堂令。王衍与徐后游大慈寺，见壁间'墙头细雨垂纤草，水面回风聚落花'，爱之。问之，云：'蠙句'。给札，令以诗进。蠙以二百首献。衍重之，将召为知制诰，宋光嗣以其轻傲，止，赐白金而已。蠙生而颖秀，幼能为诗，作《登单于台》，有'白日地中出，黄河天外来'之句，为世所称。"

《遂初》（1194）"别集类"云："张蠙集。"

《直斋》（1262）卷十九"诗集类上"云："《张蠙集》一卷。唐张蠙象文撰。乾宁二年（895）进士。"

《通考》（1319）卷二百四十三经籍考七十"集·诗集"云："《张蠙诗》一卷。晁氏曰：'……'。"笔者按：《郡斋读书志》的著录，上文已引，故省略。另，陈振孙《直斋书录解题》的著录语提到张蠙为乾宁二年进士，与晁公武《郡斋读书志》的著录语相比，有新的内容，不知马端临何以不录。

《宋史》（1343）卷二百八艺文七"别集类"云："《张蠙诗》一卷。"

笔者按：瞿镛（约1800—1864）《铁琴铜剑楼藏书目录》（二十四卷）卷一九第五十页著录有旧钞本《张蠙诗集》一卷，云："此从宋本写出，止有一卷。卷末有'临安府棚北大街睦亲坊南陈宅书籍铺印'一行。"① 笔者又按：宋版《张蠙诗集》一卷未见于宋元任何公私目录书和史志，又是一怪，值得注意。又，北京大学图书馆藏有清抄本《张象文诗集》一卷，《续修四库全书》第1313册据此影印收入。

15 前蜀国卢延让 1 种 10 卷（佚）

卢延让（生卒年不详），字子善，行十三，范阳（今河北涿州市）人。屡举不第，乾宁（894—898）时，游荆南，得吴融称赞。光化三年（900）登进士第。后仕前蜀王建、王衍，官终刑部侍郎（《中国文学家大辞典·唐五代卷》第115—116页）。有著作1种10卷，佚。存诗15首，见《全唐诗》卷七一五、卷八七零，《全唐诗补遗》四，《全唐诗续拾》卷五二。

（一）《卢延让诗》十卷（佚）

书名又作《卢延让诗集》。卷数又作一卷。详下。

《崇文》（1041）卷十二"别集四"云："《卢延让诗》一卷（缺）。"

《郡斋》（1187）卷四中"别集类中"云："《卢延让诗》十卷。右伪蜀卢延让子善也。范阳人。唐光化元年（898）进士，朗陵雷满辟，满败，归王建。及僭号，授水部员外郎，累迁给事中卒。官终刑部侍郎。延让师薛能诗，不尚奇巧，人多诮其浅俗，独吴融以其不蹈袭，大奇之。"

---

① 中华书局编辑部编：《宋元明清书目题跋丛刊》（全19册），中华书局2006年版，第10册第293页。

《通考》（1319）卷二百四十三经籍考七十"集·诗集"所云引《郡斋》同，但是《郡斋》所云"《卢延让诗》十卷"，《通考》作"一卷"，不知何以会有此不同。

《宋史》（1343）卷二百八艺文七"别集类"云："《卢延让诗集》一卷。"

16 前蜀国刘赞 1 种 8 卷，另 1 种不知卷数（均佚）

刘赞（？—935），《全唐诗》作刘瓒，误。魏州（今河北大名）人。天祐二年（905）登进士第，时年已三十余（《中国文学家大辞典·唐五代卷》第 215 页）。有著作 1 种 8 卷，另 1 种不知卷数，均佚。存诗 1 首，见《全唐诗》卷七二七；文 2 篇，见《全唐文》卷八四九。

（一）刘赞《蜀国文英集》八卷（佚）

《崇文》（1041）卷十一"总集上"云："《蜀国文英集》八卷（缺）。"

《宋史》（1343）卷二百九艺文八"总集类"云："刘赞《蜀国文英》八卷。"

《十国》（1672）卷四十三本传云："刘赞……又编《蜀国文英》八卷。"

（二）刘赞《玉堂集》若干卷（佚）

《十国》（1672）卷四十三本传云："刘赞……有《玉堂集》若干卷。"

17 前蜀国牛希济 2 种 12 卷（均佚）

牛希济（872？—？），其先安定鹑觚（今甘肃灵台）人，后徙狄道（今甘肃临洮），五代时人。遇丧乱，流寓于蜀，仕前蜀王衍为起居郎，累官翰林学士。同光三年（925），前蜀亡，牛希济降唐入洛。其诗曾受后唐明宗李嗣源（926—933 年在位）的称赏（《中国文学家大辞典·唐五代卷》第 90 页）。有著作 2 种 12 卷，均佚。今存诗 1 首，见《全唐诗》卷七六零；词 12 首，见《全唐诗》卷八九三，又见《全唐五代词》正编卷三；文 2 卷，见《全唐文》卷八四五至八四六（笔者按：从此人可看出唐代文士的流落和晚唐诗风的演变）。

（一）牛希济《理源》二卷（佚）

《崇文》（1041）卷五"儒家类"云："《理源》二卷。"

《新唐书》（1060）卷五十九艺文志第四十九丙部子录"儒家类"云："牛希济《理源》二卷。"

《通志》（1161）卷六十六艺文略第四"诸子类·儒术"云："《理源》二

卷（牛希济撰）。"

《遂初》（1194）"儒家类"云："牛希济《理源》。"

《宋史》（1343）卷二百五艺文四"杂家类"云："牛希济《理源》二卷，又，《治书》十卷。"

（二）牛希济《治书》十卷（佚）

《宋史》（1343）卷二百五艺文四"杂家类"云："牛希济……又《治书》十卷。"笔者按：《新唐书》（1060）卷五十九艺文志第四十九丙部子录"杂家类"有"郭昭度《治书》十卷。"《通志》（1161）卷六十六艺文略第四"诸子类·儒术"有"《治书》十卷（郭昭度撰）。"不知道《宋史》何所据而云《治书》十卷作者是牛希济。录此备考。

18 前蜀国王仁裕 14 种 267 卷（存 1 种 4 卷）

王仁裕（880—956），字德辇，天水（今属甘肃）人。历仕唐、前蜀、后唐、后晋、后汉、后周。有著作 14 种 267 卷，存 1 种 4 卷（《中国文学家大辞典·唐五代卷》第 23—24 页）。今存诗 15 首及断句一联，见《全唐诗》卷七三六，《全唐诗补编·续拾》卷四二又补 1 首，移正 1 首。

（一）王仁裕《开元天宝遗事》六卷（存，卷数作四卷）

卷数又作四卷、二卷、一卷。详下。

《通志》（1161）卷六十五艺文略第三"杂史·唐"云："《开元天宝遗事》六卷（王仁裕撰）。"

《郡斋》（1187）卷二下"传记类"云："《开元天宝遗事》四卷。右汉王仁裕撰。仁裕仕蜀至翰林学士，蜀亡，仁裕至镐京，采摭民言，得开元天宝遗事一百五十九条。"

《直斋》（1262）卷七"传记类"云："《开元天宝遗事》二卷（按：《文献通考》作四卷）。五代太子少保天水王仁裕德辇撰，所记一百五十九条。"

《通考》（1319）卷一百九十五经籍考二十二"史·杂史"云："《开元天宝遗事》四卷。晁氏曰：'汉王仁裕撰。仁裕事蜀至翰林学士。蜀亡，仁裕至镐京，采摭民言，得开元天宝遗事一百五十九条，后分为四卷。'容斋洪氏随笔曰：'俗间所传浅妄之书，所谓《云间散录》、《开元天宝遗事》之属，皆绝可笑。《遗事》托云王仁裕所著。仁裕，五代时人。虽文章乏气骨，恐不至此。姑析其数端以为笑。其一云姚崇开元初作翰林学士，有步辇之召。按：崇自武后时已为宰相，及开元（713—741）初，三入辅矣。其二云郭元振少时美风姿，宰相张嘉贞欲纳为婿，遂牵红丝线得第三女果随夫贵达。按：元振为睿宗宰相，明皇初年即贬死，后十年，嘉贞方作相。其三云杨国忠盛时朝之文武争附之以求富贵，惟张九龄未尝及门。按：九龄去相位十年，国忠方得官耳。其四云张九龄览苏颋文卷谓为文阵之雄师。按：颋为相时，九龄元未达也。此皆显显可言者。固鄙浅不足攻，然颇能疑误后生也。惟张彖指杨国忠为冰山事，《资治通鉴》亦取之。不知别有何据。近岁，兴化军学刊《遗事》，南剑州学刊《散录》，皆可毁。'"笔者按：第一，"元未达也"之"元"，似应为"远"；第二，"疑误后生"之"疑误"，应为"贻误"；第三，《直斋》所收《开元天宝遗事》为四卷，其著录语，增加了王仁裕为天水人的内容，不知道《通考》何以不采用，也不说明。

《宋史》（1343）卷二百三艺文二"故事类"云："王仁裕《开元天宝遗事》一卷。"

《十国》（1672）卷四十四本传云："王仁裕……所著《紫阁集》、《乘辂集》、《西江集》、《王氏见闻录》、《玉堂闲话》、《入洛记》、《开元天宝遗事》诸书传于世。又辑《国风总类》五十卷。时多称道之。"

《四库全书总目》（1781）卷一百四十"子部·小说家类"云："《开元天宝遗事》四卷（兵部侍郎纪昀家藏本）。五代王仁裕撰。仁裕，字德辇，天水人，唐末为秦州节度判官，后仕蜀为翰林学士。唐庄宗平蜀，复以为秦州节度判官。废帝时以都官郎中充翰林学士。晋高祖时，为谏议大夫。汉高祖时，复为翰林学士承旨，迁户部尚书，罢，为兵部尚书、太子少保。周显德三年（956）乃卒。事迹具《五代史·杂传》。晁公武《读书志》曰："蜀亡，仁裕至镐京，采摭民言，得开元天宝遗事一百五十九条，分为四卷。"洪迈《容斋随笔》则以为托名仁裕，摘其中舛谬者四事：一为姚崇在武后时已为宰相而云开元初作翰林学士；一为郭元振贬死后十年张嘉贞乃为宰相而云元振少时宰相张嘉贞纳为婿；一为张九龄去位十年杨国忠始得官而云九龄不肯及其门；一为苏颋为宰相时，张九龄尚未达而云九龄览其文卷称为文阵雄师。所驳诘皆为确当。然苏轼集中有读《开元天宝遗事》四绝句、司马光作《通鉴》亦采其中张彖指杨国忠为冰山语。则其书实在二人以前，非《云仙散录》之流晚出于南宋者可比。盖委巷相传，语多失实，仁裕采摭于遗民之口，不能证以国史，是即其失。必以为依托其名，则事无显证。刘义庆《世说新语》，刘孝标注往往摘其抵牾，要不以是谓不出义庆手也。故仍从旧本，题为仁裕撰焉。"

（二）王仁裕《入洛记》十卷

卷数又作一卷。详下。

《崇文》（1041）卷四"传记类""传记下"云："《入洛记》十卷。"

《通志》（1161）卷六十七艺文略第五"行役"云："《入洛记》十卷（周

王仁裕撰）。"

《郡斋》（1187）卷二上"杂史类"云："《入洛记》一卷。右蜀王仁裕随王衍降，入洛阳，记往返途中事，并其所著诗赋。"

《遂初》（1194）"杂史类"云："《入洛记》。"

《直斋》（1262）卷七"传记类"云："《入洛记》一卷。王仁裕撰。仁裕仕前蜀，国亡记行。"

《通考》（1319）卷一百九十六经籍考二十三"史·传记"所云引《郡斋》同。笔者按：不知道《通考》何以不提《直斋》亦收此书之事。

《宋史》（1343）卷二百三艺文二"传记类"云："王仁裕《入洛记》一卷。"

（三）王仁裕《南行记》一卷（佚）

卷数又作三卷。详下。

《崇文》（1041）卷四"传记类"之"传记下"云："《南行记》一卷。王仁裕撰。"

《通志》（1161）卷六十七艺文略第五"行役"云："王仁裕《南行记》一卷。"

《郡斋》（1187）卷二下"地理类"云："《南行记》三卷。右王仁裕撰。晋天福三年（938），仁裕被命使高季兴，记自汴至荆南道途赋咏及饮宴酬倡，殆百余篇。"

《通考》（1319）卷二百四经籍考三十一"史·地理"云："《南行记》三卷。晁氏曰：王仁裕撰。晋天福二年，仁祐被命使高季兴，记自汴至荆南道途赋咏及饮宴倡酬，殆百余篇。"笔者按：第一，《郡斋》所云之"天福三年"，《通考》误为"天福二年"；第二，《郡斋》所云之"仁裕"，《通考》误为"仁祐"；第三，《郡斋》所云之"酬倡"，《通考》作"倡酬"，这当然可通，但也可见《通考》抄录《郡斋》并没有做到一字不易。故对《通考》所引之文字，有必要查看原文。

《宋史》（1343）卷二百三艺文二"传记类"云："王仁裕《南行记》一卷。"

（四）王仁裕《玉堂闲话》十卷（佚）

卷数又作三卷。详下。

《崇文》（1041）卷四"传记类"之"传记下"云："《玉堂闲话》十卷。"

《通志》（1161）卷六十五艺文略第三"杂史·五代"云："《玉堂闲话》十卷（汉王仁裕撰）。"

《遂初》（1194）"小说类"云："《玉堂闲话》。"

《宋史》（1343）卷二百六艺文五"小说类"云："王仁裕《玉堂闲话》三卷。"

《十国》（1672）卷四十四本传云："王仁裕……所著……《玉堂闲话》。"

（五）王仁裕《续玉堂闲话》一卷（佚）

《通志》（1161）卷六十八艺文略第六"小说"云："《续玉堂闲话》一卷（王仁裕撰）。"

（六）王仁裕《王氏闻见集》三卷（佚）

书名又作《见闻录》。详下。

《通志》（1161）卷六十五艺文略第三"杂史·五代"云："《王氏闻见集》三卷（晋王仁裕撰。记前蜀事）。"

《宋史》（1343）卷二百六艺文五"小说类"云："王仁裕《见闻录》三卷。"

（七）王仁裕《唐末见闻录》八卷（佚）

书名又作《唐末见闻》、《唐末见闻铭》。详下。

《崇文》（1041）卷四"传记类"之"传记下"云："《唐末见闻铭》八卷。"

《通志》（1161）卷六十五艺文略第三"杂史·唐"云："《唐末见闻》八卷（纪僖昭两朝事）。"

《宋史》（1343）卷二百六艺文五"小说类"云："王仁裕……《唐末见闻录》八卷。"

（八）王仁裕《乘辂集》五卷（佚）

书名又作《乘辂集》。详下。

《崇文》（1041）卷十一"别集二"云："王仁裕《乘辂集》五卷（缺）。"

《通志》（1161）卷七十艺文略第八"别集五·五代"云："王仁裕……《乘辂集》五卷。"

《宋史》（1343）卷二百八艺文七"别集类"云："王仁裕《乘辂集》五卷。"

《十国》（1672）卷四十四本传云："王仁裕……所著……《乘辂集》。"

（九）王仁裕《紫阁集》十一卷（佚）

卷数又作五卷。详下。

《崇文》（1041）卷十一"别集二"云："《紫阁集》十一卷（缺）。"

《通志》（1161）卷七十艺文略第八"别集五·五代"云："王仁裕《紫

阁集》十一卷。"

《宋史》（1343）卷二百八艺文七"别集类"云："王仁裕……《紫阁集》五卷。"

《十国》（1672）卷四十四本传云："王仁裕……所著《紫阁集》。"

（十）王仁裕《紫泥集》十二卷（佚）

《宋史》（1343）卷二百八艺文七"别集类"云："王仁裕……《紫泥集》十二卷。"

（十一）王仁裕《紫泥后集》四十卷（佚）

《宋史》（1343）卷二百八艺文七"别集类"云："王仁裕……《紫泥后集》四十卷。"

（十二）《王仁裕诗集》十卷（佚）

《宋史》（1343）卷二百八艺文七"别集类"云："王仁裕……《诗集》十卷。"

（十三）王仁裕《西江集》一百卷（佚）

《旧五代史》卷一百二十八本传云："王仁裕……有诗万首，勒成百卷，目之曰《西江集》，盖以梦吞西江文石，遂以为名焉。"

《新五代史》卷五十七本传云："王仁裕……喜为诗。其少也，尝梦剖其肠胃，以西江水涤之，顾见江中沙石，皆为篆籀之文。由是文思益进，乃集其平生所作诗万余首为百卷，号《西江集》。"

《十国》（1672）卷四十四本传云："王仁裕……所著……《西江集》。"

（十四）王仁裕编《国风总类》五十卷（佚）

《崇文》（1041）卷十一"总集下"云："《国风总类》五十卷（缺）。"

《通志》（1161）卷七十艺文略第八"诗总集"云："《国风总类》五十卷（王仁裕集）。"

《十国》（1672）卷四十四本传云："王仁裕……又辑《国风总类》五十卷。时多称道之。"

19 前蜀国毛文晏5种50卷（均佚）

毛文晏（生卒年不详），高阳（今属河北）人。词人毛文锡之弟。先主天汉元年（917）八月，坐兄毛文锡事，自翰林学士贬荥经尉。后主王衍时积官兵部侍郎（《中国文学家大辞典·唐五代卷》第88页）。有著作5种50卷，均佚。

（一）毛文晏《昌城后寓集》十五卷（佚）

《崇文》（1041）卷十二"文史类"云："《昌城后寓集》五卷（缺）。"

《通志》（1161）卷七十艺文略第八"别集五·伪朝"云："《昌城后寓集》五卷（伪蜀毛文晏撰）。"

《宋史》（1343）卷二百八艺文七"别集类"云："毛文晏《昌城后寓集》十五卷。"

《十国》（1672）卷四十一《毛文晏传》云："毛文晏有《西园集》十卷、《昌城后寓集》十五卷，复纂《咸通后麻制》一卷、《东壁出言》三卷行世。"

（二）毛文晏《咸通后麻制》一卷（佚）

书名又作《咸通麻制》。详下。

《崇文》（1041）卷十一"总集类"云："《咸通后麻制》一卷（缺）。"

《通志》（1161）卷七十艺文略第八"制诰"云："《咸通后麻制》一卷（伪蜀毛文晏纂）。"

《宋史》（1343）卷二百九艺文八"总集类"云："毛文晏《咸通麻制》一卷。"

笔者按：顾櫰三《补五代史艺文志》、宋祖骏《补五代史艺文志》、张兴武《五代艺文考》之《新编五代艺文志》"表状类"均云："《咸通后麻制》三卷。"因三人均未说明出处，今亦找不出"三卷"之说的依据，故不采信，仅录此备考。笔者又按：张兴武《补五代史艺文志辑考》之《新编补五代史艺文志》"制诏表状类"改为："《咸通后麻制》一卷，毛文晏撰。"① 正确。

（三）毛文晏《杂制诏集》二十一卷（佚）

《崇文》（1041）卷十一"总集类"云："《杂制诏集》二十一卷（缺）。"

《宋史》（1343）卷二百九艺文八"总集类"云："毛文晏……《杂制诏集》二十一卷。"

（四）毛文晏《东壁出言》三卷（佚）

《通志》（1161）卷七十艺文略第八"制诰"云："《东壁出言》三卷（毛文晏纂唐制诏）。"

《十国》（1672）卷四十一《毛文晏传》云："毛文晏有……《东壁出言》三卷行世。"

（五）毛文晏《西阁集》十卷（佚）

书名又作《西园集》。详下。

《宋史》（1343）卷二百八艺文七"别集类"云："毛文晏……《西阁集》

---

① 张兴武：《补五代史艺文志辑考》，上海古籍出版社 2016 年版，第 602 页。

十卷。"

《十国》（1672）卷四十一《毛文晏传》云：　"毛文晏有《西园集》
十卷。"

20 前蜀国林罕 1 种 3 卷（佚）

林罕（生卒年不详），字仲缄，西江人。前蜀后主王衍咸康元年（925），
曾著《十在文》讥刺权贵。林罕善六书之学，有《注说文》二十篇，目曰
《林氏小说》，刻石蜀中（《中国文学家大辞典·唐五代卷》无林罕，《中国历
代人名大辞典》第 1439 页）。《十国春秋》卷四十三"前蜀九"有传。著作 1
种 3 卷，佚。笔者按：据《汉语大词典》，珠江干流、长江中下游均可称西
江，故难以断定林罕这个西江人为哪省人。

（一）林罕《字源偏旁小说》三卷（佚）

书名又作《林氏小说》。详下。

《崇文》（1041）卷二"小说上"云："《字源偏旁小说》三卷。"

《郡斋》（1187）后志卷一"小学类"云："《林氏小说》三卷。右唐林罕
撰。凡五百四十一字。其说颇与许慎不同，而互有得失。邵必缘进《礼记石
经》陛对。仁宗顾问：'罕之书如何？'必曰：'虽有所长，而微好怪。《说
文》归字，从堆、从止、从帀，以堆为声。罕云从追，于声为近。此长于许
氏矣。《说文》哭，从叩'从狱省。罕乃云象犬嚎，此怪也。'有石刻在成都，
公武尝从数友就观之，其解字殊可骇。笑者不疑好怪之论。诚然。"笔者按：
后二句真费解，存疑于此。

《通考》（1319）卷一百九十经籍考十七"经·小学"云："《林氏小说》
三卷。晁氏曰：'唐林罕撰。凡五百四十一字。以说文部居，随字出文，以定
偏旁，其说颇与许慎不同而互有得失。邵必缘进《礼记石经》陛对。仁宗顾
问：'罕之书如何？'必曰：虽有所长而微好怪。《说文》归字，从堆、从止、
从帀，以堆为声。罕云从追，于声为近。此长于许氏矣。《说文》哭后叩从狱
省，罕乃云哭后叩从狱省。罕乃云：象犬嚎，此怪也。有石刻在成都。公武尝
从数友就观之，其解字殊可骇。笑者不疑好怪之论。诚然。'"笔者按：《通
考》所引《郡斋》，除与《郡斋》个别字句不同，使得读者可以互参外，《通
考》增加的"以说文部居，随字出文，以定偏旁"十三字，不知道从何而来。
《通考》所引《郡斋》之语居然有这么大的不同，值得注意，不知是《通考》
误，还是四库全书本《郡斋》误。

《宋史》（1343）卷二百二艺文一"小学类"云："林罕《字源偏旁小说》

三卷。"卷四百四十一《句中正传》云："蜀人又有孙逢吉、林罕。……罕亦善文字之学，尝著《说文》二十篇，目曰《林氏小说》，刻石蜀中。"

《十国》（1672）卷四十三"前蜀九"《林罕传》云："罕尤善六书之学，常注《说文》二十篇，目曰《林氏小说》，刻石蜀中。"

笔者按：顾櫰三《补五代史艺文志》、宋祖骏《补五代史艺文志》"小学类"云："《林氏字说》二十篇、《偏旁小说》一卷，林罕撰。"《五代艺文考》之《新编五代艺文志》"小学类"云："《林氏小说》二十篇，《字源偏旁小说》三卷。上二种林罕撰。"（第421页）但是，依据上文所引《宋史》卷四百四十一《句中正传》所附"林罕"及《十国春秋》卷四十三《林罕传》"尝注《说文》二十篇，目曰《林氏小说》"的说法，《林氏字说》二十篇和《偏旁小说》或《字源偏旁小说》显然是同一种书。

21 前蜀国郭廷诲 1 种 3 卷（作者有争议）（存）

郭廷诲（？—926），又作郑廷诲、郭廷晦。代州雁门（今山西代县）人。后唐庄宗时枢密使郭崇韬之子（《中国文学家大辞典·唐五代卷》第663页）。有著作1种3卷（作者存疑），存。存文2篇，见《全唐文》卷八四四。

（一）郭廷诲《广陵妖乱志》三卷（存，一说此书作者为罗隐）

郭廷诲，又作郑廷晦、郭廷晦。书名又作《妖乱志》。卷数又作二卷。详下。

《崇文》（1041）卷三"杂史上"云："《广陵妖乱志》三卷。"

《新唐书》（1060）卷五十八艺文志第四十八乙部史录"杂家类"云："郭廷诲《广陵妖乱志》二卷（高骈事）。"

《通志》（1161）卷六十五艺文略第三"杂史·唐"云："《广陵妖乱志》三卷（唐郭廷诲撰。记高骈镇广陵，为妖人吕用之所惑，致生乱，至杨行密）。"

《遂初》（1194）"杂史类"云："《妖乱志》。"

《直斋》（1262）卷五"杂史类"云："《广陵妖乱志》三卷。唐晋阳郑廷晦撰（按，《唐书·艺文志》作郭廷诲撰）。言高骈、吕用之、毕师铎等事。"

《通考》（1319）卷一百九十六经籍考二十三"史·传记"所云引《直斋》同。

《宋史》（1343）卷二百三艺文二"传记类"云："郭廷晦《妖乱志》三卷。"

笔者按：《广陵妖乱志》，一说作者为罗隐。存此备考。

22 前蜀国李珣1种，不知卷数（佚）

　　李珣（生卒年不详），字德润，梓州（今四川三台）人。其先为波斯人，后入居蜀中。其妹舜弦，为前蜀王衍昭仪。李珣事后主王衍，后蜀国亡，不仕（《中国文学家大辞典·唐五代卷》第 307 页）。有著作 1 种，不知卷数，佚。今存词 54 首，见《全唐诗》卷八九六，又见《全唐五代词》正编卷三。

　　（一）李珣《琼瑶集》，不知卷数（佚）

　　《十国》（1672）卷四十四本传云："李珣……所著有《琼瑶集》若干卷。"笔者按：《御选历代诗余》卷一百一云："李珣……有《琼瑶集》一卷。"因《御选历代诗余》所云《琼瑶集》一卷未交代出处，且成书在《十国春秋》之后，故不采信，仅录此备考。

　　笔者又按：《五代艺文考》之《五代艺文志补遗》补"《海药本草》六卷，李珣撰"，并考订其出处云："《四库阙书目》卷二'医书类'著录李珣《海药本草》六卷。焦竑《国史经籍志》卷四下'医家类'亦著录《海药本草》六卷，注'李珣'。"（第 313 页）因《海药本草》一书未见宋元其他目录书和史志有著录，故不采信，仅录此备考。

23 前蜀国王衍2种6卷（均佚）

　　王衍（899—926），字化源，原名宗衍，许州舞阳（今属河南）人。前蜀王建第十一子（《中国文学家大辞典·唐五代卷》第 41 页）。有著作 2 种 6卷，均佚。存诗 5 首，见《全唐诗》卷八；词 2 首，见《全唐诗》卷八八九，内 1 首与诗重出；文 4 篇，见《全唐文》卷一二九。

　　（一）王衍《烟花集》五卷（佚）

　　《直斋》（1262）卷十五"总集类"云："《烟花集》五卷。蜀后主王衍集艳诗二百篇且为之序。"

　　《通考》（1319）卷二百四十八经籍考七十五"集·总集"所云引《直斋》同。

　　《十国》（1672）卷三十七《后主本纪》云："后主名衍……当集艳体诗二百篇，号曰《烟花集》。"笔者按："当"，疑即"尝"。

　　（二）王衍《坤仪令》一卷（佚）

　　书名又作《蜀坤仪令》。详下。

考辨（一篇）：

《崇文》（1041）卷三"伪史类"云："《坤仪令》一卷。"

《通志》（　）卷六十四"仪注·后仪"云："《坤仪令》一卷（伪蜀王衍撰）。"

《宋史》（1343）卷二百四艺文三"仪注类"云："《蜀坤仪令》一卷。"

郑樵《通志》所云伪蜀王超实非蜀国人（2种13卷，均佚）

王超（生卒年不详），出身世家，唐末为凤翔节度使李茂贞判官。后为兴元留后，死于乱中。有著作2种13卷，均佚。（《中国文学家大辞典·唐五代卷》第51页）。《全唐文》卷八四三李茂贞名下三篇文章，当即王超所撰。

（一）王超《洋源集》十卷（佚）

卷数又作二卷。详下。

《崇文》（1041）卷十一"别集二"云："王超《洋源集》二卷（缺）。"

《通志》（1161）卷七十艺文略第八"别集五·伪朝"云："王超《洋源集》二卷（伪蜀）。"

《宋史》（1343）卷二百八艺文七"别集类"云："王超《洋源集》十卷。"

（二）王超《凤鸣集》三卷（佚）

《崇文》（1041）卷十一"别集二"云："《凤鸣集》三卷（缺）。"

《宋史》（1343）卷二百八艺文七"别集类"云："王超……《凤鸣集》三卷。"

笔者按：南宋郑樵《通志》（1161）卷七十艺文略第八"别集五·伪朝"云："王超《洋源集》二卷（伪蜀）。"照此看来，王超无疑是蜀国人了。可是郑樵这话不可靠。据《十国春秋》四十四《王保晦传》："王保晦，阆州人也。雅擅文才，酷无体式而辞致晓畅，善达人意旨。高祖辟置幕府，与冯涓同掌书记。是时，岐王茂贞用王超笺奏，言伪而辩（超有《洋源集》二卷）。高祖绝爱之，颇以保晦与之匹，称曰二王。"就是说，王超为岐王李茂贞的幕僚，后来为兴元留后时死于乱军中。那说明王超就不是蜀国人，更不是前蜀国人了。笔者又按：唐孙光宪《北梦琐言》卷七《王超笺奏》云："唐末凤翔判官王超……王超后为兴元留后，遇害。有《凤鸣集》三十卷行于世。……王超全集三十卷，今只见三卷，闻于卢卿宏也。"孙光宪先说王超有《凤鸣集》三十卷，又说王超全集三十卷，今只见三卷。可见，他所说的王超《凤鸣集》

三十卷只是传说而已，故不采信，仅录此备考。

　　以上前蜀国 23 名文人，著作 98 种 1001 卷，另 4 种不知卷数，1 种 1 卷伪托杜光庭。存 12 种 104 卷，其中 1 种 3 卷作者存疑，另存伪托杜光庭者 1 种 1 卷。

第四章　后蜀国艺文志考索

01 后蜀国毋昭裔1种3卷（佚）

毋昭裔（生卒年不详），河中龙门人。博学有才名，嗜藏书，好古文，精经术。孟知祥镇西川，辟掌书记。孟知祥称帝建后蜀，擢毋昭裔为御史中丞。后主孟昶践祚之明年（939），拜为中书侍郎、同平章事，后进左仆射，以太子太师致仕（《中国文学家大辞典·唐五代卷》、《中国文学家大辞典·宋代卷》无毋昭裔，《中国历代人名大辞典》第348页）。有著作1种3卷，佚。笔者按：毋昭裔为孟知祥（874—937）建立后蜀的功臣，据此判断其年代先后。

（一）毋昭裔《尔雅音略》三卷（佚）

《郡斋》（1187）后志卷一"小学类"云："《尔雅音略》三卷。右伪蜀毋昭裔撰。《尔雅》旧有释智骞及陆朗释文。昭裔以一字有两音，或三音，后生疑于呼读，今释其文义最明者为定。"

《通考》（1319）卷一百八十九经籍考十六"经·小学"所云引《郡斋》同。

《十国》（1672）卷五十二本传云："毋昭裔……所著有《尔雅音略》三卷。"

笔者按：顾櫰三《补五代史艺文志》、宋祖骏《补五代史艺文志》"总集类"著录："《古今书录》四十卷，毋昭裔撰。"《五代艺文考》认为此书"应为毋煚撰"，并说毋煚为唐玄宗开元时人。[①] 是，故不录。

02 后蜀国毛文锡2种3卷（均佚）

毛文锡（生卒年不详），字平珪，高阳（今属河北）人。唐太仆卿毛龟范

---

① 张兴武：《五代艺文考》，巴蜀书社2003年版，第267页。

子。年十四登进士第。曾仕唐，后仕前蜀，积官至礼部尚书（《中国文学家大辞典·唐五代卷》第 88 页）。有著作 2 种 3 卷，均佚。存词 32 首，见《全唐诗》卷八九三，又见《全唐五代词》正编卷三。近人王国维辑有《毛司徒词》一卷，

（一）毛文锡《前蜀王氏记事》二卷（佚）

书名又作《前蜀纪事》、《前蜀记事》、《前蜀王氏记事》。详下。

《直斋》（1262）卷五"伪史类"云："《前蜀纪事》二卷。后蜀学士毛文锡平珪撰。起广明庚子（880），尽天福甲子（904），凡二十五年。文锡，唐太仆卿龟范之子。十四登进士第。入蜀仕王建，至判枢密院，随衍入洛而卒。"笔者按："天福甲子"显然是"天复甲子"之误。天复甲子即天复四年，也即天祐元年，即 904 年。徐小蛮、顾美华点校《直斋书录解题》卷五即云："卢校本'天福'为'天祐'。"①

《通考》（1319）卷二百经籍考二十七"史·伪史霸史"云："《前蜀记事》二卷。陈氏曰：后蜀学士毛文锡平珪撰。起唐明庚子（880），尽天福甲子，凡二十五年。文锡，唐太仆卿龟范之子。十四登进士第。入蜀仕建，至判枢密院，随衍入洛而卒。"笔者按：《直斋》书名云《前蜀纪事》，《通考》误为《前蜀记事》。又，《通考》之"唐明庚子"应为"广明庚子"。

《宋史》（1343）卷二百四艺文三"霸史类"云："毛文锡《前蜀王氏记事》二卷。"

《十国》（1672）卷四十一《毛文锡传》云："毛文锡……未几，复事孟氏，与欧阳炯等五人以小辞为后蜀主所赏。文锡有《前蜀纪事》二卷。"

（二）毛文锡《茶谱》一卷（佚）

《崇文》（1041）卷六"小说下"云："《茶谱》一卷。"

《郡斋》（1187）卷三上"农家类"云："《茶谱》一卷。右魏伪蜀毛文锡撰。记茶故事，其后附以唐人诗文。"笔者按："右魏伪蜀"之"魏"，疑衍。

《遂初》（1194）"谱录类"云："毛文锡《茶谱》。"

《直斋》（1262）卷十四"杂艺类"云："《茶谱》一卷。后蜀毛文锡撰。"笔者按：《直斋》认为毛文锡是后蜀人，吴任臣《十国春秋》认为是前蜀人。本书采用吴任臣之说。

《通考》（1319）卷二百十八经籍考四十五"子·农家"云："《茶谱》一卷。晁氏曰：'伪蜀燕文锡撰。记茶故事，其后附以唐人诗文。'"笔者按：

---

① （宋）陈振孙著，徐小蛮、顾美华点校：《直斋书录解题》（22 卷），上海古籍出版社 1987 年版，卷 5，第 137 页。

《郡斋》作"毛文锡",《通考》误为"燕文锡",不知《通考》何以会有此误。又,《直斋》也有毛文锡的《茶谱》,不知《通考》何以会漏掉。

《宋史》(1343)卷二百五艺文四"农家类"云:"毛文锡《茶谱》一卷。"

《十国》(1672)卷四十一《毛文锡传》云:"毛文锡……未几,复事孟氏,与欧阳炯等五人以小辞为后蜀主所赏。文锡有……《茶谱》一卷。"

笔者按:《中国文学家大辞典·唐五代卷》"毛文锡"词条云毛文锡"又著《茶谱》二卷"①,但是以上诸家公私目录和史志均云"《茶谱》一卷",故采信"《茶谱》一卷"之说。特此说明。

03 后蜀国幸寅孙 1 种,不知卷数(佚)

幸寅孙(生卒年不详),一作幸夤逊,夔州云安(今四川云阳)人,一作成都人。仕五代后蜀。宋开宝五年(972),罢职时年九十余。曾与修《前蜀书》(《中国文学家大辞典·唐五代卷》第481页)。有著作1种,不知卷数,佚。

(一)幸寅孙《王氏开国记》,不知卷数(佚)

《十国》(1672)卷五十四本传云:"幸寅孙……所著《王氏开国记》(缺)卷。"

04 后蜀国李昊 5 种 270 卷(均佚)

李昊(892—966),字穹佐,自称为李绅之后。历仕后梁、前蜀、后蜀、宋。累官至门下侍郎兼户部尚书、同平章事。任后蜀宰相十七年,入宋为工部尚书,旋卒,年七十五。因为前后蜀降表,皆为李昊所作,故蜀人讥李昊为"世修降表李家"(《中国文学家大辞典·唐五代卷》第288页)。有著作5种270卷,均佚。存文4篇,见《全唐文》卷八九一。

(一)李昊《前蜀书》四十卷(佚)

书名又作《蜀书》。卷数又作二十卷。详下。

《崇文》(1041)卷三"伪史类"云:"《前蜀书》四十卷(缺)。"

《遂初》(1194)"伪史类"云:"《蜀书》。"

《通志》(1161)卷六十五艺文略第三"霸史下"云:"《前蜀书》四十卷

---

① 周祖譔主编:《中国文学家大辞典·唐五代卷》,中华书局1992年版,第88页。

（伪蜀李昊撰。记王氏本末。）"

《宋史》（1343）卷二百四艺文三"霸史类"云："李昊《蜀书》二十卷。"

《十国》（1672）卷五十二本传云："李昊……又修《前蜀书》，命昊与赵元拱、王中孚及谏议大夫乔讽、左给事中冯侃如、知制诰贾玄珪、幸寅逊、少府少卿郭微、右司郎中黄彬同撰成四十卷上之。"

笔者按：顾櫰三《补五代史艺文志》、宋祖骏《补五代史艺文志》"霸史类"将李昊《蜀书》二十卷和《前蜀书》四十卷当作二种书，显误。《五代艺文考》之《新编五代艺文志》"霸史类"（《五代艺文考》第 409 页）承此误。笔者又按：此误在张兴武先生《补五代史艺文志辑考》中未得到纠正[①]；《补五代史艺文志辑考》无疑比《五代艺文考》精善许多，但疏漏仍多，本书《中国艺文志考索》，对《补五代史艺文志辑考》的疏漏不再逐一订正，读者互相参看，择善而从即可。

（二）李昊《伪蜀孟氏先主实录》三十卷（佚）

书名又作《后蜀孟先主实录》、《蜀高祖实录》。详下。

笔者按：顾櫰三《补五代史艺文志》、宋祖骏《补五代史艺文志》"霸史类"云李昊有"《后蜀高祖实录》三十卷"，不知此书名之来历，录此备考。

《崇文》（1041）卷三"伪史类"云："《伪蜀孟氏先主实录》三十卷。"

《通志》（1161）卷六十五艺文略第三"霸史下"云："《后蜀孟先主实录》三十卷（伪蜀李昊等撰。记孟知祥一朝事）。"

《郡斋》（1187）后志卷一"实录类"云："《蜀高祖实录》三十卷。右伪蜀李昊撰。高祖者，孟知祥也。昊相知祥子昶，时被命撰，起唐咸通甲午（874），终于伪明德元年甲午（934），凡六十二年。"

《通考》（1319）卷一百九十四经籍考二十一"史·起居注"云："《蜀高祖实录》三十卷。晁氏曰：右伪蜀李昊撰。高祖者，孟知祥也。昊相知祥子昶，时被命撰，起唐咸通甲午（874），终于伪明德元年甲午（934），凡六十一年。"

笔者按：从甲午到下一个甲午，为六十一年，不知《郡斋》何以会误为"六十二年"，《通考》改为"六十一年"，是。

（三）李昊《伪蜀孟氏后主实录》八十卷（佚）

书名又作《后蜀孟后主实录》、《后主实录》。卷数又作四十卷。详下。

《崇文》（1041）卷三"伪史类"云："《伪蜀孟氏后主实录》八十卷

---

①　张兴武：《补五代史艺文志辑考》，上海古籍出版社 2016 年版，第 598 页。

（缺）。"

《通志》（1161）卷六十五艺文略第三"霸史下"云："《后蜀孟后主实录》八十卷（李昊等撰，记孟昶事）。"

《十国》（1672）卷五十二本传云："李昊……是时昊辑所代高祖书奏为百卷，号曰《经纬略》以献，后主赍珍器锦彩甚厚。未几，命判度支户部。十四年（951），修成《后主实录》四十卷。后主欲取视之。昊曰：'帝王不阅史，不敢奉诏。'。"

（四）李昊《蜀祖经纬略》一百卷（佚）

书名又作《经纬略》。详下。

《崇文》（1041）卷十二"别集七"云："《经纬略》一百卷（缺）。"

《通志》（1161）卷七十艺文略第八"论"云："《经纬略》一百卷（伪蜀李昊撰）。"

《宋史》（1343）卷二百八艺文七"别集类"云："李昊《蜀祖经纬略》一百卷。"卷四百七十九本传云"李昊……自知祥领蜀，凡章奏书檄，皆出昊手。至是集为百卷，曰《经纬略》以献。昶赏以珍器锦彩。"

《十国》（1672）卷五十二本传云："李昊……是时昊辑所代高祖书奏为百卷，号曰《经纬略》以献……"

笔者按：《五代艺文考》之《新编五代艺文志》"霸史类"有李昊"《蜀祖经纬略》一百卷"（第409页），"表章类"又有李昊"《经纬略》一百卷"，可能是不慎而重收。

（五）李昊《枢机集》二十卷（佚）

《宋史》（1343）卷二百八艺文七"别集类"云："李昊……又《枢机集》二十卷。"

05 后蜀国李尧夫 1 种 20 卷（佚）

李尧夫（生卒年不详），后蜀梓潼（今四川梓潼）人（《中国文学家大辞典·唐五代卷》第274页）。存诗1首、断句若干，见《全唐诗》卷七九五、《全唐诗补编·续拾》卷五二。有著作1种20卷，佚。

笔者按：南宋吴曾《能改斋漫录》卷五《凉风消息几时来》有言："太祖采听明敏，每边事纤悉必知。有间者自蜀还。……梓潼山人李尧夫吟咏，犹尚讥刺。谒蜀相李昊。昊戏曰：'何名之背时也？'尧夫厉色对曰：'甘作尧时夫，不乐蜀中相。'因是尧夫为昊所摈。知蜀主国柄隳紊，生民肆扰。吟《苦热诗》云：'炎暑郁蒸无处避，凉风消息几时来。'……尧夫又有《大内盆池诗》云：'向外宁无地，其中别有天。'蜀平后，《赠滕白郎中》诗云：'方外与谁为道友，关东独自占诗家'，讥滕入蜀。诗家，惟尧夫耳。"① 后蜀 965 年为北宋所灭，可见，李尧夫卒于 965 年后。李尧夫与李昊有对答，故将李尧夫置于李昊（892—966）之后。

（一）李尧夫《梓潼集》二十卷（佚）

《宋史》（1343）卷二百八艺文七"别集类"云："李尧夫《梓潼集》二十卷。"

06 后蜀国韦縠1 种 10 卷（存）

韦縠（生卒年不详），仕后蜀（934—965）孟氏父子，官监察御史。（《中国文学家大辞典·唐五代卷》第 84 页）。有著作 1 种 10 卷，存。

（一）韦縠《才调集》十卷（存）

《崇文》（1041）卷十一"总集下"云："《才调集》十卷。"

《通志》（1161）卷七十艺文略第八"诗总集"云："《才调集》、《天归集》十卷（唐韦縠撰）。"笔者按：不知此《天归集》从何而来。

《直斋》（1262）卷十五"总集类"云："《才调集》十卷，后蜀韦縠集唐人诗。"

《通考》（1319）卷二百四十八经籍考七十五"集·总集"所云引《直斋》同。

《四库全书总目》（1781）卷一百八十六"集部·总集类"云："《才调集》十卷（江苏巡抚采进本）。蜀韦縠编。縠仕王建为监察御史（笔者按：韦縠仕孟知祥孟昶父子，为监察御史，馆臣误），其里贯事迹皆未详。是集每卷录诗一百首，共一千首。自序称观李杜集元白诗，而集中无杜诗。冯舒评此集，谓崇老杜，不欲删择。然实以杜诗高古，与其书体例不同，故不采录。舒所说，非也。其中颇有舛误。如李白录《愁阳春赋》，是赋非诗。王建录《宫中调笑令》词，是词非诗。皆乖体例。贺知章录《柳枝词》，乃刘采春所歌，非知章作，其曲起于中唐，知章时亦未有。刘禹锡录《别荡子怨》，乃隋薛道衡《昔昔盐》。王之涣录《惆怅词》，所咏乃崔莺莺、霍小玉事，之涣不及见，实王涣作。皆姓名讹异。然颇有诸家遗篇，如白居易《江南赠萧十九》诗、贾岛赠《杜驸马》诗，皆本集所无。又沈佺期《古意》，高棅窜改成律诗。王维《渭城曲》'客舍青青杨柳春'句，俗本改为'柳色新'。贾岛《赠剑客》

---

① （南宋）吴曾撰：《能改斋漫录》，景印文渊阁四库全书本，卷 5。

诗'谁为不平事'句，俗本改为'谁有'。如斯之类，此书皆独存其旧，亦足资考证也。毂生于五代文敝之际，故所选，取法晚唐，以秾丽宏敞为宗，救粗疏浅弱之习，未为无见。至冯舒、冯班意欲排斥宋诗，遂引其书于昆体，推为正宗，不知李商隐等，《唐书》但有'三十六体'之目，所谓西昆体者，实始于宋之杨亿等，唐人无此名也。"

07 后蜀国欧阳炯 1 种 15 卷（佚）

欧阳炯（896—971），又作欧阳迥、欧阳逈、欧阳炳。益州华阳（今四川双流）人。五代时词人。历事前蜀、后蜀、宋（《中国文学家大辞典·唐五代卷》第 493—494 页）。有著作 1 种 15 卷，佚。

（一）欧阳炯《唐录备缺》十五卷（佚）

《崇文》（1041）卷三"杂史上"云："《唐录备缺》十五卷。"

《通志》（1161）卷六十五艺文略第三"杂史·唐"云："《唐录备缺》十五卷（伪蜀欧阳炳撰。记武宗僖宗中和初事）。"

《宋史》（1343）卷二百三艺文二"别史类"云："欧阳迥（一作炳）《唐录备缺》十五卷。"

笔者按：《蜀中广记》卷九十二云："《唐录备缺》十五卷。五代欧阳迥著。见《宋史》。迥，益州人，常事蜀王衍及知祥父子，累官门下侍郎、平章事。性坦率，无检操。雅善吹笛。太祖常召至便殿，令奏数曲。迥为歌诗甚富。掌诰命，非其所长。但蜀之卿相奢靡相尚，迥能守俭素，此乃可称。"可见，此欧阳迥即欧阳炯。

08 后蜀国王昭远 1 种 10 卷（佚）

王昭远（生卒年不详），五代时成都人（《中国文学家大辞典·唐五代卷》、《中国文学家大辞典·宋代卷》无此人。《中国历代人名大辞典》第205—206 页据《九国志》卷七、《十国春秋》卷五十七撰写词条）。《十国春秋》卷五十七"后蜀十"有传。据此《王昭远传》，孟知祥镇受西川时，早已经 13 岁的王昭远来投奔，而孟知祥于后唐庄宗李存勖同光三年（925）镇守西川、后唐明宗李嗣源长兴四年（933）受封为蜀王，由此可知王昭远最晚生于 921 年前。此《传》又云王昭远卒于宋开宝（968—975）中。故可断定王昭远的生卒是：921 年前—976 年前，故将王昭远置于欧阳炯（896—971）之后。

（一）王昭远《禁垣备对》十卷（佚）

《通志》卷六十九艺文略第七类书类第十一"类书下"云："《禁垣备对》十卷"。

《宋史》（1343）卷二百七艺文六"类事类"云："王昭远《禁垣备对》十卷。"

09 后蜀国章九龄 1 种 20 卷（佚）

章九龄（生卒年不详），五代时人。事后蜀，孟昶时累官右补阙。慷慨好直言，不避权贵。广政（938—965）中，忤旨谪维州录事参军（《中国文学家大辞典·唐五代卷》、《中国文学家大辞典·宋代卷》无章九龄。《中国历代人名大辞典》第2200页）。《十国春秋》卷五十四"后蜀七"有传。笔者按：第一，章九龄，疑《宋史》误为"童九龄"，若然，则章九龄有著作 1 种 20 卷，佚；第二，由章九龄于广政二十一年（958）弹劾李昊、王昭远被贬官而置章九龄于王昭远后。详见下文考证。

（一）童九龄《潼江集》二十卷（佚）

笔者按：《宋史》（1343）卷二百八艺文七"别集类"云："庾传昌《金行启运集》二十卷、李尧夫《梓潼集》二十卷、勾令言《玄丹集》十二卷、童九龄《潼江集》二十卷、王朴《翰苑集》十卷、李瀚《丁年集》十卷、《涂昭良集》八卷、李昊《蜀祖经纬略》一百卷，又《枢机集》二十卷。"庾传昌、李尧夫、勾令言皆蜀国人且为后蜀国人，由此可判定其后的"童九龄"很可能也是后蜀国人，其后的王朴、李瀚、涂昭良为五代中原人，李昊为后蜀国人，由此可进一步判定，"童九龄"应该就是后蜀国人。除《宋史》外，"童九龄"未见于古代任何著作，估计此"童九龄"当为"章九龄"之讹。又，《十国春秋》卷五十四"后蜀七"有《章九龄传》，其传应该来自于《资治通鉴》卷二百九十四《后周纪五》的记载："（显德五年春正月）（958）甲辰（2月13日），蜀右补阙章九龄见蜀主，言政事不治由奸佞在朝。蜀主问：'奸佞为谁？'指李昊、王昭远以对。蜀主怒，以九龄为毁斥大臣，贬维州录事参军。"显德五年即958年，即后蜀孟昶广政二十一年。由此可判定章九龄生活的大致年代。

10 后蜀国张峤 3 种，不知卷数（均佚）

张峤（生卒年不详），字平云，五代时蜀人。今存诗偈 1 首又 2 句，收入

《全唐诗补编·续补遗》卷一三（《中国文学家大辞典·唐五代卷》第 428 页）。有著作 3 种不知卷数，佚。

　　笔者按：张峤为勾令玄之师，故置于勾令玄前。

　　（一）张峤《参玄录》，不知卷数（佚）

　　宋黄休复《茅亭客话》十卷（1043 年前成书）卷三《张平云》云："张居士名峤，字平云，学释氏法，人谓之居士。时有勾居士问不拘生死者，愿师直指。答云：……尝撰《参玄录》、《玄珠集》、歌行句偈百余篇。"①

　　（二）张峤《玄珠集》，不知卷数（佚）

　　出处同上。

　　（三）张峤《歌行句偈》（笔者按：题代拟），不知卷数（佚）

　　出处同上。

11 后蜀国勾令玄 4 种不知卷数（均佚）

　　勾令玄（生卒年不详），五代后蜀时成都（今属四川）人。信佛教，宗嗣张峤，时称勾学士。今存诗偈 1 首，收入《全唐诗补编·续补遗》卷一三（《中国文学家大辞典·唐五代卷》第 96 页）。有著作 4 种，不知卷数，均佚。笔者按：勾令玄，元脱脱等《宋史》卷二百八、明胡震亨《唐音癸签》卷三十作"勾令言"。

　　（一）勾令玄《火莲集》，不知卷数（佚）

　　宋黄休复《茅亭客话》十卷（1043 年前成书）卷三《勾居士》云："勾居士名令玄，蜀都人也。宗嗣张平云，有学人问答，随机应响。著《火莲集》、《无相宝山论》、《法印传》、《况道杂言》百余篇。有《敬礼瓦屋和尚塔偈》曰：'太空无尽劫成尘，玄步孤高物外人。……一百六十三岁后，方于此塔葬全身。'瓦屋和尚名能光，日本国人也，嗣洞山悟本禅师，天复（901—904）年初入蜀，伪永泰军节度使禄虔扆（笔者按：当作鹿虔扆）舍碧鸡坊宅为禅院居之，至孟蜀长兴年（930—934）末迁化，时齿一百六十三，故有是句。"②

　　笔者按：第一，从"方于此塔葬全身"的话可看出，勾令玄写此诗偈时，瓦屋和尚已经迁化，而瓦屋和尚迁化于长兴（930—934）末，则勾令玄写此诗偈的时间在 934 年后，由此可知勾令玄生活的大致年代。故置于欧阳炯之

---

　　①　本社编：《宋元笔记小说大观》（全 6 册），上海古籍出版社 2001 年版，第 1 册，第 414 页。
　　②　同上书，第 415 页。

后，并将其师张峤置于其前。第二，《茅亭客话》十卷末尾《茅亭客话后序》作于宋元祐癸酉（1093），后序中云："此集自先祖太傅藏于书笥，仅五十余载，而世莫得其闻也。"可见，《茅亭客话》成书于1043年前。

（二）勾令玄《无相宝山论》，不知卷数（佚）

出处同上。

（三）勾令玄《法印传》，不知卷数（佚）

出处同上。

（四）勾令玄《况道杂言》，不知卷数（佚）

出处同上。

笔者按：《宋史》（1343）卷二百八艺文七"别集类"云："庾传昌《金行启运集》二十卷、李尧夫《梓潼集》二十卷、勾令言《玄丹集》十二卷、童九龄《潼江集》二十卷、王朴《翰苑集》十卷。"《唐音癸签》卷三十云："李洪茂（十卷）、李尧夫（《梓童集》二十卷）、勾令言（《玄舟集》十二卷）、童九龄《潼江集》二十卷、涂昭良（八卷）。"从此二书所收"勾令言"前后的文人和著作看，勾令言必然是五代人。如此看来，此"勾令言"和后蜀国的"勾令玄"应该为同一人。那么，后蜀勾令玄的著作除上述4种不知卷数外，还有1种12卷，即《玄丹集》十二卷，胡震亨《唐音癸签》作《玄舟集》十二卷。但是，勾令言是否为勾令玄，证据不足，未敢遽断，存此备考。

12 后蜀国僧可朋 1 种 10 卷（佚）

僧可朋（生卒年不详），丹稜（今属四川眉山市）人。能诗好饮酒，贫无以偿酒债，或作诗酬之。遂自号醉髡。少与卢延让、方干为诗友。来蜀，与欧阳炯相善。炯比之孟郊、贾岛，力荐于后主。后主赐钱帛有加。可朋有诗千余篇，号《玉垒集》十卷（见《十国春秋》卷五十七）（《中国文学家大辞典·唐五代卷》、《中国文学家大辞典·宋代卷》无可鹏。《中国历代人名大辞典》第356页）。有著作1种10卷，佚。笔者按：可朋与欧阳炯为友，故置于欧阳炯之后。

（一）僧可朋《玉垒集》十卷（佚）

《宋史》卷二百八艺文七"别集类"云："僧可朋《玉垒集》十卷。"

《十国》（1672）卷五十七本传云："可朋有诗千余篇，号《玉垒集》。"

13　后蜀国赵元拱有著作1种10卷（佚）

赵元拱（生卒年不详），五代后蜀广政（938—965）间任职方员外郎（《中国文学家大辞典·唐五代卷》第553页）。有著作1种10卷，佚。笔者按：赵元拱曾与修李昊领衔编纂的《前蜀书》四十卷，故置于李昊、韦縠、欧阳炯、僧可朋之后。

（一）赵元拱《唐谏诤集》十卷（佚）

《崇文》（1041）卷十一"总集类"云："《唐谏诤集》十卷（缺）。"

《通志》（1161）卷七十艺文略第八"奏议"云："《唐谏诤集》十卷（伪蜀赵元拱集）。"

《十国》（1672）卷五十六本传云："赵元拱，有良史才。广政（938—965）时授职方员外郎，会宰相李昊监修国史，请置史官，后主乃以元拱为修撰。未几，修《前蜀书》，复命元拱等董其事。国亡，降宋，除虞部员外郎。元拱所纂辑，有《唐谏诤集》十卷。"

14　后蜀国乔讽3种16卷（均佚）

乔讽（生卒年不详），后蜀谏议大夫、知制诰。事迹见《崇文总目》卷二（《中国文学家大辞典·唐五代卷》、《中国文学家大辞典·宋代卷》、《中国历代人名大辞典》无此人）。有著作3种16卷，均佚。

（一）乔讽《道德经疏义节解》二卷（佚）

《崇文》（1041）卷五"道家类"云："《道德经疏义节解》上下各二卷（缺）。伪蜀乔讽撰。讽仕伪蜀为谏议大夫、知制诰，奉诏以唐明皇注疏杜光庭义，缀其要，附以己意解释之。"

《通考》（1319）卷二百一十一经籍考三十八"子·道家"所云引《崇文》同。

《宋史》（1343）卷二百五艺文四"道家类"云："乔讽《道德经疏义节解》二卷、《道德经小解》一卷。"

（二）乔讽《道德经小解》二卷（佚）

卷数又作一卷。详下。

《崇文》（1041）卷五"道家类"云："《老子道德经小解》二卷（缺）。不著撰人名氏，注解道德经义。"

《通考》（1319）卷二百一十一经籍考三十八"子·道家"云："《道德经

小解》二卷。《崇文总目》：不著撰人名氏，注解道德经义。"笔者按：《通考》引《崇文》省略了"老子"二字和"缺"字，说明《通考》引用时不是一字不漏地引用，值得注意。

《宋史》（1343）卷二百五艺文四"道家类"云："乔讽《道德经疏义节解》二卷、《道德经小解》一卷。"

（三）《乔讽集》十卷（佚）

《宋史》（1343）卷二百八艺文七"别集类"云："《乔讽集》十卷。"

15 后蜀国何光远 3 种 16 卷（存 1 种 10 卷）

何光远（生卒年不详），字辉夫，东海（今江苏连云港）人。五代后蜀广政（938—965）初，官普州军事判官，撰《聂公真龛记》。著有《鉴戒录》十卷（《中国文学家大辞典·唐五代卷》第 379 页）。有著作 3 种 16 卷，存 1 种 10 卷。

（一）何光远《鉴戒录》十卷（存）

书名又作《鉴诫录》。卷数又作三卷。详下。

《郡斋》（1187）后志卷二"子类·小说类"云："《鉴戒录》十卷。右后蜀何光远撰。字辉夫，东海人。唐证中纂辑唐以来君臣事迹可为世鉴者，前有刘曦度序。李献臣云：不知何时人，考之不详也。"笔者按："唐证中"三字，不知何意，此三字，明曹学佺《蜀中广记》卷九十二作"证圣中"，"证圣"为武则天年号，指公元 695 年正月到九月，共十个月。显然与《鉴戒录》一书无涉。"唐证"，估计是"广政"之讹误。"唐证"，繁体字作"唐證"；"广政"，繁体字作"廣政"。字形误兼字音误之后，"廣政"就会讹作"唐證"。"廣政"为后蜀国后主孟昶年号，自 938 年至 965 年，共 28 年。"广政"与何光远的生活年代是符合的，故"唐证"可能是"广政"之讹误。但是，这只是合理推论，"唐证中"三字究竟何意，还是以存疑为妙。

《遂初》（1194）"伪史类"云："《鉴戒录》。"

《通考》（1319）卷二百十六经籍考四十三"子·小说家"云："《鉴诫录》十卷。晁氏曰：……。"

《宋史》（1343）卷二百六艺文五"小说类"云："刘曦度《鉴戒录》三卷"，又云："何光远《鉴戒录》三卷。"

《十国》（1672）卷五十六本传云："何光远……撰《聂公真龛记》，又常著《鉴戒录》十卷，纂辑唐以来君臣事迹可为世法者。又有《广政杂录》三卷，皆行于世。"

《四库全书总目》（1781）卷一百四十"子部·小说家类"云："《鉴戒录》十卷（江西巡抚采进本）。蜀何光远撰。光远字辉夫，东海人。孟昶广政（938—965）初，官普州军事判官。其书多记唐及五代间事，而蜀事为多，皆近俳谐之言，各以三字标题，凡六十六则。赵希弁《读书后志》以为'辑唐以来君臣事迹可为世鉴者'，似未睹其书，因其名而臆说也。旧本前有刘曦度序，亦见希弁《志》。《宋史·艺文志》遂以刘曦度《鉴戒录》三卷、何光远《鉴戒录》三卷分为二书，益舛误矣。书中间有夹注。如《判木夹》一条云：'此答木夹书，元是胡曾与路岩相公镇蜀日修之，非为高骈相公也。何光远误述。'《危乱黜》一条云：'据《禅月诗集》中此诗自哭涪州张侍郎，非张拾遗，何光远错举证也。'《四公会》一条云：'此篇元在《本事诗》中，叙说甚详。何光远重取论说，又加改易，非也。'皆驳正光远之说，不知出自何人。此本析为十卷。有朱彝尊跋，称'从项于汴家宋本影写'，则犹宋人所分也。今观所记，如《徐后事》一条所载王承旨诗，《后山诗话》以为花蕊夫人作。《蜀门讽》一条所载向瓒嘲蒋炼师诗，《南唐近事》以为庐山道士。其语大同小异，犹可曰传闻异词。《鉴冤辱》一条，全剽袭《殷芸小说》'东方朔辨怪哉虫事（按，小说已佚，此条见《太平广记》四百七十三）'。已为附会。《鬼传书》一条，不知《水经注》有梁孝直事，更属粗疏。至《逸事谏》一条，称'昭宗何后荒于从禽'，考《新唐书·后妃列传》，昭宗奔播歧梁，后侍膳服，无须臾去；《旧唐书》亦云'后于蒙尘薄狩之中，尝膳御侮，不离左右'，安得有畋游之事？且昭宗寄命强藩，不能自保，又安能纵后畋游，恒至六十里外，殊为诬诞。《灌铁汁》一条，称秦宗权本不欲叛，乃太山神追其魂，以酷刑逼之倡乱，是为盗贼藉口，尤不可以训。特以其为五代旧书所载，轶事遗闻，往往可资采掇，故仍录之小说家焉。"

笔者按：四库馆臣云《宋史》所云刘曦度《鉴戒录》三卷即何光远《鉴戒录》三卷，刘曦度只是为何光远《鉴戒录》三卷作序，未曾著有《鉴戒录》三卷一书。《宋史》误将《鉴戒录》一书著录为二书。可是，四库馆臣未能给出证据，故存此备考。

（二）何光远《广政杂录》三卷（佚）

《崇文》（1041）卷三"伪史类"云："《广政杂录》三卷（缺）。"

《通志》（1161）卷六十五艺文略第三"霸史下"云："《广政杂录》三卷（伪蜀何光远撰。'广政'乃伪蜀年号，记王孟据蜀事。）"

《宋史》（1343）卷二百六艺文五"小说类"云："何光远……又《广政杂录》三卷。"

《十国》（1672）卷五十六本传云："何光远……又有《广政杂录》三卷，

皆行于世。"

笔者按：《十国春秋》卷五十六本传云："何光远……撰《聂公真龛记》。"明周复俊《全蜀艺文志》（文渊阁四库全书本）卷五十二云："《聂公真龛记》（在灵召山，军事判官個先远撰。广政四年建）。""個先远"，当作"何光远"。广政四年即941年。《聂公真龛记》是一篇文章，不知道此文章是否被编集成书，故本《后蜀国艺文志》不予著录，仅录此存疑。

（三）何光远《宾仙传》三卷（佚）

《崇文》（1041）卷十"道书九"云："《宾仙传》一卷。"

《通志》（1161）卷六十七艺文略第五"道家二·传"云："《宾仙传》三卷（何光远撰）。"

《宋史》（1343）卷二百五艺文四"道家类"云："晞旸子《宾仙传》三卷。"笔者按：不知"晞旸子"是否为何光远的号，存疑。

16 后蜀国张玫 1 种 3 卷（佚）

张玫（生卒年不详），五代成都（今属四川）人。事后蜀。精于写貌。孟知祥明德元年（934），于大慈圣寺三学院置真堂，召集画师绘文武臣僚之像，玫笔居多。授翰林祗侯（《中国历代人名大辞典》第1213页。《中国文学家大辞典·唐五代卷》、《中国文学家大辞典·宋代卷》无张玫）。笔者按：据《十国春秋》卷五十六知张玫为后蜀人。有著作1种3卷，佚。

（一）张玫《古君臣象》三卷（佚）

《十国》（1672）卷五十六本传云："张玫……著《古君臣象》三卷，有长门醉客按乐捣衣诸图。"

17 后蜀国景涣 2 种 8 卷（均佚）

景涣（生卒年不详），又作景焕、耿涣、景渔，又名朴，号玉垒山人、玉垒山闲吟牧竖、匡山处士，成都（今属四川）人。原姓耿，避太宗讳改。五代后蜀时，曾任壁州白石令。与翰林学士欧阳炯为忘形之交。工书画，曾于成都应天寺画天王像，欧阳炯为作长歌，草书僧梦龟书之，时称应天三绝。尤善画龙。广政十年（947），曾于彭州西门画龙以求雨。入宋后不仕，隐居于成都玉垒山。宋太祖乾德三年（965），撰《野人闲话》五卷。宋太宗雍熙（984—987）间犹在世，卒年不详（《中国文学家大辞典·唐五代卷》第752—753页）。有著作2种8卷，均佚。

笔者按：第一，《中国文学家大辞典·唐五代卷》"景涣"辞条云景涣有著作《龙证笔诀》三卷，实际上，《龙证笔诀》三卷系后蜀姜道隐的著作；第二，景涣942年作画，故置于934年作画的张玟之后。

（一）景涣《牧竖闲谈》三卷（佚）

《郡斋》（1187）卷三下"小说类"云："《牧竖闲谈》。右皇朝景渔撰。多记奇器异物。渔，自号玉垒山闲吟牧竖云。"

《通考》（1319）二百十六经籍考四十三"子·小说家"云："《牧竖闲谈》三卷。晁氏曰：'皇朝景渔纂十九事。景渔，蜀人也。'"笔者按：第一，《通考》所引《郡斋》之言竟然与《郡斋》有所出入，真是奇怪，值得注意；第二，明曹学佺《蜀中广记》卷六十有《牧竖闲谈》不足百字的文字，值得注意；第三，明杨士奇《文渊阁书目》卷二载有"景涣《牧竖闲谈》一部一册"，可见，《牧竖闲谈》到杨士奇时代尚存于世；第四，明曹学佺《蜀中广记》卷九十四云："《牧竖闲谈》三卷。蜀人景涣纂十九事为篇。又著《野人闲话》五卷。"

《宋史》（1343）卷二百六艺文五"小说类"云："耿焕《牧竖闲谈》三卷，又《野人闲话》五卷。"

（二）景涣《野人闲话》五卷（佚）

《崇文》（1041）卷五"小说类"云："《野人闲话》五卷。"

《通志》（1161）卷六十九艺文略第七类书类第十一"类书上"云："《野人闲话》五卷（宋朝景焕撰）。"

《遂初》（1194）"小说类"云："《野人闲话》。"

《直斋》（1262）卷十一"小说家类"云："《野人闲话》五卷。成都景焕撰，记孟蜀时事。乾德三年（965）序。"

《通考》（1319）二百十六经籍考四十三"子·小说家"所云引《直斋》同。

《宋史》（1343）卷二百六艺文五"小说类"云："耿焕《牧竖闲谈》三卷，又《野人闲话》五卷。"

笔者按：《野人闲话》一书，在明曹学佺《蜀中广记》中有十数则存留。

18 后蜀国姜道隐 1 种 3 卷（佚）

姜道隐（生卒年不详），一作张道隐，据《十国春秋》卷五十六本传知其为后蜀人。有著作 1 种 3 卷，佚（《中国文学家大辞典·唐五代卷》无姜道隐）。有《龙证笔诀》三卷。笔者按：宋郭若虚《图画见闻志》卷二云："姜道隐，汉州什邡人。"①

（一）姜道隐《龙证笔诀》三卷（佚）

作者又作"张道隐"。书名又作《笔诀》。详下。

《诗话总龟》（1123）卷二十一云："巴蜀三纪以来，艺能之士，精于书画者众矣。……野人张道隐张藻松石。道隐不事论谈，不与人交往，不冠带，不跪拜，人谓之猱头，相国李昊为著名道隐，常在绵竹山中。李司议文才继阎立本写真。书画八人，皆妙绝当代。野人平生读庄老之书，有暇则性好图龙之真形。……亦曾撰集《龙证笔诀》三卷，传于家。丁未（947）年，彭州倅郑昭请图真龙于州城之西门太山府君之祠。"②

《十国》（1672）卷五十六本传云："姜道隐……所著《笔诀》三卷传于世。"

19 后蜀国赵崇祚 1 种 10 卷（存）

赵崇祚（生卒年不详），字弘基（一作宏基），开封人（今属河南）。一作并州太原（今属山西）人。后蜀中书令赵庭隐之子。约生于后梁初年。以门荫为列卿。赵崇祚好士，与大理少卿刘昌、国子司业王昭图为忘年交。广政三年（940）编集《花间集》成书。有著作 1 种 10 卷，存（《中国文学家大辞典·唐五代卷》第 560 页）。

（一）赵崇祚《花间集》十卷（存）

《遂初》（1194）"总集类"云："《花间集》"，"乐曲类"云"《唐花间集》"。

《直斋》（1262）卷五"歌词类"云："《花间集》十卷。蜀欧阳炯作序，称卫尉少卿字宏基者所集，未详何人。其词自温飞卿而下十八人，凡五百首，此近世倚声填词之祖也。诗至晚唐五季，气格卑陋，千人一律，而长短句独精巧高丽，后世莫及，此事之不可晓者。放翁陆务观之言云尔。"

《通考》（1319）卷二百四十六经籍考七十三"集·歌词"云："《花间集》十卷。陈氏曰：蜀欧阳炯作序，称卫尉少卿字弘基者所集，未详何人。其词自温飞卿而下十八人，凡五百首，此近世倚声填词之祖也。诗至晚唐五季，气格卑陋，千人一律，而长短句独精巧高丽，后世莫及，此事之不可晓者。放翁陆务观之言云尔。"

---

① （宋）郭若虚撰：《图画见闻志》（6卷），景印文渊阁四库全书本，卷2。

② （宋）阮阅编，周本淳校点：《诗话总龟》，人民文学出版社1987年版，第229—230页。

《四库全书总目》卷一百九十九"集部·词曲类"云："《花间集》十卷（江苏巡抚采进本）。后蜀赵崇祚编。崇祚，字宏基，事孟昶为卫尉少卿，而不详其里贯。《十国春秋》亦无传。按：蜀有赵崇韬，为中书令赵廷隐之子，崇祚疑即其兄弟行也。诗余体变自唐而盛行于五代，自宋以后，体制益繁，选录益众，而溯源星宿，当以此集为最古。唐末名家词曲，俱赖以仅存。其中《渔父词》、《杨柳枝》、《浪淘沙》诸调，唐人仍载入诗集，盖诗与词之转变在此数调故也。于作者不题名而题官，盖即文选书字之遗意。惟一人之词，时割数首入前后卷以就每卷五十首之数，则体例为古所未有耳。陈振孙谓所录自温庭筠而下十八人，凡五百首，今逸其二。坊刻妄有增加，殊失其旧。此为明毛晋重刊宋本，犹为精审，前有蜀翰林学士中书舍人欧阳炯序，作于孟昶之广政三年（940），乃晋高祖之天福五年也。后有陆游二跋。其一称'斯时天下岌岌，士大夫乃流宕如此，或者出于无聊'，不知惟士大夫流宕如此，天下所以岌岌，游未反思其本耳。其二称'唐季、五代，诗愈卑而倚声者辄简古可爱，能此不能彼，未易以理推也'。不知文之体格有高卑，人之学力有强弱，学力不足副其体格，则举之不足；学力足以副其体格，则举之有余。律诗降于古诗，故中晚唐古诗多不工，而律诗则时有佳作。词又降于律诗，故五季人诗不及唐，词乃独胜。此犹能举七十斤者，举百斤则蹶，举五十斤则运掉自如，有何不可理推乎？"

20　后蜀国彭晓2种4卷（存）

彭晓（生卒年不详），字秀川，号真一子，永康（今属浙江）人。五代时昌利化飞鹤山道士。后蜀孟昶广政十一年（948），任祠部员外郎，又任金堂令（《中国文学家大辞典·唐五代卷》第736页）。有著作2种4卷，存。《全唐诗》卷八八五收诗2首，《全唐文》卷八九一收文3篇。

笔者按：《五代艺文考》之《五代艺文志补遗》"道家类"云："《阴符经注》三卷。彭晓撰。焦竑《国史经籍志》卷四上'子类'著录《彭晓注阴符》三卷。"① 既不知明朝焦竑所云"《彭晓注阴符》"的来历，又不知"《阴符经注》"这个书名的来历，想来均有出处，录此备考。

（一）彭晓《周易参同契分章通真义》三卷（存）

书名又作《参同契分章通真义》、《参同契分章通真仪》、《周易参同契通真义》、《参同契》、《周易参同契》。详下。

---

① 张兴武：《五代艺文考》，巴蜀书社2003年版，第300页。

《通志》（1161）卷六十七艺文略第五"道家一·参同契"云："《周易参同契分章通真义》三卷。"

《直斋》（1262）卷十二"神仙类"云："《参同契分章通真义》三卷、《明镜图诀》一卷。真一子彭晓秀川撰。蜀永康人也。序称广政丁未（947），以参同契分十九章，而为之注，且为图八环，谓之《明镜图》。曩在麻姑山传录。其末有秀川传，汪纲会稽所刻本。其前题'祠部员外郎彭晓'，盖据秘阁本云尔。麻姑本附传，亦言仕蜀为此官。"

《通考》（1319）卷二百二十四经籍考五十一"子·神仙"云："《参同契分章通真义》三卷、《明镜图诀》一卷。陈氏曰：'真一子彭晓秀川撰。蜀永康人也。参同契，因易以言养生，后世修炼者祖之。序称晓丁未（947）以参同契分十九章而为之注，且为图八环，谓之《明镜图》。曩在麻姑山传录其本，有秀川传，注纲会稽所刻本。其前题祠部员外郎彭晓，盖据秘阁本云尔。麻姑本附传，亦言仕蜀为此官'。"笔者按：第一，"注纲"，应为"汪纲"之误。第二，《通考》所引《直斋》，竟然有今《直斋》没有的内容，真是稀奇。不知道《通考》这些内容从何而来，值得注意。

《宋史》（1343）卷二百五艺文四"神仙类"云："彭晓《周易参同契分章通真仪》三卷。"

《四库全书总目》（1781）卷一百四十六"子部·道家类"云："《周易参同契通真义》三卷（浙江巡抚采进本）。后蜀彭晓撰。晓，字秀川，永康人，自号真一子，仕孟昶为朝散郎，守尚书祠部员外郎，赐紫金鱼袋。其事迹未详。杨慎序古本《参同契》，则以晓为道士。考王建之时，杜光庭尝以道士授官，晓为道士，亦事理所有，但未知其据何书也。葛洪《神仙传》称'魏伯阳作《参同契五行相类》，凡三卷，其说是《周易》，其实假借爻象以论作丹之意，世之儒者，不知神丹之事，多作阴阳注之，殊失其旨'云云。今按：其书多借纳甲之法，言坎离、水火、龙虎、铅汞之要，以阴阳五行、昏丹时刻为进退持行之候，后来言炉火者，皆以是书为鼻祖。《隋书·经籍志》不著录，《旧唐书·经籍志》始有《周易参同契》二卷、《周易五相类》一卷，而入之五行家，殊非其本旨。晓序谓伯阳先示青州徐从事，徐乃隐名而注之，至桓帝时复以授同郡淳于叔通，遂行于世，而传其诀者颇尠。其或然欤？至郑樵《通志·艺文略》始别立《参同契》一门，载注本一十九部，三十一卷，今亦多佚亡。独晓此本尚传，共分九十章，以应阳九之数。又以《鼎器歌》一篇，字句零碎，难以分章，独存于后，以应水一之数。又撰《明镜图诀》一篇，附下卷之末。晓自作前后序，阐发其义甚详。诸家注《参同契》者，以此本为最古。至明嘉靖中，杨慎称南方有发地中石函者，得古文《参同契》，以为伯阳真本，反谓晓此本淆乱经注。好异者往往信之。然朱子作《参同契考异》，其章次并从此本。《永乐大典》所载《参同契》本，亦全用晓书，而以俞琰诸家之注分隶其下。则此本为唐末之书，授受远有端绪。慎所传本，殆丰坊《古大学》之流，殊荒诞不足为信。故今录《参同契》之注，仍以此本为冠焉（按：《唐志》列《参同契》于五行类，固为失当；朱彝尊《经义考》列《周易》之中，则又不伦。惟葛洪所云，得魏伯阳作书本旨，若预睹陈抟以后，牵异学以乱圣经者。是此书本末源流，道家原了了，儒者反愦愦也。今仍列之于道家，庶可知丹经自丹经，易象自易象，不以方士之说淆羲、文、周、孔之大训焉）。"

笔者按：《郡斋》（1187）后志卷二"子·神仙类"云："《参同契》三卷。右汉魏伯阳撰。按：《神仙传》：伯阳，会稽上虞人，通贯诗律，文辞赡博，修真养志，约《周易》，作此书，凡九十篇。徐氏笺注，桓帝时以授同郡淳于叔通，因行于世，彭晓为之解。隋唐书目皆不载。按：唐陆德明《解易字》云：虞翻注《参同契》，言字从日下月，今此书有日月为易之文，则其为古书，明矣。"《通考》（1319）卷二百二十四经籍考五十一"子·神仙"云："《周易参同契》三卷。晁氏曰：汉魏伯阳撰。按，《神仙传》：伯阳，会稽上虞人，通贯诗律，文辞赡博，修真养志，约《周易》，作此书，凡九十篇。徐氏笺注，桓帝时以授同郡淳于叔通，因行于世，彭晓为之解。隋唐书皆不载。按，唐陆德明《解易字》云：虞翻注《参同契》，言字从日下月，今此书，有日月为易之文，则其为古书明矣。"笔者按：第一，《通考》书名作《周易参同契》，而非《郡斋》所云之《参同契》；第二，《郡斋》所云之"隋唐书目"，到了《通考》变成"隋唐书"，值得注意。

（二）彭晓《参同契明鉴诀》一卷（存）

书名又作《明镜图诀》。详下。

《通志》（1161）卷六十七艺文略第五"道家一·参同契"云："《参同契明鉴诀》一卷（彭晓撰）。"

《宋史》（1343）卷二百五艺文四"神仙类"云："彭晓……《参同契明鉴诀》一卷。"

《直斋》（1262）卷十二"神仙类"所引此书见以上"彭晓《周易参同契分章通真义》三卷"的著录。

《通考》（1319）卷二百二十四经籍考五十一"子·神仙"所引此书见以上"彭晓《周易参同契分章通真义》三卷"的著录。

《十国》（1672）卷五十七本传云："彭晓……今有《参同契分章通真义》三卷、《明镜图诀》一卷行世。"

笔者按:《中国文学家大辞典·唐五代卷》"彭晓"词条云:"著有《周易参同契分章通真文》三卷,《周易参同契鼎器歌明镜图》一卷,皆收入《道藏》。又撰《还丹内象金钥匙》,言内丹诀法,见《云笈七签》卷七零。"第一,《周易参同契鼎器歌明镜图》是两种书,即《周易参同契鼎器歌》和《明镜图》。第二,《还丹内象金钥匙》不知是书,还是一篇文章,录此备考。

21 后蜀国孟昶 1 种 500 卷(佚)

孟昶(919—965),字保元,原名仁赞,邢州龙冈(今河北邢台)人。后蜀高祖孟知祥第三子(《中国文学家大辞典·唐五代卷》第 545 页)。有著作敕撰 1 种 500 卷,佚。《全唐诗》卷八零收其诗 1 首,《全唐文》卷一二九收其文 5 篇。

(一)孟昶敕撰《古今韵会》五百卷

《十国》(1672)卷四十九《后主本纪》云:"孟昶……常敕史馆集《古今韵会》五百卷。"

笔者按:明焦竑《国史经籍志》卷二"小学类"载孟昶《书林韵会》一百卷,不知其来历。顾櫰三《补五代史艺文志》、宋祖骏《补五代史艺文志》、《五代艺文考》之《新编五代艺文志》(第 421 页)"小学类"亦如此记载,其出处当是焦竑《国史经籍志》,录此备考。

22 后蜀国花蕊夫人 1 种 1 卷,另 1 种不知卷数(均佚)

花蕊夫人(生卒年不详),后蜀孟昶慧妃徐氏,一说姓费。青城(今四川灌县)人。父徐国璋。慧妃为后主贵妃,别号"花蕊夫人"(《中国文学家大辞典·唐五代卷》第 239 页)。有著作 1 种 1 卷,另 1 种不知卷数,均佚。存诗 1 首,见《全唐诗》卷七九八。笔者按:《中国文学家大辞典·唐五代卷》"花蕊夫人"词条云:"据浦江清先生所考,《花蕊夫人宫词》当为前蜀小徐妃(亦号花蕊夫人)所作。"[①]因不知其正误,录此备考。笔者又按:花蕊夫人为孟昶之妃,故置于孟昶后。

(一)《花蕊夫人诗》一卷(佚)

《郡斋》(1187)卷五下"拾遗"云:"《花蕊夫人诗》一卷。右蜀孟昶爱姬也,青城费氏女,幼能属文,长于诗,宫词尤有思致。蜀平,以俘输织室,

---

① 周祖谟主编:《中国文学家大辞典·唐五代卷》,中华书局 1992 年版,第 239 页。

后有罪，赐死。此卷乃王安国写入馆者，毛恕镌于衡阳。"《后志》卷二无类别云："《花蕊夫人诗》一卷。"

《通考》（1319）卷二百四十三经籍考七十"集·诗集"云："晁氏曰：伪蜀孟昶爱姬，青城费氏女，幼能属文，长于诗，宫词尤有思致。蜀平，以俘输织室，后有罪赐死。"笔者按：《通考》引《郡斋》有遗漏，不知何故。

（二）《花蕊夫人宫词》，不知卷数（佚）

《遂初》（1194）"宫词"云："蜀《花蕊夫人宫词》。"

《直斋》（1262）卷五"总集类"云："《三家宫词》三卷。唐王建、蜀花蕊夫人、本朝丞相王珪三人所著。"

《通考》（1319）卷二百四十八经籍考七十五"集·总集"所云引《直斋》同。

23 后蜀国句延庆1种8卷（存）

句延庆，又作勾延庆。宋平阳人，或疑为华阳人，字昌裔。尝知应灵县。太祖开宝（968—975）间改修《锦里耆旧传》一书，书成，改名《成都理乱记》（《中国文学家大辞典·唐五代卷》、《中国文学家大辞典·宋代卷》无句延庆或者勾延庆，《中国历代人名大辞典》第451页）。有著作1种8卷，存。

笔者按：句延庆开宝（968—975）间改修《锦里耆旧传》一书而不是"撰"或"修"，则《锦里耆旧传》一书成书应在（968—975）前，而后蜀是965年被灭亡的，故《锦里耆旧传》仍可被视为后蜀国著作。笔者又按：不知宋代平阳在何处，华阳今属四川成都。

（一）句延庆《锦里耆旧传》八卷（存）

句延庆，又作勾延庆。书名又作《成都理乱记》。卷数又作四卷。详下。

《崇文》（1041）卷四"传记类"云："《成都理乱记》八卷。"

《直斋》（1262）卷七"传记类"云："《锦里耆旧传》八卷、《续传》十卷。前应灵县令平阳句延庆昌裔撰。开宝三年（970）秘书丞刘蔚知荣州得此传，其词芜秽，请延庆修之，改曰《成都理乱记》，天成（926—930）之后，别加编次，起咸通九载（868），迄乾德四年（966），百余年蜀事，大略具矣。《续传》，蜀人张绪所撰，起乾德乙丑（965），迄祥符己酉（1009），自平蜀之后，朝廷命令、官僚姓名及政事因革，以至李顺、王均、刘盱作乱之迹，皆略载之。知新繁县太常博士张约为之序。"

《通考》（1319）卷一百九十八经籍考二十五"史·传记"云："《锦里耆旧传》八卷。陈氏曰：前应灵县令平阳句延庆昌裔。开宝三年（970）秘书丞刘蔚知荣州得此传，其词芜秽，请延庆修之，改曰《成都理乱记》，天成（926—930）之后，别加编次，起咸通九载（868），迄乾德乙丑（965），迄祥符己酉（1009），自平蜀之后，朝廷命令、官僚姓名及政事因革，以至李顺、王均、刘旰作乱之迹，皆略载之。知新繁县太常博士张约为之序。"笔者按：《通考》此条引《直斋》之著录，错漏是：第一，漏掉《续传》十卷。第二，将《成都理乱记》记事之起讫与《续传》相混。第三，将"刘旰"误为"刘旰"。因错漏严重，故照录，以备查对。

《宋史》（1343）卷二百三艺文二"传记类"云："勾延庆《成都理乱记》八卷。"

《四库全书总目》（1781）卷六十六"史部·载记类"云："《锦里耆旧传》四卷（两江总督采进本）。一名《成都理乱记》，宋句延庆撰。延庆，字昌裔，自称前荣州应灵县令，并见于书中，惟不著其里贯。其书乃纪王氏、孟氏据蜀时事。《宋史·艺文志》作八卷，陈振孙《书录解题》谓开宝三年（970），秘书丞刘蔚知荣州，得此传，请延庆修之，起咸通九载（868），迄乾德乙丑（965）（笔者按：陈振孙没说迄乾德乙丑，陈振孙说迄乾德四年即966年，乾德四年不是乙丑年，是丙寅年，陈振孙说张绪的《锦里耆旧续传》十卷起乾德乙丑965年，四库馆臣误为陈振孙说《锦里耆旧传》迄乾德乙丑）。按：今本止四卷，起僖宗中和五年（885），无懿宗咸通间事（笔者按：应该是'无唐懿宗李漼咸通年间到唐僖宗李儇乾符、广明和中和四年之事'）。振孙又称自平蜀后迄祥符己酉（1009），朝廷命令、政事因革以至李顺等作乱之迹，皆略载之，张约为之序。延庆在开宝（968—976）时，去祥符（1008—1016）尚远，似不能续记至是，而平蜀后事及张约序，此本亦无之，疑振孙所见即宋志八卷之本，出于后人所增益，此本四卷，或犹延庆之旧也（笔者按：陈振孙明言，勾延庆《锦里耆旧传》记事起于咸通九年，即968年，而四卷本起于中和五年，即985年，比勾延庆原书少17年的事情，所以，肯定不是勾延庆原书）。书虽以'耆旧传'为名，而不以人系事，其体实近编年。所录两蜀兴废之迹亦颇简略，惟于诏敕章表书檄之文，载之独详。中间如前蜀咸康元年（925），唐兵至成都，王宗弼劫迁王衍于西宫，《通鉴》在十一月甲辰，而此书作乙巳。又，宋太祖赐后蜀主孟昶诏一首，其文多与《宋史》不同。如此之类，亦皆可以备参考也。陈振孙称为'平阳句延庆'。按：书中于后蜀主多所称美，疑出蜀人之词。孟昶时有校书郎华阳句中正者，后入宋为屯田郎中。延庆，疑即其族，则'平阳'或华阳之误欤？"

笔者按：陈振孙《直斋书录解题》卷七所云"《锦里耆旧传》八卷、《续传》十卷，前应灵县令平阳句延庆昌裔撰"的说法不严谨，容易让人误以为

《续传》作者仍然是句延庆。正是因此，尽管陈振孙明言"《续传》，蜀人张绪所撰"，四库馆臣还是误以为陈振孙说《续传》作者仍然是句延庆，而专门辩驳，并加猜度。关于《锦里耆旧传》一书，陈振孙的著录，叙事次序不够合理，四库馆臣读书不够细致，故滋此淆乱。

笔者又按：明曹学佺《蜀中广记》卷九十六云："《锦里耆旧传》，五代进士张彤著，见《人物志》。"同卷又云："《续锦里耆旧传》：陈振孙曰：'前应灵县令平阳句延庆昌裔撰。开宝二年（969），秘书丞刘蔚知荣州得此传，其词芜秽，请延庆修之，改曰《成都理乱记》。天成（926—930）后别加编次，起咸通九载（868），迄乾德乙丑（965），平蜀之后，朝廷命令、官僚姓名及政事因革，以至李顺、王均、刘旰作乱之迹，皆略载之。知新繁县太常博士张约序。'按，延庆，成都人。"不但说《锦里耆旧传》的作者是张彤，而且说《续锦里耆旧传》的作者是句延庆。四库馆臣误将句延庆认作《续传》作者，可能是误读陈振孙《直斋书录解题》的话所致，也可能受到了曹学佺此种说法的影响。

24 后蜀国申天师1种1卷，另1种不知卷数（均佚）

申天师（生卒年不详），唐玄宗的后裔。修道青城山，有奇验。广政（938—965）末，颇耽情苑囿，奇花异卉，盛极一时。申天师进红栀子种两粒，其花班红六出，香气袭人，后主甚爱之。诏赐天师束帛，天师随手散尽，不知所之。天师著有《怡神论》若干卷（《中国文学家大辞典·唐五代卷》、《中国文学家大辞典·宋代卷》、《中国历代人名大辞典》无此人，《十国春秋》卷五十七"后蜀十"有传）。有著作1种1卷，另1种不知卷数，均佚。

（一）申天师《服气要诀》一卷（佚）

《宋史》（1343）卷二百五艺文四"神仙类"云："申天师《服气要诀》一卷。"

《通志》（1161）卷六十七艺文略第五"道家三·吐纳"云："《服气要诀》一卷（申天师撰）。"

（二）申天师《怡神论》若干卷（佚）

《十国》（1672）卷五十七《申天师传》云："天师著有《怡神论》若干卷。"

笔者按：顾櫰三《补五代史艺文志》、宋祖骏《补五代史艺文志》、《新编五代艺文志》"道家类"云申天师有"怡神论"一卷"，因未言出处，故录此备考。

25 后蜀国陈鄂 2 种 119 卷（均佚）

陈鄂（生卒年不详），五代后蜀孟昶广政（938—965）间，任起居舍人（《中国文学家大辞典·唐五代卷》第 471 页）。有著作 2 种 119 卷，均佚。

（一）陈鄂《四库韵对》九十九卷（佚）

卷数又作九十八卷。详下。

《崇文》（1041）卷六"类书上"云："《四库韵对》九十八卷（缺）。"

《通志》（1161）卷六十九艺文略第七类书类第十一"类书上"云："《四库韵对》九十八卷（伪蜀陈鄂撰）。"

《宋史》（1343）卷二百五艺文四"杂家类"云："陈鄂……又《四库韵对》九十九卷。"卷四百七十九云："（陈鄂）尝仿唐李瀚《蒙求》、高测《韵对》，为《四库韵对》四十卷以献，玄珏益赏之。广政二十三年（960），玄珏领阆州保宁军节度。"

笔者按：《玉海》（文渊阁四库全书本）卷四十五云："乾德四年（967）正月，陈鄂上《四库韵对》，诏续编。天禧五年（1021）六月乙巳，鄂之孙僧溥上鄂所作九十八卷。"

《十国》（1672）卷五十蜀后主孟昶次子褒王《玄珏传》所云引《宋史》卷四百七十九同。

（二）陈鄂《十经韵对》二十卷（佚）

《通志》（1161）卷六十九艺文略第七类书类第十一"类书上"云："《十经韵对》二十卷（伪蜀陈鄂撰）。"

《宋史》（1343）卷二百五艺文四"杂家类"云："陈鄂《十经韵对》二十卷。"

26 后蜀国韩保升 2 种 70 卷（均佚）

韩保升（生卒年不详），潞州长子（今属山西长治市）人，太尉保贞弟。广政（938—965）时积官至翰林学士，博洽无所不窥，尤详于名物之学，后主命韩保升取《唐本草》参校增注为《图经》二十卷。后主自为制序，谓之《蜀本草》。见《十国春秋》卷五十六（《中国文学家大辞典·唐五代卷》、《中国文学家大辞典·宋代卷》无此人。《中国历代人名大辞典》第 2293 页）。有著作 2 种 70 卷，均佚。

（一）韩保升《文行录》五十卷（佚）

《崇文》（1041）卷三"杂史下"云："《文行录》五十卷（缺）。"

《宋史》（1343）卷二百三艺文二"史钞类"云："韩保升《文行录》五十卷。"

（二）韩保升《图经》二十卷（佚）

《十国》（1672）卷五十六本传云："韩保升……广政（938—965）时积官至翰林学士，博洽无所不窥，尤详于名物之学，后主命保升取《唐本草》参校增注为《图经》二十卷。后主自为制序，谓之《蜀本草》。"

27 后蜀国文谷1种10卷（佚）

文谷（生卒年不详），成都温江（今属四川）人。五代后蜀后主孟昶时，历官员外郎、侍御史、山南道节度判官（《中国文学家大辞典·唐五代卷》第97页）。有著作1种10卷，佚，但是宛委山堂本《说郛》有节本一卷。

（一）文谷《备忘小钞》十卷（佚）

书名又作《备忘小抄》。卷数又作二卷。详下。

《遂初》（1194）"类书类"云："《备忘小钞》。"

《郡斋》（1187）后志卷二"类书类"云："《备忘小钞》十卷。右伪蜀文谷撰。杂抄子史一千余事以备忘，其后题广政三年（940），王衍号也。"笔者按：广政系孟昶年号，非王衍年号，《郡斋》误，后来《通考》引《郡斋》跟着误。

《通考》（1319）二百二十八经籍考五十五"子·类书"云："《备忘小抄》十卷。晁氏曰：伪蜀文谷撰。杂抄子史一千余事，以备遗忘，其后题广政三年（940）。广政，王衍年号也。"笔者按：第一，钞，《通考》作"抄"。第二，《通考》引《郡斋》文字，有小异，《通考》语气更为贯通。可见，《通考》引《郡斋》时小有改编，值得注意。

《宋史》（1343）卷二百六艺文五"小说类"云："文谷《备忘小钞》二卷。"

《十国》（1672）卷五十六本传云："文谷……谷所撰《备忘小抄》十卷。杂钞子史一千事，以备遗忘，世多传写之。"

28 后蜀国杨九龄6种100卷（均佚）

杨九龄（生卒年不详），五代后蜀人（《中国文学家大辞典·唐五代卷》

第 348 页）。有著作 6 种 100 卷，均佚。笔者按：据《郡斋读书志》卷二下"伪史类"知杨九龄为后蜀人。

（一）杨九龄《正史杂论》十卷（佚）

书名又作《正史杂编》。详下。

《崇文》（1041）卷三"杂史下"云"《正史杂论》十卷（缺）。"

《通志》（1161）卷六十五艺文略第三史类第五"正史·通史"云："《正史杂论》十卷（伪蜀阳九龄撰）。"笔者按："阳"，当为"杨"。

《宋史》（1343）卷二百三艺文二"别史类"云："杨九龄《正史杂论》十卷、《河洛春秋》二卷、《历代善恶春秋》二十卷。"卷二百九艺文八"文史类"云："杨九龄《正史杂编》十卷。"

（二）杨九龄《蜀桂堂编事》二十卷（佚）

书名又作《桂堂编事》。详下。

《崇文》（1041）卷三"伪史类"云："《蜀桂堂编事》二十卷（缺）。"

《通志》（1161）卷六十五艺文略第三"传记·科第"云："《蜀桂堂编事》二十卷（伪蜀杨九龄撰）。"

《郡斋》（1187）卷二下"伪史类"云："《蜀桂堂编事》二十卷。右伪蜀杨九龄撰。杂记孟氏广政（938—965）中举试事迹始末。"笔者按：据此知杨九龄为后蜀人。

《通考》（1319）卷二百经籍考二十七"史·伪史霸史"云："《蜀桂堂编事》二十卷。晁氏曰：伪蜀杨九龄撰，杂记孟氏广政（938—965）中举试事。载诗赋策题及知举、登科人姓氏，且云'科举起于隋开皇前，陋者谓唐太宗时，非也'。"

《宋史》（1343）卷二百三艺文二"传记类"云："杨九龄《桂堂编事》二十卷"；卷二百八艺文七"别集类"云："杨九龄《桂堂编事》二十卷。"

《十国》（1672）卷五十六本传云："杨九龄，蜀人，擅隽才。撰《蜀桂堂编事》二十卷，中纪广政（938—965）举试事，载诗赋策题及知贡举、登科人姓氏，且言科举起于隋开皇，或以为自唐太宗始者，非也。又撰《要录》十卷，亦为士林所称道。"

笔者按：第一，《通考》将"伪史霸史"混而一之，即将"伪史"和"霸史"这二类不加区分，统称"伪史霸史"。可见，"伪史"与"霸史"的分别，有时候真的很困难，区分二者的必要性也不大，故马端临虽使用了二者的名称，但作为一类对待。第二，对《蜀桂堂编事》一书，《通考》引用《郡斋》之言竟然比今存《郡斋》多出"载诗赋策题及知举、登科人姓氏，且云'科举起于隋开皇前，陋者谓唐太宗时，非也'"这么多的内容，不知道是何缘故。从《十国春秋·杨九龄传》看，《通考》比《郡斋》多出的内容显然与《十国春秋》关于杨九龄的内容有关，只是不知道《十国春秋》的内容又得自何处。《通考》所引某书的内容，竟然与今存此书的内容有出入，不知此类问题在《通考》中还有多少。第三，杨九龄《桂堂编事》一书，既见于《宋史·艺文志》之"传记类"，又见于"别集类"。可见，"传记类"和"别集类"，仍然有兼容。另，杨九龄《桂堂编事》二十卷一书，见于《宋史·艺文志》之不同类别中，虽然作者、书名、卷数皆同，不能认为是《宋史·艺文志》的重收是一种失误，因为这是有意识重收的。

（三）杨九龄《经史书目》七卷（佚）

《宋史》（1343）卷二百四艺文三"目录类"云："杨九龄《经史书目》七卷。"

（四）杨九龄《三感志》三卷（佚）

《宋史》（1343）卷二百六艺文五"小说类"云："杨九龄《三感志》三卷。"

（五）杨九龄《名苑》五十卷（佚）

《宋史》（1343）卷二百七艺文六"类事类"云："杨九龄《名苑》五十卷。"

（六）杨九龄《要录》十卷（佚）

《通志》（1161）卷七十艺文略第八"别集五·伪朝"云："杨九龄《要录》十卷（伪蜀）。"

《十国》（1672）卷五十六本传云："杨九龄……又撰《要录》十卷，亦为士林所称道。"

29 后蜀国张文懿 2 种 4 卷（均佚）

张文懿（生卒年不详），《中国文学家大辞典·唐五代卷》、《中国文学家大辞典·宋代卷》、《中国历代人名大辞典》无张文懿。据宋王应麟《玉海》卷六十三知张文懿为后蜀人。有著作 2 种 4 卷，佚。

（一）张文懿《本草括要》三卷（佚）

书名又作《本草括要诗》。详下。

《通志》（1161）卷六十九艺文略第七医方类第十"医方上·本草"云："《本草括要》三卷（张文懿撰）。"

《宋史》（1343）卷二百七艺文六"医书类"云："张文懿《本草括要诗》三卷。"

笔者按：宋王应麟《玉海》（景印文渊阁四库全书本）卷六十三云："后蜀张文懿撰《本草括要诗》三卷。"

（二）张文懿《藏府通元赋》一卷（佚）

书名又作《藏府通玄赋》。详下。

《新唐书》（1060）卷五十九艺文志第四十九"医术类"云："张文懿《藏府通元赋》一卷。"

《通志》（1161）卷六十九艺文略第七医方类第十"医方下·五脏"云："《藏府通元赋》一卷（唐张文懿撰）。"

《宋史》（1343）卷二百七艺文六"医书类"云："张文懿《藏府通玄赋》一卷。"

30 后蜀国蒲虔轨 1 种 1 卷（佚）

蒲虔轨（生卒年不详），又作蒲乾贯，蒲虔观，蜀人，著《易轨》若干卷，不知所终（《中国文学家大辞典·唐五代卷》、《中国文学家大辞典·宋代卷》无此人《中国历代人名大辞典》第 2391 页）。有著作 1 种 1 卷，佚。

（一）蒲虔轨《易轨》一卷（佚）

作者名又作蒲乾贯、蒲虔观。详下。

《郡斋》（1187）卷一上"易类"云："《易轨》一卷。右伪蜀蒲乾贯撰。专言流演。其序云：'可以知否泰之源，察延促之数。盖数学也。'景迂云；'按，刘道原《十国纪年》乾贯作虔观，今两字皆误。'"

《十国》（1672）卷五十六"后蜀九"本传云："蒲虔轨，……著《易轨》若干卷，不知所终。"

笔者按：《文渊阁书目》卷二"子杂"有"蒲虔贯《保生要录》一部（一册）"，不知和蒲虔轨有关系否，录此备考。

31 后蜀国僧仁显 1 种，不知卷数（佚）

僧仁显（生卒年不详），《中国文学家大辞典·唐五代卷》、《中国文学家大辞典·宋代卷》、《中国历代人名大辞典》无僧仁显，据《十国春秋》卷五十七"后蜀十"知其为后蜀人。有著作 1 种，不知卷数，佚。笔者按：依据僧仁显广政（938—965）中撰写著作而将其置于后蜀后主时人蒲仁裕之前、后蜀其他文人之后。

（一）僧仁显《华阳记》，不知卷数（佚）

《十国》（1672）卷五十七本传云："僧仁显，博雅工文章，居菏泽院为僧，勤于著述。广政（938—965）中撰《华阳记》，中辨关侯墓在草场，庙在荷圣寺，前人缺误，多是正焉。"

32 后蜀国蒲仁裕 1 种 15 卷 （佚）

蒲仁裕（生卒年不详），五代后蜀后主时人（《中国文学家大辞典·唐五代卷》第 774 页）。有著作 1 种 15 卷，佚。笔者按：蒲仁裕像本《十国艺文志考索》中所有生卒年不详的作者一样，其时代先后据其事迹只能作大致判断；很多时候对其先后位置的排列系参照其人在公私书目中的位置而定。就是说，对生卒年不详的作者时代的排列，读者姑妄听之即可，不可太认真。

（一）蒲仁裕《蜀广政杂记》十五卷（佚）

书名又作《广政杂记》。详下。

《崇文》（1041）卷三"伪史类"云："《蜀广政杂记》十五卷（缺）。"笔者按：明曹学佺《蜀广政杂记》卷九十三云："《蜀广政杂记》十五卷。蜀蒲仁裕撰。广政，昶年号。"

《通志》（1161）卷六十五艺文略第三"霸史下"云："《广政杂记》十五卷（伪蜀蒲仁裕撰）。"

《宋史》（1343）卷二百六艺文五"小说类"云："蒲仁裕《蜀广政杂记（一作纪）》十五卷。"

33 后蜀国黄居实 1 种 1 卷 （佚）

黄居实（生卒年不详），成都（今属四川）人，工画，善花鸟（《中国文学家大辞典·唐五代卷》、《中国文学家大辞典·宋代卷》无黄居实。《中国历代人名大辞典》第 2086 页）。有著作 1 种 1 卷，佚。笔者按：据《十国春秋》卷五十六，黄居实之父黄筌十七岁事前蜀后主王衍，兄弟黄居宝、黄居寀皆事后蜀后主孟昶且入宋为官，可判定黄居实事后蜀后主。

（一）黄居实《会禽图》一卷（佚）

《十国》卷五十六《黄筌传》云："黄筌，字要叔，成都人也。以善画早得名。年十七，事前蜀后主（919—925 年在位）为待诏。……居实，不知筌第几子，有《会禽图》一卷传世。"

34 伪蜀国冯鉴 4 种 16 卷（均佚）

冯鉴（生卒年不详），五代伪蜀人。历官梓州射洪令（《中国文学家大辞典·唐五代卷》第 151 页）。有著作 4 种 16 卷，均佚。据《通志》卷六十八知冯鉴为伪蜀人。

笔者按：《通志》卷六十八云"伪蜀冯鉴"，所谓"伪蜀"，可能是前蜀，也可能是后蜀。按理说，宋朝开国于建隆元年（960），宋朝君臣肯定会称孟知祥、孟昶为帝的后蜀国为"伪"，称王建、王衍为帝的前蜀国为"伪"的兴趣就不大了。但是，从维护中原王朝的正统地位出发，宋朝君臣还是会称前蜀国为"伪"的。从实际材料看，《通志》等史书所称的"伪蜀"，很多情况下都是指后蜀国而言的，但是，笔者也碰到过称前蜀国为"伪蜀"的情况。故，凡被称"伪蜀"的文人，无法证明其为前蜀国人还是后蜀国人时，还是存疑为妙，仅称"伪蜀"，不再标明"前蜀"、"后蜀"字眼。从第 34 冯鉴开始直到第 45 任法知共 12 名文人，均标明"伪蜀"。特此说明。

（一）冯鉴《帝王镜略》一卷（佚）

书名又作《帝王照略》。详下。

《郡斋》（1187）后志卷一"编年类"云："《帝王镜略》一卷。右唐刘轲撰。自开辟迄唐初帝王世次，缀为四言，以训童蒙。伪蜀冯鉴续之，至唐末。"

《遂初》（1194）"编年类"云："《帝王照略》。"

《直斋》（1262）卷四"编年类"云："《帝王照略》一卷（按：《文献通考》：照略，作镜略）。唐洺州刺史刘轲撰。伪蜀冯鉴注并续唐祚以后。唐志及《馆阁书目》有刘轲《帝王历数歌》一卷，疑即此书也。"

《通考》（1319）卷一百九十三经籍考二十"史·编年"云："《帝王镜略》一卷。晁氏曰：'唐刘轲撰。自开辟迄唐初帝王世次，缀为四言，以训童蒙。伪蜀冯鉴续之，至唐末。'陈氏曰：'唐志及《馆阁书目》有刘轲《帝王历歌》一卷。疑及此书也'。"

笔者按：第一，"镜略"，《直斋》作"照略"；《帝王历数歌》，《通考》作《帝王历歌》；《通考》引《直斋》之言有省略，而且省略得不合理，值得注意。第二，顾櫰三《补五代史艺文志》、宋祖骏《补五代史艺文志》、《新编五代艺文志》"杂史类"著录云："《续刘轲帝王照略》三卷，蜀冯鉴撰。"（《五代艺文考》第 412 页）但是，《续刘轲帝王照略》三卷之书名和卷数，均未见言其出处，故录此备考。

（二）冯鉴《续事始》五卷（佚）

《崇文》（1041）卷五"小说上"云："《事始》三卷。《续事始》五卷。冯鉴撰。谨按，《新唐书·艺文志》：'刘睿《续事始》三卷，《崇文总目》缺。'"

《通志》（1161）卷六十八艺文略第六"杂家"云："《续事始》五卷（伪蜀冯鉴撰）。"

《郡斋》（1187）卷三上"杂家类"云："《事始》三卷。右唐刘孝孙等撰。太宗命诸王府官以事名类推原初始，凡二十六门，以教始学诸王云。《续事始》五卷。右伪蜀冯鉴，广孝孙所著。"

《遂初》（1194）"类书类"云："刘存《事始》、冯鉴《续事始》、刘冯《事始》、《经史事始》。"

《通考》（1319）卷二百十四经籍考四十一"子·杂家"所云引《郡斋》同。

《宋史》（1343）卷二百六艺文五"小说类"云："冯鉴《续事始》五卷。"

笔者按：第一，《新唐书》卷五十九艺文志第四十九"小说家类"有"《事始》三卷（刘孝孙、房德懋）、刘睿《续事始》三卷"；《通志》卷六十八艺文略第六"杂家"于载冯鉴此书之前为"《事始》三卷（唐刘孝孙、房德懋撰，皆为王府官，以教诸王始学）、《续事始》三卷（唐刘睿撰）"；《宋史·艺文志》卷二百六"小说类"于记载冯鉴此书前有"刘存《事始》三卷、刘睿《续事始》三卷"。可见，冯鉴《续事始》就是续刘存和刘睿书的，至少是续刘存、刘睿二人之一的书的。第二，《遂初》之"类书类"所云之"刘冯《事始》"应为"刘房"，即刘孝孙和房德懋。不知《遂初》何以会误为"刘冯"。

（三）冯鉴《广前定录》七卷（佚）

《崇文》（1041）卷五"小说上"云："《前定录》一卷、《定命录》二卷（缺）、……《广前定录》七卷（缺）。"

《宋史》（1343）卷二百六艺文五"小说类"云："冯鉴《广前定录》七卷。"

笔者按：《通志》（1161）卷六十五艺文略第三"冥异类"云："《前定录》一卷（唐钟辂撰）……《广前定录》一卷（唐钟辂撰）。"不知唐钟辂的《广前定录》一卷和冯鉴的《广前定录》七卷是否为同一书，仅是卷数不同。存此备考。

（四）冯鉴《修文要诀》三卷（佚）

卷数又作一卷。详下。

《通志》（1161）卷七十艺文略第八"文史"云："冯鉴《修文要诀》一卷。"

《郡斋》（1187）卷四中"别集类中"云："《修文要诀》三卷。右伪蜀冯鉴撰。杂论为文体式，评其误谬，以训初学云。"

《遂初》（1194）"文史类"云："冯鉴《修文要诀》。"

《通考》（1319）卷二百四十九经籍考七十六"集·文史"所云引《郡斋》同。

《宋史》（1343）卷二百九艺文八"文史类"云："冯鉴《修文要诀》二卷。"

35 伪蜀国冯继先4种38卷（存1种2卷）

冯继先（生卒年不详），据《崇文总目》卷二知冯继先为伪蜀人。有著作4种38卷，存1种2卷（《中国文学家大辞典·唐五代卷》、《中国文学家大辞典·宋代卷》无此人。《中国历代人名大辞典》第472页）。

（一）冯继先《尚书广疏》十八卷（佚）

《崇文》（1041）卷一"书类"云："《尚书广疏》十八卷。伪蜀冯继先撰，以颖达正义为本，小加己意。"

《通考》（1319）卷一百七十七经籍考四"经·书"云："《尚书广疏》。《崇文总目》：伪蜀冯继先撰。以颖达正义为本，小加己意。"笔者按：《崇文总目》所收《尚书广疏》为十八卷，不知道《通考》何以会不言卷数。

《宋史》（1343）卷二百二艺文一"书类"云："冯继先《尚书广疏》十八卷。"

（二）冯继先《尚书小疏》十三卷（佚）

《宋史》（1343）卷二百二艺文一"书类"云："冯继先……又《尚书小疏》十三卷。"

（三）冯继先《春秋名号归一图》二卷（存）

《崇文》（1041）卷二"春秋类"云："《春秋名号归一图》二卷。伪蜀冯继先撰。以春秋官谥名字裒附初名之左。"

《通志》（1161）卷六十三艺文略第一"春秋·世谱"云："《春秋名号归一图》二卷（冯继先）。"

《郡斋》（1187）后志卷一"经类"云："《春秋名号归一图》二卷。右伪蜀冯继先撰。左氏所书人不但称其名或字或号或爵谥，多互见，学者苦之。继先皆取以系之名下云。"

《直斋》（1262）卷三"春秋类"云："《春秋名号归一图》二卷（按：原本不著卷，与《宋史·艺文志》同。今据《文献通考》补书）伪蜀冯继先撰。凡《左传》所载君臣名氏字谥互见错出，故为此图以一之。周一、鲁二、齐三、晋四、楚五、郑六、卫七、秦八、宋九、陈十、蔡十一、曹十二、吴十三、邾十四、杞十五、莒十六、滕十七、薛十八、许十九、杂小国二十。"

《通考》（1319）卷一百八十二经籍考九"经·春秋"云："晁氏曰：'左氏所书人不但称其名或字或号或爵谥，多互见，学者苦之。继先皆取以系之名下云。'龚岩李氏曰：'昔丘明传《春秋》，于列国君臣之名字，不一其称，多者或至四五。始学者盖病其纷错难记，继先集其同者，为一百六十篇，音同者附焉。于左氏抑亦微有所助云。宋大夫庄董、秦右大夫詹，据传未始有父字，而继先辄增之。所见异本，若子韩晳者，盖齐顷公孙世族谱与传同，而继先独以为韩子晳，与楚郑二公孙黑共篇，盖误也。'陈氏云：'左传所载君臣名氏字谥互见错出，故为此图以一之。周一、鲁二、齐三、晋四、楚五、郑六、卫七、秦八、宋九、陈十、蔡十一、曹十二、吴十三、邾十四、杞十五、莒十六、滕十七、薛十八、许十九、杂小国二十。'"

《宋史》（1343）卷二百二艺文一"春秋类"云："冯继先《春秋名号归一图》。"

《四库全书总目》（1781）卷二十六"经部·春秋类"云："《春秋名号归一图》二卷（两江总督采进本）。蜀冯继先撰。陈振孙《书录解题》载是书所列人名，周一、鲁二、齐三、晋四、楚五、郑六、卫七、秦八、宋九、陈十、蔡十一、曹十二、吴十三、邾十四、杞十五、莒十六、滕十七、薛十八、许十九、杂小国二十。《崇文总目》谓其以官谥名字哀附初名之左。《文献通考》引李焘云：'昔丘明传《春秋》，于列国君臣之名字不一其称，多者或至四五。始学者盖病其纷错难记。继先集其同者为一百六十篇。以是二端推之，是继先旧本本为旁行斜上，如表谱之体，故以图为名，而分至一百六十篇也。今本目次与振孙所言合。其每一人为一条，既非哀附初名之左，亦无所谓一百六十篇者。与《崇文总目》及李焘所说迥异。按：岳珂雕印《相台九经例》云：《春秋名号归一图》二卷，刻本多讹错，尝合京、杭、建、蜀本参校。有氏名异同，实非一人而合为一者；有名字若殊，本非二人而析为二者；有自某国适他国而前后互见者；有称某公与某年而经传不合者。或以传为经，或以注为传，或偏旁疑似而有亥豕之差，或行款牵连而无甲乙之别。今皆订其讹谬，且为分行以见别书。'然则今本盖珂所刊定移易，非复李焘以前之旧本。观焘所称

'宋大夫庄董、秦右大夫詹传'，未始有父字而继先辄增之。若子韩皙者，盖齐顷公孙世族谱与传同，而继先独以为韩子皙，与楚郑二公孙黑共篇，今检验此本，皆无此文，则为珂所削改，明矣。"

（四）冯继先《春秋名字异同录》五卷（佚）

书名又作《春秋名字同异录》。详下。

《通志》（1161）卷七十艺文略第八"世谱"云："《春秋名字异同录》五卷（冯继先）。"

《宋史》（1343）卷二百二艺文一"春秋类"云："冯继先……又《春秋名字同异录》五卷。"

36 伪蜀国褰遵品 1 种 10 卷（佚）

褰遵品（生卒年不详），伪蜀人，有著作 1 种 10 卷，佚《中国文学家大辞典·唐五代卷》、《中国文学家大辞典·宋代卷》、《中国历代人名大辞典》无褰遵品。据《通志》卷六十三，褰遵品为伪蜀人。

（一）褰遵品《左传引帖断义》十卷（佚）

书名又作《左氏传引帖新义》，卷数又作七卷。详下。

《崇文》（1041）卷二"春秋类"云："褰遵品《左传引帖断义》十卷（缺）。伪蜀进士褰遵品撰。拟唐礼部试进士帖经旧式，敷经具对。"

《通志》（1161）卷六十三艺文略第一经类第一"春秋·传论"云："《左传引帖断义》七卷（伪蜀褰遵品）。"

《通考》（1319）卷一百八十二经籍考九"经·春秋"云："《左氏传引帖新义》。《崇文总目》：'伪蜀进士褰遵品撰。拟唐礼部试进士帖经旧式，覼经具对。"笔者按：第一，《通考》所引，竟然不将《崇文》所云书名原封不动地引用，而且会将卷数漏掉，真是奇怪；第二，《通考》所云"覼经具对"，应该是《崇文》所云"敷经具对"的真切含义。

《宋史》（1343）卷二百二艺文一"春秋类"云："褰遵品《左传引帖断义》十卷。"

37 伪蜀国周琏 1 种 5 卷（佚）

周琏（生卒年不详），五代伪蜀人（《中国文学家大辞典·唐五代卷》第509 页）。有著作 1 种 5 卷，佚。

（一）周玭《儆诚录》五卷（佚）

《通志》（1161）卷六十五艺文略第三史类第五"传记·冥异"云："《警诚录》五卷（伪蜀周玭撰）。"

笔者按：《崇文》（1041）卷五"小说类"云："《儆戒录》五卷（缺）"，不著作者。《直斋》（1262）卷十一"小说家类"云："《儆告》一卷。不著名氏，专叙报应。"《通考》（1319）二百十七经籍考四十四"子·小说家"所云引《直斋》同。《宋史》（1343）卷二百六艺文五"小说类"云"杨士逵《儆戒录》五卷。……《儆告》一卷（不知作者）。"《中国文学家大辞典·唐五代卷》"周玭"条撰写者陈尚君先生认为杨士逵的"逵"是"达"，因形近而误，并说《儆诚录》五卷，"今已逸，《太平广记》引有逸文二十四则，所记皆唐末至前蜀间蜀中报应事，与陈振孙解题略同"。录此备考。另，明曹学佺《蜀中广记》亦引有《儆戒录》二则，录此备考。

38 伪蜀国金利用 1 种 3 卷（佚）

金利用（生卒年不详），又作全利用，五代伪蜀人（《中国文学家大辞典·唐五代卷》第505页）。有著作1种3卷，佚。

（一）金利用《玉溪编事》三卷（佚）

金利用，又作全利用。详下。

《崇文》（1041）卷五"小说类"云："《玉溪编事》三卷（缺）。"

《通志》（1161）卷六十八艺文略第六"小说"云："《玉溪编事》三卷（伪蜀全利用撰）。"

《宋史》（1343）卷二百六艺文五"小说类"云："金利用《玉溪编事》三卷。"

笔者按：此书有片段存留。

39 伪蜀国罗普宣 1 种 100 卷（佚）

罗普宣（生卒年不详），《中国文学家大辞典·唐五代卷》、《中国文学家大辞典·宋代卷》、《中国历代人名大辞典》无罗普宣，据《通志》卷六十九知罗普宣为伪蜀人。有著作1种100卷，佚。笔者按：据《通志》卷六十九，"方书"在"本草"之后，故应将罗普宣置于张文懿之后，但是张文懿为后蜀人，无法知罗普宣为前蜀人还是后蜀人，故暂置此处。

（一）罗普宣《广正集灵宝方》一百卷（佚）

书名又作《灵宝方》。详下。

《崇文》（1041）卷七"医书二"云："《广正集灵宝方》一百卷（缺）。"

《通志》（1161）卷六十九艺文略第七医方类第十"医方上·方书"云："《广正集灵宝方》一百卷（伪蜀罗普宣撰）。"

《宋史》（1343）卷二百七艺文六"医书类"云："罗普宣《灵宝方》一百卷。"

40 伪蜀国吴群 1 种 1 卷 （佚）

吴群（生卒年不详），《中国文学家大辞典·唐五代卷》、《中国文学家大辞典·宋代卷》、《中国历代人名大辞典》无吴群，据郑樵《通志》卷六十九知吴群为伪蜀人。有著作 1 种 1 卷，佚。

（一）吴群《意医纪历》一卷（佚）

《崇文》（1041）卷七"医书五"云："《意医纪历》一卷（缺）。"

《通志》（1161）卷六十九艺文略第七医方类第十"医方下·病源"云："《意医纪历》一卷（伪蜀吴群撰）。"

《宋史》（1343）卷二百七艺文六"医书类"云："吴群《意医纪历》一卷。"

41 伪蜀国郭微 1 种 100 卷 （佚）

郭微（生卒年不详），伪蜀人（《中国文学家大辞典·唐五代卷》第 666 页）。有著作 1 种 100 卷，佚。笔者按：《中国文学家大辞典·唐五代卷》"郭微"词条云"郭微，前、后蜀人"，显然是依据《通志》卷六十九云"伪蜀郭微撰"而判断其为前、后蜀人。这种判断是谨慎的、可取的，因为前蜀也会被包括郑樵在内的宋人视为"伪蜀"。

（一）郭微《属文宝海》一百卷（佚）

《崇文》（1041）卷六"类书下"云："《属文宝海》一百卷（缺）。"

《通志》（1161）卷六十九艺文略第七类书类第十一"类书下"云："《属文宝海》一百卷（伪蜀郭微撰）。"

《宋史》（1343）卷二百七艺文六"类事类"云："郭微《属文宝海》一百卷。"

42 伪蜀国赵仁拱 1 种 3 卷（佚）

赵仁拱（生卒年不详），又作赵仁，《中国文学家大辞典·唐五代卷》、《中国文学家大辞典·宋代卷》、《中国历代人名大辞典》无赵仁拱。据《通志》卷七十知其为伪蜀人。有著作 1 种 3 卷，佚。

（一）赵仁《潜龙笔职集》三卷（佚）

赵仁又作赵仁拱。书名又作《潜龙笔职》。卷数又作二卷。详下。

《通志》（1161）卷七十艺文略第八"表章"云："《潜龙笔职集》二卷（伪蜀赵仁撰）。"

《宋史》（1343）卷二百八艺文七"别集类"云："赵仁拱《潜龙笔职》三卷。"

43 伪蜀国王承范 1 种 20 卷（佚）

王承范（生卒年不详），《中国文学家大辞典·唐五代卷》、《中国文学家大辞典·宋代卷》、《中国历代人名大辞典》无王承范。据《通志》卷七十知其为伪蜀人。有著作 1 种 20 卷，佚。

（一）王承范《备遗掇英》二十卷（佚）

《崇文》（1041）卷十一"总集下"云："《备遗掇英》二十卷（缺）。"

《通志》（1161）卷七十艺文略第八"诗总集"云："《备遗掇英》二十卷（伪蜀王承范集）。"

笔者按：《宋史》（1343）卷二百九艺文九"总集类"云："陈正图《备遗掇英集》二十卷。"王承范《备遗掇英》和陈正图《备遗掇英集》很可能是同一种书。如果是，那么作者宜采用郑樵《通志》的说法。究竟如何，存此备考。

44 伪蜀国潘远 1 种 3 卷（佚）

潘远（生卒年不详），五代蜀时人（《中国文学家大辞典·唐五代卷》第826 页）。有著作 1 种 3 卷，佚。

（一）潘远《纪闻谭》三卷（佚）

书名又作《纪闻谈》。卷数又作一卷。详下。

《崇文》（1041）卷四"传记类"云："《纪闻谭》一卷。"

《遂初》（1194）"小说类"云："《纪闻谈》。"

《直斋》（1262）卷十一"小说家类"云："《纪闻谭》三卷。蜀潘远撰。《馆阁书目》按：'李叔作潘遗'。今考《邯郸书目》，亦作潘远。其曰遗者，本误也。所记隋唐遗事。"

《通考》（1319）卷二百十六经籍考四十三"子·小说家"所云引《直斋》同。

《宋史》（1343）卷二百六艺文五"小说类"云："潘遗《纪闻谈》一卷。"

笔者按：北宋元祐（1086—1094）时人赵德麟《侯鲭录》（八卷）卷一有"阆中有三雅池，出潘远《纪闻谭》"①的话。可见，《纪闻谭》作者确实是潘远，不是潘遗。

45 伪蜀国任法知 1 种 1 卷（佚）

任法知（生卒年不详），据《通志》卷六十七知任法知为伪蜀人（《中国文学家大辞典·唐五代卷》、《中国文学家大辞典·宋代卷》、《中国历代人名大辞典》无任法知）。有著作 1 种 1 卷，佚。

（一）任法知《金书玉券》一卷（佚）

《崇文》（1041）卷十"道书八"云："《金书玉券》一卷（缺）。"

《通志》（1161）卷六十七艺文略第五"道家三·符箓"云："《金书玉券》一卷（伪蜀任法知撰）。"

考辨（二篇）：

《五代艺文考》云："《墨经》一卷，李廷珪撰，《墨图》一卷，同上（非李廷珪撰）。"然后考订云："《宋史》卷二〇七《艺文志》六'杂艺术类'著录《李氏墨经》一卷。其后另有《墨图》一卷，不注撰人。宋《志》、汪振民《补南唐艺文志》及杜文玉《南唐艺文志》所载皆同顾《志》，唐圭璋《南唐艺文志》载列《墨经》一卷，注'李氏撰'。"②笔者按：第一，"宋《志》"指宋祖骏《补五代史艺文志》一卷，"顾《志》"，指顾櫰三《补五代史艺文志》一卷。第二，"《墨经》一卷，李廷珪撰"的说法出自于顾櫰三《补五代史艺文志》一卷，但是，顾櫰三未交代其来源，今人也找不出其来源，故不采信，还是唐圭璋的作法比较合理。《十国春秋》卷五十五"后蜀八"有《李廷珪传》，则李廷珪显然是后蜀人，不是南唐人，亦未言李廷珪有

---

① （宋）赵德麟撰：《侯鲭录》（8 卷），景印文渊阁四库全书本，卷 1。

② 张兴武：《五代艺文考》，巴蜀书社 2003 年版，第 141 页。

著作。故《墨经》一卷作者为谁，还是存疑为上。第三，《中国文学家大辞典·唐五代卷》、《中国文学家大辞典·宋代卷》无李廷珪，《中国历代人名大辞典》第971页据《十国春秋》卷五十五收有后蜀李廷珪（？—967），亦未言其有著作。

北宋句中正 2 种 102 卷（均佚）

句中正（929—1002），字坦然，华阳人。孟昶时授崇文馆校书郎，复举进士及第，曾馆于其相毋昭裔之第。咸平三年（1000），曾被宋真宗召见。咸平五年（1002）卒，年七十四。《中国文学家大辞典·宋代卷》第134页收句中正。《中国历代人名大辞典》第451页据《宋史》卷四百四十一录句中正生平简况。有著作2种102卷，均佚。笔者按：《中国文学家大辞典·唐五代卷》可以兼录句中正，如果不兼录，至少也应该注明句中正被归为宋代。

笔者又按：第一，雍熙为宋太宗赵炅年号即984年至987年，故句中正《雍熙广韵》一百卷、《序例》一卷，是宋代著作，非后蜀著作。第二，其淳化（990—994）中所写，咸平三年（1000）上奏给宋真宗赵恒的《三体孝经》亦非后蜀著作。第三，顾櫰三《补五代史艺文志》、宋祖骏《补五代史艺文志》"声乐类"均著录"《声韵谱》一卷。句中正撰。"顾、宋二人均未交代出处，今日也无人可考知其出处。张兴武先生就此加按语云："句中正详定《篇韵》是在入宋之后，是故其是否撰有《声韵谱》，都与五代无涉。此外，中正声韵之书属于小学文字类，顾、宋两《志》以之归入'声韵类'未免失察过甚。"（《五代艺文考》第94页）此言甚是。可惜，《五代艺文考》之《新编五代艺文志》"小学类"又著录云："《声韵谱》一卷，句中正撰。"（《五代艺文考》第421页）第四，句中正为华阳（今蜀四川）人，其生年929年为后蜀国开国前。故尽管今日所知句中正的著作皆是入宋后所写，还是将句中正的著作考索如下。

补说一下，张兴武《补五代史艺文志辑考》已经修订了这个错误，该书《新编补五代史艺文志》"小学类"未再收句中正的《声韵谱》。[①]

（一）句中正《雍熙广韵》一百卷《序例》一卷（佚）

《崇文》（1041）卷二"小学下"云："《雍熙广韵》一百卷（缺）。"

《通志》（1161）卷六十四艺文略第二"小学类·音韵"云："《雍熙广韵》一百卷（宋朝句中正等详定）。"

---

① 张兴武：《补五代史艺文志辑考》，上海古籍出版社2016年版，第594页。

《宋史》（1343）卷二百二艺文一"小学类"云："句中正《雍熙广韵》一百卷、《序例》一卷，又《三体孝经》一卷。"

《十国》（1672）卷五十六本传云："太宗问中正：'凡有声无字，有几何？'中正退，条为一卷以献。太宗曰：'朕亦得二十一字，可并录也。'时又命中正与吴铉、杨文举同撰定《雍熙广韵》，加太常博士，书成，凡一百卷。特拜虞部员外郎。淳化（990—994）时，累迁屯田郎中，常以大小篆八分三体书《孝经》，摹石。咸平三年（1000）表上之。"

（二）句中正《三体孝经》一卷（佚）

《宋史》（1343）卷二百二艺文一"小学类"云："句中正《雍熙广韵》一百卷、《序例》一卷，又《三体孝经》一卷。"

笔者按：关于句中正的著作，以明曹学佺《蜀中广记》一书搜集的资料最为全面，该书（影印文渊阁四库全书本）卷四十二云句中正有《有声无字韵》一卷，并摘引《宋史》卷四百四十一《句中正传》的话说："句中正，字坦然。华阳人。孟昶时授崇文馆校书郎，复举进士及第。归朝，太平兴国二年（977）献八体书，召入，授著作佐郎、直史馆，被诏详定篇韵。复与徐铉校定《说文》。太宗问：'凡有声无字者，几何？'中正退，条为一卷以献。上曰：'朕亦得二十一字，可并录之。'又与吴铉、杨文举同撰定《雍熙广韵》一百卷。特拜虞部员外郎。淳化（990—994）中，累迁屯田郎中。杜门守道，以文翰为乐。尝以大小篆八分三体书《孝经》摹石。咸平三年（1000）表上之。真宗召见便殿，赐坐。问所书几许时。曰：'臣写此书十五年方成。'上嘉叹，赐紫，命藏于秘阁。卒年七十四。中正喜藏书，家无余财。"

以上后蜀国01—33共33名文人，著作48种1261卷，另11种不知卷数（存6种42卷）。

以上伪蜀国34—45共12人18种300卷（存1种2卷）。

以上后蜀国33名文人（01—33），著作48种1261卷，另11种不知卷数。存6种42卷。又，伪蜀国12名文人（34—45），著作18种300卷。存1种2卷。

第五章　南汉国艺文志考索

01 南汉国周杰 1 种，不知卷数（佚）

周杰，唐开成（836—840）进士，大有（928—942）中迁太常少卿，卒年九十余。《十国春秋》卷六十二有传（《中国文学家大辞典·唐五代卷》无周杰，《中国历代人名大辞典》第 1520 页）。

（一）周杰《极衍》二十四篇，不知卷数（佚）

《十国》（1672）卷六十二"南汉五"本传云："周杰，精于历算。唐开成（836—840）中进士，起家弘文馆校书郎，擢水部员外郎，迁司农少卿，常以大衍历数有差，因敷衍其法，著《极衍》二十四篇，以究天地之数。"

02 南汉国王定保 1 种 15 卷（存）

王定保（870—941？），洪州南昌（今属江西）人。光化三年（901）登进士第。后梁开平（907—911）年间依湖南马氏，不为礼遇，乃南奔广州，为清海军节度使刘隐幕府。贞明（915—921）间，出使荆南。南汉乾亨八年（924），献《南宫七奇赋》。大有（928—942）初，官宁远军节度使。十三年（940）十一月，为中书侍郎、同平章事。未几卒（《中国文学家大辞典·唐五代卷》第 37 页）。有著作 1 种 15 卷，存。

（一）王定保《唐摭言》十五卷（存）

书名又作《摭言》。卷数又作十九卷。详下。

《崇文》（1041）卷五"小说类"云："《摭言》十五卷。"

《通志》（1161）卷六十八艺文略第六"小说"云："《摭言》十五卷（王定保撰）。"

《郡斋》（1187）卷三下"小说类"云："《摭言》十五卷。右唐王定保撰。八十三门，记唐朝进士应举登科杂事。"

《遂初》（1194）"小说类"云："《摭言》。"

《直斋》（1262）卷十一"小说家类"云："《摭言》十五卷。唐王定保撰。专记进士科名事。定保，光化三年（900）进士，为吴融子华婿，丧乱后入湖南，弃其妻弗顾，士伦不齿。"

《通考》（1319）卷二百一十六经籍考四十三"子·小说家"所云引《郡斋》同；引《直斋》，"伦"作"论"，余同。

《宋史》（1343）卷二百六艺文五"小说类"云："王定保《摭言》十五卷。"

《十国》（1672）卷六十二本传云："王定保……所著《摭言》十九卷。"

《四库全书总目》（1781）卷一百四十"子部·小说家类"云："《唐摭言》十五卷（副都御史黄登贤家藏本）。五代王定保撰。旧本不题其里贯。其序称王溥为从翁，则溥之族也。陈振孙《书录解题》谓定保为吴融之婿，光化三年（900）进士，丧乱后入湖南。《五代史·南汉世家》称定保为邕管巡官，遭乱不得还。刘隐辟置幕府，至刘龑僭号之时尚在，其所终则不得而详矣。考定保登第之岁，距朱温篡唐仅六年。又序中称溥为丞相，则是书成于周世宗显德元年（954）以后。故题唐国号，不复作内词。然定保生于咸通庚寅，至是年八十五矣。是书盖其暮年所作也。同时南唐乡贡士何晦亦有《唐摭言》十五卷，与定保书同名。今晦书未见而定保书刻于商氏稗海者，删削大半，殊失其真。此本为松江宋宾王所录，末有跋语，称以汪士铉本校正，较稗海所载，特为完备。近日扬州新刻，即从此本录出。惟是晁公武《读书志》称是书分六十三门而此本实一百有三门。数目差舛，不应至是。岂商维濬之前，已先有删本耶？是书述有唐一代贡举之制特详，多史志所未及。其一切杂事，亦足以觇名场之风气，验士习之淳浇。法戒兼陈，可为永鉴。不似他家杂录，但记异闻已也。据定保自述，盖闻之陆宸、吴融、李渥、颜荛、王溥、王涣、卢延让、杨赞图、崔籍若等所谈云。"笔者按：何晦所著书为《广摭言》十五卷，非《唐摭言》十五卷，四库馆臣误。

03 南汉国倪曙2种4卷（均佚）

倪曙（生卒年不详），字孟曦，福州侯官（今福建闽侯）人。以赋知名。中和五年（885）登进士第，历官太学博士，后避乱归乡。天祐（904—907）间，依泉州刺史王延彬，与徐寅、陈郯等赋诗饮酒为乐。后游岭南，为清海军节度使刘隐招置幕中。南汉刘龑时，擢为工部侍郎，进尚书左丞。乾亨五年（921），官同平章事。不久病卒（《中国文学家大辞典·唐五代卷》第636—637页）。有著作2种4卷，均佚。

（一）倪曙《琼薹集》三卷（佚）

书名又作《获薹》。详下。

《崇文》（1041）卷十二"别集五"云："《倪曙赋》一卷、《获薹》三卷（缺）。"

《宋史》（1343）卷二百八艺文七"别集类"云："倪曙《琼薹集》三卷。"

（二）《倪曙赋》一卷（佚）

《崇文》（1041）卷十二"别集五"云："《倪曙赋》一卷。"

《宋史》（1343）卷二百八艺文七"别集类"云："倪曙……又《赋》一卷。"

《十国》（1672）卷六十二本传云："倪曙……所著赋一卷行世。"

04 南汉国陈用拙 3 种 28 卷，另 1 种不知卷数（均佚）

陈拙（生卒年不详），字用拙，以字行。少习礼乐，工诗歌。连州（今广东连州市）人。天祐元年（904）登进士第，授著作郎。后为清海军节度使刘隐掌书记，摄观察判官。乾化四年（914），奉使吴越。刘龚称帝后，擢吏部郎中、知制诰（《中国文学家大辞典·唐五代卷》第461页）。有著作3种28卷，另1种不知卷数，均佚。今存诗2题4句，见《全唐诗补编·续拾》卷五零。

（一）陈拙《大唐正声新徵琴谱》十卷（佚）

书名又作《大唐正声新址琴谱》。详下。

《崇文》（1041）卷一"乐类"云："《大唐正声新址琴谱》一卷（缺）。唐陈拙纂集琴家之说，不专声谱。"

《新唐书》（1060）卷五十七艺文志第四十七"乐类"云："陈拙《大唐正声新址琴谱》十卷。"笔者按："址"显然是"徵"之讹，"徵"为五音之一。

《通志》（1161）卷六十四艺文略第二乐类第三"琴"云："《大唐正声新徵琴谱》十卷（陈拙）。"

《通考》（1319）卷一百八十六经籍考十三"经·乐"云："《大唐正声新扯琴谱》一卷。《崇文总目》：'唐陈拙纂集琴家之说，不专声谱。"笔者按："扯"，显然是"址"之误。

《十国》（1672）卷六十二本传云："陈用拙……尤精音律，著《大唐正声琴籍》十卷，中载琴家论操名及古帝王名士善琴者。"

（二）陈用拙《琴籍》十卷（佚）

书名又作《大唐正声琴籍》。卷数又作九卷。详下。

《宋史》（1343）卷二百二艺文一"乐类"云："陈拙《琴籍》九卷。"

《十国》（1672）卷六十二本传云："陈用拙……尤精音律，著《大唐正声琴籍》十卷，中载琴家论操名及古帝王名士善琴者。"

（三）陈用拙《新徵音谱补》若干卷（笔者按：书名代拟）（佚）

《十国》（1672）卷六十二本传云："陈用拙……又以古调缺徵音，补《新徵音谱》若干卷。"

（四）《陈用拙诗集》八卷（笔者按：书名代拟）（佚）

《十国》（1672）卷六十二本传云："陈用拙……有诗集八卷，传于世。尤精音律，著《大唐正声琴籍》十卷，中载琴家论操名及古帝王名士善琴者。又以古调缺徵音，补《新徵音谱》若干卷。"

05 南汉国黄损 1 种 1 卷，另 2 种不知卷数（均佚）

黄损（生卒年不详），字益之，连州（今广东连州市）人。龙德二年（922）登进士第。长兴（930—933）后，累官至左仆射。尝与郑谷、齐己游（《中国文学家大辞典·唐五代卷》第 677—678 页）。有集 1 种 1 卷，另 1 种不知卷数，均佚。存诗 4 首及断句若干，见《全唐诗》卷七三四、《全唐诗补编·续拾》卷五零。《十国春秋》卷六十二"南汉五"有传。

（一）黄损《三要》，不知卷数（佚）

宋陶岳《五代史补》卷二《黄损不调》云："黄损，连州人，少有大志。其为学务于该通。尝上三书，号曰《三要》。大约类《阴符》、《鬼谷》。同光（923—926）初应进士，以此书投于公卿间。议者以为有王佐才。"

《十国》（1672）卷六十二"南汉五"本传云："尝著《三书》，类《阴符》、《鬼谷》之言，号曰《三要》。……损常与都官员外郎郑谷、僧齐己定近体诗诸格，为湖海骚人所宗。有《桂香集》若干卷、《射法》一卷。"

笔者按：顾櫰三《补五代史艺文志》、宋祖骏《补五代史艺文志》"儒家类"云"黄损《三要》五卷"，但未交代"五卷"之说的来历。《五代艺文考》之《新编五代艺文志》"儒家类"仅云"《三要》，黄损撰"①，而不提及卷数，这是正确的。本《南汉艺文志考索》亦不采信"五卷"之说，仅录此备考。

---

① 张兴武：《五代艺文考》，巴蜀书社 2003 年版，第 423 页。

（二）黄损《射法》一卷（佚）

《崇文》（1041）卷六"艺术类"云"《射法》一卷。"

《通志》（1161）卷六十九艺文略第七"艺术类·射"云："《射法》一卷（黄损撰）。"

《宋史》（1343）卷二百七艺文六"艺术类"云："黄损《射法》一卷。"

《十国》（1672）卷六十二本传云："黄损……有……《射法》一卷。"

（三）黄损《桂香集》若干卷（佚）

《十国》（1672）卷六十二本传云："黄损……有《桂香集》若干卷。"

笔者按：第一，《宋史》卷二百九艺文八"总集类"有"《桂香集》六卷"，不著撰人，不知是否为黄损所撰，录此备考。第二，顾櫰三《补五代史艺文志》、宋祖骏《补五代史艺文志》"总集类"云："《桂香集》一卷，黄损辑。"《五代艺文考》之《新编五代艺文志》"总集类"亦如此著录（《五代艺文考》第439页）。因此三人之书均未交代"一卷"之说的来历，故不采用，录此备考。

06 南汉国胡万顷3种6卷（均佚）

胡万顷（生卒年不详），幼神悟，精九宫三元之法，术数家多宗之（《中国文学家大辞典·唐五代卷》、《中国文学家大辞典·宋代卷》无胡万顷。《中国历代人名大辞典》第1692页）。据《十国春秋》卷六十五知胡万顷为南汉国人。有著作3种6卷，均佚。

（一）胡万顷《太一时纪阴阳二遯立成历》二卷（佚）

书名又作《太乙时纪阴阳二遯立成历》。详下。

《通志》（1161）卷六十八艺文略第六"五行二·太一"云："《太一时纪阴阳二遯立成历》二卷（伪南汉胡万顷撰）。"

《十国》（1672）卷六十五"南汉八"本传云："胡万顷……撰《六壬军鉴式》三卷、《太乙时纪阴阳二遯立成历》二卷，术数家多宗之。"

（二）胡万顷《太一遁甲万胜时定主客立成诀》一卷（佚）

卷数又作二卷。详下。

《崇文》（1041）卷八"五行中"云："《太一遁甲万胜时定主客立成诀》一卷（缺）。"

《通志》（1161）卷六十八艺文略第六"五行二·太一"云："《太一遁甲万胜时定主客立成诀》一卷。"

《宋史》（1343）卷二百六艺文五"五行类"云："胡万顷《太一遁甲万

胜时定主客立成诀》一卷。"

（三）胡万顷《六壬军鉴式》三卷（佚）

书名又作《军鉴式》。卷数又作二卷。详下。

《崇文》（1041）卷八"五行中"云："《六壬军鉴式》三卷（缺）。"

《通志》（1161）卷六十八艺文略第六"五行二·六壬"云："《六壬军鉴式》三卷。伪南汉长史胡万顷撰。"

《宋史》（1343）卷二百七艺文六"兵书类"云："胡万顷《军鉴式》二卷。"

《十国》（1672）卷六十五"南汉八"本传云："胡万顷。（缺）人。幼神悟，精九宫三元之法，占事多奇验，撰《六壬军鉴式》三卷……"笔者按：《中国历代人名大辞典》"胡万顷"词条据《十国春秋》卷六十五云胡万顷"撰《六壬军鉴式》二卷"，显误。[1]

07 南汉国胡宾王1种1卷（佚）

胡宾王（生卒年不详），宋韶州乳源（今属广东）人，字明贤。少以博洽名。南汉时登进士。积官中书舍人，知制诰。刘鋹（958—971年在位）时辞官归。著《南汉国史》。南汉亡，上其书于宋，更名《刘氏兴亡录》。以明经授著作郎。宋真宗咸平三年（1000）登进士第，累迁翰林学士，卒。（《古今图书集成》氏族典卷八四）（《中国文学家大辞典·唐五代卷》、《中国文学家大辞典·宋代卷》无胡宾王，《中国历代人名大辞典》第1701页）。有著作1种1卷，佚。

笔者按：陈振孙《直斋书录解题》卷十九曰："《邵谒集》一卷。唐国子生曲江邵谒撰，集后有胡宾王者为之序，言其没后降巫赋诗，自称邵先辈，殆若今世请大仙之类邪？"胡宾王作序值得注意，特此提出。

（一）胡宾王《刘氏兴亡录》一卷（佚）

书名又作《刘氏兴亡论》。详下。

《崇文》（1041）卷三"伪史类"云："《刘氏兴亡论》一卷。"

《通志》（1161）卷六十五艺文略第三史类第五"霸史·霸史下"云："《刘氏兴亡录》一卷。叙伪汉刘岩等四主事。"

《遂初》（1194）"伪史类"云："《刘氏兴亡录》。"

---

[1]　张㧑之、沈起炜、刘德重主编：《中国历代人名大辞典》，上海古籍出版社1999年版，第1692页。

　　《宋史》（1343）卷二百四艺文三"霸史类"云："胡宾王《刘氏兴亡录》一卷。"

　　笔者按：《广东通志》卷四十四云："胡宾王……字明贤，乳源人。少力学，以博洽名。南汉时登进士。尝读书中宿峡，经史多所发挥。累官中书舍人，知制诰。刘铢淫虐，辞官归，乃著《南汉国史》十二卷。铢亡，上其书于宋，号《刘氏兴亡录》。"南汉自刘龑917年称帝至971年被北宋所灭，历四主五十五年。

　　以上南汉国7名文人，著作11种55卷，另4种不知卷数。存1种15卷。

第六章　楚国艺文志考索

01 楚国汪遵1种1卷（佚）

汪遵（生卒年不详）（《中国文学家大辞典·唐五代卷》第387—388页），宣州泾县（今属安徽）人。唐懿宗李漼咸通七年（866）进士及第。有著作1种1卷，佚。

（一）汪遵《咏史诗》一卷

《崇文》（1041）卷十二"别集四"云："汪遵《咏史诗》一卷。"

《宋史》（1343）卷二百八艺文七"别集类"云："汪遵《咏史诗》一卷。"

02 楚国裴说2种12卷（佚）

裴说（生卒年不详），桂州（今广西桂林）人，裴谐兄。天祐三年（906）状元及第。后积官补阙，终礼部员外郎（《中国文学家大辞典·唐五代卷》第801—802页）。有著作2种12卷，均佚。存诗54题54首，见《全唐诗》卷720、《全唐诗补编·补逸》卷14、《续补遗》卷9、《全唐诗续拾》卷41。

（一）裴说《修文异名录》十一卷（佚）

卷数又作十卷。详下。

《崇文》（1041）卷六"类书下"云："《修文异名录》十卷（缺）。"

《宋史》（1343）卷二百七艺文六"类事类"云："裴说《修文异名录》十一卷。"

（二）裴说诗二卷（佚）

卷数又作一卷。详下。

《崇文》（1041）卷十二"别集四"云："《裴说诗》二卷。"

《郡斋》（1187）卷四中"别集类中"云："《裴说诗》一卷。右唐裴说撰。天祐三年（906）进士。诗有'避乱一身多'之句，读者悲之。"

《遂初》（1194）"别集类"云："裴说。"

《直斋》（1262）卷十九"诗集类上"云："《裴说集》一卷，唐裴说撰。天祐三年（906）进士状头，唐盖将亡矣。说后为礼部员外郎。世传其《寄边衣》古诗甚丽，此集无之，仅有短律而已，非全集也。其诗有'避乱一身多'之句。"

《通考》（1319）卷二百四十三经籍考七十"集·诗集"所云引《直斋》同。

《宋史》（1343）卷二百八艺文七"别集类"云："《裴说诗》一卷。"

03 楚国僧惟劲 2 种 5 卷，另 1 种不知卷数（均佚）

僧惟劲（生卒年不详），福州长溪（今福建霞浦）人，一说永泰（今属福建）人。节操精苦，号为"头陀"。光化（898—901）中入南岳，楚王马殷奏请赐紫，住持报慈东藏，署号宝闻大师。后终于南岳（《中国文学家大辞典·唐五代卷》第 725—726 页）。有著作 2 种 5 卷，另 1 种不知卷数，均佚。存偈颂 4 首，见《全唐诗补编·续拾》卷四九。

（一）《惟劲禅师赞诵》一卷（佚）

书名又作《惟劲禅师赞颂》。详下。

《崇文》（1041）卷十"释书类·释书中"云："《惟劲禅师赞诵》一卷（缺）。"

《通志》（1161）卷六十七艺文略第五"道家一"云："《惟劲禅师赞颂》一卷。"

《宋史》（1343）卷二百五艺文四"道家附释氏神仙类"云："《惟劲禅师赞颂》一卷。"

（二）僧惟劲《续宝林传》四卷（佚）

《宋高僧传》卷一七本传云："楚王马氏奏赐紫，署宝闻大师。梁开平（907—911）中也。劲《续宝林传》，盖录贞元（785—805）已后禅门祖祖相继源脉者也。……后终于岳中也。"

笔者按：《中国文学家大辞典·唐五代卷》"惟劲"词条云惟劲"著《续宝林传》四卷、《南岳高僧传》，今皆不存"[1]，并云出处是《祖堂集》卷一一、《景德传灯录》卷一九。录此备考。

---

[1]　周祖譔主编：《中国文学家大辞典·唐五代卷》，中华书局 1992 年版，第 726 页。

（三）僧惟劲《南岳高僧传》，不知卷数（佚）

《宋高僧传》卷一七本传云："劲《续宝林传》，盖录贞元（785—805）已后禅门祖祖相继源脉者也。别著《南岳高僧传》，未知卷数，亦一代禅宗达士，文采可观，后终于岳中也。"

04 楚国僧虚中 2 种 2 卷（存 1 种 1 卷）

僧虚中（生卒年不详），袁州宜春（今属江西）人。少出家，读书吟咏不辍。初住玉笥山二十年，后游湖湘间，亦曾至越中。与贯休、齐己、修睦、栖蟾、郑谷等为诗友。天祐（904—907）间，往中条山见司空图，论交而未果，遂作诗寄赠。马楚时，与天策府学士有过往。后唐明宗天成（926—930）间，马殷长子马希振延纳其于书阁中，酬答不厌（《中国文学家大辞典·唐五代卷》第 690 页）。有著作 2 种 2 卷，存 1 种 1 卷。存诗 15 首又 6 联又 6 句，见《全唐诗》卷八四八、《全唐诗补编·续拾》卷四九。

（一）僧虚中《流类手鉴》一卷（存）

《直斋》（1262）卷二十二"文史类"云："《流类手鉴》一卷。僧虚中撰。"

《通考》（1319）卷二百四十九经籍考七十六"集·文史"所云引《直斋》同。

笔者按：此书被收录于宋陈应行编《吟窗杂录》卷十三。

（二）虚中《碧云诗》一卷（佚）

《崇文》（1041）卷十二"别集三"云："《碧云集》一卷。"笔者按：《崇文总目》所收"《碧云集》一卷"的前后皆为僧人诗集，故知"《碧云集》一卷"亦为僧人诗集，而唐五代僧人诗集名字含有"碧云"二字的，只有僧虚中一人，故列"《碧云集》一卷"于僧虚中名下。

《郡斋》（1187）卷四中"别集类中"云："虚中《碧云诗》一卷。右唐僧虚中也。居玉笥山。尝以诗投司空图。酬云：'十年太华无知己，只得虚中一首诗。'其见重如此。"

《十国》（1672）卷七十六本传云："僧虚中……著有《碧云诗》一卷传世。"

《通考》（1319）卷二百四十三经籍考七十"集·诗集"云："《碧云诗》一卷。晁氏曰：'唐僧虚中诗也。司空图尝以诗赠之云：十年太华无知己，只得虚中一首诗。'"笔者按：关于虚中《碧云诗》，《通考》引《郡斋》不完整，与《通考》的一贯做法不同，值得注意。

05 楚国廖匡图 2 种 3 卷（均佚）

廖匡图（生卒年不详），其名又作廖正图、廖光图、廖图，皆宋人避宋太祖赵匡胤讳所改。字赞禹，虔州虔化（今江西赣州）人。本为虔州豪族，后梁太祖时，钟章为虔州刺史，打击豪强，廖匡图遂举族奔湖南。楚王马殷辟为江南观察判官。后楚国开天策府，与李宏皋、徐仲雅、刘昭禹等人并为十八学士。廖匡图文学博赡，与李宏皋、徐仲雅、韦鼎、齐己、虚中诸人俱以文藻知名，更唱迭和，为时人所推服。与齐己尤善，常有诗书往还，齐己晚年寓居荆南时，有《寄廖匡图兄弟诗》（《中国文学家大辞典·唐五代卷》第 809—810 页）。有著作 2 种 3 卷，均佚。廖匡图诗，今存 5 首 1 联，见《全唐诗》卷七四零、《全唐诗补编·续拾》卷四九。笔者按：廖匡图，又作廖正图、廖光图、廖图。详下。

（一）《廖匡图集》二卷（佚）

书名又作《廖图诗》、《廖正图诗》。卷数又作一卷。详下。

《崇文》（1041）卷十二"别集五"云："《廖图诗》二卷（缺）。"

《直斋》（1262）卷十九"诗集类上"云："《廖匡图集》一卷。湖南从事廖匡图撰。"

《通考》（1319）卷二百四十三经籍考七十"集·诗集"所云引《直斋》同。

《宋史》（1343）卷二百八艺文七"别集类"云："《廖光图诗集》二卷……《廖正图诗》一卷。"

《十国》（1672）卷七十三本传云"廖匡图……有集一卷。"

（二）廖匡图《廖氏家集》一卷（佚）

《崇文》（1041）卷十一"总集下"云："《廖氏家集》一卷。"

《新唐书》（1060）卷六十艺文志第五十"文史类"云："《廖氏家集》一卷（廖光图，唐末人）。"

《通志》（1161）卷七十艺文略第八"诗总集"云："《廖氏家集》一卷（唐末廖光图集其家诗）。"

《宋史》（1343）卷二百八艺文七"别集类"云："《廖氏家集》一卷。"

06 楚国戴偃 1 种，不知卷数（佚）

戴偃（生卒年不详），自称"玄黄子"，人多号曰处士。金陵（今江苏南京）人。少工吟咏，不求仕宦，唐末避乱湘阴。楚开运二年（945），文昭王马希范大兴土木，尤好奢侈，国中不胜其苦。戴偃作《渔父诗》百篇以献（《中国文学家大辞典·唐五代卷》第851页）。有著作1种，不知卷数，佚。存诗2首4句，见《全唐诗》卷七九五、《全唐诗补编·续拾》。

（一）戴偃《渔夫诗》百篇，不知卷数。

《十国》（1672）卷七十三本传云"戴偃……会文昭王务穷侈靡，国中不胜其苦。偃作渔夫诗百篇讽之。"

07 楚国李宏皋3种13卷（均佚）

李弘皋（？—950），弘，一作宏。籍贯不详。后唐同光（923—926）初，楚武穆王为江南诸道都统，弘皋由营道令迁为都统掌书记。后晋天福四年（939），楚文昭王开天策府，宏皋与廖匡图、徐仲雅等十八人均为天策府学士。后官至刑部侍郎。后汉乾祐三年（950），与其弟宏节为孝恭王马希萼所杀（《中国文学家大辞典·唐五代卷》第285页）。有著作3种13卷，均佚。笔者按：李弘皋，又作李洪皋、李宏皋，详下。今存诗2首，见《全唐诗》卷七六二；文1篇，见《全唐文》卷八九三。

（一）《李洪皋表状》一卷（佚）

《崇文》（1041）卷十二"别集七"云："《李洪皋表状》一卷（缺）。"

《通志》（1161）卷七十艺文略第八"表章"云："《李洪皋表状》一卷（湖南马氏撰）。"

《宋史》（1343）卷二百八艺文七"别集类"云："《李洪皋集》二卷，又《表状》一卷。"

《十国》（1672）卷七十四《李弘皋》本传云："宏皋有《表状》一卷，传于世。"笔者按：影印文渊阁四库全书本《十国春秋》作"李弘皋"。

（二）《李洪皋集》二卷（佚）

《宋史》（1343）卷二百八艺文七"别集类"云："《李洪皋集》二卷，又《表状》一卷。"

（三）《李弘皋杂文》十卷（笔者按：题代拟）（佚）

宋释文莹《玉壶清话》卷七云："文莹至长沙，首访故国马氏天策府。诸学士所著文章擅其名者，惟徐东野、李宏皋尔。遂得东野诗……又得宏皋杂文十卷，皆骈枝章句，虽龌龊者亦能道。信乎，文之难也。"[1] 笔者按："宏皋"，

---

① 本社编：《宋元笔记小说大观》（全6册），上海古籍出版社2001年版，第2册，第1503页。

影印文渊阁四库全书本《玉壶清话》作"弘皋"。

08 楚国刘昭禹 1 种 1 卷 （佚）

刘昭禹（生卒年不详），字休明，婺州（今浙江金华）人。一作桂阳（今湖南郴州）人。少师林宽。五代时，仕湖南马氏，为县令，历容管节度推官，与李宏皋、何仲举等人同为文昭王马希范天策府学士。昭禹好折节下贤，尝于座中见石文德诗，赞云："君文苑之雄也。"并力荐文德于文昭王，同隶天策府。后卒于桂州幕中。昭禹好苦吟，尤重炼字（《中国文学家大辞典·唐五代卷》第 201 页）。有著作 1 种 1 卷，佚。今存诗 9 首及断句 7 联，见《全唐诗》卷七六二，《全唐诗补遗》五又补诗 5 首，《全唐诗补编·续拾》卷四九补 1 首。

笔者按：刘昭禹的文学观点值得重视。

（一）《刘昭禹诗》一卷（佚）

书名又作《刘昭禹集》。详下。

《崇文》（1041）卷十二"别集五"云："《刘昭禹诗》一卷（缺）。"

《通志》（1161）卷七十艺文略第八"别集四"云："《刘昭禹诗》一卷。"

《直斋》（1262）卷十九"诗集类上"云："《刘昭禹集》一卷。湖南天策府学士桂阳刘昭禹撰。"

《通考》（1319）卷二百四十三经籍考七十"集·诗集"所云引《直斋》同。

《宋史》（1343）卷二百八艺文七"别集类"云："《刘昭禹诗》一卷。"

09 楚国石文德 1 种 3 卷 （佚）

石文德（？—943?），连州（今广东连州市）人。五代楚文昭王时，石文德献诗求用，以貌寝无成。后为南宅王子延致门下。曾为水部员外郎、融州刺史（《中国文学家大辞典·唐五代卷》第 108—109 页）。有著作 1 种 3 卷，佚。今存断句一联，见《全唐诗》卷七九五。

（一）石文德《唐朝新纂》三卷（佚）

书名又作《唐新纂》、《大唐新纂》。卷数又作十三卷。详下。

《遂初》（1194）"小说类"云："《唐朝新纂》。"

《直斋》（1262）卷十一"小说家类"云："《唐朝新纂》三卷。融州副使石文德撰。"

《通考》（1319）卷二百一十五经籍考四十二"小说家"所云引《直斋》同。

《宋史》（1343）卷二百六艺文五"小说类"云："石文德《唐新纂》三卷。"

《十国》（1672）卷七十三本传云："石文德……晚年尤喜著述，撰《大唐新纂》十三卷，事颇可采，世以多闻许之。"

10 楚国朱遵度 4 种 2053 卷（均佚）

朱遵度（生卒年不详），青州（今山东益都）人。家多藏书，周览殆遍，时人称朱万卷。后晋时，南奔，楚王马希范待之甚薄（《中国文学家大辞典·唐五代卷》第 177—178 页）。有著作 4 种 2053 卷，均佚。存文 1 篇，见《全唐文》卷八九三。笔者按：第一，朱遵度，又作宋遵度、崔遵度、朱遵，详下；第二，据《十国春秋》卷七十五，朱遵度避耶律德光之召而举家奔楚，文昭王马希范待之甚薄，后徙居金陵，高尚不仕。朱遵度又被当作南唐人，但是，《十国春秋》卷七十五"楚九"中有传，故暂且视为楚国人。

（一）朱遵度《群书丽藻》一千卷（佚）

朱遵度，又作宋遵度、崔遵度。卷数又作六十五卷。详下。

《通志》（1161）卷六十六艺文略第四"目录·文章目"云："《群书丽藻目录》五十卷（伪唐朱遵度撰）。"

《直斋》（1262）卷十五"总集类"云："《群书丽藻》六十五卷。按，《三朝艺文志》：'一千卷，崔遵度编。'《中兴馆阁书目》但有目录五十卷，云'南唐司门员外郎崔遵度撰。'以六例总括古今之文。一曰六籍琼华。二曰信史瑶英。三曰玉海九流。四曰集苑金銮。五曰绛阙蕊珠。六曰凤首龙编。为二百六十七门，总一万三千八百首。今无目录，合三本，共存此卷数，断续讹缺不复成书。当其传写时，固已如此矣。其目止有四种，无金銮、蕊珠二类。姑存之以备缺文。按：《江南余载》：'遵度，青州人，居金陵，高尚不仕。'《中兴书目》云'司门员外郎'，未知何据也。"

《通考》（1319）卷二百四十八经籍考七十五"集·总集"所云引《直斋》同。

《宋史》（1343）卷二百九艺文八"总集类"云："宋遵度《群书丽藻》一千卷"

《十国》（1672）卷七十五本传云："朱遵度……著……《群书丽藻》一千卷。"

（二）朱遵度《群书丽藻目录》五十卷（佚）

《通志》（1161）卷六十六艺文略第四"目录·文章目"云："《群书丽藻目录》五十卷（伪唐朱遵度撰）。"

《宋史》（1343）卷二百四艺文三"目录类"云："朱遵度《群书丽藻目录》五十卷。"又，卷二百九艺文八"总集类"云："宋遵度《群书丽藻》一千卷、《目》五十卷。"

（三）朱遵度《鸿渐学记》一千卷（佚）

《十国》（1672）卷七十五本传云："朱遵度……著《鸿渐学记》一千卷。"

（四）朱遵度《漆经》三卷（佚）

作者名又作朱遵。详下。

《崇文》（1041）卷六"小说下"云："《漆经》三卷"。

《通志》（1161）卷六十六艺文略第四"食货·种艺"云："《漆经》三卷（伪唐朱遵撰）。"

《宋史》（1343）卷二百七艺文六"杂艺术类"云："朱遵度《漆经》三卷。"

《十国》（1672）卷七十五本传云："朱遵度……著……《漆经》若干卷。"

11 楚国孟宾于 2 种 3 卷（均佚）

孟宾于（生卒年不详），字国仪，自号"群玉峰叟"。其先居太原（今属山西），后为连州（今广东连州市）人。后唐长兴（930—933）末，渡江应进士试，屡举未第。后晋天福九年（944）登进士第，因世乱还乡。不久，为楚文昭王辟为永州军事判官。历阳山县令。宋太祖灭南唐后，以老病辞归故里，不久遂卒。（《中国文学家大辞典·唐五代卷》第546—547页）。有著作2种3卷，均佚。今存诗8首及断句14联，见《全唐诗》卷七四零、《全唐诗补编·补逸》卷一六补其诗1首、《续拾》卷四四补七句及与父联句1首；文1篇，见《全唐文》卷八七二。

笔者按：《十国春秋》卷七十五《孟宾于传》云："金陵平，复归老于连州，年八十七卒"，金陵平为975年，此后不久孟宾于卒，年八十七，则孟宾于的生年约在898年，卒年约在975年后。

笔者又按：孟宾于仕于后唐、后晋、楚国、南唐、宋。孟宾于屡举未第后，尝集所作诗百篇为《金鳌集》，献于工部侍郎李若虚，大为其所称赏。李又择其集中佳作，使诣洛阳献诸朝达，由是大有诗名。由此可见晚唐五代十国时期文人成名的方式，值得注意。

（一）孟宾于《金鳌诗集》二卷（佚）

书名又作《金鳌集》。详下。

《宋史》（1343）卷二百八艺文七"别集类"云："孟宾于《金鳌诗集》二卷。"

《十国》（1672）卷七十五本传云："孟宾于……会中朝工部侍郎李若虚来湖南。宾于以诗数百章，命为《金鳌集》献之，若虚称善，誉诸朝。由是声名益振。"

（二）《孟宾于集》一卷（佚）

《直斋》（1262）卷十九"诗集类上"云："《孟宾于集》一卷。五代进士孟宾于撰。仕湖南江南。"

《通考》（1319）卷二百四十三经籍考七十"集·诗集"所云引《直斋》同。

《十国》（1672）卷七十五本传云："孟宾于……有集一卷。宾于负诗才，喜奖拔后进，士林多之。然操行颇不洁，为世所讥。"

笔者按：宋王禹偁（954—1001）《小畜集》卷二十《孟水部诗集序》云："有《金鳌集》者，应举时诗也；《湘东集》者，马氏幕府诗也；《金陵集》者，李氏诗也；《玉笥集》者，吉州诗也；《剑池集》者，丰城诗也。总五百五首，今合为一集，以官为名。"可见，孟宾于的诗结成集子者有五部，到北宋时编为一部《孟水部诗集》。但是，《孟水部诗集》不见于史志和公私目录书，故仅录此备考。

12　楚国曹衍3种26卷（均佚）

曹衍（生卒年不详），少以文辞知名，偃蹇不遇。周行逢据湖南日，仕进尚门荫。衍以布衣子屡献文章，不见用。退居乡里教授。及张文表之叛，辟衍为幕职。事败，逃去。会赦，乃敢出。穷困无以自进，采摭旧闻撰《湖湘故事》二十卷，诣宋上之。宋太宗（976—997年在位）悯其贫老，授将作监丞（《中国文学家大辞典·唐五代卷》、《中国文学家大辞典·宋代卷》、《中国历代人名大辞典》无曹衍。据《十国春秋》卷七十五知曹衍为楚国人）。有著作3种26卷，均佚。

（一）曹衍《湖湘马氏故事》二十卷（佚）

《通志》（1161）卷六十五艺文略第三"霸史·霸史下"云："《湖湘马氏

故事》二十卷（宋朝曹衍撰）。"

《宋史》（1343）卷二百四艺文三"霸史类"云："曹衍《湖湘马氏故事》二十卷。"

《十国》（1672）卷七十五本传云："曹衍……穷困无以自进，采摭旧闻，撰《湖湘马氏故事》二十卷，诣宋上之。宋太宗闵其贫老，授将作监丞。"

（二）曹衍《湖湘神仙显异》三卷（佚）

书名又作《湖湘神仙类异》。详下。

《通志》（1161）卷六十五艺文略第三"传记·冥异"云："《湖湘神仙类异》三卷（曹衍撰）。"又，卷六十七艺文略第五"道家二·传"云："《湖湘神仙显异》。"

《宋史》（1343）二百五艺文四"小说类"云："曹衍《湖湘神仙显异》三卷。"

（三）曹衍《灵怪实录》三卷（佚）

书名又作《湖湘灵怪实录》。卷数又作二卷。详下。

《崇文》（1041）卷四"传记下"云："《湖湘灵怪实录》二卷（缺）。"

《宋史》（1343）二百五艺文四"小说类"云："曹衍……《灵怪实录》三卷。"

13 楚国邓洵美 1 种，不知卷数（佚）

邓洵美（生卒年不详），一作邓恂美，连州（今广东连州市）人。《江南野史》谓其郴郡（今湖南郴县）人，疑不能定。后汉乾祐元年（948）登进士第（笔者按：《广东通志》卷三十一云乾祐二年进士）。后上笺湖南节度使周行逢，被辟为馆驿巡官。邓洵美性迂僻，不为同事所喜，周行逢亦礼遇渐薄。故虽处府僚，而时忧空乏。后同年王溥为宰相，闻其不得志，贻诗相慰。周行逢遂稍优礼之。及同年李昉出使湖南，相见话旧，因与唱和，谈论终日。行逢疑其泄己阴事，遂贬为易俗场官，旋又阴使人诈为山贼杀害之。后李昉再奉使祠南岳，徒步百里访其墓，为诗哀悼吊之（《中国文学家大辞典·唐五代卷》第 101 页）。有著作 1 种，不知卷数，佚。今存诗 1 首，见《全唐诗》卷七三四。

（一）《邓洵美集》，不知卷数（佚）

笔者按：宋龙衮《江南野史》卷七（《五代史书汇编》本）《邓洵美传》云："邓洵美，世为湖郴郡人。少有敏才，长而工诗，长于赋颂。天祐中与连人孟宾于共为廉使李侍郎所荐，入洛阳，与故李司空昉同年擢进士第。……先是，太常寺丞陈度有《薛孤延阈雷赋》，颇为时彦所推尚，而《洵美集》中亦有此作，前后语句皆同，而首末小异，未识谁氏之述也。"由此知，邓洵美有集。

14 楚国廖融 1 种 4 卷（佚）

廖融（生卒年不详），字元素，五代宋初人。隐居衡山，终身不仕。廖融工诗，与逸人任鹄、王正己、王元、陆蟾（一作凌蟾）等游，为一时名士。湘守杨徽之、左司谏张观、《郡阁雅谈》作者潘若冲均与融交，有诗往还。宋太祖开宝（968—976）中，廖融南游，值翁宏，翁宏以诗百篇示之，廖融赋诗称誉之。宋太宗雍熙（984—987）间，卒（《中国文学家大辞典·唐五代卷》第810—811页）。有著作1种4卷，佚。廖融今存诗6首3联，见《全唐诗》卷七六二。

（一）《廖融诗集》四卷（佚）

《宋史》（1343）卷二百八艺文七"别集类"云："《廖融诗集》四卷。"

笔者按：《崇文》（1041）卷十二"别集五"云："《蔡融诗》二卷（缺）"，但前为"《廖邈诗》二卷（缺）"，后为"《廖图诗》二卷（缺）"，故此"蔡融"当为"廖融"之误，《中国文学家大辞典·唐五代卷》"廖融"词条认为《崇文总目》有"《廖融诗》二卷"，很可能是对的。存此备考。

15 楚国王元 1 种 1 卷，另 1 种不知卷数（均佚）

王元（生卒年不详），字文元。桂林人，隐居不出。工于诗。《登祝融峰》云："势疑撞翼轸，翠欲滴潇湘。"《赠廖融》云："伴行惟瘦鹤，寻寺入深云。"俱为文人所折服。后终于长沙。《中国文学家大辞典·唐五代卷》、《中国文学家大辞典·宋代卷》无王元，《中国历代人名大辞典》之王元、王玄均非五代十国时人。据《十国春秋》卷七十五知王元为楚国人。有著作1种1卷，另1种不知卷数。

（一）王元《拟皎然十九字》一卷（佚）

《直斋》（1262）卷二十二"文史类"云："《拟皎然十九字》一卷。称正字王元撰。不知何人。"

《通考》（1319）卷二百四十九经籍考七十六"集·文史"云："《拟皎然十七字》一卷。陈氏曰：'称正字王元撰。不知何人。'"笔者按："七"当为"九"之讹，不知《通考》何以会有此误。

笔者又按：《诗话总龟》前集卷十一云："王元字文元，桂林人。……与廖融为诗友……终于长沙。(《雅言系述》)"①

(二) 王元《诗中旨格》,不知卷数 (佚)

笔者按:宋陈应行编《吟窗杂录》(影印文渊阁四库全书本) 卷十四有"《诗中旨格》,正字王玄编"②,未言卷数。《诗中旨格》结束后是《拟皎然十九字体》,故知王玄即《拟皎然十九字体》的作者王元。但是,中华书局1997年影印的明抄本《吟窗杂录》,其《诗中旨格》与《拟皎然十九字体》之间被好多页内容隔开,可惜影印时的整理者完全没有提到清抄四库全书本《吟窗杂录》。顾櫰三《补五代史艺文志》云:"《诗中旨格》一卷,王元著。"不知顾氏"一卷"之说的依据,录此备考。

考辨 (一篇):

楚国徐仲雅百余卷著作当存疑

《十国春秋》卷七十三《徐仲雅传》未言其有著作。《全唐诗》卷七百六十二《徐仲雅小传》云:"徐仲雅,其先秦中人。徙居长沙,事马氏,为观察判官、天策府学士。所业百余卷行世,今存诗六首。"顾櫰三《补五代史艺文志》、宋祖骏《补五代史艺文志》均云"《徐仲雅集》一百卷",顾、宋二人当是据《全唐诗》卷七百六十二而来,但是,《全唐诗》未交代其说法之依据,故不予采信,仅录此备考。

以上楚国15名文人,著作25种2127卷,另4种不知卷数。存1种1卷。

---

① (宋) 阮阅编,周本淳校点:《诗话总龟》,人民文学出版社1987年版,第124页。

② (宋) 陈应行编,王秀梅整理:《吟窗杂录》(50卷),中华书局1997年版,第451页。

第七章　吴越国艺文志考索

01 吴越国罗虬 1 种 1 卷（存）

罗虬（？—881？），字号不详，台州人（《中国文学家大辞典·唐五代卷》第 499 页）。有著作 1 种 1 卷（《中国文学家大辞典·唐五代卷》第 499 页）。有著作 1 种 1 卷，存。存诗 1 卷，见《全唐诗》卷六六六，《全唐诗逸》卷上又补录其诗 1 首、断句若干。

笔者按：罗虬生年不详，依据其大致的卒年而暂时置于此。

（一）罗虬《比红儿诗》一卷（存）

书名又作《比红儿词》。卷数又作十卷。详下。

《郡斋》（1187）卷四中"别集类中"云："罗虬《比红儿诗》一卷。右唐罗虬也。皇朝方性夫注。虬词藻富赡，与其族人隐、邺齐名，时号'三罗'。从鄜州李孝恭。籍中有杜红儿者，善歌，常为副戎属意。副戎聘邻道。虬请红儿歌，赠彩。孝恭不令受之。虬怒，拂衣而起。诘旦，手刃之。既而追其冤，作绝句诗百篇，借古人以比其艳，盛行于时。"

《遂初》（1194）"别集类"云："罗虬《比红儿词》"。

《直斋》（1262）卷十九"诗集类上"云："《比红儿诗》一卷。唐鄜州从事罗虬撰。红儿者，雕阴官妓杜也。"

《唐才子传校笺》（1304）卷九《罗虬》云："罗虬词藻富赡……广明庚子（880）乱后，去从鄜州李孝恭为从事。虬狂荡无检束。时雕阴籍中有妓杜红儿，善歌舞，姿色殊绝。尝为副戎属意。会副戎聘邻道，虬久慕之，至是请红儿歌，赠以缯彩。孝恭以为副戎所盼，为从事歌，则非礼。勿令受赆。虬不称意，怒，拂衣起。诘旦手刃杀之。孝恭以虬激己坐之。顷会赦，虬追其冤，于是取古之美女有姿艳才德者作绝句一百首，以比红儿，当时盛传。此外不见有他作……"[1]

---

① 傅璇琮主编：《唐才子传校笺》第四册，中华书局 1990 年版，第 131—134 页。

《通考》（1319）卷二百四十三经籍考七十"集·诗集"所云引晁氏同。

《宋史》（1343）卷二百八艺文七"别集类"云："罗虬《比红儿诗》十卷。"

笔者按：《宋史》云"罗虬《比红儿诗》十卷"，但是今知《比红儿诗》乃七言绝句100首，分为"十卷"的可能性会很小，故不采信"十卷"之说。

02 吴越国释楚南2种2卷（均佚）

楚南（819—888），俗姓张，字号不详，闽人，唐僧。唐僖宗乾符（874—879）中，住杭州千顷山慈云院（《中国文学家大辞典·唐五代卷》无释楚南。《中国历代人名大辞典》第2392页）。有著作2种2卷，佚。

（一）释楚南《般若经品颂偈》一卷（佚）

《宋高僧传》（988）卷十七《唐杭州千顷山楚南传》云："南公平昔著《般若经品颂偈》一卷，《破邪论》一卷。"①

《新唐书》（1060）卷五十九艺文志第四十九"道家类"所云同，但加注楚南为"大顺（890—891）中人"

《通志》（1161）卷六十七艺文略第五释家"颂赞"所云同。

（二）释楚南《破邪论》一卷（佚）

《宋高僧传》（988）卷十七《唐杭州千顷山楚南传》、《新唐书》（1060）卷五十九艺文志第四十九"道家类"均如上引。

03 吴越国释希圆1种，不知卷数（佚）

释希圆（？—895），姓张，字号不详，姑苏（今属江苏）人（《中国文学家大辞典·唐五代卷》和《中国历代人名大辞典》无释希圆，此据《宋高僧传》卷七）。有著作1种，不知卷数，佚。

笔者按：《宋高僧传》卷七《唐越州应天山寺希圆传》云："一日讲次屹然坐终于法座，时众闻异香……则乾宁二年（895）四月也。"故知希圆卒于895年。其生年不详，依据卒年而暂时置于此。

（一）释希圆《玄中钞》数卷（佚）

《宋高僧传》（988）卷七《唐越州应天山寺希圆传》云："景福中（892—893）于山寺演畅经论，同声相应，求法者至。乃著《玄中钞》数卷，

---

① （宋）赞宁撰，范祥雍点校：《宋高僧传》（30卷），中华书局1987年版，卷17第429页。

皆当义妙辞也。'"

《浙江通志》（1735）卷二百"仙释三"云："希圆……景福（892—893）中著《元中钞》数卷。"笔者按："元"、"玄"通假，《元中钞》即《玄中钞》。

04 吴越国罗邺 1 种 1 卷（佚）

罗邺（生卒年不详），字号不详，吴（今江苏苏州）人，一作余杭（今属浙江）人（《中国文学家大辞典·唐五代卷》第 499 页）。有著作 1 种 1 卷，佚。

笔者按：《唐摭言》卷十《韦庄奏请追赠不及第人近代者》所奏请追赐者有十九人，罗邺为其中之一；韦庄奏请追赐的时间是唐昭宗光化三年（900），可见罗邺大约卒于公元 900 年前。其生年不详，依据大致的卒年而暂时置于此。

（一）《罗邺诗》一卷（佚）

书名又作《罗邺集》。详下。

《崇文》（1041）卷十二"别集三"云："《罗邺诗》一卷。"

《新唐书》（1060）卷六十艺文志第五十丁部集录"别集类"所云同。

《通志》（1161）卷七十艺文略第八"别集四"所云同。

《直斋》（1262）卷十九"诗集类上"云："《罗邺集》一卷，唐罗邺撰。"

《通考》（1319）卷二百四十三经籍考七十"集·诗集"云："《罗邺集》一卷。晁氏曰：唐罗邺撰。"

《宋史》（1343）卷二百八艺文七集类"别集类"所云同《崇文》。

《浙江通志》（1735）卷二百四十八云："《罗邺集》一卷，见《郡斋》。"

笔者按：《郡斋》未著录罗邺著作，《文献通考》误。"晁氏曰"应改为"陈氏曰"，《浙江通志》亦误。

05 吴越国吴仁璧 1 种 1 卷（佚）

吴仁璧（生卒年不详），字号不详，又作吴仁壁，大顺二年（891）登进士第（《中国文学家大辞典·唐五代卷》第 369 页）。有著作 1 种 1 卷，佚。

笔者按：宋范成大《吴郡志》（影印文渊阁四库全书本）卷二十五云："（吴）仁璧既成名，钱武肃王待以客礼，访以天文，固辞非所知。欲辟幕职，又以诗辞。及秦国夫人薨，武肃具礼币请为志，又不从，遂为钱氏所害。"

又，《吴越备史》（影印文渊阁四库全书本）卷一云天复元年（901）九月"皇妣秦国太夫人水丘氏薨"，故知吴仁璧大约卒于901年。其生年不知，依据大致的卒年而暂时置于此。

（一）《吴仁璧诗》一卷（佚）

《崇文》（1041）卷十二云："《吴仁璧诗》一卷。阙。"

《新唐书》（1060）卷六十艺文志第五十"别集类"所云同，并夹注曰："字廷实，……大顺（890—891）进士第。"

《通志》（1161）卷七十艺文略第八之别集五"别集·诗"所云同《崇文》。

《宋史》（1343）卷二百八艺文七"别集类"所云同。

《姑苏志》（1524）卷四十七《人物五》"名臣"云："吴仁璧字廷宝，长洲人。大顺（890—891）中及第……有诗一卷。"

《江南通志》（1736）（影印文渊阁四库全书本）卷一百六十五《人物志》"文苑一"云："吴仁璧，字廷宝，长洲人，大顺（890—891）中及第……有诗一卷。"

笔者按：《崇文》、《通志》、《诗话总龟》、《御定佩文斋广群芳谱》四书，璧，均作壁。

《御定全唐诗》卷六百九十云："吴仁璧字廷宝，吴人（或云关右人）。……诗一卷，今存十一首。"

06 吴越国闾丘方远1种12篇，不知卷数（佚）

闾丘方远（？—904？），字大方，唐舒州人，一云青州人。景福（892—893）中，至余杭，异而止焉。天复（901—904）中卒（《中国文学家大辞典·唐五代卷》无闾丘方远。《中国历代人名大辞典》第1769页）。有著作1种12篇，不言卷数。

笔者按：闾丘方远生年不详，依据其大致的卒年而暂时置于此。

（一）闾丘方远《诠太平经》十二篇，不言卷数（佚）

篇数又作三十篇、十三篇。详下。

《续仙传》（成书于五代）卷下《闾丘方远》云："三十四岁受法箓于天台山玉霄宫叶藏质，真文秘诀尽蒙付授，而方远守一，行气之暇，笃好子史群书，每披卷，必一览之，不遗于心。常自言葛稚川、陶贞白，吾之师友也。诠《太平经》为三十篇，备尽枢要，其声名愈播于江淮间。唐昭宗景福二年（893），钱塘彭城王钱镠深慕方远道德，访于余杭大涤洞，筑室宇以安之。"①

《吴越备史》（1003）卷一云："方远，其先齐人婴之后也。父闰，不仕，以文学节行称。方远幼辨慧，学于庐州道十陈玄悟，寻传法箓于天台，主洞霄宫叶藏质。方远雅好儒学，每披卷得旨趣，必曰：'葛稚川、陶隐居，俱吾之师友也。'诠《太平经》为十三篇。"

《云笈七签》（1063）卷一百十三《闾丘方远》所云同《续仙传》卷下。②

《十国》（1672）卷八十九《闾丘方远传》云："闾丘方远，舒州人也（一云青州）。……方远故精黄老术，而又酷喜儒业，博学多闻，常诠《太平经》十二篇，行世。"

（二）闾丘方远《太上洞玄灵宝大纲钞》一卷（佚）

《正统道藏》收有闾丘方远撰《太上洞玄灵宝大纲钞》一卷，商务印书馆1923—1926年有影印出版本，中国国家图书馆有藏。

07 吴越国释处默 1 种 1 卷（佚）

释处默（生卒年不详），姓氏字号不详，唐末诗僧。约生于文宗（826—840）时，与罗隐、郑谷为诗友，约卒于唐末梁初。裴说有诗哭之。幼出家于兰溪某寺，与释贯休（832—912）为邻（《中国文学家大辞典·唐五代卷》第141页）。有著作 1 种 1 卷，佚。

（一）《僧处默诗》一卷（佚）

书名又作《处默诗》。详下。

《崇文》（1041）卷十二"别集"云："《僧处默诗》一卷。阙。"

《通志》（1161）卷七十艺文略第八"别集四"云："《处默诗》一卷。"

《宋史》（1343）卷二百八艺文七集类四"别集"云："《僧处默诗》一卷。"

《十国》（1672）卷八十九《僧汇征传》注云："吴越僧又有处默，能诗，多奇句。见其'到江吴地尽，隔岸越山多'之联，诧曰：'此吾句也，乃为师所得邪。'"

笔者按：《十国》（1672）卷四十七云："僧贯休……与僧处默隔篱论诗，时人多为惊异。"贯休、处默"隔篱论诗"，这说明吴越国诗僧论诗之盛况，值得注意。

---

① （唐）沈汾撰：《续仙传》，景印文渊阁四库全书本，卷下。

② （宋）张君房撰：《云笈七签》，景印文渊阁四库全书本，卷130。

08 吴越国罗隐15种86卷，另1种
不知卷数（存3种17卷）

罗隐（833—910），字昭谏，自号江东生，新城（今浙江富阳）人。光启三年（887）投钱镠，二十三年后卒（《中国文学家大辞典·唐五代卷》第501页）。有著作15种86卷，另2种不知卷数，1种8卷为清人编辑。

（一）罗隐《江南甲乙集》十卷（存）

书名又作《甲乙集》。卷数又作三卷。详下。

《吴越备史》（1003）四库本卷二云："隐字昭谏……所著《江南甲乙集》。"

《崇文》（1041）卷十二"别集四"云："《甲乙集》十卷。"不注作者。

《郡斋》（1187）卷四中"别集类中"云："罗隐《甲乙集》十卷、《谗书》五卷。右杭越罗隐，字昭谏，余杭人。唐乾符（874—879）中举进士不第，从事诸镇皆无合。久而归，钱镠辟掌书记，历节度判官副使，奏授司勋郎中。梁祖以谏议大夫召，不行。魏博罗绍威推为叔父，表荐给事中，卒。隐少聪明，作诗著文以讥刺为主。自号江东生，其集皆自为序。"

《直斋》（1262）卷十六"别集类上"云："罗江东《甲乙集》十卷、《后集》五卷、《湘南集》三卷。唐乡贡进士新城罗隐昭谏撰，隐举进士不第，更辟诸镇幕府。罗绍威待以从叔。晚依吴越，奏授给事中。《甲乙集》皆诗。《后集》有律赋数首。《湘南集》者，长沙幕中应用之文也。隐又有《淮海寓言》、《谗书》等。求之未获。《谗书》刊于新城县（随斋批注）。"

《唐才子传》（1304）四库本卷七《罗隐》云："所著……《甲乙集》……并行于世。"

《通考》（1319）卷二百三十三经籍考六十之"集·别集"所云引晁氏、陈氏同。

《宋史》（1343）卷二百八艺文七集类"别集类"云："罗隐……《甲乙集》三卷。"

《山堂肆考》（1619）卷一百二十三云："《甲乙集》。唐罗隐，字昭谏，余杭人，自号江东先生，有《甲乙集》、《湘南杂稿》传于世。"①

《吴兴备志》（1624）卷十三云："罗隐……所著《江东集》十卷、《甲乙集》十卷、《淮海寓言》、《谗书》五卷、《湘南杂稿》、《吴越掌纪》一卷（见

---

① （明）彭大翼撰：《山堂肆考》，景印文渊阁四库全书本，卷123。

《吴越备史》、《文献通考》)。"①

《十国》(1672)卷八十四云:"有……《江南甲乙集》十卷。"

《浙江通志》(1735)卷二百四十八经籍八集部一"别集"所云引《郡斋》同。

笔者按:罗隐号"江东生"而非"江东先生",明彭大翼《山堂肆考》误。

(二)罗隐《淮海寓言》七卷(佚)

《吴越备史》(1003)四库本卷二云:"所著……《淮海寓言》……并行于世。"

《崇文》(1041)卷十二"别集七"云:"《淮海寓言》七卷,阙。"

《通志》(1161)卷七十艺文略第八别集四"表章"云:"《淮海寓言》七卷(罗隐撰)。"

《直斋》(1262)卷十六"别集类上"云:"……隐又有《淮海寓言》、《谗书》等,求之未获。"

《唐才子传》(1304)四库本卷七所云同《吴越备史》(1003)四库本卷二。

《通考》(1319)卷二百三十三经籍考六十"集·别集"所云引陈氏同。

《宋史》(1343)卷二百八艺文七集类"别集类"所云同《通志》。

《吴兴备志》(1624)卷十三所云引《吴越备史》、《文献通考》同。

《十国》(1672)卷八十四《罗隐》所云同《通志》,并加注云罗隐著作"多散失不传"。

《浙江通志》(1735)卷二百四十六经籍六子部中"杂家"所云引《宋史·艺文志》同。

(三)罗隐《谗书》五卷(存)

《吴越备史》(1003)四库本卷二云:"所著……《谗书》……并行于世。"

《崇文》(1041)卷十二"别集六"云:"罗隐……《谗书》五卷,罗隐《谗书本》三卷。"

《郡斋》(1187)卷四中"别集类中"的《谗书》五卷之著录同上文《甲乙集》十卷之著录,此处略。

《遂初》(1194)"杂家类"云:"罗隐《谗书》。"

《直斋》(1262)卷十六"别集类上"云:"隐又有《淮海寓言》、《谗书》

---

① (明)董斯张撰:《吴兴备志》,景印文渊阁四库全书本,卷13。

等，求之未获。"

《通考》（1319）卷二百三十三经籍考六十"集·别集"所云引晁氏、陈氏同。

《唐才子传》（1304）四库本卷七所云同《吴越备史》（1003）四库本卷二。

《宋史》（1343）卷二百八艺文七集类"别集类"云："罗隐《谗本》三卷、《谗书》五卷。"

（四）罗隐《江东后集》十卷（佚）

书名又作《后集》、《罗隐江东后集》、《罗隐后集》。卷数又作三卷、二十卷。详下。

《崇文》（1041）卷十一"别集一"云："《江东后集》十卷。"

《通志》（1161）卷七十艺文略第八"别集五"云："《罗隐江东后集》三卷。"

《宋史》（1343）卷二百八艺文七集类"别集类"又云："《罗隐后集》二十卷。"

（五）罗隐《罗隐集》二十卷（佚）

《崇文》（1041）卷十一"别集一"云："《罗隐集》二十卷。阙。"

《通志》（1161）卷七十艺文略第八"别集五"云："《罗隐集》二十卷。"

《遂初》（1194）"别集类"云"《罗隐》"，不著卷数。笔者按："别集类"云《罗隐》即《罗隐集》，《遂初堂书目》体例如此。

（六）罗隐《吴越掌记集》三卷（佚）

书名又作《吴越掌书记集》。卷数又作一卷。详下。

《崇文》（1041）卷十一"别集一"云："《吴越掌记集》三卷。阙。"

《通志》（1161）卷七十艺文略第八"别集五"云："《吴越掌记集》三卷。"

《郡斋》（1187）之《后志》卷二"别集类"云："《吴越掌记集》一卷。右唐罗隐，掌钱镠记室所著表启也。"

《通考》（1319）卷二百三十三经籍考六十"别集"云："罗隐……又有《吴越掌记集》一卷，隐掌钱镠记室所著表启也。"

《宋史》（1343）卷二百八艺文七集类"别集类"又云："《吴越掌书记集》三卷。"

《十国》（1672）卷八十四云："有《吴越掌记集》三卷……多散失不传。"

（七）《罗隐赋》一卷（佚）

《崇文》（1041）卷十二"别集五"云："《罗隐赋》一卷。阙。"

《通志》（1161）卷七十艺文略第八别集四"赋"云："《罗隐赋》一卷。"

《浙江通志》（1735）卷二百五十二经籍十二集部五"骚赋"所云引《通志》同。

（八）罗隐《启事》一卷（佚）

《崇文》（1041）卷十二"别集六"云："罗隐《启事》一卷。"

《通志》（1161）卷七十艺文略第八别集四"启事"云："罗隐《启事》一卷。"

《唐才子传》（1304）四库本卷七《罗隐》云："著……《启事》等，并行于世。"

《宋史》（1343）卷二百八艺文七"别集类"所云同《崇文》。

《浙江通志》（1735）卷二百五十二经籍十二集部三"表奏"所云引《通志》同。

（九）罗隐《谗本》三卷（佚）

书名又作《谗书本》。详下。

《崇文》（1041）卷十二"别集六"云："罗隐《谗书本》三卷。"

《唐才子传》（1304）四库本卷七《罗隐》云："著……《谗本》……等，并行于世。"

《宋史》（1343）卷二百八艺文七集类"别集类"云："罗隐……《谗本》三卷。"

《浙江通志》（1735）卷二百四十六经籍六子部中"杂家"所云引《宋史》同。

（十）罗隐《湘南应用集》三卷（佚）

书名又作《湘南应用》。详下。

《崇文》（1041）卷十二"别集七"云："《湘南应用》三卷。"

《唐才子传》（1304）四库本卷七《罗隐》云："著……《湘南应用集》……等，并行于世。"

《宋史》（1343）卷二百八艺文七集类"别集类"云："罗隐《湘南应用集》三卷。"

（十一）罗隐《吴越应用集》三卷（佚）

《崇文》（1041）卷十二"别集七"云："《淮海寓言》七卷。阙。《湘南应用》三卷。《吴越应用集》三卷。阙。《金台凤藻集》五十卷。阙。恭翔《表奏》十卷。阙。"

笔者按：从《崇文》引"《吴越应用集》三卷"的前后文字可以断定其为罗隐的著作。

（十二）罗隐《两同书》二卷（存）

《崇文》（1041）卷五云："《两同书》二卷。唐罗隐撰，采孔老二书著为内外十篇，以老子修身之说为内，孔子治世之道为外，会其旨而同元。"

《通志》（1161）卷六十七艺文略第五"道家二"之"书"云："《两同书》二卷。唐罗隐撰。"笔者按：郑樵将罗隐《两同书》置于"道家类"恐误。因为见于载籍的《两同书》有盛唐道士吴筠和晚唐罗隐两个人的，但是，除郑樵《通志》外，从未见有书把《两同书》归于道家类者。不知郑樵如此归类，有何依据，存此备考。

《郡斋》（1187）之《后志》卷二"子类"云："《两同书》两卷。右唐罗隐撰。谓老子养生，孔子训世，因本之，著内外篇各五。其曰两同书者，取两者同出而异名之言也。"

《直斋》（1262）卷十"杂家类"云："《祝融子两同书》二卷。不著名氏。《中兴书目》云：'唐吴筠撰。'唐艺文志同，但入小说类。又按：《崇文总目》以为罗隐撰。未详其书，采孔老为内外十篇。祝融者，谓鬻子，为诸子之首也。"

《通考》（1319）卷二百十四经籍考四十一"子·杂家"引《崇文总目》、晁氏、陈氏同。

《宋史》（1343）卷二百五艺文四子类"杂家类"云："罗隐《两同书》二卷。"

《十国》（1672）卷八十四云："有……《灵璧子》、《两同书》十篇……多散失不传。"

《浙江通志》（1735）卷二百四十六"经籍"六云："《两同书》一卷（《唐书·艺文志》吴筠撰。按：《读书后志》作二卷。罗隐撰）。"

笔者按：《两同书》，《四库全书总目》卷一百十七"子部·杂家类"有提要。

（十三）罗隐《外集诗》一卷（佚）

《宋史》（1343）卷二百八艺文七"别集类"云："罗隐……《外集诗》一卷。"

（十四）罗隐《汝江集》三卷（佚）

《宋史》（1343）卷二百八艺文七"别集类"云："罗隐……《汝江集》三卷。"

（十五）罗隐《歌诗》十四卷（佚）

《宋史》（1343）卷二百八艺文七"别集类"云："罗隐……《歌诗》十四卷。"

（十六）罗隐《外集》，不言卷数（佚）

《唐才子传》（1304）四库本卷七《罗隐》云："著……《外集》……，并行于世。"

笔者按：罗隐著作除上述16种外，还有1种8卷为清人编辑，即《罗昭谏集》八卷，存。《四库全书总目》卷一百五十一"集部·别集类"有提要。

笔者又按：《妖乱志》一书，仅《鉴戒录》一书云作者为罗隐，其他目录书和史志或者不言作者，或者认为作者是郭廷诲或者郑廷晦，故本《吴越国艺文志》不将《妖乱志》视为罗隐的著作。为慎重起见，还是将《妖乱志》一书在公私目录书、史志和笔记小说等书中的著录记载如下：

《妖乱志》，书名又作《广陵妖乱志》。详下。

《鉴戒录》（五代时成书）卷八云："隐自钱唐著《妖乱志》以非之。故有题延和阁云：'延和高阁势凌云，卿语犹疑太乙闻。烧尽降香无一事，开门迎得毕将军。'"①

《崇文》（1041）卷三"杂史上"云："《广陵妖乱志》三卷。"

《新唐书》（1060）卷五十八艺文志第四十八乙部史录"杂史类"云："郭廷诲《广陵妖乱志》二卷（高骈事）。"

《通志》（1161）卷六十五艺文略第三史类第五"杂史"云："《广陵妖乱志》三卷。（唐郭廷诲撰，记高骈镇广陵，为妖人吕用之所惑，致生乱。）"

《遂初》（1194）"杂史类"云："《妖乱志》。"不著撰人姓氏。

《直斋》（1262）卷五"杂史类"云："《广陵妖乱志》三卷。唐晋阳郑延晦撰（按：《唐书·艺文志》作郭廷诲撰）。言高骈、吕用之、毕师铎等事。"

《通考》（1319）卷一百九十六经籍考二十三"史·传记"云："《广陵妖乱志》三卷。陈氏曰：'唐晋阳郑廷诲撰，言高骈、吕用之、毕师铎等事。'"

《宋史》（1343）卷二百三艺文二"传记类"云："郭廷晦《妖乱志》三卷。"

---

① （后蜀）何光远：《鉴戒录》，景印文渊阁四库全书本，卷8。

09 吴越国章鲁封 1 种 3 卷（佚）

章鲁封（生卒年不详），又作章鲁凤，字号不详。五代时桐庐（今属浙江）人，有文才，与罗隐齐名（《中国文学家大辞典·唐五代卷》、《中国文学家大辞典·宋代卷》无章鲁封。《中国历代人名大辞典》第 2202 页）。有著作 1 种 3 卷，佚。

笔者按：章鲁封生卒年不详，因与罗隐齐名，故据交游而暂时置于此。

（一）章鲁封《章子》三卷（佚）

《北梦琐言》（968）卷五云："章鲁封不幸。……后典苏州，著《章子》三卷，行于世。"[1]

《十国》（1672）卷八十五云："章鲁封（一作鲁凤）桐庐人也……著《章子》三卷，行于世。"

《浙江通志》（1735）卷一百八十二人物六文苑五云引《十国》（1672）同。

10 吴越国吴蜕 2 种 5 卷（均佚）

吴蜕（生卒年不详），字号不详，会稽（今浙江绍兴）人。与诗人罗隐、齐己为友（《中国文学家大辞典·唐五代卷》第 373 页）。有著作 2 种 5 卷，佚。

笔者按：《登科记考》卷二十四云吴蜕为唐昭宗大顺二年（891）进士。《十国春秋》卷八十七《吴程传》云吴蜕为吴越国丞相吴程（893—965）之父，解褐镇东军节度掌书记、右拾遗，累官礼部尚书，因此可断定吴蜕大约生于 873 年前，但此生年对吴蜕的排序无帮助，故只好依据交游。因吴蜕与罗隐有交游，章鲁封与罗隐齐名，故据交游而暂时置于此。

（一）吴蜕《一字至七字诗》二卷（佚）

《宋史》（1343）卷二百八艺文七"别集类"云："吴蜕《一字至七字诗》二卷。"

（二）吴蜕《文场应用》三卷（佚）

《中国文学家大辞典·唐五代卷》之《吴蜕》词条云："据《秘书省续编

---

[1] 本社编：《唐五代笔记小说大观》（全 2 册），上海古籍出版社 2000 年版，第 2 册，第 1845 页。

到四库阙书目》，著录有《文场应用》三卷，今不存。"①

11 吴越国丘光庭9种15卷，另2种
不知卷数（存2种6卷）

丘光庭（生卒年不详），又作邱光庭，字号不详，吴兴（今浙江湖州）人。乾宁三年（896）前曾编辑《乌程图经》。天祐（904—907）间，高沨任湖州刺史时，曾请其校书。与罗隐相识，罗隐有《酬丘光庭》诗（《中国文学家大辞典·唐五代卷》第133页）。有著作9种15卷，另2种不知卷数，存2种6卷。

笔者按：因丘光庭与罗隐有交往，罗隐有《酬丘光庭》诗，而天祐（904—907）间，高沨任湖州刺史时，曾请其校书，故据交游事迹而暂时置于此。

（一）丘光庭《兼明书》五卷（存）

卷数又作二卷、四卷、三卷、十二卷。详下。

《通志》（1161）卷六十三艺文略第一经类第一"经解类"云："《兼明书》五卷（丘光庭）。"

《遂初》（1194）"杂家类"云："唐丘光庭《兼明书》。"

《直斋》（1262）卷十"杂家类"云："《兼明书》二卷。唐国子太学博士丘光庭撰。"

《通考》（1319）卷二百十四经籍考四十一"子·杂家"云："《兼明书》二卷。陈氏曰：'唐国子太学博士丘光庭撰。'"

《宋史》（1343）卷二百二艺文一"礼类"云："丘光庭《兼明书》四卷。""经解类"又云："丘光庭《兼明书》三卷。"卷二百五子类"杂家类"云"丘光庭……《兼明书》十二卷。"

笔者按：《兼明书》五卷，《四库全书总目》卷一百十八"子部·杂家类"有《提要》。

（二）丘光庭《规书》一卷（佚）

《宋史》（1343）卷二百五艺文四子类"杂家类"云："丘光庭《规书》一卷。"

《吴兴备志》（1624）卷二十二"经籍征第十八"所云同。

《浙江通志》（1735）卷二百四十六经籍六子部中"杂家"所云引《宋史

---

① 周祖谟主编：《中国文学家大辞典·唐五代卷》，中华书局1992年版，第373页。

艺文志》同。

（三）丘光庭《康教论》一卷（佚）

《崇文》（1041）卷五"儒家类"云："《康教论》一卷。"不著撰人。

《新唐书》（1060）卷五十九艺文志第四十九丙部子录"儒家类"云："丘光庭《康教论》一卷。"

《通志》（1161）卷六十六艺文略第四"诸子类·儒术"云："《康教论》一卷（邱光庭撰）。"

《宋史》（1343）卷二百五艺文四子类"儒家类"所云同《新唐书》。

（四）丘光庭《海潮论》一卷（存）

《崇文》（1041）卷六"小说下"云："《海潮论》一卷。"

《通志》（1161）卷六十六艺文略第四"地理川渎"云："丘光庭《海潮论》一卷。"

《宋史》（1343）卷二百六艺文五"小说类"所云同。笔者按：《宋史》卷二百八艺文七"别集类"重收此书。

《吴兴备志》（1624）卷二十二"经籍征第十八"所云同《通志》。

《浙江通志》（1735）卷二百五十三经籍十三所云引《宋史》同。

（五）丘光庭《海潮记》一卷（佚）

《崇文》（1041）卷六"小说下"云："《海潮记》一卷。阙。"

《宋史》（1343）卷二百六艺文五"小说类"云："丘光庭……《海潮记》一卷。"

《吴兴备志》（1624）卷二十二"经籍征第十八"所云同。

（六）丘光庭《名贤姓字相同录》一卷（佚）

书名又作《名贤姓氏相同录》、《古人姓氏相同录》、《古贤姓名相同录》、《古今姓字相同录》、《同姓名录》、《古人姓名相同录》。详下。

《崇文》（1041）卷四"传记类"云："《名贤姓氏相同录》。阙。"

《通志》（1161）卷六十五艺文略第三史类第五传记"名号"云："《名贤姓字相同录》一卷（丘光庭撰）。"

《郡斋》（1187）之《后志》卷二"类书类"云："《古人姓氏相同录》一卷。右唐丘光庭撰。光庭中进士第。"

《遂初》（1194）"姓氏类"云："唐邱光庭《古贤姓名相同录》。"

《通考》（1319）卷二百二十八经籍考五十五"子·类书"云："《古今姓字相同录》。晁氏曰：'唐邱光庭撰。光庭中进士第。'"笔者按：《郡斋》著录丘光庭此书，书名为"《古人姓氏相同录》"，不作"《古今姓字相同录》。"《通考》误。

《宋史》（1343）卷二百七艺文六"类事类"云："丘光庭《同姓名录》一卷。"

《说郛》（1424）卷十下"姓氏类"云："丘光庭《古贤姓名相同录》。"

《吴兴备志》（1624）卷二十二"经籍征第十八"云："丘光庭……《名贤姓氏相同录》一卷。"

《浙江通志》（1735）卷二百四十四经籍四史部下"名号"云："《古人姓名相同录》一卷（《唐书·艺文志》：丘光庭撰）。"笔者按：《新唐书·艺文志》未著录丘光庭此书，《浙江通志》误。

（七）丘光庭《吴兴遗事》，不知卷数（佚）

见光绪《乌程县志》。据《中国文学家大辞典·唐五代卷》第 133 页。

（八）《丘光庭文集》三卷（佚）

书名又作《丘光庭集》。详下。

《崇文》（1041）卷十一"别集类"云："《丘光庭文集》三卷。阙。"

《新唐书》（1060）卷六十艺文志第五十丁部集录"别集类"云："《丘光庭集》三卷。"

《通志》（1161）卷七十艺文略第八"别集四"所云同《新唐书》。

《浙江通志》（1735）卷二百四十八经籍八集部一"别集"所云引《新唐书》同。

（九）《丘光庭诗》一卷（佚）

《崇文》（1041）卷十二"别集三"云："《丘光庭诗》一卷。"

（十）《邱光庭四六》一卷（佚）

《通志》（1161）卷七十艺文略第八"四六"云："《邱光庭四六》一卷。"

（十一）丘光庭《乌程图经》，不知卷数（佚）

《中国文学家大辞典·唐五代卷》第 133 页云："（丘光庭）乾宁三年（896）前曾编辑《乌程图经》。"但不知此说法之出处，存此备考。

12 吴越国丘光业 1 种 1 卷（佚）

丘光业（生卒年不详），号庚村，吴兴（今浙江湖州）人。丘光庭弟。有诗一卷，今不存（《中国文学家大辞典·唐五代卷》第 133 页）。有著作 1 种 1 卷，佚。

笔者按：无法断定丘光业与罗隐（833—910）、与释慧则（835—908）的年齿长幼，因其为丘光庭弟，故暂时置于此。

（一）《丘光业诗》一卷（佚）

《崇文》（1041）卷十二别集四云："《丘光业诗》一卷。阙。"

《通志》（1161）卷七十艺文略第八别集五所云同。

《宋史》（1343）卷二百八艺文七"别集类"所云同。

13 吴越国释慧则3种14卷（均佚）

慧则（835—908），俗姓糜，字号不详，唐僧，吴郡昆山人。乾宁元年（894），避难至明州育王寺，有入室弟子希觉等（《中国文学家大辞典·唐五代卷》无释慧则。《中国历代人名大辞典》第2496页）。有著作3种14卷，均佚。

（一）释慧则《三界图》一卷（佚）

《宋高僧传》（988）卷十六《梁京兆西明寺慧则传》云："释慧则，姓糜氏，吴郡昆山人也。……咸通三年（862）就崇圣寺讲《俱舍论》并丧服仪，出《三界图》一卷，……乾宁元年（894），至明州育王寺，撰《塔记》一卷，出《集要记》十二卷，武肃王钱氏命于越州临坛。"①

（二）释慧则《塔记》一卷（佚）

《宋高僧传》（988）卷十六《梁京兆西明寺慧则传》所云同上引。

（三）释慧则《出集要记》十二卷（佚）

《宋高僧传》（988）卷十六《梁京兆西明寺慧则传》所云同上引。

笔者按：《宋高僧传》（988）卷十六《希觉传》有对《出集要记》的评价："广明（880—881）中关中丧乱，避地江表，觉始窥其墙，终见室家瑰富。以则《出集要记》解《南山钞》不称所怀。何耶？古德妄相穿凿，各竞师门。"

14 吴越国释元表1种5卷（佚）

释元表（生卒年不详），姓氏字号不详，籍贯不详，唐僧。僖宗广明（880—881）中，避难东游，居越州大善寺（《中国文学家大辞典·唐五代卷》无释元表。《中国历代人名大辞典》第232页）。有著作1种5卷，佚。

笔者按：释元表生卒年不详，因其附于《宋高僧传》（988）卷十六《梁京兆西明寺慧则传》末尾，故暂时置于此。

---

① （宋）赞宁撰，范祥雍点校：《宋高僧传》（30卷），中华书局1987年版，卷16，第398页。

（一）释元表《义记》五卷（佚）

书名又作《鉴水》。详下。

《宋高僧传》（988）卷十六《梁京兆西明寺慧则传》云："又元表者……居越州大善寺，讲南山律钞。诸郡学人，无不趋集。表义理纵横，善其谈说，每挥麈柄，听者忘疲，号鉴水阇黎。著《义记》五卷，亦号《鉴水》。出门人清福，冠其首焉。"①

15 吴越国释虚受2种44卷强，另1种不知卷数（均佚）

释虚受（？—925），姓氏字号不详，嘉禾（今浙江嘉兴）人。咸通（860—874）中，充左街鉴义。广明（880—881）中，出长安南奔。天祐（904—907）间，住越州大善寺（《中国文学家大辞典·唐五代卷》第690页）。有著作2种44卷强，另1种不知卷数，均佚。

笔者按：虚受生年不详，据其卒年而暂时置于此。

（一）释虚受《义评钞》十四卷（佚）

书名又作《涅槃义评钞》。详下。

《宋高僧传》（988）卷七《后唐会稽郡大善寺虚受传》云："及广明（880—881）中，京阙盗据，逃难逦迤，抵越大善寺。同好者命讲《涅槃》、《维摩》二经。即天祐（904—907）年中也。因愤谦雅等师释崇福疏繁略不中，其犹以水济水，终无必济焉，遂撰《义评钞》十四卷，同光（923—926）中方毕轴。又因讲《俱舍论疏》，有贾曾侍郎序，次僧圆晖序，皆著钞解之。其文富赡，昔尝染指知焉。受于涅槃，辩而非略，仍多驳议小远之疏，免为青蝇之玷。余则《法华》、《百法》、《唯识》，各有别行《义章》。"②

《浙江通志》（1735）卷二百四十六经籍六子部中"释藏"云："《涅槃义评钞》十四卷（《宋高僧传》：后唐会稽郡大寺僧虚受著，嘉禾御儿人）。"

（二）释虚受《虚受文集》数卷（佚）

《宋高僧传》（988）卷七《后唐会稽郡大善寺虚受传》如上引"有文集数卷，《述义章》三十余卷，行之于代"。

（三）释虚受《述义章》三十余卷（佚）

《宋高僧传》（988）卷七《后唐会稽郡大善寺虚受传》如上引。

---

① （宋）赞宁撰，范祥雍点校：《宋高僧传》（30卷），中华书局1987年版，卷16，第398页。

② 同上书，第146页。

16 吴越国释可周2种6卷，另1种不知卷数（均佚）

释可周（？—926），俗姓傅，常州晋陵人，唐末五代僧人。唐僖宗（873—888）时，至江西听云表讲《法华大疏》。昭宗（889—904）初，回台越之间。乾宁四年（897）于台州松山寺讲疏，节为《评经钞》五卷（《中国文学家大辞典·唐五代卷》无释可周。《中国历代人名大辞典》第356页）。有著作2种6卷，1种不言卷数，均佚。

笔者按：可周生年不详，据其卒年而暂时置于此。

（一）释可周《评经钞》五卷（佚）

《宋高僧传》（988）卷七《后唐杭州龙兴寺可周传》云："初，周乾宁四年（897）戾止台州松山寺讲疏，阙钞，遂依疏节成五卷，曰《评经钞》，《音训》五帖，解宣律师《法华序钞》一卷，行于浙之左右。"

《武林梵志》（明末清初编）卷十一《龙兴寺》所云引《宋高僧传》（988）卷七同。

（二）释可周《音训》五帖，不言卷数（佚）

《宋高僧传》（988）卷七《后唐杭州龙兴寺可周传》所云如上引。

《武林梵志》（明末清初编）卷十一《龙兴寺》所云引《宋高僧传》（988）卷七同。

（三）释可周《解宣律师法华序钞》一卷（佚）

《宋高僧传》（988）卷七《后唐杭州龙兴寺可周传》所云如上引。

《武林梵志》（明末清初编）卷十一《龙兴寺》所云引《宋高僧传》（988）卷七同。

17 吴越国释景霄1种20卷（佚）

释景霄（生卒年不详），俗姓徐，台州丹丘（今属浙江）人，五代时僧，住金华白华山，奖训初学，钱镠召住临安竹林寺（《中国文学家大辞典·唐五代卷》无释景霄。《中国历代人名大辞典》第2300页）。有著作1种20卷，佚。

笔者按：《宋高僧传》（988）卷十六《后唐杭州真身宝塔寺景霄传》云："未几，命赴北塔寺临坛，天成二年（927）也。次命住南真身宝塔寺，终焉。迁葬于大慈山坞。"因此知释景霄卒于927年后。释景霄生年不详，据其大致的卒年而暂时置于此。

（一）释景霄《简正》二十卷（佚）

书名又作《简正记》、《四分律钞简正记》。卷数又作十七卷。详下。

《宋高僧传》（988）卷十六《后唐杭州真身宝塔寺景霄传》云："释景霄，俗姓徐氏，丹丘人也……著记二十卷，号《简正》，言以思择力故，去邪说而简取正义也。"①

《武林梵志》（明末清初编）卷十一《武林山》所云同《宋高僧传》（988）卷十六。

《浙江通志》（1735）卷二百四十六经籍六子部中释藏"义疏"云："《简正记》二十卷（《宋高僧传》：后唐杭州真身宝塔寺僧景霄著，俗姓徐氏，丹邱人）。"

《大日本续藏经》收有《四分律钞简正记》十七卷，商务印书馆1923—1925年有影印版本，中国国家图书馆有藏。

18 吴越国释昙光1种1卷，另1种不知卷数（均佚）

昙光（生卒年不详），字登封，姓吴，永嘉（今属浙江）人。昭宗（889—904）时，求陆希声授书法。与吴融、罗隐、司空图、贯休等50人唱和，曾编成一集。后归浙，受钱镠礼遇。卒于后唐天成（926—930）、长兴（930—933）间（《中国文学家大辞典·唐五代卷》第736页）。有著作1种1卷，1种不言卷数，均佚。

笔者按：昙光生年不详，据其大致的卒年而暂时置于此。

（一）《昙光文集》，不言卷数（佚）

《宋高僧传》（988）卷三十《后唐明州国宁寺昙光传》云："释昙光，字登封，姓吴氏，永嘉人。……自华下归故乡，谒武肃王钱氏，以客礼延之，而性畔岸，弗惬王情。乃归甬东终焉。有文集，知音者所贵。出笔法弟子从环、温州僧正智琮皆得墨诀。有朝贤赠歌诗，吴内翰融、罗江东隐等五十家，仅成一集。"②

（二）《僧昙光上人诗》一卷（佚）

书名又作《昙光上人诗》。详下。

《宋史》（1343）卷二百九艺文八"总集类"云："《僧昙光上人诗》

---

① （宋）赞宁撰，范祥雍点校：《宋高僧传》（30卷），中华书局1987年版，卷16，第400—401页。

② （宋）赞宁撰，范祥雍点校：《宋高僧传》（30卷），中华书局1987年版，卷30，第753页。

一卷。"

《浙江通志》（1735）卷二百四十八经籍八集部"别集"云："《昝光上人诗》一卷（见《宋史·艺文志》、《宋高僧传》。字登封，姓吴氏，永嘉人）。"

19 吴越国钱镠 3 种 24 卷（均佚） （另有清人编辑 1 种 4 卷）

钱镠（852—932），字具美，小字婆留，谥武肃，杭州临安人，钱氏吴越国创建者（《中国文学家大辞典·唐五代卷》第 635 页）。有著作 4 种 24 卷，均佚，有清人编辑 1 种 4 卷。

（一）钱镠《吴越石壁记》二卷（佚）

书名又作《吴越石壁集》。卷数又作一卷。详下。

《崇文》（1041）卷十二"别集类六"云："《吴越石壁记》二卷。阙。"

《通志》（1161）卷七十艺文略八"制诰类"云："《吴越石壁记》二卷。"注云："吴越王钱镠以唐末贡奉答诏刻石于临安。"

《宋史》（1343）卷二百八艺文志七"别集类"云："钱镠《吴越石壁记》一卷。"卷二百九艺文志八"总集类"云："《吴越石壁集》二卷。"不著作者。

《浙江通志》（1735）卷二百五十二经籍十二集部五总集所云同《宋史》。

（二）钱镠《钱氏大宗谱》二卷（佚）

上海书店出版社 1996 年影印出版了 1925 年版钱文选先生编著的《钱氏家乘》。该书第 16 页钱镠《钱氏大宗谱序》云："予戎政之暇，广阅谱书，因命区分，别为卷轴……乾化五年（915）八月十五日书。"只是钱文选先生未指出该文得自何处，《钱氏大宗谱》一书未见其他书目著录，存此备考。

（三）钱镠《武肃王诗文集》（笔者按：题代拟）二十卷（佚）

复旦大学图书馆所藏光绪二十三年（1897）春仲，山阴钱氏谨校重刊《吴越钱氏传芳集》二卷介绍钱镠时云钱镠著作有"吴越石壁记一卷，大宗谱二卷，诗文集二十卷。"不知何据，存此备考。

笔者按：钱镠著作除上述 3 种 24 卷外，另有 1 种 4 卷为清人编辑，即《诚应武肃王集》四卷，卷末一卷，此书为清代钱瀛（钱镠后裔）等人所辑，清嘉庆十六年（1811）锡山钱氏刻本，六册一函。复旦大学图书馆有藏，书号：904004。

20 吴越国释无作1种1卷，另1种不知卷数（均佚）

无作（约856—约911），字不用，自号逍遥子，俗姓司马，姑苏（今江苏苏州）人。昭宗（889—904）时，居洪州十年，未识洪州帅钟传之命。后居四明山，与孙郃、杨弇为林下之游。后梁太祖开平（907—911）中卒于山，年五十六（《中国文学家大辞典·唐五代卷》第69页）。有著作1种1卷，另1种不知卷数，均佚。

笔者按：据无作"后梁太祖开平（907—911）中卒于山，年五十六"而推算出其大致的生年为852年后856年前。

（一）释无作《六时礼佛文注》一卷（佚）

《宋高僧传》（988）卷三十《梁四明山无作传》云："初，作善草隶，笔迹遒健，人多摹写成法。述诸色礼忏文数十本，注道安《六时礼佛文》一卷，并诗歌，并行于代。作不入尼寺，不谒公门，不修名刺，不趋时利，自号逍遥子焉。"①

（二）《无作诗歌》，不知卷数（佚）

《宋高僧传》（988）卷三十《梁四明山无作传》所云如上引。

21 吴越国孙郃4种85卷（均佚）

孙郃（生卒年不详），字希韩，明州奉化（今属浙江）人。乾宁四年（897）登进士第。幼年受知于方干（808—888？）。干卒，为之撰《方玄英先生传》（《中国文学家大辞典·唐五代卷》第233页）。有著作4种85卷，均佚。

笔者按：孙郃生卒年不详，《中国文学家大辞典·唐五代卷》第69页介绍"无作"时云无作"后居四明山，与孙郃、杨弇为林下之游"，故据交游而暂时置于此。

（一）孙郃《孙子文纂》四十卷（佚）

《崇文》（1041）卷十一"别集类"云："《孙子文纂》四十卷。"

《新唐书》（1060）卷六十艺文志第五十丁部集录"别集类"所云同。夹注曰："孙郃字希韩，乾宁（894—898）进士第。"

《通志》（1161）卷七十艺文略第八"别集四"所云同《崇文》。笔者按：

---

① （宋）赞宁撰，范祥雍点校：《宋高僧传》（30卷），中华书局1987年版，卷30，第748页。

同书同卷"总集"又重出此书。

《宋史》（1343）卷二百八艺文七集类"别集类"所云同《崇文》。

《浙江通志》（1735）卷二百四十八集部"别集"云："《孙子文纂》四十卷。（《唐书·艺文志》：孙郃撰。《晁志》：字希韩，四明人，乾宁四年进士。）"笔者按：晁公武《郡斋读书志》未著录《孙子文纂》一书，《浙江通志》误。笔者又按：乾宁四年为897年。

（二）孙郃《孙氏小集》三卷（佚）

书名又作《孙郃小集》。详下。

《崇文》（1041）卷十一"别集类"云："《孙氏小集》三卷。"

《新唐书》（1060）卷六十艺文志第五十丁部集录"别集类"云："《孙氏小集》三卷。"

《宋史》（1343）卷二百八艺文七集部"别集类"云："《孙郃小集》三卷。"

《浙江通志》（1735）卷二百四十八集部"别集"所云同《新唐书》。

（三）孙郃《孙郃集》四十卷（佚）

书名又作《孙郃文集》。卷数又作二卷。详下。

《崇文》（1041）卷十一云："《孙郃文集》四十卷。"

《通志》（1161）卷七十艺文略第八"别集四"云："《孙郃集》四十卷。"

《宋史》（1343）卷二百八艺文七"别集类"云："《孙郃集》二卷。"

（四）孙郃《孙郃文格》二卷（佚）

书名又作《文格》。详下。

《崇文》（1041）卷十二别集"文史类"云"《孙郃文格》二卷。阙。"

《新唐书》（1060）卷六十艺文志第五十丁部集录"总集类"云："《孙郃文格》二卷。"

《通志》（1161）卷七十艺文略第八"文史"所云同《新唐书》。

《宋史》（1343）卷二百九艺文八"古文史类"所云同《新唐书》。

《浙江通志》（1735）卷二百五十二经籍十二集部五云"《文格》二卷（《唐书·艺文志》：孙郃撰）。"

笔者按：孙郃《文格》与《文心雕龙》在一起，可见是谈文章作法类的书。

22 吴越国释鸿楚 1 种，不知卷数（佚）

鸿楚（858—932），俗姓唐，字方外，永嘉（今属浙江）人，五代时僧，住温州大云寺(《中国文学家大辞典·唐五代卷》无释鸿楚。《中国历代人名大辞典》第2212页)。有著作1种，不言卷数，佚。

（一）释鸿楚《上生经钞》，不知卷数（佚）

《宋高僧传》（988）卷二十五《梁温州大云寺鸿楚传》云："生常撰《上生经钞》，刺血写《法华经》一部，至今永嘉人谓为僧宝中异宝焉。"①

23 吴越国沈崧 3 种 30 卷（均佚）

沈崧（863—938），字吉甫，一作字文甫，谥文献，闽（今福建福州）人，乾宁二年（895）登进士第，后归闽，途经杭州，钱镠留为镇海军掌书记（《中国文学家大辞典·唐五代卷》第 394 页）。有著作 3 种 30 卷，均佚。

（一）《沈崧集》二十卷（佚）

《明一统志》（1461）卷七十四云："沈崧，闽人。……有集二十卷。"②

《万姓统谱》（1620）卷八十九云："五代沈崧……有集二十卷。"

《十国》（1672）卷八十六云："沈崧字吉甫，闽人也。……有集二十卷。"

《福建通志》（1737）卷五十一云："沈崧……有集二十卷。"③

笔者按：《五代艺文考》与《中国文学家大辞典·唐五代卷》皆云文集二十卷，惜不知其出处。按《十国》（1672）之说，应为《沈崧集》二十卷。

（二）沈松《钱金集》八卷（佚）

卷数又作二十卷、一卷。详下。

《宋史》（1343）卷二百八艺文七"别集类"云："沈松《钱金集》八卷。"笔者按："松"，应作"崧"。

《福建通志》（1737）卷六十八艺文一云："沈崧《钱金集》二十卷。"

《中国文学家大辞典·唐五代卷》第 394 页作《钱金集》一卷，不知何据，存此备考。

（三）《沈崧诗集》二卷（佚）

卷数又作六卷。详下。

《四库阙书目》卷一"别集类"云："《沈崧诗集》二卷。"

《中国文学家大辞典·唐五代卷》第 384 页据《四库阙书目》云《诗集》

---

① （宋）赞宁撰，范祥雍点校：《宋高僧传》（30卷），中华书局1987年版，卷25，第641页。

② （明）李贤等：《明一统志》，景印文渊阁四库全书本，卷74。

③ （清）卢焯等：《福建通志》，景印文渊阁四库全书本，卷51。

六卷，不知何据，存此备考。

24 吴越国释希觉 4 种 60 卷，另 2 种不知卷数 （均佚）

释希觉（864—948），俗姓商，字顺之，晋陵（今江苏常州）人（《中国文学家大辞典·唐五代卷》第 383 页）。著作总共 4 种 60 卷，2 种不言卷数，均佚。

（一）释希觉《周易会释记》二十卷（佚）

书名又作《会释记》、《易会释记》。详下。

《宋高僧传》（988）卷十六《汉钱塘千佛寺希觉传》云："释希觉，字顺之，姓商氏，世居晋陵。……广明（880—881）中，关中丧乱，避地江表，觉始窥其墙，终见室家环富。以则出《集要记》解《南山钞》，不称所怀。何耶？古德妄相穿凿，各竞师门，流宕忘返，觉遂著记广之，曰《增晖录》，盖取曹植云'萤烛末光，增晖日月。'谦言增晖《集要》之日月也，二十卷成部。浙之东西，盛行斯录。觉外学偏多，长于易道，著《会释记》二十卷，解《易》，至上下系及末文甚备。常为人敷演此经，付授于都僧正赞宁。……年八十一，然犹抄书籍异本，曾无告倦。……'生常所著《拟江东谗书》五卷，杂诗赋十五卷，注林鼎《金陵怀古百韵诗》杂体四十章。"①

《通志》（1161）卷六十三艺文略第一经类第一"集注"云："《周易会释记》二十卷（伪吴僧陆希觉）。"

笔者按：据上引《宋高僧传》（988）卷十六，僧希觉姓商氏，且为吴越僧，不知《通志》之"《周易会释记》二十卷（伪吴僧陆希觉）"何所据而云然。

《武林梵志》（明末清初编）卷十《千佛寺》所云引《宋高僧传》卷十六《汉钱塘千佛释希觉传》同。

《浙江通志》（1735）卷二百四十六经籍六子部中释藏"铨述"云："《增晖录》三十卷。《易会释记》二十卷（《宋高僧传》。后汉钱塘千佛寺僧希觉著，字顺之，姓商氏）。"

（二）释希觉《增晖录》二十卷（佚）

《宋高僧传》（988）卷十六如上引。

《武林梵志》（明末清初编）所云引《宋高僧传》（988）卷十六同。

① （宋）赞宁撰，范祥雍点校：《宋高僧传》（30 卷），中华书局 1987 年版，卷 16，第 402—403 页。

《浙江通志》（1735）卷二百四十六经籍六子部中释藏"铨述"所云如上引。

（三）释希觉《拟江东谏书》五卷（佚）

书名又作《拟江东集》、《拟江东说书》。详下。

《宋高僧传》（988）卷十六如上引。

《宋史》（1343）卷二百八艺文七集类四"别集"云："僧希觉《拟江东集》五卷。"

《武林梵志》（明末清初编）引《宋高僧传》（988）卷十六云："生常所著《拟江东说书》五卷。"笔者按：《武林梵志》将《拟江东谏书》误为《拟江东说书》。

《浙江通志》（1735）卷二百四十六经籍六子部中"杂家"所云引《宋高僧传》（988）卷十六同。

（四）释希觉《杂诗赋》十五卷（佚）

《宋高僧传》（988）卷十六如上引。

《武林梵志》（明末清初编）所云引《宋高僧传》（988）卷十六同。

《浙江通志》（1735）卷二百四十八经籍八集部一"别集"所云引《宋高僧传》（988）卷十六同。

（五）释希觉《注林鼎金陵怀古百韵诗》，不言卷数（佚）

《宋高僧传》（988）卷十六如上引。

《武林梵志》（明末清初编）所云引《宋高僧传》卷十六同。

（六）释希觉《杂体》四十章，不言卷数（佚）

《宋高僧传》（988）卷十六如上引。

《武林梵志》（明末清初编）所云引《宋高僧传》卷十六同。

笔者按：《中国文学家大辞典·唐五代卷》第383页云"又注林鼎《金陵怀古》百韵诗及《杂体》四十卷"，但是，《宋高僧传》卷十六《希觉传》原文是"注林鼎《金陵怀古》百韵诗杂体四十章"，不知"杂体四十卷"之说有何依据，故不予采信，仅录此备考。

25 吴越国皮光业 4 种 27 卷（均佚）

皮光业（877—943），字文通，襄阳竟陵人，皮日休子。出生于苏州。初谒武肃王钱镠，为其所辟，累署浙西节度判官（《中国文学家大辞典·唐五代卷》第155页）。有著作4种27卷，均佚。

（一）皮光业《妖怪录》五卷（佚）

《崇文》（1041）卷六"小说下"云："《妖怪录》五卷。"不著撰人。

《通志》（1161）卷六十五艺文略第三传记类之"冥异"云："《妖怪录》五卷（皮光业撰）。"

《宋史》（1343）卷二百六艺文五"小说类"所云同。

（二）皮光业《皮氏见闻录》十三卷（佚）

卷数又作五卷。详下。

《崇文》（1041）卷四"传记类"云："《皮氏见闻录》十三卷。"

《通志》（1161）卷六十五艺文略第三"杂史"所云同，夹注《皮氏见闻录》十三卷内容云："记唐乾符（874—879）至五代时事。"

《郡斋》（1187）卷三下"小说类"云："《皮氏见闻录》五卷，右唐皮光业撰，光业唐末为钱镠从事。记当时诡异见闻。"

《通考》（1319）卷二百十六经籍考四十三"子·小说家"云："《皮氏见闻录》五卷。晁氏曰：'五代皮光业撰。唐末为钱镠从事，记当时诡异见闻，自唐乾符四年（877），迄晋天福二年（937），自号鹿门子。'"

《宋史》（1343）卷二百六艺文五"小说类"云："皮光业《皮氏见闻录》十三卷。"

《十国》（1672）卷八十六《皮光业传》云："撰《皮氏见闻录》十三卷行世。"

（三）皮光业《启颜录》六卷（佚）

《宋史》（1343）卷二百六艺文五"小说类"云："皮光业……《启颜录》六卷。"

（四）皮光业《三余外志》三卷（佚）

《宋史》（1343）卷二百六艺文五"小说类"云："皮光业……《三余外志》三卷。"

26 吴越国钱元瓘1种，不知卷数（佚）

钱元瓘（887—941），字明宝，初名传瓘，即位后改名，杭州临安人，吴越武肃王钱镠第五子，后晋赐谥文穆，著诗千余首，有《锦楼集》十卷，已佚（《中国文学家大辞典·唐五代卷》第630页）。有著作1种，不言卷数，乃300篇诗，佚。

（一）钱元瓘《锦楼集》，不知卷数（佚）

卷数又作十卷。详下。

《旧五代史》（974）卷一百三十三《世袭列传第二》云："元瓘有诗千篇，编其尤者三百篇，命曰《锦楼集》，浙中人士皆传之。"

《册府元龟》（1013）卷三百八十八将帅部"儒学"所云同《旧五代史》①。

《四库全书总目提要》（1789）卷一百九十二《吴越钱氏传芳集》（二卷）云："是集录钱氏一家之诗，自吴越武肃王镠，至明诸生淮，凡六十二人，一百三十一首。初，吴越文穆王元瓘有《锦楼集》。"②

《中国文学家大辞典·唐五代卷》第 630 页《钱元瓘》云："《锦楼集》十卷。"笔者按：不知此"《锦楼集》十卷"之说有何依据，故不予采信，仅录此备考。

27 吴越国释皓端 2 种 80 许卷（均佚）

释皓端（890—961），俗姓张，嘉禾（今浙江嘉兴）人，曾从希觉学南山律（《中国文学家大辞典·唐五代卷》第 759 页）。有著作 2 种 80 许卷，佚。

（一）释皓端《金光明经随文释》十卷（佚）

《宋高僧传》（988）卷七《宋秀州灵光寺皓端传》云："释皓端，姓张氏，嘉禾人也。……两浙武肃王钱氏召于王府罗汉寺演训，复令于真身塔寺宣导。于时有台教师玄烛者，彼宗号为第十祖，端依附之，果了一心三观，遂撰《金光明经随文释》十卷。由是两宗法要，一径路通。……以建隆二年（961）三月十八日，坐灭于本房，容貌犹生。三日，焚之于城西，得舍利于煨烬之末。俗年七十二，僧腊五十二。凡著述传录记赞七十许卷，学得其门者止八十余人。……秘书监钱昱尝典秀郡，躬睹端之标格，为著《行录》焉。"③

《浙江通志》（1735）卷二百四十六经籍六子部中释藏"义疏"所云引《宋高僧传》（988）同。卷一百九十九《仙释二》云："皓端（《高僧传》姓周氏。……）。"

笔者按：《浙江通志》卷一百九十九将皓端之姓"张氏"误为"周氏"。

（二）释皓端《著述传录记赞》七十许卷（佚）

《宋高僧传》（988）卷七《宋秀州灵光寺皓端传》所云如上引。

---

① （宋）王钦若等：《册府元龟》（1000 卷），景印文渊阁四库全书本，卷388。

② （清）永瑢等：《四库全书总目》（200 卷），中华书局 1965 年版，卷 192，第 1753 页。

③ （宋）赞宁撰，范祥雍点校：《宋高僧传》（30 卷），中华书局 1987 年版，卷 7，第 157 页。

28 吴越国林鼎1种20卷，另1种不知卷数（均佚）

林鼎（891—944），字涣文，谥贞献，侯官（今福建闽侯）人，生于明州（今浙江宁波），吴越王钱镠时为观察压衙（《中国文学家大辞典·唐五代卷》第491页）。有著作1种20卷，另1种不知卷数，均佚。

（一）林鼎《吴江应用集》二十卷（佚）

书名又作《吴江应用》。详下。

《崇文》（1041）卷十二云："林鼎《吴江应用集》二十卷。阙。"

《通志》（1161）卷七十艺文略第八"表章"云："林鼎《吴江应用集》二十卷（伪吴人）。"

《宋史》（1343）卷二百八艺文七"别集类"云："林鼎《吴江应用》二十卷。"

《十国》（1672）卷八十六《林鼎传》所云同《崇文》。

（二）林鼎《林鼎文集》，不知卷数（佚）

《吴越备史》（1003）卷三云："林鼎卒。鼎字涣文。……著文集行于世。"

《明一统志》（1461）卷七十四云："林无隐，闽人，有诗名。……子鼎，善属文，……有文集数十卷。"

《福建通志》（1737）卷五十一云："林鼎……有文集数十卷。"

笔者按：《林鼎文集》迟至《明一统志》（1461）才交代其卷数是"数十卷"，不仅不准确，而且不交代出处，故不予采信，仅录此备考。《林鼎文集》作"不知卷数"对待。

29 吴越国释宗季3种，均不知卷数（均佚）

释宗季（？—948），俗姓俞，杭州临安（今属浙江）人。五代时僧（《中国文学家大辞典·唐五代卷》无释宗季。《中国历代人名大辞典》第1595页）。有著作4种，均不知卷数，均佚。

笔者按：宗季生年不详，据其卒年而暂时置于此。

（一）释宗季《永新钞》，不知卷数（佚）

《宋高僧传》（988）卷七《汉杭州龙兴寺宗季传》云："释宗季者，俗姓俞，临安人也。……季眇二目，曾夜行，感神光引之。常览古师之述作，曰：'可俯而窥也。'遂撰《永新钞》，释《般若心经》；《晖理钞》，解《上生经》；《弥勒成佛经疏钞》、补《猷钞》阙，诸别行义章，可数十卷，并行于世。"

《武林梵志》（明末清初编）卷十一《龙兴寺》所云同《宋高僧传》（988）卷七。

《浙江通志》（1735）卷二百四十六经籍六子部中释藏"义疏"所云同。

（二）释宗季《晖理钞》，不知卷数（佚）

《宋高僧传》（988）卷七《汉杭州龙兴寺宗季传》所云如上引。《武林梵志》（明末清初编）卷十一《龙兴寺》所云同《宋高僧传》卷七。

《浙江通志》（1735）卷二百四十六经籍六子部中释藏"义疏"所云同。

（三）释宗季《弥勒成佛经疏钞》，不知卷数（佚）

《宋高僧传》（988）卷七《汉杭州龙兴寺宗季传》所云如上引。

《武林梵志》（明末清初编）卷十一《龙兴寺》所云同《宋高僧传》（988）卷七。

《浙江通志》（1735）卷二百四十六经籍六子部中释藏"义疏"所云同。

30 吴越国释行瑫1种500许卷（佚）

释行瑫（895—956），俗姓陈，湖州长城人（《中国历代人名大辞典》第603页）。有著作1种500许卷，佚。

（一）释行瑫《大藏经音疏》五百许卷（佚）

《宋高僧传》（988）卷二十五《周会稽郡大善寺行瑫传》云："瑫性刚正，无面谀，无背憎。足不趋豪贵之门，囊不畜盈余之物。房无闭户，口无杂言。亦览群书，旁探经论，慨其郭移音义疏略，慧琳音义不传，遂述《大藏经音疏》五百许卷，今行于江浙左右僧坊。然其短者，不宜称疏。若言疏，可以疏通一《藏经》，瑫便过慈恩百本几倍矣。"[1]

31 吴越国皮璨1种50卷（佚）

皮璨（生卒年不详），又作皮文璨，字号不详。皮光业（877—943）子，仕吴越，为元帅府判官（《中国文学家大辞典·唐五代卷》无皮璨。《中国历代人名大辞典》第490页）。有著作1种50卷，佚。

笔者按：皮璨生卒不详，据其父皮光业（877—943）之生卒而判定其大致的生年在895年后943年前。

---

① （宋）赞宁撰，范祥雍点校：《宋高僧传》（30卷），中华书局1987年版，卷25，第644页。

（一）皮璨《鹿门家钞诗咏》五十卷（佚）

书名又作《鹿门家钞籍咏》。详下。

《直斋》（1262）卷十四"类书类"云："《鹿门家钞诗咏》五十卷。鸿胪少卿襄阳皮文璨撰。以群书分类事为诗而注释之，其祖日休有书，名《鹿门家钞》，故今述其名。"

《通考》（1319）卷二百二十八经籍考五十五"子·类书"所云引陈氏同。

《宋史》（1343）卷二百七艺文六"类事类"云："皮文粲《鹿门家钞籍咏》五十卷。"

32 吴越国释汇征 1 种 7 卷 （佚）

释汇征（生卒年不详），字号不详，浙江温州僧，曾从孙郃受学，后唐明宗天成（926—930）间，携弟子至杭州，建隆（960—963）以后去世（《中国文学家大辞典·唐五代卷》第 789 页）。有著作 1 种 7 卷，佚。

笔者按：僧汇征生年不详，据其大致的卒年而暂时置于此。

（一）释汇征《僧汇征集》七卷（佚）

卷数又作三卷。详下。

《崇文》（1041）卷十一"别集类"云："《僧汇征集》七卷。阙。"

《通志》（1161）卷七十艺文略第八"别集四"所云同，夹注汇征为"吴越人。"

《宋史》（1343）卷二百八艺文七"别集类"云："《僧汇征集》三卷。"

《十国》（1672）卷八十九云"僧汇征，善诗文，有集七卷。"

33 吴越国钱文奉 2 种 60 卷 （均佚）

钱文奉（？—969），字廉卿，杭州临安（今属浙江）人，钱元璙第二子，钱元璙为钱镠第六子(《中国文学家大辞典·唐五代卷》无钱文奉。《中国历代人名大辞典》第 1912 页)。有著作 2 种 60 卷，佚。

笔者按：钱文奉生年不详，据其卒年而暂时置于此。

（一）钱文奉《资谈》三十卷（佚）

卷数又作六十卷。详下。

《吴郡志》（1193）卷十一云："钱文奉……多聚法书名画宝玩雅器，号称好事。又与宾僚共采史籍，著《资谈》三十卷，行于世……（《九国志》、《吴越备史》）。"①

《姑苏志》（1524）卷三十八云："文奉……与宾僚采史籍，著《资谈》三十卷。"②

《十国》（1672）卷八十八云："范赞时……博洽善著书，所辑《资谈》六十卷世多藏弄之（一云文奉之客著《资谈》三十卷）"。卷八十三云"所聚图籍古器无算，雅有鉴裁，一时名士多依之，而禅流法齐辈，亦借以取给焉。时有丁陈范谢四人（丁守节、陈赞明、范梦龄、谢崇礼）。"

（二）钱文奉《贤语》三十卷（佚）

《万姓统谱》（1620）卷二十七云："钱文奉……所著有《贤语》三十卷。"③

34 吴越国范赞时 1 种 60 卷（佚）

范赞时（生卒年不详），字号不详，苏州（今属江苏）人。吴越中吴节度判官范梦龄之子，北宋名臣范仲淹之祖（《中国文学家大辞典·唐五代卷》第487页）。有著作1种60卷，佚。

笔者按：范赞时生卒不详，因其为钱文奉客，故据交游而暂时置于此。

（一）范赞时《资谈》六十卷（佚）

《通志》（1161）卷六十九"类书类第十一"云："《资谈》六十卷（吴越范赞时撰）。"

《宋史》（1343）卷二百七艺文六"类事类"云："《资谈》六十卷。"不著撰人。

《十国》（1672）卷八十八吴越十二《范赞时传》云："赞时博洽，善著书，所辑《资谈》六十卷，世多藏弄之（一云文奉之客著《资谈》三十卷）。"

《浙江通志》（1735）卷二百四十七经籍七之子部下类书之"事类"所云引《通志》同。

---

① （宋）范成大撰：《吴郡志》（50卷），景印文渊阁四库全书本，卷11。

② （明）王鏊撰：《姑苏志》（60卷），景印文渊阁四库全书本，卷38。

③ （明）凌迪知撰：《万姓统谱》，景印文渊阁四库全书本，卷27。

35 吴越国释延寿 14 种 115 卷，另 4 种不知
卷数、1 种不知卷数且作者有争议（存 14 种 115 卷，
另存 3 种不知卷数，1 种不知卷数作者有争议者亦存）

释延寿（904—976），字冲玄，俗姓王，润州丹阳（今属江苏）人，迁居余杭（今属浙江）（《中国文学家大辞典·唐五代卷》第 378 页）。有著作 14 种 115 卷，另 4 种不知卷数、1 种不知卷数且作者有争议（存 14 种 115 卷，另存 3 种不知卷数，1 种不知卷数作者有争议者亦存）。

（一）释延寿《注心赋》一卷（存）

书名又作《永明心赋注》。卷数又作二卷、四卷。详下。

《文渊阁书目》（1441）卷四寒字号第一橱书目"佛书"云："《注心赋》一部一册。"①

《十国》（1672）卷八十九《延寿传》云："僧延寿……延寿献《齐天赋》。……著《宗镜录》一百卷，期每日行一百八善。又《注心赋》一卷，著《抱一子》若干卷。"

《浙江通志》（1735）卷二百四十六经籍六子部中释藏"偈颂"云："《感通赋》一卷"，后夹注云："《宋史·艺文志》延寿撰。按：《聚乐堂艺文志》又有《注心赋》二卷。"②

笔者按：据《中国古籍善本书目》卷二十"子部·释家类"知，《注心赋》四卷有宋绍兴三十年（1160）释行拱等刻本，云"宋释延寿撰"，又有元刻本；《永明心赋注》四卷有清抄本。

（二）释延寿《抱一子注》，不知卷数（佚）

《十国》（1672）卷八十九《延寿传》所云如上引。

（三）释延寿《宗镜录》一百卷（存）

卷数又作一百二十卷。详下。

《石门文字禅》（北宋时成书）卷二十五云："题《宗镜录》。右《宗镜录》一百卷，智觉禅师所撰。题法惠写《宗镜录》。……明州翠岩僧法惠独施力写永明所撰《宗镜录》一百二十卷，与方广禅寺大法宝藏。"③

《郡斋》（1187）衢本卷十六"释书类"云："皇朝僧延寿撰。延寿，姓

① （明）杨士奇撰：《文渊阁书目》，景印文渊阁四库全书本，卷 4。
② （清）曾筠等撰：《浙江通志》，景印文渊阁四库全书本，卷 246。
③ （宋）释觉范撰：《石门文字禅》，景印文渊阁四库全书本，卷 25。

王氏，余杭人，法眼嫡孙也。建隆（960—963）初，钱忠懿命居灵隐，以释教东流，中夏学者不见大全，而天台、贤首、慈恩性相三宗又互相矛盾，乃立重阁，馆三宗知法僧，更相诘难，至诐险处，以心宗旨要折衷之。因集方等秘经六十部，华、梵圣贤之语三百家，以佐三宗之义，成此书。学佛者传诵焉。天台者，僧知颙也，解《法华经》；贤首者，僧法藏也，述《华严经》；慈恩者，僧玄奘也，译《般若经》。"笔者按：袁本《郡斋》（1184）卷三下"释书类"云："《宗镜录》一百卷。右皇朝僧延寿撰。寿因读楞伽经云，佛语心为宗，乃制此录。设或人问，即引大藏经云以答之。凡一百卷。"

《五灯会元》（1253）卷十云："……余力念《法华经》计万三千部。著《宗镜录》一百卷，诗偈赋咏凡千万言，播于海外。"①

《咸淳临安志》（1277）卷七十人物十一"方外僧"云："延寿……著《宗镜录》一百二十卷，日课一百八事。"②

《通考》（1319）卷二百二十七经籍考五十四"子·释氏"所云引晁公武衢本《郡斋》同上。

《佛祖历代通载》（1341）卷十八云："师有偈曰：'欲识永明旨，门前一湖水。日照光明生，风来波浪起。'居永明十五年，度弟子千七百人。开宝七年（974）入天台山，度戒万余人。常与七众受菩萨戒，夜施鬼神食。朝放诸生类。六时散花行道。余力念法花经一万三千部。著《宗镜录》一百卷，诗偈赋咏，凡千万言。"③

《宋史》（1343）卷二百五艺文四子类十七道家附释氏"神仙类"云："僧延寿《宗镜录》一百卷。"

《文渊阁书目》（1441）卷四《佛书》云："《宗镜录节要》一部三册。"又云："《宗镜录》一部一百册，《宗镜会要》一部二册。"④

《西湖游览志》（1547）卷三云："净慈禅寺……宋建隆（960—963）初，禅师延寿以佛祖大意经纶正宗，撰《宗镜录》一百卷，遂作宗镜堂，太宗改赐寿宁院。"⑤

《武林梵志》（明末清初编）卷九云："居永明十五载，度弟子一千七百

---

① （宋）释普济撰：《五灯会元》，景印文渊阁四库全书本，卷10。

② （宋）潜说友撰：《咸淳临安志》（93卷），景印文渊阁四库全书本，卷70。

③ （元）释念常撰：《佛祖历代通载》，景印文渊阁四库全书本，卷18。

④ （明）杨士奇撰：《文渊阁书目》，景印文渊阁四库全书本，卷4。

⑤ （清）田汝成撰：《西湖游览志》，景印文渊阁四库全书本，卷3。

人。……念法华经，计万三千部。著《宗镜录》一百卷，诗偈赋咏，凡千万言。"①

《十国》（1672）卷八十九《延寿传》所云如上引。

《浙江通志》（1735）卷二百二十六寺观一之《净慈禅寺》云："宋建隆（960—963）初，禅师延寿作《宗镜录》一百卷，遂作宗镜堂。"卷二百四十六经籍六子部中"释藏"云："《宗镜录》一百卷（《晁志》：僧延寿撰，姓王氏，余杭人。按：《咸淳临安志》作一百二十卷。）。"②

笔者按：商务印书馆 1924 年铅印出版了《宗镜录法相义节要》一书，系梅光羲节要，今中国国家图书馆有藏；文物出版社 1989 年影印出版了《御录宗镜大纲》二十卷，清世宗（雍正帝）节录。从此二种节录本可看出释延寿《宗镜录》的影响。又，三秦出版社 1994 年影印出版了《宗镜录》一书，为此书易得之本。

（四）释延寿《感通赋》一卷（存）

《崇文》（1041）卷十"释书类"云："《感通赋》一卷。阙。"

《通志》（1161）卷六十七艺文略第五释家"铨述"云："《感通赋》一卷。宋朝僧延寿撰。"

《宋史》（1343）卷二百五艺文四子类十七道家附释氏"神仙类"所云同。

《浙江通志》（1735）卷二百四十六经籍六子部中释藏"偈颂"所云引《宋史》同。

（五）释延寿《唯心诀》一卷（存）

书名又作《永明智觉禅师唯心诀》。详下。

《浙江通志》（1735）卷二百四十六经籍六子部中释藏"偈颂"云："永明禅师《唯心诀》一卷。（《淡生堂书目》，智觉述。）"③

蓝吉富（1943—）主编《禅宗全书》"语录部"云释延寿有《永明智觉禅师唯心诀》一卷。又见《大正藏》第四十八册。

（六）释延寿《禅宗永明集》一卷（存）

《五代艺文考》第 305 页云："明嘉庆二年代藩刻本《禅宗永明集》一卷。注'宋释延寿撰'。"笔者按：此处有误。明朝无嘉庆年号。明嘉靖二年为1523 年，清嘉庆二年为 1797 年。

---

① （明）吴之鲸撰：《武林梵志》，景印文渊阁四库全书本，卷 9。
② （清）曾筠等撰：《浙江通志》，景印文渊阁四库全书本，卷 226。
③ （清）曾筠等撰：《浙江通志》，景印文渊阁四库全书本，卷 246。

（七）释延寿《万善同归集》三卷（存）

卷数又作六卷。详下。

蓝吉富（1943—）主编《禅宗全书》"宗义部"云释延寿有《万善同归集》三卷。又见《大正藏》第四十八册。

文物出版社 1989 年出版《万善同归集》六卷，云"宋释延寿述"。

（八）释延寿《定慧相资歌》一卷（存）

书名又作《智觉禅师定慧相资歌》。详下。

蓝吉富（1943—）主编《禅宗全书》"杂集部"云释延寿有《定慧相资歌》一卷。又见《大正藏》第四十八册。文物出版社 1989 年出版了《智觉禅师定慧相资歌》一卷，云"释延寿撰"。

（九）释延寿《警世》一卷（存）

文物出版社 1989 年出版《警世》一卷，云"宋释延寿撰"。又见《大正藏》第四十八册。

（十）释延寿《观心玄枢》一卷（存）

蓝吉富（1943—）主编《禅宗全书》"语录部"云释延寿有《观心玄枢》一卷。

（十一）释延寿《金刚证验赋》一卷（存）

《永乐大典》卷七千五百四十三收有"《金刚证验赋》一卷"，云"宋释延寿撰"，吴兴周子美 1929 年有影印本，中国国家图书馆有藏。

（十二）释延寿《中峰国师三时系念佛事》一卷（存）

《大日本续藏经》收有《中峰国师三时系念佛事》一卷，云"宋释延寿述"，商务印书馆 1923—1925 年有影印本，中国国家图书馆有藏。笔者按：中峰国师为元代人，故《中峰国师三时系念佛事》不当是宋代释延寿的著作，《大日本续藏经》何以会有此误，存此备考。

（十三）释延寿《受菩萨戒法》一卷（存）

《大日本续藏经》收有《受菩萨戒法》一卷，云"宋释延寿撰"，商务印书馆 1923—1925 年有影印本，中国国家图书馆有藏。

（十四）释延寿《神栖安养赋》一卷（存）

《大正藏》第四十七册有"《神栖安养赋》一卷"，云"宋释延寿撰"。

（十五）释延寿《永明寿禅师垂诫》一卷（存）

《大正藏》第四十八册有《永明寿禅师垂诫》一卷。

（十六）释延寿《三支比量义钞》，不知卷数（存）

《卍续藏》第八十七册，有此书。

（十七）释延寿《真唯识量》，不知卷数（存）

《卍续藏》第八十七册，有此书。

（十八）释延寿《自行录》，不知卷数（存）

《卍续藏》第一百一十一册，有此书。

（十九）释延寿《禅净四料简》，不知卷数（存）（作者有争议）

《大正藏》第四十七册有《禅净四料简》。今人黄公元先生《重温永明延寿大师的禅净融通思想》（该文收入宗教文化出版社 2005 年出版的《永明延寿大师研究》一书）提到此书作者有争议，黄先生赞同《禅净四料简》作者为延寿之说，故录于此备考。

笔者按：释延寿的著作有述有撰，具体情况较为复杂，待研究钱氏吴越国的佛教问题时再予以详考，今姑且录其著作如上。

36 吴越国钱弘倧1 种 20 卷（佚）

钱弘倧（928—971），字隆道，杭州临安（今属浙江）人，吴越文穆王钱元瓘第七子（《中国文学家大辞典·唐五代卷》第 631 页）。有著作 1 种 20 卷，佚。

（一）钱弘倧《越中吟》二十卷（佚）

笔者按：《中国文学家大辞典·唐五代卷》第 631 页云："钱弘倧能诗，退居东府后，于亭榭上题诗殆遍，著有《越中吟》二〇卷。"惜不知"《越中吟》二〇卷"之说得自何处录此备考。

37 吴越国释晤恩 5 种，均不知卷数（均佚）

释晤恩（912—986），俗姓路，字修己，苏州常熟（今属江苏）人（《中国文学家大辞典·唐五代卷》无释晤恩。《中国历代人名大辞典》第 2154 页）。有著作 5 种，均不言卷数，均佚。

（一）释晤恩《玄义》、《文句》、《止观》、《金光明》、《金錍论》（均佚）

《宋高僧传》（988）卷七《宋杭州慈光院晤恩传》云："释晤恩，字修己，姑苏常熟人也，姓路，母张氏……先是天台宗教，会昌毁废，文义残缺。谈妙之辞，没名不显。恩寻绎十妙之始终，研核五重之旨趣，讲《大玄义》、《文句》、《止观》二十余周，解行兼明，目足双运。使法华大旨全美流于代者，恩之力也。又慊昔人科节与荆溪记不相符顺，因著《玄义》、《文句》、

《止观》、《金光明》、《金錍论》科，总三十五帖，见行于世。"①

《武林梵志》（明末清初编）卷十《慈光寺》所云引《宋高僧传》（988）卷七同。

38 吴越国释义寂 2 种，均不知卷数（均佚）

释义寂（919—987），俗姓胡，字常照，温州永嘉（今属浙江）人，出家于开元寺院，后至天台山研寻止观，兴罗溪道场，僧众皆趋之（《中国文学家大辞典·唐五代卷》无释义寂。《中国历代人名大辞典》第 44 页）。有著作 2 种，各数卷。

（一）释义寂《止观义例》数卷（佚）

《宋高僧传》（988）卷七《宋天台山螺溪传教院义寂传》云："释义寂，字常照，姓胡氏，温州永嘉人也。……所著《止观义例》、《法华十妙不二门科节》数卷。"②

《浙江通志》（1735）卷二百四十六经籍六子部中释藏"止观"所云引《宋高僧传》（988）同。

（二）释义寂《法华十妙不二门科节》数卷（佚）

此书之著录同上"《止观义例》数卷"之著录。

笔者按：《大日本续藏经》收有新罗义寂《菩萨戒本疏》三卷，商务印书馆 1923—1925 年影印出版，中国国家图书馆有藏；北京刻经处 1922 年刻新罗义寂《梵网经菩萨戒本疏》四卷，云"新罗义寂述"，中国国家图书馆有藏。此释义寂未必是吴越国释义寂，存此备考。

39 吴越国释赞宁 12 种 466 卷（存 6 种 296 卷）

释赞宁（919—1001），俗姓高，德清（今属浙江）人（《中国文学家大辞典·唐五代卷》第 840 页）。有著作 12 种 466 卷，存 6 种 296 卷。

笔者按：《中国文学家大辞典·唐五代卷》第 677 页将卒于 1011 年的黄彝简算作唐五代人，则卒于 1001 年的赞宁当然可算五代人了。笔者又按：释义寂（919—987）和释赞宁（919—1001）均生于 919 年，但释义寂去世早，故将释赞宁置于释义寂之后。

---

① （宋）赞宁撰，范祥雍点校：《宋高僧传》（30 卷），中华书局 1987 年版，卷 7，第 161 页。

② 同上书，第 162—163 页。

（一）释赞宁《论语陈说》一卷（佚）

《通志》（1161）卷六十三艺文略第一经类第一之"论语论难"云："《论语陈说》一卷（僧赞宁）。"

《浙江通志》（1735）卷二百四十二经籍二"经部下"所云引《通志》同。

（二）释赞宁《鹫岭圣贤录》一百卷（存）

《小畜集》（1001）卷二十云："八年（983），诏修《大宋高僧传》，听归杭州旧寺，成三十卷。……大师著《鹫岭圣贤录》，又集圣贤事迹凡一百卷。……大师以述作颇多，叙引未立，猥蒙见托，不克固辞，总其篇题，具如别录。凡《内典集》一百五十二卷、《外学集》四十九卷。"①

《吴兴备志》（1624）卷二十二"经籍征第十八"云："宋释赞宁《鹫岭圣贤录》一百卷、《宋高僧传》三十卷、《僧史略》三卷、《要言》一卷、《笋谱》一卷、《传载》八卷。（宋经籍志）"②

（三）释赞宁《大宋高僧传》三十卷（存）

书名又作《宋高僧传》。详下。

《咸淳临安志》（1277）卷七十人物十一"方外僧"云："赞宁……八年（983）秋，诏撰《大宋高僧传》三十卷。淳化二年（991）预史馆集新书……王内翰元之与诗有'诏修僧史浙江滨，万卷书中老一身'之句。"③

《佛祖历代通载》（1341）卷十八云："诏修《大宋高僧传》三十卷，及诏撰《三教圣贤事迹》一百卷。……又著《内典集》一百五十卷、《外学集》四十九卷。"④

《吴兴备志》（1624）卷二十二"经籍征第十八"所云如上引。

《武林梵志》（明末清初编）卷十云："宋僧统赞宁法师……诏修《大宋高僧传》三十卷，又诏撰《三教圣贤事迹》一百卷。……师又著《内典集》一百五十卷、《外学集》四十九卷。"⑤

《四库全书总目》（1781）卷一百四十五"子部·释家类"有提要。

（四）释赞宁《物类相感志》十卷（存）（作者存疑）

书名又作《东坡先生物类相感志》。卷数又作一卷、五卷、十八卷。

---

① （宋）王禹偁撰：《小畜集》，景印文渊阁四库全书本，卷20。

② （明）董斯张撰：《吴兴备志》，景印文渊阁四库全书本，卷22。

③ （宋）潜说友撰：《咸淳临安志》（93卷），景印文渊阁四库全书本，卷70。

④ （元）释念常撰：《佛祖历代通载》，景印文渊阁四库全书本，卷18。

⑤ （明）吴之鲸撰：《武林梵志》，景印文渊阁四库全书本，卷10。

详下。

《通志》（1161）卷六十八艺文略第六"杂家"云："《物类相感志》十卷（释赞宁传）。"

《郡斋》（1187）之《后志》卷二"子类"云："《物类相感志》十卷。右皇朝僧赞宁撰，采经籍传记物类相感者志之，分天、地、人、物四门。赞宁，吴人，以博物称于世。柳如京、徐骑省与之游，或就质疑事。杨文公、欧阳文忠公亦皆知其名。"

《直斋》（1262）卷十"杂家类"云："《物类相感志》一卷。僧赞宁撰，国初名释也。"

《通考》（1319）卷二百十四经籍考四十一"子·杂家"所云引《郡斋》同。

《宋史》（1343）卷二百五艺文志四"杂家类"云："僧赞宁《物类相感志》十卷，又《要言》二卷。"卷二百六艺文五"小说类"云："释赞宁《物类相感志》五卷。"

《十国》（1672）卷八十九《赞宁传》载《物类相感志》，但不著卷数。

笔者按：第一，中国国家图书馆藏有释赞宁《东坡先生物类相感志》十八卷；第二，《四库全书总目》（1781）卷一百三十"子部·杂家类"有提要；第三，《四库全书总目》卷一百三十《提要》云："《物类相感志》十八卷（浙江巡抚采进本），旧本题东坡先生撰然苏轼不闻有此书。双题僧赞宁编次。"但是，把赞宁生卒（919—1001）和苏轼生卒（1036—1101）相对照可知，此书不可能是赞宁编次苏轼的书。究竟如何，存此备考。

（五）释赞宁《要言》二卷（佚）

《宋史》（1343）卷二百五艺文四子类"释氏"所云如上引。

《浙江通志》（1735）卷二百四十六经籍六子部中"杂家"所云引《宋史》同。

（六）释赞宁《僧史略》三卷（存）

书名又作《大宋僧史略》。卷数又作十卷。详下。

《崇文》（1041）卷十云："《僧史略》三卷。"不著撰人。笔者按：《僧史略》三卷前为"《内典编要十卷》。阙"，后为"《释氏蒙求录五卷》"。可知《通志》（1161）卷六十七乃过录《崇文》（1041），故可断定《僧史略》三卷之撰人为赞宁。

《湘山野录》（1076）卷下云："僧录赞宁有大学，洞古博物，著书数百卷。……太宗欲知古高僧事，撰《僧史略》十卷进呈，充史馆编修，寿八十四。"①

《通志》（1161）卷六十七艺文略第五之释家"诠释"云："《僧事略》三卷（宋朝僧赞宁撰）。"

《遂初》（1194）"释家类"云："《僧史略》。"不著撰人、卷数。

《宋史》（1343）卷二百五艺文四"道家类附释氏神仙类"所云同《通志》。

《吴兴备志》（1624）卷二十二"经籍征第十八"云："宋释赞宁……《僧史略》三卷……（宋经籍志）。"②

笔者按：释赞宁《大宋僧史略》三卷，中国国家图书馆有藏。

（七）释赞宁《笋谱》一卷（存）（作者有异说）

《崇文》（1041）卷六"小说下"云："《笋谱》一卷。"又云："谨按。《通志》（1161）云：货泉之书，农家类也。《崇文》、《四库》，并以货泉为小说家。"

《通志》（1161）卷六十六艺文略第四之食货"种艺"云："《笋谱》一卷，宋朝僧赞宁撰。"

《直斋》（1262）卷十"农家类"云："《笋谱》一卷。僧赞宁撰。按：晁公武《读书志》作僧惠崇撰。"

《通考》（1319）卷二百十三经籍考四十"子·农家"云："《笋谱》二卷。晁氏曰：'皇朝僧惠崇撰。'陈氏曰：'僧赞宁撰。'"

《宋史》（1343）卷二百五艺文四子类十七"农家类"所云同《通志》。

《吴兴备志》（1624）卷二十二"经籍征第十八"云："宋……《笋谱》一卷……（宋经籍志）"③

《十国》（1672）卷八十九《赞宁传》载《笋谱》之名而不注卷数。

笔者按：《笋谱》，《四库全书总目》卷一百十五"子部·谱录类"有提要。

（八）释赞宁《传载》八卷（佚）

《崇文》（1041）卷四"传记类"云："《传载》一卷。"不著撰人。

《宋史》（1343）卷二百六艺文五"小说类"云："僧赞宁《传载》

①　本社编：《宋元笔记小说大观》（全6册），上海古籍出版社2001年版，第2册，第1416—1417页。

②　（明）董斯张撰：《吴兴备志》，景印文渊阁四库全书本，卷22。

③　同上。

八卷。”

《吴兴备志》（1624）卷二十二“经籍征第十八”云：“宋释赞宁……《传载》八卷（宋经籍志）。”①

笔者按：中国国家图书馆所藏《说郛》本赞宁《传载略》一卷，系《传载》节录本。

（九）释赞宁《通论》十卷（佚）

《十国》（1672）卷八十九《赞宁传》云：“僧赞宁……又著《通论》，有驳董仲舒、难王充、斥颜师古、证蔡邕、非《史通》等说。及《笋谱》、《物类相感志》诸书。”

（十）释赞宁《圣贤事迹》一百卷（佚）

书名又作《三教圣贤事迹》。卷数又作五十卷。详下。卷数为十三卷者未必是赞宁之作，卷数为三十卷者应为苏易简之作。详下。

《小畜集》（1001）卷二十《右街僧录通慧大师文集序》云：“八年（983），诏修《大宋高僧传》，听归杭州旧寺，成三十卷。进御之日，玺书褒美。居无何，征归京师，住天寿寺。参知政事苏易简奉诏撰《三教圣贤事迹》，奏大师与太一宫道士韩德纯分领其事。大师著《鹫岭圣贤录》，又集《圣贤事迹》凡一百卷。……大师以述作颇多，叙引未立，猥蒙见托，不克固辞，总其篇题，具如别录。凡《内典集》一百五十二卷、《外学集》四十九卷。”②

《崇文》（1041）卷四“传记类”云：“《圣贤事迹》十三卷。”不注撰人。

《春明退朝录》（1074）卷下云：“又诏翰林承旨苏公易简、道士韩德纯、僧赞宁集三教圣贤事迹各五十卷，书成，命赞宁为首坐。其书不传。”③

《通志》（1161）卷六十五艺文略第三杂史之“古杂史”云：“《圣贤事迹》三十卷（宋朝苏易简撰）。”笔者按：因《宋史》有不著撰人之“《圣贤事迹》三十卷”，故抄录《通志》苏易简此书，以判定《宋史》所云者作者应为苏易简。

《佛祖历代通载》（1341）卷十八云：“沙门赞宁。……及诏撰《三教圣贤事迹》一百卷。”④

---

① （明）董斯张撰：《吴兴备志》，景印文渊阁四库全书本，卷22。

② （宋）王禹偁撰：《小畜集》，景印文渊阁四库全书本，卷20。

③ 本社编：《宋元笔记小说大观》（全6册），上海古籍出版社2001年版，第1册，第991—992页。

④ （元）释念常撰：《佛祖历代通载》，景印文渊阁四库全书本，卷18。

《宋史》（1343）卷二百七艺文六"类事类"云："《圣贤事迹》三十卷。"不著撰人。

《浙江通志》（1735）卷二百四十四经籍四史部下传记"仙释类"云："《三教圣贤事迹》一百卷（弘治湖州府志。赞宁与苏易简、道士韩德纯撰）。"

（十一）释赞宁《内典集》一百五十二卷（存）

卷数又作一百五十卷。详下。

《小畜集》（1001）卷二十《右街僧录通慧大师文集序》所云"凡《内典集》一百五十二卷"如上引。

《佛祖历代通载》（1341）卷十八云："沙门赞宁。……又著《内典集》一百五十卷、《外学集》四十九卷。"

《武林梵志》（明末清初编）卷十云："宋僧统赞宁法师……又著《内典集》一百五十卷。"①

《十国》（1672）卷八十九《赞宁传》云："命充翰林史馆编修，纂……《内典集》一百五十卷。"

《浙江通志》（1735）卷二百四十六经籍六史部中"释藏"云："《内典集》一百五十二卷……（弘治湖州府志释赞宁著）。"②

笔者按：诸书均不言释赞宁《内典集》的类别，据释赞宁的身份，可断定所谓《内典集》，应该就是"子部·释家类"，故姑且视为"子部·释家类"。

（十二）释赞宁《外学集》四十九卷（佚）

《小畜集》（1001）卷二十《右街僧录通慧大师文集序》所云如上引。

《佛祖历代通载》（1341）卷十八所云如上引。

《武林梵志》（明末清初编）卷十云："宋僧统赞宁法师……又著……《外学集》四十九卷。"

《十国》（1672）卷八十九云："命充翰林史馆编修，纂……《外学集》四十九卷。"

40 吴越国钱俶1种10卷（佚）

钱俶（929—988），字文德，初名弘俶，杭州临安（今属浙江）人，吴越

---

① （明）吴之鲸撰：《武林梵志》，景印文渊阁四库全书本，卷10。

② （清）曾筠等撰：《浙江通志》，景印文渊阁四库全书本，卷246。

文穆王钱元瓘第九子（《中国文学家大辞典·唐五代卷》第634页）。有著作1种10卷，佚。

（一）钱俶《政本》十卷（佚）

书名又作《正本集》、《政本集》。详下。

《吴越备史》（1003）之《补遗》云："王博览经史，手不释卷。平生好吟咏，在国中编三百余篇，目曰《政本》。国相元德昭、翰林学士陶穀皆撰序。后文僖公搜寻遗坠，总集为十卷，撰后序，行于世。时天禧四年（1020）文僖公秉机衡之命，特诏尊王为尚父。"

《宋史》（1343）卷四百八十世家三《吴越钱氏》："（钱俶）颇知书，雅好吟咏，在吴越日自编其诗数百首为《正本集》。因陶穀奉使至杭州，求为之序。"

《十国》（1672）卷八十二云："（王）颇知书，雅好吟咏，有诗数百首，曰《政本集》，国相元德昭、宋翰林学士陶穀为之序。"中华书局本《十国》（1672）有注："惟演搜其遗文，刻行于世，共十卷。"笔者按：景印文渊阁四库全书本《十国》（1672）无此注。

41 吴越国黄彝简1种，不知卷数（佚）

黄彝简（935—1011），字明举，福州（今属福建）人，曾仕吴越国（《中国文学家大辞典·唐五代卷》第677页）。有著作1种1编，不言卷数。

（一）《黄夷简歌诗》一编，不言卷数（佚）

《宋史》（1343）卷四百四十一《黄夷简传》云："黄夷简，字明举……有词学……夷简喜谈论，善属文，尤工诗咏，老而不辍。……既而夷简又贡歌诗一编。大率讥咸信咨啬，且形于怨诅。复言所未受三十千钱，意欲索取。真宗甚鄙之，且不欲其诗歌流布于外。"

42 吴越国钱俨9种101卷（存1种4卷）

钱俨（937—1003），又名钱弘信、钱信，字诚允，杭州临安（今属浙江）人（《中国文学家大辞典·唐五代卷》第632页）。有著作9种101卷，存1种4卷。

（一）钱俨《皇猷录》一卷（佚）

书名又作《淳化皇猷录》。详下。

《崇文》（1041）卷四"传记类"云："《皇猷录》一卷。阙。"

《通志》（1161）卷六十五艺文略第三史类第五"杂史"云："《皇猷录》一卷。钱信撰。记太平兴国（976—984）以后事。"

《玉海》（1296）卷五十八《艺文》云："《淳化皇猷录》。淳化元年（990）十月庚午，金州观察使、判和州钱俨献《皇猷录》一卷。优诏答之。"

《宋史》（1343）卷二百三艺文二史类"别史类"云"钱信《皇猷录》一卷"；卷四百八十《钱俨传》云"淳化（990—994）初尝献《皇猷录》，……并有诏嘉答"。

《十国》（1672）卷八十三吴越七列传之《钱俨》云："太宗朝常献《皇猷录》。"

（二）钱俨《光圣录》一卷（佚）

《通志》（1161）卷六十五艺文略第三史类第五"杂史"云："《光圣录》一卷。钱俨撰。"

《玉海》（1296）卷五十八《艺文》云："钱俨……咸平（998—1003）初，又献《光圣录》。"

《宋史》（1343）卷四百八十《钱俨传》云："咸平（998—1003）又献《光圣录》，并有诏嘉答。"

《十国》（1672）卷八十三吴越七列传《钱俨》云："咸平（998—1003）时又献《光圣录》。"

《浙江通志》（1735）卷二百四十三经籍三史部"杂史"云："《光圣录》一卷。《通志·艺文略》：钱俨撰。"

（三）钱俨《前集》五十卷（佚）

《宋史》（1343）卷四百八十《钱俨传》云："《前集》五十卷。"

《十国》（1672）卷八十三所云同。

《浙江通志》（1735）卷二百四十八所云引《宋史》（1343）之《吴越世家》同。

（四）钱俨《后集》二十四卷（佚）

卷数又作三十卷。详下。

《宋史》（1343）卷四百八十云："《后集》二十四卷。"

《十国》（1672）卷八十三云："《后集》三十卷。"

（五）钱俨《吴越备史》十五卷（存，卷数为四卷）

《通志》（1161）卷六十五艺文略第三史类第五"霸史下"云："《吴越备史》十五卷（宋朝范坰、林禹撰，记钱氏据有吴越事）、《忠懿王勋业志》三卷（钱俨撰）、《钱氏戊申英政录》一卷（钱俨编）。"

《直斋》（1262）卷五"伪史类"云："《吴越备史》九卷。吴越掌书记范垌、巡官林禹撰。按：《中兴书目》：'其初十二卷，尽开宝三年（970），后又增三卷，至雍熙四年（987）。'今书止石晋开运（944—947），比初本尚阙三卷。"

《玉海》（1296）卷四十七《治平十国志》云："钱俨《吴越备史》（1003）十五卷，《备史遗事》五卷。"①

《通考》（1319）卷二百经籍考二十七"史·伪史霸史"云："《吴越备史》九卷。陈氏曰：吴越掌书记范垌、巡官林禹撰。按：《中兴书目》，其初十二卷，尽开宝三年（970），后又增三卷，至雍熙四年（987）。今书止石晋开运（944—947），比初阙三卷。"

《宋史》（1343）卷二百四艺文三"霸史类"云："《吴越备史》十五卷，吴越钱俨托名范垌、林禹撰，钱俨《备史遗事》五卷。"

《浙江通志》（1735）卷二百四十三"经籍三"云："《吴越备史》九卷。《书录解题》：吴越掌书记范垌、巡官林禹撰。按：《中兴书目》，其初十二卷，尽开宝三年（970）。后又增三卷，至雍熙四年（987）。今书止石晋开运（944—947），比初阙三卷。本钱俨作，托名。"②

笔者按：《四库全书总目》（1781）卷六十六"史部·载记类"有提要。

（六）钱俨《备史遗事》五卷（佚）

书名又作《吴越备史遗事》。详下。

《直斋》（1262）卷五"伪史类"云："《吴越备史遗事》五卷。全州观察使钱俨撰。俶之弟也。其序言《吴越备史》（1003）亦其所作，托名林、范，而遗名坠迹、殊闻异见、阙漏未尽者，复为是编。时皇宋平南海之二年。吴兴西斋序。盖开宝五年（972）也。俨以三年（970）代其兄偡刺湖州。"

《玉海》（1296）卷四十七《治平十国志》云："钱俨……《备史遗事》五卷。"

《通考》（1319）卷二百经籍考二十七"史·伪史霸史"所云引陈氏同。

《宋史》（1343）卷二百四艺文志三"霸史类"云："钱俨《备史遗事》五卷。"卷四百八十《钱俨传》同。

《十国》（1672）卷八十三吴越七列传之《钱俨》云："《吴越备史遗事》若干卷。"

《浙江通志》（1735）卷二百四十三经籍三"霸史"引《宋史》"艺文志"云："《吴越备史遗事》五卷。钱俨撰。"

---

① （宋）王应麟撰：《玉海》（200卷），景印文渊阁四库全书本，卷47。

② （清）曾筠等撰：《浙江通志》，景印文渊阁四库全书本，卷243。

（七）钱俨《忠懿王勋业志》三卷（佚）

《通志》（1161）卷六十五艺文略第三史类第五"霸史下"云："《忠懿王勋业志》三卷。钱俨撰。"

《宋史》（1343）卷四百八十《钱俨传》云："所著有……《忠懿王勋业志》三卷。"

《十国》（1672）卷八十三吴越七列传之《钱俨》云："《忠懿王勋业志》若干卷。"

（八）钱俨《戊申英政录》一卷（佚）

《崇文》（1041）卷三"伪史类"云："《戊申英政录》一卷。阙。"

《通志》（1161）卷六十五艺文略第三"霸史下"云："钱氏《戊申英政录》一卷。钱俨编。"

《直斋》（1262）卷七"传记类"云："《戊申英政录》一卷。婺州刺史钱俨撰。记其兄俶事迹。俶以戊申（948）正月嗣位。"

《通考》（1319）卷一百九十八经籍考二十五"史·传记"所云引陈氏同。

《宋史》（1343）卷二百三艺文二"传记类"云："钱俨《戊申英政录》一卷。"

《十国》（1672）卷八十三《钱俨传》云："钱氏《戊申英政录》若干卷。"

《浙江通志》（1735）卷二百四十三经籍三"霸史"所云引《宋史》（1343）同。

（九）钱俨《贵溪叟自叙传》一卷（佚）

书名又作《贵溪叟自序传》。详下。

《宋史》（1343）卷四百八十《钱俨传》云："《贵溪叟自叙传》一卷。"

《十国》（1672）卷八十三云："《贵溪叟自序传》一卷。"

43 吴越国钱昱 3 种 24 卷（均佚）

钱昱（943—999），字就之，杭州临安（今属浙江）人，忠献王钱佐长子（《中国文学家大辞典·唐五代卷》、《中国文学家大辞典·宋代卷》无钱昱。《中国历代人名大辞典》第 1906 页）。有著作 3 种 24 卷，均佚。

（一）钱昱《竹谱》三卷（佚）

《宋史》（1343）卷四百八十《世家三》之《吴越钱氏》云："昱……尝与沙门赞宁谈竹事，选录所记，昱得百余条，因集为《竹谱》三卷。"

《十国》（1672）卷八十三所云同。

《浙江通志》（1735）卷二百七十九"杂记上"云："《玉壶清话》：钱昱，忠献王长子也。读书强记，在故国与赞宁僧录举竹事，昱得百余条，著《竹谱》三卷。"①

（二）钱昱《贰卿文稿》二十卷（佚）

书名又作《钱昱集》。详下。

《宋史》（1343）卷四百八十《世家三》之《钱昱传》云："有集二十卷。"

《十国》（1672）卷八十三云："有《贰卿文稿》二十卷。"

《浙江通志》（1735）卷二百四十八经籍八集部"别集类"所云引《十国春秋》同。

（三）钱昱《太平兴国录》一卷（佚）

《玉海》（1296）卷五十八《艺文》云："《太平兴国录》。八年（笔者按：指太平兴国八年，即 983 年）九月癸丑朔，秘书监钱昱献《太平兴国录》一卷，求换台省官，令学士院召试制诰三篇，改秘书监，判尚书都省。"②

《宋史》（1343）卷四百八十《钱昱传》云："献《太平兴国录》，求换台省官。"不著卷数。

《十国》（1672）卷八十三云："从忠懿王朝宋，授白州刺史。昱上《太平兴国录》一卷。"笔者按：太平兴国为 976—984 年。

笔者又按：钱惟治、钱昭度、钱惟演、钱昆、钱易、钱惟济六人为吴越国钱氏后裔，但其著作只能算宋代著作，故不再详考，仅将其著作名字和卷数记录如下，以备研究吴越国者之需。

钱惟治（949—1014），字和世，杭州临安（今属浙江）人，忠逊王钱倧长子（《中国历代人名大辞典》第 1917 页）。有著作 1 种 10 卷，即《钱惟治文集》十卷。

钱昭度（生卒年不详），字九龄，钱弘偓（934—958）子（《中国历代人名大辞典》第 1916 页）。有著作 1 种 1 卷，佚。即《钱昭度诗集》一卷。

钱惟演（962—1034），字希圣，杭州临安（今属浙江）人，钱俶子（《中国文学家大辞典·宋代卷》第 729—730 页）。有著作 12 种 75 卷，另有 1 种不知卷数。钱惟演 12 种著作是：（一）《钱王贡奉录》一卷（佚）；（二）《家王故事》一卷（存）；（三）《金坡遗事》三卷（存）；（四）《钱氏庆系图》二十五卷（佚）；（五）《钱氏庆系谱》一卷（佚）；（六）《奉藩书事》若干卷

---

① （清）曾筠等撰：《浙江通志》，景印文渊阁四库全书本，卷 279。

② （宋）王应麟撰：《玉海》（200 卷），景印文渊阁四库全书本，卷 58。

（佚）；（七）《典懿集》二十卷（佚）；（八）《钱文僖集》十卷；（九）《伊川集》五卷（佚）；（十）《拥旄集》五卷；（十一）《逢辰录》二卷；（十二）《钱氏传芳集》二卷（存）。笔者按：复旦大学图书馆所藏光绪二十三年（1897）春仲，山阴钱氏谨校重刊《吴越钱氏传芳集》二卷，收录钱氏著作9人46题48首。笔者手头有抄本。笔者又按：中国国家图书馆所藏钱镠三十世孙上虞钱枚辑《钱氏三世五王集》，系取钱惟演《传芳集》益以杂文各加订正而成。该书的刊刻时间为清嘉庆十四年（1809）。此书为郑振铎所藏，笔者手头有部分复印件。

钱昆（969年前—1044年前），字裕之，杭州临安（今属浙江）人，钱倧子，钱易兄。太宗淳化三年（992）进士，年七十六岁卒（《中国历代人名大辞典》第1906页）。有著作1种10卷，佚，即《钱昆文集》十卷。

钱易（968—1026），字希白，杭州临安（今属浙江）人，钱倧子，钱昆弟（《全宋诗》卷一百零四第1184页据《新编分门古今类事》卷七《钱公自述》）。有著作10种354卷。钱易10种著作是：（一）《金闺集》六十卷（佚）；（二）《瀛州集》五十卷（佚）；（三）《西垣集》三十卷（佚）；（四）《内制集》二十卷（佚）；（五）《青云总录》一百卷（佚）；（六）《青云新录》十卷（佚）；（七）《南部新书》十卷（存）；（八）《洞微志》十卷（佚）；（九）《滑稽集》四卷（佚）；（十）《钱易集》六十卷。

钱惟济（978—1032），字岩夫，杭州临安（今属浙江）人，钱俶子（《中国历代人名大辞典》第1917页）。有著作1种20卷，佚，即《玉季集》二十卷。

笔者按：今存《天台四教仪》一卷，书名又作《四教仪》、《谛观录》，为高丽释谛观所录，此书虽叙述天台宗教义大纲及实践修行之概略，是佛教天台宗之入门书，但是，谛观非吴越国人，故不入本《吴越国艺文志》。据《四库全书总目》卷六十六，《五国故事》，作者佚名，厉鹗跋据避讳断定为吴越国人，四库馆臣因该书亦避闽国王延翰妻崔氏之讳而不同意厉鹗之说，其作者国别存疑。宋初陈纂，号龙明子，今存所撰《葆光录》三卷，所记多吴越国事，但未见有人将其视为吴越国人，其国别亦存疑。因该二书作者国别未定，故暂不入本《吴越国艺文志考索》。

以上吴越国43名文人，著作112种1946卷，另29种不知卷数。存27种439卷，另存4种不知卷数、清人新编2种12卷、1种不知卷数作者有争议。

第八章　闽国艺文志考索

01 闽国黄璞 3 种 16 卷（均佚）

黄璞（生卒年不详），字绍山，一字德温，号雾居子，侯官（今福建闽侯）人，后迁居莆田（今属福建）。大顺二年（891）登进士第，曾官崇文馆校书郎（《中国文学家大辞典·唐五代卷》第 679 页）。有著作 3 种 16 卷，均佚。笔者按：不知《中国文学家大辞典·唐五代卷》何所据而云黄璞有文集二十卷。存诗 1 首，见《全唐诗补编·续拾》卷三六；存文 4 篇，见《全唐文》卷八一七、《唐文拾遗》卷三三。

（一）黄璞《闽中名士传》一卷（佚）

书名又作《闽川名士传》。卷数又作三卷。详下。

《崇文》（1041）卷四"传记类"云："《闽中名士传》一卷。"

《新唐书》（1060）卷五十八艺文志第四十八"杂·传记类"云："黄璞《闽川名士传》一卷（字绍山，大顺中进士第）。"

《通志》（1161）卷六十五艺文略第三"传记·耆旧"云："《闽川名士传》一卷（黄璞撰）。"

《郡斋》（1187）卷二下"传记类"云："《闽川名士传》三卷（黄璞，一本作皇甫璞）。右唐黄璞撰。唐神龙（705—707）以来闽人知名于世者，效楚国先贤传为之。"

《直斋》（1262）卷七"传记类"云："《闽川名士传》一卷。唐崇文馆校书郎黄璞撰。所记人物自薛令之而下，凡五十四人。"

《通考》（1319）卷一百九十八经籍考二十五"史·传记"云："《闽川名士传》三卷。晁氏曰：'黄璞撰。录唐神龙（705—707）以来闽人知名于世者，效楚国先贤撰为之。'陈氏曰：'所记人物自薛令之而下，凡五十四人。'"

《宋史》（1343）卷二百三艺文二"传记类"云："黄璞《闽中名士传》一卷。"

（二）《黄璞集》五卷（佚）

《宋史》（1343）卷二百八艺文七"别集类"云："《黄璞集》五卷。"

（三）黄璞《雾居子》十卷（佚）

书名又作《雾居子集》。详下。

《新唐书》（1060）卷六十艺文志第五十"别集类"云："黄璞《雾居子》十卷。"

《通志》（1161）卷七十艺文略第八"别集四·唐"云："黄璞《雾居子集》十卷。"

《遂初》（1194）"别集类"云："黄璞《雾居子》。"

02 闽国徐寅 5 种 19 卷（存 2 种 12 卷）

徐寅（生卒年不详），一作徐黄，字昭梦，莆田（今属福建）人。乾宁元年（894）登进士第，释褐为秘书省正字（《中国文学家大辞典·唐五代卷》第 645 页）。有著作 5 种 11 卷，存 2 种 4 卷。《全唐诗》编其诗为四卷，见卷七零八至卷七一一。《全唐文》编其赋为一卷，《唐文拾遗》卷四五录其赋一卷。

（一）《徐寅别集》五卷（佚）

《宋史》（1343）卷二百八艺文七"别集类"云："《徐寅别集》五卷。"

（二）《徐寅赋》一卷（佚）

卷数又作五卷。详下。

《崇文》（1041）卷十二"别集五"云："《徐寅赋》一卷（缺）。"

《通志》（1161）卷七十艺文略第八"赋"云："《徐寅赋》一卷（伪唐人）。"

《十国》（1672）卷九十五《徐寅传》云："……又有赋五卷。"

（三）徐寅《探龙集》一卷（佚）

《崇文》（1041）卷十二"别集五"云："《探龙集》一卷。"

《通志》（1161）卷七十艺文略第八"赋"云："《徐寅赋》一卷（伪唐人），又《探龙集》一卷。"

《十国》（1672）卷九十五《徐寅传》云："有《探龙集》一卷。"

（四）徐寅《雅道机要》二卷（存）

《直斋》（1262）卷二十二"文史类"云："《雅道机要》二卷。前卷不知何人，后卷称徐寅撰。"笔者按：从所在《直斋》中的位置看，此书应该是讲诗格的书。

《通考》（1319）卷二百四十九经籍考七十六"集·文史"云："《雅道机要》二卷。陈氏曰：前卷不知何人，后卷称徐寅撰。"

《十国》（1672）卷九十五《徐寅传》云："有……《雅道机要并诗》八卷，亦曰《钓矶集》。"

（五）徐寅《唐秘书省正字先辈徐公钓矶文集》十卷（存）

此书书名又作《徐正字诗赋》。卷数又作二卷。详下。

宋元史志和公私目录未收此书，此书有钱遵王述古堂藏影宋抄本（即《四部丛刊三编》本的底本），卷首有南宋高宗建炎三年（1129）徐师仁序。

《四库全书总目》卷一五一"集部·别集类"云："《徐正字诗赋》二卷（福建巡抚采进本）。唐徐寅撰。"笔者按：《四库全书总目》关于《徐正字诗赋》二卷的《提要》，见本书第二编《十国文人集部著作序跋文字和著录文字辑录》第六章的内容，此处从略。

03 闽国黄滔 2 种 45 卷（存 1 种 10 卷）

黄滔（840？—?），字文江，泉州莆田（今福建莆田）人。乾宁二年（895）登进士第。后为王审知辟为威武军节度推官。有著作 2 种 45 卷，存 1 种 10 卷（《中国文学家大辞典·唐五代卷》第 745—679 页）。《全唐诗》编其诗为三卷，见七零四至七零六，又，《全唐诗补编·补逸》卷一四又补其诗 1 首；文四卷，见《全唐文》卷八二三至卷八二六。

（一）《黄滔集》十五卷（存，卷数为十卷）

书名又作《黄御史集》、《莆阳黄御史集》。卷数又作二卷。详下。

《新唐书》（1060）卷六十艺文志第五十"别集类"云："《黄滔集》十五卷（字文江，光化四门博士）。"

《通志》（1161）卷七十艺文略第八"别集四·唐"云："《黄滔集》十五卷。"

《通考》（1319）卷二百四十三经籍考七十"集·诗集"云："《黄御史集》。诚斋序略曰：'诗至唐而盛，至晚唐而工，御史黄公之诗尤奇。如《闻雁》：一声初触梦，半白已侵头。余灯依古壁，片月下沧州。如《游东林寺》：寺寒三伏雨，松偃数朝枝。如《退居》：青山寒带雨，古木夜啼猿。此与韩致光、吴融辈并游，未知何人徐行后长也。永丰君自言其集久逸，其父考功公始得之，仅数卷而已。其后永丰又得诗文五卷于吕夏卿之家，又得逸诗于翁承赞之家，又得铭碣于浮屠老子之宫，而后御史公之文，复传于二百年之后。按：《唐·艺文志》：御史讳滔，字文江，光启（885—888）中为四门博士，其集旧曰《黄滔集》云。'"

《宋史》（1343）卷二百八艺文七"别集类"云："黄滔《莆阳黄御史集》二卷。"

《四库全书总目》（1781）卷一五一"集部·别集类"云："《黄御史集》十卷、附录一卷（浙江汪启淑家藏本）。唐黄滔撰。滔，字文江，莆田人。乾宁二年（895）进士第，光化（898—901）中除四门博士，寻迁监狱御史里行，充威武军节度推官。王审知据有全闽而终守臣节，滔匡正之力为多。《五代史》称审知好礼下士，王淡、杨沂、徐寅，唐时知名士多依之，独不及滔。《五代史》多漏略，不足据也。又，集中有《祭南海南平王文》，称'崔员外昨持礼币，尝诣门墙，爰蒙执手之懽，宏叙亲仁之旨'云云。乃为王审知祭刘隐而作。按：隐自大彭王进封南平王，再进封南海王。据《五代会要》：南海之封在隐卒后一月，故此文尚称南平王，说者或以高季兴亦封南平。又不知此文为代审知所作，遂谓滔尝应高氏之聘，亦考之未审矣。《唐书艺文志》载滔集十五卷，又《泉山秀句》三卷，并已散佚。此本卷首有杨万里及谢谔序。万里序谓滔裔孙永丰君自言此集久逸，其父考功公始得之，仅四卷而已。其后永丰君又得诗文五卷于吕夏卿家，又得逸诗于翁承赞家，又得铭碣于浮屠老子之宫，编为十卷。是为淳熙（1174—1189）初刻，后再刻于明正德（1506—1521），三刻于万历（1573—1620），四刻于崇祯（1628—1644）。此本即崇祯刻也。集中文颇赡蔚，诗亦有贞元（785—805）、长庆（821—824）之遗，虽不及罗隐、司空图，而实非徐寅诸人所及。其《颍川陈先生集序》称："天复元年（901），某叨闽相之辟"。考乾宁四年（897），唐以福州为威武军，拜审知节度使，累迁同中书门下平章事，封琅邪王，至梁太祖即位，乃封闽王，仍同中书门下平章事。滔称闽相而不称闽王，则所谓规正审知，使受臣节者，是亦一证也。末有附录一卷，又载滔裔孙补遗文一篇。补，字季全，绍兴（1131—1162）中进士，历官安溪县令，所著《诗解》、《九经解》、《人物志》等书，皆失传，惟此篇仅存，故附滔集以行云。"

（二）黄滔《泉山秀句集》三十卷（佚）

《新唐书》（1060）卷六十艺文志第五十"总集类"云："黄滔《泉山秀句集》三十卷（缔闽人诗，自武德尽天祐末）。"

《通志》（1161）卷七十艺文略第八"诗评"云："黄滔《泉山秀句集》三十卷。"

《十国》（1672）卷九十五《黄滔传》云："有集十五卷、《泉山秀句集》三十卷。时金石志铭及国中大著作，多为滔属草。"

04 闽国翁承赞 1 种 1 卷（佚）

翁承赞（生卒年不详），字文尧，行十九，自号"狎鸥翁"，福唐（今福建福清）人，翁巨隅子。乾宁三年（896）登进士第。累官至左散骑常侍、御史大夫。与著名诗人黄滔交厚，颇多唱酬（《中国文学家大辞典·唐五代卷》第 652—653 页）。有著作 1 种 1 卷，佚。《全唐诗》卷七零三编其诗为一卷。《全唐诗·补遗》四补其诗 1 首；有文 2 篇，见《文史》第二八辑。

（一）《翁承赞诗》一卷（佚）

书名又作《翁承赞集》，详下。

《新唐书》（1060）卷六十艺文志第五十"别集类"云："《翁承赞诗》一卷（字文尧）。"

《通志》（1161）卷七十艺文略第八"别集四"云："《翁承赞诗》一卷。"

《直斋》（1262）卷十九"诗集类上"云："《翁承赞集》一卷。唐谏议大夫京兆翁承赞文尧撰。乾符二年（875）进士。"

《通考》（1319）卷二百四十三经籍考七十"集·诗集"所云引《直斋》同。

《宋史》（1343）卷二百八艺文七"别集类"云："《翁承赞诗》一卷。"

05 闽国韩偓 5 种 11 卷（存 3 种 7 卷）

韩偓（842—914?），字致尧，一作致光，小字冬郎，自号"玉山樵人"。京兆万年（今陕西西安）人。韩瞻子。龙纪元年（889）登进士第。曾为兵部侍郎、翰林学士承旨（《中国文学家大辞典·唐五代卷》第 745—746 页）。有著作 5 种 11 卷，存 3 种 7 卷。《全唐诗》编其诗为四卷，见卷六八零至六八三，卷八九一又录其词 3 首；文 17 篇，见《全唐文》卷八二九。

（一）《韩偓诗》一卷（佚）

书名又作《韩偓集》。卷数又作二卷。详下。

《崇文》（1041）卷十二"别集四"云："《韩偓诗》一卷。"

《新唐书》（1060）卷六十艺文志第五十"别集类"云："《韩偓诗》一卷，又《香奁集》一卷。"

《通志》（1161）卷七十艺文略第八"别集诗"云："《韩偓诗》一卷。"

《郡斋》（1187）卷四中"别集类中"云："《韩偓诗》二卷、《香奁集》。右唐韩偓致光也，京兆人。龙纪元年（889）进士，累迁谏议大夫、翰林学士。昭宗幸凤翔，进兵部侍郎承旨。朱全忠怒，贬濮州司马荣懿尉。天祐（904—907）初，挈族依王审知而卒。《香奁集》一卷，或曰，和凝既贵，恶其侧艳，故诡称偓著云。"

《遂初》（1194）"别集类"云："《韩偓集》。"①

《通考》（1319）卷二百四十三经籍考七十"集·诗集"云："《韩偓诗》二卷，《香奁集》一卷。晁氏曰：'唐韩偓致光，京兆人。龙纪元年（889）进士，累迁谏议大夫、翰林学士。昭宗幸凤翔，进兵部侍郎承旨。朱全忠怒，贬濮州司马荣懿尉。天祐（904—907）初，挈族依王审知而卒。《香奁集》，沈括《笔谈》以为和凝所作，凝既贵，恶其侧艳，故诡称偓著，或谓括之言妄。'许彦周诗话：'高秀实言元微之诗艳丽而有骨，韩偓《香奁集》丽而无骨。李端叔意喜韩偓诗，诵其序云：咀五色之灵芝，香生九窍；咽三危之瑞露，美动七情。秀实云：劝不得也。'石林叶氏曰：'偓在闽所为诗，皆手自写成卷。嘉祐（1056—1063）间裔孙奕出其数卷示人，庞颖公为漕取奏之，因得官。诗文气格不甚高。吾家仅有其诗百余篇。世传别本有名《香奁集》者，《唐书·艺文志》亦载其辞，皆闺房不雅驯。或谓江南韩熙载所为，误以为偓，若然，何为录于《唐志》乎？熙载固当有之，然吾所藏偓诗中亦有一二篇，绝相类。岂其流落，亡聊中姑以为戏，然不可以为训矣。'又曰：'《韩偓传》：自贬濮州司马后，载其事即不甚详。其再召为学士，在天祐二年（905）。吾家所藏偓诗虽不多。然自贬后皆以甲子历历自记其所在。有乙丑年在袁州得人贺复除戎曹依旧承旨诗，即天祐二年（905）也。昭宗前一年已弑，盖哀帝之命也。末句云：若为将朽质，犹拟杖于朝，固不往矣。其后又有丁卯年正月，闻再除戎曹依前充职诗。末句云：岂独鸥夷解归去，五湖鱼艇且铺糟。天祐四年（907）也。是尝两召皆辞，唐史止书其一。是岁四月，全忠篡其召命，自哀帝之世。自后复召，则癸酉年。南安县之作，即梁之乾化二年（912），时全忠亦已被弑。明年梁亡，其两召不行，非特避祸，盖终身不食梁禄，其大节与司空表圣略相等，惜乎唐史不能少发明之也。'"

《宋史》（1343）卷二百八艺文七"别集类"云："《韩偓诗》一卷，又《入翰林后诗》一卷。"

（二）韩偓《金銮密记》五卷（存）

卷数又作一卷、三卷。详下。

《新唐书》（1060）卷五十八艺文志第四十八"杂史类"云："韩偓《金

---

① 中华书局编辑部编：《宋元明清书目题跋丛刊》（全19册），中华书局2006年版，第1册，第496页。

銮密记》五卷。"

《郡斋》（1187）卷二上"杂史类"云："《金銮密记》一卷。右唐韩偓撰。天复（901—904）中为翰林学士，从昭宗西幸。梁祖以兵围凤翔，偓每与谋议，因密记之及所闻见事，止复京师偓贬云。"

《直斋》（1262）卷五"杂史类"云："《金銮密记》三卷。唐翰林学士承旨、京兆韩偓致尧撰。具述在韩苑时事，危疑艰险甚矣。昭宗屡欲相之，卒不果而贬。竟终于闽，非不幸也。不然与崔垂休辈骈肩就戮于朱温之手矣。"

《通考》（1319）卷一百九十六经籍考二十三"史·传记"云："《金銮密记》一卷（一作三卷）。晁氏曰：'唐韩偓撰。偓天复元年（901）为翰林学士，从昭宗西幸。朱温围岐。三年（903），偓因密记其谋议及所闻见事，止于贬濮州司马。予尝谓偓有君子之道四焉。唐之末南北分朋而忘其君。偓，崔允门生，独能弃家从上，一也。其时缙绅无不交通内外以猎取爵禄。偓独能力辞相位，二也。不肯草韦贻范起复麻，三也。不肯致拜于朱温，四也。诗曰：'风雨如晦，鸡鸣不已'，偓之谓矣。宋之京薄之，奈何。一本釐天复二年三年，各为一卷，首尾详略颇不同。互相雠校，凡改正千有余字云。'陈氏曰：'具述在韩苑时事，危疑艰险甚矣。昭宗屡欲相之，卒不果而贬。竟终于闽，非不幸也。不然与崔垂休辈骈首就戮于朱温之手矣。'"

《宋史》（1343）卷二百三艺文二"传记类"云："韩偓《金銮密记》一卷。"

（三）韩偓《香奁集》一卷（存）

书名又作《香奁小集》。卷数又作二卷。详下。

《新唐书》（1060）卷六十艺文志第五十"别集类"云："韩偓……又《香奁集》一卷。"

《通志》（1161）卷七十艺文略第八"别集诗"云："韩偓……又《香奁集》一卷。"

《郡斋》（1187）卷四中云："《韩偓诗》二卷、《香奁集》。"笔者按：《郡斋》对韩偓《香奁集》的著录见上文对《韩偓诗》的著录。

《遂初》（1194）"别集类"云："韩偓《香奁集》。"①

《直斋》（1262）卷十九"诗集类上"云："《香奁集》二卷、《入内廷后诗集》一卷、《别集》三卷。唐翰林学士韩偓致光撰。"

《通考》（1319）卷二百四十三经籍考七十"集·诗集"。关于韩偓《香奁集》一卷的著录和关于《韩偓诗》二卷的著录完全相同，此著录见《韩偓

---

① 中华书局编辑部编：《宋元明清书目题跋丛刊》（全19册），中华书局2006年版，第1册，第496页。

诗》二卷的考索，此处不再抄录。

《宋史》（1343）卷二百八艺文七"别集类"云："韩偓《香奁小集》一卷。"

（四）韩偓《入内廷后诗集》一卷（存）

书名又作《入翰林后诗》。详下。

《直斋》（1262）卷十九"诗集类上"云："《香奁集》二卷、《入内廷后诗集》一卷、《别集》三卷。唐翰林学士韩偓致光撰。"

《宋史》（1343）卷二百八艺文七"别集类"云："韩偓……又《入翰林后诗》一卷。"

（五）《韩偓别集》三卷（佚）

《直斋》（1262）卷十九"诗集类上"云："《香奁集》二卷、《入内廷后诗集》一卷、《别集》三卷。唐翰林学士韩偓致光撰。"

《宋史》（1343）卷二百八艺文七"别集类"云："韩偓……又《别集》三卷。"

笔者按：南宋陈振孙《直斋书录解题》著录的书籍，例如韩偓的"《入内廷后诗集》一卷、《别集》三卷"，竟然没有被元代马端临收入其《文献通考》中，不知何故，值得注意。

06 闽国郑良士 4 种 30 卷（均佚）

郑良士（856—930），一作士良，误。原名昌士，字君梦，仙游（今福建仙游）人。咸通（860—874）中屡举进士不第。景福二年（893），献诗五百篇，授国子四门博士。累迁康州、恩州刺史，兼御史中丞。后梁贞明元年（915），始赴闽王审知辟命，历建州判官、威武军节度掌书记、左散骑常侍兼御史大夫（《中国文学家大辞典·唐五代卷》第 518 页）。有著作 4 种 30 卷，均佚。存诗五首，见《全唐诗》卷七二六、《全唐诗补编·续拾》卷三四。

（一）郑良士《白岩集》十卷（佚）

卷数又作五卷，详下。

《新唐书》（1060）卷六十艺文志第五十"别集类"云："郑良士《白岩集》十卷（字君梦，昭宗时献诗五百篇，授补阙）。"

《通志》（1161）卷七十艺文略第八"别集诗"云："《白岩集》十卷（郑良士）。"

《宋史》（1343）卷二百八艺文七"别集类"云："郑昌士《白岩集》五卷。"笔者按："昌"显然是"良"之讹。

《十国》（1672）卷九十五《郑良士传》云："有《白岩文集诗集》

十卷。"

（二）《郑良士诗集》十卷（佚）

《宋史》（1343）卷二百八艺文七"别集类"云："郑昌士……又《诗集》十卷。"

（三）郑良士《中垒集》五卷（佚）

《十国》（1672）卷九十五《郑良士传》云："有……《中垒集》若干卷。"

笔者按：《唐才子传校笺》第四册《郑良士》校笺语云："《仙溪志》云：'有《白岩文集》十卷、诗集十卷、《中垒集》五卷，藏于家。'"① 因《仙溪志》为宋代赵与泌、黄岩孙撰写，有刘克庄序，故采信之。

（四）郑良士《白岩四六》五卷（佚）

书名又作《四六集》。卷数又作一卷。详下。

《崇文》（1041）卷十二"别集七"云："《白岩四六》五卷（缺）。"

《通志》（1161）卷七十艺文略第八"四六"云："《白岩四六》五卷（后唐人）。"

《宋史》（1343）卷二百八艺文七"别集类"云："郑昌士《四六集》一卷。"

07 闽国林恩 1 种 10 卷（佚）

林恩（生卒年不详），僖宗（873—888 年在位）时进士（《中国文学家大辞典·唐五代卷》第 489 页）。有著作 1 种 10 卷，佚。笔者按：林恩，又作林慎思。又，《十国春秋》卷九十二《景宗本纪》于永隆元年（939）十月有将进奏官林恩下狱中的记载："……并令元弼与进奏官林恩部送速归。已而，用兵部员外郎李知损言，下元弼、恩于狱。"② 假定林恩 888 年 20 岁进士及第，则 939 年时已经 72 岁，是否可以担任进奏官，值得怀疑。就是说，《十国春秋》卷九十二"闽三"提到的"林恩"和僖宗时进士及第的"林恩"是否为同一人，值得怀疑。因 72 岁仍有担任进奏官的可能，故暂且认为是一人，辨正于此以备考。

---

① 傅璇琮主编：《唐才子传校笺》第四册，中华书局 1990 年版，第 315 页。

② （清）吴任臣撰，徐敏霞、周莹点校：《十国春秋》（116 卷）（全 4 册），中华书局 1983 年版，卷 12，第 1336 页。

（一）林恩《补国史》十卷（佚）

作者又作林慎思。卷数又作六卷、五卷。详下。

《崇文》（1041）卷三"杂史下"云："《补国史》六卷（缺）。"

《新唐书》（1060）卷五十八艺文志第四十八"杂史类"云："林恩《补国史》十卷（僖宗时进士）。"

《通志》（1161）卷六十五艺文略第三"杂史·唐"云："《补国史》六卷（唐林慎思撰）。"笔者按：林慎思，当即林恩。

《宋史》（1343）卷二百三艺文二"传记类"云："林恩《补国史》五卷。"

08 闽国崔道融4种25卷（均佚）

崔道融（？—907？），荆州（今湖北江陵）人，岭南节度副使崔表子。避唐末战乱，与母迁至永嘉隐居，自号"东瓯散人"。以读书赋诗、侍养母亲为乐。昭宗时，出任永嘉县令。后避乱入闽，以右补阙召，未赴任而卒于闽中。崔道融与诗人司空图、方干等人为友，有诗唱和。尤工五绝（《中国文学家大辞典·唐五代卷》第712页）。有著作4种25卷，均佚。《全唐诗》卷七一四编其诗一卷。

（一）崔道融《申唐诗》三卷（佚）

《崇文》（1041）卷十二"别集四"云："《申唐诗》三卷（阙）。"

《新唐书》（1060）卷六十艺文志第五十"别集类"云："崔道融《申唐诗》三卷。"

《通志》（1161）卷七十艺文略第八"别集四"云："崔道融《申唐诗》三卷。"

《宋史》（1343）卷二百八艺文七"别集类"云："崔道融《申唐诗》三卷。"

（二）《崔道融集》九卷（佚）

《宋史》（1343）卷二百八艺文七"别集类"云："《崔道融集》九卷。"

（三）崔道融《东浮集》十卷（佚）

《遂初》（1194）"别集类"云："崔道融《东浮集》。"

《直斋》（1262）卷十九"诗集类上"云："《东浮集》九卷。唐荆南崔道融撰。自称东瓯散人。乾宁乙卯（895），永嘉山斋编成，盖避地于此，今缺第十卷。"笔者按：这就是说，《东浮集》本来是十卷。

《通考》（1319）卷二百四十三经籍考七十"集·诗集"所云引《直

斋》同。

（四）崔道融《唐诗》三卷（佚）

《直斋》（1262）卷十九"诗集类上"云："《唐诗》三卷。崔道融撰。皆四言诗，述唐中世以前事实，事为一篇，篇各有小序，凡六十九篇。"笔者按："述唐中世以前事实，事为一篇"的说法，颇为难懂，疑有误。

《通考》（1319）卷二百四十三经籍考七十"集·诗集"所云引《直斋》同。

笔者按：此《唐诗》三卷可能就是《申唐诗》三卷，究竟如何，存此备考。

09 闽国刘山甫 1 种 12 卷（佚）

刘山甫（生卒年不详），彭城（今江苏徐州）人，为王审知（909—925年在位）威武军节度判官，官终殿中侍御史（《中国文学家大辞典·唐五代卷》第 187 页）。有著作 1 种 12 卷，佚。存诗 1 首，见《全唐诗》卷七六三。

（一）刘山甫《金溪闲谈》十二卷（佚）

《十国》（1672）卷九十五《刘山甫传》云："山甫故中朝旧族，有才藻，著《金溪闲谈》十二卷、常撰《徐寅墓志铭》，情文兼至，为世所称。"笔者按：此条出《北梦琐言》卷七《元德感》。

10 闽国王倓 1 种 1 卷（佚）

王倓（生卒年不详），通文（936—939）中，积官至同平章事。为人刚直，不畏强暴。是时景宗官左仆射，已倔强有异志。倓往往因事折之。景宗亦惮倓，不敢有所发。会新罗国遣使来聘，且献宝剑。康宗举以示倓曰："此将何为？"倓曰："斩为臣不忠者。"景宗居旁，色变为不宁者累日。景宗既立，新罗复献剑。景宗忽忆前言而倓已死，追恨不已，发冢戮其尸。面如生，血流被体，闻者莫不痛之。（《中国文学家大辞典·唐五代卷》、《中国文学家大辞典·宋代卷》）无王倓。《中国历代人名大词典》第 124 页）。有著作 1 种 1 卷，佚。

（一）《王倓后集》十卷（佚）

《宋史》（1343）卷二百八艺文七"别集类"云："《王倓后集》十卷。"

11 闽国刘乙1种1卷（佚）

刘乙（生卒年不详），字子真，泉州（今属福建）人。仕闽，通文（936—939）时为中书舍人，不久隐居于安溪凤髻山，与詹敦仁为友，詹敦仁有《遣子访刘乙》诗。尝乘醉与人争妓，既醒而悔。集前人因酒致失者，编为《百悔经》以自警，此后终身不饮酒。陈振孙谓其诗"怪而不律，亦不工"（《中国文学家大辞典·唐五代卷》第186页）。有著作1种1卷，佚。今存诗3首及断句一联，见《全唐诗》卷七六三及卷八八六。

（一）《刘乙集》一卷（佚）

书名又作《刘一集》。详下。

《遂初》（1194）"别集类"云："《刘乙》。"

《直斋》（1262）卷十九"诗集类上"云："《刘乙集》一卷。似唐末五代人。《艺文志》不载。其诗怪而不律，亦不上。"

笔者按：第一，这里的"艺文志"应该指《新唐书·艺文志》（也可能指《宋史·艺文志》的前身《三朝艺文志》）。第二，"亦不上"，应该是"亦不工"，"上"是字讹。

《通考》（1319）卷二百四十三经籍考七十"集·诗集"云："《刘一集》一卷。陈氏曰：'似唐末五代人。《艺文志》不载。其诗怪而不律，亦不工。'"

12 闽国江为1种1卷（佚）

江为（生卒年不详），建阳（今属福建）人。师事处士陈贶，酷好诗句，学诗二十余年，有风雅清丽之态。南唐中主（943—961年在位）时，至金陵赴进士试，屡不第。后因与人谋奔吴越，为同谋者所发，被杀。江为工诗，其诗颇为时人所称诵（《中国文学家大辞典·唐五代卷》第220页）。有著作1种1卷，佚。存诗8首，见《全唐诗》卷七四一，《全唐诗补编·续补遗》卷一一补诗1首，《续拾》卷四三又补4首。笔者按：据《十国春秋》卷九十七"闽八"《江为传》，江为系闽国人，且被杀于闽国，故视为闽国人是合理的。又，闽国历史从909年至945年，故可知江为被杀于945年前。这与"南唐中主（943—961年在位）时，至金陵赴进士试，屡不第"的说法显然有抵触，究竟如何，暂不知，存此备考。

（一）《江为诗集》一卷（佚）

书名又作《江为诗》、《江为集》。详下。

《崇文》（1041）卷十二"别集五"云："《江为诗集》一卷。"

《通志》（1161）卷七十艺文略第八"别集五"云："《江为诗》一卷（伪唐）。"

《直斋》（1262）卷十九"诗集类上"云："《江为集》一卷。五代建安江为撰。为为王氏所诛，当汉乾祐（948—950）中。"

《通考》（1319）卷二百四十三经籍考七十"集·诗集"所云引《直斋》同。

《宋史》（1343）卷二二八艺文七"别集类"云："《江为诗》一卷。"

13 闽国颜仁郁 1 种，不知卷数（佚）

颜仁郁（生卒年不详），字文杰，泉州（今属福建）人。五代时，仕闽为归德场长（《中国文学家大辞典·唐五代卷》第822页）。有著作1种，不知卷数，佚。有诗百篇，号《颜长官诗》。今存诗2首，见《全唐诗》卷七六三。

（一）颜仁郁《颜长官诗》，不知卷数（佚）

《十国》（1672）卷九十六《颜仁郁传》云："有诗百篇，宛转回曲，历尽人情。邑人途歌巷唱之，号'颜长官诗'。"

14 闽国刘昌言 1 种 30 卷（佚）

刘昌言（942—999），字禹谟，泉州南安（今蜀福建）人。五代时，为节度使陈洪进功曹参军。太平兴国三年（978），随陈洪进归宋，为徐州推官。咸平二年（999）卒，赠工部尚书（《中国文学家大辞典·宋代卷》第204页）。有著作1种30卷，佚。存诗3首，见《全宋诗》卷四七；存文1篇，见《全宋文》卷九七。

（一）《刘昌言文集》三十卷（佚）

《十国》（1672）卷九十三"闽四"《刘昌言传》云："有文集三十卷。"

以上闽国14名文人，著作30种194卷，另1种不知卷数。存6种21卷。

第九章　荆南国艺文志考索

01 荆南国齐己 4 种 22 卷（存 2 种 11 卷）

僧齐己（864—943?），唐末诗僧，本姓胡，名得生，长沙（今属湖南）人。为晚唐五代之交著名诗僧，与贯休、虚中、曹松、李洞、方干、沈彬、孙光宪等多有交游唱和（《中国文学家大辞典·唐五代卷》第216—217页）。有著作 4 种 22 卷，存 2 种 11 卷。另《全唐诗》编其诗为十卷，见卷八三八至八四七，《全唐诗补编·续拾》卷四三补诗 1 首，卷五零又补 3 首 2 句；文 2 篇，见《全唐文》卷九二一。

（一）僧齐己《白莲集》十卷（存）

书名又作《僧齐己集》。卷数又作一卷。详下。

《崇文》（1041）卷十二"别集三"云："《白莲集》十卷（缺）。"

《直斋》（1262）卷十九"诗集类上"云："《白莲集》十卷。唐僧齐己撰。长沙胡氏。"

《通考》（1319）卷二百四十三经籍考七十"集·诗集"云："《白莲集》一卷。陈氏曰：'唐僧齐己撰。长沙胡氏。'"笔者按：陈振孙《直斋书录解题》是《白莲集》十卷，马端临《文献通考》过录陈氏之语时，成了《白莲集》一卷。《文献通考》显误。

《宋史》（1343）卷二百八艺文七"别集类"云："《僧齐己集》十卷。"

《十国》（1672）卷一百三《齐己传》云："齐己……有诗八百首，孙光宪序之，命曰《白莲集》。"

《四库全书总目》（1781）卷一百五十一"集部·别集类"云："《白莲集》十卷（两江总督采进本）。唐释齐己撰。齐己，益阳人，自号衡岳沙门。宋人注杜甫《巳上人茅斋》诗，谓齐己与杜甫同时，其谬不待辨。旧本题为梁人，亦殊舛讹。考齐己尝依高季兴为龙兴寺僧正，季兴虽尝受梁官，然齐己为僧正时当龙德元年辛巳（921），在唐庄宗入洛之后矣。集中已称季兴为南平王，而陶岳《五代史补》载徐东野在湖南幕中赠齐己诗，称：'我唐有僧号

齐己'，安得谓为梁人耶？是集为其门人西文所编，首有天福三年（938）孙
光宪序。前九卷为近体，后一卷为古体。古体之后，又有绝句四十二首，疑后
人采辑附入也。唐代缁流能诗者众，其有集传于今者，惟皎然、贯休及齐己。
皎然清而弱，贯休豪而粗，齐己七言律诗不出当时之习，及七言古诗以卢仝、
马异之体缩为短章，诘屈聱牙，尤不足取。惟五言律诗居全集十分之六，虽颇
沿武功一派，而风格独遒。如《剑客》、《听琴》、《祝融峰》诸篇，犹有大历
（766—779）以还遗意。其绝句中，《庚午年十五夜对月》诗曰：'海澄空碧正
团圞，吟想元宗此夜寒。玉兔有情应记得，西边不见旧长安。'倦倦故君，尤
非他释子所及，宜其与司空图相契矣。"

（二）僧齐己《白莲花编外集》十卷（佚）

《宋史》（1343）卷二百八艺文七"别集类"云："僧齐己……又《白莲
华（或无华字）编外集》十卷。"

（三）僧齐己《玄机分明要览》一卷（佚）

《宋史》（1343）卷二百九艺文八"文史类"云："僧齐己《玄机分明要
览》一卷。"笔者按：《宋史》此处原作"古文史类"，"古"显然是"右"之
误，今作"文史类"。

（四）僧齐己《风骚指格》一卷（存）

书名又作《诗格》、《风骚旨格》。详下。

《崇文》（1041）卷十二"文史类"云："《诗格》一卷。"

《直斋》（1262）卷二十二"文史类"云："《风骚指格》一卷。唐僧齐
己撰。"

《通考》（1319）卷二百四十九经籍考七十六"集·文史"云："《风骚指
格》一卷。陈氏曰：'唐僧齐己撰。'"

《宋史》（1343）卷二百九艺文八"文史类"云："僧齐己……又《诗格》
一卷。"笔者按：《宋史》此处原作"古文史类"，"古"显然是"右"之误，
今作"文史类"；又，《风骚指格》，宋陈应行《吟窗杂录》卷十一作"《风骚
旨格》"。①

02 荆南国梁震 2 种 2 卷（均佚）

梁震（生卒年不详），初名霭，后改名震，邛州依政（今四川邛崃）人。
与僧齐己唱酬尤多（《中国文学家大辞典·唐五代卷》第 732 页）。有集 2 种 2

---

① （宋）陈应行编，王秀梅整理：《吟窗杂录》（50 卷），中华书局 1997 年版，卷 16，第 365 页。

卷，均佚。存诗 1 首，见《全唐诗》卷七六二。

（一）《梁震表状》一卷（佚）

《宋史》（1343）卷二百八艺文七"别集类"云："《梁震表状》一卷。"

（二）《梁震文集》一卷（佚）

书名又作《梁震集》。详下。

《崇文》（1041）卷十一"别集二"云："《梁震文集》一卷（缺）。"

《通志》（1161）卷七十艺文略第八"别集五·五代"云："《梁震集》一卷。"

《十国》（1672）卷一百二《梁震传》云："梁震……所著文集一卷行世。"

03 荆南国郑准 3 种 8 卷（均佚）

郑准（生卒年不详），字不欺，郡望荥阳（今河南荥阳），莆田（今属福建）人。乾宁（894—898）时登进士第，后为荆南节度使成汭辟为从事。卒时杨行密尚在世。与诗僧尚颜多有唱和（《中国文学家大辞典·唐五代卷》第 523 页）。有著作 3 种 8 卷，均佚。存诗 5 首及断句一联，见《全唐诗》卷六九四；文 1 篇，见《全唐文》卷八四。

（一）郑准《渚宫文集》四卷（佚）

书名又作《渚宫集》。卷数又作一卷。详下。

《崇文》（1041）卷十一"别集一"云："郑准《渚宫文集》一卷（缺）。"

《新唐书》（1060）卷六十艺文志第五十"别集类"云："郑准《渚宫集》一卷（字不欺，乾宁进士第）。"

《通志》（1161）卷七十艺文略第八"别集四·唐"云："郑准《渚宫集》一卷。"

《宋史》（1343）卷二百八艺文七"别集类"云："郑准《渚宫集》四卷。"

笔者按：《直斋书录解题》卷二十"诗集类下"（《文献通考》卷二百四十五引陈振孙之言同）有宋僧文莹的《渚宫集》三卷，与郑准的《渚宫集》不是同一种书，值得注意。

（二）《郑准四六集》一卷（佚）

书名又作《郑准四六》。详下。

《崇文》（1041）卷十二"别集七"云："《郑准四六集》一卷（缺）。"

《通志》（1161）卷七十艺文略第八"四六"云："《郑准四六》一卷（五代人）。"

笔者按：僧贯休《禅月集》卷十五有《送郑准赴举》一诗，《才调集》卷八有郑准诗四首。

（三）郑准《刘表军书》三卷（佚）

《北梦琐言》卷七云："唐荥阳郑准，以文笔依荆州成中令，常欲比肩陈、阮，自集其所作为三卷，号《刘表军书》，虽有胸襟，而辞体不雅。"

04 荆南国黄台 2 种 3 卷（均佚）

黄台（生卒年不详），昭宗（889—904 年在位）时为镇南节度使钟传掌书记（《中国文学家大辞典·唐五代卷》第 677 页）。有著作 2 种 3 卷，均佚。存诗 1 首，见《全唐诗补编·续拾》卷三六。

（一）黄台《江西表状》二卷（佚）

《崇文》（1041）卷十二"别集七"云："黄台《江西表状》二卷（缺）。"

《新唐书》（1060）卷六十艺文志第五十"别集类"云："黄台《江西表状》二卷（钟传从事）。"

《通志》（1161）卷七十艺文略第八"表章"云："黄台《江西表状》二卷。"

《宋史》（1343）卷二百八艺文七"别集类"云："黄台《江西表状》二卷。"

（二）《黄台诗》一卷（佚）

《中国文学家大辞典·唐五代卷》"黄台"词条云"南宋《秘书省续编列四库阙书目》又著录其诗集一卷"[1]，顾櫰三《补五代史艺文志》、宋祖骏《补五代史艺文志》均有"《黄台诗》一卷"的著录，录此备考。

05 荆南国高若拙 1 种 3 卷（佚）

高若拙（生卒年不详），荆南（今湖北江陵）人，唐末五代时人。曾登进士第，为高从诲（荆南第二位国主，929—948 年在位）辟于荆南幕（《中国文学家大辞典·唐五代卷》第 655—656 页）。有著作 1 种 1 卷，佚。《中秋见

①　周祖谟主编：《中国文学家大辞典·唐五代卷》，中华书局 1992 年版，第 677 页。

月诗》名句"人间虽不见，天外自分明"盛传于时，也是其仅存的一联诗，见《全唐诗》卷七九五。存诗1联，见《全唐诗》卷七九五。

（一）高若拙《后史补》三卷（佚）

《崇文》（1041）卷三"杂史下"云："《后史补》三卷。"

《通志》（1161）卷六十五艺文略第三"杂史·五代"云："《后史补》三卷。周高若拙杂记唐及五代史。"

《直斋》（1262）卷十一"小说家类"云："《后史补》三卷。前进士高若拙撰。"

《通考》（1319）卷二百十六经籍考四十三"子·小说家"云："《后史补》三卷。陈氏曰：前进士高欲拙撰。"笔者按：高欲拙，当作高若拙。

《宋史》（1343）卷二百三艺文二"传记类"云："高若拙《后史补》三卷。"

06 荆南国孙光宪 9 种 109 卷（存 1 种 20 卷）

孙光宪（？—968），字孟文，自号葆光子，陵州贵平（今四川仁寿）人。历仕高季兴、高从海、高保融、高继冲，累官至荆南节度副使、检校秘书少监兼御史大夫（《中国文学家大辞典·唐五代卷》第231页）。有著作9种109卷，存1种20卷。存诗9首、断句2联，见《全唐诗》卷七六二、卷八七一，《全唐诗补编·续拾》卷五零；存词80首，见《全唐诗》卷八九七；存文1篇，见《全唐文》九〇〇。

（一）孙光宪《北梦琐言》三十卷（存，卷数为二十卷）

卷数又作二十卷、十二卷。详下。

《崇文》（1041）卷四"传记下"云："《北梦琐言》三十卷。"

《通志》（1161）卷六十五艺文略第三"杂史·五代"云："《北梦琐言》三十卷（孙光宪撰）。"

《郡斋》（1187）卷三下"小说类"云："《北梦琐言》三十卷。右荆南孙光宪撰。取传畋于江南之梦，以其为高氏从事，在荆江之北，故以此命篇。记唐至五代及十国杂事。"

《直斋》（1262）卷十一"小说家类"云："《北梦琐言》三十卷（按：《文献通考》作二十卷）。黄州刺史陵井孙光宪孟文撰。载唐末五代及诸国杂事。光宪仕荆南高从海，三世在幕府。北梦者，言在梦泽之北也。后随继冲入朝，有荐于太祖者。将用为学士，未及而卒。光宪，自号葆光子。"

《通考》（1319）卷二百十六经籍考四十三"子·小说家"云："《北梦琐

言》二十卷。晁氏曰：'荆南孙光宪撰。光宪，蜀人。从阳玭、元证游，多闻唐世贤哲言行，因纂辑之，且附以五代十国事，取传田于江南之梦，自以为高氏从事，在荆江之北，故命编云。'陈氏曰：'光宪仕荆南高从诲，为黄州刺史，三世在幕府，后随继冲入朝，有荐于太祖者，将用为学士，未及而卒。光宪，自号葆光子。'"

笔者按：第一，《北梦琐言》一书，《郡斋读书志》、《直斋书录解题》均著录为三十卷，不知《文献通考》何以会误为二十卷。第二，《文献通考》引用《郡斋读书志》，居然会多出一些字，不知何故。第三，《文献通考》引用《直斋书录解题》，居然会漏掉一些字，又不知何故。看来，《文献通考》引用其他书的文字，值得一一核对。

《宋史》（1343）卷二百六艺文七"小说类"云："孙光宪《北梦琐言》十二卷。"笔者按：《宋史》卷四百八十三《孙光宪传》云《北梦琐言》三十卷。

《四库全书总目》（1781）卷一百四十"子部·小说家类"云："《北梦琐言》二十卷（内府藏本）。宋孙光宪撰。光宪，字孟文，自号葆光子。《十国春秋》作贵平人，而自题乃称富春。考光宪自序言生自岷峨，则当为蜀人。其曰富春，盖举郡望也。仕唐为陵州判官，旋依荆南高季兴为从事。后劝高继冲以三州归宋，太祖嘉之，授黄州刺史以终。《五代史·荆南世家》载之甚明。旧以为五代人者，误矣。所著有《荆台集》、《橘斋集》、《玩笔偭集》、《巩湖编玩》、《蚕书》、《续通历》等书。自宋代已散佚，惟是书独传于后。其曰《北梦琐言》者，以《左传》称田于江南之梦，而荆州在江北，故以命名。盖高氏时作也。所载皆唐及五代士大夫逸事。每条多载某人所说以示有征。盖用《杜阳杂编》之例。其记载颇猥杂，叙次亦颇冗沓，而遗文琐语往往可资考证，故宋李昉等编《太平广记》，多采其文。晁公武《读书志》载光宪《续通历》十卷，辑唐及五代事以续马总之书，参以黄巢、李茂贞、刘守光、按巴坚（按：按巴坚原作阿保机，今改正）、吴、唐、闽、广、吴越、两蜀事迹，太祖以所纪多不实，诏毁其书，而此书未尝议及，则语不甚可诬，可知矣。世所行者，凡二本，一为明商维濬稗海所刻，脱误殆不可读。近时扬州新刻，乃元华亭孙道明所藏，犹宋时陕西刊板，差完整有绪，故今以扬州本著录，不用商氏本云。"

（二）孙光宪《续通历》十卷（佚）

《通志》（1161）卷六十五艺文略第三"编年·纪录"云："《续通历》十卷（孙光宪撰）。"笔者按：此书应该是续马总《续通历》十卷的。

《郡斋》（1187）卷二上"编年类"云："《续通历》十卷。右荆南孙光宪撰。辑唐泊五代事，以续马总《历》，参以黄巢、李茂真、刘守光、阿保机、吴、唐、闽、广、胡越、两蜀事迹。太祖朝，诏毁其书，以其所纪多非实也。"笔者按："胡越"，当作"吴越"。

《遂初》（1194）"编年类"云："《续通历》。"

《通考》（1319）卷一百九十三经籍考二十"史·编年"："《续通历》十卷。晁氏曰：'荆南孙光宪撰。辑唐泊五代事，以续马总《历》，参以黄巢、李茂贞、刘守光、阿保机、吴、唐、闽、广、胡越、两蜀事迹。太祖诏毁其书，以所纪多非实也。'"笔者按："胡越"，当作"吴越"。

《宋史》（1343）卷二百三艺文二"编年类"云："孙光宪《续通历》十卷。"

《十国》（1672）卷一百二《孙光宪传》云："孙光宪……又撰《续通历》，纪事颇失实，太平兴国（976—984）初，诏毁之。"

笔者按：《直斋书录解题》未著录孙光宪《续通历》一书，但卷四"编年类"在著录唐马总《通历》十五卷时如此提到该书："《通历》十五卷。唐泉州别驾扶风马总会元撰。书本十卷，止于隋代。今书直至五代，增五卷者，后人所续也。晁公武《志》：'《续通历》十卷，孙光宪撰，太祖朝，尝诏毁其书。'"① 联系孙光宪《续通历》十卷在上述晁公武《郡斋读书志》中的著录语，就可以看出中华书局版《十国春秋》卷一百二《孙光宪传》标点时的一个讹误。该书标点是这样的："又撰《续通历纪事》，颇失实，太平兴国（976—984）初，诏毁之。"正确的标点显然是："又撰《续通历》，纪事颇失实……"② 这个标点讹误导致了《五代艺文考·五代艺文志补遗》出现了一个错误的补录："《续通历纪事》。孙光宪撰。"补录之后的考订语先是引用了中华书局版《十国春秋》的说法，然后加按语说："按：《郡斋》卷二上载孙光宪《续通历》十卷，或即此书。"③ "或即此书"的判断表现出的感觉相当敏锐，可惜，该书的《新编五代艺文志》部分"小说类"又作出了"《续通历纪事》，孙光宪撰"的著录，而且没有加"或即孙光宪《续通历》"之类的备注。

---

① （宋）陈振孙著，徐小蛮、顾美华点校：《直斋书录解题》（22卷），上海古籍出版社1987年版，卷4，第112页。

② （清）吴任臣撰，徐敏霞、周莹点校：《十国春秋》（116卷）（全4册），中华书局1983年版，第4册，卷102，第1464页。

③ 张兴武：《五代艺文考》，巴蜀书社2003年版，第316页。

（三）孙光宪《荆台集》四十卷（佚）

《崇文》（1041）卷十二"别集七"云："孙光宪《荆台集》四十卷。"

《通志》（1161）卷七十艺文略第八"表章"云："孔光宪《荆台集》四十卷（光宪为荆南高季兴记室所作牋奏）。"笔者按："孔光宪"，当作"孙光宪。"

《宋史》（1343）卷二百八艺文七"别集类"云："孙光宪《荆台集》四十卷。"

《十国》（1672）卷一百二《孙光宪传》云："孙光宪……所著有《荆台集》。"

（四）孙光宪《笔傭集》十卷（佚）

《崇文》（1041）卷十二"别集七"云："孙光宪《笔傭集》十卷。"

《通志》（1161）卷七十艺文略第八"表章"云："孔光宪……又《笔傭集》十卷。"

《宋史》（1343）卷二百八艺文七"别集类"云："孙光宪……又《笔傭集》十卷。"

《十国》（1672）卷一百二《孙光宪传》云："孙光宪……所著有……《玩笔傭集》。"笔者按：《玩笔傭集》，"玩"字疑衍。

（五）孙光宪《纪遇诗》七卷（佚）

卷数一作十卷。详下。

《崇文》（1041）卷十二"别集四"云："《纪遇诗》七卷（缺）。"

《宋史》（1343）卷二百八艺文七"别集类"云："孙光宪……《纪遇诗》十卷。"

（六）孙光宪《巩湖编玩》三卷（佚）

《崇文》（1041）卷十一"别集二"云："《巩湖编玩》三卷。"

《通志》（1161）卷七十艺文略第八"别集五·五代"云："孙光宪《巩湖编玩》三卷。"

《郡斋》（1187）卷四中"别集类中"云："孙光宪《巩湖编玩》三卷。右荆南孙光宪，字孟文，陵州人。王衍降唐，避地荆南，从诲辟掌书记，历检校秘书监、御史大夫。王师收阆州，光宪劝其主献三州地。乾德（963—968）中，终黄州刺史，自号葆光子。"

《宋史》（1343）卷二百八艺文七"别集类"云："孙光宪……《巩湖编玩》三卷。"

《十国》（1672）卷一百二《孙光宪传》云："孙光宪……所著有……《巩湖编玩》。"

（七）孙光宪《橘斋集》二卷（佚）

《崇文》（1041）卷十二"别集五"云："《橘斋集》二卷（缺）。"

《宋史》（1343）卷二百八艺文七"别集类"云："孙光宪……《橘斋集》二卷。"

（八）孙光宪《蚕书》二卷（佚）

《崇文》（1041）卷五"农家类"云："《孙氏蚕书》二卷。"

《通志》（1161）卷六十六艺文略第四"食货·蚕养"云："《蚕书》二卷（孙光宪撰）。"

《直斋》（1262）卷十"农家类"云："《蚕书》二卷（按：《宋史·艺文志》作三卷）。孙光宪撰。光宪事迹见小说类。"

《通考》（1319）卷二百十八经籍考四十五"子·农家"所云引《直斋》同。

《宋史》（1343）卷二百五艺文四"农家类"云："孙光宪《蚕书》三卷。"

《十国》（1672）卷一百二《孙光宪传》云："孙光宪……所著有……《蚕书》。"

（九）孙光宪《太元金阙三洞八景阴阳仙班朝会图》五卷（佚）

《宋史》（1343）卷二百五艺文四"道家类"云："《仙班朝会图》五卷。"

《通志》（1161）卷六十七艺文略第五"道家三·符箓"云："《太元金阙三洞八景阴阳仙班朝会图》五卷（孙光宪撰）。"笔者按：《宋史》（1343）卷二百五艺文四"道家类"有"《仙班朝会图》五卷"，未言作者，估计作者是孙光宪，录此备考。

笔者又按：除上述九种著作外，孙光宪的著作还有3种4卷，均见于《四库阙书目》。该书卷一"别集类"有孙光宪《五书》二卷、《纂唐赋》一卷，卷二"小说类"有孙光宪《贻子录》一卷。因这3种4卷书在史志和宋元公私目录书中未见著录，故不专门列出，仅录此备考。

以上荆南国6名文人，著作21种147卷。存3种31卷。

第十章　北汉国艺文志考索

01 北汉国赵弘1种，不知卷数（佚）

赵弘（914—974），降宋后改名文度。蓟州渔阳（今天津蓟县）人。后晋高祖石敬瑭天福元年（936）登进士第，后汉（947—950）初为节度使刘崇所善。刘崇建北汉国（951），累官至翰林承旨、兵部尚书。刘钧天会四年（960），累官枢密使。宋太祖开宝二年（969），降宋，七年（974）卒，年六十一。赵弘通音律，善为诗，诗皆佚（《中国文学家大辞典·唐五代卷》第554—555页）。有著作1种，不知卷数，佚。

（一）赵弘《观光集》，不知卷数（佚）

《宋史》（1343）卷四百八十二《赵文度传》云："文度本名弘，亦犯宣祖庙讳，赐今名。……文度善为诗，人多讽诵，有《观光集》。"

《十国》（1672）卷一百八"北汉五"《赵弘传》云："弘善为诗，人多讽诵，有《观光集》若干卷。"

02 北汉国谭用之1种1卷（存）

谭用之（生卒年不详），字藏用，五代宋初人。仕途不达（《中国文学家大辞典·唐五代卷》第811页）。有著作1种1卷，存。《全唐诗》卷七六四编其诗为一卷。笔者按：因为《新唐书·艺文志》载有《谭藏用诗》一卷，次于刘言史、黄滔之前，而王保衡为北汉第三代皇帝英武帝刘继元时的中书舍人，故将谭用之置于王保衡之前。

（一）《谭用之诗》一卷（存）

书名又作《谭藏用诗》、《谭藏用诗集》。详下。

《崇文》（1041）卷十二"别集四"云："《谭藏用诗》一卷（缺）。"

《新唐书》（1060）卷六十艺文志第五十"别集类"云："《谭藏用诗》一卷。"

《通志》（1161）卷七十艺文略第八"别集诗"云："《谭藏用诗》一卷。"

《宋史》（1343）卷二百八艺文七"别集类"云："《谭用之诗》一卷。"

《四库全书总目》（1781）卷一百七十四"集部·别集类"云："《谭藏用诗集》一卷、《集外诗》一卷（江苏巡抚采进本）。旧本题谭用之撰。用之，字藏用，其履贯、时代不见于史。《新唐书·艺文志》载有《谭藏用诗》一卷，次于刘言史、黄滔之前。《全唐诗》亦载用之诗一卷，谓为五代末人，而《宋史·文苑传》又云："开宝初，有颖贽、刘从义善为文章，张翌、谭用之善为诗，张之翰善笺启。"则又当为宋初人。厉鹗《宋诗纪事》遂系之于宋。众说纷纷，莫能考订。今此集前题'姑苏吴岫家藏本，悉依宋钞'十一字，后有谭氏子孙札一通，称'集本元人钞宋板，钞书家珍藏，罕行于世'云云。是其书当出于明之中叶，而《全唐诗》所载之七律四十首，则别为集外诗，附之于后，盖其子孙所题，以别于本集者。然自宋以来，阅数百年，收藏者从未著录，而忽得于吴岫家。又，集外诸诗皆本于《唐诗鼓吹》，当时郝天挺所选录已为不少，乃无一篇出于本集，其故颇不可解，且反覆检勘，颇多疑窦。如经历、官名，不特《唐·百官志》所无，即宋代亦未曾置，至元时始有此职，而集中《梦祝直》诗乃有'忽梦浔州祝经历'句，其可疑者一也。又，《吴真人奉旨求贤》诗不似唐人语。考元时有道士吴全节被遇成宗、仁宗、英宗，封崇文宏道真入（笔者按：真入，当为真人），见于《元史》，而延祐（1314—1320）中尝命真人王寿衍求访道行之士，与此所云'奉旨求贤'者情事相近似当为吴全节作。其可疑者二也。又，集中《赠胡守》诗铺叙时事极详，其大略云：'因思闽广间，壤地有深阻。凶豪据深洞，老幼负戈弩。幸逢天子圣，元师复神武。诏书一日下，海内尽歌舞。横筭罢舟车，求贤复科举。'而《金盘山》诗又有'贞元纪年'。按：贞元（785—805）为德宗年号，距唐末百余岁，时代大不相及，而证诸《唐书》，亦无闽广作乱之事。惟《元史》载成宗元贞元年（1295），昭、贺、滕、邕、沣、全、衡、吉、赣、南安等处蛮寇窃发。二年（1296），上思州叛贼黄胜许攻剽水西思光寨，其后屡见于本纪，似与闽广凶豪之语相合，而仁宗皇庆二年（1313），始行科举，与'求贤复科举'语亦相近，盖元代未尝有此制，仁宗始法古举行，故谓之'复'。若唐则科举一代不绝，不可谓之'复'矣。贞元年号，恐当是'元贞'之讹。特元贞尽二年（笔者按：元成宗孛儿只斤·铁穆耳元贞年号为1295年、1296年、1297年，共3年，非2年，四库馆臣误），而此作七年，为不相符耳。其可疑者三也。又《送赵容》诗云：'武林杨柳旧依依，甲第楼台有是非。莫道天涯龙已化，但看云际鹤还飞。'其意似指南宋之亡，若唐末五代时，则钱氏据有临安，势方全盛，安得有此语？其可疑者四也，岂用之遗集散佚残缺，其子孙剿他人所作，参杂其间以足卷帙，故牴牾如是欤？"

03 北汉国王保衡1种1卷（佚）

王保衡（生卒年不详），五代北汉英武帝刘继元时，任中书舍人，直翰林院（《中国文学家大辞典·唐五代卷》第41页）。有著作1种1卷，佚。

（一）王保衡《晋阳见闻要录》一卷（佚）

《宋史》（1343）卷二百四艺文三"霸史类"云："王保衡《晋阳见闻要录》一卷。"

《十国》（1672）卷一百八"北汉五"《王保衡传》云："王保衡……所著《晋阳见闻要录》若干卷行世。"

以上北汉国3名文人，著作2种2卷，另1种不知卷数。存1种1卷。

小　结

现对本编《十国艺文志考索》从以下方面稍作总结。首先看十国243名文人著作的地域分布情况，见"十国文人著述比较表"；其次看十国243名文人中勤于著述的都有哪些人，见"十国文人著作种数排名表"；再看存书在种类和国别上的分布情况，见"十国文人存书87种的书名、卷数和种类"。为清晰和醒目计，均制作表格并用文字简要说明之。

（一）十国文人著述比较表

十国文人著述比较表

国别	著作人数/排名	著作种数/排名	著作卷数/排名	不知卷数之书	存书（种数、卷数）/排名
吴国	20人/5	40种/5	487卷/6	2种	1种3卷/8
南唐国	67人/1	156种/1	2347卷/1	11种	23种368卷/2
前蜀国	23人/4	98种/3	1001卷/5	4种	13种106卷（其中1种3卷作者存疑、1种1卷伪托）/3
后蜀国	45人/2（含伪蜀12人）	66种（含伪蜀18种）/4	1561卷（含伪蜀300卷）/4	11种（含伪蜀0种）	7种44卷（含伪蜀1种2卷）/4
南汉国	7人/8	11种/9	55卷/9	4种	1种15卷/7
楚国	15人/7	25种/7	2127卷/2	4种	1种1卷/9
吴越国	43人/3	113种/2	1946卷/3	29种	27种439卷，另4种不知卷数/1
闽国	14人/6	30种/6	194卷/7	1种	6种21卷/5
荆南国	6人/9	21种/8	147卷/8	0种	3种31卷/6
北汉国	3人/10	2种/10	2卷/10	1种	1种1卷/9

国别	著作人数/排名	著作种数/排名	著作卷数/排名	不知卷数之书	存书（种数、卷数）/排名
十国总汇	243 人	562 种	9821 卷	67 种	83 种 1029 卷，另 4 种不知卷数
中原五朝	134 人	256 种	3031 卷	11 种	

说明：

1. 本《十国艺文志考索》只研究十国文人的著述情况，故对中原五朝文人的著作不作详细考辨。本表最后一行列出关于中原五朝文人著作的作者数、种数、卷数、不知卷数之书数量的统计，目的在于为读者判定中原文人和十国文人的著述情况提供一个大致的参考依据。关于中原五朝文人的著述情况系笔者依据张兴武先生的大作《五代艺文考》统计后所得，特此说明，并致谢忱。

2. 南唐国另有 9 种著述、前蜀国 1 种著述、闽国 2 种著述、中原五朝 1 种著述，或为刻石，或为单篇文章，或为校勘，笔者不将其视为著述（即著作），故未列入表中。

现将《十国艺文志考索》的著作的地域性分布总结如下：

就作者数量的多少而言，十国的排列是：南唐国 67 人，后蜀国 45 人（含伪蜀国 12 人），吴越国 43 人，前蜀国 23 人，吴国 20 人，楚国 15 人，闽国 14 人，南汉国 7 人，荆南国 6 人，北汉国 3 人。

就著作种数的多少而言，十国的排列是：南唐国 156 种（另 11 种不知卷数，下同），吴越国 113 种（另 31 种），前蜀国 98 种（另 4 种），后蜀国 66 种（另 11 种），吴国 40 种（另 2 种），闽国 30 种（另 1 种），楚国 25 种（另 4 种），荆南国 21 种（另 0 种），南汉国 11 种（另 3 种），北汉国 2 种（另 1 种）。

就著作卷数的多少而言，十国的排列是：南唐国 2347 卷，楚国 2127 卷，吴越国 1946 卷，后蜀国 1561 卷，前蜀国 955 卷，吴国 487 卷，闽国 194 卷，荆南国 147 卷，南汉国 55 卷，北汉国 2 卷。

就存书的多少而言，十国的排列是（以种数为据，卷数附后）：吴越国 27 种 439 卷（另 4 种不知卷数），南唐国 21 种 365 卷，前蜀国 11 种 103 卷，后蜀国 6 种 42 卷，闽国 6 种 21 卷，荆南国 3 种 31 卷，南汉国 1 种 15 卷，吴国 1 种 3 卷，楚国 1 种 1 卷，北汉国 1 种 1 卷。

就地域而言，吴国、南唐国皆江南，前蜀国、后蜀国皆蜀地，故五代时江南文人著述就是吴国、南唐国著述之和，五代时蜀地文人著述就是前蜀国、后蜀国文人之和。这样，统计结果是：江南（吴国和南唐国）87 人，196 种 2834 卷，另 13 种不知卷数，存 22 种 368 卷；蜀地（前蜀国和后蜀国）68 人，164 种 2516 卷，另 15 种不知卷数，存 17 种 145 卷。这两个地区是五代十国时

著作最多的两个地区，接下来依次是（主要以著作种数多少为据）：吴越国 43
人，113 种 1946 卷，另 31 种不知卷数，存 27 种 439 卷，另存 4 种不知卷数；
闽国 14 名文人，著作 30 种 194 卷，另 1 种不知卷数，存 6 种 21 卷；楚国 15
名文人，著作 25 种 2127 卷，另 4 种不知卷数，存 1 种 1 卷；荆南国 6 名文
人，著作 21 种 147 卷，存 3 种 31 卷；南汉国 7 名文人，著作 11 种 55 卷，另
3 种不知卷数，存 1 种 15 卷；北汉国 3 名文人，著作 2 种 2 卷，另 1 种不知卷
数（存 1 种 1 卷）。

（二）十国文人著作种数排名表（前 24 名）

01 前蜀国杜光庭 41 种 366 卷（存 5 种 58 卷），另伪托杜光庭者 1 种 1
卷（存）

02 南唐国乐史 23 种 661 卷（存 4 种 223 卷）

03 吴越国罗隐 15 种 86 卷，另 2 种不知卷数（存 3 种 17 卷，另 1 种不知
卷数）

04 前蜀国王仁裕 14 种 267 卷（存 1 种 4 卷）

05 吴越国释延寿 14 种 115 卷，另 4 种不知卷数，又有 1 种不知卷数，作
者有争议，（存 14 种 115 卷，另存 3 种不知卷数，1 种不知卷数作者有争议者
亦存）

06 吴越国释赞宁 12 种 466 卷（存 6 种 296 卷）

07 南唐国徐铉 11 种 93 卷，另 1 种不知卷数（存 2 种 38 卷）

08 前蜀国韦庄 10 种 34 卷（存 2 种 13 卷）

09 南唐国徐锴 9 种 576 卷，另 1 种不知卷数（存 2 种 45 卷）

10 荆南国孙光宪 9 种 109 卷（存 1 种 20 卷）

11 吴越国钱俨 9 种 101 卷（存 1 种 4 卷）

12 吴越国丘光庭 9 种 15 卷，另 2 种不知卷数（存 2 种 6 卷）

13 南唐国宋齐丘 8 种 42 卷（存 2 种 9 卷）

14 吴国殷文圭 7 种 99 卷（均佚）

15 后蜀国杨九龄 6 种 100 卷（均佚）

16 南唐国吴淑 6 种 52 卷（存 2 种 32 卷）

17 南唐国郑文宝 6 种 48 卷（存 3 种 7 卷）

18 南唐国陈致雍 6 种 32 卷（均佚）

19 后蜀国李昊 5 种 270 卷（均佚）

20 前蜀国毛文晏 5 种 50 卷（均佚）

21 南唐国韩熙载 5 种 35 卷（均佚）

22 闽国徐寅 5 种 11 卷（存 2 种 4 卷）

23 吴越国释晤恩 5 种，均不知卷数（均佚）

24 楚国朱遵度 4 种 2053 卷（均佚）

25 吴国陈岳 4 种 150 卷，另 1 种不知卷数（均佚）

（三）十国文人存书 87 种的书名、卷数和种类

以下的排列，先按照《宋史·艺文志》目录分类排列；同一个类别的，按照吴任臣《十国春秋》所云"十国"的先后顺序排列；同一个类别且同一个国别的，按照该书在史志和公私目录书的先后顺序排列。

01 伪蜀国冯继先《春秋名号归一图》二卷（经部·春秋类）

02 南唐国徐锴《说文解字系传》四十卷（经部·小学类）

03 南唐国徐锴《篆韵》五卷（经部·小学类）

以上 01—03 经部 3 种 47 卷。

04 南唐国乐史《杨贵妃外传》二卷（史部·传记类）

05 南唐国乐史《绿珠传》一卷（史部·传记类）

06 南唐国乐史《广卓异记》二十卷（史部·传记类）

07 前蜀国郭廷诲（作者有争议）《广陵妖乱志》三卷（史部·传记类）

08 前蜀国韩偓《金銮密记》五卷（史部·传记类）

09 南唐国乐史《太平寰宇记》二百卷（史部·地理类）

10 南唐国史虚白《钓矶立谈》一卷（史部·载记类）

11 南唐国郑文宝《江表志》三卷（史部·载记类）

12 南唐国郑文宝《江南余载》二卷（史部·载记类）

13 后蜀国句延庆《锦里耆旧传》八卷（史部·载记类）

14 吴越国钱俨《吴越备史》四卷（史部·载记类）

以上 04—14 共 11 种 249 卷。

15 南唐国沈汾《续神仙传》三卷（子部·道家类）

16 前蜀国杜光庭《神仙感遇传》五卷（子部·道家类）

17 前蜀国杜光庭《墉城集仙录》六卷（子部·道家类）

18 前蜀国杜光庭《道教灵验记》二十卷（子部·道家类）

19 后蜀国彭晓《周易参同契分章通真义》三卷（子部·道家类）

20 吴越国释延寿《注心赋》一卷（子部·释家类）

21 吴越国释延寿《宗镜录》一百卷（子部·释家类）

22 吴越国释延寿《感通赋》一卷（子部·释家类）

23 吴越国释延寿《唯心诀》一卷（子部·释家类）

24 吴越国释延寿《禅宗永明集》一卷（子部·释家类）

25 吴越国释延寿《万善同归集》三卷（子部·释家类）

26 吴越国释延寿《定慧相资歌》一卷（子部·释家类）

27 吴越国释延寿《警世》一卷（子部·释家类）

28 吴越国释延寿《观心玄枢》一卷（子部·释家类）

29 吴越国释延寿《金刚证验赋》一卷（子部·释家类）

30 吴越国释延寿《中峰国师三时系念佛事》一卷（子部·释家类）

31 吴越国释延寿《受菩萨戒法》一卷（子部·释家类）

32 吴越国释延寿《神栖安养赋》一卷（子部·释家类）

33 吴越国释延寿《永明寿禅师垂诫》一卷（子部·释家类）

34 吴越国释延寿《三支比量义钞》，不知卷数（子部·释家类）

35 吴越国释延寿《真唯识量》，不知卷数（子部·释家类）

36 吴越国释延寿《自行录》，不知卷数（子部·释家类）

37 吴越国释延寿《禅净四料简》，不知卷数（子部·释家类）（作者有争议）

38 吴越国释赞宁《鹫岭圣贤录》一百卷（子部·释家类）

39 吴越国释赞宁《大宋高僧传》三十卷（子部·释家类）

40 吴越国释赞宁《僧史略》三卷（子部·释家类）

41 吴越国释赞宁《内典集》一百五十二卷（子部·释家类）

42 后蜀国彭晓《参同契明鉴诀》一卷（子部·神仙类）

43 南唐国宋齐丘《玉管照神局》三卷（子部·术数类）

44 吴越国释赞宁《笋谱》一卷（作者有争议）（子部·农家类）

45 吴越国释赞宁《物类相感志》十卷（作者有争议）（子部·杂家类）

46 南唐国宋齐丘《化书》六卷（子部·杂家类）

47 吴越国罗隐《两同书》二卷（子部·杂家类）

48 吴越国丘光庭《兼明书》五卷（子部·杂家类）

49 南唐国徐铉《稽神录》六卷（子部·小说家类）

50 南唐国张洎《贾氏谈录》一卷（子部·小说家类）

51 南唐国尉迟偓《中朝故事》二卷（子部·小说家类）

52 南唐国吴淑《江淮异人录》二卷（子部·小说家类）

53 南唐国郑文宝《南唐近事》二卷（子部·小说家类）

54 前蜀国杜光庭《录异记》十卷（子部·小说家类）

55 前蜀国王仁裕《开元天宝遗事》四卷（子部·小说家类）

56 后蜀国何光远《鉴戒录》十卷（子部·小说家类）

57 南汉国王定保《唐摭言》十五卷（子部·小说家类）

58 吴越国丘光庭《海潮论》一卷（子部·小说类）

59 荆南国孙光宪《北梦琐言》二十卷（子部·小说家类）

60 南唐国吴淑《事类赋》三十卷（子部·类书类）

61 伪托杜光庭《杜天师了证歌》一卷（子部·医家类）

以上 15—61 为子部共 43 种 569 卷，另 4 种不知卷数。

62 吴国杜荀鹤《唐风集》三卷（集部·别集类）

63 南唐国徐铉《徐铉集》三十二卷（集部·别集类）

64 前蜀国贯休《禅月集》二十五卷（集部·别集类）

65 前蜀国韦庄《浣花集》十卷（集部·别集类）

66 前蜀国杜光庭《广成集》十七卷（集部·别集类）

67 吴越国罗隐《江南甲乙集》十卷（集部·别集类）

68 吴越国罗隐《谗书》五卷（集部·别集类）

69 闽国徐寅《徐正字诗赋》二卷（集部·别集类）

70 闽国黄滔《黄滔集》十卷（集部·别集类）

71 闽国韩偓《入内廷后诗集》一卷（集部·别集类）

72 荆南国僧齐己《白莲集》十卷（集部·别集类）

73 北汉国谭用之《谭用之诗》一卷（集部·别集类）

74 南唐国《李建勋诗》二卷（集部·诗集类）

75 南唐国李中《李中诗集》三卷（集部·诗集类）

76 前蜀国唐求《唐求诗集》一卷（集部·诗集类）

77 前蜀国张蠙《张蠙诗集》一卷（集部·诗集类）

78 吴越国罗虬《比红儿诗》一卷（集部·诗集类）

79 闽国韩偓《香奁集》一卷（集部·诗集类）

80 南唐冯延巳《阳春集》一卷（集部·歌词类）

81 南唐李璟、李煜《南唐二主词》一卷（集部·歌词类）

82 后蜀国赵崇祚《花间集》十卷（集部·词曲类）

83 前蜀国韦庄《又玄集》三卷（集部·总集类）

84 后蜀国韦縠《才调集》十卷（集部·总集类）

85 楚国僧虚中《流类手鉴》一卷（集部·文史类）

86 闽国徐寅《雅道机要》二卷（集部·文史类）

87 荆南国僧齐己《风骚指格》一卷（集部·文史类）

以上 87 种存书中，经部 3 种 47 卷；史部 11 种 249 卷；子部 43 种 569 卷，另 4 种不知卷数；集部 26 种 164 卷。

（四）集部 19 人 26 种书与《十国文学研究》关系紧密的 21 种书

集部 26 种书，就国别而言，吴国 1 人 1 种 3 卷，南唐国 6 人 5 种 39 卷，前蜀国 5 人 6 种 57 卷，后蜀国 2 人 2 种 20 卷，南汉国 0 人，楚国 1 人 1 种 1 卷，吴越国 2 人 3 种 16 卷，闽国 3 人 5 种 16 卷，荆南国 1 人 2 种 11 卷，北汉国 1 人 1 种 1 卷。其中前蜀国韦庄《又玄集》三卷版本比较简单，且已被收入《唐人选唐诗十种》中；楚国僧虚中《流类手鉴》一卷、闽国徐寅《雅道机要》二卷、荆南国僧齐己《风骚指格》一卷三种四卷书乃集部文史类著作，不是诗词文类著作；北汉国谭用之《谭用之诗》一卷如四库馆臣所言，系存疑类著作。故就《十国文学研究》这个题目所涉及的别集和诗集类著作而言，这五种书可暂缓研究。还有，吴国殷文圭的诗集虽然仅仅是清初人的抄本，且没有交代清楚其来源，按道理，不应该被视为有著作流传才对，可是，《中国古籍善本书目》卷二十三收录了"《殷文珪诗集》一卷（清抄本）"①，故本《十国文学研究》将《殷文珪诗集》一卷也作为研究的对象。这样，需要首先研究的书就有 7 个国家 21 人（李璟只有 3 首词，附于李煜名下，即李璟李煜算 1 人，故 21 人列出来只有 20 个）的 22 种著作。但是，清编《罗隐集》收录了《两同书》（不分卷）、《广陵妖乱志》（不分卷），故本《十国文学研究》所要研究的著作就变成了 7 国 21 人 24 种著作。具体如下：

　　01 吴国杜荀鹤《唐风集》三卷（集部·别集类）

　　02 吴国殷文珪《殷文珪诗集》一卷（集部·别集类）

　　03 南唐国李建勋《李建勋诗》二卷（集部·诗集类）

　　04 南唐国冯延巳《阳春集》一卷（集部·歌词类）

　　05 南唐国李璟、李煜《南唐二主词》一卷（集部·歌词类）

　　06 南唐国李中《李中诗集》三卷（集部·诗集类）

　　07 南唐国徐铉《徐铉集》三十二卷（集部·别集类）

　　08 前蜀国贯休《禅月集》二十五卷（集部·别集类）

　　09 前蜀国韦庄《浣花集》十卷（集部·别集类）

　　10 前蜀国唐求《唐求诗集》一卷（集部·诗集类）

　　11 前蜀国张蠙《张蠙诗集》一卷（集部·诗集类）

　　12 前蜀国杜光庭《广成集》十七卷（集部·别集类）

　　13 后蜀国赵崇祚《花间集》十卷（集部·词曲类）

　　14 后蜀国韦縠《才调集》十卷（集部·总集类）

　　15 吴越国罗虬《比红儿诗》一卷（集部·诗集类）

　　16 吴越国罗隐《江南甲乙集》十卷（集部·别集类）

---

① 中国古籍善本书目编辑委员会编：《中国古籍善本书目》（集部上），上海古籍出版社 1998 年版，卷 23，第 180 页。

吴越国罗隐《谗书》五卷（集部·别集类）

附加：《两同书》（不分卷）

《广陵妖乱志》（不分卷）

17 闽国黄滔《黄滔集》十卷（集部·别集类）

18 闽国韩偓《入内廷后诗集》一卷（集部·别集类）

闽国韩偓《香奁集》一卷（集部·诗集类）

19 闽国徐寅《徐正字诗赋》二卷（集部·别集类）

20 荆南国僧齐己《白莲集》十卷（集部·别集类）

最后说明一下，南汉国、楚国、北汉国三个政权没有别集或者诗集类著作流传下来，故其别集、诗集类著作的研究只好暂付阙如，但是，这三个国家的文学研究不会暂付阙如，因为这三个政权文人的诗歌被收集于《全唐诗》、《全宋诗》等总集中。

第二编　十国文人集部著作序跋文字
和著录文字辑录

小　引

十国中有集部著作善本书存世的文人，共有 21 名，分属于十个国家中的七个国家，本编即辑录这 21 名文人集部著作的序跋文字和著录文字。

"集部著作"既指在《崇文总目》、《郡斋读书志》、《直斋书录解题》、《宋史》等公私目录书中被著录为"别集"、"诗集"、"总集"的著作，又指本来属于"史部"或"子部"但被收入今人所编唐宋文人作品集（例如《罗隐集》）的著作。这样的著作共有 26 种（部）（同书异名算同一种书、一种书的笺注类著作和该书算同一种书）。

"序跋文字"包含序文和跋文两类。序文指书的作者、编者、刻者（指主持刻印者，很多情况下，实际上就是编者，一般不指刻印工人）编成或刻成一种书后写于或刻于该书正文前或正文后的文字，其内容一般是交代书的编刻缘起或评价书的内容。其中，正文前的文字，被称为"序"，其题目一般会含有"序"、"叙"、"引"之类的字眼；正文后的文字，被称为"后序"，其题目一般会含有"后序"或"后叙"之类的字眼。跋文指读者（很多情况下是书的收藏者）得到一种书或者阅读一种书后，写于该书的正文后或正文前（多数情况下写于正文后，少数情况下写于正文前，偶然也写于正文的天头、地脚或边栏）的文字，其内容一般是表达得到该书或者阅读该书的感想。

"著录文字"指正史艺文志、史部书"艺文略"和"经籍考"、公私藏书目录收录某种书时的记载文字，一般包含书的书名、卷数、作者，有时候还包含书的版本、书的内容和作者的介绍、书的刻印历史和流传过程。

正常情况下，书的序跋文字和书的著录文字有严格的区别。一种书的序跋文字一定是写于该书上的（或正文前，或正文后，或正文的天头、地脚、边栏），而该书的著录文字一定是写于另一种书上的（这另一种书一般是正史的艺文志，或者史部书的艺文略、经籍考，或者公私藏书目录）。但是，私家藏书目录著录一种书的时候，往往会过录或摘录该书上的序跋，这样，著录文字中就包含序跋文字了；而有些序跋有时候会介绍该书在史志或公私目录书的著录情况，这样，序跋文字中就又包含著录文字了。本编采取的办法是，序跋文字中包含著录语，则全部过录，一字不遗，亦一字不易；著录文字中包含序跋文，则酌情省略，并以"笔者按"的提示语注出省略的原因和所省略内容的所在。

严格地说，序跋文字的收集必须从一种书某种版本上的序跋去过录（而不是从其他人的过录再次过录，即辗转过录），而且应该从写有此则序跋的最初的版本上去过录（而不应从后来的翻刻本甚至排印本过录）。但是，一种情况是，很多书最初的版本（感觉上是多数书最初的版本）都佚失了，其序跋因后来的抄本或刻本的袭用而保存下来，故只能从后来抄本的序跋或后来刻本的序跋来过录。另一种情况是，某则序跋确实是存在的（至少存在过），而且这则序跋比较常见易得，还知道这则序跋的作者和题有这则序跋的版本，但是，题有这则序跋的版本却遍索无得。这种情况下，笔者采取的办法是，只过录这则序跋，并注明从何处过录而来，还注明题有这则序跋的版本，但该版本的藏书单位和索书号或索取号只好付诸阙如。第三种情况是知道一种书的一则序跋，但不知是何种版本的序跋，也查不出这则序跋题于何种版本。这种情况下，也只能交代此序跋从何处过录，而将原先题有此则序跋的版本、此版本的藏书单位和索书号或索取号付诸阙如。第四种情况是，题目显示是序跋，也被收入"序跋集"之类的著作中，但是，从内容看不像是序跋语，也看不出题于何种版本，反倒像地地道道的著录语，这种情况下，仍然作为题跋收录，并交代此题跋从何处过录而来，其藏书单位和索书号或索取号也只能付诸阙如。

以上四种情况中后三种情况常常让人不知道序跋的出处，也怀疑序跋的准确性，而第一种情况，也会因为版本不同而产生文字上的歧异，从而出现困惑。有鉴于此，本编不仅交代一则序跋所在的版本，而且交代这个版本的藏书单位和索书号或索取号。这样，依据一则序跋所在版本的索书号或索取号，一定能找到该版本上的该则序跋，理论上说不会有意外。

古书的序跋文字和著录文字以文言文行文居多，且有许多出于著名学者之手，但总的来说，其文风平易近人，易读易懂。如果说有什么阅读障碍，这些障碍常常来自于序跋或著录中的古人字号。对这些古人字号一一注出，则篇幅过长（如果不介意篇幅过长，对古人字号全部注出，是很有必要的）；一律不注，则有些序跋和著录，拦路虎太多，读了等于没读。本编采取的办法是，对不常见而读者难以知晓者，就注；对常见而人们所熟悉者，就不注（当然不注的不见得都是不需要注，也有个别因为遍索无得而不会注、注不出来，所以未注）。如果觉得所注多余，无视即可（反正此类注释很简略）；如果觉得所注太少或不得要领，自己查阅相关工具书即可。

著录十国文人著作的书籍中，宋欧阳修等的《新唐书》、宋王尧臣等的《崇文总目》、宋郑樵的《通志》、宋晁公武的《郡斋读书志》、宋尤袤的《遂初堂书目》、宋陈振孙的《直斋书录解题》、元马端临的《文献通考》、元脱脱等的《宋史》八种书出现的频率太多了，而且这八种书的通行本常见易得，故本编对出于这八种书中的著录语，不再注释出版社的名字、出版年月、著录语所在的页码（著录语所在的卷第是随文交代的）。除这八种书外，含有著录语的其他书，一定注明出版社名字、出版年月、著录文字所在的页码。

本编于古人名字后，尽可能括注生卒年，只有在一个古人的名字在不足千字的篇幅内重复出现时，才不注出该古人的生卒年。古人的生卒年得自《中国文学家大辞典·唐代卷》、《中国文学家大辞典·宋代卷》、《中国历代人名大辞典》、《文献家通考》之类的工具书，具体是哪部工具书、是哪一页，就不再出注了。

十国中七个国家21位文人的排列顺序，首先排列不同国家的顺序，依据是清吴任臣《十国春秋》对国别的排列；其次排列不同文人的顺序，依据是文人年齿的长幼；最后排列不同种（或部）书的顺序，依据是不同种书完成时间或刊刻时间的先后顺序。

马上就要开始序跋文字和著录文字的辑录工作了。现在对七国21位文人的26种书予以简要交代，以便读者清晰地了解辑录工作的纲目。

第一章吴国二人：杜荀鹤（846—904）和殷文圭（生卒年不详，事吴国二主）。

第二章南唐国六人：李建勋（873？—952）、冯延巳（903？—960）、南唐二主［李璟（916—961），李煜（937—978）］、李中（生卒年不详，事南唐二主和宋太祖）、徐铉（916—991）。

第三章前蜀国五人：贯休（832—912）、韦庄（836？—910）、唐求（生卒年不详，昭宗时，王建帅蜀，召为参谋，辞不就）、张蠙（生卒年不详，894年进士，事前蜀二主）、杜光庭（850—933）。

第四章后蜀国二人：赵崇祚、韦縠。

第五章吴越国二人：罗虬（？—881？）、罗隐（833—910）。

第六章闽国三人：黄滔（840？—?，895年进士）、韩偓（842—914？，889年进士）、徐寅（生卒年不详，894年进士，后唐时事王审知）。

第七章荆南国一人：齐己（864—943？）。

以下开始辑录十国文人集部著作的序跋文字和著录文字。

第一章　吴国文人集部著作序跋文字和著录文字辑录

如前文《吴国艺文志考索》所考，杜荀鹤（846—904）有著作 2 种 11 卷，即《杜荀鹤诗集》一卷和《唐风集》十卷，流传至今者，只有 1 种 3 卷，即《唐风集》三卷。故本章先辑录《唐风集》三卷的序跋文字，再辑录《唐风集》三卷在历代公私目录类书目中的著录文字。

（一）吴国杜荀鹤集部著作序跋文字辑录（共 13 篇）

第 1 篇：892 年顾云序《唐风集》

《唐风集》叙

太常博士顾云撰。

大顺（890—891）初，皇帝命小宗伯河东裴公掌邦贡。次二年（892?），远（一作遥）者来，隐者出，异人隽士（《全唐文》"士"下有"始"字）大集都下。于群进士中，得九华山人杜荀鹤，拔居上第。诸生谢恩日，列坐既定。公揖生谓曰："圣上歉文教未张，思得如高宗朝射洪（《全唐文》无"射洪"二字）拾遗陈公（名犯文宗庙讳），作诗出没二雅，驰骤建安，削苦涩僻碎，略淫靡浅切。破艳冶之间（一作坚）阵，禽雕巧之首帅，皆摧撞折角，崩溃解散，扫荡词场，豁清文祲。然后有戴容州、刘随州、王江宁率其徒，扬鞭按辔，相与呵乐，来朝于正道矣。以生诗有陈体，可以润国风，广王泽，故擢以塞诏意，勉为中兴诗宗。"生谢而退。明（一作次）年（893?），宁亲江表，以仆故山偕隐者，出（《全唐文》"出"下有"平生所著五七言"）诗三百篇，见其雅丽激越之句（《全唐文》作"见简，咏其雅丽清苦激越之句"），能使贪吏廉，邪臣正，父慈子孝，兄友（一作良）弟悌（一作顺），人伦之（一作纲）纪备矣。其壮语大言，则决起逸发，可以左揽工部袂，石（笔者按：石，当作右）拍翰林肩，吞贾喻八九于胸中，曾不芥介。情（《全唐文》情上有"或"字）动（一作发）于（一作乎）中，则极思冥搜，神游（一作泳）希夷，形兀枯木。五声劳于呼吸，万象贫（一作悉）于抉剔。信诗（《全唐文》"诗"下有"家"字）之雄杰者也。美哉！裴公之知人为不诬矣。於戏，旌别淑慝，史臣之职（《全唐文》"职"下有"也"字），仆幸得为之叙录。视其人，齿尚壮，才力未尽，讴吟之兴方酣，俟其继作，得如《周颂》者（《全唐文》作"《周颂》、《鲁颂》者"），目（《全唐文》作"广"）之为《唐风集》，老而益精，留次序（一作"别为之次序"）。景福元年壬子（892）夏述。

——《唐风集》之"唐石籙汇刻贵池先哲遗书"本卷首

笔者按：第一，影印文渊阁四库全书本《唐风集》三卷第 1083 册第 584页至第 585 页亦有此顾云序，字句稍有不同，尤其是影印文渊阁四库全书本《唐风集》此序末尾作"视其人，齿尚壮，才力未尽，讴吟之兴方酣，俟其继作，得如《周颂》者，目之为《唐风集》。顾云序"。第二，此序作于 892 年，即杜荀鹤（846—904）47 岁时，杜荀鹤 59 岁才去世，则此《唐风集》三卷成书时，杜荀鹤 47 岁后 13 年间所写的诗文尚未能收录在内。第三，"唐风集叙"之"叙"，影印文津阁四库全书本《唐风集》三卷作"序"。

第 2 篇：1603 年稍后明冯武跋

此予家藏南宋板抄本。癸卯（1603）春仲，借得隐湖毛氏北宋版细校一过，异同处悉两存之。海虞冯武。

——《唐风集》三卷（善本）之明末冯彦渊抄本

笔者按：《唐风集》三卷（善本）之明末冯彦渊抄本，国家图书馆有藏，索书号：02130。此跋又被收入清张金吾（1787—1829）《爱日精庐藏书志》卷二十九第二十一页①。

第 3 篇：1608 年徐惟起（1563—1639）跋杜荀鹤《唐风集》

杜荀鹤《唐风集》

会昌（841—846）中，杜牧之自齐安移守秋浦，时妾有娠，出嫁长林乡士杜筠，生荀鹤，自号九华山人。大顺（890—891）初擢第，授翰林学士、主客员外郎、知制诰。顾云序其集，为《唐风集》。开卷《宫词》一首，欧阳公《诗话》谓是周朴作。按：《幕府燕闲录》云："荀鹤诗鄙俚近俗，惟宫词为唐第一，谚云'杜诗三百首，惟在一联中。风暖鸟声碎，日高花影重。'实非周朴也。然荀鹤之诗，语太刻削，虽乏浑厚之体，而佳句甚多，何止一联。绝句如《山雨溪风卷钓丝》一首、《莫天新雁起汀州》一首，泠泠有韵，区区宫词，何能尽其平生哉？斯本建安杨文敏故物，钞录精善，首有杨氏印章，后归建安丘（笔者按：丘缺倒数第二笔）文举。文举转以赠余。因考其人而评其大略如此。万历戊申（1608，即明神宗万历三十六年）十月晦前三山徐惟

<hr>

①　中华书局编辑部编：《宋元明清书目题跋丛刊》（全19册），中华书局2006年版，第11册，第522页。

起跋。

——《唐风集》三卷之明抄本

笔者按：第一，徐惟起（1563—1639）此则跋语来自清缪荃孙（1844—1919）《重编红雨楼题跋》卷一第三十五页至第三十六页①。第二，杨荣（1371—1440），建安（今福建建瓯）人，明成祖朱棣永乐年间首辅，卒后被赠太师，谥文敏。《明史》卷一百四十八有传。丘文举，名鸿夫，为杨慎（1488—1559）门生。第三，今存《唐风集》三卷之明抄本有三种，一为 10 行 18 字，无格，有清周星怡跋，索书号为 05394；二为唐四十四家九十八卷本，索书号为 11161；三为明末（1621—1644）冯彦渊抄本，有冯彦渊子冯武跋和清人叶坦跋，索书号 02130。明朝徐惟起所跋的此一种明抄本，是明代永乐首辅杨荣家藏本，抄录精善，此本显然是明初抄本，则此本可能是索书号为 05394 的明抄本，也可能是索书号为 11161 的唐四十四家九十八卷本，也可能是另一种明抄本，今天已经不知其下落，笔者在国家图书馆借阅了《唐风集》的所有版本（系缩微制品），未能见到此跋，录此备考。

第 4 篇：毛晋（1599—1659）跋《唐风集》三卷

唐风集跋

杜荀鹤，池州人，《纪事》云牧之微子也。会昌（841—846）末，牧之自齐安移守秋浦，时妾有妊，出嫁长林乡杜筠而生荀鹤。自号九华山人，少有诗名，年四十六，始擢第。殷文圭贺诗云："一战平酬五字劳，昼归乡去锦为袍。大鹏出海翎犹湿，骏马辞天气正豪。九子旧山增秀绝，二南新格变风骚。"可谓叙述曲尽矣，与杨夔、康骈、夏侯淑、王希羽、殷文圭，皆为淮南将田頵上客。及頵遇祸，梁太祖表授翰林学士主客员外郎知制诰。天祐（904—907）初卒。顾云《诗叙》极其推重。或又病其诗近俗，惟《宫词》为第一，谚云："杜诗三百首，惟在一联中。"正谓"风暖鸟声碎，日高花影重"也。《唐风集》以之压卷，亦此意耶。琴川毛晋识。

——《唐风集》三卷之影印文渊阁四库全书本卷末

笔者按：毛晋此跋在影印文渊阁四库全书第 1083 册第 620 页。

第 5 篇：1662 年清陆贻典跋《杜荀鹤文集》三卷（宋刊本）

世传分体《唐风集》俱出南宋本，余尝假钱遵王本校过，藏诸家塾。毛斧季新得沙溪黄子羽所藏北宋本，既未分体，且多诗三首，与世本迥异，偶过汲古阁，出以示余，且以家刻本见贻，因校此本，携归，识于灯下。壬寅

---

①　中华书局编辑部编：《宋元明清书目题跋丛刊》（全 19 册），中华书局 2006 年版，第 6 册，第 413—414 页。

（1662）仲冬二十八日，陆贻典（1617—1686）。

——《杜荀鹤文集》三卷之宋刊本卷尾。

笔者按：此跋来自瞿镛（约1800—1864）《铁琴铜剑楼藏书目录》卷十九第四十八页至第四十九页①。上海图书馆有《杜荀鹤文集》三卷之宋刊本，笔者所看为电子本，第三卷结束即全书结束，无卷尾。这说明瞿镛《铁琴铜剑楼藏书目录》卷十九提到的宋刊本，和上海图书馆所藏的宋刊本，不是同一个本子，不知瞿镛提到的这个有陆贻典跋语的宋刊本今何在，录此备考。

第6篇：钱曾跋《杜荀鹤文集》三卷

《杜荀鹤文集》三卷

予藏九华山人诗是陈解元书棚宋本，总名《唐风集》，后得北宋本缮写，乃名《杜荀鹤文集》，而以《唐风集》三字注于下。窃思荀鹤有诗无文，何以集名若此，殊所不解。《通考》云："《唐风集》十卷"，更与顾云撰序刺谬矣。

——《杜荀鹤文集》三卷之宋蜀刻本

笔者按：第一，此跋来自清钱曾（1629—1701）撰，清管庭芬、章珏校证《读书敏求记校证》卷四中第十一页至第十二页②。第二，钱曾说他看到的是《杜荀鹤文集》三卷的北宋本，但是，笔者未看到哪个图书馆藏有此北宋本，上海图书馆所藏的为宋蜀刻本，仍然是南宋本，不是北宋本。不知《杜荀鹤文集》三卷之北宋本今何在，录此备考。第三，钱曾云他所藏的《唐风集》是陈解元书棚宋本，那就是浙刻本，不是蜀刻本，不知此本今何在，录此备考。

第7篇：1745年清叶坦跋《杜荀鹤文集》三卷

冯氏书法为临池正传，此卷其所抄本也。遒劲流丽，出入钟王，不知何时流落敝箧，半充脉望之腹。顷因晒书检得，深悲其遭际之失所也。拔登邺架，眠食与俱，又虑其糜蠹之难存也，特为裱而装之，以寿于世。其诗虽晚唐，直入风雅，亦工部之的派也。佳章妙笔，可称合璧。乾隆十年（1745）九月庚午朔，居由叶坦跋。

——《唐风集》三卷（善本）之明末冯彦渊抄本

笔者按：此本书名为《杜荀鹤文集》，但是第一卷"杜荀鹤文集"下一行

---

① 中华书局编辑部编：《宋元明清书目题跋丛刊》（全19册），中华书局2006年版，第10册，第292—293页。

② 中华书局编辑部编：《宋元明清书目题跋丛刊》（全19册），中华书局2006年版，第11册，第205页。

注"《唐风集》",故国家图书馆著录书名为《唐风集》,索书号为02130。

第8篇:1781年四库馆臣跋

唐风集提要

臣等谨按:《唐风集》三卷,唐杜荀鹤撰,荀鹤,池川(笔者按:影印文渊阁四库本作池州)人。按:计有功《唐诗纪事》称荀鹤有诗名,大顺(890—891)初擢进士第二,牧之微子也。牧之,自齐安移守秋浦,时有姜怀妊,出嫁长林乡杜筠而生荀鹤。又称荀鹤擢第时危势晏,复还旧山,田頵在宣州,甚重之。頵起兵,阴令以牋间至梁太祖,许及頵遇祸,梁主表授翰林学士主客员外郎中知制诰,恃势侮易缙绅,众怒,欲杀之,未及。天祐(904—907)初卒。又称荀鹤,初谒梁王朱全忠,雨作而天无云。荀鹤赋诗有"若交阴翳都相似,争表梁王造化功"句,是荀鹤为人,至不足道,其称杜牧之子,殆亦梁师成之依托苏轼乎?诗最有名者为"风暖鸟声碎,日高花影重"一联,而欧阳修《六一诗话》以为周朴诗,吴聿《观林诗话》亦称见唐人小说作朴诗,荀鹤特窃以压卷,然则此一联者,又如宝月之于柴廓矣。此集乃其初登第时所自编,诗多俗调,不称其名,以唐人旧集,流传已久,姑存以备一家。毛晋刻本前有顾云序,序末谓之《唐风集》,以下文不相属,盖旧本《唐诗纪事》载云此序误连下条。荀鹤初谒梁王云云六十四字,为一条,晋不察而误并抄之,殊为疏舛。今刊除此段,以还其旧焉。乾隆四十六年(1781)九月恭校上。总纂官臣纪昀,臣陆锡熊,臣孙士毅,总校官臣陆费墀。

——《唐风集》三卷之影印文渊阁四库全书本卷首

笔者按:此馆臣所写之《提要》在影印文渊阁四库全书第1083册第583页至第584页。此《提要》又见影印文津阁四库全书本《唐风集》三卷卷首,但是时间署为"乾隆四十九年(1784)三月恭校上";《四库全书总目》卷一百五十一《唐风集》三卷之《提要》,文字全同,版本注云"江苏巡抚采进本"。

第9篇:顾广圻(1766—1835)跋《杜荀鹤文集》三卷(影写宋抄本)

杜荀鹤文集三卷(影写宋抄本)

《读书敏求记》云:"余藏九华山人诗是陈解元书棚宋本,总名《唐风》者。后得北宋缮,乃名《杜荀鹤文集》,而以'唐风集'三字注于下。窃思荀鹤有诗无文,何以集名若此,殊所不解。"《通考》云:"《唐风集》十卷",更与顾云撰序刺谬矣。此本为虞山毛氏所藏,想从北宋本传录者,与述古缮写本同出一源,而抄手工整,虽非影宋,已迥胜世俗流传之本矣。涧薲记。

——《杜荀鹤文集》三卷之毛晋藏抄本

笔者按：第一，此跋语来自于《皕宋楼藏书题跋辑录》卷四①，此处为顾广圻（1766—1835）手稿本影印，胜过其他书所收录的这则题跋，例如"抄手工整"之"抄"乃抄，非"钞"。第二，中国国家图书馆所藏杜荀鹤诗的明代抄本，共有三种，均是《唐风集》三卷，不是《杜荀鹤文集》三卷。不知顾广圻所说的毛晋藏传录本《杜荀鹤文集》三卷今何在，录此备考。

第 10 篇：1892 年罗振玉跋《唐风集》三卷

《唐风集》三卷（章氏式训堂临写海虞冯氏手校宋本）

杜荀鹤集以《唐风集》三卷为最善，此本乃亡友张硕卿大令据冯武校本临写，卷首有会稽章寿康藏印，卷尾有识语曰：光绪丙戌（1886）借进斋藏冯氏原本校汲古本上越壬辰（1892）七月，闲居多暇，手录一本，无署欵乃章君所题，并临冯氏及叶坦题识二则，缮写端雅，想见劬学，有前辈风章君喜刻书，多藏善本，官湖北嘉鱼县知县，因事被劾，去官寄食沪上，不能自存，乃游白下、游鄂渚，卒以客死，可哀也。此本乃其手钞，亡友遗迹，弥可宝贵，谨记其平生概略于此。

附录冯叶二题跋（笔者按：冯武跋、叶坦跋，上文已引，故省略）。

——《唐风集》三卷之章氏式训堂临写海虞冯氏手校宋本

笔者按：第一，此跋来自于罗振玉（1866—1940）《大云书库藏书题识》卷四第一页②。第二，中国国家图书馆所藏《唐风集》三卷之清抄本，仅有一种，为普通古籍，为清冯武抄，为 10 行 19 字本，索书号为 82081，此本没有罗振玉跋，不知有罗振玉跋的章氏式训堂抄本今何在，录此备考。

第 11 篇：1906 年清光绪刘世珩跋《唐风集》三卷

《唐风集》三卷，世多以毛子晋汲古阁刊本为最佳，四库所据亦毛刊本。按《提要》有云："前有顾云序，序末谓之《唐风集》。"以下文不相属，盖旧本《唐诗纪事》云此序误连下条"荀鹤初谒梁王"云云六十四字一条。子晋不察，误并钞之。今所传本皆仍其旧，以致读者谓顾序不成文矣。因检《全唐文》顾云文互校，删去"荀鹤初谒梁王"云云六十四字，而以毛刊为定本。凡两本不同，悉注于下。其注"一作"者，《全唐文》原注也。集中有缺字，又检《全唐诗》勘补，复得逸诗九首，录于卷尾。杜荀鹤著有《绿窗琐翠》、《松窗杂记》二书，一载《池州府志·本传》，一载《钦定佩文斋书画

---

① 国家图书馆编：《国家图书馆藏古籍题跋丛刊》（全 30 册），北京图书馆出版社 2002 年版，第 19 册，第 479 页。

② 国家图书馆编：《国家图书馆藏古籍题跋丛刊》（全 30 册），北京图书馆出版社 2002 年版，第 24 册，第 336—337 页。

谱》引用书目。曩得《松窗杂记》一种，系旧钞本，寥寥数页，只有八条，并为附录于后。惜《绿窗琐翠》未之见。今此本或当胜于毛刊矣。光绪三十二年丙午（1906）十月二十二日灵田耕者刘世珩识。

——《唐风集》三卷之贵池先哲遗书本卷尾

　　笔者按：第一，《唐风集》三卷之《贵池先哲遗书》本被影印收入《丛书集成初编》中，刘世珩此跋见新文丰出版公司印行的《丛书集成续编》第104册第354页。第二，刘世珩补充了五言律四首、七言律一首、七言绝句四首，断句二韵；《唐风集逸诗》版心刊："唐风集逸诗刘氏刊行"。

第12篇：1931年傅增湘（1872—1950）跋校明钞《唐风集》

校明钞《唐风集》跋

　　《唐风集》分上、中、下卷，明写本，棉纸，乌丝栏，半叶十行，每行二十字，次行题"九华山人杜荀鹤"。前有太常博士顾云序。卷上五言今体一百二十六首，卷中七言今体一百四十首，卷下五七言绝句五十一首（原作二，误），通三百十七首，与顾云序言平生所著五七言三百篇者合。原书藏徐梧生监丞许，凡唐诗二十余家。余从其胥史吉甫编修假得之。取席刻本校读一过，在清水院中校竟二卷，余则旋京始毕之。席本亦分三卷，均题杂体，钞本则分体别载，故其次第迥不相符。改订字句凡数百事。其出席本外者，为《维扬冬末寄幕中二从事》五律一首。席本有而明钞所无者，为《和吴太守罢郡山居偶题》五律二首、《乱后送友人归湘中》五律一首、《旅舍遇雨》七绝一首是也。

　　其刊缪（笔者按："缪"当作"谬"）纠讹之处，兹举其大略述之，如：顾云序中"遁者来，隐者出"，"遁"不误"遥"；"摧幢折角"，"幢"不误"撞"；"相与阿御来朝"，"御"不误"乐"；"贪夫廉"，"夫"不误"吏"；"曾不惹芥"，不误"蕙介"；"或情发乎中"，不误"情动于中"；"形兀枯木"，"兀"不误"死"；"万象贪于抉剔"，"贪"不误"贫"。至各卷诗句，余丙辰（1916）春曾假邓正闇同年藏季沧苇旧写本细勘，其中订正者不下千字。兹以明钞本校之，凡改定之字，与季钞合者殆十居六七，而其他佳异之字，为季钞所无者亦甚多。爰疏其尤胜者于下。如："求名心在闲难遂"，"遂"不误"逐"（《题庐岳刘处士草堂》）；"禅衣衲后云藏线"，"后"不误"厚"（《题觉禅和》）；"江上有家归未得"，"家"不误"归"（《春日旅寓》）；"此道不逢知"，"逢"不误"闻"（《卧病呈所知》）；"行山溪畔藤"，"行"不误"何"（《赠老僧》）；"石径人稀藓色交"，"径"不误"榻"，"翠云松载鹤栖巢"，"载"不误"带"（《赠元上人》）；"心火不销双鬓雪"，"双"不误"霜"（《下第东归道中作》）；"寒雨潇潇灯焰青"，"青"

不误"清"（《旅舍秋夕》）；"难致此身闲"，"致"不误"放"（《与友人话别》）；"见说来居此"不作"自见来如此"（《赠庐岳隐者》）；"雨笼蚕壁吟灯影"，"蚕"不误"苔"（《投张侍郎过毗陵》）；"落第愁生晓鼓初"，"愁"不误"秋"，"御苑早莺啼暖树"，"暖"不误"晓"（《下第投所知》）；"一帆程歇九秋时"，"程"不误"麈"（《秋日泊浦江》）；"几人乱世得及此"，"得"不误"不"（《白发吟》）；"一望一怆然"，"怆"不误"苍"（《秋夜晚泊》）；"便是名奇人"，"奇"不误"羁"（《哭刘德仁》）；"谁思荒骨旋成尘"，"旋"不误"便"（《登城有作》）；"陵梭隔水鸣"，"水"不误"岸"（《送人宰吴县》）；"羡君公退归欹枕"，"羡"不误"美"（《题汪明府山居》）；"本为荣家不为身"，"荣"不误"营"（《维扬遇孙侍御》）；"毕竟何门遇至公"，"毕"不误"必"（《途中春》）；"不如缄口过残春"，"春"不误"生"（《闻子规》）；"只将波上沤为侣"，"沤"不误"鸥"；"若教我似君闲放"，"放"不作"散"（《赠彭蠡钓者》）；"石壁早闻僧说好"，"闻"不误"间"，"六幅应输八句诗"，"输"不作"书"（《登石壁禅师水阁》）；"平生肺腑无言处"，"肺"不作"藏"（《自叙》）。此皆出季本之外，而其意义实较时行本为佳，是此本不独远过席刻之上，即季钞号称名秩者，比短量长亦逊此一筹矣。吾颇疑季氏钞本乃汇集各本择善而从，故佚诗异文往往比别本为多，其后《全唐诗》之辑即取资于是焉，然得失时不免杂出。此明钞必源于宋椠，其异字单词自视他本为足据，后之读者并观而慎择之斯可耳。辛未（1931）立冬后四日，归自旸台清水院记之。

——《唐风集》三卷之明抄本

笔者按：此跋语来自《藏园群书题记》卷十二①。中国国家图书馆所藏《唐风集》之明抄本有三种，索书号为 05394 者为 10 行 18 字本，索书号为 02130 者为 10 行 19 字本，索书号为 11161 者为唐四十四家诗九十八卷本，因不知其行款，故不知其与傅增湘所跋的此明抄本有无关系，存此备考。

第 13 篇：1980 年潘祖荫跋《杜荀鹤文集》

《杜荀鹤文集》跋

杜荀鹤字彦之，号九华山人，池州石埭（今安徽石台）人，唐武宗会昌（841—846）六年（846）生，大顺二年（891）登进士第。曾为田頵从事，后入梁依朱温，为翰林学士，迁主客员外郎。约唐哀帝天祐四年（907）卒。为我国晚唐时期的重要诗人之一。

荀鹤耽于诗，尤擅七律，存诗三百多首，以平易浅近，接近口语为特色。

---

①　傅增湘：《藏园群书题记》（20 卷），上海古籍出版社 1989 年版，卷 12，第 639—641 页。

不少诗篇沉痛警策，反映了唐末社会的黑暗与人民生活的苦难。一些抒情写景之作亦清新可诵，对当时并后世都有一定影响。

传世的杜荀鹤诗有《唐风集》三卷，由荀鹤友人顾云编辑，而新、旧《唐志》均未著录。宋晁公武《郡斋读书志》有"杜荀鹤《唐风集》十卷"，《宋史·艺文志》改题为二卷，当与此三卷本不同。

今所见《唐风集》以毛氏汲古阁《唐人四集》本最为通行，《四库全书总目》据以著录。此宋蜀刻本《杜荀鹤文集》三卷亦经毛氏庋藏，有汲古阁藏印。原书镌"唐风集"三字于《杜荀鹤文集》书名之下，分卷编次，与《唐风集》有异，与毛刻《唐风集》及席刻《唐诗百名家全集》相校，可在某些方面正两本之误。世传蜀刻本唐人小集绝少，此为唐人小集中未经著录者，可补宋本唐人集之缺。是集清初从毛氏归季振宜，今归上海图书馆。现由上海古籍出版社据原书影印出版。一九八〇年九月。

　　　　　　　　　　　　　　——《杜荀鹤文集》之宋蜀刻影印本卷首

笔者按：此跋得自《著砚楼读书记》①。

笔者又按：据说周星怡、叶盛亦给《杜荀鹤文集》作序跋，但笔者未找到，待补。

（二）吴国杜荀鹤集部著作著录文字辑录

1. （宋）王尧臣等《崇文总目》卷十二：

《杜荀鹤诗集》一卷。

2. （宋）郑樵《通志》卷七十：

《杜荀鹤诗集》一卷。

3. （宋）晁公武《郡斋读书志》卷四：

杜荀鹤《唐风集》十卷。右唐杜荀鹤，池州人。大顺二年（891）进士，善为词，句切理。宣州田頵重之，尝以笺间至梁祖，荐为翰林学士、主客员外。恃势侮易缙绅，众怒，欲杀之而未及。天祐（904—907）初病卒，有顾云序。荀鹤自号九华山人。

4. （宋）尤袤《遂初堂书目》"别集类"：

杜荀鹤。

5. （宋）陈振孙《直斋书录解题》卷十九：

《唐风集》三卷。唐九华山人杜荀鹤撰。

6. （元）马端临《文献通考》卷二百四十三：

杜荀鹤《唐风集》十卷。晁氏曰……（笔者按："晁氏曰"如上引，故省

① 潘景郑：《著砚楼读书记》，辽宁教育出版社 2002 年版，第 454—455 页。

略)《陈录》作三卷。《幕府燕谈》："杜荀鹤诗鄙俚近俗，惟宫词为唐第一，云：'早被婵娟误，欲妆临镜慵。承恩不在貌，教妾若为容。风暖鸟声碎，日高花影重。年年越溪女，相忆采芙蓉。'故谚云'杜诗三百首，惟在一联中。'正谓'风暖'、'日高'句也（此句欧公诗话以为周朴诗)。"

7. （元）脱脱等《宋史》卷二百八：

杜荀鹤《唐风集》二卷。

8. （明）杨士奇等《文渊阁书目》卷二：

杜荀鹤诗一部一册。

9. （明）叶盛《箓竹堂书目》卷四：

《杜荀鹤诗》一册。

10. （清）《季振宜藏书目》：

杜荀鹤《唐风集》上中下三卷一本。

11. （清）钱曾（1629—1701）撰、清管庭芬、章珏校证《读书敏求记校证》（四卷）卷四：

《杜荀鹤文集》三卷（［原校］《读书志》云：《唐风集》十卷，有顾云序。〇《入述古目》无文字。〇珏按，爱日志有钱履之精钞本。板心有竹深堂三字。）予藏九华山人诗是陈解元书棚宋本，总名《唐风集》，后得北宋本缮写，乃名《杜荀鹤文集》，而以《唐风集》三字注于（［原校］于下补其字。）下。（钰案，瞿目有宋刊本，首行题《杜荀鹤文集》，下题《唐风集》，云汲古阁所刻，用南宋分体本，此则北宋不分体本。）窃思荀鹤有诗无文，何以集名若此，殊所不解。（［补］劳权云：一本下注诗文，总名曰文。唐人尚然，观微之所作《少陵墓志》可见以上二十一字系阅者评语。）《通考》云：《唐风集》十卷，更与顾云撰序刺谬矣。［珏按，顾序自题景福（892—893)元年（892）夏，太常博士修国史顾云序，序有分为上中下三卷语，遵王所谓刺谬者，指此。］①

笔者按：清钱曾《钱遵王述古堂藏书目录》（钱氏述古堂抄本）卷七云："《杜荀鹤诗集》十卷。"

12. （清）张金吾（1787—1829）《爱日精庐藏书志》卷二十九（清光绪十三年吴县灵芬阁集字版校印本）集部云：

《杜荀鹤文集》三卷。旧抄冯氏手校北宋本。唐杜荀鹤撰。每页格栏外有"冯彦渊撰本"五字。顾云序。冯氏手跋曰："此予家藏南宋板抄本。癸卯春

---

① 中华书局编辑部编：《宋元明清书目题跋丛刊》（全 19 册），中华书局 2006 年版，第 11 册，第 205 页。

仲，借得隐湖毛氏北宋版细校一过，异同处悉两存之。海虞冯武。"叶氏手跋曰："冯氏书法为临池正传，此卷其所抄本也。遒劲流丽，出入钟王，不知何时流落敝箧，半充脉望之腹。顷因晒书检得，深悲其遭际之失所也。拔登邺架，眠食与俱。又虑其糜蠹之难存也。特为裱而装之，以寿于世。其诗虽晚唐，入风雅，亦工部之的派也。佳章妙笔，可称合璧。乾隆十年（1745）九月庚午朔，居由叶坦跋。

唐风集三卷。精抄本。钱履之藏书。唐九华山人杜荀鹤撰。卷首有"钱履之读书记"印记。板心有"竹深堂"三字。①

13. （清）瞿镛（1794—1846）《铁琴铜剑楼藏书目录》卷十九：

杜荀鹤文集三卷（宋刊本）。首行题《杜荀鹤文集》，下题《唐风集》，目录前题"九华山人杜荀鹤"。汲古毛氏所刊用南宋分体本，此则北宋不分体者，以毛本相校，字句多不同。顾云序中为之序录下有"乃分为上中下三卷，目曰唐风集"十三字。又得如周颂下有"鲁颂者，别为之次序。景福元年（892）夏太常博士修国史顾云撰序"廿四字。毛刻周颂下，别载数行皆无之。知南宋本之舛讹也。又增多诗三首。卷一《和吴太守罢郡山村偶题》二首曰："罢郡饶山兴，村家不惜过。官情随日薄，诗思入秋多。野兽眠低草，池琴欲动荷。眼前余政在，不似有干戈。""快活田翁辈，常言化育时。纵饶稽岁月，犹说向孙儿。茅屋梁和节，茶盘果带枝。相传终不忘，何必立生祠。"卷二《送人遇乱湘中》云："家枕三湘岸，门前有钓矶。渔竿壮岁别，鹤发乱时归。岳暖无猿叫，深春有燕飞。平生书剑在，莫便学忘机。"卷后有陆氏敕先手跋云："世传分体《唐风集》……（笔者按：陆贻典此跋语上文序跋文字辑录已引，故省略）"②

14. （清）陆心源（1834—1894）《皕宋楼藏书志》卷七十一：

《杜荀鹤文集》三卷（影写南宋本）。唐杜荀鹤撰。顾云序。顾氏［笔者按：指顾广圻（1766—1835）］手跋曰：《读书敏求说》云（笔者按：《读书敏求说》，当为《读书敏求记》）：余藏九华山人诗是陈解元书棚宋本，总名《唐风》者，后得北宋缮，乃名《杜荀鹤文集》，而以《唐风集》三字注于下。窃思荀鹤有诗无文，何以集名若此，殊所不解。《通考》云："《唐风集》十卷"，更与顾云撰序剌谬矣。此本为虞山毛氏所藏，想从北宋本传录者，与

---

① 中华书局编辑部编：《宋元明清书目题跋丛刊》（全19册），中华书局2006年版，第11册，第522页。

② 中华书局编辑部编：《宋元明清书目题跋丛刊》（全19册），中华书局2006年版，第10册，第292—293页。

述古缮写本同出一源，而抄手工整，虽非影宋，已迥胜世俗流传之本矣。涧薲记。①

15.（清）缪荃孙（1844—1919）《艺风藏书续记》卷六：

《杜荀鹤文集》三卷。

毛斧季据北宋本校。宋本每半叶十二行，行二十一字，首行"杜荀鹤文集卷第一"，空四格标《唐风集》三字，题目俱低五格，序次亦与毛本不同。

右校本六唐人集，傅沅叔所得而荃孙假以过临者。毛刻四唐人诗，在毛刻为最精，而改换行款，喜易古字，异本标"一作"于下。迻时参合各本，择善而从，后来卢抱经、孙渊如墨守此派，敕先则据一宋本笔画描似，即讹字亦从之，缩宋本于今日，所谓下真迹一等者。后来黄荛圃、汪阆源墨守此派。两派一属校雠，一属赏鉴，均士林之宝笈也。各本均初印，荃孙亦取毛本照临一过，印本稍后，《唐风》半已刊改，虎贲中郎，典型尚在，读书者自能领会之。《唐风》署玄黓摄提格（康熙元年，1662），《唐英》署癸巳（顺治十年，1653），李贺、长江均署癸卯（康熙二年，1663），台阁署甲辰（康熙三年，1664），皆在甲申（1644）之后。诸君只书甲子，不署年号，盖以遗民自命也。至义门覆校联珠，则大书康熙辛卯（1711）矣。东海扬尘，沧□又见，不自知涕之何从也。壬子（1911）正月九日。②

（三）吴国殷文圭集部著作序跋文字辑录（共0篇）

笔者按：《殷文圭诗集》一卷，浙江图书馆有藏，系清抄本，未见有序跋。

（四）吴国殷文圭集部著作著录文字辑录

1.（宋）陈振孙《直斋书录解题》卷十九：

《殷文珪集》一卷。唐殷文珪撰。乾宁五年（898）进士，后仕南唐。其子曰殷崇义，归朝后更姓名，即汤悦也。

2.（元）马端临《文献通考》卷二百四十三：

笔者按：《文献通考》卷二百四十三引用陈振孙《直斋书录解题》卷十九的话，故省略。

---

① 中华书局编辑部编：《宋元明清书目题跋丛刊》（全19册），中华书局2006年版，第8册，第807页。

② 中华书局编辑部编：《宋元明清书目题跋丛刊》（全19册），中华书局2006年版，第14册，第326页。

第二章　南唐国文人集部著作序跋文字和著录文字辑录

（一）南唐国李建勋集部著作序跋文字辑录（共3篇）

第1篇：清瞿镛跋《李丞相诗集》二卷（宋刊本）

《李丞相诗集》二卷（宋刊本）。题陇西李建勋，此亦书棚本，每半叶十行，行十八字，卷上末有"临安府洪桥子南河西岸陈宅书籍铺印"一行。按：此本与席刻本有异者，如留题爱敬字不作宿题。其诗次溪斋后不次宿山房后。又小园云竹萝荒引曼，不作竹篱。清溪草堂闲兴云，独有爱闲心，不作独自。宿友人山居云，荒庭雪洒蒿，不作洒蒿。重台莲云，斜倚西风绝比伦，不作北伦。签题"宋梓李丞相诗集全"八字，王伯穀笔也（卷首有朱子儋印、项元汴印、子京父印、项墨林鉴赏章诸朱记）。[①]

——《李丞相诗集》二卷之宋刊本

笔者按：此跋来自清瞿镛《铁琴铜剑楼藏书目录》卷十九之引用。笔者在中国国家图书馆所见《李丞相诗集》之宋刊本卷首和卷尾均无瞿镛此跋语，不知有瞿镛跋语的这种《李丞相诗集》二卷（宋刊本）今何在，录此备考。

第2篇：1918年傅增湘跋

瞿良士家藏书棚本付诸影印，见贻一帙，取校此刻，字句都同，唯《敬爱寺》及《宿山房》二首次第稍异耳。戊午（1918）四月三十日增湘记。

——《李丞相诗集》二卷之《唐人百家诗》本卷首目录后

笔者按：《李丞相诗集》二卷之《唐人百家诗》本，国家图书馆有藏，索书号为00317。

第3篇：1933年张元济跋

李建勋字致尧，南唐南平王德诚之子。少好学，能属文，尤工诗。徐温妻以女。起家为金陵巡官，尝佐知询幕府，李昪镇金陵，用为副使，预禅代之

---

① 中华书局编辑部编：《宋元明清书目题跋丛刊》（全19册），中华书局2006年版，第10册，第293页。

策，拜中书郎，同平章事。璟嗣立，尊遇与宋齐丘埒，出为抚州节度，召拜司空，称疾乞骸骨，以司徒致仕，赐号钟山公，营别墅于山中，放意水石。先是，宋齐丘退居青阳，号九华先生；未几，一征而起，时论薄之。或谓建勋曰："公未老，又无大疾恙，遽为此举，欲复为九华先生邪？"建勋曰："吾平生笑宋公轻出处，何至效之？自知不寿，欲求数年闲适尔！"因为诗以见志曰："桃花流水须相信，不学刘郎去又来。"马令《南唐书》本传称其"博览经史，民情政体，无不详练，有蕴藉，而卒不得行。其为诗，少时犹浮靡，晚年颇清淡平易，见称于时"云。《宋史·艺文志》无建勋诗，独陈氏《解题》有《李建勋集》一卷。此虽分上、下卷，仅八十五首，而见志之诗亦未载，盖遗佚多矣。癸酉（1933）冬日，海盐张元济。

——《李丞相诗集》之宋刻本

笔者按：此跋得自《张元济古籍书目序跋汇编》所收"四部丛刊续编"本《宋本李丞相诗集》的跋语①，四部丛刊续编第六种为《李丞相诗集》。《续修四库全书》第 1313 册所收宋刻本《李丞相诗集》系据北京图书馆藏宋临安府陈宅书籍铺刻本影印，未见张元济跋，笔者在上海图书馆所见《李丞相诗集》之宋刻本亦无张元济跋，不知何故。

（二）南唐国李建勋集部著作著录文字辑录

1.（宋）王尧臣等《崇文总目》卷十二：

《李建勋诗》二卷……《钟山公集》二十卷。

2.（宋）郑樵《通志》卷七十：

《李建勋诗》二卷（伪唐），又《钟山公集》二十卷。

3.（宋）尤袤《遂初堂书目》"别集类"：

南唐李建勋。

4.（宋）陈振孙《直斋书录解题》卷十九：

《李建勋集》一卷。南唐宰相李建勋撰。

5.（元）马端临《文献通考》卷二百四十三：

笔者按：《文献通考》引《直斋书录解题》，故省略。

6.（元）脱脱等《宋史》卷二百八：

《李建勋集》二十卷。

7.（明）徐㶿《徐氏红雨楼书目》卷四：

《李建勋集》三卷。②

---

① 张人凤编：《张元济古籍书目序跋汇编》，商务印书馆 2003 年版，第 910 页。

② （明）徐㶿撰：《徐氏红雨楼书目》，上海古籍出版社 2005 年版，第 369 页。

8. （明）高儒《百川书志》卷十四：

《李丞相集》二卷。南唐丞相李建勋，陇西人也。①

9. （清）钱曾《虞山钱遵王藏书目录汇编》卷七：

李建勋《丞相集》二卷（述诗集）。②

10. 瞿良士《铁琴铜剑楼藏书题跋集录》卷四：

《李丞相诗集》二卷（宋刊本）。宋梓《李丞相诗集》全（王伯縠签题）。③

（三）南唐国冯延巳集部著作序跋文字辑录（共4篇）

第1篇：1058年陈世修序《阳春集》

南唐相国冯公延巳，余外舍祖也。公与李江南有布衣旧，因以渊谟大才，弼成洪业。江南有国，以其勋贤，遂登台辅，与弟文昌左相延鲁俱竭虑于国，庸功日著，时称二冯焉。公以金陵盛时，内外无事，朋僚亲旧，或当宴集，多运藻思，为乐府新词，俾歌者倚丝竹而歌之，所以娱宾而遣兴也。日月寖久，录而成编。观其思深词丽，韵律调新，真清奇飘逸之才也。噫！公以远图长策翊李氏，卒令有江介地，而居鼎辅之任。磊磊乎才业，何其壮也。及乎国以宁家以成，又能不矜不伐，以清商自娱，为之歌诗，以吟咏性情。飘飘乎才思，何其清也。核是之美，粹之于身，何其贤也。公薨之后，吴王纳土，旧帙散失，十无一二。今采获所存，勒成一帙，藏之于家云。大宋嘉祐戊戌（1058）十月望日陈世修序。

——《阳春集》之亦园藏板十名家词集本卷首

笔者按：此跋又被收入清张金吾（1787—1829）《爱日精庐藏书志》卷三十六第六页至第七页，注云："《阳春集》一卷，抄本，从钱塘何氏藏本传录。"④

第2篇：1889年冯煦序

冯煦序《阳春集》

往与成子漱泉有唐五代词选之刻，尝以未见吾家正中翁《阳春集》足本为憾。后二年，来京师，遇王子幼霞出彭文勤家所藏汲古旧钞，借而读之，得未曾有，幼霞遂以是编授之劂氏，而属煦引其端。词虽导源李唐，然太白、乐

---

① （明）高儒撰：《百川书志》，上海古籍出版社2005年版，第216页。

② （清）钱曾撰：《虞山钱遵王藏书目录汇编》，上海古籍出版社2005年版，第210页。

③ 瞿良士辑：《铁琴铜剑楼藏书题跋集录》，上海古籍出版社2005年版，第245页。

④ 中华书局编辑部编：《宋元明清书目题跋丛刊》（全19册），中华书局2006年版，第11册，第667页。

天兴到之作，非其颛诣，逮及季叶，兹事始凼。温韦崛兴，专精令体，南唐起于江左，祖尚声律。二主倡于上，翁和于下，遂为词家渊丛。翁频印身世，所怀万端，缪悠其辞，若显若晦，揆之六义，比兴为多。若《三台令》、《归国遥》、《蝶恋花》诸作，其旨隐，其辞微，类劳人思妇，羁臣屏子，郁伊怆怳之所为。翁何致而然耶？周师南侵，国势岌岌，中主既昧，本图汶闇不自强，强邻又鹰瞵而鹗睨之，而务高拱溺浮，采芒乎苏乎，不知其将及也。翁具才略，不能有所匡捄，危苦烦乱之中，郁不自达者，一于词发之。其忧生念乱，意内而言外，迹之唐五季之交，韩致尧之于诗，翁之于词，其义一也。世宣以靡曼目之，诬已。善乎刘融斋先生曰"流连光景，惆怅自怜，盖亦易飘飏于风雨者。"知翁哉，知翁哉。煦出文昌左相，为翁族孙，既幸是编之得传于世，而幼霞甄采之勤，为尤可感者。光绪己丑（1889）秋八月金坛冯煦。

——《阳春集》之王鹏运四印斋刻本卷首

笔者按：《阳春集》之王鹏运四印斋本被影印收入《续修四库全书》第1722 册，由上海古籍出版社 2002 年 4 月出版。1933 年 5 月初版陈秋帆笺释的《阳春集笺》卷首亦有此冯煦序，题目作《四印斋刻本冯序》。

第3篇：1931 年陈秋帆《阳春集笺序》

阳春集笺序

言词靡不交推北宋，右徵左宫，诣微造极，顾穷溯委原，率步武于五代。宁特欧晏，即苏黄秦柳周康，亦本衣钵而得神髓。汤若士《玉茗堂集》曰："词至西蜀、南唐极盛，往往情至文生，缠绵流露，岂独苏、黄、秦、柳之开山，即宣和、绍兴之盛，皆兆于此。"诚为知言。实则五代之词，仅西蜀、南唐为著，余不足数，而此两时间词坛健手，西蜀则韦庄，南唐则二李、冯延巳而已。推本言之，当时词人，求其风格高轶，含蓄蕴藉，堂庑特大，为宋人模楷者，应推延巳。北宋诸贤，得其一端，足以名世。兴化刘融斋曰"晏同叔得其俊，欧阳永叔得其深"是也。奈后人不善学冯，并鄙其崇擅，乃扬韦而抑冯，致《阳春录》之遗制，湮灭弗彰，思深语丽，韵逸调新之作，阴霾沈晦于千数百秋，只残膏剩馥，散见于诸家选本，杂窜于词人专集中，全豹难窥，赝鼎羼混，识者憾焉。逊清之季，词学昌盛，词家蔚起，探索本原，多崇冯氏。又复搜剔甄采，得《阳春》全帙，剞劂行世。而延巳深美闳约之恉，获藉以隐而复显，惜均为蕞集，流衍弗广，且以历年已远，存籍益寡，几等腾黄片羽。余因省讲帷暇暑取临桂王幼霞氏四印斋刻本，并粟香本及它选籍中冯词，参互考订，攟摭宋以来论词诸书品评，杂以肊说，校其舛乱，而成莜笺，赘各词后，俾揭要指，藉阐奥蕴，覆瓿着粪之讥，在所不避。刊单行本以广流传，本不废言之义，抉发潜德之光，冀是籍之出，使学子濡染既邃，涤除俗秽，悉趋正轨，免堕恶趣，识骚雅之遗音，知致力之所在，庶几倚声，按谱得其真谛与？二十年（1931）六月濒渚陈作梼秋帆。

——《阳春集笺》卷首

笔者按：《阳春集笺》，著者：冯延巳；笺者：陈秋帆；发行者：南京书店；发行所：上海河南路南京书店南京太平路，1933 年 5 月版。下文不再注明此书的出版社和出版年月。

第 4 篇：1931 年到 1933 年陈秋帆跋《阳春集笺》

跋

《阳春录》刊者绝勘，今所存者，四印斋本外，尚有江阴金武祥氏粟香室本。武祥是刊，列入《名家词集》中，《叙》称"仿亦园侯氏，别辑五代宋元人十家词重刻"。四印斋本称："从彭芸楣所藏汲古未刻词转录，斠勘授梓。"是金刻粟香室本与王刻四印斋本，一据侯本，一据彭本，而侯氏本则均根据陈世修宋嘉祐年所刊，则粟香与四印本无异，同出陈刻也。惟粟香室所刊，板本失精，校勘亦疏，迥逊于四印斋。而王幼霞氏之刻是集，既据彭本，复黟所考订，旁参他籍，增补多阕，精确无伦，故余书于冯原词，悉依为蓝本，乃其书中字体，原多古书与通段（笔者按："段"当作"叚"）字。堪或作□，阴或作□，寂或作□，晴或作□，粉或作□，脱或作□，縣或作眠，咫尺或作只赤，徘徊或作裴回。若斯之类，义虽可叚，难期通俗，非今兹所恒用，因碍诵览，俾易今体。至其正讹，以及品藻，遇有所见，辄加笺疏，副书词后，志广搜求，不惮详博。顾以冯之此编，湮沦岁久，世后重刊，辗转缮梓，亥豕之误，实所未免，检阅原词，较他选籍，字句异同不少，互见优劣，莫识真赝，擅改未安，例应存疑。惟讹异既多，限此笺注，难胜纪载，爰师《彊村丛书》例，别作校记，殿诸卷末，藉使读者，展卷了然，商榷是非，见仁见智，俾资参考云。濒渚陈秋帆。

——《阳春集笺》卷尾

（四）南唐国冯延巳集部著作著录文字辑录

1.（宋）王尧臣等《崇文总目》卷十二：

《冯延巳集》一卷（缺）。

2.（宋）郑樵《通志》卷七十：

《冯延巳集》一卷（伪唐）。

3.（宋）尤袤《遂初堂书目》"乐曲类"：

冯延巳《阳春集》一卷。

4.（宋）陈振孙《直斋书录解题》卷二十一：

《阳春录》一卷。南唐冯延巳撰。高邮崔公度伯易题其后，称其家所藏最为详确，而《尊前》、《花间》诸集往往谬其姓氏。近传欧阳永叔词亦多有之。皆失其真也。世言'风乍起'为延巳所作，或云成幼文也。今此集无有，当是幼文作。长沙本以置此集中。殆非也。

5.（元）马端临《文献通考》卷二百四十六：

笔者按：《文献通考》卷二百四十六引用《直斋书录解题》卷二十一，故省略。

6.（元）脱脱等《宋史》卷二百八：

冯延巳《阳春录》一卷。

7.（清）张金吾《爱日精庐藏书志》卷三十六：

《阳春集》一卷（抄本。从钱塘何氏藏本传录。）南唐冯延巳撰。延巳工诗，尤善乐府，每宾朋宴集，则自制新词，被之弦管，积久成峡，后经兵革，散失殆尽。陈世修裒集所存，勒为是编，凡一百十八阕。南唐当元宗之时，强邻压境，国势日削，为国相者，方运筹赞画之不暇，乃以绮语相高，试问此日何日，而可以声律自娱乎？世修以亲故之私，曲为掩饰，亦可云欲盖弥彰者矣。其书本无足取，特以传本颇稀，故录存之。《焦氏经籍志》著录：《直斋书录解题》作《阳春录》，云有高邮崔公度题后。今本不载，未知陈氏所见即此本否？[①]

（五）南唐国二主集部著作序跋文字辑录（共 8 篇）

第 1 篇：苏轼（1037—1101）跋李煜词

跋李主词

"三十余年家国，数千里地山河，几曾识干戈？一旦归为臣虏，沈腰潘鬓消磨。最是仓皇辞庙日，教坊犹奏别离歌，挥泪对宫娥。"后主既为樊若水所卖，举国与人，故当恸哭于九庙之外，谢其民而后行，顾乃挥泪宫娥，听教坊离曲！[②]

——苏轼《东坡志林》卷四

第 2 篇：1544 年项元淇跋《南唐二主词》、《阳春集》、《简斋词》抄本后

古词三卷，从磬室借录，因再阅原本，乃磬室手抄可重，遂留之，而以此本归焉。磬室知予之重其手迹，当亦不吝也。第一卷为南唐二主，第二卷为《阳春集》，南唐相冯延巳所著，志南唐君臣，竞尚浮靡，逐步声律技艺，而不复知政治之事，其败亡晚矣。然其词调往往逸丽流畅，无不可诵，至其怨

---

① 中华书局编辑部编：《宋元明清书目题跋丛刊》（全 19 册），中华书局 2006 年版，第 11 册，第 666—667 页。

② （宋）苏轼撰，王松龄点校：《东坡志林》（5 卷），中华书局 1981 年版，卷 4，第 85 页。

声，鲜不呜咽，要亦变风之余习也。声音之士，当不弃焉。第三卷为简斋陈去非词，尤古雅顿挫，阒阒可诵。人云简斋善冥搜静觅，颇得佳句。信哉。闲窗漫题，兼质诸磬室，他日校定，当为刻之以传。嘉靖甲辰（1544）冬十一月，少岳山人复初识。

——《南唐二主词》、《阳春集》、《简斋词》之康熙五十四年（1715）萧江声抄本卷尾

笔者按：第一，"磬室"，疑即"罄室"，钱榖（1508—1572），字叔宝，自号罄室，吴县（今江苏苏州）人；又，"磬室"，瞿良士辑《铁琴铜剑楼藏书题跋集录》卷四即作"罄室"。第二，少岳山人项元淇"古词三卷"此段跋语前，瞿良士辑《铁琴铜剑楼藏书题跋集录》卷四有钱榖一句跋语："嘉靖甲辰秋，假文氏钞本录于悬罄室。榖记（《阳春集》后）。"① 第三，项元淇（1500—1572），号少岳山人，为项元汴同父异母兄长，比项元汴年长 25 岁。

第 3 篇：1620 年谭尔进序《南唐二主词》

题《南唐二主词》

阳羡作《南唐书》，辞义严正，然于二主之文才，未尝不痛惜焉。尔时家国阴阴，如日将莫。二主乃别有一副闲心，寄之词调，竟以此获不朽矣。是集世所传《南唐二主词》，特其一斑也。读之皆悽怆悲恸，亦复幽闲跌宕，如多态女子，如少年书生，落调纤华，吐心婉挚，竟为有情人案头不可少之书，异哉。嗣主少时于庐山暴布峙构书斋，为它日终焉之计。及大渐之际，群雀翔空，双龙据殿，此岂凡骨邪？后主少而聪颖，尤喜属文，兼攻书画，至读其杂制诗，及亲诔周后数百余语，转折流连，性柔材大，更非人所及也。予谓明道崇德之谥，未足为嗣主生色；违命侯之封，亦未足为后主减光。但使二主不为有国之君，居然慧叶文人，自足风流千古，斯亦可为二主之定论也已。万历庚申（1620）花朝，谭尔进序并书，时年十七。

——《南唐二主词》之万历四十八年（1620）吕远墨华斋刻本卷首

笔者按：王仲闻校订的《南唐二主词校订》（中华书局 2007 年 5 月第 1 版）书末附录有此版本《南唐二主词》的谭尔进序，字句与笔者在上海图书馆所看到的此序略有不同。兹记录于下："辞义严正"，王氏校订本作"辞严义正"。"未尝不痛惜焉"，"焉"，王氏校订本作"也"。"尔时家国阴阴，如日将莫"，王氏校订本作"时家国阴阴，如日将暮"。"嗣主少时于庐山暴布峙构书斋"，"峙"，王氏校订本作"前"。"性柔材大"，"材"，王氏校订本作"才"。"居然慧叶文人"，"叶"，王氏校订本作"业"。

---

① 瞿良士辑：《铁琴铜剑楼藏书题跋集录》，上海古籍出版社 2005 年版，卷 4，第 353 页。

第 4 篇：1715 年萧江声跋《南唐二主词》、《阳春集》、《简斋集》三书

乙未（1715）长夏，假洞庭东山叶氏朴学斋藏本，录于留余堂。东山书此，以识岁月。星源萧江声。

——《南唐二主词》、《阳春集》、《简斋词》之康熙五十四年（1715）萧江声抄本卷尾

笔者按："洞庭东山叶氏朴学斋"系明末清初叶树廉的书斋。叶树廉（1619—1685），一作树莲，又名万，字石君，号潜夫，别署鹤汀，清远堂主人、南阳縠道人，江苏吴县（今江苏苏州）人。

第 5 篇：1909 年王国维跋《南唐二主词》

右南词本《南唐二主词》，与常熟毛氏所钞、无锡侯氏所刻同出一源，犹是南宋初辑本，殆即《直斋书录解题》所著录，宋长沙书肆所刊行者也。《直斋》云"卷首四阕，《应天长》、《望远行》各一，《浣溪沙》二，中主所作，重光尝书之，墨迹在盱江晁氏"，今此本正同。又注中引曹功显节度、孟郡王、曾端伯诸人。按：功显，曹勋字，《宋史》勋本传，以绍兴二十九年（1159），拜昭信军节度使，孝宗（1163—1189 年在位）朝，加太尉，提举皇城司、开府仪同三司。淳熙元年（1174）卒，赠少保。又，《外戚传》，孟忠厚以绍兴七年（1137）封信安郡王，绍兴二十七年（1157）卒。曾端伯慥（笔者按：曾慥，字端伯，生年不详，卒于 1155 年）亦绍兴（1131—1162）时人。以此数条推之，则编辑者当在绍兴之季，曹功显已拜节度之后、未加太尉之前也。且半从真迹编录，尤为可据，故如式写录，另为《补遗》及《校勘记》附后。诸本得失，览者当自得之，宣统改元（1909）春三月，海宁王国维记（笔者按：王仲闻校订本《南唐二主词校订》无"记"字）。

——《南唐二主词》之晨风阁本

笔者按：《晨风阁丛书》为清人沈宗畸于宣统元年（1909）辑校刊刻的丛书，共收书 23 种 48 卷，多为旧抄本或稿本。

第 6 篇：1890 年刘继增序《南唐二主词笺》

《南唐二主词笺》序

《南唐二主词》编辑缘起不可考。康熙二十八年（1689），吾邑亦园侯氏文燦刻《名家词》十种，首列之。见王文简《居易录》、阮文达《四库未收书目》。近江阴金氏《粟香室丛书》所刻者，即其本也。此本卷末印记为明万历四十八年（1620）春常熟吕远所刻，目录下缀陈直斋《书录解题》一条。其编次大略与侯本同。惟侯本分题中主、后主，此则前后连属，不分为异。《解题》有云"卷首四阕，《应天长》、《望远行》各一，《浣溪沙》二，中主作，余皆重光作。"盖宋时原本如此，故陈氏特表而出之。中间注引似亦出宋人

手。惟卷末《捣练子》一阕，侯本所无，注引升庵《词林万选》，乃明人书，疑不类。旋得汲古阁旧钞本，编次悉同，独无此阕，知为吕氏所补，非原有也。三本相校，吕本为长。侯本刻在吕本后六十九年，时地相近。而自序乃云"所刻诸词，见者绝少。"岂吕本当时，印本未广，侯氏未见之邪。按：《钦定词谱》成于康熙五十四年（1715），中列南唐李景《望远行》词，注云"从二主词原本校定"，是当时原本固在。审所校字句，虽与此本合，而此本后主词"亭前春逐红英尽"一阕，调为《采桑子》，《词谱》于此调注云"李煜词名《丑奴儿令》。"又"晚妆初了明肌雪"一阕，调为《玉楼春》，《词谱》于此调注云"李煜词名《惜春容》"。则所谓原本，又一本矣。第此原本，《四库》既未著录，无从订证。吕氏此刻虽在明季，好古家所当珍视者也。爰与旧钞本、侯本及诸选本，校其异同，而为之笺。凡校笺皆双行夹写。其原有校笺者，单行则存之，双行则冠"原注"二字。别为《补遗》附于后。家鲜藏书，见闻狭隘。裨补阙略，尚俟博雅君子。光绪庚寅（1890）中秋，无锡刘继增。

—— 《南唐二主词》之明万历四十八年（1620）春常熟吕远刻本

笔者按：此序得自《南唐二主词校订》之"附录三"①，笔者未见到刘继增此序，不知有此序的《南唐二主词》今何在，录此备考。

第7篇：1921年刘毓盘跋《二主词》

陈振孙《直斋书录解题》曰："《应天长》、《望远行》各一，《山花子》二，南唐中主作，后主所书。墨迹在盱江晁氏，题云'先皇御制歌词'。余见之，于麦光纸上作拨灯书，有晁景迂题字。"此宋本也。今传者有万历辛酉（1621）常熟吕远本（笔者按：吕远刻本《南唐二主词》刻于万历庚申，即1620年，非万历辛酉，即非1621年。1621年是辛酉年，但不是万历年号，是明熹宗朱由校天启元年）、光绪庚寅（1890）无锡刘继增笺补吕本、康熙己巳（1689）无锡侯文燦《名家词》本、光绪丁亥（1887）江阴金武祥《粟香室丛书》重刻侯本、光绪辛卯（1891）平湖朱景行本、宣统己酉（1909）番禺沈宗畸《晨风阁丛书》本、海宁王国维校补沈本、杭州邵长光辑录稿本。吕、侯、沈三本编次同，皆曰出自宋本。王校据《宋史·外戚传》，孟忠厚以绍兴七年（1137）封信安郡王；《曹勋传》勋字功显，绍兴二十九年（1159）拜昭信军节度使，定为南宋初辑本。金本无所是正。朱本以《永乐大典》录出之《全唐诗》为本（笔者按：这句话可能有误，因为明朝的《永乐大典》不可能

---

① （南唐）李璟、李煜撰，（宋）无名氏辑，王仲闻校订：《南唐二主词校订》，中华书局2007年版，第130—131页。

有清代的《全唐诗》），与各本编次不同，改《捣练子》为《鹧鸪天》，则杨慎说也。刘、邵二本所列最多，邵为未定本，皆以《阮郎归》、《蝶恋花》二者为可疑。按：吴昌绶《宋金元词见存卷目》云，武进董氏得彭文勤旧藏李西涯编《南宋六十四家》，鲍廷博疑坊人所为者，侯刻《二主词》预焉，无《阮郎归》词。盖始于吕本。黄昇《花庵词选》以《蝶恋花》为李冠作，此亦《寿域词》之有《菩萨蛮》，《栟榈词》之有《长相思》也，两存之可已。《草堂诗余》所录中主《浣溪沙》则为晏殊作。吴任臣《十国春秋》注所录《帝台春》则为李甲作。《尊前集》所录后主《更漏子》一则为温庭筠作。《雪浪斋日记》所录"细雨湿流光"则为冯延巳作，不独《鹧鸪天》之伪托也。此不必补者也。《醉花间》、《临江仙》亦作《谢新恩》，此所当改者。以各本补正《大典》本，凡《中主词》三首，后主词四十六首，不全者三首（《谢新恩》、《临江仙》二），分列者四首（《忆江南》），并合者一首（《临江仙》"金窗"一句）。其曰，或得于墨迹，或得于选本，必非《直斋》所谓长沙本也。证以白朴櫽括后主词，自"雕栏"、"春花"、"小楼"、"月明"数语外，不详其原词之所出。噫，乌从而得足本哉。辛酉（1921）冬，江山刘毓盘校毕并识。

笔者按：此跋得自于《南唐二主词校订》之"附录三"①，笔者未见到刘毓盘此序，不知有此跋的《南唐二主词》今何在，录此备考。

第8篇：1931年唐圭璋序《南唐二主词汇笺》

自序

《南唐二主词》刊本，今传者有明万历庚申谭尔进本、明万历庚申吕远本、光绪刘继增笺补吕本、明毛晋汲古阁旧钞本、康熙侯文燦《名家词》本、光绪金武祥《粟香室丛书》重刻侯本、光绪朱景行自《永乐大典》录出之《全唐诗》本、刘毓盘补正《大典》本、宣统沈宗畸《晨风阁丛书》刻知圣道斋旧钞《南词》本、宣统王国维校补沈本、光绪邵长光辑录未定稿本。谭、吕、王、侯、沈五本，编次悉同。惟吕本多《捣练子》一首，谭本、侯本分题中主、后主，略有异耳。五本同源，似皆出自宋本。兹以吕本为主，以各本补正。凡中主词六首，后主词四十六首。至《蝶恋花》或为李冠作，《相见欢》或为孟昶作，《菩萨蛮》或为杜安世作，《长相思》"一重山"一首，或为邓肃作，"云一绹"一首，或为孙肖之作，《浣溪沙》"一曲新词"一首，或为晏殊作，"转烛飘蓬"一首，或为冯延巳作，《阮郎归》或为欧阳修作，

---

① （南唐）李璟、李煜撰，（宋）无名氏辑，王仲闻校订：《南唐二主词校订》，中华书局2007年版，第135—136页。

《更漏子》二首或为温庭筠作，并两存之。若《十国春秋》注所录中主《帝台春》词，确为宋人李景元之误，则不录云。词之校勘以刘继增、王国维、刘毓盘三氏为最勤。然刘继增不知有《南词》本，王国维不知有吕本，刘毓盘不知有毛钞本，故所校亦互有阙略。至谭本亦三氏所未见。此外，笔记所载，选本所录，为三氏所未校及者亦夥。如王国维未及《花草粹编》，刘毓盘未及《钦定词谱》，而刘继增则每谓《花间集》作某，亦不知何据而云然。是编综合三氏所校，复搜辑其他笔记选本详校之。又笺证本事，惟见刘继增本，第亦有可补者，不揣谫陋，既补其所未备，复采录总评于卷首，系分评于每首之后，以为欣赏之助。各家序跋亦重列于后，以为参考之资。更据清周雪客《南唐书注》及《十国春秋》，作为简明年表，俾了然于二主之身世。至其词之高妙，与夫词句出处，为人所共喻，或不必注释者，并从省略，盖惧蹈《草堂》之陋习也。辛未（1931）三月江宁唐圭璋。

——《南唐二主词汇笺》本

笔者按：此《自序》得自《南唐二主词校订》之"附录三"①，笔者未见到唐圭璋此《自序》，不知有此《自序》的《南唐二主词汇笺》今何在，录此备考。

（六）南唐国二主集部著作著录文字辑录

1. （宋）王尧臣等《崇文总目》：

卷十一"别集二"云："《李煜集》十卷、《李煜集略》十卷（缺）。"

2. （宋）郑樵《通志》卷七十"别集五"：

《李后主集》十卷（伪唐）、《李后主集略》十卷。

3. （宋）晁公武《郡斋读书志》卷四中"别集类中"：

《李煜集》十卷。右伪唐主李煜重光也。璟之子。少聪悟，喜读书属文，工书画、知音律。建隆三年（962）嗣伪位。开宝八年（975）王师克金陵。封违命侯。太平兴国三年（978）终陇西郡公，赠吴王。江邻几《杂志》云："为秦王廷美所毒而卒。"

4. （宋）陈振孙《直斋书录解题》：

卷十六"别集类上"云："《李后主集》十卷。江南国主李煜重光撰。"

卷二十一"歌词类上"云："《南唐二主词》一卷。中主李璟、后主李煜撰。卷首四阕，《应天长》、《望远行》各一、《浣溪沙》二。中主所作。重光尝书之。墨迹在。盱江晁氏题云：'先黄御制歌词，余尝见之于麦光纸上，作

---

① （南唐）李璟、李煜撰，（宋）无名氏辑，王仲闻校订：《南唐二主词校订》，中华书局2007年版，第138—139页。

拨灯书，有晁景迁题字。今不知何在矣。余词皆重光作。'" 笔者按："先黄"，当为"先皇"。

5.（元）马端临《文献通考》：

卷二百三十三经籍考六十"集·别集"云："《李后主集》十卷。晁氏曰：伪唐主李煜重光也。少聪悟，喜读书属文，工书画，知音律。建隆三年（962）嗣伪位。开宝八年（975），王师克金陵，封违命侯。太平兴国三年（978），终陇西郡公，赠吴王。江邻几《杂志》云：为秦王廷美所毒而卒。"笔者按：《文献通考》引用的"晁氏曰"与晁公武《郡斋读书志》的著录略有不同，值得注意。

卷二百四十六经籍考七十三"集·歌词"云："《南唐二主词》一卷。陈氏曰：中主李璟、后主李煜撰。卷首四阕，《应天长》、《望远行》各一，《浣溪纱》二。中主所作。重光尝书之，墨迹在。盱江晁氏赵云先黄御制歌词，余尝见之于麦光纸上，作拨灯书，有晁景迁题字。今不知何在矣。余词皆重光作。"笔者按："晁氏赵云"应为"晁氏题云"，《通考》误。

6.（元）脱脱等《宋史》

卷二百五艺文四"杂家类"云："南唐后主李煜《杂说》二卷。"

卷二百八"别集类"云："《李煜集》十卷，又《集略》十卷，《诗》一卷。……《南唐李后主集》十卷。"

（七）南唐国李中集部著作序跋文字辑录（共27篇）

第1篇：973年南唐国孟宾于序《碧云集》三卷

碧云集序

朝议郎守尚书水部郎中武骑尉赐紫金鱼袋孟宾于

昔者仲尼删《三百篇》，梁太子选《十九首》，厥后沿朝垂名者不少，苦志者弥多，入室升堂有其数矣。然六义之旨、二南之风，后来未甚穷日，沉沦者怨刺伤多，取事者雅颂一贯。乱后，江南郑都官、王贞白用情创意，不共辙、不同途，俱不及矣。今睹淦阳宰陇西李中，字有中，缘情入妙，丽则可知，出示全编，备多奇句，祗如"乾坤一夕雨，草木万方春"，此乃王泽所均，春风广扇。《姑苏怀古》云："歌舞一场梦，烟波千古愁。"因想繁华之日，引成兴叹之词。《书王秀才壁》句"贫来卖书剑，病起忆江湖"。诗人兴叹，时政如何。《听郑道士琴》："秋月空山寂，淳风一夜生。"乃景清虚，真风迥返。《徐司徒池亭》句"扶疏皆竹树，冷淡似潇湘"。心匠所到，景致尤殊。《落花》句"酷恨西园雨，生憎南陌风"。阻公子惰，动旅人感。《寒江暮泊寄左偓》云："烟火人家远，汀洲暮雨寒。"诗人之作，客况凄然。《秋雨》句"秋声在梧叶，润气逼书帏"；《庐山》句"谷春攒锦绣，石润叠琼琳"。

比兴之言，搜罗尤异。《江行泊》句"半夜风雷过，一天星斗寒"。恐怖一场，虚明彻晚。《寄刘钧》云"闲花半落处，幽谷未来时"；《得故人消息》句"梦归残月晓，信到落花时"。肺肠难述，怀想可知。《访龙光谦上人》云："相留看山雪，尽日论风骚。"见请道之相于，忘寒山之不舍。又七言《宿庐山白云峰重道者院》句"云开碧落星河近，月出沧溟世界秋"；又《海上从事秋旦书怀》句"千里梦随残月断，一声蝉送早秋来"；又《夜泊寄诗友》句"鱼龙不动沉江远，烟雾皆收皎月高"；《东林寺远大师》句"杉桧已依灵塔老，烟霞空锁影堂深"；《登毗陵青山楼有感》句"千里吴山青不断，一边辽海浸无穷"；《访洞仙宫不遇邵道者》句"羽客不知何处去，洞前花落立多时"；《忆溪居》句"杜若菰蒲烟雨歇，一溪春色属何人"；又《六言》句"半落铜台月晓，乱飘金谷风多"；《客中春思》云"又听黄鸟绵蛮，月断家乡未还。春水引将客梦，悠悠遶遍关山"；《潜泉》句"谁当秋霁后，独听月明中"；《柴司徒亭前假山》句"萤影夜潜疑晓起，茶烟朝出认云归"。众目所观，他心不到。《春暮怀故人》句"池馆寂寥三月暮，落花重叠盖莓苔。惜春眷恋不忍归，感物心情无计开"；《赠王道士》云"槎流海上波涛阔，酒满壶中天地春"。论玄酒大羹，常徒肯爱；述神龙真虎，贤者则知。公负勤苦，值干戈从军之后，受命以来，上表中朝，乞归故国，以同气殁世，二亲在堂，弃一宰于淮西，获安家于都邑，公之忠孝彰矣。贤彦称之，载佩朱衣，犹思丹桂，乃为言曰，且名随牓上者众，艺逐云高者稀，今之人祇侔方干处士、贾岛长江，何须第一者哉？公理淊民、饮淊水，清白著矣，歌咏兴焉，况今贤为宝以礼示人，必当闱籍将书清庭，即践愚生于邂逅，得遂批承时也。素月流天，澄江如练，对沧州而援笔，乏丽藻以当仁，以公五七言兼六言三百篇，目曰《碧云集》。癸酉年（973）八月五日序。

——《碧云集》三卷之四部丛刊初编本卷首

笔者按：第一，《碧云集》之四部丛刊初编本见四部丛刊第 128 册，为上海涵芬楼借上元邓氏三李盦藏宋刊书棚本景印。第二，此跋又见《碧云集》之《续修四库全书》本第 1313 册（系据北京图书馆藏清黄丕烈士礼居影宋抄本影印，黄丕烈此影宋抄本的底本即刻有"临安府棚北睦亲坊南陈宅书籍铺印"一行字的宋陈宅书棚本）。

第 2 篇：1774 年清吴骞（1733—1813）跋碧云集

碧云集

右李中撰，卷分上下，首有孟宾于序。旧钞本。先君子以琴川毛氏、东山席氏二家刊本校，硃笔记岁月于后。跋云："李有中，南唐时为新淦令，尝与张泊、韩熙载、潘佑、徐铉诸人相友善，故多投赠之什。所著《碧云集》，水部郎中孟宾于为之序。尾题癸酉者，盖宋开宝之六年（973）也。序中摘录秀句，方之方干、贾岛，良不为过。然余读余篇，见其眷怀邦国，如有隐忧者，正复不少，则又杜牧、罗隐之俦矣。惜当日举国风靡，沦胥罔顾，屈指曹彬南下之岁，距宾于序集之秋，寒暑仅再周，耳虞之不腊，明者已早烛其必然，孰谓握三寸不律而仰屋梁者，遂不晓事耶？是集按晁氏《读书志》及《文献通考》所引，并云二卷。惟《曝书亭藏书目》作三卷。予此本得之乌夜村张氏，卷数适与之相符。何古今本之不同也？又序言五六七言二百篇，而此实三百余篇，岂后人附益而重编之欤？书此以俟它日考定云。乾隆甲午（1774）立秋日兔床吴某识。"

——《碧云集》之旧抄本

　　笔者按：第一，此跋来自清吴寿旸（约1771—约1830）《拜经楼藏书题跋记》卷五第八页至第十页①。第二，拜经楼为吴骞藏书处，吴骞（1733—1813）为吴寿旸之父。

第3篇：1805年顾广圻（1766—1835）跋碧云集三卷

《碧云集》三卷

　　此临何义门校也。得自扬州坊间，旋晤敦夫先生，谈次及之，因以为赠。时嘉庆乙丑（1805）三月，涧薲顾广圻记。

——《碧云集》抄本

　　笔者按：此跋得自蒋祖诒（1902—1973？）会辑《思适斋集外书跋辑存》集类第四页②，不知有顾广圻此跋的《碧云集》之抄本今何在，录此备考。

第4篇：1823年，黄丕烈跋《碧云集》之毛晋藏旧钞本（实为元本）

《碧云集》三卷（毛抄本）

　　予今春送考玉峰，曾获宋椠唐人诗集，《碧云》其一也。适从坊间取毛刻八唐人集，此种尚有，对勘一过，毛刻多阙失，宋椠皆有之。毛却未言所据何本。今又得此钞本，知为毛氏旧藏，钤有"元本"印记，是所据为元本，故与宋椠殊。而以此入刻，未载源流，使人闷闷，今始豁然，可与宋椠并藏，遂收而重装。装成，为癸未（1823）秋八月十有七日，时晴霁竟日，明月犹圆，坐学耕堂之南轩书此。秋清逸士记。

——《碧云集》之毛晋藏旧钞本（实为元本）

---

　　①　国家图书馆编：《国家图书馆藏古籍题跋丛刊》（全30册），北京图书馆出版社2002年版，第9册，第466—468页。

　　②　国家图书馆编：《国家图书馆藏古籍题跋丛刊》（全30册），北京图书馆出版社2002年版，第5册，第460页。

笔者按：第一，此跋得自《荛圃藏书题识》卷七①，笔者在国家图书馆、上海图书馆等藏书单位所见抄本多种，均未有此跋及下一则跋，录此备考。第二，《荛圃藏书题识》云此跋得自《碧云集》三卷之"毛钞本"，但是，据跋语看，应为"毛藏旧钞本"或"毛藏钞本"，而且从钤印"元本"上看，是元朝的抄本。故"毛钞本"之说不确，应为"毛藏钞本"。

第5篇：大约1823年，黄丕烈（1763—1825）跋《碧云集》之毛晋藏旧抄本

予见毛刻《碧云集》多缺文，及见宋刻，初不解毛氏何以有缺。适坊友以毛藏旧钞本来，始知毛刻据元本，故所缺如此。抄本中多子晋手校字，可与宋本并储，古香古色，益动人珍重前贤手迹之意。丕烈。

——《碧云集》之毛晋藏旧抄本

笔者按：此跋被收录于清张金吾（1787—1829）《爱日精庐藏书志》卷二十九第十五页，开篇有"黄氏手跋曰"五字②；上海远东出版社版《荛圃藏书题识》卷七收录此跋时云得自《碧云集》三卷（毛钞本）③，"毛钞本"的说法显然不妥，稳妥的说法应该是"毛藏旧钞本"或"毛藏钞本"。另，据上一则跋"癸未（1823）秋八月"的话，可断定黄丕烈写此跋的时间为大约1823年，此"癸未秋"的话对下列9则黄丕烈跋语撰写时间的断定亦有帮助，为免烦琐，笔者为下九则跋语作按语时不再一一注明。

第6篇：大约1823年，黄丕烈跋《碧云集》之毛晋抄校本

此毛氏钞本，又为子晋手校。卷中朱笔校字，跋中墨笔增字，皆其手迹也。毛氏钞固足重，子晋校尤可珍，予特表而出之，以俟来者考焉。荛夫又记。

——《碧云集》之毛晋抄校本

笔者按：第一，此跋得自《荛圃藏书题识》卷七④。第二，《荛圃藏书题识》云此跋得自《碧云集》三卷之"毛钞本"，但是，据跋语看，此本系毛晋抄且校的本子，故视为"钞校本"为宜。

第7篇：大约1823年，黄丕烈跋《碧云集》之毛刻本第一则

道光三年癸未（1823）春，送考玉峰于古董铺，获宋刻唐人《碧云集》、

① （清）黄丕烈著，屠友祥校注：《荛圃藏书题识》，上海远东出版社1999年版，第578页。

② 中华书局编辑部编：《宋元明清书目题跋丛刊》（全19册），中华书局2006年版，第11册，第519页。

③ （清）黄丕烈著，屠友祥校注：《荛圃藏书题识》，上海远东出版社1999年版，第578页。

④ 同上书，第578—579页。

《李群玉诗集》，诸名家有藏书图记，惟汲古毛氏独无，故《八唐人集》所刊《碧云集》却非宋本。因问诸胡佑氏，适有八唐人残本，此集尚全，归家后校阅一次，殊有异处，所缺俱据补差，喜余收藏之广胜于汲古也。荛夫记。

——《碧云集》之明末毛氏汲古阁刻《唐人八家诗》本卷下末尾第一则

笔者按：第一，《碧云集》之明末毛氏汲古阁刻唐人八家诗本，国家图书馆有藏，此 1639 年毛氏汲古阁刻本《碧云集》三卷在国家图书馆的索书号多达四五个，索书号为 00312 者为善本，以下二则黄丕烈跋语亦出此本。第二，毛氏汲古阁刻本《碧云集》三卷的三则黄丕烈跋语，均在《碧云集》卷下末尾（注意，卷下末尾和卷尾不是一个概念。卷下末尾仍然在卷下，卷尾指卷下以后的部分）。第三，此则跋及下二则跋，《荛圃藏书题识》卷七均有收录，并云此三则跋出于《碧云集》三卷之校宋本，且在末卷后。① 但是，笔者看到的这三则跋均在《碧云集》之毛氏汲古阁刻本卷下末尾。

第 8 篇：大约 1823 年，黄丕烈跋《碧云集》之毛刻本第二则

李有中集二卷。晁氏曰："南唐李有中尝为新淦令，与水部郎中孟宾于善。宾于称其诗类方干、贾岛之徒。宾于晋天福中进士也，有中集中有《赠韩张徐三舍人诗》，韩乃熙载，张乃泌，徐乃铉也。《春月》诗云：'乾坤一夕雨，草木万方春'颇佳，他皆称是。"

——《碧云集》之明末毛氏汲古阁刻《唐人八家诗》本卷下末尾第二则

第 9 篇：大约 1823 年，黄丕烈跋《碧云集》之毛刻本第三则

七月下，瀚湖佑以毛子晋旧藏墨格竹纸钞本示余，方晓毛所据以入刻者，乃元本也，上有"元本"二字印知之。朱笔墨笔子晋手书，复校一过，与宋合而刻，否者识之。荛夫又记。

——《碧云集》之明末毛氏汲古阁刻《唐人八家诗》本卷下末尾第三则

笔者按：以上二跋又被收录于《古籍题跋辑抄》。②

第 10 篇：大约 1823 年，黄丕烈跋《碧云集》三卷之宋刊书棚本卷首

道光癸未（1823）岁三月，余挈儿辈就试玉峰，因遍观骨董铺中，见有标题宋板者，无不取阅，闻有郝李二公祠中为邑故家某氏所藏物聚处，遂过之，举所云宋板者，非特元明之物，视如珍宝，即近日覆刻本，亦重价居奇，无他，欲以赝乱真，欺人不识也。故各市皆懒再过之，惟郝李祠有常熟蒋板敬

---

① （清）黄丕烈著，屠友祥校注：《荛圃藏书题识》，上海远东出版社 1999 年版，第 576—577 页。

② 国家图书馆编：《国家图书馆藏古籍题跋丛刊》（全 30 册），北京图书馆出版社 2002 年版，第 21 册，第 15—16 页。

一堂帖，有人托觅，重往议价，忽见书堆添宋板书两部，其一即此宋板《碧云集》一套，开函视之，骇甚。何意竟真，且非特《碧云》，兼有《群玉》，珍如双璧，喜出非常，遂舍帖而议书，从所知处，借番银易得，虽物主亦称宋板，然以他书之号称宋板者例之，安知其非视为赝而乱真者乎。因记此得书颠末云。荛夫。

——《碧云集》三卷之四部丛刊初编本卷首

笔者按：第一，此跋在四部丛刊初编本第 128 册，系上海涵芬楼借上元邓氏三李盦藏宋刊书棚本景印，原书板匡高营造尺五寸四分、宽四寸一分，下四则跋亦出《碧云集》之此四部丛刊初编本，不再注释。第二，此跋又见《碧云集》之清宣统年间吴慈培影抄毛本卷尾第三则，系傅增湘过录，国家图书馆有藏，索书号为 00313。第三，又见《荛圃藏书题识》卷七。①

第 11 篇：大约 1823 年，黄丕烈跋《碧云集》三卷之宋刊书棚本卷首

卷中有良常冯静观藏书狭长印，冯新之印，复初四方印，良常冯氏汲古斋藏书阔长印。初不知为何时人。时同年溧阳汤达兴阿为郡学博，送考昆山，余往询之，但云良常茅山地名，取以名金坛，因地相近也。金坛确有故家冯姓者，此藏书之人未之稔也。越日考罢归，忽有札示余，云梁常冯新号勉斋，太史冯秉彝之子，伊子名浩，拔贡武陟例指教谕，现选巢县学，来省考验领凭，冯新亦送伊子浩来苏，昨日开船去。据云自金坛移居扬州，汲古斋藏书大部带扬，小部遗□。就汤而言，余得此书，藏书人现来此地，亦奇缘也。五月望后重检，因附记之（笔者按：傅增湘重录作因附志之）。荛夫。

——《碧云集》三卷之四部丛刊初编本卷首

笔者按：第一，此跋又见《碧云集》之清宣统年间吴慈培影抄毛本卷尾第四则，系傅增湘过录，国家图书馆有藏，索书号为 00313。第二，此则跋及下一则跋又见《荛圃藏书题识》卷七。②

第 12 篇：大约 1823 年，黄丕烈跋《碧云集》三卷之宋刊书棚本卷尾

《碧云》、《群玉》两集，皆刊入八唐人集中。向偶见其他集，此二种却未之收过。《群玉》尚有诸家所藏旧钞本，《碧云》绝无钞本。昆山徐氏书目载宋刻二集，今见卷中有徐氏印，信即其旧藏也。余得此书，适过囵山堂，为余言修绠山房有不全八唐人集，遂访之，两李却有，然《群玉》无后集五卷，未知曾全刻否，抑此刻仅存三卷也。晁志止载《群玉集》三卷，无后集，并

---

① （清）黄丕烈著，屠友祥校注：《荛圃藏书题识》，上海远东出版社 1999 年版，第 574—575 页。

② 同上书，第 575 页。

《碧云》亦无之，知《碧云》更秘矣。毛刻未知何据，今校宋本，有宋本不缺
而毛刻反缺，甚至字句有极可笑者，知所据非古刻，宜此书之无汲古阁印也。
毛刻《李群玉》大异宋本，所分三卷同，其次第则异，暇日当取诸家旧钞手
校一过，毛刻无所取材。甚哉，书不得宋刻竟未可信有如此者。三月望后一
日，雨窗，荛夫书于百宋一廛之北窗。

——《碧云集》三卷之四部丛刊初编本卷尾

　　笔者按：此跋又见《碧云集》之清宣统年间吴慈培影抄毛本卷尾第五则，
系傅增湘过录，国家图书馆有藏，索书号为00313。

　　第 13 篇：大约 1823 年，黄丕烈跋《碧云集》三卷之宋刊书棚本卷尾

　　七月下浣，湖贾（笔者按：傅增湘过录作估）以毛子晋旧藏黑格竹纸钞
本示余，方晓毛所据以入刻者，乃元本也。上有"元本"二字印，知之。朱
墨二笔校字，皆子晋手迹。毛未遇宋本，故此书无汲古阁图记。九月中浣十
日，荛夫记。

——《碧云集》三卷之四部丛刊初编本卷尾

　　笔者按：第一，此跋又见《碧云集》之清宣统年间吴慈培影抄毛本卷尾
第六则，系傅增湘过录，国家图书馆有藏，索书号为00313。第二，此跋又见
《荛圃藏书题识》卷七。①

　　第 14 篇：大约 1823 年，黄丕烈跋《碧云集》三卷之宋刊书棚本卷尾

　　余得此书在昆山考棚，为癸未（1823）春。兹二集卷首各标墨书一行，
云"癸巳（1773）九月浔寓收"。窃思此书必发见于癸，又皆在流寓时，何巧
乃尔。且余家读书成名者，每在癸年生人。今三孙美镐又以诗受知于学使者，
则此书之入余手，未始非前定数矣。复赋四绝句。

　　客中清况阅春秋，名物还从暗地收。浔寓不知何处所，我来却在玉山头。
　　作合奇书在癸年，癸生人更有书缘。一家三癸是书业，叔侄祖孙今已然。
　　碧云可作云程望，群玉当成玉局材。自此登龙长声价，诗名合得替人来。
　　万物何常尽寓公，人亡人得楚弓同。他年想像藏书者，说是宋廛中一翁。
荛夫。

——《碧云集》三卷之四部丛刊初编本卷尾

　　笔者按：第一，此跋又见《碧云集》之清宣统年间吴慈培影抄毛本卷尾
第七则，系傅增湘过录，国家图书馆有藏，索书号为00313。第二，此跋又见

---

　　① （清）黄丕烈著，屠友祥校注：《荛圃藏书题识》，上海远东出版社1999年版，第575—
576 页。

《荛圃藏书题识》卷七。①

第 15 篇：1824 年，黄丕烈跋《碧云集》之黄丕烈影宋抄本

余见毛刻《碧云集》，知多阙文，及获见此集宋刻，初不解毛氏何以有缺，想别有所本也，迨夏间坊友以毛藏旧抄本来，始知毛刻据元本，故所缺如此，盖宋元本各有面目在也。抄本中多子晋手校字，可与宋本并储，古香古色，益动人珍重前贤手迹之意，予举此以与月霄赏析之，异地同心之友，眼下寥寥，可慕抑可慨也！时月霄于坊间见旧抄本《甲乙集》，亦为子晋手校，索直昂，未之得，予欲借观，物主吝不一示，岂不可笑！因附记之，以见予于古人因缘何独厚邪。独树逸翁。

——《碧云集》三卷之清道光四年（1824）黄氏士礼居影宋抄本卷尾

笔者按：第一，独树逸翁为黄丕烈（1763—1825）的号。第二，《碧云集》三卷之清道光四年（1824）黄氏士礼居影宋抄本，国家图书馆有藏，书号为 06645；又，据此影抄本完成的时间而断定此跋撰写于 1824 年。第三，《碧云集》之续修四库全书本即据此书的国家图书馆藏清黄丕烈士礼居影宋抄本影印，黄丕烈的影宋抄本又据"临安府棚北睦亲坊南陈宅书籍铺印"影抄。第四，（台湾）"国立中央图书馆"特藏组编的《标点善本题跋集录》所收此跋得自于（台湾）"国立中央图书馆"所藏的《碧云集》三卷②，此《碧云集》三卷的版本为清琴川张氏小琅嬛福地影抄南宋临安府陈宅书籍铺刊本，其上有清单学傅手跋，又有过录的黄丕烈此跋。第五，国家图书馆所藏《碧云集》三卷之清道光四年（1824）黄氏士礼居影宋抄本仅有序跋二则，一是卷首的孟宾于序，二是卷尾的黄丕烈此跋。

第 16 篇：1826 年孙原湘（1760—1829）观款

道光丙戌（1826）八月，心青孙原湘观于张氏小琅嬛福地。

——清琴川张氏小琅嬛福地影钞南宋临安府陈宅书籍铺刊本

笔者按：此观款得自《标点善本题跋集录》下册第 481—482 页，笔者在各图书馆所见《碧云集》之版本未见有此观款，下则陶廷杰观款之出处同，不再加写按语说明。

第 17 篇：1835 年陶廷杰（1785—1856）观款

道光乙未（1835）中秋后三日，合江陶廷杰观。

——清琴川张氏小琅嬛福地影钞南宋临安府陈宅书籍铺刊本

---

① （清）黄丕烈著，屠友祥校注：《荛圃藏书题识》，上海远东出版社 1999 年版，第 576 页。

② （台湾）"国立中央图书馆"特藏组编：《标点善本题跋集录》，台北："国立中央图书馆"1992 年版，下册，第 481—482 页。

第 18 篇：1851 年章愫跋《碧云集》三卷

《碧云集》三卷，世鲜专刻本。毛氏、席氏所刊，俱非足本，余求是书南宋版，迄不可得。今书贾陶鼎元携此同《李群玉集》见售，的系影宋本，亟购之。同时购得者，明刻《庚开府集》、旧抄黄庚《月屋樵吟》、刘健《庭闻录》。咸丰新元（1851）仲春月二十日，瓜庐外史章愫。①

——严绍璗编著《日藏汉籍善本书录》第 1493 页

第 19 篇：清缪荃孙（1844—1919）跋《碧云集》二卷

《碧云集》二卷

汲古阁刻本。临何义门校，后有顾千里跋，首页有"天石斋藏书"白文长方印、"臣恩复秦伯敦父"白文联珠方印、"顾涧薲藏书"朱文长方印，后有"石研斋藏书记"朱文长方印。

——《碧云集》之汲古阁刻本

笔者按：此跋得自清缪荃孙《艺风藏书续记》卷六第二十六页"诗文第八上"。②

第 20 篇：曹元忠（1865—1927）跋《碧云集》三卷之士礼居影宋本

《碧云集》三卷（士礼居影宋本）

是本亦临安府棚北睦亲坊南陈宅书籍铺印，每半叶十行，行十八字，荛翁以所藏付工精影者，亦分上中下三卷，首题登仕郎守新淦县令知镇事赐绯鱼袋李中。按：中仕南唐为吉州新淦令，今《江西通志·艺文志》载李中《题庐山东林寺远大师影堂》及《吉水县依韵酬华松秀才见寄》两诗，均见集中。盖为县时作也。中于马令、陆游两《南唐书》皆无传，以集考之，如《烈祖孝高挽歌》、《寄赠沈彬郎中》、《献张义方常侍》及《郡斋读书志》所谓集中有赠韩张徐三舍人诗，韩乃熙载，张乃洎，徐乃铉也，知其历事烈祖至后主而已。至《读书志》又云：中与水部郎中孟宾宇（笔者按："宇"当作"于"）善，宾宇称其诗如贾岛、方干之徒，即据集序、序首、结衔称朝议郎守尚书水部郎中武骑尉赐紫鱼袋孟宾宇，亦与马令《南唐书·归明传》后主以水部员外郎起之之语合，末署癸酉（973）八月五日，为后主十四年，实太祖开庆（笔者按：庆，当作宝）六年，《懒真子》称南唐自显德五年（958）用中原正朔，士大夫以为耻。碑文但书甲子，此其例也。荛翁影写《碧云集》及《李群玉诗集》有二本，一为爱日精庐及铁琴铜剑楼所藏，一自录副，今藏读

---

①　严绍璗编著：《日藏汉籍善本书录》，中华书局 2007 年版，第 1493 页。

②　国家图书馆编：《国家图书馆藏古籍题跋丛刊》（全 30 册），北京图书馆出版社 2002 年版，第 14 册，第 326 页。

有用书斋，其宋椠原本有玉兰堂、辛夷馆、徐健庵、季沧苇、冯复初、张文通、安仪初诸家藏印者，近岁为江宁邓观察邦述所得，至以群碧命其藏书楼云。

——《碧云集》三卷之士礼居影宋本

笔者按：第一，此跋得自吴县曹元忠（1865—1927）《笺经室所见宋元书题跋》①，笔者所见《碧云集》之宋刻本和影宋抄本，未见曹元忠此跋，不知有曹元忠此跋的《碧云集》宋刻本或影宋抄本今何在，录此备考。第二，"笺经室"为曹元忠藏书处的名字；"读有用书斋"为韩应陛（？—1860）藏书处的名字。

第21篇：清单学傅跋《碧云集》之张蓉镜影抄南宋书棚本

右唐李中字有中，《碧云集》三卷，亦系芙川张君与月霄兄各倩工借士礼居藏宋刊本影写，故先著录于《爱日庐书志》，其原本曾藏季沧苇家，毛子晋未见此书，仅得元刊本，重付剞劂，故多缺文也。孟宾于序称诗三百篇，今共计三百十篇，此必亡其一篇耳，然较胜毛刻，已不可同年语矣。有中诗体婉丽清洁，既与文山不相上下，而此册仿写尤为精致，同贮一囊，可题曰《二李合璧》。学傅跋。

——《碧云集》之张蓉镜影抄南宋书棚本

笔者按：第一，《碧云集》之张蓉镜影抄南宋陈宅书棚本，（台湾）"国立中央图书馆"有藏，其上之单学傅跋二跋（此跋和下一则跋）被收录于《标点善本题跋集录》②。第二，"芙川张君"指张蓉镜。张蓉镜（1802—?），字芙川，江苏常熟人。月霄兄指张金吾，张金吾（1787—1829），别字月霄。

第22篇：清单学傅又跋《碧云集》之张蓉镜影抄南宋书棚本

《碧云集》之名，是取江淹拟休上人诗语，至群玉乃李公之名，黄跋漫取四字连缀入跋，窃所未安，岂不闻渔洋诗者，改浩然亭为孟斋耶？学傅又笔。

——《碧云集》之张蓉镜影抄南宋书棚本

笔者按：单学傅为近代诗人、诗评家，生卒不详。上二跋写于《碧云集》三卷之清琴川张氏小琅嬛福地影钞南宋临安府陈宅书籍铺刊本。

第23篇：1912年邓邦述跋《碧云集》之清宣统年间吴慈培影抄毛本

右《碧云集》三卷，亦佩伯影毛本写出者，此书次第，未经窜易，故与宋

---

① 国家图书馆编：《国家图书馆藏古籍题跋丛刊》（全30册），北京图书馆出版社2002年版，第23册，第640页。

② （台湾）"国立中央图书馆"特藏组编：《标点善本题跋集录》，台北："国立中央图书馆"1992年版，下册，第481—428页。

本相合，独卷上所缺八诗，宋本一一具在，是汲古又非据宋本上版者也。菉圃得是书后，曾以毛本对校，即云毛刻字句有极可笑者，后又得见子晋所藏钞本，谓毛所据以入刻，乃元本也云云，皆载菉圃手跋中。今前后校雠一过，知其不诬。南宋去元不远，其两本优劣已如是，宜藏书者之宝宋本为正法眼藏也。然《碧云》刻本颇有误处，毛刻中改正。如卷上，《寄左偃》，宋误"堰"。《赠东林白大师》"卷箔吟消永日"，宋误"卷宿"。《秋夜吟寄左偃》"莎埵应独听寒螀"，宋误"寒蛩"。卷中，《献乔侍郎》"九霄恩后降"，宋误"思復"。《献中书张侍郎》"青云逐步生"，宋误"清云"。卷下，《江行值暴风雨》，宋误"瀑风"。《蚤春》"长是被恩先"，宋误"恩光"。《送姚端秀才游毗陵》注"若耶"，宋误"若即"。又目录，《送致仕沈彬郎中游茅山》，宋误"庐山"。《途中闻子规》，宋误"问子规"。则元本已先是正，未可谓无功于宋刻也。群玉在晚唐，碧云则仕南唐。菉翁刻校印时，淑嫌倒置，不如余之群碧楼为安。佩伯所抄两种本备，手自校勘，适校宋本《南华真经》，余乃得从事代校，后人有览此者，或更疑余宝爱两书，不愿借雠，是使余无容喙之地，而不知世变之后，如吾辈者，不拼命校书，更复何有生人之乐。幸而得佩伯同志之雅，宁有是区区者，而犹靳耶，而犹靳耶。壬子（1912）六月小暑大雨，三日被□衣闭户书此。正闇学人（笔者按：后一方印曰"小闇学人"）。

　　　　　　　　——《碧云集》之清宣统年间吴慈培影抄毛本卷尾第一则

　　笔者按：第一，《碧云集》之清宣统年间吴慈培影抄毛本，国家图书馆有藏，书号为00313。第二，吴慈培（约1884—1915），晚清藏书家，字佩伯，一字偶能，云南保山人；正闇学人，即邓邦述。

第24篇：1912年傅增湘跋《碧云集》之《唐人百家诗》本

壬子（1912）十二月十八日，借邓孝先藏宋本校讫。

　　　　　　　　——《碧云集》之清康熙年间《唐人百家诗》本卷下末尾

　　笔者按：第一，《碧云集》之清康熙年间《唐人百家诗》本，国家图书馆有藏，索书号为00317，为席启㝢编、席氏琴川书屋康熙（1662—1722）年间刊刻。第二，邓孝先即邓邦述（1868—1939），孝先为字。

第25篇：1913年傅增湘跋《碧云集》之清宣统年间吴慈培影抄毛本

佩伯手写《碧云》、《群玉》两集，正闇既以所藏宋本代为校勘，余异时复从正闇假原本以席刻校读一过，又为此本补其失漏，佩伯并属代录菉翁数则，两公写校精善，若以余之恶书羼杂其间，不啻勃嬂施之面，宁不为后来者所笑。顾佩伯频来敦促，谓将借此志吾数人离合之迹，且丹铅往复，余获益于佩伯者不尠。于谊未可辞，遂忘其丑而书之。时正闇将入之官辽海，余亦载书入京师，校秘阁图籍行有日矣。癸丑（1913）五月腊八傅增湘。

——《碧云集》之清宣统年间吴慈培影抄毛本卷尾第二则

笔者按：《碧云集》之清宣统年间吴慈培影抄毛本，现藏国家图书馆，索书号为00313。

第26篇：1914年傅增湘跋《碧云集》之《唐人百家诗》本

沈子封前辈藏钞本，末有崇祯甲申（1644）幽吉堂主人题识，盖钱求赤所校阅，取勘一过，颇有数处出宋本之外者，因以绿笔临之。与宋本同者加圈识于旁，异者记于上方以别之。甲寅（1914）十月雪节后一日，沅叔记。

——《碧云集》之清康熙年间《唐人百家诗》本卷下末尾

笔者按：第一，此版本《碧云集》，国家图书馆有藏，索书号为00317。第二，沈子封即沈曾桐（1853—1921），为沈曾植弟。

第27篇：1930年傅增湘跋《碧云集》之毛氏汲古阁刻《唐人八家诗》本

黄荛夫手校《碧云集》，海源阁杨氏旧藏，载在《楹书隅录》。昨岁盛传大盗入阁中，篡取书籍，连车捆载而去。事后鲁政府委专员往勘，粗有记录。然其评终不得知也。前日厂估言有兵持书来售，审视皆海源阁中物。北宋本扬子《法言》，仅存中二册。元本《刘中庵集》，仅存首册序目。又旧钞《声画集》、《不系舟渔集》、《可斋杂稿》尚完好。此《碧云集》亦劫余之一也，值昂不可得，因假得，手校一过还之。天地兵尘，衣冠文物，荡扫无遗，此不过沧海之一粟耳。宁足悲哉。庚午（1930）九月二十日藏园居士书。

——《碧云集》之毛氏汲古阁刻《唐人八家诗》本卷尾

笔者按：国家图书馆所藏《碧云集》之毛氏汲古阁刻唐人八家诗本，索书号多达四五个，其中索书号为00312者为善本，该本卷尾仅有一则跋语，即此傅增湘跋语。在《碧云集》该版本卷下末尾、卷尾之前，有黄丕烈的三则跋语。

（八）南唐国李中集部著作著录文字辑录

1. （宋）晁公武《郡斋读书志》卷四中"别集类中"：

《李有中诗》二卷。右伪唐李有中，尝为新涂令，与水部郎中孟宾于善。宾于称其诗如方干、贾岛之徒。宾于，晋天福（936—944）中进士也。有中集中有《赠张韩徐三舍人诗》，韩乃韩熙载，张乃泊，徐乃铉也。《春日》诗云："乾坤一夕雨，草木万方春"，颇佳，他皆称是。

2. （元）马端临《文献通考》卷二百四十三"集·诗集"：

《李有中诗》二卷。晁氏曰："……（笔者按：后略）。"

3. （元）脱脱等《宋史》卷二百八"别集类"：

《李中诗集》三卷。

4.（明）徐𤊹（1563—1639）《徐氏家藏书目》卷六第十四页：

李中《碧云集》三卷。①

5.（清）瞿镛《铁琴铜剑楼藏书目录》卷十九第四十五页：

《碧云集》三卷（影抄宋本）

唐李中撰，有孟宾于序，此爱日精庐张氏从士礼居所藏宋本影写。黄氏云：毛刻但据元刻，未见宋本，故多缺文。②

6.（清）陆心源《皕宋楼藏书志》卷七十第十八页：

《碧云集》三卷（写影宋刊本）

唐登仕郎守新淦县令知镇州事赐绯鱼袋李中撰。目后有临安府棚北睦亲坊南陈宅书籍铺印一行。孟宾于序。③

7.（清）张金吾（1787—1829）《爱日精庐藏书志》卷二十九第十五页：

《碧云集》三卷（影写宋刊本。从吴门黄氏藏宋刊本影写）

唐登仕郎守新淦县令知镇事赐绯鱼袋李中撰。目录后有临安府棚北睦亲坊南陈宅书籍铺印一行。④

8.（清）缪荃孙（1844—1919）《艺风藏书续记》卷六第二十六页

《碧云集》二卷

顾氏手跋曰："此临何义门校也。得自扬州坊间。旋晤敦夫先生，谈次及之。因以为赠。时嘉庆乙丑（1805）三月涧蘋顾广圻（1766—1835）记。"⑤

（九）南唐国徐铉集部著作序跋文字辑录（共41篇）

第1篇：993年宋陈彭年序

故散骑常侍东海徐公集序

秘书郎陈彭年撰。

昔姬昌既没，文不在于兹乎？韩起有言，礼尽见于鲁矣。故尼丘降异，以产民宗。阙里垂言，用为人极。自哲人一往，作者多歧，则有孟子制其横流，

---

① 中华书局编辑部编：《宋元明清书目题跋丛刊》（全19册），中华书局2006年版，第5册，第409页。

② 中华书局编辑部编：《宋元明清书目题跋丛刊》（全19册），中华书局2006年版，第10册，第291页。

③ 中华书局编辑部编：《宋元明清书目题跋丛刊》（全19册），中华书局2006年版，第8册，第799页。

④ 中华书局编辑部编：《宋元明清书目题跋丛刊》（全19册），中华书局2006年版，第11册，第519页。

⑤ 中华书局编辑部编：《宋元明清书目题跋丛刊》（全19册），中华书局2006年版，第14册，第326页。

荀卿平其乱辙。战国之际，百氏沸腾。嬴秦之余，六经煨烬。菁华欲竭（笔者按："竭"，《皕宋楼藏书志》作"极"），俎豆无归。故贾生谈仁义于前，杨子宗诗书于后。魏晋名士，咸重玄（笔者按："玄"，《皕宋楼藏书志》作"元"）言。梁隋诸公，始兴宫体。兹风一扇，逾数百年。唐氏儁（笔者按："儁"，《皕宋楼藏书志》作"隽"）乂（笔者按："乂"，《皕宋楼藏书志》作"又"）为多，比百王而虽盛，文章所尚，方三古而终殊。于是韩吏部独正其非，柳柳州辅成其事。千龄旦暮，斯岂诬哉。俾大道之将行，故由天意。幸斯文之未丧，亦系人谋。其有道冠人伦，才为世表，令名不泯，百代攸宗，今复见之徐公矣。公讳铉，字鼎臣，其先会稽人也。邻几之姿，生民之秀。沧溟沃日，流作言泉。建木干星，植为行囷。英材茂德，光映于前。修懿范，清规仪，形于来者，弄璋之始。属唐室之多虞，佩觿之初值，扬都之建号。公文辞潜发，不类幼童。识量淹通，已成大器。弹冠入仕，方居终贾之年；佩玉登朝，即就严徐之列。洎江东内禅，文物初兴，廊庙之珍，独当其任。缙绅之望，无出其先。汉之贤臣蔡邕，历三台之选；魏之俊士索靖，驰二妙之名。若乃毛玠之公清、汲黯之正直、王伦之知礼、张华之博物、郑当时之下士、山巨源之荐贤，以公方之，绰有余裕。故得观孔光之树，久奉枢机；寓荀勗（笔者按："勗"，《皕宋楼藏书志》作"最"，而黄荛圃于书之天头校云："勗，应缺末笔"）之池，常参献替。虽具瞻之重，犹未正名；而乃眷之殊，已同彼相。及楼船南伐，青盖东来，遂于艰虞之辰，克尽始终之节。夫章台之璧，且（笔者按："且"，《皕宋楼藏书志》作"早"）属秦求；方城之材，果为晋用。太祖读豫州之檄，不责其非；今上听上林之文，屡言其美。由是甘泉柏殿，重奉宸游，琐闼貂冠，更膺天（笔者按："膺天"，《皕宋楼藏书志》作"应王"）奖。王（笔者按："王"，《皕宋楼藏书志》作"天"）公慕义，如见古人；名德在时，目为耆老。季膺（笔者按："季膺"，《皕宋楼藏书志》作"李应"）交友，不异神仙；许劭言谈，是名月旦。虽来于江左，鲁公于是赠诗；寓彼汉中，武侯以之下拜。无以逾也。及运逢消长，道或盈虚，辞通籍之簪缨，陪外藩之樽俎，语鬼神之事，归宣室而未期；留封禅之书，卧茂陵而长往。呜呼，惟公秉中和之气，挺杰出之才，风雨而不迷，雪霜而不变。瞻其洁白，如珪如璋；听其风声，如兰如蕙。自成人之始，至纵（笔者按："纵"，《皕宋楼藏书志》作"从"）心之年，险阻艰难，所经多矣，功名富贵，皆自致之。至若平仲事君，一心无改；展禽秉直，三黜弥光。百行立身，世谈其尽善；片言违道，人知其不为。岂但王佐之才，获称于士季；公卿之量，见赏于林宗乎？其有立言之旨、学古之功，究乎天人，穷乎性命（笔者按："命"，黄荛圃校云："应该作理"）。文房逸势，楚国之三休；笔阵雄风，宋人之九拒。昔者洞箫之赋，诵之者后宫；剑阁之铭，刊之者明诏。贾谊过秦之作，史臣置于篇中；王融曲水之辞，郑使求于座上。蔡中郎之所自许，则有太丘之碑；潘黄门之所用工，独是荆州之诔。公并穷其渊薮，仍在上游；掇其英华，更多余力。虽丝簧金石，无以均其雅；黼黻玄（笔者按："玄"，《皕宋楼藏书志》作"元"，黄荛圃校云："玄，缺末笔"）黄，不足方其丽。草太玄（笔者按："玄"，《皕宋楼藏书志》作"元"）之客，徒欲载金；述十意之人，自将焚稿。岂独语其篇什，宜升洙泗之堂；画彼形容，当在灵均之庙者哉。矧复六书之艺，少而留心；二篆之踪，老而尽妙。研精不舍，常惜寸阴；尺牍所传，有同珍宝。圣上方欲恢千年之洪业，答上帝之耿光，朝诸侯而东寻，祀介丘而降禅。若乃以秦丞相之健笔，兼汉郎将之雄文，铭此成功，垂之不朽，求之舆议，公即其人。斯志未终，大年行尽，歼良之痛，其可已乎？公江南文稿，撰集未终，一经乱离，所存无几。公自勒成二十卷，及归中国，入直禁林，制诏表章，多不留草，其余存者，子婿（笔者按："婿"，《皕宋楼藏书志》作"婿"）尚书水部员外郎吴君淑编为十卷，通成三十卷。所撰《质论》、《稽神录》，奉诏撰《江南录》，修许慎《说文》，并别为一家，不列于此。彭年越在幼年，即承训导，通家之旧，与文举以攸同；入室之知，方子渊而岂异？感生平而永叹，报德无阶；痛音问之长违，殒身莫赎。聊存撫实，用以冠篇。时淳化四年（993）七月序。

——《徐骑省集》三十卷《附录》一卷之四部丛刊初编本卷首第三则

笔者按：此本系上海涵芬楼据黄荛圃校宋本影印，陈彭年此序被收录于清陆心源（1834—1894）《皕宋楼藏书志》卷七十二第二页至第六页，注版本曰："《徐公文集》三十卷（旧抄校宋本）。宋东海徐铉撰。后附行状墓志铭（李昉撰）、李至等祭文挽词"，开篇加五字云"陈彭年序曰"[1]；又被收录于清张金吾（1787—1829）《爱日精庐藏书志》卷三十第一页至第五页，所注版本与《皕宋楼藏书志》所注相同，但字句有微小差异，例如"菁华欲竭"之"竭"，与此《四部丛刊初编》本同，但《皕宋楼藏书志》作"极"，其他文烦不一一注出。[2] 又，《国立中央图书馆善本序跋集录》（集部一）亦收录此

---

① 中华书局编辑部编：《宋元明清书目题跋丛刊》（全19册），中华书局2006年版，第8册，第813—815页。

② 中华书局编辑部编：《宋元明清书目题跋丛刊》（全19册），中华书局2006年版，第11册，第526—527页。

序，云得自于清经锄堂抄本《徐骑省文集》（三十卷，八册），该书索书号为09928①，字句稍异，文烦不再出注。

第2篇：1016年宋晏殊序

《徐公文集》三十卷（旧抄校宋本）。宋东海徐铉撰。后附行状墓志铭（李昉撰）、李至等祭文挽词

后序

徐公既没，门人等论次其文为三十卷。曩秘阁吴正仪、今翰林颍（笔者按："颍"，《皕宋楼藏书志》作"隶"）川公并为之序，论之详矣。都官员外郎胡君克顺，通才博雅，乐善好贤，早游骑省之门，深蒙乡里之眷，宝兹遗集，积有岁时，镂板流行，庶传悠永，因以丞相赵郡文贞公、邓帅陇西公所作墓志挽咏等列于左次，用垂茂实，俾题于后，以记厥由。大中祥符九年（1016）八月，太常丞集贤校理晏殊序。

——《徐骑省集》三十卷《附录》一卷之四部丛刊初编本卷尾第六则

笔者按：晏殊此序被收录于清陆心源（1834—1894）《皕宋楼藏书志》卷七十二第六页②；又被收录于于清张金吾（1787—1829）《爱日精庐藏书志》卷三十第四页至第五页③；又，《国立中央图书馆善本序跋集录》集部（一）亦收录此序，云得自清经锄堂抄本《徐骑省文集》（三十卷，八册），该书索书号为09928，字句稍异，文烦不再出注。④

第3篇：1017年宋胡克顺进表

《徐公文集》三十卷（旧抄校宋本）。宋东海徐铉撰。后附行状墓志铭（李昉撰）李至等祭文挽词

进徐骑省文集表

臣克顺言，伏以德必有言，见称于君子。文之行远，用示于方来。矧逢熙盛之期，茂阐钦明之化，臣克顺诚惶诚惧，顿首顿首。伏念臣本惟寒族，偶袭绪风。幼服佩于义方，长陶烝于孝治。筑室百堵，介处于下乡；教子一经，敢堕（笔者按："堕"，四部丛刊本作"隳"）于素业。旍间（笔者

① （台湾）"国立中央图书馆"编：《国立中央图书馆善本序跋集录》（集部一），台北："国立中央图书馆"1994年版，第235—237页。

② 中华书局编辑部编：《宋元明清书目题跋丛刊》（全19册），中华书局2006年版，第8册，第815页。

③ 中华书局编辑部编：《宋元明清书目题跋丛刊》（全19册），中华书局2006年版，第11册，第527—528页。

④ （台湾）"国立中央图书馆"编：《国立中央图书馆善本序跋集录》（集部一），台北："国立中央图书馆"1994年版，第237页。

按："间"四部丛刊本作"闲"）虽惭于往事，赐书岂（笔者按："岂"，四部丛刊本作"宁"）谢于古人。家藏稍多，耳剽亦久。窃见故散骑常侍徐铉杰出江表，夙负重名，逮事天朝，荐升近列。特受先皇之顾遇，颇为后进之宗师。文律高深，学术精博。辞惟尚要，思在无邪。克著一家之言，盖处诸公之右。澒化之岁，被病考终。生嗟伯道之孤，没（笔者按："没"，四部丛刊本作"殁"）虑若敖之馁。而臣顷在场屋，获造门墙。情笃乡闾，礼钧甥侄，永惟感旧，适值送终。臣家乃具扁舟，载其灵枢，直抵豫章之郡，卜葬西山之阿。一掩佳城，久荒宿草。虽岁时靡辍，为修黄石之祠，而翰墨罕存，难访茂陵之札；每思编辑，尤惧舛讹。数年前，故参知政事陈彭年因臣屡言，成臣夙志，假以全本，并兹冠篇，乃募工人，肇形镂板。竹简更写，无愧于前修；绨几回观，愿留于睿览。伏望崇文广武感天尊道应真祐（笔者按："祐"，四部丛刊本作"佑"）德上圣钦明仁孝皇帝陛下，清衷轸念，鸿霈延慈，稍回虞舜之纶（笔者按："纶"，四部丛刊本作"聪"），恩（笔者按："思"，四部丛刊本作"暂"）乙东方之牍。沦恩至厚，俾朽骨以重荣；皇范长新，耀遗编而增焕。岂惟疏贱独荷照临。其新印《徐铉文集》两部，计六十卷，共一十二册，谨随表上进。干冒宸严，臣无任战汗激切屏营之至。臣克顺诚惶诚惧顿首顿首谨言。天禧元年（1017）十一月日，三司户部判官朝散大夫行尚书都官员外郎上护军臣胡克顺上表。

———《徐骑省集》三十卷《附录》一卷之四部丛刊初编本卷首第一则

笔者按：第一，《徐骑省集》三十卷《附录》一卷之四部丛刊初编本卷首第一则题目作《进徐骑省文集表》。第二，胡可顺此进表亦被收录于清陆心源（1834—1894）《皕宋楼藏书志》卷七十二第一页至第二页[1]、清张金吾（1787—1829）《爱日精庐藏书志》卷三十第一页至第二页[2]，开头均有"胡克顺进表曰"六字。

第4篇：1017年或稍后皇帝批答

批答

敕胡克顺省所上表进新印《徐铉文集》两部，计六十卷，共一十二册，事具悉。徐铉生于江介，早著时名，历事祖宗之朝，尝居文翰之任，发挥诰命，有温雅之风，备预咨询，见该通之学。矧惟素履，无谢古人。汝克慕前

---

① 中华书局编辑部编：《宋元明清书目题跋丛刊》（全19册），中华书局2006年版，第8册，第813页。

② 中华书局编辑部编：《宋元明清书目题跋丛刊》（全19册），中华书局2006年版，第11册，第526页。

修，尽编遗札。俾之摩印，庶广流传。亲奏御之。爰来谅恪勤之斯至，览观之际，嘉叹良深，故兹奖谕，想宜知悉。五日。

———《徐骑省集》三十卷《附录》一卷之四部丛刊初编本卷首第二则

笔者按：据胡克顺进表上于 1017 年而断定皇帝的批答在 1017 年或稍后。

第 5 篇：1149 年宋徐琛跋《骑省徐公文集》三十卷

明州重刊《徐骑省文集后序》

《骑省徐公文集》三十卷，天禧（1017—1021）间尚书都官员外郎胡君克顺编录刊行，且奉表上进，章圣皇帝降诏奖谕。参知政事陈公彭年为之序引，丞相晏元献公复为后序。骑省在江南有重名，仕天朝为近侍，以文翰忠直在当时诸公先。既殁（笔者按："殁"，《皕宋楼藏书志》作"没"），丞相赵郡李文正公实志其墓，所以称述推尊之者甚至，距今且二百年，其英名伟节，得以不泯而为后学法者，系文集是赖。年世复远，兵火中厄，鲜有存者。偶得善本，使公库镂板以传。绍兴十九年（1149）十一月十日，右朝议大夫，充敷文阁待制，知明州军州事，提举学事，赐紫金鱼袋徐琛跋。

———《徐骑省集》三十卷《附录》一卷之四部丛刊初编本卷尾第七则

笔者按：徐琛此跋又被收录于清陆心源（1834—1894）《皕宋楼藏书志》卷七十二第六页至第七页①、清张金吾（1787—1829）《爱日精庐藏书志》卷三十第五页②，版本均注云："徐公文集三十卷（旧抄校宋本）宋东海徐铉撰后附《行状》《墓志铭》（李昉撰）李至等祭文挽词。"又，《国立中央图书馆善本序跋集录》集部（一）亦收录徐琛此跋，云得自清经钮堂抄本《徐骑省文集》（三十卷，八册），该书索书号为 09928，字句稍异，文烦不再出注。③

第 6 篇：1635 年，冯舒跋《徐公文集》

天启七年（1627）借得清常道人本，是馆中物宋本印钞本也。后有"应奉危素读一过"七字，越九年为崇祯乙亥（1635），始录成，写钱八百文，纸笔在外，姚君章所书也。是年（1635）九月廿八日装讫记此。冯舒。

———《徐公文集》三十卷之清乾隆三十九年卢氏抱经堂抄本卷尾第八则

第 7 篇：金侃（？—1703）跋

《徐骑省文集》近世鲜有刻者，此本系虞山钱宗伯于崇贞（笔者按："贞"

---

① 中华书局编辑部编：《宋元明清书目题跋丛刊》（全 19 册），中华书局 2006 年版，第 8 册，第 815—816 页。

② 中华书局编辑部编：《宋元明清书目题跋丛刊》（全 19 册），中华书局 2006 年版，第 11 册，第 528 页。

③ （台湾）"国立中央图书馆"编：《国立中央图书馆善本序跋集录》（集部一），台北："国立中央图书馆" 1994 年版，第 237 页。

应作"祯"）间从史馆印掌（笔者按："掌"应作"摹"）南宋本，原本字颇大，予缩以小字抄存之。集中称"今上御名"者，高宗名构也。太祖讳匡胤，太祖之父仁祖讳"殷弘"，真宗讳"恒"，仁宗讳"祯"，英宗讳"曙"，故其字皆缺一笔。太宗讳"炅"，神宗讳"项"（笔者按："项"应作"顼"），钦宗讳"桓"。如"敬"、"镜"、"竟"、"贞"、"徵"、"朂"、"署"、"完"诸字，亦缺一笔，盖讳嫌名也，今悉仍之。但原抄非出通人，讹舛甚多，惜无善本校对，录竟为之怅然。迂斋金侃识。

——《徐公文集》三十卷之清乾隆二十五年鲍氏知不足斋抄本卷尾第八则

笔者按：第一，《徐公文集》三十卷之清乾隆二十五年（1760）鲍氏知不足斋抄本，南京图书馆有藏。第二，金侃（？—1703），明末清初藏书家、刻书家。

第8篇：王士祯（1634—1711）跋《徐公文集》

《徐公文集》三十卷，南唐徐铉鼎臣著。五代时，中原丧乱，文献放缺，唯南唐文物甲于诸邦，而铉、锴兄弟与韩熙载为之冠冕。常侍诗文都雅，有唐代承平之风。常侍入宋后与汤悦（即殷崇义）奉诏撰《江南录》，至金陵亡国之际，不言其君之过，但以历数为言，谏后主文，尤极悱恻，读者悲之。《老学丛谈》记常侍入汴，市一宅居，后见其宅主贫甚。曰："得毋市宅亏价而至是耶？吾近撰碑文，获润笔二百千，可以相济。"其人坚辞。亟命左右辇致之。其厚德如此。集外又有《稽神录》若干卷，予家有写本。南唐二徐，鼎臣无子，楚金有后人，居摄山前，开茶肆，号徐十郎家，王铚性之常访之，铉、锴告敕具在，又言常见锴文集有南唐宫人乔氏出家诰，今《骑省集》三十卷尚完好，《楚金集》则不传矣。新城王士祯。

——《徐骑省集》三十卷之清光绪十七年刻本卷尾《徐集题跋》第二则

笔者按：第一，《徐骑省集》三十卷之清光绪十七年（1891）刻本，国家图书馆有藏，索书为82109，该书收录王士祯此跋时注出处为《王渔洋山人蚕尾续集跋文》，下文不再注明此本之藏地和索书号。第二，《渔洋书籍跋尾》（二卷）卷上第四页至第五页[1]、《重辑渔阳书跋》[2]亦收录了王士祯此跋，与《徐骑省集》三十卷之清光绪十七年刻本卷尾的王士祯跋多有不同，比较其不同，陈述起来比较烦琐，故干脆将其上的王士祯跋抄录如下："《徐公文集》

---

[1]　国家图书馆编：《国家图书馆藏古籍题跋丛刊》（全30册），北京图书馆出版社2002年版，第2册，第186—187页。

[2]　（清）王士祯撰，陈乃乾校辑：《汲古阁书跋·重辑渔阳书跋》之《重辑渔阳书跋》，上海古籍出版社2005年版，第43页。

三十卷。南唐徐铉宝臣著（笔者按："宝"，应为"鼎"）。宋都官员外郎胡克顺所撰，天禧（1017—1021）中表进，批答甚优。五代时中原丧乱，文献放缺。惟南唐文物甲于诸邦，而铉、锴兄弟与韩熙载为之冠冕。常侍诗文都雅，有唐代承平之风，入宋与汤悦（即殷崇义）奉诏撰《江南录》，至金陵亡国之际，不言其君之过，但以历数为言，谏后主文尤极悱恻，读者悲之。《老学丛谈》记常侍入汴，市一宅居，后见宅主贫甚。曰：'得非市宅亏价而至是耶？吾近撰碑文获润笔二百千，可以相济。'其人坚辞。讴命左右辇致之。其厚德如此。集外又有《稽神录》若干卷，予家亦有写本。"

第9篇：1712年，翁栻跋

徐骑省，南唐旧臣，入宋，于雍熙年间（984—987）承诏校理许氏《说文》者，此则其诗文集十四卷也。世少刻本，近竞相传写，余亦得抄之。余性好书，苦力不副，然苟可及之，则辄买一二，至于今无多也。有可抄者，或命子侄及孙，或自为之，亦仅得十六种。此帙又属手抄，始于去年，而完于今者也。或曰："子已年逾耳顺，犹兀兀事此，何为耶？"余不觉自笑曰："初无所计，及不遇，犹然，这某性之所好，以寄事隙之心思，以运老年之手腕而已。"书成，辄一喜，装好，更可爱，将来归老家山，得时一展玩，或更精力可以读之，是在天，何以逼其性，便成遇□之乐矣。至于传之子孙，有能爱而读之，以慰及吾心者，乃拂云兰至千里名驹也。有以为吾之手泽，重而藏之者，亦可谓知礼守成之人。若或漫不知省，遗蒇出售，则自成不肖，吾何能责之。吾但为前贤流传，亦吾心性之一端也矣。康熙五十一年壬辰（1712）腊月望日，洞庭东山翁栻，识于金间凤凰桥康熙字典书局中，时年六十有一。

　　　　——《徐公文集》三十卷之清康熙五十一年（1712）抄本卷尾

笔者按：第一，《徐公文集》三十卷之清康熙五十一年抄本，上海图书馆有藏，索书号为777971—74。第二，此书上海图书馆藏书目录著录有丹邨子跋，但是书上找不到丹邨子跋，翁栻此跋在卷尾。又，清乾嘉时期学者张作楠，字丹邨，自号丹邨子。第三，翁栻（—1686—），字犹张，一作又张，号南陔，别号洞庭山人，江苏吴县人，居洞庭东山，翁澍之子，翁校之弟。生卒年未详，少从金侃游。[①]

第10篇：大约1760年，佚名跋《徐公文集》

庚辰（笔者按：1760年为庚辰年）九月二十三日录完第三册。

庚辰十有一月初三日别本重勘第三册毕。

　　　　——《徐公文集》三十卷之清乾隆二十五年（1760）鲍氏知不足斋抄本

---

　　①　郑伟章：《文献家通考》（清—现代），中华书局1999年版，第159—160页。

卷二十四末尾

笔者按：第一，《徐公文集》三十卷之清乾隆二十五年（1760）鲍氏知不足斋抄本，南京图书馆有藏，下文不再注明藏地。第二，从年代上看，此跋也应该是鲍廷博所写，为慎重起见，还是将此跋的作者视为"佚名"为宜。

第 11 篇：约 1768 年，鲍廷博跋《徐公文集》

右以□刊韵谱序校正四字，颠倒者两字，失落者两字。戊子（笔者按：1768 年为戊子年）六月廿日丁传记于贞复堂。

——《徐公文集》三十卷之清乾隆二十五年鲍氏知不足斋抄本卷第二十三第四页下半页的天头上

笔者按：鲍廷博（1728—1814），清代藏书家，其藏书处有多个名字，"贞复堂"即其一①，由此可断定此跋乃鲍廷博所写，只是不知"丁传"何意，录此备考。

第 12 篇：1773 年，鲍廷博跋《徐公文集》

乾隆乙亥（1755）在吴门见《徐文公集》四册（笔者按："文公"应作"公文"），是金亦陶先生手录本，买之未得。向后所见数本，大率俱从金本传钞，亥豕相承，无复金氏原本之善矣。此本为亡友施君乐莘所珍秘。施君亡后，归之汪君一之，一之今以归予。观后题语，知为虞山冯己苍先辈所手校原本，则传之清常道人者，又在金本之上矣。十余年积憾，于是消释，欣喜无限，书以识之。乾隆三十八年（1773）二月初九日，新安鲍廷博记于奚氏翠玲珑山馆。

——《徐公文集》三十卷之清乾隆三十九年（1774）卢氏抱经堂抄本卷尾第九则

笔者按：《徐公文集》三十卷之清乾隆三十九年（1774）卢氏抱经堂抄本，国家图书馆有藏，索书号为 11162，下文不再注明此书之藏地和索书号。

第 13 篇：约 1774 年，卢文弨跋《徐常侍集》（朱竹宅手抄补足本）

《徐常侍集》三十卷（朱竹垞手抄本）

《徐文公集》三十卷（笔者按："文公"应作"公文"），南唐旧臣，后入于宋，东海徐铉鼎臣之诗若文也。前二十卷在南唐所作，后十卷入宋后所作。诗致清婉，在昆体未兴之前，故无丰缛之习。其文俪体为多，亦雅淡有余，为组织之学者见之，或不尽喜然，冲融演迤，自能成家，不可得而废也。李文正称其为文，敏速不乐豫作，临事立挥草。云速则意思壮敏，缓则体势疏慢。今观集中之文，则其言也信。亦唯其如是，故亦无潆洄渟蓄之趣，崩云裂石之势。此殆由人之才力，各有所偏胜，虽使自知之，而固无能相易者乎。余

① 郑伟章：《文献家通考》（清—现代），中华书局 1999 年版，上册，第 335 页。

从鲍氏借得此集，乃虞山冯已仓舒手校本。余又为正其所未尽者，录成，复请江阴赵敬夫曦明覆审，又得十数条，其本脱者尚无从补正之，然此已可信为善本矣。东里卢文弨。

——《徐公文集》三十卷之清乾隆三十九年卢氏抱经堂抄本卷尾第十则

笔者按：第一，此本为清乾隆三十九年（1774）卢氏抱经堂抄本，故可断定此跋大约写于1774年。第二，此跋又见于《徐常侍集》三十卷之朱竹宅手抄补足本，又被收录于《皕宋楼藏书题跋辑录》之《徐常侍集》①、清陆心源（1834—1894）《皕宋楼藏书志》卷七十二第七页，开篇增如下字："《徐常侍集》三十卷（朱竹宅手抄补足本）。宋东海徐铉著。卢氏跋曰。"

第 14 篇：1774 年，卢文弨校跋《徐公文集》

"乾隆三十九年（1774）六月七日阅檠斋"（卷一末尾）；"原本卷末砅书乙亥岁（1779）五月二十日夜，始读此二卷，下署炳烛老人令吾於"、"乾隆甲午岁（1774）八月廿八日阅是为杭之东里子也"（卷二末尾）；"重阳日无所适，阅此。矶渔"（卷三末尾）；"七窍是活物，要收拾在腔子里，钞书亦收敛之一法也。十月二十六日早起校毕，因书此。檠斋"（卷四末尾）；"天寒，笔墨渐胶冻，以此重烦友朋，亦是一过。冯钝吟书此卷后，云'廿一日灯下校，未老眼昏，书迹鹿钝，可笑。'十一月四日，抱经亦灯下校，年五十有八，未知冯是时年几何也"（卷五末尾）；"亢炎为虐，此文不足以解暑，深自笑其多事，六月十八日。文弨"（卷六末尾）；"六月廿四日早起至书院阅。抱经氏"（卷七末尾）；"七月六日阅，时病痔不得宁息"（卷八末尾）；"十月二十日阅"（卷九末尾）；"此卷尚未全，十月廿二日书"（卷十末尾）；"六月十一日阅，颇欲得一雨以解炎。文弨"（卷十一末尾）；"六月廿八日阅，是日忽雨忽晴"（卷十二末尾）；"锡山华生绍言为书此，校毕将赴黄生恩洋家饮。十月十一日，忆昨岁是日，往王墅，大雨竟日。今年此日，晴暖异常"（卷十三末尾）；（卷十四末尾无字）"十一月四日晨起，霜花满地，入冬来至今日，始见浓者，明日入大雪节矣"（卷十五末尾）；"十一月七日清晨呵冬阅"（卷十六末尾）；（笔者按：卷十七末尾未记录有字）"病痔不能正坐，今日自力校此，七月七日"（卷十八末尾）；"秋阳尚骄，挥汗阅此。同日"（卷十九末尾）；"十一月二日天阴作寒。抱经阅"（卷二十末尾）；"六月六日阅，碧云句乃江文通所拟作，后来词人遂以为休上人诗矣。皂庵"（卷二十一末尾）；"大儿钞此卷连日，视其女弟疾辍功，因属王上足成之。六月二十日，抱经

书"（卷二十二末尾）；"今世《说文》，依韵编次者，乃知亦徐氏兄弟所为。甲午（1774）六月廿五日书，时望雨甚急"（卷二十三末尾）；"文皆清淡简约，六月廿六日阅。抱经"（卷二十四末尾）；"阅毕，适接海阳陈生正月书，有怀其人。七月七日，共看三卷"（卷二十五末尾）；"王君以乡试故辍写，八月二十一日乃交此一卷。抱经"（卷二十六末尾）；"十一月十一日，食豆粥阅此"（卷二十七末尾）；"此卷写成，又得一完书矣。余校后，又托友人赵君瞰江覆审，往往有余所遗漏者，雠书之难若此，今日闻四库馆有被议者，亦岂尽疏慢之咎哉。时岁在甲午（1774）十一月十二日，卢文弨记"（卷二十八末尾）。

——《徐公文集》三十卷之清乾隆三十九年卢氏抱经堂抄本卷一至卷二十八

第 15 篇：1781 年，四库馆臣跋《骑省集》之影印文渊阁四库全书本

臣等谨按：《骑省集》三十卷，宋徐铉撰。铉有《稽神录》，已著录。晁公武《读书志》、陈振孙《书录解题》并载《铉集》三十卷，与今本同。陈氏称其前二十卷仕南唐时作，后十卷皆归宋后作。今勘集中所载年月事迹，亦皆相符，盖有旧本也。集为其壻吴淑所编。天禧（1017—1021）中，都官员外郎胡克顺得其本于陈彭年，刊刻表进，始行于世。铉精于小学，所校许慎《说文》，至今为六书矩矱，而文章淹雅，亦冠一时。《读书志》称其文思敏速，凡有撰述，常不喜豫作，有欲从其求文者，必戒临事即来请，往往执笔立就，未尝沉思。常曰："文速则意思敏壮，缓则体势疏慢"，故其诗流易有余而深警不足。然如《临汉隐居诗话》所称《喜李少保卜邻》诗"井泉分地脉，砧杵共秋声"之句，亦未尝不具有思致。盖其才高而学博，故振笔而成，时出名隽也。当五季之末，古文未兴，故其文沿溯燕许，不能嗣韩柳之音，而就一时体格言之，则亦迥然孤秀。翟其年《籀史》曰："太平兴国中李煜薨，诏侍臣撰神道碑，有欲中伤铉者，奏曰'吴王事莫若徐铉为详'，遂诏铉撰。铉请存故主之义，太宗许之。铉但推言历数有尽，天命有归而已。其警句曰：'东邻构祸，南箕扇疑。投杼致慈亲之惑，乞火无邻妇之词。始劳因垒之师，终后塗山之会。'太宗览之，称叹不已"云云。后吕祖谦编《文鉴》，多不取俪偶之词，而特录此碑，盖亦赏其立言有体。以视杨维桢作明鼓吹曲，反颜而詆故主者，其心术相去远矣。然则铉之见重于世，又不徒以词章也。乾隆四十六年（1781）四月恭校上。总纂官臣纪昀、臣陆锡熊、臣孙士毅，总校官臣陆费墀。

——《骑省集》之影印文渊阁四库全书本卷首

笔者按：四库馆臣所写此《提要》在影印文渊阁四库全书本第 1085 册第 1 页至第 2 页。

第16篇：1783年，彭元瑞跋《徐常侍集》

散骑实祖孺子，见集中亭记，其母及身皆葬洪都西山，故为吾乡人。乡中徐氏最繁衍，则未知其后何派也。此集未见雕本，从范氏天一阁传抄，校以它本，差少讹阙。吾乡宋人文集，六一、山谷、澹庵、象山，皆有祠堂版，校刻俱未善。若平国、诚斋、盘洲，则阙如矣。安得好事者众举之。乾隆癸卯（1783）春日，芸楣记。

——《徐常侍集》三十卷之清彭氏知圣道斋抄本卷首前第二则

笔者按：第一，《徐常侍集》三十卷之清彭氏知圣道斋抄本，上海图书馆有藏，索书号为"线善831391—94"，下文不再注明此书之藏地和索书号。第二，此跋被收录于清彭元瑞《知圣道斋读书跋尾》卷二第十四页①，但是，"平国"，误为"平园"，且脱"乾隆癸卯春日芸楣记"九字。第三，彭元瑞（约1732—1803），字掌仍，又字辑五，号芸楣，别署身云居士，谥号文勤，江西南昌人。②

第17篇：1784年，四库馆臣跋《骑省集》之影印文津阁四库全书本

臣等谨按：《骑省集》三十卷，宋徐铉撰。铉字鼎臣，洪州新建人，仕南唐至右仆射，与弟锴并负重名。宋师南伐，锴卒于围城中，铉入宋，为散骑常侍，终靖难军节度行军司马。集三十卷，前二十卷仕南唐时作，后十卷皆归宋后作，其婿吴淑所编也。天禧（1017—1021）中，都官员外郎胡克顺得其本于陈彭年，刊刻表进，始行于世。铉博学多艺，诗以才调胜，文有六朝初唐之体，五季之末，古文未行，以当时文格而言，亦巍然一巨手也。李煜之殁，太宗诏铉为铭墓，铉请得伸故主之谊，其文措词有体，尤为世所称诵云。乾隆四十九年（1784）闰三月恭校上。总纂官臣纪昀、臣陆锡熊、臣孙士毅，总校官臣陆费墀。

——《骑省集》三十卷之《文津阁四库全书》本卷首

笔者按：四库馆臣为《骑省集》三十卷之文渊阁四库全书本和文津阁四库全书本所做的这二则《提要》，不仅写作时间不同，而且内容有很大不同，故作为两篇对待，收录于此。又，《四库全书总目》卷一百五十二所收录《骑省集》的提要，乃《骑省集》之文渊阁四库全书本的《提要》，仅依据惯例删除了开头的"臣等谨按"四字和末尾的"乾隆四十六年四月恭校上。总纂官臣纪昀，臣陆锡熊、臣孙士毅，总校官臣陆费墀"三十二字。

---

① 国家图书馆编：《国家图书馆藏古籍题跋丛刊》（全30册），北京图书馆出版社2002年版，第4册，第563页。

② 郑伟章：《文献家通考》（清—现代），中华书局1999年版，369页。

第 18 篇：1800 年，黄丕烈跋《徐公文集》

余向欲蓄《徐骑省集》，即新钞本亦不多得。既闻吴枚庵茂才贫而蓄书，遇善本多手钞者，访之，已质他姓。多方往求，始得一见。末有跋语，是金侃亦陶者，云此书钱宗伯从宋大字本缩为小字本录出。拟借钞，苦其多而未就，已置之矣。后从香严周氏谈及是书，云有影宋大字本，遂丐归展读。适书友自锡山故家收得钞本，较吴本颇旧，行款亦与影宋本大同小异。爰竭数日功，手校其误，虽缩本仍然，而宋本面目约略可见。宋本亦有讹脱，钞本间有空格处，当是按其文义，以意存疑。此时悉据宋本校勘，不敢轻易。"佞宋"之讥，识者谅之。宋本遇宋讳避之甚严，知宋本确然可信，而影写者纤悉（笔者按："悉"，应作"细"）遵之，知非贸贸传录之本矣。嘉庆庚申（1800）七月白露节后七日，书于联吟西馆。黄丕烈。

　　——《徐公文集》三十卷之黄丕烈校并跋清抄本卷尾第八则

笔者按：《徐公文集》三十卷之黄丕烈校并跋清抄本，国家图书馆有藏，索书号为 7649，下文不再注明此本之藏地和索书号。此本上黄丕烈此跋后有二枚藏书印："黄丕烈"、"荛圃手校"。

第 19 篇：小山丛桂书斋跋《徐骑省集》

《骑省集》六册，秀水朱太史（1629—1709）故物，卷中丹黄皆竹翁亲自点勘。其手录半帙，书法古雅，较之陋板恶钞，真同霄壤。后归花山马寒中（约 1669—约 1724）先生。甲辰（1724）乙巳（1725）间，南楼图籍，云散风流，予乃得而有之。览兹墨妙，不胜盛衰今昔之感。小山丛桂书斋识。

　　——《徐常侍集》之清抄本（朱彝尊校并抄补本）卷首第四则

笔者按：第一，《徐常侍集》三十卷之清抄本（朱彝尊校并抄补本），国家图书馆有藏，索书号为 08430（A98），下文不再注明此本之藏地和索书号。第二，此跋被收录于清陆心源（1834—1894）《皕宋楼藏书志》卷七十二第八页[①]，注版本云"《徐常侍集》三十卷（朱竹垞手抄补足本）"，开头有"某氏手跋曰"五字，可见陆心源亦不知署名"小山丛桂书斋"者为谁；又被收录于《皕宋楼藏书题跋辑录》卷四之《徐常侍集》，注版本曰"《徐常侍集》三十卷（朱竹垞手钞本）"，无"某氏手跋"四字。[②] 第三，马寒中即清代藏书家马思赞。马思赞（约 1669—约 1724），字仲安，又字寒中，号衎斋，又号

[①]　中华书局编辑部编：《宋元明清书目题跋丛刊》（全 19 册），中华书局 2006 年版，第 8 册，第 816 页。

[②]　国家图书馆编：《国家图书馆藏古籍题跋丛刊》（全 30 册），北京图书出版社 2002 年版，第 19 册第 485—487 页。

南楼，又号渔村，本姓朱，其祖某为后于马，遂改姓马，故朱彝尊称思赞为"吾宗衎斋"、"宗人寒中"，浙江海宁人，居灵泉乡插花山。生卒年不详。①第四，袁廷梼（1764—1810），字又恺，又字寿阶，一作绶阶，江苏吴县（苏州）人。清代著名藏书家，藏书楼名"小山丛桂馆"，"小山丛桂书斋"应当就是"小山丛桂馆"，录此备考。第五，《徐骑省集》三十卷之光绪十七年刻本（湖北图书馆有藏）卷首第十二则跋语亦即此跋语，但是"南楼图籍，云散风流，予乃得而有之。览兹墨妙，不胜盛衰今昔之感"二十六字作"南楼盛衰，今昔之感"八字，即脱十八字，不知何以会如此。此跋语与下一则跋语"竹垞先生钞藏本无跋……穆又记"字迹、墨色全同，应当也是萧穆手书。若然，则此则跋语是萧穆过录"小山丛桂书斋"的跋语。

第 20 篇：1808 年，周锡瓒跋《徐公文集》

嘉庆十三年岁在戊辰（1808）闰五月廿九日，以影宋抄本校。十六卷，十七卷内缺两半叶，赖影宋本补全，其余讹脱，亦多校补，以是知名抄之可宝，仅下宋本一等耳。香岩居士周仲涟锡瓒记。

——《徐公文集》三十卷之清抄本卷尾第八则

笔者按：第一，《徐公文集》三十卷之清抄本，国家图书馆有藏，索书号为 10253，为十一行二十一字本。此本一个显著的特征是字体的捺划较重，十分醒目，不知是谁人抄。第二，此跋被收录于清张金吾（1787—1829）《爱日精庐藏书志》卷三十第五页②，开头有"周氏手跋曰"五字，又脱"岁在戊辰闰五月廿九日"十字，并记所用版本云："《徐公文集》三十卷（旧抄校宋本），宋东海徐铉撰，后附《行状》《墓志铭》（李昉撰）李至等祭文挽词。"

第 21 篇：1815 年李宏信跋

鲍听香承王父渌饮老丈志，以影抄宋明州刊本见借。余亦以鲍本影抄所谓虽无老成人，尚有典型，则余之追慕杖履，亦可知也。嘉庆乙亥（1815）六月朔，山阴李宏信记于南濠选斋（笔者按：此跋为朱笔写）。

——《徐骑省文集》三十卷之鸣野山房抄本卷尾第八则

笔者按：第一，此《徐骑省文集》三十卷之鸣野山房抄本，上海图书馆有藏，索书号为线善 771773—78，以下三则跋语均出此书卷尾，故不再注明索书号。第二，此跋为朱笔写。

---

① 郑伟章：《文献家通考》（清—现代），中华书局 1999 年版，第 123 页。

② 中华书局编辑部编：《宋元明清书目题跋丛刊》（全 19 册），中华书局 2006 年版，第 11 册，第 528 页。

第 22 篇：1821 年李宏信跋

道光辛巳（1821），复借常熟爱日庐藏璜川本，老友周仲涟锡瓒硃笔钞宋本，校补于易府君碑，得填十七字。璜川本负素王先生碑佚四十一字，泊讹谬处甚夥，借此以订正，益信书之宜精校也。时五月十二日初七芒种，仰雨甚殷。信记。

——《徐骑省文集》三十卷之鸣野山房抄本卷尾第九则

第 23 篇：李宏信跋

《武烈帝庙碑》在卷十第十四板，佚。又《筠州三清观》十八板，佚，已下佚，当再觅善本补之。

——《徐骑省文集》三十卷之鸣野山房抄本卷尾第十则

笔者按：此跋虽无署名，也未署撰写时间，但从出处、字迹、内容三方面看，显然是李宏信跋，撰写时间姑且视为和上一则跋同时，即 1821 年。

第 24 篇：1823 年，沈复灿跋

右《骑省集》，从杜蓝阳中翰家借至，嘱竹垞赵君书之。据跋，为柯谿李文物，盖假鲍吴二本而互校者。今赵君之书，直依所校，而原本不复知其得失矣。余以蓝毫添书于旁，俾仍其旧。间有校正之字，而赵君偶尔遗忘，则更作朱书于旁，以别之。道光癸未（1823）重阳前二日，灯下沈复灿记。

——《徐骑省文集》三十卷之鸣野山房抄本卷尾第十一则

第 25 篇：1825 年，邵恩多跋《徐骑省集》

《徐骑省集》三十卷，世无善本，所传者，惟影宋抄本最为近古，然亦不易得。郡城周明□（笔者按：此□疑为"经"）锡瓒曾有校影宋本，今归爱日精庐。荫棠学博嘱予传校，其中讹脱颇多，借以校补，宋讳缺笔，亦均是正。陈彭年序一篇，亦为抄足，可称完善。周明经跋有云"名抄之可宝，仅下宋本一等耳"，其《武烈帝庙碑铭》缺页至《清观记》尾页，终难获全也。至此本抄写，系李学正浩手书，自始至终，无一懈笔。学正皓首穷经，得邀异数，因附识之，以存其人云。时道光五年（1825）岁次乙酉十二月十一日，朗仙校竞并识。

——《徐公文集》三十卷之清抄本邵恩多校并跋本卷首第一则

笔者按：第一，《徐公文集》三十卷之清抄本邵恩多校并跋本，国家图书馆有藏，索书号为 07017。下文不再注明此书之藏地和索书号。第二，邵恩多，生卒年不详，字腴仙，一作朗仙，嘉道间江苏昭文（常熟）人。①

---

① 郑伟章：《文献家通考》（清—现代），中华书局 1999 年版，第 679 页。

第26篇：1890年，李宗煝序《徐骑省集》

序

余获旧钞本《徐骑省集》，宝爱甚至，镂板既成，吮毫作序。悼南唐末造之衰，思东海躬逢之厄，忧然有感，唏矣其言！夫其效命偏隅，历践清要，攀龙一鳞，吐凤五采。潍州夫子，联李杜之名；集贤学士，驰机云之誉，可谓弁冕英隽，黼黻岩廊者矣。泊乎国步既讫，大命有归，走青盖于江东，侍白衣于楼下，身蒙特宥，迹寄中朝。则又麦秀之咏，无以喻其哀思；竹素之词，不能写其隐痛者焉。或谓禽喜受命，遂却敌师；珉隽捐躯，实因主辱。以斯二者，疑愧前贤。不知南都播越之余，开宝式微之际，被衣僧貌，丛奸滥于佛门；春水小楼，效都俞于词律。军驱白甲，水缩黄花，已失佑于天人，冀图存于旦夕。秦宓文辨，任专对而有余；张俨高才，缘通好以相屈。浑瀳之师已偪，仪秦之舌奚裨？而公闻命慷慨，秉义坚贞。勿顾一介之使，而止上江之援；乞缓无名之师，以全一邦之命。喙奋风雨，心甘雪荐，盖不为冯谖之得归，直将继孙晟而抗节矣。天威方霁，卒贷行人；运祚俄移，仍随国主。勾践入吴，则范蠡侍从；安乐降晋，则奚正拜官。然而免为俘虏之悲，恨不与楚金同死；江南大臣之对，未闻向艺祖求生。公之心，岂为开国千户侯而负永陵一培土乎？或又谓药赐牵机，货阶私谒，一朝将命，遂泄狂言。背曹髦而驰语，何异王沈；察昌邑而奏言，不如张敞。此尤事乖实录，语涉不经。夫以重光之孱昏，遇太宗之英武，势非建德就擒之比。时无唐庄内乱之忧，亦既名改侯封，钱增月奉。似刘铢执梃，已长降王，拟叔宝工文，祗堪学士，本不关其后虑，亦安用其雄猜。况乎悔已杀之谏臣，吟东流之江水，闇君常态，词客遥情，公纵不壅于上闻，帝岂肯援为罪案？是以文宝拾遗之记，但述悽伤；李焘通鉴之编，全删疑误。有惇史为左证，杜后人之诋诬。观于陇西撰碑，便殿请对，杨武阳昭烈之赞，并述休风；魏文贞李密之铭，义存故主。叹息动夫九陛，忠义章于一时，益可知文字之禁，早与蠲除；明圣之君，必无忌克已！方其浮湛伪朝，远避荣利，朋党不入于韩宋，衡轴无竞于张陈，抵触内臣，识元节之壮志；专诛贼首，有广汉之严威，缅厥廉贞，允为卓绝。暨归皇宋，终作词臣。王仲宣之侍华毂，拟其贤劳；蔡中郎之趣饮章，同其伤陷。半臂弗御，婴子京之寒疾；华发满领，嗟乐天之无儿。命途永乖，时论所喟。而冰斯之笔，空烂于当年；燕许之文，获编于身后。流传未广，挥发有待，幸拂试于千古，得扬摧以片言。思镜湖贺监之答，犹慨慕其风标；披南阁祭酒之书，并垂光于天壤。光绪十六年岁次庚寅（1890）冬十一月，黟县李宗煝谨序。

——《徐骑省集》三十卷之清光绪十七年李宗煝刻本卷首

笔者按：第一，《徐骑省集》三十卷之清光绪十七年（1891）李宗煝刻本，南京图书馆有藏，南京图书馆著录云：“《徐骑省集》三十卷、《补遗》一卷，宋徐铉撰，《札记》一卷，清朱孔彰撰，清光绪十七年李宗煸刻本，清孙诒让校，六册。”索书号为115735。笔者所看为国家图书馆所藏缩微制品。下文不再注明此本之藏地和索书号。第二，《国立中央图书馆善本序跋集录》集部（一）①收录了此李宗煸跋，云得自“《徐骑省集》三十卷，六册，清光绪十六年李宗煸刊本，清丁丙手校。”“光绪十六年”，疑为“光绪十七年”之误。

第 27 篇：1891 年，朱孔彰跋一

校徐集札记

黟李君爱得假南陵徐氏所藏旧钞本示余，以篇中避宋讳，凡空格提行，皆遵宋，知从宋刻传钞。予又见李申耆《养一斋》文集《与汪孟慈书》言家藏有旧写《骑省集》，亦未见宋椠，盖数百年无槳（笔者按：“槳”，疑为“槧”字）本矣。是集若存若亡，今李君复付剞劂，凡服膺鼎臣《说文》者，孰不宝贵斯集。余属大儿师轼雠校，行箧无书，仅据吕氏《文鉴》、马氏陆氏《南唐书》、《篆韵谱》、《说文》及石刻碑本是正一二。若审知传写误处，亦随手订正，仍录原文，分条于后，俾博通君子复考焉。其疑句缺文，悉依旧弗改。庶几古人思误书之意，为《札记》一卷。又见《文鉴》卷九十三有《君臣论》、《持权论》、《师臣论》三篇，皆骑省作，斯集未收，应录入，为《补遗》一卷。光绪辛卯（1891）夏五，长洲朱孔彰识。

——《徐骑省集》三十卷之清光绪十七年刻本卷尾第一则《校徐集札记》开头

笔者按：第一，《校徐集札记》篇幅长达十七个整页，此朱孔彰识语仅为开头。第二，朱孔彰，近代文学家、书法家、学者，原名孔阳，字仲武，更字仲我，晚号圣和老人。为清代学者朱骏声（1788—1858）之子。

第 28 篇：花读记

三论当即墓志所谓《质论》，论佚而旧盖单行不入集中。孔延之《会稽掇英集》十七有《祖先生墓志叙》一篇，集未载，当补入。花读记。

——《徐骑省集》三十卷之清光绪十七年刻本卷尾第一则《校徐集札记》开头朱孔彰页之天头

笔者按：不知“花读记”为谁记，姑且依出处置于朱孔彰跋之后。

---

①　“国立中央图书馆”编：《国立中央图书馆善本序跋集录》，台北：“国立中央图书馆”1994 年版，第 238 页。

第 29 篇：朱孔彰又记

余既采东莱《文鉴》，补录论三首，惟所见《文鉴》是明刻本，亦有脱误，因在本文下加注按焉。朱孔彰又记。

——《徐骑省集》三十卷之清光绪十七年（1891）刻本卷尾第三则

第 30 篇：1891 年，王锡元跋《李刻徐骑省集校勘记》

《徐骑省集》，久无刻本，余藏旧钞本，欲刻未果。今秋，李伯延明经自金陵归，以黟县李君新刻本见贻。喜甚，以为先得我心也。及取旧钞本校之，则讹脱甚多，虽有朱君校语，亦复寥寥无几。爰以旧钞本暨各选本，偕伯延详加比赟，缺者补之，讹者正之。阅两月，成《校勘记》二卷，付诸梓人，以公同好。昔邢子才以思误书为一适，近人顾千里即以"思适"名斋，世之读《骑省集》者，取证斯编，其适为何如耶。光绪十七年（1891）嘉平月，盱眙王锡元。

——《李刻徐骑省集校勘记》卷首

笔者按：《李刻徐骑省集校勘记》，国家图书馆有藏，索书号有二，老索书号为 60963，新索书号为 144261。

第 31 篇：李鸿年识于《李刻徐骑省集校勘记》

此册上下卷，凡千七百九十八则，分校之役，兰生观察居十之六七，鸿年仅十之三四，而编次则鸿年任焉。集中避宋讳暨"天子"、"陛下"等语跳行处，非影宋刻，似不必如此。然无关校勘，不概笺出。惟"匡"，既缺笔，当作匚（笔者按："匚"为"匡"缺下面二横）而讹作"斥"，爰条列之。其有与别本同文而中疑有缺误者，略加按语。他如"第"作"弟"，"后"作"後"之类，"第"、"弟"、"后"、"後"，本通用，然有时辞不别白者，亦笺出此数者，则又与兰生观察切究而羼入之，非好贻买菜求益之讥也。李鸿年识。

——《李刻徐骑省集校勘记》卷尾第四则

笔者按：《李刻徐骑省集校勘记》的王锡元跋作于 1891 年，因李鸿年跋亦作于此书，故暂且将李鸿年跋置于王锡元跋之后。

第 32 篇：佚名跋《徐骑省集》

此本硃笔，均照秀水朱竹垞太史藏钞本录之，但朱本乃四五人杂钞，惟前六卷为竹翁点阅，卷二十一至二十三为竹翁手钞，其余各卷，脱讹及俗字甚夥，似竹翁尚未寓目，今但取彼本字句不同者，悉为傍注，聊存彼本面目，不暇订正是非也。朱本各卷首徐行及每页中间边上，均题"《徐常侍集》卷第"，每卷均无细目，每半页十行，每行二十字，每诗文题，只低二格，凡题有二三行者，均平写不再空格。朱氏原钞本六册，前有"秀水朱氏潜采堂藏书印"

及"朱彝尊字锡鬯印"，道光（1821—1850）间为海盐马氏所得，有"马氏玉堂"及"笏斋"二印，卷末又有"桁斋师友传遗之物"及"古盐官马氏桁斋图书印"，又有道光辛卯岁（1831）武原马氏汉唐斋收藏书籍宋字长方木印记，甲辰（1844）乙巳（1845）年间，马氏书散，又为小山丛桂书斋所得。近二三十年，又为归安陆存斋心源所得，今存斋又售之邑人吴申甫。申甫旋又售诸江阴缪筱珊荃孙，余托诸暨孙问清廷翰假录之，今择其善者，别著他本。漫记于此。

　　　　　　　　　　——《徐骑省集》三十卷之光绪十七年刻本卷首第八则

　　笔者按：有佚名此跋语的为湖北图书馆所藏《徐骑省集》三十卷之光绪十七年（1891）刻本，该本卷首第八则即此跋，此跋与下一则"此宋秘书郎陈彭年著序……萧穆记"之跋墨色字体全同，可见此"别著他本漫记于此"之跋也是萧穆跋，但为慎重起见，还是将此跋的作者视为"佚名"为宜。又，萧穆（约1835—约1904），字敬孚，一作敬甫，安徽桐城人。[1]

第33篇：萧穆跋

此宋秘书郎陈彭年著序，徐氏本原脱前三页，今照朱竹垞先生本钞出补刊，俟装订之。萧穆记。

　　　　　　　　　　——《徐骑省集》三十卷之光绪十七年刻本卷首第十则

　　笔者按：有萧穆此跋的《徐骑省集》三十卷之光绪十七年刻本为湖北图书馆所藏。

第34篇：佚名跋

今本每页有衬纸装十二册，盖二三十年前书贾为之。

　　　　　　　　　　——《徐骑省集》三十卷之光绪十七年刻本卷首第十一则

　　笔者按：第一，此则跋语与下二则跋语（"《骑省集》六册……小山丛桂书斋识"一则、"竹垞先生钞藏本无跋……穆又记"一则）字体、墨迹全同，应当皆是萧穆手书，但为慎重起见，还是将此跋作者视为"佚名"为宜。第二，有此跋语的《徐骑省集》三十卷之光绪十七年刻本为湖北图书馆所藏。

第35篇：萧穆跋

竹垞先生钞藏本无跋，不知流落几家，乃归海盐马氏。马氏但有印章十数，至小山丛桂书斋有此数行，亦未详其姓名及何许人也。又前有别纸，录王渔洋跋文，末有副页，录卢抱经跋文，皆是后人所为，非朱氏本所应有也。穆又记。

　　　　　　　　　　——《徐骑省集》三十卷之光绪十七年刻本卷首第十三则

---

① 郑伟章：《文献家通考》（清—现代），中华书局1999年版，第1067页。

笔者按：有萧穆此跋语的《徐骑省集》三十卷之光绪十七年刻本为湖北图书馆所藏。

第36篇：1892年李英元后序

重校《徐骑省集》后序

先大夫晚年尤好流传古书，庚寅（1890）秋，假得南陵徐氏新得旧钞本《徐骑省集》三十卷，念宋元以来，未见传本，乃付梓于金陵书局。时旧交长洲朱仲武、孝廉孔彰适馆于彼，因俾就近，为之校勘。朱君以原钞本脱讹颇多，又无别本参校，仅就己意及所见各书有关此集者，据以校正，凡二百余事，各为《札记》坿于本集之后。辛卯（1891）季夏，乃得完工。先大夫虽乐观厥成，而终以不能精美为憾，将欲广觅旧椠，详为补校，务求尽善，未几，先大夫于九月十三夜半后，无疾而终。今英元于读礼之余，检点先大夫遗物及所刊诸书，列架与椟，各为分藏，乃取《徐公文集》初印本，细阅之，知脱讹之字，各篇皆有，乃徧作字告诸同志，及江浙诸藏书家。先后假得桐城萧氏文徵阁所藏、吴门高士金迁斋侃手钞本，又藉诸暨孙问清太史廷翰假得江阴缪筱珊太史荃孙，新得秀水朱竹垞先生手钞本，又得乌程蒋氏维基所藏，钱牧斋尚书影写明内阁宋本，最后又假得会稽章小雅处士善庆传钞本，并归安陆存斋观察心源校宋本，瑞安孙仲容部郎诒让旧钞本，互为对勘，正讹补脱，先后刊改三千余条，仲容部郎又为详考旧籍，并据所见，又为校定三十余条，大致完美。顷阅卢抱经学士文集，有《徐公文集跋文》，知卢氏当日亦曾校此。据其所述，从鲍氏借得此集，乃虞山冯己仓舒手校本已。又为正其所未尽者，录成，复请江阴赵敬夫曦明覆审，又得十数条，其本脱者，尚无从补正之，然此已可信为善本云云。英元念《徐公文集》初刊于北宋天禧（1017—1021）间，尚书都官员外郎胡公克顺再刊于南宋绍兴间，知明州军州事提举学事徐公琛，宋元以来并未闻有三刊之本。今各家旧钞本，凡有宋高宗御名构字，均有小注"今上御名"四字，知各家传钞本，皆据绍兴刊本，递相传录，以致互有讹脱。今抱经先生校本，已不可见。据其所述，其本脱者，尚无从补。今按：卢公云"脱"，盖即指卷十《武烈帝庙碑铭》中间所脱三百七十八字，《筠州清江县重修三清观记》末脱五十七字，卷十二《唐故道门威仪玄博大师贞素先生王君之碑》中间所脱四十二字。此三文所脱字句，各旧钞本皆同，惟归安陆氏旧钞本独为完善，盖诸家所钞所影者，大抵皆据宋版。最后所印脱烂之本陆氏旧钞所据所传者，犹是宋版初印之本，故耳凡各本脱讹之字，互有同异，总由传钞，屡经数本，众手不一，且脱讹字句，各本皆同。又知两宋刊本，亦固有之，不尽由传钞之谬。兹将新刊本误字之显见者，直就诸旧钞本改刊之，不复一一详注所出。其各本字句不同，可以两通者，亦并标出。又脱落字句，不便挽版添补，则按各卷及前后行，悉为札记，坿于本集之后。读者可以择而取之。又，全集尚有十数处不能明通，参考无由，姑仍其旧，倘宇内藏书家有善本及好古君子，有曾校勘此集者，见此刊本为之补正，尤为艺林大幸矣。光绪十八年（1892）秋七月黟县李英元谨识。

————《徐骑省集》三十卷之光绪十七年李宗煋刻本卷尾第六则

笔者按：《徐骑省集》三十卷之光绪十七年李宗煋刻本，国家图书馆有藏，索书号为82109。下一则跋语亦出此书，不再注明藏地和索书号。

第 37 篇：1893 年，李英元跋

朱仲武孝廉既据吕东莱《宋文鉴》补钞《徐公论文》三篇为《徐集补遗》一卷，余因校勘徐集，稍涉典籍，复于孔延之《会稽掇英集》及《绍兴府志》、湖州陆氏旧钞《徐公文集》并海昌陈均唐《骈体文钞》等书，得序记铭，凡四篇，补编朱君补遗之后。他日复有所见，仍当随时甄录之。癸巳（1893）季春李英元记。

————《徐骑省集》三十卷之光绪十七年（1891）李宗煋刻本卷尾第三则

第 38 篇：约 1895 年，芝斋跋《徐骑省集》

"博访通职"，韵谱元刻本作"通识"。"凡篇六百字"，作"凡万六千字"。"君子慎之"，"慎"字作"谨"，当系刻本避讳。"相似"作"相从"。"无焉丛"二字上多一"英"字（笔者按：此句难懂，估计"二"为"三"字之误）。"方评季三世"，"方"字下多一"今"字。"偏旁意密"，"意"字作"奥"。"凡十卷"，"十"作"五"。

竹垞先生手抄三卷，内韵谱序，颇有脱讹，从元刻本校正。乙未（笔者按：1895 年为乙未年）季夏，芝斋曝书偶记于观乐堂中。芝斋

————《徐骑省集》三十卷之光绪十七年刻本第二十三卷

笔者按：第一，此本湖北图书馆有藏，该本《徐骑省集》三十卷之光绪十七年刻本卷二十二结束后"徐骑省集卷第二十三"，仅有第一页之上半页和末一页之下半页，就是说，第二十三卷丢失了，但在第二十三卷第一页之上半页有一长条纸，上一则跋语即在此长条纸上。第二，芝斋为张元济乾嘉之际的六世祖张宗松家的藏书楼之名，见任继愈主编《中国藏书楼》（第三册）。[①]从年代看，此跋不可能是张宗松，不知道是不是张元济。录此备考。

第 39 篇：1918 年，王礼培跋《徐公文集》

余藏黄荛翁钞校宋本《徐公文集》，行款均依朱本钩乙之，泂不失真面目者矣。光绪庚寅（1890），读书长沙船山祠，将有事于刊刻，命工缮写，并以

---

① 任继愈主编：《中国藏书楼》，辽宁人民出版社 2001 年版，第 1686 页。

白米十石饷老友胡君子翼，属其校阅，此役迁延三十年矣。胡君下世又近十年，戊午（1918）初春，发箧检记。佩初氏。

——《徐公文集》三十卷清末杨蒲薮传抄黄丕烈校抄本

笔者按：第一，《徐公文集》三十卷清末杨蒲薮传抄黄丕烈校抄本，湖南图书馆有藏，索书号为 S0822。第二，王礼培（1864—1943），清末民国藏书家，字佩初，号南公，一字潜虚老人，湖南湘乡人。[①]

第 40 篇：徐乃昌跋

《徐公文集》三十卷。此钞本出自宋明州本，彭文勤以各本校误，今明州本乃昌已景刻，惜文勤所校不及□入校记也。仲炤先生鉴藏。南陵徐乃昌题记。

——上海图书馆藏《徐常侍集》三十卷之清彭氏知圣道斋抄本卷首前第一则

第 41 篇：1919 年，徐乃昌跋

《徐公文集》传钞本，皆从南宋明州本出。光绪（1875—1908）间，桐城萧敬孚先生假余家藏明钞本，俾黟县李氏刊之。朱仲武先生任校事，王兰生先生复别为札记，余亦为之正讹补脱。今得宋本，欣为重刊，而诸先生先后归道山，无自析疑考信，犹忆当时雠校，奋笔蹈隙，遇有讹脱，任臆增改，迹近专辄。及今覆校，有与宋本合者，亦有宋本讹脱而增改为近是者，因宋本而知钞本之讹脱，又因雠校宋本而知宋本之不能无讹脱，管窥所及，别为《校记》一卷。复从《宋文鉴》、《会稽掇英集》、《全唐文》等书辑得佚文六篇，并附刻焉。明州本绍兴十九年己巳（1149）知明州军州事提举学事徐琛所刊，中缝刻工姓名为徐彦、施章、刘仲、胡正、洪先、朱礼、施端、王实（笔者按："实"应作"寔"）、王伸、陈忠、蒋晖、陈高、方彦成、洪茂、施蕴、王沔、徐侃、陈珍、毛谅、洪坦、朱苐等二十一人。蒋晖当即蒋辉，台州本《荀子》中缝有其名，后为朱子所按，供状云元是明州百姓，淳熙四年（1177），因伪造官会事发，断配台州，为唐仲友雕《荀子》，上距绍兴己巳（1149）居本州雕此集已二十九年。琛何处人，史传无考。惟《乾道四明图经》卷十二《太守题名记》："徐琛，右中奉大夫，充敷文阁待制，绍兴十七年（1147）四月二十六日到任，二十年（1150）四月十日除知平江府。"范成大《吴郡志》卷十一《牡守题名》："徐琛，绍兴二十年（1150）五月到，二十三年（1153）三月除敷文阁直学士，提举江州太平兴国宫。"则此书之刊，在除知平江之前一年。偶检史浩《鄮峰真隐漫录》，有《代王知县谢徐明州平海寇启》，与浩同时知明州者，别无徐姓，启之为琛作无疑。琛知明州事迹阙如，除刊此书

---

① 郑伟章：《文献家通考》（清—现代），中华书局 1999 年版，第 1318 页。

外，仅得"平海寇"三字，非今覆刊此书，琛之名并无知者。南陵徐乃昌。

　　——《徐公文集》三十卷之民国八年（1919）徐乃昌刻本卷尾第八则

　　笔者按：此书为普通古籍，国家图书馆有藏，索书号为82111，此书开本比十六开还大，共八册。

　　（十）南唐国徐铉集部著作著录文字辑录

　　1. （宋）王尧臣等《崇文总目》卷十二"别集类"：

　　《质论》一卷（缺）。谨按：《东观余论》云："《崇文总目》：《质论》，李后主与徐铉书云：为尔于《质论》前作得一小序子。"即此论也。

　　2. （宋）郑樵《通志》卷七十"论"：

　　《质论》二卷。皇朝徐铉集。

　　3. （宋）晁公武《郡斋读书志》卷四中：

　　《徐铉集》三十卷。右伪唐徐铉字鼎臣，广陵人。仕杨溥为秘书郎，直宣徽北院，掌文翰。李昪时知制诰，璟煜时累官为翰林学士，归朝为直学士院给事中、散骑常侍。淳化（990—994）初，坐累，黜静难军司马。铉初至京师，见御毛褐者辄哂之。邠苦寒，竟以冷气入腹而卒。铉幼能属文，尤精小学，为文未尝沈思。自云："速则意思壮敏，缓则体势疎慢"云。集有陈彭年序。

　　4. （宋）陈振孙《直斋书录解题》卷十七"别集类中"：

　　《徐常侍集》三十卷。左散骑常侍、广陵徐铉鼎臣撰。其二十卷，仕河南所作。余十卷，归朝后所作也。所撰李煜墓铭，婉微有体，《文鉴》取之。

　　5. （元）马端临《文献通考》卷二百三十三集"别集"：

　　《徐常侍集》三十卷。晁氏曰……陈氏曰……。

　　6. （元）脱脱等《宋史》卷二百八艺文七"别集类"：

　　《徐铉集》三十二卷。

　　7. （清）吴焯《繡谷亭薰习录》集部一第十一页至第十二页：

　　《徐常侍集》三十卷。宋徐铉鼎臣著。仕江南时所作，凡二十卷，铉自编也；归朝后所作，凡十卷，其女夫尚书水部员外郎吴淑编也。序则秘阁吴正仪、参知政事陈彭年也。后序则集贤晏殊、待制徐琛也。墓铭则尚书仆射李昉也。雕板于天禧（1017—1021）朝，则尚书都官员外郎胡克顺重刻于绍兴（1131—1162）间，即徐琛也。正仪即淑，字集中，又称秘阁，疑后历之官也。[①]

　　8. （清）马瀛（1750—1820）《唅香仙馆书目》卷四：

---

　　① 中华书局编辑部编：《宋元明清书目题跋丛刊》（全19册），中华书局2006年版，第17册，第564页。

《骑省集》三十卷。宋徐铉撰。①

9.（清）沈复燦（1779—1850）《鸣野山房书目》卷"集之七"：

《徐骑省集》三十卷，唐徐铉著。②

10.（清）丁丙（1832—1899）《善本书室藏书志》卷二十六：

《徐公文集》三十卷（依宋钞本。王晚闻旧藏）。东海徐铉。铉字鼎臣，广陵人，杨溥时为秘书郎，直宣徽北院，掌文翰。李昇时，知制诰。景煜时，迁翰林学士。归宋，为直学士院给事中、散骑常侍，故一名《骑省集》。晁陈两家并称集三十卷。陈氏谓：前二十卷仕江南所作，余十卷归朝后作。所撰国主李煜墓铭婉微有体。集为其子壻尚书水部员外郎吴淑编。天禧元年（1017），行尚书都官员外郎胡克顺假故参知政事陈彭年所序本镂版表进，仍列淳化四年（993）秘书郎陈彭年序。后列徐公行状，李昉撰徐公墓志铭，李至杨徽之祭文，李至挽歌词。绍兴十九年徐琛撰。明州重刊。《徐骑省文集后序》末有迂斋金侃识云：《骑省集》，近世鲜有刻者，此本虞山钱氏于崇祯间从史馆印摹。南宋本，字颇大，予缩小，钞之集中。今上御名者，高宗构也。太祖讳匡胤，太祖父仁祖讳殷弘，真宗讳祯，英宗讳曙，故字皆缺一笔。太宗讳炅，神宗讳顼，钦宗讳桓。如敬镜竟贞注署完诸字，亦缺一笔，今悉仍之。右乃吴兴陶氏钞本格。版心刊"笃素好斋藏书"六字，有"十万卷楼"、"晚闻居士"两印。

《徐骑省文集》三十卷（经锄堂钞本）。东海徐铉。右为湖州经锄堂倪氏绿格精钞本，书法整齐，殊可爱玩。前录秘书郎陈彭年序，太常丞集贤校理晏殊序，知明州军州事徐琛跋。天禧元年（1017），三司户部判官臣胡克顺进文集表。批答曰：敕胡克顺省所上表，进新印《徐铉文集》两部，计六十卷，共一十二册。事具悉。徐铉生于江介，早著时名，历事祖宗之朝，当居文翰之任。发挥诰命，有温雅之风；将预咨询，见该通之学。刓唯素履无谢古人，汝史慕前修，尽编遗札，俾之摹印，庶几流传。睹奏御之爱来谅恪勤之所至。览观之际，嘉欢良深，故兹奖谕，想宜知悉。又附行状，李昉撰墓志铭杨徽之张泊等祭文挽词。

《徐公文集》三十卷（知不足斋钞本）。东海徐铉。右依宋本缮录，行款避讳悉同，前帙间有鲍廷博校字。③

---

① （清）马瀛撰，《啦香仙馆书目》，上海古籍出版社2005年版，第48页。

② （清）沈复燦编，潘景郑校订：《鸣野山房书目》，上海古籍出版社2005年版，第128页。

③ 中华书局编辑部编：《宋元明清书目题跋丛刊》（全19册），中华书局2006年版，第9册，第702页。

12.（清）缪荃孙（1844—1919）《艺风藏书续记》卷六第二十八页：

《徐骑省集》三十卷。旧钞本。宋徐铉撰。有金侃跋。①

13. 瞿良士辑《铁琴铜剑楼藏书题跋集录》卷四：

《徐公文集》三十卷（校宋本）。②

笔者按：此书之"朗仙校竟并识"（朗仙即邵恩多）的跋语，前文已抄，故省略。

14. 张元济《涵芬楼烬余书录》：

《涵芬楼烬余书录·集部》关于徐铉著作著录语之一：

徐公文集三十卷，宋徐铉撰，钞本，八册，黄荛圃校藏。

旧钞本。半页十行，行十九字。语涉宋帝，多空格，或提行。遇高宗讳及嫌名均作"今上御名"，孝宗讳作"御名"。卷首有胡克顺进书表及批答、陈彭年序。卷末附行状、墓志、晏殊后序、徐琛跋（笔者按：此跋，商务印书馆标点有误，此处改正）。黄荛圃据影宋本校勘，并补钞目录三叶。惟《武烈帝庙碑铭》"告祯符于"下三百六十字、《筠州清江县重修三清观记》"其守固者其事举道"下五十余字，均阙。

黄荛圃跋：余向欲蓄《徐骑省集》……

——《张元济古籍书目序跋汇编》（集部）第 673 页③

笔者按：第一，张元济此著录语和下一则著录语被收录于《张元济古籍书目序跋汇编》一书，但是，此二则著录语的原始出处是张元济所著的《涵芬楼烬余书录》一书，由此可知，此二则著录语是地地道道的著录，而不是序跋，当然此二则著录语被视为序跋而收入"序跋汇编"之类的书中，并无不可。第二，张元济此著录语后，又录黄丕烈跋"余向欲蓄《徐骑省集》……书于联吟西馆"之跋，因黄丕烈此跋前文已录，故省略。第三，商务印书馆 2003 年版《张元济古籍书目序跋汇编》一书所录张元济此则著录语和下一则著录语，标点符号均有多处失误，本书径改，不一一注明。

《涵芬楼烬余书录·集部》关于徐铉著作著录语之二：

又一部，清贝氏友汉居钞本，十六册，贝简香、汪阆源、章紫伯旧藏

前后《表》、《答》、《序》、《跋》及《行状》、《墓志》，均同前书。此为友汉居贝氏钞本。语涉宋帝，或提行，或空格。高宗讳及嫌名，作"今上御

---

① 中华书局编辑部编：《宋元明清书目题跋丛刊》（全 19 册），中华书局 2006 年版，第 14 册，第 327 页。

② 瞿良士辑：《铁琴铜剑楼藏书题跋集录》，上海古籍出版社 2005 年版，第 251—252 页。

③ 张人凤编：《张元济古籍书目序跋汇编》，商务印书馆 2003 年版，中册，第 673 页。

名"，孝宗讳作"御名"。《武烈帝庙碑铭》、《筠州清江县重修三清观记》阙文同前书。是必同出一本。惟宋讳玄、弦、衒、朗、敬、警、驚、镜、弘、殷、匡、恒、贞、徵、树、署、曧、让、桓、完等字，均阙笔，比前书为严。原钞间有讹脱，贝简香以袁氏五砚楼藏本校过。

藏印："平江贝大手校"、"汪士钟读书"、"章绶衔印"、"章氏紫伯所藏"、"茗上章仔百流览所及"（笔者按："流览"即"浏览"）、"翼诜堂章氏所得之书"、"子晋"、"其枚"。

——《张元济古籍书目序跋汇编》（集部）第 673 页①

---

① 张人凤编：《张元济古籍书目序跋汇编》，商务印书馆 2003 年版，中册，第 673 页。

第三章　前蜀国文人集部著作序跋文字和著录文字辑录

（一）前蜀国僧贯休集部著作序跋文字辑录（共24篇）

第1篇：899年吴融（？—903）序

《禅月集》序（旧《西岳集》）

翰林学士中书舍人上柱国赐紫金鱼袋吴融述。

夫诗之作，善善则颂美之，恶恶则风刺之，苟不能本此二道，虽甚美，犹土木偶，不主于气血，何所尚哉。自风雅之道息，为五七字诗者，皆率拘以句度属对焉。既有所拘，则演情叙事不尽矣。且歌与诗，其道一也，然诗之所拘，悉无之，足得放意，取非常语非常意，又尽则为善矣。国朝能为歌为诗者不少，独李太白为称首，盖气骨高举，不失颂美风刺之道焉。厥后白乐天讽谏五十篇，亦一时之奇逸极言。昔张为作诗图五，曾以白氏为"广德大教化主"，不错矣。至后李长吉以降，皆以刻削峭拔、飞动文彩为第一流，有下笔不在洞房峨眉神仙诡怪之间，则掷之不顾。迩来相教学者，靡曼浸滛困不知变。呜呼，亦风俗使然也。然君子萌一意，出一言，亦当有益于事，矧极思属词，得不动关于教化。沙门贯休（832—912），本江南人，幼得苦空理，落发于东阳金华山，机神颖秀，雅善歌诗，晚岁止于荆门龙兴寺。余谪官南行，因造其室，每谈论，未尝不了于理性，自旦而往，日入忘归，邈然浩然，使我不知放逐之感。此外商榷二雅，酬唱循还，越三日，不相往来，恨疎矣。如此者凡朞有半。上人之作，多以理胜，复能创新意，其语往往得景物于混茫自然之际，然其旨归，必合于道，太白、白乐天既殁，可嗣其美者，非上人而谁。丙辰（896），余蒙恩诏归与上人别，袖出歌诗草一本，曰《西岳集》以为贶矣。切虑将来作者或未深知，故题序于卷之首。时己未岁（899）嘉平月（笔者按：即农历十二月）之三日。

——《禅月集》二十五卷之《四部丛刊初编》本卷首第五则

笔者按：《禅月集》二十五卷之四部丛刊初编本，系上海涵芬楼借江夏徐氏藏景宋写本影印。

第 2 篇：923 年昙域序《禅月集》

后序

门人慧光大师赐紫昙域述

有唐翰林学士兵部侍郎吴融请为序。先师长谓一二门人曰："吴公文藻赡逸，学海渊深，或以揖让周旋异待矣。或以文害辞，或以辞害志，或以诞谲饶借，则殊不解我意也。子可于余所著之末。聊重序之。"昙域乃稽颡而言曰："语云：'子疾病，子路欲以门人为臣。子曰：欺天乎？'昙域小子，何敢叙焉。"师曰："子不知皆孔子弟子记诸善言，以成其书。况吾常酷于兹，心勤形瘵，访其稽古，慰以大道，睟然皓首，岂谓贾其声耳。且吾昔在吴越间，靡所济集，聊欲系志于翰墨，得以乱思，不愍遗老矣。子无辞焉。但当吾意而言之，然又不可以微之、乐天、长吉类之矣。吾若与骚人同时，即知殊不相屈尔。直言之，无相辱也。"昙域逊让不暇，力而叙之。

先师名贯休（832—912），字德隐，婺州兰溪县登高里人也，俗姓姜氏，家传儒素，代继簪裾，少小之时，便归觉路于安和寺，请圆贞长老和尚为师，日念《法华经》一千字，数月之内念毕兹经。先师为童子时，与邻院童子法号处默偕年十余岁，同时发心念经，每于精修之暇，更相唱和，渐至十五六岁，诗名益著，远近皆闻。年二十岁，受具足戒，后于洪州开元寺听《法华经》，不数年间，亲敷法座，广演斯文，尔后兼讲《起信论》。可谓三冬涉学，百舍求师，寻妙旨于未传，起微言于将绝。于时江表仕庶，无不钦风。年齿渐高，属天下丧乱时。处默和尚谓师曰："吾师抱不羁之才，怀自然之道，时不我与，成（笔者按："成"，四库本作"诚"）无伤哉。"复为（笔者按："为"，四库本作"谓"）先师曰："分袂无血泪，望处空阑干。"后隐南岳，□□□□□（笔者按：这五个空格，四库本作"深居不出，先"）聘为备者曰："吾闻岷峨异境，山水幽奇，四海骚然，一方无事。"遂乃过洞庭，趋渚宫，历白帝。旋闻大蜀开基创业，奄有坤维。叹曰："不有君子，宁能国乎？"遂达大国，进上先皇帝诗。其略曰："一瓶一钵垂垂老，万（笔者按：'万'，四库本作'千'）水千山得得来。"高祖礼待，膝之前席，过秦王待道安之礼，逾赵王迎图澄之仪。特修禅宇，恳请住持，寻赐师号曰"禅月大师"，曲加存恤，优异殊常。十年已来，迥承天睐。无何，壬申岁（912）十二月，召门人谓曰："古人有言曰：'地为床兮天为盖，物何小兮物何大。苟惬心兮自忻泰，声与名兮何足赖。'吾之住世亦何久耶？然吾启首（笔者按：'首'，四库本作'手'）足，曾无愧心，汝等以吾平生事之以俭，可于王城外藉之以草，覆之以纸而藏之，慎勿动众而厚葬焉。"言讫，掩然而绝息，遂具表闻天。先帝蹙然久之，乃命所司备一期葬事。于时，在城仕庶，无不悲伤。昙域遂以先师遗言上奏，请以薄葬之礼。帝曰："朕治命可行焉。"敕令四众共助葬仪，特竖灵塔，敕谥白莲之塔，以癸酉年（913）三月十七日于成都北门外十余里，置塔之所，地号昇迁。葬事既周，哀制斯毕，暇日或勋贤见访，或朝客相寻，或有念先师所制一篇两篇，或记三句五句，或未闲深旨，或不晓根源，众请昙域编集前后所制歌诗文赞，曰（笔者按："曰"，四库本作"日"）有见问，不暇枝梧，遂寻检稿草及暗记忆者，约一千首，乃雕刻版（笔者按："版"，四库本作"成"）部，题号《禅月集》。昙域虽承师训，艺学无闻，曾奉告言，辄直序事。时大蜀乾德（919—924）五年癸未岁（923）十二月十五日序。

——《禅月集》二十五卷之四部丛刊初编本卷尾第一则

　　笔者按：第一，此后序结束后有一行字"时嘉熙四年（1240）五月十五日，婺州兰溪县兜率禅寺住持赐紫禅悟大师可灿重刊"。第二，文渊阁四库全书本《禅月集》二十五卷（《补遗》一卷）卷尾第三则即昙域此后序，昙域此后序系抄录自《禅月集》二十五卷之四部丛刊初编本。文中括号内所云"四库本"指文渊阁四库全书本。四库本昙域后序和四部丛刊初编本昙域后序，在文字上多有不同，为免烦琐，不记录二者的文字异同，只有在四库本昙域后序的文字对理解四部丛刊初编本昙域后序的文字有帮助时，才记录异同。第三，《贯休歌诗系年笺注》一书末尾附录中的昙域此序，亦抄录自《禅月集》二十五卷之四部丛刊初编本，于开头"有唐翰林学士兵部侍郎吴融请为序"十五字前有"域曰"二字，但笔者手头《禅月集》二十五卷之四部丛刊初编本附录里的昙域后序，开头无"域曰"二字，不知"域曰"二字得自何处，存此备考。

第3篇：佚名记

大蜀国龙楼待诏、明因辩果功德大师、祥骥殿首座引驾、内供奉、讲唱大师、道门子（笔者按："子"，四库本作"弟子"）使选錬教授、文章应制大师、两街僧箓、封司空、太仆卿、云南八国镇国大师、左右街龙华道场对御讲赞大师、兼禅月大师、食邑八千户、赐紫大沙门贯休（832—912）。

——《禅月集》二十五卷之四部丛刊初编本卷首第一则

第4篇：北宋杨杰题诗

禅月真堂

无为杨杰

童子依师兰水滨，声名真是碧云人。定中传得阿罗汉，十六身中第几身。

——《禅月集》二十五卷之四部丛刊初编本卷首第二则

　　笔者按：杨杰（生卒年不详），字次公，又号无为子，无为军（今属安徽）人。嘉祐四年（1059）进士及第，与欧阳修、王安石、苏轼有交往。卒年七十岁。①

第 5 篇：济阳江衍题诗一首

严韵上和

济阳江衍

瓶钵违离瀫水滨，知心曾有几多人。无为一见分明识，指点堂头是后身。

第 6 篇：济阳江衍再题诗一首

见兜率寺旧功德，再成一绝句

一去乡间八易季（笔者按："季"，四库本作"年"），生还幸见旧因缘。却嗟胜事今难作，自喜当时信力坚。

——《禅月集》二十五卷之四部丛刊初编本卷首第三则

笔者按：从"再成一绝句"可知，此绝句也是"济阳江衍"所写，因为此绝句本来就是分为二则排列的，故作为另一篇。

第 7 篇：1238 年孟秋（即七月）周伯奋跋

右禅月诗集，吾里高僧贯休（832—912）所作，唐末生于里之登高，幼而颖悟，志慕空门，祝发受业于和安（笔者按："和安"，四库本作"安和寺"），游江右，历湖南，晚遇蜀主终焉。诗不苟作，颂咏风（笔者按："风"，四库本作"讽"）刺，根于理致。法嗣昙域编萃成集，雕刻以广其传。和安（笔者按："和安"，四库本作"安和"）（今改兜率）禅寺诗集，阙焉无闻。住山率他郡人，或缚于禅寂而不肯为，或迫于营造而不暇为，或利于赴应而不克为，识者恨之。番易松庵璨禅师，出于越赵福王之门，王之孙国史左司宗卿守婺时招致居焉，恬淡无营，得浮屠氏本体。挂锡之初，访予山中故事。首以是对，师慨然任责，寻求故帙，得里中檀越之家。计工食费，数万而赢。先捐钵中，所有不足，则募众缘。鸠工锓梓，不日而成。既成，求纪岁月。窃谓越五季及我宋，多历年所，释家者流，岂无一二好事而不能使此诗与此山俱为不朽。今师乃度越前辈，创出一段奇事，以为动心骇目之观。志可尚已，是乌可以不书？嘉熙戊戌（1238）孟秋朔旦，鼍溪周伯奋谨跋。

——《禅月集》二十五卷之四部丛刊初编本卷尾第三则

笔者按：四部丛刊初编本《禅月集》二十五卷卷尾此周伯奋跋后有"书于禅月旧隐"六字。

第 8 篇：1238 年师保跋：

师保跋

---

① 曾枣庄主编：《中国文学家大辞典·宋代卷》，中华书局 2004 年版，第 272 页。

禅月制作浸远，而风雅益著。初几晚学难得其集而怏怏焉。嘉熙戊戌（1238）春，兜率主人松庵璨禅伯乃鄱阳之作者也，至予秀垫轩，出示全集，得孟湖简靖居士童公三世珍藏旧本。不知□□年矣。喜不自胜，但怪其字小而册狭，刺眼为碍，膺奋志募众，大书特书，以广其传，庶不孤彼三世袭什之意，今已就□以嘉善用其心，览斯集□神爽心悦，是云古禅月□松庵。本地风光之愈侈，住烂柯古灵平□叟。师保跋于是诗之末。

——《禅月集》二十五卷之四部丛刊初编本卷尾第四则

笔者按：师保此序为行草字体，有些字请教他人后亦未能辨认出来，以□代替，后看到《贯休歌诗系年笺注》一书书末《附录》里胡大浚先生抄录的师保此序，方才将以□代替的字补全。计有："不知其几年矣"的"其几"二字、"今已就绪"的"绪"字、"览斯集者"之"者"字、"今松庵"之"今"字、"古灵平垫叟"之"垫"字。特此提出以志谢忱。

第9篇：1238年中秋日余璨跋

浮屠氏以诗鸣多矣，未若《禅月》之格高旨远也。后百长松庵禅师慨旧板之弗存，捐众资以重刻，亦可谓考婆心切。然此特禅月静中游戏耳，若究竟当家工夫，则是编一出，岂但落第二义，衲子毋□泥焉可也。嘉熙戊戌（1238）中炑日，信安余璨跋于先人敝庐之肯堂。

——《禅月集》二十五卷之四部丛刊初编本卷尾第八则

笔者按："考婆心切"，《贯休歌诗系年笺注》一书作"老婆"；从字形看，确实是"考婆"；从字义看，也应是"考婆"。"衲子毋□泥焉可也"之"□"，《贯休歌诗系年笺注》作"徒"，可能是正确的，录此备考。

第10篇：1238年重九日宋童必明书

番易松庵璨上人来住吾乡兜率有年矣，予偶到彼，因言《西岳集》，禅月贯休（832—912）所作也，先世尝收于书室。璨老有请，谓其徒喜闻乐道而未得全集，欲攻木广其传。余嘉其用心，勉成其志，遂检兹集与之，仍薄助锓版。毕，复请纪其事，庶后有考于斯。嘉熙戊戌（1238）重九日，孟湖童必明书。

——《禅月集》二十五卷之四部丛刊初编本卷尾第七则

笔者按：第一，"番易松庵璨上人"之"番易"二字后，有"鄱阳"二字置于括号内。原序无"鄱阳"二字，估计此"鄱阳"二字系《贯休歌诗系年笺注》一书的笺注者胡大浚先生的注释语。第二，童必明号简靖居士。

第11篇：1239年上元日祖闻跋

禅月尊者，鲸吞教海，龙吸禅河，旁发为文，雷霆一世，后数百载，道日振而名日新。此集之播于江湖，接之闻见，如"佛手遮不得，人心如等闲"，

"时危须早转，亲老莫他图"，"一个闲人天地间"等辞。其美如稻粱，甘如井泉，吾人皆得以珍之，往往莫知何所从出。松庵愍此，乃大书易梓，张本于和安山中，思与天下共其美。然则松庵之贤，岂独后世杨子云而已哉。嘉熙己亥（1239）上元日，双溪华藏水乎苾蒭，祖闻谨题。

——《禅月集》二十五卷之四部丛刊初编本卷尾第五则

笔者按："鲸吞教海"之"海"，笔者误认为"海"，据《贯休歌诗系年笺注》胡大浚先生的辨认，改为"海"。"'一个闲人天地间'等辞"之"等"，笔者未辨认出来，只好以"□"代替，据《贯休歌诗系年笺注》一书《附录》胡大浚先生的辨认，补出"等"字。"双溪华藏水乎苾蒭"之"华藏"二字，据《贯休歌诗系年笺注》一书胡大浚先生的过录而补，笔者原来辨认为"□庄"。

第 12 篇：1239 年嘉平月（即十二月）徐琰跋

三百篇之著，其来尚矣。夫子断之以无邪，闻之者足以戒。后人体之，嘲咏风月，比喻物情，盖亦古诗之流也。如唐之李杜，本朝之欧苏黄秦，中间作者相继并出，虽各得其妙，然而了达性真，盖未多见。如参寥子、洪觉范，如晦、仲殊，或以诗名，或以词称，味道之余，发其所蕴，见于篇章，寓情物理，亦使后人知吾林下之有诗人耳。若夫禅月国师，则又高出一头地。予虽未闻声欬，自幼已知师名。人但见其讽咏，咸以为僧之能诗者，不知识悟真空，言明理□，苦节峻行，一时慕仰，耀祖灯于中天，又岂常人之所可识。至于银钩铁画，落纸云烟，住世应真，入神风采，每以诗□游戏三昧，其忧世爱□之心，则见于首卷之词中，间以无碍慧说最上乘，晤者可以顿获清凉，睹之者可以开明心地，其视安乐先生，同出轨辙，又非特与李杜辈争华并烨，后人详味其语，正宜高着眼，不当以诗僧看也。松庵灿公禅师，能集其篇，锓梓以传，潜发其幽光于数百年之后，使人人皆宝而藏之。我师于兜率宫中，亦为之大公，亦个中人也。百景万贯之二兄一卷，示予导松庵法旨，且求□语，虽不敏，姑以臆见叙于篇末，观之者勿以斐然而诮诸。时己亥岁（1239）嘉平月一日，介庵徐琰书。

——《禅月集》二十五卷之四部丛刊初编本卷尾第九则

笔者按："味道之余"之"余"，笔者原作"□"，据《贯休歌诗系年笺注》一书补为"余"。"予虽未闻声欬"之"欬"，笔者误认为"颜"，据《贯休歌诗系年笺注》一书改正。"欬"，读音为 Kai，去声，与"同仇敌忾"的"忾"读音相同，意思是咳嗽。"入神风采"之"入"，笔者误认为"四"，据《贯休歌诗系年笺注》一书改正为"入"。"无碍慧说"之"碍"，笔者以为"□"，据《贯休歌诗系年笺注》一书补为"碍"字。"争华并烨"之"华"，笔者误认为"荣"，"烨"，笔者原以"□"代替，据《贯休歌诗系年笺注》一书改正、补充为"华"、"烨"。

第 13 篇：1240 年绍涛跋

《禅月诗集》年代浸远，后学无闻，松庵禅悟师因得旧本，力行□废于继绝之后，大书刻梓，以寿其传，使铿金戛玉之声，泯而复振，剪雾缝云之手，屈而再伸。如杲日丽天，秋毫无隐，观此录者，着眼可也。庚子（1240）上元日，智者山主，梅溪绍涛谨书。

——《禅月集》二十五卷之四部丛刊初编本卷尾第六则

第 14 篇：1240 年可灿重刊题记

时嘉熙四年（1240）五月十五日婺州兰溪县兜率禅寺住持赐紫禅悟大师可灿重刊。

——《禅月集》二十五卷之四部丛刊初编本卷尾第二则

第 15 篇：1514 年柳金跋《禅月集》二十五卷《补遗》一卷

时正德九年（1514）六月十三日，吴中布衣柳金大中录毕于桐泾别墅之简静斋中。复值病起，聊以诗纪岁月云："病愈入城懒，斯书败笔书。山林图自在，风雨欲何如。白满秧田水，青翻柳浪鱼。不知尘不到，岑寂是安居。"

——《禅月集》二十五卷《补遗》一卷之明末毛氏汲古阁刻《唐三高僧诗》本卷尾第四则

笔者按：第一，《禅月集》二十五卷《补遗》一卷之明末毛氏汲古阁刻《唐三高僧诗》本，国家图书馆有藏，索书号为 02158（A10）。下文不再注明此本之藏地和索书号。第二，此柳金跋为明末清初人叶万过录。

第 16 篇：1649 年叶万跋《禅月集》二十五卷《补遗》一卷

己丑岁（1649）六月十五，借得钱太史藏本校已。钱本有二，一吴氏业书堂抄本，一柳大中摹宋本也。洞庭叶石君记。

——《禅月集》二十五卷《补遗》一卷之明末毛氏汲古阁刻《唐三高僧诗》本卷尾第十二则

笔者按：第一，叶万（1619—1685），一名树廉，又作树莲，字石君，号潜夫，以字行，别署鹤汀、南阳縠道人、南阳道縠、镇恶先生、清远堂道人，江苏吴县人，世居洞庭东山南沙乡，尝游虞山，乐其山水，因家焉，叶奕之从弟。① 第二，业书堂是吴宽的室名。吴宽（1435—1504），明代诗人、散文家、

---

① 郑伟章：《文献家通考》（清—现代），中华书局 1999 年版，第 47 页。

书法家。字原博，号匏庵、玉亭主，世称匏庵先生，直隶长州（今江苏苏州）人。①

第17篇：明末毛晋（1599—1659）跋

贯休（832—912）集名不一，卷次亦不伦。计氏云："《西岳集》十卷，吴融为之序。"盖乾宁三年（896），编于荆门者也。或又云《南岳集》，谓曾隐迹南岳也。马氏云"《宝月诗》一卷。"未知何据。其弟子昙域于伪蜀乾德五年（923）编集前后歌诗文赞，题曰《禅月集》，重为之序，诮吴序或以文害辞，或以辞害志，或以诞谲饶借，殊不解休公意也。宋人相传，凡三十卷。余从江左名家，大索十年，仅得二十五卷，其文赞及献武肃王诗五章章八句，俱不载，不无遗珠之憾。今略补一二于后。又工书，人号姜体，以其俗姓姜也。不知者指为姜白石，何异章草缘章帝得名误称章氏草书耶。又善画罗汉，郭若虚云，是休公定观罗汉真容后写之，故悉是梵相，形骨古怪，余曾三见卷轴，或水墨，或设色，未知谁是。强氏药肆中物，余家藏得一十六帧，其中伏虎尊者，偏袒倚杖，凝然不动，虎蹲座下如祥麟驯骥，又一幅写侍者掮瓶倾水龙从瓶中腾起云端尊者托钵仰视龙涌云徐徐而下，绝无生擒活掣，张拳嗔目之状，岂庸工俗师能着一笔。至若布景陈器，凡军迟键镕震越摩罗俱苏摩刺竭节佉陁尼憍奢耶之类，种种奇妙，绝非耳目间物。《图画见闻志》云，有真本在豫章西山云堂院，供养于今，郡将迎请祈雨，无不应验，其落款云："大蜀国龙楼待诏明因辨果功德大师翔麟殿引驾内功奉经律论道门选錬教授三教玄逸大师守两川僧录大师食邑三千户赐紫大沙门"云。虞山毛晋识。

——《禅月集》二十五卷《补遗》一卷之影印文渊阁四库全书本卷尾第一则

第18篇：明末毛晋又跋

休公遍谒诸镇帅，每以诗句不合而去。初谒荆州中令成汭。汭问其笔法，答曰："此事须登坛而授，岂可草草而言。"汭怒，递放黔中，因为《病鹤诗》云："见说气清邪不入，不知尔病自何来。"后避乱渚宫，荆帅高氏优待之，馆于龙兴寺。感时政，乃作《酷吏词》以刺之，复被黜，郁悒中，《题研子》云："低心蒙润久，入匣始身安。"弟子以为匣者，峡也，相劝入蜀，遂离荆门，直趋井络，上蜀主王建《陈情篇》。礼遇甚厚，留居东禅院二年，建龙华，召令诵近诗，时贵戚同座，休公欲讽之，作《公子行》，贵倖皆不悦。先是，钱镠自称吴越国王，休公以诗投之，有"一剑霜寒十四州"之语，镠令

---

① 张㧑之、沈起炜、刘德重主编：《中国历代人名大辞典》，上海古籍出版社1999年版，第1039页。

改作"四十州"，乃可相见，休曰："州亦难添，诗亦难改，孤云野鹤，何天不可飞。"乃入豫章之西山，后入蜀。此事见释氏《通鉴》，《唐诗纪事》亦然，惟《高僧传》云献诗甚惬王旨，遗赠亦丰。复考《吴越备史》暨《钱氏功臣碑》，则知赞公之说谬矣。晋又识。

　　——《禅月集》二十五卷《补遗》一卷之影印文渊阁四库全书本卷尾第二则

第 19 篇：1656 年孙潜跋《禅月集》二十五卷之影宋抄本

　　己丑（1649）七月，在□□□□□□处，假得钱宗伯家旧点本印写。钱本盖宋本印钞者也。二十七日写完，对读一过。潜夫记。共诗七百十首。丙申（1656）三月装订。

　　　　　　——《禅月集》二十五卷之清初孙潜影宋抄本卷尾第十则

　　笔者按：第一，《禅月集》二十五卷之清初孙潜影宋抄本，今藏上海图书馆，索书号为 788575。第二，此本共 116 页。第三，"共诗七百十首。丙申三月装订"十二字是否为孙潜所写，应该存疑，因为笔迹与"己丑七月"至"潜夫记"的字看起来相同，故姑且视为孙潜的话。此十二字后有一印，难以辨认清楚，存疑。如果此印为孙潜的印，则此十二字必是孙潜所写。第四，孙潜跋语中的"印写"、"印钞"之"印"，应为"影"。第五，孙潜（1618—1682?），字潜夫，又字凯之，又字节生。江苏句容人。① 第六，由孙潜此跋语可知，《禅月集》二十五卷，钱谦益（即钱宗伯）家有影抄本，孙潜的影抄系据钱谦益的影抄再次影抄而来。

第 20 篇：1668 年叶万又跋《禅月集》二十五卷《补遗》一卷

　　余自而立之年始得此书，因借虞山太史本校正，随后□略祖海敏□。壬辰（1652）之岁，祖海因此书不知所□。戊申（1668）纪年，余已半百，偶于牧竖处见之，因以一金易归。重见故物，嘻可□也。南阳道毂识。

　　——《禅月集》二十五卷《补遗》一卷之明末毛氏汲古阁刻《唐三高僧诗》本卷尾第十九则

　　笔者按：叶万此跋语写于《禅月集补遗》之后，为毛笔手写体（非刻印），此跋后一方印曰"石君"。

第 21 篇：1781 年四库馆臣提要

　　臣等谨按：《禅月集》二十五卷，《补遗》一卷，唐释贯休撰。贯休，字德隐，姓姜氏，兰溪人，旧本题曰"梁人"。按：贯休初以乾宁三年（896）依荆帅成汭，后历游高季兴、钱镠间，晚乃入蜀依王建（笔者按：

_____

① 郑伟章：《文献家通考》（清—现代），中华书局 1999 年版，第 45 页。

"王建"后，影印文津阁四库全书本有"以建"二字），乾德癸酉（笔者按：
"癸酉"，《四库总目》作"癸未"）卒，年八十一，终身实未入梁，旧本
误也。其集初曰《西岳集》，皆居荆州时作，吴融序之。贯休没后，其门人
昙域编次歌诗文赞为三十卷，自为后序。题曰《禅月集》（笔者按：自"其
集初曰《西岳集》"七字至"题曰《禅月集》"五字止，影印文津阁四库
全书本和《四库总目》均作"陶岳《五代史补》称贯休《西岳集》四十
卷，吴融序之，然集末载其门人昙域后序，编次歌诗文赞为三十卷，则岳亦
误记矣"共四十六字），此本为宋嘉熙四年，兰溪兜率寺僧可燦所刊，毛晋
得而重刊之。仅诗二十五卷，岂佚其文赞五卷耶？《补遗》一卷，亦晋所
辑，然所收佚句，如"朱门当大道，风雨立多时"一联，乃《赠乞食僧
诗》，今在第十七卷之首，但"道"作"路"，"雨"作"雪"耳，晋不辨
而重收之，殊为失检。《文献通考》别载《宝月集》一卷，亦云贯休作，今
已不传，然昙域不云有此集，疑马端临或误。毛晋又云："《西岳集》或作
《南岳集》，考贯休生平，未登太华，疑'南岳'之名为近之，'西'字盖传
写误也。"又书籍刊本（笔者按："本"，影印文津阁四库全书本作"板"，
《四库总目》作"版"）始于唐末，然皆传布古书，未有特（笔者按：
"特"，影印文津阁四库全书本、《四库总目》均作"自"）刻专集者，昙
域后序作于王建乾德五年。（笔者按：王建乾德五年，《四库总目》作"王
衍乾德五年"，是。）称检寻稿草及闇记忆者约一千首，雕刻成部，则刊行
（笔者按："刊行"，影印文津阁四库全书本、《四库总目》均作"自刻"）
专集，自是集始，是亦可资（笔者按："可资"，影印文津阁四库全书本作
"可以资"）考证也。乾隆四十六年（1781）十月恭校上。总纂官臣纪昀，
臣陆锡熊，臣孙士毅，总校官臣陆费墀。

　　——《禅月集》二十五卷《补遗》一卷之影印文渊阁四库全书本卷首
　　笔者按：第一，文渊阁四库全书本《禅月集》卷首仅此一则。第二，《禅
月集》在影印文渊阁四库全书第1084册。第三，影印文渊阁四库全书本《禅
月集》所收此提要和影印文津阁四库全书本所收此《提要》除上文所述字句
差异外，其余字句均同，唯时间署为"乾隆四十九年（1784）三月恭校上"；
第四，《四库全书总目》卷一五一《禅月集》（二十五卷）（《补遗》一卷）提
要注版本云"内府藏本"。

第22篇：1869年清胡凤丹序《禅月集》之《金华丛书》本

　　《禅月集》载在《全唐诗钞》者仅十二卷，即胡震亨所存三卷而另编者
也。考陶岳《五代史补》称贯休《西岳集》四十卷，弟子昙域哀其全集为
三十卷。《钦定四库书目提要》载《禅月集》二十五卷，《补遗》一卷。然

则今所未见者且过半矣。窃意唐代以诗取士，故一时名流硕彦相与咏歌，洋洋乎鼓吹休明，和其声以鸣国家之盛。若贯休一方外耳，而乃以悲愤苍凉之思，写清新俊逸之辞。忽而虎啸，忽而鸾吟，忽而夷犹清旷，神锋四出。又如千金骏足，飞腾飘瞥，蓦涧注坡，以视龟虫之鸣吹，月露之琱镂，夷然如寸莛撞钟之无甚高论。噫！贯休亦奇矣哉。若夫证圆通于水月，参妙谛于烟云。一字一言，无非棒喝。读是诗者，当爇妙香奉之。贯休字德隐，姓姜氏，兰溪人，相传为七岁出家云。同治八年（1869）冬十一月，同郡后学胡凤丹月樵甫谨序。

——《金华丛书》本《禅月集》（同治八年刊）

笔者按：此序得自于《禅月集校注》之《附录》。[1]

第23篇：1869年清胡凤丹题记《禅月集》

《禅月集》贯休字德隐，俗姓姜氏，兰溪人。七岁出家，日读经书千字，过目不忘，既精奥义，诗亦奇险，兼工书画。初为钱镠所重，后谒成汭荆南。汭欲授书法，休曰："须登坛乃授。"汭怒，递放之黔。天复（901—904）中入益州，王建礼遇之，署号禅月大师，或呼为得得来和尚。终于蜀，年八十一。初有《西岳集》，吴融为序，极称之。后弟子昙域更名《宝月集》。其全集三十卷，已亡。胡震亨谓宋睦州刻本多载他人诗，不足信，其说亦不知何据。胡存诗仅三卷，今编十二卷。（录自退补斋《金华文萃》）[2]

——《贯休歌诗系年笺注》之《附录》

第24篇：1921年邓邦述跋

《禅月集》二十五卷，据影钞宋本校，是正颇多，然钞亦有误处，不能用昔贤之死校法也。钞本有后序，署门人慧光大师赐紫昙域述，后署大蜀乾德五年癸未岁（923）十二月十五日序。又二行云："时嘉熙四年（1240）五月十五日婺州兰溪县兜率禅寺住持赐紫禅悟大师可灿重刊。"又有嘉熙戊戌（1238）孟秋朔旦鼋溪周伯奋跋一篇，又有古灵平楚叟师保跋一篇，又有嘉熙己亥（1239）上元日双溪善藏水乎苾蒭祖闻题一篇，又有庚子（1240）上元日智者山主梅溪绍涛跋一篇，又有嘉熙戊戌（1238）重九日孟湖童必明跋一篇，又有嘉熙戊戌（1238）中秋日信安余灿跋一篇，又有己亥（1239）嘉平月一日介庵徐琰跋一篇，前序外有杨杰题诗一首、江衍诗二首，又署"大蜀国龙楼待诏明因辩果功德大师、祥骥殿首座引驾、内供

---

① 陆永峰：《禅月集校注》，巴蜀书社2006年版，第538—539页。

② （唐）贯休著，胡大浚笺注：《贯休歌诗系年笺注》（全3册），中华书局2011年版，下册，第1304页。

奉、讲唱大师、道门子使选炼教授文章应制大师、两街僧录、封司空太仆卿、云南八国镇国大师、左右街龙华道场对御讲读大师、兼禅月大师、食邑八千户、赐紫大沙门贯休"云云，皆为此本所无，其原宋刊本今藏京师图书馆中，沅叔同年长教育时倩人钞存者，兹得校录，故详记如右。辛酉（1921）三月，群碧居士校毕志。

———《禅月集》二十五卷《补遗》一卷之明毛晋汲古阁刻本

笔者按：群碧居士，即邓邦述。

（二）前蜀国僧贯休集部著作著录文字辑录

1.（宋）郑樵《通志》卷七十"别集四"：

《禅月诗》三十卷（贯休）。

2.（宋）晁公武《郡斋读书志》卷四中"别集类中"：

贯休《禅月集》三十卷。右唐僧贯休撰，字德隐，姓姜氏，婺州人，后入蜀号禅月大师。初，吴融为之序，其弟子昙域削去，别为序引，伪蜀乾德（919—924）中献之。

3.（宋）陈振孙《直斋书录解题》卷十九"诗集类上"：

《禅月集》十卷（按：《唐诗纪事》作《西岳集》，《文献通考》作《宝月诗》一卷。此本作《禅月集》者，贯休号禅月上人，因名其集也）唐僧兰溪贯休撰。姓姜氏，后入蜀。

4.（元）脱脱等《宋史》卷二百八"别集类"：

《贯休集》三十卷。

5.（明）徐𤊻（1563—1639）《徐氏家藏书目》卷六第十四页：

《僧贯休诗》一卷。①

6.（清）钱曾（1629—1701）《读书敏求记校证》卷四中第十三页至第十五页：

《禅月集》二十五卷。

［原校］《直斋》作十卷。按：《唐诗纪事》作《西岳集》十卷，《通考》作《宝月诗》一卷。《读书志》作三十卷。○张氏藏书志云：旧抄本，雁里草堂藏书，有蜀乾德五年（923）昙域后序，嘉熙戊戌（1238）周伯奋跋、童必明跋。○陈鳣云：渌饮曾云东啸轩郁氏有影宋钞本，当借校雠。○入述古目。

［补］劳权云：郁氏本亦出自述古堂旧藏，今归丹铅精舍，是柳大中用丛书堂书格手钞，十行廿字，首册副叶有"函雅堂收藏书画记"朱文长印，吴融序

---

① 中华书局编辑部编：《宋元明清书目题跋丛刊》（全19册），中华书局2006年版，第5册，第409页。

后有"钱后人谦益读书记"朱文大方印。周跋后半叶题云：时正德九年
（1514）六月十三日吴中布衣柳金大中录毕于桐□别墅之简静斋，中复值病
起，聊以诗纪岁月云：病愈入城懒，斯书败笔书。山林图自在，风雨欲何如。
白满秧田水，青翻柳浪鱼。不知尘不到，岑寂是安居。前后俱空二行低三格，
字颇古拙，书中有蒙叟朱笔校字。

　　吴融初序。贯休（832—912）诗名《西岳集》，此乃蜀乾德五年（923）
门人昙域寻检稿草及暗记忆者，约一千首，雕刻板（［补］劳校本板作成）
部，题号《禅月集》。昙域称蜀主崇奉其师，过秦王待道安之礼，逾赵王迎图
澄之仪。今观其卷首（［补］劳权云：柳本在卷末）开题云："大蜀国龙楼待
诏、明因辨果功德大师、祥麟（［补］阮本、黄校本、劳校本作鳞，胡校本、
宋钞本作麟）殿首座引驾、内供奉、讲唱大师、道门子使选录（［补］黄校
本、胡校本、劳校本均作鍊，宋钞本作练）校授文章应制大师、两街僧录
（［补］劳校本作篆）、封司空、太仆卿、云南人（［原校］去人字，补八国二
字。［补］阮本、黄校本、胡校本、宋钞本均同宁馆本。朱文藻云：原本上有
一入字，但点其旁，似有疑而待考者，不宜删落。今按：繡谷亭本入字作八
字）。镇国大师、左右（［原校］右下补街字。［补］黄校本、胡校本、宋钞
本均同阮本，有街字，无下御字）御龙华道场对御讲读（［补］黄校本、宋钞
本作讚读，胡校本、阮本作讲讚）大师、兼禅月大师、食邑八千户、赐紫、
大沙门贯休（832—912）。结衔如此（［补］劳权云贯休结衔后附杨杰七言绝
句一首，江衍七言绝句二首。○珏按：明胡震亨《唐音癸签》引《画苑》贯
休衔作"大蜀国龙楼待诏明因辨果功德大师、翔麟殿引驾、内供奉、经律论
道门选练教授、三教元逸大师、守两川僧录大师、食邑三千户、赐紫大沙门
某"，与遵王所记略异)，知域之言可信不诬。然师以一剑霜寒之句睥睨吴越，
固非荣名利养足以移其心者，一瓶一钵远胜红楼应制之僧。（珏按：《酉阳杂
俎·寺塔记》：长乐坊安国寺有红楼，为睿宗在蕃时舞榭，广宣上人有诗名号
为《红楼集》）千载而下，闲云野鹤，如遇师于寥天碧落中，吾祖奈何以添
州拒之乎？（珏按：休投吴越王诗曰："一剑霜寒十四州。"谕改"四十州"乃
可相见。曰："州亦难添，诗亦难改。"遂入蜀。见《全唐诗话》。［补］黄丕
烈云："是书录于友人朱廷选，此即原本也。"○陆心源云："此本今归予家。"
○珏按：四库著录有《补遗》一卷，《提要》有云毛晋云陶岳《五代史补》
称贯休《西岳集》，或称《南岳集》者。考休生平未登太华，疑《南岳》之
名为近之。又，书籍刊板始于唐末，然皆传布古书，未有刻专集者，昙域后序
作于王衍乾德五年，称检寻稿草及记忆者雕刻成部，则刻专集者自此集始，亦

可资考证。①

笔者按：《读书敏求记校证》，清钱曾（1629—1701）撰，清管庭芬、章钰校证。

7.（清）张金吾（1787—1829）《爱日精庐藏书志》卷二十九第二十七页：

《禅月集》二十五卷（旧抄本。雁里草堂藏书）。唐西岳僧贯休撰。昙域后序（蜀乾德五年）、周伯奋跋（嘉熙戊戌）、童必明跋（嘉熙戊戌）。②

8.（清）瞿镛（约1800—1864）《铁琴铜剑楼藏书目录》卷十九第五十二页至第五十三页：

《禅月集》二十五卷（旧抄本）。唐西岳僧贯休撰。明雁里草堂钞本，毛刻亦同，惟无昙域序及周伯奋、童必明二跋，且多讹字，可据以校正。（卷末有"秦柄图书"、"雁里草堂"二朱记。）③

（三）前蜀国韦庄集部著作序跋文字辑录（共11篇）

第1篇：903年唐韦蔼序

余家之兄庄（836？—910），自庚子（880）乱离前，凡著歌诗文章数十通。属兵火迭兴，简编俱坠，惟余口诵者，所存无几。尔后流离漂泛，寓目缘情。子期怀旧之辞，王粲伤时之制。或离群轸虑，或反袂兴悲。四愁九愁之文，一咏一觞之作。迄于癸亥岁（903），又缀仅千余首。庚申（900）夏，自中谏□□□□。辛酉春（901），应聘为西蜀奏记。明年（902），浣花溪寻得杜工部旧址，虽芜没已久，而柱砥犹存。因命芟夷，结茅为一室。盖欲思其人而成其处，非敢广其机构耳。蔼便因闲日录兄之稿草中或默记于吟咏者，次为□□□，目之曰《浣花集》，亦杜陵所居之义也。余今之所制，则俟为别录，用继于右。时癸亥年（903）六月九日蔼集。

——《浣花集》十卷（《补遗》一卷）之四部丛刊初编本卷首第一则

笔者按：第一，四部丛刊初编本《浣花集》十卷（《补遗》一卷）系上海涵芬楼借江安傅氏双鉴楼藏明江阴朱氏刊本影印。第二，此序又见影印文渊阁四库全书本《浣花集》十卷（附《补遗》一卷）（影印《文渊阁四库全书》第1084册）卷首第三则。

---

① 中华书局编辑部编：《宋元明清书目题跋丛刊》（全19册），中华书局2006年版，第11册，第206—207页。

② 同上书，第525页。

③ 中华书局编辑部编：《宋元明清书目题跋丛刊》（全19册），中华书局2006年版，第10册，第292—293页。

第 2 篇：1606 年徐（𤊹）（1563—1639）跋

唐韦庄《浣花集》。韦庄诗，《百家》未收，但于《鼓吹》中见其七言近体及诸家所选数首而已。偶入秣陵，友人郭圣仆出韦诗一帙见示，乃宋板也，遂命工抄录，以备观阅。时谢在杭方为比部郎，亦喜其诗调新逸，亦写一帙而去。万历丙午（1606）花朝东海徐惟起记。

　　　　　　　　　　　　　　　　　　——《浣花集》宋刊本之抄本

笔者按：此跋得自于明徐𤊹撰、清缪荃孙（1844—1919）重编《重编红雨楼题跋》卷一第三十六页①，不知有徐氏此跋的《浣花集》宋刊本之抄本今何在，录此备考。

第 3 篇：明朱承爵（生卒年不详）跋《浣花集》

韦庄，字端己，见素之孙。唐昭宗乾宁元年（894）进士，授校书郎。王建开伪蜀，庄时在华州驾前，迁起居舍人。后为蜀相，卒。所著有《浣花集》，其弟霭尝为作序，今不存。姑缺之。既刻其集，又考得遗诗二篇，附后作补遗云。朱承爵子儋拜记。

　　　　　　　——《浣花集》十卷（《补遗》一卷）之四部丛刊初编本卷尾

笔者按：四部丛刊初编本《浣花集》十卷（补遗一卷）卷尾仅有此跋一则内容。

第 4 篇：大约 1814 年黄丕烈跋《浣花集》十卷（宋刊抄补本）

《浣花集》十卷（宋刊抄补本）

此残宋本《浣花集》四至十卷，余友陆子东萝以青蚨一分得诸阊门外上塘街冷摊，特为持赠余者。东萝初不知为宋刻本，但云"有旧人图书叶阳生欲就君质之"。余曰："此人余欲知之，余将为言其详。"及观后一无名氏跋，而益信余所知之人也。近因上津桥叶氏将刊其先世天士所著《本事方释义》，向余借宋刊许学士《本事方》，因相往还，登眉寿堂，见为号有"阳生道兄"，询悉阳生即天士之父，素精于医，曾治范伏庵太史初生时无谷道一证。此书所钤印即其人也。末跋云："某因病久嗽不愈，以此偿药直。"知向时医家脉药相连，故云以此偿药直也。是书破烂不堪，命工粗加整理装成，携示叶氏。后讷人、丰帆辈各幡阳生手批医书，皆云跋语字迹实系阳生公书，而康熙乙卯（1675）三月去阳生辞世之年庚申（1680）尚有六载，此跋洵不诬也。讷人云阳生公与汪钝翁有唱酬之作，盖精于诗者，一书之微，多取印证，余喜而笔诸卷端。复翁（1763—1825）。

　　　　　　　　　　　　　　　　　　　——《浣花集》宋刊抄补本

---

① 中华书局编辑部编：《宋元明清书目题跋丛刊》（全 19 册），中华书局 2006 年版，第 6 册，第 414 页。

　　笔者按：第一，此跋得自《皕宋楼藏书题跋辑录》卷四①，笔者在国家图书馆和上海图书馆未见到《浣花集》的宋刻本或者宋刊抄补本、影抄宋刻本。第二，此跋未署时间，下一则跋在此跋前，且下一则跋署时间为"甲戌（1814）"，故暂且定此跋写作时间为"大约1814年"。

　　第5篇：1814年黄丕烈又跋《浣花集》十卷（宋刊抄补本）

　　余藏韦庄《浣花集》向有三本：一为黑格精钞本；一为蓝格旧钞本；一为毛氏影钞宋本。三者之中，影钞为上，然得此残宋刻证之，则又在影钞者上矣。盖书以古刻为第一，一字一句之误，犹可谛视版刻，审其误之由来，影钞则已非庐山真面目，矧其为泛泛传钞者乎？故余佞宋，虽残鳞片甲亦在珍藏，勿以不全忽之。此册前缺序目及首三卷，若就影钞本补全，诚为两美。然业无宋刻，即影钞已失其真，故仍愿离之则两美也。欲卒读者，有影钞本在，取而观之可耳。甲戌六月六日，复翁（1763—1825）补书于第九卷尾，以此半页系装时补缀，非宋版本有，虽灰之无伤。

——《浣花集》之宋刻抄补本第九卷卷尾

　　笔者按：此跋得自于《皕宋楼藏书题跋辑录》卷四。②

　　第6篇：黄丕烈又跋《浣花集》十卷（宋刊抄补本）

　　余家向藏毛氏影宋本《浣花集》在唐人诸集中，取对此，此实宋版，卷中"征"、"贞"、"玄"、"树"，避此四字，而"玄"、"树"，有不尽避者，宋版时或有此。余初付装，见者或疑此刻之非宋，而哂笑余佞之太甚，所信未必真。然装成，同人传观，藏书家如周香严、赏鉴家如陶朗轩，皆以余言为信，则诚可信矣。佞宋何尝佞哉。

——《浣花集》之宋刻抄补本

　　笔者按：此跋得自于《皕宋楼藏书题跋辑录》卷四。③

　　第7篇：黄丕烈又跋《浣花集》十卷（宋刊抄补本）

　　昔何义门学士跋宋刊许浑《丁卯集》云："惜版刻粘涂，幸得毛豹孙影写宋本，一一补其缺失差异于不知而妄作者。"今余收《浣花集》，失其序目及首三卷，亦赖影宋本补全，即守义门之意也。宋刻出自陆东萝所赠，此属东萝影钞。盖是书始终成于东萝云。丁卯（1807）季夏装。复翁（1763—1825）记。

——《浣花集》之宋刻抄补本

---

　　①　国家图书馆编：《国家图书馆藏古籍题跋丛刊》（全30册），北京图书馆出版社2002年版，第19册，第481—482页。

　　②　同上书，第482—483页。

　　③　同上书，第483页。

笔者按：此跋得自于《皕宋楼藏书题跋辑录》卷四①。

第 8 篇：1817 年陆损之跋《浣花集》

岁甲戌（1814），余于枫江冷摊得残宋本《浣花集》，只七卷。携赠复翁执丈。翁家藏有影宋本，属余补足之。丁丑（1817）新秋在士礼居重出展玩，则粲然完璧矣，并为识之。陆损之（后有"拙生书记"白文方印）。

——严绍璗编著《日藏汉籍善本书录》第 1491 页②

第 9 篇：清陆心源（1834—1894）跋宋椠《浣花集》

宋椠《浣花集》跋

《浣花集》十卷，题曰杜陵韦庄。前有癸亥年（903）六月九日庄弟韦蔼序。宋讳有缺有不缺。每叶二十行，每行十八字，与临安睦亲坊陈宅本《孟东野集》行款匡格皆同，当亦南宋书棚本也。宋刊存卷四至十，前三卷黄尧圃以影宋本钞补。每卷有"叶阳生"白文方印，后有阳生跋。每册有"士礼居"朱文方印。前后有尧圃三跋，陆损之跋。阳生，苏州人，天士之父，与汪钝翁酬唱，工诗能医。

——《浣花集》之宋刊本

笔者按：此跋得自于清陆心源《仪顾堂续跋》卷十二③，不知有陆心源此跋的《浣花集》宋刊本今何在，录此备考。

第 10 篇：1921 年孙毓修（1871—1922）跋《浣花集》

《浣花集》，明朱子儋跋云："其弟蔼尝为作序，今不存。"兹以毛氏绿君亭本补之，《补遗》及子儋跋文，又从一钞本补得。辛酉（1921）三月孙毓修。

——《浣花集》之四部丛刊初编本卷首第二则

第 11 篇：1927 年姜殿扬跋《浣花集》

丁卯（1927）再板，留庵先生旧题已失，谨为录存于此。姜殿扬。

——《浣花集》之四部丛刊初编本卷首第三则

笔者按：此序跋文字辑录只辑录韦庄《浣花集》的序跋文字，对王国维所编《浣花词》的序跋文字不予辑录，但是，《浣花词》的序跋文字对了解韦庄作品十分重要，且只有王国维所写一则，故附录于下："《宋史·艺文志》

---

① 国家图书馆编：《国家图书馆藏古籍题跋丛刊》（全 30 册），北京图书馆出版社 2002 年版，第 19 册，第 483—484 页。

② 严绍璗编著：《日藏汉籍善本书录》，中华书局 2007 年版，第 1491 页。

③ 中华书局编辑部编：《宋元明清书目题跋丛刊》（全 19 册），中华书局 2006 年版，第 9 册，第 337 页。

载韦庄《浣花集》十卷，《历代诗余·词人姓氏》则谓庄有集二十余卷，其弟蔼编定其诗为五卷。今二十余卷本不传，则词在集中与否亦不可知矣。《全唐诗》所载端己词共五十四首，兹录为一卷。中见于《花间集》者四十八首，见于《尊前集》者五首，见于《草堂诗余》者一首。《应天长》第一阕亦见《阳春集》中，唯《花间集》属之端己。端己词情深语秀，虽规模不及后主、正中，要在飞卿之上，观昔人颜、谢优劣论可知矣。光绪戊申（1908）季夏，海宁王国维（1877—1927）。"①

（四）前蜀国韦庄集部著作著录文字辑录

1.（宋）王尧臣等《崇文总目》：

卷十一"别集二"云："《浣花集》二十卷（缺）。"

卷十二"别集五"云："《浣花集》二十卷。"

2.（宋）郑樵《通志》卷七十"别集五·伪朝"：

韦庄《浣花集》二十卷（伪蜀）。

3.（宋）晁公武《郡斋读书志》卷四中"别集类中"：

韦庄《浣花集》五卷。右伪蜀韦庄，字端己。仕王建至吏部侍郎、平章事。集乃其弟蔼所编，以所居即杜甫草堂旧址，故名云。伪史称庄有集二十卷。今止存此。

4.（宋）陈振孙《直斋书录解题》卷十九"诗集类上"：

《浣花集》一卷。蜀韦庄撰。唐乾宁元年（894）进士也。

5.（元）马端临《文献通考》卷二百四十三经籍考七十"集·诗集"：

韦庄《浣花集》五卷。晁氏曰：伪蜀韦庄，字端己，仕王建，至礼部侍郎、平章事。集乃其弟蔼所编。以所居即杜甫草堂旧址，故名。伪史称庄有集二十卷。今止存此。

6.（元）脱脱等《宋史》卷二百八艺文七"别集类"：

韦庄《浣花集》十卷。

7.（明）徐𤊶（1563—1639）《徐氏家藏书目》卷六第八页：

韦庄《浣花集》十卷。②

8.（清）丁丙（1832—1899）《善本书室藏书志》卷二十五：

《浣花集》十卷，明刊本。前有韦蔼序，云"余兄庄自庚子乱离前著歌诗文章，兵火迭兴，简编俱坠。辛酉春为西蜀奏记。明年，浣花溪寻得杜工部旧

① （五代）韦庄著，聂安福笺注：《韦庄词笺注》，上海古籍出版社2002年版，第489页。

② 中华书局编辑部编：《宋元明清书目题跋丛刊》（全19册），中华书局2006年版，第5册，第406页。

址，虽芜没而柱砥犹存。因结茅一室，盖欲思其人而成其处，非敢广其基构耳。蔼因闲日录兄之稿草，目曰浣花集，亦杜陵所居之义也。"庄字端己，乾宁（九）（元）年第进士，授校书郎。后仕蜀王建至吏部侍郎、同平章事。《文献通考》载庄集五卷。此乃毛子晋绿君亭所刻十卷本，有"片石山房"一印。①

9.（清）缪荃孙（1844—1919）《艺风藏书续记》卷六第二十八页：

《浣花集》十卷。校绿君亭本。唐韦庄撰。首叶有"顾肇声读书记"朱文长方印。②

10. 张元济（1867—1959）《涵芬楼烬余书录》（集部）：

《浣花集》十卷，唐韦庄撰，明钞本，四册。江阴朱氏文房本，卷末朱子儋跋曰："韦庄，字端己。见素之孙。唐昭宗乾宁元年（894）进士，授校书郎。王建开伪蜀，庄时在华州驾前，迁起居舍人。后为蜀相，卒。所著有《浣花集》，其弟蔼尝为作序，今不存，姑缺之。既刻其集，又考得遗诗二篇，附后作《补遗》云。"是本与朱氏文房本行款全同，当必从之传录。藏印："覃溪"、"嘉兴方氏子怡珍藏"、"永祺鉴古"、"季直真赏"。③

11. 孙祖同（约1894—约1937）《虚静斋宋元明本书目》：

《浣花集》十卷《补遗》一卷。明正德朱子儋刻本，板匡左方有"江阴朱氏文房"六字。其《补遗》乃钞朱氏刻成后补入者。收藏有"叶氏篆竹堂藏书"朱文圆印、"静补斋"朱文长方印。

笔者按：江标（1860—1899）《宋元本书行格表》卷上有关于《浣花集》的著录文字，这些著录文字既不是序跋，又不是藏书家目录书的著录文字，按道理不需要辑录，但是，这些著录文字对了解《浣花集》的版本有用处，故抄录如下："宋堑《浣花集》，行十八字。存卷四至十，前三卷系黄荛翁以影宋本钞补。宋讳有缺、不缺，南宋书棚本。《仪顾堂续跋》，又见《皕宋楼藏书志》。"④

（五）前蜀国唐求集部著作序跋文字辑录（共10篇）

第1篇：北宋黄休复《茅亭客话》关于唐求的一条记载：

茅亭客话

①　中华书局编辑部编：《宋元明清书目题跋丛刊》（全19册），中华书局2006年版，第9册，第700—701页。

②　中华书局编辑部编：《宋元明清书目题跋丛刊》（全19册），中华书局2006年版，第14册，第327页。

③　张人凤：《张元济古籍书目序跋汇编》，商务印书馆2003年版，中册，第673页。

④　（五代）韦庄著，聂安福笺注：《韦庄词笺注》，上海古籍出版社2002年版，第488页。

味江山人

唐末蜀州青城县味江山人唐求，至性纯悫，笃好雅道，放旷疏逸，几乎方外之士也。每入市，骑一青牛，至暮醺酣而归。非其类，不与之交。或吟或咏，有所得，则将稿撚为丸，内于大瓢中，二十余年，莫知其数，亦不复吟咏。其赠送寄别之诗，布于人口。暮年因卧病，索瓢致于江中，曰："斯文苟不沉没于水，后之人得者，方知我苦心尔。"漂至新渠江口，有识者云："唐山人诗瓢也。"探得之，已遭漂润损坏，十得其二三，凡三十余篇，行于世。《题郑处士隐居》云："闻说最清旷，及来愁已空。数点石泉雨，一溪霜叶风。业在有山处，道成无事中。酌尽一樽酒，病夫颜亦红。"《赠行如上人》云："不知名利苦，念佛老岷汜。补衲（笔者按：'补衲'，影印文渊四库全书本、《全唐诗》作'衲补'）云千片，香焚篆一窠。恋山人事少，怜客道心多。日日斋钟后，高悬滤水罗。"《题青城山范贤观》云："数里缘山不厌难，为寻真诀问黄冠。苔铺翠点仙桥滑，松织香梢古道寒。昼傍绿畦锄（笔者按：'锄'，《全唐诗》作'薅'）嫩玉，夜开红灶撚新丹。钟声已断泉声在，风动瑶花月满坛。"《赠僧》云："曾闻半偈雪山中，贝叶翻时理尽通。般若常添持戒力，药叉（笔者按：'药叉'，《全唐诗》作'落叉'）谁算念经功。云开晓月应难染，海上孤舟自任风。长说满庭花色好，一枝红是一枝空。"（笔者按：《赠僧》，《全唐诗》卷七二四作《赠楚公》）夫草泽间有隐逸得志者，以经籍自娱，诗酒怡情，不耀文彩，不扬姓名。其趋附苟且，得无愧赧唐山人乎？

——《唐求诗集》之宋刻本卷尾第一则

笔者按：第一，《唐求诗集》之宋刻本被影印收入《续修四库全书》第1313册。第二，此则记载又见《茅亭客话》卷三。按照本《十国文人集部著作序跋文字辑录》的体例，《茅亭客话》"味江山人"关于唐求的记载属于唐求传记的内容，不应收录，但是，此条记载被黄丕烈亲书于宋刻本《唐求诗集》卷尾，已具有题跋的性质，故收录之。第三，《茅亭客话》十卷，北宋黄休复撰，《四库全书》中有此书。

第2篇：明代吕潜（1621—1706）序唐球诗

世称唐山人诗瓢，第谓隐居独善者流耳。以余观其行事，固介然节义士也……盖山人生唐末，不屈志权帅，亮节高风，可干霄汉。其之于诗，精灵炳朗，不□□□□，有如斯也。今读其诗，仅三十余首，苍劲闲逸，犹可想见其人。（《十三唐人诗·唐球诗吕潜序》）

——陈伯海主编《唐诗汇评》第1986页

笔者按：上述吕潜序中的省略号，可能是《唐诗品汇》一书抄录时的省略。吕潜这篇序难以找到，得此残篇，亦可宝重。

第 3 篇：1764 年李宏信跋《唐求诗》一卷之清人影宋抄本

甲申（1764）十二月十七日立春，从新浔周香岩藏钱遵王宋本校，款行金同。柯溪记。

——《唐求诗》一卷之清人影宋抄本卷尾第二则

笔者按：第一，《唐求诗》一卷之清人影宋抄本，今藏北京大学图书馆，书号为 2064。第二，卷尾第一则为"泰兴季振宜沧苇氏珍藏"题记，此题记下一方印曰："季振宜藏书。"第三，李宏信（1737—1816），字柯溪，浙江萧山柯山人。清藏书家，藏书印有"小李山房图籍"、"柯溪藏书"、"宏信私印"、"小李山房"等。

第 4 篇：1803 年黄丕烈（1763—1825）跋《唐求诗集》

此宋刻《唐求诗集》，与宋刻《茅亭客话》同得于友人顾千里所，云是桐乡金谔岩家物，而散入他人手者也，从前诸藏书家目录不多见，惟《延令季氏书目》于《唐诗八家》条下列其名。今卷中有"季振宜字诜兮号沧苇"一印、"季振宜藏书"印；又有"泰兴季振宜沧苇氏珍藏"墨书一行，其即《延令季氏书目》中物无疑。卷端有长方印甚古，惜其文莫辨，似三字，仅末"山"字可识，此外如"危氏太仆与之印"、"陶庐"、"顾湄之印"，共四印，皆表表可见者，惟"紫薇馆印"，不知谁氏。通卷仅八叶，而收藏自元明以来，皆知宝贵，宜其珍秘若斯。余检《书录解题》，载《唐求诗》一卷，云"唐唐求撰，与顾非熊同时，《艺文志》不载。"又检《茅亭诗话》，卷第三有"味江山人"一条，即论唐求事，爰影写宋板二十六行（笔者按："二十六行"前，《订补海源阁书目五种》衍一"之"字），附于此集后，非但可以考见其事迹，且所载诗与此集间有异同，可以辨证，则此集之与《茅亭客话》必偕来者，岂非奇之又奇乎？嘉庆癸亥（1803）七月白露后一日，荛翁黄丕烈（1763—1825）书于百宋一廛。

——《唐求诗集》之宋刻本卷尾第二则

笔者按：黄丕烈此跋写于"泰兴季振宜沧苇氏珍藏"之宋刻本《唐求诗集》一卷上。

第 5 篇：1803 年黄丕烈（1763—1825）二跋《唐求诗集》

越日余友洞庭钮非石过访，出示此书，云长方印文是"鹿顶山"三字，记以俟考。

——《唐求诗集》之宋刻本卷尾第三则

笔者按：第一，黄丕烈此第二则跋语在第一则跋语末尾，且双行题写。第二，此跋结束后另起一行有"士礼居命工重装"的单行小字，不知谁所写，录此备考。

第 6 篇：1803 年黄丕烈（1763—1825）三跋《唐求诗集》

十一月朔，往候海盐友人张芑塘。芑塘亦爱书好古，年已七旬，所见古书甚多，与长塘鲍渌饮相友善，于数年前曾得杨振武家书籍，内有宋刊《唐求诗集》，渌饮易去，未知今归何处，因余所好为宋本，故尔谈及，而不知此书之已为余有也，归而笔诸是集之副叶，以见古书源流，有不谋而相为印证者。荛翁。

——《唐求诗集》之宋刻本卷尾第四则

笔者按：以上黄丕烈三则跋语又见《古籍题跋辑抄》①。

第 7 篇：1861 年杨绍和跋《唐求诗集》

按：《唐山人集》一卷，《书录解题》云："与顾非熊同时，《艺文志》、《郡斋读书志》、《中兴书目》均不载。"《延令季氏宋板目》中载之，书仅八叶，计诗三十有五首，为南宋精椠，历经名贤珍弄，精雅绝伦。沧苇题款在卷末，《山居》一首上有校字小楷，亦沧苇手迹。外签，则顾氏南雅笔也。"鹿顶山"长印，予藏宋本《三礼图》中亦有之，或宋人印，若建安余氏造纸之有"勤有"印也。记以俟考。咸丰辛酉（1861）秋八月，聊城杨绍和识。

——《唐求诗集》一卷之海源阁丛书本卷尾第五则

笔者按：第一，《唐求诗集》一卷之海源阁丛书本，上海图书馆有藏，该馆著录此本为"咸丰影刻本"，影刻者为聊城杨氏，索书号为线普长90418，此影刻本正文末页下半页有三行字："泰兴季振宜沧苇氏珍藏"、"士礼居命工重装"、"聊城杨氏海源阁珍藏"，这就说明聊城杨氏的影刻是据有季振宜、顾纯、黄丕烈的题款、题字、跋语的宋刻本影刻的。第二，《唐求诗集》一卷之海源阁丛书本卷尾内容依次是《茅亭客话》之"味江山人"一条、黄丕烈三则跋语、杨绍和二则跋语。第三，杨绍和二则跋语在卷尾副叶，但是《订补海源阁书目五种》著录为"在福叶"②，"在福叶"，疑系"在副叶"之误。

第 8 篇：约 1861 年杨绍和又跋《唐求诗集》

此本与《韦苏州集》同一行式，皆临安府棚北大街睦亲坊南陈宅书籍铺刊行，所谓书棚本是也。《百宋一廛赋》著录有"鹿顶山"、"危氏太仆"、"紫薇馆印"、"季振宜字诜兮号沧苇"、"季振宜藏书"、"顾湄之印"、"陶庐"、"苣之印"、"广圻审定"、"士礼居"、"江夏丕烈"、"荛夫"、"老荛"、

---

① 国家图书馆编：《国家图书馆藏古籍题跋丛刊》（全 30 册），北京图书馆出版社 2002 年版，第21 册，第 5—7 页。

② 王绍曾、崔国光等整理订补：《订补海源阁书目五种》，齐鲁书社 2002 年版，第 254 页。

"有竹居"、"平江汪宪奎秋浦印记"、"宪奎"、"秋浦"、"汪士钟印"、"阆源真赏"、"平阳汪氏藏书印"各印记。

——《唐求诗集》一卷之海源阁丛书本卷尾第六则

笔者按：杨绍和此跋未署时间，因杨绍和上一则跋写于 1861 年，故暂定此跋写于"约 1861 年"，并置于上一则跋之后。

第 9 篇：1925 年陈畏跋《唐求诗》一卷之清人影宋抄本

乙丑（1925）初夏四月二十四日，从影宋本影录一过，晋江陈畏识于京师种双玉斋。

——《唐求诗》一卷清影宋抄本之民国间影抄本卷尾第三则

笔者按：第一，此本为陈畏于民国十四年（1925）据李宏信跋本影宋抄本再次影抄而成，今藏北京大学图书馆，书号为 SB·7953。第二，陈畏此影抄本卷尾第一则、第二则即清人影宋抄本卷尾的二则内容，即第一则为"泰兴季振宜沧苇氏珍藏"题记，第二则为李宏信跋。第三，陈畏此则跋语后有"共字一千七百七十四字"墨笔所写一行字。

第 10 篇：1925 年雷波跋《唐求诗》一卷之清人影宋抄本

景宋本唐求诗（笔者按：字体较大）。一卷，共八叶，陈平叔兄手景写。乙丑（1925）四月廿四日，雷波记于京师崇内草厂种双玉斋北窗（笔者按：字体较小）。

——《唐求诗》一卷清影宋抄本之民国间影抄本封面题字

笔者按：北京大学图书馆藏民国十四年（1925）陈畏影抄本《唐求诗》一卷（系据清人之影宋抄本再次影抄而成）用 1925 年 5 月 2 日星期六（旧历乙丑四月初十日）的《申报》包裹起来做封面封底，雷波此跋即在该份《申报》封面上。

（六）前蜀国唐求集部著作著录文字辑录

1.（宋）尤袤《遂初堂书目》"别集类"：

《唐求集》。

2.（宋）陈振孙《直斋书录解题》卷十九"诗集类上"：

《唐求集》一卷。唐唐求撰。与顾非熊同时，《艺文志》不载。

3.（元）马端临《文献通考》卷二百四十三"集·诗集"：

《唐求集》一卷。陈氏曰："……"（笔者按：同上，故省略）。

4.（清）马国翰（1794—1857）《玉函山房藏书簿录》卷十九第十六页：

《唐球诗》一卷。唐处士唐球撰，一作唐求，隐居蜀山中为诗，捻藁为团，纳之大瓢中。卧病，投瓢于江，曰："斯文苟不沉没，得者方知吾苦心尔。"至新渠，有识者曰："此唐山人瓢也。"接得之二三。有遂宁吕潜序。①

笔者按：吕潜序，今未见。

5.（清）杨绍和《楹书隅录》卷四：

宋本《唐求诗集》一卷一册。

泰兴季振宜沧苇氏珍藏。（在卷尾）

……（笔者按：省略者为黄丕烈三跋和杨绍何二跋，此五跋前文已录。）②

笔者按：据王绍曾《〈楹书隅录〉订补缘起》知，《楹书隅录》成书于同治八年（1869）。③

6. 缪荃孙《艺风藏书再续记》宋刻本第一：

唐球诗一卷（宋刻本）

唐人撰。宋刻本。每半叶十行行十一字，口上署"唐球诗"三字，有"危氏太仆"朱文方印、"季振宜印"朱文方印、"季振宜字诜兮号沧苇"朱文方印。④

笔者按：危素（1303—1372），元明间江西金溪人，字太仆，一字云林，江西临川或者金溪人。⑤

（七）前蜀国张蟾集部著作序跋文字辑录（共8篇）

第1篇：佚名《张象文传》

张象文传

张蟾，字象文，贝州清河人，为时名族，世多显达。蟾生而秀颖，幼即能诗。其《登单于台》云："白日地中出，黄河天上来。"世称佳句，知名于时。与张乔、许棠、喻坦之、剧燕、任涛、吴宰、周繇、郑谷、李栖远、温宪、李昌符等，以文名相友，时都官员外郎李频，推骚雅宗师，咸通（860—874）末，主京兆解试，诸人以次得解，一时盛传，谓之"十哲"。后蟾于昭宗乾宁二年（895）举进士第，授校书郎，出尉栎阳，转犀浦令。天下扰乱，避地入蜀，以俟时平。后梁篡唐，亡于蜀，蟾亦拜膳部员外郎。值蜀主王衍与母徐氏游大慈寺，见壁间题云"墙头细雨垂纤草，水面回风聚落花"，问寺僧，僧以

---

① 中华书局编辑部编：《宋元明清书目题跋丛刊》（全19册），中华书局2006年版，第18册，第428页。

② 王绍曾、崔国光等整理订补：《订补海源阁书目五种》，齐鲁书社2002年版，第253—254页。

③ 同上书，第3页。

④ 中华书局编辑部编：《宋元明清书目题跋丛刊》（全19册），中华书局2006年版，第14册，第364页。

⑤ 张㧑之、沈起炜、刘德重主编：《中国历代人名大辞典》，上海古籍出版社1999年版，第605页。

蟾对，乃召蟾，赐霞光笺，令写诗以进。蟾进二百首，衍善而重之，特诏为知诏诰，而宦者宋光嗣以谗言阻之，止赐白金。时衍荒淫，委政光嗣，方纳贿卖官，恐逆己，而见抑如此，后竟未大进用，出为金堂令，卒，有集三卷传世。

赞曰：读张象文诗，明秀之才，一时罕俪，生非其时，遭乱入蜀，其有慕于杜少陵之风乎？必唐亡而始事王建，大节分明矣。王衍雅爱其诗，而以清华见擢，亦展布之机也，无奈佞人所沮，惜哉。然在唐末诗人，亦卓然当表出者也。

——《张象文诗集》之清抄本卷首第二则

笔者按：《张象文诗集》之清抄本，《续修四库全书》第1313册有影印本（系从北京大学图书馆藏清抄本影印），卷首第一则为《张象文诗集目录》，第二则为此《张象文传》，此传不见于正史或《十国春秋》等载籍中，不知此传得自何处，作者为谁，录此备考。

第2篇：1631年明叶奕跋

崇祯四年辛未（1631）十月，舅氏伯仁从柳大中钞本为余印写，校时改正十字，十三日夜，叶奕记于南坛之书室。

——《张蠙诗集》之明抄本卷尾

笔者按：第一，《张蠙诗集》之明抄本，上海图书馆有藏，索书号为793986A。第二，此跋后有一朱方印，曰"林宗"。上海图书馆著录云有印"林宗"、"义门小史"、"白洪屠钟"、"树莲居士"、"吴兴刘氏嘉业堂藏书记"。

第3篇：约1814年黄丕烈跋《张蠙集》一卷（校旧抄本）

蠙字象文，清河人也。乾宁二年（895）赵观文榜进士及第，释褐为校书郎，调栎阳尉，迁犀浦令。伪蜀王建开国，拜膳部员外郎，后为金堂令。王衍与徐后游大慈寺，见壁间题"墙头细雨垂纤草，水面回风聚落花"，爱赏久之，问谁作，左右以蠙对，因给礼，令以诗进，蠙上二篇，衍尤待重，将召掌制诰，朱光嗣（笔者按："朱光嗣"应作"宋光嗣"）以其轻傲驸马，宣疏之（笔者按："宣疏之"之"宣"，今中华书局本《唐才子传》卷十作"宜"），止赐白金千两而已。蠙生而秀颖，幼能为诗，登单于台，有"白日地中出，黄河天上来"句，由是知名。初以家贫累下第，留滞长安，赋诗"月里路从何处上，江边身自几时归。十年九陌寒风夜，梦扫芦花絮客衣"。主司知为非滥成名。余诗皆佳，各有意度，过人远矣。诗集二卷，今传。右录日本刻《唐才子传》一则，见第十卷。

——《张蠙集》一卷之校旧抄本卷首

笔者按：此则跋语和黄丕烈如下四则跋语均得自《荛圃藏书题识》卷七

第52页至第53页①，笔者在国家图书馆、上海图书馆等藏书单位所见《张蠙诗集》均未有黄丕烈跋，不知有黄丕烈跋的《张蠙集》今藏何处，录此备考。

第4篇：1814年黄丕烈二跋《张蠙集》一卷（校旧抄本）

睡早晓不寐，凉新晨更宜。挑灯还独坐，展卷且吟诗。细雨闻空滴，狂风任乱吹。旱荒虽可虑，我自作书痴。甲戌（1814）六月，亢旱之至。近有江湖人谢姓，当道延之祈雨。自斯人登台作法，风雨际会，而雨独微。热去凉生，颇宜读书，因赋此。复翁。

——《张蠙集》一卷之校旧抄本卷首

第5篇：1814年黄丕烈三跋《张蠙集》一卷（校旧抄本）

甲戌（1814）六月，闻顾竹君家遗书散出，有旧钞唐人小集数十种在友人处，因寻迹获见，遂借归录其目。内余家所无者，一二种而已。此集向无旧刻覆校，卷中墨校出于耿菴，朱校出于义门，并多以意改正。兹取顾本校之，大有佳处，识于上下方，用小圈记出者，顾本所独，似较胜也。复翁。

——《张蠙集》一卷之校旧抄本卷末

笔者按：金俊明（1602—1675），原名衮，字九章，更今名，字孝章，吴民称孝章先生，号耿菴，别署不寐道人，门人私谥贞孝先生。江苏吴县人。金侃之父。《铁琴铜剑楼书目》有其《张蠙诗集》。藏印有"俊明明怀"、"不寐道人"、"耿菴"等。②

第6篇：1814年黄丕烈四跋《张蠙集》一卷（校旧抄本）

顾本廿行十八字，当即书棚本。盖余所见宋刻唐人小集皆如是也。

——《张蠙集》一卷之校旧抄本卷末

第7篇：1814年黄丕烈五跋《张蠙集》一卷（校旧抄本）

《张蠙集》以旧钞本校。甲戌（1814）六月十有二日。

——《张蠙集》一卷之校旧抄本册面

笔者按："册面"，疑为"侧面"，但是，书的"册面"或"侧面"所指为何，均费解。

第8篇：瞿镛（约1800—1864）跋

《张蠙诗集》一卷（旧抄本）

按：《唐才子传》：蠙字象文，清河人。乾宁二年（895）赵观文榜进士及第，为校书郎，调栎阳尉，迁犀浦令。蜀王建开国，为膳部员外郎，复为金堂

---

① 中华书局编辑部编：《宋元明清书目题跋丛刊》（全19册），中华书局2006年版，第13册，第167—168页。

② 郑伟章：《文献家通考》（清—现代），中华书局1999年版，第22—23页。

令，有诗集二卷。此从宋本写出，止有一卷。卷末有"临安府棚北大街睦亲坊南陈宅书籍铺印"一行，黄丈尧圃云："书棚本皆廿行，行十八字，所见宋刻唐人小集皆如是。"旧为金孝章藏本，义门何氏得之，复以宋本校过（册首有"俊明明怀"、"不寐道人"二朱记）。

——《张蠙诗集》一卷旧抄本

笔者按：此跋得自《铁琴铜剑楼藏书目录》卷十九第五十页①，笔者所见《张蠙诗集》诸本无此跋，不知《张蠙诗集》之有此跋者今在何处，录此备考。

（八）前蜀国张蠙集部著作著录文字辑录

1.（宋）王尧臣等《崇文总目》卷十二"别集四"：

《张蠙诗》一卷。

2.（宋）欧阳修等《新唐书》卷六十"别集类"：

《张蠙诗集》二卷（字象文）。

3.（宋）郑樵《通志》卷七十"别集五·别集诗"：

《张蠙诗集》二卷。

4.（宋）晁公武《郡斋读书志》卷四中"别集类中"：

《张蠙诗》一卷。右伪蜀张蠙，字象文，清河人。唐乾宁（894—898）中进士，为校书郎、栎阳尉、犀浦令。建开国，拜膳部员外郎，后为金堂令。王衍与徐后游大慈寺，见壁间"墙头细雨垂纤草，水面回风聚落花"。爱之。问之。云："蠙句。"给札，令以诗进。蠙以二百首献。衍重之，将召为知制诰。宋光嗣以其轻傲，止赐白金而已。蠙生而颖秀，幼能为诗，作《登单于台》，有"白日地中出，黄河天外来"之句，为世所称。

5.（宋）尤袤《遂初堂书目》"别集类"：

《张蠙集》。

6.（宋）陈振孙《直斋书录解题》卷十九"诗集类上"：

《张蠙集》一卷。唐张蠙象文撰。乾宁二年（895）进士。

7.（元）马端临《文献通考》卷二百四十三"集·诗集"：

《张蠙诗》一卷。晁氏曰："……"笔者按：晁公武的话，上已引，故省略。

8.（元）脱脱等《宋史》卷二百八"别集类"：

《张蠙诗》一卷。

---

① 中华书局编辑部编：《宋元明清书目题跋丛刊》（全19册），中华书局2006年版，第10册，第293页。

（九）前蜀国杜光庭集部著作序跋文字辑录（共5篇）

笔者按：影印文渊阁四库全书本《广成集》著录作者云"后蜀杜光庭"，但是杜光庭（850—933）卒于933年，而孟知祥开后蜀国为934年，故还是将杜光庭视为前蜀国文人为宜。

第1篇：佚名跋《广成集》十二卷之明抄本

杜光庭，字圣宾，号东瀛子，或云括苍人，为时巨儒。唐懿宗朝，与郑云叟赋万言，不遂，入道事天台山应夷节。尝谓道法科教，自汉天师暨陆修静撰集以来，岁月绵邈，几将废堕，遂考真诰条例始末，故天下羽褐永远受其赐。郑畋荐其文于朝，僖宗召见，赐以紫服象简，充麟德殿文章应制，为道门领袖，当时推服。中和（881—885）初，从驾兴元道游西县，适遇术士陈七子（名休复）（笔者按："名休复"三字，可能是注释语，应当置于括号中），洒然异之，披榛穴地，取瓢酒酌之，曰："以此换子五脏尔。"游成都，喜青城山白云溪气象盘礴，遂结茅居之。溪盖薛昌真人飞升之地也。一日，忽谓门人曰："吾昨梦朝上帝，以吾作岷峨主司，恐不久于世。"时后唐庄宗长兴四年（933）（笔者按："长兴"为后唐明宗李亶年号，非后唐庄宗李存勖年号），年八十四岁。一旦披法服，作礼辞天，升堂趺坐而化，颜色温晬，死若其生，异香满室，久之乃散。蜀主王建初欲大用之，为张浴所沮，赐号"广德先生"，又欲优于名秩，以为谏议大夫，封蔡国公，进号"广成先生"。

——《广成集》十二卷之明抄本卷尾

笔者按：第一，《广成集》十二卷之明抄本，国家图书馆有藏，索书号为07016。下文不再注明此本之藏地和索书号。第二，此跋末页左下有三印，第一印为长方印，曰"稽瑞楼"，第二印亦为长方印，曰"铁琴铜剑楼"，第三印为方印，曰"北京图书馆藏"。第三，《广成集》十二卷明抄本卷尾此跋与正文内容字迹完全相同，当为同一人，不知道是不是毛晋。第四，此跋被收入清陆心源（1834—1894）《皕宋楼藏书志》卷七十一第二十页至第二十一页，注云："《广成集》十二卷（旧抄本）。唐杜光庭撰。无名氏序曰。"[1] 可见，陆心源亦不知此跋为谁所作。第五，此跋又见于《广成集》十二卷之影印文津阁四库全书本卷尾，影印文津阁四库全书本《广成集》十二卷写毕上进的时间是乾陵四十九年（1784），可见，此跋最晚1784年已经写好，只是作者是谁，仍然是个谜。

---

[1] 中华书局编辑部编：《宋元明清书目题跋丛刊》（全19册），中华书局2006年版，第8册，第811—812页。

第2篇：1778 年四库馆臣跋《广成集》十二卷之影印文渊阁四库全书本

臣等谨按：《广成集》十二卷，蜀杜光庭撰。光庭以道士事后蜀王建、王衍，赐号"广成先生"，后归隐青城山，年八十五（笔者按：应该"八十四"）乃卒。所著《洞天福地记》、《道教灵验记》、《墉城集仙录》、《神仙感遇传》，俱别著录"道家类"中（笔者按：自"光庭以道士事后蜀王建王衍"至"俱别著录道家类中"止，《四库总目》无，而代之以"光庭有《了证歌》，已著录"），《宋史·艺文志》载光庭"《广成集》一百卷"，又"《壶中集》三卷"，《通志·艺文略》载"《光庭集》三十卷"，今此本十二卷，仅表及斋醮文二体。《十国春秋》所载《序毛仙翁略文》一篇，又《泸洲刘真人碑记》、《青城县重修冲妙观碑记》、《云升宫广云外尊师碑记》、《三学山功德碑文》诸目皆不在集中，盖残缺之余，已非完本也。考《通鉴》载蜀主以光庭为谏议大夫，而集有《谢除户部侍郎表》，史并不言其为此官。又考（笔者按：《四库总目》无"考"字）《通鉴》载王宗绾取宝鸡、岐，保胜节度使李继岌降，复姓名为桑宏志，而集中《贺收复陇州表》，称"节度使桑简以手下兵士归降"，是宏志又名简，而史不之及。又有《贺太阳当亏不亏表》称"今月一日丁未巳时，太阳合亏于轸十一度"，今以史志核之，蜀高祖永平元年（911）正月丁亥朔、后主乾德三年（921）六月乙卯朔、五年（923）十月辛未朔，皆当日食，而独无丁未日。蜀用胡秀林《永昌历》，或其法与中国不同，是可以备参考。又，其在唐末时所为王建作醮词（笔者按："所为王建作醮词"七字后、"有称太师者"五字前，《四库总目》有"有称川主相公者，有称司徒者，有称蜀王者"），有称"太师"者。考之于史，建以西川节度同平章事、守司徒、封蜀王，一一皆合，而独失载其太师之号。又有称"汉州尚书王宗夔"、"镇江侍中王宗黯"者，二人皆王建养子，《十国春秋》具详其官，而独不纪其尝为汉州刺史、镇江军节度使。又有《越国夫人为都统宗侃还愿词》，称"俯迫孤城，遽淹旬月，俄闻（笔者按：'闻'，《四库总目》作'开'，是。）壁垒，大破凶狂，成扫荡之功，副圣明之奖"云云，而史载王宗侃为北路行营都统，伐岐青泥岭（笔者按："岭"，《四库总目》作"镇"）之战，侃兵大败，为蜀主所责，无功而还，与所言亦（笔者按：《四库总目》无"亦"字）全不相合（笔者按：自"又其在唐末时所为王建作醮词"至"与所言亦全不相合"止，影印文津阁四库全书本《提要》无）。光庭骈偶之文词颇赡丽，而多涉其教中荒诞之说，不能悉轨于正，独是（笔者按：《四库总目》无"是"字）五季文字缺略，集中所存，足与正史互证者尚多，故具录之，以为稽考同异之助焉（笔者按：《四库总目》至"同异之助焉"结束）。乾隆四十三年（1778）五月恭校上，总纂官臣纪昀，臣陆锡熊，臣孙士毅，总校官臣陆费墀。

——《广成集》十二卷之影印文渊阁四库全书本卷首

笔者按：第一，《广成集》十二卷之影印文渊阁四库全书本，在《文渊阁四库全书》第1084册。第二，《广成集》十二卷之影印文津阁四库全书本卷首《提要》末尾署时间为"乾隆四十九年（1784）八月恭校上"。第三，此四库馆臣跋《广成集》十二卷，实际即四库馆臣为《广成集》十二卷所写之《提要》。

第3篇：1783年彭元瑞（1731—1803）跋《广成集》十七卷之清抄本

杜光庭《广成集》十七卷在道藏中，虽多斋醮之词，然颇足考见王蜀时事，予方撰《五代史记注》，向姑苏元妙观借钞之。十国诸人著述，今存者吴越罗隐、闽黄滔、南汉王定保、荆南孙光宪与光庭此集而已。癸卯（1783）重阳前三日，芸楣。

——《广成集》十七卷之清知圣道斋抄本卷首

笔者按：《广成集》十七卷之清知圣道斋抄本，上海图书馆有藏，索书号线善831940—41，彭元瑞此跋题写于《广成集》十二卷卷首空白衬纸上，为朱笔所写，共四行半。

第4篇：可能清丁丙跋《广成集》十七卷（旧抄本）

《广成集》十七卷（旧抄本）。上都太清宫内供奉应制文章大德赐紫杜光庭撰。光庭字宾圣，长安人，僖宗时应九经，举不第，尝从道士潘尊师游，会僖宗求可领蜀中道教者，潘荐光庭，遂奉诏披戴，赐号"广成先生"。按，朱子《通监纲目》书王建以道士杜光庭为谏议大夫，今集中又有《谢户部侍郎表》，先则由儒入道，继则由道而仕。《宋·艺文志》："《广成集》一百卷。"岂合《道教灵验记》十五卷、《神仙感遇传》五卷、《墉城集仙录》六卷、《洞天福地岳渎名山记》一卷而言耶？《通志·艺文略》集作三十卷，四库收十二卷，此钞本十七卷，殆出自道藏者。前三卷表文，后皆斋醮之词。文颇赡丽，虽多神怪之说，亦彼教中自有之典要也。

——《广成集》十七卷之旧抄本

笔者按：此跋得自清丁丙（1832—1899）《善本书室藏书志》卷二十五第二十二—第二十三页。①

第5篇：1815年黄丕烈跋《广成集》十二卷之旧抄本

此书向藏五砚楼，校近钞本，多《莫廷乂周天醮词》一篇、《请不赴山陵

---

① 中华书局编辑部编：《宋元明清书目题跋丛刊》（全19册），中华书局2006年版，第9册，第700—701页。

表》一章。余家藏有曝书亭藏钞本，校之，正讹五十余字，善本也。汲古阁毛氏所藏，毋忽视之。乙亥（1815）秋七月，荛夫。

——《广成集》十二卷之旧抄本

　　笔者按：此跋得自《荛圃藏书题识续编》卷三第八至第九页。[①] 又，《广成集》卷六有《莫庭乂为川主修周天醮词》、卷十有《莫庭乂青城甲申本命周天醮词》，不知黄丕烈所说的《莫廷乂周天醮词》为哪一篇，存此备考。《请不赴山陵表》一章在《广成集》卷三。

　　（十）前蜀国杜光庭集部著作著录文字辑录

　　1.（宋）王尧臣等《崇文总目》：

　　卷五"小说类"云："《三教论》一卷。"

　　卷十一"别集二"云："《杜光庭集》三十卷。"

　　笔者按：《崇文总目》列《三教论》为"小说类"，但《宋史》归入"别集类"，故著录。

　　2.（宋）郑樵《通志》：

　　卷六十七"道家二·书"云："《广成集》五十四卷。"

　　卷七十一"别集五·伪朝"云："《杜光庭集》三十卷。"

　　3.（宋）尤袤《遂初堂书目》"道家类"：

　　杜光庭《大宝论》。

　　4.（元）脱脱等《宋史》：

　　卷二百八"别集类"云："杜光庭《广成集》一百卷，又《壶中集》三卷。……杜光庭《三教论》一卷，《大宝论》一卷。"

　　5.（清）永瑢等《四库全书总目》卷一百五十一：

　　《广成集》十二卷（浙江汪汝瑮家藏本）。蜀杜光庭撰，光庭有《了证歌》，已著录。[②]

　　笔者按：《广成集》十二卷此《提要》上文序跋文字辑录已收（第2篇），故省略。

　　6.（清）瞿镛《铁琴铜剑楼藏书目录》卷十九第五十二页至第五十三页：

　　《广成集》十二卷（旧钞本）。蜀杜光庭撰。后有无名氏作《光庭传》一

---

　　① 中华书局编辑部编：《宋元明清书目题跋丛刊》（全19册），中华书局2006年版，第13册，第317—318页。

　　② （清）永瑢等撰：《四库全书总目》（200卷），中华书局1965年版，卷151，第1304—1305页。

篇。汲古阁钞本（卷首有"毛晋私印"、"字子晋"二朱记）。①

　　7.《古籍题跋辑抄》：

　　《新刊广成先生玉函经》二卷。

　　杜光庭撰。黎民寿注。每半板高六寸，幅三寸八分，十二行，行廿三字。按：又有顺治（1644—1661）中程林较刊（笔者按："较"当作"校"），崔嘉彦注本，然系全袭民寿注，托名嘉彦者，又，《孙氏祠堂书目》影写宋本一卷，当是黎氏原本（《经籍访古志》）。②

　　笔者按：不知《古籍题跋辑抄》的编纂者为谁。

---

　　① 中华书局编辑部编：《宋元明清书目题跋丛刊》（全19册），中华书局2006年版，第10册，第292—293页。

　　② 中华书局编辑部编：《宋元明清书目题跋丛刊》（全19册），中华书局2006年版，第20册，第491页。

第四章　后蜀国文人集部著作序跋文字和著录文字辑录

（一）后蜀国《花间集》序跋文字辑录（共 30 篇）

第 1 篇：940 年后蜀国欧阳炯序《花间集》十卷

《花间集》序

武德军节度判官欧阳炯撰

镂玉雕琼，拟化工而迥巧；裁花剪叶，夺春艳以争鲜。是以唱云谣则金母词清，挹霞醴则穆王心醉。名高白雪，声声而自合鸾歌；响遏青云，字字而偏协风律。杨柳大堤之句，乐府相传；芙蓉曲渚之篇，豪家自制。莫不争高门下，三千玳瑁之簪；竞富樽前，数十珊瑚之树。则有绮筵公子，绣幌佳人，递叶叶之花笺，文抽丽锦；举纤纤之玉指，拍按香檀。不无清绝之辞，用助娇娆之态。自南朝之宫体，扇北里之倡风。何止言之不文，所谓秀而不实。有唐已降，率土之滨，家家之香径春风，宁寻越艳；处处之红楼夜月，自锁常娥。在明皇朝，则有李太白应制《清平乐》词四首，近代温飞卿复有《金荃集》。迩来作者，无愧前人。今卫尉少卿，字弘基，以拾翠洲边，自得羽毛之异；织绡泉底，独殊机杼之功。广会众宾，时延佳论。因集近来诗客曲子词五百首，分为十卷。目炯粗预知音，辱请命题，仍为序引。昔郢人有歌阳春者，号为绝唱，乃命之为《花间集》。庶以阳春之甲，将使西园英哲，用资羽盖之欢；南国婵娟，休唱莲舟之引。时大蜀广政三年（940）夏四月日序。

——《花间集》十卷之光绪十四年（1888）徐幹重刻本卷首第一则

笔者按：《花间集》十卷之光绪十四年（1888）徐幹重刻本，系据宋济阳晁氏绍兴十八年（1148）刻本重新刊刻，上海图书馆有藏，索书号为线普292888—927，此本被影印收入《丛书集成续编》第 161 册（上海书店出版社1994 年出版），属常见易得之本，下文不再注明藏地和索书号。

第 2 篇：1148 年晁谦之跋《花间集》十卷

右《花间集》十卷，皆唐末才士长短句，情真而调逸，思深而言婉。嗟乎，虽文之靡，无补于世，亦可谓工矣。建康旧有本，比得往年例卷犹载郡将监司僚幕之行，有《六朝实录》与《花间集》之赆。又他处本皆讹舛，乃是正而复刊，聊以存旧事云。绍兴十八年（1148）二月二日，济阳晁谦之题。

第三叶"钿匣舞鸾"前，晁本原有"其二"二字一行，今脱。徐幹识。

—— 《花间集》十卷之光绪十四年（1888）徐幹重刻本卷尾第一则

第 3 篇：约 1205 年陆游跋《浣花集》十卷

《花间集》皆唐末五代时人作。方斯时，天下岌岌，生民救死不暇，士大夫乃流宕如此，可叹也哉？或者出于无聊故邪？笠泽翁书。

—— 《花间集》十卷之影印文渊阁四库全书本卷十末尾第一则

笔者按：第一，下一则跋语系陆游 1205 年所写，故暂且认定此则跋语也写于 1205 年。第二，注意，《花间集》十卷之"卷十末尾"不是卷尾，"卷十末尾"的内容还在卷十，"卷尾"的内容在"卷十"之后。

第 4 篇：1205 年陆游（1125—1210）又跋《花间集》十卷

唐自大中（847—860）后，诗家日趣浅薄，其间杰出者，亦不复有前辈闳妙浑厚之作，久而自厌，然梏于俗尚，不能拔出。会有倚声作词者，本欲酒间易晓，颇摆落故态，适与六朝跌宕意气差近，此集所载是也。故历唐季五代，诗愈卑而倚声者辄简古可爱。盖天宝（742—756）以后诗人，常恨文不迨。大中以后，诗衰而倚声作，使诸人以其所长格力施于所短，则后世孰得而议，笔墨驰骋，则一能此不能彼，未易以理推也。开禧元年（1205）十二月乙卯，务观东篱书。

—— 《花间集》十卷之影印文渊阁四库全书本卷十末尾第二则

第 5 篇：姚舜牧（1543—1627）跋《花间集》

题《花间集》

《花间集》，乃大蜀广政年间卫尉少卿字弘基者所集，载在唐欧阳炯者甚详，与《草堂诗余》并传。顾《草堂诗余》刻广而传之者众，《花间集》似少有闻也。然读其词，率多小令，乃纤纤而刺人骨，翩翩而令人舞，靡靡而使人忘旧。岂声肯之感人，自有不可废者哉？三百变而骚赋，骚赋变而古乐府，古乐府变而辞，辞变而曲，抑时□然也。虽欲使还为古，何可得也？况郑声之淫，卫音之荡，齐音之敖辟骄志，即古亦有不能挽者，奈之何其责于辞？读其辞以愉快吾心，不溺其辞以持正吾志，斯两得之矣。《花间》也，《草堂》也，即古《三百》之遗也。吾老矣，偶览此帙而把玩焉，知其亦可传也，遂书以题其首。

—— 明姚舜牧《来恩草堂》（明刻本）卷一

笔者按：姚舜牧（1543—1627），字虞佐，一字承庵（一说号承庵），浙江乌程人，明朝官员、学者。

第6篇：毛晋跋《花间集》十卷

据陈氏云："《花间集》十卷，自温飞卿而下十八人，凡五百首。"今逸其二，已不可考。近来坊刻，往往谬其姓氏，续其卷帙，大非赵宏基氏本来面目。余家藏宋刻，前有欧阳炯序，后有陆放翁二跋，真完璧也。但李翰林《菩萨蛮》、《忆秦娥》及南唐二主冯延巳诸篇，俱未入选，不无遗珠之憾云。隐湖毛晋识。

——《花间集》十卷之影印文渊阁四库全书本卷十末尾第三则

第7篇：毛晋又跋《花间集》十卷

近来填词家辄效颦柳屯田，作闺帏秽媟之语，无论笔墨劝淫，应堕犁舌地狱，于纸窗竹屋间，令人掩鼻而过，不惭惶无地邪？若彼白眼骂坐，臧否人物，自托辛稼轩后身者。譬如雷大起舞，纵使极工，要非本色。张宛丘云："幽索如屈宋，悲壮如苏李，始可与言词也。"已矣，亟梓斯集，以为倚声填词之祖，但李翰林《菩萨蛮》、《忆秦娥》及南唐二主、冯延巳诸篇，俱未入选，不无遗珠之憾云。晋又识。

——《花间集》十卷之影印文渊阁四库全书本卷十末尾第四则

笔者按："雷大起"应为"雷大使"。

第8篇：1615年汤显祖跋《花间集》四卷

自三百篇降而骚赋，骚赋不便入乐，降而古乐府，乐府不入俗，降而以绝句为乐府，绝句少宛转，则又降而为词，故宋人遂以为词者，诗之余也。乃北地李□吉之言曰："诗至唐，古调亡矣，然自有唐，调可歌咏，犹足被管弦，宋人主理，不主调，于是唐调亦亡。"尝考唐调所始，必以李太白《菩萨蛮》、《忆秦娥》及杨用修所传其《清平乐》为开山，而陶弘景之《寒夜怨》、梁武帝之《江南弄》、陆瑗之《饮酒乐》、隋炀帝《望江南》，又为老祖开山。若唐宣宗所称'牡丹带露真珠颗'《菩萨蛮》一阕，又不知何时得于人，而其为《花间集》之先声，盖可知已。《花间集》久之其传正德初杨用修《游昭觉寺》寺故□民宣华宫故址，始得其本，行于南方。诗余流遍人间，枣梨充栋，而讥评赏鉴之者，亦复称是。不若留心《花间》者之寥寥也。余于《牡丹亭之梦》之暇，结习不忘试取而点次之、评骘之，期世之有志风雅者，与诗余互赏，而唐调之反，而乐府、而骚赋、而三百篇也。诗其不亡也夫，诗其不亡也夫。万历乙卯（1615）春又（笔者按：不知"春又"是何意），清远道人汤显祖题于玉茗堂。

——《花间集》四卷之明万历四十八年（1620）刻本卷首第二则

笔者按：第一，此书上海图书馆有藏，索书号为线善24444—47。第二，国家图书馆藏汤显祖评本《花间集》四卷明刻套印本（书号为18392）卷首第二则亦是此跋。第三，国家图书馆藏汤显祖评本《花间集》四卷明刻套印本封面"花间集"三字下有题字曰："甲寅三月收于都门。又尘。"甲寅年有无数个，例如 1914 年就是甲寅年，不知此"甲寅"年为哪一年，亦不知"又尘"为谁，录此备考。

第 9 篇：佚名跋《花间集》四卷

《花间集》者，额以温飞卿《菩萨蛮》十四首，而李翰林一首为词家鼻祖，以生不同时，不得例入。今读之，李如藐姑仙子，已脱尽人间烟火气，温如芙蕖浴碧，杨柳抱青，意中之意，言外之言，无不□隽而□人，珠璧相耀，正自不妨并美。

——《花间集》四卷之明刻套印本卷一首页天头上

第 10 篇：1620 年无暇道人跋《花间集》四卷

余自幼读经读史，至仁人孝子有被谗谤者，为之扼腕，辄欲手刃之而后称快焉。乃戊申（1608）秋，梁谿肆毒，爰及于余。余是以废举业，忘寝食，不复欲居人间世矣。摺绅同袍力解之弗得。忽一友出袖中二小书授余，曰："旦暮玩阅之，吟咏之，牢骚不平之气，庶几稍什其一二。"余视之，则杨升庵、汤海若两先生所批选《草堂诗余》、《花间集》也。于是散发披襟，遍历吴楚闽粤，间登山涉水，临风对月，靡不以此二书相校雠，始知宇宙之精英，人情之机巧，包括殆尽，而可兴、可观、可群、可怨，宁独在风雅乎？嗟嗟，风雅而下，一变为排律，再变为乐府、为弹词，若元人之《会真》、《琵琶》、《幽闺》、《秀襦》，非乐府中所称脍炙人口者，然亦不过撷拾二书之绪余云尔。乌足羡哉。乌足羡哉。时万历岁庚申（1620）菊月，苕上无瑕道人书于贝锦斋中。

——《花间集》之明刻套印本卷首第三则

笔者按：此跋后有一方印曰"成都李一氓"。

第 11 篇：清朱彝尊（1629—1709）跋《花间集》

书《花间集》后

《花间集》十卷，蜀卫尉少卿赵弘祚编，作者凡一十七人，蜀之士大夫外，有仕石晋者，有仕南唐、南汉者。方兵戈俶扰之会，道路梗塞，而词章乃得远播者，不以境外为嫌，人亦不之罪，可以见当日文网之疏矣。坊板讹字最多，至不能句读，此旧刻稍善，爰藏之而书其后。

——清朱彝尊《曝书亭集》（四部丛刊景清康熙本）卷四三

第 12 篇：方尔谦跋《花间集》二卷之明刻本

近人景刊淳熙本，行十七字，卷首□无结衔，末无晁氏跋，不但非此刻所祖之本，抑（笔者按："抑"，应作"亦"）且非石君所据校之本也。是书众人皆推绍兴本为最善，此刻正从之出，虽妄改卷第，终既经名人校勘，可贵矣。

——《花间集》二卷之明刻本第八页

　　笔者按：第一，《花间集》二卷之明刻本，上海图书馆有藏，索书号为线善829173—74。下文不再注明此本之藏地和索书号。第二，此跋为毛笔黑色字写，此毛笔又在下一页注"筐缺末笔，避宋太祖讳，此作筜（笔者按：缺末二笔），误。大方。"笔者按：可见这二跋皆为"大方"所写。"大方"是方尔谦的号。方尔谦（1871—1936），字地山，号大方，又号无隅，江苏扬州人，晚年客居天津。① 第三，此书卷首欧阳炯序之页的第一行有六印："大方无遇"（朱方）、"石君"（朱方）、"叶树廉印"（朱方）、"慎独斋"（朱方）、"上海图书馆藏"（朱方）、"子孙保之"。

　　第13篇：佚名跋《花间集》二卷之明刻本

　　《花间集》明刻，以玄览斋刻十二卷本为佳，闵刻改作四卷，与此刻互有出入。飞卿《更漏子》六首，与宋本符。《归国遥》"筐"（笔者按：缺末二笔）亦作"筜"（笔者按：缺二笔，且匡字边竖作撇），或亦正德出也。

——《花间集》二卷之明刻本第十九页

　　笔者按：此跋后一朱方印曰"佳高"，不知为谁人之印。

　　第14篇：1671年叶树廉跋《花间集》二卷之明刻本

　　此书向赠静□□先生，先生殁后，流落书铺，因其归。时康熙十年（1671）九月廿二日也。石君（1619—1685）

——《花间集》二卷之明刻本卷尾第一则

　　笔者按：此跋为毛笔大字所写。

　　第15篇：1675年叶树廉又跋《花间集》二卷之明刻本

　　遵依宋板《花间集》分卷，其间讹舛，尚未校雠。乙卯（1675）冬十一月日，叶石君记。又校宋一过。

——《花间集》二卷之明刻本卷下末尾第二则

　　笔者按：第一，此跋下有一朱方印"石君"。第二，此跋为朱笔跋，在晁谦之绍兴十八年（1148）跋之后。

　　第16篇：1776年四库馆臣跋《花间集》十卷

　　臣等谨按：《花间集》十卷，后蜀赵崇祚编。崇祚字弘基，事孟昶为卫尉少卿，而不详其里贯，《十国春秋》亦不为立传。按：蜀有赵崇韬，为中书令

---

① 郑伟章：《文献家通考》（清—现代），中华书局1999年版，第1401页。

廷隐之子，崇祚疑即其兄弟行也。诗余变体，滥觞于唐，而盛行于五代，自宋以后，家数益繁，选录益众，而溯源星宿，当以此集为最古。唐末名家词曲，俱赖以仅存。陈振孙谓所录自温庭筠而下十八人，凡五百首。今逸其二，坊刻妄有增加，殊失其旧。此为明毛晋以家藏宋刻重刊之本，犹为精审。前有欧阳炯序，后有陆游跋。炯序作于孟昶广政三年（940），乃晋高祖之大福五年。炯仕蜀，官至翰林学士、中书舍人，工于诗词，其《渔父歌》尤为词家所称道云。乾隆四十一年（1776）四月恭校上。总纂官臣纪昀，臣陆锡熊，臣孙士毅，总校官臣陆费墀。

——《花间集》之影印文渊阁四库全书本卷首

笔者按：此跋实际上就是四库馆臣给《花间集》十卷所写的《提要》。

第 17 篇：清赵怀玉（1747—1823）《花间集序》

花间集序

诗余向非大雅所尚，操觚者即从事于此，亦多未究其津逮，得其正声，不免数典而忘祖矣。梁隋间已昉其端，而太白辈绍之，盛于宋，飚流于元。今之作者，非过为亢激，则失之淫靡，又音节多弗谐，胥失词之本旨。然则为词学者，舍《花间》安属哉？集为孟蜀赵氏宏基撰。宏基官卫尉少卿，其撰次十八人，自蜀之士大夫外，非仕石晋，即仕南唐、南汉。当兵戈傥扰之后，道路梗塞，而词章乃得远播。选者不以境外为嫌，人亦不之罪，有足多也。五季风气卑靡，文章猥陋，不务正体，而特工词。欧阳炯相蜀，雅善长笛，后在宋，太祖常召便殿，令吹数曲，以中丞刘温叟谏而止。太祖因叹曰："孟昶君臣，溺于声乐，迥至宰司，尚忍习此，宜其为我擒也。盖竞以是相高，不特吹皱一池春水，与小楼吹彻玉笙寒。"□诸谐谑而已。虽然，古人名一艺以传世行远，必其精神相关注。当其兴会所至，足以绘物色而验性情。词虽小道乎，其入人也亦深矣。余素不工词，比年来见友朋习此，辄戏效之，以为挽其弊。非兹集不可惜，藏书家不数觏，坊板间有之，又多缺讹。爰出家藏旧本，公诸同好。吾闻宋初郡将监司僚幕之行，例以此贶，旗亭驿馆，人携一编，何其韵也。中叶以还，盛事莫续。绍兴（1131—1162）中，晁谦之尝刊之志旧，迄今数百年，风流文采，犹可想见。况卫尉吾宗也，而使之湮没不传，非后起之责欤？是集之出，使读者知词之源在是，即因是而返之大雅不难，则于订讹举坠之中，寓一变至道之义，非徒在词学为先河后海也。集十卷，计如千首。

——清赵怀玉《亦有生斋集》（清道光元年刻本）卷二

第 18 篇：1810 年清孙星衍跋《花间集》十卷

《花间集》（明覆宋本）

钱曾（1629—1701）《读书敏求记》有此书，称绍兴十八年（1148），济阳晁谦之刊正，题于后，镂板精好，楮墨绝□，宋椠本之最难得者。此本前应有欧阳炯序，为书贾佚去，或者明人翻刻宋本，然是晁刻旧观，亦可宝也。五松居士庚午岁（1810）八月记于平津馆。孙星衍（1753—1818）。

——《花间集》十卷之明覆宋本

笔者按：第一，此跋得自于《皕宋楼藏书题跋辑录》，不知有孙星衍此跋的《花间集明代覆宋本今何在，录此备考。① 第二，四部丛刊有景明万历巾箱本《花间集》十四卷。

第19篇：1888年徐幹跋《花间集》十卷

跋

赵弘基辑《花间集》，盛行宋代，降及元明，寖以失传。杨用修游蜀昭觉寺，始得其本，汤临川又评骘之，《花间集》始复显于世。崇祯年，隐湖毛氏得宋刻重刊，后有陆放翁二跋，最称善本。同官无锡朱达夫藏书极富，以宋济阳晁氏本《花间集》借示，其书刻于绍兴年，书内"筐"、"敬"、"竟"、"弘"字，皆缺笔，可证宋椠，欧阳炯、赵崇祚名上，皆题官衔，与昭觉寺所得隐湖所刻，微不同。末有晁谦之跋。幹方有徐氏丛书二刻之举，请于达夫，重写付梓，宋椠原书每半叶十行，每行十八字，旁分句读，书中字可资订正毛氏本者甚夥，间有毛本不误而此本误者，读者自能会意，今重写，字从其旧，无少更改，冀存晁氏真面。夫唐词于今，存者尟矣。使无《花间集》、《花庵词选》之采辑，则亡佚必更甚，而《花间集》讹字颇多，今得此本，重为刊布，海内填词家，其愉快为何如。幹益叹达夫之慨然肯以善本见借，毫无吝色，为有功艺苑也。达夫名鉴章，同治辛未（1871）榜进士，宰兰谿，有惠政，以忧去官，今署钱塘县事，奸尻屏迹，膺烦举而不废开卷，所谓仕而学者欤？光绪戊子（1888）邵武徐幹识。

——《花间集》十卷之光绪十四年（1888）徐幹重刻本卷尾第二则

第20篇：1888年清蒋清翊跋《花间集》十卷

徐小勿先生名幹，福建邵武人，博学工书法，潘伯寅尚书尝属其书，鲍氏观古阁泉说刻之，今广东巡抚吴公大澂时，在翰林，亦为尚书书《戴氏古泉丛话》，选钱家珍为精本，称泉苑二妙。先生局度严整，练达政事，历宰上虞、嵊县，吏不能欺，喜古籍，刊徐氏丛书，中多秘笈，以亏帑项板输入官。又刻丛书二集，未竟而卒。右《花间集》，即丛书二刻之一，剞劂未就，而先

---

① 国家图书馆编：《国家图书馆藏古籍题跋丛刊》（全30册），北京图书馆出版社2002年版，第19册，第807页。

生骤逝。前一宵犹炳烛见顾，索余所笺陈检讨词，力任绣梓，余婉谢之。又述昔于同治（1862—1874）年，为琉球学教习，曾取历届册封琉球钜典大文，中外琉球记载撰《中山备乘》二十卷，凡山川风土，形势物产，及立国传世规模，悉载无遗，既证之以典籍，又旁询琉球人士之在都者，参互考订，以成此书，今衰老无后，苟不及时寿枣梨，设填沟壑，稿且零落，余深韪其言。撚髭相对，一灯熒然，谈及琉球，夷为冲绳，先生辄掌几情懑，怒形于色，讵知越宿而已为古人乎？先生有子二人皆先殁，晏子楹书，无复读者，著述零落，殆不免矣。余因促手民，速将《花间集》□事，以竟先生之志，并叙先生学行大概如右。良友云亡，神交复几，浮生朝露，掷笔增欷。光绪十四年（1888）七月，吴县蒋清翊字敬臣识。

——《花间集》十卷之光绪十四年（1888）徐幹重刻本卷尾第三则

第21篇：郑文焯（1856—1918）跋四印斋本《花间集》

词者意内而言外，理隐而文贵，其原出于变风小雅，而流滥于汉魏乐府歌谣，皋文所谓"不敢同诗赋而并诵之"者，亦以风雅之馨遗，文章之流别，其体微，其道尊也。词选以《花间》为最古且精。是本为王半塘前辈景宋淳熙鄂州旧椠，间有讹夺，任笔校正。讽诵之余，时复点注，不忍去口。嗟嗟！自实父、芸阁、子复诸贤去后，此事顿废。忆十年前连情发藻，出言哀断，今更世变，其为衰世之音，不其然乎。叔问记。

汲古阁秘本书目，有北宋本《花间集》四本，世无传者。又南宋板精抄二本，未审与此有无异同，惜无他本校雠也。

《孙氏祠堂书目》有《花间集》十卷，注："蜀赵崇祚编，仿宋晁谦之刊本。又四卷，明汤显祖评本。"今并无传。

彊村老人迻录郑评《花间集》本。沐勋按：汤评《花间集》，有闵刻朱墨套印本，予曾于吴门得之。[1]

——《词话丛编》第五册第4334—4335页

笔者按：叔问为郑文焯之号。

第22篇：1901年沈曾植（1850—1922）跋宋刻《花间集》十卷

宋刻《花间集》跋

《花间集》，汲古所刻甚精，其祖本今在聊城杨氏，四印斋影刻于京师，三百年间，与汲古阁后先辉映，不可谓非词苑盛事也。此本每半页十行，行十八字，罗纹宋纸，刻印极精。与毛本、杨本相校，行款文字，多有同异。而此本多存唐人集部旧式，宋讳多缺笔。杨本有放翁（1125—1210）跋，此有晁

---

① 唐圭璋编：《词话丛编》（全5册），中华书局1986年版，第5册，第4334—4335页。

谦之（1090—1154）跋；杨为淳熙鄂本，此则绍兴建康本。然则海源阁主所谓《花间》为词家之祖，鄂本又是集祖者，固犹未为定论耶？辛丑（1901）六月，姚埭老民记于曜贞珉馆。

　　　　　　　　　　　　　　　　　　　——《花间集》十卷之宋刻本

　　笔者按：第一，此跋得自沈曾植《海日楼题跋》卷一①，不知有沈曾植此跋的《花间集》十卷之宋刻本今何在，录此备考。第二，此跋又见《寐叟题跋》②，为沈曾植手迹，应当是最可靠的。第三，沈曾植（1850—1922），字子培，号乙庵，晚号寐叟，别署持卿、逊斋、姚埭、瘤禅等，浙江嘉兴县人。③

第 23 篇：1915 年袁克文跋《花间集》二卷之明刻本

　　此《花间集》出自正德十卷本，盖其字句中之讹误皆同。如温庭筠《归国遥》（笔者按："遥"，应为"谣"）第一首三句，正德本作"钿□"，此本即讹□作□，又其明证也。此本颇不经见，岂可因其经明人之窜易而忽之耶。乙卯（1915）九月。克文。

　　　　　　　　　　　　　——《花间集》二卷之明刻本卷尾第二则

　　笔者按：《花间集》二卷之明刻本，上海图书馆有藏，索书号为 829173—74。此本有藏印曰："叶树廉印"、"石君"、"慎独斋"、"大方无隅"、"子孙保之"、"瓜泾徐仲子珍藏印"。

第 24 篇：罗振玉跋《花间集》十卷

《花间集》十卷（明仿宋济阳晁氏刻本）

　　此集杨用修游蜀昭觉寺始得其本，明末汲古毛氏得南宋本重刊，后有陆放翁跋二则，不闻别有他仿宋本。此本每半叶十行，行十八字，前有欧阳炯序，前署"武德军节度判官欧阳炯撰"。后署"大蜀广政三年（940）夏四月日叙"，叙后为目录首行，作《花间集》，一部十卷，每卷首行书题作《花间集》卷第几，次行题"银青光禄大夫卫尉少卿赵崇祚集"，后有绍兴十八年（1148）二月二日济阳晁谦之题。卷内凡"筐"、"敬"、"竟"、"镜"、"兢"、"弦"等字，并缺末笔。近年邵武徐氏幹曾据宋济阳晁氏本重刊于杭州，证以徐氏跋语所述无锡朱氏所藏原本，一一与此吻合，盖即此本也。临桂王氏所刻聊城杨氏海源阁本及汲古本与此均有不同，是此书传世宋刻有三本矣。邵武徐氏谓此为宋刻，以此本证之，其楮墨皆是明本，殆是明人翻雕，然宛然宋椠之

---

①　沈曾植撰，钱仲联辑：《海日楼札丛·海日楼题跋》，辽宁教育出版社 1998 年版，第 366 页。

②　国家图书馆编：《国家图书馆藏古籍题跋丛刊》（全 30 册），北京图书出版社 2002 年版，第 21 册，第 529 页。

③　郑伟章：《文献家通考》（清—现代），中华书局 1999 年版，第 1197 页。

旧，徐氏谓可订正毛本者甚夥，异日当取临桂王氏本、毛本与此一对勘之，俾成完善之本。此本卷首有沈颢朗倩印，后有太史公牛马走侍直清暇三印，乃沈朗倩先生旧藏，世人但知其善画，不知其亦藏书家也。予所藏明叶林宗钞《金石录》亦有沈跋。

——《花间集》十卷之明仿宋济阳晁氏刻本

笔者按：第一，此跋得自于罗振玉（1866—1940）《大云书库藏书题识》卷四第十三页至第十四页①，不知有罗振玉此跋的《花间集》明仿宋刻本今何在，录此备考。第二，沈颢（1586—？），字朗倩，号石天，江南吴县（即江苏苏州）人，工诗文书画。②

第 25 篇：1933 年叶景葵跋《花间集》十卷之清影宋抄本

武林赵氏小山堂影钞宋淳熙十四年（1187）鄂州使库刊本《花间集》十卷，十行十七字，与陆元大所覆绍兴本不同。前无赵崇祚及欧阳炯衔名，后无晁跋。每卷前有子目，连正文，同题每首连接，无"其二"、"其三"等标题，宋讳不缺笔，即海源阁著录之本也。癸酉（1933）正月购于杭州经训堂，兹与陆元大本对校一过，以陆本为主，而以淳熙本异文注于下。

…………

癸酉（1933）二月十八日校毕记。景葵。

——《花间集》十卷之清影宋抄本卷首第一则

笔者按：第一，省略号系略去叶景葵的校记。景葵署名后有一蓝色毛笔小字云："此书有四印斋景刊本。戊寅（1938）记。"第二，叶景葵跋后有朱方印"景葵校读"。第三，《花间集》十卷之影宋抄本，上海图书馆有藏，索书号为线善 T01954—55。第四，叶景葵跋后是"欧阳炯叙"，"欧阳炯叙"第一页有一朱方印"小山堂"、一朱长印"诗卷长留天地间"。

第 26 篇：1580 年稍后佚名跋《花间集》十卷《花间集补》二卷

《花间集》，唐赵崇祚集，万历八年庚辰（1580），明温博补，茅一桢刻。《玉台新咏》，陈徐陵编，万历七年己卯（1579），明郑玄抚续，茅元桢刻。

——《花间集》十卷《花间集补》二卷之明万历八年刻本卷首第一张活页

笔者按：第一，明万历八年（1580）温博编《花间集》（十卷、二卷）（归安茅氏凌霞山房刊刻），其中前十卷为后蜀赵崇祚所辑的《花间集》，后二卷为温博编的《花间集补》二卷。该书开头有二张活页，第一张活页所写即此跋，此跋系关于《花间集》十卷和《花间集补》二卷的编集者、刊刻者的著录，并非严格意义上的跋语，但是，此著录语对了解《花间集》十卷和《花间集补》二卷有价值，视为跋语未为不可，故录之。第二张活页系对毛晋关于《花间集》第二则跋语的过录，从略。该书卷首项目依次是《欧阳炯序》、《花间集叙目》、刊刻题识。刊刻题识是："万历商横执徐之岁朱夏日归安茅氏雕于凌霞山房。"第二，此《花间集》十卷、《花间集补》二卷，共六册，上海图书馆有藏，索书号为线善825900—05。下文不再注明此本的藏地和索书号。第三，此则跋语和下二则跋语共三则跋语的撰写时间比《花间集》一些跋语的撰写时间要早，但是，这三则是写给《花间集》十卷《花间集补》二卷（《花间集》十卷、《花间集补》二卷合为一书）的，故置于所有《花间集》跋语之后。

第 27 篇：大约 1580 年温博序《花间集补》：

《花间集补》序

乌程温博允文甫撰

夫三百篇变而骚赋，骚赋变而古乐府，古乐府变而词，词变而曲子。初读诗，至小词，当废卷叹曰："嗟哉，靡靡乎，岂风会之使然耶？即师涓所弗道者。"已而睹范希文《苏幕遮》、司马君实《西江月》、朱晦翁《水调歌头》等篇，始知大儒，故所不废。何者？众女蛾眉，芳兰杜若，骚人之意，各有托也。然古今词选，无虑数家，而《花间》、《草堂》二集最著。嗜也《花间》近无善本，会茅贞叔丈语余曰："昔人称长短句情真而调逸，思深而言婉者，莫过《花间》，第观时本多讹而鲜□。如韦相《应天长》，□与□同转音入声而始叶，欧阳舍人《浣溪沙》泥当作□之类，苟不□奚知焉。今欲校而刻之，吾子云何？"予曰："善，故吾意也。"贞叔遂汇中□之音气韵平调者，什其文，出家藏建康本校雠焉，而属余点句。点者读，圈者句。句韵脚也乙（笔者按：不知"乙"为何意）。贞叔又属余补其未备，以足李唐一代之制。余故未知赵氏当时诠次意，乃于此往往叹遗珠久矣。因自李翰林而二十有四人，通得六十七首，为二卷，命曰《花间集补》。大都□调小令之当余心者略备。如《菩萨蛮》、《忆秦娥》，世所称调祖也。如《清平乐令》，或以为非太白作，而近代杨用修、王元美已愉快之，未为无据。如《清平调》、《欸乃曲》、《杨柳枝》、《竹枝词》，即七言绝，而实古词，古词多四句也。如《渔歌子》、《古调笑□》切声调，并入古词而采之云。嘻，声律之道难言哉，难言哉。自唐迄今八百年来，作者凡几，宋无诗而有词，元无词而有曲，至本朝始兼之。然当家辞手，可屈指也。余不佞，虽不谙新声之艳耳，假令登高吊古，食酒而酣，按拍歌唐人之调，便翩翩乎，不知有人间矣。况三百篇哉。是编也，余且与贞叔起而谣歌之。武林逸庵沈玄□书。

——明温博《花间集补》卷首第一则

第 28 篇：可能 1630 年丰华跋《花间集》十卷《花间集补》二卷

夏磊人基□卅人，《府志》入明隐逸传，寓隐西湖，选《西湖览胜诗》，有无名氏二十四人诗一卷，盖月泉吟社之流也。中有云西溪隐叟，家种梅花千树，自号曰小林逋，其兄处城东隅，种菊百种，自号曰小渊明，又号曰东篱遗老，有《花间续集》四卷。录杨松围文杰《东城记余》一则（庚午十月丰华记）。

——明温博《花间集补》卷首第三则

笔者按：第一，《花间集补》卷首第二则为《花间集补叙目》。第二，庚午年很多，例如 1570 年、1630 年均为庚午年，不知此庚午年为哪一年，因此跋被写于 1580 年温博编刻的《花间集补》上，故暂且定为"可能 1630 年"，亦不知丰华为谁。

第 29 篇：1624 年张师绎序《合刻花间草堂》

合刻花间草堂序

天下无无情之人，则无无情之诗，情之所钟，正在吾辈。然非直（笔者按："直"，当为"止"）吾辈也夫。子删诗，裁赢三百，周召二南，厥为风始，彼所谓房中之乐，床笫之言耳。推而广之，江滨之游女，陌上之狂童，桑中之私奔，东门之密约，情实为之。圣人宁推波而助之澜，盖直寄焉。以情还情，以旁行之情，还正行之情，要其指归，有情吻合于无情，斯已而已矣。邹孟氏识得此意，齐王好货好勇至于好色，犹曰：足用为善，此何所足为乎？正以王有此情，可以导而之善也，而佛氏苦空寂灭，捐弃伦理，厌离居室，虽其癖好焉者，抗而与吾儒争道而异端外学，如焦芽之不生，冷灰之不暖，土鼓之不韵，究竟归于断灭焉。其人存，其情先亡矣。古卿大夫皆称诗以言志，其子弟为国子学，歌九德，诵六诗，习六舞，五声八音之和，被服其风，光辉日新，化上迁善而不知其所以。今之言诗者，如汉乐家制氏能言其铿锵鼓舞，而不能言其义者，斯已为难。即镂冰刻楮，无益殿最之数，安所勤太史氏之采择，而献之贲鼓枞业之间乎？予友钟瑞先氏阅览博物，笃嗜古文奇字，每与予间商风雅，今人与居也，辄进而求之古人所稽，经史异书，盈笥充栋，次第就梓，而《花间》之集，《草堂》之余，复得博南善本先刻之为禁脔，侯鲭竖词林矯，自此湖光山色，杂□笙簧，鸟语花香间，咽丝肉而被以新声，佐之小令作者。骨艳歌者魂销，遂使红牙殢客，翠袖留髡。子仲之子，虽复不韵，无冬无夏，市也婆娑。予今而知，诗与词之有扶于风教也。天启甲子（1624）

初夏，兰陵张师绎克隽撰。

——《合杨升庵批选花间草堂二集》卷首第一则

笔者按：第一，此跋后有二印曰"克隽"、"张师绎印"。第二，此张师绎序和下一则钟仁杰跋语的撰写时间比《花间集》十卷、《花间集》四卷、《花间集》十卷《花间集补》二卷一些跋语的撰写时间还早，但是，因为此二则序跋撰写于《合刻花间草堂》明刻本上，故置于《花间集》、《花间集补》所有跋语之后。

第30篇：可能1624年钟人杰叙《花间草堂合集》

叙刻花间草堂合集

弇州云："《花间》以小语致巧，世说靡也；《草堂》以丽字取妍，六朝隃也。"可谓定论。然《花间》柔艳婉约，自是温韦和李诸才子香奁中物微致，较《草堂》为短。评者乃谓伤于□碎，非也。政致稍□也。即隋炀、太白之雄，《望江南》、《忆秦娥》非不声调宏美，一种悽婉近人，犹不得与耆卿、子野、少游辈争长。盖宋人之词，语浅而遥，唐人之词，才秾而近。各有深致，不可优劣，而宋尤厥体当家，《草堂》中俊语，如"满院落花春寂寂"、"泪花落枕红绵冷"、"海棠经雨胭脂透"、又"弹到断肠时，春山眉黛低"、"秋千外绿水桥平"，入《花间》不复可辨。《花间》中欲拈如"帘卷西风，人比黄花瘦"、"断送一生憔悴，能消几个黄昏"、"杨柳外，晓风残月"、"燕子衔将春色去纱窗，几阵黄梅雨"，一段天然之美，岂易得耶？间有之，如冯延巳"风乍起，吹皱一池春水"、李后主"问君还有几多愁，恰似一江春水向东流"数语耳。第《花间》无俗调，《草堂》人数阕而外，悉恶道语，不耐检想。当时村学究所窜入，恨无善本一披沙拣金也。近自友人得升菴所评注，荫映最佳，而草堂本则程仲权所删，可称快绝。迤来风流日永，人士动称才情，才情之美，无过诗余，因取合刻之，而漫论及此。钱塘钟人杰瑞先甫撰。

——《合杨升庵批选花间草堂二集》卷首第二则

笔者按：第一，此序后二印，皆黑方印："瑞先氏"、"钟人杰印"。第二，此钟人杰跋语在1624年张师绎序之后，且张师绎跋语中有"予友张瑞先氏"（钟瑞先即钟人杰）的话，故暂定钟人杰此跋的撰写时间是"可能1624年"。第三，据说此书又有唐晏（1857—1920）跋，但笔者未找到，待补。

（二）后蜀国《花间集》著录文字辑录

1.（宋）尤袤《遂初堂书目》：

"总集类"云："《花间集》。"

"乐曲类"云："《唐花间集》"。笔者按：《花间集》又入乐曲类，值得注意。

2.（宋）陈振孙《直斋书录解题》卷五"歌词类"：

《花间集》十卷。蜀欧阳炯作序，称卫尉少卿字宏基者所集，未详何人。其词自温飞卿而下十八人，凡五百首，此近世倚声填词之祖也。诗至晚唐五季，气格卑陋，千人一律，而长短句独精巧高丽，后世莫及，此事之不可晓者。放翁陆务观之言云尔。

3.（元）马端临《文献通考》二百四十六"集·歌词"：

《花间集》十卷。陈氏曰"……"

笔者按：陈氏曰的话，上文已引，故省略。

4.（清）永瑢《四库全书总目》（笔者按：1782年初稿完成，1789年定稿并刊刻）卷一百九十九"集部·词曲类"：

笔者按：《四库全书总目》关于《花间集》的话，第一编《十国艺文志考索》已引，故省略。注意，四库馆臣在《花间集》十卷影印文渊阁四库全书本卷首所写的《提要》和《四库全书总目》卷一百九十九的"提要"，在内容上大有不同，故视为不同的二篇而均予抄录。

（三）后蜀国《才调集》序跋文字辑录（共23篇）

第1篇：965年前韦縠序《才调集》十卷

《才调集》叙

蜀监察御史韦縠集

余少博群言，常得所志，虽秋荧之照不远，而雕虫之见自佳。古人云："自听之谓聪，内视之谓明也。"又安可受诮于愚鲁，取讥于书橱者哉。暇日因阅李杜集元白诗，其间天海混茫，风流挺特，遂采摭奥妙，并诸贤达章句，不可备录，各有编次。或闲窗展卷，或月榭行吟。韵高而桂魄争光，词丽而春色斗美。但贵自乐所好，岂敢垂诸后昆。今纂诸家歌诗，共一千首，每一百首成卷，分之为十，目曰《才调集》。庶几来者不诮多言，他代有人无嗤薄鉴云尔。

——《才调集》十卷之宋刻本（配清抄本）卷首第一则

笔者按：第一，《才调集》十卷之此宋刻本，乃宋临安府陈宅经籍铺刻本，卷一、卷六至卷十配清抄本，此本上海图书馆有藏，索书号为828703—07，此本有藏印曰："季振宜藏书"、"汪士钟印"、"三十五峰园主人"、"修伯秘笈"、"杏花春雨江南"、"仁和朱澂"、"结一庐藏"。第二，后蜀国亡于965年，而韦縠此序书官职为"蜀监察御史"，故认定此序的写作时间是"965年前"。

第2篇：1584年徐玄佐跋《才调集》十卷

蜀韦縠《才调集》十卷，本朝所未刊，诸名公所未睹者也。先君文敏公素有此书，盖宋刻佳本，惜分授之时匆忙，失简逸去其半，后逾二十年，幸交符君望云获闻，其亲钱复正氏有钞本家藏，因而假归。特□知旧马公佐，照其款，制摹以配之。共计一百才有六幅，凡二千七十三行，装池甫毕，展卷焕然，顿还旧观矣。后之人勿视为寻常物也。万历甲申（1584）腊月十日，华亭徐玄佐记。

————《才调集》十卷之康熙四十三年（1704）垂云堂刻本卷尾第一则

笔者按：第一，《才调集》十卷之康熙四十三年（1704）垂云堂刻本，被齐鲁书社 1997 年影印收入《四库存目丛书》第 288 册。第二，《才调集》十卷之康熙四十三年（1704）垂云堂刻本，有冯舒、冯班评点，其后有徐玄佐跋、冯舒跋、冯班跋、陆贻典跋、渔父夕公跋、汪文珍跋、四库提要。

第 3 篇：钱允治（1541—1624）跋《才调集》之明万历沈春泽刻本

《才调集》向少刻本，万历（1573—1619）间邑中沈氏始寿之梓，惜奈俗子所窜，讹谬实甚，今取沈氏原刻，一作宋本，并集状元徐玄佐抄本较正，凡汰去讹字贰千二百六（笔者按："贰"、"二"两种写法皆有，不知有何不同），字重经新刻者三十二板，此本庶几完书矣，识者辨之（笔者按：此页下一整页上半页右下二朱方印：张元济印、上海图书馆藏，下半页有毛笔手写跋"是集万历间沈雨若所刻……"）。

————《才调集》之明万历沈春泽刻本内封面上

笔者按：《才调集》十卷之明万历沈春泽刻本上张宗松跋语提到的"钱功甫"即钱允治。

第 4 篇：1628 年毛晋（1599—1659）跋《才调集》

忆戊午（1618）偕雨若于十五松下，日焚香读异书，每思倡调，因而觅句相赏也。时雨若才购是集，不亚鸿宝，第恶媒墨审无可著笔篆处，稍稍点次，遂投诸梓，意殊未惬。十年来，偶于故木者中觅得旧本，不觉爽，然随刻烛研露，互参唐名贤旧集，标格无不印合，遂订为完书以行。斯无憾于作者，亦有洽于选人。当世说诗者，见海虞刻有二种以此。戊辰（1628）端阳前一日。湖南毛晋记。

————《才调集》十卷之明毛晋汲古阁刻本卷尾

笔者按：《才调集》十卷之毛晋刻本是明毛晋崇祯年间（1628—1644）据唐人选唐诗八种本刊刻，上海图书馆有藏，索书号为线普长 97577—84。毛晋此跋又被收入《隐湖题跋》二卷卷一第三页。[①]

---

① 中华书局编辑部编：《宋元明清书目题跋丛刊》（全 19 册），中华书局 2006 年版，第 6 册，第 460 页。

第 5 篇：1635 年冯舒跋《才调集》十卷

万历三十五年（1607）借得研北翁孙氏本，即沈氏所刻之原本也。沈本为俗子所窜，讹处不可胜乙。崇祯壬申（1632）严文靖曾孙翼馆于余家，携宋本至，前五卷为临安陈解元宗之家刻，后五卷为徐玄佐录本，始为是正，又从钱宗伯假得焦状元木，亦从陈书抚写，与孙本不殊。焦本尽改娇娆是为妖娆，可当一笑。今悉正之。乙亥（1635）夏屦守居士记（笔者按：屦守居士为常熟冯舒的别号）。

——《才调集》十卷之康熙四十三年（1704）垂云堂刻本卷尾第二则

第 6 篇：1638 年冯班跋《才调集》十卷

崇祯壬申（1632）假别本于宗伯钱公，盖华亭徐氏旧物也。卷末有跋语云，失后五卷，借钞本于钱伏正氏，写补之。戊寅（1638）洞庭叶君奕示余抄本，首尾缺损，聊为装之，线缝中有题记云，万历丙戌（1586）钱伏正重装，始知即徐氏所借也。中脱一页，徐亦仍之。是岁（1638）十月，得赵清常录本，为补完。冯班记。

——《才调集》十卷之康熙四十三年（1704）垂云堂刻本卷尾第三则

第 7 篇：1638 年冯班又跋《才调集》十卷

是岁（1638）冬，江右朱文进中尉寓吴有宋本，介郡人邵生借之，不可得。携本就勘，颇草草，朱本亦残缺，却有第九第十卷，唯第八卷全失，而叶本第六卷独完好，惜第七卷薛逢以下不复存，参以钞本，始具命工重写因记。冯班。

——《才调集》十卷之康熙四十三年（1704）垂云堂刻本卷尾第四则

第 8 篇：1647 年鲜民赤复氏跋《才调集》十卷

余素不知诗，即有志而未逮，顾自幼颇好《才调集》。今年春，友人子重冯君从他氏□得万历间刻本归余。毁败既多，讹谬亦甚，辄命工人补其残缺，兼以诸君子之力，得广核诸家，翻改详审，然后此书得以复完。昔人所谓因人成事者，庶几近之矣。刻成附记，鲜民赤复氏书，时岁在疆圉大渊献朱明之皋月。

——《才调集》十卷之明万历沈春泽刻本

笔者按：陈寅恪《柳如是别传》有"则虽谓虞山鲜民为知人也可"[①] 的话，则"鲜民"即钱谦益（1582—1664）。

第 9 篇：钱龙惕（1609—?）跋《才调集》十卷：

跋《才调集》

右沈氏所刻《才调集》，原本不甚讹，为不知书人铲改，殆不可读。今为改

---

① 陈寅恪：《柳如是别传》，生活·读书·新知三联书店 2001 年版，第 234 页。

定千余字，重梓者廿余叶，皆以临安陈本为正，凡得别本六，徐本得前五卷，叶本得第六卷，朱本得第九第十卷，焦状元、钱复正、孙研北三抄本皆完具无缺，第八卷未有宋板，取以补之，抄本行墨如一，皆出于临安人赵清常本，仅后四卷不知所自，亦旧物，凡此数家，大略相类，始知此书更无异本而沈刻为信而有征云。沈名春泽，字雨若，祖应科，隆庆辛未（1571）张元忭榜进士。沈平生好事，喜为诗，此足概见。是书成，为附著之。鲈乡渔夫夕公记。

　　——《才调集》十卷之康熙四十三年（1704）垂云堂刻本卷尾第五则

　　笔者按：第一，隆庆辛未岁即隆庆五年，即 1571 年。第二，钱龙惕（1609—?）字夕公，号鲈乡渔夫。为钱谦益（1582—1664）侄子。第三，从钱龙惕此跋的内容看，此垂云堂刻本卷尾的跋，显然是过录，不是钱龙惕手迹，钱龙惕原来的跋是写在《才调集》十卷之明沈雨若刻本上的。

　　第 10 篇：清陆贻典（1617—1686）跋《才调集》十卷

　　沈刻原本系邑人研北孙翁家藏，沈与善，因假此并《弘秀集》合梓之。按：二书俱本临安刻版，乃孙先世西川公得之杨君谦者也。余善翁之孙江，因得其始末，记之如左。陆贻典。

　　——《才调集》十卷之康熙四十三年（1704）垂云堂刻本卷尾第五则

　　笔者按：第一，此乃"以上钱校沈本原跋"之属。第二，《才调集》十卷之康熙四十三年（1704）垂云堂刻本，被齐鲁书社 1997 年影印收入《四库存目丛书》第 288 册。

　　第 11 篇：1678 年何焯（1661—1722）批注《才调集》之明万历沈春泽刻本选录（20 则）

　　《才调集》，唐人选本，其编次各有深意，大抵以才调二字为主，只看每卷第一人，其用意处自见（卷一首页）

　　第一卷以白公为首，白公诗以代书百韵为首，全重才调（卷一"白居易一十九首"下批注）。

　　长律诗以此首压卷，格律严，词采丽，未易措手（卷一"白居易一十九首"页天头上）。

　　此集每以卷首一人为主，以类相从，各见流派，于乐天只选长律，而此收七言，大意可见（卷一第十九页"薛能七首"下）。

　　本集每卷合诗百首，以卷首一人为主，其余以类相附，有在后而所收多者，亦是其流派之相近，依次编入耳（卷二首页）。

　　飞卿绵丽，步武齐梁，亦是从元和长庆中别开一生面也（卷二"温飞卿六十一首"书眉上批注）。

　　词家妙手，诗亦纤秾入格，时当乱离，不减悲凉，与韩致尧相近而气骨逊之（卷三"韦庄六十三首"下批注）。

此诗气骨凛然，声调高亮，自是歌行中杰作，不得以形似者求之（卷三高适《燕歌行》下批注）。

杜紫薇气象激昂，去轻靡而取豪迈，亦一时诗坛之雄也（卷四"杜牧三十三首"下批注）。

元白齐称，然乐天诗以风格胜，微之诗以情致胜，大宜分别观之（卷五"元稹五十七首"下批注）。

此诗七十韵，本集只存二十韵，可知古人佳篇，残缺者多矣（卷五"梦游春七十韵"下批注）。

乐天近体小律诗，分入此处，可见此集编次之法（卷五"白居易八首"下批注）。

此卷以太白居首，而义山次之，专以才情为主，义山近体宗少陵，而歌行绝似长吉，其渊源实自太白来也（卷六"李白二十八首"之前批注）。

太白仙才，迥非余子所能及，集中专收秾丽一派，为才调生色，此《挠歌》之遗也。以轻倩妍丽为主，最是太白本色（卷六"李白二十八首"下批注）。

意甚刻苦矣，高远之势而出语不庸（卷八杜荀鹤《春宫怨》批注）。

感时伤乱之言，不得不称悲愤（卷八"罗隐十七首"第一首《偶怀》下批注）。

韩致尧为唐季诗人翘楚，是集所收，殊不为所长（卷八"韩偓五首"下批注）。

多少落花诗，只此四语尽之矣（卷八末首《暮春对花》末批注）。

集中闺秀诗最多，共六十余首，正为才调二字见本色也。才者，才华；调者，发调情之所至。必鸟声美，可以见是编所当矣（卷十开头批注）。

是集以才情为主，大抵情胜乎词，以才御情，缘情成调矣。□乎方幅浮夸之词也，虽所取未广，亦彬彬乎可观也已。康熙戊午（1678）六月避暑于拂水山庄，偶评。焯识（卷十末尾批注）。

——《才调集》之明万历沈春泽刻本卷一至卷十

笔者按：《才调集》十卷之明万历沈春泽刻本上有何焯朱笔批注甚多，极有价值，此处选录20则，以窥斑见豹。

第12篇：1704年冯武（1627—1707）跋《二冯评点才调集》

二冯先生评阅《才调集》凡例

先世父默庵、钝吟两先生，承先大父嗣宗公博物洽闻之绪，学无不诙，尤深于诗赋。默庵先生名舒，字巳苍，以杜樊川为宗，而广其道于香山。微之钝吟先生名班，字定远，以温李为宗，而溯其源于骚选汉魏六朝，虽径路不同，其修词立格，必谨饬雅驯，于先民矩镬，不敢少有逾轶则一也。

赵宋吕文清名本中，字居仁，作《江西诗派图》，推山谷老人为第一，列陈无己等二十五人为法嗣，上溯韩文公为鼻祖，一以生硬放轶为新奇。杨大年名亿，钱文僖名惟演，晏元献名殊，刘子仪名筠，诸公为西昆体，推尚温助教庭筠、李玉谿商隐、段太常成式为西昆三十六，以三人各行十六也。唐彦谦、曹唐辈佐之，其为诗以细润为主，取材骚雅，玉质金相，丰中秀外，两先生俱右西昆而辟江西，诚恐后来学者不能文而但求异，则易入魔道。卒至于牛鬼蛇神而莫可底止也。

唐宋选本，无虑数十，如元次山之《箧中集》、高仲武之《中兴间气》、殷璠之《河岳英灵》、芮挺章之《国秀》，姚武功之《极玄》、无名氏之《搜玉》，皆各自成书，不可以立教。其《文苑英华》诗，则博而不精，姚铉《文粹》诗又高古不恒，《岁时杂咏》惟以多为贵，赵紫芝《众妙集》但取歌行乐府，而今体不具，王荆公《唐人百家诗选》但就宋次道所藏选成。此外所遗良多。方虚谷《瀛奎律髓》如初唐四杰、元和三舍人、大历十才子、四灵、九僧之类，皆有全书，惜所尚是江西派，议论偏僻，未合中道，令狐楚之《御览诗》，专取淳正，不涉才气。韦端己之《又玄》，则书亡久矣，今所刻者伪本也。惟韦縠《才调集》才情横溢，声调宣畅，不入于风雅颂者不收，不合于赋比兴者不取，犹近选体气韵，不失三百遗意，为易知易从也。

《才调》一选，非专去西昆体也。盖诗之为道，固所以言志，然必有美辞秀致而后其意始出，若无字句衬垫，虽有美意亦写不出。于是唐人必先学修辞，而后论命意。其取材又必拣择取舍，从幼熟读文选骚雅汉魏六朝，然后出言吐气，自然有得于温柔敦厚之旨，而不失三百篇之遗意也。韦君所取以此，故其为书也，以白太傅压通部，取其昌明博大有关风教诸篇，而不取其闲适小篇也；以温助教领第二卷，取其比兴邃密，新丽可歌也；以韦端己领第三卷，取其气宇高旷，辞调整赡也；以杜樊川领第四卷，取其才情横放，有符风雅也；以元相领第五卷，取其语发乎情，风人之义也；以太白领第六第七卷，而以玉谿生次之，所以重太白而尊商隐也；以罗江东领第八第九卷，取其才调兼擅也。其他如司空表圣非不超逸而不取，以其取材不文也；李长吉歌行非不峭媚而不取，以其著意险怪性情少也；韩退之非不协雅诵而不取，以其调不稳也；柳柳州非不细丽而不取，以其气不扬而声不畅也；高达夫、孟浩然非不高古而所取仅一二篇，以其□意不同也；韩致光《香奁》非不艳冶而不取，以其发乎情而不能止乎礼义也；襄阳、东野非不奇而所取亦仅一二，以其艰涩也。余不可殚述。要之，韦君此书，非谓可尽一代之人，亦非谓所选可尽一人之能事，合者取之，不合者弃之，亦自成韦氏之书云尔。

两先生教后学皆喜用此书，非谓此外皆无可取也。

盖从此而入，则蹈矩循规，择言择行，纵有纨绔习气，然不过失之乎文，若径从江西派入，则不免草野倨侮，失之乎野，往往生硬拙俗，诘屈槎牙，遗笑天下后世而不可救。今学者多谓印板唐诗不可学，喜从宋元入手。盖江西诗可以枵腹而为之，西昆则必要多读经史骚选，此非可以日月计也。况诗发乎情，不真则情伪，所以从外至者，虽炫目悦耳而比之刍狗衣冠；从肺腑流出者，虽近里巷鄙俚而或有可取。然亦须善为之。钝吟有云：图骥骜之形，极其神骏，若求伏辕，不免驾款段之驷；写西施之貌，极其美丽，若须荐枕，不如求里门之妪。万历间，王李盛学盛唐汉魏之诗，只求之声儿之间，所谓图骥骜写西施者也。穆斋谓诗人如有悟解处，即看宋人亦好，所谓款段之驷，里门之妪也。遂谓里门之妪胜于西施，款段之驷胜于骥骜，岂其然乎？若今诗人，专以里言俗语为能事，是图款段之马写里门之妪矣。其能免于千古姗（笔者按："姗"，当为"讪"）笑乎？噫，此言真为好言宋诗者药石矣。

默庵日拈是编，阅凡五次，皆自首讫尾，但书不尽存。钝吟所阅，多属友人藏本，旁行侧理，或丹或墨，行草不类，而其定本藏毛氏汲古阁。尤喜默庵批评圈点，附载。今特会萃，合成一集，俾诗家获睹是书而诗宗正传，昭然大白，可无素丝歧路之忧，有深幸焉。

两笔合刊，颇易蒙混，今将默庵□□□，俱用粗笔点用□钝吟□□□，俱用细笔点用□，其无圈点处，悉仍之。

凡所下语俱用默云钝云分别。

凡说诗法者列在人名后。

凡说全篇者列在诗题后。

凡说一句者列在本句下。

凡评注列在各句旁。

集中旧有原注悉依宋本。

宋本原缺字句，沈刻本虽补，今亦注明宋缺。原本不缺，两先生或疑其非，则字旁加□记出校正。旧注误处亦用□记。

凡默庵圈点加钝吟之上，钝吟圈点列默庵之下，或默取钝不取钝取默不取，各出己见，所有圈点亦分别粗细，概用单行。

两先生所好同，所学同，所穷年矻矻丹黄两豪不省去手亦同，而其论诗法则微有不合处。默庵得诗法于清江范德机，有《诗学禁脔》一编，立十五格以教人，谓起联必用破，颔联则承，腹联则转，落句则或紧结或远结。钝吟谓诗意必顾题固为吃紧，然高妙处，正在脱尽起承转合，但看韦君所取，何尝拘拘成法，圆熟极则自然变化无穷尔。

是书几亡久矣。沈雨若刻本，舛错纰缪，不可穷诘，幸钱求赤多方购求影宋抄本，历三处而得全，中间几经钱功甫辈明眼校雠，始得复见本来面目。然宋刻不免实有误处，沈氏刻时想亦曾见原本，意为更易，未可知也。虞山七十八老人简缘冯武（1627—1707）识。

——《二冯评阅才调集》十卷卷首

第13篇：1704年汪文珍跋《才调集》十卷

近日诗家尚韦縠《才调集》，争购海虞二冯先生阅本，为学者指南，转相榼写，往往以不得致为憾。甲申（1704）春，余获交钝吟次君服之冯仗，始知汲古阁毛氏收藏钝吟手阅定木默庵评阅，即附载其中，丹黄甲乙，各有原委。其从子简缘先生，实能道其所以。然因托友人假汲古所藏，并借影写宋刻，取沈刻本暨钱校本，重加校雠，而乞例言于简缘，遂谋登梓。庶同志者感佩两先生嘉惠后学之德，且不虑榼写之难云。康熙甲申（1704）八月新安后学汪文珍书城氏谨识。

——《才调集》十卷之康熙四十三年（1704）垂云堂刻本卷尾第六则

第14篇：1742年李澄跋《才调集笺注》（吴惠林抄本）

蜀韦縠《才调集》行世已久，无有笺释，惟虞山二冯先生本尝发抒其起承转合之法，立言之意，而典故事实犹未之及也，吾乡靖誉先生，博物洽闻，富于著述，于是集亦尝从事焉。句各有注，详其出处，又考其里居官爵，人为之序，俾读者寓目易了，其嘉惠后学之功，当出默庵、钝吟之右，惜未及脱稿而先生易箦，阅二十余年，其幼子根臣、文孙然，复次第前后，删重复，完其书而藏于家，可谓能世其业者矣。若镌板行远，苦一时无力，则不能无俟日月矣。时乾隆壬戌岁（1742）复月既望，同里后学李澄拜书。

——《才调集笺注》十卷之清吴惠林抄本卷尾第一则

笔者按：《才调集笺注》十卷之清抄本，上海图书馆有藏，索书号为线善821367—70，据此本卷首翁同书跋，此本抄者为吴兆宜的曾孙吴惠林，上海图书馆却著录抄者为吴惠淑，不知何故，录此备考。

第15篇：约1742年吴根臣跋《才调集笺注》十卷（吴惠林抄本）

己未（1739）之夏，阅先君子笺注遗本，有已脱稿者，亦有甫定稿者，如蜀韦縠《才调集》，旧未有笺释，先君子尝闵读者之茫无涯涘，遂征故实于群书，句为之释，俾作者之意，朗朗在目，且人各有传，其爵里名字，亦可共知，诚足为后学津梁。属稿甫定，而先君子病革，未及缮写。又且数年，男不揣固陋，与兄子然，参酌校对，次第前后，去其重复，历三秋，录成定本，藏诸家塾，以俟刊行，亦先君子之志也。男根臣百拜谨书。

——《才调集笺注》十卷之清吴惠林抄本卷尾第二则

第 16 篇：1764 年宋邦绥序《才调集》十卷

序

稽古载籍，垂世选集专集，或用事繁富，或取材奥博，阅之者望洋向若，□恍失据，必有借于笺注之家，搜罗考订，始有眉目可辨。选集如《昭明文选》，专集如《杜少陵》、《李玉谿》、《苏眉山》诸集，注不一家，经历多人，始克成书。或前人有志未逮，后人足而成之。或前人解说舛讹，后人考而正之。固不能成于一时，亦不限出于一手也。唐御史韦公縠所选《才调集》十卷，选择精当，大具手眼，当时称善，后代服膺。国朝冯默庵、钝吟两先生，加以评点，遂为学诗者必读之书。第引用广博，初学读之，尚昧津梁，偶检敝箧，得抄本数卷，系我郡殷君于上笺注，为蠹鱼所蚀者过半。余深惜焉，因广搜博采，补其残缺，正其舛讹，阅数年而告成。韦公原序暨二冯先生评点，俱仍原本，不敢妄自增易，就正四方博学君子，颇示许可，公余采撷，稍有微劳，虽不敢拟李善山谷诸公之注选注集，而于殷君发明前贤启迪后学之功，庶不致于泯没也，遂缀数语，弁诸简端，嘱思仁复加校雠，以付剞劂，若夫补辑未周，尚多典舆陶阴之误，是余考核未精，固陋之诮，知所不免尔。乾隆二十九年岁次甲申（1764）嘉平月长洲宋邦绥。

——《才调集补注》之乾隆五十八年（1793）宋思仁思补堂刻本卷首第一则

笔者按：《才调集补注》之乾隆五十八年（1793）宋思仁思补堂刻本被影印收入《续修四库全书》第 1611 册。

第 17 篇：1774 年吴玉纶序《才调集补注》

《才调集补注》序

从来说经之家，穷理与笺疏并重，诚以理归于约，必先义详于博，我夫子诏小子以学诗，鸟兽草木之名，于兴观群怨，而递及焉。即元公作尔雅，亦释诗者居多，不独陆玑一疏，开后世释名物者，数十家也，风骚而后，诗学莫盛于唐，前后选本不一。于蜀则有监察御史韦縠《才调集》十卷，诗千首，一百七十余家，大约导源汉魏，沿溯六朝，如原叙所云"韵高而桂魄争光，词丽而春色斗美"者，相传始刻于宋时沈氏，前明则有临安陈氏刻本，华亭徐氏钞本，虞山冯定远复得钱叶赵宋诸家钞本，印证校勘，加以评点，蔚为完书，而笺注独缺，读者惜焉。今天子振兴雅化，鼓吹休明，特开四库馆，购访遗书，此集仰邀睿定，收集部之总集类，用广流传，诚稽古盛事也。吾友汝和宋君，以甲午（1774）春赴选来京，出《才调集》一编示予，曰："此先大夫所笺释，盖就同郡殷君于上本为之广辑成书，予小子窃亦增注一二，藏诸箧中有年矣。请叙而付诸梓。"予于是受而读焉，或有以是集载李与元白，不载杜，且多以一人互见，各卷及叙次诸人不拘时代为说者，自属择精语详之义。然縠生五代文敝之际，惟以浓丽秀发，救当时粗俚之习，故所录多晚唐而不及少陵，义各有当。四库全书称其于诗教有益，洵定评也。至于传抄日久，间有凌佚，存参考而寄幽情，好古者往往如斯，况缘殷本而增之又增。其征引也博，其辨析也精，此真艺林之大观，庶几接笺注于选骚者矣。且予有取于兹集之笺注，岂徒循诵章句，掇拾故事，夸多斗艳以矜其才富调高云尔哉。将由是而沿流溯源，综览三唐升降，从汉魏六朝，上探骚雅，本温柔敦厚之教，以和声鸣盛，察贞□正变之原，以善俗，宜民当有措之裕如者子行矣。异日用弦歌报，最与古所谓登高作赋遇物能名者其从政可媲美焉。于以宣上德而继家声，未必不有得于兹编。是为序。乾隆三十九年甲午（1774）仲春谷旦，古蓼吴玉纶。

——《才调集补注》之乾隆五十八年（1793）宋思仁刻本卷首第二则

第18篇：1776年四库馆臣跋《才调集》十卷

臣等谨按：《才调集》十卷，蜀监察御史韦縠撰。每卷录诗一百首，共一千首。自序称"观李杜集元白诗"，而集中无杜诗。冯舒谓崇重老杜，不欲删择。然实以杜诗高古，与其书体例不同，故不采录。舒所说，非也。其中颇有舛误。如李白录《愁阳春赋》，是赋非诗。王建录《宫中调笑词》，是词非诗，皆乖体例。贺知章录《柳枝词》，其曲起于中唐，知章时未有其词，乃刘采春女所歌，亦非知章作。刘禹锡录《别荡子怨》，乃隋薛道衡《昔昔盐》。王之涣录《惆怅词》，所咏乃崔莺莺、霍小玉事，之涣不及见，实王涣作。皆姓名讹异。然颇有诸家遗篇，如白居易《江南赠萧十九》诗、贾岛《赠杜驸马》诗，皆本集所无。又沈佺期《古意》，高棅审改成律诗。王维《渭城曲》"客舍青青杨柳春"句，俗本改为"柳色新"。贾岛《赠剑客》诗"谁为不平事"句，俗本改为"谁有"。如斯之类，此书皆独存其旧，亦足资考证也。縠生于五代文敝之际，故所选取法晚唐，以秾丽宏敞为宗，救粗疏浅漏（笔者按："漏"应为"陋"）之习，未为无见。至冯舒、冯班意欲排斥宋诗，遂引其书于昆体，推为正宗，不知李商隐等，《唐书》但有"三十六体"之目，所谓西昆体者，实始于宋之杨亿等，唐人无此名也。乾隆四十一年（1776）五月恭校上。总纂官臣纪昀、臣陆锡熊、臣孙士毅，总校官臣陆费墀。

——《才调集》十卷之影印文渊阁四库全书本卷首

第19篇：1793年宋思仁跋《才调集补注》十卷

先思农公由词臣□历中外数十年，思仁始补博士弟子员随侍任所，晨昏定省之余，见先司农公听政理事，稍有余暇，或流览群书，或勤心著述，凡篇帙坏舛，辑襫刊正，始快心焉。同郡殷于上先生注唐韦御史縠《才调集》一编，尤为惬意之书，因惜其散帙不完，乃研精覃思，博考经史，采摭群言，足而成之，而于冯氏二先生评点暨殷于上先生笺注，俱为载列，不敢泯灭，盖不欲袭美前人，如郭象之窃向秀庄子解义以为己说，贻嗤后世，此先司农公之志也。思仁谨志于心，流光迅驶，不觉又历二十余年，犹未谋诸梓人者，缘遭先司农公见背，后中间多故，嗣亦远宦粤蜀，鹿鹿轮蹄，有志未逮，每忆庭训，不觉潜然泣下。去冬量移山左粮道，持节督运，鹤头鸿遵而进无事催□，颇获暇晷，披箧陈简，细为揣摩，逾月而竣，即付梨枣，非敢自附不朽，聊以追终先志云尔。乾隆五十八年癸丑（1793）仲夏，男宋思仁谨识。

　　——《才调集补注》之乾隆五十八年（1793）宋思仁思补堂刻本卷首第三则

　　笔者按：《才调集补注》之乾隆五十八年（1793）宋思仁思补堂刻本被影印收入《续修四库全书》第1611册。

第20篇：1863年翁同书跋《才调集笺注》十卷

　　此《才调集笺注》十卷，康熙中诸生吴江吴兆宜撰，河间纪氏阅微草堂藏本。兆宜尝注庾开府、徐孝穆集、玉台新咏、才调集、韩偓诗集，惟徐庾二集椠板行世，余止有传钞之本。黄侍郎宗汉偶得《玉台新咏》吴注钞本，有纪文达手批，其行款、钞手及卷首印记皆与此无异。文达跋称为显令曾孙惠林钞赠，然则此本亦惠林所钞也。同治二年（1863）二月。翁同书识。

　　　　——《才调集笺注》十卷之清吴惠林抄本卷首第一则

　　笔者按：第一，《才调集笺注》十卷之清抄本，藏上海图书馆，索书号为线善821367—70。此书第一册韦縠叙之页、第二册卷二首页、第三册卷五首页、第四册卷八首页之第一第二行有一朱长方印："河间纪氏阅微草堂藏书印"。第二，吴兆宜，字显令，则此抄本为吴兆宜曾孙吴惠林所抄。

第21篇：1938年傅增湘跋《唐人选唐诗》八种（有关《才调集》）

　　余自壬子（1912）季春，由沪返津，家居奉亲，岁月宽闲，日以丹铅自课。尤笃好唐贤吟咏，偶见善本，辄奋笔点勘，喜其情韵兼美，可以悦性怡情也。尝谒德化李椒微夫子，遍观藏书，适有影宋本《才调集》，楮墨精丽，审为述古堂旧物，因假得，以汲古本对勘，是为手校唐选八种之始，凡匝月而毕。嗣见师门有何义门评校唐诗七种，复先后借出。甲寅岁（1914）临《御览》、《极玄》、《中兴间气》、《搜玉》四集，丙辰岁（1916）临《国秀》、《箧中》、《河岳英灵》三集，其《箧中集》又兼临杨惺吾校本。时惺吾方以参政来京，与余过从素密，时为一瓻之借也。八集之中，惟《才调集》祇据宋本正定文字异同，其余则勘误之外，兼以评论，加之考订，并逐篇标点，用明去取之旨，盖点校并行，何氏家法，故不加甄择，照录于编。然缘此之故，致力弥勤，朱书细楷，充行溢幅，往往一集未终，而目为之昏眵，腕为之欲脱矣。兹取各集大概，分述于后，庶后来得吾书者可以明其旨要焉。戊寅岁（1938）八月十三日，藏园老人识。距校书之日已二十余年矣。

——《才调集》十卷之《唐人选唐诗》八种本

笔者按：此跋得自《藏园群书题记》卷十九①，不知有傅增湘此跋的《才调集》十卷版本今何在，录此备考。

第22篇：1838年傅增湘跋《才调集》

《才调集》十卷

校述古堂影宋本。原本为椒微师所藏，字画精雅，半叶十行，行十八字。有"虞山钱曾遵王藏书"、"述古堂图书记"、"钱曾之印"、"遵王"、"钱氏校本"、"求赤读书记"、"钱孙保印"、"毛晋私印"、"子晋"、"汲古主人"、"雪苑宋氏兰挥藏书记"、"友竹轩"、"筠"各印记。

按：此影宋本见《述古堂书目》，据《读书敏求记》所述，则钱氏藏《才调集》三：一为宋陈解元书籍铺椠本，一为钱复真家旧钞本，一为影写陈解元书籍铺本。知椒微师所得正其第三帙也。此书宋以后传本甚稀，隆庆（1567—1572）时沈雨若始刻以行，万历（1573—1620）时又有覆刻，然为俗人窜易，谬误至不可读。毛子晋汇刊唐选时，觅得善本，参考唐贤旧集，更订重刊，然未睹宋椠，榛芜满幅，未能净扫也。同时海虞冯己苍及定远，笃嗜此集，与叶石君、陆敕先诸人寻求旧本，匡谬正讹，俾臻完善。康熙甲申（1704），新安汪文珍访诸后人，获其遗迹，为之授梓，并附刊二冯评点，以示学诗之准的。记（笔者按："记"，疑为"继"）其先后访得者，华亭徐文敏家、江右朱文进中尉家宋刊残本，钱复真、焦弱侯、赵清常、孙研北四家钞本，改正沈刻至千余字，其所据依，皆出临安陈氏书籍铺本也。三百年来，古籍散亡，以余所闻见，并世未尝存有宋椠，则此述古摹本殆已孤行于天壤间，而余幸得手批而目玩之，不可谓非奇缘盛福矣。

第摹本亦有差失，如卷一薛能诗题《黄蜀葵》作"蜀黄葵"，刘长卿诗题《赴润州留别鲍侍御》无"别"字，《次秋浦界青谿馆》无"谿"字，似皆显然夺误，而冯校一遵之不改，要未为允惬。是在善读者之领悟，未可刻舟以求剑也。又闻之椒微师言，义门亦有评校本，惜当时所得只此七种，未识分析之后流落何归，附志于此，以冀有镜合珠还之日耳。

——《才调集》十卷之影宋本

---

①　傅增湘撰：《藏园群书题记》（20卷），上海古籍出版社1989年版，卷19，第934—935页。

笔者按：此跋得自《藏园群书题记》卷十九①，不知有傅增湘此跋的《才调集》十卷之影宋本今何在，录此备考。

第 23 篇：清王士禛序《才调集选》

才调集选序

孟蜀监察御史韦縠撰《才调集》诗凡若干首，大抵以风调为宗，先是，韦庄在前蜀，尝撰《又玄集》，縠书晚出，实为过之，然而雅郑杂陈，如侏儒倡优与云门咸池并列堂上，君子讥之。又如太白《愁阳春赋》、王建《宫中调笑词》，亦载卷中，尤非体例。余少时喜观是集，亦未尝不病其猥杂，因芟□芜莠，定为三卷，去俗存雅，可以传矣。唐代诸选，殷璠、元结之流，以风骨相高，最为杰出，独令狐氏《御览诗》暨是集，专尚风调，而縠殊短于持择，为识者所少。余之有是删，殆亦韦氏之诤臣欤？是集旧与唐释子《弘秀集》合刻，常熟毛子晋取列唐选之末，予又益以《又玄集》，唐贤之选，庶几备焉。王士禛撰。

——《才调集选》卷首第一则

笔者按：第一，《才调集选》，蜀韦縠原本，新城王士禛删纂，有《十种唐诗选》本，广文书局印行，被台湾新文丰出版公司 1976 年影印收入《丛书集成三编》第 34 册第 461 页至第 494 页。第二，王士禛《才调集选序》的写作时间比《才调集》许多序跋的写作时间要早，但是，《才调集选》毕竟不是韦縠原著《才调集》，故将王士禛《才调集选序》置于《才调集》所有序跋之后。

（四）后蜀国《才调集》著录文字辑录

1. （宋）王尧臣等《崇文总目》卷十一"总集下"：

《才调集》十卷。

2. （宋）郑樵《通志》卷七十"诗·总集"：

《才调集》、《天归集》十卷（唐韦縠撰）。

笔者按：不知此《天归集》从何而来。

3. （宋）陈振孙《直斋书录解题》"总集类"：

《才调集》十卷，后蜀韦縠集唐人诗。

4. （元）马端临《文献通考》卷二百四十八"总集"：

《才调集》十卷。陈氏曰："后蜀韦縠集唐人诗。"

5. （清）永瑢等《四库全书总目》：

卷一百八十六："《才调集》十卷（江苏巡抚采进本）。蜀韦縠编。縠仕王建为监察御史，其里贯事迹皆未详。是集每卷录诗一百首，共一千首。……唐人无此名也。"笔者按：省略者见《才调集》序跋文字辑录第18篇。

卷一百九十一："二冯评点《才调集》十卷（内府藏本）。国朝冯舒、冯班所评点，其犹子武合刊之。班有《钝吟杂录》，已著录。此书去取大旨，见武所作《凡例》中。凡所持论，具有渊源，非明代公安、竟陵诸家所可比拟，故赵执信祖述其说。然韦縠之选是集，其途颇宽，原不专主晚唐，故上至李白、王维以至元白长庆之体，无不具录。二冯乃以国初风气矫太仓、历城之习，竞尚宋诗，遂借以排斥江西，尊崇昆体黄陈温李，龈龈为门户之争。不知学江西者，其弊易流于粗犷；学昆体者，其弊亦易流于纤秾。除一弊而生一弊，楚固失之，齐亦未为得也。王士禛谓赵执信崇信是书，铸金呼佛，殊不可解。杭世骏《榕城诗话》亦曰：'戚进士岕言，德清人，每为二冯左祖。予跋其《才调集》点本后曰：固哉，冯叟之言诗也。承转开合，提唱不已，乃村夫子长技，缘情绮靡，宁或在斯，古人容有细心，通才必不当为此迂论。右西昆而黜西江。夫西昆盛于晚唐（按：晚唐无西昆之名，此语失考），西江盛于南宋，今将禁晋宋之不为齐梁，禁齐梁之不为开元、大历，此必不得之数。风会流转，人声因之，合三千年之人为一朝之诗，有是理乎。二冯可谓能持诗之正，未可谓遂尽诗之变也'云云。其论颇当，惟谓承转开合乃村夫子长技，则又主持太过。孟子曰：'梓匠轮舆，能与人规矩，不能使人巧。'巧在规矩之外，而亦不能出乎规矩之中，故诗必从承转开合入，而后不为泛驾之马，久而神明变化，无复承转开合之迹，而承转开合自行乎其间。譬如毛嫱西子，明眸纤步，百态横生，要其四体五官之位置，不能与人有异也。岂有眉生目下，足著臂旁者哉。王士禛《蠡勺亭观海》诗曰：'春浪护鱼龙，惊涛与汉通。石华秋散雪，海扇夜乘风。'竟不知士禛斯游为在春，在秋，在昼，在夜，岂非但标神韵，不讲承转开合之故哉。世骏斯言，徒欲张新城之门户而不知又流于一偏也。"

第五章 吴越国文人集部著作序跋文字和著录文字辑录

（一）吴越国罗虬集部著作序跋文字辑录（共8篇）

第1篇：罗虬自序

《比红》者，为雕阴官妓杜红儿作也。其妓美貌年少，机智慧悟，不与群辈妓等。予知红者，乃择古之美色灼然可称于史传三（笔者按："三"当为"者"）数十辈，优劣于章句间，遂比题红儿诗（笔者按："比题"，当为"题比"，即：遂题《比红儿诗》）。

——《解注比红儿诗集》一卷之明抄本正文开头

第2篇：五代王定保《唐摭言》的记载

罗虬词藻富赡，与宗人隐、邺，齐名咸通（860—874）乾符（874—879）中，时号"三罗"。广明庚子（880）乱后，去从鄜州李孝恭。籍中有红儿者，善肉声，尝为贰车属意。会贰车聘邻道，虬请红儿歌，而赠之缯彩。孝恭以副车所贮，不令受之。虬怒，拂衣而起。诘旦，手刃绝句百篇，号《比红儿诗》，大行时也。右出《摭言》。

——《解注比红儿诗集》一卷之明抄本卷首第二则

笔者按：此则记载出自五代王定保《唐摭言》卷十，《唐摭言》属"子部·小说家类（杂事之属）"，但是，此则记载既然被抄写于《解注比红儿诗》一卷明抄本卷首，那就具有了序跋的性质，故录之。下一条抄录《梦溪笔谈》记载的内容，道理与此相同。

第3篇：宋沈括《梦溪笔谈》的记载

杨大年因奏事，论及比红儿诗，杨大年不能对，甚以为恨，遍访红儿诗，终不可得。忽一日，见鬻文书者，有一小编，偶取视之，乃《比红儿诗》也。自此士大夫多传之。予按：《摭言》："《比红儿诗》乃罗虬所作，凡百篇。盖当时但传其诗，而不载名字，大年亦偶忘《摭言》所载耳。"右出《笔谈》。

——《解注比红儿诗集》一卷之明抄本卷首第三则

笔者按：此则记载出自宋沈括《梦溪笔谈》卷十四。

第4篇：1113年黄预《杜红儿诗序》一卷之明抄本

杜红儿诗序（笔者按：确实是"杜"不是"比"）

罗虬惑于红儿，既杀之，且追其冤，作绝句诗百篇，借古人以比其艳，其用心顾不谬哉。然览其诗辞，访其事实，杂出诸史氏传记，若稗官小说，傍曲取引，上下数千载间，皆有据依，其闻见亦已博矣。予初得此集，读之颇患不能尽记其事，偶桐庐方惎性夫过临，因出以示之，性夫辄能标于事迹，几无遗者，乃请衷所闻，以为之注，而属於（笔者按："於"，当为"予"）题其后。呜呼，国风不作久矣，是诗之文，虽不合于法度，然其淫夸感伤，殆无异乎泽陂溱洧之所刺者。姑存其词，因以见几是小，古人采其诗之旨欤？况乎多闻有足录者，未易以人废也。后之好古，览此诗注，不待翻阅群书而得周知其事，资其博识，且鉴前人之非谬，以为好色之箴戒，岂无小补哉。政和六年（1113）八月二十二日，临漳黄预题。

——《解注比红儿诗集》一卷之明抄本卷首第一则

笔者按：第一，《解注比红儿诗集》一卷之明抄本，中国国家图书馆有藏，索书号为5991。该书第一页书名项和作者名项署名是："《解注比红儿诗集》。郿州从事罗虬著，临漳黄预集，桐庐方惎注。"第二，黄预《杜红儿诗序》五字下同一行有二印：一曰"积学斋徐乃昌藏书"，为长方形印；一曰"北京图书馆藏"，为方印。

第5篇：明杨慎（1488—1559）跋《比红儿诗》一卷

罗虬《比红儿诗》百首，纤丽俊宛，自成一种风致，当时和凝《香奁》、义山《锦瑟》不及也。

——《比红儿诗》一卷之明末刻本卷首

笔者按：第一，《比红儿诗》一卷之明末（1621—1644）刻本，国家图书馆有藏，索书号为A02930。第二，国家图书馆著录此书为明末刻本，但是，杨慎生卒为1488—1559，可见，此刻本卷首所谓杨慎跋，只能是后人写刻上去的，而不会是杨慎的亲笔跋语。

第6篇：1782年沈可培《比红儿诗注》自序

《唐摭言》：罗虬辞藻富赡，与宗人隐郿齐名咸通（860—874）乾符（874—879）中，时号三罗。广明庚子（880）乱后，去从郿州李孝恭。籍中有红儿者，善肉声，尝为贰车属意。会贰车聘邻道，虬请红儿歌而赠之缯彩。孝恭以贰车故，不令受所贶。虬怒，拂衣而起。诘旦，手刃（吉按：雅雨堂刊本《摭言》"手刃"下有"红儿"二字。）绝句百篇，号《比红儿诗》，大行于世。据《摭言》，有"手刃"二字，《太平广记》遂衍为罗虬手杀红儿等语。余思虬果因孝恭之阻，当怒在孝恭，与红儿何涉。虬乃迁怒于无能弱女，亦不成丈夫矣。其诗何传乎？且虬原序并无怒意，细阅《摭言》，"诘旦手刃"即接"绝句百篇"，似有诩字缺文，然读至终篇，真红儿殁后怜之而作也。手刃之事，未知有无，而红儿则因诗而如绘矣。潞河客馆，枯坐无聊，友人以故实来问者，既缕答之，因裒集分注各诗之下，亦博览之一助也。乾隆壬寅（1782）日南至嘉兴沈可培识。

——《比红儿诗注》之《丛书集成续编》本卷首

笔者按：第一，此跋见上海书店出版的《丛书集成续编》第100册第913页。第二，《比红儿诗注》署名"嘉兴沈可培向斋著"。

第7篇：1790年沈清瑞跋

《比红儿诗注》一卷，吾家向斋先生所纂也。先生结佩命骚，抱琴安雅。暝写《玉台》之序，帘押一双；偷笺《锦瑟》之题，弦猜十五。

偶凭墨戏，小忏情痴。证奁体而翻书，续香闻于识字。拜鸟细订，脂画水镂。剔蠹冥搜，金迷纸醉。说艳琅嬛记外，鸯袜成材；耽奇笠泽书中，榴裙失绣。录征妮古，遇桃枕以能名；诗到无题，问犀通而得解。非所知者独丽色，抑雅好之在《国风》也。用是砚受螺煤，襜熏麝月。纷披俊语，便成铅黛之雌黄；芟在外篇，犹作荃兰之职志。乾隆庚戌（1790）五月既望，长洲宗后学清瑞跋。

——《比红儿诗注》之《丛书集成续编》本卷尾

笔者按：第一，此跋见上海书店出版的《丛书集成续编》第100册第922页。第二，此《比红儿诗注》版心刻"昭代丛书己集：比红儿诗注卷第四十。世楷堂藏板"，"比红儿诗注自序"下刻"广编卷第四十"。

第8篇：1817年杨复吉跋《比红儿诗注》

《比红儿诗注》跋

宋方性夫注《比红儿诗》一卷，载在《郡斋读书志》，至《直斋书录解题》已不著录，是原本之轶久矣。兹嘉禾同年沈公向斋补注，卷轴纵横，盖虽属游戏笔墨而狮子搏兔，亦用全力也。哲嗣竹岑广文近携公手稿见畀，因亟录入丛书，用志欣赏。丁丑（1817）季秋，震泽杨复吉识。

——《比红儿诗注》之《丛书集成续编》本卷尾

笔者按：此跋见上海书店出版的《丛书集成续编》第100册第922页。

（二）吴越国罗虬集部著作著录文字辑录

1.（宋）晁公武《郡斋读书志》卷四中"别集类中"：

罗虬《比红儿诗》一卷。右唐罗虬也。皇朝方性夫注。虬词藻富赡，与其族人隐、邺齐名，时号"三罗"。从郿州李孝恭。籍中有杜红儿者，善歌，常为副戎属意。副戎聘邻道。虬请红儿歌，赠彩。孝恭不令受之。虬怒，拂衣而起。诘旦，手刃之。既而追其冤，作绝句诗百篇，借古人以比其艳，盛行于时。

2. （宋）尤袤《遂初堂书目》"别集类"：

罗虬《比红儿词》。

3. （宋）陈振孙《直斋书录解题》卷十九"诗集类上"：

《比红儿诗》一卷。唐鄜州从事罗虬撰。红儿者，雕阴官妓杜也。

4. （元）马端临《文献通考》卷二百四十三"集·诗集"：

罗虬《比红儿诗》一卷。晁氏曰："……"

笔者按："晁氏曰"上文已引，故省略。

5. （元）脱脱等《宋史》卷二百八"别集类"：

罗虬《比红儿诗》十卷。

6. （明）徐㶍（1563—1639）《徐氏家藏书目》卷六第十三页：

《罗虬诗》一卷。[①]

7. （清）钱曾《钱遵王述古堂藏书目录》（清钱氏述古堂钞本）卷七：

罗虬《比红儿诗》一卷一本（宋板）。

《比红儿诗注》十卷一本（抄）。

（三）吴越国罗隐集部著作序跋文字辑录（共45篇）

（三）之1：《甲乙集》序跋文字辑录（共6篇）

第1篇：1711年何焯跋《甲乙集》十卷之汲古阁刊本

康熙辛卯（1711），借得毛丈斧季少年校本，大抵未为精尽，且亦非宋刻之善者，姑从之，以俟访求于藏书之多者焉。焯记。

——《甲乙集》十卷之明崇祯十二年（1639）毛氏刊《唐人八家诗》本卷尾

笔者按：《甲乙集》十卷之明崇祯十二年（1639）毛氏刊《唐人八家诗》本，国家图书馆有藏，索书号为309。下文不再注明此本之藏地和索书号。

第2篇：1801年黄丕烈（1763—1825）跋《甲乙集》十卷之宋陈宅书籍铺本。

《甲乙集》

去岁顾涧蘋秋试归，为余言有宋板罗昭谏集《甲乙集》，惜去迟，为他人得去，心甚快快。既而坊间人自金陵归者，告余颠末。盖是书在委巷骨董铺，嘉定瞿木夫往观之，需四两银，未能决其为宋刻，且欲俟涧蘋去一决之，故迟

---

① 中华书局编辑部编：《宋元明清书目题跋丛刊》（全19册），中华书局2006年版，第5册，第409页。

迟未得也。有顾某者，在叶氏扫叶山房作伙，素不识古书，闻白堤钱听默在彼，急取是书相质。听默本老眼，性又直，曰："此等宋板书何待看耶！"顾某狂喜，急持银易归，并欲听默定价。听默估以数金，顾某颇不惬意，以为宋板书天壤希有，我从未买过，今幸得之，非重值不肯售，遂居奇，虽欲索观，必亲自解包，一展卷而已。什袭藏之，直视此书为至宝矣。余所好惟旧刻，罗集亦有一本，惜止四卷，无目，故闻十卷本，欲蓄之以为全璧也。议价至一斤金，牢不可破。时余方北行，未成交易。顷都门旋里，问坊间人，知尚未销，如愿偿之，而全书始获。至宝之说，竟与少见者同病，夫亦可笑已。因思甲寅（1794）秋，同年蒋宾嵋曾在金陵得宋本《孟东野集》赠余，为季沧苇、安麓村所藏，今观是书图章正同。两书同出一源，而散失不知何时。今复俱归插架，翰墨因缘，何其深欤！卷首有文太清、渔洋山人两家图章，余所藏书未之见，更足以罕见珍，故特表出之。至于十卷本，毛刻亦然。然字句不尽合，谅未见宋刊庐山真面目，当以此为最耳。嘉庆辛酉（1801）夏六月望前一日挥汗书。黄丕烈（1763—1825）。

——《甲乙集》十卷之宋陈宅书籍铺本卷尾第一则

笔者按：第一，《甲乙集》十卷之宋陈宅书籍铺本，国家图书馆有藏，索书号为1094A8。下文不再注明此本之藏地和索书号。第二，此跋后有"尧圃过眼"方印。

第3篇：1803年后不久黄丕烈又跋《甲乙集》十卷

《甲乙集》跋二

癸亥（1803）夏五月望日，重展读于新居县桥之百宋一廛中，并取四卷残宋本展对一过。彼印本差后，纸背有"至正十一年"字迹，盖元印也。旧藏毛氏汲古阁与席玉照家，未知渠两家收藏时尚全否。卷中墨钉多同，间有旧人校补字，各书于上方，可谓慎重矣。就所补者录于此，以备参考。如：

卷二：《金陵夜泊》："冷烟轻"下作"雾"字；《湖南春日怀古》："苍"下作"茫野树碍"字；《别池阳所居》："雨夜老农"下作"伤"字；《送内史周大夫自杭州朝贡》"三变"下作"殿"字；《绣》"一片绿罗"下作"反降绡"字。

卷三：《重过随州故兵部李侍郎恩知因抒长句》："周高论伯牙琴"上作"庄"字。

卷四：《姑苏台》："高泰伯开基日"上作"台"字。

共七处，未知所据是何本。就字迹论之，当在毛、席两家收藏前。残刻已照此本影写补全，他日或与友人易去，未必久留我前，聊记梗概于此。荛翁识。

——《甲乙集》十卷之宋陈宅书籍铺本卷尾第二则

笔者按：此跋后一印曰"莞翁"，此跋所在之页有印曰"铁琴铜剑楼"长方印。

第4篇：方尔谦（1871—1926）跋《甲乙集》十卷

此传钞本观所用纸或在汲古阁刻八唐人集已前，无隅（笔者按：在卷首）。大方用汲古阁本校过（笔者按：在卷十末尾）。

——《甲乙集》十卷之明抄本

笔者按：第一，《甲乙集》十卷之明抄本，国家图书馆有藏，索书号为11159。第二，不知方尔谦此跋写于何时，今据方尔谦卒年早于傅增湘而姑且将方尔谦此跋置于傅增湘跋之前。

第5篇：1916年傅增湘跋罗隐诗（即《甲乙集》十卷）之《唐人百家诗》本

丙辰（1916）正月初九日，校延令钞本，补诗十首，钞附卷尾。此刻所有而钞本无之者四首：《大梁从事居汜水》、《昆仑水色》、《早行》、《咏白菊》也。前后校此集，计八日。人事作辍不常，兼以故乡烽火，警耗频问，意绪惘然，何必铅椠，掷笔为之恨恨不已。增湘。

——《甲乙集》之《唐人百家诗》本卷首目录后

笔者按：《甲乙集》之《唐人百家诗》本，国家图书馆有藏，索书号为00317。

第6篇：1931年傅增湘跋《甲乙集》十卷之明末汲古阁刻《唐人八家诗》本

徐司业梧生藏明写本唐诗二十册，都二十余家，余从其婿史吉甫太史假得《樊川》、《唐风》、《唐英》、《甲乙》四集，均以通行本勘过。此《甲乙集》适有汲古八唐人集，因对校一通，改订处殊少。别取瞿氏宋棚本校之，其字句亦率相合，盖毛氏汇刻时，似亦曾见宋本，故异字绝少也。连日都市戒严，向夕即路断行人，夜间无客见访，而余转得借此寝寐从事丹铅。此本假之吉甫，倏已经年，今日乃能以全帙□（笔者按：□为"去"或者"克"）还之。此亦严城寒夜之一快也。十月初八日，藏园居士记。辛未（1931）十月初八日校完。

——《甲乙集》十卷之明崇祯十二年（1639）毛氏刊《唐人八家诗》本卷尾

（三）之2：《谗书》序跋文字辑录（共25篇）

第1篇：867年后罗隐序《谗书》

谗书

《谗书》者何？江东罗生所著之书也。生少时自道有言语，及来京师七年，寒饿相接，殆似寻常人。丁亥年（867）春正月，取其所为书，诋之曰："他人用是以为荣，而予用是以为辱；他人用是以富贵，而予用是以困穷。苟如是，予之书乃自谗耳，目曰《谗书》。卷轴无多少，编次无前后，有可以谗者则谗之，亦多言之一派也。而今而后，有诮予以哗自衿者，则对曰：'不能学扬子云寂寞以诳人'。"

——《谗书》五卷之宝米斋抄本卷首第三则

笔者按：《谗书》五卷之宝米斋抄本，国家图书馆有藏，索书号为765395。下文不再注明此本之藏地和索书号。

第2篇：罗隐《〈谗书〉重序》

《谗书》重序

隐次《谗书》之明年，以所试不如人，有司用公道落去。其夏调膳于江东，不随岁贡。又一年，朝廷以彭公就辟，刀机犹湿，诏吾辈不宜求试。然文章之兴，不为举场也明矣。盖君子有其位，则执大柄以定是非；无其位，则著私书而疏善恶，斯所以警当世而戒将来也。自杨、孟以下，何尝以名为？而又念文皇帝致理之初，法制悠久，必不以蚍虮痒痛，遂偃斯文。今年谏官有言，果动天听，所以不废《谗书》也，不亦宜乎？

——《谗书》五卷之宝米斋抄本卷五末尾

笔者按：此行后有朱笔写曰"嘉庆壬申（1812）秋董国华以大典本校一过"。

第3篇：1302年方回（1227—1307）自序《谗书》

自序

宋子京《唐书》无罗隐姓名，欧阳永叔《五代史记·吴越世家》始书钱镠以沈松（笔者按："松"，应为"崧"）、皮光业、林鼎、罗隐为宾客，在唐昭宗景福元年壬子（892）之前，去天祐四年丁卯（907）唐亡十六年耳。唐懿宗即位，咸通元年庚辰（860），隐在京师举进士，留七载而不第。咸通八年丁亥（867），著《谗书》。唐僖宗光启二年丙午（886），钱镠知杭州。丁未（887），拜杭州刺史。今《方舆胜览》取《杭州图志》，书隐唐光启（885—888）间为钱唐令，辟掌记，为给事中，迁发运使，即皆钱氏之除擢也，而欧阳公称为钱镠宾客，何耶？自咸通（860—874）改元，至景福（892—893）改元，历懿、僖、昭三十三年，隐之本末可考者如此。所为《谗书》，乃愤闷不平之言，不遇于当世而无所以泄其怒之所作。详见淳熙二年乙未（1175），知新城县杨思济集叙。胄孙应龙见佐学徽州，将割俸重刊是书，俾识其本末。大德六年壬寅（1302）六月十九日辛巳，紫阳山人方回。

——《谗书》五卷之明抄本卷首第五则

笔者按：第一，《谗书》五卷之明抄本，国家图书馆有藏，索书号为13435，下文不再注明此本之藏地和索书号。第二，此跋题目为《罗昭谏〈谗书〉跋》。第三，此跋又见《谗书》五卷之光绪十二年（1886）邵武徐幹刻本卷尾第八则、《谗书》五卷之宝米斋抄本卷首第一则，题目是《罗昭谏〈谗书〉跋》。

第4篇：1302年黄德弼跋《谗书》旧抄本

余少读罗公昭谏《严陵钓台》遗刻（笔者按：见《谗书》卷五，题目作《刻严陵钓台》），盖所著《谗书》之一者，气节凛然，煜煜方册间，每以未睹全书为恨。近客徽学，会公之远孙云叔来为学正，因得拜观《谗书》及所赋诗，大抵忿势嫉邪，舒泄胸中不平之蕴焉耳。公，晚唐节士也，抱负卓荦，遭时不偶，受知吴越钱氏幕辟。历仕给事中、谏议大夫。首劝调师勤王，问罪朱温，虽钱不见听，而依中国以自固，遇真主，纳款归疆，终其身及其子若孙，无僭窃之志，往往皆出公平日讲明之素也。唐末僭伪纷起，立其朝者安食厚禄，充然无复报容，如公沉沦下僚、气节弗渝者，几何人？吁！士以气节为重，而文辞特其余事。在昔憸邪辈，岂无缔章缋句取媚一时，而泯泯莫闻。公气节可敬可慕，凡片言只字，皆足以传世，况其著书垂训者乎？新城杨令君旧尝梓行，久而失其板，云叔不忍废缀，割俸重刊，亦可谓克承先志矣。读者当知公之气节尽在是书，而不可徒以文辞例视之也。大德六年（1302）仲秋后五日，前进士东嘉黄真辅德弼父书。

————《谗书》五卷之明抄本卷首第六则

笔者按：此跋又见《谗书》五卷之宝米斋抄本卷首第二则。

第5篇：1568年钱穀（1508—1572）记

隆庆二年（1568）二月中旬，借顾从化元板本抄，第二卷内缺二叶，钞完，因以《吴越备史》列传书卷首。钱穀记。

————《谗书》五卷之明抄本卷首第三则

笔者按：此跋又见《谗书》五卷之宝米斋抄本卷尾第二则。第二，钱穀（1508—1572），字叔宝，自号悬磬室，吴县（今江苏苏州）人。[①]

第6篇：1570年无名氏《谗书识语》：

隆庆四年（1570）七月初一日，从钱叔宝借钞。

————《谗书》五卷之明抄本卷首第四则

笔者按：此跋又见《谗书》五卷之清嘉庆十二年（1807）吴骞拜经楼刻本（即《谗书》五卷之《续修四库全书》本，见《续修四库全书》第1122册，下文不再注明此本在《续修四库全书》的册第）卷尾第五则、《谗书》五

---

① 张㧑之、沈起炜、刘德重主编：《中国历代人名大辞典》，上海古籍出版社1999年版，第1909页。

卷之光绪十二年（1886）邵武徐幹刻本卷尾第五则。

第7篇：1771年王鸣韶跋《谗书》五卷

唐罗隐尝诋其所为文曰："他人用是以为荣，而予用是以辱。他人用是以富贵，而予用是以困穷。苟如是，乃自谗耳。因著一编曰《谗书》。"元大德六年（1302），紫阳方回校本。明姚士粦叔祥，尝编次隐集，未见此书，隐所著，有《江东》、《甲乙集》，而叔祥颜其集曰《秀才》，盖隐虽十上不中第，晚仕吴越，尝历谏议大夫、给事中，赐金紫矣，则不以秀才终也，何为乎名其书哉？辛卯（1771）九月，余留家兄邸架上有此书，为吴中钱叔宝榖钞本，偶取而读之。其持论固有精警可喜者，而逞其臆说，亦复不可为训。如以商王武丁梦得传说为商道既衰，人心将解，非凭天命，则下民无所畏，故假梦徵象说权以复之。夫使武丁非贤，即梦卜，安足牧已散之民。彼商纣不尝曰："有命在天，而民莫之许也。"今武丁之为贤主，而德教政令周于寓（笔者按："寓"应作"宇"），何患民心之不归，民志之不一，而借梦以诬之。民何能愚，直自愚耳，而谓贤主若是乎？又曰：丹商非不肖，是陶虞欲推大器于公共，故以不肖之名废之。信此言也，则尧舜以私废其子，毋乃似燕王哙耶？尤纰缪之甚。余恐读其书者，转以为新异，故书于后云。辛卯（1771）冬至，鹤溪居士王鸣韶（1732—1788）书于逸野堂。

——《谗书》五卷之宝米斋抄本卷尾第三则

第8篇：1792年任兆麟跋《谗书》五卷

右罗子《谗书》共五卷六十题，余得之仁和汪明府琳家，即命仲子昌谏录藏之。隐有自序、重序二篇，作于唐懿宗咸通八年（867）。考隐著作，《直斋书录》云："有《甲乙集》、《后集》、《湘南集》，又有《谗书》，求之未获。"是此书宋时已罕觏。此影钞本有大德六年（1302）黄贞辅、方回序跋，惟第二卷缺书两页。《子高之谦》、《说天鸡》二篇，已从姚氏《文粹》补入，《苏季子》等四篇仍缺焉。隐气节自负，纪言书事皆有为而作，匪徒以文词尚也。其中传写多脱讹，暇日即其可知者点正若干字，疑者姑缺，以俟后有读之者。乾隆五十七年（1792）仲秋既望，震泽任兆麟心斋氏记于莲泾之养正书塾。

——《谗书》五卷（存卷一至卷三）旧抄本卷尾

笔者按：此跋得自傅增湘过录，见《藏园群书经眼录》卷十二①，不知此旧抄本今在何处，存此备考。

---

① 傅增湘：《藏园群书经眼录》（19卷），中华书局1983年版，卷12，第1102页。

第 9 篇：1793 年杨复吉《谗书识语》

罗昭谏《谗书》五卷，著录于《郡斋读书志》，至《直斋书录解题》已云"求之未获"。《永乐大典》中有随斋批注曰："《谗书》近刻于新城县令，方万里跋所谓淳熙二年乙未（1175），知新城杨思济集叙。"殆即指此。辛亥（1791）秋日，从姚子英三假其旧藏写本第五卷及原跋读之，内惟《与招讨宋将军书》《说石烈士》《拾甲子年事》《请追癸巳日诏疏》四首，载入姚叔祥所刊《罗江东集》，余皆近代所罕传，虽残编断简，亦希世之珍也，因亟录之。闻吴兴书估言吴门藏书家见有全帙，尚愿宛转借抄，未知能逮斯志否？至命名之故，大约不离乎忧谗畏讥，同时沈颜有《聱书》，意犹是也。癸丑（1793）寒食日，松陵杨复吉（1747—1820）识。

　　　　——《谗书》五卷之光绪十二年（1886）邵武徐幹刻本卷尾第九则

笔者按：第一，此跋又见《谗书》五卷之嘉庆十二年（1807）吴骞拜经楼刻本（即《续修四库全书》本）卷尾第一则。第二，《谗书》五卷之光绪十二年（1886）邵武徐幹刻本，系据嘉庆十二年（1807）吴骞拜经楼刻本重校刊刻。

第 10 篇：约 1806 年黄丕烈跋《谗书》五卷

按枚庵钞本录此跋，今仍之，其所云从钱叔宝借钞，未知谁氏。荛翁（1763—1825）。

　　　　——《谗书》五卷之嘉庆十二年（1807）吴骞拜经楼刻本卷尾第六则

笔者按：第一，《谗书》五卷之嘉庆十二年（1807）吴骞拜经楼刻本，即《续修四库全书》本。第二，黄丕烈所云"此跋"，指"隆庆四年（1570）七月初一日，从钱叔宝借钞"这则跋语。

第 11 篇：约 1806 年黄丕烈又跋《谗书》五卷

枚庵所钞，云钞自王西庄光禄家，光禄侨吴之庞家衖，今已下世，其所藏亦稍稍散出，可慨也！荛翁又记。

　　　　——《谗书》五卷之嘉庆十二年（1807）吴骞拜经楼刻本卷尾第七则

笔者按：吴翌凤（1742—1819），字伊仲，号枚庵，一作眉庵，别号古欢堂主人，初名凤鸣，祖籍安徽休宁。侨居吴郡（今苏州）槐树街。①

第 12 篇：1806 年黄丕烈三跋《谗书》五卷

海宁吴君槎客，因吴江杨进士慧楼有言，闻吴兴书贾云，吴门藏书家见有全帙，尚愿宛转借钞，故托其同邑陈仲鱼向余借钞，其实余无此书，遂谢之，此乙丑（1805）春事也。后余从书肆果得吴枚庵钞本，有前四卷，可补吴槎

---

①　郑伟章：《文献家通考》（清—现代），中华书局 1999 年版，第 437 页。

客本，急寓书仲鱼取槎客原本五卷者相质证，实较吴枚庵多所裨益，而前四卷复赖余所得枚庵钞本足之，爰倩钞胥钞此以寄，他日可语慧楼，俾遂宛转借钞之愿云。丙寅（1806）正月十一日，吴趋黄丕烈尧翁识于百宋一廛。

——《谗书》五卷之光绪十二年（1886）邵武徐幹刻本卷尾第三则

第 13 篇：约 1806 年可能黄丕烈跋《谗书》五卷

姚子英三于去春曾携其家藏旧钞本相示，属校异同于别纸。此卷自以姚本为主，今刻从姚者，无容□吴本混之，有可从处，乞再查改，可也。

——《谗书》五卷之嘉庆十二年（1807）吴骞拜经楼刻本吴骞、黄丕烈校并跋本之卷尾第一则

笔者按：第一，《谗书》之嘉庆十二年（1807）吴骞拜经楼刻本吴骞、黄丕烈校并跋本，国家图书馆有藏，索书号为 17349。第二，该书卷五末尾"谗书卷第五"下有毛笔写"校枚庵本"四字。

第 14 篇：1807 年吴骞跋重《刻谗书》

重刻《谗书》跋

岁丙寅（1806）秋，黄尧圃主事以《谗书》五卷全本，属仲鱼孝廉见寄。予喜越意外，亟手自校录，刊入《愚谷丛书》。考《直斋书录解题》但载《罗江东甲乙集》、《后集》、《湘南集》，而云"隐又有《淮海寓言》、《谗书》，求之未获"，随斋批注"《谗书》刊于新城县"，殆即方回跋所谓"知新城县杨思济淳熙二年所刊而大德六年（1302）隐裔孙应龙重刊本"，亦不可复见，故近世储藏家都罕著录，苟微尧圃之好古敏求，安得使人复睹其全耶？尧圃跋云："此本乃吴枚庵从王西庄光禄传钞。"按：枚庵名翌凤，本休宁商山人，与予同宗，徙家于吴，遂占籍为郡，诸生，家素贫，博学而嗜古，吴故多藏书家，闻有善本，辄宛转构借，往往手自校录，丹黄甲乙，字必精楷，与予交尤莫逆，得佳帙，多互相传钞。犹忆乾隆丁未（1787）暮春，予与枚庵同访慧楼进士于松陵。茗话之顷，适西庄光禄亦至，相与留连，欵洽，极一时文酒之乐。夜漏数十刻，始各散去。度尔时二君已皆有是书，而彼此无谈及之者。未几，枚庵即挈家入楚，而光禄亦谢世，二家书籍，旋皆放失，不意时越二十余载，复有尧圃、仲鱼二君，为之展转作合于星离云散之余，一何奇也。岂江东生故为此变幻以自靳其谗乎？抑书之显晦固自有时乎？杀青既竟，爰述颠末，用复慧楼，且以告后之读《谗书》者。嘉庆丁卯（1807）上巳日，海宁吴骞（1733—1813）识。

——《谗书》五卷之嘉庆十二年（1807）吴骞拜经楼刻本（即《续修四库全书》本）卷尾第二则

笔者按：此跋又见《谗书》五卷之光绪十二年（1886）邵武徐幹刻本。

第 15 篇：1809 年李守信跋《谗书》五卷之明抄本

郑夹漈《艺文略》："《罗隐集》二十卷、《江东后集》三卷、《吴越掌记集》三卷。"《直斋书录解题》："《甲乙集》十卷、《后集》五卷、《湘南集》三卷。《甲乙集》皆诗，《后集》有律赋数首，《湘南集》者，长沙幕中应用之文也。隐又有《淮海寓言》、《谗书》等，求之未获。"随斋批注："《谗书》刊于新城县。"《简明录》："《罗昭谏集》八卷，原本散佚，仅存《甲乙集》四卷，此本康熙中张瓒所编，盖掇拾而成也。《文苑英华》当有秋云似罗□□未载，当未备矣。"信按：大德六年（1302）方回序文云："《谗书》乃愤闷不平之言"，详见淳熙二年乙未（1175）知新城县杨思济集叙，裔孙应龙见佐学徽州，将割俸重刊，与随斋注合。此册乃抄元本□□□□□惜张容庵订时未见此本。甚矣，书之难订也□□□□□□□信识于己巳（1809）除夕。

——《谗书》五卷之明抄本卷首第一则

笔者按：李守信当即李宏信。李宏信（约 1737—约 1816），号柯溪，浙江萧山人。其藏书处为小李山房。藏印曰："小李山房图籍"、"柯溪藏书"、"守信私印"、"小李山房"。① 据李宏信生平的大致时间，可判定其所云"识于己巳除夕"之"己巳"，为 1809 年。

第 16 篇：1811 年吴骞跋《谗书》五卷之拜经楼刻本

予以嘉庆丁卯（1807）重刻罗昭谏《谗书》五卷，第二卷中，原阙《苏季子》、《惟岳降神解》、《忠孝廉洁》、《疑凤台》四篇，遍检群籍，无从录补。今年春，大兴徐景伯太史从《永乐大典》钞得《惟岳降神解》、《疑凤台》二篇，属仁和陈扶雅孝廉、赵宽夫茂才展转寄至，为之狂喜，无异珠还而剑合也。爰亟补刊卷末，用公同好，并识嘉惠于勿媛云尔。辛未（1811）长夏骞再跋。

——《谗书》五卷之嘉庆十二年（1807）吴骞拜经楼刻本（即《续修四库全书》本）卷二末尾

笔者按：此跋又见《谗书》五卷之光绪十二年（1886）邵武徐幹刻本卷二末尾。

第 17 篇：1812 年董国华跋《谗书》五卷

《全唐文》馆扬州进本，止有《谗书》内《秋虫赋》、《上招讨宋将军书》、《请进癸巳日诏书疏》、《辩害》、《说天鸡》、《汉武山呼》、《梅先生碑》、《英雄之言》、《子高之让》、《蒙叟遗志》、《荆巫》、《风雨对》、《刻严陵钓台》、《拾甲子年事》、《说石烈士》等十五篇，后从《永乐大典》内采全，尚缺第二卷内《苏季子》、《忠孝廉洁》二篇，此本卷二缺《子高之让》

---

① 郑伟章：《文献家通考》（清—现代），中华书局 1999 年版，第 416—417 页。

以下六篇，后尾二行即《说天鸡》之末，校勘后补入四首，未知世间尚有他本可以补此缺陷否？嘉庆壬申（1812）秋抄，晋涵董国华识于读我书龛（笔者按：此跋小字双行写）。

————《谗书》五卷之宝米斋抄本卷尾第四则

笔者按：董国华（1773—1850），字荣若，号琴南，又号清闲居士，绿溪渔隐，江苏吴县（今苏州）人，历任云间书院、紫阳书院讲习。①

第18篇：可能1812年董国华跋《谗书》五卷之清宝米斋抄本

南枝堂旧钞本，每叶二十行二十字、字画极精，丁小鹤所藏也。今以相校。此跋在末页。是（笔者按：此"是"后显然还应有字，但未见，不知何故）。

————《谗书》五卷之清宝米斋抄本卷首方回跋语页天头上

笔者按：据上则跋为董国华写于1812年而判定此则跋的写作时间为"可能1812年"。

第19篇：约1822年阮元跋《谗书》五卷之拜经楼刻本

四库未收书目提要

《谗书五卷》（拜经楼本）

唐罗隐撰。隐有《两同书》，《四库全书》已著录，晁公武《读书志》所载卷帙与此同。陈振孙《书录解题》云"求之未获"，盖佚已久矣。是编依旧钞本影写，方回跋称"隐在京师举进士，留七载不第，咸通八年丁亥（867），著《谗书》，皆愤闷不平之言，不遇于当世，而无所以泄其怒之所作。"今观是编，益信回言之不虚。然隐既仕吴越，能请举兵讨梁，劝伐无道，侃侃大义，又岂仅以文士见称哉。

————《谗书》五卷之光绪十二年（1886）邵武徐幹刻本卷首第一则

笔者按：阮元（1764—1849）《四库未收书目提要》五卷为道光二年（1822）阮氏刻揅经室外集本，前有阮元次子阮福道光二年（1822）序，故认定阮元为《谗书》五卷之拜经楼本作《提要》的时间是约1822年。

第20篇：清张金吾（1787—1829）跋《谗书》

《谗书》五卷（抄本。从照旷阁藏本传录。）

唐江东罗隐撰。前有《吴越备史》本传。是书《郡斋读书志》著录："今读其书，大抵皆忧谗畏讥、愤世嫉俗之语，故其书不甚流布。"《直斋书录解题》云："隐有《淮海寓言》及《谗书》，求之未获。"随斋批注云："《谗书》刊于新城县。"则是书在宋已罕觏矣。此本从钱叔宝家影元抄本辗

---

① 张㧑之、沈起炜、刘德重主编：《中国历代人名大辞典》，上海古籍出版社1999年版，第2260页。

传写者。

——《谗书》之清抄本

笔者按：此跋得自清张金吾《爱日精庐藏书志》卷二十九第二十五页至第二十七页①，不知有张金吾此跋的《谗书》之清抄本今何在，录此备考。

第21篇：顾广圻（1766—1835）跋《谗书》五卷

《谗书》五卷（拜经楼刻本）

《唐文粹》所载亦未全校，可谓草草矣。刻书易，校书难，岂不洵然耶？

——《谗书》五卷之嘉庆十二年（1807）吴骞拜经楼刻本

笔者按：此跋得自于《思适斋书跋》（顾千里撰，王大隆辑）卷四第十二页②，《顾千里集》卷二十二亦收此跋③，不知此跋在《谗书》拜经楼刻本的哪一个本子上，存此备考。

第22篇：衍石子跋《谗书》五卷

《古今名贤确论》内有昭谏文字。《季沧苇书目》："《罗昭谏集》五卷"，当即是书。又有罗隐《甲乙集》十卷，闻黄荛圃得之，或他日可假以补录此文之阙。衍石子。

——《谗书》五卷之宝米斋抄本卷尾第五则

笔者按：第一，此跋小字双行写，后有三印，依次是："小亭"朱方印、"韩泰华印"朱方印、"希微藏书"椭圆朱印。第二，韩泰华，号小亭，浙江仁和（今杭州）人，官潼关道。晚年侨居金陵，筑玉雨堂。道光庚戌（1850），尝辑《元文选》首集，毁于兵。④ 又，钱仪吉（1783—1850），初名逵吉，字蔼人，号衍石，藏印有"仙蝶斋"白方、"仪吉之印"小白方等。⑤ 不知"衍石子"是韩泰华还是钱仪吉，录此备考。

第23篇：瞿镛（1794—1875）跋《谗书》五卷

《谗书》五卷（旧钞本）

唐罗隐撰。宋时刻于新城。元大德（1297—1307）间裔孙应龙重刻。此从元刻本钞出。其卷二中《苏季子》、《维岳降神解》、《忠孝廉洁》、《疑凤

① 中华书局编辑部编：《宋元明清书目题跋丛刊》（全19册），中华书局2006年版，第11册，第524—525页。

② 中华书局编辑部编：《宋元明清书目题跋丛刊》（全19册），中华书局2006年版，第5册，第328页。

③ （清）顾千里著，王欣夫辑：《顾千里集》，中华书局2007年版，第364页。

④ 叶昌炽：《藏书纪事诗》，上海古籍出版社1999年版，卷4，第362页。

⑤ 郑伟章：《文献家通考》（清—现代），中华书局1999年版，第710—711页。

台》四篇已缺，有东嘉黄真辅序、紫阳山人方回跋。

——《谗书》之清抄本

笔者按：此跋得自瞿镛《铁琴铜剑楼藏书目录》卷十九第五十二页①。不知有瞿镛此跋的清抄本《谗书》，今藏何处，录此备考。

第24篇：1886年徐幹跋《谗书》五卷之刻本

跋

罗江东留京师七年，尝以为憾。予留京师十年，不得一第。予之才学，何敢望江东之肩背；予之不遇，则尤有甚焉者。少时闻其著《谗书》，以寓愤闷不平之意，虽未见其书，未尝不悲其遇也。今年春，海宁马澹泉谓蒋泽山孝廉有是书，予访得之，乃拜经楼精刻，板久毁失，其书造语遒峭，穷愁落寞中，有不可一世之概。因泽山之请，重校付梓，俾读是书者，知江东惊才绝艳，照耀千古，区区人世之荣，复何足称，而如予之瓠落蒲零，遇虽同而才不足，犹欲托江东之书以传，可嘅也已。光绪十二年（1886）八月，邵武徐幹识。

——《谗书》五卷之清光绪十二年（1886）邵武徐幹刻本卷尾第二则

第25篇：1941年傅增湘跋《谗书》五卷：

《谗书》五卷（唐罗隐撰，存卷一至三，计三卷）

旧写本，八行二十字。有大德六年（1302）前进士东嘉黄贞辅德弼序。后有任心斋手跋，录如左方："……"（笔者按：任心斋手跋，即第8篇任兆麐跋，见前文，故省略）钤印有："汪士钟字春霆号朖园书画印"（白文，此印少见）、"平江贝氏文苑"（朱）、"简香藏书"（白）、"定父居士"（朱）、"汪琳之印"（朱）、"莲浦"（朱）。（李木斋遗书，辛巳）。

——《谗书》五卷之旧抄本

笔者按：第一，此跋得自《藏园群书经眼录》卷十二。② 第二，此跋为傅增湘写，故"辛巳"为1941年（而非其他辛巳年）。第三，不知有傅增湘此跋的旧抄本《谗书》今藏何处，录此备考。第四，所录《吴越备史》关于罗隐的文字也是序跋，暂从略

（三）之3：《江东集》序跋辑录（共5篇）

第1篇：明代姚叔祥《江东集序》

海盐姚士麟序

《江东集》叙

---

① 中华书局编辑部编：《宋元明清书目题跋丛刊》（全19册），中华书局2006年版，第11册，第294页。

② 傅增湘：《藏园群书经眼录》（19卷）（全5册），中华书局1983年版，第4册，第1102页。

罗隐有《江东》、《甲乙》等集，今皆不可见，乃平园周氏跋《文苑英华》谓隐集全卷收入，心窃快之，辄为搜录，以为《甲乙》前后无复遗琛剩铣。比检《唐文粹》、《枫窗小牍》及书、疏、碑、铭十余篇，而计有功、祝和父所载诸体诗又若干首。至《吴越备史》所云《贺更名》、《太师表》、《行营露布》、《八会亭记》，则又有目无篇，于是益疑周氏全收之语，而后有赤水寻珠奢想。第合传与集观之，如《乞收癸巳诏》、《上宋招讨》之为唐易表语，《题磻溪》之为钱氏，亦可以窥隐作于一斑。虽其生平腾口，取憎当世，而于恢剧之中，别有贞足干事者在。善乎，王伯厚之叹。其《咏松》讨梁一语，而粪土荀鹤诸人也。独怪隐待用唐家六十年，而唐故轻于用人，重一进士，使千百载后，田农闺妪不称他进士，特重之曰罗隐秀才，是隐重而唐轻，进士轻而秀才重也。悲夫。海盐姚士麟叔祥叙。

——罗昭谏《江东集》五卷之屠中孚刻本卷首第二则

笔者按：罗昭谏《江东集》五卷之明代屠中孚刻本，国家图书馆有藏，索书号为2921。下文不再注明此本之藏地和索书号。

第2篇：明代屠中孚《罗江东集序》

刻《罗江东集》序

余读《江东集序》，有"秀才重"一语，不觉跃然喜。视镜中溲具，光彩陆离，更不妨以怒发受之。比竟读一过，则自韦尚书诸启以下，要□乞人心血，因知唐秀才不殊今秀才也。若《答云英见诮》及《题新榜》二绝，真堪为之涕落。至于南唐使人金榜一言，秀才于斯剥面皮矣。惟是力劝武肃讨梁，较有英雄气，然亦是秀才作用。夫以杭越区区新集之众，而吴人宣润迫切肩肘，能使之兴师远伐乎？大都隐意以为，听之则持三军缟素、讨杀义帝之声，归之钱氏；不听则使汉贼不两立之高论，阴以自处，为空名诸葛，且以愧唐之忘我而我不忘唐耳。此诚秀才得力地也。第隐而秀才者一，不隐而秀才者天下也。秀才而重，不秀才而不必重，是重在秀才，不在我也。余故反而重我，辄为刻之，以重江东之我，其亦有证于叔祥之重也夫。衡岳山人屠中孚书于愚姜苤馆。

——罗昭谏《江东集》五卷之屠中孚刻本卷首第一则

第3篇：明代叶昼序罗昭谏《江东集》

序

罗昭谏初名横，十上不中第，遂更名隐。今日无不知有罗隐秀才者，是昭谏以横隐，而以隐传也。今日秀才不知隐，惟知横，其隐也宜矣。若能体味叔祥秀才重并德胤我？语其不以秀才传也，吾不信矣。寄语秀才，毋重为腾口取憎当世如罗横也，何如用此。旧吴叶昼戏题。

——罗昭谏《江东集》五卷之屠中孚刻本卷首第一则

笔者按：叶昼，生卒不详，万历年间（1573—1620）曾托名李贽评点小说，天启四年（1624）作客开封。①

第4篇：1668年清代吴颖《重刻罗昭谏〈江东集〉序》

重刻罗昭谏《江东集》序

唐末新城诗人罗隐昭谏，世多传其诙谐不羁之句，将以自全于乱世也。唐世重进士科，读昭谏《赠云英》诗，为怒焉心伤之。夫士遭遇末造，即令东野"春风马蹄"，亦已感怆难读，而昭谏终身贱贫，老为逋客，溷迹滑稽，以自表见，不亦悲乎？予故尚论其世，而叹不得志于时者之所为，故如此矣。盖唐诗至昭、僖之际而细已甚，若昭谏者，其犹有荡佚唱叹之风欤？予又读其张新声、石烈士二记，殊为贱士发其幽光也。即诗或不尽佳，亦当为之流连不什，而况其诗之激楚不堪多读，有甚于此者哉！且昭谏则固有心于天下之大者也。遨游吴楚，退而应钱王之召，其高节奇气有可以撼山岳而砥江河者。钱起临安，与新城并壤。昭谏与杜建徽皆新城人，所云罨江贰气横亘者，此也。钱初授镇海节度，谢表颇言浙西繁富，昭谏曰："此诛求之端也。"易之。唐廷臣读至"天寒而麋鹿常游，日暮而牛羊不下"，叹焉，曰："此必罗隐笔。"呜呼！以是杂诸谲谏之侪，夫何愧乎斯！时韩致光、周朴诸公流离中，篇章传播闽与越，其有相为感应者欤？昭谏故有《江东甲乙集》、《淮海寓言》及《谗书》、《后集》，今多不传，而深幸此本之仅存也。此本为嘉禾姚叔祥所较。叔祥藏书颇富，考核亦精，而欲以"秀才"二字为罗隐重，抑末已。武定张容庵明府令新城三月，政事之余，留心风雅，购得此本，甚喜，更加钉焉。将付梓人，适余客游之，举以示予。予因论其世，与容庵共读焉。则既辗然以喜，而又凄然以悲也。康熙岁次戊申（1668）九月，溧阳吴颖序。

——《罗昭谏集》八卷之康熙九年（1670）刻道光四年（1824）补刻本卷首第二则

笔者按：《罗昭谏集》八卷之康熙九年（1670）刻道光四年（1824）补刻本，上海图书馆有藏，索书号为线普长312908—09。下文不再注明此本之藏地和索书号。

第5篇：1932年叶景葵罗昭谏《江东集》记

罗昭谏《江东集》

此李云卿手校本，同时见其手抄，兴平县《马嵬志自跋》云："随伯氏官浙中，与泉唐吴笏庵、海宁陈受笙时相过从，每向汪氏振绮堂借书录副。"后

---

① 张㧑之、沈起炜、刘德重主编：《中国历代人名大辞典》，上海古籍出版社1999年版，第400页。

题嘉庆十一年（1806）。又钤一印曰："家在桂林古里"，似为广西人张本。当即康熙张瓒本，吕本未详。壬申（1932）冬仲购于来青阁。景葵记。

——《江东集》之康熙九年（1670）刻本

笔者按：第一，此跋得自叶景葵《卷盦书跋》[1]，不知有叶景葵此跋的《江东集》版本今何在，录此备考。第二，叶景葵跋语说这本《江东集》应当是康熙张瓒本，即应当是康熙九年（1670）张瓒所刊刻的《罗昭谏集》八卷。由此可知，这里所谓的《江东集》，实际是《罗昭谏集》。

（三）之4：《罗昭谏集》序跋辑录（共6篇）

第1篇：1670年戴京曾《罗昭谏集序》

《罗昭谏集》序

罗昭谏诗言中有响，三百篇后颇寓讽谏之意。或者以其语多平易而忽之，要之胜填词豪艳而无当于兴感者什百矣。况其精邃自然处，正复不让唐之初盛。昔刻本不多见，而新登为昭谏故里，板亦不存。今邑侯容庵张公鸣琴之余，访公平昔读书之所，俯仰凭吊，因与邑之贤士大夫及诸生，购《江东》、《甲乙》诸集，删讹订异而重镂之，以风后贤曰："此邑之前辈遗徽如此也。借其言无所兴感，早湮灭不传矣。然则士安可不修辞砥行以自为不朽乎？"予独谓：今邑令以完赋为最考，未暇训士，皇表章前士之遗言以兴起士。若张侯之用心，可谓以新登起新登，合乎古人祭乡先生于社之意，殆不仅为新登计一时也。夫令一邑而不仅一邑之一时计，世将遍购其成绩之书而颂之。予殆尝鼎一脔于昭谏之一集矣乎。梓成命序者，为邑人袁卓湄先生，所称与侯同，俯仰凭吊之贤士夫也。遂不敢以不文辞，而志其重梓之本末如此。时康熙九年（1670）谷旦，大理寺丞钱唐戴京曾敬识。

——《罗昭谏集》八卷之康熙九年（1670）刻道光四年（1824）补刻本卷首第一则

笔者按：第一，此序又见《罗昭谏集》八卷之康熙九年（1670）张瓒瑞榴堂刻本卷首第一则。第二，《罗昭谏集》八卷之康熙九年（1670）张瓒瑞榴堂刻本，国家图书馆有藏，索书号为1854。下文不再注明此本之藏地和索书号。

第2篇：1670年袁瑛《重刻罗昭谏集跋》

重刻《罗昭谏集》跋

罨江之气，犹亘亘至今昭回于云汉碧落间也。以为果有所见耶？原非形象可拟议；以为竟无所见耶？亦非形象可限量。何也？气固不丽乎形象而丽乎文

---

[1]　叶景葵：《卷庵书跋》，古典文学出版社1957年版，第126页。

章事业而已。罗昭谏，唐以文章名者也。说者以其腾口去憎，类诙谐滑稽之所为，似矣。然读《乞收癸巳诏》、《上宋招讨书》、《题磻溪》、《请更表》诸宏词谠论，于以佐国是而惠残黎，当时实嘉赖之，况乎力劝武肃讨梁，垂诸史册，扶植纲常者之尤堪不朽耶！昭谏固不仅以文章名，而宜以事业著者也。夫文章事业一日不泯没于一壤，则此气质绚烂正显显未有艾，顾遇有齐不齐耳，傥必曰罗、杜出而青白不复见，则拘虚者之说也。善乎我侯之梓是集也，殆欲以文章事业作新其气而嗣之徽乎？不然，昭谏生唐之末造，历前代，迄今千有年所矣，其间绾铜章、操风雅者，代岂乏人，而直俟我侯为之凭吊而敷扬焉？且俾其芳言传人颂奕？于不穷焉。事有旷千百世而相感者，予诚不知其何心矣。时康熙九年（1670）庚戌菊月鼍江后学袁瑛谨跋。

——《罗昭谏集》八卷之康熙九年（1670）刻道光四年（1824）补刻本卷首第三则

笔者按：此跋又见《罗昭谏集》八卷之康熙九年（1670）张瓒瑞榴堂刻本卷首第三则。

第3篇：1670年张瓒《罗昭谏集跋》

《罗昭谏集》跋

罗昭谏旧有《江东》、《甲乙》等集，《谗书》、《后集》、《淮海寓言》，今不复见。戊申（1668）春，予承乏新城。新，故先生里闬也。伪梁时，避太祖讳，改名新登。今治东鼍江，即所谓青白二气横亘者也。余闲与乡先生、诸生辈数凭眺其上，登鸡鸣山，录先生读书处，吊荒宅于茶枝瓦块中，仿佛如见先生焉。因购求先生遗书，得《江东集》抄本于袁公湄，嗣复得《甲乙集》刻本合读之。虽全集不获尽睹，窥豹者已得一斑矣。但字多陶阴不可辨，遂弗辞鄙陋，参互较订。分为八卷，重镂诸木，使天下之人知先生之名重当时、生施后世者以此，即新之人知先生之名重当时、声施后世者以此。庚戌（1670）桂月张瓒跋。

——《罗昭谏集》八卷之康熙九年（1670）刻道光四年（1824）补刻本卷尾第二则

笔者按：第一，此跋又见《罗昭谏集》八卷之康熙九年（1670）张瓒瑞榴堂刻本卷尾第二则。第二，此跋又见《罗昭谏集》八卷之景印文渊阁四库全书本卷末（见景印文渊阁四库全书第1084册第285页），但是，"桂月张瓒跋"作"桂月渤海张瓒跋"；影印文津阁四库全书本《昭谏集》卷末亦有此张瓒跋，与《文渊阁四库全书》本所载相同。注意，罗隐集著录于《文津阁四库全书》中，书名作《昭谏集》而不是《罗昭谏集》。

第4篇：1778年四库馆臣跋《罗昭谏集》八卷之影印文渊阁四库全书本

臣等谨按：《罗昭谏集》八卷，唐罗隐撰，隐有《两同书》已著录。考《吴越备史》隐本传云隐（笔者按：四库总目本"隐"后有"有"字）《江东》、《甲乙集》、《淮海寓言》及《谗书》、《后集》（笔者按：中华书局1997年整理本《钦定四库全书总目》第2029页"淮海寓言"后有"二十卷"三字，且脱"及"字）并行于世。郑樵《通志·艺文略》载《罗隐集》二十卷、《后集》三卷，又有《吴越掌记集》三卷。至陈振孙《书录解题》则《甲乙集》仅十卷而《后集》反有五卷，又多《湘南集》三卷，且注"《甲乙集》皆诗，《后集》有律赋数首，《湘南集》乃长沙幕中应用之文，隐又有《淮海寓言》及《谗书》等，求之未获"云云。据此则不特《吴越掌记集》不传，即《淮海寓言》、《谗书》二种，振孙且不得见矣。此本为康熙初彭城知县张瓒所刻，后有瓒跋云："昭谏诸集，今不复见，仅得《江东集》抄本于邑人袁英家，嗣后得《甲乙集》刻本，合而读之。虽全集不获尽觐，窥豹者已得一斑矣。"盖出于后人所掇拾，非旧帙也。所载诗四卷，又有杂文一卷，诗与毛晋所刻《甲乙集》合，杂文则不知原在何集。其《湘南集》仅存自序一篇，列于卷中，序谓湘南文失落于马上军前，仅分三卷，而举业词祭之文（笔者按：中华书局影印本《四库全书总目》卷一五一第1303页"词"作"祠"，且"祠祭"与"之文"之间有如下二十字：亦与焉。今杂文既无长沙应用之作，亦无举业祠祭），惟诸启多作于湖南，或即《湘南集》中之遗欤？《文苑英华》有隐《秋云似罗赋》一篇，盖即《后集》之律赋，此本失载，则所采亦尚遗漏矣。第七卷末一篇为《广陵妖乱志》，前十一篇疑即《淮海寓言》之文也（笔者按：今影印文渊阁四库本《罗昭谏集》第七卷、影印文津阁四库全书本《昭谏集》第七卷，均含杂著9篇，非12篇，不知四库馆臣何以有此误）。第八卷有《两同书》十篇，《唐志》著录其说，以儒道为一致，故曰两同，似乎《谗书》之外，又有此书者，其异同则不可考矣。隐不得志于唐，追唐之亡也，梁主以谏议大夫召之，拒不应，又力劝钱镠讨梁，事虽不成，君子韪之。其诗如《徐寇南逼感事献江南知己》一首、《即事中元甲子》一首、《中元甲子以辛丑驾幸蜀》四首，皆忠愤之气溢于言表，视同时李山甫、杜荀鹤辈，有鸾枭之分。虽残缺之余，犹为艺林所宝重，殆有由矣。乾隆四十三年（1778）二月恭校上。总纂官臣纪昀、臣陆锡熊、臣孙士毅，总校官臣陆费墀。

——《罗昭谏集》八卷之影印文渊阁四库全书本卷首

笔者按：第一，此跋实际即四库馆臣为《罗昭谏集》八卷之《文渊阁四库全书》本所写之《提要》，见影印文渊阁四库全书第1084册第191页至第

192 页。第二，《四库全书总目》卷一百五十一《罗昭谏集》（八卷）云此本系"浙江巡抚采进本"。第三，1784 年四库馆臣给《罗昭谏集》八卷之《文津阁四库全书》本所写《提要》与 1778 年四库馆臣给《罗昭谏集》八卷之《文渊阁四库全书》本所写的《提要》在字句上多有不同，比较二者之异同，甚为烦琐，故只好将《文津阁四库全书》本《罗昭谏集》八卷的《提要》也抄写如下，但不作为《罗昭谏集》八卷的另一则题跋：

臣等谨按：《昭谏集》八卷，唐罗隐撰。隐字昭谏，自号江东生，杭之新城人。本名横，咸通（860—874）乾符（874—879）中十举进士不第，遂更名隐。从事诸镇，历湖南、淮润，皆不合，晚乃从钱镠之辟，为掌书记，历节度判官、盐铁副使，寻奏授给事中。考《吴越备史》隐本传云：隐有《江东》、《甲乙集》、《淮海寓言》及《谗书》、《后集》，并行于世。郑樵《通志·艺文略》载《罗隐集》二十卷、《后集》三卷，又有《吴越掌记集》三卷，至陈振孙《书录解题》、晁公武《读书志》，则仅载有《甲乙集》及《谗书》五卷，而其他不得见矣。此本为康熙初新城知县张瓒所刻，后有瓒跋云："昭谏诸集，今不复见，仅得《江东集》抄本于邑人袁英家，嗣复得《甲乙集》刻本，合而读之，虽全集不获尽覩，窥豹者已得一斑。盖出于后人所掇拾，非旧帙矣。所载诗四卷，又有杂文一卷、启一卷，与世所传《甲乙集》合，杂文及启，则不知原在何集。又有《湘南集》，仅存自序一篇，列于卷中，序谓湘南文失落于马上军前，仅分三卷，而举牒祠祭之文亦与焉。今杂文既无长沙应用之作，亦无举牒祠祭之文，惟诸启多作于湖南，或即《湘南集》之遗欤？《文苑英华》有隐《秋云似罗赋》一篇，而此本失载，则所采亦尚遗漏矣。第七卷为杂著十二篇，末一篇为《广陵妖乱志》，前十篇（笔者按：十篇当作十一篇）疑即《淮南寓言》之文也。隐不得志于唐，迨唐之亡也，梁王以谏议大夫召之，拒不应，又力劝钱镠举兵讨梁，事虽不成，君子韪之。诗如《徐寇南逼感事献江南知己》一首、《即事中元甲子》一首、《中元甲子驾幸蜀》四首，皆忠愤之气溢于言表，视同（笔者按："同"后当有"时"字）李山甫、杜荀鹤辈，有鸾枭之分。虽残缺之余，犹为艺林所宝重，殆有由矣。乾隆四十九年（1784）二月恭校上。总纂官臣纪昀、臣陆锡熊、臣孙士毅，总校官臣陆费墀。

　　　　——《罗昭谏集》八卷之影印文津阁四库全书本卷首

第 5 篇：1824 年吴墉跋《罗昭谏集》八卷

《罗昭谏集》跋

有唐一代之诗，首推少陵，非特千汇万状，包涵百家，而原本忠孝，蒿目民生，一发之于诗，此其所以为诗史、为诗圣也。罗昭谏生唐末造，累举进士不第，继而薄游吴楚，归依武肃以终。世传其混迹滑稽，自全于世，而不知其乃心王室，劝讨伪梁，虽志不获行，而大义凛然。所为诗文，悲凉激楚，亦犹少陵之每饭不忘者已。唐至昭僖之际，惟司空表圣、韩致光二公，孤忠劲节，得为完人，而言亦足重。他如杜荀鹤之《唐风集》、徐寅之《正字集》，无论中多俗格，其党附朱三，大节有玷，余何足观？以视昭谏之未食唐禄，而义不忘唐，奚啻霄壤！然则昭谏一集，洵足以应二气而殿三唐者也。杭之新城，为公故里，塽承乏来此，得与公之裔孙建寅、起发等过从，出示斯集八卷，乃康熙初前令张容庵瓒所辑，钦定四库取录亦即是本，其诗文逸篇，当遵钦定全唐诗文及《文苑英华》、《唐文粹》诸书所载，悉以补之，庶无遗憾焉。兹为刊其缺页，先跋而归之。道光甲申（1824）三月望日知新城县事平江吴塽谨跋。

——《罗昭谏集》八卷之康熙九年（1670）刻道光四年（1824）补刻本卷尾第三则

第 6 篇：丁丙（1832—1899）跋《罗昭谏集》十四卷

《罗昭谏集》十四卷《补遗》一卷（旧抄本）。

余杭罗隐昭谏。隐字昭谏，一称钱塘人。乾符（874—879）初举进士，累不第。广明（880—881）中遇乱归乡，时钱尚父镇东南，隐依之，为掌书记，表迁节度判官、盐铁发运使，转司勋郎中，所著有《两同书》、《江南甲乙集》、《淮海寓言》及《谗书》。陈振孙《书录解题》：“《甲乙集》十卷、《后集》五卷、《湘南集》三卷。”且注云：“《甲乙集》皆诗，《后集》有律赋数首，《湘南集》乃长沙幕中应用之文。”康熙（1662—1722）初，知新城县张瓒刻作八卷，四库著录者是也。此旧抄本，题“余杭罗隐昭谏”，与宋刻《甲乙集》合。前十卷皆诗，即出自宋本，其中字句颇有胜于汲古阁刻者。第十一卷乃文疏序书论碑铭状纪事，第十二卷启，第十三卷杂著，第十四卷《两同书》。当即《后集》与《湘南集》之文耳。前有至元年（笔者按：元代“至元”年号有二个，一个起 1264 年迄 1294 年，后一个起 1335 年迄 1340 年，不知此“至元”为哪一个，录此备考）新城令某集引，又康熙壬寅（1662）何义门题识一则，钤有“新习主人之印”。

——《罗昭谏集》十四卷《补遗》一卷之旧抄本

笔者按：此跋得自清丁丙《善本书室藏书志》卷二十五第二十二页[①]，不知其上有丁丙此跋的《罗昭谏集》十四卷本今何在，录此备考。

---

① 中华书局编辑部编：《宋元明清书目题跋丛刊》（全 19 册），中华书局 2006 年版，第 9 册，第 700 页。

（三）之5：《两同书》序跋辑录（共1篇）

明万历年间人姚士麟跋《宝颜堂订正两同书》

按：隐少聪敏，作诗著文，以讥刺为主，与宗人虬、邺，号为三罗。隐为宰相郑畋、令狐绹、李蔚所知。畋女览隐诗，讽诵不已。畋疑有慕才意，隐貌寝陋，使女一日帘窥之，自此绝不咏其诗。绹子滈登进士，隐以诗贺之。绹谓滈曰："吾不喜汝及第，喜汝得罗公一篇耳。"昭宗欲以科甲处之，有大臣奏曰："隐虽有才，然多轻易。明皇圣德，犹横遭讥，将相臣僚，岂能免乎凌轹？"帝问讥谤之词。对曰："隐有《华清诗》曰：'楼殿层层佳气多，开元时节好笙歌。也知道德胜尧舜，争奈杨妃解笑何。'"其事遂寝。隐老不遇，有《归五湖诗》曰："江东日暖花又开，江东行客思悠哉。高阳酒徒半凋落，终南山色空崔嵬。圣代也知无弃物，侯门未必用非才。一船明月一竿竹，家住五湖归去来。"于是历游诸镇，多不合。广明（880—881）中，隐池之梅根浦，自号"江东生"。池守窦滈营墅居之。邺都王绍威学隐为诗，自号其文为《偷江东集》。光启（885—888）中，钱镠辟为从事、节度判官副使。初，隐与桐庐章鲁封齐名。镠初起，以鲁封为表奏孔目官，不就，执之。后以隐为钱塘令，惧而受命。故僧贯休有"二子依公子，鸡鸣狗盗徒"之诮。朱温篡唐，隐劝镠举兵讨梁曰："总无成功，犹可退保杭越，自为东帝，奈何交臂事贼。"镠以隐不遇于唐，有怨心，其言虽不能用，心甚义之。梁祖以谏议大夫召，不行。开平（907—911）中，魏博罗绍威推为叔父，表授给事中。江南李氏尝遣使聘越，越人问："见罗给事否？"曰："不识，亦不闻名。"越人云："四海闻有罗江东，何拙之甚。"使人曰："为金榜上无名，所以不知。"悲乎！有才如隐，犹以不第为人见轻，况其他乎？第人有异才名士，贵乎褒饬人美善，为一世风劝。如裴筠婚萧遘女而擢第，顾云依高骈被嘲之类，至今挂人舌端。隐之不第，自是立心讥刺之报，诚足为后来藻士轻狷之戒。《备史》谓隐无文嗣，而《唐诗纪事》云"有子塞翁"。特《纪事》"卒年八十余"，不若《备史》"七十有七"为有据耳。所著尚有《后集》五卷，有律赋数首，《湘南集》若干卷，皆长沙幕中应用之文；又有《吴越掌记集》一卷，掌钱镠记室所著表启也。然《书录解题》谓《淮海寓言》及《谗书》，尚访求未获。若《两同书》后出诸集之外，即置格排比，而持论雅赡，足具五代一种著述也。因辑传外逸事，附而传之。海盐姚士麟叔祥跋。

——《（宝颜堂订正）两同书》卷首第二则

笔者按：《（宝颜堂订正）两同书》，上海图书馆有藏，索书号为419120—21。姚士麟跋为卷首第二则，卷首第一则为《吴越备史》罗隐本传，"罗隐字昭谏……文武秀气焉"。

（三）之 6：《广陵妖乱志》（作者存疑）序跋文字辑录（共 2 篇）

第 1 篇：佚名跋《广陵妖乱志》

予读温公《通鉴》，载高千里为张吕迷惑事，则甚疑之，以为千里本才士，且有将略，乃受左道愚弄，不异儿童，岂耄年丧志而然邪？及考他书，始知是记出于罗隐。隐尝不礼于千里，作此快之。其间增饰之诬，固自不免。温公乃信之不疑。如李繁邺侯家传，词多虚美，则又尽载无遗。其杨右相冰山之说，亦《开元遗事》之伪也。人谓史迁好奇，多爱温公，亦未免也。

——《虞初志》本《广陵妖乱志》末尾

笔者按：第一，《虞初志》本《广陵妖乱志》，国家图书馆有藏，索书号为 11623。第二，《广陵妖乱志》的作者应该不是罗隐是郑廷诲，此事待笔者日后撰文详细考辨。但是，《广陵妖乱志》被不少人视为罗隐的著作，故仍将该书之序跋录于罗隐著作中，并注明"作者存疑"。

第 2 篇：1904 年缪荃孙跋《广陵妖乱志》

《广陵妖乱志》跋

《广陵妖乱志》，《新唐书·艺文志》作郭廷诲撰。《直斋书录解题》作郑廷晦。《经籍考》引陈氏又作"郑廷诲"。《说郛》又以为罗隐。诸书各异。所记高骈、吕用之、毕师铎事，《通鉴》颇取之。《说郛》只存四篇，《罗昭谏集》同。又辑《广记》中四条，《通鉴注》六条增入，略存梗概。光绪甲辰（1904）四月江阴缪荃孙跋。

——《广陵妖乱志》之某种版本

笔者按：此跋得自雍文华校辑《罗隐集》所附录之《版本序跋》①，不知有缪荃孙此跋的《广陵妖乱志》今何在，录此备考。

（四）吴越国罗隐集部著作著录文字辑录

1.（宋）王尧臣《崇文总目》

卷十一"别集一"云："《江东后集》十卷……《罗隐集》二十卷（阙）。《吴越掌记集》三卷（阙）。"

卷十二"别集四"云："《甲乙集》十卷。"

卷十二"别集六"云："罗隐《启事》十卷、《谗书》五卷、罗隐《谗书本》三卷、《吴越石壁记》二卷（阙）。"

卷十二"别集七"云："《淮海寓言》七卷（阙）、《湘南应用》三卷、《吴越应用集》三卷（阙）。"

笔者按：卷三"杂史上"有"《广陵妖乱志》三卷"的著录，但是，宋

---

① 雍文华校辑：《罗隐集》，中华书局 1983 年版，第 352 页。

代的目录类书从无认定《广陵妖乱志》作者是罗隐（而认为是郭廷诲、郑廷晦）的，录此备考。

2.（宋）郑樵《通志》

卷六十七道家二"书"云："《两同书》二卷。罗隐撰。"

卷七十别集四"表章"云："《淮海寓言》七卷（罗隐撰）。"

卷七十"别集五"云："罗隐《江东后集》三卷。"

卷七十"别集五"云："《罗隐集》二十卷。"

卷七十"别集五"云："《吴越掌记集》三卷。"

卷七十别集四"赋"云："《罗隐赋》一卷。"

卷七十别集四"启事"云："罗隐《启事》一卷。"

3.（宋）晁公武《郡斋读书志》

卷四中"别集类中"云："罗隐《甲乙集》十卷、《谗书》五卷。右杭越罗隐，字昭谏，余杭人。唐乾符（874—879）中举进士不第，从事诸镇皆无合。久而归，钱镠辟掌书记，历节度判官副使，奏授司勋郎中。梁祖以谏议大夫召，不行。魏博罗绍威推为叔父，表荐给事中卒。隐少聪明，作诗著文以讥刺为主。自号江东生，其集皆自为序。"

《郡斋读书后志》卷二"别集类"云："《吴越掌记集》一卷。右唐罗隐，掌钱镠记室所著表启也。"

4.（宋）尤袤《遂初堂书目》

"杂家类"云："罗隐《谗书》"。

"别集类"云"罗隐"。笔者按，"别集类"云《罗隐》，即《罗隐集》，《遂初堂书目》体例如此。

5.（宋）陈振孙《直斋书录解题》

《直斋》（1262）卷十六"别集类上"云："罗江东《甲乙集》十卷、《后集》五卷、《湘南集》三卷。唐乡贡进士新城罗隐昭谏撰。隐举进士不第，更辟诸镇幕府。罗绍威待以从叔。晚依吴越，奏授给事中。《甲乙集》皆诗。《后集》有律赋数首。《湘南集》者，长沙幕中应用之文也。隐又有《淮海寓言》、《谗书》等，求之未获。《谗书》刊于新城县（随斋批注）。"

6.（元）马端临《文献通考》

《通考》（1319）卷二百三十三经籍考六十之"集·别集"云："罗隐《甲乙集》十卷、《谗书》五卷。晁氏曰……陈氏曰……。"笔者按：晁公武、陈振孙的话，上文已引，故省略。

7.（元）脱脱等《宋史》

卷二百五子类"杂家类"云："罗隐《两同书》二卷。"

卷二百八集类"别集类"云："罗隐《湘南应用集》三卷，又《淮海寓言》七卷、《甲乙集》三卷、《外集诗》一卷、《启事》一卷、《谗本》三卷、《谗书》五卷。"

卷二百八"别集类"云："罗隐《后集》二十卷，又《汝江集》三卷、《歌诗》十四卷、《吴越掌记集》三卷。"

笔者按：《宋史》卷二百三"传记类"云："郭廷晦《妖乱志》三卷。"注意，作者是"郭廷晦"，不是"罗隐"，宋代史志和公私目录书从未有哪个书认为《妖乱志》作者是罗隐，不知后来不少人为何认定《妖乱志》作者是罗隐。

8. （明）徐𤊻（1563—1639）《徐氏家藏书目》（七卷）卷六第八页

《罗隐诗》十卷。①

9. （清）吴寿旸（1771—1835）《拜经楼藏书记》卷五第八页

《谗书》

《谗书》五卷。先君子从荛圃先生借本校刊，跋见《愚谷文存》。又钞本一卷至四卷，荛翁录寄，有题语。②

笔者按：《愚谷文存》作者为清吴骞（1733—1813），字槎客，幼字益郎，一字葵里，号兔床，又号愚谷，七十二岁时别署齐云采药翁，为吴寿旸之父。③

10. （清）钱泰吉（1791—1863）《曝书杂记》卷一

《曝书杂记》

《罗昭谏集》八卷。康熙年新城知县武定张瓒容庵所辑。一卷至六卷为诗文；第七卷杂著，则《谗书》仅八条，《广陵妖乱志》四则；第八卷为《两同书》。道光甲申（1824），新城知县平江吴墉整理印行，金岱峰以赠余，余属潘梧君霭人从《全唐文》钞补赋四篇、表一篇、序一篇（笔者按：此处应该有书二篇）、碑一篇、钱氏大宗谱列传十九篇、吊文一篇，为补遗一卷，合诸吴兔床拜经楼所刊《谗书》五卷，昭谏之遗著略备矣。④

---

①　中华书局编辑部编：《宋元明清书目题跋丛刊》（全19册），中华书局2006年版，第5册，第406页。

②　国家图书馆编：《国家图书馆藏古籍题跋丛刊》（全30册），北京图书馆出版社2002年版，第9册，第466页。

③　郑伟章：《文献家通考》（清—现代），中华书局1999年版，第371—378页。

④　国家图书馆编：《国家图书馆藏古籍题跋丛刊》（全30册），北京图书馆出版社2002年版，第10册，第45—46页。

11. （清）瞿镛（约 1800—1864）《铁琴铜剑楼藏书目录》卷十九第五十一页至第五十二页

《甲乙集》十卷（宋刊本）

题余杭罗隐昭谏，无序跋目录后记，刊板处一行已漫漶，仅存"临安府"三字，末"金氏"二字可审。每卷题名一行下有诗，字一行，低二格，诗题低三格。每半叶十行，行十八字。板心有字数，宋讳"匡"、"徵"、"桓"、"树"、"构"、"慎"字，有缺笔，当是孝宗以后所刻。卷数与陈氏《书录》所载合，惜无《后集》五卷、《湘南集》三卷耳。汲古毛氏刻本有一作某，此本无之，以之相校，各有胜处，而毛本逊于此本者，如《咏绣》曰："洞房西室女工劳"，"工"误作"缘"。《铜雀台》曰："花开花落泪满缨"，"缨"误作"缊"。《秋日酬张特玄》曰："病寄南徐两度秋"，"度"误作"地"。《咏月》曰："兔魄明处弄精神"，"魄"误作"於"。《送秦州从事》曰："试批书尾话梁州"，"批"误作"披"。《感别元帅尚父》，"帅"误作"师"。《早秋宿叶堕所居》曰："长曆报时殚"，"曆"误作"厝"。《寄黔中王从事》曰："今日举觞君莫问"，"觞"误作"场"。《咏帘》曰："玉钩银烛共煐煌"，"煐"误作"燦"。皆可据以订正也。末有"泰兴季振宜沧苇氏珍藏"一行，是侍御手笔（卷中有"太清虞山钱曾遵王藏书"、"季振宜藏书"、"季振宜字诜兮号沧苇"、"乾学徐健庵"、"渔洋山人"、"安岐安麓村藏书印"诸朱记。[①]

12. （清）杨绍和《楹书隅录》（1869 年成书）卷四

宋本罗昭谏《甲乙集》十卷，四册一函

宋刊罗昭谏《甲乙集》全函，真定梁氏珍本。（题签）

予友（下缺）老处假阅，（下缺）毕记。景泰甲戌五月望日，叶盛识。（在卷末）。

昔居袁江，估人持士礼居藏宋刊《四唐人集》求售，《可之》、《昭谏》、《朱庆余》三种，皆延令故物也。惜《甲乙集》为他人所得。越数年，得此本于吾东故家，梁蕉林相国所藏，卷后有叶文庄手迹，盖与沧苇本同出一刻，而此本尤书棚本中上驷也。宋存主人记。

每半叶十行，行十八字，卷首尾有本纪云："临安府棚北大街睦亲坊南陈宅书籍铺印行。"卷中有"叶盛之印"、"箓竹堂"、"李流芳印"、"棠村珍赏"、"蕉林梁氏书画之印"、"安岐之印"、"安麓村藏书印"、"复翁"。本卷二、三、四有缺字，此本卷三、卷五亦有缺叶，惜无由校补。复翁（1763—

①　中华书局编辑部编：《宋元明清书目题跋丛刊》（全 19 册），中华书局 2006 年版，第 10 册，第 294 页。

1825）跋，予尝录副，爰附著于后以备考。

附记百宋一廛宋本题跋二则。

泰兴季沧苇氏珍藏。

癸亥（1803）夏五月望日……时说记梗概于此。莞翁识。①

笔者按：自"癸亥（1803）夏五月望日"至"记梗概于此，莞翁识"共三百余字，前文已引（即《甲乙集》十卷之第 3 篇序跋），故省略。注意：第一，"时说记梗概于此"，前文第 3 篇序跋为"聊记梗概于此"，于义而言，自然是"聊记梗概于此"比较妥当，但王绍曾先生的字迹辨识不当有误，故不可认为"时说记梗概于此"有误。究竟如何，存此备考。第二，杨绍和云"附记百宋一廛宋本题跋二则"，但是，如前文所引《甲乙集》十卷之第 3 篇跋文，实际上是一则跋文，非二则跋文。黄丕烈原跋，在"以备参考"和"卷二"之间有一"如"字，故从"卷二"开始到结尾"记梗概于此，莞翁识"的内容与"如"字前的内容是同一则跋语，不是另一则跋语。杨绍和录黄丕烈跋时，脱去"如"字，故认定是二则跋语。另外，每一则跋文结束，黄丕烈一般都会署名的，而前文所引《甲乙集》十卷之第 3 篇跋语，只有"复翁识"一个署名，由此也可判定第 3 篇跋，确实是一则跋语，不是两则跋语。

---

① 王绍曾、崔国光等整理订补：《订补海源阁书目五种》，齐鲁书社 2002 年版，第 255—256 页。

第六章　闽国文人集部著作序跋文字和著录文字辑录

（一）闽国黄滔集部著作序跋文字辑录（共25篇）

第1篇：裔孙诸志

1156 年黄公度志

公字文江，莆田人。唐乾宁二年（895）擢进士第。光化（898—901）中守四门博士，官至监察御史里行。按：《艺文志》载"《泉山秀句集》三十卷"（笔者按：这里的《艺文志》指《新唐书》的《艺文志》卷七十"文史类"，详细情况见该项目第一部分《十国艺文志考索》），悉公纂缔，未知存亡。又"黄某集十五卷"（笔者按：《黄某集》即《黄滔集》），岁久讹缺，今以旧藏稿本，釐为十卷，名曰《东家编略》。宋绍兴丙子（1156）中夏初吉，左朝散郎试尚书考功员外郎八世孙公度谨志。（懿荣按：此志即前宋本本集上秩题下一节。）

——《莆阳黄御史集》之《丛书集成初编》本第 368 页

笔者按：《莆阳黄御史集》之《丛书集成初编》本，系 1936 年 12 月（上海）商务印书馆据《莆阳黄御史集》之天壤阁本影印而来，天壤阁本系王祖源、王懿荣父子于光绪十年（1884）据影抄宋庆元本刊刻，又据数种明本补校，该本卷尾内容甚多，难以数清各部分内容是第几则，而此本又被影印收入《丛书集成初编》中，《丛书集成初编》比较常见易找，故不再注明序跋是卷尾或卷首第几则，而直接注明页码。

第2篇：

黄钺跋

裔孙编辑较刻人名（笔者按："较"即"校"）

唐《黄御史集》。唐监察御史莆黄滔著，宋尚书考功员外郎八世孙公度编辑，知邵州军事借紫九世孙沃、赐进士广州通判十世孙汝嘉、新泉州惠安县主簿十世孙处权处材同辑，新尉州惠安县尉九世孙洽、广州东莞县丞九世孙资、监潭州南狱庙十世孙窠、赐进士肇庆府高要令十世孙汝猷、赐进士潮州通判十世孙钺同较。

——《莆阳黄御史集》之《丛书集成初编》本第 377 页

第3篇：1176年杨万里序《黄御史集》十卷《附录》一卷

《黄御史集》十卷，附录一卷，二册，唐黄滔撰，清孔氏岳雪楼钞本，09917。

宋杨万里序

余在中都，于官书及士大夫家，见唐人诗集略及二百余家，自谓不贫矣。逮归耕南溪之上，永丰明府莆阳黄君沃又遗余以其祖御史公文集，其诗尤奇，盖余在中都时所未见也。诗至唐而盛，至晚唐而工，盖当时以此设科取士，士皆争竭其心思而为之，故其工后无及焉。时之所尚而患无其才者，非也。诗非文比也，必诗人为之，如攻玉者必得玉工焉，使攻金之工代之琢则窳矣。而或者挟其深博之学、雄俊之文，于是櫽栝其伟辞以为诗，五七其句读，而平上其音节，夫岂非诗哉？至于晚唐之诗，则哤而诽之曰："锻炼之工，不如流出之自然也，谁敢违之乎？"余每见绘画唐人李、杜辈，衣冠之奇古也，绘之未既而笑之者至矣，不笑不足以为古也，古之可笑者独衣冠哉？御史公之诗，如《闻新雁》："一声初触梦，半白已侵头。余灯依古壁，片月下沧州。"如《游东林寺》："寺寒三伏雨，松偃数朝枝。"如《上李补阙》："谏草封山药，朝衣施衲僧。"如《退居》："青山寒带雨，古木夜啼猿。"此与韩致光、吴融辈并驱，未知其何人徐行后至者也。永丰君（笔者按：指黄沃）自言此集久逸，其父考功公（笔者按：指黄公度）始得之，仅数卷而已。其后永丰君又得诗文五卷于吕夏卿之家，又得逸诗于翁承赞之家，又得铭碣于浮屠老子之宫。当御史公之时，岂自知其诗文之传不传哉？然二百年间几乎泯矣，而复传于二百年之后，然则士之所立，顾其可传与否耳。其不传也，奚以戚？其复传也，奚以欣？余于是独有得焉。余见士大夫子孙承家百年而不毁者或寡矣，而永丰君能力求其祖之诗文于二百年之前，其可尚也夫。而永丰之士有曾时杰与其犹子晞说者，得此书，又欣然刻印，以供士君子之好古书者，其又可尚也夫。按：唐《艺文志》，御史讳滔，字文江，光化（898—901）中为四门博士，其集旧曰《黄滔集》云。淳熙三年（1176）四月二十六日，诚斋野客庐陵杨万里序。

——《莆阳黄御史集》之《丛书集成初编》本第5—8页

第4篇：1177年宋谢谔序《黄御史集》十卷、《附录》一卷

宋谢谔序

壁中之书，孔圣所定，汉有安国从而传之，得以明于万古。君子之于学，是以重其世也。河汾王氏有时变论、五经录、政大论、政小论、皇极议、兴衰论，非文中之贤嗣著于首篇，则四方恐未必知其名，况书乎？余尝得眉山旌善院东坡大全两集，乃其孙蜀守仲虎与弟季文所较（笔者按：较，即校）而刊者，比之他处，最为无误。今之所传，皆以此本为准的。然则世有其人，固不

同矣。黄御史以文名于唐，而累叶蕃衍盛大于闽中，至本朝绍兴戊午（1138），有考功公（笔者按：指黄公度）大魁天下，考功之子永丰县公（笔者按：指黄沃）又能哀集御史诗文，力加釐正，广而传之，于是永丰二士曾时杰汉臣、晞说少张因为镂版，繇此御史之书光芒于时，可以无穷。二曾与余厚，见委题序，余感孔圣与河汾眉山之事而并书之。庶几儒家者流，之子若孙留意先集，乃有补风教之一端云。淳熙四年（1177）九月朔，渝川谢谔谨书。

——《莆阳黄御史集》之《丛书集成初编》本第9—10页

第5篇：1196年洪迈序

唐黄御史公集序

叙曰：词章关乎气运，于唐尤验云。唐兴三百年，气运升降其间，而诗文因之。自晋阳举义，开馆宫西，以延文学，竞用词赋取士，士以操觚显者，无虑数百家，大都始沿江左颓习，竞于缛绘，耽披靡而乏气骨。伯玉奋然洗刷，沈宋燕许辈出振响以至正元（笔者按：正元，即贞元，自785年至805年）长庆（821—824），经术大明，修古弥众，于时墨儒词匠，所为诗若文，咸矩矱自然，不以雕饰为工。相与赞翊道真，赓扬鸿化，斯为铿锵尔雅，故文盛于韩柳皇甫，而其衰也为孙樵、为刘蜕、为沈颜。诗盛于李杜刘白，而其衰也为郑谷、为罗隐、为杜荀鹤。御史生最晚而独不然。其文赡蔚有典则，策扶教化。其诗清淳丰润，若与人对语，和气郁郁，有正元（785—805）长庆（821—824）风概。《祭陈林先辈》诸文，悲怆激越，交情之深，不以昼夜死生乱离契阔为间断。《马嵬》、《馆娃》、《景阳》、《水殿》诸赋，雄新隽永，使人读之，废卷太息。如身生是时，目摄其故为文若是，其亦可贵已。方登科时，适昭宗之季年，犹覆试殿廷，再中选，然后得官。未几而朱梁移国，因归闽，不复西，故不克大彰显于世。夫讵知八九叶之后得贤耳孙，而平生作为文章，遂获表见者。邵州将镂板于郡斋，遣信谒序。御史之从兄曰校书君璞者，名见集中，有《闽川名士传》及《雾居子》。予曩时尝叙之矣，故不辞而书。御史讳滔，字文江，由四门博士至里行监察。考功讳公度。邵州名沃。庆元二年（1196）十月十四日，焕章阁学士宣奉大夫提举隆兴府玉隆万寿宫魏郡公鄱阳洪迈序。

——《莆阳黄御史集》之《丛书集成初编》本第1—2页

第6篇：1513年黄鞏跋

右族祖御史文江公诗，裔孙希英之所刻者。考之唐艺文志《黄某集》十五卷，而家藏旧刻本无卷目，止分诗、赋、启、祭文、碑铭，为五类，盖散逸者亦多矣。今诗凡二百五篇，予以意臆分为四卷，即杨诚斋先生篇序称其诗尤奇者，夫以诗之奇如此，而仅存者又如此，顾世之莫传焉，岂非嗣续子孙责哉。又，是集中有寄从兄璞者，是为校书德温公，其所著有《闽川名士传》及《雾居子集》，今皆散落不传，希英其为我访之东南藏书家，倘有获焉，尚当与御史公全书并梓以行可也。庸书以俟。正德八年癸酉（1513）秋日，赐进士第承德郎兵部武库司主事诸孙鞏敬书（崇祯本此跋在第四卷诗下，当即正德癸酉刻本后跋）

——《莆阳黄御史集》之《丛书集成初编》本第 378 页

第 7 篇：1513 年黄希英志

《御史集》刻于宋淳熙三年丙申（1176），距今正德癸酉（1513），凡三百三十有八年，遍购莆中，仅得一帙，而乾宁乙卯（895）至今日，则六百一十有九年矣。是书仅再刻，工既讫功，不肖深有今日喜，而又虑夫后日失之不难也。吾宗他日有显融（笔者按：融，通荣）者，能毋忘考功、永丰之心则幸矣。考功宋绍兴大魁，坐与赵忠简往来，忤秦桧，竟不获大用，别有《知稼集》行于世。正德八年（1513）七月日，进士亚中大夫长芦盐运使司运使二十世孙希英谨志。

——《莆阳黄御史集》之《丛书集成初编》本第 368—369 页

第 8 篇：黄鸣廷志

唐以诗取士，传者数百家，侍御公集二帙中，其诗七言排律四、律八十二、绝句三十三、五言七、古体七、排律十六、律五十九、绝句五，合共二百六首。公山居二纪，咀华撷秀，何体不工，既世□失传，而传亦无多，固知词家不欲浪传耳。然尽足并驱李义山、许用晦辈矣。侍御公诗有云："寄家僧许岳，钓浦雨移舟"（笔者按：此二句诗见《黄御史集》卷二、《全唐诗》卷704，题目作《贻林铎》。又见《黄御史集》卷四、《全唐诗》卷706，题目作《出关言怀》，但二处的"舟"，均作"洲"）。又云："诗苦无人爱，言公是世仇。"（笔者按：此二句诗见《黄御史集》卷四、《全唐诗》卷706《出关言怀》）何寥寥于遇也。然传至今，知有侍御公，是亦遇矣。举人署河南长葛儒学教谕二十二世孙鸣廷谨志。

——《莆阳黄御史集》之《丛书集成初编》本第 369 页

第 9 篇：明吴源《莆阳明公事述》

莆阳名公事述

明吴源

按：黄氏其先以国为氏，聚族江夏，入闽为著姓，远祖晦迹，唐太和（827—835）中有讳革者，得仙于鼓山，丹灶遗迹尚存，事载翁谏议承赞《昼锦集》，其后子孙继以文儒显世。御史与从兄璞，居涌江黄巷，黄巢以为儒者之家，灭炬过之。御史乃徙居郡东，为莆之故家。事见《延福里居》及《鸟石山》等作。少笃志好学，尝葺东峰斋，肄业十年而西迈，又如是者二十有四年，然后登第。值天子宣陆扆再试进士，若状头张贻宪等，皆遭报罢。独御史与赵观文等十五人再中甲科。盖乾宁之二年乙卯（895）也。除四门博士。时方镇擅移国柄，睥睨缙绅，甚于仇敌，一时清流，殒命浊河，亡者已矣，存者惕息，不敢自保。前乎御史者，献佞奏赋，仅脱虎口。后乎御史者，请得墨敕，云执得好去。二人幸全躯南闽。御史乃从容进退，为闽藩上幕。又能专长史之任，规正闽王审知，使终身为开国节度，不为闭门天子，君臣之义，终不废者，御史之力也。况蕴藉文采，为时推重，中朝士大夫，若常侍李洵、翰林承旨韩偓、中舍王涤、补阙崔道融、大司空王标、吏部夏侯淑、司勋员外杨承休、御史王拯、弘文馆直学士杨赞图、馆阁校勘王倜归、集贤校理傅懿，莫不浮荆襄吴楚，交集于闽，恃御史为宗主，皆曰："安莫安尔闽者，此也。"居常与罗给事隐、陈侍御峤、翁谏议承赞、陈明经黯、徐正字寅、林明经乔为莫逆交，见于唱酬诗集。至于浮屠丘陇之间，残碑断碣，文翰波澜，撒落之所及，皆足以稽考一代之遗迹。惜乎《新唐书·艺文志》所载，黄滔《泉山秀句》三十卷，自武德（618—626）迄天祐（904—907），捃摭诗篇，合为一集，久而不传，使有唐盛时人物，有所不及见。又有《黄滔集》十五卷，亦自散逸，至宋绍兴间八世孙公度以其遗稿，分为十卷，又广以吕氏家藏，总汇成帙，名曰《东家编略》，杨万里为之序，其余事实杂见于他书，若《摭言》、《五代史补》，林世程《闽中记》载之，事颇详。兹姑传其略云。

      ——《黄御史集》八卷之影印文渊阁四库全书本卷尾

  笔者按：此跋见影印文渊阁四库全书第 1084 册第 188 页至第 189 页。

第 10 篇：1599 年后黄崇翰跋

  万历己亥（1599）宣城梅季豹先生游莆，携是集归南都，示能始曹先生，因得与欧阳四门集合梓云。窃考吾闽自神龙丙午（706）薛令之登进士嗣是，文献与中州争衡，历千载，遗集仅两有存者，宜曹先生亟于板行，为闽陈守器也。按：《文苑英华》二百六十五卷，录祖五言律五首、古诗一首，二百八十二卷录五言律四首，七百七卷录序一篇；周伯□《三体诗》（笔者按：周伯□《三体诗》应当是周弼《三体唐诗》，周弼，字伯弼。）录《游东林寺》一首，曹序（笔者按：指曹学佺序）谓"诸家选诗，盖所未见"。或当时搜览未及乎？惟是全集获藉乡哲表章，先祖精灵不泯，当舞忭于箕斗间。为子孙者，展卷铭心，直与祖德俱无极矣。裔孙崇翰谨识。

      ——《莆阳黄御史集》之《丛书集成初编》本第 375—376 页

第 11 篇：1606 年曹学佺序

唐黄御史集序

既竣欧阳四门集，复取黄文江御史合刻之。按：《通志》：欧阳詹与黄璞齐名。御史讳滔，璞之从弟也。故御史有《寄从兄璞诗》，璞仕而隐者也，所著有《雾居子》。初候官人，后与御史俱迁莆，以所居为黄巷，示不忘旧。御史之诗曰："纵征终不起，相与避烟尘。"又曰："新诗说人尽，旧宅落花频。"情可见矣。御史读书在福平山之灵岩寺，其碑有云贞元中侍御史林公藻、水部员外郎蕴谷兹业文、欧阳四门舍泉山而诣焉，仍注与王氏书云莆阳读书即兹寺也。愚考欧阳之蜀门与林蕴分路后诗曰："村步如延寿，川原似福平。"注，福平即予之别墅在焉。如是，则欧阳之于莆，非一日矣。御史自序，葺斋东峰者十年，后二十四年于举场始忝甲第，计贞元（785—805）距乾宁（894—898），凡百年有奇。御史晚成，而四门早逝，杳不相及，而璞之所为齐名，亦后先踵起云尔。察其意，似欲以名士厚于詹也。陈振孙恶其污蔑贤者，曰："黄璞何人？"斯岂未之考也。御史文赡蔚有典则，诗清淳丰润，若与人对语，和气郁郁，在洪景庐已为确论，而杨廷秀摘其"寺寒三伏雨，松偃数朝枝"等句，尤足以脍炙人口者，然其集罕传，问之名，不甚识也。诸家选诗盖所未见，独《丹铅录》载其《长门》一赋，诚不能傲之以所不知尔。今与欧阳集并刻之，不患传之不广矣。万历丙午（1606）季夏之吉，赐进士出身奉政大夫南京户部四川清吏司郎中候官后学曹学佺撰。

——《莆阳黄御史集》之《丛书集成初编》本第 374 页

第 12 篇：1621 年黄崇翰跋

天启元年辛酉（1621）八月望日，二十世孙崇翰谨志（笔者按：此在《年考》后，可见《年考》应当是天启元年二十世孙黄崇翰所作）。

——《莆阳黄御史集》之《丛书集成初编》本第 372 页

第 13 篇：1638 年黄鸣乔等人跋

凡例

一、是集久逸，八世孙考功公度旧藏稿木（笔者按："木"当为"本"）。鳌赋十卷，名曰《东家编略》；十世孙通判汝嘉，复于东平吕家得赋二十、诗一百五十九、文九；主簿处权于翁谏议家得诗十五，处材得碑铭五。登刻时，各依所获递编，而附名其后。今因观览弗便，改依诸体分汇，仍志旧本，编次于此者。盖不忘先人搜索之劳，并以勖后云。

一、《文苑英华》录诗文十一篇，间有诗同题异者，有字句异者，今祗于题下字句下注"文苑作某题某句某字"耳，或诗文中有字句较勘未妥者，则旁注"疑"字以质高明。

一、诗有从他籍搜获者，补附诗后，有名公序评前未登载及后裔考核足备采订者，并附集中。

一、是集也，九世孙邵州守沃刻于宋淳熙丙申（1176），元变板毁。二十世孙运使希英刻于正德癸酉（1513），嘉靖末倭变，十九世孙廷良捐祠金，刻于万历甲申（1584），但屡经剞劂，不无鲁鱼，兹细加订正，适族孙幼科助梨板百块，因佥谋重锓，然犹未免疏漏之虞，请以俟后之君子。崇祯十一年戊寅（1638）秋吉，二十二世孙鸣乔、鸣俊，二十三世孙起棉、起有、起雒谨识。

　　——《莆阳黄御史集》之《丛书集成初编》本第 376—377 页

第 14 篇：1638 年黄起有跋

御史公文崛奇而鸿硕，其诗新琢而密丽，皆岸然有振举一世之意，盖壶华之秀，苞蓄未泄，自公首挺发之，故不为唐晚风格所囿，至今人尊为文章初祖，不虚也。集戊寅（1638）再梓，视旧本字画更精善，惜帝虎尚多，顷遭兵燹，板帙稍散，族长启煜等佥谋补锓，因与应僖、应陶二弟及尔璪侄重加考订，确然是正其讹者十数处，疑者仍旧，以俟后人，而篆氏之费，则出枢辅叔送租所贮，余不烦诸子姓也。嗟乎，士生季叶，其功名不获大表见而独以高文垂后世，历数百禩弥光，岂为不遇哉。因较刻竣，有感而识其末，赐进士第通议大夫礼部左侍郎兼翰林院侍读学士二十三世孙起有顿首百拜识。

明本唐《黄御史集》序凡例跋终。

　　——《莆阳黄御史集》之《丛书集成初编》本第 378—379 页

第 15 篇：1777 年四库馆臣《黄御史集》十卷《附录》一卷之《提要》

臣等谨按：《黄御史集》十卷《附录一卷》，唐黄滔撰。滔，字文江，莆田人。乾宁二年（笔者按："二年"，影印文津阁四库全书本作"乙卯"即895年。又，"影印文津阁四库全书本"，本跋下文简略为"文津阁本"）进士第（笔者按：文津阁本无"第"字），光化中（笔者按：文津阁本无"光化中"三字）除四门博士，寻迁监狱御史里行（笔者按：文津阁本无"寻迁"等八字），充（笔者按："充"，文津阁本作"历官"）威武军节度推官。王审知据有全闽而（笔者按：文津阁本无"而"字）终守臣节，滔匡正（笔者按："滔匡正"三字，文津阁本作"皆滔规讽"四字）之力为多。《五代史》称审知好礼下士，王淡、杨沂、徐寅，唐时知名士多依之，独不及滔。《五代史》多漏略，不足据也。又，集中有《祭南海南平王文》，称"崔员外昨持礼币，尝诣门墙，爰蒙执手之欢，宏叙亲仁之旨"云云，乃为王审知祭刘隐而作。按：隐自大彭王进封南平王，再进封南海王。据《五代会要》：南海之封在隐卒后一月，故此文尚称南平王。说者或以高季兴亦称（笔者按："称"，《四库总目》作"封"）南平，又不知此文为代审知所作，遂谓滔尝应高氏之聘，亦考之未审矣。《唐书·艺文士》载滔集十五卷，又《泉山秀句》三卷，并已散佚。此本卷首有杨万里及谢谔序。万里序谓滔裔孙永丰君自言此集久逸，其父考功公始得之，仅四卷而已。其后永丰君又得诗文五卷于吕夏卿家，又得逸诗于翁承赞家，又得铭碣于浮屠老子之宫，编为十卷。是（笔者按："是"字后《四库总目》有"为"字）淳熙（1174—1189）初刻，后再刻于明正德（1506—1521），三刻于万历（1573—1620），四刻于崇祯（1628—1644）。此本即崇祯刻也。集中文颇赡蔚，诗亦有贞元（785—805）、长庆（821—824）之遗，虽不及罗隐、司空图，而实非徐寅诸人之（笔者按：《四库总目》脱"之"字）所及。其《颍川陈先生集序》，称天复元年（901）甚（笔者按："甚"，《四库总目》作"某"字，是。）叨闽相之辟。考乾宁四年（897），唐以福州为威武军，拜审知节度使，累迁同中书门下平章事，封琅邪王，至梁太祖即位，乃封闽王，仍同中书门下平章事。滔称闽相而不称闽王，则所谓规正审知，使受臣节者，是亦一证也。末有附录一卷，又载滔裔孙补遗文一篇。补，字季全，绍兴（1131—1162）中进士，历官安溪县令，所著《诗解》、《九经解》、《人物志》等书，皆失传，惟此篇仅存，故附滔集以行云。乾隆四十二年（1777）十月恭校上。总纂官臣纪昀、臣陆锡熊、臣孙士毅，总校官臣陆费墀。

——《黄御史集》八卷之影印文渊阁四库全书本卷首

笔者按：第一，此《提要》见影印文渊阁四库全书第 1084 册第 87 页至第 88 页。第二，1784 年四库馆臣题于文津阁四库全书本《黄御史》八卷《附录》一卷之《提要》，与《黄御史集》八卷之文渊阁四库全书本之《提要》多有不同，比较二者之异同甚为烦琐，故将文津阁四库全书本《黄御史集》八卷《附录》一卷之《提要》过录如下，但不作为《黄御史集》的又一则序跋：

黄御史集提要

臣等谨按：《黄御史集》八卷，唐黄滔撰。滔字文江，莆田人，乾宁乙卯（895）进士，除四门博士，历官威武军节度推官。王审知据有全闽，终守臣节，皆滔规讽之力为多。其称御史，盖幕僚所摄官也。原集散逸，《文苑英华》录其诗文仅十一篇，《新唐书·艺文志》有"黄滔《泉山秀句集》三十卷"，亦失传。至宋绍兴（1131—1162）间，滔八世孙公度，搜得遗稿，釐为十卷，又得诗文五卷于吕长卿（笔者按："长卿"当作"夏卿"）家，得逸诗于翁承赞家，总汇成帙，名曰《东家编略》，杨万里、洪迈、谢谔各为之序。一刻于宋淳熙（1174—1189），再刻于明正德（1506—1521），三刻于万历甲申（1584），四刻于崇祯戊寅（1638），此本即明人所并也。滔文颇赡蔚，诗亦有贞元（785—805）长庆（821—824）风格，与韩偓、吴融相颉颃。末有《附录》一卷，又载滔裔孙补遗文一篇。补，字季全，宋绍兴（1131—

1162）中进士，历官安溪县令，所著《诗解》、《九经解》、《人物志》等书，皆失传，惟此篇仅存，故附录滔集以行云。乾隆四十九年（1784）八月恭校上。总纂官臣纪昀、臣陆锡熊、臣孙士毅，总校官臣陆费墀。

——《黄御史集》八卷《附录》一卷之影印文津阁四库全书本卷首

第 16 篇：1884 年清王懿荣按语于《莆阳黄御史集》

懿荣谨按：影宋钞本《黄御史集》上秩文内《送外甥翁袭明赴举序》与《杨状头书》二首有目无文，钞本至《颍川陈先生集序》后《与王雄书》前，界以空纸二叶，明崇祯本于此二首目文俱无，今续，见正德本，于上秩文内第八十六叶末存《送外甥翁袭明赴举序》，文前五行栏外加一小长方围，注云；"后少《送外甥翁袭明赴举序》"十一字。于第八十九叶起行，存《与杨状头书》文后五行，栏外加一小长方围，注云："前少《与杨状头书》"七字；中空八十七、八十八两叶。正德本乃覆刻宋本，当时所见已阙二叶，仅于二叶前后接处，各存此残文数行，意影宋钞本所据，亦当如此，以其不全，遂并此数行亦弃之也。今重刊此正集时，尚拟搜补，然明正德覆刻所据之宋本已如此，则此二文之散佚久矣。今并此二文首尾数行残字，另叶补刻，一依正德本原式，名曰《残文》，列崇祯本补附诗二叶前，仍俟再觅旧本补完。

——《莆阳黄御史集》之《丛书集成初编》本第 341 页

第 17 篇：1884 年清王懿荣按语之二于《莆阳黄御史集》

懿荣按：此五言诗三首，宋本所无，明崇祯本所有，在第二卷末，当即明本《凡例》所称"有从他籍搜获者，补附诗后"是也。原本未注所据何书采入，今附录卷末。即取凡例"补附诗后"一语，以"补附诗"三字名之，不复滥入宋本原目。又明本第四卷末，有附来赠诗二首，今亦并附此后。

——《莆阳黄御史集》之《丛书集成初编》本第 344 页

笔者按：懿荣此按在"黄御史集明崇祯本补附诗·黄御史集卷二·五言律诗"的《寄敷水卢校书》、《赠明州霍员外》、《游囊山》之后。

第 18 篇：1884 年清王懿荣按语之三于《莆阳黄御史集》

懿荣谨按：续见明正德本《莆阳黄御史集》，正集后有《别录》一卷，与崇祯本所载《附录》一卷，文不相同，因依原本录出，补列崇祯本《附录》卷前，至两本引据故实相复出者，不复删削，各仍原本，以还旧观。

——《莆阳黄御史集》之《丛书集成初编》本第 347 页

第 19 篇：1884 年清王懿荣按语之四于《莆阳黄御史集》

懿荣谨按：原本此叶末行栏外，加一小方围，注"后缺"二字，今仍依原式汇刊。

——《莆阳黄御史集》之《丛书集成初编》本第 352 页

第 20 篇：1884 年清王懿荣按语之五于《莆阳黄御史集》

懿荣谨按：此下原刻空半页十行，未注"后缺"等字样，下接另叶"一枝芳桂两回春"诗一行起。

——《莆阳黄御史集》之《丛书集成初编》本第 355 页

第 21 篇：1884 年清王懿荣按语之六于《莆阳黄御史集》

懿荣谨按：此页末行栏外加一方围，注"后阙"二字，下空一叶，另接"黄滔莆田人"一行起。

——《莆阳黄御史集》之《丛书集成初编》本第 357 页

第 22 篇：1884 年清王懿荣按语之七于《莆阳黄御史集》

懿荣谨按：明正德本为御史二十世孙希英刻，《别录》一卷，内凡遇称引御史衔名及引《大明一统志》文，两处五字皆用黑盖白字为识，崇祯本为御史二十二世孙鸣乔二十三世孙起棉（笔者按：昂左加木）等刻，正集第四卷诗下，有诸孙鞏一跋文，即称述希英刻书事，今正德本未载，当是后来添列之文。此本印行在先，故无鞏跋，因非正集要文，又已见下刻崇祯本附录卷内，此不补录，并记。

——《莆阳黄御史集》之《丛书集成初编》本第 360 页

第 23 篇：1884 年清王祖源记于《莆阳黄御史集》

《唐志》载《黄滔集》十五卷，至宋已佚，其裔孙公度当绍兴（1131—1162）中，以旧藏稿本，釐为十卷，名曰《东家编略》，今已不可得见。昔年先大夫在翰林时，闻京师某家藏有黄集宋刻本者，屡假弗获，用是憾焉，卒亦不知其为宋何时本也。祖源幼承庭训，稍知学赋，酷嗜此集，及长，奔驰南北，访诸藏家，求所谓《黄御史集》旧本者，迄不可得，蓄念久之。去岁，儿子懿荣在京师假得宗室伯义宫庶盛昱家藏影钞本庆元刻黄集残本一册，题称《莆阳黄御史集》，分上下帙，序文目录完好。上帙起赋诗讫文三类，下帙起书启祭文讫碑铭四类。上帙按目无缺，惟末有《送外甥翁袭明赴举序》一首文佚。下帙起首《与杨状头书》一首文亦佚，后半自《与罗隐郎中书》以下都残失矣。然幸有上帙目录之俱存也。嗣又假得贵筑黄编修国瑾家所藏影钞明崇祯刻，是集残本为扬州汪氏问礼堂旧物，孟慈年丈喜孙藏本，又从同郡荣成陈户部福绶家假得明崇祯刻足本，即汪氏本所自出，明本已分为八卷，又《附录》一卷，邮寄来署，祖源览而喜之，乃命懿荣刻于京师，书之行款次弟（笔者按："弟"当作"第"），以宋庆元本为宗，饬工模仿，不差毫厘，至宋本阙文，则取明崇祯本按宋本原目叙补，文中夹行细字，有滔自注，有其后人所注，以及两本字句异同处。所据宋本，一依影钞；所据明本，一依明刻；各守原本，不为臆改，命懿荣别记于后，以示矜（笔者按，"矜"当作

"谨") 慎,使读者察焉。窃惟古今文字体格,至唐截然一变,为文字中一大关键,而律赋格调一局,至唐之王棨、黄滔,又截然一变。风气之开,千百年来,莫能移易,非文之至者,能若是乎。诚弟(笔者按:"弟"当作"第")一旧本矣。板刻既竣,辇置家塾,椎印多本,公诸当世,以贻后来,乃述先大夫之志也。光绪十年(1884)六月四川分巡成绵等处兵备使者福山王祖源记。

——《莆阳黄御史集》之《丛书集成初编》本第 381 页至 384 页

第 24 篇:1884 年清王懿荣记于《莆阳黄御史集》

懿荣附按:此集依影宋钞庆元本付梓,阙卷用明崇祯本按宋目叙补板,甫刻讫,又续见瑞安黄编修绍箕新得明正德刻本,乃以三本合校,并附刻正德本所存残文,崇祯本补附诗,正德本集后宋黄处权别录崇祯本集后明黄鸣乔等《附录》各一卷于后。影宋钞本,大题称《莆阳黄御史集》,下注云"权分上下秩"。正德本如之,正德本行款一依宋本,其前序皆仿宋本元体字式入梓,板心鱼尾下称"莆阳黄御史集",与大题同,为影宋钞本所未及,至目录后记注等文与宋本同,祗行款稍有参差,余则讳字阙笔,均未改削,是覆刻无疑。大题下黄公度志后空行添入赐进士二十世孙希英衔名一行,此是当时重刊,人名书贾挖去,冀充宋本,痕迹未尽,尚存一"赐"字,后附宋黄处权《别录》一卷。崇祯本明黄鸣乔等所刻,析为八卷,其凡例内论旧本处云登刻时各依所获递编而附名其后,今因观览弗变改依诸体分汇云云,遂并宋本目录后及集内原注某篇为某人得于某处等文,俱行削去,以类分卷,一失原本面目,是崇祯本之妄也。后有鸣乔等《附录》一卷,又附九世孙宋理学名儒补遗稿一篇。谨按:乾隆朝《钦定四库全书总目提要》据浙江汪启淑家藏明崇祯本入录,题作十卷,《附录》一卷,即黄鸣乔等刻本,"十"字乃"八"字传刻之误,《东家编略》原本久佚,非更别有十卷本也。正德本黄希英跋称此集初刻于宋淳熙三年丙申(1176),此是据杨万里、谢谔两序而言,今影宋本上秩赋内《周以龙兴赋》于弟七行弟十八行(笔者按:该句两个"弟"字均应如下二行作"第"才是)宋宁宗讳扩字,空注"今上御名"四字,以后文内凡遇扩字,俱注"御名"或"今上御名"字。《以不贪为宝赋》于第十一行第六字光宗讳惇字,空注"太上御名"四字,正德本皆如之,下秩一同,是影宋钞所据本,即庆元二年(1196)洪迈序称"邵州将锓板郡斋遗信谒序"之本、"邵州名沃"之所刻也。淳熙本自是杨万里、谢谔序称永丰二曾所刻,较此刻尤前。庆元二年丙辰(1196),上距淳熙三年丙申(1176)已二十年,中更光宗(笔者按:光宗赵惇,1190—1194 年在位)绍熙五年(1194),若此为淳熙刻,则不当于宁宗讳,预注云"今上光宗讳",且注云"太上"。希英于正德(1506—1521)间所覆者,实庆元(1195—1200)刻,避宁宗、光宗讳字,本与今影宋本同出一原（笔者按："原"通"源"），其跋则于二曾刻及沃刻，未甚分晰，止称刻于淳熙三年丙申（1176）者耳，是此集自《东家编略》后，一刻于淳熙丙申（1176），再刻于庆元丙辰（1196），证以各序，灼然无疑。影宋钞庆元本上秩文赋内《明皇回驾经马嵬坡》，题下夺"赋"字，无关要义，今仍之。正德刻本，俱依宋本而行气稍狭，又间有讹字。如上秩诗内《寄题崔校书郊居》一题，"居"字，正德本讹作"舍"；《壬癸岁书情》诗"投文值用兵"句，"兵"字，正德本讹作"冰"；《秋思》一题，正德本目录及诗内本题"秋"字，俱讹作"愁"；《翁文尧员外拥册礼之归》一题诗"定须"句，"须"字，正德本讹作"准"；通卷□字，正德本俱讹作"牙"字。此覆刻失处。文内《文柏》述"古庙之堂"句，"古"字，正德本讹作"故"（笔者按：四库本亦讹作"故"字），《公孙甲松》"罕不惑之目"句，"惑"字，正德本讹作"或"（笔者按：四库本亦讹作"或"字）。下秩右书四篇一行后，篇尾校勘人名"洽"字，正德本讹作"治"，影宋本胜之。然影宋本自此以下都残失矣。正德本于此下至《启赵员外文》后一行，低二格别起一小圆圈，下有文一行云"右启三十一篇，《东家编略》所录"；下半叶尾前一行，文云："裔孙迪功郎新泉州惠安县主簿处权校勘"。《祭南海南平王文》后一行，有文云："右祭文十篇，《东家编略》所录；下五行文云"裔孙敕赐进士出身，新拟信州永丰县尉汝猷校勘"，如前式。《莆山灵岩寺碑铭》后一行有文云："右碑铭四篇，《东家编略》所录。"《大唐福州报恩定光多宝塔记文》铭词后一行有文云："右五篇裔孙处材录之。"石本如前式。凡此，皆与本书前目录下所记注文合，与影宋本目录下记注文亦合，又与影宋本上秩及下秩存处文后记注均相类。又三行下大字顶格居中识云"莆阳黄御史集终"，下半叶弟（笔者按："弟"同"第"）三行文云"裔孙敕赐同进士出身钺校勘"，此皆宋本原式。又通卷文内铭词俱跳行排写，如影宋本上秩文行款一同，惟正德本来时全集板已刻就，下秩自影宋本残失处，已据崇祯本按目叙补，行款不能改从，使归一致，仅识于此，为可惜也。正德本赋内于每段限韵字作一大圆圈围之，崇祯本同。又于赋中每段起处界一小圆圈识之，影宋本俱无之。此后人评读标识处，或宋本原无，抑或宋本旧有，而影宋钞本去之，均未可知。既未更从，无须置论，至以崇祯本与影宋本比校，崇祯本多夺字，又间有臆改处。如诗内滔自注，凡滔自称名处，皆改作"公"字之类，最谬。今既以影宋本为宗，此亦不复缕记。下秩据崇祯本补足，后大人又命以续得之。正德本校补影宋本，正德本徐正字名皆作"夤"，崇祯本作"寅"，今各从其旧。正德本下秩于宣宗讳字，仍注"今上御名"，于光宗讳字，仍注"太上御名"，字与上秩同，"惊"、"徵"、"贞"、"让"、"朗"等字，仍阙末笔，今不复据改。

又间有讹字，崇祯本《启南海韦尚书文》"或能"句下注有阙文，今仍之；"藉以"句，正德本"藉"作"伏"，今据改。《启刑部郑郎中》文"非敢切平生之志业"句，崇祯本夺"非"字，今据正德本补。"竟迟回于书幕"句，正德本"幕"讹作"暮"字。《谢试官》文内"莫遗铦铁"句，正德本"莫"字下旁注"空"字。《启杨状头》文内"虔戴遭逢"句，正德本"戴"讹作"载"字；"举步而即升云汉"句，正德本"即"讹作"则"字。《代郑郎中上静恭卢相》文"终有负于神明"句，"终"字上，正德本多一"则"字，似衍。《启沈侍御》文"孰不倾瞩"句，正德本多"下情无任"四字，下仍似有阙文，崇祯本并此四字去之，今据补入。《祭陈侍御峤》文内"吾肯斯仿"句，"仿"字，正德本讹作"傲"；"一百年莆邑大数"句，正德本，"大"讹作"之"。注内崇祯本"旷八十七年"，正德本作"旷百年"；"林端公"三字下，崇祯本作"同"字，正德本讹作"曰"字。《祭先外舅》文起行，正德本多"惟灵"二字，崇祯本无之，今未据补；"杨柳霜多"句，正德本"柳"作"栌"，别字。《祭崔补阙》文内"皇天不祐"句，正德本"皇天"二字下旁注"空"字。《祭右省李常侍》文内"时称最怒"句下注文八字，正德本无之，是后人添注。"容与松江之岁月"句，"岁"字，崇祯本讹作"风"；"丘垄权仪"句，"仪"字，崇祯本讹作"宜"，今据正德本改。《祭司勋孙郎中》文内"早干辇毂"句，"干"字，正德本讹作"於"。《祭宋员外》文内"之于行路"句，正德本作"路行"，二字倒置。又碑铭《泉州开元寺佛殿记》文内"情车业网"句，正德本"车"讹作"军"；"刬开元"三字下，崇祯本空一字，正德本旁注"句绝"二字，今据补入。《灵山塑北方毗沙门天王碑》文内"如是则护南瞻部洲"句，"如是"二字，正德本作"夫如"，无"是"字；铭词中"雁塞烟尘"句，正德本作"塞雁"，二字倒置。《丈六金身碑》文内"以无为为志之也"、"以有为为志之也"句，二"也"字，崇祯本作"者"字，今据正德本改。注文"我公至清源未仕时"，正德本"仕"讹作"在"；"宏农杨公承修"句，正德本"修"作"休"；"道非常道"句，"与宾席将校"句十二字，正德本夹行接写，与注混。《莆山灵岩寺碑铭》文内"敲公了公及"句，崇祯本"及"字，讹作"乃"，下空一格，正德本旁注句字，今据改补。又夹注"宣宗元年"二行（笔者按：夹注是"宣宗元年丁卯，号大中，凡十三年"）、"懿宗元年"二行（笔者按：夹注是"懿宗元年庚辰，改'咸通'，凡十四年，僖宗元年甲午，改'乾符'），正德本无之，是后人添注。"东归之寻旧址"，正德本"址"作"止"。《龟洋灵感禅院东塔和尚碑》文内"山产菜号苦蓋"，又"还取苦蓋之卯"句，正德本"蓋"作"益"。"武宗皇帝乙丑之否"句下"弃之"，正德本"弃"，讹作"稾"。"慧非重瞳"句，正德本"慧"作"患"，今据改。注文"是时公尚未登甲科"，字是后人注。《华岩寺开山始祖碑铭》文内夹注五处，正德本无之，是后人添注。《司直陈公墓志铭》文内"而二子西去"句，"去"字，正德本讹作"笑"。《福州雪峰山故真觉大师碑铭》文内"于府之东西"句，"西"字，崇祯本讹作"甫"，今据正德本改。崇祯本《凡例》内称"《文苑英华》录诗文十一篇，间有诗同题异者，有字句异者，今只于题下字句下注'文苑作某题某句某字'耳。"今崇祯本诗内《书崔少府居》题下注"《文苑》作《赠李补阙》"；《送友人游边》诗末二句下，注"《文苑》作'苏门虽汉上，游子莫从容'。"《送陈樵下第东归》诗"风爽彻城泉"句，"泉"字下注："《类苑》作'莲'"（笔者按：《类苑》应当是《文苑》，下同）。《送友人游边》诗"亲咏关山月"句，"亲"字下注："《文苑》作'新'"；"归吟鬓的霜"句，"的"字下注："《文苑》作'白'"。《断酒》诗"免遭拽盏郎君谲"句，"谲"字下注："《类苑》作'谑'"。《寄献梓潼山侯侍郎》诗，"簪笏落民间"句，"民"字下注："《文苑》作'人'"。《河南府试秋夕闻新雁》诗"蓟北乍惊秋"句，"乍"字下注："《文苑》作'又'"。又称"或诗文中有字句较勘未妥者，则旁注'疑'字。"今崇祯本诗内《贻李山人》诗末注云："两雨字，疑错题。"《山居逸人》诗末注云："雨秋字疑错。"《鄜畤李相公》诗内"彩毫虽乏敢无言"句，"虽"字下注："疑作'锥'"。至崇祯本赋内《御试良弓献问赋》末注云："查洪迈《容斋四笔》，谓此赋有五声，后阙一入声。"文内《颍川陈先生集序》内"与同郡"三字下注："指泉州"；"天复元年"句下注："辛酉二字，文末小注，唐天复元年，曹松、王希羽、刘象、柯崇、郑希颜同登第，年皆七十，号五老榜。"影宋本、正德本无之，是后人添注点窜前人本集原文字句，古今选家通病，率不足据。又其所注疑错等字处，影宋本、正德本皆如字，无别本可证，与上秩赋内文内后人注语，今概不窜入，致失旧本真面，只附记于此。又，嘉庆（1796—1820）中福建福鼎王遐春麟后山房刻《南越先贤集》本内《黄御史集》，所据即明崇祯黄鸣乔等刻本，无足称引，惟王学贞书后有云"据唐人试帖所载，引第四卷省试内出白鹿宣示百官及省试奉诏涨曲江池云曲江池一本无省试字，且云'诏'字当是'试'字之误，试帖据唐制登进士后又有试名，奉试前崔曙荆冬情皆有奉试题是也，且此试不用题韵，似特者，况省试二字，亦决有误，以此题注乾符二年（875）在禧（笔者按：当作"僖"）宗朝，而前内出白鹿题注乾宁二年（895）在昭宗朝，则自乾符至乾宁约二十余年，未有乾符既中省试，而复赴乾宁省试者也。此必有一试系制试或奉试，而题误作省字耳。此说甚核。原书中未之正耳云云，今特录之，以补校勘之所未及。十月二十日校毕，懿荣谨记。

——《莆阳黄御史集》之《丛书集成初编》本第385—401页

第25篇：1941年傅增湘（1872—1950）跋《唐黄先生文集》八卷

明万历刊本《唐黄先生文集》跋

《唐黄先生文集》八卷，题唐监察御史黄滔著，明万历（1573—1619）刊本，半叶九行，行十八字。前有万历丙午（1606）曹学佺序，盖与《欧阳四门集》同刻于闽中者也。前录宋洪迈、杨万里、谢谔三序。卷一赋，卷二五言古诗、五言律诗，卷三七言律诗，卷四五言排律、七言排律、五言绝句、七言绝句，卷五碑、记、铭，卷六墓志、祭文，卷七书、启，卷八序、赞、杂文，末有附录一卷。

按：明季闽中张燮刻《七十二家集》，嗣燮与曹荃（笔者按：曹荃，疑为曹学佺）等同刻《初唐四杰集》、《沈詹事集》、《宋学士集》，其书学佺多列名校订之中。今学佺更刻此二集，其体例、行款与张燮所刻正同，是当时闽中所刻唐人专集，其风气大抵如此，特余所目睹者只此数家耳。

此集目录后列校梓姓氏二叶，自达官贵人迄于末帙处士，列名至三十四人。其中如叶向高、谢肇淛，徐㷒、林古度诸人，皆一时名辈也。明末士大夫通声气，广交游，凡刻一书，必罗列胜流，以震耀当世，甚者多至百余人。沿及清初，此风不革。洎于庄氏史案，缘是株连，惨兴大狱。其实署名参阅，而其人初不与闻，徒鹜虚声，贻兹祸害，斯亦可为鉴诫者矣。

考文江集有淳熙（1174—1189）所刊十卷本，即杨万里序所言"此集久逸，考功公始得四卷，永丰君又得诗文五卷于吕夏卿家，又得逸诗于翁承赞家，又得铭碣于浮屠老子之宫，编为十卷"是也。淳熙本世久不传，然明正德八年（1513）有覆宋本，余曾见之吴佩伯家，十卷，分上下帙，半叶十行，行二十字，题"莆阳黄御史集"，标题大字，占双行。今曹氏本改为八卷，序中不言据以授梓者为何本，然篇中犹时注有"庙讳"、"御名"等字，是仍从宋本出可知。《四库》著录者十卷，《提要》言所据为汪启淑家藏崇祯刊本。然则此万历本乾隆征书时犹未及见，是亦罕秘足珍矣。辛巳（1941）八月二十日，藏园识。

——《唐黄先生文集》八卷之明万历刊本

笔者按：第一，此跋得自傅增湘《藏园群书题记》卷十二[①]，不知有傅增湘此跋的《唐黄先生文集》八卷今藏何处，录此备考。第二，从此跋第一段看，此跋绝非跋，而是著录，但是，该跋结尾署名曰"藏园识"，显然又是跋

---

① 傅增湘撰：《藏园群书题记》（20卷），上海古籍出版社1989年版，卷12，第643—644页。

了。由此可见，跋语和著录语的分界，即使傅增湘先生这样的文献名家，也不是很在意。

（二）闽国黄滔集部著作著录文字辑录

1.（宋）欧阳修等《新唐书》：

卷六十"别集类"云："《黄滔集》十五卷（字文江，光化四门博士）。"

卷六十"总集类"云："黄滔《泉山秀句集》三十卷（缔闽人诗，自武德尽天祐末）。"

2.（宋）郑樵《通志》卷七十"别集四"：

《黄滔集》十五卷。

3.（元）马端临《文献通考》卷二百四十三"集·诗集"：

《黄御史集》。诚斋序略曰："诗至唐而盛，至晚唐而工，御史黄公之诗尤奇。如〈闻雁〉：'一声初触梦，半白已侵头。余灯依古壁，片月下沧州。'如《游东林寺》：'寺寒三伏雨，松偃数朝枝。'如《退居》：'青山寒带雨，古木夜啼猿。'此与韩致光、吴融辈并游，未知何人徐行后长也。永丰君自言其集久逸，其父考功公始得之，仅数卷而已。其后永丰又得诗文五卷于吕夏卿之家，又得逸诗于翁承赞之家，又得铭碣于浮屠老子之宫，而后御史公之文，复传于二百年之后。"按：《唐·艺文志》："御史讳滔，字文江，光启中为四门博士，其集旧曰《黄滔集》云。"

4.（元）脱脱等《宋史》卷二百八"别集类"：

黄滔《莆阳黄御史集》二卷。

5.（明）徐𤊹（1563—1639）《徐氏家藏书目》卷六第八页：

《黄滔御史集》十五卷。①

6.（清）吴寿旸（—1795—约1830）《拜经楼藏书记》卷五第八页：

黄御史集

右曹氏刻本八卷，末为附录，前有洪迈、杨万里、谢塄（笔者按："塄"，应为"谔"）三序及曹学佺重刻序。四库书目作十卷、附录一卷，云原集久佚，此本乃宋淳熙中其后人所重编，今此（笔者按："此"当作"次"）为八卷，未知视阁本何如。首有"敬亭山人"、"家本濂溪"二图记。②

7.（清）瞿镛（1794—1875）《铁琴铜剑楼藏书目录》卷十九第四十

① 中华书局编辑部编：《宋元明清书目题跋丛刊》（全19册），中华书局2006年版，第5册，第406页。

② 中华书局编辑部编：《宋元明清书目题跋丛刊》（全19册），中华书局2006年版，第9册，第465—466页。

九页：

《黄御史集》十卷（明刊本）

唐黄滔撰。是书淳熙初有刻本。明正德、万历、天启间皆有刻本。此则天启年御史二十三世孙起有所刻也。有杨万里、洪迈、谢谔、曹学佺序。①

8.（清）缪荃孙（1844—1919）《艺风藏书续记》卷六第二十七页：

《莆阳黄御史集》二秩（笔者按：秩，当作帙）

明刻本。唐黄滔撰。末行有万历十二年（1584）捌月□世孙延良等重刻一行，前有洪迈、杨万里二序、谢谔跋。前刻淳熙三年（1176）丙申再刻于正德八年癸酉（1513），有二十世孙希英跋。是集原出于宋，最为完善。目录有"牧翁"朱文方印、"白鱼红稻村庄"朱文长印，首叶中有"安髻山人"白文小方印、"海云楼"朱文方印。②

（三）闽国韩偓集部著作序跋文字辑录（共27篇）

（三）之1：《香奁集》序跋文字辑录（共11篇）

第1篇：唐韩偓（842—914?）《香奁集序》

香奁集序

余溺于章句信有年矣，诚知非士大夫所为，不能忘情。天所赋也，自庚辰（860）辛巳（861）之际，迄己亥（879）庚子（880）之间，所著歌诗不啻千首，其间以绮丽得意者，亦数百篇，往往在士大夫口，或乐官（一作工）配入声律，粉墙椒壁斜行小字，窃咏者不可胜纪。大盗入关，缃帙都坠，迁徙流转，不常厥居。求生草莽之中，岂复以吟咏（一作讽）为意。或天涯逢旧识，或避地遇故人，醉咏之暇，时及拙唱，自尔鸠集，复得百篇，不忍弃捐，随即编录。遐思宫体，未降（一作解）称庾信攻文；却诮玉台，何必使徐陵作序。粗得捧心之态，幸无折齿之惭。柳巷青楼，未尝糠粃；金闺绣户，始预风流。咀五色之灵芝，香生九窍；咽三危之瑞露，美动七情。若有责其不经，亦望以功掩过，玉樵山人韩致尧序。

——《香奁集》之《丛书集成续编》本卷首

笔者按：此跋见上海书店《丛书集成续编》第100册第979页，《香奁集》之《丛书集成续编》本系据《香奁集》之《关中丛书》本影印而来。

---

① 中华书局编辑部编：《宋元明清书目题跋丛刊》（全19册），中华书局2006年版，第10册，第293页。

② 中华书局编辑部编：《宋元明清书目题跋丛刊》（全19册），中华书局2006年版，第14册，第327页。

第 2 篇：宋薛季宣《香奁集叙》

香奁集叙

韩偓《香奁集》二卷。蜀本诗一百一篇。京本诗赋二篇，诗一百七篇，曲调二章。秘阁本同，亡诗十篇。三家篇什相糅苴，差次不伦，以雠比除复重定著赋、诗、曲、词一百十二，以朱墨辨。阁、京本皆已刊正可传。偓字致尧，唐翰林学士承旨。朱全忠颛命后，偓行礼为简傲，放外以死。事见唐传。曰字致光者，讹也。偓为诗有情致，形容能出人意表。有集二卷，其一此书。晋相和凝亦尝著《香奁集》，皆委巷艳词，猥亵不可示儿，时已有"曲子相公"之号。沈括（1031—1095）《笔谈》著论，乃以是为凝书。陈正敏为辨之，设二事以验。谓吴融集有《和致光无题诗》二，与《香奁》诗韵正同，而此集序中正载其事，一也；向尝于偓裔坰所见偓亲书所作诗卷，其《裛娜》、《春尽》、《多情》等篇，多出卷中，二也。偓富才情，词致婉丽，固非凝及。而《北梦琐言》载凝小词，布于汴洛，作相之后，收拾焚毁。则凝之集，乃浮艳小词，安得遂以《香奁》为凝作。走（笔者按：不知此"走"字是何意）谓正敏辩得矣。传称凝尝自刊己集为板本，而特谓《香奁集》不行于时。行不行在凝，则此集为可知也。况诗与词曲，固有不言之辨。其诗有岐下作者，而凝未尝在岐。《江表志》："王延彬子继士，与偓子寅亮，幼日通家，寅亮母尼即荐福院讲筵，偶见又别者也。"今诗亦在此什，则斯集也为偓语，可不疑。夫人之著书，上世犹不免沿袭，《春秋》大典，亦有十数家书，学者不究谓何，泛以名取，则晏、吕之传为孔氏之经矣。以凝艳曲归偓集者，不几于此乎？信《笔谈》者虽甚，或于此必自有辨。年月日叙。

　　　　　——（宋）薛季宣《浪语集》，影印文渊阁四库全书本卷 30

笔者按：薛季宣此跋在考索韩偓集版本源流时已经全部引用，忘了抄在这里了，看到吴在庆先生《韩偓集系年校注》附录了此跋，故将薛季宣此跋抄录于此，标点与吴在庆先生的略有不同。

第 3 篇：焦竑《书香奁集》

书香奁集

《香奁集》，绮靡而乏风骨，视开元、大历之风远矣。昭宗末年，朱温篡形已就，此时韩偓在翰林，苏检苦欲推毂入相，偓曰："公不能有所为，今事势至此，乃欲以相浼耶？"昭宗累欲相偓，偓辞而荐赵崇。崔胤怒，使温谮而逐之。昭宗与之别，偓泣曰："臣得远贬，及死乃幸，不忍见篡弑之辱也。"其志节如此。韩熙载不欲为江南相，而以声色自浼，偓为之艳辞，岂其方与？抑赋梅花者，与铁心石肠自不相碍与？世鲜此集，偶得写本，命侍吏录一通，而书此于首，令揽者知其人焉。

——（明）焦竑《澹园集》续集卷九①

笔者按：第一，此跋线索来自吴在庆先生《韩偓集系年校注》附录，但笔者自中华书局版《澹园集》抄录而来。"偓曰"至"使温潜而逐之"四十字，《韩偓集系年校注》一书所收此跋以"……"代之，不知何故。第二，"类欲相偓"、"偓辞而荐赵崇"，二"偓"，中华书局版作"渥"，显误，故改之。

第4篇：明毛晋（1599—1659）跋《香奁集》

跋《香奁集》

沈梦溪云："和鲁公凝有艳词一编，名《香奁集》。凝后贵，乃嫁其名为韩偓。今世所传韩偓《香奁集》，乃凝所为也。"此说惟刘潜夫信之。石林、遁斋、虚谷诸公俱以为误。引吴融《和韩侍郎》无题诗三首及致光亲书《袅娜》、《多情》等诗为证，则斯编是致光作无疑矣。如凝之《香奁》，乃浮艳小词，集名偶同耳。况凝自谓"不行于世"，后人又何必借韩侍郎行本以实之耶？

——《香奁集》之《五唐人诗集》本卷尾

笔者按：第一，《五唐人诗集》二十六卷，系毛晋汲古阁编刻，国家图书馆有藏，索书号为16931。《香奁集》此跋后的下一页为空白页，此空白页上有一长方印曰"长乐郑氏藏书之印"。下文不再注明此本之藏地和索书号。第二，此跋又被收入明毛晋《隐湖题跋》卷一第四页②。第三，国家图书馆有藏、索书号为00311的毛氏汲古阁刻《唐人诗集》本《香奁集》卷尾第一则也是此毛晋跋。

第5篇：1661年屈大均（1630—1696）跋《香奁集》

《唐书·艺文志》载《韩偓集》一卷、《香奁集》一卷。晁公武《读书志》"《韩偓诗》二卷、《香奁诗》"，无卷数。辛丑岁（1661）游鸳湖，偕竹垞朱丈，访南州草堂徐氏，得睹宋椠本《香奁集》，计古今体诗一百一首、《拾遗》四首，无卷数，与晁志合，即席借钞，珍存行箧。是集闻有谓和凝嫁名者，试开卷批读，夫岂彼夸痴者之所能哉？番禺屈大均记。

——《香奁集》一卷之毛氏汲古阁刻《五唐人诗集》本卷尾第二则

笔者按：第一，毛氏汲古阁刻《五唐人诗集》本《香奁集》为善本，九行十九字，白口，左右双边，国家图书馆有藏，索书号为00311。卷末第一则

---

① （明）焦竑撰：《澹园集》，中华书局1999年版，第898—899页。

② 中华书局编辑部编：《宋元明清书目题跋丛刊》（全19册），中华书局2006年版，第6册，第460页。

为毛晋所云"沈梦溪云"之跋。下文不再注明此本之藏地和索书号。第二，此屈大均跋，为傅增湘过录，非屈大均亲自写，不知有屈大均跋语手迹的《香奁集》版本今藏何处，录此备考。第三，此书书名著录云"《香奁集》一卷，唐韩偓撰，明末毛氏汲古阁刻《五唐人诗集》本，傅增湘校跋并录屈大均题识，一册，311"。此书卷首如下：《香奁集序》（韩偓撰）、《香奁集目录》（该目录含诗、词、赋，可见，《香奁集》不是诗集，而是诗词赋集，目录《红芭蕉赋》后毛笔补写《春恨》："残梦依依酒力微"、《日高》："朦胧犹认管弦声"、《夕阳》"花前洒泪临寒食"、《天凉》："愁多却讶天凉早"）、《香奁集》正文（正文署名如下："香奁集。明东吴毛晋子晋订。"）第四，吴在庆先生《韩偓集系年校注》"附录二"云此跋在北京大学图书馆藏屈大均手钞本《香奁集·后记》。录此备考。

第 6 篇：纪昀（1724—1805）《书韩致尧〈香奁集〉后》

书韩致尧《香奁集》后

香奁一集，词皆淫艳，可谓百劝而并无一讽矣。然而至今不废，比以五柳之《闲情》，则以人重也。著作之士，惟知文之能传人，而不知人之能传文，于此亦可深长思矣。阅《翰林集》竟，因并此集点阅之，并识其末。

——《纪晓岚文集》第一册第 252 页①

第 7 篇：纪昀（1724—1805）《书韩致尧〈香奁集〉后》又一篇

身列士林，而词效俳优，如律之以名教，则居然轻薄子矣。然而唐室板荡之时，视长乐老之醇谨，其究竟何如也？九方皋之相马也，取之于牝牡骊黄外，有以也哉。

——《纪晓岚文集》第一册第 252 页

第 8 篇：纪昀（1724—1805）《书韩致尧〈香奁集〉后》又一篇

《香奁》之词，亦云亵矣。然但有悱恻眷恋之语，而无一决绝怨怼之言，是亦可以观其心术焉。

——《纪晓岚文集》第一册第 252 页

第 9 篇：1913 年傅增湘跋《香奁集》

癸丑（1913）十一月据分体本校，分体系写本，题《玉山樵人集》，言翰林集名《香奁集》，题《玉山樵人》，《香奁集》，各自为集，《香奁》列后，前附传略。《玉山樵人集》有四诗为此本所无，均照录出，以备考证两集。

——《香奁集》之《唐人百家诗》本卷首第三则

---

① （清）纪晓岚撰，孙致中、吴恩扬、王沛霖、韩嘉祥校点：《纪晓岚文集》，河北教育出版社 1991 年版，第一册第 252 页。

笔者按：《香奁集》之《唐人百家诗》本（在《唐人百家诗》三百二十六胶卷第七盒），国家图书馆有藏，索书号为 00317，此本下文不再注明藏地和索书号。

第 10 篇：1916 年傅增湘跋《香奁集》三卷

校延令钞本讫，增《秋千》一首，《长信宫》二首，补书别纸上方。丙辰（1916）三月二十四日校起，至二月初十日乃毕，因小病迟延者半月余矣。沅叔手记。

——《香奁集》三卷之《唐人百家诗》本卷三末尾

第 11 篇：1919 年傅增湘跋《香奁集》

己未（1919）残腊，厂肆新开小肆，运来粤东伦氏书，检取此本。末有翁山跋语，谓照宋本钞出，因校于毛刻上，次第不同，字句亦颇多改定。此刻缺诗四首，并钞于其后。洵善本也。记昔年借涵芬楼钞本，《玉山樵人》、《香奁集》亦系分体本，曾记章式之校于席刻上。今此本异同，似与涵芬楼本相合，疑其同出一源也。暇当合两本订正之。初九日增湘记（笔者按：即 1919 年农历十二月九日）。

——《香奁集》一卷之毛氏汲古阁刻"《唐人诗集》本"卷尾第三则

笔者按：第一，此傅增湘跋后二方印，曰"藏园之本"、"北京图书馆藏"。第二，"《唐人诗集》本"，系国家图书馆馆藏目录的记录，所谓"《唐人诗集》本"系对毛晋所编"《五唐人诗集》（二十六卷）丛书本"的误记。

（三）之 2：《韩内翰别集》、《翰林集》、《韩翰林集》序跋文字辑录（共11 篇）

第 1 篇：宋周紫芝（1082—1155）跋《韩承旨别集》

书韩承旨别集后

读《玉山樵人诗》，脂泽之气，焫然满怀，使人想见风采。至《香奁》则又殆有甚焉者也。然渥当唐末宗社颠阶之际，窜身于戈戟森罗之中，虽虿从重围，犹复有作。当是之时，独能峥嵘于奸雄群小之间，自立议论，不至诡随。唐史臣称之，以谓有一韩渥，尚不能容，况于贤者乎。则知渥非荐莘于闺房衽席之上者，特游戏于此耳。顷时，王荆公叙四家诗，不取太白，为其十诗九说妇人与酒，然则渥之不见取于公，又可知矣。

——（宋）周紫芝《太仓稊米集》影印文渊阁四库全书本卷 67

笔者按：这段跋语中四个"渥"字，均当作"偓"。

第 2 篇：明毛晋（1599—1659）跋《韩内翰别集》一卷

按列传云：偓字致光，京兆万年人。计有功云：字致尧，今曰致光，误矣。胡仔云致元，未知孰是。自号玉山樵人，小字冬郎。开成六年（841，笔者按：唐文宗开成仅有 5 年，开成五年为 840 年，无开成六年，841 年为唐武宗会昌元年）进士韩瞻之子，李义山与瞻同年，偓童时即席为诗送之，一座尽惊。李因赠诗云"十岁裁诗走马成，冷灰残烛动离情。桐花万里开山路，雏凤清于老凤声。"《艺文志》载诗一卷，《香奁集》一卷。余梓《香奁》已十余年矣。兹吴匏庵丛书堂抄别集，皆天复元年辛酉（901）五月入内庭后诗也。自辛酉（901）迄甲戌（914），凡十有四年，往往借自述入直扈从贬斥复除，互叙朝廷播迁、奸雄篡弑始末。历状如镜，可补史传之缺。第乙卯（895）丙辰（896），未入翰苑，不知知（笔者按：疑衍一"知"字）何人混入。惜未得庆历（1041—1048）间温陵所刻致光手书诗帖一订正耳。其乱后依王审知，本传与李晃诸家言之甚详，惟刘克庄谓审知据福唐，韩致光乃居南安，曷尝依之乎？又见墨林方氏所藏祭裴君文，自书唐故官，不书梁年号，称其贤于杨风子辈，且以宋景文不与表圣同列为欠事，此皆克庄极赞致光不事二姓也。若王审知为闽王，始于丁卯（907），卒于乙酉（925），相去十九年，致光即匿影于三山九曲之间，何损其为李唐遗民耶？况朱全忠被刺，刀腹出于背，痤以败毡，致光亦可以含笑见昭宗于地下矣。当寓沙阳天王院岁余，其诗奚止蕴明一篇，若得章僚碑记，考其传外遗事，则群疑涣然冰泮云。隐湖毛晋跋于续古草庐。

　　　　　　　　　　——《韩内翰别集》一卷之影印文渊阁四库全书本卷尾

　　笔者按：此跋又被收入清陆心源（1834—1894）《皕宋楼藏书志》卷七十一第十页至第十一页①，在"按列传云"前先有"《韩内翰别集》一卷（丛书堂抄本）。唐翰林学士承旨行尚书户部侍郎知制诰上柱国万年韩偓撰。毛氏手跋曰"若干字。另外，"按列传云"，作"据列传云"；"冰泮矣"，作"冰泮云"。

　　第 3 篇：清纪昀（1724—1805）《书韩致尧〈翰林集〉后》

　　致尧诗格不能出五代诸人上，有所寄托，亦多浅露。然而当其合处，遂欲上躏玉谿、樊川，而下与江东相倚轧，则以忠义之气，发乎情而见乎词，遂能风骨内生，声光外溢，足以振其纤靡耳。然则，诗之原本不从可识哉？

　　　　　　　　　　　　　　——《纪晓岚文集》第一册第 251 页②

　　第 4 篇：清纪昀（1724—1805）《书韩致尧〈翰林集〉后》又一则

　　阳和阴惨，四时迁移；时鸟侯虫，声随以变。诗随运会，亦莫知其然而

---

　　①　中华书局编辑部编：《宋元明清书目题跋丛刊》（全 19 册），中华书局 2006 年版，第 8 册，第806—807 页。

　　②　（清）纪昀撰，孙致中等校点：《纪晓岚文集》，河北教育出版社 1991 年版，第 251 页。

然。论诗者不逆挽其弊，则不足以止其衰；不节取其长，则不足以尽其变。诗至五代，骎骎乎入词曲矣。然必一切绳以开宝之格，则由是以上将执汉魏以绳开宝，执《诗》、《骚》以绳汉魏，而《三百》以下，且无诗矣，岂通论哉。就短取长，而纤靡鄙野之习则去太去甚焉，庶几乎酌中之制耳。

——《纪晓岚文集》第一册第 251 页

第 5 篇：1781 年四库馆臣跋《韩内翰别集》之文渊阁四库全书本

《韩内翰别集》提要

臣等谨按：《韩内翰别集》一卷，唐韩偓撰，《唐书》本传谓偓字致光，计有功《唐诗纪事》作字致尧，胡仔《渔隐丛话》谓字致元，毛晋作是集跋，以为未知孰是。按刘向《列仙传》称偓佺尧时仙人，尧从而问道，则偓字致尧，于义为合。致光、致元，皆以字形相近误也。世为京兆万年人，父瞻，与李商隐同登开成四年（839）进士第，又同为王茂元壻，商隐集中所谓"留赠畏之同年"者，即瞻之字。偓十岁即能诗，商隐集中所谓"韩冬郎即席得句，有老成之风"者，即偓也。偓亦登龙纪元年（889）进士第，昭宗时官至兵部侍郎、翰林学士承旨，忤朱全忠，贬濮州司马，再贬荣懿尉，徙邓州司马。天祐二年（905）复故官，偓恶全忠逆节，不肯入朝，避地入闽，依王审知以卒。偓为学士时，内预秘谋，外争国是，屡触逆臣之锋，死生患难，百折不渝，晚节亦管宁之流亚，实为唐末完人。其诗虽局于风气，浑厚不及前人，而忠愤之气，时时溢于语外，性情既挚，风骨自遒，慷慨激昂，迥异当时靡靡之响，其在晚唐，亦可谓文笔之鸣凤矣。变风变雅，圣人不废，又何必定以一格绳之乎？《唐书·艺文志》载偓集一卷、《香奁集》一卷，晁氏《读书志》云"《韩偓诗》二卷、《香奁集》不载卷数"，陈振孙《书录解题》云："《香奁集》二卷、《入内廷后诗集》一卷、《别集》三卷"，各家著录，互有不同，今抄本既曰别集，又注曰入内廷后诗，而集中所载，又不尽在内廷所作，疑是后人裒辑成书，按年编次，实非偓之全集也。乾隆四十六年（1781）三月，恭校上。总纂官臣纪昀、臣陆锡熊、臣孙士毅，总校官臣陆费墀。

——《韩内翰别集》一卷之影印文渊阁四库全书本卷首

笔者按：1781 年四库馆臣写给文渊阁四库全书本《韩内翰别集》一卷的《提要》在影印《文渊阁四库全书》第 1083 册第 547 页至第 548 页。1784 年，此《提要》又被写于影印文津阁四库全书本《韩内翰别集一卷》卷首，内容全同，故不再抄录。《四库全书总目》卷一百五十一《韩内翰别集》一卷之《提要》云"江苏巡抚采进本"，该处之《提要》没有开头之"臣等谨按"四字，至"实非偓之全集也"止，其余与《韩翰林别集》一卷卷首的《提要》全同。

第6篇：1810年王学贞跋《翰林集》四卷

书后

唐韩冬郎以京兆名儒栖身南越，京兆人卒莫保其遗集而重刊之，假手于我南越人，南越人幸矣。京兆人仰瞻先哲，京兆人亦幸矣。岂反诮南越人之欲表扬乡先达，囿于风气晚开，而借京兆名儒以？其盛（笔者按？为评）乎？吾知京兆人不然，而吾南越人亦不愧矣。是用付刊，时庚午（1810）秋，福鼎后学王学贞拜题。

——《翰林集》四卷之《续修四库全书》本卷尾第十八则

笔者按：第一，《翰林集》四卷之《续修四库全书》本系据《翰林集》四卷之嘉庆庚午年（1810）（即嘉庆十五年）王遐春麟后山房刻本影印而来。第二，《翰林集》四卷之《续修四库全书》本卷尾的内容很多，此跋在《续修四库全书》第1313册第82页。第三，王学贞为王遐春之子。

第7篇：1849年陆心源（1834—1894）跋《韩内翰别集》

右《韩内翰别集》一册，为丛书堂钞本。汲古主人加校勘而附以跋。乾隆甲寅（1674），先君子得于白门书肆。兹加重（笔者按：当为"重加"）装订，并志数语。时道光己酉岁（1849）五月十三日，古吴陆□书于东皋草堂。

——严绍璗编著《日藏汉籍善本书录》第1490页

第8篇：赵衡（1857—1926）叙《韩翰林集》

韩翰林集叙

往岁余用桐城吴先生群书点勘，读公诗至《香奁集》，尝题七字句近体诗于后，谓与李义山无题诸作，皆可当贾生之痛哭，盖公诗法初受之义山，最为深隐难读，及其后国亡家破，身世乱离所感，公乃别创一境，其忠孝大节，形于文墨者，非唯义山不能与抗，颜行而调适，上遂追及杜公轶尘，并殿全唐为后劲，则今所传《韩翰林诗集》是也。其初传者，后唯《香奁》，鸠集复得百篇，而所谓歌诗千首，十盖不能一二。观公自叙其《香奁》可见也。梁主被弑，后昭宗死才十年，此公所最快意而喜为抒写者也。其先，昭宗又早出之于外，僻地远方，心有所感，皆可以昌言直斥，惟盗未入关之先，蕴蕴梦梦，大乱将作，诸在势要，犹自蔼然，恣其威福，语多忌讳，此则公与义山所遇之时略同默尔不可语又不能不得已而假物寓兴主文谲谏甚至下乃托于男女媟亵之事，贾生痛哭，盖犹不足以喻之。呜呼，士生不时，痛哭亦多途矣。醇酒美女，游仙佞佛，日卜星象，托一技以自混者勿论已。后汉气节，两晋风流，宋元至明之道学，清之考据，群焉争趋，视为博取富贵弋获声名之具，而亦窜身其中，自谋老死，与痛哭夭生所异，唯迟早耳。五三去我日远矣，材识愈高，偶合愈难，不唯人事然也。义山之诗至深隐，知之者尚多。公则生气凛凛，郁勃纸上，灼如观火光，与日月争明，自唐至今，经千年后，生之与斯文者犹未绝于天下，人皆熟视若无睹，而时俗所好，香奁体，公所自谓传在人口者，则嫁名他人，甚且披以不肖之名也。呜呼，此公缉缀旧诗所为，悲无人会，而一吟一泣，而后人读之，亦可为痛哭。吴先生表章之，不容以己也。冀州赵衡。

　　——《韩翰林集》三卷《补遗》一卷之《丛书集成续编》本卷首

　　笔者按：第一，《韩翰林集》三卷《补遗》一卷之《丛书集成续编》本据《关中丛书》本影印而来，该则叙文见《丛书集成续编》第 100 册第 947页。第二，《韩翰林集》之《关中丛书》本，为韩偓撰、吴汝纶挚甫评注，共三卷，另有补遗，版心刻"关中丛书"。第三，吴在庆先生《韩偓集系年校注》附录赵衡此跋时以"梁主被弑"和"义山之诗至深隐"为界，将此跋分为三段。吴先生分段合理，确实便于阅读和理解，但原跋未分段，故为尽可能保持原貌，笔者抄录此跋不予分段，一仍其旧。

第 9 篇：1922 年吴闿生跋《韩翰林集》

原跋

　　韩致尧为晚唐大家，其忠亮大节，亡国悲愤，具在篇章，而含义悱恻，词旨幽眇，有美人香草之遗，非陆务观、元裕之之所及。自来选诗者，罕有论列，尝谓七言律诗，古今工者绝少，自杜公外，唐惟樊南、樊川及致尧三家，唐以后，惟苏、黄、陆、元四家耳。姚惜抱《今体诗选》，一代正宗，于元遗山独未之及。至曾文正公，始表而出之，而韩翰林诗，则论者□侪之晚唐诸家之列，未有察乎其微者也。论世之难如此。士不得意于世，则曰我待后之子，云其可必乎。世之称翰林者，徒以其《香奁》诗耳。或谓《香奁》为和凝之作，嫁名于韩，方虚谷已辨其非。夫志节皦皦如韩致尧，即《香奁》何足为累，此固不必为讳。然世之知致尧者惟此，则不幸。苟无《香奁》之作，不且湮没而无闻矣乎。名之显晦有时。或显矣，而其孤怀所寄，乃益以汩丧而莫彰，此尤秉笔者所不自料也。李长吉好言身后事，世辄目为"鬼才"，韩翰林作《香奁集》，世遂赏其艳体。此皆浅识。炫于目前，与作者之意相去绝远。譬之相马者，徒颠倒于牝牡骊黄之间，而不复知有千里也。岂不哀哉。虽然，繇二子观之，殆亦如庄生所云，彼直寄焉。以为不知己者，诟厉也。则其真之不出，岂必为二子之不幸也哉。士之怀奇抱质，而惧不得当于后世者，可以爽然自失矣。先大夫（1840—1903）读翰林诗，考论其出处本末甚详。贺君性存取而刊行，闿生既为雠校，爰敬识于后。壬戌（1922）秋七月闿生谨记。

　　——《韩翰林集》三卷《补遗》一卷之《丛书集成续编》本卷尾第一则

　　笔者按：第一，此跋在上海书店出版社出版的《丛书集成续编》第 100

册第 976 页。第二，吴在庆先生《韩偓集系年校注》附录二收此跋时从"士不得意于世"开始另起一段，为尽可能保持原貌，笔者不予分段，一仍其旧。

第 10 篇：1936 年宋联奎等跋《韩翰林集》三卷、《香奁集》三卷：

跋

右《韩翰林集》三卷、《香奁集》三卷、附《补遗》，唐翰林学士承旨万年韩偓撰，其评注，则清桐城吴氏汝纶所著也。偓之事迹，具《新唐书》本传。考《四库提要》，集部列有《韩内翰别集》一卷，即此书，惟《香奁集》不载，盖彼时馆臣奉诏删去，然盛称其诗有忠愤之气，慷慨激昂，迥异当时靡靡之响，在晚唐可谓文笔鸣凤，推许甚至。要之，偓仕唐昭宗时，屡预秘谋，卓著风节，晚居闽峤，肥遁终身，实为唐代完人。其诗骨骼极高，《香奁》亦多寄托之辞，不足为病。吴氏评注，于偓之出处本末，考论甚详，评语亦多所激劝，今之善本也。故亟印行之云。民国二十五年（1936）一月校。长安宋联奎、蒲城王健、江宁吴廷锡。

——《韩翰林集》三卷《补遗》一卷之《丛书集成续编》本卷尾第二则

笔者按：此跋在上海书店出版《丛书集成续编》第 100 册第 977 页。

第 11 篇：1916 年傅增湘跋韩偓诗

傅增湘跋韩偓诗

据季延令钞本校过，补诗四首，即右方所书玉樵各首也。丙辰（1916）三月初十日记，沅叔。

——《韩偓诗》之《唐人百家诗》三百二十六卷本（在第八盒胶卷）末尾

（三）之 3：《翰林别集》一卷、《香奁集》一卷、《补遗》一卷之序跋（共 2 篇）

第 1 篇：1862 年朱学勤（1823—1875）跋《翰林别集》一卷、《香奁集》一卷、《补遗》一卷

诗之为言，志也。志之所之，得其情性之正而已。古诗三千篇，孔子删为三百十五篇，皆弦歌之，以合于韶外之音，则桑间濮上，皆韶外之音也。屈子之《离骚》，所谓日月争光者也。其辞曰："吾令丰隆乘雷兮，求宓妃之所在。解佩𬌗以结言兮，吾令蹇修以苟理。瑶璋台之偃蹇兮，见有娀之佚女。吾令鸩为媒兮，鸩告余以不好。及少康之未家兮，留有虞之二姚。理弱而媒拙兮，恐导言之不固。"其辞可谓荡矣，而世未有非之者也。杜子美之诗所谓一饭不忘君者也，而《丽人行》一篇，于秦虢之"肌理细腻"、"态浓意远"以及头上之"翠微盍叶"、背后之"珠压腰衱"一一言之。《哀江头》一篇则并咏及辇前才人而称其明眸皓齿，其辞可谓亵矣，而世未有非之者也。自宋以论诗日歧。傍花随柳，于美何害，而程子恐人之议之也，曰："时人不识予心乐旁有黎颊。"君恩许醉，于情何伤，而朱子讥之也，曰："世上无如人欲险。"呜呼，以此言诗，固矣。高叟之为诗也，遂至王相之徒，敢于删斥风雅，其亦不仁甚矣。偓当国危主辱之际，漂泊羁旅，作为淫艳之词，为世所讥。然读其诗，绻缱温厚，未尝作一决绝之语，以视元相艳体诗，迥不相牟。即其诗以求其志，是以风骚之遗意也。此本旧为南昌彭文勤公所藏本，未经后人重编，最为可贵，乃书其所闻而藏之。同治壬戌（1862）七月朔，结一庐主人识。

——《翰林别集》一卷、《香奁集》一卷、《补遗》一卷清初抄本卷首第一则

笔者按：此本藏上海图书馆，清佚名校，朱学勤跋。藏印："徐乃昌读"。索书号为线善829896。

第2篇：朱学勤跋《翰林别集》一卷、《香奁集》一卷、《补遗》一卷

晁氏《读书志》曰："《香奁集》，沈存中以为和凝所作，凝既贵，恶其侧艳，故诡称偓著，或谓括之言妄。"（笔者按：晁公武此引用与今本《郡斋读书志》字句有小异。）《许彦周诗话》："高秀实言元微之诗艳丽而有骨，韩偓《香奁集》丽而无骨。李端叔意喜韩偓诗，诵其序云：'咀五色之灵芝，香生九窍；咽三危之瑞露，美动七情。'秀实云：'劝不得也，劝不得也。'"又石林叶氏（1077—1148）云："偓在闽所为诗，皆手自写成卷。嘉祐（1056—1063）间裔孙奕，出其数卷示人，庞颍公（988—1063）为漕，取奏之，因得官。诗文气格不甚高，吾家仅有其诗百余篇。世传别本有名《香奁集》者，《唐书·艺文志》甚载其辞，皆闺房不雅驯。或江南韩熙载所为，误以为偓。若然，何为录于唐志乎？熙载固当有之，然吾所藏百余篇中，亦有一二绝相似，岂其流落亡聊中，姑以为戏，然不可以为训矣。"

——《翰林别集》一卷、《香奁集》一卷、《补遗》一卷清初抄本卷首第二则

笔者按：庞颍公指庞籍（988—1063），封颍国公，其诗得司马光称赞。见《中国文学家大辞典·宋代卷》第586页。

（三）之4：韩偓集研究类著作序跋选（共4篇）

第1篇：震钧（1857—1920）《香奁集发微序》

韩致尧，有唐之屈均也。《香奁集》，有唐之《离骚》、《九歌》也。自后人不善读，而古人之命意晦。自后人不能尚论古人，而古人扶植纲常之词，且变为得罪名教之作矣。不亦重可惜哉！致尧官翰林承旨，见怒于朱温，被忌于柳璨，斥逐海峤，使天子有失股肱之痛，唐季名臣未有或之先者。似此大节彪炳，即使其小作艳语如广平之赋梅花，亦何贬于致尧。迺夷考其辞，无一非忠君爱国之忱，缠绵于无穷者。然则灵均《九歌》所云："满堂兮美人，忽独与

余兮目成。"信为名教罪人乎！《香奁》之作，亦犹是也。然自唐末至今近千岁矣，绝无一人表而出之。徒使耿耿孤忠，不白于天下，世之阅者，遂与《疑雨集》等量齐观，可异哉！即以其序所云"若有责其不经，亦望以功掩过"。夫果为艳诗，亦何足言功。作者深心，于兹可会。奈为后人粗心读过，沈埋久矣。作者又为之发明曰："辑缀小诗钞卷里，寻思闲事上心头。自吟自泪无人会，肠断蓬山第一流。"则致尧亦早见及。后人但以艳体诗待之矣，其奈后人依然不解也。至此《香奁集》真可付之劫火，沈之拙流矣。然后彼苍降鉴，竟使之流传至今，是天知之矣。天知之而人不察，依然以艳诗待之，不几疑于绮语之可无罪，而马腹之说为虚言也。是不可不为之发明，以彰忠荩之苦心。俾绮语谰言无所借口，仁人志士，庶几瞑目。亦史迁表彰《离骚》之意也。爰以篝灯余暇，加之评释。史公所谓争光于日月可也。掩过云乎哉！震钧序于白下之古东府城。①

——吴在庆《韩偓集系年校注》附录二

笔者按：此则及以下三则共四则题跋得自吴在庆先生《韩偓集系年校注》一书之附录，笔者抄录时有二项改进。一是将繁体字变为简体字，二是这四则题跋中的第三则、第四则前后次序调换了，以符合第一序在前、又一序在后的惯例。另外补充说明一下，本书只辑录古籍版本题跋，对古籍研究类著作的序跋一般不予辑录，但是，震钧（即唐晏）《香奁集发微》和高文显《韩偓》均为民国人著作，流传不广，且此二书之资料对研究韩偓相当重要，故不避与吴在庆先生辑录工作之重复，再录一遍。特此说明。

第 2 篇：雷瑨（1871—1941）《香奁集发微·跋》

晚唐诗人以温李冬郎并称，《金荃》一集，明曾益注之，而清顾予咸、嗣立父子复为增补。义山诗集，清朱鹤龄、姚培谦迭为笺释，而冯浩集其大成，固已家弦户诵，人有其书。独韩氏则翰林一集，世鲜传本，即《香奁》一集，亦等诸《疑雨》、《疑云》，不复臧弄，冬郎之诗几埋没弗彰。盖致尧仕唐昭宗为翰林承旨，为朱温所怒，贬斥海峤，依王审知而卒。见忌权奸，洊遭离乱，于是愤逆臣之窃命，慨唐室之不兴，乃本诗人忠厚之旨，为屈子幽忧之辞，托诸美人，著为篇什，以抒忠爱，此《香奁集》之所为作也。然无人为之诠释，则作者之意终为晦塞。而辞深旨远，其难殆倍于温李。今得曼殊震钧氏为之发微，并作年谱附后。探赜索隐，能将作者心事曲曲道出，遂使承旨忠愤之气跃然纸上。而读者知人论世，亦当不仅以艳体目之，洵足媲美顾、冯二家而为韩氏功臣矣。惟是书锓板京师，南方传本绝稀。扫叶主人乃觅得初本，重付石

---

① （唐）韩偓撰、吴在庆校注：《韩偓集系年校注》，中华书局 2015 年版，第 1245—1246 页。

印，以广流传，庶与顾、冯之书并垂不朽云。甲寅（1814）夏至，松江雷瑨跋。（见震钧《香奁集发微》）①

——吴在庆《韩偓集系年校注》附录二

第3篇：弘一法师（1880—1942）所撰高文显（1913—1991）《韩偓》第一序：

高文显《韩偓》一书，记弘一法师为其《韩偓》一书所撰第一序，此序云："癸酉（1933）小春，驱车晋水西郊，有碑矗路旁，题曰：'唐学士韩偓墓道。'因忆儿时居南燕，尝诵偓诗，喜彼名字，乃五十年后，七千里外，遂获展其坟墓。因缘会遇，岂偶然耶？余于晚岁，遁居南闽。偓以避地，亦依闽王而终其身。俯仰古今，能无感怆？尔者高子胜进撼偓遗事，辑为一卷。余览而善之，略述所见，弁其端云。岁次玄枵，蒨葡老人。"（见高文显《韩偓》一书所引）②

——吴在庆《韩偓集系年校注》附录二

第4篇：弘一法师所撰高文显《韩偓》又一序

唐季变乱，中原士族徙闽者众。偓以孤忠奇节，抗忤权奸。既遭贬谪，因隐南闽。蔬食修禅，冥心至道。求诸季世，亦希有也。胜进居士为撰偓传，以示青年学子。俾闻其风者，励节操，祛卑污，堪为世间完人，渐次薰修佛法。则是书流布，循循善诱，非无益矣。夫岂世俗文学典籍所可同日语耶。撰录既竟，为题其端，爱志赞喜云。岁集鹑尾秋暮。晚晴老人，居莆林。（弘一大师为高文显《韩偓》一书所作序）③

——吴在庆《韩偓集系年校注》附录二

（四）闽国韩偓集部著作著录文字辑录

1. （宋）王尧臣等《崇文总目》：

卷十二"别集四"云："《韩偓诗》一卷。"

2. （宋）欧阳修等《新唐书》卷五十八"杂史类"：

韩偓《金銮密记》五卷。

3. （宋）郑樵《通志》卷七十"别集诗"：

《韩偓诗》一卷，又《香奁集》一卷。

4. （宋）晁公武《郡斋读书志》卷四中"别集类中"云：

《韩偓诗》二卷、《香奁集》。右唐韩偓致光也，京兆人。龙纪元年

---

① （唐）韩偓撰、吴在庆校注：《韩偓集系年校注》，中华书局 2015 年版，第 1246 页。

② 同上书，第 1247 页。

③ 同上。

（889）进士，累迁谏议大夫、翰林学士。昭宗幸凤翔，进兵部侍郎承旨。朱全忠怒，贬濮州司马荣懿尉。天祐初，挈族依王审知而卒。《香奁集》一卷，或曰，和凝既贵，恶其侧艳，故诡称偓著云。

5.（宋）尤袤《遂初堂书目》"别集类"：

《韩偓》。

韩偓《香奁集》。

笔者按：据《遂初堂书目》的体例，"韩偓"即"《韩偓集》"。

6.（宋）陈振孙《直斋书录解题》卷十九"诗集类上"：

《香奁集》二卷、《入内廷后诗集》一卷、《别集》三卷。唐翰林学士韩偓致光撰。

7.（元）马端临《文献通考》卷二百四十三经籍考七十"集·诗集"：

《韩偓诗》二卷，《香奁集》一卷。晁氏曰：……许彦周诗话：……石林叶氏曰：……又曰：……。

笔者按：《文献通考》关于韩偓集部著作的著录，篇幅较长，《十国艺文志考索》一编已引，故省略。

8.（元）脱脱等《宋史》：

卷二百八"别集类"云："《韩偓诗》一卷，又《入翰林后诗》一卷。"

卷二百八"别集类"云："韩偓《香奁小集》一卷，又《别集》三卷。"

9.（明）徐㶿（1563—1639）《徐氏家藏书目》卷六第十三—第十五页：

韩偓诗一卷。①

韩偓《香奁集》一卷（唐五人）。②

笔者按："唐五人"应指《五唐人诗集》二十六卷，如上文所述，该丛书为毛晋（1599—1659）汲古阁编刻，国家图书馆有藏，索书号为16931。

10.（清）钱曾（1629—1701）撰清管庭芬、章珏校证《读书敏求记校证》卷四中第十页至第十一页：

《韩偓诗集》一卷（［原校］《直斋》云：《入内庭后诗集》一卷，别集三卷。○题词本有。○述古目作"《韩偓翰林集》一卷"）。昭宗反正，密勿之谋致光（［补］胡校本云：《纪事》云：偓小字冬郎，字致尧，作致光者，误。又自号玉池山樵人。钰案：《渔隐丛话》又误作致元）为多。观其不草韦贻范诏，正所谓"如今冷笑东方朔，只用诙谐侍汉皇"也。诗以言志，致光可谓

---

①　中华书局编辑部编：《宋元明清书目题跋丛刊》（全19册），中华书局2006年版，第5册，第409页。

②　同上书，第410页。

卓然不拔之君子矣。

韩内翰《香奁集》三卷（［原校］：《直斋》云二卷。〇题词本有。〇入述古目［补］黄丕烈（1763—1825）云：旧钞。）《香奁集》三卷，予从元人钞本录出，末卷多自负一诗，洪迈《绝句》亦未（［原校］未改失。［补］胡校本同）收，行间字极佳，比流俗本迥异。予尝命名手绘图二十六幅，装潢成帙，精妙绝伦，阅之意蕊舒放。嗟乎（［原校］乎改夫。［补］题词本同）。致光（［补］胡校本光改尧，下同）遭唐末造，金銮前席，危拶虎须。及乎投老无门，托迹瓯闽，赍志（［补］胡校本志下补以字）殁（［原校］殁下补地字。［补］题词本、阮本均同）。此岂浅夫浪子所能然耶？后人但知流浪《香奁》，无有洗发其心事者。千载而下，可为陨涕也。沈括云：和凝后贵，以此（［原校］此改已。［补］胡校本同）集嫁名于致光，则宋人已辨之详（［补］胡校本：详作早）矣。（钰案，宋人辨见沈存中《梦溪笔谈》，叶石林又有江南韩熙载所为一说，见杭世骏《订讹类编》。）①

11.（清）吴焯（1676—1733）《绣谷亭薰习录》（三卷）集部一第十页：

《韩翰林诗别集》一卷。唐翰林学士承旨行尚书户部侍郎知制诰韩偓致尧著。余以《全唐诗》校之，此缺四篇：一《寄禅师》，一《访明公大德》，一《大酺乐》，一《思归乐》。后三篇《戊签》已据闽南唐雅补，而《全唐诗》因之。此本却多《袅娜》、《多情》、《闺怨》、《夜闺》、《咏灯》、《春恨》六篇。《戊签》云：汇翰林集，编年为四卷，《香奁》合别集中，一二艳词为二卷，则此六诗当时原载别集中。自后人移攛入《香奁》者也。《戊签》又云：入翰林集不满二十篇，别集自出官迄寓闽诗俱在，而及第前后诸作亦附。今此本首行标题云：入内庭后诗，下注云：大复元年辛酉五月，后偓以是时人翰林，诗题下系年，递至癸酉，其后又重系乙卯甲子者，即所谓及第前后诸作亦附者，此也。石林叶氏称：吾藏偓集仅百余篇，世传别本，今起天复元年至癸酉止，仅百余首。正叶氏世传别本，与《唐艺文志》合，其及第前后诸作并入者，乃嘉祐间从裔孙奕以取奏之本而附益者也。

《香奁集》三卷。唐韩偓著。《戊签》题二卷者，误也。别集中艳体六篇，此编未收，宋世本如是。至和凝伪词假托，沈存中《笔谈》已辨之矣。②

12.（清）马国翰（1794—1857）《玉函山房藏书簿录》卷十九第十七页

① 中华书局编辑部编：《宋元明清书目题跋丛刊》（全19册），中华书局2006年版，第11册，第204—205页。

② 中华书局编辑部编：《宋元明清书目题跋丛刊》（全19册），中华书局2006年版，第17册，第563页。

至第十八页：

《韩偓诗》一卷。唐中书舍人万年韩偓致光撰，一作字致尧，自号玉山樵人。韩孤忠劲节，为唐末完人。其诗亦激昂慷慨，有变风变雅之遗。《唐志》作《翰林集》一卷、《香奁集》一卷。韩偓撰。《唐志》三卷，后人合并此集。吟咏闺情，出于游戏，亦陶靖节《闲情赋》、宋广平《梅花赋》之类耳。刘克庄诗话执此以概其他诗，轻相抵訾，过矣。①

13.（清）瞿镛（约1800—1864）《铁琴铜剑楼藏书目录》卷十九第四十七页：

《翰林集》一卷，《香奁集》一卷（旧抄本）。题翰林承旨行户部侍郎知制诰万年韩偓致尧撰。《香奁集》后有无题诗四首，《浣溪沙词》二首。《黄蜀葵赋》、《红芭蕉赋》二首。此从宋刻本影写，不名《内翰别集》，亦不注"入内廷后诗"五字。②

14.（清）丁丙（1832—1899）《善本书室藏书志》（四十卷）卷二十五第二十一页：

《韩翰林集》一卷、《香奁集》一卷（旧钞本：璜川吴氏振绮汪氏藏书）。唐翰林承旨行户部侍郎知制诰上柱国韩偓致尧著。偓，京兆人，自号玉山樵人，龙纪元年擢第。天复中为翰林学士，迁中书舍人。从昭宗幸凤翔，进兵部侍郎、翰林承旨。以朱全忠构祸，贬濮州司马。天祐二年，复召为学士，不敢入朝，依王审知卒。席刻宋本与此本不同。古里瞿氏《书目记》云：香奁集有无题诗四首、浣纱溪词二首、黄蜀葵红芭蕉两赋，系宋刊影写，不名《内翰别集》，亦不注"入内庭后诗"五字，与此正相符合。附沈存中《笔谈》一则，辨和凝伪词假托之非，有"璜川吴氏收藏图书"、"汪鱼亭藏阅书"两印。③

（五）闽国徐寅集部著作序跋文字辑录（共8篇）

第1篇：1129年徐师仁序

《唐秘书省正字先辈徐公钓矶文集》古序

朝请郎编修道史检察官兼次崇文总目管江州太平观守秘书省著作佐郎赐紫

---

① 中华书局编辑部编：《宋元明清书目题跋丛刊》（全19册），中华书局2006年版，第18册，第429页。

② 中华书局编辑部编：《宋元明清书目题跋丛刊》（全19册），中华书局2006年版，第10册，第292页。

③ 中华书局编辑部编：《宋元明清书目题跋丛刊》（全19册），中华书局2006年版，第9册，第700页。

鱼袋族孙师仁撰。

正字讳寅，字昭梦。按《五代史·闽世家》称正字唐时以进名（笔者按：以进名，应当是以进士名），依王审知仕宦。《九国志·列传》：正字，莆田县人，乾宁初举进士，礼部试《止戈为武赋》，一烛才尽已就。有"破山加点拟成无人"之句，侍郎李择览而奇之。是岁，释褐秘书省正字，归宁于闽中。属江淮盗蜂起，退居延寿溪。王审知闻之，辟居幕下而礼待简略。内不能平，一旦拂衣去，曰："丈尺之水，前陂后堰，安能容万斛之舟乎？"寻旧隐，慨然有长往之志。王延彬刺泉州，每同游赏，及陈郯、倪曙等赋诗酣酒为乐，凡十余年。求还所居，尝被病遣求药物于延彬。答书曰："善自调护，亦可自开豁，三皇五帝，不死何归？"盖举赋语以戏之。竟卒于延寿之别墅。本朝张丞相齐贤记："正字未第时，道汴州，进谒梁祖，面赋《无云雨篇》立就。其断句云：'争表梁王造化功'，大蒙赏遇。及解褐东还，祖为开宴，醉中误触讳，归馆了悟，忧在不测。复制《游大梁赋》以献。其略曰：'客有得意还乡游于大梁，遇郊坰之耆旧，问今古之侯王。父老曰：且说当今，休论前古。昔时之功业谁见，今日之声名有睹。'中一聊云：'遂使千年汉将，凭吉梦以神符；一眼胡奴，望英风而胆丧。'祖曾梦韩信授以兵法；胡奴指李克用也。祖读至此大悦，今军士传写，皆讽诵之。敕字酬一缣，不复责前事。按：《崇文总目》：《正字赋》五卷、《探龙集》一卷，题曰伪唐徐某撰。正字实未尝仕伪唐也。师仁家故有赋五卷，《探龙集》五卷，正字自序其后；又于蔡君谟家得《雅道机要》一卷，又访于族人及好事者，得五言诗并绝句，合二百五十余首，以类相从，为八卷，并藏焉。正字《人生几何赋》至今脍炙人口，儿童妇女往往道徐先辈。而集有《赠渤海高元固》诗，序云：高见□于闽中，言本国得《斩蛇赋》、《御沟水赋》、《人生几何赋》，家家皆以金书，列为屏障。又自咏诗注云：温陵使宅有图障二面，张林西楼书手作回文八体诗。每一首颠倒读，成八首。以此知正字之文不独行于当时，名于后世，亦播于异域也。然八体回文诗，寻讨未获。小说载红绫饼绝句，亦不见全。其余碑碣之属甚众，类皆亡失。岂其赋名特高，故他文遂不俱传欤？今观笺疏，颇类玉溪，而律诗精练，亦不减同时韩致光、吴子华诸人也。惜乎遭罹乱世，不获少伸其志，其来闽中，且有前陂后堰之叹，安有为朱温所屈哉？殆亦逊言避祸，不得不尔也。张丞相记颇详，足以附见。建炎三年（1129）三月序。

——《唐秘书省正字先辈徐公钓矶文集》十卷之清抄本卷首第二则

笔者按：第一，该本国家图书馆有藏，索书号为01694。第二，此跋又见四部丛刊三编集部《徐公钓矶文集》（系上海涵芬楼景印钱遵王精抄本）（《续四库全书》第1313册收有四部丛刊三编本，此序页码见第95—96页）

卷首第一则。

第 2 篇：徐玩序

《唐秘书省正字先辈徐公钓矶文集》

文集者，八莆第五代祖先辈公所撰文也。公讳夤，字昭梦，登唐乾宁进士第，试《止戈为武赋》，魁天下，授秘书省正字。先辈，时人推尊之称也；钓矶，乃归隐适意处号也。予尝观旧谱载十二代著作佐郎赐紫鱼袋师仁公所著文集序云：先辈公文字颇多，家故有赋五卷，《探龙集》五卷，又于蔡君谟家得《雅道机要》一卷，诗二百五十余首，盖详论之，既有其序，时必有集，今皆亡失。故常郁郁不乐，凡对族人，惟以不得其文为忧叹。至延祐丁酉岁（笔者按：延祐为元仁宗年号，共七年，无丁酉岁，1237 年宋理宗赵昀嘉熙元年为丁酉岁），叔父司训公于洛如金桥林必载家得诗二百六十余首。复于巳亥岁（笔者按："巳亥"显然是"己亥"之误，1239 年嘉熙三年为己亥岁），族叔祖道真公遗赋四十篇，不胜欣慰，合而宝之，后则屡求未能再得。泊迩岁尘事稍息，谨述世绪，声迹已详于谱牒。复读威武军殿中侍御史刘公山甫撰公墓志铭，谓公所著词赋，感动鬼神，搜括造化。又谓悲泣百灵，包罗万象，明珠无价，至道不文，穷达理性，讽诫浇浮，合先圣贤之意矣。读之至是，愈有所感，今则据其所得诗赋，暂编成卷，装潢类诸谱牒，合与族人暨诸君子共之。可以知吾祖先手泽尚存而流衍无穷，抑祝厥后子孙，勉而求之，以增是卷。庶不负吾故家文献之炫耀，遂书之以为后之识也。玩可珍谨识。

　　——《唐秘书省正字先辈徐公钓矶文集》十卷之清抄本卷首第三则

笔者按：第一，该本国家图书馆有藏，索书号为 01694。第二，此跋又见四部丛刊三编集部《徐公钓矶文集》（系上海涵芬楼景印钱遵王述古堂藏影宋抄本）（《续四库全书》第 1313 册收有四部丛刊三编本，此序页码见第 95—96 页）卷首第二则。

第 3 篇：1781 年四库馆臣跋《徐正字诗赋》二卷之文渊阁四库全书本

臣等谨按：《徐正字诗赋》二卷（福建巡抚采进本）。唐徐寅撰。寅，字昭梦，莆田人。乾宁元年（894）进士及第，授秘书省正字，后依王审知幕府，归老延寿溪，所著有《探龙》、《钓矶》二集，共五卷。自《唐书·艺文志》已不著录，诸家书目亦不载其名，意当时即散佚不传，此本仅存赋一卷，计八首；各体诗一卷，计三百六十八首。盖其后裔从《唐音统签》、《文苑英华》诸书裒辑成编，附刻家乘之后者，已非五卷之旧矣。其赋句雕字琢，不出当时程式之格，而刻意锻炼，时多秀句，集中赠渤海宾贡高元固诗序，称其国传写寅《斩蛇剑》、《御沟水》、《人生几何》三赋，至以金书列为屏幛，则当时亦价重鸡林矣。诗亦不出五代之格，体物之咏尤多。五言如"白发随梳少，青山入梦多"、"岁计悬僧债，科名负国恩"；七言如"丰年甲子春无雨，良夜庚申夜足眠"、"月明南浦梦初断，花落洞庭人未归"、"鹧鸪声中双阙雨，牡丹花畔六街尘"诸联，已为集中佳句，然当时文体不过如斯，不能独责备于寅。寅尝献赋于朱全忠，后忤全忠，乃遁归闽，非真有惓惓故主之思，乃与司空图、罗隐二人遥相唱和，有如臭味。又作《大夫松》诗曰："争如涧底凌霜节，不受秦王号此官。"《马嵬》诗曰："张均兄弟皆何在，却是杨妃死报君。"更似一饭不忘唐者。盖文士之言，不足尽据，论世者所以贵考其实也。乾隆四十六年（1781）五月恭校上。总纂官臣纪昀，臣陆锡熊、臣陆士毅，总校官臣陆费墀。

——《徐正字诗赋》二卷之影印文渊阁四库全书本卷首

笔者按：此跋在影印文渊阁四库全书第 1084 册第 287 页至第 288 页，《徐正字诗赋》二卷之文津阁四库全书本《提要》署时间作"乾隆四十九年（1784）恭校上"，其余全同，《四库全书总目》卷一百五十一亦同，版本注云"福建巡抚采进本"。

第4篇：刘喜海（1793—1853）跋《唐秘书省正字先辈徐公钓矶文集》十卷

四库著录《徐正字诗赋》二卷，《提要》："徐寅依王审知幕府，归老延寿溪，著有《探龙》、《钓矶》二集，共五卷，久已散佚无存。其裔从《文苑英华》、《唐音统签》诸书裒辑成编，仅存赋八首，诗三百六十八首。此本名《钓矶集》，赋五十首，诗二百六十五首。"

——《唐秘书省正字先辈徐公钓矶文集》十卷之清抄本卷首第一则

笔者按：《唐秘书省正字先辈徐公钓矶文集》十卷之清抄本，国家图书馆有藏，索书号为 01694。

第5篇：清李希圣（1864—1905）跋《钓矶文集》十卷（钞本）

《钓矶文集》十卷（钞本）

唐徐寅撰（《全唐诗》作"徐夤"），《四库全书》录《徐正字诗赋》二卷，赋一卷计八首，各体诗一卷，计三百六十八首。阮氏《揅经室外集》（大兴傅以礼重编，名《揅经室经进书录》）录《钓矶文集》五卷，凡赋五十首。此本前五卷，每卷赋十首，惟第五卷《星赋》、《汉武求仙赋》、《伍员知姑苏台有游鹿赋》有目无文，计缺三首，不知阮氏本何如。第六卷为长律八首、五律二十一首、七绝二十八首；第七卷七律五十二首；第八卷七律五十二首；第九卷七律五十二首；第十卷七律五十二首。共二百六十五首。然《提要》所举五言如"白发随梳少，青山如梦多"、"岁计悬僧债，科名负国恩"，七言如"丰年甲子春无雨，良夜庚申夏足眠"、"鹧鸪声中双阙雨，牡丹花畔六街尘"、"月明南浦梦初断，花落洞庭人未归"、"争如涧底凌霜节，不受秦王号此官"、"张均兄弟皆何在，却是杨妃死报君"，皆见于卷中（郑方坤荔乡《全闽诗话》所引《闽书》及刘克庄《后村集·后村题跋》、朱国祯《涌幢小品》论寅诸诗为《全唐诗》所有者，此本亦一一皆在）。其余诸诗亦尽从《全唐诗》抄出。《十国春秋》云寅所著有《探龙集》一卷；《雅道机要》并诗八卷，亦曰《钓矶集》，又有赋五卷，盖久散佚矣。此本不知何人分析卷第，而藏书家珍为秘笈，辗转传钞，皆不加深考者也。

　　——《钓矶文集》十卷之抄本

　　笔者按：此跋得自于清李希圣《雁影斋序跋》卷二第五页①，不知有李希圣此跋的《钓矶文集》十卷之抄本今何在，录此备考。

第 6 篇：1792 年清钱大昕（1728—1804）跋《徐公钓矶文集》

清钱大昕跋《徐公钓矶文集》

　　徐正字撰述见于《崇文总目》者，《赋》五卷，《探龙集》一卷，今皆不传。此《钓矶集》十卷，乃其后人可珍所编。可珍未详何时人，其序称延祐（1314—1320）丁酉，似是元时，然延祐实无丁酉岁，疑传写误尔。正字名，它书多作寅，此独作夤，未详其审。唐人集传于今者尟矣，此虽缺其第五卷，较之它本作二卷者为善。壬子（1792）十月从莌圃孝廉假读，因记于卷尾。竹汀居士钱大昕。

　　——《唐秘书省正字先辈徐公钓矶文集》十卷（《补遗》）之《续修四库全书》本卷尾第一则

　　笔者按：此跋见《续四库全书》第 1313 册第 152 页。《唐秘书省正字先辈徐公钓矶文集》十卷（《补遗》）之《续修四库全书》本，系据《四部丛刊三编》本影印，此跋为手写体，《四部丛刊三编》本系据上海涵芬楼钱遵王精钞本影印而来。

第 7 篇：陆心源（1834—1894）跋《钓矶文集》十卷

　　唐秘书省正字先辈徐公《钓矶文集》十卷。题曰"唐徐夤昭梦著"，旧钞本。前有建炎三年（1129）裔孙师仁序，及延祐中裔孙元（笔者按："元"，当为"玩"，下同）序。按：夤著有《钓矶赋》五卷、《探龙集》五卷。《唐书·艺文志》不著于录，宋时想已早佚。此本乃延祐中其裔孙元字可珍者所编也。《四库全书》著录正字诗赋二卷，诗二百六十二首、赋八首。此本赋五卷、诗五卷。诗与《四库》本同，赋则增多四十八首。张月宵以《全唐文》

　　①　国家图书馆编：《国家图书馆藏古籍题跋丛刊》（全 30 册），北京图书馆出版社 2002 年版，第 19 册，第 217—218 页。

校之，此本多赋二十一首，少《均田赋》、《衡赋》二首。所缺赋八首，皆可据《全唐文》补录。具见所作《藏书志》中。所缺《偶吟》七律一首，余亦据《全唐诗》补入。夤诗赋皆不脱唐末之习。惟唐人传世日希（笔者按："唐人"，疑当为"唐人集"，"希"即"稀"），自当以罕觏珍之。①

  ——严绍璗编著《日藏汉籍善本书录》第 1493 页

  笔者按：严绍璗先生过录此跋前加按语云，此跋得自《仪顾堂集》卷十七。《宋元明清书目题跋丛刊》第九册所收《仪顾堂题跋》十六卷、《仪顾堂续跋》十六卷均未收此跋。

第8篇：张元济跋

跋

  徐夤昭梦撰，四库著录《徐正字诗赋》二卷，撰人作寅，不作夤，是为钱遵王也是园抄本。卷首有族孙师仁序，谓家故有赋五卷、《探龙集》五卷，又于蔡君谟家得《雅道机要》一卷，又访于族人并好事者，得五言诗并绝句，合二百五十余首，以类相从，为八卷藏焉。其裔孙玩可珍序则称师仁序中所著今皆亡失，延祐丁酉得诗二百六十余首，嗣又得遗赋四十篇，暂编成卷，今是本分为十卷，前四卷赋，凡四十篇，卷四第十篇缺，卷五有题十而无赋，后五卷诗凡二百六十五首，赋诗篇数与玩序合，玩序不言卷数，此本是否为玩所编，又卷四五原缺是否为访得时即仅存赋题，均不可知。《全唐文》录夤赋可补者凡八篇，尚缺其三。一曰《汉武帝求仙》，二曰《星》，三曰《伍员知姑苏台有游鹿》。阮文达尝据钱遵王影宋抄本呈进，《提要》言赋五卷，凡五十首，是本共十卷，阮氏仅得五卷，即珍其罕见亦不应讳其残缺，且有赋五十首，与是本不同，疑所见为钱氏之别一抄本，然《提要》又明言为其裔孙玩所编次，阮氏所进，原本今编入《宛委别藏》，假得对校，亦祇存四十六篇，除缺《江令归金陵赋》，余均与《全唐文》合，文字略有歧异，其所从出，又同而不同，然阮氏提要，绝未明言其故，且一似五十首，无少欠缺者，此真索解不得已，《唐音癸签》、《全唐诗》亦有夤诗，增得三首，又于《全唐文》续增目外，赋二首，今并与所补八赋全录于后，并附校记。海盐张元济。

  ——《唐秘书省正字先辈徐公钓矶文集》十卷（《补遗》）之《续修四库全书》本卷尾第一则

  笔者按：此张元济跋后有长达 27 页的校勘记，暂从略。

  （六）闽国徐寅集部著作著录文字辑录

1.（宋）王尧臣等《崇文总目》卷十二"别集五"：

---

① 严绍璗编著：《日藏汉籍善本书录》，中华书局 2007 年版，第 1493 页。

《探龙集》一卷、《徐寅赋》一卷（缺）。

2.（宋）郑樵《通志》卷七十艺文略第八"赋"：

《徐寅赋》一卷（伪唐人），又《探龙集》一卷。

3.（宋）陈振孙《直斋书录解题》卷二十二"文史类"：

《雅道机要》二卷。前卷不知何人，后卷称徐寅撰。

4.（元）马端临《文献通考》卷二百四十九"集·文史"：

《雅道机要》二卷。陈氏曰："前卷不知何人，后卷称徐寅撰。"

5.（元）脱脱等《宋史》：卷二百八"别集类"：

《徐寅别集》五卷。

6.（清）永瑢等《四库全书总目》卷一百五十一：

《徐正字诗赋》二卷（福建巡抚采进本）。唐徐寅撰。……

笔者按：因上述序跋文字辑录中已有四库馆臣给《徐正字诗赋》二卷所写的跋，故省略。

7.（清）张金吾（1787—1829）《爱日精庐藏书志》卷二十九第二十一页至第二十九页。

《唐秘书省正字先辈徐公钓矶文集》十卷（抄本。从子谦侄藏旧抄本影写）

唐徐夤昭梦著。前有夤裔孙玩序曰：公故有赋五卷，《探龙集》五卷，诗二百五十余首，今皆亡失。延祐丁酉，叔父司训公于洛如金桥林必载家，得诗二百六十余首。复于已亥岁，族叔祖道真公遗赋四十篇，合而宝之，暂编成卷云云。则此本，盖玩所重编也，缺卷四赋一篇，卷五一卷，赋十篇。内《江令归金陵》、《过骊山》、《樊哙入鸿门》、《隐居以求志》、《山暝孤猿吟》、《白衣入翰林》、《雷乃发声》、《寒赋》八篇，伏读《钦定全唐文》，俱有，可据以补入，并多《均田赋》、《衡赋》二篇，为此本所未载者。此本《荐蔺相如使秦》、《元宗御制卢君微草堂铭》、《陈后主献诗》、《外举不避雠》、《避世金马门》、《东陵侯吊萧何》、《贵以贱为本》、《管仲弃酒》、《扣寂寞以求其音》、《知白守黑为天下式》、《太极生二仪》、《员半千说三阵》、《文王葬枯骨》、《驾幸华情宫》、《再幸华清宫》、《卞庄子刺虎》、《铸百炼镜》、《元宗御注孝经》、《割字刀子》、《福善则虚》、《竹篦子》等赋，共二十一篇，《全唐文》俱未载，殆偶未见此本欤?[①]

8.（清）瞿镛（约1800—1864）《铁琴铜剑楼藏书目录》卷十九第四十

---

① 中华书局编辑部编：《宋元明清书目题跋丛刊》（全19册），中华书局2006年版，第11册，第522—523页。

九页：

《唐秘书省正字先辈徐公钓矶文集》十卷（旧抄本）

唐徐寅撰。旧传《探龙》、《钓矶》二集已佚，此出延祐间裔孙玩编辑，有师仁及玩序，卷中诸赋为近刻《全唐文》不载者二十余首。①

9.（清）朱绪曾（1805—1860）《开有益斋读书志》卷五第九页第十页：

《钓矶文集》

《唐秘书省正字先辈徐公钓矶文集》十卷。莆田徐夤昭梦撰。《崇文总目》：正字赋五卷、《探龙集》一卷。宋建炎中族裔孙著作佐郎师仁序云：家有赋五卷，《探龙集》五卷，有正字自序，又于蔡君谟家得《雅道机要》一卷，又得五言诗并绝句二百五十余首，又称其笺疏颇类玉溪。后其本亡失。元延祐中族孙元珍序云：其叔父司训公于林必载家得诗二百六十余首，族叔祖道真公遗赋四十篇。此十卷本乃元珍所辑也，然《雅道机要》及笺疏不可见矣。今本又缺第五卷张齐贤《洛阳搢绅闻见记》所云游大梁赋无云雨篇，亦不载集中。正字自咏云：拙赋每闻镌印卖，恶诗亲见画图呈。自注：使宅行，寅回文八体诗图，每一倒翻读八韵，今集中止有回文七律二首，似非八体。卷九又缺《偶吟》一首，盖掇拾残剩于数百年之后，亦可谓善守世泽者矣。诸赋多为《全唐文》及《赋汇》所未收，惜第五卷缺，然《全唐文》亦有可补此本之遗者。

文澜阁《徐正字诗赋》二卷，不及此为元人旧帙也。威武军殿中侍御史刘山甫所撰《墓志铭》，未附于后，岂传钞者偶失之耶（钱辛楣云序称延祐丁酉，然延祐无丁酉，它书作徐寅，此独作夤)②。

10.（清）丁丙（1832—1899）《善本书室藏书志》卷二十五第二十一——第二十二页：

《唐秘书省正字先辈徐公钓矶文集》十卷（旧钞本。马笏斋藏书）。唐徐寅昭梦著。文澜阁有《徐正字诗赋》二卷。此为元延祐中裔孙玩可珍所辑十卷本。序云：公登唐乾宁进士第，试《止戈为武赋》，魁天下，授秘书省正字。先辈，时人推尊之；称"钓矶"，乃归隐适意处号也。旧谱载十二代著作佐郎、赐紫鱼袋师仁序。又徐玩序云：公文集有赋五卷、《探龙集》五卷，又于蔡君谟家得《雅道机要》一卷，诗二百五十余首。既有序，必有集，今皆

---

①　中华书局编辑部编：《宋元明清书目题跋丛刊》（全19册），中华书局2006年版，第10册，第293页。

②　中华书局编辑部编：《宋元明清书目题跋丛刊》（全19册），中华书局2006年版，第14册，第72页。

亡失。至延祐丁酉，叔父司训公得诗二百六十余首，后于己亥岁族叔祖道真公遗赋四十篇，合而宝之，即此本也。旧缺第五卷，此独全。惟威武军殿中侍郎御史刘山甫所撰墓志铭未附于后，《全唐文》尚有《均田赋》，《文苑英华》尚有《籍田赋》、《衡赋》，可待补遗也。寅或作夤，莆田人，《唐才子传》作大顺（890—891）三年（892）蒋咏榜下进士及第。有"马玉堂印"、"笏斋藏本"两印。①

11.（清）缪荃孙（1844—1919）《艺风藏书续记》卷六第二十八页：

《唐秘书省正字先辈徐公钓矶文集》十卷。

传抄本。唐徐寅撰。②

---

①　中华书局编辑部编：《宋元明清书目题跋丛刊》（全 19 册），中华书局 2006 年版，第 9 册，第 700 页。

②　中华书局编辑部编：《宋元明清书目题跋丛刊》（全 19 册），中华书局 2006 年版，第 14 册，第 327 页。

第七章　荆南国文人集部著作序跋文字和著录文字辑录

（一）荆南国释齐己集部著作序跋文字辑录（共 17 篇）

第 1 篇：938 年五代孙光宪序《白莲集》十卷

《白莲集》序

荆南节度副使、朝议郎、检校秘书少监、试御史中丞、赐紫金鱼袋孙光宪撰。

风雅之道，孔圣之删备矣，美刺之说，卜商之序明矣。降自屈宋，逮乎齐梁，穷诗源流，权衡辞义，曲尽商榷，则成格言，其惟刘氏之文心乎？后之品评，不复过此。有唐御宇，诗律尤精，列姓字、掇英秀不啻十数家，惟丹阳殷璠优劣升黜，咸当其分，世之深于诗者，谓其不诬，顾我何人，敢议臧否，苟成美有阙，得非交游之罪耶？禅祖齐己本胡氏子，寔长沙人家，迨沩山，慕大禅伯，悟入顿门，落发拥氄，游方宴坐，宿念未忘，存乎篇咏。师趣尚孤洁，词韵清润，平淡而意远，冷峭而…（中缺）…郑谷郎中有与师云云□□□□敲门谁访□□客即□师，应是逢新雪，高吟得好诗，格清无俗字，思苦有苍髭，讽味都忘倦，抛琴复舍棋。其为诗家流之称许也如此。晚岁将之岷峨，假途渚宫，太师南平王筑净室以居之，舍净财以供之，虽出入朱门而不移素履。议者以唐来诗僧惟贯休（832—912）禅师，骨气混成，境意悼异，殆难俦敌，至于皎然、灵一将已禅者，并驱于风骚之途，不近不远也，江之南、汉之北，缁流以儒业缘情者，靡不希去声彩，自非雅道昭著，安得享兹大名？鄙以旅宦荆台，最承款狎，较风人之情致，赜大士之旨归，周旋十年，互见阃域。师平生诗稿未遑删汰，俄惊迁化，门人西文并以所集见授，因得编就八百一十篇，勒成一十卷，题曰白莲集。盖以久栖东林，不忘胜事。余既缮写，归于庐岳，附远大师文峡之末，□□□□□递为辉光，其佳句，全篇或偶对，开卷辄得，无烦指摘，濡毫梗概，良深悲慕。天福三年（938）戊戌三月一日序。

——《白莲集》十卷《风骚旨格》一卷之明嘉靖八年柳金抄本卷首第二则

笔者按：第一，《白莲集》十卷《风骚旨格》一卷之明嘉靖八年（1529）柳金抄本，国家图书馆有藏，索书号为 11390，下文引用此本不再注明藏地和索书号。第二，影印文渊阁四库全书本《白莲集》无孙光宪《〈白莲集〉序》，影印文津阁四库全书本《白莲集》有孙光宪《〈白莲集〉序》，但是此序多有缺字；《四部丛刊初编》本《白莲集》十卷（附《风骚旨格》一卷）（系上海涵芬楼影印明钞本）卷首亦有此序，题目作"《〈白莲集〉序》"。

第2篇：约1012年，陶岳《僧齐己传》

僧齐己

浔阳陶岳介立撰

僧齐己，长沙人。长沙有大沩同庆寺，僧多而地广，佃户仅千余家，齐己则佃户胡氏之子也。七岁，与诸童子为寺司牧牛，然天性颖悟，于风雅之道日有所得，往往以竹枝画牛背为篇什，众僧奇之，且欲壮其山门，遂劝令出家。时郑谷在袁州，齐己因携所为诗往谒焉。有《早梅》诗曰："前村深雪里，昨夜数枝开。"谷笑谓曰："数枝非早，不若一枝则佳。"齐己矍然，不觉兼三衣叩地膜拜，自是士林以谷为齐己一字之师。其后居于长沙道林寺。时湖南幕府中能诗者，有如徐东野、廖凝、刘昭禹之徒，莫不声名籍甚。而徐东野尤好轻忽，虽王公不避也。每见齐己，必悚然，不敢以众人待之。常谓同列曰："我辈所作，皆拘于一途，非所谓通方之士。若齐己才高思远，无所不通，殆难及矣。"论者以徐东野为知言。东野亦尝赠之诗曰："我唐有僧号齐己，未出家时宰相器。爰见梦中逢五丁，毁形自学无生理。骨瘦神清风一襟，松老霜天鹤病深。一言悟得生死海，芙蓉吐出琉璃心。闷见圣唐风雅缺，敲破冰天飞白雪。清塞清江却有灵，遗魂泣对荒郊月。格何古？天工未生谁知主。混沌凿开鸡子黄，散作纯风如胆苦。意何新？织女星机挑白云。真宰夜来调暖律，声声吹出嫩青春。调何雅？涧底孤松秋雨洒。嫦娥月里学步虚，桂风吹落玉山下。语何奇？血泼乾坤龙战时，祖龙跨海看日出（笔者按："看日出"，《全唐诗》作"日方出"），一鞭风雨万山飞。己公己公道如此，浩浩寰中如独自。一簟松风冷如水，长伴巢由伸脚睡。"其为名士推重如此。及将游蜀，至江陵，高从海慕其名，遮留之，命为管内僧正。齐己不获已而受，自是常怏怏。故其友虚中示之诗云："老负峨眉月，闲看云水心。"盖伤其不得志也。竟卒于江陵。有诗八百首。孙光宪序之，号曰《白莲集》，行于世。

——《白莲集》五卷《补遗》四卷之《唐人百家诗》本卷首第一则

笔者按：第一，《白莲集》五卷《补遗》四卷之《唐人百家诗》本，国家图书馆有藏，索书号为08605（4：3）。下文引用此本不再注明藏地和索书号。第二，《五代史补》卷首有作者陶岳写于"岁在壬子（1012）陶岳介立序"的序，故暂且判定《僧齐己传》写于约1012年。

第 3 篇：1529 年明柳金跋《白莲集》十卷

陈氏《直斋书解》云："唐僧齐己《白莲集》十卷、《风骚旨格》一卷。"今兼得之为合璧矣。元书北宋刻，传世既（笔者按：《四部丛刊》本脱"既"字）久，湮没首卷数字，尚俟善本补完，与皎然、贯休，三集并传。嘉靖八年岁己丑（1529）金阊后学柳金谨（笔者按：《四部丛刊》本脱"谨"字）志。

——《白莲集》十卷《风骚旨格》一卷之明嘉靖八年（1529）柳金抄本《风骚旨格》的目录后、正文前

笔者按：第一，有顾一鹗跋的《白莲集》十卷《风骚旨格》一卷之清抄本于《风骚旨格》的目录后、正文前，亦有柳金此跋，这当然是过录。第二，柳金此跋又见于《白莲集》十卷《风骚旨格》一卷之《四部丛刊初编》本卷尾第一则，字句稍异，如上文笔者所按，不赘。

第 4 篇：1597 年梦觉子跋《白莲集》五卷《补遗》四卷

黄太史跋齐己诗云："齐己，胡氏子，本益阳人。高氏据有荆州，延己居龙兴寺，给月俸，遂为《渚宫莫问》十五篇以自见。盖己初舍俗入沩山参禅猛利持律清苦，晚岁牵情于诗，遂作荆州僧正。以老故有'未谢侯门去'之句耳。十二郎见过，言是高家郎君比，绝句高胜，翰墨亦可爱。"此诗今亦不见集中。万历丁酉（1597）重阳前二日，梦觉子偶书。

——《白莲集》五卷《补遗》四卷之《唐人百家诗》本卷五后

笔者按："黄太史"指北宋诗人黄庭坚，黄庭坚跋见《山谷集》（影印文渊阁四库全书本）卷三十，题曰《跋僧齐己诗》。

第 5 篇：佚名跋《白莲集》五卷《补遗》四卷

世传齐己有《扑满诗》，检集中不载，为录之（末简）："扑满工□可置钱，有入窍而无出窍。满则扑而碎之，乃出钱也。祇我满我腹，争知满害身，到头须扑破，却散与他人。"

——《白莲集》五卷《补遗》四卷之《唐人百家诗》本卷五末尾

笔者按：第一，此跋在卷五末一首诗《谢虚中上人晚秋见寄》末尾，接着是"白莲集卷第五卷终"字样（笔者按：末一个"卷"字，显然衍）。第二，此跋未署名，不知何人作，亦不知作于何时，因为此跋和 1597 年梦觉子跋均作于《白莲集》五卷《补遗》四卷之《唐人百家诗》本上，且笔迹比较像，故将此跋暂且置于梦觉子跋之后。

第 6 篇：明毛晋跋《白莲集》十卷

齐己，俗名胡得生，性喜吟，颈有瘤，人戏呼为诗囊。迹不入王侯门，惟醉心于郑都官，投诗谒之云："高名喧省闼，雅颂出吾唐。叠嶂供秋望，无云

到夕阳。自封修药院，别下著僧床。几梦中朝事，久离鹓鹭行。"谷览之云："请改一字，方可相见。"经数日，再谒，称已改得，云："别扫著僧床。"谷嘉赏，结为诗友。既因后唐明宗太子从荣招入，中秋大宴，已公窥从荣怀不轨，有"东林莫碍渐高势，四海正看当午时"之句，几被戮辱，赖荆帅高公匿而获免，其不屈节王公，诗寓讽刺，往往如此。后同慧寂仰山禅师住豫章观音院，总辖庶务，作粥疏曰：粥名良药，佛所赞扬，义冠三□，功标十利，更祈英哲，各遂愿心。既备清晨，永资白业。此疏堪与食时五观并传，惜未有揭示学人者。其后居西山金鼓示寂塔存焉。龙盘乃其书堂云。虞山毛晋识。

　　——《白莲集》十卷之影印文渊阁四库全书本卷十末尾第一则

　　笔者按：此跋见影印文渊阁四库全书第 1084 册第 420 页。

第 7 篇：毛晋又跋《白莲集》

　　赞宁作《唐三高僧传》未甚详覈，余各就其诗句拈出数字，如休公云："得句先呈佛，无人知此心。"昼公云："不因寻长者，无事到人间。"已公云："未曾将一字，容易谒诸侯。"道价诗声和盘托出，可作三公自传。余先得杼山、禅月，未遭《白莲》。丙寅（1626）春杪，再过云间，康孟修内父东梵川值藤花初放，缠络松杉间，如入山谷，皆内父少年手植也。不胜人琴之感，既登阁礼佛，阁为紫柏尊者休夏之地，破窗风雨，散帙狼藉。搜得紫柏手书《梵川纪略》一幅，末赞一绝云："只因地僻无人到，更为池清有月来。恼杀藤花能枏树，枝枝都向半天开。"俨然拈出眼前景相示。又搜得《白莲集》六卷，惜其未全，忽从架上堕一破篓，复得四卷，咄咄奇哉。余梦想十年，何意凭吊之余，忽从废纸堆中现出，岂内父有灵，遗余未曾有耶。既知为紫柏手授遗编，早向未来际寻契，余小子有深幸焉。晋又识。

　　——《白莲集》十卷之影印文渊阁四库全书本卷十末尾第二则

　　笔者按：第一，此跋见影印文渊阁四库全书第 1084 册第 420 页至第 421 页。第二，毛晋以上二跋又见文津阁四库全书本《白莲集》十卷卷末（即影印文津阁四库全书本《白莲集》第 360 页）。

第 8 篇：1626 年明毛晋跋（1599—1659）《风骚旨格》

　　跋《风骚旨格》

　　莆田蔡氏著《吟窗杂咏》，载诸家诗格、诗评类三十余种，大略真赝相半，又脱落不堪读。丙寅（1626）春，从云间了予内父遗书中，简（笔者按："简"，应为"检"或"拣"）得齐己《白莲集》十卷，末载《风骚旨格》一卷，与蔡本迥异，急梓之，以正诸本之误云。

　　　　　　　　　　　　——《风骚旨格》之某种版本

笔者按：此跋得自毛晋《隐湖题跋》卷一第二十页①，从此则跋文看，毛晋此跋应该写于《白莲集》十卷《风骚旨格》一卷之毛氏汲古阁刻本，但是，笔者未见到汲古阁刻本《白莲集》十卷《风骚旨格》一卷上有此跋，故暂定为"《风骚旨格》之某种版本"以存疑备考。

第 9 篇：1692 年何焯跋《白莲集》十卷《风骚旨格》一卷

《白莲集》十卷，定远先生所手校，后转入钱遵王家，蒋三扬孙得之以赠余。余书素无善本，一旦得此书，遂居其甲，喜而识其所自。康熙壬申（1692）六月何焯书。

——《白莲集》十卷《风骚旨格》一卷之明末冯班家抄本卷尾第一则

笔者按：《白莲集》十卷《风骚旨格》一卷之明末冯班家抄本（卷三、六配清抄本），国家图书馆有藏，索书号为 10664（A127），卷尾有何焯跋、丁祖荫跋。下文不再注明此本的藏地和索书号。

第 10 篇：1708 年何焯跋《白莲集》十卷附《风骚旨格》一卷

此本乃定远少年时所阅，虽优于汲古刊本，然亦未有宋刻精校。康熙戊子（1708），复借钱楚殿架上牧翁旧藏本参校，庶为善本，可资后来学吟者涉猎矣。长至后五日灯下，焯又书。

——《藏园群书经眼录》卷十二"集部一"②

笔者按：此跋得自傅增湘《藏园群书经眼录》卷十二"集部一"关于"《白莲集》十卷附《风骚旨格》一卷（唐释齐己撰）"一书的著录语。傅氏著录此本云："旧写本，九行十八字，钤有'上郿冯氏私印'、'上郿'各印。明冯班、清何焯手校，有跋录后。"然后傅氏录了何焯的二跋，录第一则跋后，傅氏注云："此跋墨笔"；录第二则跋后，傅氏注云"此跋黄笔"，然后傅氏又注："钤有'钱曾之印'、'文登于氏小谟觞馆藏本'白文方印。（见于蟫隐庐。戊午。）"戊午为 1918 年，蟫隐庐为罗振玉季弟罗振常（1875—1942）藏书楼名。

第 11 篇：清王士祯（1634—1711）跋《白莲集》十卷《风骚旨格》一卷

《白莲集》

僧齐己《白莲集》十卷、《风骚旨格》一卷。有荆南节度副使朝议郎检校秘书少监试御史（笔者按："试御史"，应为"侍御史"）赐紫金鱼袋孙光宪

---

① 中华书局编辑部编：《宋元明清书目题跋丛刊》（全 19 册），中华书局 2006 年版，第 6 册，第 468 页。

② 傅增湘：《藏园群书经眼录》（19 卷）（全 5 册），中华书局 1983 年版，第 4 册，卷 12，第 1110 页。

序。嘉靖己丑（1529）柳金跋云："元书北宋刻，传世既久，湮灭首卷数字，当俟善本补完，与皎然、贯休三集并传之。"

——《白莲集》十卷之某种版本

笔者按：此跋得自《渔洋书籍跋尾》卷上第六页①，不知王士禛此跋写于《白莲集》十卷《风骚旨格》一卷的何种版本上（从王士禛引用明嘉靖年间柳金跋推导不出王士禛此跋写于柳金抄本上，因为如果写于柳金抄本上，其上自然有柳金跋语，王士禛就没有必要引用柳金跋语了，当然，王士禛摘引几句读者很容易看到的柳金跋语，也是可能的。故有王士禛此跋的《白莲集》版本究竟是何种版本，还是存疑为上），亦不知此版本的《白莲集》十卷《风骚旨格》一卷今藏何处，录此备考。

第 12 篇：1776 年或稍后顾一鹗跋《白莲集》十卷《风骚旨格》一卷之清抄本

随园行箧书。是集为钱塘汪午晴太史家藏旧本。乾隆丙申（1776），余从事西江书局，与太史订忘年交，以此特赠，珍若百朋。

——《白莲集》十卷《风骚旨格》一卷之清抄本卷首第一则

笔者按：第一，《白莲集》十卷《风骚旨格》一卷之清抄本，国家图书馆有藏，索书号为 03567。第二，此跋后有一方印曰"顾一鹗家藏题号□□……"

第 13 篇：1779 年四库馆臣跋《白莲集》十卷之文渊阁四库全书本

臣等谨按：《白莲集》十卷，唐释齐己撰。齐己，益阳人，自号衡岳沙门。宋人注杜甫《巳上人茅斋》诗谓齐己与杜甫同时，其谬不待辨。旧本题为"梁人"，亦悮（笔者按："亦误"，影印文津阁四库全书本、《四库总目》均作"亦殊舛讹"）。齐己（笔者按："齐己"二字前，影印文津阁四库全书本、《四库总目》均有"考"字）尝依高季兴为龙兴寺僧正。季兴虽尝受梁官，然齐己为僧正时，当龙德元年辛巳（921），在唐庄宗入洛之后矣。集中已称季兴为南平王，而陶岳《五代史补》载徐东野在湖南幕中赠齐己诗称"我唐有僧号齐己"，安得谓为（笔者按："为"，《四库总目》作"之"）"梁人"耶？是集为其门人西文所编，首有天福三年（938）孙光宪序，前九卷为近体，后一卷为古体，古体之后，又有绝句四十二首，疑后人采辑附入也。唐代缁流能诗者众，其有集传于今者，惟皎然（720？—？）、贯休（832—912）及齐己（864—943？）。皎然清而弱，贯休豪而粗，齐己七言律诗

---

① 国家图书馆编：《国家图书馆藏古籍题跋丛刊》（全 30 册），北京图书馆出版社 2002 年版，第 2 册，第 189 页。

不出当时之习，五（笔者按："五"，影印文津阁四库全书本、《四库总目》均作"及"）七言古诗以卢仝、马异之体，缩为短章，诘屈聱牙，尤不足取。惟五言律诗居全集十分之六，虽沿武功一派，而风格独遒，如《剑客》、《听琴》、《祝融峰》诸篇，犹有大历以还遗意，其绝句中《庚午年十五夜对月》诗曰："海澄空碧正团圞，吟想玄（笔者按：此'玄'缺末笔，《四库总目》作'元'）宗此夜寒。玉兔有情应记得，西边不见旧长安。"惓惓故君，尤非他释子所及，宜其与司空图相契矣。乾隆四十四年（1779）三月恭校上。总纂官臣纪昀、臣陆锡熊、臣孙士毅，总校官臣陆费墀。

　　——《白莲集》十卷之影印文渊阁四库全书本卷首

　　笔者按：第一，此跋实际是四库馆臣为《白莲集》十卷之影印文渊阁四库全书本所写的《提要》。第二，此跋在影印文渊阁四库全书第 1084 册第 328 页；影印文津阁四库全书本文字除上文"笔者按"指出者外文字全同，唯时间署为"乾隆四十九年（1784）五月恭校上"；《四库全书总目》卷一百五十一《白莲集》十卷版本注为"两江总督采进本"。

第 14 篇：1918 年丁祖荫跋《白莲集》十卷《风骚旨格》一卷之明冯班家抄本

　　《读书敏求记》（笔者按：作者为钱曾）云："《白莲集》十卷，北宋本影录，行间多脱字，牧翁（1582—1664）以朱笔补完。又一本有柳金跋，附《风骚旨格》一卷。"此即述古（1602—1671）所藏之又一本也，义门（1661—1722）向□□假校之。牧翁阅本，自即前本。钝吟（1602—1671）少年所校，多从己意。得义门校宋书，遂称善。每卷首，冯氏辄书斑或辦彬贲等字，去虎文之义。故小印曰"一字虎"也。王贻上（1634—1711）《居易录》云："僧齐己《白莲集》十卷、《风骚旨格》一卷，有孙光宪序。嘉靖己丑（1529）柳金跋常熟冯班（1602—1671）钞本。"《香祖笔记》又云："齐己《白莲集》至今尚传，余尝见海虞冯氏写本，篇帙完好，略无缺佚。"是此本钞于冯氏，藏于钱氏，转而入于蒋于何，最后为汪为于藏庋，源流历历可数。惟"汉月"一印，视冯略早，藏师入主三峰，乃在万历（1573—1620）中叶，其果出于冯氏传写，抑为清凉旧帙，冯氏无辞，不足征也。戊午（1918）秋钞，初园主人识于密娱小阁。

　　——《白莲集》十卷《风骚旨格》一卷之明末冯班家抄本卷尾第二则

第 15 篇：1922 年邓邦述（1868—1939）跋《白莲集》十卷之明末毛氏刻本

　　右《白莲集》，亦假沅叔本过校，沅叔跋称从汲古阁藏钞本，盖柳大中本也。毛氏得柳本时，此集业已刊成，故多与刻本不合。又称曾见义门校本，乃据牧翁藏本，又经定远手校，转入遵王家，惜沉叔未收，不知与此本何若也。皎然（720？—?）、贯休（832—912）两集，余去岁出都以前，曾假校过，独遗此集，今岁入都，乃再请于沉叔而补录之，于是三高僧遂毕业矣。集中亦有校本不及刻本者，前人固用死校法也。壬戌（1922）十月，正闇（1868—1939）记。

——《白莲集》十卷之明末毛氏汲古阁刻本

笔者按：第一，此跋得自《标点善本题跋集录》①，有邓邦述（1868—1939）此跋的明末毛氏汲古阁刻本《白莲集》十卷现藏于台湾。第二，《标点善本题跋集录》过录邓邦述此跋时注版本情况云："《白莲集》十卷四册，五代释齐己撰，明末海虞毛氏汲古阁刊本，近人邓邦述手校并跋，过录明柳金题记。09923（笔者按：09923为书号）。"

第16篇：1934年张宗祥跋《白莲集》十卷《风骚旨格》一卷之明抄本

甲戌（1934）小除夕，藏园主人举行祭书之典，与祭者凡八人：江阴夏闰枝，闽县林诒书，新会陈援庵，吴兴徐森玉，吴江沈美梅，丰润张庚楼，海宁张宗祥、赵斐云。期而不至者：闽县陈弢庵，萧山朱幼屏，徐水袁守和，南宫邢赞亭也。主人今日岁时作胜游，南至衡岳，北访灵岩，丹铅之课，缘此少辍。故手校之书，凡得二百余卷，而所撰群书题识乃及百篇，入库之书，有宋本《咸淳临安志》十三卷、元本《文献通考》二百九十余卷、元本《宣和画谱》十卷、明弘治本《后山先生集》二十七卷，皆残本也。钞本则有柳大中之《白莲集》十卷，吕氏讲习堂之三孔《清江集》三十卷，十万楼之《靖康要录》十六卷，嘉万间之《记纂渊海》一百九十五卷，述古堂之《藏书目录》十卷，陈乾斋手写之《题画诗》二册，皆号为珍秘，而明刻之善者，当不胜记也。宗祥十载居南，未与斯会，今得重逢雅集，遍览奇书，谨记之。张宗祥。

——《白莲集》十卷《风骚旨格》一卷之明嘉靖八年（1529）柳金抄本卷首第一则

第17篇：1935年傅增湘（1872—1950）跋柳金钞《白莲集》十卷

柳大中钞《白莲集》跋

是书明钞本，九行十八字，前有孙光宪序。《风骚旨格》前有柳金跋五行，文曰："陈氏《直斋书解》云：唐僧齐己《白莲集》十卷，《风骚旨格》一卷，今兼得之，为合璧矣。元书北宋刻，传世既久，湮灭首卷数字，尚俟善

---

① "国立中央图书馆"特藏组编：《标点善本题跋集录》，台北："国立中央图书馆"1992年版，下册，第482—483页。

本补完，与皎然（720？—？）、贯休（832—912）三集并传。嘉靖八年岁己丑（1529），金闾后学柳金谨志。"有"钱后人谦益读书记"、"季振宜印"、"沧苇"、"季振宜读书"朱文印，"金氏文瑞楼珍藏记"白文印

按：此集自汲古阁刻《唐三高僧诗》本外，别无旧刊，诸家所传者皆钞本。如带经堂陈氏有明抄本，铁琴铜剑楼瞿氏有顾一鹗所藏抄本，涵芬楼印行者亦据旧钞本，惟《读书敏求记》言：一本从"北宋本影录，行间多脱字，牧翁以朱笔补完。又一本，有柳金跋，附《风骚旨格》一卷。"劳权注云："柳跋一本，今归丹铅精舍，九行十八字，副叶有'秋夏读书冬春射猎'白文方印、'函雅堂收藏书画记'朱文长印。此下尚有牧斋、沧苇、文瑞楼诸印。"今检此帙，钱、季、金诸氏印咸在，惟附叶二印不存，行款亦皆悉合，是此帙即柳氏原本也。昔戊午（1918）岁，沪上蟫隐庐罗子经君寄示旧钞一册，系何义门手校，所据为钱牧斋藏本，复经冯定远校过，转入钱遵王家。以高价不谐。旋于德化李椒微师许段得汲古毛氏藏钞本，云从柳大中本录出，因竭二日夜之力对勘终卷，正定字句甚多。今取此本核前校本，凡订讹补夺之处，大抵皆同，益信此为柳氏手写原本无疑。凡何校、冯校、汲古所传，咸出于此，滋足贵也。卷中宋讳如"殷"、"敬"、"玄"、"匡"、"恒"、"贞"字，咸缺末笔，可为源出宋刻之证。而字迹朴拙疏古，至可爱玩，决非钞胥所能办。至文字之异，举其荦荦大者，如：卷五《渚宫莫问》诗十五首，次第既不同，而第一、第七、第十三三首末句，乃互相羼杂，得此本悉从更正，尤可珍也。

余尝恨《三高僧诗》无旧刻，嗣从陶斋家得影宋本《皎然集》，为艺芸精舍物；又于保和殿廊藏书中得旧钞《禅月集》，据嘉熙四年（1240）婺州可璨刊本影写者，因影摹一帙藏之，是三僧中已获其二，独《白莲集》求之频年（笔者按："频年"当为"数年"）不可见。昨岁残腊垂尽，书友魏子敏自津门携此帙来，云为故人某君箧中物，将斥之以度岁，因出厚价收之。从此三高僧诗双鉴楼中咸庋旧本，而此集独为四百年前名人手迹，且属各家相传之祖本。以数十年梦寐勤求之物，一旦无意而获之，更有后来居上之美，其忻慰为何如耶！得书之翌日，适藏园举行祭书之会，因□与祭诸公题名册首，余亦撮述源委，缀言于后。乙亥（1935）二月初吉，识于长春室中。

考大中又字安愚，别号味茶居士。其手钞群籍，传世者有《水经注》，全谢山亟推其有功；又有《录异记》，见《士礼居题跋》；《乐府古题要解》、《随隐漫录》，见《皕宋书志》；《沈云卿集》，见《敏求记》；《剡溪诗话》，见《瞿氏志》；《梦粱录》，见《北平馆目》。余亦别藏《乐府古题要解》。大中自题五律一章，未知与皕宋所藏孰为真本也。

　　　　　　　　——《白莲集》之明嘉靖八年（1529）柳金抄本

笔者按：此跋得自于傅增湘（1872—1950）《藏园群书题记》卷十二[①]，不知有傅增湘此跋的《白莲集》明柳金抄本今在何处，录此备考。

（二）荆南国释齐己集部著作著录文字辑录

1. （宋）王尧臣等《崇文总目》

卷十二"别集三"云："《白莲集》十卷（缺）。"

卷十二"文史类"云："《诗格》一卷。"

笔者按：据《宋史》卷二百九"文史类"云："僧齐己《玄机分明要览》一卷，又《诗格》一卷"而断定《崇文总目》所云"《诗格》一卷"的作者是僧齐己。

2. （宋）陈振孙《直斋书录解题》

卷十九"诗集类上"云："《白莲集》十卷。唐僧齐己撰。长沙胡氏。"

卷二十二"文史类"云："《风骚指格》一卷。唐僧齐己撰。"

3. （元）马端临《文献通考》

卷二百四十三"集·诗集"云："《白莲集》一卷。陈氏曰：'唐僧齐己撰。长沙胡氏。'"

卷二百四十九"集·文史"云："《风骚指格》一卷。陈氏曰：'唐僧齐己撰。'"

4. （元）脱脱等《宋史》

卷二百八"别集类"云："《僧齐己集》十卷。"

卷二百八"别集类"云："僧齐己……又《白莲花（或无华字）编外集》十卷。"

卷二百九"文史类"云："僧齐己《玄机分明要览》一卷，又《诗格》一卷。"

5. （明）毛晋原本清郑德懋《汲古阁校刻书目》一卷第七页：

《风骚旨格》十九叶（第七页）。[②]

齐己《白莲集》十卷，二百六十四叶（第十九页）。[③]

6. （清）钱曾（1629—1701）撰清管庭芬、章珏校证《读书敏求记校证》卷四中第十五页：

《白莲集》十卷。

---

① 傅增湘撰：《藏园群书题记》（20 卷），上海古籍出版社 1989 年版，卷 12，第 641—643 页。

② 中华书局编辑部编：《宋元明清书目题跋丛刊》（全 19 册），中华书局 2006 年版，第 6 册，第 223 页。

③ 同上书，第 229 页。

《白莲集》十卷（［原校］张氏藏书志云：《白莲集》十卷，附《风骚旨格》一卷。旧钞本。唐庐岳僧齐己撰。天福三年（938）孙光宪序。〇入述古目。〇钰案，《宋秘书省阙书目》作三十卷。四库著录十卷，《提要》云为其门人西文所编，前九卷为近体，后一卷为古体。又有绝句四十二首，疑后人采辑附入）。北宋本影录，行间多脱字，牧翁以朱笔补完。又一本（［补］黄丕烈（1763—1825）云：此所云又一本者，予于东城顾氏得之。此书向藏小读书堆，于戊寅秋归予，与《禅月集》合装一箧）有柳金跋，附《风骚旨格》一卷（［补］劳权云：柳跋一本，今归丹铅精舍，九行十八字，副叶中有"秋夏读书冬春射猎"白文方印、"函雅堂收藏书画记"朱文长印。孙序后有"钱后人谦益读书记"朱文大方印、"季印振宜"、"沧苇"朱文二方印、"金氏文瑞楼藏书记"白文长印，目录后"季振宜藏书"朱文小印。《风骚旨格》目录后半叶题记云：陈氏《直斋书录》云：唐僧齐己《白莲集》十卷、《风骚旨格》一卷，今兼得之，为合璧矣。元书北宋刻，传世既久，湮灭首卷数字，当俟善本补完，与皎然、贯休，三集并传。嘉靖八年岁己丑金阊后学柳金谨志。前后空三行低三格，卷内间有蒙曳朱笔评点）。①

笔者按：第一，钱遵王著录语仅有"北宋本影录，行间多脱字，牧翁以朱笔补完。又一本有柳金跋，附《风骚旨格》一卷"三十一字，其他人的校证语太多，看起来甚费力，故将钱遵王的著录语在此复述一遍，以求眉目清晰一些。第二，"《风骚旨格》目录后半叶题记云"，"题记云"后即柳金跋，但是，柳金此跋在《白莲集》十卷《风骚旨格》一卷之《四部丛刊初编》本《白莲集》卷末、《风骚旨格》之前，而不是"《风骚旨格》目录后半叶"。第三，"陈氏《直斋书录》"之"录"，《四部丛刊初编》本作"解"。第四，"传世既久"，《四部丛刊初编》本无"既"字。第五，"当俟善本补完"之"当"，《四部丛刊续编》本作"尚"。

7.（清）张金吾（1787—1829）《爱日精庐藏书志》卷二十九第二十七页：

《白莲集》十卷附《风骚旨格》一卷（旧抄本）。唐庐岳僧齐己撰。孙光宪序（天福三年）。②

8.（清）瞿镛（约1800—1864）《铁琴铜剑楼藏书目录》卷十九第五十二页至第五十三页：

---

① 中华书局编辑部编：《宋元明清书目题跋丛刊》（全19册），中华书局2006年版，第11册，第207页。

② 同上书，第525页。

《白莲集》十卷《风骚旨格》一卷（旧钞本）

唐庐岳僧齐己撰。旧为吴氏顾一鹗所藏，卷首题记云："是集为钱塘汪午晴太史家藏旧本，乾隆丙申（1776）余从事西江书局，与太史订往年交，以此特赠，珍若百朋"云云。举以校毛本，正误甚多。《风骚旨格》亦未刻（卷首有"西江书局校书"朱记）。①

---

① 中华书局编辑部编：《宋元明清书目题跋丛刊》（全19册），中华书局2006年版，第10册，第292—293页。

小　结

本编《十国文人集部著作序跋文字和著录文字辑录》所辑十国 21 名文人诗文集序跋的篇数是：杜荀鹤 13 篇、殷文圭 0 篇、李建勋 3 篇、冯延巳 4 篇、南唐二主（李璟、李煜）8 篇、李中 27 篇、徐铉 41 篇、贯休 24 篇、韦庄 11 篇、唐求 10 篇、张蠙 8 篇、杜光庭 5 篇、赵崇祚（《花间集》）30 篇、韦縠（《才调集》）23 篇、罗虬 8 篇、罗隐 45 篇、黄滔 25 篇、韩偓 22 篇、徐寅 8 篇、齐己 17 篇，共计 332 篇。据笔者统计，罗伟国、胡平二位先生所编《古籍版本题记索引》（上海书店 1991 年 6 月第 1 版）可索引到十国文人集部著作序跋的数量是 223 篇，本编所辑超出 109 篇（超出比例是 48.9%），这可以为《古籍版本题记索引》一书的修订提供参考。尽管已经超出 109 篇，但是，还有一些序跋因故未能收集到，等待以后补充。

本编所辑十国 21 人著作序跋篇数的多寡一定程度上反映了这 21 人著作在后世所得关注的情况。序跋篇数之多排在前 10 名的文人依次是：罗隐 45 篇、徐铉 41 篇、赵崇祚（《花间集》）30 篇、李中 27 篇、黄滔 25 篇、贯休 24 篇、韦縠（《才调集》）23 篇、韩偓 22 篇、齐己 17 篇、杜荀鹤 13 篇。其中李中的序跋篇数有个特殊情况，那就是李中的 27 篇序跋中，黄丕烈一个人就写了 11 篇。这 10 个人序跋的情况与今人对十国文人的关注度大致相当，例如罗隐、《花间集》、贯休、韩偓、齐己、杜荀鹤确实比较热门。但也不尽然，例如，今人关于韦庄集的整理至少有 5 种著作，但韦庄的序跋只有 11 篇；而韦縠《才调集》有 23 篇序跋，说明《才调集》很受前人关注，但是，《才调集》的研究至今冷落依旧；冯延巳词水平很高，在词史上有重要地位，但其《阳春集》自北宋编成后藏书家似乎一直兴趣不大。所有这些，都是颇值得思考的问题。

第三编　十国文人集部著作流传过程
　　　　和版本源流考辨

小　引

　　十国文人集部著作的内容包含诗（含词）和文两部分，诗收于《全唐诗》、《全宋诗》（词见《全唐五代词》），文收于《全唐文》和《全宋文》（均含补遗或辑补之作）。虽然这五种总集类著作及其补遗或辑补之作已经将十国文人作品收集完备或几乎完备，考辨一下十国文人集部著作的流传过程和版本源流仍然是一件有意义的事情。

　　要弄清楚十国文人集部著作的流传过程和版本源流，首先需要知道现存十国文人集部著作有多少种，其次需要知道以前的抄刻者和藏书家关于十国文人集部著作有怎样的评价。这两个问题在前二编中已经得到解决。第一编《十国艺文志考索》的一个结论是，存世十国文人集部著作分布于 7 个国家的 21 人，有 24 种著作；第二编《十国文人集部著作序跋文字和著录文字辑录》共辑录了 7 国 21 人 24 种著作的序跋 328 篇。7 国 21 人 24 种著作，是本编研究的纲目；328 篇序跋，是本编研究的材料（一种材料或材料之一）。第一编提供的纲目和第二编提供的材料不仅使本编的工作变得可能，而且有了清晰的眉目和扎实的基础。本编所要从事的工作是：尽可能弄清十国 21 人每个人每种著作的流传过程；每个人每种著作的传抄、刊刻、影印的详情（包含抄、刻、印的时间、地点、特点、存佚和藏地）；每个人每种著作的各个本子（含抄本、刻本、印本）递进演变的源流，并确定一个最可靠（而且最常见易得）的本子；发现并指出（有时候还要改正）前人关于十国文人版本叙述等方面的一些讹误，然后为今人关于十国诗文集的整理工作提供一些建议和参考。

　　不难看出，第三编工作的成功与否，至少决定于这么五个因素：第一，7 国 21 人 24 种著作中，每种著作曾有版本的数量和现存版本的数量，是否弄明白了。第二，每种著作的所有版本中，最早的本子、最可靠（且最方便）的本子，是否弄明白了。第三，每种著作最可靠版本的确定，是仅仅听从前人的叙述（即拾人牙慧、人云亦云），还是有自己的分析论证并且提供了新证据、新理由。第四，是否发现了（有时候还需要纠正）前人关于十国文人集部著作版本叙述或与十国文人有关的一些书籍（尤其是工具书）的讹误。第五，比较每种著作的所有版本（至少是多个版本）后收集、统计的每个文人的诗文，与《全唐诗》、《全唐五代词》、《全宋诗》、《全唐文》、《全宋文》五部总集所收该文人的诗文相比，是否有所增加或订正。以上这五个问题，如果回答是"是"，那么就有收获、有价值，研究可称成功。如果回答是"否"，问题就复杂一点。具体地说，一种著作的曾有版本和现存版本各有多少种都没有弄清楚，那么，这研究就不成功（仅指这一项的研究不成功）。最可靠版本的确定虽没有提出新理由、新证据但梳理和核实了前人的理由和证据并指出前人的理由、证据是充分的，这样的研究就不能说是无用功，故不能说研究不成功，但可以说没有新发现、没有新收获，这样的研究有苦劳而无功劳（至少也是功劳不大）。同理，没有发现前人的失误、没有对五部总集（《全唐诗》、《全唐五代词》、《全宋诗》、《全唐文》、《全宋文》）所收十国诗文有所增加和订正，那就只是有苦劳而无功劳（或者说功劳小）。相比之下，发现前人的失误，发现总集漏收的十国诗文，才是真的有收获、有创新，才是成功的研究。当然了，总集所收十国21人的诗文不可能每个人都有漏收，前人关于十国文人著作的研究更不可能每个表述都有失误，所以，本编的研究可以高标自置（理论上，任何研究都应该高标自置），但不能奢望每斩必获，一路凯歌。更大的可能是，没有什么发现，没有什么创新，只是在收集、排序材料的基础上通过一番仔细的分析和推理后，证明了前人的结论正确无误。如果真是这样，那就权当是一种思维训练、一种学术实践，正好这种训练和实践之于初涉学术门径的人十分必要，而证明前人正确无误，是一种核实和复查工作，也不能说全无意义。

本编研究的对象是十国中7国21人的集部著作，研究的顺序是这样安排的：7国前后顺序依据清康熙时吴任臣《十国春秋》对十国国别的排列；同一国的不同文人，依据文人年齿长幼的顺序排列。这两种顺序排列（国别顺序和同一国不同文人的顺序）与第二编《十国文人集部著作序跋文字和著录文字辑录》完全相同，故不再论证，亦不再重复。以下直接开始十国文人集部著作流传过程和版本源流的探索工作。

第一章　吴国杜荀鹤集部著作流传过程和版本源流考辨

　　杜荀鹤（846—904），字彦之，行十五，池州石埭（埭，音带）（今安徽石台）人，因居九华山，故自号"九华山人"。大顺二年（891）46岁时进士及第。杨吴政权的建立时间从902年杨行密被唐昭宗李晔封为吴王算起，那么904年59岁的杜荀鹤去世时仅有2年时间生活于吴国时代，但是，清吴任臣《十国春秋》卷十一将杜荀鹤作为吴国文人中的第一位予以列传，由此可见杜荀鹤在吴国文人中的地位之高。康熙时编《全唐诗》卷691至卷693为杜荀鹤诗，共323题326首，今人陈尚君先生《全唐诗续拾》卷35补2题3首，则杜荀鹤存诗共325题329首。杜荀鹤著作有2种11卷，今存1种3卷，即《唐风集》3卷（另一种版本为《杜荀鹤文集》3卷）。杜荀鹤的著作和现存的著作数量虽少，但是其源流颇为复杂，现依据存世版本和序跋著录的情况对杜荀鹤著作的流传过程和版本源流考辨如下。

一

　　杜荀鹤著作在宋元两代的流传留下如下踪迹。

　　杜荀鹤著作的第一次出现，见于1041年成书的北宋王尧臣等《崇文总目》。影印文渊阁四库全书本《崇文总目》卷十二"别集四"云："《杜荀鹤诗集》一卷。"《粤雅堂丛书》本《崇文总目》（收于《宋元明清书目题跋丛刊》第一册）卷五"别集类四"亦有如此著录。①

　　杜荀鹤著作的第二次出现，见于1161年成书的南宋郑樵《通志》。《通志》卷七十艺文略第八"别集五·别集诗"云："《杜荀鹤诗集》一卷。"②

　　杜荀鹤著作的第三次出现，见于1187年成书的南宋晁公武《郡斋读书志》。《郡斋读书志》卷四"别集类中"云："杜荀鹤《唐风集》十卷。右唐

---

　　① 中华书局编辑部编：《宋元明清书目题跋丛刊》（全19册），中华书局2006年版，第1册，第194页。

　　② （宋）郑樵撰，王树民点校：《通志二十略》，中华书局1995年版，第1777页。

杜荀鹤，池州人。大顺二年（891）进士，善为词章。宣州田頵重之，尝以牋问至，梁祖荐为翰林学士、主客员外。恃势侮易缙绅，众怒，欲杀之而未及。天祐（904—907）初，病卒。有顾云序。荀鹤自号九华山人。"①

　　杜荀鹤著作的第四次出现，见于1194年成书的南宋尤袤《遂初堂书目》。影印文渊阁四库全书本《遂初堂书目》"别集类"云"杜荀鹤"。依据影印文渊阁四库全书本《遂初堂书目》的惯例，著录"杜荀鹤"即"杜荀鹤集"或"杜荀鹤诗集"、"杜荀鹤文集"之类。清道光年间镌《海山仙馆丛书》本《遂初堂书目》（收于《宋元明清书目题跋丛刊》第一册）"别集类"即云："杜荀鹤集"。②

　　杜荀鹤著作的第五次出现，见于北宋（960—1127）至南宋绍兴（1131—1162）前后蜀地刊刻的《杜荀鹤文集》3卷（如下文所述，此本应当是南宋中叶蜀刻本中较早刊刻的本子，但是明清多位藏书家称此本为"北宋本"，故下文所称杜荀鹤集之"北宋本"，皆指此本），上海图书馆藏有此本（且有缩微制品），索书号为828718—21。上海图书馆藏书目录著录此书题跋者为"清季振宜识"。此书藏印有：黄子羽，颐堂王氏家藏子孙其永用，太原叔子藏书记，毛氏子晋，季振宜字诜兮号沧苇，季振宜藏书，子清真赏，结一庐藏书印。此书封面作《唐风集》，不作《杜荀鹤文集》。此《杜荀鹤文集》3卷宋蜀刻本卷首项目有二。第一项为顾云序。题目是《杜荀鹤文集序》；署名是："太常博士修国史顾云撰"。第二项是《杜荀鹤文集目录》。目录下署名："九华山人杜荀鹤"。目录从第一卷到第三卷，不作卷上、卷中、卷下。卷首后是正文。正文从"杜荀鹤文集卷第一"到"杜荀鹤文集卷第三"，"杜荀鹤文集卷第一"8个字下隔2个字格刻"唐风集"3字。此书共60页，正文结束后则全书结束，即此书无卷尾。此本行款为12行21字，白口，左右双边，单鱼尾。《杜荀鹤文集序》与版本研究相关的内容有："大顺（890—891）初，皇帝命小宗伯河东裴公掌邦贡。次二年（891）……明年（892），宁亲江表，以仆故山偕隐者，出诗三百篇……信诗之雄杰者也。美哉！裴公之知人为不诬矣。於戏，旌别淑慝，史臣之职，仆幸得为之叙录。视其人，齿尚壮，才力未尽，讴吟之兴方酣，俟其继作，得如《周颂》者，目之为《唐风集》，老而益精，留次序。景福元年壬子（892）夏述。"这里的"大顺初"、"次二年"、

　　① （宋）晁公武撰，孙猛校证：《郡斋读书志校证》（20卷），上海古籍出版社1990年版，卷18，第932—933页。

　　② 中华书局编辑部编：《宋元明清书目题跋丛刊》（全19册），中华书局2006年版，第1册，第496页。

"明年"有点乱，不必深究，只要知道杜荀鹤大顺二年（891）进士及第，第二年（892）顾云写此序就行。此序至少交代了如下五个信息：第一，杜荀鹤将自己的300篇诗交给顾云，可见，这300篇诗是杜荀鹤自己收集好了的。第二，顾云为杜荀鹤这300篇诗写了这篇序。第三，顾云还"录"了这300篇诗，"录"就是抄、抄录的意思。第四，顾云认为这时候杜荀鹤还是壮年（虚47岁），以后写的诗，可以有象《周颂》那样的诗，所以，顾云认为杜荀鹤以后的诗集，应当命名为《唐风集》。第五，顾云说，以后杜荀鹤的《唐风集》编好了，自己再写序。需要注意的是，顾云没有提到杜荀鹤这三百篇诗的卷数，也没有说这三百篇诗成书后的书名是《唐风集》，后来许多人对这两个问题有误解。

关于此"北宋本"《杜荀鹤文集》，需要作比较仔细的考辨。

第一，看"北宋本"与南宋本的区别。《铁琴铜剑楼藏书目录》卷十九著录此"北宋本"《杜荀鹤文集》三卷，陆贻典（1617—1686）叙云："首行题《杜荀鹤文集》，下题《唐风集》，目录前题'九华山人杜荀鹤'。汲古毛氏所刊用南宋分体本，此则北宋不分体者，以毛本相较，字句多不同。顾序中'为之序录'下有'乃分为上中下三卷目曰唐风集'十三字。又'得如《周颂》'下有'《鲁颂》者别为之次序，景福元年夏太常博士修国史顾云撰序'二十四字。毛刻《周颂》下别载数行皆无之，知南宋本之舛讹也。又增多诗三首，卷一《和吴太守罢郡山村偶题》二首曰：'罢郡饶山兴，村家不惜过。官情随日薄，诗思入秋多。野兽眠低草，池禽欲动荷。眼前余政在，不似有干戈。''快活田翁辈，常言化育时。纵饶稽岁月，犹说向孙儿。茅屋梁和节，茶盘果带枝。相传终不忘，何必立生祠。'卷二《送人遇乱湘中》云：'家枕三湘岸，门前有钓矶。渔竿壮岁别，鹤发乱时归。岳暖无猿叫，深春有燕飞。平生书剑在，莫使学忘机。'"[1] 卷后陆贻典跋云："世传分体《唐风集》，俱出南宋本，余尝假钱遵王本校过，藏诸家塾。毛斧季新得沙溪黄子羽所藏北宋本，既未分体，且多诗三首，与世本迥异。偶过汲古阁，出以示余，且以家刻本见贻，因校此本，携归识于灯下。壬寅（1662）仲冬二十八日。陆贻典。"[2] 这就是陆氏校宋本，系以毛刻本校"北宋本"。从陆贻典跋语来看，分体与否，是"北宋本"与南宋本的重要区别，"北宋本"不分体，南宋本分体。而且，书名亦有区别，"北宋本"题《杜荀鹤文集》（下题《唐风集》），南宋

---

① 中华书局编辑部编：《宋元明清书目题跋丛刊》（全19册），中华书局2006年版，第1册，第292—293页。

② 瞿良士辑：《铁琴铜剑楼藏书题跋集录》，上海古籍出版社2005年版，卷4，第245页。

本题《唐风集》。汲古毛氏所刊，用南宋分体本。

第二，看"北宋本"的递藏过程。此"北宋本"，迭经宋代王灼、明代毛晋父子、季振宜、朱学勤等家收藏或勘校。缪荃孙《艺风藏书续记》（收于《宋元明清书目题跋丛刊》第十四册）卷六云："《杜荀鹤文集》三卷。毛斧季据北宋本校。宋本。每半叶十二行，行二十一字，首行'杜荀鹤文集卷第一'，空四格标'唐风集'三字，题目俱低五格，序次亦与毛本不同。"① 首先，缪氏云"空四格标'唐风集'三卷"，如上文所述，今藏北宋本原本对照，是空二格，缪氏偶误。其次，此所谓"毛本"，指汲古阁刻本。汲古阁刻此书时，尚未得到"北宋本"，用的是南宋本。王大隆辑顾千里《思适斋书跋》（收于《国家图书馆藏古籍题跋丛刊》第五册）卷四云："此本为虞山毛氏所藏，想从北宋本传录者，与述古缮写本同出一源，而抄手工整，虽非影宋，已迥胜世俗流传之本矣。"② 又朱学勤《结一庐书目》卷四云："《杜荀鹤文集》三卷，计四册。唐杜荀鹤撰。北宋刊本。每半页十二行，行二十一字。黄子羽旧物也。册首有毛子晋、王烟客、季沧苇、汪鱼亭诸家收藏图记。"此"北宋本"《杜荀鹤文集》三卷今藏上海图书馆，且有缩微胶卷。

第三，看"北宋本"的影印或影刻情况。上海古籍出版社 1980 年据上海图书馆藏"北宋本"（实际是南宋中期宋蜀刻本中较早的本子，详下文）《杜荀鹤文集》三卷影印。潘景郑《著砚楼读书记》云："今所见《唐风集》以毛氏汲古阁《唐人四集》本最为通行，《四库全书总目》据以著录。此宋蜀刻本《杜荀鹤文集》三卷亦经毛氏庋藏，有汲古阁藏印。原书镌'唐风集'三字于《杜荀鹤文集》书名之下，分卷、编次与《唐风集》有异，与毛刻《唐风集》及席刻《唐诗百名家全集》相校，可在某些方面正两本之误。世传蜀刻本《唐人小集》绝少，此为《唐人小集》中未经著录者，可补宋本唐人集之缺。是集清初从毛氏归季振宜，今归上海图书馆。"③ 上海古籍出版社 1994 年又一次影印，收入《宋蜀刻本唐人集丛刊》。又，北京图书馆出版社 2004 年据上海图书馆藏"北宋本"影刻，收入《中华再造善本》。

第四，看看关于"北宋本"《杜荀鹤文集》三卷有争议的一个问题。

此争议的内容是：傅增湘认为明清学者所说的"北宋本"《杜荀鹤文集》

---

① 中华书局编辑部编：《宋元明清书目题跋丛刊》（全 19 册），中华书局 2006 年版，第 14 册，第 326 页。

② 国家图书馆编：《国家图书馆藏古籍题跋丛刊》（全 30 册），北京图书馆出版社 2002 年版，第 5 册第 327—328 页。

③ 潘景郑：《著砚楼读书记》，辽宁教育出版社 2002 年版，第 454—455 页。

三卷，实际上不是"北宋本"，而是南宋中叶的蜀刻本，其证据就是行款为 12 行 21 字，正好是南宋中叶蜀刻本唐人文集的行款。此争议的名气并不大，因为认为是"北宋本"的学者至少有十位，而明确认为该"北宋本"实际是南宋中叶蜀刻本的学者，为数较少，其中傅增湘先生可为代表。傅增湘的观点见其《藏园订补群书题记》卷"十二下"的记载："《唐风集》三卷，唐杜荀鹤撰。〇明末毛氏汲古阁刊《唐人四集》本，十二行二十字，细黑口，左右双栏。清康熙元年（1662）毛扆、陆贻典据宋本校，每卷首有北宋本校过朱印。卷中注北宋本每叶二十四行，每行二十一字，其宋本次弟（笔者按：弟，当为第）与汲古本不同，余藏。核其所据北宋本行格，颇疑即南宋中期蜀中刊唐人集本，前人往往误认为北宋本，不足怪也。又一帙，何煌校。"① 这里，傅增湘还只是"颇疑"，没有认定。到著录《杜荀鹤文集》三卷时，傅增湘就径直认定了："《杜荀鹤文集》三卷。唐杜荀鹤撰。〇南宋蜀本，十二行二十一字，白口，左右双栏，前景福元年（892）顾云序，钤有'颐堂王氏家藏子孙其永保用'朱文大印，为宋王灼藏本。又有毛晋、季振宜印记，张幼樵藏印，结一庐遗书也。"② 张幼樵即张佩纶（1848—1903），幼樵是字。先插说一下王灼的生平。王灼，生卒年不详，字晦叔，号颐堂，四川遂宁人，南宋高宗赵构绍兴（1131—1162）中曾为幕僚，绍兴十五年（1145）撰成《碧鸡漫志》一书③。仅知王灼绍兴年间（1131—1162）曾为幕僚，不知其卒年，故无法据"颐堂王氏家藏子孙其永保用"这个王灼藏印断定明清学者所说的北宋本《杜荀鹤文集》三卷是不是南宋中叶蜀刻本唐人文集中的一种。傅增湘认为此《杜荀鹤文集》三卷是南宋中期的蜀刻本，今亦没有证据和理由反驳傅氏这种观点。而且，持此观点的，不止傅增湘一人。早在傅氏之前，清代陆心源就有此看法。陆心源《皕宋楼藏书志》卷七十一（收入《宋元明清书目题跋丛刊》第八册）云：

> 《杜荀鹤文集》三卷（影写南宋本）。唐杜荀鹤撰。顾云序。顾氏（笔者按：此"顾氏"，不指唐代顾云，而指清代顾广圻。）手跋曰："《读书敏求记》云：'余藏九华山人诗是陈解元书棚宋本，总名《唐风》者。后得北宋缮，乃名《杜荀鹤文集》，而以《唐风集》三字注于下。窃

---

① （清）莫友芝撰，傅增湘订补、傅熹年整理：《藏园订补邵亭知见传本书目》（16 卷）（全 4 册），中华书局 1993 年版，第 3 册，卷"12 下"，第 108 页。

② 同上书，第 109 页。

③ 曾枣庄主编：《中国文学家大辞典·宋代卷》，中华书局 2004 年版，第 39 页。

思荀鹤有诗无文，何以集名若此，殊所不解。《通考》云《唐风集》十卷，更与顾云撰序刺谬矣.' 此本为虞山毛氏所藏，想从北宋本传录者，与述古缮写本同出一源，而抄手工整，虽非影宋，已迥胜世俗流传之本矣。涧蘋记。"①

　　钱曾说他家藏有一个北宋抄本《杜荀鹤文集》三卷，顾广圻说他手头有毛晋家所藏一个从北宋本《杜荀鹤文集》三卷抄录的本子，而这个抄本《杜荀鹤文集》三卷流传到陆心源手里时，陆心源认定为"影写南宋本"，不但将顾广圻所说的"抄手工整"认定为"影写"，而且将北宋本《杜荀鹤文集》三卷认定为南宋本《杜荀鹤文集》三卷。可见，将陆贻典等人所说的"北宋本"《杜荀鹤文集》三卷视为南宋本，陆心源早已着傅增湘先生之先鞭，傅氏只是说得更明确而且强调了一下而已。在傅氏之后，据汪长林先生《杜荀鹤诗集版本源流考述》可知，沈津先生《记宋本杜荀鹤文集》、上海古籍出版社关于《杜荀鹤文集》的《影印说明》以及汪长林先生此文，皆认为或者采信了陆心源、傅增湘的观点，明确认定所谓"北宋本"《杜荀鹤文集》并不是北宋所刻，而是南宋所刻。② 可是，认为此书是"北宋本"的学者更多，上文所述陆贻典便是，这样的学者多达十位，按照其生年先后排列出来是这样的：明代的冯武（冯彦渊之子）（1603 年跋语这么认定），清代的陆贻典（1617—1686）、钱曾（1629—1701）、毛扆（毛晋之子）（1640—?）、顾广圻（1766—1835）、张金吾（1787—1829）、邵懿辰（1810—1861）、莫友芝（1811—1871）、罗振玉（1866—1940），直到万曼（1903—1971）。《杜荀鹤文集》三卷为何被认为是"北宋本"？不知道。但知道此书被认为是南宋本的原因是这样的：康熙元年（1662）毛扆、陆贻典校对时用过的《杜荀鹤文集》三卷被学界认为是宋蜀刻本唐人文集中的一种，而宋蜀刻本唐人文集一系列书中有些书的避讳字包含宋光宗赵惇（1190—1194 年在位）的"惇"字，那自然是南宋中叶所刻了。傅增湘先生等人据此认定《杜荀鹤文集》三卷也是南宋刻本。这种推理，暗含一个判断，那就是所有的南宋蜀刻本都刻于宋光宗赵惇在位或退位时。但是，如前文傅增湘先生所述，此宋蜀刻本《杜荀鹤文集》三卷被宋绍兴（1131—1162）时曾任幕僚的王灼（王灼生卒无考，仅知 1145 年王灼撰成《碧鸡漫志》一书）收藏过，那么，该本《杜荀鹤文集》三卷完

---

　　① 中华书局编辑部编：《宋元明清书目题跋丛刊》（全 19 册），中华书局 2006 年版，第 8 册，第 807 页。

　　② 汪长林：《杜荀鹤诗集版本源流考述》，《文献》（季刊）2002 年第 4 期。

全可能是南宋绍兴时的刻本，甚至更早，一直早到北宋时，如果该本真是北宋时的刻本，那么，版本学界"北宋刻本均是十一行本"这个固有观点就应该修正为："北宋刻本以十一行本较为常见，也有十二行本。"只不过，《杜荀鹤文集》三卷确实如明清藏书家所说是北宋所刻，仅仅是一种可能性，并不能断定，所能断定的是，蜀刻本《杜荀鹤文集》三卷即使是南宋本，也是南宋较早的刻本，未必就是南宋中叶（指宋光宗时期）所刻了。就是说，蜀刻本《杜荀鹤文集》比陈起（？—前1256）刊刻的浙刻本《唐风集》三卷应该早一些。这样看来，《杜荀鹤文集》三卷究竟是北宋蜀刻，还是南宋蜀刻，还是姑且存疑以等待有识者进一步研究的好。这是笔者的看法。另外，顾广圻所说"抄手工整"的《杜荀鹤文集》流传到陆心源手里时，陆氏认定是影抄，此影抄本《杜荀鹤文集》今已难觅其踪，是否于1907年6月随同陆心源的皕宋楼藏书一起被运到日本而藏于日本静嘉堂文库，待考。

杜荀鹤著作的第六次出现，见于南宋陈起（？—1256）陈宅书籍铺刊刻的《唐风集》三卷。此本今佚，但有清影宋抄本藏于国家图书馆，有缩微制品，索书号为17177，此本10行18字，白口，左右双边。此本流行于明清两代，抄校本亦多，源流可考。

杜荀鹤著作的第七次出现，见于1262年成书的南宋陈振孙《直斋书录解题》。《直斋书录解题》卷十九"诗集类上"云："《唐风集》三卷。唐九华山杜荀鹤撰（按：晁公武《读书志》作十卷）。"[①] 这里的"九华山杜荀鹤"显然即"九华山人杜荀鹤"。《直斋书录解题》卷十九"诗集类上"开篇注云："凡无他文而独有诗及虽有他文而诗集复独行者别为一类。"[②]《唐风集》入"诗集类"，可见是杜荀鹤的诗集。

杜荀鹤著作的第八次出现，见于1319年成书的元马端临《文献通考》。《文献通考》卷二百四十三经籍考七十"集·诗集"于"杜荀鹤《唐风集》十卷"后引晁公武《郡斋读书志》如上著录语之后，又曰："《陈录》作三卷。"又引《幕府燕谈》的记载："杜荀鹤诗鄙俚近俗，惟宫词为唐第一，云'早被婵娟误，欲妆临镜慵。承恩不在貌，教妾若为容。风暖鸟声碎，日高花影重。年年越溪女，相忆采芙蓉。'故谚云'杜诗三百首，惟在一联中。'正谓'风暖'、'日高'句也（此句欧公诗话以为周朴诗）。"[③]

①　（宋）陈振孙著，徐小蛮、顾美华点校：《直斋书录解题》（22卷），上海古籍出版社1987年版，卷19，第578页。

②　同上书，第555页。

③　（元）马端临撰：《文献通考》（348卷），中华书局1986年版，卷243，第1925页。

　　杜荀鹤著作的第九次出现，见于 1343 年成书的元脱脱等《宋史》。《宋史》卷二百八艺文七"别集类"云："杜荀鹤《唐风集》二卷。"① 注意这里卷数又变成二卷了。

　　另外，宋元有二本书提到了杜荀鹤的著作，但此二书的作者未必见过杜荀鹤的著作《杜荀鹤文集》或《唐风集》，故这里仅提一下以备考。最晚庆元辛酉（1201）已经成书的《唐诗纪事》卷六十五《杜荀鹤》云："杜荀鹤……序其文为《唐风集》。"② 1304 年成书的元辛文房《唐才子传》卷五云：（顾云）"撰集其诗三百余篇，为《唐风集》三卷"。③

<h2 style="text-align:center">二</h2>

　　如果不算毛晋所藏、经顾广圻之手流落到陆心源之手后下落不明的抄本《杜荀鹤文集》三卷（此书是否随同陆心源皕宋楼藏书被运到日本而藏于日本静嘉堂文库，待考），那么，杜荀鹤著作在明代就只有四个抄本，一个刻本。

　　先谈四个明抄本。

　　第一个明抄本是有清人周星怡跋的《唐风集》三卷，此本藏国家图书馆，为善本书，有缩微制品，索书号为 05394。行款为 10 行 18 字，无格。

　　第二个明抄本是《唐四十四家诗》（98 卷）丛书本《唐风集》三卷，此本今藏国家图书馆，索书号为 11161。《中国丛书广录》（上册·总目）著录此本的详情云："半页十行，行二十字，白口，四周双边，无直格。"④

　　第三个明抄本是明末（1621—1644）冯彦渊抄本《唐风集》三卷，现藏国家图书馆，为善本书，10 行 19 字，黑口，左右双边，索书号为 02130。此抄本有冯武校并跋和清叶坦跋。此抄本所据底本为南宋刻本，而以毛氏藏北宋本校之。张金吾《爱日精庐藏书志》（收于《宋元明清书目题跋丛刊》第十一册）卷二十九云："《杜荀鹤文集》三卷（旧抄，冯氏手校北宋本）。唐杜荀鹤撰。每页格栏外有'冯彦渊藏本'五字。顾云序。冯氏手跋曰：'此予家藏南宋板抄本。癸卯（1603）春仲，借得隐湖毛氏北宋版细校一过，异同处悉

---

　　① （元）脱脱等撰：《宋史》（496 卷）（全 40 册），中华书局 1985 年 6 月新 1 版，第 16 册，卷 208，第 5345 页。

　　② （宋）计有功撰，王仲镛校笺：《唐诗纪事校笺》（81 卷），中华书局 2007 年版，第 7 册，卷 65，第 2196 页。

　　③ 傅璇琮主编：《唐才子传校笺》（第四册），中华书局 1990 年版，卷 9，第 275 页。

　　④ 阳海清编撰、陈彰璜参编：《中国丛书广录》，湖北人民出版社 1999 年版，上册，第 761—762 页。

两存之。海虞冯武。'"① 罗振玉《大云书库藏书题识》（收于《国家图书馆藏古籍题跋丛刊》第二十四册）卷四载其亡友张硕卿大令据常熟冯武手校宋本《唐风集》三卷。② 既然云此本据冯武校抄本，则应题《杜荀鹤文集》，不应是《唐风集》。《藏园订补邵亭知见传本书目》"卷十二下"云："张氏志有冯彦渊手钞校北宋《杜荀鹤文集》本三卷，又有竹深堂精钞本《唐风集》三卷。"③ 万曼由此认为"显然一个是影抄北宋本，一个是影抄南宋的书棚本。"④ 而从冯武手跋看，冯氏系借毛氏北宋版校其家所藏南宋版，而其家所藏是南宋版抄本。

第四个是明写棉纸本《唐风集》三卷，此本与毛刻同源，而与季振宜钞本（出北宋本）颇有出入。傅增湘《藏园群书题记》卷十二《校明钞唐风集跋》："《唐风集》分上、中、下卷，明写本，棉纸，乌丝栏，半叶十行，每行二十字，次行题'九华山人杜荀鹤'。前有太常博士顾云序。卷上五言今体一百二十六首，卷中七言今体一百四十首，卷下五七言绝句五十一首（原作二，误），通三百十七首，与顾云序言平生所著五七言三百篇者合。原书藏徐梧生监丞许，凡唐诗二十余家。余从其胥史吉甫编修假得之。取席刻本校读一过，在清水院中校竟二卷，余则旋京始毕之。席本亦分三卷，均题杂体，钞本则分体别载，故其次第迥不相符。改订字句凡数百事。其出席本外者，为《维扬冬末寄幕中二从事》五律一首。席本有而明钞所无者，为《和吴太守罢郡山居偶题》五律二首、《乱后送友人归湘中》五律一首、《旅舍遇雨》七绝一首是也。"可见，席本收诗 320 首。又云："曾假邓正阍同年藏季沧苇旧写本细勘，其中订正者不下千字。兹以明钞本校之，凡改定之字，与季钞合者殆十居六七，而其他佳异之字，为季钞所无者亦甚多。……此皆出季本之外，而其意义实较时行本为佳，是此本不独远过席刻之上，即季钞号称名秩者，比短量长，亦逊此一筹矣。"⑤ 万曼《唐集叙录》认为傅氏此"明钞唐风集"是"属于南宋书棚本的系统的，和毛刻同源"⑥。

---

① 中华书局编辑部编：《宋元明清书目题跋丛刊》（全 19 册），中华书局 2006 年版，第 11 册，第 522 页。

② 国家图书馆编：《国家图书馆藏古籍题跋丛刊》（全 30 册），北京图书馆出版社 2002 年版，第 24 册，第 336—337 页。

③ （清）莫友芝撰，傅增湘订补、傅嘉年整理：《藏园订补邵亭知见传本书目》（16 卷）（全 4 册），中华书局 1993 年版，第 3 册，卷"12 下"，第 108 页。

④ 万曼：《唐集叙录》，中华书局 1980 年版，第 368 页。

⑤ 傅增湘撰：《藏园群书题记》（20 卷），上海古籍出版社 1989 年版，卷 12，第 639—641 页。

⑥ 万曼：《唐集叙录》，中华书局 1980 年版，第 369 页。

　　杜荀鹤著作在明代只有一个刻本，即明末崇祯间（1628—1644）毛晋汲古阁刊刻的《唐人四集》本《唐风集》三卷。此本国家图书馆藏有四个本子，其中三个善本，一个普通古籍本。三个善本的索书号是 11388、15834、03780。普通古籍本的索书号是 114831：3。此明末毛晋汲古阁刻《唐人四集》（又名《四唐人集》）本《唐风集》三卷，民国十二年（1923）有影印本，此影印本国家图书馆藏有多个本子，为普通古籍，索书号有 102333：3 等，不一一开列。毛晋汲古阁刻本《唐风集》三卷，10 行 20 字，黑口，左右双边，单鱼尾。关于此汲古阁刻本，《铁琴铜剑楼藏书目录》卷十九指出其所用乃南宋分体本。孙星衍《廉石居藏书记》云："《唐风集》三卷，杜荀鹤撰，毛晋刊本，太常博士顾云作序。《郡斋读书志》：'杜荀鹤《唐风集》十卷。'《宋史·艺文志》作二卷。《唐志》不载。此本与钱曾《读书敏求记》所载同。曾云：'此宋本，仍名《杜荀鹤文集》，而以唐风集注于下。'"① 耿文光《万卷精华楼藏书记》卷一百零八云："《唐风集》三卷。唐杜荀鹤撰。钞本。前有顾云序。《敏求记》云：'予藏九华山人诗是陈解元书棚本，总名《唐风》者。后得北宋本缮写，乃名《杜荀鹤文集》，而以《唐风集》三字注于下。'《通考》云'《唐风集》十卷'，'十'字恐误。此本为虞山毛氏所藏，想从北宋传录者，与述古堂写本同出一源。诚可珍也。"② 又缪荃孙《艺风藏书续记》卷六："右校本《六唐人集》，傅沅叔所得而荃孙假以过临者。毛刻《四唐人诗》，在毛刻为最精，而改换行款，喜易古字异本，标'一作'于下。"③ 毛刻本《唐风集》三卷流传较广，影响也大。今知毛刻本至少有二本：一本有清毛扆校、陆贻典校并跋，藏国家图书馆；一种有陈盛跋并录清冯武校，藏复旦大学图书馆。四库本《唐风集》，就是在毛刻本基础上辑抄而成的。

三

　　杜荀鹤著作在清代有抄本七种，刻本五种（其中一种为重修本）。

　　先看七种清抄本。

　　第一种清抄本是影抄南宋浙刻本《唐风集》3 卷，此影抄本今藏国家图书馆。

---

　　① （清）孙星衍撰：《平津馆鉴藏记书籍·廉石居藏书记·孙氏祠堂书目》，上海古籍出版社 2008 年版，第 218 页。

　　② 中华书局编辑部编：《宋元明清书目题跋丛刊》（全 19 册），中华书局 2006 年版，第 16 册，第 953 页。

　　③ 缪荃孙著，黄明、杨同甫标点：《艺风藏书记》，上海古籍出版社 2007 年版，第 406—407 页。

第二种清抄本是清冯武抄的《唐风集》3卷，此本今藏国家图书馆，系普通古籍，10行19字，索书号为82081。笔者按：此本为清初冯武所抄，居然还在普通古籍库，似乎应该收入善本库了。

第三种清抄本是清初抄《百家唐诗》丛书本《唐风集》（不分卷），今藏国家图书馆，系善本书，索书号为08605。行款为9行20字或22字，蓝格，白口，四周双边。

第四种清抄本是乾隆四十六年辛丑岁（1781）九月抄成献上的《文渊阁四库全书》本《唐风集》3卷。行款为8行21字，白口，四周双边。此本的项目是：四库馆臣所写的《提要》、《唐风集叙》、唐风集卷一、唐风集卷二、唐风集卷三、《唐风集跋》（毛晋识）。此本今藏台湾"故宫博物院"，有影印本。

第五种清抄本是乾隆四十八年癸卯岁（1783）抄成献上的《文溯阁四库全书》丛书本《唐风集》3卷。《文溯阁四库全书》今藏甘肃省图书馆，据说保存完好，因无影印，面目殊不易知。

第六种清抄本是乾隆四十九年甲辰岁（1784）三月抄成献上的《文津阁四库全书》本《唐风集》3卷。一页32行21字，此本的项目是：四库馆臣所写的《提要》、唐风集序、唐风集卷上、唐风集卷中、唐风集卷下、唐风集跋（毛晋识）。

第七种清抄本系乾隆五十三年戊申岁（1788）抄成献上的《文澜阁四库全书》丛书本《唐风集》3卷。《文澜阁四库全书》丛书本今藏浙江图书馆。

再看五种清刻本（其中一种系重修本）。

第一种清刻本是清康熙四十一年壬午岁（1702）席氏琴川书屋刊刻的《唐诗百名家全集》（326卷）丛书本《杜荀鹤文集》3卷，此本国家图书馆藏有二本，一本系善本，索书号为00317。另一本系普通古籍，索书号是t2119：21。此刻本系据宋蜀刻本重刻，10行18字，白口，左右双边。索书号是t2119：21的普通古籍本是篆字木印。此本与毛刻本互有异同，颇值得参校。席刻所收杜荀鹤诗不分体，这可进一步证明席刻本系据"北宋本"《杜荀鹤文集》3卷重刻而来。

第二种清刻本是康熙四十六年丁亥岁（1707）稍后扬州诗局刊刻的《全唐诗》本《杜荀鹤诗》。傅增湘以为《全唐诗》本《杜荀鹤诗》的底本是季振宜辑抄本，他说："吾颇疑季氏钞本乃汇集各本择善而从，故佚诗异文往往比别本为多，其后《全唐诗》之辑即取资于是焉。"[1] 前面已经提到，北宋刻

---

[1]　傅增湘撰：《藏园群书题记》（20卷），上海古籍出版社1989年版，卷12，第641页。

本曾经季振宜收藏，因此季氏抄本当据北宋本。万曼《唐集叙录》认为，《全唐诗》本"似乎是汇集各本、择善而从的一个经过校正的本子，所以《全唐诗》辑杜荀鹤诗，佚诗异文，往往比别本为多"①。以《全唐诗》本与毛刻本、席刻本比较，互有异同，万曼有统计："以《全唐诗》校席刻本，计多《维扬冬末寄幕中二从事》、《送紫阳僧归庐岳旧寺》、《和刘评事送海禅和归山》、《自江西归九华》、《小松》、《醉书僧壁》、《寄李隐居》、《梁王坐上赋》等八首；校毛刻本，计多《和吴太守罢郡山村偶题》二首、《乱后送友人归湘中》、《送紫阳僧归庐岳旧寺》、《自江西归九华》、《梁王坐上赋》、《小松》、《醉书僧壁》、《寄李隐居》等九首。其中《送紫阳僧归庐岳旧寺》等六首，席、毛二刻本俱缺。"在编排次第上，《全唐诗》本与毛刻本一样，是分体排列。万曼因此认为："可能它的来源还是南宋书棚本，不过经过一定的加工而已。"② 季振宜所抄《杜荀鹤诗集》是汇集各本择善而从的，而季振宜手头既有北宋本《杜荀鹤文集》三卷，又有毛刻本《唐风集》3 卷（据南宋浙刻本《唐风集》三卷刊刻而来），所以，季振宜的本子最全最好，而《全唐诗》所收杜荀鹤诗又是据季振宜本抄录并刊刻的，所以，《全唐诗》所收杜荀鹤诗最全最好。据笔者编号统计，《全唐诗》卷六九一至卷六九三 3 卷共收杜荀鹤诗 323 题 326 首。再加上陈尚君《全唐诗续拾》卷 35 所补的 2 题 3 首，杜荀鹤今存诗共 325 题 329 首。

第三种清刻本是清康熙四十一年壬午岁（1702）席氏琴川书屋刊刻、清光绪八年壬午岁（1882）重修的《唐诗百名家全集》（326 卷）（第四函）丛书本《杜荀鹤文集》3 卷，10 行 18 字，小字双行 27 字，白口，左右双边，单鱼尾，此本国家图书馆有藏，索书号为 90038：54。

第四种清刻本是吴门寒松堂翻刻的明毛晋汲古阁《唐四名家集》丛书本《唐风集》三卷。12 行 20 字，黑口，左右双边，单鱼尾，索书号为 t2311：2。此本上海商务印书馆民国十五年（1926）有影印本，国家图书馆有藏，索书号为 97318：3。

第五种清刻本是清光绪三十一年（1905）刘世珩（1874—1926）辑刻的《贵池先哲遗书》本《唐风集》三卷，《补遗》一卷，《松窗杂记》一卷，杜荀鹤撰，国家图书馆有藏，为普通古籍，索书号有三个：8638：8—9；40639：4；84563：4。此本 13 行 23 字，黑口，左右双边，单鱼尾。此本系翻刻毛晋汲古阁刻本《唐风集》三卷（《补遗》一卷），但有改易。刘世珩跋云："《唐

---

① 万曼：《唐集叙录》，中华书局 1980 年版，第 370 页。

② 同上。

风集》三卷，世多以毛子晋汲古阁刊本为最佳，四库所据亦毛刊本。按《提要》有云：'前有顾云序，序末谓之《唐风集》。以下文不相属，盖旧本《唐诗纪事》云此序误连下条荀鹤初谒梁王云云六十四字一条。子晋不察，误并钞之。'今所传本皆仍其旧，以致读者谓顾序不成文矣。因检《全唐文》顾云文互校，删去'荀鹤初谒梁王'云云六十四字，而以毛刊为定本。凡两本不同，悉注于下。其注'一作'者，《全唐文》原注也。集中有缺字，又检《全唐诗》勘补，复得逸诗九首，录于卷尾。杜荀鹤著有《绿窗琐翠》、《松窗杂记》二书，一载《池州府志》本传，一载《钦定佩文斋书画谱》引用书目。曩得《松窗杂记》一种，系旧钞本，寥寥数页，只有八条，并为附录于后。惜《绿窗琐翠》未之见。今此本或当胜于毛刊矣。"① 刘世珩刊本附《唐风集逸诗》，版心有"唐风集逸诗刘氏刊行"，计辑补五言律四首、七言律一首、七言绝句四首，断句二。1959 年中华书局上海编辑所据《贵池先哲遗书》本断句排印（与《聂夷中诗》合刊），并以《全唐诗》校勘，有所补正。但是，没有利用席氏刻本参校，故仍有讹脱。

综上所述，杜荀鹤著作有《唐风集》、《杜荀鹤诗集》、《杜荀鹤集》、《杜荀鹤文集》四种书名，卷数有一卷、二卷、三卷、十卷四种说法。四种书名中的《唐风集》和《杜荀鹤文集》通行于世且流传于今；卷数四种说法中"三卷"之说流行最广，传世本子《唐风集》和《杜荀鹤文集》均是三卷。《唐风集》三卷和《杜荀鹤文集》三卷自宋代以来有 19 个本子：宋代 2 个本子，含 1 个南宋蜀刻本和 1 个南宋浙刻本；明代 5 个本子，含 4 个明抄本和 1 个明刻本；清代 12 个本子，含 7 个清抄本和 5 个清刻本（其中 1 个为重修本）。这 19 个本子来历和详情的要点是：杜荀鹤著作结集于杜荀鹤去世前 12 年的 892 年，书名是《唐风集》，所收为杜荀鹤的 300 首诗，作序者为顾云；杜荀鹤诗在宋代有二个刻本，一个是南宋中期较早刊刻的蜀刻本《杜荀鹤文集》三卷，此本究竟是北宋本还是南宋本，还是存疑为好，此本今藏上海图书馆（上海古籍出版社有影印本，国家图书馆影刻为再造善本）；另一个是刊刻时间差不多相同（即也是南宋中期）的南宋杭州人陈起（？—1256）陈宅书籍铺刻本（又称"陈道人刻本"、书棚本，还可称"浙刻本"）《唐风集》三卷，此本已佚，但此本的一个清影宋抄本藏于国家图书馆；明崇祯时毛晋汲古阁刻本《唐风集》三卷据陈道人浙刻本重刻而来，四库全书本即抄录汲古阁刻本；清康熙四十一年壬午岁（1702）席启寓琴川书屋刊刻的《唐诗百名

① （唐）杜荀鹤撰：《唐风集》3 卷，《贵池先哲遗书》本，《丛书集成续编》第 104 册，第 354 页。

家全集》丛书本《杜荀鹤文集》三卷即据南宋蜀刻本重刻而来；清光绪三十一年乙巳岁（1905）刘世珩辑刻的《贵池先哲遗书》本《唐风集》三卷（《补遗》一卷，《松窗杂记》一卷）系据毛晋汲古阁本刊刻而来，但有增补；宋蜀刻本《杜荀鹤文集》三卷与南宋浙刻本《唐风集》三卷的区别有五：蜀刻本书名是《杜荀鹤文集》，浙刻本是《唐风集》；蜀刻本所收杜荀鹤诗排列时不分体，浙刻本则分体；蜀刻本比浙刻本收诗多数首；蜀刻本12行21字，浙刻本10行20字；蜀刻本被传抄、刊刻的次数很少，影响很小，近年来上海古籍出版社影印后才为人所知，而浙刻本因明末毛晋汲古阁的刊刻、清乾隆时四库全书本的抄录、清末刘世珩的刊刻而流传广、影响大。另外，蜀刻本有原书存于上海图书馆，有影印本，故其面目易知，浙刻本仅有清人影抄本藏于国家图书馆，未有影印本，故其面目不易知。今人整理杜荀鹤诗，既要重视上海图书馆所藏宋蜀刻本《杜荀鹤文集》三卷，又要重视国家图书馆所藏清人影抄的南宋浙刻本《唐风集》三卷。

最后补记四种据说曾有但今日无觅其踪的杜荀鹤集版本。第一种即前述毛晋所藏从北宋本《杜荀鹤文集》三卷精抄而成（陆心源说是影抄）的本子，此本是否藏于日本静嘉堂文库，待考。第二种是明末清初姚子庄、方文、杨森三人注释的姚子庄刻本《杜翰林集》六卷，第三种是竹深堂钱履之精抄本《唐风集》三卷，此二说法均见傅增湘先生《藏园订补郘亭知见传本书目》卷二十下。① 第四种是汪长林先生所说席刻本杜荀鹤诗一卷。

---

① （清）莫友芝撰，傅增湘订补，傅熹年整理：《藏园订补郘亭知见传本书目》（16 卷）（全 4 册），中华书局 1993 年版，第 3 册，卷 "12 下"，第 109 页、第 108 页。

附：吴国杜荀鹤集部著作流传过程和版本源流示意图

第二章 吴国殷文圭集部著作流传过程和版本源流考辨

殷文圭（生卒年不详），有著作 7 种 99 卷，均为集部著作，亦均佚失。这 7 种著作的名字和卷数是：《登龙集》15 卷、《从军稿》20 卷、《笔耕词》20 卷、《镂冰录》20 卷、《冥搜集》20 卷、殷文圭《四六》3 卷（赵文翼注）、《殷文珪集》1 卷。其中，前 5 种著作除《从军稿》20 卷仅在《崇文总目》和《宋史》中有著录外，其余 4 种著作在《崇文总目》、《通志》、《宋史》中均有著录，此后就再未出现在任何一种目录类著作中。就是说，前五种著作自元脱脱等人编《宋史》后就再未见人声称见到过。

今日流传下来的殷文圭著作只有一种，即《殷文圭诗集》一卷或者《殷文圭诗》一卷，这样的书名未在宋元公私目录书中出现过。与此二种书名类似的书名是《殷文圭集》一卷，仅在《直斋书录解题》中出现过一次，又被《文献通考·经籍考》抄录一次（《文献通考》抄录陈振孙《直斋书录解题》关于《殷文圭集》的著录），称为"《殷文圭集》一卷"。

今存《殷文圭诗集》一卷共有四种版本。第一种版本是《殷文圭诗集》一卷之《唐百家诗》刻本；第二种版本是《殷文圭诗集》一卷之《唐人五十家小集》刻本；第三种版本是《殷文圭诗》一卷《文》一卷之《贵池先哲遗书》刻本；第四种版本是《殷文珪诗集》一卷之清抄本。此四种版本的简况如下：

《唐百家诗》为明人朱警辑，明嘉靖十九年庚子岁（1540）刊本，国家图书馆、上海图书馆有藏（杭州大学图书馆所藏有残缺）。该丛书所含"晚唐四十二家"最后一家的著作即《殷文珪诗集》一卷。

《唐人五十家小集》七十三卷是清人江标（1860—1899）所辑，"清光绪二十一年乙未岁（1895）元和江氏灵鹣阁据南宋陈道人本湖南使院景刊"[1]。此丛书在国家图书馆、上海图书馆、杭州大学图书馆等图书馆有藏。此丛书第四十六家的著作即《殷文珪诗集》一卷。

---

[1] 上海图书馆编：《中国丛书综录》，上海古籍出版社 1986 年版，第 1096 页。

《贵池先哲遗书》系刘世珩民国九年庚申岁（1920）贵池刘氏唐石簃刊本，在国家图书馆、上海图书馆、杭州大学图书馆等多家图书馆有藏。此丛书中《贵池唐人集》第九种即《殷文圭诗》一卷《文》一卷。

《殷文珪诗集》一卷之清抄本，浙江图书馆有藏，其上未见序跋。

从这四种版本的编刻年代看，自然是明人朱警的《唐百家诗》本《殷文珪诗集》一卷为可靠，但是，此本与民国时《贵池先哲遗书》本《殷文圭诗》一卷《文》一卷、清抄本《殷文珪诗集》一卷一样，皆没有注明版本的来源。而《唐人五十家小集》本《殷文珪诗集》一卷注版本来源为"南宋陈道人本"，其可靠性和价值高了一等，再加上是"景刊"，就又高了一等。因此，殷文圭诗集的版本还是以光绪二十一年乙未岁（1895）江标影刻的《唐人五十家小集》本《殷文珪诗集》一卷为最可靠。

今人阅读殷文圭诗最方便的版本，是康熙四十五年丙戌岁至康熙五十一年壬辰岁（1706—1712）之间曹寅（1658—1712）扬州诗局刊刻的《全唐诗》本。《全唐诗》卷七百七收殷文圭诗 27 题 27 首、《全唐诗续补遗》卷十一收殷文圭诗 1 题 3 首。《全唐文》卷八六八收殷文圭文一篇，题目是《后唐张崇修庐州外罗城记》[①]，共 2000 余字。《全唐文补编》卷一〇九据《唐摭言》卷九、卷十九补 2 篇[②]，字数不足 50 字，不赘。

---

① （清）董诰等编：《全唐文》（1000 卷）（全 12 册），中华书局 1983 年版，卷 868，第 9093—9096 页。

② 陈尚君辑校：《全唐文补编》（160 卷）（全 3 册），中华书局 2005 年版，中册，卷 109，第 1372 页。

附：吴国殷文圭集部著作流传过程和版本源流示意图

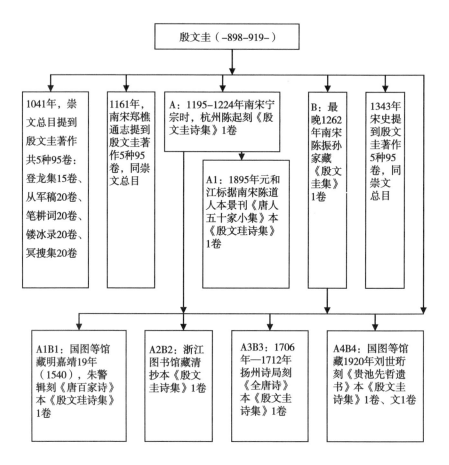

第三章　南唐国李建勋集部著作流传过程和版本源流考辨

李建勋（873？—952），字致尧，广陵（今江苏扬州）人，出任吴国大臣李昪金陵副使的时候，协助李昪灭掉杨吴，建立南唐，为南唐国宰相。李建勋是南唐开国的功勋人物，也是南唐国年辈最早的著名文人，有著作2种22卷：《钟山公集》二十卷，《李建勋诗》二卷。其中存世著作是《李建勋诗》二卷，但宋元以来的抄刻本多用"《李丞相诗集》（二卷）"这样的书名。以下考辨其流传过程和版本源流。

一

现依据时间先后，将李建勋著作在宋元载籍和刻印历史上出现的情况排列如下：

第一次出现，见于1041年成书的北宋王尧臣等《崇文总目》。《崇文总目》卷十二"别集五"云："李建勋诗二卷"，隔了5种书后又云"《钟山公集》二十卷"。

第二次出现，见于1161年成书的南宋郑樵《通志》。《通志》卷七十艺文略第八"别集五"之"伪朝"云："李建勋诗二卷（伪唐），又《钟山公集》二十卷。"

第三次出现，见于1194年成书的南宋尤袤《遂初堂书目》。《遂初堂书目》之"别集类"云："南唐李建勋"。笔者按：依据《遂初堂书目》的体例，所谓"南唐李建勋"，那就是李建勋的集子，至于书名是"李建勋诗"、"李建勋集"、"李建勋诗集"，还是其他书名，就不得而知了。

第四次出现，见于大约1256年前后陈起刊刻的陈宅书籍铺本（又称陈道人本）《李丞相诗集》二卷。此陈道人刻本今存二本。一本藏国家图书馆，国图索书号为04262。另一本藏上海图书馆，沪图索书号为352695。此二本实际是同一种刻本（还有可能是同一次印刷），故行款相同，均是10行18字，白口，左右双边。关于上海图书馆所存的一个本子，这里仔细交代一下。上海图书馆所藏南宋陈道人刻本《李丞相诗集》二卷系瞿氏铁琴铜剑楼所藏，仅内封面就有五个。前二个内封面均有近代学人俞钟颖（1847—1924）题签："宋本李丞相诗集。戊午春初俞钟颖题签。"（戊午为1918年）第三个内封面有字云："海虞铁琴铜剑楼影宋版集部。"笔者按：这个"影"字显然多余，而且给人造成误解，以为该本是影抄本，但是此本不是影抄本，是南宋刻本，因为第四个内封面即云："宋梓李丞相诗集（全）"。第五个内封面是近代学人徐兆玮（1867—1940）题写的一首七绝，与版本源流关系不大，而且本书第二编《十国文人集部著作序跋文字和著录文字辑录》已经抄录，故这里省略。补充说明一下，南宋中叶陈道人刻本《李丞相诗集》二卷现存的两个刻本均有了影印本。上海图书馆所藏原瞿氏铁琴铜剑楼藏本《李丞相诗集》二卷被影印了三次，依次是：民国七年（1918）影印一次；民国二十三年（1934）商务印书馆影印后收于四部丛刊续编中，此次影印有张元济所撰校勘记一卷；1985年上海书店又将商务印书馆1934年四部丛刊续编本影印一次。中国国家图书馆所藏陈道人刻本《李丞相诗集》于2002年被上海古籍出版社影印后收于《续修四库全书》丛书中，见《续修四库全书》第1313册，此次影印使南宋陈道人刻本《李丞相诗集》二卷在国家图书馆所藏的一个本子的面目也公之于世，故尤其值得称道。

第五次出现，见于最晚1262年成书的南宋陈振孙《直斋书录解题》。《直斋书录解题》卷十九"诗集类上"云："《李建勋集》一卷。南唐宰相李建勋撰。"补充说明一下，南宋陈起刻本《李丞相诗集》二卷和南宋陈振孙家藏《李建勋集》一卷究竟哪个先出现，哪个后出现，今日已经难以断定，笔者将陈起刻本作为第四次出现、陈振孙家藏本作为第五次出现，也是无奈之下的权宜之计，并不是说笔者有确凿证据，陈起刻本在陈振孙家藏本之先。特此说明。

第六次出现，见于1319年成书的元马端临《文献通考》。《文献通考》卷二百四十三经籍考七十"集·诗集"云："《李建勋集》一卷。陈氏曰：南唐宰相李建勋撰。"

第七次出现，见于1343年成书的元脱脱等《宋史》。《宋史》卷二百八艺文七"别集类"云："《李建勋集》二十卷。"

综上可知，李建勋著作在宋元时期有5个书名：李建勋诗、钟山公集、南唐李建勋（严格地说，尤袤所云"南唐李建勋"不是正式书名，但正式书名不可知，故只好将"南唐李建勋"暂且视为书名）、李丞相诗集、李建勋集。卷数有一卷、二卷、二十卷三种说法。但是，自明清迄今流传的李建勋著作，均是南宋中叶杭州人陈起刊刻的《李丞相诗集》二卷，故以下考索李建勋著作的流传过程和版本源流，实际就是考索陈起刻本《李丞相诗集》二卷的流传过程和版本源流。

二

李建勋集部著作在明代有三个抄本，一个刻本。

先看抄本。

李建勋著作在明代的第一个抄本是明初（1368—1424）抄《唐十八家诗》丛书本《李丞相诗集》二卷。此本据说今藏国家图书馆，为善本书，国图索书号为 10842。

李建勋著作在明代的又一个抄本是明（1368—1644）抄《唐四十四家诗》丛书本《李丞相诗集》二卷。该本据说今藏国家图书馆，为善本书，国图索书号为 11161。

李建勋著作在明代的又一个抄本是明（1368—1644）抄《唐四十七家诗》丛书本《李丞相诗集》二卷。该本据说今藏国家图书馆，为善本书，国图索书号为 09636。

需要说明的是：第一，以上三个明代抄本《李丞相诗集》二卷笔者 2012 年在国家图书馆访书时未能借到，也未借到其缩微制品，不知何故。本书对这三个抄本信息的介绍来自中国国家图书馆的书目检索，因为真实情况尚待考察，故表述成"据说今藏国家图书馆"，对这三个版本的行款等详情也只能存疑备考。第二，《李丞相诗集》二卷以上三个抄本中，《唐十八家诗》丛书本为明初抄，说成是明代第一个抄本当然对，而《唐四十四家诗》丛书本和《唐四十七家诗》丛书本不知谁先谁后，故笔者均表述成"又一个抄本"，因为实在无法断定谁先抄谁后抄，不敢妄言。

再看刻本。

李建勋著作在明代只有一个刻本，这就是嘉靖十九年（1540）《唐百家诗》（晚唐四十二家）丛书本《李丞相诗集》二卷。此《唐百家诗》丛书本《李丞相诗集》在国家图书馆有四个藏本，一个被视为善本，藏于善本古籍库，索书号为 18002；另三个被视为普通古籍，当然藏于普通古籍库，其中两个有索书号，索书号为 t3161：28 和 105427：39—40，另一个查不到索书号，查不到索书号的这个本子在国家图书馆书目检索结果中注明为"明末重印"。这四个本子的行款一致，均是 10 行 18 字，白口，左右双边，单鱼尾。这里需要提醒一下的是，据笔者所闻，中国国家图书馆划分善本的时间界限是清朝乾隆时期，即乾隆以前的书（当然指刻本而言，若是抄本，则一般均视为善本），均是善本书，乾隆以后的书划为普通古籍。可见，明嘉靖十九年（1540）刊刻的《唐百家诗》丛书本《李丞相诗集》二卷的四个本子，包括查不到书号的那一个明末重印的本子，都应该被视为善本而藏于善本库才是。估计其中三个本子被视为普通古籍，是很早时候（例如 1949 年以前）的事情，现在这三个被视为普通古籍的本子应该升格为善本而藏于善本库了。特此提出。

以上是李建勋集部著作在明代抄刻和流传的情况。

三

李建勋集部著作在清代有一个抄本、三个刻本。

先说抄本。

一个抄本为清影宋抄本《李丞相诗集》二卷，据上海图书馆编《中国古籍善本书目》和瓮连溪编校《中国古籍善本总目》知，此本今藏天津图书馆，《中国古籍善本总目》还记载了此本的行款等详情："清影抄宋临安府陈宅书籍铺刻本，十行十八字，白口，左右双边。"① 此本之缩微制品，中国国家图书馆有藏，但存放于缩微中心库，读者不能借阅。故笔者未能目睹此书，亦未能目睹其缩微制品，于是此本是否有题跋等问题，只能存疑（尽管各种资料未显示此本有题跋，但是否真的没有，还是得目见其书之后才能回答）。

再说刻本。

第一个刻本为清康熙四十一年（1702）席启寓刻《唐人百家诗》（又名《唐诗百名家全集》）（326 卷）丛书本《李丞相诗集》二卷。国家图书馆藏有二本，一本注明为"刻本，篆字木印""据宋本重刻"，为普通古籍，索书号为 t2119：25。另一本为善本，索书号为 00317，行款为 10 行 18 字，白口，左右双边。

第二个刻本为清光绪八年（1882）重修本，系据康熙四十一年（1702）刻《李丞相诗集》二卷重修后刊刻而成。行款为 10 行 18 字，小字双行 27 字，左右双边，单鱼尾。此本为普通古籍，索书号为 90038：59。既然此本出现了小字双行，那就只能认为是和康熙四十一年（1702）刻本完全不同的一个本子，不可将此本视为和康熙四十一年的刻本是同一个刻本。此光绪八年（1802）刻本于民国七年（1918）有上海"扫叶山房"石印本，国家图书馆有藏，为普通古籍，索书号为 36485：39。

第三个刻本为清光绪二十一年（1895）元和江氏灵鹣阁刊刻的《唐人五十家小集》丛书本《李丞相诗集》二卷。行款为 10 行 18 字，白口，左右双

---

① 翁连溪编校：《中国古籍善本总目》（全 7 册），线装书局 2005 年版，第 4 册，集部上，第 1222 页。

边，单鱼尾。此本国家图书馆有藏，为普通古籍，索书号为 79871：19。

四

李建勋集部著作在民国迄今的时期中，共有 1 个抄本，2 个刻本，又将 2 个刻本影印了 5 次。

先说抄本。

民国四年（1915）感峰楼抄本《李丞相诗集》二卷。此抄本今藏上海图书馆，为普通古籍，沪图索书号为线普 371562。该书 10 行 18 字，四周单边。每一页版框外右下角处写五字"感峰楼钞本"。该本卷上收诗 44 首，卷下收诗 41 首，卷上和卷下均署名"陇西李建勋"。该书目录 3 页，卷上 10 页，卷下 10 页，全书共 23 页。"感峰楼"不知为谁的楼的名字。据笔者目测，此感峰楼抄本《李丞相诗集》二卷貌似影抄，但笔者对自己辨识宋刻本字体的能力严重怀疑，故只能说是"貌似"影抄。具体如何，还待通人目见后定谳。

再说刻本。

第一个刻本是民国八年（1919）梅真刻本《李丞相诗集》二卷，此本据中国国家图书馆书目检索可知，此本今藏天津图书馆，但笔者未能目睹此书，不知该书详情。据中国国家图书馆书目检索又知，此梅真刻本《李丞相诗集》二卷，1985 年有影印本，为普通古籍，国家图书馆有藏，国图索书号为 112002。但不知何故，笔者连此影印本也未借到（很可能是因为在普通古籍库，反倒没有引起注意）。

第二个刻本是 2003 年北京图书馆出版社出版的《再造善本》丛书本《李丞相诗集》二卷，国家图书馆有藏，国图索书号为 zz0011。此再造善本系据南宋陈道人《李丞相诗集》二卷影刻而成，故这里不再交代。

综上所述，自 1041 年成书的北宋王尧臣等《崇文总目》就已经著录为"《李建勋诗》二卷"的李建勋集部著作，在南宋中期已经有陈起（？—1256）的陈宅书籍铺刻本（又称陈道人刻本）《李丞相诗集》二卷，这是李建勋现存著作最早的本子，也是最可靠的本子，现存《李丞相诗集》的 5 种抄本、7 种刻本中，一种刻本正是此本，其余 11 种本子均以此陈道人刻本为源头。而且，陈道人刻本今存二个本子。一个藏上海图书馆，自民国七年（1918）迄今被影印了 3 次，《四部丛刊续编》本即是；一个藏中国国家图书馆，于 2002 年被上海古籍出版社影印后收于《续修四库全书》中，2003 年北京图书馆出版社又影刻收入《中华再造善本》丛书中。因此，南宋陈道人刻本《李丞相诗集》的详情简便易得，今后整理李建勋的著作，只需以此本为底本，参照其他本子，校勘标点即可。

附：南唐国李建勋集部著作流传过程和版本源流示意图

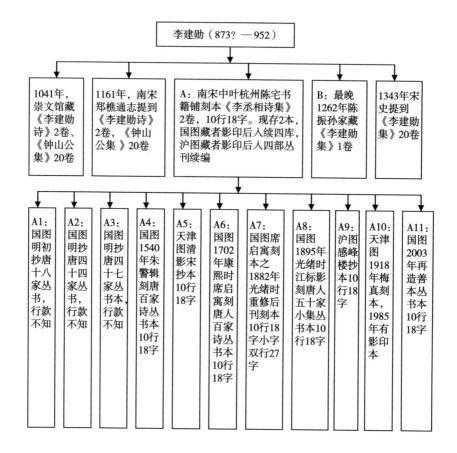

第四章 南唐国冯延巳集部著作流传过程和版本源流考辨

冯延巳（903？—960，约57岁）著作只有一种，但名字有四个。第一个名字是《冯延巳集》，卷数为一卷，北宋《崇文总目》和南宋郑樵《通志》均用此名。第二个名字是《阳春集》，南宋尤袤《遂初堂书目》和明清藏书家所刻所藏，皆用此名。第三个名字是《阳春录》，南宋陈振孙的《直斋书录解题》、元代马端临《文献通考》、元代脱脱等《宋史》皆用此名（注意，元马端临《文献通考》所云"《阳春录》"只是对陈振孙《直斋书录解题》著录语的过录，不能认为马端临看到的冯延巳著作是《阳春录》）。第四个名字是《阳春词》。现在先对冯延巳著作在宋元两代的流传予以考索。

一

冯延巳著作原来的书名为《冯延巳集》，此著作首先著录于1041年成书的王尧臣等《崇文总目》中。这是冯延巳著作在载籍中的首次出现。

1058年，陈世修为《阳春集》作序云："南唐相国冯公延巳，余外舍祖也。……公以金陵盛时，内外无事，朋僚亲旧，或当宴集，多运藻思，为乐府新词，俾歌者倚丝竹而歌之，所以娱宾而遣兴也。日月寖久，录而成编。……及乎国以宁家以成，又能不矜不伐，以清商自娱，为之歌诗，以吟咏性情。飘飘乎才思，何其清也。核是之美，粹之于身，何其贤也。公薨之后，吴王纳土，旧帙散失，十无一二。今采获所存，勒成一帙，藏之于家云。大宋嘉祐戊戌（1058）十月望日陈世修序。"① 笔者按：嘉祐戊戌即宋仁宗赵祯嘉祐三年，即1058年；因为第二编《十国文人集部著作序跋文字和著录文字辑录》已引陈世修此序，故此处多有省略。陈世修先说冯延巳是他的外家祖先，再说冯延巳因南唐清平日久、无事可做而作词，目的是娱宾遣兴，长年积累后才录而成编。又说975年李煜纳土归宋后，冯延巳自己录而成编的集子大多散失，十无一二。他于今年（1058）采获所存，勒成一帙。"勒"有"编纂"和"刊刻"

---

① （南唐）冯延巳撰：《阳春集》，亦园藏版《十名家词集》本，卷首。

二个义项，既然陈世修先说"采获所存，勒成一帙"，又说"藏之于家"，那就说明这里的"勒"是编纂，而不是刊刻（刊刻后不会皆藏之于家，一定会赠送亲友以便其所刻的著作行世）。可见，《阳春集》是陈世修所编，命名者有可能也是陈世修，但是，稿子的录写者是冯延巳本人。陈世修编《阳春集》并作序的时间是1058年。

一百余年后，即1161年，郑樵《通志》成书时，对冯延巳的著作仍然著录为"《冯延巳集》一卷"，而不是《阳春集》一卷。由此可见，陈世修编的《阳春集》成书一百余年后，还是没有广为人知，起码郑樵不知道。

又过了30余年，到1194年尤袤《遂初堂书目》成书时，该书"乐曲类"著录为"冯延巳《阳春集》。"① 尤袤所藏的这个《阳春集》，可能正是陈世修1058年所编、冯延巳亲写的本子，也可能是从陈世修编、冯延巳亲写的《阳春集》抄录的本子。如果真是抄录本，那么，抄录者是谁？是尤袤，还是其他人？不得而知。

又过了大约60年，最晚1262年成书的陈振孙《直斋书录解题》著录此书就详细多了。该书"歌词类"云：

> 《阳春录》一卷。南唐冯延巳撰。高邮崔公度伯易题其后，称其家所藏最为详确，而《尊前》、《花间》诸集往往谬其姓氏，近传欧阳永叔词亦多有之，皆失其真也。世言'风乍起'为延巳所作，或云成幼文也。今此集无有，当是幼文作。长沙本以置此集中。殆非也。②

从陈振孙这话可获得这些信息。第一，书名是《阳春录》，而不是《阳春集》。第二，《阳春录》一卷后有北宋英宗赵曙（1064—1067年在位）时人崔公度的跋语。第三，崔公度自言其家所藏《阳春录》比《尊前集》、《花间集》诸集详细准确多了，《花间集》、《尊前集》诸集把冯延巳的姓氏（笔者按：应指冯延巳的姓名）都弄错了。第四，近来所传的欧阳修的著作中，多有崔公度题跋、后归陈振孙所藏的冯延巳《阳春录》的词，这显然是失误。第五，世人说冯延巳"风乍起"一首词为成幼文作，陈振孙家藏的《阳春录》就没有"风乍起"此词，可见，"风乍起"一首词大概是成幼文作的。第六，

---

① 中华书局编辑部编：《宋元明清书目题跋丛刊》（全19册），中华书局2006年版，第1册，第501页。

② （宋）陈振孙著，徐小蛮、顾美华点校：《直斋书录解题》（22卷），上海古籍出版社1987年版，卷21，第615页。

《阳春录》之长沙本有"风乍起"一首词，是错误的。也就是说，依据陈振孙这个著录，《阳春集》或者《阳春录》，1058 年陈世修编成后，直到陈振孙时，至少其家所藏有崔公度题跋、后来落到陈振孙家的一个本子（此本子没有"风乍起"一词）和长沙本（此本有"风乍起"一词）一个本子。这里讨论一个问题，有崔公度题跋后来落到陈振孙家的这个本子会不会是冯延巳亲写、陈世修所编（也可能是陈世修命名）的《阳春集》？回答是：不会是。原因有三。第一，书名不同。陈世修所编为《阳春集》，此本为《阳春录》。第二，如果此本为陈世修所编、冯延巳亲写的本子，崔公度辩驳《尊前集》、《花间集》诸集弄错冯延巳姓名、辩驳欧阳修的词集（应该就是《六一词》）误收冯延巳词、辩驳"风乍起"一词作者的时候，就不会说他自己家藏的本子"最为详确"的话，而直接说其家所藏为冯延巳亲笔所写了。第三，《阳春录》的"录"，就是抄录。《汉语大词典》所收"录"字的 17 个义项中，第 5 个义项即"抄写；誊录"。所以，《阳春录》这个书名，就表示此本是对《阳春集》一书的抄写、誊录，是《阳春集》的一个抄本。陈振孙关于《阳春录》这篇著录语透露的上述 6 个信息无疑是有价值的，但是更有价值的信息是陈振孙关于"长沙本"的表述。首先看"长沙本"是抄本还是刻本，以及何时刊刻。这问题的答案在陈振孙《直斋书录解题》卷二十一可以找到线索：

> 《笑笑词集》一卷。临江郭应祥承禧撰。嘉定间人。自《南唐二主词》而下，皆长沙书坊所刻，号《百家词》。其前数十家皆名公之作，其末亦多有滥吹者。市人射利，欲富其部帙，不暇择也。①

"嘉定"为宋宁宗赵扩年号，为 1208 年至 1224 年，共 17 年。今存《百家词》89 家中，第 4 家为"《南唐二主词》一卷，（南唐）李璟（南唐李煜）撰"，第 5 家为"《阳春集》一卷，（南唐）冯延巳撰。"依陈振孙"自《南唐二主词》而下，皆长沙书坊所刻"的说法，《阳春集》自然是长沙书坊所刻，其中的郭应祥又为嘉定（1208—1224）间人，可见，长沙本为刻本，刊刻时间为南宋宁宗赵扩嘉定（1208—1224）或稍后，其下限在陈振孙《直斋书录解题》最晚成书的 1262 年。其次，长沙本（刻本）有"风乍起"一首词，而陈振孙家藏、有崔公度题跋的抄本《阳春录》没有"风乍起"一首词。第三，"世言'风乍起'为延巳所作，或云成幼文也"的"世"指什么时候呢？当

---

① （宋）晁公武撰，孙猛校证：《郡斋读书志校证》（20 卷），上海古籍出版社 1990 年版，卷 21，第 629 页。

然指"风乍起"一首词在冯延巳词中名气很大的时候。这首词名气何时大起来，为何会大起来，这应该和崇宁四年乙酉岁（1105）马令《南唐书》卷二十一《冯延巳传》所载如下的一个故事有关：

> 元宗乐府辞云"小楼吹彻玉笙寒"，延巳有"风乍起，吹皱一池春水"之句，皆为警册（笔者按："册"，当为"策"）。元宗尝戏延巳曰："吹皱一池春水，干卿何事？"延巳曰："未如陛下'小楼吹彻玉笙寒'。"元宗悦。①

元宗即南唐中主李璟。因为这个故事，冯延巳"风乍起"一首词才能广为人知，尤其是其中的名句"风乍起，吹皱一池春水"才能广为人知，从而成为陈振孙所说的"世言"。可见，"世言"的"世"，指宋徽宗赵佶崇宁四年乙酉岁（1105）马令《南唐书》成书以后。崔公度家藏从陈世修所编本抄录的《阳春录》一书没有"风乍起"一首词，而长沙本有了，长沙本从何而来，完全可能从马令《南唐书》所补而来，则长沙本的刊刻一定在崇宁四年（1105）以后，而《直斋书录解题》记录"长沙本"了，那就说明"长沙本"的刊刻时间在最晚1262年陈振孙《直斋书录解题》成书以前。那么，"风乍起"会不会是成幼文的词呢？这个难以确定。笔者倾向于"风乍起"为冯延巳所写，而不是成幼文所写。一个原因是马令从其祖父马元康处知道南唐故事而写《南唐书》，中主李璟和宰相冯延巳互相戏谑时，李璟绝不会将别人的词误为冯延巳所写。另一个原因是冯延巳的词常被误为别人的词，例如晏殊、欧阳修等。实际上，很可能是晏殊、欧阳修等人喜欢冯延巳的词而书写而已，别人就以为是书写者所作。"风乍起"一词为成幼文所作的说法，应该与此类似。当然，这种推理只能是倾向于认为冯延巳所写，而没有绝对的把握，最好的处理方式是存疑备考。还有，长沙本《阳春集》刊刻时所用本子的源头无疑是陈世修编的《阳春集》，但是，是《阳春集》原本呢？还是从《阳春集》原本传抄的本子？这个问题，只能存疑。

　　1319年成书的元马端临《文献通考》引用了陈振孙《直斋书录解题》的著录，不赘引。1343年成书的《宋史》卷二百八"别集类"著录为"冯延巳

---

① （宋）马令撰，李建国校点：《南唐书》，卷21，见傅璇琮、徐海荣、徐吉军主编《五代史书汇编》，杭州出版社2004年版，第9册，第5395页。

《阳春录》一卷"①，其说法与陈振孙《直斋书录解题》的说法相同。这很可能是陈振孙家藏和元代史臣所见的冯延巳著作，书名就作《阳春录》，卷数是一卷。

假定南宋尤袤家藏的《阳春集》是陈世修 1058 年编成的《阳春集》原本（或称母本），而不是一个抄本；假定长沙本刊刻时依据的底本也是陈世修编的原本或者崔公度作跋后来落到陈振孙家的抄本（即使以陈振孙家藏的抄本为底本，长沙刻本仍然可能依据马令《南唐书》将"风乍起"一首词作为补逸刻入长沙本的，故不能依据长沙刻本有"风乍起"一首词而陈振孙家藏崔公度题跋本没有"风乍起"一首词就断定长沙本所用底本肯定不是崔公度题跋的抄本）而不是一个新的抄本，那么，《阳春集》在宋代仍然有三个本子，第一个是陈世修编、冯延巳亲书的原本、第二个是北宋崔公度题跋后来落到陈振孙家的抄本（书名是《阳春录》）、第三个是宋徽宗崇宁四年乙酉岁（1105）至 1262 年之间产生的长沙刻本。总之，冯延巳《阳春集》在宋代至少有 3 个本子：一个原本、一个北宋抄本，一个南宋嘉定刻本。

以上所述，就是冯延巳《阳春集》在宋元两代或抄或刻的流传情况。

二

宋元以后，《阳春集》的版本至少有 7 个：2 个明抄本、1 个清抄本、3 个清刻本、1 个民国时据明人吴讷所辑《百家词》的排印本。

第一个本子为明吴讷（1372—1457）辑《百家词》抄本《阳春集》一卷，此抄本今藏天津图书馆，国家图书馆藏有此本之缩微胶卷，索书号为 113281：38。冯延巳《阳春集》的所有宋本已佚，则此明初吴讷辑抄本《阳春集》一卷成了冯延巳《阳春集》存世版本中最早的本子，天津古籍出版社、江苏广陵古籍刻印社 1989 年将此抄本影印出版，从而使得这个存世最早的《阳春集》版本化身千百而比较常见易得。研究者应注意利用此书。提醒一下，明初吴讷辑、明抄本《百家词》（又名《唐宋明贤百家词》）丛书，《中国丛书综录》、《中国丛书广录》、《中国丛书综录续编》三书均漏收。《中国丛书综录》对所收《百家词》的著录是这样的："《百家词》，（明）吴讷辑，林大椿校，民国二十九年（1940）上海商务印书馆排印本。"② 这是《百家词》在《中国丛书综录》、《中国丛书广录》、《中国丛书综录续编》三书中唯一的一

---

① （元）脱脱等撰：《宋史》（496 卷）（全 40 册），中华书局 1985 年 6 月新 1 版，第 16 册，卷 208，第 5359 页。

② 上海图书馆编：《中国丛书综录》（一），上海古籍出版社 1986 年版，第 908 页。

次著录，那就是说这三书的编写者不知道明初吴讷辑的明抄本《百家词》今在何处。其实，明吴讷辑抄本《百家词》今藏天津图书馆，明代红格抄本，40 册，为天一阁旧藏，缺 11 家，仅存 89 家，1940 年上海商务印书馆铅印本（林大椿校）仅有 87 家（《中国丛书综录》未注明仅有 87 家）。故，此明吴讷正统年间所辑、明抄本《百家词》丛书需要补登于《中国丛书综录》、《中国丛书广录》、《中国丛书综录续编》之类的丛书汇编书中。

第二个本子为彭元瑞（1731—1803）所藏明毛晋辑的《汲古未刻词》抄本《阳春集》一卷。汲古阁此抄本今不知所踪（是否佚失，亦不知道，只能存疑）。其线索见于王鹏运（1849—1904）四印斋所刻《阳春集》卷首冯煦（1842—1927）写于光绪十五年己丑岁（1889）的跋："……往与成子漱泉有唐五代词选之刻，尝以未见吾家正中翁《阳春集》足本为憾。后二年，来京师，遇王子幼霞出彭文勤家所藏汲古旧钞，借而读之，得未曾有，幼霞遂以是编授之厥氏，而属煦引其端。……"可见，毛晋汲古阁有旧抄本《阳春集》一卷，这是毫无疑义的。只是，自王鹏运四印斋刊刻《阳春集》一卷后，作为其底本的毛晋汲古阁旧抄本就不知去向了。

第三个本子是清康熙二十八年己巳岁（1689）梁溪侯文燦亦园刻本《阳春集》一卷，收入侯文燦辑刻的《十名家词集》本。此刻本国家图书馆有藏，索书号为 04794，为 9 行 21 字本。

第四个本子为清康熙五十四年乙未岁（1715）萧江声抄本《阳春集》一卷。十行二十字，细黑口，左右双边，连接附注：《南唐二主词》一卷。此书国家图书馆有藏，索书号有二个：即 07175 和 07176。

第五个本子为光绪十三年丁亥岁（1887）江阴金武祥刻印的《粟香室丛书》本《阳春集》一卷，此本国家图书馆、上海图书馆、浙江图书馆、杭州大学图书馆等藏书单位有藏。民国时陈秋帆为《阳春集笺》作跋时云："《阳春录》刊者绝尠，今所存者，四印斋本外，尚有江阴金武祥氏粟香室本。武祥是刊，列入《名家词集》中，《叙》称'仿亦园侯氏，别辑五代宋元人十家词重刻。'"① 可见光绪十三年（1887）金武祥刻本系据康熙二十八年（1689）侯文燦《十名家词集》本重新刊刻而来。

第六个本子为清光绪十四年戊子岁（1888）王鹏运辑刻的《四印斋所刻词》本《阳春集》一卷，国家图书馆有藏，索书号有三个：00521；32141：8；106144：7。该刻本为 10 行 20 字，小字双行同，黑口，左右双边，单鱼尾。民国时陈秋帆为《阳春集笺》作跋时云"四印斋本称'从彭芸楣所藏汲古未

---

① （南唐）冯延巳撰，（民国）陈秋帆笺：《阳春集笺》，1933 年南京书店出版，卷尾。

刻词转录，斠勘授梓'"。① 上海古籍出版社 2002 年影印了《四印斋所刻词》本《阳春集》一卷后收入《续修四库全书》第 1722 册。

综上所述，冯延巳《阳春集》宋代以来至少有 9 个本子：宋代 3 个本子，含 1 个原本（系北宋仁宗嘉祐时编、五代冯延巳亲写）、一个北宋抄本、一个南宋嘉定刻本；明代 2 个本子，含 1 个明前期抄本，1 个明末抄本；清代 4 个本子，含 1 个清抄本、3 个清刻本；这 9 个本子的要点是：冯延巳去世于宋太宗赵匡胤建隆元年庚申岁（960），享年 57 岁；大约 100 年后的宋仁宗赵祯嘉祐三年戊戌岁（1058），陈世修作序的冯延巳《阳春集》一卷方才问世；陈世修作序后大约 150 年，南宋尤袤著录了家藏的《阳春集》；又过了 50 年，陈振孙著录了家藏的《阳春录》一卷；又过了约 80 年，1343 年成书的《宋史》著录了《阳春录》一卷。明清以来《阳春集》有 6 个版本，6 个版本中最为人重视的是光绪十四年戊子岁（1888）王鹏运辑刻的《四印斋所刻词》丛书本《阳春集》一卷。此本于民国间被影印一次，称"景光绪本"，民国二十二年癸酉岁（1933）南京书店出版的铅印本《阳春集笺》（笺者为近代学者陈秋帆）、1993 年天津古籍出版社出版的黄畬编著的《阳春集校注》均以《四印斋》本为底本，2002 年上海古籍出版社还将此四印斋刻本影印收入《续修四库全书》第 1722 册中。由此可见《四印斋》本《阳春集》一卷的重要性了。但是，明人吴讷辑的《百家词》抄本《阳春集》一卷能于民国二十九年庚辰岁（1940）被排印收入《百家词》丛书本，又能于 1989 年被天津古籍出版社、江苏广陵古籍刻印社影印出版，必有其长处。整理冯延巳《阳春集》，最好收集今存《阳春集》的所有版本（7 个本子），相互校勘，不须改易字句，将各本之异同写入《校勘记》中，这样才能有助于解决冯延巳词与他人词相混等问题。

---

① （南唐）冯延巳撰，（民国）陈秋帆笺：《阳春集笺》，1933 年南京书店出版，卷尾。

附：南唐国冯延巳集部著作流传过程和版本源流示意图

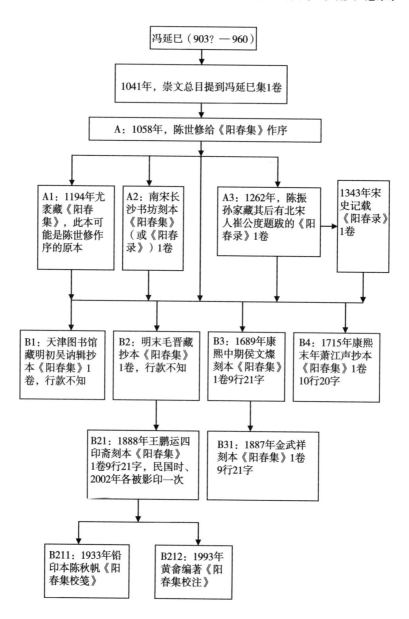

第五章　南唐国《南唐二主词》流传过程和版本源流考辨

李璟（916—961岁）即南唐元宗，又称中主，为南唐烈祖（又称先主）李昪长子，昪元七年（943）二月，李昪卒后，李璟即位为南唐皇帝，宋太祖建隆二年（961）卒，年47，在位19年。李煜（937—978）为南唐元宗李璟第六子，建隆二年（961）6月中主卒后，李煜即南唐国主之位。宋太宗太平兴国三年（978）卒，年43，在位15年。南唐中主李璟和南唐后主李煜皆长于文艺，尤擅填词，但李璟存词仅4篇，李煜存词可信者为32篇。李璟未见有集，李煜有集4种23卷，均佚。后人（北宋中叶陈世修，详下文）编集李璟、李煜词为《南唐二主词》，这成为李璟、李煜著作的传世版本。今对此书的流传过程和版本源流考辨如下。

一

南唐二主李璟、李煜词集，各本俱题《南唐二主词》，一卷。一般皆以为宋无名氏所纂。王国维云是南宋初辑本，长沙书肆所刊行。又考证编辑者当在绍兴之季，"且半从真迹编录，尤为可据"（沈宗畸《晨风阁丛书》刊本《南唐二主词》王国维跋）。

陈振孙《直斋书录解题》卷二十一"歌词类上"著录云："《南唐二主词》一卷，中主李璟、后主李煜撰。卷首四阕：《应天长》、《望远行》各一，《浣溪纱》二，中主所作。重光尝书之，墨迹在盱江晁氏，题云：'先皇御制歌词。'余尝见之，于麦光纸上作拨灯书。有晁景迁题字。今不知何在矣。余词皆重光作。"《文献通考》卷二四六《经籍考》引《解题》同。可见，二主词在宋代已无完本。

曾昭岷等编《全唐五代词》云："李煜词集，原为南宋初人所辑，与李璟词合编为《南唐二主词》。宋本久佚，现存最早本为明吴讷《唐宋名贤百家词》抄本。"此抄本今藏天津图书馆。

现存李煜词集最早刻本，是明代万历四十八年（1620）谭尔进辑、吕远墨华斋刊刻《南唐二主词》一卷。存后主词三十三首，谭尔进《序》称："是集世所传。"编次与汲古阁抄本同。然校注所引《花间集》，乃温博补本，其卷末多"云鬟乱"一首，似刊时有增辑。清康熙二十八年（1689）侯文灿刊《十名家词集》本《二主词》一卷，可能与吕刻同出一源，但卷末无"云鬟乱"一首。此本后有光绪十三年（1887）江阴金氏《粟香室丛书》覆刊本。1934年，北平来薰阁影万历庚申（1620）谭尔进精刊本，前有俞平伯一序，并原刻谭氏题词。"虽所采亦颇杂他人之作，兼有讹误，要为现存《二主词》之精椠，即此影印本，亦不易得矣。"①

清光绪十六年（1890），刘继增校笺本《南唐二主词》，以汲古旧抄、吕刊、侯刊三种及诸家选本合校，并有补遗附录于后。此本后有民国七年（1918）无锡图书馆覆印本。

康熙五十四年（1715），萧江声抄本《南唐二主词》（后附《简斋词》、《阳春集》），每半叶10行，行20字，细黑口，左右双边。

光绪十五年（1889），朱景行辑《南唐二主词集》，平湖朱氏咏花馆刻本，每半叶8行，行18字，白口左右双边。此本所收二主，系辑自《历代诗余》。

宣统元年（1909），沈宗畸《晨风阁丛书》刊本《南唐二主词》，有王国维跋云："右《南词》本《南唐二主词》，与常熟毛氏所钞、无锡侯氏所刻，同出一源，犹是南宋初辑本，殆即《直斋书录解题》所著录，宋长沙书肆所刊行者也。直斋云：'卷首四阕：《应天长》、《望远行》各一，《浣溪沙》二，中主所作。重光尝书之，墨迹在盱江晁氏。'今此本正同。又注中引曹功显节度、孟郡王、曾端伯诸人。按：功显，曹勋字，《宋史》勋本传以绍兴二十九年（1159）拜昭信军节度使，孝宗朝加太尉，提举皇城司开府仪同三司，淳熙元年（1174）卒，赠少保。又《外戚传》：孟忠厚以绍兴七年（1137）封信安郡王，绍兴二十七年（1157）卒。曾端伯慥，亦绍兴时人。以此数条推之，则编辑者当在绍兴之季，曹功显已拜节度之后、未加太尉之前也。且半从真迹编录，尤为可据。故如式写录，另为《补遗》及《校勘记》附后。诸本得失，览者当自得之。宣统改元春三月，海宁王国维记。"② 王国维根据《南词》本《南唐二主词》注中提及南宋绍兴（1131—1162）时人曹勋、孟忠厚、曾慥的名字而断定《南词》本《南唐二主词》的编辑者当在南宋绍兴之季，于是说《南词》本《南唐二主词》是"南宋初辑本"。这也许是没问题的。如果王国

---

① 龙榆生：《龙榆生词学论文集》，上海古籍出版社1997年版，第515页。

② （南唐）李璟、李煜撰，（宋）无名氏辑，王仲闻校订：《南唐二主词校订》，中华书局2007年版，第133页。

维所云"南宋初辑本"不是指《南词》本《南唐二主词》，而是指《南唐二主词》的编辑者，那就靠不住了。施廷镛（1893—1983）《古籍珍稀版本知见录·历代写本知见》著录《南唐二主词》一卷时云："宋陈世修手辑，邑人萧飞涛抄本。"① 陈世修为北宋第四任皇帝仁宗赵祯（1023—1063 年在位）时人，这有陈世修为其外舍祖冯延巳《阳春集》作序时的署名为证："大宋嘉祐戊戌（1058）十月望日陈世修序。"② 可见，《南唐二主词》为北宋中期人陈世修手辑；注中有提及曹勋、孟忠厚、曾惜三人的《南词》本《南唐二主词》应是南宋绍兴年间所编。又，萧飞涛即萧江声。

王国维所见此本，为南宋绍兴间辑本。夏承焘《唐宋词人年谱·南唐二主年谱》以为，"殆即《直斋书录解题》著录长沙书肆所刊（见王氏《唐五代词辑》）。词共三十七首，其出于二主墨迹者十二首（"樱桃落尽春归去"一首，非后主作）。王国维又从他书补得十二首。二主词辑本，此为最备也。"③

近代以来，二主词合校、合笺之著作，可谓层出不穷。而其中最重要者，无疑当推王国维、王仲闻父子所校辑之本。

王国维《唐五代二十一家词》本《南唐二主词》，附补遗一卷、校勘记一卷，即沈宗畸《晨风阁丛书》本，收入《海宁王忠悫公遗书》。民国十六年至十七年间（1927—1928）有铅印本、石印本。又光绪三十四年（1908）王国维抄本，后有王国维跋。盖王国维于此书浸淫甚久。

王仲闻《南唐二主词校订》，人民文学出版社 1957 年版。王仲闻此本，以明万历吕远墨华斋本《南唐二主词》为底本，并据其他刻本互校排印。王仲闻搜罗各种《南唐二主词》版本及选本、笔记、词话等资料，并校订之。原书未收词作、二主词评和本事、各家序跋及有关考证资料等，附编于后。后来中华书局据此本再版，入《中国古典文学基本丛书》，并在 1957 年版基础上，订正了原书排版上的讹误，改用通行标点符号。此本为目前最权威之本。

刘毓盘辑《六十种》本《二主词》，收中主词三首，后主词四十六首。其自跋语称，于吕本、侯本、刘笺、王校沈本皆有参考凭据，而失之粗疏。

民国二十五年（1936），唐圭璋《南唐二主词汇笺》排印本，以吕本为主，凡中主词 6 首，后主词 46 首（中有两存者 10 首）。自序称刘继增不知有

① 施廷镛编著、李雄飞校订：《古籍珍稀版本知见录》，北京图书馆出版社 2005 年版，第 134 页。

② （南唐）冯延巳撰：《阳春集》，亦园藏版《十名家词集》本，卷首。

③ 夏承焘：《唐宋词人年谱》，古典文学出版社 1979 年版，第 164 页。

《南词》本，王国维不知有吕本，刘毓盘不知有毛钞，故所校互有阙略。①

其他尚有管效先编《南唐二主全集》，上海商务印书馆1931年版，书前有《南唐二主年谱》。贺扬灵编校《南唐二主诗词》（末附《唐五代帝王词》，内有唐玄宗、唐昭宗、后唐庄宗、蜀主王衍等人的词作），有上海月明书局1931年版，上海光华书局1933年版，上海大光书局1935年版诸本。唐圭璋编注《南唐二主词汇笺》，民国二十五年（1936）上海正中书局铅印本，附有《南唐二主年表》。卢冀野校刊《金陵卢氏校刊南唐二主词》，1950年金陵卢氏磧鼋自刊本。詹安泰《评注南唐二主词》（或改题《李璟李煜词》），台北广文书局1961年版。詹本据《晨风阁丛书》刻王国维校补南唐词本排印，并参吕远墨华斋本《南唐二主词》影写本、清康熙侯文灿刻《十名家词集》本及《全唐诗》等校勘，加以注释。

丛编著录《南唐二主词》者亦有多种：《书韵楼丛刊》本，据明万历四十八年（1620）吕远墨华斋刻本，上海古籍出版社2002年据此校刊。《百家词》本，据明抄本，有天津古籍出版社、江苏广陵古籍刻印社影印本，又民国二十九年（1940）长沙商务印书馆铅印本。《四部备要》本，民国间上海中华书局铅印本。《唐宋名贤百家词集》本，民国间抄本，朱丝栏。《唐五代宋辽金元名家词集六十种辑》本，民国间铅印本。《南词十三种》本，董氏诵芬室抄本（出版年不详），10行21字，蓝格，细蓝口，四周单边。

二

后主词之外，还有诗文。徐铉作后主《墓志》，称后主有文集三十卷。铉为后主《杂说》作序，亦云"雅俗文赋，凡三十卷"。

考宋代书志著录李煜有集十卷。《直斋书录解题》卷十六"别集类上"云："《李后主集》十卷。江南国主李煜重光撰。"《郡斋读书志》卷四中"别集类中"云："《李煜集》十卷。右伪唐主李煜重光也。璟之子。少聪悟，喜读书属文，工书画、知音律。建隆三年（962）嗣伪位。开宝八年（975）王师克金陵。封违命侯。太平兴国三年（978）终陇西郡公，赠吴王。江邻几《杂志》云，为秦王廷美所毒而卒。"《文献通考》卷二三三经籍考六十"集·别集"著录："《李后主集》十卷。"《宋史》卷二〇八艺文七"别集类"著录："《南唐李后主集》十卷。"或作《李煜集》，或作《李后主集》，皆云十卷，知应是一种。

宋时只存《李煜集略》十卷。《崇文总目》卷十一"别集二"云："《李

---

① 饶宗颐：《词集考》，中华书局1992年版，第31页。

煜集略》十卷。"原注"缺"。《通志》卷七十艺文略第八别集五，在《李后主集》十卷之外，又有"《李后主集略》十卷"。《宋史》艺文志亦录李煜《集略》十卷。今佚。笔者按：顾櫰三《补五代史艺文志》著录"《李后主集》十卷，《集略》七卷，《诗》一卷"，[1]只据诸家书志抄录，顾櫰三未必见过这三种书；而且所谓"《集略》七卷"，亦不知所出，姑存疑。

后主之文，马令《南唐书》称后主"著《杂说》百篇，时人以为可继《典论》"。其书今佚。徐铉《徐公文集》卷一八《御制杂说序》，载其篇目有《演乐记》、《论享国延促》、《论古今淳薄》、《论儒术》等，"勒成三卷，而三卷之中，文义既广，又分上下焉。凡一百篇。"《通志》作六卷。据夏承焘先生《唐宋词人年谱·南唐二主年谱》考证，"后主文可考者，有《徐铉质论序》，见《江南别录》。有国时作《祈祷雨文》，见《说郛》六十一引《清异录》。今皆不传。传者惟《大周后诔》，见马《（南唐）书·后传》；《却登高赋》，见陆《（南唐）书·从善传》。亡国后《上太宗乞潘慎修掌记室手表》，略具于王铚《四六话》。见于《全唐文》一二八者，上举三篇外，尚有《送邓王二十六弟牧宣城序及书评》，又有《即位上宋太祖表》、《乞缓师表》，则词臣之笔。若《研北杂志》下载李仲芳家藏南唐金铜蟾蜍砚滴铭，则真赝难定也。"

后主之诗，《崇文总目》别集类五著录有《江南李王诗》（笔者按："李王诗"，当为"李主诗"）一卷。《宋史·艺文志》在《李煜集》、《李煜集略》之外，又著录"诗一卷"。则《李煜集》、《集略》盖未收诗，或其诗别出单行，皆未可知。今佚。《全唐诗》录其诗十八首，残句十六。

三

现在总结一下《南唐二主词》的版本源流问题。

不算王仲闻先生 1957 年和 2007 年的两个校订本《南唐二主词校订》，《南唐二主词》自北宋编成以来至少有 12 个本子。

李璟（916—961）、李煜（937—978）二人所写的词到北宋第四任皇帝仁宗赵祯（1023—1063 年在位）时被陈世修（1058 年曾辑其外舍祖冯延巳词为《阳春集》并作序）编辑成书，书名是《南唐二主词》，这是《南唐二主词》的第一个本子，编成时间是北宋中期的仁宗时，是否刊刻就不知道了；南宋绍兴间佚名辑、长沙书肆刊刻了《南唐二主词》一书，王国维等学者一直认为

---

① （清）顾櫰三撰，张从罗校点，张兴武审订：《补五代史艺文志》，见傅璇琮、徐海荣、徐吉军主编《五代史书汇编》（全 10 册），杭州出版社 2004 年版，第 5 册，第 3090 页。

这个南宋初所辑的南宋刻本是《南唐二主词》最早的本子，实际上该本顶多是第二个本子，此南宋初辑、长沙书肆刊刻的本子早已佚失，最晚 1262 年成书的南宋陈振孙《直斋书录解题》曾记载此南宋刻本《南唐二主词》；今存《南唐二主词》最早的本子为天津图书馆所藏明初吴讷《唐宋名贤百家词》抄本；明末毛晋汲古阁有旧抄本《南唐二主词》，源出南宋刻本；今存《南唐二主词》最早的刻本是明代万历四十八年（1620）谭尔进辑、吕远墨华斋刊刻的《南唐二主词》一卷，收李璟词 4 首、李煜词 33 首；清康熙二十八年（1689）侯文灿刊《十名家词集》含《二主词》一卷，有谭尔进题词，但比墨华斋刻本（即谭尔进辑本）少了卷末"云鬟乱"一首词；1715 年，萧江声有抄本《南唐二主词》（10 行 20 字），施廷镛先生说此本系北宋中期陈世修所辑，萧江声这个抄本和施廷镛先生此说法皆特别值得注意；光绪十三年（1887）江阴金氏《粟香室丛书》覆刊了侯文灿刊《十名家词集》词，前有俞平伯序；清光绪十六年（1890），刘继增校笺本《南唐二主词》系据汲古阁旧抄本、墨华斋刻本、侯文灿刻本和多个选本合校而刻，此本 1918 年无锡图书馆有覆印本；1889 年朱景行自《历代诗余》辑刻《南唐二主词》（8 行 18字）；1908 年王国维有抄本《南唐二主词》一卷，王国维云此本与汲古阁旧抄本、侯文灿刻本同出于南宋初辑本（后来陈振孙家所藏本即南宋初辑本），在37 首词之外，王国维辑《补遗》一卷补 12 首，又撰《校勘记》一卷，收入王国维辑《唐五代二十一家词》中；1909 年沈宗畸刊刻了王国维抄辑本《南唐二主词》，收入《晨风阁丛书》中，此即《晨风阁丛书》本《南唐二主词》；人民文学出版社 1957 年出版了王仲闻校订的《南唐二主词校订》，该书系以吕远墨华斋刻本（即谭尔进辑本）为底本，综合各本而成，中华书局2007 年 5 月修订后再版了王仲闻校订的此《南唐二主词校订》，此本为目前权威本、通行本，但该本也不能说收集资料没有遗漏，例如苏轼给李煜词写的跋语、俞平伯先生给《南唐二主词》所写的序都漏收了；王仲闻不知道北宋中期陈世修曾辑有《南唐二主词》，而且这个北宋辑本，1715 年萧江声还有抄本。

　　总之，《南唐二主词》自明初以来很受重视，而且愈到后来愈被重视，清代、近代、现当代皆有新的抄本、刻本、整理本出现，尽管如此，《南唐二主词》的文献问题仍有进一步研究的必要，施廷镛先生云 1715 年萧江声抄本《南唐二主词》系北宋中期陈世修所辑，这种说法应该引起学界的注意和重视。

附：南唐国南唐二主集部著作流传过程和版本源流示意图

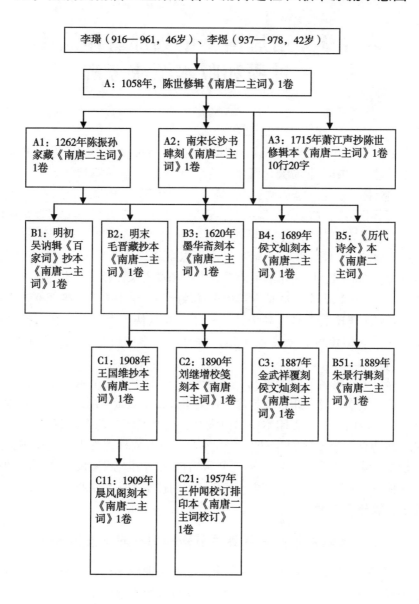

第六章　南唐国李中集部著作流传过程和版本源流考辨

　　李中，字有中，生卒年不详，《唐才子传》有传（见影印四库全书本《唐才子传》卷七、中华书局版《唐才子传校笺》卷十），为南唐诗人。李中的诗集有二种名称，一是《碧云集》，二是《李有中诗》。另外，《中国丛书综录》著录"《异僧传》，（南唐）李中撰，合刻三志·志奇类"①，此书今藏中国国家图书馆普通古籍阅览室，卷数为一卷，署名"（五代）李中撰"，为明代（1368—1644）刻本，刻入《合刻三志·志奇类》中，为9行20字，白口，左右双边，单鱼尾。从现存李中诗看，李中和僧人来往较多，有为僧人写传的可能。但是，历代史志和公私目录均未言及此书，李中去世至少400余年之后才出现了属于李中名下的《异僧传》一书，其真伪不能不令人怀疑，故本文对李中的《异僧传》一书存而不论，而只讨论李中诗集的流传过程和版本源流。

　　现存李中诗集名《碧云集》，《碧云集》的刻本有三个版本系统：一曰宋陈宅书籍铺刻本系统，此系统包含一种刻本的二个质量不同的印本、三种清人影抄本和民国以来三种影印本；二曰宋某种刻本系统，此系统有1702年席启寓刻《唐诗百名家全集》本和一种清抄本，还有数种重修本、石印本；三曰元代抄本系统，此系统含1639年毛晋汲古阁刻《唐人八家诗》本、一种清抄本和一种民国影印本。《碧云集》另有二种明抄本和一种清抄本，不知属于何种系统，故分开论述。

一　《碧云集》南宋陈宅书籍铺刻本的流传和保存

　　《碧云集》的编纂起源见于今存宋陈宅书籍铺刻本上，该刻本卷首有南唐诗人孟宾于所作的序。该序开头先云："今睹淦阳宰陇西李中，字有中，缘情入妙，丽则可知，出示全编，备多奇句。"结尾又云："以公五七言兼六言三百篇，目曰《碧云集》。癸酉年（973）八月五日序。朝议郎、守尚书水部郎

---

　　①　上海图书馆编：《中国丛书综录》（二），上海古籍出版社1986年版，第114页。

中、武骑尉、赐紫金鱼袋孟宾于。"① 这是今人所知李中诗集最早的记载。

"出示全编"给孟宾于、被孟宾于作了序的李中《碧云集》原本后来去了何处，不得而知。南宋晁公武著录其家藏李中诗集时，书名已经不是《碧云集》了。晁公武《郡斋读书志》卷十八"别集类中"云：

> 《李有中诗集》二卷。右伪唐李有中，尝为新涂令，与水部郎中孟宾于善。宾于称其诗如方干、贾岛之徒。宾于，晋天福（936—944）中进士也。有中集中有《赠张韩徐三舍人诗》，韩乃熙载，张乃洎，徐乃铉也。《春日》诗云："乾坤一夕雨，草木万方春"，颇佳。他皆称是。②

这里没有提到孟宾于序，说明晁公武手头的李中诗集很可能无孟宾于序，而他著录书名为《李有中诗》，再次说明他没有看到孟宾于序，或者虽有孟宾于序，但是佚失了孟宾于序中提到的李中诗集的名字，即"目为碧云集"的"碧云集"三字。这一点是可以确定的。孟宾于序没有言及《碧云集》的卷数，只说有"五七言兼六言三百篇"，晁公武之所以会著录为"《李有中诗》二卷"，很可能是因为他手头的李中三百篇诗分为上下二帙。晁公武《郡斋读书志》的成书时间最晚是 1187 年。可见，973 年孟宾于作序二百余年后，李中诗集才又被人提到。

李中诗集的第三次出现，见于南宋陈起陈宅书籍铺刻印的《碧云集》，其开篇就是孟宾于序，这是孟宾于序最早最可靠的出处。该序的题目就是"碧云集序"，题目下署名"朝议郎守尚书水部郎中武骑尉赐紫金鱼袋孟宾于"。孟宾于序之后是《碧云集目录》，从《碧云集》的目录和正文看，该刻本《碧云集》分卷上、卷中、卷下 3 卷，这是《碧云集》3 卷的最早出处。该刻本之所以分为 3 卷，很可能是陈起觉得《碧云集》的 300 首诗分为上下帙还是太厚太多，故分为上、中、下 3 帙，当然也可能是陈起刻印时所用的底本即分为上中下 3 帙。不管怎样，陈起刊刻的《碧云集》是 3 卷本，这是确定无疑的。该书目录"碧云集目录"5 字的下一行和正文"碧云集卷上"5 字的下一行各有一次带有李中官衔的署名，其署名是："登仕郎守新淦县令知镇事赐绯鱼袋李中"（《碧云集卷中》和《碧云集卷下》不再有署名）。《碧云集目录》结

---

① （南唐）李中撰：《碧云集》，民国八年（1919）《四部丛刊初编》本（据南宋陈宅书籍铺刻本影印），卷首。

② （宋）晁公武撰，孙猛校证：《郡斋读书志校证》（20 卷），上海古籍出版社 1990 年版，卷18，第 947 页。

束，在"碧云集目录终"后空 2 行刻有 15 字："临安府棚北睦亲坊南陈宅书籍铺印"，这就是傅增湘所说的"宋临安府陈宅书籍铺刊本"①。陈起生卒年不详，但知道陈起于宋宁宗在位（1194—1224）时中进士，故可断定陈宅书籍铺刊本《碧云集》刊于 1194—1224 年前后，与晁公武著录所藏《李有中诗集》二卷的时间相差只有几十年。就是说，在孟宾于 973 年为《碧云集》作序的 200 多年后，陈起刊刻了《碧云集》，卷数为 3 卷，其行款为 10 行 18 字，白口，左右双边，此本影印后收入《四部丛刊初编》，在《四部丛刊初编》第128 册。

陈宅书籍铺刊本《碧云集》（三卷）的刻板未见人提及，陈宅书籍铺刻《碧云集》三卷印了多少部，也未见人提及。其中的一个刻印本被黄丕烈于1823 年得到。黄丕烈记载得书过程如下：

> 道光癸未岁（1823）三月，余挈儿辈就试玉峰，因遍观骨董铺中，见有标题宋板者，无不取阅。闻有郝李二公祠中，为邑故家某氏所藏物聚处，遂过之，举所云宋板者，非特元明之物视如珍宝，即近日覆刻本亦重价居奇，无他，欲以赝乱真，欺人不识也。故各市皆懒再过之，惟郝李祠有常熟蒋板敬一堂帖，有人托觅，重往议价，忽见书堆添宋板书两部，其一即此宋板《碧云集》一套，开函视之，骇甚，何意竟真，且非特《碧云》，兼有《群玉》，珍如双璧，喜出非常，遂舍帖而议书，从所知处借番银易得，虽物主亦称宋板，然以他书之号称宋板者例之，安知其非视为赝而乱真者乎。因记此得书颠末云。荛夫。②

此跋稍长，其核心意思就是说，1823 年三月，他送儿辈到江苏昆山（即玉峰）赴考时，在骨董铺里得到了宋刻本《碧云集》一套，内含《群玉集》。此跋后又有一跋，对了解此宋刻本的流传过程有帮助，故抄录如下：

> 卷中有"良常冯静观藏书"狭长印，"冯新之印"，"复初"四方印、"良常冯氏汲古斋藏书"阔长印。初不知为何时人。时同年溧阳汤达兴阿为郡学博，送考昆山，余往询之，但云良常茅山地名，取以名金坛，因地相近也。金坛确有故家冯姓者，此藏书之人未之稔也。越日，考罢归，忽

---

①　（清）莫友芝撰，傅增湘订补、傅熹年整理：《藏园订补郘亭知见传本书目》（16 卷）（全 4 册），中华书局 1993 年版，第 3 册，卷"12 下"，第 109 页。

②　（南唐）李中撰：《碧云集》，《四部丛刊初编》本（即南宋陈宅书籍铺刻本的影印本），卷首。

有札示余，云良常冯新号勉斋，太史冯秉彝之子，伊子名浩，拔贡武陟例指教谕，现选巢县学，来省考验领凭，冯新亦送伊子浩来苏，昨日开船去。据云自金坛移居扬州，汲古斋藏书大部带扬，小部遗□。就汤而言，余得此书，藏书人现来此地，亦奇缘也。五月望后重检，因附记之。荛夫。①

冯新，字复初，又字静观，号勉斋，江苏金坛人，移居扬州。② 黄丕烈此跋是说他得到的南宋陈宅书籍铺刻本《碧云集》曾被冯新收藏过。黄丕烈又跋云："《碧云》绝无钞本。昆山《徐氏书目》载宋刻二集，今见卷中有徐氏印，信即其旧藏也。"③ 这里又说他得到的南宋陈宅书籍铺刻本《碧云集》曾被江苏昆山徐乾学收藏过。

以上是《四部丛刊初编》本《碧云集》三卷关于李中《碧云集》的卷数、流传情况的信息。《四部丛刊初编》本《碧云集》三卷是上海涵芬楼借上元邓氏三李盦藏宋刊书棚本影印的。上元邓氏指邓邦述，邓邦述所藏的宋刊本《碧云集》从何而来呢？其实还是 1823 年黄丕烈得到的本子，辗转流传到邓邦述手里，其上的五则黄丕烈跋（此本有黄丕烈跋五则，卷首二跋，卷末三跋，上文只引用了四则，卷末第三则跋未引用）就说明了这一点。另外，《笺经室所见宋元书题跋》（收入《国家图书馆藏古籍题跋丛刊》）中曹元忠跋云：

　　荛翁影写《碧云集》及《李群玉诗集》有二本，一为爱日精庐及铁琴铜剑楼所藏，一自录副，今藏读有用书斋，其宋椠原本有玉兰堂、辛夷馆、徐健菴、季沧苇、冯复初、张文通、安仪初诸家藏印者，近岁为江宁邓观察邦述所得，至以"群碧"命其藏书楼云。④

注意，此跋语见《国家图书馆藏古籍题跋丛刊》所收的《笺经室所见宋元书题跋》，此跋是给士礼居影宋本作跋的，今国家图书馆藏士礼居影宋本《碧云集》三卷已经被 2002 年上海古籍出版社影印收入《续修四库全书》，可

---

① （南唐）李中撰：《碧云集》，《四部丛刊初编》本（即南宋陈宅书籍铺刻本的影印本），卷首。

② 郑伟章：《文献家通考》（清—现代），中华书局 1999 年版，第 591 页。

③ （南唐）李中撰：《碧云集》，《四部丛刊初编》本（即南宋陈宅书籍铺刻本的影印本），卷尾。

④ 国家图书馆编：《国家图书馆藏古籍题跋丛刊》（全 30 册），北京图书馆出版社 2002 年版，第 23 册，第 640 页。

是,《续修四库全书》本《碧云集》无曹元忠跋,不知何故。曹元忠此跋不但提到黄丕烈所藏的宋刊本被邓邦述得到, 更重要的是还提到了黄丕烈所得宋刊本上的七个藏书印:"玉兰堂"、"辛夷馆"、"徐健庵"、"季沧苇"、"冯复初"、"张文通"、"安仪初"。"玉兰堂"、"辛夷馆" 为明代长洲(今江苏苏州) 文徵明(1470—1559) 藏印书;"徐健庵" 即江苏昆山徐乾学(1631—1694);"季沧苇" 即江苏扬州泰兴人季振宜(1630—1677—);"冯复初" 即冯新, 冯新(？—1823—？) 字复初, 又字静观, 号勉斋, 江苏金坛人, 移居扬州, 生卒年履不详;"张文通" 即张隽(—1593—1663), 一名僧愿, 字非仲, 又字文通, 江苏吴江人;不知"安仪初" 为谁, 估计是"安仪周", 安仪周即安岐, 安岐(1683—1746?), 一名安七, 字仪周, 号麓村, 晚年得吴仲圭《松泉图》, 遂自号松泉老人, 朝鲜族人, 入旗籍, 居天津。① 就是说,1194—1224 年前后陈起刊刻的陈宅书籍铺本《碧云集》三卷于刊刻了两三百年后流传到文征明手里, 又依次经过张隽、季振宜、徐乾学、冯新、安仪初诸家的收藏, 然后于 1823 年流传到黄丕烈手里, 后来又被邓邦述(1868—1939) 得到。另外, 曹元忠说黄丕烈将 1823 年购得的宋刻本《碧云集》影抄了 2 次, 也就是说黄丕烈有 2 个影抄本, 其中一个相继被张金吾爱日精庐、瞿镛铁琴铜剑楼收藏, 而张金吾自言其影宋抄本系"从吴门黄氏藏宋刊本影写"(详下文), 显然没说是黄丕烈影抄的。估计曹元忠说错了。具体如何, 存疑备考。

邓邦述所得黄丕烈 1823 年所购之宋刊本《碧云集》三卷后来流传到了台湾。这有二个证据, 一是今国家图书馆藏台湾商务印书馆股份有限公司 2011 年影印本《碧云集》三卷, 此影印本编目时国家图书馆有附注:"上元邓氏群碧楼宋刊本", 另一证据是沈津《傅斯年图书馆的镇库之宝》一文说该馆藏有宋刊本《碧云集》三卷, 上有黄丕烈跋、邓邦述跋(还有柳诒徵观款)。②

黄丕烈 1823 年所得之南宋刻本《碧云集》三卷的流传过程和最终结局如上所述。此南宋刻本《碧云集》三卷是李中诗集最早最可靠的版本, 此本后来至少出现了三个影抄本。

一是黄丕烈自己影写, 此影宋本曾被韩应陛读有用书斋收藏过, 今藏中国国家图书馆,2002 年上海古籍出版社有影印本, 此影印本即《续修四库全书》本《碧云集》三卷。

二是常熟张金吾影抄。张金吾《爱日精庐藏书志》卷二十九有跋云:

① 郑伟章:《文献家通考》(清—现代), 中华书局 1999 年版, 第 198 页。

② 沈津:《书丛老蠹鱼》, 中华书局 2011 年版, 第 106—118 页。

"《碧云集》三卷（影写宋刊本。从吴门黄氏藏宋刊本影写）。唐登仕郎守新淦县令知镇事赐绯鱼袋李中撰。目录后有'临安府棚北睦亲坊南陈宅书籍铺印'一行。"[①] 张金吾影写本《碧云集》三卷后归瞿镛（约1800—1864）铁琴铜剑楼，瞿镛《铁琴铜剑楼藏书目录》卷十九跋云："《碧云集》三卷（影钞宋本）。唐李中撰，有孟宾于序。此爱日精庐张氏从士礼居所藏宋本影写。"[②] 此本经过瞿镛铁琴铜剑楼收藏后，今在何处，已不得而知。

三是常熟张蓉镜影钞。此本今在台湾。台北出版的《标点善本题跋集录》所收单学傅跋《碧云集》的版本即注明"《碧云集》三卷二册，南唐李中撰，清琴川张氏小琅嬛福地影钞南宋临安府陈宅书籍铺刊本"。小琅嬛福地是张燮（字子和）和张燮孙子张蓉镜的藏书处。此本从黄丕烈所藏宋本影抄，影抄者是张蓉镜而不是张燮，因为张燮的生卒是1743—1798，而黄丕烈1823年得到宋刊本《碧云集》的时候张燮已经去世了25年。需要提醒的是，万曼《唐集叙录》所说"宋椠《碧云集》发现后，自然成为辗转传抄的祖本，昭文张燮子和曾就黄氏影写，此影写本后归叶德辉"的"昭文张燮子和曾就黄氏影写"的说法显然是错误的。张蓉镜的影宋本曾经被叶德辉收藏过，最终到了台湾。需要注意的是，张金吾和张蓉镜的影宋本皆不是他们二人亲自影抄的，而是雇人影抄，单学傅的跋语就是这么说的："右唐李中字有中《碧云集》三卷，亦系芙川张君与月霄兄各倩工借士礼居藏宋刊本影写，故先著录于《爱日庐书志》。"[③]

以上是南宋陈宅书籍铺刻本《碧云集》三卷及其三种影抄本的流传过程和最终结局的情况。这里补充一下《碧云集》的行款、刻工、藏印和避讳情况：陈宅书籍铺刻本《碧云集》行款为10行18字，黑格，左右双边，白口；刻工之署名，据沈津云有17个之多：何祐、虞才、黄坚、吴才、蔡巳、蔡明、丁明、范和、范午、范生、范崇、俞生、余士、刘尚、刘宗、刘文、刘生。此书避讳之字及钤印大致同《李群玉集》。"玄"、"弦"、"朗"、"弘"、"匡"、"恒"、"姮"、"桓"、"廊"皆缺末笔。沈津说《李群玉集》钤印甚多，除邓邦述、黄丕烈印外，又有"宋本"、"竹坞"、"玉兰堂"、"辛夷馆印"、"春草

① 中华书局编辑部编：《宋元明清书目题跋丛刊》（全19册），中华书局2006年版，第11册，第519页。

② 中华书局编辑部编：《宋元明清书目题跋丛刊》（全19册），中华书局2006年版，第10册，第291页。

③ "国立中央图书馆"特藏组编：《标点善本题跋集录》，（台北）"国立中央图书馆"1992年版，下册，第481—482页。

堂印"、"安簏邨藏书"、"梅溪精舍"、"乾学"、"张隽之印"、"季振宜印"、
"季沧苇图书记"、 "良常冯氏汲古阁藏书" 等印。可证清初曾藏季振宜
（1630—1674）、徐乾学（1631—1694）等名家之手。

二 《碧云集》其他刻本和抄本的流传和保存

除黄丕烈 1823 年发现的南宋陈宅书籍铺刻本及其随后的 3 个影抄本外，
还值得重视的就是康熙四十一年（1702）席启寓琴川书屋据某种宋刻本刻印
的《碧云集》三卷了。此刻本，今中国国家图书馆善本库和古籍馆普通古籍
阅览室均有收藏。此刻本行款为 10 行 18 字，白口，左右双边，入席启寓编
《唐人百家诗》（326 卷）丛书中。此席氏《唐人百家诗》本《碧云集》三卷
的质量，叶德辉得到清张蓉镜影抄宋陈宅书籍铺本《碧云集》后有如此的
评语：

> 此本墨块缺字绝少，仅卷上《送庐阜僧归山阳》一首，题目"庐下"
> 空白一字，据目录系"阜"字。卷下《经古寺》一首，"栖乌"下留墨
> 块缺一字，据席本系"入"字。又席本《所思》一首末句，"独"下缺
> "立水桥边"四字，又下缺诗八首，席本于《所思》题下注明《全唐诗》
> 未缺。余则席本每卷皆有墨块缺字一二处，按其卷数篇次，及卷前撰人官
> 衔，似同一宋本。席本初印精本，今亦罕见，不得因有此本而轻视之也。
> （叶德辉《郎园读书志》七）

叶德辉这里所说张蓉镜影宋本的二个缺字，今存黄丕烈影宋本同样缺此二
字；叶德辉所说据《碧云集》目录可以补上第一个缺字"阜"字，张蓉镜影
宋本和黄丕烈影宋本均未补。由此可见，二人的影宋抄本确实忠于宋刻原本面
目，影宋抄本的质量确实值得信赖。叶德辉还说，席启寓刻唐人百家诗本
《碧云集》三卷于《所思》一首末句，缺四个字，以下又缺八首，还说"余则
席本每卷皆有墨块缺字一二处"。可见席刻百家诗本《碧云集》与陈宅书籍铺
本及其影抄本《碧云集》相比，残缺比较严重。叶德辉还说"席本于《所思》
题下注明《全唐诗》未缺"，由于《全唐诗》于康熙四十五年丙戌岁（1706）
才编成，也就是席启寓 1702 年刻《碧云集》四年后才编成，故知席氏所注
"《全唐诗》未缺"的话，只是叶德辉所见席刻本《碧云集》一个印本上的
话，而且是后来补写上去的（补刻的可能性极小），不知道叶德辉是没看出这
一点还是看出来了而没有指出。叶德辉又说把张蓉镜影抄南宋陈宅书籍铺本
《碧云集》和席刻《碧云集》相对照，发现"其卷数篇次，及卷前撰人官衔，

似同一宋本"，其实，断定二者属于同一宋刻本，除了卷数、篇次、卷前撰人官衔，还有一个重要参考因素，就是行款都是 10 行 18 字。至此可以断定，席启寓刻唐人百家诗本《碧云集》所用的宋刻本很可能就是《碧云集》的南宋陈宅书籍铺本，只是席启寓得到时，其上佚失了目录后的"临安府棚北睦亲坊南陈宅书籍铺印"这 15 个字，而且字句因漫漶等原因而残缺比较严重，当时席启寓没有更好的本子，对手头宋刻本《碧云集》残缺的诗也无从补充，故只好照宋刻本刊刻一次。傅增湘补注《碧云集》版本时说："清康熙四十一年（1702）席启寓刊《唐诗百名家全集》本，行款同宋本，余据宋本及沈曾桐藏明钞钱孙艾校本校。"[1] 不知道傅增湘校勘过的席启寓《唐人百家诗》本《碧云集》今在何处。叶德辉说："席本初印精本，今亦罕见，不得因有此本而轻视之也。"就文字内容而言，席刻《唐人百家诗》本《碧云集》仅能为今藏南宋陈宅书籍铺刻本及其影抄本《碧云集》补上一个"入"字，价值显然有限，但是，席刻本好歹是一种新的刻本，而且其初印精本已经罕见，从保存古籍刊刻史料的角度看，确实如叶德辉所说不可轻视。席刻本应该得到重视的另一个原因是，清光绪八年壬午岁（1882），洞庭席氏琴川书屋重修了康熙四十一年壬午岁（1702）《唐人百家诗》本《碧云集》，10 行 18 字，小字双行 27 字，白口，左右双边，单鱼尾，今存中国国家图书馆，索书号为 90038：60。又，民国九年庚申岁（1920）上海席氏扫叶山房再次印行了席氏康熙时《唐人百家诗》本《碧云集》三卷，这次是石印本，此石印本今国家图书馆有藏，索书号为 36485：40，要想知道席刻《唐人百家诗》本《碧云集》三卷的真面目，看此石印本亦可。另外，国家图书馆善本库藏有清初（1644—1722）抄本唐百家诗丛书本《碧云集》不分卷，9 行 20 字或 22 字，蓝格，白口，四周双边，索书号为 08605，此本国家图书馆有缩微制品，索书号亦是 08605。可见，在南宋陈宅书籍铺刻本《碧云集》三卷被广为人知前，康熙四十一年壬午岁（1702）席启寓刻本《碧云集》三卷确实比较受人重视，以至于其刻本还有人愿意手抄一本。

康熙四十一年壬午岁（1702）席启寓琴川书屋刻本《碧云集》三卷所用的宋刻底本可能就是南宋陈宅书籍铺刻本，至少也是收诗篇目、次第、卷数、署名和行款与陈宅书籍铺完全相同的本子，随后的清初抄本、1882 年席氏扫叶山房的重修本、1920 年席氏上海扫叶山房的石印本均属于这个琴川书屋《碧云集》所用宋刻本系统，这个系统的这四种版本和黄丕烈所得陈宅书籍铺

---

① （清）莫友芝撰，傅增湘订补、傅熹年整理：《藏园订补郘亭知见传本书目》（16 卷）（全 4 册），中华书局 1993 年版，第 3 册，卷"12 下"，第 109 页。

本及其三个影抄本、三个影印本，均可以归于南宋刻本系统。除了南宋刻本系统，《碧云集》比较重要的版本就是 1639 年毛晋汲古阁刊刻的元刻本系统了。

崇祯十二年己卯岁（1639），毛晋汲古阁刻印了《唐人八家诗》共 42 卷，其中有李中《碧云集》三卷。该刻本中国国家图书馆善本库有藏，行款为 12 行 20 字，细黑口，左右双边，索书号为 17093，该刻本有缩微制品，索书号相同。上海商务印书馆民国十五年（1926）影印了毛晋汲古阁刻《唐人八家诗》丛书 42 卷，包括其中的李中《碧云集》三卷，此影印本国家图书馆古籍馆普通古籍阅览室有藏。中国国家图书馆善本室藏有清吴慈培宣统年间（1909—1911）抄本《碧云集》三卷，行款为 12 行 20 字，蓝格，细蓝口，左右双边，索书号为 00313。此本抄自何书，不得而知，现依据行款，将此抄本暂归入毛晋汲古阁刻本系统。毛晋汲古阁崇祯十二年（1639）刻本《碧云集》三卷质量如何，黄丕烈的跋语对这个问题有所介绍：

> 《碧云》、《群玉》两集，皆刊入《八唐人集》中。向偶见其他集，此二种却未之收过。《群玉》尚有诸家所藏旧钞本，《碧云》绝无钞本。昆山徐氏书目载宋刻二集，今见卷中有徐氏印，信即其旧藏也。余得此书，适过围山堂，为余言修绠山房有不全八唐人集，遂访之，两李却有，然《群玉》无后集五卷，未知曾全刻否，抑此刻仅存三卷也？晁志止载《群玉集》三卷，无后集，并《碧云》亦无之，知《碧云》更秘矣。毛刻未知何据，今校宋本，有宋本不缺而毛刻反缺，甚至字句有极可笑者，知所据非古刻，宜此书之无汲古阁印也。毛刻《李群玉》大异宋本，所分三卷同，其次第则异，暇日当取诸家旧钞手校一过，毛刻无所取材。甚哉，书不得宋刻竟未可信有如此者。三月望后一日，雨窗，荛夫书于百宋一廛之北窗。①

《八唐人集》指明末毛晋刊刻的《唐人八家诗》本，这里提到"有宋本不缺而毛刻反缺，甚至字句有极可笑者，知所据非古刻，宜此书之无汲古阁印也。"黄丕烈用宋刻《碧云集》和毛刻《碧云集》相校，发现毛刻本多有缺字且字句有极可笑者，从而断定毛刻本所据非古刻，这里说非古刻，实际就是说非宋刻，那么，毛晋刻本所据底本是什么本子呢？黄丕烈又有跋语予以交代：

> 七月下浣，湖贾以毛子晋旧藏黑格竹纸钞本示余，方晓毛所据以入刻

---

① （南唐）李中撰：《碧云集》，《四部丛刊初编》本（即南宋陈宅书籍铺刻本的影印本），卷尾。

者，乃元本也。上有"元本"二字印知之。朱墨二笔校字，皆子晋手迹。毛未遇宋本，故此书无汲古阁图记。九月中浣十日，荛夫记。①

"故此书无汲古阁图记"中的"此书"，指 1823 年黄丕烈所得到的南宋陈宅书籍铺刻本《碧云集》三卷。黄丕烈此跋明确指出，毛晋刻本《碧云集》三卷系据元抄本《碧云集》而来。可见，崇祯十二年（1639）毛晋汲古阁刻《唐人八家诗》本《碧云集》三卷及其影印本、抄本，均属元代抄本系统。

国家图书馆还藏有二种明刻本《碧云集》，不知属于何种系统，现将所知此二书的情况予以交代。索书号为 08424 的明抄本《碧云集》三卷，9 行 18 字，黑口，左右双边，此书有缩微制品，索书号相同。索书号为 10249 的明抄本《碧云集》三卷，1 册，10 行 20 字，黑格，白口，四周双边。《中国古籍善本书目》卷二十三云："《碧云集》三卷，唐李中撰，明抄本，清钱孙艾校并题款，清钱孙保题款。"② 翁连溪编校《中国古籍善本总目》之"集部·唐五代别集"云："《碧雪集》三卷，唐李中撰，明抄本，清钱孙艾校并题款，钱孙保题款，9 行 18 字，黑口，左右双边。"③ 这里的"碧雪集"显然是"碧云集"之误。翁连溪编校《中国古籍善本总目》对《碧云集》三卷边栏的记载与傅增湘的记载有差异。傅增湘《藏园订补郘亭知见传本书目》"卷十二下"云《碧云集》三卷有"明写本，黑格，九行十八字，黑口，四周双栏。有崇祯十三年（1640）幽吉堂主人观款及顺治二年（1645）钱孙保观款、钱孙艾校。沈曾桐藏，余曾借校"④。幽吉堂为钱孙艾藏书处和刻书处。可见，国家图书馆所藏明抄本《碧云集》三卷的两个本子中，行款为 9 行 18 字的一种本子就是傅增湘所云钱孙艾校、钱孙艾和钱孙保题款的那一种本子，只是国家图书馆著录为"四周双边"、傅增湘著录为"四周双栏"而翁连溪编校《中国古籍善本总目》著录为"左右双边"，估计"左右双边"之说有误，究竟如何，存疑备考。另外，国家图书馆善本书阅览室有一种明抄本《碧云集诗选》一卷，为《唐十八家诗》（21 卷）丛书本，索书号为 10842。《中国丛书广录》

---

① （南唐）李中撰：《碧云集》，《四部丛刊初编》本（即南宋陈宅书籍铺刻本的影印本），卷尾。

② 中国古籍善本书目编辑委员会编：《中国古籍善本书目》（集部）（全 3 册），上海古籍出版社 1998 年版，卷 23，第 180 页。

③ 翁连溪编校：《中国古籍善本总目》（全 7 册），线装书局 2005 年版，第 4 册，集部上，第 1222 页。

④ （清）莫友芝撰，傅增湘订补、傅熹年整理：《藏园订补郘亭知见传本书目》（16 卷）（全 4 册），中华书局 1993 年版，第 3 册，卷"12 下"，第 109 页。

（上册·总目）云："《唐十八家诗》，明初抄本……李中《碧云诗集》选一卷，唐李中撰……按，是钞半页十行，行十八字，黑口，四周双边。北京图书馆（笔者按：即今国家图书馆）藏。"① 书名《碧云诗集选》与国家图书馆馆藏目录的著录《碧云集诗选》不同，不知哪个正确，记于此存疑备考。

《碧云集》还有二种清抄本，不知其属于何种系统，姑将《中国古籍善本书目》卷二十三著录的此二本的信息录于此以存疑备考。一种藏上海图书馆，三卷本。另一种不分卷，藏浙江中医药大学图书馆，但是笔者去浙江中医药大学图书馆查阅此书时，未能查到此书的信息，该馆工作人员告知，该馆无此书。

综上所述，李中《碧云集》三卷自 973 年编成以来至少有 20 个本子（含3 个影抄本和 4 个影印本），这 20 个本子有三个系统。一个是南宋陈宅书籍铺刻本系统，一个是 1702 年席启寓刊刻《唐人百家诗》本《碧云集》三卷所用的某种南宋刻本系统（可以肯定还是陈宅书籍铺刻本系统，但是是陈刻本的另一个本子，质量稍差），一个是毛晋汲古阁所用的元代抄本系统（估计其源头还是陈宅书籍铺刻本系统，只是质量比较差而已）。南宋陈宅书籍铺刻本《碧云集》三卷的一个本子于 1823 年被黄丕烈购得，黄丕烈为此写过 11 则跋语，此本被影抄 3 次，此本及其影抄本被影印 4 次，其中黄丕烈所购得后来递藏于邓邦述三李盦的刻本于民国时代影印收于四部丛刊初编中，2011 年又被台湾商务印书馆股份有限公司影印一次（不知有何必要），由此可见此刻本受重视的程度。李中《碧云集》被明清文献家们津津乐道，十分热闹，但是，从文学研究的角度看，既然作为《碧云集》最早刻本的南宋陈起刻本有一个质量很好的本子至今存世（藏于台湾），该本还被影印了两次（第一次影印本即四部丛刊初编本），那么，关于李中《碧云集》版本优劣的问题就不需要争议了。

---

① 阳海清编撰、陈彰璜参编：《中国丛书广录》，湖北人民出版社 1999 年版，上册，第 761 页。

附：南唐国李中集部著作流传过程和版本源流示意图

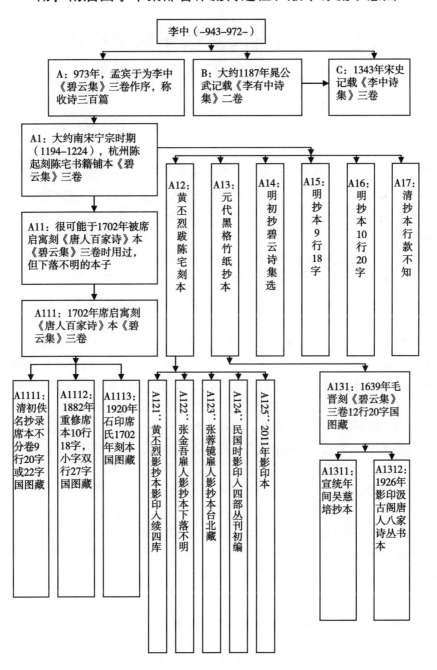

第七章　南唐国徐铉集部著作流传过程和版本源流考辨

徐铉（916—991），五代宋初人，历仕吴国、南唐国、北宋，为著名学者和文学家。仕吴时为校书郎，仕南唐积官至吏部尚书，仕北宋积官至右散骑常侍。徐铉有著作 11 种 93 卷，另 1 种不知卷数，存 2 种 38 卷，《全唐诗》收徐铉诗 6 卷。存世 2 种著作中，1 种是"小说类"的《稽神录》6 卷，1 种是"别集类"的《徐铉集》32 卷。《徐铉集》在宋元史志和公私书目中又名《徐常侍集》，但是宋元以来的抄本和刻本多用《徐骑省集》或《徐公文集》这样的书名。现在对此书的流传过程和版本源流考辨如下。

一

徐铉文集，南宋晁、陈二家书目均有著录。晁公武《郡斋读书志》（衢本）卷十八"别集类中"著录云："《徐铉集》三十卷。南唐徐铉，字鼎臣，广陵人，仕杨溥为秘书郎，直宣徽北院，掌文翰。李昪时知制诰，璟、煜时累迁翰林学士。归朝为直学士院、给事中、散骑常侍。淳化（990—994）初，坐累黜靖难军司马。铉初至京师，见御毛褐者辄哂之。郐苦寒，竟以冷气入腹而卒。铉幼能属文，尤精小学，文思敏速，凡所撰述，常不喜预作。有欲从其求文者，必戒临事即来请，往往执笔立就，未尝沈思。常曰：'文速则意思敏壮，缓则体势疏慢。'"①《直斋书录解题》卷十七"别集类中"云："《徐常侍集》三十卷。左散骑常侍、广陵徐铉鼎臣撰。其二十卷，仕河南所作；余十卷，归朝后所作也。所撰《李煜墓铭》，婉微有体，《文鉴》取之。"②

关于徐集之书名，有《徐常侍集》、《徐公文集》、《骑省集》及《徐铉集》等称法。其中有的是因为刻本或钞本不同而题写有别，详后。

---

① （宋）晁公武撰，孙猛校证：《郡斋读书志校证》（20 卷），上海古籍出版社 1990 年版，卷 18，第 948—949 页。

② （宋）陈振孙著，徐小蛮、顾美华点校：《直斋书录解题》（22 卷），上海古籍出版社 1987 年版，卷 17，第 488 页。

关于徐集之卷数，南宋郑樵《通志》卷七十艺文略第八"别集五·宋"云："《徐铉集》二十卷。"① 元脱脱等《宋史》卷二百八艺文七"别集类"云："《徐铉集》三十二卷。"② 祝尚书《宋人别集叙录》卷一《徐公文集》认为《通志》所说的"二十卷"可能是因为"二乃三之讹"的缘故，《宋史》所说的"三十二卷"，估计是"疑连附录"③。

考徐铉集的编纂成书，大体分两个阶段：当南唐灭亡、徐铉随后主入宋之际，自编其文为 20 卷；仕宋以后，续有所作，身后由其婿吴淑编为 10 卷，合为 30 卷。陈彭年《故散骑常侍东海徐公集序》云："公江南文稿，撰集未终，一经乱离，所存无几，公自勒成二十卷。及归中国，入直禁林，制诏表章，多不留草，其余存者，子婿尚书水部员外郎吴君淑编为十卷，通成三十卷。所撰《质论》、《稽神录》、奉诏撰《江南录》、修许慎《说文》，并别为一家，不列于此。"④ 所叙甚为明晰，其 30 卷之别集，皆为诗文，并不包括《质论》、《稽神录》、《江南录》等论说、笔记之书。又从陈彭年《徐公集序》可知，徐铉所撰文章，在其生前即多有散佚，当有不少集外未收文字。

考徐铉卒于淳化二年（991），而陈彭年作序时间为淳化四年（993）七月。此时盖为吴淑编集成书之际。徐铉集编成 20 余年之后，始由其门生胡克顺刊行。天禧元年（1017），胡克顺《进徐骑省文集表》曰："臣（克顺）顷在场屋，获造门墙。情笃乡间，礼钧甥侄，永惟感旧，适值送终。臣家乃具扁舟，载其灵柩，直抵豫章之郡，卜葬西山之阿。一掩佳城，久荒宿草。虽岁时摩辍，为修黄石之祠，而翰墨罕存，难访茂陵之札；每思编辑，尤惧舛讹。数年前，故参知政事陈彭年因臣屡言，成臣夙志，假以全本，并兹冠篇，乃募工人，肇形镂板。"⑤ 胡克顺《进书表》自谓"获造门墙"、"礼均甥侄"，盖即晏殊《序》所称"论次其文"之"门生"。但是，从《进书表》看，胡氏"每思编辑"，而"尤惧舛讹"，最后乃因为陈彭年"假以全本"，始得刊刻。

可见，胡克顺起初有编纂徐铉文集的计划，而并未参预吴淑编纂 30 卷本之活动。可以推想，胡克顺可能已编纂成一部分，而当他获得陈彭年所假"全本"（即吴淑所编之本）之后，是否有所订补删裁，则未可知。这可能就

①　（宋）郑樵撰，王树民点校：《通志二十略》，中华书局 1995 年版，第 1772 页。

②　（元）脱脱等撰：《宋史》（496 卷）（全 40 册），中华书局 1985 年 6 月新 1 版，第 16 册卷 208，第 5359 页。

③　祝尚书：《宋人别集叙录》（全 2 册），中华书局 1999 年版，第 3 页。

④　（宋）徐铉撰：《徐骑省集》，四部丛刊初编本（上海涵芬楼据黄荛圃校宋本景印），卷首。

⑤　同上。

是为什么陈序只说吴淑编，而晏序则谓"门生等"编的原因，即在晏殊看来，胡克顺对于此书亦有编纂之功。晏殊序《徐公文集》云："徐公既没，门人等论次其文为三十卷。曩秘阁吴正仪、今翰林颍川公并为之序，论之详矣。"①晏序称编纂者为"门人等"而不专属吴淑，可知晏殊已认为此书之成非出吴淑一人之手。吴淑所编，只是徐铉入宋后文章，并合此前徐铉自编之 20 卷而为全本，而胡克顺等门人或者在收文数量上有所增补，或者在篇目编次上有所改动。

胡克顺《进书表》题目中称徐集为"《徐骑省文集》"，这大概是胡氏初刻此书所题之书名，而《进书表》文中又云"新印《徐铉文集》"，这大概是臣下上表时不称其官职而直称其名，不应理解为胡氏所刻徐集即题曰"徐铉文集"。

晏殊序《徐公文集》云："胡君克顺，通才博雅，乐善好贤，早游骑省之门，深蒙乡里之眷，宝兹遗集，积有岁时，镂板流行，庶传悠永。"可知从胡克顺得到陈彭年所假全本，到编刻成书，仍有一段时间。

晏殊序称有"曩秘阁吴正仪、今翰林颍川公并为之序"，又云"因以丞相赵郡文贞公、邓帅陇西公所作墓志、挽咏等列于左次"。包括晏序在内，此类序跋、墓志、挽诗的收录及编次，应多出胡克顺之手。晏序自称"俾题于后"，明州重刊《徐骑省文集》徐琛跋亦称"丞相晏元献公复为后序"，可以考见胡刻本陈序在前、晏序在后的安排。

晏殊序作于大中祥符九年（1016）八月。胡克顺《进书表》在次年即天禧元年（1017）十一月。故知徐集当刻成于此际。这就是天禧胡氏刻本，为后来徐集各本之祖。《四库全书总目》卷一百五十二关于徐铉著作的《提要》有如此的总结："《骑省集》三十卷（两淮马裕家藏本）……晁公武《读书志》、陈振孙《书录解题》并载《铉集》三十卷，与今本同。陈氏称其前二十卷仕南唐时作，后十卷皆归宋后作。今勘集中所载年月事迹亦皆相符，盖犹旧本也。集为其婿吴淑所编。天禧（1017—1021）中，都官员外郎胡克顺得其本于陈彭年，刊刻表进，始行于世。"②

二

胡刻本是初刻，至南宋初年，传本已稀。有鉴于此，绍兴十九年己巳岁（1149），知明州、提举学事徐琛重刻于明州公库，是为明州公库本。

---

① （宋）徐铉撰：《徐骑省集》，四部丛刊初编本（上海涵芬楼据黄荛圃校宋本景印），卷尾。
② （清）永瑢等撰：《四库全书总目》（200 卷），中华书局 1965 年版，卷 152，第 1305 页。

徐琛跋云："《骑省徐公文集》三十卷，天禧（1017—1021）间尚书都官员外郎胡君克顺编录刊行。……距今且二百年，其英名伟节，得以不泯而为后学法者，系文集是赖。年世夐远，兵火中厄，鲜有存者。偶得善本，使公库镂板以传。绍兴十九年（1149）十一月十日，右朝议大夫，充敷文阁待制，知明州军州事、提举学事，赐紫金鱼袋徐琛跋。"① 上距天禧元年（1017），已有132年。从徐跋所云"偶得善本，使公库镂板以传"来看，明州本当是天禧胡氏刻本之覆刻本。

关于徐集编纂至刊刻的原委，清吴焯《绣谷亭熏习录》（收于《宋元明清书目题跋丛刊》第17册）"集部一"述之甚明："《徐常侍集》三十卷。宋徐铉鼎臣著。仕江南时所作，凡二十卷，铉自编也；归朝后所作，凡十卷，其女夫尚书水部员外郎吴淑编也。序则秘阁吴正仪、参知政事陈彭年也。后序则集贤晏殊、待制徐琛也。墓铭则尚书仆射李昉也。雕板于天禧（1017—1021）朝，则尚书都官员外郎胡克顺。重刻于绍兴（1131—1162）间，即徐琛也。正仪即淑，字集中，又称秘阁，疑后历之官也。"②

明州公库本流传渐广，南宋以后诸家书志如晁公武《郡斋读书志》、陈振孙《直斋书录解题》所著录者，当即此本。

明州公库本，明《文渊阁书目》仍有著录，而明末《内阁藏书目录》已不见著录，盖已流落鲜见。清初昆山徐乾学《传是楼书目》有著录，后遂流入日本，现藏日本大仓文化财团。严绍璗《日本藏宋人文集善本钩沉》有记载。每半叶10行，每行19字。白口。大字大本，惟缺卷一第十九叶、卷十第十四、第十九两叶。有"应奉危素读过"墨笔跋，并有"文渊阁"、"徐健庵"、"乾学"、"曾在定邸行有恒堂"、"梦曦主人"等印记。③ 今国内只有明、清影写本、抄本，至清末、民初，又有据影写本、钞本而出之覆刻本。

明清时期，此刻本多以抄本流传。今存清抄本较多。兹就所见，条具如下：

1. 《徐公文集》三十卷，清康熙五十一年（1712）翁杗抄本，清翁杗跋，十行二十一字，无格。藏上海图书馆。

2. 《徐公文集》三十卷，清乾隆二十五年（1760）鲍氏知不足斋抄本，卷一至卷十六、卷二十五至卷三十配清抄本，清鲍廷博校并跋，清丁丙

---

① （宋）徐铉撰：《徐骑省集》，四部丛刊初编本（上海涵芬楼据黄荛圃校宋本景印），卷尾。

② 中华书局编辑部编：《宋元明清书目题跋丛刊》（全19册），中华书局2006年版，第17册，第564页。

③ 严绍璗编撰：《日本藏宋人文集善本钩沉》，杭州大学出版社1996年版，第3页。

（1832—1899）跋。藏南京图书馆。笔者按：翁连溪编校《中国古籍善本总目》未注明此本行款。笔者在国家图书馆目见了此书的胶卷（即缩微制品），知此书行款为：十行二十一字，左右双边，有行格，书框外有字"知不足斋藏书"。

3.《徐公文集》三十卷，清乾隆三十九年（1774）卢氏抱经堂抄本，清卢文弨校并跋，十一行二十一字，白口，四周单边。藏国家图书馆。

4.《徐公文集》三十卷，清抄本，清黄丕烈（1763—1825）校并跋，十行十九字，无格。藏国家图书馆。

5.《徐公文集》三十卷，清贝氏友汉居抄本，清贝墉校，九行二十字，白口，四周双边。藏国家图书馆。

6.《徐公文集》三十卷，清抄本，清邵恩多校并跋，十行二十一字，白口，四周单边。藏国家图书馆。

7.《徐公文集》三十卷，清影宋抄本，十行十九字，白口，左右双边。藏上海师范大学图书馆。

8.《徐公文集》三十卷，附录一卷，清抄本，十行十九字，白口，无边栏。藏北京大学图书馆。

9.《徐公文集》三十卷，清抄本，十一行二十一字，无格。藏国家图书馆、北京师范大学图书馆。笔者按：此本为抄本，一个抄本的现藏地不可能是两个图书馆，《中国古籍善本书目》著录此本藏地为"北京师范大学图书馆"，故此本还是以"现藏北京师范大学图书馆"为可信。

10.《徐公文集》三十卷，清抄本，清朱之赤校并跋，十行二十六字至二十八字不等，无格。藏扬州师范学院图书馆。笔者按：朱之赤为明末清初人。

11.《徐公文集》三十卷，清陶氏笃素好斋抄本，清丁丙（1832—1899）跋，藏南京图书馆。笔者按：翁连溪编校《中国古籍善本总目》未注此本的行款。又，笃素居、笃素居士指明末清初毛晋，"陶氏笃素好斋"遍索无得，仅知清厉鹗（1692—1752）所辑《东城杂记》一书有吴兴陶氏笃素好斋抄本，由此知有"笃素好斋"的吴兴陶氏生年和厉鹗相若或稍后。又，郑伟章《文献家通考》云陶正祥（1732—1797）为湖州人①，湖州又称吴兴，但未言陶正祥有"笃素好斋"的书室名。"笃素好斋"究竟指谁，存疑备考。

12.《徐公文集》三十卷，清抄本，清陈揆校，存二十二卷（一至二十二），十行二十字，无格。藏上海图书馆。

13.《徐公文集》三十卷，宋徐铉撰，清末杨蒲数传抄，黄丕烈校抄本，

---

① 郑伟章：《文献家通考》（清—现代），中华书局 1999 年版，第 368 页。

清王礼培跋，十行十九字，黑口，四周单边，藏湖南省图书馆。笔者按："黑口"、"四周单边"是笔者在国家图书馆看了此本之胶卷（即缩微制品）后的记录，《中国古籍善本书目》未提及此书，瓮连溪《中国古籍善本总目》虽收录了此书，且所记行款也与笔者所见相同，但将书口和边栏记录为"白口"、"左右双边"。不知瓮连溪《中国古籍善本总目》何以会有此误，记录于此以提醒。

14.《徐公文集》三十卷，宋徐铉撰，清抄本，佚名批校，十行二十六字，无格。藏上海辞书出版社图书馆。

15.《徐常侍集》三十卷，清抄本，清朱彝尊校并抄补，十行二十字，无格。藏国家图书馆。

16.《徐常侍集》三十卷，清彭氏知圣道斋抄本，清彭元瑞（1731—1803）校并跋，藏上海图书馆。笔者按：翁连溪编校《中国古籍善本总目》未注此本行款，笔者在上海图书馆目见了此书（不是数字化本，也不是胶卷，是纸质书），该书的索书号是线善831391—94；行款是：九行二十字，白口，四周双边，无行格线，单鱼尾。

17.《徐常侍集》三十卷，清初抄本，十行二十字。藏国家图书馆、复旦大学图书馆。笔者按：此本为抄本，一个抄本的现藏地不可能是两个图书馆，《中国古籍善本书目》著录此本藏复旦大学图书馆，故此本的藏地还是以"现藏复旦大学图书馆"为可信。

18.《徐骑省文集》三十卷，附录一卷，清陆香圃三间草堂抄本，十行十九字。藏国家图书馆。笔者在国家图书馆目见了此书的缩微制品，记录其行款为：十行十九字，左右双边，有行格，上下黑鱼尾，

19.《徐骑省文集》三十卷，清道光三年（1823）沈氏鸣野山房抄本，清沈复粲校并跋，十行十九字，无格。藏上海图书馆。

20.《徐骑省文集》三十卷，清经鉏堂抄本，清丁丙（1832—1899）跋。藏南京图书馆。笔者按：翁连溪编校《中国古籍善本总目》未注明此本行款。笔者又按：经鉏堂为倪模（1750—1825）藏书楼名。

以上二十个抄本得自于翁连溪编校《中国古籍善本总目·集部上》①，藏地为笔者依据翁连溪编校《中国古籍善本总目》所收每本书后面的代号查阅《中国古籍善本总目》的《收藏情况表》得知。此外，上海图书馆编《中国古籍善本书目》卷二十四有三个清抄本为翁连溪编校《中国古籍善本总目》所

---

① 翁连溪编校：《中国古籍善本总目》（全7册），线装书局2005年版，第4册，集部上，第1237页。

未收，现补录于下（藏地为笔者依据每本书后的代号查阅《中国古籍善本书目藏书单位检索表》得知）：

《徐公文集》三十卷，清抄本，藏国家图书馆。①

《徐常侍集》三十卷，清抄本，藏国家图书馆。

《徐骑省文集》三十卷，清经钮堂抄本，藏上海图书馆。② 笔者按：笔者在上海图书馆目见了此本的数字化版本，该本的索书号是线善824585—94；行款是：九行十八字，左右双边，有绿格栏线，单鱼尾。

兹择其中比较重要者分析之，略述其源流。

（一）首先是鲍氏知不足斋抄本《徐公文集》三十卷。此本今藏南京图书馆，丁丙《善本书室藏书志》卷二六："右依宋本缮录，行款避讳悉同，前帙间有鲍廷博校字。"③ 卢氏抱经堂抄校本，亦出自知不足斋本，今藏国家图书馆。此本行款如前所述：十行二十一字，左右双边，有行格，书框外有字"知不足斋藏书"。

卢氏抱经堂抄校本，傅增湘《藏园群书经眼录》卷一三有著录，云旧写本《徐常侍集》三十卷，十行二十字，有人据宋本以朱笔校过。有卢文弨跋云："《徐文公集》三十卷，南唐旧臣后入于宋东海徐铉鼎臣之诗若文也。前二十卷在南唐所作，后十卷入宋后所作。……余从鲍氏借得此集，乃虞山冯己苍舒手校本，余又为正其所未尽者。录成，复请江阴赵敬夫曦明覆审，又得十数条。其本脱者尚无从补正之，然此已可信为善本矣。"④ 其中卷二十一至二十三为朱彝尊手录本。张芑斋跋云："竹垞先生手钞三卷，内《韵谱序》颇有讹脱，从元刻本（笔者按：指宋本）校正。"⑤ 卷末有"道光辛卯岁（1831）武原马氏汉唐斋收藏书籍"蓝色木记。又识语曰："《骑省集》六册，秀水朱太史故物，卷中丹黄皆竹翁亲自点勘。其手录半帙，书法古雅，较之陋板恶钞，真同霄壤。后归花山马寒中先生。甲辰（1844）、乙巳（1845）间，南楼

① 中国古籍善本书目编辑委员会编：《中国古籍善本书目》（集部）（全3册），上海古籍出版社1998年版，卷24，第183页。

② 同上书，第184页。

③ 中华书局编辑部编：《宋元明清书目题跋丛刊》（全19册），中华书局2006年版，第9册，第702页。

④ 傅增湘：《藏园群书经眼录》（19卷）（全5册），中华书局1983年版，第4册，卷13，第1115—1116页。

⑤ 同上书，第1116页。

图籍，云散风流，予乃得而有之。览兹墨妙，不胜盛衰今昔之感。小山丛桂书斋识。"① 有朱彝尊、马思赞等藏家印。从卢文弨、张芷斋二跋可知，卢文弨抄校本、冯舒手校本、朱彝尊校补本是三个相关的本子，卢校出自冯校本，而朱彝尊校补本也正是在此本基础上抄补三卷并据别本校勘之。莫友芝《邵亭知见传本书目》卷一三以为三者的原本皆是明抄本，实际上是清朝鲍氏知不足斋抄本。

上海图书馆藏翁栻抄本及彭氏知圣道斋抄本（署《徐常侍集》，三十卷），是从知不足斋本转抄，彭元瑞校并跋。彭元瑞跋曰："此集未见雕本，从范氏天一阁假钞，校以它本，差少讹缺。"②

（二）周锡瓒跋旧抄校影宋本（署《徐公文集》，三十卷），周锡瓒跋曰："嘉庆十三年（1808），以影宋钞本校十六卷，十七卷内缺两半叶，赖影宋本补全，其余讹脱，亦多校补，以是知名钞之可宝，仅下宋本一等耳。香岩居士周仲涟锡瓒记。"③ 这里所说的"赖影宋本补全"之"影宋本"，殆即傅增湘《藏园群书经眼录》著录的影写宋刊本《徐公文集》三十卷，十行十九字，傅氏称此本"影写精美绝伦，当是清初人所为，原徐氏精学斋藏书，今归涵芬楼。"④ 此本当即《四部丛刊初编》所据之黄丕烈校藏影宋抄本。

又道光五年（1825）十二月十一日朗仙跋云："《徐骑省集》三十卷，世无善本，所传者惟影宋钞本，最为近古，然亦不易得。郡城周明经锡瓒，曾有校影宋本，今归爱日精庐。荫棠学博嘱余传校，其中讹脱颇多，借以校补，宋讳阙笔，亦均是正，陈彭年序一篇，亦为钞足，可称完善。周明经跋有云：'名钞之可宝，仅下宋本一等耳。'其《武烈帝庙碑》阙叶，《三清观记》尾叶，终难获全也。至此本钞写，系李学士浩手书，由始至终，无一懈笔。"⑤ 周锡瓒此本后归张氏爱日精庐、瞿氏铁琴铜剑楼。国家图书馆藏邵恩多校跋本，即是以周锡瓒影宋本校。

又黄丕烈校影宋抄本。黄丕烈嘉靖庚申（1560）跋语称其书友得自锡山

① 中华书局编辑部编：《宋元明清书目题跋丛刊》（全19册），中华书局2006年版，第8册，第816页。

② 国家图书馆编：《国家图书馆藏古籍题跋丛刊》（全30册），北京图书馆出版社2002年版，第4册，第563页。

③ 中华书局编辑部编：《宋元明清书目题跋丛刊》（全19册），中华书局2006年版，第11册，第526—528页。

④ 傅增湘：《藏园群书经眼录》（19卷）（全5册），中华书局1983年版，第4册，卷13，第1115页。

⑤ 瞿良士辑：《铁琴铜剑楼藏书题跋集录》，上海古籍出版社2005年版，第251页。

故家，跋云："余向蓄《徐骑省集》，即新钞本，亦不多得。既闻吴枚庵茂才贫而蓄书，遇善本，多手钞者。访之已质他姓。多方往求，始得一见。末有跋语，是金侃亦陶者，云此书钱宗伯从宋大字本缩为小字本录出。拟借钞，苦其多而未就，已置之矣。后从香严周氏（笔者按：即周锡瓒）谈及是书，云有影宋大字本，遂丐归展读。适书友自锡山故家收得钞本，较吴本颇旧，行款亦与影宋本（笔者按：指周锡瓒藏本）大同小异。爰竭数日功，手校其误，虽缩本仍然，而宋本面目约略可见。宋本亦有讹脱。抄本间有空格处，当是按其文义，以意存疑，此时悉据宋本校勘，不敢轻易，'佞宋'之讥，识者谅之。宋本遇宋讳避之甚严，知宋本确然可信，而影写者纤悉遵之，知非贸贸传录之本矣。"藏印有"黄丕烈"、"荛圃手校"。① 黄丕烈跋语包含了比较丰富的徐集传抄情况信息：一是有吴枚庵抄本，黄氏曾见，末有金侃跋语；二是钱谦益缩写本，云是"从宋大字本缩为小字本录出"，此本黄氏亦曾见之；三是周锡瓒藏本（见前述）；四是锡山故家某氏抄本，黄丕烈校本即以此本为底本，校以前三种本子。

后来，《四部丛刊初编》本《徐骑省集》即据黄丕烈校藏影宋抄本影印。《四部丛刊书录》云："此旧钞本，黄荛圃（丕烈）以影宋钞本校并跋，改正笔画，钩勒行款，纤悉必遵。""卷十缺十四、十九两叶，卷一缺诗九首，当不止一叶。宋本亦然。"②

又吴兴陶氏抄本（署《徐公文集》，三十卷），今藏南京图书馆。王晚闻（宗炎）、十万卷楼旧藏，丁丙《善本书室藏书志》卷二六著录云："依宋钞本。王晚闻旧藏。"此即依绍兴十九年（1149）徐琛明州重刊本。又云："《明州重刊徐骑省文集》后序末有迂斋金侃识云：'《骑省集》，近世鲜有刻者，此本虞山钱氏于崇祯（1628—1644）间从史馆印摹南宋本，字颇大。予缩小，钞之集中。今上御名者，高宗构也。太祖讳匡胤，太祖父仁祖讳殷弘，真宗讳祯，英宗讳曙，故字皆缺一笔。太宗讳炅，神宗讳顼，钦宗讳桓。如敬、镜、竟、贞、勖、署、完诸字，亦缺一笔，今悉仍之。乃吴兴陶氏钞本，版心刊笃素好斋藏书六字。有十万卷楼、晚闻居士两印'。"缪荃孙《艺风藏书续记》卷六著录云："《徐骑省集》三十卷，旧抄本，有金侃跋。"③ 当即此本。从金侃跋语看，其本从钱谦益影宋钞本缩写而来，而前引黄丕烈跋语转引金侃跋，

① 张人凤编：《张元济古籍书目序跋汇编》，商务印书馆 2003 年版，第 674 页。

② 祝尚书：《宋人别集叙录》（全 2 册），中华书局 1999 年版，第 1 册，第 5 页。

③ 中华书局编辑部编：《宋元明清书目题跋丛刊》（全 19 册），中华书局 2006 年版，第 14 册，第 327 页。

径称"钱宗伯从宋大字本缩为小字本录出"，盖误。黄丕烈跋语提到的有金侃跋语的本子，就是王晚闻、丁丙、缪荃孙所见所藏之本，也就是黄丕烈曾见之本。

（三）又有陆心源校影宋明州本。陆心源《影宋明州本骑省集跋》云："《徐公文集》三十卷，从宋绍兴中明州刊本影写，题曰'东海徐铉撰'。……每叶二十行，行十九字。每卷有目，连属篇目。各家藏本卷十《烈武帝庙碑》'告贞符'下缺三百八十字，《三清观记》'其守固者其事举'下缺五十余字，此本皆完具，洵善本也。"① 李英元《重校徐骑省集后序》以为陆心源此本所据之宋本与各家藏本所据之宋本不同，"盖诸家所钞、所藏者，大抵皆据宋版最后所印脱烂之本，陆氏旧钞所据、所传者，犹是宋版初印之本故耳"。所谓"脱烂"，指卷十《武烈帝庙碑铭》中间所脱三百七十八字，《筠州清江县重修三清观记》末脱五十七字，卷十二《唐故道门威仪玄博大师贞素先生王君之碑》中间所脱四十二字。此三文所脱字句，各旧钞本皆同，唯陆氏旧钞本为完善。② 因此，李英元判断陆心源钞本所依据之宋本与诸家不同。陆氏此本今藏日本静嘉堂文库。严绍璗《日本藏宋人文集善本钩沉》著录云："《徐公文集（徐骑省集）》三十卷，附录一卷，旧钞校宋本，静嘉堂文库藏，共八册。半叶十行，行十九字。系从明州本摹写。"③

（四）其他钞本还有贝氏友汉居抄本，汪阆源旧藏。今藏国家图书馆。此本前后《表》《答》《序》《跋》及《行状》、《墓志》，悉与前本同；凡语涉宋讳，或提行，或空格，高宗讳及嫌名，作"今上御名"，孝宗讳作"御名"，已如前书，故应与前本同出一本，而宋讳较前本为严，如玄、弦、衔、朗、敬、警、惊、镜、弘、殷、匡、恒、贞、徵、树、署、勖、让、桓、完等字，均阙笔。④ 又，湖州经锄堂倪氏绿格精钞本（题《徐骑省文集》，三十卷），丁丙《善本书室藏书志》卷二六称"书法整齐，殊可爱玩"；又称有"知明州军州事徐琛跋"，知此抄本仍是明州重刻本。又，孙星衍《平津馆鉴藏记书籍》卷三著录一本（题《徐骑省集》，三十卷），谓是"从明州重刊本影钞。卷数与晁氏《读书志》、陈氏《书录解题》同"。

以上各本之祖本，皆是南宋明州公库本。各家传抄本皆是明州公库本的递相传录，以致互有讹脱。

---

①　祝尚书编：《宋集序跋汇编》（全五册）（50 卷），中华书局 2010 年版，卷 1，第 5—6 页。

②　同上书，第 9 页。

③　严绍璗编撰：《日本藏宋人文集善本钩沉》，杭州大学出版社 1996 年版，第 3 页。

④　张人凤编：《张元济古籍书目序跋汇编》，商务印书馆 2003 年版，第 674 页。

三

明州公库本，在明清时期，主要以影写本或抄本流传，未见新的刻本。直至晚清，始有光绪十七年（1891）金陵书局李宗煃刊本《徐骑省集》三十卷、附朱孔彰撰《补遗》一卷、《札记》一卷。

李宗煃序云："余获旧钞本《徐骑省集》，宝爱甚至，镂板既成，吮毫作序。"① 李宗煃所据之旧抄本，是徐乃昌所藏明抄本。徐乃昌《影刊宋明州本徐公文集跋》云："光绪（1875—1908）间，桐城萧敬孚先生假余家藏明钞本，俾黟县李氏刊之，朱仲武先生任校事，王兰生复别为札记，余亦为之正讹补脱。"② 此"黟县李氏"即李宗煃。朱仲武即朱孔彰，时任校勘之责，"以原钞本脱讹颇多，又无别本参校，仅就己意及所见各书有关此集者，据以校正，凡二百余事，各为札记，附于本集之末"③。此为李宗煃初印本，"脱讹之字，各篇皆有"。

其后，李宗煃之子英元又遍征海内善本，为之重校，用功甚细。其所假善本颇多，如金侃手抄本、朱竹垞抄本、钱牧斋影写内阁宋本、会稽章小雅处士善庆传抄本、陆心源校宋本、孙诒让旧抄本，"互为对勘，正讹补脱，先后刊改三千余条"④。其所参校诸本今多难觅，故此重校本尤为难能可贵。

但是此本仍不无遗憾。李英元校勘过程中发现，"凡各本脱讹之字，互有异同，总由传钞屡经数本，众手不一。且脱讹字句各本皆同，又知两宋刊本亦固有之，不尽由传钞之谬。"而他也只能在初印本基础上适当加以整改，他说："兹将新刊本误字之显见者，直就诸旧钞本改刊之，不复一一详注所出。其各本字句不同，可以两通者，亦并标出。又脱落字句，不便挽版添补，则按各卷及前后行悉为《札记》，附于本集之后。读者可以择而取之。又全集尚有十数处不能明通，参考无由，姑仍其旧。"⑤

民国八年（1919），徐乃昌也有刊本。徐乃昌家本来就藏有明抄本，即前

---

① （台湾）"国立中央图书馆"编：《国立中央图书馆善本序跋集录》（集部一），台北："国立中央图书馆"1994年版，第238页。

② 祝尚书编：《宋集序跋汇编》（50卷）（全5册），中华书局2010年版，第1册，卷1，第10页。

③ 同上书，第8页。

④ 同上。

⑤ 祝尚书编：《宋集序跋汇编》（50卷）（全5册），中华书局2010年版，第1册，卷1，第9页。

李氏刊本之底本。后来徐乃昌得一宋本，重为校刊，并据家藏明抄本及李氏刊本覆校。徐乃昌有跋云："及今覆校，有与宋本合者，亦有宋本讹脱而增改为近是者。因宋本而知钞本之讹脱，又因雠校宋本而知宋本之不能无讹脱。管窥所及，别为《校记》一卷。复从《宋文鉴》、《会稽掇英集》、《全唐文》等书辑得佚文六篇，并附刻焉。"① 徐刻本收入《四部备要》。今北京大学所编《全宋文》，即以此本为底本。

丛编所收徐集者：《四库全书》、《摛藻堂四库全书荟要》有《骑省集》三十卷；《四部丛刊初编》本《徐公文集》三十卷；《四部备要》本《徐公文集》三十卷，附《补遗》一卷、《校勘记》一卷。《四库全书》著录马裕家藏本，应是传抄本。《摛藻堂四库全书荟要》本，其抄成时间可能较《四库全书》本略早，抄校更为精良。陆平以《全宋诗》所收徐铉诗为对象，对二者进行了比较。北京大学整理的《全宋诗》以《四部丛刊》影印清黄丕烈校宋本（《徐公文集》三十卷）为底本，校以四库本、《四部备要》排印宋明州本（简称"备要本"）、徐乃昌影宋明州本（简称"徐本"），可称完备。陆平将台湾世界书局影印《摛藻堂四库全书荟要》第367册所收《骑省集》三十卷与四库本、黄校本、徐本、《备要》本以及《全唐诗》、《宋诗钞》等校读，发现《荟要》本与《四库》本存在较多异文，许多异文为《荟要》本独有，且优于各本。他认为，若以《荟要》本来校勘，会对修正《全宋文》和整理徐铉文集不无裨益。② 但是，二者所用之祖本应该都是南宋明州本，这一点应该没问题。

综上所述，徐铉（916—991）"别集类"著作有《徐铉集》、《骑省集》、《徐骑省集》、《徐常侍集》、《徐公文集》五个书名；徐铉著作的最早刻本是宋真宗赵恒天禧元年丁巳岁（1017）的胡克顺刻本，此本已佚；第二个刻本是宋高宗赵构绍兴十九年己巳岁（1149）明州知州徐琛据天禧元年刻本重刻的明州公库本；南宋明州公库本在明清时期已经罕见，仅传者深受器重和喜爱，故传抄本甚多，仅清代传抄本就有23本之多；南宋明州公库本已佚，今有影宋抄本藏于上海师范大学图书馆；上海商务印书馆民国八年己未岁（1919）、民国十八年己巳岁（1929）据黄丕烈校宋抄本《徐公文集》三十卷影印收入《四部丛刊初编》中，上海书店1989年又据民国十五年丙寅岁（1926）整套《四部丛刊初编》影印出版，（台北）台湾商务印书馆股份有限公司2011年又一次影印《四部丛刊初编》本，故《四部丛刊初编》本《徐公

---

① 祝尚书编：《宋集序跋汇编》（50卷）（全5册），中华书局2010年版，卷1，第10页。

② 陆平：《〈全宋诗〉徐铉诗补校八则》，《文教资料》2008年28期。

文集》三十卷是今传徐铉"别集类"著作最可靠又最常见易得的本子；今后整理徐铉集，一定要参用上海师范大学图书馆所藏的清人影宋抄本《徐公文集》三十卷，因为该本作为影抄本，是最能保存南宋明州公库刻本《徐公文集》三十卷原貌的本子。

附：南唐国徐铉集部著作流传过程和版本源流示意图

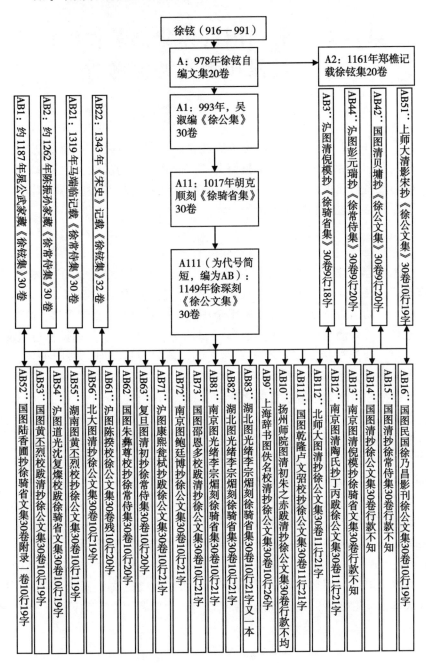

第八章　前蜀国贯休集部著作流传过程和版本源流考辨

释贯休（832—912），字德隐，俗姓姜氏，婺州兰溪（今属浙江）人。7岁出家兰溪和安寺。十五六岁即擅诗名，广交诗友，与吴融（？—903）交尤厚。生前曾将自己的诗集送给吴融作礼物。卒后，有《禅月集》传世。现对贯休著作的流传过程和版本源流予以考辨。

一

贯休《禅月集》，原名《西岳集》，《西岳集》的结集，远在贯休72岁入蜀前6年。吴融《〈禅月集〉序》对此有所交代："沙门贯休（832—912），本江南人，幼得苦空理，落发于东阳金华山，机神颖秀，雅善歌诗，晚岁止于荆门龙兴寺。余谪官南行，因造其室，每谈论，未尝不了于理性，自旦而往，日入忘归，遽然浩然，使我不知放逐之感。此外商榷二雅，酬唱循还，越三日，不相往来，恨疏矣。如此者凡朞有半。上人之作，多以理胜，复能创新意，其语往往得景物于混茫自然之际，然其旨归，必合于道，太白、白乐天既殁，可嗣其美者，非上人而谁。丙辰（896），余蒙恩诏归，与上人别，袖出歌诗草一本，曰《西岳集》，以为贶矣。切虑将来作者或未深知，故题序于卷之首。时己未岁（899）嘉平月之三日。"① 这段话不仅表明贯休的著作《西岳集》于贯休入蜀前六年即896年即已成编，而且透露了另外两个信息：一个信息是，吴融与贯休在湖北荆门交往一年半后离开荆门，分手时，贯休把自己的诗集草稿作为礼物送给吴融。另一个信息是，吴融为贯休《禅月集》作序的时间是"己未岁嘉平月之三日"，即唐昭宗光化二年（899）十二月三日，也即公元900年1月7日。依据常理，把自己的诗集作为礼物送给吴融的时候，贯休手里至少还有一本，而且留给自己的应该是原本，送给吴融的，应该是抄录本，吴融之所以说"袖出歌诗草一本"，所谓"草"的说法，应该来自

---

① （五代）贯休撰：《禅月集》（25卷），《四部丛刊初编》本（影印江夏徐氏藏影宋写本），卷首第2页。

于贯休的谦虚说法。

吴融为贯休《西岳集》作序的时间离贯休入蜀有三年，离贯休去世有十三年。吴融作序二十三年后，僧昙域奉其师贯休之命也来作序。昙域说："有唐翰林学士兵部侍郎吴融请为序。先师长谓一二门人曰：'吴公文藻赡逸，学海渊深，或以揖让周旋异待矣。或以文害辞，或以辞害志，或以诞傃饶借，则殊不解我意也。子可于余所著之末，聊重序之。'昙域乃稽颡而言曰：'语云：子疾病，子路欲以门人为臣。子曰：欺天乎？昙域小子，何敢叙焉。'师曰：'子不知皆孔子弟子记诸善言，以成其书。况吾常酷于兹，心勤形瘵，访其稽古，慰以大道，睒然皓首，岂谓贾其声耳。且吾昔在吴越间，靡所济集，聊欲系志于翰墨，得以乱思，不慭遗老矣。子无辞焉。但当吾意而言之，然又不可以微之、乐天、长吉类之矣。吾若与骚人同时，即知殊不相屈尔。直言之，无相辱也。'昙域逊让不暇，力而序叙之。"① 这段话说，贯休认为吴融序中的话与贯休的本意一点也不契合，故要求自己的弟子昙域重新作序。昙域的序除讲述了贯休自幼聪颖过人的资质和贯休一生的经历外，还讲到了他编《禅月集》的过程："葬事既周，哀制斯毕，暇日或勋贤见访，或朝客相寻，或有念先师所制一篇两篇，或记三句五句，或未闲深旨，或不晓根源，众请昙域编集前后所制歌诗文赞，曰（笔者按："曰"四库本作"日"）有见问，不暇枝梧，遂寻检稿草及暗记忆者，约一千首，乃雕刻版部，题号《禅月集》。昙域虽承师训，艺学无闻，曾奉告言，辄直序事。时大蜀乾德五年癸未岁（923）十二月十五日序。"② 从这段话可看出三点：第一，贯休《禅月集》是昙域所编，《禅月集》中的诗来自于贯休的诗歌草稿、众人和昙域的记忆。第二，《禅月集》含诗一千余首。第三，《禅月集》的书名，是由昙域命名的。第四，《禅月集》刊刻于前蜀乾德五年（923）。

此后，贯休著作的书名有变化，一个书名的卷数在不同藏者手里和不同版本上也往往不同，但是，其源头一定不出贯休原稿本、贯休送给吴融作为礼物的抄本、923 年昙域的刻本这三种本子。

二

贯休著作的著录在宋代出现多次。

第一次出现，见于宋真宗祥符五年（1012）成书的陶岳《五代史补》。该

---

① （五代）贯休撰：《禅月集》（25 卷），《四部丛刊初编》本（影印江夏徐氏藏影宋写本），卷尾第 1 页。

② 同上书，卷尾第 2 页。

书卷一《贯休与光庭嘲戏》云："贯休有文集四十卷，吴融为之序，号《西岳集》（笔者按：四库本作《巨岳集》，显然是《西岳集》之讹），行于世。"①前文所引吴融序只能让人们看出唐昭宗乾宁三年丙辰岁（896）贯休送别吴融时将自己的诗集《西岳集》送给吴融作礼物，看不出《西岳集》是多少卷。从陶岳的话知道，贯休的《西岳集》是四十卷。

第二次出现，见于南北宋之交计有功的《唐诗纪事》。该书卷七十五《僧贯休》云："休与齐己齐名，有《西岳集》十卷，吴融为之序，卒死于蜀（笔者按："卒死"，疑衍一字）。"②

第三次出现，见于1161年成书的郑樵《通志》。该书卷七十"艺文略"第八"别集四"云："《禅月诗》三十卷（贯休）"。

第四次出现，见于1187年成书的宋晁公武《郡斋读书志》。该书卷四中"别集类中"云："贯休《禅月集》三十卷。右唐僧贯休撰，字德隐，姓姜氏，婺州人，后入蜀，号禅月大师。初，吴融为之序，其弟子昙域削去，别为序引，伪蜀乾德中献之。"所谓"伪蜀乾德中献之"，显然指前文所云"时大蜀乾德五年癸未岁（923）十二月十五日序"的《禅月集》，即公元924年1月24日释昙域作序时刊刻的《禅月集》。

第五次出现，见于南宋理宗赵昀嘉熙四年（1240）刊刻的《禅月集》二十五卷。此刻本已佚失，其面目被保存于影宋抄本中。今日所知《禅月集》二十五卷的影宋抄本有五个。前三个是明正德九年（1514）柳佥影抄本、明代钱谦益（1558—1664）家的影宋抄本和明代毛晋（1599—1659）的汲古阁影宋抄本。

第一个影宋抄本是明正德九年（1514）柳佥所影抄。《中国古籍善本书目》卷二十三云《禅月集》二十五卷之柳佥影宋抄本藏于上海图书馆③，但是，不知何故，笔者在上海图书馆未能查到该书索书号（当然也就未能看到该书）。好在柳佥影抄此书后的跋语被清初叶万过录于明毛氏汲古阁刻《唐三高僧集》本《禅月集》二十五卷（补遗一卷）上。柳佥跋有言："时正德九

① （宋）陶岳撰，顾薇薇校点：《五代史补》，卷1，见傅璇琮、徐海荣、徐吉军主编《五代史书汇编》（全10册），杭州出版社2004年版，第5册，第2485页。

② （宋）计有功撰，王仲镛校笺：《唐诗纪事校笺》（81卷）（全8册），中华书局2007年版，第8册，卷75，第2439页。

③ 中国古籍善本书目编辑委员会编：《中国古籍善本书目》（集部）（全3册），上海古籍出版社1998年版，卷23，第179页。

年（1514）六月十三日，吴中布衣柳佥大中录毕于桐泾别墅之简静斋中。……"①叶万的跋语交代了柳佥所抄为影宋本："己丑岁（1649）六月十五，借得钱太史藏本校已。钱本有二，一吴氏业书堂抄本，一柳大中摹宋本也。洞庭叶石君记。"②孙星衍《平津馆鉴藏书记》著录了旧影写本《禅月集》二十五卷。万曼《唐集叙录》引用《平津馆鉴藏书记》的著录语云：

> 题"浙江东道婺州兰溪县和安寺西岳赐紫蜀国禅月大师贯休述"。前有己未岁（899）翰林学士吴融序。后有门人昙域后序二篇、嘉熙四年（1240）婺州重刊题字、嘉熙戊戌（1238）周伯奋跋，嘉熙戊戌（1238）童必明跋。附载杨杰、江衍诗三首。末有正德九年（1514）吴中布衣柳佥大中手抄题识并诗一首。
>
> 《禅月集》，昙域刊于乾道五年（1169），嘉熙（1237—1240）中可燦复刊于婺州，此本乃柳佥从可燦本影写，明毛晋（1599—1659）刊有《补遗》一卷，在此本之后矣。收藏有"叶氏篆竹堂藏书"朱文图印。③

需要提醒的是，此著录语有二个讹误：第一，昙域后序不是二篇，是一篇，是一篇分成二个段落而已。第二，"乾道五年"应为前蜀国乾德五年（923），不是宋孝宗乾道五年（1169）。除过这二个讹误外，该著录语还有一个疑点。"叶氏篆竹堂"之"叶氏"指明代叶盛（1420—1474），正德九年（1514）柳佥影抄《禅月集》二十五卷时，叶盛已经去世四十年了。现在柳佥的影抄本竟然有了叶盛的收藏图记，令人费解。不过，《平津馆鉴藏书记》这则著录语至少证明了明代柳佥把《禅月集》二十五卷影抄了一次，这与清初叶万的说法是吻合的。可惜不知此柳佥影抄本今藏何处。

第二个影宋抄本为钱谦益家藏的影宋钞本（注意，未必是钱谦益影抄，只是钱谦益家藏），该影宋抄本今在何处，难以考知，好在其面目保存于清初孙潜1649年抄成、1656年装订的以钱谦益家藏影宋抄本为底本的再次影抄本中。

第三个影宋抄本为毛晋汲古阁影抄。《禅月集》二十五卷之毛氏汲古阁影宋抄本共2册，国家图书馆有藏，索书号为04406，该抄本为十三行二十字本，白口，左右双边。国家图书馆著录毛晋影抄本的抄写时间是明末

---

① （五代）贯休撰：《禅月集》（25卷），《补遗》1卷，（明）毛晋辑，毛氏汲古阁刻本，卷尾。

② 同上。

③ 万曼：《唐集叙录》，河南大学出版社2008年版，第473页。

（1621—1644），不知依据为何，录此备考。

第四个影宋抄本为清初孙潜所影写，该抄本今藏上海图书馆，索书号为788575。该抄本共116页，卷尾有十则序跋，前九则序跋和《禅月集》二十五卷之《四部丛刊初编》本卷尾的序跋（共九则）完全相同，第十则跋语为孙潜所写。孙潜跋语云："己丑（1649）七月，在□□□□□处，假得钱宗伯家旧点本印写。钱本盖宋本印钞者也。二十七日写完，对读一过。潜夫记。共诗七百十首。丙申（1656）三月装订。"① 可见，该本影抄于清顺治六年己丑岁（1649）七月，顺治十三年丙申岁（1656）三月装订成书。孙潜还明确地说他是从钱谦益（即钱宗伯）家藏影宋抄本影抄的。

第五个影宋抄本是近代学者徐恕（1890—1959）家藏的影宋抄本，抄者为谁，今已难以考知，此抄本今藏何处，也难以考知。但此抄本的影印本被影印多次，故流传极广。首先是民国八年（1919）上海涵芬楼影印后收入《四部丛刊初编》中，民国十五年（1926）重印一次、民国十八年（1929）又重印一次，上海书店1989年将民国十五年《四部丛刊初编》整套书再重新影印一次。需要补说一下的是，1975年台湾学生书局影印出版了昌彼得主编的《历代画家诗文集》丛书，其中的《禅月集》二十五卷系据影宋刻本《禅月集》二十五卷影印而来，《补遗》一卷系据明毛晋汲古阁刻本影印而来。《历代画家诗文集》本《禅月集》二十五卷只说据"影宋刻本"而来，而没有说此"影宋刻本"为哪一种"影宋刻本"，想来应该得自于常见易得的《四部丛刊初编》本，是否如此，只能存疑。不过，《禅月集》二十五卷的宋刻本只有一种，那就是嘉熙四年（1240）的刻本，既然是影印影宋刻本，那么内容与嘉熙四年（1240）的宋刻本就没有区别，如果有区别，那也只能是卷首卷尾多了宋刻本没有的序跋。按道理，徐恕家藏的影宋抄本《禅月集》二十五卷已经被影印收入《四部丛刊初编》中，而且至少被印了四次（1919年、1926年、1929年、1989年各一次，还不算1975年的《历代画家诗文集》丛书影印本），那就没有必要再印了。可是，也许是此本太受人重视的缘故，2011年，台湾商务印书馆股份有限公司又将武昌徐氏藏影宋精抄本《禅月集》二十五卷影印出版了一次，从而使《禅月集》二十五卷的徐恕家藏影宋抄本更为方便易得，也使嘉熙四年（1240）刻本《禅月集》二十五卷的面目更加广为人知。

以上是南宋嘉熙四年（1240）刻本《禅月集》二十五卷的流传情况，现

---

① （五代）贯休撰：《禅月集》（25卷），清初孙潜影宋抄本，藏上海图书馆，索书号为788575，卷尾。

在将此本的面目和来历予以交代。

不知何故，国家图书馆馆藏目录将《四部丛刊初编》本（即武昌徐恕家藏影宋抄本）的行款著录为"12行20字"，实际上，此本的行款与国家图书馆所藏的毛晋汲古阁影宋抄本《禅月集》二十五卷的行款完全相同，即"十三行二十字，白口，左右双边"。《四部丛刊初编》本《禅月集》二十五卷卷首五则内容依次是：贯休官衔九十二字、"无为杨杰"题诗一首、济阳江衍题诗一首、"再成一绝句"一首、吴融《禅月集序》。卷尾九则内容依次是：昙域序、嘉熙四年（1240）可燦重刊题记、1238年周伯奋跋、师保跋、1239年祖闻谨题、1240年绍涛谨书、1238年童必明书、1238年余璪跋、嘉熙三年（1239）十二月徐琰书。

嘉熙四年（1240）《禅月集》二十五卷的来历，可从该书卷尾的九则序跋中看出来。该书卷尾第一则是释昙域的序。第二则是可燦重刊的题记："时嘉熙四年（1240）五月十五日婺州兰溪县兜率禅寺住持赐紫禅悟大师可燦重刊。"① 可见，该本刊刻完成的具体日子是嘉熙四年（1240）农历五月十五日。可燦之所以说是重刊，那是因为《禅月集》于前蜀乾德五年（923）被昙域刊过一次。可燦此刊本的依据，1238年农历七月周伯奋的跋语交代得比较清楚："右禅月诗集，吾里高僧贯休（832—912）所作……法嗣昙域编萃成集，雕刻以广其传。和安（今改兜率）禅寺诗集，阙焉无闻。住山率他郡人，或缚于禅寂而不肯为，或迫于营造而不暇为，或利于赴应而不克为，识者恨之。番易松庵璪禅师，出于越赵福王之门，王之孙国史左司宗卿守婺时招致居焉，恬淡无营，得浮屠氏本体。挂锡之初，访于山中故事，首以是对。师慨然任责，寻求故帙，得于里中檀越之家，计工食费数万而赢，先捐钵中，所有不足，则募众缘。鸠工锓梓，不日而成。既成，求纪岁月。窃谓越五季及我宋，多历年所，释家者流，岂无一二好事而不能使此诗与此山俱为不朽，今师乃度越前辈，创出一段奇事，以为动心骇目之观。志可尚已，是乌可以不书。嘉熙戊戌（1238）孟秋朔旦，鼋溪周伯奋谨跋。"可见，贯休诗集以前有贯休弟子昙域的编刻本，但是，此本可能流传不广，以至于兜率禅寺（由贯休曾经呆过的和安禅寺改名而来）里也没有，而寺中历届主事者对此皆不留意。现今住持松庵璪禅师（笔者按：即可燦）得到周必奋的提议，从"里中檀越之家"得到故帙而刊刻，从而使贯休的诗集传于后世。

那么，周伯奋所说的"里中檀越之家"究竟指谁呢？1238年，师保的跋

---

① （五代）贯休撰：《禅月集》（25卷），《四部丛刊初编》本（影印江夏徐氏藏影宋写本），卷尾第2页。

语有所交代："禅月制作浸远，而风雅益著。初几晚学难得其集而怏怏焉。嘉熙戊戌（1238）春，兜率主人松庵璨禅伯乃鄱阳之作者也，至予秀埜轩，出示全集，得孟湖简靖居士童公三世珍藏旧本。不知□贰年矣。喜不自胜，但怪其字小而册狭，刺眼为碍，膺奋志募众，大书特书，以广其传，庶不孤彼三世袭什之意，今已就□以嘉善用其心，览斯集□神爽心悦，是云古禅月□松庵。本地风光之愈侈，住烂柯故灵平□叟。师保跋于是诗之末。"① 师保说，1238年春，可灿到他家时带来贯休全集，是简靖居士童公（即童必明）三世所藏，但书狭字小，阅读费力，真该大书特书以广其传。现在看到可灿的刊本，神清气爽，于是跋于可灿刊本之末。1238年重九日，童必明的跋语还交代了赠贯休诗集给可灿的过程和原因："番易松庵璨上人来住吾乡兜率有年矣，予偶到彼，因言《西岳集》，禅月贯休（832—912）所作也，先世尝收于书室。璨老有请，谓其徒喜闻乐道而未得全集，欲攻木广其传。余嘉其用心，勉成其志，遂检兹集与之，仍薄助锓版。毕，复请纪其事，庶后有考于斯。嘉熙戊戌（1238）重九日。孟湖童必明书。"② 童必明说他家所藏贯休《西岳集》是先世所收，他偶然谈及此书，可灿禅师希望借来刊刻，他赠书于可灿，且给予可灿一定的资助。

现在再谈一下嘉熙四年（1240）可灿刻本《禅月集》卷首的五项内容。卷首第一则是长达92字的贯休官衔题记，第二则是北宋诗人杨杰的题诗，第三则是济阳江衍的题诗，第四则是济阳江衍的第二首题诗，第五则是吴融给《西岳集》写的序。释昙域乾德五年（923）的刻本《禅月集》不可能有北宋人杨杰、江衍的题诗，而贯休官衔题记又在卷首第一则，所以，卷首前四则内容很可能只是童必明家藏本《西岳集》（也可能是释昙域刊刻的《禅月集》）卷首手写体题跋，嘉熙四年（1240）可灿重刊时就刻于卷首，而吴融为《西岳集》写的序和释昙域的序均在卷首，可灿重刊时将吴融序的内容置于《禅月集序》之下，并于题下注明"旧西岳集"，同时把释昙域的序移到卷尾，这样，昙域的序就没有了题目，可灿拟了个题目《后序》。

第六次出现（即贯休著作在宋代载籍中的第六次出现），见于南宋陈起（？—1256）刊刻的《唐人五十家小集》丛书。陈起此丛书已经佚失，其面目被保存于清光绪二十一年（1895）江标的影刻本《唐人五十家小集》。《唐人五十家小集》江标影刻本第三十四种为《唐贯休诗集》一卷，行款是：10行

---

① （五代）贯休撰：《禅月集》（25卷），《四部丛刊初编》本（影印江夏徐氏藏影宋写本），卷尾第4页。

② 同上书，卷尾第7页。

18字，白口，左右双边，单鱼尾。《唐人五十家小集》丛书在国家图书馆、上海图书馆、杭州大学图书馆、广东省中山图书馆等数十家藏书单位有藏。

第七次出现，见于1262年成书的陈振孙《直斋书录解题》。该书卷十九"诗集类上"云："《禅月集》十卷（按：《唐诗纪事》作《西岳集》，《文献通考》作《宝月诗》一卷。此本作《禅月集》者，贯休号禅月上人，因名其集也）。唐僧兰溪贯休撰。姓姜氏，后入蜀。"① 笔者按：括号中的按语为清代四库馆臣所加。陈振孙此著录值得注意的是，《禅月集》的书名没变，但是卷数是十卷，不是嘉熙四年（1240）可灿刊刻的二十五卷了。这就说明陈振孙家藏的《禅月集》，不是二十多年前可灿禅师刊刻的《禅月集》，而是前蜀乾德五年（923）释昙域刊刻的《禅月集》。如前文所引昙域序所说，昙域只是提到他给贯休诗集命名为《禅月集》，还提到收诗约一千首，未提到卷数。从陈振孙的著录语看，昙域乾德五年（923）编刻的《禅月集》，也许就是十卷。当然，陈振孙家所藏的十卷本贯休著作，可能就是吴融作序的《西岳集》十卷，陈振孙因为知道贯休号禅月大师，故改称《禅月集》十卷。这就印证了数十年前《唐诗纪事》所说的《西岳集》为十卷的说法。究竟为何，只能存疑。

以上就是贯休著作在宋代的流传过程和版本源流。

三

贯休著作在明代有抄本和刻本流传。以下分述之。

今日所知贯休著作在明代有六个抄本，这六个抄本的书名均是《禅月集》，卷数均是二十五卷。其中三个是影宋抄本（明正德九年柳金影宋抄本、钱谦益家藏的影宋抄本、毛晋汲古阁的影宋抄本），这三个影宋抄本前文已述，不赘。

第四个抄本为明代吴宽（1435—1504）吴氏业书堂抄本，该抄本今藏何处，难以考知。前文所引叶万跋语提到吴氏此抄本，这里只好再引一次（就不注释出处了）："己丑岁（1649）六月十五，借得钱太史藏本校已。钱本有二，一吴氏业书堂抄本，一柳大中摹宋本也。洞庭叶石君记。"

第五个抄本为明代秦柄（1527—1582）雁里草堂所藏旧抄本。此旧抄本今藏何处，亦难以考知。张金吾（1787—1829）《爱日精庐藏书志》卷二十九对此旧抄本有著录："《禅月集》二十五卷（旧钞本，雁里草堂藏书）。唐西岳

<hr/>

① （宋）陈振孙著，徐小蛮、顾美华点校：《直斋书录解题》（22卷），上海古籍出版社1987年版，卷19，第584页。

僧贯休撰。昙域后序（蜀乾德五年）。周伯奋跋（嘉熙戊戌）。童必明跋（同上）。"① 后来瞿镛（1794—1846）《铁琴铜剑楼藏书目录》卷十九著录此旧抄本云："《禅月集》二十五卷（旧钞本）。唐西岳僧贯休撰。明雁里草堂抄本。毛刻亦同，惟无昙域序及周伯奋、童必明二跋，且多讹字。可据以校正（卷末有'秦炳图书'、'雁里草堂'二朱记）。"② 不知瞿镛何以知道是雁里草堂抄本，据"秦炳图书"、"雁里草堂"二印只能断定此书曾为秦柄雁里草堂收藏过，不能断定为秦柄雁里草堂所抄，还是张金吾著录为"旧钞本，雁里草堂藏书"为宜。

第六个抄本今藏国家图书馆，索书号为 03568。国家图书馆藏书目录著录此本的行款为：12 行 20 字，白口，四周单边。此本有缩微制品，应该容易得到。但是笔者借阅了国家图书馆古籍部所藏贯休的所有著作，并未见到此本，不知何故，亦不知此本面目是否为"12 行 20 字"，录此备考（馆藏目录著录有误是可能的。例如，国家图书馆馆藏目录将《禅月集》二十五卷之《四部丛刊初编》本的行款也著录为"12 行 20 字"，但是，实际是 13 行 20 字）。

贯休著作在明代的刻本有如下几个：

第一种刻本是明朱警辑、明嘉靖十九年（1540）刊刻的《唐百家诗》本《唐贯休诗集》一卷。该本行款是 10 行 18 字，白口，左右双边，单鱼尾。《唐百家诗》丛书在国家图书馆、上海图书馆等多家藏书单位有藏（杭州大学图书馆所藏有残缺）。

第二种刻本是明崇祯（1628—1644）中毛氏汲古阁刻《唐三高僧诗集》本《禅月集》二十五卷（补遗一卷）。该本行款是：8 行 19 字，白口，左右双边。该本国家图书馆有二个善本，索书号分别是 02158、16772，国家图书馆另有普通古籍一种，也是《唐三高僧诗集》本。需要提醒一下的是，国家图书馆所藏《唐三高僧诗集》本《禅月集》二十五卷（补遗一卷）的这三个本子皆未被收入《中国丛书综录》、《中国丛书广录》、《中国丛书综录续编》三书中的任意一书，故《唐三高僧诗集》本《禅月集》二十五卷（补遗一卷）的这三个本子应该引起丛书研究者的注意，将它们补录到"丛书综录补遗"之类的丛书汇编中。明崇祯年间毛晋此《唐三高僧诗集》本《禅月集》二十五卷（补遗一卷）比较重要，后来清代《四库全书》（含文渊阁和文津阁

---

① 中华书局编辑部编：《宋元明清书目题跋丛刊》（全 19 册），中华书局 2006 年版，第 11 册，第 525 页。

② （清）瞿镛编纂，瞿果行标点、瞿凤起覆校：《铁琴铜剑楼藏书目录》，上海古籍出版社 2000 年版，卷 19，第 529 页。

二种本子）即以此为底本，再后来山明复编并解题的丛书《禅门逸书》将毛晋汲古阁刻《唐三高僧诗集》本《禅月集》收入其中，于 1980 年至 1986 年由台北汉声出版社影印出版。

第三种刻本是明刻本《唐贯休诗集》，编者是宋代李龙，行款是 10 行 18 字，白口，左右双边，单鱼尾，此刻本和《唐皎然诗集》同时编刻，共用一个索书号 87568。

另外，据《中国丛书广录》知，《唐百三名家诗》（存六十家八十五卷）系明嘉靖刻本，其中有"《贯休集》一卷，唐释贯休撰"。《中国丛书广录》编撰者阳海清先生注释云："按：是刻半页十行，行十八字，白口，四周单边或左右双边。据黄裳收书记著录。曾疑即朱警编《唐百家诗》，后经赵兴茂先生与上图藏本比对，并非全同。"① 只是不知此套丛书编者为谁、刻者为谁、何以知道是明嘉靖刻本，也不知此套丛书藏于何处，故未可轻信，录此存疑。又据《中国丛书广录》，重庆市图书馆藏有明刻本《唐五十家集》，其中含有《唐贯休诗集》一卷。此套丛书的行款是"半页十行，行十八字，白口，左右双边。"《中国丛书广录》编撰者注释云："南宋陈道人家刻有《唐人五十家小集》，清光绪二十一年（1895）江标曾据此景写重刻，《综录》已收，其子目与是编有异同。"② 不知此套丛书的编者和刻者是谁，又不知何以断定此套丛书是明刻本，录此存疑。

四

贯休著作在清代的流传也以抄本和刻本的形式流传，现分述于下。

贯休著作之清代抄本的书名是《禅月集》，尽管明代毛晋汲古阁刻本已经问世，清代学者传抄《禅月集》的热情应该还是有一些的（因为毛晋个人刊刻，印数肯定有限），也就是说，《禅月集》清抄本的数量应该不少。但是，今日容易考知的《禅月集》清抄本，只有被收入乾隆时代《四库全书》的抄本。其中，《禅月集》的文渊阁四库全书抄本和文津阁四库全书抄本卷首均有四库馆臣所写的《提要》，《提要》中有这样的话："贯休没后，其门人昙域编次歌诗文赞为三十卷，自为后序，题曰《禅月集》。此本为宋嘉熙四年（1240）兰溪兜率寺僧可灿所刊，毛晋得而重刊之，仅诗二十五卷，岂佚其文赞五卷耶？《补遗》一卷，亦晋所辑。"（需要提醒的是，"《补遗》一卷，亦晋所辑"的话会让人误以为《禅月集》二十五卷是毛晋所辑，实际不是这样，

---

① 阳海清编撰、陈彰璜参编：《中国丛书广录》，湖北人民出版社 1999 年版，第 760 页。

② 同上书，第 769—770 页。

故"亦"字于义未安）可见，四库抄本《禅月集》的底本是毛晋汲古阁《唐三高僧诗集》本《禅月集》二十五卷《补遗》一卷。另外，四库抄本《禅月集》卷二十六为《补遗》，该卷末尾毛晋的两则跋语也证明四库抄本的底本确实是毛晋汲古阁刻本。值得注意的是，四库全书抄录工作完成后又抄了六份，一共七份，各藏一阁，共七阁。这就是说，《禅月集》四库抄本有七种，但是今日流传较广、常见易得的是影印《文渊阁四库全书》本和影印《文津阁四库全书》本，常见的这二种抄本的底本皆是毛晋汲古阁刻本，那么其他五种抄本的底本（至少是原始的底本，因为后来的三阁扬州文汇阁、镇江文宗阁、杭州文澜阁三种抄本也可以用前四阁的抄本为底本，尽管这样属于辗转传抄，显然不妥当）也应当是毛晋汲古阁刻本。除常见易得的文渊阁抄本、文津阁抄本外，文溯阁抄本现藏甘肃省图书馆，文澜阁抄本现藏浙江图书馆（其他三阁的抄本均毁于兵火）。还要注意一点，尽管这四阁抄本的底本（或原始底本）均是毛晋汲古阁刻本，但这四阁抄本毕竟不是影抄，故必须把这四阁的抄本看作不同的四种抄本，且这四种抄本与其共同的底本毛晋汲古阁刻本是五种不同的版本。

贯休诗集在清代的刻本有两种，一种是清光绪二十一年乙未岁（1895）江标影刻的南宋陈道人《唐人五十家小集》本《唐贯休诗集》一卷，江标影刻的这个本子属于南宋刻本系统，前文论述宋刻本时已经提到了，此处从略。另一种是同治八年己巳岁（1869）永康胡凤丹退补斋编刻的《金华丛书》本《禅月集》十二卷。此本行款为 9 行 20 字，小字双行同，白口，四周双边，单鱼尾。编刻者胡凤丹跋语云："《禅月集》载在《全唐诗钞》者仅十二卷，即胡震亨所存三卷而另编者也。"① 可见，清康熙时佚名写刻本《全唐诗钞》将胡震亨（1569—1645）《唐音统签》所含贯休诗三卷重编为十二卷，1869年胡凤丹据《全唐诗钞》所含十二卷贯休诗刊刻后收于《金华丛书》中。此本为普通古籍，国家图书馆有藏，索书号为 8652：50。此本于民国十四年乙丑岁（1925）被补刻一次（国家图书馆有藏，索书号为 40552：113—114）、民国十八年己巳岁（1929）又被补刻一次（国家图书馆有藏，索书号为38413：111—112）。补刻本行款不变（即与原刻相同）。江苏广陵古籍刻印社1983 年将同治八年己巳岁（1869）刻《金华丛书》本《禅月集》十二卷影印了一次，从而使《金华丛书》本《禅月集》十二卷也比较常见易得了。

最后说一下今人的整理本。巴蜀书社 2006 年 8 月出版了署名"陆永峰著"的《禅月集校注》，中华书局 2011 年 6 月出版了署名"胡大浚笺注"的

---

① 陆永峰：《禅月集校注》，巴蜀书社 2006 年版，第 538—539 页。

《贯休歌诗系年笺注》，此二种整理本皆有各自的研究所得，读者把这二种书结合起来读，肯定可以少走不少弯路，如果再能对照一下《四部丛刊初编》本《禅月集》、毛晋汲古阁刻本《禅月集》、《文渊阁四库全书》本《禅月集》、《全唐诗》本贯休诗，那就更容易有新收获了。

综上所述，前蜀国诗人贯休（832—912）诗集有《西岳集》和《禅月集》二种名称共 30 个本子（含影抄本和影印本）。其中，最早的 3 个本子是 896 年成书的贯休《西岳集》（可能是 40 卷）（已佚）、900 年一月七日吴融给贯休《西岳集》（可能是 40 卷）作序的本子（已佚）、923 年释昙域编刻贯休《禅月集》（可能是 30 卷）录诗近一千首的本子（已佚）；贯休诗集的第二个刻本是 1240 年释可灿刊刻的《禅月集》25 卷（已佚），但此 1240 年可灿刻本的面目保存于明代的 3 个影抄本和清代的 2 个影抄本里，其中近代学者徐恕（1890—1959）家藏的清代影抄本于 1919 年、1926 年、1929 年三次影印后皆收于《四部丛刊初编》丛书中，上海书店 1989 年将 1926 年版《四部丛刊初编》整套书重新影印一次，从而使 1240 年可灿刻本《禅月集》25 卷的面目十分常见便用，这也是贯休诗集最可靠的本子。1240 年可灿刻本《禅月集》25 卷除有 5 个影抄本外，还有 3 个明抄本、1 个明刻本，1 个明刻本即明末毛晋汲古阁刻《唐三高僧诗集》本《禅月集》二十五卷（含《补遗》一卷，8 行 19 字），该本是除 1240 年释可灿刻本影抄本之外又一个重要的本子，因为该本（毛晋汲古阁刻本）是贯休诗集在清代 4 个抄本（均是四库全书本，含文渊阁本、文津阁本、文澜阁本、文溯阁本）的底本。四库全书本比四部丛刊本印数多、名气大，这使文渊阁四库全书本《禅月集》（25 卷，另《补遗》1 卷）成为比四部丛刊初编本《禅月集》（25 卷）更为通行的本子（尽管文字上肯定是四部丛刊初编本更胜一筹）。研究贯休，这二种本子（文渊阁四库全书本和四部丛刊初编本）成为最可靠、最基本的本子。

附：前蜀国释贯休集部著作流传过程和版本源流示意图

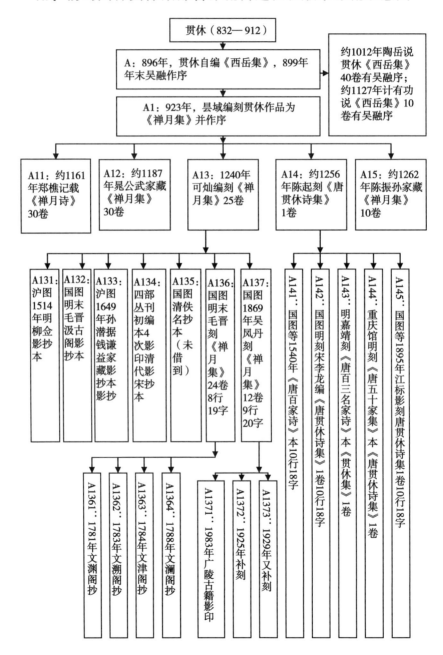

第九章　前蜀国韦庄集部著作流传过程和版本源流考辨

　　韦庄（836？—910），字端己，京兆杜陵（今陕西西安）人，中和三年（883）47岁时在洛阳作《秦妇吟》，由此声名大噪，人称"秦妇吟秀才"。乾宁元年（894）58岁时登进士第，授校书郎。光化三年（900）64岁时，编选唐150人诗为《又玄集》。天复元年（901）65岁时入蜀依王建，为掌书记，遂终身仕蜀。天祐四年（907）71岁时，劝王建称帝，为左散骑常侍，判中书门下事。后梁开平四年（910）（即前蜀武成三年），约74岁时卒。韦庄有著作10种34卷，存2种13卷。现存二种著作是："总集类"著作《又玄集》三卷、"别集类著作"《浣花集》十卷。现对《浣花集》十卷的流传过程和版本源流考辨如下。

一

　　韦庄《浣花集》，系其弟韦霭于天复三年（903）编集，有序云："余家之兄庄，自庚子（880）乱离前，凡著歌诗文章数十通。属兵火迭兴，简编俱坠，惟余口诵者，所存无几。尔后流离漂泛，寓目缘情，子期怀旧之辞，王粲伤时之制，或离群轸虑，或反袂兴悲，四愁九愁之文，一咏一觞之作，迄于癸亥（903）岁，又缀仅千余首。庚申（900）夏，自中谏□□□□。辛酉春（901），应聘为西蜀奏记。明年（902），浣花溪寻得杜工部旧址，虽芜没已久，而柱砥犹存。因命芟夷，结茅为一室。盖欲思其人而成其处，非敢广其机构耳。霭便因闲日录兄之稿草中或默记于吟咏者，次为□□□，目之曰《浣花集》，亦杜陵所居之义也。余今之所制，则俟为别录，用继于右。时癸亥年（903）六月九日霭集。"[①] 韦霭，生卒年不详，京兆杜陵（今陕西西安）人，韦庄之弟。天复三年（903），编次韦庄诗为《浣花集》，并作序。著作共1种1卷。存文1篇，见《全唐文》卷八八九。

　　此集编成之后，韦庄应有续作，不及收入此集中。而所谓"别录"，后亦

---

① （唐）韦庄撰：《浣花集》（10卷）（附补遗），景印文渊阁四库全书本，卷首。

未见。《四库提要》指出，《全唐诗》所录较通行之毛氏刻本多《勉儿子即事》等篇，共三十余首。因此推断："盖霭序作于癸亥年六月，为唐昭宗之天复三年（903）。庄方得杜甫草堂，故以名集。自是以后篇什，皆未载焉，故往往散见于诸书，后人递有增入耳。"（《四库全书总目》卷一五一《浣花集》提要）

考宋元以来诸家书目，韦庄集皆题作《浣花集》，但是此书的卷数，则多有不同。《崇文总目》卷十一"别集二"云："《浣花集》二十卷"（按卷十二"别集五"重出）。《通志》卷七十艺文略第八"别集五·伪朝"云："韦庄《浣花集》二十卷（伪蜀）。"晁公武《郡斋读书志》卷一八："韦庄《浣花集》五卷，右伪蜀韦庄，字端己。仕王建至吏部侍郎、平章事。集乃其弟霭所编，以所居即杜甫草堂旧址，故名。伪史称庄有集二十卷。今止存此。"所谓"伪史"，系指《蜀梼杌》，该书卷下称庄有《浣花集》二十卷。因此，一般也认为韦霭序文"次为□□□"所阙三字应为"二十卷"。

另外，陈振孙《直斋书录解题》卷十九"诗集类上"云："《浣花集》一卷。蜀韦庄撰。唐乾宁元年（894）进士也。"《宋史》卷二百八艺文七"别集类"云："韦庄《浣花集》十卷。"又元辛文房《唐才子传》则云《浣花集》六卷。

以上诸家书目，或作一卷，或作五卷，或作六作，或作十卷，皆非旧传二十卷之数。究不知其书本当为何若卷。或者是否可以推测，庄集南宋以降即已佚脱不全，诸家所录皆非足本。《四库全书》所收，乃编修汪汝藻家藏本《浣花集》十卷、《补遗》一卷，系毛晋汲古阁所刻，《四库全书总目》卷一五一推断，《文献通考》载庄集五卷，此本十卷，"疑后人析五为十"。《四库全书简明目录》卷一五也认为"原本五卷，后人析而为十"。此可备一说。但是，毛晋当年已云："伪史云二十卷，马氏云五卷，今皆不可考。"[1] 大抵不外以下两种情况：一者为书本所收内容未变而仅为卷数之分合；一者因"后人递有增入"（前揭《四库提要》语）而致卷数有别。

万曼《唐集叙录》认为韦霭序中"次为□□□"所空三字，"显然是若干通或若干卷"，并据《崇文总目》载《浣花集》二十卷，晁公武《郡斋读书志》亦云"伪史称庄有集二十卷"，遂"以意度之，所空乃'二十卷'三字"。又云："篇章数目，尚余千首。癸亥（903）为韦庄入蜀之第三年，距韦庄之卒尚有七年。在此期内，虽跻高位，但不能无作，通庚子以前所佚，即使此二十卷千余首幸存，则所散亡已甚多。况今传本止十卷，通计才二百五十二

---

① （明）毛晋撰，潘景郑校订：《汲古阁书跋》，上海古籍出版社 2005 年版，第 59 页。

首，这个数量，显然是不足以代表韦庄的。"① 诚然，今天韦庄集传本作品数量极为有限，定非韦庄作品之全，亦定非韦霭所编之旧。

二

《浣花集》十卷之宋刻本，在陆心源《仪顾堂续跋》（收于《宋元明清书目题跋丛刊》第九册）卷十二《宋椠浣花集跋》中有如此的记载："《浣花集》十卷，题曰杜陵韦庄。前有癸亥年（903）六月九日庄弟韦霭序。宋讳有缺有不缺。每叶二十行，行十八字，与临安睦亲坊陈宅本《孟东野集》行款匡格皆同，当亦南宋书棚本也。宋刊存卷四至十，前三卷黄荛圃以影宋本抄补。"② 这是今存韦庄集最早的刊本。

乾嘉时期藏书巨擘黄丕烈得残宋本《浣花集》，而前缺序目及首三卷，仅为第四至第十卷，据毛氏影抄宋本补足所阙。黄丕烈《荛圃藏书题识》（收于《宋元明清书目题跋丛刊》第十三册）卷七云："余藏韦庄《浣花集》向有三本：一为黑格精钞本；一为蓝格旧钞本；一为毛氏影钞宋本。三者之中，影钞为上，然得此残宋刻证之，则又在影钞者上矣。"③ 卷中有黄丕烈"士礼居"、"老荛"朱文方印。此本后归陆心源皕宋楼。《皕宋楼藏书志案语摘录》云："《浣花集》十卷，宋刊钞补本。此宋刊宋印本，每叶二十行，每行十八字。卷中有'士礼居'朱文方印、'老荛'朱文方印。（卷七十一、叶十七上）。"④ 又《仪顾堂续跋》卷一二《宋椠浣花集跋》云：此本"与临安睦亲坊陈宅本《孟东野集》行款、框格皆同，当亦南宋书棚本也。宋刊存卷四至十，前三卷黄荛圃以影宋本钞补。每卷有叶阳生白文方印，后有阳生跋。每册有'士礼居'朱文方印。前后有荛圃三跋、陆损之跋"⑤。陆氏书后归日本静嘉堂文库，此本亦在其中。傅增湘《藏园群书经眼录》卷十二《集部一》录宋刊本《浣花集》十卷（卷一至卷三影写补完），即是日本静嘉堂藏书，"半叶十行，每行十八字中，板式与书棚本小异"⑥。值得注意的是，陆心源认为应当是南宋

---

① 万曼：《唐集叙录》，中华书局1980年版，第372页。

② 中华书局编辑部编：《宋元明清书目题跋丛刊》（全19册），中华书局2006年版，第9册，第337页。

③ 中华书局编辑部编：《宋元明清书目题跋丛刊》（全19册），中华书局2006年版，第13册，第171页。

④ 冯惠民整理：《仪顾堂书目序跋汇编》，中华书局2009年版，第627页。

⑤ 冯惠民整理：《仪顾堂书目题跋汇编》，中华书局2009年版，第418页。

⑥ 傅增湘：《藏园群书经眼录》（19卷）（全5册），中华书局1983年版，第4册，卷12，第1108页。

书棚本，而傅增湘则认为"与书棚本小异"。

明正德（1506—1521）间，朱承爵（子儋）朱氏文房刻本《浣花集》十卷，《补遗》一卷，藏国家图书馆。末有朱承爵《浣花集》跋，并《补遗》二篇。傅增湘《藏园群书经眼录》卷十二《集部一》录朱氏文房本《浣花集》十卷，识曰："十行十六字，郡望题'杜陵韦庄'，与毛刻、席刻异。据旧藏明钞本知卷末有补遗诗二首，附朱承爵跋语六行，此本失去。阑外有'江阴朱氏文房'六字。"[1] 孙祖同《虚静斋宋元明本书目》："《浣花集》十卷《补遗》一卷。明正德朱子儋刻本，板匡左方有'江阴朱氏文房'六字。其《补遗》乃钞朱氏刻成后补入者。收藏有'叶氏篆竹堂藏书'朱文圆印、'静补斋'朱文长方印。"所补遗诗仅《乞彩笺歌》、《咏白牡丹》二首。傅增湘尝以朱承爵刊本与日本静嘉堂藏宋刊本对勘一卷，竟少误字，认为"盖朱刻亦出宋本也"[2]。又朱承爵跋云"蔼（霭）尝为作序，今不存，姑缺之"。可见朱氏所刻固据宋刻，但是朱氏所据之本已有阙佚。

有明抄本。张元济《涵芬楼烬余书录》集部："《浣花集》十卷，明钞本，四册，江阴朱氏文房本，卷末朱子儋跋曰：'韦庄，字端己。见素之孙。唐昭宗乾宁元年（894）进士，授校书郎。王建开伪蜀，庄时在华州驾前，迁起居舍人。后为蜀相，卒。所著有《浣花集》，其弟蔼尝为作序，今不存，姑缺之。既刻其集，又考得遗诗二篇，附后作《补遗》云。'是本与朱氏文房本行款全同，当必从之传录。"[3]

《四部丛刊初编》所收《浣花集》十卷（《补遗》一卷），即系上海涵芬楼借江安傅氏双鉴楼藏明江阴朱氏刊本影印。孙毓修跋："《浣花集》，明朱子儋跋云：'其弟霭尝为作序，今不存。'兹以毛氏绿君亭本补之，《补遗》及子儋跋文，又从一钞本补得。辛酉（1921）三月孙毓修（1871—1922）。"[4]

朱氏文房本之后，明末又有毛晋绿君亭刻本，此刻本亦称汲古阁刻本，有《补遗》一卷，南京图书馆藏有二本：一种有清赵昱等辑《韦端己诗补遗》一卷，为清嘉庆十五年（1810）陈揆抄本，有陈揆跋；又一种有清丁丙跋。《汲古阁书跋》云："向有朱氏版颇善，惜逸蔼序，予幸获完璧矣。梓行既久，复

①　傅增湘撰：《藏园群书经眼录》（19卷）（全5册），中华书局1983年版，第4册，卷12，第1109页。

②　同上。

③　张人凤编：《张元济古籍书目序跋汇编》，商务印书馆2003年版，第673页。

④　（唐）韦庄撰：《浣花集》，四部丛刊初编本（系影印明正德间朱承爵刻本），卷首。

阅《才调集》、《文苑英华》诸书，又得诸体诗三十首有奇，悉附作《补遗》云。"① 所谓"朱氏版"，即指朱子儋朱氏文房本。朱氏所得宋本，霭序已佚脱，而刻时仍旧不补；毛氏刻本所据之宋本，则为"完璧"，即补足为全本。而《补遗》一卷，则是在版行之后所作。南京图书馆有丁丙跋本，丁丙《善本书室藏书志》（收于《宋元明清书目题跋丛刊》第九册）卷二五云："《浣花集》十卷（明刊本）。前有韦霭序云……《文献通考》载庄集五卷，此乃毛子晋绿君亭所刻十卷本，有'片石山房'一印。"② 末毛晋辑佚诗六十九首，为《补遗》一卷。但是，毛辑也未尽善，如《癸丑年下第献新先辈》一首，既见于卷八，又入补遗。殊为失检。而《四库提要》已指出，《全唐诗》所录较此本多《勉儿子》、《即事》等篇共三十余首。

另外，前引黄丕烈《尧圃藏书题识》提到，黄丕烈所藏有"毛氏影钞宋本"。

毛刻本，今多有藏者，如：

缪荃孙《艺风藏书续记》卷六："《浣花集》十卷，校绿君亭本。唐韦庄撰。首叶有'顾肇声读书记'朱文长方印。"③ 则又为毛刻本之校本。孙星衍《孙氏祠堂书目》④ 内编卷四著录《浣花集》十卷、《补遗》一卷，云有两本：一明毛晋刊本；一明孙澹若手校本。此孙校本，未见他家著录，殆为毛刻之抄校本。

明代除毛刻本及毛刻系列之抄本外，别有宋刻明抄若干种。明徐燉《徐氏家藏书目》卷六载："韦庄《浣花集》十卷。"⑤ 徐燉跋曰："韦庄诗，百家未收，但于《鼓吹》中见其七言近体及诸家所选数首而已。偶入秣陵，友人郭圣仆出韦诗一帙见示，乃宋板也。遂命工钞录，以备观阅。时谢在杭方为比部郎，亦喜其诗调新逸，亦写一帙而去。万历丙午（1606）花朝东海徐惟起记"⑥。其他明抄本还有：

① （明）毛晋撰，潘景郑校订：《汲古阁书跋》，上海古籍出版社 2005 年版，第 59 页。

② 中华书局编辑部编：《宋元明清书目题跋丛刊》（全 19 册），中华书局 2006 年版，第 9 册，第 700—701 页。

③ 缪荃孙著，黄明、杨同甫标点：《艺风藏书记》，上海古籍出版社 2007 年版，第 409 页。

④ （清）孙星衍撰：《平津馆鉴藏记书籍·廉石居藏书记·孙氏祠堂书目》，上海古籍出版社 2008 年版，第 627 页。

⑤ 中华书局编辑部编：《宋元明清书目题跋丛刊》（全 19 册），中华书局 2006 年版，第 5 册，第 406 页。

⑥ 中华书局编辑部编：《宋元明清书目题跋丛刊》（全 19 册），中华书局 2006 年版，第 6 册，第 414 页。

《浣花集》十卷，补遗一卷，明抄本，现藏国家图书馆。

《浣花集》十卷，明抄本，现藏中山图书馆。

《浣花集》十卷，明抄本，清潘志万跋，现藏上海图书馆。

下逮清朝，又有胡介祉（1627—1664）谷园刻本《浣花集》十卷，现藏山西省图书馆。

丛编所收，有明抄《唐四十七家诗》本（有黄丕烈跋，国家图书馆藏）；清初抄《百家唐诗》本；清席启寓辑《唐诗百名家全集》本（有《补遗》一卷）。而《四库全书》所收《浣花集》十卷、《补遗》一卷，是编修汪汝藻家藏本，即是毛氏刻本。《四库全书总目》卷一五一云："《文献通考》载庄集五卷。此本十卷，乃毛晋汲古阁所刻，为庄弟蔼所编，前有蔼序。疑后人析五为十，故第十卷仅诗六首也。"又云："《全唐诗》所录较此本多《勉儿子》、《即事》等篇共三十余首。"可见当年扬州诗局诸臣又有辑讨（或其所据韦庄集更为完善）。《四部丛刊初编》本所收系据朱氏文房刻本影印（详前所述）。

三

如第一编《十国艺文志考索》所考，韦庄有著作 10 种 34 卷，存 2 种 13 卷。存世的 2 种著作中，一为韦庄所撰，即《浣花集》10 卷，一为韦庄所编，即《又玄集》3 卷。

韦庄另有《秦妇吟》一卷，《浣花词》一卷。

韦庄《秦妇吟》长诗一首，当年未编入《浣花集》，近世从敦煌莫高窟流出，落入西人之手，流落海外，1920 年始回流归国，人们始知韦庄此诗之真面目。王重民《敦煌古籍叙录》交代了《秦妇吟》这首长诗两方面的重要内容。一方面是《秦妇吟》的版本、藏地等详情，人们因此得知，敦煌写本《秦妇吟》在英国不列颠博物馆藏有三本，法国巴黎图书馆藏有四本，又一本藏国内德化李氏（后归日本人）。其中较完整者二本：一是巴黎国民图书馆所藏，题"右补阙韦庄撰"，末署"天复五年乙丑岁十二月十五日郡金光明寺学仕张龟写"；二是伦敦博物馆所藏，末署"贞明五年己卯岁四月十一日敦煌郡金光明寺学仕郎安友盛写讫"。全诗共一千三百八十六字，乃中和三年（883）春作。另一方面是《秦妇吟》的校勘上的成就，人们由此得知，《秦妇吟》校录本较多：王国维校录本题曰《韦庄的〈秦妇吟〉》，载《国学季刊》一卷四号；罗振玉校录本，载入《六经堪丛书初集·敦煌零拾》（又《罗雪堂先生全集》三编《敦煌零拾》本）；刘修业校录本，载《学原》第一卷第七期；英人小翟理斯博士校释本（张荫麟转译为中文，发表于《燕京学报》第一期）；其他还有郝立权《韦庄秦妇吟笺》（《齐大月刊》二卷二期）、黄仲琴

《秦妇吟补注》（《中大文史学研究所月刊》一卷五期）、周云青《秦妇吟笺注》（商务印书馆 1934 年印行）、陈寅恪《读秦妇吟》（《清华学报》十一卷四期）及《秦妇吟校笺》（1940 年昆明印行）等。①

韦庄善词，其词散见各书，未有专集。《花间集》录四十八首，《尊前集》五首，《草堂诗余》一首，此即《全唐诗》所录五十四首之所据。《历代诗余》又有《玉楼春》一首，总计五十五首。② 至于《浣花词》当初是否编在《浣花集》中，已不可考。王国维《浣花词跋》云："《宋史·艺文志》载韦庄《浣花集》十卷。《历代诗余·词人姓氏》则谓庄有集二十余卷，其弟蔼编定其诗为五卷。今二十余卷本不传，则词在集中与否，亦不可知矣。《全唐诗》所载端己词共五十四首，兹录为一卷。中见于《花间集》者四十八首，见于《尊前集》者五首，见于《草堂诗余》者一首。《应天长》第一阕亦见《阳春集》中，唯《花间集》属之端己。端己词情深语秀，虽规模不及后主、正中，要在飞卿之上。观昔人颜、谢优劣论可知矣。"（《唐五代二十一家词辑》）王国维《唐五代二十一家词辑》有《浣花词》一卷，实即《全唐诗》五十四首，有《王忠悫全书》本，即《海宁王忠悫公遗书四集·唐五代二十一家词辑》所收《浣花词》一卷。又有刘毓盘辑《唐五代宋词集六十种》本；林大椿辑《唐五代词》本；向迪琮辑《浣花词》一卷（五十五首，附所校订《韦庄集》之后）。③

韦庄编《又玄集》三卷，唯《宋史·艺文志》有著录，其他唐宋书志均未见著录。而自元代以后，长期不见诸藏家记载，盖已亡佚。但是，清王士禛《唐人万首绝句凡例》云"尝删《英灵》、《国秀》、《极玄》、《又玄》诸集"，而王士禛《十种唐诗选》之《又玄集》三卷，四库馆臣云："韦庄《又元集》，原书已佚，今所传者乃赝本。"④ 直至 20 世纪 50 年代，日本学者清水茂教授应夏承焘先生之请，将日本藏享和三年（1803）江户昌平坂学问所官板本摄影相赠，古典文学出版社遂于 1958 年影印出版。同年，中华书局上海编辑所《唐人选唐诗》十种据古典文学出版社影印本排印。考日本官板本，未详其所出是何祖本，但应属南宋时流传到日本的刻本，可无疑，因此，此本具有重要的版本价值。⑤ 此本有光化三年（900）韦庄自序。韦庄于次年即天复

① 王重民：《敦煌古籍叙录》，中华书局 1979 年 9 月新 1 版，第 303—308 页。

② 夏承焘：《唐宋词人年谱》，古典文学出版社 1979 年版，第 30 页。

③ 饶宗颐：《词集考》，中华书局 1992 年版，第 16 页。

④ （清）永瑢等撰：《四库全书总目》（200 卷），中华书局 1965 年版，卷 194，第 1769 页。

⑤ 傅璇琮编撰：《唐人选唐诗新编》，陕西人民教育出版社 1996 年版，第 574 页。

元年入蜀，则此集编成于入蜀前尚在长安时期。其自序有云："昔姚合所撰《极玄集》一卷，传于当代，已尽精微。今更采其玄者，勒成《又玄集》三卷。"如此，则此书乃是姚书之续编；而其序中又称："自国朝大手名人，以至今之作者，或百篇之内，时纪一章；或全集之中，微征数首。但掇其清词丽句，录在西斋，莫穷其巨派洪澜，任归东海。总其记得者才子一百五十人，诵得者名诗三百首"，则又似是别出心裁，全面搜采，自具面目者。傅璇琮先生《唐人选唐诗新编》本《又玄集》前纪云："按今本目录未加比勘时统计，为一百四十二人，诗二百九十七首。今据考核，实得一百四十六人，诗二百九十九首。"①

《又玄集》，目前较通行之本有上海古籍出版社《唐人选唐诗》本，系据古典文学出版社影印本重新排印。又有陕西人民教育出版社 1996 版傅璇琮编撰《唐人选唐诗新编》本，校勘精严，为目前完善之本。

至于《宋史·艺文志》八"总集类"又著录有韦庄《采玄集》一卷，夏承焘先生以为此书书名、卷数皆不同于《又玄集》，当别是一书（《又玄集后记》）。莫得其详，俟考。

韦庄诗、词，近世每有点校或合编者，如贺扬灵校《浣花诗词》，1934 年上海光华书局、1936 年上海中央书局印行；又向迪琮校订《韦庄集》，1958年人民文学出版社校点刊行；又江聪平《韦端己诗校注》，1969 年台湾中华书局印行。今有聂安福《韦庄集笺注》，上海古籍出版社 2002 年版，其他尚有若干种，不赘。

韦庄《浣花集》的本子不少于 24 种，现总结如下。韦庄《浣花集》十卷编成于 903 年韦庄去世 7 年前；今知第一个刻本是陈起（？—1256）陈宅书籍铺刊刻的南宋书棚本，此本今存日本静嘉堂文库（存卷 4 至卷 10 共 7 卷，前 3 卷用明末毛晋藏影宋抄本配补），这是韦庄《浣花集》存世版本中最早最可靠的本子，可惜此本至今未见有影印本；中国大陆所存韦庄《浣花集》的最早刻本是明正德间（1506—1521）朱承爵刊刻的《浣花集》十卷《补遗》一卷（补诗 2 首），1919 年上海商务印书馆影印此本收于《四部丛刊初编》中，从而使明正德间朱承爵刻本成为《浣花集》广为人知的本子；明末毛晋以影抄南宋书棚本为底本刊刻《浣花集》10 卷《补遗》1 卷（补诗 32 题 37 首），此本被四库馆臣作为底本抄录了 7 部，这就是四库全书七阁本《浣花集》10卷《补遗》1 卷，其中有四阁保存至今，四阁中的文渊阁四库全书本和文津阁四库全书本还有了影印本，这使毛晋刻本《浣花集》10 卷《补遗》1 卷的面

---

① 傅璇琮编撰：《唐人选唐诗新编》，陕西人民教育出版社 1996 年版，第 578 页。

目比明正德间朱承爵刻本更加广为人知，但是毛晋刻本的真实面目（四库全书本只是抄毛晋刻本而已，故不是毛晋刻本的真面目，影印本才能算真面目）一直未被影印行世；康熙四十一年（1702）席启寓刊刻的《唐人百家诗》（又名《百家唐诗》、《唐人百名家全集》）丛书本《浣花集》10卷《补遗》1卷补诗之多达65题68首，故此本也是一个值得注意和影印的本子。今后再整理韦庄著作，一定要注意利用日本静嘉堂文库所藏南宋书棚本和康熙四十一年（1702）席启寓刊刻的《唐人百家诗》丛书本，而且为了工作方便，最好能弄到这两个本子的影印本。

附：前蜀国韦庄集部著作流传过程和版本源流示意图

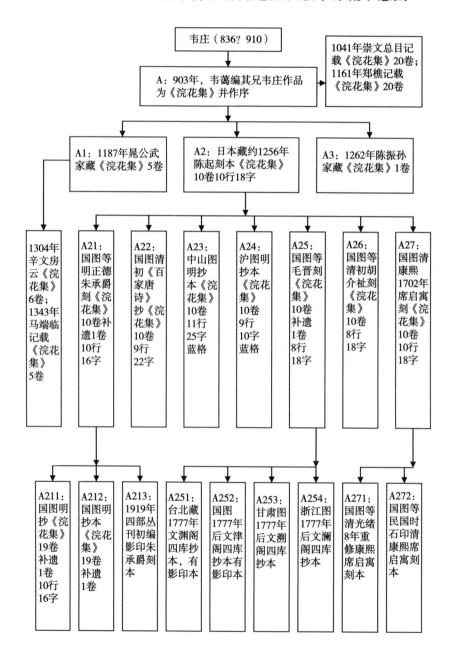

第十章　前蜀国唐求集部著作流传过程和版本源流考辨

唐求（生卒年不详），一作唐球，成都（今属四川）人，昭宗时，王建帅蜀，召其为参谋，辞不就。隐居于味江山，世称之"味江山人"、"唐山人"。唐求存诗一卷，含 35 题 35 首诗。① 现对其著作的流传过程和版本源流予以考辨。

一

北宋黄休复《茅亭客话》卷三"味江山人"一文云："其赠送寄别之诗，布于人口"。② 可见唐求诗在当时是有点名气的。但是其著作历后蜀 33 年、北宋 167 年，一直未见人提及，真可谓声名不彰。就今日史料而言，第一个提到唐求著作的人，是南宋诗人、目录学家尤袤，其最晚于 1194 年成书的《遂初堂书目》"别集类"著录云："《唐求集》"。③ 尤袤此著录记载了唐求著作的书名，但是没有记载是抄本还是刻本。从书名上看，《唐求集》的内容可能有诗有文，也可能只有诗（当然也可能只有文）。

今人所知唐求著作在历史上的最早刻本，是南宋陈起（？—1256）刊刻的《唐求诗集》一卷，该书被收入陈起辑刻的《唐人五十家小集》丛书。陈起此丛书大概已经佚失了（因为从未听闻哪个藏书单位有藏，但不排除五十家中个别人集子尚存世的可能），其面目被保存于清光绪二十一年（1895）江标的影刻本中。江标《唐人五十家小集》丛书的行款是：10 行 18 字，白口，左右双边，单鱼尾。该丛书现藏于国家图书馆、上海图书馆、杭州大学图书馆、广东省中山图书馆等数十家藏书单位，其"五十家"中的第 22 家即唐求，其著作的名字是《唐求诗集》，卷数为一卷，其中藏于国家图书馆的《唐

---

① 周祖譔主编：《中国文学家大辞典·唐五代卷》，中华书局 1992 年版，第 668—669 页。

② 本社编：《宋元笔记小说大观》（全 6 册），上海古籍出版社 2001 年版，第 1 册，第 415 页。

③ 中华书局编辑部编：《宋元明清书目题跋丛刊》（全 19 册），中华书局 2006 年版，第 1 册，第 496。

求诗集》一卷，索书号为 79871：14。

值得注意的是，国家图书馆今藏一种宋刻本《唐求诗集》一卷，行款与江标影刻的南宋陈道人《唐人五十家小集》本的行款相同（即也是 10 行 18 字，白口，左右双边，单鱼尾），索书号是 08422，其上有季振宜、顾莼、黄丕烈等清代藏书名家的印记，还有黄丕烈的三则跋语。第一则跋语把这个宋刻本的流传过程基本讲清楚了，故抄引如下："此宋刻《唐求诗集》，与宋刻《茅亭客话》同得于友人顾千里所，云是桐乡金谔岩家物，而散入他人手者也，从前诸藏书家目录不多见，惟《延令季氏书目》于《唐诗八家》条下列其名。今卷中有'季振宜字诜兮号沧苇'一印、'季振宜藏书'印；又有'泰兴季振宜沧苇氏珍藏'墨书一行，其即《延令季氏书目》中物无疑。卷端有长方印甚古，惜其文莫辨，似三字，仅末'山'字可识，此外如'危氏太仆与之印'、'陶庐'、'顾湄之印'，共四印，皆表表可见者，惟'紫薇馆印'，不知谁氏。通卷仅八叶，而收藏自元明以来，皆知宝贵，宜其珍秘若斯。余检《书录解题》，载《唐求诗》一卷，云'唐唐求撰，与顾非熊同时，《艺文志》不载。'又检《茅亭诗话》，卷第三有'味江山人'一条，即论唐求事，爰影写宋板二十六行（笔者按：'二十六行'前，《订补海源阁书目五种》衍一'之'字），附于此集后，非但可以考见其事迹，且所载诗与此集间有异同，可以辨证，则此集之与《茅亭客话》必偕来者，岂非奇之又奇乎？嘉庆癸亥（1803）七月白露后一日，荛翁黄丕烈书于百宋一廛。"① 可见此本的流传过程是陈起（？—1256）、危素（1303—1372）、季振宜（1630—1674）、金鄂岩（1750—1800）、顾千里（1766—1835）、黄丕烈（1763—1825）、国家图书馆。

比陈起编辑并刊刻《唐求诗集》一卷稍后几年（也可能同时或者差不多同时），《唐求集》出现于最晚 1262 年成书的陈振孙《直斋书录解题》。该书卷十九"诗集类上"云："《唐求集》一卷。唐唐求撰。与顾非熊同时。《艺文志》不载。"陈振孙这著录语增加了两个信息。一个是唐求与顾非熊同时（陈振孙此说法靠不住，考证起来篇幅太长，故不赘。另一个是说"《艺文志》不载"，这个"《艺文志》"指陈振孙当时看到的宋朝廷官方编纂的《艺文志》，也就是后来元朝史臣编写《宋史·艺文志》所采用的材料。现今知《宋史·艺文志》果然没有唐求的著作，可见陈振孙的说法是正确的。还有，《唐求集》被陈振孙置于"诗集类"中，由此可知《唐求集》的内容是诗（不会含有文），这与差不多同时或不久前陈起编刻的《唐求诗集》给人提供的信息

① （唐）唐求撰：《唐求诗集》（1 卷），《续修四库全书》本（《续修四库全书》第 1313 册第 174 页），卷尾。

是一致的。

1319 年成书的元代马端临《文献通考》卷二百四十三经籍考七十"集·诗集"对唐求的著作有所著录，但其著录完全抄引了陈振孙《直斋书录解题》的说法，那也就看不出来马端临是否看到过《唐求集》，而 1343 年成书的元脱脱等的《宋史》没有记载唐求的著作。由此可见前蜀国诗人唐求的著作即使有了陈起的编刻本，仍然没有受到重视，以至于陈起（？—1256）编刻《唐人五十家小集》丛书后，至今未见哪个元代人提及《唐求集》、《唐求诗集》或者唐求的其他什么书名的著作。

以上就是唐求著作在五代、北宋、南宋、元朝的流传过程和宋刻本的刊刻、流传情况。

二

唐求著作在明朝应该是有抄本的，但因没有证据表明确实是明朝人所抄，故唐求著作在明朝的抄本按下不表。

今日所知唐求著作在明代的刻本只有一个，即国家图书馆著录"丛编项"为"唐百家诗"的《唐求诗集》一卷，10 行 18 字，白口，左右双边，单鱼尾，索书号为 t3161。查《中国丛书综录》可知，《唐百家诗》丛书为明人朱警所辑，于嘉靖十九年（1540）刊刻。但是《唐百家诗》的子目含初唐 21 家、盛唐 10 家、中唐 27 家、晚唐 42 家，这 100 家中并无唐求。[①] 看来国家图书馆此著录需要解释（还不能说国家图书馆的著录有误，当时编撰馆藏目录的专家应该只是照单全收、直书其事而已）。

与《唐百家诗》名字相近的是《唐诗百名家全集》，《中国丛书综录补正》云："《唐诗百名家全集》（一名《百家唐诗》，又名《唐人百家诗》），清席启㝢辑，清康熙四十一年（1702）洞庭席氏琴川书屋刊本、清光绪八年（1882）刊本。"[②]《唐诗百名家全集》第三函云"《唐隐居诗》一卷，唐唐求撰"[③]。书名不是《唐求诗集》，可见国家图书馆著录为"唐百家诗"的《唐求诗集》一卷也不是清康熙时席启㝢辑刻的《唐诗百名家全集》丛书本。

另一个与《唐百家诗》丛书名字相近的丛书是《唐百三名家诗》，《中国丛书广录》云："《唐百三名家诗》（存六十家八十五卷），明嘉靖刻本。"又

---

① 上海图书馆编：《中国丛书综录》（一），上海古籍出版社 1986 年版，第 829 页。

② 阳海清编撰、蒋孝达校订：《中国丛书综录补正》，江苏广陵古籍刻印社 1984 年版，第 234 页。

③ 上海图书馆编：《中国丛书综录》（一），上海古籍出版社 1986 年版，第 830 页。

云："按：是刻半页十行，行十八字，白口，四周单边或左右双边。据黄裳收书记著录。曾疑即朱警编《唐百家诗》，后经赵兴茂先生与上图藏本比对，并非全同。"该丛书所存"六十家"的第五十二家即唐求，著录语是"《唐求诗集》一卷，唐唐求撰。"① 书名、卷数、作者、行款与国家图书馆所藏《唐百家诗》丛书本《唐求诗集》一卷的这四项内容无不相合。可见，国家图书馆所著录的"唐百家诗"所指的丛书，正是《唐百三名家诗》丛书（这同时也印证了赵兴茂先生所云《唐百三名家诗》丛书和朱警辑刻的《唐百家诗》丛书"并非全同"的说法）。

总之，国家图书馆所藏《唐百家诗》丛书本《唐求诗集》一卷是《唐百三名家诗》丛书本《唐求诗集》一卷，其刊刻时间是明朝嘉靖（1522—1566）年间。其辑者为谁，今已无考；所用底本是什么，难以确知（从10行18字的行款看，应当是模仿南宋陈道人刻本《唐人五十家小集》丛书）（《中国丛书综录》忘了交代《唐百三名家诗》丛书的藏地，从其中《唐求诗集》一卷看，藏地为国家图书馆）。

三

现将唐求著作在清代以来的抄本叙述如下。

一种是《百家唐诗》本抄本，此抄本为善本，今藏国家图书馆，国家图书馆著录云："《唐求诗集》一卷，（唐）韦庄撰。出版项：清初（1644—1722）。丛编项：百家唐诗。相关附注：9 行 20 字或 22 字，蓝格，白口，四周双边。索书号：08605。"《唐求诗集》的作者当然是唐求，故"（唐）韦庄撰"的著录显然错误。如上文已引《中国丛书综录补正》所云，可称为"百家唐诗"的丛书有明朱警辑、嘉靖十九年（1540）朱警刊刻的《唐百家诗》丛书和清席启寓辑、康熙四十一年（1702）席氏琴川书屋刊刻的《唐诗百名家全集》丛书，但是这二种丛书均为刻本，不是抄本。从常理来说，不管是谁刊刻古书，直接照底本（可能是刻本，也可能是抄本）刊刻就是了，没有必要先抄写一遍（除非是影刻，但是未闻朱警《唐百家诗》丛书和席启寓《唐诗百名家全集》丛书是影刻本）。可见，国家图书馆所藏此《百家唐诗》抄本《唐求诗集》一卷为谁所抄，难以考知。需要提请注意的是，1986 年出版的《中国丛书综录》漏收了国家图书馆所藏此抄本《百家唐诗》丛书，1999 年出版的《中国丛书广录》补收了此抄本丛书，且有较详细注释："《百家唐诗》（存五十四种），清初抄本……《唐求诗集》一卷，唐唐求撰……按：

---

① 阳海清编撰、陈彰璜参编：《中国丛书广录》，湖北人民出版社 1999 年版，第 760 页。

是钞半页九行，行二十或二十二字，蓝格，白口，四周双边，版心间书'百家唐诗'四字。国家图书馆藏。"①

另一种是带经堂抄本，此抄本也藏于国家图书馆，该馆著录云："《唐求诗集》（普通古籍）一卷。版本项：抄本。出版项：带经堂，清（1811—1870）（即嘉庆十六年到同治九年）。丛编项：唐四家诗。索书号：79887：3。"清初学者王士禛（1634—1711）有著作《带经堂集》、《带经堂诗话》，但是，国家图书馆著录抄写时间为清（1811—1870），那就说明此抄本不是王士禛所藏。据《清人室名别称字号索引》一书知，室号为"带经堂"的清代人除王士禛外还有茅梦松（生平不详）、张宗柟（1704—1765）、陈征芝（1802 年进士，1831 年知浙江秀水等县）、黄观光（生平不详）四人。因陈征芝以藏书而知名，故可初步判断，国家图书馆所藏带经堂抄本《唐求诗集》一卷应该是陈征芝所抄。还有，国家图书馆著录此抄本《唐求诗集》一卷为"《唐四家诗》"丛书中的一种，但是，《中国丛书综录》收录的《唐四家诗》丛书和《唐四家诗集》丛书均是刻本（而不是抄本），其所含的"四家"均没有唐求。（《中国丛书综录》收录的《唐四家诗》丛书系清汪立名辑，有康熙三十四年天都汪氏刊本和清光绪中湖北崇文书局刊本，四家为王维、韦应物、孟浩然、柳宗元；《唐四家诗集》丛书系清胡凤丹辑、有清同治九年即1870 年刊本，四家分别为王维、孟浩然、韦应物、柳宗元。）《中国丛书广录》、《中国丛书综录续编》、《中国丛书综录补正》也没有提及含有唐求著作的《唐四家诗》丛书。这样看来，要么国家图书馆关于《唐求诗集》一卷抄本系抄本《唐四家诗》丛书之一种的著录有误，要么《中国丛书综录》及其后续著作需要补充修订。

以上二种抄本难以确知为谁所抄，更不知其所据底本为何，亦未闻有序跋或印记交代其源流，故其可靠性和价值需要谨慎对待。相比之下，下面两种抄本的可靠性应该好很多。

《唐求诗》一卷影宋抄本之有李宏信校跋者。此影宋抄本今藏北京大学图书馆，书号为 2064。该书卷尾第二则即李宏信跋，其跋云："甲申（1764）十二月十七日立春，从新浔周香岩藏钱遵王宋本校，款行金同。柯溪记。"周香岩即周锡瓒（1742—1819），香岩为号（其号别署为香岩居士）②；钱遵王即钱

---

①　阳海清编撰、陈彰璜参编：《中国丛书广录》，湖北人民出版社 1999 年版，第 763 页。

②　郑伟章：《文献家通考》（清—现代），中华书局 1999 年版，第 442 页。

曾（1629—1701），遵王为字①；柯溪即李宏信（1737—1821?），柯溪为字②。李宏信说，他写跋语的《唐求诗》一卷，已经被他用周锡瓒家藏的钱遵王宋本唐求著作校对过一遍，此本与钱遵王所藏宋本行款全同（全同即全同）。李宏信跋为卷尾第二则内容，卷尾第一则内容是"泰兴季振宜沧苇氏珍藏"的十字题记，此题记下一方印曰："季振宜藏书。"该书卷首"唐求诗"三字下有藏印曰："北京大学藏"（方印）、"季振宜字诜兮号沧苇"（方印）、"木斋审定善本"（方印）、"李盛铎印"（方印）。季振宜（1630—1674），字诜兮（笔者按：诜，音深），号沧苇，明末清初泰兴县人。李盛铎（1859—1937），字嶬樵，又字椒微，号木斋，别号师子庵旧主人、师庵居士，晚号麐嘉居士。江西省德化县人，近代藏书家。③ 由此可知，李宏信校跋的这个影宋抄本《唐求诗》一卷历经季振宜、李宏信、李盛铎的收藏，最后归北京大学图书馆。

《唐求诗》一卷影宋抄本之民国间陈畏再次影抄本。陈畏此影抄本今亦藏北京大学图书馆，索书号为 SB·7953。该影宋抄本卷尾有陈畏的跋语："乙丑（1925）初夏四月二十四日，从影宋本影录一过，晋江陈畏识于京师种双玉斋。"可知此本是陈畏1925年影抄的。陈畏再次影抄时所用的底本是有李宏信校跋的影宋抄本。这从陈畏这个影宋抄本上过录的李宏信的校语可以看出来。例如《秋寄□江舒公》末句"从交梦里闻"页的天头有校语曰："交疑教"。又如《题李少府别业》之第六句"傍松黄鹤有时来"，"时"旁有朱笔批"人"，"傍松黄鹤有时来"页天头上有朱笔校语云："钱本误人"。这里的"钱本"即钱遵王家藏宋本《唐求诗集》一卷。再举一个例子，《酬舒公见寄》的第二句"为文长遗世间知"一句所在页的天头上有朱笔校语云："钱本遗作遣。"可是，《唐求诗集》之《续修四库全书》本所含此诗此句确实是"为文长遗世间知"，确实是"遗"，不是"遣"，《续修四库全书》本《唐求诗集》系据国家图书馆藏《唐求诗集》之南宋刻本影印而成。这说明，上文李宏信跋所云"甲申（1764）十二月十七日立春，从新浔周香岩藏钱遵王宋本校"之"宋本"并不是宋代刻本，也不会是宋刻本之影抄本（影抄本与底本一笔一画都全部相同），而只是宋刻本之抄本而已。钱遵王家藏的这个抄本《唐求诗集》一卷今何在，已经难以考知。好在《唐求诗集》的宋刻本尚在世（今藏国家图书馆），此宋刻本被影印后收入《续修四库全书》第1313册，于是，《唐求诗集》一卷的宋刻本更加广为人知，且简便易得。

---

① 郑伟章：《文献家通考》（清—现代），中华书局1999年版，第64页。
② 同上书，第416页。
③ 同上书，第1254页。

四

　　唐求著作在清代以来的刻本有如下几种：

　　第一种为《中晚唐诗》丛书本（也可以说是《十三唐人诗》丛书本）。《中晚唐诗》丛书为康熙年间（1662—1722）刘云份编刻，该丛书含有一种丛书"十三唐人诗"（即丛书中又含有丛书），"十三唐人"中的第三人即唐求，国家图书馆馆藏目录著录云："《唐球诗》一卷，唐唐球撰（笔者按：'唐球'是'唐求'之误）。"需要注意的是，《中晚唐诗》丛书中的此"十三唐人诗"丛书被一些图书馆和馆藏书目作为独立的丛书单独著录。这就是说，《唐球诗》一卷的《中晚唐诗》丛书本和《唐球诗》一卷的《十三唐人诗》丛书本是同一个本子，故其行款皆是 9 行 19 字，白口，左右双边。该丛书本《唐球诗》一卷在国家图书馆、上海辞书出版社图书馆、湖北省图书馆等藏书单位有藏。

　　第二种为《唐诗百名家全集》丛书本。该丛书为清席启寓所编，清康熙四十一年（1702）洞庭席氏琴川书屋刊刻、清光绪八年（1882）再次刊刻。该丛书关于唐求著作的著录是："《唐隐居诗》一卷，唐唐求撰。"行款为 10行 18 字。

　　第三种为清杨以增海源阁影刻本。该影刻本现藏上海图书馆，书名和卷数是"《唐求诗集》一卷"，索书号为线普长 90418。该刻本的底本和源流从杨以增的两则跋语可以看出来。杨以增跋云："按：《唐山人集》一卷，《书录解题》云：'与顾非熊同时，《艺文志》、《郡斋读书志》、《中兴书目》均不载。'《延令季氏宋板目》中载之，书仅八叶，计诗三十有五首，为南宋精椠，历经名贤珍弄，精雅绝伦。沧苇题款在卷末，《山居》一首上有校字小楷，亦沧苇手迹。外签，则顾氏南雅笔也。'鹿顶山'长印，予藏宋本《三礼图》中亦有之，或宋人印，若建安余氏造纸之有'勤有'印也。记以俟考。咸丰辛酉（1861）秋八月，聊城杨绍和识。"又跋曰："此本与《韦苏州集》同一行式，皆临安府棚北大街睦亲坊南陈宅书籍铺刊行，所谓书棚本是也。《百宋一廛赋》著录有'鹿顶山'、'危氏太仆'、'紫薇馆印'、'季振宜字诜分号沧苇'、'季振宜藏书'、'顾湄之印'、'陶庐'、'茞之印'、'广圻审定'、'士礼居'、'江夏不烈'、'荛夫'、'老荛'、'有竹居'、'平江汪宪奎秋浦印记'、'宪奎'、'秋浦'、'汪士钟印'、'阆源真赏'、'平阳汪氏藏书印'各印记。"从这二则跋语可以看出，杨以增海源阁的影刻所据的底本即有季振宜、顾纯、黄丕烈题款、题记或题跋的宋刻本《唐求诗集》一卷，也就是后来被上海古籍出版社 1995 年影印后收入《续修四库全书》第 1313 册中的《唐求诗集》一卷，杨以增还进一步断定此刻本实际就是南宋陈道人刊刻的书棚本。

第四种为清光绪二十一年（1895）江标元和江氏灵鹣阁影刻的南宋陈道人书棚本《唐人五十家小集》，其"五十家"中的第二十二家即唐求，唐求著作的书名和卷数是"《唐求诗集》一卷"，该本 10 行 18 字，白口，左右双边，单鱼尾，国家图书馆有藏，索书号为 79871：14。

第五种为北京图书馆出版社 2003 年出版的"中华再造善本"丛书本《唐求诗集》，此本亦系影刻本，国家图书馆有藏，索书号为 zz0013，此本所用底本是国家图书馆所藏宋刻本《唐求诗集》一卷。也就是说，此"中华再造善本"影刻的《唐求诗集》（一卷）与上海古籍出版社 1995 年影印后收入《续修四库全书》丛书第 1313 册的《唐求诗集》一卷是同一个本子。

综上所述，国家图书馆藏南宋刻本《唐求诗集》一卷是最早最重要的本子，此本有 2 个影抄本（乾嘉学者李宏信校跋影抄本一个、民国间陈畏据李宏信校跋影抄本再次影抄一个）、三个影刻本（咸丰时杨以增影刻、同治时江标影刻、2003 年再造善本影刻）、一个影印本（1995 年上海古籍出版社影印的《续修四库全书》本）。当然，最方便使用、（常理上而言）多数人最常用的还是《全唐诗》中的唐求诗。从学术严谨的角度看，把《续修四库全书》本《唐求诗集》一卷和《全唐诗》中的唐求诗结合起来使用，才是本分和上策。

附：前蜀国唐求集部著作流传过程和版本源流示意图

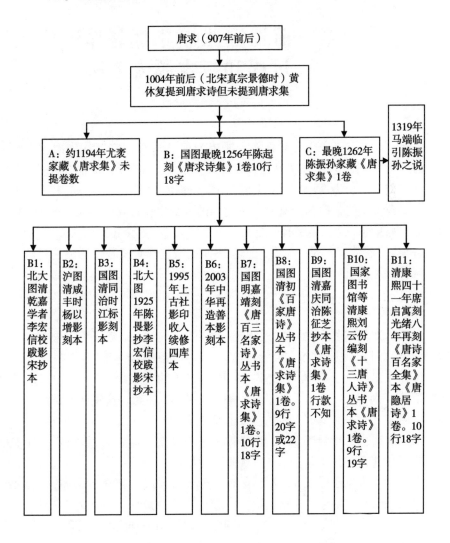

第十一章　前蜀国张蠙集部著作流传过程和版本源流考辨

　　张蠙（生卒年不详），字象文，郡望为河北清河，家居江南时，有声一方，为"九华四俊"之一（另三人为许棠、张乔、周繇）。张蠙于唐昭宗乾宁二年（895）进士及第，王建开前蜀国，张蠙为膳部员外郎，后主王衍（918—925年在位）时为金堂令，系前蜀国一个比较重要的诗人。存诗103题104首，其著作一种，名字有四个：《张蠙诗》、《张蠙诗集》、《张蠙集》、《张象文诗集》，卷数有一卷、二卷、三卷三种说法。现对其著作的流传过程和版本源流予以考辨。

一

　　今日所知张蠙著作在历史上的第一次出现见于1041年成书、宋王尧臣等的《崇文总目》。该书卷十二"别集四"云："《张蠙诗》一卷。"

　　第二次出现见于1060年成书的宋欧阳修等的《新唐书》。该书卷七十艺文略第八"别集类"云："《张蠙诗集》二卷。"注意，这里张蠙著作出现了第二个名字"《张蠙诗集》"，卷数也变成了二卷。

　　第三次出现见于最晚1161年成书的南宋郑樵《通志》。该书卷七十艺文略第八"别集五·别集诗"云："《张蠙诗集》二卷。"

　　第四次出现见于最晚1187年成书的南宋晁公武《郡斋读书志》。该书卷四中"别集类中"云："《张蠙诗》一卷。右伪蜀张蠙，字象文，清河人。唐乾宁中进士，为校书郎、栎阳尉、犀浦令。建开国，拜膳部员外郎，后为金堂令。王衍与徐后游大慈寺，见壁间'墙头细雨垂纤草，水面回风聚落花'，爱之，问之，云：'蠙句'。给札，令以诗进。蠙以二百首献。衍重之，将召为知制诰。宋光嗣以其轻傲，止赐白金而已。蠙生而颖秀，幼能为诗，作《登单于台》，有'白日地中出，黄河天外来'之句，为世所称。"

　　第五次出现见于最晚1194年成书的南宋尤袤《遂初堂书目》。该书之

"别集类"云："《张蟾集》"。① 注意这里出现了张蟾著作的第三个名字：《张蟾集》。

第六次出现见于南宋陈起（？—1256）最晚 1256 年刊刻《唐人五十家小集》丛书中的《张蟾诗集》一卷。至今未听说哪个藏书单位藏有陈起刊刻的这套《唐人五十家小集》丛书，估计这套丛书已佚，顶多有子目中的个别书存世且难以看出是《唐人五十家小集》中的一种（否则藏书目录一定会著录）。好在其面目被保存于光绪二十一年（1895）江标影刻的《唐人五十家小集》丛书中。江标该丛书"五十家"中的第二十五家即张蟾，其著作被著录为"《张蟾诗集》一卷，（前蜀）张蟾撰。"南宋陈道人《唐五十家小集》丛书江标影刻本中的《张蟾诗集》一卷现藏于国家图书馆，索书号为 79871：16，行款是 10 行 18 字，白口，左右双边，单鱼尾。强调一下，这个南宋陈起（又称陈道人）《唐人五十家小集》丛书本《张蟾诗集》一卷是今人所知张蟾著作在历史上的第一个刻本，其面目被影刻后保存至今，张蟾著作此后的所有版本应该都以此陈起刻本为源头，而且许多版本至少在行款上保留了陈起刻本的面目（即 10 行 18 字），故该本（陈起刻本）《张蟾诗集》一卷对判断张蟾著作的版本源流十分重要。

第七次出现见于最晚 1262 年成书的南宋陈振孙《直斋书录解题》。该书卷十九"诗集类上"云："《张蟾集》一卷。唐张蟾象文撰。乾宁二年（895）进士。"

第八次出现见于最晚 1319 年成书的元马端临《文献通考》。该书卷二百四十三经籍考七十"集·诗集"仅仅引用了南宋晁公武《郡斋读书志》对"《张蟾诗》一卷"的著录语，未增加新内容，故省略。

第九次出现见于最晚 1343 年成书的元脱脱等的《宋史》。该书卷二百八艺文七"别集类"云："《张蟾诗》一卷。"

以上就是张蟾著作在宋元两代的流传情况和刻本情况。

二

张蟾著作在明代的流传有抄本和刻本两种载体形态，这两种载体形态的所有版本，书名都是《张蟾诗集》，卷数都是一卷。下文先谈抄本，后谈刻本，简述其源流。

《张蟾诗集》一卷的明抄本共有五种。

_____

① 中华书局编辑部编：《宋元明清书目题跋丛刊》（全 19 册），中华书局 2006 年版，第 1 册，第 496 页。

　　第一个明抄本藏国家图书馆，索书号为11161。该本为明代抄本丛书《唐四十四家诗》（九十八卷）中的一种，10行20字，白口，四周双边，无直格。从10行20字的行款可以知道，虽然此本的源头（甚至底本）一般来说总是南宋陈道人（即陈起）刻本，但此本肯定不是对陈道人刻本的影抄，因为陈道人刻本的行款是10行18字。

　　第二个明抄本据说藏国家图书馆，但是笔者在国家图书馆馆藏目录里未能查到此书（当然也就未能目见此书）。此书的信息见于《中国丛书广录》的著录。据《中国丛书广录》知，国家图书馆所藏明抄本《唐四十七家诗》丛书所用纸张均无格，行款有两种，或者9行17字，或者10行18字。"四十七家"中的第十二家即张蠙，其著作被著录为"《张蠙诗集》一卷，唐张蠙撰。"《中国丛书广录》还对《唐四十七家诗》丛书四十七种明抄本中有题跋的本子的题跋者予以披露。据披露，四十七种明抄本中有《沈云卿集》等六家集子有清人题跋，这六家集子中并无《张蠙诗集》。① 故《唐四十七家诗》丛书本《张蠙诗集》一卷的来源较难索解，今日仅知该本《张蠙诗集》一卷的行款或者是9行17字，或者是10行18字，因为南宋陈道人刻本《张蠙诗集》一卷的行款是10行18字，故此明抄本丛书《唐四十七家诗》中的《张蠙诗集》一卷很可能也是10行18字，但是否如此，还得目睹其书后才能断定，此处只能存疑。

　　第三个明抄本在国家图书馆的馆藏目录上倒是可以查到，但是笔者未能借阅到。其源流只能据馆藏目录的著录来判定。据馆藏目录，此本为明（1368—1644）抄本，11行20字，无格，和《周贺诗集》并列（笔者按：此书索书号为03565，《周贺诗集》的索书号为03566，这大概就是"并列"的含义）。据11行20字的行款可知，此明抄本绝非对陈道人刻本的影抄。

　　第四个明抄本见于《中国古籍善本书目》的著录。该书卷二十三云："《张蠙诗集》一卷，明抄本，明人金俊明和清人何焯校，清黄丕烈校并跋，2112—0101。"② 其中"2112"指《张蠙诗集》的代号，此代号指向的藏书单位为0101，0101指北京图书馆（即国家图书馆）。但是，国家图书馆检索不到有黄丕烈校跋的这个本子。该本的源流只能据《荛圃藏书题识》卷七收录的黄丕烈跋语来判定。其跋语有五则，置于"《张蠙集》一卷（校旧抄本）"一书的著录语之下，现将对判定版本源流有用的后三则跋语抄录于下：

　　① 阳海清编撰、陈彰璜参编：《中国丛书广录》，湖北人民出版社1999年版，第762页。

　　② 中国古籍善本书目编辑委员会编：《中国古籍善本书目》（集部），上海古籍出版社1998年版，第178页。

甲戌（1814）六月，闻顾竹君家遗书散出，有旧钞唐人小集数十种在友人处，因寻迹获见，遂借归，录其目。内余家所无者，一二种而已。此集向无旧刻覆校，卷中墨校出于耿菴，朱校出于义门，并多以意改正。兹取顾本校之，大有佳处，识于上下方，用小圈记出者，顾本所独，似较胜也。复翁。

顾本廿行十八字，当即书棚本。盖余所见宋刻唐人小集皆如是也。（在卷末）

《张蠙集》以旧钞本校。甲戌（1814）六月十有二日。（在册面）。①

可见，顾竹君家原来所藏者为 10 行 18 字的陈道人书棚本（黄丕烈所云"廿行十八字"指一页廿行，半页则十行），也可见黄丕烈校跋的旧抄本历经金俊明（1602—1675，耿菴为其号）、何焯（1661—1722，义门为其号）收藏，后来流传到黄丕烈的手里。那么，黄丕烈校跋的此旧抄本是何种本子呢？瞿镛《铁琴铜剑楼藏书目录》卷十九第五十页的一则跋语对此有所交代：

《张蠙诗集》一卷（旧钞本）。……蠙字象文，清河人……有诗集二卷。此从宋本写出，止有一卷，卷末有"临安府棚北大街睦亲坊南陈宅书籍铺印"一行。黄丈尧圃云："书棚本皆廿行，行十八字，所见宋刻唐人小集皆如是。"旧为金孝章藏本，义门何氏得之，复以宋本校过（册首有"俊明明怀"、"不寐道人"二朱记）。②

笔者按：金俊明，字孝章，"俊明明怀"、"不寐道人"为其藏印。从瞿镛此跋可以确知有黄丕烈校跋的旧抄本亦为 10 行 18 字的陈道人书棚本，也可知此抄本后来又流传到瞿镛（1794—1846）手里了。《中国古籍善本书目》卷二十三云此本藏于国家图书馆，但是国家图书馆的馆藏目录未予著录，笔者亦未能借阅到，此本今藏何处，仍是个谜。

第五个明抄本抄于明末（1620—1644），有叶奕跋，现藏上海图书馆，索书号为 793986A。该本有"林宗"、"义门小史"、"白洪屠钟"、"树莲居士"、"吴兴刘氏嘉业堂藏书记"诸印记。不知"义门小史"、"白洪屠钟"为谁的

---

① 中华书局编辑部编：《宋元明清书目题跋丛刊》（全 19 册），中华书局 2006 年版，第 13 册，第 167—168 页。

② 中华书局编辑部编：《宋元明清书目题跋丛刊》（全 19 册），中华书局 2006 年版，第 10 册，第 293 页。

藏书印。"林宗"、"树莲居士"为叶奕（1605—1665）从弟叶万（1619—1685）的藏书印。插说一句，郑伟章《文献家通考》"叶万"条收叶万藏书印甚多，但漏收了"林宗"印记。① "吴兴刘氏嘉业堂藏书记"为刘承幹（1881—1963）的藏书印。上海图书馆所藏该明抄本《张蠙诗集》一卷的卷尾有 1631 年叶奕跋："崇祯四年辛未（1631）十月，舅氏伯仁从柳大中钞本为余印写，校时改正十字。十三日夜，叶奕记于南坛之书室。"柳大中即柳金（1508—1555），大中为字，号安愚，曾摹写宋本唐诗数十种，后归于"述古书库"。② 柳大中抄本《张蠙诗集》一卷系影抄南宋陈道人刻本，叶奕所藏抄本为其舅氏伯仁从柳大中抄本再次影抄而来，故可知上海图书馆所藏叶奕题跋的这个本子也是陈道人刻本之影抄本（再次影抄本仍然是影抄本）。只是不知道柳大中据南宋陈道人刻本《张蠙诗集》一卷影抄的本子（10 行 18 字本）今藏何处，是不是上文所述的第四种本子（即《中国古籍善本书目》卷二十三云有金俊明、何焯校和黄丕烈校跋的明抄本）。如果是，那么此本经柳金（1508—1555）从南宋陈道人（？—1256）刻本影抄后，历经金俊明（1602—1675）、何焯（1661—1722）、顾竹君（生卒不详，比黄丕烈略早）、黄丕烈（1763—1825）、瞿镛（1794—1846）的递藏，后归国家图书馆（《中国古籍善本书目》卷二十三云有金俊明、何焯、黄丕烈校语和跋语的这个本子藏于国家图书馆）。这样，国家图书馆的馆藏目录就可以明确著录此书为"明柳金抄本"（而不是仅著录为"明抄本"）。补充一下，上文所述第一种明抄本（即国家图书馆所藏、索书号为 11161 的本子）为 10 行 20 字本，第三种明抄本（即国家图书馆藏与《周贺诗集》并列，索书号为 03565 的本子）为 11 行 20 字本，这二种明抄本的行款与南宋陈道人刻本 10 行 18 字的行款不同，那就肯定不是陈道人刻本的影抄本，也就不会是柳金影抄的本子；第二种明抄本（即明抄《唐四十七家诗》丛书本）未闻有金俊明、何焯的校语和印记，也未闻有黄丕烈跋语，那就应该不是有金俊明、何焯、黄丕烈校语和跋语的明抄本，但是，该《唐四十七家》丛书本也可能是 10 行 18 字本，故也可能是柳金的影抄本。看来，关于《张蠙诗集》一卷之明代柳金影抄本，比较全面和稳妥的说法是：柳金影抄本据南宋陈道人本影抄而来；柳金影抄本的再次影抄本出于叶奕舅氏伯仁之手，今藏上海图书馆；柳金影抄本与历经金俊明、何焯、黄丕烈、瞿镛递藏的明抄本行款相同，联系很紧（很可能是同一个本子），与明抄《唐四十七家》丛书本《张蠙诗集》一卷的行款可能相同，那就

---

① 郑伟章：《文献家通考》（清—现代），中华书局 1999 年版，第 47—48 页。

② 李玉安、黄正雨：《中国藏书家通典》，中国国际文化出版社 2005 年版，第 237 页。

也可能是同一个本子；柳佥影抄下落如何（存世否？如存世，藏于何处？），需要继续探索。

《张蠙诗集》一卷的明刻本共有四种。

第一种明刻本为《唐百家诗》丛书本。《唐百家诗》丛书为明人朱警辑，有嘉靖十九年（1540）刊本。该丛书含初唐二十一家、盛唐十一家、中唐二十七家、晚唐四十二家。晚唐四十二家中的第十三家即张蠙，其著作被著录为"《张蠙诗集》一卷，（唐）张蠙撰。"《唐百家诗》丛书在全国多家藏书单位有藏，国家图书馆所藏该丛书还不止一套，故该丛书中的《张蠙诗集》一卷在国家图书馆有多个书号，其中一种被列为善本书，书号为18002，行款为10行18字，白口，左右双边，单鱼尾。

第二种明刻本为《唐百三名家诗》丛书（存六十家八十五卷）本。此本未见国家图书馆的馆藏目录有著录，此本的信息得自《中国丛书广录》（上册《总目》）。据《中国丛书广录》，《唐百三名家诗》丛书的行款等详情是这样的："是刻半页十行，行十八字，白口，四周单边或左右双边。"今已不知该丛书的辑者为谁，但知道刊刻时间是明代嘉靖年间（1522—1566）。该丛书名为《唐百三名家诗》，但仅存六十家八十五卷，"六十家"中的第六家即张蠙，其著作被著录为"《张蠙诗集》一卷，唐张蠙撰。"需要注意的是，《中国丛书广录》忘记交代《唐百三名家诗》（存六十家八十五卷）丛书的藏地，因为其中的《唐求诗集》一卷藏于国家图书馆，故可判定该丛书也应该藏于国家图书馆，那么其中的《张蠙诗集》一卷也就应该藏于国家图书馆了。可是，国家图书馆的馆藏目录没有关于《张蠙诗集》一卷之《唐百三名家诗》丛书本的信息，笔者在国家图书馆当然也未能借阅此书。《唐百三名家诗》丛书本《张蠙诗集》一卷今藏何处，待考。好在今日已经知道，《唐百三名家诗》丛书本《张蠙诗集》一卷的行款是10行18字，与南宋陈道人刻本《张蠙诗集》一卷的行款相同。

第三种明刻本为《唐人七家诗》丛书本。该本的信息见于国家图书馆馆藏目录的著录。据馆藏目录，《唐人七家诗》丛书系明（1368—1644）刻本，其中的《张蠙诗集》一卷系普通古籍，10行18字，白口，左右双边，单鱼尾，索书号为t3240：4。

第四种明刻本为《唐人诗》丛书本。该本的信息亦见于国家图书馆馆藏目录的著录。据馆藏目录，《唐人诗》丛书系明（1368—1644）刻本，其中含《张蠙诗集》一卷，系普通古籍，索书号为36432：2。

需要注意的是，上述四种明刻本《张蠙诗集》一卷的第三种刻本、第四种刻本分别属于明刻本《唐人七家诗》丛书和明刻本《唐人诗》丛书。这二种丛书被《中国丛书综录》、《中国丛书广录》、《中国丛书综录续编》漏收，故需要补进去（《中国丛书综录续编》实际上是对《中国丛书综录》和《中国丛书广录》二书的续编，故啰唆、拗口但正确的书名应该是《中国丛书综录广录续编》之类。《中国丛书综录补正》出版于1984年，是对中华书局1959年版《中国丛书综录》的补正，不是对出版时间后于《中国丛书综录补正》的《中国丛书综录》、《中国丛书广录》、《中国丛书综录续编》三书的补正）。

四

今知张蠙著作在清代出现的版本有三个，一个是清抄本，两个是清刻本。

清抄本张蠙著作的书名是《张象文诗集》，卷数是三卷，藏于北京大学图书馆，索书号为5464（或者SB5464），该本10行20字（与南宋陈道人刻本《张蠙诗集》一卷10行18字的行款不同），所用纸张无格，无版心（当然也就无鱼尾）。此本后来被影印收入《续修四库全书》第1313册，故《续修四库全书》本《张象文诗集》三卷即是北京大学图书馆所藏的《张象文诗集》三卷。该书卷首第一项是《张象文诗集》目录，第二项是来历不明、作者亦不明的《张象文传》。正文三卷中，每卷的开头作"张象文诗集一卷"、"张象文诗集二卷"、"张象文诗集三卷"。三卷结束则全书完，无卷尾。该书所收张蠙诗的数量和分卷安排是，一卷含五言律诗52题53首（《边将》1题2首）；二卷含七言律诗25题25首；三卷含五言排律3题3首、七言绝句20题20首。全书三卷含张蠙诗共100题101首。而《全唐诗》卷702存张蠙诗101题102首，其中七绝22首、五古3首、七律26首、五律51首（《边将》1题2首）。《全唐诗补编·续补遗》卷十三从《鉴诫录》补张蠙七绝诗一首《刺贾岛》，《全唐诗续拾》卷五十二据宋王安石《唐百家诗》卷十九补张蠙五绝诗一首《述怀》。可见，清抄本《张象文诗集》所收张蠙诗的数量比《全唐诗》所收张蠙诗的数量要少。再把《张象文诗集》所收张蠙诗的排列顺序和《全唐诗》所收张蠙诗的排列顺序相对照就可发现，二者所收张蠙诗的排列顺序大有不同。由此可推出，《全唐诗》中所收张蠙诗肯定不是从北京大学图书馆所藏这个清抄本《张象文诗集》三卷而来，而这个清抄本《张象文诗集》三卷也不会是从《全唐诗》中的张蠙诗抄录而来。那么，此清抄本《张象文诗集》三卷从何而来呢？因为此书无任何序跋，也无抄者署名，故其抄者、所用的底本均难以考知。就所收诗的数量而言，这个清抄本《张象文诗集》三卷比《全唐诗》卷702所收张蠙诗的数量还少了一首（更不用说算上《全唐诗补编·续补遗》卷十三和《全唐诗续拾》卷五十二补充的2首张蠙诗了）。

如上文所述，今人所知张蠙著作的最早刻本是南宋陈起（？—1256）刊刻的《唐人五十家小集》丛书本《张蠙诗集》一卷（10行18字本），明人柳佥曾据南宋陈起此刻本影抄了一次，上海图书馆藏有叶奕所跋、叶奕舅氏伯仁据明人柳佥影宋抄本再次影抄的《张蠙诗集》一卷，黄丕烈对有金俊明、何焯校语的一个明代影宋抄本《张蠙诗集》一卷作了校对且写了跋语，而南宋陈起《唐人五十家小集》丛书于光绪二十一年（1895）被江标元和江氏灵鹣阁影刻了一次，即今日多家图书馆藏有的《唐人五十家小集》丛书。就是说，南宋陈道人刻本《张蠙诗集》一卷的影宋抄本不止一种，影刻本更为易得，奇怪的是，2002年上海古籍出版社影印收入《续修四库全书》丛书的张蠙著作，却是来历不明的清抄10行20字本《张象文诗集》三卷。考虑到当时《续修四库全书》丛书的主持人是上海图书馆馆长顾廷龙先生，顾先生不可能不知道上海图书馆有叶奕题跋的影宋抄本《张蠙诗集》一卷，那么，《续修四库全书》丛书收录张蠙著作时选择北京大学图书馆所藏《张象文诗集》三卷为影印的底本，就只能有一个解释了：南宋陈道人刻本《张蠙诗集》一卷的影抄本、影刻本比较常见易得，而北京大学图书馆所藏清抄本《张象文诗集》三卷系孤本，为了保存孤本的面目，《续修四库全书》丛书就选择了清抄本《张象文诗集》三卷而影印收入。只是不知道《续修四库全书》丛书在《凡例》或《序例》里有没有交代优先选择孤本这个选书原则。不管怎样，读者应该知道，阅读张蠙诗，在找不到影抄南宋陈道人刻本《张蠙诗集》一卷（10行18字本）的情况下，宁愿选择《全唐诗》本，而《续修四库全书》本《张象文诗集》三卷（10行20字本），只有在古籍整理工作者校勘诸本文字异同的时候，才能更好地发挥作用。

张蠙著作两个清刻本的书名都是《张蠙诗集》，卷数都是一卷。

第一个清刻本即收入《唐诗百名家全集》丛书本中的《张蠙诗集》一卷。《唐诗百名家全集》丛书共326卷，由席启寓（1650—1702）辑，康熙四十一年（1702）席启寓琴川书屋刊刻，其所含100家唐代诗人的诗集皆据宋本重刻（但没说是影刻），故行款皆是10行18字。该丛书分四函。第一函26家，第二函16家，第三函25家，第四函33家。其中第四函33家中的第22家即张蠙，其著作被著录为"《张蠙诗集》一卷，（前蜀）张蠙撰"。《唐诗百名家全集》丛书于光绪八年（1882）被席氏琴川书屋重修后再次刻印，于民国九年（1920）被席氏扫叶山房以石印本的形式又一次印刷出版。故《唐诗百名家全集》丛书比较常见，多家藏书单位有藏，国家图书馆所藏还不止一套，其中所含的《张蠙诗集》一卷当然也就有不止一个索书号，被著录为"善本"的那一个本子，系康熙四十一年（1702）刊刻，索书号是 00317，10 行 18 字，白口，左右双边。但索书号为 90038：57 的本子是光绪八年（1882）重修本，10 行 18 字，小字双行 27 字，白口，左右双边，单鱼尾，该本因为重修时有修订补充而值得重视。补充一下，《唐诗百名家全集》丛书有另一个书名：《唐人百家诗》。这第二个书名是某些藏书单位的藏书目录、某些丛书汇录书籍或者某些学人对《唐诗百名家全集》丛书的简称，不是说席启寓辑、席氏琴川书屋、席氏扫叶山房刻印时还刻印了一个名为《唐人百家诗》的丛书。

　　第二个清刻本是光绪二十一年（1895）江标江氏灵鹣阁影刻的南宋陈道人《唐人五十家小集》丛书本《张蠙诗集》一卷。该本因为是影刻，故行款是 10 行 18 字，白口，左右双边，单鱼尾。该本国家图书馆有藏，为普通古籍，索书号为 79871：16。馆藏目录著录云"《张蠙诗集》（普通古籍）一卷，（五代）张蠙撰。"据《中国丛书综录》知，《唐人五十家小集》中的第二十五家为张蠙，其著作被著录为："《张蠙诗集》一卷，（前蜀）张蠙撰。"[①] 将张蠙著录为前蜀国人，可见张蠙的国别在诸书中的著录有三种："唐"、"五代"、"前蜀"。

　　综上所述，张蠙著作书名和卷数结合起来在史志目录和公私藏书目录中的著录有六种（依据出现的先后顺序排列）：《张蠙诗》一卷、《张蠙诗集》二卷、《张蠙诗集》一卷、《张蠙集》（卷数未注）、《张蠙集》一卷、《张象文诗集》三卷。就是说，书名有四个：《张蠙诗》、《张蠙诗集》、《张蠙集》、《张象文诗集》；卷数有三说：一卷、二卷、三卷。二卷之说见于北宋欧阳修《新唐书》和南宋郑樵《通志》二书，此后二卷本失传了。今日存世张蠙著作版本中，三卷本只有一个，即北京大学图书馆所藏清抄本《张象文诗集》三卷，区分为三卷的人是谁？以何为据分为三卷，今已难以考知。"《张蠙诗集》一卷"这样的书名和卷数是除清抄本《张象文诗集》三卷外所有张蠙著作存世版本共用的书名和卷数，也是今知张蠙著作最早刻本（南宋陈道人刻《唐人五十家小集》本《张蠙诗集》一卷）的书名和卷数。今知张蠙著作的存世版本中，上海图书馆所藏有叶奕跋语的本子是叶奕舅氏伯仁以明人柳金影抄南宋陈道人刻本为底本的再次影抄本，这个本子是最能保留陈道人刻本面目的本子，故是最可靠的本子；国家图书馆等多个藏书单位所藏光绪二十一年乙未岁（1895）江标影刻南宋陈道人刻本的本子是既能保留南宋陈道人刻本面目而又方便易找的本子；《续修四库全书》本系从北京大学图书馆所藏清抄本《张象文诗集》三卷影印而来，这次影印使北京

　　① 上海图书馆编：《中国丛书综录》（一），上海古籍出版社 1986 年版，第 831 页。

大学图书馆所藏的这个孤本书（其实凡抄本皆为孤本）化身千百，古籍整理工作者校勘文字异同的时候，此本为必须参用的本子；相对于存世张蠙著作的所有版本而言，《全唐诗》所收张蠙诗的数量最多最全，故要初步了解张蠙诗，《全唐诗》本应该是首选。

附：前蜀国张蠙集部著作流传过程和版本源流示意图

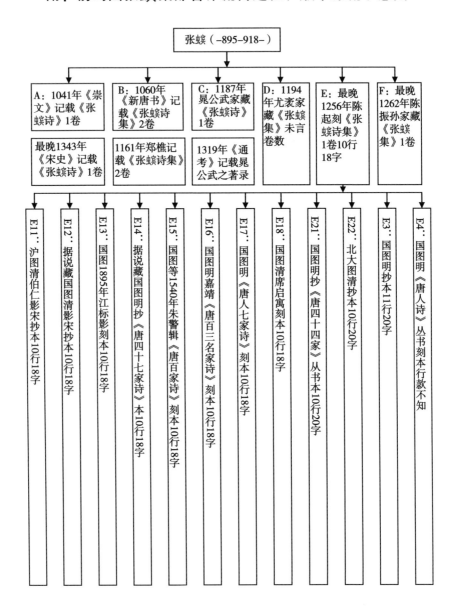

第十二章　前蜀国杜光庭集部著作流传过程和版本源流考辨

杜光庭（850—933），字宾圣，一作宾至，号东瀛子，一作登瀛子，又号华顶羽人。京兆杜陵（今陕西西安）人。曾被唐僖宗李儇（873—888 年在位）赐号"广成先生"，光启二年（886），从僖宗奔兴元，不久入蜀。前蜀国王建、王衍时，皆得器重。后解官隐居，以著述为务，有著作 41 种 412 卷（见前文《前蜀国艺文志考索》），是十国中著作最多的文人，其中今尚存世者 5 种 58 卷，其书名和存卷是：《神仙感遇传》（十卷存五卷）、《墉城集仙录》（十卷存前六卷）、《道教灵验记》二十卷、《录异记》十卷、《广成集》（一百卷存十七卷）。这五种著作中，有四种属道家神仙类，仅有《广成集》十七卷为别集类著作。故本书的《杜光庭集部著作流传过程和版本源流考辨》实际上即《广成集》的流传过程和版本源流考辨。以下详述之。

一

今知《广成集》在宋元载籍中的记载相当地稀疏和稀罕。

杜光庭卒于前蜀国灭亡后第八年，即后唐明宗李亶长兴四年（933）（也就是后蜀国开国前一年），二百余年后的 1161 年南宋郑樵《通志》一书记载了《广成集》。该书卷六十七艺文略第五"道家二·书"云："《广成集》五十四卷"。这是《广成集》在历史上的首次出现，卷数是五十四卷。

再过了近二百年，《广成集》出现于 1343 年成书、元脱脱等的《宋史》中。该书卷二百八艺文七"别集类"云："杜光庭《广成集》一百卷。"卷数变成了一百卷，也不知道增加的四十二卷是什么内容。

以上就是杜光庭《广成集》在宋元两代的流传情况。

二

杜光庭《广成集》在明代的流传有抄本和刻本两种形式，抄本有二种，刻本仅一种。

第一种明抄本的书名是《广成集》，卷数是十二卷，今藏国家图书馆，索书号为 07016（或者 7016）。国家图书馆馆藏目录著录云："《广成集》十二卷，前蜀杜光庭撰，明抄本，二册。"该书从卷一到卷十二，每卷卷首均有如此的书名题名和作者题名："广成集卷之几，唐杜光庭撰。"该书行款为 11 行 22 字，四周单边，无版心，为方格纸本。卷一首页有五印，依次是："毛子晋"方印、"子晋私印"方印、"稽瑞楼"长方印、"铁琴铜剑楼"长方印、"北京图书馆藏"方印。卷十二最后一篇文章结束页的左下角有一长方印："东吴毛氏图书"。卷十二结束后即卷尾之跋。其跋曰："杜光庭，字圣宾，号东瀛子，或云括苍人，为时巨儒。……一旦披法服，作礼辞天，升堂跌坐而化，颜色温晔，死若其生，异香满室，久之乃散。蜀主王建初欲大用之，为张浚所沮，赐号'广德先生'，又欲优于名秩，以为谏议大夫，封蔡国公，进号'广成先生'。"（此跋不加标点有 303 字，此处节录收尾各若干字）此跋末页左下方有三印，依次为"稽瑞楼"长方印、"铁琴铜剑楼"长方印、"北京图书馆藏"方印。乾隆四十九年（1784）文津阁四库全书本《广成集》十二卷抄成献上的时候，此跋被抄写于卷尾，由此可知，国家图书馆所藏、索书号为 7016 的这个明抄本《广成集》十二卷是《四库全书》本（文津阁和文渊阁应该同一个本子）《广成集》十二卷的底本（或者底本之底本）。此跋末尾有一方印，为"□□季子□□"（似乎是"卤河季子□□"），印文模糊，难以辨认。清瞿镛（1794—1875）和清陆心源（1834—1894）就已经不知道此跋为谁所作，而只好说此跋的作者是"无名氏"。瞿镛的话见《铁琴铜剑楼藏书目录》卷十九第五十二页至第五十三页：

《广成集》十二卷（旧抄本）。蜀杜光庭撰。后有无名氏作《光庭传》一篇。汲古阁抄本（卷首有"毛晋私印"、"字子晋"二朱记）。①

瞿镛明言此本为"汲古阁抄本"，不知其以何为据，如果仅据卷首有"毛晋私印"、"字子晋"二朱记而作出此判断，显然是不够稳妥的，因为不是毛晋所抄所刻，只要毛晋收藏过，就可能有毛晋印记。清陆心源的话见其《皕宋楼藏书志》卷七十一第二十页至第二十一页的著录："《广成集》十二卷（旧抄本），唐杜光庭撰。无名氏序曰：杜光庭字圣宾……"②（笔者按：下略）陆心源就没有说是毛晋汲古阁抄本。该书（国家图书馆藏明抄本《广成集》十二卷）上的印记"毛子晋"、"子晋私印"、"东吴毛氏藏书"均指毛晋

---

① 中华书局编辑部编：《宋元明清书目题跋丛刊》（全 19 册），中华书局 2006 年版，第 10 册，第 292—293 页。

② 中华书局编辑部编：《宋元明清书目题跋丛刊》（全 19 册），中华书局 2006 年版，第 8 册，第 811—812 页。

（1599—1659）；"稽瑞楼"指陈揆（1780—1825）；"铁琴铜剑楼"指瞿镛（1794—1875）。《四库全书总目》卷一百五十一著录《广成集》十二卷所用的本子为"浙江汪汝瑮家藏本"。① 汪汝瑮（—1773—）为汪宪（1721—1771）之子、汪璐（1746—1813）之兄。可见，国家图书馆所藏此明抄本《广成集》十二卷要么在毛晋之后、陈揆之前曾经藏于汪汝瑮家，要么被汪汝瑮家抄了一本（不论曾藏过还是曾抄过，均在毛晋之后、陈揆之前。这从这几个人的生卒可以推断出来）。乾隆四十三年（1778）录成献上的《文渊阁四库全书》本、乾隆四十九年（1784）录成献上的《文津阁四库全书》本抄写时所用的底本（即汪汝瑮家藏本《广成集》十二卷），要么就是国家图书馆所藏的这个明抄本，要么是汪汝瑮家据此明抄本再抄的本子。如果此明抄本没有被汪汝瑮家藏过，那么至少历经毛晋、陈揆、瞿镛、陆心源之手，最后归藏于国家图书馆。强调一下，今知《广成集》十二卷仅有两个明抄本，由于另一个明抄本下落不明，国家图书馆所藏的这个明抄本就成了今知《广成集》明抄本中唯一的一个能够目见的明抄本，也是《广成集》抄本中最早的本子，还是《广成集》以十二卷的面目出现的第一个本子，此后出现的卷数为十二卷的《广成集》皆以此本为源头。

第二种明抄本有黄丕烈的题跋，此本今藏何处，难以考知。此明抄本的信息见于《荛圃藏书题识续编》卷三第八页至第九页的著录：

> 《广成集》十二卷（旧钞本）。此书向藏五砚楼。校近钞本，多《莫廷乂周天醮词》一篇、《请不赴山陵表》一章。余家藏有曝书亭藏钞本，校之，正讹五十余字，善本也。汲古阁毛氏所藏，毋忽视之。乙亥（1815）秋七月，荛夫。②

黄丕烈云"校近钞本，多《莫廷乂周天醮词》一篇、《请不赴山陵表》一章。"显然是说此明抄本多一篇、又多一章。经笔者查对，今《四库全书》本（含文渊阁本和文津阁本）《广成集》卷六有《莫庭乂为川主修周天醮词》、卷十有《莫庭乂青城甲申本命周天醮词》，不知黄丕烈所说的《莫廷乂周天醮词》为哪一篇，存此备考；《请不赴山陵表》一章在《广成集》卷三。可见，至少就《莫廷乂周天醮词》和《请不赴山陵表》二篇文章而言，黄丕烈题跋

---

① （清）永瑢等撰：《四库全书总目》（200卷），中华书局1965年版，卷151，第1304页。

② 中华书局编辑部编：《宋元明清书目题跋丛刊》（全19册），中华书局2006年版，第13册，第317—318页。

的这个明抄本和《四库全书》本是相同的，这又一次印证了《四库全书》本系据明抄本而来的判断。从黄丕烈的跋语不仅可以看出此本乃明抄本（因为被明人毛晋所收藏），还可以看出此明抄本流传历程的片段信息和《广成集》十二卷的另一种抄本的信息。"五砚楼"为袁廷梼的藏书楼，袁廷梼（1762—1809），字又恺，又字寿阶，一作绥阶，江苏吴县人，与周锡瓒、黄丕烈、顾之逵号为藏书四友，有五砚楼（又作五研楼）。①"曝书亭"的主人为朱彝尊（1629—1709）。由黄丕烈跋语可知，此明抄本经明人毛晋（1599—1659）、清人袁廷梼（1762—1809）所藏而传到黄丕烈（1763—1820）手里。此本今藏何处？难以考知。那么，何以知有黄丕烈跋的此明抄本和第一种明抄本是不同的本子？原因有二：首先，第一种明抄本有陈揆（1780—1825）的藏印"稽瑞楼"和瞿镛（1794—1875）的藏印"铁琴铜剑楼"，而此本没有。如果说陈揆、瞿镛生年后于黄丕烈（1763—1820），故"稽瑞楼"和"铁琴铜剑楼"是后来所钤，那么，钤了此二印的明抄本就应该有黄丕烈的跋，但是，现在第一种明抄本并无黄丕烈跋。由此可知，有黄丕烈跋的明抄本和有陈揆、瞿镛二人藏印的第一种明抄本是不同的本子，尽管这两种本子都曾被明代人毛晋收藏过。其次，第一种明抄本卷尾有"杜光庭字宾圣"开始的三百余字的跋语，而黄丕烈未说此本有（当然不能凭黄丕烈没说有就断定没有）。黄丕烈还说他用"近钞本"校对了明抄本《广成集》十二卷，又说他家藏有朱彝尊曝书亭"藏钞本"，把朱彝尊（1629—1709）和黄丕烈（1763—1820）的生卒年对照可知，朱彝尊与黄丕烈不是同时代人，则黄丕烈所谓"近钞本"不是朱彝尊曝书亭的"藏钞本"。朱彝尊"藏抄本"《广成集》十二卷和黄丕烈时代人所抄的《广成集》十二卷今何在，已难以考知。

今知《广成集》的明刻本只有一种，即《正统道藏》本《广成集》十七卷，今藏国家图书馆，为善本书，索书号为02607。《正统道藏》系明初人张宇初（1359—1410）等人编集、明英宗朱祁镇正统十年乙丑岁（1445）刊刻的一种丛书。其中的《广成集》十七卷，行款为10行17字，从卷一至卷十七，每卷的首页均有如此的书名题写和作者题写："广成集卷之几。上都太清宫内供奉应制文章大德赐紫杜光庭撰（进）"。其中，前十二卷为"撰"，后五卷为"进"。无卷首，亦无卷尾。此本因民国八年（1919）被影印收入《四部丛刊初编》丛书而广为人知。此《广成集》十七卷刻本从何而来，今已难以考知。不过可以知道，此《正统道藏》本《广成集》十七卷是十七卷本《广成集》最早的本子，此后所有卷数为十七卷的《广成集》都以此本为

①　郑伟章：《文献家通考》（清—现代），中华书局1999年版，第551页。

源头。

三

今知杜光庭《广成集》在清代有抄本六种、刻本一种（另铅印本一种），还有二种卷数为十二卷但不知何时代人所抄的抄本。

清抄本六种又分为《广成集》十二卷清抄本三种、《广成集》十七卷清抄本三种。

先谈十二卷本《广成集》的三种清抄本和二种不知何时代人抄的本子。

第一种清抄本即乾隆四十三年（1778）录成献上的《文渊阁四库全书》本《广成集》十二卷。行款为8行21字，纸有直格，每卷首页书名题写和作者题写是这样的："广成集卷几。后蜀杜光庭撰。"卷首有四库馆臣纪昀等写的《提要》，无卷尾。

第二种清抄本即乾隆四十九（1784）录成献上的《文津阁四库全书》本《广成集》十二卷。纸有直格，行款为32行21字（一整页32行，半页则16行，但此本看不出上半页和下半页的分界线），这样的行款真不多见。从每行21字的特点看，可能是从8行21字抄录而来，不知何故抄成了一整页有32行的样子。卷首有录成献上时四库馆臣纪昀等写的《提要》，其内容与六年前录成所献《文渊阁四库全书》本上的《提要》在语句上稍有不同，末尾的署语也相应地变成了"乾隆四十九年八月恭校上"（《文渊阁四库全书》本末尾署语为"乾隆四十三年五月恭校上"）。如上文所述，卷尾有国家图书馆藏明抄本《广成集》十二卷卷尾开头为"杜光庭字圣宾"这则300余字的跋语（明抄本上的跋语是303字，但文津阁四库全书本卷尾的跋语是304字）。此跋语后有详校官、总校官、校对官、誊录生4人的署名（《文渊阁四库全书》本卷尾无此三百余字的跋语，亦无详校官等4人的署名）。

第三种清抄本的信息见于上文所述《荛圃藏书题识续编》卷三第八页至第九页黄丕烈跋语的披露："《广成集》十二卷（旧钞本）。此书向藏五砚楼。校近钞本，多《莫廷乂周天醮词》一篇、《请不赴山陵表》一章。"① 如上文所述，此"近钞本"是黄丕烈同时代人的抄本。此抄本今藏何处，不知。

十二卷本《广成集》还有二种不知为何时代人所抄的本子，即二种时代不明的抄本。

第一种时代不明抄本《广成集》十二卷的信息见于上文所引《荛圃藏书

---

① 中华书局编辑部编：《宋元明清书目题跋丛刊》（全19册），中华书局2006年版，第13册，第317—318页。

题识续编》卷三第八页至第九页黄丕烈跋语的交代："余家藏有曝书亭藏钞本，校之，正讹五十余字，善本也。"曝书亭系朱彝尊（1629—1709）一个藏书处的名字，此本为朱彝尊的"藏钞本"，但未必是朱彝尊的抄本。故此本或为明代人所抄，或者清初人所抄。被黄丕烈收藏过的此朱彝尊"藏钞本"《广成集》十二卷今何在？难以考知。

第二种时代不明抄本藏于国家图书馆，索书号为82083。据国家图书馆馆藏目录，该抄本的信息是这样的：《广成集》（普通古籍）十二卷，杜光庭撰。版本项：抄本。出版项：不详。相关附注：12 行 24 字。

再谈十七卷本《广成集》的三种清抄本。

第一种系彭元瑞乾隆四十八年（1783）抄并跋的《广成集》十七卷，此本今藏上海图书馆，索书号为线善831940—41。此本有彭元瑞跋云："杜光庭《广成集》十七卷在道藏中，虽多斋醮之词，然颇足考见王蜀时事。予方撰《五代史记注》，向姑苏元妙观借钞之。十国诸人著述，今存者吴越罗隐、闽黄滔、南汉王定保、荆南孙光宪与光庭此集而已。癸卯（1783）重阳前三日，芸楣。"彭元瑞此跋题写于《广成集》十二卷卷首空白衬纸上，为朱笔所写，共四行半。卷数是十七卷，那就属于正统十年（1445）刊刻的《道藏》本系统；从元妙观借抄，再次证明应该是《道藏》本。

第二种是一种旧抄本，其信息被记录于《中国古籍善本书目》卷二十三："《广成集》十七卷，清钞本，清丁丙跋，2145。"[①] 此著录所云"2145"为书的代号，此代号指向的图书馆代号为1601，即南京图书馆，据南京图书馆馆藏目录知，《广成集》十七卷在该馆的抄本只有一个，索书号为"GJ/EB/111087"。由此知有丁丙（1832—1899）跋的清抄本《广成集》十七卷的索书号。丁丙跋语被过录于其《善本书室藏书志》卷二十五，今节录片段以明其版本源流："《广成集》十七卷（旧钞本）。上都太清宫内供奉应制文章大德赐紫杜光庭撰。……《通志·艺文略》集作三十卷，四库收十二卷，此钞本十七卷，殆出自道藏者。前三卷表文，后皆斋醮之词。文颇赡丽，虽多神怪之说，亦彼教中自有之典要也。"丁丙也是依据卷数为十七卷而断定该本出于《道藏》本，并未有进一步的信息。因未曾目见此书，故行款等信息只能存疑。

第三种是又一种清抄本，此抄本的信息得自《中国丛书广录》的著录：《广成集》十七卷，前蜀杜光庭撰，清陈氏晚晴轩抄本，系"清陈文田编"

---

① 中国古籍善本书目编辑委员会编：《中国古籍善本书目》（集部），上海古籍出版社 1998 年版，第 181 页。

《唐人集四种》丛书之一，半页十行，行二十字，蓝口，蓝格，左右双边，上海师范学院图书馆藏。①

今知《广成集》在清代的刻本只有一种，其信息见于南京图书馆馆藏目录的著录："清康熙三十九年（1700）高都王氏刻本《广成集》十七卷，索书号：GJ/77923。"从卷数为十七卷即可知此本的源头系正统十年（1445）刊刻的《道藏》本。但此本系重刻，那就是与《道藏》本不同的另一个本子。其他信息，只能存疑。另外，从南京图书馆馆藏目录知，该馆还藏有光绪三十一年（1905）铅印本《广成集》十七卷，铅印本应该不是古籍研究的范畴，但与古籍研究不无关系，故也提一下。

杜光庭《广成集》自民国以来，未听说有刻本或抄本，其流传主要靠影印本。其中，十七卷本《广成集》影印（或重印）的次数较多，依次是：民国八年（1919）上海涵芬楼借京师白云观藏《正统道藏》本《广成集》十七卷影印收入《四部丛刊初编》丛书、民国十五年（1926）上海商务印书馆重印、民国十八年（1929）上海商务印书馆第三次重印、民国（1911—1949）间上海商务印书馆又一次重印收入《道藏举要》丛书第十类②、1989年上海书店据商务印书馆1926年版重印、2011年（台北）台湾商务印书馆股份有限公司据北京白云观藏《正统道藏》本又一次影印出版。这六次影印（重印皆影印）使10行17字本的《正统道藏》本《广成集》十七卷流传极广，甚为易得。

十二卷本《广成集》有乾隆四十三年（1778）录成献上的《文渊阁四库全书》本、乾隆四十九年（1784）录成献上的《文津阁四库全书》本，《文渊阁四库全书》于1983年被台湾商务印书馆影印出版（《广成集》十七卷在第1084册），《文津阁四库全书》于2005年被（北京）商务印书馆影印出版（《广成集》十二卷在第362册），就是说，《广成集》十二卷的这二种清乾隆年间的抄本（每行21字本，《文渊阁四库全书》本为半页8行21字本，《文津阁四库全书》本为32行21字本）也比较易得，只有这二种抄本的底本（或母本）——明抄本《广成集》十二卷流传到今天已经四百余年了，至今还是孤本（国家图书馆做成了胶卷，即有缩微制品），故十分珍贵，亟须影印出版以便为人知、为人用。

附：前蜀国杜光庭集部著作流传过程和版本源流示意图

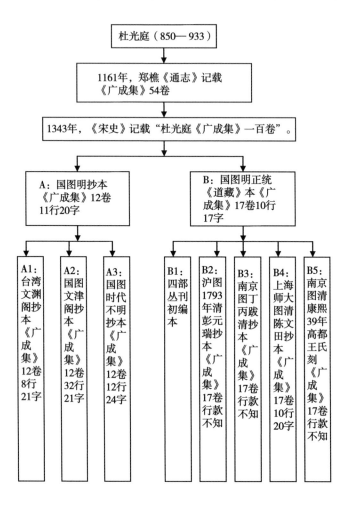

第十三章 后蜀国赵崇祚集部著作流传过程和版本源流考辨

《花间集》流传过程和版本源流考辨

赵崇祚（生卒年不详），字弘基，河南开封或山西太原人，大约生于后梁初年（907），后蜀广政三年（940）任后蜀国银青光禄大夫行卫尉少卿的时候，编集晚唐以来十八家曲子词五百首为《花间集》十卷。《花间集》是除敦煌词以外现存最早的词集，在词史上有重要地位，但是其版本疑点较多，仅版本的数量，学界就不甚了了。一说"此书版本极多"①，一说"据各种目录资料统计，现存《花间集》版本不下三十余种"②。现在对《花间集》的流传过程和版本源流予以考辨。

一

今知《花间集》在历史上的第一次出现，见于南宋宋高宗赵构绍兴十八年戊辰岁（1148）"建康郡斋"刊刻的《花间集》十卷本。据国家图书馆馆藏目录著录，该本索书号为04979，行款为8行17字，白口，左右双边。但是，笔者借阅了所有《花间集》版本（胶卷），不知何故，未找到此本。好在此本的面目被保存于明正德十六年（1521）陆元大仿宋刻本《花间集》十卷。陆元大正德十六年仿宋刻本，今国家图书馆有藏，善本，索书号为16523。该本10行18字，白口，左右双边。笔者在上海图书馆所见此本的索书号为T06755—6，卷首有欧阳炯序、目录，卷尾为晁谦之题。晁谦之题曰：

> 右《花间集》十卷，皆唐末才士长短句，情真而调逸，思深而言婉。嗟乎，虽文之靡，无补于世，亦可谓工矣。建康旧有本，比得往年例卷，犹载郡将监司僚幕之行，有《六朝实录》与《花间集》之赆。又他处本皆讹舛，迺是正而复刊，聊以存旧事云。绍兴十八年（1148）二月二日，

---

① 周祖谟主编：《中国文学家大辞典·唐五代卷》，中华书局1992年版，第560页。

② 罗争鸣：《毛本〈花间集〉来源补证》，《天津大学学报》（社会科学版）2001年第4期。

济阳晁谦之题。

晁谦之此题记写于 1148 年，题记中提到有人赠他《六朝实录》与《花间集》之"建康旧有本"作为礼物，而他看到"他处本皆讹舛，迺是正而复刊"。1148 年距离北宋灭亡的 1127 年仅 20 余年，故这里的"建康旧有本"、"他处本"极有可能是北宋本（抄本还是刻本，就不知道了）。毛扆《汲古阁珍藏秘本书目》有"北宋版《花间集》四本"①的记载，但此记载在历史上仅出现这一次，故《花间集》十卷的北宋版本，应当是有的，但是，后来失传了，除毛扆外再未见人提及。故，《花间集》十卷出现于历史上的最早时间，只能追溯到晁谦之作跋时的绍兴十八年（1148）。关于此南宋绍兴十八年（1148）刻本《花间集》十卷补充两点。第一，行款记载有抵触。国家图书馆馆藏目录著录为"8 行 17 字"，但是，正德十六年（1521）陆元大仿此绍兴十八年（1148）刻本的行款，却是 10 行 18 字。光绪十四年（1888）邵武徐幹据宋济阳晁氏刊本重雕时的"识语"明确地说"宋椠原书每半叶十行，每行十八字"，1901 年沈曾植跋宋刻绍兴建康本《花间集》亦云："此本每半页十行，行十八字，罗纹宋纸，刻印极精……此则绍兴建康本。"② 第二，南宋绍兴十八年（1148）建康晁氏所刻之《花间集》十卷被文学古籍刊行社 1955 年影印出版，北京图书馆出版社 2004 年出版了"中华再造善本"影刻本。可是，宋绍兴十八年刻本的面目还是难以见到，文学古籍刊行社的影印本和"中华再造善本"的影刻本还是未见人描述和利用。故，关于绍兴十八年（1148）济阳晁氏建康刻本《花间集》十卷的面目，只能据明正德十六年（1521）陆元大的仿宋刻本和清光绪十四年（1888）邵武徐幹的重刻本来探求了。

《花间集》的第二次出现见于宋孝宗赵眘淳熙十四年丁未岁（1187）鄂州使库刊本《花间集》十卷。国家图书馆馆藏目录著录了此本，索书号为08615，行款等内容为"10 行 17、18 字，白口，左右双边"。从每行 17 字或者 18 字的行款著录看，此本的面目不甚清晰，可能有后人的补刻本。不知何故，笔者未在国家图书馆借到此书（凡藏于缩微中心库的胶卷，均未能借到，此本未能借到，可能是藏于缩微中心库，也可能是其他原因）。该本的面目保存于该本的影宋抄本中。近人叶景葵在鄂州使库刻本清影宋抄本上的跋语对此本的面目有所披露："武林赵氏小山堂影钞宋淳熙十四年（1187）鄂州使库刊

①　毛扆撰：《汲古阁珍藏秘本书目》，台湾新文丰出版公司 1984 年版，第 79 页。
②　沈曾植撰、钱仲联辑：《海日楼札丛·海日楼题跋》，辽宁教育出版社 1998 年版，第 366 页。

本《花间集》十卷，十行十七字，与陆元大所覆绍兴本不同。前无赵崇祚及欧阳炯衔名，后无晁跋。每卷前有子目，连正文，同题每首连接，无'其二'、'其三'等标题，宋讳不缺笔，即海源阁著录之本也。癸酉（1933）正月购于杭州经训堂，兹与陆元大本对校一过，以陆本为主，而以淳熙本异文注于下。"

《花间集》的第三次出现见于最晚 1194 年成书的南宋尤袤《遂初堂书目》，该书"总集类"云："《花间集》"；"乐曲类"又云："唐《花间集》"。注意，尤袤认为《花间集》是"唐"朝的《花间集》，而不是"蜀"国的《花间集》。

《花间集》的第四次出现见于陆游宋宁宗赵扩开禧元年（1205）和之前写在《花间集》十卷某一个本子上的跋语。此二则跋语对判断《花间集》十卷流传过程和版本源流无作用，故不引。

《花间集》的第五次出现见于最晚 1262 年成书的南宋陈振孙《直斋书录解题》。该书卷二十一"歌词类"云："《花间集》十卷。蜀欧阳炯作序，称卫尉少卿字宏基者所集，未详何人。其词自温飞卿而下十八人，凡五百首，此近世倚声填词之祖也。诗至晚唐五季，气格卑陋，千人一律，而长短句独精巧高丽，后世莫及，此事之不可晓者。放翁陆务观之言云尔。"①

《花间集》的第六次出现见于元代延祐六年己未岁（1319）成书的马端临《文献通考》。该书卷二百四十六经籍考七十三"集·歌词"全引陈振孙《直斋书录解题》对《花间集》十卷的著录，故不再引用。注意，马端临《文献通考》对《花间集》的著录只是过录陈振孙《直斋书录解题》的著录，不能认为马端临看到了《花间集》十卷。

以上就是《花间集》在宋元两代的流传过程和版本情况。

二

《花间集》在明代有抄本和刻本两种形式。抄本二种，刻本五种。

先讲抄本。

《花间集》的第一种明抄本是明前期人吴讷编辑的《百家词》丛书本《花间集》二卷。此《花间集》二卷之明代抄本在国家图书馆馆藏目录里找不到，只能找到天津古籍出版社、江苏广陵古籍刻印社 1989 年影印的《百家词》丛书本，国家图书馆馆藏目录著录云"据明抄本影印"。《中国丛书综录》云：

---

① （宋）陈振孙著，徐小蛮、顾美华点校：《直斋书录解题》（22 卷），上海古籍出版社 1987 年版，卷 21，第 614 页。

"《百家词》，（明）吴讷辑，林大椿校，民国二十九年（1940）上海商务印书馆排印本。"① 吴讷（1372—1457）为明前期人，则知吴讷编辑的《百家词》丛书本《花间集》二卷比正德十六年（1521）陆元大仿刻南宋绍兴十八年（1148）刻本《花间集》十卷至少早了半个世纪。林大椿（1812—1863）为清代道、咸、同时期的学人。可见，天津古籍出版社、江苏广陵古籍刻印社1989 年影印的《百家词》丛书本《花间集》二卷是《花间集》在明代最早的版本。只是此本影印后仍不好找，其面目只能存疑。

　　《花间集》的第二种明抄本是明抄《宋元名家词七十种》丛书本。《中国丛书广录》对此明抄本《花间集》二卷有比较充分的描述："《宋元名家词七十种》，明钞本，《花间集》二卷，后蜀赵崇祚撰。……按：是钞半页九行，行十五字，墨格，白口，左右双边，版心下镌'紫芝漫抄'四字。藏北京大学图书馆，清毛扆校，唐晏跋。"② 毛扆为毛晋之子，生于 1640 年，卒年不详。唐晏（1857—1920）为近代学人。

　　再谈《花间集》在明代的五种刻本。

　　第一种明刻本为正德十六年辛巳岁（1521）吴郡陆元大仿宋刻本《花间集》十卷。此本在国家图书馆有七个索书号，均为善本，且均有缩微制品。该本 10 行 18 字，白口，左右双边。其中一个索书号为 16523（其他六个索书号省略）。此本卷首为欧阳炯序、目录，卷尾为晁谦之题语（上文已引，略）。肯定是因为此陆元大正德刻本是覆刻宋绍兴十八年（1148）刻本的缘故，此本后来被影刻或影印了至少五次（国家图书馆同为民国间影印本者有三个书号，姑且算一次影印）：第一次为《中国丛书综录》云民国三年（1914）武进陶氏涉园影刻的正德仿宋刻本、第二次为国家图书馆馆藏目录著录为"民国初年（1912—1921）"仁和吴昌绶双照楼影刻的"仁和吴氏双照楼影刻宋元本词"本（系影刻明正德仿宋刻本）、第三次为中华书局 1961 年重印的"仁和吴氏双照楼影刻宋元本词"本、第四次为 1965 年又一次重印的"仁和吴氏双照楼影刻宋元本词"本（国家图书馆馆藏目录著录"出版地不详"、"出版者不详"）、第五次为 1997 年（台北）新文丰出版公司影印的《丛书集成三编》丛书本（王德毅主编）（系影印明正德仿宋刻本《花间集》十卷）。

　　明代第二种刻本为万历八年庚辰岁（1580）温博辑刻的《花间集》十二卷本。该本由三部分组成，第一部分为《花间集》十卷，署名"五代赵崇祚辑"，第二部分为《花间集补》二卷，为明温博辑，第三部分为《音释》二

---

①　上海图书馆编：《中国丛书综录》（一），上海古籍出版社 1986 年版，第 908 页。

②　阳海清编撰、陈彰璜参编：《中国丛书广录》，湖北人民出版社 1999 年版，第 1034 页。

卷，为明茅一桢撰。该本为明朝归安茅氏凌霞山房万历八年（1580）刻本，9行18字，白口，左右双边。国家图书馆有藏，索书号为08617。这个刻本在国家图书馆还藏有另一个本子，索书号为15617，索书号为15617的本子和索书号为08617的万历八年（1580）刻本的不同是，15617这个本子是明万历四十年壬子岁（1612）的重修本。万历八年（1580）温博辑刻的《花间集》十二卷本，除国家图书馆外，上海图书馆等藏书单位亦有藏。笔者在上海图书馆看到的该本的索书号为线善825900—05。该本卷首项目如下：活页题字一、活页题字二、欧阳炯序、《花间集叙目》。（第一册）卷首后含卷一、卷二；第二册含卷三、卷四；第三册含卷五、卷六；第四册含卷七、卷八；第五册含卷九、卷十，（第五册）卷十后有《花间集音释》二个整页已满；第六册开始是《花间集补序》，四个整页，每半页6行，每行12字。接着是《花间集补叙目》，再接着是《花间集补卷上》和《花间集补卷下》，无卷尾。第一册卷首活页一云："花间集。唐赵崇祚集。万历八年庚辰。明温博补。茅一桢刻。"活页二抄录汲古阁本《花间集》十卷毛晋跋一则（从"据陈氏云"起，到"不无遗珠之憾云隐湖毛晋识"止），与此本无关，故不引。第一册卷一首页如下："花间集卷第一。唐赵崇祚集。明温博点句。茅一桢校释。"第六册卷一首页云："花间集补卷上。西吴温博编次。茅一桢订释。"第六册开头《花间集补序》署名"乌程温博允文甫撰"，其中有言："贞叔遂汇中□之音气韵平调者，什其文，出家藏建康本校雠焉，而属余点句。点者读，圈者句。句韵脚也乙。贞叔又属余补其未备，以足李唐一代之制。余故未知赵氏当时诠次意，乃于此往往叹遗珠久矣。因自李翰林而二十有四人，通得六十七首，为二卷，命曰《花间集补》。""贞叔"指茅一桢。从此几句话可以看出，万历八年（1580）温博辑刻的《花间集》十二卷第一部分《花间集》十卷系刊刻绍兴十八年（1148）建康晁氏刻本并做了校雠，还能看出《花间集补》二卷共补李白等24人的词67首。具体地说，《花间集补》上卷收作家作品是："李翰林白七首。张翰林志和五首。元刺史结四首。刘尚书禹锡十一首。李博士涉三首。王司马建六首。"下卷收作家作品是："白尚书居易八首。薛京兆能一首。徐昌图一首。妓刘□哥一首。无名氏二首。李中主璟一首。李后主煜十四首。冯学士延巳三首。"万历八年（1580）温博辑刻的《花间集》十二卷的基本面目就是这样，只是不知万历四十年（1612）的重修本修订了什么，录此备考。

　　第三种明刻本为万历三十年壬寅岁（1602）玄览斋刊巾箱本《花间集》十二卷。著者：后蜀赵崇祚，明温博补。此本上海图书馆有藏，索书号为线善T03848—53。国家图书馆所藏皆为此本的影印本，即四部丛刊本，6行15字，白口，四周单边。此本为明万历八年（1580）温博辑刻的《花间集》十二卷，只是万历三十年（1602）重新刊刻为巾箱本而已。此本被商务印书馆民国八年（1919）收入《四部丛刊初编》丛书中，民国十五年（1926）再次影印，民国二十五年（1936）缩印，上海书店1989年据1926年版《四部丛刊》丛书整套书重印一次。（台北）台湾商务印书馆股份有限公司2011年又一次据杭州叶氏藏万历壬寅（1602）玄览斋本影印。需要提醒的是，此本被四部丛刊景印收入时卷数著录是这样的："《花间集》十四卷"。不知何以会著录为"十四卷"，录此存疑。

第四种明刻本为万历（1573—1619）间朱墨套印的汤显祖评本《花间集》四卷，此本国家图书馆有五个本子，其中两个是善本，两个善本的索书号是17296和18392。三个普通古籍本和两个善本的行款等内容相同。行款为8行18字，白口，四周单边，均是朱墨套印本。国家图书馆馆藏目录未著录编刻者为谁。《中国丛书广录》著录云："《词坛合璧》，明朱子蕃编，明刻本，《花间集》四卷，五代赵崇祚辑，明汤显祖评。……按：是刻半页八行，行十八字，白口，四周单边。北大、复旦、山东大学有藏。孙殿起、杜联喆目著录杨慎编，万历刻本。"①

第五种明刻本为毛氏汲古阁刻本。此本国家图书馆有二个藏本，均是明末（1621—1644）毛氏汲古阁辑刻《词苑英华九种》丛书本，一个是善本，索书号为17168，一个为普通本，也是明末毛晋汲古阁刻本，但是是乾隆十七年（1752）曲溪洪振珂重印本，行款为9行20字，小字双行同，白口，左右双边，单鱼尾。索书号为88869：7。明末毛晋汲古阁刻本《花间集》十卷的具体刊刻时间在《中国丛书综录续编》中有这样的记载："《词苑英华》，明毛晋辑，崇祯八年（1635）常熟毛氏汲古阁刻本。"② 由此可知，毛氏汲古阁刻《词苑英华九种》丛书本《花间集》十卷的具体刊刻时间是崇祯八年乙亥岁（1635）。此本上有毛晋的二则跋语，这二则跋语最常见的出处是文渊阁四库全书《花间集》卷十末尾，卷十末尾第三则云："据陈氏云：'《花间集十卷》，自温飞卿而下十八人，凡五百首。'今逸其二，已不可考。近来坊刻，往往谬其姓氏，续其卷帙，大非赵宏基氏本来面目。余家藏宋刻，前有欧阳炯序，后有陆放翁二跋，真完璧也。但李翰林《菩萨蛮》、《忆秦娥》及南唐二主冯延巳诸篇，俱未入选，不无遗珠之憾云。隐湖毛晋识。"卷十末尾第四则云："近来填词家辄效颦柳屯田，作闺帏秽媟之语，无论笔墨劝淫，应堕犁舌地狱，于纸窗竹屋间，令人掩鼻而过，不惭惶无地邪？若彼白眼骂坐，臧否人

① 阳海清编撰、陈彰璜参编：《中国丛书广录》，湖北人民出版社1999年版，第846页。
② 施廷镛编撰：《中国丛书综录续编》，北京图书馆出版社2003年3月第1版，第344页。

物，自托辛稼轩后身者。譬如雷大起（笔者按："雷大起"，应为"雷大使"）舞，纵使极工，要非本色。张宛丘云：'幽索如屈宋，悲壮如苏李，始可与言词也。'已矣，亟梓斯集，以为倚声填词之祖，但李翰林《菩萨蛮》、《忆秦娥》及南唐二主、冯延巳诸篇，俱未入选，不无遗珠之憾云。晋又识。"第二则跋语（即卷十末尾第四则）主要讲对词这种体裁的看法，第一则跋语（即卷十末尾第三则）明确地说"余家藏宋刻，前有欧阳炯序，后有陆放翁二跋，真完璧也。"似乎把版本交代得很清楚，实际上大有疑问。因为宋刻本《花间集》十卷有二种，"余家藏宋刻"不知是南宋绍兴十八年戊辰岁（1148）济阳晁氏建康刻本，还是南宋淳熙十四年丁未岁（1187）鄂州使库刻本。关于毛晋汲古阁刻本《花间集》十卷的来源，还是罗争鸣先生《毛本〈花间集〉来源补正》一文的结论靠得住，故径直引用，不再论证。罗氏最终认为毛氏汲古阁本《花间集》十卷"是一个融汇各本，但较多沿袭公文纸印本的一个新版本"。① 这里的"公文纸印本"即淳熙十四年戊申岁（1187）鄂州使库刊本《花间集》十卷。

<h1 style="text-align:center">三</h1>

《花间集》在清代有抄本六种、刻本三种。

先看六种清抄本的情况。

第一种清抄本系影宋抄《花间集》十卷。此本上海图书馆有藏，索书号为线善 T01954—55。此书卷首项目是：第一项为叶景葵跋。跋后有朱方印"景葵校读"。第二项为欧阳炯叙。叙第一页有一朱方印"小山堂"、一朱长方印"诗卷长留天地间"（卷首无目录，欧阳炯跋之后就是正文，卷尾无任何跋）。第三项为正文。正文"花间集卷第一"后无赵崇祚署名，直接就是"花间集卷第一（五十首），温助教（庭筠五十首）。"从"温助教（庭筠五十首）"的记载看，如果该抄本体例统一，那么，《花间集》所收 18 个词人的每个人都应该注出官职了，例如，卷七应该注出"孙少监光宪（六十一首）"，不知是否这样，真该去复核一下。叶景葵跋云："武林赵氏小山堂影钞宋淳熙十四年（1187）鄂州使库刊本《花间集》十卷，十行十七字，与陆元大所覆绍兴本不同。前无赵崇祚及欧阳炯衔名，后无晁跋。每卷前有子目，连正文，同题每首连接，无'其二'、'其三'等标题，宋讳不缺笔，即海源阁著录之本也。癸酉（1933）正月购于杭州经训堂，兹与陆元大本对校一过，

① 罗争鸣：《毛本〈花间集〉来源补正》，《天津大学学报》（社会科学版）2001 年第 4 期。

以陆本为主，而以淳熙本异文注于下。"① 据郑伟章《文献家通考》卷4、卷5知，武林赵氏小山堂，系清朝康乾时杭州人赵昱（1689—1747）、赵信（1701—?）兄弟二人藏书楼的名字。赵昱为赵一清之父。② 可见，即使从时间段上看，此抄本都应该被排在四库全书抄本之前。

第二种清抄本系乾隆四十一年丙申岁（1776）抄成献上的文渊阁四库全书本《花间集》十卷。该卷卷首第一则内容为《花间集》十卷目录，第二则内容为四库馆臣1176年写的《提要》，第三则内容署名为《花间集原序》，即欧阳炯的序。从卷一到卷十，每卷开头第一项内容为题名"花间集卷几"；第二项内容是每卷收词统计，十卷中第二卷49首（但实际是50首，因为皇甫松的《采莲子》2首被误为1首了），第六卷51首，第八卷49首（但实际是50首，因为孙光宪的《竹枝》2首被误为1首了），第九卷49首，其余六卷皆50首，这样，全书十卷共500首词。第三项内容是作者署名"后蜀赵崇祚编"；第四项内容是每卷所收作者和所收该作者词的总数、词牌和每个词牌下收词的数目；第五项内容才是正文。正文中，同一个词谱下的第二首词另起一行直接抄写，没有"又"这样的字眼。卷十末尾有四项内容。第一项和第二项是分别署名"笠泽翁书"和"开禧元年（1205）十二月乙卯务观东篱书"的两则跋语，其作者均是南宋诗人陆游。第三项和第四项是毛晋的两则跋语。由此可知，文渊阁四库全书丛书本《花间集》十卷系据明末毛晋汲古阁刻本《花间集》抄录而成。《四库全书总目》卷一九九《花间集·提要》云"花间集十卷（江苏巡抚采进本）"。③ 文渊阁四库全书丛书本《花间集》十卷原稿现藏（台湾）故宫博物院，台湾商务印书馆1986年有影印本（《花间集》十卷在第1489册）；台湾商务印书馆股份有限公司2008年又有第2版影印本（《花间集》十卷仍在第1489册）。

第三种清抄本系乾隆四十八年癸卯岁（1783）抄成献上的《文溯阁四库全书》丛书本《花间集》十卷。《文溯阁四库全书》今藏甘肃省图书馆，据说保存完好。

第四种清抄本系乾隆五十年乙巳岁（1785）十一月抄成献上的《文津阁四库全书》丛书本《花间集》十卷，现藏国家图书馆，2005年由商务印书馆

---

① （后蜀）赵崇祚集：《花间集》（10卷），清初武林赵昱、赵信小山堂影抄南宋孝宗淳熙十四年（1187）本，卷首。

② 郑伟章：《文献家通考》（清—现代），中华书局1999年版，第1册，第202、238页。

③ （清）永瑢等撰：《四库全书总目》（200卷），中华书局1965年版，卷199，第1823页。

影印出版。

第五种清抄本系乾隆五十三年戊申岁（1788）抄成献上的《文澜阁四库全书》丛书本《花间集》十卷。《文澜阁四库全书》丛书本今藏浙江图书馆。

第六种清抄本为《宋元词抄》丛书本《花间集》，此本国家图书馆馆藏目录著录为"普通古籍"、"清（1644—19111）抄本"、"1册"、"五代赵崇祚辑"，未著录卷数。索书号为32140：24。此书之抄者、行款均不知。需要注意的是，《中国丛书综录》、《中国丛书广录》、《中国丛书综录续编》三种丛书汇编书均未收录此《宋元词抄》丛书，需补登进去。

再看三种清刻本的情况。

第一种清刻本为光绪十四年戊子岁（1888）邵武徐幹刊刻的《邵武徐氏丛书》本《花间集》10卷。此本系据南宋绍兴十八年戊辰岁（1148）济阳晁氏刊本《花间集》十卷重雕。9行22字，白口，左右双边，单鱼尾。封面"花间集十卷"左边有"光绪戊子。光山胡义赞署"的题字。胡义赞（1831—1902），河南光山人，官海宁知州，清末学者。卷首第一项为欧阳炯《花间集序》；第二项为"花间集一部十卷"的书名题名、"银青光禄大夫行卫尉少卿赵崇祚集"的作者题名、18名作者和所收词的总数目；第三项为"光绪十四年邵武徐幹字小勿据宋济阳晁氏刊本重雕"22字的题款。正文卷第一开头为"花间集卷第一。银青光禄大夫行卫尉少卿赵崇祚集"的书名题名和作者题名，从第二卷至第十卷只有书名题名，无作者题名。同一词牌下的多首词，从第二首开始有"其二"、"其三"之类的标识。卷尾有晁谦之的题记（上文谈南宋绍兴十八年戊辰岁刻本时已引）。此邵武徐幹刻本《花间集》十卷被上海书店出版社1994年影印后收于《丛书集成续编》中，故方便易得。

第二种清刻本为光绪十九年癸巳岁（1893）王鹏运辑、王氏家塾刻本《花间集》十卷。此本为《四印斋所刻词二十一种》丛书本，又称"临桂王氏四印斋刻本"，系王鹏运据南宋淳熙十四年丁未岁（1187）鄂州使库刊本《花间集》十卷影刊而成，10行17字，小字双行同，白口，四周单边，单鱼尾。此本在国家图书馆有七个本子，其中一个是善本书，索书号为00521（未见有缩微制品）。

第三种清刻本为"有伦氏朱笔过录汤若士评点"的清刻本《花间集》十卷。此本今藏国家图书馆，为普通古籍，索书号为32108。行款为10行20字，小字双行同，黑口，四周双边。此本系据何种本子刊刻而来，不详。

<h1 style="text-align:center">四</h1>

《花间集》十卷在民国有抄本一种，刻本二种。

民国抄本《花间集》是国家图书馆馆藏目录著录的《唐宋名贤百家词集》丛书本《花间集》，五代赵崇祚辑，未言卷数，为抄本，朱丝栏，索书号为32096：1—2，为普通古籍。需要注意的是，此抄本未入《中国丛书综录》、《中国丛书广录》、《中国丛书综录续编》三种丛书汇编书，需要补登进去。

第一种民国刻本为仁和吴昌绶刊刻的《花间集》十卷，署名五代赵崇祚编，有吴梅墨笔题记。《中国丛书综录续编》云此本为《仁和吴氏双照楼景刊宋元本词》丛书本。《仁和吴氏双照楼景刊宋元本词》丛书系仁和吴昌绶辑，1913 年至 1914 年仁和吴氏双照楼刊本。如前所述，此本系影刻明正德仿宋刻本

第二种民国刻本在国家图书馆著录为"《花间集》十卷，五代赵崇祚辑，据明正德辛巳吴郡陆元大宋本重刻"。索书号为 107441。

综上所述，今知《花间集》的存世版本共二十一种，宋代二种（均刻本），明代七种（抄本二种，刻本五种），清代九种（抄本六种、刻本三种），民国三种（抄本一种，刻本二种），再加上毛晋所说的"北宋本"、陆游题跋的本子、陈振孙《直斋书录解题》著录的本子（假定陆游和陈振孙所说的本子均不是绍兴晁氏刻本和淳熙鄂州刻本）、四库全书七阁中毁于兵火的三阁三个抄本，也仅有二十七种，而不是学界所说的"现存《花间集》版本不下三十余种"。这是其一。其二，《花间集》虽然版本很多，但是，最重要的版本是南宋绍兴十八年戊辰岁（1148）济阳晁氏刻本和南宋淳熙十四年丁未岁（1187）鄂州使库刻本。国家图书馆馆藏目录著录了这两个南宋刻本（索书号分别为 04979 和 08615），则这两个本子均存世（但是笔者均未能借阅成功，既未借到其书，也未借到其书之胶卷）；退一步说，绍兴晁氏刻本有正德十六年辛巳岁（1521）陆元大仿刻本，淳熙鄂州刻本有光绪十九年癸巳岁（1893）王鹏运四印斋影刻本，则南宋绍兴本和南宋淳熙本的面目仍可见其大概。研究《花间集》文字异同等问题，溯源到这两个南宋本方能事半功倍。

附：后蜀国赵崇祚集部著作（《花间集》）流传过程和版本源流示意图

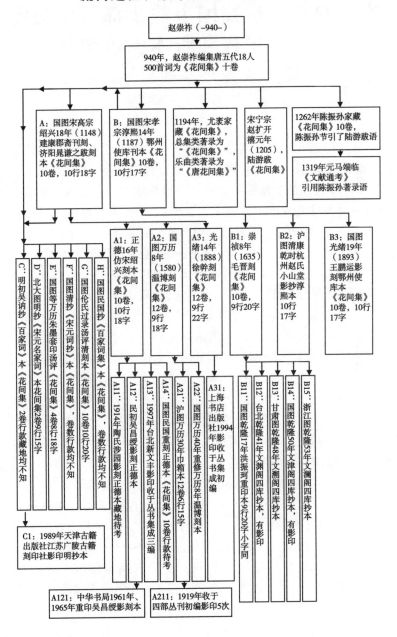

第十四章 后蜀国韦縠集部著作流传过程和版本源流考辨

《才调集》流传过程和版本源流考辨

《才调集》10卷是五代后蜀韦縠选辑的一个唐诗选本，每卷收诗100首，全书10卷共收1000首，收录自唐初至晚唐五代180余位诗人的诗。该书是现存唐人选唐诗10种作品中规模最大的一部唐诗选本，值得深入研究。近年来虽然出现了一本硕士论文和一本博士论文专门研究《才调集》，但是，《才调集》的流传史、刊刻史和版本源流，仍有弄清的必要，以下将这些问题的内容分为唐宋元一段、明代一段、清代民国一段共三个阶段予以考述。

（一）《才调集》的成书和在宋元的流传

《才调集》今存最早刻本为上海图书馆所藏南宋临安陈宅书籍铺刊刻的《才调集》十卷（卷一、卷六至卷十配清抄本）。该书卷首第一项是《才调集叙》，署名"蜀监察御史韦縠集"；南宋陈振孙《直斋书录解题》卷十五"总集类"介绍《才调集》十卷时云"后蜀韦縠集唐人诗"，后蜀的存在时间为后唐应顺元年至北宋乾德三年（934—965）。由此可知，韦縠编集《才调集》十卷的时间在934年至965年之间，这是今人关于《才调集》所能上溯到的最早踪迹。注意，不是说南宋陈宅书籍铺刻本《才调集》十卷是关于《才调集》今人所能追溯到的最早踪迹，而是说该刻本卷首后蜀国韦縠写序的时间是《才调集》所能追溯到的最早踪迹。

《才调集》在载籍中的第二次出现，见于宋仁宗赵祯康定二年辛巳岁（1041）成书的《崇文总目》。《文渊阁四库全书》本《崇文总目》卷十一"总集下"云："《才调集》十卷"；《粤雅堂丛书》本《崇文总目》卷五"总集类上"云："《才调集》十卷，韦縠编。"①

《才调集》在载籍中的第三次出现，见于宋高宗绍兴三十一年辛巳岁（1161）成书的《通志》，《通志》卷七十艺文略第八"诗总集"云"《才调

---

① 中华书局编辑部编：《宋元明清书目题跋丛刊》（全19册），中华书局2006年版，第1册，第179页。

集》、《天归集》十卷，唐韦縠集。"①

《才调集》在载籍中所能追溯到的第四个踪迹，是南宋临安陈起（？—1256）陈宅书籍铺刊刻的《才调集》十卷，这是今知《才调集》在历史上的第一个刻本，称临安府陈宅书籍铺刻本，又称陈氏书棚本。此书上海图书馆有藏，书号为828703—07，5册，上海图书馆所藏此南宋刻本仅有南宋刻本原貌四卷，其余第一卷、第六卷至第十卷配清抄本，大小为11.9X17.3cm，白口，单鱼尾，左右双边，10行18字。藏印："季振宜藏书"、"汪士钟印"、"三十五峰园主人"、"修伯秘笈"、"杏花春雨江南"、"仁和朱澂"、"结一庐藏"。此书总共253页，开始是卷首，卷首项目是：韦縠序（题目"才调集叙"，署名"蜀监察御史韦縠集"）、《才调集目录》。正文为"才调集卷第一"至"才调集卷第十"。每卷下无编者韦縠署名。此书卷第十最后一首诗为《伤哉行》。无卷尾（即正文结束即全书结束）。此本为今存《才调集》各本的源头，故最为重要，也最受重视，民国八年（1919）上海涵芬楼借德化李盛铎家藏述古堂旧本影印，收入《四部丛刊初编》丛书中，此后民国十五年（1926）、民国十八年（1929）、民国二十五年（1936）均有影印，1989年上海书店又影印了1次，2002年中华再造善本也以此本为底本而影刻，台湾商务印书馆2011年版又影印了1次。就是说，陈氏书棚本被影印影刻了7次之多（含1次影刻，6次影印），由此可见此本受重视的程度。

《才调集》在载籍中的第五次出现，见于最晚宋理宗景定三年壬戌岁（1262）成书的《直斋书录解题》，《直斋书录解题》卷十五"总集类"云："《才调集》十卷，后蜀韦縠集唐人诗。"②

《才调集》在载籍中的第六次出现，见于元代延祐六年己未岁（1319）成书的《文献通考》，《文献通考》卷二百四十八经籍考七十五"总集"所云引用了《直斋书录解题》的说法。因为《文献通考》只是抄录了南宋陈振孙《直斋书录解题》的著录，并没有证据说明《文献通考》的作者马端临见过《才调集》，所以，也可以说整个元代，未见到《才调集》的踪迹。

（二）《才调集》在明代的流传

继南宋陈起刊刻《才调集》之后，明代第一个刊刻《才调集》十卷的人，是明末人沈春泽。沈春泽，字雨若，他刻《才调集》十卷的时间从毛晋的跋语可以看出来。崇祯元年（1628）岁次戊辰毛晋跋《才调集》十卷时云："忆

①　（宋）郑樵撰，王树民点校：《通志二十略》，中华书局1995年版，第1781页。

②　（宋）陈振孙著，徐小蛮、顾美华点校：《直斋书录解题》（22卷），上海古籍出版社1987年版，卷15，第443页。

戊午（1618）偕雨若于十五松下，日焚香读异书，每思倡调，因而觅句相赏也。时雨若才购是集，不亚鸿宝，第恶媒墨审无可著笔絷处，稍稍点次，遂投诸梓，意殊未惬。十年来，偶于故楮中觅得旧本，不觉爽然，随刻烛研露，互参唐名贤旧集，标格无不印合，遂订为完书以行。斯无憾于作者，亦有洽于选人。当世说诗者，见海虞刻有二种以此戊辰（1628）端阳前一日。湖南毛晋记。"① 毛晋戊午年（1618）与沈春泽（字雨若）过从，知道沈春泽于此年"遂投诸梓"，则可知沈春泽刻《才调集》的时间是万历四十六年岁次戊午（1618），这是《才调集》在明代的第一次刊刻。需要提醒的是，中国国家图书馆、上海图书馆、南京图书馆均藏有沈春泽这个刻本，但是三个图书馆均没有注明刊刻的时间是明万历四十六年（1618），而只是注出为明代沈春泽刻本，国家图书馆还注明刊刻的时间是明末（1621—1644），这样的著录当然没大错，但是该书的刊刻时间是可以精确到万历四十六年（1618）这一年的。这是《才调集》十卷继宋代陈起刊刻后在明代的第一个刻本，这个刻本是 8 行 18 字本，白口，四周单边，有朱笔题记、批校等。中国国家图书馆普通古籍阅览室藏有这个刻本，索书号为 t491，有清查慎行朱笔批点。南京图书馆亦藏有这个刻本。上海图书馆所藏的这个刻本著录云："《才调集》十卷，蜀韦縠辑，明沈春泽刻本，清沈宝莲录清何焯校，清张宗松跋。"这个刻本为笔者所目见，并抄有详情，现予以交代。又：此本既然是明万历年刻本，国家图书馆就该将此本升格为善本书而置于善本库而不是普通古籍库中。特此提出。

　　上海图书馆所藏的这个刻本题名《才调集正本》，打开封面后会看到，内封面页分二栏，右栏大字题五字"才调集正本"，左栏小字写四行零八字："《才调集》向少刻本，万历间邑中沈氏始授之梓，惜奈俗子所窜，讹谬实甚，今取沈氏原刻，一作宋本，并集状元徐玄佐抄本较正，凡汰去讹字贰千二百六字，重经新刻者三十二板，此本庶几完书矣，识者辨之。"此跋的作者是钱允治（即钱功甫），此页后的一整页上半页右下方有二枚朱方印。第一印曰："张元济印"；第二印曰："上海图书馆藏"。下半页有毛笔手写跋语曰："是集万历间沈雨若所刻，钱功甫辈复校勘修板，汰去沈刻讹字极多，洵善本也。校汲古阁本，中间同异，约计二十字，与二冯批本的合。乾隆乙酉年（1765），古盐张宗松寒许氏志。"接下来是韦縠的序。《才调集叙》（韦縠集）页有六枚印，印文依次是："嗣□"、"莲龛珍赏"、"臣莲信印"、"合众图书馆藏书印"、"□"、"上海图书馆藏"。韦縠序后是目录，目录后是正文。正文第一页"才调集卷第一"下一行署名"蜀监察御史韦縠集"。本页第一行有五枚印，

---

① （后蜀）韦縠辑：《才调集》（10卷），明毛晋汲古阁刻本，卷尾。

印文依次是："傅沅叔□藏印"、"宝莲之印"、"合众图书馆藏书印"、"元济"、"上海图书馆藏"。第三行为空行，该行有佚名朱笔双行注释云："《才调集》，唐人选本，其编次各有深意，大抵以'才调'二字为主，只看每卷第一人，其用意处自见。"又于"古律杂歌诗一百首"下一行"白居易一十九首"下朱笔双行注释云："第一卷以白公为首，白公诗以《代书百韵》为首，全重才调"。又于天头处批注："长律诗以此首压卷，格律严，词采丽，未易措手"。此书有朱笔圈点、朱笔眉批和行间注释。此书8行18字，四周单边，黑色栏线。卷一共38页。此书卷八评价杜荀鹤《春宫怨》云"意甚刻苦矣，高远之势而出语不庸"。此书第十册卷十开头批注云："集中闺秀诗最多，共六十余首，正为'才调'二字见本色也。才者，才华；调者，发调情之所至。必鸟声美，可以见是编所当矣。"此书卷十末尾朱笔批注云："是集以才情为主，大抵情胜乎词，以才御情，缘情成调矣。□乎幅浮夸之词也，虽所取未广，亦彬彬乎可观也已。康熙戊午（1678）六月避暑于拂水山庄，偶评。焯识。"下一朱方印"何焯"，框外左下一朱方印"臣莲手校"。此书正文结束则全书结束，无卷尾。又，此书卷一第十九页于"薛能七首"下朱笔注云："此集每以卷首一人为主，以类相从，各见流派，于乐天只选长律，而此（笔者按：此，当为'只'）收七言，大意可见。"此书第二册开始是卷二，于卷二"才调集卷"（笔者按：显然脱"二"字或者脱"第二"）下一行"蜀监察御史韦縠集"下一行朱笔批注云："本集每卷合诗百首，以卷首一人为主，其余以类相附，有在后而所收多者，亦是其流派之相近，以次编入耳。"于"温飞卿六十一首"书眉上批注："飞卿绵丽，步武齐梁，亦是从元和（806—820）、长庆（821—824）中别开一生面也。"卷三于"韦庄六十三首"下朱笔批注："词家妙手，诗亦纤秾入格，时当乱离，不减悲凉，与韩致尧相近而气骨逊之。"于高适一首（燕歌行）下批注："此诗气骨凛然，声调高亮，自是歌行中杰作，不得以形似者求之。"于卷四"杜牧三十三首"下批注："杜紫薇气象激昂，去轻靡而取豪迈，亦一时诗坛之雄也。"卷五于"元稹五十七首"下批注："元白齐称，然乐天诗以风格胜，微之诗以情致胜，大宜分别观之。"于"梦游春七十韵"下批注："此诗七十韵，本集只存二十韵，可知古人佳篇，残缺者多矣。"于卷五"白居易八首"后批注："乐天近体小律诗，分入此处，可见此集编次之法"。于卷六"李白二十八首"之前批注："此卷以太白居首，而义山次之，专以才情为主，义山近体宗少陵，而歌行绝似长吉，其渊源实自太白来也。"于"李白二十八首"下批注："太白仙才，迥非余子所能及，集中专收秾丽一派，为才调生色，此挑歌之遗也。以轻倩妍丽为主，最是太白本色。"于卷八"罗隐十七首"第一首"偶怀"下批注："感时伤乱之言，不得不称悲愤"。于卷八"韩偓五首"下批注："韩致尧为唐季诗人翘楚，是集所收，殊不为所长。"于卷八最后一首《暮春对花》末批注："多少落花诗，只此四语尽之矣。"

万历四十六年戊午岁（1618）沈春泽刻本《才调集》十卷所用的底本是什么呢？汪文珍垂云堂所刻《才调集》十卷过录了"钱校沈本"（笔者按：即钱允治等校的沈春泽刻本）上陆贻典的跋语："沈刻原本系邑人研北孙翁家藏，沈与善，因假此并《弘秀集》合梓之。按：二书俱本临安刻版，乃孙先世西川公得之杨君谦者也。余善翁之孙江，因得其始末，记之如左。陆贻典。"① 据陆贻典（1617—1686）所说，万历四十六年戊午岁（1618）沈春泽刻《才调集》十卷所用底本即孙研北家藏南宋临安陈起的刻本，他因为与孙研北的孙子孙江交情厚而知道了沈春泽刻本的来源。

明代第二次刊刻《才调集》十卷的，是毛晋汲古阁崇祯元年戊辰岁（1628）刊刻的《唐人选唐诗》八种（23 卷）本《才调集》十卷。这是继万历四十六年戊午岁（1618）沈春泽刻《才调集》之后，对《才调集》十卷一书的又一次刊刻。行款是 8 行 19 字，白口，左右双边。这个刻本在中国国家图书馆藏有二个善本、二个普通本。二个善本的索书号分别是：13453；00497；两个普通本的索书号分别是：36444：9—14；36445：3—4。此本的来源依据前文所述毛晋的跋语："十年来，偶于故楮中觅得旧本，不觉爽然，随刻烛研露，互参唐名贤旧集"，只是不知道这"故楮中的旧本"是不是南宋临安陈宅书籍铺刻本。另外，重庆市图书馆亦藏有这个本子，上有明孙永祚批校并跋，还有莫棠跋。

《才调集》在明代的刻本除万历四十六年戊午岁（1618）沈春泽刻的 8 行 18 字本、崇祯元年戊辰岁（1628）毛晋刻的 8 行 19 字本外，还有一个明刻递修本。《中国古籍善本书目》卷二十三云，这个明刻递修本有三个本子，分藏于中国的两个图书馆，即四川省图书馆藏有"《才调集》十卷，蜀韦縠辑，明刻递修本，佚名录，明徐玄佐、清冯班、陆贻典批"一个本子和"《才调集》十卷，蜀韦縠辑，明刻递修本，清潘耒批校"又一个本子；湖南省图书馆藏有"《才调集》十卷，蜀韦縠辑，明刻递修本，佚名录，清何焯批校，叶启勋、叶启发跋"一个本子②。康熙四十三年甲申岁（1704）汪文珍垂云堂刻本《才调集》十卷称这个明刻递修本为"钱校沈本"，即钱允治（字功甫）

---

①　（后蜀）韦縠辑：《才调集》（10 卷），康熙四十三年甲申岁（1704）垂云堂刻本，卷尾。

②　中国古籍善本书目编辑委员会编：《中国古籍善本书目》（集部）（全 3 册），上海古籍出版社1998 年版，集部中册，卷 28，第 1658 页。

（1541—1624）校对并补修的沈春泽万历四十六年戊午岁（1618）刻本。汪文珍的垂云堂刻本《才调集》十卷将"钱校沈本"之上的八则序跋全部予以过录。钱允治之所以要校对补修，是因为沈春泽万历四十六年戊午岁（1618）的刻本被"俗子所窜，讹谬实甚"，这个说法见上海图书馆所藏"《才调集》十卷，蜀韦縠辑，明沈春泽刻本，清沈宝莲录清何焯校，清张宗松跋"本书前内封面的跋语："《才调集》向少刻本，万历间邑中沈氏始授之梓，惜奈俗子所窜，讹谬实甚，今取沈氏原刻，一作（笔者按：'作'当作'仍'）宋本，并集状元徐玄佐抄本较正，凡汰去讹字贰千二百六字，重经新刻者三十二板，此本庶几完书矣，识者辨之。"① 内封面后一页的下半页有毛笔手写体跋语："是集万历间沈雨若所刻，钱功甫辈（笔者按：注意，是'钱功甫辈'，不是钱功甫，除钱功甫外，还有钱谦益等）复校勘修板，汰去沈刻讹字极多，洵善本也。校汲古阁本，中间同异，约计二十字，与二冯批本的合。乾隆乙酉年（1765），古盐张宗松寒许氏志。"② 从张宗松这个跋语看，上海图书馆所藏的这个沈春泽刻本，实际上就是钱允治等人校对补修的明刻递修本。但是，这个明刻递修本和四川省图书馆藏的两个明刻递修本、湖南省藏的一个明刻递修本以及汪文珍垂云堂刊刻的《才调集》十卷过录的"钱校沈本"的序跋有很大的不同。这个明刻递修本只有钱允治跋、张宗松跋、韦縠序、何焯批语，而四川省图书馆藏的第一个明刻递修本有佚名录的明徐玄佐、清冯班、清陆贻典三个人的批语，第二个明刻递修本有清潘耒的批校，湖南省图书馆藏的明刻递修本有佚名录的清何焯的批校，又有清叶启勋、叶启发的跋语，而汪文珍过录的"钱校沈本"的序跋有八则之多。上海图书馆所藏这个明刻递修本上面的一些内容对《才调集》的版本研究和文学研究均有价值，但这些内容与前文所云的沈春泽刻本上的内容完全相同，前文已经抄录，其内容不再赘述。

　　清康熙四十三年甲申岁（1704）汪文珍刊刻、宛委堂发兑的《才调集》十卷过录了明刻递修本的八则序跋，其中一则跋语是徐玄佐的跋语："蜀韦縠《才调集》十卷，本朝所未刊，诸名公所未睹者也。先君文敏公素有此书，盖宋刻佳本，惜分授之时匆忙，失简逸去其半，后逾二十年，幸交符君望云，获闻其亲钱复正氏有钞本家藏，因而假归。特嘱知旧马公佐，照其款，制摹以配之。共计一百才有六幅，凡二千七十三行，装池甫毕，展卷焕然，顿还旧观

---

① （后蜀）韦縠辑：《才调集》（10卷），明万历46年戊午岁（1618）沈春泽刻本，卷首。

② 同上。

矣。后之人勿视为寻常物也。万历甲申（1584）腊月十日，华亭徐玄佐记。"①
万历甲申（1584）即万历十二年。可见，虽然《才调集》在明代的第一个刻
本为沈春泽万历四十六年戊午岁（1618）所刻，但是，早在明代万历十二年
甲申岁（1584），徐玄佐就补修了一个《才调集》的本子，补修的依据有二：
一是其父所存的半部南宋本《才调集》；二是钱复正家藏抄本《才调集》（其
源头还是南宋陈宅书籍铺刻本《才调集》十卷），只是不知道钱复正这个抄本
是不是影钞。其方法是请朋友马公佐（也可能名马佐）照南宋本的行款临摹
制成。可见，徐玄佐这个补修本应该像南宋陈起陈宅书籍铺刻本一样是 10 行
18 字本。

垂云堂所刻《才调集》十卷过录了"钱校沈本"上明人冯舒的跋语，该
跋语云："万历三十五年（1607）借得研北翁孙氏本，即沈氏所刻之原本也。
沈本为俗子所窜，讹处不可胜乙。崇祯壬申（1632）严文靖曾孙翼馆于余家，
携宋本至，前五卷为临安陈解元宗之家刻，后五卷为徐玄佐录本，始为是正，
又从钱宗伯假得焦状元本，亦从陈书抚写，与孙本不殊。焦本尽改'娇娆'
为'妖娆'，可当一笑，今悉正之。乙亥（1635）夏羼守居士记。"②"羼守居
士"系常熟人冯舒的别号。万历三十五年岁次丁未（1607），崇祯壬申
（1632）即崇祯五年，乙亥即崇祯八年（1635）。从冯舒的话看，沈春泽万历
四十六年戊午岁（1618）刻《才调集》十卷时，使用的底本是孙研北家藏的
宋本。崇祯五年岁次壬申（1632），严翼给冯舒带来了宋本《才调集》十卷，
前五卷是南宋陈起所刻，后五卷是徐玄佐万历十二年甲申岁（1584）摹制本。
冯舒据孙研北家的宋本和严翼带来的徐玄佐摹制本，将俗传的沈春泽本做了不
少订正。同时，冯舒又从钱谦益处借到了焦竑（1540—1620）从宋本抚写的
本子，焦竑的本子和孙研北家藏的宋本一样，只是焦竑的本子把所有的"娇
娆"改为"妖娆"，冯舒全都改正过来了。冯舒这个跋语说明，他对俗传的沈
春泽刻本做了很多校正，时间是崇祯八年乙亥岁（1635）。

垂云堂所刻《才调集》十卷过录了"钱校沈本"上明代冯班的二则跋语。
一则跋语云："崇祯壬申（1632）假别本于宗伯钱公，盖华亭徐氏旧物也。卷
末有跋语云'失后五卷，借钞本于钱伏正氏，写补之。戊寅（1638）洞庭叶
君奕示余抄本，首尾缺损，聊为装之'，线缝中有题记云'万历丙戌（1586）
钱伏正重装'，始知即徐氏所借也。中脱一页，徐亦仍之。是岁（1638）十

---

① （后蜀）韦縠辑：《才调集》（10 卷），康熙四十三年甲申岁（1704）汪文珍垂云堂刻本，
卷尾。

② 同上。

月，得赵清常录本，为补完。冯班记。"① 崇祯壬申即崇祯五年（1632），崇祯戊寅即崇祯十一年（1638），万历丙戌即万历十四年（1586）。又一则跋语云："是岁（1638）冬，江右朱文进中尉寓吴，有宋本，介郡人邵生借之，不可得。携本就勘，颇草草，朱本亦残缺，却有第九第十卷，唯第八卷全失，而叶本第六卷独完好，惜第七卷薛逢以下不复存。参以钞本，始具命工重写因记，冯班。"② 从冯班这话看，崇祯五年壬申岁（1632），冯班从钱谦益家借到徐玄佐摹制的《才调集》十卷，而且徐玄佐摹制本的后五卷，是从钱伏正的宋本写补的。崇祯十一年戊寅岁（1638），冯班借到了叶奕藏的抄本《才调集》十卷，首尾残损，冯班重新装补，而且叶奕此本正是万历十四年丙戌岁（1586）钱伏正重装的宋本，也正是徐玄佐借用的钱伏正的本子。那么，这个本子自然不是抄本，是钱伏正藏的南宋本。冯班这里叙述显然有误。崇祯十一年戊寅岁（1638）十月，冯班又借到了赵琦美（1563—1624，自号清常道人）抄写的《才调集》十卷，用此本把叶奕借给他的《才调集》十卷补完。崇祯十一年戊寅岁（1638）冬，朱文进寓居吴地，有宋本，冯班派邵生去借，没有借到，冯班就带着自己装补的叶奕给的本子去和朱文进手里的宋本相对照，发现朱文进手里的宋本也是残缺的，但是有第九卷、第十卷，只有第八卷全部佚失，而叶奕的本子只有前六卷完好，第七卷以下不存，冯班用"钞本"和叶奕的本子相对照，把叶奕的本子装补好，命工重写。注意，冯班这里所说的"钞本"不知是何本，从上下文看，应该就是朱文进手里的宋本，那么，这就不应该是抄本，而是刻本了，当然也可能朱文进手里所谓的"宋本"并非宋刻原本，而是宋刻原本的抄本。这里的叙述不够明确，启人疑窦。

　　汪文珍垂云堂所刻《才调集》十卷过录了"钱校沈本"上钱龙惕的跋语："右沈氏所刻《才调集》，原本不甚讹，为不知书人剟改，殆不可读。今为改定千余字，重梓者廿余叶，皆以临安陈本为正。凡得别本六，徐本得前五卷，叶本得第六卷，朱本得第九第十卷，焦状元、钱复正（笔者按：即钱伏正）、孙研北三抄本皆完具无缺，第八卷未有宋板，取以补之，抄本行墨如一，皆出于临安人赵清常本，仅后四卷不知所自，亦旧物，凡此数家，大略相类，始知此书更无异本而沈刻为信而有征云。沈名春泽，字雨若。祖应科，隆庆辛未（1571）张元忭榜进士。沈平生好事，喜为诗，此足概见。是书成，为附著

---

　　① （后蜀）韦縠辑：《才调集》（10卷），康熙四十三年甲申岁（1704）汪文珍垂云堂刻本，卷尾。

　　② 同上。

之。鲈乡渔夫夕公记。"① 钱谦益的侄子钱龙惕（1609—?），字夕公，号鲈乡渔夫。由钱龙惕这话看，沈春泽刻本本来不太有讹谬，被不知书人剜改后，讹谬很严重，几乎难以卒读，他以南宋陈起陈宅书籍铺刻本为据，改正了一千余字，重刻了二十余页。他还参照了六个本子，这六个本子是：徐玄佐补修本《才调集》十卷的前五卷、叶奕的本子的第六卷、朱文进本子的第九卷和第十卷，另有焦竑、钱复正、孙研北的三个抄本。只是今人不知道这钱龙惕使用的三个抄本是不是影抄本。

汪文珍垂云堂所刻《才调集》十卷过录了"钱校沈本"上明代鲜民赤复氏的跋语："余素不知诗，即有志而未逮，顾自幼颇好《才调集》。今年春，友人子重冯君从他氏□得万历间刻本归余。毁败既多，讹谬亦甚，辄命工人补其残缺，兼以诸君子之力，得广核诸家，翻改详审，然后此书得以复完。昔人所谓因人成事者，庶几近之矣。刻成附记，鲜民赤复氏书，时岁在疆圉大渊献朱明之皋月。"② 陈寅恪《柳如是别传》有"则虽谓虞山鲜民为知人也可"③。"虞山鲜民"即钱谦益，由此可判断"鲜民赤复氏"应该就是钱谦益，所谓"赤复氏"就是恢复朱明王朝，这与钱谦益的内心所想是一致的。"岁在疆圉大渊献"即丁亥年，即顺治四年（1647）。可见，此跋为钱谦益于顺治四年丁亥岁（1647）所写。就是说，顺治四年丁亥岁（1647），钱谦益也对明万历四十六年戊午岁（1618）沈春泽刻本《才调集》十卷进行了校正补修，这是沈春泽万历四十六年戊午岁（1618）刻本《才调集》十卷继钱允治（1541—1624）之后的又一次校正修补。

（三）《才调集》在清代和民国间的版本

今知《才调集》在清代有六个抄本、八个刻本，另王士禛删纂的《才调集选》三卷有一个清康熙刻本、一个民国刻本。

先看《才调集》的六个清抄本。

第一个清抄本是有乾隆七年壬戌岁（1742）李澄跋语的《才调集笺注》十卷，蜀韦縠辑，清吴兆宜笺注，清翁同书跋，该抄本今藏上海图书馆，索书号：线善821367—70。行款为10行21字，蓝格。此本的抄者有两种说法：

---

① （后蜀）韦縠辑：《才调集》（10卷），康熙四十三年甲申岁（1704）汪文珍垂云堂刻本，卷尾。

② （后蜀）韦縠辑：《才调集》（10卷），明万历四十六年戊午岁（1618）沈春泽刻本，卷尾。

③ 陈寅恪：《柳如是别传》，生活·读书·新知三联书店2001年版，第234页。

《中国古籍善本书目》卷二十八云"清吴惠叔抄本"①；该书卷首第一页翁同书跋云抄者是吴兆宜的曾孙吴惠林："此《才调集笺注》十卷，康熙中诸生吴江吴兆宜撰，河间纪氏阅微草堂藏本。兆宜尝注庾开府、徐孝穆集、玉台新咏、才调集、韩偓诗集。惟徐庾二集椠板行世，余止有传钞之本。黄侍郎宗汉偶得《玉台新咏》吴注钞本，有纪文达手批，其行款、钞手及卷首印记皆与此无异。文达跋称为显令曾孙惠林钞赠，然则此本亦惠林所钞也。同治二年（1863）二月。翁同书识。"② 翁同书跋后是《原叙》，署名"蜀监察御史韦縠集"，此书卷首项目依次是：翁同书跋、韦縠叙、《才调集笺注总目》。正文开始是"才调集笺注卷之一目录……才调集笺注卷之一目录终"，接下来是"才调集笺注卷之一"，署名"唐韦縠集，松陵吴兆宜显令笺注，男根臣季心，孙然益民仝校。"此书卷一结束后有"才调集笺注卷之一终"字样。卷一结束后第二册开始是"才调集笺注卷之二目录……调集笺注卷之二目录终"，之后是"才调集笺注卷之二"，署名同卷之一。卷二结束后有"才调集笺注卷之二终"字样。第二册含卷二、卷三、卷四。第三册含卷五、卷六、卷七。第四册含卷八、卷九、卷十。此书第一册韦縠叙之页、第二册卷二首页、第三册卷五首页、第四册卷八首页之第一行和第二行有一朱长方印："河间纪氏阅微草堂藏书印"。此书亦有误，例如卷十目录结束后一行字曰"才词集笺注卷之十目录终"，"词"显然是"调"之误。杜荀鹤《春宫怨》在卷八，没有笺注出什么价值。卷十结束后是卷尾。卷尾有二跋，一为李澄跋，一为吴根臣跋。李澄跋曰："蜀韦縠《才调集》行世已久，无有笺释，惟虞山二冯先生本尝发抒其起承转合之法，立言之意，而典故事实犹未之及也，吾乡靖誉先生，博物洽闻，富于著述，于是集亦尝从事焉。句各有注，详其出处，又考其里居官爵，人为之序，俾读者寓目易了，其嘉惠后学之功，当出默庵、钝吟之右，惜未及脱稿而先生易箦，阅二十余年，其幼子根臣文，孙然复次第前后，删□重复，完其书而藏于家，可谓能世其业者矣。若镌板行远，苦一时无力，则不能无俟日月矣。时乾隆壬戌岁（1742）复月既望，同里后学李澄拜书。"③ 据李澄这话看，吴兆宜笺注的《才调集》是其子吴根臣抄文，其孙吴然编其先后，但是并没有刊刻，刊刻者为谁，李澄未提及。吴根臣跋曰："己未（1739）之夏，阅先

---

① 中国古籍善本书目编辑委员会编：《中国古籍善本书目》（集部）（全3册），上海古籍出版社1998年版，卷28，第1658页。

② （后蜀）韦縠辑、（清）吴兆宜笺注：《才调集笺注》，清吴惠叔（吴惠林）抄本（藏上海图书馆，索书号为"线善821367—70"），卷首。

③ 同上。

君子笺注遗本，有已脱稿者，亦有甫定稿者，如蜀韦縠《才调集》，旧未有笺释，先君子尝闵读者之茫无涯涘，遂徵故实于群书，句为之释，俾作者之意，朗朗在目，且人各有传，其爵里名字，亦可共知，诚足为后学津梁，属稿甫定，而先君子病革，未及缮写，又且数年，男不揣固陋，与兄子然，参酌校对，次第前后，去其重复，历三秋，录成定本，藏诸家塾，以俟刊行，亦先君子之志也。男根臣百拜谨书。"① 由吴根臣这话看，乾隆七年壬戌岁（1742），其父吴兆宜笺注的《才调集笺注》十卷并未刊刻，而是由他和侄子吴然"录成定本"，也就是说，该抄本是吴根臣、吴然抄录而成。此抄本所据，究竟是南宋陈宅书籍铺刻本，还是万历四十六年戊午岁（1618）沈雨若刻本，抑或是崇祯元年戊辰岁（1628）毛晋汲古阁刻本，未见明言，但从李澄跋语中"蜀韦縠《才调集》行世已久"的话看，应该属于南宋陈宅书籍铺刻本，但是考虑到乾隆七年（1742）李澄作此序时，沈春泽1618年刻本、毛晋1628年刻本均有一百年以上的历史了，也可以说"传世既久"，所以，吴兆宜此笺注本《才调集笺注》所依据的《才调集》也可能是沈春泽刻本或者毛晋刻本。因此，吴兆宜此笺注本的依据是南宋陈起刊本，还是明万历四十六年（1618）沈春泽刻本、明崇祯元年（1628）毛晋刻本？这问题只能存疑。从吴兆宜此笺注本《才调集笺注》上有"河间纪氏阅微草堂藏书印"可判断，此本曾被纪昀（1724—1805）收藏。此抄本的完成时间最晚在乾隆七年（1742）李澄作序时。

第二个清抄本是乾隆四十一年丙申岁（1776）五月抄成献上的《文渊阁四库全书》本《才调集》十卷，8 行 21 字，署名"唐韦縠撰"。卷首有二项：四库馆臣乾隆四十一年丙申岁（1776）五月所写的《提要》、《才调集原序》（未有韦縠的署名）。正文是：才调集卷一目录、才调集卷一正文；才调集卷二目录、才调集卷二正文；……；才调集卷十目录、才调集卷十正文。卷十结束即正文结束，也即全书结束，无卷尾。此本每卷的目录有该卷所收诗人的名字和每个诗人每首诗的题目。《四库全书总目》卷一百八十六《才调集提要》云此本的来源是"江苏巡抚采进本"② 但仍不知究竟是何种本子。此本 1983 年台湾商务印书馆有影印本。

第三个清抄本是乾隆四十八年癸卯岁（1783）抄成献上的《文溯阁四库全书》本《才调集》十卷。《文溯阁四库全书》今藏甘肃省图书馆，据说保存

---

① （后蜀）韦縠辑、（清）吴兆宜笺注：《才调集笺注》，清吴惠叔（吴惠林）抄本（藏上海图书馆，索书号为"线善 821367—70"），卷尾。

② （清）永瑢等撰：《四库全书总目》（200 卷），中华书局 1965 年版，卷 186，第 1691 页。

完好。

第四个清抄本是乾隆四十九年甲辰岁（1784）十一月抄成献上的《文津阁四库全书》本。《才调集》十卷开始于《文津阁四库全书》的第 444 册第 448 页。行款为一页 21 行 21 字。此本商务印书馆 2005 年有影印本。

第五个清抄本是乾隆五十三年戊申岁（1788）抄成献上的《文澜阁四库全书》丛书本《才调集》十卷。《文澜阁四库全书》今藏浙江图书馆。

第六个清抄本是清代周桢集注的《才调集集注》十卷。该书在翁连溪编校《中国古籍善本总目》（集部·总集·断代）中有如此的著录：“《才调集集注》十卷，蜀韦縠辑，清周桢集注，稿本，十二行二十八字，无格。”① 《中国古籍善本书目》卷二十八云此本藏上海图书馆，并著录云：“《才调集集注》十卷，蜀韦縠辑，清周桢集注，稿本。”② 可见，上海图书馆编《中国古籍善本书目》和翁连溪编校《中国古籍善本总目》均云此书书名是《才调集集注》，但是，笔者在上海图书馆目见此书后发现，此书的书名并不是《才调集集注》，而是《才调集》。著者为五代蜀韦縠，清朝周桢集注。版本为“稿本”，册数为 4。原书尺寸：31.4×17.9cm。版框：Xcm。版式：格口边鱼尾（笔者按：不知这“格口边鱼尾”是什么意思，可能是白口黑口、单边双边、单鱼尾双鱼尾之类）。藏印：“徐氏家藏”。索书号为 750295—98，获取方式：缩微制品。此书无卷首，一开卷第一行就是“《才调集》卷一”，第二行署名“虞山周桢以宁集注”，无韦縠署名。开头是“古律杂歌诗一百首”，先是“白居易一十九首”。“才调集卷二”下署名“虞山周桢以宁集注”，卷二开始是“古律杂歌诗一百首”，先是“温飞卿六十一首”。此书为稿本，共 217 页，最后一首为《伤哉行》（兔走鸟飞不相见）。末页即第 217 页有一行字“《隋志》：‘升平日，行上道，太平日道’，《风俗通》：‘楚人谓美色为娃’”。此书的集注者是清朝虞山周桢，字以宁，其他情况不详。上海图书馆书目检索著录为：“《才调集》十卷，（五代蜀）韦縠编，稿本，有缩微制品。”注意，这样的著录显然不够准确（因为它会让人误以为此书是韦縠所编《才调集》十卷的稿本，至少会让人误以为是韦縠以后的人抄写的韦縠《才调集》十卷），而《中国古籍善本书目》著录为“《才调集集注》十卷”，虽然披露了此书有“集注”这个信息，但是事实上此书的书名是《才调集》而不是《才调集集

---

① 翁连溪编校：《中国古籍善本总目》（全 7 册），线装书局 2005 年版，第 5 册，集部中，第 1760 页。

② 中国古籍善本书目编辑委员会编：《中国古籍善本书目》（集部）（全 3 册），上海古籍出版社 1998 年版，卷 28，第 1658 页。

注》，故合理的著录应该是："《才调集》十卷，蜀韦縠辑，清周桢集注，稿本。"此本据何本而抄，不得而知。

再看《才调集》的八个清刻本。

第一个清刻本是康熙三十二年癸酉岁（1693）黄虞学稼草堂刊刻的《唐人选唐诗八种》丛书本，《中国丛书综录》第一册著录此本云："唐人选唐诗八种，（明）毛晋辑，明崇祯中海虞毛氏汲古阁刊本，清康熙三十二年（1693）南海黄虞学稼草堂刊本，民国上海医学书局据明毛氏本景印……才调集十卷，（后蜀）韦縠辑。"①

第二个清刻本是康熙四十三年甲申岁（1704）汪文珍垂云堂刊刻的《才调集》十卷，此本有冯舒、冯班的批语，故又名《二冯先生评点才调集》，该本8行19字，小字双行28字，白口，左右双边，单鱼尾，国家图书馆藏有此本，索书号为89133。此本过录了"钱校沈本"的八则序跋和明崇祯元年戊辰岁（1628）毛晋汲古阁刻本上毛晋的跋语，又有冯武写的冯舒、冯班评点此书的《凡例》和对二冯评点此书的本意的说明，还有冯武如此的跋语："两先生所好同，所学同，所穷年矻矻丹黄两豪不省去手亦同，而其论诗法则微有不合处。默庵得诗法于清江范德机，有《诗学禁脔》一编，立十五格以教人，谓起联必用破，颔联则承，腹联则转，落句则或紧结或远结。钝吟谓诗意必顾题固为吃紧，然高妙处，正在脱尽起承转合，但看韦君所取，何尝拘拘成法，圆熟极则自然变化无穷尔。是书几亡久矣。沈雨若刻本，舛错纰缪，不可穷诘，幸钱求赤多方购求影宋抄本，历三处而得全，中间几经钱功甫辈明眼校雠，始得复见本来面目。然宋刻不免实有误处，沈氏刻时想亦曾见原本，意为更易，未可知也。虞山七十八老人简缘冯武识。"② 钱孙保（1624—?）为钱谦贞长子，字求赤。钱允治（1541—1624），字功甫。由冯武这话看，"钱校沈本"的校补者不仅有钱允治，还有钱孙保，再联系前文所说钱谦益顺治十四年丁酉岁（1657）亦校过此书，可见，所谓"钱校沈本"，是钱允治（1541—1624）、钱谦益（1582—1664）、钱孙保（1624—?）三个人都校补过的。汪文珍垂云堂此刻本还有汪文珍如下的跋语："近日诗家尚韦縠《才调集》，争购海虞二冯先生阅本，为学者指南，转相缮写，往往以不得致为憾。甲申（1704）春，余获交钝吟次君服之冯仗，始知汲古阁毛氏收藏钝吟手阅定木默庵评阅，即附载其中，丹黄甲乙，各有原委。其从子简缘先生，实能道其所

---

① 上海图书馆编：《中国丛书综录》（一），上海古籍出版社1986年版，第836页。

② （后蜀）韦縠辑：《才调集》（10卷），康熙四十三年甲申岁（1704）汪文珍垂云堂刻本，卷首。

以。然因托友人假汲古所藏，并借影写宋刻，取沈刻本暨钱校本，重加校雠，而乞例言于简缘，遂谋登梓。庶同志者感佩两先生嘉惠后学之德，且不虑榎写之难云。康熙甲申（1704）八月，新安后学汪文珍书城氏谨识。"① 可见，康熙四十三年甲申岁（1704）汪文珍垂云堂刻本，系据影写宋刻本、钱校沈本和毛晋汲古阁本而来。此汪文珍垂云堂刻本《才调集》在中国国家图书馆的藏本多达七个，索书号分别是：89133；90528；93954；110608；79839；t494；79837。此外，垂云堂刻本《才调集》还被收藏于至少五个图书馆：山东省图书馆（有赵执信批校并跋）、湖北省图书馆（有清葵圃录清何焯跋）、南开大学图书馆（有清顾亚籧校并跋）、华东师范大学图书馆（有佚名录清何焯校）、西北师范大学图书馆。这么多图书馆皆有收藏，这意味着垂云堂刻本《才调集》印本较多，流传颇广，尤其是 1997 年齐鲁书社将此垂云堂刻本影印后收入《四库全书存目丛书》中予以出版，这使得汪文珍垂云堂刻本《才调集》十卷流传更广了。

　　第三个清刻本是苏州赵氏金阊书业堂刊刻的《才调集》十卷，此赵氏书业堂刻本《才调集》十卷和汪氏垂云堂刻本《才调集》十卷刊刻于同一年，即康熙四十三年甲申岁（1704）。赵氏书业堂刻本《才调集》十卷在国家图书馆普通古籍库有藏，索书号为90528，共6册，此本的行款与汪文珍垂云堂刻本相同，也是 8 行 19 字，小字双行 28 字，白口，左右双边，单鱼尾。笔者按：第一，此苏州赵氏金阊书业堂刊刻的《才调集》10 卷刊刻的时间、行款、书口、边栏、鱼尾皆与新安汪文珍垂云堂刊刻的《才调集》10 卷相同，故此二本很可能是同一本，之所以会有二个刊刻者，很可能是哪个地方搞错了（例如图书馆目录著录时搞错了）。究竟如何，存疑待考。第二，不管此本为谁所刻，既然此本是康熙四十三年（1704）刻本，则国家图书馆置于普通古籍库，显然不妥，应该升入善本库才对。

　　第四个清刻本是清乾隆年间（1736—1795）刊刻的《镜烟堂十种》丛书本《删正二冯评阅才调集》二卷，10 行 21 字，小字双行 31 字（或不等），白口，四周单边，单鱼尾。此刻本国家图书馆藏有三本，均为普通古籍，索书号是 8194；8194：3；90932。此刻本的刊刻者在《中国丛书综录》中有著录："镜烟堂十种，（清）纪昀撰，清乾隆中嵩山书院刊本……删正二冯评阅才调集二卷。"② 此《镜烟堂十种》丛书本《删正二冯评阅才调集》二卷被台北新

---

① （后蜀）韦縠辑：《才调集》（10 卷），康熙四十三年甲申岁（1704）汪文珍垂云堂刻本，卷首。

② 上海图书馆编：《中国丛书综录》（一），上海古籍出版社 1986 年版，第 132 页。

文丰出版公司 1997 年影印后收录于《丛书集成三编》中，故比较常见易得。

第五个清刻本是乾隆五十八年癸丑岁（1793）长洲宋思仁宋氏思补堂刊刻的《才调集补注》本，此本行款是：10 行 21 字，小字双行同，白口，四周双边，单鱼尾。此本在国家图书馆有四个藏本，均系普通古籍，索书号是：79840；79841；79842；84714。上海图书馆亦藏有此本，著录刊刻者为宋思仁"思补堂"，此本被影印收入《续修四库全书》中。《续修四库全书》第 1611 册影印此书时云"据清乾隆五十八年（1793）宋思仁刻本影印，原书版框高一八五毫米，宽二七二毫米。"署名："（蜀）韦縠辑，（清）殷元勋注、宋邦绥补注。"卷首有韦縠叙、乾隆二十九年甲申岁（1764）宋邦绥序、乾隆五十八年癸丑岁（1793）宋思仁序、乾隆三十九年甲午岁（1774）吴玉纶序、才调集补注目录。接下来是正文。上海图书馆所藏此书的索书号是：线普 358737—44；线普长 98774—77；线普长 010198（6 册）。此殷元勋注、宋邦绥补注的思补堂刻本以谁为底本，不得而知，但可以断定，源头一定不出南宋中叶陈起刊刻的《才调集》十卷。

第六个清刻本是日本文正八年乙酉岁（1825）刊刻的《才调集》十卷，该刻本 9 行 21 字，白口，左右双边，单鱼尾，署名"五代韦縠辑"，此书国家图书馆有藏，系普通古籍，索书号为 88904。只是不知此刻本从何本刊刻而来。

第七个清刻本是清咸丰年间（1851—1861）扬州述古斋木活字刻本《才调集》十卷。此刻本湖南省图书馆有藏，共 4 册，行款 8 行 19 字，白口，四周双边，单鱼尾，有朱笔圈点，索书号为 t493。

第八个清刻本是光绪二十年甲午岁（1894）江苏书局翻刻的乾隆五十八年癸丑岁（1793）宋思仁思补堂刻本《才调集补注》十卷，此本上海图书馆有藏，索书号是：线普长 017161；线普长 004984；线普长 642281—84；线普长 014608；线普长 010750。

严格地说，清代王士禛删纂的《才调集选》三卷和韦縠的《才调集》十卷不是同一种书，研究韦縠《才调集》的版本时不需要讨论此书。但是，此《才调集选》与韦縠《才调集》的联系之紧密不言而喻，故这里也交代一下。清王士禛删纂《才调集》十卷为《才调集选》三卷，于康熙年间（1662—1722）刊刻，丛编项为"渔洋汇刊十种唐诗选"，系"萝延斋重梓"本，为 10 行 19 字本，黑口，左右双边，单鱼尾，清代有重印本。此书在国家图书馆有七个藏本，其中一个是善本古籍，书名著录为《才调集》，其实是《才调集选》，索书号为 18818。另六个为普通古籍，书名是《才调集选》，索书号是：93089：6—7；153735：61；36479：3；90956：3；

36478：4；99316：4。此康熙刻本《才调集选》三卷又有一个民国时的刻本，其上有民国时匡剑堂先生的评语，国家图书馆著录此书为："匡剑堂先生遗稿本《才调集选评》三卷，五代韦縠辑，清王士禛删纂，民国间（1912—1949）刻本，普通古籍阅览室。索书号：42073：75。"这八个本子（七个清康熙刻本，一个民国刻本）均有纸质藏本。此外，国家图书馆缩微中心库还收有《才调集选》一个本子的缩微制品，无索书号，该缩微制品系据山东省图书馆所藏的本子制作，这个山东省图书馆所藏的本子被国家图书馆馆藏目录著录为："《才调集选》（缩微制品）三卷，清王士禛辑，清王宸跋并录，清赵执信批校，清沈敬亭批校。"山东省图书馆所藏的这个本子在翁连溪编校《中国古籍善本总目》（集部·总集·断代）中是如此著录的："《才调集选》三卷，清王士禛辑，清康熙刻本，清王宸跋并录清赵执信、沈敬停批校，十行十九字，白口，左右双边。"[①] 这里的"沈敬停"显然是"沈敬亭"之误。"沈敬亭"在《中国古籍善本书目》卷二十八中作"沈起元"[②]，沈起元（1685—1763），号敬亭，江南太仓人。

综上所述，934 年至 965 年成书的《才调集》十卷自五代以来至少有 26 个本子（含 6 个影印本）。其中，南宋陈起（？—1256）临安府陈宅书籍铺刊刻的 10 行 18 字本，又称陈氏书棚本，是第一次刊刻，也是《才调集》十卷至今为止文字上最可靠的本子，此本自清代钱曾述古堂本影抄后，自民国八年己未岁（1919）至 2011 年，被影印了 7 次之多，四部丛刊初编影印本即此本；万历四十六年戊午岁（1618）沈雨若刻本《才调集》十卷 8 行 18 字本是明代的第一个刻本，系据临安陈宅书籍铺本刊刻而来。毛晋汲古阁崇祯元年戊辰岁（1628）刊刻的《唐人选唐诗八种》8 行 19 字本，是明代的第二个刻本；《才调集》在清代的第二个刻本是康熙四十三年甲申岁（1704）汪文珍垂云堂刊刻的《才调集》十卷，该本过录了钱校沈本的八则序跋，且有冯舒、冯班的批语，故又名《二冯先生评点才调集》，该本 8 行 19 字，小字双行 28 字，此本因有冯舒、冯班的评语而学术价值大增，故就学术价值而言，此本应该引起注意，齐鲁书社 1997 年影印此本入《四库全书存目》丛书中，故此本常见易得。上海古籍出版社 2002 年影印了乾隆五十八年癸丑岁（1793）宋思仁思补堂刊刻的《才调集补注》十卷，为 10 行 21 字，小字双行同，其上有殷元勋

---

① 翁连溪编校：《中国古籍善本总目》（全 7 册），线装书局 2005 年版，第 5 册，集部中，第 1760 页。

② 中国古籍善本书目编辑委员会编：《中国古籍善本书目》（集部）（全 3 册），上海古籍出版社 1998 年版，卷 28，第 1658 页。

注、宋邦绥补注，其影印本见《续修四库全书》第 1611 册。另外，上海古籍出版社 1993 年影印了章樵注的《才调集》十卷收录到《四库文学总集选刊》丛书中，此本也值得注意。联系前文提到《才调集》的其他注释本可知。注释《才调集》的学者，除了明代冯舒、冯班外，还有清代的纪昀、何焯、殷元勋、宋邦绥、吴兆宜、周桢和近代学者匡剑堂。可见，《才调集》是值得整理的一个唐诗选本。

附：后蜀国韦縠《才调集》流传过程和版本源流示意图

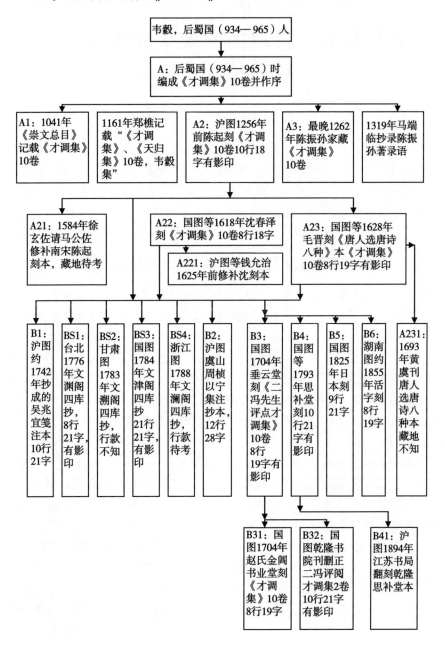

第十五章　吴越国罗虬集部著作流传过程和版本源流考辨

罗虬（？—881？），台州（今浙江临海）人，官至台州刺史，唐僖宗李儇中和元年（881）前后，为人所杀。罗虬被杀的时候，后来的吴越国开国国主钱镠在两浙已经有相当的势力，故罗虬亦可算作吴越国人。罗虬的集部著作见于历代艺文志和公私目录书的，只有一种，即《比红儿诗》一百首，有作一卷的，有作十卷的。现在对《比红儿诗》的流传过程和版本源流考辨如下。

一　罗虬《比红儿诗》在五代和宋元的流传

罗虬《比红儿诗》故事的最早出处见于五代王定保（870—941？）《唐摭言》。《唐摭言》卷十云："罗虬词藻富赡，与宗人隐、邺齐名，时号三罗。广明庚子（880）乱后，去从鄜州李孝恭。籍中有红儿者，善肉声，尝为贰车属意。会贰车聘邻道。虬请红儿歌而赠之缯彩。孝恭以副车所眝，不令受所贶。虬怒，拂衣而起。诘旦，手刃绝句百篇，号《比红诗》，大行于时。"[1] 这就是说，罗虬 880 年后任职于鄜州李孝恭幕府时，遇营妓杜红儿而做《比红儿诗》一百首，南汉国王定保于五代后晋高祖石敬瑭天福六年（941）前后成书的《唐摭言》第一次记载了此事。

第二个提及《比红儿诗》的人是孙光宪（？—968），他在《北梦琐言》卷十三《孟方立陈桑梓礼》（罗虬附）中云："葆光子（笔者按：指孙光宪）曰：罗虬累举不第，务于躁进，因罢举，依于宦官，典台州。昼锦也，常以展墓勉谒邑宰，横笏傲然。宰曰：'某虽尘吏，不达事体。然使君岂不看松柏下人乎？'讥其无桑梓之敬，曾武人之不若也。虬有俊才，尝见雕阴官妓比红儿诗，他无闻也。"[2] 可见，卒于宋初的孙光宪曾经见到过罗虬的《比红儿诗》。

第三个提及《比红儿诗》的是宋李昉等的《太平广记》，该书卷二七三云："罗虬词藻富赡，与宗人隐、邺齐名咸通（860—874）乾符（874—879）

---

① 本社编：《唐五代笔记小说大观》，上海古籍出版社 2000 年版，第 1666 页。
② 同上书，第 1917 页。

中，时号'三罗'。广明庚子（880）乱后，去从鄜州李孝恭。籍中有红儿者，善为肉声，常为副戎属意。会副戎聘邻道，虬请红儿歌而赠之缯彩。孝恭以副车所盼，不令受之。虬怒，拂衣而起。诘旦，手刃红儿。既而思之，乃作绝句百编，号《比红儿诗》，大行于时。（出《摭言》）"①就是说，978 年完成的《太平广记》引用了《唐摭言》关于罗虬《比红儿诗》的记载，但是，增加了罗虬杀死红儿的情节。

第四个提及《比红儿诗》的是北宋沈括（1031—1095），其《梦溪笔谈》卷十四云："杨大年（974—1020）因奏事论及《比红儿诗》，大年不能对，甚以为恨。遍访《比红儿诗》，终不可得。忽一日，见鬻故书者。有一小编，偶取视之，乃《比红儿诗》也。自此士大夫始多传之。予（笔者按：指沈括）按《摭言》，《比红儿诗》乃罗虬所为，凡百篇，盖当时但传其诗，而不载名氏。大年亦偶忘《摭言》所载。"②

第五个提及《比红儿诗》的是北宋人黄预，他于宋徽宗赵佶政和六年（1116）为方惷的《解注比红儿诗》作序时云："罗虬惑于红儿，既杀之，且追其冤，作绝句诗百篇，借古人以比其艳，其用心顾不谬哉。然览其诗词，访其事实，杂出诸史氏传记，若稗官小说傍曲取引上下数千载间，皆有据依，其闻见亦已愽矣。予初得此集，读之颇患不能尽记其事。偶桐庐方惷性夫过临，因出以示之。性夫辙能标于事迹，几无遗者。乃请哀所闻以为之注，而□于题其后。呜呼，国风不作久矣，是属诗之文虽不合于法度，然其淫夸感伤，殆无异乎泽陂溱洧之所刺者。姑存其词，因以见几是小古人来其诗之旨欤。况乎多闻有足录者，未易以人废也。后之好古，览此诗注，不待翻阅群书而得周知其事，资其博识，且鉴前人之非谬，以为好色之箴戒，岂无小补哉。政和六年（1116）八月二十二日（9 月 30 日）临漳黄预题。"③可见，到了1116年，黄预之友方惷注释《比红儿诗》一卷的时候，已经承认了《太平广记》所云罗虬杀红儿的说法。此北宋本《解注比红儿诗》一卷已佚，今存者为明抄本。

第六个提及《比红儿诗》的是宋人阮阅，他的《诗话总龟》（成书于徽宗

① （宋）李昉等撰：《太平广记》（500 卷）（全 10 册），中华书局 1961 年 9 月新 1 版，第 6 册，卷 273，第 2156 页。

② （宋）沈括撰，刘尚荣校点：《梦溪笔谈》（26 卷），辽宁教育出版社 1997 年版，卷 14，第 83 页。

③ （唐）罗虬撰，（宋）方惷注：《解注比红儿诗集》，明抄本，今藏国家图书馆，索书号为 5991，卷首。

宣和年间知郴州时，宣和年间指 1119 年至 1125 年）卷二十九《书事门》云："罗虬、罗邺、罗隐齐名，号三罗。李孝恭籍中有红儿，善肉声，尝为贰车属意。聘邻道。虬请红儿歌而赠之缯彩。孝恭以副车所眄，不令受所贶。虬怒，拂衣而起。诘旦，为绝句百篇，号《比红儿诗》，盛行于时。（摭言）。"①

　　第七个提及《比红儿诗》的是 1187 年成书的《郡斋读书志》，该书卷十八"别集类中"云："罗虬《比红儿诗》一卷。右唐罗虬也。皇朝方性夫注。虬词藻富赡，与其族人隐、邺齐名，时号三罗。从郴州李孝恭。籍中有杜红儿者，善歌，常为副戎属意。副戎聘邻道，虬请红儿歌，赠缯彩。孝恭不令受之。虬怒，拂衣而起。诘旦，手刃之，既而追其冤，作绝句诗百篇，借古人以比其艳，盛行于世。"②

　　第八个提及《比红儿诗》的是 1180 年—1190 年成书（前半部分 1180 年编成，后半部分 1190 年编成）的南宋洪迈《万首唐人绝句》。该书卷五二收罗虬《比红儿诗》一百首③，但是未收罗虬序，也未收《唐摭言》所记载的《比红儿诗》写作的背景，也没有提及《太平广记》引用《唐摭言》记载时增加的罗虬杀杜红儿的事情。洪迈《万首唐人绝句》的南宋本已佚，今日通行的是明世宗朱厚熜嘉靖（1522—1566）年间的刻本，此刻本 1955 年（北京）文学古籍刊行社有影印本。

　　第九个提及《比红儿诗》的是 1194 年成书的南宋尤袤《遂初堂书目》，《遂初堂书目》（道光年间镌《海山仙馆丛书》本）"别集类"云："罗虬《比红儿诗》"。④

　　第十个提及《比红儿诗》的是 1319 年成书的元马端临《文献通考》，该书卷二百四十三经籍考七十"集·诗集"所云引晁公武《郡斋读书志》，略。

　　第十一个提及《比红儿诗》的，是 1343 年成书的元脱脱等所撰《宋史》，该书卷二零八艺文七"别集类"云："罗虬《比红儿诗》十卷"。⑤ 注意，这

---

　　①　（宋）阮阅编著，周本淳校点：《诗话总龟》（前集），人民文学出版社 1987 年版，卷 29，第 294 页。

　　②　（宋）晁公武撰，孙猛校证：《郡斋读书志校证》（20 卷），上海古籍出版社 1990 年版，卷 18，第 935 页。

　　③　（宋）洪迈辑：《万首唐人绝句》，文学古籍刊行社影印出版（据明嘉靖本影印）1955 年版，卷 52，第 1603—1633 页。

　　④　中华书局编辑部编：《宋元明清书目题跋丛刊》（全 19 册），中华书局 2006 年版，第 1 册，第 496 页。

　　⑤　（元）脱脱等撰：《宋史》（496 卷）（全 40 册），中华书局 1985 年 6 月新 1 版，第 16 册，卷 208，第 5343 页。

是罗虬《比红儿诗》卷数为十卷的唯一一个出处。

二　罗虬《比红儿诗》在明清的流传

第十二个提及《比红儿诗》的是明代的杨慎（1488—1559）。国家图书馆藏明刻本《比红儿诗》一卷（9行20字本，索书号：A02930），卷首杨慎跋曰："罗虬《比红儿诗》百首，纤丽俊宛，自成一种风致，当时和凝《香奁》、义山《锦瑟》不及也。"

第十三个提及《比红儿诗》的是清人沈可培。沈可培有《比红儿诗注》一卷。卷首有乾隆四十七年壬寅岁（1782）沈可培的自序："《唐摭言》：罗虬辞藻富赡，与宗人隐邺齐名咸通（860—873）乾符（874—879）中，时号三罗。广明庚子（880）乱后，去从郿州李孝恭，籍中有红儿者（笔者按：可见杜红儿为长安一带的女子），善肉声，尝为贰车属意，会贰车聘邻道，虬请红儿歌而赠之缯彩。孝恭以贰车故，不令受所贶。虬怒，拂衣而起。诘旦，手刃（吉按：雅雨堂刊本《摭言》'手刃'下有'红儿'二字）绝句百篇，号《比红儿诗》，大行于世。据《摭言》，有"手刃"二字，《太平广记》遂衍为罗虬手杀红儿等语。余思虬果因孝恭之阻，当怒在孝恭，与红儿何涉。虬乃迁怒于无能弱女，亦不成丈夫矣。其诗何传乎？且虬原序并无怒意，细阅《摭言》，诘旦手刃即接绝句百篇，似有讹字缺文，然读至终篇，真红儿殁后怜之而作也。手刃之事，未知有无，而红儿则因诗而如绘矣。潞河客馆，枯坐无聊，友人以故实来问者，既缕答之，因哀集分注各诗之下，亦博览之一助也。乾隆壬寅（1782）日南至嘉兴沈可培识。"此序见国家图书馆所藏沈可培撰《比红儿诗注》一卷卷首第二项。注意，沈可培所撰此《比红儿诗注》一卷系稿本，此稿本和国家图书馆所藏明末（1621—1644）刻本《比红儿诗》一卷共用一个索书号：A02930。

第十四个提及《比红儿诗》的是为沈可培《比红儿诗注》题词的沈清瑞。该题词见于国家图书馆藏《比红儿诗注》稿本（索书号：A02930）第一项。该书卷首第一项为沈清瑞题辞，沈清瑞云："《比红儿诗注》一卷，吾家向斋先生所纂也。先生结佩命骚，抱琴安雅。暝写玉台之序，帘押一双；偷笺锦瑟之题，弦猜十五。偶凭墨戏，小忏情痴。证衮体而繙书，续香闻于识字。拜鸟细订，脂画水镂。剔蠹冥搜，金迷纸醉。说艳琅嬛记外，鸯袜成材；耽奇笠泽书中，榴裙失绣。录征妮古，遇桃枕以能名；诗到无题，问犀通而得解。非所知者独丽色，抑雅好之在国风也。用是砚受螺煤，襜熏麝月。纷披俊语，便成铅黛之雌黄；芟在外篇，犹作荃兰之职志。乾隆庚戌（1790）五月既望，长洲宗后学清瑞跋。（此题词又见上海书店《丛书集成续编》第100册第922

页。笔者按：此《比红儿诗注》版心刻："昭代丛书己集：比红儿诗注卷第四十。世楷堂藏板。""比红儿诗注自序"下刻"广编卷第四十。"）（上海书店《丛书集成续编》第 100 册第 913 页。笔者按：此书书名作《比红儿诗注》，署名"嘉兴沈可培向斋著"）。

此后就是民国时石印或者铅印的《比红儿诗》了。

三　罗虬《比红儿诗》的版本源流

从上述《比红儿诗》的流传过程可以知道《比红儿诗》的几个版本。现总结如下。

《比红儿诗》的第一个版本是北宋人方崧注释的《解注比红儿诗》，此版本今佚，与方崧同时代的人黄预所作的序披露了此书的大致成书时间是宋徽宗赵佶政和六年（1116）："政和六年（1116）八月二十二日（9 月 30 日）临漳黄预题。"①

《比红儿诗》的第二个版本是淳熙庚子（1180，即淳熙七年）南宋洪迈编的《万首唐人绝句》本《比红儿诗》，但此本今佚，《万首唐人绝句》的通行本是文学古籍刊行社影印的明代嘉靖本。

《比红儿诗》的第三个版本是明抄本《解注比红儿诗集》一卷，唐罗虬撰，宋方崧注，1 册，善本，10 行 20 字，小字双行同，蓝格、白口、四周双边，今藏国家图书馆，索书号为 05991。

《比红儿诗》的第四个版本是明朱警辑、明嘉靖十九年（1540）刻《唐百家诗》丛书本《比红儿诗》一卷，国家图书馆有藏，有善本书和普通古籍两种，善本书索书号为 18002，普通古籍有三个本子，其中一个的索书号为 t375：24。此本又有明末重印本，系普通古籍，索书号为 XD5286：10，《唐百家诗》丛书本《比红儿诗》一卷的行款为 10 行 18 字，白口，左右双边，单鱼尾。

《比红儿诗》的第五个版本是国家图书馆所藏有明代杨慎（1488—1559）跋语的明刻本《比红儿诗》一卷，该本 9 行 20 字，索书号为 A02930。国家图书馆著录此书为明末（1621—1644）刻本，但是，对比一下杨慎生卒（1488—1559）可知，要么卷首的杨慎跋语是后人写刻上去的（而不会是杨慎的跋语），要么国家图书馆这个"明末刻本"的著录有误。究竟为何，待考。

《比红儿诗》的第六个版本是康熙四十六年（1707）至康熙五十一

---

① （唐）罗虬撰、（宋）方崧注：《解注比红儿诗集》，明抄本，今藏国家图书馆，索书号为 05991，卷首。

（1712）扬州诗局刊刻的《全唐诗》本《比红儿诗》一卷。一个整页（不是半页）33行21字，四周单边，无版心。上海古籍出版社1986年10月第1版即此康熙扬州诗局影印本。《比红儿诗》在《全唐诗》卷六六六，《全唐诗逸》卷上补诗1首、断句4联。

《比红儿诗》的第七个版本是国家图书馆所藏清乾隆时沈可培所撰《比红儿诗注》一卷稿本，该稿本和国家图书馆所藏卷首有杨慎跋语的明末（1621—1644）刻本《比红儿诗》一卷共用一个索书号A02930。沈可培（1737—1799），晚号向斋，浙江嘉兴人，官山东黄县知县。沈可培此稿本影印后收于上海书店出版的《丛书集成续编》第100册。

罗虬《比红儿诗》在清代至民国有三个版本系统，这三个版本系统各属一种丛书。

第一种丛书本是《说郛》本《比红儿诗》一卷。此本自清至民国间有三个本子，二个刊刻于清初，一个为民国抄本。第一个清初刻本是清顺治间（1644—1661）刊刻的《说郛》本《比红儿诗》一卷，索书号为t697：87；第二个清初刻本是清李际期（？—1655）宛委山堂重修的《说郛》本《比红儿诗》一卷，9行20字，白口，左右双边，单鱼尾，此本在国家图书馆有二个藏本，索书号为37878：86和42169：86。民国抄本今藏国家图书馆，为普通古籍，索书号为8819：83。《说郛》本《比红儿诗》一卷于民国十六年（1927）和民国十九年（1930）又有两个铅印本，索书号分别为8818：34和37946：34，国家图书馆馆藏目录著录此二个铅印本为"普通古籍"，故也提一下。

第二种丛书本是乾隆五十八年（1793）刊刻的《唐人说荟》丛书本《比红儿诗》一卷，国家图书馆有藏，有二个普通古籍本，索书号为40225：14和34218：14，9行21字，白口，左右双边，单鱼尾。此乾隆年间刊刻的《唐人说荟》本《比红儿诗》一卷从乾隆到民国又有三个刻本，三个石印本。三个刻本自然是三个不同的本子，三个石印本的版本相同，但这三个石印本与乾隆刻本《唐人说荟》本《比红儿诗》一卷的行款不同，自然是不同的本子。现在对这三个刻本和三个石印本予以交代。第一个刻本是清同治三年（1864）刊刻的《唐人说荟》本《比红儿诗》一卷，9行21字，白口，左右双边，单鱼尾，索书号为97306：10；第二个刻本是清同治八年（1869）右文堂刊刻的《唐人说荟》（三集）本《比红儿诗》一卷，9行21字，白口，左右双边，单鱼尾，索书号为34219：9；第三个刻本是清光绪间（1875—1908）陈其琎刊刻的《唐人说荟》（三集）本《比红儿诗》一卷，索书号为34216：16。第一个石印本是清宣统三年（1911）上海席氏扫叶山房石印的《唐人说荟》（七集）本《比红儿诗》一卷，15 行 32 字，白口，四周双边，单鱼尾，索书号为86737：7；第二个石印本是民国二年（1913）上海席氏扫叶山房石印出版的《唐人说荟》（七集）本《比红儿诗》一卷，索书号为 85790：7；第三个石印本是民国十九年（1930）上海席氏扫叶山房石印的《唐人说荟》（七集）本《比红儿诗》一卷，索书号为 95052：7。

第三种丛书本是《唐代丛书》本《比红儿诗》一卷。此丛书本又分三集和六集两个本子。第一个是清嘉庆间（1796—1820）刊刻的《唐代丛书》（三集）本《比红儿诗》一卷，9 行 21 字，白口，左右双边，单鱼尾，索书号为34217：16。第二个是清宣统三年（1911）上海铁琴铜剑书室石印本和上海天宝书局石印本《唐代丛书》（六集）本《比红儿诗》一卷，20 行 42 字，黑口，四周单边，单鱼尾，索书号为 42700：6；此《唐代丛书》（六集）本《比红儿诗》一卷民国间（1912—1949）又有（上海）锦章图书局的石印本，索书号为 41491：6。

综上所述，今知罗虬《比红儿诗》各时代的重要版本有：北宋徽宗赵佶政和六年丙申岁（1116）出现的《解注比红儿诗》一卷，注者为方悫，此北宋本已佚，今有《解注比红儿诗》一卷的明抄本存世；1180 年至 1190 年成书的南宋洪迈《万首唐人绝句》本《比红儿诗》一卷是第二个宋本，此南宋本已佚，今日通行者为明嘉靖刻本《万首唐人绝句》（文学古籍刊行社 1955 年影印）；明初《说郛》本《比红儿诗》一卷是《比红儿诗》在明代最早的本子；明抄本《解注比红儿诗》一卷保存了北宋本的内容，故十分重要；明刻本还有国家图书馆所藏有明代杨慎（1488—1559）跋语的明刻本《比红儿诗》一卷；清初刊刻的《说郛》本（和《说郛》的重修本）所含的《比红儿诗注》一卷是清代最早的本子；康熙四十六年丁亥岁（1707）康熙皇帝作序的《全唐诗》本《比红儿诗》一卷是最通行的本子；有乾隆四十七年壬寅岁（1782）沈可培自序的《比红儿诗注》一卷因为有沈可培的注，故比较重要，此本有影印本收于《丛书集成续编》第 100 册；乾隆五十八年癸丑岁（1793）刊刻的《唐人说荟》本《比红儿诗》一卷和嘉庆年间（1796—1820）刊刻的《唐代丛书》本《比红儿诗》一卷也是比较常见、流传较广的本子。要全面、仔细地整理和研究罗虬的《比红儿诗》，上述本子皆有参考价值。

附：吴越国罗虬集部著作流传过程和版本源流示意图

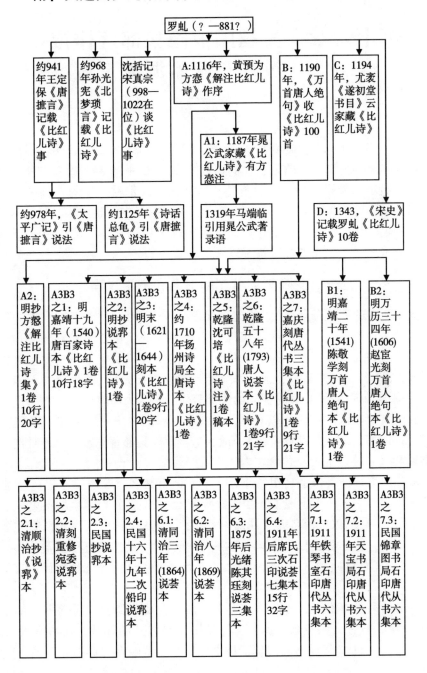

第十六章 吴越国罗隐集部著作流传过程和版本源流考辨

　　如第一编《十国艺文志考索》所考，罗隐（833—910）著述较多，依据宋元两代史志和公私书目的记载，罗隐著作共有16种89卷，另有1种不言卷数，其书名是《外集》。这17种有不少种遗失了，保存下来的几种中，还有几种有残缺。这些保存完好的书和残缺的书都被收录在清康熙年间张瓒刻印的《罗昭谏集》中。本书先对罗隐著作产生的过程作以叙述，然后对《罗昭谏集》所含有数种书的来源和版本予以考辨。

一 罗隐集部著作的书名和产生过程

　　这里所说的"集部著作"，既包含在《崇文总目》、《郡斋读书志》等公私目录类书目中本来就被归入"集部·别集类"的《甲乙集》、《谗书》，又包含本来被归入"子部·杂家类"中的《两同书》以及本来不是罗隐著作的"杂史类"著作"《广陵妖乱志》"，之所以将"杂家类"《两同书》和"杂史类"《广陵妖乱志》也算为罗隐的集部著作，是因为清康熙间张瓒将此二书一并收于《罗昭谏集》中予以刊刻，雍文华校辑的中华书局版《罗隐集》收录了《两同书》和《广陵妖乱志》。故，考辨罗隐集部著作版本源流时将《两同书》和《广陵妖乱志》包含在内。

　　罗隐的第一种著作是《甲乙集》十卷，此书又名《江南甲乙集》，《江南甲乙集》这个书名仅仅出现于宋初钱俨所著1003年成书的《吴越备史》卷二中。《甲乙集》何以被命名为《江南甲乙集》，是认为《甲乙集》所写主要是江南之事呢，还是说该书成书于江南，不得而知。《吴越备史》提及此书未言卷数，《崇文总目》、《郡斋读书志》、《直斋书录解题》等公私书目均言该书为十卷。

　　罗隐的第二种著作是《谗书》五卷，最早提及罗隐著有《谗书》的是公元1003年成书的《吴越备史》，但未言及《谗书》的卷数，1043年成书的《崇文总目》、1187年成书的《郡斋读书志》均言罗隐有《谗书》五卷。

　　罗隐的第三种著作是《两同书》，1161年成书的郑樵《通志》卷六十七艺文略第五道家（二）"书"云："《两同书》二卷，罗隐撰。"1343 年成书的《宋史》卷二百五艺文四子类"杂家类"也如此说。1672 年成书的《十国春秋》卷八十四《罗隐传》也说罗隐著作包含《两同书》十篇。

罗隐的第四种著作是《广陵妖乱志》三卷。此书原名《妖乱志》，五代时成书的《鉴戒录》卷八记载罗隐之事时云："隐自钱唐（笔者按：唐即塘）著《妖乱志》以非之，故有《题延和阁》云：'延和高阁势凌云，卿语犹疑太乙闻。烧尽降香无一事，开门迎得毕将军。'"后来，1041 年成书的《崇文总目》卷三"杂史上"云："《广陵妖乱志》三卷"，未言撰人姓名。到了 1060 年成书的《新唐书》卷五十八艺文志第四十八乙部"史·杂史类"云："郭廷诲《广陵妖乱志》二卷（高骈事）。"① 到了 1161 年成书的《通志》卷六十五艺文略第三史类第五"杂史"云："《广陵妖乱志》三卷。（唐郭廷诲撰，记高骈镇广陵，为妖人吕用之所惑，致生乱，至杨行密。）"② 1262 年成书的《直斋书录解题》卷五"杂史类"云："《广陵妖乱志》三卷。唐晋阳郑延晦撰。（按：《唐书·艺文志》作郭廷诲撰）言高骈、吕用之、毕师铎等事。"③ 1319 年成书的《文献通考》卷一百九十六经籍考二十三"史·传记"云："《广陵妖乱志》三卷。陈氏曰：'唐晋阳郑廷诲撰，言高骈、吕用之、毕师铎等事。'"④ 1343 年成书的《宋史》卷二百三艺文二"传记类"云："郭廷晦《妖乱志》三卷。"⑤ 尽管《广陵妖乱志》作者为罗隐的说法出自五代时成书的后蜀何光远《鉴戒录》一书，但是《鉴戒录》的说法是小说家言，不是目录类书的记载，而且，《鉴戒录》的说法没有得到任何佐证，故《广陵妖乱志》作者为罗隐这种观点值得存疑。但是，既然清康熙时张瓒刊刻《罗昭谏集》和今人雍文华校辑的《罗隐集》均收录《广陵妖乱志》一书，故本编考辨罗隐集部著作源流时也将《广陵妖乱志》包括在内。

罗隐卷数确定的另 12 种书没有 1 种完整地保存下来，仅有零碎的篇章保存于今《罗隐集》的"杂著"类中。这 12 种书的名字及著录情况如下：

《淮海寓言》七卷，书名和作者为罗隐的说法最早出现于 1003 年成书的

---

①　（宋）欧阳修、宋祁撰：《新唐书》（225 卷）（全 20 册），中华书局 1975 年版，第 5 册，卷 58，第 1469 页。

②　（宋）郑樵撰，王树民点校：《通志二十略》，中华书局 1995 年版，第 1543 页。

③　（宋）陈振孙著，徐小蛮、顾美华点校：《直斋书录解题》（22 卷），上海古籍出版社 1987 年版，卷 5，第 148 页。

④　（元）马端临撰：《文献通考》（348 卷），中华书局 1986 年版，卷 196，第 1654 页。

⑤　（元）脱脱等撰：《宋史》（496 卷）（全 40 册），中华书局 1985 年 6 月新 1 版，第 15 册，卷 203，第 5115 页。

《吴越备史》一书卷二中，卷数最早出现于 1041 年成书的《崇文总目》卷十二"别集四"中，到 1161 年成书的郑樵《通志》卷七十艺文略第八别集四"表章"云："《淮海寓言》七卷（罗隐撰）。"①

《江东后集》十卷，此书书名又作《后集》、《罗隐江东后集》、《罗隐后集》，卷数又作三卷、二十卷。1041 年成书的《崇文总目》卷十一"别集一"云："《江东后集》十卷。"② 1161 年成书的郑樵《通志》卷七十艺文略第八"别集五"云："《罗隐江东后集》三卷。"③ 1343 年成书的《宋史》卷二百八艺文七集类"别集类"又云："《罗隐后集》二十卷。"④此后集内容为何，是否有内容包含在《罗隐集》之《杂著》中，已不得而知。

《罗隐集》二十卷，1041 年成书的《崇文总目》卷十一"别集一"云："《罗隐集》二十卷。"⑤ 1161 年成书的郑樵《通志》卷七十艺文略第八"别集五"所云同《崇文总目》。1194 年成书的《遂初堂书目》（文渊阁四库全书本）"别集类"云"《罗隐》"，不著卷数。注意，文渊阁四库全书本《遂初堂书目》"别集类"云《罗隐》即《罗隐集》，《遂初堂书目》体例如此。道光年间《海山仙馆丛书》本《遂初堂书目》云"《罗昭谏集》"⑥。

《吴越掌记集》三卷，书名又作《吴越掌书记集》，卷数又作一卷。1041 年成书的《崇文总目》卷十一"别集一"云："《吴越掌记集》三卷。罗隐撰。"⑦ 1161 年成书的郑樵《通志》卷七十艺文略第八"别集五"所云同此。1187 年成书的《郡斋读书志》卷十八"别集类中"云："《吴越掌记集》一卷。右唐罗隐也，与其族人虬、邺齐名，后归吴越，掌钱镠记室，集中其所著表启也。"⑧ 1319 年成书的《文献通考》卷二百三十三经籍考六十"别集"

---

①　（宋）郑樵撰，王树民点校：《通志二十略》，中华书局 1995 年版，第 1791 页。

②　中华书局编辑部编：《宋元明清书目题跋丛刊》（全 19 册），中华书局 2006 年版，第 1 册，第 186 页。

③　（宋）郑樵撰，王树民点校：《通志二十略》，中华书局 1995 年版，第 1770 页。

④　（元）脱脱等撰：《宋史》（496 卷）（全 40 册），中华书局 1985 年 6 月新 1 版，第 16 册，卷 208，第 5358 页。

⑤　中华书局编辑部编：《宋元明清书目题跋丛刊》（全 19 册），中华书局 2006 年版，第 1 册，第 184 页。

⑥　同上书，第 496 页。

⑦　同上书，第 184 页。

⑧　（宋）晁公武撰，孙猛校证：《郡斋读书志校证》（20 卷），上海古籍出版社 1990 年版，卷 18，第 953 页。

云："罗隐……又有《吴越掌记集》一卷，隐掌钱镠记室所著表启也。"① 1343年成书的《宋史》卷二百八艺文七集类"别集类"云："《吴越掌书记集》三卷。"② 1672年成书的《十国春秋》卷八十四云："有《吴越掌记集》三卷……多散失不传。"③ 从今《罗隐集》之《杂著》内容看，《此吴越掌记集》是有一些内容被保存下来了的。

《罗隐赋》一卷，1041年成书的《崇文总目》卷十二"别集三"云："《罗隐赋》一卷。"④ 1161年成书的郑樵《通志》卷七十艺文略第八别集四"赋"所云同此。

罗隐《启事》一卷，1041年成书的《崇文总目》卷十二"别集三"云："罗隐《启事》一卷。"⑤ 1161年成书的《通志》卷七十艺文略第八别集四"启事"所云同《总目》。1304年成书的《唐才子传》卷七《罗隐》云："著……《启事》等，并行于世。"⑥ 1343年成书的《宋史》卷二百八艺文七"别集类"所云同《总目》。此书应该是有一些篇目保存下来了的。

《谗本》三卷，书名又作《谗书本》。1041年成书的《崇文总目》卷十二"别集三"云："罗隐《谗书本》三卷。"⑦ 1304年成书的《唐才子传》卷七《罗隐》云："著……《谗本》……并行于世。"⑧ 1343年成书的《宋史》卷二百八艺文七集类"别集类"云："罗隐……《谗本》三卷。"⑨ 此书很可能与《谗书》为同一书，只是抄录者抄《谗书》五卷未抄完，或者抄录者抄录《谗书》时另行分卷，因为很难设想罗隐会在《谗书》之外再写一本书叫《谗书本》三卷或者《谗本》三卷。究竟怎样，只有存疑了。

---

① （元）马端临撰：《文献通考》（348卷），中华书局1986年版，卷233，第1859页。

② （元）脱脱等撰：《宋史》（496卷）（全40册），中华书局1985年6月新1版，第16册，卷208，第5358页。

③ （清）吴任臣撰，徐敏霞、周莹点校：《十国春秋》（116卷），中华书局1983年版，卷84，第1220页。

④ 中华书局编辑部编：《宋元明清书目题跋丛刊》（全19册），中华书局2006年版，第1册，第196页。

⑤ 同上书，第198页。

⑥ 傅璇琮主编：《唐才子传校笺》（第四册），中华书局1990年版，第128页。

⑦ 中华书局编辑部编：《宋元明清书目题跋丛刊》（全19册），中华书局2006年版，第1册，第198页。

⑧ 傅璇琮主编：《唐才子传校笺》（第四册），中华书局1990年版，第128页。

⑨ （元）脱脱等撰：《宋史》（496卷）（全40册），中华书局1985年6月新1版，第16册，卷208，第5344页。

《湘南应用集》三卷，书名又作《湘南应用》。1041 年成书的《崇文总目》卷十二"别集三"云："《湘南应用》三卷。"① 1304 年成书的《唐才子传》卷七《罗隐》云："著……《湘南应用集》……并行于世。"② 1343 年成书的《宋史》卷二百八艺文七集类"别集类"云："罗隐《湘南应用集》三卷。"③此书应该有一部分内容被保存在《罗隐集》的"杂著"部分。

《吴越应用集》三卷，1041 年成书的《崇文总目》卷十二"别集三"云："《吴越应用集》三卷。罗隐撰。"④ 此书应该是有一部分内容被保存在《罗隐集》的"杂著"部分里的。

《外集诗》一卷，1343 年成书的《宋史》卷二百八艺文七"别集类"云："罗隐……《外集诗》一卷。"⑤

《汝江集》三卷，1343 年成书的《宋史》卷二百八艺文七"别集类"云："罗隐……《汝江集》三卷。"⑥

《歌诗》十四卷，1343 年成书的《宋史》卷二百八艺文七"别集类"云："罗隐……《歌诗》十四卷。"⑦ 以上三种书《外集诗》、《汝江集》、《歌诗》所含的诗或文是什么，今日已经不得而知。

除以上卷数确定的 16 种著作外，罗隐还有一种书，人们不知其卷数，仅知其名字为《外集》，此书的书名见于 1304 年成书的《唐才子传》卷七《罗隐》传："著……《外集》……并行于世。"⑧ 此书究竟含有什么内容，也已经不得而知。

罗隐以上 16 种 89 卷的著述，再加上不知其卷数和内容的《外集》，只能去清康熙时张瓒刻印的《罗昭谏集》八卷中去寻找了。此书包含《甲乙集》十卷、《谗书》五卷、《两同书》二卷、《广陵妖乱志》不分卷、《杂著》不分

---

① 中华书局编辑部编：《宋元明清书目题跋丛刊》（全 19 册），中华书局 2006 年版，第 1 册，第 200 页。

② 傅璇琮主编：《唐才子传校笺》（第四册），中华书局 1990 年版，第 128 页。

③ （元）脱脱等撰：《宋史》（496 卷）（全 40 册），中华书局 1985 年 6 月新 1 版，第 16 册，卷 208，第 5343 页。

④ 中华书局编辑部编：《宋元明清书目题跋丛刊》（全 19 册），中华书局 2006 年版，第 1 册，第 201 页。

⑤ （元）脱脱等撰：《宋史》（496 卷）（全 40 册），中华书局 1985 年版，第 16 册，卷 208，第 5344 页。

⑥ 同上书，第 5358 页。

⑦ 同上。

⑧ 傅璇琮主编：《唐才子传校笺》（第四册），中华书局 1990 年版，第 128 页。

卷共五部分的内容。故以下逐次讨论《罗昭谏集》八卷这五部分内容的来龙去脉。

二　罗隐《甲乙集》的版本源流

罗隐《甲乙集》的版本源流如下。

《甲乙集》最早的刻本是南宋（1127—1279）临安府陈宅书籍铺刻本《甲乙集》10 卷（善本），10 行 18 字，白口，左右双边，此本现存国家图书馆，索书号为 01094。此本因为是《甲乙集》现存版本中唯一的宋本，故最受重视，此本的影印本有：民国八年（1919）上海商务印书馆影印收入《四部丛刊初编》丛书中；民国十五年（1926）、民国十八年（1929）上海商务印书馆的两次影印；1989 年上海书店重印 1926 年《四部丛刊初编》本；2003 年北京图书馆出版社影刻的《中华再造善本》本；2011 年（台北）台湾商务印书馆股份有限公司影印本。

《甲乙集》10 卷的明代版本有抄本和刻本二种系统。

明抄本有 2 种。

第一种：明（1368—1644）抄本《甲乙集》10 卷（善本）（有缩微制品），10 行 20 字，黑格，白口，四周单边，国家图书馆有藏，索书号为 11159。此版本有方尔谦校并跋。

第二种：明（1368—1644）抄本《唐四十四家诗》（98 卷）本《甲乙集》10 卷（善本），国家图书馆有藏，索书号为 11161。

明刻本有一种，即明毛晋汲古阁崇祯年间（1628—1644）刻本，这种刻本国家图书馆藏有四个本子，这四个本子有三个善本，索书号为 17093、10252、00309；一个普通本，索书号为 94252：1—2。这种刻本是明崇祯十二年己卯岁（1639）毛晋汲古阁刊刻的《唐人八家诗》（42 卷）本《甲乙集》10 卷，12 行 20 字，左右双边，善本书为细黑口，普通本为白口。此本有民国十五年（1926）上海商务印书馆影印本，国家图书馆有藏，索书号为 94818：2。

《甲乙集》10 卷的清代版本也有抄本系统和刻本系统。

清代《甲乙集》抄本系统只有 1 种本子，即清初（1644—1722）抄本《唐人百家诗》本《甲乙集》10 卷《补遗》1 卷（善本）（有缩微制品），9 行 20 或 22 字，蓝格，白口，四周双边，索书号为 08605。

清代《甲乙集》刻本系统有四种本子，这四种本子是：

第一种：清康熙九年（1670）张瓒刻《罗昭谏集》本《甲乙集》，11 行 20 字。该刻本国家图书馆有藏，索书号为 1854。注意，张瓒刻本《罗昭谏集》在国家图书馆尚有索书号为 13435 的明抄本《罗昭谏集》8 卷, 此明抄本《罗昭谏集》8 卷应当是清康熙九年 (1670) 张瓒刻本《罗昭谏集》8 卷的底本。还有, 张瓒刻本《罗昭谏集》8 卷乾隆年间修四库全书时抄有 7 个本子, 今存世者有 4 种: 文渊阁、文津阁、文澜阁、文溯阁。也就是说,《罗昭谏集》本《谗书》, 至少有 6 种: 1 种明抄本, 1 种康熙九年张瓒刻本, 4 种清抄本。为了免得枝蔓繁琐,《甲乙集》的此 6 种本子以康熙九年 (1670) 张瓒刻本为代表, 其他 5 种提醒注意就是, 不再在版本源流示意图中出现。《罗昭谏集》8 卷除含有《甲乙集》外, 还含有《谗书》、《两同书》、《广陵妖乱志》三种罗隐著作, 下文讨论此三种罗隐著作时不再说明。

第二种: 清康熙四十一年 (1702) 席启寓琴川书屋刻本《唐人百家诗》(又名《唐诗百名家全集》) (326 卷) 本《甲乙集》10 卷《补遗》1 卷 (善本), 10 行 18 字, 白口, 左右双边。索书号为 00317。

第三种: 清康熙四十一年 (1702) 席氏琴川书屋刻《唐诗百名家全集》本、清光绪八年 (1882) 重修《甲乙集》10 卷《补遗》1 卷 (普通古籍), 10 行 18 字, 小字双行 27 字, 白口, 左右双边, 单鱼尾, 索书号为 90038: 45—46。

第四种: 清 (1644—1911) 刻本《甲乙集》10 卷 (普通古籍), 10 行 18 字, 白口, 左右双边, 单鱼尾, 黄纸本, 索书号为 99082。

民国本子:

民国九年 (1920) 上海扫叶山房石印本《唐诗百名家全集》本《甲乙集》10 卷 (普通古籍), 国家图书馆有藏, 索书号为 36485: 29—30。注意, 馆藏目录未言此本有《补遗》1 卷, 不知国家图书馆馆藏目录的著录是否有误。

除上述版本外,《甲乙集》另有 2 种版本年代不明。一种是湖南图书馆所藏《甲乙集》1 卷, 国家图书馆有缩微制品, 但是, 笔者未能借到此书的缩微制品, 不知此书从何而来, 从《中国古籍善本总目》第 4 册 (集部) 第 1220 页知此本 "清抄本, 九行十九字, 无格"①, 其他情况待考。另一种是《甲乙诗集》3 卷, 唐罗隐撰, 明 (1368—1644) 抄本, 李守信跋, 12 行 24 字, 蓝格, 白口, 左右双边, 国家图书馆有藏, 索书号为 13435。

---

① 翁连溪编校:《中国古籍善本总目》(全 7 册), 线装书局 2005 年版, 第 4 册, 集部上, 第 1220 页。

三 《谗书》的版本源流

今存《谗书》最早的本子是明抄本《谗书》5卷（善本），李守信跋（与《甲乙诗集》3卷合刻），12行24字，蓝格，白口，左右双边，国家图书馆有藏，索书号为13435（有缩微制品）。

《谗书》在清代的抄本有两个。

一个是嘉庆时的影抄本。今存《谗书》最早版本明抄本很可能就是此影抄本的底本，具体为何，待考。如果此影抄本的底本不是明抄本，而是比明抄本还早的一个本子，那么此本就更有价值了。此影抄本系阮元（1764—1849）辑《宛委别藏》丛书时让人影抄而成，此影抄本今藏何处，不知道，但知道此影抄本有三次影印。第一次是（台北）台湾商务印书馆1981年影印；第二次是1988年（南京）江苏古籍出版社据阮元辑《书经补遗》本《谗书》影印，《书经补遗》本即《宛委别藏》本；第三次是（成都）四川人民出版社1998年将《宛委别藏》本《谗书》影印后收入《诸子集成》中。由这3次影印，可知此本的重要性。

另一个是国家图书馆所藏、索书号为04261的《谗书》5卷，此本为善本，有缩微制品，10行20字，无格。

《谗书》在清代的刻本有八种。

第一种清刻本是国家图书馆所藏清康熙九年（1670）张瓒刻《罗昭谏集》8卷本《谗书》5卷，11行20字，此刻本国家图书馆有藏，索书号是1854。《罗昭谏集》本《谗书》除康熙九年张瓒刻本外，还有明抄本1个、清乾隆时四库全书抄本4个。

第二种清刻本是嘉庆元年丙辰岁（1796）吴骞拜经楼刻的罗隐《谗书》5卷，此本10行20字，黑口，左右双边，双鱼尾，有校一卷，吴骞撰。国家图书馆所藏吴骞拜经楼刻本有6个本子，其中有嘉庆元年（1796）刻本，也有嘉庆十二年（1807）刻本，国家图书馆馆藏目录对这6个本子的著录多有失误。现更正于此。嘉庆元年本和嘉庆十二年本有两个不同。一个不同是，嘉庆元年刻本的行款是10行20字但没有"小字双行同"，而嘉庆十二年刻本行款也是10行20字但有"小字双行同"。另一个不同是，嘉庆元年刻本是双鱼尾，而嘉庆十二年刻本是单鱼尾。现在依据这二个不同，认定嘉庆元年的刻本共有4个：第一个的索书号是88584，第二个的索书号是88585，这二个皆"与《谢宣城集》合刊"。第三个的索书号是00310，第四个的索书号是17349。注意，这索书号为00310的刻本和索书号为17349的刻本在国图馆藏目录均著录为嘉庆十二年的刻本，但没有提及"小字双行同"，也没有提及鱼尾是单还是双。故笔者暂且认定其是嘉庆元年的刻本。如果此二个刻本确实是嘉庆十二年的刻本，则国图馆藏目录著录语应该补正一下，就是说，应该补上"小字双行同"和"单鱼尾"的信息。

　　第三种清刻本是嘉庆十二年（1807）吴骞拜经楼刻罗隐《谗书》5卷，10行20字，小字双行同。这种刻本在国家图书馆藏有两本，一个索书号是95871，另一个索书号是95499。依据国图馆藏目录的著录，索书号为95871的刻本行款有"小字双行同"且是"单鱼尾"，而索书号为95499的刻本倒是著录为"单鱼尾"，而没有著录"小字双行同"，而且，国图馆藏目录著录此二个刻本为嘉庆元年（1796）刻本。现在，笔者依据其行款和鱼尾断定这两个刻本均是嘉庆十二年（1807）刻本。这个嘉庆十二年（1807）刻本后来有影印本。先是民国十一年（1922）上海博古斋影印了《拜经楼丛书》（30种）本《谗书》5卷，附校1卷，10行20字，小字双行同，黑口，左右双边，单鱼尾，国家图书馆有藏，为普通古籍，索书号为8825、8826；后是2002年上海古籍出版社影印此嘉庆十二年（1807）刻本收入《续修四库全书》中。

　　第四种清刻本是光绪十一年乙酉岁（1885）会稽章氏刊于湖北鄂渚的吴骞辑重椠拜经楼丛书七种本《谗书》5卷，此本国家图书馆有藏，为普通古籍，10行20字，小字双行同，也有每行字数不等的情况，黑口，左右双边，鱼尾不一（有单有双），钤"江左书林督造书籍"印，索书号为8827。

　　第五种清刻本是清光绪十二年丙戌岁（1886）刊刻的《邵武徐氏丛书》（二集二十二种）本《谗书》5卷，附校1卷（吴骞撰），9行22字，小字双行同，黑口，左右双边，单鱼尾，此本国家图书馆藏有二本，为普通古籍，索书号为8532、8533。

　　第六种清刻本是光绪十六年庚寅岁（1890）刊刻的清梅雨田《清芬堂丛书》本《谗书》5卷，11行25字，小字双行同，黑口，四周双边，单鱼尾，此本国家图书馆有藏，为普通古籍，索书号为10344。

　　第七种清刻本是清光绪十一年（1885）会稽章氏于湖北鄂渚刊刻《重校拜经楼丛书本十种》本、清光绪二十年（1894）吴县朱氏校经堂增刻章氏所刻《重校拜经楼丛书本十种》本《谗书》五卷，10行20字，黑口，左右双边，双鱼尾，此本国家图书馆有藏，为普通古籍，索书号为40504：4。

　　第八种清刻本是清光绪（1875—1908）间刊刻、佚名辑的《佚名丛书八种》本《谗书》5卷，11行21字，小字双行同，黑口，四周单边，双鱼尾，此本国家图书馆有藏，为普通古籍，索书号为7367，此本钤有"学部图书之印"。

　　另，（上海）商务印书馆民国二十五年（1936）有《罗昭谏谗书》六卷，附校，据拜经楼丛书本排印。

四　《两同书》的版本源流

今存《两同书》的版本和源流如下。

《两同书》有四种明刻本。

第一种明刻本是明范钦辑、明代刊刻的《天一阁丛书》（27 种）本《两同书》2 卷，9 行 18 字，白口，左右双边，单鱼尾，国家图书馆有藏，为普通古籍，索书号为 t4367。

第二种明刻本是明吴永辑《续百川学海》（10 集 104 种）（甲集）本《两同书》1 卷，9 行 20 字，白口，左右双边，单鱼尾，国家图书馆藏有二本，均系普通古籍，索书号为 t695：3 和 t694：4。

第三种明刻本是明刻《百川学海》本《两同书》1 卷，9 行 20 字，小字双行同，白口，左右双边，单鱼尾，索书号为 t693：11。据国家图书馆馆藏目录著录，此本为"百川学海本"，行款与《续百川学海》本有区别，那就应该是不同于《续百川学海》本的版本了。但是，《中国丛书综录》、《中国丛书广录》、《中国丛书综录续编》三书均未著录《百川学海》丛书，更无《百川学海》本《两同书》1 卷。看来，这三种丛书的著录不够准确。

第四种明刻本为明陈继儒编、明万历（1573—1620）刊刻的《亦政堂镌陈眉公家藏广秘笈》（52 种 101 卷）本．《宝颜堂订正两同书》2 卷，唐罗隐撰，8 行 18 字，白口，四周单边，国家图书馆有藏，善本，索书号为 00530。此本又入选陈继儒辑、明万历泰昌间刊刻的《宝颜堂秘笈》（6 集）本，国家图书馆有藏，索书号为 t305：61；此本还入选陈继儒辑、明代刊刻、清初重修的《尚白斋镌陈眉公订正秘笈》（228 种）本，国家图书馆有藏，索书号为 t306：82。民国十一年（1922），（上海）文明书局又以石印本的形式出版了《宝颜堂秘笈》（6 集）本《两同书》2 卷，国家图书馆有藏，为普通古籍，索书号为 8703：17。

罗隐《两同书》有四种清抄本、三种清刻本。

先谈四种清抄本。

第一种清抄本是乾隆四十六年辛丑岁（1781）十二月完成的《文渊阁四库全书》本《两同书》2 卷。行款为 8 行 21 字，白口，四周双边。此本今藏台湾"故宫博物院"。1983 年（台北）台湾商务印书馆有影印本。

第二种清抄本系乾隆四十八年癸卯岁（1783）抄成献上的《文溯阁四库全书》丛书本《两同书》2 卷。《文溯阁四库全书》今藏甘肃省图书馆，据说保存完好。

第三种清抄本是乾隆四十九年甲辰岁（1784）抄成献上的《文津阁四库全书》本《两同书》2卷。行款为一页32行21字。此本今藏国家图书馆，2005年商务印书馆有影印本。

第四种清抄本系乾隆五十三年戊申岁（1788）抄成献上的《文澜阁四库全书》丛书本《两同书》2卷。《文澜阁四库全书》丛书本今藏浙江图书馆。

说明一下，四库全书本《两同书》的底本为何本，今已无法得知，仅从《钦定四库全书总目》卷117知，四库馆臣当时所用《两同书》的底本是江苏巡抚采进本，具体为何本，待考。

再看三种清刻本。

第一种清刻本是清顺治年间（1644—1661）李际期宛委山堂刻、清（1644—1911）重修的《说郛》（卷第九）本《两同书》1卷，9行20字，小字双行同，白口，左右双边，单鱼尾，此本国家图书馆藏有二本，均为普通古籍，索书号为t697：11和42169：11。

第二种清刻本是清王缵堂辑、清道光十三年（1833）堂荫馆刊刻的《廿二子全书》本《两同书》2卷，10行21字，小字双行同，白口，四周双边，单鱼尾，国家图书馆有藏，为普通古籍，索书号为58032：3。

第三种清刻本是清佚名辑、清光绪年间（1875—1908）刊刻的《佚名丛书八种》本《两同书》2卷，11行21字，小字双行同，黑口，四周单边，双鱼尾，国家图书馆有藏，为普通古籍，索书号为7367：4。

五　《广陵妖乱志》的版本源流

罗隐《广陵妖乱志》有六个明刻本。

第一个明刻本是《虞初志》丛书本《广陵妖乱志》（不言卷数），9行19字，小字双行同，白口，四周单边，单鱼尾，国家图书馆有藏，为普通古籍，索书号为104660：2。

第二个明刻本是明吴兴凌性德《虞初志》丛书本《广陵妖乱志》（不言卷数），8行19字，白口，四周单边，单鱼尾，国家图书馆有藏，索书号为34583：4。

第三个明刻本是明代弦歌精舍凤桥别墅刊刻的《虞初志》（20卷）本《广陵妖乱志》1卷，国家图书馆有藏，善本，索书号为11623。

第四个明刻本是明代弦歌精舍如隐草堂刊刻的《虞初志》（32卷）本《广陵妖乱志》1卷（有缩微制品），8行15字，白口，左右双边，国家图书馆有藏，善本，索书号为08284。

第五个明刻本是明（1368—1644）《合刻三志》丛书本《广陵妖乱志》1

卷，唐罗隐撰，9 行 20 字，白口，左右双边，单鱼尾，国家图书馆有藏，为普通古籍，索书号为 t501：4。

第六个明刻本是明末（1621—1644）刊刻的《正续太平广记．唐人百家小说》丛书本《广陵妖乱志》（不言卷数），作者署名"唐郑廷诲撰"，国家图书馆有藏，为普通古籍，索书号为 t367：8。注意，此本作者项虽署名郑廷诲而没有署名罗隐，但从内容看，还是罗隐撰的《广陵妖乱志》。

罗隐《广陵妖乱志》有七个清刻本、二个清代石印本。

第一个清刻本是清顺治间（1644—1661）李际期宛委山堂刊刻的《说郛》本《广陵妖乱志》1 卷，国家图书馆藏有二本，均系普通古籍，索书号为 t697：46 和 42169：46。国家图书馆另藏有一本，也是《说郛》本，行款为 9 行 20 字，小字双行同，白口，左右双边，单鱼尾，找不见索书号。这三个本子皆是普通古籍，皆是国家图书馆藏，作者皆署名"唐郑廷诲撰"。注意，这三个本子的作者均署名郑廷诲，而没有署名罗隐，但从其内容看，还是罗隐撰的《广陵妖乱志》。

第二个清刻本是乾隆五十八年（1793）刊刻的《唐人说荟》本《广陵妖乱志》1 卷，9 行 21 字，白口，四周双边，单鱼尾，国家图书馆藏有二本，均系普通古籍，索书号为 40225：21 和 34218：21。

第三个清刻本是清嘉庆年间（1796—1820）刊刻的《唐代丛书》（4 集）本《广陵妖乱志》（不言卷数），9 行 21 字，白口，左右双边，单鱼尾，国家图书馆有藏，为普通古籍，索书号为 34217：24。

第四个清刻本是清同治八年（1869）右文堂刊刻的《唐人说荟》（4 集）本《广陵妖乱志》（不言卷数），9 行 21 字，白口，左右双边，单鱼尾，国家图书馆有藏，为普通古籍，索书号为 34219：13。

第五个清刻本是光绪年间（1875—1908）陈其钰刊刻的《唐人说荟》（4 集）本《广陵妖乱志》（不言卷数），国家图书馆有藏，为普通古籍，索书号为 34216：24。

第六个清刻本是光绪三十年（1904）刊刻的《藕香零拾》（39 种）丛书本《广陵妖乱志》1 卷，逸文 1 卷，唐罗隐撰，国家图书馆有藏，为普通古籍，索书号为 9031：5。此本有 1982 年江苏广陵古籍刊印社影印本。

第七个清刻本是清宣统二年（1910）刊刻的《藕香零拾》（39 种）丛书本《广陵妖乱志》1 卷，逸文 1 卷，唐罗隐撰，14 行 21 字，黑口，左右双边，单鱼尾，国家图书馆有藏，为普通古籍，索书号为 9033：5。

《广陵妖乱志》在清代还有二个石印本，均是清宣统三年（1911）石印。

第一个是上海席氏扫叶山房石印的《唐人说荟》（11 集）本《广陵妖乱

志》1 卷，15 行 32 字，白口，四周双边，单鱼尾，唐罗隐撰，国家图书馆有藏，系普通古籍，索书号为 86737：11。

第二个是（上海）铁琴铜剑书室（上海天宝书局）石印的《唐代丛书》（第八集）本《广陵妖乱志》1 卷，20 行 42 字，黑口，四周单边，单鱼尾，此本国家图书馆藏有二本，均系普通古籍，索书号为 42700：8 和 41491：8。

民国以来，《广陵妖乱志》再无抄本或刻本，仅以石印本和铅印本的形式流传（铅印本不予讨论），具体如下：

民国二年（1913）、民国十三年（1924）、民国十九年（1930）上海席氏扫叶山房石印《唐人说荟》（第 11 集）本《广陵妖乱志》1 卷，国家图书馆有藏，普通古籍，索书号分别为 85790：11、34584：2 和 95052：11。

民国二年（1913）上海席氏扫叶山房石印《虞初志》本《广陵妖乱志》1 卷，国家图书馆有藏，普通古籍，索书号找不到。

民国四年（1915）、民国十四年（1925）（上海）文明书局石印《说库》本《广陵妖乱志》1 卷，唐罗隐撰，国家图书馆有藏，均为普通古籍，民国四年石印本的索书号为 34228：8，民国十四年石印本的索书号找不到。

六　《罗昭谏江东集》和《罗昭谏集》的版本源流

《罗昭谏江东集》5 卷只有一个版本，即明（1368—1644）屠中孚刊刻本，9 行 18 字，白口，左右双边，国家图书馆有藏，善本书（有缩微制品），索书号为 16859。另外，国家图书馆藏有一个索书号为 02921 的缩微制品《罗昭谏江东集》5 卷，国家图书馆馆藏目录未言此缩微制品是否有纸质书，录此备考。

康熙年间出现的《罗昭谏集》8 卷收录了当时存世的罗隐所有的作品，此书成为今日罗隐著作的通行本，此本在清代有四个抄本、二个刻本。

先看四种清抄本。

第一种清抄本是乾隆四十三年戊戌岁（1778）二月抄成献上的《文渊阁四库全书》本《罗昭谏集》8 卷。行款为 8 行 21 字，白口，四周双边。此本今藏台湾故宫博物院。1983 年（台北）台湾商务印书馆有影印本。

第二种清抄本系乾隆四十八年癸卯岁（1783）抄成献上的《文溯阁四库全书》本《罗昭谏集》8 卷。《文溯阁四库全书》今藏甘肃省图书馆，据说保存完好。

第三种清抄本是乾隆四十九年甲辰岁（1784）四月抄成献上的《文津阁四库全书》本《罗昭谏集》8 卷。行款为一页 32 行 21 字。此本今藏国家图书馆，2005 年商务印书馆有影印本。

第四种清抄本是乾隆五十三年戊申岁（1788）抄成献上的《文澜阁四库全书》本《罗昭谏集》8 卷。《文澜阁四库全书》今藏浙江图书馆。

再看二种清刻本。

清康熙九年庚戌岁（1670）张瓒瑞榴堂刊刻的《罗昭谏集》8 卷是罗隐著作通行的本子，此本 11 行 20 字，白口，四周双边，国家图书馆藏有三本，一本为善本（有缩微制品），索书号为 01854。另二本为普通古籍，其中一个的索书号为 89747；另一个有朱笔眉批，索书号为 97997。

清康熙九年庚戌岁（1670）张瓒瑞榴堂刊刻、清道光四年甲申岁（1824）贝墉重修的《罗昭谏集》8 卷是《罗昭谏集》的另一个本子，该本 11 行 20 字，白口，四周双边，双鱼尾，国家图书馆藏有二本，均系普通古籍，索书号为 90465 和 82090。

综上所述，清康熙九年庚戌岁（1670）张瓒瑞榴堂刊刻的《罗昭谏集》8 卷是罗隐著作比较完备的本子；今存罗隐著作重要的四种书是《甲乙集》、《谗书》、《两同书》、《广陵妖乱志》，另有不少零散的文章。《甲乙集》最可靠的本子是南宋临安府陈宅书籍铺刻本《甲乙集》10 卷，此本有《四部丛刊初编》的影印本。《谗书》5 卷最好的本子是嘉庆十二年丁卯岁（1807）的拜经楼刻本，2002 年上海古籍出版社影印的《续修四库全书》本即此拜经楼刻本。《两同书》比较有名的本子是明陈继儒编、明万历（1573—1620）刊刻的《亦政堂镌陈眉公家藏广秘笈》（52 种 101 卷）本《宝颜堂订正两同书》2 卷。《广陵妖乱志》比较有名的本子是光绪三十年甲辰岁（1904）刊刻的《藕香零拾》（39 种）丛书本，1982 年江苏广陵古籍刊印社影印出版了这个本子。关于罗隐著作的版本研究，最有研究必要和价值的，是今存罗隐一些零散文章的来历问题。

附：吴越国罗隐集部著作流传过程和版本源流示意图五种后二种之文字说明：

（罗隐集部著作五种后二种之一）《广陵妖乱志》流传过程和版本源流示意图：

（作者有争议，其流传过程和版本源流示意图暂略）

（罗隐集部著作五种后二种之二）《罗昭谏集》流传过程和版本源流示意图：

A：清康熙九年（1670）张瓒瑞榴堂刻《罗昭谏集》8 卷（11 行 20 字）（含《甲乙集》10 卷、《谗书》5 卷、《两同书》2 卷、《广陵妖乱志》不分卷、《杂著》不分卷五个部分）（国家图书馆有藏）

A1：清康熙九年（1670）张瓒瑞榴堂刊刻、清道光四年（1824）贝墉重修的《罗昭谏集》8 卷（11 行 20 字）（国家图书馆有藏）

另，《罗昭谏江东集》5 卷只有一个版本，即明屠中孚刊刻本（9 行 18 字，白口，左右双边）（国家图书馆有藏）

附：吴越国罗隐集部著作流传过程和版本源流示意图（三之 1）

《甲乙集》流传过程和版本源流示意图

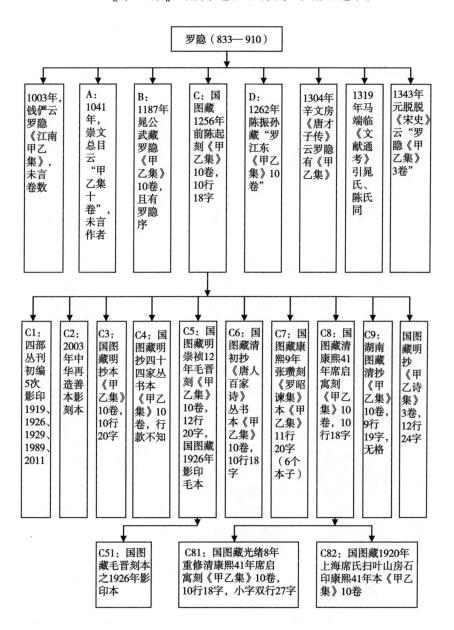

附：吴越国罗隐集部著作流传过程和版本源流示意图（三之 2）
《谗书》流传过程和版本源流示意图

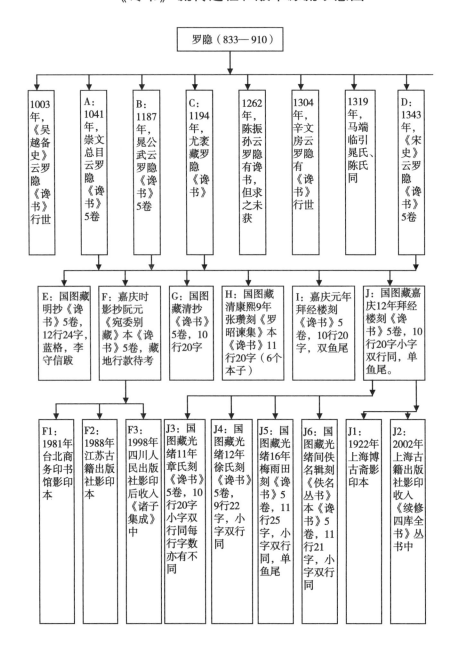

附：吴越国罗隐集部著作流传过程和版本源流示意图（三之 3）
《两同书》流传过程和版本源流示意图

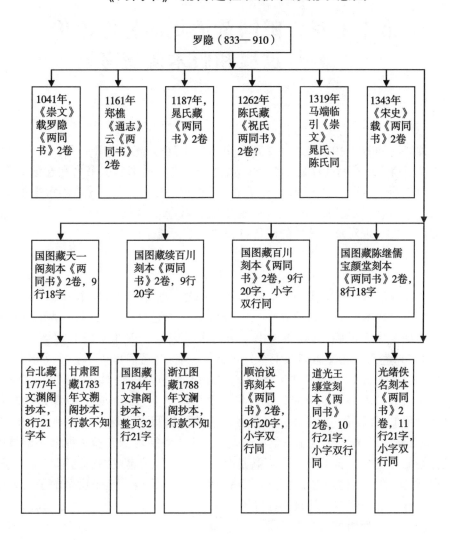

第十七章　闽国黄滔集部著作流传
过程和版本源流考辨

　　黄滔（840?—911?），字文江，泉州莆田（今福建莆田）人，为五代时闽国著名诗人。存诗197题207首。黄滔著作结集成书后就书名和卷数而言，共出现过七个面目：《黄滔集》十五卷、《东家编略》十卷、《莆阳黄御史集》二卷、《唐黄先生文集》八卷、《黄御史集》八卷、《黄滔诗集》二卷、《黄滔诗集》一卷。现对黄滔著作的流传过程和版本源流予以考辨。

一

　　今知黄滔著作在宋代的结集或刊刻有四次，也就是说有四个版本。

　　第一个版本的书名和卷数是："《黄滔集》十五卷"。此版本在载籍中的第一次出现，见于最晚1060年成书、由北宋欧阳修、宋祁所撰的《新唐书》。《新唐书》卷六十艺文志第五十"别集类"云："《黄滔集》十五卷（字文江，光化四门博士）。"①《新唐书》如此的记载可能是欧阳修、宋祁目见了《黄滔集》十五卷这本书，也可能只是从其他书目清单上过录而来。就算是从其他书目清单上过录而来，那么，这个书目清单的撰写者必然是目见或者知闻有"《黄滔集》十五卷"这本书的。就是说，《黄滔集》十五卷这种书一定是曾经存在的，这个《黄滔集》十五卷是今知黄滔著作结集成书后的第一个本子，《新唐书》的记载也是这个本子在载籍中的第一次出现。至于这个本子为谁所编，是抄本还是刻本，就只能存疑了。

　　今知在《新唐书》之后提到《黄滔集》这种书的书为数甚少，现将容易找到者罗列于下并简要分析。

　　第一种是南宋黄公度绍兴二十六年丙子岁（1156）将黄滔著作编集成的《东家编略》十卷这本书。黄公度编集《东家编略》时的题识中有言："按：

---

　　① （宋）欧阳修、宋祁撰：《新唐书》（225卷）（全20册），中华书局1975年版，第6册，卷60，第1615页。

《艺文志》载'《泉山秀句集》三十卷',悉公纂缔,未知存亡。又'黄某集十五卷'。岁久讹缺,今以旧藏稿本,釐为十卷,名曰《东家编略》。宋绍兴丙子（1156）中夏初吉,左朝散郎、试尚书考功员外郎、八世孙公度谨志。"①这里所说的《艺文志》指《新唐书·艺文志》;"黄某集"即"黄滔集"。黄公度作为黄滔的八世孙,提及其八代祖时出于避讳的需要,将《黄滔集》说成了《黄某集》。黄公度虽然没明说他没见到过《黄滔集》十五卷这本书,但是从他交代"《黄滔集》十五卷"之说的来源是《新唐书·艺文志》可以看出,他应当是未能目见《黄滔集》十五卷这本书的;如果目见了,按常理,他应该说出来才是。

第二种是南宋郑樵所撰、最晚1161年成书的《通志》。《通志》卷七十艺文略第八"别集四·唐"云:"《黄滔集》十五卷。"②《通志·艺文略》是郑樵对古今书籍（笔者按:"今"当然指南宋郑樵时代的"今"）的系统考索,所考索的书未必被郑樵目见（更未必被郑樵所藏）,那就不能凭郑樵的这个著录断定郑樵目见过《黄滔集》十五卷这种书（当然也不能断定郑樵未曾目见）,只能断定郑樵知闻有《黄滔集》十五卷这种书,至于知闻的依据或来源,郑樵没有交代,就只能存疑了。

第三种是有淳熙三年丙申岁（1176）南宋诗人杨万里序的黄滔著作结集本。此本的名字不详（可能是《黄御史文集》,也可能是《黄御史集》,也可能是其他书名）,卷数亦不详（在五卷以上）。杨万里为此本所写的序中有言:"按:唐《艺文志》,御史讳滔,字文江,光化（898—901）中为四门博士,其集旧曰《黄滔集》云。淳熙三年（1176）四月二十六日,诚斋野客庐陵杨万里序。"③ 20年前的绍兴二十六年丙子岁（1156）,八世孙黄公度关于《黄滔集》十五卷的信息,就来自《新唐书·艺文志》的著录,此淳熙三年丙申岁（1176）杨万里作序时,关于《黄滔集》十五卷的信息,仍然来自《新唐书·艺文志》的著录。

第四种是1319年成书、元马端临所撰的《文献通考》。《文献通考》卷二百四十三经籍考七十"集·诗集"云:"《黄御史集》。诚斋序略曰:'诗至唐而盛,至晚唐而工,御史黄公之诗尤奇。……按:《唐·艺文志》:御史讳滔,

---

① （唐）黄滔撰:《莆阳黄御史集》（2卷）,《丛书集成初编》本,1936年版,卷首,第34页。

② （宋）郑樵撰,王树民点校:《通志二十略》,中华书局1995年版,第1770页。

③ （唐）黄滔撰:《莆阳黄御史集》（2卷）,《丛书集成初编》本,1936年版,卷首,第7—8页。

字文江，光启中为四门博士，其集旧曰《黄滔集》云。'"① 可知马端临只是引用 1176 年杨万里为《黄御史集》所作序言中的话，今人无法知道马端临是否目见过《黄滔集》十五卷这种书。笔者按：黄滔为光化（898—900）中四门博士，马端临《文献通考》误为光启（885—888）。

第五种是明末清初王士禛（1634—1711）所著的《居易录》。《居易录》卷三十二关于黄滔著作的一段话中有言："《唐·艺文志》云：'《黄滔集》十五卷，又《泉山秀句》三十卷。'"② 可知王士禛关于《黄滔集》十五卷的信息，又得自《新唐书·艺文志》。

第六种书是 1672 年成书、吴任臣所撰的《十国春秋》。《十国春秋》卷首《凡例》交代《十国春秋》所采用的书目时出现了"《徐散骑集》、《徐寅集》、《黄滔集》"③ 这样的表述，这表述给人的感觉是吴任臣使用过《黄滔集》这样的书，实际上不是这样。吴任臣这里所说的《黄滔集》只是包含"《莆阳黄御史集》二卷"这种书在内的黄滔著作的集子，而不是说吴任臣目见过而且使用过一本书名为《黄滔集》的书。可为此作证的是，排列于《黄滔集》前，书名为"《徐散骑集》"、"《徐寅集》"的书，也是不存在的，这二个书名分别是徐铉《徐铉集》三十二卷、徐寅《钓矶文集》五卷的简称。由此可知，吴任臣所云《黄滔集》只是黄滔《莆阳黄御史集》二卷、《黄御史集》八卷这二种书的简称，而不是《新唐书·艺文志》所著录的"《黄滔集》十五卷"。

需要注意的是，在《新唐书》之后提到"黄滔集"这个书名的六种书（1156 年黄公度编《东家编略》十卷、1161 年郑樵《通志》、1176 年南宋杨万里作序的《黄御史集》、1319 年元朝马端临《文献通考》、明末清初王士禛《居易录》、明末清初吴任臣《十国春秋》）对"《黄滔集》"或"《黄滔集》十五卷"的提及，有四种明确地交代其依据是《新唐书·艺文志》，有二种（即第二种和第六种）未交代其依据、但也没有说目见过《黄滔集》十五卷这种书。也就是说，《新唐书·艺文志》著录"《黄滔集》十五卷"时所采用的原始依据（或者是《黄滔集》十五卷这本书，或者是过录别人记载《黄滔集》十五卷这本书的书目清单）之后，今知自称目见过或者今人推断应该目见过"《黄滔集》十五卷"这本书的人，一个也没有。同时，1041 年成书的北宋王

---

① （元）马端临撰：《文献通考》（348 卷），中华书局 1986 年版，卷 243，第 1926 页。

② （清）王士禛撰：《居易录》，景印文渊阁四库全书本，卷 32。

③ （清）吴任臣撰，徐敏霞、周莹点校：《十国春秋》（116 卷），中华书局 1983 年版，卷首，第 8 页。

尧臣等《崇文总目》、最晚 1187 年成书的南宋晁公武《郡斋读书志》、最晚 1194 年成书的南宋尤袤《遂初堂书目》、最晚 1262 年成书的南宋陈振孙《直斋书录解题》这四种公私藏书目录均未著录"《黄滔集》"这本书。由此可以断言，1060 年成书的《新唐书》所著录的"《黄滔集》十五卷"这本书散佚或失传的时间很早，可能《新唐书·艺文志》著录时就已经失传，最晚到南宋三种私家藏书目录（晁公武《郡斋读书志》、尤袤《遂初堂书目》、陈振孙《直斋书录解题》）成书时就失传了。

以上所述，是黄滔著作结集成书后第一个本子"《黄滔集》十五卷"流传和失传的情况。

黄滔著作结集成书的第二个本子是南宋绍兴二十六年丙子岁（1156）黄滔八世孙黄公度所编的《东家编略》十卷。《东家编略》十卷这本书编成后大约二十年的样子，被重新编集、修补后，成为有淳熙三年丙申岁（1176）杨万里序的本子。因此，《东家编略》这本书的本来面目，今人就无法看到了。这本书真面目的若干情节或细节从黄公度编成时的题识中可以看到。黄公度此题识保存于光绪十年甲申岁（1884）王祖源、王懿荣父子麟后山房据影宋抄庆元本重刻的《莆阳黄御史集》二卷（缺卷据明崇祯本补）中。黄公度题识云：

> 公字文江，莆田人。唐乾宁二年（895）擢进士第。光化（898—901）中守四门博士，官至监察御史里行。按：《艺文志》载"《泉山秀句集》三十卷"，悉公纂缔，未知存亡。又"黄某集十五卷"，岁久讹缺，今以旧藏稿本，鬈为十卷，名曰《东家编略》。宋绍兴丙子（1156）中夏初吉，左朝散郎试尚书考功员外郎八世孙公度谨志。[①]

从黄公度所云"又'黄某集十五卷'，岁久讹缺，今以旧藏稿本，鬈为十卷，名曰《东家编略》"这几句话至少可以看出这么四点。第一，黄公度所编《东家编略》十卷的依据正是"《黄滔集》十五卷"这个"旧藏稿本"，这个"旧藏稿本"可能是《新唐书·艺文志》所载时的本子，也可能是另一个本子；第二，"《黄滔集》十五卷"这本书只是稿本，不是刻本；第三，"《黄滔集》十五卷"这个稿本有讹误、有残缺；第四，"《黄滔集》十五卷"这个稿本"讹缺"的情况比较严重，以至于黄公度重编时不仅难以保持原来十五卷的篇幅（不得不缩为十卷），而且连书名都必须改成"东家编略"这种一听

---

① （唐）黄滔撰：《莆阳黄御史集》（2卷），《丛书集成初编》本，1936 年版，卷首，第 34 页。

就知道显然不是全集的名字。一个疑问是，黄公度所说"今以旧藏稿本，釐为十卷"的话会让人以为这"十卷"的来源就只是"旧藏稿本"这一种书，或者这"旧藏稿本"虽不是一种书，但均是自称为"东家"的黄公度家所藏。看了二十年后淳熙三年丙申岁（1176）杨万里为淳熙本黄滔著作（书名不确定）所作的序才知道，事情与黄公度的题识给人的感觉大有不同。杨万里云："余在中都，于官书及士大夫家，见唐人诗集略及二百余家，自谓不贫矣。逮归耕南溪之上，永丰明府莆阳黄君沃又遗余以其祖御史公文集，其诗尤奇，盖余在中都时所未见也。……永丰君自言此集久逸，其父考功公始得之，仅数卷而已。其后永丰君又得诗文五卷于吕夏卿之家，又得逸诗于翁承赞之家，又得铭碣于浮屠老子之宫。……按：唐《艺文志》，御史讳滔，字文江，光化（898—901）中为四门博士，其集旧曰《黄滔集》云。淳熙三年（1176）四月二十六日，诚斋野客庐陵杨万里序。"① 杨万里所云"永丰明府莆阳黄君沃"即黄滔九世孙、八世孙黄公度之子黄沃，当时任永丰县县令（明府即县令）；从"又遗余以其祖御史公文集"这话可看出，黄沃赠给杨万里的黄滔著作的名字，应该是"黄御史文集"、"黄御史集"这两个名字中的一种，当然也可能是"御史公文集"、"御史公集"之类的名字。关于黄沃所赠黄滔著作集这样一本书的来源，黄沃说其祖（九代祖）黄滔的著作早就散佚了，其父黄公度首先得到，"仅数卷而已"。可见，黄公度所说的"旧藏稿本"并非黄公度家藏，是从别处得来的，那就是说，所谓"旧藏稿本"，是别人家旧藏的稿本，而且这个稿本只有数卷而已。后来黄沃从吕夏卿家得到黄滔诗文五卷，又从翁承赞家得到黄滔逸诗若干，又从释道两藏得到黄滔铭碣文若干。由此可知，黄沃父亲黄公度所说的《东家编略》十卷，应该是包含了其子黄沃得到的黄滔诗文五卷等内容的。也就是说，绍兴二十六年丙子岁（1156）黄公度所命名的"《东家编略》十卷"这本书被其子黄沃赠给杨万里、被杨万里于淳熙三年丙申岁（1176）作序的时候，改名为《黄御史文集》、《黄御史集》之类的书名，卷数不知。那么，黄公度所云《东家编略》十卷的内容自然就是淳熙三年丙申岁（1176）杨万里作序的这个本子的内容了。这就是黄滔著作的第二种本子绍兴年间黄公度所云"《东家编略》十卷"这本书的去向。

黄滔著作的第三个本子即上文已经涉及的有杨万里淳熙三年丙申岁（1176）所作序的本子。这个本子的来源如上所述，系从绍兴二十六年丙子岁（1156）黄公度编集的《东家编略》十卷而来。从杨万里的序中可以看出此本

---

① （唐）黄滔撰：《莆阳黄御史集》（2卷），《丛书集成初编》本，1936年版，卷首，第5—8页。

的编者是九世孙黄沃，也可以看出此本的三个来源：黄公度所得北宋本《黄滔集》十五卷的"数卷"、黄沃从吕夏卿家得到的黄滔诗文集五卷、黄沃从翁承赞家得到的黄滔逸诗若干、黄沃从浮屠老子之宫得到的黄滔撰写的铭碣文若干。就是说，有杨万里序的这个淳熙本，实际上是个四合一的本子。杨万里序中还提到："余见士大夫子孙承家百年而不毁者或寡矣，而永丰君能力求其祖之诗文于二百年之前，其可尚也夫。而永丰之士有曾时杰与其犹子晞说者，得此书，又欣然刻印，以供士君子之好古书者，其又可尚也夫。"从这话不仅可以看出，淳熙本的编者是九世孙黄沃，而且可以看出，这个淳熙本的两个刊刻者是曾时杰、曾晞说叔侄。杨万里作序的次年，即淳熙四年丁酉岁（1177），谢谔的序中也说："考功之子永丰县公又能哀集御史诗文，力加釐正，广而传之，于是永丰二士曾时杰汉臣、晞说少张因为镂版，繇此御史之书光芒于时，可以无穷。二曾与余厚，见委题序，余感孔圣与河汾眉山之事而并书之，庶几儒家者流，之子若孙留意先集，乃有补风教之一端云。淳熙四年（1177）九月朔，渝川谢谔谨书。"① 可见，淳熙本黄滔著作的编者是九世孙黄沃，刊刻者是曾时杰、曾晞说叔侄，这是没什么问题的。只是，从谢谔的序中仍旧看不出淳熙本的书名是什么，卷数是几卷。严格地说，有淳熙三年丙申岁（1176）杨万里序、淳熙四年丁酉岁（1177）谢谔序，不见得就是这二年所刻，也可能是下一年甚至更晚才刊刻或者才完成刊刻。但是，在找不到刊刻时间题名的情况下，姑且把作序的时间视为刊刻时间，未尝不可。从这个角度看，正德八年癸酉岁（1513）刻本上黄希英跋语中"《御史集》刻于宋淳熙三年丙申（1176）"的话是可以的。只是谢谔序写于淳熙四年丁酉岁（1177），那么，淳熙本的刊刻时间（至少是刊刻完工时间）应该是淳熙四年丁酉岁（1177）才对。当然，淳熙三年与淳熙四年仅一年之差，把淳熙本的刊刻时间说成淳熙三年丙申岁，未为不可。补说一下，淳熙本是黄滔著作在历史上的第三个本子，但是是第一个刻本。

黄滔著作的第四个本子是有庆元二年丙辰岁（1196）洪迈所作序的黄沃刻本。此本刊刻时间的署名，今已无考，故只能依据作序的时间，把此本视为庆元二年丙辰岁（1196）刻本。此庆元二年本（可简称为"庆元本"）与大约20年前出现的淳熙本同为刻本，但与淳熙本的不同有二点。第一，淳熙本虽有杨万里序和谢谔序，但书名和卷数均不明确（只能猜测书名是《黄御史文集》或《黄御史集》等，卷数肯定在五卷以上），而庆元本的书名《莆阳黄

---

① （唐）黄滔撰：《莆阳黄御史集》（2卷），《丛书集成初编》本，1936年版，卷首，第9—10页。

御史集》，卷数二卷，是确凿无疑的。第二，淳熙本去向不明，只能依据庆元
本卷首刊刻了淳熙本上的杨万里序和谢谔序而推测淳熙本的内容一定被庆元本
所继承或袭用，至于如何继承和袭用的问题，就只能存疑了；而庆元本的面目
却被一种覆刻本和一种重刻本（也是影刻本，缺卷据明崇祯本补刻）完整地
保存下来了。这个覆刻本就是明正德八年癸酉岁（1513）黄希英覆刻的《莆
阳黄御史集》二卷，重刻本就是光绪十年甲申岁（1884）王祖源、王懿荣父
子麟后山房以影抄宋庆元本为底本而重刻的《天壤阁丛书》本《莆阳黄御史
集》二卷，而《天壤阁丛书》本因为被民国二十五年（1936）商务印书馆影
印后收入《丛书集成初编》丛书中而相当常见易得。现据《天壤阁丛书》本
《莆阳黄御史集》二卷而将庆元本的面目叙述如下。

　　庆元二年丙辰岁（1196）刻本《莆阳黄御史集》的项目依次是：洪迈序、
杨万里序、谢谔序、谢谔序后编刻者识语、《莆阳黄御史集目录》（以上 5 项
为卷首）；"莆阳黄御史集（权分上秩）"的题名、黄公度志语、赋（22 篇）、
诗（205 首）、文（13 篇）（以上为上秩）；书（4 篇）、启（31 篇）、祭文
（10 篇）、碑铭（9 篇）（以上为下秩）。全书共收黄滔诗文著作共 294 篇。洪
迈序中与版本研究有关的话是："邵州将锓板于郡斋，遣信谒序。御史之从兄
曰校书君璞者，名见集中，有《闽川名士传》及《雾居子》，予曩时尝叙之
矣，故不辞而书。御史讳滔，字文江，由四门博士至里行监察。考功讳公度。
邵州名沃。庆元二年（1196）十月十四日，焕章阁学士宣奉大夫提举隆兴府
玉隆万寿宫魏郡公鄱阳洪迈序。"① 洪迈说请他作序的人是邵州郡将黄沃，正
是大约 20 年前淳熙刻本的编者黄沃。由此应该想到一个问题：淳熙三年
（1176）杨万里序和淳熙四年（1177）谢谔序均提到的曾氏叔侄刊刻黄滔著作
这件事是靠不住的：或者后来曾氏叔侄没有刊刻，或者刊刻成的版本质量不
好。于是，杨万里、谢谔作序大约 20 年后，黄沃又请洪迈作序，把刊刻工作
付诸实施或者重新刊刻，这就是宋宁宗赵扩庆元二年丙辰岁（1196）刊刻的
《莆阳黄御史集》二卷。这次的刊刻遇到宋宁宗赵扩名字就缺字而代之以"今
上御名"，碰到宁宗之父宋光宗赵惇的名字就缺字而代之以"太上御名"。其
他方面可能完全袭用淳熙本（淳熙本即使未刊，起码有写本）。淳熙本的情况
不明确，只能存疑。庆元二年刻本一个值得特别重视的地方是，该本在目录上
标明了该书每部分内容的出处，从中可以看出《莆阳黄御史集》四个来源
"东平吕氏家藏"、"东家编略"、"翁承赞孙子家"、"石本"所含诗文的篇数，

　　① （唐）黄滔撰：《莆阳黄御史集》（2 卷），《丛书集成初编》本，1936 年版，卷首，第 2—
3 页。

这对辑佚工作者编辑《黄滔集》十五卷、《东家编略》十卷这二种已经佚失的书是很有价值的，值得注意。

上述黄滔著作四种版本中，一种北宋已有本（可能是北宋稿本，也可能是五代稿本），三种南宋本，其中南宋本中的庆元二年丙辰岁（1196）黄沃（黄滔九世孙）刊刻的《莆阳黄御史集》二卷出现后，其他三本很可能因为很少用而很快散佚，以至于仅有庆元本出现于《宋史·艺文志》中："《莆阳黄御史集》二卷"①。

《宋史·艺文志》关于黄滔著作的著录是黄滔著作在历史上继 1060 年《新唐书》、1156 年《东家编略》、1161 年《通志》、1176 年淳熙本、1196 年庆元本、1319 年《文献通考》之后的又一次出现（即第七次出现）。

二

黄滔著作在明代有四个本子，均是刻本。

第一个明刻本是正德八年癸酉岁（1513）黄希英刊刻的《莆阳黄御史集》二卷。据《中国古籍善本书目》卷 23 著录，此本国家图书馆有藏，但是，国家图书馆馆藏目录未找到此本，当然笔者也就未能借阅。此本的面目可从清光绪十年甲申岁（1884）《天壤阁丛书》本《莆阳黄御史集》二卷上黄鞏、黄希英和王懿荣的跋语中获其大概。黄鞏跋云：

> 右族祖御史文江公诗，裔孙希英之所刻者。考之唐艺文志《黄某集》十五卷，而家藏旧刻本无卷目，止分诗、赋、启、祭文、碑铭，为五类，盖散逸者亦多矣。今诗凡二百五篇，予以意憕分为四卷……正德八年癸酉（1513）秋日，赐进士第承德郎兵部武库司主事诸孙鞏敬书（笔者按：崇祯本此跋在第四卷诗下，当即正德癸酉刻本后跋）。②

这则跋语让人知道正德八年癸酉岁（1513）刻本确实是黄希英所刻，但让人疑惑的是，正德八年黄希英刻本的书名是《莆阳黄御史集》二卷，王懿荣跋语还说正德八年黄希英刻本系覆刻宋本（庆元本），而庆元本的书名卷数是"《莆阳黄御史集》二卷"。可是，这里黄鞏却说"今诗凡二百五篇，予以意憕分为四卷"。既然正德本《莆阳黄御史集》二卷是覆刻宋庆元

①　（元）脱脱等撰：《宋史》（496 卷）（全 40 册），中华书局 1985 年 6 月新 1 版，第 16 册，卷 208，第 5346 页。

②　（唐）黄滔撰：《莆阳黄御史集》（2 卷），《丛书集成初编》本，1936 年版，第 378 页。

本《莆阳黄御史集》二卷，就算此二本（正德本和庆元本）的目录将黄滔诗分为四卷，那也不是黄鞏所分，何况事实是，庆元本和正德本（正德本是庆元本的覆刻，二本几乎可以视为同一本）的目录上只将黄滔205首诗中的159篇分为二卷，其他诗未分卷。那么，合理的解释只能是，黄鞏写跋的时候，正德本《莆阳黄御史集》二卷已经刊刻竣工或即将刊刻竣工。黄鞏的跋并不是对正德本的描述，而是交代黄鞏自己对"家藏旧刻本"上黄滔205首诗的分卷。黄希英跋写于正德八年（1513）七月，黄鞏跋写于正德八年（1513）秋季，这二人跋语写作时间的差异证明认为黄鞏跋写于正德本刊刻竣工或即将竣工的猜测是符合逻辑的。还有，上跋末尾括号内"崇祯本此跋在第四卷诗下，当即正德癸酉刻本后跋"的话是王祖源、王懿荣父子刊刻时所加。而崇祯本的书名和卷数是"《唐黄御史集》八卷"，则知分为八卷是采用了黄鞏的分卷方法。

正德本《莆阳黄御史集》二卷有没有将黄滔诗分为四卷，还是看看正德本主持刊刻者黄希英的说法比较好。黄希英跋云：

> 《御史集》刻于宋淳熙三年丙申（1176），距今正德癸酉（1513），凡三百三十有八年。遍购莆中，仅得一帙，而乾宁乙卯（895）至今日，则六百一十有九年矣。是书仅再刻，工既讫功，不肖深有今日喜，而又虑夫后日失之不难也。吾宗他日有显融者，能毋忘考功、永丰之心则幸矣。考功宋绍兴大魁，坐与赵忠简往来，忤秦桧，竟不获大用，别有《知稼集》行于世。正德八年（1513）七月日，进士亚中大夫长芦盐运使司运使二十世孙希英谨志。[1]

从这则跋语中看不出来黄希英刊刻时对黄滔诗重新分卷，更看不出是黄鞏分卷，只能看出黄希英得到旧帙而刻之。这也可证明黄鞏分卷的做法未被正德本采用。

正德八年黄希英刻本的来源和面目还是王懿荣的跋语交代得比较清楚。王懿荣跋云：

> 懿荣附按，此集依影宋钞庆元本付梓，阙卷用明崇祯本按宋目叙补板，甫刻讫，又续见瑞安黄编修绍箕新得明正德刻本，乃以三本合校，并附刻正德本所存残文，崇祯本补附诗，正德本集后宋黄处权别录崇祯本集

① （唐）黄滔撰：《莆阳黄御史集》（2卷），《丛书集成初编》本，1936年版，第368—369页。

后明黄鸣乔等《附录》各一卷于后。影宋钞本，大题称《莆阳黄御史集》，下注云"权分上下秩"。正德本如之，正德本行款一依宋本，其前序皆仿宋本元体字式入梓，板心鱼尾下称"莆阳黄御史集"，与大题同，为影宋钞本所未及，至目录后记注等文与宋本同，祇行款稍有参差，余则讳字阙笔，均未改削，是覆刻无疑。大题下黄公度志后空行添入赐进士二十世孙希英衔名一行，此是当时重刊人名，书贾挖去，冀充宋本，痕迹未尽，尚存一"赐"字，后附宋黄处权《别录》一卷。①

王懿荣用影宋抄本（影抄南宋庆元本）《莆阳黄御史集》二卷、正德本《莆阳黄御史集》二卷、崇祯本《黄御史集》八卷三个本子相比对，从书名、字体、行款、讳字阙笔四方面断定正德本确系覆刻南宋庆元本，则正德本的面目可以确信：书名是《莆阳黄御史集》，行款为 10 行 20 字，正文后附宋黄处权《别录》一卷。

第二个明刻本是万历十二年甲申岁（1584）黄廷良等刻本《莆阳黄御史集》二卷。此本在吉林大学图书馆、新疆大学图书馆有藏。其行款是 10 行 20 字，白口，四周双边。从书名和行款知，此本和正德八年癸酉岁（1513）黄希英刻本同一个源头，即庆元二年丙辰岁（1196）黄沃刻本《莆阳黄御史集》二卷。黄廷良刻本的其他信息很难得。仅崇祯十一年戊寅岁（1638）刻本《黄御史集》八卷上黄鸣乔所撰《凡例》上有所交代："是集也，九世孙邵州守沃刻于宋淳熙丙申（1176），元变板毁。二十世孙运使希英刻于正德癸酉（1513），嘉靖末倭变，十九世孙廷良捐祠金，刻于万历甲申（1584），但屡经剞劂，不无鲁鱼，兹细加订正……"② 万历甲申即万历十二年（1584）。黄廷良此万历十二年刻本的其他情况，只能存疑。

第三个刻本是万历三十四年丙午岁（1606）曹学佺等刻本《唐黄先生文集》八卷（附录一卷）。此本 9 行 18 字，白口，左右双边。此本项目是：曹学佺序、杨万里序、谢谔序、目录（以上卷首）；正文（卷之一到卷之八）；附录（含《唐昭宗实录》、《莆阳志》、《五代史补》、《丹铅总录》）。曹学佺序云："既竣欧阳四门集，复取黄文江御史合刻之。……今与欧阳集并刻之，不患传之不广矣。万历丙午（1606）季夏之吉，赐进士出身奉政大夫南京户部四川清吏司郎中候官后学曹学佺撰。"③ 曹学佺所说的"黄文江御史"当然

---

① （唐）黄滔撰：《莆阳黄御史集》（2 卷），《丛书集成初编》本，1936 年版，第 384—385 页。

② 同上书，第 377 页。

③ 同上书，第 374—375 页。

指黄滔的集子，只是不知被曹学佺简称为"黄文江御史"的黄滔的集子是哪一种本子。在曹学佺此刻本前，有三种刻本，即上文所述黄沃所刻庆元本《莆阳黄御史集》二卷、黄希英所刻正德本《莆阳黄御史集》二卷、黄廷良所刻崇祯十二年本《莆阳黄御史集》二卷，这三种本子均是二卷本，也从未听说有八卷本的，真不知曹学佺这个八卷本从何而来。现在可以明确的是，曹学佺万历三十四年丙午岁（1606）刊刻的这个《唐黄先生文集》八卷（附录一卷）是第一个八卷本。其八卷的来源，难以考知。此本国家图书馆有藏，索书号：10247。此本1919年上海商务印书馆影印后收入《四部丛刊初编》丛书中，1929年又重印一次，故此本面目简便易得。

　　第四个刻本是崇祯十一年戊寅岁（1638）黄鸣乔等刊刻的《黄御史集》八卷（附录一卷）。此书国家图书馆藏有二本，皆是善本，索书号为04260和10248。该刻本项目如下：书名（唐黄御史集八卷，附录一卷，唐黄滔撰，明崇祯十一年黄鸣乔等刻本。二册）、黄御史集序（杨万里序）、唐黄御史集序（洪迈序）、黄御史集序（谢谔谨书）、"内翰洪公序引载二百八十有五篇"始之51字跋、唐黄御史集序（曹学佺撰）、崇翰跋、凡例、唐黄御史集目录、附录、"目录终"（以上10项为卷首）；正文。正文的内容含"唐黄御史集卷之一"至"唐黄御史集卷之八"。8行18字，卷二至卷八仅署黄滔名曰"唐监察御史莆黄滔著"，而卷一有很多人署名。需要注意的是，此本卷八包含附录，且附录在卷八中占一半以上的篇幅。附录的项目是：唐昭宗实录、莆阳志、唐诗纪事、乾宁复试进士（洪迈容斋四笔）、评黄文江赋（洪迈容斋四笔）、丹铅总录、氏族大全、裔孙诸志、年考、卷末书名（同卷首书名）。此本有万历三十四年丙午岁（1606）曹学佺刻本上的曹学佺序，可见，此崇祯十一年戊寅岁（1638）黄鸣乔刻本至少是参考了曹学佺刻本的。曹学佺刻本是黄滔著作第一个八卷本，崇祯时黄鸣乔刻本也是八卷本，那这八卷就应该是采取了曹学佺刻本的分法。但是，崇祯十一年（1638）刻本上黄鸣乔等人写的《凡例》中却说："是集久逸，八世孙考功公度旧藏稿木（笔者按："木"当为"本"），鳌赋十卷，名曰《东家编略》，十世孙通判汝嘉，复于东平吕家得赋二十、诗一百五十九、文九，主簿处权于翁谏议家得诗十五，处材得碑铭五，登时，各依所获递编，而附名其后，今因观览弗便，改依诸体分汇，仍志旧本编次于此者，盖不忘先人搜索之劳，并以勖后云。"① 其言"今因观览弗便，改依诸体分汇"，显然是说"改依诸体分汇"是黄鸣乔等人完成的。如上文所述，《莆阳黄御史集》的正德本就是"诸体分汇"的，可见黄鸣乔不

---

① （唐）黄滔撰：《莆阳黄御史集》（2卷），《丛书集成初编》本，1936年版，第376页。

仅没有提及他刊刻的崇祯十一年刻本八卷分法和万历三十四年（1606）曹学佺刻本八卷分法的区别，而且连他这本八卷分法的事实都没有提及，再看崇祯刻本上黄崇翰、黄起有的题跋，均对这个问题未作交代，从中也看不出此崇祯本的来历。合理的解释是，崇祯十一年（1638）黄鸣乔等的刻本对万历三十四年（1606）曹学佺刻本八卷分法有所袭用，但在字句上有校对，故黄鸣乔等人认为崇祯刻本是参考众本的新刻本，与曹学佺的万历三十四年（1606）刻本有较大的差别，故未提曹学佺刻本。此崇祯十一年戊寅岁（1638）黄鸣乔等人刻本的质量，王懿荣的观点可作参考："崇祯本明黄鸣乔等所刻，析为八卷，其凡例内论旧本处云'登刻时各依所获递编而附名其后，今因观览弗变，改依诸体分汇'云云，遂并宋本目录后及集内原注某篇为某人得于某处等文，俱行削去，以类分卷，一失原本面目，是崇祯本之妄也。"① 从这几句跋语看，王懿荣认为黄鸣乔等人的崇祯本还是据《莆阳黄御史集》二卷而来的，分为八卷是黄鸣乔等人所为，那么，黄鸣乔等人的崇祯本采用还是没采用曹学佺刻本的八卷分法呢？黄鸣乔等人对此理应回答的问题根本没有涉及，真是费解。王懿荣又认为崇祯本把庆元本《莆阳黄御史集》的二卷分为八卷，于是失去了宋本的面目，这是崇祯本乱来的表现。其实，崇祯本不仅失去了宋庆元本《莆阳黄御史集》的真面目，而且，对崇祯本底本问题和崇祯本八卷分法问题的交代，均不得要领，让人如坠雾中。至于字句问题，就更不如庆元本或者庆元本的覆刻本可靠了。崇祯十一年戊寅岁（1638）黄鸣乔等刻本《黄御史集》八卷（附录一卷）的大致情况和水平就是这样。

三

　　今知《黄御史集》在清代有抄本四种，刻本七种。
　　先谈四种清抄本。
　　第一种清抄本系《文渊阁四库全书》本。此本抄成献上的时间是乾隆四十二年丁酉岁（1777）十月。行款为8行21字，白口，四周双边。此本的项目是：四库提要、杨万里序、洪迈序、谢谔序（以上四项为卷首）；正文（"黄御史集卷一"到"黄御史集卷八"）。此本卷一到卷八均署名"唐黄滔撰"。此本正文结束无卷尾，但是，卷八含序一篇、赞二篇、杂文九篇和《附录》的十项内容，其中，附录的十项内容占卷八超过一半的篇幅。这是此本需要注意的地方。此文渊阁抄本的底本，卷首四库馆臣的《提要》有明确的交代："此本即崇祯刻也。"如上文所述，崇祯本在交代底本和八卷分法的问

---

① （唐）黄滔撰：《莆阳黄御史集》（2卷），《丛书集成初编》本，1936年版，第385—386页。

题上均表现不佳，不知当时四库馆臣为何会选中崇祯本。

第二种清抄本系乾隆四十八年癸卯岁（1783）抄成献上的《文溯阁四库全书》丛书本《黄御史集》八卷。《文溯阁四库全书》今藏甘肃省图书馆，据说保存完好。

第三种清抄本系乾隆四十九年甲辰岁（1784）抄成献上的《文津阁四库全书》本。文津阁本与文渊阁本有五处不同。第一，文渊阁半页 8 行 21 字，文津阁一页 32 行 21 字本。第二，文渊阁卷首四项内容如上述，而文津阁卷首仅一项，即四库提要。第三，文渊阁本附录十项内容在卷八内，占卷八一半以上的篇幅，而文津阁本附录十项内容在卷八后，为卷尾。第四，文渊阁本附录末尾无黄滔裔孙黄补遗文一篇（尽管馆臣《提要》中说有），而文津阁本附录结束后有黄补遗文一篇。第五，文渊阁本书末无总校官、校对官、誊录生署名，而文津阁本书末有这三人署名。

第四种清抄本系乾隆五十三年戊申岁（1788）抄成献上的《文澜阁四库全书》丛书本《黄御史集》八卷（附录一卷）。《文澜阁四库全书》丛书本今藏浙江图书馆。

再谈七种清刻本。

第一种清刻本是康熙四十一年壬午岁（1702）席启寓琴川书屋刊刻的《唐诗百名家全集》丛书本（又名《唐人百家诗》丛书本）《黄滔诗集》二卷。该本国家图书馆藏有二本，一本善本，索书号为 00317；一本普通本，索书号为 t2119：24。此刻本系据宋本（应当是南宋庆元本）重刊，10 行 18 字，白口，左右双边。此本后来有光绪八年（1882）重修本，为 10 行 18 字，小字双行 27 字，白口，左右双边，单鱼尾。重修本在国家图书馆有藏，索书号为 90038：58。此本又有民国九年（1920）上海扫叶山房石印本，国家图书馆有藏，索书号为 36485：39。

第二种清刻本为刘云份编、康熙四十二年癸未岁（1703）金阊宝翰楼刊刻的《中晚唐诗》丛书本《晚唐黄滔诗》一卷。此本在国家图书馆藏有二本：一本为善本，索书号为 15426；一本为普通本，索书号为 XD5250：5。此本为 12 行 21 字，白口，左右双边。需要提醒的是，《中国丛书综录》著录的刘云份《中晚唐诗》含《八唐人诗》和《十三唐人诗》两种丛书，"八唐人"和"十三唐人"中均无黄滔。就是说，国家图书馆馆藏目录的著录和《中国丛书综录》的著录必有一误，只是不知哪个有误，存此备考。

第三种清刻本为龚贤编、康熙年间（1662—1722）半亩园刊刻的《中晚唐诗纪》丛书本《晚唐黄滔诗》一卷，国家图书馆馆藏目录仅著录书名为

《晚唐黄滔诗》，未著录卷数，从《中国丛书广录》知，卷数是一卷。[①] 此本为 9 行 19 字，白口，左右双边，单鱼尾。国图索书号为 108697：15。

第四种清刻本为清雍正间（1723—1735）刻本《唐黄御史集》八卷（附录一卷）。此本国家图书馆有藏，为普通古籍，索书号为 82070。据国家图书馆馆藏目录，此本为 8 行 18 字，白口，左右双边。国家图书馆另有一本，索书号为 93773，此本与索书号为 82070 不同的地方仅仅在于此本没有注出刊刻时间或时代，从行款等内容看，与索书号为 82707 这本相同，故暂且视为与索书号为 82707 这本均是清雍正间（1723—1735）刻本。

第五种清刻本为王遐春编、嘉庆十五年庚午岁（1810）王遐春麟后山房刊刻的《麟后山房七种》丛书本《黄御史集》八卷（附录一卷），10 行 20 字，小字双行同，黑口，左右双边，双鱼尾。据《中国丛书综录续编》，此刻本又入选王遐春编的《六唐人集》丛书和王学贞编的《冶南六先生集》丛书。[②]

第六种清刻本为清陆旦华编校、清光绪四年戊寅岁（1878）《唐麟角集黄御史集合刻》的《黄御史集》。此本中国国家图书馆有藏，为普通古籍，索书号为 79557。此本为重刻本，9 行 21 字，小字双行同，白口，四周双边，单鱼尾。

第七种为清光绪十年甲申岁（1884）福山王氏（王祖源、王懿荣父子）刊刻的《天壤阁丛书》本《莆阳黄御史集》二卷。此本系以影抄南宋庆元二年丙辰岁（1196）刻本为底本重刻而来，缺卷用明崇祯本补刻。此本 10 行 20 字，小字双行同，白口，四周单边，双鱼尾（但是，此本之《丛书集成初编》本看不到版心，也就看不到鱼尾，更不用说单鱼尾、双鱼尾了）。此本项目从前向后依次是：洪迈序、杨万里序、谢谔序、"内翰洪公序引载"之 51 字跋、莆阳黄御史集目录（以上五项为卷首）；上秩首页黄公度跋、上秩、下秩（以上三项为正文）；黄御史集明正德本残文、正德本残文后王懿荣跋、黄御史集明崇祯本补附诗、明正德本唐黄御史集别录一卷、明崇祯本黄御史集附录一卷、王祖源跋、王懿荣跋（以上七项为卷尾）。此本的优点有三个。首先，此《天壤阁丛书》本《莆阳黄御史集》系据影抄宋庆元本重刻而来；其次，此本把正德本、崇祯本上比庆元本多出的内容皆重新刊刻过来了；第三是王懿荣最后的跋语将黄滔著作的刊刻过程讲得十分清楚，而且有校勘记录。因为这三个优点，光绪十年甲申岁（1884）福山王氏父子刊刻的《天壤阁丛书》本《莆阳黄御史集》就成了黄滔著作最可靠、最完全的本子了。此本于民国二十五年（1936）被影印收入《丛书集成初编》中，1985 年中华书局又将《丛书集

---

① 阳海清编撰、陈彰璜参编：《中国丛书广录》，湖北人民出版社 1999 年版，第 765 页。

② 施廷镛编撰：《中国丛书综录续编》，北京图书馆出版社 2003 年 3 月第 1 版，第 37 页。

成初编》整套书重印了一次，因而此本也比较容易得到。研究黄滔，此本理应成为诸本中的首选。

四

民国以来，黄滔著作再无新的抄本和刻本，黄滔著作在民国以来的传播是通过影印的方式来实现的。具体地说，民国八年（1919），上海商务印书馆将明万历三十四年丙午岁（1606）曹学佺刊刻的《唐黄先生文集》八卷（附录一卷）（9 行 18 字本）影印收入《四部丛刊初编》中；民国二十五年（1936）上海商务印书馆将福山王氏父子（王祖源、王懿荣）刊刻的《天壤阁丛书》本《莆阳黄御史集》二卷（系据影抄南宋庆元本重刻而来，缺文用崇祯本补刻）（10 行 20 字本）影印收入《丛书集成初编》中，1985 年中华书局将《丛书集成初编》重印了一次；1983 年、2008 年台湾商务印书馆（股份有限公司）将《文渊阁四库全书》本（据明崇祯本抄成）《黄御史集》八卷（附录在卷八）（8 行 21 字本）各影印了一次；2005 年，商务印书馆将《文津阁四库全书》本（据明崇祯本抄成）《黄御史集》八卷（附录一卷）（一页 32 行 21 字本）影印出版。尚未被影印但有影印价值的本子至少有如下四种：正德八年癸酉岁（1513）黄希英刻本（据庆元本覆刻）《莆阳黄御史集》二卷（10 行 20 字本）；万历十二年甲申岁（1584）黄廷良等刻的《莆阳黄御史集》二卷（10 行 20 字本）；崇祯十一年戊寅岁（1638）黄鸣乔刊刻的《黄御史集》八卷（附录一卷）（8 行 18 字本）；康熙四十一年壬午岁（1702）席启寓琴川书屋刊刻的《唐诗百名家全集》丛书本（又名《唐人百家诗》丛书本）《黄滔诗集》二卷（据宋本重刻）（10 行 18 字本）。这四个本子对黄滔著作版本的研究均有价值，尤其是最后一种（席启寓刊刻的《唐诗百名家全集》本《黄滔诗集》二卷）系据宋本重刻而成，必有独特的价值。黄滔著作如果再有影印的机会，应该优先考虑这几种尚未影印但较有影印价值的本子。

综上所述，今知黄滔著作结集成书的版本共有十九个。北宋本一个和南宋本三个中，原版本均散佚，仅有南宋庆元二年丙辰岁（1196）黄沃刻本《莆阳黄御史集》二卷的面目被保存或基本保存于后来的版本中。其中，最可靠最完全的本子是清光绪十年甲申岁（1884）福山王氏父子（王祖源、王懿荣）刊刻的《天壤阁丛书》本《莆阳黄御史集》二卷，1936 年上海商务印书馆、1985 年中华书局影印此书入《丛书集成初编》中，研究黄滔，此本应为首选版本。今后黄滔著作如果还有影印出版的机会，应该优先考虑《唐诗百名家全集》本等四种有影印价值但尚未影印的本子。

附：闽国黄滔集部著作流传过程和版本源流示意图

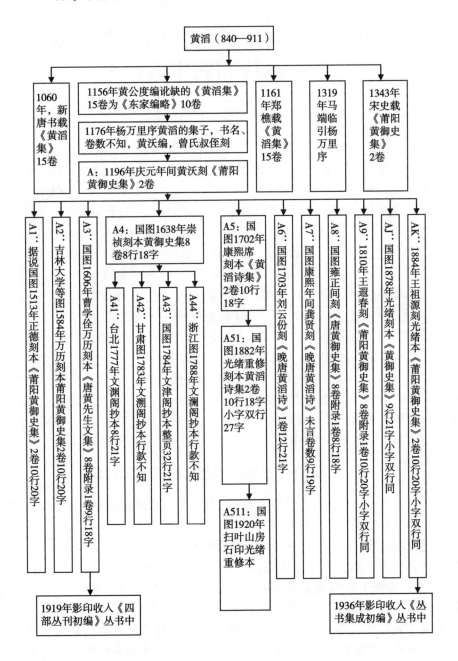

第十八章 闽国韩偓集部著作流传过程和版本源流考辨

　　韩偓（842—914?），字致尧，一作致光，小字冬郎，自号"玉山樵人"，京兆万年（今陕西西安）人，韩瞻之子。韩偓天祐（904—907）时入闽，为五代十国时闽国诗人。今存韩偓著作可分为二类，一类是诗词，一类是小说。小说类属子部书，故暂不论。韩偓的诗词类著作在宋元史志和宋代公私目录书中，共有8个名字：《韩偓诗》、《韩偓》、《韩偓集》、《入翰林后诗》、《入内廷后诗集》、《别集》、《香奁集》、《香奁小集》。就今存韩偓诗的版本而言，韩偓诗的名称有9个：《韩偓诗》、《韩翰林诗集》、《韩内翰诗集》、《翰林集》、《韩翰林集》、《韩内翰别集》、《玉山樵人集》、《香奁集》、《香奁词》。这17个名字中，重合者有2种，即《韩偓诗》和《香奁集》。这就是说，韩偓的诗集算上《香奁集》，一共有15个名字。其中《香奁集》有3个名字，除《香奁集》3个名字之外韩偓所有的诗有12个名字。为论述简便，对《香奁集》3个书名，就用《香奁集》这个最通行的书名，对《香奁集》之外韩偓所有诗的12个书名，就用《崇文总目》、《新唐书》、《郡斋读书志》这三个北宋书目所使用的《韩偓诗》这个书名。以下对《香奁集》和《韩偓诗》的流传过程和版本源流予以考辨。

一　韩偓著作在五代和北宋的流传和刊刻

　　韩偓去世后，其著作在载籍中屡有记载，今以时间先后为序，将韩偓著作在五代和北宋的流传和刊刻情况予以考索。

　　韩偓诗的第一次出现，见于后蜀国（934—965）韦縠《才调集》。《才调集》收韩偓诗5首，含七律3首、七绝2首。七律3首的诗题是《小隐》、《赠易卜崔江处士》、《残春旅舍》；七绝2首的诗题是《夜深》、《寄邻庄道侣》。其中七绝《夜深》见于《全唐诗》本《香奁集》第20首，也见于关中丛书本《香奁集》卷上第20首，又见于洪迈《万首唐人绝句》卷五十第7首，但不见于文渊阁四库全书本《韩内翰别集》。《才调集》所选5首中的其他4首诗均见于《韩内翰别集》。

韩偓诗的第二次出现，见于北宋王安石（1021—1086）、宋敏求（1019—1079）所编的《唐百家诗选》一书。《唐百家诗选》的成书时间最晚也在1086年王安石去世之前。《唐百家诗选》选韩偓诗59首。将《唐百家诗选》所选韩偓59首诗与《韩内翰别集》中的韩偓诗相对照可知，59首中的前18首见《韩内翰别集》的前39首，是按顺序选的。从第19首开始，在《韩内翰别集》中的顺序有点乱了。《唐百家诗选》从第37首到第45首这9首诗见于《韩内翰别集》的第137首至第145首这9首诗，即《唐百家诗选》对《韩内翰别集》这9首诗是全选的。将《唐百家诗选》所收韩偓诗与《才调集》所收韩偓诗相对照可知，《唐百家诗选》选收了《才调集》所收韩偓5首诗中的4首，而漏掉了《才调集》的第4首《夜深》（七绝诗）。可见，《韩内翰别集》和《唐百家诗选》皆未用《才调集》。即《唐百家诗选》和《韩内翰别集》这二书收集《才调集》5首诗中的4首，是一种巧合。由此可见《韩内翰别集》收录韩偓诗是相当完备的（从《才调集》这个个案看，其完备的程度达到了百分之八十的水平）。《唐百家诗选》所收韩偓诗59首全在《韩内翰别集》之内。由此可推出，或者《唐百家诗选》编写时所用的底本就是《韩内翰别集》（含242首诗），或者与《韩内翰别集》所用的底本是一样的。由此可以看出，或者北宋王安石、宋敏求选《唐百家诗选》时使用了《韩内翰别集》，那么，《韩内翰别集》就是北宋本；或者王安石、宋敏求选《唐百家诗选》时所使用的本子和《韩内翰别集》所用的底本相同，那就是说，《韩内翰别集》的底本是北宋本。这就是说，除《香奁集》之外的韩偓诗，在北宋无疑是有一个本子的，其收录韩偓诗的完备程度，达到了百分之八十的水平。

韩偓诗的第三次出现，见于1041年成书的《崇文总目》。《崇文总目》（粤雅堂丛书本）卷五（影印文渊阁四库全书本卷十二）"别集四"云："《韩偓诗》一卷。"① 依据《崇文总目》的惯例，如果一个人的集子有书名，即照书名抄录；如果无书名，那就命名为"某某诗"。例如，《崇文总目》卷十二（原卷六十二）"韩偓诗"之前的二书是"《杜荀鹤诗集》一卷"，在"韩偓诗"之后的二书是"《甲乙集》十卷"。由此可知，《崇文总目》之所以登录为"韩偓诗一卷"，是因为当时韩偓的诗没有编成集子，只是一些零散的手稿而已，或者虽然编成了集子，但是没有题写书名。

韩偓诗的第四次出现，见于1060年成书的《新唐书》。该书卷六十艺文

---

① 中华书局编辑部编：《宋元明清书目题跋丛刊》（全19册），中华书局2006年版，第1册，第194页。

志第五十"别集类"云："《韩偓诗》一卷，又《香奁集》一卷。"① 这里
"《韩偓诗》一卷"的记载，应当是抄写了《崇文总目》的材料，然后添上了
欧阳修、宋祁看到或知闻的韩偓"《香奁集》一卷"。据《四库全书总目》卷
八十五《崇文总目·提要》知，1034 年删补四馆书的三个人是张观、李淑、
宋祁，校正条目、讨论撰次后编成《崇文总目》66 卷并于 1041 年献上的人是
王尧臣、王洙、欧阳修。② 1041 年王尧臣、王洙、欧阳修等献上的《崇文总
目》著录"韩偓诗一卷"，应当是没有看到韩偓的《香奁集》，或者看到了觉
得《香奁集》应该属于被"废"的一类（尽管这事情是张观、李淑、宋祁等
做的事情），于是就没有记录《香奁集》一卷，到 1060 年《新唐书》上进时，
宋祁或者欧阳修就把"《香奁集》一卷"记录进来了。

　　韩偓诗的第五次出现，见于北宋刻本《香奁集》二卷。北宋刻本《香奁
集》二卷在北宋后未见出现过，其详情只能在南宋孝宗时学者薛季宣
（1134—1173）所写的《香奁集叙》中找到一些。薛季宣《浪语集》卷三十
《香奁集叙》云："韩偓《香奁集》二卷。蜀本诗一百一篇。京本诗赋二篇，
诗一百七篇，曲调二章。秘阁本同，亡诗十篇。三家篇什相糅莒，差次不伦，
以雠比除复重定，著赋、诗、曲、词一百十二，以朱墨辨。阁、京本皆已刊正
可传。偓字致尧，唐翰林学士承旨，朱全忠颛命后，偓行礼为简傲，放外以
死。事见唐传。曰字致光者，讹也。偓为诗有情致，形容能出人意表。有集二
卷，其一此书。晋相和凝亦尝著《香奁集》，皆委巷艳词，猥亵不可示儿，时
已有'曲子相公'之号。沈括（1031—1095）《笔谈》著论，乃以是为凝书。
陈正敏为辨之，设二事以验。谓吴融集有《和致光无题诗》二，与《香奁》
诗韵正同，而此集序中正载其事。一也。向尝于偓裔垧所见偓亲书所作诗卷，
其《袅娜》、《春尽》、《多情》等篇，多出卷中。二也。偓富才情，词致婉
丽，固非凝及。而《北梦琐言》载凝小词，布于汴洛，作相之后，收拾焚毁。
则凝之集，乃浮艳小词，安得遂以《香奁》为凝作。走（笔者按：不知此
'走'字是何意）谓正敏辩得矣。传称凝尝自刊己集为板本，而特谓《香奁
集》不行于时。行不行在凝，则此集为可知也。况诗与词曲，固有不言之辨。
其诗有岐下作者，而凝未尝在岐。《江表志》：'王延彬子继士，与偓子寅亮，
幼日通家，寅亮母尼即荐福院讲筵，偶见又别者也。'今诗亦在此什，则斯集
也为偓语，可不疑。夫人之著书，上世犹不免沿袭，《春秋》大典，亦有十数

　　① （宋）欧阳修、宋祁撰：《新唐书》（225 卷）（全 20 册），中华书局 1975 年版，第 6 册，卷
60，第 1614 页。

　　② （清）永瑢等撰：《四库全书总目》（200 卷），中华书局 1965 年版，卷 85，第 728 页。

家书，学者不究，谓何泛以名取，则晏吕之传为孔氏之经矣。以凝艳曲归偓集者，不几于此乎？信《笔谈》者虽甚，或于此必自有辨。年月日叙。"① 从薛季宣这篇文章可以看出，在北宋时，《香奁集》就有三个版本：蜀本、京本、秘阁本。蜀本有诗 101 篇；京本含诗 107 篇、诗赋 2 篇、曲调 2 章，一共 111 篇；秘阁本同京本，但是，秘阁本佚失了 10 篇诗。1936 年刊刻的《关中丛书》本《香奁集》含韩偓诗、赋、词共 95 题 108 篇，再加上《补遗》的 2 题 3 篇，共 97 题 111 篇。这与京本、秘阁本所收诗词数目是相合的，比薛季宣重新整理后的 112 篇少了一篇。薛季宣说京本、秘阁本已经"刊正可传"，可见他看到的京本、秘阁本确实已经刊刻了，而且刊刻的秘阁本还佚失了 10 篇诗，由此可以推测，秘阁本刊刻时间比较久了，从这个角度看，薛季宣看到的三个本子都应该是北宋刊刻，或者说，把薛季宣见到的三个本子视为北宋本是合理的。只是不知道民国时刊刻的《关中丛书》本《香奁集》在补遗了 2 题 3 篇后也是 111 篇，这个数目与宋代京本、秘阁本《香奁集》收录作品数目的重合是《关中丛书》本《香奁集》的编者受到宋代京本、秘阁本的影响呢，还是仅仅是一种巧合。

二　韩偓著作在南宋的流传

今未发现韩偓著作在南宋有过刊刻，故只能将其在南宋流传的轨迹作个简要勾勒。

韩偓诗在南宋的第一次出现，见于 1151 年至 1187 年成书的晁公武《郡斋读书志》。《郡斋读书志》卷十八"别集类中"云："《韩偓诗》二卷，《香奁集》一卷。"② 这是韩偓诗"二卷"之说的首次出现。《韩偓诗》从一卷到二卷的这个演变，很容易解释。此前（《郡斋读书志》之前）《崇文总目》、《新唐书》之所以云"《韩偓诗》一卷"，可能是没分卷，于是就认为是一卷，而晁公武登记书目时觉得韩偓诗的数量太多了，不分卷显然是不方便的，于是就分为二卷。这就像下文即将讲到的韩偓《香奁集》只有一百余首诗，但卷数有一卷、二卷、三卷三种分法一样，而且这样的例子很多，这就说明古书卷数的离合是普遍现象，不能认为晁公武所著录的"《韩偓诗》二卷"和《崇文总目》、《新唐书》著录的"《韩偓诗》一卷"是不同的二种书，也不能认为"韩偓诗二卷"的诗比"韩偓诗一卷"的诗多了一倍。"韩偓诗二卷"和"韩

---

① （宋）薛季宣撰：《浪语集》，景印文渊阁四库全书本，卷 30。

② （宋）晁公武撰，孙猛校证：《郡斋读书志校证》（20 卷），上海古籍出版社 1990 年版，卷 18，第 931 页。

偓诗"一卷的区别，仅仅是分卷的不同。

韩偓诗在南宋的第二次出现，见于最晚 1194 年成书的尤袤《遂初堂书目》。《遂初堂书目》"别集类"云："《韩偓集》，《杜荀鹤集》，韩偓《香奁集》。"① 这里出现了韩偓著作的一个新名字 "《韩偓集》"，但要注意，这是道光二十六年丙子岁（1846）番禺潘仕成辑刊《海山仙馆丛书》本《遂初堂书目》著录韩偓著作时才出现的书名，而《文渊阁四库全书》本《遂初堂书目》"别集类"的著录是："韩偓、司空图、杜荀鹤、韩偓《香奁集》。"② 依据《文渊阁四库全书》本《遂初堂书目》的惯例，著录为"韩偓"，即 "《韩偓诗》"或"《韩偓集》"的简称，《海山仙馆丛书》本《遂初堂书目》将"韩偓"变为"韩偓集"，应当是出于《海山仙馆丛书》辑刊者潘仕成的认定和改定，不能认为潘仕成确实看到一本题名《韩偓集》的书。还有，《韩偓诗》也好，《韩偓集》也好，都是对尚未编定和命名的韩偓诗的一个暂时的称呼，并不是说当时就有一本题名为《韩偓诗》或者《韩偓集》的书。这就是说，1846 年《海山仙馆丛书》本《遂初堂书目》出现的韩偓著作的新名字《韩偓集》和《崇文总目》、《新唐书》、《郡斋读书志》三书著录的 "《韩偓诗》"是同一种书。由此可见，《遂初堂书目》的不同版本著录韩偓著作的价值在于，以"韩偓"或者"韩偓集"的书名再次证明除《香奁集》之外的韩偓诗在宋代以前和宋代是没有固定的书名的。另外，《文渊阁四库全书》本《遂初堂书目》在"韩偓"和"韩偓《香奁集》"之间多出两个人的集子、《海山仙馆丛书》本《遂初堂书目》在"《韩偓集》"和"韩偓《香奁集》"之间多出一个人的集子，仅仅是排序上的一时不慎，应该没有什么特别的含义。

韩偓诗在南宋的第三次出现，见于 1262 年成书的陈振孙《直斋书录解题》。《直斋书录解题》卷十九"诗集类上"云："《香奁集》二卷，《入内廷后诗集》一卷，《别集》三卷。唐翰林学士韩偓致光撰。"③ 这次出现的韩偓著作，在书的种数和诗的数量两方面均有了较大的变化，或者说均有了实质性的变化。先对韩偓著作在此前四种公私目录书中的著录作个简要回顾：《崇文总目》只有 1 种 1 卷，《新唐书》有 2 种 2 卷，晁公武《郡斋读书志》有 2 种

---

① 中华书局编辑部编：《宋元明清书目题跋丛刊》（全 19 册），中华书局 2006 年版，第 1 册，第 496 页。

② （宋）尤袤撰：《遂初堂书目》（不分卷），景印文渊阁四库全书本，"别集类"。

③ （宋）陈振孙著，徐小蛮、顾美华点校：《直斋书录解题》（22 卷），上海古籍出版社 1987 年版，第 575 页。

3 卷，《遂初堂书目》有 2 种，均不言卷数。可见，在《直斋书录解题》之前的四种公私目录登录的韩偓著作最多也只有 2 种 3 卷。可是，到了 1262 年成书的《直斋书录解题》，就变成了 3 种 6 卷。该怎么解释韩偓著作著录时种数和卷数的变化呢？能否据此断定陈振孙《直斋书录解题》所收韩偓著作在篇幅上或数量上比以前多了一倍甚至更多呢？先回答第二个问题：不能。再探讨第一个问题，弄清陈振孙《直斋书录解题》登录韩偓著作时种数和卷数变化的奥秘。就种数而言，之前的四种公私目录登录韩偓著作顶多 2 种（《韩偓诗》1 种、《香奁集》1 种），陈振孙《直斋书录解题》著录的有 3 种，听起来多了 1 种，但是，《直斋书录解题》著录的一卷本的"《入内廷后诗集》"和三卷本的《别集》，都是以前没有出现过的书名，而以前出现过的书名《韩偓诗》，又为《直斋书录解题》所没有。于是，种数的变化就可以这样解释了：之前著录的《韩偓诗》一卷、《韩偓诗》二卷是同一种书，其内容包含了除《香奁集》之外韩偓所有的诗，这"所有的诗"中，韩偓写于为翰林时的诗因为在某些方面（例如韩偓记得比较清楚、和国家大事关系比较密切等）比较突出或特别，而被韩偓自己或者替韩偓编诗的人归为一类、放到一起，这些韩偓为翰林时的诗自然就引起了人们的注意和重视，于是，有人就将韩偓为翰林时的诗单独抄录下来，这就是韩偓"《入内廷后诗集》"的来历。有了单独抄录到一起的《入内廷后诗集》（今天称这种本子为"单行本"），韩偓除《香奁集》诗之外的所有诗仍然被收集于除《香奁集》诗之外韩偓所有诗的集子（就是说，这个集子包含韩偓为翰林时的诗和为翰林时所写诗之外的诗），这个集子在《崇文总目》、《新唐书》、《郡斋读书志》中是被称为《韩偓诗》的，而陈振孙不想用《韩偓诗》这样的书名了（注意，《韩偓诗》这样的书名本来就不是正式的书名），于是，他就著录为《别集》。这个"《别集》"之"别"，并不是相对于《入内廷后诗集》而言，而是相对于《诗经》、《楚辞》这类"总集"而言的。就是说，所谓韩偓"《别集》"，实际上就是《韩偓诗》（也可以称为《韩偓集》，还可以称为《韩偓诗集》）之类的书名，其内容是包含除《香奁集》之外韩偓所有的诗的。这样的解释是成立的。当然，认为韩偓"《别集》"之"别"，是相对于《入内廷后诗集》而言的，即韩偓《别集》包含的诗是除《香奁集》、《入内廷后诗集》外韩偓所有的诗，这样的解释，也不能说不成立，只是"别集"的这种含义在目录学史上应该是罕见的（不敢说没有）。就卷数而言，解释起来更简单，而且对理解种数的变化很有帮助。《香奁集》首次出现于《新唐书》，是一卷；第二次出现于《郡斋读书志》，也是一卷；第三次出现于《遂初堂书目》，不言卷数，实际仍是一卷。《香奁集》第四次出现于《直斋书录解题》中时，就变成了二卷。这是继南宋学者薛季宣《浪语集》提到北宋有三本"《香奁集》二卷"之后，二卷本《香奁集》的又一次出现。《香奁集》著录于《直斋书录解题》时在卷数上的这个变化和《韩偓诗》著录于《郡斋读书志》时在卷数上变化的幅度是一样的：都是由一卷变为二卷；变化的理由也是一样的：一卷本所含诗的数量太多了，故分为二卷。可见，之前的公私目录登录的《香奁集》一卷和陈振孙《直斋书录解题》著录的《香奁集》二卷是同一种书，其区别仅仅在于分卷的不同。当然，陈振孙《直斋书录解题》著录"《香奁集》二卷"的另一个解释是，陈振孙看到的《香奁集》正是南宋初学者薛季宣《浪语集》提到的《香奁集》，卷数正是二卷。这就是说，分为二卷不是陈振孙干的，陈振孙只是照录而已。这种解释是成立的。但薛季宣提到的北宋本《香奁集》二卷的分法仍然需要解释，其解释也可以是：因为诗太多，作为一卷不方便，于是分为二卷。《香奁集》一共 105 首诗，分为二卷则每卷 50 余首诗，而今日能够看出韩偓为翰林时的诗不足 50 首，故只能是一卷，于是，《入内廷后诗集》为一卷。今知《韩翰林别集》有 242 首诗，分为三卷，则每卷 80 余首诗，数量够多，于是，《韩翰林别集》分为三卷。上文论述韩偓著作在南宋的第一次出现时已经说过，1151 年—1187 年晁公武《郡斋读书志》所说的"《韩偓诗》二卷"和 1041 年《崇文总目》、1060 年《新唐书》二书所说的"《韩偓诗》一卷"是同一种书，其区别仅仅是分卷的不同而已；刚才又说韩偓《别集》的含义就是《韩偓诗》、《韩偓集》、《韩偓诗集》之类除《香奁集》外韩偓所有的诗。结合此二点可知，1262 年陈振孙《直斋书录解题》所说的"《别集》三卷"和晁公武所说的"《韩偓诗》二卷"、《崇文总目》和《新唐书》二书所说的"《韩偓诗》一卷"在收诗的数量上也应该相同或者基本相同，其区别仅仅是或者主要是分卷的不同。或问：一卷（《韩偓诗》一卷）和三卷（韩偓《别集》三卷）在收诗的数量上是相同或基本相同的，这可能吗？回答是：完全可能。例如《香奁集》的一卷本、二卷本和三卷本在收诗的数量上就完全相同，其他的例子就更多了，举不胜举，故不赘。分析至此，就可以知道陈振孙《直斋书录解题》著录韩偓著作时真正有价值的贡献是多出了《入内廷后诗集》一卷，尽管这《入内廷后诗集》中的诗是被包含于（至少是完全可能被包含于）《别集》三卷中的。

三　韩偓著作在元代的流传

韩偓诗在元代的第一次出现，见于 1319 年成书的元马端临《文献通考》。《文献通考》卷二百四十三经籍考七十"集·诗集"云："《韩偓诗》二卷，

《香奁集》一卷。晁氏曰……"①。可见，关于韩偓著作，马端临《文献通考》的记载于《崇文总目》、《新唐书·艺文志》、《通志》、《郡斋读书志》、《遂初堂书目》、《直斋书录解题》六种史志或公私目录书中仅采用了晁公武《郡斋读书志》的说法，于是，在著录了"《韩偓诗》二卷、《香奁集》一卷"之后，马端临立刻说"晁氏曰"。晁公武的话上文已引，故省略。需要补充的是，可能是因为《香奁集》的作者有韩偓、和凝两种说法，为了有助于弄清此两种说法的真伪，马端临引用了晁公武的话之后，还引用了叶梦得（石林叶氏）的两段话以证明《香奁集》的作者确实是韩偓，而不是和凝。这两段话在辨析《香奁集》作者问题时有引用，故此处省略。马端临《文献通考》关于韩偓著作的著录，除有助于辨析《香奁集》作者为谁的问题外，还有一个价值，那就是，从马端临舍弃陈振孙《直斋书录解题》关于韩偓著作的3种6卷的著录而采用了晁公武《郡斋读书志》关于韩偓著作2种3卷的著录可以看出，马端临也认为，陈振孙的著录没有增加什么实质性的内容，连陈振孙《直斋书录解题》关于韩偓著作最有价值的著录"《入内廷后诗集》一卷"也是包含在韩偓"《别集》三卷"中的。

　　韩偓诗在元代的第二次出现，见于1343年成书的元脱脱等《宋史》。《宋史》卷二百八艺文七"别集类"云："《韩偓诗》一卷，又《入翰林后诗》一卷。"② 又云："韩偓《香奁小集》一卷，又《别集》三卷。"③ 元代史臣这种著录是抄录前代史志和公私藏书目录，并不要求元代史臣目见所著录的书。明白了这个道理后，再分析《宋史·艺文志》的记载。"《韩偓诗》一卷"如果不是元代史臣对《崇文总目》和《新唐书·艺文志》的直接抄录，那也是间接抄录，即《崇文总目》和《新唐书·艺文志》所云"韩偓诗一卷"是后来各书所云"韩偓诗一卷"之说的源头。"《入翰林后诗》一卷"显然不是对《直斋书录解题》所云"《入内廷后诗集》一卷"的抄录，但其内容肯定与"《入内廷后诗集》一卷"完全相同，所不同的，仅仅是书名。这就证明，韩偓为翰林时的诗从《韩偓诗》一卷（或二卷）或者《别集》三卷中独立出来被抄录到一起，不是出于一个人，所以，就出现了"《入内廷后诗集》一卷"和"《入翰林后诗》一卷"这种书名的不同。"《香奁小集》一卷"和"《香奁集》一卷"肯定是同一种书，因为《香奁集》仅有100余首（105首）诗，

---

① （元）马端临撰：《文献通考》（348卷），中华书局1986年版，卷243，第1923页。

② （元）脱脱等撰：《宋史》（496卷）（全40册），中华书局1985年版，第16册，卷208，5334页。

③ 同上书，第5345页。

故称为"小集"是可以的。"《别集》三卷"显然是对陈振孙《直斋书录解题》著录语的袭用。上文已经说过,《别集》三卷和《韩偓诗》一卷所含诗在篇幅上是相同的,连"《入翰林后诗》一卷"也包含在《韩偓诗》一卷或《别集》三卷中,可见,《宋史·艺文志》的著录有点重复(和《文献通考》相比,这种重复就更为明显),这算不算编书时的疏漏或失误呢?不算。书名不同、卷数不同或其他方面不同(例如刊刻者、注释者等),就可以认为是不同的书而一视同仁地著录于《艺文志》中,元代史臣关于韩偓著作的著录正是这么做的。可见,《宋史·艺文志》著录韩偓著作的价值在于:第一,说明韩偓著作的几种书名一直流传到元代史臣编纂《宋史》的时代。第二,说明韩偓为翰林时的诗抄录到一起,书名是不固定的。第三,说明"《香奁集》一卷"的另一个称呼是"《香奁小集》一卷"。

四 韩偓著作在明代的流传

据今存材料可知,韩偓著作在明代有一个抄本、三个刻本。一个抄本就是吴宽(1435—1504)丛书堂抄本《韩内翰别集》一卷《补遗》一卷,此本未见,其面目为毛晋刻本所继承(因为毛晋刻本即据此本而来)。明代三个刻本中,一个为姜道生所刻《香奁集》一卷,另一个为毛晋汲古阁所刻《香奁集》一卷,还有一个为毛晋汲古阁所刻《韩内翰别集》一卷、《补遗》一卷。韩偓著作在明代的这三个本子的刊刻时间相若,均在明朝晚期。

第一个明刻本在国家图书馆馆藏目录中是这样著录的:"《唐翰林学士中书舍人韩致光香奁集》(善本)一卷,唐韩偓撰,刻本。出版项:姜道生,明(1368—1644)。丛编项:《唐三家集》(九卷)。9 行 19 字,白口,四周单边。索书号:02564。"此本有缩微制品。需要注意的是,《唐三家集》(九卷)丛书,《中国丛书综录》、《中国丛书广录》、《中国丛书综录续编》这三种丛书汇编目录书均漏收,需要补登进去。还有,《中国丛书广录》对此本的刊刻时间等信息有更详细的记载:"《唐中晚名家诗集》丛书,明姜道生编,明天启四年(1624)云阳姜氏自刻本,韩致光《香奁集》一卷,唐韩偓撰。……按:台湾'中央图书馆'有藏。"①

第二个明刻本是明毛晋汲古阁刊刻的《五唐人诗集》丛书(或《五唐人集》丛书)本《香奁集》一卷。此刻本的行款也是 9 行 19 字本。此刻本在国家图书馆有两个善本,索书号是 16931 和 00311。此本至今被影印过两次。一次是民国十五年(1926)上海商务印书馆影印的《五唐人集》丛书本,国家

---

① 阳海清编撰、陈彰璜参编:《中国丛书广录》,湖北人民出版社 1999 年版,第 768 页。

图书馆有藏，为普通古籍，索书号为 97317：5。一次是上海医学书局影印，国家图书馆藏书目录著录云"据明崇祯间海虞毛氏刻本影印"，丛编项也是"五唐人集"。但索书号找不到。国家图书馆索书号（胶卷索引号）为 16391 的胶卷乃《五唐人诗集》（26 卷）丛书本，为毛晋编、毛晋汲古阁刻，可是无屈大均跋。索书号为 00311 的本子被国家图书馆馆藏目录著录为"唐人诗集本"，所谓"唐人诗集本"，显然是"《五唐人诗集》本"之误。此 00311 本《香奁集》卷尾有毛晋跋、傅增湘过录的屈大均跋、傅增湘跋。毛晋跋以"沈梦溪云"开头，谈《香奁集》作者问题，与版本源流考辨无关，故不引。屈大均跋（系傅增湘过录屈大均跋）云："《唐书·艺文志》载《韩偓集》一卷、《香奁集》一卷。晁公武《读书志》：《韩偓诗》二卷，《香奁诗》无卷数。辛丑岁（1661）游鸳湖，偕竹垞朱丈，访南州草堂徐氏，得睹宋椠本《香奁集》，计古今体诗一百一首、《拾遗》四首，无卷数，与晁志合，即席借钞，珍存行箧。是集闻有谓和凝嫁名者，试开卷批读，夫岂彼夸痴者之所能哉？番禺屈大均记。"① 这里一个重要信息是，1661 年，屈大均看到了宋刻本《香奁集》，可是，此宋刻本《香奁集》今未见，今存《香奁集》的最早刻本就是明天启四年（1624）姜道生刻本和明末毛晋汲古阁刻本。傅增湘跋语有二则，第二则对考辨版本源流尤其有用，故抄引如下："己未（1919）残腊，厂肆新开小肆，运来粤东伦氏书，检取此本。末有翁山跋语，谓照宋本钞出，因校于毛刻上，次第不同，字句亦颇多改定。此刻缺诗四首，并钞于其后。洵善本也。记昔年借涵芬楼钞本，《玉山樵人》、《香奁集》亦系分体本，曾记章式之校于席刻上。今此本异同，似与涵芬楼本相合，疑其同出一源也。暇当合两本订正之。初九日（笔者按：即 1919 年农历十二月九日）增湘记。"② 可见，屈大均（字翁山）以宋刻本《香奁集》为底本的抄本落到广东伦明（1875—1944）手里，然后才被傅增湘得到（今藏北京大学图书馆）。

　　第三个明刻本是明末毛晋汲古阁刊刻的《唐人六集》丛书（又名《唐六名家集》丛书、《六唐人诗》丛书）本《韩内翰别集》一卷、《补遗》一卷。此刻本国家图书馆有藏，包含善本二个，普通古籍一个。二个善本的索书号是17094（有缩微制品）和 A03289（未见有缩微制品）。一个普通古籍的索书号是 t587：4。此本毛晋跋语中与版本源流考辨相关的话有这些："……《艺文志》载诗一卷，《香奁集》一卷。余梓《香奁》已十余年矣。兹吴匏庵丛书堂

---

① （唐）韩偓撰：《香奁集》，《五唐人诗集》丛书本，明末毛晋汲古阁刻本，国家图书馆有藏，索书号为 00311，卷尾。

② 同上。

抄别集,皆天复元年辛酉(901)五月入内庭后诗也。自辛酉(901)迄甲戌(914),凡十有四年,往往借自述入直扈从、贬斥复除,互叙朝廷播迁,奸雄篡弑始末。历状如镜,可补史传之缺。第乙卯(895)丙辰(896),未入翰苑,不知知(笔者按:疑衍一'知'字,影印文渊阁四库抄本即仅有一个'知'字)何人混入。惜未得庆历(1041—1048)间温陵所刻致光手书诗帖一订正耳。……当寓沙阳天王院岁余,其诗奚止蕴明一篇,若得章僚碑记,考其传外遗事,则群疑涣然冰泮云。隐湖毛晋(1599—1659)跋于续古草庐。"①可见,毛晋据明代吴宽(1435—1504)的丛书堂抄本刊刻,至于吴宽的抄本今何在?吴宽的抄本从何而来?这两个问题的答案皆不得而知。毛晋将明代吴宽丛书堂抄本"《韩内翰别集》一卷、补遗一卷"刻入《唐人六集》(41卷)丛书。9行19字,白口,左右双边。内容附注:附列传。索书号为"t587:4"。据国家图书馆馆藏目录知,国家图书馆藏有另一种毛晋汲古阁刻本"《韩内翰别集》一卷,《补遗》一卷",但是,该本书名页题《韩内翰诗集》,9行21字,小字单行44字,白口,左右双边。索书号为t2171。馆藏目录还著录此本的丛编项为"唐六名家集"。不知道是国家图书馆馆藏目录著录有误,还是毛晋真的有此二种行款不同的刻本,存此备考。毛晋汲古阁刊刻的这个《韩内翰别集》(普通古籍)一卷,补遗一卷,(上海)商务印书馆民国十五年(1926)有《唐六名家集》丛编影印本,系据明崇祯间海虞毛氏汲古阁刻本影印,索书号为96923:6。文渊阁四库全书本亦名《韩内翰别集》,为8行21字本,小字双行同,卷数也是一卷,卷尾有毛晋此跋,应当就是从毛晋此刻本抄来的。补充一下,文渊阁四库本此《韩内翰别集》含韩偓诗227题239首,《补遗》一卷收录韩偓七言绝句5题5首。

五　韩偓著作在清代的传抄和刊刻情况

韩偓著作在清代的抄本有15种(其中2种在《中国古籍善本书目》中为"旧抄本",不知何时所抄,依据题跋等内容暂定为清代抄本),刻本有4种。

现依据传抄时间先后将15种清抄本排列如下(仅知为清抄本不知具体刊刻年代者列名于最后)。

第一种清抄本:《香奁集》一卷、《韩内翰别集》一卷,清初宋琬(1614—1674)抄本,清李观轼跋,8行18字,无格,今藏山东省图书馆。

第二种清抄本:《香奁集》不分卷,清康熙屈大均(1630—1696)抄本,

---

①　(唐)韩偓撰:《香奁集》,《唐人六集》丛书本,明末毛晋汲古阁刻本,国家图书馆有藏,索书号为t587:4,卷尾。

11 行 20 字至 21 字，无格，今藏北京大学图书馆。注意，此抄本的底本是宋本，故尤其重要。

第三种清抄本：《韩致尧翰林集》不分卷，《香奁集》不分卷，清吴兆宜（1672 年前后在世）注，清抄本，清纪昀（1724—1805）批校，10 行 21 字，小字双行同，白口，四周单边，今藏山西省图书馆。国家图书馆馆藏目录显示，此书国家图书馆藏有缩微制品，但是找不到缩微制品的索书号。

第四种清抄本：清初（1644—1722）抄《百家唐诗》丛书本《韩偓诗》（善本）一卷（有缩微制品），9 行 20 字或 22 字，蓝格，白口，四周双边，连接附注：百家唐诗，今藏国家图书馆，索书号为 08605。

第五种清抄本：乾隆四十六年辛丑岁（1781）三月抄成献上的《文渊阁四库全书》本《韩内翰别集》一卷，8 行 21 字，小字双行同。此本台湾商务印书馆 1983 年有影印本，在第 1083 册。

第六种清抄本：乾隆四十八年癸卯岁（1783）抄成献上的《文溯阁四库全书》本《韩内翰别集》一卷。《文溯阁四库全书》今藏甘肃省图书馆，据说保存完好。

第七种清抄本：乾隆四十九年甲辰岁（1784）四月抄成献上的《文津阁四库全书》本《韩内翰别集》一卷。行款为一页 21 行 21 字，小字双行同。此本商务印书馆 2005 年有影印本，在第 362 册。

第八种清抄本：乾隆五十三年戊申岁（1788）抄成献上的《文澜阁四库全书》丛书本《韩内翰别集》一卷。《文澜阁四库全书》今藏浙江图书馆。

第九种清抄本：《翰林集》四卷附录一卷，《香奁集》三卷附录一卷，清嘉庆（1796—1820）王氏麟后山房抄本，10 行 20 字，今藏厦门大学图书馆。

第十种清抄本：《翰林集》一卷、《香奁集》一卷，清抄本，清陈揆（1780—1825）校，12 行 25 字，小字双行同，无格，今藏国家图书馆。

第十一种清抄本：《韩翰林集》一卷、《香奁集》一卷，清丁丙（1832—1899）跋，今藏南京图书馆，行款不知。

第十二种清抄本：《翰林别集》一卷、《香奁集》一卷《补遗》一卷，清佚名校，清朱学勤跋，今藏上海图书馆。上海图书馆所藏此抄本的缩微制品只有此朱学勤跋本。

第十三种清抄本：《韩翰林诗别集》一卷，清抄本，今藏上海图书馆。

第十四种：旧抄本（时代不知）（即四部丛刊初编本）《玉山樵人集》（善本）一卷，《香奁集》（善本）一卷，9 行 24 字，白口，左右双边，今藏国家图书馆，索书号为 A02924。民国八年（1919）上海商务印书馆影印收入《四部丛刊初编》中，在第 777 册，民国十八年（1929）有重印本。注意国家图书馆藏书目录云此本《玉山樵人集》一卷有王国维校注。此本之《玉山樵人集》一卷和《香奁集》一卷均有缩微制品。

第十五种：旧抄本（年代不详）《香奁集》（普通古籍）三卷，附录一卷，10行20字，今藏国家图书馆，索书号为82092。

清刻本有以下四种。

第一种清刻本：清康熙间刘云份（1662—1722）野香堂刻《十三唐人诗》丛编本《香奁集》（善本）一卷、《韩偓诗》（善本）一卷，9行19字，白口，左右双边，国家图书馆有藏，索书号为00316。国家图书馆还藏有索书号为15426的一个刻本，也是刘云份刻，也是9行19字，也是《韩偓诗》一卷、《补遗》一卷，《香奁集》一卷，但是被收入刘云份编刻的《中晚唐诗》丛书中。国家图书馆藏有另一个索书号为t3721：5—6的刻本，也是刘云份野香堂刻本，9行19字，白口，左右双边，黄纸本。后边这二个刻本显然与第一个刻本一样，都是刘云份野香堂刊刻的9行19字本，故应该将这三个本子视为同一个本子。

第二种清刻本：清康熙四十一年（1702）席启寓编、席氏琴川书屋刻《唐诗百名家全集》丛书（又名《唐人百家诗》丛书）本《韩内翰香奁集》（善本）三卷、《韩翰林诗集》（善本）一卷，10行18字，国家图书馆有藏，索书号为00317。国家图书馆还藏有《韩内翰香奁集》三卷的一个普通本《韩内翰香奁集》三卷，行款为10行18字，小字双行同，白口，左右双边，单鱼尾，索书号为101312；另，此本有清光绪八年（1882）重修本《韩内翰香奁集》（普通古籍）三卷，10行18字，小字双行27字，白口，左右双边，单鱼尾，索书号为90038：52。民国九年（1920），上海席氏扫叶山房又有此本的石印本，国家图书馆有藏，索书号为36485：34。国图还藏有《韩翰林诗集》一卷的一个普通本，行款为10行18字，小字双行28字，白口，左右双边，单鱼尾，索书号为100407。注意：此本应该是光绪十八年（1892）席氏重修后的刻本。

第三种清刻本：清嘉庆十五年庚午岁（1810）《王氏汇刻唐人集七种》丛书本《香奁集》（普通古籍）三卷附录一卷，《翰林集》四卷（普通古籍）附录一卷。此本为清王遐春辑，福鼎王遐春麟后山房刊刻，国图索书号为10248：9，此本行款为10行20字，小字双行同，黑口，左右双边，双鱼尾。注意：《续修四库全书》第1313册（上海古籍出版社2002年影印）有此1810年王遐春麟后山房刻本《翰林集》四卷附录一卷（此附录系辑刻15种书中关于韩偓的17则内容），后有"庚午秋"（1810年秋）福鼎后学王学贞题的《书后》，但没有麟后山房本《香奁集》三卷，不知续修四库全书为何不影印麟后山房本《香奁集》三卷。

第四种清刻本：《一枝轩四种》丛书本《香奁集》二卷。据《中国丛书综录》知，《一枝轩四种》丛书系清□□辑，清道光七年（1827）刊本。[①] 笔者未见此本，其详情只能存疑。

六　韩偓著作民国以来的传抄和刊刻

韩偓著作民国以来只有二个刻本。

一个刻本是民国十一年壬戌岁（1922）刊刻、有清吴汝纶评注的《翰林集》三卷、《补遗》一卷。那么，刊刻者是谁呢？《文献家通考》云：吴汝纶有一个弟子名贺涛（1849—1912），贺涛的儿子名贺性存，贺性存将吴汝纶评点的书搜刻殆尽；贺氏之书被其后裔贺孔才于1949年捐赠北平图书馆。[②] 可见，民国十一年《翰林集》三卷、《补遗》一卷的刊刻者是贺性存；国家图书馆今藏民国十一年（1922）贺性存刊刻的《翰林集》三卷、《补遗》一卷是贺孔才1949年捐献的。该书在国图索书号为89861、93746。另外，国图索书号8546：50者为吴汝伦评注《翰林集》三卷《补遗》一卷的铅印本，国图藏书目录将此铅印本的年份标为1912年，显然有误，特此提出以备考。

另一个刻本是1936年刊刻的《关中丛书》本。此刻本系宋联奎等人把民国十一年（1922）贺性存刊刻的《翰林集》三卷、《补遗》一卷重新刊刻一次，并补刻了《香奁集》三卷，然后将此二书（《翰林集》三卷《补遗》一卷；《香奁集》三卷）一起收入《关中丛书》中。《关中丛书》本的行款为10行22字，小字双行同，左右双边，单鱼尾，卷首有大约与吴汝纶（1840—1903）同时或稍后的冀州赵衡撰写的《韩翰林集叙》。《关中丛书》本《翰林集》三卷《补遗》一卷、《香奁集》三卷被影印收录于《丛书集成续编》第100册，故比较常见易得。《关中丛书》本《韩翰林集》三卷《补遗》一卷卷末《原跋》有"先大夫"的话，最后又署名"阖生既为雠校，爰敬识于壬戌（1921）秋七月，阖生谨记"，这就说明作跋者为吴汝纶（1840—1903）子吴阖生。吴阖生原跋后有长安宋联奎、蒲城王健、江宁吴廷锡民国二十五年（1936）一月校跋，此三人共同署名的校跋刻于《关中丛书》本《韩翰林集》后显然不合适，因为校跋中云"右《韩翰林集》三卷、《香奁集》三卷，附补遗"，《香奁集》在此校跋后，不是"右"，是"左"，总之，民国二十五年（1936）《关中丛书》本宋、王、吴三人共同署名之跋刻错了地方。此本《香

---

① 上海图书馆编：《中国丛书综录》（一），上海古籍出版社1986年版，第168页。

② 郑伟章：《文献家通考》（清—现代），中华书局1999年版，第1180页。

奁集》收诗共97题111首，其中含赋2题2首，另有七言断句2句。此《香奁集》是10行22字，左右双边，单鱼尾。此《香奁集》实无吴汝纶评注，宋联奎、王健、吴廷锡所说有吴汝纶评注是错误的。

韩偓著作民国以来除上述二个刻本外，再未见有其他刻本，重印本倒是有一些。这些重印本上文已经提到一些，现在总结和补充如下：民国八年（1919）初次影印、民国十八年（1929）重印的《四部丛刊初编》本《玉山樵人集》一卷、《香奁集》一卷（二书均据旧抄本影印）；民国九年（1920）上海席氏扫叶山房以石印本的形式出版的《唐诗百名家全集》本《韩翰林诗集》一卷；民国十六年到十七年（1927—1928）以石印本和铅印本的形式出版的《海宁王忠悫公遗书》本《香奁词》一卷，此本国家图书馆有藏，索书号为10257：36；1983年台湾商务印书馆影印出版的《文渊阁四库全书》本《韩内翰别集》一卷；1988年台北新文丰出版公司影印出版的《丛书集成续编》本《韩翰林集》三卷《补遗》一卷、《香奁集》三卷；2002年上海古籍出版社影印出版的《续修四库全书》本《香奁集》三卷附录一卷、《翰林集》四卷附录一卷；2005年商务印书馆影印出版的《文津阁四库全书》本《韩内翰别集》一卷。

综上所述，韩偓著作在北宋就有《香奁集》刻本问世，宋本《香奁集》在清初时还曾被屈大均等人看到，但宋本《香奁集》在南宋至清代极少被目录学家著录，清初后，宋刻本《香奁集》就失传了。《香奁集》之外的韩偓诗在宋元两代不但未见被人刊刻，而且连一个有固定书名的编定本都没有，以至于在自《崇文总目》至《宋史》的多种宋元史志或目录书中，韩偓诗不仅卷数有多种说法，而且书名也有多种说法。今知最早的韩偓诗刻本是明末毛晋汲古阁刊刻的《唐人六集》丛书（又名《唐六名家集》丛书、《六唐人诗》丛书）本《韩内翰别集》一卷、《补遗》一卷；常见易得的韩偓诗版本有：《四部丛刊初编》影印本、《文渊阁四库全书》影印本、《文津阁四库全书》影印本、《续修四库全书》影印本、《丛书集成初编》影印本。今存韩偓诗的清抄本多达15种，仅有1种（旧抄本）被影印收入《四部丛刊初编》丛书中，尚有14种清抄本需要通过影印或其他方式出版以广其传。

附：闽国韩偓集部著作流传过程版本源流示意图之一
韩偓《香奁集》流传过程和版本源流示意图

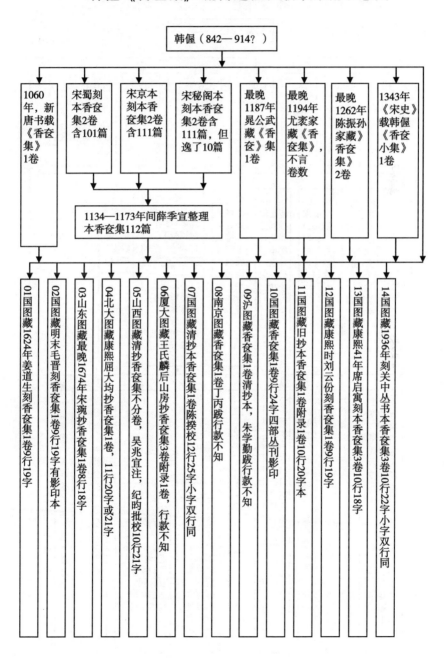

附：闽国韩偓集部著作流传过程和版本源流示意图之二
《韩偓诗》流传过程和版本源流示意图

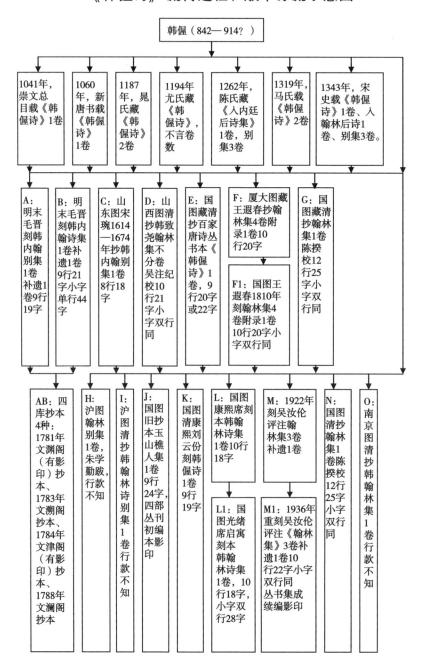

第十九章 闽国徐寅集部著作流传过程和版本源流考辨

徐寅，一作徐夤，生卒年不详，字昭梦，莆田（今属福建）人。唐昭宗乾宁元年（894）登进士第，释褐为秘书省正字。徐寅为闽国著名诗人之一，有著作 5 种 11 卷，存 2 种 4 卷。现对其集部著作流传过程和版本源流考辨如下。

一

徐寅著作的第一次出现，见于 1041 年成书的《崇文总目》。《崇文总目》（影印文渊阁四库全书本）卷十二"别集五"云："《探龙集》一卷、《徐寅赋》一卷（缺）。"《崇文总目》（粤雅堂丛书本）卷五"别集类五"云："《探龙集》一卷，徐寅撰"①，又云："徐寅赋一卷"②。

徐寅著作的第二次出现，见于建炎三年（1129）三月其族孙徐师仁为《唐秘书省正字先辈徐公钓矶文集》所写的序（后人称《古序》），其中对研究徐寅著作版本有用的话是："……按，《崇文总目》：'《正字赋》五卷、《探龙集》一卷，题曰伪唐徐某撰。'正字实未尝仕伪唐也。师仁家故有赋五卷，《探龙集》五卷，正字自序其后；又于蔡君谟家得《雅道机要》一卷，又访于族人及好事者，得五言诗并绝句，合二百五十余首，以类相从，为八卷，并藏焉。……建炎三年（1129）三月序。"③ 徐师仁这话披露了三个信息。第一，《崇文总目》著录徐寅著作 2 种 6 卷，即"《徐寅赋》五卷，《探龙集》一卷。"可是，今存《崇文总目》的影印文渊阁四库全书本和《粤雅堂丛书》本均只有徐寅著作 2 种 2 卷。不知徐师仁所说的"正字赋五卷"是否应为 1 卷，

---

① 中华书局编辑部编：《宋元明清书目题跋丛刊》（全 19 册），中华书局 2006 年版，第 1 册，第 195 页。

② 同上书，第 197 页。

③ （唐）徐夤撰：《唐秘书省正字先辈徐公钓矶文集》，《四部丛刊三编》本（即钱遵王述古堂影宋抄本）卷首第一则。

录此备考。第二，他家里所藏的徐寅著作，不但徐寅的赋是 5 卷，而且《探龙集》也是 5 卷（其后还有徐寅的自序），还有《雅道机要》1 卷，再加上徐师仁编徐寅诗 250 余首为 8 卷，则徐寅文集共有 19 卷。第三，徐师仁编徐寅的诗（含五言诗和绝句）共 250 余首，徐师仁将这些诗分为 8 卷。可见，在徐师仁时代，徐寅的著作有赋 5 卷、《探龙集》5 卷、《雅道机要》1 卷、《徐寅诗》8 卷，总共为 19 卷。

徐寅著作的第三次出现，见于 1161 年成书的南宋郑樵《通志》。《通志》卷七十艺文略第八"赋"云："《徐寅赋》一卷（伪唐人）。又《探龙集》一卷。"① 郑樵此著录可能完全得自《崇文总目》，郑樵未必见过徐寅这二种著作。

徐寅著作的第四次出现，见于最晚 1262 年成书的陈振孙《直斋书录解题》。《直斋书录解题》卷二十二"文史类"云："《雅道机要》二卷。前卷不知何人，后卷称徐寅撰。"② 注意，从所在《直斋书录解题》中的"文史类"这个位置后可判断此书应该是讲诗格的书。

徐寅著作的第五次出现，见于 1319 年成书的元马端临《文献通考》。《文献通考》卷二百四十九经籍考七十六"集·文史"云："《雅道机要》二卷。陈氏曰：前卷不知何人，后卷称徐寅撰。"③ 在《文献通考》之前，著录徐寅著作的目录书有《崇文总目》、《通志》、《直斋书录解题》，而《文献通考》只引用了《直斋书录解题》而未采信《崇文总目》和《通志》，不知马端临为何要这样做，存疑于此备考。

徐寅著作的第六次出现，见于元仁宗延祐（1314—1320）年间徐玩序的《唐秘书省正字先辈徐公钓矶文集》十卷。徐玩序对《唐秘书省正字先辈徐公钓矶文集》的来源交代得很详细，故抄录如下：

> 文集者，八莆第五代祖先辈公所撰文也。公讳夤，字昭梦，登唐乾宁进士第，试《止戈为武赋》，魁天下，授秘书省正字。先辈，时人推尊之称也；钓矶，乃归隐适意处号也。予尝观旧谱载十二代著作佐郎赐紫鱼袋师仁公所著文集序云：先辈公文字颇多，家故有赋五卷，《探龙集》五卷，又于蔡君谟家得《雅道机要》一卷，诗二百五十余首，盖详论之，

---

① （宋）郑樵撰，王树民点校：《通志二十略》，中华书局 1995 年版，第 1785 页。

② （宋）陈振孙著，徐小蛮、顾美华点校：《直斋书录解题》（22 卷），上海古籍出版社 1987 年版，第 644 页。

③ （元）马端临撰：《文献通考》（348 卷），中华书局 1986 年版，卷 249，第 1965 页。

既有其序，时必有集，今皆亡失。故常郁郁不乐，凡对族人，惟以不得其文为忧叹。至延祐丁酉岁（笔者按：延祐为元仁宗年号，共七年，无丁酉岁，1237 年宋理宗赵昀嘉熙元年为丁酉岁），叔父司训公于洛如金桥林必载家得诗二百六十余首。复于巳亥岁（笔者按：巳亥，显然是"己亥"之误，嘉熙三年即1239 年为己亥岁），族叔祖道真公遗赋四十篇，不胜欣慰，合而宝之，后则屡求未能再得。洎迩岁尘事稍息，谨述世绪，声迹已详于谱牒。复读威武军殿中侍御史刘公山甫撰公墓志铭，谓公所著词赋，感动鬼神，搜括造化。又谓悲泣百灵，包罗万象，明珠无价，至道不文，穷达理性，讽诫浇浮，合先圣贤之意矣。读之至是，愈有所感，今则据其所得诗赋，暂编成卷，装潢类诸谱牒，合与族人暨诸君子共之。可以知吾祖先手泽尚存而流衍无穷，抑祝厥后子孙，勉而求之，以增是卷。庶不负吾故家文献之炫耀，遂书之以为后之识也。玩可珍谨识。①

由徐玩此序看，徐玩"合而宝之"的徐寅文集含徐寅诗 260 余首、赋 40 篇，卷数不知。因为元仁宗延祐（1314—1320）并无"丁酉岁"，故徐玩为何时人，难以断定，只能姑且认为是元仁宗延祐（1314—1320）时代的人。

需要注意的是，徐玩作序的徐寅著作的书名是什么，卷数是多少，徐玩未交代，只能从明抄本《唐秘书省正字先辈徐公钓矶文集》（十卷）（其上有徐玩序）一书推测其书名和卷数应该被明抄本所承袭，但也只是推测而已，具体如何，还是存疑为上。还有，今日未见徐寅著作有宋元本传世，徐寅著作传世最早的本子就是明抄本，以下先介绍明代本，再介绍明代以后的本子。

二

徐寅著作在明代只有三个抄本，无刻本

第一个明抄本是《唐秘书省正字先辈徐公钓矶文集》十卷，唐徐夤撰，此本今藏国家图书馆，善本，索书号为 A00544。相关附注：清钱曾校，8 行18—20 字，无格。据翁连溪编校《中国古籍善本总目》知，此本卷五配清抄本。②

第二个明抄本是《唐秘书省正字先辈徐公钓矶文集》十卷，徐夤撰，索

---

① （唐）徐夤撰：《唐秘书省正字先辈徐公钓矶文集》（10 卷），《四部丛刊三编》本（即钱遵王述古堂藏影宋抄本之影印本），卷首。

② 翁连溪编校：《中国古籍善本总目》（全7册，），线装书局 2005 年版，第 4 册，集部上，第1221 页。

书号为 08427。国家图书馆所藏此书仅有缩微制品，无纸质文本，真奇怪。又，不知何故，笔者居然没有记录此本行款（不排除忘记记录的可能）。

第三个明抄本是《唐秘书省正字先辈徐公钓矶文集》，十卷，存九卷，即存一至四、六至十，行款为 10 行 20 字，蓝格，白口，四周双边。此本的出处见翁连溪编校《中国古籍善本总目》①，不知此本与国家图书馆所藏索书号为 08427 的明抄本是否为同一种本子，录此存疑。

徐寅著作在清代有十二个抄本、四个刻本。

第一个清抄本是乾隆四十六年辛丑岁（1781）五月抄成献上的《文渊阁四库全书》本《徐正字诗赋》二卷，唐徐寅撰，8 行 21 字，署名"唐徐寅撰"。此本系四库馆臣从徐寅后人所编家乘附录本抄录，家乘附录本系徐寅后人从《唐音统签》、《文苑英华》抄录而来。

第二个清抄本是乾隆四十八年癸卯岁（1783）抄成献上的《文溯阁四库全书》本《徐正字诗赋》二卷。《文溯阁四库全书》今藏甘肃省图书馆，据说保存完好。

第三个清抄本是乾隆四十九年甲辰岁（1784）四月抄成献上的《文津阁四库全书》本《徐正字诗赋》二卷。行款为一页 21 行 21 字。此本商务印书馆 2005 年有影印本，在第 362 册。

第四个清抄本是乾隆五十三年戊申岁（1788）抄成献上的《文澜阁四库全书》本《徐正字诗赋》二卷。《文澜阁四库全书》今藏浙江图书馆。

第五个清抄本是《唐秘书省正字先辈徐公钓矶文集》十卷，唐徐夤撰，8 行 18 字，小字双行同，无格，今藏国家图书馆，为善本，索书号为 07013。不知其底本为何。

第六个清抄本是《唐秘书省正字先辈徐公钓矶文集》十卷，唐徐夤撰，8 行 19 字，无格，今藏国家图书馆，为善本，索书号为 06194。此书项目如下：书名、卷首刘喜海（1793—1853）跋、裔孙师仁序、裔孙玩可珍序、《唐秘书省正字先辈钓矶文集目录》（此行字下一长方印曰"燕庭藏书"。）、正文，正文后无卷尾。此抄本 8 行 19 字，偶有双行注，无行格。从目录看，首先是赋，最末一首赋目录云《伍员知姑苏台有游鹿》（缺），从卷第一至卷第五。其次是诗，从卷第六至卷第十，卷第六为长律 8 首五言律诗 21 首、七言绝诗 28 首，卷第七为七言律诗 52 首，卷第八为七言律诗 52 首，卷第九为七言律诗 52 首（第一首《偶吟》缺），卷第十为七言律诗 52 首。最后一首为《月》。

---

① 翁连溪编校：《中国古籍善本总目》（全 7 册），线装书局 2005 年版，第 4 册，集部上，第 1221 页。

刘喜海跋系转述四库馆臣给《徐正字诗赋》所写《提要》的话，未增加新的信息，故不引。

第七个清抄本是南京图书馆所藏的《唐秘书省正字先辈徐公钓矶文集》十卷，唐徐夤撰，有清丁丙跋。丁丙跋云："《唐秘书省正字先辈徐公钓矶文集》十卷（旧钞本。马笏斋藏书）。唐徐寅昭梦著。文澜阁有《徐正字诗赋》二卷。此为元延祐中裔孙玩可珍所辑十卷本。序云：公登唐乾宁进士第，试《止戈为武赋》，魁天下，授秘书省正字。先辈时人推尊之，称'钓矶'，乃归隐适意处号也。旧谱载十二代著作佐郎、赐紫鱼袋师仁序。又徐玩序云：'公文集有赋五卷、《探龙集》五卷，又于蔡君谟家得《雅道机要》一卷，诗二百五十余首。既有序，必有集，今皆亡失。至延祐丁酉，叔父司训公得诗二百六十余首，后于己亥岁族叔祖道真公遗赋四十篇，合而宝之。'即此本也。旧缺第五卷，此独全。惟威武军殿中侍郎御史刘山甫所撰墓志铭未附于后，《全唐文》尚有《均田赋》，《文苑英华》尚有《籍田赋》、《衡赋》，可待补遗也。寅或作夤，莆田人，《唐才子传》作大顺（890—891）三年蒋咏榜下进士及第。有'马玉堂印'、'笏斋藏本'两印。①"

第八个清抄本是广东省中山图书馆所藏的《唐秘书省正字先辈徐公钓矶文集》十卷，唐徐夤撰，清熙元校并跋，12 行 24 字。

第九个清抄本是北京大学图书馆所藏的《唐秘书省正字先辈徐公钓矶文集》十卷，唐徐夤撰，10 行 20 字，无格。

第十个清抄本是中山大学图书馆所藏的《唐秘书省正字先辈徐公钓矶文集》十卷，唐徐夤撰，10 行 20 字，黑口，四周单边。

第十一个清抄本是清陈文田编、清陈氏晚晴轩抄本《唐秘书省正字先辈徐公钓矶文集》十卷（存九卷），10 行 20 字，蓝口，蓝格，左右双边，今藏上海师范大学图书馆。

第十二个清抄本是《钓矶文集》十卷，据《中国古籍善本书目》和《中国古籍善本总目》知，此本藏华东师范大学图书馆，行款为 9 行 21 字。

第一个清刻本是清康熙四十一年（1702）东山席氏琴川书屋刊刻的《唐诗百名家全集》本（第四函）《徐昭梦诗集》三卷，唐徐夤撰，篆字木印。需要注意的是，据中国国家图书馆书目检索之著录可知，此本系"据宋本重刻"，国家图书馆有藏，为普通古籍，索书号为 t2119：22。此本光绪八年（1882）有重修本，10 行 18 字，小字双行 27 字，白口，左右双边，单鱼尾，

---

①　中华书局编辑部编：《宋元明清书目题跋丛刊》（全 19 册），中华书局 2006 年版，第 9 册，第 700 页。

国家图书馆有藏，索书号为 90038：56。民国九年（1920）上海席氏扫叶山房有石印本，国家图书馆有藏，索书号为 36485：37。笔者提醒一下，如果此席氏刻本真的是据宋本重刻，那么，此席刻本真该值得注意和使用了。因为据《中国古籍善本书目》和《中国古籍善本总目》知，徐寅著作存世的最早本子是明抄本，现在有一个刻本的来源居然是宋刻本（尽管是重刻，而不是影刻），其价值自然引人注意。

第二个清刻本是清康熙年间刘云份编、贞隐堂刊刻的《中晚唐诗》本《徐寅诗》一卷。《中晚唐诗》丛书本的行款不一，或 9 行 19 字，或 12 行 21 字，白口，左右双边。版心下分别镌"野香堂"、"贞隐堂"、"玉持堂"、"梦香阁"字样，国家图书馆、湖北省图书馆、江西大学图书馆有藏。

第三个是清龚贤编、清康熙半亩园刊刻的《中晚唐诗纪》本《晚唐徐寅诗》一卷。《中晚唐诗纪》丛书本半页 9 行 19 字，或半页 12 行，行 21 字，白口，左右双边。中国社科院文学所、上海师范大学、吉林大学、陕西师范大学、西安市文物管理委员会、湖北省图书馆、山东省图书馆、安徽师范大学图书馆、湖南师范大学图书馆等多馆有藏。

第四个清刻本是清嘉庆十五年（1810）福鼎王遐春麟后山房刊刻的《王氏汇刻唐人集七种》丛书本《徐正字集》四卷附录一卷，唐徐寅撰，此本国家图书馆有藏，索书号为 10248：10。

三

民国以来，徐寅著作未见有刻本，但影印本使徐寅著作的流传更为广泛。

第一个影印本：民国二十五年（1936）上海商务印书馆据钱曾（1629—1701）述古堂藏影宋抄本影印的《四部丛刊三编》本《唐秘书省正字先辈徐公钓矶文集》十卷；1985 年上海书店据上海商务印书馆 1936 年《四部丛刊三编》本重印影印；2002 年上海古籍出版社又据 1936 年上海商务印书馆的《四部丛刊三编》本又重新影印，收入《续修四库全书》第 1313 册。因为此本的底本是钱遵王（即钱曾）述古堂影宋抄本（卷五配清抄本），所以此本最为可靠。此本 11 行 20 字，双鱼尾。此本的项目是：《唐秘书省正字先辈徐公钓矶文集古序》（徐师仁撰于建炎三年）、《唐秘书省正字先辈徐公钓矶文集》（徐玩撰于元朝延祐年间）、《唐秘书省正字先辈徐公钓矶文集目录》（卷第一至卷第十）、正文、《钓矶文集补》（含赋 2 篇，据《全唐文》补；诗 3 首，据《唐音癸签》、《全唐诗》补）、钱大昕跋、张元济跋。《徐公钓矶文集校勘记》。此本的来源和价值还是张元济的跋讲得比较清楚，故抄录如下：

徐夤昭梦撰，四库著录《徐正字诗赋》二卷，撰人作寅，不作夤，是为钱遵王也是园抄本。卷首有族孙师仁序，谓家故有赋五卷、《探龙集》五卷，又于蔡君谟家得《雅道机要》一卷，又访于族人并好事者，得五言诗并绝句，合二百五十余首，以类相从，为八卷藏焉。其裔孙玩可珍序则称师仁序中所著今皆亡失，延祐丁酉得诗二百六十余首，嗣又得遗赋四十篇，暂编成卷，今是本分为十卷，前四卷赋，凡四十篇，卷四第十篇缺，卷五有题十而无赋，后五卷诗凡二百六十五首，赋诗篇数与玩序合，玩序不言卷数，此本是否为玩所编，又卷四五原缺是否为访得时即仅存赋题，均不可知。《全唐文》录夤赋可补者凡八篇，尚缺其三。一曰《汉武帝求仙》，二曰《星》，三曰《伍员知姑苏台有游鹿》。阮文达尝据钱遵王影宋抄本呈进，提要言赋五卷，凡五十首，是本共十卷，阮氏仅得五卷，即珍其罕见亦不应讳其残缺，且有赋五十首，与是本不同，疑所见为钱氏之别一抄本，然《提要》又明言为其裔孙玩所编次，阮氏所进，原本今编入《宛委别藏》，假得对校，亦祇存四十六篇，除缺《江令归金陵赋》，余均与《全唐文》合，文字略有歧异，其所从出，又同而不同，然阮氏提要，绝未明言其故，且一似五十首，无少欠缺者，此真索解不得已，《唐音癸签》、《全唐诗》亦有夤诗，增得三首，又于《全唐文》续增目外，赋二首，今并与所补八赋全录于后，并附校记。海盐张元济。[1]

先说一个疑点。张元济此跋明确说此影宋抄本是钱曾（1629—1701）也是园影抄，还说纪昀曾经用过另一本钱曾（即钱遵王）影抄的宋本，那就是说钱曾一个人把徐寅的《钓矶文集》影抄了两次，而钱曾是清代人，但《中国古籍善本书目》和《中国古籍善本总目》均把有钱曾跋的这个本子著录为明抄本，还说钱曾只是"校"，未言是钱曾"抄"，而且说卷五配清抄本。此本究竟是钱曾自己校对还是钱曾据宋本影抄？或者是钱曾雇人自宋本影抄？又或者只是钱曾收藏的明人自宋本影抄？这些问题如何回答，只能存疑待考。不管怎样，从张元济此跋可知，此本的底本确实是钱遵王述古堂藏旧抄本，还可知《钓矶文集补》和《校勘记》是由张元济完成的。让人感到疑惑的一点是，此《四部丛刊三编》本《唐秘书省正字先辈徐公钓矶文集》十卷的底本今藏何处，即钱遵王述古堂藏影宋抄本《唐秘书省正字先辈徐公钓矶文集》十卷今藏何处，上文所说的二个明抄本、十一个清抄本仅有第七个清抄本（即南

---

① （唐）徐夤撰：《唐秘书省正字先辈徐公钓矶文集》（10卷），四部丛刊三编本（即钱遵王述古堂藏影宋抄本之影印本），卷尾。

京图书馆藏丁丙跋本）不知行款，如果第七个清抄本行款也是 11 行 20 字，那么，这第七个清抄本看来就是钱遵王所藏影宋抄本了。还有，此本因为有张元济完成的《钓矶文集补》和《校勘记》，所以是徐寅诗文集最可靠最完备的本子，但是，此本于徐寅作品仍然有漏收，例如文渊阁四库全书本《徐正字诗赋》卷二《诏赐时奉寄二亲》一首诗就为四部丛刊三编本《唐秘书省正字先辈徐公钓矶文集》十卷和《钓矶文集补》所漏收，也被《全唐诗》和《全唐诗续拾》所漏收，故抄录于下：

诏赐时奉寄二亲

宫花重押帽檐春，朝赏上方酒正醺。

赐号推先酬凤愿，叼恩独步庆英君。

名颁黄榜优金榜，身倚紫云望白云。

安得一飞归膝下，却将荣幸细云云。

——影印文渊阁四库全书本《徐正字诗赋》（二卷）卷二

第二个影印本：（台北）台湾商务印书馆 1981 年影印的阮元辑《宛委别藏》丛书本《正字先辈徐公钓矶文集》，1988 年江苏古籍出版社又将此《宛委别藏》丛书本影印了一次。

第三个影印本：1986 年台湾商务印书馆影印、2008 年台湾商务印书馆股份有限公司影印出版的《文渊阁四库全书》本《徐正字诗赋》二卷。

第四个影印本：2005 年商务印书馆影印出版的《文津阁四库全书》本《徐正字诗赋》二卷。

综上所述，徐寅集在 1041 年《崇文总目》出现后，宋元两代的史志和公私藏书目录再未见出现过，南宋高宗建炎三年（1129）徐师仁写序的《唐秘书省正字先辈徐公钓矶文集》十卷是徐寅集子的一个早期版本，今佚；元朝仁宗延祐（1314—1320）年间徐玩作序的《唐秘书省正字先辈徐公钓矶文集》十卷是徐寅集的又一个重要版本，今佚；钱曾述古堂藏影宋抄本《唐秘书省正字先辈徐公钓矶文集》十卷是《四部丛刊三编》本的底本，《四部丛刊三编》本又附录了张元济撰写的《钓矶文集补》和《校勘记》，故《四部丛刊三编》本是今存徐寅集的最可靠最完备的本子。但是，需要提醒的是，此本和《全唐诗》仍然漏收了文渊阁四库全书本《徐正字诗赋》（二卷）卷二所收录的《诏赐时奉寄二亲》一首七律（张元济未发现漏收，当然也就未能补上），可见，关于徐寅集、关于《全唐诗》中的徐寅诗，仍然有整理或补遗的必要。

附：闽国徐寅集部著作流传过程和版本源流示意图

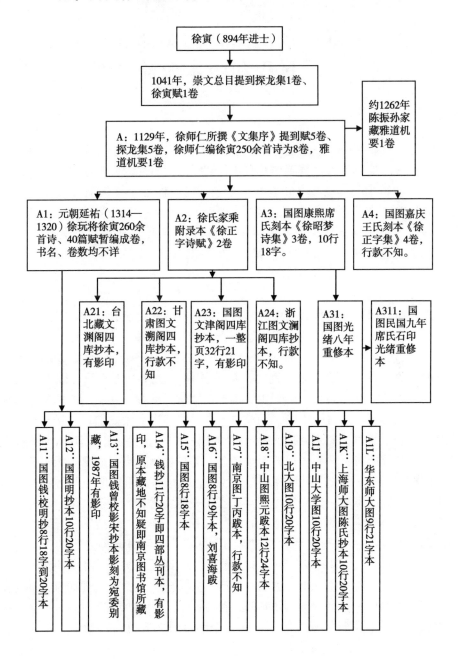

第二十章　荆南国齐己集部著作流传过程和版本源流考辨

齐己（864—938？）是晚唐著名诗僧，更是荆南国诗坛巨擘，也是荆南国有诗集存世的唯一诗人。其著作共有 4 种 22 卷，今存 2 种 11 卷。一种是"别集类"或"诗集类"著作《白莲集》十卷，另一种是"文史类"著作《风骚旨格》一卷。齐己这 2 种 11 卷著作在历代公私目录书中的著录详情，请参看第一编《十国艺文志考索》的相关内容。现对齐己"别集类"著作《白莲集》的流传过程和版本源流考辨如下。

一

现在对齐己诗在历代载籍中的出现，依据时间先后胪列如次。

第一次出现，见于后晋高祖石敬瑭天福三年戊戌岁（938）孙光宪（？—968）所撰的《白莲集序》。此《白莲集序》对齐己诗集《白莲集》的成书有如此的表述："……鄙以旅宦荆台，最承款狎，较风人之情致，赜大士之旨归，周旋十年，互见阃域。师平生诗稿未遑删汰，俄惊迁化，门人西文并以所集见授，因得编就八百一十篇，勒成一十卷，题曰白莲集。盖以久栖东林，不忘胜事。余既缮写，归于庐岳，附远大师文帙之末，□□□□□递为辉光，其佳句，全篇或偶对，开卷辄得，无烦指摘，濡毫梗概，良深悲慕。天福三年戊戌（938）三月一日序。"① 该序中孙光宪说他自己宦游荆南时，与齐己交往有十年之久。齐己卒后，孙光宪得到了齐己门人西文送来的齐己诗稿。孙光宪看到齐己此诗稿"未遑删汰"，就"编就"八百一十篇，"勒成"一十卷，"题曰"《白莲集》，"缮写"成以后"归于庐岳"。很明显，孙光宪的工作有六项：一是"编就"，即编成。从"未遑删汰"的话看，孙光宪的"编就"，实际是选编而成。就是说，把齐己的一些诗不要了。注意，就常理而言，孙光宪"删汰"、"选编"、"不要"了的齐己诗，应该是重复抄录的诗，而不会是孙光宪认为水平不高而"删汰"了。从这个角度看，齐己诗的数量，不会因孙

① （唐）释齐己撰：《白莲集》（10 卷），四部丛刊初编本（影印明抄本），卷首。

光宪的"删汰"、"选编"而减少。二是"勒成"。"勒"有"雕刻"和"编纂"二个意思，而且唐代前就有这二个意思了。孙光宪先说"勒成"，又说"缮写"后送给庐岳，则"勒成"之"勒"，显然不是"雕刻"，是"编纂"。三是"题曰"《白莲集》，即把齐己诗集命名为"白莲集"。至于为何命名为"白莲集"，孙光宪没有交代，今日只能存疑。四是"缮写"。"缮写"之"缮"，是"抄写"的意思，那么，"缮写"即抄写。五是"归"于庐岳。"归"通"馈"，即赠送的意思。六是作序。

第二次出现，见于1012年成书的陶岳《五代史补》。《五代史补》卷三《僧齐己》云齐己"有诗八百首，孙光宪序之，号曰《白莲集》，行于世。"[①]不知道陶岳是未看到孙光宪写的《白莲集序》，还是看到了但看得不仔细。如果看得仔细，就应该知道，孙光宪不仅给齐己的诗写序了，而且齐己的诗集《白莲集》是孙光宪删汰（注意，删汰了的，大概仅仅是因为重复）、编纂、命名、抄写、转交（给庐岳寺）的。

第三次出现，见于1041年成书的北宋王尧臣等的《崇文总目》。《崇文总目》（《粤雅堂丛书》本，收于《宋元明清书目题跋丛刊》第一册）卷五云："《白莲集》十卷，僧齐己撰。《僧应之诗》一卷。《白莲外编》十卷。"[②]"白莲外编"，显然就是齐己"白莲集"之外的诗，而且命名为"白莲外编"，就说明这些诗都被置于《白莲集》十卷之外。《白莲集》十卷之外的这些诗，仍然有"十卷"之多，卷数和收诗八百余首的《白莲集》一样多。938年，孙光宪把齐己弟子西文转交给孙光宪的齐己诗编为《白莲集》十卷，而1041年成书的《崇文总目》在齐己《白莲集》十卷之外，又多出一个《白莲外编》，卷数也是十卷，由此可知，这个《白莲外编》十卷的来历至少有二种可能。一种可能是，西文转交给孙光宪的齐己诗稿仅仅是齐己诗稿的一部分，所以，孙光宪编成《白莲集》十卷后，又有人发现了大量齐己诗，于是就编为《白莲外编》十卷。另一种可能是，西文转交给孙光宪的齐己诗稿是齐己的全部诗作，或者基本是齐己的全部诗作，而孙光宪抄录的时候，觉得齐己的诗数量太多了，许多诗因为种种原因没有抄录的必要，于是孙光宪就"删汰"了，也就是说，孙光宪自己所说的对齐己诗的"删汰"，不仅仅是删除重复抄录的诗，也删除了一些孙光宪因为种种原因看不上的诗。如果是这样，那么，今日

---

①　（宋）陶岳撰，顾薇薇校点：《五代史补》，卷3，见傅璇琮、徐海荣、徐吉军主编《五代史书汇编》（全10册），杭州出版社2004年版，第5册，第2510页。

②　中华书局编辑部编：《宋元明清书目题跋丛刊》（全19册），中华书局2006年版，第1册，第192页。

流传的由孙光宪编成的齐己《白莲集》十卷就真的是齐己诗的选本（而不是齐己诗的全集）了，选者就是孙光宪，选收的比例是二分之一，即删汰一半，选抄一半。究竟如何，没有进一步的依据，今日就只能存疑了。

第四次出现，见于北宋刻本《白莲集》十卷。这个北宋刻本已经佚失，但明代嘉靖八年己丑岁（1529）柳佥说他见过这个北宋刻本，而且他还影写了一本，并写跋语云："陈氏《直斋书解》云：'唐僧齐己《白莲集》十卷、《风骚旨格》一卷。'今兼得之，为合璧矣。元书北宋刻，传世久，湮没首卷数字，尚俟善本补完，与皎然、贯休，三集并传。嘉靖八年岁己丑（1529）金闾后学柳佥志。"①

第五次出现，见于南宋陈起（？—1256）陈宅书籍铺刻本（又称"陈道人刻本"、"书棚本"）《唐齐己诗集》一卷。此陈道人刻本今佚，但其面目被保存于清代刊刻的《唐人五十家小集》本《唐齐己诗集》一卷中。《唐人五十家小集》系清代江标辑、清光绪二十一年乙未岁（1895）元和江氏灵鹣阁据南宋陈道人本湖南使院景刊。②值得注意的是，此陈道人刻本《唐齐己诗集》一卷未见学界有人提及，傅增湘《藏园订补郘亭知见传本书目》著录了"清光绪二十一年江标刊《唐人五十家小集》本"，并云此本的行款为10行18字③，但未言此本乃据陈道人刻本影刊而来。

第六次出现，见于1262年成书的南宋陈振孙《直斋书录解题》。《直斋书录解题》卷十九"诗集类上"云："《白莲集》十卷。唐僧齐己撰。长沙胡氏。"④

第七次出现，见于1319年成书的元马端临《文献通考》。《文献通考》卷二百四十三经籍考七十"集·诗集"云："《白莲集》一卷。陈氏曰：'唐僧齐己撰。长沙胡氏。'"⑤ 陈振孙《直斋书录解题》明言"《白莲集》十卷"，元马端临只是引用陈振孙的著录而已，但是，竟然误为"《白莲集》一卷"，这个错误有点出人意料。究其原因，应该和陈道人刻本"《唐齐己诗集》一卷"的影响有点关系。

---

①　（唐）释齐己撰：《白莲集》（10卷），四部丛刊初编本（影印明抄本），卷尾。

②　上海图书馆编：《中国丛书综录》（一），上海古籍出版社1986年版，第831页。

③　（清）莫友芝撰，傅增湘订补，傅熹年整理：《藏园订补郘亭知见传本书目》（16卷）（全4册），中华书局1993年版，第3册，卷"12下"，第115页。

④　（宋）陈振孙著，徐小蛮、顾美华点校：《直斋书录解题》（22卷），上海古籍出版社1987年版，卷19，第584页。

⑤　（元）马端临撰：《文献通考》（348卷），中华书局1986年版，卷243，第1927页。

第八次出现，见于 1343 年成书的元脱脱等《宋史》。《宋史》卷二百八艺文七"别集类"云："《僧齐己集》十卷，又《白莲华（或无华字）编外集》十卷。"① 之所以著录为"《僧齐己集》十卷"而不是"僧齐己《白莲集》十卷"之类提到"白莲集"的措辞，很可能是因为元代史臣没有看到《白莲集》十卷这种书，甚至是元代史臣撰写《宋史·艺文志》时所用原始资料的编者就没有看到《白莲集》十卷这种书，但知道其作者是齐己，也知道卷数是十卷，故著录为"《僧齐己集》十卷"，而"《白莲华（或无华字）编外集》十卷"这个著录再次表明，元代史臣或者元代史臣所用原始资料的编者不仅未看到《白莲集》十卷这本书，而且未看到北宋史臣王尧臣等人在《崇文总目》（1041 年成书）中著录的"《白莲外编》十卷"这种书，但元代史臣或元代史臣所用原始资料的编者知道有这种书，于是就登记了，只是将书名误为"白莲华编外集"或"白莲编外集"，而"十卷"的卷数倒是正确无误的。这说明，在 1041 年《崇文总目》著录"《白莲外编》十卷"一书整整三百年后，还有人记着没有被孙光宪选编，也没有被孙光宪抄录到《白莲集》十卷一书中的齐己诗。只是从此以后（即从元代史臣脱脱等人的《宋史》以后），再未见有人提到《白莲外编》这种书，而给孙光宪选编的《白莲集》十卷作补遗或补逸的人，倒是有的，这些补遗或补逸的诗，如果确实是齐己所写，那就应该是《白莲外编》十卷中的诗，至少应该被收录到《白莲外编》十卷中。

以上就是齐己别集类著作《白莲集》在宋元两代的流传和刊刻情况。

二

齐己诗集在明代有四种明抄本（此外还有至少半个明抄本），二种明刻本。

先谈明抄本。

第一种明抄本为嘉靖八年己丑岁（1529）柳佥跋的柳佥抄本。此抄本今藏国家图书馆，为善本，索书号为 11390。此抄本在国家图书馆馆藏目录中是如此著录的："（第五百八十七种）《白莲集》十卷《风骚旨格》一卷，唐释齐己撰，明嘉靖八年柳佥抄本，柳佥跋，四册。"此本项目如次：张宗祥跋、《白莲集序》（孙光宪撰）、《白莲集目录》（以上三项为《白莲集》十卷的卷首）；"白莲集卷一"至"白莲集卷十"（以上为《白莲集》正文）；《风骚旨格》（目录）、柳佥跋、《风骚旨格》（正文）。此柳佥抄本的面目，傅增湘有

---

① （元）脱脱等撰：《宋史》（496 卷）（全 40 册），中华书局 1985 年 6 月新 1 版，第 16 册，卷208，第 5386 页。

如此的描述："明嘉靖八年（1529）柳佥写本，九行十八字，无栏格，卷中宋讳缺笔，有嘉靖八年柳佥跋，言从北宋本出。有钱谦益、季振宜藏印。余藏。取校汲古阁本，卷五《渚宫莫问诗》十五首正其次第，并改正第一、七、十三各首末句错简。此即莫氏所记之绛云楼藏柳大中钞本。"① 傅氏"取校汲古阁本"开始的话比较费解，恐怕只有把柳佥抄本和毛晋汲古阁本（包含汲古阁的抄本和刻本，不知傅增湘说的是汲古阁的哪一种本子）对比后才能看明白。但傅氏对行款、跋者、藏印的交代是正确的。这里补充一下，柳佥跋既不在《白莲集》十卷的卷首，也不在卷尾，而在《风骚旨格》目录结束后、《风骚旨格》正文开始前的地方。张宗祥的跋语对了解柳佥抄本"《白莲集》十卷《风骚旨格》一卷"一书帮助不大，故省略（可参看第二编《十国文人集部著作序跋文字和著录文字辑录》的相关部分）。这里强调一下，柳佥抄本《白莲集》十卷后有《风骚旨格》一卷，而柳佥抄本是从北宋刻本抄来的，那就是说，北宋刻本《白莲集》十卷后就附有《风骚旨格》一卷。明白这一点，对辨正《风骚旨格》一卷是否为唐释齐己所作，颇有助益。

　　第二种明抄本为钱遵王述古堂所藏"又一本"抄本（钱遵王述古堂藏《白莲集》十卷有二种抄本，一种乃从北宋刻本影录，缺字较多，钱谦益以朱笔补完；又一本有柳佥跋附风骚旨格一卷）。此本今藏国家图书馆，有缩微制品，索书号为 10664（A127）。此书项目有：《白莲集序》（孙光宪撰）、《白莲集目录》（以上二项为《白莲集》卷首）；《白莲集卷一》至《白莲集卷十》（此十卷为《白莲集》正文）；《风骚旨格》目录、"柳佥谨志"之柳佥跋（以上二项为《风骚旨格》卷首）；《风骚旨格》正文；何焯跋、何焯又跋（笔者按：此何焯又跋，笔者未看到，傅增湘有过录，其原因下文有解释）、丁祖荫跋（以上三项为《风骚旨格》卷尾，也可说是《白莲集》、《风骚旨格》二书的卷尾）。何焯（1661—1722）跋云：

　　《白莲集》十卷，定远先生所手校，后转入钱遵王家，蒋三扬孙得之以赠余。余书素无善本，一旦得此书，遂居其甲，喜而识其所自。康熙壬申（1692）六月何焯书。

　　"定远先生"即冯班（1602—1671），定远是冯班的字；钱遵王即钱曾（1629—1701），遵王是钱曾的字；蒋三扬孙即蒋廷锡（1669—1732），扬孙是蒋廷锡的字（不知"三"是排行，还是其他含义，存此备考）。何焯此跋除交代此抄本的流传过程外，还有一个重要信息，即此抄本曾被冯班校勘过。傅增

---

　　① （清）莫友芝撰，傅增湘订补，傅熹年整理：《藏园订补郘亭知见传本书目》（16 卷）（全 4 册），中华书局 1993 年版，第 3 册，卷"12 下"，第 115 页。

湘《藏园群书经眼录》卷十二著录这个"又一本"明抄本时过录了此本上的二则跋语，这二则跋语均为何焯所写，第二则跋语如下：

此本乃定远少年时所阅，虽优于汲古刊本，然亦未有宋刻精校。康熙戊子（1708，即康熙四十七年），复借钱楚殷架上牧翁旧藏本参校，庶为善本，可资后来学吟者涉猎矣。长至后五日灯下，焯又书。

这里插说一个问题。笔者看到此"又一本"明抄本卷尾有二则跋语，第一则为何焯所写，第二则为丁祖荫所写，而傅增湘《藏园群书经眼录》卷十二过录的此"又一本"明抄本的跋语也是二则，第一则正是笔者抄录的何焯跋，第二则跋语还是何焯跋，为笔者所未见，而笔者所看到的丁祖荫跋，傅增湘却没有过录，也没有提及。为何会出现这种蹊跷事情？傅增湘《藏园群书经眼录》卷十二著录"又一本"明抄本时说，何焯第一则跋语为墨笔写，第二则跋语为黄笔写。这一下，谜团可以解开了。笔者在国家图书馆所看，为"又一本"明抄本的缩微制品（即胶卷），黄笔字迹在缩微制品中显示不出来或很难显示出来（缩微制品是黑白胶卷，不是彩色胶卷），故笔者未能看到。傅增湘在《藏园群书经眼录》卷十二中给"又一本"明抄本写著录语的时间是"戊午"年（季节或月份不知），即1918年，而丁祖荫跋写于戊午年（1918）秋季（参看下文）。这就说明，傅增湘写著录语时，"又一本"上还没有丁祖荫的跋，傅增湘写完著录语后的同一年秋季，丁祖荫写了跋。那么，是傅增湘允许丁祖荫在自己的藏本上写跋呢？还是傅增湘著录完毕后将此藏本转让给丁祖荫，然后丁祖荫才作跋的？因无其他证据，此事只能存疑备考（这个本子今藏国家图书馆）。插说完毕，现在言归正传，分析何焯的第二则跋语。何焯说此"又一本"明抄本"优于汲古刊本"，这证明汲古阁刊本所据底本不是此"又一本"明抄本，也不会是柳金抄本的其他传抄本。何焯又说"复借钱楚殷架上牧翁旧藏本参校，庶为善本"。钱楚殷即钱遵王之子钱沅（—1713—），楚殷为字。① "牧翁旧藏本"就是下文丁祖荫引钱遵王跋所说的影录（即影抄）北宋刻本、钱谦益用朱笔补完者。可见，何焯说"然亦未有宋刻精校"，但他还是没有找到北宋刻本，只好用有钱谦益补字的影抄北宋本校勘，校勘后认为此"又一本"明抄本"庶为善本"，可见他没有校出多少讹缺，这就证明，作为柳金抄本传抄本的"又一本"明抄本，质量不在钱遵王所藏、钱谦益朱笔所补的影抄北宋本之下。那么，作为此"又一本"明抄本之母本（或底本）的柳金抄本，质量就更好了。由此可断言，北宋刻本《白莲集》十卷《风骚旨格》一卷已经佚失，现藏国家图书馆的明柳金抄本就成

---

① 郑伟章：《文献家通考》（清—现代），中华书局1999年版，第117页。

了齐己诗集最好的本子了。丁祖荫跋云:

> 《读书敏求记》(笔者按:作者为钱曾)云:"《白莲集》十卷,北宋
> 本影录,行间多脱字,牧翁(1582—1664)以朱笔补完。又一本有柳金
> 跋,附《风骚旨格》一卷。"此即述古(1602—1671)所藏之"又一本"
> 也,义门(1661—1722)向□□(笔者按:此二字看不清楚,但所指无
> 疑是钱楚殷)假校之牧翁阅本,自即前本。钝吟(1602—1671)少年所
> 校,多从己意。得义门校宋书,遂称善。每卷首,冯氏辄书斑或辨彬贲等
> 字,去虎文之义。故小印曰"一字虎"也。王贻上(1634—1711)《居易
> 录》云:"僧齐己《白莲集》十卷、《风骚旨格》一卷,有孙光宪序。嘉
> 靖己丑(1529)柳金跋,常熟冯班(1602—1671)钞本。"《香祖笔记》
> 又云:"齐己《白莲集》至今尚传,余尝见海虞冯氏写本,篇帙完好,略
> 无缺佚。"是此本钞于冯氏,藏于钱氏,转而入于蒋于何,最后为汪为于
> 藏庋,源流历历可数。惟"汉月"一印,视冯略早,藏师入主三峰,乃
> 在万历(1573—1620)中叶,其果出于冯氏传写,抑为清凉旧帙,冯氏
> 无辞,不足征也。戊午(1918)秋杪,初园主人识于密娱小阁。

丁祖荫此跋断定此本为钱遵王述古堂所藏"又一本"明抄本,以此本的项目验证,确实有柳金跋,而且附有《风骚旨格》一卷,则丁祖荫所言正确。"汉月"、"藏师"指汉月法藏(1573—1635),俗姓苏,江苏无锡人。此本上的"汉月"印记说明了清初王士禛两次断言冯班传抄了柳金本的观点需要推敲。丁祖荫先是听信了王士禛的话,进一步断言此本"钞于冯氏",然后又依据此本所钤早于冯班(1602—1671)的"汉月"印记,对此本为冯班所抄的看法将信将疑:"其果出于冯氏传写,抑为清凉旧帙,冯氏无辞,不足征也。"据今日资料看,是否"清凉旧帙",无法断定,但可以断定,此本绝非冯班抄本。《中国古籍善本书目》卷二十三著录为"冯班家抄本"就是正确的。因为"冯班家抄本"的表述,可能是冯班家所藏别人的抄本,也可能为冯班的某个长辈所抄,但肯定不是冯班所抄。还有,依据丁祖荫所说"藏师入主三峰,乃在万历(1573—1620)中叶,其果出于冯氏传写,抑为清凉旧帙,冯氏无辞,不足征也"的话看,此本最晚万历中叶就抄成了,那就肯定不是明末(1621—1644,即天启、崇祯二朝)抄本了,故《中国古籍善本书目》和《中国古籍善本总目》著录为"明末冯班家抄本"是有问题的,此书抄写时间的著录还是傅增湘"明写本"的说法最为稳妥,如果想交代得更精确一点,可以说成"最晚明万历中叶就已经出现的抄本"。傅增湘《藏园订补郘亭知见传

本书目》对此本的描述有助于了解此书之流传过程，故抄录于此："明写本，九行十八字，明冯班、清何焯校，有何焯跋，言为冯班校，钱曾藏，蒋廷锡得之以赠何，何又据钱谦益旧藏本校云云。"①

第三种明抄本为毛晋汲古阁抄本。傅增湘《藏园订补郘亭知见传本书目》于"白莲集十卷风骚旨格一卷，（后唐）释齐己撰"后著录此抄本云："明末毛氏汲古阁写本，李木斋先生藏，行款失记，余曾借校。"傅氏此著录表明，毛晋汲古阁抄本和明柳佥抄本一样，都含有齐己的二种书：一为《白莲集》十卷，一为《风骚旨格》一卷。李木斋即李盛铎（1859—1937），木斋为号。上海图书馆编《中国古籍善本书目》卷二十三和翁连溪编校《中国古籍善本总目》"集部·唐五代别集"所收《白莲集》四个明抄本中，一个是柳佥抄本、一个是冯班家抄本、一个是曹彬侯家抄本，仅有第二个抄本没有注明为谁所抄。这个明抄本在翁连溪编校《中国古籍善本总目》中得到了如此的著录："《白莲集》十卷、《风骚旨格》一卷，明抄本，九行十八字，无格，藏北京图书馆。"②北京图书馆即今国家图书馆，今国家图书馆果然有行款为 9 行 18 字的《白莲集》十卷、《风骚旨格》一卷，则此书必然是傅增湘先生所说的明末毛晋汲古阁抄本。毛晋此抄本的底本是什么呢？从此抄本和柳佥抄本均含有《香奁集》十卷和《风骚旨格》一卷以及行款都是 10 行 18 字看，毛晋此抄本和柳佥抄本的底本是一样的，都是北宋刻本《香奁集》十卷。当然，为了逻辑上的万无一失，为了慎重，还是暂且认定毛晋此抄本的底本很可能是北宋刻本。

第四种明抄本为明末曹彬侯家抄本（注意不是曹彬侯抄本）。翁连溪编校《中国古籍善本总目》著录此书云："《白莲集》十卷、《风骚旨格》一卷，明末曹氏书仓抄本，十一行二十一字，白口，左右双边，藏复旦大学图书馆。"③此本比较显著的特点是行款为 11 行 21 字，傅增湘亦著录了一个"11 行 21 字"的本子："旧写本，十一行二十一字，卷十后有柳佥识语，从柳佥本出，涵芬楼藏，已印入《四部丛刊初编》。"④这里傅氏只说是"旧写本"，未说此

①　（清）莫友芝撰，傅增湘订补，傅熹年整理：《藏园订补郘亭知见传本书目》（16 卷）（全 4 册），中华书局 1993 年版，第 3 册，卷"12 下"，第 115 页。

②　翁连溪编校：《中国古籍善本总目》（全 7 册），线装书局 2005 年版，第 4 册，集部上，第 1221 页。

③　同上。

④　（清）莫友芝撰，傅增湘订补、傅熹年整理：《藏园订补郘亭知见传本书目》（16 卷）（全 4 册），中华书局 1993 年版，第 3 册，卷"12 下"，第 115 页。

写本为何代人所写，但《四部丛刊初编》所收《白莲集》卷首明言"上海涵芬楼印景（笔者按：'印景'当为'景印'之误）明钞本"，则傅氏所言"旧写本"乃明抄本，这是无问题的。因为《四部丛刊初编》本与《中国古籍善本总目》所说的曹氏书仓抄本一样，都是"11 行 21 字"，而且都是"白口，左右双边"，因此，可以认为，《四部丛刊初编》影印时所用的"明钞本"，就是《中国古籍善本总目》所说的"曹氏书仓抄本"。"曹氏书仓抄本"为谁的抄本呢？《增订四库简明目录标注》有邵章（1872—1953）的记录："曹彬侯家钞本"①。曹彬侯即曹炎，彬侯为字，生卒不详，江苏常熟人，客于席鉴家，以抄书著名于时。② 席鉴为乾隆间国子监生，曹炎又客于席鉴家，则曹炎无疑为清代人，而曹氏书仓抄本为明末抄本，故曹氏书仓抄本绝非曹彬侯所抄，由此可知邵章在《增订四库简明目录标注》中的标注"曹彬侯家抄本"是妥当的。"曹彬侯家抄本"即曹炎家抄本，但不是曹炎抄本。复旦大学图书馆所藏曹炎家抄本是否就是《四部丛刊初编》影印时所用的底本，还须目验曹炎家抄本并与《四部丛刊初编》本对比后才能回答。为便于识别二者的关系，这里将《四部丛刊初编》本《白莲集》十卷《风骚旨格》一卷的版本细节交代一下：11 行 21 字，白口，单鱼尾，左右双边，有格。该本项目是：《白莲集序》（序的首页第二行第三行有很长的署名："荆南节度副使朝议郎检校秘书少监试御史中丞赐紫金鱼袋孙光宪撰"）、《白莲集目录》（卷一至卷十）（以上二项为《白莲集》卷首）；"白莲集卷一"至"白莲集卷十"（卷一到卷十每卷第一页第二行署名"庐岳僧齐己撰"）（以上十卷为《白莲集》正文）；柳金跋（结尾三字为"柳金志"，而不是"柳金谨志"）（柳金跋为《白莲集》卷尾）；《风骚旨格》（笔者按：此为《风骚旨格》目录，尽管未注明"目录"二字；此"风骚旨格"四字的下一行署名"庐岳僧齐己撰"）；《风骚旨格》正文（正文首页无作者署名）。卷首第一项《白莲集序》占了二页，每页右边边栏外有六个小字："据汲古阁本补"，不知这里的"汲古阁本"是汲古阁抄本还是汲古阁刻本，也不知补了什么，需要和汲古阁的抄本和刻本比对后才能知道（"据汲古阁本补"六字写于《白莲集序》所占二页的右边栏外，那就应该是说《白莲集序》是据汲古阁本补的，是否如此，需要核对后才能知道）。从抄有柳金跋可以判断，《四部丛刊初编》影印时所用底本应该是从明嘉靖八年己丑岁（1529）柳金抄本而来的，但改变了行款，而且将柳

① 邵懿辰撰，邵章绩录：《增订四库简明目录标注》，上海古籍出版社 1979 年 7 月新 1 版，第 679 页。

② 郑伟章：《文献家通考》（清—现代），中华书局 1999 年版，第 190 页。

金跋挪到了《白莲集》十卷一书的卷尾、《风骚旨格》目录前。明柳金抄本的柳金跋是在《风骚旨格》目录后、《风骚旨格》正文前的。拿《四部丛刊初编》本比对复旦大学图书馆藏曹彬侯（曹炎）家抄本时，要注意《四部丛刊初编》本的这个显著特征。

　　第五个明抄本比较复杂。稳妥点说，这第五个明抄本至少有一半是明抄、另一半可能是明抄，也可能是清初抄。《中国丛书广录》（上册·总目）第763页对此本是如此著录的："《百家唐诗》（存五十四种），清初抄本……《白莲集》五卷《拾遗》四卷，唐释齐己撰。……按：是钞半页九行，行二十或二十二字，蓝格，白口，四周双边，版心间书'百家唐诗'四字。北京图书馆藏。"① 此本藏国家图书馆（即《中国丛书广录》所著录的"北京图书馆"），有缩微制品，索书号为08605（4：3）。此本项目为：第一项《齐己小传》（出《五代史补》）（首页三印："宛平王氏家藏"方印；"□□斋定"圆印；"胡氏□□藏本"长方印）。小传云："僧齐己长沙人……号《白莲集》，行于世。"此小传9行22字，有行格，单鱼尾，四周双边。第二项为《白莲集目录》，卷一到卷五与《四部丛刊初编》本《白莲集》卷一到卷五每卷收诗相同。第三项为正文，从"白莲集卷第一"到"白莲集卷第五"，正文每卷卷首署名"庐岳僧齐己撰"。第四项为佚名跋。该佚名跋处于卷五末首诗《谢虚中上人晚秋见寄》末尾和卷五末尾"白莲集卷第五卷终"（笔者按：这里显然多抄了个"卷"字）之间；跋语如下："世传齐己有扑满诗，检集中不载，为录之（末简）：扑满工□可置钱，有人窍而无出窍，满则扑而碎之，乃出钱也。秖我满我腹，争知满害身。到头须扑破，却散与他人。"第五项为《白莲集》五卷卷尾之孟觉子跋，其跋语可参见第二编《十国文人集部著作序跋文字和著录文字辑录》，该跋署名曰："万历丁酉重阳前二日梦觉子偶书。"万历丁酉即万历二十五年（1597），由此可知，《中国丛书广录》著录此"《白莲集》五卷《补遗》四卷"为"清初抄本"是有问题的，至少《白莲集》五卷的抄本在明万历时就有了，《白莲集》五卷卷尾万历二十五年丁酉岁（1597）的跋就是证据。《拾遗》四卷所收的诗未发现有出于四库全书本（从毛氏汲古阁刊本而来）《白莲集》所收诗之外的。此本很可能同明嘉靖八年己丑岁（1529）柳金抄本一样，是从北宋刻本《白莲集》十卷抄录而来，前五卷保存完整，后五卷散佚了一些，于是，明代万历时人梦觉子在完整的前五卷后写了跋语；《补遗》四卷是从北宋刻本《白莲集》十卷抄本散佚了的后五卷整理而成的。《中国丛书广录》的编纂者误以为《白莲集》五卷《补遗》四

---

① 　阳海清编撰、陈彰璜参编：《中国丛书广录》，湖北人民出版社1999年版，上册，第763页。

卷是清初抄本，其实，至少《白莲集》五卷是明万历抄本。

还有一个明抄本，即钱遵王《读书敏求记》所记据北宋本影录、其上有钱谦益补字的本子，因为此本已佚，故不具论。

再看两个明刻本。

第一个明刻本是明嘉靖十九年庚子岁（1540）朱警辑刻的《唐百家诗》本《唐齐己诗集》一卷。10行18字，白口，左右双边，单鱼尾。国家图书馆藏有四个本子，其中一个是善本，索书号为18002，另三个是普通古籍，三个普通古籍中还有一个是明末重印本，索书号为XD5268。另二个普通古籍本的索书号为t375：24、105427：41。此本与南宋陈道人刻本《唐齐己诗集》一卷相比，书名相同，行款相同，故，朱警辑刻的此《唐百家诗》本很可能就是从南宋陈道人刻本再次刊刻而来的。

第二个明刻本在《中国丛书综录》中是如此著录的："唐三高僧诗。（明）毛晋辑。明崇祯中虞山毛氏汲古阁刊本。……《白莲集十卷》，（唐）释齐己撰。"① 此本国家图书馆有藏，为普通古籍，索书号为106255：1—4。此本行款为8行19字，白口，左右双边。《白莲集》之四库全书本即从毛晋汲古阁刻本抄得。《文渊阁四库全书》本《白莲集》卷十末尾有毛晋二跋，第二跋关乎《白莲集》版本来历的话如下："……余先得杼山、禅月，未遭《白莲》。丙寅（1626）春杪，再过云间，康孟修内父东梵川值藤花初放，缠络松杉间，如入山谷，皆内父少年手植也，不胜人琴之感。既登阁礼佛，阁为紫柏尊者休夏之地，破窗风雨，散帙狼藉。搜得紫柏手书《梵川纪略》一幅，末赘一绝云：'只因地僻无人到，更为池清有月来。恼杀藤花能柁树，枝枝都向半天开。'俨然拈出眼前景相示。又搜得《白莲集》六卷，惜其未全，忽从架上堕一破簏，复得四卷，咄咄奇哉。余梦想十年，何意凭吊之余，忽从废纸堆中现出，岂内父有灵，遗余未曾有耶。既知为紫柏手授遗编，早向未来际寻契（笔者按：此数语费解，存疑），余小子有深幸焉。晋又识。"毛晋所说得到齐己《白莲集》十卷的这个经历可能是最为离奇（或说最为诡异）的书林故事。"丙寅"为明熹宗朱由校天启六年（1626）；"紫柏尊者"指真可。真可（？—1604），明僧，苏州府吴江人，俗姓沈，字达观，号紫柏。② 毛晋在崇祯年间（1628—1644）刊刻的《唐三高僧诗》本《白莲集》十卷卷十的末尾写了二跋，第二跋讲了这个离奇的故事，其意思显然是说，他自己汲古阁刊刻的

<hr />

① 上海图书馆编：《中国丛书综录》（一），上海古籍出版社1986年版，第833页。

② 张㧑之、沈起炜、刘德重主编：《中国历代人名大辞典》，上海古籍出版社1999年版，第1855页。

《白莲集》十卷所用的底本就是这么来的，即底本就是从紫柏尊者的礼佛阁得到的《白莲集》十卷。只是，毛晋这个意思是笔者依据常理推论出来的，不知毛晋为何不明确地告知这一点，这不仅让后人判定其《白莲集》十卷刻本所用底本显得比较费力（需要推理才行），而且让他的第二则跋语突然间断气了，给人的感觉是他还没有把话说完。从常理推断，毛晋在刊刻《白莲集》十卷时肯定没有抄录《白莲集》十卷《风骚旨格》一卷，否则，他就无须在得到《杼山集》、《禅月集》两个僧人的集子后，对第三个僧人齐己的诗集"梦想十年"，也无须记载这个发生在紫柏尊者礼佛阁的离奇故事了。由此可以推出，前文提到的齐己《白莲集》明代抄本中的毛晋汲古阁抄本《白莲集》十卷、《风骚旨格》一卷出现的时间一定在明崇祯年间（1628—1644）毛晋汲古阁刊刻《唐三高僧诗》本《白莲集》十卷之后。

三

齐己诗集在清代有 7 个抄本、1 个刻本。

先谈 7 个清抄本。

第一个清抄本是有顾一鹗题跋的本子。该本现藏国家图书馆，索书号为03567。翁连溪编校《中国古籍善本总目》著录此本云："《白莲集》十卷《风骚旨格》一卷，清抄本，清顾一鹗跋，十行十九字，白口，左右双边，藏北京图书馆。"[①] 笔者在国家图书馆目见了此书的缩微制品，记录了此书的馆藏书名著录、项目和行款。此书馆藏书名著录云："《白莲集》十卷、《风骚旨格》一卷，唐释齐己撰，清抄本，顾一鹗跋，二册。"此书项目如下：顾一鹗跋、孙光宪序（此页有印四枚："小东林"；"铁琴铜剑楼"；"……"；"曾在吴门顾醉楼处"）、《白莲集目录》、《白莲集》正文、《风骚旨格》目录、"柳佥谨志"之跋、《风骚旨格》正文。无卷尾。此书行款为：10 行 19 字，左右双边，有行格（以《白莲集》卷第一至卷第十为例）。《白莲集》卷首顾一鹗跋曰："随园行箧书。是集为钱塘汪午晴太史家藏旧本。乾隆丙申（1776，即乾隆四十一年），余从事西江书局，与太史订忘年交，以此特赠，珍若百朋。"此本行款虽为 10 行 19 字，与明嘉靖八年己丑岁（1529）抄本 9 行 18 字的行款不同，但从此本项目中的"柳佥谨志"之跋看，柳佥抄本无疑为此本的一个源头。就是说，此顾一鹗跋的清抄本可能自柳佥抄本抄来，也可能自柳佥抄本的一个抄本抄来，即此本或者是从柳佥抄本传抄的本子，或者是从柳佥抄本

---

① 翁连溪编校：《中国古籍善本总目》（全 7 册），线装书局 2005 年版，第 4 册，集部上，第1221 页。

辗转传抄的本子，故柳贇抄本是此本的一个源头，柳贇抄本和此顾一鹗跋本皆有一个最初的源头，那就是北宋刻本《白莲集》十卷《风骚旨格》一卷。与《四部丛刊初编》影印时所采用的明抄本相比，此本没有变更柳贇跋的位置，即和柳贇抄本一样，柳贇跋写在《风骚旨格》目录后、《风骚旨格》正文前（四部丛刊初编影印时所用底本把柳贇跋挪到了《白莲集》十卷卷尾、《风骚旨格》目录前）。

　　第二个清抄本系乾隆四十四年己亥岁（1779）三月抄成献上的文渊阁四库全书本《白莲集》十卷。文渊阁四库全书本《白莲集》十卷卷十末尾（注意不是《白莲集》十卷一书的卷尾，卷尾在卷十末行"白莲集卷十"五字之后，所有古籍的卷尾皆在末卷末行之后）有毛晋二跋。由此可知，四库全书本所用底本系毛晋汲古阁本。齐己《白莲集》一书，毛晋汲古阁有二种本子，一种是毛晋抄本，含《白莲集》十卷《风骚旨格》一卷，一种是明崇祯间（1628—1644）毛晋汲古阁刊刻的《唐三高僧诗》本，仅有《白莲集》十卷一种书。四库全书本只抄了《白莲集》，未抄《风骚旨格》，由此可知，四库全书誊录生抄写时所用的汲古阁本是汲古阁刻本《白莲集》十卷，而不是汲古阁写本《白莲集》十卷《风骚旨格》一卷。文渊阁四库全书本《白莲集》的行款是：8行21字，白口，单鱼尾，四周双边；该本项目是：白莲集提要（卷首唯一一项）、"《白莲集》卷一"至"《白莲集》卷十"（卷十末首诗《庚午岁十五夜对月》后、卷十末行前有毛晋二跋）（卷一至卷十即《白莲集》正文）。文渊阁四库全书本（简称四库本）与四部丛刊初编本（简称丛刊本）相比，有如下五项不同：

　　1. 丛刊本含齐己的《白莲集》十卷、《风骚旨格》一卷共两种书，而四库本仅有齐己的《白莲集》十卷一种书。

　　2. 丛刊本从卷一到卷十的作者署名是"庐岳僧齐己撰"，而四库本从卷一到卷十的作者署名是"唐释齐己撰"。

　　3. 丛刊本卷首有《白莲集序》、《白莲集目录》二项内容，而四库本卷首仅有四库馆臣写的《白莲集提要》一项内容。

　　4. 丛刊本《白莲集》卷尾有落款为"柳贇志"的柳贇跋，而四库本无柳贇跋。

　　5. 丛刊本的底本是据明嘉靖八年己丑岁（1529）柳贇抄本《白莲集》十卷《风骚旨格》一卷传抄或辗转传抄的一个明抄本，而四库本的底本是明崇祯年间毛晋汲古阁辑刻的《唐三高僧诗》本《白莲集》十卷。

　　上述五项不同中，第三项不同尤其让人困惑，因为抄书时把该书最早的序（对此书而言，就是孙光宪的《白莲集序》）去掉，显得特别无理。不知是毛晋汲古阁刻本本来就无孙光宪序，还是四库誊录生抄录时省略了。这一点，只有拿明崇祯时（1628—1644）毛晋汲古阁刊刻的《唐三高僧诗》本《白莲集》十卷和四库本《白莲集》十卷比对后才能知道，此处姑存疑备考。

第三个清抄本是乾隆四十八年癸卯岁（1783）抄成献上的《文溯阁四库全书》本《白莲集》十卷。《文溯阁四库全书》今藏甘肃省图书馆，据说保存完好。该本之行款等内容，只有目验后才能知道。

第四个清抄本是乾隆四十九年甲辰岁（1784）五月抄成献上的文津阁四库全书本《白莲集》十卷。文津阁本《白莲集》十卷的项目是：四库馆臣写的《白莲集提要》、《白莲集序》、"白莲集卷一"至"白莲集卷十"的《白莲集》正文。注意，正文卷十末首诗《庚午岁十五夜对月》后、卷十末行前有三项内容，这三项内容是：落款"毛晋识"之跋；落款"毛晋又识"之跋；详校官、总校官、校对官、誊录监生四人的署名。文津阁本比文渊阁本进步的地方是，卷首抄录了孙光宪的《白莲集序》，但仍然未抄四部丛刊初编本卷首的《白莲集目录》，而且，文津阁本的《白莲集序》开篇没有丛刊本《白莲集序》开篇长达27字的署名："荆南节度副使朝议郎检校秘书少监试御史赐紫金鱼袋孙光宪撰"，又改易落款为"天福三年三月一日孙光宪撰"（丛刊本的落款是"天福三年三月一日孙光宪序"）。从文渊阁和文津阁关于齐己《白莲集》十卷与所用底本的这些不同可以看出，现存四库全书的四种抄本与所用底本有差异（这差异往往比较大），而且四库全书的四种抄本之间也有差异。这些问题，研究版本时都应该引起注意。《文津阁四库全书》本的行款在古籍中十分罕见，故交代一下。文津阁本的行款是：每页分上半页和下半页（或者说右半页和左半页）两个半页（这一点为古籍版式的常见特征）；每页又分上中下三栏（这在古籍中十分罕见，对笔者来说，是仅见），而且每栏有独用的上部边栏和下部边栏，且每个边栏都是双边；每页为白口、单鱼尾、四周双边（这也是古籍版式的常见特征）；32行21字（即每半页32行，每行21字）（这一点，也很罕见，对笔者而言，又是仅见）。

第五个清抄本是乾隆五十三年戊申岁（1788）抄成献上的文澜阁四库全书本《白莲集》十卷。此本今藏浙江图书馆。

第六个清抄本是10行20字抄本《白莲集》十卷。此本今藏国家图书馆，为善本书，有缩微制品，索书号为06307。国家图书馆馆藏目录著录此本行款为："10行20字，无格。"注意这个清抄本只有《白莲集》十卷，没有《风骚旨格》一卷，这在齐己诗集的明清抄本中十分少见。上海图书馆编《中国古籍善本书目》和翁连溪编校《中国古籍善本总目》所著录齐己集部著作被明清两代学人所抄的7个抄本中，只有第6个本子只抄了《白莲集》十卷，未抄《风骚旨格》一卷（其他六个抄本均抄了《白莲集》十卷《风骚旨格》一卷），这第6个本子在《中国古籍善本总目》中是这么著录的："《白莲集》十卷，清抄本，十行二十字，无格，藏北京图书馆。"因为国家图书馆（即以前的"北京图书馆"）再没有第二个10行20字的抄本《白莲集》了，故可断定，国家图书馆所藏索书号为06307的清抄本就是《中国古籍善本总目》所著录的第6个本子。这应该没有问题。此本底本为何，今只能存疑。

第七个清抄本是行款为11行24字的清抄本。《中国古籍善本总目》著录此本曰："《白莲集》十卷、《风骚旨格》一卷，清抄本，十一行二十四字，无格，藏北京图书馆。"① 但是，《中国国家图书馆馆藏目录》未能检索到此本，究其原因，更大的可能是，国家图书馆馆藏目录著录信息不全面、不完整（很少可能是《中国古籍善本总目》著录出错，因为《中国古籍善本书目》亦著录了此书，只是未著录行款而已）。此本底本为何，今亦难以考知。

再看齐己诗集在清代唯一的一个刻本。此刻本国家图书馆有藏，国家图书馆馆藏目录著录此书云："唐齐己诗（普通古籍），（唐）释齐己撰；刻本；苏州：元和江氏灵鹣阁；清光绪二十一年（1895）；丛编项：唐人五十家小集；10行18字，白口，左右双边，单鱼尾；索书号：79871：20。"从国家图书馆此著录看不出《唐齐己诗》的卷数，也看不出此刻本的来历。这两个问题可在《中国丛书综录》中得到答案，因为《中国丛书综录》所收《唐人五十家小集》的第35种书即《唐齐己诗集》一卷。《中国丛书综录》著录此书云："《唐人五十家小集》，（清）江标辑，清光绪二十一年（1895）元和江氏灵鹣阁据南宋陈道人本湖南使院景刊。……《唐齐己诗集》一卷，（唐）释齐己撰。"② 可见，卷数是一卷，底本是南宋陈道人刻本，而且光绪二十一年乙未岁（1895）江标从陈道人本刊刻时采用的方式是影刻，故江标刻的《唐人五十家小集》本《唐齐己诗集》一卷最能保存南宋刻本的面目。由《中国丛书综录》的这个著录还可以看出，国家图书馆馆藏目录著录的书名"唐齐己诗"是不准确的，准确的书名（附上卷数）应该是"《唐齐己诗集》一卷"。

关于齐己的诗，清代还有一个本子，该本子不是独立的本子，也就是说，不能算齐己诗集的一个版本，但是，使用者最多，故值得一提。该本子就是康熙四十五年丙戌岁（1706）编成、康熙四十六年丁亥岁（1707）稍后曹寅（1658—1712）扬州诗局刊刻的《全唐诗》本齐己诗。齐己诗和《全唐诗》中

---

① 翁连溪编校：《中国古籍善本总目》（全7册），线装书局2005年版，第4册，集部上，第1221页。

② 上海图书馆编：《中国丛书综录》（一），上海古籍出版社1986年版，第831页。

其他人的诗一样，底本是据胡震亨（1569—1645）《唐音统签》为原本，并参季振宜（1630—1674）《全唐诗》而定。《全唐诗》编齐己诗为十卷，见卷八三八至卷八四七。《全唐诗补编·续拾》卷四三补诗一首，卷五十又补三首四句，重录六首二句。笔者统计后知，《全唐诗》收齐己诗759题819首。另外，齐己存文2篇，见《全唐文》卷九二一。

四

民国以来，齐己诗集再没有新的抄本或刻本，但影印本、铅印本的形式使齐己诗集的流传更为广泛了。严格地说，影印本和铅印本逸出了古籍版本研究的范围，至少不为版本研究者所重视。但影印和铅印的内容仍然是古籍的内容（影印本连版本都是古籍的版本），故在这里也叙述一下。民国八年（1919）上海商务印书馆将11行21字的明抄本（该明抄本据明嘉靖八年柳金抄本抄得或辗转抄得）《白莲集》十卷、《风骚旨格》一卷影印收入到《四部丛刊初编》中，此即齐己诗集的四部丛刊初编本，此本于民国十八年（1929）被上海商务印书馆第二次影印，1989年上海书店据民国二十五年（1936）整套四部丛刊重印了一次，2011年（台北）台湾商务印书馆股份有限公司又据上海涵芬楼所藏明抄本影印了一次。就是说，四部丛刊初编本所用的底本被影印了4次之多，由此可见四部丛刊初编本在学界受重视的程度。1983年（台北）台湾商务印书馆将文渊阁四库全书本《白莲集》十卷影印出版，2005年商务印书馆将文津阁四库全书本《白莲集》十卷影印出版（注意文渊阁四库本和文津阁四库本皆没有《风骚旨格》一卷）。

研读齐己诗，有一个比《全唐诗》更方便使用的本子，这就是中国社会科学出版社2011年出版的《齐己诗集校注》，校注者为今人王秀林。作为齐己诗集整理的最新成果，该书有作者的研究心得，颇值得参看。

综上所述，齐己诗集的抄刻情况是这样的：1个五代抄本；1个北宋刻本；1个南宋刻本；明代有4个抄本（另外还有半个抄本）、2个刻本；清代有7个抄本、1个刻本；民国以来，1个明抄本被影印4次，2个清抄本各被影印1次。现将这些版本的要点予以总结。后晋高祖石敬瑭天福三年戊戌岁（938）孙光宪（据齐己卒后齐己门人西文送给的齐己诗稿）选编而成的《白莲集》十卷所收之诗（810首）数量上仅为齐己诗的一半，齐己诗的另一半《白莲外编》十卷自1343年元脱脱等《宋史》著录后再未见藏书家提起，应该是佚失了。于是，孙光宪选编的《白莲集》十卷成为齐己诗集的第一个定本，也是后来《白莲集》诸本的祖本。北宋时期刊刻的《白莲集》十卷《风骚旨格》一卷是齐己诗集的第一个刻本，此本已经佚失，明嘉靖八年己丑岁（1529）

柳佥据此本影抄的一个本子今藏国家图书馆，据柳佥抄本传抄或辗转传抄的一个明抄本于民国时被上海商务印书馆影印收入《四部丛刊初编》中，这就是四部丛刊本，四部丛刊本至今被影印四次，足见受重视的程度。明崇祯年间（1628—1644）毛晋辑刻的《唐三高僧诗》本《白莲集》十卷所用的底本得自于紫柏尊者礼佛阁（得此书的过程讲出来堪称最为离奇和诡异的书林典故）；《唐三高僧诗》本《白莲集》十卷刊刻后，才有了毛晋汲古阁写本《白莲集》十卷《风骚旨格》一卷；现存四库全书本的四种抄本系从毛晋刻本抄写而成；四库全书四种抄本中的文渊阁四库全书本和文津阁四库全书本均已影印出版；四库全书本因名气大而印数多（尽管影印次数少于四部丛刊本），故四库全书本（尤其是文渊阁四库全书本）《白莲集》十卷成为齐己诗集最常见的本子；南宋陈起（？—1256）陈宅书籍铺刊刻的《唐齐己诗集》一卷是北宋刻本（《白莲集》十卷《风骚旨格》一卷）后齐己诗集的又一个宋本，此南宋本今已佚失，但清光绪二十一年乙未岁（1895）江标江氏灵鹣阁影刻后收入《唐人五十家小集》（国家图书馆等多馆有藏），故南宋本的面目近在眉睫，可惜此南宋本面目一直为学界所忽略（连傅增湘也未提及）。今后整理齐己诗集，有三个本子需要注意和参用。第一个是国家图书馆所藏明嘉靖时柳佥抄本，此本对北宋刻本（《白莲集》十卷《风骚旨格》一卷）面目的保留最为可靠，其质量一定胜过四部丛刊初编本影印时所用的底本；第二个是清光绪时江标据南宋陈道人刻本影刻的《唐人五十家小集》本，此本之所以重要，一个原因是此本保存了南宋陈道人刻本（《唐齐己诗集》一卷）的面目，更重要的一个原因是，此本的源头不像是北宋刻本，甚至有可能不是五代时孙光宪编定的缮写本（即抄本），故有校勘价值，甚或辑佚价值；第三个是明崇祯年间（1628—1644）毛晋汲古阁刊刻的《唐三高僧诗》本《白莲集》十卷。毛晋此刻本之所以重要，有两个原因。一个原因是虽然此毛晋刻本的质量远不如四部丛刊初编本，但底本得自于紫柏尊者礼佛阁，此底本不仅文字多有讹误，而且没有《风骚旨格》一卷，可见其源头一定不是北宋刻本（北宋刻本以此底本为源头倒有可能，即北宋人刊刻时多有订正），故此底本作为一个新的源头（甚至更早的源头），价值堪称独特；另一个原因是，毛晋刻本是四库全书本的母本（或底本），四库全书本的讹误很大程度上源于毛晋刻本，欲订正四库全书本的讹误，必溯源至毛晋刻本。整理齐己诗集时，将柳佥抄本、四部丛刊本（底本为柳佥抄本的传抄本或辗转传抄本，故与柳佥本不同）、唐人五十家小集本、唐三高僧诗本、四库全书本（从毛晋刻本抄得，但与毛晋刻本有异）结合起来，必能收事半功倍之效。当然，如果足够耐心，愿意把存世齐己诗集的7个明代本子、8个清代本子，还有《文苑英华》、《全唐诗》等总集中的齐己诗以及历代选本、诗话、笔记中的齐己诗全部利用，那就更好了。不过，学术研究是长期而渐进的事情，毕其功于一役的想法往往误事，还是按步骤、分阶段进行比较可取。今人王秀林（1976—）整理的《齐己诗集校注》就是一项优秀的阶段性成果，该成果颇多心得和创见，下一部整理研究齐己诗集的著作，以此为阶，必能愈臻完善。

附：荆南国齐己集部著作流传过程和版本源流示意图
齐己《白莲集》流传过程和版本源流示意图

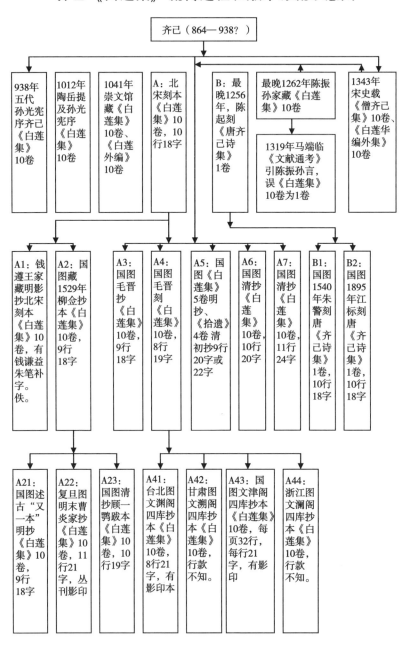

小　结

综上所述，十国中有诗文集善本书存世的文人分布于十国中的七个国家，人数是 21 名（李璟、李煜为同一部书《南唐二主词》的作者）。这 21 名文人著作版本（含石印本、影抄本、影印本，不含属于现当代学者整理本范畴的排印本、校注本等）的数量多寡依次是：

罗隐 64 种本子（以下省略"种本子"三字）、韩偓 37、贯休 30、赵崇祚（《花间集》）26、徐铉 25、韦庄 24、徐寅 23、李中 20、韦毂（《才调集》）19、黄滔 19、杜荀鹤 18、张蠙 16、齐己 16、杜光庭 14、唐求 13、《南唐二主词》12、罗虬 12、李建勋 12、冯延巳 9、殷文圭 4。

其中罗隐的 64 种本子是 6 种著作版本种数之和，这 6 种著作的版本种数分别是：《甲乙集》14、《谗书》16、《两同书》16、《广陵妖乱志》15、《罗昭谏集》2、《罗昭谏江东集》1；韩偓的 37 种本子是 2 种著作种数之和，这 2 种著作的版本种数分别是：《韩偓诗》20、《香奁集》17。

这 21 名文人所得古代文献家关注的多寡和所得现当代学者关注的多寡有相当程度的相似性，又有一定程度的差异性。相似性的表现是，罗隐、韩偓、贯休、赵崇祚（《花间集》）、韦庄 5 人的著作从古到今都比较热门，殷文圭、李建勋、罗虬、唐求 4 人从古到今都比较冷门；差异性的表现是，徐铉、徐寅、李中、韦毂（《才调集》）4 人皆古热而今冷，冯延巳和南唐二主 3 人皆古冷而今热，杜荀鹤、齐己、杜光庭 3 人在古代只是比较热而当今相当热，黄滔、张蠙 2 人在古代不冷不热而当今比较冷或者相当冷。

就这 21 名文人的版本研究而言，古今皆被冷落的文人就不用说了，即使从古到今皆是热点的文人，其著作流传过程和存世版本的面目仍然有进一步探索的必要。这里举三个例子。

韦庄《浣花集》的古代版本多达 24 种，当今的整理本（指韦庄全集的点校本、笺注本，不含韦庄诗、韦庄词的点校本、笺注本，也不含关于韦庄的研究专著）有 7 种之多，真可算是热门了。可是，日本静嘉堂文库所藏韦庄《浣花集》最早的刻本（南宋书棚本）至今未见有影印本，致使《浣花集》存世最早版本的真面目一直处于传说之中；毛晋汲古阁刻本《浣花集》（底本是影宋抄本）因质量不错被四库馆臣收于四库全书中传抄了 7 次，近 30 年来又因文渊阁四库全书本、文津阁四库全书本的影印而流布甚广，但是存世毛晋汲古阁刻本《浣花集》一直未被影印，极不便于研究者利用；康熙四十一年（1702）席启寓刊刻的《唐诗百名家全集》本《浣花集》不仅版本不错，而且补诗达 65 题 68 首之多，因为席启寓这个刻本没有影印本，研究者想核实、对照这 68 首诗在《全唐诗》及其补编中的收录情况就很不方便。

杜荀鹤著作《杜荀鹤文集》三卷自明代以来一直被视为北宋刻本，持此观点的著名文献家不下 10 位，例如冯武（明人）、陆贻典、钱曾、顾广圻、张金吾、邵懿辰、莫友芝（6 人均清人）、缪荃孙、罗振玉（2 人均近代人）、王欣夫、万曼（2 人均现当代人），只有傅增湘先生据版式和避讳断定此本实际上是南宋蜀刻本，此本和南宋浙刻本《唐风集》三卷一样，均是南宋中期刻本。此蜀刻本《杜荀鹤文集》今藏上海图书馆，上海古籍出版社于 1980 年、1994 年两次影印出版，2004 年北京图书馆出版社又出版了《中华再造善本》丛书的影刻本，故蜀刻本《杜荀鹤文集》三卷的真面目可以方便地看到了；而浙刻本《唐风集》已佚，仅有清人影宋抄本藏于国家图书馆，至今未见有影印本（其实还是很有必要影印的）。不管傅增湘先生的观点是否正确，学界都应该对此观点引起注意，并探讨其正误。可是傅增湘先生这个观点至今未见响应者。

《南唐二主词》自宋代开始，历元明两朝至清代，抄本、刻本均不多，显得颇为冷清。很可能与王国维先生的关注有关，自近代开始，李璟、李煜成为学界研究的热门人物，其著作整理本也很多。其中，王仲闻先生校订的《南唐二主词校订》作为质量良好的本子于 1957 年和 2007 年分别被人民文学出版社和中华书局出版和修订再版，2007 年 5 月修订再版本至 2012 年 1 月不到 5 年的时间印行已达第 7 次，印数达 26000 本，可见其流传之广和受欢迎的程度之深。可是，关于《南唐二主词》的编成时间，《南唐二主词校订》的说法（也是学界的最新说法和权威说法）也许靠不住。因为该书认为《南唐二主词》是南宋初期人无名氏所编所刻，可是，如前文所述，施廷镛（1893—1983）《古籍珍稀版本知见录·历代写本知见》却著录了一种"宋陈世修手辑，邑人萧飞涛抄本"① 的《南唐二主词》一卷。可见，《南唐二主词》的编辑者不是近代以来学界认为的南宋初期人，而是北宋中期人陈世修。这个问题，学界至少应该引起关注和争议，而不是无视施廷镛先生提到的文献证据。

---

① 施廷镛编著，李雄飞校订：《古籍珍稀版本知见录》，北京图书馆出版社 2005 年版，第 134 页。

另外，徐寅《诏赐时奉寄二亲》一首七律收录于文渊阁四库全书本《徐正字诗赋》（二卷）卷二，但既不见于明人影宋抄本《唐秘书省正字先辈徐公钓矶文集》十卷（此本影印后即四部丛刊三编本），又不见于《全唐诗》，连《全唐诗续拾》等唐诗补遗之作亦均漏收，真可谓失之眉睫。

以上几个例子说明，仅就文献问题而言，十国中杜荀鹤等 21 名文人就有研究或进一步研究的必要，而不是不需要再研究了。如果需要提建议，那就是，最好能将十国文人存世版本影印一下，如果做不到，至少将存世最早的版本都影印一下。如果利用科技手段，将所有版本电子化，而且读者能随时网上阅读，那就更好了。

本书出版得到
"杭州师范大学人文社会科学振兴计划"
项目资助

国家社会科学基金项目成果

十国诗文集版本考述
与十国文学研究（下册）

李 最 欣 ◎ 著

中国社会科学出版社

目　　录

（下册）

第四编　十国文人生平事迹与作品真伪辨正

第五编　十国文学创作述论

第四编　十国文人生平事迹与
　　　　作品真伪辨正

小　引

　　就像人们对十国集部著作版本的关注程度不同一样，十国文人生平行迹和作品真伪所得到的关注也不一样。关注多的作家如李煜，不仅有年谱，而且有传记，关注少的作家连年谱也没有，更不用说传记了，至于其生平行迹的疑难问题，或者未见有人提出，或者有人提出了，而且有争议，甚至争议得比较热闹，但是仍然有进一步探讨的必要。

　　本编依据笔者从事前三编研究时所了解的十国文人生平行迹和作品真伪方面的疑点问题予以阐述，文中对前贤时彦的观点多有商榷，容有疏漏，诚望得到指正。

第一章　杜荀鹤为杜牧微子之说辨正

微子就是贱子，非正妻所生之子。杜荀鹤（846—904）为杜牧（803—853）微子的说法，最早见于南北宋之交计有功《唐诗纪事》的记载，此说法产生后，信者有之，疑者有之，各执一词，终莫能定。现对此问题予以梳理考辨，以尽可能还原历史的本来面目。

一　历代学者的记载与看法

杜荀鹤是否为杜牧微子，先看看历代学者是怎么说的。

现存载籍中，最早记载此事的是南北宋之交计有功的《唐诗纪事》，该书卷六十五云："或曰：荀鹤，牧之微子也。牧之会昌（841—846）末自齐安移守秋浦，时年四十四，所谓'使君四十四，两佩左铜鱼'者也。时妾有娠，出嫁长林乡正杜筠而生荀鹤。"①

《唐诗纪事》的成书年份不详，计有功 1121 年中进士，假定为 20 岁，再假定还活了 60 岁，则《唐诗纪事》成书大约在 1121—1181 年之间。

与计有功同时代人严有翼（南宋绍兴间人）《艺苑雌黄》（《胡仔编《苕溪渔隐丛话》后集十五引）所记略同，仅变"乡正"二字为"卿士"二字。

周必大（1126—1204）《二老堂诗话》（收于清何文焕《历代诗话》中）的《杜荀鹤事》一文云："《池阳集》载：杜牧之守郡时，有妾怀娠而出之，以嫁州人杜筠，后生子，即荀鹤也，此事人罕知。余过池，尝有诗曰：'千古风流杜牧之，诗材犹及杜筠儿。向来稍喜《唐风集》，今悟樊川是父师。'"②

南宋尤袤（1127—1194）《全唐诗话》卷五、宋祝穆（？—1255）《方舆胜览》卷一五、元辛文房《唐才子传》（1304 年成书）卷九、明李贤

---

①　（宋）计有功撰，王仲镛校笺：《唐诗纪事校笺》（81 卷）（全 8 册），中华书局 2007 年版，第 7 册，卷 65，第 2196 页。

②　（清）何文焕辑：《历代诗话》（全 2 册），中华书局 1981 年版，第 659 页。

（1408—1466）《明一统志》卷十六、嘉靖《池州府志》卷七、明毛晋（1599—1659）《唐风集跋》、清吴任臣《十国春秋·杜荀鹤传》等，均照录此事。《明一统志》卷十六还加了一个"妻逐之"的细节："牧尝镇秋浦，妾有孕，妻逐之，以嫁长林乡杜筠而荀鹤生。"① 汤华泉《杜荀鹤生平事迹考证》注释第七云："多种《池州府志》言杜牧妾姓程氏。"② 更把杜荀鹤生母姓氏也坐实了。对于这个传说，多种文学史均避而不谈。余嘉锡《四库提要辨正》卷二十一则肯定："其事必不尽妄，非里巷传闻者比也。"③

清人薛雪、今人汤华泉、《唐才子传校笺·杜荀鹤传》校笺者周祖譔、吴在庆先生均持怀疑和否定态度。

此事有进一步辨正的必要。

二　杜荀鹤为杜牧微子的始作俑者，是散佚不存的《池阳记》

清倪涛《六艺之一录》卷一百二云："《池阳前记》，吴蔚张古序。《池阳续记》，崇宁（1102—1106）中毕渐序。《池阳前记》，政和八年（1118）范致明所编。《池阳后记》，建炎四年（1130）张古序。"④ 余嘉锡《四库提要辨正》卷二十一云："疑荀鹤为杜牧微子，事亦见于《池阳记》。《纪胜》载池州碑记，有《池阳前集》、《续集》、《池阳前记》、《后记》凡四种。其《前记》为政和八年（1118）范致明所编。致明即撰《岳阳风土记》者，其记岳阳事，绝去地志附会之习气，考证颇为不苟。若杜牧出妾生子事，果见于致明书中，则其事必不尽妄，非里巷传闻者比也。荀鹤为人虽不足道，然不肖子孙，古人何限，况荀鹤生于筚门圭窦之中，幼失过庭之训者乎？"⑤。余先生这里始终是推测之词，仅表达了他的观点的倾向性，而没有明确地说他相信杜荀鹤为杜牧微子。因为，即使范致明撰《岳阳风土记》考证不苟，不等于他编《池阳前记》就一定考证不苟。《池阳记》无非是地方志或者笔记小说之类，确实有"里巷传闻"之类的记载。今存《明一统志》及《池州志》一类书，就是这样。

---

① （明）李贤等撰：《明一统志》（90卷），景印文渊阁四库全书本，卷16。

② 汤华泉：《杜荀鹤生平事迹考证》，《阜阳师范学院学报》1986年第1期。

③ 余嘉锡：《四库提要辨正》（24卷）（全4册），中华书局1980年版，第4册，卷21，第1313页。

④ （清）倪涛撰：《六艺之一录》（406卷），景印文渊阁四库全书本，卷102。

⑤ 余嘉锡：《四库提要辨正》（24卷）（全4册），中华书局1980年版，第4册，卷21，第1312—1313页。

关于杜荀鹤为杜牧微子的事情，《四库全书总目》卷一百五十一云："其称杜牧微子者，殆亦梁师成之依托苏轼乎。"① 元脱脱等《宋史》卷四百六十八《梁师成传》说梁师成早年为宦者，受到贵幸，"窜名进士籍中"，官至太尉、开府仪同三司。"徽宗留意礼文符瑞之事，师成喜逢迎，希恩宠。帝本以隶人畜之，命入处殿中，凡御书号令皆出其手……师成实不成文，而高自标榜，自言苏轼出子。"② 其人专横跋扈，群奸诏附，罪恶昭彰，后被钦宗贬杀。四库馆臣认为杜荀鹤"人品至不足道"，比照梁师成诈称"苏轼出子"，而臆造杜荀鹤自己伪造了"杜牧微子"的说法。就猜测的程度而言，此种说法比《池阳集》更为严重，可说是毫无根据的附会。

杜牧的作品没有提到过他有微子或者将怀孕之妾嫁人的事情。杜牧当过池州刺史，官终中书舍人，又是著名诗人，但从未提及他与杜筠的关系。提及自己的家世，杜荀鹤多次说道："三族不当路"（《寄从叔》）、"更无亲族在朝中"（《投从叔补阙》），杜荀鹤一再在诗中推崇杜甫，并认杜甫为"诗宗"（《投从叔补阙》："吾宗不谒谒诗宗，常仰门风继国风。"）但对于杜牧的诗文，杜荀鹤从未提及过。

《唐诗纪事》转述《池阳记》之说，多不符合事实。其一，据缪钺《杜牧年谱》，杜牧自黄州（齐安）移受池州（秋浦），是在会昌四年（844）九月，而非"会昌末（会昌末，就是会昌六年，即846年）"。其二，时杜牧四十二岁，而非"四十四"。其三，据钱易《南部新书》辛集，荀鹤生于会昌六年（846）正月十日，而非会昌五年（845）正月，也非大中元年（847）正月。

所谓"长林乡正"，也是不存在的，隋及唐初实行县乡里建制。《旧唐书》卷四十三《职官志二》云："百户为里，五里为乡。两京及州县之郭内，分为坊，郊外为村。里及坊村皆有正，以司督察。四家为邻，五邻为保。保有丈，以相禁约。"里、坊、村三个低级的建制才称正，乡的长官不称"正"。③ 杜佑《通典》卷三十三曰："大凡唐百户为一里，里置正一人；五里为一乡，乡置老一人。……贞观九年，每乡置长一人，佐二人，至十五年省。"④ 可见，晚

---

① （清）永瑢等撰：《四库全书总目》（200卷），中华书局1965年版，卷151，第1302页。

② （元）脱脱等撰：《宋史》（496卷）（全40册），中华书局1985年6月新1版，第39册，卷468，第13662页。

③ （后晋）刘昫等撰：《旧唐书》（200卷）（全16册），中华书局1975年版，第6册，卷43，第1825页。

④ （唐）杜佑撰：《通典》（200卷），景印文渊阁四库全书本，卷33。

唐并无乡正之设，所谓"长林乡正"云云，是靠不住的。汤华泉《杜荀鹤生平事迹考证》说："明代后池州地志续有附会，至伪造《示阿宣诗》以坐实之。诗曰：'一子呶呶宣相门，宣乎须记若而人。长林管领闲风月，曾有佳儿属杜筠。'按：此诗不载樊川诸集，牧之亦无子侄名宣者，作伪者盖假借于牧之《冬至日寄小侄阿宣诗》；而且此诗格调劣甚，断非杜牧所为。"①

总之，杜荀鹤为杜牧微子之说是靠不住的。

---

① 　汤华泉：《杜荀鹤生平事迹考证》，《阜阳师范学院学报》1986 年第 1 期。

第二章 《阳春集》真伪辨正

《社会科学研究》2008 年第 3 期发表了木斋先生《冯延巳〈阳春集〉真伪论考》一文，该文提出三个论点：其一，"《阳春集》就其写作数量、艺术水准、艺术风格三个方面来说，都是超越南唐时代的，它应该是柳永之后、晏欧之前时代的产物。"其二，"正中体形成历程全然没有任何蛛丝马迹，《阳春集》中出现的地名风物与冯延巳身世及所处时代的文化氛围也不相符，如冯词中出现的'芭蕉'等物象即与其身世不符，咏梅词《鹊踏枝》则改窜自宋人杜安世之《蝶恋花》。"其三，"由陈世修编订的《阳春集》很可能是一部伪作，其词作来源应与杜安世的《寿域词》有关。"① 该文思路开阔、论述详细，是一篇言之有物的学术论文，尤其是该文从作品的艺术水准、艺术风格和地名风物等方面辨别作品真伪的论述，能给人较多启发。可惜的是，该文在论述的过程中，事实和逻辑方面多有疏漏，严重影响了论点的可靠性。今依据笔者对冯延巳《阳春集》的一些了解予以补充、纠正，希望能对学界认识《阳春集》有所裨益。

一 关于陈世修所撰《阳春集序》所谓疑点的补正

《冯延巳〈阳春集〉真伪论考》（以下简称《论考》）一文认为陈世修所撰《阳春集序》有五处疑点，并以此怀疑《阳春集》的真实性。实际上，这五处疑点均容易理解，并无什么扞格难通之处。

第一，《论考》一文说：

> 陈序说："南唐相国冯公延巳，乃余外舍祖也。公与李江南有布衣旧。"对此，夏承焘《冯正中年谱》（以下简称《年谱》）驳斥说："正中词名《阳春录》，见《直斋书录解题》，今传本名《阳春集》。陈世修编于宋嘉祐戊戌（1058）。其时距正中（903—960）之卒已九十余年。词共百二十阕，颇杂入温、韦、欧公、李主之作。王鹏运又辑得补遗七阕，

---

① 木斋：《冯延巳〈阳春集〉真伪论考》，《社会科学研究》2008 年第 4 期。

即四印斋所刊是。或谓世修《序》称正中外舍祖，然以年代推之，不能连为祖孙，疑陈编出于伪托。按，外舍祖谓外家之远祖，不能以此疑陈编，然陈编亦实有可疑处。考李昇（888—943）天祐九年（912）为升州刺史，时正中（903—960）才十岁。武义元年（919），参知政事，正中十七岁，而世修序称正中'与李江南有布衣旧'，语殊失实。"夏承焘先生此语，意谓若是仅仅以"世修序称正中外舍祖，然以年代推之，不能连为祖孙"，来"疑陈编出于伪托"，显然是不能成立的，但"陈编亦实有可疑处"。这是对于陈编《阳春集》的明确置疑。此为陈《序》不实之词一也。①

夏承焘先生这里已经把他认为的可疑处说出来了："考李昇天祐九年（912）为升州刺史，时正中才十岁。武义元年（919），参知政事，正中十七岁，而世修序称正中'与李江南有布衣旧'，语殊失实。"除此之外，未见夏先生对《阳春集》有其他怀疑。而夏先生这个怀疑是很容易解释清楚的。陈世修说冯延巳"与李江南有布衣旧"，其意思只是说冯延巳身份为布衣时即已经认识了李昇，并不是说冯延巳认识李昇时，李昇和冯延巳均为布衣。当然，陈世修这种说法不够妥当，容易引起误解，所以夏承焘先生的批评有一定的道理。但说"语殊失实"，似乎也言重了。陆游和马端临的说法就稳妥多了。陆游《南唐书》卷十一即云冯延巳"及长，以文雅称，白衣见烈祖，起家授秘书郎。"②《文献通考》卷三十《南唐设科举既而罢之》亦云"宋齐邱、冯延巳仕于南唐，皆白衣起家为秘书郎。"③《全唐五代词》正编卷三介绍冯延巳时即采用了"以文雅称，白衣见南唐烈祖，起家授秘书郎"④ 的说法。可见，陈世修的说法可以被接受。退一步说，即使认为陈世修此说法有问题，夏承焘先生的批评是正确的，那也只是这个说法有问题而已，夏先生这里并没有质疑《阳春集》的真实性。

第二，《论考》一文认为陈世修《阳春集序》"将一个如此奸佞小人与其

① 木斋：《冯延巳〈阳春集〉真伪论考》，《社会科学研究》2008 年第 4 期。

② （宋）陆游撰，李建国校点：《南唐书》，卷 11，见傅璇琮、徐海荣、徐吉军主编《五代史书汇编》（全 10 册），杭州出版社 2004 年版，第 9 册，第 5549 页。

③ （元）马端临撰：《文献通考》（348 卷），中华书局 1986 年版，卷 30，第 281 页。

④ 曾昭岷、曹济平、王兆鹏、刘尊明编撰：《全唐五代词》（全 2 册），中华书局 1999 年版，正编卷 3，第 647 页。

弟延鲁都说成是'核是之美，粹于一身，何其贤也'，此陈序不实之词二也。"①

这批评没道理。首先，马令《南唐书》、陆游《南唐书》、司马光《资治通鉴》中都有当时人以冯延巳、冯延鲁、陈觉、魏岑、查文徽为"五鬼"的说法，但是这只是事情的一面，事情的另一面是，史书中也有对冯延巳人品的正面评价，而且有事例为证。关于冯延巳人品，笔者另有专文辨析。这里只想提出，陈世修在这里没有提及自己外曾祖父冯延巳的人品问题，他只是说才业之壮和才思之清粹于外曾祖父一身。而这种评价，即使在今人看来，仍然完全符合冯延巳的身份。何况，即使外曾祖父冯延巳的人品真的很糟糕，也不能要求作为重外孙的陈世修必须在这里提及其外曾祖父的人品糟糕。他在序言里不可能说自己的外曾祖父是奸佞小人，人们也不能以"你必须说实话"为理由来要求陈世修这么说。所以，陈世修对外曾祖父冯延巳文学才华的称赞是没问题的，不能说陈世修这种称誉是不实之词。

另外，《论考》一文说陈世修《阳春集序》将冯延巳"与其弟延鲁都说成是'核是之美，粹于一身，何其贤也'"。其实，这个评价只是给冯延巳一人的，没有包含冯延鲁，《论考》一文作者木斋先生此处显然弄错了。陈世修的原话先是说"与弟文昌左相延鲁，俱竭虑于国，庸功日著，时称二冯焉"。后又说："噫，公以远图长策翊李氏，卒令有江介地，而居鼎辅之任。磊磊乎才业，何其壮也。及乎国已宁，家已成，又能不矜不伐，以清商自娱，为之歌诗，以吟咏情性。飘飘乎才思，何其清也。核是之美，粹于一身，何其贤也。"② 这里的"公"只指冯延巳一人，是说才思之壮和才思之清粹于冯延巳一人，而没有包含冯延鲁。

第三，《论考》一文说："陈序云：'公以金陵盛时，内外无事，朋僚亲旧，或当燕集。多运藻思，为乐府之词。俾歌者依丝竹而歌之，所以娱宾而遣兴也。日月浸久，录而成编。'这一段关于冯延巳燕集写词，娱宾遣兴的著名论述，被广为引述，但除了陈世修此论之外，有关冯延巳词的经历，在晚唐以及宋初的各种资料中，均未见有所提及，陈世修所说的情况，有何版本的根据，未有一语道及，此陈序不实之词三也。"③

木斋先生此语，意思是说陈世修没有交代其关于冯延巳燕集写词说法的来源。陈世修确实没有交代说法的来源，但不能依据陈世修没有交代说法的来源

---

① 木斋：《冯延巳〈阳春集〉真伪论考》，《社会科学研究》2008 年第 4 期。

② 同上。

③ 同上。

就判定陈世修的话是假话,不是事实。陈世修这样说,只需从其外曾祖父冯延巳留下的词,再联系南唐的历史,就可以这样说了,他没有必要交代其为什么这样说,有何依据这样说,当时没有这样的学术规范,他也很难想到后人会这么问。而且在今人看来,陈世修此说法完全符合词这种文学体裁的功能和词发展史的事实和逻辑。也可能有人会说:"金陵无事"这说法不符合事实,南唐国从建国到灭亡,一直有战争,至少也是处于战争的威胁中。这还是"外"的方面。从"内"的方面讲,南唐党争激烈,文官武将均钩心斗角得很厉害,冯延巳、冯延鲁等人"五鬼"的说法就是例子。这样讲,勉强可通,但仍然容易解释。南唐的战争和党争再怎么频繁和激烈,也没有到了让冯延巳没时间没心情写词的地步。不能要求陈世修必须说其外曾祖父是在战争的间歇、党争的间歇里忙里偷闲写词的,尽管历史事实肯定是这样的,不仅是冯延巳,历史上任何人的文学作品都不会是在忙得不可开交的时候写出来的。例如,后蜀并不比南唐更安定,但还是诞生了《花间集》这样的词集。所以,陈世修这段话没有什么问题,不能说陈世修这话是不实之词。

第四,《论考》一文说:"'公薨之后,旧秩散失,十无一二。今采获所存,勒成一秩,藏之于家云。'既云'旧秩散失,十无一二',说明陈世修所编之《阳春集》并非陈家之祖传秘本,而是重新'采获所存'。但陈世修所'采获所存'是从何处'采获'而来?若有所本,陈世修既然如此热心为其外舍祖张目,缘何不说出处。若说从各种史料中,或说是前人所编词集中采获数篇或者是十多篇,都有一定的可能。但《阳春集》上百篇,却又在此前不见于各种词集史传,岂不令人疑窦丛生?此为不实之词四也。"①

陈世修所编之《阳春集》肯定至少有一部分来自于其家藏祖传秘本(当然也可能就全部来自于其家藏秘本),不能从陈世修这话断定其所编之《阳春集》并非陈家之祖传秘本。因为陈世修说"旧秩散失,十无一二",就是说旧本没有全部丢失,还有极少的一部分,那么,他所编《阳春集》当然会把这留下来的一部分包含在其中。还有,陈世修从多处搜集其外曾祖父的作品,搜集以后编起来就可以了,他不一定非得在序言里交代其来源不可,因为当时人编书没有这个规矩,他也没有料到千年后的学术规范是非交代材料来源不可的。看看唐宋名家作品集的编纂经历就可知道,不交代材料来源是普遍现象。而且陈世修这里已经交代了材料来源:就是旧秩散失后留下来的,他把这些留下来的采获后就编成了《阳春集》。至于木斋先生说"若说从各种史料中,或说是前人所编词集中采获数篇或者是十多篇,都有一定的可能。但《阳春集》

---

① 木斋:《冯延巳〈阳春集〉真伪论考》,《社会科学研究》2008 年第 4 期。

上百篇，却又在此前不见于各种词集史传，岂不令人疑窦丛生？"这个没有什么疑窦，很好解释。陈世修于宋仁宗赵祯嘉祐三年戊戌岁（1058）写此序时，马令《南唐书》（1105 年成书）、陆游（1125—1210）《南唐书》均没有写成，仅有《旧唐书》、《旧五代史》，没有多少史料供他采录其外曾祖父的词。所以，陈世修即使想从史料中搜集，也是不可能的。冯延巳在史书中是以一个南唐重臣而不是以一个文人的身份出现的，再加上词体在当时远未被人们承认，所以史传中不提冯延巳的词是正常的。陈世修编《阳春集》之时，词总集只有一本后蜀孟昶广政三年庚子岁（940）赵崇祚编集的《花间集》，还未收冯延巳的词，陈世修也不可能从哪个词总集中采录冯延巳词，而词别集即使有，那也是别人的，不是冯延巳的，就更不能采录了，何况那时候没有什么词别集，因为冯延巳的词集是词史上第一个词别集，《四库全书总目》卷一九九为康熙四十六年（1707）编定的《御定历代诗余》（120 卷）作《提要》论述词的发展史时就是这么判定《阳春集》的地位的："洎乎五季，词格乃成。其歧为别集，始于冯延巳之阳春词，其歧为总集，则始于赵崇祚之花间集。"①

第五，《论考》一文说："陈世修所编冯延巳集，名为《阳春集》这一点，正如吴熊和先生所说：'这个集名疑非冯延巳自题，他不会自诩其词犹阳春白雪'那么，延巳词日月浸久，录而成编，陈世修是否见过其编，若无，又以何为据说'录而成编'。此为《阳春集》漏洞百出之五。"②

吴熊和先生的说法当然是出于冯延巳具有君子的谦虚美德，至于陈世修是否见过《阳春集》，这个问题陈世修说得很清楚："公薨之后，吴王纳土。旧秩散失，十无一二。今采获所存，勒成一秩，藏之于家云。"冯延巳去世后，南唐灭亡，冯延巳的集子就散失了，只留下极小的一部分。陈世修可能见过整部的《阳春集》，只是以前没注意保护，等散失大部分之后才采录而编，也可能没见过整部的《阳春集》，他第一次接触其外曾祖父的《阳春集》就只看到散失大部后留下一小部分的《阳春集》，他就把这留下的一小部分编起来，就是这 120 首的《阳春集》。木斋先生没有说这是不实之词，只是说这是"漏洞百出之五"。其实这里没有什么漏洞。陈世修在自己家里只见到大部分散失的残部《阳春集》，然后把这残部（可能不但是残部，而且可能有点散乱了）《阳春集》编集起来。陈世修的陈述没有什么漏洞。

---

① （清）永瑢等撰：《四库全书总目》（200 卷），中华书局 1965 年版，卷 199，第 1825 页。
② 木斋：《冯延巳〈阳春集〉真伪论考》，《社会科学研究》2008 年第 4 期。

二 关于冯延巳词所谓超越时代现象的补正

《论考》一文认为冯延巳的词是超越时代的，并由此质疑冯延巳《阳春集》的真实性。该文从三个方面论述冯延巳词的超越时代现象。以下逐一分析。

第一，《论考》一文认为冯延巳词有 120 首之多，这是超越时代的。作者木斋先生回顾了冯延巳之前词人的词作数量，然后说："这样回顾之后，我们就能发现，冯延巳突破时代之局限，直接接近了晏殊词的词作数量，这无疑是一个跨越时代的可疑现象。"①

注意，冯延巳词 120 首的数量，并没有超越时代。木斋先生列举了李白 13 首、玄真子 5 首、白居易 28 首、戴叔伦 1 首、刘长卿 1 首、韦应物 4 首、张松龄 1 首、王建 10 首、李德裕 1 首、韩琮 1 首、杜牧 1 首、易静《兵要望江南》500 首、韩熙载 1 首、陶谷 1 首、李璟 4 首、孟昶 2 首、花蕊夫人 1 首、卢绛 1 首、钱俶 1 首、温庭筠 66 首、韦庄 47 首、李煜 33 首。然后木斋先生解释了温庭筠、韦庄、李煜词作数量之多是有其历史和自身等方面的原因的，所以可以理解，而冯延巳词作数量之多没有原因，所以值得怀疑。笔者想补充的是：除温庭筠、韦庄、李煜三人数量较多外，年龄长于冯延巳但与冯延巳同时代的人中，词作数量较多的，依据《全唐五代词》的收录顺序，还有这九个人：欧阳炯 47 首、和凝 28 首、牛峤 32 首、张泌 28 首、毛文锡 32 首、顾夐 55 首、毛熙震 49 首、李珣 54 首、孙光宪 84 首。其中词作数量超过李煜、不少于韦庄的有 5 人，超过温庭筠的有 1 人。由这些同时代文人的词作数量来看，冯延巳留下 120 首词是正常的（写了 120 首词就更正常了）。不能认为冯延巳的同时代人留词最多的是孙光宪（901—968），孙光宪只有 84 首词，所以冯延巳（903—960）留下 120 首词就超越了时代，是值得怀疑的。

关于温庭筠作词较多，木斋先生是这样解释的："但温飞卿开始大量填词变偶然之作为有意之作，其原因是多方面的，或者说是渊源有自的：1. 从词史演进来看，到了飞卿的时代，经历近百年的探索，词体写作的经验日趋成熟；2. 皇帝喜爱，上行下效，应运填词是时代的宠儿，飞卿以词来展示自己的才华，体会宫廷气息，揣摩词体写作的规律，自然就达到了专业化特征的一个新高度；3. 温庭筠的有意写作，源于他'能逐弦吹之音，为侧艳之词'的音乐专业修养，和'士行尘杂、酣醉终日'的叛逆式人生态度，这使他具有

---

① 木斋：《冯延巳〈阳春集〉真伪论考》，《社会科学研究》2008 年第 4 期。

与歌者融为一体的条件，从而开创了词体应歌时代的到来。"①

"开创了词体应歌时代的到来"可能是笔误，其意思显然是想说："开创了词体应歌时代"，这个先提醒一下。木斋先生所说的温庭筠之所以能大量填词的这三个条件，除"士行尘杂、酣醉终日"外，其他的条件冯延巳完全具备。而"士行尘杂、酣醉终日"并不是作词的必要条件，例如史书没有记载韦庄和孙光宪也有这样的特点，但这二人照样作了很多的词。

关于李煜能够填写40首词的原因，木斋先生是这样解释的："李煜是其中的特例，由于遭遇了'一旦归为臣虏'的家国之痛，触目皆恨。因此写下了大约40篇的词作。后主之词，可以视为词体演进史上的第二次觉醒，其为偶然之作而为有意之作，同样有着他自身的原因，那就是家国之痛的外在刺激，这是词体演进中历史文化和个人遭际在其中发挥的特殊作用。"②

注意，木斋先生说李煜之所以能够写出40首词作，是由于亡国的痛苦的刺激。笔者认为，冯延巳生前，南唐没有完全灭亡或者说没有亡国，但是即将亡国的痛苦照样给冯延巳以巨大的刺激。因为冯延巳毕竟是两朝宰相。按照叶嘉莹的说法："李后主是哀悼，是无可挽回地哀悼，'自是人生长恨水长东'。可是，冯延巳是奋斗，是挣扎，是在败亡的途中还要挣扎。"③ 就是说，冯延巳面对亡国的趋势，还有一种挽救的努力，因为挽救不了，所以冯延巳更加痛苦。可见，李煜有亡国之痛而能大量作词而冯延巳没有亡国之痛所以不能大量作词，这说法仍然是站不住脚的。

另外，木斋先生说"后主词直到明代万历庚申年（1620）才得结集，收词只有33首。"④

这不符合事实。其实，1262年成书的陈振孙《直斋书录解题》已经收录有"《南唐二主词》一卷"，只是现存李煜词集的最早版本是明代万历四十八年庚申岁（1620）谭尔进辑、吕远墨华斋刊刻的《南唐二主词》一卷⑤。顺便说一句，冯延巳《阳春集》虽在宋代已经编集，但是据《中国古籍善本书目·集部》著录，今日存世的最早版本是清康熙五十四年（1715）萧江声刻本。不过，笔者了解到中国国家图书馆藏有清康熙二十八年（1689）侯文灿

---

①　木斋：《冯延巳〈阳春集〉真伪论考》，《社会科学研究》2008年第4期。

②　同上。

③　叶嘉莹：《唐宋词十七讲》，河北教育出版社1997年版，第119页。

④　木斋：《冯延巳〈阳春集〉真伪论考》，《社会科学研究》2008年第4期。

⑤　中国古籍善本书目编辑委员会编：《中国古籍善本书目》（集部）（全3册），上海古籍出版社1998年版，卷30，第1956页。

亦园刻的《十名家词集》本，看来这才是今存最早的冯延巳《阳春集》版本。至于江苏广陵古籍刻印社 1989 年影印的《阳春集》注明为"据明抄本影印"，因未见哪个图书馆藏有明抄本《阳春集》，故存疑。

第二，《论考》一文作者木斋先生认为，《阳春集》词体性质超越了时代，从而质疑《阳春集》为冯延巳作品的真实性。

这里笔者首先强调一点：作品的数量是客观性的东西，关于其多少的结论容易得到人们的认同；而作品艺术风格和水平的认定更多的是个人化的东西，容易仁者见仁、智者见智，很难得到多数人的认同。所以《阳春集》的艺术风格和水平是怎样的，冯延巳时代词的艺术风格和水平是怎样的，《阳春集》的艺术风格和水平是否比冯延巳时代词的艺术风格和水平好了许多，高了许多，很难有让所有人都心服口服的答案。正是因此，《论考》一文认为《阳春集》的风格和唐五代词的风格不协调，《阳春集》中词的艺术水平超越了唐五代词的艺术水平，因而《阳春集》不可能是冯延巳的作品。《论考》一文的作者这样讲，其他人就不能说《论考》一文的观点绝对不成立。这里只提醒一点：一个人某方面的能力和水平凌驾于他或她所处时代所有人的水平之上，这不但是可能的，而且是一定的。不能认为一个人某方面的能力在同时代的人中拔了头筹，就说他超越了他的时代，所以其真伪是值得怀疑的。这一点提出就行，不必辞费。接下来，笔者对木斋先生这部分论述中出现的疏漏予以辨析。

木斋先生说："王国维有言：'词至李后主而眼界始大，感慨遂深，遂变伶工之词为士大夫之词。'以王国维之见，李后主是一个分界点，后主之前的唐五代词，称之为伶工之词，后主之后的北宋词，则称之为士大夫词。伶工之词的说法，也许并不准确，以笔者的研究所见，唐五代词的本质属性，可以使用宫廷词来界说，伶工只是宫廷的一个部分。事实上，词体发生于盛唐宫廷，唐五代词的主流也始终是在宫廷之中，李白宫廷应制词、西蜀花间词、南唐词是唐五代词体发生和形成的三个标志。"①

注意，这里木斋先生显然是误解了王国维的意思。王国维只是说李后主的词眼界大了，感慨深了，所以变成了士大夫之词了；王国维没有说李煜是分界点，李煜之前的是伶工之词，李煜之后的是士大夫之词，也看不出来王国维有这个意思。而木斋先生的理解是，王国维认为李后主是一个分界点，李后主之前的唐五代词是伶工之词，李后主之后的北宋词是士大夫之词。如此理解王国维的话，显然不对。王国维并无这个意思，也不可能有这个意思，因为王国维不可能认为北宋词人就不撰写伶工之词了。李后主也不可能给以后的人立个规

① 木斋：《冯延巳〈阳春集〉真伪论考》，《社会科学研究》2008 年第 4 期。

矩，从此以后，所有的人都不再撰写伶工之词了，后来的词人也不可能遵守这样的规矩。不管怎么说，王国维认为李后主的词已经不是伶工之词，而是士大夫之词了，这应该没有问题。可见，木斋先生认为"王国维所说唐五代词向北宋士大夫词的'遂变'，应该是开始于北宋士大夫群体的觉醒"① 的说法值得商榷。

第三，《论考》一文作者木斋先生认为"冯词没有其应有的形成过程和相应的写作记载"，他紧接着又说"收藏于《阳春集》中的词作，在南唐尚不具备其产生的历史条件和词史条件，同时，冯延巳也没有其词体形成过程的任何蛛丝马迹"。②

注意，一个作家作品的发展形成过程和相应的写作记载被记录下来而且流传下来，这在中国古代作家中是极其少见的事情，大部分都根本就没有记载，或者虽有记载但是这种记载后来丢失了。不管怎么说，流传于世的文献资料在所有历史上产生过的文献资料中毕竟只占极小的比例。所以，不能依据今存史料中没有冯延巳作词或者会作词的记载，就说今存《阳春集》中的词不是冯延巳的作品。何况，冯延巳会作词而且作词了这种事情，在今存史料中不是没有记载，而是有记载，而且不止一条或一处。以下就将这些史料按照时间顺序排列并简析一下。

《钓矶立谈》云："烈祖使冯延巳为齐王宾佐，孙晟面数延巳曰：'君尝轻我，我知之矣。文章不如君也，技艺不如君也，谈谐不如君也。然上置君于亲贤门下，期以道义相辅，不可以误国朝大计也。'延巳失色，不对而起。"③ 又云："叟闻长老说冯延巳之为人，亦有可喜处。其学问渊博，文章颖发，辨说纵横，如倾悬河暴而听之，不觉膝席之屡前，使人忘寝与食。"④

《南唐别录》记载元宗李璟即位，改元保大（943—957）后，"诏立皇弟景遂为皇太弟，冯延巳自元帅掌书记为翰林学士承旨，延鲁自水部员外郎为中书舍人。延鲁急于趋进，欲以功名图重位，乃兴建州之役。延巳曰：'士以文行饰身，忠信事上，何用行险以要禄。'延鲁曰：'兄自能如此，弟不能惛惛待循资宰相也。'"⑤

---

① 木斋：《冯延巳〈阳春集〉真伪论考》，《社会科学研究》2008 年第 4 期。

② 同上。

③ （宋）陆游撰，李建国校点：《南唐书》，卷 11，见傅璇琮、徐海荣、徐吉军主编《五代史书汇编》（全 10 册），杭州出版社 2004 年版，第 9 册，第 5012 页。

④ 同上书，第 5013 页。

⑤ 同上书，第 5136 页。

还有，宋王尧臣等人于 1041 年编定的《崇文总目》卷十二"别集五"收有"冯延巳集。"① 不管这里的《冯延巳集》所收的是诗、词、还是文，总可以证明冯延巳是有著作的。

又，《钓矶立谈》成书于宋太宗后期②，而宋太宗在位时间为 976 年至 997 年；《南唐别录》的作者是陈彭年（961—1017），此书最晚成书于 1017 年；《崇文总目》之《提要》云《崇文总目》成书于庆历元年（1041）。③ 这三种书都完成于宋仁宗嘉祐三年（1058）陈世修编《阳春集》之前，所以就不能说这些话受到了陈世修的影响而不可信。由这些记载可见，冯延巳学问和文采确实出类拔萃，这总为他会作词提供了相当的条件。虽然今人不知《崇文总目》著录的《冯延巳集》究竟是诗、词，还是文，但能说明冯延巳是有作品集的。

接下来看成书于北宋崇宁乙酉（1105）的马令《南唐书》卷二一的记载："冯延巳，字正中。……及长，多伎艺。烈祖以为秘书郎，使与元宗游处，累迁驾部郎中，元帅府掌书记。……元宗爱其多能，而嫌其轻脱贪求，特以旧人不能离也。……复以其弟延鲁交结魏岑、陈觉、查文徽，侵损时政。时人谓之五鬼。保大四年（946），自中书侍郎拜平章事，时论不平。出镇抚州，亦无善政。延巳无才而好大言。……故蠹国殃民，实此之由。为相之后，动多徇私，而故人亲旧，殆于谢绝，与弟延鲁如仇雠。……始乞罢相，乃罢为宫傅。逾年卒。年七十五。著乐章百余阕。其《鹤冲天》词云：'晓月坠，宿云披，银烛锦屏帷。建章钟动玉绳低，宫漏出花迟。'又《归国谣》词云：'江水碧，江上何人吹玉笛。扁舟远送潇湘客，芦花千里霜月白。伤行色，明朝便是关山隔。'见称于世。元宗乐府辞云：'小楼吹彻玉笙寒'。延巳有'风乍起，吹皱一池春水'之句，皆为警册（笔者按：册，通策）。元宗尝戏延巳曰：'吹皱一池春水，干卿何事'。延巳曰：'未如陛下小楼吹彻玉笙寒'。元宗悦。"④

注意，这里笔者特意将马令《南唐书》关于冯延巳文艺上的天赋和冯延巳人品上的缺陷全部摘抄出来，因为从这些记载可以看出马令对冯延巳的态度即使不是基本否定的话，至少也是持有不少贬低之词的，那么，马令就肯定不

---

① （宋）王尧臣等撰：《崇文总目》，景印文渊阁四库全书本，卷 12。

② （宋）史温撰，虞云国、吴爱芬校点：《钓矶立谈》，卷首说明，见傅璇琮、徐海荣、徐吉军主编《五代史书汇编》（全 10 册），杭州出版社 2004 年版，第 9 册，第 4998 页。

③ （清）永瑢等撰：《四库全书总目》（200 卷），中华书局 1965 年版，卷 85，第 728 页。

④ （宋）马令撰，李建国校点：《南唐书》，卷 9，见傅璇琮、徐海荣、徐吉军主编《五代史书汇编》（全 10 册），杭州出版社 2004 年版，第 9 册，第 5393—5395 页。

会有意识地拔高冯延巳的文艺才能，更不会替冯延巳编造文学作品了。可是，这里马令不仅记载了冯延巳文艺上的出众才华，而且言之凿凿地记载了冯延巳有百余阕词，还举出了其中脍炙人口的三首，且有与李璟君臣二人相互欣赏的文坛佳话。对于马令说冯延巳有百余阕词这件事，木斋先生认为这不可信。他说："北宋崇宁（1102—1106）间，马令作《南唐书》，称正中'著乐府百余阕'，夏先生因此怀疑'陈编殆据此数而杂撷欧李诸词实之'。其实，马令《南唐书》关于冯延巳会作词的记载不足为凭，宋徽宗崇宁年间（1101—1106）（笔者按：崇宁为1102—1106，木斋先生此处显然笔误，另外，马令《南唐书》成书于崇宁乙酉即崇宁四年即公元1105年，见《南唐书》卷首马令写的《南唐书序》），距离陈世修编辑《阳春集》的1058年，已经过去了将近50年，是马令依据陈世修的《阳春集》而得出'著乐府百余阕'的记载，而非陈编据此而实之。"①

就算马令说冯延巳"著乐府百余阕"是依据陈世修《阳春集》而得出的，那马令举出冯延巳的《鹤冲天》、《归国谣》，且说这二首词"见称于世"又从何而来呢？冯延巳与李璟互相称赏词作的逸事又是从何而来呢？如前所述，评价冯延巳时多有贬词的马令肯定不会弄虚作假编造这些事情来美化冯延巳。

最能证明冯延巳《阳春集》确实为冯延巳所作的证据，是南宋罗愿（1136—1184）《新安志》卷十的记载："冯相国乐府，号《阳春录》者，冯氏子孙泗州推官璪尝以示晏元献公。公以为真赏。"② 晏殊（991—1055）曾看过冯延巳的词集，而且很喜欢，这事情比陈世修编集《阳春集》最少早了三年（陈世修编集《阳春集》在1058年）。这充分证明冯延巳确实有词，而且水平不错，连晏殊都很欣赏。

最晚于1194年成书的尤袤《遂初堂书目》"乐曲类"记载有"冯延巳《阳春集》"③。最晚于1262年成书的《直斋书录解题》卷二十一云："《阳春录》一卷。南唐冯延巳撰。高邮崔公度（？—1097）伯易题其后，称其家所藏最为详确，而《尊前》、《花间》诸集往往谬其姓氏。"④ 宋代这两个目录学家均藏有冯延巳的词集，而且二人皆没有怀疑其真实性，可见，《阳春集》的

---

① 木斋：《冯延巳〈阳春集〉真伪论考》，《社会科学研究》2008年第4期。

② （南宋）罗愿：《新安志》，景印文渊阁四库全书本，卷10。

③ 中华书局编辑部编：《宋元明清书目题跋丛刊》（全19册），中华书局2006年版，第1册，第501页。

④ （宋）陈振孙著，徐小蛮、顾美华点校：《直斋书录解题》（22卷），上海古籍出版社1987年版，卷21，第615页。

作者是冯延巳，这应该是可信的。

　　总之，冯延巳的文学才能不错，应该能够作词，而且作了词，其词早在陈世修编辑《阳春集》之前已经结集，这些事实，在史料里有多种记载，可以互相印证。至于木斋先生所说"冯延巳也没有其词体形成过程的任何蛛丝马迹"的问题，很容易解释。冯延巳留下来的作品，完全可以是、而且应该是他的作品的成熟之作，何况所谓"词体"特质的认定只是今人对前人作品的总结，而这种总结不可能总是正确的，不能认为包括冯延巳在内的五代人的水平达不到《阳春集》所收词的高度，因而认定《阳春集》肯定不是冯延巳的作品。

三　关于《阳春集》和《寿域词》关系的补正

　　《论考》一文说："与冯延巳在词史上声名煊赫相反，宋初词人杜安世则近乎寂寞无闻。不过，令人感到奇怪的是，冯延巳的《阳春集》与杜安世的《寿域词》两个词集之间相互吻合、相似之处甚多，同一首词作同见两集之中也时有发生，由于冯延巳词名极大，一般都断为冯作，如《全唐五代词》在冯延巳《鹊踏枝》'梅落繁枝千万片'词下说：'此词又见杜安世《寿域词》。案，《寿域词》一卷有陆贻典校本，收词86首，杂有李煜、冯延巳、晏殊、吴敢、欧阳修等人词作，所收较杂乱，……当从《阳春集》作冯延巳词。'"①

　　不知木斋先生以何为据能断定杜安世是宋初词人，杜安世的生卒难以考知。只能据吴曾《能改斋漫录》卷十七记载的一则逸事推知大概："晁以道云杜安世词：'烧残绛蜡泪成痕，街鼓报黄昏。'或讥其黄昏未到，焉得烧残绛蜡。或云，王荆公父益都官所作。曾有人以此问之。答曰：'重檐邃屋，帘幕拥密不到夜，已可燃烛矣。'韩魏公以此赏杜公。杜云乃王益作。荆公时在座，闻语离席。"②王荆公即王安石（1021—1086），其父王益（993—1038），韩魏公即韩琦（1008—1075），韩琦以此词赏杜安世，可知，杜安世应为韩琦之晚辈，则杜安世生年应该在1008年之后。木斋先生这里说"冯延巳的《阳春集》与杜安世的《寿域词》两个词集之间相互吻合、相似之处甚多，同一首词作同见两集之中也时有发生"，但《论考》全文都没有解释这里所说的"吻合"、"相似"的含义。据笔者的考察，这里所说的"吻合"、"相似"只能是指同一首词见于《阳春集》和《寿域词》两个词集中。那么，这样的词

---

①　木斋：《冯延巳〈阳春集〉真伪论考》，《社会科学研究》2008年第4期。

②　（南宋）吴曾撰：《能改斋漫录》，景印文渊阁四库全书本，卷17。

有几首呢？《论考》一文始终没有交代，笔者查考后知道：仅有 3 首。为了弄清《阳春集》和《寿域词》各自所收词与其他词集所收词相重复的情况，笔者依据唐圭璋所编《全宋词》和曾昭岷等所编《全唐五代词》的考辨，统计如下。

《阳春集》可靠的版本是四印斋本。该本《阳春集》收词 120 首，能够明确断定不是冯延巳词而是他人之词者有 15 首，分属 9 个词人：温庭筠 3 首、韦庄 3 首、张泌 3 首、李璟 1 首、牛希济 1 首、李珣 1 首、孙光宪 1 首、顾敻 1 首、薛昭蕴 1 首。其余 105 首冯延巳词中，作者有异说的有 33 首。这 33 首中，5 首词的作者被认为不止有 2 种说法，28 首词的作者被认为有 2 种说法（即作者被认为是冯延巳或者另一个人）。这 28 首分别是：11 首被认为是误收于欧阳修《近体乐府》，1 首被《兰畹集》误作欧阳修词（就是说，有 12 首被误认为是欧阳修词）；被误认为是张先词的有 7 首；被误认为是杜安世词的有 3 首、1 首被误认为是赵以夫词、1 首被误认为是李煜词、1 首被误认为是晏几道词、1 首被误认为是晁补之词、1 首被误认为是和凝的词。这 27 首词可以确认是冯延巳词，只是被误认为是其他人的词。还有 1 首被认为作者可能是和凝，也可能是冯延巳，故其作者为谁，两说并存之。作者被认为不止 2 个的 5 首词中，1 首被误作欧阳修（近体乐府卷二）、晏殊、张泌；1 首被误作牛希济、成幼文；1 首被误作欧阳修（醉翁琴趣外篇）、李煜、花间词；1 首被误作欧阳修（近体乐府卷一）、晏殊、晏几道。这 4 首词的作者有不止 2 种说法，最后被确定是冯延巳词。还有 1 首在李煜词集、欧阳修词集、晏殊词集中均出现，现在被断定肯定不是晏殊和欧阳修的，其作者是李煜，或者是冯延巳，皆可能，故两种说法并存之。这 33 首中，仅有 2 首分别被作为冯延巳和和凝两存之、冯延巳和李煜两存之。其他 31 首均被确定是冯延巳词。

再看看《寿域词》的情况：《寿域词》86 首中，有 14 首作者有异说。这 14 首词中，3 首确定为冯延巳，1 首确定为李煜，1 首确定为吴敢，3 首作者为欧阳修和杜安世两存之，3 首为晏殊和杜安世两存之，1 首为晏几道、王观、杜安世三存之，2 首确定为杜安世词。总之，现存杜寿域词中可靠为杜安世所作的词，有 74 首。

木斋先生是以"冯延巳的《阳春集》与杜安世的《寿域词》两个词集之间相互吻合、相似之处甚多，同一首词作同见两集之中也时有发生"来怀疑并进一步断定《阳春集》是剽窃杜安世《寿域词》而来的，那么，《阳春集》与欧阳修词"互相吻合、相似之处"多达 18 首、与张先词"互相吻合、相似之处"也有 7 首，为何就不能怀疑《阳春集》剽窃了欧阳修词或者张先词呢？从生卒年代上看，1058 年陈世修编撰《阳春集》剽窃张先（990—1078）和欧阳修（1007—1072）远比剽窃杜安世（如前所述，1008 年出生的韩琦尚且是杜安世的长辈），可能性要大得多。还有，《寿域词》与冯延巳词有 3 首互见，而与欧阳修词也有 3 首互见，与晏殊词也有 3 首互见，为何《阳春集》就是剽窃《寿域词》，而晏殊（991—1055）词、欧阳修（1007—1072）词就不是剽窃杜寿域词呢？更何况，《寿域词》86 首今尚在，能够考知确实为杜寿域撰写的词尚有 74 首，也没见他这 74 首词有哪首得到后人多少好评，陈世修剽窃时眼光高到全把好词剽窃了而留下的全是次品的词，这可能性总是很少的吧？

木斋先生判定《阳春集》中的《鹊踏枝》（梅落繁枝千万片）一词为杜安世作而不是冯延巳作，探索的角度是正确的，但是漏洞太多，故结论靠不住。例如，木斋先生认为冯延巳的《鹊踏枝》这个词调应为后人之作，不可能是冯延巳时代的人作的，其原因是"全唐五代词中除过冯延巳《阳春集》，则只有《云谣集杂曲子》中有《鹊踏枝》两首，……其余如温庭筠、韦庄及花间诸人，均未见采用此调。特别是晚于正中的后主，也未见采用词调"①。这显然不能成立。因为即使所有的人都没有用过此词调，冯延巳仍然可以用，任何一个词调总会有人是第一个使用的，这个人为什么就不能是冯延巳呢？木斋先生还以冯延巳写了 14 首《鹊踏枝》词而李煜竟然无动于衷，一首《鹊踏枝》也没有写从而认定《阳春集》中的《鹊踏枝》肯定不是冯延巳的。这同样不成立。不要说是冯延巳一个人喜欢写《鹊踏枝》词了，即使当时所有的人都喜欢写《鹊踏枝》词，李煜仍然可以不喜欢此词调而从来不写。何况，今存李煜词只有 40 首，李煜的词作如同古代很多文人的作品一样，流传下来的只是其作品的很小一部分，大部分都丢失了。今存李煜词无《鹊踏枝》词调并不能断定李煜就没采用过此词调。所以，从《鹊踏枝》词调认定此词不可能是冯延巳写的，此说法站不住脚。

又例如，木斋先生从文人对梅花的关注来认定《鹊踏枝》这首写梅的名篇不可能是冯延巳之作。他说："问题是，梅花是何时真正成为士大夫的审美对象的，特别是将梅花作为士大夫品格的象征？众所周知，是从北宋初，特别是由于有了林逋'梅妻鹤子'的有意追求之后，赏梅才真正成为一种士大夫共同的审美取向。"又说："可以说，在冯延巳的南唐时代，梅花还没有从众多的花卉中脱颖而出"、"而后主这些词作的写作时间，已经是冯延巳死去多年，这也无疑能说明冯词之为宋初之作"。② 这个结论也站不住脚。冯延巳写

---

① 木斋：《冯延巳〈阳春集〉真伪论考》，《社会科学研究》2008 年第 4 期。

② 同上。

不写梅花，不需要考虑梅花是不是真正成为了士大夫的审美对象，也不需要考虑赏梅是不是真正成为一种士大夫共同的审美取向，他只需要本能地感到自己对梅花有兴趣就行。如果自己不感兴趣，即使所有的人认为梅花最具有审美价值，他写作时仍然可以绕开梅花。这不会有问题吧？木斋先生文中提到了晚唐人易静的《兵要望江南》500 首（实际上，《全唐五代词》补遗后收易静《兵要望江南》词共 720 首），就像易静不需要考虑文人们是否认同可以用词尤其是用《望江南》这一个词调来写兵法一样，冯延巳写不写梅花，也不需要考虑文人们是否认同梅花的审美价值。所以，以梅花的审美价值在五代时未被人们广泛认同为据来判定《阳春集》中的梅花词肯定不是冯延巳写的，而是宋初人写的。这样的结论值得商榷。

另外，作者还以冯延巳未到过生产"蛮蕉"、"芭蕉"的地区来判定《阳春集》中写到"蛮蕉"、"芭蕉"的词肯定不是冯延巳所写。这也是不成立的。冯延巳写"蛮蕉"、"芭蕉"不仅不需要非去过生产"蛮蕉"、"芭蕉"的地区不可，而且不需要非亲眼看到过"蛮蕉"、"芭蕉"不可。只要他听过"蛮蕉"、"芭蕉"，并且了解它们的某些属性和特点，他就可以写"蛮蕉"、"芭蕉"了。这个应该很好理解。

总之，依据《鹊踏枝》（梅落繁枝千万片）这首词采用的词牌以前的文人没用过、作为描写对象的梅的审美价值还没有被士大夫真正认可、其所用"蛮蕉"、"芭蕉"的产地冯延巳没去过这三点来断定这首词不是冯延巳写的，肯定出于宋初人之手，这说法显然靠不住。由此进一步断定《阳春集》的《鹊踏枝》词和写梅词均不是冯延巳的，这也是靠不住的。由三首词都见于《阳春集》和《寿域词》来断定《阳春集》可能是《寿域词》，同样是靠不住的。

四　关于结论的补正

关于《阳春集》属冯延巳作，《论考》一文的结论是持怀疑态度的。对于历史上有关《阳春集》确实为冯延巳的论据，木斋先生提出如下怀疑。

《论考》一文说："《年谱》之《后记》引王仲闻先生来信云：'崔公度跋《阳春录》谓皆延巳亲笔（此跋语见双照楼影刊宋吉州本欧阳文忠公《近体乐府》罗泌跋所引。）殆崔曾见延巳墨迹，故有此说。'又云：'正中词名《阳春录》，宋吉州本欧阳文忠公《近体乐府》罗泌跋及罗泌校语。又见《直斋书录解题》卷二十一。'"《论考》紧接着又说："崔公度与罗泌等皆宋熙宁之后的人，其见陈世修所编之《阳春集》，或是见到冯延巳手书某些羼入《阳春集》

的花间词作，都是可能的，但不足以说明《阳春集》问世之前冯词的真实存在。"①

注意，崔公度是给陈世修编的《阳春集》作序的，作序时崔公度说这个《阳春集》皆是冯延巳亲笔，而没有说其中有些词是冯延巳亲笔，可见，不仅见于《花间集》的15首词是冯延巳亲笔，而且不见于《花间集》的105首仍然是冯延巳亲笔所写。这不但证明《阳春集》确确实实是冯延巳所写，而且，陈世修编的《阳春集》就是把他家剩下来的其外曾祖父冯延巳手书的词作集合在一起，他并没有重新刊刻，就是集而且辑了一下而已。这是《阳春集》为冯延巳所作的铁证。至于冯延巳书写《花间集》中的那15首词的原因，自然可以认定为冯延巳喜欢那些词。因为这本《阳春集》只是冯延巳一生所作词的一小部分，丢失的是大部分，由此可以猜想，冯延巳写过的《花间集》的词应该还有一些，只是今日不知道他还写过哪些花间词而已。由此可以进一步猜测，后来晏殊词集中的冯延巳词、欧阳修词集中的冯延巳词都是喜欢冯延巳词而书写，被后人不小心当作晏殊词、欧阳修词而收进去了。而杜安世《寿域词》中的3首冯延巳词、1首李煜词、1首吴敢词，就是杜安世喜欢冯延巳词、李煜词、吴敢词而书写而已。《全唐五代词》把这5首词都没有当作杜安世词，这是合理的作法。而杜安世《寿域词》中的3首晏殊词、3首欧阳修词虽然被《全唐五代词》的编者谨慎的存疑为可能是晏殊词、欧阳修词，也可能是杜安世词，但是，从逻辑上看，还是以为作者是晏殊、欧阳修要可靠一些，毕竟杜安世喜欢晏殊词、欧阳修词的可能性比晏殊和欧阳修喜欢杜安世的词要可靠得多，这不仅是因为晏殊、欧阳修官位、名气比杜安世大，而且是因为晏殊（991—1055）、欧阳修（1007—1072）比杜安世要年长得多。

《论考》一文说："此外，冯煦引刘贡父《中山诗话》谓'元献喜冯延巳歌词，其所自作，亦不减延巳。'晏殊死于1055年，是在陈世修编辑《阳春集》问世之前三年，而陈世修在《阳春集序》中分明说：'公薨之后，吴王纳土。旧秩散失，十无一二。今采获所存，勒成一秩，藏之于家。'按照陈世修此说，《阳春集》在他编辑之前冯词已经'旧秩散失，十无一二'，那么，死于陈编三年之前的晏殊，又是怎样阅读到冯词的呢？但晏殊词中的许多作品，就其风格和词面特征来说，又确实与冯词和杜安世某些词作相似。这个疑案，有待于后来者进一步研究。"②

注意，"死于陈编三年之前的晏殊，又是怎样阅读到冯词的呢？"其答案

---

① 木斋：《冯延巳〈阳春集〉真伪论考》，《社会科学研究》2008年第4期。

② 同上。

正如前文所引，这里再抄一遍：南宋罗愿（1136—1184）《新安志》卷十云："冯相国乐府，号阳春录者，冯氏子孙泗州推官璪尝以示晏元献公（991—1055）。公以为真赏。"是冯延巳的子孙冯璪把自己的祖先的词集拿给晏殊看的，晏殊看后很喜欢。其实，即使没有这则记载，也可以认定，陈世修编辑《阳春集》之前，有人还是有可能看到过冯延巳的词的，因为冯延巳的词集完全有可能被抄写了二个本子以上。总之，晏殊作为一个词创作上颇具天赋的词人，而且离冯延巳年代较近，他对冯延巳词的判断总比较可信。这和崔公度（？—1097）说他看过冯延巳词的亲笔结合起来，印证了冯延巳确确实实有不少词，从而可以说明，认为冯延巳不会作词的说法是靠不住的。

《论考》一文还认为，北宋赵德麟《侯鲭录》卷一所记载的李后主手写的冯延巳《寿山曲》一词才反映了冯延巳的真实水平，并说"这种使臣蹈舞崇拜的祝寿词，与《阳春集》中剽窃来的《鹊踏枝》组词等作品，无论是艺术水准还是写作风格，都不啻霄壤，绝非出自同一个词人的手笔"①。

注意，《寿山曲》一首词思想水平和艺术水平的低下不足以证明《阳春集》中的其他100余首词都不是冯延巳的作品，因为一个作家的所有作品在水平和风格上很难完全一致，出个败笔很正常。何况，《寿山曲》是祝寿词，完全是应景之作，和《阳春集》中写描摹心曲的词根本不能作比较。所以，不能依据《寿山曲》这首词的水平不高来断定《阳春集》中的其他词不是冯延巳写的。何况，前文已经说过，崔公度（？—1097）为《阳春集》作序时说《阳春集》中的词全都是冯延巳亲笔书写的呢。

《论考》一文又说："倘若冯词中的优秀之作都是剽窃而来，那么，这些词作的写作时间范围，又应该是在什么时期？以笔者的研究来看，大体应该是公元1130—1150年间的作品，是宋初体之后到晏欧体之前的作品。关于宋初体时代的词体风格，请参见拙文《论宋初体》。"②

这里说"宋初体之后到晏欧体之前"是指"1130—1150年间"。但是，晏殊的生卒年是991—1055年，欧阳修的生卒年是1007—1073年，可见，至少这"晏欧体之前"与"1130—1150年间"怎么都对不上号。陈世修为所编《阳春集》写序时是1058年，不论怎么看，这《阳春集》里的词都不会写于1130—1150年之间。还有，仅仅依据艺术上的风格和水平，就把《阳春集》120首词的写作时间判定在1130—1150这20年之间，这恐怕有点太冒险了。

《论考》一文最后说："《阳春集》中的这些优秀之作，是分别来自于欧阳

---

① 木斋：《冯延巳〈阳春集〉真伪论考》，《社会科学研究》2008年第4期。

② 同上。

修等其他词人，还是都从杜安世的《寿域词》中来？并且，将杜安世这位原本应该在中国词史上占有重要地位的词人，刻意打压，有意使得其身世泯灭，换言之，《阳春集》的编辑，是否就是一个剽窃杜安世词作的罪恶行为？这些悬念，都是应该深入讨论的。"①

注意，首先，陈世修编《阳春集》120 首，有属于 9 个作者的 15 首被《全唐五代词》编者认定为非冯延巳词。这 15 首词，作者如下：温庭筠 3 首、韦庄 3 首、张泌 3 首、李璟 1 首、牛希济 1 首、李珣 1 首、孙光宪 1 首、顾敻 1 首、薛昭蕴 1 首。就是说，被确定认为不是冯延巳词的有 9 人 15 首。可见《阳春集》中的词当然不会都是从北宋杜安世的《寿域词》中来的了。其次，即使陈世修为其外曾祖父剽窃了杜安世词，也没有能力让杜安世身世泯灭，因为他无法阻止其他人执笔为文时提到杜安世，也无法阻止史臣为杜安世作传，今日杜安世身世无考，肯定有原因，但不能把责任推到陈世修头上。还有，杜安世《寿域词》今尚在，今存最早版本为明崇祯年间（1628—1644）毛晋汲古阁刻本，收入毛晋《宋名家词六十一种》丛编中，今中国国家图书馆有藏。唐圭璋先生《全宋词》所据为陆贻典校《杜寿域词》本。陆贻典校本《杜寿域词》收词 86 首，其中作者有异说的有 14 首词，如前文所述，据唐圭璋先生考辨，这 14 首作者有异说的词中，有 2 首确定为杜安世词。总之，现存杜安世《寿域词》中，可靠为杜安世所作的，至少有 74 首。这数量不算少。可见，杜安世在词史上默默无闻，不能怪罪陈世修。

最后补充一点，虽然《论考》一文多有疏漏，结论也靠不住，但《论考》一文作者木斋先生从作品的艺术水准和艺术风格方面来怀疑作品真伪的论述，还是能给人以很多启发的，只是使用以艺术上的风格和水平判定作品真伪的方法时应该十分慎重，要做定论，还一定得有其他的材料佐证才行。

---

① 木斋：《冯延巳〈阳春集〉真伪论考》，《社会科学研究》2008 年第 4 期。

第三章　罗隐"凡十上不中第"之说辨正

自北宋初钱俨《吴越备史》提出罗隐（833—910）考进士"凡十上不中第"的说法开始，一直到 1992 年中华书局版《中国文学家大辞典·唐五代卷》，关于罗隐的科举之事，人们均认为罗隐考进士真是考了十次，落第了十次，实际上，这是一种误解。本书对此问题予以辨正。

一

罗隐"凡十上不中第"的说法最早见于北宋初年钱俨《吴越备史》卷二的记载："隐，字昭谏，新登县人也。……隐本名横，凡十上不中第，遂更名。"① 此后，历代载籍一直沿袭此说，从无异议。例如，南宋罗大经《鹤林玉露》（收于《宋元笔记小说大观》第 5 册）乙编卷六《晚唐诗人》条云："罗隐乾符（874—879）中举进士十上不第"。② 明董斯张《吴兴备志》卷十三云："罗隐，字昭谏，新安人。隐本名横，凡十上不中第，遂更名。"③ 清吴任臣《十国春秋》卷八十四云："隐本名横，貌寝陋，凡十上不中第，遂更今名。"④《四库全书总目》卷一一七云："隐字昭谏，新城人，本名横，以十举不中第，乃更名。"⑤

《鹤林玉露》、《吴兴备志》、《十国春秋》并不专门研究罗隐，此三书介绍罗隐时因袭成说，情有可原。四库馆臣的考证本领久享盛名，但对罗隐科第的次数仍未予以留意，这就不能不让人感到遗憾了，同时也可见《吴越备史》之说的影响之大。其实最能说明《吴越备史》之说影响力的，还不是《四库

① （宋）钱俨撰，李最欣校点：《吴越备史》，卷 1，见傅璇琮、徐海荣、徐吉军主编《五代史书汇编》（全 10 册），杭州出版社 2004 年版，第 10 册，第 6203 页。

② 本社编：《宋元笔记小说大观》（全 6 册）（五），上海古籍出版社 2001 年版，第 5307 页

③ （明）董斯张撰：《吴兴备志》（32 卷），景印文渊阁四库全书本，卷 13。

④ （清）吴任臣撰，徐敏霞、周莹点校：《十国春秋》（116 卷）（全 4 册），中华书局 1983 年版，第 3 册，卷 84，第 1217 页。

⑤ （清）永瑢等撰：《四库全书总目》（200 卷），中华书局 1965 年版，卷 117，第 1517 页。

全书总目》，而是《唐才子传校笺》。该书卷九《罗隐传》的校笺者是周祖谟、吴在庆先生。二先生对辛文房关于罗隐"乾符初举进士，累不第"之说的笺注，追本溯源，钩玄索隐，既正前贤之误，又释今人之疑，堪称十分精审。可惜临末却说："又隐《逼试投所知》诗（《全唐诗》卷六五七）云：'此地十年频偷眼，二月春风最断肠。……寻思仙骨终难得，始与回头问玉皇。'据此，则隐确尝十上未第。"① 明确地以"十年"为依据断定罗隐"十上未第"。这里的"十年"确实是指应举而言，但未必是整十年，因为近十年或十数年均可说"十年"，这在罗隐诗中有充分而确凿的例子，这一点留待下文辨析。退一步说，即使此处的"十年"是整十年，"十年此地频偷眼，二月春风最断肠"是说他整整考了十年了还未考上，罗隐应举的次数仍然不会是十次，因为诗题《逼试投所知》之"逼试"是说快要考试了，"此地频偷眼"是说写此诗时诗人在京都长安，这首诗明确地说他此次马上就要考试了，可见如果说此诗中的"十年"是整十年，那么罗隐写此诗时就是第十一次应举。这样，"凡十上不中第"的说法仍然站不住脚。

二

判断"凡十上不中第"的说法是否正确，一个切实有效的方法是考察一下罗隐一生究竟应举了多少次？

罗隐《湘南应用集序》云："隐大中末即在贡籍中，命薄地卑，自己卯（859）至于庚寅（870），一十二年，看人变化。"② 大中为唐宣宗李忱、唐懿宗李漼共用年号，唐宣宗大中为847—858年，唐懿宗大中为859年正月到八月，己卯为859年，罗隐27岁，庚寅为870年，罗隐38岁。859年罗隐27岁时入京应举，这是他应举生涯中的第一次。

沈崧《罗给事墓志》"始以光启三年，罢随计吏，投迹本藩，乃遇淮浙钱令公吴越国王，将清国步，聿求群彦，光赞永图。"③ 光启三年为887年，罗隐55岁。就是说，从本年起，他就再也没有进过京师，再也没有应举过。换句话说，54岁那一年，他仍有应举的可能。

据清徐松《登科记考》卷二十三，唐懿宗咸通十一年（870）和唐僖宗中

---

① 傅璇琮主编：《唐才子传校笺》第四册，中华书局1990年版，卷9，第115页。
② 雍文华校辑：《罗隐集》，中华书局1983年版，第286页。
③ 同上书，第339页。

和四年（884）两年停举①，停举的这两年分别是罗隐 38 岁和 52 岁的时候。

因为罗隐 38 岁和 52 岁这两年朝廷停举，所以罗隐 27 岁至 54 岁这 28 年间，朝廷共举行过 26 次科考。从理论上而言，罗隐有 26 次应举的机会，但许多次机会，罗隐因种种原因而失去了，或者放弃了。

今日所见考索罗隐事迹有代表性的著述有三种。一是民国时汪德振先生的《罗隐年谱》（商务印书馆 1937 年 3 月版），二是李之亮先生的《罗隐年谱补正》（《郑州大学学报》1986 年第 6 期），三是吴在庆先生的《关于罗隐生平行踪的几个问题》（《文学遗产》1994 年第 1 期）。汪先生之作具有开创之功，吴先生之作考索十分周密，但关于罗隐应举次数的工作还是李之亮先生做得多一些。此处暂引用李先生之文并作辨正。

据今人李之亮《罗隐年谱补正》，865 年 33 岁时，罗隐从大梁到扬州再到故里。866 年 34 岁时，罗隐在故里。869 年 37 岁时，罗隐在江东。871 年 39 岁时，罗隐往返于四川、湖南间。872 年 40 岁时又流连于湖北的江陵、随州、安陆等地。873 年 41 岁时来往于湖北、浙江的几个地方。874 年 42 岁时从故里至扬州。875 年 43 岁时在扬州、润州间。878 年 46 岁时，又在扬州、润州间。880 年 48 岁时，在安徽池州。881 年 49 岁时从池州到扬州谒高骈，又回池州。882 年 50 岁时、883 年 51 岁时、884 年 52 岁时、885 年 53 岁时、886 年 54 岁时在安徽一带。② 就是说，33 岁、34 岁、37 岁、39 岁、40 岁、41 岁、42 岁、43 岁、46 岁、48 岁、49 岁、50 岁、51 岁、53 岁、54 岁这 15 年，罗隐没有应举。又，吴在庆先生《关于罗隐生平行踪的几个问题》一文认为"罗隐因病两度未能赴试之时间"为 53 岁、54 岁时③，可见，在罗隐 53 岁、54 岁未应举这一点上，吴、李二先生观点一致。

从 27 岁到 54 岁，罗隐有 15 年没有应举，这 28 年中朝廷共举行了 26 次科考，那么，罗隐最多应举 11 次。

那么，罗隐应举的 11 次各是哪些年份呢？

又据《罗隐年谱补正》，859 年 27 岁、860 年 28 岁、861 年 29 岁、862 年 30 岁、863 年 31 岁、864 年 32 岁、867 年 35 岁、868 年 36 岁这 8 年，罗隐应举不第。876 年 44 岁时罗隐在京师以等第罢举。877 年 45 岁时罗隐在京师，

① （清）徐松撰，赵守俨点校：《登科记考》（30 卷）（全 3 册），中华书局 1984 年版，第 2 册，卷 23，第 859—883 页。

② 李之亮：《罗隐年谱补正》，《郑州大学学报》1986 年第 6 期。

③ 吴在庆：《关于罗隐生平行踪的几个问题》，《文学遗产》1994 年第 1 期。

"为等第所屈"。①

罗隐44岁时以等第罢举和45岁时"为等第所屈"算不算应举不第，汪德振《罗隐年谱》、李之亮《罗隐年谱补正》均没有表态，也看不出他们二人在这个问题上各自的倾向性，林启兴先生《罗隐的"十举不第"与晚唐科举》一文倾向于认为等第罢举不是应举不第。②"等第罢举"的含义与具体情形，各种史料与工具书均无解释，所以难以判定其与应举不第有多大区别。但是，既然罗隐876年44岁、877年45岁的这两年均在京师应举，而这两年朝廷均举行了科考，就可以认定罗隐44岁时以等第罢举、45岁时"为等第所屈"这两年是应举不第。这样的认定虽说不上是十分妥当，但起码是比较妥当。资料与条件有限，只能如此。

对879年罗隐47岁时的行踪，汪德振、李之亮皆未言及，如果认为此年罗隐在京应举不第，那么罗隐应举不第的次数是11次，与李之亮先生认为罗隐从27岁到54岁的26次应举机会中有15次未应举的看法正好符合。如果认为罗隐47岁没有应举，那么罗隐应举的次数只有10次，与《吴越备史》所云罗隐"凡十上不中举"的说法正好符号。那么，罗隐应举不第的次数究竟是10次，还是11次？

对这个问题，比较保险的回答只能是：罗隐27岁、28岁、29岁、30岁、31岁、32岁、35岁、36岁这八年确实应举不第，44岁、45岁两年因等第罢举，除这10年外，罗隐还有过1次、2次，还是更多次的科考，已经很难考知了。

三

之所以对罗隐的科举次数不能说得十分肯定，一个原因是今人对罗隐行踪与行事的考证，不敢保证绝对无误，更重要的一个原因是罗隐自己对其科考经历的陈述就有着前后不一致的地方，十年八举、十年六举和应举十数年的说法均出自罗隐自己的笔下。且看下例。

（1）《谢湖南于常侍启》："某启，某今月十九日，已至界首，回望旌槃，涕泗不任。某庄栎粗疏，廋膏昏钝，不能量力，尝为干名。随贡部以凄惶，将怜十上。看时人之颜色，岂止一朝。"③

（2）《逼试投所知》："十年此地频偷眼，二月春风最断肠。……寻思仙骨

① 李之亮：《罗隐年谱补正》，《郑州大学学报》1986年第6期。

② 林启兴：《罗隐的"十举不第"与晚唐科举》，《北京师范大学学报》1994年第2期。

③ 雍文华校辑：《罗隐集》，中华书局1983年版，第287页。

终难得，始与回头问玉皇。"①

（3）《投前夏口韦尚书启》："某启，某今月二日，辄以近文一通，上凭阍侍。……习池侍燕，岘岭从游，许之以向者为文，颇胜张诩；戒之以偶然成事，恐似李滂。其后岁月煎熬，轮蹄顽秃，仅逾十上，幸免一鸣。角赢而只有困时，矢尽而未知降处。"②

（4）《感弄猴人赐朱绂》："十二三年就试期，五湖烟月奈相违。何如学取孙供奉，一笑君王便著绯。"③

《谢湖南于常侍启》所云"随贡部以凄惶，将怜十上；看时人之颜色，岂止一朝"、《逼试投所知》所云"十年此地频偷眼、二月春风最断肠"的句子都很容易给人留下罗隐曾"十举不第"的印象，《吴越备史》的作者也许是受到了罗隐此类言词的影响，从而断定罗隐"凡十上不中第"，至少《唐才子传校笺》的校笺者正是根据《逼试投所知》一诗断定罗隐"确尝十上未第"的。但是罗隐《投前夏口韦尚书启》"仅逾十上，幸免一鸣"显然是说他考了十次以上，《感弄猴人赐朱绂》"十二三年就试期，五湖烟月奈相违"又进一步明确地说他考了十二三次。还有，罗隐衰老之年有一首题为《偶兴》的诗。该诗曰："逐队随行二十春，曲江池畔避车尘。如今赢得将衰老，闲看人间得意人"。④"逾十上"、"十二三年就试期"、在长安待了"二十春"均可说明《吴越备史》所云"凡十上不中第"的说法靠不住。

罗隐自述科考经历时的言词抵牾不仅表现在科考次数一件事上，对"十年"这样一个时间段他考了几次这样的问题，罗隐的陈述仍然支支吾吾，含混不清，真让人如堕五里雾中，无所适从。

例如，《投湖南王大夫启》云："十年恸哭于秦廷，八举摧风于宋野。"⑤《投秘监韦尚书启》又云："十年索米于京都，六举随波而上下。"⑥ 如果说此二处的"十年"指整十年而言，那么，都是"十年"，都是在京师，都是讲科考的事，一说是"八举"、一说是"六举"，究竟何者为真，何者为假，这问题不要说今人解答不了，就是让罗隐自己解答，恐怕也难以自圆其说。

李之亮先生解释"十年恸哭于秦廷，八举摧风于宋野"时说："八举者，

---

① 雍文华校辑：《罗隐集》，中华书局1983年版，第57页。

② 同上书，第283页。

③ 同上书，第182页。

④ 同上书，第97页。

⑤ 同上书，第288页。

⑥ 同上书，第292页。

谓大中十三年、咸通元年、咸通二年、咸通三年、咸通四年、咸通五年、咸通八年及本年，隐自大中十三年至京师至本年亦恰十年之数。"① "大中十三年"即859年罗隐27岁时，咸通元年即860年罗隐28岁时，所谓"本年"，指咸通九年，即868年罗隐36岁时。李之亮先生此处的解释值得商榷。其一，罗隐自大中十三年（859）27岁时至咸通九年（868）36岁时这十年中，罗隐33岁、34岁的两年是不在京师的，怎会是"十年恸哭于秦廷"呢？其二，此处讲解咸通九年罗隐36岁的事情时引用了《投湖南王大夫启》，但《罗隐年谱补正》的另一处，李之亮先生明确地判定《投湖南王大夫启》作于咸通十二年（871）罗隐39岁时的冬天②，同一文前后两处的陈述互相矛盾。又据《罗隐年谱补正》"咸通十二年"的讲解，清吴廷燮《唐方镇年表》将王凝接替于环任湖南观察使的时间定为咸通十三年（872）罗隐40岁时是错误的，依据罗隐《投湖南王大夫启》可知王凝接替于环的职务应在咸通十二年（871）罗隐39岁时。③ 可见，《投湖南王大夫启》不会作于咸通九年（868）罗隐36岁时，这是肯定的。但不论《投湖南王大夫启》作于罗隐39岁还是40岁，"十年恸哭于秦廷"的话都是讲不通的。罗隐从27岁到40岁，共有14年，这14年中，在京师仅8年，不论是从在京师的年份讲，还是从入京应举以来的年份讲，都不会是"十年恸哭"。

"十年恸哭于秦廷，八举摧风于宋野"已经让人凝眉了，"十年索米于长安，六举随波而上下"就更让人百思不得其解了。

万般无奈之下，只好认定罗隐所说"十年"只是泛指，就是说，举其成数是"十年"，而不是恰好是"十年"。这样讲，可以顺利地解决诸多疑惑。例如，认为"六举随波而上下"的诗句写于罗隐34岁时，则罗隐自27岁入京以来八个年头了，举其成数，自然可说是"十年索米于长安"。"十年恸哭于秦廷，八举摧风于宋野"写于罗隐39岁或40岁时，罗隐自入京应举以来是13或14个年头了，自然仍可说是"十年恸哭"。

那么，罗隐诗中的"十年"是否常常指近十年、数十年呢？这需要进一步考察。

四

《罗隐集》中明言是"十年"的诗文有13篇，明言是"十载"的有2篇，

---

① 李之亮：《罗隐年谱补正》，《郑州大学学报》1986年第6期。

② 同上。

③ 同上。

除上文所引"十年此地频偷眼"、"十年恸哭于秦廷"、"十年索米于京都"三篇外，其余12篇抄录如下：

（1）《甲乙集》卷1之《皇陂》："三月穷途无胜事，十年流水见归心。"①

（2）《甲乙集》卷1之《寄杨秘书》："锦衣公子怜君在，十载兵戈从板舆。"②

（3）《甲乙集》卷1之《得宣州窦尚书书因投寄》（二首之一）："万里朝台劳寄梦，十年侯国阻趋尘。"③

（4）《甲乙集》卷1之《春日叶秀才曲江》："……一曲吴歌齐拍手，十年尘眼未曾开。"④

（5）《甲乙集》卷4之《抚州别阮兵曹》："十年别鬓疑朝镜，千里归心著晚钟。"⑤

（6）《甲乙集》卷4之《临川投穆中丞》："家在碧江归不得，十年渔艇长苔痕。"⑥

（7）《甲乙集》卷4之《赠先辈令狐补阙》："中间声迹早薰然，阻避钧衡过十年。"⑦

（8）《甲乙集》卷6之《寄处默师》："十年顾我醉中过，两地与师方外游。"⑧

（9）《甲乙集》卷7之《江夏酬高崇节》："腊雪都堂试，春风汴水行。十年虽抱疾，何处不无情。"⑨

（10）《甲乙集》卷9之《官池秋夕》："松醪作酒兰为棹，十载烟尘奈尔何。"⑩

（11）《甲乙集》卷9之《送光禄崔卿赴阙》："十年目断望西辕，此日殷勤圣主恩。"⑪

---

① （唐）罗隐著，潘慧惠校注：《罗隐集校注》，浙江古籍出版社2011年版，第20页。

② 同上书，第29页。

③ 同上书，第31页。

④ 同上书，第36页。

⑤ 同上书，第109页。

⑥ 同上书，第115页。

⑦ 同上书，第125页。

⑧ 同上书，第194页。

⑨ 同上书，第216页。

⑩ 同上书，第247页。

⑪ 同上书，第256页。

（12）《甲乙集》卷10之《丁亥岁作》："病想医门渴望梅，十年心地仅成灰。早知世事长如此，自是孤寒不合来。"①

这么多含有"十年"意思的诗文，表明罗隐在诗文中喜欢用"十年"，用"十年"成了他作诗文时的习惯，也表明罗隐所用的"十年"意思多数是泛指，不可认定为正好是"十年"。很能为这种观点作证的是《丁亥岁作》中的"十年心地仅成灰"一句。丁亥岁为咸通八年，即867年，当时罗隐35岁，自27岁在京应举到35岁，仅九个年头；如果说"十年"指在京10年，应从罗隐26岁入京算起，那么，33、34岁两年罗隐不在京都，罗隐在京仅8个年头。可见，如果举其准数，不论从哪个角度看，丁亥年对罗隐都不会是"十年"。罗隐之所以说成"十年"者，乃是举其成数。

同样道理，上文所引罗隐《谢湖南于常侍启》所云"随贡部以凄惶，将怜十上"的"十上"与《投前夏口韦尚书启》"仅逾十上，幸免一鸣"的"十上"也只是言其多，并非真的指恰好是"十次应举"，这样解释，"将怜十上"与"仅逾十上"就不会有矛盾了。战国时人苏秦"说秦王书十上而说不行"②，"十上"就是言其多，并非真是十次。后人诗文中所云"十上"应当是引苏秦此典故，也是言其多。唐诗中这种例子就有不少。例如贯休《怀钱唐罗隐章鲁封》（笔者按："唐"通"塘"）云："二子依公子，鸡鸣狗盗徒。青云十上苦，白发一茎无。"③ 不能认为贯休写此诗时罗隐与章鲁封应举次数相等，而且正好都是10次。五代时西蜀诗人唐求《伤张玖秀才》云："铜梁剑阁几区区，十上探珠不见珠"④（《全唐诗》卷724）；《玉泉子》（不分卷）（收于《唐五代笔记小说大观》下册）云唐代"进士李昭碫，举十上不第"⑤；《太平广记》卷155《郭八郎》（引自《野史》）云晚唐人"河中少尹郑复礼，始应进士举，十上不第，困厄且甚"⑥；《文苑英华》卷390有唐僖宗中和（881—885）年间登进士第的薛廷珪所撰制书《授刘崇彝都官郎中制》："敕具官刘崇彝，朕听政之暇，耽玩群书，每读考槃之诗，常轸遗逸之虑。访于舆

---

① （唐）罗隐著，潘慧惠校注：《罗隐集校注》，浙江古籍出版社2011年版，第276页。

② （汉）高诱注，（宋）姚宏续注：《战国策》，景印文渊阁四库全书本，卷3。

③ 中华书局编辑部点校：《全唐诗》（900卷）（全15册），中华书局1999年版，第12册，卷830，第9436页。

④ 中华书局编辑部点校：《全唐诗》（900卷）（全15册），中华书局1999年版，第11册，卷724，第8389页。

⑤ 本社编：《唐五代笔记小说大观》，上海古籍出版社2000年版，下册，第1432页。

⑥ （宋）李昉等编：《太平广记》（500卷）（全10册），中华书局1961年9月新1版，第4册，卷155，第1115页。

论，得尔崇彝。闻其常抱业试于有司。才优数奇，十上不第。……"① 这四个"十上不第"均是言其应举次数之多，不可认为一定是十次。再举一个更有说服力的例子。五代王定保《唐摭言》（收于《唐五代笔记小说大观》下册）卷十："卢汪门族甲于天下，因官，家于荆南之塔桥，举进士二十余上不第，满朝称屈。"② 但到了宋代计有功《唐诗纪事》卷 66 则云："卢汪门族甲天下，因官，家于荆南，举进士，二十上不第。"③《全唐诗》卷 768 即云："卢注，家荆南，举进士，二十上不第。"④ 卢注，即卢汪。五代人王定保所说的"二十余上"到了南宋计有功笔下就成了"二十上"，可见，举其成数不但是唐人的习惯，宋人仍然如此。

值得注意的是，对于近十年、十数年这样的时间概念，罗隐并不总是举其成数而说成"十年"的。且看如下八个例子。

（1）《甲乙集》卷 2 之《别池阳所居》："黄尘初起此留连，火耨刀耕六七年。"⑤

（2）《甲乙集》卷 3 之《和禅月大师见赠》："飘荡秦吴十余载，因循犹恨识师迟。"⑥

（3）《甲乙集》卷 8 之《偶题》："钟陵醉别十余春，重见云英掌上身。"⑦

（4）《甲乙集》卷 11 之《感弄猴人赐朱绂》："十二三年就试期，五湖烟月奈相违。"⑧

（5）《甲乙集》卷 6 之《送支使萧中丞赴阙》："八年刀笔别京华，归去青冥路未赊。"⑨

（6）《甲乙集》卷 6 之《乌程》："两府攀陪十五年，郡中甘雨幕中莲。"⑩

（7）《甲乙集》卷 7 之《送梅处士归宁国》："十五年前即别君，别时天

---

① （宋）李昉编：《文苑英华》（1000 卷），景印文渊阁四库全书本，卷 155。

② 本社编：《唐五代笔记小说大观》，上海古籍出版社 2000 年版，下册，第 1661 页。

③ （宋）计有功撰，王仲镛校笺：《唐诗纪事校笺》（81 卷）（全 8 册），中华书局 2007 年版，第 7 册，卷 66，第 2236 页。

④ 中华书局编辑部点校：《全唐诗》（900 卷）（全 15 册），中华书局 1999 年版，第 11 册，卷 768，第 8809 页。

⑤ （唐）罗隐著，潘慧惠校注：《罗隐集校注》，浙江古籍出版社 2011 年版，第 71 页。

⑥ 同上书，第 95 页。

⑦ 同上书，第 242 页。

⑧ 同上书，第 337 页。

⑨ 同上书，第 172 页。

⑩ 同上书，第 178 页。

下未纷纭。"①

（8）《甲乙集》卷9之《钱塘见芮逢》："蔡伦池北雁峰前，罹乱相兼十九年。"②

如果举其成数，六七年、八年、十余年、十五年均可谓之"十年"，十九年可谓之二十年，但罗隐没有这样做。为什么呢？前四个例子还可以解释为是为了作诗时七言句法的需要，后四个例子只能解释为罗隐表述"近十年"、"十数年"这样的时间概念，是举其成数还是说其准数，并无一定之规。尽管如此，从《丁亥岁作》的"十年心地竟成灰"和《投湖南王大夫启》所云"十年恸哭于秦廷，八举摧风于宋野"以及《投秘监韦尚书启》所云"十年索米于京都，六举随波而上下"的例子看，"十年"并非一定指整十年，这一点是确凿无疑的。

"十年"、"十上"泛指很多次，应该不会有什么问题了。可惜《吴越备史》的作者似乎不懂这一点，所以说出了"隐本名横，凡十上不中第，遂更名"这样的话，此后的学者认同了这样的观点，即使有学者觉察到罗隐应举不止十次，但仍抹不去罗隐曾"十举"的印象。例如，林启兴先生《罗隐的"十举不第"与晚唐科举》一文在考察了罗隐的前九次应举后说："乾符四年（877）以后，至光启三年（887），即45岁至56岁，至少再考过一次。"③ 显然是尽力凑够"十举"，但该文同一页，林先生又说："若以当时的眼光来衡量，罗隐考十余次不第，并不是什么稀罕的事。"受"凡十上不中第"的影响如此之大，以至于连行文前后抵触都不顾了。

综上所述，可得出如下结论：

1. 《吴越备史》卷二认为罗隐"凡十上不中第"的说法，或者是误解了罗隐诗中"十年"的含义，或者如罗隐一样，是取其整数，今人不该以此为据而断定罗隐一生应举不第的次数正好是十次。

2. 从《偶兴》"逐队随行二十春，曲江池畔避车尘"和《投前夏口韦尚书启》"仅逾十上，幸免一鸣"以及《感弄猴人赐朱绂》"十二三年就试期，五湖烟月奈相违"这三个例子可以断定，罗隐一生应举的次数超过了十次，或者说，罗隐应举的次数是十二三次。

---

① （唐）罗隐著，潘慧惠校注：《罗隐集校注》，浙江古籍出版社2011年版，第196页。

② 同上书，第261页。

③ 林启兴：《罗隐的"十举不第"与晚唐科举》，《北京师范大学学报》1994年第2期。

第四章 罗虬《比红儿诗》本事演变及真相辨正

罗虬《比红儿诗》本事在现存古籍中的最早记载，见于五代王定保《唐摭言》（收于《唐五代笔记小说大观》下册）卷十《海叙不遇》条："罗虬词藻富赡，与宗人隐、邺齐名。咸通（860—874）乾符（874—879）中，时号三罗。广明庚子（880）乱后，去从鄜州李孝恭，籍中有红儿者，善肉声，尝为贰车属意。会贰车聘邻道，虬请红儿歌而赠之缯彩，孝恭以副车所贮，不令受所贶。虬怒，拂衣而起。诘旦手刃绝句百篇，号比红诗，大行于时。"①这段文字中，"手刃绝句百篇"，就是"手创绝句百篇"的意思，含义甚为明了。《太平广记》以为"刃"的含义是"杀"，则"手刃"与"绝句百篇"无法连接，于是添枝加叶，不断修饰，从而演绎出罗虬杀掉红儿这样一出文坛冤案。此后，《唐诗纪事》、《全唐诗》等书或发展或信从了《太平广记》的说法，使罗虬杀红儿的故事以讹传讹达千年之久。辨析此冤案之来源，既可还罗虬清白，又可看到妄改古书的贻害。

一 罗虬手刃红儿之说的来源之分析

据笔者考察，除《唐摭言》外，罗虬《比红儿诗》之本事还在16种古籍中有记载。其中《太平广记》、《唐诗纪事》、《郡斋读书志》、《唐才子传》、《全唐诗》5种古籍采用了罗虬杀红儿的说法。以下据差异而分析之。

罗虬杀红儿的说法，首见于《太平广记》卷二七三："罗虬词藻富赡，与宗人隐、邺齐名。咸通（860—874）乾符（874—879）中，时号'三罗'。广明庚子（880）乱后，去从鄜州李孝恭。籍中有红儿者，善为肉声，常为副戎属意。会副戎聘邻道，虬请红儿歌而赠之缯彩。孝恭以副车所盼，不令受之。虬怒，拂衣而起。诘旦，手刃红儿。既而思之，乃作绝句百编（笔者按：编，

---

① 本社编：《唐五代笔记小说大观》，上海古籍出版社2000年版，下册，第1661页。

当为篇），号《比红儿诗》，大行于时。（出《摭言》）"①

《太平广记》注明其故事来源于《唐摭言》，与《唐摭言》对比，可知《太平广记》引用时于"手刃"和"绝句百篇"之间增加了"红儿既而思之乃作"八个字，变成"虬怒，拂衣而起。诘旦，手刃红儿。既而思之，乃作绝句百篇，号《比红儿诗》，大行于时。"如果不明白"刃"就是"创"，不明白"手刃绝句百篇"就是"手创"或者"手制"绝句百篇，那么，自然会觉得这样的改编通顺了不少，但即使是改编成这个样子，仍然启人疑窦。第一，《唐摭言》"手刃绝句百篇"就是"手创绝句百篇"的意思，含义甚为明了，并无罗虬杀红儿的意思。《太平广记》的改编，完全歪曲了《唐摭言》的本意，使事件的性质发生了完全的变化。真可谓节外生枝。第二，退一步讲，即使罗虬真的杀了红儿，也应当是，罗虬先有一百首《比红儿诗》，然后请红儿遭拒绝，然后才杀红儿。这样讲，比较符合常理。而一怒之下杀掉一个歌女，然后因为追悔而做100首诗赞美此歌女，相对而言，其可能性要小。也就是说，《太平广记》所加的8个字有违常理，并不适合。

尽管《太平广记》的改编明显不够合理，后来南北宋之交计有功所撰《唐诗纪事》和南宋初晁公武所撰《郡斋读书志》还是完全采用了《太平广记》的说法，即使是细节上也没有丝毫改动。倒是元人辛文房所撰《唐才子传》袭用《太平广记》的说法时，在细节上做了不少变更：

《唐才子传校笺》卷九《罗虬》云："罗虬词藻富赡，与族人隐、邺齐名。咸通（860—874）间，称三罗，气宇终不逮。广明庚子（880）乱后，去从鄜州李孝恭，为从事。虬狂荡无检束，时雕阴籍中有妓杜红儿，善歌舞，姿色殊绝，尝为副戎属意，会副戎聘邻道，虬久慕之，至是请红儿歌，赠以缯彩，孝恭以为副戎所盼，为从事歌则非礼，勿令受贶，虬不称意，怒，拂衣起。诘旦，手刃杀之。孝恭以虬激己，坐之，顷会赦，虬追其冤，于是取古之美女，有姿艳才德者，作绝句一百首，以比红儿，当时盛传。此外不见有他作。体固凡庸，无大可采。序曰：'红儿美貌年少，机智慧悟，不与群妓等，余知红者，择古灼然美色，优劣于章句间。'其卒章云：'花落尘中玉堕泥，香魂应上窈娘堤。欲知此恨无穷处，长倩城乌夜夜啼。'情极哀切。初以白刃相加，今曰余知红者。虬实一狂夫也，且声律之道大爽，姑录为笑谈耳。"②

"孝恭以虬激己，坐之，顷会赦，虬追其冤，于是取古之美女，有姿艳才

① （宋）李昉等编：《太平广记》（500 卷）（全 10 册），中华书局 1961 年 9 月新 1 版，第 6 册，卷 273，第 2156 页。

② 傅璇琮主编：《唐才子传校笺》（第四册），1990 年版，卷 9，第 131—136 页。

德者，作绝句一百首，以比红儿，当时盛传。"从这几句话看，辛文房显然是为了弥补《太平广记》的不足而增加的一个过渡性的情节。只是所加的这个情节在诸书中无片言只字的记载，来路不明。例如《唐才子传校笺》中为此段话作校笺的吴在庆先生就说此数语"则为诸书所无"①。

即使辛文房加了过渡性情节后，罗虬先杀红儿再做100首赞美诗的事情还是不合常理。但是，《太平广记》的影响太大了，后来《全唐诗》卷666收录《比红儿诗》时，仍然引用《太平广记》的说法，使罗虬杀红儿的说法得到进一步流传。

二 "手刃绝句百篇"的另一种解释之分析

关于罗虬《比红儿诗》之本事，与《太平广记》持不同意见的11种古籍中，以阮阅《诗话总龟》为最早。

该书前集卷二十九云："罗虬、罗邺、罗隐齐名，号三罗。李孝恭籍中有红儿，善肉声，尝为二车属意，聘邻道，虬请红儿歌而赠之缯彩，孝恭以副车所贮，不令受所贶。虬怒，拂衣而起。诘旦，为绝句百篇，号《比红儿诗》，盛行于时。"②

《诗话总龟》将《唐摭言》所云"虬怒，拂衣而起。诘旦手刃绝句百篇，号《比红诗》，大行于时"改编为："虬怒，拂衣而起，诘旦为绝句百篇，号《比红儿诗》，盛行于时。"也就是说，忽略了"手刃"二字，对此二字视而不见，而将此二字换为一个"为"字，变成"诘旦为绝句百篇"。

与《诗话总龟》持相同意见的八种古籍，依据成书时间的先后顺序排列，分别是：成书于绍兴六年（1136）的曾慥《类说》、成书于绍兴七年（1137）的朱胜非《绀珠集》、北宋政和五年（1115）进士及第的叶廷珪《海录碎事》、绍兴八年（1138）赐同进士出身的邵博《邵氏闻见后录》、成书于宋孝宗赵昚淳熙十五年（1188）的佚名《锦绣万花谷》、元人编次的《氏族大全》、元末明初陶宗仪《说郛》、嘉靖三十五年丙辰岁（1556）进士凌迪知所撰《万姓统谱》。

上述八种古籍中，值得一提的是《邵氏闻见后录》卷十七的记载：

> 真宗尝问杨大年见《比红儿诗》否，大年失对，每语子孙为恨。后

---

① 傅璇琮主编：《唐才子传校笺》（第四册），1990年版，卷9，第134页。

② （宋）阮阅编，周本淳校点：《诗话总龟》（前集），人民文学出版社1987年版，卷29，第194页。

诸孙有得于相国寺庭杂卖故书中者，盖唐末罗虬、罗邺、罗隐兄弟俱有文，时号'三罗'。虬登科从事坊州，有营妓小字红儿，先为郡将所嬖，人不敢近，虬亦悦之，郡将不能容，虬弃官去，然于红儿犹不忘也，拟诸美物，作《比红儿诗》百首。事出《摭言》，亦略见《太平广记》中，大年不知，何也。①

"人不敢近，虬亦悦之，郡将不能容，虬弃官去，然于红儿犹不忘也"的话是《唐摭言》和《诗话总龟》等其他书所没有的，显然是邵博的润饰之词。

《太平广记》将"手刃绝句百篇"改编为"手刃红儿，既而思之，乃做绝句百篇"，从而提出了罗虬杀红儿的事情。《诗话总龟》及与《诗话总龟》持相同意见的古籍对《唐摭言》的引用也有取舍，其结果是看不到《太平广记》所说罗虬杀死红儿的事情。例如，《诗话总龟》卷二七"诘旦为绝句百篇"的改编就没有提到罗虬杀死红儿的事情。《邵氏闻见后录》卷一七又作了进一步改编，云："……虬登科从事坊州，有营妓小字红儿，先为郡将所嬖，人不敢近，虬亦悦之，郡将不能容，虬弃官去，然于红儿犹不忘也，拟诸美物，作《比红儿诗》百首。事出《摭言》，亦略见《太平广记》中……"这种改编连罗虬愤怒后拂衣而起的情节都没有了，只给人以罗虬热恋红儿的印象，从而使人很难相信罗虬会杀红儿。宋朱胜非《绀珠集》卷四又改了个情节："……有官妓红儿，善歌。虬为绝句诗百篇，令歌之，号《比红儿诗》，以百物比拟红儿而作诗，大行于时。"②宋叶廷珪《海录碎事》也持此种说法。这样，故事变成了：罗虬先写了一百首《比红儿诗》，然后请红儿唱，而没有提到罗虬杀红儿的事。即使是杀红儿了，也是先有《比红儿诗》，然后杀，这与《太平广记》说罗虬先杀红儿再作诗的说法截然相反。

除过以《诗话总龟》为代表的上述九种古籍外，还有两种书提到了罗虬《比红儿诗》，但没有提到罗虬求歌遭拒而恼怒的事情。

《北梦琐言》卷十三云："虬有俊才，尝见雕阴官妓《比红儿诗》，他无闻也。"③

沈括《梦溪笔谈》卷一四："杨大年因奏事，论及《比红儿诗》，大年不能对，甚以为恨，遍访《比红儿诗》，终不可得。忽一日，见鬻故书者，有一

①　（宋）邵博撰：《邵氏闻见后录》（30卷），中华书局1983年版，卷17，第131页。

②　（宋）朱胜非撰：《绀珠集》，景印文渊阁四库全书本，卷4。

③　（五代）孙光宪撰，贾二强点校：《北梦琐言》（20卷），中华书局2002年版，卷13，第273页。

小编，偶取视之，乃《比红儿诗》也。自此士大夫始多传之。予按：《摭言》《比红儿诗》乃罗虬所为，凡百篇，盖当时但传其诗，而不载名氏，大年亦偶忘《摭言》所载。"①

《北梦琐言》成书于《太平广记》之前，《梦溪笔谈》成书于《诗话总龟》之前，成书较早的这两种书皆未言及红儿因杀而死的事，可见，罗虬杀人的说法值得怀疑。

综上可知，《唐摭言》、《北梦琐言》、《梦溪笔谈》、《邵氏闻见后录》四种五代和北宋的笔记小说并无罗虬杀红儿的说法，罗虬杀红儿只是《太平广记》改编后才出现的。后来的《诗话总龟》等8种丛书或类书并未信从《太平广记》的说法。一句话，罗虬杀红儿的说法大成问题。

三　罗虬杀红儿说法之质疑及其真相

第一个对罗虬杀红儿之说法提出质疑者，是明代学者王世贞，其《弇州四部稿》（影印文渊阁四库全书本）卷一六三云："罗虬《比红儿》，不过市井间烟花语耳。然《唐诗纪事》谓虬手刃此伎，而作诗追悼之。恐误。盖诗语有'任伊孙武心如铁，不办军前杀此人'、又'若教粗及红儿貌，争肯楼前斩爱姬'也。恐红儿自以他故死，不由手刃。"② 罗虬在《比红儿诗》中提到红儿太美貌了，连孙武那样辣手摧花的人都不会杀。王世贞的意思是，既然罗虬认为孙武都不会杀，罗虬怎会杀呢？王世贞疑古精神可嘉，可惜理由并不充分。因为假如罗虬真杀人了，那么其杀人是出于一时激愤，并不会考虑红儿这样的美人儿该不该被杀的问题。

《诗话总龟》改"手刃绝句百篇"为"为绝句百篇"，使罗虬《比红儿诗》的本事与《唐摭言》、《北梦琐言》、《梦溪笔谈》、《邵氏闻见后录》的说法基本符合，而使所有疑问涣然冰释者，是民国时学者朱大可从文字学角度的解释。据郑逸梅《艺林散叶》云："唐罗虬撰《比红儿词》，谓爱红儿而卒刃之。朱大可考为非事实，按其事最初见于记载者，乃《唐摭言》，有云：诘旦手刃绝句。手刃者，手剙者，手创也。剙即创，谓创作绝句以咏之也。"③《苏州科技学院学报》2003 年第 4 期杨旭辉《比红儿诗本事献疑》一文已经提到

---

① （宋）沈括撰，刘尚荣校点：《梦溪笔谈》（26 卷），辽宁教育出版社 1997 年版，卷 14，第 83 页。

② （明）王世贞撰：《弇州四部稿》，景印文渊阁四库全书本，卷 163。

③ 郑逸梅：《艺林散叶》，中华书局 2005 年版，第 195 页。

朱大可的这一说法，可惜杨旭辉先生认为朱大可的说法"尚无足够文献为据"①，因而没有信从。

实际上，查字典后可知，朱大可的说法是对的。《汉语大词典》云："刱，同創2。"查"創2"，"創2"的第4个义项："撰写；创作。清《聊斋志异·张鸿渐》'张服其言，悔之，乃宛谢诸生，但为创词而去。'"可见，朱大可所云"手刃绝句百篇"即手创绝句百篇的说法完全正确。

即使不查"刱"的含义，直接查"刃"也是可以的。据《汉语大词典》，"刃"的第4个义项："同纫。谓制作。五代王定保《唐摭言·海叙不遇》：'虬请红儿歌而赠之缯彩。孝恭以副车所贮，不令受所贶。虬怒，拂衣而起。诘旦，手刃绝句百篇，号比红诗，大行于时。'"可见，今日的文字学家也认为"手刃绝句百篇"就是"手创绝句百篇"的意思。宋代阮阅等人和民国时人朱大可的说法正确无误，罗虬杀红儿的说法源于《太平广记》的妄改古书。

最后申说一下，《太平广记》之所以妄改，也是事出有因。《唐摭言》所云罗虬因愤怒而"拂衣而起"，然后第二天早晨写100首绝句赞美红儿，毕竟有点违背常理。正是因此，后来的《诗话总龟》和《绀珠集》均进行了改编。与《太平广记》不同的是，此二书没有改编出罗虬杀死红儿这样冤屈罗虬的命案，而只是让《比红儿诗》的本事更符合常理一点。尽管如此，按照今日的学术规范，此二书的改编仍然是不值得提倡的。对古书中有疑问的地方，正确的态度和做法是"宁存疑，勿妄改"，这一点，越来越成为学术界的通则。否则，不仅有"好改古书而古书亡"的危险，而且可能又弄出罗虬杀红儿这样的千年冤案。

① 杨曙辉：《比红儿诗本事献疑》，《苏州科技学院学报》2003年第4期。

第五章　吴仁璧沉江事件辨正

吴任臣《十国春秋》卷七十八《吴越二·武肃王世家下》云："王负知人之鉴，尊贤下士，惟日不足。名其居曰握发殿，取周公吐哺握发之意。"①"王"指吴越国开国国主钱镠（852—932），钱镠卒后，谥号为"武肃"，故称"武肃王"。此处说钱镠求贤若渴到专门建"握发殿"明志的程度，以此来说明钱镠"礼贤下士"之态度的诚恳和恭敬。"握发殿"之事，最早出自陆游《老学庵笔记》卷二，原文是："钱王名其居曰握发殿。吴音'握''恶'相乱，钱塘人遂谓其处曰：'此钱大王恶发殿也。'"②吴任臣此处所言"握发殿"之事当从陆游《老学庵笔记》而来。《老学庵笔记》所记事情，大多得自陆游自己的耳闻目睹，如该书点校者所撰《前言》云"书中所记，多是作者亲历、亲见、亲闻之事"③，所以是比较可信的。另一方面，罗隐、皮光业、沈崧等人在吴越国都得到了重用，也是钱镠"礼贤下士"之证。由此可见，吴任臣对钱镠"尊贤下士，惟日不足"的好评当非过情之誉。

可是，进士吴仁璧在吴越国的生活并不美妙，最终被钱镠沉入江中的结局尤其使人感到心情沉重，并让人对钱镠"尊贤下士"的诚恳态度产生些许怀疑。探讨吴仁璧沉江事件的实情和原因对于了解钱镠、了解吴越国的用人政策，进而正确评价吴越国不无意义。下文即从吴仁璧沉江的原委入手探讨其原因。

一

先看吴仁璧沉江事件在各史书中的不同记载及其疑难问题。为辨析源流和真伪，以此事在现存古籍中被记载的时间先后为序，抄录如下，并作分析。

---

① （清）吴任臣撰，徐敏霞、周莹点校：《十国春秋》（116卷）（全4册），中华书局1983年版，第3册，卷78，第1115页。

② （宋）陆游撰，李剑雄、刘德权点校：《老学庵笔记》（10卷），中华书局1979年版，卷2，第21页。

③ 同上书，《前言》第1页。

（一）宋范成大《吴郡志》卷二十五云：

> 吴仁璧，大顺（890—891）中及第，喜属文，精星学及黄白术。初，学于庐山道士数年。其师曰："能罢卷学仙乎？"仁璧固陈求名之志。道士曰："一第取之拾芥耳，但他年从宦勿干英雄。"仁璧既成名，钱武肃王待以客礼，访以天文，固辞非所知。欲辟幕职，又以诗辞。及秦国夫人薨，武肃具礼币请为志，又不从，遂为钱氏所害。其女亦善星学，仁璧被系，女仰瞻而泣曰："文星失位，大人其不免乎？"（《备史遗事》）①

据清徐松《登科记考》卷二十四，吴仁璧登第于大顺二年（891）②，秦国夫人即钱镠母亲水丘氏，水丘氏卒于唐昭宗光化四年（901），年六十八。③据范成大自注，《吴郡志》此段话出自钱俨《吴越备史遗事》，钱俨是武肃王钱镠的孙子，对此事的记载当较为可信。但此段话所云"遂为钱氏所害"的话，显然不会出于钱俨之手，可能是范成大的改编。

（二）元潜说友《咸淳临安志》卷九十一云：

> 吴仁璧，关右人，中第，入浙谒钱武肃。殊礼之，累辟入幕，坚辞不就。以诗谢云："东门上相好知音，数尽台前郭隗金。累重虽然容食椹，力微无计报焚林。敝貂不称芙蓉幕，衰朽仍惭玳瑁簪。十里溪光一山月，可堪从此负归心。"武肃复遣人请撰《罗城记》，仁璧坚不从，武肃怒，沉于江。吴人惜之。④

此段话提供的新信息是：一是增加了吴仁璧的籍贯，说吴仁璧是关右人。二是将吴仁璧辞绝钱镠的诗抄录出来。有一点内容有所变化：说吴仁璧被沉入江中的原因是拒撰《罗城记》。

（三）明王鏊《姑苏志》卷四十七云：

---

① （宋）范成大撰：《吴郡志》（50卷），景印文渊阁四库全书本，卷25。

② （清）徐松撰，赵守俨点校：《登科记考》（30卷）（全3册），中华书局1984年版，第3册，卷24，第897页。

③ （清）吴任臣撰，徐敏霞、周莹点校：《十国春秋》（116卷）（全4册），中华书局1983年版，第3册，卷83，第1187页。

④ （元）潜说友撰：《咸淳临安志》（93卷），景印文渊阁四库全书本，卷91。

吴仁璧，字廷宝，长洲人，大顺（890—891）中及第。喜属文，善星学及黄白术。初学于庐山道士数年。其师曰："能学仙乎？"仁璧固陈求名之志。道士曰："一第犹拾芥尔，但他年勿干英雄。"仁璧既成名，吴越王钱镠待以客礼，访求天文，固辞非所知。欲辟入幕，又辞。天复（901—904）初，镠母秦国夫人水丘氏殂，具礼币请为志文，不从。镠怒，沈之江中。时人怜之。有诗一卷。（《临安志》云：仁璧，关右人。中第后入浙。钱武肃王累辟不就，请撰《罗城记》，又不从，王怒，沈之江。）①

该书卷五十七云：

吴仁璧女，少能为诗，父教以玄象阴阳之学。仁璧自登第后，生业甚薄，尝居越中，佯狂求食。一日，女谓父曰："大人慎事出入，恐罹忧毒。"天复（901—904）初，钱镠命撰母墓铭，仁璧不从，被系。女泣曰："文星失位，大人其不免乎？"镠命除水部员外郎，遂沉之东小江惊涛中。并女同害，时年十八。（互见仁璧传）②

《姑苏志》此二段话关于吴仁璧的籍贯有所不同。此二段话说吴仁璧是长洲人。又增加了吴仁璧之女也被钱镠沉入江中的事情。

（四）清吴任臣《十国春秋》卷八十八：

吴仁璧，字廷宝，苏州人也，一曰秦人。少习星纬黄白家言。唐大顺（890—891）中，登进士第，已而入浙。家贫，常佯狂，乞于市。武肃王闻其名，待之客礼，叩以天象，仁璧辞非所知；欲辟幕职，又以诗固辞。及秦国太夫人薨，具礼币请为墓铭。仁璧坚不肯属草。武肃王大怒，投仁璧于江中死。有诗一卷，行世。先是，仁璧学于庐山道士数年。道士曰："能学仙乎？"仁璧固陈求名之志。道士曰："一第犹拾芥耳，但他年勿干英雄。"至是遂验。仁璧有女，年十八，能诗，精于天官之学，居恒戒仁璧慎出入，无罹罗网。及仁璧被系，女泣曰："文星失位，大人其不免

---

① （明）王鏊撰：《姑苏志》（60卷），景印文渊阁四库全书本，卷47。
② 同上书，卷57。

乎?"未几,王并沉之东小江。①

　　吴任臣此段话的记载显然由上述诸书的记载综合而成,从此段话可看出吴任臣的取舍:首先,关于吴仁璧的籍贯,说是苏州人,同时以"关右人"之说作参考。其次,吴仁璧沉江的原因,采用了拒撰钱镠母亲墓铭之说。最后,采用了吴仁璧之女被钱镠所害之说。

　　上述四书的记载有三个疑难问题,一是吴仁璧的籍贯,二是吴仁璧被害的直接原因,三是吴仁璧被害的地点。对此三问题,可予以分析。

　　第一,关于吴仁璧的籍贯,范成大《吴郡志》没有记载,这或许是因为钱俨的《吴越备史遗事》本来就没有记载,或许是钱俨有记载,而范成大省略了。因为在范成大看来,既然吴仁璧在《吴郡志》中,他是吴郡人就是很自然的事,省略吴仁璧的籍贯后,读者不应该产生不知吴仁璧籍贯的问题。

　　明确指出吴仁璧籍贯的是潜说友《咸淳临安志》,说吴仁璧籍贯为关右,但不知潜说友此说从何而来。

　　明王鏊《姑苏志》说吴仁璧是长洲人,也不知其依据。

　　清吴任臣《十国春秋》说吴仁璧是苏州人,长洲是苏州的一个辖县,吴任臣显然采用了明王鏊之说。但不论是王鏊,还是吴任臣,都知道潜说友认为吴仁璧是关右人的说法,他们以潜说友之说为参考。可见他们虽信从吴仁璧为苏州人之说,但证据并不十分确凿、充足。

　　记载吴仁璧之事的上述四书中,有二书为南方地志,可见吴仁璧应为南方人,但《全唐诗》卷六九零据《雅言杂载》录吴仁璧《游法华寺》"高阁烟霞禅客睡,满城尘土世人忙。"②又据《明一统志》卷十九云:"法华寺,在太原县西北十五里,北齐建。又,五台县东北七十里亦有法华寺。"③说明吴仁璧在关右有行踪,可见认为吴仁璧是关右人,也不是无稽之谈。

　　吴仁璧的籍贯,还是视为南方为宜,但应以吴仁璧为关右人的说法作参考。《全唐诗》卷六九〇就是如此做的:"吴仁璧,字廷宝,吴人,或云关右

---

　　①　(清)吴任臣撰,徐敏霞、周莹点校:《十国春秋》(116卷)(全4册),中华书局1983年版,第3册,卷88,第1267页。

　　②　中华书局编辑部点校:《全唐诗》(900卷)(全15册),中华书局1999年版,第10册,卷690,第7993页。

　　③　(明)李贤等撰:《明一统志》,景印文渊阁四库全书本,卷19。

人。"① 说"吴人",比"长洲人"、"苏州人"的说法还要稳妥一些。

第二,吴仁璧被杀的直接原因是拒撰《罗城记》,还是拒撰墓铭?

据范成大《吴郡志》引《吴越备史遗事》的记载,是拒撰墓铭。不知元潜说友以何为据,认为是拒撰《罗城记》。明王鏊《姑苏志》采用了范成大的说法,而以潜说友的说法为参考。清吴任臣径直采用了范成大的说法,置潜说友的说法于不采用、不参考之列。仔细分析一下,可知吴任臣的做法不无道理。

据清徐松《登科记考》卷二十四,吴仁璧为大顺二年(891)进士。该年放榜时间为正月十日。又据《吴越备史》卷一记载,筑罗城的时间为唐昭宗景福二年(893)七月。② 如是因为拒撰《罗城记》被沉江,则吴仁璧登第后二年半即被害。从登第于京城到被害于浙江,仅二年半时间,虽有可能,但似乎快了点。如前文所述,钱镠母亲水丘氏唐昭宗光化四年(901)九月卒,如是因为拒撰墓铭被沉江,则吴仁璧登第后十年被害。又,《罗城记》全称是《杭州罗城记》,作者是罗隐,今存于《罗隐集》。③ 钱镠母亲水丘氏墓铭今未见。可见,吴仁璧被害较少可能是拒撰《罗城记》,而更可能是拒撰墓铭。又,吴仁璧因拒撰墓铭被沉江的说法被明张旭景著《吴中人物志·吴仁璧女》所采用,可见此说较易为人信从,吴任臣的取舍较为得当。

总之,吴仁璧被沉江的直接原因应采用拒撰墓铭之说,拒撰《罗城记》可能性较小,只可作参考。

第三,吴仁璧被害地点,所沉之"东小江"在何处。

钱镠以何种方式处死吴仁璧,范成大《吴郡志》并未提及,元潜说友《咸淳临安志》明言被"沉于江",但未言沉于何江。第一次指出吴仁璧所沉之江为东小江的是明王鏊《姑苏志》卷五十七。元潜说友和明王鏊的说法,虽有详略之别,但均言之凿凿,而无含糊之语。故其言想必有据,只是所据为何,今已不得而知。

东小江的具体位置,不难考知。《资治通鉴》卷二百五十记载咸通元年(860)二月郑祗德事时有句云:"祗德始令屯郭门及东小江。"胡三省注释曰:"越州有东小江、西小江。东小江出剡溪,至曹娥百官渡而东入海。西小江出

① 中华书局编辑部点校:《全唐诗》(900卷)(全15册),中华书局1999年版,第10册,卷690,第7991页。

② (宋)钱俨撰,李最欣校点:《吴越备史》,卷1,见傅璇琮、徐海荣、徐吉军主编《五代史书汇编》(全10册),杭州出版社2004年版,第10册,第6181页。

③ 雍文华校辑:《罗隐集》,中华书局1983年版,第306—307页。

诸暨，至钱清渡而东入于海。皆曰小江者，以浙江为大江也。"①又据《会稽志·会稽续志》卷四："上虞东山，在县西南四十五里。王铚《游东山记》云：'会稽郡东百里，曰曹娥江，又曰东小江。'"② 可见，"东小江"即今绍兴上虞之曹娥江。

吴仁璧所沉之东小江为绍兴上虞之曹娥江，但钱镠母水丘氏去世前居于杭州临安之都督府舍。注意到此二地点的不同，再联系此前所发生的事情，则对钱镠怒杀吴仁璧的复杂原因可有不少领悟。光化三年（900）十月，钱镠葬其父于临安县锦北乡清风里之南原，此时，其父去世已逾五年，所以如此晚地将父亲葬于合适的地方，是因为父亲去世之时，钱镠剿杀越州董昌的战事方酣，钱镠无暇顾及。第二年即天复元年（901）的四月，钱镠亲巡越州。九月，淮将李神福等攻临安，钱镠遣顾全武等列八寨以御之。该月，母水丘氏卒，而钱镠仍离不开越州。父薨五载，魂灵方安；母卒故乡，奔丧无缘。以忠臣孝子自期的钱镠，不免心中多愧。此其一。乾宁三年（896）五月，钱镠攻杀董昌，开始拥有越州。天复元年（901）二月，钱镠归巡临安衣锦营，大会故老宾客，此时已是他光启三年（887）充杭州刺史十四年后，其在杭州的地位已十分巩固。③ 而得越州于灭董昌之后，至此不过五年。钱镠之威望，在越不及在杭，故他镇越之日，当不如镇杭之能心平气和、轻松自然。此其二。群雄逐鹿之时，多以幕府文人装点门面，自古而然，五代诸军阀若朱全忠、杨行密等人莫不如是，钱镠未能免俗。其时他虽然年已五旬，但是仍属草创，攻守之成败，决于武力之强弱，因此，他对文人作用的认识本来就很浮泛。再加上十余年来，吴仁璧时时在其幕府周围袖手旁观，这种不即不离的不合作态度让钱镠必然心怀不满。可见，钱镠之于吴仁璧，重视不足而忌恨有余。此其三。这时的吴仁璧拒撰墓志，触怒钱镠于母卒时和镇越日，真可谓失天时、失地利、失人和。最后以自己珠沉大海的悲剧，印证了钱镠礼贤修养的缺失。

二

弄清了吴仁璧被沉江的时间、地点和直接原因后，接下来分析吴仁璧沉江事件中钱镠和吴仁璧各自应承担的责任，并分析钱镠的用人政策。

---

① （宋）司马光编著，（元）胡三省音注：《资治通鉴》（294卷）（全20册），中华书局1956年版，第17册，卷250，第8080页。

② （宋）施宿、张淏撰：《会稽志·会稽续志》（28卷），景印文渊阁四库全书本，《续志》卷4。

③ （宋）钱俨撰，李最欣校点：《吴越备史》，卷2，见傅璇琮、徐海荣、徐吉军主编《五代史书汇编》（全10册），杭州出版社2004年版，第10册，第6176—6193页。

先分析吴仁璧来吴越国的目的。

据上文引范成大《吴郡志》关于吴仁璧的事情可以知道,吴仁璧之师庐山道士请吴仁璧弃儒术学仙道,吴仁璧拒绝,而且坚持陈述自己欲求功名的愿望。进士及第后,吴仁璧在朝廷中得不到一官半职,就来到吴越国,与钱镠相见。显然,他是来寻求自己的前程,而不是来隐居的。或曰:"浙江风景好,战乱也少,吴仁璧就是来隐居的。"这话站不住脚。因为这时的吴越地区并不平静,钱镠正在东征西讨,就社会安定程度而言,吴越国和杨行密管辖的吴国地区一样,正处于酣战之中。就风景之秀美而言,扬州、金陵、苏州不在吴越国的越州、杭州之下。所以不能凭吴越国的风景好和战乱少——何况此时的吴越国战乱并不少——就得出吴仁璧来浙江的目的是隐居这一结论。说吴仁璧不是来隐居的,还有两个理由。第一,如果真要隐居,就不必参加进士考试了。第二,据清王士禛《五代诗话》引《雅言杂载》的记载,吴仁璧准备应举进士时,路过罗浮洞,学老庄于张先生,得其大旨后辞行,张先生请他留在罗浮洞,授他长生之道。吴仁璧辞以高堂有母需养,等名成身退后再学。张先生告诉他说,他此去一定会中第,希望他早点回来。可是他中第后就投奔浙江而来,并未回罗浮洞。[①] 如说"中第"并没有达到吴仁璧所说的"名遂"的标准,他等名遂后再回罗浮洞不迟,那么他投奔浙江就是来完成"名遂"任务的。这样,他就更不是来隐居了。一句话,吴仁璧来吴越国的目的是希望在吴越国这个强藩中谋个一官半职,以实现自己的"求名之志"。

再分析吴仁璧与钱镠的冲突。

来到浙江的吴仁璧贫穷无以自养,只好佯狂乞讨于街市。钱镠闻知他的声名,对他有三次主动的联系和光顾。一为请问天象,二为请入幕府,三为请撰墓志。吴仁璧有过三次拒绝。第一次拒绝的理由是学识浅薄,力不胜任;第二次拒绝的理由是生性喜欢归隐,性格也不宜入幕;第三次拒绝的理由是什么,史无记载,不过可以猜测,一定和第一次拒绝的理由差不多。吴仁璧总不至于明确地说他可以撰写得很好,也喜欢给人撰写墓志,但偏不给钱镠的母亲撰写,更不至于说他拒绝撰写的原因是他看不起钱镠。况且吴仁璧也没有理由看不起钱镠。唐昭宗乾宁三年(896)五月,钱镠破越州城而斩董昌,唐昭宗立即给钱镠封官晋爵。乾宁四年(897)九月,封钱镠为吴王,钱镠成了两浙的实际统治者,此时的钱镠对唐王朝无限忠诚。所以吴仁璧没有任何理由看不起钱镠,同样也没有任何理由拒绝钱镠的聘请和请教。可是,吴仁璧不但拒绝

---

① (清)王士禛原编,郑方坤删补,戴鸿森校点:《五代诗话》(10卷),人民文学出版社1989年版,卷9,第368页。

了，而且连续的、多次的拒绝。钱镠第一次请教天象问题，他知道那正是"精星学和黄白术"的吴仁璧所擅长的，可是吴仁璧竟然坚持说这事是他所不懂得的，钱镠并没有怎么难为他。钱镠请吴仁璧入幕，吴仁璧"又以诗固辞"。"固辞"即坚持、坚决辞绝，可见钱镠请吴仁璧入幕不是只请了一次，也不是虚情假意的做做样子，可最终还是被吴仁璧拒绝了。钱镠在吴仁璧面前吃了两次闭门羹后，并没有怎么发怒。直到钱镠母亲去世，钱镠具礼币请吴仁璧撰写墓铭，吴仁璧的态度正如上文所述，是"又不从"、"坚不从"、"坚不肯属草"。这一次的拒绝终于惹恼了钱镠，他一气之下将吴仁璧沉入江中。钱镠的这种恼怒容易理解。因为长期以来，钱镠四处平叛，又常常负母登楼，既是忠臣，又是孝子。忠臣孝子是封建社会许多人对自己的期望，也是整个社会对士子的期望。吴仁璧这次的拒绝不仅让钱镠大失面子，更重要的是，让钱镠的行孝行为遭受挫折。如果说吴仁璧前两次的拒绝只是让钱镠有所不满的话，那么这一次的拒绝就终于让钱镠怒不可遏、忍无可忍了。另外，吴仁璧进士及第是大顺二年（891），随后即来浙江，到钱镠请他撰写墓铭的天复元年（901），吴仁璧到浙江已经十年了。这十年来吴仁璧一直不买账、不合作。这一次拒撰墓铭的行为让钱镠的旧怨新恨一齐爆发，于是就做出了将吴仁璧沉江的事情，明王鏊《姑苏志》说同时也将吴仁璧年已十八的女儿沉入江中，恼怒的钱镠做出这种过火的事情，也是很有可能的。

　　钱镠的行为是偏激的、过火的，那么刺激钱镠产生此种行为的事情又为什么会出现？换句话说，吴仁璧为什么要多次拒绝钱镠呢？欲探此问题之奥妙，先看吴仁璧抵达浙江时，吴越国的人才情况。

　　吴越国的人才中中过进士或被特赐进士的有八位，依其及第先后列举如下：

　　据清徐松《登科记考》卷二十四知，本为吴越国人后来中了进士或者中了进士后生活于吴越国的有六位，依据其及第年份先后分别是：唐昭宗大顺二年（891）及第进士二十七人中的第二名陈鼎、第十名吴仁璧、第十三名吴蜕；第四位是乾宁二年（895）及第的沈崧；第五位是乾宁四年（897）及第的孙郃；第六位是乾宁五年（898）及第的状元羊绍素。①

　　《中国文学家大辞典·唐五代卷》"薛正明"辞条据《（弘治）温州府志》卷十三云薛正明天祐三年（906）进士及第。② 提醒一下，中华书局1984年版

---

① （清）徐松撰，赵守俨点校：《登科记考》（30卷）（全3册），中华书局1984年版，第3册，卷24，第895—917页。

② 周祖谟主编：《中国文学家大辞典·唐五代卷》，中华书局1992年版，第830页。

清徐松《登科记考》和北京燕山出版社 2003 年 7 月版孟二冬补正的《登科记考补正》均漏收薛正明这位天祐三年（906）的进士。

吴越国的第八位进士是后梁乾化元年（911）被梁均王朱友贞特赐进士的皮光业。①

吴越国的八名进士中，陈鼎、吴仁璧、吴蜕是及第最早的三名进士。其中，陈鼎被明州刺史黄晟聘为宾客。② 吴蜕的仕途情况在《十国春秋》卷八十七《吴程传》中有记载："吴程，字正臣，山阴人。……父蜕，大顺中登进士，解褐镇东军节度掌书记、右拾遗，累官礼部尚书。"③ 吴仁璧到吴越国后，钱镠请其入幕，自然是准备让其为官，吴仁璧拒绝了。吴仁璧原本就是来谋取官职的，却拒绝了钱镠所给的官职。原因是什么，《雅言杂载》关于吴仁璧的记载可透露一点消息。《五代诗话》卷九引《雅言杂载》云："是年中第，入浙，谒钱武肃，殊礼之。累辟入幕，坚辞不就，以诗谢云：'东门上相好知音，数尽台前郭隗金。累重虽然容食椹，力微无计报焚林。敝貂不称芙蓉幕，衰朽仍惭玳瑁簪。十里溪光一山月，可堪从此负归心。'"④ 吴仁璧主动谒见钱镠，钱镠待他以特别的礼遇，多次请他入幕，吴仁璧坚决推辞。个中奥妙并不难猜。吴仁璧拒绝的理由一定是觉得钱镠小看了他的价值。他拒绝钱镠聘请的诗句"敝貂不称芙蓉幕"一下子泄露了天机：身着敝貂。只要钱镠让他位尊而多金，使他貂不再敝，他自然就适应幕府生活了。钱镠恐怕没有摸清吴仁璧的心思，只是觉得既然吴仁璧坚持不入幕，他就不强人所难了。唐昭宗光化四年（901）九月，钱镠母亲去世，吴仁璧拒绝撰写墓铭，终于激怒了钱镠，给他自己惹来杀身之祸不说，还连累女儿也被沉江。吴仁璧拒撰墓铭的心理可这样分析。刚到杭州时，他希望钱镠给他的待遇十分优厚，可是钱镠给他的待遇没有让他满意，他就拒绝了。十年后，钱镠母亲去世，吴仁璧认为这一次钱镠非请他这个人才不可了，非给他高待遇不可了。可是钱镠恐怕没有这样想，他"具礼币请为墓铭"，可是"仁璧坚不肯属草"。吴仁璧的这种行为让钱镠觉得，不论他给吴仁璧多少钱，吴仁璧都拒写墓铭。再想起十年来吴仁璧不合

---

① （清）徐松撰，赵守俨点校：《登科记考》（30 卷）（全 3 册），中华书局 1984 年版，第 3 册，卷 25，第 941 页。

② （清）徐松撰，赵守俨点校：《登科记考》（30 卷）（全 3 册），中华书局 1984 年版，第 3 册，卷 24，第 895—896 页。

③ （清）吴任臣撰，徐敏霞、周莹点校：《十国春秋》（116 卷）（全 4 册），中华书局 1983 年版，第 3 册，卷 87，第 1256 页。

④ （清）王士禛原编，郑方坤删补，戴鸿森校点：《五代诗话》（10 卷），人民文学出版社 1989 年版，卷 9，第 368 页。

作的行为，钱镠一怒之下，就沉吴仁璧于江中。

通过以上的分析可知，吴仁璧的沉江，是因为要价太高，不能准确地审时度势。另一个因素也应考虑到，即晚唐许多进士出身的文人自命唐臣，对各强藩抱有偏见，非万不得已，绝不厕身其中。罗隐漂泊中原 30 年，至 55 岁时才入钱镠幕府，即为一例。① 其他证据尚多，文繁不赘。吴仁璧不为钱镠所用，不管是何缘故，钱镠将其沉江，都是过火行为，这至少说明他"尊贤礼士"的诚心和修养均欠火候。在这件事情上，钱镠与吴仁璧各有责任。

三

钱镠将吴仁璧沉江，无疑是一种残暴行为，那么可否以此为据，认为钱镠的"尊贤礼士"是虚情假意呢？要回答此问题，得继续分析吴仁璧沉江事件。

首先，吴仁璧大顺二年（891）中进士后入浙，当时浙江的实际统治者为董昌，董昌辖越州，钱镠辖杭州，董昌的地位、声名、影响都在钱镠之上，明州还有一个以礼贤下士而闻名的刺史黄晟，吴仁璧应该去明州、越州，可他还是留在了杭州。可见，他对钱镠的"尊贤礼士"还是比较信任的。

其次，从大顺二年（891）中进士后抵达杭州到光化四年（901）被沉江，吴仁璧留在杭州达 10 年之久。又可见他对钱镠给他以适当的地位这件事一直都是抱有希望的。

再次，《十国春秋》卷八十八说吴仁璧"唐大顺中登进士第，已而入浙，家贫，常佯狂，乞于市。武肃王闻其名，待之客礼，叩以天象，仁璧辞非所知。"② 吴仁璧能够中进士，可见家底比较殷实，决不至于家贫到乞讨的地步，"佯狂"的说法是得其实际的，武肃王闻其名的事情更证明他的乞讨是一种伪装，是醉翁之意不在酒。如是迫不得已的乞讨，且不愿意出来做官，他不说自己是进士，也不显露自己的才能，别人就不会发现他这个人才，也不会向钱镠推荐。钱镠请他入幕时，他也不会用诗来谢绝，还说自己"敝貂不称芙蓉幕"。他佯狂乞讨，还能使钱镠闻其大名，又作诗来辞谢，可见他对钱镠重用他还是有所希冀的。

最后，还有个疑问，吴仁璧既然不愿意为钱镠的母亲撰写墓铭，他为何不早点离开，逃得远远的呢？光化四年（901）钱镠母亲去世时，罗隐、章鲁封、吴蜕都在钱镠幕下，钱镠何以偏偏看上一直拒绝他聘用的吴仁璧呢？是否

---

① 傅璇琮主编：《唐才子传校笺》（第四册），中华书局 1990 年版，卷 9，第 115—118 页。

② （清）吴任臣撰，徐敏霞、周莹点校：《十国春秋》（116 卷）（全 4 册），中华书局 1983 年版，第 3 册，卷 88，第 1267 页。

吴仁璧让人传递消息，向钱镠透露了他愿意写墓铭的意向，或者有人陷害吴仁璧而向钱镠做出了这种暗示，史无明载，不可臆测，只可提出质疑。会做墓铭的人有的是，钱镠偏偏看上一直不合作的吴仁璧，这毕竟让人太感蹊跷了。

吴仁璧学的是老庄之学，也许他在实践庄子"至人无己，神人无功，圣人无名"的格言，可是他应举的目的只能是求取功名，他赴京赶考前自己就对老师说等"名遂"后再回来，他并不能挣脱名利的羁绊。钱镠聘用他时，他对钱镠给他的待遇又有不切实际的幻想，总是不断的拒绝，最后惹出了钱镠的过火行为。吴仁璧有过失，但还不能说吴仁璧食古不化、冥顽不灵，因为谁也不能说自己身处事中，表现一定比吴仁璧好。只能说，吴仁璧有点迂腐、执拗、不知变通而已。

吴任臣"论曰"云："吴仁璧不草王母墓铭，或讥其太过，鲜周身之哲，而余谓不然。匹夫有志，终始不移，士耆富贵而嗫嚅侯王前者，比比已，若仁璧，可不谓烈哉？方孙石严高蹈岩谷，宋范怡情坟典，其人咸有足多者焉。"①吴任臣的评价不能使人信服。第一，他没有看出吴仁璧没有归隐之志，只是在讨价而已。第二，就算吴仁璧真的要归隐，既然归隐得不好，被钱镠发现了，就应该替钱镠的母亲撰写墓铭，钱镠为朝廷不断地平叛，可称为忠，为母亲诚心地求人，可称为孝，忠孝两全，吴仁璧没有理由不帮忠臣孝子的忙。吴仁璧的行为只让人看到了"犟"和"迂"，而不能让人看到"烈"。或曰："吴仁璧有权利不帮别人的忙，不管是什么人，他都有权不帮。古语云'三军可夺帅，匹夫不可多志'，吴仁璧没什么不对。"这话有一点道理，但不帮别人的忙这种"志"，不值得提倡。"匹夫不可夺志"的"志"应指大志且是好的方面的志，按封建社会的标准，指忠君爱民而言，不能说一个人从早上起来到晚上休息任何一个念头都是这种不可夺的"志"。别人有忙而不帮，不是什么好"志"。吴任臣说："士耆富贵而嗫嚅侯王前者，比比已，若仁璧，可不谓烈哉？"看来吴任臣肯定的是吴仁璧这种不事王侯的精神。如前所述，吴任臣看错了，吴仁璧不是不事王侯，他只是在向王侯讨价而已。另外，吴任臣这段"论曰"犯了自相矛盾的错误。这段"论曰"强调的、赞扬的是不事王侯这种精神，可是"方孙石严高蹈岩谷，宋范怡情坟典，其人咸有足多者焉"中，范赞时身为钱文奉的幕僚，正好是"事王侯"，不但范赞时事王侯，范赞时的父亲范梦龄、儿子范墉、孙子范仲淹都是不折不扣的事王侯，连写《十国春秋》时的吴任臣本人，身为清王朝的官员，都是事王侯。人们不能因为这个

---

① （清）吴任臣撰，徐敏霞、周莹点校：《十国春秋》（116 卷）（全 4 册），中华书局 1983 年版，第 3 册，卷 88，第 1269 页。

对他们有所非议，说他们不如吴仁璧"烈"。可见，吴任臣犯了自相矛盾、举证不当的错误。

　　钱镠杀吴仁璧是不对的，杀吴仁璧的女儿尤其恶劣。但不能由这一件事就认为钱镠不具有礼贤下士的风度。一开始，钱镠就对吴仁璧礼贤下士，当时吴仁璧是个疯疯癫癫的乞丐，但不管钱镠怎么"礼"、怎么"下"，吴仁璧都不为所用，钱镠只好作罢。这样从大顺二年（891）一直僵持到光化四年（901），10年来，钱镠让吴仁璧顺其自然，没有杀他、难为他。到不为母亲撰写墓铭的时候，钱镠终于发怒了，既害了吴仁璧的性命，也玷污了自己礼贤下士的声名。可见，只能说钱镠在礼贤下士方面，耐性还不够，不能说他不礼贤下士，也不能因此而将他对罗隐等人的重用否认了。由吴仁璧10年来不离开吴越国这件事可以断定，将拒绝入幕和聘请的儒士处死，不是钱镠的一贯行为和作风，否则吴仁璧要么操笔撰志，要么逃之夭夭，因为揆以人情，谁也不会延颈受死。

　　总之，吴仁璧沉江事件说明钱镠礼贤下士的诚心仍有欠缺，但还不能否定钱镠虚心接纳儒士的事实。儒士入幕吴越王幕府的程序一般是，儒士主动晋谒，吴越王虚心接纳，他们与钱镠等吴越王的关系基本和谐，很少有冲突。这种入幕与揽才的和谐状态贯穿着百年吴越国的始终，儒士对吴越国的兴衰起着很重要的作用，吴越国对儒士也提供了避难的场所和使他们施展才华的舞台。在扰攘纷纷的五代乱世中，吴越国统治者与儒士的这种和谐关系对吴越国成为中国"唐末五代……唯一的乐土"①，无疑也起了颇为良好的作用。研究吴越国历史，这一点理应成为研究者关注的问题。

---

　　①　包伟民编：《史学文存》，上海古籍出版社2001年版，第100页。

第六章 《香奁集》作者辨正

在历代史志和公私目录书中，《香奁集》一书的作者，一直被认为是韩偓，只有《郡斋读书志》首先认为是韩偓然后提到有人认为是和凝的说法。《香奁集》自宋至清所有版本均署作者名为韩偓，从无一种例外。《中国文学家大辞典·唐五代卷》是研究唐五代文学必读必用的工具书，该书"和凝"词条的撰写者吴在庆先生认为沈括（1031—1095）《梦溪笔谈》关于韩偓《香奁集》作者为和凝的说法是错误的；"韩偓"词条的撰写者贾晋华先生指出："宋人亦有以《香奁集》为和凝作而托名韩偓者，近人严简弼已著文深辨其非。"① 由这些情况看来，《香奁集》的作者是韩偓，这是没有疑义的。但是，沈括的观点，得到了明代胡应麟的赞同，从 20 世纪开始至今，赞同者更多了，计有现代的李叔同、当代的徐复观、缪钺、张兴武、刘鹏共五位先生，其中的三位还专门写了论文来论证《香奁集》的作者不是韩偓。因此，《香奁集》的作者是谁，这个问题真有进一步探讨的必要。

一 《香奁集》在宋元时代诸史志和公私书目中的记载之分析

韩偓《香奁集》在宋元两朝所撰的史志和公私书目中多有记载，这样的史志和公私书目共有七种。其中二种是正史的艺文志，即《新唐书·艺文志》和《宋史·艺文志》；三种是私家书目，即晁公武《郡斋读书志》、尤袤《遂初堂书目》和陈振孙《直斋书录解题》；二种是通史类著作关于艺文或经籍的部分，即南宋郑樵《通志·艺文略》和元代马端临《文献通考·经籍考》。现在依据成书时间的先后顺序，对这七种著作关于韩偓《香奁集》的著录予以抄录并分析如下。

《香奁集》在载籍中的第一次出现，见于嘉祐五年（1060）成书（《新唐书》卷首有曾公亮嘉祐五年写的《新唐书进表》）的欧阳修（1007—1072）、宋祁（998—1061）所撰的《新唐书》，该书卷六十艺文志第五十"别集类"

① 周祖谟主编：《中国文学家大辞典·唐五代卷》，中华书局 1992 年版，第 746 页。

云："《韩偓诗》一卷，又《香奁集》一卷。"① 可见，《韩偓诗》一卷和韩偓《香奁集》一卷是不同的书，尽管《香奁集》所收仍然是韩偓的诗。

比《新唐书》晚100余年成书的郑樵《通志》（绍兴三十一年成书，即1161年成书，见《通知二十略》，宋郑樵撰，王树民点校，中华书局1995年11月第1版，第4页）卷七十艺文略第八"别集诗"云："《韩偓诗》一卷，又《香奁集》一卷。"② 郑樵这话显然是对《新唐书》关于《香奁集》著录语的过录，不能认为这著录语是郑樵看到了韩偓的这二种书之后的记载（当然也不能说郑樵没看过韩偓的这二种书）。因为郑樵的《通志·艺文略》关于韩偓的著作只是抄录《新唐书·艺文志》的著录而已，他没有必要非注出韩偓《香奁集》作者有异说不可，所以，不能根据郑樵没有提到沈括《梦溪笔谈》关于韩偓《香奁集》作者其实是和凝这一说法，就得出郑樵不知道或者不相信沈括说法的观点，但是，可以得出沈括的说法没有引起郑樵的特别注意的观点。注意，郑樵的《通志》成书于绍兴三十一年（1161），这时候沈括提出他的说法至少有60余年了。

1151年至1187年成书的晁公武《郡斋读书志》（《郡斋读书志》卷首有晁公武绍兴二十一年即1151年写的自序）卷四中"别集类上"云："《韩偓诗》二卷、《香奁集》。右唐韩偓致光也，京兆人，龙纪元年（889）进士。累迁谏议大夫，翰林学士。昭宗幸凤翔，进兵部侍郎承旨。朱全忠怒贬濮州司马、荣懿尉。天祐（904—907）初，挈族依王审知而卒。《香奁集》一卷，或曰和凝既贵，恶其侧艳，故诡称偓著云。"③ 这段话中关于韩偓《香奁集》的著录值得注意的有两点：第一，先认定《香奁集》是韩偓的著作，不言卷数。古代目录书常见的现象是，一部书如果只有一卷，也可以不言卷数；反过来，不言卷数，就可以被视为一卷。所以，《郡斋读书志》所著录的《香奁集》不言卷数，就是一卷（后来的《文献通考》很可能就是因此介绍其提到的《香奁集》一卷时，就引用了晁公武的著录）。第二，晁公武提到了韩偓《香奁集》作者异说中"或曰和凝既贵，恶其侧艳，故诡称偓著云"的说法，但是，他没有说这个"或曰"的"或"是谁，也没有对"或曰"的正确性加以评判。他为何不说出这个"或"的名字，是他确定不了这个人是谁，还是其他

---

① （宋）欧阳修、宋祁撰：《新唐书》（225卷）（全20册），中华书局1975年版，第5册，卷60，第1614页。

② （宋）郑樵撰，王树民点校：《通志二十略》，中华书局1995年版，第1776页。

③ （宋）晁公武撰，孙猛校证：《郡斋读书志校证》（20卷），上海古籍出版社1990年版，卷18，第931页。

原因，不得而知。注意，晁公武《郡斋读书志》成书时，沈括《梦溪笔谈》提出韩偓《香奁集》作者其实是和凝的说法，已经有一百年左右的时间了。沈括这个说法，晁公武完全可能看到，当然也可能没看到。既然晁公武没提到沈括及其《梦溪笔谈》的说法，那么，就可以断定，晁公武很可能没有看到。虽然没有看到，但是他听到了沈括的说法，而他又无法判定这种说法的正误。为免得因轻信而犯错，他没有采信这种说法，故一开始先认定《香奁集》为韩偓的著作；为了严谨，他又把这种说法记载下来，为其他人的研究提供参考。晁公武这种做法显然是谨慎的、合理的。

大约 1194 年成书的宋尤袤《遂初堂书目》"别集类"云："韩偓"，又云"韩偓《香奁集》。"① 依据《遂初堂书目》的体例或惯例的一个特点，该书著录"韩偓"即代表"韩偓集"、"韩偓诗集"、"韩偓别集"这样的著作（总之是韩偓最有代表性的集子，例如"杜荀鹤"就代表杜荀鹤的《唐风集》）。《遂初堂书目》惯例的另一个特点是不言书的卷数，故不知"韩偓《香奁集》"是几卷。不过，从《新唐书》到《郡斋读书志》，从未听说《香奁集》有超过一卷的，故尤袤《遂初堂书目》著录的《香奁集》，可以视为一卷。《遂初堂书目》关于《香奁集》的著录真正值得注意的是，该著录语没有提到沈括关于韩偓《香奁集》为和凝所作的说法，晁公武《郡斋读书志》已经提到了《香奁集》作者异说的问题，尤袤《遂初堂书目》后于晁公武《郡斋读书志》成书，就更有可能知道，当然，他也可能不知道。尤袤没有提到，可能是不知道，也可能是知道了不相信。不管怎样，可以看出，沈括关于韩偓《香奁集》为和凝所作的说法，没有得到尤袤的重视，甚至没有被尤袤知闻，这就说明南宋前七十余年，沈括的观点还是没有足够大的影响，至少尤袤就不重视甚至未听说过。

最晚 1262 年成书的陈振孙《直斋书录解题》卷十九"诗集类上"云："《香奁集》二卷、《入内廷后诗集》一卷、《别集》三卷，唐翰林学士韩偓致光撰。"② 陈振孙这个著录语值得注意的有两点。首先，卷数由一卷变为二卷，如前所述，古书卷数的离合是司空见惯的事情，《香奁集》二卷和《香奁集》一卷，完全可能是同一种书，仅仅是分卷不同。其次，陈振孙也没有理会沈括关于韩偓《香奁集》实际是和凝所写的说法。注意，《直斋书录解题》成书的时候，南宋还剩下 37 年就结束了。就是说，国祚为 150 余年中的南宋王朝，

---

① （宋）尤袤撰：《遂初堂书目》，景印文渊阁四库全书本，"别集类"。

② （宋）陈振孙著，徐小蛮、顾美华点校：《直斋书录解题》（22 卷），上海古籍出版社 1987 年版，卷 1，第 19 页。

已经有 130 余年的时间过去了，沈括观点的影响力还是不够大，至少陈振孙就没有理会，甚至没有听说过。

1319 年成书的《文献通考》（《文献通考》卷首有元仁宗延祐六年即 1319 年王寿衍《进文献通考表》）卷二百四十三经籍考七十"集·诗集"云："《韩偓诗》二卷，《香奁集》一卷。晁氏曰：'唐韩偓致光，京兆人。龙纪元年（889）进士，累迁谏议大夫、翰林学士。昭宗幸凤翔，进兵部侍郎承旨。朱全忠怒，贬濮州司马、荣懿尉。天祐初，挈族依王审知而卒。《香奁集》，沈括《笔谈》以为和凝所作，凝既贵，恶其侧艳，故诡称偓著，或谓括之言妄。'《许彦周诗话》：'高秀实言元微之诗艳丽而有骨，韩偓《香奁集》艳丽而无骨。李端叔（1048—1128?）意喜韩偓诗，诵其序云：咀五色之灵芝，香生九窍，咽三危之瑞露，美动七情。秀实云：劝不得也。'石林叶氏（1077—1148）曰：'偓在闽所为诗，皆手自写成卷。嘉祐（1056—1063）间，裔孙奕出其数卷示人，庞颖公为漕，取奏之，因得官。诗文气格不甚高。吾家仅有其诗百余篇。世传别本有名《香奁集》者，《唐书·艺文志》亦载，其辞皆闺房不雅驯，或谓江南韩熙载（902—970）所为，误以为偓。若然，何为录于《唐志》乎？熙载固当有之，然吾所藏偓诗中亦有一二篇，绝相类。岂其流落亡聊中，姑以为戏。然不可以为训矣。'又曰：'《韩偓传》：自贬濮州司马后，载其事即不甚详。其再召为学士，在天祐二年（905）。吾家所藏偓诗虽不多。然自贬后皆以甲子历历自记其所在。有乙丑年（905）在袁州得人贺复除戎曹依旧承旨诗，即天祐二年也（905）。昭宗前一年已弑，盖哀帝之命也。末句云：'若为将朽质，犹拟杖于朝'，固不往矣。其后又有丁卯年（907）正月，闻再除戎曹依前充职诗。末句云：'岂独鸱夷解归去，五湖鱼艇且鯆糟'，天祐四年（907）也。是尝两召皆辞，《唐史》止书其一。是岁四月，全忠篡其召命，自哀帝之世，自后复召，则癸酉年（913）南安县之作，即梁之乾化二年，时全忠亦已被弑。明年梁亡，其两召不行，非特避祸，盖终身不食梁禄，其大节与司空表圣略相等，惜乎《唐史》不能少发明之也。'"[1]

《文献通考》关于韩偓《香奁集》的这个著录比较长，需要引起注意的问题比较多。现在先纠正一个小讹误。"自后复召，则癸酉年（913）南安县之作，即梁之乾化二年，时全忠亦已被弑。"这里的"乾化二年"之"二"，当为"三"之讹，乾化二年为壬申年，乾化三年才是癸酉年，即 913 年。再看《文献通考》引用的这些文字值得注意的几点。

第一，《文献通考》对晁公武《郡斋读书志》的引文不准确。《郡斋读书

① （元）马端临撰：《文献通考》（348 卷），中华书局 1986 年版，第 1923—1924 页。

志》没有提到沈括的名字，也没有提到沈括的《梦溪笔谈》。《郡斋读书志》先是将《香奁集》置于韩偓名下，即承认《香奁集》是韩偓的书；到介绍《香奁集》时，才提到"或曰和凝既贵，恶其侧艳，故诡称偓著云"。因为北宋时提出韩偓《香奁集》作者实际是和凝这一说法的人是沈括，未见有第二人。故可断定，晁公武《郡斋读书志》所说的这个"或曰"的"或"，就是沈括。《郡斋读书志》初成于绍兴二十一年（1151），编定于淳熙十四年（1187），沈括的《梦溪笔谈》成书于元祐（1086—1093）时，由此可知，晁公武《郡斋读书志》记载《香奁集》时，不管《梦溪笔谈》是否成书，也不管晁公武是否看到过《梦溪笔谈》，他至少知道沈括认为韩偓《香奁集》作者实际是和凝这种说法。晁公武之所以没有提到"沈括"的名字，也没有提到《梦溪笔谈》，很可能是晁公武就没有看到过《梦溪笔谈》，他无法确定此说法是不是沈括所说，为了严谨一点，他就只著录云"或曰"，即"有人说"，至于这人是谁，他没有敢明说。所以，马端临《文献通考》在"晁氏曰"之后写上"《香奁集》，沈括《笔谈》以为和凝所作，凝既贵，恶其侧艳，故诡称偓著"的说法，显然是引文不准确。

　　第二，"或谓括之言妄"的主语不明确，而且这句话也不该跟在"晁氏曰"之后，因为跟在"晁氏曰"之后会让人以为晁公武说"或谓括之言妄"。事实是，晁公武没有说过"括之言妄"，也没有说过"或谓括之言妄"。晁公武只是陈述了有人认为韩偓《香奁集》是和凝（898—955）所作这一种说法，这种说法正确与否，他未加评论，这说法为谁所说，来自哪里，他也没有交代。按照《文献通考·经籍考》的惯例，每引用一个说法，马端临一定会交代是谁说的，而且是明确交代是谁，不会交代说"或谓"。既然这里用了"或谓"的说法，那就可知，"或谓括之言妄"的话，一定是马端临说的。退一步讲，至少到马端临编写《文献通考》时，已经有人说"括之言妄"，这事情，马端临是知道的。那么，1319年《文献通考》成书前，"或谓括之言妄"的"或"是谁？都有哪几个人？这问题下文再论。这里先指出，马端临"或谓括之言妄"的话既缺少主语，所在的地方也不对，不该跟在"晁氏曰"之后，跟在"晁氏曰"之后容易引起误解，是一种不合理、不妥当的做法。

　　第三，马端临关于《香奁集》相关文字的引用，其目的很可能就是为了考辨《香奁集》作者究竟是谁的问题。因为有这个目的，所以在引用了晁公武《郡斋读书志》对《香奁集》的著录之后，马端临没有引用陈振孙《直斋书录解题》对《香奁集》的著录，这可能是因为马端临《文献通考》所指的《香奁集》是一卷，而陈振孙《直斋书录解题》所引的《香奁集》是二卷，卷数首先不符合。相比之下，晁公武《郡斋读书志》未言《香奁集》的卷数，未言卷数即可被视为一卷，这与《文献通考》所引《香奁集》一卷的卷数就比较符合。除卷数不符合外，陈振孙《直斋书录解题》关于《香奁集》的著录对考辨《香奁集》作者为谁这个问题确实没有帮助，故马端临舍弃了陈振孙《直斋书录解题》这一目录类专著的著录，而宁愿引用其他人的非目录类的著作。这些非目录类著作包含许彦周和叶梦得的相关著作。

第四，据《许彦周诗话》，李之仪（1048—1128?）（字端叔）和他的同时代人高秀实（即高茂华，字秀实）都见过韩偓的《香奁集》，高秀实认为韩偓《香奁集》"艳而无骨"，李之仪还喜欢吟诵韩偓《香奁集序》中的句子。这说明韩偓《香奁集》在北宋有一定的知名度。

第五，关于韩偓《香奁集》作者有异说的问题，叶梦得提到了韩偓《香奁集》作者是韩熙载这种说法，并认为这种说法靠不住（当然，他认为靠不住的理由是韩熙载是五代人，其作品不会收入《新唐书·艺文志》，这理由显然不成立）。注意，这里叶梦得没有提到作者为和凝的说法，这说明沈括所云韩偓《香奁集》作者实际是和凝的说法在当时社会上虽有流传，但其说法的知名度还不够高，起码与沈括差不多同时代的叶梦得就不知道。再联系最晚1187年编定的晁公武《郡斋读书志》也没有说出沈括的名字和《梦溪笔谈》的名字，可知，沈括提出的韩偓《香奁集》作者是和凝的说法确实没有足够大的名气。

第六，叶梦得对《新唐书》的韩偓本传，作了一定的注释和考订，显然对考辨韩偓生平及其《香奁集》作者究竟为谁的问题有参考价值。而叶梦得是相信《香奁集》作者是韩偓而不是韩熙载的，这就说明，马端临是相信《香奁集》作者确实是韩偓的，马端临也想证明这个问题，于是就引用叶梦得的考订，而没有引用沈括《梦溪笔谈》关于《香奁集》的相关文字。尽管从研究的角度而言，马端临真应该引用沈括《梦溪笔谈》关于韩偓《香奁集》的内容。

元至正五年（1345）成书的《宋史》（中华书局版《宋史》卷末有元至正五年即1345年阿鲁图撰写的《进宋史表》）卷二百八艺文七"别集类"云："《韩偓诗》一卷，又《入翰林后诗》一卷"，[①]又云："韩偓《香奁小集》一卷，又《别集》三卷。"[②] 韩偓《香奁集》出现了另一个名字《香奁小集》，这也是韩偓《香奁小集》这样的书名在载籍中的仅有的一次。何以会称为

① （元）脱脱等撰：《宋史》（496卷）（全40册），中华书局1985年版，第16册，卷208，第5334页。

② 同上书，第5345页。

"小集"？这倒不难解释，韩偓《香奁集》只有一百首诗，篇幅不长，称为"小集"自然是可以的（当然，如果有人想对"小"字作其他解释，只要合理，也未尝不可）。和韩偓《香奁集》在《郡斋读书志》、《遂初堂书目》、《直斋书录解题》中的著录一样，《宋史》这样的著录值得注意的是，《宋史》也没有理会沈括《梦溪笔谈》关于韩偓《香奁集》作者其实是和凝的说法。

　　从沈括《梦溪笔谈》成书的元祐年间（1086—1093），直到《宋史》成书的1345年，长达250余年的历史时期里，著录过韩偓《香奁集》的史志或目录类书籍，有7种之多。其中五种没有理会沈括《梦溪笔谈》所云韩偓《香奁集》的作者其实是和凝这种观点。理会沈括这种观点的二种书籍中，晁公武《郡斋读书志》首先认定《香奁集》的作者是韩偓，只是将沈括的观点作为参见列了出来，而且没有提到沈括的人名，也没有提到《梦溪笔谈》的书名；马端临《文献通考》引用晁公武《郡斋读书志》的内容时，因为不小心、不严谨而误以为晁公武提到了沈括及其《梦溪笔谈》，同时，马端临立刻指出"或谓括之言妄"的事实，然后，马端临引用许彦周和叶梦得关于韩偓《香奁集》的相关论述，以证明"括之言妄"。可见，沈括提出的韩偓《香奁集》其实是和凝所撰这个观点，在长达两个半世纪的历史时期里，很少被人理会，附和者更是一个都没有，而认为"括之言妄"的人，倒是有的。那么，沈括是怎样提出他的观点的，有何依据，宋元两代认为"括之言妄"的人，都有哪些人，又有何依据，这个问题，接下来讨论。

二　沈括《梦溪笔谈》观点的分析

　　提出韩偓《香奁集》的作者不是韩偓而是和凝这一观点的人，是北宋的沈括，此观点出于其所著《梦溪笔谈》卷十六的一段话："和鲁公有艳词一编，名《香奁集》。凝后贵，乃嫁其名为韩偓。今世传韩偓《香奁集》，乃凝所为也。凝生平著述，分为《演论》、《游艺》、《孝悌》、《疑狱》、《香奁》、《籝金》六集。自为《游艺集序》云：'予有《香奁》、《籝金》二集，不行于世。'凝在政府，避议论，讳其名，又欲后人知，故于《游艺集序》述之。此凝之意也。予在秀州，其曾孙和惇家藏诸本，皆鲁公旧物，末有印记甚完。"①

　　沈括（1031—1095）所说"和鲁公"指和凝（898—955），字成绩，十九岁登进士第，历仕后梁、后唐、后晋、后汉、后周，后汉高祖时，拜太子太保，封鲁国公。与和凝同时代的孙光宪（？—968）《北梦琐言》卷六《以歌

---

①　（宋）沈括撰，刘尚荣校点：《梦溪笔谈》（26卷），辽宁教育出版社1997年版，卷16，第90页。

词自娱》记载了和凝的文艺之事："晋相和凝少年时，好为曲子词，布于汴洛。洎入相，专托人收拾焚毁不暇。然相国厚重有德，终为艳词玷之。契丹人夷门，号为'曲子相公'，所谓好事不出门，恶行传千里，士君子得不戒之乎？"① 成书时间比《北梦琐言》稍晚的《旧五代史》（973 年成书）卷一二七《和凝传》云："和凝……平生为文章，长于短歌艳曲，尤好声誉。有集百卷，自篆于版，模印数百帙，分惠于人焉。"② 把这二书的记载和沈括《梦溪笔谈》的记载结合起来分析一下就会发现，沈括的话疑点太多，值得商榷。

第一，沈括所云和凝将自己的《香奁集》嫁名韩偓的说法，没有根据。《北梦琐言》和《旧五代史》都提到和凝喜欢写艳词艳曲，《北梦琐言》还说和凝做了宰相后，让人收集和焚毁他少年时写的艳词艳曲，但是，二书均没有提到和凝将自己的艳词艳曲嫁名韩偓的事情，不知道沈括关于和凝《香奁集》嫁名韩偓的说法得自何处，有何依据。既然沈括自己没有说出其来源和依据，今人也找不到沈括这么说的来源和依据，那么，只能认为沈括"和鲁公有艳词一编，名《香奁集》。凝后贵，乃嫁其名为韩偓"的话是无根之谈，是靠不住的，那就不应该采信。前文所述宋元两代著录韩偓《香奁集》的七种史志或私家目录类著作没有一种采信或者附和沈括的观点，应该就是基于此种考虑。

第二，沈括还说："今世传韩偓《香奁集》，乃凝所为也。"不知道沈括所说"今世传"的韩偓《香奁集》和我们今天看到的韩偓《香奁集》是不是同一种书，如果是同一种书，今传韩偓《香奁集》中确确实实有韩偓的诗，例如《袅娜》、《多情》、《春尽》，可见今传韩偓《香奁集》不是和凝的书，沈括显然说错了。如果不是同一种书，而沈括所说的这一种韩偓《香奁集》今天已经佚失，那不管这种书是不是如沈括所说为和凝所做，都和今天所传的韩偓《香奁集》没有关系。那仍然说明，今传韩偓《香奁集》的作者只能是韩偓。

第三，沈括还说："凝在政府，避议论，讳其名，又欲后人知，故于《游艺集序》述之。此凝之意也。""此凝之意也"显然指和凝既不想让当时人知道他写有《香奁集》，又想让后人知道他写有《香奁集》。问题是，和凝的这个"意"，沈括是怎么知道的？是和凝在《游艺集序》或者其他书里说的，还是沈括自己的想当然。在沈括《梦溪笔谈》成书之前，孙光宪

---

① 本社编：《唐五代笔记小说大观》，上海古籍出版社 2000 年版，下册，第 1856 页。

② （宋）薛居正等撰：《旧五代史》（150 卷）（全 6 册），中华书局 1976 年版，第 5 册，卷 127，第 1673 页。

《北梦琐言》只是提到和凝做了宰相后专门派人收集并焚毁和凝年轻时做的艳词艳曲，还说和凝这种做法并没有取得理想的效果，当时的人还是知道和凝曾经做过艳词艳曲，连契丹攻破都城时，都知道和凝"曲子相公"的名声。可见，和凝曾做过艳词艳曲、和凝擅长作艳词艳曲，是名播四方的。从这个角度看，即使和凝把自己的《香奁集》嫁名于韩偓或者其他人，都掩盖不了和凝作过艳词艳曲、长于作艳词艳曲的事实。既然掩盖不了，和凝就不大可能将自己的《香奁集》嫁名于别人了，尽管忌讳别人谈论自己的《香奁集》还是完全可能的。

第四，写艳词艳曲，在当时是一种不光彩的行为，正是因此，做了宰相的和凝才托人收集并焚毁自己年轻时写的艳词艳曲。也是因此，《北梦琐言》的作者孙光宪一方面认为和凝的为人"厚重有德"，一方面认为和凝作艳词艳曲终究是人生污点。既然这样，和凝就不应该有意识地要后人知道自己撰写过艳词艳曲，因为和凝不会认为当时的名声重要而后世的名声不重要。反过来，既然和凝在《游艺集序》中说自己写有《香奁集》一书，但未刊刻行世，那么，和凝就不会认为写《香奁集》这样的书是多么耻辱的事情，那也就不会把自己的书嫁名于他人。和凝一方面没有刊刻自己的《香奁集》（但并不讳言自己写有《香奁集》），一方面又承认自己写有《香奁集》，这事情今天可以做两种解释。第一种，和凝认为艳词艳曲对社会是有害的，所以，就不刊刻了，所以他说"未行于世"；但是，会写艳词艳曲，好歹也是一种才能，所以他又说自己写有《香奁集》一书。第二种，和凝得了一个"曲子相公"的外号，说明和凝长于写艳词艳曲这件事远布人口，妇孺皆知，想掩盖也掩盖不了，和凝就在《游艺集序》里坦承自己写过《香奁集》一书，但是，没有刊刻，就是说，和凝告诉人们，他主动斩断了他所写的艳词艳曲的流传。如果是第一种解释，写艳词艳曲不全是耻辱，也有一点才能方面的自我得意，那么，和凝就不会将自己的《香奁集》嫁名于他人。如果是第二种解释，和凝明确知道自己写过艳词艳曲、长于写艳词艳曲这件事广为人知，是无法掩盖的，他仍然不会将自己的《香奁集》嫁名于他人。可见，沈括说和凝一方面"讳其名"，不让别人知道自己写有《香奁集》一书而嫁名韩偓，一方面又想让人知道，于是在《游艺集序》中明言自己写有《香奁集》。既不想让人知道而"讳其名"，又想让人知道而自己说了出来，这显然是自相矛盾的。如果说，和凝是不想让当时人知道他写有艳词艳曲，所以将自己的《香奁集》"讳其名"而嫁名韩偓，又想让后世人知道他写有《香奁集》一书，所以在《游艺集序》里自己说了出来。问题是，和凝怎么保证他在《游艺集序》里的话只会被后人看到，而不会被当时人看到，要知道，和凝的《游艺集》是和凝六种著作中被和凝自己刊印的四种著作之一，和凝之所以写《游艺集序》，正是因为要刊印行世才写序的。既然刊印行世，总是先被当时人看到，然后才被后世人看到。可见，和凝既不想被人知（包括被当时人知），又想被人知（包括被后世人知），理论上怎么讲都讲不通，实际上也无法操作。

第六，依据沈括的记载，和凝在《游艺集序》中既说他写有《香奁集》一书，又说他写的《香奁集》"不行于世"。既然不行于世，那么，沈括当时提到的正行于世的署名韩偓的《香奁集》就不会是和凝的著作了。沈括认为署名韩偓的《香奁集》就是和凝的著作，那么，就是说，沈括认为和凝撒谎了。不知道沈括凭什么认为和凝坦承写有《香奁集》不是撒谎而明说所写的《香奁集》"不行于世"就是撒谎。还有，自己的著作对自己的名声不利就将自己的著作嫁名于他人，这种嫁恶于人、陷人于不义的行为一旦被发现，其污点比写艳词艳曲要严重多了，"厚重有德"的和凝不应该有这样的行为，何况，前文已述，和凝明确地知道自己无法掩盖自己写过艳词艳曲的事情，这种情况下，他再嫁名于他人，从理性上也说不过去。

第七，沈括说："予在秀州，其曾孙和惇家藏诸本，皆鲁公旧物，末有印记甚完。"沈括这话说得很有误导性。这话容易让人以为沈括在和凝的曾孙和惇家里见过和凝写的《香奁集》一书，而且见过好几本，这好几本《香奁集》上还有和凝的印记。但是，如果较真地向沈括求证，情况很可能完全不是这样，沈括尽可以矢口否认，因为沈括没有说和惇家藏的和凝的"诸本"中含有《香奁集》，更不用说这些"诸本"都是《香奁集》了，这些"诸本"完全可能是和凝所写所刻的《演论》、《游艺》等著作。何况，和凝既然说他的《香奁》、《籝金》"不行于世"，那么，这些"诸本"中就更可能不含有《香奁集》。

第八，今传韩偓《香奁集》是一百首诗，虽然这些诗因为内容多写男女情事，容易被人改动一下用于词中，但是，这一百首诗在体裁上确实是诗，不是词。而和凝的《香奁集》是艳词艳曲，是供演唱用的。可见，和凝有《香奁集》也许不假，但与流传的韩偓的《香奁集》不是同一种体裁、同一种性质的著作。沈括显然弄错了。今人只是不知道沈括何以会弄错。

最后强调一点，沈括只是说他看到了《游艺集序》中和凝自称有《香奁》和《籝金》二集均不行于世的话，沈括可没说他看到和凝说流传的韩偓《香奁集》是他和凝写的；尤其值得注意的是，沈括可从没说他看到了和凝的《香奁集》。后来徐复观（1903—1982）论证《香奁集》作者不是韩偓时说："但沈括是一个富有征实精神的人；和凝的《游艺集》自序，是他亲眼所见，非辗转传说可比，这又如何解释呢?"① 张兴武论证同样的问题时说："这看似有力的旁证，并没有从根本上推翻沈括亲眼目睹之成说"② 徐氏和张氏这样讲会让人以为沈括亲眼看到了和凝的《香奁集》，实际上不是这样。沈括没有说他看到了和凝的《香奁集》，就今天的资料看，任何人都没有说他看到过和凝的《香奁集》。而声称看到韩偓《香奁集》的人是南宋高宗孝宗时的著名学者薛季宣，虽未声称看到韩偓《香奁集》但今天我们相信肯定看到过韩偓《香奁集》的人，有北宋的李之仪和高秀实。

可见，只需对和凝的艺文之事和今传韩偓的《香奁集》有个基本了解，就会发现沈括《梦溪笔谈》关于韩偓《香奁集》不是韩偓所写而是和凝所写的一段话，既自相矛盾，又漏洞百出，没有可信性。如果再看看宋元两代认为"括之言妄"的学者对沈括观点的批驳，更会觉得，沈括的话是无稽之谈了。接下来就看看宋元学者的批驳。

三　宋元两代学者批驳沈括观点之论述的分析

第一个明确批驳沈括观点的人，即马端临所云"或谓括之言妄"的人，是北宋人陈正敏。其所著《遁斋闲览》十四卷已经佚失，该书关于韩偓《香奁集》的一段内容见于今存宋曾慥编《类说》卷四十七的征引："《香奁集》。《笔谈》谓《香奁集》乃和凝所为，后人嫁其名于韩偓。误矣。唐吴融诗集有《和韩致尧侍郎无题二首》，与《香奁集》中《无题》韵同。偓序中亦载其事。又尝见偓亲书诗一卷，其《裒娜》、《多情》、《春尽》等诗，多在卷中。偓词致婉丽，非凝能及。凝言'予有《香奁集》不行于世'，凝好为小词，泊作相，专令人收拾焚毁。然则凝之《香奁集》，乃浮艳小词，所谓'不行于世'，欲自掩耳。安得便以今《香奁集》为凝作也。"③

陈正敏《遁斋闲览》此条又见《苕溪渔隐丛话》卷二十三。又，据晁公武《郡斋读书志》卷三下关于《遁斋闲览》的著录知，《遁斋闲览》成书于北宋崇宁（1102—1106）大观（1107—1110）间，由此可推知，陈正敏此记载是第一个反驳沈括（1031—1095）观点的人。陈正敏断定沈括的说法错误，有三条理由。第一，吴融诗集中《和韩致尧侍郎无题二首》和当时流传的韩偓《香奁集》中的《无题》所用韵相同，而韩偓《香奁集》中的《无题》诗

---

① 邝健行、吴淑钿编：《香港中国古典文学研究论文选粹》，江苏古籍出版社 2002 年版，第64 页。

② 张兴武：《香奁集非韩偓所作再考订》，《甘肃高师学报》1998 年第 2 期。

③ （宋）曾慥编：《类说》（60 卷），景印文渊阁四库全书本，卷 47。

的序也提到和吴融唱和的事情。第二，陈正敏见到韩偓手写的诗一卷，其中的《袅娜》、《多情》、《春尽》等诗，多在《香奁集》中。第三，和凝《香奁集》所收为浮艳小词，和凝为了掩盖曾写浮艳小词的事情，让人收拾焚毁，"不行于世"。应该说，陈正敏提出的这三个理由都是很有说服力的。

与陈正敏批驳沈括观点的时间差不多同时或者稍后，提出当时流传的韩偓《香奁集》的作者确实是韩偓而不是别人的人，是北宋末期的叶梦得（1077—1148）。叶梦得这种观点见于前文所引元马端临《文献通考》卷二四三关于韩偓著作著录的那一段话。那一段话中有言："……吾家仅有其诗百余篇。世传别本有名《香奁集》者，《唐书·艺文志》亦载，其辞皆闺房不雅驯，或谓江南韩熙载（902—970）所为，误以为偓。若然，何为录于《唐志》乎？熙载固当有之，然吾所藏偓诗中亦有一二篇，绝相类。岂其流落亡聊中，姑以为戏。然不可以为训矣。"叶梦得依据自己家所藏韩偓的诗中有一二篇诗与当时流传的韩偓《香奁集》的风格"绝相类"而判定其作者确实是韩偓，而不是韩熙载，他认为韩熙载当然也会有《香奁集》，但与当时流传的韩偓的《香奁集》不是同一种书。叶梦得这里没有提到沈括及其《梦溪笔谈》，也没有提到沈括《梦溪笔谈》所说《香奁集》的作者"和凝"，而是说韩熙载也会有《香奁集》这样的书。可见，关于当时流传的韩偓《香奁集》的作者为谁的问题，叶梦得的说法与沈括的说法只是有较大出入，还不是完全相反或者针锋相对。但是，至少叶梦得认定当时流传的署名韩偓的《香奁集》，其作者确实是韩偓。就是说，在当时流传的韩偓《香奁集》的作者是韩偓还是不是韩偓这个问题上，叶梦得与陈正敏完全相同，与沈括完全相反。

继陈正敏之后明确反驳沈括的人，也即谓"括之言妄"的人，是北宋末南宋初的葛立方。其《韵语阳秋》卷五云："韩偓《香奁集》百篇，皆艳词也。沈存中《笔谈》云：'乃和凝所作，凝后贵，悔其少作，故嫁名于韩偓尔。'今观《香奁集》，有《无题诗序》云：'余辛酉（901）年戏作《无题》诗十四韵，故奉常王公、内翰吴融、舍人令狐涣相次属和。是岁十月末，一旦兵起，随驾西狩，文稿咸弃，丙寅岁（906）在福建，有苏昈以稿见授，得《无题》诗，因追味旧时，阙忘甚多。'予按：《唐书·韩偓传》：偓尝与崔嗣定策诛刘季述，昭宗反正，为功臣，与令狐涣同为中书舍人。其后韩全海等劫帝西幸，偓夜追及鄠，见帝恸哭。至凤翔，迁兵部侍郎。天祐二年（905），挈其族依王审知而卒。以《纪运图》考之，辛酉乃昭宗天复元年（901），丙寅乃哀帝天祐二年（905）（笔者按：丙寅年为天祐三年，即906年）。其序所谓丙寅岁（906）在福建，有苏昈授其稿，则正依王审知之时也。稽之传与序，无一不合者，则此集韩偓所作无疑。而《笔谈》以为和凝嫁名于偓，特未考其详尔。《笔谈》云：'偓又有诗百篇，在其四世孙奕处见之。'岂非所谓旧诗之阙忘者乎?"①

葛立方《韵语阳秋》此条被宋阮阅《诗话总龟》后集卷十六征引。又，葛立方（？—1164），字常之，号归愚，葛胜仲（1072—1144）子，由此可知葛立方生年大约在1090年后，所以将葛立方关于韩偓《香奁集》的记载置于叶梦得（1077—1148）关于韩偓《香奁集》的记载之后。葛立方《韵语阳秋》此条记载所用的证据是陈正敏《遁斋闲览》所用三条证据（三条理由）之第一条的后半部分（前半部分是吴融诗集有与韩偓唱和的《无题》诗）。与陈正敏不同的是，葛立方先是将韩偓《香奁集》所含《无题诗序》的主要内容征引了出来，然后用《新唐书》韩偓本传的相关内容去对比韩偓《无题诗序》，从而得出"稽之传与序，无一不合者，则此集韩偓所作无疑"的结论。葛立方这样做，无非是想说，今传韩偓《香奁集》中的《无题》诗，确确实实是韩偓的作品，所以，韩偓《香奁集》的作者确实是韩偓，不是包括和凝在内的其他人。应该说，葛立方这样的论断是正确的。退一步讲，葛立方此条至少证明，当时流传的署名韩偓的《香奁集》确实有韩偓的作品，所以，沈括认定当时流传的韩偓《香奁集》乃和凝所作的说法，是错误的。

第三个明确反驳沈括说法的人（是第四个与沈括观点不同的人，因为前文所论叶梦得的观点是可以反驳沈括的，但是叶梦得的观点没有明确反驳沈括），是南宋开永嘉学派先声的著名学者薛季宣（1134—1173）。其《浪语集》卷三十《香奁集叙》云："韩偓《香奁集》二卷。蜀本诗一百一篇。京本诗赋二篇，诗一百七篇，曲调二章。秘阁本同，亡诗十篇。三家篇什相糅苴，差次不伦，以雠比除复重定，著赋、诗、曲、词一百十二，以朱墨辨。阁、京本皆已刊正可传。偓字致尧，唐翰林学士承旨，朱全忠颛命后，偓行礼为简傲，放外以死。事见唐传。曰字致光者，讹也。偓为诗有情致，形容能出人意表。有集二卷，其一此书。晋相和凝（898—955）亦尝著《香奁集》，皆委巷艳词，猥亵不可示儿，时已有'曲子相公'之号。沈括（1031—1095）《笔谈》著论，乃以是为凝书。陈正敏为辨之，设二事以验。谓吴融集有《和致光无题诗》二，与《香奁》诗韵正同，而此集序中正载其事。一也。向尝于偓裔甥所见偓亲书所作诗卷，其《袅娜》、《春尽》、《多情》等篇，多出卷中。二也。偓富才情，词致婉丽，固非凝及。而《北梦琐言》载凝小词，布于汴洛，作相之后，收拾焚毁。则凝之集，乃浮艳小词，安得遂以《香奁》为凝作。走谓正敏辩得矣。传称凝尝自刊己集为板本，而特谓《香奁集》不行于时。

---

① （清）何文焕辑：《历代诗话》，中华书局1981年版，第526页。

行不行在凝，则此集为可知也。况诗与词曲，固有不言之辨。其诗有岐下作者，而凝未尝在岐。《江表志》：'王延彬子继士，与偓子寅亮，幼日通家，寅亮母尼即荐福院讲筵，偶见又别者也。'今诗亦在此什，则斯集也为偓语，可不疑。夫人之著书，上世犹不免沿袭，《春秋》大典，亦有十数家书，学者不究，谓何泛以名取，则晏吕之传为孔氏之经矣。以凝艳曲归偓集者，不几于此乎？信《笔谈》者虽甚，或于此必自有辨。年月日叙。"[1]

薛季宣这篇序，除了引用并分析陈正敏反驳沈括观点所持的二个证据（即前文所分析陈正敏所持三个理由中的前二个理由）外，还新增了这样几条证据或理由。第一，薛季宣见到了韩偓《香奁集》的三个版本。第一个是蜀本，有诗 101 篇；第二个是京本，有诗赋 2 篇、诗 107 篇、曲调 2 章，共 111 篇章；第三个是秘阁本，秘阁本的内容与京本相同，但是佚失了 10 篇诗。薛季宣作序的这个本子是将三个本子相糅合，含赋、诗、曲、词，共 112 篇。该版本有朱色、墨色不同的字迹以供辨别。又，京本、秘阁本，已经"刊正可传"。第二，薛季宣认为，既然和凝说他的《香奁集》"不行于时"，那就必然未"行"；而且，和凝的《香奁集》是浮艳小词，韩偓的《香奁集》是诗，二者完全不同。第三，薛季宣认为，当时所传的韩偓《香奁集》里有作于岐下的诗，而和凝没有在岐下呆过，故该《香奁集》不会是和凝的。薛季宣此条理由是否站得住脚，另当别论。薛季宣无非是想说《香奁集》中作于岐下的诗不会是和凝的，所以，《香奁集》就不是和凝的。其实用不着以作于岐下的诗为证，以韩偓的《无题》诗和前文所云的《裊娜》、《多情》、《春尽》为证，同样可以说明这个问题。第四，用韩偓儿子韩寅亮的母亲曾居于荐福院，而《香奁集》正有写此事的诗，故《香奁集》为韩偓作，是毫无疑义的。《香奁集》写韩偓之子韩寅亮母亲的诗见《全唐诗》卷六八三，诗题是《荐福寺讲筵偶见又别》（一作别后），诗是这样的："见时浓日午，别处暮钟残。景色疑春尽，襟怀似酒阑。两情含（一作贪）眷恋，一饷致（一作"到"）心酸。夜静长廊下，难（一作"谁"）寻屐齿看。"[2] 此条证据为《香奁集》中的诗为韩偓所写提供了又一个例证，这让署名韩偓的《香奁集》确实是韩偓所写的观点更加可靠了。第五，薛季宣指出，书名沿袭或雷同，自古而然，例如《春秋》就有十多家，故不能因为书的名字相同就认为是同一种书，否则，就会把对孔子之言的注释当成孔子的话，把韩偓《香奁集》当作和凝《香奁

---

[1] （宋）薛季宣撰：《浪语集》，景印文渊阁四库全书本，卷30。

[2] 中华书局编辑部点校：《全唐诗》（900 卷）（全 15 册），中华书局 1999 年版，第 10 册，卷 683，第 7908 页。

集》的人，和把关于孔子之言的注释当成孔子的话的人，没什么区别。还有，薛季宣最后总结说，一个人明白了以上的道理，不管对沈括《梦溪笔谈》的话信任到什么程度，都能看出所流传的韩偓的《香奁集》不是和凝的《香奁集》。不难理解，薛季宣这五条理由中，第一条理由提到的《香奁集》的三个版本，是最有价值的；第五条理由告诉人们，书名相同或雷同，是很正常的，不能因为两种书的书名相同，就觉得奇怪，从而认定这两种书是同一种书（20世纪60年代，徐复观的论文就认为和凝不可能有意识地给自己的书起个和韩偓的书相同的名字；如果和凝并不知道韩偓有本叫作《香奁集》的书，而给自己的书起名《香奁集》，与韩偓《香奁集》的书名相同，那"未免太巧合了"。此事容后文详述）。

其实，很可能在陈正敏《遁斋闲览》成书前（即1110年前），李之仪（1048—1128?）、高茂华等人就谈论韩偓的《香奁集》了，只是未见李之仪、高茂华反驳沈括（1031—1095）《梦溪笔谈》关于韩偓（842—914?）《香奁集》的观点而已。李之仪等人的这个谈话见于宣和（1119—1125）间人许顗（《钦定四库全书总目》卷一九五《彦周诗话》提要云许顗为宣和间人，字彦周）《彦周诗话》的记载："仆年十七岁，先大夫为江东漕，李端叔（1048—1128?）、高秀实皆父执也。适在金陵，二公游蒋山。仆虽年少，数从杖履之后。在定林说元微之诗，引事当有出处，屈曲隐奥。高秀实皆能言之。仆不觉自失，因思古人读书多，出语皆有来处。前辈亦读书多，能知之也。高秀实又云：'元氏艳体诗，丽而有骨。韩偓《香奁集》，丽而无骨。'时李端叔意（笔者按：意，当为亦）喜韩偓诗，诵其序云：'咀五色之灵芝，香生九窍；咽三危之瑞露，美动七情。'高秀实云：'劝不得也，劝不得也。'"① 可见，韩偓的《香奁集》在北宋有相当大的名气和影响，高茂华（字秀实）熟悉其风格，且能将其与元稹的艳体诗作比较，而李之仪（字端叔）喜欢韩偓的诗，还喜欢背诵韩偓《香奁集序》的名句"咀五色之灵芝，香生九窍；咽三危之瑞露，美动七情"。这个事实虽没有直接反驳沈括的观点，但是间接说明了当时流传的韩偓《香奁集》的作者确实是韩偓，不是其他人，至少李之仪、高茂华就是这么认为的。

宋代计有功《唐诗纪事》（《唐诗纪事》卷首王禧序云庆元辛酉即1201年他看到《唐诗纪事》，故《唐诗纪事》最晚1201年成书）卷六十五引用了沈括《梦溪笔谈》卷十六关于《香奁集》的话，未作任何评论，故这里就不引用了。

---

① （清）何文焕辑：《历代诗话》，中华书局1981年版，第388—389页。

　　今日所知元代对韩偓《香奁集》作者为谁这一问题表达看法的人，有三个，按照时间先后顺序排列如下：第一个是在马端临之前的学者方回（1227—1305）的看法。其1283年成书的《瀛奎律髓》（《瀛奎律髓》卷首有方回至元癸未年即至元二十年也即1283年自序）卷七《马上见》诗后，方回评云："《香奁》之作，为韩偓无疑也。或以为和凝之作，嫁名于韩。刘潜夫误信之。考诸同时吴融集，有依韵倡和者，何可掩哉？诲淫之言，不以为耻，非唐之衰而然乎？"① 这个评语只能看出方回是坚信当时流传的《香奁集》作者确实是韩偓的，但是，其证据是北宋陈正敏《遁斋闲览》早就用过的，方回没有提出新的证据或理由。这里纠正方回的一个讹误。方回说刘潜夫误信《香奁集》是和凝嫁名韩偓的。刘潜夫即刘克庄，今日找不到刘克庄相信沈括观点的证据，而刘克庄相信《香奁集》作者是韩偓的证据倒是有的，不知方回何以会有这个讹误。刘克庄相信《香奁集》作者是韩偓的证据见《后村集》卷三十二《跋东园方氏帖·韩致光帖》的一段话："当朱三飞扬跋扈时，唐名公卿坐微忤而夷灭者甚众，致光以一词臣，首触虎狼之怒而去，立节固已奇矣。……致光自癸亥（903）去国，至甲戌（914），十有二年，流落久矣，而乃心唐室，终始不衰，其自书裴郡君祭文，首书甲戌（914）岁，衔书'前翰林学士承旨银青光禄大夫行尚书户部侍郎知制诰昌黎县开国男食邑三百户韩某'。是岁朱氏篡唐已八年，为乾化四年（914）矣，犹书唐故官，而不用梁年号，贤于杨风子辈远矣。宋景文修唐史，合列于司空表圣之后，不知何以不收，岂为《香奁集》所累耶？庆历（1041—1048）中，诏官其四世孙奕，足以劝忠臣之后矣。奕家有致光手写诗百首，刻于温陵，以碑本与墨林方氏所藏甲戌祭文并观，偏旁点画，无豪芒差。其为致光真迹无疑。呜呼，以致光晚岁大节如此，而世徒以其少作疵之，故曰：君子不可不早有誉于天下也。"② 第二个是辛文房。元大德八年（1304）成书（元刊本《唐才子传》卷首有元朝大德甲辰即1304年辛文房写的序）的《唐才子传》卷九《韩偓传》说韩偓"工诗，有集一卷。又作《香奁集》一卷，词多侧艳情巧"③。第三个是前文所云马端临（1254—1323）于1319年编成之《文献通考》卷二百四十三中竭力证明韩偓《香奁集》作者确实是韩偓。

　　对和凝的艺文之事和韩偓《香奁集》这二者的基本情况作个了解就可以

---

① （元）方回选评，李庆甲集评校点：《瀛奎律髓汇评》（49卷），上海古籍出版社2005年4月新1版，第280页。

② （宋）刘克庄撰：《后村集》，景印文渊阁四库全书本，卷32。

③ 傅璇琮主编：《唐才子传校笺》（第四册），中华书局1990年版，卷9，第245页。

看出，沈括《梦溪笔谈》关于韩偓《香奁集》的作者是和凝的观点是站不住脚的；北宋后期的诗人李之仪、高茂华早就喜欢、熟悉韩偓的《香奁集》；南北宋之交的学者陈正敏和南宋的三名学者叶梦得、葛立方、薛季宣，以多种确凿的材料证明当时所流传的《香奁集》的作者确实是韩偓而不是和凝；元代学者方回、辛文房、马端临也认定《香奁集》的作者是韩偓而不是和凝。所有这些，充分说明了沈括《梦溪笔谈》中的观点是靠不住的。也就是说，自宋代以来流行的韩偓《香奁集》，其作者确实是韩偓而不是和凝，这就是《香奁集》作者为谁这个问题最终的结论。

四 明代胡应麟附和沈括观点之论述的分析

沈括《梦溪笔谈》卷十六认为当时流传的韩偓《香奁集》的作者是和凝，此观点在宋元两代得到的待遇是：多数人不予理会（当然也可能是不知道沈括的观点）；少数人引用一下而不加评论；明确批驳者有陈正敏、葛立方、薛季宣三人；附和沈括观点者，一个也没有。因此可以说，沈括的观点在宋元两代没有什么影响。第一个受到沈括观点影响或者说受到沈括误导的人，据今日资料看，是明代著名辨伪学者胡应麟（1551—1602）。胡应麟至少在三本书（《诗薮》、《四部正讹》、《庄岳委谈》）中接受或者附和了沈括的观点。这三本书有二本书《四部正讹》和《庄岳委谈》收入他的《少室山房笔丛》中。四库馆臣评价《少室山房笔丛》时就说"其中征引典籍极为宏富，颇以辨驳自矜，而舛讹处多不能免。……盖捃摭既博，又复不自检点，抵牾横生，势固有所不免。……虽利钝互陈，而可资考证者亦不少。朱彝尊称其不失读书种子，诚公论也。杨慎、陈耀文、焦竑诸家之后，录此一书，犹所谓差强人意者矣。"① 《少室山房笔丛》为辨伪名著，但馆臣给以"差强人意"的评价，则其可靠性值得怀疑。当然馆臣的话也未见得可靠。究竟如何，需要具体分析。以下就对胡应麟关于《香奁集》的论述逐一引用并分析。

胡应麟《四部正讹》（下）云："《香奁集》，沈存中、尤延之并以和凝作。凝少日为此诗，后贵盛，故嫁名韩偓，又不欲自没，故于他文见之。今其词与韩不类，盖或然也。方氏《律髓》以偓同时吴融有此题为讹。不知此正凝假托之故。不然，胡以弗托之温韦诸子，而托之偓。叶少蕴以为韩熙载，则姓与事皆近之。总之，俱五代耳。叶以不当见《唐志》为疑。此不然，《唐

---

① （清）永瑢等撰：《四库全书总目》（200卷），中华书局1965年版，卷123，第1063—1064页。

志》如罗隐、韦庄、刘昭禹辈，皆五代人也。"①

据《四部正讹引》，该书成书于万历十四年岁次丙寅，即 1586 年，当时胡应麟年 36 岁。胡应麟这段话值得商榷者如下。

第一，尤袤（字延之）并没有认为所流传的韩偓《香奁集》的作者是和凝，不知胡应麟有何证据说尤袤认为是韩熙载写了《香奁集》。事实是，尤袤《遂初堂书目》"别集类"明确地著录"韩偓《香奁集》"，关于《香奁集》的作者，尤袤根本没有提和凝。

第二，"今其词与韩不类，盖或然也"，是说当时流传的韩偓《香奁集》与韩偓的为人不像，所以，《香奁集》可能是和凝写的，那就不是韩偓写的。注意，这里胡应麟变得谨慎了，他只是说《香奁集》"或然也"，即可能是和凝写，不是韩偓写。这说法与《诗薮》里的相关说法就大不一样了。在《诗薮》中，胡应麟认为所流传的《香奁集》是和凝作，这里只是认为可能是和凝作。

第三，吴融《唐英歌诗》中有和韩偓的《无题》诗，而《香奁集》中《无题》诗正好提到吴融唱和的事情，方回《瀛奎律髓》据此断定今传《香奁集》确实是韩偓作的。胡应麟说："不知此正凝假托之故。不然，胡以弗托之温韦诸子，而托之偓。"意思是，正是因为吴融集中有诗证明《香奁集》中的《无题》诗确实是韩偓作，和凝才假托于韩偓，这样和凝的假托才能取信于人；韩偓如果嫁名于温庭筠、韦庄诸人，就很难取信于人。胡应麟这个说法会启人疑窦如下：首先，胡应麟不是相信沈括所说和凝既不愿意让当时人知道他写有《香奁集》而又想让后人知道他写有《香奁集》吗？那么托名于韩偓同时又让吴融集中的诗来证明确确实实是韩偓所写，这不是让后人难以相信《香奁集》是和凝所写的吗？这样，和凝就无法做到让后人知道他写有《香奁集》了。其次，就算吴融等其他诗人没有诗来证明温庭筠、韦庄诸人写过艳情诗、长于写艳情诗，那温庭筠、韦庄诸人各自的集子里本身就有艳情诗，而且温庭筠、韦庄写艳情诗的名气比韩偓大，和凝托名于温庭筠、韦庄诸人还是比托名于韩偓更容易取信于人。可见，从更容易取信后人的角度看，和凝也应该托名于温韦诸人，而不是韩偓，何况和凝不会选择托名后难以被发现是托名的人（因为如沈括所说，和凝既要"讳其名"，不让当时人知道《香奁集》是他和凝写的，又要"欲人知"，让后世人知道《香奁集》是他和凝写的，而胡应麟对沈括此说法是深信不疑的）。

第四，胡应麟说："叶少蕴以为韩熙载，则姓与事皆近之。"首先，如前

---

① （明）胡应麟撰：《少室山房笔丛》，上海书店出版社 2001 年版，卷 32，第 321 页。

文所述，叶梦得从没有说过《香奁集》是韩熙载写的，也没有这么认为过。恰恰相反，叶梦得认为当时所流传的署名韩偓的《香奁集》是韩熙载所写这说法是靠不住的。故，胡应麟所云"叶少蕴以为韩熙载"的说法是错误的。其次，胡应麟对《香奁集》为韩熙载所写这个观点的评论是"则姓与事皆近之"。韩偓和韩熙载是同姓，所以，"姓"不是"近之"，是相同。这当然是细节问题，但是这个细节问题说明作为学者的胡应麟思考问题和表述问题有欠周密。还有，姓"近之"（其实是相同）也可以作为一个理由，这理由离奇不离奇先不论，这至少说明从姓的角度，胡应麟更相信《香奁集》的作者是韩熙载而不是和凝了。

第五，"总之，俱五代耳"是说《香奁集》的作者肯定是五代的人，这显然是说，《香奁集》作者是谁的问题，难以断定，只能断定是五代人。既然胡应麟这里认为《香奁集》作者是谁难以断定，那么在没有提出新的证据或理由的情况下，胡应麟在《诗薮》和《庄岳委谈》二书里为何又明确认定是和凝呢？

胡应麟《庄岳委谈》（下）云："《七修类稿》云：'《剪灯新话》乃杨廉夫所著，惟后《秋香亭记》则瞿宗吉撰也，其词气不类可知。《香奁集》鄙亵者，非廉夫，乃韩致光诗。三者非欲借重于人，则一时刊误，惜至今未有知者。'按：瞿是编与所著诗话绝相类，特加以俳谑，又诗词不工，为生平蛇足耳。杨廉夫以文名元末，今其遗集，皆偈强怪奇，笔端宁当有此？都缘此老耽嗜声色，故好事遂举归之。郎曲儒不辨诗文面目，无怪其然。第或致误后世若《龙城录》，至今以为柳也（《香奁》是和鲁公嫁名韩偓，杨自有续奁等作，远出其后，郎说尤误）。"[1]

据《庄岳委谈引》，《庄岳委谈》成书于万历十七年岁次己丑，即 1589 年。胡应麟所引明代学者郎瑛（1487—1566?）《七修类稿》的一段话出自《诗文托名》这个题目，见《七修类稿》卷二十三"辩证类"。"惜至今未有知者"，郎瑛原话是"到今尚有未知者"。[2]"未有知者"和"有未知者"不是一个意思。胡应麟这里先肯定"《香奁》是和鲁公嫁名韩偓"，然后说"郎说尤误"（郎瑛认为《香奁集》是韩偓作）。只是，这段话中胡应麟没有论述为何《香奁集》是和凝所作。

胡应麟《诗薮》杂编卷四（闰余上·五代）云："和凝，字成绩，生平撰述共分为六种，《香奁集》其一也，今独此传。其句多浮艳，如'仙树有花难

---

① （明）胡应麟撰：《少室山房笔丛》，上海书店出版社 2001 年版，卷 41，第 435—436 页。

② （明）郎瑛撰：《七修类稿》，上海书店出版社 2001 年版，卷 23，第 245 页。

问种，御香闻气不知名'，'鬓垂香颈云遮藕，粉著兰胸雪压梅'，'静中楼阁春深雨，远处帘栊夜半灯'，皆见《瀛奎律髓》，方氏以为韩偓，叶少蕴以为韩熙载，大概晚唐、五代，调率相似。第偓当乱离际，以忠鲠几杀身，其诗气骨有足取者，与《香奁》殊不类，谓凝及熙载，则意颇近之。《诗话总龟》又载凝'桃花脸薄难成醉，柳叶眉长易搅愁'之句，可证云。（凝仕唐、晋、汉，封鲁公）"①

据《诗薮序》，《诗薮》成书于万历十八年岁次庚寅，即1590年。胡应麟这段话有这样几条说法值得商榷。

第一，胡应麟说他引用的方回《瀛奎律髓》中的三联诗，方回视为韩偓的，叶梦得视为韩熙载的。这话错误。如前文所述，叶梦得只是说，又有人以为韩偓的《香奁集》是韩熙载作的。以韩偓《香奁集》是韩熙载所作，这不是叶梦得的观点，叶梦得只是引用别人的观点，而且叶梦得引用后马上否定了这种观点。不知胡应麟何以会有这种错误。

第二，胡应麟说韩偓是唐末乱世中有气骨的忠直之士，流传的《香奁集》的香艳风格和韩偓的为人"殊不类"（即很不一样），说成是和凝或韩熙载所作则"意颇近之"（即那还差不多）。因为人品和诗格确实有相关性，所以，从人品判定诗的风格是个很好的方法，但是要注意，此方法只能作为辨伪的线索和辅助性材料，绝不能当作主要证据使用（其实严格地说，不能当作证据用，当作次要证据也不行）。而且，胡应麟认为和凝和韩熙载写出《香奁集》这样的诗集，都是可能的，那就是说，对《香奁集》是和凝作这一观点，胡应麟不是十分确定，因为胡应麟认为韩熙载作也是可能的。既然这样，在和凝作《香奁集》和韩熙载作《香奁集》两种说法中，胡应麟凭什么断定是和凝作呢？

第三，胡应麟说《诗话总龟》所载和凝"桃花脸薄难成醉，柳叶眉长易搅愁"一联诗可证明《香奁集》是和凝所写，因为《香奁集》中也有这联诗。其实根本证明不了。这联诗见《诗话总龟》卷四十八引《王直方诗话》的记载。原文是："（赵）德麟小词有'脸薄难藏泪，眉长易觉愁'之句，人多称之。乃全用《香奁集》'桃花脸薄难藏泪，柳叶眉长易觉愁'一联诗，但去其上四字耳。"② 首先，《诗话总龟》没有说"桃花脸薄难成醉，柳叶眉长易搅愁"这联诗是和凝的，只是说这联诗出自《香奁集》。其次，《诗话总龟》也没有说《香奁集》的作者是和凝，鉴于《香奁集》自北宋以来的所有版本皆

① （明）胡应麟撰：《诗薮》，上海古籍出版社1979年11月新1版，杂编卷4，第294页。

② （宋）阮阅编，周本淳校点：《诗话总龟》，人民文学出版社1987年版，后集卷48，第299页。

注明作者是韩偓，而阮阅《诗话总龟》引用时未提出异议，故可认定阮阅也认为《香奁集》的作者是韩偓。这样，《诗话总龟》引用的这联诗就是韩偓的，不是和凝的了。退一步说，就算阮阅和沈括、胡应麟一样，认为《香奁集》作者是和凝，那也就是说，"桃花脸薄难成醉，柳叶眉长易揽愁"也是和凝的。阮阅引用了和凝的某联诗就可以证明这联诗是和凝的，这是循环作证。显然是不可以的。

综上所述，胡应麟36岁时成书的《四部正讹》辨正《香奁集》作者时，有两个错误（或曰两个硬伤），两度认为可能是和凝作，一次反驳方回的话站不住脚。38岁时成书的《庄岳委谈》明确认定《香奁集》是和凝作，未作任何论证；39岁时成书的《诗薮》再次认定《香奁集》为和凝作，同时又流露出了他不十分确定作者是和凝这个意思，而所举出的一个证据是循环作证。可见，在《香奁集》作者为谁的问题上，胡应麟的观点不成立，不可靠。

五　沈括观点对现当代学者影响的分析

胡应麟36岁至39岁时在三本书中论述过《香奁集》作者的问题，他一方面认定《香奁集》作者是和凝，另一方面又认为《香奁集》的作者难以确定，可能是和凝，也可能是韩熙载。他这种观点显然受到了沈括的误导。胡应麟关于《香奁集》作者的最后一次论述见于万历十八年（1590）他39岁时成书的《诗薮》一书。此后直到20世纪初的300余年时间里，未见有人附和或赞同沈括的观点，也未见有人受到沈括观点的误导。从20世纪初到21世纪初的100年里，受沈括观点误导者，有五位：李叔同、徐复观、缪钺、张兴武、刘鹏。接下来对这几个人的观点择要分析。

弘一法师李叔同（1880—1942）是20世纪第一位受沈括观点误导的人。陈敦贞《香奁集辨真》记载了此事："高僧弘一大师，亦有手札告诉他的弟子，谓《香奁集》非韩公作，且闻大师有《香奁集》辨伪之作，惜不见传世，故不稔果有是项著作否？"① 因为弘一大师是否有此著作尚难以确定，更未见其存世流传，所以，弘一大师受沈括误导的事情就不讨论了。

20世纪第二个受沈括观点误导的人是台湾学者徐复观（1903—1982），其所著《韩偓诗与〈香奁集〉论考》一文于1964年2月和3月发表于（台湾）《民主评论》第十五卷第4期、第5期。该文长达25000余字，是迄今为止笔者所见考辨《香奁集》作者问题用力最多、篇幅也最长的一篇论文，后来在

---

① 陈敦贞：《香奁集辨真》，见《新编中国名人年谱集成》第九十辑《唐翰林学士偓年谱》所附录之《香奁集辨真》，台湾商务印书馆发行1982年版，第85页。

文章中明确认为或论证所流传的《香奁集》作者不是韩偓的三位学者缪钺、张兴武、刘鹏受徐复观先生的影响更甚于受沈括的影响，故笔者着力于辩驳徐复观先生的论文，对其他三位先生的观点或者论证就不逐一评析了。

徐复观《韩偓诗与〈香奁集〉论考》一文共分七个部分。（一）文学史中的一个悬案；（二）在韩集著录和版本的情况中找问题的线索；（三）《香奁集》的一篇假序（以上59—76页）；（四）翰林集中的伪诗；（五）《香奁集》内容的分析；（六）韩偓晚年的畸恋；（七）抒情诗与色情诗（四至七，自76页至91页）（每页27行，每行29字，全文33页，共25000余字，考辨《香奁集》作者的内容主要在前三个部分，14000余字）。徐氏此文逻辑漏洞太多，为节省篇幅就不逐一辨析了，只对前三部分每部分的主要论据进行辩驳。

徐复观文第一部分结尾引用了葛立方《韵语阳秋》卷五"韩偓《香奁集》百篇，皆艳词也"数百字关于《香奁集》作者的内容后，反驳说："按上面葛氏的话，可谓言之有物。再加上吴融的唐音集（笔者按：《唐音集》，应该是《唐英歌诗》）中，确有《和韩致光（致尧）侍郎无题三首十四韵》的诗（《苕溪渔隐丛话》前集卷二十三引《遁斋闲览》，即强调此点），更加上《香奁集》前面有韩偓的自序（今人胡道静在《梦溪笔谈校证》卷十六中，即强调此点）。则沈括《笔谈》之说，可谓无成立之余地。但沈括（1031—1095）是一个富有征实精神的人；和凝的《游艺集》自序，是他亲眼所见，非辗转传说可比，这又如何解释呢？于是有人便认为沈括所看到的和凝自序所说的，乃是另一《香奁集》。所以，《苕溪渔隐丛话》前集二十三引《遁斋闲览》谓'……然凝之《香奁集》，乃浮艳小词。所谓不行于世，欲自掩耳。安得便以今《香奁集》为凝作也？'按韩偓在当时的诗名相当大，而和凝生年又与之相去不远。若和凝知韩偓有《香奁集》，他当不致故意与之雷同；因为他自己是有地位的人。若和凝不知韩偓有《香奁集》，而将自己的浮艳小辞编为《香奁集》，那未免太巧合了。且今《全唐诗》中收有和凝宫词百首及杂诗八首。在附逸诗中，又收有他的'浮艳小词'二十四首，皆未闻有《香奁集》之名。而今日《香奁集》中，也正录有浮艳小词；所以，认为有两《香奁集》之说，亦很难成立。"①

徐复观这段话有如下问题：

第一，徐复观认为葛立方的话成立的话，沈括《梦溪笔谈》里的话就无法解释，原因有二。一是沈括是有征实精神的人；二是和凝《游艺集》自序

① 邝健行、吴淑钿编：《香港中国古典文学研究论文选粹》，江苏古籍出版社2002年版，第64—65页。

里的话为沈括所亲眼看到，非辗转传说可比。徐复观这话是站不住脚的。首先，具有征实精神，不见得就不会犯错误。徐复观写此长文，正是具有征实精神的体现，但他这篇长文既不能保证细节上的正确，也不能保证基本观点的正确。所以，有没有征实精神，和某个观点是否正确没有必然关系。其次，如前文所述，北宋高秀实能把韩偓《香奁集》中的艳情诗和元稹的艳情诗相比较，李之仪很喜欢韩偓《香奁集》中的诗，还喜欢吟诵韩偓《香奁集》自序里的话。这样，李之仪和高秀实也是亲眼看到《香奁集》作者是韩偓的，而且李之仪（1048—1128?）、高秀实、沈括（1031—1095）三人是同时代人。还有，《香奁集》的宋本、元本、明本、清本，全都署名韩偓，没有一本不是署名韩偓的，这在古人和今人，都是亲眼所见。这也不是辗转传说可比，而且比沈括的话可靠性大多了，因为只有沈括一个人这么讲，沈括的话是孤证。

　　第二，沈括说他亲眼看到和凝《游艺集》自序"予有《香奁》、《籯金》二集，不行于世"的话，这没有什么难解释的。因为和凝只是说他有二书《香奁》和《籯金》"不行于世"，没有说通行的署名韩偓的《香奁集》其实不是韩偓写是他和凝写的（即使和凝明确地说流行的韩偓的《香奁集》不是韩偓写而是他和凝写的，也不能认定和凝说的就是正确的）。沈括《梦溪笔谈》"凝在政府，避议论，讳其名，又欲后人知，故于《游艺集》序述之。此凝之意也"，这些话是沈括自己的叙述，不是和凝的原话，也没有材料证明和凝有这个意思。

　　第三，徐复观说："按韩偓在当时的诗名相当大，而和凝生年又与之相去不远。若和凝知韩偓有《香奁集》，他当不致故意与之雷同；因为他自己是有地位的人。"这话站不住脚。知道韩偓有《香奁集》的时候，和凝仍然有可能将自己的著作命名为《香奁集》，而且这与和凝的地位，与和凝、韩偓之间地位的差别没有关系。就地位而言，和凝做过后晋和后汉的宰相，韩偓是推辞了唐朝宰相一职的任命，而且韩偓跟唐朝皇帝的关系，不见得比和凝跟后晋皇帝、后汉皇帝的关系差。还有，著作名字相同或者雷同，不是什么问题，算不上什么离奇事。例如，《宋史》卷二百四有"和凝《疑狱集》三卷……赵全《疑狱集》三卷"的记载①。可见，五代和凝有《疑狱集》的书，不妨碍南宋赵全也有《疑狱集》的书。又例如，南宋章如愚《群书考索》卷十七云："太宗《游艺集》。真宗大中祥符（1008—1016）中，取太宗御制乐谱、棋图、歌

---

① （元）脱脱等撰：《宋史》（496卷）（全40册），中华书局1985年6月新1版，第16册，卷208，第5143—5145页。

诗，列为《游艺集》，凡一百二十卷。仁宗又命曾公亮复详校之及亲为后序。"① 作为后晋、后汉宰相的和凝有一定的知名度，其《游艺集》五十卷也有点名气，故和凝及其《游艺集》，宋真宗赵恒、宋仁宗赵祯及其群臣应该知道，而宋太宗赵炅、宋真宗赵恒、宋仁宗赵祯的地位也不低，但这并不妨碍宋真宗于大中祥符（1008—1016）间将宋太宗赵炅的作品编为《游艺集》一百二十卷、也不妨碍宋仁宗为宋太宗的《游艺集》一百二十卷作后序。

第四，徐复观说："若和凝不知韩偓有《香奁集》，而将自己的浮艳小辞编为《香奁集》，那未免太巧合了。"两个人的书是同一个名字，而且后一个人是在不知道前一个人著作名字的情况下给自己的著作起了个和前一个人的书书名一样的名字，这当然是巧合，但是，算不上离奇的事情，不能说"未免太巧合"了。依据徐复观的说法，如果知道和凝有著作叫《游艺集》，宋真宗赵恒还给宋太宗赵炅的著作起名字叫《游艺集》，这是不可能的事情。那看来，宋太宗的著作起名字叫《游艺集》，是宋真宗不知道和凝有著作叫《游艺集》的情况下才做出的事情。依据徐复观的说法，不知道之前有本书叫《游艺集》，宋真宗居然还能给宋太宗的书起个名字叫《游艺集》，这个名字居然和之前的一本书的名字是一样的、雷同的，这"未免太巧合了"。其实，两个人的书或者几个人的书，拥有同一个书名，这事情从古到今屡见不鲜，不是什么稀奇事，不知徐氏何以会对此感到奇怪。另外，南宋开禧（1205—1207）间人张侃还说南唐冯延巳的词集名《香奁集》，又名《阳春》，张侃此说见其《张氏拙轩集》卷五："又，《香奁集》，唐韩偓用此名所编诗，南唐冯延巳亦用此名所制词，又名《阳春》。偓之诗，淫靡类词家语，前辈或取其句，或剪其字，杂于词中，欧阳文忠尝转其语而用之，意尤新。"② 可见，两个人的书取同一个书名，是完全可能、完全可以的，不算什么离奇事。

第五，徐复观说："且今《全唐诗》中收有和凝宫词百首及杂诗八首。在附逸诗中，又收有他的'浮艳小词'二十四首，皆未闻有《香奁集》之名。而今日《香奁集》中，也正录有浮艳小词；所以，认为有两《香奁集》之说，亦很难成立。"这话站不住脚。首先，《全唐诗》所收和凝的作品，包含宫词百首、杂诗八首、浮艳小词二十四首，其来源均不是哪一个叫作《香奁集》的书，交代其出处时自然不会提到什么《香奁集》。其次，据和凝《游艺集序》的说法，和凝的《香奁集》"不行于世"，既然"不行于世"，传世的和凝作品的集子，自然不会有《香奁集》这样的书，那么《全唐诗》交代和凝

---

① （宋）章如愚撰：《群书考索》，景印文渊阁四库全书本，卷17。

② （宋）张侃撰：《张氏拙轩集》，景印文渊阁四库全书本，卷5。

诗词的来源时，自然不会提到《香奁集》这个名字。再次，如果问：既然和凝的《香奁集》不传于世，那么，今存和凝具有《香奁集》风格的诗和词又是哪里来的？这个很容易解释。和凝有集六种，和凝自己刻了其中的四种，和凝给这四种中的一种《游艺集》写序时云"予有《香奁》、《籝金》二集，不行于世。"和凝所说的"不行于世"，很可能指没有刊刻。因为和凝自己没有刊刻，和凝就说"不行于世"，和凝这样讲是没问题的。但是，没有刊刻不等于没有手抄，只要有手抄的诗词存世，就可能继续流传，并在流传的过程中得到刊刻。退一步讲，和凝所说的"不行于世"不仅指没有刊刻，而且指没有手抄的，就是说，和凝让人专门收集自己年轻时写的浮艳小词并且焚毁这个工作做得很好，把社会上流传的和凝的浮艳小词的手抄本全焚毁了，但是，和凝只能把他的艳词的抄写本收集并焚毁，他无法让他的艳词从士大夫和歌女们的脑袋里彻底消失，士大夫和歌女们把和凝艳词的抄写本上交后，因为喜欢和凝的艳词，还要继续演唱，那就可能再次写到纸上，这就又有了和凝艳词的抄写本。这样，和凝的艳词还会流传下来，更何况，和凝让手下人收集并焚毁自己年轻时写的艳词，这个工作做得再好，也难以保证把社会上关于和凝艳词的所有抄写本全焚毁了。最后，依据今存和凝浮艳诗词不出于《香奁集》这样的书和今存《香奁集》"也正录有浮艳小词"，得不出"认为有两《香奁集》之说，亦很难成立"的观点。所谓《香奁集》，从书名上看，就是有点香艳的，那就必然把浮艳的诗词收录进去。今存于《全唐诗》中的和凝作品有宫词百首、杂诗八首、浮艳小词二十四首，那就是说，和凝这 132 首作品中，至少有124 首置于《香奁集》这样的书中，是实至名归的。这样，和凝完全可能有一种叫《香奁集》的书；依据沈括的亲眼所见，和凝《游艺集序》承认他有一种集子，名字是《香奁》。那么，和凝有一本《香奁集》这件事情，就得到了一次印证。而今存韩偓《香奁集》"也正录有浮艳小词"，这再次说明，书名叫《香奁集》，其诗就是香艳的，这就又一次说明和凝有一本书名叫《香奁集》的合理性。而今存韩偓《香奁集》的一百首诗，没有一首是和凝的作品。这就说明，曾经存世的和凝的《香奁集》和今存的韩偓的《香奁集》，确实是两种著作。不知道徐复观先生是怎样推理的，竟然得出了"认为有两《香奁集》之说，亦很难成立"的观点。

徐观复文第二部分《从韩集的著录和版本情况中找问题的线索》考察后发现，著录《香奁集》的史志和目录书有《新唐书》、《郡斋读书志》、《直斋书录解题》、《文献通考》、《宋史》五种书。这五种书均把《香奁集》的作者著录为韩偓，无一种著录为其他人的。考察版本时，徐复观先生提到了元刊本《香奁集》、明毛晋汲古阁刊本《香奁集》、四部丛刊影印旧钞本《香奁集》、清吴汝纶和吴闿生评注本《香奁集》、"中央"图书馆（台湾）善本书中的一册旧钞本《香奁集》（徐复观命名为"甲旧钞本"）、二册旧钞本《香奁集》（徐复观命名为"乙旧钞本"）。《香奁集》这六种版本的作者一项，均署名韩偓，无一例外。先说明一下，徐氏搜集目录书对《香奁集》的著录和《香奁集》的版本均有遗漏。搜集目录书的著录时，漏掉了郑樵的《通志》和尤袤的《遂初堂书目》。《遂初堂书目》既收有韩偓的集子，又收有韩偓的《香奁集》，而且是明确著录为"韩偓《香奁集》"的。搜集版本时，漏掉了一个重要版本的线索，即南宋高宗和孝宗时薛季宣提到的《香奁集》在宋代的三个版本：蜀本、京本、秘阁本。不过，徐氏搜集的著录书和版本够多了。从徐氏搜集到的著录和版本看，所有关于《香奁集》的著录和所有《香奁集》的版本都是将《香奁集》归于韩偓的，从无例外，也从未含糊。那么，《香奁集》为韩偓所作应该没有疑问了吧？不是这样的。徐氏从韩偓的其他著作的情况、从《香奁集》的卷数的变化、从现存《香奁集》版本上韩偓署名的官衔的异说上提出了如下质疑，以下引用徐氏的质疑并解答。

徐复观云："'别集'名称之出现，可能是《香奁集》里的诗，特别引起了人们的注意，而即以之为韩偓的代表作；所以把《香奁集》以外的诗，便称之为'别集'。若按照《唐书·艺文志》著录的情形来看，则《香奁集》应称之为'别集'。因'韩偓诗'才是他的诗的全称。所以叶梦得便将《香奁集》称之为'世传别本'；这代表了北宋时代对两种诗的看法，和南宋以后的看法的不同。……卷数的增加，可能出于编校者随意的离合；亦可能是出于后来的人，对诗的数量有所增加。"① 徐复观这些话值得商榷者有三：第一，"别集"的解释是错误的。"别集"是相对于"总集"而言的，古代公私目录书均是如此分类的（官方目录书如《崇文总目》，私家目录书如《直斋书录解题》），例如陈振孙《直斋书录解题》卷十五就是"楚辞类"和"总集类"合为一卷，卷十六、卷十七、卷十八分别是"别集类上"、"别集类中"、"别集类下"。"别集类"中的著作不论书名中有没有"四六"、"长短句"、"集"这样的字眼，均是别集。《直斋书录解题》卷十九"诗集类上"著录"《香奁集》二卷、《入内廷后诗集》一卷、《别集》三卷。唐翰林学士韩偓致光撰。"显然是因为这个"别集"还是诗，故陈振孙置于卷十九"诗集类上"中，而没有置于卷十九前的三卷"别集类"里。第二，叶梦得所云"吾家仅有其诗百余篇。世传别本有名《香奁集》者，《唐书·艺文志》亦载，其辞皆闺房不

① 邝健行、吴淑钿编：《香港中国古典文学研究论文选粹》，江苏古籍出版社 2002 年版，第67 页。

雅驯。"这里的"别本",其意思是"另一个本子",而不是"别集"的意思。叶梦得是说,他家里藏的韩偓的百余篇诗没有署名《香奁集》这样的名字,署名《香奁集》的是当时流传的另外的本子,叶梦得还知道《香奁集》里的诗的内容皆与闺房有关,不够雅驯,而他家藏的韩偓百余篇诗只有一二篇是那种风格。所以,他相信所传韩偓《香奁集》的作者确实是韩偓。第三,就著录而言,《香奁集》的卷数是这样的:《新唐书》、《文献通考》、《宋史》中均著录为"一卷";《郡斋读书志》、《遂初堂书目》不言卷数;《直斋书录解题》著录为"二卷"。就版本而言,有不言卷数的、有作一卷的、有作二卷的,清吴汝纶与吴闿生评注本还是三卷。不言卷数,一般就当作是一卷;反之亦然,一卷本也可以不言卷数。卷数的离合在古代文献中是常见的事情,无须奇怪。评注本因为有评注,篇幅会大一些,自然就会分出更多的卷数。从前文所引薛季宣《香奁集叙》看,《香奁集》在宋代的三个版本(蜀本、京本、秘阁本)在作品的数量上有差异,但差异太小,不足 10 篇,今存《香奁集》各个版本所收作品数量的差异也是这种情况,可见,《香奁集》卷数的变化不会是因为徐复观所说的"后来的人,对诗的数量有所增加"。

徐复观文第三部分是《〈香奁集〉的一篇假序》。该部分论证《香奁集序》是假序的理由比较多。以下逐次辨析。

徐氏问:"北宋人所看到的手写本,何以皆不是《香奁集》呢?同时,假定他把自己的诗分成两种性质,编成两个集子,但是否只为《香奁集》作序,而不为另一真正代表他晚年生活的集作序呢?我想,在常情上,已经是不大可能的。"① 首先,分析为何没人提到韩偓手写本《香奁集》的问题。自称看到过韩偓手写诗的北宋人有 2 个,一个是沈括(1031—1095),其《梦溪笔谈》卷十七云: "唐韩偓为诗极清丽,有手写诗百余篇,在四世孙奕处。偓天复(901—904)中避地泉州之南安县,子孙遂家焉。庆历(1041—1048)中,予过南安县,见奕出其手集,字极淳劲可爱。后数年,奕诣阙献之,以忠臣之后,得司士参军,终于殿中丞。又,予在京师见偓《送邲光上人诗》,亦墨迹也。与此无异。"② 另一个是《遁斋闲览》的作者,即和沈括同时代的陈正敏。宋曾慥编《类说》卷四十七引《遁斋闲览》的话云:"……又尝见偓亲书诗一

---

① 邝健行、吴淑钿编:《香港中国古典文学研究论文选粹》,江苏古籍出版社 2002 年版,第 71 页。

② (宋)沈括撰,刘尚荣校点:《梦溪笔谈》(26 卷),辽宁教育出版社 1997 年版,卷 17,第 95 页。

卷，其《袅娜》、《多情》、《春尽》等诗，多在卷中。偓词致婉丽，非凝能及。……"①注意，叶梦得（1077—1148）只是说他家里藏有韩偓的诗百余篇，没说他家里藏的是韩偓的手写本或手抄本。原话见前文所引《文献通考》卷二四三的这么几句："偓在闽所为诗，皆手自写成卷。嘉祐（1056—1063）间，裔孙奕出其数卷示人，庞颖公为漕，取奏之，因得官。诗文气格不甚高。吾家仅有其诗百余篇。"从这里看不出叶梦得家藏者为韩偓亲自所写。徐氏从北宋沈括、陈正敏自称看到过韩偓的手写本诗稿而这些诗稿皆不是《香奁集》来断定韩偓不会编一本叫作《香奁集》的诗集。徐氏问：如果韩偓编了《香奁集》，为何北宋人看到的韩偓手写本皆不是《香奁集》呢？按照徐氏这种说法，假如沈括和陈正敏关于看到韩偓手写体诗稿这种陈述的材料佚失了，那就可以断定韩偓什么诗集都没有，而唐代许多诗人的诗集，今天都看不到北宋人自称看到过手写体的陈述，那么，是否可以凭此断定这些唐代人的诗集是不存在的呢？可见，不能根据沈括和陈正敏看到的韩偓手写体的诗不是《香奁集》而是韩偓其他的诗来断定韩偓没有《香奁集》。其次，徐氏认为韩偓不可能只为自己的《香奁集》写序而不为自己的诗集写序。徐氏这话也站不住脚。从逻辑和常理上说，这没有什么不可能。何况，也不能说韩偓没有为自己的诗集写过自序，只能说，后人没谁看到和提到过除《香奁集》以外，韩偓给自己的诗集写的自序，因为韩偓给自己的诗集写了自序，但是这个诗集的自序佚失了，而《香奁集》的自序没有佚失。这是完全可能的。不能问"为何韩偓诗集的自序佚失了，偏偏韩偓《香奁集》的自序没有佚失？"因为哪一个佚失，哪一个不佚失，这是偶然性问题，没有什么可以不可以。何况，从常理推断，韩偓没为自己的诗集写自序的可能性还是比较大的。理由是，从史志和私家目录书看，韩偓的诗集既没有一个统一的名字，也没有被编成一本集子，而是书名有四个，集子有三个。《崇文总目》、《新唐书》、《通志》、《郡斋读书志》、《文献通考》、《宋史》著录为"《韩偓诗》一卷"。但是，《直斋书录解题》著录为《入内廷后诗集》、《别集》三卷；《宋史》著录为"《入翰林后诗》一卷，《别集》三卷"。可见，除《韩偓诗》一卷外，韩偓的诗集还有二种书，这二种书还有三个名字。此事说明，韩偓在世时肯定没有把自己的诗集编为一集，更未命名。既然未编集，更未给自己的诗集命名，那就不会写自序了。这是十分自然、合情合理的事情。而《香奁集》从自序上看，就是韩偓自己主动收录自己的艳体诗后编辑成集的，这样，韩偓给《香奁集》写自序就很正常了（当然，不写自序也正常）。

① （宋）曾慥编：《类说》（60卷），景印文渊阁四库全书本，卷47。

徐氏说："再把这篇自序略加分析。《全唐诗》无自序；《全唐文》所录者首尾不全。吴校本自序之尾款与甲旧钞本同。而影印旧钞本的自序，尾款则署为'翰林学士承旨行尚书户部侍郎知制诰韩偓序'。与吴校本及甲旧钞本皆不同。若此序为韩偓所自作，则其所自署的尾款自无不同。而钞者、印者，亦当因之而不得有异。"①

首先，《全唐诗》无自序和《全唐文》所录者首尾不全，只能说《全唐诗》和《全唐文》编写时因为条件不足而有所欠缺，需要修订和完善，不能得出这个自序不是韩偓所写的结论。

其次，《香奁集》几个版本所收韩偓自序的署名不同，有多种解释都可以讲通。例如，署名"翰林学士承旨行尚书户部侍郎知制诰韩偓序"，这个署名是完全可能的。因为韩偓担任过唐朝这样的官职，而且韩偓一直忠诚唐朝、一直怀念唐朝，故他晚年在闽地编定《香奁集》时署名在唐朝时所任的官职。抄写了一遍且这样署名之后，韩偓再抄写一个复本时，又署名"玉山樵人"，这仍然是可能的。因为写《香奁集》自序的时候，唐王朝毕竟是灭亡了，韩偓不再担任唐王朝的任何官职了。从符合事实的角度看，韩偓不署官职，而署名"玉山樵人"，是完全正确的。就是说，韩偓当时抄写了两个本子，一个署名在唐朝的时候所任的官职，一个署名在闽地时的真实身份。可见，"若此序为韩偓所自作，则其所自署的尾款自无不同"，这话靠不住。这是第一种解释，这个解释是讲得通的。第二种解释是，徐氏所说"钞者、印者，亦当因之而不得有异"，这话没错，因为这是规矩，也是抄书、印书的惯例。但是谁也不能保证所有的人都守这个规矩。出现一个不守这个规矩的人因为某种我们不知道的原因而将其改换一个署名，谁也不能把这样的人怎么样。因为这毕竟不是王法，何况王法也照样有人犯。就是说，这两个不同的署名，其中一个完全可能是后人的改署。这第二种解释也讲得通。

徐氏根据韩偓《香奁集》的自序及署名断定《香奁集》的编定和自序的写作均在韩偓入闽后，由此他和韩偓的自序对照，发现以下问题。"第一，《全唐文》八九二收有韩偓六篇文章，及十一则手简。在六篇文章中，除两篇赋可能是出于黄滔者外，另有《谏夺制还位疏》及《论宦官不必尽诛》两文是散文，《御试缴状》是骈文。惟有《香奁集》自序，则前半段是散文，后半段是骈文；骈散兼行，于韩偓的文体为不类。第二，他一开始便'余溺于章句，信有年矣。诚知非士大夫所为'，'章句'何以非士大夫所为？已不合当

---

① 邝健行、吴淑钿编：《香港中国古典文学研究论文选粹》，江苏古籍出版社 2002 年版，第71 页。

时情实。而下面又说自己的诗'往往在士大夫口'。这岂不是自相矛盾？第三，序中说'庚辰辛巳之际，迄己亥庚子之间，所著诗歌不啻千首，其间以绮丽得意者亦数百篇。'则是在千首诗中，两种性质的诗都有，但何以他从'旧识'、'故人'所得的百篇，只是属于绮丽性质的诗呢？从他的《无题》诗的短序看，苏昕端公所授给他的沦落（笔者按：'沦落'，当为'散落'）了的诗，'无题'仅其中之一。而他在此序中所说的'旧识'、'故人'，却只授他以绮丽得意的诗，岂不可怪？第四，若如序中所说，这类的诗被人以'斜行小字'，写在'粉墙椒壁'之上，所以他的'旧识'、'故人'偏偏只记得这一类的诗。但'粉墙椒壁'题诗，乃唐代比较太平时的景象，与韩偓公私板荡残破的时代背景不合。第五，序中说，'求生草莽之中，岂复以吟咏为意？'按，韩偓自天复三年（903）贬谪，便经汉口转湖南经江西而入福建，皆在求生草莽之中。不仅在今日可证明为韩偓自己手写的百余篇的诗中，多是求生草莽中的作品；而尤以福建沙县、南县、桃花场者为多。且在《香奁集》中，可断定为韩偓的作品里面，亦多为求生草莽之中的作品。此序若假定是韩偓暮年所作，当然也是在福建时求生草莽之中所作的。在求生草莽之中作序，却忘记了自己在求生草莽之中也在作诗。这如何加以解释呢？"①

这段话提出了五个问题，另外徐氏还有至少二个问题。留待下文引用并分析，现在先解释这五个问题出现的原因。

第一，徐氏认定《全唐文》收了韩偓4篇文章，其中，2篇散文，1篇骈文，最后一篇《香奁集》序前半是散文，后半是骈文。所以，徐氏认为韩偓要么写散文，要么写骈文，不可能写出《香奁集》这篇前半是散文、后半是骈文的文章来。这话是讲不通的。为什么韩偓写文章要么写散文，要么写骈文，就不准写"前半是散文，后半是骈文"的文章呢？这是没道理的。何况，《香奁集》自序前半不能说是散文，只能说散句比较多，后半也不能说是骈文。例如，最后一句"若有责其不经，亦望以功掩过"就不是骈句。

第二，韩偓没有说章句"非士大夫所为"，他只是说"溺于章句，非士大夫所为"。这是合乎当时的历史情实的。韩偓先说自己"溺于章句，非士大夫所为"，然后说自己那些绮丽的诗"往往在士大夫口"，这没有什么矛盾。韩偓知道"溺于章句，非士大夫所为"，但是他太喜欢作诗，尤其是太喜欢作绮丽的诗了，他控制不住自己，就是他随后立刻说的"不能忘情，天所赋也"。而有些像韩偓一样"不能忘情，天所赋也"的士大夫，即便是在明明知道吟

① 邝健行、吴淑钿编：《香港中国古典文学研究论文选粹》，江苏古籍出版社2002年版，第72页。

诵韩偓绮丽风格的诗不是士大夫所应该做的事情的情况下，仍然可能控制不住自己的喜爱情绪而吟诵韩偓这些诗，这是完全可能的，也是可以的，既不违法，也算不上什么道德上的大恶，何况，不见得所有的士大夫都认为吟诵绮丽风格的诗是不对的。所以韩偓的话没什么矛盾。

第三，韩偓的原话是"自庚辰（860）辛巳（861）之际，迄己亥（879）庚子（880）之间，所著歌诗，不啻千首。其间以绮丽得意者亦数百篇，往往在士大夫口，或乐官配入声律。粉墙椒壁，斜行小字，窃咏者不可胜纪。大盗入关，缃帙都坠。迁徙流转，不常厥居。求生草莽之中，岂复以吟咏为意。或天涯逢旧识，或避地遇故人，醉咏之间，时及拙唱。自尔鸠集，复得百篇；不忍弃捐，随即编录。"① 徐氏问：韩偓自庚辰辛巳之际迄己亥庚子之间所写的诗、韩偓晚年入闽地后苏昈收集的韩偓以前的诗，既有绮丽性质的诗，又有非绮丽性质的诗，而韩偓为什么从旧识、故人处得到的百篇诗，皆属于绮丽性质的诗？这个道理很简单，因为绮丽性质的诗是艳体诗，艳体诗所写的情感更符合人的天性（当然也不能说忠君爱国的情感不是人的天性，但艳情比忠君爱国之情更符合人的天性，艳情诗远比忠君爱国的诗受人欢迎，这就是为什么《诗经》中的诗"风"在前而"雅"、"颂"在后的一个重要原因），更容易被人吟诵，更容易被乐官配入声律而得到传唱，也更容易被人题于粉墙椒壁之上而保存下来。

第四，韩偓所生活的年代比初盛唐诗人的年代要动荡一些，这说法是对的；承平时代诗人安全的时候才更有时间、条件和心情在粉墙椒壁间题诗，这说法也对。但是，谁也不能说韩偓生活的时代所有的诗人都没有时间、没有条件、没有心情在墙壁上题诗，总不能说韩偓生活的时代墙壁全都被毁坏了，诗人们就找不到题诗的墙壁；也不能说动乱时代诗人们就没有心情写诗，何况既然诗人们能够时时传唱韩偓的诗，正说明诗人们在兵荒马乱中也会有空闲时间，也会有悠闲的心情。

第五，"大盗入关，缃帙都坠。迁徙流转，不常厥居。求生草莽之中，岂复以吟咏为意"的意思是，黄巢攻破长安城之后，自己以前所作的一千余首诗都佚失了，后来逃命的颠沛流离中，很难有固定的住所，在山野间只顾逃命，不可能有很多的时间、精力和心情写诗，所以，以前写的一千余首诗佚失后，自己不能或不愿意依据记忆重写，也没心情写新诗，只是把士大夫口中传唱的诗记录下来，编为一集，就是《香奁集》。可见，所谓"岂复以吟咏为

意"只是说不把吟咏写诗当回事了，不是说一首诗也不写了。徐氏的疑问显然是误解了韩偓的原话。

现在解答徐复观先生的另外两个问题。徐复观云："第六，由前面所录的韩偓'思录旧诗于卷上'的一首绝句，可知他追录旧诗时的精神状态是'凄然有感'；是'自吟自泣'，这与他所经历的平生，及当时的心境，是很恰合的。此绝句今日正在《香奁集》中。但他在为《香奁集》作序时，却是'咀五色之灵芝，香生九窍。咽三危之瑞露，美动七情'的轻薄色情状态，这不仅与上引绝句中所流露出的感情相矛盾，并且像这种老色情狂，实有点近于毫无心肝了。第七，最引起我注意的是，序中'自庚辰辛巳之际，迄己亥庚子间，所著诗歌，不啻千首'的几句话。庚辰是唐懿宗咸通元年，即西纪860年，时韩偓十七岁（笔者按：韩偓生于842年，860年韩偓18岁，非17岁。徐氏误。下文徐氏对879年、895年、913年时韩偓年龄的计算均少1年，为免烦琐，下文不再加按语说明）。辛巳是其次年，时韩偓为十八岁。己亥是唐僖宗乾符六年，即西纪879年，时韩偓（842—914?）三十六岁。己亥之次年为庚子，时韩偓为三十七岁。上面序中两句话的意思是说，他自十七岁时起，到三十七岁时止，二十年间，有诗千首。并照序中'大盗入关（按：当指黄巢于僖宗乾符七年庚子入长安而言，时西纪880，韩偓三十八岁）……岂复以吟咏为意'的一段文气来看，韩偓自三十七岁以后，便没有作诗；最低限度，也是极少作诗。这不仅与情实不合；并且在《香奁集》中，除了一部分可以推定是少年之作以外，其中可断定为韩偓的诗里面，有的分明是五十七岁以后之作，乃至是到了福建以后之作。为什么他在自序中，却肯定的说都是十七、八岁到三十七岁时的作品呢？若把现时《翰林集》中的诗，及《香奁集》中的诗，加以统计，则凡有明白年月可考的，最早是始于昭宗景福二年乙卯，即西纪895年，时韩偓五十二岁。最晚为癸酉，即西纪913年，时韩偓七十岁，照其元注'已后○○年作'之例推之，自七十岁到八十岁的十年间（他死时八十岁），当然还有若干诗在里面；而在五十二岁以前，也会有若干诗在里面。但韩偓手写诗的重点；却是五十二岁至七十岁的这一段时间里的诗，是毫无可疑的。为什么当他编定《香奁集》而作序时，却止说到十七岁到三十七岁时的诗呢？"为什么韩偓编《香奁集》时只提自己17岁到37岁的诗呢？很简单，17岁到37岁是韩偓的青年时代，是他写香奁体诗（即艳情诗）热情最高的时期；另一个原因是，韩偓37岁的时候，黄巢叛军攻陷长安，韩偓从此开始了颠沛流离的逃难生涯或者追随着唐昭宗颠沛流离的逃难生涯，很少有时间、很少有心情写《香奁集》那种艳情诗了。需要注意的是，韩偓这20年只是写艳情诗热情最高的时期，不是说只有这20年才写艳情诗，此后再也不写艳情诗了，也不是说这 20 年只写艳情诗，其他风格的诗就不写了。韩偓说得很清楚："自庚辰辛巳之际，迄己亥庚子之间，所著歌诗，不啻千首。其间以绮丽得意者亦数百篇，往往在士大夫口，或乐官配入声律。粉墙椒壁，斜行小字，窃咏者不可胜纪。"这是韩偓晚年在闽地编《香奁集》时自序里的话。意思很明白，韩偓 17 岁到 37 岁的 20 年写诗多达 1000 首，以绮丽得意者有数百首；这数百首中，有一些诗往往被士大夫传唱，或者题到墙上，时时被人吟诵。所以，收到《香奁集》里的绮丽风格的诗不到 100 首，韩偓又把自己晚年所写的绮丽风格的诗也收了进去。就是说，《香奁集》是一种专收绮丽风格的诗的集子，其中的诗主要是韩偓 17 岁到 37 岁写的，也有个别是晚年写的。这就是韩偓为什么只提 17 岁到 37 岁的诗的原因。徐氏所云韩偓"思录旧诗于卷上"的诗见今《全唐诗》卷六八三，全诗题目是《思录旧诗于卷上，凄然有感，因成一章》，诗云："辑缀小诗钞卷里，寻思闲事到（一作动）心头。自吟自泣（一作泪）无人会，肠断蓬山第一流。"① 徐氏认为韩偓写这首诗时"凄然有感"的心情和韩偓的经历及当时的心境是"很恰合的"，和《香奁集自序》所云"'咀五色之灵芝，香生九窍。咽三危之瑞露，美动七情'的轻薄色情状态"不相合；看到韩偓这样讲，徐氏不但认为不相合，而且批评韩偓说"像这种老色情狂，实有点近于毫无心肝了"。其实，徐氏真的理解错了。韩偓"思录旧诗于卷上，凄然有感，因成一章"只是说他写第一句为"辑缀小诗钞卷里"这首绝句时的心情，不是说韩偓一辈子都"凄然"的，如果韩偓一辈子都这么"凄然"，就不会突然"有感"而写这首绝句了。抄录旧诗，凄然有感，因而写一首绝句，这是片刻的情感状态，这个"凄然"与韩偓写《香奁集自序》时自感快意的心情没有什么矛盾。还有，《香奁集自序》中"'咀五色之灵芝，香生九窍。咽三危之瑞露，美动七情"是说传唱于士大夫之口的绮丽风格的诗确实很美，读起来的感觉像咀嚼"五色之灵芝"，十分快意，让人每个毛孔都舒服；又像饮用"三危之瑞露"，其味道之甘美，让人产生很多酣畅美妙的感觉。这与色情一点关系都没有，不知徐氏怎么会理解错，竟然认为韩偓这样讲是"老色情狂"。

徐复观文第三部分《〈香奁集〉的一篇假序》依据笔者所引以上六段话的 13 个质疑而得出这样的结论：《香奁集》的"这篇序是由对韩偓的情形，并

① 中华书局编辑部点校：《全唐诗》（900 卷）（全 15 册），中华书局 1999 年版，卷 683，第 7908 页。

不十分清楚的人伪托的……此序出于妄人之手"①。但是，如上所述，这 13 个质疑没有一个有道理，没有一个靠得住。可见，徐复观所云《香奁集》自序是假序这种说法是站不住脚的。

徐复观《韩偓诗与〈香奁集〉论考》一文前三部分用 14000 余字的篇幅论证韩偓《香奁集》非韩偓所作，可是徐氏提出的理由没有一个能够成立，那么其论点必然是不成立的。由此可知，在新的证据出现之前，还是应该像历代史志和公私书目的著录以及所有《香奁集》版本的作者署名那样，认定《香奁集》的作者是韩偓（842—914?），而不是包括和凝（898—955）、韩熙载（902—970）在内的其他人。

徐复观先生的观点对缪钺、张兴武、刘鹏三位先生有很大的影响。缪钺先生发表于《四川大学学报》1983 年第 2 期的论文《灵谿词说续》引用了徐复观《韩偓诗与香奁集论考》一文的三个结论后说："我觉得，徐复观君的论断是可信的。"② 但是，缪钺先生没有进一步的论证或阐述。张兴武先生《〈香奁集〉非韩偓所作再考订》一文发表于《甘肃高师学报》1998 年第 2 期，刘鹏《〈香奁集〉归属问题考述》发表于《江苏大学学报》（社会科学版）2004 年第 3 期。鉴于徐复观之文的观点是张、刘二人所著论文的前提或重要论据，而徐氏的理由和观点没有一个能够站得住脚，所以，对张、刘二人之文这里就不辨析了。另外，当代学者所写批驳沈括观点的文章有三篇。第一篇是阎简弼所写的《〈香奁集〉跟韩偓》，见《燕京学报》1950 年第 38 期第 179—228 页；第二篇是陈敦贞所写的《〈香奁集〉辨真》，见《新编中国名人年谱集成》第九十辑《唐翰林学士偓年谱》所附录之《香奁集辨真》，台湾商务印书馆1982 年 12 月初版；第三篇见广州大学人文学院杨文娟 2007 年度提交答辩的硕士学位论文《〈香奁集〉研究》第二章第一节"《香奁集》著者考辨"。这三篇文章各有优长，此处不具论。

最后对《香奁集》作者为谁这个问题作个总结：历代正史史志和公私目录书均将《香奁集》一书的作者著录为韩偓，从来没有例外；《香奁集》的宋本、元本、明本、清本、民国本等所有的版本，均将《香奁集》的作者署名为"韩偓"，也没有例外。所以，《香奁集》的作者，没有什么"然自北宋以来，《香奁集》的作者归属一直众说纷纭，争讼难定"③ 的问题。韩偓《香奁

① 邝健行、吴淑钿编：《香港中国古典文学研究论文选粹》，江苏古籍出版社 2002 年版，第74 页。

② 缪钺：《灵谿词说续》，《四川大学学报》1983 年第 2 期。

③ 张兴武：《香奁集非韩偓所作再考订》，《甘肃高师学报》1998 年第 2 期。

集》是和凝嫁名韩偓这一观点的提出者是北宋学者沈括，沈括这个观点受到宋元两代多名学者的明确批驳，而宋元两代赞同沈括观点的人，一个也没有。沈括提出其观点五百年后，才遇到了第一个赞成的人，这个人就是明代学者胡应麟（1551—1602），而且胡应麟表示赞同的时候，又不无犹豫。胡应麟去世三百年后，自 20 世纪初至今，受沈括观点影响的学者多达五位，这五位学者中最有影响的是徐复观的论文，但是徐氏的论文漏洞太多，没有一条理由是可靠的，也没有一条结论是可靠的。因此，《香奁集》一书的作者，还是如同历代史志和公私目录书以及《香奁集》各个版本署名的那样，视作"韩偓"，才是靠谱的。这就是本章最后的结论。

第七章　黄滔在闽国文坛地位辨正

闽国诗人黄滔（840？—？）的传记首见于清康熙时吴任臣《十国春秋》，该书卷95《黄滔传》认为避难于闽国的中州名士韩偓、李洵等几十人，皆以黄滔为中心和宗主，还说闽国第二任国主王审知终身不称帝而守臣节，黄滔的规劝起了很大的作用。黄滔在闽国文坛的地位真有这么高吗？王审知终身守臣节，黄滔真的起了很大的作用吗？这需要仔细考辨后才能回答。

一

先看《十国春秋》卷95的原文："梁时强藩多僭位称帝。太祖据有全闽，而终其身为节将者，滔规正有力焉。中州名士避地来闽，若韩偓、李洵数十辈，悉主于滔。"① 这段文字短短三句话，提出了黄滔规劝王审知不称帝和黄滔为闽国文坛中心两个观点。这两个观点靠得住吗？靠不住，因为这段话问题很多。

第一，"梁时强藩多僭伪称帝"这话就靠不住。

《新五代史》卷2云："开平元年（907）……夏四月壬戌，更名晃。甲子，皇帝即位。戊辰，大赦，改元，国号梁。"② 卷3云："龙德……三年（923）……冬十月……戊寅，皇帝崩，梁亡。"③ 就是说，梁朝从开平元年（907）四月壬戌日到龙德三年（923）十月戊寅日结束。

查《十国春秋》可知，在907年到923年这17年的时期里，十国中的南唐、后蜀、北汉还没有产生，即十国只有7个政权属于吴任臣所说的"强藩"，这7个政权是吴、前蜀、南汉、楚、吴越、闽、荆南。这7个政权中，

---

① （清）吴任臣撰，徐敏霞、周莹点校：《十国春秋》（116卷）（全4册），中华书局1983年版，第3册，卷95，第1373页。

② （宋）欧阳修撰，（宋）徐无党注：《新五代史》（74卷）（全3册），中华书局1974年版，第1册，卷2，第13页。

③ （宋）欧阳修撰，（宋）徐无党注：《新五代史》（74卷）（全3册），中华书局1974年版，第1册，卷3，第28—29页。

在 907 年至 923 年这 17 年中有称帝历史的只有三个：吴、前蜀、南汉，而其中的南汉国第一任国主刘隐于后梁开平三年（909）被后梁太祖朱晃封为南平王，乾化元年（911）被后梁太祖朱晃进封南海王，本年，刘隐卒，其弟刘龑继立。而刘龑从乾化元年（911）继兄刘隐而立为南平王，直到后梁末帝朱瑱贞明三年（917）才自立为帝，[①] 在此之前一直是尊奉中原王朝后梁的，并没有"僭伪称帝"。黄滔在闽国最后的一个事迹记载是后梁乾化元年（911）为南汉国第一任国主刘隐写《祭南海南平王》文。就是说，从现有资料看，假如黄滔真的规劝王审知守臣节，那么，黄滔规劝的时候，七国中只有吴和前蜀有称帝之事。7 个政权中只有两个政权称帝了，那就不能说称帝者是多数，也就不能说"梁时强藩多僭伪称帝"，可见这段话第一句就靠不住。

　　第二，"太祖据有全闽，而终其身为节将者，滔规正有力焉"这话无证据。今存《莆阳黄御史集》二卷含赋 22 篇，诗 205 篇，文 13 篇，书 4 篇，启 27 题 31 篇，祭文 10 篇，碑铭 9 篇，这么多诗文里未见有对王审知的规劝之词，故说黄滔曾规劝王审知守臣节，是没有证据的。还有，《十国春秋》卷 95《黄滔传》云："天复元年（901），受太祖辟，以监察御史里行充威武军节度推官。"[②] 到后梁乾化元年（911）黄滔写了《祭南海南平王》文后，不再有黄滔事迹记载。就是说，今知黄滔在闽国生活的时期从天复元年（901）到后梁乾化元年（911）这 11 年，而王审知任闽国国主的时间是从 898 年元月 2 日王潮卒继立到后唐同光三年（925）十二月辛未日去世，长达 29 年的时间里，王审知一直谨守臣节。这 29 年中，有黄滔在幕下任职的时间是从天复元年（901）到后梁乾化元年（911）这 11 个年头。而没有黄滔的时间从 911 年到 925 年这 14 年，王审知都没有称帝，这就不能说和黄滔（840?—?）有关了。十国中吴和前蜀的称帝都发生于天祐四年（907）唐朝灭亡后，可见，黄滔真要劝说王审知不称帝，也只能是从 907 年唐亡到 911 年这 5 年中。黄滔所有的作品中，都找不到规劝王审知守臣节的事情，这 5 年的作品中，当然也没有了。可见，说黄滔规劝王审知守臣节，一没有证据，二不符合事实和逻辑。

　　第三，分析黄滔在闽国文坛的地位。

　　如上所述，清吴任臣《十国春秋》卷 95 只说"韩偓、李绚数十辈"，"悉主于滔"。但未提到这数十辈都有谁，也未说明"悉主于滔"的出处。"数十

---

　　① （宋）欧阳修撰，（宋）徐无党注：《新五代史》（74 卷）（全 3 册），中华书局 1974 年版，第 3 册，卷 65，第 809—810 页。

　　② （清）吴任臣撰，徐敏霞、周莹点校：《十国春秋》（116 卷）（全 4 册），中华书局 1983 年版，第 3 册，卷 95，第 1373 页。

辈"中的一些人和"悉主于滔"的说法见于明代《黄御史集》八卷卷末附录的《莆阳志》的引文："黄滔字文江，乾宁二年乙卯（895）赵观文榜进士，光化（898—901）中除四门博士，寻迁监察御史里行，充威武军节度推官。王审知据有全闽而终其身为节将者，滔规正焉。中州若李绚（笔者按：绚应为洵）、韩偓、王涤、崔道融、王标、夏侯淑、王拯、杨承休、杨赞图、王倜、归傅懿避地于闽，悉主于滔。时闽中所为碑碣，皆其文也。今浮图荒陇，旧刻犹存。"

《莆阳志》这段引文提到有 11 个人"悉主于滔"。《莆阳志》的作者是谁呢？今日所能查考出的《莆阳志》有三种，分属三个不同时期的三个作者。第一种是南宋光宗赵惇绍熙三年（1192）赵彦励集郡士所撰，其出处见《直斋书录解题》卷八"谱牒类"的记载："《莆阳志》十五卷，郡守赵彦励懋训绍熙三年（1192）集郡士为之。"① 插说一个问题。元马端临（1254—1323）《文献通考》卷 105 引用陈振孙的话时将绍熙三年（1192）误为绍兴三年（1133）②。第二种是赵彦励之后陆琰所撰的《莆阳志》七卷，出处见于《宋史》卷 204《艺文志》"地理类"："赵彦励《莆阳志》十五卷、陆琰《莆阳志》七卷。"③《宋史》既然将"陆琰《莆阳志》七卷"置于"赵彦励《莆阳志》十五卷"之后，说明陆琰《莆阳志》七卷成书应该在赵彦励《莆阳志》十五卷之后。陆琰是赵彦励之后什么时候的人呢？清郝玉麟等《福建通志》卷 23 职官（四）"兴化府"云："赵彦励（有传，绍兴间任）。"又云："军学教授……陈应言、陆琰（俱乾道间任）。"④《福建通志》卷 34"选举二"又云："绍兴二十七年丁丑（1157）王十朋榜"有"侯官县陆琰（恺孙，知南昌县）"。⑤ 陆琰绍兴二十七年（1157）才中进士，乾道（1165—1173）间任福建军学教授，其年辈显然在绍兴（1131—1162）出任福建兴化府知府的赵彦励之后。第三种是明代彭韶的《莆阳志》（卷数不知），出处见明黄仲容《未轩文集》卷二："今则以郡人方先生时举所著《人物志》、吴先生源所著《名公事略》及今少司寇彭先生韶所辑《莆阳志》采入建宁旧志。"⑥ 三种

① （宋）陈振孙著，徐小蛮、顾美华点校：《直斋书录解题》（22 卷），上海古籍出版社 1987 年版，卷 8，第 258 页。

② （元）马端临撰：《文献通考》（348 卷），中华书局 1986 年版，卷 205，第 1703 页。

③ （元）脱脱等撰：《宋史》（496 卷）（全 40 册），中华书局 1985 年 6 月新 1 版，第 15 册，卷 204，第 5161 页。

④ （清）郝玉麟等纂：《福建通志》，景印文渊阁四库全书本，卷 23。

⑤ 同上书，卷 34。

⑥ （明）黄仲容撰：《未轩文集》，景印文渊阁四库全书本，卷 2。

《莆阳志》中，以赵彦励主持编纂的一种成书最早，成书时间是宋孝宗绍熙三年（1192）。

《莆阳志》所提到的"悉主于滔"有 11 个人，这说法哪里来的呢？宋仁宗赵祯嘉祐五年（1060）成书的欧阳修等《新唐书》卷 190 的记载能让今人看出一点眉目："审邦，字次都，为泉州刺史，检校司徒。喜儒术，通《书》、《春秋》。善吏治，流民还者，假牛犁，兴完庐舍。中原乱，公卿多来依之，振赈以财，如杨承休、郑璘、韩偓、归传懿、杨赞图、郑戬等赖以免祸。审邦遣子延彬作招贤院以礼之。"① 这里提到被王审邦救济的 6 个中原人中，杨承休、韩偓、归传懿、杨赞图四人被《莆阳志》借用到黄滔身上了。北宋欧阳修等 1060 年成书的《新唐书》明明说这 6 个人是王审邦的客人，而且王审邦让其子王延彬招抚此 6 人，而最早 1192 年成书的《莆阳志》却将其中的 4 人挪到黄滔身上了。那么，1060 年成书的《新唐书》的说法又来自何处呢？该说法应该来自于《黄御史集》卷五《丈六金身碑》，这是黄滔天祐四年（907）正月写的一篇碑文。关于 11 人的名字有如下的记载：

> 其明年（907）正月十有八日乙未，设二十万人斋，号无遮，以落之。是日也。彩云缬天，甘露粒松，香花之气扑地，经梵之声入空。座客有右省常侍陇西李公洵、翰林承旨制诰兵部侍郎昌黎韩公偓、中书舍人琅琊王公涤、右补阙博陵崔征君道融、大司农琅琊王公标、吏部郎中谯国夏侯公淑、司勋员外郎王公拯、刑部员外郎弘农杨公承休、弘文馆直学士弘农杨公赞图、弘文馆直学士琅琊王公偁、集贤殿校理吴郡归公传懿，皆以文学之奥比偓商，侍从之声齐褒向。甲乙升第，岩廊韫望，东浮荆襄，南游吴楚，谓安莫安于闽越，诚莫诚于我公。依刘表，起襄汉。其地也，交辙及馆。值斯佛之成，斯会之设，俱得放心猿于菩提树上，歇意马于清凉山中。我公乃顾幕下者滔，俾刻贞石以碑之。某以甲科，忝第盛府，蒙招刊勒之职，不敢牢让。谨推于厥旨。经云：作佛像之功德，斗量海以有尽，尘碎劫以无穷。至若青黛之画辟支，一金之补毗婆，戏为之而以草木，思见之而刻栴檀。其犹蜕现其生，羽金其报，而况今乃俨至诚，从灵感，铜乎万万，金乎千千，虔鼓铸于神仙之山，卜贞吉于火土之数。其积

---

① （宋）欧阳修，宋祁撰：《新唐书》（225 卷）（全 20 册），中华书局 1975 年版，第 17 册，卷 190，第 5492—5493 页。

功累德，岂可以边以涯而言之哉。①

黄滔于天复元年（901）始出任王审知幕职，至写此碑文时出任闽国幕职第 7 年。天祐二年（905）韩偓来闽，则此时韩偓来闽第三年。其他 10 人来闽的时间不详，从黄滔此碑文看，至少此时（907 年正月）这 11 个人皆来闽地了。明代《黄御史集》八卷卷末附录的《莆阳志》所云"悉主于滔"的 11 个人的名字和顺序都与黄滔这篇《长六金身碑》完全相同，则其出处无疑来自于黄滔这篇《长六金身碑》。那么，黄滔《长六金身碑》说这 11 个人是他黄滔的属下了吗？说这 11 个人以他黄滔为宗主了吗？没有。而且不可能这么说，也不可能有这个意思。原因至少有三个。

第一，这 11 个人的身份是"座客"，是唐哀帝天祐四年（907）正月十八日召开无遮大会时的"座客"，而且是王审知请来的，不是黄滔请来的，更不是黄滔的属下。这一点，在《长六金身碑》一文中，黄滔说得很清楚。

第二，这 11 个"座客"的官职都比黄滔高。黄滔乾宁二年（895）中进士后，于光化（898—901）中任四门博士，天复元年（901）才以监察御史里行的身份充任闽帅王审知幕下的威武军节度推官。注意，天复元年（901），唐王朝尚未灭亡，故不论是唐朝的监察御史里行，还是闽帅幕下的威武军节度推官，都是唐朝官职。黄滔天复元年（901）担任闽帅王审知幕下威武军节度推官这一职务一直到后梁乾化元年（911）（即到黄滔卒，此年后再无黄滔事迹的记载，黄滔很可能就卒于这一年）都未见有变动。起码，到天祐四年（907）正月写《丈六金身碑》时，黄滔还是威武军节度推官，而 11 个"座客"中官职最小的归传懿，还是唐朝的集贤校理，比黄滔这个唐朝的四门博士、监察御史里行要高，更比闽帅幕下的威武军节度推官要高。

第三，这 11 "座客"的经历和心声是："皆以文学之奥比偓商，侍从之声齐褒向。甲乙升第，岩廊韫望，东浮荆襄，南游吴楚，谓安莫安于闽越，诚莫诚于我公。"这 11 个人说"安莫安于闽越"，可见，不仅包含了闽地，还包含了越地，说明这 11 个人中有人在越地呆过，或者听人夸过越地；"诚莫诚于我公"说明这 11 个人中有人投靠过不止一个强藩，注意这时候唐朝还没有灭亡，他们只是感到王审知待他们最诚恳而已。"我公乃顾幕下者滔"的话更暗示黄滔是幕下而其他 11 个人未必是。这也就是王审知为何偏偏让黄滔写《长六金身碑》的原因之一（不消说，黄滔长于写此类文字，肯定也是一个原因）。

---

① （唐）黄滔撰：《黄御史集》（8 卷），景印文渊阁四库全书本，卷 5。

由以上三个原因看，黄滔 907 年提到的 11 个"座客"绝不可能以黄滔为宗主，而黄滔写完《长六金身碑》285 年后，即 1192 年以后成书的《莆阳志》可能是为了让福建乡贤黄滔脸上有光，就将这 11 个人大大方方地看作受黄滔提携的人物，还说这 11 个人"悉主于滔"。

黄滔《长六金身碑》提到的 11 个"座客"不可能也没有以黄滔为宗主，除以上三个原因外，还有以下三个原因。

第一，这 11 个"座客"中的 4 人是王审邽幕下客，而不是王审知幕下客。如上所述，王审知只是将这 11 个人视为"座客"，而没有当作幕僚，很可能与此有关，宋仁宗赵祯嘉祐五年（1060）成书的《新唐书》卷 190 将黄滔《长六金身碑》所云 11 个"座客"中的杨承休、韩偓、归传懿、杨赞图四人再加上郑璘、郑戬置于闽国国主王审知二兄（王审知为老三）王审邽幕下而不是王审知幕下。《新唐书》卷 190《王潮传》所附《王审邽传》的原文是："审邽，字次都，为泉州刺史，检校司徒。喜儒术，通《书》、《春秋》。善吏治，流民还者，假牛犁，兴完庐舍。中原乱，公卿多来依之，振赋以财，如杨承休、郑璘、韩偓、归传懿、杨赞图、郑戬等赖以免祸。审邽遣子延彬作招贤院以礼之。"① 注意，这 6 个人的排序参照黄滔《长六金身碑》中的排序是这样的：第 8 人（即《长六金身碑》所云 11 人中排名第 8，下同）杨承休、新增第 1 人郑璘、第 2 人韩偓、第 11 人归传懿、第 9 人杨赞图、新增第 2 人郑戬。《长六金身碑》的排序显然是按照官职大小，而欧阳修这种排列打乱了《长六金身碑》的排序，显然不是按照官职大小，可见，欧阳修等《新唐书》此排序没有参考黄滔的《长六金身碑》，但也没有按照姓氏排序，可见《新唐书》的排序还是有规矩的，只是这个规矩是什么？是按照到达王审邽幕下的时间先后？还是按照与王审邽的关系亲密？这些问题，今日就不知道了，只能存疑。但可以看出，《新唐书》此说法没有受到黄滔《长六金身碑》的影响，这就说明，这 6 人居于王审邽幕下或者曾经居于王审邽幕下，是可信的。这 6 人中的 4 人居于或者曾居于王审邽幕下，那么，此 4 人就不会以王审知幕僚黄滔为宗主了，这一定应可以确定无疑。

第二，《莆阳志》说这 11 个人"悉主于滔"，但是，今日找不见这 11 个人与黄滔有交往的证据。11 人中除韩偓、崔道融之外的 9 个人没有作品存留下来，而韩偓、崔道融的诗文中没有提到黄滔。从这一点看，说这 11 个人以黄滔为宗主，也是可疑的。而黄滔《与杨状头书》中"下情无任感恩，弃泪

---

① （宋）欧阳修、宋祁撰：《新唐书》（225 卷）（全 20 册），中华书局 1975 年版，第 17 册，卷 190，第 5492—5493 页。

陈谢之至"① 的话显然以杨赞图的后辈自居。

第三，黄滔《长六金身碑》对 11 个"座客"皆称"公"，"公"是尊称，而且是对年长者的尊称。《黄御史集》卷六的《祭崔补阙（道融）》、《祭右省李常侍（洵）》这两篇祭文当然写于天祐四年（907）正月黄滔大约 68 岁时写《长六金身碑》一文后，今日虽然不能从李洵、崔道融这二人卒于黄滔前就推出这二人年长于黄滔，但是，从祭文中的崇敬心情看，说这二人年长于黄滔是符合逻辑的。

由以上六个原因可以看出，《莆阳志》说黄滔《长六金身碑》提到的 11 个"座客"在闽国时"悉主于滔"是不对的，但是，明朝吴源《莆阳名公事述》却说：黄滔"况蕴藉文采，为时推重，中朝士大夫，若常侍李洵、翰林承旨韩偓、中舍王涤、补阙崔道融、大司空王标、吏部夏侯淑、司勋员外郎杨承休、御史王拯、弘文馆直学士杨赞图、馆阁校勘王倜、集贤校理傅懿（笔者按：傅懿，应作归傅懿），莫不浮荆襄吴楚，交集于闽，恃御史为宗主。皆曰：'安莫安尔闽者，此也。'居常与罗给事隐、陈侍御峤、翁谏议承赞、陈明经黯、徐正字寅、林明经乔为莫逆交，见于唱酬诗集"②。不但说 11 人以黄滔为宗主，而且说 11 个"座客"都说"安莫安尔闽者，此也"，意思是 11 个人都说，他们之所以呆在闽国很安心，是因为有黄滔。而上文所引黄滔《长六金身碑》所云是："安莫安于闽越，诚莫诚于我公。"意思是王审知请来的这 11 个"座客"都说天下最安定、最安全的地方是闽地和越地，待士诚恳的是闽帅王审知（注意不是闽王，当时是 907 年，王审知尚未被封王），到了明代吴源笔下，竟然变成了之所以在闽地很安心，是因为有你黄滔。这改编也太离谱了。不过，明朝吴源这段文字中说黄滔的莫逆之交是罗隐、陈峤、翁承赞、陈黯、徐寅、林乔这 6 个人，这从黄滔集中的唱酬诗可以看出，由这话倒是可以看出，黄滔《长六金身碑》提到的 11 个"座客"不仅没有以黄滔为宗主，他们连黄滔的莫逆之交这种关系都不是，那就更可见这 11 人不会以黄滔为宗主了。

到了清代，吴任臣《十国春秋》卷 94 为王审邦作传，抄写《莆阳志》的说法时，不知何故，去除了黄滔《长六金身碑》所云 11 人中的"弘文馆直学士琅琊王公倜"，而将《新唐书》卷 190 所云王审邦幕下的郑璘、郑戳两个人添加进来，变成 12 个人。但是吴任臣显然比较谨慎，他没有说这 12 个人"悉主于滔"，而是说这 12 个人居于王审邦幕下（而不是王审知幕下）。吴任臣《十国春秋》卷 94《王审邦传》的原话是："王审邦……在政十二年，为人喜

---

① （唐）黄滔撰：《黄御史集》（8 卷），景印文渊阁四库全书本，卷 7。

② （唐）黄滔撰：《黄御史集》（8 卷），景印文渊阁四库全书本，卷 8。

儒术，通《春秋》，善吏治，流民还者，假以牛犁，兴完庐舍，中原乱，公卿多来依闽。审邦遣子延彬作招贤院礼之，振赋以财。如唐右省常侍李洵、翰林承旨知制诰兵部侍郎韩偓、中书舍人王涤、右补阙崔道融、大司农王标、吏部郎中夏侯淑、司勋员外郎王拯、刑部员外郎杨承休、弘文馆直学士杨赞图、王倜、集贤殿校理归传懿及郑璘、郑戬等，皆赖以免祸。卒谥武肃。王葬于晋江皇积山，徐寅撰墓碑文（碑文有皇者天皇、积者勋积之语，人以为献谀）。"①这里的郑璘、郑戬，显然得自于《新唐书·王审邦传》。只是这 12 人，全都被吴任臣视为王审邦的幕下客，而《新唐书》只是将此 12 人中的 6 个人视为王审邦的幕下客，就是说，12 人中除《新唐书》视为王审邦幕下客的 6 人外，另 6 人被视为王审邦的幕下客，显然是吴任臣自作主张的改编。

可能是觉得将除王倜外《莆阳志》所说"悉主于滔"的 11 人中的 10 个人再加上郑璘、郑戬共 12 人一并归于王审邦幕下客，有点过头了，或者说觉得对《莆阳志》"悉主于滔"的话过分冷落和无视了，吴任臣《十国春秋》卷 95《黄滔传》又写出了这样的话："中州名士避地来闽，若韩偓、李洵数十辈，悉主于滔。"② 说"数十辈"，那肯定不少于 20 人。可是，如上文所述，黄滔《长六金身碑》一共才提到 11 人，《莆阳志》是对《长六金身碑》连顺序都相同的照抄，也是 11 人，加上吴任臣从《新唐书》卷 190 所云王审邦幕下的郑璘、郑戬，也才 13 人，根本凑不够 20 人。可见，吴任臣一方面认为李洵、韩偓等人是闽国武肃王王审邦的幕下客，有 10 多人；另一方面认为李洵、韩偓等也可以是闽国太祖王审知的幕下客，人数不是 10 多人，是几十人。可见，在李洵、韩偓等人归属于王审知幕还是王审邦幕这个问题上，吴任臣认识不清，态度依违；在李洵、韩偓等中州名士是 10 多人还是几十人这个问题上，吴任臣照样心中没谱，表述随意。可能正是认识到这两点，清乾隆时四库馆臣为《黄御史集》写提要时，信从了黄滔规正王审知使守臣节的说法，而没有信从中州名士在闽国时"悉主于滔"的说法。

综上所述，清康熙时吴任臣《十国春秋》卷九五《董滔传》认为避难于闽国的中州名士韩偓、李洵等几十人皆以黄滔为宗主，这说法是靠不住的；该传又说闽帅王审知终身不称帝而守臣节，董滔的规劝起了很大作用，这说法没有证据，是可疑的。

---

① （清）吴任臣撰，徐敏霞、周莹点校：《十国春秋》（116 卷）（全 4 册），中华书局 1983 年版，第 3 册，卷 94，第 1362 页。

② （清）吴任臣撰，徐敏霞、周莹点校：《十国春秋》（116 卷）（全 4 册），中华书局 1983 年版，第 3 册，卷 95，第 1373 页。

第八章 四库馆臣关于《黄御史集》诸多说法辨正

晚唐五代诗人黄滔的别集著录于四库全书中，名曰《黄御史集》，其提要见《四库全书总目》卷151集部别集类四[①]，该则《提要》中，四库馆臣对黄滔《黄御史集》（八卷）的卷数著录、成书过程、编者、刊刻历史等问题的陈述多有舛误，现予以如下辨误和修正。

《黄御史集》十卷附录一卷（浙江汪启淑家藏本）

笔者按："十卷"应为"八卷"。该《提要》明言"此本即崇祯本也。"笔者在中国国家图书馆（国家图书馆不提供原书，笔者所看为胶卷拍摄的书影）和浙江大学图书馆所目见的崇祯十一年（1638）黄鸣乔等刻本均著录为"唐黄御史集八卷附录一卷"。馆臣当是受了此崇祯刻本《凡例》第一则所云"是集久逸，八世孙考功公度旧藏稿本，厘为十卷，名曰《东家编略》"的影响而致误。还有，笔者在浙江图书馆所目见的文澜阁四库全书本《黄御史集》是太平天国战火后丁丙（1832—1899）让人补钞的，确实是十卷，前四卷与文渊阁四库全书本同，文渊阁本第五卷为文澜阁本第五卷、第六卷，文渊阁本第六卷为文澜阁本第七卷，文渊阁本第七卷为文澜阁本第八卷、第九卷，文渊阁本第八卷为文澜阁本第十卷。文渊阁四库全书成书于乾隆四十六年（1781）末四十七年（1782）初，文澜阁四库全书成书于乾隆五十三年（1788）。[②]《四库全书总目》于乾隆四十六年（1781）二月纂毕进呈。[③] 既然文渊阁四库全书和《四库全书总目》均成书于文澜阁四库全书之前，那么《四库全书总目》当然以文渊阁四库全书的实际为准，丁丙于太平天国战火后补钞文澜阁四库全书本《黄御史集》时可能受了馆臣《提要》所云"十卷"之说的影响而自

① （清）永瑢等撰：《四库全书总目》（200卷），中华书局1965年版，卷151，第1303页。

② 黄爱平：《四库全书纂修研究》，中国人民大学出版社1989年版，第151页。

③ （清）永瑢等撰：《四库全书总目》（200卷），中华书局1965年版，卷首第11页。

行分为十卷，也可能另有依据，究竟是何原因，今已无从知晓，只好存疑。无论如何，崇祯本《黄御史集》为八卷，而非十卷，这一点由《黄御史集》的文渊阁四库全书本、中国国家图书馆和浙江大学图书馆现存崇祯本《黄御史集》均可得到证明。另，现存黄滔别集除丁丙补钞的文澜阁四库全书本《黄御史集》为十卷本外，文渊阁四库全书本采用底本即明崇祯十一年（1638）黄明乔等刻本《黄御史集》为八卷本，明正德八年（1513）黄滔二十世孙黄希英刊刻和明万历十二年（1584）黄滔十九世孙黄廷良等刊刻的《莆阳黄御史集》为二卷本、明万历三十四年（1606）叶向高、曹学佺等刊刻的《唐黄先生文集》为八卷本，从未见有十卷本。

笔者又按："浙江汪启淑家藏本"的说法也值得注意。据吴慰祖校订《四库采进书目》（原名《各省进呈书目》）之"浙江省第四次汪启淑家呈送书目 524 种"部分知：汪启淑家呈送的黄滔集记录为："《莆阳集》，唐黄滔著，二本。"[1] 又，此书之"浙江采集遗书总录简目 4523 种"部分所含黄滔集记录为："莆阳黄御史集二册（明万历十二年重刊本），唐监察御史里行充威武军节度推官莆田黄滔撰。"[2] 又据《中国古籍善本书目》卷 23 知，黄滔十九世孙黄廷良万历十二年（1584）刊刻的《莆阳黄御史集》为二卷本，和明正德八年（1513）黄滔二十世孙黄希英刊刻的《莆阳黄御史集》二卷本为同一种本子。[3] 可见，汪启淑家呈送的《莆阳集》为《莆阳黄御史集》二卷本的简称。馆臣关于《黄御史集》底本来历的交代与《四库采进书目》的记录有所抵触，其原因为何，今已不得而知。

王审知据有全闽而终守臣节，滔匡正之力为多。《五代史》称审知好礼下士，王淡、杨沂、徐寅，唐时知名士多依之，独不及滔。《五代史》多漏略，不足据也。

笔者按：此《五代史》指欧阳修撰的《新五代史》而言，《新五代史》并未说唐时知名士多依审知，只是在指出王审知好礼下士时举"王淡、杨沂、徐寅"三人为例而已。馆臣此言乃误读《新五代史》的表述

① 吴慰祖校订：《四库采进书目》（原名《各省进呈书目》），商务印书馆 1960 年版，第 102 页。

② 同上书，第 280 页。

③ 中国古籍善本书目编辑委员会编：《中国古籍善本书目》（集部），上海古籍出版社 1998 年版，卷 23，第 179 页。

所致。关于王审知好礼下士的表述见于《新五代史》卷68，原文是："审知虽起盗贼，而为人俭约，好礼下士。王淡，唐相溥之子；杨沂，唐相涉从弟；徐寅，唐时知名进士，皆依审知仕宦。"① "唐时知名进士"修饰"徐寅"，是指徐寅而言的，这正如"唐相溥之子"修饰"王淡"、"唐相涉从弟"修饰"杨沂"一样。欧阳修再马虎，也不至于说出"唐时知名进士皆依审知仕宦"的糊涂话，或许馆臣正是觉得"皆依"的说法太无理，故改为"多依之。" 实则"多依之"并不是《新五代史》的说法，而且"多依之"的话仍然不可信，因为晚唐五代时除作为正统的中原王朝外，偏安一方的强藩有好几个，仅天复二年（902）徐寅归闽仕王审知幕的时候，后来成为十国之一的强藩就有6个（除王审知之外的另外5个是：吴国杨行密、前蜀王建、南汉刘隐、楚国马殷、吴越国钱镠），王审知仅为其中之一，当时的知名进士怎么可能多数仕宦于王审知幕下呢？还有，《新五代史》举例少而未当，许多人该举而不举，绝非"独不及滔"。明朝洪武时人吴源《莆阳名公事述》云："况蕴藉文采，为时推重，中朝士大夫若常侍李洵、翰林承旨韩偓、中舍王涤、补阙崔道融、大司空王标、吏部夏侯淑、司勋员外杨承休、御史王拯、弘文馆直学士杨赞图、馆阁校勘王倜归、集贤校理傅懿（笔者按：馆阁校勘是王倜，不是王倜归；集贤校理是归傅懿，不是傅懿。吴源误），莫不浮荆襄吴楚，交集于闽，特御史为宗主。皆曰：安莫安尔闽者，此也。"② 明万历时人何乔远《闽书》亦云"中州名士避地于闽者，若李绚、韩偓、王涤、崔道融、王标、夏侯淑、王拯、杨承休、杨赞图、王倜、归傅懿辈，悉主于滔。"清吴任臣《十国春秋》卷95所云"悉主于滔"的"中州名士"把此11人中的王倜去除，然后加上《新五代史》所言之"王淡"、"杨沂"为12人。③如本编（第四编）《黄滔在闽国文坛地位辨正》一文所说，"特御史为宗主"、"悉主于滔"的说法都是不对的。但是，这12人为避难于闽地的中原名士，是确定无疑的。这样，为了说明黄滔曾仕宦于闽国及在闽国的地位，引用明朝吴源的话，然后再去除"特御史为宗主"的错误说法，就很好了。馆臣之所以要舍近求远，一个原因肯定是要追本溯源，使用最早

---

①　（宋）欧阳修撰，（宋）徐无党注：《新五代史》（74卷）（全3册），中华书局1974年版，第3册，卷68，第846页。

②　（唐）黄滔撰：《黄御史集》（8卷），景印文渊阁四库全书本，卷8之《附录》。

③　（清）吴任臣撰，徐敏霞、周莹点校：《十国春秋》（116卷）（全4册），中华书局1983年版，第3册，卷95，第1372—1373页。

的材料记载，这当然是正确的，另一个原因可能是想提醒读者《新五代史》未能提及黄滔的漏略瑕疵，可惜又犯了误读误解《新五代史》的错误。

《唐书·艺文士》载滔集十五卷，又《泉山秀句》三卷，并已散佚。

笔者按：《泉山秀句》全称为《泉山秀句集》，而且非三卷，乃三十卷。《新唐书》卷60云："黄滔《泉山秀句集》三十卷，编闽人诗，自武德尽天祐末。"[1] 这是黄滔《泉山秀句集》最早最可靠的记载，此后《通志》卷70、天壤阁覆刻南宋庆元本《莆阳黄御史集》卷首所载黄滔八世孙黄公度序[2]、明吴源《莆阳名公事述》、《十国春秋》卷95均沿袭此说。馆臣云"三卷"，显误。

此本卷首有杨万里及谢谔序。

笔者按：误。文渊阁四库全书本《黄御史集》有三人序，依次为杨万里序、洪迈序、谢谔序。笔者在国家图书馆和浙江大学图书馆所见之明崇祯十一年（1638）黄鸣乔等刻本均有四序，依次为杨万里序、洪迈序、谢谔序、曹学佺序。可见文渊阁四库全书本虽以崇祯十一年（1638）黄鸣乔等刻本为底本，但对此底本有所去取。另外，浙江图书馆所藏丁丙补抄的文澜阁四库全书本《黄御史集》卷首除馆臣为《黄御史集》所写《提要》外，仅有二序，即杨万里序和谢谔序。此可足证丁丙补抄文澜阁四库全书本《黄御史集》时并不知晓文渊阁四库全书本《黄御史集》的面目，故各项内容宁愿削足适履，也要尽力顺从馆臣《提要》的说法，由此更可以初步断定丁丙将《黄御史集》分为十卷极可能是依据《提要》"十卷"之说而自行分卷。

万里序谓滔裔孙永丰君自言此集久逸，其父考功公始得之，仅四卷而已。

---

① （宋）欧阳修、宋祁撰：《新唐书》（225卷）（全20册），中华书局1975年版，第5册，卷60，第1625页。

② （唐）黄滔撰：《莆阳黄御史集》（2卷），1936年12月版（即《丛书集成初编》本，系据天壤阁刻本影印，天壤阁刻本，浙江图书馆有藏，其底本实为南宋庆元本），第43页。

　　笔者按：误。各刊本《黄御史集》所含杨万里序及文渊阁四库全书本《诚斋集》卷80之《黄御史集序》均作"仅数卷而已"，不知馆臣何以会有此误。

其后永丰君又得诗文五卷于吕夏卿家，又得逸诗于翁承赞家，又得铭碣于浮屠老子之宫。

　　笔者按：误。天壤阁覆刻南宋庆元本《莆阳黄御史集》目录上秩有言曰："右赋二十篇，裔孙汝嘉得之东平吕氏家藏，分二卷"；"右诗一百五十九篇，裔孙汝嘉得之东平吕氏家藏，分二卷"；"右诗十五篇，裔孙处权得之翁谏议孙亢柔中家藏墨本"；"右文九篇，裔孙汝嘉得之东平吕氏家藏，为一卷，余亡。"下秩含碑铭九篇，末五篇碑铭注云"右五篇，裔孙汝材录之石本。"可见，得诗文五卷于吕夏卿之家的是十世孙黄汝嘉，得逸诗于翁承赞之家的是十世孙黄处权，得铭碣于浮屠老子之宫的是十世孙黄处材，均非九世孙永丰君黄沃。馆臣因轻信杨万里《黄御史集序》之言而致误。

编为十卷。

　　笔者按：误。"编为十卷"不是杨万里《黄御史集序》中的话，编为十卷者也不是九世孙黄沃，而是八世孙黄公度，这在《莆阳黄御史集》上秩开头的黄公度序中交代得很清楚。黄公度曰："又黄某集十五卷，岁久讹缺，今以旧藏稿本厘为十卷，名曰《东家编略》。宋绍兴丙子（1156）中夏初吉八世孙左朝散郎试尚书考功员外郎公度谨志。"

是为淳熙初刻，后再刻于明正德，三刻于万历，四刻于崇祯。此本即崇祯刻也。

　　笔者按：万曼《唐集叙录》云："但从上述看来，黄集乃不止四刻矣。"[①] 此言甚是。四库馆臣之误乃因袭崇祯十一年（1638）黄鸣乔等刻本《凡例》所误。该《凡例》共四则，其第四则曰："是集也，九世孙邵州守沃刻于宋淳熙丙申（1176），元变板毁，二十世孙运使希英刻于正德

―――――――――――

① 万曼：《唐集叙录》，河南大学出版社2008年版，第493页。

癸酉（1513），嘉靖末倭变，十九世孙廷良捐祠金刻于万历甲申（1584）。
但屡经剞劂，不无鲁鱼，兹细加订正，适族孙幼科助梨板百块，因金谋重
锓，然犹未免疏漏之虞，请以俟后之君子。崇祯十一年戊寅（1638）秋
吉二十二世孙鸣乔鸣俊二十三世孙起昂起有起雒谨识。"实际上，四库全
书成书后的刻本不论，四库全书成书前，黄滔别集的刻本至少有：淳熙刻
本，据淳熙三年（1176）四月廿六日杨万里序可知；庆元刻本，据庆元
二年（1196）十月十四日洪迈序可知，天壤阁刻本即以此庆元刻本为底
本；又据《中国古籍善本书目》卷23"唐五代别集类"部分可知，黄滔
别集尚有正德八年（1513）刻本、万历十二年（1584）黄廷良等刻本、
万历三十四年（1606）叶向高曹学佺等刻本、崇祯十一年（1638）黄鸣
乔等刻本。自南宋淳熙年间至明代崇祯年间，至少有六次刊刻。

其《颖川陈先生集序》称天复元年（901）"某叨闽相之辟"。考乾宁四
年（897）唐以福州为威武军，拜审知节度使，累迁同中书门下平章事，封琅
邪王，至梁太祖即位，乃封闽王，仍同中书门下平章事。滔称闽相而不称王，
则所谓规正审知，使守臣节者，是亦一证也。

笔者按：馆臣此言失考，且举例不当。
《十国春秋》卷90《太祖世家》云："光化三年（900）二月壬申，
加（王审知）同中书门下平章事，检校右仆射。"又云："天祐元年
（904）夏四月，唐遣右拾遗翁承赞加审知检校太保，封琅邪王，食邑四
千户，食实封一百户。"①《新唐书》卷190亦云："诏审知检校刑部尚书、
节度观察留后。……天祐初，进琅邪郡王。"② 天复元年（901）黄滔作
《颖川陈先生集序》时，王审知仅是"同中书门下平章事"，还不是
"王"，故只可称"闽相"而不可称"王"。馆臣此言乃误解《新五代史》
卷68关于此事的表述而致误。《新五代史》卷68的原文是："乾宁四年
（897），潮卒，审知代立。唐以福州为威武军，拜审知节度使，累迁同中
书门下平章事，封琅邪王。唐亡，梁太祖加拜审知为中书令，封闽王，升

---

① （清）吴任臣撰，徐敏霞、周莹点校：《十国春秋》（116卷）（全4册），中华书局1983年版，
第3册，卷90，第1301页。
② （宋）欧阳修、宋祁撰：《新唐书》（225卷）（全20册），中华书局1975年版，第17册，卷
190，第5492页。

福州为大都督府。"① 《新五代史》这段话乃混言之。实际上，《新五代史》所言数事除王潮卒后王审知代立的事发生于乾宁四年（897）外，其他事发生的年份均不是乾宁四年（897）。其具体情况，据《十国春秋》卷90的记载可考知如下：乾宁三年（896），唐以福州为威武军；光化元年（898），唐以王审知为威武军节度使；光化三年（900），唐迁王审知为同中书门下平章事；天祐元年（904），唐进封王审知为琅邪郡王。② 《新五代史》此处的表述确实不够清楚，馆臣的误解情有可原，但馆臣考证黄滔天复元年（901）之事时还要引用《新五代史》记载后梁开平三年（909）后梁太祖朱晃（即朱温、朱全忠）进封王审知为闽王的事情，这一点尤其多余和无理。

退一步讲，即使黄滔称王审知为"王"或"闽王"，仍不可作为黄滔规劝王审知守臣节的证据。因为"王"或"闽王"是中原王朝封赏的，称王依然是臣节。例如黄滔所撰《福州雪峰山故真觉大师碑铭》一文云："今闽王誓众养民之外，雅隆其道，凡斋僧构刹以之龟焉，为之增宇设像，铸钟以严其山，优施以充其众。……戊辰年（908）春三月示疾。吾王走医医至粒药以授。师曰：'吾非疾也，不可罔子之工。'卒不之饵。其后札偈以遗法子函翰以别王庭。"③ 此段话中，先称"今闽王"，又称"吾王"，又称"以别王庭"，可见黄滔本人对于称王审知为"王"或"闽王"并不忌讳，那么，馆臣所谓"滔称闽相而不称王，则所谓规正审知，使守臣节者，是亦一证也"的说法自然不能成立。

末有附录一卷，又载滔裔孙补遗文一篇。补字季全，绍兴（1131—1162）中进士，历官安溪县令，所著《诗解》、《九经解》、《人物志》等书皆失传，唯此篇仅存，故附滔集以行云。

笔者按：误。文渊阁四库全书本《黄御史集》无黄补遗文，笔者在浙江大学图书馆所目见的崇祯十一年（1638）黄鸣乔等刻本《黄御史集》

① （宋）欧阳修撰，（宋）徐无党注：《新五代史》（74卷）（全3册），中华书局1974年版，第3册，卷68，第846页。

② （清）吴任臣撰，徐敏霞、周莹点校：《十国春秋》（116卷）（全4册），中华书局1983年版，第3册，卷90，第1300—1301页。

③ （唐）黄滔撰：《莆阳黄御史集》（2卷），1936年12月版（即《丛书集成初编》本，系据天壤阁刻本影印，天壤阁刻本，浙江图书馆有藏，其底本实为南宋庆元本），第321—322页。

目录最后一项为"附九世孙宋理学名儒补遗稿",但该书末尾并无黄补遗稿。可见四库馆臣写提要时看到了黄补一篇遗文,但后来抄写者因故未抄写这篇遗文。总之,馆臣所云"又载滔裔孙补遗文一篇"及"惟此篇仅存,故附滔集以行云"的话与今存文渊阁四库全书《黄御史集》不相符合,今于此指出。

第九章　徐寅声名和归闽原因辨正

有关徐寅及其诗的评价比较少，其中四库馆臣的说法最有代表性："诗亦不出五代之格，体物之咏尤多。五言如：'白发随梳少，青山入梦多。''岁计悬僧债，科名负国恩。'七言如：'丰年甲子无春雨，良夜庚申夜足眠。''月明南浦梦初断，花落洞庭人未归。''鹈鸠声中双阙雨，牡丹花畔六街尘'诸联已为集中佳句。然当时文体不过如斯，不能独责备于寅也。"①听馆臣这口气，徐寅的这些对联虽然不错，但仍然是五代的体物之风，算不上好，但也不能过多责备。就是说，馆臣对这些联句是并不满意的。更能表现四库馆臣对徐寅瞧不上的是评价黄滔诗时的一句话："集中文颇赡蔚，诗亦有贞元、长庆之遗，虽不及罗隐、司空图，而实非徐寅诸人之所及。"②四库馆臣对徐寅诗的评价如此低，应该事出有因。一个原因是，馆臣写提要之前的历代唐诗选本有许多著名选本未选徐寅诗。例如，宋王安石《唐百家诗选》、金元好问《唐诗鼓吹》、元杨士弘《唐音》、明胡震亨《唐音癸签》、明唐汝询《唐诗解》、明高棅《唐诗品汇》皆未选徐寅诗。后来的一些选本，如孙洙《唐诗三百首》、中国社会科学院《唐诗选》、萧涤非等《唐诗鉴赏辞典》不选徐寅诗，就应该与馆臣对徐寅诗的贬低有关了，更可能与馆臣对徐寅其人的贬低有关。馆臣如此评价徐寅其人："寅尝献赋于朱全忠，后忤全忠，乃遁归闽，非真有惓惓故主之思。乃与司空图、罗隐二人遥相唱和，有如臭味。又作《大夫诗》曰：'争如涧底凌霜节，不号秦王号此官。'《马嵬》诗曰：'张均兄弟皆何在，却是杨妃死报君。'更似一饭不忘君者，盖文士之言，不尽足据，论世者所以考其实也。"③其实，馆臣这种评价并不公正。首先，徐寅献赋误触朱全忠家讳，朱全忠只是杀了没有告诉徐寅应避之讳的官员，没有为难徐寅，后来徐寅重新献赋，深得朱全忠欢心，朱全忠给了徐寅丰厚的赏赐。并不是如馆臣所说，徐寅是忤了朱全忠后才遁归闽的。其次，即使徐寅如馆臣所说，是献赋忤了朱全

---

① （清）永瑢等撰：《四库全书总目》（200卷），中华书局1965年版，卷151，第1303页。

② 同上书，第1303页。

③ 同上。

忠后因为害怕朱全忠加害才遁归闽地，那还是不应该以此质疑徐寅对唐王朝的忠诚，因为京兆长安人韩偓也是忤了朱全忠后因为害怕朱全忠加害才逃到闽地避难的。既然同样行为的韩偓能被馆臣判定为"唐末完人"，并未质疑韩偓对唐朝廷的忠诚，那为什么就要质疑徐寅的忠诚呢？可见，即使徐寅因为害怕朱全忠而逃归闽地，馆臣对徐寅的贬低仍然没有道理。

如上所引，四库馆臣评价黄滔时说："集中文颇赡蔚，诗亦有贞元、长庆之遗，虽不及罗隐、司空图，而实非徐寅诸人之所及。"说徐寅的诗不如黄滔，这或许还说得通，但文是包含赋的，说徐寅的文也不如黄滔，更不如罗隐、司空图，这话就值得商榷了。考察徐寅的一生可知，徐寅的辞赋早就有名，徐寅的名气不但非黄滔所及，恐怕连罗隐、司空图都赶不上。要明白这一点，只需考索一下徐寅的成名史或者说徐寅在当时的影响就可以了。

五代王定保《唐摭言》（收于《唐五代笔记小说大观》下册）卷十《海叙不遇》云："谢廷浩，闽人也。大顺（890—891）中，颇以辞赋著名，与徐夤（笔者按：夤，即寅）不相上下，时号'锦绣堆'。"① 南北宋之交马永易《实宾录》（十四卷）卷十记载此事时"谢廷浩"作"谢延皓"，"辞赋"作"词赋"。② 南北宋之交叶廷珪（叶廷珪大约年少于马永易）《海录碎事》卷十八《文章门》记载此事时，"谢廷浩"作"谢延皓"，"辞赋"作"诗赋"，并云出自"本传"，李之亮先生校点时云叶廷珪说出自"本传"为误，《旧唐书》、《新唐书》均无谢延皓或谢廷浩，此条应该出自《唐摭言》。③ 这看法应该是正确的。可见，在唐昭宗李晔大顺年间（890—891），徐寅就已经以辞赋知名于时了，五代王定保和南北宋之交的马永易、叶廷珪等知道此事而且都记载了此事。

《十国春秋》卷95《徐寅传》云："登唐乾宁进士第，试《止戈为武赋》，一烛才尽已就，有'破山加点，拟成无人'之句，侍郎李择览而奇之，是岁释褐秘书省正字。"④ 清儒吴任臣此记载与南宋高宗建炎二年（1128）徐寅后裔徐师仁所撰《〈唐秘书省正字先辈徐公钓矶文集〉序》中的内容完全相同，而徐师仁序交代其出处为北宋路振《九国志》，不知道吴任臣此记载出自于徐

---

① 本社编：《唐五代笔记小说大观》，上海古籍出版社 2000 年版，下册，第 1667 页。

② （宋）马永易撰：《实宾录》（14 卷），景印文渊阁四库全书本，卷 10。

③ （宋）叶廷珪撰，李之亮校点：《海录碎事》（22 卷），中华书局 2002 年版，卷 18，第 823—827 页。

④ （清）吴任臣撰，徐敏霞、周莹点校：《十国春秋》（116 卷）（全 4 册），中华书局 1983 年版，第 3 册，卷 95，第 1374 页。

师仁的《序》，还是出自于他所见到的《九国志》。需要提醒一下的是，今存清代守山阁丛书本《九国志》无徐寅传，也就是说无徐师仁、吴任臣提到的关于徐寅的这段记载，辑佚时需要补录进去。从吴任臣《十国春秋》此记载可以看出三点：首先，"一烛才尽已就"，说明徐寅才思之敏捷；其次，有名句得到礼部侍郎的赏识，可见徐寅才高之不虚；第三，同年授官秘书省正字，可见徐寅及第后仕途之顺利。

关于徐寅和朱全忠的关系，今存最早的史料出自宋陶岳（？—1022）《五代史补》（五卷），该书卷二有如此记载：

> 徐寅登第，归闽中，途经大梁，因献太祖《游大梁赋》。时梁祖与太原武皇为仇敌，武皇眇一目，而又出自沙陀部落，寅欲曲媚梁祖，故词及之云："一眼胡奴，望英风而胆落。"①

陶岳只是记载徐寅要谄媚朱全忠而献赋，赋中有"一眼胡奴"之句，没有记载朱全忠是什么反应。宋张齐贤（942—1014）《洛阳缙绅旧闻记》（五卷）卷一的记载就详细多了：

> 福建人徐寅下第，献《过梁郊赋》，梁祖览而器重之，且曰："古人酬文士，有一字千金之语。军府费用多，且一字奉绢一匹。"徐赋略曰："客有失意还乡，经于大梁，遇郊埛之耆老，问今古之侯王。父老曰：'且说当今，休论往昔。昔时之事迹谁见，今日之功名目睹。'"辞多不载。遂留于宾馆，厚礼待之。②

张齐贤说朱全忠给予徐寅丰厚的润笔，但以"辞多不载"四字省略了徐寅的赋，也省略了"一眼胡奴"的句子，幸好这个句子在北宋苏轼《东坡志林》卷七（影印文渊阁四库全书本，系内府藏本。中华书局1981年版《唐宋史料笔记丛刊》本《东坡志林》只有五卷，无关于徐寅的这条记载）中有完整的记载：

> 徐寅，唐末号能赋。谒朱全忠，误犯其讳。全忠色变，寅狼狈走出，

① （宋）陶岳撰，顾薇薇校点：《五代史补》，卷1，见傅璇琮、徐海荣、徐吉军主编《五代史书汇编》（全10册），杭州出版社2004年版，第5册，第2495页。
② （宋）张齐贤撰：《洛阳缙绅旧闻记》，景印文渊阁四库全书本，卷1。

未及门。全忠呼知客将，责以不告语，斩于界石南。寅欲遁去，恐不得
脱，乃作《过太原赋》以献。其略曰："千金汉将，感精魄以神交；一眼
胡奴，望英风而胆落。"全忠大喜，遗绢五百匹。全忠自言梦见淮阴，使
受兵法。一眼胡奴，指李克用也。寅虽免一时之祸，不忧一眼胡奴见此赋
也。可笑。①

　　苏轼说徐寅因误犯朱全忠家讳而感到狼狈，但朱全忠没有归罪于徐寅，而
是将没有告诉徐寅应避之讳的属下杀掉了。心虚的徐寅写赋献谀，朱全忠大
喜，给徐寅赠了五百匹绢。可见，徐寅与朱全忠不仅没有了芥蒂，而且有了交
情。既然这样，那么，四库馆臣所说"寅尝献赋于朱全忠，后忤全忠，乃遁
归闽，非真有惓惓故主之思"的看法是完全错误的了。
　　以上只是证明徐寅为人不错的事例。徐寅才华不错的事例有如下二个。
　　宋陶岳《五代史补》（五卷）卷二《黄滔命徐寅代笔》条云："黄滔在闽
中，为王审知推官。一旦馈鱼至，时滔方与寅对话，遂请为代谢笺。寅援笔而
成。其略曰：'衔诸断索，才从羊续悬来；列在珊盘，便到冯谖食处。'时人
大称之。"② 文中的"请为代谢笺"已经透露了黄滔地位高于徐寅的消息，题
目"黄滔命徐寅代笔"更把这一点坐实了。知道这一点对判定黄滔和徐寅在
声律方面才能的高下很有帮助。这个暂且按下不表，只评说黄滔让徐寅代笔的
事情。黄滔能让徐寅代笺，必然是瞧得上徐寅，事实证明他很有眼光，徐寅的
代笺大称于时。
　　黄滔和当时其他人对徐寅评价很高，那么，徐寅自我感觉如何呢？如果自
我感觉良好，那么，当时有其他人认可吗？且看如下记载：

　　　已而走归家里，太祖辟掌书记。唐灭梁，闽使贺庄宗登极，庄宗遽问
使曰："徐寅无恙乎？归语尔主，父母之仇，不共戴天。寅指斥先帝，尔
国何以容之？"使回，俱以告。太祖曰："如此，则上直欲杀徐寅尔，今
但不用可矣。"即日戒阍者，不得引接。寅拂衣去曰："丈尺之水，前陂
后堰，安能容万斛之舟乎？"寻旧隐钓矶处，慨然有长往志，竟卒于长寿
之别墅。
　　　初，太祖从子延彬刺泉州，寅每同游赏，及陈郯、倪曙等赋诗酤酒为

---

　　① （宋）苏轼撰：《东坡志林》（12卷），景印文渊阁四库全书本，卷7。
　　② （宋）陶岳撰，顾薇薇校点：《五代史补》，卷1，见傅璇琮、徐海荣、徐吉军主编《五代史书
汇编》（全10册），杭州出版社2004年版，第5册，第2495页。

乐，凡十余年。常被病求药物于延彬。延彬答书："善自调护，亦可自开
豁。三皇五帝，不死何归。"盖举寅《人生几何赋》语以戏之也。①

从这两段记载可以看出，黄滔在闽国的地位确实高于徐寅，其中一个重要
原因是闽国国主王审知（862—925，909—925 年在位）迫于后唐庄宗李存勖
（885—926，923—926 年在位）的压力不敢用徐寅。在许多人看来，王审知不
但没有主动地把徐寅或者徐寅的头献给后唐庄宗李存勖，而且在明知李存勖已
经要求他杀掉徐寅的情况下还放走徐寅，这已经够大胆、够仁慈、够爱惜人才
了。可是，徐寅自己竟然不买账，说你闽政权不过是丈尺之水，哪里配得上我
徐寅这样的万斛之舟呢，于是拂衣而去，终老在自己以前就住过的地方。这事
情一方面说明王审知确实有容人之量，另一方面说明徐寅真的自视甚高。

可能有人会问：徐寅受到王审知的冷落后才说出了"丈尺之水，前陂后
堰，安能容万斛之舟乎？"的话，这话是不是一时气话呢？应该不是。因为徐
寅的自负在其诗中常有表现。例如：

> 宗伯帐前曾献赋，相君门下再投书。
> 　　　　　　　　　——《全唐诗》卷 709《忆长安上省年》
> 词赋有名堪自负，春风落第不堪羞。
> 　　　　　　　　　——《全唐诗》卷 709《长安述怀》
> 赋就神都振大名，斩蛇功与乐天争。
> 于今延寿溪边住，终日无人问一声。
> 　　　　　　　　　——《全唐诗》卷 711《卜居延寿溪》

第一首诗说他曾经给宗伯献过赋，第二首说因为辞赋知名，落第也不介
意，第三首说到暮年的时候，他仍然回忆当年《斩蛇剑赋》有名于京城的事
情。还有一首题目很长（首句为"折桂何年下月中"）的七律，说一直到他
晚年回到闽地的时候，渤海还有来客说他的赋现在还受到渤海人的喜欢，此诗
前文已引，故不赘。自负总有自夸的成分在，但自负一般总是有一点实力的，
徐寅的自负就是这样，证据是他的自负得到了节度使王延彬一定程度上的肯
定。《诗话总龟》卷四五《伤悼门》引用北宋杭州人蔡居厚《诗史》中的
记载：

---

① （清）吴任臣撰，徐敏霞、周莹点校：《十国春秋》（116 卷）（全 4 册），中华书局 1983 年版，
第 3 册，卷 95，第 1374 页。

　　徐寅，兴化军莆田人，以秘书正字归老乡里。既死，节度使王延彬以诗哭之曰："延寿溪头叹逝波，古今人事半消磨。昔除正字今何在，所谓人生能几何。"延寿溪，寅所居也。①

　　徐寅去世后，节度使王延彬能以诗哭之，诗中还提到了徐寅的《人生几何赋》，可见徐寅的赋确实颇得时誉。

　　以上都可以看作徐寅生前的影响，徐寅死后的影响有以下证据。

　　欧阳修（1007—1072）《新五代史》卷六八《王审知世家》云："审知虽起盗贼，而为人俭约，好礼下士。王淡，唐相溥之子；杨沂，唐相涉从弟；徐寅，唐时知名进士，皆依审知仕宦。"这里说王淡、杨沂的重要都用其父兄作背景，唯独徐寅的背景只是徐寅自己的声誉："唐时知名进士"。这说明徐寅在当时确实有点名气。

　　再看北宋人黄裳（1044—1130）《送黄教授序》一文的说法：

　　　闽中山水之聚，水甘而山秀……盖自唐德宗以前，未尝举进士。其后虽有欧阳詹、徐寅辈相次而出，特以文辞稍闻于天下，未有华显者，又二百余岁矣。虽然，岂人力所能为哉？盛衰之数然也。②

　　在北宋神宗元丰五年（1082）状元福建南平人黄裳看来，自唐至宋三百余年的历史中，闽地就出了两个"以文辞稍闻于天下"的人物，徐寅就是其中之一，这里没提到曾经显赫一时的闽地进士黄滔、翁承赞等人。黄裳这看法未必正确，但可以说明，至少在状元黄裳的心目中，徐寅是有地位的。

　　黄裳的看法是一个北宋人的观点，南宋人洪迈（1123—1202）也是这么认为的。洪迈《黄文江赋》一文云：

　　　晚唐士人作律赋，多以古事为题，寓悲伤之旨。如吴融、徐寅诸人是也。黄滔字文江，亦以此擅名。③

　　洪迈证明晚唐士子作律赋多以古事为题寓悲伤之旨时，仅举出三人，先说

---

① （宋）阮阅编，周本淳校点：《诗话总龟》（前集），人民文学出版社1987年版，卷45，第427页。

② （宋）黄裳撰：《演山集》（60卷），景印文渊阁四库全书本，卷19。

③ （宋）洪迈撰，孔凡礼点校：《容斋随笔》，中华书局2005年版，第713页。

了两个，一个是越州山阴（今浙江绍兴）人吴融，另一个是福建莆田人徐寅，然后再举出一个福建莆田人黄滔。这说明在洪迈看来，徐寅的律赋水平胜过黄滔。

南宋认为徐寅赋胜过黄滔的，不止洪迈一个人。比洪迈晚生 60 余年的南宋著名诗人刘克庄（1187—1269）也是这种看法。刘克庄《后村集》卷三八《丁元有墓志铭》有言：“铭曰：天下声律尚莆体，莆体发源自丁氏。君最先鸣唱诸季，吴融徐寅敛衽避。”墓志难免有夸大其词的弊病，例如刘克庄这里所说的“天下声律莆体最好，莆体声律丁氏最好，丁氏声律你丁元有最好”，一听就是吹牛高手的口吻。刘克庄为了吹嘘丁伯杞（字元有，丁宝成八子中的第六子）长于声律，说连唐代的声律能手吴融和徐寅见了你都退避三舍。可见在刘克庄的心目中，只有徐寅的律赋才能和吴融并驾齐驱，黄滔等人显然不及。

从元到明，未见人继续肯定徐寅的律赋成就（但也未见人否定过），继南宋人之后肯定徐寅律赋成就的，是清代康熙时学者吴任臣。他说：

> 论曰：陈、黄、徐、翁，皆闽产也。峤以老成为邦司直，滔负威凤之才，寅擅雕龙之质，分镳竞爽，要云无愧。承赞荣施乡里，兴学右文，其亦大有造于闽矣。①

先解释一下“威凤”和“雕龙”。“威”的 11 个义项中第 9 个义项“法则；仪则”最为适合，旧说凤有威仪，故称威凤，威凤是一种瑞鸟。“雕龙”指雕镂龙纹，比喻修饰文辞或刻意雕琢文字。“威凤”和“雕龙”相对，故“威”的意思应该是使有威仪。吴任臣说黄滔“负威凤之才”而徐寅“擅雕龙之质”，可见，吴任臣认为徐寅的功绩不在黄滔之下，而是可与黄滔并驾齐驱的。

从以上众多的事例来看，徐寅的名气在其生前就很大，死后也不小，这些名气都远非罗隐、司空图、黄滔可比。可是，很可能主要是因为徐寅集难以找到的原因，《文苑英华》等宋元明三朝著名的唐代诗文选本皆未选徐寅诗，以致于清代四库馆臣明知徐寅词赋当时就声名大振的情况下，还是做出了罗隐、司空图、黄滔为徐寅所不及的错误判断，这对此后的唐诗选本继续漏选徐寅诗一定起了误导作用。正是因此，本文花了较多的篇幅论述徐寅，希望徐寅其人其诗能够引起唐诗研究者的注意和重视。

---

① （清）吴任臣撰，徐敏霞、周莹点校：《十国春秋》（116 卷）（全 4 册），中华书局 1983 年版，第 3 册，卷 95，第 1377 页。

小　结

现将本编研究的九个问题总结一下。

如果没有进一步的证据，杜荀鹤为杜牧微子的说法只可存疑，不可作结论，思考一下这个说法产生的文化心理倒是很有必要。

宋代以来流传至今的《阳春集》无疑是冯延巳的著作，但是，对任何一种著作的真伪进行质疑，都是应该的，也是有益的。

罗隐"凡十上不中第"的"十上"只是泛指，不可认为确实是"十"次。

《比红儿诗》100首的作者罗虬未杀红儿，罗虬杀红儿这一说法的产生源于北宋李昉等《太平广记》的擅改古书。

沉江而死，吴仁璧讨价还价时把握火候的水平太差了，是小错；钱镠将挑战自己权威的文士处死，度量和识见均有硬伤，是大错。

《香奁集》的作者确实是韩偓，认为韩偓这个政治品格足够好的诗人不可能写《香奁集》这种猥琐的作品，既是对韩偓的误解，更是对《香奁集》的误解。

黄滔对后于他来到闽国的士子有所照顾，这完全可能，但黄滔不是闽国文坛的宗主，否定对黄滔的溢美之词无损黄滔的声誉，黄滔依然是唐五代一个有声于时的杰出诗人。

四库馆臣为《黄御史集》撰写的《提要》有很多漏洞，这说明黄滔的一些基本问题尚未弄清楚，亟须研究。

徐寅辞赋在当时和后世均有良好声誉，晚唐五代文人中，只有吴融可与之媲美；徐寅也不是因得罪了朱全忠万般无奈才归闽的，四库馆臣对徐寅的多次贬低并不公正。

第五编　十国文学创作述论

小　引

从某种意义上说，前四编的任务都是为本编《十国文学创作述论》服务的。本编对十国和十国的重要作家逐个展开研究，依据的顺序是：首先，各国中，依据吴国、南唐国、前蜀国、后蜀国、南汉国、楚国、吴越国、闽国、荆南国、北汉国的顺序，这是清儒吴任臣《十国春秋》对十国的排列顺序；其次，同一个国家不同文人的安排尽可能按照年齿长幼的顺序，即使李璟、李煜这样文学造诣卓异不凡的帝王也不例外（而不会采用历代著作通用的将帝王宗室排列于前的办法）；无法确定生年者，则依据所见史料之先后。

每一个步骤所要完成的任务有两项内容。第一项内容是尽可能弄清楚十国诗文产生的背景、思想上的价值、艺术上的特色、思想价值和艺术特色两方面的影响以及后人的观感和评说。这显然是"述论"之"述"的内容。第二项内容是对十国诗文及其所得观感和评说作出判断，以表明同意或否、多大程度上同意或否、为什么同意或否，同时尽可能努力地有所申说，对他人观点，或订正，或发展，或者献上笔者自己的浅见。这当然是"述论"之"论"的内容。

还有一点需要说明一下。本编中"述"的内容和"论"的内容往往交替出现，而且基本上找不到有价值的规律，也很少有明显的标识。是述是论，还需读者自我辨识。提示至此，不免歉然。以下言归正传。

第一章　吴国文学创作论

　　吴国二世四主36年的国祚中，有20余名作者有诗歌传世，其中有诗文集善本书存世的有2名作者，即杜荀鹤和殷文圭；虽无善本书诗文集传世但其诗文颇有价值者至少还有6人：曹松、杨夔、杨溥、沈颜、释隐峦、释修睦。此外诗文数量不少、质量不差又被清人李调元《全五代诗》归于"吴国"名下的作者还有数位，可惜这几位诗人被更多的人归属于南唐国、前蜀国或者李唐王朝。出现这种情况的原因有点复杂，其中比较直接和明显的因素是吴国二世四主的执政特点。故本章先讨论吴国历史、政治等方面的特点。

第一节　吴国历史、政治的特点

　　查阅《五国故事》、《九国志》、《旧五代史》、《新五代史》、《十国春秋》这五种记载吴国历史比较集中的史书时，会觉得如下几个问题需要引起注意。

　　第一个问题，是关于吴国国祚长短的歧说。

　　就《九国志》、《旧五代史》、《新五代史》、《十国春秋》这四种书的记载看，吴国国祚有四种说法。

　　第一种说法是46年。此说法认为吴国国祚始于唐昭宗李晔景福元年壬子岁（892）杨行密再入扬州，止于后晋高祖石敬瑭天福二年丁酉岁（937）杨溥逊位于李昪。持此说法者有徐铉等的《吴录》、龚颖的《运历图》[①]和路振的《九国志》[②]。后来北宋徐无党（1024—1086）为《新五代史》所作注和清人吴任臣（1628—1689）《十国春秋》都是此说法的支持者。

　　第二种说法是47年。此说法认为吴国国祚的起始年份应从杨行密于唐昭宗李晔大顺二年辛亥岁（891）入扬州算起（止年不变，还是937年）。持此

---

　　① （宋）欧阳修撰，（宋）徐无党注：《新五代史》（74卷）（全3册），中华书局1974年版，第3册，卷61，第762页。

　　② （宋）路振撰，（宋）张唐英补，吴在庆、吴嘉骐校点：《九国志》，卷1，见傅璇琮、徐海荣、徐吉军主编《五代史书汇编》（全10册），杭州出版社2004年版，第6册，第3217页。

说法者有《旧唐书》和《旧五代史》①。

第三种说法是"垂五十年"。此说法来源于欧阳修《新五代史》卷六十一的慨叹："呜呼,盗亦有道,信哉。行密之书,称行密为人,宽仁雅信,能得士心。……故二世四主垂五十年。"②欧阳修这"垂五十年"的说法显然是个约数,把46年和47年两种说法都可以包括进去。

第四种说法是36年。此说法认定吴国国祚的起始年份是杨行密被唐昭宗李晔封为吴王的天复二年壬戌岁(902),止年还是937年。今人李崇智《中国历代年号考》就采取此种说法。③

第四种说法以封王为一个国家的起始年份固无不可,尤其是《中国历代年号考》对十国中的每一个国家都从开国者被封王算起,这很公平。

但是,《十国志》、《旧五代史》、《新五代史》、《十国春秋》对十国的国祚都从每一个国家的开国者出任节度使、刺史、观察使这类可以实际操控一方的官职算起,也不算错,因为名义上虽然似有不妥,但是更符合实际。

总之,吴国国祚还是以46年的说法比较适宜。

第二个问题是吴国成为僭伪政权的原因。

先看吴国二世四主(尤其是第二世三主)的年寿问题,这问题与分析其僭伪的原因有点关系。

杨行密于唐宣宗李忱大中六年(852)生,以唐昭宗李晔景福二年(892)41岁时斩杀扬州守将孙儒后二入扬州为标志,开创了吴国霸业的根基,又于唐昭宗天复二年(902)进中书令,封吴王,实现了封建社会许多男子封王封侯的梦想,到唐哀帝天祐二年(905)十一月病卒的时候,年方54岁。这样的享年已经显得有点短促了,可是后来他的四个儿子没有一个活到他这个年龄。

第一子杨渥于唐僖宗李儇光启二年(886)生,唐哀帝天祐二年(905)继任淮南节度使,后梁开平二年(908)被缢死,在位(注意是在淮南节度使之位,不是皇位或王位)4年,享年23岁。

第二子杨隆演光启三年(887)生,开平二年(908)嗣任淮南节度使之位,开平四年(910)嗣父亲杨行密之吴王位,后梁末帝贞明五年(919)即

①　(宋)薛居正等撰:《旧五代史》(150卷)(全6册),中华书局1976年版,第6册,卷134,第1784页。

②　(宋)欧阳修撰,(宋)徐无党注:《新五代史》(74卷)(全3册),中华书局1974年版,第3册,卷61,第762页。

③　李崇智编著:《中国历代年号考》(修订本),中华书局2001年1月第2版,第143页。

吴国国王位，改元武义，贞明六年（920）卒，享年 24 岁。

第四子（即幼子）杨溥于唐昭宗光化三年（900）生，贞明六年（920）即吴国国王位，贞明七年（921）改元顺义，于后唐明宗李亶天成二年（927）即皇帝位，改元乾贞，后晋高祖石敬瑭天福二年（937）逊位于吴国权臣徐温的养子徐知诰（即李昇），天福三年（938）卒，享年 39 岁。

第三子杨濛被剥夺即位权力后的情况难以知道，但知道后周世宗显德三年（956），南唐元宗李璟派人将杨行密一族全部杀死，那么这位按理应该即位但没有即位的杨行密第三子杨濛一定没有逃过这次劫难，这时候其二兄杨隆演冥寿 50 岁，则杨濛死时不会超过 50 岁。与其两个兄长和一个幼弟相比，杨濛因为远离吴国政治漩涡的中心而多活了若干年，但也没有多到哪里去，而且结局是凶死（当然他的另三个兄弟没有一个善终）。

杨隆演嗣位之时，当然不知道后来整个家族被全部斩杀的命运，但他应该知道其长兄杨渥死于非命的事情，也知道长兄之死源于父亲手下两员大将徐温和张颢的横行不法。那么，嗣位之后他亟须着手解决的事情，就是遏制部下的跋扈和专权。如果无此条件和能力，那也应该慎言慎行，以待时机（或等死）。可是，杨隆演的行为几乎是一路高调。他先是即父亲之淮南节度使之位，这是本分，尽管不合时宜；三年后即父亲之吴王位，这也无可厚非；九年后即吴国国王位，这就有点不守本分了；即吴国国王位之后改元武义，这才是真正的大逆不道（因为改元自古以来就是皇帝才能做的事情）；改元后第二年他就去世了。

这么着看下来，给人的感觉是，杨隆演似乎不能控制自己的大脑，一路狂奔，直至死亡。事实正是这样，杨隆演确实不能控制自己的大脑，他的大脑被另一个人控制着，这个人就是扶持他即位的吴国大将徐温。

徐温是杨隆演父亲杨行密手下最能干的大将，杨行密去世，徐温就操纵着（或者说引导着）杨行密的继任者干这干那。表面上看起来，或者说在许多人看来，被徐温逼迫所干的事情，都是求之不得的好事。例如被逼为主，被逼为王，被逼改元当皇帝，被逼追尊早已作古的祖宗八代为这祖那祖。相信许多人只是这么想想而已，真要被人这么逼着，肯定不乐意。杨行密的长子杨渥就不乐意了，然后就被勒死了。[①] 杨隆演吸取了乃兄的教训，再也不敢逆徐温之意，但乖乖听话，似乎也心有不甘。他采取的办法类似于绝食求死，后来很快死了，年 24 岁。欧阳修《新五代史》卷六一《吴世家》如此交代杨隆演的生

---

① （宋）欧阳修撰，（宋）徐无党注：《新五代史》（74 卷）（全 3 册），中华书局 1974 年版，第 3 册，卷 61，第 753 页。

存处境、执政特点和精神状态："隆演少年嗣位，权在徐氏，及建国称制，非其意，常怏怏，酣饮，稀复进食，遂至疾卒。"① "权在徐氏"、"建国称制，非其意"、"常怏怏"这些话是讲吴国第三任国主杨隆演时代的，但完全适用于吴国第四任国主杨溥时代。表面上看起来，四弟杨溥比二兄杨隆演的命运好多了。二兄杨隆演只是作了国王，而且做国王第二年就去世了，而四弟杨溥当了皇帝，而且当了十年之久，卸任皇帝后还活了一年多才去世，享年 39 岁。可是，看看杨溥逊位后的生活处境和死因，就知道四弟杨溥不但没有二兄杨隆演好，而且更惨了。《旧五代史》卷一三四《僭伪列传》云："晋天福二年（937），溥不得已逊位于昇。昇迁溥于润州，筑丹阳宫以处之。溥自是服羽衣，习辟谷之术，年余以幽死。"② 二兄杨隆演是常酣饮而少进食，得病而卒，四弟杨溥是服羽衣而习辟谷，被囚而卒。可见兄弟二人的死都和故意不吃饭有关。但是，二兄杨隆演好歹是自由的（尽管这自由来自于徐温的赏赐），而且病死于扬州，而四弟杨溥先是被发配去了润州，然后囚禁，然后死，死因不明。

　　了解吴国三任国主的年寿后可以知道这兄弟三人都是死于非命。他们只是吴国名义上的霸主，真正的霸主是吴国权臣徐温及其养子徐知诰（即后来的李昇）。徐温父子操纵了吴国的一切，包括长兄杨渥、二兄杨隆演、四弟杨溥三人为主、为王、为皇帝的事情。《旧五代史》对此记载得很清楚，而且很好玩："温乃册渭为天子，国号大吴，改唐天祐十六年（919）为武义元年。渭以温为大丞相，都督中外诸军事。"③ 按照常理，封别人为王，自己起码得是国王才行；封别人为国王，自己起码得是皇帝才行；那封别人为皇帝（天子）呢？看来至少得是玉皇大帝才行。现在徐温就册封杨渭（即杨行密第二子杨隆演）为皇帝了，可是，他没有敢自称玉皇大帝，而是十分谦虚地请天子徐渭封自己为大丞相兼三军总司令。这种先封别人为皇帝再请别人封自己为丞相的游戏，徐温喜欢玩，杨隆演喜欢玩不喜欢玩不知道，起码杨隆演四弟杨溥即位后很不喜欢，他一有机会就想上贡中原王朝以表臣服之意。《旧五代史》卷一三四载："唐同光元年（923），庄宗平梁，迁都于洛阳。十二月，溥遣使章京来朝，称'大吴国王致书于大唐皇帝'，其辞旨卑逊，有同笺表。……明宗

---

　　① （宋）欧阳修撰，（宋）徐无党注：《新五代史》（74 卷）（全 3 册），中华书局 1974 年版，第 3 册，卷 61，第 753 页。

　　② （宋）薛居正等撰：《旧五代史》（150 卷）（全 6 册），中华书局 1976 年版，第 6 册，卷 134，第 1764 页。

　　③ 同上书，第 1783 页。

篡嗣，溥复遣使通好。"① 可惜杨溥对外称臣没用，对内他还是皇帝，还得自立年号或自改年号［杨溥有四个年号：顺义（921—927）；乾贞（927—929）；大和（929—935）；天祚（935—937）］，所以他的政权还是僭伪政权。

通过以上的分析可以看出，吴国自 892 年至 937 年共 46 年的国祚中，905 年杨行密去世后的 32 年历史，名义上是杨氏政权，实际上是徐氏政权，徐温及其养子徐知诰（即后来的南唐烈祖李昪）操纵了吴国的政治、经济、用人，后来吴国的不少文人成为南唐国的文人，除了年寿确实延长到南唐国这个非人力可为的因素外，徐知诰（即李昪）的强势影响是不可忽视的因素。而吴国历史的前 14 年（即从 892 年到 905 年），其统治者杨行密一直以大唐王朝的忠臣自居，况且杨行密 905 年去世时，大唐王朝的牌子尚未倒下（907 年才倒下），从这个角度看，杨行密确实是唐朝的臣子（忠不忠暂不考虑）。这就是说，在前 14 年的国祚中，生活于淮南地区（即吴国管辖范围，含江苏、安徽、湖北、江西等省的一部分，不同于今天的淮南）的文人，是地地道道的唐朝文人，写于吴国前 14 年国祚的诗文，是地地道道的唐朝诗文。而且，统治吴国 14 年的杨行密去世后，杨渥、杨隆演又把唐昭宗的"天祐"年号使用了 14 年。那就是说，吴国文人在杨渥、杨隆演统治的前 14 年写的诗文，被视为唐朝诗文，也有点道理。由此可见，吴国后三任国主统治的 32 年中，前 14 年的诗文被视为吴国诗文的同时，还可以被视为唐代诗文，后 18 年的诗文受徐温、徐知诰（即李昪）的影响很大，那么，属于吴国文学的诗文数量就太少了，吴国文学的面目就太模糊了。是不是这样呢？基本上是的。尽管是这样，笔者还是把吴国文学作为独立的对象予以研究。原因是，不管数量是如何稀少，面目是如何模糊，吴国文学毕竟有属于自己的诗文，属于自己的面目。本章的任务就是研读吴国政权数量不多的作品以还原吴国文学的面目。

第二节　吴国杜荀鹤的文学创作

一　杜荀鹤的生平

杜荀鹤（846—904），字彦之，唐池州石埭（今安徽石台）人。有《唐风集》三卷传世。杜筠子。杜荀鹤去世最少 100 余年后，两宋之交计有功《唐

---

① （宋）薛居正等撰：《旧五代史》（150 卷）（全 6 册），中华书局 1976 年版，第 6 册，卷 134，第 1783 页。

诗纪事》记载了一个杜牧妾"出嫁长林乡正杜筠，而生荀鹤"①的故事。这事情是靠不住的，见第四编《十国文人生平事迹与作品真伪辨正》的考辨。

景福元年壬子岁（892），41 岁的杨行密斩孙儒，再入扬州，奠基了吴国的霸业。这一年，是杜荀鹤进士及第的第二年，也是其《唐风集》编成的一年，现存杜荀鹤 326 题 330 首中的 300 首诗皆出于该年所编的《唐风集》，今人补遗的 30 首诗也未见杜荀鹤与杨行密有直接或间接的交往。这是其一。天复二年壬戌岁（902），杨行密被唐昭宗李晔封为吴王，天复四年（即天祐元年）甲子岁（904），杜荀鹤去世。就是说，杨行密任吴王第三年，杜荀鹤就去世了。这是其二。从这两个角度看，就不该把杜荀鹤视为吴国诗人，李调元《全五代诗》把杜荀鹤置于梁朝诗人中而没有置于吴国诗人，很可能就与此两个原因有关。

但是，清吴任臣《十国春秋》卷十一把杜荀鹤置于吴国幕僚中也不能说没有理由。宋计有功《唐诗纪事》卷六十八记殷文圭一首诗云："《次韵九华杜先辈重阳寄投宛陵丞相》云：'日下飞声彻不毛，酒醒时得广离骚。先生鬓为吟诗白，上相心因治国劳。千乘信回鱼槛重，九华秋迥凤巢高。强酬小谢重阳句，沙恨无金尽日淘。"② 此诗曰"次韵"，就是说杜荀鹤先写了一首题目为《寄投宛陵丞相》的诗（杜荀鹤此诗已佚），殷文圭用杜荀鹤诗的韵脚，写了一首同题诗。胡嗣坤先生曰："宣州城为汉之宛陵县，宛陵丞相指田頵。"③《十国春秋》卷十一《杨夔传》云："杨夔，有隽才，与殷文圭、杜荀鹤、康骈、夏侯淑、王希羽等，同为宣州田頵上客。"④ 田頵是杨行密的手下将领。可见，将杜荀鹤视为吴国人，也不能算错。

不论是从在吴国生活的时间看，还是从与杨吴政权的关系看，杜荀鹤与吴国政权，尤其是与杨行密，关系都相当疏离。所以，以下论述杜荀鹤诗，主要着眼于杜荀鹤诗的价值，而不是想从杜荀鹤诗看出吴国某方面的情况（当然也不排除这方面的收获）。这是需要说明的一点。

---

① （宋）计有功撰，王仲镛校笺：《唐诗纪事校笺》（81 卷）（全 8 册），中华书局 2007 年版，第 7 册，卷 65，第 2196 页。

② （宋）计有功撰，王仲镛校笺：《唐诗纪事校笺》（81 卷）（全 8 册），中华书局 2007 年版，第 7 册，卷 68，第 2274—2275 页。

③ 胡嗣坤、罗琴：《杜荀鹤及其〈唐风集〉研究》，巴蜀书社 2005 年版，第 358 页。

④ （清）吴任臣撰，徐敏霞、周莹点校：《十国春秋》（116 卷）（全 4 册），中华书局 1983 年版，第 1 册，卷 11，第 151 页。

二　杜荀鹤诗的思想内容

"言论关时务，篇章见国风"是杜荀鹤《秋日山中寄李处士》（《全唐诗》卷六九一）的句子，由这两句话看，杜荀鹤标举和追求的是《诗经》风雅的精神。他在其他诗中也对《诗经》有很高的评价："直应吾道在，未觉国风衰"（《全唐诗》卷六九一《维扬逢诗友张乔》）；"吾宗不谒谒诗宗，常仰门风继国风。"（《全唐诗》卷六九二《投从叔补阙》）；"君诗通大雅，吟觉古风生。外却浮华景，中含教化情。"（《全唐诗》卷六九一《读友人诗》）。这种推崇与追求，无疑对杜荀鹤成为晚唐成就巨大的现实主义诗人起了良好的作用。这一点可从杜荀鹤的诗歌内容看出一点端倪。

杜荀鹤诗的思想性有一个比较突出的地方，就是对战乱现实的反映超过了他的同代诗人，例如罗隐、韦庄等人。这可用他的几首名作来证明。

> 旅泊遇郡中叛乱示同志
> 握手相看谁敢言？军家刀剑在腰边。
> 搜寻宝货无藏处，乱杀平人不怕天。
> 古寺拆为修寨木，荒坟开作甃城砖。
> 郡侯逐出浑闲事，正是銮舆幸蜀年。
>
> ——《全唐诗》卷六九二

这是晚唐的一首名诗，这里就不做仔细分析了。方回《瀛奎律髓》卷三十二评曰："不经乱世，不知此诗之切。虽粗粝，亦可取。"[1] 考虑到现实动乱的惨景，此诗艺术上的粗粝反倒更加深了人们对内容的印象，所以，这首诗所写"搜寻宝货无藏处，乱杀平人不怕天"的现象是具有典型意义的，完全可以入选描写晚唐战乱的经典名句。与此诗类似的还有《全唐诗》卷六九二的《题所居村舍》："家随兵尽屋空存，税额宁容减一分。衣食旋营犹可过，赋输长急不堪闻。蚕无夏织桑充寨，田废春耕犊劳军。如此数州谁会得？杀民将尽更邀勋。"劫百姓财，害百姓命，是那个时代许多官员的惯常思维和做法，此类诗很多，又如《全唐诗》卷六九二中的《山中寡妇》、《乱后逢村叟》等。

心怀野心者以民命博取想象中的蝇头小利，宅心仁厚者即使身处乱世也爱惜百姓。对这类官员，杜荀鹤是衷心赞美的。其《献池州牧》云："池阳今日

---

[1]　（元）方回选评，李庆甲集评校点：《瀛奎律髓汇评》（49卷），上海古籍出版社2005年4月新1版，卷32，第1362页。

似渔阳，大变凶年作小康。江路静来通客货，郡城安后绝戎装。分开野色收新麦，惊断莺声摘嫩桑。纵使逋民归未得，远闻仁政旋还乡。"（《全唐诗》卷六九二）因为此诗是写给池州长官看的，所以诗中所写是否就是杜荀鹤的内心所想，是否就符合事实，其实是值得怀疑的。但是，就从诗中所写的看来，池州太守一定做了些惠民的事情。再者，从杜荀鹤愿意靠近这个池州长官的事情看，该长官不会太凶残，否则，杜荀鹤去了恐怕自身难保。从人性善的角度看，即使在最黑暗最动乱的时候，百姓还是有可能碰到仁义的官吏。就是说，此诗所写完全可能是事实，从而也让后人明白一个问题，兵荒马乱中官吏们人性善的一面，为百姓的生存提供了较多的生机。

作为有一定身份的士子，杜荀鹤的朋友中有一些官员，杜荀鹤在与他们的交往中尽可能规劝其做善事，行仁政，惠百姓。例如，杜荀鹤《送人宰吴县》："海涨兵荒后，为官合动情。字人无异术，至论不如清。"（《全唐诗》卷六九一）该诗中，杜荀鹤劝导朋友为官清廉，救民于水火中。有时候，杜荀鹤依据自己的见闻对贪官极尽抨击。例如《再经胡城县》："去岁曾经此县城，县民无口不冤声。今年县宰加朱绂，便是生灵血染成。"（《全唐诗》卷六九三）这首诗除对封建社会残民以逞者进行了有力抨击外，还告诉人们一个道理：官吏政绩的优劣往往与辖区百姓的福祸成反比。

除过反映现实的诗，杜荀鹤还有许多干谒诗，从这些干谒诗可以看出那个时代士子们的无奈选择，也可以看出杜荀鹤的独特的个性。作为无所依靠的寒士，杜荀鹤长年困顿，他为此大为不平，其《寄从叔》云："三族不当路，长年犹布衣。"（《全唐诗》卷六九一）即使杜荀鹤诗名大震后仍无好的际遇，杜荀鹤难免发牢骚，其《投从叔补阙》："空有篇章传海内，更无亲族在朝中。"（《全唐诗》卷六九二）唐代的进士考试，就其公正性而言，几乎就是儿戏，到了晚唐，自然还是如此，杜荀鹤所写篇章之大名和仕途之坎坷的对比就是对这种内幕的揭露。科第之途难以走通，士子们只好四处祈求权贵的提携了。同罗隐、韦庄一样，杜荀鹤也四处干谒。只是他没有韦庄、罗隐那么幸运。韦庄、罗隐很快或者最终找到了合适的靠山，所以就显赫起来了。而杜荀鹤干谒了那么多，却未能找到一个值得信赖的达官显贵。杜荀鹤一生干谒过池州、明州、江州、潭州、衡州等州刺史，也干谒过中朝官员。每首干谒诗中，杜荀鹤都要诉说自己的困难，赞美对方，希望对方能赏自己一碗饭吃，可是他总是碰壁。杜荀鹤对权贵的乞灵，曾让宋人葛立方颇为怜悯。其《韵语阳秋》（收于清何文焕《历代诗话》中）卷十八云："杜荀鹤老而未第，求知心甚切。《投裴侍郎》韵：'只望至公将卷读，不求朝士致书论'。《投李给事》云：'相知不相荐，何以自谋身。'《投所知》云：'知己虽然切，春官未必私。宁教读书

眼，不有看花期。'《投崔尚书》云：'闭户十年专闭砚，仰天无处认梯媒。'
如此等等，几于哀鸣也……则杜荀鹤之哀鸣，犹为可怜也。"① 从这些例子看，
杜荀鹤在达官面前确实谦恭低下，甚至有点奴颜婢膝，以至于后人会轻看他，
甚至怀疑他的人品。但是，在生存的压力下，还有什么样的谦恭和低下不能够
被谅解呢？在没有损害他人利益的情况下，无论怎样的低三下四都不应该被蔑
视，如果还有仁义之心，就应该对这些求告无门者深表同情而不是予以鄙视。
求进求退，或升或沉，是那时候士子们最为关心的事情，他们也不会以此为
耻，而会勇敢地表露出来。杜荀鹤《投李大夫》就明言："进取门难见，升沉
命未知。"（《全唐诗》卷六九一）给自己的亲友留言，他也对其命运表示担
忧。《别舍弟》云："孤寒将五字，何以动诸侯"（《全唐诗》卷六九一）；其
《自述》云："四海欲行遍，不知终遇谁？"（《全唐诗》卷六九一）他说"不
知终遇谁？"可见对其前途在担忧中还有点幻想。自己四处打探权贵的消息，
但是对于权贵来说，他们也是眼睛向上，很少会注意孤寒者的求助。正如
《冬末自长沙游桂岭留献所知》所云："朱门只识朱门事，独把孤寒问阿谁？"
（《全唐诗》卷六九二）长年的奔波和期盼之后，杜荀鹤出仕之心并没有心灰
意懒，而是有点迫不及待、分秒必争的意思，《出关投孙侍御》就说："青云
寸禄心耕早，明月仙枝分钟迟。"（《全唐诗》卷六九二）对于这种心态以及积
极干谒的事情，杜荀鹤有自己的见解。其《江上与从弟话别》云："干人不得
已，非我欲为之。及此终无愧，其如道在兹。"（《全唐诗》卷六九一）杜荀鹤
这样讲，可能是出于对从弟干谒的勉励，也可能是杜荀鹤自己的真实想法。联
系杜荀鹤的经历可知，杜荀鹤这样讲更大的可能是他自己就是这样认为的。唐
代科举的不公和儿戏，在唐代许多诗人的诗中都有反映。杜荀鹤也这样认为，
其《途中春》云："明年到今日，公道与谁期？"（《全唐诗》卷六九一）《秋
晨有感》云："且将公道约，未忍便归耕。"（《全唐诗》卷六九一）从"侯门
深如海"（《与友人对酒吟》）（《全唐诗》卷六九一）的慨叹和"文场公道
开"（《出山》）（《全唐诗》卷六九一）的呼吁看，杜荀鹤对干谒的艰难与科
举的不公都有很深的体会。

　　晚唐文人在科举和干谒均碰壁的情况下，一般只有努力作诗了，这样
做，与其说他们是为了提高水平以增加科举干谒成功的可能性，不如说是为
了消磨光阴，排遣无聊。这应该是晚唐五代时期苦吟诗人层出不穷的一个重
要原因。杜荀鹤的苦吟诗就印证了这一点。其《郊居即事投李给事》云：
"江湖苦吟事，天地最穷人。"（《全唐诗》卷六九一）吟诗当然有天性好诗

---

　　① （清）何文焕辑：《历代诗话》（全2册），中华书局1981年版，第633页。

的成分在内，但是更多的原因可能是穷极无聊而为之，所以杜荀鹤说最善于吟诗的，总是天底下最穷的人了。民谚云："会说江湖语，必是命穷人。"换在这里应该是"为诗常苦吟，必是命穷人"，这就与杜荀鹤的说法一模一样了。命穷是杜荀鹤生活的常态，所以，苦吟也成了他生活的常态。其《相中秋日呈所知》即云："四海无寸土，一生唯苦吟。"（《全唐诗》卷六九一）《寄从叔》又云："苦吟天与性，直道世将非。"（《全唐诗》卷六九一）能够进京应考和四处干谒的杜荀鹤，肯定不是"无寸土"的人，他这样讲，只是言其贫困而已，贫困而无所好，就只有吟诗了，因为吟诗是最省钱最廉价的活动了。他吟诗之苦会到了头发因此而白的地步："苦吟无暇日，华发有多时。"（《投李大夫》）（《全唐诗》卷六九一）。这种苦吟会成为终生的爱好，简直可以抵得上他人对利益的追逐了："无人开口不言利，只我白头空爱吟。"（《山居自遣》）（《全唐诗》卷六九二）在自感一事无成的情况下，杜荀鹤会在苦吟中得到安慰："乍可百年无称意，难教一日不吟诗。"（《秋日闲居寄先达》）（《全唐诗》卷六九二）苦吟，似乎可以驱除他心中的所有烦闷忧愁。同样，苦吟，还几乎成为他生存的唯一理由，至少也是最重要的理由了："四海内无容足地，一生中有苦心诗。"此二句诗出自《冬末自长沙游桂岭留献所知》一诗（《全唐诗》卷六九二），因为是干谒别人，自述苦吟，难免有大倒苦水博取同情的意思，其苦吟的真实性自然要打点折扣。但是，与他其他的诗相印证，尤其是与其《苦吟》一诗相对照，就可以认为，即使是干谒诗，其中对苦吟的描述都是真实可信的。例如《苦吟》云："世间何事好？最好莫过诗。一句我自得，四方人已知。坐应无辍日，死是不吟时。始拟归山去，林泉道在兹。"（《全唐诗》卷六九一）人生在世，谋生为头等大事，古今皆然。但是杜荀鹤却说"最好莫过诗"。即使对唐王朝的社会生活一无所知，读者也会按常理推测，杜荀鹤的苦吟一定与生计有关，否则他不会如此生死以之。为了苦吟，他宁愿身体多病，《长安冬日》云："吟苦猿三叫，形枯柏一枝。"（《全唐诗》卷六九一）为了苦吟，他甘受贫苦，《下第出关投郑拾遗》云："况是孤寒士，兼行苦涩诗。"（《全唐诗》卷六九一）"兼行苦涩诗"的言外之意就是说，他还有另一个主要的事情。该事情是什么呢？从诗题看，应该就是干谒了。由此可知，干谒，苦吟，再加上一个应举，应该就是杜荀鹤生活的三部曲了，也是当时许多科名蹭蹬士子的人生三部曲。这是杜荀鹤诗在思想内容方面的又一个认识价值。

三 杜荀鹤诗的艺术性

宋严羽《沧浪诗话》卷一云："以人而论，则有……贾浪仙体、孟东野体、杜荀鹤体、东坡体。"① 晚唐诗人中，严羽又提出一个"杜荀鹤体"。其具体内容指什么，尚未见有人仔细探求。

如前所述，杜荀鹤诗在内容上以《诗经》为学习的典范，所以他为诗主张"诗旨未能忘救物"（《自叙》）（《全唐诗》卷六九二），"言论关时务，篇章见国风"（《秋日山中寄李处士》）（《全唐诗》卷六九一），故能继承杜甫、白居易等人关心民生疾苦，反映社会现实之优良传统。《山中寡妇》、《乱后逢村叟》、《题所居村舍》、《旅泊遇郡中叛乱示同志》、《蚕赋》、《田翁》、《再经胡城县》诸诗可为代表。所谓"杜荀鹤体"，首先应该指内容上对战乱中百姓苦难的反映。这一点，前文谈及杜荀鹤诗的思想内容时已经有所讨论。现在再举一首诗为例，看看杜荀鹤诗反映战乱时的深度。

山中寡妇

夫因兵死守蓬茅，麻苎衣衫鬓发焦。
桑柘废来犹纳税，田园荒后尚征苗。
时挑野菜和根煮，旋斫生柴带叶烧。
任是深山更深处，也应无计避征徭。

——《全唐诗》卷六九二

相对地说，晚唐五代描写战乱的诗，数量不算多，但绝对地说，数量还是可观的。这一方面反映了那个时代多数诗人对民众苦难经常性的轻视，另一方面也显示了一些良知未泯的诗人还是能够为百姓鼓呼一下的。这些为百姓鼓呼的诗从内容上而言理所当然地值得称赞和宝爱，因为这些诗既加深了读者对过去百姓苦难的了解，同时也通过认识古代诗人的人性美来使读者的情操得到陶冶。不足的是，这些诗很难塑造出什么人物形象，连白居易《卖炭翁》那种概念化、定型化的形象都极其少见，这种缺点反映在许多诗人的诗中，即使韦庄的名诗《秦妇吟》也存在着这样的弊端。如果说这些题材的诗中有哪首比较突出的话，杜荀鹤的这首《山中寡妇》无疑可以名列其中了。

《山中寡妇》一诗从内容上看，无一句有冗词冗句。首联写守寡之因和守寡之贫，住蓬茅穿麻苎，成为贫苦妇女的一种典型的装束，从这种装束可以看

① （清）何文焕辑：《历代诗话》（全2册），中华书局1981年版，第689页。

出其困顿的生活境遇。颔联写官府对百姓的无穷无尽的掠夺，即使这个寡妇生计无靠，税务官员还是会来老太太家巧取豪夺的。颈联是个细节描写，作者抓住煮菜根、烧生柴来交代该寡妇平时生活的实情。末联总结这种现象，指出官府对百姓盘剥的凶狠残忍。这首诗可以说无名句，但也可以说，句句皆名句，因为此诗每句都有所承载，连诗中常用的互文手法都没有用。这样，整首诗就通过描写一个战乱生活中贫苦老妇人的生活状态，塑造了一个已经年老体弱、孤苦伶仃了还要完税纳粮的老妇人形象。《瀛奎律髓》的作者元人方回引用此诗后评价说："荀鹤诗至此俗甚，而三四格，格卑语率，最是废来荒后，似此者不一。学晚唐者以为式，予心盖不然之。尾句语俗似诨却切。"① 方回给此诗以很低的评价，当然有他的理由（尽管他没有仔细说明）。但是，方回的评价也告诉人们，杜荀鹤此诗得到晚唐许多诗人的学习，以至于以此诗为典范。联系杜荀鹤《投从叔补阙》所云"空有篇章传海内，更无亲族在朝中"（《全唐诗》卷六九二）的慨叹，可知方回的说法不是空穴来风。从塑造人物形象的角度而言，此诗在晚唐诗中确实有点鹤立鸡群的味道。严羽所言"杜荀鹤体"的内涵，笔者认为，首先就应该指此诗人物形象的典型性以及着眼于整首诗在晚唐的示范意义。

"杜荀鹤体"的另一个特征，应该就是顾云《唐风集序》所说的"雅丽清省激越之句，能使贪吏廉，邪臣正"，"其壮语大言，则决起逸发，可以左揽工部袂，右拍翰林肩"。② 顾云称赞杜荀鹤时还说："或情发乎中，则极思冥搜，神游希夷，形兀枯木，五声劳于呼吸，万象贪于抉剔。"③ 作为杜荀鹤的好友，顾云的评价一定是有的放矢的，可惜顾云未能举出其名诗或者名句来，也未能进行进一步的解释，这也许和中国古代文人评诗时的顿悟式评论方法有关，也可能是顾云认为当时社会上流传的杜荀鹤的诗大家耳熟能详，因而不必举例了。他没有想到那个时候人人都知道因而不必举例的诗，恰恰是后来的读者想知道而无从知道的诗。例如，说起其能够使"贪吏廉，邪臣正"的"雅丽清省激越之句"，读者就能够想起《唐风集》卷三的《再经胡城县》和《旅泊遇郡中叛乱示同志》等诗。至于顾云所说杜荀鹤可与李白、杜甫媲美的"壮语大言"，今人就不知道指哪一首诗或哪些诗而言了。在今天的读者看来，无论如何，杜荀鹤的诗都是难以望李白诗、杜甫诗之项背的。这一方面是由于

---

① （元）方回选评，李庆甲集评校点：《瀛奎律髓汇评》（49卷），上海古籍出版社2005年4月新1版，卷32，第1362页。

② （唐）杜荀鹤撰：《唐风集》（3卷），景印文渊阁四库全书本，卷首。

③ 同上。

杜荀鹤的天赋比李白、杜甫逊色许多；另一方面是由于杜荀鹤的时代氛围已经很难让诗人们像李白那样歌唱理想，也很难像杜甫那样长久地倾注热诚于黎民百姓了，因为，兵荒马乱的现实兼求告无门的经历让晚唐诗人们根本就产生不了歌唱理想的冲动，而长时期无穷无尽的苦难早让诗人们感受苦难的神经变得麻木了。

"杜荀鹤体"的第三个特征，应该指其诗语言上的通俗晓畅和善于提炼。他的《春宫怨》就是一个比较典型的例子。

春宫怨

早被婵娟误，欲妆临镜慵。

承恩不在貌，教妾若为容。

风暖鸟声碎，日高花影重。

年年越溪女，相忆采芙蓉。

——《全唐诗》卷六九一

《瀛奎律髓》卷三一引用此诗后评曰："譬之事君而不遇者，初亦恃才而卒为才所误，愈自炫而愈不见知。盖宠不在貌，则难乎其容矣。女为悦己者容是也。风景如此，不思从平生贫贱之交，可乎？"① 方回这话有点费解，尤其是末句云"风景如此，不思从平生贫贱之交，可乎？"不但有点语不成句，而且不知道风景和思不思贫贱之交有何关系。但是，前几句基本能看懂。方回认为此诗是杜荀鹤的托物言志之作，该诗借宫女的美不见宠比拟诗人的才不见知。大多数咏物咏史之作都有言在此而意在彼的特点。方回这样理解并未错。但是，此诗的成功之处在于通过概括社会现象后提炼出"承恩不在貌"的定律，同时，语言也一改杜荀鹤往日的通俗而有了点雅洁的意味。北宋神宗时人毕仲询《幕府燕间录》（收于《苕溪渔隐丛话》前集卷二三）云："杜荀鹤诗鄙俚近俗，惟《宫词》为唐第一。云：'早被婵娟误，……相忆采芙蓉。'故谚云：'杜诗三百首，惟在一联中。''风暖鸟声碎，日高花影重'是也。"毕仲询贬斥杜荀鹤诗"鄙俚近俗"，唯独称赞其《宫词》一首，可见此诗与杜荀鹤的其他诗还是有点区别的。但毕仲询这短短的一段话中，至少有两点让人不能信服（当然"谚云"的话不是毕仲询的意思，毕仲询只是转述而已）。第一，"杜诗三百首，惟在一联中"的话过

---

① （元）方回选评，李庆甲集评校点：《瀛奎律髓汇评》（49卷），上海古籍出版社2005年4月新1版，卷31，第1340页。

头了。第二，说杜荀鹤这首《宫词》为"唐第一"的话也过头了。说杜荀鹤这首《宫词》很好是可以的，为什么非得通过贬低杜荀鹤的其他诗，进而贬低整个唐代其他诗人的诗不可。而且在笔者看来，这首《春宫怨》一共四联，第三联写景的句子最为无谓，哪一联都比这联好，所以，"风暖鸟声碎，日高花影重"这联诗不要说是不是杜荀鹤三百首诗最好的句子了，即使在这首《宫词》的四联诗中，都是最不好的了（当然本身也不差，只是相对而言是最差的）。其实，杜荀鹤这首《宫词》之所以成功，除语言雅洁外，善于概括现象提炼规律，才是真正的原因。

杜荀鹤与韦庄、罗隐、韩偓等人是五代十国时期诗人的代表，因此，探讨"杜荀鹤体"的内涵，是了解五代十国诗歌的思想和艺术的一个组成部分。只是由于多种原因，学界对此并不重视，此处也只能做此浅显的界定和分析，更深入的探讨留待日后，或者以俟高明。

第三节　吴国殷文圭的文学创作

清李调元《全五代史》所收吴国的 28 名诗人（含无名氏），真正算得上吴国身份而且成就突出者，非殷文圭莫属。

一

殷文圭，又名汤文圭（见《唐诗纪事》卷六八），字表儒，小字桂郎，池州青阳（今属安徽）人。

殷文圭的生卒年难以考知。仅知其进士及第前，曾居九华山苦学，以致砚为之穿。唐昭宗李晔乾宁五年戊午岁（898），殷文圭得朱全忠的表荐而进士及第，然后为吏部侍郎裴枢的宣谕判官、记室参军。至汴州，殷文圭得到了朱全忠的又一次表荐。可能是对朱全忠真的不够尊敬，也可能只是一时考虑不周，得到朱全忠两次表荐的殷文圭又上书别的公卿，还写出了"于菟猎食，非求尺璧之珍；猨局避风，不忘洪钟之乐"[①] 的句子。前一句的意思是"不求高官厚禄，只要有一碗饭吃就行"，后一句的意思相当于"我当然希望投靠好的老板"。这两句话并没有抨击或者批评朱全忠，但不买朱全忠的账、不给朱全忠面子的意思还是清楚的。这当然惹恼了朱全忠，后来殷文圭路过宋汴之地

---

① （清）吴任臣撰，徐敏霞、周莹点校：《十国春秋》（116 卷）（全 4 册），中华书局 1983 年版，第 1 册，卷 11，第 150 页。

（朱全忠辖地）的时候，朱全忠派人追捕缉拿，但未逮到。① 侥幸逃了一命的殷文圭后来与杨夔、康骈、夏侯淑、王希羽等人同为宣州刺史田頵的幕僚，颇得礼遇②。天复三年癸亥岁（903），叛变的田頵被杨行密斩杀，殷文圭同田頵的许多幕僚一样，投靠了吴王杨行密，殷文圭为淮南节度掌书记。到了后梁末帝朱瑱贞明五年己卯岁（919），杨隆演在权臣徐温的辅佐下称帝，改元武义（919—921），殷文圭被授翰林学士，积官左千牛卫将军。其子殷崇义，仕南唐为宰相，入宋后因避讳而改名汤悦。③

除上述生平履历外，还有两则故事一看就知道杜撰的成分多，但对了解殷文圭不无帮助，故胪述如下：

> 先是，文圭举进士，道遇老叟，目文圭久之，谓人曰："向者若人眉绿，拳必入口，神仙状也。如学道，当冲虚；不尔，有大名于天下。"而文圭拳实入口，后显名当时，果符其言。（《唐诗纪事》又云："文圭中途遇一叟，须白眉绿，拳文入口，神仙状也。曰：'如学道，当冲虚；为儒，当大有名于天下'云云。）
>
> 又常经大泽中，骤雨震雹，众骇踬，文圭独安详如不闻。雨定，傍人见其两耳中鬼神以泥封之，其异征有如此。④

这类神异故事在古书中屡见不鲜，帝王本纪中最多，文士列传中也不少，其目的无非想说传主（被人作传的人）异于常人。具体到上面两个故事，第一个故事是说殷文圭拳可入口，有文曲星之相，后来进士及第，得到多方敬重，果然是个文曲星（只是"拳可入口"让人觉得殷文圭嘴巴太大或者拳头太小，这一点才真的与众不同）。第二则故事大概是想说殷文圭这样的人才太宝贵了，连鬼都爱护。可是故事显然没有编好，应该编成其他人骇踬而全身湿透，还被冰雹砸伤，殷文圭安步而滴水不沾，毫发无损，然后众人一看，原来殷文圭头上有一只大伞，撑伞人是天神。否则，只塞住殷文圭的耳朵而不为殷

---

① 傅璇琮主编：《唐才子传校笺》（第四册），中华书局1990年版，卷10，第361—363页。

② （宋）欧阳修、宋祁撰：《新唐书》（225卷）（全20册），中华书局1975年版，第17册，卷189，第5479页。

③ （宋）计有功撰，王仲镛校笺：《唐诗纪事校笺》（81卷）（全8册），中华书局2007年版，第7册，卷68，第2273页。

④ （清）吴任臣撰，徐敏霞、周莹点校：《十国春秋》（116卷）（全4册），中华书局1983年版，第1册，卷11，第150—151页。

文圭撑伞，那殷文圭肯定被淋成落汤鸡，还满头满身的大包和大坑。可见，编这两个故事（尤其是第二个故事）的人太懒惰，或者逻辑不强。古书中的神异故事多有这种逻辑缺陷，不必苛求和纠缠。只要明白殷文圭在当时确实有点文名，再联系殷文圭及第前居九华山苦读时砚为之穿的故事，可知其文才名传一时也不是空穴来风。

殷文圭当日的文才名传一时是不用怀疑了。那么，其水平究竟怎样呢？这只有从现存殷文圭作品中领略了。

二

殷文圭现存作品是这样的：诗 28 题 30 首。其中，27 题 27 首见《全唐诗》卷七〇七，1 题 3 首见《全唐诗补编·续补遗》卷一一。另外有 3 句诗见《全唐诗续拾》卷四三。文 1 篇，题目是《后唐张崇修庐州外罗城记》，为 917 年农历七月二十六日所写，篇幅较长，不含标点符号共 2269 字，见《全唐文》卷八六八。

从体裁上分，殷文圭的 30 首诗分四类：第一类是七言律诗，有 24 首；第二类是五言古诗，有 1 首，题目是《春草碧色》（共 6 韵）；第三类是七言古诗，有 1 首，题目是《和友人送衡尚书赴池阳副车》（共 10 韵）；第四类是七言绝句，有 2 题 4 首，1 首题目是《贻李南平》（是催要润笔的）；3 首题目是《楼上看九华》3 首。

仅从体裁上看，就可以知道这些诗不是殷文圭所有的诗，因为除七言律诗数量较多外，七言绝句、五言古诗、七言古诗均数量太少，而五言绝句干脆阙如。再说七言律诗虽数量最多，但 24 首的数量还是太少。靠这些诗就暴得大名，被朱全忠、田頵还有后来的杨行密父子青眼有加，总让人觉得莫名的空落。好在看完殷文圭的 30 首诗后，这种空落的感觉立刻就有了好转，觉得当日的殷文圭不是徒有其名。

就现存的 30 首诗看，殷文圭写月、写花、写人、写风景的诗最为出色。

先看写月诗。

八月十五夜

万里无云镜九州，最团圆夜是中秋。
满衣冰彩拂不落，遍地水光凝欲流。
华岳影寒清露掌，海门风急白潮头。
因君照我丹心事，减得愁人一夕愁。

中秋节的月亮分外明亮是人所共知的生活常识，但未必就没有一片云，有时候有一片云或者有一片一片的云从天空中飘过，更能造成奇幻而多姿的色彩和美感。所以，殷文圭所说的"万里无云"可能是真实的情景，也可能是作者的感觉（但愿是真实的情景，这样更契合殷文圭的心意）。殷文圭之所以会觉得天空中万里无云或者欣赏这种万里无云的景色，一定是因为他的内心充满了澄明和宁静。这时候他的所思所想，更能见其本质而很少尘杂或者绝去尘杂。那么，他在想什么呢？提示语是"最团圆夜是中秋"。相信无数人一看这句诗就想到了亲人的团聚，这样的想法是人之常情，十分正确，但因过于轻易而少了丰富和绵长。殷文圭可不是这样的。从句意上看，"最团圆夜是中秋"所写对象还是月亮，意思是最团圆、最皎洁的月亮，是中秋节的月亮……不对，是这个中秋节的月亮……还不对，是这个中秋节我眼中的这个月亮。这才对了。以下殷文圭就写眼中的月亮是何种风姿了。前人描写月亮的好诗多的是，仅仅隋唐两代三百年诗人的名言佳句就数不胜数，殷文圭如何能够迈越前贤呢？这个问题肯定不会在殷文圭的脑海闪现哪怕是一念，因为他的内心一片澄明和宁静。他所想的只是……他其实什么都没想，他只不过把自己的感觉写出来就是了。在他眼里，每一个人的头上、肩上和身上，都洒满了月光，晶莹而冰冷，拂也拂不落；在他眼里，每一个地方的山路、渡口和村头，都积满了厚厚的月华，如水如冰，似流非流。这让华岳地区清露掌（应该是一座山峰）的影子更多了一些森森的寒意，也让海门地区白潮头（应该是一个渡口）的风声平添了不少凄凄的悲鸣。阅读至此，相信不少人会质疑殷文圭到底想干些什么。第一联（首联）又是无云，又是团圆，说得多好啊。可是第二联（颔联）就出了意外，要把月光拨开和拂去，拨不开、拂不去还烦得不行，第三联（颈联）继续意外，说月光要为山头的孤冷和江风的凄寒负责。那第四联（末联）又怎么说，难道来个最意外，说月光有罪，而且其罪之大……。第四联还真的是个最意外，不过这个最意外认为月光不是有罪，而是有功。

"因君照我丹心事，减得愁人一夕愁。"作为诗句，第四联这十四个字是凝练和浓缩的，感情也是凝练和浓缩的。铺展开来的话，差不多是这样的：

> 谢谢你，月亮。
> 谢谢你照耀着我，月亮。
> 谢谢你照耀着我的一片丹心，月亮。
> 谢谢你照耀着我的一片丹心和我的爱人，月亮。
> 谢谢你照耀着我的一片丹心和我的爱人并让我的爱人明白我的一片丹心，月亮。

谢谢你照耀着我的一片丹心和我的爱人并让我的爱人明白我的一片丹心，然后让她小人家一晚上备感充实、安慰和温暖，月亮。

谢谢你……

不用说，如上的解释从语言上看就重复、啰唆、纠结得很，简直乱糟糟兼糟糟乱，可是，男女之间的感情不就是这么重复、啰唆和纠结，不就是这么乱糟糟兼糟糟乱，甚至有过之而无不及吗？殷文圭说"因君照我丹心事，减得愁人一夕愁"，无非是说因为我的妻子在家里举头望月思念我的时候，知道身处异地的我也举头望月思念着她，因而整个晚上都不再忧愁了。这只是万般无奈之下一种以简驭繁、以少胜多的写法，如果认为殷文圭对妻子的感觉、对妻子说的话只有这一两句，那就误解和小看殷文圭了。同时还应该想到两点，一个是身处异地备感月华如水冰凉的时候不是千方百计减轻自己的孤寂而是设想妻子因信任自己而不再忧愁，并为此感到轻松，这说明了殷文圭心地的善良，另一个是天各一方的夫妻二人望着月亮就可以明白对方的所思所想，可见两个人的心有灵犀已经到了不点自通的境界。而这种灵犀上的不点而通，只是借助了两个人的举头望月。你说这月光是不是有功呢？

相对于第一联的澄明和宁静，第二联的冰凉和清冷是个意外，第三联说连无生命的山岳和江风都受不了月光的冰凉和清冷，这是持续意外或者意外的追加，那预料中的第四联就应该是意外的持续追加或者最意外。现在知道，第四联确实是个最意外，但是是一种反向意外。反向意外才是真意外、最意外，才是意外的登峰造极。由此说来，殷文圭这首《八月十五夜》的妙处，担当得起"出人意表"的评价了吧？可惜的是，不要说称赞这首诗了，历代学者瞧上这首诗的人都相当少见，例如历代选本那么多，可是选了这首诗的选本，只有一部，那就是明代曹学佺的《石仓历代诗选》。

再看写人诗。

贺同年第三人刘先辈咸辟命
甲门才子鼎科人，拂地蓝衫榜下新。
脱俗文章笑鹦鹉，凌云头角压麒麟。
金壶藉草溪亭晚，玉勒穿花野寺春。
多愧受恩同阙里，不嫌师僻与颜贫。

"刘先辈咸"是殷文圭的同年，那就先把他们那场科考介绍一下。

那场科考的时间是唐昭宗李晔乾宁五年戊午岁（898），主考官是礼部尚书裴赞，省试诗的题目是《春草碧色》，录取的进士数量是二十名，前三名是羊绍素、殷文圭、刘咸。① 按照科考的专用术语，第一名羊绍素是状元，第二名殷文圭是榜眼，第三名刘咸是探花，三者合起来被称为鼎元或鼎甲，又称"三鼎甲"。二十名进士所写的二十首省试诗，只有两首保存至今，一首为殷文圭所写，一首为王毂所写。刘咸所写的《春草碧色》连同刘咸所有的诗文全都佚失，故其水平之高下，已无第一手资料来作判断，幸亏有殷文圭这首诗保存下来，让后人起码能够得其一隅。现在就看看殷文圭是怎么评价刘咸其人其诗的。

首联写拂地的蓝色长衫因靠近黄金榜而显得格外地崭新、鲜亮和美好，以此暗示身材颀长的刘咸中了三鼎甲之后，在许多人的眼里，身材更高大了，气宇更轩昂了，风度更迷人了。这样的外在美当然出类拔萃，但是刘咸真正厉害的地方，不是外在美，而是内在美。刘咸的内在美是什么呢？是古人所说的忠恕、仁义和孝顺？还是今人所说的勤劳、勇敢和善良？都不是。殷文圭自有雅鉴在。

殷文圭说："脱俗文章笑鹦鹉，凌云头角压麒麟。"

都说"天下文章一大抄，看你会抄不会抄"，会抄则吃香喝辣，风光无限；不会抄则看别人吃香喝辣，口水直流。但是，再怎么会抄，抄来抄去的文章都是等同蝉噪的耳食之言，喜欢抄来抄去的作者都是人云亦云的学舌鹦鹉。刘咸显然不是鹦鹉，他是百鸟喧啾中一声长鸣的孤凤，惹得殷文圭赋诗赞叹为"脱俗文章"。刘咸作为一声长鸣的孤凤固然难得，能够听懂孤凤长鸣的殷文圭也不是凡鸟。如果是凡鸟，就听不懂孤凤的长鸣，不但听不懂孤凤的长鸣，还讨厌和嘲笑呢："你看我们都喧啾不歇，你怎么半天才叫一声，真懒惰，而且还那么难听。"所以，"脱俗文章笑鹦鹉"中的"笑鹦鹉"，可以理解为识见过人的刘咸笑话俗子的文章陈词滥调，新意全无，也可以理解为刘咸超前的见解遭到了一般人的讥笑甚至围攻："偏激，真偏激，偏激得惊世骇俗，偏激得无以复加。"在强弱明显、众寡悬殊的情况下，殷文圭没有站在强和众的一方，而站在了弱和寡的一方。如果没有独立见解，如果有独立见解但缺乏坚持，如果坚持独立见解的意志不够坚定，怎么可能做出这种选择呢？从对刘咸的评价，你一定看到了殷文圭对创见、对新意、对独立思维的重视。这才是鉴别人才的第一要义。"忠恕"、"仁义"、"孝顺"和其他，不是太低级了吗？

一个有了新观点、新看法、新见解的人该怎么表现自己呢？是把自己不同

---

① （清）徐松撰，赵守俨点校：《登科记考》（30 卷）（全 3 册），中华书局 1984 年版，第 3 册，卷 24，第 917—919 页。

流俗的见解隐藏起来以追求和众人观点的一致？还是冒着被众人讥笑为偏激、弱智、脑残的风险而勇敢地说出来？还是来个折衷，把自己的见解打个折扣？譬如说，你是附和众人的观点说"天圆地方"？还是告诉众人"地球是圆的"？还是来个折衷，试着抛出一系列有可能被众人接受的观点："地球又圆又方"、"地球一会儿圆一会儿方"、"地球从一个角度看是圆的，从另一个角度看是方的"、"地球用左眼睛看是圆的，用右眼睛看是方的"、"男人看地球，地球就变成了圆的，女人看地球，地球就变成了方的"、"贫贱愚痴者看地球，地球是圆的，富贵贤能者看地球，地球就是方的"、……。从殷文圭的评价看，刘咸显然没有附和众人的观点（例如"天圆地方"）；他不但没有附和，连折衷的办法都没有采取（例如说"地球又圆又方"之类）；相反，他不顾众人的反对、讥笑和抨击，持续不断地讲解和宣扬自己的观点（例如"地球是圆的"、"你们全都错了，地球真的是圆的"、"你们看海上归来的大船，总是先看到桅杆的顶部，然后才看到桅杆的中部，最后才看到大船，所以地球是圆的"之类）。因为刘咸不仅说出观点，而且说出理由，常常弄得众人哑口无言，包括众人中一贯口若悬河、滔滔不绝的说客和辩士。平常的日子里，这些说客和辩士可都是头角峥嵘的麒麟，今日被刘咸盖过了风头，变成了躲进草丛的兔子和缩到壳里的乌龟。这可能就是殷文圭所说"压麒麟"的意思。当然，联系"笑鹦鹉"可能是被鹦鹉们笑话，那么，"压麒麟"也可能是被麒麟压制："祖祖辈辈都说天圆地方，太阳绕着地球转，你竟然敢说地球是个球，地球绕着太阳跑，哼。""地球如果是球形，地球那边的人不就掉下去了吗？再说你自己不也就咕噜噜滚下去了吗？蠢货。""再说，看我不烧死你。"碰到这种情况，即使是刘咸的亲友，甚至同意和明白刘咸观点的人，也可能转而规劝刘咸去附和麒麟与众人。譬如，"人家麒麟都多少年了，资格多老啊，你还嫩着呢。"又如，"记住，任何时候，随大流总没错。"还有，"就算你是对的，那也要讲究方式方法，要考虑大家的接受能力，折衷一下吧，年轻人。"再来个四平八稳又语重心长的："低调，低调，谦虚是一种美德。"可是，具有独立见解和独立思维的刘咸却是这么想的："我已经够谦虚、够低调了，再谦再低的话，不就和你们众人一样蠢了吗？""我已经讲得很清楚了，地球是椭圆形，地球绕着太阳跑，太阳绕着银河系跑，还要我怎么个折衷法？""不是我不谦虚不低调，是你们实在太差了。从小时候起，我就具有严重的英雄崇拜情节，总想找个英雄来崇拜崇拜，可是我找来找去，碰到的不是笨蛋，就是混蛋，逼得我有一天只好看着镜子里的自己说：'行，像你这样的，就是个人物了'。你们说这种情况下，我还怎么谦虚和低调？"得到刘咸这样的应对或者独白，如果你评价为"气吞万里"、"气吞山河"或者气吞其他什么东西，那就错了。刘咸这样的回答和独白，仅仅是因为诚实而已。只是在习惯了作伪、习惯了故作谦虚、习惯了戴着假面具生活的众人的映衬下，才显得露头露角、不够低调，连殷文圭这样识货的人，都称赞刘咸具有"凌云头角"，其实什么都没有凌，仅仅是诚实、不作伪而已。

后面两联就不仔细分析了，扼要地翻译一下以结束全篇。颈联"金壶藉草溪亭晚，玉勒穿花野寺春"用了古诗中常见的互文手法，意思是显达以后资财丰饶的刘咸很难得地摆脱了"富则易友"的陈规和恶习，一如既往地随着老友和同乡坐在溪水边、亭子旁的草丛中饮酒和聊天，或者去野外、去寺庙上香和游玩，现在回忆起来，仿佛还能看到日落时刘咸所持金樽的光彩和春天里刘咸所骑骏马的英姿。末联"多愧受恩同阙里，不嫌师僻与颜贫"真的看不懂，不知"受恩"是殷文圭受谁的恩，也不知"师僻"和"颜贫"字面意思和本诗中所指的意思各是什么。按理说，不能解就不要强作解人，最好是存疑以待高明。但是，笔者想到一种解释，勉强可通，斗胆敬献于此以求教。"师"有一个义项是"对僧、尼、道士的尊称"；"颜"有一个义项是"堂上或门楣上的匾额"。如果末联中的"师"和"颜"正是这样的意思，那么，该联很可能是殷文圭在发感慨："刘咸先辈啊，作为三鼎甲之一的你，就愿意经常去溪亭旁的小餐馆饮酒聊天，不嫌弃其名气太小，你还愿意去郊野中的小寺庙上香游玩，不嫌弃其地处偏僻（而这些事情，一开始我是不愿意的，只是因为跟随着你，才去了多次）。我殷文圭和你刘咸先辈同一个故乡、同一个先生、受到同样的教育，可是，水平的差别怎么就这么大啊？"只是不知道这种解释是否符合殷文圭的本来意思。

殷文圭写人的诗，还有一首《赠战将》也不错："绿沉枪利雪峰尖，犀甲军装称紫髯。威慑万人长凛凛，礼延群客每谦谦。阵前战马黄金勒，架上兵书白玉签。不为己位儒弟子，好依门下学韬钤。"诗的内容不难懂，就是说这是一位兼具文韬武略的将军。好处是对仗工整，而且内容充实。只是不知道此将军是谁，也不知道殷文圭这样写是一种客气，还是殷文圭的真实感受。诗的艺术性不错，录在这里，供喜欢者欣赏取用。另外，《经李翰林墓》写李白、《览陆龟蒙旧集》、《寄杜荀鹤及第》、《赠池州张太守》或者有好句子，或者对文学史研究有参考价值，均值得一读，这里就不具论了。

接下来，对殷文圭写花和写风景的诗作简要分析。

《赵侍郎看红白牡丹因寄杨状头赞图》："迟开都为让群芳，贵地栽成对玉堂。红艳裹烟疑欲语，素华映月只闻香。剪裁偏得东风意，淡薄似矜西子妆。雅称花中为首冠，年年长占断春光。""赵侍郎"为谁，今已无考。"杨状头赞图"即"杨赞图"，"状头"就是"状元"。杨赞图是唐昭宗李晔乾宁四年

（897）丁巳科状元，即殷文圭进士及第前一年的状元。现在先疏通一下这首诗的字句。"红艳裹烟"是说红牡丹的花蕊被蒙蒙的雾色笼罩。"素华映月"是说白牡丹的花朵盛开在明亮的月光中。"剪裁"指牡丹花盛开的形状。"淡薄"指牡丹花香气飘浮的浓度。"雅称"即向来被认为。"断"即极、尽的意思。这首诗的大意是："红白牡丹为什么开放得这么晚，那是为了谦让其他的花儿，今天在赵侍郎家的宝地双双开放（红白牡丹，故是一双），罗列于堂上，简直是双璧一样宝贵。红牡丹和白牡丹盛开在柔和的月光下和蒙蒙的雾色中，花蕊含情欲语，花朵香气袭人。花朵和花蕊开放得恰到好处，正是对春风吹拂的报答，色泽和芬芳搭配得十分宜人，正是对西子风采的追求。真不愧花中魁首的一贯称号，每一年都艳夺群芳，占尽了春光。"这首诗如果说有什么名句，那应该是颈联"剪裁偏得东风意，淡薄似矜西子妆"，该句可以形容一个人（一般总是女性了）的性情淳雅和动静得宜。除此之外，看不出来有什么更深的寓意和更多的用途。

《江南秋日》云："水国由来称道情，野人经此顿神清。一蓬秋雨睡初起，半砚冷云吟未成。青笠渔儿筒钓没，蒨衣菱女画桡轻。冰绡写上江南景，寄与金銮马长卿。"先解释一下字词。"道情"即情理、事理。"野人"的诸多义项中，乡下人、平民、士子、隐居者这四个义项在这首诗中都是可以的。"冷云"没有被收于《汉语大辞典》中，从上下文看，诗中的"冷云"指砚台里磨了一半儿的墨。"蒨衣"即深红色的衣服。"画桡"即漂亮的小船。"马长卿"即司马长卿，也就是司马相如。这首诗的大意："江南水国的风景秀丽，由来已久，举世闻名，我（不指殷文圭，此诗应该是代言诗）这个对江南风景朝思暮想了许多年的北方乡下人，路过江南的时候，一下子变得兴奋异常。（江南的风景有什么好呢？）外面的秋雨淅淅沥沥，船篷里的客人鼾声如雷，秋雨已经歇息很久了，船中的客人才从梦中醒来。墨已经磨了一半了，可是，笔还放在一边，诗还未作成。戴着绿色斗笠的青年渔夫打鱼的钓钩和鱼筒在水面上时沉时浮，采菱的红衣少女摇着漂亮的小船悠悠漂过。我要把这美好的景色画到最美最贵的纸上，寄给朝廷里像司马相如一样富有文采的大臣，请他（或他们）为文赋诗，好让这美丽的景色流芳后世。"这首诗写江南风景最典型的句子应该是颈联"青笠渔儿筒钓没，蒨衣菱女画桡轻"。今人从这首诗中应该学到的，就是像颔联"一蓬秋雨睡初起，半砚冷云吟未成"那样，过一种悠然自得的生活，而不是竭尽全力，追求什么卓越的建树。

以上所提到的殷文圭的诗都还不错，其中分析的第一首诗（写月的诗）和第二首诗（写人的诗）还十分出色，很能显示殷文圭的独立思维。现在想说的是，这种独立思维即使在日常生活中也有所表现，可惜的是，这种难得一见的独立思维，难得一见的对是非的正确判断总是被世俗人误解，甚至嘲笑。这样的事情想来在殷文圭的生活中屡见不鲜，只是因为史料有限，今日只能猜测一下。万幸的是，写这类事情的诗，还真有一首保存下来了。这就是殷文圭的七言绝句《贻李南平》：

> （文圭为内翰时，草司空李德诚麻，润笔久不至，为诗督之。）紫殿西头月欲斜，曾草临淮上相麻。润笔已曾经奏谢，更飞章句问张华。

先说一下李德诚的生卒问题。《中国历代人名大辞典》云李德诚的生卒是"862—940"，并云得自于正史和马令《南唐书》卷九。① 但是，马令《南唐书》卷九虽有李德诚的传记，但未云其生卒，也让人看不出来；《旧唐书》、《新唐书》、《旧五代史》、《新五代史》、《宋史》五种正史未记载李德诚生卒，唯清吴任臣《十国春秋》卷七云李德诚"卒年七十八"。② 宋释文莹《玉壶清话》卷九云李德诚"卒年八十四"③，则李德诚生于857年，卒于940年。李德诚是南唐诗人李建勋（曾任南唐宰相）之父，原为吴国中书令，积极帮助徐知诰（即南唐烈祖李昪）取代吴帝杨溥称帝；南唐建立后，昪元三年（939），李德诚被李昪封为赵王、太师、中书令。④ 次年（940）六月，李德诚病逝。⑤ 据《十国春秋》卷十一《殷文圭传》，殷文圭武义元年（919）为翰林学士，由此可知，这首《贻李南平》写于919年至940年之间。又据今存资料看，李德诚最晚昪元二年（938）已为南平王。⑥ 可见，这首《贻李南平》可能写于938年前后。不管这首诗具体写于哪一年，既然题目是《贻李南平》，那就是说李德诚已经显赫发迹了，被封为南平王。明白这一点，对理解这首诗、理解殷文圭十分重要。这首诗题目下的小注把这首诗的背景和目的交代得很清楚。殷文圭写这首诗，就是向南平王催要稿费的。这首诗艺术上没

---

① 张㧑之、沈起炜、刘德重主编：《中国历代人名大辞典》，上海古籍出版社1999年版，第1016页。

② （清）吴任臣撰，徐敏霞、周莹点校：《十国春秋》（116卷）（全4册），中华书局1983年版，第1册，卷11，第114页。

③ 本社编：《宋元笔记小说大观》（全6册），上海古籍出版社2001年版，第2册，第1520页。

④ （宋）马令撰，李建国校点：《南唐书》，卷9，见傅璇琮、徐海荣、徐吉军主编《五代史书汇编》（全10册），杭州出版社2004年版，第9册，第5324页。

⑤ （宋）陆游撰，李建国校点：《南唐书》，卷1，见傅璇琮、徐海荣、徐吉军主编《五代史书汇编》（全10册），杭州出版社2004年版，第9册，第5468页。

⑥ 同上书，第5466页。

什么好，内容上最末一句"更飞章句问张华"也很难懂，不知道所说的"张华"是不是西晋诗人张华（232—300），如果是，还是不知道用了张华什么典故。这个问题就不深究了，知道这首诗是殷文圭向南平王李德诚催要稿费就行了。按理说，殷文圭写稿子，拿稿费，天经地义，而且，这稿费不应该让殷文圭催，应该是被封为南平王的权臣李德诚主动按时送来才对。现在李德诚没有按时送来，还要作者殷文圭催讨，那么李德诚应该感到难为情才对，旁观者也应该批评李德诚拖欠稿费理亏。但是，事情不是这样的。不知道中了什么邪，没见谁批评李德诚拖欠稿费的行为，只看到有人批评殷文圭要稿费是不对的，甚至由此得出殷文圭喜欢敛财。这事情如果不是白纸黑字地写于《十国春秋》卷一一中，还真的难以置信。现在就看看《十国春秋》卷一一是怎么说的：

> 文圭晚年颇急于敛财，一日，草司空李德诚麻，润笔久不至，作诗督之，因为时论所少。（诗曰：……）①

明明是权臣李德诚拖欠翰林学生殷文圭的稿费，殷文圭催讨了一下，有人竟然就此得出了殷文圭"晚年急于敛财"的结论，还说，因为这件事情，"时论少之"，即当事人谈起这事情都瞧不起殷文圭。可是，在今天的人看来，就李德诚一方来说：第一，拖欠稿费不对。第二，拖欠稿费后被作者催讨，应该立即支付稿费，同时道歉（这道歉郑重不郑重倒不是太严重，但要道歉）。第三，如果"急于敛财"、"时论少之"的事情和李德诚有关，那李德诚就更加理亏。就殷文圭一方来说：第一，草麻制，得稿费，天经地义。第二，稿费没有按时给，立刻催讨，这是维护自己的正当权益（也是维护所有人的正当权益），不但毫无过错，而且值得肯定和鼓励。第三，欠稿费者是被封王的权臣，殷文圭竟然催讨，说明殷文圭确实勇敢（当然，另一方面，说明权臣李德诚是比较讲理的，绝非十足的混蛋），由此还可进一步推出，殷文圭立身行事，十分端正，不怕权贵抓把柄，找麻烦。比较一下双方所占的理可知，欠稿费者李德诚有错，甚至有大错（有没有大错，决定于殷文圭所得"晚年急于敛财"、"时论少之"这样的评价是否和李德诚有关）；催稿费者殷文圭毫无过错，不但毫无过错，而且有识见，不但有识见，而且很勇敢，可见，殷文圭值得人们钦佩和效法。是非是如此清楚和简单，可是，古人竟然作出相反的评判。细细思忖一下何以会出现这种事情，一定和古人"义利"命题上的糊涂

---

① （清）吴任臣撰，徐敏霞、周莹点校：《十国春秋》（116卷）（全4册），中华书局1983年版，第1册，卷11，第151页。

思维有关。古人关于"义利"的错误观点，简单地说就是，往往把义和利对立起来，认为一旦追求利，必然离义就远了。事实上完全不是这样。在正当和合法的前提下，追求利的最大化必然会取得义的最大化。另一个原因可能是，古人认为一个人追求或者维护自己的利益，则这个人的品行就不够高，事实上仍然完全不是这样。在正当和合法的前提下，一个人追求和维护自己利益，就是追求和维护所有人的利益（相信直到今天，仍有人不明白这个简单的道理）。反之，一个人放弃自己正当而合法的权益和尊严，必然伤害所有人的权益和尊严。这个问题听起来，好像是复杂的哲学、政治学问题。是哲学、政治学问题，应该没错，但是一点也不复杂，只要有简单的生活常识并且忠于自己的体验，就可以明白这一点，当然，前提是有自己的头脑、自己的独立思维、自己的独立见解（而不是外界像芯片一样植入自己大脑中的错误观念），同时，还需要一点点勇气，就像殷文圭一样。

总之，殷文圭的诗，在体裁上像晚唐五代十国时期的无数诗人一样，喜欢写也长于写七言律诗；内容上题材多样，月亮、人物、鲜花、风景和吊古，都曾出现在他的笔下；思想上有独立的思维、脱俗的见解，往往出人意表，让人深思；艺术上除了唐诗常见的互文手法外，选用的意象和词汇基本上妥切恰当，富有表现力。而他又是生于吴国辖地、仕于吴国官场、卒于吴国末期的诗人，所以，他是最能代表吴国文学水平的一个诗人。吴国政权时期这样一个优秀的诗人因为识见超群兼品行优异，不但在当时受到了一些人的误解和非议，在后世也受到了长期而普遍的轻视，以至于选录其诗的选本只有绝无仅有的一部，其受到研究者轻视的程度那就不言而喻了。本书的述论虽然篇幅稍长，但也只是浅尝辄止，更深入的研究有待来贤。

第四节　吴国杨夔等其他文人的文学创作

杨夔（生卒年不详），号宏农子。其先弘农（今河南灵宝）人。有隽才，举进士不第，遂优游江左。昭宗时，与殷文圭、杜荀鹤、康骈、王希羽等人同为宣州田頵上客。① 杨夔总共存诗12首文22篇。作品集4种26卷（见第一编《十国艺文志考索》）。

杨夔现存12首诗中，有10首写友情，诗题上表明是赠别者有7首。从中可以看出杨夔的交往情况。例如：

---

① 傅璇琮主编：《唐才子传校笺》（第四册），中华书局1990年版，第463—466页。

金陵逢张乔

殊乡会面时，辛苦两情知。
有志年空过，无媒命共奇。
吟余春漏急，语旧酒巡迟。
天爵如堪倚，休惊鬓上丝。

寄当阳袁皓明府

高人为县在南京，竹绕琴堂水绕城。
地古既资携酒兴，务闲偏长看山情。
松轩待月僧同坐，药圃寻花鹤伴行。
百里深堪留惠爱，莫教空说鲁恭名。

送郑谷

春江潋潋清且急，春雨蒙蒙密复疏。
一曲狂歌两行泪，送君兼寄故乡书。①

第一首写他与张乔会面时，两人均相互明白对方生活之艰难，知道对方年华老去，而好运不来。两人喝酒到春日深夜，谈论往日交情。最后说，如果最终能够实现理想，头发花白也不在乎。第二首写断断续续的春雨中，送郑谷离去，兼寄故乡书，顿时泪洒衣襟。第三首写袁皓任职的地方之美丽，有竹有水。他和袁皓一块儿喝酒，一块儿看山，一块儿动情。过着有僧同坐，有鹤同行的清闲日子。三首诗既写友谊之动人，也写作者心情之闲淡。由此可见杨夔个性的诚笃和淡定。

杨夔在文学史上被人提起，不是因为他的送别诗，而是因为他的赋。先看其《溺赋》：

溺赋

元微子瞿然其词，泫然其悲，何陆之为溺，而不维不持。纷吾绪而乱余曲，尔其辨而析之。乃曰：曲蘖是惑，沉湎无时。混淆先后，颠倒矩规。唯诞是习，莫礼是持。散发裸体，以遨以嬉。泯亲疏，兀尊卑。情所至则至，意所为则为。可庆者忽其庆，可悲者忘其悲。龙章莫保，凤德何

---

① 中华书局编辑部点校：《全唐诗》（900 卷）（全 15 册），中华书局 1999 年版，第 11 册，卷763，第 8748—8750 页。

衰。光逸则独窦求入，伯有则鹤谷忘归。子反不谋于军前，败非天作；正平不拘于席上，祸乃自胎。但骄其气，益乱其机。隋兵济江，玉树方舞。越人入户，金樽犹飞。所以为酒之溺也。至若贝含其齿，云耸其鬟。苞藏其庆，矜持其妍。攻巧若拙，移曲成端。为媚斯极，荷宠益坚。陈灵以衵服戏朝，俾君臣受祸；骊姬以归胙献毒，使父子成冤。齐庄以盗室取毙，郯犫以夺俪不全。此所以为色之溺也。至若伊义莫顾，唯贿是务。以谲以回，不轨不度。沟壑难满，锥刀必聚。莫兴知足之惭，蔑有恶盈之惧。其帑溢，其帛蠹，其贯朽，其粟腐。营营尚恐其力穷，汲汲不思其日暮。复有白版为侯，黄金作辅。南宫变屠贾之行，西圆（疑作园）成阛阓之路。求金求剑，曾无就木之心。鬻爵鬻官，但欲齐天之富。壬夫死而方觉，雍子戮而未悟。此所以为贪之溺也。至若专国之柄，操天之轴。任其情性，随其嗜欲。其喜也，沉者浮。其怒也，赢者缩。易否为臧，化直为曲。虽山重而可回，虽海深而可覆。其门若市，其帑如谷。背者斥，向者录。言张其机，笑孕其毒。誉之则铢而为钧，訾之则歌而为哭。屏内外之气，侧天下之目。稽其莽卓，考其产禄。谓兵钤之在己，将神器之有属。国玺行窃弄之手，宫闱开盗视之目。自谓其投盖之力可图，殊不知燎原之火难扑。既众叛而亲离，竟噬脐而啮腹。此所以为权之溺也。是四者，匪横其流，匪驾其舟。有溺者，孰究其由。其毒也必渍于骨髓，其痛也亦甚于戈矛。虽扛鼎之力，触山之酋，亦不能杯之出，而况于纤离之侪哉。元微子乃曰：始吾涉水而溺，则恍然而内惕。今复闻不波而沉，则瞿然如大敌。且酒不可甘，甘之则沉，吾命酒曰甘波。色不可爱，爱之则溺，吾命色曰爱河。衣所以被体，食所以充肠。苟朝晡而不匮，寒暑而有装。岂假积粟于廪，储货于囊。且药所以攻百疾，百疾蠲而药不止者，鲜不及其殃，吾命财曰药江。士患不达之名，不立之身，苟达苟立，在守其真。何必竞升沉之路，争轻重之钧。狼子野心，昵之害人，吾命权曰狼津。噫。生于世不溺于四水者，吾谓夫颜闵之伦。[1]

《新唐书》卷一八九《田颓传》说杨夔此赋的意图是："善遇士，若杨夔、康骈、夏侯淑、殷文圭、王希羽等皆为上客。文圭有美名，全忠、镠交辟不应。颓置田宅，迎其母，以甥事之。故文圭为尽力。夔知颓不足抗行密，著

---

① （清）董诰等编：《全唐文》（1000卷）（全12册），中华书局1983年版，卷866，第9册，第9071—9072页。

《溺赋》以戒。颛不用。"①《十国春秋》卷十一也说杨夔"知颛不足抗太祖，著《溺赋》数百言以戒之。颛不用，竟至于败。夔有《纪梁公对》、《原晋乱说》，当世争传其文。"② 晚唐五代时，朝纲毁坏，士子们在中原王朝找不到出路，四处投靠，求取衣食。他们对自己所依附的人并没有太多的责任感，杨夔能够以赋讽喻田颛，使读者看到杨夔不同流俗的一面。该赋中告诫人们要警惕甘波、爱河、药江、狼津，认为人一旦掉入其中，必定溺之而亡。作者提出的"士患不达之名，不立之身，苟达苟立，在守其真。何必竞升沉之路，争轻重之钧"的告诫，至今仍有教育意义。

杨夔又有《蓄狸说》，在晚唐当时，颇有现实意义。

蓄狸说

敬亭叟家毒于鼠暴，穿埛穴墉，室无全宇。咋啮筐筐，帑无完物，及随于捕野者，俾求狸之子，必锐于家畜。数日而获诸汴逾得骏，饰茵以栖，给鳞以茹之，抚育之厚，如字诸子。其攫生搏飞，举无不捷。鼠慑而殄影，暴腥露膻，纵横莫犯矣。然其野心常思逸于外，罔以子育为怀。一旦，怠其绁，逾垣越宇，倏不知其所逝。叟愠且惜，涉旬之弭。宏农子闻之，曰："野性匪驯，育而靡恩。非独狸然，人亦有旃。梁武于侯景，宠非不深矣。刘琨于日碑，情非不至矣。既负其诚，复返厥噬。呜呼！非所蓄而蓄，孰有不叛哉。"③

此赋显然在讽刺唐朝皇帝对藩镇和武将过分溺爱，最终难逃被背叛的命运。

杨溥（901—938）即吴国睿帝，为吴国第四任国主，是吴国太祖杨行密的第四子，武义二年（920）即吴王位，在位 18 年。天祚三年（937）十月禅位于徐知诰（即南唐先主李昪）。杨溥在位的 17 年，吴国国政被徐温（862—927）和徐温养子徐知诰（888—943）所把持，杨溥完全成了傀儡皇帝。南唐昇元二年（938）五月，徙居润州丹阳宫。在去润州的途中，杨溥写下了一首

---

① （宋）欧阳修、宋祁撰：《新唐书》（225 卷）（全 20 册），中华书局 1975 年版，卷 189，第 5479 页。

② （清）吴任臣撰，徐敏霞、周莹点校：《十国春秋》（116 卷）（全 4 册），中华书局 1983 年版，第 1 册，卷 11，第 151 页。

③ （清）董诰等编：《全唐文》（1000 卷）（全 12 册），中华书局 1983 年版，卷 866，第 9 册，第 9086 页。

律诗：

渡江

江南江北旧家乡，二十年来梦一场。

吴苑宫闱今冷落，广陵台榭亦荒凉。

烟迷远岫愁千点，雨打孤舟泪万行。

兄弟四人三百口，不堪回首细思量。①

　　自 892 年杨溥父亲杨行密出任淮南节度使至杨溥 937 年禅位，吴国政权有 46 年的国祚，可是杨溥却说"二十年来梦一场"，说明他是从其父杨行密 919 年去世算起的。杨行密去世后，吴国大全旁落于大将徐温之手，说从这时候开始，杨溥四兄弟的噩梦才开始了，也算对。颔联对句工整，音节响亮，可是构思过于老套。颈联渲染悲凉气氛十分贴切，当然也可能不是渲染，是杨溥的真实感受。末联说全族人在细细思量。不知他们在思量什么？是思量父亲杨行密为什么不趁早除掉大将徐温吗？其实让杨行密活过来，很可能照样不会除掉徐温，反而会继续重用。因为杨行密在世时，徐温伪装得十分好，也十分成功，当然徐温对杨行密父子的忠诚也可能不是伪装，是真的那么忠诚。只是杨行密去世后，情况发生变化，徐温只好变化。总之，需要明白一点，杨行密在世时没有除掉徐温，不是杨行密不想除掉，而是杨行密根本就找不到除掉的理由。那时候的徐温不是早有谋反之心，而是足够忠诚。不管徐温当时的忠诚是真是假，反正最后的结局是徐氏父子篡权夺位了。杨溥这首诗就是很好的记录，其实这首诗不仅是杨溥对杨氏政权悲剧结局的记录，也是许多亡国之君对其悲剧结局的记录，也许正是因此，此诗曾被当作李煜的诗。杨溥于诗并不擅长，但这首诗倒是替许多亡国之君吐露了心声。这也算吴国文学一个比较重要的成就。

　　除杜荀鹤、殷文圭、杨夔、杨溥外，吴国还有一些诗人，例如沈颜、释修睦等人，当时还有点名气，但是今日看来，成就不大，故就不再分析了。

---

① （清）李调元编，何光清点校：《全五代诗》（100 卷）（全 2 册），巴蜀书社 1992 年版，第 1 册，卷 18，第 382 页。

第二章　南唐国文学创作论

937 年，李昇代吴称帝，建都金陵，国号大齐，939 年改国号为唐，史称南唐，有今江苏、安徽、湖南、湖北、江西等地，975 年为北宋所灭，共历李昇、李璟、李煜三主，国祚 39 年。南唐是十国中文化最为繁荣的一个割据政权，其文学成就最突出，代表人物是李煜、冯延巳等人。研究这些代表人物可对南唐国的文学文化的繁荣情况有大致的了解。

第一节　南唐国李建勋的文学创作

一　李建勋生平

晚唐五代十国时期的战乱和各个政权运作上的规则的缺乏使得当时文人们的仕途之路显得更加道阻且长。由此产生的一个普遍的现象是，出身贫寒的文人从幕也好，流浪也好，或者边从幕边流浪也好，他们都很难找到值得依赖的安身立命之所。即使有个别人终于等来了运气，能够在一个幕府中找到自己生命中最顺畅的一段经历，但也难以取得高位显职，这一点，不论是从罗隐，还是从韩偓、黄滔的事情上都可以看出来。这个时期的显达的士子，一般总是这样的身份：或者是皇帝本人，或者与皇家沾亲带故。如果有了皇家的庇护，再加上自己尚且有一点点天赋，那么，这个士子就一定会发达起来，连同他以后在诗坛上的地位，也很难与他的出身和身份分开。李建勋就是这样的诗人。

李建勋（873？—952），籍贯广陵。其父李德诚，初事吴杨行密，以功拜润州刺史，累迁平南大将军、中书令、百胜军、镇南军节度使。南唐受禅，李德诚为佐命臣，首率百官劝进，拜太师，封赵王，卒后谥忠懿。

据《十国春秋》卷二一载，李德诚在润州时，常常秉烛夜出，有人报告义祖徐温，徐温疑心李德诚叛变，调李德诚到江州。李德诚也很恐惧，于是派遣李建勋拜见徐温。徐温一见李建勋，感叹说："有子如是，非恶人也。"还把自己的女儿广德长公主许给李建勋。南唐烈祖李昇出镇金陵，李建勋为副使，为李昇代吴出谋划策。李昇称帝后，李建勋为中书侍郎、同平章事，加左仆射，监修国史，又领滑州节度使。自 937 年南唐开国，至升元五年（941），李建勋做宰相长达 5 年，是南唐为相最久的相国。[①]

李璟即位后，念及李建勋为开国忠臣，又是姻亲，故十分尊崇李建勋，常称李建勋为史馆而不称呼其名。李建勋也忠于李璟。曾对身边人说："上宽仁大度，优于先帝，但性习未定，宜得方正之士，朝夕献替，不然恐未必能守先朝基业也。"生于将相之家，又为徐温之女婿，这为他后来的发展打下了良好的基础，也为其诗歌创作提供了一个特定的条件。

作为南唐国显贵的李建勋自然不需要参加什么科考，也不需要花太多的时间去锤炼诗艺，他的诗大都是临事而作，或者有为而作。这一方面可以看出他对诗歌的爱好，另一方面，他确实是有点天赋的。

仍据《十国春秋》卷二一，李建勋"少好学，能属文，尤工诗"，可见李建勋自幼对诗文之事很有兴趣，也有天赋。除此天赋外，李建勋还不喜欢太广泛的交游："建勋先世将相，又婿于徐氏，为国贵游，然杜门不预世事，所与交皆寒畯事，裘马取具而已。"由此可以断定，《十国春秋》卷二一评李建勋时的"然杜门不预世事，所与交皆寒畯"的说法是需要仔细理解的。从更大的程度上而言，这最好理解为李建勋对官场上争权夺利的事情尽力地置身事外，而不是说他真的不喜欢和人交往。因为随后的"所与交皆寒峻"就表明他还是有不少朋友的。那么这些朋友是谁呢？李建勋与这些朋友不谈政治谈什么呢？宋龙衮《江南野史》卷七的记载提供了一点信息："孙鲂……与沈彬尝游于李建勋，为诗社。彬为人口辩。每好较人诗句。时鲂有《夜坐》句美于时辈。建勋因试之。……"[②] 孙鲂和沈彬愿意游于李建勋门下，并结为诗社，自然是因为李建勋位高多金，更因为李建勋对诗歌的爱好。爱好诗歌，交结诗友，以至于结为诗社，可见李建勋的好客和好诗。这在五代时可是很少见的。好诗好客是李建勋个性的一方面，《江南余载》卷上记载的一件事可让人们对李建勋的另一方面有所了解："建州既平，俘虏人口稍多。宰相李建勋请官出钱赎之，还本土。东闽赖之。"帮助俘虏还乡到了整个东闽百姓依赖他的程度，可见李建勋做此事在当时是有一定名气的，只是由于历史的漫长，此事仅留下痕迹，使得人们难以获知其细节和盛况了。其仁心如此之好，其为政如何呢？马令《南唐书》卷十如此说："建勋博览经史，民情政体无不详练，惜乎

---

① （清）吴任臣撰，徐敏霞、周莹点校：《十国春秋》（116 卷）（全 4 册），中华书局 1983 年版，第 1 册，卷 21，第 301—303 页。

② （宋）龙衮撰，张剑光校点：《江南野史》，卷 7，见傅璇琮、徐海荣、徐吉军主编《五代史书汇编》（全 10 册），杭州出版社 2004 年版，第 9 册，第 5205 页。

怯而无断，未尝忤旨。"① 尽管这种说法只是一种概括性的描述，并无具体事例作证。但是，从李建勋临死前遗言薄殓的决断可以看出他豁达开通的性格，有此官主政，百姓不大会过于水深火热。

从以上零零散散的事迹中可以看出，李建勋是一个天赋出众又出身于优越环境中的勋贵诗人，这是十分概念化的形象，其中值得注意的是他的周围，曾经出现过一个包含了孙鲂、沈彬等人在内的诗歌圈子，这个圈子比较突出和明显，以至于有"诗社"的称呼。这在十国文人中是十分罕见的，应该引起注意。

二　李建勋诗歌的思想内容

李建勋今存诗 89 题 94 首，这当然不是李建勋所有的诗，与古代许多诗人一样，存诗仅是其所写诗的一部分，这是十分自然的事情。那么，李建勋一生所写诗从数量上而言，究竟如何，现存诗是所写诗的大部分还是少部分。对此问题，人们难以给予十分肯定的回答。但是，大致可以断定，"少好学，能属文，尤工诗"的李建勋一生写诗并不多。因为，《崇文总目》卷十二云"《李建勋诗》二卷"。其诗在北宋时也只存二卷，可见今存的 94 首应该就是其诗的全貌。

数量上的弱势导致对其一生作为和思想的反映必然是极其有限的，这是事情的一方面，事情的另一方面是，这么少的数量，如果再有其他人对其诗内容的记载，就使关于李建勋诗的讨论变得省事省力。

例如，宋郑文宝（953—1013）《南唐近事》（收于《宋元笔记小说大观》第一册）卷二云："李建勋镇临川，方与僚属会饮郡斋，有送九江帅周宗书至者，诉以赴镇日近，器用仪注或阙，求辍于临川。李无复报简，但乘醉大批其书一绝云：偶罢阿衡来此郡，固无闲物可应官。凭君为报群胥道，莫作循州刺史看。"② 此诗从思想性到艺术性不算差，但也不值得称道，其意义不过是说李建勋的诗与他的政治生活难以分开。与此相关的还有郑文宝《江表志》（收于《五代史书汇编》第 9 册）卷中记载的如下一些事情：

> 元宗嗣位，李建勋出师临川，谓所亲曰："今主上宽大之度，比于先帝远矣，但性习未定，左右献替，须得方正之士。若目前所睹，恐终不守

---

① （宋）马令撰，李建国校点：《南唐书》，卷 10，见傅璇琮、徐海荣、徐吉军主编《五代史书汇编》（全 10 册），杭州出版社 2004 年版，第 9 册，第 5328—5329 页。

② 本社编：《宋元笔记小说大观》（全 6 册），上海古籍出版社 2001 年版，第 1 册，第 279 页。

旧业。"及冯延鲁、陈觉出讨闽中，征督军粮，急于星火，建勋以诗寄延鲁曰："粟多未必为全计，师老须防有援兵。"既而福州之兵果为越人所败。归并司空，累表致政，自称为钟山公。诏授司徒，不起。时学士汤悦致状贺之，建勋以诗答曰："司空犹不受，那敢作司徒。幸有山公号，如何不见呼。"先是宋齐邱自京口求退，归于青阳，号九华先生，未周岁，一征而起，时论薄之。建勋年德未衰，时望方重，或有以宋公比之，因为诗曰："桃花流水须相信，不学刘郎去又来。"捐馆之夕，告门人曰："时事如此，为幸已甚。吾死不须封树立碑，冢土任民耕凿，无延他日毁斫之敝。"①

粮草充足是战争中的一个必要条件，但是仅有粮草是远远不够的，任何一项失误都可能导致溃败。李建勋当时一定感觉到南唐军有这方面的疏漏，所以他及时提醒冯延鲁，可惜冯延鲁未能引起警觉，最终受到吴越军的袭击。军中成败，事关国之兴亡，李建勋看出问题，应该直截了当地告知冯延鲁，可是他以诗言事，应该说弱化了他的建议的效果，尽管他的诗意十分明显。从这件事可以看出，李建勋在生活中以诗言事，是有十分浓厚的兴趣的。可证实此种观点的是，汤悦致状祝贺他，他仍然以诗相答；别人质疑他隐居的本意，他仍然以诗相答，当然这时作诗倒很符合古代诗人的一贯做法，因为不仅以诗言志是传统，而且对待人们此种猜测和质疑，没有必要太当真，以诗相答显得合情合理，也使整个事件有了戏剧化、喜剧化的色彩。客观地说，这些诗从思想性到艺术性虽不差，但也实在不算出色。

上述例子说明，身为勋贵的李建勋对朝政十分关心，这在他的诗中多有体现，而且也给当时的人留下了深刻的印象，以至于书于竹帛，传于今日。考虑到李建勋的身份，人们可以说，这是他的本分，无可称道。而另一种记载表现的李建勋的品质，就让人们颇有好感了。马令《南唐书》卷二四云："李冠善吹中管，尝预宋齐丘夕宴，当坐吹嘘，声韵悠扬，清入霄汉。元宗闻其名，属闽、楚多故，戎务日繁，不获召见。大司徒李建勋以诗送之，曰：'匀如春涧长流水，怨似秋枝欲断蝉。可惜人间容易听，清声不到御楼前。'见礼于士大夫类如此。周世宗时，多游梁宋，每乘醉长啸于市，人罕知者。"李冠是当时一个出色的中管手，声名已经上达天听，可是由于种种原因，未获皇帝召见，未能显赫起来，最后只好流落江湖，默默无闻。幸亏有李建勋以诗称赞，才使

---

① （宋）郑文宝撰，张剑光、孙励校点：《江表志》，卷中，见傅璇琮、徐海荣、徐吉军主编《五代史书汇编》（全10册），杭州出版社2004年版，第9册，第5086页。

得李冠为后人所知。此事一方面说明了李建勋对艺人的关怀和同情，另一方面说明了当时江湖唱歌的艺人与宋齐丘、李建勋这些达官贵人有所交往并对其文学创作有一定的影响。今天留下的李建勋的两首宫词应当就与这些唱歌的艺人有关。

《宫词》是唐代许多诗人喜欢描写的题材，这类题材的诗在思想上很难有什么高度（尽管唐代的诸位皇帝搞文字狱的兴趣比较小），但能关注宫女生活，总胜过漠不关心、熟视无睹。李建勋也有两首《宫词》，现在看看他都说了什么。一首《宫词》曰"自远凝旒守上阳，舞衣顿减旧朝香。帘垂粉阁春将尽，门掩梨花日渐长。草色深浓封辇路，水声低咽转宫墙。君王一去不回驾，皓齿青娥空口肠"；另一首《宫词》曰"宫门长闭舞衣闲，略识君王鬓已斑。却羡落花春不管，御沟流得到人间"。① （二首《宫词》均收于《全唐诗》卷七三九）此二诗皆写宫女思念皇帝而不得见的苦难，构思和题材比较老套，可取之处是把宫女怨而不怒的情感写得比较真实，声韵浏亮，也有比较鲜明的形象。

对自己心怀的抒写是建言朝政、关心艺人之外李建勋诗歌的又一个重要主题。

《全唐诗》卷七三九《尊前》："官为将相复何求，世路多端合早休。渐老更知春可惜，正欢唯怕客难留。雨催草色还依旧，晴放花枝始自由。莫厌百壶相劝倒，免教无事结闲愁。"② 这是一首言志之作。虽然身居高官，但是碰上世路多艰，作者觉得自己无能为力，故愿意早点挂冠而去。身逢暮年，才知道青春年华的可贵，现在想与友人尽情享受人生之乐，只怕无人愿意陪伴自己。春雨春草，风景如昔，晴日花开，尽展天性。作者感到了人生的短暂，故纵情饮酒，以驱除闲愁。身居高位的李建勋养尊处优，应该感到心满意足或者纵情声色才符合他的身份，可是他在这首诗中故作豁达的姿态恰恰流露了他的百无聊赖和寂寞哀愁，这与南唐宰相冯延巳以词抒写哀愁的作为是相通的。表达同样意思的还有《春日尊前示同事》的末四句："东君不为留迟日，清镜唯知促白头。最觉此春无气味，不如庭草解忘忧。"③ 这说明了国家处于岌岌可危的时候，即使显贵达官也难以置身事外，他们所极力掩饰的不安和恐慌总在作品中有意无意地流露出来。这应该是李建勋诗一个重要的认识价值和意义。

---

① 中华书局编辑部点校：《全唐诗》（900卷）（全15册），中华书局1999年版，第11册，卷739，第8520—8522页。

② 同上书，第8515页。

③ 同上。

三　李建勋诗歌的艺术特色

作为南唐政坛的勋贵和当时诗社的核心，李建勋的诗在当时应该有不错的口碑和一定的影响，这也许是《南唐书》评价其为诗天赋的一个重要依据。但是这种口碑随着李建勋的去世渐行渐远、渐行渐小，连《南唐书》记载的好评也很少引起认同和共鸣，后来的诗人、诗选家、诗评家对李建勋的诗实在没有多大兴趣，所以李建勋的诗不但少有人选，也少有人评。如果说这与五代十国甚至整个晚唐诗歌在品质上的变化给予人们的普遍感受有所关联的话，那么与李建勋的诗缺乏鲜明个性突出特色的弱点的联系就更紧了。要把这一点说得更为明白更令人信服一点，至少必须看看后来人们的评价并举例分析一下李建勋的诗。

马令《南唐书》卷十评李建勋诗："其为诗，少时犹浮靡，晚年颇清淡平易，见称于时。"① 这是今日所知对李建勋诗的最早评价。宋僧文莹《玉壶清话》（1078 年成书）也持此观点，他说李建勋"其为诗，少犹浮靡，晚年方造平淡"。② 但是，今存李建勋 90 余首诗看不出来哪些是早期的，哪些是晚期的，倒是有几首诗所写内容与浮靡能够联系起来。例如《踏青尊前》、《惜花》、《金谷园落花》、《春日金谷园》、《落花》、《春雪》、《蔷薇二首》，《蝶》。这些诗以花草为描写对象，自然会描摹其形态，所以接近浮靡风格是自然的，但是这些诗在写花草时多能因貌写神，有所寄托，所以也不能说它们就一定是浮靡的。就李建勋现有的诗而言，宋僧文莹所说李建勋早年诗"浮靡"的评价，恐怕很难得到人们的认同。而李建勋晚年诗"平淡"的评价，可作如此申说。李建勋诗总的印象是有提炼，但基本上没有过于华丽或艰涩的字词，所以说"平淡"可以被认同，只是应该知道，李建勋的诗绝赶不上陶渊明诗的朴实，李建勋诗的平淡是提炼后的平淡，平淡中有精练，但这种提炼多有斧凿的痕迹，尽管这种痕迹颇为美观。元人辛文房《唐才子传》就表达了这种看法。他说李建勋"能文赋诗，琢练颇工，调既平妥，终少惊人之句"。③ 与文莹的评价相比，辛文房的说法更令人信服。李建勋的 90 余首诗中，五律和七律占了绝大部分，语言也经过了相当的提炼，句中不用虚词，读起来无拗折突兀之感，可见他精于律诗。李建勋的七律很不错，出色者也有好

---

① （宋）马令撰，李建国校点：《南唐书》，卷 10，见傅璇琮、徐海荣、徐吉军主编《五代史书汇编》（全 10 册），杭州出版社 2004 年版，第 9 册，第 5329 页。

② 本社编：《宋元笔记小说大观》（全 6 册），上海古籍出版社 2001 年版，第 2 册，第 1524 页。

③ 傅璇琮主编：《唐才子传校笺》（第四册），中华书局 1990 年版，第 386 页。

几首。但是真的没有什么警句，这肯定不是因为音韵的缘故，而与李建勋对事物的观察、认识和体会不够深刻、不够用功有很大关系。造成这种弊端的毛病如果追究起来当然是有些复杂的，从他临死前隐匿陵墓的作为看，他的识见十分难得，那么，人们就只能将其诗无警句的原因更多地归结于他一生的顺遂和显赫使得他对人生缺乏一种穷而后工的机遇，缺乏一种刻骨铭心的感受所催生的对事物的判断。与冯延巳这种很善于内心体验很善于描摹心理的作家相比，李建勋无疑缺乏一种深刻的反省，一种深掘内心的努力。或许正是因为体验不够深刻，形神兼备方面首先在神的一面显得比较苍白无力，所以，李建勋只好在外在形态上用功夫了。今天看他的诗《春雪》的前四句："随风竟日势漫漫，特地繁于故岁看。幽榭冻黏花屋重，短檐斜湿燕巢寒。"（《全唐诗》卷七三九）尽管此诗的后半部分写人在雪中的感受，但是，前半部分对雪的精细刻划还是能让人看到作者在形态描写上十分努力。这种特点在李建勋的诗中不是个别现象，除上述例子之外，还有这些例子：《春水》之"万派争流雨过时，晚来春静更逶迤"；《醉中咏梅花》之"十月清霜尚未寒，雪英重叠已如挏"；《宫词》之"帘垂粉阁春将尽，门掩梨花日渐长"；《残牡丹》之"失意婕妤妆渐薄，背身西子病难扶"（均见《全唐诗》卷七三九）。也许正是因此，胡应麟《诗薮·杂编》认为李建勋诗"虽晚唐卑下格，然模写情事殊工"。①提醒一下，胡应麟此处有一段话证明计有功不收李建勋是正确的，从而证明五代诗有独立的必要，特别注意。

笔者说李建勋"缺乏一种深刻的反省，一种深掘内心的努力"只是相对于冯延巳而言，并不是说李建勋对生活的感受浅显得以至于其诗很少韵味。事实不是这样。有时候，李建勋可以写出极富于人情味的有韵味的诗。例如下述几首诗：

中酒寄刘行军

甚矣频频醉，神昏体亦虚。

肺伤徒问药，发落不盈梳。

恋寝嫌明室，修生愧道书。

西峰老僧语，相劝合何如。

——《全唐诗》卷七三九

惜花

白发今如此，红芳莫更催。

---

① （明）胡应麟撰：《诗薮》，上海古籍出版社 1979 年 11 月新 1 版，第 296 页。

预愁多日谢，翻怕十分开。

点滴无时雨，荒凉满地苔。

闲阶一杯酒，惟待故人来。

——《全唐诗》卷七三九

闲游

携酒复携伤，朝朝一似忙。

马谙频到路，僧借旧眠床。

道胜他图薄，身闲白日长。

扁舟动归思，高处见沧浪。

——《全唐诗》卷七三九

独夜作

佳人一去无消息，梦觉香残愁复入。

空庭悄悄月如霜，独倚阑干伴花立。

——《全唐诗》卷七三九

年老体弱，饮酒贪杯，来往皆僧道之徒，所谈多世外之事。这是《中酒寄刘行军》所写李建勋日常生活与心态的缩影之一，从他对这种生活的描写中可以感受到其细腻的心理体验。《惜花》更把这种细腻具体化为因怕花谢而宁花晚开以及孤寂中渴望友情的情景。《闲游》对心理的描写有层次而又更深入。饮酒中的情感之伤，熟悉到老马识途的和尚友谊，孤寂难耐时对故乡的思念，无不显示这位显贵诗人与落魄江湖的坎坷文人相通的心理情感。《独夜作》所写意境简直就是从冯延巳词中迁移过来的。这四首诗透露了李建勋这位显贵诗人敏感细腻的心理和表达这种心理的高超手法，在一定程度上可以追步冯延巳。明田艺蘅《留青日札》评价此四首诗时说："李建勋虽居极品，然惜花怜酒，解吐婉媚……足见得花酒风味。"[1] 婉媚之辞无疑来自于善感之心。这一点使得李建勋的诗在南唐诗坛因为有了自己的个性而独具价值。另外，李建勋《梅花寄所亲》的颈联"云鬓自粘飘处粉，玉鞭谁指出墙枝"被《瀛奎律髓》卷二十评为"第六句'玉鞭谁指出墙枝'有风味"[2]，这也证明李建勋作诗的成就获得了一定的承认。

---

① （清）王士禛原编，郑方坤删补，戴鸿森校点：《五代诗话》（10 卷），人民文学出版社 1989年版，卷 3，125 页。

② （元）方回选评，李庆甲集评校点：《瀛奎律髓汇评》（49 卷），上海古籍出版社 2005 年 4 月新 1 版，卷 20，第 783 页。

最后值得提及的是，学界有一种说法是，李建勋所擅长的体裁以七律为多。但是要注意，李建勋现存诗体裁上数量最多的诗是五律，而不是七律。具体情况是这样的：李建勋今存诗 89 题 94 首，其中，五言律诗 37 题 41 首，七律 35 题 37 首。可见七律并不占李建勋现存诗的多数，也不是李建勋诗数量最多的一个诗体。不过，就李建勋的成功之作而言，当然是七律。上文所举例子就证明了这一点。

第二节　南唐国冯延巳的文学创作

一　冯延巳生平

据曾昭岷等《全唐五代词》考辨，冯延巳所存词中确实为冯延巳所写者，有 107 首，冯延巳因此成为存词最多的唐五代词人，也是南唐词的代表词人之一。可是，冯延巳在当时的名声颇为狼藉，以下简介其生平。

冯延巳（903？—960），字正中，广陵人。其父冯令郡为烈祖李昪时歙州盐铁院判官，甚得人心。裨将樊思蕴作乱，放火烧营，火烧到冯令郡的家，叛兵们放下武器转而救火，由此可见冯令郡在士兵中的声誉之好。冯延巳并没有继承父亲的好口碑，但是，冯延巳少年时也有一些出众的表现。刺史骨言病重，人们都不知道其病情若何，也不知道骨言是否活着，当时人心惶惶。此时，14 岁的冯延巳徒步探访骨言，出来后代骨言向大家问好，人们才安定下来。① 此事虽小，但也可从中看出冯延巳少年时即胆识过人。胆识之外，冯延巳还多才多艺，长于为文，因此深得烈祖李昪赏识。烈祖李昪（889—943）让冯延巳和元宗李璟（916—961）游处，冯延巳和当时的宠臣陈觉、宋齐邱关系很好，冯延巳总希望借此巩固自己的地位。同时，对于比自己地位高的同僚，冯延巳逐渐一一排斥。南唐中主李璟喜欢冯延巳的多才多艺和长于词学，但是很厌恶其轻薄贪婪，只是因为老交情而一时舍不得将冯延巳疏远。有个叫孙晟的臣子当面批评冯延巳说："君常鄙晟，晟知之矣。晟文笔不如君也，技艺不如君也，谈谐不如君也，谀佞不如君也。然上置君于亲贤门下者，期以道艺相辅，不可误邦国大计也。"② 当事人都赞成孙晟的说法，而冯延巳也无可

---

① （清）吴任臣撰，徐敏霞、周莹点校：《十国春秋》（116 卷）（全 4 册），中华书局 1983 年版，第 1 册，卷 26，第 364 页。

② （宋）马令撰，李建国校点：《南唐书》，卷 21，见傅璇琮、徐海荣、徐吉军主编《五代史书汇编》（全 10 册），杭州出版社 2004 年版，第 9 册，第 5394 页。

奈何。一个叫常梦锡的臣子也弹劾冯延巳，烈祖李昪拟摒弃，但不久烈祖病卒（烈祖李昪卒于943年，当时冯延巳大约40岁）。冯延巳更加无所忌惮，与魏岑、陈觉、查文徽侵损时政，其弟冯延鲁口碑亦不好，故时人谓之"五鬼"。946年，冯延巳拜平章事，人情哗然。冯延巳无才而好说大话，及再入相，乃言已之智略，足以经营天下，而人主躬亲庶务，宰相备位，何以致理？于是，元宗悉以庶政委之，奏可而已。冯延巳又嘲笑烈祖李昪生性过于仁慈而不善治兵，说："安陆之败，丧兵数千，而辍食咨嗟者旬日，此田舍翁安能成天下事。如今上暴师数万于外，而宴乐击鞠不辍，未尝少止，此真英雄主也。"①由此可见，冯延巳在政治上完全是糊涂思想，人品上也多有可议之处。但是，人性是复杂的，辅佐南唐中主李璟时思想十分糊涂的冯延巳却有力排众议而挽救冤家对头性命的事情。萧俨和冯延巳一样，也是南唐的一个大臣，平常看不惯冯延巳，经常训斥冯延巳。萧俨为大理卿时，断狱出错，误杀一女人，当时朝臣都认为应该杀掉萧俨以偿命，唯独冯延巳极力为萧俨说情，萧俨终于得救。由此可知冯延巳性格中宽厚和公正的一面。

冯延巳有词百余阙，其《鹤冲天》词云："晓月坠，宿云披，银烛锦屏帏。建章钟动玉绳低，宫漏出花迟。"又《归国谣》词云："江水碧，江上何人吹玉笛。扁舟远送潇湘客，芦花千里霜月白。伤行色，明朝便是关山隔。"见称于世。

关于冯延巳的为人，北宋史温《钓矶立谈》云："叟闻长老说，冯延巳之为人，亦有可喜处，其学问渊博，文章颖发，辨说纵横，如倾悬河，暴而听之，不觉膝席屡前，使人忘寝与食。"②由此可见，冯延巳在当时，确实是一个引人注目的人物。

二　冯延巳词的思想性内容

"诗言志，词咏情"是词研究者的共识，词在表达主题上的这一缺憾并不止于词仅仅可以或者说主要用于描写或反映人类情感这一点上。因为人类的情感是多种多样的，既有目睹自然所产生的情感，也有与人交往所产生的情感。即使是人与人交往的情感，既有亲情，也有爱情。即使在爱情这个相对狭小的领域，也有多种情况下产生的复杂多样的情况。可惜的是，在整个晚唐五代，

---

① （清）吴任臣撰，徐敏霞、周莹点校：《十国春秋》（116卷）（全4册），中华书局1983年版，第1册，卷26，第364—366页。

② （宋）史温撰，虞云国、吴爱芬校点：《钓矶立谈》（不分卷），见傅璇琮、徐海荣、徐吉军主编《五代史书汇编》（全10册），杭州出版社2004年版，第9册，第5013页。

词主要的驰骋领域，真的是主要在男女之情的领域内，而且这个男女之情，更多的局限于女子思念男子的单向性情感。之所以如此，原因一定是极为复杂的，一个最可能的因素是，作为词作者的男性基于自我心灵的安慰以及想象中的炫耀心理而产生的一种在情感上的妄想，这种妄想因为与生活的可能性有相当大的重合，从而取得人们的信任，而这一点，进一步激发了词作者继续幻想并在幻想中得到满足的努力。这就是为什么晚唐五代词人在词作上的主题大多离不开女性思念男子这一套路的原因。从作为普通士子的温庭筠、韦庄到作为皇帝的李璟和李煜，无不如此。但是，只需大略了解一下即可知道，晚唐五代写男女相思最为用力最有成就的词人，非冯延巳莫属。

据《全唐五代词》正编卷三，今存冯延巳词可靠者有107首。其主题无一例外地全是写男女相思之情，而且绝大多数是写女子对男子的思念。如此一个简单而狭窄的主题，竟然写了这么多，让人不得不佩服冯延巳的耐心和执着。一个显而易见的原因是，词的本性使得词在发展初期能够驰骋的领域极为有限；另一个原因是，即使在男女相思的主题甚至女子单相思的主题上，深入开掘过的人还不是很多，而冯延巳正抓住了这个机遇；第三个因素应当是，冯延巳个人情感方面敏锐的观察力和超常的表现力使得他在这个领域的驰骋显得游刃有余，并不会费太多力气。细读一下可知，冯延巳100余首词表现男女之情时变化多端的场景和深浅有致的情感将这一点展示得淋漓尽致。

还是先举几个例子。

鹊踏枝

梅落繁枝千万片，犹自多情，学雪随风转。昨夜笙歌容易散，酒醒添得愁无限。　楼上春山寒四面，过尽征鸿，暮景烟深浅。一晌凭栏人不见，红绡掩泪思量遍。

谁道闲情抛掷久，每到春来，惆怅还依旧。日日花前常病酒，不辞镜里朱颜瘦。　河畔青芜堤上柳，为问新愁，何事年年有。独立小桥风满袖，平林新月人归后。

秋入蛮蕉风半裂，狼藉池塘，雨打疏荷折。绕砌蛩声芳草歇，愁肠学尽丁香结。　回首西南看晚月，孤烟来时，塞管声呜咽。历历前欢无处说，关山何日休离别。

——《全唐五代词》正编卷三

冯延巳此《鹊踏枝》为一组词，共14首，这里暂选前三首。

第一首从最末两句可以看出该词的主人公是个女性。上阕写她醒来之后回忆起昨夜短暂饮酒时的狂欢情景，而眼前的孤单让她心头愁云顿生。下阕写女子的心理活动与感受。四面皆山，春日布满寒云；自己目送归鸿，更见出自己的无能无奈。暮景里或浓或淡的烟雾显然象征或者衬托出自己心头浅浅深深的忧愁。最末两句一晌凭栏，红绡掩泪的场景充分表现了一个女性情感上由失望而导致的忧伤。再联系此词开头写的从梅树上纷纷飘落的梅花，即使在落地之前，也要表现一下自己曼妙的舞姿，这种执着的舞姿表演源于梅花内心的"多情"。这里，梅花，实际上就是作者自己的化身，而作者的想法实际上就被附加在梅花上。从词意看，此词应为一种悲剧气氛，但是，在这种悲剧气氛中，作者表现出一种执着，一种献身精神。此时，梅与人，就互相交融在一起，借梅花之善感以寓作者之多情。

第二首词上阕所写"谁道闲情抛掷久"一下子写出了愁闷的深远，"每到春来，惆怅还依旧"仅仅暗示了愁闷的类型，而具体是什么愁并不能确定。"日日花前常病酒，不辞镜里朱颜瘦"写出了销愁的努力和对情感的执着。下阕用象喻的手法写出愁的深广和无穷无尽。无际的青草和随风飘动的浓密而柔软的柳枝更加深了人心中的惆怅，此时，青草和柳丝就是愁的象征了。末两句写夜深人静时分，主人公一个人跑到小桥上忍受寒风的袭击而去散发或者体味心中的孤单寂寞的愁恨。

与《梅落繁枝千万片》相比，《谁道闲情抛掷久》一首最值得提出的一点是，该词的主人公更像是一个男子，该词所写的情感虽然是一种感伤、寂寞和忧愁，但是其背景和内涵具有了很大的模糊性，这种模糊性避免了读者对诗中情感做比较准确的理解和解读，同时也提供了更大的阐释空间。考虑到冯延巳词甚至整个唐五代词题材和主题上过分集中于男女恋情尤其是集中于女子相思的事情，读者就会十分看重冯延巳该词在这一点上的突破了。更重要的或者说更值得注意的是，该词在情感表达上的模糊性所导致的可阐释空间的扩大使得词这种文学体式在人类情感表达上成为一种更深更广的开拓，这对提高词的地位是一种有力的推动，对后来的词人也有一种引导和示范的作用。叶嘉莹女士对这一点评价极高。她先把冯延巳和温庭筠、韦庄相比，认为词在温韦"两人手中已经有了很高的成就了，但是，冯延巳又开拓出来一个更高的更深的成就。"又认为"冯延巳的词，一方面有直接的感动，一方面不给人这种情事的局限。我个人以为，冯延巳所写的是一种感情的意境，韦庄所写的是感情的事件。"① 由此，她把温庭筠比作傲来峰、把韦庄比作扇子崖，把冯延巳比作南天门，认为三者的水平一个比一个高。仅仅从冯延巳词在情感纵深层面的开拓

---

① 叶嘉莹：《唐宋词十七讲》，河北教育出版社 1997 年版，第 104—105 页。

和模糊性情感的概括而言，叶嘉莹女士的评价可说生动形象而又恰如其分。

第三首词上阕写一种败落荒凉的景象，下阕写相思的寂寞愁恨。从情感类型看，这是一首典型的晚唐五代词。但是，值得提出的是，此词所用的意象体现了冯延巳在开拓词的意境上的努力。秋风吹来，蛮蕉半裂，池塘水冷，疏荷遍折。青草枯萎，蟋蟀鸣叫，阵阵寒意，袭人心窝。上阕就这样描述了一幅悲凉冷落的场景。与李煜、温庭筠、韦庄写冷落场景相比，冯延巳显然更善于观察和铺陈，他写得更具体更细腻。下阕是抒情的，但是明白说出的情感表达虽然直观和鲜明，但是缺乏一种审美性。作者又选择拂晓时的残月和孤烟以及呜咽声声的羌管。末两句表达了对往日美好生活的回忆，在这种回忆中更对比出今日的伤感，突出了离别在人心头造成的伤感和寂寞之苦。从此词看，冯延巳在勾画寂寞破败的场景以及用这种场景来传达感伤和愁闷之情方面有着很大的耐心也有很大的创造性。这应成为冯延巳在词创作史上的一个重要贡献。

再看冯延巳的另一首词：

谒金门

风乍起，吹皱一池春水。闲引鸳鸯香径里，手挼红杏蕊。　　斗鸭栏杆独倚，碧玉搔头斜坠。终日望君君不至，举头闻鹊喜。

——《全唐五代词》正编卷三

冯延巳的《谒金门》有三首，这是第三首。此词从题材主题看，仍未出叙述女子相思的窠臼，其手法与冯延巳其他词有着明显的一致性。从"终日望君君不至，举头闻鹊喜"的女性心理看，其构思也比较老套，并无过人之处。这首词之所以出名，是因为南唐中主李璟的赏识。马令《南唐书》卷二一云："元宗乐府词云'小楼吹彻玉笙寒'，延巳有'风乍起，吹皱一池春水'之句，皆为警策。元宗尝对延巳曰：'吹皱一池春水，干卿何事？'延巳曰：'未若陛下小楼吹彻玉笙寒。'元宗悦。"[1] 李璟因为赏识冯延巳的句子而调侃，冯延巳以李璟的词句更胜一筹为答。君臣可说互戴高帽，两相凉快。如果认真探究起来，"风骤起，吹皱一池春水"确实写出了女主人公心理的细腻和敏感，外界的任何一点小小的变化都能使她心灵颤动，从而产生一种对男子的思念。此时，外界的刺激固然有作用，但是更重要的，还是主人公的内心本来就潜伏着一种缠绵的情意。所以，李璟调侃时以此句为由头，也可说是颇有

---

[1]　（宋）马令撰，李建国校点：《南唐书》，卷21，见傅璇琮、徐海荣、徐吉军主编《五代史书汇编》（全10册），杭州出版社2004年版，第9册，第5395页。

眼光。尽管明人茅暎《词的》对此词不以为然："此词亦平耳，不知何以得名。"① 然而俞陛云《唐五代两宋词选释》评："'风乍起'二句破空而来，在有意无意间，如絮浮水，似沾非着，宜后主盛加称赏。此在南唐全盛时作。"②

鹤冲天

晓月坠，宿云披，银烛锦屏帷。建章钟动玉绳低，宫漏出花迟。　春态浅，来双燕，红日初长一线。严妆欲罢转黄鹂，飞上万年枝。

——《全唐五代词》正编卷三

归国谣

江水碧，江上何人吹玉笛，扁舟远送潇湘客。　芦花千里霜月白，伤行色，来朝便是关山隔。

——《全唐五代词》正编卷三

马令《南唐书》卷二一云冯延巳"著乐章百余阕"，而此二阕"见称于世"。③ 马令能在百余阕中专门称赏此二首词，一定是当时人的看法。可惜的是，后世文人对此二首词并不看好，很少有人称赞。细品可知，第一首写一个女子春日拂晓时分的相思，天亮后认真打扮，希望飞上万年枝。最末一句比较费解，也许是表示这个女子的一种过高的理想。第二首写分别之际，目的地在潇湘，霜月暗示人之心伤，末句说分别之后就只有天各一方了。陈廷焯《词则·别调集》卷一云："结得苍凉。"④ 就是说，落句以相见难期写尽双方心中的悲凉。对此词评价较高的是俞陛云《唐五代两宋词选释》："挥毫直书，不用回折之笔，而情意自见。格高气盛，嗣响前贤。"⑤

综上所述，冯延巳词在题材和主题上是相当狭窄的，其成功之处在于即使在极其狭窄的领域中也能够努力开拓，在场景的选择方面、情感的纵深方面都有很大的开拓。可以说，他能够成为晚唐五代词人的一个重要代表，这方面的贡献应该是起了很大作用的。

---

① 史双元编著：《唐五代词纪事会评》，黄山书社1995年版，第603页。

② 俞陛云撰：《唐五代两宋词选释》，上海古籍出版社2011年版，第80页。

③ （宋）马令撰，李建国校点：《南唐书》，卷21，见傅璇琮、徐海荣、徐吉军主编《五代史书汇编》（全10册），杭州出版社2004年版，第9册，第5394—5395页。

④ 史双元编著：《唐五代词纪事会评》，黄山书社1995年版，第608页。

⑤ 俞陛云撰：《唐五代两宋词选释》，上海古籍出版社2011年版，第76页。

三 冯延巳词的艺术特色

说起冯延巳词的艺术风格，还是先引叶嘉莹女士的一段话如下：

> 《人间词话》又说正中词中的某些句子虽韦苏州、孟襄阳不能过，而且举韦之"流萤度高阁"与孟之"疏雨滴梧桐"与正中之"高树鹊衔巢，斜月明寒草"相比较。说到韦、孟之风格，二家原各有其精微繁复的多方面之成就，非本文所暇详论，而如果仅就词话所举的二句诗例来看，则不过只是他们俊朗高远一类的作品而已，这一类风格与前面所说的"和泪试严妆"之于浓丽中见悲凉的风格当然并不相同，可是正中词却往往于其一贯之浓丽而哀伤的风格中，有时忽然流露出一二句俊朗高远的神致来。如其《抛球乐》词之"坐对高楼千万山，雁飞秋色满阑干"，及"霜积秋山万树红，倚岩楼上挂朱栊"诸句，便都极有俊朗高远之致。总之正中在情意方面自有其哀伤执着的深厚的一面，可是发而为词却又自有其浓丽的色泽与俊朗的风致。①

叶氏此段话旨在分析冯延巳词以浓丽的语词写俊朗的风致这一特色。笔者想补充的是，冯词的特色并不止于此。关于冯词的特色，还是陈世修《阳春集序》的说法最早且比较全面："公以金陵盛时，内外无事，朋僚亲旧，或当燕集，多运藻思，为乐府新词，俾歌者倚丝竹而歌之，所以娱宾而遣兴也。日月寝久，录而成编。观其思深辞丽，韵律调新，真清奇飘逸之才也。"② 思深辞丽，韵律调新，可说是冯延巳词的主要特色。此特色可作如下分析。

南乡子

　　细雨湿流光，芳草年年与恨长。烟锁凤楼无限事，茫茫，鸾镜鸳衾两断肠。　魂梦任悠扬，睡起杨花满绣床。薄幸不来门半掩，斜阳，负你残春泪几行。③

此词主题还是写女性的相思之情，但是其深刻动人的地方在于，通过刻画

---

① 叶嘉莹：《王国维及其文学批评》，河北教育出版社1997年版，第357页。

② （南唐）冯延巳撰：《阳春集》，亦园藏版《十名家词集》本，卷首。

③ 曾昭岷、曹济平、王兆鹏、刘尊明编撰：《全唐五代词》（全2册），中华书局1999年版，正编卷3，第683页。

景物的魂魄来描写女主人公心理的细腻和情感的美好，从而使得这种私人化的情感不止于反映了某一个人的情感，而说出了古今千万女子的心声。那么，作者如何抓住了景物的魂魄呢？例如，"细雨湿流光"一句，雨而云细，既真实，又暗喻了人的情感如细雨一样绵长；光而云流，正暗暗关合人的青春如水一样一去不复返了。着一"湿"字，写尽水之滋润和人之情感的缱绻缠绵。这一句得到许多人的称赏。北宋佚名《雪浪斋日记》云："王介甫问山谷曰：'李后主词何处最佳？'曰：'问君能有几多愁，恰似一江春水向东流。'介甫曰：'不如细雨湿流光最妙。'"① 王安石认"细雨湿流光"为李煜的词句，当然是失误，但是这个失误并不影响王安石对"细雨湿流光"这句词的好评。王国维也给这句词以很高的评价，其《人间词话》云："人知和靖《点绛唇》、圣俞《苏幕遮》、永叔《少年游》三阕，为咏春草绝调，不知先有正中'细雨湿流光'五字，皆能摄春草之魂者。"②

除此五字精妙绝人外，此词其他地方也有值得称道之处。例如随后的"芳草年年与恨长"既写出相思来源之久，又写出主人公逢春思人的事实。其后的烟、镜、衾、杨花、斜阳等皆有其作用。此词的结构之妙、意象之美，还是刘永济《唐五代两宋词简析》的评价比较中肯：

> 此亦托为闺情以自抒己怨望之情。观"烟锁"句，所谓"无限事"，所谓"茫茫"，言外必有具体事在，特未明言耳。"鸾镜"指朝朝，鸳衾指夜夜，此言朝朝夜夜思之断肠也。后半阕即就闺思描写怨望之情事，"杨花满绣床"，是一片迷离景象，与"悠扬"之"魂梦"正相合，亦即前半"茫茫"二字之意，总之皆写心事之纷纭复杂也。末句则无可奈何之词，写得幽怨动人，与和凝、欧阳炯辈之纯作艳情词不同，不可并论。③

刘氏认为冯延巳此写女子相思的词与和凝、欧阳迥等人的艳情词迥然不同，和凝等之词不能与冯延巳此词相提并论，可见冯氏此词因其寄托而得到的评价之高。

再分析一首：

---

① 史双元编著：《唐五代词纪事会评》，黄山书社 1995 年版，第 609—610 页。

② 王国维著，徐调孚校注：《校注人间词话》，中华书局 2008 年版，第 10 页。

③ 刘永济：《唐五代两宋词简析·微睇室说词》，中华书局 2007 年版，第 32 页。

菩萨蛮

沉沉朱户横金锁，纱窗月影随花过。烛泪欲阑干，落梅生晚寒。　宝
钗横翠凤，千里香屏梦。云雨已荒凉，江南春草长。①

此词"沉沉朱户"表明是有钱人家，"纱窗月影"表明是夜晚。深夜未
睡，孤苦寂寞，此二句写出一个富贵人家女子的相思之苦。"烛泪欲阑干"明
写烛而暗写人，烛泪即人之流泪。"宝钗横翠凤，千里香屏梦"写人睡梦中与
男子相会的温馨感觉。末二句写梦醒后发现虽是春日，而云雨苍凉，自己好梦
不能成真。从字面看来，此词纯粹是写女子的相思，并没有什么寄托的深意。
但是，俞陛云《唐五代两宋词选释》却能依据此词所写之景联想到冯延巳在
政治上的感受："以江南繁华之地，作者青紫登朝，而言云雨荒凉，江南草
长，满纸萧索之音，殆近降蟠去国时矣。"② 晚唐五代词人中，李煜的词可以
说典型的以个人的情感反映了家国的悲哀。由冯延巳此词看来，冯延巳的词也
具有这种特点和功能。由此可见，冯延巳在词创作上同李煜一样，开拓了词的
表现领域，深化了词的主题思想，这对提高词的地位无疑具有十分重要的
意义。

如果说以上二首词表现了冯延巳词因为开拓主题和题材而表现了其堂庑特
大的一面，那么，如下几首词可以用来探讨冯延巳词"浓妆淡抹皆相宜"的
特色。

玉楼春

雪云乍变春云簇，渐觉年华堪纵目。北枝梅蕊犯寒开，南浦波纹如酒
绿。　芳菲次第长相续，自是多情无处足。尊前百计见春归，莫为伤春眉
黛蹙。③

晚唐五代词人中，温庭筠词语言华艳，韦庄词语言清丽，此二人词的语言
一浓一淡，比较分明。相比此二人，冯延巳的词在淡浓之间。就是说，冯延巳
的词语言上有浓有淡，可浓可淡。《玉楼春》（雪云乍变）属于语言清丽一类，

---

①　曾昭岷、曹济平、王兆鹏、刘尊明编撰：《全唐五代词》（全2册），中华书局1999年版，正
编卷3，第700页

②　俞陛云撰：《唐五代两宋词选释》，上海古籍出版社2011年版，第83页。

③　曾昭岷、曹济平、王兆鹏、刘尊明编撰：《全唐五代词》（全2册），中华书局1999年版，正
编卷3，第709页。

属于淡妆。此词上阕写春景之秀美，所选意象如雪云、春云、梅蕊、波纹，皆为常见之景象，虽然作者在用词上多有讲究，例如云而用雪修饰，又用春修饰，但是基本上而言，此词语言属于清淡一派。最末一句之所以要劝慰"莫为伤春眉黛蹙"，一定是主人公因为伤春伤别而凝眉不已了，此句也点明了此词的主题仍然是写女子相思。此词在铺叙了诸多景物后最终还是流露出了情意缠绵悱恻的情愫，表现了冯延巳词于情致上颇见力气的一面。或许正是因此，王国维《人间词话》认为此词对欧阳修颇有影响：

> 梅圣俞《苏幕遮》词"落尽梨花春事了，满地斜阳，翠色和烟老"，刘融斋谓少游一生，似专学此种。余谓冯正中《玉楼春》词"芳菲次第长相续，自是情多无处足。尊前百计见春归，莫为伤春眉黛促。"永叔一生似专学此种。①

丁寿田等《唐五代四大名家词》的评价对此词语淡而情浓的特色有所揭示："此词初读似觉平淡，但愈吟愈觉其味隽永。"②

冯延巳语淡情浓风格的词除此首外，尚有《醉花间》（四首之三）（晴雪小园春未到）、《谒金门》（风乍起）、《临江仙》（西园春早）等。其中《醉花间》词得到王国维《人间词话》很高的评价："《醉花间》之'高树鹊衔巢，斜月明寒草'，余谓韦苏州'流萤渡高阁'、孟襄阳之'疏雨滴梧桐'不能过也。"《临江仙》得到丁寿田"此词语淡而情意恳切，大有古诗风味"③的好评。

冯延巳词不仅在以清丽的语言表达浓郁的情感这方面很有成就，而且表达浓郁真挚情感时还可以使用华艳的语言和精巧的构思。如果说温庭筠词以语言华艳著称，那么冯延巳词语言华艳的同时，更用精巧的构思表现真挚的情感，这一点就在温庭筠词之上了。例如：

鹊踏枝

几日行云何处去，忘了归来，不道春将暮。百花千草寒食路，香车系在谁家树。　泪眼倚楼频独语，双燕飞来，陌上相逢否。缭乱春愁如柳

---

① 王国维著，徐调孚校注：《校注人间词话》，中华书局2008年版，第10页。
② 史双元编著：《唐五代词纪事会评》，黄山书社1995年版，第621页。
③ 同上书，第602页。

絮，悠悠梦里无寻处。①

此词用"行云"、"百花"、"千草"、"香车"来表达一种情感上的渴望，用"泪眼"、"独语"、"双燕"、"柳絮"、"梦里"来表达心愿落空的怅惘。这些可以看作是写男女私情，也可以认为是别有寄托。张惠言《词辨》卷一即说："忠爱缠绵，宛然《骚》、《辩》之义"。陈廷焯《云韶集》卷一评价冯延巳词之用语云："遣词运笔如许松爽，情词并茂，我思其人。"② 同时，上阕写欢会时只觉春光之短暂，下阕写思念人而不见的哀伤，均以春日将暮为背景，以双燕飞来为衬托，巧妙地写出了女主人公内心的缱绻情愫。陈廷焯《词则·大雅集》大加称赏："低回曲折，蔼乎其言，可以群，可以怨，情词悱恻。双燕二语，映首章。"③

再如下一首：

鹊踏枝

六曲阑干偎碧树，杨柳风轻，展尽黄金缕。谁把细筝移玉柱，穿帘海燕惊飞去。　满眼游丝兼柳絮，红杏开时，一霎清明雨。浓睡觉来慵不语，惊残好梦无寻处。④

此词"展尽黄金缕"一句将杨柳树的丝条之柔软美好和惹人喜爱的特点写得淋漓尽致，同时也暗示了春光的明媚、春风的柔和，这与第一句中的"阑干"、"碧树"结合起来，不免让人遐想一个与之相应的女子形象。这种猜测又从"细筝移玉柱"一句得到印证，而海燕可以穿帘而飞，人却只能呆在屋中，以此写出女主人公怀春的思绪。上阕写春日主人公情思的涌动，下阕继续渲染这种情思。游丝、柳絮、红杏，写出人的情感的绵长、热烈，而"一霎清明雨"既写景之清凉，又写人情思之美好和落寞。末两句写百无聊赖中只有到梦中与情人相会，可是梦醒后清景依旧，落寞依旧，相思依旧。从此词可以看出，冯延巳的清丽之笔在精妙构思的支持下，确实能够在相思怀人这种

---

① 曾昭岷、曹济平、王兆鹏、刘尊明编撰：《全唐五代词》（全 2 册），中华书局 1999 年版，正编卷 3，第 655 页。

② 史双元编著：《唐五代词纪事会评》，黄山书社 1995 年版，第 589 页。

③ 同上。

④ 曾昭岷、曹济平、王兆鹏、刘尊明编撰：《全唐五代词》（全 2 册），中华书局 1999 年版，正编卷 3，第 658 页。

主题极为狭小的空间里自由挥洒，一点也没有局促的感觉。陈廷焯《云韶集》卷一给予极高评价："雅秀工丽，是欧公之祖。字字和雅，字字秀丽，词中正格也。"① 其《白雨斋词话足本校注》卷六还说："《蝶恋花》一调，最为古雅，'六曲阑干'唱后，几成绝响。"② 陈廷焯对此词一再赞叹，不为无因。

冯延巳词中属于此类语言清丽而词情浓郁者尚有不少。例如《鹊踏枝》（几度风楼同饮宴）得到陈秋帆《阳春集笺》中"宛转绸缪，与温庭筠《菩萨蛮》、《更漏子》同一情致"③ 的好评。又如，《鹊踏枝》（粉映墙头寒欲尽）一首，陈秋帆《阳春词笺》评曰："此阕多从温词中'青琐对芳菲，玉关音信稀'、'金雁一双飞，泪痕沾绣衣'、'音信不归来，社前双燕回'等句脱胎。"④ 此评价不仅指出了冯延巳词语言的华艳，而且指出了其渊源所自。这对认识冯延巳词风格的形成过程是很有帮助的。

叶嘉莹女士认为，温庭筠词写一种直觉的美感，更多地给人联想而很少给人感动，韦庄词写一次感情的事件，更多地给人感动而很少给人联想，而冯延巳词写一种感情的意境，既能给人感动，又能给人联想。就是说，不论是就艺术性的提高而言，还是就词的表现力而言，冯延巳词都提供了此前词人没有的美的素质和新的表现领域。或许是因为这个原因，此后的词人对冯延巳的词多有效法，以至于出现了冯延巳词屡次被收入其他词人词集中的事情，这一点，应该成为研究冯延巳词的影响时必须讨论的问题。

四　冯延巳词的地位

唐词的发展以初唐时沈佺期《回波乐》（回波尔时佺期）为最早，此后名家辈出，名作纷呈。最有名气的当然是被称为"百代词曲之祖"的《菩萨蛮》（平林漠漠烟如织）、《忆秦娥》（箫声咽）。此二首词据说是李白的作品，但是有人怀疑，至今真伪难辨。即使不是李白的作品，唐代词人还是不少的，仅《唐五代词纪事会评·目录》所收词家就有70余名之多。其中的名家有初唐时的张说、盛唐时的李白、中唐时的白居易、刘禹锡、刘长卿，晚唐时的张志和、温庭筠、韦庄等人。一个比较明显的事实是，唐代这些词人虽也填词，但大都对填词不甚留意，他们用在写诗上的精力和时间远远大过填词的精力和时

---

① 史双元编著：《唐五代词纪事会评》，黄山书社1995年版，第595页。
② （清）陈廷焯著，屈兴国校注：《白雨斋词话足本校注》（上下册），齐鲁书社1983年版，卷6，第467页。
③ 史双元编著：《唐五代词纪事会评》，黄山书社1995年版，第588页。
④ 同上书，第595页。

间，因此，其诗名也大于词名，或者说，与诗名相比，其填词的名声几乎可以忽略不计。即使晚唐时词创作上声名甚著的温庭筠和韦庄，其诗名与其词名仍可说是旗鼓相当的。但是，不管怎么说，词在温庭筠和韦庄手里，主观上得到了相当的重视，客观上此二人的词从数量到质量都引起了后人的注意。所以，唐代词人如果要找两个代表，非温庭筠和韦庄莫属。换句话说，唐词风格的代表词人是温庭筠和韦庄。那么，要判定冯延巳词与唐词风格的渊源关系，就需要兼顾唐词的发展历程，尤其是需要比较他和温庭筠、韦庄词的异同。事实上，前人早已注意到这一点，并有精辟的论述。例如，冯煦《四印斋刻本阳春集集序》："词虽导源李唐，然太白、乐天兴到之作，非其颛诣。逮及季叶，兹事始郁，温韦崛兴，专精此体。南唐起于江左，祖尚声律。二主倡于上，翁和于下，遂为词家渊丛。"① 冯煦说"温韦崛兴，专精此体"显然与事实有相当的出入，因为温庭筠和韦庄的诗即便在当时也造诣不俗，声名也响。但说从冯延巳开始，南唐为词家渊丛，却是不错的。清陈廷焯对冯延巳的评价还要高，其《云韶集》卷一云："正中词为五代之冠。正中词高处入飞卿之室，却不相沿袭；雅丽处，时或过之。又：正中词如摩诘之诗，字字和雅，晏欧之祖也。"② 这里，陈廷焯不仅指出冯延巳词对温庭筠词有继承有创造这一点，而且指出了冯延巳词对晏殊词、欧阳修词的引导作用。这就比较全面地论述了冯延巳词的渊源和影响。

对冯延巳词的渊源和影响认识更为充分的，是王国维和叶嘉莹。王国维《人间词话》说："张皋文谓飞卿之词'深美闳约'，余谓此四字，唯冯正中足以当之。刘融斋谓'飞卿精妙绝人'，差近之耳。又：'画屏金鹧鸪'，飞卿语也，其词品似之。（节）正中词品，若欲于其词句中求之，则'和泪试严妆'，殆近之欤？"③ 又云："冯正中词虽不失五代风格，而堂庑特大，开北宋一代风气。与中后二主词皆在《花间》范围之外，宜《花间集》中不登只字也。"④ 张惠言以"深美闳约"为温庭筠词的风格，而王国维认为此风格恰恰为冯延巳所有，可见，温词风格与冯词风格多有相通之处。王国维又说冯延巳词"虽不失五代风格，而堂庑特大，开北宋一代风气"，可见，王国维认为冯延巳词在五代词中最有出息。王国维说冯词堂庑特大，言外之意就在批评五代词堂庑不够大或者堂庑太小。那么，什么是冯词的"堂庑特大"，五代词为何堂

---

① （南唐）冯延巳撰：《阳春集》，王鹏运四印斋刻本，卷首。

② 史双元编著：《唐五代词纪事会评》，黄山书社1995年版，第582页.

③ 王国维著，徐调孚校注：《校注人间词话》，中华书局2008年版，第5页。

④ 同上书，第8页。

庑不大。联系王国维认为冯延巳词"精妙绝人，差近之耳"和"正中词品，若欲于其词句中求之，则'和泪试严妆'，殆近之欤"，则堂庑特大，应该指三方面的内容，一是语言的精妙绝人，二是情感的缠绵悱恻，三是义兼比兴，有所寄托。这三方面的内容，叶嘉莹女士解释得相当清楚。她说：

> 我们说温庭筠是一个客观的词人，是用美感的联想加深了词的意境的。韦庄是一个主观的词人，以他感情的直率真挚，以他的口吻的那种劲健直接感动了读者，使词脱离了歌筵酒席艳歌的歌词的地位。在韦庄手中，词成了可以主观抒写自己感情的抒情诗歌了。这是一个进展。我们觉得，词，在他们两人手中已经有了很高的成就了。但是，冯延巳又开拓出来了一个更高的更深的成就。冯延巳有什么成就呢？我们说温庭筠的词给人丰富的联想，但他不给人直接的感动。他是客观的美感，不能给人直接的感动。韦庄的词给人直接的很强烈的感动。……可是，你会发现韦庄不大给人自由的联想。……可是，冯延巳一方面给人直接的感动，很强烈的感动；一方面又象温庭筠一样，给人丰富的联想。……冯延巳的词，一方面有直接的感动，一方面不给人这种情事的拘限。我个人认为，冯延巳所写的是一种感情的意境，韦庄写的是感情的事件。①

叶嘉莹比较了冯延巳词和韦庄词的差异，并得出一个精彩的观点：冯延巳词，写的是一种意境，既能给人感动，又能给人联想。可为叶嘉莹此说法提供佐证的是冯煦的评价："翁俯仰身世，所怀万端，缪悠其词，若显若晦，搜之六义，比兴为多。若《三台令》、《归国谣》、《蝶恋花》诸作，其旨隐，其词微，类劳人思妇羁臣屏子郁伊怆怳之所为。翁何致而然耶。"冯煦又说："翁具才略，不能有所匡求，危苦烦乱之中，郁不自达者，一于词发之。其忧生念乱，意内而言外，迹之唐五季之交，韩致尧之于诗，翁之于词，其义一也。世但以靡曼目之，诬矣已。"② 冯煦作为冯延巳的后裔，其说或许不无溢美之词，而蔡嵩云的评价就更多了些可信性，其《柯亭词论》云："正中词，缠绵悱恻，在五代，别具一种风格。浓艳如飞卿，清丽如端己，超脱如后主，均与之不同家数。"③ 陈秋帆《阳春集笺序》也是这种观点。汤若士《玉茗堂集》曰："词至西蜀南唐极盛，往往情至文生，缠绵流露，岂独苏黄秦柳之开山，

---

① 叶嘉莹：《唐宋词十七讲》，河北教育出版社 1997 年版，第 104 页。
② （南唐）冯延巳撰：《阳春集》，王鹏运四印斋刻本，卷首。
③ 史双元编著：《唐五代词纪事会评》，黄山书社 1995 年版，第 583 页。

即宣和、绍兴之盛，皆兆于此。"① 陈秋帆说："诚为知言。实则五代之词，仅西蜀南唐为著，余不足数。而此两时间词坛健手，西蜀则韦庄，南唐则二主、冯延巳而已。推本言之，当时词人，求其风格高轶，含蓄蕴藉，堂庑特大，为宋人楷模者，应推延巳。北宋诸贤，得其一端，足以名世。"②

可见，冯延巳词的渊源和地位，前人已经评说得比较清楚了：入飞卿堂室，补端已不足，实为五代冠冕。

冯词的影响，前人也多有评价，而且意见比较一致。《中山诗话》（收入何文焕《历代诗话》中）云："晏元献尤喜江南冯延巳歌词，其所自作，亦不减延巳。"③ 可惜的是，晏殊的作品留下来的太少了，其对冯延巳词的爱好状况已经很难知道了。可以为此作证的是现存的晏殊词与冯延巳词在风格上的相似点。这一点，以刘融斋的评价流传最广。其《艺概·词概》云："冯延巳词，晏同叔得其俊，欧阳永叔得其深。"④ "晏同叔得其俊"的含义，依据叶嘉莹的说法，是"俊，是很难说的，没有很多种涂抹装饰、雕琢刻画的一种美。'俊'是一种才气，秀逸之气。是这样的一种精神的美，不是死板的颜色的涂抹，不是那种技巧的雕琢刻画，而是一种才情韵致的，那种带有飞扬的、给人启发的一种美。就是说，冯延巳词中有这样的一种俊的美，而这种俊的美是晏殊词的一种风格，所以说，晏同叔得其俊……"⑤ 叶嘉莹此处将"俊"解释得有点复杂难懂。联系叶嘉莹的解释，再依据冯延巳词、晏殊词的文本，仔细体会一下，可以这样认为：俊，是清丽的语词所反映的意境的优美和形象的动人。什么是"欧阳永叔得其深"呢？还看叶嘉莹的解释："冯正中词，我们看'谁道闲情抛掷久'、'鲛绡掩泪思量遍'，这种感情的真挚，欧阳修某一点上与他相似，'直须看尽洛城花，始共春风容易别'。我不放弃，我要看尽洛城花。这个感情的深挚执着不放弃，欧阳修与之有相似之处。这是欧阳永叔得其深。"⑥ 叶嘉莹对"深"的解释，一言以蔽之，就是感情的深厚、真挚和缠绵。刘融斋的说法和冯煦的说法是相符合的。冯煦《唐五代词选序》说："吾家正中翁，鼓吹南唐，上翼二主，下启晏欧，实正变之枢纽，短长之流别。"⑦ 这

① （清）爱新觉罗·玄烨选：《御选历代诗余》，景印文渊阁四库全书本，卷113。

② （南唐）冯延巳撰，陈秋帆笺：《阳春集笺》，南京书店1933年版，卷首。

③ （清）何文焕辑：《历代诗话》（全2册），中华书局1981年版，第292页。

④ 史双元编著：《唐五代词纪事会评》，黄山书社1995年版，第582页。

⑤ 叶嘉莹：《唐宋词十七讲》，河北教育出版社1997年版，第129页。

⑥ 同上书，第128页。

⑦ 史双元编著：《唐五代词纪事会评》，黄山书社1995年版，第582页。

可以说是关于冯延巳词的影响比较有代表性的说法了。

　　冯延巳今存诗 4 首文 2 篇，词多达 107 首，他是唐五代第一个有意识以词记录生活表达情感的文人，也是唐五代存词数量最多的文人，也是最具有影响力的词人。可惜的是，长久以来，人们研究的注意力多集中于温庭筠、韦庄、李璟、李煜，而对冯延巳词很少用力气，这与人们对冯词的了解不多不深一定是大有关系的。如能注意到宋代以来，历代学者对冯词的极高评价，冯词的研究必定会有更深更新的开拓。

第三节　南唐国李中的文学创作

一　李中的生平

　　晚唐五代时期，王室衰微，藩镇称霸，每个人的命运都在不确定之中，士子们调整了自己的心态和谋生方式，开始了柔性更大的谋生方式，尽管他们极力规避各种风险，寻找着新的更有利的人生旅途，但是，唐以来科举及第仍然是他们舍不得放弃的路子之一。其中有些人顺利成功，有些人多经磨难。有些人及第后一生亨通，有些人及第后仍然无路可走，有些人及第后干脆隐居。士子们谋生尚且千艰万难，要他们关注广阔的社会生活，写出能够反映现实，能为百姓鼓呼的作品，无疑是强人所难。从谋生到理想，五代乱世的土壤都十分贫瘠。

　　荒寒时代并不是说所有的土壤与以前全不相同，而是说更不适宜于士子们成长了。但长久以来积淀于士人心中的对儒家礼教传统的认同仍然延绵不断，五代士子中之所以有不少人对唐王朝颇有眷恋之心，一个很大的原因是他们认为李唐王朝的那个时代他们能有更安定的生活，他们也更认同那个时代的社会秩序和礼节。对唐朝的眷恋有多种表现。例如南唐诗人孟宾于给自己的儿子取名曰归唐。蒯鳌对晚唐五代的文风颇为不满，更赞同盛唐时代的追求。马令《南唐书》卷二三记载了蒯鳌这样的话："夫文章者，所以达道德之本，发才智之蕴，使旨胜于辞，理过于文，为得之矣。其余摘裂章句，钩校属耦，绮丽悦目，清新泪耳，则吾不知也。"① 马令《南唐书》卷二三记载蒯鳌这样的观点后云："闻者善之"，说明当时很多人赞同他这种观点。科举在五代人心目中的地位仍然是很高的，孟宾于六举方及第即其例。更有甚者，邱旭九举不

---

　　① （宋）马令撰，李建国校点：《南唐书》，卷 23，见傅璇琮、徐海荣、徐吉军主编《五代史书汇编》（全 10 册），杭州出版社 2004 年版，第 9 册，第 5408 页。

第，不以为耻。后因贫困放弃应举，得到寡嫂刘氏的鼓励和资助才进士及第。此事在马令《南唐书》中有如此记载："秋试将迩，寡嫂刘敬问行期，旭以匮乏告。刘曰：'苟济荣望，虽孤儿可鬻，况资用乎。'于是罄橐遣之。旭不得已，再就乡举。明年春试《德厚载物赋》，旭为第一，释褐归乡，而家人犹疑其未调，暨乡老酋长谒贺，郡吏改署里名，乃知上第。"① 由此可见当时人对科举的重视。颜诩因为是颜真卿的后人，对儒家传统就有更多的继承了。北宋末马令《南唐书》卷十五颜诩本传云：

> 少孤，兄弟数人，事继母以孝闻。雅辞翰，谨礼法，多循先业。迨末年，一门百口，家法严肃，男女异序，少长敦睦。子侄二十余人，皆服儒业。每延宾侣，寓门下者常十数，诩晨暮延揖，饮馔燕笑，未尝不躬自接对。虽遇姻戚冲孺，亦为之冠带尽礼。就所居第，依泉石，筑亭榭，开轩四敞，则碧鲜丛绕，翠微环列，萧爽之趣，杜绝尘嚣。水部员外郎孟宾于尝以诗美之云："园林萧爽闻来久，欲访因循二十秋。此日开襟吟不尽，碧山重迭水长流。"又司农卿何蒙、殿中丞蒯鳌、史馆孙伯纯，各为诗序，以述其幽隐。诩闻子弟有与宾客戏者，未尝面责，手写韦昭《博奕论》，署于屋壁，使之自愧。家人未尝见其喜愠。初，季父非理据乡人桑，诣邑求治，令尹下诩评之。诩偿以已缗，其讼遂止。卒年七十余。②

颜诩对儒家传统如此重视，完全可以做继承儒礼的十国士子的典型了。

五代时儒士们对唐王朝的眷恋、对儒家礼教的尊崇以及对儒家文道之说的追求一直绵延不绝，但是这种尊崇和追求并不十分普遍。儒家达则兼济天下穷则独善其身的教诲并没有总是在儒士身上表现出来。一个原因是儒士们泥菩萨过河自身难保，这从罗隐被高骈追杀等事件可以看出端倪，另一个原因很可能同儒士们见多了百姓的流离失所因而麻木不仁有关。他们不仅写百姓生活的诗歌很少，而且诗歌的总数也不够多。在不多的诗歌中，他们更多地把笔触投向内心世界，投向友情和亲情（爱情是十分罕见的）。这一点，在李中的诗歌中有着比较突出的表现，这应当与李中的经历和思想有关。

可能是因为地位的卑下而又不善于宣传自己，李中不但在《南唐书》中

---

① （宋）马令撰，李建国校点：《南唐书》，卷23，见傅璇琮、徐海荣、徐吉军主编《五代史书汇编》（全10册），杭州出版社2004年版，第9册，第5410页。

② 同上书，第5363页。

无记载，而且在五代其他史书中无传记或者附传，今日找到的李中的资料十分有限。孟宾于《碧云集序》和《郡斋读书志》是考察李中的主要资料，此外就是李中和他人来往的诗中对其经历思想的透露了。

　　李中，字有中，九江人，郡望陇西。今日没有确凿的资料证明李中是生于北方，其他经历详情也只能作合理推测。曾就学于南唐庐山国学，当时与一个名刘钧的士子关系交好，但是此刘钧的史料更为缺乏，此线索对探讨李中的经历，价值不大。南唐元宗李璟（943—961 年在位）时，李中曾仕于下蔡，官职不明。交泰二年（959），以双亲老病，表请归家侍奉。后主时（961—975 年在位），任吉水县尉（即任吉水尉在 961—964 年）。宋乾德二年（964），罢吉水县尉。后历任晋陵、新喻县令。宋开宝五年（972），又转淦阳县令。看来，李中最大的官职就是县令了。今日很难看到他在县令上的作为，只能看出社交上的情况。

　　李中与之交往的人中，官职最高者为南唐名臣徐铉、韩熙载等人，这有下一首诗为证。

献徐舍人

清名喧四海，何止并南金。

奥学群英伏，多才万乘钦。

秩参金殿峻，步历紫微深。

顾问承中旨，丝纶演帝心。

褒雄饶义路，贾马避词林。

下直无他事，开门对远岑。

轩窗来晚吹，池沼歇秋霖。

藓点生棋石，茶烟过竹阴。

希夷元已达，躁竞岂能侵。

羽客闲陪饮，诗人伴静吟。

自惭为滞物，多幸辱虚襟。

此日重遭遇，心期出陆沉。

——《全唐诗》卷七四七

　　《十国春秋》卷二八云："周师南侵，元宗徙铉饶州，已召为太子右谕德，复知制诰，迁中书舍人。"① 周师南侵在 959 年，可见，徐铉任中书舍人在 959 年后，则此诗写于 959 年后。

此诗主要在称赞徐铉的学问、才华和声望。"羽客闲陪饮，诗人伴静吟。自惭为滞物，多幸辱虚襟"才提到徐铉所交往的人士不仅有达官显贵，也有方外人士和墨客骚人，并自谦为"滞物"，对徐铉的提携感到惭愧。末两句"此日重遭遇，心期出陆沉"可见以前曾经见过徐铉一次，这次明确地提出希望能够得到徐铉的提携奖掖。这未免显得有点直率了些，但是，那个时代的士子有许多人都会提出这种请求，这与其说是士子们的浮躁，不如说是那个时代的逼迫使然。李中这首诗加深了我们这种印象。

李中诗中写给左偃、刘钧的诗多达 6 首，可见，此二人应是他来往最多的朋友。例如，写给左偃的 6 首是：《寒江暮泊寄左偃》、《寄左偃》、《寄左偃》、《秋夜吟寄左偃》、《海上载笔依韵酬左偃见寄》、《海上春夕旅怀寄左偃》。写给刘钧的 6 首是：《寄刘钧秀才》、《怀庐岳旧游寄刘钧因感鉴上人》、《秋江夜泊寄刘钧正字》、《言志寄刘钧秀才》、《秋江夜泊寄刘钧》、《壬申岁承命之任淦阳再过庐山国学感旧寄刘钧明府》（笔者按：972 年为壬申岁）。写给左偃和刘钧的诗内容上有一个共同的特点是，多数诗一定会谈到作诗的事情。可见当日李中与左偃、刘钧的关系基本是诗友的关系，由此也可以看出，与诗人交往且锤炼诗艺，是当时李中重要的生活内容之一，这当然与晚唐时兴起的诗人的苦吟之风有关。苦吟一方面确实可以提高作者的诗艺，另一方面是扩大交友圈子，第三方面，诗人们希望通过诗友的交往以及对诗艺锤炼的事情引起当时权贵们的注意，以增加他们科举被录取的机会。这应当是苦吟之风兴起且持续的一个重要原因。这一点，在李中与左偃、刘钧的交往中可以看出一些端倪。例如：

> 寄左偃
> 每病风骚路，荒凉人莫游。
> 惟君还似我，成癖未能休。
> 舍寐缘孤月，忘形为九秋。
> 垂名如不朽，那恨雪生头。

——《全唐诗》卷七四七

---

① （清）吴任臣撰，徐敏霞、周莹点校：《十国春秋》（116 卷）（全 4 册），中华书局 1983 年版，第 1 册，卷 28，第 401 页。

"惟君还似我，成癖未能休。"可见他与左偓的交情是因诗而交，两人在作诗上为知己，同时也写出了两人作诗的辛苦。"舍寐缘孤月，忘形为九秋"进一步写出了两人作诗常用的意象和常见的写诗状态。"垂名如不朽，那恨雪生头"让我们看到李中和左偓似乎对他们的科举和仕途已经不抱希望，只是想以诗歌成就留名青史，当然这不排除他们是以此来引起主考官对他们才华的注意从而增加他们科举成功的可能性。在另一首七律《寄左偓》中仍能看出李中与左偓来往的主要内容是作诗："萧条陋巷缘苔侵，何事君心似我心。贫户懒开原爱静，病身才起便思吟。"《秋夜吟寄左偓》所说的"与君诗兴素来狂，况如清秋夜景长。"、"卷中新句诚堪喜，身外浮名不足忙"同样表明他们重诗艺而轻浮名的志趣。《海上春夕旅怀寄左偓》所云"北山高卧风骚客，安得同吟复仗藜"，不仅说明他俩的交往中诗的重要性，也说明他们的生活基本上以隐居于野为常态。

与寄左偓诗形成佐证的是，李中写给刘钧秀才的诗中，照样可以看出他与刘钧的交往中诗的重要性。《寄刘钧秀才》云："掩户当春画，知君志在诗"，正因为刘钧志在诗，而李中深知，从而可见二人之知心。《怀庐岳旧游寄刘钧因感鉴上人》："寄宿爱听松叶雨，论诗为对竹窗灯。"这是雨夜作诗。《秋江夜泊寄刘钧正字》："此时吟苦君知否，双鬓从他有二毛。"这是为苦节作诗不惜头白。《言志寄刘钧秀才》："秋爽鼓琴兴，月清搜句魂。"这是晴夜作诗。《壬申岁承命之任淦阳再过庐山国学感旧寄刘钧明府》云："读书灯暗嫌云重，搜句石平怜癣深。"这是夜晚孤独时作诗念友。从李中和左偓、刘钧的频繁交往中可以得出一个结论，与贫寒落魄士子为伍，以作诗为日常正业，以诗名大盛或流传久远为人生目标，这可以说是李中一生中极其重要的生活内容，也是人们了解李中的基本身份和基本生活时得到的突出印象。

李中写给秀才的诗有19人23首，这些诗的突出内容是谈诗谈前程，与他和左偓、刘钧的交往诗中的主题是一致的。除与这些下层士子交往密切外，李中诗的另一个突出特点是与僧道来往频繁，这从他记录与僧道交往关系的37首诗可以看出来。例如，《访洞神宫邵道者不遇》，《送刘恭游庐山兼寄令上人》，《寄庐山白大师》。其内容可由下列一首诗窥见一斑。

寄庐山白大师
长忆寻师处，东林寓泊时。
一秋同看月，无夜不论诗。
泉美茶香异，堂深磬韵迟。
鹿驯眠癣径，猿苦叫霜枝。

别后音尘隔，年来鬓发衰。

趋名方汲汲，未果再游期。

　　　　　　　　　　——《全唐诗》卷七四七

"一秋同看月，无夜不论诗。泉美茶香异，堂深磐韵迟。"可见，李中与大师的交往不外乎饮茶论诗这些内容，这也是唐代时多数士子与僧道人士交往的内容。《访龙光智谦上人》所云"忽起寻师兴，穿云不觉劳。相留看山雪，尽日论风骚"，也表达了同样的内容，只是进一步交代了他与这些方外之士的关系十分亲近，可以随时拜访的信息。此类诗句还有《赠上都紫极宫刘日新先生》"棋散庭花落，诗成海月斜"；《赠上都先业大师》云"有时乘兴寻师去，煮茗同吟到日西"；《怀庐岳旧游寄刘钧因感鉴上人》"寄宿爱听松叶雨，论诗惟对竹窗灯。各拘片禄寻分别，高谢浮名竟未能"；《依韵酬智谦上人见寄》"风悯秋病眼，霜湿夜吟衣。莺谷期犹负，兰陔养不违。吾师惠佳句，胜得楚金归"；《赠谦明上人》"新试茶经煎有兴，旧婴诗病舍终难"；《寄庐山庄隐士》"药苗应自采，琴调对谁弹。待了浮名后，依君共挂冠"。李中僧道诗中最值得注意的是如下一首诗：

　　　　　　冬日书怀寄维真大师
　　　　自别吾师后，风骚道甚孤。
　　　　雪霜侵鬓发，音信隔江湖。
　　　　扰扰悲时世，悠悠役梦途。
　　　　向公期尽节，多病怕倾壶。
　　　　贱迹虽惭滞，幽情忍使辜。
　　　　诗成天外句，棋覆夜中围。
　　　　落壁灯花碎，飘窗雪片粗。
　　　　煮茶烧栗兴，早晚复围炉。

　　　　　　　　　　——《全唐诗》卷七五零

"自别吾师后，风骚道甚孤。雪霜侵鬓发，音信隔江湖"，既写出与维真大师的交往基于风骚之事的事实，也写出对维真大师的思念。"扰扰悲时世，悠悠役梦途"，似乎说出了现实的纷扰和混乱，但是过于含糊，只能看到作者为达到目标而一直在路上奔波的身影。"诗成天外句，棋覆夜中围"，写与维真大师夜晚奕棋又作诗，时而偶得佳句的往事。"落壁灯花碎，飘窗雪片粗。煮茶烧栗兴，早晚复围炉"，还是写与维真大师雪夜饮茶赋诗的事情。从此诗可以看出李中与维真大师的情趣相投和友谊的真挚，也可以看出他们在一起的时光是快乐充实的，但除此之外，就没有值得称道之处了。这样的交往这样的生活不仅表现在李中身上，晚唐五代其他诗人与方外之士的交往也是这种情况。我们知道，晚唐五代是干戈扰攘、生灵涂炭的年代，但是在李中等士子的诗中很少反映百姓的这种苦难，他们的诗甚至很少反映他们自己颠沛流离的辛酸史。这一方面说明，五代乱世中，儒士们还能置身事外，找到一点安身立命的地方；另一方面说明了，当时的儒士确实不把百姓的疾苦放在心上，这也许是儒士们变得更为冷漠和冷酷，也许是他们见得太多，因而已经麻木了。五代十国时期，百姓处于水深火热之中，饱读儒家经书的士子们在干什么想什么，李中这首诗至少提供了一个答案。

从李中的经历看，李中虽然籍贯为陇西，但是他从未去过陇西，也未去过北方中原地区。他活动的区域在南唐国疆域内。他去的比较频繁的地方是如下几个地方：一是庐山，例如《宿庐山白云峰重道者院》、《题庐山东寺远大师影堂》；二是姑苏，例如《姑苏怀古》；三是九江，例如《思九江旧居三首》；四是下蔡（今安徽凤台），例如《登下蔡县楼》、《下蔡春偶作》；五是润州，例如《秋日登润州城楼》；六是晋陵，例如《晋陵罢任寓居依韵和陈锐秀才见寄》；七是安福县、新喻县、吉水县、广陵等等，例如《广陵寒食夜》、《壬申岁承命之任淦阳再过庐山国学感旧寄刘钧明府》。这些地方均在长江以南南唐国疆域内。就是说，从地理上看，李中的经历不够广阔不够丰富，这限制了他的眼界。从交往的人员看，李中写给秀才的有19人23首之多。写给僧道的有37首之多。他与达官贵人交往的仅是韩熙载、徐铉、张泊等人，而且交往极少。从社会阶层上看，李中县令的身份决定了他的圈子只能是中下层人士，这就很难使他在诗中流露出对国家前途命运的关注和热情。从生平事件上看，李中主要谈论友谊的宝贵、与朋友主要是谈诗论艺。咏物诗、怀古诗的内容他都很少染指。从时间上看，他身跨唐、五代、宋，但是他对哪个政权都没有表现出热情。这一点应当是当时很多士子的普遍现象。纵观李中一生可见，在友谊中寻找温暖，在诗艺中追求成就，可以说成了他一生中主要的精神支柱。联系五代时其他文人例如韦庄、罗隐、韩偓等人的生活，可以知道，以友谊和诗歌为精神支柱的文人不止李中一人，当时多数士子均是这样的，其区别只在于浓淡轻重而已。

二　李中诗的思想内容

李中现存309首诗，其中寄友诗28首，离别诗7首；友情诗28首；赠友诗6首；亲情诗5首；忆旧诗2首；酬和诗22首，赠人诗7首，干谒诗12

首。写友情写亲情加起来有 74 首，酬和诗、赠人诗、干谒诗、哭悼诗、挽歌加起来有 47 首，咏物诗 34 首，咏怀诗 31 首；登临怀古诗 16 首。羁旅诗 16 首。僧道诗 37 首。这些种类加起来有 255 首，占了其诗总量的一大半。可以这么说，友情亲情诗、酬和干谒诗、咏物咏怀诗和僧道诗，是李中诗的主要内容。需要指出的是，不论是与士子交往，还是与僧道交往，或者是干谒诗，谈论诗艺都是李中诗的主要内容。以下举例说明。

寄赠致仕沈彬郎中
鹤氅换朝服，逍遥云水乡。
有时弃一叶，载酒入三湘。
尘梦年来息，诗魔老亦狂。
莼羹与鲈鲙，秋兴最宜长。

——《全唐诗》卷七四七

沈彬是吴国四诗友之一，约生于 864 年，卒于 961 年，官至南唐吏部郎中，喜好评诗，曾与孙鲂、李建勋结为诗社。此诗前半写自己离开京都，逍遥水乡的自得生活。后半写逍遥生活中最喜好的仍然是整日作诗的事情，这种兴趣在秋日显得更为浓厚。此诗并没有直接流露出他与沈彬的友情之深厚，但是联系到沈彬以评诗而著名，则可知此诗正写出两人的情趣相投。正是这样的共同爱好保证了两人友谊的朴实和纯正。

又如写给史虚白的下一首诗：

赠史虚白
致主嘉谋尚未伸，慨然深志与谁论。
唤回古意琴开匣，陶出真情洒满樽。
明月过溪吟钓艇，落花堆席睡僧轩。
九重萝卜时终在，莫向深云独闭门。

——《全唐诗》卷七四七

史虚白（895？—961？）为山东北海人，隐居嵩山时与韩熙载（902—970）友善，后唐末帝李从珂清泰（934—936）年间和韩熙载到晋陵谒见李昪，不为李昪重用，遂徙家于九江落星湾，绝意世事，以酒琴往来于庐山间。史虚白工诗，郑文宝《南唐近事》（收于《宋元笔记小说大观》第一册）

（977 年成书）称其"虽不精绝，然词彩磊落，旨趣流畅，亦一代不羁之才也"。① 李中于南唐中主（943—961 年在位）时，曾与刘钧共学于庐山。所以，此诗应该写于 943 年至 961 年这段时间内。首联对史虚白在金陵向李昇直陈进取之略不为李昇采纳的事情感到遗憾，替史虚白表达一种世无知音之叹。颔联描绘出史虚白隐居庐山后以酒琴与友往来的日常生活，李中应当就是这些酒琴朋友中的一个。颈联表明李中、史虚白均在夜晚时分吟诗赏月，与僧徒往还。末联劝慰史虚白振作精神，不要闭门绝世，因为机会还是会有的。事实上，史虚白后来还见过南唐中主李璟，李璟访以国事，可惜不知何故史虚白委婉拒绝了，再次隐居。宋太祖赵匡胤建隆二年（961），中主南迁至落星湾，再次召见史虚白，史虚白献诗，得到中主大量赏赐。可见，李中所说"时终在"的说法还是灵验的。从这首诗可以知道，李中与当时隐居的士子多有交往，对这些士子的情况有较多了解，常常安慰这些士子，其中心内容仍然是谈论诗艺，这些交往对李中诗艺的提高起了良好的作用。又如：

献张义方常侍

雄飞看是逼岂廊，逸思常闻不暂忘。

公署静眠思水石，古屏闲展看潇湘。

老来酒病虽然减，秋杪诗魔更是狂。

乘兴有时招羽客，横琴移月启茅堂。

——《全唐诗》卷七四七

此诗值得注意的是颈联所写文人的生活，在年华老去，恣意饮酒有所收敛的时候，作诗的兴致更高了，尤其是深秋时分。从这一联可以看出当时文人的生活确实以留恋诗酒为主要内容。这可以为人们探求五代十国时期文人在乱世中的主要生活及其思想感情提供一个例证。可以这样说，当时的文人，对国家、百姓皆无太多的兴趣，这或许真的是兴趣转移，但也可能是为了避祸全身。他们对民生疾苦国家前途也很少兴趣，更多的时光在诗酒生活中消磨了。这种生活和感情不仅表现在与友人的交往和干谒诗中，即使在与僧道这些方外之士的交往中仍然是这样的。例如：

访龙光智谦上人

忽起寻师兴，穿云不觉劳。

---

① 本社编：《宋元笔记小说大观》（全 6 册），上海古籍出版社 2001 年版，第 1 册，第 269 页。

相留看山雪，尽日论风骚。

竹影摇禅榻，茶烟上毳袍。

梦魂曾去否，旧国阻波涛。

——《全唐诗》卷七四七

此诗在叙写与智谦上人的深厚情谊之外，给人印象颇深的就是他们交往时的生活主体了。"相留看山雪，尽日论风骚"，在看山雪的时候，他们讨论最多的还是文人墨客的风骚之事。联想起《寄庐山白大师》所云"一秋同看月，无夜不论诗"的事情，我们可以得出一个初步的结论：与僧人交往时，诗文的作法问题成为李中很喜欢的一个话题。

尽管今日我们看不到李中有诗学著作的蛛丝马迹，但是从李中所存律诗皆比较精工的现象看，李中确实在诗文方面下了不少功夫且取得了一定的成就。

除包括与僧道交往在内的友情诗外，咏怀也成为李中喜欢写的题材。例如：

秋夕书怀

功名未立诚非晚，骨肉分飞又入秋。

枕上不堪残梦断，壁蛩窗月夜悠悠。

——《全唐诗》卷七四七

感兴

渔休渭水兴周日，龙起南阳相蜀时。

不遇文王与先主，经天才业拟何为。

——《全唐诗》卷七四七

建功立业是唐代士子抒写理想时最常见的话题，到了晚唐五代十国时期，仍然这样。例如，《秋夕书怀》中，李中对自己的功名未成心有不惬，但是他没有泄气，他自我勉励说，现在时间还不算太晚。在追求理想尚有困难的时候，作者希望能够在亲情中得到安慰，但是骨肉分飞，纵然是心心相印，不能团聚的状态总是让他觉得孤单和寂寞，所以，这时候的深秋之悲就给他留下了很深的印象。孤单和寂寞让诗人午夜梦回，再难入睡，听着窗下蟋蟀的叫声暗自伤感。这首诗并未有明确的、具体的事情供后人判断作者因何而感伤，但是功业未成，亲人暌隔的苦闷还是看得出来的。《感兴》所用姜尚故事、诸葛亮故事是古代咏史诗的俗套，其构思不外是感叹姜尚和诸葛亮得遇明主而实现了人生理想，以此来对比作者自己之所以一事无成，一个重要的原因是未得贵人提携。应该说，李中这首诗未跳出这个窠臼，仅从这方面看，此诗似乎不值得探讨。考虑到李中想表达的这个意思虽然俗套，但在那个时代还是具有普遍性的，我们可对此稍作评论。五代十国时期，在南唐国，士子们依然有科举入仕这条进身之阶，但是进士及第后能否入仕，入仕后为何种官职，士子自己则难以预料和掌控。同历朝历代一样，碰到个赏识自己的贵人，仍然是必要的。所以李中对达官提携的期盼无可厚非，这让人们了解到那个时代士子在官场中的一种心态。仅仅从认识价值上而言，此诗不无可取之处。此二诗所写宦情和亲情让人们了解了李中生活中多姿多彩的一面，也了解了那个时代无数士子真实生活的一个侧面。

三　李中诗的艺术特色

与思想性上偏于吟咏谈诗论艺生活相应的是，李中诗在艺术上十分讲究，尽管一定程度上由于时代的原因，他的诗很难在艺术上有大的造诣和成就，而不断地推敲、研习，还是使李中的诗取得了一个引人瞩目的成就，那就是名句很多。从这个现象可以看出五代十国时期诗人们在诗歌上的努力终究没有枉费精力，他们以残章断句彰显着唐代诗歌最后的辉煌。

李中现存 300 余首诗，很少有人研究，孟宾于所写的《碧云集序》成了研究李中诗的一篇重要文献，故抄录如下：

> 昔者仲尼删三百篇，梁太子选十九首，厥后沿朝，垂名者不少，苦志者弥多，入室升堂者有其数矣。然六艺之旨，二南之风，后来未甚穷目。沉沦者怨刺伤多，取事者雅颂一贯。乱后，江南郑都官、王贞白，用情创志，不共辙，不同途，俱不及矣。今观淦阳宰陇西李中字有中，缘情入妙，理则可知，出示全编，备多奇句。只如"乾坤一夕雨，草木万方春"。此乃王泽所均，春风广扇。《姑苏怀古》云："歌舞一场梦，烟波千古愁"。因想繁华之日，引成兴叹之词。《书王秀才壁》句："贫来卖书剑，病起忆江湖"。诗人兴叹，时政如何。《听郑道士琴》："秋月空山寂，淳风一夜生"。乃景清虚，真风回返。《徐司徒池亭》句："扶疏皆竹树，冷淡似潇湘"。心匠所到，景致尤疏。《落花》句："苦恨西园雨，生憎南陌风"。阻公子欢，动旅人感。《寒江暮泊寄左偓》云："烟火人家远，汀洲莫雨寒"。诗人之作，客况凄然。《秋雨》句："秋声在梧叶，润气逼书帷"。《庐山》句："谷春攒锦绣，石润叠琼林"。比兴之言，搜罗尤异。《江行夜泊》句："半夜风雷过，一天星斗寒"。恐怖一场，虚明彻晓。《寄刘钧》云："闲花半落处，幽客未来

时"。《得故人消息》句："梦归残月晓，信到落花时"。肺肠难述，怀想可知。《访龙光谦上人》云："相留看山雪，竟日论风骚"。见请道之相与，望寒山之不舍。又七言《宿庐山白云峰重道者院》句："云开碧落星河近，月出沧溟世界秋"。又，《海上从事秋日书怀》句："千里梦随残月断，一声蝉送早秋来"。又《夜泊寄诗友》："鱼龙不动澄江远，烟雾皆收皎月高"。《东林寺远大师》句："杉桧已依灵塔老，烟霞空缫影堂深"。《登毗陵青山楼有感》句："千里吴山青不断，一边辽海浸无穷"。《访洞仙官不遇邵道者》句："羽客不知何处去，洞前落花立多时"。《忆溪居》句："杜若孤蒲烟雨歇，一溪春色属何人。"又六言句："半落铜台月晓，乱飘金谷风多"。《客中春思》云："又听黄鸟绵蛮，目断家乡未还。春水引将客梦，悠悠绕遍关山。"《赋泉》句："谁当秋霁后，独听月明中。"《柴司徒亭前假山》句："萦影夜潜疑晓起，茶烟朝出认云归。"众目所观，它心不到。《春暮怀故人》句："池馆寂寥三月暮，落花重叠盖莓苔。惜春眷恋不忍扫，感物心情无计开。"《赠王道士》云："槎流海上波涛阔，酒满湖中天地春。"论玄酒太羹，常徒肯爱。述神龙真虎，贤者则知。负勤苦，值干戈，从军之后，受命以来，上表中朝，乞归故国，以同气没世，二亲在堂，弃一宰于淮西，获安家于都邑。公之忠孝彰矣，贤彦称之。载彼朱衣，犹思丹桂，乃为言曰：且名随榜上者众，艺逐云高者稀，今之人只祷方干处士，贾岛长江，何须一第者哉。公理涤民，饮涤水，清白著矣，歌咏兴焉。况今贤为宝，以礼示人。必当闺籍将书，清庭即践。愚生于邂近，得遂批承，时也。素月流天，澄江如练，对沧洲而援笔，乏丽藻以当仁，以公五七言兼六言二百篇，目曰《碧云集》。癸酉年（973）八月五日序。①

这里孟宾于引用并称赞了李中26首诗中的54句诗，并对这些诗句作出了自己的点评。因为这是给自己所编的书作序，称赞的时候不免有溢美之词，所以，这些话并不可全信。但是，我们就引用的这些诗句而言，再联系李中作诗时态度的诚恳，可以认为，孟宾于的称赞必有其理由。李中作诗擅长于锤炼名句，这是他的成功之处，与之相联系的一个不足就是，李中很难有哪首诗整体上十分突出。就是说，李中的诗恐怕很难避免有句无篇的毛病。这一点，我们可用《瀛奎律髓》卷十"春日类"选评的一首诗为例来说明：

---

① （南唐）李中撰：《碧云集》，景印四部丛刊初编本，卷首。

春日野望

野外登临望，苍苍烟景昏。
暖风医病草，甘雨洗荒村。
云散天边影，潮回岛上痕。
故人不可见，倚杖役吟魂。

——《全唐诗》卷七四七

诗人独自伫立于春日的黄昏，暮霭沉沉且苍苍，心头难免多有不惬和孤苦。也许是洒落的性情所致，诗人此时能够看到生活中亮丽的色调，习习春风，抚慰着渐渐苏醒的病恹恹的小草，一场春雨过后，村子更干净、空气更清新了。雨云已经散去，仅在天边逗留着一点影子；潮水也已经退去，留下了点点痕迹。诗人对友情的渴望仍然得不到满足，但他并不觉得十分寂寞无聊，他拄着手杖吟哦着诗句，在这种自得其乐有所寄托的生活中逍遥自在着。从此诗所写内容看，交往不算广泛的李中，即使在孤零零一个人的时候，也能找到情感的寄托，觅得生活的真义，而不会沉浸在一片灰暗中难以自拔。人生多难，五代十国时的文人，生活尤其悲惨，但是，他们总能自我排遣，自我安慰。李中这首诗就是一个很好的例子。元代人方回评此诗云："第三句新异，第四句淡而有味。"其实，"暖风医病草"的诗句的新异，正是诗人心灵上有所追求的反映，诗句上提炼的功夫还在其次。"甘雨洗荒村"诗句上的淡而有味，也是因为诗人有一颗敏锐多情而恬淡自得的心灵的原因。因为外在的诗句的美实际上是内在的心灵的美的反映，所以，我们其实也可以说，"暖风医病草，甘雨洗荒村"两句都是淡而有味、令人称奇的，而不必析而言之。清儒纪晓岚的评价就是："情景俱佳，格亦不俗。"纪晓岚的话当然是就整首诗而言的。还有，纪晓岚认为此首诗"末句不好，役吟魂三字劣"。①这种评价准确与否，暂且搁置不论，这至少证明纪氏绝非一味赞美，乱下评语。因而，李中《春日野望》一诗实在算得上一首佳作。最后，需要注意的是，这首诗并没有被孟宾于引用，没有引起他的注意。可见，李中值得肯定的作品绝不止孟宾于所列举的 26 首诗。由此可以总结出李中诗艺术上一个特点，那就是，在平凡琐碎的事物中，总是能以敏锐多感的心灵去发现生活中的美，从而写出恬淡富于诗味的诗句，可谓平中见奇，语淡味浓。

---

① （元）方回选评，李庆甲集评校点：《瀛奎律髓汇评》（49 卷），上海古籍出版社 2005 年 4 月新 1 版，卷 10，第 1362 页。

第四节 南唐国徐铉的文学创作

一 徐铉的生平

晚唐五代时期文学上的一个突出现象是，改朝换代的频繁以及不以人的意志为转移的特点，使得许多文人经历了不止一个朝代，他们中有不少人在不同的朝廷为官任职。由于忠臣不事二主的传统观念，他们的行事和作为受到不少人的非议和诟病。虽然人们对这种非议和诟病，有着种种不同的看法。但是，身历数朝者还是受到不少人戴着有色眼镜的目光的上下打量。其实，只要仔细考察一下这些历仕数朝的文人，就会知道，他们并非全都是无原则无人格的墙头草，相反，许多人在身历数朝的经历中，不仅显露了为官为人的智慧，而且显露了难得一见的铮铮铁骨。徐铉、徐锴就是这样的人物。

徐铉（916—991），字鼎臣，籍贯为会稽，其父为徐延休，为吴国江都少尹，于是迁居广陵。徐铉自幼天资聪颖，10 岁即能为文。长大后与韩熙载（902—970）齐名，人称"韩徐"。成名很早、声名远播的徐铉并不是世故之人，遇事敢于直抒己见，因而总是得罪权贵，也给自己带来麻烦。最有名的有以下事情。

徐铉初出仕时为校书郎，侍奉南唐烈祖李昪，为知制诰。当时有人写了篇军中书檄，徐铉和其弟弟徐锴看后批评该檄文援引失当。此檄文是殷崇义所写，殷崇义怀恨在心，就和宰相宋齐丘诬陷徐铉徐锴泄露机密。处理结果是，徐铉被贬为泰州司户掾，徐锴被贬为吴江尉。[①] 这是徐铉第一次被贬官。

徐铉被贬为泰州司户掾时间不长，就迁升为祠部郎中，再次为知制诰。徐铉给南唐元宗皇帝李璟上书，提出贡举初设，不应该立刻停止。李璟听从了他的话，再次举行贡举，招揽人才。这件事后不久，徐铉又因罪被贬官。大致的情况是这样的。元宗命内臣车延规、傅宏屯田于楚州，人不堪其苦，群起造反。李璟命徐铉处理此事。徐铉到任后，上奏李璟罢屯田，责备内臣不愿贷款，又抓住造反头子，斩于军前。李璟又以专杀之罪而将徐铉流放到舒州。周师侵略南唐，李璟又迁徙徐铉到饶州。或许由于徐铉敏捷的文才使李璟觉得徐铉十分重要。所以，不久，李璟又召徐铉为太子右谕德，复知制诰，又迁升为中书舍人。后主李煜时，徐铉为礼部侍郎，通署中书省事，又为尚书右丞、兵

---

① （元）脱脱等撰：《宋史》（496 卷）（全 40 册），中华书局 1985 年版，第 37 册，卷 441，第 13044 页。

部侍郎、翰林学士、御史大夫、吏部尚书。①

尽管有两次被贬官被流放的经历，从在吴国和南唐的经历看，徐铉还是一直受重用的。但是从以后的经历看，徐铉越到后来越受到皇帝的重视。这有以下的事情为证。

赵匡胤的部队包伟金陵的时候，李煜派遣徐铉求援兵。南唐大将朱令赟带兵十多万从上江来援救李煜。李煜因为徐铉已经出去求救兵了，因此急令朱令赟不要东下。徐铉说："今社稷所赖，惟此援兵耳，奈何止之？"李煜说："方求和解而复决战，岂利于汝乎？"徐铉说："臣此行未必能纾国难，置之度外可也。"李煜很受感动。宋太祖见到徐铉后，严加斥责，声色俱厉。徐铉说："臣为江南大臣，国亡，罪当死，不当为其他。"宋太祖叹曰："忠臣也，事我当如李氏。"命徐铉为太子率更令。②

徐铉等至宋朝，宋太祖知道徐铉口才好，长于辩论，就故意派遣一些武士不知书者给徐铉做馆伴。徐铉和这些馆伴辩论，这些馆伴只不答话，徐铉无可奈何。后来徐铉上殿见赵匡胤，陈说南唐国国主李煜只是因为身体有病不能朝见，宋朝发兵攻打实在不该，祈求赵匡胤缓兵。赵匡胤很不高兴，让徐铉陈述理由。徐铉说："李煜无罪，陛下师出无名。"又说："李煜效贡赋二十余年，以小事大，如子事父，未有过失，何以见罚？"宋太祖曰："尔谓父子者为两家可乎？"徐铉一时语塞。最后的结局是，徐铉随李煜归顺北宋。后来徐铉与汤悦奉敕同撰《江南录》，至于南唐亡国之事，不言其过，只是以历数存亡论之，颇得时人好评。③

以上可见徐铉对李煜是忠诚的，但是归顺宋朝后，徐铉对北宋皇帝同样也是忠诚的，这时就可能有冲突了。例如北宋王铚《默记》（收入《宋元明清笔记小说大观》）卷上所记载的如下一个故事：

> 徐铉归朝，为左散骑常侍，迁给事中。太宗一日问："曾见李煜否？"铉对以"臣安敢私见之"。上曰："卿第往，但言朕令卿往相见可矣。"铉遂径往其居。望门下马，但一老卒守门。徐言："愿见太尉。"卒言："有旨，不得与人接，岂可见也。"铉云："我乃奉旨来见。"老卒往报。徐

---

① （元）脱脱等撰：《宋史》（496卷）（全40册），中华书局1985年版，第37册，卷441，第13045页。

② 同上。

③ （宋）马令撰，李建国校点：《南唐书》，卷23，见傅璇琮、徐海荣、徐吉军主编《五代史书汇编》（全10册），杭州出版社2004年版，第9册，第5412—5413页。

入，立庭下久之。老卒遂入，取旧椅子相对。铉遥望见，谓卒曰："但正
衙一椅足矣。"顷间，李主纱帽道服而出。铉方拜，而李主遽下阶引其手
以上。铉告宾主之礼。主曰："今日岂有此礼。"徐引椅少偏，乃敢坐。
后主相持大哭。乃坐默不言。忽长吁叹曰："当时悔杀了潘佑、李平!"
铉既去，乃有旨再对，询后主何言。铉不敢隐，遂有秦王赐牵机药之事。
牵机药者，服之前却数十回，头足相就，如牵机状也。①

即使此事属实，也不能让徐铉为李煜的死负责。当然从这件事可以看出，
徐铉对李煜了解不够，对李煜的保护也不够。如果徐铉对李煜足够了解，那
么，见面后，徐铉应该主动说话，说一些不敏感的话题，总之是不给李煜倾诉
衷肠的机会。而一旦没有这样做，使得李煜讲了不该讲的话，作为宋臣的徐铉
是没有理由也没有胆量隐瞒的。

不管怎么说，上一则故事所讲的徐铉见李煜，对李煜不是什么好事，徐铉
多少有点良心上的歉疚（尽管他无责任）。而从李煜死后徐铉撰写碑文的事情
看，徐铉对李煜还是有故主之谊的，徐铉终归是个厚道人。例如下列一事：

后主下世，宋太宗诏侍臣撰碑文。时有与铉争名者，欲中伤之，因言
知吴王事迹莫若徐铉，太宗诏铉为之。铉遽请对，泣曰："臣旧事李煜，
陛下容臣存故主之义，乃敢奉诏。"许之。铉为碑文，有云："投杼致慈
亲之惑，乞火无里妪之谈。始劳因磊之师，终后涂山之会。"太宗览读叹
赏，每对宰臣称铉忠义。②

以今天的眼光看，徐铉并没敢对李煜有好的评价，但是，能够不诋毁李
煜，就很难得了，就可以得到宋太宗"忠义"的评价了。由此可以知道，那
个与徐铉争者出此计策来陷害徐铉，确实是有点杀伤力的。徐铉如果没有诋
毁李煜，就可能得罪宋太宗，但是如果徐铉诋毁了李煜，徐铉的清誉就要受
损。徐铉当然明白这一点，所以他要哭着取得宋太宗的谅解，这一方面说明了
徐铉为人厚道的一面，另一方面也表现了徐铉的智慧。由此可以知道，为什么
生性耿直的徐铉能够历仕杨吴、南唐和宋朝而安然无恙且得到较高的地位。总
之，徐铉的智慧不仅表现在文学才能上，在政治才能上，他的表现也是相当不

① 本社编：《宋元明清笔记小说大观》（五），上海古籍出版社 2001 年版，第 4536—4537 页。

② （清）吴任臣撰，徐敏霞、周莹点校：《十国春秋》（116 卷）（全 4 册），中华书局 1983 年版，
第 1 册，卷 28，第 402 页。

错的。徐铉称得上是五代时一个机敏睿智而又有品格的文人。

徐铉在文艺上是一位多面手，还是一位博学的人。《十国春秋》卷二八有如此的记载："好李斯小篆，臻其妙，隶书亦工。……入宋后，受诏与句中正、葛湍等校《说文》，有文集三十卷、《质疑论》若干卷，又有《吴录》二十卷。……博学，能读异书。常与弟锴隶猫事，至七十余条。……宋人剖象而亡其胆，咸以为异。徐铉曰：'象胆在四足，今春时，当于前左足索之。'果如其言。"①

徐铉个性中最值得注意的有三点：一是为人耿直，二是机警睿智，三是学识渊博。这三个特点在许多文人身上都有，但是五代时的徐铉表现得十分明显。这一点，和他的文学创作是有一定联系的。

徐锴（920—974）为徐铉弟弟，字楚金，生四岁而孤，母方教徐铉读书，没顾得上教徐锴，徐锴听后自能知书，稍长，文辞与徐铉齐名，人称二徐。昇元（937—943）中，议者认为文人浮薄，多用经义法律取士，徐锴以之为耻，杜门不求仕进。徐铉与常梦锡在门下省为同事，将弟弟徐锴的文章拿给常梦锡看，常梦锡惊叹不已，将徐锴推荐给南唐烈祖李昇，李昇未来得及用徐锴而李昇去世。南唐元宗李璟即位，起用徐锴为秘书郎，齐王李景达又奏授徐锴为其记室。不久，因徐锴和其兄长徐铉批评檄文引用失当，徐锴被贬为吴江尉。一年后，徐锴又被召回来，授右拾遗、集贤殿直学士。徐锴又批评冯延鲁有罪无才，人望至浅，不应当为巡抚使，徐锴再一次得罪权贵，以秘书郎分司东都。由于徐锴才华实在出众，李璟很喜欢，不久，李璟又召徐锴为虞部员外郎。后主李煜即位，徐锴升迁为屯田郎、知制诰、集贤殿学士，又拜右内史舍人，赐金紫，宿直光政殿，兼兵部吏部选事，与兄徐铉均在近侍，时号"二徐。"②

二　徐铉诗歌的思想内容

据《全五代诗》卷二六、卷二七、卷二八，徐铉今存诗 242 题 284 首，作为徐铉一生经历和思想的一种记录，这些诗大致可以分为酬赠诗、题赠诗、赠别诗、友情诗、亲情诗、咏物诗等类别。需要说明的是，对徐铉诗内容上的这种认定只是为了便于论述而做的粗略划分，并不是说徐铉的诗只有这些类别，也不是说属于某个类别的诗就不属于其他类别了。这是分析徐铉诗必须首先说明的一点。

①　（清）吴任臣撰，徐敏霞、周莹点校：《十国春秋》（116 卷）（全 4 册），中华书局 1983 年版，第 1 册，卷 28，第 403 页。

②　同上书，第 403—405 页。

1. 数量众多，内容复杂的酬赠诗

酬赠诗在徐铉《骑省集》中数量最多，有70余首，占四分之一之多。所谓酬赠诗，就是君臣宴享、朋友聚会或者朋友赠诗后作者临场奉命而作，或者出于礼貌或者按照当时惯例而回赠的诗歌。这样的诗很多情况下在诗题上都明言是"和某某人"。这一类诗的产生是由于现实和当时情形的需要，多数情况下不是作者的有感而发，而多少带有命题作文的意味。因此，这类诗一般不大有真情实感，作者在诗中表现出的心理和情感往往是因文造情。一般地说，从这类诗不能论证作者的心理情感和思想意识。但是，这并不是说这类诗就没有研究价值了。缺点从另一个角度看，往往可能是优点。这类诗在反映作者思想感情方面准确度有较大的误差，但是对我们了解作者都和哪些人交往以及交往的深浅上，就有不可替代的作用。另一个要注意的是，即使这类诗，也不是全都缺乏真情实感的，也不是艺术性上全都无可取的。徐铉的这类诗就有好几首不错的作品。例如下列几首：

> 京使回自临川得从兄书寄诗依韵和
> 　　珍重还京使，殷勤话故人。
> 　　别离长挂梦，宠禄不关身。
> 　　趣向今成道，声华旧绝尘。
> 　　莫嗟容鬓老，诗句逐时新。
>
> 　　　　　　　　　　　　——《骑省集》卷四

见到入京的使者，询问外地的兄长，然后知道兄长已经给自己带来书信诗章，可见真的是天隔一方，心心相印。因为亲情萦绕心头，所以对于宠荣利禄皆不大介意。往昔日子不可追，故说绝尘而去，今日各有所赖，故说成道。末两句也许是因为从兄的诗中提到年华老去，作者安慰说人虽老去，而诗还清新。可见生活心态均大有令人欣慰之处。从诗题与内容看，这首诗无疑是一首酬赠诗，但颇有可称道之处。与人们印象中的酬赠诗不同的是，此诗内容具体，对象确定，情感无大起大落，亦无乍惊乍喜，而是娓娓而谈，缓缓以叙，而作者与从兄的亲情就在这种淡定从容的叙写中流露出来，让人有亲切之感，而无突兀之弊。这首诗说明，即使是酬赠的应景诗，随着交往的关系的不同，诗的情感还是可以有深浅厚薄的不同的。这也提醒我们对酬赠诗应该理性认识，区别对待。客观地说，此首诗的好处也只是内容不空洞而已，要说十分感人或者有多大的思想意义，那就谈不上了，因为其内容的单薄简单还是显而易见的。相比之下，下面这首酬赠诗内容就丰富多了。

陈觉放还至泰州以诗见寄作此答之

朱云曾为汉家忧，不怕交亲作世仇。

壮气未平空咄咄，狂言无验信悠悠。

今朝我作伤弓鸟，却羡君为不系舟。

劳寄新诗平宿憾，此生心气贯清秋。

——《骑省集》卷三

　　从诗意看，陈觉是作者的朋友，因事被免职回泰州。陈觉到泰州后作诗寄徐铉。徐铉作此诗答之。被放还绝不是什么值得庆贺的事情，再加上可能得罪与陈觉被放还有关的人士，所以，作者不便明言，只好一开始就在诗中谈历史人物。这在古典诗歌中是惯例，并非徐铉第一次这样做。谈历史，写时事，这是典型的"借古人酒杯，浇今人块垒"的做法。诗的前半首都在写西汉人朱云的事情。朱云为人耿直狂傲，敢于得罪权贵，多次被贬，几乎被汉成帝杀掉，最后归乡，不复出仕，教授生徒，年七十余而卒。作者明写朱云，实际当然是说陈觉因耿直而被放还。作者自己承认是受伤的惊弓之鸟，显然是因陈觉受到不公正的待遇而心灰意冷，这里可能是作者的真实想法，也可能是对陈觉的安慰，不管哪种情况，这种对朋友的关心都是值得赞同的。末两句显然是进一步称赞陈觉浩然之气，直穿清秋而上云霄。陈觉究竟因何而得罪，今已不可考知，但此首酬赠诗表现的两人之间的友情和信任还是清晰可感的。如果说上首诗表明亲情可以在酬赠诗中得到表现和安放，那么，这首诗表明，友情以及借友情对时事与人情的反映，都可以通过酬赠表达出来。这首诗进一步证明了酬赠诗内容上的丰富性和可延展性。

　　值得指出的是，徐铉值得称道的酬赠诗不止上述二首。其他诗例如《十日和张少监》："重阳高会古平台，吟遍秋光始下来。黄菊后期香未减，新诗捧得眼还开。每因佳节知身老，却忆前欢似梦回。且喜清时屡行乐，是非名利尽悠哉。"吟诗、赏菊、叹老、忆旧是重阳登高的必修课业，随后是追求生命之乐的达观态度。该诗的认识意义就在于让我们从一个侧面了解了那个时代徐铉这样的大臣的登高习俗及其心态。又如《奉和子龙大监与舍弟赠答之什》："江梁东观两优贤，名主知臣岂偶然。鸳鸯分行皆接武，金兰同好共忘年。怀恩未遂林泉约，窃位空惭组绶悬。多少深情知不尽，好音相慰强成篇。"在对子龙与舍弟才能和友谊的称赞之外，就是对自己隐仕无成的自谦，这种自谦同时也是对子龙和舍弟的劝勉，所以好音相慰，深情款款。

　　徐铉还有两首长篇酬赠诗《酬乔亚元舍人长歌》、《奉和宫傅相公怀旧见寄四十韵》，内容丰富，音韵浏亮，确实是酬赠诗的杰作，此处就不讨论了。

最后需要说的是，对于徐铉而言，酬赠诗的一个主要的对象应该是皇帝了，此类诗如《春雪应制》、《御筵送邓王》、《蒙恩赐酒旨令醉进诗以谢》等诗，这些诗的感情即使有，即使真诚，也很难得到后人的认可，但还是需要指出，这类诗也是有好句子的。例如《御筵送邓王》"满座清风天子送，随军甘雨郡人迎"就颇得后人的好评。

2. 佳作迭出，性情鲜明的送别诗

酬赠诗是古代诗人，尤其是唐以后诗人最常见的题材，因为人际交往的需要，这类诗数量众多是很容易理解的。又因为多数情况下是虚应故事，这类诗感情上的浅薄也容易得到人们的谅解。除酬赠诗外，赠别诗就是古人诗歌中最常见的题材了。赠别诗的产生首先是因为远行者与送别者产生了送别的事件，其次是因为双方皆有惜别时的复杂情感需要抒发出来，尽管不排除送别时有敷衍的可能，但是，总而言之，这类诗感情的真实性比起酬赠诗来要可靠得多。如果回顾一下文学史上的名人名作就可以知道，徐铉的送别诗并没有突出到可以列入名作的程度。但是，因为赠别诗产生的背景是实有其事而且多数情况下抒发的是真实的感情，所以，探讨徐铉诗的内容就变得极为必要了。而且，客观地说，徐铉的送别诗确实有值得称道的地方。以下举例说明。

> 王三十七自京垂访作此送之
> 失乡迁客在天涯，门掩苔垣向水斜。
> 只就鳞鸿求远信，敢言车马访贫家。
> 烟生柳岸将垂缕，雪压梅园半是花。
> 惆怅明朝尊酒散，梦魂相送到京华。
> ——《骑省集》卷三

封建社会的官场中有一个屡见不鲜的现象，即一个人发达之时一定门庭若市，一旦失意家居或者失势贬官，一定是门可罗雀的。这种现象已经普遍到人们对此感到麻木的程度，就是说，身处逆境中的人对众叛亲离的境遇已经坦然接受了，不会责怪或者怨恨别人。不过，如果真有人能够对身处逆境中的人不离不弃，或者哪怕是稍微假以辞色，都会让身处逆境者十分感动。徐铉此诗就是这种情况下写的。他被贬得很远，徐铉看来是远在天边，背井离乡之人，又处贬斥之中，只好虚掩着门，看着寒水和长满苔藓的墙头发呆。这里的"掩"字即虚掩着的意思，是掩着，不是关着，就是说，他还是心存一丝幻想，希望能够有人登门垂访。长时间等待客人而一直落空的经历使他不得不降低期望，只盼着千里之外，能够有人来一封信，他就满足了，即使周边的人，他也不敢奢望人家能够登门。现在有王三十七真的从千里之外来看望自己了，按理说，颈联该直截了当地对王三十七表示感谢了，但是，徐铉没有这么做，他说"烟生柳岸将垂缕，雪压梅园半是花"，他用压制不住的、即将到来的春的生机来写出自己的感受，就是说，王三十七的到来让他看到了温情，看到了希望，在他的眼里，水边的垂柳似乎要发芽了，大雪下的梅花似乎要开放了。这样写，避免了直白，而增加了诗的含蓄之美。末联说，明朝送别酒之后，自己会无限伤感，即使在梦中，也想着已回京华的王三十七。

也许是自己身处逆境感受更深的原因，徐铉送别诗的感人之作往往是徐铉自己被贬，除上述一首外，又如下列一首。

移饶州别周使君

正怜东道感贤侯，何幸南冠脱楚囚。

皖伯台前收别宴，乔公亭下舣行舟。

四年去国身将老，百郡征兵主尚忧。

更向鄱阳湖上去，青衫憔悴泪交流。

——《骑省集》卷三

这是写于任职南唐时的一首送别诗。徐铉由贬官迁调到饶州，由贬官而迁调，好歹是一种改善处境的事情，徐铉不免有释然之感，同时也增加了对朝廷对皇帝的感恩之情，所以说是"南冠脱楚囚"。作为东道的周使君先是饯行，又是亲自送到江边船上，这不免让徐铉心生谢忱。当时南唐国势正处于风雨飘摇之中，故征兵守城，而自己一去就是四年，时光催人年华老去，想到自己能为国家所作实在有限，徐铉心生惭愧。迁调之地是鄱阳湖地区，一想到这些，徐铉就青衫拭泪，有说不尽的忧伤。与前一首诗相比，这首诗更多了徐铉对南唐国的忠诚以及忠不见用的伤感。这应是这首送别诗的一个重要的认识意义。

从别人送自己的送别诗可以看出徐铉对友人关爱的谢忱，对国家的忠心和忠不见用的忧伤，而从徐铉送他人的送别诗中可以看出他对朋友的关切，以及为朋友鸣冤叫屈的安慰。例如：

送黄梅江明府

江前为江夏令，有善政，今更宰小邑，赋诗留别，作此和之。

封疆多难正经纶，台阁如何不用君。

江上又劳为小邑，箧中徒自有雄文。

书生胆气人谁信，远俗歌谣主不闻。

一首新诗无限意，再三吟咏向秋云。

——《骑省集》卷三

　　从此诗小序看，江明府离别时先作了一首诗答谢徐铉的饯行，徐铉再作此诗以应和。徐铉认为国家正逢万方多难之时，应该人尽其才才是。可是，以善政有声的江明府被调到一个更小的地方去了，显然是大材小用，所以，徐铉不满地说"台阁如何不用君"。这里的"不用"显然是不大用的意思。江明府著有雄文，这些雄文一定有关于治国理政的建议，故徐铉说江治小邑，其雄文真是白作了。江明府是个敢作敢为的官员，百姓口碑甚好，以至于以民谣民谚给江明府唱赞歌。江明府虽受到不公正的待遇，但是其诗中并无颓唐和牢骚，而是气贯清秋，让人肃然起敬。江明府的治理才能究竟怎样，今天已经难以考知了，徐铉此首诗至少告诉人们，南唐国并不缺乏治国能臣，可惜其国主眼力欠佳，用人不当。这一点，有助于人们理解南唐国为何一步一步不可避免地衰亡的原因。

　　再看下诗：

庐陵别朱观先辈

桂籍知名有几人，翻飞相续上青云。
解怜才子宁唯我，远作卑官尚见君。
岭外独持严助节，宫中谁荐长卿文。
新诗试为重高咏，朝汉台前不可闻。

——《骑省集》卷四

　　朱观又是一个才高而官卑的人物，此事奠定了此诗感情上的着重点还是表达对朋友的安慰。朱观是科第时即名列前茅的士子，可惜仕途总是不够顺畅。所以，徐铉说知道朱观价值的人不是我徐铉一个人，而是很多，但这对在外地做低阶层官职的朱观没有帮助。颈联勉励朱观清操自守，像严光一样，又慨叹宫中未必有人举荐朱观。末联再用新诗称赞朱观，可惜朝堂之上不能听到为朱观鸣不平的呼声。

　　从以上三首诗可以知道，徐铉的赠别诗虽没有十分典型的情感和形象，但情感和形象也并不贫弱，从这类诗既可以看出徐铉在朋友中的声望，又可以看出徐铉对朋友的关切，尤其重要的是，这些诗在透露徐铉交往圈子的同时也暴露了南唐国政治上的某些弱点，这对评价南唐国主并探讨南唐国衰亡的原因，是有相当的借鉴意义的。此类诗还有《送孟宾于员外还新淦》、《送萧尚书致仕归庐陵》等。

徐铉自出仕后地位一直比较显赫，身处高位的徐铉所交往的人物皆非寻常士子，而封建官场复杂的人际关系使得人与人之间很难有真正的友谊存在。这在一定程度上影响了徐铉友情诗的质量，至今为止，我们也没有见谁夸赞过徐铉的友情诗。但是，这并不表明徐铉的友情诗真的一无是处。友情，毕竟是人类很重要的一种情感，职位的高低与官场的复杂会损害友谊的纯度，但是很难将友谊从一个人的生命中完全消除。也许是因为这个原因，徐铉的友情诗数量不少，质量上也大有可称道之处。其数量，据笔者统计，大约有 30 余首，占到其现存诗歌的七分之一。质量上可以举几个例子。

邵伯埭下寄南陲陈郎中

> 故人相别动经年，候馆相逢倍惨然。
> 顾我饮冰难辍棹，感君扶病为开筵。
> 河湾水浅翘愁鹭，柳岸风微噪暮蝉。
> 欲识酒醒魂断处，谢公祠畔客亭前。
>
> ——《骑省集》卷三

与朋友离别经年，相逢于旅途中，自己身处逆境，实无机会和条件与友人相约相会，所以很感谢对方带病宴请自己。时节正是夏季，所以暮蝉聒噪，浅湾中水鸟飞起，这些平淡的景色中因为友人的好意而让人倍感欣慰。末句说再次分别后何时会酒醒呢？只会在谢公祠前凭吊之时。此首诗并无特别突出之处，但是开始的"故人相别动经年，候馆相逢倍惨然"还是让人能够体会到作者身处逆境时的哀伤与悲凉。《寄蕲中高郎中》与此诗相比，内容显然丰富得多。

寄蕲中高郎中

> 贾傅栖迟楚泽东，兰皋三度换秋风。
> 纷纷世事来无尽，黯黯离魂去不通。
> 直道未能胜社鼠，孤飞徒自叹冥鸿。
> 知君多少思乡恨，并在斜阳一笛中。
>
> ——《骑省集》卷二

世事更迭十分快速，但是，贬官三年的贾谊就是难有归京的机遇，所以说"离魂去不通"。贾谊以直受贬斥，远不如佞臣之善于邀宠，就只好如离群的大雁那样翱翔于广宇中徒自哀叹了。前三联明写贾谊，实际上是写高郎中，最后一联就将此点明了，说对方的愁恨只有在斜阳时分以幽怨的笛声来表达了。

赠维扬故人

东京少长认维桑，书剑谁教入帝乡。

一事无成空放逐，故人相见重凄凉。

楼台寂寞官河晚，人物稀疏驿路长。

莫怪临风惆怅久，十年春色忆维扬。

——《骑省集》卷三

书剑入帝乡，但是东京无人赏识。流落江湖，故人相见，倍觉凄凉。路上人烟稀少，流浪者只有独饮寂寞了。长时间的临风哀伤，回忆十年前在维扬的幸福生活，只有愈加哀伤了。此诗末联"莫怪临风惆怅久，十年春色忆维扬"写出了今昔盛衰之哀伤，很有点典型性。这应成为此诗能够给人留下印象的一个亮点。

徐铉的友情诗数量不少，但佳作不算多。上述三首诗虽无十分深厚的情感，但所写朋友相见时的哀伤颇能反映那个时代士子流落江湖的生活，诗中对朋友逆境的同情也缺乏感人的力量，但有助于认识他那个时代士子们于坎坷仕途中互相宽慰的事实。其友情诗的认识意义还是不容轻视的。

徐铉集中还有三首赠妓诗，其中两首都值得称道。例如：

江舍人宅筵上有妓唱和州韩舍人歌辞因以寄

良宵丝竹偶成欢，中有佳人俯翠鬟。

白雪飘飘传乐府，阮郎憔悴在人间。

清风朗月长相忆，佩蕙纫兰早晚还。

深夜酒空筵欲散，向隅惆怅鬓堪斑。

——《骑省集》卷二

首联写中秋佳节，佳人弹琴吹笛，自己偶然碰上此种好运。这种说法客气而平淡，尚无大精彩处。颔联称赞歌妓所唱之歌为典雅之作，既是赞美歌女，又是赞美诗的作者，同时对作者不能亲临此境而憔悴于外地表示同情。颈联认为清风朗月皆是常见的、永恒的，阮郎归来自有机会，歌女只需做好准备，迎接阮郎来归即可。末句从快要酒阑人散时歌女憔悴的白发看出其心情的落落寡欢。此诗写歌女与意中人，并未牵涉到徐铉自己。《附书与锺郎中因寄京妓越宾》就牵涉到自己了："暮春桥下手封书（海陵桥名），寄向南江问越姑。不道诸郎少欢笑，经年相别忆侬无。"徐铉写给朋友的信中夹了一封写给京妓的信，自己问候京妓，同时问京妓是否也思念着自己。这种不无诙谐的句子实际上是有着作者自己的真实经历和感情的。试想一想，如果不是有着较多的交往和不错的交情，怎么会在百里千里之外牵挂着对方。徐铉诗中写女性的诗并不多，这两首写歌女的诗让读者看到了徐铉对身处卑贱地位的歌女的态度，这种态度即使在今天也是难能可贵的开明和有情有义，这促使读者思考当时的文人对歌女的看法及与歌女的关系。

咏物是唐宋两代诗人常见的题材，徐铉也作了不少咏物诗，大约有 30 余首，占六分之一多。其中值得重视的是《杨柳枝词十二首》和《柳枝词十首》。

先看《杨柳枝词十二首》之第二首："南园日暮起春风，吹散杨花雪满空。不惜杨花飞也得，愁君老尽脸边红。"（《骑省集》卷二）该诗四句写出了春日到来春风吹起时，杨花漫天，如雪花飞舞，然后由春光之流逝想到对方青春的消失，能在春意盎然中突然感到人生的短暂，可见作者体察物情的细腻和敏锐。这组诗中的其他诗也大都能把景的描写与感的抒发结合起来，景以托感，感由景发，均显示了作者对事物与人情的精细把握。

徐铉与其弟弟徐锴因为为人耿直而得罪权贵，都被贬斥过，徐铉还被贬斥过两次。描述贬官的经历和心态是唐宋两代文学的常见题材，徐铉在这方面留下一首诗让读者对其心态多少有了了解。

贬官秦州出城作

浮名浮利信悠悠，四海干戈痛主忧。
三谏不从为逐客，一身无累似虚舟。
满朝权贵皆曾忤，绕郭林泉已遍游。
唯有恋恩终不改，半程犹自望城楼。

——《骑省集》卷三

从徐铉的生平行事看，他的名利之心不算严重。这首诗第一句认为名利皆如过眼浮云，自己贬官得罪绝不是因为追求名利，实在因为四海干戈，自己为国家忧虑。所以，多次进谏后，国主不听，而且驱逐了自己，被驱逐后无所拖累了，如孤舟一样漂流。颈联说虽然自己把所有的权贵都得罪了，但是却趁机游遍了城外林泉这些美景。末联说只有对国主的留恋和感恩始终无怨无悔，走到一半还多次回头仰望城楼。这首诗说明即使在南唐国势风雨飘摇之时，如徐铉这样的南唐臣子对南唐依然忠诚。

三　徐铉诗的艺术性

徐铉在南唐和宋代算是地位极为显赫的官员，也是与当朝皇帝交往甚为密切的官员。鉴于那个时代，一个文人在文坛上的地位一定与其政坛上的地位有着正相关的关系，所以，读者完全可以相信，徐铉在南唐和宋代的文坛上一定有着相当高的地位。只是由于史料保存的限制，今日要准确表述徐铉在文坛的地位，难度不小。但也只是难度较大而已，现有的资料至少可以为这个问题的解决提供一个角度。

《四库全书总目》卷一五二给《骑省集》作提要时提到了徐铉一个很重要的文学观点："《读书志》称其文思敏速，凡有撰述，常不喜预作，有欲从其求文者，必戒临事即来请，往往执笔立就，未尝沉思。常曰：'文速则意思敏壮，缓则体势疏慢。'故其诗流易有余而深警不足。然如（魏泰）《临汉隐居诗话》所称《喜李少保卜邻》诗'井泉分地脉，砧杵共秋声'之句，亦未尝不具有思致。盖其才高而学博，故振笔而成，时出名隽也。当五季之末，古文未兴，故其文沿溯燕许，不能嗣韩柳之音，而就一时体格言之，则亦迥然孤秀。"①

这里徐铉提出的一个理论是："文速则意思敏壮，缓则体势疏慢。"什么是"意思"，什么是"体势"，什么叫"意思敏壮"，什么叫"体势疏慢"，均是值得探讨的美学命题，可惜徐铉此后未对此提出进一步的申说，后人也没有给予足够的留意。今天也很难给予准确的说明，只能作大致的推断，然后以徐铉的作品为例，来分析这几个概念的内涵。

"意思"，应该指文章的主旨和思路，"意思敏壮"，应该指文章的主旨明确、突出，且在文章中前后一致，贯通到底，表现在行文上必然有气势充沛的特点。界定了"意思敏壮"的大致含义，与之相对的"体势疏慢"也就不难理解了。"体势疏慢"应该指文章的主旨不集中，显得前后勾连或者矛盾，表现在行文上，语气有所断裂，难以贯通起来。这里的"体"应该与"意思敏壮"的"意"有着大致相同的含义，基本含义应该是指文章的整体意图。徐铉提倡意思敏壮的文章风格，既与他文学创作才能上的为文神速有关，也和他道德品质上的言行一致有关。

宋太宗要徐铉撰写李煜碑铭时，徐铉提出必须允许自己存"故主之义"乃敢奉诏，得到许可后只说运历有数，不提李煜的种种错误，这就既在道德方

---

① （清）永瑢等撰：《四库全书总目》（200 卷），中华书局 1965 年版，卷 152，第 1305 页。

面避免了对故主的诋毁的嫌疑，又保证了行文逻辑思路上的通畅，从而使此碑铭得到人们的普遍赞赏。下面抄几段碑铭原文。

《宋文鉴》卷一三九收有徐铉《吴王李煜墓志铭》：

　　盛德百世善继者，所以主其祀；圣人无外善守者，不能固其存。盖运历之所推，亦古今之一贯，其有享蕃锡之宠，保克终之美。殊恩饰瓖，懿范流光，传之金石，斯不诬矣。王讳煜，字重光，陇西人也。昔庭坚赞九德伯阳恢至道，皇天眷佑，锡祚于唐。祖文宗武，世有显德。载祀三百，龟玉沦胥。宗子维城，蕃衍万国。江淮之地，独奉长安。故我显祖，用膺推戴。焜耀之烈，载光旧吴。二世承基，克光其业。皇宋将启，玄贶冥符。有周开先，太祖历试。威德所及，寰宇将同。故我旧邦，祗畏天命。贬大号以禀朔，献地图而请吏。故得义动元后，风行域中。恩礼有加，绥怀不世。鲁用天王之礼，自越常均。鄅存纪侯之国，曾何足贵。王以世嫡嗣服，以古道驭民。钦若彝伦，率循先志。……居处服御必以节，言动施舍必以仁。至于荷全济之恩，谨藩国之度。勤修九贡，府无虚月。祗奉百役，知无不为。十五年间，天眷弥渥。然而果于自信，怠于周防。西邻起衅，南箕构祸。投杼致慈亲之惑，乞火无里妇之辞。始营因垒之师，终后涂山之釁。太祖至仁之举，大赉为怀。录勤王之前效，恢焚谤之广度，位以上将，爵为通侯。待遇如初，宠锡斯厚。今上宣猷大麓，敷惠万方。每侍论思，常存开释。及飞天在运，丽泽推恩，擢进上公之封，仍加掌武之秩。侍从亲礼，勉谕优容。方将度越等彝，登崇名数。呜呼。阅川无舍，景命不融。大平兴国三年秋七月八日遘疾，葬于京师里第，享年四十有二。皇上抚几兴悼，投爪轸悲。痛生之不逮，俾殁而加饰。特诏辍朝三日，赠大师，追封吴王。命中使莅葬，凡丧祭所须，皆从官给。即其年冬十月日葬于河南府某县某乡某里，礼也。夫人郑国夫人周氏，勋旧之族，是生邦媛，肃雍之美，流咏国风。才实女师，言成闺则。子左千牛卫大将军某襟神俊茂，识度淹通。孝悌自表于天资，才略靡由于师训。日出之学，未易可量。惟王天骨秀颖，神气清粹。言动有则，容止可观。精究六经，旁综百氏。常以为周孔之道，不可暂离。经国化民，发号施令。造次于是，始终不渝。酷好文辞，多所述作。一游一豫，必颂宣尼。载笑载言，不忘经义。洞晓音律，精别雅郑。穷先王制作之意，审风俗淳薄之原。为文论之，以续乐记。所著文集三十卷、杂说百篇。味其文，知其道矣。至于弧矢之善，笔札之工。天纵多能，必造精绝。本以恻隐之性，仍好竺干之教。

草木不杀，禽鱼咸遂。赏人之善，常若不及。掩人之过，唯恐其闻。以至法不胜奸，威不克爱。以厌兵之俗，当用武之世。孔明罕应变之略，不成近功。偃王躬仁义之行，终于亡国。道有所在，复何愧钦。呜呼哀哉。二室南峙，三川东注。瞻上阳之宫阙，望北邙之云树。旁寂寂兮迥野，下冥冥兮长暮。寄不朽于金石，庶有传于竹素。其铭曰……

本墓志铭先云"其运历之所推，亦古今之一贯"是全文的主旨和线索，以下讲清楚李煜的才能和努力，但是最终都没有保住南唐国的命运，这就是"运历之所推"，这既免除了论述李煜失误时的尴尬，又保住了北宋王朝攻打南唐的面子。可见作者在为李煜写墓志铭时确实给全文定下了一个健康的、可操作的基调，就是把南唐国灭亡的责任既没有让南唐来承担也没有让北宋承担。此后的叙述显得各个方面都很顺畅。四库馆臣云："其警句曰：'东邻构祸，南箕扇疑。投杼致慈亲之惑，乞火无邻妇之词。始劳因垒之师，终后涂山之会。'太宗览之，称叹不已云云。后吕祖谦编《文鉴》，多不取俪偶之词，而特录此碑，盖亦赏其立言有体。"① 所谓"立言有体"即主旨与行文均很得体，也就是徐铉所云"意思敏壮"的意思。

徐铉"意思敏壮"的作品并不是仅见于《吴王李煜墓志铭》中。我们还可再举二例。《宋文鉴》卷九三《君臣论》云：

君人者，推赤心以接下者也。臣人者，推赤心以事上者也。上下交感，政是以和。故大易之义，在上者其道下降，在下者其道上行，则曰天地交泰。上者自居其上，下者自居其下，则曰天地不交。否然，则为上而下降，甚易，为下而上达，甚难。何者，君人者，其势足以行人之道，其贵足以显人之德，其富足以聚人，其义足以感人。贤人君子望景而归之，理自然也。苟不逆之，可矣。又况於礼致之者哉。故齐桓之德，薄也。犹能使管仲受执，宁戚扣角，况圣君乎。此易之效也。人臣者，在贫贱之中，处疏远之地，有上下之隔，有左右之蔽，自媒则有暗投之患，因人则无苟合之誉，礼秩之不足，则不肯进也，况不礼之哉。故以仲尼之圣，怀救世之心，历聘七十而不一遇，况常人乎。此难之效也。然则士之失君所丧者，富贵耳。庄老吏隐，于陵躬耕，商皓采芝，君平卖卜，未失其所以为士也。君之失士，或丧既安之业，或败垂成之功。纣踣于京，厉流于彘。鲁哀奔吴，项羽屠裂，则失其所以为君也。圣帝明王鉴其若此，故屈

① （清）永瑢等撰：《四库全书总目》（200 卷），中华书局 1965 年版，卷 152，第 1305 页。

已以下士，推诚以接物，轩辕问道于下风，唐尧求贤于侧陋，周公吐餐于白屋，汉祖辍洗于布衣，况朝廷之臣乎。夫朝廷之臣，位有前后，任有小大，至于君臣之分，诚心所感，其揆一也。诗曰："嗟我怀人，置彼周行。卿士大夫，各居其位，所谓周行也。言周行之中，皆所怀之人也。"

此文开始即明辨君与臣之职责与能力，使人对君臣之关系有明晰之了解。行文时气势充沛，一正一反，论述极精密。与此相似者还有《持权论》、《师臣论》。这些风格当然对唐代文士如陆贽、韩愈、柳宗元有所袭取，向后也影响到了苏洵、苏轼、张耒等北宋文学家的政论文章。

四库馆臣还提到徐铉有些诗颇有思致，并举魏泰称赞的两句为例，魏泰称赞徐铉诗的话见其《临汉隐居诗话》（收于《历代诗话》中），原文是这样的：

> 梅尧臣《赠韩集院邻居诗》云："壁隙透灯光，篱根分井口。"徐铉亦有《喜李少保卜邻》云："井泉分地脉，砧杵共秋声。"此句尤闲远矣。[①]

此典故在胡仔《苕溪渔隐丛话》、何溪汶《竹庄诗话》、魏庆之《诗人玉屑》中均有记载。只是今日徐铉的《骑省集》并未收录此诗，看来是佚失了。《诗人玉屑》卷八引用后还判定高下云"述者不及作者"，认为梅尧臣的诗化用徐铉而水平次于徐铉。给《诗人玉屑》作序的黄昇进一步指出，其实，徐铉的诗也是对唐人于鹄的化用。于鹄《题邻居》："僻巷邻家少，茅檐喜并居。蒸梨常共灶，浇薤亦同渠。传屐朝寻药，分灯夜读书。虽然在城市，还得似樵渔。"[②] 但是，黄昇未判定三者的水平之高下。以今日的眼光看来，于鹄的"蒸梨常共灶，浇薤亦同渠"写实性很强，只是含蓄不足，这一点上和梅尧臣犯了同样的毛病，而徐铉的"井泉分地脉，砧杵共秋声"思维开阔得多，也引人遐想。故四库馆臣说有"思致"，魏泰说"闲远"。从此句可以看出，徐铉作诗善于化用前人成句，铸造成颇有闲远情致的句子，而这种句子也对后来的作者例如梅尧臣深有影响。由此，我们看到了徐铉诗的来源以及影响，这是徐铉《喜李少保卜邻》诗的认识意义。最后再说一点，徐铉思致闲远的诗还

---

① （清）何文焕辑：《历代诗话》，中华书局1981年版，第323页。
② 中华书局编辑部点校：《全唐诗》（900卷）（全15册），中华书局1999年版，第5册，卷310，第3499页。

有《骑省集》卷三《送王四十五归东都》中的"怜君负米去，惜此落花时"和《骑省集》卷四《七夕应令》中的"斗柄易倾离恨促，河流不尽后期长"。

前文用徐铉的文章证明其所云"意思敏壮"的特点，与此相关的是徐铉诗中表现出的语句流畅意思连贯，颇有点宋人"以文为诗"的风味。这一点还是举例说明的好。

月真歌

广陵妓人，翰林殷舍人所录，携之垂访，筵上赠此。

扬州胜地多丽人，其间丽者名月真。
月真初年十四五，能弹琵琶善歌舞。
风前弱柳一枝春，花底娇莺百般语。
扬州帝京多名贤，其间名贤殷德州。
德州初秉纶闱笔，职近名高常罕出、
花前月下或游从，一见月真如旧识。
闲庭深院资贤宅，宅门严峻无凡客。
垂帘偶坐唯月真，调弄琵琶郎为拍。
殷郎一旦过江去，镜中懒作孤鸾舞。
朝云暮雨镇相随，石头城下还相遇。
二月三月江南春，满城蒙蒙起香尘。
隔墙试听歌一曲，乃是资贤宅里人。
绿窗绣幌天将晓，残烛依依香褭褭。
离肠却恨苦多情，软障薰笼空悄悄。
殷郎去冬入翰林，九霄官署转深沉。
人间想望不可见，唯向月真存旧心。
我惭阛阓何为者，长感余光每相假。
陌巷萧条正掩扉，相携访我衡茅下。
我本山人愚且真，歌筵饮食常无情。
自从一见月真后，至今赢得颠狂名。
殷郎月真听我语，少壮光阴能几许。
良辰美景数追随，莫教长说相思苦。

——《骑省集》卷二

全诗44句，写于宴席上见到月真，又是朋友的歌妓，故作此诗赠之，不无应景的意味，但是因为是临场发挥，更能体现徐铉的才华，也符合了他所说

"临事即来请"的告诫。开头写月真姑娘的出场，"扬州胜地多丽人，其间丽者名月真。月真初年十四五，能弹琵琶善歌舞"，明白如话，又贴切自然，与白居易《长恨歌》开头的"汉皇重色思倾国，御宇多年求不得"相比，白居易的诗明显雅洁许多，远不如徐铉的口语化。此后的"花前月下或游从，一见月真如旧识"、"我本山人愚且真，歌筵饮食常无情。自从一见月真后，至今赢得颠狂名"、"良辰美景数追随，莫教长说相思苦"虽然因多少经过了提炼而有了"雅洁"的特色，但总的来说还是明白如话的。此诗中所塑造的月真姑娘的形象并没有在文学史上留下多少印象，与《琵琶行》中的女性、《圆圆曲》中的女性相比，就声名而言，无疑要逊色得多，但是，此诗流露的对月真姑娘的赞美还是很真诚的。此诗一方面显示了徐铉诗语言流畅自然的特点，一方面也告知读者，那个时代以真情与妓女交往的文人还是屡见不鲜的，这从一个侧面让读者看到那个时代文人社会生活的影子。这应成为此诗的认识价值之一。

四库馆臣对徐铉的评价是"流易有余，深警不足"。这种"流易"不仅在上述《月真歌》中有所表现，即使在一些律诗中也能够让人体察出来。例如：

和御制夏日垂钓作

物茂时平日正长，翠华停驭眷方塘。

文竿乍拂圆荷动，赪尾时翻素荇香。

睿赏只应从眼豫，圣恩宁肯间沉翔。

吞舟自是贪芳饵，犹笑成汤一面张。

——《骑省集》卷二一

此诗是宋太宗《夏日垂钓作》的和作，按理说此类诗语言越典雅厚重越好，因为典雅厚重能够显示知识的渊博古奥，容易得到皇帝的好感。但是此诗并未多用典故，而且明白如话，流畅上口，这一方面与徐铉对古奥厚重风格主观上并不追求的愿望有关，另一方面与他对流畅上口风格的爱好有关。诸如此类流畅上口者在徐铉诗中绝不是少数。例如《骑省集》卷一之《山路花》："不共垂杨映绮寮，倚山临路自娇娆。游人过去知香远，谷鸟飞来见影摇。半隔烟岚遥隐隐，可怜风雨暮萧萧。城中春色还如此，几处笙歌按舞腰。"《骑省集》卷三《赠陶使君求梨》、《陈觉放还至秦州见寄以诗作此答之》等。

馆臣说徐铉诗"流易有余，深警不足"，这一方面指出徐铉的诗深警不如流易之突出，一方面指出徐铉的诗不无深警之作。这样讲也比较可信，文才出众若徐铉者，如果无深警之作，则见识或者表达能力必有缺陷。这是令人难以置信的。南唐皇帝与北宋皇帝对徐铉的重视和重用证明徐铉在为文为官方面必有过人处。为官方面这里暂且不讨论，为文方面还是举例为妙。

观人读春秋
日觉儒风薄，谁将霸道羞。
乱臣无所惧，何用读春秋。

——《骑省集》卷二

孔子作春秋而乱臣贼子惧。何以会惧？回答是《春秋》用了春秋笔法，对乱臣贼子有所讽刺，从此以后后世史学家作史皆采用春秋笔法，遏制了不少乱臣贼子。这种观点通行既久，很多人都以此做宣传，夸大《春秋》对乱臣贼子的惩戒作用。今日看来，这种说法无疑是自欺欺人。原因很简单，乱臣贼子敢于造反叛乱，哪里会在乎他们死后史书会对他们的终生做不好的评价，何况乱臣贼子一旦成功，史书就是由他们写的了，那时候，出现在史书中的，只能是对他们的礼赞，哪里会有讽刺呢？由此可知，自欺欺人，可以说是中国人一贯的弊端，此弊端一直到清末甚至直到今日还是有人原封不动地继承了的。徐铉作为北宋的一个儒士和臣子，竟然在那个年代就对此说法提出了质疑：儒风日薄，霸道横行，无人以之为耻，叛乱者无所畏惧，读《春秋》有什么用呢？此诗在音韵和语气上并无特色，不能给人留下印象。但是，此诗所阐明的道理真有历史的洞穿力，也表现了徐铉陈述个人见解时无所畏惧的勇气。

表现徐铉卓识的诗还有《骑省集》卷二的《病题二首》之二："人间多事本难论，况是人间懒慢人。不假养生何怪病，已能知命敢辞贫。向空咄咄烦书字，举世滔滔莫问津。金马门前君识否，东方曼倩是前身。"此诗并无什么深刻的哲理，我们说此诗不无深警之语，是指此诗所云"向空咄咄烦书字，举世滔滔莫问津"的提炼精确的警句而言的。又如《骑省集》卷二《景阳台怀古》："后主亡家不悔，江南异代长春。今日景阳台上，闲人何用伤神。"这是一首六言诗，说闲人何用伤神，正是因为闲人伤神才这样劝解的。由此可知，作者对当时的政局还是有自己的看法的，只是苦于很难表达，所以在凭吊历史中寄托自己的感慨。徐铉深刻精警的句子在其散文例如前文提到的《君臣论》、《师臣论》中皆可找到，可见，并没有做多少政论文章的徐铉对政治是有自己的看法的，尽管他的看法并不能对南唐颓败的国势有丝毫的挽救作用，但还是让读者了解了徐铉政治上的远见卓识。

第五节　南唐国李煜的文学创作

一　李煜的生平

决定个人命运的因素是复杂多样的，既有个人天资上的因素，也有环境的因素。任何一个因素的变化和特征都可以使人的命运形态发生一定的变化。这两方面的纵横交错使人的命运变得无比地丰富多彩。有人可能因为天资的突出而事事顺遂，有人可能因为环境的优裕而天天幸福，也有人可能会因为天资和环境两方面的得天独厚，其命运反倒变得十分怪异。南唐后主李煜就是这样的人。

李煜，字重光，南唐国第三任皇帝。他初名李从嘉，上有五位兄长，太子为其五兄李从冀，李煜的另四个哥哥皆早亡。就是说，李煜为南唐国第二任皇帝李璟第六子。这样的出生环境让李煜的人生从一开始就笼罩在龙子龙孙的光环中令人欣羡。但是皇室的出身也有隐忧，就是皇位的争夺可能会给龙子们带来灭顶之灾。李煜相貌不凡，其特征是广额丰颊，骈齿，这引起了他的哥哥文献太子李从冀的厌恶和嫉恨，李煜为了尽量减少哥哥的猜忌，整天覃思于经籍中。不久，文献太子李从冀短命而死，李煜被封为吴王，且以尚书令知政事。公元 961 年，南唐元宗李璟南迁于江西南昌，李璟被立为太子，留在金陵代理国事，其辅佐大臣为严续、殷崇义、张洎。961 年六月，南唐元宗李璟去世，李煜即位于金陵，并更名李煜。为父亲尽哀，尊母亲钟氏为圣尊后，立妃周氏为国后，对自己的各位弟侄均予以封王。同时，李煜立刻派中书侍郎冯延鲁给宋太祖上书，表示臣服和效忠。宋太祖优诏回应，接受其臣服。从此之后，李煜不断地自降身份，希望能够得到宋朝皇帝的谅解。961 年十月，宋遣枢密承旨王文来贺李煜即位。李煜换上紫袍见使者，使者回去后李煜又换上帝王服饰。这比他的父亲元宗李璟要谦卑多了。李璟虽然臣服于中原，但只是不用帝号，其他仍用王者礼节。963 年十二月，李煜上表请求宋太祖罢诏书不名之礼节，宋太祖不从。970 年十月，北宋灭南汉后，李煜十分恐惧，遣太尉韩王李从善朝贡，唐国主改称江南国主，唐国主印改称江南国主印，并请罢诏书不名，宋太祖许之。971 年二月，李煜主动贬损仪制。改诏为教，中书、门下省为左右内史府，尚书省为司会府，御史台为司宪府，翰林院为修文馆，枢密院为光政院，大理寺为详刑院，客省为延宾院，官号亦从改易，以回避中朝。去殿阙鸱吻不再设。降封子弟封王者皆为公。国主以宋长春节，贡钱 30 万缗。972 年杀内史舍人潘佑、户部侍郎李平。975 年十一月李煜在围城中作《樱桃落尽》长短句一阙，未就而城已破。李煜率司空、知左右内史事殷崇义等 45 人肉坦降于军门。976 年正月，李煜被押解至汴京，后被封为违命侯。宋太宗即位，去掉李煜违命侯的封号，改封陇西郡公。978 年七月七日，李煜去世，享年 42 岁。①

说李煜所处时代是一种错误和荒谬，主要是针对李煜而言的。李煜身为皇子时，南唐国国势已经衰微，主要的压力来自代周自立的宋王朝。其父亲李璟在国势日蹙之时，自己迁都去南昌，留李煜代理国事，已经有点将包袱甩给李煜的意思。李煜并不能励精图治，只能像其父亲一样，采取卑辞厚礼以事宋朝的策略，拖一天算一天。由此看，李煜即皇帝位，本身就是以悲剧角色走上历史舞台的，最终，李煜把这个悲剧表演完毕。

国势衰微自然是李煜悲剧命运的一个主要因素，而李煜个人性情和才能使得这个悲剧显得尤其突出。据《十国春秋》卷十七《后主本纪》记载，李煜"为人仁惠，有慧性。雅善属文，工书画"。《十国春秋》在记载此事的时候还记载了其来源。例如关于李煜书画上的天赋，《十国春秋》引《清异录》云："后主善画，作颤笔樛曲之状，遒劲如寒松霜竹，谓之金错刀。一云：后主作大字，不事笔，卷帛书之，皆能如意，世谓撮襟书。"又引《宣和画谱》云："后主丹青，自称钟峰隐居。"又引《太平清话》云："后主善墨竹。"② 今日不见李煜的书画作品，但看史书如此言之凿凿，其书画上的造诣应该不假。李煜的学问可从其著述窥知一二。

李煜一生共有著作 4 种 23 卷，另 1 种 1 卷为合编（李璟词、李煜词合编）。这些著作大都佚失，仅有合编《南唐二主词》一卷存世。从这些著作的名称及其评价看，李煜兴趣十分广泛，且均达到一定的深度和造诣。现对这些著作予以简介。

（一）《李煜杂说》三卷。此书卷数有多种说法。徐铉《杂说序》云"杂说三卷，三卷之中，又分上下，凡一百篇。"《通志》卷六八《艺文略》六小说家类及焦弘《国史经籍志》卷四下"小说家类"均著录李后主《杂说》六卷。《宋史》卷二〇五《艺文志》四"杂家类"载南唐李后主《杂说》二卷。此说今散佚无存，其内容可从徐铉《御制杂说序》窥知一二："皇上高明，博厚浚哲，文思既承累圣之资，仍就甘盘之学，鸿才绮缛，理绝名言，默识泉深，事符影响。自祗膺眷命，钦若重熙。广大教以厚时风，励惟精而勤庶政。

---

① （清）吴任臣撰，徐敏霞、周莹点校：《十国春秋》（116 卷）（全 4 册），中华书局 1983 年版，第 1 册，卷 17，第 239—259 页。

② 同上书，第 239 页。

宥万民而罪已，体百姓以为心。俗富刑清，时安岁稔。其或万几暇豫，禁銮宴居，接对侍臣，宵分乃罢。讨论坟典，昧旦而兴。口无择言，手不释卷，尝从容谓近臣曰：'卿辈从公之暇，莫若为学为文。为学为文，莫若讨论六籍，游先王之道义，不成不失为古儒也。今之为学，所宗者小说，所尚者刀笔。故发言奋藻，则在古人之下风。以是故也，其乏高识远量，又如此焉者。'魏武帝有言：'老而勤学，而所著止于兵书。'吴大帝亦云：'学问自益，而无闻述作风化之旨，彼其恶欤。'属者国步中艰，兵锋始戢，惜民力而屈已，畏天命而侧身。静虑凝神，和光戢耀，而或深惟邃古，遐考万殊，惧时运之难并，鉴谟猷之可久。于是属思天人之际，游心今古之间，触绪研几，因文见义。纵横毫翰，炳焕缣缃，以为百王之季，六乐道衰。移风易俗之用，荡而无止。滔心堙耳之声，流而不反。故演乐记焉。尧舜既往，魏晋已还，授受非公，争夺萌起，故论享国延促焉。战国之后，右武废儒，以狙诈为智能，以经艺为迂阔，此风不革，世难未已。故论儒术焉。父子恭爱之情，君臣去就之分，则褒申生明，苟或俾死生大义，皎然明白，推是而往，无弗臻，皆天地之深心，圣贤之密意，礼乐之极致，教化之本源，六籍之微辞，群疑之互见，莫不近如指掌，焕若发蒙。万物之动，不能逃其形；百王之变，不能异其趣。洋洋乎大人之谟训也。夫天工不能独运，元后不能独理。故有道无时，孟子所以咨嗟。有君无臣，郑公所以叹恨。庶乎斯民，有幸大道将行，举而错之域中，则三五之功，何远乎尔。臣又闻将顺致美，铺陈耿光，布尧言于万邦，称汉德于殊域。盖词臣职也，若乃向明而理，负扆而朝，庆赏威刑，豫游言动，则有太史氏存焉。又若雅颂文赋，凡三十卷，鸿笔藻丽，玉振金相，则有中书舍人，集贤殿学士徐锴所撰御集序详矣。今立言之作，未即宣行，理冠皇坟，谦称杂说。臣铉以密侍禁掖，首获观瞻，有诏冠篇，勒成三卷，而三卷之中，文义既广，又分上下焉。凡一百篇，要道备矣。将五千而并久，与二曜以同明，昭示孙谟，永光册府。谨上。"①

依据徐铉的说法，《杂说》是李煜鉴于"属者国步中艰，兵锋始戢，惜民力而屈已，畏天命而侧身，静虑凝神，和光戢耀，而或深惟邃古，遐考万殊，惧时运之难并，鉴谟猷之可久"的问题，"于是属思天人之际，游心今古之间，触绪研几，因文见义。纵横毫翰，炳焕缣缃，以为百王之季，六乐道衰，移风易俗之用，荡而无止。滔心堙耳之声，流而不反。故演乐记焉。尧舜既往，魏晋已还，授受非公，争夺萌起，故论享国延促焉。战国之后，右武废儒，以狙诈为智能，以经艺为迂阔，此风不革，世难未已。故论儒术焉。"其

---

① （宋）徐铉撰：《骑省集》，景印文渊阁四库全书本，卷18。

效果是："父子恭爱之情，君臣去就之分，则褒申生明，苟或俾死生大义，皎然明白，推是而往，无弗臻，皆天地之深心，圣贤之密意，礼乐之极致，教化之本源，六籍之微辞，群疑之互见，莫不近如指掌，焕若发蒙。万物之动，不能逃其形，百王之变，不能异其趣。洋洋乎大人之谟训也。"就是说，李煜《杂说》三卷，名为杂说，实则为李煜为学为文讨论六籍之作。按照今日的理解，李煜所撰的《杂说》，大概是一本读书笔记，从其内容可以看出李煜对古礼古事的看法，并对当时的士子有指导作用，可惜其具体内容今已不可知了。

（二）《李煜集》十卷。李煜集的内容应当不包括李煜的杂说，依据唐代人编集收词于诗的惯例，此十卷本李煜集应当包含李煜的词作，故李煜集应该是李煜的诗词文的合集。注意，此书又名《李后主集》。

（三）《李煜集略》十卷，依据书名，应该就是李煜集的节略或者大旨，篇幅应该很少，只是因为《李煜集》是十卷，此《李煜集略》也就只好是十卷了。

（四）《李煜诗》一卷，今仅存 19 首，零句 40 句。

（五）《南唐二主词》一卷。此书为李璟词、李煜词的合编，编者应是北宋人陈世修（详参本书第三编《〈南唐二主词〉流传过程和版本源流考辨》）。又，尤袤《遂初堂书目》之"乐曲类"有"李后主词"的著录，不言卷数。①

从李煜的这些著述看，李煜兴趣十分广泛，且均有相当的造诣和建树。如果仅从艺术创作和学术研究的角度而言，李煜的成就是巨大的，如果不做皇帝，即使南唐被北宋灭掉，他也可以像徐铉一样以北宋的文臣身份颐养天年。可惜，作为南唐国主，他被俘以后又不能自保，最后只能落个被毒死的下场。

二　李煜诗词的思想内容

关于李煜的个性和性格，叶嘉莹女士有精彩的评述："我以为一个人认识宇宙，认识人生，有不同的角度、不同的方式，正如张惠言跟王国维解说小词有不同的途径，有不同的方式。有的人认识宇宙是外延的，就是从外在现象一个一个去认识，认识的越多，才能够体会了解得越多。王国维曾把诗人分成客观的诗人与主观的诗人。他说，客观的诗人不可不多阅世，不可不多经历世界上的事情。而主观的诗人不必多阅世。有一种人，是要向外面去认识的。所以你要一个一个去认识，认识的越多，你才能对人生理解得越多。可是，另有一

---

① 中华书局编辑部编：《宋元明清书目题跋丛刊》（全 19 册），中华书局 2006 年版，第 1 册，第501 页。

种人，他对于宇宙人生的认识不是外延的，而是一种内展的。他的内心有一个
锐感的诗心。……李后主就正属于这种主观诗人，主观诗人不必多阅世，而他
所经历的虽然只是个人一件悲哀的事情，他虽然没有到各种阶层各种社会去生
活过，但是他所经历的破国亡家的悲剧，如同一块巨石，打在他这样敏锐的富
于感情的这样的一个诗人的心灵之中。他一下子扩散出了这么深沉的、这么悠
远的，把整个的生命的悲哀都表达出来的意境。这是李后主的一个绝大的特
色。他不是从理性一个一个去认知的，他是从感性去接受的。"① 叶嘉莹的核
心意思是说：李煜是一个感性的人，是一个善于内心体验的人。由于这样的个
性，他的作品很容易流露出他的真性情。了解了这一点，读者就比较容易从李
煜的诗词作品中看出李煜的经历和感想。

先看《全唐诗》卷八所收李煜 15 题 18 首中的第一首：

九月十日偶书

晚雨秋阴酒乍醒，感时心绪杳难平。

黄花冷落不成艳，红叶飂飀竞鼓声。

背世返能厌俗态，偶缘犹未忘多情。

自从双鬓斑斑白，不学安仁却自惊。

——《全唐诗》卷八

此诗主题很传统，就是写悲秋嗟老的心理体验，同时也交代此心理体验
与时事有关。具体时事如何，并不可知。但是从李煜生下来南唐国势就一直
江河日下的事实可以知道，"感时心绪"不是因为国势的窘迫就是因为自己
受到兄长的猜忌。颔联写一种衰败的景色。颈联写远离尘世反而能够厌倦俗
务，而对偶然的一次相遇却能念念不忘。末联写年华的老大让自己对青春的
消失而无作为感到震惊和后悔。此诗与一般文士的嗟老叹卑没有太大区别，
很难看出李煜独特的经历和个性。不过，这首诗说明李煜虽是皇帝，但其作
品具有一般文士的普遍心理。从这个角度而言，这首诗对于认识李煜这个人
具有一定的价值。

李煜的送别诗很能看出李煜对手足之情的重视。

送邓王二十弟从益牧宣城

(后主自为诗序以送之。其略云：秋山滴翠，暮壑澄空。爱公此行，畅乎

---

① 叶嘉莹：《唐宋词十七讲》，河北教育出版社 1997 年版，第 160 页。

遐览。）

> 且维轻舸更迟迟，别酒重倾惜解携。
> 浩浪侵愁光荡漾，乱山凝恨色高低。
> 君驰桧楫情何极，我凭栏干日向西。
> 咫尺烟江几多地，不须怀抱重凄凄。

——《全唐诗》卷八

此诗原有李煜序，此序今佚，仅余以上"秋山滴翠"等 16 字。从此数句看，是勉励其弟一路开心，多览美景。首联写二人离别时饮酒相别，颔联写山色水光颇含愁态，颈联写目送其弟西去，末联心情又开朗起来，认为分别后两人相距路途并不遥远。此诗艺术性高低暂且不论，至少从内容上看并无多少新意，也无惊人之处。

李煜写给周后的诗照样看不出他诗歌创作上的突出才能。

感怀

后主昭惠后周氏，小字娥皇，年二十九，殂。后主哀苦骨立，杖而后起，每于花朝月夕，无不伤怀。

> 又见桐花发旧枝，一楼烟雨暮凄凄。
> 凭栏惆怅人谁会，不觉潸然泪眼低。
> 层城无复见娇姿，佳节缠哀不自持。
> 空有当年旧烟月，芙蓉城上哭蛾眉。

——《全唐诗》卷八

既然周后去世后李煜悲哀至于"杖而后起"，说明其情感是真挚的，可是表现在诗中也就是"不觉潸然泪眼低""佳节缠哀不自持"这些平淡无奇的叙述而已。

李煜还有一些五言诗，和其七律一样，思想性和艺术性上远不如其词之夺人心魄，这就说明李煜在诗歌上的才华也就中人而已，真正成就李煜文学美名的是李煜创作的词。

李煜今存词 40 首，在晚唐五代词人中算比较多的，在各帝王中属于最多的。

据曾昭岷等《全唐五代词》云："李煜词集，原为南宋初人所辑，与李璟词合编为《南唐二主词》。宋本久佚，现存最早本为明吴讷《唐宋名贤百家词》抄本。"① 此抄本今天津图书馆有藏。其中比较可靠属于李煜作品的有 30 余首。

李煜的词作可作为其代表性的分三类，第一类是写帝王生活的纵情声色，第二类是写男女的相思，第三类是表现帝王面临毁灭时的绝望和哀愁。

第一类以下列词为代表：

一斛珠

晓妆初过，沉檀轻注些儿个。向人微露丁香颗，一曲清歌，暂引樱桃破。　罗袖裛残殷色可，杯深旋被香醪涴。绣床斜凭娇无那，烂嚼红茸，笑向檀郎唾。

——《全唐五代词》正编卷三

浣溪沙

红日已高三丈透，金炉次第添香兽，红锦地衣随步皱。　佳人舞点金钗溜，酒恶时拈花蕊嗅，别殿遥闻箫鼓奏。

——《全唐五代词》正编卷三

玉楼春

晚妆初了明肌雪，春殿嫔娥鱼贯列。笙箫吹断水云间，重按霓裳歌遍彻。　临春谁更飘香屑，醉拍栏杆情味切。归时休放烛花红，待放马蹄清夜月。

——《全唐五代词》正编卷三

《一斛珠》中的男子和女子在一起跳舞唱歌，女子早晨起来重新打扮一下，显出无限的妩媚。女子露出洁白细小的牙齿，开口一唱，樱桃小口即吐露出歌声。男子喝酒赏歌，此时女子卧于床上向男子唾红茸。此词通过写女子的牙齿、嘴巴、衣着、卧态，塑造了一个天真烂漫的女子形象。与女子相比，男子出场很少也很不明显，可以说是个隐形人物，但是从女子的调情还是可以猜测出男子也该是一个善解风情且多才多艺的人。此词的男主人公应该就是李煜自己或者说多少有李煜自己的影子。此词所写之事应该是李煜日常生活中一个普通的事件。由此可以看出李煜在承平时期生活的安逸顺遂，同时从李煜着眼点的狭小琐屑一定程度上也可以看出李煜心志上的无所事事和苟且偷生。此事对了解李煜的生活及李煜悲剧命运的原因可说是大有帮助。

---

① 曾昭岷、曹济平、王兆鹏、刘尊明编撰：《全唐五代词》（全 2 册），中华书局 1999 年版，正编卷 3，第 739 页。

如果说《一斛珠》写出李煜日常生活的安逸顺遂和琐屑，那么，《浣溪沙》则写出李煜追求享乐生活时的不加节制的放荡姿态。太阳已经升得很高了，窗外是明媚的阳光。可是，舞女们还是在房间里不断地加炭火取暖，同时也在宫殿里燃放香烛，整个房间弥漫着温暖而浓郁的香气，绫罗绸缎织成的地毯被女子们踩来踩去，变得皱巴巴的了。由此可见舞女们整夜跳舞中的疯狂。舞女跳舞时金钗掉落下来，又因为嫌酒的味道不好，女子们时时去嗅嗅花的香味，此时其他宫殿的舞曲还没有停止，还有鼓声和箫声阵阵传来。此词从昨夜写到今晨，从室外写到室内，从掉钗写到嗅花，把跳舞女子跳舞的时间、神态和心理写得清晰可辨。此词对李煜醉生梦死的生活反映得十分集中和典型，可作为李煜写奢华淫靡生活作品的代表。

《玉楼春》（晚妆初了明肌雪）就反映李煜的奢华享乐生活而言，也不能说不典型，但是此词更重要的价值在于，此词从极度享乐的一面反映了李煜的个性本质。李煜是个感性的人，而不是个理性的人，他是一个不加节制的诗人，不加反省的诗人。就是说，他悲哀起来，不知道节哀，会无限制地悲哀下去。享乐起来，也会无限制地享乐到底，恨不得把人生的乐趣享乐完。这首《玉楼春》就是最典型的。首句写晚上带着一群姑娘们去跳舞唱歌，那些姑娘们刚刚化妆好，个个浓妆艳抹，所谓"初了"就是这个含义。这写的是视觉上的享乐。第二句写数量上的众多，不是一个，是一群。此句和第一句在人的视觉上造成整体的冲击。第三句、第四句写姑娘们吹奏各种乐器的乐声直上九霄，同时也写乐声的时间之久。这写的是听觉上的享受。上阕写声色之乐，而且不论是声还是色，李煜都极尽人间之乐，但是这还不够。下阕再写李煜主观上拓展出的新的享乐。第五句写宫女们在撒香料，空气中芬芳无比。这写嗅觉上的享受。第六句写李煜喝酒时喝得兴致高了而激动地直拍栏杆。这写心灵上的享受。至此，李煜已经把人间的美和乐享受完了吗？没有。这些还都是李煜自己造出来的享受，是人工之美，人工的享受，李煜对这些还不满足，他还要享受自然界的美景和美色。所以，他说回宫时宫女们不要打灯笼了，他要一边骑马慢慢走，一边欣赏天上的明月，他要在皎洁的月光的照耀下完成他这一次狂欢的过程。中唐诗人韩翃说："日暮汉宫传蜡烛，轻烟散入五侯家。"[1] 一直到唐代，蜡烛都是一种奢侈品，只有皇宫才能燃放蜡烛，而蜡烛的轻烟，也只有五侯家才能闻到和看到。可是，这些人间的富贵奢华在李煜眼中已经无足轻重了，他已经有点厌倦了，已经感觉不到这是一种富贵一种奢华了，所以他要

---

[1] 中华书局编辑部点校：《全唐诗》（900 卷）（全 15 册），中华书局 1999 年版，第 4 册，卷245，第 2749 页。

手下人"休放烛花红",他要听着马蹄得得,赏月而归,他要把人工和自然的美和乐享受个遍。读者就是从这种追求欢乐时的别出心裁和不加节制中看到了李煜个性中感性的、不加节制的、不加反省的一面。

李煜的第二类词以下述三首为代表。

采桑子

亭前春逐红英尽,舞态徘徊,细雨霏微。不放双眉时暂开。　绿窗冷静芳音断,香印成灰。可奈情怀,欲睡朦胧入梦来。

——《全唐五代词正》编卷三

喜迁莺

晓月坠,宿云微,无语枕频欹。梦回芳草思依依,天远雁声稀。　啼莺散,余花乱。寂寞画堂深院,片红休扫尽从伊,留待舞人归。

——《全唐五代词》正编卷三

菩萨蛮

花明月暗笼轻雾,今朝好向郎边去,刬袜步香阶,手提金缕鞋。　画堂南畔见,一向偎人颤。奴为出来难,教君恣意怜。

——《全唐五代词》正编卷三

黯淡之景写黯淡之情是中国古人常用的一种表现方法。《采桑子》(亭前春逐红英尽)上阕即用红花落尽、细雨淅沥、舞态懒散来传达主人公的一种无奈和无聊心情。或许是因为爱人虽远,毕竟有见面的可能,所以,主人公觉得还是可以振作一下的,所以说"不放双眉时暂开"。下阕即写女主人公的相思之情了。"绿窗冷静"既是写实,又是比喻。因为爱人不来,自己形单影只,自然冷冷清清了,同时心灵的空虚、寂寞、无聊的苦恼让她觉得无生命的绿窗更添心头的孤冷难奈。"芳音断"是说得不到爱人的消息,自己连安慰也没有,以此来描述"冷清"的寂寞伤人。"可奈情怀,欲睡朦胧入梦来"以日常生活中最常见的小事情来表达对爱人的相思之苦。自己还没有睡,但已经能够预见睡梦中又把自己整日的思念对象在梦中重逢一次,把相思重诉一次。这种预见或者预料是从长时间的生活经验中得到的,既符合女主人公自己的生活实际,也与多数思妇的心怀相符合,所以此二句深刻而感人,能在读者中引起共鸣。

《喜迁莺》(晓月坠)开头三句写了室外之景和室内之人。室外之景是星空,是拂晓的夜空,所以既有景,又交代了时间。室内之人是睡在床上的一个女子,她睡梦中动来动去,枕头也歪掉了,她也许在梦中极尽欢乐,但是醒来时只看到天十分高十分远，大雁在空中飞过，发出悲哀的鸣叫。下阕写该女子看到啼叫的莺飞散了，花枝上的花儿没有多少了。这个颇感寂寞的女子当然是贵族家的女子，所以居住在深深的院子里。末二句说地上剩下的树叶不要扫了，随它去了，让这些树叶等待那些跳舞归来的人吧。

《菩萨蛮》（花明月暗笼轻雾）写一个女子乘着朦胧的夜色，悄悄向所爱的人那里挨过去，为了不被人发现，她蹑手蹑脚，提着鞋子，穿着袜子一步一步走过台阶。终于在画堂南边见到所爱的人儿，紧张得直颤。末两句说，出来见一面太艰难，太危险了，所以，希望男子尽力珍惜机会，爱惜自己。这首词实际上写一次幽会事件，把女子的神态和心理写得惟妙惟肖。在晚唐五代词中，这首词所写可算一首比较大胆比较露骨的幽会事件了。由此可知，当时的词，确实是以写男女恋情事件为重要内容的。

李煜的第三类词就是描写国破家亡后深哀巨痛的词了。这类词以下述词为代表。

虞美人

春花秋月何时了，往事知多少。小楼昨夜又东风，故国不堪回首月明中。　雕栏玉砌应犹在，只是朱颜改。问君能有几多愁，恰似一江春水向东流。

——《全唐五代词》正编卷三

破阵子

四十年来家国，三千里地山河。凤阁龙楼连霄汉，琼枝玉树作烟萝，几曾识干戈。　一旦归为臣虏，沈腰潘鬓消磨。最是仓皇辞庙日，教坊犹奏别离歌，垂泪对宫娥。

——《全唐五代词》正编卷三

浪淘沙

帘外雨潺潺，春意将阑珊。罗衾不暖五更寒。梦里不知身是客，一晌贪欢。　独自莫凭栏，无限关山。别时容易见时难。流水落花春去也，天上人间。

——《全唐五代词》正编卷三

《虞美人》（春花秋月何时了）整首词写一种愁绪，这种愁绪来自于失去故国的哀痛，此时，春花、秋月这些美好的人间景致非但不能让人高兴或轻松起来，反倒勾起主人公对痛苦往事的回忆。这些往事中一个比较典型的场景就是故国以雕栏玉砌为代表的奢华宫殿，而人已老，景已变，心情也大变。所以，主人公觉得长江中默默流去的江水几乎载满了自己的忧愁，无休无止地向东流去。该词最后两句的比喻成为中国古代文学中以比喻化抽象为具象的经典比喻而广为人知，同时也扩大了整首词的名气。

公元937年，李昪代吴称帝，975年，南唐为宋所灭，国祚共39年，所以，《破阵子》（四十年来家国）所说"四十年来家国"是举其成数。南唐被灭时有30余州，地域也可称"三千里地山河"。开头二句从时间之久和空间之广写出故国的可宝和自己的惋惜。三四五句写宫殿的优美高大、精致珍贵，同时也写出这些美好东西遭受战争破坏给人的惋惜之情。下阕写自己被俘后形容憔悴，俊美的面庞也变得不堪入目。末三句选取一个场景，自己离开故国时宫娥们以离别的歌曲依依惜别，自己只有以泪水来回报宫娥的好意了。此词把人生中最痛楚最难堪的离别用"垂泪对宫娥"这种写实的语句表达出来，平实和真实中传达出一种巨大的哀痛。这应该是此词流传较广的一个比较重要的因素。

《浪淘沙》（帘外雨潺潺）以春夜、春雨、春意来表现人世间的美好事物，可是这些美好事物被罗衾不暖、五更寒冷这二个景象和感受一下子打得粉碎。"梦里不知身是客，一晌贪欢"典型地表达了作者醉生梦死的生活态度，这既是一种无奈，也是一种痛苦。"一晌"既可以理解为是写时间之长，也可以理解为是写时间之短。写时间之长，证明自己的堕落和颓唐。写时间之短，证明自己被俘后的凄苦和悲惨。下阕前三句写无限美好无限广大的山河只会增加自己的痛苦，所以说"独自莫凭栏"，"别时容易见时难"实际上是说以前的故国和以前的美好生活都一去不复返了。末二句把美好的往昔比作流水和落花，流水和落花都有一去不复返的特性，正可象征自己的美好故国和难以忘怀的往事。往昔帝王生活与今日阶下囚的处境相比，自然是一个天上一个人间的差距了。"天上人间"既是一种理性的认知，也是一种感性的体验。该词从往昔到眼前，从理性到感性写出作者无可奈何的哀伤，这在李煜词中是一种比较典型的情感，同时也成了文学史上所有失去往日美好生活的人们的共同情感，或许正是在这个意义上，王国维说李煜有"释迦担负人类罪恶"之意。

文学作品既是作者所处社会环境的反映，也是作者心灵的反映。反过来说，也可以根据一个作家的作品所反映的思想情感去模拟或者勾勒他（她）所处的时代的某些特点，也可以揣测作者自己的情感类型和思想变化。李煜的以上三类词，即使是代言体的描写他人爱情之作，读者也可以看到李煜的某些特点。例如李煜的钟情、柔弱和细腻。而李煜写醉生梦死享乐生活的词，以及写人生哀伤之类的词，都能让读者看到李煜的个性特点：李煜确实是个感性的诗人，是个不加反省的、不加节制的诗人。他为了享乐，可以和宫里的宫女跳舞唱歌，直到深夜。他悲哀起来，也会如同一江春水一样向东流去，无穷无尽。李煜的诗词，可以说，是他的命运史，也是他的心灵史。文如其人，以文知人，李煜是文学史上一个比较典型的作家。

综上可见，南唐国著名文学家数量很多，李建勋、冯延巳、李中、徐铉、李煜这五个著名诗人或词人的成就足以使南唐国文学成为十国文学中最为华美的一章，也是十国文学中对后世文学影响最为深远的一个地域文学。

第三章 前蜀国文学创作论

前蜀国于公元 907 年开国，建都成都，925 年为后唐所灭。共历 2 帝，23 年。但是，其开国国主王建于大顺二年（891）（即王建 45 岁的时候）击败西川节度使陈敬瑄，占领成都，前蜀国从这时候算起，则父子二世，共 35 年。

前蜀国开国君主王建虽一介武夫，但好与儒生谈论，颇有礼贤下士之风，且对艺文之事多有留意；后主王衍才思敏捷，尤好靡丽之辞，游玩宴饮之际，与群臣众妃唱和甚众，故而留下了不少诗词，以及令人感叹唏嘘的故事。在王建和王衍的周围，先后聚集了不少诗坛名流。他们的作品及作品中反映的丰富细腻的情感内容使前蜀国的文学多姿多彩，令后人对前蜀国的文学发展状况引起兴趣。以下按照贯休（832—912）、韦庄（836？—910）、王建（847—918）（附王衍和众妃）、唐求（生卒年不详，昭宗时，王建帅蜀，召为参谋，辞不就）、张蠙（生卒年不详，894 年进士及第，事前蜀二主）、杜光庭（850—933）的顺序对前蜀国文学展开论述。

第一节 前蜀国贯休的文学创作

一 贯休的生平

晚唐时期，中原动乱，南方地区相对平安，所以中原士子及第者与不及第者均有不少人逃到南方避难谋生。照此看来，生长于南方的士子们应该暗自庆幸，留在自己故乡的藩镇中做幕僚以求发展，或者苟全性命才是。实际上，并不是如此简单。例如浙江富阳人罗隐偏偏把大半生的青春年华都留在了京城和对京城的向往中，只是年过 55 岁才迫不得已回到自己的故乡。而正是这迫不得已的回归才使他找到了梦寐以求的用武之地。与罗隐一样是浙江人的贯休，与罗隐有着不同的追求和不同的生活道路，相同的是，他们均是在生命的暮年才找到了最适合自己生存发展的土地。

贯休（832—912，81 岁），字德隐，俗姓姜氏，婺州兰溪（今属浙江）人。①《宣和书谱》卷十九对贯休的艺术天赋记载较为全面，现摘录片段一见一斑："工为歌诗，多警句，脍炙人口，以至丹青之习，皆怪古不媚。作《十六大阿罗汉》，笔法略无蹈袭世俗笔墨畦畛。"② 贯休是唐末五代与齐己齐名的高僧，诗书画兼擅，他创作了 1000 余首诗，今存近 700 首。文 4 篇，见《全唐文》卷九二一。

由于史料的缺乏及后人的重视程度不够等原因，今人对贯休的家世难知其详。依据《宋高僧传》卷三十《梁成都府东禅院贯休传》云："七岁，父母雅爱之，投本县和安寺圆贞禅师出家为童侍。"③ 七岁即出家为僧，可能是其父母事佛至诚，更可能是由于战乱的原因，其父母送子为释，不过是为了提高孩子生存下去的可能性。究竟为何，史料不足，只能存疑。

贯休的父母兄弟姐妹，今日已经没有多少资料可以作证了。只是在《经弟妹坟》中云："泪不曾垂此日垂，山前弟妹冢离离。年长于吾未得力，家贫抛尔去多时。……恩爱苦情抛未得，不堪回首步迟迟。"（《全唐诗》卷八三五）从此诗可以看出，贯休虽然出生于其弟子县域所说"家传儒素，代继簪裾"④ 的官宦世家，但到贯休时已经衰落了。或许正是因此，他才对百姓的生活有了一定程度的接触和关注，并对权贵产生了不满，且多有讽刺。

贯休年轻时的生活是充实的、勤勉的。他 20 岁受具后，入山依无相道人。《桐江闲居作十二首》之十一云："依在山中日，为僧鬓欲衰。一灯常到晓，十载不离师。"（《全唐诗》卷八三〇）

唐懿宗李漼咸通（860—874）初年，近 30 岁的时候，贯休开始了他的漫游或者流浪的生活。他先往洪州游学，四、五年间居钟陵山中。又漫游江西，后回到吴越地区。唐僖宗李儇乾符（874—879）初年，约 43 岁时，他返居婺州。僖宗广明（880—881）、中和（881—885）之际，贯休因避黄巢乱军，暂居常州及杭州新城。中和四年（884），53 岁时，贯休返婺州主戒坛。唐昭宗李晔乾宁元年（894），往钱塘谒钱镠（852—932，81 岁），为其所礼遇，此时贯休 63 岁，钱镠 43 岁。不久，贯休游黟歙。乾宁二年（895，64 岁时）往江陵依成汭，居龙兴寺。昭宗天复二年（902，71 岁时）得罪成汭，流放黔州。冬潜逃南岳隐居。天复三年（903，72 岁时）秋入蜀，为王建所重，赐号

---

① 傅璇琮主编：《唐才子传校笺》（第四册），中华书局 1990 年版，卷 10，第 428 页。

② （宋）佚名撰：《宣和书谱》，景印文渊阁四库全书本，卷 19。

③ （宋）赞宁撰，范祥雍点校：《宋高僧传》（30 卷），中华书局 1987 年版，卷 30，第 749 页。

④ （五代）贯休撰：《禅月集》，四部丛刊初编本，卷尾。

禅月大师，并为贯休建造龙华院。梁乾化二年（912）十二月卒，年八十一。①

二　贯休诗歌的思想内容

从以上的简历来看，贯休在寺庙的生活并不落魄，不仅离开寺庙后能够返回，第二次返回后还做了寺庙的主持。这种释家生活的顺遂如意并没有促使贯休一直呆在寺庙里心如止水地研读经书或者写诗度日，而是寻机游历，接触权贵，并最终在西蜀国度过了显赫而安逸的晚年。此种结局应该说与贯休一贯的愿望基本符合，这可以从贯休写给西蜀国皇帝王建的许多圣德诗窥其一二。这些圣德诗的真诚与否以及真诚度的高低可以讨论，但是比讨论这个问题更重要、更必要的事情是，必须注意到，贯休游历过程中所接触的人物多种多样，与之打交道后留下的故事也丰富多彩，甚或事情的真相忽明忽灭，真伪难辨。这些人物的面目丰神与事情的曲曲弯弯研究起来，很难得其全貌与真相，但读者可以从材料出发，通过分析和归纳等方法，去接近全貌和真相。即使得不到真相，也要逼近真相；只有逼近，才会更清晰，更本真。

或许天性中本来就是一个不甘寂寞的人，早年的皈依佛门并没有使贯休远离尘世，相反，年轻时代一直到暮年，贯休和尘世的多种多样的人物有着频繁的接触，且时时以诗相酬。因此，记录交际，成为贯休诗歌中最引人瞩目的现象。

四处奔波，必有化缘，富贵多金的施主是贯休必然的描述对象，从偏安一隅的帝王到坐大一方的方伯，均屡次出现在贯休笔下。对这些施主，贯休有发自内省的感激和歌颂，也有逢场作戏的敷衍。毋庸置疑，对于给自己晚年生活提供了保障的前蜀国皇帝王建，贯休一定怀有诚心诚意的感恩。这种感恩引起了今人的注意。例如陆永峰先生说："贯休专门称颂王建的诗作总数在二十一首。"② 但据笔者统计，今存《禅月集》中写给王建的诗，不是 21 首，而是 25 首。《宋高僧传》说王建对贯休的态度是"盛被礼遇，赐赉隆洽，署号禅月大师"③。王建还为贯休专门建了龙华道场。王建对各地来蜀人才不论是僧是道还是儒士，均礼遇有加，这在贯休身上得到了印证。贯休在武成元年（908）所进《寿春节进》中祈祷王建"子子寰瀛主，孙孙日月旗"（《全唐诗》卷八三三）。《蜀王登福感寺塔》（3 首）又说王建"似圣悲增道不穷，忧国忧民契尧聪"（《全唐诗》卷八三五）。这些都不能认为纯是阿谀之词。25

①　傅璇琮主编：《唐才子传校笺》（第四册），中华书局 1990 年版，卷 10，第 428—442 页。

②　陆永峰：《禅月集校注》，巴蜀书社 2006 年版，第 11 页。

③　（宋）赞宁撰，范祥雍点校：《宋高僧传》（30 卷），中华书局 1987 年版，卷 30，第 749 页。

首诗中，最值得注意的是《禅月集》（四部丛刊初编本，下同）卷二十的《陈情献蜀皇帝》：

> 河北江东处处灾，唯闻全蜀无尘埃。一瓶一钵垂垂老，万水千山得得来。奈菀幽栖多胜境。巴歈陈贡愧非才。自惭林薮龙钟者，亦得亲登郭隗台。

其实西蜀也有战乱，绝非无尘埃，但至少，蜀地是乱世中最安定的一块地方，则无疑问。贯休既赞蜀地风景之秀美，又为自己晚年得到贤主的重用向贤主表示感恩。碰到王建，自然是贯休的幸运，只是这种幸事到贯休暮年才出现。此前他碰到的钱镠、成汭就不是这样了。

贯休和钱镠的交往有两种说法。

一种是宋释赞宁《宋高僧传》云："王立去伪功，朝廷旌为功臣，乃别树堂立碑，记同力平越将校姓名，遂刊休诗于碑阴，见重如此。"①

另一种是宋释文莹《续湘山野录》（收于《宋元笔记小说大观》第二册）云：

> 唐昭宗李晔以钱镠有平董昌功，拜为镇海镇东节度使、中书令，贯休以诗投之，有"满堂花醉三千客，一剑光寒十四州"的句子。钱镠令改"十四"为"四十"，方相见。贯休言："州亦难添，诗亦难改，吾孤云野鹤，何天不可飞耶？"遂飘然入蜀。②

此事为假，《唐才子传校笺》卷十"贯休"条的校笺者周祖譔、贾晋华二先生已经辨明。③ 这里补充一点，实际上，贯休去蜀不是因为钱镠，而是因为成汭。宋陶岳《五代史补》卷一《僧贯休入蜀》云："僧贯休，婺州兰溪人，有逸才，长于歌诗，尝游荆南，时成汭为荆南节度使，生日有献歌诗颂德者仅百余人，而贯休在焉。汭不能亲览，命幕史郑准定其高下，准害其能，辄以贯休为第三。贯休怒曰：'藻鉴如此，其可久乎？'遂入蜀。及至，值王建称藩，因献之诗云'一瓶一钵垂垂老，千水千山得得来。'建大悦，遽加礼待，泊僭

---

① （宋）赞宁撰，范祥雍点校：《宋高僧传》（30卷），中华书局1987年版，卷30，第749页。

② 本社编：《宋元笔记小说大观》（全6册），上海古籍出版社2001年版，第1440页。

③ 傅璇琮主编：《唐才子传校笺》（第四册），中华书局1990年版，卷10，第433—435页。

大号，以国师赐号，曰禅月。"① 这则轶事一方面说明贯休才能确实非凡，一方面说明贯休在权贵面前有难得一见的傲骨。

与权贵的交往既能看出贯休感恩的一面，也能看出贯休孤傲的一面，而与诗人们的交往可看出贯休交游的广泛，又可看出贯休探讨诗艺的热情。出现在贯休笔下的诗人有张为、周朴、方干、陈陶、贾匡、罗隐、章鲁封、吴融、李频、韩偓、韦庄、罗郊、卢延让、许棠等人。贯休在与这些诗人的交往中尽管写下了"前程不少南飞雁，好寄新诗慰所思"（《送罗郊赴许昌辟》，《禅月集》卷一九）的句子，友情之深厚仍然不是这些诗着力突出的东西，代替友情出现的是贯休探讨诗艺的热情。他称赞张为周朴时首先提到其诗："张周二夫子，诗好人大癖。"（《怀张为周朴》，《禅月集》卷三）给韩偓寄诗也是谈论他们品味诗的事情："新诗旧知己，始为味如何。"（《江陵寄翰林韩偓学士》，《禅月集》卷一二）给朋友的诗中也谈到了朋友对他的推崇："论诗唯许我，穷易到无文。"（《怀高贞勋二首》，《禅月集》卷一三）"新诗宁妄说，旧隐实如然。"（《上冯使君山水障子》，《禅月集》卷一三）"直须诗似玉，不用力如山。"（《送陈秀才赴举兼寄韩舍人》，《禅月集》卷一三）"务简趣难陪，清吟坐绿苔。"（《秋寄李频使君二首》，《禅月集》卷一四）贯休还谈到了自己作诗的辛苦："觅句句句好，惭余筋力衰。"（《寄西山胡汾吴樵》，《禅月集》卷一四）对罗郊也是首先提到其诗："清世诗声出，谁人得似君？"（《海昏见罗郊》，《禅月集》卷一五）"禅抛金鼎药，诗和玉壶春。……寂寥还得句，因寄柳吴兴。"（《春晚寄卢使君》，《禅月集》卷一五）闲居无事时也是作诗："永日吟诗坐，无端个病成。"（《秋末闲居作》，《禅月集》卷一五）"交情终淡薄，诗语更清狂。"（《江西再逢周琏》，《禅月集》卷一五）"清吟得冷句，远念失家期"（《蓟北寒月作》，《禅月集》卷一七）。还提到诗作精品产生需要的要素："浦珠为履重，园柳助诗玄。勉力酬知己，昌朝正急贤。"（《寄景地判官》，《禅月集》卷一七）"高名当世重，好句逼人寒。"（《寄栖白大师二首》，《禅月集》卷一七）"木叶多诗稿，山枯见墨烟。"（《怀洛下卢缙云》，《禅月集》卷一七）"发岂无端白，诗须出世清。"（《早秋夜坐》，《禅月集》卷一八）"诗情抛阃域，江影动襟裾。"（《秋晚野步》，《禅月集》卷一八）"得力未得力，高吟夏又残。二毛非自出，万事到诗难。"（《怀薛尚书兼呈东阳王使君》，《禅月集》卷一八）"留诗如和得，一望寄前途。"（《庐山寻灵纪不遇》，《禅月集》卷一八）"禅坐吟行谁与同，杉松共在寂寥中。碧云诗

---

① （宋）陶岳撰，顾薇薇校点：《五代史补》，卷1，见傅璇琮、徐海荣、徐吉军主编《五代史书汇编》（全10册），杭州出版社2004年版，第5册，第2484页。

理终难到，白藕花经讲始终。"（《上新定宋使君》，《禅月集》卷一九）"前程不少南飞雁，好寄新诗慰所思。"（《送罗邺赴许昌辟》，《禅月集》卷一九）慰问韦庄，也首先是写诗："盐梅金鼎美调和，诗寄空林问讯多。"（《酬韦相公见寄》，《禅月集》卷一九）"见说武昌江上住，柏枯槐朽战时风。知师诗癖难医也，霜洒芦花明月中。"（《秋末寄武昌一公》，《禅月集》卷二〇）"道情虽拟攀孤鹤，诗业那堪远至公。"（《别李常侍》，《禅月集》卷二〇）"道情不向莺花薄，诗意自如天地春。"（《春末寄周班》，《禅月集》卷二〇）"时清道合出尘埃，清苦为诗不仗媒。"（《闻许棠及第因寄桂雍》，《禅月集》卷二一）"常忆双溪八咏前，论诗论道接清闲。"（《避地毗陵寒月上孙徽使君兼寄东阳王使君三首》，《禅月集》卷二二）"草媚莲塘资逸步，云生松鹤有新诗。"（《锦沙墩》，《禅月集》卷二四）

　　贯休《山居诗》（24 首）（《禅月集》卷二三）的主要意图在于阐明自己对世界、对生活的感悟，是一组哲理诗，其中也谈到了他对诗歌的爱好。其二有句云："难是言休便即休，清吟孤坐碧溪头。"其三云："诗理从前欺白雪，道情终遣似婴孩。"其五云："白石桥高吟不足，红霞影暖卧无厌。"其二十云："虚作新诗反招隐，出来多与此心乖。"据《山居诗》（24 首）之序，此组诗作于咸通四年和五年（863、864），即贯休 32 岁、33 岁时，20 年后贯休改定。就是说，贯休对诗歌的爱好历数十年而不变。

　　贯休更有《秋夜吟》云："如愚复爱诗，本落即眠迟。思苦香销尽，更深笔尚随。饥僮春赤粟，繁露洒乌椑。看却龙钟也，归山是底时。"（《禅月集》卷九）联系到晚唐诗人的'苦吟'现象，可以设想，贯休这里所说"思苦香销尽，更深笔尚随"很可能是实际情况，而不是夸张。《秋末闲居作》也有类似的说法："幽居山不别，落叶与阶平。永日吟诗坐，无端个病成。径苔因旱赤，池水入冬清。惟有东峰叟，相寻月下行。"（《禅月集》卷一五）一整天都在作诗，以至于生病了。《偶作》还提到因为作诗而迅速衰老的现象："无端为五字，字字鬓星星。只觉人情薄，空余鹤眼青。砌莎藏坠果，窗雪浸残经。只有归山计，茫茫何所营。"（《禅月集》卷一六）贯休还有一首诗，说出了"文章本天成，妙手偶得之"的道理。其《诗》云："经天纬地物，动必计天才。几处觅不得，有时能自来。真风含素发，秋色入灵台。吟向霜蟾下，终须神鬼哀。"（《禅月集》卷一六）在诗的艺术追求上，"清"为贯休追求的一个目标：《早秋夜坐》："微凉砧满城，林下石床平。发岂无端白，诗须出世清。邻僧同树影，砌月浸蛩声。独自更深坐，无人知此情。"（《禅月集》卷一八）《秋晚野步》："闲步不觉远，萧萧落木初。诗情抛阃域，江影动襟裾。阁北鸿行出，霞西雨脚疏。金峰秋更好，乞

取复何如。"（《禅月集》卷一八）

与朋友的交往中反复谈论诗，还只是贯休喜欢作诗的表现之一。贯休对诗的爱好还有另外一个表现，就是经常提到前人或时人的诗集。就今日现存的贯休诗看，这些诗所着眼的对象有屈原的诗、齐梁的诗、顾况的歌行、扬雄的文赋、怀素草书、唐史、李白像、杜工部集、刘得仁集、贾岛集、李秀才卷、孟郊集、玄宗幸蜀记、孟浩然鹿门旧居、皎然渠南乡集、姚合极玄集、贾区贾岛集、吴越春秋等。

就诗歌体裁而言，贯休喜欢写乐府诗和歌行体，对律诗并不擅长。

就诗歌题材而言，喜欢反映民生问题，是贯休诗一个比较突出的现象。这一点，贯休显然是对杜甫诗歌精神的一种继承。由此可以理解，贯休为什么对杜甫评价很高，并以杜甫的后学自居。例如：

读杜工部集二首

造化拾无遗，唯应杜甫诗。

岂非玄域橐，夺得古人旗。

日月精华薄，山川气概卑。

古今吟不尽，惆怅不同时。

又

甫也道亦丧，孤身出蜀城。

彩毫终不揿，白雪更能轻。

命薄相如命，名齐李白名。

不知耒阳令，何以葬先生。

——《禅月集》卷七

第一首诗中，贯休认为自己所处时代和杜甫所处时代都有让人伤感的时事，所以他不断地吟诵杜甫诗，让杜甫表达自己的悲伤。第二首诗中对杜甫才高命薄寄予同情。

吴融为贯休集作序时云："君子萌一意，出一言，亦当有益于事。矧极思属词，得不动关于教化。"[①] 由这种评价可知，贯休诗也多关于教化。贯休不仅以杜甫后学自居，也称赞孟郊诗，并对孟郊不受人重视表示同情。他的《读孟郊集》云："东野子何之，诗人始见诗。清刳霜雪髓，吟动鬼神司。举世言多媚，无人师此师。因知吾道后，冷淡亦如斯。"（《禅月集》卷七）贯休

---

① （五代）贯休撰：《禅月集》，四部丛刊初编本，卷首。

能从孟郊去世后的默默无闻联想到自己也将是这样的命运，可见他认为自己的诗同孟郊的诗有着相似的内容和风格。

贯休既入佛门，同时并未丢掉儒家的思想，而是援释入儒，援儒入释，他的诗中常常出现儒家和释家均认可的话题。例如：

少年行三首

锦衣鲜华手擘鹇，闲行气貌多轻忽。

稼穑艰难总不知，五帝三皇是何物。

又

自拳五色裘，迸入他人宅。

却捉苍头奴，玉鞭打一百。

又

面白如削玉，猖狂曲江曲。

马上黄金鞍，适来新赌得。

——《禅月集》卷七

此组诗对官宦子弟的无知和骄横予以辛辣的讽刺。贯休这种疾恶如仇的性格很强烈，即使碰到凶暴的官吏，他也敢于写《酷吏词》讥刺：

> 霰雨溇溇，风吼如劚。有叟有叟，暮投我宿。吁叹自语，云太苛酷。如何如何，掠脂斡肉。吴姬唱一曲，等闲破红束。韩娥唱一曲，锦段鲜照屋。宁知一曲两曲歌，曾使千人万人哭。不惟哭，亦白其头，饥其族。所以祥风不来，和气不复。蝗乎蟹乎，东西南北。

——《禅月集》卷二

关于《酷吏词》的背景，《十国春秋》卷四七是这么记载的："再至荆南，高季昌馆之龙兴寺，感时政，作《酷吏辞》，复被疏远。"之所以说"复被疏远"，是因为此前贯休已经因为耿直而得罪了另一个节度使成汭并被成汭流放，此事仍在《十国春秋》卷四七："由是思登南岳，遂担簦游荆南，与吴融相遇，往复酬答，心相得也。会节度使成汭以诞生日得歌诗百余章，而贯休诗与焉。汭令幕僚郑準评高下，準害其能，置贯休诗第二，贯休怒曰：'藻鉴如此，其可久乎？'已而汭问笔法于贯休。答曰：'此事须登坛而授，岂容草草？'汭不胜其忿，遘放黔中，因为病鹤诗云：'见说气清邪不入，不知尔病自何来。'"①

综上所述可知，贯休诗的内容并不十分广泛，但也不算太狭窄。其中最值得关注的有三点：一是对各类人物的多方面描写；二是对诗歌艺术的探讨；三是对权贵的讥刺。这些，应该就是贯休诗思想内容方面的主要价值。

三　贯休诗的艺术特色

贯休的诗歌风格是豪放、质朴、奇逸。

文如其人是文学理论界对作家与作品关系的经典表述之一，这种表述多数情况下是正确的，贯休其人与其作品就属于这种情况。贯休五短身材，性格洒脱不羁，而又诙谐多智。洒脱不羁的个性有两个证据。一是五代孙光宪《北梦琐言》卷二〇《诋讦朝贤》（文渊阁四库全书本题目作《休公真率》）所记："每于通衢徒步行，嚼果子，未尝跨马，时人甚重之。"② 二是贯休和冯涓的故事。《十国春秋》卷四七云："初来蜀时，过诣韦庄，而冯涓适至。遂与相见。欣然抚手曰：我与尔叔有分。涓怒，拂衣去。他日过从竟不逢迎。贯休谓人曰：'我得得和尚，为渠入蜀，何意见怪。其率略多如此。'" 又如："一日与杜光庭并辔道中，贯休马忽奔蹶。光庭连呼：'大师数珠落地。'贯休曰：'非数珠，盖大还丹耳。'光庭有惭色。"③

洒脱不羁和诙谐多智表现在诗中，就是贯休诗豪放自然的特色。这种豪放自然在贯休的乐府诗、七律和古诗中均有较多的体现。

一方面，贯休是苦吟诗人，贯休自己就说"伊余吟亦苦，为尔一眉口频"（《读刘得仁贾岛集二首之二》），"无端为五字，字字鬓星星"（《偶作》），"思苦香销尽，更深笔尚随"（《秋夜吟》）。

另一方面，贯休没有在诗的用字上显出太多的刻画痕迹。今日读贯休诗，首先感到的不是字句的精练或者锤炼，而是质朴、奔放自然。例如：《禅月集》卷六《观怀素草书歌》：

张颠颠后颠非颠，直至怀素之颠始是颠。师不谭经不说禅，筋力唯于

---

① （清）吴任臣撰，徐敏霞、周莹点校：《十国春秋》（116卷）（全4册），中华书局1983年版，第2册，卷47，第670页。

② （五代）孙光宪撰，贾二强点校：《北梦琐言》（20卷），中华书局2002年版，卷20，第364页。

③ （清）吴任臣撰，徐敏霞、周莹点校：《十国春秋》（116卷）（全4册），中华书局1983年版，第2册，卷47，第672页。

草书朽。颠狂却恐是神仙，有神助兮人莫及。……闪电光边霹雳飞，古柏身中旱龙死。骇人心兮目賦瞁，顿人足兮神辟易。乍如沙场大战后，断枪橛箭皆狼藉。又似深山朽石上，古病松枝挂铁锡。月兔笔，天灶墨，斜击黄金侧锉玉。珊瑚枝长大束束，天马骄狞不可勒。东却西，南又北，倒还起，断复续。忽如鄂公喝住单雄信，秦王肩上搭着枣木槊。怀素师，怀素师，若不是星辰降瑞，即必是河岳孕灵。……常恨与师不相识，一见此书空叹息。……知师雄名在世间，明月清风有何极。

这首诗开头二句纯粹是口语，又觉一气贯注，很有李白《将进酒》等歌行的味道。以下用闪电、霹雳、水中龙的矫健身影来写怀素草书的刚劲有力。又用骇人心、顿人足来夸张怀素草书的惊人心魄。月兔笔、天灶墨、珊瑚、天马都是驰骋想象之笔。"怀素师、怀素师"的连声呼唤以及"常恨与师不相识，一见此书空叹息"的直抒胸臆，表现了贯休诗喜欢抒情和挥洒自如的风格。从这首诗看，贯休很大程度上继承了李白的风格，难怪《宋高僧传》卷三十说贯休"体调不下二李白贺也"①。诸如此类豪放洒脱之作在贯休集中不是个例。

语言的奔放豪迈、洒脱自如还只是贯休豪放风格的表现之一。这种风格即使表现一种哲理，也能显示出自如的风格。例如《怀二三朝友》："伤心复伤心，流光似飞电。有惠骊龙十斛珠，不如一见君子面。愁人复愁人，满眼皆埃尘。有惠黄金一万斤，不如一见于仁人。我昔读诗书，如今尽抛也。只记得田叔孟温舒，帝王满口呼长者。"（《禅月集》卷六）吴融《西岳集序》云："上人之作，多以理胜，复能创新意。其语往往得景物于混忙自然之际。然其旨归必合于道。"② 这首《怀二三朝友》就表达一种哲理，又赞美友谊的可贵，但是全篇以口语化的语句表达出来，易懂易记，洒脱中兼有自然之风致。贯休的豪放之作还有卷一《读离骚经》、《阳春曲》、《蒿里曲》、《行路难》等。

质朴的语言特色与豪放的风格特色紧密相连。例如上述《观怀素草书歌》的语言豪放的同时又很质朴。贯休诗质朴特色形成的另一个因素和他喜欢的诗体有关。贯休很喜欢的一个诗体是乐府诗。乐府诗一方面要求所反映的问题必须为大众所常见，另一方面语言不能深奥费解，而是越通俗越好。翻开《禅月集》，可以很容易感觉到贯休对乐府诗的偏爱。例如卷一的如下诗：《善哉行》（古曲伤无知音），《读离骚经》、《阳春曲》、《白雪曲》，《上留田》、《胡

---

① （宋）赞宁撰，范祥雍点校：《宋高僧传》（30卷），中华书局1987年版，卷30，第749页。

② （五代）贯休撰：《禅月集》，四部丛刊初编本，卷首。

无人》、《野田黄雀行》、《临高台》、《杞梁妻》、《蒿里曲》、《夜夜曲》、《行路难》、《拟古离别》、《战城南二首》、《少年行三首》、《梦游仙四首》等等。这些题目很多本来就是乐府旧题。我们且以《拟古离别》为例："离恨如旨酒，古今饮皆醉。只恐长江水，尽是儿女泪。伊余非此辈，送人空把臂。他日再相逢，清风动天地。"送别诗总要诉说对对方的留恋和思念，一般总充满深情。这首《拟古离别》可真是代拟之作。全诗很难看到什么真正的留恋，而只是阐明离别之情是多么的真挚和伤感。这确实体现了贯休诗"多以理胜"的特色。此诗在说理的同时，语言十分明白如话，易懂易记，很好地体现了语言平易的特点。

贯休诗平易的风格不仅体现在乐府诗中，古诗中、七律中也有体现。例如《古意九首》之一《一雨火云尽》："一雨火云尽，闭门心冥冥。兰花与芙蓉，满院同芳馨。佳人天一涯，好鸟何嘤鸣！我有双白璧，不羡于虞卿。我有径寸珠，别是天地精。玩之室生白，潇洒身安轻。只应天上人，见我双眼明。"（《全唐诗》卷八二六）此诗中无一语一字古奥难懂，一个虚字"之"的运用也体现了作者作诗时的自由和洒脱。这种虚字的运用在贯休诗中十分普遍。正是贯休为诗自然质朴的一个证明。再看《山居诗》（24 首）之第一首："休话喧哗事事雅，山翁只合住深山。数声清盘是非外，一个闲人天地间。绿圃空隙云冉冉，异禽灵草水潺潺。无人与向群儒说，岩桂枝高亦好攀。"（《禅月集》卷二三）七律是贯休喜欢的体裁之一，这首诗与贯休其他七律诗的风格是一致的，用语自然，对仗工整，含义明了，读起来朗朗上口。《山居诗》（24首）的末首也是如此："支公放鹤情相似，范泰论交趣不同。有念尽为烦恼锡，无机方称水精宫。"过于直白和素朴使贯休乐府诗的感染力有所欠缺。七言句式的舒缓和大容量使贯休不得不经过一定的组织和锤炼才能把用意表达出来，因而，贯休的七律更具有诗的感染力，从其中意义的富有哲理到语言的流畅自然都是这样。

《宋高僧传》卷三十说贯休"体调不下二李白贺也"[1]，贯休与李白诗风的承继关系如上所述，贯休与李贺在诗风上又有什么相似呢？陆永峰先生说贯休诗"其高奇放纵处似李白，而惊奇诡异处又似李贺"[2]，此语应该说大致不差。李贺诗用语突兀，出人意表，更兼想象奇特且怪诞。贯休的诗至少在想象奇特方面可追步李贺。例如《寄高员外》开头"冷冽苍黄风似劈，雪骨冰筋满瑶席"，把寒风给人的袭击比喻为用刀劈人，又说与会者个个寒冷，如同雪

---

[1]　（宋）赞宁撰，范祥雍点校：《宋高僧传》（30 卷），中华书局 1987 年版，卷 30，第 749 页。
[2]　陆永峰：《禅月集校注》，巴蜀书社 2006 年版，第 15 页。

骨冰筋一般。如此比喻，既恰当又奇特，可见贯休为诗确有不同常人处。又如
《江边祠》：“松森森，江浑浑，江边古祠空闭门。精灵应醉社日酒，白龟咬断
菖蒲根。花残冷红宿雨滴，土龙甲湿鬼眼赤。天符早晚下空碧，昨夜前村行霹
雳。”这里的“松森森”、“江浑浑”、“江边古祠”所营造的氛围是如此熟悉，
这不就是李贺诗中的景象吗？精灵饮酒、白龟咬根，这些动物及其行为与传说
中的动物故事极其吻合，冷红、鬼眼、下空碧、行霹雳，这些字眼奇特、阴
森，又与李贺用词极相似。又如《蒿里曲》：

> 兔不迟，乌更急。但恐穆王八骏，着鞭不及。所以蒿里，坟出蒨蒨。
> 气凌云天，龙腾凤集。尽为风消土吃，狐搀蚁拾。黄金不啼玉不泣，白杨
> 骚屑，刮风愁月。折碑石人，莽秽榛没。牛羊寒窣，时见牧童儿，弄
> 枯骨。

——《禅月集》卷一

此诗从句式的长短不齐到用词的生僻朴拙、想象的大胆奇特、气氛的幽冷
清寒，均让人想到李贺诗的风格。说贯休诗有李贺诗奇逸的风格，就是从用
词、句式、想象、气氛等方面综合考虑后得出的。其实，联系一下贯休作诗时
的苦吟习惯、对乐府诗的喜好以及七律的挥洒自如，更可感到贯休与李贺的相
似性。可以说，晚唐五代十国诗人对中唐诗人手法风格的继承，在贯休身上有
多种体现，这应成为文学史研究者应该关注的一个问题。

四　天赋敏速之才，笔吐猛锐之气的僧中之豪——贯休诗的评价

贯休诗歌的总体评价，还是元代辛文房《唐才子传》卷十的说法比较到
位：“贯休天赋敏速之才，笔吐猛锐之意，昔谓龙象蹴踏，非驴所堪，果僧中
之一豪也。”① 这里“笔吐猛锐之意”、“僧中之一豪”最能代表贯休其人
其诗。

贯休天资聪颖，《宋高僧传》卷三〇本传云：“……与处默同削染邻院
而居，每隔篱论诗，互吟寻偶对，僧有见之，皆惊异焉。受具之后诗名耸动
于时，乃往豫章传《法华经》、《起信论》，皆精奥义，讲训且勤。本郡太守
王慥弥相笃重，次太守蒋瓌开洗忏戒坛，命休为监坛焉。”② 从这些记载可
知，贯休不论是讲经，还是作诗，在当时都普遍受到重视。更能说明其敏速

---

① 傅璇琮主编：《唐才子传校笺》（第四册），中华书局1990年版，卷10，第442页。
② （宋）赞宁撰，范祥雍点校：《宋高僧传》（30卷），中华书局1987年版，卷30，第749页。

之才的是前引他在成汭幕下的自负以及贯休与杜光庭开玩笑时斗智争锋的故事。这些生活轶事虽与作诗关系不大，但可以看出贯休的机敏。被辛文房称赞为"清润典雅，呼吸间两获科甲，自致于青云之上"① 的王贞白，尚且不如贯休之诗才敏捷。"初，兰溪僧贯休雅得名，与贞白所居，相去不远，而未会。尝寄《御沟》诗有云：'此波涵帝泽，无处濯尘缨。'后会语及此。休曰'剩一字。'贞白拂袂而去。休曰：'此公思敏，当即来。'休书字于掌心。逡巡贞白还曰：'此中涵帝泽，如何？'休以掌示之，无异所改，遂订深契。"② 后蜀何光远《鉴戒录》卷五《禅月吟》云："唐有十僧诗选，在诸集中，唯禅月大师贯休所吟千首，吴融侍郎序之，号曰《西岳集》，多为古体，穷尽物情。议者称白乐天为大教化主，禅月次焉。……初，上人诗名未振，时南楚才人竞以诗送轩辕先生归罗浮山，计百余首矣。后上人因吟一章，群公于是息笔。"③ 从这些故事看，贯休的诗才出众不但是无可置疑的，而且在当时就受到了许多人的认同。

诗才敏捷是贯休的一个方面，另一个方面，贯休诗中多有讽刺，这应该是"笔吐猛锐之气"的一个主要原因。《禅月集》卷二四《古剑池》有句云："秋水莲花三四枝，我来慷慨步迟迟。不决浮云斩邪佞，直成龙去拟奚为。"可以说，"斩邪佞"是贯休的一个理想，为此，贯休多次开罪权贵。例如前文所引开罪成汭的事情。再如宋张唐英《蜀梼杌》卷上云："二年……二月朔游龙华禅院。召僧贯休坐赐茶药彩段，仍令口诵近诗，时诸王贵戚皆赐坐，贯休欲讽之，因诵《公子行》曰：'锦衣鲜华手擎鹘，闻行气貌多轻忽。艰难稼穑总不知，五帝三王是何物。'建称善，贵幸皆怨之。贯休本兰溪人，善诗，与齐己齐名，有《西岳集》十卷。"

与"斩邪佞"相对的，是贯休对百姓充满同情，并敢于直言。卷一《阳春曲》云："为口莫学阮嗣宗，不言是非非至公。为手须似朱云辈，折槛英风至今在。男儿结发事君亲，须学前贤多慷慨。历数雍熙房与杜，魏公姚公宋开府，尽向天上仙公闲处坐。何不却辞上帝下下土？忍见苍生苦苦苦！"称赞朱云之慷慨仗义，批评阮籍之不敢臧否。由此可对贯休得罪那么多人的原因有所了解。

贯休诗"猛锐之气"的另一个表现是其诗语言的洒脱不羁。例如称赞怀

---

① 傅璇琮主编：《唐才子传校笺》（第四册），中华书局1990年版，卷10，第341页。

② 同上书，第338页。

③ （后蜀）何光远撰，刘石校点：《鉴戒录》，卷5，见傅璇琮、徐海荣、徐吉军主编《五代史书汇编》（全10册），杭州出版社2004年版，第10册，第5907页。

素草书时云"张颠颠后颠非颠，怀素之颠始是颠"。又如《酷吏词》云："吴姬唱一曲，等闲破红束。韩娥唱一曲，锦缎照鲜屋。宁知一曲两曲歌，曾使千人万人哭。不唯哭，亦白其头，饥其族。所以祥风不来，和气不复。蝗乎贼乎，东西南北。"这些句子长短不拘，出语浅俗，跌宕腾挪，其感情则或悲愤，或激昂，给人以深刻印象。此外如卷一之《善哉行》、《读离骚经》、《阳春曲》等，皆有此特色。

其实，语言的洒脱不羁与内心的慷慨悲愤融合在一起才更能体现"猛锐之气"。例如，贯休《偶作五首》之第一首云："谁信心火多，多能焚大国。谁心鬓上丝，茎茎出蚕腹。尝闻养蚕妇，未晓上桑树。下树畏蚕饥，儿啼亦不顾。一春膏血尽，岂止应王赋。如何酷吏酷，尽为搜将去。蚕蛾为蝶飞，伪叶空满枝。怨梭与恨机，一见一沾衣。"（《全唐诗》卷八二八）这首诗愤怒控诉官府对蚕妇的剥削和掠夺，语言浅显易懂，一气贯注，让人似乎能够看到诗人气愤的面孔，感受到胸中冲天的怒气。

贯休"天赋敏速之才，笔吐猛锐之气"的诗中豪杰本色，得到了普遍的认同。

先看唐五代和宋代人的评价。

黄滔《黄御史集》卷四《东林寺贯休上人篆隶题诗》云："师名自越彻秦中，秦越难寻师所从。墨迹两般诗一首，香炉峰下似相逢。"（《全唐诗》卷七〇六）

吴融《唐英歌诗》卷上《寄贯休上人》云："别来如梦亦如云，八字微言不复闻。世上浮沉应念我，笔端飞动只降君。几同江步吟秋霁，更忆山房语夜分。见拟沃州寻旧约，且教丹顶许为邻。"（《全唐诗》卷六八四）吴融《西岳集序》又言："上人之作，多以理胜，复能创新意，其语往往得景物于混忙自然之际，然其旨归，必合于道。"①

释齐己（864—943?）《白莲集》卷二《闻贯休下世》："吾师诗匠者，真个碧云流。争得梁太子，更为文选楼。锦江新塚树，婺女旧山秋。欲去焚香礼，啼猿峡阻修。"（《全唐诗》卷八三九）《白莲集》卷四《寄贯休》云："子美曾吟处，吾师复去吟。是何多胜地，销得二公心。"（《全唐诗》卷八四一）

宋释赞宁《宋高僧传》卷三十言贯休"体调不下二李白贺也……所长者歌吟，讽刺微隐，存教化"②。

---

① （五代）释贯休撰：《禅月集》，四部丛刊初编本，卷首。

② （宋）赞宁撰，范祥雍点校：《宋高僧传》（30卷），中华书局1987年版，卷30，第750页。

孙光宪为释齐己《白莲集》作序时顺便提到贯休，云："议者以唐来诗僧，惟贯休禅师骨气浑成，境意卓异，殆难俦敌。"①（《白莲集序》见本书第二编第七章齐己《白莲集》第 1 篇序）

宋代及以后人评价更高。

宋郑清之《安晚堂集》（影印文渊阁四库全书本）卷十一《灵隐慧上人惠诗为古风以赠》云："贯休齐己唐诗人，当时逸气凌簪绅。声名矗矗逼甫白，幽兰直与梅争春。"认为贯休和齐己可直逼李白、杜甫，这当然有点夸张，但至少是宋人对贯休价值的一种看法。

元代辛文房《唐才子传》卷十评为："休一条直气，海内无双"，"天赋敏速之才，笔吐猛锐之气"。又云："虽尚奇崛，每得神助……果僧中之一豪也。"②

宋戴栩《浣川集》影印文渊阁四库全书本卷一云："贯休蒙雨句，人咏入诗骚。"

元释善住《谷响集》影印文渊阁四库全书本卷二《寄白云》："清磬数声经卷罢，风前洗耳贯休诗。"

元黄庚《月屋漫稿》影印文渊阁四库全书本之《寄秋山和尚》云："几夜孤吟忆贯休，疏钟敲月动诗愁。"

元张之翰《西岩集》影印文渊阁四库全书本卷十八《跋林野叟诗续稿》云："诗僧莫盛于唐宋，唐宋才百余人，求其传世大家数，不过如皎然、灵澈、贯休、齐己、惠崇、参寥、洪觉范，余则一咏一联而已。"

再看明清学者的评价。

明释宗泐《全室外集续编》全书本云："吾闻古来苦吟者，贯休齐己名相侪。后生崛起会陵轹，岂独二子称奇才。呜呼，岂独二子称奇才。"

明朱国祚《自北雁荡逾南雁荡观龙湫瀑布作》有言："谢客未曾经蜡屐，贯休已后少题诗。"（影印文渊阁四库全书本《浙江通志》卷二七六）俨然将贯休与谢灵运并称。

明秦王朱诚泳《小鸣稿》（影印文渊阁四库全书本）卷三《寄暹日华上人》云："落纸争求怀素字，逢人多诵贯休诗。"

清胡凤丹《重刻禅月集序》（见本书第二编第三章贯休《禅月集》第 22 篇序）言："一字一言，无非棒喝。"

汪琬《尧峰文钞》影印文渊阁四库全书本卷三十云："释氏之为诗也，有

---

① （五代）释齐己撰：《白莲集》，四部丛刊初编本，卷首。
② 傅璇琮主编：《唐才子传校笺》（第四册），中华书局 1990 年版，卷 10，第 442 页。

诗人之诗焉，有禅人之诗焉。唐之皎然、灵彻，诗人之诗也；贯休、齐己，禅人之诗也。诗人之诗所长尽于诗而其诗皆工，禅人之诗不必其皆工也，而所长亦不尽于诗。所长尽于诗者以其诗传，不尽于诗者则以其道与其诗并传。故皎然、灵彻、贯休、齐己之作，声闻相颉颃于后世，莫之能优劣也。"

四库馆臣所写《唐僧弘秀集》之《提要》进行了总结："唐释能诗者众，其最著者莫过皎然、齐己、贯休。"①

总之，贯休自幼会作诗，此后声名大振，不仅当时人如吴融、齐己给以高度评价，宋至明清的学者还从理论上分析了贯休的诗。贯休，是唐代三大诗僧之一，其豪迈个性、刚直性情留下的传说和故事给后人以无尽的滋养。

第二节 前蜀国韦庄的文学创作

一 韦庄的生平

韦庄（836？—910），字端己，大约唐文宗李昂开成元年（836）生于京兆杜陵。

杜陵在长安城东南20里，即今日的西安市长安区。长安城南的杜曲、韦曲是杜韦两姓世代贵族聚居之地，故唐代有民谣曰"城南韦杜，去天尺五"。韦庄究竟是哪个韦氏的后人，有两种说法。其一，认为是唐玄宗时宰相韦见素的后人。此说最早见于宋张唐英《蜀梼杌》和《新五代史·王建世家》。《资治通鉴》卷二六六、宋计有功《唐诗纪事》卷六八、清《十国春秋·韦庄传》也采取了此说。其二，《新唐书·宰相世系表》云韦庄为韦应物四世孙。究竟哪种说法正确，今已难以确证。《唐诗纪事》卷六八云韦庄"曾祖少微，宣宗中书舍人"②。《十国春秋》沿用了此种说法。但是韦庄《哭麻处士诗》云："少微何处堕，留恨白杨风。"《唐才子传校笺》的中周祖譔、贾晋华云："若其曾祖名少微，不应自触家讳若此。"③ 韦庄的祖父和父亲什履同样不可考。唐代文人喜好标榜先祖，甚至攀龙附凤。韦庄现存作品全无此种作为，或许韦庄此类作品丢失了，或许韦庄根本就未曾提及过自己的祖先。具体为何，只好存疑。

与韦庄的先世相比，韦庄的家庭要轮廓分明多了。

---

① （清）永瑢等撰：《四库全书总目》（200卷），中华书局1965年版，卷187，第1700页。

② （宋）计有功撰，王仲镛校笺：《唐诗纪事校笺》（81卷）（全8册），中华书局2007年版，第7册，卷68，第2283页。

③ 傅璇琮主编：《唐才子传校笺》（第四册），中华书局1990年版，第323页。

　　今日未见韦庄在作品里提及父母，其父母情况如何，均不可考知。有弟有妹，弟名韦霭，妹名不知。有一堂兄，名韦遵。有一叔父，名不知。有妻妾、子女、男仆、女仆（当然，男仆、女仆不能算韦庄家里的亲人了，但由此可了解韦庄的家庭情况）。

　　《浣花集》卷二《贼中与萧韦二秀才同卧重疾二君寻愈余独加焉恍惚之中因有题》云："与君同卧疾，独我渐弥留。弟妹不知处，兵戈殊未休。……纵有秦医在，怀乡亦泪流。"同卷《辛丑年》云："九衢漂杵已成川，塞上黄云战马闲。但有羸兵填渭水，更无奇士出商山。田园已没红尘里，弟妹相逢白刃间。西望翠华殊未返，泪痕空湿剑文斑。"① 此诗写于881年辛丑岁韦庄46岁时。此诗的主题并不在于写弟妹之亲情，而在为国事担忧。韦庄53岁寓居虢州后，其弟妹随之南下，散居南方诸地。《唐才子传校笺》卷九即云："携家来越中，弟妹散居诸郡。"② 《浣花集》卷七《夏口行寄婺州诸弟》："回头烟树各天涯，婺女星边寄远家。尽眼楚波连梦泽，满衣春雪落江华。双双得伴争如雁，一一归巢却羡鸦。谁道我随张博望，悠悠空外泛仙槎。"③ 此诗表达自己不能与弟妹及时团聚的遗憾和愧疚。《浣花集》卷七《寄湖州舍弟》云："半年江上怆离襟，把得新诗喜又吟。多病似逢秦氏药，久贫如得顾家金。云烟但有穿杨志，尘土都无作吏心。何况别来词转伇，不愁明代少知音。"④ 此诗不知写给哪个弟弟，因为韦霭曾有《韦霭诗》一卷，估计此诗可能是写给韦霭的。此诗称赞弟弟诗艺大有长进。《浣花集》卷一有《寄从兄遵》曰："江上秋风正钓鲈，九重天子梦翘车。不将高卧邀刘主，自吐清谈护汉储。沧海十年龙影断，碧云千里雁行疏。相逢莫话归山计，明日东封待直庐。"⑤ 此诗似在劝说韦遵勉力仕途。韦遵的其他情况不可详知。

　　《浣花集》卷二有《家叔南游却归因献贺》："缭绕江南一岁归，归来行色满戎衣。长闻风诏征兵急，何事龙韬献捷稀。旅梦远依湘水阔，离魂空伴越禽飞。遥知倚棹思家处，泽国烟深暮雨微。"⑥ 从此诗看，此叔父为一武官，韦庄为他的归来而庆幸，并表示长久的思念。

　　《全唐诗》卷七〇〇有《勉儿子》诗云："养尔逢多难，常忧学已迟。辟

---

① （唐）韦庄著，向迪琮校订：《韦庄集》，人民文学出版社1958年版，第23页。
② 傅璇琮主编：《唐才子传校笺》（第四册），中华书局1990年版，卷9，第328页。
③ （唐）韦庄著，向迪琮校订：《韦庄集》，人民文学出版社1958年版，第89页。
④ 同上书，第85—86页。
⑤ 同上书，第14页。
⑥ 同上书，第31页。

疆为上相，何必待从师。"此诗勉励儿子好好读书，不必待拜师然后学。这是今日所见韦庄唯一的一次提及儿子。但是，此诗的真伪是有疑问的。《全唐诗》注"此诗见于《浣花集》外补遗。"洪迈《万首唐人绝句》卷一九云此诗作者是"孟迟"。今存《浣花集》十卷拾遗一卷，毛晋所辑，也无《勉儿子》。《勉儿子》为《全唐诗》首见，来历不明，存疑。

今日少见韦庄对自己妻子的思念之作，倒是有不少诗悼念自己的姬妾。《全唐诗》卷七〇〇《悼亡姬》云："风去鸾归不可寻，十洲仙路彩云深。若无少女花应老，为有姮娥月易沉。竹叶岂能消积恨，丁香空解结同心。湘江水阔苍梧远，何处相思弄舜琴。"《独吟》云："默默无言恻恻悲，闲吟独傍菊花篱。只今已作经年别，此后知为几岁期。开箧每寻遗念物，倚楼空缀悼亡诗。夜来孤枕空肠断，窗月斜晖梦觉时。"《悔恨》云："六七年来春又秋，也同欢乐也同愁。才闻及第心先喜，试说求婚泪便流。几为妒来频敛黛，每思闲事不梳头。如今悔恨将何益，肠断千休与万休。"这几首诗中的情真意挚可以看出，交往圈子中，韦庄对姬妾用情最多最深。这方面的问题，既无可非议，也无须过誉。

"流离漂泛，寓目缘情，子期怀旧之辞，王粲伤时之制"是韦霭《浣花集序》对韦庄作品的情感倾向的评价，由此评价可以推测，韦庄的友情诗、反映现实之作应该占有突出的地位，韦庄对朋友对百姓应该用情较深。查检韦庄的三百余首诗，友情诗的数量并不算太少，例如卷一《送日本国僧敬龙归》，卷二之《宿泊孟津寄三堂友人》、《对酒赋友人》、《寄江南逐客》，卷三之《离筵诉酒》、《新正日商南道中作寄李明府》、《哭麻处士》、《和友人》，卷四《和侯秀才同友生泛舟溪中相招之作》、《哭同舍崔员外》，卷五《江上逢故人》、《旅中感遇寄呈李秘书昆仲》，卷七之《东阳赠别》，卷八之《投寄旧知》，卷九之《与东吴生相遇》、《郦州留别张员外》，《补遗》卷之《边上逢薛秀才话旧》、《和同年韦学士华下途中见寄》、《江皋赠别》、《奉和左司郎中春物暗度感而成章》、《奉和观察郎中春暮忆花言怀见寄四韵之什》、《江上别李秀才》、《长干塘别徐茂才》，等等。韦庄的友情诗数量如此之多，可是名气大的一首都没有，尽管其中有的友情诗比起人们耳熟能详的友情诗名作质量上差不了多少，这个现象不只发生在韦庄一个人身上，故暂不具论。相比之下，韦庄对科举心态和战乱生活的描述就有声名显赫的诗传世。

唐代应进士第，先由各州府举荐，被举荐的士子于十月来到长安，于第二年春季省试。如未考取，则等待来年再考。因为从故乡到长安，有一段长长的距离。所以，很多士子在诗中描述赴举征途的辛苦。韦庄家在杜陵，离长安较近，但也需要早早出发应举。其《早发》诗云："早雾浓于雨，田深粟稻低。出门鸡未唱，过客马频嘶。树色遥隐店，泉声暗傍溪。独吟三十里，城月尚如珪。"(《浣花集》卷一) 诗人在雾蒙蒙的后半夜就动身赶考了,走了三十里之后到京城了,月亮还在天上,赶考的辛苦就在这些浓雾、树色、溪水等意象的营造中渲染出来了。移居虢州后,离长安更远了,赶考就更辛苦了。例如《关河道中》云:"槐陌蝉声柳市风,驿楼高倚夕阳东。往来千里路长在,聚散十年人不同。但见时光流似箭,岂知天道曲如弓。平生志业匡尧舜,又拟沧浪学钓翁。"(《浣花集》卷一) 每年应举,总有人高中,而自己总是落第,所以是"聚散十年人不同"。十年来辛苦应考,次次落空,所以说"岂知天道曲如弓"。这里未言赶考的旅途劳累之苦,而是诉说屡战屡败的心情之苦。《灞陵道中作》云:"春桥南望水溶溶,一桁晴山倒碧峰。琴苑落花零露湿,灞陵新酒拨醅浓。青龙夭矫盘双阙,丹凤褵褷隔九重。万古行人离别地,不堪吟罢夕阳中。"(《浣花集》卷一) 灞陵,为东出长安必经之地,唐人在此送别,总会折柳相赠,以表恋恋不舍之深情。碧峰之青翠,落花之润泽,京城之豪华,别酒之醇厚,写出诗人对长安的留恋,夕阳中的吟诵,更衬托出诗人的离别之苦。《柳谷道中作却寄》云:"马前红叶正纷纷,马上离情断杀魂。晓发独辞残店月,暮程遥宿隔云村。心如岳色留秦地,梦逐河声出禹门。莫怪苦吟鞭拂地,有谁倾盖待王孙。"(《浣花集》卷一) 在落叶萧萧中,诗人魂不守舍,清晨出发,夜宿远村。心尚思念着长安,人已出了禹门。自己虽为世族之后,但是家道早已衰落,无人对自己假以辞色了。此诗代晚唐家道中落、受尽白眼的世族子弟喊出了愤世嫉俗的声音,颇具典型性。韦庄写落第的诗《下第题青龙寺僧房》很能表现他下第后的黯然神伤:"千蹄万毂一枝芳,要路无媒果自伤。题柱未期归蜀国,曳裾何处谒吴王。马嘶春陌金羁闹,鸟睡华林绣羽香。酒薄恨浓消不得,却将惆怅问支郎。"(《浣花集》卷一) 要路无媒,自知无望,后来果然落第,黯然神伤。即使自己想用浓酒浇愁,也是枉然。

关于韦庄的履痕所至,除前蜀外,有两个地方值得注意。一是虢州,一是越中。先看虢州的诗。《浣花集》卷一有《虢州涧东村居作》:"东南骑马出郊坰,回首寒烟隔郡城。清涧涨时翘鹭喜,绿桑疏处哺牛鸣。儿童见少生于客,奴仆骄多倨似兄。试望家田还自适,满畦秋水稻苗平。"还有《三堂早春》"独倚危楼四望遥,杏花春陌马声骄。池边冰刃暖初落,山上雪棱寒未销。溪送绿波穿郡宅,日移红影度村桥。主人年少多情味,笑换金龟解珥貂。"再如《三堂东湖作》:"满塘秋水碧泓澄,十亩菱花晚镜清。影动新桥横蛱蝶,岸铺芳草睡鸡鹕。蟾投夜魄当湖落,岳倒秋莲入浪生。何处最添诗客兴,黄昏烟雨乱蛙声。"从这三首诗可以看出,韦庄移居虢州后生活上自给自足,且闲适恬静。韦庄47岁时离开洛阳第二次到达河南,这次他来到洛阳。同唐代许多诗人一样,韦庄在河南过了一段漫游的生活。《浣花集》卷三有《东游远归》

诗："扣角干名计已疏，剑歌休恨食无鱼。辞家柳絮三春半，临路槐花七月初。江上欲寻渔夫醉，日边时得故人书。青云不识杨生面，天子何由问子虚。"诗人在颓唐的生活境遇中时时得到朋友的书信，算是小小的安慰。然后又感叹要路无人，自己上进无门。韦庄漫游时还到过清河县，有《清河县楼作》诗："有客微吟独凭楼，碧云红树不胜愁。盘雕迥印天心没，远水斜牵日角流。千里战尘连上苑，九江归路隔东周。故人此地扬帆去，何处相思雪满头。"（《浣花集》卷三）此诗写自己无法得到朝廷重用，朋友也离去了，自己只能在友谊的回味中得到安慰。叙说友谊的还有《浣花集》卷三的《新正日商南道中作寄李明府》："相看又见岁华新，依旧杨朱拭泪巾。踏雪偶因寻戴客，论文还比聚星人。嵩山不改千年色，洛邑长生一路尘。今日与君同避世，却怜无事是家贫。"有时韦庄还在友谊的叙说中夹杂对时政的批评和感慨。例如《赠薛秀才》云："相辞因避世，相见尚兵戈。乱后故人少，别来新话多。但闻哀痛诏，未睹凯旋歌。欲结岩栖伴，何山好薛萝。"（《浣花集》卷三）从以上诸诗看，韦庄在洛中有对平叛不力的批评，但总的说，他主要在避难，避难时又时时叙说友谊，即使叙说友谊，也没有多少突出的特色。韦庄在洛阳最大的收获是 48 岁时创作了《秦妇吟》。

《秦妇吟》是描述黄巢叛乱的史诗性作品，韦庄将此诗献给路过洛阳的镇海军节度使同中书门下平章事周宝，周宝将韦庄带到润州。这样，韦庄开始了在南方的漫游生活。韦庄作了周宝的幕僚，难免写一些陪宴陪猎等应酬之作以渲染周宝的富贵生活，此时，韦庄就有了进谏的机会了。陪宴之作如《陪金陵府相中堂夜宴》："满耳笙歌满眼花，满楼珠翠胜吴娃。因知海上神仙窟，只似人间富贵家。绣户夜攒红烛市，舞衣晴曳碧天霞。却愁宴罢青蛾散，扬子江头月半斜。"（《浣花集》卷四）陪猎之作如《观浙西府畋游》："十里旌旗十万兵，等闲游猎出军城。紫袍日照金鹅斗，红旆风吹画虎狞。带箭彩禽云外落，避雕寒兔月中惊。归来一路笙歌满，更有仙娥载酒迎。"第二首诗中的"浙西"即"浙西"。韦庄的这首二诗只是在描写周宝富贵豪奢的生活中暗寓讽刺，《官庄》一诗可就是直接的进谏了："谁氏园林一簇烟，路人遥指尽长叹。桑田稻泽今无主，新犯香醪没入官。"（《浣花集》卷四）该诗题下注曰："江南富民悉以犯酒没家产，因以此诗讽之。浙帅遂改酒法不入财产。"《新唐书·周宝传》说周宝"亦稍惑色，不恤事"[1]。这种评价也许是事实，但是从韦庄《官庄》一诗看，周宝采取了韦庄的建议，废除了以犯酒而没家产的政

---

① （宋）欧阳修、宋祁撰：《新唐书》（225 卷）（全 20 册），中华书局 1975 年版，第 17 册，卷 186，第 5416 页。

令，可见他不失为一个善于纳谏的行政官员。在周宝幕下得到重用的韦庄并没有忘记朝廷和皇帝的安全。例如这首题目很长的诗《夏初与侯补阙江南有约，同泛淮汴，西赴行朝。庄自九驿路先至甬桥，补阙由淮楚续至泗上，寝病旬日，遽闻捐馆，回首悲恸，因成长句四韵吊之》。题下又自注："已后自浙西游汴宋路，至陈仓迎驾，却过昭义相州路归金陵作。"（《浣花集》卷四）陈仓，就是宝鸡。可见，流落到江南的韦庄一有机会就想接近朝廷，以便为唐皇帝尽一份力。《闻再幸梁洋》诗云："才喜中原息战鼙，又闻天子幸巴西。延烧魏阙非关燕，大狩陈仓不为鸡。兴庆玉龙寒自跃，昭陵石马夜空嘶。遥思万里行宫梦，太白山前月欲低。"（《浣花集》卷四）此诗"玉龙"、"石马"皆欲腾跃起来救驾，正是韦庄自己的心意。身在万里之外的韦庄彻夜都为昭宗皇帝李晔的安危担心，可见他对唐王朝的忠贞不贰。

韦庄自己在汴宋途中作有二诗，由此二诗可见战争对百姓的伤害。《汴堤行》："欲上隋堤举步迟，隔云烽燧叫非时。才闻破虏将休马，又道征辽再出师。朝见西来为过客，暮看东去作浮尸。绿杨千里无飞鸟，日落空投旧店基。"（《浣花集》卷四）行人朝为过客，暮为浮尸；千里无飞鸟，客店也无人，可见战乱中的惨象。如果说《汴堤行》是写战争残害生灵之概况，那么，下一首诗就选择了一个具体的事例来抨击战争的罪恶了。《旅次甬西见儿童以竹枪纸旗戏为数组主人叟曰斯子也三世没于阵思所袭祖父雠余因感之》："已闻三世没军营，又见儿孙学战争。见尔此言堪恸哭，遣予何日望时平。"儿孙们因为父祖辈亡于战争，为报仇而练功夫，这样就循环复仇，复仇何日止，战争何时休。韦庄为此心痛而又无奈。

光启三年（887）三月，薛朗驱逐了润州刺史周宝，韦庄已不能在润州呆了，只好到婺州。韦庄在婺州突出的情感是他的思乡情绪。试看如下数诗：

遣兴

如幻如泡世，多愁多病身。

乱来知酒圣，贫去觉钱神。

异国清明节，空江寂寞春。

声声林上鸟，唤我北归秦。

——《浣花集》卷五

江外思乡

年年春日异乡悲，杜曲黄莺可得知。

更被夕阳江岸上，断肠烟柳一丝丝。

——《浣花集》卷五

新栽竹

寂寞阶前见此君，绕栏吟罢却沾巾。

异乡流落谁相识，唯有丛篁似主人。

——《浣花集》卷五

韦庄生于京兆杜陵，10 岁时侨居渭南下邽，仍然是三秦大地。40 岁时遇上黄巢叛乱，42 岁移居虢州（河南灵宝），后来很快开始了四处漂流的生活。几十年来故乡在他的记忆里，是《下邽》诗所描写的"昔为童稚不知愁，竹马闲乘绕院游"的幼稚，也是"曾为看花偷出郭，也因逃学暂登楼"的淘气，这种美好的记忆成了他人生旅途中一剂不可缺少的安慰良药。身处异乡时缺钱乏酒的困窘，清明节日里滞留外地的寂寞，再加上有病缠身，都让诗人觉得浮生如梦，人生即空，让他觉得那些树上的鸟儿都在代表故乡时时刻刻召唤他。这就是《遣兴》所写作者的心境。

多年不归故乡，故乡人了解自己吗？韦庄说"杜曲黄莺可得知"，"可得知"就是说岂能知。作者认为，故乡人一定怨恨他久宦不归。他想辩解的是："你们怎知我年年春日在异乡的悲愁呢？"江岸，说明人在旅途；夕阳，既是暮年的象征，又代表了作者对流浪的厌倦。婀娜的烟柳渲染着心灵的凄迷和敏感，所以几乎要肝肠寸断了。

竹子向来象征着一种美好的节操，离开故乡的韦庄难免对故乡的知己有一丝丝愧疚，知己的美好品质更让自己深怀歉意，所以，看到竹子时，韦庄认为她就是故乡的朋友。韦庄漂流一生，最后有了个好结局，他漂流的过程也远不如罗隐等人那么辛苦，但从"异乡流落谁相识，唯有丛篁似主人"看，漂泊中的韦庄并不好受，在他眼里，只有那一丛丛的竹子是亲切的，一如故人。这让读者想到李白笔下的敬亭山，所有的人都离开、都抛弃李白的时候，李白和敬亭山产生了默契，在默默注视中完成了一次感情的交流。不论是李白和敬亭山，还是韦庄和丛竹，都真的有一种"我见青山多妩媚，料青山见我应如是"的深长意味。

大顺元年（890），55 岁的韦庄离开婺州去袁州，从袁州去湖南时写下了一首凭吊屈原的诗。

湘中作

千重烟树万重波，因便何妨吊汨罗。

楚地不知秦地乱，南人空怪北人多。

臣心未肯教迁鼎，天道还应欲止戈。

> 否去泰来终可待，夜寒休唱饭牛歌。
>
> ——《浣花集》卷七

自从贾谊《吊屈原赋》后，凭吊屈原的文人墨客不计其数。李白云"屈平辞赋悬日月"，杜甫云"窃攀屈宋宜方驾"。唐人对屈原的尊敬和仰慕一定给韦庄以很大的影响。所以，《湘中作》开头"千重烟树万重波"的感慨既指出了千里凭吊屈原的不易，也写出自己长久以来对屈原的敬仰。此次有空且正好路过湘中，韦庄觉得终于遂了多年的心愿。诗人来到南方，南方人多问他来南方的原因，韦庄对此的描述是："楚地不知秦地乱，南人空怪北人多"。这里作者有自比北方屈原的意思。韦庄相信朝廷定能平叛成功，也表达了自己对朝廷的祝福。从韦庄对屈原的仰慕可以看出他忠于唐朝廷的一些内在因素。

晚唐时候，士子们对科举更执着了，考十几次，二十几次、三十几次的大有人在。许多人认为罗隐是十举不第，实际上远不止十次，公乘亿考了三十几次。韦庄考了多少次，史无记载，但可以肯定的是，一定不是几次了。但是韦庄对科举没有太多的怨恨。景福二年（893），韦庄写的一首下第诗可以看出韦庄对科举的态度。

癸丑年下第献新先辈

五更残月省墙边，绛旆蜺旌卓晓烟。
千炬火中莺出谷，一声钟后鹤冲天。
皆乘骏马先归去，独被赢童笑晚眠。
对酒暂时情豁尔，见花依旧涕潸然。
未酬阆泽佣书债，犹欠君平卖卜钱。
何事欲休休不得，来年公道似今年。

> ——《浣花集》卷八

这里的"癸丑年"指唐昭宗李晔景福二年（893），当时韦庄大约58岁。（万幸的是，次年59岁时韦庄进士及第）。他人一飞冲天，自己与童子对眠，失意时借酒浇愁，精神上似乎暂时苟安，但是猛见落花，又禁不住泪流满面。屡试不第，经济拮据，对来年科举，诗人已全然没了信心。此诗是写给及第的举子们的，对其及第表示祝贺和羡慕，同时也写了自己故作豁达的无奈和内心的哀伤。自己已经经济困窘到书债酒钱皆拖欠的地步，最后还是寄希望于来年自己能够象今年及第者一样享受中举者的快乐。此诗贺中有哀，哀中有悲，比较典型地透露了韦庄中举失利的矛盾心情。

　　乾宁元年（894）二月，年已 59 岁的韦庄进士及第。韦庄及第后的心情如何，今日已不得而知，因为现存韦庄作品中对此从未提及。唐代规矩是，进士及第后需要参加吏部主持的博学宏词科考试，然后才可做官。韦庄的《南省伴直》一诗与此相关："文昌二十四仙曹，尽依红檐种露桃。一洞烟霞人迹少，六行槐柳鸟声高。星分夜彩寒侵帐，兰惹春香绿映袍。何事爱留诗客宿，满庭风雨竹萧骚。"（《浣花集》卷八）此时仍看不出韦庄及第后的喜悦，"满庭风雨竹萧骚"还流露出些许隐忧。《与东吴生相遇》一诗更将这种隐忧透露了个明明白白："十年身事各如萍，白首相逢泪满缨。老去不知花有态，乱来唯觉酒多情。贫疑陋巷春偏少，贵想豪家月最明。且对一樽开口笑，未衰应见泰阶平。"（《浣花集》卷九）与东吴生相遇，韦庄老泪纵横，完全没有及第的欣喜。二人相遇后饮酒解愁，希望后面的路能够更为顺利、平坦一些。韦庄这种企盼很快就出现了好兆头。乾宁三年（896）冬天，李茂贞之乱刚刚平息，唐昭宗还在华州，韦庄赶往华州随驾。随后奉使入蜀，结识了自己晚年所依赖的王建。《过樊川旧居》诗题下注："时在华州驾前，奉使入蜀作"（《浣花集》卷一〇）入蜀路途上韦庄往往触景生哀。例如《过渼陂怀旧》："多少乱离无处问，夕阳吟罢涕潸然。"《过樊川旧居》："千桑万海无人见，横笛一声空泪流。"光化三年（900），韦庄出任左补阙之职。可能与韦庄多年来科考心酸的经历有关，左补阙任上，韦庄做了一件让后人十分感念和感慨的事情。此事见宋洪迈《容斋三笔》卷七《唐昭宗恤儒士》条：

　　　　唐昭宗光化三年十二月，左补阙韦庄奏：词人才子，时有遗贤，不沾一命于圣朝者，没作千年之恨骨。据臣所知，则有李贺、皇甫松、李群玉、陆龟蒙、赵光远、温庭筠、刘得仁、陆逵、傅锡、平曾、贾岛、刘稚圭、罗邺、方干，俱无显遇，皆有奇才。丽句清词，遍在词人之口；衔冤抱恨，竟为冥路之尘。伏望追赐进士及第，各赠补阙、拾遗。见存唯罗隐一人，亦乞特赐科名，录升三署。敕奖庄。而令中书、门下详酌处分。[1]

　　韦庄的这份奏折，为韦庄赢得了很好的声誉。不仅唐昭宗褒奖他，后来的文人对此事也多有传诵。例如五代王定保《唐摭言》卷十、宋孙光宪《北梦琐言》卷六、《新唐书·陆龟蒙传》皆载有此事。

　　唐昭宗天复元年（901），66 岁的韦庄应西川节度使王建聘，为奏记，开始了他人生中最顺遂的时期。韦庄离开唐朝廷而赴西蜀，应该有两方面的原

---

　　① （宋）洪迈撰，孔凡礼点校：《容斋随笔》，中华书局 2005 年版，第 513 页。

因，一是朝廷的奸臣乱政，昭宗作为皇帝大权旁落，韦庄呆在朝廷多有险情；二是蜀地山川雄伟，物产丰饶，有"天府之国"的美誉，而且易守难攻，相对来说要安全一点。《新五代史》卷六三《前蜀世家》就说："蜀恃险而富，当唐之末，士人多欲依建以避乱。建虽起盗贼，而为人多智诈，善待士，故其僭号，所用皆唐名臣世族。"①《资治通鉴》卷二五八记唐昭宗李晔大顺二年（891）之事时也说王建"既得西川，留心政事，容纳直言，好施乐士，用人各尽其才，谦恭俭素"②。

韦庄在西蜀与王建的关系一直融洽，所以韦庄最后才做到开国宰相的职位。但是，杨湜《古今词话》记载了这么一个故事：

> 　　韦庄以才名寓蜀，王建割据，遂羁留之。庄有宠人，资质艳丽，兼善词翰，建闻之，托以教内人为词，强庄夺去。庄追念惆怅，作《小重山》及《空相忆》云："空相忆，无计得传消息。天上嫦娥人不识，寄书何处觅。"……情意凄怨，人相传播，盛行于时。姬后传闻之，遂不食而卒。③

夏承焘先生已证明此事为诬妄。这里补充一点，凡是史书或笔记中不交代资料来源而又没有其他佐证的说法，只可作为参考，一律不予采信。

韦庄在王建幕下做了一些有利于百姓的事情。例如《唐诗纪事》卷六八载："庄为王建管记时，一县宰乘时扰民，庄为建草谍云：正当凋瘵之秋，好安凋瘵；勿使疮痍之后，复作疮痍。时以为口实。"④ 这是劝告王建要与民生息，至于具体的劝说王建什么，这里并不能看出来。王建后来在蜀国的作为尚称开明，应当说与韦庄的进谏有关。当然，韦庄之所以敢于进谏，也与王建愿意让下属讲话有关。与此相类似的是，在吴越国，罗隐给吴越王钱镠进谏的关于使宅鱼的建议，钱镠也听从了。由此可知，唐王朝衰落时，士子们四处逃散，一方面保存了士子的生命，让他们自己开辟了自己的人生前途，另一方面，也确实为百姓做了一些事情。这是唐末士子们四散逃亡的一个重要意义。

---

① （宋）欧阳修撰，（宋）徐无党注：《新五代史》（74卷）（全3册），中华书局1974年版，第3册，卷63，第787页。

② （宋）司马光编著，（元）胡三省音注：《资治通鉴》（294卷）（全20册），中华书局1956年版，第18册，卷258，第8420页。

③ （清）爱新觉罗·玄烨选：《御选历代诗余》，景印文渊阁四库全书本，卷113。

④ （宋）计有功撰，王仲镛校笺：《唐诗纪事校笺》（81卷）（全8册），中华书局2007年版，第7册，卷68，第2283页。

天复二年（902），韦庄来到成都城西的浣花溪，在浣花溪畔找到了杜甫草堂的旧址，并在此居住下来。《浣花集序》云："明年，浣花溪寻得杜工部旧址，虽芜没已久，而柱砥犹存，因命芟夷，结茅为一室。盖欲思其人而成其处，非敢广其基构耳。"杜甫760年春天49岁时在浣花溪畔建了一座草堂。765年正月，杜甫离开成都，草堂就荒芜了。韦庄建浣花溪草堂时距杜甫离开草堂已经137年了。韦庄建浣花溪草堂，一方面有着喜欢浣花溪风景的原因，另一方面应是出于对杜甫的敬仰和纪念。韦庄之所以平生服膺杜甫，可能与二人故乡相邻有关（韦庄故乡韦曲和杜甫故乡杜曲同在杜陵樊川），更因为在生平遭际上韦庄与杜甫相似，在人生理想上韦庄追随着杜甫。907年三月，唐哀帝禅位于朱全忠，王建与杨渥移檄诸道，声称要兴复唐室，因无人响应，只好作罢。九月，王建召开将佐会议，讨论称帝之事。韦庄代王建谋划，王建即位，国号大蜀，韦庄被封为左散骑常侍、判中书门下平章事。《蜀梼杌》天复七年九月载："韦庄为散骑常侍、判中书门下平章事。……建之开国制度、号令、行政、礼乐，皆庄所定。"《唐诗纪事》卷六八记韦庄最后的一段时光云："至若《闲卧》诗云：'谁知闲卧意，非病亦非眠。'又，'手从雕扇落，头任漉巾偏。'识者知其不祥。后诵子美诗：'白沙翠竹江村暮，相送柴门月色新。'吟讽不辍。是岁卒于花林坊，葬于白沙。"[①] 韦庄对杜甫的终生服膺，在生命的最后时光也表现出来了。这对我们认识杜甫的影响，认识晚唐士子诗歌上的追求有一定的作用。

综上所述，韦庄一生中，一直在追求自己的人生理想，只是由于客观原因，一直坎坎坷坷，在中原王朝始终找不到自己的人生出路。这种失意的悲哀到了西蜀才出现转机，韦庄在西蜀才实现了自己的人生梦想。尽管这种结局会得到一些人的非议，但是比起终身不遇的诗人，韦庄是幸运的，是成功的。这或许是乱世给文人留下的最后一条出路吧。

二　韦庄诗：乱世的真实描写和多种角度多种手法的运用

韦庄约66岁时应西川王建之聘，为奏记，从此终身仕蜀。从此时到约75岁去世，有近10年的时间。但是韦庄未能留下重要的诗文。约68岁时，韦庄受王建派遣出使中朝，修好于朱全忠。朱全忠大喜，封王建为蜀王，为王建开国奠定了基础。907年韦庄约70岁那年十一月，朝廷遣使告知唐昭宗去世的消息。韦庄反对朱温代唐，于是代王建作檄文曰："吾家受主上恩有年矣，衣

---

① （宋）计有功撰，王仲镛校笺：《唐诗纪事校笺》（81卷）（全8册），中华书局2007年版，第7册，卷68，第2282—2283页。

衿之上，宸翰如新；墨诏之中，泪痕犹在。犬马犹能报主，而况人之臣子乎。自去年二月，车驾东还，连贡二十表，而绝无一使之报，天地阻隔，叫呼何及。闻上至谷水，臣僚及宫妃千余人，皆为汴州所害。及至洛，果遭弑逆。但闻此诏，五内糜溃。今两川锐旅，誓雪国耻。不知来使，何以宣谕。"① 此檄文表明了王建对唐王朝的忠诚，也抨击了朱全忠的弑君之罪。后来，因无人响应，王建也没有兴师动众讨伐朱全忠，而留下的这篇檄文至少让人们看到了韦庄晚年仍然保有操守。这对认识韦庄以前的诗歌很有帮助。

庆幸的是，朱全忠并没有表现出对韦庄的怨恨，还征韦庄为起居郎，王建代韦庄谢绝了。关于韦庄佐王建开国的事情，《资治通鉴》卷二六五是这么记载的："冬，十月，丙戌。王建始立行台于蜀，建东向舞蹈，号恸，称：自大驾东迁，制命不通，请权立行台，用李晟、郑潜故事，承制封拜。仍以榜帖告谕所部藩镇州县。"② 权立行台之后，王建的行为就不受朝廷的控制了。此时，王建立刻给韦庄加官晋爵。《十国春秋》卷四〇本传云："高祖立行台于蜀，承制封拜，以庄为安抚副使。"③ 韦庄成为王建的得力助手。韦庄仕蜀以后的作品留下的很少。就诗而言，仅如下一首诗：

寄禅月大师
新春新霁好晴和，间阔无师鄙吝多。
不是为穷常见隔，只应嫌嘴不相过。
云离谷口俱无着，日到天心各几何。
万事不如棋一局，雨堂闲夜许来么。

——《浣花集》卷一九

不论是从思想性看还是从艺术性看，此诗都不能说有多大的价值。此诗仅可看出，韦庄的晚年生活果然安逸，而且心境平和，对世事看得很开。

韦庄在前蜀国的文学创作很少有值得称道之处。研究韦庄，必须关注的是他来前蜀国前的作品。其中两首诗较重要。一是 48 岁时写的《秦妇吟》，一

---

① （宋）张唐英撰，冉旭校点：《蜀梼杌》，卷上，见傅璇琮、徐海荣、徐吉军主编《五代史书汇编》（全 10 册），杭州出版社 2004 年版，第 10 册，第 6075 页。

② （宋）司马光编著，（元）胡三省音注：《资治通鉴》（294 卷）（全 20 册），中华书局 1956 年版，第 18 册，卷 265，第 8662 页。

③ （清）吴任臣撰，徐敏霞、周莹点校：《十国春秋》（116 卷）（全 4 册），中华书局 1983 年版，第 2 册，卷 40，第 593 页。

是 56 岁时写的《和郑拾遗秋日感事一百韵》。

韦庄一生可以分为两个时期，一为入前蜀国前，即 66 岁前；二为前蜀国时期，即 66 岁后。

韦庄 10 岁时曾侨居陕西渭南下邽县。据《太平广记》卷一七五"幼敏类"载，"韦庄幼时，常在下邽县侨居，多与邻巷诸儿会戏。及广明乱后，再经旧里，追思往事，但有遗踪，因赋诗以寄之。又途次逢李氏诸昆季，亦尝赋感旧诗。下邽诗曰：昔为童稚不知愁，竹马闲乘绕县（笔者按：县，应作院）游。曾为看花偷出郭，也因逃学暂登楼。招他邑客来还醉，才得先生去始休。今日故人无处问，夕阳衰草尽荒丘。"[1] 因为渭南下邽为白居易（772—846）的故乡，韦庄（836？—910）写此诗时，白居易去世未久，所以，夏承焘先生认为，韦庄"为诗学居易，固由身世近似，幼时环境感染，或亦其一因也"[2]。

韦庄约 42 岁时，由陕西长安附近的户县、杜陵移居河南虢州（今河南灵宝市）。约 44 岁时，黄巢起义军入湖南荆渚。《浣花集》卷二有《又闻湖南荆渚相次陷没》："几时闻唱凯旋歌，处处屯兵未倒戈。天子只凭红旆壮，将军空恃紫髯多。尸填汉水连荆阜，血染湘云接楚波。莫问流离南越事，战余空有旧山河。"又云："尸填汉水连荆阜，血染湘云接楚波。"写从汉水到荆阜，从湘地到楚地，官军与叛军杀戮后一片血腥场面。这可以说是那个时代战争场面的典型画面。

韦庄约 44 岁时在长安作有一诗《冬日长安感志寄献虢州崔郎中二十韵》："帝里无成久滞淹，别家三度见新蟾。郄诜丹桂无人指，阮籍青襟有泪沾。溪上却思云满屋，镜中惟怕雪生髯。病如原宪谁能疗，蹇似刘桢岂用占。雾雨十年同隐遁，风雷何日振沈潜？吁嗟每被更声引，歌咏还因酒思添。客舍正甘愁寂寂，郡楼遥想醉恹恹。已闻铃阁悬新诏，即向纶闱副具瞻。济物便同川上楫，慰心还似邑中黔。观星始觉中郎贵，问俗方知太守廉。宅后绿波栖画鹢，马前红袖簇丹襜。闲招好客斟香蚁，闷对琼花咏散盐。积冻慢封寒溜细，暮云高拔远峰尖。讼堂无事冰生印，水榭高吟月透帘。松下围棋期褚胤，笔头飞箭荐陶谦。未知匣剑何时跃，但恐铅刀不再铦。虽有远心长拥彗，耻将新剑学编苫。才惊素节移铜律，又见玄冥变玉签。百口似萍依广岸，一身如燕恋高檐。如今正困风波力，更向人中问宋纤。"（《浣花集》卷一）这诗写自己在长安居

---

①　（宋）李昉等撰：《太平广记》，中华书局 1961 年 9 月新 1 版，卷 175，第 1306 页。

②　夏承焘：《夏承焘集》（全 8 册），浙江古籍出版社、浙江教育出版社 1997 年版，第 1 册，第 5 页。

停好久时间了，但是并未博得一第，从而写自己的愤懑。

韦庄约45岁时，在长安应举，兵乱中遇弟妹。约47岁，离长安居洛阳。约48岁，在洛阳作《秦妇吟》。

中和癸卯春三月，洛阳城外花如雪。东西南北路人绝，绿杨悄悄香尘灭。路旁忽见如花人，独向绿杨阴下歇。凤侧鸾欹鬓角斜，红攒黛敛眉心折。借问女郎何处来？含嚬欲语声先咽。回头敛袂谢行人，丧乱漂沦何堪说。三年陷贼留秦地，依稀记得秦中事。君能为妾解金鞍，妾亦与君停玉趾。前年庚子腊月五，正闭金笼教鹦鹉。斜开鸾镜懒梳头，闲凭雕栏慵不语。忽看门外起红尘，已见街中擂金鼓。居人走出半仓惶，朝士归来尚疑误。是时西面官军入，拟向潼关为警急。皆言博野自相持，尽道贼军来未及。须臾主父乘奔至，下马入门痴似醉。适逢紫盖去蒙尘，已见白旗来匝地。扶羸携幼竞相呼，上屋缘墙不知次。南邻走入北邻藏，东邻走向西邻避。北邻诸妇咸相凑，户外崩腾如走兽。轰轰昆昆乾坤动，万马雷声从地涌。火迸金星上九天，十二官街烟烘炯。日轮西下寒光白，上帝无言空脉脉。阴云晕气若重围，宦者流星如血色。紫气潜随帝座移，妖光暗射台星拆。家家流血如泉沸，处处冤声声动地。舞伎歌姬尽暗损，婴儿稚女皆生弃。东邻有女眉新画，倾国倾城不知价。长戈拥得上戎车，回首香闺泪盈把。旋抽金线学缝旗，才上雕鞍教走马。有时马上见良人，不敢回眸空泪下。西邻有女真仙子，一寸横波剪秋水。妆成只对镜中春，年幼不知门外事。一夫跳跃上金阶，斜袒半肩欲相耻。牵衣不肯出朱门，红粉香脂刀下死。南邻有女不记姓，昨日良媒新纳聘。琉璃阶上不闻行，翡翠帘间空见影。忽看庭际刀刃鸣，身首支离在俄顷。仰天掩面哭一声，女弟女兄同入井。北邻少妇行相促，旋拆云鬟拭眉绿。已闻击托坏高门，不觉攀缘上重屋。须臾四面火光来，欲下回梯梯又摧。烟中大叫犹求救，梁上悬尸已作灰。妾身幸得全刀锯，旋梳蝉鬓逐军行。不敢踟蹰久回顾，强展蛾眉出门去。万里从兹不得归，六亲自此无寻处。一从陷贼经三载，终日惊忧心胆碎。夜卧千重剑戟围，朝餐一味人肝脍。鸳帏纵入岂成欢？宝货虽多非所爱。蓬头垢面眉犹赤，几转横波看不得。衣裳颠倒言语异，面上夸功雕作字。柏台多半是狐精，兰省诸郎皆鼠魅。还将短发戴华簪，不脱朝衣缠绣被。翻持象笏作三公，倒佩金鱼为两史。朝闻奏对入朝堂，暮见喧呼来酒市。一朝五鼓人惊起，呼啸喧争如窃语。夜来探马入皇城，昨日官军收赤水。凶徒马上暗吞声，女伴闺中潜生喜。赤水去城一百里，逡巡走马传声急。皆言冤愤此时销，必谓妖徒今日死。又道官军全陈入。大彭小彭相顾忧，二郎四郎抱鞍泣。沉沉数日无消息，必谓军前已衔璧。簸旗掉剑却来归，又道官军悉败绩。四面从兹多厄束，一斗黄金一升粟。尚让厨中食木皮，黄巢机上刲人肉。东南断绝无粮道，沟壑渐平人渐少。六军门外倚僵尸，七架营中填饿殍。长安寂寂金何有？废市荒街麦苗秀。采樵斫尽杏园花，修寨诛残御沟柳。华轩绣毂皆销散，甲第朱门无一半。含元殿上狐兔行，花萼楼前荆棘满。昔时繁盛皆埋没，举目凄凉无故物。内库烧为锦绣灰，天街踏尽公卿骨。来时晓出城东陌，城外风烟如塞色。路旁时见游奕军，坡下寂无迎送客。霸陵东望人烟绝，树锁骊山金翠灭。大道俱成棘子林，行人夜宿墙匡月。明朝晓至三峰路，百万人家无一户。破落田园但有蒿，摧残竹树皆无主。路旁试问金天神，金天无语愁于人。庙前古柏有残枿，殿上金炉生暗尘。一从狂寇陷中国，天地晦冥风雨黑；案前神水咒不成，壁上阴兵驱不得。闲日徒歆奠飨思，危时不助神通力。我今愧恧拙为神，且向山中深避匿；寰中箫管不曾闻，筵上牺牲无处觅。旋教魇鬼傍乡村，诛剥生灵过朝夕。妾闻此语愁更愁，天遣时灾非自由。神在山中犹避难，何须责望东诸侯。前年又出扬震关，举头云际见荆山。如从地府到人间，顿觉时清天地闲。陕州主帅忠且贞，不动干戈唯守城。蒲津主帅能戢兵，千里晏然无戈声。朝携宝货无人问，夜插金钗唯独行。明朝又过新安东，路上乞浆逢一翁。苍苍面带苔藓色，隐隐身藏蓬荻中。问翁本是何乡曲？底是寒天霜露宿？老翁暂起欲陈辞，却坐支颐仰天哭。乡园本贯东畿县，岁岁耕桑临近甸。岁种良田二百廛，年输户税三千万。小姑惯织褐絁袍，中妇能炊红黍饭。千度仓兮万丝箱，黄巢过后犹残半。自从洛下屯师旅，日夜巡兵入村坞。匣中秋水拔青蛇，旗上高风吹白虎。入门下马若旋风，罄室倾囊如卷土。家财既尽骨肉离，今日垂年一身苦。一身苦兮何足嗟，山中更有千万家。朝饥山上寻蓬子，夜宿霜中卧荻花。妾闻此父伤心语，竟日阑干泪如雨。出门惟见乱枭鸣，更欲东奔何处所。仍闻汴路舟车绝，又道彭门自相杀。野色徒销战士魂，河津半是冤人血。适闻有客金陵至，见说江南风景异。自从大寇犯中原，戎马不曾生四鄙。诛锄窃盗若神功，惠爱生灵如赤子。城壕固护教金汤，赋税如云送军垒。奈何四海尽滔滔，湛然一境平如砥。避难徒为阙下人，怀安却羡江南鬼。愿君举棹东复东，咏此长歌献相公。①

韦庄约66岁（天复元年，即901年）那年春天，应西川节度使王建聘，

① （唐）韦庄著，向迪琮校订：《韦庄集》，人民文学出版社1958年版，第105—109页。

西行入蜀，为王建奏记。韦庄在奏记任上，关心民瘼，痛恨贪官。曾规劝县官不要扰民。《秦妇吟》可说是对韦庄宅心仁厚、爱民恤民个性的一次全面展示。其背景是这样的。唐僖宗广明元年（880）黄巢领导的农民军攻克长安时，韦庄因应试正留在城中，亲见叛军烧杀抢掠的情形。一年后，中和元年（881）韦庄在洛阳写了长诗《秦妇吟》。该诗借在黄巢军队中生活三年之久的妇女之口，描述了黄巢军队攻入长安后的各种暴行以及他们与官军争战的情况。诗中既写了黄巢军队的残暴粗野，又写了官军溃败时疯狂抢掠百姓的暴行。《秦妇吟》在当时颇有名气，韦庄本人也因此获得"秦妇吟秀才"的称号，还有人家将《秦妇吟》的图画刺在幛子上，可见此诗流传之广。因为韦庄仰慕的是杜甫的诗，此诗与杜甫诗风格颇有差异，所以，韦庄自己并不喜欢，晚年特别嘱咐家人给他编集时不要收录此诗。宋代孙光宪《北梦琐言》卷六记载，韦庄在《家诫》内特别嘱咐家人"不许垂《秦妇吟》幛子"①，903年其弟韦蔼编纂《浣花集》时也未收录此诗。其中原因，专家们各有说辞。此处采用黄永年先生的观点。

综上所述，韦庄主要以自己的七律诗记录自己真实的心路历程，让人们看到了乱世中五代士子们无法顺遂地实现自己的人生理想，他们只能在追求人生目标的过程中很偶然地为百姓鼓呼一下；而描写乱世的经典之作《秦妇吟》当时是引起了人们的共鸣的，可是偏偏受到了韦庄自己的否决。此事也促使我们对文学的描写对象、文学与社会现实的关系和文学与作者趣味的关系必须进行深入的分析。

三　韦庄词的思想性和艺术性

即使没有《秦妇吟》这篇著名的现实主义诗作被发现，韦庄凭他的其他诗在晚唐五代诗坛上都可以跻身一流诗人的行列，与罗隐、韩偓、黄滔等人较短量长，《秦妇吟》重现天壤之后，韦庄的诗名更大了。尽管是这样，还是得承认，让韦庄在文学史上声名显赫的体裁，不是他的诗，而是他的词。

现存可信确实为韦庄所写的词，有54首（见《全唐五代词》正编卷一）。为证明韦庄词质量确实上乘，本书采取随机和甄选两种方法来探讨。先随机选取《全唐五代词》正编卷一所收韦庄词的前3首和后3首，然后再探讨一下前人反复称赞的名作。先看前3首：

①　（五代）孙光宪撰，贾二强点校：《北梦琐言》（20卷），中华书局2002年版，卷6，第134页。

浣溪沙

清晓妆成寒食天，柳球斜袅间花钿，卷帘直出画堂前。　指点牡丹初绽朵，日高犹自凭朱栏，含颦不语恨春残。

欲上秋千四体慵，拟交人送又心忪，画堂帘幕月明风。　此夜有情谁不极，隔墙梨雪又玲珑，玉容憔翠惹微红。

惆怅梦余山月斜，孤灯照壁背窗纱，小楼高阁谢娘家。　暗想玉容何所似？一枝春雪冻梅花，满身香雾簇朝霞。①

此三首词出现的人物都很少，感情也很单薄，就是写一个女子的心理，这心理也很单一，不外乎是"含颦不语恨春残"、"玉容憔翠惹微红"、"惆怅梦余山月斜"这样的心理状态，细审之下，可知这三种心理状态完全可以归为一种。这就是韦庄词所写女子的情感类型。与情感的单薄相比，此三首词的语言就更值得注意了。因为情感单薄，作者更多的力气在描摹各种景色，修饰各种意象或者物象，期望通过景色、意象或者物象来表达情感。这些景色、意象、物象在用词上偏于细腻、琐碎，甚至香艳。例如"柳球"、"花钿"、"绽朵"、"春残"、"画堂"、"帘幕"、"梨雪"、"玲珑"、"玉容"、"微红"、"孤灯"、"窗纱"、"小楼"、"玉容"、"香雾"等。从这些词汇的琐碎、细腻、密集、香艳看，韦庄这三首词置于任何一个以香艳为特色的词人集子中，都是难以区分出来的。这就说明，描写琐碎而细密的意象，表现女性隐密的心绪，是韦庄词一个比较重要的特征和内容。

再看后3首：

清平乐

琐窗春暮，满地梨花雨。君不归来情又去，红泪散沾金缕。　梦魂飞断烟波，伤心不奈春何。空把金针独坐，鸳鸯愁绣双窠。

绿杨春雨，金线飘千缕。花拆香枝黄鹂语，玉勒雕鞍何处。　碧窗望断燕鸿，翠帘睡眼溟濛。宝瑟谁家弹罢，含悲斜倚屏风。

谒金门

春雨足，染就一溪新绿。柳外飞来双羽玉，弄晴相对浴。　楼外翠帘

①　曾昭岷、曹济平、王兆鹏、刘尊明编撰：《全唐五代词》（全2册），中华书局1999年版，正编卷1，第150—151页。

高轴，倚遍阑干几曲。云淡水平烟树簇，寸心千里目。①

此三首词与以上分析的三首词在内容、意境上大致相同，"空把金针独坐，鸳鸯愁绣双窠"差不多可以概括其内容了。就内容和意境而言，韦庄这首词和冯延巳、欧阳修等人的很多词大致相同，甚至其遣词造句都相同，例如韦庄的"玉勒雕鞍何处"就很容易让人想到后来欧阳修的名句"玉勒雕鞍游冶处"。鉴于与以上分析的三首词共同的内容和意境，此三首词就不分析了。

对韦庄词采取随机抽取的方法所作的分析虽然会给人以"管中窥豹，略见一斑"的真实感，但也会给人留下评价韦庄词不分主次的口实。那么，接下来看看被学界反复称引的韦庄词的面目和水平。

荷叶杯

记得那年花下，深夜，初识谢娘时。水堂西面画帘垂，携手暗相期。   惆怅晓莺残月，相别，从此隔音尘。如今俱是异乡人，相见更无因。

——《全唐五代词》正编卷一

思帝乡

春日游，杏花吹满头。陌上谁家年少，足风流。   妾拟将身嫁与，一生休。纵被无情弃，不能休。

——《全唐五代词》正编卷一

女冠子

四月十七，正是去年今日。别君时，忍泪佯低面，含羞半敛眉。   不知魂已断，空有梦相随。除却天边月，没人知。

昨夜夜半，枕上分明梦见。语多时，依旧桃花面，频低柳叶眉。   半羞还半喜，欲去又依依。觉来不是梦，不胜悲。

——《全唐五代词》正编卷一

上述四首词与韦庄的其他词例如《全唐五代词》所收韦庄的开头三首词和末尾三首词，有两点不同。一是有了很强的叙事性，人物的形象比较鲜明；二是语言明显清丽通俗了。这种风格被认为是韦庄词的主要特性之一，即叶嘉莹女士所说韦庄词"有了主观的抒情"②、"韦庄表达的是直接的真率的感情，

---

① 曾昭岷、曹济平、王兆鹏、刘尊明编撰：《全唐五代词》（全2册），中华书局1999年版，正编卷1，第173—174页。

② 叶嘉莹：《唐宋词十七讲》，河北教育出版社1997年版，第73页。

是主观的抒情"①。这种主观的直接的抒情是通过写一次具体的爱情事件来完成的，事件叙述具体到了可以指出主人公名字的地步，例如，上述词中提到的"谢娘"，也可以具体到约会的日期，例如"四月十七"。这种写法在在辛弃疾之前甚至在苏轼之前都极其少见。这不能不说是韦庄的一个伟大的、成功的创举，所以叶嘉莹等学者把这作为韦庄词的一个重要特征。但是，应该意识到的是，这样的词在韦庄的50余首中是很罕见的，经常被人提起的，就是这四首而已。因此，可以说此类词表现了韦庄词一个很重要的特征，但也要看到其数量太少对韦庄词带来的不利。就是说，韦庄的主要风格还是应该看其描写琐碎细密的一面，这琐碎细密的一面才是韦庄词的本体，所以，不可夸大韦庄词写爱情事件之风格的地位。

韦庄词还有一种风格，清陈廷焯《白雨斋词话足本》卷一评为："韦端己词，似直而迂，似达而郁，最是词中胜境。"② 这是对韦庄词风格十分著名的一种概括，这种概括如同韦庄词写一种爱情事件的风格一样，虽然很突出，但是词作数量很少。这种风格只体现在五首词中，而且是同词牌的一组。分析如下。

菩萨蛮

　　红楼别夜堪惆怅，香灯半卷流苏帐。残月出门时，美人和泪辞。　　琵琶金翠羽，弦上黄莺语。劝我早归家，绿窗人似花。

　　人人尽说江南好，游人只合江南老。春水碧于天，画船听雨眠。　　垆边人似月，皓腕凝霜雪。未老莫还乡，还乡须断肠。

　　如今却忆江南乐，当时年少春衫薄。骑马倚斜桥，满楼红袖招。　　翠屏金屈曲，醉入花丛宿。此度见花枝，白头誓不归。

　　劝君今夜须沉醉，樽前莫话明朝事。珍重主人心，酒深情亦深。　　须愁春漏断，莫诉金杯满。遇酒且呵呵，人生能几何。

　　洛阳城里春光好，洛阳才子他乡老。柳暗魏王堤，此时心转迷。　　桃花春水渌，水上鸳鸯浴。凝恨对残晖，忆君君不知。

——《全唐五代词》正编卷一

---

① 叶嘉莹：《唐宋词十七讲》，河北教育出版社1997年版，第85页。

② （清）陈廷焯著，屈兴国校注：《白雨斋词话足本校注》（上下册），齐鲁书社1983年版，卷1，第33页。

尽管没有任何说明文字表明此五首词是韦庄一生的记录，但是，如果体会这五首词的意思，说是反映了韦庄的一生，完全解释得通。第一首写告别妻子。第二首，报告妻子自己在江南的生活情况。第三首，到成都后回忆江南的生活。第四首，写在成都与王建君臣相得的情况。第五首，晚年对妻子的思念。俞陛云《唐五代两宋词选释·五代词选释》就是这么认为的："端己奉使入蜀，蜀王羁留之，重其才，举以为相，欲归不得，不胜恋阙之思。此《菩萨蛮》词四章，乃隐喻留蜀之感。"① 只是俞陛云未能指出，这里的留蜀之感是回忆一生经历，包含了韦庄在江南的经历和感受。唐圭璋先生在《唐宋两代蜀词》中对此五首词给予了很高的评价："盖深厚之情，无处不流露也。如'劝我早归家，绿窗人似花'，何等缠绵。'春水碧于天，画船听雨眠'，何等高华。'未老莫还乡，还乡须断肠'，何等哀伤。'凝恨对残晖，忆君君不知'，何等沉郁。"② 词选家向来多不选第四首，其实第四首在整首词中不可分离，尤其是"遇酒且呵呵，人生能几何。""呵呵"是一种干笑声，一种无奈的笑声，一种痛苦的笑声，这一句最能显示"似直而迂，似达而郁"的特色。姜方锬对第四首就很欣赏："端己《菩萨蛮》五章，选家皆遗第四阕。然此阕亦词中妙品，瞻幽怨之深情，存逸响于弦外，与四阕度长较短，未易稍逊。"③从这五首词的内容看，说韦庄词主要写感情事件，兼寄身世之感，是不无道理的。

综上所述，韦庄词有很强的叙事性，语言清丽通俗，这是韦庄词的一个显著特色；韦庄词往往寄托身世之感，笔直而情曲，词达而感郁，这是韦庄词的又一个显著特色。但是，这两类词都不占韦庄词的主体，韦庄词更多的是描写琐碎而细密的意象，表现女性隐秘的心绪。这是韦庄和温庭筠并称并被冯延巳所效法的基本条件和重要原因。

第三节　前蜀国王建、王衍和众妃的文学创作

前蜀国二位皇帝王建、王衍和众多妃子的文学趣味和文学创作对前蜀国的文学有一定的引导作用。

王建（847—918），字光图，许州舞阳（今属河南）人。一作陈州项城（今河南沈丘）人。少以屠牛、盗驴、贩私盐为生，人称"贼王八"。后投忠

---

①　俞陛云撰：《唐五代两宋词选释》，上海古籍出版社 2011 年版，第 42 页。

②　史双元编著：《唐五代词纪事会评》，黄山书社 1995 年版，第 748 页。

③　同上书，第 749 页。

武军，累迁列校。广明（880—881）间，即王建34岁、35岁时，唐僖宗李儇奔蜀，监军杨复光分八千兵为八都，王建为八都头之一。中和四年（884），王建率兵入蜀赴行在，僖宗将其隶属于宦官田令孜，遂拜田令孜为养父。光启元年（885），即王建39岁时，僖宗归京，王建分典神策军。二年（886），为宦官杨复恭所忌，出为壁州刺史。招募亡命之徒及溪洞酋豪，扩大兵力。大顺二年（891），即王建45岁时，击败西川节度使陈敬瑄，占领成都。乾宁四年（897），即王建51岁时，攻破梓州，据有东西二川之地。天复二年（902），即王建56岁时，复攻取山南西道诸州。次年（903），即王建57岁时，被封为蜀王。后梁开平元年（907），即王建61岁时，在成都称帝，建立前蜀政权。在位12年，蜀中尚称安定。①

王建对待文人和文学的态度，在史书上有不多的记载。

《十国春秋》卷三五记大顺二年（891）冬十月事时云："王建既得西川，留心政事，容纳直言，好施乐士，谦恭简素，用人各尽其才。然多忌好杀，诸将有功名者，多因事诛之。"卷三五又云："帝虽目不知书，而好与儒生谈论，颇解其理。是时唐衣冠之族多避乱在蜀，帝礼而用焉，使修举政事，故典章文物有唐之遗风。"② 这些记载仅仅是一种概述，我们找不到事实作证据，勉强可为说明此事的是《十国春秋》卷三六所记载的"永平元年（911）……命集四部书，选名儒专掌其事"③。可惜的是，此四部书的详情今已不得而知，也未见后人对其有引用或者评价，所以我们还不能由此对王建在文化上的重视有任何确切的评价，但是从王建和一些文人的交往还是可以看出王建对文艺之事的重视的。例如，《十国春秋》卷三六又云："永平二年（912）……二月，朔，帝幸龙华禅院，召僧贯休坐，赐茶药彩缎。……三月，诏中书侍郎、同平章事张格编纂开国以来实录。……永平三年（913）……六月，以道士杜光庭为金紫光禄大夫、左谏议大夫，封蔡国公，进号广成先生。……通正元年（916）……秋八月，王建建文思殿，命清资五品正员官购群书实之，以内枢密使毛文锡为文思殿大学士。……帝故武人，而雅好儒臣，理遇有加。居恒谓左右曰：'吾为神策军将时，宿卫禁中，见天子夜召学士，出入无间，非将相

---

① （清）吴任臣撰，徐敏霞、周莹点校：《十国春秋》（116卷）（全4册），中华书局1983年版，第4册，卷35—卷36，第481—529页。

② （清）吴任臣撰，徐敏霞、周莹点校：《十国春秋》（116卷）（全4册），中华书局1983年版，第4册，卷35，第481—501页。

③ （清）吴任臣撰，徐敏霞、周莹点校：《十国春秋》（116卷）（全4册），中华书局1983年版，第4册，卷36，第514页。

可及。今我恩顾比当时才十分之一耳。'……帝崇尚文学，留意书籍，有书目一卷传于世。"①

从前蜀国的著名文人韦庄、张蠙、唐求、贯休和杜光庭看，说王建尊崇文士，应当不差。

今存王建诗一首《赠别唐太师道袭》，该诗中虽有"敷奏柔和不伤物"、"从此生灵永泰息"②的自陈，但实际上是一种应景之作，未见新奇，更未见可信和可靠。

王衍（899—926），字化源，原名宗衍，许州武阳（今属河南）人。前蜀先主王建第十一子。初封郑王，为左奉驾军使。先主永平三年（913）十月，立为太子。光天元年（918）六月，嗣位，改名衍。在位九年。降后唐不久被杀，年二十八。世称后主。王衍好诗文，尤喜为艳句，曾集录古今艳体诗200篇，编为《烟花集》5卷，又著《坤仪令》1卷。③王建编著的两部书均不存。《全唐诗》卷八收其诗5首又二句，卷八八九录词2首，内1首与诗重出。《全唐文》收文4篇。

王衍的代表作是《全五代诗》卷四十所收的《醉妆词》："者边走，那边走，只是寻花柳。那边走，者边走，莫厌金杯酒。"④（本节所举王衍诗如不出注，则均出《全五代诗》卷四十）醇酒妇人几乎构成了王衍生活的全部内容，与此相印证的是王衍的另一首《宫词》："辉辉赫赫浮玉云，宣华池上月华新。月华如水寝宫殿，有酒不醉真痴人。"国势衰弱，大敌压境，破国灭家已成燃眉之急，王衍尚且如此作为，其所思所想，让后人感叹复迷惘。

王衍有一首诗可以看出其艺术风格。如《全五代诗》卷四十所收的《过白卫岭和韩昭俭》："先期神武力开边，画断封疆四五千。前望陇山屯剑戟，后凭巫峡锁烽烟。轩皇尚自亲平寇，嬴政徒劳爱学仙。想到隈宫寻胜处，正应莺语暮春天。"此诗从对仗和用韵上严守格律，且音节流畅。《十国春秋》卷

①　（清）吴任臣撰，徐敏霞、周莹点校：《十国春秋》（116卷）（全4册），中华书局1983年版，第4册，卷36，第514—529页。

②　（清）李调元编，何光清点校：《全五代诗》（100卷）（全2册），巴蜀书社1992年版，第1册，卷40，第831页。

③　（清）吴任臣撰，徐敏霞、周莹点校：《十国春秋》（116卷）（全4册），中华书局1983年版，第2册，卷37，第531页。

④　（清）李调元编，何光清点校：《全五代诗》（100卷）（全2册），巴蜀书社1992年版，第1册，卷40，第831—832页。

三七说王衍"童年即能属文，甚有才思"①，由此诗看，绝非虚言。

《十国春秋》卷三七又记载了咸康元年（925）九月如下的事情：

> 九月，帝奉太后、太妃祷青城山。宫人皆衣云霞之衣，帝自制《甘州曲》，令宫人唱之，其辞哀怨，闻者凄惨。辞曰："画罗裙，能结束，称腰身，柳眉桃脸不胜春。薄眉足精神，可惜许沦落，在风尘。"后主之意，本以神仙而在凡尘耳，后降中原，宫伎多沦落人间，始验其语。
>
> 又历丈人观、玄都观、丹景山金华宫，至德寺，朝上清宫，设醮祈福，谒高祖塑像，帝与太后、太妃各制辞勒石。
>
> 游丹景山金华宫，太后诗云："碧烟红雾扑人衣，露宿苍苔石径危。风巧解吹松上曲，蝶娇频采脸边脂。同寻僻境思携手，暗指遥山学画眉。好把身心清净处，角冠霞帔事希夷。"太妃诗云："丹景山头宿梵宫，玉轮金辂驻遥空。军持无水注寒碧，兰若有花开晚红。武士尽排青嶂下，内人皆在讲筵中。我家帝子传王业，积善终期四海同。"②

以上太后太妃的旅游诗，写景细致而有层次，言之有物。与太后的诗相比，太妃的诗在结尾还传达了一种愿望，一种祷告。这两首诗的缺点是情感比较薄弱，难以消除拼凑的痕迹。《十国春秋》卷三七又记有如下诸事，其中的诗情感更淡、更薄弱了，但还可以看出太后太妃写诗的一点技巧：

> 遂至彭州阳平山、汉州、三学山，薄暮观圣灯赋诗而还。太后看圣灯诗云："虔祷游鼍境，元妃凤志同。宝香焚静夜，银烛炫辽空。泉嫩云根月，钟敲树杪风。印金标圣迹，飞石显神功。偶望天涯极，临看日脚红。猿来斋室上，僧集讲筵中。顿觉超三界，浑疑澄六通。愿成修偃事，社稷保延洪。"太妃诗云："圣灯千万炬，旋向碧云生。细雨潜不暗，好风吹更明。磬敲金地响，僧唱梵天声。若说无心法，此光如有情。"及天茝驿，各又赋诗。太后诗曰："为寻灵境散幽情，千里江山暂得行。所恨烟光看未足，却驱金辇入龟城。"太妃诗云："翠驿江亭近玉京，梦魂犹自有青城。比来出看江山景，却被江山看出行。"帝岁常猎子来山，至是又

---

① （清）吴任臣撰，徐敏霞、周莹点校：《十国春秋》（116 卷）（全 4 册），中华书局 1983 年版，第 2 册，卷 37，第 531 页。

② 同上书，第 544 页。

遍幸诸山为乐。①

十国中爱好文艺的君主及其妃子并不鲜见，然而像王衍这样于亡国前夕还能与诸位妃子吟诗作赋且似乎真的乐在其中者实在少见，作了后又记下来的，可以说就是这一个例子了。这些妃子的五言诗在思想性和艺术性以及影响上理所当然地乏善可陈，但还不能说她们的诗纯粹是信口胡说，毫无灵魂。例如，这里太后的诗"愿成修偃事，社稷保延洪"就是整首诗的主题句，此句使得整首诗有了主心骨，从而加深了读者的理解，否则，读者可能认为整首诗皆为瞎扯。太妃的诗比起太后来明显有较强的可读性，意思也更为明了一些。从七言诗看来，太后的诗显然好了许多，该诗把她们游玩结束时恋恋不舍的情感几乎完全表露了出来，这也证明了他们的游玩是一次愉快的经历。太妃的七言诗不仅有了更真实、更浓郁的情感，而且这种我看山反被山看的构思颇有情调和理趣，简直是理趣诗的先声了。

王衍太后、太妃的诗已经表现出前蜀政权中权贵人物对文艺的爱好和重视，而看看王衍和权臣的应和诗，可对这一点加深印象。《十国春秋》卷三七有如下记载：

> 《王氏见闻录》：上梓潼山，少主有诗云："乔岩簇冷烟，幽径上寒天。下瞰峨嵋岭，上窥华岳巅。驰驱非取乐，按幸为游边。此去将登涉，歌楼路几千。"宣令从官继和。中书舍人王仁裕和曰："彩仗拂寒烟，鸣驺在半天。黄云生马足，白日下松巅。盛德安疲俗，仁风扇远边。前程问成纪，此去尚三千。"至剑州西二十里，夜过一碛山，忽闻军人振革鸣金，声动溪谷，有鸷兽自业林间跃出，千万人中，攫取一夫而去。少主至行宫，寻命从臣赋诗。王仁裕诗曰："剑牙钉舌血毛腥，窥算劳心岂暂停。不与大朝除患难，惟于当路食生灵。从教户口资噽口，未委三丁税几丁。今日帝王亲出狩，白云岩下好藏形。"翰林学士李洪弼进诗曰："岩下年年自寝讹，生灵飧进意如何。爪牙众后民随减，溪壑深来骨已多。天子纪纲犹被弄，客人穷独固难过。长途莫怪无人迹，尽被山王税杀他。"少主览诗大笑。过白卫岭，韩昭进诗曰："吾王巡狩为安边，此去秦亭尚数千。夜照路岐山店火，晚通消息戍瓶烟。为云巫峡虽神女，跨凤秦楼是谪仙。八骏似龙人似虎，何愁飞过大漫天。"少主和曰："先朝神武力

① （清）吴任臣撰，徐敏霞、周莹点校：《十国春秋》（116卷）（全4册），中华书局1983年版，第2册，卷37，第545页。

开边，画断封疆四五千。前望陇山登剑戟，后凭巫峡锁烽烟。轩王尚自亲平寇，嬴政徒劳爱学仙。想到隗宫寻胜处，正应莺语暮青天。"王仁裕和曰："龙旆飘飘指极边，到时犹更二三千。登高晓蹑巉岩石，冒冷朝冲断续烟。自学汉王开土宇，不同周穆好神仙。秦民莫到无恩及，大散关东别有天。"帝次梓橦，大风发屋。太史曰："此风发，当千里外有破国称臣者。"帝不省。①

少主王衍的诗当然没有显出帝王诗歌磅礴的气象，也无深刻厚实的情感，但与太后太妃的诗都有个共同点，就是尚可称为言之有序、言之有物。不同的是，王衍的诗交代了自己实际做的事情："驰驱非取乐，按幸为游边。""游边"当为巡边之意，就是说，王衍在为国事操劳。王仁裕、李洪弼的和诗内容还要充实一些，尤其是李洪弼的诗竟然向王衍进逆耳之言，这一方面说明李洪弼性情耿直，敢于为民请命；另一方面说明了王衍一向不乏宽厚的作风，否则，至少这一次会追究李洪弼，而不会轻易放过他。需要指出的是，王衍和这几个权臣的唱和发生于925年十月，而一个月后的十一月己酉日，王衍即命草降表于后唐，前蜀灭亡。国破家亡前一个月，王衍既没有忧心忡忡而无可奈何，也没有积极设法抵抗，而是和群臣众妃游山玩水，吟诗作赋，好像前蜀国的大事与他这个皇帝无关一样。如果不是历史记载失实，就是王衍此人有异于常人的心理素质。这个问题先抛开不谈。从王衍和权臣及太后、太妃的唱和诗中，可以窥见前蜀国文艺之事的一个方面：前蜀帝王及其权贵曾对诗歌有着相当的爱好而且已经形成了一种风气，就水平而言，言之有物、言之有序而情感薄弱，是其比较明显的特征。这一点，或多或少会对前蜀国的文学成就产生一些影响。这是考察了前蜀国帝王、妃子和权贵文艺成就和习惯之后应该想到的一个问题。但是，考虑到古代女诗人为数甚少五代以前就更少的历史事实，人们对前蜀王室女性这些言之有物、言之有序的诗歌应该给予足够的重视。

第四节　前蜀国唐求的文学创作

一　唐求的生平

不论是做过宰相的韦庄、做过县令的张蠙，还是受前蜀皇帝王建宠爱有加

---

① （清）吴任臣撰，徐敏霞、周莹点校：《十国春秋》（116卷）（全4册），中华书局1983年版，第2册，卷37，第546页。

的僧人贯休，都有与隐士交往的经历，也写过有关归隐的诗歌，甚至曾经有过归隐的经历。可是，从根子上讲，归隐，从来都不是他们的理想，甚至不是他们宣称的理想，所以，即使他们有过隐居的经历，仍然不能说他们是隐居诗人，他们所写的隐居诗，也不能代表隐居诗人的情怀。那么，有谁是真正的隐居诗人，有谁的诗能代表隐居诗人的情怀吗？有，这个人就是前蜀国诗人唐求。

唐求，一作唐球，生卒年不详，四川成都青城县味江山人。他可说是一个比较典型的隐士。一个例子是他奇特的行为。他隐居于味江山中，入闹市则骑一青牛，或吟或咏，俨然是个怪异的诗人。到闹市后，与人饮酒，一定要酣饮酣醉方才再骑青牛归山。骑牛于闹市，醉饮方归山，已经有点特立独行的味道，比这还奇特的是，他很少与人交往，所交往者一定是其同道者，宋黄休复《茅亭客话》（收于《宋元笔记小说大观》第一册）卷三描述他是一个"非其类不与之交"的人物。还有一个例子是他作诗保存诗的方式。他写好一首诗就将稿纸捻为丸形的纸球，投入一个大瓢中，为什么要投入大瓢中，谁也不知道。此事等几十年之后，唐求临终才让人知道了他的用意。唐求临终时，让人把他的大瓢拿过来，然后自己投于江中，并说："斯文苟不沉没于水，后之人得者方知我苦心耳。"从他这句话可知，他认为当时的人并不太理解他的诗，并不是他的知心人。可是，事情好像并不是这样。"其赠送寄别之作，布于人口"的记载又表明，唐求的诗在当时颇得令誉，是很有些市场的。其诗在当时如何受欢迎，只能存在于猜想中了，可为今人的猜想提供线索的是这么一件事。唐求把诗稿捻成丸形的纸球装在大瓢中，然后把大瓢投入江中，希望有人能够捞起。后来此大瓢漂到新渠江口，还真有一个人捞起了，而这个捞起诗瓢者还真的知道这个瓢是谁的。此捞起者说："此唐山人诗瓢也。"[①] 可惜诗瓢中的诗稿已被漂润损坏，唐求之诗只得十之二三。这就是现在流传的唐求30余首诗。捞起者知道是唐山人，可见，唐求作诗及将诗捻成丸装入大瓢中的事情，在当时颇有些知名度。实事求是地说，唐求并非浪得虚名，即使后来的名人也给他的诗以高度评价，明人杨慎《升庵诗话》即称其《送友人归邛州》"此诗为集中第一"。

唐求作为隐士的另一个表现，是他拒绝了前蜀国皇帝王建的礼聘。五代十国乱世中的各地军阀，有不少真正礼贤下士者，王建就是其中比较突出的一位，韦庄、贯休、杜光庭等人先后从不同地方寄居于前蜀国并终老于前蜀国，就是证据。按理说，作为土生土长的四川人，唐求更应该积极投奔王建才对。

---

① 本社编：《宋元笔记小说大观》（全6册），上海古籍出版社2001年版，第1册，第415页。

事实上偏不是这样。王建帅蜀之时，即召唐求为参谋，唐求推辞了。也许唐求的推辞有原因有苦衷，但是，唐求从未入幕王建，是个不容否认的事实。由此可知唐求骑青牛入闹市，或吟或咏的行为不是故意装出来表演怪异行为以扩大名气和影响，他的这种行为是个性本真的表现，是沉溺于诗歌创作中的痴迷行为。由于材料不足等历史的原因，今人对这种行为不能完全理解，也不能完全解释得清楚。但是可以探讨这种行为所包含的社会的必然原因和个体的偶然的原因。晚唐五代时期，伴随帝王四处逃难的当然是朝廷的达官显贵，由此引起的一个结果就是，大批中下层知识分子变得百无聊赖，从生活到精神都变得空落落的，他们的命运随国家的命运一样随波逐流，有人持之以恒地上京赶考，有人辛辛苦苦地干谒权贵，更多的人在这二者之间徘徊，罗隐就是这样的典型。但也有人干脆一门心思地逃世避世，以在乱世中苟全性命为人生目标，理想远大一点的，在苟全性命的时候，还心怀一种侥幸：既希望借诗交友，也希望借诗扬名，甚至希望以诗传世而不朽。唐求对诗歌诗艺的苦心和执着，唐求对王建聘请的拒绝，唐求在当时所得"唐山人"、"味江山人"、"唐隐居"称号的获得，都证明唐求就是这种颇有一点个人小抱负的逃世避世的诗人。

　　唐求是一个近乎纯粹的隐居诗人，为此作证的还是唐求的诗。唐求的诗数量不多，今存30余首，只占其创作数量的十之二三，那就是说唐求当时装在诗瓢里的诗在200首以下，从"纳于大瓢中，二十余年莫知其数，亦不复吟咏"看，唐求一年写诗不过10首，就是说一月不到1首。这样的数量自然不算多了。考虑到宋黄休复《茅亭诗话》卷三的这种记载具有文人笔记的传说色彩，唐求写诗如此之少也许不够真实。但是，事实上是现在唐求留下的诗确实少，这是事情的一个方面。事情的另一个方面是，唐求的诗题材也不够广阔，孙光宪说唐求诗思不出200里，就是批评其诗题材狭小。隐居的诗人也交一些朋友，只是"非其类不与之交"这种交友选择倾向的偏狭使得其社交面大受限制，与之相应的是诗人的眼界自然狭小起来，诗人碰到的生活也很有限，仅仅靠冥思苦想和有限的旅游见闻所创作的作品，自然无法完成题材广度和思想深度上的超越。所以，只要是隐居诗人，其诗的内容都广阔不到哪里去，思想深度也很有限。研究唐求，对其30余首诗的成就当然不能忽略，但也不能进行太深的挖掘，给予过高的评价。这是研究隐居诗人唐求时应该秉持的态度。

二　唐求诗的思想内容

　　一个诗人对题材的爱好、对主题的偏向必须在足够多的诗歌中通过比较才能显示出来，也才有讨论研究的价值，如果诗歌数量太小，对其题材和主题偏向的比较分析就很难得出什么规律。唐求的诗就属于数量过少这种情况，他现存的 35 首诗，笔者分为这么几个类别：友情诗有 20 首，其中佛徒诗 3 首，道人诗 1 首；登临诗（即山水诗）9 首；旅行诗 3 首；怀古诗 1 首；咏物诗 1 首；写边将 1 首。

唐求的友情诗最多，超过 35 首的一半，可见他在友情诗上用力最多，同时，艺术性上而言，也是他的友情诗最有成就，以至于杨慎评为唐求诗中第一。且先看杨慎称赞的这首诗。

送友人归邛州

鹤鸣山下去，满筐荷瑶琨。

放马荒田草，看碑古寺门。

渐寒沙上雨，欲暝水边村。

莫忘分襟处，梅花扑酒樽。

——《全唐诗》卷七二四

从唐求此诗诗题看，是一个同乡人要从四川省大邑县鹤鸣山回到故乡邛州去了，唐求作诗赠别。赠别，也是唐求最擅长的题材。"鹤鸣山下去"表明友人要离开这个道教发源地，离开这个风景秀丽的地方了。此句还可以做这种解释，将友人比作仙鹤，说友人离开，自己仿佛看作仙鹤飞去。第二句表明友人在此地取得了丰硕的成果，满手满身都是琼瑶珍宝。"放马荒田草"，表明友人离开鹤鸣山时先为回故乡做些充分的准备工作，"看碑古寺门"是友人最后对鹤鸣山古迹的留恋。"渐寒沙上雨，欲暝水边村"表明唐求选择的时间不是友人出行的时间，而是友人出行的前一个黄昏。黄昏时分，天空中飘着淅淅沥沥的雨，水边小村子笼罩在朦朦胧胧的水雾中。此时迷离的景可说烘托了作者心中迷离的情。这两句已经显示出这个近乎纯粹的诗人善于言情的手段了。更让人佩服的是最后两句："莫忘分襟出，梅花扑酒樽"。古人于饯别之时，往往要吃饭，吃饭之时，往往以酒助兴。更排场或者说更浪漫一点的，还会赏花而别，大有"直须看尽洛城花，始共春风容易别"的味道。古人饯别之时，所赏之花多为菊花，陶渊明、李清照均是这样。此诗所写为梅花，但是梅花与菊花均以其品质的优越名列花中四君子。"梅花扑酒樽"之"扑"字，形象地描写了分袂之时二人对前程的信心和对前方困难的无畏的勇气和气概。杨慎《升庵诗话》卷八云"此诗为集中第一"①，但是杨慎并没有仔细的分析。分

---

① 丁福保辑：《历代诗话续编》（全 3 册），中华书局 1983 年版，中册，第 804 页。

析后可知，作为隐居诗人的唐求于送别之时对友人有这种心意、这种期待、这种深情，实在值得人们刮目相看，并进而改变对隐居诗人的看法。隐居诗人只是由于种种原因而不愿意或不能出仕而已，绝非不食人间烟火者，亦非不通人情世故者，"莫忘分襟处，梅花扑酒樽"就是最好的说明。

也许邛州是唐求内心留恋或实际勾连最多的地方，他的好几首诗都和邛州有关。再看一首和邛州有关的友情诗。

发邛州寄友人

茫茫驱一马，自叹又何之。

出郭见山处，待船逢雨时。

晓鸡鸣野店，寒叶堕秋枝。

寂寞前程去，闲吟欲共谁。

——《全唐诗》卷七二四

这首诗送别的背景、缘由和《送友人归邛州》正好相反。这首诗写的是自己要离开邛州了，朋友来相送，他作诗致谢。因为是自己离别，咏叹的主题不再是对友人的劝慰和关心，而是自己内心感受的倾诉，这是唐代不少送别诗的常见构思和作法。此诗也不例外。不同的是倾诉的内容和倾诉的不同表达方式。他没有像李白那样写"李白乘舟将欲行，忽闻岸上踏歌声。桃花潭水深千尺，不及汪伦送我情"（《全唐诗》卷一七一）。李白的吟唱可谓心直口快，性情爽朗，但是除此之外，难以让人感到他和汪伦之间是否有真挚的友情，是否真的难分难舍。唐求这首诗抛开了直诉二人情感深厚的套路，而是不断地倾诉自己前程的艰难，同时注意到自己离别时各种恶劣的自然环境、自然现象及其在他心头产生的悲哀。

"一马"是孤独的旅行者的形象，写尽心头的孤单无助，"茫茫"是路途之遥远，也是心头之哀伤。"驱"字写出自己的勉力而行，也是艰难而行。"何之"就是不知道要到哪里去了，这是对"茫茫"的阐释和照应。"自叹"写尽内心世界无尽的凄凉和无奈。"又"字交代了这样的生活不是偶然的一次，而是多次，甚至是常常，同时也表达了自己对安宁和平生活的渴望之情。

悲哀之人，所见之景无不悲哀。即将告别友人的唐求正是这样。城外有山，行前落雨，这是司空见惯的现象，但是在唐求看来，似乎是老天爷故意对他不公。怎么一出城，就是大山拦路，给人以碰壁之感，为什么不是柳暗花明啊？别友上船，已经是悲哀的事情了，为什么还要雨声来渲染烘托愁绪啊？颈联的"晓鸡"、"野店"、"寒叶"、"秋枝"无不渗透着诗人内心世界的荒寒感受。漫漫旅途中，难以忍受的是寂寞，是寂寞中作诗而无人应和的无聊。由此看，送别唐求的人，一定也是诗人，这也符合唐求"非其类不与之交"的个性。

不论是自己送友还是自己别友，唐求的诗都善于捕捉内心世界细腻的心理活动和感受，显示出他心灵敏感仔细的一面，这就说明，隐居诗人的内心世界照样会丰富多彩，而不是人们想象中的一片枯寂、一片荒寒。

再看第三首有关邛州的友情诗。

> 邛州水亭夜宴送顾非熊之官
> 寂寞邛城夜，寒塘对庾楼。
> 蜀关蝉已噪，秦树叶应秋。
> 道路连天远，笙歌到晓愁。
> 不堪分袂后，残月正如钩。
>
> ——《全唐诗》卷七二四

唐求与顾非熊齐名，二人交情应该不错。此诗写顾非熊赴任新职。按照常理，送朋友之官赴任，必然表达自己的羡慕和祝福，同时会留恋朋友，为朋友的路途安全和前程逆顺担忧。同是宦游人的王勃就是这样送他的朋友杜少府的。那么，作为隐士的唐求送友赴任是什么心态呢？

诗一开篇就渲染一种忧心忡忡的抑郁景色。寒冷的池塘水、静默的庾公楼、寂静的邛城夜，共同营造了一种抑郁寡欢的气氛。这是首联的内容。说明他们举行的是离别前夕的饮宴。颔联写送别时分还是夏蝉聒噪的时节，但是等顾非熊到了长安，应该就是丝丝凉意侵袭的秋天了。颈联慨叹长安离四川太远了，就像在天边一样，他不知道友人什么时候能够到达。这种远，一方面是实际距离真的很远，另一方面是诗人主观上的感受。因为路途遥远，一旦离开，见面不易，所以两人喝酒的时间太长了，一直到拂晓，一个晚上都借酒浇愁。诗人说，这还不是最感伤的，最感伤的是，两人分手后，自己看到弯弯的月牙儿挂到树梢上，一轮如钩的新月更增添他的忧愁。诗人没有写他和友人的关系有多好，也没有写他对顾非熊的牵挂，更没有勉励顾非熊，但是，就是两人离别时这种说不清道不明的忧伤、哀伤、感伤情绪，让读者看到了诗人唐求与顾非熊之间真挚而深厚的友谊。这比"海内存知己，天涯若比邻"的豁达话语更能表现送别时的常态，更能引起后人的共鸣。

唐求还有一首诗写朋友来走访自己而自己不在，回来后邻人将此事告知他。他为此作诗：

友人见访不值因寄

门户寒江近，篱墙野树深。

晚风摇竹影，斜日转山阴。

砌觉披秋草，床惊倒古琴。

更闻邻舍说，一只鹤来寻。

——《全唐诗》卷七二四

首联写自己因为避世而住在离闹市很远的地方，自己的住所靠近江水，因为房屋简陋，墙是用篱笆做的，而且隐藏在一片疯长的茂密树丛中。颔联仍在渲染这种安宁的气氛：夕阳照耀着自己的屋子，自有一片宁静安谧，竹子在柔风中轻轻地摇动着，影子一闪一闪。自己在台阶上睡觉醒来后，拨开草丛，不小心碰到床头的古琴，此时必然想起弹琴，想起寻找知音。这时，就听到一个邻人告诉自己，有人找自己了。这个人是何如人呢？作者说是一只鹤。因为自己过着闲云野鹤的生活，能于此时来寻找自己的，当然也是仙鹤了。此诗抓住生活中一个常见的事情平铺直叙，在浅浅的随意的叙述中流露了自己高洁的心志，也表达了自己对友人的感谢之情。从此诗可知，纯粹隐居的诗人也许门前冷落，可是心灵是充实的，并无寂寞之感。也难怪《十三唐人诗·唐求诗吕潜序》说："世称唐山人诗瓢，第谓隐居者独善之流耳。以余观其行事，顾介然节义士也。……盖山人生唐末，不屈志权帅，亮节高风，可干霄汉。其之于诗，精灵炳朗，……今读其诗，仅三十余首，苍劲闲逸，犹可想见其人。"[1]

除友情诗外，唐求的题赠诗也有堪流传者。例如：

题郑处士隐居

不信最清旷，及来愁已空。

数点石泉雨，一溪霜叶风。

业在有山处，道成无事中。

酌尽一尊酒，病夫颜亦红。

——《全唐诗》卷七二四

郑处士为何人，无从知晓。可以知晓的是，唐求本人就是一个隐居的诗人，人称唐隐居，所赠者为处士，也是一个隐居者。所以，与其说唐求在寄赠隐居者，不如说唐求在寄赠自己，按照《五朝诗善鸣集》的说法，此诗"以

[1]　陈伯海主编：《唐诗汇评》，浙江教育出版社 1995 年版，第 2986 页。

唐隐居赠郑隐居，遂若自道所以"①。既然是唐求的夫子自道，那就相当于独白。独白，最能看出诗人的内心世界，真与假，厚与薄，喜与悲，均无所遁形。从这个角度而言，此诗对了解唐求很有帮助，这也许是此后许多选本和笔记均引用此诗的原因。

隐居，谁也难说就是可以忘记一切烦恼的生活方式，所以，"不信最清旷"。可是，来到郑隐居处以后，一下子找到了心灵的慰藉和心灵的居所，所以，"及来愁已空。"诗人这样的表达，不应当是一种即席的应酬之作，而是内心真实的感受。要获得这种感受，诗人必然对郑隐居的事情有所了解，可惜今人已经难知其详了。聊以自慰的是，诗人对郑隐居居所风景情状的描述带有很强的主观化色彩，这种主观化色彩是了解唐求心情的一条有效线索。颈联写"数点石泉雨，一溪霜叶风"就描述了一种心旷神怡的境界。有雨而不大，是星星点点的，正好对空气起到了清洁滋润的作用，而不会对人的出行和活动构成障碍与麻烦，这就是数点雨的好处，这样的雨还落在石头上、落在山泉中，让置身于山泉中的人倍感凉爽宜人。打了霜的叶子，自然已经有点干枯了，一阵秋风吹来，叶子飘落，风从溪水上飘过，所以是一溪霜叶风，这样的风也让溪水有了某种灵性。这首诗只有这一联写景，其他句子皆抒发主观上的感慨。写景的这一联营造了一种无比美妙的山中隐居图。额联评价郑隐居的生活，实际也是评价自己的隐居生活。及第与出仕，利益和声名，固然会给人带来一定的欢愉，使人对前途、对人生产生一种遐想或者幻想，但是最终会被繁冗的杂事纠缠太久，会筋疲力尽，远不如到山中游玩快乐，到山中干什么呢？来看一溪风，来迎石泉雨。所以，诗人得到一种顿悟："业在有山处，道成无事中。"能够长久地漫步山中，正是事业有成的标志，也是事业有成的结果；整日里无所事事，就是无为而治，就是和谐，就是大治。作为一个诗人，而且是一个声名很小的诗人，唐求在学术史和文学史上都不能引起人的注意。但是，"业在有山处，道成无事中"说出了一个哲学上的命题，此命题在今天仍然富有很大的启迪作用。

因为内心充满愉悦，所以听风听雨和看山看水在诗人看来都成了人间难得的享受。这时，再加上有酒做伴，诗人尤其感到神清气爽。末联说一杯酒满斟满饮，即使是病人，也会喝得满面红光。这本是诗人在山中快乐生活的写照，不知何故，钟惺《唐诗归》竟然说"病夫颜亦红"的"亦"字有"凄然"之感，真让人莫名其妙，也许真的是诗无达诂，也许钟惺自己心有凄然之事。《唐诗选脉会通评林》的评价就完全是称赞："唐汝询曰：'起得劈空。此诗与

---

① 陈伯海主编：《唐诗汇评》，浙江教育出版社1995年版，第2987页。

《山东兰若》作，俱自苦心中得来'。中二联清旷景事，正人所羡慕，若不之信者。病颜藉酒亦红，应次句'愁空'言。总见处士所居清旷，能移人心趣色兴也。通篇古浑清劲，有常建风骨。'业在'、'道成'二语，更饶理趣，却不着色相。晚唐奇品。"①

唐汝询称赞的《山东兰若》全称为《山东兰若遇静公夜归》，全诗如下：

山东兰若遇静公夜归

松门一径微，苔滑往来稀。

半夜闻钟后，浑身带雪归。

问寒僧接杖，辨语犬衔衣。

又是安禅去，呼童闭竹扉。

——《全唐诗》卷七二四

此诗"山东"之"山"为何山，难以详考，好在这对理解此诗不构成大的障碍。兰若就是兰花和若草，皆为香花香草。"静公"当然是唐求熟悉的一位隐士，称"公"，可见唐求对此人的尊敬。读者从唐求遇人夜归所写诗的着眼点可以看出唐求自己的心迹。

首联说松如兰如若，是写环境之清雅，也暗示人品质之高洁。"一径微"，就是说一条很小的路，可见品质高洁者处于人迹罕至的地方，也可知其为隐士或者是具有隐士情结的人。小路上布满苔藓，且踩上去有滑腻之感觉，可见确实少有人走，所以说"往来稀"。因为唐求本人即过着隐居生活，并以隐居知名，所以出现在他笔下的多是隐居者。此诗首联并未出现人，但一下子推出了一个隐士的居所。首联只是交代环境和环境所暗含的意蕴，颈联可就点明时间，也交代天气情况了。时间是半夜，而且是钟声敲响后的半夜，天气是有雪飘落。同时，颈联也交代人物出场了，其情景是"带雪归"。至于此人从哪里归，就没有写了。诗人与此归者相见，互相寒暄，谈论着天气问题，同时有人等待且接杖，这多少给诗人以温馨的感觉，此时另一个温馨的事情是，因为是飘雪的夜晚，说话不甚清楚，需要辨别才可听清，但是，竟然有一只狗可以帮人衔走衣服。颔联所抓住的这个情节暗示诗人拜访的这个静公虽然远离尘世烦扰，但也不乏人间情趣。这个静公可能回答说"又是安禅去"，然后招呼童子关上柴门。因为二人均为隐士，不可能有其他世俗的荣誉值得炫耀，作者就在这朴素清雅之景中铺陈二人淡淡而深厚的交情。诗的淡而有味就在这种铺陈中

---

① 陈伯海主编：《唐诗汇评》，浙江教育出版社1995年版，第2987页。

流露出来了。此诗的成功得到后来许多人的称赞和品评。《唐诗消夏录》云："情真，景真，恰好写出，便是好手。"① 《唐诗成法》云："微字一层，滑字稀字一层，半夜字一层；三句跌下已妙，又添雪字，更有势。五六停笔写情景。结应归字，合法。"② 分析可真仔细。《近体秋阳》的评价概括多了，先说"半夜"二句"流对轻工，气味壮浑"，又说"问寒"二句"婉款质逸，描画不尽"。《重订中晚唐诗主客图》还将此诗推到可为后人学诗范本的高度了："此题情事本佳，故诗亦高妙，然非闲心活眼则不能相得此题。故欲学古人作诗，先当学古人置题。"③ 《唐诗选脉会通评林》引唐汝询的分析也很仔细，评价也很高："结静极。首言兰若幽僻，向少人迹。中联咏其夜归情景，俱本真实妙趣，佐以雅淡新语。结美静公禅深本性，见己得遇之，亲睹其行藏也。"④

三   唐求诗的艺术特色

如前文所述，唐求20多年来创作的所有诗歌数量上不会超过200首，平均每年不会超过10首，即每月仅作1首诗，或者更少。艺术性的提高、飞越或者升华，因素是很多的，其中一个因素就是诗人必须勤写勤练和苦写苦练，在数量的积累中追求质量的逐渐提高。唐代诗人凡是取得一定成就的，即使是杜甫那样的一代诗圣，也是如此。唐求创作的诗歌本来就少，留下的就更少了，仅35首。数量少，是问题的一个方面，问题的另一个方面是，作为隐士的唐求，他的生活阅历十分有限，活动的区域不够广阔，经历的事件也不够多，不够典型，所以，他的诗在思想方面很难取得多方面的成就。《韵语阳秋》卷二就此评论说："郑綮诗思在灞桥风雪中驴子上，唐求诗所游历不出二百里，则所谓思者，岂寻常咫尺之间所能发哉。"⑤ 因此，唐求的诗艺术上缺乏多面性和多样性，显得单一狭小。

数量的不足还不能证明唐求作诗时苦心不够，因为苦心有多种表现，既可以表现在诗歌数量的追求上，也可以表现在诗歌艺术性的追求上。唐求临终时所说的话"斯文苟不沉没于水，后之人得，方知我苦心尔"充分证明了他的苦心体现在诗歌"语不惊人死不休"这种艺术性的追求上。只是诗歌的艺术性也是一个十分广阔的领域，既包含字法、句法、章法，也包含题材的提炼、角

---

① 陈伯海主编：《唐诗汇评》，浙江教育出版社1995年版，第2987页。

② 同上书，第2987—2988页。

③ 同上。

④ 陈伯海主编：《唐诗汇评》，浙江教育出版社1995年版，第2987页。

⑤ （清）何文焕辑：《历代诗话》（全2册），中华书局1981年版，上册，第500页。

度的选择以及构思等等。尽管如此，今人讨论唐求诗的艺术仍然不可能确定哪首诗以构思取胜，哪首诗以字法取胜，哪首诗以章法取胜。诗的艺术性是浑然一体的，一种特色，例如字的提炼，总是体现在很多诗甚至诗人的所有诗中。以下就分析一下唐求诗的艺术特色。

元辛文房《唐才子传》评价唐求时云："酷耽吟调，气韵清新，每动奇趣，工而不僻，皆达者之词。"① 辛文房这话中最值得注意的是"气韵"一词。气韵是作品呈现出来的气势风韵，它产生于形神统一的基础上，又是主客观相互交融的结果。对于唐求来说，就是他所遭遇的情景与他内心隐居时的高洁之志相互交融的结果。还是以上文所举《题郑处士隐居》诗为例吧。此诗仅颔联写景，其他各联未写景而各有侧重。首联叙事兼抒情，来到郑处士住所为叙事，不信清旷，来后愁空为抒情。颈联"业在有山处，道成无事中"写心志，且写的极为精警，富有哲理性，堪称名言警句。前三联已经包含了相当丰厚的气势和风韵了，末联更使气韵生动起来：酒杯满斟满饮，即使是生病者脸色也红润起来。因为有此神韵，也使颔联所写景色"石泉雨"和"霜叶风"也具有了飞动的灵性。唐求诗的气韵生动和气韵清新在许多诗中都有体现。又如《山东兰若遇静公夜归》诗题拈出"兰"、"若"二字就给人以丰富的遐想，让人对香花香草充满神往，诗中的"松"又使读者的遐想进一步深化。首联所写的路之狭、苔之滑均描述了一种远离世俗的清静之地。颔联的夜半时分和归人披雪因出现了人而使整首诗的主观色彩强烈起来。颈联"僧接杖"、"犬衔衣"写出和谐的景致。末联说呼童闭扉是因为要安禅，这更进一步写出不仅景色无尘世俗扰，连人也超尘脱俗。诗的气势风韵就在这种人与景的不经意点染中烘托出来了。其他诗的气韵也有此特色，体现了唐求诗风格的基本一致性。

奇趣，主要应指奇妙和趣味而言。诗要奇妙，必有情理，情理要求诗重情尚理，以理节情。唐求诗的奇趣特色仍是辛文房提出的，他说唐求的诗"每动奇趣"，就是说唐求的诗常常让人觉得奇妙而趣味横生。联系上文所举"业在有山处，道成无事中"这句哲理名言、"酌尽一杯酒，病夫颜亦红"的洒脱态度以及僧接杖而犬衔衣的戏剧化情节，不得不说，辛文房的看法堪称的论。为进一步阐述此说法，还可再举一首诗为例。

晓发
旅馆候天曙，整车驱远程。

---

① 傅璇琮主编：《唐才子传校笺》（第四册），中华书局1990年版，第461页。

　　　　几处晓钟断，半桥残月明。

　　　　沙上鸟犹在，渡头人未行。

　　　　去去古时道，马嘶两三声。

　　　　　　　　　　　　　　　　——《全唐诗》卷二七四

　　古人旅行出门多在后半夜天未亮的时候，开头说"候天曙"也不是说真要等到天亮，而是起来太早，所以要等一下，等天色快亮的时候出发，等待的时候，诗人整顿行装，整顿车子，准备上远路。颈联以几处钟声、半桥残月勾勒离别的情景。颔联写欲行的人看着沙上栖息的鸟，人之离别与鸟之栖息形成对照。片刻后，鸟在人离，似乎会有感伤的意味，但是此诗并不着重于表现感伤，而只是刻画离别的淡淡的景色。末联写离别的道路自古就是这样，而马嘶两三声也是最常见的景色。《重订中晚唐诗主客图》云："此当与贾诗《早行》诗合看，极澹极常语，却有深味。若温飞卿'鸡声茅店月，人迹板桥霜'，非不佳也，然有意渲染，不免取俗人喜悦矣。"① 该作者认为唐求此诗不仅有味，而且胜过温庭筠写离别之景的名句。此说法或许值得商榷，但是对此诗的深厚之味还是说对了的。之所以有此深味，就在于语淡景淡而抓住的情景均是淡中见奇，淡中见趣。明陆时雍《诗镜总论》所云"深情浅趣，深则情，浅则趣"② 和袁枚《随园诗话》卷一第 45 条所云"味欲其鲜，趣欲其真"③，都有助于理解唐求此诗淡语淡景所透露的奇妙趣味。

　　五言与七言诗各有不同的美学风格。七言舒缓，五言凝练，诗的苍劲和浑成更容易在五言诗中得到体现。唐求的诗以五言居多，所以苍劲古浑就成为其诗一个比较突出的特色，表现在字句上就是工整、凝练但是并不僻涩。例如前举诸诗的一些名句："数点石泉雨，一溪霜叶风"、"业在有山处，道成无事中"、"松门一径微，苔滑往来稀"、"几处晓钟断，半桥月残明"、"沙上鸟犹在，渡头人未行"。这些诗句都体现了唐求提炼诗句的才能，而这些诗句与整首诗融为一体的风格也显示出唐求诗的浑成风格。《唐诗选脉会通评林》就说《题郑处士隐居》"通篇古浑清劲，有常建风骨"④。

　　最后还要谈谈唐求诗的闲逸特色。《唐求诗吕潜序》评价唐求诗时说：

---

① 陈伯海主编：《唐诗汇评》，浙江教育出版社 1995 年版，第 2987 页。

② （清）何文焕辑：《历代诗话》（全 2 册），中华书局 1981 年版，下册，第 1418 页。

③ 王英志主编：《袁枚全集》，江苏古籍出版社 1993 年版，第 3 册，第 20 页。

④ 陈伯海主编：《唐诗汇评》，浙江教育出版社 1995 年版，第 2987 页。

"今读其诗，仅三十余首，苍劲闲逸，犹可想见其人。"① 闲逸的风格和特色当然是通过字句表现出来的，但是，字句本身没有闲逸的特色和风格。闲逸的是字句表现的诗人的心态。此一特色在唐求诗中比较突出。唐求诗之所以有"闲逸"的特色，除了他本人的行事风格体现的心态确实不同流俗外，唐求许多诗刻画的就是这种闲逸的人物和闲逸的心态。前文所举诗句"松门一径微，苔滑往来稀"是如此，"半夜闻钟后，浑身带雪归"也是如此，"业在有山处，道成无事中"更是如此。唐求与僧人、道人来往的诗也体现了这样的风格。例如《赠著上人》："掩门江上住，尽日更无为。古木坐禅处，残星鸣磬时。水浇冰滴滴，珠数落累累。自有闲行伴，青藤杖一枝。"（《全唐诗》卷七二四）江上住、掩门、无为、坐禅、浇水、数珠、闲伴、拄杖，都是典型的释家人的生活。此诗未写其闲逸心态，但是闲逸心态却呼之欲出。此诗可说是唐求诗闲逸风格的代表。

第五节　前蜀国张蠙的文学创作

一　张蠙其人

韦庄无疑是前蜀国成就巨大、名声最响的诗人，他在前蜀国虽没有留下什么有名气的作品，但入蜀前那些量多质好的诗作及政治上显赫的官位，使韦庄当仁不让地成为了前蜀国最值得提及和探讨的诗人。

有必要指出的是，富庶和险要使蜀地天然地能够成为躲避兵燹的理想场所，"天下未乱蜀先乱，天下已定蜀未定"的谚语描述的，正是蜀地相对于中原地带的比较突出的独立性。蜀地的这种性质和特点在晚唐得到典型的体现。当时厌倦了战火纷扰的士子们有许多人将眼光投向了蜀地，韦庄只是其中之一。与韦庄一样抛离故土，终老蜀地的，还有一个才华出众又被好运光顾过的诗人，他就是张蠙。

张蠙，字象文，生卒年难知其详，依据他与许棠、张乔、周繇交好，时人称为"九华四俊"的事情可以推断出，他应是与另三人同时，且年龄相仿的诗人。今日张蠙所留下的作品中，送别赠友的友情诗不算少，只是与四俊中另三俊交往者，仅有一首诗存下来。过录如下：

---

①　陈伯海主编：《唐诗汇评》，浙江教育出版社 1995 年版，第 2986 页。

和友人许裳题宣平里古藤

欲结千年茂，生来便近松。
进根通井润，交叶覆庭秾。
历代频更主，盘空渐变龙。
昼风圆影乱，宵雨细声重。
盖密胜丹桂，层危类远峰。
嫩条悬野鼠，枯节叫秋蛩。
翠老霜难蚀，皴多藓乍封。
几家遥共玩，何寺不堪容。
客对忘离榻，僧看误过钟。
顷因陪预作，终夕绕枝筇。

——《全唐诗》卷七〇二

依据诗意知，许裳作有咏古藤诗一首，张蠙答和。诗中对古藤备极称赞，以"欲结千年茂，生来便近松"来认同古藤天生的向善之心，以"历代频更主，盘空渐变龙"来描述古藤的生长态势，以"盖密胜丹桂，层危类远峰"来表现古藤的多样性，以"几家遥共玩，何寺不堪容"来介绍古藤广泛的适用性，以"客对忘离榻，僧看误过钟"来夸张古藤的不凡魅力。此诗是否有所寄托，寄托是什么，只能存疑了，但是，从此事可以看出张蠙个人的生活态度和人生理想。这是张蠙写到别人，再看别人是如何评价张蠙的。

贻张蠙
黄滔

梦思非一日，携手却凄凉。
诗见江南雹，游经塞北霜。
驱车先五漏，把菊后重阳。
惆怅天边桂，谁教岁岁香。

——《黄御史集》卷2

从诗意看，黄滔（840？—911）对张蠙评价甚高，二人关系也很好。离别后，二人整日思念以至于梦中相见，但是真的现实中二人重逢了，却是手拉手，一片伤感的凄凉充盈二人心头。诗又称赞张蠙遍游江南塞北，诗也写尽江南塞北。又说张蠙旅途上总是起早出发，与亲友相遇后往往已是重阳过后。末句写天边桂香，应是比喻的说法，这里的桂应当就是张蠙。离别在古人的生活中占有今人难以想象的分量和地位，所以离别时往往儿女情长至于伤感无限，这里我们看到黄滔和张蠙两个男子汉在分手之后与重逢之际，均有无限的情深意长。今天已无法判断其间的真伪，至少从表面看，黄滔和张蠙应是莫逆于心的知己。

张蠙的童年时代和少年时代，今日已经难以知道详情了，只留下一句"幼颖慧能诗"的记载，还有一点即"初以出身寒素，累举不第"。张蠙一共应举多少次，因无史料记载而无从知道，只知道张蠙乾宁二年（895）始登进士第。该年进士曾考了两次，张蠙同黄滔一样，两次皆中，可见，张蠙水平得到了当时主考官的认可，可惜，张蠙的试卷内容没有流传下来，让今人失去了了解张蠙的一个重要依据。关于科举的态度，可从张蠙所写的科举诗中知其一二。例如《下第述怀》："十载长安迹未安，杏花还是看人看。名从近事方知险，诗到穷玄更觉难。世薄不惭云路晚，家贫唯怯草堂寒。如何直道为身累，坐月眠霜思柱干。"（《全唐诗》卷七〇二）张蠙郡望为清河（今河北省邢台市清河县），家居江南。但他为了科考而在长安待了10年，而且还没有考中，由此可知，张蠙虽未必如公乘忆那样考了近30次，但像罗隐那样十举不第则完全可能。《下第述怀》说是"杏花还是看人看"，可见他内心对及第者充满了艳羡，也充满了无奈。"家贫唯怯草堂寒"又交代了他家的经济情况。这是写他自己的不第。写朋友的及第更能表现出他对科举的态度。例如，《送友人及第归家》："家林沧海东，未晓日先红。作贡诸蕃别，登科几国同。远声鱼呷浪，层气蜃迎风。乡俗稀攀桂，争来问月宫。"（《全唐诗》卷七〇二）他写出当时人对科举的狂热和追逐，让后人看到了张蠙对科举态度的一个横断面。张蠙还有几首诗献给对自己有知遇之恩的人。例如下述三首。《献所知》："迹熟荀家见弟兄，九霄同与指前程。吹嘘渐觉馨香出，梦寐长疑羽翼生。住僻骅骝皆识路，来频鹦鹉亦知名。登龙不敢怀他愿，只望为霖致太平。"（《全唐诗》卷七〇二）自己的名声大小，很大程度上取决于有权势者对自己说项热情的高低。投谒的次数很频繁，以至于自己骑的马都知道路途的去向。来的次数太多了，连鹦鹉都能叫出自己的名字。自己的理想并不远大，自己只是希望能作及时的雨洒向百姓干枯的土地。《投所知》："十五年看帝里春，一枝头白未酬身。自闻离乱开公道，渐数孤平少屈人。劣马再寻商岭路，扁舟重寄越溪滨。省郎门似龙门峻，应借风雷变涸鳞。"（《全唐诗》卷七〇二）此诗的一个重要价值是披露了张蠙曾经有15年考进士而未中，同时表明，张蠙曾在商岭和越地呆过。《上所知》："初向众中留姓氏，敢期言下致时名。而今马亦知人意，每到门前不肯行。"（《全唐诗》卷七〇二）"而今马亦知人意，每到门前不肯行"写出张蠙对知遇自己者的感恩戴德，这一点和黄滔的性格十分相似。

韦庄乾宁元年（894）进士及第，张蠙及第晚了一年，为乾宁二年（895），同韦庄一样，张蠙及第后也释褐为校书郎，又调栎阳尉，又迁犀浦令。至于此三职位任职于何时，今日已经不得而知。又记载张蠙"后避乱入蜀"，王建建前蜀（907），张蠙仕为膳部员外郎。

二　张蠙诗的思想内容

说张蠙时时有寂寞之感，绝不表示张蠙对友情无多少感受。恰恰相反，正是因为对友谊的渴望，所以才会有心头的寂寞。张蠙不少友情诗，正是对这一点的佐证和注解。据笔者统计，张蠙有友情诗 54 首之多，占所存 103 首的半数以上。这些友情诗有题名即称"友"、"友人"者。例如，《寄友人》（《全唐诗》卷七○二，本书所引张蠙诗，均出此，以下不再注释《全唐诗》的版本）、《送友人赴泾州幕》、《送友尉蜀中》；也有诗题不称"友"、"友人"，仅称官职或其他而实际上也是友情诗者，例如，《送成州牧》、《送徐州薛尚书》。其友人中有亲友，例如《将之京师留别亲友》；有友生，例如《别后寄友生》（一作崔鲁诗）、《边游别友生》；有山友，例如，《云朔逢山友》、《赠别山友》。送别时有因友人归故乡而送者，例如，《送友人归武陵》；也有送友人赴任者，例如上述所举《送成州牧》；有送友人者，例如《送友人及第归》。也有迎友人归者，例如《喜友人日南回》、《乱中寄友人》。有次韵和韵者，例如，《次韵和友人冬月书斋》、《和友人送赵能卿东归》、《和友人许裳题宣平里故藤》。也有自己主动记录友谊交往者，例如，《十五夜与友人对月》。其友人的身份地位多种多样，有郎中、有尉官、有使君、有府官、有尚书、有翰林、有司徒、有侍郎、有太守、有逸人。例如，《贻曹郎中》、《南康夜宴东溪留别郡守陆郎中》、《送薛郎中赴江州》、《送缙云尉》、《送董卿赴台州》、《逢漳州崔使君北归》、《途次绩溪先寄陈明府》、《送卢尚书赴灵武》、《赠李司徒》、《投翰林张侍郎》、《投翰林萧侍郎》、《赠水军都将》、《赠九江太守》、《赠信安太守》、《赠江都郑明府》、《赠南昌宰》、《赠丘衙推》、《钱塘夜宴留别郡守》、《赠段逸人》。值得指出的是，张蠙不仅与儒士交往，僧人道人也是他交往和描写的对象。例如《赠栖白大师》、《赠闻一上人》、《赠可伦上人》、《寄法干寺令诨太师》、《寄太白禅师》、《遇道者》、《赠道者》、《逢道者》、《送南海僧游蜀》、《赠郑司业》、《别郑仁表》、《再游西山赠许尊师》。可以这么说，张蠙在晚唐五代十国诗人中，并不算太有名的诗人，但是，他的交往可称十分广泛，比晚唐五代十国中别的诗人并不逊色多少，而他在这些友情诗中表露的感情使得我们对他了解得真切多了。例如《寄友人》："恋道欲何如，东西远索居。长疑即见面，翻致久无书。甸麦深藏雉，淮苔浅露鱼。相思不我会，明月几盈虚。"(《全唐诗》卷七〇二)《柳亭诗话》认为"长疑久见面，翻致久无书"一联同司空曙"乍见翻疑梦，相悲各问年"可以并称，其好处是"足以慰友朋离索之情"[1]。由于交通欠发达和社会的欠安定，古人的生离和死别几乎给人同样沉重的感觉，这就是古人离别诗数量既多质量又精的重要原因。晚唐以前的诗人所写关于离别的诗太多了，名作也不少。张蠙要写出新意，实非易事。此诗以一东一西来表达两人的暌隔，并认为以此为代价去追求所谓的道，实在有点代价太大了。总以为很快会见面，所以互相不通音问，这就写出了二人的心心相印。此诗对友人的规劝之意还是周珽分析得好："三联从首句'欲何如'生下，见道贵在含蓄不炫。夫旬麦惟深，故能藏文雉；淮苔惟浅，则毕露潜鱼，欲友人敛才养晦也。……通篇深厚恳到"[2]。

既然欲友人敛才养晦，可见此友人是有才且有抱负的，但是此友人是否有官职则无从知道。张蠙写给另一些友人的，是明言其官职，从这些诗可以看出张蠙对友人的规劝和期望。例如《送缙云尉》："释褐从仙尉，之官兴若何。去程唯水石，公署在云萝。野饭楼中迥，晴峰案上多。三年罢趋府，应更战高科。"(《全唐诗》卷七〇二）唐代诗人中进士后就任的官职一般是县尉、校书郎、拾遗等。此诗所写正是一个县尉，可能张蠙认为此官职已经值得珍惜了，或者说张蠙对此官职已经很向往了，所以，张蠙称之为"仙尉"。开头两句说中举以后立刻得到一个县尉的官职，赴任之际，此友人该有多么兴致勃勃。一路上有水有山，友人即将赴任的辖境风景十分美好，好似被云萝缭绕一般。末二句说三年之后，友人卸任此职，当有更高的职务等着他。此诗对朋友的前程充满了企盼和祝福，可算是张蠙笃于友情的一个佐证。《投翰林张侍郎》："举家贫拾海边樵，来认仙宗在碧霄。丹穴虽无凡羽翼，灵椿还向细枝条。九衢马识他门少，十载身辞故国遥。愿与吾君作霖雨，且应平地活枯苗。"(《全唐诗》卷七〇二）

张侍郎为谁，不得而知。但这并不影响对作者心情的把握。该诗写张侍郎本来出身贫寒，全家在山边打柴，偶然间认识了一个身在高位的亲戚，从此，该友人仕途通达起来。最后张蠙勉励张侍郎能够做些对国家、对百姓有益的事情，"愿与吾君作霖雨，且应平地活枯苗"两句，告知友人，一方面能够为皇帝为国家分担忧愁，另一方面，也让老百姓从中得益。送别诗、友情诗都是唐诗中十分多见的题材，从这些诗中对友人的谆谆嘱托可以看出诗人的所思所想，也可以看出诗人的人格人品。这首诗中，张蠙没有为个人的

---

[1] 陈伯海主编：《唐诗汇评》，浙江教育出版社 1995 年版，第 2950 页。

[2] 同上。

利益去求得什么，也没有说些大话空话来讨好奉承朋友。而是真诚地要求友人"作霖雨"、"或枯苗"。这一点，使得张蠙在十国文人中成为一个值得关注和研究的诗人。

张蠙的友情诗在让读者看到诗人对友人的关怀之外还有着更广阔的社会内容。例如有的友情诗因为写到了边疆的生活画面从而增加了读者对这方面内容的认识。例如，《云朔逢山友》："会面却生疑，居然似梦归。塞深行客少，家远识人稀。战马分旗牧，惊禽曳箭飞。将军虽异礼，难便脱麻衣。"（《全唐诗》卷七〇二）云朔，自然指北方的边关地区。开头两句写出战乱时代人们对自身命运的难以把握，明明已经相见，但是相见者还是不相信自己真的见到了对方，总以为是在梦中重逢，杜甫《羌村三首》所写"夜阑更秉烛，相对如梦寐"正是这种意境，由此也可见杜甫诗对张蠙诗在句式构造和思路上的引导。颔联写友人和自己离开中原地带太远了，进入边疆太深了，所以很难碰到一个熟人。一个熟人尚且十分罕见，更不用说是知心朋友了。此联写出二人在边关相见之难得，进一步表达一种互相珍惜的心意。颈联描绘了一幅边关打猎图：将士们分成不同的群体去打猎，被射中的飞禽带着箭向前飞去。这种场景在古代的打猎场面中并不鲜见，而张蠙用"战马分旗牧，惊禽曳箭飞"这十个字刻画出来，就定格为打猎生活的经典画面。末联写将军们在边关见面后虽然行礼方式与中原不同，但还是要脱掉麻衣以行礼。

同是送别诗，张蠙笔下的边关有着不同的表现侧面，除上首诗写边关不同于中原的生活外，张蠙还在一些送别诗中表现了边关相别时自己和友人难以抑制的伤感，尽管这种伤感之于男子汉有点失面子，但是，联系到古代离别之于人生的重大影响及边关不同寻常的艰苦生活，张蠙诗中表现的伤感可说是情有可原。例如下述二诗。《边游别友人》："欲别不止泪，当杯难强歌。家贫随日长，身病涉寒多。雨雪迷燕路，田园隔楚波。良时未自致，归去欲如何。"（《全唐诗》卷七〇二）《边庭送别》："一生虽达理，远别亦相悲。白发无修处，青松有老时。暮烟传戍起，寒日隔沙垂。若是长安去，何难定后期。"（《全唐诗》卷七〇二）古人的送别诗往往谓之"饯别"，即离别前要请出门人吃饭，上层人士于吃饭时还会有音乐伴奏。《边游别友人》说离别时泪水止不住地流，端着酒杯想唱歌，但是没有情绪，唱不出来。多年来家道一直贫寒，这种贫寒还将持续下去，身体不好更让这种经济上的贫寒转化为身体上时时有寒冷之感觉。不论是身在楚地，还是身在燕地，风雪交加之日，故乡和田园总是显得遥不可及。好机会好时光并没有到来，回到故乡恐怕也好不了多少。从张蠙此诗所描述的情绪看，只要身处逆境或者不顺利的时候，远方的故乡永远是一种安慰，只能是一种安慰，而不是可以停靠、可以栖息的港湾。由此可以猜测，古代——其实不只是古代，今日也一样——许多浪迹天涯的游子不断地吟唱着热恋故乡的诗篇，可是他们最终客死他乡。这样的结局，与其说是游子们没机会、没条件回去，不如说他们不愿意也没心情回去。因为，在外面没有取得一定的成就而行囊空空地回家，他们难免有愧对父老的心思。这应是张蠙《边游别友人》一诗的认识价值之所在。《边庭送别》首联明白地指出离别在人生旅途上作为一个事件的重大性，因为即使是看透人生者于离别时也难免不伤感。人在一天天老去，万物皆如此，青松也不例外。身在边关，日暮愈增伤感。末联以"若是长安去，何难定后期"表现了对帝都长安的留恋。长安，从初唐开始就是士子们向往的地方，到了晚唐，由于士子们对科举的热情更加高涨了，所以长安，更成为他们心目中的圣地。唐诗与长安，是一个说不尽的话题，张蠙此诗就是一个值得注意的例子。

除友情诗外，张蠙所留下的诗中占分量较多的是登临山水的诗，共有 21 首。晚唐为干戈扰攘之时，绝不是像盛唐时李白那样为了游山玩水而四处游览，张蠙的登临多数时候是逃生时的不期而遇，其时的所见所感暂且不说，先看他在长安时的感受。

长安春望
明时不敢卧烟霞，又见秦城换物华。
残雪未销双凤阙，新春已发五侯家。
甘贫只拟长缄酒，忍病犹期强采花。
故国别来桑柘尽，十年兵践海西艖。

——《全唐诗》卷七〇二

孔子曰："危邦不入，乱邦不居，天下有道则见，无道则隐。"[1] 晚唐时期四方征战不休，绝非清平盛世。但这是后人的看法，当时的士子们绝不这样认为，更不认为唐王朝已经不值得自己效忠了。所以，在张蠙笔下，晚唐时期仍是"明时"，既然是明时，自己隐居于云烟缭绕的山中自然不符合圣人的主张。他回到长安时看到的是又一幅春日美景图。"换物华"，即是说春日再回大地。万物复苏，给人以新生和向上的信心。放眼望去，作为装饰品的双凤雕刻得十分精工，房屋上还有薄薄的雪没有融化，冬日尚未完全过去，但是，有钱人家一片热闹气象，已经显出一派春意盎然的生机。因为自己生活贫困，即

使春天的生机让人精神振奋，自己还是强忍着无酒的苦日子，春日毕竟是有吸引力的，自己虽然生病了，还是勉强起来摘花，算是对春日美景的欢迎。离开故乡十年后回到故乡，发现故乡一片荒芜，原因何在呢？因为从故乡到天涯，一直受兵燹困扰，整个国家都在战争中喘息。此诗中的"不敢卧烟霞"，"秦城换物华"，"新春已发"、"强采花"都给整首诗染上了一层明亮的底色，从而使"缄酒"、"忍病"、"桑柘尽"这些乱世中的艰难生活和悲惨景象被笼罩得朦朦胧胧。这并不是作者对当时社会情景的有意识地粉饰和美化，而是由于"以我观物，物皆着我之色彩"的原因导致的作者自己的心理状态。由此可知，唐末乱世中，尽管文人生活有诸多的不如意，例如科名的蹭蹬、仕途的坎坷、生活的拮据、骨肉离别的无奈等等，但是，他们对国家、对社会、对自己还愿意寄予一点希望。至于最后这些文人背井离乡，终于离开唐朝廷而做了各地藩镇的幕僚，甚至在藩镇称帝后做了其臣子，这都不能看作是对唐朝廷的不够忠诚，因为唐朝廷的生命确实已经走到尽头，士子们已经为它尽到了最后的义务。这恐怕就是后代文人对韦庄、张蠙等人出仕于前蜀国而能宽容的一个重要原因。

《长安春望》此诗，与其说是写春回大地时京都的美丽景色，不如说是作者在刻画和吐露自己的心迹心态。这种善于发现生机的心态在《长安寓怀》中也有再现："九衢秋雨掩闲扉，不似干名似息机。贫病却惭墙上土，年来犹自换新衣。"（《全唐诗》卷七〇二）贫病交加之时，作者没有心灰意冷，而是在雨水冲刷过的墙上看到一点亮色，墙被洗过，尘土皆去，作者觉得这是换了一层新衣。由此诗看，张蠙是一个十分敏感、十分细腻而且不乏情趣的诗人。这一点，对于读者理解他的其他诗很有帮助。例如《过萧关》："出得萧关北，儒衣不称身。陇狐来试客，沙鹘下欺人。晓戍残烽火，晴原起猎尘。边戎莫相忌，非是霍家亲。"（《全唐诗》卷七〇二）敏锐的诗人立刻发现，进入边关疆场，自己的儒士打扮显得很不合时宜了。狐狸与沙鹘，当然也会有其他动物，总在自己面前虎视眈眈，准备随时对自己发动攻击。烽火与战尘，顷刻间就可能发生，情形急迫，瞬息生变。最末两句"边戎莫相忌，非是霍家亲"告诫对方，自己只是一名儒士，不是征战的霍去病家的将士，这充分说明，此前的狐狸、沙鹘仅仅是隐喻而已。作者真正想表达的，是儒士在边关随时可能发生的险情。《过萧关》让读者看到了晚唐兵燹中儒士对自己命运的担忧。

晚唐时期兵荒马乱的社会现实得到晚唐许多诗人的关注和描写，但是这些内容在张蠙诗中并不突出，张蠙关于战争的诗只是让读者从一个角度了解到那个时代百姓的苦难。例如：《吊万人冢》："兵罢淮边客路通，乱鸦来去噪寒空。可怜白骨攒孤冢，尽为将军觅战功。"（《全唐诗》卷七〇二）战乱发生，必然交通阻隔，只有在战争平息后交通才会恢复。此诗写交通恢复后的景象：乌鸦们在空中盘旋尖叫，也许是刚刚吃饱人肉，也许是已经吃光了人肉，只见在一个坟地中，一堆一堆的白骨聚集在一起，他们之所以如此，是为了让将军们立功。晚唐诗人曹松《己亥岁》诗云"一将功成万骨枯"（《全唐诗》卷七一七），张蠙此诗所表达的正是这个意思。与此诗表达同一主题的，还有一首《蓟北书事》："度碛如经海，茫然但见空。戍楼承落日，沙塞碍惊蓬。暑过燕僧出，时平虏客通。逢人皆上将，谁有定边功。"（《全唐诗》卷七〇二）由于是在茫茫沙漠中行走，漫无边际，给人的感觉自然是沙漠如海一样广阔，行走在沙漠中的人心情茫然，所碰到的空旷更增茫然之感。颔联用戍楼、落日、风沙弥漫的边塞、四处飞动的蓬草来描绘边疆的荒凉，这与岑参笔下边疆的美丽风光形成了对照，之所以如此，与其说两人所见风景相异，不如说是两人写诗时想表达的目的不同。岑参是为了鼓舞战士们的士气或者鼓励青年男子参军作战，而张蠙着重表现战争残酷的一面。炎热的暑期过后，僧人们才敢穿越沙漠，战争平息后，胡地的行人才能大胆通行。末两句说边关将官太多太滥也太庸，那么多的高级将领，有几个真的能征善战，可以立功呢。由此诗看，张蠙不仅去过边关战场，而且对边疆战争有自己的看法和理解。文人的见解也许迂腐了点，但是，不同的见解总让读者从另一个角度对晚唐的边疆战争增加了了解。此诗这方面的认识价值值得留意。

《塞下曲》也是一首写战争的诗："边事多更变，天心亦为忧。胡兵来作寇，汉将也封侯。夜烧冲星赤，寒尘翳日愁。无门展微略，空上望西楼。"（《全唐诗》卷七〇二）边关局势的复杂多变，君臣百姓一齐忧心，胡兵侵入，汉将自有立功封侯的机会。从夜晚到白天，沙尘飞舞，日月无光，给人一种压抑的气氛。诗人自忖，自己一介书生，欲报国而无门，只能在高楼上怅望而伤怀。唐代很多诗人都有一种初唐诗人杨炯《从军行》所云"宁为百夫长，胜作一书生"（《全唐诗》卷五〇）的心意，此心意到晚唐仍没有断绝，张蠙此诗就是证据。张蠙还有两首写边将的诗，抄录如下：

边将二首

历战燕然北，功高剑有威。
闻名外国惧，轻命故人稀。
角怨星芒动，尘愁日色微。
从为汉都护，未得脱征衣。

按剑立城楼，西看极海头。

承家为上将，开地得边州。

碛迥兵难伏，天寒马易收。

胡风一度猎，吹裂锦貂裘。

——《全唐诗》卷七〇二

张蠙并不是一味地反对战争，也不是对战场上苦战的将领们一直持批评态度。他对将领们辛苦作战的精神也深深敬佩和感谢。例如《边将二首》就是。"闻名外国惧，轻命故人稀"就是对边将英勇精神的歌颂。"从为汉都护，未得脱征衣"具体写出了边将在边关的艰苦生活。第二首首联选择一个典型场景来表现边将对敌人的戒备防范和立志杀敌的气概。颔联肯定边将在拓边中作出的成绩。颈联和末联描写边关气候的恶劣、环境的艰苦。《边将二首》在晚唐诗中是极少见的两首赞美边关将士为国立功的诗歌。晚唐时期的交战双方很难分清谁是正义，谁不是正义，只要是战争，都会伤害百姓财产和生命，所以，诗人们对其缺乏赞美热情可以理解。张蠙《边将二首》对边将成绩的肯定一定程度上反映了当时文人们对战争的不同看法。

三　张蠙诗的师承和成就

晚唐诗人艺术上各有造诣，也难以看出其渊源所自，但从他们对前代诗人或同代诗人的态度可以看出他们所受到的滋养。张蠙留存的 103 首诗均流畅而上口，其诗中表现出对孟浩然、贾岛的敬仰。

《吊孟浩然》云："每每樵家说，孤坟亦夜吟。若重生此世，应更苦前心。名与襄阳远，诗同汉水深。亲栽鹿门树，犹盖石床阴。"（《全唐诗》卷七〇二）据《海录碎事》卷一九云"卢延让《吊孟浩然》云：'高据襄阳播盛名，问人人道是诗星'"[1]，可知晚唐诗人心仪孟浩然者绝非张蠙一人。张蠙此诗先说打柴者传说孟浩然之坟往往半夜有吟诗之声，以此表现孟浩然的诗名之盛，但是，孟浩然其实不是苦吟诗人，打柴人的传说只是渲染孟浩然的传奇色彩而已，这也反映了晚唐诗人对孟浩然的爱戴。"若重生此世，应更苦前心"是说孟浩然若生于晚唐，应该会用更多的精力来写诗，至于为何会用更多的精力来写诗，张蠙未明言，估计是因为晚唐诗人对科第的依赖比盛唐诗人更强了。"名与襄阳远，诗同汉水深"是说孟浩然的诗名应当同襄阳一样流传下去，其诗的深度应同汉水一样深邃。就后世人们对孟浩然的评价而言，应该说，张蠙的判断完全正确。最末一句用孟浩然在鹿门所栽树木的郁郁葱葱来表

---

① （宋）叶廷珪撰，李之亮校点：《海录碎事》（22 卷），中华书局 2002 年版，卷 19，第 844 页。

达对孟浩然的思念之情。今日读张蠙诗，可以感觉到，就诗歌语言的明白雅致而言，张蠙诗与孟浩然诗有不少共同之处。这也证明张蠙对孟浩然的称赞和心仪确乎是发自内心的，而非门面话。除孟浩然外，张蠙心仪的另一个诗人是贾岛。且看其《尚贾岛》："生为明代苦吟身，死作长江一逐臣。可是当时少知己，不知知己是何人。"（《全唐诗》卷七〇二）今人看来，贾岛和张蠙一样，无疑是唐代一个名声不算大的诗人，但是，在当时，贾岛为诗，可称有声四海。张蠙此诗说贾岛活着时，仕途坎坷，只好用苦吟来打发日子一直到死，贾岛一辈子仅做到一个长江主簿的官职，形同一个放逐的臣子。又说人生难得一个知己，贾岛根本就不知道自己的知己是何人。张蠙这是在写贾岛，读者把这理解为这是张蠙的自喻或者张蠙的自画像，也未尝不可。张蠙虽然是九华四俊之一，但是四俊中的其他三人并未留下与张蠙相交往的诗作，他们与张蠙关系如何，是否为莫逆之交，还真的不敢断定。不仅是九华四俊，张蠙还是咸通十哲之一，但是另九个人也没有留下与张蠙交往的诗作，由此可以推测，张蠙的心头时时升起一点寂寞之感，完全在情理之中，因此，他对贾岛的怀念，就让人深表同情。

王建在位 12 年，等王衍即位时，张蠙任金堂令。此时发生了一件对张蠙来说很荣耀的事情。原委见《唐诗纪事》卷七〇的记载：

> 蠙，字象文，唐末登第，尉栎阳。避乱入蜀，王蜀时，为金堂令。王衍与徐后游大慈寺，见壁间题云："墙头细雨垂纤草，水面回风聚落花"。问寺僧，僧以蠙对。乃赐霞光笺，令写诗以进。蠙进二百首，衍善之，将召为知制诰。宋光嗣以蠙轻忽傲物，遂止。卒于官。蠙生颖秀，幼有《单于台》诗曰："白日地中出，黄河天外来。"为世所称。①

宋光嗣诋毁张蠙"轻忽傲物"，如果真是这样，倒可以看出张蠙个性中耿介的一面。"墙头细雨垂纤草"出自张蠙的《夏日题老将林亭》："百战功成翻爱静，侯门渐欲似仙家。墙头雨细垂纤草，水面风回聚落花。井放辘轳闲浸酒，笼开鹦鹉报煎茶。几人图在凌烟阁，曾不交锋向塞沙。"（《全唐诗》卷七〇二）诗写老将退隐后百无聊赖以至于注意起生活中的细小事情，这可与老将的性情不太相合拍。俞陛云《诗境浅说》丙编评价说："此诗在唐诗中非上乘，惟第四句传诵一时耳。七律中如'绿杨花扑一溪烟'、'芰荷翻雨泼鸳

---

① （宋）计有功撰，王仲镛校笺：《唐诗纪事校笺》（81 卷）（全 8 册），中华书局 2007 年版，第 8 册，卷 70，第 2323 页。

莺'、'鸳鸯飞破夕阳烟',虽佳句而有意雕琢。张诗'水面回风聚落花'七字,妙出自然,但三句之墙头纤草,五六之浸酒煎茶,皆寻常语,结句亦无深意。乃王衍与徐后见其诗而欣赏之,欲授以官。唐代之重诗如是。文人每借诗卷进身也。"① 其实,张蠙此诗的好处除"妙出自然"外,还有一个好处,即描写细腻,因为"墙头细雨垂纤草"也好,"水面回风聚落花"也好,都必须有一颗善感的心灵才能发现,才能写出。同理,心灵敏感者才能喜欢此诗,这就是王衍和徐后喜欢的原因。由此可知,细腻精巧,应是张蠙诗的优点之一。

与《夏日题老将林亭》形成对照的是,张蠙还有一些风格壮阔的诗,而且他是以此种风格成名的。其《登单于台》云:"边兵春尽回,独上单于台。白日地中出,黄河天外来。沙翻痕似浪,风急响疑雷。欲向阴关度,阴关晓不开。"(《全唐诗》卷七〇二)南宋晁公武《郡斋读书志》卷一八云:"张蠙生而颖秀,幼能诗,作《登单于台》,有'白日地中出,黄河天外来'之句,为世所称。"② "白日"二句的好处即雄浑壮阔。胡应麟《诗薮·杂编》云:"'白日地中出,黄河天外来',蠙句也。唐诗之壮浑者,终于此。"③《唐诗快》的评价还要高:"此地几人能到?读此诗,仿佛如目睹矣。'白日'二句,雄而且险。"④ 说张蠙是个多面的诗人,正指诗风于细腻自然之外兼有雄浑深厚这一点而言。

张蠙诗在艺术上的特长是善于写景状物,有雄浑者,有细腻者,有哀婉者。《叙怀》:"月里路从何处上,江边身合几时归。十年九陌寒风夜,梦扫芦花絮客衣。"(《全唐诗》卷七〇二)此时写一个离乡在外的游子的思乡之情。回家的路永远是在梦中,永远迈不开第一步,十年来,永远是在路途上,永远在寒冷的夜晚思念故乡,回乡的梦永远不能实现。于是自然而然地就将故乡看作像月亮一样可望而不可即。

第六节　前蜀国杜光庭的文学创作

一　杜光庭的生平

唐朝三百年,统治术以儒为主兼取百家,唐初修《五经正义》,正是重儒

---

① 俞陛云:《诗境浅说》,中华书局 2010 年版,第 85 页。

② (宋)晁公武撰,孙猛校证:《郡斋读书志校证》(20 卷),上海古籍出版社 1990 年版,卷 18,第 941 页。

③ (明)胡应麟撰:《诗薮》,上海古籍出版社 1979 年 11 月新 1 版,第 305 页。

④ 陈伯海主编:《唐诗汇评》,浙江教育出版社 1995 年版,第 2949 页。

的开始和表现，但思想上足够自由。老子被唐皇帝尊为祖先，庄子、列子、文子被封为真人。由此可见唐王朝思想的自由开放。这种开放的思想为文学的发展带来了生机和活力，文学史才出现了杜甫、王维、李白三个各偏重于儒家、释家、道家思想的大诗人。如果仔细回忆一下，还会发现，儒释道三家在唐代所取得的成就并不平衡。唐代众多诗人即使有释家或道家思想，但其主导思想一定是儒家，例如李白就是这样。除了儒家，对唐代文学最具影响者，就是释家思想了。其表现是，一方面，写诗的僧人数量较多，而且水平不俗，例如皎然、贯休和齐己被称为唐代三大诗僧；另一方面，从帝王到一般士子，总与僧人有这样那样的交往，并从这种交往中深受释家思想的影响。相比之下，道家思想对文学的影响就小多了，能诗的道士也少多了。正因为少，所以才宝贵，如果较少的数量中，还有杰出人物，那就更宝贵了。五代前蜀国道士杜光庭就是这样一个宝贵的人物。

杜光庭（850—933），字宾圣，一作宾至，号东瀛子，一作登瀛子，又号华顶羽人。京兆杜陵（今陕西西安）人，寓居处州缙云（今属浙江）。唐咸通中，应九经举，不第，遂入天台山学道，后得长安潘尊师的举荐，被唐僖宗李儇召见和重用，随唐僖宗到了兴元，后来又入蜀，事前蜀开国皇帝王建，为金紫光禄大夫、谏议大夫，封蔡国公，赐号广成先生。后归隐青城山，卒年八十四（《十国春秋》卷四七云卒年八十五，误）。[①]

二　杜光庭的文学成就

杜光庭是晚唐五代极富文学才华的一位学者。《十国春秋》卷四七本传云："为人性简而气清，量宽而识远，方干见之谓曰：'此宗庙中宝玉大圭。'"又云："光庭博学善属文。"只是杜光庭更多的精力在阐明道经教义，对诗文的创作不甚留意。尽管如此，杜光庭在文学上还是有多方面成就的。既有在文学史上占有一席之地的小说，也有流畅富于语言魅力的道教阐述文字，还有一些畅达可诵的诗。

杜光庭小说的语言魅力，可举《录异记》卷五《明皇帝神龟》为例。

明皇帝尝有方士献一小龟，径寸而金色可爱，云："此龟神明而不食，可置之枕笥之中，辟巨蛇之毒。"上常贮巾箱中。忽有小黄门，恩渥方深，而为骨肉所累，将罹南徼，不欲屈法免之，密授此龟，敕之曰：

---

① （清）吴任臣撰，徐敏霞、周莹点校：《十国春秋》（116卷）（全4册），中华书局1983年版，第2册，卷47，第674页。

"南荒多巨蟒，常以龟置于侧，可以无苦。"阉者拜受而怀之。泊达象郡之属邑，里市馆舍，悄然无一人，投宿于旅馆，饮膳刍秣、灯烛供具，一无所阙。是夜，月明如昼，而有风雨之声，其势渐近。因出此龟，置于阶上。良久，神龟伸颈吐气，其大如□直上，高三四尺，徐徐散去。已而龟游息如常，向之风雨声，亦已绝矣。及明，驿吏稍稍而至，罗拜庭下曰："昨知天使将至，合备迎奉。适缘行旅误杀一蛇，众知报冤，蛇必此夕为害，侧近居人，皆出三五十里外，避其毒气。某等不敢远出，止在近山岩穴之中，伏而待旦。今则天使无恙，乃神明所佑，非人力所及也。"久之，行人渐至，云当道有巨蛇十数，皆已糜烂。自此无复报冤之物，人莫测其由。逾年，黄门应召归长安，复以金龟进上，泣而谢曰："不独臣之性命赖此生全，南方之人，永祛毒类，所全人命，不知纪极。实圣德所及，神龟之力也。"①

该小说篇幅不长，而叙事娓娓动人。具有神异功能的神龟果然帮助小黄门免除了蟒蛇之害，也使得周围居人因此得以保全。侯忠义先生《隋唐五代小说史》评价《录异记》云："叙事、写景委婉曲折，描写人物生动形象，颇值得一读。"② 又云："以散文笔法写景叙事，使整个作品舒徐流畅；文笔流而不乱，静而不滞，富有较高文学价值。"③ 就此神龟佑人的故事看，此评价并非溢美。

杜光庭语言上的天赋在其道教小说上仍然有出色的表现，但是这些道教小说以宣扬道教教义为目的，文学价值不免受到损害，更重要的是，本编主要的研究对象是诗歌，散文尚在其次，小说就次之又次了，故尽管杜光庭的文学成就主要体现在小说，而且其诗数量仅有十多首，笔者还是要花点时间分析一下杜光庭的诗歌。先看杜光庭的一首七律《初月》。

初月

始看东上又西浮，圆缺何曾得自由。

照物不能长似镜，当天多是曲如钩。

定无列宿敢争耀，好伴晴和相映流。

---

① 《道藏》，张宇初等编，上海商务印书馆 1923 年 10 月至 1926 年 4 月影印本，第 10 册，第 870 页。

② 《隋唐五代小说史》，侯忠义著，浙江古籍出版社 1997 年版，第 244 页。

③ 同上书，第 246 页。

直使奔波急于箭，只应白尽世间头。

——《全唐诗》卷八五四

该诗咏月以初月为对象，仅仅以"曲如钩"描写其外形，此外就没有描写其具体形态了，而是用更多的笔墨写自己的主观感受：初月的圆和缺非由月亮自己控制，普照大地也不能长久，连形态也不能自主。颈联对初月颇有赞美，而末联就提到凡俗之人对生命短暂的慨叹了。此诗主旨不够明显，或者说主旨费解，由此诗也可知道教名流杜光庭诗的一个特色了。

与《初月》相比，《题鸿都观》主旨显豁多了。

题鸿都观

亡吴霸越已功全，深隐云林始学仙。
鸾鹤自飘三蜀驾，波涛犹忆五湖船。
双溪夜月明寒玉，众岭秋空敛翠烟。
也有扁舟归去兴，故乡东望思悠然。

——《全唐诗》卷八五四

这首诗首联写功成身退者隐居求仙，颔联写显赫后还时时想到旅途中的五湖波涛，颈联写秋天明亮的月光下，溪水如美玉一样光洁和冰冷，山峰因雾霭弥漫而更显出其变幻多姿，末联写学仙者最终仍然具有人世思乡的情怀。这首诗对仗工整，音韵流畅，显示了杜光庭语言上的天赋；同时也说明，即使以羽化而登仙为人生理想的道士仍然具有世俗人的思乡情怀。这就证明了，道士和僧徒一样，不管怎么竭尽全力地想要逃离人世间的是是非非以及情感瓜葛，都是徒劳，正确的态度，恐怕还是像杜光庭和贯休等人一样，弹奏着隐居或出家的调子，关注着纷扰而多难的人世。例如，组诗《六十甲子歌》（《全唐诗续拾》卷五一）就是如此。这组诗由 60 首诗组成，每首均是五言四韵或六韵，在《全唐诗》中算是最长的一组五言诗了。现抄几首以管窥其面目。

甲子秋，耕民怀苦忧，禾苗不成实，灾厄害田畯。但看入秋后，高田不可守。辛苦临冬春，父子离乡走。兄弟成路人，妻子单糊口。万姓愁灾迍，民随千里走。

乙丑春，瘟灾害万民。夏首疢疫起，偏伤楚鲁人。家类悉糊口，吴地又分张。民奔千里外，六畜悉逢殃。高田但种植，低处伤苗秀。灾疫如去年，不得归家守。

············

> 癸亥周，吴分坐无忧。中田最可托，低处不须求。岁后青龙伏，中平并可求。秋冬虽有旱，还是得全收。

第一首写禾苗没有收成，家里壮丁都离家出走的惨象。第二首写今年灾害如同去年，百姓还是四处逃荒。最后一首写收成不错，是六十首中唯一一首让人对种田感到有希望有回报的诗了。此组诗的主题一改杜光庭道义宣扬者的面目，而引导读者关注农民世世代代的疾苦，由此可以看出在道士杜光庭的心中，世俗百姓的苦难仍然是他关注的对象，他没有因为集中全部精力于道义的宣扬而不食人间烟火，不顾百姓苦难。联系贯休诗中诸多写百姓刺权贵的诗，就会明白，五代十国时期，一个文人，即使入了佛门或道门，仍然无法将眼前黎民百姓的苦难完全置之度外，广阔而真实的社会现实无法使他们的良知变得麻木不仁，他们还是会用自己的笔记录百姓的苦难并为百姓呐喊鼓呼，这一方面源于这些僧人或道人个人人性中的善良，一方面和儒释道的思想从来不是绝对对立，而是"你中有我，我中有你"的兼容性有关。认识这一点，对正确评价僧徒、道人的文学和人格不可或缺。

第四章　后蜀国文学创作论

925 年，后唐大将孟知祥带兵灭了前蜀国，被封为西川节度使，不久，又并吞了东川土地，占据了两川之地。933 年，被封为蜀王。934 年，孟知祥趁后唐内乱时自立为帝，国号仍然是"蜀"，后世史学家称为后蜀，定都成都。孟知祥称帝 7 个月后去世，其子孟昶即位。孟昶即位后，后蜀国国势一直不错，有了 30 年的和平时期。965 年，孟昶投降北宋，后蜀灭亡。后蜀国国祚自 925 年算起，至 965 年止，共 41 年。

后蜀国文学与前蜀国相比有一个比较大的区别是，前蜀国有一些著名的诗人，例如韦庄、杜光庭等人，而后蜀国诗人的名气要小多了。后蜀国的文学不靠哪个著名诗人而有名，而靠诗人群体有名。具体地说，后蜀国的文学成就主要表现于两部总集。一部是《花间集》，一部是《才调集》。本章的研究就从这两部书谈起。

第一节　《花间集》五方面问题研究

一　《花间集》的背景

《花间集》这本词集的编成与词的兴起和繁荣密切相关。

关于词的兴起，以康熙皇帝《御选历代诗余序》中的论述最为明了。他说："诗余之作，盖自昔乐府之遗音，而后人之审声选调所由以缘起也。要皆昉于诗，则其本末源流之故，有可言者。古帝舜之命夔典乐曰：诗言志，歌永言，声依永，律和声。可见唐虞时即有诗而诗必谐于声，是近代倚声之词理固已寓焉。降而殷周孔子删而为三百五篇，乐正而雅颂得所。考其时郊庙明堂升歌宴享以及乡饮报赛，莫不有诗，以叶于笙箫琴瑟之间。自诗变为骚，骚衍为赋，虽旨兼出乎六义而声弗拘于八音。至汉而《郊祀》《房中》《铙歌》鼓吹琴曲杂诗，皆领于乐官。于是始有乐府名。迄于六代操觚之家。按调属题，征辞赴节。日趋婉丽，以导宫商。唐兴，古诗而外，创为近体，而五七言绝句，或传于伶人。顾他诗不尽协于乐部。其间如李白之《清平调》、《忆秦娥》、

《菩萨蛮》，刘禹锡之《浪淘沙》、《竹枝词》，洎温庭筠、韦庄之徒，相继有作而新声迭出，时皆被诸管弦。是诗之流而为词，已权舆于唐矣。"（《御选历代诗余》影印文渊阁四库全书本，卷首）即便是如此明了的论述，看起来还是有点难懂的，故需要再行解释。康熙皇帝的意思是，词，也就是诗余，起源于文人创作乐府诗时审声选调的作法，而其根源，自然还是诗，诗与乐的关系源远流长。舜帝任命夔为乐官时就告诉夔，人要言志，言志要做诗，作诗要声律和谐。言外之意是，你这个乐官的工作意义重大，职责光荣。后代的词符合舜所讲的道理。商周时代，孔子删订的三百零五篇诗，也是声律和谐的。从《诗经》之诗变为离骚体的诗、变为汉赋，就不再符合音律了。到了汉代，《铙歌》等诗，又为乐官所掌管，才有乐府诗的名称。到六朝，按调命题赋诗，语言华丽，合乎宫商的音律。从唐朝开始，有了五七言绝句，而且常常被伶人演唱，其诗人之杰出者如李白、刘禹锡、温庭筠、韦庄等，有许多诗可用管弦乐器伴奏并被演唱，这样，诗就变成了词，诗变成词，可以说，就是从唐代开始的。

词兴起于唐代的道理讲明白了，再看词在唐代的繁荣情况。康熙皇帝提到的李白的《清平调》、《忆秦娥》、《菩萨蛮》，刘禹锡的《浪淘沙》、《竹枝词》，都是唐代可演唱的诗中的名作。除此之外，王昌龄、高适、王之涣旗亭画壁提到的四首诗，白居易等人的演唱诗也是名作。就今日《全唐五代词》看，唐代的词人已经多达 41 人 355 首之多。[①] 贯穿了唐代初盛中晚的四个时期，而且愈到后来作者作品愈多。从题材上看，虽不能说无所不有，但也称得上多种多样。可以说，词在唐代产生后，一直呈现渐渐走红的趋势，作为一种文学体裁，词，早已经成熟了。只是，由于社会的动荡、国势的衰微，唐朝各层人士享受歌舞演唱的心情受到严重打击，其机会也常常被剥夺。于是，词在整个唐代，从整体上看，堪称繁荣，但是，具体到某个时段和某个人群，仍然显得十分寥落，无法形成规模化经营的势头。这个任务看来只有留给有福气享受清平盛世的幸运儿来完成了。

词，作为一种文学体裁，经过唐代近三百年历史的漫长发展，已经成熟了，只是由于社会环境的恶劣，作者无法聚拢成堆，作品无缘编纂成集。可见，《花间集》的编纂除了词这种体裁的产生和成熟之外，还另有原因，那就是社会的安定，歌舞的繁荣，尤其重要的是，文人们对歌舞宴享这种社会生活及歌舞宴享所用歌词这种作品具有理性的认识和宽容的心态。最差的情况是，

　　[①]　曾昭岷、曹济平、王兆鹏、刘尊明编撰：《全唐五代词》（全 2 册），中华书局 1999 年版，正编卷 1，目次第 1—6 页。

即使认识不够理性不够正确，那也得有足够的勇气编纂才行。

毋庸置疑，唐王朝政治、经济、文化的中心是其首都长安，故长安最为人向往和看重。其次是洛阳、扬州这些名城大邑。至于江南和巴蜀，尽管一直是富庶之地，依然难以得到朝野各方人士的关注。这些地方在国家安定的和平时代，自然黯淡无光，可是，一旦天下大乱，各路英雄垂青和争夺的地方，必定是首都、洛阳和扬州这些中原名城，于是，逐鹿中原、决战中原的大戏就持久上演。这样，以前被冷落的地区如江南和巴蜀，尤其是地理上更偏僻的巴蜀，就成了离战火最远的地方，这些地方的权贵和平民未必就会突然间幸福起来，但是，相对于中原地区的生灵涂炭而言，就显得"风景这边独好"。考察一下前蜀国和后蜀国的社会状况就可知道，此理真的不差。

大顺二年（891），壁州（今四川通江）刺史王建攻占成都，据西川。乾宁四年（897），攻占东川，遂统治了全蜀之地。天复三年（903），王建被封为蜀王。后梁开平元年（907），王建称帝，国号蜀。前蜀永平五年（915），王建攻占了秦（甘肃秦安北）、凤（陕西凤县东）、成（甘肃成县）、阶（甘肃康县）四州。后唐同光三年（925），后唐庄宗李存勖发兵灭蜀。[①] 从897年到925年，近30年的前蜀国历史上，除了915年和925年这两年的战争外，前蜀国没有大规模的战争，这相比于战乱频仍的中原而言，无疑是安定的地区。

后唐同光三年（925），后唐灭前蜀，以孟知祥为西川节度使。长兴三年（932），孟知祥攻克东川，占有两川之地。次年，被封为蜀王。934年，孟知祥称帝，国号还是蜀，同一年，孟知祥卒，其子孟昶即位。后周显德二年（955），后周攻占后蜀秦、凤、成、阶四州。[②] 北宋乾德三年（965），北宋灭后蜀。除了955年和965年的战争，后蜀国境内再无什么大的战争。与中原王朝相比，后蜀国仍然是相对安定相对和平的地区。

前蜀和后蜀相对意义上安定、和平的社会环境为词人词作的涌现提供了前提条件，而蜀地帝王文艺上的爱好和天赋成为了词人词作涌现的诱发力量。《十国春秋》卷三六《王建本纪》曰："帝故武人而雅好儒臣，礼遇有加。居恒谓左右曰：'吾为神策军将时，宿卫禁中。见天子夜召学士，出入无间，非

---

①　（宋）欧阳修撰，（宋）徐无党注：《新五代史》（74卷）（全3册），中华书局1974年版，第3册，卷63，第785—793页。

②　（宋）欧阳修撰，（宋）徐无党注：《新五代史》（74卷）（全3册），中华书局1974年版，第3册，卷64，第797—807页。

将相可及。今我恩顾比当时，才十分之一耳。"① 即使这自谦为仅及唐代皇帝给予儒臣礼遇的十分之一，就使得王建招揽了杜光庭、贯休这样的道释高人以及韦庄、薛昭蕴、顾夐等词人。《十国春秋》卷三七《王衍本纪》云王衍"颇知学问，童年即能属文，甚有才思。尤酷好靡丽之辞。尝集艳体诗二百篇，号《烟花集》。凡有所著，蜀人皆传诵焉。"② 这《烟花集》虽佚，但是足以说明王衍对文艺之事的热衷。后蜀国两个皇帝在文艺上的爱好记载极少，能够沾得上边的文字如下。《十国春秋》卷四八《孟知祥本纪》的话："知祥温厚知书，勇于乐善。"③《十国春秋》卷四九云孟昶"幼时聪悟才辩"④。又云："先是岁除，故事学士为辞题桃符，置寝门左右。前一年，学士幸寅孙撰词，后主以其非工，自操笔署云：'新年纳余庆，嘉节号长春'。"⑤ 后蜀国两个皇帝文艺之事在史书上记载较少，但是，孟昶却有一首词存留下来，从这首词足可看出孟昶文艺上的天赋之高。何况，后蜀国卫尉少卿赵崇祚编《花间集》时，是孟昶即位的第六年，也是后蜀国开国的第六年，是孟知祥统一全蜀之地的第七年。由此可以断定，《花间集》由后蜀皇帝孟昶的贴身卫士编成，肯定得到了孟昶的鼓励，但是，后蜀国词人的作品肯定不如前蜀国词人的多。具体怎样，还得仔细分析。

二　《花间集》词人的时代和地域分析

《花间集》共收晚唐至后蜀国时期 18 位诗人的 500 首词。依据该书对 18 位词人的排列顺序，并带上其国别、大致生卒年代、词调数量、词作数量统计如下：

第一人唐代温庭筠（812？—870？）18 调 66 首，卷一 50 首、卷二 16 首。

第二人唐代皇甫松（？—900 年前）6 调 11 首，收于卷二。据陈尚君先生《花间词人事辑》，皇甫松为皇甫湜（777—835）之子，约生于元和间（806—820），但韦庄光化三年（900）奏请追赐李贺、赵光远、皇甫松、刘得

---

① （清）吴任臣撰，徐敏霞、周莹点校：《十国春秋》（116 卷）（全 4 册），中华书局 1983 年版，第 2 册，卷 36，第 528 页。

② （清）吴任臣撰，徐敏霞、周莹点校：《十国春秋》（116 卷）（全 4 册），中华书局 1983 年版，第 2 册，卷 37，第 531 页。

③ （清）吴任臣撰，徐敏霞、周莹点校：《十国春秋》（116 卷）（全 4 册），中华书局 1983 年版，第 2 册，卷 48，第 679 页。

④ （清）吴任臣撰，徐敏霞、周莹点校：《十国春秋》（116 卷）（全 4 册），中华书局 1983 年版，第 2 册，卷 49，第 705 页。

⑤ 同上书，第 742 页。

仁等人进士及第，则知皇甫松卒于光化三年（900）前。又，陈尚君先生《花间词人事辑》对《花间集》18 名词人中除温庭筠、韦庄外 16 名词人的行迹和生卒均有考订。本书对花间词人生卒的认定即据此而来，下文不再出注。①又，文渊阁四库全书本《花间集》将皇甫松《采莲子》八句视为 1 首词，中华书局版《花间集校注》视为两首词，则中华书局版《花间集校注》收皇甫松 6 调 12 首词。②

第三人前蜀国韦庄（836?—910）20 调 47 首，卷二 22 首、卷三 25 首。笔者按，文渊阁四库全书本《花间集》目录上云韦庄在《花间集》卷三有 25 首，但按照目录算，应该是"26"首，中华书局版《花间集校注》即 26 首，这样，《花间集》收韦庄词 20 调 48 首，不是 47 首，文渊阁四库全书本《花间集》按目录就计算错误。

第四人前蜀国薛昭蕴（?—约 906）8 调 19 首，收于卷三。陈尚君先生《花间词人事辑》云薛昭蕴生年约在会昌（841—846）、大中（847—859）间，卒年在天祐三年（906）前后。

第五人前蜀国牛峤（—879—915 年前）13 调 31 首，卷三 5 首、卷四 26 首。注意，第一，文渊阁四库全书本《花间集》目录卷四收牛峤 26 首，但从目录所收牛峤词看，就应该是 27 首，中华书局版《花间集校注》就是 27 首，正确。这样，《花间集》收牛峤词 13 调 32 首。第二，牛峤乾符五年（878）进士及第，光启三年（887）游梓州，题诗于陈子昂读书台。大顺二年（891），王建镇蜀，曾召其为判官。王建前蜀国（907）拜给事中，卒。③

第六人前蜀国张泌（唐末五代初年在世）13 调 27 首，卷四 23 首、卷五 4 首。注意，第一，从传世文献看，唐末宋初名"张泌"者有 2 人，第一人为西蜀国人（实际即前蜀国人），即其词被收入《花间集》的那一个。第二个为南唐国张泌，年龄小，随后主李煜入宋，见李煜之死。前蜀国张泌存词 28 首，《花间集》存 27 首，《尊前集》存 1 首。④ 具体详情可参看陈尚君先生《花间词人事辑》。第二，《十国春秋》收《花间集》前蜀国 6 个词人：韦庄、毛文锡、李珣、尹鹗、牛峤、牛希济。但是，《花间集》除温庭筠、皇甫松、和凝 3 人外，其他 15 人皆与蜀地有关系。属于前蜀国的有 11 人：韦庄、薛昭蕴、

---

① 陈尚君：《唐代文学丛考》，中国社会科学出版社 1997 年版，第 370—420 页。

② 《花间集校注》，（后蜀）赵崇祚编，杨景龙校注，中华书局 2014 年版，第 292—295 页。

③ （清）吴任臣撰，徐敏霞、周莹点校：《十国春秋》（116 卷）（全 4 册），中华书局 1983 年版，第 2 册，卷 44，第 646 页。

④ 陈尚君：《唐代文学丛考》，中国社会科学出版社 1997 年版，第 380—382 页。

牛峤、张泌、毛文锡、牛希济、顾夐、魏承班、尹鹗、李珣、孙光宪。前蜀国顾夐、尹鹗、李珣在 940 年《花间集》成书时是否在世，不知道。后蜀国 4 人是欧阳炯、鹿虔扆、阎选、毛锡震。后蜀国鹿虔扆、阎选二人 940 年《花间集》成书时是否在世，亦不知道。

第七人前蜀国毛文锡（860 后—925?）21 调 31 首，收于卷五。注意，毛文锡历仕前蜀后蜀，但是以归于前蜀合适。因为毛文锡大致生于咸通（860—873）、乾符（874—879）间，卒于前蜀天汉元年（917）至前蜀国灭亡（925）后不久。

第八人前蜀国牛希济（约 872—约 926）5 调 11 首，收于卷五。牛希济为牛峤之兄子，官职为前蜀国起居郎、翰林学士、御史中丞，又为后唐明宗李亶时雍州节度副使。牛希济存词 12 首，《花间集》录 11 首，明杨慎《词林万选》补 1 首。《花间集》署名"牛学士希济"。从 940 年《花间集》成书时给牛希济署名前蜀国官衔"牛学士希济"而不署后唐明宗时节度副使的官衔可以看出，《花间集》给其作者署名时确实是优先采用蜀地的官衔（对温庭筠这种没有在蜀地呆过的作者只好署在唐朝的官衔"温助教"）。另外，后蜀国已经独立（也就是说，后蜀国和作为中原王朝的后唐关系对立和破裂），后蜀国人赵崇祚不大可能给《花间集》中的作者署名后唐王朝的官衔。

第九人后蜀国欧阳炯（896—971）7 调 17 首，卷五 4 首、卷六 13 首。欧阳炯归于后蜀比较合适，尽管他历仕五朝。注意，欧阳炯现存词 47 首，但是940 年《花间集》成书时仅收年龄为 45 岁的欧阳炯词（欧阳炯享年 76 岁）17 首。

第十人五代中原和凝（898—955）12 调 20 首，收于卷六。和凝历仕五朝，为五代人。

第十一人前蜀国顾夐（生卒年不详）16 调 55 首，卷六 18 首，卷七 37 首。顾夐曾为前蜀茂州刺史。南宋王灼《碧鸡漫志》卷三云顾夐有《倒排甘州》词，今不存。《花间集》成书时，顾夐是否在世，不知道。陈尚君先生《花间词人事辑》考证说，顾夐可能就是顾在珣，顾在珣于前蜀后主王建时官检校太尉。①

第十二人荆南国孙光宪（894 年后—968）25 调 60 首，卷七 13 首、卷八47 首。注意，《花间集》收孙光宪词实际为 25 调 61 首，文渊阁四库全书本《花间集》卷八《竹枝》收词 2 首但视为 1 首，误。中华书局版《花间集校注》卷八即将孙光宪《竹枝》词牌下的词视为 2 首，正确。孙光宪为荆南词

---

① 陈尚君：《唐代文学丛考》，中国社会科学出版社 1997 年版，第 401—402 页。

人（即南平词人）。

第十三人前蜀国魏承班（约881—926）8调15首，卷八2首，卷九13首。魏承班为前蜀国词人，存词21首，《花间集》收15首，《尊前集》收6首。注意，《花间集》收已经去世的魏承班词也不注明魏承班去世，故940年《花间集》成书时所收18位词人谁在世谁不在世，难以全部搞清楚。魏承班在前蜀时屡立军功，前蜀时官中书令，封齐王，其为前蜀国驸马都尉、太尉的时间，约在前蜀光天元年（918）六月后数年间。《花间集》称"魏太尉承班"，可见后蜀国人赵崇祚编《花间集》时署官衔不避前蜀国官衔。

第十四人后蜀国鹿虔扆（—901—）4调6首，收于卷九。注意，《花间集》卷九称"鹿太保"，940年《花间集》成书时鹿虔扆是否在世，不知道。

第十五人后蜀国阎选（生卒不知）5调8首，收于卷九。据陈尚君先生《花间词人事辑》知，《花间集》仅仅云"阎处士选"而未云后蜀处士，《十国春秋》卷五六、《全唐诗》卷八九七定为"后蜀处士"，证据不足。明蒋一葵《尧山堂外纪》云阎选为后蜀五鬼之一，《十国春秋》沿之，证据不足，不予采信。阎选存词2首，《花间集》收8首，《尊前集》收2首。① 又，940年《花间集》成书时，阎选是否在世，不知道。

第十六人前蜀国尹鹗（前蜀校书郎）5调6首，收于卷九。

第十七人后蜀国毛熙震（生卒年不详）13调29首，卷九16首，卷十13首。注意，毛熙震为后蜀秘书郎。据陈尚君先生《花间词人事辑》知，《新唐书·百官志》，秘书省有郎三人，从六品上，"掌四部图籍"。后蜀亡于宋乾德三年（965），毛熙震后蜀亡后仍在世，"好书者毛熙震、王著、勾中正等人"于乾德中（963—968）曾访王七郎所藏魏晋名家真迹，终日忘倦。②

第十八人前蜀国李珣（唐末至前蜀人）12调37首，收于卷十。李珣为前蜀国词人。注意，李珣妹李舜弦为前蜀国后主王衍昭仪。《花间集》收李珣词12调37首，《全唐五代词》收李珣词54首，37首出《花间集》，17首出《尊前集》，但《尊前集》收李珣词18首，其中一首与《花间集》所收重复了。《碧鸡漫志》卷五载李珣词调《凤台》（一名《喝驮子》）、《长命女》、《后庭花》、《河满子》、《倒排甘州》5个词调的词，可能出于李珣的《琼瑶集》，今均不存。就是说，李珣今存54首词，至少还有5调5首词已经佚失了。940年《花间集》成书时，李珣是否在世，不知道。

940年《花间集》成书时，18位词人中确定在世的有欧阳炯、和凝、孙

---

① 陈尚君：《唐代文学丛考》，中国社会科学出版社1997年版，第413页。

② 同上书，第414页。

光宪、毛熙震共 4 位词人。其中，欧阳炯仕前蜀国王建、王衍为中书舍人，仕后唐为秦州从事，925 年或 926 年从孟知祥入蜀，931 年孟知祥奄有全蜀，934 年孟知祥称帝，欧阳炯为中书舍人。毛熙震为后蜀国秘书郎。940 年《花间集》成书时，不知道是否在世的有 5 个人：顾敻、鹿虔扆、阎选、尹鹗、李珣。虽然尹鹗、李珣很可能已经去世，但不能断定。18 位作者中其余 9 人均在 940 年《花间集》成书前去世。这 9 人是：温庭筠、皇甫松、韦庄、薛昭蕴、牛峤、张泌、毛文锡、牛希济、魏承班。

文渊阁四库全书本《花间集》的目录对韦庄少算 1 首词，对牛峤少算 1 首词，又将皇甫松的 2 首《采莲子》视为 1 首，又将孙光宪的 2 首《竹枝》视为 1 首，这样，文渊阁四库全书本《花间集》按照目录标明数目算是 496 首词，按照目录实际收词算是 498 首词，按照文渊阁四库全书本《花间集》实际收词看是 500 首词。皇甫松的 2 首《采莲子》和孙光宪的 2 首《竹枝》是民歌，不是文人写的词，连这样的词都收进去，可见赵崇祚有点乱收了。这就说明，《花间集》在性质上是词的全集，而不是选集或选本，历代学者将《花间集》视为词的选集或选本，是不严格、不正确的看法。这一点要特别注意。

对上述 18 人按照所收词数量的多少排列如下：

（1）第一人唐代温庭筠 18 调 66 首；（2）第十二人荆南国孙光宪 25 调 61 首；（3）第十一人前蜀国顾敻 16 调 55 首；（4）第三人前蜀国韦庄 20 调 48 首；（5）第十八人前蜀国李珣 12 调 37 首；（6）第五人前蜀国牛峤 13 调 32 首；（7）第七人前蜀国毛文锡 21 调 31 首；（8）第十七人后蜀国毛熙震 13 调 29 首；（9）第六人前蜀国张泌 13 调 27 首；（10）第十人五代中原和凝 6 调 20 首；（11）第四人前蜀国薛昭蕴 8 调 19 首；（12）第九人后蜀国欧阳炯 7 调 17 首；（13）第十三人前蜀国魏承班 7 调 15 首；（14）第二人唐代皇甫松 6 调 12 首；（15）第八人前蜀国牛希济 5 调 11 首；（16）第十五人后蜀国阎选 5 调 8 首；（17）第十四人后蜀国鹿虔扆 4 调 6 首；（18）第十六人前蜀国尹鹗 5 调 6 首。总共 18 人 500 首词。

从上述统计可以一眼看出，该书不是按照词人的国别排列的，也不是按照词人的生卒年代排列的。例如，第九人后蜀欧阳炯（896—971）从生卒看均比较晚，而生卒明显早于欧阳炯的第十三人前蜀魏承班（约 881—926）、第十八人前蜀李珣（唐末至前蜀人）却被排列于欧阳炯之后。

该书 18 位词人的词作，其数量依据生活年代兼地域统计是这样的：

唐代词人计 2 人 24 调 78 首；五代中原王朝词人计 1 人 6 调 20 首；十国中前蜀国、后蜀国以外（即荆南国）词人计 1 人 25 调 61 首；十国中前蜀国词人计 10 人 120 调 281 首；十国中后蜀国词人计 4 人 29 调 60 首词。可见，唐代词人和五代中原词人计 3 人 30 调 98 首；十国词人（实际仅为十国中的前蜀国、后蜀国、荆南国三个国家）15 人 174 调 402 首。又可见，非蜀地（即非前蜀国和非后蜀国，也即唐代词人、五代中原词人、荆南词人之和）计 4 人 55 调 159 首；蜀地（即前蜀国和后蜀国）计 14 人 149 调 341 首。《花间集》共 18 人 204 调 500 首。

从地域上的数量看，唐五代非蜀国词人有 4 人 55 调 159 首，其中，属于中原王朝者有 3 人 30 调 98 首，属于荆南者 1 人 25 调 61 首；属于蜀国者 14 人 149 调 341 首，其中，前蜀国 10 人 120 调 281 首，后蜀国有 4 人 29 调 60 首。从各地域词人的词作数量所占比例而言，非蜀国词人之词占 31.8%，前蜀国词人之词占 56.2%，后蜀国词人之词占 12%。同时，又要考虑到，荆南 1 人，其实曾经在前蜀国生活过，而后蜀国词人，其实全都在前蜀国生活过，毕竟，《花间集》编成时，后蜀国开国才 6 年，也就是说，《花间集》中，在蜀地生活过的词人有 15 位，作品为 174 调 402 首，比例为 80.4%。

从时间段上而言，属于唐朝者有 2 人 24 调 78 首，比例为 15.6%。属于唐后之五代和十国者 16 人 180 调 422 首，比例为 84.4%。

没有到过蜀地的 3 个词人温庭筠、皇甫松、和凝为什么会有作品被收入《花间集》，或者换句话问，没有到过蜀地的这 3 个词人怎么会有作品流传到蜀地，被后蜀国的赵崇祚知道？这肯定是从中原地区被人带过去的。谁带过去的？什么时候带过去的？这些问题都值得探索。皇甫松、和凝的词何以会被后蜀国人赵崇祚收录到《花间集》中，今已无法知道，也无可推测。而温庭筠的词被后蜀国赵崇祚收录，是有点线索的。五代荆南国人孙光宪《北梦琐言》卷二〇《貌陋心险》（笔者按：文渊阁四库全书本《北梦琐言》引此故事时题目为《沈徽曲江吟（温顗附）》）云：

> 吴兴沈徽，乃温庭筠诸甥也。尝言其舅善鼓琴吹笛，亦云有弦即弹有孔即吹，不独柯亭、爨桐也。制《曲江吟》十调，善杂画，每理发则思来辄罢栉而缀文也。有温顗者，乃飞卿之孙宪之子，仕蜀，官至常侍，无它能，唯以隐僻绘事为克绍也。中间出官，旋游临邛，欲以此献于州牧，为谒者拒之。然温氏之先貌陋，时号"钟馗"。顗之子郢，魁形克肖其祖，亦以奸秽而流之。[1]

① （五代）孙光宪撰，贾二强点校：《北梦琐言》（20 卷），中华书局 2002 年版，卷 20，第 356 页。

　　依据孙光宪此记载可知，温庭筠（812？—870？）有孙名温宪，温宪有子名温颛，温颛仕于蜀，官至常侍。由此可知后蜀国人赵崇祚 940 年编辑《花间集》十卷时何以会收录温庭筠的词而且选了 66 首之多。

　　至于先在前蜀国生活而后来又离开前蜀国去了荆南的孙光宪，其作品被后蜀国的赵崇祚看到并编进《花间集》里去，肯定是离开前蜀时其词作已经创作出来了。就是说，严格点说，《花间集》中的孙光宪词是地地道道的前蜀国词，之所以仍然要标明他后来的国别"荆南国"，是为了更仔细、更具体地领会当时赵崇祚编辑此书时的取舍细节。

　　值得注意的是，除过温庭筠、皇甫松的其他唐代诗人的词，包括李白的《清平调》四首和二首被后世誉为"百代词曲之祖"的词《菩萨蛮》和《忆秦娥》，皆没有被辑入《花间集》。这肯定不能从不符合《花间集》的入选标准去解释，因为《花间集》所收词作的题材和内容并不统一，或者说并没有严格的标准。这个问题下文仔细讨论。也不能用赵崇祚找不到李白和唐代其他词人的词作来解释，因为一个显著的例证是欧阳炯为《花间集》作序时还提到了李白的《清平调》四首。为什么会出现这种情况，原因复杂，很难确定，但是其可能性还是可以设想一下的。考虑到赵崇祚编辑《花间集》的初衷是为了供歌筵酒席间歌儿舞女演唱时用的，那么，其所辑的词总应该是常被用到或者他认为很可能会用到而人们又未必能够背诵的。至于使用者耳熟能详的，例如李白的《清平调》四首和"百代词曲之祖"的二首《菩萨蛮》和《忆秦娥》很可能反倒不予采辑了，当然，这仅仅是个可能性，就是说，这样解释是合理的，但是，不能断定必然如此。

　　后蜀国后主孟昶（也就是赵崇祚编辑《花间集》时的国君孟昶）流传至今的一首相当有名的词《木兰花》（冰肌玉骨清无汗）没有入选。赵崇祚为什么会漏掉这首词呢？作为卫尉少卿的赵崇祚编辑《花间集》时肯定受到了孟昶的鼓励，或者干脆就是孟昶让他编辑的，至少孟昶不会反对。那么，孟昶这首词如果当时就写成了，赵崇祚没有弃之不用的道理。现在能够想到的一个原因就是，很可能赵崇祚编辑《花间集》时，孟昶的这首词尚未写出来，毕竟，《花间集》编成时，孟昶即位才 6 年，且孟昶的年龄才 22 岁。这仍然是一个合理的解释，并不是说必然如此。

　　《花间集》为何没有收录赵崇祚的作品，这从赵崇祚所任的官职可以找到原因。赵崇祚之前任过法官的职务，编辑《花间集》时的官职是卫尉少卿。可见，他可能不擅长写词，而之所以他能编《花间集》，可能是因为作为卫尉少卿，他和皇帝孟昶的关系很近很好。作为贴身警卫长官，他和皇帝关系近、关系好也完全可能。那么，帮助皇帝编辑一本歌舞饮宴时使用的歌词本子，他是有这个机会的，也有这个义务。只是，如果真是奉孟昶之命编辑，或者虽没有奉孟昶之命编辑但是是为孟昶编辑的，那么，欧阳炯作序时理应提到这一点。可是，欧阳炯的序未提到，这可真是怪事。

欧阳炯是《花间集》的作序者，可是他的词也只收了7调17首，而且不是后蜀国词人的第一个，而是第二个，还有，欧阳炯今存词有47首，却只收了17首。这可以解释为，《花间集》编成时，享年76岁的欧阳炯时年45岁，这时候欧阳炯只有这7调17首词。但是，这17首词竟然被置于两卷中，即卷四4首，卷五13首。数量收录少可以解释为欧阳炯当时只有17首，被置于后蜀国第二人及其作品置于两卷中，说明赵崇祚没有对欧阳炯有特别的照顾。

通过以上的分析，可以符合逻辑地得出这样的结论：《花间集》是后蜀国建国6年后在后蜀国主孟昶的鼓励下或者影响下（至少不反对），由后蜀国卫尉少卿赵崇祚编辑的一部供演唱用的常用歌词全集（而不是选集或选本）。其所收词人，以蜀地为主，兼及唐代和十国中蜀地之外的其他地区。

三　《花间集》题材和思想分析

《花间集》的题材、思想和其收录作者作品的原则有一定的关系。《花间集》收词主要供歌筵酒席间演唱使用，凡是赵崇祚认为便于演唱用或者演唱时很可能会用到的词，都收于其中。所以，《花间集》里的词的题材和思想并不是赵崇祚所能决定得了的，但是，赵崇祚对《花间集》的题材和思想能够施加一定的影响，因为他毕竟是编辑者，一首词的题材和思想为他所不喜欢，他就可能不收这首词，他也可以不收这首词。但是，赵崇祚卫尉少卿的职务使得人们对他的选择眼光不会十分相信，不要说他精于鉴赏了，他能不能把每首词的意思大致看懂，还是个问题。所以，《花间集》的题材和思想还得后人自己分析判断。

在分析判断《花间集》所收词的题材和思想之前，还有一个问题需要交代一下，那就是，题材和思想的关系。题材和思想紧密相关，但是，二者并不是同一个东西。题材更宽泛一些，而思想性要复杂得多。就是说，同样的题材，可以承载不同的思想。而同一个思想，可以在不同的题材上表现出来。题材和思想的这种不一致性使得本书有必要把题材和思想作为不同的内容来讨论，但是，思想性总是通过题材来表现这一基本事实又决定了本书不需要把题材和思想分开来讨论，而只需要以题材为纲，揭示其思想性就可以了。

综观《花间集》500首词，其主要题材和思想有以下几个方面。

第一，描述男女情事，是《花间集》的主要题材。这类题材有温庭筠全部66首词、皇甫松全部10首词、韦庄48首中的37首词、薛昭蕴19首中的

11 首词、牛峤 27 首中的 22 首词、张泌 27 首中的 23 首词、毛文锡 31 首中的 24 首词、顾夐 55 首中的 49 首词、孙光宪 60 首中的 37 首词、李珣 37 首中的 29 首词，共 10 人的 328 首词。

第二，咏史词。如韦庄《河传》三首之第一首（写隋炀帝乘船南游的事情）；薛昭蕴《浣溪沙》八首的第七首（写西施的故事），《小重山》第二首（写陈皇后失宠事）；牛峤《江城子》第二首（写越王宫殿的景色）；毛文锡《柳含烟》四首的第一首（写隋炀帝荒淫误国）；孙光宪《河传》四首的第一首、第二首（写隋炀帝开河南游事及逃到江南的人的歌舞升平的事情），《后庭花》二首（写陈后主事），《定西番》二首的第二首（写乌孙公主对汉朝的思念），《思越人》二首（皆写西施）。咏史词一共 12 首。

第三，写及第后的高兴心情。韦庄《喜迁莺》2 首、薛昭蕴《喜迁莺》3 首。写及第的词共 5 首。

第四，咏物词。牛峤《柳枝》五首的第四首、第五首；毛文锡《接贤宾》咏宝马，《纱窗恨》二首之二咏蝴蝶；孙光宪《玉蝴蝶》写蝴蝶，孙光宪《杨柳枝》4 首均写柳。咏物词共 9 首。

第五，写风土人情。孙光宪《风流子》三首之一写田家风光，《定西番》二首之一写边塞风光和生活，《八拍蛮》（孔雀）为南方风俗画，《竹枝》二首之一写南方风景和风土人情，《渔歌子》二首写渔家情怀和欢乐；李珣《渔歌子》四首写渔家美好风光和快乐生活以及处士隐居的快乐。《南乡子》十首之六写渔翁吃鲈鱼、睡美觉的自得生活。写风土人情的词共 11 首。

第六，抒怀词。有写及时行乐的，有写忆昔伤今的，有写看水思乡的。这类词数量不多，且容易与其他内容的词重合，所以这里就不举例了。

第七，其他类别。有写旅途醉客的，有写游子怀乡的，有写醉公子的优裕无聊生活的，有写边关男子的思乡和边关之苦，有写渡口践行的，有写向往京都胜景的，有写雪天垂帘饮酒的，有写寺庙祭祀的，有写贵公子醉酒而归的无聊生活的，有写边关征战的，有写月宫美酒而似有寄托的。这些类别的词数量均不多，而且写其他内容的词容易重合，所以这里也就不举例了。

四　《花间集》编纂上的成绩和缺陷

上面讨论《花间集》中的词在时代和地域上分布的时候涉及了《花间集》的选人选词问题，但是关于词人词作的排列问题涉及得太少，故在此专门讨论一下。

《花间集》分 10 卷，收词 500 首，则分配每卷词作的话，每卷应收 50 首。

赵崇祚确实是这么做的，但是也有例外，例如，第六卷收了51首，第九卷收了49首。

编辑《花间集》，首先要解决一个收录哪些词作者和这些词作者按什么顺序排列的问题。关于此问题，不论是编者赵崇祚还是作序者欧阳炯都没有哪怕是只言片语的交代，这就需要从《花间集》本身去分析了。

如前文所说，从各地域词人的词作数量所占比例而言，非蜀国词人之词占31.8%，前蜀国词人词占56.2%，后蜀国词人之词占12%。这就说明，赵崇祚并不是要编蜀国或者蜀地的歌词集，而只是要编一本歌词集，对词人的籍贯没有选择。至于为什么蜀国蜀地多至百分之68.2%，只能解释为他身在蜀地，所能收集到的自然就是蜀地词人较多。可以为此种推测作证的是，在前蜀国生活过的荆南1人孙光宪，都被收录于其中，而十国中其他7国词人皆未被收录，这就只能解释为赵崇祚没有看到，无法收录。

为什么收录到其中的是18人而不是更少也不是更多，收录更少当然是可以做到的，而当时可以收录的词人是不是只有这18人呢？可能只有这18人，也可能不止这18人，具体如何，今日已经无法知道了。那为什么赵崇祚只收录这18人呢？这很难有一个十分靠得住的答案。一个可能的、合理的解释是，具体收多少人，赵崇祚没有什么特别的打算，他只是就能够收集到的词进行编录，收到五百首的时候，恰好是18人，他就觉得差不多了。然后，就成了18人500首这个样子。就是说，具体收多少人的多少作品，编纂者赵崇祚预先没有什么概念和打算，他所做的，只是去收集歌词而已，能收多少是多少，最后取个整数，估计即使还有一流诗人的词，例如李白的词，他也不收了。当然这只是估计、只是推测而已，究竟如何，今日已无法知道了。

对这18人按什么顺序排列呢？如上所述，既不是严格按照国别排列，也不是严格按照生卒排列。不是严格按照国别排列，有二层含义，一层是说不按国别排列是可以的。二层是说，尽可能按照国别排列。检查一下这18人的排列次序，确实这样。不过，先说明一下，赵崇祚编辑排列时，没有提及18位词人的国别，这18位词人的国别系笔者的认定。这18位词人国别的排列大致是这样的：连起来排列的有唐唐、前蜀前蜀、后蜀后蜀。这说明，赵崇祚很可能有排列时尽可能把同一国词人连起来排列的打算。但是，第七人到第十二人的排列顺序是：前蜀、前蜀、后蜀、中原、前蜀、荆南的排列又表明了按国别排列是不严格的。上面还提到，《花间集》对词作者的排列也不是严格按照作者年龄排列的。这话当然也有两个含义。一个是尽可能照顾年龄的前后次序，一个是年龄的前后次序是不严格的。例如温庭筠、韦庄排在最前二位，前蜀国词人尽可能在后蜀国词人之前，这些应该是考虑到了年龄的关系，当然，同时也可能是考虑到了国别的关系。这说明编者排列各位作者的前后顺序时是考虑到了作者的年龄的。但是，唐代牛峤被排到第五人，也就是说被排到前蜀国韦庄和薛昭蕴之后，又说明按照年龄的排列也是不严格的。

再看同一个诗人的词是怎么排列的。这个问题如同该收多少作者的多少首词和这些作者的前后次序如何排列一样，编纂者赵崇祚和作序者欧阳炯也没有哪怕是只言片语的交代，还得从《花间集》本身去分析。

卷一50首：

温庭筠50首：

《菩萨蛮》14首、《更漏子》6首、《归国谣》2首、《酒泉子》4首、《定西番》3首、《杨柳枝》8首、《南歌子》7首、《河渎神》3首、《女冠子》2首、《玉蝴蝶》1首。

卷二50首：

温庭筠16首：

《清平乐》2首、《遐方怨》2首、《诉衷情》1首、《思帝乡》1首、《梦江南》2首、《河传》3首、《蕃女怨》2首、《荷叶盅》3首。

皇甫松12首：

《天仙子》2首、《浪淘沙》2首、《杨柳枝》2首、《摘得新》2首、《梦江南》2首、《采莲子》2首（笔者按：文渊阁四库全书本《花间集》将此调误为1首）。

韦庄22首：

《浣溪沙》5首、《菩萨蛮》5首、《归国遥》3首、《应天长》2首、《荷叶盅》2首、《清平乐》4首、《望远行》1首。

卷三50首：

韦庄26首（笔者按：文渊阁四库全书本《花间集》误为25首）：

《谒金门》2首、《江城子》2首、《何传》3首、《天仙子》5首、

《喜迁莺》2 首、《思帝乡》2 首、《诉衷情》2 首、《上行杯》2 首、《女冠子》2 首、《更漏子》1 首、《酒泉子》1 首、《木兰花》1 首、《小重山》1 首。

薛昭蕴 19 首：

《浣溪沙》8 首、《喜迁莺》3 首、《小重山》2 首、《离别难》1 首、《相见欢》1 首、《醉公子》1 首、《女冠子》2 首、《谒金门》1 首。

牛峤 5 首：

《柳枝》5 首。

卷四 50 首：
牛峤 27 首（笔者按：文渊阁四库全书本《花间集》误为 26 首）：

《女冠子》4 首、《梦江南》2 首、《感恩多》2 首、《应天长》2 首、《更漏子》3 首、《望江怨》1 首、《菩萨蛮》7 首、《酒泉子》1 首、《定西番》1 首、《玉楼春》1 首、《西溪子》1 首、《江城子》2 首。

张泌 23 首：

《浣溪沙》10 首、《临江仙》1 首、《女冠子》1 首、《河传》2 首、《酒泉子》2 首、《生查子》1 首、《思越人》1 首、《满宫花》1 首、《柳枝》1 首、《南歌子》3 首。

卷五 50 首：
张泌 4 首：

《江城子》2 首、《河渎神》1 首、《蝴蝶儿》1 首。

毛文锡 31 首：

《虞美人》2 首、《酒泉子》1 首、《喜迁莺》1 首、《赞成功》1 首、

《西溪子》1首、《中兴乐》1首、《更漏子》1首、《接贤宾》1首、《赞浦子》1首、《甘州遍》2首、《纱窗恨》2首、《柳含烟》4首、《醉花间》2首、《浣溪沙》2首、《月宫春》1首、《恋情深》2首、《诉衷情》2首、《应天长》1首、《河满子》1首、《巫山一段云》1首、《临江仙》1首。

牛希济11首：

《临江仙》7首、《酒泉子》1首、《生查子》1首、《中兴乐》1首、《谒金门》1首。

欧阳炯4首：

《浣溪沙》3首、《三字令》1首。

卷六51首：
欧阳炯13首：

《南乡子》8首、《献忠心》1首、《贺明朝》2首、《江城子》1首、《凤楼春》1首。

和凝20首：

《小重山》2首、《临江仙》2首、《菩萨蛮》1首、《山花子》2首、《河满子》2首、《薄命女》1首、《望梅花》1首、《天仙子》2首、《春光好》2首、《采桑子》1首、《柳枝》3首、《渔父》1首。

顾夐18首：

《虞美人》6首、《河传》3首、《甘州子》5首、《玉楼春》4首。

卷七50首：
顾夐37首：

《浣溪沙》8首、《酒泉子》7首、《杨柳枝》1首、《遐方怨》1首、《献忠心》1首、《应天长》1首、《诉衷情》2首、《荷叶杯》9首、《渔歌子》1首、《临江仙》3首、《醉公子》2首、《更漏子》1首。

孙光宪13首：

《浣溪沙》9首、《河传》4首。

卷八50首：
孙光宪48首（笔者按：文渊阁四库全书本《花间集》误为47首）：

《菩萨蛮》5首、《河渎神》2首、《虞美人》2首、《后庭花》2首、《生查子》3首、《临江仙》2首、《酒泉子》3首、《清平乐》2首、《更漏子》2首、《女冠子》2首、《风流子》3首、《定西番》2首、《河满子》1首、《玉蝴蝶》1首、《八拍蛮》1首、《柳枝》2首（笔者按：文渊阁四库全书本《花间集》将此调误为1首）、《思帝乡》1首、《上行盃》2首、《谒金门》1首、《思越人》2首、《杨柳枝》4首、《望梅花》1首、《渔歌子》2首。

魏承班2首：

《菩萨蛮》2首。

卷九49首：
魏承班13首：

《满宫花》1首、《木兰花》1首、《玉楼春》2首、《诉衷情》5首、《生查子》2首、《黄钟乐》1首、《渔歌子》1首。

鹿虔扆6首：

《临江仙》2首、《女冠子》2首、《思越人》1首、《虞美人》1首。

阎选8首：

《虞美人》2 首、《临江仙》2 首、《浣溪沙》1 首、《八拍蛮》2 首、《河传》1 首。

尹鹗 6 首：

《临江仙》2 首、《满宫花》1 首、《杏园芳》1 首、《醉公子》1 首、《菩萨蛮》1 首。

毛熙震 16 首：

《浣溪沙》7 首、《临江仙》2 首、《更漏子》2 首、《女冠子》2 首、《清平乐》1 首、《南歌子》2 首。

卷十 50 首：
毛熙震 13 首：

《河满子》2 首、《小重山》1 首、《定西番》1 首、《木兰花》1 首、《后庭花》3 首、《酒泉子》2 首、《菩萨蛮》3 首。

李珣 37 首：

《浣溪沙》4 首、《渔歌子》4 首、《巫山一段云》2 首、《临江仙》2 首、《南乡子》10 首、《女冠子》2 首、《酒泉子》4 首、《望远行》2 首、《菩萨蛮》3 首、《西溪子》1 首、《虞美人》1 首、《河传》2 首。

从以上统计看，《花间集》收词 50 首的卷第有卷之 1、2、3、4、5、7、8、10，共 8 卷；收词 49 首的有 1 卷，即卷九；收词 51 首的有 1 卷，即卷六。整部书一共有 500 首。

《花间集》的编辑顺序甚为奇怪：

第一，不同作者，前后如何安排，以年齿、以国别、以词数、以词调数，究竟是哪一个。现在看来，都不是。

第二，同一个作者的词，以何为先后顺序。现在看不出来任何顺序。

第三，有什么必要非把同一个人的词分到 2 卷不可。从这种做法看的话，人的前后排序应该是有严格规则的，因为只有不同作者的排序有严格的规则而每卷所收词数量相等的情况下，才会出现把一个作者的词分到不同卷的情况。

第四，为何卷六非有 51 首不可，为何不能将该卷顾夐末 9 首词（《甘州子》5 首和《玉楼春》4 首）与下卷开头的 8 首词（即顾夐的《浣溪沙》8 首）对调。从这种做法看的话，词牌的先后编排也是有严格规则的。

第五，温庭筠词，《菩萨蛮》在《更漏子》之前，而牛峤词，《更漏子》在《菩萨蛮》之前。可见，词牌的先后顺序并没有严格的规则。

第六，整部书是按照一首词篇幅的长短编排的吗？可是，就温庭筠词来说，先是《菩萨蛮》14 首，每首 44 字；接着是《更漏子》6 首，每首 46 字；再接着是《归国谣》2 首，每首 42 字。可见，整部书没有按照词的篇幅长短排列。

第七，是按照每个词人收词的多少排列的吗？第一人温庭筠有 66 首词、第二人皇甫松有 12 首词，第三人韦庄有 48 首词。可见，整部书又没有按照所收词人词的多少排列。

第八，是按照作者的官职大小排列的吗？和凝为五代宰相，可是排在第十人，前后皆有比和凝官职高和官职低的作者。可见，整部书所收词又没有按照作者官职高低排列。

第九，是为了编排好以后，每卷多寡看起来整齐，所以每卷 50 首，10 卷共 500 首吗？可是，10 卷中，为什么卷六有 51 首而卷九是 49 首呢？可见，就连 10 卷中每卷收 50 首 10 卷共收 500 首这个最低的要求也没有达到。

从以上 9 点分析来看，赵崇祚编纂《花间集》时，没有遵循任何标准，十分随意。从常理上估计，他可能只是依据当时传唱、使用的频率，把最受喜欢的词放在最前面，而这条标准又不严格，例如最受欢迎的李白的词，就没有收。现在能看得出来的唯一一个标准，就是为了求得编成后多寡看起来比较美观，所以每卷 50 首。可是，即使这个最低的标准，赵崇祚仍然没有严格遵守。总之，《花间集》收词应当是有眼光的，可是，编纂体例十分混乱，几乎没有遵循任何标准。如果要说赵崇祚编纂的成绩，那就是把当时许多（500 首）受欢迎的词保存下来了。其缺点是，体例十分混乱或者几乎没有任何体例，十分随意。当然，也不能说《花间集》排列诗人顺序和排列词的顺序完全没有规律。例如，每个作者的作品编在一起，即使不在一卷也是所在的两卷相连，而且同一个作者的作品连在一起；又例如，每人每个词调下的词排列在一起。这两个规律是没有例外的。这两个规律可以用一个理由来解释，那就是为了整齐。

以上就是对《花间集》编纂情况的分析及其结论。

五　《花间集》的性质和评价

从以上题材和内容看，《花间集》是一部于歌筵酒席间写给姑娘们唱的词的集子，其主要内容是女子的容貌和男女间的情事。这是从题材和内容分析出来的评价。那么，940年此书编成时的人是怎么想的呢？且看欧阳炯的说法。

欧阳炯序云：

> 镂玉雕琼，拟化工而迥巧；裁花剪叶，夺春艳以争鲜。是以唱云谣则金母词清，挹霞醴则穆王心醉。名高白雪，声声而自合鸾歌；响遏行云，字字而偏谐凤律。杨柳大堤之句，乐府相传；芙蓉曲渚之篇，豪家自制。莫不争高门下，三千珍瑁之簪；竞富樽前，数十珊瑚之树。则有绮筵公子，绣幌佳人。递叶叶之花笺，文抽丽锦；举纤纤之玉指，拍按香檀。不无清绝之辞，用助妖娆之态。自南朝之宫体，扇百里之娼风。何止言之不文，所谓秀而不实。有唐以降，率土之滨。家家之香径春风，宁寻越艳；处处之红楼夜月，自锁嫦娥。在明皇朝则有李太白应制《清平乐》词四首，近代温飞卿复有《金荃集》。迩来作者，无愧前人。今卫尉少卿赵崇祚，以拾翠洲边，自得羽毛之异；织绡泉底，独殊机杼之功。广会众宾，时延佳论。因集近来诗客曲子词五百首，分为十卷。以迥粗预知音，辱请命题，仍为序引。昔郢人有歌阳春者，号为绝唱，乃命之为《花间集》。庶以阳春之曲，将使西园英哲，用资羽盖之欢；南国婵娟，休唱莲舟之引。时大蜀广政三年（940）夏四月日欧阳炯序。①

这篇序文因为用骈体行文，影响了表达的具体详尽和明白流畅，也给读者的理解造成了困难，以至于对其内容和含义的解说众说纷纭，莫衷一是。其内容应该是这样的："镂玉雕琼，拟化工而迥巧；裁花剪叶，夺春艳以争鲜"是说歌词制作时辞藻上的雕琢之功；"是以唱云谣则金母词清"到"数十珊瑚之树"是说所作歌词取得的效果。"则有绮筵公子"到"用助妖娆之态"是说公子佳人唱歌时的情态。"自南朝之宫体，扇百里之娼风。何止言之不文，所谓秀而不实"的说法确实莫名其妙。似乎欧阳炯对南朝宫体诗之前的歌词都是赞美的，唯独对南朝可以演唱的宫体诗持贬斥态度。从"在明皇朝"一句到"迩来作者，无愧前人"这几句看，欧阳炯显然是肯定李白的《清平乐》词，

---

① （后蜀）赵崇祚编：《花间集》，丛书集成初编本（即光绪时徐乃昌据宋绍兴本重刻之影印本），卷首。

也肯定温庭筠的词，还肯定像李白、温庭筠一样写词的当时的词人。又，因为《花间集》收录了温庭筠词，欧阳炯认为《花间集》收集的是"近来"的作品，也就是"迩来"的作品，所以，温庭筠词也是"迩来"的作家。可见，"迩来作者，无愧前人"的"迩来作者"是应该包含温庭筠的，那就是说，"近代温飞卿复有《金荃集》"一句最好是删除，至少也应该放在"迩来作者，无愧前人"之后。"今卫尉少卿赵崇祚"，相当于皇宫侍卫队副队长赵崇祚，赵崇祚这个身份需要特别注意。出任"皇宫侍卫队副队长"并不能说明赵崇祚对词一无所知（当然也不能说担任这个职务说明他对词十分精通），但是，可以知道他经常出入皇宫，有机会参与皇帝的饮宴歌舞。"以拾翠洲边，自得羽毛之异"是说赵崇祚有编辑《花间集》的条件，这里当然指客观条件，应该是指赵崇祚有参加皇帝饮宴歌舞的机会，所以有条件把所用的歌词编辑起来。"织绡泉底，独殊机杼之功"是说赵崇祚编辑时费了很大的气力且编得比较精巧。"广会众宾，时延佳论"是说赵崇祚编辑时听取了不少人的好建议好意见。"因集近来诗客曲子词五百首，分为十卷"是说在听取了大家的意见后，赵崇祚收集了近来的诗客曲子词五百首，并且分为十卷。欧阳炯这篇序没有交代为何是五百首而不是更多或者更少，分为十卷的标准又是什么。"以迥粗预知音，辱请命题，仍为序引"，"粗预知音"这四个字在结构上有点奇怪，不知道为何不说"粗知音律"或"粗预音律"，这个不去深究了。这句话的意思是说赵崇祚让他欧阳炯做两件事情：一是给书起个名字。二是给书做个序言。"昔郢人有歌阳春者，号为绝唱，乃命之为《花间集》。"上半句"昔郢人有歌阳春者，号为绝唱"和下半句"乃命之为《花间集》"显然连不起来，肯定是有缺漏，也可能欧阳炯当时写成的就是这样，那说明欧阳炯一时不慎，写了个语意不明的残缺句子。从"阳春"与"花间"语义上的关系看，赵崇祚想说的可能是，以前郢地有个人唱了一首叫《阳春》的歌，被人评为绝唱，今天这本歌词集，也堪称绝唱，按理也该叫《阳春集》才是，可是，为了避免重复，需要换个名字。阳春三月，什么最耀眼最有名呢？当然是鲜花了，但是叫鲜花显然太俗气，就像《阳春》叫《春天》一样俗气，所以，起名为《花间集》。从思路上看，这样讲是通顺的，只是不知道欧阳炯是不是这么想的。只能存疑。"庶以阳春之曲，将使西园英哲，用资羽盖之欢；南国婵娟，休唱莲舟之引。"其中，"庶以阳春之曲"这一句后显然也有脱漏，而且脱漏较多，就是说，这"庶以阳春之曲"只是半个句子的一半，依据语义的连贯性，完整的句子应当是"庶以阳春之曲，人人皆知；花间之集，个个共赏"。这样，以下的"将使西园英哲，用资羽盖之欢；南国婵娟，休唱莲舟之引"在语义上就完整、贯通了。提醒一下，笔者认为，说阳春，是说曲调高；说花间，是说歌词美。这样，欧阳炯想表达的意思很可能是"庶以阳春之甲，贤俊皆知；花间之胜，佳人共赏"。

这篇序引带标点符号四百余字，绝对地看，字数是很少的。可是，从所谈的有效的内容看，又太长了。就是说，该序引基本上文不对题。赵崇祚本来是让欧阳炯给书起个名字并写篇序引。那么，欧阳炯就应该说名字是啥，并说明一下名字的由来。可是，在这件事情上，语有脱文，其义只能猜测。写序引，考虑到这本书是歌词集，那欧阳炯就应该交代一下歌词的源流和这本歌词集的优点和缺点以及这本歌词集的用途。该序引对歌词源流的交代淹没在骈体华丽的辞藻中，让人很难看清头绪。"无愧前人"可以说就是对这本歌词集的优点的交代，缺点未提及，这个可以理解。这篇序引最有用、最明白的是对这本歌词集用途的交代："将使西园英哲，用资羽盖之欢；南国婵娟，休唱莲舟之引。"就是说，该集是由诗人写作而给达官贵族门下的美女演唱时用的歌词集。

给达官贵族门下的美女演唱时用的、由诗人制作的歌词集就是《花间集》的性质，也是这篇序引陈述诸多问题时说得最明确的一点。至于有人关于这篇序引表明了欧阳炯诸如崇雅黜艳或者崇雅黜俗词学观的说法，其实都是站不住脚的。首先，从序引里真的看不出来欧阳炯这样的词学观，能对这个序引所表明的欧阳炯的词学观产生争议，正好证明欧阳炯即使有词学观，也是不明确的或者含混不清的。其次，《花间集》虽然是诗人写的，而不是教坊乐工写的，也不是民间艺人写的，但是，要说《花间集》是雅的，那是根本不通的。要说雅，唐五代诗人们写的诗才是雅的，就雅的程度而言，《花间集》中的词根本无法与这些诗人的诗相比。给一部偏离"雅"很远的歌词集作序，来提出和推广自己的雅的词学观，起码是找错了地方，或者用错了材料。给这部歌词集写序来崇雅，那就要否定、至少是批评这部歌词集了。赵崇祚来找欧阳炯给自己所编的歌词集写序，虽然可能有请欧阳炯指出错误和缺点的意图，但是，主要意图肯定不是这样的。欧阳炯要从整体上否定或者主要倾向是批评这部歌词集，他当然可以写一篇文章来做这件事，但是，肯定不会以给这部歌词集作序的方式来批评这部歌词集。

《花间集》是由赵崇祚编辑的，编辑完成后赵崇祚请欧阳炯给歌词集命名并作序。欧阳炯写的序言回顾了歌词的作法、效果、使用情况、其不好的作品存在的问题、唐五代歌词的成绩、赵崇祚的编辑之功、命名为《花间集》的由来、《花间集》的作用这些问题。全篇序引仅仅"自南朝之宫体，扇百里之娟风。何止言之不文，所谓秀而不实"可以看出他的审美倾向，而且这个审美倾向未必是他自己的创新，而更可能是前代及当时人普遍的看法。除此之外，其他文字都是客观陈述事实。所以，这篇序引不能表现欧阳炯的什么审美倾向，也看不出他崇雅黜艳或黜俗的文艺思想。另外，欧阳炯序引中的评价未必能和《花间集》完全吻合，有点出入是正常的。最后补说一下，欧阳炯《花间集序》中的"自南朝文宫体扇百里之娟风。何止吉之不文，所谓秀而不实"这几句话流露的完全是褒扬和称赞之情，无丝豪贬低和批评之意。这一点，容笔者另撰文章讨论，此处不赘。

　　总之，《花间集》就是一部供演唱用的歌词集。

第二节　后蜀国毛文锡的文学创作

　　毛文锡，字平珪，高阳（今属河北）人，唐太仆卿毛龟范之子。年十四，登进士第，可能曾出仕于唐，后来流寓成都，出仕于前蜀国开国君主王建时代，官中书舍人、翰林学士，与前蜀国诗僧贯休有诗歌唱和。前蜀国王建永平三年（913），因得罪前蜀太子王元膺而被贬官，王元膺被杀后，毛文锡复官。永平四年（914）又为礼部尚书、判枢密院事。这时候，有人劝王建决堤以水灌江陵来打败荆南国主高季昌。毛文锡对王建说："高季昌不服，其民何罪。陛下方以德怀天下，忍以邻国之民为鱼鳖食乎？"王建乃止。王建通正元年（916），毛文锡兼任文思殿大学士，进位司徒。王建天汉元年（917）八月，贬官茂州司马。① 其后事迹不详，陈振孙《直斋书录解题》卷五云毛文锡"入蜀仕王建，至判枢密院，随衍入洛而卒"②。则毛文锡显然未尝出仕后蜀国。可是，宋仁宗时人张唐英《蜀梼杌》提到，毛文锡随前蜀后主王衍降后唐，不久又出仕于后蜀国，与欧阳炯等五人以小词为后蜀国后主孟昶所赏识。可能正是因此，《十国春秋》卷四一《毛文锡传》云："复事孟氏，与欧阳炯等五人以小辞为后蜀主所赏。"③ 卷五六《鹿虔扆传》云："与欧阳炯、韩琮、阎选、毛文锡等以小词供奉后主，时人忌之者，号曰'五鬼'。"④ 可见，把毛文锡视为后蜀国人，也是有依据的。从经历看，毛文锡的一生，少年得志，此后

---

① 陈尚君：《唐代文学丛考》，中国社会科学出版社1997年版，第383—386页。

② （宋）陈振孙著，徐小蛮、顾美华点校：《直斋书录解题》（22卷），上海古籍出版社1987年版，卷5，第137页。

③ （清）吴任臣撰，徐敏霞、周莹点校：《十国春秋》（116卷）（全4册），中华书局1983年版，第4册，卷41，第609页。

④ （清）吴任臣撰，徐敏霞、周莹点校：《十国春秋》（116卷）（全4册），中华书局1983年版，第4册，卷56，第815页。

仕途仅有小波折，总体上一直顺利。

　　毛文锡今存词32首，其中《花间集》收21调31首，《尊前集》收《巫山一段云》（貌掩巫山色）1首。他的词象《花间集》中的其他词人一样，主要是代人言情叙事，从不写自己的经历和感情。但是，代人言情叙事，毛文锡依然能写出自己的特色和个性。以下举例说明。

　　先看《花间集》卷五所收毛文锡31首词中的第一首。

虞美人（二首之一）

　　鸳鸯对浴银塘暖，水面蒲梢短。垂杨低拂麹尘波，鲛丝结网露珠多，滴圆荷。　遥思桃叶吴江碧，便是天河隔。锦麟红鬣影沉沉，相思空有梦相寻，意难任。①

　　先解释一下词义。银塘，指塘里的水清澈明净，如银子似的。麹尘波，指水面波纹很小很细，就像麦子磨好后的麸皮似的。北宋郭茂倩《乐府诗集》卷四五先引《古今乐录》曰："《桃叶歌》者，晋王子敬之所作也。桃叶，子敬妾名，缘于笃爱，所以歌之"。后录王献之《桃叶歌》曰："桃叶复桃叶，渡江不用楫。但渡无所苦，我自来迎接（一作'我自迎接汝'）。"② 后来，人们称此渡口为桃叶渡，称此歌为桃叶歌。因为这个渡口在古吴地秦淮河畔，所以，该词说"遥思桃叶吴江碧"。"天河"，当然指牛郎织女的故事。"锦麟红鬣影沉沉"，是说那么好看的鱼连影子都没有了，这里可以认为这"鱼"指情人的书信，也可以指情人。"意难任"，任：承受。"意难任"，就是情思难以承受得了。

　　上阕描摹一种静谧、温馨、美妙的境界。下阕通过典故来抒写主人公的情思。即使抛开词中提到的"鸳鸯"、"银塘"、"水面"、"蒲梢"、"鲛丝"、"露珠"、"圆荷"这些词汇或者意象不论，也能看出这首词中主人公相思之情的深沉和辛苦，因为"遥思桃叶吴江碧，便是天河隔"、"相思空有梦相寻，意难任"写了两人被空间距离阻隔的境况以及心理上翻越阻隔、梦想相聚的愿望。上阕"鸳鸯"、"银塘"诸多词汇或者意象显得繁复、细腻，营造了一种男女恋人共同熟悉的场景，也暗示着主人公对相思情景的难以抛弃，从而

---

　　① 曾昭岷、曹济平、王兆鹏、刘尊明编撰：《全唐五代词》（全2册），中华书局1999年版，正编卷3，第529页。

　　② （宋）郭茂倩编撰，聂世美、仓阳卿校点：《乐府诗集》（100卷），上海古籍出版社1998年版，卷45，第517页。

渲染了其情感上的苦难。这种苦难，在词人笔下，当然是杜撰的，或者说是代别人拟写的，目的在于描摹一个女子情愫的丰富和深沉。但是，这种情愫绝不止于仅为某一个女子所拥有，而反映了天下无数女子甚至男子在内的人的情愫。所以，此词与古代其他词一样，实际上反映了所有人的情愫，从而使此词有了普遍性。最后强调一下，尽管此词在写景抒情上都算不上有多么出色，但是，切不可认为此词内容空虚乏味、感情平庸空泛，恰恰相反，此词通过繁复琐碎的意象暗示主人公的情感十分丰富、密实、缠绵。鸳鸯对浴于矮小的蒲草之梢中，让他或者她，倍感温暖，无法不情动于中；垂杨依恋着水波，一如他依恋着情人，其柔肠曲折如蛛丝，爱情也让他或者她，感到十分踏实，就像那饱满而充盈的露珠滴在圆荷上一样，这种情感真是充盈、饱满、张力十足。

《虞美人》（鸳鸯对浴银塘暖）所写"相思空有梦相寻，意难任"的女性难以抑制相思之苦，可是，好歹她还可以梦见爱人，在梦中极尽欢恋。现实生活中，有的女性感受深刻的，倒不是梦中的甜蜜相会，而是难以入梦的刻骨相思。这样的事情，毛文锡注意到了吗？注意到了，也写到了，请看他的《更漏子》（春夜阑）：

更漏子

　　春夜阑，春恨切，花外子规啼月。人不见，梦难凭，红纱一点灯。
偏怨别，是芳节，庭下丁香千结。宵雾散，晓霞辉，梁间双燕飞。①

不论是从生理还是心理的角度而言，人这种感情动物与其他动物都有一个很大的不同，其他动物的寻偶冲动总有着很强的季节性，而人就不是这样。通俗点说，动物有个发情期，而人就没有发情期，或者说人一年四季都在发情。可是，不知什么缘故，在古人的笔下，人的相思之情有着很强的季节偏爱。比较典型的就是后蜀韦縠《才调集》卷八所选王昌龄的《闺怨》："闺中少妇不知愁，春日凝妆上翠楼。忽见陌头杨柳色，悔教夫婿觅封侯。"（《全唐诗》卷一四三）王昌龄之前，诗人们写相思之诗无意流露相思季节倾向性的诗歌不少，以后就更多了。毛文锡这首《更漏子》就是如此。请看，春夜深的时候，春恨就急迫了。注意，这里的切，就是急迫的意思。不是说，平常没有春恨，而是到了春天就切了。离人不远的地方，有子规鸟半夜于月光下啼叫不休。这里的子规，完全可以看成是思妇的化身。同时，子规啼血的现象，可以理解为

_____

① 曾昭岷、曹济平、王兆鹏、刘尊明编撰：《全唐五代词》（全2册），中华书局1999年版，正编卷3，第532页。

是思妇内心在流血。子规之恨为思妇之恨，子规之血为思妇之血，子规之哀为思妇之哀。这里，子规和思妇互为表里。多数情况下，思妇会这样安慰自己：现实中无法相聚，那就在梦里相聚吧。可是，梦境相遇，最终是靠不住的，往往会于梦回时分，点孤灯伴眠。"红纱一点灯"，以灯之豪华，写出思妇为有钱人家之思妇，同时也暗示思妇情思之美好和可贵一如红纱一样。可见，上阕写思妇通宵挑灯念远人的孤苦心情。

所谓"偏怨别，是芳节"，就是说，花越是好，月越是圆，草越是绿，风越是柔，鸟啼越是动听，蝶舞越是优美，我越是思念你啊，我越是思念得苦啊，我思念的苦越是说不完啊。这个意思显然比上阕开头"春夜阑，春恨切"范围上有所延展（上阕只说夜晚，本阕说整个季节），程度上有所加深（上阕只说"春恨"很"切"了，就是很急迫了，本阕说"怨别"已经到了"偏"的程度了，"偏"就是极端、极限，就是"最"的意思）。范围的延展让愁思更大更多了，程度的加深让愁思更浓更苦了。但是，这还不是最大最多，还不是最浓最苦。最大最多、最浓最苦的是，风景最美丽的季节，情思最缠绵的时候，爱欲最炽热的刹那，我却不能说，不知道给谁说，不知道怎样说，甚至不知道该说还是不该说，甚至不敢给人说我想说，甚至……子规鸟尚且可以对月啼叫，见花悲鸣，一把鼻涕一把泪，不对，一声诉说一口血地喋喋不休，凭什么我就得像庭院里的丁香花一样明明已经愁肠百结、千结、万结和不知道多少个结了，还必须装出若无其事的样子，还必须强颜欢笑，给人说："我很好，我吃得好，我喝得好，我睡得好，我一切都好……"事实上，我一夜无眠，一夜看雾，一夜盼天亮，我眼看着潮湿的宵雾悄然散去，我眼看着迷人的朝霞猝然降临，我挥手拂去了昨夜的相思之苦，正准备换种心情，迎接新的一天的时候，双燕从梁间而起，展翅而飞，她们像我一样来迎接晨风，迎接朝霞，迎接新的一天，与我不同的是，昨晚她们双宿双眠，今天出来仍是一对，而我必须在形单影只了一晚上后，还必须形影相吊一整天……当然，你如果把这双飞的梁间燕看作一种象喻，就是说，这出双入对、比翼齐飞的，未必就一定是燕子，也可以是一男一女的情侣，这才真的让思妇伤感、心惊、难堪呢。这样想，就更能领会这首词下阕的用意了。可见，下阕写思妇天亮更慕梁间燕的尴尬处境。

毛文锡这首《更漏子》（春夜阑）通过对比思妇孤宿难眠的辛苦和独行无偶的难堪，把思妇的辛苦生活描摹得细致、全面和感人，因而得到了后代学者的不少称赞。陈廷焯《云韶集》卷一曰："'红纱一点灯'真妙，我读之不知何故，只是瞪目呆望，不觉失声一哭。我知普天下世人读之，亦无不瞪目呆望失声一哭也。"① 陈廷焯这话当然有点夸张（因为就有人读到"红纱一点灯"而不会哭，甚至没有哭的冲动），但起码陈廷焯认为他自己应该失声一哭。这足够说明此词言情的魅力了。《栩庄漫记》也说："文锡词质直寡味，如此首之婉而多怨，绝不概见，应为其压卷之作。"② 此评显然有值得商榷的地方，但是，对该词"婉而多怨"的点评倒令人信服。由此看来，说《花间集》只会堆砌，全是脂粉气的观点是值得商榷的。因为至少毛文锡这首《更漏子》（春夜阑）就既有真实感人的"怨"，又有可触可摸的"婉"。

怨而且婉，使《更漏子》（春夜阑）不仅成为毛文锡的压卷之作，也成为《花间集》的争光之词。可是，这种又怨又婉的词在《花间集》中屡见不鲜，《花间集》能够蜚声诗坛达千年之久，也不是仅仅靠哪几首争光的词做到这一点的。换句话说，毛文锡的《更漏子》（春夜阑）尽管水平不俗，但毛文锡作为词人要被后人记住，还得靠新鲜的东西。这种新鲜的东西，就是毛文锡《甘州遍》所写的战争场面：

甘州遍

秋风紧，平碛雁行低。阵云齐，萧萧飒飒。边声四起，愁闻戍角与征鼙。　青塚北，黑山西。沙飞聚散无定，往往路人迷。铁衣冷，战马血沾蹄，破蕃奚。凤凰诏下，步步蹑丹梯。③

这是《花间集》所收毛文锡词 31 首的第 12 首。

平碛，指一望无际的沙漠。阵云齐，指云层低压，布满天边。边声，指边关号角、战鼓、马叫、风吼等发出的声音。青塚，指王昭君墓，在今内蒙古呼和浩特市南 20 余里。黑山，又名杀虎山，在今内蒙古和林格尔以北。蕃奚，指西北和北方的少数民族。凤凰诏，指天子的文告，因为古代皇帝的命令由中书省颁发，中书省在禁苑中的凤凰池处，故称凤凰诏，又称凤诏。丹梯，又称丹墀，指皇宫的台阶。古代皇宫大殿的台阶以红色涂饰，故称。

战争场面和战争事件的描写多出现于唐五代的诗歌中，以词来表现者极为少见，毛文锡此词可以说填写了这个空白，仅仅从这个角度而言，此词就弥足珍贵。何况，即使置此词于后来众多的描写战争题材的词中，其水平仍然不可

----

① 史双元编著：《唐五代词纪事会评》，黄山书社 1995 年版，第 820 页。

② 李庆苏、李庆淦编著：《李冰若栩庄漫记笺注》，中国文联出版社 2009 年版，第 70 页。

③ 曾昭岷、曹济平、王兆鹏、刘尊明编撰：《全唐五代词》（全 2 册），中华书局 1999 年版，正编卷 3，第 534 页。

小觑。且不说此词最后"凤皇诏下，步步蹑丹梯"所表现的将士的乐观精神，仅仅场面的开阔与层次的有序就让人过目难忘。阴气森森的秋风一阵紧过一阵，一望无际的沙漠上，哀鸣的大雁低回盘旋，与天空中黑压压的阵云一同渲染萧萧飒飒的压抑之感。戍卒的号角声声，冲锋的鼓声阵阵，这种声音真让人不愿听到，因为与此伴随的必然是将士生命的丧失和身体的伤害。如果说以秋风、雁行、阵云、边声、戍角、鼙鼓等物象营造战争场面这种手法，后世词人也能做到，故没什么了不起的话，那么，作者这里用愁闻边声、愁闻戍角、愁闻征鼙来表现他悲天悯人的情怀就十分难得了。作者没有陶醉于描写战争酷烈的出色技艺中，没有以征战的艰苦来赞扬将士的英勇，没有以场面的恢宏来表现战争的美感，更没有赞美边疆异域的美丽风光。在他的笔下，边关就是恶的、丑的、苦的，所以是令人愁肠百结的。尽管这里作者并没有明言他对战争的厌恶、对士兵的同情，但是，读者从他对边关风光的感受还是看出了他对战争的态度，对生命的体恤。他没有陷入一般作家赞美将士英勇精神的俗套和泥淖中。

"青塚北，黑山西。沙飞聚散无定，往往路人迷。"作者的意思是：你看，征战的地点不是青塚北，就是黑山西，永远都在这些地方，多少代、多少年的争战，死了无数的将官和士卒，可是，战争本身永远没有结束。作者虽然没有进一步推论说：既然如此，为何不能结束战争呢？但是，他的描写却能让细心的读者自己做出这种结论。沙飞之时，往往标志着战尘又起，战尘的漂移不定，往往是厮杀延续的反映，这让观看者或者后来考察战争的人内心充满迷惘和苦闷。"往往路人迷"既可以解释为旅行者在此迷路，更好的解释是，面对以往的厮杀、眼前的厮杀和即将到来的厮杀，作为观者的旅人内心深处充满了困惑和迷惘：为什么要厮杀？厮杀是为了什么？厮杀到何时结束？何时结束厮杀？"铁衣冷，战马血沾蹄，破蕃奚。"一方面写人马的劳累、困乏和受到的伤害，一方面报告其胜利的消息。比较理想的情况是，虽然征卒和战马都付出了血的代价，甚至生命的代价，但是，好歹还赢得了战争的胜利。那比较不理想的情况呢？可能就是士卒和战马死伤累累，胜利仍然遥遥无期，甚至失败了。这不理想的情况虽然作者没说，但是，读者却可以凭常识猜测得出。因为"破蕃奚"的情况并不一直是这样，"破于蕃奚"的情况也不少见。作者这里只举出前一种情况，也可能是叙述事实，也可能是作者对战士们的美好祝福。"凤皇诏下，步步蹑丹梯。"这就写到凯旋了，胜利后，主将来到皇宫，一步一步地登上面见皇帝的大殿，接受赏赐。这当然是隆重和荣耀的时刻。可是这样的荣耀是无数将士、战马的鲜血和生命换来的，何况，死了的将士姑且不论，即使那些幸存的将士，能够登上皇宫大殿面见皇帝的能有几人呢？

毛文锡这首词，能够把笔触转向辽阔的沙场和征战的将士，已经是可贵的了，已经在词的发展史上举起了拓荒的锄头，这是他对词这种体裁的贡献；"愁闻戍角与征鼙"、"往往路人迷"更跳出了歌颂战士英勇献身精神的俗套，表现了他悲天悯人的情怀，这在古代作家中达到了相当的高度，这是此词思想性的贡献。从这二层意义上看，毛文锡《甘州遍》（秋风紧）是晚唐五代时期一首成就卓越的词，可惜的是，后世的学者对此习焉不察，真让人有明珠投暗之叹。

与《甘州遍》（秋风紧）这首在题材和思想上皆有创新但被词家忽略的词相比，毛文锡的《醉花间》二首词就幸运多了。这二首词不仅得到多位词家称赞，更有人认为"昨夜雨霏霏"数语，简直是毛文锡所有词的精华所在。现在就看看这二首词都写了些什么：

醉花间（其一）

休相问，怕相问，相问还添恨。春水满塘生，鸂鶒还相趁。　　昨夜雨霏霏，临明寒一阵。偏忆戍楼人，久绝边庭信。

醉花间（其二）

深相忆，莫相忆，相忆情难极。银汉是红墙，一带遥相隔。　　金盘珠露滴，两岸榆花白。风摇玉珮清，今夕为何夕。①

先解释一下字词。相问，就是问，相，表示一方对另一方的关系，不是互相的意思。相趁，相互追逐嬉闹。雨霏霏，即雨纷纷。寒一阵，即寒一阵阵。偏忆，即最思。玉佩清，即玉佩的声音清脆响亮。戍楼人，指守卫边防城楼的将士，泛指征戍的将士。今夕为何夕，北宋郭茂倩《乐府诗集》卷八三《越人歌》曰："今夕何夕兮，搴洲中流。今日何日兮，得与王子同舟。"② 这里用"今夕为何夕"表明他或者她的喜悦之情。

反复提醒自己不要探问、不敢探问，正是表示自己急欲探问。为何要如此？原因是知道自己探问只会添加更多的愁恨。何以有此经验？当然是自己已经探问过许多次了，或者早已知道这个常识了。春水满塘生，既表明春天来到，又以满塘的春水象征着自己胸中满溢的青春的思绪。水鸟在水中成双成对

---

① 曾昭岷、曹济平、王兆鹏、刘尊明编撰：《全唐五代词》（全 2 册），中华书局 1999 年版，正编卷 3，第 536 页。

② （宋）郭茂倩编撰，聂世美、仓阳卿校点：《乐府诗集》（100 卷），上海古籍出版社 1998 年版，卷 83，第 887 页。

地嬉戏打闹，把春天的气息渲染得更为充盈。昨夜一场雨，不但打落了一些花花草草，而且让人倍增凉意。这时候，主人公最担心的，是远方戍守边关的男子，因为好久都没有收到他的信了。这是第一首的意境。

时常深深思念，一边思念还一边告诉自己，不要思念了，因为再思念都没有个头。一截矮矮的红墙，就像一条带子一样，就能把两个相爱的人儿隔开。身处王宫或侯门的男子一定在注视着和谛听着金盘里缓缓滴下的珠露，而留守故乡农村的女子只能看着两岸榆钱白花花地飘落。这时候，玉佩因风而响，因风而清，因风而冷，提醒女子，今天是多好的日子啊，可是，你我还是不能见面。显然，这首词写的是地位悬殊的两人之间相思的苦难或者外力所迫导致的夫妻分离的相思苦难。

这二首词是《花间集》所收毛文锡 31 首词的第 19 首、第 20 首，也是毛文锡极受称誉的二首词。例如，况周颐《餐樱庑词话》云：“《花间集》毛文锡三十一首，余只喜其《醉花间》后段‘昨夜雨霏霏’数语。”① 俞陛云《唐五代两宋词选释》之《五代词选释》云：“人苦独居，不及相趁之鹭鸶，而晓来雨过，忽念征人远戍，寒到君边，虽言‘休相问’，安能不问？越抛开，越是缠绵耳。”② 第二首词上阕的写法被汤显祖评为“创语奇隽，不同凡调”③。所谓“创语奇隽”就是指这二首词开头皆用了自我劝止而难以止的手法。陈廷焯《白雨斋词话》说第二首“结笔尤胜上章”④，也许正是看出了主人公在与情人相会中幸福到癫狂、癫狂到不能自禁的状态。

总之，毛文锡的《甘州遍》（秋风紧）在题材和思想上的双重拓展说明了毛文锡写词具有创新的眼光和才能。这种眼光和才能即使施加于花间词人惯常描写的男欢女爱，都能婉而多怨，怨而多姿，姿有不俗，而且他笔下不少人物形象的塑造都能有此特色，例如梦中欢恋的思妇是，彻夜相思的思妇是，牵挂边庭的思妇是，对自己的爱人可望而不可即的思妇依然是。

第三节　后蜀国鹿虔扆的文学创作

鹿虔扆，生卒年不详，事迹亦不甚详。《十国春秋》卷五六本传云：“不知何地人，历官至检校太尉，与欧阳炯、韩琮、阎选、毛文锡等俱以工小词供

---

① 俞陛云：《唐五代两宋词选释》，上海古籍出版社 2011 年版，第 61 页。
② 史双元编著：《唐五代词纪事会评》，黄山书社 1995 年版，第 816 页。
③ 俞陛云：《唐五代两宋词选释》，上海古籍出版社 2011 年版，第 61 页。
④ 同上。

奉后主，时人忌之者，号五鬼。"① 这里的"后主"指后蜀国第二任国主孟昶。陈尚君先生《花间词人事辑》依据宋黄休复《茅亭客话》卷三《勾居士》的记载，断定鹿虔扆于天复年间（901—904）即为永泰军节度使，进而认为鹿虔扆未必出仕过后蜀②，但是宋黄休复《茅亭客话》卷三关于鹿虔扆的记载叙事不明，而且陈尚君先生始终没有断定鹿虔扆未曾出仕过后蜀，这里姑且依据《十国春秋》的说法，视鹿虔扆为后蜀国人。

鹿虔扆存词 6 首，均收于 940 年成书的《花间集》卷九中，此 6 首词被王国维辑为《鹿太保词》一卷。其中比较出色的 3 首词是：《临江仙》（金锁重门）、《思越人》（翠屏欹）、《虞美人》（卷荷香淡浮烟渚）。以下试予以分析。

先看《临江仙》（金锁重门荒苑静）。

临江仙

金锁重门荒苑静，绮窗愁对秋空。翠华一去寂无踪。玉楼歌吹，声断已随风。　烟月不知人事改，夜阑还照深宫。藕花相向野塘中，暗伤亡国，清露泣香红。③

鹿虔扆写此词的初衷或背景，宋蔡居厚（？—1125，字宽夫）《诗史》第 95 条说是"伤蜀亡"。④ 王国维表示不同意："然《花间集》辑于后蜀广政三年（940），此时后蜀未亡（笔者按：后蜀亡于 965 年），若云伤前蜀，则虔扆固事昶矣。"⑤ 近人姜方锬《蜀词人评传》对王国维提出批评并申明己意："静安之疑，微嫌多事。夫诗人感兴，随处皆然，慨叹兴亡，古今同调，暗伤亡国，岂必身受而然哉。"⑥ 姜方锬的意思是，鹿虔扆此词相当于怀古之作。如果真是这样，那么这里"暗伤亡国"的"国"很可能指唐王朝或者唐王朝以前的其他王朝，不太可能指前蜀国，因为悼念一个不同于孟蜀政权的蜀国，起码在心理上总是有点碍手碍脚。明白了此词怀古、拟托的背景和初衷，再仔

---

① （清）吴任臣撰，徐敏霞、周莹点校：《十国春秋》（116 卷）（全 4 册），中华书局 1983 年版，第 4 册，卷 56，第 815 页。

② 陈尚君：《唐代文学丛考》，中国社会科学出版社 1997 年版，第 412 页。

③ 曾昭岷、曹济平、王兆鹏、刘尊明编撰：《全唐五代词》（全 2 册），中华书局 1999 年版，正编卷 3，第 569 页。

④ 吴文治主编：《宋诗话全编》，江苏古籍出版社 1998 年版，第 1 册，第 656 页。

⑤ 史双元编著：《唐五代词纪事会评》，黄山书社 1995 年版，第 902 页。

⑥ 姜方锬编：《蜀词人评传》，成都古籍书店 1984 年版（据成都协美公司 1934 年铅印本影印），第 116 页。

细分析此词的意境，那就容易得多：

> 有门，而且有一道一道的门，可见不是寻常人家。门而有锁，而且是金锁，可见是闲人免进的宝地和贵地。该地既宝又贵，而且越过了寻常人家庭院的级别，达到了"苑"的层次。既然是"苑"或者"苑圃"，里面就一定有奇异的草木、珍贵的禽兽和辛勤劳作的管理人员，就一定有浩浩荡荡畋猎的马队、车队以及他们喧闹的声音。可是，现在不是这样的，草已经长疯了，人已经走光了，门已经紧锁了，喧闹的声音早已歇息了，只有很多个绮丽的窗子在秋日的阳光下敞开着，空洞又空洞，看得人忧愁复忧愁。苑圃中曾经出出进进的华车连同它的珠光宝气已经消失得无影无踪，无声无息，留下的只是寂静、寂静、再寂静。那曾经的玉楼已经没有了玉的温润（想象中的玉的温润）、楼的华美和楼上人的绰约风姿，更没有歌喉的婉转、笛音的悠扬和箫声的哀感动听，所有这些曾经的美好已经随风而逝，与光同尘，只留下一些支离破碎的影子和印痕晃动在眼前，回响在耳边，撕扯在心头。好悲哀的眼前风景，好破碎的前尘往事，只怕万事万物都要同失一声哭，同掬一把泪了吧？不是的，月亮就没哭没泪，她一如既往地转朱阁、低绮户、照深宫，也一如既往地柔和、朦胧和深情，只有池水中的荷花们，在目睹了狂暴和血腥后，面面相觑，个个戚容。你看，有的残了，有的伤了，有的在淌血，有的在流泪，更惨的是还有一些又是残又是伤又是血又是泪……

这样的情景，就算不是国破家亡，也首先让人想到国破家亡。或许正是因此，明代杨慎认为"此词比李后主《浪淘沙》词更胜"①，况周颐《餐樱庑词话》的看法差不多，只是更慎重一点："含思凄婉，不减李重光'晚凉天净月华开，想得玉楼瑶殿影，空照秦淮'之句。"② 李冰若的评价似乎是论证杨慎观点的："其全词布置之密，感喟之深，实出后主'晚凉天净'一词之上。"③ 唐圭璋先生为表达和李冰若一样的观点，已经不回避用语的重复了："其章法之密，用笔之妙，感喟之深，实胜李后主'晚凉天净月华开'一首。"④ 既然这四位学者都认为鹿虔扆这首《临江仙》（金锁重门荒苑静）水平不低于李煜

---

① 史双元编著：《唐五代词纪事会评》，黄山书社1995年版，第901页。
② 同上书，第902页。
③ 李庆苏、李庆淦编著：《李冰若栩庄漫记笺注》，中国文联出版社2009年版，第120页。
④ 史双元编著：《唐五代词纪事会评》，黄山书社1995年版，第902—903页。

的《浪淘沙》，那就看看李煜这首词：

浪淘沙（一名卖花声）

往事只堪哀，对景难排。秋风庭院藓侵阶，一桁珠帘闲不卷，终日谁来。

金剑已沉埋，壮气蒿莱。晚凉天净月华开，想得玉楼瑶殿影，空照秦淮。

——《全唐诗》卷八八九

李煜这个诗人（或词人）的个性特点就是不加反省，不加节制，率性而为，这种个性特点反映在词创作上，最典型的体现就是明白如话的白描语言，这种白描语言的好处是能够直指人心，感染力强，其缺点是有失含蓄，局限了读者的想象空间。而鹿虔扆的《临江仙》（金锁重门荒苑静）显然着重于以景言情（即便是"清露泣香红"这个言情名句仍然是写景多于写情），是在景的铺排中积累和渲染情感，这样的词，成功就成功在把情不说破，失败就失败在把情说破了，而鹿虔扆"暗伤亡国"四字，就说破了，显然是败笔，导致整首词至少有了局部的败，真所谓"美玉有瑕，价自减半"了（"暗伤亡国"可不能与李煜的"故国不堪回首月明中"相比，刚才说过了，李煜一直喜欢白描）。可是，前贤似乎忽略了这一点，而且这样的前贤不止杨慎、况周颐、李冰若、唐圭璋四人，谭献（1832—1901）就说这首词"哀悼感愤"[1]，陈邦炎先生进一步说："仍应推这首《临江仙》词为其代表作。"[2] 联系这首词写作的初衷是怀古和拟托，可知其出现"暗伤亡国"这句败笔也在情理之中，因为本来就是代古人立言，不一定需要真情实感，这时候再要说鹿虔扆"哀悼感愤"，那就得加两个字，说成"伪装哀悼感愤"。当然了，这首词除了"暗伤亡国"这个败笔，其他句子都可称出色，这也可以解释这首词为什么受到那么多人的欢迎。还有，《花间集》中的词给人的总体印象是，语言是绮丽的，情感是柔靡的，而鹿虔扆这首《临江仙》（金锁重门荒苑静）却以绮丽的语言渗透着沉痛苍凉的情感，真有点南唐词的风味了。这应该是这首词最大的价值。

再看《思越人》（翠屏欹）：

思越人

翠屏欹，银烛背，漏残清夜迢迢。双带绣窠盘锦荐，泪侵花暗香销。

---

① 徐珂选辑：《历代词选集评》，香港商务印书馆 1959 年 5 月初版，第 23 页。

② 唐圭璋等撰写：《唐宋词鉴赏辞典》（唐·五代·北宋卷），上海辞书出版社 1988 年版，第 240 页。

珊瑚枕腻鸦鬟乱，玉纤慵整云散。若是适来新梦见，离肠争不千断。①

《十国春秋》卷五六《鹿虔扆传》称这首词"有'双带绣窠盘锦荐，泪侵花暗香销'之句，辞家推为绝唱"②。可是，今日找不见被谁推为绝唱。不论是吴任臣之前和同时的人，还是吴任臣之后直到今天的人，都未对这二句引起注意。但是，既然这二句词曾被给予高度评价，那还是把整首词分析一下的好。

上阕极写精美豪华环境中的惨淡心情：屏风是翠玉做的，但是斜斜地倒下去了；烛座是银子造的，但是歪歪地弯下去了；夜晚是清净的，但是打更的声音已经衰歇了。黑夜啊，怎么会是这么长？带而为双，窠而为绣，锦而成盘，它们累积在一起，显得多么花团锦簇。可是，美人儿的泪水连绵不断，让花变得那么暗，香变得那么淡。锦衣玉食中的女性啊，心情怎么会是这么糟？

下阕极写美丽女性心灰意懒后的忧伤情绪。珊瑚做成的枕头滑腻腻的，女性如云的头发乱糟糟的，手指是那么细长美丽，可是懒得梳头，任凭乱发飘零。别责怪女主人公的懒散了，像这样刚才梦见，醒后分散，怎能让人不柔肠寸断？

就情感和思想两方面而言，这首词在《花间集》乃至古代诗词中十分常见，堪称烂熟或滥俗，不知喜欢此词的人着眼于何种情、何种理，而认为此词的"双带绣窠盘锦荐，泪侵花暗香销"两句词堪称绝唱。是看上了"双带"、"绣窠"、"盘锦"这种精美物具名称的密集排列给人造成的眼花缭乱吗？是看上了"泪侵"、"花暗"、"香销"这种极富暗示性语词的连续使用给人心理上造成的重重打击吗？可是，这两个特色在古典诗词中就算描摹恰当，也是家常便饭，实无新创。艺术鉴赏之见仁见智，真的是让臧否的双方四目相对而各自一头雾水。

最后看《虞美人》（卷荷香淡浮烟渚）。

虞美人

卷荷香淡浮烟渚，绿嫩擎新雨。琐窗疏透晓风清，象床珍簟冷光轻，水纹平。　九疑黛色屏斜掩，枕上眉心敛。不堪相望病将成，钿昏檀粉泪

---

① 曾昭岷、曹济平、王兆鹏、刘尊明编撰：《全唐五代词》（全2册），中华书局1999年版，正编卷3，第571页。

② （清）吴任臣撰，徐敏霞、周莹点校：《十国春秋》（116卷）（全4册），中华书局1983年版，第2册，卷56，第815页。

纵横，不胜情。

此词入选明陈耀文《花草粹编》卷一二，现试作分析。

多情、相思、脆弱几乎是包括花间词人在内的古代词人所塑造的最常见的词中女性形象，所不同的，只是时间、地点、环境、角度等因素的不同而已。就是这么一种女性形象，古代词人再写都不厌倦，其原因也许很多，笔者以为，人类男女情感的绵延无限是这类词层出不穷、百读不厌的一个内在原因（纵然不是唯一的内在原因），而同样是男女情感，彼对男女的情感和此对男女的情感总是同中有异，这应该是男女情感绵绵不断所以爱情描写生生不息的一个重要原因。例如，就词中人物和情事的描摹而言，鹿虔扆的这首《虞美人》早已是老套了，可是，总有属于这首词自身而有别于其他词的东西。在笔者看来，这类东西至少有两点。首先是末三句所说的，"望而望不见，转而病将成"的感觉及懒得修饰而泪水纵横的样子所塑造的女性形象的鲜明动人。其次，就是开头二句所写的荷花形象：在烟雾缭绕的水中陆地上，含苞待放的荷花花骨朵散发着淡淡的香气，刚刚下过的一场雨，让荷花花骨朵显得更嫩、更绿、更精神，同时花骨朵也对外部世界充满着旺盛的好奇和无限的渴望。这二者的结合意味着下阕所写情感饥渴的女性很可能就是荷花花骨朵的人性化，而相应的，荷花花骨朵当然就是情窦初开的少女形象的象征了。尽管作者创作此词的时候未必就有这样的初衷，甚至写成后自己仔细端详，也未必会有这样的感悟，笔者还是认为，读者作如此的解读并非不可，毕竟，这样的解读逻辑上、事理上是合适的，也有助于该词情感和思想的深刻理解和准确把握。

就对《花间集》风格的认识看，鹿虔扆的《临江仙》（金锁重门荒苑静）以绮丽的语言传达沉痛苍凉的情感，颇有南唐词的风味，所以，尽管这首词是价自减半的有瑕美玉，它还是值得后人引起注意；而有词句被推为"绝唱"的《思越人》（翠屏欹）是一首乏善可陈的烂俗之作，仅有很小的价值；《虞美人》（卷荷香淡浮烟渚）将人的拟物化和物的拟人化结合起来，人烘托物，物烘托人，使整首词的情感充实、形象丰满。可见，即使俗烂的题材只要写的是真实的感受（当然还得有出色的描摹天赋），照样可以写出新意，从而让读者喜欢。鹿虔扆的词就像他的人一样，保存下来的材料太少了，所以面目模糊，但就有限的作品看，水平还行，配得上他节度使加检校太保的高位（是说二者的地位相配，不是说不会写词就不能当节度使，不能当太保，不能得高位）。

第四节　后蜀国阎选的文学创作

阎选，生卒籍贯未详，只知道他是五代词人中一个比较少见的布衣词人。《十国春秋》卷五六《阎选传》说他"酷善小词，有《临江仙》词云：'画帘深殿，香雾冷风残'。又云：'猿蹄明月照空滩'。时人目为阎处士"①。这里所引用的《临江仙》词是阎选《临江仙》2首词中的第2首，是他现存7调10首词中比较出色的一首。阎选今存7调10首词中，有5调8首入选《花间集》（见《花间集》卷九），2首入选《尊前集》卷下。宋黄昇《花庵词选》卷一选了阎选一首词，即《浣溪沙》（寂寞流苏冷绣茵）。《全唐诗》所收阎选10首词是在《花间集》所收8首词的基础上加上《谒金门》（美人浴碧沼）和《定风波》（江水沈沈），这二首词全都被收于《尊前集》卷下，《谒金门》（美人浴碧沼）又入选于《御选历代诗余》卷一一，《定风波》（江水沈沈）入选于《御选历代诗余》卷四一。而汤显祖大为赞叹的阎选词是《河传》（秋雨）。现在就分析阎选这3首词，然后再看1首《八拍蛮》（愁锁黛眉烟易惨）。

先看《临江仙》2首中的第2首。

临江仙

又

十二高峰天外寒，竹梢轻拂仙坛。宝衣行雨在云端。画帘深殿，香雾冷风残。　欲问楚王何处去，翠屏犹掩金鸾。猿啼明月照空滩。孤舟行客，惊梦亦艰难。②

自从楚襄王和巫山神女相会之后，历代文人描摹和反刍此事件的热情有增无减，其间的着眼点和用情处可谓千差万别；或者咏叹这一事件的流风余韵，或者艳羡天人之爱的相得相契，或者借古人酒杯浇自己块垒，或者命题而作，别无深意。在诸多的同类作品中，阎选的《临江仙》二首虽非优异之作，但用语、言情亦非凡俗，至少不是平庸之作。且看其意境：

---

①　（清）吴任臣撰，徐敏霞、周莹点校：《十国春秋》（116卷）（全4册），中华书局1983年版，第2册，卷56，第815页。

②　曾昭岷、曹济平、王兆鹏、刘尊明编撰：《全唐五代词》（全2册），中华书局1999年版，正编卷3，第573页。

巫山有十二高峰，楚王已殁，神女仙逝，座座高峰寒意阵阵，冷冷清清，襄王的深情哪里去了，神女的妩媚哪里去了，只见竹梢的摇动轻轻，撼不动仙坛的肃穆和静寂。可是，襄王和神女在云端里不顾这些，照样朝朝暮暮，行云行雨。时间过去好久了，深邃大殿里的香雾和冷风透过帘子轻轻飘动出来，想追寻楚襄王的风流故事，可是，自己只能待在翠屏后、金鸾鸟的锦被里。猿猴的叫声十分凄厉，空旷的沙滩上洒满了孤清的月亮的光辉。旅居在外而多愁善感的客人，想要在梦中温习自己的香梦也是无可能了。

这首词中千百年前楚王和神女即使在寒意、孤清充斥四周的时候尚且能共享云雨之欢，而自己在同样的情况下只能听猿猴鸣哀情、看明月照空滩来悲叹自己内心相思的苦恼。按理说，楚王和神女极尽欢恋的时候，一定也有与之相应的气候和环境，可是，在词中主人公的眼里，就是万籁俱寂、四周皆静，这当然是由于词中主人公正处于此中境界，所以，他才有如此设想，以便通过鸣哀来释怀。

这首词的主旨最后落在"孤舟行客，惊梦亦艰难"这样告白式的语句上。就是说，作者是把自己旅居在外求梦而无梦与出游的楚王由梦而见神女的故事相对比，一方面是羡慕楚王的艳福得到天之所佑，另一方面是在不平而鸣，希望自己亦能有如此遇合之事，哪怕是梦中也行。这首词说到底是一首求偶的诗，一支射爱的箭，它提醒读者，古代旅居在外的人，除了解决他们衣食住行的问题，最急迫的事情应该就是他们情感上的孤寂了。《花间集》中阐明或暗示这个道理的词数不胜数，阎选的这首《临江仙》（十二高峰天外寒）仅是其中之一。

再看《浣溪沙》（寂寞流苏冷绣茵）。

浣溪沙

寂寞流苏冷绣茵，倚屏山枕惹香尘，小庭花露泣浓春。　刘阮信非仙洞客，常娥终是月中人，此生无路访东邻。①

先在自己的想象中构思一个面容无比姣好、姿态无比婀娜的美女形象，而且这个美女最好是有着无限的柔情、无穷的渴望，同时还有着无边的寂寞，这

---

①　曾昭岷、曹济平、王兆鹏、刘尊明编撰：《全唐五代词》（全2册），中华书局1999年版，正编卷3，第574页。

个美女就像果树上熟透欲落的鲜果，而自己正好是跃跃欲试、嗷嗷待哺的那个摘果人。如果最终能够摘到果子了，那当然是天作之合、天纵之福。如果未能摘到果子，那就只有无奈的哀叹了，可是，即使是哀叹，自己也在想象中得到满足。可以说，这种心理上的体验和经历会降临到从古到今所有的男子身上。一句话，无所付出就可以得到满足的白日梦，是所有男子最寻常、最简易、最合理、也最该提升的一个人生需求。阎选的《浣溪沙》（寂寞流苏冷绣茵）就是反映这个梦想的一首词，尽管它未必是反映这种梦想最好的一首词。

先解释一下词中的"东邻"，"东邻"指美女，典出宋玉《登徒子好色赋》："天下之佳人莫若楚国，楚国之丽者莫如臣里，臣里之美者莫若臣东家之子。东家之子，增之一分则太长，减之一分则太短；著粉则太白，施朱则太赤；眉如翠羽，肌如白雪，腰如束素，齿如含贝。嫣然一笑，惑阳城，迷下蔡。然此女登墙窥臣三年，至今未许也。"① 有这么一个漂亮的姑娘在前方召唤，就难怪阎选的想象和描写是如此迷人了：

> 一个寂静的独门院落，饱含露水的花草鲜嫩欲滴，仿佛在春天里哭泣，靠着屏风的枕头落满闺房内的香尘。锦绣的被褥散乱着，精美的流苏高悬着，佳人心头的清冷和寂寞使得流苏和锦被洒满了孤冷之光、忧伤之泽。刘晨和阮肇不是仙洞内的得道圣人，而是凡夫俗子，有着正常人的欲望和情感，可是，嫦娥这样的美女总是月中人、天上仙，让刘阮这样的多情者终生无缘结识和造访。

"常娥终是月中人，此生无路访东邻"所揭示的无缘结识美人的无奈是天下男子共有的心伤，也是此词的主旨所在。该词上阕用流苏、绣茵、山枕、香尘、花露这些词汇来渲染女性之美丽和寂寞的方法使得词的思想显得十分深邃，而下阕直抒胸臆的写法就使题旨豁然开朗了。从这个角度而言，这首词在花间词人词中堪称是比较成功的一篇作品。

再看《河传》（秋雨）：

河传

秋雨，秋雨，无昼无夜，滴滴霏霏。暗灯惊簟怨分离，妖姬，不胜悲。　西风稍急喧窗竹，停又续，腻脸悬双玉。几回邀约雁来时，违期，

---

① （明）陈第撰：《屈宋古音义》（3卷），景印文渊阁四库全书本，卷3。

雁归人不归。①

这首词除了被收入《花间集》卷九和《全唐诗》卷八九七两本集子中，还被明陈耀文《花草粹编》卷一〇、清《御选历代诗余》卷二五、朱彝尊《词综》卷三、万树《词律》卷六所收录。

佳人在秋雨霏霏的夜晚不胜悲伤，男子在约定日子到了之后未能返回，这种事情和感情在古代诗词中可算寻常巷陌，屡见不鲜，而阎选这首《河传》能被词选家一收再收者，必有缘故。汤显祖评此词时说："三句皆重叠字，大奇大奇。宋李易安《声声慢》，用十叠字起，而以'点点滴滴'四字结之，盖用此法，而青于蓝。"② 汤氏作为一代曲家而扬名后世，其艺术鉴赏的眼光自然非凡夫俗子可比，这里能指出阎选的叠字法被后来的李清照超乎其上，自然是正确的。但是，说阎选用了叠字就"三句皆重叠字，大奇大奇"则未免夸大其词了。首先，此词开头三句的叠字和李清照《声声慢》的叠字貌相同而实不同。严格地说，"秋雨，秋雨"算复语或者叠词、叠语还是可以的，说是叠字就有点说不通了；而"无昼无夜"，再怎么不严格都不能说是叠字、叠词或者复语。就是说，"三句皆重叠字"的说法，套用汤显祖本人的话，首先就是"大误大误"（还有，李清照《声声慢》词明明是用了十四个字或者说七个字叠为十四个字，这里汤显祖怎么会误为"用十叠字起"，真让人怀疑这话是不是汤显祖说的）。其次，并不是用了叠字就好，也不是叠字用得多就好，还要看所用的叠字或者叠字的方式与整首词的意境是否和谐。开头三句如果用叠语渲染一种愁思的氛围，和后三句的"暗灯惊篸怨分离，妖姬，不胜悲"所营造的环境气氛当然是和谐的，可是，这里的"秋雨，秋雨"、"无昼无夜"的方式和"滴滴霏霏"的方式先就不和谐，有断裂之感。如果说成"风风雨雨，昼昼夜夜，滴滴霏霏"当然也说不上好（因为有风的话就很难点点滴滴），那也比"秋雨，秋雨，无昼无夜，点点滴滴"要好。不知道阎选当时怎么就会写出"秋雨，秋雨"这样的句子，笔者怀疑是不是演唱的需要才这样的。就是说，表现在文字上，"秋雨，秋雨"的重复是无谓的，但是演唱出来，效果却很好。这倒很有可能。

这首词上阕"妖姬，不胜悲"的句子也很粗疏拙劣，说明或者暗示是女性的办法和词汇很多，为何非得说是"姬"不可，尽管"姬"甚至"妓"在

---

① 曾昭岷、曹济平、王兆鹏、刘尊明编撰：《全唐五代词》（全2册），中华书局1999年版，正编卷3，第574—575页。

② 史双元编著：《唐五代词纪事会评》，黄山书社1995年版，第896页。

古代没有太多的或者根本没有不良的感情色彩。既然说了"姬"，要表现此姬的身材之妖娆和面庞之娇美，词汇有的是，何以非得说是"妖姬"不可。就感情色彩而言，"妖"与"姬"是相似的，即使没有不良的感情色彩，那也没有很多良好的感情色彩。

这首词的下阕也令人疑窦顿生。"几回邀约雁来时，违期，雁归人不归。"读起来总觉得语义上扦格难通。"几回邀约雁来时"还可以解释成约定于大雁归来时见面（其实这种表达还有提高的余地），可是，"违期"和"雁归人不归"不是明显地重复累赘了吗？

从以上几处败笔来看，阎选这首《河传》（秋雨）真是草率之作，如果说这首词还真有哪些地方可取的话，那应当是：首先，"滴滴霏霏"这样的叠字毕竟是一种创造，鉴于阎选之前这样的叠字方式确实少见或者未曾出现，就可以认为，这样的叠字为后来李清照《声声慢》十四个叠字的做法，着其先鞭，砍出了拓荒的第一锄。其次，"西风稍急喧窗竹，停又续，腻脸悬双玉"对悲凉、孤苦甚至有点可怜的情景描写得相当的细致、逼真，具有生活的真实感（或者真实的生活感）。这也许是这首词频频得到回头率的一个重要原因。

阎选《河传》（秋雨）有多处败笔，但是其使用叠字的拓荒作用还有点价值；而"西风稍急喧窗竹，停又续，腻脸悬双玉"的写实手段，堪称一流功夫；汤显祖点评此词的时候，放着"连城璧"（相对而言，就是连城璧）不说，专心致志地赞瑊砆，也是一奇，当然这个"一奇"对这首词频频入选词家的法眼，一定起了不小的作用，这是歪打正着，也不能说不是功劳。

再看《八拍蛮》二首的第二首：

八拍蛮

又

　　愁锁黛眉烟易惨，泪飘红脸粉难匀。　　憔悴不知缘底事，遇人推道不宜春。①

以词汇使用方式的千变万化、意象排列技巧的鬼斧神工来描摹和表现不同时间、不同地点、不同人物、不同情境下男女主人公指向情爱的心理和事件，

---

① 曾昭岷、曹济平、王兆鹏、刘尊明编撰：《全唐五代词》（全2册），中华书局1999年版，正编卷3，第574页。

是花间词人的看家本领、拿手好戏。伴随这个优点而来的，是故事情节模糊化、贫弱化这个难以克服、或者他们根本就不打算克服的弱点。但这只是就花间派词人词的整体而言，具体而微到每一首词，则各有各的妍媸和强弱。例如，阎选的这首《八拍蛮》（愁锁黛眉烟易惨）在语词的选择方面不过常规化而已，让这首词得到后人青眼有加待遇的，笔者以为是其故事情节的趣味性、代表性和写实性。这里先对该词的意境作个分析。

眉而名之为黛，然后有愁情使之紧锁；脸而颜之为红，然后有泪花在其上飘飞。你当然可以对黛、红、锁、飘这些语汇的恰当运用表示欣赏，只是这些手段为花间词人所习用，卑之无甚高论。胭脂抹得再红再多，也会因为神情的阴郁而黯然失色；脂粉涂得再匀再细，也会因为泪水的纵横而一片狼藉。这样的现象时时可见，这样的道理人人都懂，可是，阎选此词以对偶的句式说出来，还是能让人眼前一亮，但是真正能让人会心一笑的，是后两句表现的情节：别人看她那刚刚擦过眼泪的样子，调侃道："今天怎么没化妆好，好像很憔悴嘛。"或者干脆问："你怎么哭了？"回答是："没哭，是春风一吹，眼睛就流泪。"这就是"憔悴不知缘底事，遇人推道不宜春"的含义和情景。这种故事情节称得上有趣，而且真实。可能有人觉得，这样写化解了相思的苦难，但也冲淡了爱情执着和热烈的浓度。很可能是这样，反正爱情好像不会因此而更浓更烈，问题是，因为爱一个人就要无时无刻不流泪，无怨无悔只阴郁。这爱情未免也太单调也太可怖了。

"憔悴不知缘底事，遇人推道不宜春"隐含了一个调侃自辩的情节、一个破涕为笑的故事，爱情因此而精致，也因此而多彩。

《花间集》所收阎选的5调8首词，受人称赞的《临江仙》（十二高峰天外寒）从思想性到艺术性，都还不错，但在《花间集》中只能说表现平平；《浣溪沙》（寂寞流苏冷绣茵）的水平也不过如此；被汤显祖大赞特赞的《河传》（秋雨），虽不无可取，但败笔太多，实属草率之作；《八拍蛮》（愁锁黛眉烟易惨）所写调侃自辩的姑娘才真的令人心疼，启人深思，有此一词，阎选跻身花间词人18家，亦无愧色了。

第五节　后蜀国欧阳炯的文学创作

欧阳炯的事迹，今人知之不多。《十国春秋》卷五六《欧阳炯传》的主要篇幅是对欧阳炯《花间集序》的抄录。另外，就是说欧阳炯出仕于后蜀高祖孟知祥、后主孟昶二朝，历官武德军判官、翰林学士、中书舍人，善文章，尤工诗词，为文颇得后主孟昶的器重。① 欧阳炯的事迹，以陈尚君先生《花间词人事辑》一文所述最为详细，本文据此胪述如下。

欧阳炯（896—971，76岁），益州华阳人。其父欧阳珏曾任通泉县令。年轻时，事前蜀国第一任皇帝王建、第二任皇帝王衍，为中书舍人。在前蜀国王建为帝时，曾作《应梦罗汉诗》赠贯休。前蜀国灭亡后，随王衍至洛阳，补秦州从事。孟知祥镇蜀，欧阳炯随之入蜀，为中书舍人，在后蜀国与景焕为忘形之交，一起游览应天寺，欧阳炯作《应天寺壁天王歌》。后蜀孟昶广政三年（940）四月，官武德军节度判官，为赵崇祚《花间集》作叙。广政十二年（949），拜翰林学士。十三年（950），知贡举，判太常寺，迁礼部侍郎，领陵州刺史，转吏部侍郎，加承旨。十六年（953），应诏作《蜀八卦殿壁画奇异记》。十七年（954），应诏作《十二仙真形赞》。十九年（956），与同僚纳凉于净众寺，诗僧可朋作《耘田鼓》诗献于欧阳炯。二十四年（961），拜后蜀国门下侍郎兼户部尚书、平章事、监修国史。二十八年即宋乾德三年（965），后蜀亡，欧阳炯为宋左散骑常侍、翰林学士。开宝四年（971），分司西京洛阳，卒，年七十六。②

欧阳炯是五代十国时期历仕前蜀、后蜀、北宋且均官居显位的文人，也是一个比较少见的多才多艺的文人，他在文、诗、词的创作上均有较高的造诣。唐张素卿曾绘十二真人相，一直受世人称赞，前蜀后主时，安思谦得到张素卿这幅画，乃于明庆节上献后主孟昶，孟昶命欧阳炯为之赞，装潢成帙，由此可见欧阳炯为文水平之高和受到的重视。随孟昶入宋后，宋太祖赵匡胤曾让欧阳炯吹笛，由此可知欧阳炯长于吹笛。《十国春秋》卷五六记载，成都人景焕素善画，工文章，与翰林学士欧阳炯为忘形交。一日，联骑游应天寺。先是，唐僖宗幸蜀，扈从画士孙位尝于寺门左壁绘天王及部从鬼神，形制诡异，世莫与比。至是，景焕遂挥笔画右壁天王以对之。欧阳炯叹重其能，辄为长歌数百言，不移刻而就，继有草书。僧梦归后至因请书于廊壁。书画歌行都称神妙，成都人号为"应天三绝"。③ 由此可见欧阳炯诗歌的水平之高及当日的誉望之隆。《十国春秋》卷五七云，僧可朋能诗好饮酒，贫无以尝酒债，或作诗酬之，遂自号为醉髡。少与卢延让、方干为诗友，来蜀与欧阳炯相善，欧阳炯比

---

① （清）吴任臣撰，徐敏霞、周莹点校：《十国春秋》（116卷）（全4册），中华书局1983年版，第2册，卷56，第813页。

② 陈尚君：《唐代文学丛考》，中国社会科学出版社1997年版，第391—394页。

③ （清）吴任臣撰，徐敏霞、周莹点校：《十国春秋》（116卷）（全4册），中华书局1983年版，第2册，卷56，第823页。

之孟郊、贾岛，力荐于后主，后主赐钱帛有加。① 广政十九年（956）夏，欧阳炯与同僚纳凉净泉寺，依林亭列樽俎。众方欢饮自若。寺外有畋者曝背烈日中，耘田击鼓。可朋在坐，乃作《耘田鼓诗》献欧阳炯曰："弄舍田头鼓，王孙筵上鼓，击鼓兮皆为鼓，一何乐兮一何苦。上有烈日下有焦土。愿我天公降之以雨。令桑麻熟仓箱富。不饥不寒，上下一般。"言虽浅近而理可服人。欧阳炯立刻命众宾撤饮。② 由此二事可见，欧阳炯不仅具有推荐人才的美德，还有从善如流的雅量。欧阳炯尝拟白居易诗50首献后蜀后主孟昶，得到了孟昶的称赞，此事说明，欧阳炯在朝为官，不忘为百姓鼓呼。这又是欧阳炯一个值得注意的品质。

总之，欧阳炯是五代十国时期一个在诗、词、文和为政等方面均有建树的文人，其现存的5首诗、47首词究竟水平如何，下文试举例分析。

一　歌行体作手——欧阳炯的诗歌成绩

就欧阳炯曾拟白居易诗写《乐府诗》50首献给后蜀国后主孟昶看，欧阳炯一生一定写了不少诗，可惜，现在保存下来的诗，只有5首。不过，有这5首，也可以一叶知秋，窥斑见豹了。现在先看欧阳炯所写的2篇歌行：

贯休应梦罗汉画歌

（一作《禅月大师歌》）

西岳高僧名贯休，孤情峭拔凌清秋。天教水墨画罗汉，魁岸古容生笔头。时捎大绢泥高壁，闭目焚香坐禅室。忽然梦里见真仪，脱下袈裟点神笔。高握节腕当空掷，窸窣毫端任狂逸。逡巡便是两三躯，不似画工虚费日。怪石安拂嵌复枯，真僧列坐连跏趺。形如瘦鹤精神健，顶似伏犀头骨粗。倚松根，傍岩缝，曲录腰身长欲动。看经弟子拟闻声，瞌睡山童疑有梦。不知夏腊几多年，一手支颐偏袒肩。口开或若共人语，身定复疑初坐禅。案前卧象低垂鼻，崖畔戏猿斜展臂。芭蕉花里刷轻红，苔藓文中晕深翠。硬筇杖，矮松床，雪色眉毛一寸长。绳开梵夹两三片，线补衲衣千万行。林间乱叶纷纷堕，一印残香断烟火。皮穿木屐不曾拖，笋织蒲团镇长坐。休公休公逸艺无人加，声誉喧喧遍海涯。五七字句一千首，大小篆书三十家。唐朝历历多名士，萧子云兼吴道子。若将书画比休公，只恐当时

① （清）吴任臣撰，徐敏霞、周莹点校：《十国春秋》（116卷）（全4册），中华书局1983年版，第2册，卷57，第830页。

② 同上。

浪生死。休公休公始自江南来入秦，于今到蜀无交亲。诗名画手皆奇绝，觑你凡人争是人。瓦棺寺里维摩诘，舍卫城中辟支佛。若将此画比量看，总在人间为第一。

——《题景焕应天寺壁天王歌》《全唐诗》卷七六一

锦城东北黄金地，故迹何人兴此寺。白眉长老重名公，曾识会稽山处士。寺门左壁图天王，威仪部从来何方。鬼神怪异满壁走，当檐飒飒生秋光。我闻天王分理四天下，水晶宫殿琉璃瓦。彩仗时驱狒秋装，金鞭频策骐骝马。毗沙大像何光辉，手擎巨塔凌云飞。地神对出宝瓶子，天女倒披金缕衣。唐朝说著名画，周昉毫端善图写。张僧繇是有神人，吴道子称无敌者。奇哉妙手传孙公，能如此地留神踪。斜窥小鬼怒双目，直倚越狼高半胸。宝冠动总生威容，趋跄左右来倾恭。臂横鹰爪尖纤利，腰缠虎皮斑剥红。飘飘但恐入云中，步骤还疑归海东。蟒蛇拖得浑身堕，精魅捐来双眼空。当时此艺实难有，镇在宝坊称不朽。东边画了空西边，留与后人教敌手。后人见者皆心惊，尽为名公不敢争。谁知未满三十载，或有异人来间生。匡山处士名称朴，头骨高奇连五岳。曾持象简累为官，又有蛇珠常在握。昔年长老遇奇踪，今日门师识景公。兴来便请泥高壁，乱抢笔头如疾风。逶巡队仗何颠逸，散漫奇形皆涌出。交加器械满虚空，两面或然如斗敌。圣王怒色览东西，剑刃一挥皆整齐。腕头狮子咬金甲，脚底夜叉击络鞮。马头壮健多筋节，乌觜弯环如屈铁。遍身蛇虺乱纵横，绕颔髑髅干子裂。眉粗眼竖发如锥，怪异令人不可知。科头巨卒欲生鬼，半面女郎安小儿。况闻此寺初兴置，地脉沈沈当正气。如何请得二山人，下笔咸成千古事。君不见明皇天宝年，画龙致雨非偶然。包含万象藏心里，变现百般生眼前。后来画品列名贤，唯此二人堪比肩。人间是物皆求得，此样欲于何处传。尝忧壁底生云雾，揭起寺门天上去。

——《全唐诗》卷七六一

之所以不惮其烦将此二首诗全部抄写，一是想通过读一遍体会欧阳炯歌行体诗的风格，二是为了分析一下欧阳炯的描写才能，并由此探究其诗中体现的描写才能与其词创作才能之间的关系。

贯休应梦罗汉，是贯休梦见罗汉，醒来后一一画下来。按照今日文艺学的观点，艺术家的作品必是艺术家人格和气质的反映。欧阳炯要将贯休画上的罗汉一一描写下来，肯定会带上欧阳炯自己的个性色彩。因为是众多罗汉，是群像，所以，不适宜使用杜甫《马诗》（胡马大宛名）那样的写法，而适宜采用韩愈《南山诗》或者葛立方所赞叹的王安石写下棋的铺陈手法。铺陈似乎不难，但是要铺陈得细腻而且不重复，同时要保证气韵生动，让人能够感觉到画上人物的栩栩如生，则很不容易，尤其是，要将贯休的影子打在其上，更有难度。欧阳炯这二首诗应该说就达到了这个效果。

诗一开头写贯休，"孤情峭拔凌清秋"、"魁岸古容"、"时捎大绢"、"闭目焚香坐禅室"、"脱下袈裟"这些用词，都是写贯休的，可是，和罗汉形象完全吻合。这就把贯休和罗汉写得二而一，一而二了。"逡巡便是两三躯，不似画工虚费日"是说贯休画罗汉之快，这种快实际是性格旷达粗犷的表现，如果是苦吟诗人，恐怕就不是这样了。"怪石安拂嵌复枯，真僧列坐连跏趺。形如瘦鹤精神健，顶似伏犀头骨粗。"这是细腻的描写。"倚松根，傍岩缝，曲录腰身长欲动。看经弟子拟闻声，瞌睡山童疑有梦。"写罗汉的形象简直如真的一样，会说话，会做梦。"不知夏腊几多年，一手支颐偏袒肩。"这是询问罗汉的年龄和出家的法腊。"口开或若共人语，身定复疑初坐禅。案前卧象低垂鼻，崖畔戏猿斜展臂。"写各色罗汉的姿态，有如大象巨鼻的，有如猿猴长臂的。"芭蕉花里刷轻红，苔藓文中晕深翠。"写罗汉之涂色。"硬筇杖，矮松床，雪色眉毛一寸长"与诗前半的"倚松根，傍岩缝，曲录腰身长欲动"一样，是长句中突然夹杂短句子，增强了诗的活力。"绳开梵夹两三片，线补衲衣千万行。林间乱叶纷纷堕，一印残香断烟火。皮穿木屐不曾拖，笋织蒲团镇长坐。"写罗汉的穿着、坐姿。后面写"休公休公逸艺无人加，声誉喧喧遍海涯。五七字句一千首，大小篆书三十家"，是称赞贯休的才能超群，并把贯休比为前朝名画家萧子云和吴道子。还下结论说："诗名画手皆奇绝，觑你凡人争是人。瓦棺寺里维摩诘，舍卫城中辟支佛。若将此画比量看，总在人间为第一"。这当然有夸张的成分，但是，由此可以知道，作为当时才能出众的文人，欧阳炯愿意给贯休如此的评价，说明欧阳炯本人颇有点容人的度量，这和欧阳炯的其他轶事相印证，证明欧阳炯得到史书的高度评价是适当的，也证明所谓"五鬼"之说不是贬义。

第二首写欧阳炯的好友景焕所画的天王画，欲与唐僖宗时的著名画师孙位的画媲美。这幅画画的是天王，故此诗也写得颇有韩孟诗派的怪异风格。前22句都写孙位画的不平凡。"斜窥小鬼怒双目，直倚越狼高半胸。宝冠动总生威容，趋跄左右来倾恭。臂横鹰爪尖纤利，腰缠虎皮斑剥红。飘飘但恐入云中，步骤还疑归海东。蟒蛇拖得浑身堕，精魅搦来双眼空。当时此艺实难有，镇在宝坊称不朽。"这十二句对孙位画进行具体的、细腻的描绘，措辞用语颇有李贺之风，但是语言还是相当流畅上口，不似李贺那么艰涩。"东边画了空西边，留与后人教敌手。后人见者皆心惊，尽为名公不敢争。谁知未满三十载，或有异人来间生。"交代景焕画西边画的勇气和可贵。"匡山处士名称朴，头骨高奇连五岳。曾持象简累为官，又有蛇珠常在握。昔年长老遇奇踪，今日门师识景公。兴来便请泥高壁，乱抢笔头如疾风。"写景焕的外貌、身份和行事的凌厉风格。从"逡巡队仗何颠逸"到"绕额髑髅干子裂"十二句写景焕笔下天王的形象，措辞用语如前半段一样怪异而得体。后面写画的效果之好，最末句还提到，常常担心画上的天王有朝一日腾空飞去。应该说，这首诗比写贯休应梦罗汉的那首诗要逊色一些，但是，即使这首诗也被成都人将其与景焕的画、僧梦归的草书，并称为"应天三绝"。由此可知，欧阳炯的写画诗确实具有非同寻常的成就。

欧阳炯的这二首诗均是题画诗，且是歌行。但是，描写的细腻、层次的清晰、诗旨的准确把握都堪称出色。这二首诗在艺术渊源上与韩愈的《南山诗》有相当程度的相似性，与李贺诗的风格也有一定的关联。尽管欧阳炯模仿过白居易的50首《乐府诗》，但是这二首诗与白居士的诗，包括其乐府诗和歌行体都距离甚远。这二首诗对欧阳炯的词有何影响呢？应该说，看不出其影响何在。但是，这二首诗表现的欧阳炯艺术上的敏感心理和灵心慧性与他的词的风格一脉相承。

二　花间词人中的名家

就收录的词作数量而言，欧阳炯在《花间集》词人中不算多，仅（7调）17首，在18位作者中名列第12。但是就影响和地位而言，欧阳炯是除温庭筠、韦庄之外，最有名的词人了。考虑到温庭筠、韦庄去世于《花间集》成书之前很多年，可以说，欧阳炯几乎是《花间集》的领袖人物了。可以为此作证的是，后来也有人如此评价欧阳炯词。例如，康熙六年丁未岁（1667），孙金砺《十五家词选序》有言曰："予自委弃来，虽未专攻，亦尝游咏于此道。最喜唐温庭筠、韦庄、牛峤、欧阳炯、南唐后主。"可见，欧阳炯能够跻身于晚唐五代词五大家之列。又云："惊艳有若温韦，蒨丽有若牛欧，隽逸有若二李，风流蕴藉有若周柳秦晏，奔放雄杰有若周柳秦晁，风流蕴藉有若苏辛刘陆。擅花间、草堂、尊前、花庵之众美，当并唐宋诸家传之千燠，岂止与近代才人登孤艺苑哉。"① 就是说，欧阳炯词的风格是蒨丽，与牛峤可并称为牛欧。

欧阳炯作为《花间集》中的名家，其词的内容自然是花间题材和思想，其风格也有陈振孙所说《花间集》词人"精巧高丽"的风格。但是，作为一个个体的词人，欧阳炯词有属于他自己的题材思想和属于他自己的精巧高丽之

---

① （清）孙默编：《十五家词》，景印文渊阁四库全书本，卷首。

风格，与《花间集》中的其他词人有所不同。以下试作分析。

欧阳炯现存词47首，《花间集》收17首，黄昇《绝妙词选》收4首，但是被吴任臣《十国春秋》提到的仅有一个词牌，即《渔父》2首词。尽管比起《花间集》中的其他词人来，欧阳炯词内容相对丰富一些，或者说驳杂一些。但是，其主旋律仍然是写女性，没有偏离他在《花间集序》所说词主要功能辐射的范围。只是，同样的功能，以类似的题材来表现，总能有不同的姿态和色彩。这就是欧阳炯词给人的大致印象和成就。

先看《渔父》二首。

渔父

摆脱尘机上钓船，免教荣辱有流年。无系绊，没愁煎。须信船中有散仙。

又

风浩寒溪照胆明，小君山上玉蟾生。荷露坠，翠烟轻，拨刺游鱼几个惊。

——《全唐五代词》正编卷三①

《十国春秋》卷五六欧阳炯本传云："又小辞17章，人亦时时称道之。《渔父》歌，尤为辞家所唱和。"② 如前文所说欧阳炯今存47首词，《花间集》仅收其17首，吴任臣所说"小辞十七章"，显然指《花间集》中的17首词而言。只是不知道"人亦时时称道之"这话是吴任臣自己的，还是吴任臣引用别人的，如果是引用别人的，这个"别人"又是谁。"渔父歌，尤为辞家所唱和"，这些"辞家"又指哪些人。但知道此2首词被收入《尊前集》卷上和《全唐诗》卷七六一。第二首还被收入郭茂倩《乐府诗集》卷八三。

第一首把渔父的生活写得如神仙一样，这并不是说渔父的生活真的无忧无虑如神仙一样，而是说，对比尘机，对比官场之辱，对比官场的系绊和愁煎，渔父船上的生活可真的是神仙一样。这里与其说是赞美渔父的生活，不如说是表达对官场生活的不满。欧阳炯历仕前蜀、后唐、后蜀、北宋四朝五个皇帝，仕途一直顺利，官职一直显赫。在后人看来，他的官场生活一定无忧无虑。但这首词露出了马脚，

---

① 曾昭岷、曹济平、王兆鹏、刘尊明编撰：《全唐五代词》（全2册），中华书局1999年版，正编卷3，第456—457页。

② （清）吴任臣撰，徐敏霞、周莹点校：《十国春秋》（116卷）（全4册），中华书局1983年版，第2册，卷56，第813页。

证明他的显赫生活并非人们想象的那么顺利。当然，文学可以是生活的真实反映，但未必总是生活的真实反映。也许欧阳炯这里只是凭理性和常识虚拟一下而已，他的仕途并无羁绊和受辱的事情。从写法上看，这首词全是概括性写法，或者全是空洞的口号，既无真情实感，也无细腻的描写。假如所谓"尤为辞家所唱和"是真实的，那也只是因为许多人认同这首词的观点而借用此词来表达并仿拟而已，说明不了这首词的思想性和艺术性有多高。

倒是第二首词显得具体、细腻、真实，有生活情调。时间是夜晚，地点是小君山，天气是风大而月明，可见能够具体到某刻某地。"荷露坠，翠烟轻"，就写得十分仔细，有灵性了，也暗示作者陶醉于美景的享受中。所以，这里风的"浩"、月光的"明"、"玉蟾"的美好名字、荷花上露水之坠、烟雾的颜色之翠，都是通过景之美来写作者内心之美，也写作者内心之乐。正在这个时候，"拨剌游鱼几个惊"，有鱼儿突然动了一下，响了一下，这尤其能显示出静中有动的效果，在读者的眼前塑造出这样一个境界：万籁俱寂中一点小小的响动都仿佛动听的音乐一样，让人耳朵突然耸动起来，连心头都明亮起来了。这里的鱼儿"惊"，同时也是人"惊"，是因为人具有敏锐之心、灵慧之性才能感知这外界极其微小事件的发生。尽管由此断定欧阳炯写此词时一定刚刚经历了这样一个事件不够稳妥，读者还是能够以此触摸和想象欧阳炯本人那颗敏感的心。这样看来，第二首写的事件小，但是内容多，水平高，也许正是因为这个原因，北宋郭茂倩《乐府诗集》就收录了第二首词而摒弃了第一首词（笔者按：郭茂倩《乐府诗集》按照体例应当是不加选择的，不知道为何没选第一首）。不知后来的词家唱和的是第一首还是第二首，依据常理而言，多半是第一首，因为第一首以对自然之喜爱来委婉表达对官场之不满是古代文人极其常见的一个现象，也是古代文人极愿意表达的一种心声。如所周知，《花间集》所收是写给女性演唱的歌词，自然以表现女性的生活、反映女性的心灵比较合适，正如欧阳炯所言："则有绮筵公子，绣幌佳人。递叶叶之花笺，文抽丽锦；举纤纤之玉指，拍按香檀。"可是这二首渔父词，与女性生活全不相涉，读者也难以相信这样的词句从歌女口里唱出来会切合其身份和心情。可是，这二首词都收入《花间集》了。这就说明，《花间集》中的词，其初衷当然是为了歌女演唱，但是，也有一些词或者个别词，仅仅因为某方面的长处被收入其中。当然，这只是一种猜想，容许争议。欧阳炯47首词中，唯独《渔父》这个词牌的二首词脱颖而出，得到吴任臣《十国春秋》的特别提名，不是没有原因的。

相比二首《渔父》词所写自然环境的美，欧阳炯笔下女性的美才真的能够展示欧阳炯的艺术天赋，也更能说明《花间集》内容方面的属性。这样的词，有4首入选南宋黄昇的《花庵词选》（大约成书于1249年）一书（见《花庵词选》卷一）。现试作分析。

浣溪沙

落絮残莺半日天，玉柔花醉只思眠，惹窗映竹满炉烟。　独掩画屏愁不语，斜欹瑶枕髻鬟偏，此时心在阿谁边。[①]

贺圣朝（二首之二）

忆昔花间相见后，只凭纤手，暗抛红豆。人前不解，巧传心事。别来依旧，辜负春昼。　碧罗衣上蹙金绣，睹对对鸳鸯，空裛泪痕透。想韶颜非久，终是为伊，只恁偷瘦。[②]

玉楼春

日照玉楼花似锦，楼上醉和春色寝。绿杨风送小莺声，残梦不成离玉枕。　堪爱晚来韶景甚，宝柱秦筝方再品。青娥红脸笑来迎，又向海棠花下引。[③]

菩萨蛮（四首之二）

红炉暖阁佳人睡，隔帘飞雪添寒气。小院奏笙歌，香风簇绮罗。　酒倾金盏满，兰烛重开宴。公子醉如泥，天街闻马嘶。[④]

——上四首词均出自《全唐五代词》正编卷三

应该说，就词句、感情、思想意义而言，这四首词都没有什么特别出色之处。女性、富贵、多情、相思、寂寞而不得意，是《花间集》词人的共同主题，区别只在于所选择的时令、天光、环境、用具、衣饰、情节、感情以及感情在强弱、方向等方面的细微差异。当然这种同和异不只表现在这四首词里，古代许多词在同异上都有此特点。不管怎样，指出四首词之间的相异之处便于读者各有领会是笔者必须做的事情。

第一首词中的女性有花不完用不尽的钱和闲，也有抛不掉丢不开的忧和烦。色泽柔和的玉具、鲜嫩迷人的花树、窗外青翠的竹子、金炉里缭绕的香雾、雕刻精美的画屏、精美瑶石做成的枕头无不显示着生活的富足奢华；纷纷扬扬飘

---

① 曾昭岷、曹济平、王兆鹏、刘尊明编撰：《全唐五代词》（全2册），中华书局1999年版，正编卷3，第448页。

② 同上书，第454—455页。

③ 同上书，第462页。

④ 同上书，第465—466页。

落的絮，断断续续啼叫的莺，丝毫引不起女主人公欣赏的情绪，因为她另有所思，别有所图。画屏后如花容颜满含的默默的愁，瑶枕上如云鬟鬓呈现的散散的偏，都在吐露女主人公的心思：不知道那个男子身在何方，寄情谁人。

第二首词开头的"忆昔"二字让其主旨一下子变得显豁了，这是一首回忆往昔情爱生活的词。当时手抛红豆，巧传爱意。可是，分别后再未见面，辜负了自己春天夜晚的缠绵情思。现在看看自己衣服上的对对鸳鸯，不免自怨自艾，泪湿衣襟。想到自己青春易逝而对方不在，想到自己可能永远在寂寞和相思中渐渐消瘦、渐渐衰老、渐渐消失，不免泪水长流。

第三首写一个春梦中惊醒的女性正准备自弹宝筝细诉缠绵情愫的时候，却有丫鬟来请她共赏海棠。该词所讲故事的详情是，日照玉楼，繁花似锦，美人醉酒，春晚入寝。突然，有雏莺的啼叫将美人从睡梦中惊醒。多情的美人正想把梦中未能享受完的情愫用宝筝延续下去，却被领去共赏海棠了，由此可知，美人赏海棠必然是心不在焉，情有另寄。

第四首写红炉暖阁中的美人在户外飞雪的映照下，更感到生活的舒适满足。第二天，衣着华美地举行欢宴，到了夜晚仍然红烛高照，这时候，自己的男子回来了，却大醉如泥，只见马的嘶叫，不闻男子的声音。这首词写一个富贵生活中的女性想方设法打发自己的时间和生活，她的男子却一点都不敏感，对她毫不措意，整天就是大醉如泥。让这个美人不免在内心如此抱怨自己的爱人：要么你不在，要么你醉了……

这四首词都写富贵人家的女子，不同的是，第一首写一个斜靠枕上思念男子的女性形象，第二首写一个留恋一面之缘终日流泪相思以至于身体消瘦的女子形象，第三首写梦中怀人，醒来后和丫鬟共赏海棠的女性形象，第四首写冬日里冒雪举行欢宴突然发现爱人大醉如泥的女性形象。从这四个不同的女性形象可以看出欧阳炯在表现男女相思方面的多样化手法和多样化情感的创造性，这不仅在《花间集》诸词人中显得了不起，在整个词史上都值得注意。

现当代词选家与南宋词选家黄昇的眼光有所不同，看看这些不同的眼光，不仅能长见识，而且会得趣味。

唐圭璋等《唐宋词鉴赏辞典》（唐·五代·北宋卷）选析欧阳炯七调八首词：《三字令》（春欲尽）；《南乡子》（岸远沙平）、（路入南中）；《献衷心》（见好花颜色）；《江城子》（晚日金陵岸草平）；《春光好》（天初暖）；《清平乐》（春来阶砌）；《定风波》（暖日闲窗映碧纱）。① 徐珂《历代词选集评》

① 唐圭璋等撰写：《唐宋词鉴赏辞典》（唐·五代·北宋卷），上海辞书出版社1988年版，第245—254页。

（1927 年版）收欧阳炯词 2 首，即《三字令》（春欲尽）、《南乡子》（岸远沙平）。现在看看被徐珂和唐圭璋等人都喜欢的二首词。

三字令

　　春欲尽，日迟迟。牡丹时，罗幌卷，翠帘垂。彩笺书，红粉泪，两心知。　人不在，燕空归。负佳期，香烬落，枕函欹。月分明，花澹薄，惹相思。①

南乡子（八首之三）

　　岸远沙平，日斜归路晚霞明。孔雀自怜金翠尾，临水，认得行人惊不起。②

　　青春是人一生中最美好最有价值的时光，对于古代那种左右自己命运的能力比今日更加孱弱的女子而言，春天恐怕是最令她们心悸神动的季节了，这种体验到了暮春将更加深刻。《三字令》（春欲尽）所写就是对一个女子在暮春时节内心体验的描摹。太阳的西斜和降落既可以暗示女子青春逝去的无奈，也可以渲染女子寂寞悲凉的层层加深。盛开的牡丹隐喻女子的青春可人，那时卷时垂的幌子和帘子、洒满泪珠的彩纸书信，无不说明该女子和那个男子的两情相惬。燕子的几度往返让没有盼到人归的女子一次次的欣喜和失望，只好看着香烛慢慢变成灰烬，女子泪湿香枕。明亮的月光让淡淡的花愈觉其淡，使相思的心更显其苦。尽管欧阳炯几乎所有的词都没有在时间、地点、人物方面有什么具体的指向，读者还是可以认为这首《三字令》所写的情感极为普遍和泛指。也就是说，这首词所描摹的情感体验因为具有类型化的特征而具有极强的代表性，当然，也因此而在个性化方面有所亏欠。许嵩庐评此词云："前半阕由外而内，后半阕由内而外。"③ 这里的内和外显然是指人的内心和外界环境而言。这首词之所以为多个词选家所垂青，或许正是因为其情感体验的代表性。

　　《南乡子》一共八首，这是第三首。八首词描摹和赞美南方的女性之美和风光之美，可以看作是一个整体，也可以各自独立成篇。第三首和第八首都没有明确地出现人物（第三首的"归路"一词和第八首的"渔船"只可

---

　　① 曾昭岷、曹济平、王兆鹏、刘尊明编撰：《全唐五代词》（全 2 册），中华书局 1999 年版，正编卷 3，第 450 页。

　　② 同上书，第 451 页。

　　③ 徐珂选辑：《历代词选集评》，香港商务印书馆 1959 年版，《补遗》第 5 页。

以认为是有人物隐现其中，还不能断定出现了人物，更不能断定是女性），主要是写风光之美。这第三首就是写一只孔雀临水自照，孤芳自赏，见人惊而不飞，如果不仔细深入地分析，其内容和思想不过如是而已。欧阳炯能够将此情景写下来，还能进入词选家的法眼，肯定有深意，而且这种深意有可能是连欧阳炯和词选家都难以言传的。文学欣赏一个常见的现象是，即使是含义明了的篇章，也可能有不同的理解，那么对于像《南乡子》（岸远沙平）这样可能有深意的词章的理解，就更难取得让多数人都认同的看法了，那就只好各抒己见，言之成理即可了。在笔者看来，这首词的成功之处，至少有两个原因。

首先在于这首词写的境界之美给作者和词选家留下了深刻的印象：

夕阳的余晖像一层广袤无垠而透明洁净的轻纱披在大地之上、披在万物之上，沙滩上细细的沙粒平整光滑，如镜面一般，河岸很矮很小，在沙滩尽处若隐若现。遥望那条通向远方的小路，只见霞光万道，银色无限，让一路奔波的行者倍感安慰，心生眷恋。沙滩上有一只五颜六色的孔雀临水自照，自恋自赏，听到行人的声息，也只是惊了一下，又沉浸到自身的美丽中去了。

这样的文字描述当然直白显露，让美景顿失其色泽，纵然赞叹一声"好一派静谧和谐的美景啊"，仍然不如欧阳炯原词的意蕴之丰富，可是，设想一下，如果将这样的美景拍摄下来，其美妙一定能够震撼人心，变成电脑桌面，受欢迎的程度肯定不输于蓝天白云的那一种。

其次，孔雀超凡脱俗的美丽和孤芳自赏的作为让作者、词选家和后来欣赏此词的读者内心砰然而动，暗相契合，这间接反映了人们对美的追求、对美好形象、高贵品质的暗恋心理。当然，说见孔雀自赏而暗合人之自恋难免授人以穿凿的口实，问题是，谁也不能说见孔雀而想自己完全没有可能。即使有人坚持认为绝无可能，那见孔雀之美而怦然心动，如同见到晚霞镶嵌下的大地万物而怦然心动一样，这总没有问题了吧？可见，至少孔雀之美丽引起的震撼和惊叹成为了这首词受人重视的另一个原因。还有，"认得行人惊不起"，这不描写了一副人和自然和谐相处的图景吗？可见，要沉醉于自我欣赏中，必须有和谐的外界环境才行。欧阳炯这首《南乡子》（岸平沙远）通过描写大自然中一只沉迷于孤芳自赏中的孔雀来表现大自然的和谐之美，今人可从中得到启示，即使是自我欣赏，也需要和谐的环境保障才行。

欧阳炯词中被现当代学者都喜欢的二首词，一首写暮春时节一个寂寞相思的女子，一首写夕阳余晖中一个孤芳自赏的孔雀。孔雀的忘情自恋让人明白环境和谐的重要，女子的孤苦无奈让人深感无助和焦急，同时不免发问和祈祷：有没有不受相思之苦折磨的姑娘啊？有，欧阳炯的《南乡子》（八首）的第五首（二八花钿）就描写了这样的一个姑娘，现在细察其详。

南乡子
又

二八花钿，胸前如雪脸如莲。耳坠金环穿瑟瑟，霞衣窄，笑倚江头招远客。①

《花间集》的女性群像中，这首《南乡子》（二八花钿）所塑造的女性形象无疑极有代表性。就写法而言，此首词细致、具体、真切。有年龄、有面庞、有装饰、有衣着、有表情，这应当是词人走近姑娘后看到的真切事实的记录。这首词尤其难得的是写到了姑娘的胸，尽管写得极概括，只是说胸前如雪，但在古代词人中已经是最有眼光、最有胆识的笔触了。这首词值得注意的另一点是，写到了姑娘的窄窄的上衣，正是这窄窄的紧身的上衣显示了姑娘身材的苗条，这还真是古代词人中极其少见的描写手法。这首词所写是一个迎客招客的姑娘，她可能只是一个划船请客人上船的摆渡姑娘。当然，你也可以想象她是一个酒家女。不管怎样，这首词所写是一个美丽、开朗的青春少女，其特别的现象是欧阳炯描写女性时注意到的特别的部位和衣服所透露出的身材之好。这样的姑娘如果出现在今日现实的生活中，就是湖水边划船揽客的村姑，就是槟榔店盛情迎客的靓妹，就是大堂中漂亮和善的小姐，她们让世界变得美好和温暖，可是，有几个人像欧阳炯这样以爱怜和赞美的眼光看她们呢？

欧阳炯《南乡子》（二八花钿）对陌路姑娘的赞美已经可以看出欧阳炯的善良天性和不俗眼光了，而他的《浣溪沙》（相见休言有泪珠）更表现了他对姑娘的深情和诙谐的个性。请看其《浣溪沙》三首之三（相见休言有泪珠）：

浣溪沙
又

相见休言有泪珠，酒阑重得叙欢娱，凤屏鸳枕宿金铺。　兰麝细香闻

① 曾昭岷、曹济平、王兆鹏、刘尊明编撰：《全唐五代词》（全2册），中华书局1999年版，正编卷3，第452页。

喘息，绮罗纤缕见肌肤，此时还恨薄情无。①

《花间集》的主要内容是写男女之间的情感之事，而且多数是诗人以词人的身份代人拟写情感之事，风格往往比较柔靡，因此这些词被许多人视为靡靡之音而非议和鄙视。但是，《花间集》的"靡靡之音"究竟靡到何种程度，多数人不甚了了。欧阳炯这首《浣溪沙》（相见休言有泪珠）差不多就是最柔靡（在某些人看来，可能还是最下流）的词了。该词的大意是这样的：男女二人相见，未免泪眼婆娑，男子说，不要说你很伤心很难过的话了，还是先喝酒吧。喝酒到酩酊大醉的时候，就可以重叙往日的情梦了，后来果然歇息在华美的屋子里（你完全可以把"金铺"想象成"金铺大酒店"，即"金铺"是一个五星级大酒店的名字）、精美的屏风后和柔软的玉枕上了。或者说，屋子、屏风、枕头都见证着他们的前梦重温。两人在忘情欢爱的时候，女子急促的喘息声发出细细的香气，薄而透明的华美衣服让女子的肌肤若隐若现，此时，看着尽享欢爱的情人，男子问："你现在还会再说我薄情吗？你看这是我不爱你吗？"这首词可能是《花间集》中最容易让人产生色情和下流念头的一首词了，也可能是最容易被视为柔靡的一首词了。可是，要想到这里，读者总得自己填充一些想象的材料，这首词本身没有出现什么色情的字眼。当然，如果谁认为女性的肌肤本身就是色情的，或者说，女性（尤其是漂亮女性）就是色情的代名词，那就无话可说。退一步讲，即使这首词完全是描摹一次性事件，那又怎么样呢？性是丑恶的吗？不是。性是邪恶的吗？不是。性比情、比爱低了一等吗？没有。既然性不丑恶、不下作，那描写性的文学作品为什么就丑恶和下作了呢？欧阳炯这首词还提醒世人，爱，不仅是分离时的思念，更是相聚时的拥抱和亲吻；动听的言辞很欢迎，但是听够了，还是吻一个吧。

以上 10 首欧阳炯的词，有 7 首写女性，3 首写自然，不论是写女性，还是写自然，欧阳炯都有敏感的心灵、锐利的眼光、细致入微的笔触，尤其值得注意的，是细致的描写中闪现的来自心灵深处的对美的热爱和赞美。这应该是欧阳炯词和花间词的价值所在，也是其本来的初衷和要义。

第六节　后蜀国毛熙震的文学创作

毛熙震，生卒仕履均不详，诸载籍中仅宋黄休复《茅亭客话》卷三《兰

---

① 曾昭岷、曹济平、王兆鹏、刘尊明编撰：《全唐五代词》（全 2 册），中华书局 1999 年版，正编卷 3，第 449 页。

亭客序》提到北宋乾德（963—968）中毛熙震的事情。关于毛熙震，陈尚君先生《花间词人事辑》考证最详①，《中国文学家大辞典·唐五代卷》"毛熙震"辞条撰写者亦为陈尚君先生。据陈尚君先生云，毛熙震为五代蜀词人，后蜀广政（938—965）年间，任秘书郎，宋太祖乾德间，毛熙震曾至王文昌家观其所藏王羲之真迹和晋唐法帖。毛熙震好书，能词，存词29首，均见《花间集》。②

《花间集》今存毛熙震词13调29首，见《花间集》卷9和卷10，其中卷9收16首，卷10收13首。这29首词在历代著名词选中的选收情况如下：

宋黄昇《花庵词选》（20卷）收毛熙震词3调5首，这3调5首词的题目是：《清平乐》（春光欲暮）；《菩萨蛮》（梨花满地飘香雪）（绣帘高轴临堂看）；《更漏子》（秋色清河影淡）（烟月寒秋夜静）。

清朱彝尊《词综》（30卷）收毛熙震词5调5首，这5首词是：《临江仙》（幽闺欲曙闻莺啭）；《清平乐》（春光欲暮）；《南歌子》（远山愁黛碧横波）；《后庭花》（越罗小袖新香蒨）；《河满子》（寂寞芳菲暗度）。

清康熙四十六年丁亥岁（1707）沈辰垣等编《御选历代诗余》（100卷）收毛熙震1调2首：《河满子》（寂寞芳菲暗度）（无语残妆淡薄）。

唐圭璋等《唐宋词鉴赏辞典》（唐·五代·北宋卷）收毛熙震3调3首：《临江仙》（幽闺欲曙闻莺啭）；《清平乐》（春光欲暮）；《菩萨蛮》（梨花满地飘香雪）。

本书依据笔者的理解，选析3首。

先看第一首《清平乐》（春光欲暮）：

清平乐

春光欲暮，寂寞闲庭户。粉蝶双双穿槛舞，帘卷晚天疏雨。　含愁独倚闺帏，玉炉烟断香微。正是销魂时节，东风满院花飞。③

此词被清陈廷焯《词则·别调集》评为"情味宛然"，其《云韶集》卷一又云"'东风'六字精湛、凄艳"。④刘瑞潞《唐五代词钞小笺》引《全唐

① 陈尚君：《唐代文学丛考》，中国社会科学出版社1997年版，第414页。

② 周祖譔主编：《中国文学家大辞典·唐五代卷》，中华书局1992年版，第89页。

③ 曾昭岷、曹济平、王兆鹏、刘尊明编撰：《全唐五代词》（全2册），中华书局1999年版，正编卷3，第588页。

④ 史双元编著：《唐五代词纪事会评》，黄山书社1995年版，第890页。

诗话》："熙震有《清平乐》词云'含愁独倚闺帏，玉炉烟断香微。正是销魂时节，东风满院花飞。'为人所传诵。"① 这些前代学者的评价应该是恰当的，只是比较难懂。笔者下文用通俗的话试作阐释。

　　一个大龄的单身女子或者一个独居的已婚女子在暮春时节哀叹自己的青春被大把大把地虚掷于寂寞的庭院，这时候，翩翩起舞、你追我赶的双飞蝴蝶可能给她的寂寞生活带来一点有关色彩和活动的刺激，让她的心头有所触动，不再是长久的无聊。但是，蝴蝶的双飞姿态和嬉闹情景可能进一步提醒她的孤单、加深她的忧郁、延长她的伤感，于是越槛而飞的蝴蝶可能早已没有了踪影，可是在她心头引起的撞击还在隐隐作痛。她终于知道怎么排解自己的苦恼了，于是，把帘子卷起又放下，放下又卷起，就这样单调的动作重复了许多次之后，天色渐晚，暮色四合，疏雨滴滴，寒意阵阵，被寂寞把心灵撕咬、吞噬了一整天的女子，能有何动作？能有何排解？或者说，她的寂寞何时才是尽头，她的孤单何时才能收尾？一切都让人猜测不已，操心不断。这就是此词上阕渲染的氛围，暗示的情感。

　　富贵人家的女性即使有生计上的麻烦，这麻烦也不至于把她们困扰得太久，那也就排不上议事日程，在心灵上留不下值得介意的印痕。或者干脆点说，富贵人家的女性没有生计上的麻烦，但是，即使如此，这并不等于她们没有其他方面的麻烦，而这其他方面的麻烦比起生计上的麻烦，未必就能够好受多少。此词中的女性就是这样的例子。上阕已经交代了她的背景：其身高贵，其龄渐老，其心寂寞，其情孤苦。下阕一开始就定格了她的形象："含愁独倚闺帏"。这形象是不是有点儿机器制造，太多了一点格式化的味道？是啊，有一点儿。打开《花间集》，甚至打开历代词集，像这种"懒洋洋、孤零零地斜靠在帷帐旁而且愁眉不展的秀美女子"，真是处处可见，在在多有。这种格式化形象的缺点是个性欠缺，但是普泛性却充足，这种普泛性之于反映那个时代富贵女性的一般心理和概括花间词人塑造女性形象的总体特征而言，总是能化短为长，威力尽显；况且所谓的格式化，也只是远望得到的感觉，如果迫而察之，则可知同中有异，异有多端。此词中的佳人看着玉炉里的香料燃成灰烬，烟断香微，也不愿意再续香料，其心灰意懒的心境借此凸显。事情还没有完，她还有一个灵慧的心，能够见微知著，透过表面的繁华，看出点点磨损，滋生阵阵隐忧。即使夏天，也会花团锦簇，怎么暮春时节就会因花落而销魂呢。其实，这里的销魂有二种解释。一是说，正因青春虚度而暗自神伤，这时候春风吹来，就有花瓣飒飒落地，让其内心的忧愁更加浓重；二是说，春天的美丽景

---

　　① 史双元编著：《唐五代词纪事会评》，黄山书社1995年版，第890页。

色夺人魂魄，可是，春风起则花瓣落，自己的青春也随风而逝，随花而落。不管"销魂"一词作何解释，春风春花都是自己生命的写照，美丽而又短暂，转瞬即逝。

再看《何满子》（寂寞芳菲暗度）：

何满子

寂寞芳菲暗度，岁华如箭堪惊。缅想旧欢多少事，转添春思难平。曲槛丝垂金柳，小窗弦断银筝。 深院空闻燕语，满园闲落花轻。一片相思休不得，忍教长日愁生。谁见夕阳孤梦，觉来无限伤情。①

如前所述，此词入选《御选历代诗余》（100 卷）卷四八，是《御选历代诗余》选收毛熙震 1 调 2 首词中的第 1 首；又入选朱彝尊的《词综》（30 卷）卷三，是《词综》所选毛熙震词 5 调 5 首词的第 5 首。尽管此词入选了这二种选本，但很少引起人的注意，仅李冰若《栩庄漫记》有一句评语："'谁见夕阳孤梦'二句，稍有情味。"②可见这首词得到的点评不但少，而且评价不高。以下是笔者粗浅的阐释。

花的鲜艳、叶的青翠、槛的精美、柳丝的柔软、燕语的呢喃以及诸如此类物象的完美组合构成的自然景色，不管有多么奇妙，要取得震撼人心的美感，都必须有人的参与，而且这样的人不管是男是女，都必须具有女性的敏感、多情，甚至脆弱，更理想的人选是除此之外，在女性的柔骨弱质之下还埋藏着永不熄灭的火苗。这火苗或大或小，或隐或现，总能适时地给人提供火的温度、火的炽热、火的腾腾烈焰。一旦这烈焰自由地舒展身体，舞姿翩翩，则所有暗示性、修饰性的语词和物象都鸣锣收兵、退身幕后，留在舞台上引起万众瞩目和掌声雷动的，不是絮絮的诉说，便是痴痴的独白。此种手段和情景，在人们的印象里，总是出现于浪漫诗人的名作中，例如屈原的离骚或者李白的歌行中。至于花间词人，不就是一群以秾艳词汇、繁杂意象来精细描绘或曲折暗示女性服饰、容貌、体态的一群人吗？抛开风、花、雪、月之类的词汇和意象来直抒胸臆，好像不是花间词人的作态和风格吧？是的，花间词人一般不这么做，但是也有例外，而且这样的例外不算太少，毛熙震这首《何满子》（寂寞芳菲暗度）就是这样的一首词。

---

① 曾昭岷、曹济平、王兆鹏、刘尊明编撰：《全唐五代词》（全 2 册），中华书局 1999 年版，正编卷 3，第 589 页。

② 李庆苏、李庆淦编著：《李冰若栩庄漫记笺注》，中国文联出版社 2009 年版，第 127 页。

　　芳菲是花，芳菲是草，芳菲是金柳的柔媚，芳菲是春鸟的舞蹈。这所有的春花、春鸟、柔柳和青草，标志着春的来到、美的招摇、情的张扬、寂寞的遁逃。可是，寂寞偏偏没有遁逃，它就一直在人的身边环绕。这种环绕的恶果是，草不再那么绿，花不再那么香，鸟鸣不再那么动听，柔柳不再那么多情。宜人的春景留给人的，只有黯淡，只有空虚，只有百无聊赖的懒散。能够感到百无聊赖的人一定有锐敏过人的心，对景色有特别的流连，对时光有特别的珍爱，似水年华的消逝无声无息，但能让这颗心听到飞箭在空气中嗖嗖穿越的震颤声，这时候箭的震颤就是心的震颤。人因为震颤而无法抓住眼前的美景和美事，就只好追忆消逝的前欢旧爱。昨日重现眼前，历历在目的都是一片片绚烂多彩，这与今天芳菲满园的寂寞暗度，形成巨大的反差，于是春怨之情非但没有平复，反而潜滋暗长，波及到眼前的一花一草和自己的一举一动。柳枝上吐出的嫩黄的芽儿排满了树枝、挂满了树枝，一条、两条、三四条，啊，这么多条！无数条的树枝在摇荡着，飞舞着，轻轻地拂过曲曲弯弯的栏杆，至少在栏杆周围的人的眼里，世界是金子做的，金枝飘拂，金色满眼。她倚在窗前，手持银筝，想通过缓缓的弹奏来倾诉悠悠的情思，可是，突然间，弦断了，心惊了，形势急转直下了，柳的柔媚和金的光泽渐渐退后，随之而来的是心的黯淡、景的萧条。

　　"深院空闻燕语，满园闲落花轻"中的"空"字和"闲"字是同样的意思。"空"是徒然地，"闲"是无谓地，都是说，正常情况下，燕子的呢喃是一种绵绵的情话，让深邃院子里寂寞孤苦的佳人稍得慰藉，花瓣的飘洒是一种柔柔的舞蹈，让漫步花园的佳人悦目赏心。可是，此时的佳人因为弦断心惊，燕子窃窃私语的美妙声音和花瓣轻轻飘坠的迷人舞姿，犹如春风射马耳，烟云过眼前，没有一丝半点能够触动心弦，留在心上。这种惨淡结局在不同性格的柔情佳人身上引起的应激性千差万别。沉溺其中者会继续伤感，性情软弱者会万念俱灰，善于变通者会别开新路。这首词中的佳人全然不同，她索性开始了真情告白，向自己的内心世界，向周围的大地夕阳，向长久不归的远方游子，也向千百年后以心灵体味此词意境和含义的无量读者。冯延巳说："谁道闲情抛掷久，每到春来，惆怅还依旧。"① 这位佳人的喃喃自语是："一片相思休不得，忍教长日愁生。""忍教"，就是"岂忍教"，就是不忍心教。"长日"就是一整天。佳人说："相思之苦啊，充满我的内心，环绕我的周围，塞满我的耳朵，弥蒙我的眼睛，沾满我的双手，拨也拨不走，推也推不开，我怎么能忍

---

　　① 曾昭岷、曹济平、王兆鹏、刘尊明编撰：《全唐五代词》（全 2 册），中华书局 1999 年版，正编卷 3，第 650 页。

心让它一点一点地吞噬我的心灵，我怎么会让我的内心世界愁雾密布，愁草疯长。我怎么能，怎么会，怎么忍心？"佳人祥林嫂似地絮絮叨叨着"不会，不能，不忍心"，正好说明她已经这样了，这与冯延巳那种"谁说我把忧愁抛开了，我想抛开但是没有抛开啊，春天一到，忧愁又来了，和以前一模一样"充满激愤情绪的辩驳所表达的含义别无二致。不同的是，这首词中的佳人没有像冯延巳词中的主人公一样"日日花前常病酒"，也没有像那位主人公一样于夜深人静的时候，去"独立小桥风满袖"。没有如此做的原因比较复杂，就不深究了，仅可作如下简单的猜想：也许是佳人对借酒浇愁的效果不大放心，也许是佳人觉得夜半时分独立小桥与自己身份不符，也许……但是，这位佳人有自己的寄情手段："谁道夕阳孤梦，觉来无限伤情。"以梦寄情，托梦相会的手法在古代诗词的花园中可谓寻常巷陌，上面熙熙攘攘地行走着百众千人，这种手法之所以能够长久流行，人见人爱，除了其不言而喻的写实性之外，其外部形态的各尽其妍也立功不小。例如这首词中的佳人先是走着常规路线：我做梦了，我相会了，我梦醒了；随后才蹊径独辟，针对那些讥笑她或者调侃她的话："太阳还没落山呢，你做什么梦啊？""做梦也是白日梦。""你想人家，人家不想你，想也白想，梦也白梦。"她的回答是："谁说我的梦是白日梦，谁说白日梦就是白做梦。我刚才梦中就相会了，现在还觉得血在沸腾，情在燃烧呢。"当然这样的话只能想，不能说，一说出来就"玉有瑕疵，价自减半"了，避免这种不良效果的有效办法就是内心独白。所谓"谁道夕阳孤梦，觉来无限伤情"者，正是如此的内心独白。

最后看《菩萨蛮》（梨花满地飘香雪）：

菩萨蛮

梨花满地飘香雪，高楼夜静风筝咽。斜月照帘帷，忆君和梦稀。　小窗灯影背，燕语惊愁态。屏掩断香飞，行云山外归。[1]

陈廷焯《词则·别调集》卷一评此词曰："幽艳得飞卿之意。"[2] 俞陛云《五代词选释》评此词曰："《菩萨蛮》词宜以风华之笔，运幽丽之思，此作颇似飞卿。'香断'、'云归'句尤为俊逸。"[3] 李冰若《栩庄漫记》评此词

---

[1] 曾昭岷、曹济平、王兆鹏、刘尊明编撰：《全唐五代词》（全2册），中华书局1999年版，正编卷3，第593页。

[2] 史双元编著：《唐五代词纪事会评》，黄山书社1995年版，第889页。

[3] 同上。

曰："凄清怨抑。"① 这些评价应当是十分中肯的，以下是笔者浅显的阐释。

思念是一种依赖，思念是一种关怀，思念是一种馨香的悠悠传播。内心世界充满馨香的人儿，尤其是内心世界充满馨香的美人儿，总是怀着一颗敏感的心、慈爱的心、柔情似水的心体验外部世界的一山一水、一草一木，于是，她的所有感官都水性十足、灵动异常，具有水的清澈、水的黏度、水的滋育万物的特质，让世界上所有死沉沉、干巴巴的纯物质性的东西都闪耀着理性的色泽，焕发出灵性的光辉。毛熙震这首《菩萨蛮》（梨花满地飘香雪）中的女主人公就是这样的女性形象。你看她对梨花与雪花的联想，高楼与静夜的比照，多么地宅心仁厚，而又没有委屈自己的感受。一个心灵被寂寞撕扯的女性，观察外界的眼睛肯定满含着阴郁，倾听世界的耳朵肯定倾向于接收容易引发人忧伤联想的细微声响，但也不会愁云四起，恶兆频现，因为她毕竟有一颗仁厚的心灵。于是，梨花之白让她想到了雪花，但她没有赋予梨花以雪花的冰冷，而赋予雪花以梨花的芳香。梨花悠悠地飞扬，一如雪花纷纷地飘洒，让洁白和芬芳飘向大地、飘向草木、飘向屋宇和人家。这样的意境是不是有点如幻如梦，仿佛仙界一般？可是仙界里的佳人不是珍珠水晶，不会餐风饮露，而是凡身肉胎，有着世俗人的饥渴欲望和对外界刺激的应激性。清冷的月华穿过云层、树枝和窗棂，斜斜地照进闺房里的帷幔，落在佳人的脸上、手上和身上，让佳人的内心更添孤苦和相思。这是梦醒之后的感觉。如果是梦中，肯定是别一番景象。由于日有所思、夜有所梦的原因，日日忆君、时时忆君的佳人，肯定在梦中见到了她那个朝思暮想的君。于是，情景一定像刚才所写的仙界一样新天新地，梨花香，雪花白，高楼美，夜晚静，两个人卿卿我我，情意绵绵。可是，两人如此这般相聚相爱的"和梦"太少了，至少就佳人的感觉而言，是太少了，更多的时候，佳人都是孤独自饮，忧伤自尝……

处于孤独、寂寞中的佳人有着无比脆弱而敏感的心灵，此心灵会随着每一个物象的黯淡色泽而染上黯淡，会随着每一个细微声响的叩击而留下印痕。小窗的灯影和燕子的啼叫就有这样的效果。两人共聚灯下而窃窃私语，能给人以温馨的感受和回忆，一人守灯发呆而暗自心伤，能让人回忆过去的温馨而更觉眼下的凄凉。现在就只有一个人，就只有一个人守着窗、守着灯，所以倍感灯影之背、灯影之暗。燕子的单与双、栖与飞，都不重要，重要的是人不孤单，人能成双。两人相拥相爱的时候，燕子的一举一动都能让人的内心情意绵绵、

---

① 李庆苏、李庆淦编著：《李冰若栩庄漫记笺注》，中国文联出版社 2009 年版，第 128 页。

爱意腾腾，让燕子的影子也沐浴在爱的光辉中。反之，当人茕茕孑立、形影相吊的时候，任凭燕子怎么成双成对，怎么情话呢喃，或者任凭燕子怎么孤单、怎么来与窗下的人儿同病相怜，人的内心深处都能传来悸动，传来心被撕裂的声音，这样，"燕语"就"惊愁态"了，注意，愁态不会因惊而止，只会愈惊愈愁。

独处的佳人是苦难的，苦难的佳人为了减轻自己的苦难，当然会在环境布置上做点文章。楼以玉楼为宜，屏以画屏为宜，枕以山枕为宜，当然最后少不了兽形香炉以及随时散发着迷人味道的香料。这是古代女子甚至今日女子闺房布置的常规。但是这个常规也有被打破、被忽略、至少是被轻度忽略的时候。打破、忽略，还是轻度忽略？取决于佳人心境变化的瞬时状态。能够孜孜不倦地布置和打理，说明心情恬淡。能够看着香料节节成灰，将要燃尽，然后去添加香料，说明有所寄托，香成灰而心不灰。一旦相思的潮水汹涌而来淹没一切的时候，佳人的眼前可能会幻化出那个她深爱的男子的影子。这时候整个世界将从她的眼前和心中慢慢褪色和退去，留下的，只会是那个男子的迷人身姿或者引出和象征这个男子迷人身姿的某个物象。"行云山外归"的"行云"就是这样的物象。他从远方飘了回来，他从山外飘了回来，缓缓地靠近了自己的屋宇，靠近了自己的窗前，靠近了自己。不用说，这是一个幻觉，一个想象，一个白日梦。最后的结局肯定是，行云永远在天上行，男子永远在外边荡，思念永远在心头苦。毛熙震这首《菩萨蛮》的主旨真如第一句"梨花满地飘香雪"所隐喻的那样，独守闺房的佳人的心灵永远是那么湿漉漉、香喷喷、空荡荡，一片白茫茫大地真干净似的空虚。

从以上三首词来看，毛熙震写词时喜欢关注的对象总是女性，而且是室内又美丽又聪慧又多情的女性。应该说，这一点无可厚非（谁会喜欢又丑陋又弱智又冷淡的女人呢），但也不值得心生敬佩（不必敬仰地看着他说："你竟然喜欢又漂亮又聪明又多情的姑娘，真伟大。"然后双手奉上自己的佩服书和感谢信）。毛熙震令人敬佩的地方是，他能让读者觉得，同样的描写对象，例如室内又美丽又聪慧又多情的女性，他能写出千种风姿，万般情致，让人随着他同端详、同品味、同欢喜、同怜惜，不论这个女性在《清平乐》（春光欲暮）中独守空闺而愁看玉炉香微，还是在《何满子》（寂寞芳菲暗度）中沉溺于前欢旧爱而不能自拔，或者在《菩萨蛮》（梨花满地飘香雪）中因为情人久无音信后看着满地无奈的梨花而心灰意冷。也许和毛熙震的这个才能有关，宋周密《齐东野语》云："蜀人毛熙震集止二十余调，中多新警而不僻薄。"（引见《古今词话·词评》卷上）① 李冰若《栩庄漫记》云："毛熙震词……其词浓丽处似学飞卿，然亦有清淡者，要当在毛文锡上，欧阳炯、牛松卿间耳。"② 姜方锬《蜀词人评传》云："熙震词，含义蕴藉，缀句清新，非陈腐直率者可比。"③ 通过以上分析知，毛熙震得此好评，绝非侥幸，而是有切实的实绩为证据的。

第七节　后蜀国孟昶的文学创作

孟昶（919—965），字保元，原名仁赞，邢州龙冈（今河北邢台）人。为后蜀高祖孟知祥第三子。后蜀孟知祥明德元年（934）七月即皇帝位，在位32年，后蜀广政二十八年（965）正月降宋，六月卒，年47。孟昶存文5篇，见《全唐文》卷129，存诗1篇，见《全唐诗》卷八，为七律，此诗又被收录于《全唐诗》卷889，为词，词牌是《木兰花》。

孟昶统治蜀地长达32年，在位时注意与民休息，兴文求治，当中原动荡之时，孟昶所辖蜀地，比较安定。他在兴文方面有一个建树，就是敕撰《古今韵汇》一书。关于孟昶其人与其文治功绩，明曹学佺《蜀中广记》卷一〇二有如是记载："孟蜀后王（笔者按：'王'应为'主'）崇尚六经，恐石经本流传不广，乃易为本板（笔者按：'本板'应为'木板'）。宋世称刻本书始于蜀也。昶尝曰：'我不效王衍作轻薄小词。'乃敕史馆集古今韵会数百卷，惜不传。今所传昭武黄公劭者，乃辑略耳。"④ 《十国春秋》卷四九《后主本纪》记载广政四年（941）事情时亦云："帝好学为文，皆本于理，居恒谓李昊、徐光溥曰：'王衍浮薄，而好轻艳之辞，朕不为也。'常敕史馆集《古今韵会》五百卷。"⑤ 可见，孟昶虽为亡国之君，但绝非无作为之人，不论是朝政，还是文治，孟昶都有值得圈点的地方，《花间集》能够编成于孟昶即位的第6年，不是没有原因的。如果再分析一下孟昶的诗或词，更会对孟昶多一点正面评价。以下试分析其《木兰花》（冰肌玉骨清无汗）。

---

① 史双元编著：《唐五代词纪事会评》，黄山书社1995年版，第884页。

② 李庆苏、李庆淦编著：《李冰若栩庄漫记笺注》，中国文联出版社2009年版，第125页。

③ 姜方锬编：《蜀词人评传》，成都古籍书店1984年版（据成都协美公司1934年铅印本影印），第125页。

④ （明）曹学佺撰：《蜀中广记》（108卷），景印文渊阁四库全书本，卷102。

⑤ （清）吴任臣撰，徐敏霞、周莹点校：《十国春秋》（116卷）（全4册），中华书局1983年版，第2册，卷49，第712页。

木兰花

冰肌玉骨清无汗，水殿风来暗香满。绣帘一点月窥人，欹枕钗横云鬓乱。　起来琼户启无声，时见疏星渡河汉。屈指西风几时来，只恐流年暗中换（苏轼《洞仙歌》即檃栝此词）。①

此词见《全唐诗》卷八八九，又见《全唐诗》卷八，题目作《避暑摩诃池上作》，是七律。"暗香满"作"暗香暖"，并注"一作满"。"绣帘一点月窥人"作"帘开明月独窥人"。"琼户"之"琼"，注"一作庭"。"启无声"作"寂无声"。末尾无"苏轼《洞仙歌》即檃栝此词"的注释。② 曾昭岷等《全唐五代词》正编卷三未收录孟昶此词（或此诗），而收录了孟昶的《洞仙歌》。《洞仙歌》全文如下：

洞仙歌

宜春潘明叔云：蜀王与花蕊夫人避暑摩诃池上，赋《洞仙歌》，其辞不见于世。东坡得老尼口诵两句，遂足之。蜀帅谢元明因开摩诃池，得古石刻，遂见全篇。

冰肌玉骨，自清凉无汗。贝阙琳宫恨初远。玉阑干倚遍，怯尽朝寒，回首处，何必流连穆满。　芙蓉开过也，楼阁香融，千片红英泛波面。洞房深深锁，莫放轻舟、瑶台去，甘与尘寰路断。更莫遣，流红到人间，怕一似当时，误他刘阮。（《阳春白雪》卷二）③

《全唐五代词》把这首《洞仙歌》当作孟昶的作品，而未收录《全唐诗》卷八八九本来就有的孟昶《木兰花》词。笔者更相信清宋翔凤《乐府余论》认为《洞仙歌》"明是南宋人伪托"④ 的观点，而认为《木兰花》（冰肌玉骨清无汗）才是孟昶的作品，故下文对孟昶的《玉兰花》（冰肌玉骨清无汗）进行粗浅的分析。

---

① 中华书局编辑部点校：《全唐诗》（900卷）（全15册），中华书局1999年版，第13册，卷889，第10120页。

② 中华书局编辑部点校：《全唐诗》（900卷）（全15册），中华书局1999年版，第1册，卷8，第84页。

③ 曾昭岷、曹济平、王兆鹏、刘尊明编撰：《全唐五代词》（全2册），中华书局1999年版，正编卷3，第732—733页。

④ 同上书，第733页。

精心描摹或者曲折暗示妇女的服饰、容貌、体态是花间词人的一贯手法，以这种手法写出的词理所当然地对后世钟爱情事的男男女女充满了持续不断的诱惑力。只是因为人的气质和性情千差万别，花间词或者具有花间词特质的词尽管其共性免不了妖娆和妖媚，这些妖娆和妖媚表现于不同词人的词中还是千姿百态的。这一点，打开《花间集》，阅读和体味一下 18 位词人的 500 首词，自会有深刻的印象。翻阅《花间集》时，笔者常常会思考一个问题：《花间集》所收的词，就是诗人作为一个光顾歌女生意的客人给歌女所写的词，那么这样的词在 940 年赵崇祚编此书时只有这 500 首吗？就是说，赵崇祚收全了吗？这部书编成之后，后蜀国还存在了 25 年，这后 25 年应该收入《花间集》的词还有哪些呢？就是说，这 25 年后还有哪些诗人或词人写出了花间词性质的词，这样的词是怎样的？后蜀国第二任国主孟昶的《木兰花》（又名《玉楼春》）（冰肌玉骨清无汗）就是这样的一首词，而且这首词可以作为具有花间词性质的词一个方面的代表。

古代诗人描写女性美的常见方法，是从局部的细小处例如眼睛、眉毛、头发、脸颊、手臂、腰肢、胸部等处开始，通过这些细小部位的特点来暗示女性的身份、心理、个性，能够一下子用一个词语概括女性身体各部位美妙特点的真的少见。孟昶这首词就别具一格。一开头，就以"冰肌玉骨"四字概括了女性身体各个部位美的共同特点。如冰一样晶莹、透明，如玉一样细腻、温润，真如当今化妆品广告语所说的"更白、更细、更光洁"，这种对女性肌肤骨质的审美要求，从古到今都一样，堪称亘古如斯。只是孟昶词句中的"清无汗"不好理解。说此时身体"无汗"，想来肯定是因为其他时候有汗，而有汗自然不如无汗之耐看，故说"冰肌玉骨清无汗"。只是不知道孟昶暗示的有汗是指何时，是夏天天热之时，或者是其他时候。不须怀疑的是，第一句总体写女性身体肌肤的美妙迷人。还有一点值得提出，第一句概括写女性身体的美好采取的是直来直去，开门见山的手法，这比起《花间集》中的一些词人通过比喻或者其他曲折表达的手法来，更容易直指人心，更容易给人留下深刻的印象。

如同"金樽美酒斗十千"所揭示的那样，醇美的酒盛在粗制的器皿里，必然影响人饮酒的心情，只有盛在金子做的酒杯里，才能让人舍得花钱，舍得拼命饮酒，不嫌其多。同理，美妙的女子只有住在豪华且充满芬芳气息的环境里才能让人真正心旷神怡，兴致盎然。孟昶这首词第二句也正是阐释这样的道理。如果说第一句是通过赞美女性身体的美来表达自己内心的喜悦和爱恋之意，那么，第二句则是通过赞美与女性身体美相协和的环境的迷人来抒发自己内心感受的深切。殿是水殿，也可能里面真的有很多水，但更大的可能是，该殿建造在水上，仿佛漂在水上，水一直是象征阴性的，一直是女性化的。水的柔软、光滑、滋育万物以及无坚不摧的特性总让人联想到女性的无穷魅力。水的流动必能让人感到微风的习习之感，或者更准确地说风生水起，是习习的风带动了水的流动，这两种动态化了的物象给予内心深处一直有潜流暗涌而表面上静若处子的佳人和注目佳人的男子以恰如其时的点拨和触动。于是，水面上、空气中、大殿外、内心里就有隐隐约约的芬芳的气息和味道渐渐滋生、缓缓飘动、密密聚集，最终，先是胀满了心胸和身体，随后给人的感觉仿佛天地都是如此。还有一点需要提出，这第二句所写环境中的水雾和微风互动而生的所谓的"暗香"就是幽香，就是淡淡的香，似无似有、朦朦胧胧的香，这种香即使广大无边地氤氲在一起，仍然是淡淡的、幽幽的、长长的，永远不会使人生厌，不会使人过敏，不会使人有乍闻乍惊的感觉，这才与第一句所写"冰肌玉骨"的美的精髓和谐为一。

　　既然是美女，哪怕是冰清玉洁仅有暗香袭人的美女，不消说，她最让人遐想不已、最让人头脑里五彩斑斓、乱坠天花的场景，肯定还是她的闺房。她的闺房局面可能狭小，乾坤自是不同，其气象、其本质、其风光，不管使用了多少华丽的辞藻，不管描述得如何绘影绘声，都难免效果不佳，让人觉得语短情长。简洁有效的办法，恐怕还是苏轼的诗句"横看成岭侧成峰，远近高低各不同"能够得其仿佛吧。但真要识其庐山面目，呆在山外的十万八千里远处，肯定不行；呆在室内，纤毫毕现，照样不行。如果想选取一个折中的距离，也有困难，因为你无从折中。这时候以管窥豹、以少胜多的方法可能就是不二之选，尽管这个选择有太多的无奈意味。那么，孟昶选择了什么呢？"绣帘一点月窥人"，他说不是我窥的，是月光窥的。因为绣帘低垂，佳人在内，室外的人想看个囫囵样都看不到，于是就望而却步，但是月亮不会却步，因为月亮没有那么脆弱，没有那么贪心，它不需要囫囵样，它能看一点是一点，能看两点是两点，万点不嫌其多，一点不嫌其少。这才是迷恋，这才是执着，这才是追求美的正确态度。读到这里你可能都按捺不住了："你胡扯什么呀，这里的月亮就是孟昶，月亮之光就是孟昶的眼睛之光，所谓月亮对美人痴爱到即使美人身上的一点也不放弃者，实际上是孟昶的夫子自道。"哦，恭贺孟昶，恭贺他幸遇知音，听到你如此的激辩，孟昶泉下有知，自当会心而笑。

　　刚才已经说过，一听到美人的闺房，许多人的头脑中就会纷纷飘坠斑斓的天花。如果进一步追问，这些天花最终会落向何处，可能许多人都会笑而不答。不必这么矜持，与低俗无关，与色情无关，与不健康的情绪无关。岂止与不健康的情绪无关，还与健康向上的情绪息息相关呢，因为这是美的追求，是爱的延展，是人类感性和理性在康庄大道上的携手共行和齐头并进。天花飘向哪里？当然是飘向美人啦，美人在哪里就飘向哪里，美人在床头就飘向床头，美人在床上，就飘向床上，美人在床尾，就飘向床尾。或问："那美人如果在床下呢？"那就飘向床下！爱美要爱得真诚，爱得热烈，爱得不挠不屈，爱得飞扬跋扈，爱得无远弗达，爱得无微不至。远可以追到海角天涯，不介意路途上的万水千山，微可以遍及美人身体上的每寸每分，不在乎世俗人的蜚语流言。所以，心花要飘向美人，飘向美人的头发、额头、眉毛、眼睛、鼻子、嘴唇、脖颈、肩头……一直到美人的脚下，不但要飘向美人身体的叶叶枝枝，还要飘向美人心灵的角角落落。那么，孟昶是这么说的吗？当然不会说得如此的开中药房、记流水账啦，但是意思别无二致，而且形神兼备、水乳交融。你看，枕头东倒西歪，钗钿八落七零，如乌云一般浓密的秀发散落脸边、散落枕旁、散落床上，由此可以推测诸如面妆、铜镜、被子等等没有提及的东西肯定也是各离其位，各逞其能，个个都是那么不愿意安分守己，完全称得上杜甫所说的"娇儿恶卧"。无须怀疑的是，外表上的水恶山穷，源自内心里的魂飞魄散。谁知道美人扶栏远望时误船几回？谁知道美人对花垂泪时饮酒几杯？谁知道美人独挑孤灯时的憔悴模样？谁知道美人蒙被哭泣时的痛断肝肠？

　　是的，美人的憔悴、美人的悲伤、美人的多情和迷人，都可以通过散落床上的钗钿和秀发反映出来，但是，床上美人的美丽毕竟不够多面、不够动态，如果美人能够站起来走一走，秀一秀，看一看，说一说，那才叫美妙呢，那才是立体的美、全面的美、活灵活现的美、席卷一切的美。这首词中，孟昶就这么做了。你看，他让美人站起来了，当然是仪态万方；他让美人走起来了，肯定是步履轻盈。美人走到门前，走到窗前，驻足而望，倾耳而听。她想听到什么呢？是适才梦中的绵绵情话，还是昔日家常的款款絮语？她想看到什么呢？是那人分手后渐行渐远的诱人身姿，还是那人归来时越来越近的熟悉面容？那么她到底听到了什么看到了什么呢？什么都没有听到，看到的也与那人全无关联。四野是那么的静，万籁俱寂，连百虫似乎都屏住了呼吸。唯有倚窗而望还有点新鲜的刺激，只见天宇上，偶然间有流星倏忽而过，那么远、那么淡、那么快，可还是让她的心弦一颤，发出悠长的回声，余音袅袅，使她遐想无穷而心生怨气：天上的牛郎和织女相距那么远，每年还都有个春风一度呢？

　　牛郎织女的传说让后世难得相聚的情男痴女倍感慰藉而又充满希冀，他们一方面因为相思苦难的石头没有只砸自己一个人而轻松许多，另一方面认同"金风玉露一相逢，便胜却人见无数"的道理，把希望寄托在每年仅有的一见上。可是，既然是寄望，那就有实现和落空两种可能的结果。于是，为了愿望变成现实，她们月月盼、日日盼、时时盼，光盼还不行，有时还免不了掐指而算，看看离相聚的日子还有多远。如此这般年复一年的期盼和计算，因为总有时到人不到、雁归人不归的事情发生，所以，相聚的日子越近，她们的心弦绷得越紧，激动、紧张、担心，五味杂陈，六神无主。最后两句"屈指西风几时来，只恐流年暗中换"正是这种心态的写照。所谓"西风"，就是"金风"、"秋风"，可见，也是希望像牛郎织女那样能于七月七日相会。说"几时来"，是埋怨这个节日来得太慢了。"暗中换"是偷偷地换，不知不觉地换。"只恐流年暗中换"就是说，只害怕似水年华不知不觉地又过去一年，那人还是未能回还。

孟昶这首《木兰花》或者《玉楼春》采用了上阕写静态的床上的美人、下阕写动态的窗前的美人的手法。上阕用美人的形态来暗示其心理，下阕用美人的动作来表现其心理。这首词塑造出一个珍惜时光、珍惜青春，美丽、多情而炽热的女性形象。语言上，即使描摹女性的形态美，也简洁明快。写女性的心理活动，更是开门见山，直抒胸臆。这与花间词人的常用写法截然不同。尽管孟昶此词未能收入《花间集》中，但是，这是一首成功的、优秀的花间词风的词。没有收入《花间集》的原因，很可能是因为此词写于940年《花间集》编成之后，当然，也可能是其他原因，但肯定不会因为这首词的题材不符或者水平不够。因为此词水平之高，不仅得到了清代学者朱彝尊的肯定，而且朱彝尊认为这首词比苏轼改编的新作还要好。朱彝尊《词综》卷二收录了此词，词谱为《玉楼春》（而不是《全唐诗》卷八八九所说的《木兰花》），词谱下注云"夜起避暑摩诃池上作"。末尾注云："按：苏子瞻《洞仙歌》本隐括此词，然未免反有点金之憾。"① 苏轼（即苏子瞻）的《洞仙歌》二首之二（冰肌玉骨）依据孟昶的词《木兰花》（或《玉楼春》）改编而来，水平不算差，但与孟昶的原作相比，明显逊色，故朱彝尊说苏轼词有点金成石的遗憾。

---

① （清）朱彝尊、汪森编，李庆甲校点：《词综》（36卷），上海古籍出版社1978年版，第22页。

第五章　南汉国文学创作论

河南上蔡人刘隐（873—911）于唐天祐元年（904）任唐清海军节度使，7 年后的 911 年，刘隐去世（刘隐被追尊为南汉烈宗），其弟刘龑接任，再 6 年后的 917 年，刘龑称帝（刘龑即南汉高祖），建都广州，国号越，次年（918）改国号汉，史称南汉，据有今广东、广西两省区之地。刘龑称帝 25 年后去世，其第三子刘玢（920—943）于南汉大有十五年（942）即位（刘玢即南汉殇帝），10 个月后被其弟刘晟杀死，刘晟即位（刘晟即南汉中宗）。17 年后，即南汉乾和十六年（958），刘晟死，其子刘𬬮即位（刘𬬮即南汉后主）。又 14 年后，即南汉大宝十四年（971），刘𬬮投降宋朝，南汉亡国。① 南汉政权地广达 60 州，国祚为 55 年，在五代十国中不论是辖地还是国祚，都是居于前列的政权。本章拟对南汉政权、南汉文学与地域的关系以及南汉文学的实绩给予初步的探讨。

第一节　南汉的政权更迭与地域特征

南汉政权统辖广东、广西两省区之地，但是，南汉政权的建立者却是地地道道的中原人士，在管理南汉政事的过程中，他们不可避免地要使用来自中原的人才，从而使得南汉呈现出南北人才皆用、南北文化交流的形态。为了弄清这个问题，先交代以下南汉政权的来历。

南汉政权的历史在《旧五代史》、《新五代史》中均有交代，但比较简略。叙述南汉政权历史最详细的史书是清吴任臣的《十国春秋》，该书卷五八至卷六〇叙述南汉四主高祖刘龑、殇帝刘玢、中宗刘晟、后主刘𬬮 55 年的历史，本章关于南汉历史的叙述即得自此书。以下是南汉历史的扼要介绍。

南汉政权的建立者是南汉高祖刘龑。但是其渊源必须追溯到刘龑的兄长刘隐和父亲刘谦。刘谦于唐僖宗李儇咸通（860—874）年间为广州牙将。唐僖

---

① （清）吴任臣撰，徐敏霞、周莹点校：《十国春秋》（116 卷）（全 4 册），中华书局 1983 年版，第 2 册，卷 58—卷 60，第 835—875 页。

宗李儇乾符五年（878），黄巢攻克广州，侵略湘湖一带，刘谦被授封州刺史、贺江镇遏使。唐昭宗李晔乾宁元年（894），刘谦卒，身在贺州的刘谦长子刘隐被授为封州刺史。乾宁三年（896），刘隐又平定了广州牙将卢琚、谭弘玘的叛乱。唐昭宗李晔光化元年（898），韶州刺史曾衮和广州将王怀合谋攻广州，被刘隐一战打败。刘隐被授清海节度副使，主管军政。唐昭宗李晔天祐元年（904），刘隐得梁王朱全忠举荐为清海军节度使，第二年（905），唐授刘隐同平章事。天祐四年（907），朱全忠改名朱晃，并称帝，改元开平。刘隐因为拥戴朱全忠称帝有功，被改名朱晃的朱全忠授检校太尉兼侍中，封大彭王。后梁开平二年（908），刘隐被授清海、静海等军节度使、安南都护。开平三年（909），梁改封刘隐为南平王。开平四年（910），梁又封刘隐为南海王。梁太祖朱晃乾化元年（911）春正月，梁加刘隐兼中书令。三月，刘隐卒，年38岁，其三弟刘陟（又名刘岩，后又改名刘龑）被授清海军节度使、守侍中、兼中书令。刘隐卒后六年的南汉乾亨元年（917），刘隐被追尊为让皇帝，庙号烈宗，即南汉烈宗。后梁乾化三年（913）二月，梁太祖朱晃卒，梁王朱锽即位，刘陟（即刘龑）袭封南平王。后梁贞明元年（915），梁帝朱锽更名朱瑱，刘陟要求把自己的郡王提升为和吴越国王钱镠地位一样的国王，遭到朱瑱拒绝，刘陟于是不再向梁朝进贡，与梁断绝关系。后二年，即后梁贞明三年（917）八月，刘陟称帝于番禺，国号大越，改元乾亨。第二年（918），改国号为汉。这就是南汉政权的建立过程。

南汉乾亨三年（919）九月，梁诏吴越王征讨南汉，吴越王受命后托词路远不出兵。乾亨六年（922）六月，刘龑出行，遭闽将王延美袭击，刘龑乘夜色逃走。乾亨七年（923），后梁亡，李存勖建立后唐王朝。乾亨八年（924）四月，刘龑伐闽，失败而归。乾亨九年（925）正月，刘龑遣使于唐，称“大汉国王致书上大唐皇帝”以探后唐之虚实。使者告知刘龑后唐皇帝骄淫，刘龑于是断绝和后唐的关系。十二月，刘龑改元白龙。白龙二年（926），后唐皇帝李存勖被杀，李嗣源即位，改元天成。白龙四年（928）三月，刘龑改元大有。楚兵侵封州，南汉打败楚兵。大有四年（931）十二月，爱州将杨廷艺叛，攻克交州。大有五年（932）四月，刘龑封19子为王。大有九年（936），南汉侵楚国，不克而还。十一月，契丹主立石敬瑭为天子，国号晋，改元天福。大有十年（937），南唐李昇即位，遣使告知刘龑。大有十一年（938）十月，刘龑子刘弘操迎战叛将，刘龑为援，结果刘弘操失败，战死，刘龑引兵而还。大有十二年（939），南汉与楚国恢复邦交。次年（940），又遣使南唐，贺南唐仁寿节。十一月，同平章事赵损卒，以王定保为同平章事，寻亦卒。大有十四年（941），遣使交好吴越。大有十五年（942）三月，刘龑卒，年54

岁。其第三子刘玢即位，并改元光天。

南汉光天元年（942），循州人张遇贤反，两败刘玢兵。次年（943），刘玢被其弟刘弘熙杀死，年24岁，在位两年，庙号殇帝。刘弘熙杀死刘玢后即位，更名刘晟，并改元乾元，十一月，又改元乾和。南汉乾和五年（947），刘知远代晋，建立后汉。至今年，刘晟杀死了所有的弟弟，以免得弟弟与其子争位。乾和六年（948），南汉打败楚国，获贺州等地。乾和九年（951）正月，郭威代汉建立后周政权。十一月，南汉屡次打败楚国兵，始尽有岭南之地。十二月，又打败南唐兵。刘晟更加骄傲。乾和十年（952），南汉又打败楚兵和南唐兵。次年，南汉又侵略湖南马楚政权的全州、道州、永州。乾和十四年（956），后周遣使来，南汉刘晟为夸耀南汉富华，赠使者茉莉，名曰"小南强"。乾和十六年（958），刘晟卒，年39岁，庙号中宗。刘晟长子刘铱即位，改元大宝，时年刘铱16岁。大宝三年（960），后周禅位于宋。大宝十三年（970），宋太祖诏江南国主李煜劝降刘铱，刘铱不听。随后，宋攻克南汉昭州、桂州、连州、贺州。大宝十四年（971）二月，刘铱投降宋将潘美。宋得州六十、县二百四十、户十七万二百六十三。宋封刘铱恩赦侯。宋太平兴国五年（980），刘铱卒，年39岁。

从以上南汉政权的来历和发展过程，就已经可以感受到，南汉政权之所以能够维持55年之久，是和南汉政权所处的地理位置、南汉政权所处地方的经济情况分不开的。为了把这个问题看得更清楚一点，现在对南汉与其他政权外交关系的过程及其原因予以探讨。

先看南汉与中原王朝的关系。刘隐的父亲刘谦，唐僖宗咸通年间，作过广州的牙将。唐乾符五年（878），黄巢攻破广州又逃窜后，刘隐被授封州刺史，一年之后（即879年），拥兵万人。刘隐遣使入朝贿赂梁王朱全忠，朱全忠表刘隐为清海军节度使，刘隐以佛哲国、诃陵国、罗越国所贡香药进献于唐。天祐二年（905），唐加刘隐同平章事。后二年（907），朱全忠称帝，刘隐以屡次上书劝进有功，被梁封为大彭王。冬十月，献助军钱20万于梁，又进就龙脑、腰带、珍珠枕、玳瑁器百余副，他物称是。从开平二年（908），梁命膳部郎中赵光裔、右补阙李殷衡充官告使，诏刘隐为清海、静海等军节度使、安南都护，刘隐留住赵光裔、李殷衡不遣。后梁开平三年（909），梁改封刘隐为南平王。次年（910），梁又封刘隐为南海王。开平五年（911）三月，刘隐病，向梁表封其弟刘陟权知留后。旋卒，年38岁。从刘隐兴起的历史可以看出，他对中原王朝，不论是唐，还是后梁，都是尊敬和服从的，尽管他的服从谈不上什么忠义，但其服从则是事实。关于刘隐对待中原王朝及其士子的态度，史臣有如此的评价："烈宗（笔者按：即刘隐）父子起封州，遭世多故，数有功于岭南，遂有南海。性复好贤下士，是时天下已乱，中朝人士以岭外最远，多游焉。唐世名臣谪死南方者，往往有子孙，或当时仕宦遭乱不得还者，皆客岭表。王定保、倪曙、刘濬、周杰、杨洞潜之徒，烈宗皆招礼之，而赵光裔、李殷衡以奉使往，俱辟置幕府，待以宾客，后卒用此数人致治云。"① 中原王朝在接受南汉的税收外，也管理一些事情。例如，后梁乾化二年（912），南汉和楚国相攻的时候，后梁曾经遣使调和双方的关系。南汉与中原王朝这种管辖与臣属的关系维持到刘龑时出现了问题，南唐高祖刘龑希望后梁把自己封为和吴越国王钱镠地位一样的国王，而不是南海王这种郡王，后梁皇帝朱瑱没有同意，于是，刘龑自立为帝。但是，其内心仍然对中原王朝有些畏惧，其表现是，刘龑时刻注意中原王朝的动向，并流露出愿意屈居其下的心态。例如，南汉乾亨九年（925），即后唐庄宗李存勖灭掉后梁二年后，后汉高祖刘龑（即刘陟）遣使何词通好，其称呼是"大汉国王致书上大唐皇帝"，而没有敢自称"大汉皇帝"。等何词回来告诉他李存勖的荒淫怠政情况后，他就小看后唐，不再和后唐来往了。此后南汉和中原王朝中断了关系，一直到后主刘铱投降北宋为止。

南汉和周围政权的关系，显然就没有对中原王朝那种敬畏心态，而是依据自己的需要，该通好则通好，该攻伐则攻伐，而且存在着时而交好，时而攻伐的现象。例如，后梁乾化三年（913）冬十月，求楚王女为婚，楚王马殷答应，二年后迎娶马殷女。次年（914），刘龑遣使吴越国通好。后梁贞明三年（917），刘陟（即刘龑）即位后遣使告吴，且劝吴王杨行密也称帝。同年，又嫁自己的女儿清远公主给闽王王延钧。南汉乾亨四年（920），遣使通好于蜀。但是，乾亨六年（922）与闽国相攻伐。南汉大有元年（928）、大有九年（936），与楚国相攻伐。大有十二年（939），南汉、楚国相互遣使通好。南汉乾和六年（948），南汉中宗刘晟求婚于楚。乾和九年（951），又打败楚国，夺得楚国数州之地。与南唐的关系也存在着这样的反复。南汉大有十三年（940），南汉高祖刘龑遣使贺南唐万寿节（即南唐先主李昇的生日）。南汉乾和十年（952），南汉中宗刘晟又打败南唐，伏尸八十余里。但是后来和南唐又交好了，到了南汉大宝十三年（970），南唐后主李煜还代表宋朝来劝降南汉后主刘铱。

从南汉与中原王朝、与周围政权的关系可以看出，由于历史和地理的原因，南汉对中原王朝始终是敬畏的，而与其他政权就一直是以平等的心态交

---

① （清）吴任臣撰，徐敏霞、周莹点校：《十国春秋》（116 卷）（全 4 册），中华书局 1983 年版，第 2 册，卷 58，第 838 页。

往，时而交好，时而攻伐，至于是交好还是攻伐，则是依据需要而随时变化。地理地域方面的特征对南唐的保护作用，还有这样一个例子。乾和十五年（957）十二月，刘晟闻南唐兵屡次被周兵打败，忧形于色，遣使入贡周朝，复为湖南隔之，乃治战舰，修武备，既而曰："吾身得免，幸矣，何暇虑后世哉。"① 就是说，刘晟本来是想称臣后周并给进贡的，为湖南马楚政权所阻，才治战舰，修武备。可见，南汉之地理偏远对南汉所起的屏障作用是很明显的。

第二节　南汉国的文学创作

南汉文学应该包括南汉的诗歌和散文，本书仅讨论南汉的诗歌情况。南汉诗坛上的情景比较寥落，李调元《全五代诗》收南汉诗歌一卷，见卷六一。从该卷知，南汉诗坛的情况是 20 人 38 首诗，这 38 首诗没有入选自唐代《才调集》直到今日《唐诗鉴赏辞典》的任何一种唐诗选本。有关南汉诗歌的评论，被集中收录于《五代诗话》第五卷，该卷为吴越和南汉两国的诗歌评论，共收有 16 人，但是，第十二人扈蒙、第十三人胡攉既不属于吴越，也不属于南汉，就是说，《五代诗话》第五卷收于"吴越南汉"名下的诗人有 14 人，其中有 11 人属于吴越，仅有 3 人属于南汉。吴越国的文学情况在十国中并不突出，可是，还是比南汉多了许多，由此可知南汉文学寥落的境况了。由于《五代诗话》体例上的原因，除第五卷收有南汉的诗歌评论外，第一卷收有南汉高祖刘龑文艺事迹二则，第八卷收有南汉美人文艺事迹二则。这三卷有关南汉的文艺事迹加起来，仍然十分薄弱。分析南汉的诗坛情况，只好以《全五代诗》所收南汉 20 人（含一个无名氏）的 38 首诗为主要依据了。

从南汉国现存的 38 首诗看，南汉诗人关注的题材有如下一些类别：

第一，写时事或者写对时事的看法。

黄损的《公子行》："春草绿绵绵，骄骖骤暖烟。微风飘乐韵，半日醉花边。打鹊抛金盏，招人举玉鞭。田翁与蚕妇，平地看神仙。"② 这首诗的内容和意境比较明了：春天到来的日子里，青青草地，蔓延到天边。达官贵人家的公子们并排骑着高头大马，在原野上驰骋。他们的生活真是开心，整天和姑娘

---

① （清）吴任臣撰，徐敏霞、周莹点校：《十国春秋》（116 卷）（全 4 册），中华书局 1983 年版，第 2 册，卷 59，第 859 页。

② 中华书局编辑部点校：《全唐诗》（900 卷）（全 15 册），中华书局 1999 年版，第 11 册，卷 734，第 8472 页。

们玩乐在一起，又是美酒，又是歌舞。然后，他们举着鞭子呼唤侍者，陪伴他们玩打鹊的赌博游戏，在游戏中下很大的赌注，可谓一掷千金。田地里耕耘的老翁和采桑的姑娘们，远远地看着嬉戏玩乐的公子，在他们的眼里，公子们就像神仙一样。这首诗中也许有对公子豪奢生活的遣责，但是很不明显。所以，与其说黄损在指责甚至抨击公子哥们，不如说黄损只是描摹公子哥们的奢华生活。这首诗通过描写公子哥们平静而奢华的生活，让人们从一个侧面看到了刘龚统治下南汉地区相对平静、和平的一面。黄损还有一首《出山吟》，全诗如下："来书初出白云扃，乍蹋秋风马走轻。远近流连分岳色，别离鸣咽乱泉声。休将巢许争喧杂，自共伊皋论太平。作业细看云色里，进贤星座甚分明。"① 李白接到皇帝的征召书之后，说"仰天大笑出门去，我辈岂是蓬蒿人"②，自信心倒是很强，只是很让人担心他的工作能力。黄损这首诗虽然也掩饰不住"春风得意马蹄疾"的心态，但是内敛多了，其以伊尹、皋陶自期的理想，也让人对他寄予相当的期望。从黄损的生平看，他后来出任了南汉尚书、左仆射，可见，他过高的自我期许固然显得不够谦虚，但也算不上什么狂妄。从黄损的这首《出山吟》可以看到南汉政权下士子们仕宦生涯的一个缩影。

与黄损相比，王言史的名气要小多了，今人只知道他是南汉时人。他仅仅留下了一首诗，就是这首《广州王园寺伏日即事寄北中亲友》："南越逢初伏，东林度一朝。曲池煎畏景，高阁绝微飚。竹簟移先洒，蒲葵破复摇。地偏毛瘴近，山毒火威饶。裹汗□如濯，亲床枕并烧。堕枝伤翠羽，菱叶惜红蕉。且困流金炽，难成独酌谣。望霖窥润础，思吹侯纤条。旅恨生乌浒，乡心系浴桥。谁怜在炎客，一夕壮容销。"③ 这首诗写了这么多，可以归结为一句话："广州热得很，我实在想回家。"这么说来，这首诗的思想意义是无可称道的，对吗？确实如此。那为何还要将这首诗全抄呢？因为这首诗虽然思想性很弱，但内容是丰富的、细致的、有趣的、有价值的。这首诗刻画炎热极为细腻，极为真实。例如说曲池边让人感到热气蒸人，高楼上没有一丝风。又如说炽热的竹席换地方时先洒水降温，蒲葵扇子再破都是宝贝，被人拿着摇来摇去。又如说

① 中华书局编辑部点校：《全唐诗》（900卷）（全15册），中华书局1999年版，第11册，卷734，第8472页。

② （唐）李白著，瞿蜕园、朱金诚校注：《李白集校注》（30卷），上海古籍出版社1980年版，卷15，第947页。

③ （清）李调元编，何光清点校：《全五代诗》（100卷）（全2册），巴蜀书社1992年版，下册，卷61，第1235页。

南方瘴气腾腾，热浪滚滚。又如说汗流浃背如同洗澡一样，睡在床上，枕头都是烫的。至于"窥润础"、"候纤条"的说法就更真实可信了。"窥润础"就是说，因为天热，人总想多看两眼支撑柱子的础石，因为那础石一定是冰凉的。"候纤条"就是仔细看着细细的树枝，盼望着树枝能有一点点摇动。最后两句"谁怜在炎客，一夕壮容销"是说自己作为一个北方人，很不习惯广州的炎热，但是没有人体贴自己，在广州酷热天气的催逼下，仅仅一个晚上，自己尚在壮年的面容就变得面目全非了。从如此细致而全面的刻画方法看，王言史这首诗无疑是写炎热天气的重要作品，虽然至今未见哪个诗话著作提到，但是，这首诗是有足够的资格进入诗话类著作的。其分类一定是描写天气炎热的那一类诗中。

第二，咏怀咏物之作。

南汉的咏物之作以诗人赵损的《琴歌》最为出色。该诗曰："绿琴制自桐孙枝，十年窗下无人知。清声不与众乐杂，所以屈受尘埃欺。七弦脆段虫丝朽，辨别不曾逢好手。琴声若似琵琶声，卖与时人应已久。玉徽冷落无光彩，堪恨钟期不相待。风转吟幽鹤舞时，撚弄铮摐声亦在。向曾守贫贫不彻，贱价与人人不别。前迴忍泪却收来，泣向秋风两条血。乃知凡俗难可名，轻者却重重者轻。真龙不圣土龙圣，凤皇哑舌鸥枭鸣。何殊此瑟哀怨苦，寂寞沉埋在幽户。万重山水不肯听，俗耳乐闻人打鼓。知君立身待分义，驱喝风雷在平地。一生从事不因人，健步□云皆自致。不辞重拂弦上尘，市廛不买多谗人。莫辞憔悴与买取，为君一曲号青春。"[①] 从体裁上看，这首诗是歌行体。该诗比较长，有个别生僻字，还有个别句子难以理解。但是，其基本主题是十分明朗的，这只要挑出几组比较好的句子就可以了。例如"绿琴制自桐孙枝，十年窗下无人知。清声不与众乐杂，所以屈受尘埃欺"。又如"乃知凡俗难可名，轻者却重重者轻。真龙不圣土龙圣，凤皇哑舌鸥枭鸣。何殊此瑟哀怨苦，寂寞沉埋在幽户。万重山水不肯听，俗耳乐闻人打鼓"。看这些句子，你会以为这是诗人自况他的怀才不遇，其实未必如此。因为这个琴的遭遇与赵损的命运差别很大。赵损是南汉国门下侍郎、同平章事赵光裔长子，仕南汉刘氏，为翰林学士承旨、尚书左丞。赵光裔去世后，南汉高祖刘龑又以赵损为门下侍郎、同平章事。《十国春秋》卷六二《赵光裔传》云，赵光裔为相二十余年，号称贤相。其兄赵光逢为梁朝丞相，赵光胤为后唐丞相，其子赵损继赵光裔之后为南

---

① （清）李调元编，何光清点校：《全五代诗》（100 卷）（全 2 册），巴蜀书社 1992 年版，下册，卷 61，第 1227 页。

汉丞相。"五季之时，一家四相，当时莫不歆羡。"① 可见，这首诗很少可能是赵损自况，更大的可能是游戏之作，或者是代人立言。不管是哪种情况，这种"珠玉买歌笑，糟糠养贤才"是封建社会的常见现象，赵损的这首《琴歌》即使没有引起当时人的共鸣，也一定会引起后世人的共鸣。从反映生活的深度和意义上看，这首《琴歌》都应该引起注意。

南汉僧人卿云《秋日江居闲咏》云："寄居江岛边，闲咏见秋残。草白牛羊瘦，风高猿鸟寒。检方医故疾，挑荠备中餐。时复停书卷，锄莎种木兰。"② 这首诗在写出南方景致的同时，也让人们看到当时僧人生活的若干方面，虽无大的思想意义，却有一定的认识价值。而他的《长安言怀寄沈彬侍郎》有句云"生作长安草，胜为边地花"③，让后人看到了当时各地士子对长安的向往之情，这对理解诸如王勃《送杜少府之任蜀州》之类的诗很有帮助。其《送人游塞》有句云"塞深多伏寇，时静亦屯兵"，④ 也让人看到了兵荒马乱的影子。

第三，生活琐事诗。

按道理，这类题材的诗歌是很难反映出什么南北差异的，就是说，这类诗歌很难有什么地域性。但是，从这类诗歌所写的心理至少可以看出南汉士人的所思所想，从而获得一点南汉时代两广地区的人文特色。现存南汉 38 首诗歌中，这类诗歌为数更少，比较有代表性的，是周渍的《重门曲》和《逢邻女》，尤其是《逢邻女》。

周渍是周渭的弟弟，宋平南汉后，周渭奏去南汉后主无艺之征，乡人感恩，为周渭立生祠。入宋后，周渭历官两浙转运使，加职方员外郎。周渭官位、声名均显赫，可惜仅留下一首诗，也无什么价值。而他的弟弟周渍留下的三首诗都可归入咏怀之作，而且都不错，值得分析一下。《重门曲》曰："憔悴荣华怯对春，寂寥宫殿锁闲门。此身却羡宫中树，不失芳时雨露恩。"⑤ 这首诗的主旨和王昌龄那首"玉颜不及寒鸦色，犹带昭阳日影来"完全相同，但是，采用的景色、意象大有不同，从不同的方面揭示了宫女的痛苦生活。周

---

① （清）吴任臣撰，徐敏霞、周莹点校：《十国春秋》（116 卷）（全 4 册），中华书局 1983 年版，第 2 册，卷 62，第 888 页。

② 中华书局编辑部点校：《全唐诗》（900 卷）（全 15 册），中华书局 1999 年版，第 12 册，卷 825，第 9379 页。

③ 同上。

④ 同上。

⑤ （清）李调元编，何光清点校：《全五代诗》（100 卷）（全 2 册），巴蜀书社 1992 年版，下册，卷 61，第 1227 页。

潢的另一首诗《废宅》写道："牢落画堂空锁尘，荒凉庭树暗消春。豪家莫笑此中事，曾见此中人笑人。"[①] 这首诗从立意上显然落入刘禹锡《乌衣巷》"朱雀桥边野草花，乌衣巷口夕阳斜。旧时王谢堂前燕，飞入寻常百姓家"[②] 这一首名诗的窠臼，但是所用意象、陈述方式别有新意，这就丰富和强化了刘禹锡诗的寓意，其实这也就是晚唐诗人杜牧《阿房宫赋》所云"秦人无暇自哀而后人哀之，后人哀之而不鉴之，亦使后人复哀后人者也"的意思。周潢值得仔细体味的是他的《逢邻女》："日高邻女笑相逢，慢束罗裙半露胸。莫向秋池照绿水，参差羞杀白芙蓉。"[③] 这是一个无数人见了无数次的生活场景，但是很少有人将此场景记录下来，也很少有人能有周潢在后两句所表现出来的心态和胸怀。这首诗一开头起首二字就不平凡，大有"日出东南隅，照我秦氏楼"的气象，用今天的话来说，类似于"那时候太阳已经爬上了三竿，千山万壑都在朝霞的映照下闪闪发光。这真是一个好日子。""邻女"说明是老相识，"笑相逢"说明两人不但认识，而且互相感觉比较好，所以才能笑脸相对。"慢束罗裙"的"慢"是简略、随意的意思。因为不是出远门，也不是出席正式场合的什么事情，所以，着装比较随意，连裙子都是草草地系了一下，裙带显得松松垮垮，这是下衣的状态。上衣似乎还要随意一点。你看，胸部都若隐若现，从人面前经过的时候，对方都能看到一半了。周潢这样写，肯定是写实，而不会是幻想。这说明了，古人的着装虽与今天有大大的不同，但是相同的地方也不是没有。例如，这"半露胸"的特点，古今就基本相同。有一个漂亮的邻居女孩从自己的身旁飘过，飘过时嫣然一笑，如果是一个心地善良且心理正常的男子，必然会有周潢"莫向秋池照绿水，参差羞杀白芙蓉"的感叹，用现代汉语说就是"哎呀，怎么这么漂亮啊"。如果是一个心地不怎么善良、心理有点变态的男子，但是看不上这个姑娘，很可能会指责甚至辱骂这个姑娘："衣服穿成这个样子，成何体统？"如果这个男子还有足够的权力，那就可能罗织一些莫须有的罪名到这个姑娘头上。如果这个心肠恶毒、心理变态的男子看上了这个姑娘，可能就会这么想："她穿成这个样子，看来是勾搭我了吧。那好，就别怪我不客气了。"这两种男子已经够邪恶够变态的了，但是还有更变态的呢。例如，有的男子没事的时候总在路上东走走，西转转，看

① （清）李调元编，何光清点校：《全五代诗》（100 卷）（全 2 册），巴蜀书社 1992 年版，下册，卷 61，第 1227 页。

② （唐）刘禹锡撰，卞孝萱校订：《刘禹锡集》（40 卷），中华书局 1990 年版，卷 24，第 310 页。

③ （清）李调元编，何光清点校：《全五代诗》（100 卷）（全 2 册），巴蜀书社 1992 年版，下册，卷 61，第 1237 页。

看是否有哪个姑娘或者女性穿衣不够整齐，然后他就可以指责、辱骂甚至陷害了。当他转悠了许久一无所获的时候，他可能爬到树上，甚至恨不得从人家烟囱里钻进去看看这家女主人是不是在闺房里着装不整，或者说了什么不该说的话。周渍当然与这些男子不一样，周渍是一个心地善良、心理正常的男子，所以，他才能打心眼里赞美从自己身边飘然而过的邻家女，于是就有了《逢邻女》这首诗。这首诗虽然是周渍写自己一个人的经历的，但是切切实实地反映了天下无数善良而正直的男子的心声。周渍存诗四首，均收入南宋洪迈《万首唐人绝句》卷七三中，明曹学佺《石仓历代诗选》卷一二三选周渍的诗时仅选了《逢邻女》这一首。曹学佺所看中的，很可能就是周渍此诗以一己之感想来表达世人之心声的艺术效果。

第六章 楚国文学创作论

　　唐昭宗李晔乾宁三年丙辰岁（896），河南鄢陵人马殷被唐朝任命为潭州刺史，乾宁五年（898）升为武安军节度使，领有潭、衡等七州之地。唐昭宗天祐四年（即梁太祖朱晃开平元年）（907）被后梁太祖朱晃封为楚王，天成二年（927）六月，被后唐明宗李亶封为楚国王，建都长沙（今河南长沙），有今湖南及广西东北部。南唐保大九年（951）十二月，为南唐元宗李璟所灭，共历5主45年。南唐灭了楚国后，楚国将领刘言又击败南唐，实际控制楚地，时间是后周太祖郭威广顺元年至广顺三年（951—953）。广顺三年（953），刘言被部下王进逵杀掉，王进逵控制楚地直到后周太祖郭威显德三年（956）。显德三年（956）二月，王进逵被部下潘叔嗣杀死，同月，潘叔嗣被周行逢杀死，周行逢控制楚地直到宋太祖赵匡胤建隆三年（962）十月传位于其子周保权。周保权于建隆四年（963）三月，被北宋灭掉。① 从951年到963年这12年是楚国的延续。本章所研究的楚国文学，就时间段而言，指从896年马殷任潭州刺史到963年周保权政权亡于北宋这68年时间。

第一节 楚地政权变迁简史及与文学的关系

　　河南鄢陵人马殷（852—930）在跟随唐将孙儒、刘建锋平定黄巢叛乱的战斗中因为作战勇猛而声名鹊起，孙儒战死后，马殷随刘建锋转战豫章（今属江西），兵力渐强。他们于乾宁元年（894）攻克潭州（今湖南长沙），乾宁二年（895），唐昭宗封刘建锋为武安军节度使，马殷为内外马步都指挥使。随后，刘建锋因和部将陈赡妻子有染，被陈赡杀掉，众将士推马殷为帅，此时为乾宁三年丙辰岁（896）五月。同年（896）九月，唐昭宗授马殷潭州刺史、

---

　　① （清）吴任臣撰，徐敏霞、周莹点校：《十国春秋》（116卷）（全4册），中华书局1983年版，第3册，卷67—70，第931—981页。

判湖南军府事。从此开始，马殷主管湖南军政。①

乾宁五年戊午岁（898）三月，唐昭宗授马殷武安军节度使，领湖南七州（但是实际可控制的只有潭州、邵州）。后梁开平元年（907）四月，刚刚称帝的朱晃（朱全忠称帝后改名朱晃）封马殷为楚王。开平四年庚午岁（910）六月，梁加马殷天策上将军，马殷开始设置天策府，以弟马宾为左相，弟马存为右相。② 后梁开平五年（911）冬十二月，马殷铸造天策钱，曰"天策府宝"。后唐明宗李亶天成二年丁亥岁（927）八月，后唐使者至潭州，封马殷为楚国王。自此，马殷开始建立楚国，以潭州为长沙府，"立宫殿，建百官，皆如天子制"③，但官职、政令的名称与后唐王朝稍微不同，以表示对后唐王朝的尊重。例如，翰林学士称文苑学士，知制诰称知辞制，枢密院称左右机要司，群下称殿下，令称教。姚彦章为左丞相，许德勋为右丞相，潘起为吏部侍郎，何致雍为户部侍郎，黄损为兵部侍郎。凡管内官属皆称摄。天成四年（929）八月，后唐明宗李亶敕命凡署将相敕牒，必须低于吴越王钱镠和楚王马殷。由此可见，马殷在中朝的地位之显赫，可与吴越王钱镠媲美。天成五年庚寅岁（930）十一月己巳日，马殷薨，年七十九。同年，后唐明宗李亶赠谥武穆。

武穆王马殷去世之后，即位的是他的次子马希声（898—932.8.15）。他的长子马希振很有才能，但次子马希声的母亲很漂亮，马希声以此得位。马希声即位二年后即去世，死因不明，死后追封衡阳王。执政的二年里，马希声的表现相当差劲。具体事例有这么几件。一是父亲马殷去世后，他不悲伤，不流泪，照样吃鸡肉（不知道为啥不照样吃鹅肉或其他动物的肉）。二是后唐明宗李亶长兴三年壬辰岁（932）七月，湖南大旱，他自己不求雨，也不准别人求雨，最后天就没下雨（似乎只要求雨就能下雨似的）。三是脾气暴躁，喜欢谋财害命，常常为了夺其犀带而杀死海商。四是于后唐明宗李亶天成四年己丑岁（929）七月，与马希范合谋，矫诏杀害了楚国谋臣高郁，遂了后唐庄宗李存勖的生前愿望，让马殷震惊叹息了好几天。④ 但是马希声也不是一无可取，至少他即位时遵从了父亲的遗命，"去建国之制，复藩镇之旧。"⑤ 此举换来了后

---

① （清）吴任臣撰，徐敏霞、周莹点校：《十国春秋》（116 卷）（全 4 册），中华书局 1983 年版，第 3 册，卷 67，第 931—932 页。

② 同上书，第 937 页。

③ 同上书，第 944 页。

④ 同上书，第 945 页。

⑤ （清）吴任臣撰，徐敏霞、周莹点校：《十国春秋》（116 卷）（全 4 册），中华书局 1983 年版，第 3 册，卷 68，第 949 页。

唐王朝的好感，马希声即位一个月之后，后唐王朝就封马希声为武安、静江等军节度使，并加兼中书令，死后还追封为衡阳王。

马希范（899—947）是武穆王马殷的第 4 子、衡阳王马希声的异母弟。马希声于长兴三年壬辰岁（932）七月十一日卒后，六军使袁诠、潘约等迎接马希范到朗州而立之，并于八月十二日拥戴马希范袭位于长沙。后唐应顺元年（934）正月，唐闵帝李从厚封马希范为楚王。自长兴三年壬辰岁（932）八月袭位至后晋高祖石敬瑭天福三年戊戌岁（938）十月夫人彭氏卒的这六年中，马希范行事守规矩，运气也比较好，所以，日子过得还算平稳，所经历的大事件不过是平定一下不算严重的叛乱、抵抗一下不算猛烈的侵略，以及时时接受一下后唐朝廷和后晋朝廷例行的封赏。夫人彭氏去世后，马希范成了脱缰的野马，许多事情上都不守规矩。他开始纵情声色，为长夜之饮；他开始虐民、刮民、刑贫弱；他开始卖官鬻爵；并于后晋出帝（又称少帝）石重贵开运二年乙巳岁（945），杀死其弟马希杲、把写诗讽刺他的湘阴处士戴偃关进监牢、削夺了极言进谏的天策府副指挥使丁思瑾的官职。所有这些缺点和恶行中，给人留下深刻印象的是他纵情声色的造诣。按理说，喜欢美女不是什么缺点和错误，但喜欢到肆无忌惮、恬不知耻和残杀无辜的地步，就令人发指了。这方面有三个例子。一是先王马殷的妾媵，有许多都被他染指。二是他令尼姑和僧人去民间物色美女，得到了好几百个姑娘，就这还不满足，给人宣扬说：“我听说轩辕御了五百名女子后升了天，我也应该差不多吧。”三是有个商人的妻子长得漂亮，马希范杀了商人夺走其妻子，结果该妻子宁死不从，上吊死了。①让人感慨不已的是，人性真是复杂，就是这么一个听起来几乎等同于传说中的殷纣王的无道昏君，竟然在他袭位后的第七年设立了天策府，任命了天策府十八学士，使得楚国文化建设方面的成绩突然间头角初露，也为楚国文学之树结出累累果实扎扎实实地浇了一次肥水。

马希广（922—950）是马殷第 35 子，是文昭王马希范的同母弟。他于后晋出帝石重贵开运四年丁未岁（947）五月十一日即位，于后汉隐帝刘承祐乾祐三年庚戌岁（950）十一月戊申日被他的异母兄、马殷的第 30 子马希萼杀害。他在位的三年，就是与哥哥马希萼斗法的三年，一直斗到他死于哥哥之手。马希广生性仁慈又优柔寡断，更严重的是，每当对手身处险境和绝境时，他都能施以援手，使对手转危为安。知道了这一点，就能明白他为什么会在有朝廷鼎力相助、有将官拼命辅佐的情况下，仍然败给了哥哥马希萼，落得个身

---

① （清）吴任臣撰，徐敏霞、周莹点校：《十国春秋》（116 卷）（全 4 册），中华书局 1983 年版，第 3 册，卷 68，第 958 页。

死国灭的下场。从他与哥哥马希萼斗法的表现看，他不仅深得春秋时宋襄公的嫡传，而且有所超越，从平时的作业练习到最后交卷结束考试，都是这样。这至少有以下六个证据。第一，同母兄马希范去世后，马希广已经掌握军权，可就是犹豫着不即位，最后是部下逼迫其权军府事，总算是即位了。第二，开运四年丁未岁（947）冬十月，马希萼从朗州来潭州（今湖南长沙）奔丧，部下周廷诲等人劝说马希广或者让位于马希萼，或者杀掉马希萼。马希广既不让位，也不杀掉，居然说："吾兄也，焉忍杀之，分国而治可也。"[①] 最后让马希萼轻而易举地虎归深山。第三，马希萼屡次要求后汉隐帝刘承祐给自己封爵，自己愿意单独给后汉上贡。这就正是马希广所说的"分国而治"，但是马希广听从了臣下的馊主意，故意让后汉隐帝不答应马希萼的请求，逼得马希萼联合其他力量来争夺王位。第四，后汉隐帝乾祐二年己酉岁（949）秋八月，马希萼发朗州兵攻潭州。未战之前，马希广就说："朗州，吾兄也，不可与争，当以国让之。"这时候，马希广已经不要求分国而治了，只希望让王位于其兄马希萼。等部下王赟把马希萼部杀得大败，而且马上就要追上马希萼将其擒获或者斩杀时，他立刻派人劝阻说："勿伤吾兄。"[②] 弄得王赟只好收兵回营。第五，后汉乾祐三年庚戌岁（950）六月至十月，马希萼联合南蛮兵三次攻击楚兵，斩杀楚将三名。在此危急关头，有人告知马希广，马希萼的同母弟、天策府左司马马希崇妖言惑众，有明显的造反企图，请马希广赶快杀掉。马希广却说："吾自害其弟，何以见先王于地下。"[③] 后来马希崇果然给马希萼做了内应。第六，后周太祖郭威广顺元年辛亥岁（951）十一月，长沙城危在旦夕，水军指挥使许可琼早与马希萼暗通款曲，马希广竟然还安排许可琼节度诸将，最后关头，许可琼果然率诸将投降马希萼，长沙城陷落。上述六件事中，第二、第四、第五件事说明马希广讲仁义而不顾后果，是宋襄公重生；第一、第三、第六件事说明马希广对优与劣、利与害、忠与奸缺乏起码的辨识能力，这份糊涂可不是宋襄公能赶得上的。宋襄公拥有的缺点，他继承了；宋襄公没有的缺点，他创造了。在看谁犯错误又多又重的比赛中，他处处都比宋襄公领先一步，真是青出于蓝而胜于蓝。

马希萼是马殷的第30子，心狠手辣，他的同母弟马希崇阴险狡诈。马殷的第35子马希广即位时，马希崇为天策府左司马，写密信给马希萼说，马希

---

① （清）吴任臣撰，徐敏霞、周莹点校：《十国春秋》（116卷）（全4册），中华书局1983年版，第3册，卷69，第962页。

② 同上书，第964页。

③ 同上书，第965页。

广即位是废长立少，违犯了先王马殷"兄终弟及"的遗命，应该兴兵讨伐。马希萼本来就不满，受到马希崇的挑拨后，毅然大兴问罪之师，与异母弟马希广展开了争位之战。经过三年多的厮杀，于后汉乾祐三年庚戌岁（950）十一月戊申日，杀死马希广，自任武安、武平、静江、宁远等军节度使，并自称天策上将军、楚王。马希萼自封的这些官职和王位，于后周广顺元年辛亥岁（951）三月，得到了南唐中主李璟的册封，马希萼总算是正式得到了王位。从马希萼的掌书记刘光辅受马希萼派遣去南唐上贡时主动怂恿南唐中主李璟趁机灭掉马希萼的楚国政权这件事情来看，夺位成功的马希萼既没有赢得人心，实力也不被看好。可是，马希萼显然不知道这些情况，他把军政大事完全交给了诡计多端、心术不正的同母弟马希崇。马希崇的胡作非为激怒了为马希萼夺位立下汗马功劳的朗州旧将王逵、周行逢等人，这些朗州旧将怨言满腹，时刻准备叛逃。这时候的马希萼却陶醉于胜利的喜悦中，开始了他随心所欲的幸福生活。他一方面无情地杀戮以前曾经得罪过他的人，痛快淋漓地报仇雪耻；另一方面纵酒荒乐，沉迷于女色和男色中，尤其是男色。谢彦颙是一个容貌漂亮的仆人，受马希萼宠爱后无法无天，不但常常混坐于诸妃嫔中，而且地位在诸将上，更嚣张的是，常常与马希崇平起平坐，直至拍着马希崇的肩背讲话。马希萼的朗州旧将王逵等人看出了马希萼立足未稳，尤其是看出了马希萼不打算立稳，也断定马希萼肯定立不稳，就趁马希萼喝醉的时候带兵向朗州逃去，逃跑的路上还设伏兵把马希萼酒醒后派遣的追兵杀了个落花流水。王逵等人逃归朗州后，立刻废黜了马希萼的儿子马光赞担任的武平留后这一官职，以武肃王马殷长子马希振的儿子马光惠顶替。后周应顺元年辛亥岁（951）六月，又让吉州刺史刘言顶替这一职务，并向后周太祖郭威称臣（马希萼是向南唐中主李璟称臣的）。同年（951）九月戊寅日，马步都指挥使徐威等人在潭州发动叛乱，杀死谢彦颙，活捉了马希萼，立马希崇为武安留后。马希崇把马希萼囚禁到潭州衡山县。在朗州的刘言等人听到这一消息，声称要以篡夺之罪讨伐马希崇，并设妙计让马希崇杀掉了有才能的十余名将领，然后仍不放过马希崇。受愚弄后自断股肱的马希崇万般无奈，只好向南唐将领边镐求救。同年（951）十月，南唐将领边镐率大军进入长沙，轻松灭掉楚国。十一月，边镐掳掠马氏族人和将佐一千余人去南唐。十二月，南唐中主（即南唐元宗）李璟任命马希萼为江南西道观察使、守中书令，镇洪州，仍赐楚王爵位；任命马希崇为永泰军节度使、兼侍中，镇舒州，仍居扬州。后周太祖郭威应顺二年壬子岁（952）十二月，马希萼觐见南唐中主李璟，然后留居金陵，数年后去世，谥号为恭孝。周世宗柴荣（954—957年在位）征淮南攻破扬州后，马希崇率兄弟十七人投奔后周，后周拜马希崇为右羽林统军，其余兄弟任后周大将军及节度行军司马。

后周应顺元年辛亥岁（951）十一月，南唐将领边镐掳掠马氏族人和将佐去南唐的时候，武平留后刘言不但拒绝了边镐的招抚，而且派马希萼旧将王逵等人领兵把南唐将领边镐赶出了楚国，同时向后周称臣。后周太祖郭威任命刘言为武平节度使、同平章事，而只任命王逵为武安节度使，这让本来为刘言后台的王逵大为不满。后周应顺三年癸丑岁（953），刘言死于王逵的袭击，其统治楚地仅三年。

后周太祖应顺三年癸丑岁（953）八月，王逵把他囚禁了武平节度使刘言的事情向后周太祖郭威作了汇报，郭威就任命王逵为武平节度使、同平章事。随后，王逵杀了刘言，开始统治楚地。后周世宗柴荣显德三年丙辰岁（956），王逵奉周世宗柴荣之命攻打南唐鄂州，路过岳州时，岳州团练使潘叔嗣是王逵以前的同僚，接待王逵十分恭敬谨慎，王逵的左右向潘叔嗣索贿不成，就说潘叔嗣的坏话，王逵信以为真，当面辱骂潘叔嗣。同年（956）二月，潘叔嗣害怕王逵攻克鄂州后找自己的麻烦，就趁王逵攻打鄂州时袭击朗州，王逵攻克鄂州后带领少量兵力回救朗州，被潘叔嗣杀死。王逵统治楚地三年多。

杀掉王逵的潘叔嗣害怕潭州刺史周行逢的谋略，就没有敢继续攻打朗州，而是返回岳州，并遣使请周行逢为帅。周行逢设计谋骗潘叔嗣到帅府而杀之，然后自称武平武安留后，奉表报告后周。后周显德三年（956）七月，周世宗柴荣授周行逢武平军节度使，制置武安、静江等军事。宋初，加周行逢兼中书令。宋太祖赵匡胤建隆三年壬戌岁（962）十月，周行逢卒，被追封为汝南郡王。

宋建隆三年（962）十月，周行逢死，宋太祖赵匡胤授周行逢的儿子周保权起复检校太尉、朗州大都督、武平军节度使。这时候，周保权才11岁。周行逢临终前召诸将吏说："张文表与我同时起事，看我混到这份上，他一直不满。我死之后，他一定造反，你们让杨师璠对付他，一定可以把他灭掉。如果实在走投无路，你们就带我儿子归顺宋朝廷，不要让他落到叛将的手里。"建隆三年（962）十二月，张文表果然造反。周保权一面让杨师璠带兵平叛，一面遣使向宋朝廷求援。宋太祖赵匡胤派遣山南东道节度使慕容延钊发十州之兵扑向张文表。宋兵到达江陵时，已得到消息：张文表战败，被杨师璠擒而杀之。周保权将领张从富害怕宋兵进攻，连忙做好了抵抗的准备。宋太祖认为我的宋兵是应你们的要求去救你们的，现在你们没等宋军救，就自己取得了胜利，你们取得胜利，我们当然没功劳，但愿意发兵救你们，总是好心好意。现在你们连一句感谢的话都不说，还做好了迎战我们的准备。既然这样，那就打吧。于是，宋太祖命慕容延钊率兵继续前进，把支援周保权的行动变成讨伐周保权。宋师长驱直入，所向无敌，先是擒杀了张从富，然后于建隆四年癸亥岁（963）三月壬寅日，俘虏了周保权，平定了湖南全境。这次行动，宋朝得到了15州66县97388户人口。从唐昭宗乾宁三年丙辰岁（896）开始割据或者半割据的湖南被统一了。

被俘虏了的周保权得到了宋朝的优待，宋太祖赵匡胤不但给周保权丰厚的赏赐，还授周保权为千牛卫上将军，在汴京为周保权修了官邸，又在朗州为汝南王周行逢增修了坟墓。宋太祖乾德五年丁卯岁（967），周保权升右羽林统军。太平兴国元年（976），宋太宗赵光义（即位后改名赵炅）又让周保权知并州。宋太宗赵光义雍熙二年乙酉岁（985），周保权卒，年34，被俘后活了22年。

综上所述，自896年至963年的68年中，以湖南为中心的楚地经历了这么几个政权：896年至951年十月，为马楚政权，共56年。自951年十一月至953年八月，为刘言统治时期，共21个月（3个年头）。自953年八月至956年二月，为王逵统治时期，共2年6个月。自956年二月至963年三月，为周行逢、周保权统治时期，共7年零1个月。从五代人路振《九国志》开始直到清朝吴任臣《十国春秋》所说的楚国，只包含马楚政权的56年（《十国春秋》云57年，误，说45年是从907年后梁封马殷为楚王算起的），本编（即第五编《十国文学创作述论》）论述十国文学，把马楚政权灭亡后先后存在于楚地的刘言、王逵、周行逢周保权所统治的13年是算在内的，尽管没有什么证据能够证明哪个文学作品作于这13年内。

从楚国政权的变迁简史可以看出，统治楚地的9个国主并没有有意识地给文学施加什么积极的影响，也没有有意识地施加什么消极影响，楚地文学的生长和发展处于无人经营的自生自灭状态。这正是文学所需要的环境，从这个角度看，楚国文学应该有不错的业绩。楚地68年的历史中，经历了马、刘、王、周四姓九主的统治，这走马灯似的政权更迭显然太快了点，但细究一下就可知道，长时间的基本稳定还是有几次的。武穆王马殷统治时期从896年到930年，有35年，这是第一次；文昭王马希范统治时期从932年到946年，有15年，这是第二次；汝南郡王周行逢统治时期从956年到962年，有7年，这是第三次。政权较长时期的基本稳定，无疑是人才聚拢、文学繁荣的有利因素。

十国中，君主无文学作品流传的有四个国家，楚国就是其中之一（另三个国家是南汉、荆南、北汉）。四姓九主长达68年的历史中，九个国主没有一个人有文学作品流传下来，其中偶然性因素肯定是很大的一部分原因。例如，楚国第三位国主文昭王马希范得到的评价是："王好学，善诗，颇优礼文士。"史臣赞叹说："文昭以聪敏之姿，读书礼士，天策群英几于梁苑、邺下之选焉。"① 马希范既然善诗，肯定是作过诗的，只是没有流传下来而已。又例如，武穆王马殷的长子马希振，历官至武顺军节度使，加侍中，"工诗句，耽吟咏，常延诗僧虚中于斋阁，酬答不厌，颇筑别墅，憩息以为乐"。② 930 年马希声即位后，马希振弃官为道士，后唐末帝李从珂清泰（934—936）中卒。从马希振的生卒看，他优礼诗僧的时间不算短，得到马希振优待的诗僧也很少可能只有虚中一人。长于作诗且喜欢和诗僧酬和的马希振一定写了许多诗，只是失传了而已。除了偶然性因素外，必然性因素也不可忽视。例如其诗失传了的马希范是楚地四姓九主中唯一一个对文学有兴趣的人，其他八人都与文学不沾边儿。不管是因为必然性还是因为偶然性，一个改变不了的事实是，楚地四姓九主与文学的缘分太少了。这对文学肯定是不利的。还有一个不利因素不可漏掉，那就是，尽管楚地政权较长时期的稳定有那么几次，但是，战争的频率太多了，规模也不算小。其他人其他时期就不必论了，武穆王马殷一生最后的四年，是他的全盛期（临死前第四年即 927 年，马殷被后唐明宗李亶封为楚国王，楚国正式建立），这四年，平均下来每年都有战事：927 年三月，奉唐明宗李亶之命，马殷遣将讨伐荆南国；928 年三月，马殷亲至前线，大破荆南兵；同年同月，马殷大举水军攻打南汉，被南汉打败；同年四月，吴国侵略岳州，马殷遣将击退吴兵；同年六月，又奉唐明宗之命，马殷遣将攻打荆南；929 年四月，马殷遣将再破荆南兵。③ 马殷的政权虽然稳固，但是如此频繁的战争不但会让马殷和众将士焦头烂额，而且会让不少文人的生活和创作受到影响。楚国开国君主马殷的全盛期尚且如此，楚地另外八个人执政时期的情况就更是可想而知了。

综合上述四方面的因素，可以初步判断：不出意外的话，楚国文学不会交白卷，总会有几个不错的文人，总会有几篇好的作品；甚至这几个文人的业绩不同凡响，甚至这几篇作品的水平让人眼前一亮。如果竟然出现了许多著名文人，产生了好几篇了不起的作品，那就是另一种意外了。是好是歹，就看偶然性因素所起作用的大小了，一切皆有可能，一切付诸冥冥。

---

① （清）吴任臣撰，徐敏霞、周莹点校：《十国春秋》（116 卷）（全 4 册），中华书局 1983 年版，第 3 册，卷 68，第 958 页。

② （清）吴任臣撰，徐敏霞、周莹点校：《十国春秋》（116 卷）（全 4 册），中华书局 1983 年版，第 3 册，卷 71，第 987 页。

③ （清）吴任臣撰，徐敏霞、周莹点校：《十国春秋》（116 卷）（全 4 册），中华书局 1983 年版，第 3 册，卷 67，第 943—945 页。

第二节　楚国的文学创作

楚国文学的资料当然可以在《全唐诗》、《全唐文》、《全唐五代词》等总集和《文苑英华》、《唐诗品汇》等选本中找到一些。但是，比较集中、也比较明确地收集楚国文学资料的书籍是清康熙时李调元的《全五代诗》（100卷）、清初王士祯等辑的《五代诗话》和陈尚君先生的《全唐诗续拾》。本节论述楚国文学所依据的主要资料就是这三种书。

《全五代诗》收楚国诗歌 4 卷，见卷六二、卷六三、卷六四，卷六五，这 5 卷共收楚国诗人 61 人（包括无名氏）。其中只有江遵一个人的诗占了一整卷，即卷六三。这就是说，楚国诗人中江遵的诗数量最多。除江遵外，其他比较重要的楚国诗人还有刘昭禹、裴说、虚中等人。以下即论述这几个人的文学成就。

一　汪遵的诗

汪遵（生卒年不详），名一作江遵（见《全五代诗》卷六三），宣州泾县（今属安徽）人。唐懿宗李漼咸通七年（866）进士及第，流寓楚地而卒。《崇文总目》卷一二"别集四"和《宋史》卷二〇八"别集类"均记载"汪遵《咏史诗》一卷"，已佚。其诗今存于《全唐诗》卷六〇二者有 60 题 61 首[1]，补收于《全唐诗补编·续补遗》卷 9 有 2 题 2 首（即《过平泉庄》和《又过杨相宅》）[2]，一共 62 题 63 首。

汪遵的生平行迹，今人知之甚少，而其现存的 62 题 63 首诗，除《饮酒》2 首七绝外，全是七绝咏史诗，数量虽多，但内容过于单薄。好在有一则逸事颇为有趣，也有 2 首诗颇有价值。以下即分析这则有趣的事和 2 首有价值的诗。

先看有趣的事。五代王定保《唐摭言》（收于《唐五代笔记小说大观》下册）卷八《为乡人轻视而得者》云：

> 许棠，宣州泾县人，早修举业。乡人汪遵者，幼为小吏，洎棠应二十余举，遵犹在胥徒，然善为歌诗，而深自晦密。一旦，辞役就贡，会棠送

---

① 中华书局编辑部点校：《全唐诗》（900 卷）（全 15 册），中华书局 1999 年版，第 14 册，《续补遗》卷 9，第 10696—10697 页。

② 同上。

客至灞浐间，忽遇遵于途中，棠讯之曰："汪都（都者，吏之呼也）何事至京？"遵对曰："此来就贡。"棠怒曰："小吏无礼！"而与棠同砚席，棠甚侮之。后遵成名五年，棠始及第。①

许棠（822—?）咸通十二年（871）进士及第，清徐松《登科记考》卷二三据此列汪遵于咸通七年（866）进士第中②，《唐才子传校笺》卷八"汪遵"条的校笺者梁超然先生据此断定汪遵生年"在敬宗宝历二年（826）前后"③。对文学研究来说，比考订汪遵及第年份和出生年份更有用的，是这则故事所说汪遵的诗歌天赋和个性特征："然善为歌诗，而深自晦密。"不但善于写诗，而且深藏不露，可见汪遵其人之内涵，应该胜于其"小吏"之身份。

肯定与这种"内胜于外"的个性有关，众多体裁中，汪遵钟爱的是七绝；生活万象中，汪遵专擅的是咏史，而且其咏史七绝的造诣，远远高过其声名。南北宋之交计有功说汪遵咏史诗"得名于时"，听起来汪遵的诗名并不小，但这个"得名于时"的"时"是"一时"的意思，就是说，是汪遵写出好诗的时候，顶多是汪遵在世的时候，以后就不这样了。这与汪遵诗所达到的高度不相匹配。且看让汪遵得名于时的这首诗：

长城

秦筑长城比铁牢，蕃戎不敢过临洮。

虽然万里连云际，争及尧阶三尺高。

——《全唐诗》卷六〇二

今知此诗的最早出处是后蜀何光远《鉴诫录》卷九《卓绝篇》，末句作"不及尧家三尺高"，"家"字显然于义未安，还是南北宋之交计有功《唐诗纪事》卷五九《汪遵》所记载的"争及尧阶三尺高"在意思和语气上显得稳妥和顺畅。此诗入选宋洪迈《万首唐人绝句》卷二八、宋何谿汶《竹庄诗话》卷二〇、宋阮阅《诗话总龟》卷一五（云得自于《诗史》）、清《御定全唐诗录》卷九〇等不多的诗总集、诗话著作、诗歌选本中，而其评价仅有五代后蜀何光远所称的此诗"卓绝"、南北宋之交计有功所说的"得名于时"两次

①　本社编：《唐五代笔记小说大观》，上海古籍出版社 2000 年版，下册，第 1648 页。

②　（清）徐松撰，赵守俨点校：《登科记考》（30 卷）（全 3 册），中华书局 1984 年版，第 3 册，卷 23，第 852 页。

③　傅璇琮主编：《唐才子传校笺》（第三册），中华书局 1990 年版，卷 8，第 466 页。

称赞（其中计有功还只是转述历史事实而已）。可见，从选录到评价，此诗都没有得到人们（尤其是五代以后的人们）足够的关注。这种冷落与这首诗达到的水平极不相符。这首诗前三句对长城特征（比铁牢之强、连云际之高）的认识固然正确，对长城功能的肯定固然充分，但这两点没什么了不起，汪遵能做到，其他诗人也能做到。但是最末一句"争及尧阶三尺高"的评价就出人意表，并非人人都能做到了。照汪遵这意思推理下去，必然是说，只要像尧舜那样实行仁政，把国家治理得物质足够富裕、精神足够文明，包括蕃戎在内的四夷自然而然就会归顺和投靠，哪里还需要防守呢？尽管从当今社会政治文明的角度看，所谓尧舜的仁政，不值一哂，汪遵以修内政来御外侮的识见，还是让人惊叹的，因为这种识见显然超过了他的同时代人，甚至超过了后来历代的文人，至少汪遵没有找出种种理由说尧舜的治国术虽然好，但不适合当今的具体情况。这样一首识见超拔的诗，居然被宋代以来的诗家、诗选家、诗评家轻轻放过，真是漏宝。可惜而又有点奇怪的是，汪遵的 61 首咏史诗，仅这首《长城》为卓绝之作，其他 60 首虽未必差，但表现平平，实无可称道。倒是《咏酒》二首中的第一首颇为值得注意。该诗如下：

咏酒二首（其一）
九醖松醪一曲歌，本图闲放养天和。
后人不识前贤意，破国亡家事甚多。

——《全唐诗》卷六〇二

把国破家亡的原因归结为饮酒，这观点仍然是陈腐的和错误的，这当然不是这首诗的价值所在，这首诗的价值是，提出了酒的起源，认为酒的产生本来出于前贤的一片好意，为的是让人们"闲放"兼"养天和"，因为酒的起源是颇有价值的学术问题而且至今未见有令人信服的解释出现，故汪遵此诗提出前贤造酒的说法值得注意。

即使抛开《咏酒》二首的第一首诗不论，作为楚国年辈最长、存诗最多的诗人，汪遵能有一首识见超拔的《长城》诗启人深思，已经足可以立足诗史，也算让楚国的文学有了一点起手不凡的味道。

二　裴说的诗

裴说，生卒年不详，籍贯可以考知大概。《十国春秋》卷七五《翁宏传》云："翁宏，字大举，桂州人。……同邑有裴谐者，唐人裴说之弟，武穆王时隐于桂岭，亦工于歌咏。"① 其弟裴谐为桂州人，则裴说的籍贯为桂州（今广西桂林），自无疑义。《全五代诗》卷六四云裴说"乱后，归湖南卒"②，《中国文学家大辞典·唐五代卷》"裴说"词条云"少逢唐末乱世，奔走于江西、湖南等地"③。少时奔走湖南，暮年卒于湖南，则将裴说视为湖南人是没问题的，只是不知此二种说法有何依据。退一步说，即使对后两种说法不予采信，依据其弟裴谐为武穆王马殷辖地人，而将裴说视为楚国诗人，仍然不无理由。这可能就是清李调元《全五代诗》将裴说收录于楚国诗人之列的重要理由。

裴说的生卒年不详，但其生平有下列数事可以考知。

第一，可知其进士及第时为天祐三年（906）（也可说天复六年），并知其历官补阙，终礼部员外郎。南北宋之交计有功《唐诗纪事》卷六五云"（裴）说天复六年（906）登甲科"④。天复六年即天祐三年（906），当时西蜀等地尚用天复年号，而计有功为蜀人，《唐诗纪事》所用材料为蜀地前代人所撰，故用天复年号（中华书局版《唐诗纪事校笺》卷六五校笺者王仲镛先生改天复六年为天祐三年，实不当改）。南宋陈振孙《直斋书录解题》卷一九云裴说为"天祐三年（906）进士状头"⑤。宋阮阅《诗话总龟》前集卷一三引《郡阁雅谈》云："裴说裴谐俱有诗名，说官至补阙，谐终于桂岭假官宰。"⑥ 题名（北宋）"陈师道"《后山诗话》（实南宋佚名撰）云："礼部员外郎裴说《寄边衣》曰……"⑦ 可能就是以此为据，元辛文房《唐才子传》卷一〇《裴说》云"后仕为补阙，终礼部员外郎"⑧。

第二，其名作《寄边衣》写于901年前。《唐才子传校笺》卷一〇云："又宋佚名《宝刻类编》卷八云：'《寄边衣》诗，裴说撰，彦章草书，光化

---

① （清）吴任臣撰，徐敏霞、周莹点校：《十国春秋》（116卷）（全4册），中华书局1983年版，第3册，卷75，第1030页。

② （清）李调元编，何光清点校：《全五代诗》（100卷）（全2册），巴蜀书社1992年版，第2册，卷64，第1278页。

③ 周祖譔主编：《中国文学家大辞典·唐五代卷》，中华书局1992年版，第216页。

④ （宋）计有功撰，王仲镛校笺：《唐诗纪事校笺》（81卷）（全8册），中华书局2007年版，第7册，卷65，第2179—2181页。

⑤ （宋）陈振孙著，徐小蛮、顾美华点校：《直斋书录解题》（22卷），上海古籍出版社1987年版，卷19，第580页。

⑥ （宋）阮阅编，周本淳校点：《诗话总龟》（前集），人民文学出版社1987年版，卷13，第157页。

⑦ 陈师道撰：《后山诗话》，景印文渊阁四库全书本。

⑧ 傅璇琮主编：《唐才子传校笺》（第四册），中华书局1990年版，卷10，第425页。

四年（901）立，京兆，存。'"① 可知《寄边衣》诗最晚 901 年已经写成，且知此诗声名很响，以至于刻石传世。

第三，裴说与晚唐诗人王贞白有交往，其《见王贞白》一诗写于 895 年或稍后。王贞白是信州上饶人，乾宁二年（895）进士及第，裴说写有《见王贞白》一诗，该诗云："共贺登科后，明宣入紫宸。又看重试榜，还见苦吟人。此得名浑别，归来话亦新。分明一枝桂，堪动楚江吟。"② 可见 895 年后裴说在江南。

第四，裴说与贯休有交往，时间、地点均难以考知。其《寄贯休》云："亿昔与吾师，山中精论诗。总无方是法，难得始为诗。冻犬眠干叶，饥禽啄病梨。他年白莲社，犹许重相期。"③ 可见，裴说曾与贯休隐居于山中，相与论诗谈艺，时间可能在进士及第前，地点大约是江南。

第五，如同晚唐五代其他士子一样，裴说应举极为辛苦，这方面他有一个反复行卷的故事，该故事见于宋钱易《南部新书》庚卷的记载："裴说应举，只行五言诗一卷，至来年秋，复行旧卷。人有讥者，裴曰：'只此十九首苦吟，尚未有人见知，何暇别行卷哉？'咸谓知言。"④ 从这个故事不仅可以看出裴说应举的辛苦，还可以看出裴说等晚唐士子何以喜欢写五言诗。

第六，宋徐铉《稽神录》卷六记载的一个故事说明裴说在当时诗坛就有点名气。该故事云："进士谢谔，家于南康。舍前有溪，常游戏之所也。谔为儿时，尝梦浴溪中，有人以珠一器遗之，曰：'郎吞此，则明悟矣。'谔度其大者不可吞，即吞细者六十余颗。及长，善为诗。进士裴说为选其善者六十余篇，行于世。"⑤（该故事见《太平广记》卷二七八引，上海古籍出版社《宋元笔记小说大观》第一册所收《稽神录》无此条记载）善为诗的谢谔写了许多诗，裴说从中选出 60 首以行世，可见裴说鉴别诗歌的眼光在当时就有点名气。

第七，裴说与之交往的人物，除上文提及的僧贯休、王贞白外，从现存诗《寄僧尚颜》、《寄曹松》、《寄僧知乾》、《哭处默上人》看，他与僧尚颜、僧

---

① 傅璇琮主编：《唐才子传校笺》（第四册），中华书局 1990 年版，卷 10，第 424 页。

② 中华书局编辑部点校：《全唐诗》（900 卷）（全 15 册），中华书局 1999 年版，第 11 册，卷 720，第 8349 页。

③ 同上书，第 8348 页。

④ （宋）钱易撰，黄寿成点校：《南部新书》，中华书局 2002 年版，第 103 页。

⑤ （宋）李昉等编：《太平广记》（500 卷）（全 10 册），中华书局 1961 年 9 月新 1 版，第 6 册，卷 278，第 2214 页。

知乾、僧处默、诗人曹松有交往。

曹松、贯休、王贞白、僧尚颜、僧知乾、僧处默等人为裴说之友，可见裴说的朋友不管是俗是释，多少都有点诗才或文才，但从著述看，裴说的兴趣不局限于诗，他还喜欢做点学问。

裴说有著作2种12卷，均佚（可参看第一编《十国艺文志考索》）。1种是"《修文异名录》十一卷"，见《宋史》卷二〇七"类事类"的著录。《修文异名录》是类事类书，而且多达11卷，可见裴说对做学问有点兴趣，而且还相当用功。另1种是"《裴说诗》二卷"，见北宋王尧臣等《崇文总目》卷一二"别集四"的著录。《裴说诗》2卷到南宋时就有散佚，南宋晁公武《郡斋读书志》卷四中仅著录"《裴说诗》一卷"，南宋陈振孙《直斋书录解题》卷一九云"《裴说集》一卷……世传其《寄边衣》古诗甚丽，此集无之，仅有短律而已，非全集也……"① 南宋时就佚失了一部分，剩下的只是"短律"。不知陈振孙所说的"短律"指什么，估计把省试诗的五言八韵或五言六韵诗（晚唐科举还有五言六韵诗）称为"长律"，把五言律诗称为"短律"。剩下的只是"短律"，一方面说明佚失的太严重，另一方面说明裴说的"短律"在当时比较受欢迎，比较受人重视和宝爱。

《裴说诗》2卷含有多少诗，今已无法知道，但知道裴说今存诗有55题55首，均收于《全唐诗》。其中《全唐诗》卷七二〇存诗51题51首，含七言歌行3首、五律42首、五绝1首、七绝5首（《全唐诗》第11册）；《全唐诗》卷七二〇又含断句10联又一句，其中2联断句为七言句式，其余均是五言句式（《全唐诗》第11册）；《全唐诗补编·补逸》卷一四补1首五律《重台芙蓉》（《全唐诗》第13册）；《续补遗》卷九补1首五绝《上岳守》（《全唐诗》第14册）；《续拾》卷41补2首：七律《寒食》、五律《客中重阳》（《全唐诗》第15册）。总之，裴说存诗55题55首中，含五律44首、七绝5首、七言歌行3首、五绝2首、七律1首。

从多种体裁诗的数量上就可以看出，裴说喜欢的体裁是近体诗，尤其是近体诗中的五律。五律在格律上的严格要求正是苦吟诗人大显身手的目标，而"语不惊人死不休"的严谨态度无疑可以上溯到杜甫，从裴说《寄边衣》这首名作和裴说的寄友诗看，在题材上仍然可以上溯到杜甫，那么，裴说应该对杜甫有所心仪了吧？事情正是这样。且看裴说吊念杜甫的诗：

---

① （宋）陈振孙著，徐小蛮、顾美华点校：《直斋书录解题》（22卷），上海古籍出版社1987年版，卷19，第580页。

经杜工部坟

骚人久不出，安得国风清。拟掘孤坟破，重教大雅生。

皇天高莫问，白酒恨难平。悒怏寒江上，谁人知此情。

——《全唐诗》卷七二〇

尽管裴说仰慕杜甫，但是他作诗似乎还不敢以杜甫为学习对象，他作诗以贾岛、李洞为主要的效法对象，喜欢炼字炼句，故常有奇思妙想，多有让人称道的佳句。例如《唐诗纪事》卷六五提到的就有："'苦吟僧入句，得句将成功。'……又云：'是事精皆易，唯诗会却难。'……有《石首县》诗云：'因携一家住，赢得半年吟。'……《洛中作》云：'莫怪苦吟迟，诗成鬓亦丝。鬓丝犹可染，诗病却难医。山暝云横处，星沉月侧时。冥收不堪得，一句至公知。'"①

喜欢写五律，而又心仪杜甫，不用说，最能看出锤炼诗艺之功的，是裴说的五律。但是，晚唐长于五律的诗人多的是，裴说能将他自己与其他诗人在某种程度上区别开来的诗，还是裴说的歌行名作。以下举例分析。

先看让裴说声名大噪的《寄边衣》：

寄边衣

深闺乍冷鉴开箧，玉箸微微湿红颊。一阵霜风杀柳条，浓烟半夜成黄叶。垂垂白练明如雪，独下闲阶转凄切。只知抱杵捣秋砧，不觉高楼已无月。时闻寒雁声相唤，纱窗只有灯相伴。几展齐纨又懒裁，离肠恐逐金刀断。细想仪形执牙尺，回刀剪破澄江色。愁捻银针信手缝，惆怅无人试宽窄。时时举袖匀红泪，红笺谩有千行字。书中不尽心中事，一片殷勤寄边使。②

《全唐诗》卷七二〇收此诗，但题目作《闻砧》。此诗的意思和意境大约是这样：

与丈夫离别很久的妻子在冬天即将来到的时候打开镜子准备梳妆，一

① （宋）计有功撰，王仲镛校笺：《唐诗纪事校笺》（81 卷）（全 8 册），中华书局 2007 年版，第7 册，卷 65，第 2179—2180 页。

② 中华书局编辑部点校：《全唐诗》（900 卷）（全 15 册），中华书局 1999 年版，第 11 册，卷720，第 8342—8343 页。

看到镜子中自己的面容就泪流满面。秋风把柳条吹得哗哗作响，一夜之间，如烟雾一样浓密的柳叶全都变成了黄色。明月苍凉如水，走下台阶的女主人突然间觉得又伤感又担忧，不知道离家千里的良人是否有足够的衣服抵挡即将到来的严寒。秋天的黄昏，女主人拿着棒杵，一下一下地捣着，不知不觉，明月转过高楼，夜已经很深了。空中的大雁发出叫声，呼唤着同伴，但是女主人是没有同伴可以呼唤的，伴随她的，只有黯然的青灯。女主人多次把精美的布铺开，又懒得裁剪，她总怕自己的心随着剪刀剪裁的布碎成一片又一片。仔细想着良人的身高体型，用尺子量了又量，然后剪开雪白的布。手拿银针随意地缝着衣裳，觉得为难的是，没有人试穿一下以判定衣服的长短肥瘦。边缝衣服边用衣袖擦着泪水，衣服里夹的信至少有一千余字。可是，心事有千万重，短短一千余字的信怎能说得完自己的心事重重呢，就这样寄给边关的那个人吧，好歹传达了我的一片心意。

　　不论就意境还是就水平而言，此诗皆可进入晚唐名诗之列。陈师道《后山集》卷二三谈到裴说时引用了此诗，并评论道："裴说诗句甚丽，《零陵总记》载说诗一篇，犹诙谐也。"① 诗句的清丽当然是这首诗的优点，但是，能让这首诗进入晚唐名诗之列的，主要还是这两方面的成绩：首先是题材上的深入挖掘。唐代并非没有人写到妻子给远在外地的丈夫做衣服这样的事情，例如初唐张若虚《春江花月夜》"捣衣砧上拂还来"就写到了思妇做衣，但是，能够写得像裴说这首诗这么仔细、全面的，还真是少见。其次是层次上的自然顺畅。这首诗先写深秋时节，思妇对镜流泪；再写秋景肃杀，思妇心增伤感；又写寒雁有伴，人却孤单；又写思妇裁衣、缝衣、掩泪、写信、寄信的情节，这就把思妇做衣寄衣的心情和动作交代得十分清楚。这首诗的缺点是所写的人和事尽管很准确，符合生活的真实，但是，始终是类型化的，缺少个性，其感染力自然不及杜甫《北征》中写小女儿学母化妆的经典片断。即使这样，这首诗仍然是晚唐五代十分出色的一首诗。

　　再看《零陵总记》所载裴说那首被陈师道认为尤其诙谐的诗：

怀素台歌（一作《题怀素台》）

　　我呼古人名，鬼神侧耳听。杜甫李白与怀素，文星酒星草书星。永州东郭有奇怪，笔塚墨池遗迹在。笔塚低低高如山，墨池浅浅深如海。我来

---

① （宋）陈师道撰：《后山集》，景印文渊阁四库全书本，卷23。

恨不已，争得青天化为一张纸。高声唤起怀素书，搦管研朱点湘水。欲归家，重叹嗟，眼前有三个字：枯树槎、乌梢蛇、墨老鸭。

——《全唐诗》卷七二〇

陈师道只是说这首诗十分诙谐，没说为什么诙谐。以今人的眼光看，此诗诙谐特点的主要表现是诗末三个排比的短句子对怀素草书形态的比喻：怀素草书这个众口一词赞誉有加的作品，竟然被裴说看成是"枯树槎"、"乌梢蛇"、"墨老鸭"。这一方面透露了裴说欣赏艺术品时轻松调侃的心态，另一方面说明了裴说表达见解时无所畏惧的精神。此诗诙谐的另一个表现，是裴说把口语化的句子和大胆的夸张结合后产生的效果，例如他说他想把天作为一张纸，把死去的怀素唤醒来，让怀素蘸上湘江水来写草书。除了诙谐的特点外，这首诗还有两个句子写得极富内涵。这二个句子是"笔塚低低高如山，墨池浅浅深如海。"读者可能产生的疑问是：既然认为怀素的坟丘很低，怎么可能比山高？既然认为怀素洗笔的池水很浅，又怎么可能比海深呢？其实，裴说想说的是，怀素的坟丘虽低，可是在后人眼里，坟丘里的怀素比山还高，从而显得坟丘比山还高了；怀素洗笔的池水很浅，可是在后人眼里，怀素草书的功夫之深，比海还深，从而显得池里的水比海还深了。这两个句子写得机智又深刻，堪称此诗的名句了。《寄边衣》一首诗语言清丽，表现了裴说长于言情的一面，显然是元稹艳情诗的继承者，其才能庶几赶得上同时代的著名艳情诗人韩偓。《怀素台歌》这首怀古诗（也可说是写人诗），语言通俗洒脱，想象丰富奇特，显然具有盛唐李白歌行的风味，其才能与同时代的著名诗僧贯休相比，并不逊色。

裴说一共存3首七言歌行，其中就有两首很有名气，可见，他在七言歌行方面是有天赋的。但是，七言歌行毕竟不是他喜欢的体裁。他最喜欢、写得最多也最擅长的，还是五言律诗，他对五言律诗一定倾注了更多的心血。现存裴说55题55首诗中，五律有44首之多，就是证据。现在就来分析几首裴说的五律。

先看《寄曹松》：

寄曹松

莫怪苦吟迟，诗成鬓已丝。鬓丝犹可染，诗病却难医。山暝云横处，星沉（一作稠）月侧时。冥搜不可得，一句至公知。①

---

① 中华书局编辑部点校：《全唐诗》（900卷）（全15册），中华书局1999年版，第11册，卷720，第8343页。

曹松是晚唐苦吟诗人，生卒不可详考，大致 830 年前后生，902 年前后卒①，从这首诗可以看出，裴说像曹松一样，作诗好苦吟，以至于彻夜苦吟，苦吟成病。这首诗还提到了当时鬓发花白后还可以染成黑色，当时用什么材料和技术染发的，这可是一个值得注意的科技问题。

再看《送人宰邑》：

送人宰邑

官小任还重，命官难偶然。

皇恩轻一邑，赤子病三年。

瘦马稀餐粟，羸童不识钱。

如君清苦节，到处有人传。②

一个朋友即将赴任邑宰（可能是县令），裴说写诗相送，趁机劝勉该人清廉为官。首联说官职虽小，职责重大，朝廷也是千挑万选才选中了你去执宰该地的。颔联说如果你没有把皇恩降临到百姓头上，那么百姓就会过三年苦日子。颈联说你一直骑着很瘦的马，你的马吃得很差，而追随你的童子待遇也差，几乎没见过钱是什么样子。末联说你清廉艰苦的生活作风，早就传遍江湖。从这首诗可以看出，裴说也没有跳出那个时代人们认识上的局限，就如何为官，当时人所能给予的建议不出为官清廉的套话，当然这套话没什么错，只是其作用和价值十分有限。裴说所写像这类勉励友人清廉为官的诗，还有一首《南中县令》，因是同类诗，就不抄录全诗了。

以上二首五律，不免说教意味，再看这类诗必然让人厌烦，那就换换口味，看一首长于捕捉日常生活情景的五律：

喜友人见面

一别几寒暄，迢迢隔塞垣。

相思长有事，及见却无言。

静坐将茶试，闲书把叶翻。

依依又留宿，圆月上东轩。③

---

① 周祖谟主编：《中国文学家大辞典·唐五代卷》，中华书局 1992 年版，第 687—688 页。

② 中华书局编辑部点校：《全唐诗》（900 卷）（全 15 册），中华书局 1999 年版，第 11 册，卷 720，第 8344 页。

③ 同上。

　　首联写分别后多次相互问候致意，即使一方在千里迢迢的塞垣也没有隔断双方的友情。颔联写思念是无穷无尽又丰富多彩的，但是见面后却不知道说什么好。颈联写见面后所能做的事情十分有限，要么拿起茶杯吹一吹，试试新沏的茶是否适合可饮，要么就是随手找本书随意地翻看着。末联写朋友要走的时候，又把朋友留宿了一晚，但再次留宿的这一晚仍然没有多少话可讲，两人能做的事情只是又一次看着一轮圆月升上东轩。这首诗所写的场景十分常见，许多人都有过，至少都听说过，都明白，但很少有人把这种场景和情感记录下来。裴说按照时间顺序，一一叙说，层次分明，语言质朴又简练，尤其是颔联"相思长有事，及见却无言"，说出了许多人经常遇到或者感受到的遗憾，展现了裴说比较出色的概括能力。这一点，应该是受到了杜甫的影响。

　　其实，杜甫对裴说诗的影响，不仅表现在具有高度的概括能力这一个方面，还表现在题材的选择及题材反映的思想这个方面。杜甫关注动乱现实，在动乱现实的描写中表达其忠厚爱民之情。裴说的诗也有此特色。现举三个例子来说明。

　　先看二首七绝：

乱后偷路入故乡

愁看贼火起诸烽，偷得余程怅望中。

一国半为亡国烬，数城俱作古城空。①

岳阳兵火后题僧舍

十年兵火真多事，再到禅扉却破颜。

唯有两般烧不得，洞庭湖水老僧闲。②

　　前一首说乱兵把国家烧得只剩一半了，后一首说乱兵们不能烧的只剩下洞庭湖水和老僧的闲静这两样东西了。

　　再看一首五律：

旅行闻寇

动步忧多事，将行问四邻。

深山不畏虎，当路却防人。

---

　　①　中华书局编辑部点校：《全唐诗》（900卷）（全15册），中华书局1999年版，第11册，卷720，第8350页。

　　②　同上书，第8350—8351页。

> 豪富田园废，疲羸屋舍新。
> 自惭为旅客，无计避烟尘。①

《全唐诗》卷七二〇所收裴说这首《旅行闻寇》正文后注释云："后四句一作'无事助明代，何门销此身。空惭两行泪，飘洒向红尘。'"其中正文文本出自北宋李昉等编的《文苑英华》卷二九五，注释中的文本出自南北宋之交计有功《唐诗纪事》卷六五。这首诗后四句的这二种文本，一个是北宋前期文本（即《文苑英华》文本），一个是北宋末文本（或南北宋之交）（即《唐诗纪事》文本），两项比较，当然是采信北宋前期文本了。从文义上看，也是北宋前期文本更好。北宋末期文本的"无事助明代"的"无事"置于此诗句中显得费解，"何门销此身"给人的感觉是作者似乎想出家为和尚了。问题是作了和尚未必能保证安全，就像《岳阳兵火后题僧舍》所说的那样"唯有两般烧不得，洞庭湖水老僧闲"，注意，叛军无法烧掉的只是洞庭湖水和老僧的悠闲，可不是说烧不掉老僧。末联两句和北宋前期文本的末联两句都差别不大。首联"动步忧多事，将行问四邻"写出了乱世中所有人的心态和生存的小技巧。颔联"深山不畏虎，当路却防人"是说叛军比老虎要可怕多了，人跑到老虎窝附近，都不是太害怕，可是，光天化日之下在大路上，就有抢劫和伤害发生，真让人感叹"叛军猛于虎"。颈联"豪富田园废，疲羸屋舍新"显然是互文手法，意思是富人和穷人、贵者和贱者的宅院都被烧毁一空，人们所住的，只是刚刚搭建的屋子。末句"自惭为旅客，无计避烟尘"显然是说自己无权无势，无法为平定动乱现实做点什么。"无计避烟尘"显然是说没办法使百姓远离战火，否则裴说就用不着"惭"了。与写动乱现实的两首七绝相比，这首五律不仅内容丰富，而且前二联概括和表现生活的能力相当强。这应该和裴说喜欢且长于写五律有关。

裴说仅存 55 首诗，就有 3 首写乱兵烧杀，且写得不错，均有名句，由此可知，艳情诗、怀古诗均写得不错的裴说，写起战乱来，仍然是一把好手。

三　刘昭禹的诗

楚国前辈诗人汪遵的诗水平虽好，但终究与楚国的关系相当疏离，与楚国关系密切、能够显示楚国文学实绩的第一个诗人，是刘昭禹。

刘昭禹，字休明，生卒年不详，籍贯亦不甚详。南北宋之交计有功《唐

---

① 中华书局编辑部点校：《全唐诗》（900 卷）（全 15 册），中华书局 1999 年版，第 11 册，卷720，第 8347 页。

诗纪事》卷四六说"婺州人也",婺州即今浙江金华。南宋陈振孙《直斋书录解题》卷一九说"桂阳刘昭禹",桂阳即今湖南郴州。计有功还说刘昭禹"有诗三百首"①,北宋王尧臣等《崇文总目》卷一二"别集五"、南宋郑樵《通志》卷七〇"别集五·五代"、元脱脱等《宋诗》卷二〇八"别集类"均著录"《刘昭禹诗》一卷",南宋陈振孙《直斋书录解题》卷一九"诗集类上"云:"《刘昭禹集》一卷。湖南天策府学士桂阳刘昭禹撰。"② 说明刘昭禹诗确实编辑成集,可惜已经佚失。今日研究刘昭禹的第一手材料,只能是《全唐诗》卷七六二收录的 9 首诗和断句 7 联③、《全唐诗》卷八八六(即《全唐诗补遗》五)补录的 5 首诗④、《全唐诗补编·续拾》卷四九再次补录的 1 首诗⑤,加起来一共是 15 题 15 首。

尽管只存 15 首诗,谈论刘昭禹时该说的话题还是足够多。

首先看刘昭禹的行迹,尤其是刘昭禹在楚国天策府的作为。刘昭禹出仕湖南马氏政权,曾为县令,又为容管节度推官,终岩州刺史,后来与李宏皋、何仲举等人同为文昭王马希范天策府学士。在天策府里,刘昭禹好折节下贤,曾于坐中见石文德诗,赞云:"君文苑之雄也。"并力荐石文德于文昭王马希范,使石文德和他一样,同隶天策府为学士。⑥

其次看刘昭禹作诗的热情。宋阮阅《诗话总龟》前集卷一〇引《郡阁雅谈》云:"刘昭禹……少师林宽,为诗刻苦,不惮风雪。诗云:'句向夜深得,心从天外归。'言不虚耳。"⑦ 半夜作诗只能说明很用功,不能说明有见解,能说明有见解的是他对五言律诗的感悟:"尝与人论诗曰:'五言如四十个贤人,

---

① (宋)计有功撰,王仲镛校笺:《唐诗纪事校笺》(81 卷)(全 8 册),中华书局 2007 年版,第 7 册,卷 46,第 1564—1565 页。

② (宋)陈振孙著,徐小蛮、顾美华点校:《直斋书录解题》(22 卷),上海古籍出版社 1987 年版,卷 19,第 581 页。

③ 中华书局编辑部点校:《全唐诗》(900 卷)(全 15 册),中华书局 1999 年版,第 11 册,卷 762,第 8735—8737 页。

④ 中华书局编辑部点校:《全唐诗》(900 卷)(全 15 册),中华书局 1999 年版,第 13 册,卷 886,第 10090—10091 页。

⑤ 中华书局编辑部点校:《全唐诗》(900 卷)(全 15 册),中华书局 1999 年版,第 15 册,续拾卷 49,第 11679 页。

⑥ (清)吴任臣撰,徐敏霞、周莹点校:《十国春秋》(116 卷)(全 4 册),中华书局 1983 年版,第 3 册,卷 73,第 1015 页。

⑦ (宋)阮阅编,周本淳校点:《诗话总龟》(前集),人民文学出版社 1987 年版,卷 10,第 115 页。

著一字如屠沽不得。觅句者若掘得玉合子，底必有盖，但精心求之，必获其宝。'"① 先说写五律必须一字不苟，又说只要真的不苟，那就必能写出好诗。肯定与这种感悟有关，除《全唐诗》卷七六二的《送休公归衡》是七绝、《全唐诗续拾》卷四九再次补录的《田家》是五绝外，刘昭禹现存 15 首诗的另 13 首诗全是五律，而且《全唐诗》卷七六二所收的 6 联断句都是五言诗句，很可能也出自五律（《全唐诗》卷七六二收刘昭禹断句共 7 联，但第 2 联断句《夏雨》之"对面雷嗔树，当街雨趁人"出自裴度《夏雨》诗，不是刘昭禹的诗句）。

最后看刘昭禹名作的水平。南北宋之交计有功《唐诗纪事》卷四六收录了刘昭禹的 2 首诗：《经费冠卿旧隐》和《怀华山隐者》。南宋阮阅《诗话总龟》收录了刘昭禹的 2 首诗，1 首是卷一〇的《怀萧山隐者》，作者误为刘禹昭，诗题也误"华山"为"萧山"②；1 首是卷二〇的《闻蝉》③。《唐诗纪事》卷四六又云《怀华山隐者》为刘昭禹诗集的"集首"，那就先看这一首。

> 怀华山隐者
> 先生入太华，杳杳绝良音。
> 秋梦有时见，孤云无处寻。
> 神清峰顶立，衣冷瀑边吟。
> 应笑干名者，六街尘土深。
>
> ——《全唐诗》卷七六二

该诗的思想和意境大约是这样的：

> 一定是因为以前颇多交往和教益而又年龄为长，言不我欺，故称其人为"先生"，称其语为"良音"，称其去为"杳杳"。又因为"杳杳"得太久了，让刘昭禹苦苦思念以至于频频出现于梦中，尤其是在秋季倍感孤单和凄凉的时候，这让梦醒后的刘昭禹刹那间觉得先生比天边的孤云还要

---

① （宋）计有功撰，王仲镛校笺：《唐诗纪事校笺》（81 卷）（全 8 册），中华书局 2007 年版，第 7 册，卷 46，第 1565 页。

② （宋）阮阅编，周本淳校点：《诗话总龟》（前集），人民文学出版社 1987 年版，卷 10，第 115 页。

③ （宋）阮阅编，周本淳校点：《诗话总龟》（前集），人民文学出版社 1987 年版，卷 20，第 220 页。

难以觅得，但是转念一想，不对，先生从来没有离开，先生时刻与我同在，每当我抬起头来凝视峰顶的时候总觉得先生伫立于峰顶冷眼看世，每当我徜徉山间艳羡瀑布的时候总感到先生欣赏着瀑布忘情吟诗。冷眼所看存于胸，忘情所吟发于口，其内容是什么呢？多半是无奈的苦笑声，笑世人图虚浮之名，得真实之累。这些真实之累又是什么呢？看看六街上的尘土和绝尘而去的马蹄就知道了，不但有"京洛多风尘，素衣化为缁"（陆士衡《为顾彦先赠妇二首》之一）①的狼狈，而且有"朝扣富儿门，暮随肥马尘"（杜甫《奉赠韦左丞丈二十二韵》）②的屈辱。

产生这种感受的人，可以是被称为先生的华山隐者，也可以是思念先生的后生刘昭禹，当然更可能同时是华山隐者和刘昭禹两个人。该诗中间二联（颔联和颈联）对仗工稳是律诗的基本要求，按理说对仗得再工稳都不值得称赞，考虑到刘昭禹这个苦吟诗人关于五律有"四十个贤人"的高论，还是注意一下中间二联的好。既要注意"秋梦"对"孤云"、"有时见"对"无处寻"、"神清"对"衣冷"、"峰顶立"对"瀑边吟"这种字面上的对仗，更要注意秋季之悲对孤独之苦、深情肃穆对环境冷清这种意境上的和谐以及梦中见和醒时寻、峰顶看和瀑边吟这种因果上的联系。只有注意到这首诗字面上的毫发不爽足够完美地表现了思想上的和谐统一，才能知道当初刘昭禹诗结集时以此诗为冠冕，绝非率意而为，而是颇用了许多苦心的。

其实刘昭禹用了许多苦心的诗，绝不止其诗集的开篇第一首《怀华山隐者》，其他诗也应该是这样。已经佚失了的诗当然无缘置喙了，就现存 15 首诗中的 13 首五律而言，几乎每一首皆有精彩的句子，而且其精彩之表现绝不止于对仗工稳还是不工稳这种小技巧。尽管如此，还是得承认，刘昭禹现存的 13 首五律在思想、意境、用词等方面达到的水平均有差异。就是说，这 13 首五律的水平有高有低、有强有弱，可惜本章不能一一评说（评说也未必准确），只好选录 3 首以飨同好。一曰《灵溪观》："鳌海西边地，宵吟景象宽。云开孤月上，瀑喷一山寒。人异发常绿，草灵秋不干。无由此栖息，魂梦在长安。"③ 二曰《闻蝉》："一雨一番晴，山林冷落青。莫侵残日噪，正在异乡

---

① （陈）徐陵撰：《玉台新咏》（10 卷），景印文渊阁四库全书本，卷 3。

② （唐）杜甫著，（清）仇兆鳌注：《杜诗详注》（25 卷）（全 5 册），中华书局 1979 年版，第 1 册，卷 1，第 75 页。

③ 中华书局编辑部点校：《全唐诗》（900 卷）（全 15 册），中华书局 1999 年版，第 11 册，卷 762，第 8735 页。

听。孤馆宿漳浦，扁舟离洞庭。年年当此际，那免鬓凋零。"三曰《经费冠卿旧隐》："节高终不起，死恋九华山。圣主情何切，孤云性本闲。名传中国外，坟在乱松间。依约曾栖处，斜阳鸟自还。"① 最后说一下，这 3 首诗是刘昭禹现存 13 首五律中的高强者，其水平比刘昭禹诗集卷首的《怀华山隐者》并没有差到哪里去，但仍然不能下结论说这 3 首诗和《怀华山隐者》是刘昭禹最好的 4 首五律，其他 9 首五律全都略逊一筹。这一方面说明刘昭禹佳作的比例确实高，另一方面说明他那"著一字如屠沽不得"的理论首先是用来要求他自己的。理论上严格要求，实践上苦心锻造，使得刘昭禹的五律几乎每一首都有可称道之处，这在诸诗中长于近体、近体诸诗体中长于七律的晚唐五代十国诗人中，显得别有一番神采和风貌，颇值得文学史研究者和诗学研究者注意。

另外，刘昭禹现存的 1 首七绝（此七绝的作者，宋洪迈《万首唐人绝句》卷六三云释清塞，《全唐诗》卷五〇三云周贺，周贺即释清塞）和 1 首五绝水平虽不差，但终非刘昭禹之所爱，故不再具论。

四 释虚中的诗

释虚中（867？—826—830？）是晚唐五代十国时期的一名诗僧，名不详，生卒亦不详，梁超然先生考证说虚中"生年在咸通八年（867）前后，至与马希振交往，当在六十余岁。"乾宁四年（897）或稍后曾寄诗给司空图②，又写有《哭悼朝贤》、《悼方干处士》的诗，由此可对其生活年代有所了解。

僧虚中籍贯为袁州宜春（今属江西），少时即出家为僧，喜读书，好吟咏，去过越中（今属浙江），但长期生活于湖湘之地。先在玉笥山（在湖南湘阴县，即今湖南汨罗市）呆过 20 多年，楚国开国国主马殷统治楚地时，释虚中被马殷长子马希振罗致幕下，深受马希振器重。

除司空图、马希振外，释虚中还与张彬、郑谷、贯休、齐己、修睦、栖蟾、尚颜等人有交往。

释虚中口碑不错，运气也不错。其人得到马希振的优待，其诗得到司空图的揄扬。北宋潘若冲（本楚国人，后入北宋）《郡阁雅谈》有如此记载：

> 僧虚中，宜春人，游潇湘山，与齐己、尚颜、栖蟾为诗友，住湘江西宗成寺。潭州马氏子希振侍中，好事，每出，即延纳于书阁中，好烧柴

---

① 中华书局编辑部点校：《全唐诗》（900 卷）（全 15 册），中华书局 1999 年版，第 11 册，卷 762，第 8736 页。

② 傅璇琮主编：《唐才子传校笺》（第三册），中华书局 1990 年版，卷 8，第 533 页。

火，烟昏彩翠，去后复节（笔者按："节"当为"饰"）。《题马侍中池亭》云："嘉鱼在深处，幽鸟立多时。"集首《寄华山司空图侍郎》云："门径放莎垂，往来投刺稀。有时开御札，特地挂朝衣。岳信僧传去，天香鹤带归。他时周召作，无复更衰微。"司空侍郎有诗言怀云："十年华岳峰前住，只得虚中一首诗。"①

这段话记载了两个故事，均有点费解。第一个故事的大意是，马希振出门办事时，总把虚中请到自己家，让虚中呆在书阁中（应该是替马希振做事）。虚中喜欢烧柴火，把马希振家的彩翠都熏黑了，马希振回来后只是让人把彩翠擦洗干净，并不怪罪虚中（所谓"去后复饰"，应该就是这个意思）。第二个故事的大意是，僧虚中寄诗于司空图，对司空图表示肯定和称赞，司空图以诗答复时说我在华山隐居了10年，就得到虚中这一首好诗。只是不知道司空图是称赞虚中的诗写得好，还是称赞虚中是他的知音。

僧虚中与司空图的契合，事有必然。司空图喜欢论诗，僧虚中除写诗外，还有诗学著作《流类手鉴》一卷，该书"推崇贾岛、齐己之诗，认为'善诗之人，心含造化，言含万象'，注重取物象以设喻"②。《直斋书录解题》著录了《流类手鉴》一卷，今存于《吟窗杂录》一书中。除《流类手鉴》一卷外，虚中还有《碧云诗》一卷（又名《碧云集》），已佚。就是说，僧虚中有著作共2种2卷（参看第一编《十国艺文志考索》）。

僧虚中的《碧云诗》一卷有多少首诗，无从知道，今日仅知道僧虚中的存诗情况是这样的：《全唐诗》卷八四八（《全唐诗》第12册）收14题15首和断句6联，《全唐诗续拾》卷四九（《全唐诗》第15册）补收1题1首，一共是15题16首，全是五律，连断句6联都是五言句式，可能也出自五律。

律诗中间二联对对仗的要求较高，从虚中现存诗16首全是五律就可以推测虚中为诗，多半喜欢苦吟，看看同时人僧修睦对虚中的评价，可知这种推测应该不错。僧修睦有一首写虚中的诗《怀虚中上人》。该诗云："檐雨滴更残，思君安未安。湘川闻不远，道路去寻难。吟鬓霜应蚀，禅衣雪渐寒。倚松因独立，一鸟下江干。"③ 这种苦吟习惯应该与贾岛、齐己的影响有关。

① （宋）阮阅编，周本淳校点：《诗话总龟》（前集），人民文学出版社1987年版，卷10，第112—113页。

② 周祖譔主编：《中国文学家大辞典·唐五代卷》，中华书局1992年版，第690页。

③ 中华书局编辑部点校：《全唐诗》（900卷）（全15册），中华书局1999年版，第12册，卷849，第9682页。

　　除推崇贾岛、齐己，心仪司空图外，僧虚中还愿意向隐士请教，例如向庐山隐士陈沆请教。《诗话总龟》卷一三引用北宋王举《雅言杂载》云："庐阜人陈沆，立性僻野，不接俗士，黄损、熊皎、虚中师事之。"①庐阜即庐山；陈沆，文渊阁四库全书本作陈沆。

　　一方面愿意向他人学习，一方面作诗爱下苦功夫，这让虚中的诗时时出彩，颇受好评。除司空图外，僧齐己也对虚中的诗一再称赞。僧齐己《谢虚中上人寄示题天策阁诗》云："天策二首作，境幽搜亦玄。阁横三楚上，题挂九霄遍。寺额因标胜，诗人合遇贤。他时谁倚槛，吟此岂忘筌。"②其《谢虚中寄新诗》又云："旧友一千里，新诗五十篇。此文经大匠，不见已多年。趣极同无迹，精深合自然。相思把行坐，南望隔尘烟。"③依据齐己的说法，虚中的诗意境幽玄而又精深有味（趣极即说明有味）。

　　齐己与虚中为同时代人且交往不错，故齐己的称赞难免让人怀疑有客气、鼓励甚至吹捧的成分在，虚中的诗究竟如何，最好能看看在后代选本中的选收情况（当然不能说没选中的就不好，漏宝的情况一直有，有时还很严重）。齐己诗被选收的情况如下：

　　南宋计有功《唐诗纪事》（81卷）选虚中诗7题8首：《寄中条司空图侍郎诗》（二首）、《听轩辕先生琴》、《芳草》、《善卷坛》、《经贺监旧居》、《赠屏风岩栖蟾上人》、《泊洞庭》（见《唐诗纪事》卷七五）。

　　元方回《瀛奎律髓》（49卷）选虚中诗1首：《赠栖蟾上人》（见《瀛奎律髓》卷四七）。

　　明高棅《唐诗品汇》（100卷）选虚中诗1首：《庾楼》（见《唐诗品汇》卷七〇）。

　　清徐倬《御定全唐诗录》（100卷）选虚中诗4题5首：《寄中条司空图侍郎》（二首）、《经贺监旧居》、《赠屏风岩栖蟾上人》、《泊洞庭》（见《御定全唐诗录》卷九八）。

　　应该说，这样的选收情况不是很好，可是考虑到楚国诗人刘昭禹现存15题15首诗未入选上述四部书的情况，就得承认僧虚中的诗已经够受重视了。只是前人对虚中诗的重视主要表现在选收，很少有点评，即使有点评，例如

---

①　（宋）阮阅编，周本淳校点：《诗话总龟》（前集），人民文学出版社1987年版，卷13，第152页。

②　中华书局编辑部点校：《全唐诗》（900卷）（全15册），中华书局1999年版，第12册，卷840，第9548页。

③　同上书，第9557页。

《瀛奎律髓》，也过于简单，难以揭示虚中诗的奥妙，甚至对领会诗的意思都帮助不大。现在选择虚中的二首诗，作稍微详细的解释。

先看《泊洞庭》：

泊洞庭

槐柳未知秋，依依馆驿头。

客心俱念远，时雨自相留。

浪没货鱼市，帆高卖酒楼。

夜来思展转，故里在南州。①

槐树、柳树向来被诗人视为多情植物，离别之际，这两种植物的芳香四溢、柔枝依依尤其让人感念不已，但这种感念一般只发生于一种情况，那就是，离别的时候，始发地是故土而目的地是异乡。如果情况正好相反，人在异地，心系故土，还做着返乡的准备工作，这时候就会认为槐树、柳树的一再挽留显得体谅不够，就会抱怨说："阿槐、阿柳，你们怎么就不明白我心中的苦……"写这首诗的虚中就是这样的。他说："秋风萧瑟天气凉，草木摇落露为霜。槐树柳树情义厚，劝我未老莫还乡。我答相思人之情……"他正辩解得有点激动的时候，突然意识到，即使槐树、柳树不拦他，他还是回不了家。因为正是"秋水时至，百川灌河"的季节，大雨非同寻常，已经阻断了归途，让万般无奈的游子只能低头思故乡之人，举目瞧异地之景。这些异地之景在当地人看起来没什么，但给游子的感觉很差劲：不是在乱糟糟的鱼市上听着白浪拍岸，就是在闹哄哄的酒楼上看着千船返航。这让游子晚上睡觉的时候，一门心思所想的，就是"回南州，回南州，我的故乡是南州"。这首诗要说有什么名句，那就应该是最末的两句"夜里思展转，故里在南州"，这大概是所有游子经常念念叨叨的话题，虽然随着游子来地的变化，"南州"的所指多有不同，但是辗转反侧的心意情同一理。

再看《听轩辕先生琴》：

听轩辕先生琴

诀妙与功精，通宵膝上横。

一堂风冷淡，千古意分明。

---

① 中华书局编辑部点校：《全唐诗》（900卷）（全15册），中华书局1999年版，第12册，卷848，第9670页。

坐客神魂凝，巢禽耳目倾。

酷哉商纣世，曾不遇先生。①

该诗的大意是：不知道是因为评论者的夸张，还是因为奏琴者的酷爱，一张琴在轩辕先生的腿上平放了整整一夜，把高超的技艺和深湛的功夫演绎得淋漓尽致，让沉迷于悠扬琴声的人听完后顿时觉得弥漫大堂的都是冷风飕飕，充盈心中的全是古意瑟瑟。听琴的人聚精会神，在座位上像呆住了一样；归巢的鸟又窥又听，在树枝上凝目耸耳。那个商纣王真是太可怜了，他是那么酷好声色，竟然没有遇到轩辕先生您这样优秀的琴师。这首诗的颈联"坐客神魂凝，巢禽耳目倾"无疑是成功的句子。其对仗工稳的优点倒不值得强调，因为这是律诗的基本要求，长于且惯于苦吟的晚唐诗人尤其拿手，出句"坐客神魂凝"也是许多诗人都能想得到、写得出的，充其量也就是合格水平，但是对句"巢禽耳目倾"就有点出人意表了。一方面，能够从"深夜人听琴"想到"树上鸟屏息"的人不算多，就连李贺的《李凭箜篌引》所写"老鱼跳波瘦蛟舞"也是发生在"梦入神山教神妪"之后的，醒而未梦之时，可是没有任何动物前来助兴的，韩愈的《听颖师弹琴》、白居易《琵琶行》描写音乐的片断，就连这种想象中的动物捧场都没有（李贺《李凭箜篌引》所写"昆山玉碎凤凰叫，芙蓉泣露香兰笑"和韩愈《听颖师弹琴》所写"喧啾百鸟群，忽见孤凤凰"只是比喻乐器的声音，不是描述几种动物和植物听到音乐时的神态或表现）。另一方面，"巢禽耳目倾"除用了拟人的修辞手法外，别具一番美妙的风味。因为鸟儿醒来后侧着耳朵听一听是完全可能的，所以这句诗可以是写实；因为美妙的音乐也有助于睡眠，使未睡的鸟儿入睡，使已睡的鸟儿睡得更为香甜，再睡都睡不着的鸟儿肯定是少数，所以这句诗也可以是夸张。可惜的是，由于五言律诗这种体裁在表现力上比七言歌行有更多的羁绊，僧虚中这首写音乐的诗，尽管有美妙的句子点缀其间，其感染力比起李贺、韩愈、白居易同题材的作品，还是差得很远。最后提醒一点，该诗首联"诀妙与功精，通宵膝上横"表面上说琴师轩辕先生弹琴的天赋和功夫通过整整一夜平放在腿面上的琴展示出来了，这样讲，那么，其中的"横"字的声调就是阴平，是平声，这也符合该诗的音律。如果把声调看成去声，即仄调，这时候就不再符合五律平仄的规矩了，但是，该句诗的表现力一下子就提高了不少。因为这个"横"和"才华横溢"的"横"是同一个读音，同一个意思。这样，首联

---

① 中华书局编辑部点校：《全唐诗》（900卷）（全15册），中华书局1999年版，第12册，卷848，第9672页。

的意思就是，轩辕先生弹琴的天赋和功夫通过平放在腿面上的琴一个劲地向外冒，冒了整整一夜，按都按不住，让人惊诧不已。退一步讲，即使把"横"读为阴平，该诗的首联仍然水平不俗，因为说把琴艺的"诀妙与功精"这种抽象性的东西在腿膝上摆放了一个通宵，本身就是新人耳目的。相比之下，一个水平一般的人通常会给琴找一个喻体，然后说把这个喻体在腿膝上摆放了一个通宵；而水平更差的平庸者，会直接说把琴在腿膝上摆放了一个通宵（注意了，这样讲，并不是说如果一首诗写出了把琴摆放在腿膝上的句子，就一定是不成功的诗）。可见，仅就首联和颈联来看，僧虚中《听轩辕先生琴》就是一首水平不俗、功力不错的诗。

僧虚中出色的诗还有《石城金谷》、《芳草》以及上文已引的《寄华山司空图侍郎》（二首之第一首）（均收于《全唐诗》卷八四八），这5首诗均值得研读体会，故推荐于此。

天策府十八学士中善诗者不少。廖图（又作廖匡图）的《赠沈彬》、廖凝（廖图之弟）的《中秋月》和《闻蝉》、李宏皋的《题桃源》、何仲举的《李宏皋试诗》、徐仲雅的《赠齐己》均是名作。除天策府学士外，另一些人也有名作。例如廖融的《退宫妓》、翁宏的《春残》、张观的《过衡山赠廖处士》、颜萱的《送羊振文归觐桂阳》、刘章的《咏蒲鞋》、路洵美的《夜坐》、张迥的《寄远》等（以上诗均见《全五代诗》卷六二）。众多诗人如此多的名作使得楚国文学呈现出空前繁荣的局面，给人一种"百草作花，艳夺桃李"的感觉。

第七章　吴越国文学创作论

唐昭宗李晔乾宁三年（896），钱镠为镇海、镇东两军节度使而兼有两浙，后梁开平元年（907），被后梁太祖朱晃封为吴越王，建都杭州。宋太宗赵炅太平兴国三年（978），钱镠孙子钱俶遵祖父钱镠的遗嘱，纳土归宋，历时83年的吴越国宣告消亡（自钱镠封吴越王算起则72年）（《新五代史》卷六七徐无党注云钱镠乾宁二年据有两浙，故吴越国国祚为84年，误）。① 从《十三州图》知，吴越国辖地最广时含浙江省和江苏（苏州、无锡一带）、福建（福州一带）两省的一部分。②

第一节　吴越国三世五王简史

吴越国自后梁开平元年（907）钱镠被封吴越王至钱俶978年纳土归宋，共历三世五王，现将五王的历史予以简要交代。

钱镠（952—932），字具美，杭州临安人。少时勇冠群儿，成年无业，曾贩私盐以为生。唐僖宗李儇乾符二年（875），浙西镇遏使王郢作乱，钱镠为石镜镇（浙江临安的一个镇）偏将（主将为钱镠的同乡董昌），击败王郢的进攻，初露头角，这时钱镠24岁。乾符五年（878），荡平朱直管等群盗，迁石镜镇衙内知兵马使。乾符六年（879），钱镠28岁的时候，率20余名士卒成功伏击了黄巢先锋，并设计吓得黄巢主力绕临安而去。这一仗让钱镠威名远扬。从此开始，钱镠开始了几乎是一路顺风的军事和政治生涯。其标志性的胜利有两个：一个是光启二年（886）冬十二月，奉唐僖宗李儇之命，执反叛的浙东观察使刘汉宏而斩之，以功被唐僖宗授检校尚书，次年（887），唐僖宗授钱镠杭州刺史，景福二年（893）九月，唐昭宗李晔授钱镠镇海军节度使、润州刺史，又封钱镠为彭城郡开国侯，乾宁二年（895）二月，唐昭宗封钱镠

---

① （宋）欧阳修撰，（宋）徐无党注：《新五代史》（74卷）（全3册），中华书局1974年版，第3册，卷67，第844页。

② 范坰、林禹撰：《吴越备史》，武林掌故丛书本，卷首。

开国公。另一个是乾宁二年（895）二月，威胜军（在越州）节度使董昌称帝，乾宁三年（896）五月，钱镠奉唐昭宗李晔之命，执董昌而斩之。这一下，钱镠又立了大功，宠荣纷至沓来。乾宁三年（896）十月，钱镠为镇海、镇东军节度使，光化三年（900）五月，唐昭宗李晔封钱镠南康王，钱镠辞谢。光化四年（901）五月，唐昭宗李晔封钱镠为彭城王。天复二年（902）五月，唐昭宗封钱镠为越王。七月，武勇右都指挥使徐绾、武勇左都指挥使许再思叛乱，天复四年（904），唐昭宗李晔封钱镠为吴王。八月，钱镠斩杀徐绾。后梁开平元年（907）五月，后梁太祖朱晃封钱镠为吴越王。后梁龙德三年（923）春二月，后梁末帝朱瑱封钱镠为吴越国王。后唐同光二年（924）冬十月，后唐庄宗李存勖（885—926）封钱镠为吴越国王。后唐明宗李亶（即李嗣源）长兴三年（932）三月，钱镠卒，后唐明宗李亶赐谥武肃，钱俨《吴越备史》始称武肃王。①

　　文穆王钱元瓘（887—941），钱镠第七子。唐光启三年（887）十一月生。原名钱传瓘，932年46岁即位后改名钱元瓘。天复二年（902）七月，徐绾、许再思作乱，勾结田頵进攻杭州，十一月，田頵退兵前，要求一王子为人质，钱镠诸子皆不愿意，唯16岁的第七子钱传瓘愿去，庄穆夫人（钱镠正妻吴氏，非钱元瓘生母，生母为昭懿夫人陈氏）泣曰："置我儿于虎口也。"钱元瓘曰："忘身以纾家国之难，虽死无恨。"钱元瓘此番言行颇得钱镠好感。天复三年（903）十一月，田頵败死，田頵母带钱元瓘归吴越。后唐长兴三年（932）钱元瓘46岁那年三月二十八日，其父钱镠卒，四月，钱元瓘嗣立，遵遗命去国仪，用藩镇法，仍遵中朝年号，称长兴三年（932），除民田荒绝者租税。又置择能院，以浙西营田副使沈崧领之。唐长兴四年（933）七月，后唐明宗李亶封47岁的钱元瓘为吴王。应顺元年（934）正月，后唐闵帝李从厚封48岁的钱元瓘为吴越王，四月，后唐潞王李从珂即位，六月，后唐末帝李从珂封钱元瓘为吴越王。天福二年（937）四月，后晋高祖石敬瑭（892—942）封51岁的钱元瓘为吴越国王。天福五年（940）二月，王延政自立于建州，闽中乱，向吴越求救，钱元瓘不听丞相林鼎切谏，派兵四万救闽国景宗王延曦，五月，吴越兵被王延政杀得大败。天福六年（941）秋七月，丽春院火灾，延于内城，毁宫室，府库几尽。钱元瓘避到那里，那里起火，钱元瓘惊吓发狂，迁居瑶台院。本月，南唐烈祖李昪遣使慰问，且赈其乏。八月辛亥日，钱元瓘卒，年55岁，在位10年。后晋高祖石敬瑭赐谥文穆，钱俨《吴越备

---

　　①　（清）吴任臣撰，徐敏霞、周莹点校：《十国春秋》（116卷）（全4册），中华书局1983年版，第3册，卷77—卷78，第1045—1115页。

史》始称文穆王。①

忠献王钱弘佐（928—947），文穆王钱元瓘第六子，后唐明宗天成三年（928）七月生。文穆王钱元瓘去世第二日，诸将遵遗命以钱弘佐为镇海、镇东两军节度使，时年 14 岁。九月庚申日，即王位于仙居堂。天福六年（941）十一月，后晋高祖石敬瑭封钱弘佐为吴越国王。后晋出帝石重贵开运三年（946）冬十月，闽大乱，福州李达求救，钱弘佐发兵三万救之。开运四年（947）三月，大破南唐兵，福州归于吴越。开运四年（947）六月乙卯日，钱弘佐卒，年 20 岁，在位 7 年。开运四年（947），钱弘佐用契丹会同年号。钱弘佐卒的这一月，晋主刘知远改国号汉，改名刘暠。秋八月，后晋高祖刘暠敕赐钱弘佐谥忠献。钱弘佐英明果断，权变不测。在位虽仅仅 7 年，但有三件事值得称道。一是多建佛寺，二是因仓廪蓄积有 10 年之多而宽境内租税 3 年，三是拓宽国土至福州。②

忠逊王钱弘倧（928—971），文穆王第七子。天福十二年（947）六月乙卯，其六兄钱弘佐卒，六月丙寅，钱弘倧即王位于天策堂，称会同十年（947）。八月，后汉高祖刘知远封钱弘倧为吴越王。钱弘倧性子急，脾气暴，即位后诛杀了三名违法的官吏。统军使胡进思自恃有迎立之功，喜欢干预政事，钱弘倧很厌恶，多次否决胡进思不无僭越之意的提议。不久，钱弘倧想派遣胡进思去外地做个知州，胡进思拒绝了。闽帅李孺赟（原名李宏达，改名李达，又改名李孺赟）来杭州时，钱弘倧听从了胡进思的建议，放李孺赟回闽。李孺赟回闽不久即叛乱，被钱弘倧遣将攻杀并灭族。钱弘倧以此怨恨并责备胡进思，胡进思又惶恐又怨恨。这时候，内衙指挥使何承训为了迎合钱弘倧，请求驱逐胡进思，并与都监使水丘昭券密谋此事。钱弘倧犹豫不决。何承训害怕事情泄露后被胡进思所害，于是主动向胡进思告发。十一月，钱弘倧大阅水兵于碧波亭，胡进思也许是为了讨好钱弘倧，给钱弘倧说对诸位将士的颁赏太多了。钱弘倧大怒，掷笔水中。胡进思吓坏了。十二月庚戌日夜晚，钱弘倧宴请将吏。胡进思以为钱弘倧和心腹将士密谋逮捕他，于是率领内衙亲兵戎服进入钱弘倧的王府。钱弘倧大声呵斥，内衙兵毫不畏惧。钱弘倧吓得逃入义和院，胡进思锁了院门，然后假称吴越王钱弘倧有令，说钱弘倧自己中风生病，传位于九弟钱弘俶。于是，胡进思率领诸位将士迎立钱弘俶即王位，并迁

---

① （清）吴任臣撰，徐敏霞、周莹点校：《十国春秋》（116 卷）（全 4 册），中华书局 1983 年版，第 3 册，卷 79，第 1117—1131 页。

② （清）吴任臣撰，徐敏霞、周莹点校：《十国春秋》（116 卷）（全 4 册），中华书局 1983 年版，第 3 册，卷 80，第 1133—1141 页。

钱弘倧于衣锦军。后周广顺（951—953）中，钱弘俶迁钱弘倧于东府（在越州）。钱弘倧喜欢写诗，亭榭之上，题得到处都是。20 年后，钱弘倧去世，享年 44 岁，葬于会稽秦望山。谥忠逊，或曰忠让，有子 4 人。①

　　忠懿王钱弘俶（929—988），文穆王第九子。后唐明宗李亶天成四年（929）八月二十四日生。天福十二年（947）十二月庚戌日，胡进思兵变，同日迎立钱弘俶。后汉高祖刘暠乾祐元年（948）春正月乙卯日，钱弘俶即王位，正月壬戌日，迁钱弘倧于衣锦军。二月乙未日，内衙指挥使何承训请杀掉胡进思，钱弘俶杀何承训。三月丙戌日，胡进思忧惧而卒。乾祐二年（949）三月，汉隐帝刘承祐封钱弘俶为吴越国王。该年，钱弘俶下命令说，开垦荒田种植庄稼者，不收税，很快，吴越国境内的荒田都被开垦了。有人提议用征召壮丁的办法来增加收入，钱弘俶大怒，将此人在城门口打军棍并示众。又设置营田士卒数千人，在淞江开荒种地。广顺元年（951）四月，钱弘俶迁钱弘倧于东府。广顺三年（953）冬十月，大阅马步水军于碧波亭。该年，境内大旱，边民有卖儿鬻女者，钱弘俶命政府用粮食和布匹赎回，送给其父母，并命令打开粮仓以救济饥民。显德二年（955）十二月，后周世宗柴荣命钱弘俶攻金陵以讨伐南唐。显德三年（956）三月，钱弘俶的吴越兵攻克常州。五月，钱弘俶命从兄钱仁俊知彰武军（即福州）事。显德四年（957）七月，钱弘俶命弟钱宏信（即钱俨）为衢州刺史。显德五年（958）四月，城南失火，大火一直烧到内城。钱弘俶命令砍伐树木以绝火势，火很快就灭了。这次大火，烧毁了一万七千余家。北宋建隆元年（960）三月乙巳日，钱弘俶为避宋讳去掉"弘"字，改名钱俶。十一月甲子，钱俶遣衢州刺史钱宏信去北宋首都汴京上贡。该年，钱俶在灵隐寺建造了四座石塔。建隆二年（961）三月，钱宏信从汴京回到吴越国。宋太祖乾德五年（967）三月，吴越世子钱惟濬给北宋上贡后从汴京返回。开宝元年（968）三月，宋太祖赵匡胤封钱俶为吴越国王。开宝五年（972）三月，吴越世子钱惟濬再次给北宋上贡后返回。开宝八年（975）十一月，南唐被北宋灭掉，钱俶请求去汴京觐见宋太祖。十二月，宋太祖同意并邀请钱俶来汴京相见。开宝九年（976）正月，钱俶自吴越国国都杭州出发，去北宋首都汴京。二月戊午日，钱俶于汴京崇德殿觐见宋太祖，双方互赠礼物。三月庚午日，宋太祖赵匡胤赐吴越国王钱俶剑履上殿，书诏不名，封钱俶妻孙氏为吴越国王妃。四月丙辰日，钱俶返回杭州。十月癸丑日，赵匡胤卒，弟赵光义即位（即位后赵光义改名赵炅）。太平兴国三年（978）

---

① （清）吴任臣撰，徐敏霞、周莹点校：《十国春秋》（116 卷）（全 4 册），中华书局 1983 年版，第 3 册，卷 80，第 1142—1145 页。

二月，钱俶自杭州出发，第二次去北宋首都汴京。三月乙酉日，朝见了宋太宗，地点仍然是崇德殿（二年前，宋太祖在此殿接见了钱俶）。五月乙酉日（即1日），钱俶上表要求纳土。五月丁亥日，宋太宗赵炅封钱俶为淮海国王（以扬州为淮海国之都）。太平兴国五年（980）四月，钱俶得了风疾，宋太宗遣人送药，并亲自来慰问。太平兴国六年（981），钱俶因为有风疾而免于上朝。雍熙元年（984）冬季，宋太宗封钱俶为汉南国王。雍熙四年（987）春，宋太宗改封钱俶为南阳国王。夏四月，又改封钱俶为许王。端拱元年（988）二月，宋太宗改封钱俶为邓王。八月二十四日，钱俶去世，宋太宗追封钱俶为秦国王，赐谥号"忠懿"。端拱二年（989）春正月，葬钱俶于洛阳县贤相里陶公原。

自唐僖宗中和元年（881）钱镠任杭州都知兵马使（此时钱镠的上司董昌为杭州刺史），直到宋太宗太平兴国三年（978）五月钱俶纳土归宋，吴越国历三世五王，共98年。①

第二节　吴越国王室文人的文学创作

据清康熙时吴任臣《十国春秋》，吴越国王室成员有53人，其中男性42人女性11人。这53人中，有文艺事迹记载者20人（其中3名为女性），留下作品者有12人（全是男性）。12人中，8人（钱镠、钱俶、钱惟治、钱惟演、钱惟济、钱昆、钱易、钱昭度）的作品被收于清乾隆时李调元《全五代诗》卷六六，2人（钱元球、钱弘偡）的作品被补录于《全唐诗续拾》卷四五，1人（钱昱）的作品被补录于《全唐诗续拾》卷四六，1人（钱宏信，即钱俨）有《吴越备史》（五卷）一书流传。这12人中，钱俨、钱易、钱惟演为宋代文人。故本节从另9人中选择6人探讨吴越国王室文人的文学成就。

一　钱镠的文学成就

作为吴越国的开创者，钱镠主要的成就和长处在于能攻善守，攻守得宜，并以此平定叛乱，立基开国。在征战之余，钱镠也写了不少诗文，但多数散佚，今存钱镠作品有诗19题21首（另1首诗残缺过甚，不计），文54篇（《全唐文》卷一三〇、《唐文拾遗》卷一一收钱镠文21篇，《全唐文补编》卷一一三收钱镠文33篇）。这样的数量已经不算少了。但钱镠更出色的表现

---

① （清）吴任臣撰，徐敏霞、周莹点校：《十国春秋》（116卷）（全4册），中华书局1983年版，第3册，卷81—82，第1147—1184页。

是，他还有关于文艺的见解。以下先分析钱镠的文艺见解，再分析其诗思想和艺术两方面的成就。

《北梦琐言》卷七云："或有述李频诗于钱尚父曰：'只将五字句，用破一生心。'尚父曰：'可惜此心何所不用，而破于诗句，苦哉。'"① 李频的话只是自述作诗时的苦心锤炼和在诗艺上的精益求精，绝不是说他终生除作诗外其他事一概不做，但钱镠的批评真实地说出了钱镠自己对待文艺之事以及处理人生事务的正确态度，"士之致远，先器识而后文艺"② 的古训正是钱镠这种观点，而且钱镠把这种观点贯彻到自己的生活中去了，这从清吴任臣《十国春秋》卷七八对钱镠的论述可以看出来："稍暇则命诸子孙讽诵诗赋，或以所制诗赐丞相将吏。亦间能书写，画墨竹。然不以呫毕废正务。……反复议论，由是往往达旦。"③ "不以呫毕废正务"正说明钱镠对文艺喜好而不沉迷的态度，这种态度使得钱镠要么不写诗，写诗就实实在在地表达自己的感受和思想，绝不无病呻吟，也不敷衍了事。这种诗歌特色在钱镠的名作中有突出的表现。以下试举几首为例。

先看钱镠的《巡衣锦军制还乡歌》。

巡衣锦军制还乡歌

《吴越备史》：镠生临安石镜乡临水里，有大木，镠幼与群儿戏其下。坐大石，指麾为队伍。镠既贵，昭宗改其乡曰广义，里曰勋贵，所居营为衣锦营。俄又升为衣锦军，号大木为衣锦将军。天复元年（901），镠于其地大会故老宾客，山林树木，皆覆以锦幄，表衣锦之荣。开平四年（910），镠游［衣锦］（锦衣）军，作还乡歌。

三节还乡兮挂锦衣，碧天朗朗兮爱日晖。

功臣道上兮列旌旗，父老远来兮相追随。

家山乡眷兮会时稀，今朝设宴兮觥觞飞。

斗牛无孛兮民无欺，吴越一王兮驷马归。

（《湘山野录》云：时父老不解此歌，王复以吴音歌云："你辈见侬底

---

① （五代）孙光宪撰，贾二强点校：《北梦琐言》（20卷），中华书局2002年版，卷7，第167页。

② （后晋）刘昫等：《旧唐书》（200卷）（全16册），中华书局1975年版，第16册，卷190上，第5006页。

③ （清）吴任臣撰，徐敏霞、周莹点校：《十国春秋》（116卷）（全4册），中华书局1983年版，第3册，卷78，第1114页。

欢喜，别是一般滋味子，长在我侬心子里。"至今狂童游女能效之。)①

这里先引用了《吴越备史》所记关于钱镠的一些生平知识作该诗的背景，但这些知识均是间接引用。如果直接引用，可知此诗具体的写作时间："庚午四年（笔者按：开平四年）……冬十月戊寅，王亲巡衣锦军，制《还乡歌》：……。"②可见，此诗写于开平四年（910）农历十月戊寅日（22 日），即公历 910 年 11 月 27 日。四部丛刊续编本《吴越备史》于此诗末句"吴越一王兮驷马归"之后有"其雄辞壮气实大风之俦也"③ 的评语。

"其雄辞壮气实大风之俦也"是钱镠《还乡歌》所得到的唯一的评语。"大风"当然指刘邦的《大风歌》："大风起兮云飞扬，威加海内兮归故乡，安得猛士兮守四方。"④ 说刘邦的《大风歌》和钱镠的《还乡歌》皆有雄辞壮气，这话不假，但情感基调差异太大了。现将这二首诗的同和异归纳一下。

先看相同点：

都出自功成名就者之手；

都是游子多年在外，一朝回乡之作；

都写于秋天的十月；

都写于置酒为欢酒酣兴豪之时；

都是作者即兴发挥唱出来的；

都有壮阔气象。

另外，写此诗时两人年龄相若，钱镠 59 岁，刘邦 62 岁。

再看不同点：

"大风起兮云飞扬"，可见天气恶劣，显示情况变幻莫测；"碧天朗朗兮爱日晖"，风和日丽，一团祥和。

"威加海内兮归故乡"，归故乡靠的是"威"；"父老远来兮相追随"，归故乡靠的是"相追随"体现的"和"。

"安得猛士兮守四方"，国家并未安定，急需强兵猛将，而且强兵猛将不

---

① 中华书局编辑部点校：《全唐诗》（900 卷）（全 15 册），中华书局 1999 年版，第 1 册，卷 8，第 83 页。

② （宋）钱俨撰，李最欣校点：《吴越备史》，卷 1，见傅璇琮、徐海荣、徐吉军主编《五代史书汇编》（全 10 册），杭州出版社 2004 年版，第 10 册，第 6204—6205 页。

③ （托名）范坰、林禹撰：《吴越备史》，四部丛刊续编本，卷 1，第 48 页。

④ （汉）司马迁撰：《史记》（130 卷）（全 10 册），中华书局 1959 年版，第 2 册，卷 8，第 389 页。

易得；"斗牛无孛分民无欺，吴越一王兮驷马归"，斗牛无孛指吴越地区太平无事，四境无人挑衅，境内百姓安服。笔者按：孛，音贝，古书上指光芒四射的彗星。

《大风歌》歌词短促，显示其紧张不安；《还乡歌》歌词悠长，显示其从容不迫。

这两首诗的情感气氛有如此大的差异，刘邦、钱镠唱完歌后的情态也颇为不同。刘邦的行为是："令儿皆和习之，高祖乃起舞，慷慨伤怀，泣数行下。谓沛父兄曰：'游子悲故乡，吾虽都关中，万岁后吾魂魄犹乐思沛。且朕自沛公以诛暴逆，遂有天下，其以沛为朕汤沐邑'"①；钱镠的行为在宋释文莹《湘山野录》（收于《宋元笔记小说大观》第二册）卷中里是如此记载的："时父老虽闻歌进酒，都不之晓，武肃觉其欢意不甚浃洽，再酌酒，高揭吴喉，唱山歌以见意。词曰：'尔辈见侬（吴人谓侬为我）底欢喜，别是一般滋味子，永在我侬心子里。'（止）歌阕，和声赓赞，叫笑振席，欢感闾里。"②宋袁褧《枫窗小牍》卷上（收于《宋元笔记小说大观》第五册）记完此山歌后，还有一句："至今狂童游女借为奔期问答之歌，呼其宴处为'欢喜地'。"③刘邦在故乡父老面前无限伤感，钱镠却唱起了情歌，与故乡父老完全融成一片。

探讨一下刘邦和钱镠之所以会有这么多不同的原因，对钱镠成功的喜悦会体会得更深刻。刘邦何以会悲？因为刘邦唱此歌前在追击英布的战争中刚受过伤，英布的反叛还没有平息；而钱镠自886年十二月二日35岁时攻杀浙东观察使刘汉宏而据有杭州以来，20余年中，每一年都受到朝廷的封赏，有的年份还受到朝廷不止一次的封赏，三年前又被后梁太祖朱晃（即朱全忠）封为吴越王兼淮南节度使。从受封吴越王以来，战事明显减少，而且他已经不亲自出战，只是遣将攻击，自己督战而已。他把更多的精力用在了修建和扩建城市上。钱镠没有称帝的欲望，此次回乡时可以说已经大功告成。所以他才能如此兴致勃勃，与故乡父老共饮酒同唱歌。

再看一下刘邦唱完《大风歌》和钱镠唱完《还乡歌》不久发生的事情。刘邦回到故乡唱完《大风歌》不久，陈豨反、卢绾反，刘邦自感身体不妙，国家不妙。于是遗言吕后安排身后的国家大事。可是他对国家大事的预测和安

① （汉）司马迁撰：《史记》（130卷）（全10册），中华书局1959年版，第2册，卷8，第389页。

② 本社编：《宋元笔记小说大观》（全6册）（二），上海古籍出版社2001年版，第1410页。

③ 本社编：《宋元笔记小说大观》（全6册）（五），上海古籍出版社2001年版，第4767页。

排很有限。"吕后复问其次。上曰：此后亦非而所知也。"① 恐怕不是吕后不知道，是刘邦自己也不知道。唱完《大风歌》半年后，刘邦果然去世。而钱镠唱完《还乡歌》后，还活了 22 年，到 81 岁的高龄时才寿终正寝。这 22 年和唱《还乡歌》前的 24 年，一样顺利，一样宠荣无比。

将《大风歌》与《还乡歌》比较可知，刘邦虽是皇帝，挑的却是难以负荷的庞大的烂摊子，唱的是英雄暮年之歌，不胜劳累，充满哀伤和担忧，是悲歌；钱镠虽是国王，怀里抱的却是金灿灿的聚宝盆，唱的是英雄得志之歌，不胜兴奋，充满喜悦和得意，是乐歌。一个是身心疲惫的皇帝，一个是诸事顺遂的国王。这就是想当皇帝者和不想当皇帝者所获幸福感的鲜明对照。可惜后世很少有人从这种鲜明对照中获得启示而吸取点什么。

钱镠的这首《还乡歌》和《没了期歌》、《筑塘》、《造寺保民》可以归于"爱民思想"类的诗歌，这类诗歌虽然只有 4 首，占存诗 19 题 21 首的五分之一，但足以看出钱镠对百姓的爱护和百姓对钱镠的拥戴以及钱镠一生顺遂的状态，还可以看出钱镠为人和性格的主要方面。如果想进一步了解钱镠的个性气质，那么最好看看钱镠写秋天的诗歌。

钱镠写秋天的诗歌有以下几首：

《筑塘》写于后梁开平四年（910）钱镠 59 岁时的农历八月（据《吴越备史》卷二）。

《还乡歌》写于后梁开平四年（910）钱镠 59 岁的农历十月（据《吴越备史》卷二）。

《青史楼引宾从同登》的颈联云："志仗四征平妖孽，力扶三帝有褒崇"。诸葛计等《吴越史事编年》云："四征，盖指平刘汉宏、董昌、薛朗、孙儒之役；三帝，谓僖、昭、哀帝。青史楼即功臣堂，或功臣堂中有青史楼。"② 因为功臣堂建于唐哀帝天祐二年（905）十一月，故诸葛计先生记载该年该月的事情时引用了《青史楼引宾从同登》。从该诗颔联"洪涛日日来沧海，碧嶂联联倚太穹"看，此诗写秋景，也应该写于秋天。

《秋景》写秋景和写于秋季应不成问题。此诗第七句云"率土吾民成富庶"，钱镠于唐哀帝天祐四年（907）56 岁时被封吴越王，既称"率土吾民"，则此诗应写于 56 岁以后的某个秋季。

《九日同群僚登高并序》，写于某个重阳节，据《序》"重九良辰"可知。

① （汉）司马迁撰：《史记》（130 卷）（全 10 册），中华书局 1959 年版，第 2 册，卷 8，第 392 页。

② 诸葛计、银玉珍编著：《吴越史事编年》，浙江古籍出版社 1989 年版，第 97 页。

《罗汉寺偶题》写于某个秋季，据此诗前二句"九夏听蝉吟，已知秋气临"可知。

《造寺保民》前四句是"百谷收成届应钟，南方景象喜重重。三秋甘泽烟尘息，四序和风气色浓。""应钟"指十月；又云"三秋"。可见，此诗写于某个秋季。

钱镠存诗完整者有19题21首，写秋天的诗有7首，占三分之一，数量不可谓不多。众所周知，悲秋是中国古代文学一个突出的主题。钱镠喜欢写秋天，这一点与古代文士相同。但是题材上的这么一点相同，正好反映出他在文学趣味上与多数文士的差异。试看以下两个例子。

秋景

三秋才到退炎光，二曜分晖照四方。
解使金风催物象，能教素节运清凉。
天垂甘泽朝朝降，地秀佳苗处处香。
率土吾民成富庶，虔诚稽颡荷穹苍。①

九日同群僚登高并序

遥光素景，重九良辰，玉露将浓，霜天肃物。与群僚登高四望，兼颁锦服，聊成七言四韵。

淡荡晴晖杂素光，碧峰遥衬白云长。
好看塞雁归南浦，宜听砧声捣夕阳。
满野旌旗皆动色，千株橘柚尽含芳。
锦袍分赐功臣后，因向龙山醉羽觞。②

《秋景》诗中有秋月，但月光明亮，普照四方；有秋风，但凉风送爽，遍地金黄；有秋雨，但朝朝甘泽，处处苗香。最后两句"率土吾民成富庶，虔诚稽颡荷穹苍"，向上苍表示无限的敬仰和感谢，感谢在他的护佑下，吴越国百姓过上了富庶安乐的生活。同样是写秋景，同样用月、风、雨这些常见意象，但钱镠笔下的秋天，呈现出一派生机盎然的大好景象，与多数文士笔下的秋景形成鲜明对照。《九日同群僚登高并序》一首诗中，不论是朝阳还是夕

---

① 中华书局编辑部点校：《全唐诗》（900卷）（全15册），中华书局1999年版，第14册，《续补遗》卷12，第10735页。

② 同上书，第10734页。

阳，都没有凄惨乏力之感，只让人觉得晴晖淡荡，秋色宜人。远远望去，苍翠的山峦与连绵的白云，相映生辉。观雁飞而神驰，听砧声而遐想，让人情思绵绵，诗意无限。旌旗猎猎遍四方，逗人翰墨之兴；橘柚株株秀山野，惹人生怜之情。如此秀美的景色中，钱镠将锦袍分赐诸位功臣，然后与幕僚们痛饮山中，同醉山中。如果说《青史楼引宾从同登》的前四句"云阁霞轩别构雄，下窥疆宇壮吴宫。洪涛日日来沧海，碧嶂联联倚太穹"以其气魄的阔大表现了钱镠英武豪雄的一面，那么此诗所写秋景的秀美就表现了钱镠俊逸韶秀的一面，这还在其次，更重要的一个问题是：同样用秋阳、秋云、秋山、秋雁写秋景，在钱镠的笔下，只让人觉得明朗秀美，而在多数文士笔下，往往让人觉得一片凄惨，一片黯淡。产生此种差异的原因是多方面的。客观的，一个在成功的境界中享受欢乐，一个在跋涉的路途中忍受艰难。主观的，一个是胸襟开阔的英雄，成功前一心征战，从不动笔，动笔时业已成功，笔下自然全是柳暗花明；一个是功名心重的文士，跋涉中多遭坎坷，每遭坎坷，必有所发，胸中堆满愁云，笔下自然全是惨雾。

　　文士写秋天，多是悲秋主题，所以选择的意象大多是秋风、秋雨、秋云、秋蝉、秋雁、秋天的黄昏。而且古代文士尤其喜欢写秋天的黄昏、秋天黄昏的雨，进而喜欢写秋天黄昏的雨停。如果将文士写秋天的诗与钱镠写秋天的诗稍作比较，那么对钱镠诗歌主旋律的开朗乐观会有更清楚的认识和把握。例如，柳永《雨霖铃》词句"寒蝉凄切、对长亭晚，骤雨初歇"[1] 就用秋蝉、秋雨、秋天的黄昏渲染秋意之悲。辛弃疾的《水龙吟》词句"楚天千里清秋，水随天去秋无际。遥岑远目，献愁供恨，玉簪螺髻。落日楼头，断鸿声里，江南游子"[2] 就用秋雁、秋天的夕阳来渲染秋意之悲。钱镠也写秋雨秋风，如《造寺保民》之"三秋甘泽烟尘息，四序和风气色浓"[3]。也写秋蝉秋月，如《罗汉寺偶题》前四句云："九夏听蝉吟，已知秋气临。高梧上明月，深巷捣寒砧。"这四句虽有秋蝉秋月，但毫无悲意，而后四句更让人心里变得亮堂堂的："好对吴山秀，宜观浙水深。一登灵鹫阁，宝地胜黄金。"[4] 白居易笔下秋天的景

　　① （宋）柳永著，薛瑞生校注：《乐章集校注》（3 卷），中华书局 1994 年版，卷中，第 59 页。

　　② 唐圭璋编纂，王仲闻参订，孔凡礼补辑：《全宋词》（全 5 册），中华书局 1999 年 1 月新 1 版，第 3 册，第 2414 页。

　　③ 中华书局编辑部点校：《全唐诗》（900 卷）（全 15 册），中华书局 1999 年版，第 14 册，《续补遗》卷 12，第 10735 页。

　　④ 同上书，第 10734—10735 页。

象是"不堪红叶青苔地，又是凉风暮雨天"（《秋雨中赠元九》）①、"昨夜凉风又飒然，萤飘叶坠卧床前"（《凉风叹》）②、以至于"唯弄扶床女，时时强展眉"（《新秋》）③。而钱镠笔下的秋天景象是"百谷收成届应钟，南方景象喜重重。"（《造寺保民》）、"碧天朗朗兮爱日晖……今朝设宴兮舣散飞"（《还乡歌》）。一个是暮雨飘飘，黄叶满地，萤飞无力，冷风袭人；一个是五谷丰登，喜气盈盈，日丽风和，欢声满座。之所以有如此差异，正在于英雄本色与文士气质的不同。可见，钱镠的笔下不是没有秋风秋雨，只是没有秋风秋雨之悲。其原因，与其说钱镠缺乏捕捉和表现忧愁情绪的敏感之心，不如说他本来就很少有忧愁的事情去感、去写，而他的个性中也很少心事重重、忧愁万端的气质，而更多的是开朗乐观的心情。这是钱镠秋天诗的一个重要的认识价值。

关于钱镠的文采风流，有一个"陌上花开缓缓归"的故事，此故事不仅在吴越国王钱镠去世后传唱于临安一带的妇孺之口，而且苏轼为此做了三首绝句，晁补之又为和苏轼的诗而写了八首绝句，清代的王士祯为此大加称赞，现引王士祯的话如下：

> 钱武肃王目不知书，然其寄夫人诗云："陌上花开，可缓缓归矣。"不过数言而姿制无限，虽复文人操笔，无以过之。东坡演之为《陌上花》三绝句，云："陌上花开胡（笔者按："胡"通"蝴"）蝶飞，江山犹是昔人非。遗民几度垂垂老，游女还歌缓缓归。"五代时列国以文雅称者，无如南唐、西蜀，非吴越所及，赖此一条，足以解嘲。④

说"钱武肃王目不知书"，这种贬低显然可笑。说武肃王"姿制无限，虽复文人操笔，无以过之"，有可能是对的，但是举出的理由是钱镠给夫人的信中有这么一句话"陌上花开，可缓缓归矣"，就有点莫名其妙了。陌上花开则风景秀美，爱美之心人皆有之，故钱镠劝夫人一路上慢慢地走，细细地看，把

---

① 中华书局编辑部点校：《全唐诗》（900 卷）（全 15 册），中华书局 1999 年版，第 7 册，卷 436，第 4839 页。

② 中华书局编辑部点校：《全唐诗》（900 卷）（全 15 册），中华书局 1999 年版，第 7 册，卷 454，第 5161 页。

③ 中华书局编辑部点校：《全唐诗》（900 卷）（全 15 册），中华书局 1999 年版，第 7 册，卷 441，第 4936 页。

④ （清）王士祯撰：《香祖笔记》（12 卷），景印文渊阁四库全书本，卷 2。

风景看个够，这当然说明了钱镠具有细腻、敏感的气质，这与人们想象中的一介武夫是有差距的。但说靠此一条，吴越国的文学就可以被人刮目相看，这对钱镠及其吴越国，与其说是称赞，不如说是讽刺。王士禛明明想称赞吴越国（毫无讽刺之意），但却举出了这么一个例子，真是奇怪。"陌上花开，可缓缓归矣"让王士禛如此赞叹，其妙究竟何在？看不懂。能够看懂的是，王士禛认为吴越国在文采方面有南唐和西蜀所不及的地方。

综上所述，钱镠 21 首诗歌，爱民保民是突出的主题，开朗乐观是主要的特色。

二 钱俶等王室文人的诗歌

钱俶曾写诗数百首，有《正本集》（书名又作《政本集》），已佚。其作品的保存情况是这样的：《全唐诗》卷八收 1 首、《全唐诗补编·续补遗》卷一二补 12 首又 2 句、《全唐诗续拾》卷四六补 2 首，共有诗 15 首，零句若干；《全唐诗》卷八七九收钱俶的残词 2 首；《全唐文》卷一三〇、《唐文拾遗》卷一一收文 6 篇、陈尚君《全唐文补编》卷一一四补文 19 篇，共有文 25 篇。

钱俶现存 15 首诗，就主题而言，可分五类：歌功颂德诗 4 首、即景抒怀诗 5 首、农渔生活诗 2 首、与僧交往诗 2 首、怀古诗 2 首。其中 4 首歌功颂德诗透露了钱俶与宋廷关系的紧密和融洽。这 5 首诗的题目是《读圣寿诗》、《感皇子远降见迎》、《感降内夫人赐家室药物金器》、《路次再感圣恩》（均见童养年《全唐诗续补遗》卷一二）。现先看写作时间明确的一首：

感皇子远降见迎
千年遭遇觐真王，敢望青官赐显扬。
祗合承华趋令德，岂宜中道拜元良。
深思转觉乾坤大，力弱难胜雨露滂。
早暮三思恩泰极，饱餐丰馔饱亲光。①

全诗的大意是：当今圣上（赵匡胤）是千年难遇的真龙天子，我怎么敢奢望朝廷赐予我这么优厚的待遇。我因羡慕朝廷的强盛富华而向往朝廷、归顺朝廷，这是我的本分，我怎么敢劳驾皇子您这么尊贵的人在半路上迎接我呢。我仔细思量，觉得归顺朝廷后前途一片光明，可是我才能有限，难以报答朝廷

① 中华书局编辑部点校：《全唐诗》（900 卷）（全 15 册），中华书局 1999 年版，第 14 册，《续补遗》卷 12，第 10740 页。

赐予我的盛大恩情。我早也想，晚也想，朝朝暮暮都在感叹着自己有幸得到了当今圣上无以复加的宠爱，今天，我又一边享用着宴会上丰美的食物，一边感到了无限的光荣。

据《十国春秋》卷八二，宋太祖赵匡胤命皇子赵德昭迎接钱俶一行人的日子是开宝九年（976）二月辛亥日（即十四日）："丁亥，宋遣内司宾赐王夫人孙氏汤药、法酒。是日，次近畿，宋帝诏皇子德昭迎劳。"① 在这之前和之后二三年，发生了如下的事情。

开宝七年（974）七月，宋太祖下诏书命钱俶准备出师攻打李煜的南唐国。九月奉钱俶之命去汴京联系攻打南唐之事的吴越国使者孙承祐自汴京回到杭州，带来了宋太祖要求钱俶出兵攻打南唐国的日期，钱俶让将士们加紧操练，准备攻打南唐国。十月，宋太祖授钱俶东南面招讨制置使，丁德裕为行营兵马都监，命钱俶准备出师攻打常州。闰十月十六日，钱俶亲率五万余兵，从钱塘出发，直扑常州。二十二日，入常州境，二十四日，攻打常州城，破常州之关城，又攻牙城。二十七日，李煜遣使致书钱俶："今日无我，明日岂有君？一旦明天子易地赏功，王亦大梁一布衣耳。"钱俶不理。十一月十四日，钱俶将李煜书上交宋太祖。此时，钱俶兵攻克了常州的宜兴城。十二月二十八日，破常州城北援军一万余众。二十九日，攻克常州城北，告捷于宋。开宝八年（975）四月十五日，常州守将禹万城投降钱俶。四月二十八日，钱俶将攻克常州城的捷报报告给宋太祖，得到了宋太祖的封赏。六月，南唐国润州守将刘澄投降吴越兵，刘澄全族被李煜屠杀。吴越将沈承礼领兵攻金陵。十一月二十七日（冬至日），沈承礼领兵与宋师合攻金陵。李煜出降。十二月三十日，钱俶遣使孙承祐上表，请以明年长春节（二月十六日）入宋朝觐，宋太祖同意了。开宝九年（976）正月某日，钱俶与妻孙太真、子钱惟濬、平江军节度使孙承祐到北宋首都汴京朝见宋太祖，让其养子钱惟治权知军国事。宋太祖于中途宝应、泗州、宋州安置专人接待钱俶。二月十四日，钱俶到达目的地汴京的前一站——宋州。在宋州，宋太祖遣内使赐钱俶夫人孙太真汤药二金盒、法酒十五瓶、茶果五十盒。又让皇子秦王赵德昭（951—979）（时年26岁）在此迎接犒劳钱俶一行。二月十五日，皇子赵德昭将钱俶一行迎至汴京，在迎春苑宴请钱俶等，宴请结束后让钱俶等人居礼贤院。②

① （清）吴任臣撰，徐敏霞、周莹点校：《十国春秋》（116卷）（全4册），中华书局1983年版，第3册，卷82，第1170—1171页。

② （宋）钱俨撰，李最欣校点：《吴越备史》，《补遗》，见傅璇琮、徐海荣、徐吉军主编《五代史书汇编》（全10册），杭州出版社2004年版，第10册，第6264—6267页。

《感皇子远降见迎》一诗可能写于开宝九年（976）二月十四日钱俶一行人到达宋州，受到北宋皇子赵德昭迎接的时候，也可能写于二月十五日皇子赵德昭于汴京迎春苑宴请钱俶一行人的时候。按理说，应写于赵德昭于宋州迎接的当时，但此诗末句"饱餐丰馔饱亲光"显然是写于被宴请时。十四日在宋州一定也是吃饭或被宴请了的，但史书无记载，看来十四日在宋州即使被宴请，也没有第二天在汴京迎春苑的宴请隆重。所以此诗最可能写于开宝九年（976）二月十五日。

这里详细地交代这首诗的背景，正是为了准确地理解这首诗中钱俶的心情，从而准确地把握宋太祖赵匡胤和吴越国主钱俶的关系。

钱俶写此诗时诚惶诚恐、毕恭毕敬的心情是有的，说他奴颜媚骨，也不能说全错。但应该清楚，这是钱俶在大势所趋情形下的一种自愿，并没有人勉强他。而且这种大势所趋的"势"是钱镠早就预见到的、也是钱镠一直等待的。钱镠之后的吴越四王一直严格遵循着钱镠的遗训，一直等待着"真主"的出现。例如第一句"千年遭遇觐真王"，这完全与武肃王钱镠"要度德量力而识时务，如遇真主，宜速归附"[1] 的遗训相吻合。要奉行钱镠这句话，有两个问题需要弄清楚。第一，什么是"真主"。钱镠并没有讲"真主"的含义，但钱镠给子孙创立了惯例：凡是中原王朝的皇帝都是真主，都需要归附。例如钱镠先尊唐，后尊梁，又尊后唐。后来的钱弘佐连契丹都尊为皇帝。反正有一个原则：自己不当皇帝。因为钱镠认为皇帝的宝座是炉炭："此儿辈自坐炉炭之上，而又置吾于上耶。"[2] 第二，什么叫"归附"，什么叫"速归附"。这两个问题钱镠也没有讲。钱镠的惯例是，中原王朝每换一个皇帝，只要皇帝来宣诏，钱镠就立即尊其为皇帝。新皇帝一上任，一宣诏，立即承认和尊奉，这就是"速归附"中"速"的含义。如何归附呢？钱镠的做法是：既然尊奉新皇帝，就用新皇帝的年号、给新皇帝殷勤上贡、在朝廷设立进驻机构和人员、吴越国的官员任免等大事都上报皇帝，要求其批准。钱镠这样做了之后，历代的新皇帝都满意，没有出现哪个皇帝要求钱镠纳土或者把钱镠调到另一个地方去的事情。这就是"归附"的含义。钱镠和以后的三王之所以没有出现皇帝要求纳土或将吴越王调离吴越国的事情，是因为那几个上任的皇帝刚上台时政权不稳，自顾不暇，吴越国能尊奉他建立的帝国，而不像其他地方割据政权一样，与他的新帝国争战，新皇帝已经很满意了。那么新皇帝的政权稳固后要求

---

[1] 诸葛计、银玉珍编著：《吴越史事编年》，浙江古籍出版社1989年版，第206页。

[2] （宋）钱俨撰，李最欣校点：《吴越备史》，卷1，见傅璇琮、徐海荣、徐吉军主编《五代史书汇编》（全10册），杭州出版社2004年版，第10册，第6218页。

纳土时怎么办？这个情况没出现过，钱镠没有给钱俶留下惯例。这时就用上了钱镠的前一句话："要度德量力而识时务。"可以说，钱俶对祖父的这个遗训理解得很准确，也运用得很成功。所以说，这首诗中钱俶毕恭毕敬、诚惶诚恐的感情十分自然、十分真诚。从这首诗之前之后的历史事实看，宋帝室和吴越钱氏的关系十分亲密融洽，可是，总有好事者编一些宋帝与吴越钱氏有嫌隙的故事来混淆视听，这些故事中最离谱的一个如下：

> 宋邵伯温曰："南唐李煜以太平兴国三年（978）七月七日卒，吴越王钱俶以雍熙四年（987）八月二十四日卒，二君归宋，奉朝请于京师，其卒之日，俱其始生之辰。太宗于是日遣中使赐以器币，与之燕饮，皆饮毕卒，盖太宗杀之也。余按野史，李后主以七夕诞辰，命故妓于赐第作乐侑饮，声闻于外。太宗闻之大怒。又传其小词有'小楼昨夜又东风，故国不堪回首梦魂中'之句，由是怒不可解。是李之祸，词语促之也。因记钱邓王有句云：'帝乡烟雨锁春愁，故国山川空泪眼'，其感时伤事，不减于李。然则其诞辰之祸，岂亦缘是耶？"（《稗史汇编》）①［笔者按：《稗史汇编》作者为明代人王圻（1530—1615）］

钱俶被宋太祖所杀的事情首见于邵伯温（1057—1134）的记载，认可邵伯温说法的第一个人是浙江海盐人姚叔祥，第二个人是诸葛计先生。明末清初周亮工《因树屋书影》载姚叔祥的话云："皆以生辰死者，盖衔忌未消，各借生辰赐酒阴毙之耳"②；诸葛计先生曰："按：谓宋帝使人杀俶说近是。《备史》载俶卒前尝命左右读《唐书》及命诸子孙诵词章诗什，殆知己被毒而寓鉴其僚属子孙欤？"③

稍作推理即可知，认为钱俶被宋太宗所毒而死的观点是靠不住的。理由有六个：

第一，钱俶生于八月二十五日而卒于八月二十四日，生的日子和卒的日子不是同一天，邵伯温说的第一个证据就靠不住。

第二，自开宝九年（976）钱俶朝觐宋太祖一直至端拱元年（988）钱俶卒的那一年，十三年来，宋太祖、宋太宗每年都要给钱俶赐生辰礼物。开宝九

---

① （清）王士禛原编，郑方坤删补，戴鸿森校点：《五代诗话》（10卷），人民文学出版社1989年版，卷1，第32—33页。

② 同上书，第17页。

③ 诸葛计、银玉珍编著：《吴越史事编年》，浙江古籍出版社1989年版，第406页。

年（976）宋太祖崩，后十二次都是宋太宗赐的。而且自太平兴国三年（978）钱俶归宋后，十一年来，赐钱俶生辰礼物都是在八月二十三日。为什么宋太宗非让钱俶死在端拱元年（988）不可。

第三，判断一个人杀了人，要找出他杀人的条件、动机、证据。缺一不可。宋太宗具备杀钱俶的条件是不言而喻的，但宋朝两位皇帝一直对钱俶很优待，没有丝毫的嫌隙，找不出杀人动机，也找不到杀人证据。

第四，钱俶有风眩病已经十多年了，雍熙四年（987）八月，钱俶病重，宋太宗派皇宫医官李密诊治。至此一年后去世，很正常。如用生日的御酒毒死，何如让医官李密毒死。

第五，除孟昶、李煜比较特别外，其他四位兵败被俘的割据政权统治者活的时间都比较长，例如周保权、高继冲这种顽固抵抗宋师的人被擒后尚且活了二十多年，宋太宗连这种负隅顽抗、兵败被俘者都不杀，为什么要杀钱俶这种主动归顺而且为宋朝灭掉南唐立有大功的人呢？

第六，吴越国五王中，钱镠享年81岁，钱俶享年60岁，其他三王寿命都短，而且钱氏王室成员很少有活到60岁的。从这方面的因素看，钱俶之死也没什么可疑。补充一下，宋太祖赵匡胤也只享年50岁，宋太宗赵炅（赵光义）享年59岁。

从以上六点来看，假如没有出现新的有力的证据来证明钱俶是非正常死亡，就可以说，断定钱俶被宋太宗毒死的说法不可信。

分析了《感皇子远降见迎》这首诗体现的钱俶的心情及钱俶与宋太祖、宋太宗的关系后，再来看这首诗的艺术性。这首诗无疑是歌功颂德的诗。但是，即使是歌功颂德的诗，钱俶的诗仍然体现出气魄比较大的特点，例如这首诗中"深思转觉乾坤大，力弱难胜雨露滂"的句子换一个气质孱弱的人写可能就是另一个角度、另一种风格。钱俶的《村家》和《渔者》两首五律，从诗题上看，就让人觉得新鲜（作为一个国王能够关注农渔人家，还是比较少见的）。从艺术上看，《村家》的末联"骑牛戴蓑笠，侵晓雨中耕"[1] 体现了善于捕捉并概括生活现象的能力，而《渔家》的中二联"不辞粗俗气，惟取大鱼虾。贳酒方登陆，怜春亦种花"[2] 写得既通俗，又富有情致，这一方面说明渔家百姓的灵心慧性，另一方面说明了钱俶具有及时发现这种灵心慧性的眼光和能力。可以说，气魄宏大的特色一定程度上受到了乃祖钱镠的影响，而观

---

① 中华书局编辑部点校：《全唐诗》（900卷）（全15册），中华书局1999年版，第14册，《续补遗》卷12，第10741页。

② 同上。

察细致、富于生活气息，就是钱俶诗相对于钱镠诗在艺术上的新特色了。可见，即使抛开吴越国国王这个身份，钱俶作为一个诗人，在五代十国时期至少也算得上小有建树。在五代十国文学中，钱俶真该引起研究者的注意。

吴越国王室文人能诗者不少，除钱镠、钱俶外，尚有钱元球、钱弘僔、钱昱的诗值得注意。以下逐一分析一下。

钱元球为钱镠子，多有军功，深受钱镠宠爱，累官土客马步都指挥使、静江节度使兼中书令，封扶南侯。文穆王钱元瓘即位后，钱元球以谋反罪被杀。① 钱元球是否真的谋反，不知道，但今人知道，这个长于打仗的钱元球颇有文才，其诗很有一点其父钱镠的影子。试看所存的一首诗：

游雁荡

东风驿路马蹄香，晓起行春到夕阳。

三月莺啼花柳寺，几家人住水云乡。

名山不用问樵字，清世何须忧庙廊。

且脱纶巾随洞客，紫箫吹月夜天凉。②

东风无疑是春风、是暖风、是好风，但要吹开你的心头花，还得你的心头花等待着开放、盼望着开放才行，如果你愁肠百结，郁积已久，就像纵离许久之后再逢前妻唐婉的陆放翁那样，那么，即便是又好又暖的东风，你的感觉仍然是"东风恶，欢情薄。"钱元球显然不是陆放翁，他没有郁积和愁肠，他的心花等待着开放、盼望着开放，不对，他的心花已经开放，而且是东风一吹就开放了的。心花开放的钱元球在干什么呢？什么都没有干，在继续开放，这过程描述出来是这样的：开放、更大的开放、最开放，一直开放到再也不能开放的时候。这个时候，他的心花开始释放芳香，这芳香飘散开去，使得整个世界芳香一片，连马蹄都变成了香的，不要问"哪个马蹄香？左蹄香还是右蹄香？前蹄香还是后蹄香？"不要问"啥时候香？跑时香还是走时香？一开始就香，还是后来才香？"也不要问"怎么个香法？一阵一阵地香，还是愈来愈香？"反正就是那种让人心旷神怡的香、让人兴致勃勃的香、让人无法言说的香。这种香从早晨出发时就有，到夕阳斜照时依然有；这种香让朝霞很美丽，

---

① （清）吴任臣撰，徐敏霞、周莹点校：《十国春秋》（116 卷）（全 4 册），中华书局 1983 年版，第 3 册，卷 83，第 1200 页。

② 中华书局编辑部点校：《全唐诗》（900 卷）（全 15 册），中华书局 1999 年版，第 15 册，《续拾》卷 45，第 11618 页。

让晚霞更美丽；这种香飘向了柳垂花开的佛寺，让三月的莺啼更动听了，还飘向了水绕云环的人家，让住处的环境更幽美了。如果问钱元玠："哪里来这么多芳香？你为何有这么好的兴致？"他的回答是："山是名山，我神往已久，早与此山有故人之谊；世是清世，百废俱兴，诸事忧无可忧，连我这个官位显赫的节度使也想脱去官服，隐居山野，持一支紫箫，一直吹到夜凉如水的时候方才罢休。"这首诗前四句的写景，眼界宏阔而又着笔细致，兼具将军的气魄和文士的才情，可惜后四句涉及了人事和政治，尽管他的意愿堪称良善，而且真的努力了，可还是露出了捉襟见肘的窘态，一直窘到写出了"紫箫吹月夜天凉"这种冷森森又悲切切的句子，钱元玠最后的下场是被自己的兄弟文穆王钱元瓘诬以谋反而杀害，不知这首诗的末句算不算一种谶语。

钱弘僔（913—966）（笔者按：僔，音宣），字智仁，文穆王第二子。本名弘偶，能书有文而自晦。后周时为静海军节度使判军州事，政尚宽惠，民悦慕之。久之，改彰武军节度使知福州事，温人皆行啼巷哭，亦有携家以从者，谓之随使百姓。① 从《十国春秋》卷八三的传记看，钱弘僔不仅在文穆王钱元瓘诸子中德才兼有，而且在所有钱氏子孙中也堪称优秀，其今存的一首诗，风味和水平也不错。且看此诗：

游南雁荡

十年曾作雁山期，今日来看似故知。

好鸟隔林歌侑酒，飞花绕笔索题诗。

云霞眼底原无物，丘壑胸中似有奇。

萝月松风清似水，何妨游衍咏归迟。②

雁荡山美名传播的速度肯定不是像谁游荡一样慢慢悠悠，而是像大雁飞驰一样一日千里，这让万里之外（感觉上是远在万里之外，否则也不用等十年才有机会一睹风采）的钱弘僔萌生了许许多多全是仰慕的遐想："你们都说'听我们说，你会把雁荡山想得比仙山还美，到了哪里，你就会发现，雁荡山比你想象的还要美'，可是，我啥时候能去雁荡山呢？要能去一次该有多好啊。"一日慕必有一日思，十日慕必有十日思，那么十年慕呢？当然就有十年

---

① （清）吴任臣撰，徐敏霞、周莹点校：《十国春秋》（116卷）（全4册），中华书局1983年版，第3册，卷83，第1203—1204页。

② 中华书局编辑部点校：《全唐诗》（900卷）（全15册），中华书局1999年版，第15册，《续拾》卷45，第11620页。

思了。十年来的朝思暮想必然会有很多次的梦里相聚，既然相聚过，那就是故人了。所以，钱弘儇说"今日来看似故知"。在从没来过的地方看到老朋友，当然有一种"他乡遇故知"的喜悦充盈心田，这时候身边的一鸟一虫都深情款款，一草一木都笑语盈盈，以至于自己喝酒的时候，那边树林的鸟儿一个劲儿地唱歌，来为我的饮酒助兴，这边案旁的花瓣悠悠然地坠落，来为我的题诗加油（索要题诗可以看作给题诗加油）。眼前灿烂无比的云彩（可比喻官职或仕途之类）终将过去，本身就什么都没有，什么都不是，我魂绕梦牵的山山水水何止千万，而且要多高有多高，要多深有多深，要多长有多长，要多美有多美，看看这月光下的薜萝、微风中的松树，你的那颗被凡尘俗事搅扰的心是不是变得像水一样清澈、像水一样沉静？既然如此，在雁荡山里多呆点日子，自由自在地游玩吧，从容不迫地吟诗吧。这首诗的颈联"云霞眼底原无物，丘壑胸中似有奇"依然具有宏大的气魄，而颔联"好鸟隔林歌佐酒，飞花绕笔索题诗"不仅写得细致、隽永，而且还很俏皮，这种风味比钱镠、钱俶等人的诗显然有所进步和创新，想来钱镠、钱俶等人看到此诗，也应该欣慰和称赞吧。

钱昱（943—999），字就之，是吴越国第三任国主忠献王钱弘佐的长子。初为咸宁、大安二宫使，授秀州刺史。尝使宋，归为台州刺史、温州刺史，转彰武军（即福州）节度使。入宋后，历任知州、工部侍郎等职，宋真宗赵恒咸平二年（999）卒，享年57岁。[①] 陈尚君先生《全唐诗续拾》卷四六收钱昱诗3首，均写于纳土前任职台州、福州时，其中《留题巾山明庆塔院》后四句"重叠画檐遮世界，稀疏清磬彻虚空。有时问著禅僧路，笑指丹霄去不穷"[②] 把禅寺写得像禅理那样深邃而美好，是唐代文人诸多题寺诗中比较出色的一首，故推荐于此，不再详细分析。

第三节　吴越国幕僚文人的文学创作

顾名思义，幕僚所写的文学作品才能称为幕僚文学，但是吴越国的幕僚留下文学作品的人太少了，故本节讨论吴越国的幕僚文学时，对幕僚这个概念的外延有所扩大（外延扩大则内涵减少）。简单地说，凡是在吴越国的土地上生

---

① （清）吴任臣撰，徐敏霞、周莹点校：《十国春秋》（116 卷）（全 4 册），中华书局 1983 年版，第 3 册，卷 83，第 1208—1209 页。

② 中华书局编辑部点校：《全唐诗》（900 卷）（全 15 册），中华书局 1999 年版，第 15 册，《续拾》卷 46，第 11644 页。

活过的文人，不管有没有出任过吴越国的官职，只要不是吴越国的王室文人和僧道文人，就可以算是吴越国的幕僚文人。这样的文人可分为两类。一类是与钱镠关系亲密的幕下四宾客：沈崧、皮光业、林鼎、罗隐。[①] 这四人是地地道道的幕僚文人，而且当时名气很大，可惜值得探讨其作品文学价值的，只有一个罗隐。另一类是在吴越国生活过但未见其出任过吴越国官职的文人，这样的文人也有四个：一个是吴仁璧，他与钱镠交往不多但恩怨不少并以此彪炳史册；另三人是罗邺、罗虬、薛正明，这三人与吴越国三世五王任何一个王都未见有什么交往，罗邺、罗虬的籍贯是吴越国辖地，咸通（860—874）、乾符（874—879）年间在京城赶考的时候还与宗人罗隐并称为"三罗"，薛正明不但籍贯是吴越国辖地，而且进士及第后隐居于温州雁荡山。这样，本节主要的研究对象有五人：罗隐、罗邺、罗虬、吴仁璧、薛正明。

一　吴越国罗隐的文学创作

罗隐（833—910），本名横，字昭谏，浙江省新城县（今浙江省富阳市新登镇）人。其祖父罗知微，曾任福唐县令，卒时 86 岁，其时罗隐已经 24 岁了。其父罗修古，是否出仕等事迹均不详，只知罗隐出生时，其父 27 岁，其父去世时，罗隐 44 岁。罗隐之子罗塞翁出生时，罗隐 18 岁，由此判断其第一任妻子沈氏与罗隐结婚时，罗隐应该是 17 岁，罗隐 32 岁时，其妻沈氏卒，享年 29 岁。第二任妻子杜氏，年少罗隐 5 岁，罗隐去世 6 年后，杜氏去世，享年 79 岁。罗隐去世 22 年后，即后唐明宗李亶长兴三年（932），其子罗塞翁去世，享年 83 岁。罗隐祖母和母亲的情况，一概不知，只能存疑。[②]

从罗隐祖父出任福唐县令和罗隐 18 岁就生子等事可知，罗隐的家庭或许不够显赫和富裕，但绝非孤寒，更不会贫无立锥，而是有着相当的经济基础，支持他上京赶考并长年游学在外的。

罗隐赶考和游学的经历，细说的话比较复杂，简言之，从唐宣宗大中十二年（858）26 岁时赴江陵谒白敏中开始，直到唐僖宗光启二年（886）54 岁时东归吴越进入钱镠幕府，罗隐在外漂泊了 29 年。这 29 年来，罗隐主要做着两件事情：一是频繁应考，希望能够一朝折桂而名扬一时。二是找机会干谒权贵，一方面谋点稻粱以助自养，一方面希望这些权贵能为罗隐自己的科考之事助一臂之力。这两条路都没有走通，但罗隐也不是一无所获，因为这 29 年来

① （宋）欧阳修撰，（宋）徐无党注：《新五代史》（74 卷）（全 3 册），中华书局 1974 年版，第 3 册，卷 67，第 837 页。

② 汪德振：《罗隐年谱》，商务印书馆 1937 年版，第 6—38 页。

他记录各种事件和感想的诗文不仅使他在当时就声名大噪，而且使得后世的人对他钦慕不已。可惜的是，这些东归吴越前的诗文不能被视为吴越国的文学实绩，但罗隐从 55 岁到 78 岁这 24 年生活在吴越国，是吴越国最杰出的文人，故对罗隐 55 岁以前的作品，不能不稍作介绍。

雍文华辑《罗隐集》含五部分内容：一是《甲乙集》（不分卷），收诗 473 题 496 首；二是《谗书》（五卷），收文 60 篇，另罗隐自序 2 篇；三是《广陵妖乱志》这篇不足 6000 字（含标点符号）的记事文；四是《两同书》，含 10 篇文章；五是《杂著》，含 37 篇文章。

《谗书》五卷写于罗隐 54 岁东归吴越前，在罗隐著作中，其文学成就仅次于《甲乙集》。其中的《伊尹有言》（卷一），《英雄之言》、《圣人理乱》、《子高之让》（上三篇俱卷二），《妇人之仁》（卷四），《汉武山呼》（卷四），《迷楼赋》（卷五），《说石烈士》（卷五）均是传诵的名篇，对唐代散文研究极有价值。《广陵妖乱志》写高骈为妖乱所惑而灭亡，此事发生于罗隐东归吴越一年后，可能是罗隐据传闻而写，该故事富有史料价值，文学性稍差，而且作者是罗隐还是郑廷晦，向有争议，故本节对《广陵妖乱志》就不做探讨了。《两同书》含 10 篇文章《贵贱》、《强弱》、《损益》、《敬慢》、《厚薄》、《理乱》、《得失》、《真伪》、《同异》、《爱憎》，这 10 篇文章文学性不错，但主要是探讨哲学问题，本节也不予讨论。其余两部分《甲乙集》496 首诗和《杂著》37 篇文章中写于罗隐 54 岁东归吴越后的作品自然是本节的研究对象，写于东归吴越前的作品，尤其是罗隐自述科考艰难的诗歌和祈求权贵援引的文章，也需要选择若干予以分析。

先从罗隐应举的次数分析他对科考究竟抱着怎样的态度。

罗隐《湘南应用集序》云 "隐大中末即在贡籍中，命薄地卑，自己卯（859）至于庚寅（870），一十二年，看人变化。"① "己卯" 指 859 年，该年罗隐 27 岁，第一次参加进士考试。沈崧《罗给事墓志》 "始以光启三年（887），罢随计吏，投迹本藩，乃遇淮浙钱令公吴越国王，将清国步，聿求群彦，光赞永图。"② 光启三年即 887 年，罗隐 55 岁，自此年东归吴越任职于吴越王钱镠幕下，再未参加过朝廷的进士考试，就是说，前一年即罗隐 54 岁，可被视为罗隐参加进士考试的最后一年。据清徐松《登科记考》卷二十三，

---

① 雍文华校辑：《罗隐集》，中华书局 1983 年版，第 286 页。
② 同上书，第 339 页。

唐懿宗咸通十一年（870）和唐僖宗中和四年（884）两年停举①，停举的这两年罗隐分别是 38 岁和 52 岁。可见，自罗隐 27 岁至 54 岁的这 28 年中，朝廷举行过 26 次进士考试。那么，罗隐参加了多少次呢？据李之亮《罗隐年谱补正》，33 岁、34 岁、37 岁、39 岁、40 岁、41 岁、42 岁、43 岁、46 岁、48 岁、49 岁、50 岁、51 岁、53 岁、54 岁这 15 年，罗隐没有应举。② 再加上罗隐 38 岁和 52 岁这两年进士考试停考。那么，罗隐参加进士考试的次数最多是 11 次。这与罗隐的说法大致吻合，说"大致吻合"，意思是相差不大，但并不吻合。那么罗隐是怎么说的呢？

《投湖南王大夫启》云："十年恸哭于秦廷，八举摧风于宋野。"③《投秘监韦尚书启》云："十年索米于京都，六举随波而上下。"④《投前夏口韦尚书启》云："其后岁月煎熬，轮蹄顽秃，仅逾十上，幸免一鸣。角赢而只有困时，矢尽而未知降处。"⑤《感弄猴人赐朱绂》云："十二三年就试期，五湖烟月奈相违。何如学取孙供奉，一笑君王便着绯。"⑥ 同样是十年，同样是应举，一会儿自称是"八举"、一会儿自称是"六举"，这说明关于应举的次数，罗隐自己就不十分清楚。后来又说"逾十上"、"十二三年"，可见，具体应举多少次，罗隐不清楚，但应举次数的约数他是知道的，就是十多次。《吴越备史》的作者钱俨（即吴越国第五任国王钱俶的弟弟钱宏信）可能正是取罗隐应举次数的约数才写出了"隐本名横，凡十上不中第，遂更名"⑦ 的论述。不管是准确数，还是大约数，也不管是后人考证的罗隐应举不会超过 11 次，还是罗隐自己所说的十二三次，这些都说明，罗隐自 27 岁至 54 岁的 28 年中，只参加了 26 次进士考试中的 10 多次，也就是说参加了一半的次数，放弃了一半的次数，这也可以表述为，考一年，停一年。从参加科考的这种频率上可以看出，罗隐对进士考试的态度是：没有沉迷，但也不愿放弃（打个颠倒说成"不愿放弃，但也没有沉迷"，也行）。

进士考试，为唐代的无数士子所热衷，罗隐却不放弃也不沉迷，他怎么会

---

① （清）徐松撰，赵守俨点校：《登科记考》（30 卷）（全 3 册），中华书局 1984 年版，第 2 册，卷 23，第 859—883 页。

② 李之亮：《罗隐年谱补正》，《郑州大学学报》1986 年第 6 期。

③ 雍文华校辑：《罗隐集》，中华书局 1983 年版，第 288 页。

④ 同上书，第 292 页。

⑤ 同上书，第 284 页。

⑥ 同上书，第 182 页。

⑦ （宋）钱俨撰，李最欣校点：《吴越备史》，卷 2，见傅璇琮、徐海荣、徐吉军主编《五代史书汇编》（全 10 册），杭州出版社 2004 年版，第 10 册，第 6203 页。

有这种不无暧昧色彩的依违态度呢？这得从罗隐自述科考感受的诗中寻找答案。

罗隐自述科考感受的诗比较多，现举两首为例。

丁亥岁作

病想医门渴望梅，十年心地仅成灰。

早知世事长如此，自是孤寒不合来。

谷畔气浓高蔽日，蛰边声暖乍闻雷。

满城桃李君看取，一一还从旧处开。①

下第作

年年模样一般般，何似东归把钓竿？

岩谷漫劳思雨露，彩云终是逐鹓鸾。

尘迷魏阙身应老，水到吴门叶欲残。

至境穷途也须达，不能长与世人看。②

第一首为唐懿宗咸通八年丁亥岁（867）所作，当时罗隐35岁。从27岁时第一次入京应举到35岁共9年了，其中33岁、34岁两年因故不在京师，所以该年是第七次应举不中。7次应举不中当然不会是什么快乐的事，但如果因七次应举不中而心灰意懒，那么这个考生不是过于自负，就是过于脆弱，或者对科举不是十分执着。这三点，罗隐可说是都沾了一点。他将自己意欲中举的愿望比作生病者渴望求医、口渴者眼望梅子。他认识到自己连续落第的原因绝不是水平不够，而是财力不够，缺乏援引。末两联以春日将到，得到园丁照顾的桃李一如既往率先开放的自然现象比喻下一次中举者仍然是有根基、有门路的人。第一首《丁亥岁作》表明罗隐认识到自己落第的原因，也流露出了失望的情绪。第二首《下第作》意欲"东归"的话表明此诗很可能写于罗隐应举经历的后期（但说写于35岁前，即罗隐考了没几次之后就流露了"东归"的心思，也能讲得通）。罗隐之所以失望之余，意欲"东归"，还是认识到雨露之水专润园林，幸运之星不照凡鸟，自己出身孤寒，无人援引，要应举及第实在困难。从这两首诗可以看出，罗隐认为自己考不中进士的原因是无人援引，同时他劝慰自己应该振作起来，不能总是摆出一副可怜兮兮的样子。

罗隐总是在诗中埋怨没有人援引他，那么，他向别人推荐自己了吗？他是

① 雍文华校辑：《罗隐集》，中华书局1983年版，第149页。

② 同上书，第148—149页。

如何推荐自己的呢？这就要看看罗隐的干谒文。

罗隐的干谒文被收集于《罗隐集》的《杂著》部分。《杂著》部分 37 篇文章，作于东归吴越前的有 22 篇，这 22 篇文章，除 1 篇是史论、1 篇是意图不明的《与某博士状》外，其余 20 篇均为干谒文。这些干谒文的篇数比罗隐参加进士考试的次数多了大约三分之一，数量不能说不多，可是，内容和目的堪称单调，不外乎诉说自己的艰难处境，希望对方予以怜恤和照顾，同时免不了把对方吹嘘一番。例如：

投秘监韦尚书启

　　某启：某月日以所著《谗书》一通，寓于阍吏。退量僭越，伏积忧惶。某闻樊子昭之处屠沽，发辉光于许劭；郭林宗之游巩洛，振声价于符融。其后物态乖讹，风流委败。下有自媒之诮，上无相汲之由。某由是反袂兴怀，扪心注恨，又安得不属耳于舆人之论，倾怀于长者之谈？而尚书以盛名镇乎当时，以盛德传乎奕世。不趑趄于阘茸，不浮泛于奸回。动则致圣主而活苍生，以为己任；静则导冲襟而养和气，以守家声。恭惟大朝，属在吾道。若某者，燎薪就学，掷楯攻文。一则以神气低凡，不足动王侯之瞻视；一则以家门寒贱，不足辱卿相之搜扬。十年索米于京都，六举随波而上下。永言浮世，堪比多歧。所以览嵇叔夜之书，则伏膺户外；读张季鹰之传，则大嚼窗间。长恐一旦月桂情衰，江莼思起，不得揖充国山庭之相，不得窥汉朝王佐之才。是以重拂尘衣，聊希藻鉴。倘尚书以孺子可教，则随洛下之书生；倘尚书以斯人若狂，则访江东之钓叟。灵著神蔡，惟祷所从。谨启。[①]

先注释几个字词。"趑趄"，读音为姿居，行走困难；想前进又不敢前进的样子。"阘茸"，读音为踏荣，卑贱、低劣的意思。"楯"，同"盾"，盾牌的意思。该文中罗隐自比樊子昭、郭林宗，希望韦蟾作许劭、符融，并赞美韦蟾"以盛名镇乎当时，以盛德传乎奕世。不趑趄于阘茸，不浮泛于奸回。动则致圣主而活苍生，以为己任；静则导冲襟而养和气，以守家声。"至于"十年索米于京都，六举随波而上下"的自诉可怜之状，已经近乎哀求了。该文中罗隐还总结出自己屡次落第的原因："一则以神气低凡，不足动王侯之瞻视；一则以家门寒贱，不足辱卿相之搜扬。"可见相貌丑陋与出身低贱是罗隐多次应举进士一直不中的两个重要原因。

---

① 雍文华校辑：《罗隐集》，中华书局 1983 年版，第 292—293 页。

《投秘监韦尚书启》写于罗隐 40 岁，韦尚书即鄂岳观察使韦蟾，连韦蟾在内，罗隐自 26 岁离开故乡到 54 岁东归故乡的 29 年中，一共干谒过 10 个权贵，其过程是：26 岁谒见荆南节度使白敏中、同一年又谒见随州刺史李某人（此人曾任兵部侍郎，故罗隐称"李侍郎"）、28 岁谒见河中节度使令狐绹、32 岁处于宣武节度使郑处晦幕下、36 岁谒见衢州刺史孙玉汝、同一年又谒见湖南节度使于环、39 岁投书于湖南观察使王凝、40 岁上书鄂岳观察使韦蟾、42 岁曾寄居于淮南节度使李蔚幕下、49 岁谒见淮南节度使高骈。^① 这 10 个权贵对罗隐的科考之事都没有什么帮助，但罗隐的干谒也不是毫无作用，例如39 岁的夏天，罗隐曾任湖南衡阳县主簿，虽然时间短暂，只有数月而已，但好歹是个职务，这也是罗隐自 26 岁离乡到 54 岁东归在外游学 29 年中担任的唯一的一个官职，这个官职的得到就源于湖南节度使于环的鼎力相助。罗隐干谒权贵的过程，基本上是安全的，但风险也不是没有。例如罗隐东归吴越前最后的一次干谒，就差点给自己惹来杀身之祸。此事在后蜀何光远《鉴诫录》卷八《钱塘秀》中是如此记载的：

> 罗秀才隐，傲睨于人，体物讽刺。……隐又与顾云先辈谒淮南高相公骈。……隐度高公欲继淮王求仙，所为妖乱，潜题《后土庙》刺之。连夕挂帆而返。巫者告公。公既悔且怒，急棹追之，已出境矣。诗曰："四海干戈尚未宁，又于汾水建仪形。九天玄女犹无圣，后土夫人岂有灵。一带野云侵鬓绿，两条宫柳入眉青。韦郎年少知何事，端坐唯看《太白经》。"高后失政，因吕用之等幻惑，为毕师铎所害。隐自钱塘著《妖乱志》以非之，故有《题延和阁》云："延和高阁势凌云，轻语犹疑太乙闻。烧尽降香无一事，开门迎得毕将军。"^②

笔者按：《后土庙》一诗，雍文华辑《罗隐集》^③、潘慧惠《罗隐集校注》（修订本）^④ 在字句上多有异同，为避烦琐，不过录异同，有兴趣者可以参看。罗隐《后土庙》只是对高骈迷信神仙的荒诞行为表示异议和质疑，并没有讽刺或诽谤，可是这就令高骈大为光火，以至于派人追捕罗隐，幸亏罗隐有提

①　李之亮：《罗隐年谱补正》，《郑州大学学报》1986 年第 6 期。

②　（后蜀）何光远撰，刘石校点：《鉴诫录》（10 卷），卷 8，见傅璇琮、徐海荣、徐吉军主编《五代史书汇编》（全 10 册），杭州出版社 2004 年版，第 10 册，第 5934—5935 页。

③　雍文华校辑：《罗隐集》，中华书局 1983 年版，第 37 页。

④　（唐）罗隐著，潘慧惠校注：《罗隐集校注》，浙江古籍出版社 2011 年版，第 59 页。

防，趁早逃走，否则，性命难保。从这件事可以猜测，罗隐来往于多名藩镇割据者之间，不仅要寻找托身活命之所，还必须时时警觉以规避可能的险情。

从常理上说，高骈的追捕把罗隐往回归故乡的路上推了一把，但回归故乡后是否有出路，是否会过得更好，当时的杭州刺史钱镠（钱镠887年正月任杭州刺史，当时董昌为浙东观察使）是否会接纳自己，罗隐并没有把握，于是，他决定先试探一下。这个"试探"的故事在《吴越备史》卷一中是如此记载的：

> 隐……初从事湖南，历淮润，皆不得意，乃归新登。及来谒王，惧不见纳，遂以所为《夏口》诗标于卷首，云"一个祢衡容不得，思量黄祖漫英雄"之句。王览之大笑，因加殊遇，复命简书辟之曰："仲宣远托刘荆州，都缘乱世；夫子辟为鲁司寇，只为故乡。"隐曰："是不可去矣。"①

罗隐《夏口》诗（《唐才子传》卷九云题目是《过夏口》，见下文）批评黄祖心胸狭窄，不能容人，其用意显然是希望钱镠能够接纳自己。可能是信心不足，罗隐没有敢面见钱镠，而是托人将自己的诗文呈上去，等候回音，相机行事。钱镠一眼就看穿了罗隐的心思，他不介意罗隐的恃才傲物，看见罗隐劝说自己不要像黄祖那样不能容人，钱镠大笑，大笑之后给罗隐以殊遇。"殊遇"是什么，《吴越备史》没有说，《唐才子传》卷九《罗隐传》的记载比较明确：

> 广明中，遇乱归乡里，时钱尚父镇东南，节钺崇重，隐欲依焉，进谒投素作，卷首《过夏口》云："一个祢衡容不得，思量黄祖漫英雄。"镠得之大喜，以书辟曰："仲宣远托刘荆州，盖因乱世；夫子辟为鲁司寇，只为故乡"。隐曰："是不可去矣。"遂为掌书记。性简傲，阔谈高论，满座风生。好谐谑，感遇辄发。镠爱其才，前后赐予无数，陪从不顷刻相背。②

先授为"掌书记"，又"赐予无数"，还"陪从不顷刻相背"，这待遇可真够"殊"的了。不知道受到如此"殊遇"的罗隐是如何看待他东归吴越的

---

① （宋）钱俨撰，李最欣校点：《吴越备史》，卷2，见傅璇琮、徐海荣、徐吉军主编《五代史书汇编》（全10册），杭州出版社2004年版，第10册，第6203页。

② 傅璇琮主编：《唐才子传校笺》（第四册），中华书局1990年版，卷10，第115—118页。

举动的，至少今人为他这个正确举动感到高兴和庆幸。

东归吴越后任职钱镠幕下的罗隐开始了自己一生中最顺遂的时光，这段时光长达 24 年。这 24 年中，罗隐的作为可以分为两类，一类是政事建言或建树，一类是文学创作。政事建言或建树与文学关系不大，但对了解罗隐这个诗人还是有帮助的。故选择三件事情讨论一下。

首先分析罗隐 61 岁时"楼不若皆内向"的建言。"楼不若皆内向"的建言最早见于北宋钱俨《吴越备史》卷二的记载、此后司马光《资治通鉴》卷二六三关于唐昭宗天复二年（902）的记载和司马光《资治通鉴考异》对该年（902）事情的注释就把这个故事的前因后果讲得相当详细而且完整，但是宋沈括《梦溪笔谈》卷一三《权智》的记载不仅更加详细、完整，而且生动有趣。且看沈括的记载：

> 浙帅钱镠时，宣州叛卒五千余人送款，钱氏纳之，以为腹心。时罗隐在其幕下，屡谏，以谓敌国之人，不可轻信。浙帅不听。杭州新治城堞，楼橹甚盛。浙帅携僚客观之。隐指却敌，佯不晓曰："设此何用？"浙帅曰："君岂不知欲备敌邪？"隐谬曰："审如是，何不向里设之？"浙帅大笑曰："本欲拒敌，设于内何用？"对曰："以隐所见，正当设于内耳。"盖指宣卒将为敌也。后浙帅巡衣锦城，武勇指挥使徐绾、许再思挟宣卒为乱，火青山镇，入攻中城。赖城中有备，绾等寻败，几于覆国。①

据《资治通鉴》卷二五九，孙儒死于唐昭宗景福元年（892）六月②；又据《十国春秋》卷七七，景福二年（893）七月，钱镠率 20 余万众建造罗城。③ 可见，孙儒败亡后，其部下徐绾、许再思率士卒投奔钱镠为景福元年（892）事，罗隐劝钱镠"楼不若内向"为景福二年（893）事，该年罗隐东归吴越第七年，61 岁。罗隐"屡谏"，说明不是一次进谏，而是一而再、再而三的进谏，可惜钱镠都不以为意，一笑置之。但要说钱镠一点都未接受，恐怕也不对。正如沈括所说，唐昭宗天复二年（902）武勇都叛乱时，"赖城中有备，

---

① （宋）沈括撰，刘尚荣校点：《梦溪笔谈》（26 卷），辽宁教育出版社 1997 年版，卷 17，第 95 页。

② （宋）司马光编著，（元）胡三省音注：《资治通鉴》（294 卷）（全 20 册），中华书局 1956 年版，第 18 册，卷 259，第 8430 页。

③ （清）吴任臣撰，徐敏霞、周莹点校：《十国春秋》（116 卷）（全 4 册），中华书局 1983 年版，第 3 册，卷 77，第 1053 页。

缩等寻败"，说明罗隐的建议还是起了作用。这样看来，罗隐对钱镠可算是立了大功。从景福二年（893）罗隐预见投降的孙儒残部会叛乱，到天复二年（902）武勇都（由投降钱镠的孙儒残部组成）真的叛乱，时间长达10年。这说明作为钱镠幕僚的罗隐不仅忠于职守，而且洞察力之强非同一般。

其次分析罗隐64岁时改沈崧谢表的建树。此事的最早记载见于北宋钱俨《吴越备史》卷二，全文如下：

> 王初授镇海节度，时命沈崧草谢表，盛言浙西繁富，成以示隐。隐曰："今浙西兵火之余，日不暇给，朝廷执政方切于贿赂，此表入奏，执政岂无意于要求耶？"乃请更之。其略曰："天寒而麋鹿常游，日暮而牛羊不下。"朝廷见之，曰："此罗隐辞也。"①

《吴越备史》卷一云钱镠首次被授镇海军节度使是唐昭宗景福二年（893）的事情，第二次出任镇海军节度使（这次是出任镇海、威胜两军节度使）是唐昭宗乾宁三年（896）的事情；《吴越备史》卷三载后晋天福三年（938）二月事时云，沈崧（863—938）乾宁二年（895）进士及第后回乡省亲的途中被钱镠所挽留而寄居其幕，可见，沈崧代钱镠草拟谢表，是感谢唐昭宗第二次授钱镠镇海军节度使，而不是"王初授镇海节度"。钱镠这次任镇海军、威胜军节度使时，罗隐64岁，沈崧34岁。33岁就进士及第的沈崧对朝廷权贵的腐败显然没有仕途坎坷的罗隐了解得那么深刻，所以代钱镠草拟谢表时，在说了许多感恩戴德并表忠心的话之余，自然而然就会极力夸耀浙西的富有，一方面显得钱镠治理有方，另一方面表明可为朝廷多做贡献。而在外漂泊了29年仍然找不见仕进之路的罗隐对京城中的人情世故了如指掌，对权贵们揽权纳贿的丑恶行径印象深刻，所以当他看到沈崧盛言浙西富有的谢表后，立即阻拦，并予以实质性的改动。从"天寒而麋鹿常游，日暮而牛羊不下"的句子及罗隐自言改动的意图可以推断，罗隐草拟的谢表一定先是感谢朝廷的厚爱，再叙述浙西的贫瘠，最后肯定要代钱镠表决心，说一定要把浙西治理好，甚至还可能要求朝廷予以经济上的援助，这样就可以尽可能彻底地打消朝廷权贵们索贿、勒索的念头。由此可见，罗隐做事情还是尽力为钱镠管辖地区的百姓着想的。为百姓着想是罗隐一贯的品质，此品质在修改沈崧谢表一事上得到了一次体现。

---

① （宋）钱俨撰，李最欣校点：《吴越备史》，卷2，见傅璇琮、徐海荣、徐吉军主编《五代史书汇编》（全10册），杭州出版社2004年版，第10册，第6203页。

第三分析罗隐劝钱镠举兵讨伐后梁的建言。此建言仍以北宋钱俨《吴越备史》卷二的记载为最早，但是叙事不够通顺，随后司马光《资治通鉴》卷二六六关于开平元年（907）四月事的记载就通顺多了。且看：

> 镇海节度判官罗隐说吴王镠举兵讨梁，曰："纵无成功，犹可退保杭越，自为东帝。奈何交臂事贼，为终古之羞乎？"镠始以隐为不遇于唐，必有怨心，及闻其言，虽不能用，心甚义之。①。

罗隐向钱镠作此建言时，是后梁开平元年（907）四月，当时罗隐 75 岁，东归吴越为钱镠幕僚已经 20 年了。这次建言没有被钱镠采纳，但罗隐因此得到了钱镠进一步的敬重，也得到了后人的敬重。这一点不必讨论。需要讨论的是，假如钱镠接受了罗隐的建议，会出现怎样的结果。钱镠与朱温开战，如果失败了，依据罗隐的说法，钱镠还可以作"东帝"，这话让人怀疑。因为一旦败了，大势已去，还怎么作"东帝"，就算可以作"东帝"，那就说明罗隐是支持钱镠称帝的。更让人怀疑的是，万一钱镠胜了怎么办，是钱镠自己称帝呢，还是钱镠随便找个姓李的冒充唐王朝后裔，让其作傀儡皇帝。何况钱镠和后梁太祖朱晃（即朱温、朱全忠）开战，并没有胜算的把握。总之，罗隐这次建言，只能说明其忠心，不能说明其识见，钱镠的拒绝在识见上才真的高人一等，因为这种不与后梁王朝开战的做法不论对保存吴越国百姓的生命还是对保存吴越国之外其他地区百姓的生命，都是一种善行和福祉。

讲完罗隐在吴越国的政事建言或建树，再来看罗隐在吴越国的文学创作。

罗隐在吴越国创作的文学作品，从功能上看，可以分为三类，第一类是应用性文字，第二类是以诗歌进谏的作品，第三类是歌功颂德的作品。以下依次论述。

先看罗隐东归吴越后所写的应用性文字。这类文字有 61 岁所撰的《杭州罗城记》、66 岁所撰的《东安镇新筑罗城记》、68 岁所撰的《镇海军使院记》以及《钱氏九州庙碑记》、《陈先生集后序》等。② 这类文字的文学性较差，但也不能说不是文学作品。既然是文学作品而文学性较差，那就选一篇以窥斑见豹好了。且看第一篇：

---

① （宋）司马光编著，（元）胡三省音注：《资治通鉴》（294 卷）（全 20 册），中华书局 1956 年版，第 18 册，卷 266，第 8676 页。

② 汪德振：《罗隐年谱》，商务印书馆 1937 年版，第 56—64 页。

杭州罗城记

大凡藩篱之设者，所以规其内。沟洫之限者，所以虞其外。华夏之制，其揆一焉。故鲁之祝丘，齐之小穀，犹以多事，不时而城，况在州郡之内乎？自大寇犯阙，天下兵革，而江左尤所繁并。余始以郡之子城，岁月滋久，基址老烂，狭而且卑，每至点阅士马，不足回转。遂与诸郡聚议，崇建雉堞，夹以南北，矗然而峙，帑藏得以牢固，军士得以帐幕，是所谓固吾圉。以是年上奏天子，嘉以拙政，优诏奖饰，以为牧人之道，其尽此乎？俄而孙儒叛蔡渡江，侵我西鄙，以剪以逐，蹶于宛陵，劲弩之次，泛舟之助，我有力焉。后始念子城之谋，未足以为百姓计。东眄巨浸，辏闽粤之舟楫；北倚郭邑，通商旅之宝货。苟或侮刼之不意，攘偷之无状，则向者吾皇优诏，适足以自策。由是复与十三都，经纬罗郭，上上下下，如响而应。爰自秋七月丁巳，讫于冬十有一月某日。由北郭以分其势，左右而翌合于冷水源。绵亘若干里，其高若干丈，其厚得之半。民庶之负贩，童髦之缓急，燕越之车盖，及吾境者，俾无他虑。千百年后，知我者以此城，罪我者亦以此城。苟得之于人而损之己者，吾无愧欤！某年月日记。[①]

此文虽有一些对仗句子，但是数量较少且通俗易懂，与罗隐书启类文章中好用典故的对偶句有很大的不同。整篇文章是散体行文，将此文和罗隐《谗书》中的散体文章结合起来，可知喜作散体文，是罗隐散文的一个重要特点，这对唐代散文的研究显然有参考意义。

再看以诗歌进谏的作品。从常理上说，以诗歌的形式行建言的内容，很多情况下是因为诗人想要直言进谏而勇气不足，或者没有机会。如前文所述，罗隐和钱镠的关系很亲近，以至于有"陪从不顷刻相背"的说法，罗隐给钱镠进谏，应该不存在需要鼓足勇气或者等待机会的问题，他有什么话，完全可以给钱镠直说，而且直说的机会很多。这就意味着，罗隐表达进谏的诗文，数量会相当少。事实确实是这样，但也只是少而已，有还是有的，例如"使宅鱼"的故事。该故事在明代田汝成《西湖游览志余》卷二四中是如此记载的：

钱氏时，西湖渔者日纳鱼数斤，谓之使宅鱼。其捕不及者，必市以供，颇为民害。一日，罗隐侍坐，壁间有《蟠溪垂钓图》。武肃王索诗，隐应声曰："吕望当年展庙谟，直钩钓国更谁如。若教生在西湖上，也是

---

① 雍文华校辑：《罗隐集》，中华书局1983年版，第306—307页。

须供使宅鱼。"武肃王大笑，遂蠲其征。①

这个故事说武肃王钱镠因为罗隐的一首讽谏诗而蠲免了百姓纳鱼这一项赋税，这一方面说明了钱镠具有良好的纳谏之风和钱镠对罗隐的器重，另一方面说明了罗隐乐于为民请命，敢于为民请命，也能够为民请命。由此可以猜测，罗隐在东归吴越直至去世的 24 年中，这类为民请命的事情，一定做了不少，"使宅鱼"的故事，就是其中的一个例子。

最后看歌功颂德类的作品。罗隐东归后，写了许多歌颂钱镠的诗，现存《罗隐集》中，这类诗有 8 题 11 首：《春日投钱塘元帅尚父》（2 首）、《题番溪垂钓图》、《钱尚父生日》、《暇日投钱尚父》、《感别元帅尚父》、《尚父偶建小楼特摘丽藻绝句不敢称扬》（3 首）、《病中上钱尚父》、《献尚父大王》。这 11 首诗的基本倾向是歌颂钱镠的功德，表达自己的感激之情。即使这些诗中称赞钱镠的话全是事实，即使罗隐的歌颂句句都是肺腑之言，这类歌功颂德的诗，还是让人有一种本能的反感。但这类诗是东归吴越后的罗隐从事文学创作的一个重要题材，不读这类诗则难以全面地了解罗隐的诗歌成就，故选析二首。且看：

春日投钱塘元帅尚父（二首）

正忧衰老辱金台，敢望昭王顾问来。
门外旌旗屯虎豹，壁间章句动风雷。
三都节已联翩降，两地花应次第开。
若比紫髯分鼎足，未闻余力有琼瑰。

征东幕府十三州，敢望非才忝上游。
官秩已叨吴品职，姓名兼显鲁春秋。
盐车顾后声方重，火井窥来焰始浮。
一句黄河千载事，麦城王粲谩登楼。②

罗隐之所以会写这二首诗，是因为钱镠先到罗隐住所来，在罗隐家的墙壁上题写了这样一首诗《题罗隐壁》："特到儒门谒老莱，老莱相见意徘徊。黄

---

① （明）田汝成撰：《西湖游览志余》，上海古籍出版社 1998 年版，卷 24，第 343 页。
② 雍文华校辑：《罗隐集》，中华书局 1983 年版，第 117 页。

河信有澄清日，后代应难继此才."① 老莱即老莱子，是战国以来就有名的孝子，钱镠将罗隐比作老莱子，当然是一种极力的称赞。"徘徊"即留恋，"意徘徊"应当是说钱镠与罗隐互有好感、互相思念。末两句说罗隐才华出众，后人难以企及。受到钱镠如此的称赞后，罗隐写了《春日投钱塘元帅尚父》（二首）以答谢。第一首前半部分，罗隐说自己年老无用，绝不敢去黄金台上和对手一决高低，更不敢奢望像燕昭王一样爱才的吴越王钱镠能够主动来光顾自己的寒舍，可是，钱镠居然真的光顾自己的寒舍了，门外旌旗猎猎，正是尊贵的王侯已经到来的标志，墙壁上题写的华丽诗章，让人产生的震撼像是受到了风吹雨打和雷震（后半部分比较难懂，大意是说钱镠所到之处，鲜花次第开放；古代三分天下的英雄，也没有钱镠这样儒雅的韵致）。贺裳《载酒园诗话又编》中的一段话有助于理解第二首诗。贺裳说："隐又善于使事，投钱镠诗'盐车顾后声方重，火井窥来焰始浮'，上句方之伯乐，下句尊之以孔明也。临邛有火井，桓灵时焰始微，孔明一窥而复炽。大有劝镠匡扶唐室意，不止感恩而已."② 这样看来，第二首是说自己以才疏学浅的资质竟然在具有 13 州之广的吴越国担任官职了，这真是天大的幸事；自己能有这样的幸事，完全是由于像伯乐和诸葛亮一样识才爱才的吴越王的提拔；如果能有吴越王题写"黄河信有澄清日，后代应难继此才"这样的诗句为之揄扬，东汉末期的王粲也不用登到城楼上写《登楼赋》那样凄凉哀怨的文章了。从这 2 首诗可以看出，罗隐感恩戴德的话是真诚之言，而不是敷衍之语；罗隐对钱镠的称赞是基于事实的评价，而不是有所企图的吹捧。罗隐写给钱镠的其他 9 首诗，情况也是这样。尽管如此，还是得承认，这样的诗不仅在思想性上逊色于罗隐东归吴越前愤世嫉俗类的讽刺诗，而且在艺术性上也鲜有过人之处（当然未必就差）。东归吴越而任职于钱镠幕下这件事，从个人生活角度说，罗隐蒸蒸日上；从文学业绩角度看，罗隐跌入低谷。这是将罗隐在外游学 29 年和东归吴越 24 年的生活做一番对比后必然得出的结论。个人命运的升沉与文学业绩的进退往往背道而驰，这事情很常见，罗隐又是一个例子。

二　吴越国罗邺、吴仁璧等人的文学创作

五代王定保《唐摭言》（收于《唐五代笔记小说大观》下册）卷三云：

---

① 中华书局编辑部点校：《全唐诗》（900 卷）（全 15 册），中华书局 1999 年版，第 1 册，卷 8，第 83 页。

② （清）贺赏撰，郭绍虞编选、富寿荪校点：《载酒园诗话又编》，卷 2，《清诗话续编》（全二册），上海古籍出版社 1983 年版，上册，第 384 页。

"罗虬，词藻富赡，与宗人隐、邺齐名咸通（860—874）、乾符（874—879）中，时号三罗。"① 如本章第一节《吴越国三世五王简史》所述，乾符二年（875），作为临安石镜镇偏将的钱镠（主将是董昌）因击退叛将王郢的进攻而初露头角（当时钱镠24岁），乾符六年（879）因击退黄巢的先头部队而一战成名（当时28岁），光启三年（887）钱镠因去年擒斩了造反的浙东观察使刘汉宏而被唐僖宗李儇授为杭州刺史（原杭州刺史董昌出任浙东观察使，接替了刘汉宏的职务）。钱镠开创的吴越国从光启三年（887）算起才比较适宜。可见，罗隐、罗邺、罗虬三人文名大噪而并称为"三罗"，并不是吴越国的事情。但是，这三人毕竟是浙江人，而且今日没有史料能够证明罗邺、罗虬没有在吴越国生活过，故"三罗"中的吴越国幕僚文人，除罗隐外，就是罗邺、罗虬了。

先看罗邺其人及其文学成就。

罗邺籍贯有两种说法。一种说法云浙江余杭人，五代王定保《唐摭言》、宋计有功《唐诗纪事》、元辛文房《唐才子传》均持此说；另一种说法云江苏苏州人，梁超然先生从罗邺诗中推出此说。② 两种说法中，自然以梁超然先生的说法为更可信。罗邺生卒年不详，依据闻一多先生和梁超然先生的考证，生年大约在唐敬宗李湛宝历元年（825），卒年在唐昭宗李晔光化三年（900）前，享年大约65岁。③ 罗邺存诗165首，其保存情况是：《全唐诗》卷六五四收153首、童养年《全唐诗续补遗》卷九补2首、陈尚君《全唐诗续拾》卷三三补1首、查屏球先生《新补〈全唐诗〉102首》一文收罗邺诗9首。④

罗邺诗的题材堪称广泛，有落第诗、咏物诗、怀古诗、送别诗、宫词等，但没有任何一种题材的数量多到能够给人留下突出印象的地步，这说明罗邺对题材的选择没有明显的倾向性，同时意味着他很难有哪个题材的诗有突出的成绩（充其量不过有一二首佳作或名作），这与罗隐长于讥刺因而其讥刺现实的诗成就巨大有着显著的差异。

罗邺现存的165首诗中，仅有4首是五言绝句，其他161首均是七言的律诗或绝句。专擅而且非常喜欢写七言的律绝，是罗邺诗体裁上的显著特色。这一点，与罗隐诗迥然不同。罗隐喜作七言律绝，同时兼作五言律绝和五言古

---

① 本社编：《唐五代笔记小说大观》，上海古籍出版社2000年版，下册，第1669页。

② 傅璇琮主编：《唐才子传校笺》（第三册），中华书局1990年版，第3册，卷8，第473—474页。

③ 同上书，第477页。

④ 查屏球：《新补〈全唐诗〉102首》，《文史》第62辑（2003年第1辑），第162—164页。

诗，偶尔还会对四言诗、七言古诗表现出兴趣而写上一首两首。从来才大人，面貌不专一。相比之下，罗邺之于诗的体裁，兴趣显然偏狭，这种过于偏狭的兴趣会让人对罗邺用多种体裁从事诗歌创作的才能产生怀疑。

可是，罗邺写诗的才能似乎从未被怀疑过（至少今日看不到这种怀疑），不仅没有被怀疑过，而且被大加称赞，这些称赞罗邺的人，据今存资料看，依次是：与罗邺同时代的晚唐人（其名不知，可称为无名氏）、五代人王定保、南北宋之交计有功、元代辛文房、明代杨慎。五代王定保《唐摭言》（收于《唐五代笔记小说大观》下册）卷一○云"邺尤长七言诗，时宗人隐，亦以律韵著称，然隐才雄而粗疏，邺才清而绵致。"① 计有功和辛文房的评价与王定保的评价相若，显然是袭用了王定保的评价，只不过变换了字句而已。同时代人对罗邺的称赞见于南北宋之交曾慥《类说》（成书于绍兴六年，即 1136 年）卷五六《诗中虎》的记载：

> 罗邺《牡丹》诗云："落尽春红始见花，帷笼轻日护香霞。买栽池馆恐无地，看到子孙能几家。"人皆谓之"诗中虎"。②

称为"诗中虎"，无疑是褒扬罗邺，但仅举出一首诗为其佳作的例子，数量显然太单薄了，好在明代杨慎《升庵集》卷五四称赞罗邺时又举出了二首好诗：

> 晚唐江东三罗：罗隐、罗邺、罗虬也。皆有集行世，当以邺为首。如《闺怨》云："梦断南窗啼晓乌，新霜昨夜下庭梧。不知帘外如珪月，还照边庭到晓无。"《南行》云："腊晴江暖鹧鸪飞，梅雪香沾越女衣。鱼市酒村相识遍，短船歌月醉方归。"此二诗。隐与虬皆不及也。③

就像南北宋之交曾慥《类说》指出罗邺的七绝《牡丹》是佳作而未说明为什么是佳作一样，明代杨慎只说罗邺的两首七绝《闺怨》和《南行》是连罗隐和罗虬都写不出来的佳作，但为什么是佳作，佳在何处，杨慎亦未作解说。不过，杨慎继曾慥之后，又举出了两首佳作，也算有功。现在就分析一下这三首佳作的水平究竟如何。

----

① 本社编：《唐五代笔记小说大观》，上海古籍出版社 2000 年版，下册，第 1670—1671 页。
② （宋）曾慥编：《类说》（60 卷），景印文渊阁四库全书本，卷 56。
③ （明）杨慎撰：《升庵集》（81 卷），景印文渊阁四库全书本，卷 54。

《牡丹》诗真是难懂，不知罗邺想说些什么，艺术上也未见得比其他人写牡丹的诗和罗邺写其他题材的诗，有什么高明之处。当时人喜欢罗邺的诗，称罗邺为"诗中虎"，完全可能，但以这首《牡丹》诗为例，就让人莫名其妙了。

《闺怨》诗写黎明时分，窗外的鸟儿叽叽喳喳，吵醒了好梦正香的思妇。被迫中断好梦的思妇移步窗前，看到地面上铺满白霜，看到梧桐树上的白霜和露水簌簌下坠，她就觉得地面上的白霜皆从梧桐树上而来。仰头远望，帘外的月亮如美玉一样润洁，她不禁遐想起来，不知天上那个月亮是否也照着边关的丈夫，不知丈夫是否也像自己一样，仰望明月，思念着自己。此诗题旨显豁，诗题即主题；构思没有脱离望月怀远的窠臼，但将思妇的动作写得连贯顺畅，将思妇的心理刻画得细致入微。与王昌龄那首第一句为"闺中少妇不曾愁"的同题之作相比①，罗邺这首诗由于语言带有更多的书面语色彩，音韵也不够铿锵响亮，因而感染力弱了许多。但此诗通过清冷环境渲染出的思妇的悲凉心境和思妇对边关丈夫的牵挂之心却是王昌龄那首《闺怨》诗所没有的，就内涵而言，罗邺这首《闺怨》比王昌龄那首《闺怨》显然要更丰富、更厚实一些。这样说来，罗邺这首《闺怨》跻身于唐诗名作之列，有着足够的资格。可见杨慎的发现，堪称独具慧眼。

《南行》的意境是这样的：

> 时令正是寒冬腊月，但是两浙之地，江河渐暖，水鸟纷飞，梅花如雪片一样，落在荡舟姑娘的衣服上，姑娘划船时的歌声如梅花的香气一样，诱惑着游人流连忘返。江南地区的人热情好客，市场上和客店里的人看起来像朋友一样熟悉和亲切。在小船里，在月光下，在歌声中，作者常常开怀畅饮，一醉方休。

这首诗意境中温暖的冬月无疑是南方特有的自然景象，但这样的自然景象不能说明江南的人文特点和社会背景。能够说明这种人文特点和社会背景的，是诗中所写江河里荡舟的美丽姑娘、鱼市上和善的小贩和客店里友好的主人以及作者常常一醉方休的惬意生活。这首诗展现了江南地区和兵荒马乱的中原完全不同的和谐而悠然的生活景象，对后人认识五代时期的江南社会具有参考价值。"腊晴"就是冬晴。梅花洁白如雪花，又轻盈如雪花，就说成"梅雪"，

---

① 中华书局编辑部点校：《全唐诗》（900 卷）（全 15 册），中华书局 1999 年版，第 2 册，卷143，第 1446 页。

这当然可以，但是"梅雪"这样的词汇压缩得似乎有点过头，不好理解。把鱼市和酒村里有很多好朋友或者说全是好朋友说成"鱼市酒村相识遍"是可以的，但是"相识遍"显得气短，而且不好理解。"短船"即小船，这说法倒没问题。但是"歌月"不论是说在月光下唱歌还是说歌唱着月亮，都显得压缩过甚，这个说法即使不是生造词语，也与"短船"的结构不匹配，而且读起来很拗口。"飞"、"衣"、"归"在押韵上没问题，可是这个韵脚不响亮，使整首诗读起来很难朗朗上口。这首诗的思想性就算不是很强，但也很难挑剔，而艺术性虽不无新创（例如关于江南人文场景的选取），但值得推敲的地方太多了。总而言之，罗邺这首七绝的水平又水又平，撑死了也就中等货色，不知杨慎看上了哪一点，将这首诗和《闺怨》相提并论，而且说这么好的诗连罗隐都写不出来。

《牡丹》、《闺怨》和《南行》均是七言绝句，五代王定保《唐摭言》卷一〇说罗邺"尤长七言诗"，元辛文房《唐才子传》卷八本传说罗邺"尤长律诗"，那就以罗邺所写和吴越国有关的一首律诗为例，看看其风味如何。且看：

闻友人入越幕因以诗赠

稽岭春生酒冻销，烟鬟红袖恃娇娆。

岸边丛雪晴香老，波上长虹晚影遥。

正哭阮途归未得，更闻江笔赴嘉招。

人间荣瘁真堪恨，坐想征轩鬓欲凋。①

"稽岭"的"稽"字与《庄子·逍遥游》的"大浸稽天而不溺"的"稽"字含义相同，均是"到"、"至"的意思。"酒冻"的意思查不出来，"酒冻销"的含义可能就是字面意思，即冬天冻住的酒到了春天就消融了。晴天有香气，那"丛雪"就应该是一丛梅花。和"影遥"相对，那"香老"的"老"应该就是"长"、"悠长"的意思。"阮途"之"阮"指阮籍，"江笔"与"阮途"相对，则"江"是江淹。这样，这首诗的大意是："漫山遍岭都是盎然的春意，冻结的清酒融化后被拿了出来让人畅饮，秀发如云的漂亮姑娘在春天里更加光彩照人了。岸边一丛丛的梅花在晴日阳光的照耀下散发出悠长的芳香，夕阳时分倒映在水里的彩虹显得影子更长了。正像走投无路的阮籍一样

---

① 中华书局编辑部点校：《全唐诗》（900 卷）（全 15 册），中华书局 1999 年版，第 10 册，卷654，第 7573 页。

号啕大哭的时候，突然听到像江淹一样才华出众的朋友得到重用的好消息。人世间的进退得失、升沉荣辱谈起来真让人情天恨海，一想到征召自己的车子总是不能来到就让人急得头发全白又全落。"这首诗前四句似乎以一种美丽又温馨的景色暗示即将到来的祥瑞之事，后四句看到朋友骤得美官就悲叹自己依然如故的坎坷不遇。这样的内容放到《闻友人入越幕因以诗赠》的诗题下，谈不上适合，更说不上有什么好吧？前四句所说的酒能喝、姑娘好、梅花香、彩虹美都能让人高兴，但是这四件好事搭配起来和第五句的"正哭阮途"不匹配，"稽岭"、"酒冻销"、"恃娇娆"、"丛雪"、"香老"都是很少见的说法，还比较费解。这说明罗邺作诗喜欢追求出奇制胜，往往过头，以至于不知所云。可见，《闻友人入越幕因以诗赠》这首诗从思想性到艺术性，都不能说是成功之作。当然，不能因这首七律不成功断定罗邺不擅长七律，其实他的不少七律都音韵和谐、流畅自然，颇有一点罗隐七律的风味。但这些诗与吴越国无关，故就不举例分析了。

罗虬（？—881？），台州（今浙江临海）人，生卒年不详，事迹亦不甚详。周祖譔、吴在庆先生关于罗虬二件事的考证颇有用。一件事情是，咸通九年（868），罗虬被知贡举的礼部侍郎刘允章所贬斥而落第；另一件事情是，罗虬于中和元年（881）任台州刺史时被台州草寇娄文、杜雄杀害。① 868 年就应举进士，881 年就去世，那么罗虬算不算吴越国人呢？这需要考证一番。

据《吴越备史》卷一，广明元年（880），杭州始建八都，八都之一的临安县主将为董昌，副将为钱镠。广明二年（881）九月，唐僖宗李儇授董昌为杭州刺史，钱镠为都知兵马使。② 台州刺史罗虬被杀害的这一年，钱镠的上司董昌被授杭州刺史，钱镠所得都知兵马使的职位就更低了。这就是说，罗虬死的时候，不但钱镠的吴越国还没有影子，而且罗虬的职位比钱镠高，要说是幕僚，也只能是钱镠给罗虬做幕僚，而不会相反。这样看的话，说罗虬是吴越国的幕僚显然不对。但正如本节开始对吴越国"幕僚"一词的定义，只要在吴越国的土地上生活过，不管是否出任吴越国的官职，其作品都被归类于吴越国幕僚文学，这只是一种归类，不是说某人的作品为吴越国幕僚文学，则此人就是吴越国幕僚。可是，即使按照这个定义，罗虬还不是吴越国幕僚，因为罗虬死的时候，吴越国还没有影子，罗虬没有在吴越国的土地上生活过。可是，罗

---

① 傅璇琮主编：《唐才子传校笺》（第四册），中华书局 1990 年版，第 4 册，卷 9，第 132—136 页。

② （宋）钱俨撰，李最欣校点：《吴越备史》，卷 1，见傅璇琮、徐海荣、徐吉军主编《五代史书汇编》（全 10 册），杭州出版社 2004 年版，第 10 册，第 6173 页。

虬出生和去世时候的土地，后来很快（准确地说，是罗虬去世 15 年后的 896
年，该年钱镠因擒斩董昌而被唐昭宗授为镇海、镇东两军节度使，正式据有两
浙之地）成为钱镠的辖地，如果将钱镠开创的吴越国的历史上溯 16 年，则罗
虬的作品必然可以算作吴越国的文学。那么，上溯 16 年合理吗？应该是合理
的。一个原因是，十国的历史本来就向唐朝上溯了若干年，另一个原因是吴越
国的国祚有多种说法，"三世五王享国百八年"的说法出自明代赵抱清万历庚
子（1600）写的《〈吴越备史〉序》（见国家图书馆藏明万历二十七年
（1599）钱达道刻本《吴越备史》）①，"我祖王自开国至纳土一百二年"的说
法出于钱镠第 28 世孙钱敬业的《增订〈吴越备史〉序》②，"计三世五王，总
九十八年"的说法出自《十国春秋》卷八二③。国祚 108 年和 102 年的两种说
法暂不考虑，即使按国祚 98 年论，把罗虬视为吴越国文人，把罗虬的作品视
为吴越国文学，都勉强可以。因为是勉强可以，所以本节对罗虬文学成就的分
析论述就尽可能追求简约和概要。

罗虬存诗 101 首，另有断句 4 联，其保存情况是：《全唐诗》卷六六六存
100 首、断句 1 联；1788 年日本上毛市河世宁（笔者按：姓上毛市河，名世
宁）《全唐诗逸》（三卷）卷上补 1 首、断句 4 联。

罗虬现存的 101 首诗，全是七言绝句，连断句 5 联都是七言句式，可见罗
虬喜欢写七言诗，尤其是七言绝句。101 首诗中，有 100 首为一个名叫杜红儿
的歌女而写，题目是《比红儿诗》。这组含 100 首七绝的《比红儿诗》在艺术
上并无惊人之处，但是一个男子为一个自己未必能够接近的漂亮姑娘写了 100
首诗以倾诉爱慕之情，这就惊人了；在诗中，他认为古代最著名的那些美女都
不及这个姑娘漂亮，他对这个姑娘的爱慕就很惊人了；比这更惊人的是，北宋
李昉等一干学者主要是因为对"刃"这个字含义理解的偏差而编造了一个罗
虬杀死这个漂亮姑娘的案件，此案为冤案，罗虬未杀红儿，这是无疑的（请
参看本书第四编的《罗虬〈比红儿诗〉本事演变和真相新探》一文）。可惜的
是，此冤案经北宋方性夫、南宋计有功、元代辛文房、明代王士祯、清代沈可
培、今人吴在庆先生等诸位名家所审视或覆按，一直未得到纠正，让杜红儿无
端凶死，更让罗虬蒙冤千年。九泉之下的罗虬和杜红儿若有缘相逢，而又知道
了李昉（925—996）等人编造的这个故事，大概会苦笑着慨叹："此事天不

---

① 李最欣：《钱氏吴越国文献和文学考论》，中国社会科学出版社 2007 年版，第 35 页。

② 同上书，第 49 页。

③ （清）吴任臣撰，徐敏霞、周莹点校：《十国春秋》（116 卷）（全 4 册），中华书局 1983 年版，
第 3 册，卷 82，第 1182 页。

知，地不知，你不知，我不知，但是李昉知，李昉写，然后传得沸沸扬扬，就'地球人都知道'了。"

实际上，质疑罗虬杀红儿故事真实性的人也不是没有，例如，清代沈可培提出三条理由认为罗虬杀红儿之事靠不住。第一，如果罗虬是杀死红儿的"不成丈夫"之人，那么，《比红儿诗》不可能盛传一时。第二，《比红儿诗》开头的罗虬原序，一点也没有愤怒或怨恨的意思。第三，五代王定保《唐摭言》记载《比红儿诗》本事的时候，"手刃"二字后紧接着就是"绝句百篇"，二者之间"似有讹字缺文"。根据这三条理由，沈可培几乎要得出"罗虬未杀红儿"的结论了。可是看到《比红儿诗》（100 首）最后一首悲悲戚戚的情感，沈可培又认为《比红儿诗》"真红儿殁后怜之而作也"。即使如此，沈可培仍然没有认为罗虬杀死红儿的说法是对的，他只是不敢说"罗虬杀死红儿"的说法是错的而已，他最后采取了存疑的办法，而且顺便带出了他对罗虬《比红儿诗》艺术性的评价："手刃之事，未知有无，而红儿则因诗而如绘矣。"①（请参看本书第二编《十国文人集部著作序跋文字和著录文字辑录》的相关内容）

"因诗如绘"显然是对《比红儿诗》艺术性的正面评价，给予更高评价的是明代学者："罗虬《比红儿诗》百首，纤丽俊宛，自成一种风致，当时和凝《香奁》、义山《锦瑟》不及也。"②说罗虬的《比红儿诗》比李商隐的《锦瑟》还好，恐怕没几个人认为这是公道的评价，但是，说李商隐的《锦瑟》一诗在"纤丽俊宛"的特色上不及罗虬的《比红儿诗》，那就差不多是对的了。罗虬《比红儿诗》当时颇为流行，但后世给予正面评价的，只有杨慎和沈可培。其他人或者置之不理，或者给予较差评价。今知最早给予较差评价的是元代辛文房，其《唐才子传》卷九说罗虬《比红儿诗》"体固凡庸，无大可采"，谈及最末一首时还说"声律之道大爽"。③不知是受了罗虬杀死红儿之事的影响，还是受了辛文房差评的影响，罗虬的《比红儿诗》100 首很少入选后世的唐诗选本，至少宋《唐百家诗选》、元《唐音》、明《唐诗品汇》、清《唐诗别裁集》这四种著名选本皆未选罗虬的诗（今人萧涤非等先生编选的《唐诗鉴赏辞典》选了唐代 190 余位诗人的 1100 余首诗，《比红儿诗》的第 28 首《薄罗轻剪越溪纹》入选其中，周啸天先生还给予不错的评价，均甚难得。）。前人的差评、漏选或不选，不能成为今人轻视罗虬诗的理由，为了尽

---

① （清）沈可培注：《比红儿诗注》，《丛书集成续编》，第 100 册第 913 页。

② （唐）罗虬撰：《比红儿诗》（1 卷），明刻本，国家图书馆有藏，索书号为 A02930，卷首。

③ 傅璇琮主编：《唐才子传校笺》（第四册），中华书局 1990 年版，卷 9，第 135—136 页。

可能全面而又省时省力地了解罗虬诗的风格，现选择《比红儿诗》100首诗的首尾各一首诗和《比红儿诗》之外罗虬唯一的一首诗《过友人故居》来分析。

比红儿诗并序（100首）

比红者，为雕阴官妓杜红儿作也。美貌年少，机智慧悟，不与群辈妓女等。余知红者，乃择古之美色灼然于史传三数十辈，优劣于章句间，遂题比红诗。

广明中，虬为李孝恭从事，籍中有善歌者杜红儿，虬令之歌，赠以彩，孝恭以红儿为副戎所盼，不令受。虬怒，手刃红儿，既而追其冤，作比红诗。

（之1）

姓字看侵尺五天，芳菲占断百花鲜。
马嵬好笑当时事，虚赚明皇幸蜀川。①

（之100）

花落尘中玉堕泥，香魂应上窈娘堤。
欲知此恨无穷处，长倩城乌夜夜啼。②

过友人故居

堤草袅空垂露眼，渚蒲穿浪凑烟芽。
晴楼谈罢山横黛，夜局棋酣烛坠花。③

先解释典故和字词。

《古今姓氏书辩证》（40卷）（绍兴四年即1134年成书）卷二四云："杜氏韦氏，皆以衣冠名位显，故当时语曰：'城南韦杜，去天尺五'。"④

"马嵬"二句指天宝十五年（756）六月丙辰（十四日），杨贵妃被缢死于马嵬驿这一历史事件。⑤

---

① 中华书局编辑部点校：《全唐诗》（900卷）（全15册），中华书局1999年版，第10册，卷666，第7684页。

② 同上书，第7692页。

③ 中华书局编辑部点校：《全唐诗》（900卷）（全15册），中华书局1999年版，第13册，《全唐诗逸》卷上，第10256页。

④ （宋）邓名世撰：《古今姓氏书辩证》（40卷），景印文渊阁四库全书本，卷24。

⑤ （后晋）刘昫等：《旧唐书》（200卷）（全16册），中华书局1975年版，第1册，卷9，第232页。

"花落"二句指唐孟棨《本事诗·情感》所载唐武则天时乔知之的婢女窈娘被武延嗣所夺后投井自尽的故事："唐武后时，左司郎中乔知之有婢名窈娘，艺色为当时第一。知之宠爱，为之不婚。武延嗣闻之，求一见，势不可抑。既见即留，无复还理。知之愤痛成疾，因为诗，写以缣素，厚赂阍守以达。窈娘得诗悲惋，结于裙带，赴井而死。延嗣见诗，遣酷吏诬陷知之，破其家。"①

"倩"，读音为欠，"请"的意思。

第一首诗说杜红儿出身名门望族，为大家闺秀，而且在诸多姑娘中最为美丽。唐玄宗得到杨玉环那样的姑娘就过分宠爱，以致害得他逃难四川，真是不值得。

第二首说像杜红儿这么又美貌又聪明的好姑娘竟然就沦落为歌妓，真是鲜花插到了粪堆上，美玉掉到了泥土中。杜红儿仅仅美丽和聪明吗？不是，她还像乔知之喜欢的窈娘那样有素质有品位：多情，专一，而且爱我。可是，现在她被别人占有了，想要知道这件事有多遗憾、多悲哀吗？听听半夜里城墙上乌鸦那撕心裂肺的叫声就知道了。

第三首的大意是："堤岸上的草长长柔柔，又有亮晶晶的露水一闪一闪，飘浮着蒲草的湖水中有浪花一涌一涌，似乎想亲近有雾气悠然飘荡的芽苗，多少次，我和你倾心畅谈，谈完后向窗外望去，看到绵延的群山一片黛绿。多少次，我和你对弈到深夜，看无数个烛花开放又凋谢。"这首诗所用的字眼"露眼"、"烟芽"、"山横黛"、"烛坠花"都是幽微而又婉约的景色和意象，这说明罗虬十分细心；友人已逝，楼已成空，罗虬再次路过的时候还能回忆昔日的友情，而且把友人故居附近的景色写得那么美好、那么亲切，这说明罗虬是个珍重友情的人。正是如此细心、如此深情的男子，才会为一个歌女写 100 首诗以表达爱慕。可见，《过友人故居》这首诗从思想到写法，都与《比红儿诗》款曲相通。

吴仁璧（生卒年不详），字廷宝，吴郡（今江苏苏州）人。一作秦人。少习星纬黄白家言。唐大顺（890—891）中登进士第，已而入浙。家贫，尝佯狂乞于市，武肃王钱镠闻其名，待之客礼，叩以天象，吴仁璧辞非所知。武肃王又欲辟吴仁璧为幕僚，吴仁璧又以诗固辞。及秦国夫人（即钱镠生母水丘氏）薨，具礼币请为墓铭，吴仁璧不肯写，被暴怒的钱镠沉于江中而死。②关

---

① 丁福保辑：《历代诗话续编》（全 3 册），中华书局 1983 年版，上册，第 4 页。

② （清）吴任臣撰，徐敏霞、周莹点校：《十国春秋》（116 卷）（全 4 册），中华书局 1983 年版，第 3 册，卷 88，第 1267 页。

于吴仁璧的生平，可补充两点。一是吴仁璧的及第年。据清徐松《登科记考》卷二四，吴仁璧为唐昭宗李晔大顺二年（891）崔昭矩榜进士第十名。① 二是吴仁璧的卒年。据《十国春秋》卷八三，钱镠母亲水丘氏天复元年（901）九月薨，吴仁璧因为拒撰水丘氏墓铭而死，则吴仁璧卒年为901年。② 当时，钱镠为镇海、镇东军节度使兼彭城王。③

吴仁璧存诗21首及断句4联，保存情况是：《全唐诗》卷六九〇含吴仁璧1首七律《投谢钱武肃》、10首七绝、断句4联（为七言句式，均出《雅言杂载》）。

查屏球先生《新补〈全唐诗〉102首》一文收吴仁璧诗10首，均为七律。④ 吴仁璧现存的21首诗，含七律11首，七绝10首，数量相若，但是质量上七律显然好于七绝。七律中的《投谢钱武肃》（此诗题应该是后人所加，钱镠得"武肃"谥号是吴仁璧去世30年后的事情）、《宣州》为吴仁璧的七律佳作，《苏州崔谏议》、《秋日寄钟明府》、《梅花》、《罗隐书记借示诗集寻惠园蔬以诗谢》、《还罗隐书记诗集》均有比较好的诗句。11首七律中的半数以上是可以讽诵的好诗或者有可以讽诵的诗句，而10首七绝的韵味都很一般，很难选出一首佳作来。《投谢钱武肃》一诗的分析见本书第四编的《吴仁璧沉江事件辨正》一文，这里不再重复。七律中的《宣州》和吴越国无关。既要了解吴仁璧的七律风味，又要和吴越国有关，那么最好是分析吴仁璧和罗隐交往的诗了。这样的诗有二首，且看：

> 罗隐书记借示诗集寻惠园蔬以诗谢
> 江天冷落欲晨时，静榻闲披二雅词。
> 才薄敢言师吐凤，吟余旋见寄蹲鸱。
> 年光易得令人恨，乡味难忘只自知。
> 读彻残篇问圆碧，可能终使楚王疑。

---

① （清）徐松撰，赵守俨点校：《登科记考》（30卷）（全3册），中华书局1984年版，第3册，卷24，第894—897页。

② （清）吴任臣撰，徐敏霞、周莹点校：《十国春秋》（116卷）（全4册），中华书局1983年版，第3册，卷83，第1187页。

③ （清）吴任臣撰，徐敏霞、周莹点校：《十国春秋》（116卷）（全4册），中华书局1983年版，第3册，卷77，第1060—1068页。

④ 查屏球：《新补〈全唐诗〉102首》，《文史》第62辑（2003年第1辑），第157—158页。

还罗隐书记诗集

三百余篇六羲和，曲江春感次黄河。

秦娥捻竹清难敌，晋帝遗鞭宝未多。

自有声诗符至道，何须名姓在殊科。

耒阳城畔青山下，兰麝于今满逝波。①

　　罗隐东归吴越为钱镠掌书记是光启三年（887）54 岁东归吴越后的事情，吴仁璧卒年为天复元年（901），故知此二诗写于 887 年至 901 年之间。从诗题看，第一首诗是因为罗隐把自己的诗集寄给吴仁璧看并且给吴仁璧送了一些蔬菜，吴仁璧以诗答谢，第二首是吴仁璧归还罗隐诗集时又一次写诗答谢，那么，这二首诗写作的时间不会相差很远。第一首诗中的"师吐凤"、"寄蹲鸱"、"问圆碧"、"楚王疑"和第二首中的"六羲和"、"耒阳城畔"、"秦娥捻竹"、"晋帝遗鞭"都是比较生僻的语汇或典故，吴仁璧的其他律诗也多有这种生僻语汇或典故，这说明吴仁璧作诗过于求新求异，往往费解。写给罗隐的这二首七律，也比较晦涩，但还是能看懂一些的。例如，第一首首联是说凌晨时分的江边，一片寥落，冷风嗖嗖，我吴仁璧卧于榻上，悠闲地翻看着您罗隐写的阳春白雪一样高雅的诗章（颔联就十分晦涩难解，故不解）。颈联说时光飞逝，不知不觉年华老大，令人惆怅，您送的蔬菜让我感受到了故乡美味的安慰。末联又很晦涩，"读彻"就是读完，"圆碧"有可能指天，但不知为何是"残篇"，该联可能和屈原的《天问》有关，但不知吴仁璧用此典故想表达什么意思。第二首首联含义晦涩。"三百余篇"可能指罗隐诗的数量，"六羲和"的"六"可能指吴仁璧得到的罗隐诗是六卷（今存罗隐《甲乙集》十卷含诗 473 题 496 首），"羲和"指太阳；罗隐《甲乙集》卷一第一首诗的题目是《曲江春感》、第五首诗的题目是《黄河》②，"曲江春感次黄河"应该与罗隐的这二首诗有关。这样，首联的意思可能是说：您的诗三百余篇分成六卷，每卷都像太阳那么光彩夺目，例如《曲江春感》是这样，《黄河》也是这样。颔联说秦娥捻竹的姿态也不及您的诗清雅宜人，晋帝赠鞭的慷慨也没有您的诗这么金贵可宝。颈联意思倒很显豁，吴仁璧对罗隐说您的诗写得如此好，何须中什么进士呢？末联就又晦涩难懂了，不知吴仁璧又用了什么典故。

　　以上所举写给罗隐的两首诗虽有好句，但晦涩难懂的句子太多了，影响了

①　查屏球：《新补〈全唐诗〉102 首》，《文史》第 62 辑（2003 年第 1 辑），第 158 页。

②　（唐）罗隐著，潘慧惠校注：《罗隐集校注》，浙江古籍出版社 2011 年版，第 19—22 页。

对整首诗的理解。除这二首诗外，吴仁璧不无晦涩诗句的诗，还有好几首，而出色的诗只有《投谢钱武肃》和《宣州》二首。可见，吴仁璧尽管是进士，其诗歌的水平与罗隐、罗邺还是有很大的差距。在晚唐诗人中，吴仁璧无足轻重，但在晚唐时期浙帅钱镠统治的土地上，吴仁璧好歹是个诗坛人物，其诗晦涩难懂的缺点虽然比较严重，但是仅凭《投谢钱武肃》和《宣州》二首诗他就可以被视为吴越国值得一提的诗人了。

吴越国还有一个薛正明，也可归入幕僚文人之列。

薛正明，生卒年不详，永嘉人，天祐二年（905）进士，官文房院使。唐朝灭亡后，薛正明拒绝了后梁朝廷的征召，隐居于温州南雁荡山的白云山白云洞。存诗一首。①

薛正明隐居雁荡山时所写的一首《游南雁荡》是一首出色的写景诗，且看他是怎么写的：

游南雁荡

遐避山深自晦明，峨峨千态画难成。

半空高挂龙湫瀑，万仞宏开金石城。

日射岚光轻锁黛，泉飞竹径细鸣筝。

隐山无路停骖问，拂拂清风两腋生。②

先注释以下字词。遐，即远。峨，即高。湫，音秋，水池的意思，龙湫，温州雁荡山一个瀑布的名字。骖，驾在辕马两旁的马，这里字面意思指马或者马车，实际在诗中也可指人。

该诗的大意是："雁荡山连绵起伏，又深又高，山深之处，明明暗暗，变化多端；山高之处，千姿百态，最美的图画也难以绘出。半空里悬挂着又宽又长的布匹，那是著名的龙湫瀑；站在雁荡山的最高处，一眼可看到坚不可摧的城市，那是金石城。灿烂日光的照耀下，山间的岚雾依然笼罩着翠绿色的山头；泉水飞迸而下，打在小路两旁的竹子上，发出细细的弹筝的声音。正要去山里隐居的人迷路了，下马探问进山的路途，这时候，有习习的清风吹来，穿过人的衣袖，仿佛是欢迎，又仿佛是领路。"

这首诗前三联写景的过程中已经熔铸了诗人欣喜的情感，例如"自晦

---

① 中华书局编辑部点校：《全唐诗》（900卷）（全15册），中华书局1999年版，第15册，《续拾》卷45，第11611页。

② 同上书，第11611—11612页。

明"、"峨峨"、"高挂"、"宏开"、"锁黛"、"鸣筝"无一不是令人心旷神怡的景色描写，末联更把本来就有的欣喜情感挑明了：进山人找不到进山的路了，依然不放弃，要停骖而问，问的时候还没等人家回答，甚至自己还没有开口问，就感受到了山中习习的风、亲切的风、欢迎的风、领路的风。这一方面可能是因为雁荡山中的风确实是这么好，更重要的一方面是薛正明这样不作伪的真隐士对山（尤其是雁荡山）有一种发自内心的艳羡、向往和热爱。有了这种真感情，才可能仁者乐山也乐水，智者乐水也乐山。薛正明，无疑是隐士中的仁者兼智者，雁荡山的山山水水，都能让他爱个不够，爱出快乐，并且写出快乐。这是他的《游南雁荡》这首诗表现得十分显豁的主题。

第四节　吴越国僧道文人的文学创作

清康熙时吴任臣《十国春秋》卷八九收吴越国僧人 24 名，道士 8 名。陈尚君《全唐诗续拾》卷四五、卷四六又补辑了吴越国 23 名僧人的诗。这些僧人和道人不仅在吴越国有较高的地位，而且与著名文士如罗隐等人多有交往和唱酬，但是保存下来的作品极少，文学价值也不甚高，以至于今日研究吴越国僧道文学时，值得讨论的只有契此、延寿、赞宁三名僧人和钱朗、隐士薛正明两名道士而已。本节就讨论这五人的文学成就。

先看契此。

契此、延寿、赞宁三僧中，契此的作品最少，可是名气最大，年龄也最长，且有一二首诗值得一看，故先谈契此。

契此（？—917），即布袋和尚，生活于明州奉化县（今浙江奉化市），姓氏不详，自称名契此。出语无定，寝卧随处，常以杖荷一布囊，凡供身之具，尽贮囊中。入村肆聚落，见到自己需要的东西就向人家讨要，当时人称为长汀子布袋师。贞明三年（917）三月卒，存诗 24 首（《全唐诗》无契此诗）。①

且看契此二首偈诗：

> 偈
>
> 是非憎爱世偏多，子细思量奈我何。
> 宽却肚肠须忍辱，豁开心地任从他。
> 若逢知己须依分，纵遇冤家也共和。

---

① 中华书局编辑部点校：《全唐诗》（900 卷）（全 15 册），中华书局 1999 年版，第 15 册，《续拾》卷 45，第 11608 页。

若能了此心头事，自然证得六波罗。①

偈

我有一布袋，虚空无罣碍。

展开遍四方，入时观自在。②

　　契此今存 24 首诗中，有 19 首明确标明为偈语，还有 5 首标明是"歌"，没说是偈语诗，其实还是偈语诗。偈语诗以宣讲玄妙的佛理为常见内容，这类诗一般没有什么艺术技巧，也没有什么艺术感染力，其水平的高下一般只能从宣扬的佛理是否令人信服方面去判断。这里选录契此的二首偈语诗，就是想探讨一下其偈语的哲理性。第一首诗第二句说"子细思量奈我何"，则第一句中的"是非憎爱"显然是偏义复词，只指"非"和"憎"。第三句、第四句要人胸怀和气度大一点以忍辱含垢。这是封建社会抹杀是非正误的和稀泥哲学，今天当然要批判又批判，而不是批判地继承。第七句、第八句是说只要把心头的一切事都放下、都抛开，就很容易"证得六波罗"，"证得六波罗"是什么意思，不明白，从上下文看，"六波罗"应该是要求人忍辱含垢的经书，这二句诗的意思是，愿意忍辱含垢，就知道《六波罗》所宣扬的"忍耐"不是误人害人，是帮人救人了。这首偈语诗值得探讨的是第五句、第六句："若逢知己须依分，纵遇冤家也共和"，这两句是说，既要会和朋友相处，又要会和敌人相处，和朋友、敌人皆能和谐共处，这才是正确的态度。这一种含义已经非常了不起了；但更了不起的是"依分"二字的含义。"依分"就是"据分"，也就是"受分"，翻译得更明确点，就是"守本分"，意思是，碰到知己朋友，自然很喜欢，但是喜欢时要把握好火候，掌握好"度"，不能如胶似漆，"如胶似漆"了就不是"据分"。同时，如果朋友间的缘分已经断了，也不要过于悲伤，过于悲伤了，也不是"据分"。同理，"共和"是相和，意思是互相商量着，能够和平相处就不错，既不能互相仇恨，也别指望能够成为朋友。"若逢知己须依分，纵遇冤家也共和"应该是这首诗的价值所在。

　　布袋是布袋和尚的道具，也是布袋和尚得名的缘由，第二首偈语诗就是讲述布袋和尚对布袋的感受的。布袋和尚说，我这个布袋很重要，即使它空空如也，也没有关系。云游四方时，只要打开它，我就可以衣食无忧，回到家里

---

　　① 中华书局编辑部点校：《全唐诗》（900 卷）（全 15 册），中华书局 1999 年版，第 15 册，《续拾》卷 45，第 11609 页。

　　② 同上书，第 11609 页。

时，只要还能看到它，我就很自在、很踏实。这首偈语诗本身没什么深刻含义，就是说，有一布袋，即可走遍天涯。如果你愿意把这个布袋想象成其他东西，例如艺德兼备之类，说有艺有德，则可处处安身立命，那就很好了。

再看延寿的诗。

延寿（904—976），字冲玄，俗姓王，润州丹阳（今属江苏）人，迁居余杭（今浙江杭州）。自幼信佛，早年曾为余杭库吏，又为华亭镇将。28 岁时至杭州龙册寺出家，从翠岩令参学禅。后至天台山，嗣法眼宗僧人德韶，曾习诵《法华经》三年。广顺二年（952），住持明州雪窦寺。建隆元年（960），吴越国忠懿王钱俶请其住杭州灵隐新寺。次年（961），又请其住永明寺，赐号智觉禅师。从其学者，多达 2000 余人。开宝三年（970），奉诏创建六和塔。开宝七年（974），至天台山，度戒万余人。开宝八年（975）十二月二十四日卒，年 72 岁。今存诗 88 首又 8 句，保存情况是这样的：1936 年孙望《全唐诗补逸》（19 卷）卷一八收 1 首，其余 87 首又 8 句收于陈尚君《全唐诗续拾》（60 卷）卷四六。《全唐文》卷九二二收赋 2 篇、《序文》一篇，《全宋文》另补赋、文各三篇。《宋高僧传》卷二八、《景德传灯录》卷二六有传。① 延寿是吴越国存诗最多的僧人，其代表作是《永明山居诗》69 首。这 69 首诗的风格和水平，仅有很小的差异。故先选第一首和最末的一首，再选一首相对好的诗来分析其风格和成就。

永明山居诗（69 首）

之一

此事从来已绝疑，安然乐道合希夷。

依山偶得还源旨，拂石闲题出格诗。

水待冻开成细溜，薪从霜后拾枯枝。

因兹永断攀援意，誓与青松作老期。②

之五十七首

一生占断白云乡，适意孤高志自强。

报晓音声栖鸟语，漏春消息早梅香。

吟经徐傍芙蕖岸，得偈闲书薜荔墙。

---

① 周祖譔主编：《中国文学家大辞典·唐五代卷》，中华书局 1992 年版，第 378 页。

② 中华书局编辑部点校：《全唐诗》（900 卷）（全 15 册），中华书局 1999 年版，第 15 册，《续拾》卷 46，第 11626 页。

大道最亲无达者，苦携瓶锡叩玉堂。①

之六十九

三度曾经游此地，从缘权顺世间情。
登山虽有谢安志，遁迹惭无慧远名。
翠叠寒枝松未老，影深幽径竹新成。
莫言去住关怀抱，云本无心水自清。②

先解释两个词的意思。

希夷有三个义项：第一，《老子》："视之不见名曰夷，听之不闻名曰希。"河上公注："无色曰夷，无声曰希。"后因以希夷指虚寂玄妙。第二，谓清静无为，任其自然。第三，指道家、道士。

还源：佛教语，由迷误而转入醒悟。

这三首诗以僧徒生活的惬意自得来宣扬清静无为、归隐自然的思想。这类诗很容易写得枯燥乏味，但延寿这三首诗却写得各有其景，各有其趣。

第一首首联说早就知道顺其自然是人生真谛；颔联说等到今日住到山里之后真的发现了人生真谛，仍然有一种意外的惊喜（偶是偶然，不是必然，就是说没想到），于是就兴高采烈了。兴高采烈的人干什么事情都觉得轻松自如，包括在石头上题诗都诗才汹涌，感觉不到有什么格律需要遵守，而且就是有格律，也不需遵守了。颈联说春天里悬挂的冰凌融化后流下来成为一滴又一滴，秋天里坠地的树枝捡起来成为一节又一节。末联说从今以后永绝凡俗，要与青松为友。

第二首首联说隐居求适的决心一直坚定，颔联说落在树枝上的鸟儿啼叫报晓，开得很早的梅花散发着幽香以报告春天到来的消息，颈联说随意地行走在开满芙蕖的堤岸上，舒心地在披满薜荔的墙上写着偈语，末联说未能显达的人最得天趣，托钵化缘者实在辛苦。

第三首首联说你觉得我跋涉了千万里，来看你千百回，你就以为我是刻意如此，实际上不是这样，我是个乐天知命的人，干什么事情都随缘顺情，我与你相隔这么远，相见这么多，正说明我和你是缘分天定。颔联说虽然希望像谢安、慧远那样栖身山林，可惜没有谢安、慧远的名气。颈联说严冬里青松依旧

---

① 中华书局编辑部点校：《全唐诗》（900 卷）（全 15 册），中华书局 1999 年版，第 15 册，《续拾》卷 46，第 11632—11633 页。

② 同上书，第 11634 页。

苍翠，早春里竹子茂盛、竹荫迷人。末联说，来到这里不是为了逃避什么，一切都像云像水一样自然而然。

这三首诗所要表达的思想相同，但用景不同，且每首诗中的景色均细致、真实，富有山中的生活气息。例如第一首中的闲题出格诗、悬冰成细溜、人拾染霜枝；第二首中的鸟语是报晓、梅香是报春；第三首中的松枝冬天依旧青、新竹影深成幽径。延寿不仅善于抓住这些景色，而且善于概括，对偶工整，音韵和谐。善于以工整的律句概括自然景象，是延寿诗一个比较重要的特色。

除上述三首诗中的律句外，延寿《永明山居诗》（69 首）其他诗的名句还有不少。例如第 4 首的"入夏驱驰巢树鹊，经春劳役探花蜂"、第 5 首的"芳兰只为因香折，良木多从被直摧"、第 21 首的"泉细石根飞不尽，云濛山脚出无穷"、第 24 首的"浮生但向忙时过，万事须从静处休"、第 52 首的"透水细鱼随浪没，投巢孤鹤带云还"、第 59 首的"门前雾闭疑无路，槛外云开忽有山"。延寿《永明山居诗》（69 首）还有一些诗句，虽不是律句，但富有感染力。例如第 5 首的"支颐独坐经窗下，一片云闲入户来"、第 17 首的"万物尽从成熟得，莫教容易丧工夫"、第 24 首的"空门莫说无知己，满目松萝是我俦"、第 31 首的"有山有水更何忧，知足能令万事休"、第 56 首的"野景陶情皆得意，凡夫举目尽堪愁"，等等。像这类或哲理性强或隽永可诵的诗句，在延寿《永明山居诗》69 首中还有一些，可见《永明山居诗》69 首水平之高，不但成了延寿诗杰出的作品，而且与唐代三个著名诗僧皎然、齐己、贯休的名作相比，也未见得逊色多少。另外，延寿另 19 首诗也有这类句子，这里就不举例了。

赞宁（919—1001），俗姓高，德清（今属浙江）人。吴越宝正年间（926—932），出家于杭州灵隐寺。后至天台山受戒，习南山律，当时人称为"律虎"。吴越钱氏诸王，对其颇加礼遇。一时士大夫，与其诗歌唱和不绝。赞宁诗文俊捷，当时人又称为"文虎"。赞宁任两浙僧统，历数十年之久，宋太宗赵炅太平兴国三年（978），随吴越王钱俶觐见宋太宗，被太宗赐号通惠大师。又奉宋太宗之命撰《宋高僧传》。① 赞宁存诗 7 首，保存情况是这样的：1936 年孙望《全唐诗补逸》（19 卷）卷一八收 2 首、1988 年陈尚君《全唐诗续拾》（60 卷）卷四六补 5 首又 8 句。《全宋文》存文 13 篇；陈尚君《全唐文补编》卷一一五补文 4 篇。

赞宁是吴越国和宋代著名僧人，当时曾有文虎之称，则水平之高无可置

---

① （清）吴任臣撰，徐敏霞、周莹点校：《十国春秋》（116 卷）（全 4 册），中华书局 1983 年版，第 3 册，卷 89，第 1287—1288 页。

疑，但是存诗仅有 7 首，而且这 7 首未见后人有多重视，现选析一首《寄题明月禅院》（二首之二），以管窥其风味和水平。

寄题明月禅院（二首之二）
积翠湖心迤逦长，洞台萧寺两交光。
鸟行黑点波涛白，枫叶红莲橘柚黄。
人我绝时偎树石，是非来处接帆樯。
如何遂得追游性，摆却营营不急忙。①

该诗的大意是：

僧人的身份决定了我门庭的冷落，处于冷落之中的我一点也不觉得寂寞难挨。我向湖面看去，只见湖心的座座山峰重叠着翠绿的锦绣弯弯曲曲地延伸到天边；我向住处看去，只见明亮的月光下，洞台和萧寺披满了银光，一个比一个令人心旷神怡；我向远方看去，只见水天相接之处，鸟的影子只是一个黑点，波涛汹涌成一片白光；我向近处看去，只见枫叶红、红莲熟、橘柚黄，景色愈加诱人。所有的人都像高飞的鸟儿一样离我而去，我看树不是树，是友，看石不是石，是朋，物议讻讻之时，我心随帆起航，我人随舟远逝。怎样才能游玩得称心如意，是摆脱尘俗之累吗？不是，是优哉游哉地摆脱尘俗之累。

这首诗的主旨和延寿《永明山居诗》69 首基本相同，只是剖白心迹的角度和选取的景色有所不同。如果从词句的锤炼上看，比延寿的诗显然有所逊色。例如颔联对句"枫叶红莲橘柚黄"和出句"鸟行黑点波涛白"连对仗工稳都做不到（"鸟行"和"黑点"的关系显然不是"枫叶"和"红莲"的关系，故对仗不稳，更不要说工了），而且，枫叶红和橘柚黄可以让人喜欢和陶醉，红莲的什么特色让人喜欢和陶醉呢？文理都算不上通顺。好在颈联"人我绝时偎树石，是非来处接帆樯"不仅有李白《独坐敬亭山》"众鸟高飞尽，孤云独去闲。相看两不厌，只有敬亭山"②的醇厚心性，而且有延寿"一生占

---

① 中华书局编辑部点校：《全唐诗》（900 卷）（全 15 册），中华书局 1999 年版，第 15 册，《续拾》卷 46，第 11639—11640 页。

② （唐）李白著，瞿蜕园、朱金诚校注：《李白集校注》（30 卷），上海古籍出版社 1980 年版，卷 23，第 1354 页。

断白云乡，适意孤高志自强"的洒脱态度。可见，在对释事俗情的认知上，赞宁和延寿相若，在对这种情志的表达上，赞宁比延寿稍差。尽管如此，赞宁的这首《寄题明月禅院》（二首之二）仍然是一首不错的诗，其颈联"人我绝时偎树石"表现的对外界永不割舍、永不放弃的善意特别感人，也特别有用，那些处于困境和受到冷遇的人真应该用"人我绝时偎树石"这句诗鞭策自己度过眼前的山重水复，迎来人生的柳暗花明。读这首诗能有如此领悟，才算读懂了这首诗，读懂了赞宁，也读懂了人生。

第八章 闽国文学创作论

唐昭宗李晔景福二年（893），王潮（原名王审潮）入福州，拜福建观察使，奄有闽地。唐昭宗乾宁四年（897），王潮卒，其弟王审知代立，唐昭宗李晔封王审知为琅琊王。后梁开平三年（909），后梁太祖朱晃封王审知为闽王。后唐庄宗李存勖同光三年（925），王审知卒，其子王延翰立，自此开始，王审知的几个儿子争权夺利，互相残杀，直至后晋出帝石重贵开运二年，即南唐保大三年（945），闽国被南唐李璟灭掉。从唐昭宗景福二年（893）到后晋开运二年（945），闽政权走过了7主53年的历史。闽国政权的疆域仅有五州：福州、建州、泉州、漳州、汀州，统治区域与今天的福建省大致相当。[①]闽国政权是十国中疆域第二小的国家（十国中疆域最小的国家是荆南），但其文学成就甚为可观，这与该国的政治不无关系。闽国政治的特点是，前期国主开明能干，后期嗣主自相残杀。开明能干者实行了招揽人才的政策，于是，有韩偓、黄滔、徐寅、翁承赞、崔道融、林宽、王延彬、颜仁郁等人，慕名来到闽国或者继续生活于闽国，使得闽国前期的文学一时有彬彬之盛。王审知之后的5位国主在21年的时间里，一直热衷于兄弟阋墙，他们并没有怎么为难文人，但自然也不会有精力优待或者重视文人了。所以，闽国后期的文学与前期相比，可谓一落千丈，只有少量诗人的少量作品值得探讨。这就使得闽国文学给人一种虎头蛇尾的感觉。职是之故，本章关于闽国的论述，篇幅上前期多而后期少，从政治到文学，皆是这样，以下先谈政治，再谈文学。

第一节 闽国的来龙去脉与政治特点

王潮（原名王审潮）（846—898）、王审邽（858—904）、王审知（862—925）兄弟三人是光州固始（今河南固始）人。唐僖宗李儇中和元年（881），三人投奔寿州变民首领王绪，随王绪转战东南。中和五年（885），兄弟三人

---

① （清）吴任臣撰，徐敏霞、周莹点校：《十国春秋》（116卷）（全4册），中华书局1983年版，第3册，卷92，第1347页。

在福建发动兵变，王绪被逼自杀。唐僖宗光启二年丙午岁（886），王潮等攻克泉州，福建观察使陈岩任命王潮为泉州刺史。唐昭宗景福元年（892），陈岩去世，景福二年（893），王潮攻克福州，占领福建省全境，被唐昭宗授为福建观察使、威武军节度使。唐昭宗光化元年（898）正月二日，王潮去世。①

王潮897年农历十二月六日去世后，其三弟王审知继立为威武军节度使，且于唐昭宗天祐元年（904）被封为琅琊王。后梁开平三年（909），王审知被后梁太祖朱晃（即朱温、朱全忠）封为闽王。后唐庄宗李存勖同光三年（925）十二月辛未（十二日），王审知卒（即王审知卒于公元925年12月30日）。②

王审知卒后，其长子王延翰即位。同光四年（926），王延翰被王审知次子王延钧所杀，王延钧即位为闽王。后唐明宗李亶（即李嗣源）长兴二年（931），王延钧杀死兄弟王延禀。后唐长兴四年（933），王延钧称帝，改名王鏻，建都长乐（今福建福州），国号闽，年号龙启。后唐末帝李从珂清泰二年，即闽国王鏻（即王延钧）永和元年（935），王鏻（王延钧）被其长子王继鹏所杀。③

后晋高祖石敬瑭天福四年，即闽国王昶（王继鹏即位改名王昶）通文四年（939），王昶（即王继鹏）被其大臣连重遇杀掉，连重遇立王审知第28子王延羲为闽王。天福五年，即闽国王延曦永隆二年（940），王延曦发兵进攻建州刺史王延政（王审知第13子），开始了闽国内乱。后晋天福五年，即闽国王延曦永隆三年（941），王延曦称大闽帝。天福七年，即闽国王延曦永隆五年（943），王延政在建州称帝，国号殷，年号天德。后晋出帝石重贵开运元年，即王延政天德二年（944），闽国大臣朱文进、连重遇杀王延曦，朱文进自立为闽王，王延政出兵讨伐。开元二年，即闽国王延政天德三年（945），朱文进、连重遇被部下杀死，王延政复国号闽。同年（945），南唐进攻闽国，王延政战败而降，闽国亡。后周太祖郭威广顺元年，即南唐元宗李璟保大九年（951），王延政被南唐封为光山王，不久去世，被追封为福王。④

---

① （清）吴任臣撰，徐敏霞、周莹点校：《十国春秋》（116卷）（全4册），中华书局1983年版，第3册，卷90，第1297—1300页。

② 同上书，第1301—1314页。

③ （清）吴任臣撰，徐敏霞、周莹点校：《十国春秋》（116卷）（全4册），中华书局1983年版，第3册，卷91，第1321—1329页。

④ （清）吴任臣撰，徐敏霞、周莹点校：《十国春秋》（116卷）（全4册），中华书局1983年版，第3册，卷92，第1335—1347页。

闽国共有 7 主 53 年。

第一任：司空王潮（846—898），光启二年丙午岁（886），被福建观察使陈岩表为泉州刺史。景福二年（893）五月，入福州；九月，被唐昭宗授福建观察使，据有福建五州之地。乾宁四年冬十二月丁未（897 年农历十二月六日，即公元 898 年 1 月 2 日）卒。奄有闽地共 5 年（893—897）。①

第二任：太祖王审知（862—925），乾宁四年（897）冬十二月王潮卒后，王审知即立。天祐元年（904），被唐昭宗李晔封为琅琊王。后梁开平三年（909）夏四月，后梁太祖封王审知为闽王。后唐同光三年（925）十二月辛未（即十二月十二日），王审知卒，享年 64 岁，在位 29 年（897—925）。②

第三任：嗣王王延翰（？—926），太祖王审知长子，同光三年（925）十二月辛未日，其父王审知卒后即立，同光四年（926）十月，自称大闽国王，拟天子制，但不改元，用后唐正朔。十二月辛卯（即十二月八日），被王审知养子王延禀攻杀。在位 2 年（925—926）③

第四任：惠宗王鏻，原名王延钧，闽太祖王审知第二子。天成元年（926）十二月辛卯（十二月八日），其长兄王延翰被杀后即立；天成二年（927）五月，被后唐明宗李亶封为琅琊王；天成三年（928）七月，又被封闽王。龙启元年（933）正月，即皇帝位，国号大闽。后唐末帝李从珂清泰二年，即王延钧永和元年（935）十月庚辰（即十月十九日），被其长子王继鹏所杀。在位 10 年（926—935）。④

第五任：康宗王昶，原名王继鹏，为惠宗王延钧长子，闽国王延钧永和元年（935）十月十九日杀掉其父王延钧，次日，即皇帝位，更名王昶，但奉表于后唐末帝李从珂，自称知福建节度事。闽国王昶通文三年（938）十一月，后晋高祖石敬瑭封闽国第五任国主王昶为闽国王，被王昶（王继鹏）以王昶自己已经即帝位为理由而拒绝。通文四年（939）闰七月壬午（十三日），闽国惠宗王昶被控鹤军使连重遇攻杀。在位 5 年（935—939）。⑤

第六任：景宗王羲（一作曦），原名王延羲，闽太祖王审知第 28 子。通

---

① （清）吴任臣撰，徐敏霞、周莹点校：《十国春秋》（116 卷）（全 4 册），中华书局 1983 年版，第 3 册，卷 90，第 1297—1300 页。

② 同上书，第 1301—1314 页。

③ （清）吴任臣撰，徐敏霞、周莹点校：《十国春秋》（116 卷）（全 4 册），中华书局 1983 年版，第 3 册，卷 91，第 1321—1322 页。

④ 同上书，第 1322—1328 页。

⑤ 同上书，第 1329—1333 页。

文四年（939）闰七月壬午，康宗王昶（王继鹏）被杀后即立为闽国王，更名王羲。永隆二年（940）十一月，后晋高祖石敬瑭封王羲为闽国王。永隆三年（941）七月，自称大闽皇，冬十月，即皇帝位。永隆五年（943）正月，富沙王王延政称帝，改元，国号殷。与王羲展开攻杀。永隆六年（944）三月乙酉，王羲被拱宸都指挥使朱文进、连重遇攻杀。朱文进自立为闽王。景宗王延羲在位6年（939—944）。①

第七任：天德帝王延政，景宗王延羲之弟，永隆五年（943）正月，于建州开国大殷，自立为帝，改元天德，与其兄王延羲展开厮杀。天德二年（944）十二月癸丑，后晋出帝石重贵封朱文进为闽国王。王延政遣将攻朱文进，朱文进求救吴越。天德三年（945）八月丁亥，王延政向南唐投降，闽国亡。自943年称帝至945年投降，在位3年（943—945）。②

闽国7任国主53年的历史中，以第二任国主太祖王审知在位时间为最长，达29年，也以王审知在位时最为安定，最有作为。王审知的作为表现在这几个方面：第一，王审知礼敬中原，与南汉、吴越政权缔结姻好。整顿吏治，用人唯贤，重用了廉洁的官吏贾郁、重视农业生产的颜仁郁、黄滔等人。当时其他地方的一些士子都愿意来到闽地生活。例如，翁承赞、王倓、徐寅等纷纷来归。第二，王审知在福州大兴"四门学"，以教闽士之秀者。又在各地广设庠序，搜集整理文献，使闽地的文教事业得到发展。第三，王审知重视发展农业生产，采取"轻徭薄赋"的政策，鼓励百姓垦荒造田，扩大耕地面积，又兴修水利，扩浚福州西湖、福清祭苗墩海堤、长乐海堤、连江东湖等，鼓励农民种茶，每年输出茶叶五六万斤，福州鼓山的茶叶还被列为贡品。第四，王审知对商业、外贸也很重视，他开辟了福州的外港——甘棠港，使福州成为东南地区对外贸易的重要港口。③

王审知以上的作为无疑为闽国文人的聚集、闽国文学的繁荣提供了有利条件。事实上，闽国有成就的文人多生活于或者曾经生活于王审知执政时期，例如下文即将论述的闽国著名文人韩偓、黄滔、徐寅就是如此。

---

① （清）吴任臣撰，徐敏霞、周莹点校：《十国春秋》（116卷）（全4册），中华书局1983年版，第3册，卷92，第1335—1342页。

② 同上书，第1343—1347页。

③ （清）吴任臣撰，徐敏霞、周莹点校：《十国春秋》（116卷）（全4册），中华书局1983年版，第3册，卷90，第1297—1300页。

第二节　闽国韩偓的文学创作

一　韩偓其人

韩偓（842—923?），字致尧，一作致光，京兆万年（今属西安）人。其父韩瞻和李商隐同年进士及第，曾任雁州、睦州、凤州刺史。韩偓的外公是泾原节度使王茂元。这样的家庭背景，应该是不错的了。但是不知何故，韩偓的科名之路很不顺利。他从唐懿宗李漼咸通六年乙酉岁（865）24岁时开始第一次科考，一直到唐昭宗李晔龙纪元年己酉岁（889）48岁时才进士及第。①

及第后直到入闽前的17年中，韩偓一直出任唐昭宗一朝的官职。其中，前13年的仕途比较顺利，可谓步步升迁，这从他的任职简历可以看出来：49岁至54岁任左拾遗（其间50岁至53岁在家养病），55岁任刑部员外郎，56岁至57岁任凤翔节度掌书记，58岁任司勋郎中兼侍御史，59岁任左谏议大夫，又转度支副使，又迁翰林学士，再迁中书舍人，60岁拒绝昭宗皇帝授他为宰相的任命而任兵部侍郎，又进翰林承旨，61岁改户部侍郎。这种备受皇帝器重的光景持续到他62岁抚慰朱全忠军营时才发生了逆转，朱全忠对韩偓深为不满，故韩偓回京当年就被连贬两次。先是贬官濮州司马，又贬官荣懿县尉，贬官途中又被改授邓州司马。63岁，在赴邓州司马的途中，韩偓听到朱全忠劫持昭宗皇帝东迁洛阳的消息，就决定不赴邓州上任了，改赴湖南潭州，在潭州治所长沙，做湖南帅马殷的幕僚。64岁，知道朱全忠杀了唐昭宗后，就拒绝了新任皇帝唐哀帝要让他官复原职的任命，并从湖南出发，经过江西抚州，于64岁那年九月，抵达福州。这一年，唐哀帝再次诏授韩偓官职，韩偓再次拒绝。唐昭宗皇帝逃难过程中，韩偓一直在扈从，或出谋划策，或起草诏书，或荐举人才。②

从906年65岁开始，韩偓就开始了在闽国的生活，一直到923年前后约82岁时去世。韩偓到闽地后，依次在四个地方生活过，分别是：65岁、66岁在福州，67岁在沙县，68岁、69岁在尤溪县，70岁、71岁、72岁、73岁在南安县。③ 从74岁至82岁，韩偓的生平行事，全无踪迹可考，不知《十国春秋》卷九五因何断定"龙德三年（923），卒于南安龙兴寺"，如是这样，则韩

① 陈继龙撰：《韩偓事迹考略》，上海古籍出版社2004年版，第203—204页。

② 同上书，第204—208页。

③ 同上书，第208—211页。

偓享年 82 岁。①

从韩偓的经历中可以看出，他对唐昭宗忠心耿耿，对朱全忠有所防备，其气节自宋元至清代，为多人所称道。其中，清代四库馆臣尤为推崇备至："偓为学士时，内预秘谋，外争国是，屡触逆臣之锋，死生患难，百折不渝，晚节亦管宁之流亚，实为唐末完人。"② 唐末为乱世，贼子很多，义士也不少，韩偓就是唐末义士中比较杰出的一个。

既然是义士，那就可以肯定，其作品必然会对时事政治有所反映和评价，这肯定是韩偓作品一个值得注意且值得肯定的特色。其作品曾惹出争议的，是他 20 岁至 40 岁所写的《香奁集》约 100 首诗，故这类作品也值得注意。

二 韩偓作品的思想性和艺术性

先看韩偓作品总数和保存、选收情况。

韩偓诗的总数，陈继龙先生《韩偓诗注》于《校释凡例》第五条云："韩偓诗歌，《全唐诗》收录三百三十八首，釐为四卷。"③ 这与笔者的统计小有出入。据笔者统计，韩偓作品的保存情况是这样的：《全唐诗》卷六八〇至卷六八三共 4 卷收韩偓诗 312 题 337 首、断句 1 联；《全唐诗》卷八九一收韩偓词 3 首，但《生查子》1 首已经被收于《全唐诗》卷六八三，题目作《懒卸头》（一作《生查子》），系重收；《全唐诗续拾》卷四七重录 1 首，补诗 1 句；《全唐文》卷八二九收韩偓文 17 篇；陈尚君《全唐文补编》卷一一六重录 1 篇（《香奁集序》），又据《资治通鉴》卷二六三新补 1 篇近一百字。④ 总之，韩偓今存诗词 313 题 339 首，文 18 篇。另外，《全唐诗》卷 540 收李商隐一诗，该诗诗题云：《韩冬郎即席为诗相送一座尽惊他日余方追吟连宵侍坐裴回久之句有老成之风，因成二绝寄酬兼呈畏之员外》⑤，其中的"连宵侍坐裴回久"无疑是韩偓诗句，给《全唐诗》做补逸工作的学者均未收，此事周祖谟

---

① （清）吴任臣撰，徐敏霞、周莹点校：《十国春秋》（116 卷）（全 4 册），中华书局 1983 年版，第 3 册，卷 95，第 1371 页。

② （清）永瑢等撰：《四库全书总目》（200 卷），中华书局 1965 年版，卷 151，第 1302 页。

③ （唐）韩偓著，陈继龙注：《韩偓诗注》，（上海）学林出版社 2001 年版，《校释凡例》第 2 页。

④ 陈尚君辑校：《全唐文补编》（160 卷）（全 3 册），中华书局 2005 年版，中册，卷 116，第 1446 页。

⑤ 中华书局编辑部点校：《全唐诗》（900 卷）（全 15 册），中华书局 1999 年版，第 8 册，卷 540，第 6234 页。

先生《韩偓诗的编集、流传与版本》一文末尾已经提到①，但愿有人能于周祖谟先生之后对此句引起注意。

韩偓诗在五代以来著名唐诗选本中的入选情况是：后蜀韦縠《才调集》选 5 首，北宋王安石《唐百家诗选》选 59 首，金元好问《唐诗鼓吹》选 19 首，明高棅《唐诗品汇》选 5 题 7 首、清孙洙《唐诗三百首》选 1 首、当代萧涤非等《唐诗鉴赏辞典》选 9 题 13 首。另外，元方回（1227—1305）《瀛奎律髓》为唐宋律诗选本（而非唐诗选本），其中选韩偓诗 37 首。

再看韩偓诗的评价。

韩偓诗的品格，还是以四库馆臣的评价最为有名："其诗虽局于风气，浑厚不及前人，而忠愤之气，时时溢于语外。性情既挚，风骨自遒。慷慨激昂，迥异当时靡靡之响。其在晚唐，亦可谓文笔之鸣凤矣。变风变雅，圣人不废，又何必定以一格绳之乎。"② 馆臣首先指出，韩偓诗仍然是晚唐之风，故浑厚不及前人，然后说韩偓诗因为其忠愤之气、激昂之情而迥出时流，成为晚唐鸡群中的凤凰。只是，忠愤到什么程度或者以怎样的方式忠愤，才能赶得上晚唐以前诗人的浑厚，馆臣没有解释，今日也难以辨明。联系馆臣为吴融《唐英歌诗》作提要时认为"（吴）融诗音节谐雅，犹有中唐之遗风，较偓为稍胜焉"③ 的话可知，馆臣的评价不但语焉不详，而且会自相矛盾。所以，对四库馆臣的话不能过于较真，也不必过于较真，只需找出韩偓有代表性的作品分析一下，以证明馆臣之言不无道理即可。

韩偓的代表性作品分前后二期。

《香奁集》是韩偓前期的重要作品，共有诗 87 题 99 首，含词 4 首、四言诗 1 首、六言诗 3 首、五言绝句 9 首、五言律诗 9 首、五言古诗 8 首、七言律诗 24 首、七言绝句 41 首。

浏览一下这些诗的题目，即可对其内容有个大概了解。例如开篇第一首是四言诗，题目是《春昼》。又如五言律诗的前五首《五更》、《幽窗》、《马上见》、《欲去》、《信笔》，五言绝句的前五首《半睡》、《早归》、《两处》、《春闺》（二首），七言律诗的前五首《南浦》、《寄远》、《惆怅》、《意绪》、《春尽日》，七言绝句的前五首《宫词》、《春怨》、《联缀体》、《春恨》、《寒食夜》。显然，《香奁集》是描写美女与爱情的专集。考虑到其中仅有一组五言古诗三首写于他 60 岁，其余的诗均写于他 19 岁至 41 岁这 23 年间，就不能说

---

① 周祖谟：《韩偓诗的编集、流传与版本》，《文学遗产》2000 年第 1 期。

② （清）永瑢等撰：《四库全书总目》（200 卷），中华书局 1965 年版，卷 151，第 1302 页。

③ 同上。

这些诗是韩偓青春期到来后一时冲动的产物，而只能说，韩偓喜欢写这类诗，而且是写这类诗的能手。值得注意的是，这类诗绝大多数写于韩偓20岁至41岁的23年间，但是，编集成册并命名为《香奁集》，却是在韩偓66岁的时候。他是把由他年轻时所写而至今流布在歌妓、乐工、士大夫之口的这种诗收集起来，并把自己60岁身为朝廷高官时与同僚开展这类情诗比赛的三首诗也收录进去。由此可见，一直到老，韩偓都对这种诗津津乐道，当时的朝廷高官和各阶层人士持这种态度者为数甚多。韩偓本来已经忘了自己年轻时所写的诗，正是各阶层人士的不断吟诵和传唱，才使韩偓发现这些诗并把这些诗编集成册。这些深受唐代人士欢迎的诗到了宋代，就引起了一些人的不满。南宋宣和年间许顗《许彦周诗话》记载如下一件事：

> 高秀实又云："元氏艳诗丽而有骨，韩偓《香奁集》丽而无骨。"时李端叔意喜韩偓诗。诵其序云："咀五色之灵芝，香生九窍；咽三危之瑞露，美动七情。"秀实云："劝不得也，劝不得也。"①

高秀实生平不详，李端叔即李之仪（1038—1117），端叔为字，北宋词人，曾以幕僚身份和苏轼朝夕唱酬。可见，与苏轼、李之仪同时的北宋文人高秀实就对韩偓《香奁集》中的诗有所微词了，只是态度还算客气。而元代学者兼诗人方回，就又刺又骂了。其名作《瀛奎律髓》卷七云："诲淫之言，不以为耻，非唐之衰而然乎？"② 又云："惟香奁之作，词工格卑，岂非世事已不可救，姑流连荒亡以纾其忧乎？"③ 明末清初人褚人获（1625—1682）《坚瓠集》的批评也十分严厉："诗有销魂者三，《香奁集》其一也。销魂者，即坏心田之谓也。"④《四库全书总目》卷一九四《唐诗叩弹集·提要》云："李群玉《杜丞相筵中作》及韩偓《香奁集》诸诗，皆所谓靡靡之音。"⑤ 肯定是因为这个原因，四库全书彻底摒弃了《香奁集》，连存目书中也没有收录。看到这些鄙视，能让人觉得从北宋高秀实开始直至清代四库馆臣的这些封建文人，

---

① （元）马端临撰：《文献通考》（348 卷），中华书局 1986 年版，卷 243，第 1923 页。

② （元）方回选评，李庆甲集评校点：《瀛奎律髓汇评》（49 卷），上海古籍出版社 2005 年版，上册，卷 7，第 280 页。

③ 同上书，第 279 页。

④ （清）王士禛原编，郑方坤删补，戴鸿森校点：《五代诗话》（10 卷），人民文学出版社 1989 年版，卷 6，第 252 页。

⑤ （清）永瑢等撰：《四库全书总目》（200 卷），中华书局 1965 年版，卷 194，第 1774 页。

连唐代文人的识见都赶不上，21 世纪的人更没有必要纠缠这些评价了，而只需将精力放在探求《香奁集》的妙处上即可。以下以《已凉》为例。

已凉
碧阑干外绣帘垂，猩色屏风画折枝。
八尺龙须方锦褥，已凉天气未寒时。①

　　这四句诗所写的场景、器具不过是碧绿的栏杆、低垂的绣帘、猩红的屏风、刚折下的鲜嫩的树枝或花枝，再加上龙须草做的宽大席子、锦绣的方形被褥（其中的"鲜嫩"、"被子"还是依据合理性而增加的内容），这些东西不论你怎么巧妙地摆放、叠加，哪怕因为作者未言数量因而你使其各自都化作成百上千个或者无数个，也仍然不过是有钱人家的家私、器具而已，甚至是家具店里的场景，而末句所写秋冬之交的时令，还给这些豪奢华贵的器具或物品抹上了一层苍凉的色彩。如此说来，你会疑惑：这首诗不过堆砌了一系列缺乏暖色调的物品，何以会入选王士禛《唐人万首绝句选》、孙洙《唐诗三百首》和萧涤非等人编的《唐诗鉴赏辞典》呢？又何以会得到诗评家周咏棠"中具多少情事，妙在不明说，令人思而得之"②（《唐贤小三昧续集》卷下）这样的好评呢？要体会到这首诗的好处，关键是读者要"想"、使劲地"想"，包括联想和想象，而这首诗的妙处是"耐想"，就是说，想象越丰富越好。如果想得足够深，就会产生或赞同俞陛云（1868—1950）读这首诗时的看法："由栏杆、绣帘而至锦褥，迤逦写来，纯是景物，而景中有人，隐有小怜玉体，在凉凉罗帐掩映之中。丽不伤雅，《香奁集》中隽永也。"③ 理性地说，这首诗中是没有人的，可是，俞陛云说"景中有人"，这"人"就是俞氏幻想或想象后添加的。俞氏所说的"丽不伤雅"肯定是进一步想象以达到想入非非的境界后才觉得这首诗适可而止，故丽不伤雅的。因为这首诗与"伤雅"本来就沾不上边。不能说诗里的家具太贵太好了，所以有"伤雅"的倾向。俞氏说这首诗"景中有人"，而且其人是冯小怜那样的美女，这已经不符合事实了，现代学者刘永济先生更认为"《已凉》一首如工笔仕女图，古今传诵以此。"④ 说

① 　中华书局编辑部点校：《全唐诗》（900 卷）（全 15 册），中华书局 1999 年版，第 10 册，卷 683，第 7899 页。

② 　顾青编撰：《唐诗三百首》（名家集评本），中华书局 2005 年版，第 489 页。

③ 　俞陛云：《诗境浅说》，中华书局 2010 年版，第 269 页。

④ 　刘永济选释：《唐人绝句精华》，人民文学出版社 1981 年版，第 287 页。

这首诗描写细腻，有工笔画的技法，那是不错的。但说这首诗的意境是一幅图画，而且图画里有一个仕女，是仕女图，那就是把愿望当成现实了。即使认为不是一幅画，而是一个电影短片，那想象成其中有仕女（数目不详，也不论），也让画的意境肤浅了不少，韵味也少了许多。这首诗的妙处，还是如上文所引周咏棠所言"妙在不明说"的评价更适合一点，孙洙的评价与此仿佛："通首布景，并不露情思，而情愈深远。"① "不明说"还能"情愈深远"（也可以说，正因为"不明说"，才"情愈深远"），正是不断思索、不断想象的结果。那么，这"愈深远"的情能有多深远呢？不断地"思而得之"，至少可以有如下四则故事：

一个美女铺好席子、褥子、被子，等着门外的男子穿过栏杆，掀帘而进，走到窗前，和自己倾心而谈。那这就是一个迎候情人的温馨故事。

那个男子离床而去，穿过屏风，挑帘而出，然后帘幕低垂，室内的美女看着宽大的席子和柔软的锦被，回味着相聚的快乐。那这就是美女回味爱情的动人情景。

栏杆静默，绣帘低垂，猩红的屏风上画着鲜嫩的折枝，八尺的龙须席子足够两人安眠，但是仅有一床锦被置于席上。年华老大的美人形单影只，好似一片枯黄的叶子望秋先零。那这就是一个芳年已过仍然待字闺中的哀怨故事。

栏杆碧绿而崭新，绣帘华美而低垂。猩红的屏风渲染着热烈，鲜嫩的枝条昭示着春意。龙须席子有八尺之大，足够二人驰骋春梦，天气已凉，但是美人全然没有寒意。那这就是一个新婚宴尔的故事。

如果你还愿意驰骋想象，那就一定可以导演出其他的爱情故事。例如，你还可以把诗里的一个人变成两个人，甚至把诗中的女性变成男性。由此可见，这首诗真担当得起袁枚"耐想"的评价。由此，你还可以知道，韩偓艳体诗究竟艳不艳，很大的程度在于读者是如何想象的，而不是作者如何描述的。

其实，不仅是这首纯粹描写香艳场景（实际是华贵场景）的诗，并没有什么可以指责的地方，而且，即使作者描写的是一次约会事件，甚至是偷情事件，其过程也没有什么肮脏的地方，而且，作者的目的是在表达另一个意思。例如下面这首诗：

五更

往年曾约郁金床，半夜潜身入洞房。

怀里不知金钿落，暗中唯觉绣鞋香。

---

① 顾青编撰：《唐诗三百首》（名家集评本），中华书局 2005 年版，第 489 页。

此时欲别魂已断，自后相逢眼更狂。

光景旋消惆怅在，一生赢得是凄凉。①

不论怎么看，这首诗所写的事情都是一次偷情事件，至少也是夫妻在表演一次偷情事件。除了偷情这样的事情本身不光彩之外，这首诗还有什么不干净的地方了吗？应该是没有了。难得的是末句的反思和喟叹：快乐的时光很快过去，充满内心的是失意伤感，最终难免晚景凄凉。作者虽没有明说，其言外之意还是看得出来的，那就是，片刻偷情或长期偷情，终不及合法夫妻白头偕老来得幸福。

韩偓《香奁集》的主题就是美女和爱情，他在 20 多年（准确地说，是他19 岁直到晚年的一生中）的时间里写下了近百首多种体裁的诗歌，来描写自己和他人的爱情事件以及关于爱情的感受。这些诗所描写的器具、物品在当今的社会已经非常地不合时宜了，其当年的豪奢在今人的眼里也已经变得太老土了（如果不是以欣赏古文物的眼光看的话）。但是，韩偓描写美女和爱情的角度、心理、手法，在今天和可以预见的比较长久的未来，还是有价值的，相信创作爱情小说和爱情歌曲的作家一定可以从《香奁集》中吸取有益的成分，提升自己作品的水平。这是《香奁集》的一个重要价值。

韩偓入闽前的作品除了《香奁集》，另一个值得重视的就是描写时事，表现他忠君爱国思想的诗歌。一个原因是这类诗在古代诗歌中被强调得太久太多了，另一个原因是这类诗不仅出现于韩偓一生的前期，也出现于后期，是贯穿他的一生的，所以，前期这类作品例如《乱后却至近甸有感》（写于 895 年）、《冬至夜作》（写于 901 年）、《访同年虞部李郎中》（写于 904 年）、《病中初闻复官》二首（写于 904 年）、《避地》（写于 905 年）、《息兵》（写于 905年）（以上均七律诗）就不再论述了，只看韩偓入闽后的这类诗。

补说一个问题，《乱后却至近甸有感》的写作时间，依韩偓自注，是乙卯年（895），而陈继龙《韩偓诗注》云：吴汝纶先生认为，韩偓自注写于乙卯年是错误的，乙卯是字误，此诗实际写于 903 年。② 笔者按：903 年是癸亥年，癸亥很难误为乙卯，故《乱后却至近甸有感》一诗的写作时间，还是以韩偓所注为准比较好。

韩偓入闽后重要的诗歌有：907 年 66 岁时所写五言排律《感事三十四

---

① 中华书局编辑部点校：《全唐诗》（900 卷）（全 15 册），中华书局 1999 年版，第 10 册，卷683，第 7900 页。

② （唐）韩偓著，陈继龙注：《韩偓诗注》，学林出版社 2001 年版，第 229 页。

韵》，909 年 68 岁时所写《余寓汀州沙县》、《寒食日沙县雨中看蔷薇》，910 年 69 岁时所写《自沙县抵尤溪县，值泉州军过后，村落皆空，因有一绝》、《漫作》，911 年 70 岁时在南安县作《深院》，912 年 71 岁时所写《安贫》、《八月六日作》（四首），913 年 72 岁时写于南安县的《驿步》，914 年 73 岁时写于南安县的《寄友人》、《见别离者因赠之》、《伤乱》。这里分析一首《安贫》。

安贫

手风慵展八行书，眼暗休寻九局图。
窗里日光飞野马，案头筠管长蒲卢。
谋身拙为安蛇足，报国危曾捋虎须。
举世可能无默识，未知谁拟试齐竽。①

先注释一下字词。手风指老年人因中风而手发抖。八行书指书信。九局图指围棋。野马指空气中浮动的尘埃。筠管指笔筒。蒲卢指长久不用的笔筒中所生的小虫子。默识指心中明白、心里有数。

这首诗写于 912 年韩偓 71 岁时，地点是福建省南安县。

如果把背景知识补充完整，这首诗的大意是这样的：

年龄大了，眼睛花了，手抖个不停。于是，懒得展开信纸写信了（理解为懒得读接到的信，亦可），至于下围棋的事情，想也不想了。有时候向窗外看去，能看到光线中隐隐漂浮、舞动的尘埃。因为长久以来不动笔墨，笔筒里都生出了小虫子。之所以会有今天这种寂寞、无聊、贫苦的生活，叛贼朱全忠应负极大的责任。他和宰相崔胤对唐昭宗都不够忠诚。觉得崔胤靠不住的昭宗皇帝想让我韩偓做宰相，我谢绝了，然后举荐了我的座师赵崇先生，还有王赞先生。崔胤觉得我帮皇帝削弱他的权力，就让朱全忠禀告昭宗皇帝说："赵崇是轻薄之人，王赞没啥本事，这韩偓乱推荐什么呀。"昭宗皇帝不敢得罪朱全忠，只好把我贬官。我和昭宗辞行的时候，昭宗拉我的手说："你走了后，我身边就没有靠得住的人了。"我对昭宗皇帝说："朱全忠这人和以前的武将不一样，我能死在贬谪的地方已经很幸运了，我不忍心看着这家伙弑君篡位。"之前还有一

---

① 中华书局编辑部点校：《全唐诗》（900 卷）（全 15 册），中华书局 1999 年版，第 10 册，卷 681，第 7873 页。

次，朱全忠见昭宗皇帝，其他大臣看到一贯骄横的朱全忠都纷纷起立，表示敬意，只有我端坐不动，朱全忠很是不满（这也是崔胤找朱全忠向昭宗皇帝诋毁我的一个原因）。朱全忠骄横不法，崔胤忠心不够，朝廷里的大臣们都不知道吗？他们都知道，他们心里有数，只是慑于朱全忠和崔胤的淫威，心疼自己的身家性命，不敢说罢了。满朝文武，全是滥竽充数之人，不知道谁能够像齐湣王那样，让大臣们一个一个表演，那样，就能把混饭吃的南郭处士赶出去了。

这首诗的题目是《安贫》，意思应该是：虽然晚年处于贫苦中，但是身心还算安宁，因为自己这一生为人正直，问心无愧，与当年苟且偷生的文臣武将们完全不同。正是因为这份内心的安宁，才愿意多次回忆改变自己一生的两次重大事件。有人说我为了替昭宗皇帝分忧而举荐赵崇、王赞，是多管闲事，是笨蛋行为，那就算是笨蛋吧。其实在这次事件之前，我还主动冒犯过一次朱全忠，那应该算是捋虎须、拔虎牙了吧？直到今天，我依然觉得当年的多管闲事、虎口拔牙是正确的、光彩的。这首诗的前四句写年老力衰后的懒散和无聊（可能还有孤独和寂寞），后四句回忆自己一生中最重要、彻底改变自己命运的事件。这是老年人十分常见的生活情节，可是，很可能与这首诗颈联流露的自得态度有关，后来的学者对这首诗做了过度阐释。例如，郭绍虞《宋诗话辑佚》之《潘子真诗话》评此诗时云："其词凄楚，切而不迫，亦不忘其君者也。"[1] 但是，从这首诗一点也看不出来韩偓对唐昭宗的想念或者怀念。邵祖平《韩偓诗旨表微》说："七纵八横，头头是道，最能动人心脾。"[2] 其实仅就忠君爱国的情感来看，这首诗在韩偓诗中并不是出色的，那也就不能说"最能动人心脾"。纪晓岚的评价是："此为致尧最为沉着之作，然终觉浅弱，风会为之也。"[3] 如果这里的"沉着"是坦荡平和、无怨无悔，那么，纪晓岚的说法就是不错的。总之，这首诗一方面表现韩偓晚年贫苦、寂寞、无聊的生活，一方面表现这种生活中韩偓回首往事时坦荡平和、问心无愧的心态。

韩偓忠君爱国的情怀，《故都》一诗表现得相当突出。

---

[1]　潘镔撰：《潘子真诗话》，《宋诗话辑佚》本。《宋诗话辑佚》，郭绍虞辑，中华书局 1980 年版，第 311 页。

[2]　萧涤非、程千帆等撰写：《唐诗鉴赏辞典》，上海辞书出版社 1983 年版，第 1329 页。

[3]　（元）方回选评，李庆甲集评校点：《瀛奎律髓汇评》（49 卷），上海古籍出版社 2005 年 4 月新 1 版，卷 32，第 1365 页。

故都

故都遥想草萋萋，上帝深疑亦自迷。

塞雁已侵池篱宿，宫鸦犹恋女墙啼。

天涯烈士空垂涕，地下强魂必嗜脐。

掩鼻计成终不觉，冯谖无路学鸣鸡。①

这首诗写于 906 年韩偓 65 岁时的秋冬之际，次年五月，唐哀帝被废，唐朝灭亡。可能是预见到岌岌可危的唐王朝持续不了多少日子了，自己更不可能有回到朝廷任职的机会，于是，当唐王朝尚在苟延残喘、命悬一丝的时候，韩偓就把长安城称为故都，相应的，唐王朝就是他的故国。整首诗就是他对故都之景和故国之事的想象以及他心声的吐露。其大意是：

　　当年辉煌富华的长安城，如今杂草丛生，一片荒芜，这种倾颓破败的迅猛速度和凄惨景象，连天帝都大惑不解。塞北的大雁在护城河的竹篱笆上随意栖息，皇宫的乌鸦已找不见老巢，在矮矮的宫墙上飞来飞去，发出凄惨的叫声。亡命天涯的志士无计可施，只有痛哭流涕的份儿，宰相崔胤起用强藩朱全忠以勤王，实在是饮鸩止渴。结果不但让朝廷雪上加霜，也害了崔胤自己的性命，现在你噬脐莫及了吧。朱全忠像郑袖一样阴险狡诈，其阴谋屡次得逞，朝廷上下始终无人识破，我这人像冯谖一样只有鸡鸣狗盗的本事，也愿意像冯谖一样学一次鸡鸣，为昭宗皇帝和大唐王朝的脱困，贡献绵薄之力。可是，我没有冯谖那样的运气，我连学一次鸡鸣的机会都争取不到，一个士子报国无门的悲哀，还有比这更严重的了吗？

这首诗报国的热忱得到了后世人的认同和称赞。《唐宋诗举要》卷五云："吴（汝纶）曰：'此国亡后作，慷慨欲报之意，情见乎词，至意旨之悲哀抑郁，与《离骚》、《招魂》异曲同工矣。'"② 吴汝纶先生可能是根据"故都"一词而想当然地认为这首诗写于亡国后，实际不是这样，这首诗写于唐王朝即将灭亡之时，《瀛奎律髓汇评》卷三无名氏的解释是："昭宗本都长安，被朱

① 中华书局编辑部点校：《全唐诗》（900 卷）（全 15 册），中华书局 1999 年版，第 10 册，卷 680，第 7862 页。

② 高步瀛选注：《唐宋诗举要》，上海古籍出版社 1978 年 2 月新 1 版，下册，第 634 页。

温劫迁，而长安遂墟，乃称故都。"① 可见，从首都已经由长安变为洛阳的角度看，韩偓称长安为故都也是不错的。至少，吴汝纶先生认为韩偓这首诗忠君爱国之情，堪追《离骚》、《招魂》，这评价大致不差。

韩偓所写表现《安贫》、《故都》这类忠君爱国情怀的诗，还有不少，例如入闽后的这些诗：五言排律《感事三十四韵》，七律《八月六日作四首》，913 年所写的《疏雨》等，914 年所写的《见别离者因赠之》、《伤乱》等。这些诗对五代文人心态的研究颇有参考价值，故提请注意。

三 韩偓诗的评价和影响

韩偓诗的评价可分为两个方面，一个是思想性方面，一个是艺术性方面。就思想性而言，又可以分为两个问题。一个是称赞韩偓忠君爱国的情怀，一个是议论其《香奁集》的品格。

韩偓的忠君爱国情怀早在宋代就得到称赞。宋周紫芝《书韩承旨别集后》云："（韩）渥（笔者按：'渥'应作'偓'）当唐末宗社颠隮之际，窜身于戈戟森罗之中，虽扈从重围，犹复有作。当是之时，独能峥嵘于奸雄群小之间，自立议论，不自诡随。唐史臣称之，以谓有一韩偓尚不能容，况于贤者乎？"②（《新唐书》作者这话甚为费解，因为意思似乎是说韩偓算不上贤者）清管世铭等人也表达了类似的意思："唐末七言律，韩致尧为第一。去其香奁诸作，多出于爱君忧国，而气格颇近浑成。"（《读雪山房唐诗序例》）③ 清曹毓德《唐七律诗钞》亦云："诗至晚唐，各体俱不振，独七律不乏名篇。韩致尧完节孤忠，苍凉激楚之音，洵属一时无两。"④ 俞陛云（1868—1950）《诗境浅说》丙编云："致光（笔者按：'致光'当为'致尧'）少年，喜为香奁诗，其后节操岳然，诗格亦归雅正。"⑤ 吴北江（1877—1950）的话最为态度鲜明："晚唐唯韩致尧为一大家，其忠亮大节，亡国悲愤，具在篇章，盖能于杜公外自树一帜。"⑥ 考察韩偓一生的事迹可以知道，这些学者的评价基本上符合事实。当然，今人看待韩偓这些忠君爱国的行为，没有必要象古人那么死

① （元）方回选评，李庆甲集评校点：《瀛奎律髓汇评》（49 卷），上海古籍出版社 2005 年 4 月新 1 版，卷 3，第 113 页。

② （宋）周紫芝撰：《太仓稊米集》（70 卷），景印文渊阁四库全书本，卷 67。

③ 陈伯海主编：《唐诗汇评》，浙江教育出版社 1995 年版，第 2869 页。

④ 同上。

⑤ 俞陛云：《诗境浅说》，中华书局 2010 年版，第 81 页。

⑥ 高步瀛选注：《唐宋诗举要》，上海古籍出版社 1978 年 2 月新 1 版，第 631 页。

板。这样讲的意思是，能从韩偓这些忠君爱国的事情上看出韩偓性格中正直、善良的本质就可以了，没有必要认为任职于后梁王朝的文人没有韩偓高尚，应该得到鄙视。

韩偓《香奁集》的品格，在自宋至清长达一千年的历史中，一直没有得到过正面的评价，最宽容的评价也就是元人马昫至元辛卯年（1291）所说的"旧闻韩偓有《香奁集》，意其为人，才情风调而已。今观此心画与其简中所及，亦骨鲠之人，是可尚也。"① 可见他只是对韩偓的《香奁集》不以为意，并没有支持韩偓这类作品。这就是说，封建社会中，占主流观点的是像宋人高秀实、元人方回、清人纪晓岚那样，对《香奁集》中的诗歌予以严厉的批评和抨击。今天的人们，当然没有必要指责纪晓岚这种观点过于固陋，但思索一下他们为什么会这么固陋，还是很有必要的。至少，应该像前文讨论《香奁集》的诗歌时所分析的那样，认为韩偓《香奁集》的主题是美女和爱情，即使该诗中描写偷情事件的诗歌，也没有什么淫秽和肮脏的东西，所以，根本就不应该指责。相反，今人应该认识到，美女和爱情一样美好，是人类的永恒主题。这么讲，就应该知道，韩偓的《香奁集》无疑是爱情歌曲、爱情诗歌之类的文艺作品汲取营养成分的一个宝库。

韩偓诗歌艺术性的评价，最早可以追溯到李商隐所写的一首诗："十岁裁诗走马成，冷灰残烛动离情。桐花万里丹山路，雏凤清于老凤声"（《韩冬郎即席为诗相送一座尽惊他日余方追吟连宵侍坐裴回久之句有老成之风，因成二绝寄酬兼呈畏之员外》）② 。该诗称赞年方 10 岁的韩偓才思敏捷，其诗的水平比其父亲韩瞻还好。这里要注意，李商隐所说的"清"只是声音好听的意思，与诗歌"清丽"的特色未必有关系。贯休《禅月集》卷一二《江陵寄翰林韩偓学士》有句："新诗旧知己，始为味如何？"③ 似乎是同韩偓商讨作诗问题的。鉴于韩偓和人讨论作诗问题的材料极其少见，贯休这两句诗就显得相当珍贵了，值得注意。

韩偓诗歌的风格，古人多有点评，综观前人意见，可知韩偓诗歌如下的两个特色颇为引人注目：

一是语言清丽。只是"清丽"这个词汇，有时候用含义相近的词汇"婉

---

① （明）汪砢玉撰：《珊瑚网》（48 卷），景印文渊阁四库全书本，卷 2。

② 中华书局编辑部点校：《全唐诗》（900 卷）（全 15 册），中华书局 1999 年版，第 8 册，卷 540，第 6234 页。

③ 中华书局编辑部点校：《全唐诗》（900 卷）（全 15 册），中华书局 1999 年版，第 12 册，卷 831，第 9541 页。

丽"、"秀丽"、"靡丽"等来代替。以下选录几个以窥斑见豹。

宋沈括《梦溪笔谈》卷一七曰："唐韩偓为诗极清丽，有手写诗百余篇，在其四世孙奕处。"①

高秀实又云："元氏（笔者按：指元稹）艳诗，丽而有骨；韩偓《香奁集》，艳而无骨。"（前文已注）

薛季宣《香奁集序》云："偓为诗有情致，形容能出人意表……富才情，词致婉丽。"②

明施端教编《唐诗韵汇》云："韩致光（笔者按：'致光'应为'致尧'）香奁秀丽，别自情深。"③

清余成教《石园诗话》卷二云："韩致尧……富于才情，词旨靡丽。初喜为闺阁诗，后遭故远遁，出语依于节义，得诗人之正。"④

以上的诗评家并没有解释"清丽"、"婉丽"、"秀丽"、"靡丽"的具体含义（对所用的词汇不作解释，顶多是举例说明，似乎一直是中国古代诗评家的传统），依据文学批评的常识，可以尝试性地作出这样的论断：所谓语言"丽"或者"清丽"，就是词汇精美而自然。如果为了更切实地理解这样的词汇，那就必须品味韩偓的诗歌，包括本文举例过的和没有举例过的，例如《中秋禁直》、《寄湖南从事》、《避地寒食》、《三月》等。

二是情感真挚，尤多慷慨之气。

这个特色除上引吴北江的话以外，还有纪晓岚《书韩致尧翰林集后》的说法："致尧诗格不能出五代诸人上，有所寄托，亦多浅露，然而当其合处，遂欲上躏玉谿、樊川，而下与江东相倚轧，则以忠义之气发乎情而见乎词，遂能风骨内生，声光外溢，足以振其纤靡耳。然则，诗之原本不从可识哉。"⑤

韩偓体裁上长于七言诗，尤其是七言律诗。这一点，正如前文所引，清人管世铭和曹毓德认为唐末七言律诗"韩致尧为第一"、"洵属一时无两"。当然，韩偓的五古诗也有一些名篇。例如《感事三十四韵》和《香奁集》中的四首《无题》诗。

---

① （宋）沈括撰，刘尚荣校点：《梦溪笔谈》（26卷），辽宁教育出版社1997年版，卷17，第95页。

② （宋）薛季宣撰：《浪语集》（35卷），景印文渊阁四库全书本，卷30。

③ 陈伯海主编：《唐诗汇评》，浙江教育出版社1995年版，第2869页。

④ （清）余成教撰：《石园诗话》，卷2，郭绍虞编选、富寿荪校点：《清诗话续编》（全二册），上海古籍出版社1983年版，下册，第1781页。

⑤ 陈伯海主编：《唐诗汇评》，浙江教育出版社1995年版，第2869页。

第三节　闽国黄滔的文学创作

一　黄滔其人

在回到或者来到闽国的五代诗人中，黄滔较早到达闽国且地位比较显赫。后来来到闽国的诗人有许多都受到黄滔的帮助。所以，在闽国的诗坛上，黄滔是地位最高的一个诗人。

但是，关于黄滔的史料记载并不多，其传记最早见于《十国春秋》卷九五，今人彭万隆先生《黄滔行年考》关于黄滔的考辨比较全面详细。以下依此二种资料予以综述。

黄滔（840？—？）字文江，泉州莆田（今福建莆田）人。872 年约 33 岁时第一次到长安参加科考，困于举场 20 余年，至乾宁二年（895）约 56 岁时登进士第。在通过科考实现自己人生理想的过程中，黄滔因种种原因，去过不少地方。873 年约 34 岁落第后南游广州。882 年在苏州，写有《书事》一诗。884 年，曾到四川。895 年及第后南归省亲，有《出京别同年》诗。光化（898—901）中，任四门博士。天复元年（901），应王审知辟，以监察御史里行充威武军节度推官。据《资治通鉴》卷二六八，开平五年（911）三月三日南平王刘隐卒，黄滔代王审知作《祭南海南平王》文。这是今日所知黄滔最晚的一篇作品，此后其行迹就难以考知了。[①] 故，黄滔应该卒于 911 年后。如果从 901 年黄滔归闽算起，那么，黄滔在闽地生活至少有 11 个年头之久。

二　黄滔诗的思想性和艺术性

黄滔的作品集有多种名字，其中一个名字是《黄御史集》。据文渊阁四库全书本《黄御史集》统计，黄滔现存诗共 197 题 207 首（《全唐诗》卷七〇四、卷七〇五、卷七〇六再加上补遗 1 首，共 199 题 209 首比四库本多出 2 题 2 首），其中七言诗 108 题 118 首，五言诗 89 题 89 首。七言诗中七律 76 题 82 首，七绝 28 题 32 首，七排 4 题 4 首。五言诗中五律 58 题 58 首，五绝 5 题 5 首，五排 15 题 15 首，五古 11 题 11 首。

黄滔的诗数量上不算少，但是，能够看出来是写于 901 年入闽后的不多。在入闽前，他有一些诗，很能代表他的水平。总的来说，黄滔的交游诗比较多，尤其是写自己和朋友下第的诗比较多，而写时事的相当少。882 年写于苏

---

① 　彭万隆：《唐五代诗考论》，浙江大学出版社 2006 年版，第 365—378 页。

州的一首《书事》就是反映战乱的诗：

书事

望岁心空切，耕夫尽把弓。

千家数人在，一税十年空。

没阵风沙黑，烧城水陆红。

飞章奏西蜀，明诏与殊功。①

这首诗第一句的意思比较费解，后面的句子意思相当明了。其大意是：

> 丁男皆上了前线，留在村子里的人极少极少。就是这样衰散的情况，官府的税收还是很重。打起仗来，飞沙走石，天幕都变黑了。焚烧城池的时候，不但陆地一片通红，连水也红了。捷报飞递到朝廷，皇帝给记下了特别重大的功勋。

这首诗比起前人写战乱的诗，并没有什么新意。其价值只是让读者看到，亘古以来一成不变的战乱惨象在中华大地上再一次上演，面对战争，人们仍然只会哀叹、无奈和茫然。

除了写战乱的诗，黄滔诗中值得重视的就是写科举的诗。这类诗比较多，仅写自己"下第"或者朋友下第的诗，就有 6 首之多。其中《下第东归留辞刑部郑郎中诚》一首诗写依违于故乡和仕途的心情尤其动人。该诗写道：

下第东归留辞刑部郑郎中诚

去违知己住违亲，欲发羸蹄进退频。

万里家山归养志，数年门馆受恩深。

莺声历历秦城晓，柳色依依灞水春。

明日蓝田关外路，连天风雨一行人。②

这首诗的大意是：

---

① 中华书局编辑部点校：《全唐诗》（900 卷）（全 15 册），中华书局 1999 年版，第 11 册，卷 704，第 8179 页。

② 中华书局编辑部点校：《全唐诗》（900 卷）（全 15 册），中华书局 1999 年版，第 11 册，卷 705，第 8183 页。

　　　　看在郑诚郎中长久关照的份上，真不应该离开京城。可是，如果继续留在京城，那就太对不住在家里盼望自己归来的父母了。骑着蹇驴临出发的时候，犹豫复犹豫，彷徨又彷徨，在回家还是不回家的问题上，我纠结了很久很久，一直都决定不下来。为了自己的前程，把家乡抛到万里之外，确实有违一个儿子理应承担的赡养义务。寄居京城的几年中，恩师郑诚郎中对我这么好，这份情意不知如何才能报答得了。求其友声的莺鸟鸣叫着，声声有情，仿佛是郑诚郎中的殷殷叮嘱；浓翠欲滴的柳条拂动着，枝枝柔软，仿佛是郑诚郎中的依依别情。可以预料的是，明天出发后，蓝田关外大路上行色匆匆的我，心情就像漫天的风雨一样阴沉沉、冷飕飕、乱糟糟，不知何时才能雨过天晴，让我获得一点轻松和宁静。

　　这首诗写到的情愫，浓郁而动人，也不知道黄滔这么写有没有作秀的成分在内。但是在今人看来，一个男子对另一个男子的情感浓到了这种程度，怎么看都觉得怪怪的。不管怎样，要了解唐代士子的友谊和感情生活，这首诗多少都有点参考价值。

　　黄滔从 33 岁离开故乡参加科考，到 52 岁回到故乡，这 20 年除几次回乡的短暂停留外，他一直在外地奔波，奔波的生活不管有多忙碌，总有闲下来的时候，一旦闲下来，思乡之情就不可避免。这方面，黄滔有一首出色的诗：

故　山

支颐默省旧林泉，石径茅堂到目前。

衰碧鸣蛩莎有露，浓阴歇鹿竹无烟。

水从井底通沧海，山在窗中倚远天。

何事苍髯不归去，燕昭台上一年年。①

　　这首诗不难懂，但其大意还是解说一下会更加明了：

　　　　一个手托下巴看着窗外的人在静静地想着故乡的一山一水一草一木，他的眼前顿时浮现出这样的景象：窄窄的石板路弯弯曲曲，祖传的茅草屋破破烂烂；秋季的黄昏，将枯的草丛中有蛐蛐叫个不停，捉蛐蛐的孩子被莎草的露水打湿了鞋子和裤腿。夏天的午后，竹林的浓荫下有小鹿静静地

---

　　① 中华书局编辑部点校：《全唐诗》（900 卷）（全 15 册），中华书局 1999 年版，第 11 册，卷705，第 8195 页。

卧着休息，湛蓝的天空上偶然间有一片白云飘过，灿烂的日光穿过竿竿翠竹，在草地上洒下斑驳的影子。这些儿时记忆中的美好情景，现在次第浮现于眼前，令人陶醉和神往。故乡是难以回去了，只能让思绪借助多种媒介来个故乡自助游。故乡在大海之滨，井里的水与大海的水相通，那么，就喝一口井里汲上来的水吧，它一定有故乡水的味道；凝目窗外，座座山峰秀美而蜿蜒，伫立在远方的天空中，远在故乡的人也能看见这远方的天空，那么我现在看到的天空，也就是故乡的天空。身在万里之外，能喝到故乡的水，能看到故乡的天，这怎么看都有点自欺欺人的味道。那么，为什么不回故乡去呢？为什么已经成了白胡子老头了，还不回故乡去呢？因为当年离家来京城的时候，就是为了折桂科场，扬名天下，就是为了得到像燕昭王一样招揽贤才的皇帝赏赐给天下贤才的专用基金，可是，直到现在我都没有得到，所以，不能回家乡，无颜见爹娘，现在回去对不起江东父老当年的情意殷殷。

仔细想来，这首诗中的情感和心理，应该是真实的，它反映了当年士子们的思乡之情和普遍心理。今天的人如果足够理性和体贴，自然会觉得封建社会的士子们"吾且必为莫邪"的初衷太强己所难了，对士子们提出这种要求的江东父老，未免太强人所难了。人生在世，不是追求自由自在的快乐生活，而是有个目标在前面诱惑着，使人亦步亦趋，直至生死以之。这可真是人类的悲哀。

黄滔入闽后仍然是以交游诗数量最多。其中，与翁承赞交游的诗，有16首之多。当时黄滔是闽国官员，翁承赞是唐朝或梁朝钦差，黄滔写给翁承赞的诗，更多的像是应酬，数量虽多，但是感情显然要淡一些，根本不具有写给郑郎中的那种情感。现在选择比较好的一首诗为例：

> 翁文尧员外，拥册礼之归，一路有诗，
> 名昼锦集，先将寄示，因书五十六字。
> 六窠只佩诸侯印，争比从天拥册归。
> 一轴郢人歌处雪，两重朱氏著来衣。
> 闽山秀已钟君尽，洛水波应溅我稀。
> 明日陪尘迎驷马，定须斋沐看光辉。①

---

① 中华书局编辑部点校：《全唐诗》（900卷）（全15册），中华书局1999年版，第11册，卷705，第8197页。

此诗是归闽后的黄滔送翁承赞回京都汴梁的时候所写，时间是 908 年，黄滔大约 68 岁。首联说像苏秦那样带着六国之印，去完成抗秦的大业，哪有你翁承赞现在得到大梁王朝册封的荣耀。颔联说你给皇帝的上书是阳春白雪，皇帝一下子就赐给你双重的朱色官服。颈联说你和我都是闽地人，但是，闽地的灵秀之气全都聚集到你身上了，所以梁太祖给你高官厚禄，即使有你的举荐，我估计梁太祖也不会怎么厚待我，梁朝赐给我的恩惠之水应该是少之又少。末联说下次您再来的时候，我会郑重其事地斋沐几天，去迎接您浩浩荡荡的车队，为您洗尘。从这首诗可以看出黄滔对翁承赞的客气和尊敬，很难看到有什么真实的情感。这正是应酬诗的本性：动听的语言、客气的态度、贫乏的情感。黄滔归闽后写了不少这类诗歌，这应该是他入闽后诗歌难以出色的一个重要原因。

三 黄滔诗的评价和影响

关于黄滔诗文的评价，还是几篇序言的说法较为认真。杨万里 1176 年序有言：

> 御史公之诗，如《闻新雁》："一声初触梦，半白已侵头。余灯依古壁，片月下沧州。"如《游东林【寺】》："寺寒三伏雨，松偃数朝枝。"如《上李补阙》："谏草封山药，朝衣施衲僧。"如《退居》："青山寒带雨，古木夜啼猿。"此与韩致光、吴融辈并驱，未知其何人徐行后至者也。①

杨万里这里引用了黄滔四首诗中的十句诗。所以，至少这四首诗应当引起人们的注意。洪迈 1196 年序云：

> 诗盛于李杜刘白，而其衰也，为郑谷、为罗隐、为杜荀鹤，御史生最晚而独不然。其文赡蔚有典则，策扶教化。其诗清淳丰润，若与人对语，和气郁郁，有贞元（785—805）长庆（821—824）风概。《祭陈林先辈》诸文，悲怆激越，交情之深，不以昼夜死生乱离契阔为间断。《马嵬》、《馆娃》、《景阳》、《水殿》诸赋，雄新隽永，使人读之，废卷太息。如身生是时，目摄其故为文若是，其亦可贵已。②

---

① （唐）黄滔撰：《莆阳黄御史集》（2 卷），丛书集成初编本，卷首，第 5—8 页。

② 同上书，卷首，第 1—2 页。

洪迈说诗到郑谷、罗隐、杜荀鹤手里，已经衰落了，这观点未必可靠，可备一说。洪迈又说，只有黄滔的诗不是这样，意思就是说，黄滔的诗比郑谷、罗隐、杜荀鹤好，没有衰。这说法肯定难以获得许多人的认同。读者只能由此推断出，黄滔的诗，肯定有自己的特点，比郑谷、罗隐、杜荀鹤不会差太远。曹学佺 1606 年为《黄御史集》写序时承认、肯定了洪迈对黄滔诗的评价，并认为杨万里所引用的黄滔的诗确实是"足以脍炙人口者"。黄起有 1638 年为《黄御史集》写序时认为："御史公文崛奇而鸿硕，其诗新琢而密丽，皆岸然有振举一世之意，盖壶华之秀，苞蓄未泄，自公首挺发之，故不为唐晚风俗所囿，至今人尊为文章初祖，不虚也。"① 作为黄滔的后裔，黄起有对黄滔诗的评价，自然会让人觉得他有溢美之嫌，但也不能说黄起有的话毫无道理。例如，他说黄滔的诗"新琢而密丽"，就远比洪迈的评价"清淳丰润，若与人对语，和气郁郁，有贞元长庆风概"的说法要具体一点。至于黄起有提出有人把黄滔当作"文章初祖"，因为不知道是谁这么说的，也不知道"文章初祖"是从何时开始、在什么范围内的初祖，所以，这话知道一下就可以了，没有必要认真，更不能承认和肯定这种说法。四库馆臣的评价是："集中文颇赡蔚，诗亦有贞元、长庆之遗，虽不及罗隐、司空图，而实非徐寅诸人之所及。"②四库馆臣这里给罗隐、司空图、黄滔、徐寅的诗歌做了个大致的水平排列，这说法仍然只能作为四库馆臣的评价，不能作为对这四人水平的定评。

对诗歌的任何评价都要有具体的例子，否则就难以取信于人。知道了杨万里、洪迈、黄起有三个人对黄滔诗的评价后，只需注意一下他们提到的诗歌例证就可以了，不必把其说法看作金科玉律，毕竟，诗歌欣赏是个人性很强的事情。对于黄滔诗，还是阅读、体察、欣赏其名作（例如前面提到的几首诗）为宜，不必过于看重、迷信前人的说法。

第四节　闽国徐寅的文学创作

一　徐寅其人

徐寅，原作夤，《唐才子传》作寅，寅、夤义同，可通用。字昭梦，福建莆田人，生卒年不详。唐昭宗李晔大顺（890—891）中以词赋知名，和谢庭皓不相上下，时人号"锦绣堆"，应举进士至少有十次之后，才于乾宁元年

---

① （唐）黄滔撰：《莆阳黄御史集》（2 卷），丛书集成初编本，卷尾，第 378—379 页。
② （清）永瑢等撰：《四库全书总目》（200 卷），中华书局 1965 年版，卷 151，第 1303 页。

（894）登进士第，同年授秘书省正字。光化二年（899）在京城写有《府主仆射王搏生日》诗。约于光化三年（900）弃职离京，客游汴梁朱全忠幕下二年。天复二年（902）归闽，为王审知辟为掌书记，但不被重用。天祐元年（904）前往泉州，依泉州刺史、王审知从子王延彬。梁乾化二年（912），王延彬被授检校太保，徐寅写有《贺清源太保王延彬》诗，在后梁太祖朱晃乾化四年（914）至后梁末帝朱瑱贞明年间（920），徐寅卒于泉州延寿溪。①

徐寅的存诗在各版本中有不同说法。文渊阁四库全书本《徐正字诗赋》（2卷）存诗246题269首，《钓矶集》10卷存诗241题264首，《全唐诗》存徐寅诗245题268首，《全五代诗》存徐寅诗243题266首。当以文渊阁四库全书本《徐正字诗赋》（2卷）的246题269首为准。

二　徐寅诗的思想性和艺术性

徐寅现存246题269首诗，其内容比较丰富多样。以下分类论述。

第一类，写科举的诗。徐寅写科举的诗比较多，最独特的是下面这首诗：

诏赐时奉赠二亲

宫花重押帽檐春，朝宾上方酒正醺。

赐号推先酬凤愿，叨恩独步庆英君。

名颁黄榜优金榜，身倚紫云望白云。

安得一飞归膝下，却将荣幸细云云。

——文渊阁四库全书本《徐正字诗赋》卷二

这首诗的大意是这样的：

> 头上插满了标志及第的宫花，帽檐上都闪烁着荣耀之光。与及第的同年们喝酒喝得兴高采烈，酒香阵阵，令人晕眩。在及第的士子中受到格外优待，还被皇帝赐号，终于圆了数十年的科举之梦。受到皇帝最优厚的待遇，真是十分感谢皇帝的英明睿智。及第的名单榜上，我因为成绩优异而被列名在黄金榜上。我身处紫云缭绕的朝廷之上，却思念着远方白云生处的家乡。我恨不得插上翅膀，像鸟一样飞到父母的膝下，把在朝廷的荣耀向父母说个周详。

---

① 傅璇琮主编：《唐才子传校笺》（第四册），中华书局1990年版，第4册，卷10，第289—300页。

　　这首诗写作者金榜题名后不满足于"一朝看尽长安花"的自得，而是要把自己受到的恩宠报告给父母。唐代关于科第的诗，常见的是下第诗，及第诗比较少，这首诗的价值就在于写出了及第士子向父母报喜的心理，这对人们了解及第诗的内容有一定的价值。

　　徐寅写科第生活的诗一般在题目上就能看出来。例如《放榜日》、《曲江宴日呈诸同年》，但是有一首诗从题目上看和科第无关，实际上还是写自己科考生活中的感受。请看这首诗：

长安述怀

黄河冰合尚来游，知命知时肯躁求？

词赋有名堪自负，春风落第不曾羞。

风尘色里凋双鬓，鼙鼓声中历几州。

十载公卿早言屈，何须课夏更冥搜。①

　　从这首诗能够看出，徐寅的词赋很早就有名气了，但是这对他的科考似乎没有多大的帮助，他仍然每次都落第，以致他对落第这件事都麻木了。他还说：参加科考的次数太多了，时间太久了，他白了双鬓，也游历了好多个地方。他又说，十多年来，每次都落第，连不少达官贵人都为他叫屈，自己又何必在炎夏时节搜肠刮肚吟诗作赋呢。这首诗说明一个道理，才华出众，获得众人认可并不是科举及第的充分条件，甚至对科举及第不一定有帮助作用。这应该是这首诗的一个重要价值。

　　第二类，咏怀诗。这一类诗相当多。例如五律《旅次寓题》，七律《咏怀》、《偶吟》、《偶书》、《偶题》、《寓题》、《寓题述怀》、《温陵残腊书怀寄崔尚书》等。这类诗从题目上看，就知道应该有不少都是有为而发，其诗往往有真情实感，有时还能给人启发。例如《旅次寓题》：

旅次寓题

胡为名利役，来往老关河。

白发随梳少，青山入梦多。

途穷怜抱疾，世乱耻登科。

---

　　①　中华书局编辑部点校：《全唐诗》（900卷）（全15册），中华书局1999年版，第11册，卷709，第8325页。

却起渔舟念，春风钓绿波。①

　　这首诗写一个蹭蹬科场多年的士子厌倦名利、希望归乡养老的心情。其中"白发随梳少，青山入梦多"还受到四库馆臣称赞说"已为集中佳句"。② 这句诗集中概括了游学在外的游子年龄越大越思念家乡的心情，可说是代天下士子尤其是落第的士子吐露了共同的心声。

　　第三类，咏物诗。如五律《香鸦》、《鸡》、《白鸽》、《龟》、《蜀葵》，七律《梅花》、《荔枝》、《菊花》、《鹧鸪》、《鹰》、《蝴蝶》、《东》、《西》、《南》、《北》，仅仅牡丹花就写了9首之多。肯定是因为这个原因，四库馆臣评价徐寅诗时说："诗亦不出五代之格，体物之咏尤多"③。这些诗总的来说，没有多少新意，但也不是全无可取之处。例如《郡庭惜牡丹》：

郡庭（一作伯）惜牡丹
肠断东风落牡丹，为祥为瑞久留难。
青春不驻堪垂泪，红艳已空犹倚栏。
积藓下销香蕊尽，晴阳高照露华干。
明年万叶千枝长，倍发芳菲借客看。④

　　这首诗写牡丹虽华贵美丽，但是为时短暂，让人安慰的是，明年还能够以更美更香的姿态展示给游人观赏。其中颔联"青春不驻堪垂泪，红艳已空犹倚栏"既可以是写花，也可以是写人，这就扩大了这首诗的思想容量。另外如《全唐诗》卷七一〇《咏钱》这样的诗，很难写得出色，但是，徐寅这首诗就很有内容：

咏钱
多蓄多藏岂足论，有谁还议济王孙。
能于祸处翻为福，解向仇家买得恩。

────────────

　　① 中华书局编辑部点校：《全唐诗》（900卷）（全15册），中华书局1999年版，第11册，卷708，第8218页。

　　② （清）永瑢等撰：《四库全书总目》（200卷），中华书局1965年版，卷151，第1303页。

　　③ 同上。

　　④ 中华书局编辑部点校：《全唐诗》（900卷）（全15册），中华书局1999年版，第11册，卷708，第8229页。

几怪邓通难免饿，须知夷甫不曾言。

朝争暮竞归何处，尽入权门与幸门。①

徐寅首先劝告人们多积钱，因为缺钱花的时候，没有谁看在你曾经是王孙的面子上会给你钱，然后讲述了钱的神通：能够逢凶化吉，能够变仇为友。这道理虽然俗气，但确实是实情，在今天仍然有借鉴意义。徐寅有的咏物诗还具有一些科技方面的文献价值。例如《尚书新造花笺》、《纸帐》、《纸被》等。且看《尚书新造花笺》：

尚书新造花笺

浓染红桃二月花，只看神笔纵龙蛇。

浅澄秋水看云母，碎击轻苔间粉霞。

写赋好追陈后宠，题诗堪送窦滔家。

使君即入金銮殿，夜直无非草白麻。②

这首诗无疑是研究中国造纸印刷史的材料。

第四类，咏史诗。徐寅的咏史诗可能是要么不写，要写就一段时期内写好几首。所以，他的咏史诗不仅一排列就是连续好几首，而且从题目上看，很像是一个系列。以下《全五代诗》所收徐寅所有咏史诗的题目：五律《和人经隋唐间战处》、《追和常建叹王昭君》（以上 2 首见《全五代诗》卷八〇）；七律《汉宫新宠》、《开元即事》、《华清宫》、《再幸华清宫》、《李翰林》（以上 5 首见《全五代诗》卷八〇）；七律《读史》、《魏》、《蜀》、《两晋》、《宋二首》、《陈》、《山阴故事》（以上 8 首见《全五代诗》卷八二）；七绝《楚国史》、《张仪》、《读汉记》、《李夫人二首》、《明妃》、《马嵬》（以上 7 首见《全五代诗》卷八三）。

徐寅的咏史诗或者就事论事，无所感发，或者虽有议论，但识见四平八稳，没有什么新意。前者如《读汉记》："布衣空手取中原，劲卒雄师不足论。楚国八千秦百万，豁开心胸一时吞。"③ 后者如《明妃》："不用牵心恨画工，

_____

① 中华书局编辑部点校：《全唐诗》（900 卷）（全 15 册），中华书局 1999 年版，第 11 册，卷710，第 8256 页。

② 同上。

③ （清）李调元编，何光清点校：《全五代诗》（100 卷）（全 2 册），巴蜀书社 1992 年版，第 2册，卷 83，第 1673 页。

帝家无策及边戎。香魂若得升明月，夜夜还应照汉宫。"① 但是，偶然也能有与众不同的议论。例如《马嵬》："二百年来事远闻，从龙谁解尽如云。张均兄弟皆何在？却是杨妃死报君。"② 总算是为杨贵妃说了一句公道话，这在女人是祸水的物议讻讻中，可说是不同凡响。其中《魏》一首还能让后人看到曹操形象演化的一点轨迹：

> 魏
>
> 伐罪书勋令不常，争教为帝与为王。
>
> 十年小怨诛桓邵，一檄深仇怨孔璋。
>
> 在井蛰龙如屈伏，食槽骄马忽腾骧。
>
> 奸雄事过分明见，英识空怀许子将。③

《后汉书》卷六八《许邵传》云："许邵（150—195），字子将，汝南平舆（笔者按：今河南平舆县）人也，少峻名节，好人伦，多所赏识。……曹操微时，常卑辞厚礼，求为己目。邵鄙其人而不肯对。操乃伺隙胁邵。邵不得已，曰：'君清平之奸贼，乱世之英雄。'操大悦而去。"④ 这首诗写曹操心胸狭窄，诛杀异己的行为，还讽刺曹操为"骄马"，并肯定了许邵对曹操的评价。此诗所述是曹操形象由政治家向奸雄过渡的一段轨迹，研究曹操的学者应该对此引起注意。

第五类，写时事的诗。

先看如下一首诗。

> 闻长安庚子岁事
>
> 羽檄交驰触冕旒，函关飞入铁兜鍪。
>
> 皇王去国未为恨，寰海失君方是忧。
>
> 五色大云凝蜀郡，几般妖氛扑神州。

---

① （清）李调元编，何光清点校：《全五代诗》（100 卷）（全 2 册），巴蜀书社 1992 年版，第 2 册，卷 83，第 1674 页。

② 同上。

③ 中华书局编辑部点校：《全唐诗》（900 卷）（全 15 册），中华书局 1999 年版，第 11 册，卷 710，第 8256 页。

④ （宋）范晔撰，（唐）李贤等注：《后汉书》（120 卷）（全 12 册），中华书局 1965 年版，第 8 册，卷 68，第 2234 页。

唐尧纵禅乾坤位，不是重华莫漫求。①

　　唐僖宗李儇乾符二年（875），河南人王仙芝起兵作乱，同年（875），黄巢聚众响应王仙芝。②乾符五年（878）王仙芝战死，黄巢被推举为冲天大将军，转战江苏、浙江、福建、广东等地，并于广明元年庚子岁（880）攻陷洛阳、长安，唐僖宗逃奔成都，黄巢称帝，国号为大齐。中和四年（884）六月，黄巢兵败被杀。历时九年的唐末农民战争宣告结束。③从题目上看，徐寅这首诗写于黄巢兵880年年底攻入长安之后，甚至可能写于884年黄巢战死之后，是徐寅听说这件事之后想象黄巢兵攻破长安的情景并表达自己的看法。其大意是：形势危急的战报一个接一个地被送到唐僖宗李儇手里，叛兵铁骑来势凶猛，很快突破了函谷关，长安城的陷落在所难免。皇帝、皇室子弟和皇帝的近臣们离开京城不是太严重的事情。严重的是，四海百姓失去了皇帝的庇护后将无所聊生。唐僖宗李儇到了成都，成都的天空上有五彩的祥云缭绕，贼首黄巢的部下胡作非为，仿佛是几股妖雾，让神州大地处处阴森可怖。纵然是唐僖宗不愿意当皇帝要退位了，不是李唐王朝宗室的人也不要有非分之想。

　　这首诗并没有抓住一个具体的事件或者情节进行描写，而只是就黄巢乱兵攻破长安的事情表达看法，倾向上当然是指斥黄巢而维护李唐的正统。这应该是当时绝大多数士子甚至所有士子的态度。这当然与士子们从小所受的教育有关。与晚唐其他诗人一样，徐寅似乎对这类诗不太感兴趣，故数量很少，除此首外还有一首《公子行》能让人看出当时官宦子弟与平民子弟的不平等，其中"有耳不闻经国事，拜官方买谢恩笺"④显然是讥刺官宦子弟的不学无术。

　　徐寅的时事诗总的来说比较肤浅粗疏，写到战乱的十分少，即使写，也不够丰富深刻，但是，一旦写自己的所见所感，就仔细多了。例如下面的一首诗：

---

　　①　中华书局编辑部点校：《全唐诗》（900卷）（全15册），中华书局1999年版，第11册，卷710，第8251页。

　　②　（宋）欧阳修、宋祁撰：《新唐书》（225卷）（全20册），中华书局1975年版，第20册，卷225下，第6451页。

　　③　（后晋）刘昫等：《旧唐书》（200卷）（全16册），中华书局1975年版，第16册，卷200下，第5391—5398页。

　　④　中华书局编辑部点校：《全唐诗》（900卷）（全15册），中华书局1999年版，第11册，卷710，第8251页。

渤海宾贡高元固先辈闽中相访云本国

人写得寅斩蛇剑御沟水人生几何赋

家（一本无"家"字）皆以金书列为屏

障因而有赠

折桂何年下月中，闽山来问我雕虫。

肯销金翠书屏上，谁把乌尧过日东。

郯子昔时遭孔圣，由余往日讽秦宫。

嗟嗟六国金门士，几个人能振素风。①

这里提到渤海地方的人至今喜欢徐寅年轻时写的《斩蛇剑》、《御沟水》、《人生几何赋》，并且把这三赋写在屏障上。这是徐寅早年词赋有名于时的一个具体例证，由此读者知道徐寅诗中经常提到他自己的词赋有名并不全是自我吹嘘。此诗结尾还说：可叹啊可叹，六国的儒士们那么多，有几个人能扭转颓败之风为纯朴之风呢？其含义是说，他的那三篇赋虽然有名气、受欢迎，但是对扭转社会风气仍然无能为力。徐寅写时事的诗中有一首诗是写给自己的妻子的，这在唐五代诗中并不是仅有的一首，但因为有真性情在，所以，仍然是值得称赞的一首诗。这首诗就是他的《赠月君》：

赠月君

山妻字月君伏见文选中顾彦先亦有赠妇词因抒此咏

出水莲花比性灵，三生尘梦一时醒。

神传尊圣陀螺咒，佛授金刚般若经。

懿德好书添女诫，素容堪画上银屏。

鸣梭轧轧纤纤手，窗户光流织女星。②

这首诗是徐寅看到《文选》中有顾彦先写给妻子的一首诗，然后也给妻子写了一首诗。这种作诗起源有点依样画葫芦的味道，但是，徐寅这首诗毕竟写出了一点真情感，仍然值得注意。该诗先说妻子的品质像出水莲花一样一尘不染（第二句含义费解，存疑），又说妻子是佛教徒，然后说妻子品质之好可

---

① 中华书局编辑部点校：《全唐诗》（900 卷）（全 15 册），中华书局 1999 年版，第 11 册，卷 710，第 8242 页。

② 中华书局编辑部点校：《全唐诗》（900 卷）（全 15 册），中华书局 1999 年版，第 11 册，卷 709，第 8243 页。

以写入《女诫》，容貌之美可以画上银屏。最后又说妻子十分勤劳，常常织布到天亮。徐寅的妻子叫山君，其他还有哪些故事，就不知道了。这首诗艺术感染力并不强，但是，在五代十国男子写的诗中，能够提到自己的妻子已经不错了；能够赞美妻子，那就值得表扬；赞美妻子时还把妻子的名字说出来，这就不是表扬能够打发得了的，必须记功才行。可惜的是，徐寅只是说出了自己妻子的名字，而没有说出姓，如果连姓也说出来了，那就应该记大功。因为说出姓名，不仅意味着对人的尊重，更是把人当作一个活生生、有血有肉的个体，而不是一个符号，更不会是一个数字。在一个对个体普遍不够尊重的社会里，能有一个人在乎个体，哪怕这种在乎是无意识的，也值得大书特书，大赞特赞。

在五代十国诗人中，徐寅写于晚年的诗，也就是说写于闽国的诗，可说比较多。所以，研究徐寅晚年的诗，对于了解闽国文学的内容和特点大有帮助。这方面可看看徐寅写的《温陵即事》：

温陵即事
早年师友教为文，卖却渔舟网典坟。
国有安危期日谏，家无担石暂从军。
非才岂合攀丹桂，多病犹堪伴白云。
争得千钟季孙粟？沧洲归与故人分。①

这首诗的大意是："自小生长在水边，随父母以打鱼为生。得到老师的教诲、学友的切磋，开始阅读经籍，开始作诗为文。在国家风雨飘摇中，希望自己能够给皇帝提一些有益的建议；因为家里穷，也曾经有过短暂的从军经历。自己实在是才学不够，即便进士及第，也难有出路，再加上年老多病，真该归隐故乡了。在归隐故乡之前，怎样才能从达官贵人那里多挣来一点钱，带回故乡，对故乡的亲友们也多少能有一些救济。"从这首诗能够看出，当时儒士们普遍的生活境遇和归乡心理。这类写归乡后生活的诗还有《全唐诗》卷七〇九的三首诗《春末送陈先辈之清源》、《送王校书往清源》、《贺清源太保王延彬二首》和《全唐诗》卷七一一的一首诗《自咏十韵》等。

从以上所引徐寅的诗，已经可以看出徐寅诗艺术风格的大致情况。

就体裁而言，四部丛刊本《钓矶集》10卷含赋50题47首，诗241题264

---

① 中华书局编辑部点校：《全唐诗》（900卷）（全15册），中华书局1999年版，第11册，卷709，第8236页。

首。其中，长律 8 题 8 首，五律 21 题 21 首，七绝 21 题 28 首，七律 191 题 207 首。按照《钓矶集》的目录共 265 首，但是实际上只有 264 首。从这些体裁的数目看，徐寅长于七言诗，尤其是长于七言律诗，其七言律诗的数量占他所有诗数量的四分之三以上。

就风格而言，徐寅的律诗对仗工整，声律协和，典故较多，偶有警句。例如《闭门》："一生有酒唯知醉，四大无根可预量"（《全唐诗》卷七〇八）；《日月无情》云："日月无情也有情，朝升夕没照均平。虽催前代英雄死，还促后来贤圣生"（《全唐诗》卷七一〇）；《送刘常侍》："言端信义如明月，笔下篇章似涌泉"（《全唐诗》卷七〇九）；《潘丞相旧宅》："年年燕是雕梁主，处处花随落月尘"（《全唐诗》卷七〇八）；《燕》："何嫌何恨秋须去，无约无期春自归"（《全唐诗》卷七一〇）。这些诗句多数是对偶句，或者能给人意义上的启发，或者对人作诗有借鉴作用，颇值得注意。

第五节　闽国王延彬、翁承赞等人的文学创作

除韩偓、黄滔、徐寅外，闽国还有一些诗人，这些诗人的作品比较少，但也不乏可采之处，以下选择几个试作论述。

王延彬（生卒年不详），为王审知从子，闽国武肃王王审邽（858—904）子。唐昭宗李晔天祐初（904），为平卢节度使，权知泉州军州事。后梁太祖朱晃开平三年（909），加金紫光禄大夫，转右仆射，封琅琊郡开国男，不久又转司空。开平四年（910），加云麾将军。后梁太祖乾化二年（912），授特进阶，加检校太保，进封开国伯。乾化五年（915），加检校太傅，权知泉州刺史，后加检校太尉。在泉州，有惠政，时人谓之"招宝侍郎"。后来渐渐骄傲自大，密遣使者贡于梁，求泉州节镇。后梁末帝朱瑱贞明六年（920）冬，事泄露，黜归私第，不久卒，赠云州节度使兼侍中，葬云台山，闽人又称其为"云台侍中"。[①]

王延彬的事迹在《五国故事》卷下中记载得比较详细，且看：

延彬，圭之子，忠懿王之犹子也。圭死，袭其父封于泉州，颇与延钧笃兄弟之分。性多艺而奢纵，日服一巾栉，日易一汗衫。既醉，必以龙脑数器覆之，无病则亭午方起。能为诗，亦好说佛理，诗人、禅客谒见，多

---

① （清）吴任臣撰，徐敏霞、周莹点校：《十国春秋》（116 卷）（全 4 册），中华书局 1983 年版，第 3 册，卷 94，第 1363—1364 页。

为所沮。宅中声妓皆北人，将求妓，必图己形而书其歌诗于图侧，曰："才如此，貌如此。"以是冀其见慕。初，圭领兵至泉州，舍于开化寺，始生延彬于寺之堂。既生而有白雀一，栖于堂中，迄延彬之终，方失其所在，凡三十年。仍岁丰稔，每发蛮舶，无失坠者，人因谓之"招宝侍郎"。进士徐寅尝为《人生几何赋》，云："任是三皇五帝，不死何归。"后因修合求药于延彬。书其赋辞于纸尾而报之，其风味又类此也。……其诗有尤者曰："两衙前后讼堂清，软锦披袍拥鼻行。雨后绿苔侵履迹，春深红杏锁莺声。因携久酿松醪酒，自煮新抽竹笋羹。也解为诗也为政，侬家何似谢宣城。"人多诵之。①

这段引文有点长，现稍作解释。"圭"，应作"邦"，即王审邦（858—904），为闽国第一代国主王潮（即王审潮）的二弟，其长兄王潮去世后，王审邦让位于三弟王审知。这段话主要讲了这么几件事情。第一，王延彬与闽国第四位国主王鏻（即王延钧，闽国太祖王审知的第二子）兄弟情谊甚笃。第二，多才多艺，注重外表，经常换衣服穿。第三，好诗、好佛理、好辩论，和来访的诗人、僧徒辩论时，常常占上风。第四，寻花问柳的方式尤其有趣：自画容貌于纸上，自写歌诗于画旁，还题字"才如此，貌如此"，希望妓女爱慕自己。第五，王延彬生于泉州开化寺。第六，王延彬在泉州三十年，连年丰稔，航船亦不失事，俨然为泉州吉祥，故人称"招宝侍郎"。第七，赠徐寅药还引徐寅赋以调侃。第八，录王延彬诗一首，诗中王延彬以谢朓自比。

王延彬自比谢朓（464—499）的诗见《全唐诗》卷七六三，题目作《春日寓感》。从这首诗的风格水平来看，王延彬与谢朓有几分相像；从聚集文士饮酒赋诗以形成文学局面的彬彬之盛方面看，谢朓显然不如王延彬更有影响。可惜的是，王延彬的诗除这首外就是前面引用过的《哭徐寅》了，数量太少（再加上质量也不是非常高），不足以提高其名气和影响。

翁承赞，生卒年不详，字文尧，自号狎鸥翁。福唐（今福建福清）人。唐昭宗李晔景福元年（892），去长安应举。乾宁三年（896），进士及第。次年（897），中博学宏词科，授京兆府参军。光化三年（900），迁右拾遗。唐天祐元年（904），奉使福州，封王审知为琅琊郡王。后梁太祖开平三年（909）第二次奉使福州，册封福建观察使王审知为闽王，还京不久，又被后梁派赴闽中，充福建盐铁副使。从此开始，翁承赞居于闽王王审知幕下，在王

① （宋）佚名撰，张剑光校点：《五国故事》（2卷），卷下，见傅璇琮、徐海荣、徐吉军主编《五代史书汇编》（全10册），杭州出版社2004年版，第6册，第3197页。

审知幕下比较出色的作为是："劝太祖（笔者按：指王审知）建四门学，以教闽士之秀者。"翁承赞在王审知幕下迁左散骑常侍、御史大夫，至同中书门下平章事，未及拜而卒，卒年不详。① 陈尚君先生考证云，卒年是后唐同光四年（926）后。②

翁承赞有著作 1 种 1 卷，即《翁承赞诗》（又名《翁承赞集》）一卷（参看第一编《十国艺文志考索》的相关内容）。《翁承赞诗》一卷含诗至少有 120 篇，其证据是，元代辛文房《唐才子传校笺》卷一〇云翁承赞"工诗，体貌甚伟，且诙谐，名动公侯……有诗，以兵火散失，尚存百二十余篇，为一卷，秘书郎孙郃为序云。"③ 孙郃的序今已佚失，翁承赞的诗佚失也很严重，仅存 35 题 42 首，另七言句 1 联。保存情况是这样的：《全唐诗》卷七〇三存 29 题 36 首（《唐才子传校笺》第四册卷一〇云《全唐诗》卷七〇三存翁承赞诗 37 首，误④），另七言句 1 联；《全唐诗》卷八八五补七律 1 首（《晨兴》）；《全唐诗续拾》卷四七补 5 题 5 首，含 3 首七律，1 首五律，1 首五古（十韵）（《中国文学家大辞典·唐五代卷》的"翁承赞"词条漏了《全唐诗续拾》卷四七所补的 5 题 5 首诗⑤）。

元代辛文房撰写《唐才子传》（1304 年成书）时说翁承赞的诗因兵火而散失后还有 120 余篇，则翁承赞的诗，数量是不少的。辛文房引用了翁承赞写给僧亚齐的诗以后说"他诗高妙称是"⑥，明代徐惟起引用了"窗含孤岫影，牧卧断霞阴"、"长淮月上鱼翻鬣，荒渚人稀獭印蹄"等佳联后说"诚晚唐作手也"⑦，则翁承赞的诗，评价也有比较高的。但是，也许由于艺术鉴赏本来就是见仁见智的事情，翁承赞诗在历代选本中一直冷门。就今存资料看，翁承赞诗入选历代选本的情况（依据选本的成书时间顺序排列出来）是这样的：

南北宋之交计有功《唐诗纪事》（81 卷）卷六三选 1 首七律（《访建阳马驿僧亚齐》）、1 首七绝（《题槐》）；

明代高棅《唐诗品汇》（90 卷）卷六九选 1 首五律（《晨兴》）；

---

① （清）吴任臣撰，徐敏霞、周莹点校：《十国春秋》（116 卷）（全 4 册），中华书局 1983 年版，第 3 册，卷 95，第 1376 页。

② 《唐才子传校笺》（第五册），傅璇琮主编：中华书局 1995 年版，卷 10，第 476 页。

③ 傅璇琮主编：《唐才子传校笺》（第四册），中华书局 1990 年版，卷 10，第 351—356 页。

④ 同上书，第 356 页。

⑤ 周祖譔主编：《中国文学家大辞典·唐五代卷》，中华书局 1992 年版，第 652—653 页。

⑥ 傅璇琮主编：《唐才子传校笺》（第四册），中华书局 1990 年版，卷 10，第 352 页。

⑦ （清）李调元编，何光清点校：《全五代诗》（100 卷）（全 2 册），巴蜀书社 1992 年版，第 1 册，卷 1，第 7 页。

明代曹学佺《石仓历代诗选》（506 卷）卷九三选 7 首：1 首五律（《晨兴》），3 首七律（《寄舍弟承裕员外》、《奉使封王次宜春驿》、《访建阳马驿僧灵耀亚齐》），1 首五绝（《题壶山》），2 首七绝（《题槐》、《书斋漫兴》）。

清康熙帝《御选唐诗》（32 卷）（康熙五十二年即 1713 年成书）卷一六选 1 首五律（《晨兴》）。

另外，南宋洪迈《万首唐人绝句》（100 卷）卷五四收翁承赞 1 首七绝（《槐花》），但该书是关于唐人绝句的总集，不是选本。

自五代迄今一千余年的历史中，翁承赞的诗仅入选 4 种选本，最多者选其诗 7 首，绝对地看，是有点受冷落；如果与其他诗人相比，例如与北汉谭用之诗的入选情况相比，其受冷落的程度就更严重了（当然，与徐寅诗相比，就显得比较受欢迎）。不管前人如何评价，欲知翁承赞诗的水平，还是选读几首比较可靠。

先选前代选本普遍重视的两首诗：

晨兴

晨起竹轩外，逍遥清兴多。

早凉生户牖，孤月照关河。

旅食甘藜藿，归心忆薜萝。

一尊如有地，放意且狂歌。①

访建阳马驿僧亚齐

萧萧风雨建阳溪，溪畔维舟见亚齐。

一轴新诗剑潭北，十年旧识华山西。

吟魂昔向江村老，空性元知世路迷。

应笑乘轺青琐客，此时无暇听猿啼。②

先解释一个字。轺，读音为摇，轺车，古代一种轻便的马车。

五律《晨兴》是《全唐诗》所收翁承赞诗的第一首，该诗说诗人天未亮就开门开窗，不顾凉意阵阵，不顾冷风嗖嗖，他来到户外，只见一轮孤月悬挂

---

①　中华书局编辑部点校：《全唐诗》（900 卷）（全 15 册），中华书局 1999 年版，第 11 册，卷 703，第 8163 页。

②　同上书，第 8164 页。

于高高的天幕上，惨淡而又清冷，照得关山肃穆，照得长河寥落，照得游子的思乡之情更加迫切了。急着回家的游子不介意路途上的辛苦，藜藿都能吃出甘甜，因为游子总想回到家乡和阿薛阿萝们痛饮狂歌，饮到痛快为止，歌到发狂才停。这首五律语言、意境均很好，但题材和思想过于老套了，难以触动读者心灵。

七律《访建阳马驿僧亚齐》在语言、意境方面似乎并不逊色，但思想见识也未见提高，充其量不过是说风风雨雨挡不住我探亲访友的脚步，后来我有幸在建阳溪畔的客舍中和老友亚齐相聚。分别十年来，他因看破世事而在建阳溪畔吟诗作赋，一如和我交游的往昔。我因为宦游滞留在距离故乡万里之遥的华山以西，今日相聚，他大概会笑话我即使回到故乡也没时间、没心情看山中鸟飞、听溪畔猿啼。

第一首诗的主旨是"我爱你，故乡"，第二首的主旨是"做官很累很脏，友谊地久天长"。应该说，这样两种思想倾向都没啥问题，但是如此正确无误的当众表白，就算别人不怀疑有作伪的成分，那也太老生常谈了吧？能不能来点新鲜的，哪怕是语言描写方面的，也行。以下三首诗，就应该属于"也行"之列：

寄舍弟承裕员外

江花岸草晚萋萋，公子王孙思合迷。

无主园林饶采伐，忘情鸥鸟恣高低。

长江月上鱼翻鬣，荒圃人稀獭印啼。

何事斜阳再回首，休愁离别岘山西。①

晨兴

鼓绝天街冷雾收，晓来风景已堪愁。

槐无颜色因经雨，菊有精神为傍秋。

自爱鲜飔生户外，不教闲事住心头。

披襟徐步一萧洒，吟绕盆池想狎鸥。②

---

① 中华书局编辑部点校：《全唐诗》（900卷）（全15册），中华书局1999年版，第11册，卷703，第8164页。

② 中华书局编辑部点校：《全唐诗》（900卷）（全15册），中华书局1999年版，第13册，卷885，第10078—10079页。

寄圭峰寂公

屈指闲思癸丑年，共师曾听翠微泉。

高梧疏冷月才上，古屋荒凉人未眠。

别后青云虽寄迹，乱余白发欲垂肩。

无端贫病莲峰下，一半乡心属暮蝉。①

第一首诗主旨不明，第二首诗还有败笔，第三首诗所写的内容怎么看都像是装穷。可是这三首诗的描写或细致，或别致，或别有情致（笔者按："别有情致"和"别致"含义不同），各有所长。

《寄舍弟承裕员外》中间二联说，这里有无主园林，想怎么采伐都可以，游玩就更不用说了；这里有忘情鸥鸟，想怎么叫就怎么叫，自由自在，毫不设防，人就更不用说了；夜晚的月光下，鱼儿跳出水面，颈鬣隐隐约约；无人的菜圃里，獭兔慢慢行走，蹄印清清楚楚。连月光下鱼儿跳出水面的颈鬣和荒圃里獭兔行走的懒散都能写出来，这描写还不够细致吗？可惜，这首诗想给弟弟翁承裕说些什么，不甚明白。

七律《晨兴》（不是五律《晨兴》，五律《晨兴》是另一首）想写拂晓风景的令人忧愁，那首联为什么要"冷雾收"呢？就算为了写实，那雾已散，冷还猛，不行吗？颈联对句写菊花在寒风中依旧精神抖擞，很好，可是出句就很费解了，被雨洗刷过（注意是洗刷过，不是倾盆大雨正在洗刷）的槐树为什么就没颜色了呢？槐树应该更有颜色、更好看才对。颈联说自己连早上的冷风、很冷的风、很冷很冷的风都很喜欢，凡尘俗事就别想来纠缠、困扰了，这一联没啥问题，反倒觉得作者的想法不无别致。末联说敞开衣襟，闲庭信步，在盆池边吟诗作赋，想象中有沙鸥翔翔，这念头才真的别致，令人佩服。

《寄圭峰寂公》首联"屈指闲思癸丑年，共师曾听翠微泉"的"癸丑年"指唐昭宗李晔景福二年（893），则这首诗无疑写于该年后至少好几年（没有好几年也不用屈指数了），那寂公就是翁承赞的释界老友。由此可知该诗中的装穷应该不是怕寂公借钱，只是觉得当年两人狐朋狗友，今天自己已经显达而寂公依旧出家，于是就给寂公说其实我又老又穷又病，连家都回不了，我心之苦，犹如暮秋之蝉，要么连声音都发不出，要么好容易发出一点声音，可是全是哀鸣（只是不知道为什么是"一半乡心属暮蝉"而不是"一片乡心属暮蝉"，那另一半乡心在干什么？偷着乐是吧？），哪像你四海为家处处家，一点

① 中华书局编辑部点校：《全唐诗》（900卷）（全15册），中华书局1999年版，第15册，《续拾》卷47，第11656页。

都不用想家。不知道寂公听到钦差大臣翁承赞这番诉苦兼劝慰是什么滋味，想来不会真的同情翁钦差，要给翁钦差捐款吧？他（寂公）应该感到一丝安慰吧？尤其是这首诗的颔联所回味的意境是那么美好、那么温馨、那么情致绵绵：想当年，屋顶之上是梧桐，梧桐之上是冷月，冷月之上是我们俩人谈话的兴致，一夜无眠的倾心交谈让古屋不再荒凉，月光不再清冷……真是有兴致、有温情的一夜。

从尽善尽美的要求看，翁承赞上述 3 首诗《寄舍弟承裕员外》、《晨兴》、《寄圭峰寂公》都不是无懈可击，而是有着不小的距离，但仔细读一下，会发现 3 首诗都不无亮点。诸如此类不无亮点的诗，在翁承赞现存的 35 题 42 首诗中，还有一些，例如《全唐诗》卷七〇三之《对雨述怀示弟承检》、《全唐诗续拾》卷四七所收的《酬韦二十二行次见寄》、《送刘光载归宁》等。希望好诗者和研究者有所留意。

郑良士（856—930），一作郑士良，原名昌士，字君梦，仙游（今福建仙游）人。咸通（860—874）中屡次举进士不第，唐昭宗李晔景福二年（893），献诗 500 篇，授国子四门学士，历补阙，累迁康、恩二州刺史，兼御史中丞。唐昭宗李晔天复元年（901），弃官归隐。后梁末帝朱瑱贞明元年（915），始赴闽地王审知辟命，历建州判官、威武军节度掌书记、左散骑常侍兼御史大夫。有《白岩集》10 卷、《中垒集》5 卷、诗集 10 卷，今均佚。①

郑良士有诗集 10 卷，则其诗的数量应该不少，但佚失严重，今存诗仅 6 题 7 首，保存情况是这样的：《全唐诗》卷七二六录其诗 3 首，含 1 首五律、2 首七律；《全唐诗续拾》卷三四补 3 题 4 首，均是七律。郑良士显然喜欢七律，那就选读一首七律以品其风味：

寄富洋院禅者

画破青山路一条，走鞭飞盖去何遥。

碍天岩树春先冷，锁院溪云昼不销。

雪上茗芽因客煮，海南沉屑为斋烧。

谁能学得空门士，冷却心灰守寂寥。②

---

① （清）吴任臣撰，徐敏霞、周莹点校：《十国春秋》（116 卷）（全 4 册），中华书局 1983 年版，第 3 册，卷 95，第 1378—1379 页。

② 中华书局编辑部点校：《全唐诗》（900 卷）（全 15 册），中华书局 1999 年版，第 11 册，卷 726，第 8403 页。

这首诗写富洋院处于遥远的大山深处，从远到近的环境皆是冷落凝重，然后写禅者的生活就是来客煮茶，礼斋烧香。最后感慨没几个人能像禅者那样忍受寂寞。其用意显然是佩服禅者能够忍受得住寂寞，寂寞得有板有眼，有滋有味，能在寂寞中一丝不苟，一尘不染，从而让人明白所谓禅者的寂寞，只是外人的看法，不是禅者的感受。饶是如此，这首诗的思想性仍然赶不上语言精巧的魅力。而郑良士现存 6 题 7 首中的其他 6 首诗，语言魅力不逊于此首，思想高度或有过之。由此可知，明成化进士黄仲容（福建莆田人）认为郑良士为"一时文章家"①，不是没有原因的。只是郑良士存诗太少，今人只能窥得当年的他在闽国诗坛风姿的一斑，也就只是一斑而已。

颜仁郁，生卒不详，字文杰，泉州人，仕王审知为归德场长。他留下七言绝句二首《农家》和《山居》。第一首是五代十国时为数不多的写农家生活的诗，故此诗虽朴实无华，还是看一下的好：

田家
夜半呼儿趁晓耕，羸牛无力渐艰行。
时人不识农家苦，将谓田中谷自生。②

颜仁郁更值得注意的，是他在当时的影响："时土荒民散，仁郁抚之。一年襁负至，二年田莱辟，阅三岁而民用足。有诗百篇，宛转回曲，历尽人情。邑人途歌巷唱之，号《颜长官诗》。"③ 从这些记载看，颜仁郁在闽国不仅是颇得时誉的仁义官吏，也是深受欢迎的著名诗人，可惜其诗仅有两首留存，吉光片羽，亦堪宝重，故抄录和推荐于此，希望引起收集农村诗的学者的注意。

闽国还有两个著名诗人：崔道融和林宽。《全五代诗》收崔道融诗 66 题 79 首，收林宽诗 33 题 33 首。因为无法看出他们有哪首诗写于归闽后，其诗也没有太突出的成就，故不具论。

---

① （明）黄仲容撰：《未轩文集》（12 卷），景印文渊阁四库全书本，《补遗》卷下。
② 中华书局编辑部点校：《全唐诗》（900 卷）（全 15 册），中华书局 1999 年版，第 11 册，卷 763，第 8753 页。
③ （清）吴任臣撰，徐敏霞、周莹点校：《十国春秋》（116 卷）（全 4 册），中华书局 1983 年版，第 3 册，卷 96，第 1389 页。

第九章　荆南国文学创作论

　　河南陕州（今河南三门峡市）人高季兴（858—929）于后梁开平元年（907）被后唐太祖朱晃封为荆南节度使，于后唐同光二年（924）被后唐庄宗李存勖封为南平王，驻地均为荆州，即今湖北江陵。高季兴所开创的这个政权，被称为荆南，又称南平或北楚（宋初路振《九国志》无荆南国，北宋张唐英补《北楚》二卷，"北楚"即荆南）。荆南政权于北宋太祖乾德元年（963）亡于北宋，历4世5主57年①，辖地仅江陵府、归州、峡州三地，人口为14万户。②荆南国与十国中的其他九国相比，辖地最小，人口最少，国力最弱，荆南国的5位国主也就最为谨小慎微。荆南国政权能够于东之淮南、北之中朝、西之强蜀、南之马楚的四面包围中维持长达57年的国祚，一个原因是5位国主的低调行事使得多方面势力对荆南国首先采取拉拢的政策（不到万不得已的时候绝不兴兵讨伐），另一个原因是荆南国不仅地狭民贫而且易受攻击，这种最不经揍还极易挨揍的模样使得喜欢打架的四邻八舍非常乐意留着荆南国作为抵挡别人攻击的肉垫。呆在肉垫上被人打来打去，没谁喜欢这样的生活，于是荆南国虽为四通八达之地，但人才极为匮乏。面对这种情况，荆南国的国主们拿出侍奉四方强梁的谦恭姿态对待人才，其结局还算不错，人才总算没有从荆南国逃个精光，而且还有两个人卓有建树。一个是来自湖南长沙宁乡县的僧人，名齐己；一个是来自四川成都仁寿县的词人，名孙光宪。此二人成为两根柱子，使得荆南政权的文学大厦拥有了被人仰望和谈论的资格，总算让荆南政权孱弱窝囊的形象有了扬眉吐气的资本。本章就讨论荆南政权的演进历程和文学成就。

---

　　①　（宋）欧阳修撰，（宋）徐无党注：《新五代史》（74卷）（全3册），中华书局1974年版，第3册，卷101，第1452页。

　　②　（清）吴任臣撰，徐敏霞、周莹点校：《十国春秋》（116卷）（全4册），中华书局1983年版，第4册，卷100，第1434—1436页。

第一节　荆南国政权变迁简史

高季昌（858—929），字贻孙，河南陕州峡石人，即今河南省三门峡市人。少年时孔武有力，胆识过人，为汴州（今河南开封）富人李让的家奴。《旧五代史》卷一云："（中和）三年（883）三月，僖宗制授帝宣武节度使，依前充河中行营副招讨使。"① 这里的"僖宗制授帝"的"帝"指朱全忠。中和三年（883）朱全忠为宣武节度使，李让投奔到朱全忠幕下，作了朱全忠的义子，改名朱友让。这一年高季昌26岁。朱全忠见了高季昌，十分喜爱，让朱友让收高季昌为义子，于是高季昌改名朱季昌，随后迁官为毅勇指挥使。19年后，即唐昭宗天复二年（902），朱全忠攻打占据凤翔的李茂贞（856—924），打了一年还没有打下来，朱全忠准备撤退，这时候，军中只有朱季昌强烈反对退兵，朱全忠就让朱季昌谋划破城之计。朱季昌派遣了一个叫马景的骑士骗开凤翔城门，随后大队人马冲进去把李茂贞的士卒杀得大败。这一仗，让45岁的朱季昌声名大振。次年（903），朱季昌即被授宋州团练使，徙颍州防御使，改回高姓，名高季昌。49岁时，即唐昭宗天祐三年（906）的十月，朱全忠又表高季昌为荆南节度观察留后。后梁开平元年（907）四月，朱全忠即皇帝位，改名朱晃，史称梁太祖（北宋薛居正等《旧五代史·梁书》称"太祖"，北宋司马光《资治通鉴》卷二七二始称"梁太祖"）。五月，朱晃拜50岁的高季昌为荆南节度使。② 但是，高季昌这个荆南节度使只能管辖荆南原有八州中的一个州，即荆州，驻地为江陵，其他七州在唐僖宗李儇（873—888在位）以来30余年的战乱中早被荆南周围的各个藩镇侵占了。高季昌得到的江陵城十分贫瘠，以至于当月献贡于后梁皇帝朱晃时只能是"进瑞橘数十颗于梁"。③ 如此贫瘠的一块土地，周围的强藩和悍将还垂涎三尺，时不时扑过来咬上一口。这就逼得高季昌在执掌荆南的22年里（66岁时为了避后唐献祖李国昌的名讳，改名高季兴），用大部分精力抵抗周围强藩和悍将的进攻，以确保荆州这块地盘不会丢失；用一小部分精力进攻周围的强藩和悍将、直至本为中朝的后唐，以便扩大自己的地盘。其战况是，12次抵抗别人

---

① （宋）薛居正等撰：《旧五代史》（150卷）（全6册），中华书局1976年版，第1册，卷1，第4页。

② （清）吴任臣撰，徐敏霞、周莹点校：《十国春秋》（116卷）（全4册），中华书局1983年版，第4册，卷100，第1427—1428页。

③ 同上书，第1428页。

的进攻，成功 8 次，讲和 3 次，失败 1 次。失败的那 1 次丢失了刚刚从后唐明宗李亶（926—933 年在位）那里要来仅仅 12 个月的夔州、忠州、万州，3 次和作为敌手的楚国讲和。7 次进攻别人，仅有第 7 次进攻取得胜利，把楚国的岳州刺史李廷规俘获后献给吴国睿帝杨溥，但是并没有得到楚国的岳州。可能会让一些人感到意外的是，高季兴在执掌荆南 22 年的时间里从事的攻守之战多达 19 次，但是，他根本没有称王称帝的打算，他所有的战争都是为了守住领土或者扩大领土。其结局基本上遂了他的心愿。尽管他扩大领土的愿望实现得很不理想，但守住领土的目的完全达到了。自后梁开平元年（907）五月他 50 岁时被后梁太祖朱晃封为荆南节度使而得到一个荆州，一直到他 72 岁去世，荆州仍然在他的手里，且从未失去过；后唐同光四年（926）六月，后唐明宗李亶送给他夔州、忠州、万州、归州、峡州，一直到后唐天成二年（927）六月，长达 12 个月的时间内，他的地盘多达六州；天成二年（927）六月直至天成四年（929）他去世，荆南的地盘也有荆州、归州、峡州三个州。与地盘比起来，封王封侯甚至称王称帝这些被其他人看得无比荣耀的东西，似乎引不起高季兴的兴趣。这至少有四个证据。例如后梁乾化三年（913）八月，26 岁的后唐末帝朱瑱（即位前为梁王，名朱锽，更早的名字是朱友贞，为朱晃第四子，915 年十一月改名朱瑱），封 56 岁的高季昌为渤海王。这是高季昌第一次被封王，可是，就在这时候，他不但不感恩，反而公然和吴国杨行密、前蜀国王建相来往，后梁末帝朱瑱也无可奈何。后梁末帝朱瑱龙德三年（923）四月，比高季昌小 27 岁的晋王李存勖即位，国号大唐。六月，66 岁的高季昌带 300 名随从，不顾梁震等人的劝阻，冒着生命危险到洛阳去觐见新李存勖。到了洛阳后，为了避后唐献祖李国昌的名讳，高季昌把自己的名字改为高季兴。因为李存勖和高季兴谈话时曾经"以手拊其背"，这让高季兴觉得无比光荣，他命工人"绣其手迹于衣，以示荣宠"。高季兴这种谦恭姿态换来了好处。同光二年（924）三月，40 岁的后唐庄宗李存勖封 67 岁的高季兴为兼尚书令（去年十一月，后唐庄宗已经授高季兴为守中书令，故今年为"兼尚书令"），封南平王。同光三年（925）九月，又随后唐庄宗李存勖攻打前蜀，十一月，灭了前蜀。后唐天成二年（927）二月，为了不让后唐明宗插手他对荆南的主管，70 岁的高季兴悍然发动了对后唐夔州的进攻，惹得后唐发兵四万讨伐。天成二年（927）五月，为了答谢吴国帮助他抵抗后唐，70 岁的高季兴拦路抢夺了后唐明宗李亶赐给楚国马殷的十匹骏马、二名美女，献给吴国睿帝杨溥（921—938 年在位）并要求臣服杨溥，杨溥接受了其骏马和美女而拒绝了其称臣的要求。后唐天成三年（928，即吴国杨溥乾贞二年）六月，71 岁的高季兴以荆州、归州、峡州三地称藩于吴国，半年后的十二月十五日，高季兴去世，年 72 岁，在荆南节度使之位 22 年，为南平王 4 年。其子高从诲奉表称臣于后唐，后唐明宗李亶天成四年（929）七月，追封高季兴为楚王，谥武信，北宋司马光《资治通鉴》卷二八七称高季兴为"武信王"。①

　　高从诲（891—948），字遵升，是武信王高季兴 9 个儿子中的长子。后唐天成三年（928）十二月十五日高季兴卒后，38 岁的高从诲即荆南节度使之位。高从诲认为他父亲高季兴背叛较近的后唐而臣服较远的吴国是不明智的行为。于是，在即位 4 个月，即楚国将领王环打败他的荆南兵的时候，先是托楚国代他向后唐明宗告饶，然后派遣使者上贡于后唐。后唐明宗李亶接受了高从诲的臣服，拜高从诲为荆南节度使兼侍中。长兴二年（931）正月，后唐明宗李亶又加高从诲检校太尉、兼中书令、江陵尹。次年（932）又给 41 岁的高从诲赐爵渤海王。后唐闵帝李从厚（914—934）（后唐第三任皇帝）应顺元年（934）正月，后唐闵帝改封高从诲为南平王。接受了南平王封号的高从诲，像他父亲高季兴一样念念不忘扩充辖土。后唐末帝李从珂（885—936）（后唐第四任皇帝）清泰三年（936）四月，高从诲劝吴国大臣徐知诰即位，但高从诲自己不称帝；后晋高祖石敬瑭（892—942，936—942 年在位）天福六年（941）四月，高从诲帮助后晋攻打其叛将安重进，只是希望后晋平定叛乱后能够把郢州赏给自己。这个要求被后晋出帝石重贵（914—974，石敬瑭养子，942 年六月石敬瑭卒后，石重贵即位，942—946 年在位）拒绝后，他毅然遣使通好于后蜀，向后晋示威。后晋出帝石重贵开运四年（947）正月，57 岁的高从诲遣使间道去太原劝刘知远称帝，前提条件就是要刘知远称帝后把郢州赐给自己。二月，刘知远称帝，建立后汉，高从诲大量上贡，再次请求把郢州赐给自己。刘知远没有答应，只是遣使者来表达谢意。高从诲断然拒绝了使者。九月，高从诲趁后汉将领杜重威叛乱之机，攻打后汉的襄州，失败，又攻打后汉的郢州，又失败。高从诲就宣布断绝和后汉的关系，转而拥戴南唐和后蜀。乾祐元年（948）正月，后汉高祖刘知远（895—948，947—948 年在位）改元乾祐并改名刘暠，同月卒。随后，其次子刘承祐（930—951，948—950 年在位）即位。同年（948）六月，高从诲发现和后汉断绝关系后，北方商旅不能再来经商，荆南经济发生困难，就上书后汉隐帝刘承祐，要求重归于好。刘承祐答应了。同年（948）十一月，高从诲卒，年 58 岁，在荆南节度使之位

---

　　① （宋）司马光编著，（元）胡三省音注：《资治通鉴》（294 卷）（全 20 册），中华书局 1956 年版，第 20 册，卷 287，第 8375 页。

20 年，为南平王 14 年。①

高保融（920—960），字德长，文献王高从诲第三子。后汉乾祐元年（948）十一月，高从诲卒，29 岁的高保融权知军府事。同年（948）十二月丁丑，后汉隐帝刘承祐制授高保融起复检校太尉、同平章事、江陵尹、荆南节度、荆归峡观察使，次年（949）十月，后汉隐帝刘承祐又加 30 岁的高保融检校太师、兼侍中。乾祐三年（950）冬，后蜀施州刺史田行皋投奔荆南，高保融认为"彼贰于蜀，安肯尽忠于我"，执而送之于后汉大将郭威。广顺元年（951）正月，郭威（904—954，951—954 年在位）称帝，建立后周，32 岁的高保融上贡白金一千两等物以表祝贺，被后周加兼中书令，封渤海郡王。显德元年（954）正月，后周太祖郭威进封高保融为南平王。同月，郭威卒，晋王柴荣（921—959，954—959 年在位）嗣位，35 岁的高保融又被加守中书令。显德三年（956）正月，高保融遣将魏璘率兵 3000 随后周世宗柴荣征讨南唐，同时，高保融又遣使奉笺于南唐中主李璟，劝其内附。显德五年（958）五月，南唐中主李璟称臣于后周世宗柴荣，柴荣看到高保融写给南唐李璟的劝降书，大喜，赐高保融绢万匹。同年（958）六月和十月，高保融两次劝说后蜀孟昶向后周世宗柴荣称臣。显德六年（959）六月，后周世宗柴荣卒，其子梁王柴宗训（953—973，959 年即位，在位 6 个月）嗣位，加高保融守太保。建隆元年（960），赵匡胤建立宋朝，高保融益惧，接连三次上贡于宋，宋加高保融守太傅。同年（960）八月，高保融卒，享年 41 岁，在荆南节度使之位 12 年，为南平王六年。宋太祖赠谥贞懿。②

高保勖（924—962），字省恭，为文献王高从诲第十子，文献王高从诲第三子贞懿王高保融的同母弟。显德元年（954），后周太祖郭威听从了荆南贞懿王高保融的请求，授高保勖领宁江军节度使。建隆元年（960）八月，贞懿王高保融卒，权知军府事的高保勖将此事上奏给宋太祖，宋太祖即拜高保勖为荆南节度使。在许多人看来，高保勖是出任这一职务的合适人选。虽然高保勖自幼多病，体貌清癯，但很有才干，最为文献王高从诲所钟爱，高从诲每次盛怒时，一见高保勖就喜笑颜开，高保勖因此得了个绰号，叫"万事休"。很可能是因为高保勖招人喜欢，其三兄贞懿王高保融才让高保勖这个十弟权知军府事，这为高保勖接任荆南节度使之职打下了基础。可是，担任了节度使的高保勖大变样了。他把聪明才智用在了两件事上。一件事是荒淫无度，另一件事是

---

① （清）吴任臣撰，徐敏霞、周莹点校：《十国春秋》（116 卷）（全 4 册），中华书局 1983 年版，第 4 册，卷 101，第 1439—1445 页。

② 同上书，第 1446—1449 页。

大兴土木。这两件事本来是历代昏君在人生舞台上的保留节目，没啥好谈，除非哪个昏君昏出了新花样。高保勖正好就昏出了新花样。其表现是，就第一件事而言，他"日召娼妓集府署，择士卒壮健者，令恣调谑"，而他竟然"与众姬妾垂帘共观，以为娱乐"；就第二件事而言，有个商人从岭南来，献给他一枝有四十串的龙眼，有一千余颗。高保勖为盛放这枝龙眼，建造了一个琅玕槛子，取名为"海珠藂"（藂，读音为丛，跟从的丛，藂是聚集的意思）。这两件事在当时人看来，确实差劲，但也说不上伤天害理。在今人看来，就更无关天理了，甚至高保勖还能凭此获得某些方面的荣誉，例如"史上第一位成人电影艺术总监"什么的，或者"史上第一位设计包装大师"之类。可见，这些事情虽然不好，但是如果有所节制，不误大事，那就真的无可厚非。不妙的是，高保勖在这些事情上投入的精力太多了，严重影响了荆南藩政的顺畅，弄得府署内外，一片怨声，从事孙光宪多次极言进谏，效果不佳。面对物议汹汹，高保勖处之泰然，我行我素，表现了良好的心理素质。可惜他的身体素质不好，不久就病倒了，今人不知道高保勖病倒的原因是什么，可能是因为看演出累坏了眼睛，也可能是因为搞设计累坏了脑子，还可能是天纵英明的高保勖异于常人，能够做到两件事情同时进行，即眼睛看演出而脑子搞设计（脑子看演出而眼睛搞设计的可能性不大），或者一只眼睛看演出，一只眼睛搞设计，结果累坏了眼睛和脑子。今人知道的是，高保勖病倒后不长时间就去世了，年仅39岁，在位2年又3个月。这时候是宋太祖建隆三年（962）十一月。宋太祖闻知讣告，废朝二日，以示悲悼，并追赠高保勖为侍中。①

高继冲（943—973.12.11），字成和，（《宋史》、《东都事略》云字赞平，今从欧阳修《新五代史》作字成和），是荆南国第三任国主贞懿王高保融的长子。后周显德六年（959），17岁的高继冲为荆南节度副使。宋建隆三年（962），其叔父高保勖病重，命20岁的高继冲权知军府事。建隆三年（962）十一月，高保勖卒，宋太祖授高继冲为荆南节度使。建隆四年（963）正月，宋太祖命慕容延钊应楚地周保权（952—985）之请平定张文表的叛乱，荆南高继冲派水军三千人随宋军主帅慕容延钊、副帅李处耘平叛，荆南带兵者为高继冲的亲校李景威。宋军副帅李处耘要求荆南借道于宋，李景威阻拦，孙光宪斥责李景威的错误建议，劝高继冲趁此机会，立刻归顺宋朝。高继冲听从了孙光宪的建议，遣叔父高保寅犒劳宋军于荆门，宋军因此遍布江陵城内。高继冲立刻献上州府三（江陵府、归州、峡州）（江陵府辖地相当于今天湖北的荆

① （清）吴任臣撰，徐敏霞、周莹点校：《十国春秋》（116卷）（全4册），中华书局1983年版，第4册，卷101，第1450—1451页。

州、枝江、潜江、荆门、当阳县部分地区）（归州即今湖北秭归县）（峡州即今湖北宜昌）、县十七、户十四万三千三百，同时要求归顺宋朝。这时候，高继冲接替高保勖任荆南节度使仅仅 2 个月。宋太祖命人给高继冲以丰厚的赏赐，然后任命枢密承旨王仁瞻为荆南都巡检使，而保持高继冲荆南节度使这个原有职务不变，又授高继冲马步都指挥使，节度判官孙光宪为黄州刺史。同年（963）九月，高继冲率家族 500 余人辞别三庙，前往宋朝京师汴梁，十月到达。宋太祖授高继冲徐州大都督府长史、武宁军节度使、徐宿观察使。高继冲镇守彭门（指徐州）近 10 年之久，委政僚佐，吏事顺利。宋太祖开宝六年（973），高继冲卒，年 31 岁，献土后活了 10 年。宋太祖为此废朝二日，赠高继冲为侍中。高继冲纳土宋朝，表面上是主动的，实际上是出于无奈。这怨不得他，他的父亲高保融在执政的 12 年中，就一直劝说南唐李璟和后蜀孟昶归顺宋朝，故他将荆南的土地献给宋朝，也算是实现了先父兼先王高保融的遗愿。高继冲表现差劲的是，建隆四年（即乾德元年）（963）二月，宋军趁借道荆州的机会遍布江陵城的时候，尽管早已做好了归顺宋朝的打算，高继冲还是出现了古怪的行为。这个古怪的行为就是"以肩舆幕井上，绐内人入舆，多堕井死。"[①] 不论归顺宋朝是真心还是无奈，自己都不愿意殉身，为何要害死多名妻妾。高继冲这个举动，既匪夷所思，又罪不可赦，但愿这不是史实，只是史臣的编造。

第二节　荆南国政权的性质、特点及与文学的关系

将荆南国 4 世 5 主 57 年的历史通读一遍即可知道，荆南诸位国主从来没有称王称帝的打算，也没有其他非分的企图或者即便是有什么非份的企图，其非分的程度也相当弱。

就以表面上扩张领土的欲望最为强烈的第一位国主高季兴为例，他所提出的将夔州、忠州、万州、归州、峡州划归荆南辖地的要求不算过分，因为这 5 州本来就属于荆南的辖地，只是被周围强藩侵占了而已。仅有荆州一地，他这个朝廷任命的荆南节度使就名不副实。高季兴唯一过分的一点是，同光四年（926）六月，后唐明宗有点勉强地把夔州、忠州、万州、归州、峡州赏赐给他以后，也许是出任荆南节度使 19 年来，管辖的土地第一次突破了荆州的范围而且一下子多出了 5 个州，这个好运让高季兴乐糊涂了，他竟然要求这五州

---

① （清）吴任臣撰，徐敏霞、周莹点校：《十国春秋》（116 卷）（全 4 册），中华书局 1983 年版，第 4 册，卷 101，第 1451—1454 页。

的刺史由自己的子弟担任而不是由朝廷另派刺史。这个明显过分的请求被拒绝后，后唐天成二年（927）二月，高季兴突然翻脸，发兵攻占了至少名义上已经属于他管辖的夔州城，其严重后果是，因为惹出了后唐的讨伐，4 个月后，荆南永远地失去了吃到口里才 12 个月的夔州、忠州、万州，而只剩下了荆州、归州和峡州。①

　　除第一任国主高季兴外，荆南任何一个国主任何时候都没有提出过任何非分的要求。例如第二位国主文献王高从诲，可能是他觉得父亲高季兴自开平元年（907）五月 50 岁任荆南节度使到同光四年（926）六月前，长达 19 年的时间里，辖地只有一个荆州，而自己一接任，就有荆州、归州、峡州 3 个州，同时他可能觉得连父亲都没有把夔州、忠州、万州守住，自己就更不行了。所以，他可不敢要求朝廷把这 3 个州赏赐给自己，他所敢要求的，只是郢州（今湖北武昌一带）而已。后晋高祖石敬瑭天福六年（941）四月，51 岁的高从诲帮助后晋攻打其叛将安重进，正是希望后晋平定叛乱后能够把郢州赏给自己。后晋出帝石重贵开运四年（947）正月，57 岁的高从诲遣使间道去太原劝刘知远称帝，也是希望刘知远称帝后把郢州赏给自己。这个关于郢州的梦想两次破灭后，他先是通好后蜀，向后晋示威；后来又和后汉断绝关系。等到发觉和后汉断绝关系，北方的商人不能来经商，荆南经济发生困难，他只好低下头来，和后汉重修君臣关系。

　　荆南前二任国主武信王高季兴和高季兴的长子文献王高从诲虽然没有称帝的打算，但好歹还有一点领土上的诉求（尽管这诉求合情合理），而第三任国主即高从诲的第三子贞懿王高保融嗣位后，就连这种领土上的诉求都没有了。高保融在执掌荆南的 12 年中所做的所有事情都围绕着一个中心点，那就是始终不渝地承认、拥戴和追随中原王朝。后汉乾祐元年（948）29 岁时，他接受了后汉隐帝刘承祐的封官；广顺元年（951）32 岁时，他接受了后周太祖郭威的封官；显德元年（954）35 岁时，他接受了后周世宗柴荣的封官；显德六年（959）40 岁时，他接受了后周恭帝柴宗训的封官；建隆元年（960）41 岁时，他接受了宋太祖赵匡胤的封官。看得出来，只要是中原王朝的任命，高保融都欣然接受，以此表明他承认中原王朝的正统地位。其实从高保融 37 岁时主动劝说南唐元宗李璟和 39 岁时主动劝说后蜀孟昶向后周世宗柴荣投降的事情看，他对中原王朝岂止是承认和拥戴而已，简直忠诚得连柴荣这个中原王朝的皇帝都觉得意外。由此可见，自开平元年（907）五月武信王高季兴任荆南节度

_____

　　① （清）吴任臣撰，徐敏霞、周莹点校：《十国春秋》（116 卷）（全 4 册），中华书局 1983 年版，第 4 册，卷 100，第 1434—1436 页。

使，到第二任国主文献王高从诲乾祐元年（948）十一月卒，荆南政权在熬过了与中原王朝后梁、后唐、后晋、后汉 4 朝 10 帝保持时疏时密、时顺时逆之关系的 42 个年头后，到了第三任国主贞懿王高保融执政的 12 年，已经变成了一个与中原王朝没有任何对立情绪的相对独立的政权了。

第三任国主高保融时代，荆南虽与中原王朝没有任何对立情绪，但好歹还是个相对独立的政权，到了第四任国主侍中高保勖执政的 2 年 3 个月和第五任国主高继冲执政的 3 个月，就连这种名义上的相对独立政权都没有了（不用说，实质上的相对独立反倒是有的）。荆南后二任国主与前三任国主在地位上的差别，只要看看前三任国主被封王的历史就明白了。

先看高季兴。乾化三年（913）八月，26 岁的后梁末帝朱瑱封 56 岁的高季昌为渤海王；同光二年（924）三月，40 岁的后唐庄宗李存勖封 67 岁的高季兴为南平王；吴国睿帝杨溥乾贞二年（即后唐明宗李亶天成三年）（928）六月，29 岁的吴国睿帝杨溥封 71 岁的高季兴为秦王；天成四年（929）七月，后唐明宗李亶追封去年十二月去世的高季兴为楚王。

再看高从诲。长兴三年（932），67 岁或 66 岁的后唐明宗李亶给 42 岁的高从诲赐爵渤海王；应顺元年（934）正月，21 岁的后唐闵帝李从厚改封 44 岁的高从诲为南平王。

最后看高保融。广顺元年（951），48 岁的后周太祖郭威封 32 岁的高保融为渤海郡王；显德元年（954）正月，51 岁的后周太祖郭威进封 35 岁的高保融为南平王。

可见，前三任国主皆有被封王的经历，被封王次数最少的是第三任国主高保融，但高保融被封王也有二次，而后二任国主从无被封王封侯的经历，其最高的官位就是卒后被谥侍中。具体地说，建隆三年（962）十一月，高保勖卒，年 39 岁，被宋太祖追赠侍中；开宝六年（973），高继冲卒，年 31 岁，献土后活了 10 年，被宋太祖追赠侍中。可见，宋太祖赵匡胤认为，高保勖执政的 2 年 3 个月和高继冲执政的 2 个月，荆南连相对独立政权的名义也不具备了。这样讲有两个意思，一是说后二任国主时代，荆南连一个政权名义上的相对独立性都没有了（实质上的相对独立是有的，但这种相对独立不能证明政权的存在）；二是说，前三任国主时代，荆南至少具有一个政权名义上的相对独立性（实质上的相对独立性当然也有了）。其实，这正是五代时期作为十国之一的荆南地区的性质：前三任国主时代的 54 年，虽然一直附属于其他政权，但仍然是相对独立的政权；后二任国主时代的 2 年 5 个月，名义上完全是宋王朝的藩属。由此可知，吴任臣《十国春秋》将荆南四世五主的生平记录，全部命名为"世家"而不是"本纪"，确实是识大体的有眼光之举。

荆南国形成这种政权性质的原因是多方面的。其中，地理方面的特点可以说是首要的一个原因。荆南在地理上的特点有两个。

首先，荆南面积极小，只是荆南原先属州的一部分。在武信王高季兴执掌荆南 22 年的前 19 年中，荆南只有一个荆州，仅仅是原有荆南八州中的一个。从同光四年（926）六月到天成二年（927）六月的这 12 个月，是荆南土地最广的时期，但也只有开平元年（907）后梁太祖朱温封赏的荆州和同光四年（926）六月从后唐明宗李亶手里讨来的夔州、忠州、万州、归州、峡州，比唐代以来荆州本来的 8 州还少了 2 个州。而且，讨来的 5 个州的刺史，还必须由后唐明宗李亶任命，高季兴提出让自己的子弟担任刺史，被后唐明宗拒绝，高季兴为此向后唐动武，仅仅 4 个月，就失去了夔州、忠州、万州。也就是说，从同光四年（926）六月，到建隆四年（963）正月的 37 年 6 个月，荆南的国土只有荆州、归州、峡州，还不到荆南原有八州的一半。荆南 5 王中，武信王高季兴、文献王高从诲、贞懿王高保融、侍中高保勖、侍中高继冲，名义上是荆南的执掌者，实际上除高季兴有整整一年的时间拥有 6 个州外，其他时间和其他国主拥有的土地连荆南原先 8 州的一半州属都不到，这 4 世 5 王所担任的荆南节度使，是职权残缺的荆南节度使。这种情况下，他们所努力的目标首先就是要求完整的荆南节度使职权，这对他们来说类似于"得陇望蜀"中的"陇"，至于称王称帝这样显然属于"望蜀"的事情离他们就比较远，他们连想都不会想。

其次，荆南为四战之地，地理上极易受到别人攻击。如前所述，在第一任国主武信王高季兴当政的 22 年中，荆南从事攻守之战共 19 次。其中 12 次抵抗别人的进攻，成功 8 次，讲和 3 次，失败 1 次。7 次进攻别人，前 6 次均失败，只有第 7 次成功了。由此可见荆南极易被人攻击，而且易攻难守。处于这种地域环境，荆南能够守住自己的辖土已经很不错了。之所以会有这种成就，除了荆南国主们确实攻守都很卖力、很辛苦外，另一个原因不可忽视，那就是，荆南这块土地太易被人攻击了，送给人家人家都不高兴要。例如，天成二年（927）五月，楚国贡使史光宪带着后唐明宗李亶赐给楚王马殷的 10 匹骏马、2 名美女回楚国的时候，路过荆南，荆南俘获了史光宪，抢夺了骏马和美女献给吴国睿帝杨溥，并要求向杨溥称臣，杨溥和吴国权臣徐温一样，认为得到荆南是务虚名而得实祸，就接受了荆南抢来的礼物而拒绝了荆南的称臣请求。[①] 这件事充分说明了荆南处境之差"送给人家人家都不高兴要"的特点。

---

① （清）吴任臣撰，徐敏霞、周莹点校：《十国春秋》（116 卷）（全 4 册），中华书局 1983 年版，第 4 册，卷 100，第 1435—1436 页。

又例如，后唐天成三年（928）三月，楚国马殷派遣六军使袁铨、副使王环、监军马希瞻领兵攻打荆南，荆南失败，楚师进逼江陵，高季兴吓得赶快归还去年五月俘获的楚国贡使史光宪以求和，王环等人答应了。事后楚王马殷责问王环为何不趁此役把荆南灭掉。王环的回答是："江陵在中朝、吴、蜀间，四战之地也，宜存之，以为捍蔽。"① 马殷认为王环说得对。这件事说明了荆南确实是抵挡别人攻击的肉垫。

除了地理上的面积狭小、易受攻击的特点外，荆南经济上有两个特点：一是经济基础薄弱，十分贫穷。开平元年（907），高季兴被封为荆南节度使后上贡给后梁皇帝朱晃的礼物仅仅是几十颗橘子。二是经济对他国的依赖性强。例如，开运四年（947）二月，文献王高从诲因为后汉皇帝刘知远拒绝把郢州赏赐给荆南，就断绝了和后汉的关系。但是，第二年，即后汉隐帝刘承祐乾祐元年（948）六月，高从诲就要求和后汉重归于好，原因是和后汉断绝关系后，北方的商人不能来荆南经商，荆南经济陷入了困境。

也许是即使有他国商人能来荆南经商，荆南经济还是不够发达的原因，也许是荆南前二任国主武信王高季兴和文献王高从诲个人品质上有点无赖的原因，荆南经常性地抢劫过路使者的财物，这一点成了荆南政权整体形象上的特点，对于这一点，《十国春秋》卷一○○是如此表述的："荆南地狭兵弱，介于吴、楚，为小国，自吴称帝，而南汉、闽、楚就奉中原正朔，岁时贡举，多假道荆南。于是，武信王及王常邀留其使者，掠取其物，而诸道移书责消，或发兵加讨，即复还之，而无惭色。其后南汉与闽亦称帝，惟王所向称臣，利其赐予，故诸国贱之，皆目为'高赖子'，又曰'高无赖'。俚语谓攘夺苟得无愧耻者，为赖子也。"② 荆南政权在地理、经济和形象上的这些特点和荆南政权的性质一起作用，给荆南的文学造成了深刻的影响。

执掌荆南 22 年的第一任国主武信王高季兴和执掌荆南 20 年的第二任国主文献王高从诲在荆南四世五主中最为能干，但是，即便是这两位国主统治的42 年中，荆南仍无称帝之事，而是"所向称臣"的。这种隶属于中原王朝或其他割据政权的相对独立的政权性质，从大的方面来说，使得荆南免除或几乎免除了中原王朝大张旗鼓地讨逆战争（荆南承受的 12 次进攻中，仅有天成二年即 927 年二月那次和六月那次的进攻来自于中原王朝的后唐）；从小的方面来说，这种政权性质证明荆南国主多少还有点自知之明，处事比较理性，这就

---

① （清）吴任臣撰，徐敏霞、周莹点校：《十国春秋》（116 卷）（全 4 册），中华书局 1983 年版，第 4 册，卷 100，第 1437 页。

② 同上书，第 1445 页。

使得他们能够比较自然地把他们对待中原王朝或对待其他割据政权时的谦恭姿态转移到定居荆南或者路过荆南的四方士子的身上。这一点，在荆南第一任国主武信王高季兴身上体现得尤为明显。史臣的评价是："王（笔者按：指高季兴）虽武人，颇折节好宾客，游士缁流至者，无不倾怀结纳，诗僧贯休、齐己，皆在所延揽。而贯休以忤成汭故，递放黔中；后复来游江陵，王优礼之，馆于龙兴寺。会有谒宿者言时政不治，贯休乃作《酷吏辞》刺之。辞云：'……。'王闻之，虽被疏远，而亦不甚罪焉。"① 第二任国主文献王高从诲虽没有优礼名僧的事情被记载下来，但是，其胸怀还是有一点的，对艺文之事也略知一二。这从高从诲和后汉使者田敏的斗嘴事件中可看出一点端倪："是岁（笔者按：指后汉乾祐元年即948年），汉遣国子祭酒田敏使于楚，假道于我，王（笔者按：指文献王高从诲）问敏中国虚实，以为契丹之后，兵食皆殚，意欲以诮敏。敏为言杜重威悉以晋戈甲降契丹，契丹置之镇州，未尝以北（笔者按：不知"未尝以北"是何意），而晋兵皆汉有也。王不悦。敏以印本《五经》遗王，王谢曰：'予之所识，不过《孝经》十八章耳。'敏曰：'至德要道，于此足矣！'因诵'诸侯'章，曰：'在上不骄，高而不危。制节谨度，满而不溢。'王以为讥己，即以大卮罚敏。"② 高从诲认为田敏在讥笑、讽刺他，但也只是罚田敏多饮酒而已，这种胸怀和做法，与晚唐五代那些因为一时性起而杀人的军阀们相比，端的是值得圈点。与荆南的政权性质给予文学的影响相比，荆南地理、经济、整体形象三方面的特点给予文学的影响几乎全是负面的，这个问题虽没有直接的事实上的证据，但是，从事理的逻辑上看，完全讲得通。地理上的面积偏狭和易受攻击，必然使得士子们觉得荆南非久留之地；经济上的贫穷和对他国的依赖性，使得士子们认为即使从养家糊口的角度看，也是离开荆南越早越好；整体形象上看，荆南政权本身就是一个小混混，在小混混执掌的土地上混得再好，自我感觉总是不爽或者爽得很不过瘾（别人会不会鄙视的问题暂且就不提了）。由于这三个方面的不利因素，本属荆南的士子会向四方逃去，路过荆南的士子也很少有人愿意留下来。这就使得定居荆南的士子们数量稀少，荆南的文学创作情况也因此而倍显萧条和零落。当然，也有个别人也许抱着"人去我留，人弃我取"的爆冷门心理，长期生活于荆南地区，使得荆南的文学在一片凋零和落寞中，也有幽兰独芳，暗香扑鼻，给人一种"墙角有腊梅，凌寒独自开"的视觉效果和心理抚慰。这样的

---

① （清）吴任臣撰，徐敏霞、周莹点校：《十国春秋》（116卷）（全4册），中华书局1983年版，第4册，卷100，第1438页。

② 同上书，第1445页。

"兰"和"梅"在荆南的隐喻对象相当明显，"兰"就是齐己（863—937），"梅"就是孙光宪（901—908）。以下按照年齿长幼的顺序，先赏"兰"而后观"梅"，其间亦会看看尚颜、王嵒（"嵒"通"岩"）等人这些不无青翠之色但默默无闻的小草。

第三节　荆南国齐己的文学创作

齐己（864—943?）唐末诗僧，本姓胡，名得生，长沙（今属湖南）人。自幼聪明，七岁为大沩（读音是 Wei，阳平，同"维"，水名，在湖南）山寺牧牛，常以竹枝画牛背为篇什，为老僧所赞赏，遂剃度为僧。① 大约唐昭宗李晔天祐元年甲子岁至后梁乾化五年乙亥岁（904—915），齐己居于湖南长沙道林寺。② 后梁末帝朱瑱贞明元年乙亥岁至后梁末帝龙德元年辛巳岁（915—921）这 6 年，齐己居于江西庐山东林寺。③ 自龙德元年（921）被荆南国第一任国主武信王高季兴挽留于荆南国到后晋高祖天福三年戊戌岁（938）去世这 18 年，齐己居于荆南国荆州龙兴寺。④

齐己的一生以后梁末帝龙德元年辛巳岁（921）来到荆南国为界分为前后二期。前期 58 年在湖南、江西（其中，湖南约 52 年，江西约 6 年）所写的诗歌与后期 18 年在荆南国所写的诗歌没有什么明显的差别，不论是从题材到体裁，还是从思想内容到艺术特色，都是这样。但是，就交游圈子、文坛轶事、诗歌名作三方面而言，前期和后期的差别还是比较明显的。因为本节的齐己诗歌研究是本章荆南文学研究的一部分，故本节研究齐己，理所当然地略前期而详后期。

《寄松江陆龟蒙处士》大约作于唐僖宗李儇广明元年庚子岁（880），该年齐己 17 岁；《楚寺寒夜作》大约作于唐昭宗李晔乾宁二年乙卯岁（895），该年齐己 32 岁。《寄松江陆龟蒙处士》云："万卷功何用，徒称处士林。闲欹太湖石，醉听洞庭秋。道在谁开口，诗成自点头。中间欲相访，寻便阻戈矛。"⑤

① （宋）陶岳撰，顾薇薇校点：《五代史补》，卷 3，见傅璇琮、徐海荣、徐吉军主编《五代史书汇编》（全 10 册），杭州出版社 2004 年版，第 5 册，第 2509 页。

② 傅璇琮主编：《唐五代文学编年史》（全 4 册），辽海出版社 1998 年版，第 4 册，第 20 页。

③ 同上书，第 122 页。

④ 同上书，第 314 页。

⑤ 中华书局编辑部点校：《全唐诗》（900 卷）（全 15 册），中华书局 1999 年版，第 12 册，卷 843，第 9593 页。

（《白莲集》卷六）《楚寺寒夜作》云："寒炉局促坐成劳，暗淡灯光照二毛。水寺闲来僧寂寂，雪风吹去雁嗷嗷。江山积叠归程远，魂梦穿沿过处高。毕竟忘言是吾道，袈裟不称揖萧曹。"①（《全唐诗》卷八四四）。这二首诗虽作于齐己年轻时，但诗思流畅，对仗工稳，语言清丽，音韵和谐，与后期的诗相比，并无多少逊色，由此可见齐己 7 岁时即能于牛背上作诗的传闻，可信性很高。尽管这二首诗已经不错，但要了解齐己前期诗歌的成就，最好还是以那首大名鼎鼎的《早梅》诗为例。且看齐己的《早梅》诗。

早梅

万木冻欲折，孤根暖独回。

前村深雪里，昨夜一枝开。

风递幽香去，禽窥素艳来。

明年如应律，先发映春台。②

先交代一下这首诗这个出处中"风递幽香去"之"去"、"明年如应律"之"律"的异文问题。据王秀林《齐己诗集校注》卷六的校记知，"风递幽香去"之"去"，明嘉靖十九年（1540）朱警《唐百家诗》本、清光绪二十一年（1895）江标《唐人五十家小集》影刻南宋陈道人本均作"出"，明胡震亨《唐音统签》本、清彭定求《全唐诗》本作"去（一作出）"。"明年如应律"之"如"，明胡震亨《唐音统签》本、明嘉靖十九年（1540）朱警《唐百家诗》本、清光绪二十一年（1895）江标《唐人五十家小集》影刻南宋陈道人本、台湾明文书局 1981 年版明释正勉等《古今禅藻集》本、宋李龏《唐僧弘秀集》之文津阁四库全书本均作"如"，唯毛晋汲古阁刻本《白莲集》作"犹"。③笔者补充一下，元方回《瀛奎律髓》之文渊阁四库全书本作"风递幽香去"和"明年犹应律"，宋李龏《唐僧弘秀集》之文渊阁四库全书本亦作"明年如应律"。

再看和齐己这首《早梅》诗有关的"一字师"的故事。北宋初陶岳《五代史补》（5 卷）卷三《僧齐己》一文云："时郑谷在袁州，齐己因携所为诗往谒焉。有《早梅》诗曰：'前村深雪里，昨夜数枝开。'谷笑谓曰：'数枝非

---

① 中华书局编辑部点校：《全唐诗》（900 卷）（全 15 册），中华书局 1999 年版，第 12 册，卷843，第9600页。

② 同上书，第 9592 页。

③ 王秀林：《齐己诗集校注》，中国社会科学出版社 2011 年版，第 310 页。

早，不若一枝则佳.' 齐己瞿然，不觉兼三衣叩地膜拜。自是士林以谷为齐己一字之师。"① 这是今知材料中这个"一字师"故事的最早出处，后来北宋后期徽宗时人马永易《实宾录》（14 卷）卷五、宋末魏庆之《诗人玉屑》（20 卷）卷六、宋元之间蔡正孙《诗林广记》（20 卷）前集卷八、元辛文房《唐才子传》（8 卷）卷六亦转述了这个故事。

接下来看看齐己《早梅》一诗在选本中的入选情况。该诗入选元方回《瀛奎律髓》（49 卷）卷二〇、明高棅《唐诗品汇》（90 卷）卷七〇、明曹学佺《石仓历代诗选》（506 卷）卷一〇九、明释正勉等编辑的《古今禅藻集》（28 卷）卷四、清康熙帝《御选唐诗》（32 卷）卷一六这 5 种自宋代至清初的唐诗选本。自清初直到当代，对此诗感兴趣的唐诗选本似乎还要少，例如清蘅塘退士孙洙的《唐诗三百首》和中国社会科学院文学研究所选编的《唐诗选》（上下册）均未选齐己这首《早梅》诗，当代著名选本中选收了这首诗的，是萧涤非等人撰写的《唐诗鉴赏辞典》（上海辞书出版社 1983 年 12 月第 1 版），这也是齐己今存 759 题 819 首诗中唯一一首入选这部鉴赏辞典的诗。

据傅璇琮主编的《唐五代文学编年史》知，齐己这首《早梅》诗大约写于唐哀帝天祐二年乙丑岁（905），当时齐己约 42 岁，郑谷（851？—910？）约 55 岁，地点是袁州（今江西宜春）②，故此诗属于齐己前期的诗（即齐己 921 年被高季兴挽留于荆南国之前的诗）是无疑的。现在就来分析一下这首诗。

仔细体味一下，齐己这首《早梅》诗的大意应该是这样的：

隆冬正去未去，早春将来未来，因躲避严寒而钻入地下的花花草草，睡梦正酣，面对隆冬的进攻且战且退的无数树木坚持得太久了，她们都有点担心是否能够坚持下去，是否能够坚持到春回大地。就在这时候，有一株腊梅觉得自己脚下先是不再冰冷，接着有点暖的气息，随后这气息就变成暖流，汩汩而出，腾腾而上。她瞧瞧周围，望望远方，似乎想发现点什么，但显然什么都没有发现，只见隆冬依旧，深雪依旧，无数树木的光秃秃依旧。她只好自己先行动起来，努力地伸展腰肢，运足气力后开始呐喊。这株呐喊的腊梅正在哪里呢？正在山上吗？不是。正在幽谷吗？不

① （宋）陶岳撰，顾薇薇校点：《五代史补》，卷 3，见傅璇琮、徐海荣、徐吉军主编《五代史书汇编》（全 10 册），杭州出版社 2004 年版，第 5 册，第 2509 页。

② 傅璇琮主编：《唐五代文学编年史》（全 4 册），（沈阳）辽海出版社 1998 年版，第 3 册第 979 页。

是。那么究竟正在哪里呢？正在村子，而且是前村子，不是后村子。因为正在村子而不是正在山上或者幽谷，所以才能更方便地报告春的消息；因为正在前村子而不是后村子，所以才能让远行的人或归来的人，上工的人或下工的人，更早更快地知道春的消息。村子是什么节候的景象呢？依然是隆冬景象，白雪满地，深可没膝。村人中有和众多花草一样，整个身心都放松于冬季的闲散中而不思振作者，也有和无数树木一样，面对强弩之末的严冬竟然担心自己能不能熬到春天的忧心忡忡者。他们看不到腊梅手舞足蹈的活跃劲，也听不到腊梅兴奋激动的尖叫声，这让腊梅又着急又无奈，但是得到春天消息的这株腊梅是不会放弃的。她就这么持续不断地舞着、唱着，直到某一个早晨，腊梅发现自己的舞姿和歌声，终于有了第一个欣赏者，这个欣赏者就是东风。东风从东边来，从东边轻轻地飘过来、吹过来、舞过来，一路上舞暖了太阳，舞响了泉水，舞得腊梅的幽香吐得更多了，传得更远了，气味更好闻了。受到东风鼓舞的腊梅正努力地吐香，突然间看到一双深情的眼睛，这是一只小鸟的眼睛。这只小鸟就是腊梅的第二个欣赏者。这只小鸟迷上了腊梅的什么呢？是从头到脚的洁白，还是从内到外的馨香？还是既有洁白，又有馨香，还有其他种种，例如报到春之消息的殷勤和执着？当然是全有了。不迷则还罢了，既然迷上了，那就迷上全部，迷上所有，迷上一切，何况迷上的是这么一株灵动、热心、乐观、执着的梅。可以预见，不但这只小鸟会迷上这株梅，而且所有的小鸟都会迷上这株梅；不但所有的小鸟会迷上这株梅，而且所有的大鸟都会迷上这株梅；不但所有的小鸟和大鸟会迷上这株梅，而且所有不大不小中不溜秋二不棱登的鸟都会迷上这株梅，不但所有的小鸟、大鸟、不大不小的鸟会迷上这株梅，而且……其实何止是鸟啊，除了鸟，还有虫，还有鱼，还有树，还有人，还有风，哦，风早已经说过了，总之万事万物有谁见了这株集智、善、美于一身的梅会不迷上呢？所以，几十天后的明年，节候是春天，百花争奇斗艳，这株梅一定会第一个依候而动，第一个应运而生，第一个展现笑颜，映春台上亭亭玉立的众多佳丽中，只有这株梅能够吸引你的目光，引起你"彼何人斯，若此之艳也"的赞叹，也只有这株梅能让你痴痴地唱起情诗："那一夜，我摇遍所有的经筒，不是为了念佛，只是为了触摸你的指尖"、"那一月，我磕长头匍匐在山路，不是为了觐见，只是为了贴着你的温暖"、"那一年，我转山转水转佛塔呀，不是为了修来世，只是为了途中能够与你相见"、"这一年，我通读了仓央嘉措们所有的诗集，不是为了考试，只是为了找出一首情诗献给你以表达我对你的眷恋，可是我竟然没找着……"

可以看出，从"几十天后的明年"开始是描述末联"明年如应律，先发映春台"这二句诗的，其意思简洁地说就是："这株早梅明年一定会按照节候的安排，准时开放在映春台上而且是第一个开放。"这种预见的句子就措辞的魅力而言，自然不及前三联好。所以，纪晓岚说："起四句极有神力，五、六亦可，七、八则辞意并竭矣。"① 前三联极力描摹早梅在形象和精神上的不同流俗，第四联确实应该放慢速度以便于整首诗平稳刹车了，这样整首诗才能意完备，神完美，气完足，可见，纪晓岚认为末联"辞意并竭"的批评不见得完全正确，查慎行就说这首诗"造意、造语俱佳"。②

最后讨论一下"昨夜数枝开"和"昨夜一枝开"的区别。齐己（864—943?）原作是"数枝开"，郑谷（851?—910?）以为既然题目是"早梅"，那还是"一枝开"更好，齐己立刻心服口服，改为"一枝开"，郑谷以此被当时人看作齐己的"一字师"（注意"一字师"不是师，故郑谷和齐己没有师徒关系，齐己仍然将郑谷视为朋友，尽管郑谷比齐己年长了大约 13 岁）。就切合"早梅"这个题目看，"一枝开"确实比"数枝开"要好。但是，如果齐己当时看到的景象确实是"数枝开"，则用"数枝开"更真实；而且就常理而言，肯定有一枝梅花最早开放，但是这枝梅花很难被人及时察觉，等人察觉的时候，也就有其他梅花开放了，故"一枝开"的事情很难被人看到。《早梅》这首诗描写具有锐敏特质的梅能够在隆冬时节察觉春的消息，报到春的消息，帮助梅完成这种事业的先是一阵东风，然后是一只小鸟，接着是一个诗人齐己。就像这株梅具有锐敏和先知先觉的特性一样，东风、小鸟和齐己，都是锐敏和先知先觉的。从这个角度看，尽管看到"一枝开"的情况很少有，还是得承认，"一枝开"比"数枝开"能够更准确、更深刻地表达这首诗的主旨。郑谷建议得当，齐己采纳及时，两人的默契配合不仅使这首诗的水平更高了，而且使这首诗的名气更大了。齐己遇见郑谷，于交谊、于诗歌，都是一桩幸事。

齐己前期诗的风格和成就从大约 17 岁所写的《寄松江陆龟蒙处士》、大约 32 岁所写的《楚寺寒夜作》、大约 42 岁所写的《早梅》这三首诗可以得其仿佛，其中的《早梅》还是齐己一生中名气最大的诗，这首诗与郑谷有关的"一字师"的故事使得郑谷之于齐己前期创作的重要性远胜过齐己前期的其他友人，例如南汉国诗人黄损和前蜀国诗人贯休。

---

① （元）方回选评，李庆甲集评校点：《瀛奎律髓汇评》（49 卷），上海古籍出版社 2005 年版，卷 20，第 756 页。

② 同上。

齐己一生名气最大的诗产生于大约 42 岁去江西宜春拜见唐末都官郎中郑谷的时候，这当然是齐己前期的成就。但是齐己后期（即 921 年齐己 58 岁来到高氏政权主管的荆南国以后）的生活更加好，好诗照样多。

之所以说齐己来到荆南国之后的生活更加好，一个首要的原因是，齐己受到了荆南国第一任国主武信王高季兴的挽留和重用。此事在《白莲集》卷七《渚宫莫问诗一十五首》的序中，齐己自己有交代，齐己去世后，孙光宪撰写的《白莲集序》（文津阁四库全书本卷首）中陈述得更具体一些："晚岁将之岷峨，假途渚宫，太师南平王筑净室以居之，舍净财以供之，虽出入朱门而不移素履。"《宋高僧传》卷三〇本传讲得更详细："于时高季昌（笔者按：即高季兴）禀梁帝之命，攻逐雷满出渚宫，己便为荆州留后，寻正受节度。迨乎均帝（笔者按：指后梁末帝朱瑱，原名朱友贞，被封均王）失御，河东庄宗自魏府入洛，高氏遂割据一方，搜聚四远名节之士，得齐之义丰、南岳之己，以为筑金之始验也。龙德元年辛巳（921）中，礼己于龙兴寺净院安置，给其月俸，命作僧正，非所好也。其如闲辰静夜，多事篇章，乃作《渚宫莫问篇》十五章以见意，且徇高之命耳。"[1]

"且徇高之命耳"就是当众宣示自己担任龙兴寺僧正这一职务，自己是不愿意的，是荆南国国主渤海王高季昌让自己做的（高季昌 914 年被后梁末帝朱瑱封为渤海王，923 年才被后唐庄宗李存勖封为南平王）。齐己如此的行为，一方面可以认为他确实不愿意做龙兴寺僧正，另一方面可以认为他是在炫耀自己担任僧正这一职务。究竟如何，最好看看他的《渚宫莫问诗一十五章》，只是该诗有 15 章，太长了，故只看序言和第一、第二、第九章。

渚宫莫问诗一十五首并序

予以辛巳岁（921）蒙主人命居龙安寺，察其疏鄙，免以趋奉，爰降手翰，曰："盖知心不在常礼也。"予不觉欣然而作，顾谓形影曰："尔本青山一衲，白石孤禅。今王侯构室安之，给俸食之，使之乐然。万事都外，游息自得。则云泉猿鸟，不必为狎。其放纵若是，夫何系乎。自是龙门墙仞，历稔不复瞻觊，况他家哉。"因创莫问之题，凡一十五篇，皆以"莫问"为首焉。

莫问疏人事，王侯已任伊。不妨随野性，还似在山时。静入无声乐，狂抛正律诗。自为仍自爱，清净里寻思（一作敢望至公知）。（其一）

① （宋）赞宁撰，范祥雍点校：《宋高僧传》（30 卷），中华书局 1987 年版，卷 30，第 751—752 页。

莫问伊稀懒，流年已付他。话通时事少，诗着野题多。梦外春桃李，心中旧薜萝。浮生此不语，剃发竟如何。（其二）

莫问依刘迹，金台又度秋。威仪非上客，谭笑愧诸侯。礼许无拘检，诗推异辈流。东林归未得，摇落楚江头。（其九）①

其他还有"莫问休行脚，南方已遍寻"、"莫问屡愚格，天应只与闲"、"莫问无求意，浮云喻可知"等等。"渚宫"代指荆南国。从序和诗看，齐己显然以生活于荆南国为幸事，因为生活于荆南国后，许多事情，他都可以不担心、不操心，他担任龙兴寺僧正，连觐见高季兴的常规礼节都可以免去。贾晋华、傅璇琮二先生云"据序之'历稔不复睹'及其三（笔者按：应为其九）之'金台又度秋'，推知此组诗当作于居荆渚后第二年。"② "居荆渚后第二年"即后梁末帝朱瑱龙德二年壬午岁（922），该年齐己59岁，这时候，他只是觉得荆南国国主高季昌（923年66岁时为了避后唐献祖李国昌名讳而改名高季兴）对他很宽容很优待，故他写《渚宫莫问诗》15首以表达放逸之志。这时候，他还不知道，高季兴不但宽容、优待他，还冒着得罪中朝权贵的风险保护他。写完《渚宫莫问诗》这组诗不久，齐己去中朝时得罪了后唐明宗李亶（即李嗣源）的第二子秦王李从荣（？—933），李从荣要治罪齐己，是高季兴竭力保护才使齐己躲过一难。此事在《十国春秋》卷一〇三本传中有如此记载："齐己既托迹江陵，惟事笔墨自娱，乃作《渚宫莫问》篇十五章以述怀。顷之，唐秦王从荣召入侍中秋大宴，齐己窥从荣藏异志，有'东林莫碍渐高势，四海正看当路时'之句，几以讽刺得罪。已而脱归荆南，赖武信王匿之获免。其不屈节侯王类如此。"③ 由此可知，《十国春秋》卷一〇三云齐己在荆南国常抑郁不乐的说法不大可信。《十国春秋》卷一〇三的说法是："龙德元年（921），（高季昌）礼齐己于龙兴寺，署为僧正，时降手牍，慰藉良厚。然居恒多郁郁不乐。僧虚中贻诗云：'老负峨嵋月，闲看云水心'，盖伤其志也。"④ 僧虚中所云"老负峨嵋月"可能只是说齐己本来想去前蜀国但没有去成，未必有"伤其志"的意思。《宋高僧传》卷三〇本传云："己颈有瘤

---

① 中华书局编辑部点校：《全唐诗》（900卷）（全15册），中华书局1999年版，第12册，卷842，第9578—9579页。

② 傅璇琮主编：《唐五代文学编年史》（全4册），辽海出版社1998年版，第4册，第171页。

③ （清）吴任臣撰，徐敏霞、周莹点校：《十国春秋》（116卷）（全4册），中华书局1983年版，第4册，卷103，第1471—1472页。

④ 同上书，第1471页。

赘，时号诗囊。栖约自安，破衲拥身，枲（笔者按：枲，读音与喜同，大麻的雄株，泛指麻）麻缠膝。爱乐山水，懒谒王侯，至有'未曾将一字，容易谒诸侯'句。"①《宣和书谱》（影印文渊阁四库全书本）卷一一评价齐己时亦云："操行自高，未始妄谒以冀知遇，人多称之。"从上文所引齐己《渚宫莫问诗》十五首的序和诗看，再从《十国春秋》卷三〇所云齐己十分简朴随意的着装看，齐己"爱乐山水、懒谒王侯"的说法应该是正确的。可能正是因此，高季兴才以齐己"心不在常礼"为由免去齐己觐见高季兴的礼节，齐己自己也为此感到高兴，自言"予不觉欣然而作"。可见，齐己着装随意，不拘小节，爱乐山水，懒谒王侯，是完全可能的，也是完全可信的，但是，齐己在荆南国不会常常郁郁不乐，因为荆南国国主给了齐己优厚的待遇，也给了齐己额外的宽容，齐己自己已经为这种待遇感到十分高兴了，他在荆南国的生活也确实顺遂和得意。

齐己在荆南国生活的顺遂和得意，一方面得益于荆南国第一任国主高季兴（921 年至 928 年，齐己生活于高季兴主政时期）和第二任国主高从诲（929年开始直到齐己大约 938 年去世，齐己生活于高从诲主政时期）对他的宽容和优待，另一方面得益于和荆南国年轻官员孙光宪的友好交往。

齐己所写表现齐己和孙光宪友好交往的诗比较多，例如下面这首《中秋夕怆怀寄荆幕孙郎中》。

中秋夕怆怀寄荆幕孙郎中
白莲香散沼痕干，绿筱荫浓藓地寒。
年老寄居思隐切，夜凉留客话时艰。
行僧尽去云山远，宾雁同来泽国宽。
时谢孔璋操檄外，每将空病问衰残。②

先注释几个字义。筱，读音同小，上声，意思是小竹子。宾雁，又作宾鸿，即鸿雁。泽国，有二种含义，第一种含义是，与山国、土国相对，指境内多沼泽之地的国家；第二种含义指水乡。本诗中两种含义皆可讲通。孔璋，指建安七子中长于写章启等公文文体的陈琳，陈琳字孔璋。

这首诗写作的时间大约是 926 年或稍后，齐己大约 63 岁，任荆州龙兴寺

① （宋）赞宁撰，范祥雍点校：《宋高僧传》（30 卷），中华书局 1987 年版，卷 30，第 752 页。

② 中华书局编辑部点校：《全唐诗》（900 卷）（全 15 册），中华书局 1999 年版，第 12 册，卷846，第 9642 页。

僧正，孙光宪大约 31 岁，该年秋季刚到荆州，任荆州幕府从事，检校郎中。
该诗的大意是：

> 白莲池里荷花的香气就像荷花的枝叶一样残缺、暗淡、有气无力，比
> 这景象还要令人沮丧的是，池水早已干涸，连沼泽里的泥都显示出干裂的
> 迹象。竹林里的竹子也落光了叶子，只有地面上的小竹子仍然不无绿意，
> 仍然十分浓密，仍然和厚厚的苔藓拥挤在一起，让人沮丧透顶的情绪平添
> 了一份无边的寒意和悲凉（五六年前我离开湖南，前往前蜀，途径荆南，
> 被荆南国国主高季兴挽留于荆南国，那时候我已经 58 岁了）。步入暮年
> 的我寄居于荆南国（待遇虽优厚，但是），归隐深山的愿望十分强烈。夜
> 凉如水的后半夜，被我留宿、听我倾诉生活中种种不如意之事的客人十分
> 清楚我归隐的心意。喜欢云游四方的僧人一个一个都去了他们想去的地
> 方，或者归隐白云，或者归隐深山，只有我滞留于荆南国荆州龙兴寺做了
> 僧正，使得归隐的目的地和归隐理想的实现更加遥远。我之所以愿意滞留
> 于荆南国做龙兴寺僧正，很重要的一个原因是荆南国国主高季兴礼贤下
> 士，对我这个和尚十分宽容，待遇也很高，这就像大难来临时四散而逃的
> 哀鸿发现，作为鱼米之乡的荆南，有相对适宜的生存条件，于是鸿雁们全
> 都聚拢荆南。我愿意滞留于荆南国的另一个原因是，（我来荆南 5 年后，
> 你孙光宪就来到了荆南），像汉末陈琳一样长于书疏奏启的你一来到荆南
> 国就担任检校郎中这么重要的官职，因而你要写的公文很多，你要做的事
> 情很杂，可是，公事繁忙之余，你还能够常常来到我这个老和尚这里，嘘
> 寒问暖，周困济乏。这让我在感激之余，常发感慨：遇到你孙光宪这个小
> 后生，是我暮年的幸运，你我之间的交谊，不啻一剂良药，给我暮年生活
> 以极大的抚慰，尤其是我情绪低落的时候，例如这个满怀凄怆之情的中
> 秋节。

这首诗四联八句，层次分明，逻辑连贯，叙事十分清楚，不足的是，可能
是太理性、太冷静了的缘故，这首诗所写对孙光宪的称赞和感激给人一种虚应
故事的感觉，整首诗也因情感真实性的这种不确定而感染力有所减弱，即使齐
己在题目上特意加上"怆怀"二字以表示自己真的动情了，效果仍然不大。
从这首诗可以看出，情感真实性在诗歌感染力中所占的比重之大。当情感真实
性有所欠缺的时候，即使才高如齐己，即使在诗题上标明"怆怀"、"我都哭
了"、"流泪而做"之类的字眼，仍然于事无补或所补有限。从史实上看，写
《中秋夕怆怀寄荆幕孙郎中》的时候，齐己到荆南已经五六年了，而孙光宪到

荆南一年不到或一年稍多；齐己所任职务是龙兴寺僧正，而孙光宪所任职务是荆南国检校郎中，二者如有差别，也显然是齐己职务高；孙光宪当然受到高季兴的优待和重用，而齐己所受的优待和礼遇已经是额外的好了。就是说，写这首诗的时候，齐己在荆南国的地位并不比孙光宪差，故齐己所写对孙光宪的感激更大的可能是客气或礼节，而不是齐己真有这种感情。那么，60 余岁的齐己为何要对 30 余岁的小后生孙光宪表达这种感激之情呢？产生这种感激之情，一般出于两种情况，一种是被感激者对感激者有仕途上的提携，另一种是被感激者和感激者之间因为某种共同的兴趣爱好而互认知音。现在知道，孙光宪不可能对齐己在仕途上有所提携，那就只能是互认知音了。齐己和孙光宪因为什么兴趣爱好而互认知音呢？这就要分析齐己的另一首诗《孙支使来借诗集因有谢》了。

孙支使来借诗集因有谢

冥搜从少小，随分得淳元。

闻说吟僧口，多传过蜀门。

相寻江岛上，共看夏云根。

坐落迟迟日，新题互把论。①

先解释字义。"淳元"，犹浑元，指天地的元气。"云根"有三个义项，第一个是深山云起之处，第二个是山石，第三个是道院僧寺。本诗中显然指深山云起之处。

此诗作年不详，据贾晋华、傅璇琮《唐五代文学编年史·五代卷》考证，此诗大约作于后唐明宗李亶（即李嗣源）长兴二年辛卯岁（931），该年齐己来到荆南国 10 年了，孙光宪来到荆南国 5 年了，齐己仍为荆南国荆州龙兴寺僧正，孙光宪任荆南节度副使不久，仍兼检校郎中。

该诗大意是：

> 我很小的时候就喜欢吟诗，而且吟诗时喜欢绞尽脑汁地想，喜欢从他人想不到或者不愿意想的地方想。这样想的效果不错，我的诗常有佳作，而且这些佳作实在太好，在别人看来，是随手涂抹，便得天地之灵气。职此之故，喜欢作诗的和尚常常吟诵我的佳作，我还听说，我的诗已经越过

---

① 中华书局编辑部点校：《全唐诗》（900 卷）（全 15 册），中华书局 1999 年版，第 12 册，卷843，第 9594 页。

潇湘之地，传到四方，包括传到你孙光宪所来的蜀地。虽然我齐己的诗传得很远，虽然我齐己的诗受到很多人的喜欢，但是真正与我投合的人我很少遇见，而我所遇见的人很少与我投合，自从你孙光宪来到荆南国，我才真正遇到了知音。我齐己比你孙光宪年长 32 岁，但这么大的代沟丝毫不妨碍我和你的亲密交往。一年中从春夏到秋冬，一日中从清晨到日暮，都有我和你结伴而游的影子。最难忘的事情是，你去江岛上找我，我去江岛上找你，两人颇费周章不无辛苦地找见后，其实也无事可干，甚至无话可说，印象最深的事情就是一块儿向前方走去，经历一种王维《终南别业》诗所云"行到水穷处，坐看云起时"①的生活。"坐看云起时"的情景印象虽然深，但次数并不多。次数更多的生活是，我和你坐而论诗，坐了一整天，也论了一整天，新诗写了一篇又一篇，话题换了一个又一个，经常性的情况是，夕阳即将落山了，晚霞即将隐去了，可是，我和你又想到了一个新的诗题，互相把玩，互相探讨，我和你的友谊随着诗题的崭新而崭新，随着诗味的绵长而绵长。

从《孙支使来借诗集因有谢》这个题目看，这首诗的背景是，年齿为晚辈而官职为副使的孙光宪向担任龙兴寺僧正的老和尚齐己借诗看，齐己把自己的诗集借给孙光宪的时候写了这首诗。前二联是说，"我天赋不好，从小就喜欢苦吟，没想到绞尽脑汁写出来的诗居然人见人夸，被许多喜欢写诗的僧人吟诵，据说还流传到了你们蜀地。"后二联是说，"到了荆南国，遇见你孙光宪这个小后生，我齐己才真的有了知音，我的诗艺才真的有了进步，这本诗集里的许多诗就是和你游玩交往的记录，许多诗还是和你讨论之后才写出来的。"这首诗从头到尾都是叙事，没有评价（自己评价自己不方便），没有抒情，更没有对孙光宪的感谢或感激。故这首诗就没有什么感染力。但没有感染力的诗未必就不是好诗。一首诗的价值不必非有感染力不可，有时候，没有感染力，但是有认识价值，这样的诗也很好。齐己《孙支使来借诗集因有谢》就是这样一首具有认识价值的好诗。这首诗告诉人们：宋陶岳《五代史补》所云齐己七岁于牛背上作诗的事情真实可信；齐己诗名流播四方，连身在前蜀国的孙光宪也知道；后于齐己 5 年来到荆南国的孙光宪和齐己甚为相得，常常共读诗和共作诗。当然了，你愿意对末联"坐落迟迟日，新题互把论"作其他解释，只要言之成理，亦无不可。例如，你可以认为末联诗是齐己吓唬孙光宪："这

---

① 中华书局编辑部点校：《全唐诗》（900 卷）（全 15 册），中华书局 1999 年版，第 2 册，卷126，第 1276 页。

诗集里的许多诗是和你讨论后作出来的，你要是批评我，实际上就是批评你自己。是批评和自我批评，还是表扬和自我表扬，你自己选择好了。"

从以上二首诗可以看出，孙光宪作为齐己暮年的知己，既能给齐己生活以照顾，又能给齐己诗艺以切磋，齐己对此十分感激，在诗中多次提及。齐己所写提及孙光宪的这类诗歌今存 9 首，含 4 首七律、4 首五律、1 首七绝。从作年份，大约有如下三个时间段：

大约作于 926 年齐己 63 岁的诗有七律《谢孙郎中寄示》（《全唐诗》卷八四四）、七律《中秋夕怆怀寄荆幕孙郎中》（《全唐诗》卷八四六）、七律《寄荆幕孙郎中》（《全唐诗》卷八四四）、七绝《谢荆幕孙郎中见示乐府歌集二十八字》（《全唐诗》卷八四七）①；

大约作于 931 年齐己 68 岁的诗有：五律《夏满日偶作寄孙支使》（《全唐诗》卷八四一）、五律《孙支使来借诗集因有谢》（《全唐诗》卷八四三）、五律《和孙支使惠示院中庭竹之什》（《全唐诗》卷八四〇）、七律《贺孙支使郎中迁居》（《全唐诗》卷八四五）②；

大约作于 937 年齐己 74 岁的诗有五律《因览支使孙中丞看可准大师诗序有寄》（《全唐诗》卷八四三）③。

读完以上诗歌，会更加清楚地认识到，仅仅从孙光宪给予齐己个人生活的照顾和诗歌创作的促进两方面看，齐己来到荆南国，都是一种幸运，再联系荆南国第一任国主武信王高季兴给予齐己的特别宽容和优待，更会明白齐己来到荆南国并终老荆南国的原因了。由齐己的生活境遇看，地狭、民贫、国弱的荆南国对文人还是有一定的吸引力，不管这个文人是僧人，还是俗世人。齐己是僧人，以下再看一个俗世人孙光宪的例子。

第四节　荆南国孙光宪等人的文学创作

荆南国前期文学成就突出的诗人是僧人齐己，荆南国后期文学成就突出的诗人是孙光宪。本节看看孙光宪其人及其文学创作，最后再看看僧人尚颜和王昷（昷，通岩）等人的文学成就。

孙光宪（896？—968），字孟文，自号葆光子，陵州贵平（今四川仁寿）人。

---

① 傅璇琮主编：《唐五代文学编年史》（全 4 册），辽海出版社 1998 年版，第 4 册，第 214 页。

② 同上书，第 247 页。

③ 同上书，第 301 页。

先看孙光宪生平的几个问题。

《新五代史》卷六九《南平世家》、《宋史》卷四八三、《十国春秋》卷一〇二均有孙光宪传记或事迹记载。但是，最方便、最常用而又足够可靠的孙光宪事迹是《中国文学家大辞典·唐五代卷》的"孙光宪"词条的记载。此词条关于孙光宪的生平有失误。现在辨析一下。

"孙光宪"词条云："唐末为陵州判官，唐亡，避地江陵。……历仕从海、保融、继冲三世。累官荆南节度副使、检校秘书少监（一作秘书监）兼御史大夫。"这里有三个失误。

第一，依据贾晋华、傅璇琮《唐五代文学编年史·五代卷》的考辨，孙光宪在前蜀国后主王衍后期时为陵州判官，前蜀灭亡后，避地江陵。因为孙光宪大约出生于896年，906年唐亡时，孙光宪才12岁，不可能任判官一职。何以知道孙光宪大约生于896年呢？《三楚新录》卷三云"光宪与（梁）延嗣年甲相亚。"《宋史》卷四八三《梁延嗣传》云："开宝九年（976）卒，年八十一。"由此可推算出孙光宪大约生于唐昭宗乾宁三年（896）。[①] 又何以知道孙光宪为前蜀国陵州判官，前蜀灭亡时避地江陵呢？《资治通鉴》卷二七五天成元年四月条，称孙光宪为前陵州判官。孙光宪《北梦琐言》卷一〇云钟大夫流寓陵州，"葆光子时为郡倅，钟公惠然来访"。所谓"郡倅"，即指判官而言。孙光宪于前蜀灭亡后数月抵达江陵。可推算出孙光宪为陵州判官的时间是后唐同光年间（923—926）。[②]

第二，孙光宪926年来到江陵后，曾出仕于高从海、高保融、高继冲，这是对的。但是，孙光宪"历仕"的国主或皇帝有荆南国三世五主和宋太祖赵匡胤。荆南国三世五主指第一任国主武信王高季兴（907—928年十二月在位）、第二任国主文献王高从海（929年一月—948年十月在位）、第三任国主贞懿王高保融（948年十一月—960年七月在位）、第四任国主侍中高保勖（960年八月—962年十月在位）、第五任侍中高继冲（962年十一月—963年五月在位），一直到宋太祖乾德六年（968）去世。[③]

第三，孙光宪的的官职"累官荆南节度副使、检校秘书少监（一作秘书监）兼御史大夫"，完全可以肯定地说成："累官荆南节度副使、检校秘书监兼御史大夫。"《唐五代文学编年史·五代卷》记载后周世宗显德二年（955）

---

① 傅璇琮主编：《唐五代文学编年史》（全4册），辽海出版社1998年版，第4册，第60页。

② 同上书，第179页。

③ （清）吴任臣撰，徐敏霞、周莹点校：《十国春秋》（116卷）（全4册），中华书局1983年版，第4册，卷100—卷101，第1427—1454页。

关于孙光宪的事情时云："《宋史》卷四八三本传：'累官至检校秘书监兼御史大夫赐金紫。'按：光宪天福三年（938）已为检校秘书少监兼御史大夫，至本年已过十五年，当已迁至检校秘书监兼御史大夫。"① 笔者按：这里不需用"当已迁至"的说法，因为《宋史》已经明确地记载为"检校秘书监"了。

据《唐五代文学编年史·五代卷》可知，关于孙光宪的生平，除以上三个需要更正的问题外，还有以下几件事情需要补充。

后梁末帝朱瑱贞明元年乙亥岁（915），孙光宪约 20 岁。该年（915）十二月，孙光宪游凤州，与山人强绅交往。该年（915）前后，孙光宪游历蜀之资州、绵州、斜谷、剑州、利州等地，并曾居成都 10 余年，与牛希济、毛文锡之子等蜀中文士官绅广泛交往。②

后唐明宗天成元年丙戌岁（926），孙光宪约 31 岁。该年（926）四月，梁震推荐孙光宪给荆南国主高季兴，高季兴以孙光宪为掌书记、检校郎中。该年（926），孙光宪与齐己交往唱酬。③ 注意，该年（926）四月前，孙光宪在四川，为前蜀国陵州判官。该年（926）四月开始，孙光宪开始了他在荆南国的生活，这种生活一直持续到建隆四年（963）五月荆南国纳土归宋。孙光宪在荆南国呆了 38 个年头，即从他 31 岁到他 68 岁时。

后唐明宗李亶长兴二年辛卯岁（931），孙光宪约 35 岁，齐己 68 岁。齐己《白莲集》卷八有《贺孙支使郎中迁居》，卷四有《夏满日偶作寄孙支使》，题下注云："其年闰五月。"长兴二年（931）闰月为五月，故知此年（931）孙光宪已任荆南节度支使、检校郎中。④

后唐末帝李从珂清泰二年乙未岁（935），孙光宪约 40 岁，仍为荆南节度支使、检校郎中。该年（935）十月，孙光宪告诫荆南国第二任国主文献王高从诲不要骄傲和奢侈，高从诲听从了。同年（935），梁震坚持要求退职，从这时开始，高从诲将政事委托给孙光宪。⑤

后晋高祖石敬瑭天福二年丁酉岁（937），孙光宪约 42 岁，齐己有诗《因览支使孙中丞看可准大师诗序有寄》。⑥

后晋高祖石敬瑭天福三年戊戌岁（938），孙光宪约 43 岁，为荆南节度副

---

① 傅璇琮主编：《唐五代文学编年史》（全 4 册），辽海出版社 1998 年版，第 4 册，第 479 页。

② 同上书，第 126—127 页。

③ 同上书，第 214—215 页。

④ 同上书，第 247 页。

⑤ 同上书，第 281 页。

⑥ 同上书，第 301 页。

使、检校秘书少监、试御史中丞。该年（938）三月，孙光宪为齐己《白莲集》作序。①

后晋高祖石敬瑭天福五年庚子岁（940），孙光宪约 45 岁，到荆南 15 个年头，仍为荆南节度副使，检校秘书少监、试御史中丞。四月，后蜀赵崇祚编《花间集》十卷成，《唐五代文学编年史》云："（花间集）卷七、卷八收光宪词共六十一首称为'孙少监光宪'。"②这里未将所言《花间集》的版本明确说出来。需要稍作考索。笔者按：文渊阁四库全书本《花间集》（10 卷）的目录和正文均明确标出卷七收孙光宪词"十三首"、卷八收孙光宪词"四十七首"。这样，文渊阁四库全书本《花间集》（10 卷）收孙光宪词是 60 首，而不是 61 首。何以会有此种不同？原来是文渊阁四库全书本将《花间集》卷八所收孙光宪词的《竹枝》二首词误认为是一首词，故目录和正文均于卷八标明"孙光宪四十七首"，显然错误，应该标明"孙光宪四十八首"。文渊阁四库全书本《花间集》（10 卷）从目录到正文均未言孙光宪的官职。《花间集》存世的所有版本中，最早的是宋绍兴十八年（1148）济阳晁谦之刻本，中国国家图书馆有藏，但此本笔者未借到。此本的面目保存于明正德十六年（1521）陆元大仿宋刻本（上海图书馆有藏，可以借到），又保存于光绪十四年（1888）邵武徐幹的重刻本，徐幹重刻本被上海书店出版社 1994 年影印后收于《丛书集成续编》中，故最为易得。徐幹重刻本《花间集》十卷目录云"孙少监（光宪六十一首）。"但正文卷七先收"孙光宪十三首"、卷八又收"孙光宪四十七首"。就是说，正文未言孙光宪官职。不知徐幹刻本《花间集》的目录是徐幹所编，还是宋绍兴刻本本来就有，故无法断定，赵崇祚是否注明了孙光宪的官职。也就是说，940 年，后蜀国赵崇祚编成的《花间集》是只收了孙光宪 31 岁前在前蜀国的作品，还是兼收了孙光宪从 31 岁到 45 岁在荆南国的作品，今日难以知道，只能存疑。不管怎样，到天福五年（940）孙光宪约 45 岁时，《花间集》已收录孙光宪词 61 首，这是确定无疑的。

后汉隐帝刘承祐乾祐三年庚戌岁（950），孙光宪 55 岁。从乾祐元年（948）至本年（950），荆南王贞范（又作王正范）编集道家神仙诗为《洞天集》五卷。《十国春秋》卷一〇三《王贞范传》云："素精于春秋，有驳正杜预《左传注》数百条，人多讶之。独与同官孙光宪说《春秋》义合，二人心相得也。"③

---

① 傅璇琮主编：《唐五代文学编年史》（全 4 册），辽海出版社 1998 年版，第 4 册，第 314 页。

② 同上书，第 342 页。

③ 同上书，第 431 页。

后周世宗柴荣显德二年（955），孙光宪约 60 岁，为荆南节度副使，检校秘书监兼御史大夫。九月，撰《高季兴碑》。①

北宋太祖赵匡胤建隆二年（961），孙光宪约 66 岁，仍为荆南节度副使，检校秘书监兼御史大夫。孙光宪谏荆南国第四任国主侍中高保勖纳土归宋并不要奢侈，高保勖未听从。②

北宋太祖赵匡胤乾德元年（963），孙光宪约 68 岁，仍为荆南节度副使，检校秘书监兼御史大夫。二月，高继冲尽以刑政、赋役委托给孙光宪。孙光宪劝高继冲以三州之地归宋，高继冲听从了。荆南国纳土归宋后，宋太祖授孙光宪黄州刺史。乾德六年（968）卒，年约 73 岁。③

再看孙光宪的作品存留问题。孙光宪的词以《全唐五代词》所收最完备。《全唐五代词》正编卷三收孙光宪 84 首词。其中，前 61 首得自于五代时编成的《花间集》，后 23 首得自于北宋初期人佚名编的《尊前集》。去除与词的重复，孙光宪有诗 5 首，《全唐诗》卷七六二所收 8 首诗和断句 1 联（此联为五言句式）中，《竹枝词》2 首，《杨柳枝词》4 首、《八拍蛮》（孔雀尾拖金线长）被收于《花间集》卷八孙光宪名下，《采莲》（菡萏香连十顷陂）被收于《花间集》卷二温庭筠名下。这样，孙光宪的诗除断句外就只有 1 首诗，即《全唐诗续拾》（60 卷）卷五〇（第 11701 页）从《舆地纪胜》卷六四《江陵府》采入的《荆台》（此题目为陈尚君代拟）："百尺荆台草径荒，如何前日谓云阳？古今不尽迁移恨，依旧台边水渺茫。"④ 这首诗第二句不太好懂，而且整首诗水平一般，所以就不分析了。现在分析一下孙光宪的词。

如本编第四章第一节所述，《花间集》所收 18 名词人的 500 首词中，被收词最多的是晚唐温庭筠，有 18 调 66 首，排名第二的是荆南孙光宪，有 25 调 61 首（就词调数量而言，孙光宪在 18 人中排名第一）。可是，在《花间集》的 18 位词人中，孙光宪的名气不但不如温庭筠和韦庄，也不如牛峤、欧阳炯等人。名气是大是小，很大的程度上是一种感觉，带有个人主观感受的色彩。那就举一个客观证据来说明孙光宪词名气不大的问题吧。唐圭璋等主编的《唐宋词鉴赏辞典》（唐五代北宋卷）收温庭筠词 9 调 21 首，收韦庄词 12 调 21 首，收李珣词 6 调 9 首、收张泌词 6 调 8 首、收欧阳炯词 7 调 8 首，收孙光

---

① 傅璇琮主编：《唐五代文学编年史》（全 4 册），辽海出版社 1998 年版，第 4 册，第 479 页。

② 同上书，第 539 页。

③ 同上书，第 555 页。

④ 中华书局编辑部点校：《全唐诗》（900 卷）（全 15 册），中华书局 1999 年版，第 15 册，《续拾》卷 50，第 11701 页。

宪词 7 调 8 首，收牛峤词 6 调 7 首。就所收词的数目多少而言，孙光宪与张泌、欧阳炯并列于 18 人中的第四名，比选牛峤词多 1 首。可是，考虑到《花间集》所收孙光宪 61 首词这种排名第二的数量，就知道孙光宪词是受到轻视的。《花间集》18 名词人在《全唐五代词》中存词超过 20 首的词人有：孙光宪 84 首、温庭筠 69 首、顾敻 55 首、韦庄 54 首、李珣 54 首、欧阳炯 47 首、牛峤 32 首、毛文锡 32 首、张泌 28 首、和凝 28 首、魏承班 21 首。① 如果再考虑一下《花间集》18 名词人今日存词数量中，孙光宪排名第一的事实，就更能明白孙光宪词受唐圭璋等《唐宋词鉴赏辞典》轻视的严重程度了。

那么，孙光宪词的水平真的比较差吗？不是这样的。先看前人的评价。清陈廷焯《云韶集》卷一："孟文词（笔者按：孙光宪，字孟文）在五代时最见气格，风致亦复不泛，出韦端己上。"② 吴梅《词学通论》第六章："余谓孟文词之沉郁处，可与李后主并美。"③ 李冰若《栩庄漫记》："葆光子（笔者按：葆光子为孙光宪的号）词婉约精丽处，神似韦庄，其《浣溪沙》最有名，孙洙评谓其绝无含蓄，而自然入妙。"④ 民国时人姜方锬《蜀词人评传》（1934年成都协美公司排印本）云："光宪当时颇以词鸣，以香艳秾缛见长，亦《花间》之隽也。如《浣溪沙》、《谒金门》、《河渎神》、《菩萨蛮》、《思帝乡》、《清平乐》、《思越人》诸阕，后人啧啧称誉之。"⑤ 这些评价认为孙光宪词可与韦庄、李煜词媲美，是"花间之隽"，评价倒是蛮高的，只是没有例证，难以服人。这里就评估一下孙光宪词的总体水平，并分析一二首名作。

《花间集》所收 61 首孙光宪词中，至少有如下 9 首词水平不错：《浣溪沙》（9 首）之四（揽镜无言泪欲流）、之五（半踏长裾宛约行）、之六（兰沐初休曲槛前），《菩萨蛮》（5 首）之二（花冠频鼓墙头翼），《清平乐》（2 首）之一（愁肠欲断），《更漏子》（2 首）之一（听寒更）、之二（今夜期），《杨柳枝》（4 首）之三《根柢虽然傍浊河》，《渔歌子》（2 首）之一（草芊芊）。

《尊前集》所收 23 首孙光宪词中，至少有如下 8 首水平不错：《浣溪沙》（10 首）之三（何事相逢不展眉）、之六（试问于谁分最多）、之十（十五年来锦岸游），《南歌子》（2 首）之一（艳冶青楼女）、之二（映月论心处），

① 曾昭岷、曹济平、王兆鹏、刘尊明编撰：《全唐五代词》（全 2 册），中华书局 1999 年版，《目录》第 6—14 页。

② 史双元编著：《唐五代词纪事会评》，黄山书社 1995 年版，第 937 页。

③ 同上。

④ 同上。

⑤ 史双元编著：《唐五代词纪事会评》，黄山书社 1995 年版，第 938 页。

《应天长》（翠凝仙艳非凡有），《生查子》（4首）之一《春病与春愁》、之二
（为惜美人娇）。

依据本编第四章第一节对《花间集》题材和内容的归类，孙光宪词思想
内容上有以下类别：

第一类，描述男女情事，《花间集》所收孙光宪61首词中的37首写这类
事情。例如《花间集》卷七《浣溪沙》（9首）之四（揽镜无言泪欲流）、之
五（半踏长裾宛约行）、之六（兰沐初休曲槛前）等。

第二类，咏史词。孙光宪共有咏史词7首。例如《花间集》卷七所收孙
光宪《河传》（4首）之一（太平天子）、之二（柳拖金缕），写隋炀帝开河南
游事及一些人逃到江南后歌舞升平的事情；《花间集》卷八所收孙光宪《后庭
花》2首（景阳钟动宫莺啭）、（石城依旧空江国），这2首词写陈后主事；
《定西番》（2首）之二（帝子枕前秋夜），写乌孙公主对汉朝的思念；《思越
人》2首（古台平）（渚莲枯），两词皆写西施故事。

第三类，咏物词。《花间集》卷八收孙光宪如下5首咏物词：《玉蝴蝶》
（春欲尽）写蝴蝶，《杨柳枝》4首均写柳。

第四类，写风土人情。《花间集》卷八所收孙光宪如下7首词：《风流子》
（3首）之一（茅舍槿篱溪曲）写田家风光；《定西番》（2首）之一（鸡绿山
前游骑）写边塞的风光和生活；《八拍蛮》（孔雀尾拖金线长）写南方风俗画；
《竹枝》2首（门前春水）（乱绳千结）写南方景色和风土人情；《渔歌子》2
首（草芊芊）（泛流萤）写渔家的情怀和欢乐。

从内容看，孙光宪词堪称广泛多样，这在《花间集》中比较突出。但孙
光宪写得最好的词还是题材为男女情事的词。这里选析《花间集》1首，《尊
前集》2首。且看：

浣溪沙（九首之一）

蓼岸风多橘柚香，江边一望楚天长，片帆烟际闪孤光。　目送征鸿飞
杳杳，思随流水去茫茫，兰红波碧忆潇湘。（《花间集》卷七）①

先做字词释义。蓼，读音同"了解"的"了"，上声，一年生或多年生草
本植物，有水蓼、红蓼、刺蓼等，味辛，又名辛菜，可作调味用。兰，植物
名，有蓼兰、木兰、松兰、马兰等，叶可制作蓝色颜料，其花的常见颜色有

---

① 曾昭岷、曹济平、王兆鹏、刘尊明编撰：《全唐五代词》（全2册），中华书局1999年版，上
册，第616页。

红、蓝两种。

此词被收入后蜀国赵崇祚940年编成的《花间集》，926年孙光宪就离开蜀地，来到荆南国任职于高氏政权幕下。从"江边一望楚天长"、"兰红波碧忆潇湘"的句子看，这首词应该写于孙光宪人在蜀地时，即写于926年孙光宪离蜀前。当然，也可能写于926年离蜀后，如是这样，那么这首词就是孙光宪在回忆以前在蜀地的生活。众所周知，《花间集》的中心题材和中心思想是以女性为描写对象，但这只是表象，深一层地说，《花间集》是以男性眼光中的女性为描写对象，更深一层地说，《花间集》是以美的形体和美的思想为描写对象。一个原因是，因为写词者多数是男性，故出现在词中的形体以女性占压倒多数或突出地位，另一个原因是，女性的形体和容貌确实比男性的形体和容貌更美，所以，即使写词者是女性，出现在词中的形体描写仍然以女性为多，以女性为更美。与此相联系，女性的思想、感情比男性的思想、感情更敏锐、更美妙。当然，词中表现的女性思想、感情一直与男性的思想、感情紧密相连。这就是说，词的中心题材和中心思想，实质上是人体之美和人性之美，其他对象例如节候、环境等等的美都是为人体之美和人性之美来服务的。有时候，词中没有出现人体之美，也没有出现人性之美，或者人体之美和人性之美很概括、很模糊、很轻淡，让你都会怀疑这样的词是不是《花间集》中的词了。孙光宪的这首《浣溪沙》（蓼岸风多橘柚香）就是这样一首让你怀疑其品格和风格是不是《花间集》词的一首词。现在体察一下这首词在写什么。

这首词的大意是：

　　碧水悠悠，堤岸长长，在碧水悠悠和堤岸长长之先闯入人之眼帘的，是堤岸上盛开的蓼兰花，比盛开的蓼兰花更能引起人们注意的，是伴随阵阵微风扑面而来的橘香和柚香，以及比橘香和柚香还要香的一种莫名的香。那人远去了，随水而去，向东边去，向楚地去。我伫立岸边，向楚地望去，只觉我心悠悠一如碧水悠悠，但见楚天长长远胜堤岸长长。在长长的楚天下，在悠悠的水面上，在淡淡的雾霭中，那人乘坐的船只渐行渐远，渐行渐小，但是，再怎么远和小，都是我的目光所集、情感所钟和梦魂所系，改变的是距离和大小，不变的是情谊和魅力，而且正是因为距离远了，两人的情谊才更加悠长，两人的体贴才更加入微。何以知道是这样呢？你看载着那人的船只是不是渐行渐远最终没了踪影？我指给你看，就在那里，在水天相接处，在雾霭蒙蒙中，是一个黑点，不对，是一个白点，还不对，是一团光，哦，这次对了，就是一团光，那人是一团光，一团奇异的光，一团唯一的光，一团芬芳四溢的光，一团闪闪发亮的光，一团照耀世界的光……

　　不要以为那团光离我很远，不要以为那团光我只能遥望。那团光在我身边时，整个世界都是香的，橘香阵阵，一如清风阵阵，柚香长长，一如江水长长；那团光远在天边时，我自有办法飞越千里万里，追随全世界这团最亮最香的光。你看到天上那一排一排的大雁了吗？你看到江上那一滚一滚的浪潮了吗？我的目光、心意和魂魄追随着大雁，也寄给了流水。大雁飞到了天之涯，我的心也就到了天之涯；江水流到了地之角，我的爱也就到了地之角。自从那团光去了楚地，我的梦魂就一直追随，年年月月，朝朝暮暮，时时刻刻，从未有须臾分离。秋天里雨打梧桐淅淅沥沥让人寂寞难挨的时候，我当然注视着楚地，牵挂着在潇湘的水上漂泊不定的那团光。春天里鸟鸣窗外叽叽喳喳催人踏青赏春的时候，我仍然凝望着楚地，思念着在潇湘的地上四处漂泊的那团光。那团光占据了我整个的心，带走了我全部的爱，我再也没有时间听鸟叫了，我再也没有心情赏水绿了，我再也没有兴趣闻花香了，真对不起岸边轻轻涌动的绿色波涛，真对不起水旁默默吐香的红色蓼兰……

　　可以看出，词中的"风多"不是风大或大风的意思，而是说，风很细很小，但一阵一阵地吹，带来了橘柚一股一股的清香气息。词中的"一望楚天长"不是只望一次，也不是一次一次地望，而是强调"一望……就……"的意思，词中显然是说那人的船只起航后，岸上这人目光一望（"一望"，也可以说成"一往"），情意就深了。"片帆"不是一片又一片的帆，而是只有一片帆，唯一的一片帆。这样讲并不是说江中只有那人所乘船只的一片帆，没有其他船，或者其他船没有帆，而是说，即便江面上千帆竞发，但是岸上这人关注的，只是与水中那人有关的那一片帆。"烟际"之"烟"指水气、水雾，"烟际"之"际"就是边际、天边的意思。词中"闪孤光"的"孤"字面意义确实是孤零零的意思，但没有孤独或无助这种意思，而是强调这团光的难得、唯一、最亮；"闪孤光"的"闪"不是闪了一次，而是说不断地闪，闪个不停，甚至强调船看不见了，但其光依旧在闪。"目送征鸿"的"送"和"思随流水"的"随"是同一个意思，都是追随、陪同、一起的意思。"兰红波碧忆潇湘"可以认为是说蓼兰开得正红、江水变得很绿的时候，思念着到了潇湘的那人，但更好、更准确的解释是，鲜红的蓼兰花那么香、碧绿的长江水那么美，而且就在我的眼前，可是我总是心不在焉，因为我在乎、我思念的只有一个目标，那就是远方的那个人，就是潇湘的那团光。

　　孙光宪这首词字美、句美、形象美、意境美、感情美，诸美的齐全和诸美的得当搭配使得这首词如同出水的芙蓉，从头到脚都美，从外到内都妙，其清雅可人的模样和品质几乎到了人见人爱的地步，也几乎到了难以句摘的地步。说"几乎到了难以句摘的地步"，只是想说明这首词模样俊俏，身段一流，每一句都各就其位，各有其美，使人割爱不得，而不是说这首词每一句美妙的程度都相等，假如谁要选择最好的一个句子，就只有抓阄了。例如陈廷焯（1853—1892）和王国维（1877—1927）未言其抓阄也能看出他们必然不是抓阄，但是两人关于这首词佳句的问题，所见略同。陈廷焯《云韶集》卷一云："'片帆'七字，压遍古今词人。又，'闪孤光'三字警绝，无一字不秀炼，绝唱也。"① 王国维《人间词话附录》一云："（孙光宪词）昔黄云林赏其'一庭疏雨湿春愁'为古今佳句，余以为不若'片帆烟际闪孤光'尤有境界也。"尽管两人备极推崇的只是"片帆烟际闪孤光"这一个词句，考虑到两人品词眼光的犀利过人，还是可以推断出这首词整体水平一定错不了。例如吴梅（1884—1939）《词学通论》第六章评价孙光宪（字孟文）词时云："至闲婉之处，亦复尽多。如《浣溪沙》云：'目送征鸿飞杳杳，思随流水去茫茫，兰红波碧忆潇湘。'……此等俊逸语，亦孟文所独有。"《浣溪沙》上下阕一共才六个句子，吴梅列举"俊逸语"的时候一下子就举出孙光宪这首词的三个句子，而且说这样好的句子只有孙光宪才写得出，其对这首词的喜爱程度不问可知。

与吴梅相比，俞陛云（1868—1950）和李冰若（1899—1930）评价这首词的时候兼顾了上阕（可惜仍然没有涉及上阕的前二句），尤其是对下阕"兰红波碧"的所指给出了和笔者的看法大有不同的解释，故抄录于此以广见闻而长见识。俞陛云《五代词选释》云："昔在湘江泛舟，澄波一碧，映以遥山，时见点点白帆，明灭于夕阳烟霭间，风景绝胜。词中帆闪孤光句足以状之。'兰红波碧'殊令人回忆潇湘也。"② 李冰若《栩庄漫记》："'片帆'句妙矣。'兰红波碧'四字，惟潇湘足以当之。他处移用不得，可谓善于设色。"③ 俞陛云所说江上的"点点白帆"乃生活实景，正确无误，只是孙光宪"片帆烟际闪孤光"这个词句所指的，只是特定的那一片帆和那一团光，与江面上的其他帆和其他帆闪耀的光没有关系。李冰若说"兰红波碧"指潇湘的"兰"和潇湘的"波"，而且只有潇湘的"兰"和"波"才有资格出现于"兰红波碧忆潇湘"这样的词句中，其他地方（自然包含蜀地）的"兰"和"波"是

① 史双元编著：《唐五代词纪事会评》，黄山书社1995年版，第603页。
② 同上书，第944页。
③ 同上。

不可以的。而笔者上文的解释是，"兰红波碧忆潇湘"这个词句中，"兰红"的"兰"是蜀地的兰，"波碧"的"波"是蜀地的波，整句词的意思是，留守蜀地的"这人"（词中似指女性）尽管知道水旁的蓼兰开得正红，岸边的江水变得很绿，她还是看一眼的意思都没有，她只是凝望着楚地，思念着漂泊到潇湘的"那人"。词不厌多解，何况潇湘之地肯定有"兰"也有"波"，而且有很红的"兰"和很绿的"波"，故尽管李冰若先生的解释早就有了，而且解释得很美，笔者还是不揣浅陋，另行解释一番，是舍是取，何舍何取，读者诸君自行决定好了。

　　在许多人的印象里，花间词人喜欢描写妇女的容貌、服饰、体态、器具和其他种种香艳的物事，似乎离了这些香艳的物事，他们就无可写，不会写，即使有谁硬着头皮写了，也写不好；即使有谁硬着头皮写了而且居然就写好了，那也不是花间词的本色当行（即花间词的正宗），充其量就是变调而已。现在孙光宪《浣溪沙》（蓼岸风多橘柚香）这首词没有写妇女的身体、器具等等涉及"性"或暗示"性"的物事，照样把男女间的情感写得真实、美妙、动人，"芳至今犹未歇"。看到这里，你可能会慨叹："要是所有的花间词人和花间词都写成这个样子，既本色当行，还思想健康，离'性'远远的，那该多好啊。"你这样讲，那可就误解性，误解花间词，也误解孙光宪了。"性"与"情"紧密相连，"性"与"爱"也紧密相连，而且很多情况下，"性"是"情"和"爱"的前提，没有了"性"，很多"情"和"爱"比怪味豆还要怪；花间词，顾名思义，就是男子居于像花儿一样漂亮的姑娘间的时候写的词，这种词因两性交往而生，所写内容必然涉及两性，而作者一般是男性，故词的描写对象一般是女性，可见，男性写词，词写女性，既符合逻辑，还符合事实，更符合生活的本质、目的和方向（如果不是这样，一个男子对一个男子或者对其他什么东西津津乐道，一往情深，那才奇怪呢）；孙光宪写词并不拒绝写性，不仅不拒绝写性，而且蛮喜欢写性，比蛮喜欢写性更值得注意的是，孙光宪写性写得细致又精妙。这里抄写两首仍然写性、仍然端正、仍然自然的花间词，以领略孙光宪这首花间词人所写词的基本情况就可以了。这两首词均出自北宋佚名编的《尊前集》卷下。一首是《浣溪沙》（十首之三），其词是："何事相逢不展眉，苦将情分恶猜疑，眼前行止想应知。半恨半嗔回面处，和娇和泪泥人时，万般饶得为怜伊。"[①] 另一首是《生查子》（四首之一）："春病与春愁，何事年年有。半为枕前人，半为花间酒。醉金尊，携玉

------

① 曾昭岷、曹济平、王兆鹏、刘尊明编撰：《全唐五代词》（全2册），中华书局1999年版，上册，第638页。

手，共作鸳鸯偶。倒载卧云屏，雪面腰如柳。"① 这两首词就不分析了，之所以抄写出来，是认为这两首词虽然写到了女性的动作和身体，但一点都不下流，而是充满了爱怜和喜欢，从写法到感情和思想，都是大大的好，一流的好，和《浣溪沙》（九首之一）（蓼岸风多橘柚香）这首词一样好。写了"和娇和泪泥人时"和"雪面腰如柳"这种描写细致或富于性暗示句子的词并不低级下流，而没有写这种具有性暗示句子的其他词，例如《浣溪沙》（九首之一）（蓼岸风多橘柚香），并没有因此更高尚一点。只要写了美和爱，那就是花间词性质的词或者说花间词，与写性不写性，写性露骨不露骨，写女性身体细致不细致没有必然关系。

看了前人对孙光宪词的评价，分析了孙光宪的词以后，再回过头来评价一下孙光宪在文学史上的地位。

华钟彦 1980 年所写《花间集注·前言》云："花间词人当以温庭筠、韦庄为代表，他们的创作风格，基本都是婉丽香软的。"② 游国恩等主编的《中国文学史》第二册第十三章《晚唐五代词》讲述花间派词人时提到了温庭筠、韦庄、牛希济、李珣四人的词，没有提到孙光宪词。③ 袁行霈主编《中国文学史》第二卷第四编第十二章《词的初创及晚唐五代词》第二节《温庭筠及其他花间词人》讲到的四个人是温庭筠、韦庄、欧阳炯、李珣，也没有提到孙光宪。④ 章培恒、骆玉明主编的《中国文学史》中册把温庭筠词列入《唐代文人词的创作》中，论述《西蜀词人》时提到了温庭筠、韦庄、牛希济三个人的词，并说"西蜀花间词人中，成就最高的是韦庄"⑤，依然没有提到孙光宪。吴熊和《唐宋词通论》第四章《词派》第三节"齐梁诗风下的花间集"论述了温庭筠、韦庄、欧阳炯、李珣、孙光宪的词。论述韦庄时说"韦庄居西蜀词人之首"，又说韦庄"入蜀为王建掌书记，为昭宗天复元年（901），时已六十六岁。他的词实际大都作于入蜀之前"。论述孙光宪词时说："西蜀以外的词人，孙光宪颇堪注意。他仕于南平，地处西蜀下游，南唐上游。他的词风，也正好介于西蜀词与南唐词之间。黄昇赏其'一庭疏雨湿春愁'为古今佳句，

①　曾昭岷、曹济平、王兆鹏、刘尊明编撰：《全唐五代词》（全 2 册），中华书局 1999 年版，上册，第 642 页。

②　华钟彦撰：《花间集注》，中州书画社 1983 年版，《前言》第 2 页。

③　游国恩、王起、萧涤非、季镇淮、费振刚主编：《中国文学史》（全 4 册）（二），人民文学出版社 1963 年版，第 2 册第 259—264 页。

④　袁行霈主编：《中国文学史》（第 2 卷），高等教育出版社 2005 年 7 月第 2 版，第 371—374 页。

⑤　章培恒、骆玉明主编：《中国文学史》（全 3 册），复旦大学出版社 1996 年版，中册第 273—280 页。

王国维《人间词话》以为不若'片帆烟际闪孤光'尤有境界。这些词句，清疏秀朗，就与南唐词较为接近。"① 值得注意的是，吴熊和先生对温庭筠、韦庄、欧阳炯、李珣四人词皆举出整首词作例子，而对孙光宪没有举出整首词作例子，可见对孙光宪词还是重视不够。叶嘉莹《唐宋名家词论稿》论述了唐五代的五个词人（温庭筠、韦庄、冯延巳、李璟、李煜)②，孙光宪没有名列其中。

以上事实表明，孙光宪的词受到了轻视，而且被轻视得比较严重。那么，该如何评价孙光宪在词史和文学史上的地位呢？可从以下方面着手。

第一，从时间段上看，其词入选《花间集》数量最多（达 66 首）的词人是温庭筠，宋黄昇辑《花庵词选》卷一还说温庭筠"词极流丽，宜为《花间集》之冠"③，清徐釚《词苑丛谈》卷四记载王士禛谈及温庭筠时说"温为花间鼻祖"④，可见，温庭筠在《花间集》中的地位最高，这是无可置疑的。但是，要明白，温庭筠（812？—870？）去世 60 余年后，《花间集》才结集成书，说温庭筠是花间词人的鼻祖则可，说温庭筠是花间词人之冠亦可，但说温庭筠在西蜀时代的花间词人中最杰出，则不可。活跃于西蜀（含前蜀和后蜀）的花间词人，没谁在蜀地见过温庭筠。就是说，如果要论述西蜀时代的花间词或花间词人，将温庭筠抛开不论，是完全可以的，可能正是因此，章培恒、骆玉明主编的《中国文学史》将温庭筠置于西蜀词人之外。韦庄（约 836—910）的情况与此类似。韦庄离世后 30 年的 940 年，《花间集》才结集成书，其中收韦庄词 48 首，如前文所引，吴熊和先生认为韦庄的词实际上大都作于唐昭宗天复元年（901）韦庄大约 66 岁入蜀前。肯定与此有关，曾昭岷等编著的《全唐五代词》将韦庄的词（54 首）置于正编卷一《唐词》中，而没有置于正编卷三《五代词》中。如果再考虑到花间词人的活跃期始于前蜀国后主王衍即位的 919 年，至后蜀国后主孟昶广政三年（940），其词作结集为《花间集》，那么，就更可以把韦庄排除出去了。注意，这样讲，不是说温庭筠、韦庄不是花间词人，也不是说温庭筠、韦庄不是《花间集》中的词人，更没有否定温庭筠、韦庄在花间词人中的崇高地位，而是说，温庭筠、韦庄不是西蜀时代花间词人活跃时期中的词人。而 919 年王衍即位时，孙光宪大约

① 吴熊和：《唐宋词通论》，浙江古籍出版社 1989 年 3 月第 2 版，第 173—182 页。

② 叶嘉莹：《唐宋词名家论稿》，河北教育出版社 1997 年版，目录（仅 1 页）。

③ （宋）黄昇撰：《花庵词选》（10 卷），景印文渊阁四库全书本，卷 1。

④ （清）徐釚编著，王百里校笺：《词苑丛谈校笺》（12 卷），人民文学出版社 1988 年版，卷 4，第 240 页。

25 岁，任前蜀国陵州判官，直到 926 年孙光宪大约 31 岁前蜀国灭亡，31 岁的孙光宪才避难到荆南国。从时间段上把温庭筠、韦庄从花间词人活跃期排除出去，那么，剩下的词人中，孙光宪就是相当突出的了。何以知道相当突出，这就牵涉到孙光宪词作的数量问题了。

第二，就词作数量看，《花间集》收孙光宪词 61 首，仅次于温庭筠的 66 首，但是，《全唐五代词》（正编）收孙光宪词 84 首，仅次于冯延巳的 112 首，比唐代温庭筠的 69 首、韦庄的 54 首都要多，比仕于前蜀国的词人牛峤的 32 首、毛文锡的 32 首、牛希济的 12 首、尹鹗的 17 首、李珣的 54 首多，比出仕于后蜀国的词人顾夐的 55 首、鹿虔扆的 6 首要多，比出仕于前后蜀的欧阳炯的 47 首要多。因为孙光宪在前蜀国的官职不够显赫，仅是陵州判官，故不管孙光宪的词作数量有多多，都不能说他在前蜀国的花间词人中领袖群伦，但可以说，也应该说，就词作数量而言，孙光宪在花间词人中排名第一。

第三，就词作质量而言，孙光宪并不逊色于花间词兴盛时期的任何一个西蜀词人，不但不逊色于花间词兴盛时期的任何一个西蜀词人，而且比花间词人的两个代表词人温庭筠、韦庄，有时候还要好一点。这一点，从前文所引陈廷焯、吴梅等的评价可以看出来。陈廷焯认为孙光宪词"在五代时最见气格，风致亦复不泛，出韦端己上"，吴梅还认为孙光宪词的沉郁处"可与李后主并美"。可见，将孙光宪词的质量评为上乘，并不为过。

通过以上的论述，可以对孙光宪在词史上的地位作个结论了：《花间集》的 18 名词人中，温庭筠是花间词人的鼻祖，韦庄是花间词人的先驱，孙光宪在花间词人中最具实力，是花间词人的俊杰。

需要补充一下的是，940 年成书的《花间集》所收 61 首孙光宪的词，仍然可能含有孙光宪 926 年 31 岁时开始任职于荆南国所写的词，因为荆南国孙光宪所写的词，完全可能流传到后蜀国去。而北宋人佚名编集的《尊前集》所收孙光宪 23 首词与《花间集》所收孙光宪 61 首词没有一首重复，说明《尊前集》很可能有意识回避重收，而《尊前集》卷下所收孙光宪"十五年来锦岸游"一首词（该词显然写于孙光宪 31 岁离开蜀地前），又说明《尊前集》所收孙光宪词不回避孙光宪任职于前蜀国时所写的词。

总之，从 926 年约 31 岁任职于荆南国第一任国主武信王高季兴幕下到 963 年约 68 岁时随荆南国第五任国主高继冲纳土归宋，孙光宪在荆南国生活了 38 年。现今所存孙光宪 84 首以香艳秾缛风格见长的花间词，从数量到质量，都是花间词兴盛时期花间词人的俊杰。孙光宪到达荆南国，生活和任职于荆南国，使得荆南国的文学大放异彩，孙光宪也成为荆南国中后期文苑中占尽风情的腊梅花。

　　荆南国除齐己、孙光宪外，还有几个文人写了一些不错的诗。尚颜比齐己年长，亦先于齐己而卒，后出家于荆门，存诗 34 首，见《全唐诗》卷八四八，尚颜与齐己有唱酬，长于五言诗，当时诗名也很大。[①] 尚颜今存诗《读齐己上人集》、《言兴》等有助于认识齐己诗在当时的评价和尚颜自己的诗学渊源，但这些诗总的来说，不算出色，也难以看出一定写于荆南国，故对尚颜诗就不举例分析了。像孙光宪一样本为蜀人，后避难于荆南国的王昭（即岩字）有一首《残冬客次资阳江》七律："淡云残雪簇江天，策蹇迟回客兴阑。持盉（笔者按：盉，同钵）老僧来呪（笔者按：'呪'同'咒'）水，倚船商女待搬滩。沙翘白鹭非真静，竹映繁梅奈苦寒。阮籍莫嗟歧路异，旧山溪畔有渔竿。"这首诗写客居异地的艰难辛苦，末联以"有渔竿"三字带来一点希望，也提醒读者，以"渔竿"为标志的谋生手段是客居异地和寓居人间的前提条件。荆南国其他诗人例如梁震等人的诗就不再论述了。

　　综上所述，地狭、民贫、国弱这些因素使得荆南国的文人数量甚少，但是，荆南国国主礼贤下士的态度也吸引了一些文人长期生活于荆南国，使得荆南国的文学在一片萧条中也有奇花开放。这样的奇花，在荆南国前期，是诗人释齐己，在荆南国后期，是词人孙光宪。释齐己出色的诗歌才华和孙光宪超凡的词作成就，使得荆南国的文学，数量虽少，但质量过硬，因而在十国文学中属于不可小觑之列。

[①] 《唐才子传校笺》（第一册），傅璇琮主编：中华书局 1990 年版，卷 3，第 556—558 页。

第十章　北汉国文学创作论

　　北汉政权由刘崇（895—954）（僭号后改名刘旻）建立于后汉高祖刘暠乾祐四年（951），到太平兴国四年（979）宋太宗赵炅将其灭掉的时候，已经走过了4个国主29年的历史①，其所管辖的范围包含当时的并州、汾州、忻州、代州、岚州、宪州、隆州、沁州、辽州、麟州、石州共11个州的土地②，也就是今天山西、陕西、山东、河北等省的一部分。这样的国祚和疆域，在十国中当然排名较差，但还不是最差，最差的是它的文学。质量的问题容易公婆相争，各有其理，故可撇开不论，仅仅从数量上看，北汉的诗文在在十国中就都居于末位而且真的很少，以至于乾隆四十五年（1780）成书的李调元《全五代诗》仅仅收录了北汉5个诗人的42首诗③，勉强够得上一卷的篇幅，而王士禛所编《五代诗话》，干脆将北汉付诸阙如，这是十国文学事迹收集中唯一一个被《五代诗话》付诸阙如的政权，可见北汉文学确实差。这样少的作品之于研究而言，粗看起来似乎可省心不少，操作起来才知道尤费周章。因为即使北汉的文学微不足道，关于北汉文学的研究也不能交白卷，总得告诉人们北汉是怎样的政权并探索一下这个政权是怎样使文学寂然如斯的。以下就从北汉政权的特点探讨北汉文学成绩之所以差的原因。

第一节　北汉国四主简史

　　北汉这个政权的来源、国力及给予文学的影响，与北汉四主的行迹密切相关，故先看北汉四主的简要历史。

---

　　① （宋）欧阳修撰，（宋）徐无党注：《新五代史》（74卷）（全3册），中华书局1974年版，第3册，卷70，第863—871页。

　　② （清）吴任臣撰，徐敏霞、周莹点校：《十国春秋》（116卷）（全4册），中华书局1983年版，第4册，卷104，第1476页。

　　③ （清）李调元编，何光清点校：《全五代诗》（100卷）（全2册），巴蜀书社1992年版，第2册，卷100，第2002—2015页。

一　北汉开国皇帝世祖刘旻

北汉第一任国主是世祖刘旻（895—954）。刘旻原名刘崇，是后汉王朝（947—950）第一任皇帝高祖刘知远（895—948）的弟弟。刘知远为后晋河东节度使，刘崇为马步都指挥使。947 年六月，刘知远入汴京，建立后汉王朝，刘崇为太原尹。948 年，刘知远卒，刘知远长子刘承祐（930—951）继立，即汉隐帝。汉隐帝刘承祐改刘崇为河东节度使，累加兼中书令。刘承祐即位时才 19 岁，年龄太小，朝廷大事由枢密使郭威（904—954）和中书令刘崇共同主持。郭威和刘崇互相争斗又互相提防。刘崇因为是河东节度使兼后汉朝廷中书令，就不让河东给朝廷上贡，用节省的资财在河东地区招兵买马，以对抗郭威。950 年十一月甲辰日，后汉隐帝刘承祐被近臣郭允明杀死。十一月庚寅日，郭威率百官请太后（刘知远之妻、刘承祐之母）立武宁军节度使刘赟（河东节度使刘崇的长子）为帝，又请太后临朝听政，枢密使等要职皆由郭威的耳目充任。广顺元年（951）春正月丁卯日（五日），郭威即位，建立后周。正月戊寅日（十六日），刘崇即位于晋阳（即太原），建立北汉政权，刘崇即位的同一天，后周太祖郭威派人杀死刘崇长子刘赟。①

即位后的北汉世祖刘崇有三件事情值得一说。第一件事情是生活节俭，花钱谨慎。例如祭祀之事不铺张，百官之俸不优厚。《十国春秋》卷一○四的说法是："帝以地狭民贫，祭祀祖祢略如家人礼，不建宗庙。月俸宰相百缗，节度使三十缗，其余薄有资给。"第二件事情是放下身段，委屈为帝。他一即位就让皇子刘承钧上书辽国世宗兀欲，表白愿作儿皇帝的心愿，自称"侄皇帝致书于叔天授皇帝"。第三件事情是频繁发动战争，志在兴复汉室。刘崇于951 年正月十六日即位，二十五日就以其次子刘承钧为招讨使，带兵万人去攻打后周晋州，二月戊戌日，败绩。二月癸卯日，转而攻后周隰州城，又败绩。951 年九月，北汉攻后周虎亭，又败绩。951 年十二月，北汉又攻后周晋州城，大败。此后，一直到 954 年十一月刘崇忧愤去世，北汉主动攻打后周的战争，不下九次，每次均以失败告终。②

第一件事情（即花钱谨慎）有利有弊。其利是可以减轻北汉百姓的负担，祭祀不铺张尤其值得肯定；其弊是俸禄太少，不但不能吸引其他地区的人才来北汉，而且使得北汉原有的人才逐渐流失。一个证据是，几乎每次战事，北汉

---

①　（清）吴任臣撰，徐敏霞、周莹点校：《十国春秋》（116 卷）（全 4 册），中华书局 1983 年版，第 4 册，卷 104，第 1475—1476 页。

②　同上书，第 1476—1485 页。

都有将官逃亡，即便是在北汉获胜的情况下，仍会如此。例如，964 年二月的石州之战，966 年十二月的辽州之战，均是北汉取胜，可是，取胜几个月后就有北汉将领带兵投奔北宋。①

第二件事情（即在辽世宗面前自称侄皇帝）全是好处。辽国不但于 951 年六月赐给刘崇一个新名字"刘旻"，而且多次出兵，支援刘旻攻打郭威的后周政权。只是辽国的支援似乎很少起作用，刘旻每次攻打郭威，都以失败告终，这样的结局一直持续到刘旻去世。②

第三件事情完全是找死，后来果然就死了，从人到政，都是这样。那么，刘旻知道这样做是找死吗？一开始可能不知道，后来应该很快就知道了，因为每发动一次战争，都要招致一次失败，逃掉一批官兵，从无例外。既然知道每次战事，都是找死，刘旻为什么还要不断地找下去？是为了给自己的侄子刘承祐（即后汉王朝第二任皇帝汉隐帝）和长子刘赟复仇吗？肯定含有一点复仇的因素，还可能含有争当皇帝的意思，但是更大更主要的原因是，在刘旻等北汉国主的眼里，郭威、柴荣、柴宗训、赵匡胤等人是不折不扣的叛臣贼子，只有他们这家刘姓（沙陀人）才是皇位的合法继承人。

因为如果是复仇的话，一般会不顾强弱利害，甚至知道一定会失败，还会主动攻击，打上一架，这个时候，往往凭的是一气之勇。打完架惨败以后，会隐忍一段时间，等待再次复仇的时机，而不会像刘旻那样，积极主动地一败再败。如果是争夺帝位，那么，951 年春正月丁卯日（五日），郭威称帝于汴京，正月戊寅日（十六日），刘崇称帝于太原。两人都是后汉王朝的重臣，刘崇还是后汉高祖刘知远的弟弟，后汉隐帝刘承祐的叔父，血缘比郭威近，可是刘崇的正式官职是河东节度使，中书令只是兼职，而郭威是枢密使，能够号令朝廷百官，权势比刘崇大。这样，两人称帝堪称旗鼓相当，其怨仇也应该对等才是。但是事实不是这样，事实是每次战争，都是刘旻（即刘崇）主动进攻郭威的后周王朝，每次都被郭威打败。这表明刘旻仇恨郭威远胜过郭威仇恨刘旻。

过于强烈的仇恨把北汉开国皇帝刘旻（即刘崇）变成了一个好战分子，他一次次地攻击，一次次地失败，《十国春秋》卷一〇四记载刘崇即位当年（951）十二月大溃败的事情时，把刘崇这种好战心态交代得很清楚："帝始息

---

① （清）吴任臣撰，徐敏霞、周莹点校：《十国春秋》（116 卷）（全 4 册），中华书局 1983 年版，第 4 册，卷 105，第 1493—1494 页。

② 同上书，第 1476—1485 页。

意于进取。是时，内供军国，外奉契丹，赋役繁重，民不聊生，逃入周境者甚众。"① 既然大溃败后才"始息意于进取"，说明以前主动"进取"而发动战争的是刘崇（而不是刘崇的对手），只是同一年中持续不断的失败才使得刘崇第一次产生了畏惧和消极心态，但是这种畏惧和消极只是刘崇一时的念头，没多久，他的好战情绪就又占了上风。准确地说，951年十二月他开始厌战，952年正月就又一次进攻后周，开始了新一轮的屡战屡败。

954年春正月壬辰日（十七日），周太祖郭威去世，丙申日（二十一日），晋王柴荣即位（柴荣为郭威妻兄之子）。按理说，篡夺后汉刘氏政权的是郭威，杀掉刘崇长子刘赟的也是郭威，郭威已死，北汉开国皇帝世祖刘崇对后周的仇恨应该减少一点才对，北周的下一个皇帝与北汉的恩怨毕竟隔了一层，何况取代郭威的不是郭威的亲儿子，而是干儿子晋王柴荣。可是，柴荣刚刚即位，刘崇就"遣使于辽，谋大举伐周"。一点都没有松口的意思。954年三月癸巳日，北汉刘旻的军队与后周柴荣的军队在高平南部的高原上展开了厮杀，结果是北汉的3万精兵几乎全军覆没，刘崇只带了100余名骑兵逃脱了。954年五月壬申日，刘崇"以高平之败，已而被围，忧愤成疾，悉以国事委皇子侍卫都指挥使承钧"，冬十一月，因病去世，享年60岁，在位4年。②

二　北汉第二任皇帝睿宗刘钧（即刘承钧）

北汉第二任皇帝是睿宗刘钧。刘钧（926—968），原名刘承钧，是北汉第一任皇帝世祖刘旻的第二子。954年冬十一月，刘旻去世，年方29岁的刘承钧继立。也许是自知实力不及后周，同时也吸取了其父与后周的交手中每战必败的教训，刘承钧即位后整整3年，都没有军事动作，这3年多的时间里，北汉和后周保持了至少是表面上的相安无事。北汉睿宗刘钧天会二年（958）正月，北汉攻打后周隰州城，使得北汉和后周再起战火。这次战火和刘旻时代的战火至少有两个不同。刘旻时代的战火持续了四年，而刘钧时代的战火持续了14年；刘旻时代的每次战争，都是北汉发动，北汉败绩，其次数不少于9次；而刘钧时代不少于24次的战争，大多是对方（958年开始是后周，960年开始是北宋）发动，对方获胜，刘钧主持的北汉政权在一次又一次的失败中，能

---

① （清）吴任臣撰，徐敏霞、周莹点校：《十国春秋》（116卷）（全4册），中华书局1983年版，第4册，卷104，第1476—1479页。

② 同上书，第1481—1485页。

够支撑 17 年之久，已经很不容易，算是很有成绩了。①

刘钧的北汉政权之所以能撑 17 年之久，有多方面的原因。

第一，刘旻去世后，"性孝谨"的刘钧坚持守三年丧礼，这三年中，不改元，不攻战，避免了和辽国发生矛盾，也避免了与后周关系的进一步恶化。

第二，刘钧像其父刘旻一样，努力做一个放下身段的皇帝，主动向辽国称臣。刘承钧一即位就奉表于辽国，自称曰"男"（儿子的意思）。辽穆宗述律诏书中称刘承钧为"儿皇帝"，遣使册封刘承钧为天子，并让刘承钧改名刘钧。还多次与刘钧相约，共同攻击后周。

第三，刘钧还尽力联合其他政权对付后周和北宋。955 年六月，后蜀国主孟昶遣使北汉，邀请北汉和后蜀共同对付后周，刘钧答应了。957 年，刘钧暗地里和南唐第二任皇帝元宗李璟、后蜀第二任皇帝后主孟昶结盟以对付后周世宗柴荣。②

第四，北宋太祖赵匡胤灭掉北汉的愿望不是十分迫切，而且总想不用武力或用尽可能少的武力灭掉北汉，于是，举兵讨伐之前，总是先讲道理，给人的感觉是，宋太祖有点优柔，总是有意无意地先放刘钧一马。且看如下的一个故事。

　　　　初，宋太祖常因界上谍者谓帝曰："君家与周世仇，宜其不屈。今我与尔无所间，何为困此一方民？若有志于中国，宜下太行以决胜负。"刘钧遣谍者回答说："河东土地兵甲，不足以当中国之十一。然钧非家世叛者，区区守此，盖惧汉氏之不血食也。"太祖哀其言，笑谓谍者曰："为我语钧，开尔一路以为生。"盖终其世，不至大举加兵焉。③

宋太祖对北汉第二任国主刘钧不大举加兵，"哀其言"的恻隐之心当然是一个因素，更重要的因素是宋太祖在寻找收服北汉的合适时机。收服得太早了，反倒有麻烦。这道理还是北宋宰相赵普发现并报告给宋太祖的。《十国春秋》卷一〇五有如此记载：

　　　　天会八年（964）春正月，宋帝谋取我国。宰相赵普谏曰："太原当

---

　　① （清）吴任臣撰，徐敏霞、周莹点校：《十国春秋》（116 卷）（全 4 册），中华书局 1983 年版，第 4 册，卷 105，第 1487—1497 页。

　　② 同上书，第 1487—1488 页。

　　③ 同上书，第 1476—1495 页。

西北二面。太原既下，则二边之患，我独当之，不如俟削平诸邦，太原弹丸黑子之地，将何所避。"从之。①

赵匡胤、赵普之不攻打北汉，主观上是希望北汉帮北宋抵抗契丹和女真两支少数民族的侵略，但客观上确实让刘钧的北汉政权多延续了几年时间。

多延续几年时间，最终还是得归顺北宋，但是能延长几年，已经让刘钧感到宽慰多了，他对赵匡胤说"然钧非家世叛者，区区守此，盖惧汉氏之不血食也"②。这话说给赵匡胤，无疑想拖一天是一天，有缓兵之计的意味，但确实是刘钧的真话。刘钧延续汉朝刘氏香火的态度比较积极。例如，957 年七月，刘钧在后汉高祖刘知远曾住过的宅院里建立七庙，起名显圣宫。所谓七庙，第一庙为前汉高祖刘邦，第六庙为后汉高祖刘暠（即刘知远），第七庙为北汉世祖刘旻，从第二庙到第五庙皆刘暠、刘旻兄弟二人的长辈。这种自居汉王朝后裔的心态和行为不是刘钧的首创，早在天福十二年（947）后汉高祖刘暠（即刘知远）即将光武皇帝刘秀置于祖庙中了。③

应该说，刘钧的愿望实现了，或者说，刘钧的缓兵之计奏效了。天会十二年（968）秋七月戊申日（二十七日）刘钧去世，享年 43 岁，在位 15 年。就是说，一直到刘钧去世，汉朝的大统还在延续着，想来刘钧死前，还是比较满意的。

三 北汉第三任皇帝少主刘继恩

北汉第三任皇帝是少主刘继恩（935—968）。刘继恩原姓薛，其父薛钊在后晋初年为护圣营卒（即皇宫侍卫队士兵），娶刘崇女儿为妻，刘崇兄长刘知远为禁兵统领（主管护圣营），其女儿与刘崇女儿（即薛钊妻子）常在一起，使薛钊很难见到妻子，薛钊为此长期怏怏不乐。有一天，薛钊乘醉求见妻子并持刀刺杀，刘崇女儿受伤后逃脱，薛钊自杀，二人的儿子刘继恩尚年幼。刘崇第二子刘承钧无子，刘崇就让刘承钧以刘继恩为养子。不久，刘崇女儿（即薛钊妻子，继恩的母亲）再嫁何氏，生子名继元，不久，何氏和刘崇女儿夫妻均去世，刘承钧又抚养继元为养子（即北汉第二任皇帝睿宗刘钧收姐姐或妹妹的两个儿子为养子）。刘钧常常对大臣郭无为说："继恩殊非济世才。"

---

① （清）吴任臣撰，徐敏霞、周莹点校：《十国春秋》（116 卷）（全 4 册），中华书局 1983 年版，第 4 册，卷 105，第 1493 页。

② 同上书，第 1495 页。

③ 同上书，第 1488 页。

968 年七月二十七日，刘钧去世后，郭无为辅佐 34 岁的刘继恩即位。刘继恩即位后，郭无为专权过甚，且对刘继恩辅佐不够，李继恩试图削弱郭无为的权力。九月己酉日（二十九日），供奉官侯霸荣杀刘继恩，郭无为又杀侯霸荣，然后立刘继元为帝。刘继恩在位 60 余日，享年 34 岁。①

四 北汉第四任皇帝英武帝刘继元

北汉第四任皇帝为英武帝刘继元（？—991）。刘继元为北汉第一任皇帝刘崇女儿和何姓男子的孩子，其父何氏死后，北汉第二任皇帝刘钧以刘继元为养子。刘钧的另一个养子刘继恩（其父薛钊，其母即刘继元母）968 年七月即位，968 年九月二十九日被杀。刘继恩被杀后，刘继元即位。

刘继元即位后不改元，仍用北汉第二任皇帝刘钧天会年号，然后修好契丹，要求契丹出兵帮助北汉抵抗北宋。这时候，北宋太祖赵匡胤遣使北汉，要求刘继元归顺，许诺给刘继元平卢节度使、郭无为安国节度使。郭无为劝刘继元赶快归顺宋朝，刘继元不从，把希望寄托于契丹的援兵。但是，契丹迟迟不发援兵，发援兵后又被宋师打败。郭无为总想投降北宋，于 969 年闰五月，被刘继元处死。974 年，刘继元改元广运。975 年三月，辽宋议和，辽劝北汉刘继元通好于宋，刘继元大哭，且欲攻打契丹，被臣子谏止。976 年十月，宋太祖赵匡胤去世，晋王赵光义即位，即宋太宗。979 年五月甲午日（十六日），刘继元亲信大多逃亡，刘继元不得不率属下投降北宋，献上北汉的 10 州、1 军、41 县、13 万户人口、3 万兵。太平兴国六年（981），宋太宗赵炅授刘继元为彭城公、开府仪同三司。雍熙三年（986），授刘继元为保康军节度使。淳化二年（991），刘继元去世。刘继元在帝位 12 年，投降北宋后活了 12 年。②

从北汉四主的简要历史可以看出北汉政权的几个特点。

第一个特点是地狭民贫。北汉的疆域在 29 年的历史中基本没有变化，到第四任国主刘继元投降北宋时，是 10 州、41 县、13 万户、3 万兵，这在十国中仅比荆南国多。民贫的情况如上文所述，第一任皇帝刘旻因为民贫而生活不得不节俭，祭祀不铺张，百官低薪酬。土地狭小则人口少，文人自然也少；薪酬低廉则缺乏吸引力，不仅四方文人不会来北汉，而且北汉文人会逃四方。

---

① （清）吴任臣撰，徐敏霞、周莹点校：《十国春秋》（116 卷）（全 4 册），中华书局 1983 年版，第 4 册，卷 105，第 1495—1497 页。

② 同上书，第 1497—1508 页。

第二个特点是战攻不息。北汉 29 年的历史中，仅第二任皇帝刘钧即位头 3 年（955 年、956 年、957 年）没有战事，其他 26 年每年都有战事，而且许多年份不止一次战事。按理说，晚唐五代是乱世，战攻不息是常态，但是即便是战争常态，各国之间也有轻重浓淡之分，而北汉国的战事多到了 29 年中有 26 年都有战争的程度，这也太严重了。过于严重的战攻不息给文人造成了极大的精神压力，或者把文人吓跑，或者把文人的文思吓跑。不管把谁吓跑，都对文学不利。

第三个特点是艺术氛围比较差。其表现有二。一个表现是，北汉四主或者天生的不学无术，或者学倒是喜欢学，但仍然无术，既无治国之术，亦无文学之术。例如《十国春秋》对北汉四主的为人是如此交代的。北汉第一任皇帝世祖刘旻："为人美须髯，目重瞳子，少无赖，嗜酒好博，常黥为卒。"第四任皇帝英武帝刘继元："为人残忍而无礼。"此二人属于不学无术类。第二任皇帝睿宗刘钧："幼而颖异，性孝谨，颇好学，工书。"刘钧属于好学而无成，因而"无术"类。第三任皇帝少主刘继恩即位 60 余日即被杀，是否好学，今已不知道，但知道仍然属于"无术"类。另一个表现是，北汉四个皇帝虽然与"贤明"二字相去甚远，但对皇帝这个职业还是喜欢的，也算得上敬业。他们热衷于攻战，而对享乐之事缺乏热情。这四个皇帝不仅自己不追求享乐，而且未见他们组织一班人马寻欢作乐。这在历代帝王中显得有点另类，甚至可能因此而得到一些人的称赞。但是对这种不无励精图治味道的作态不可过分褒扬，因为吃吃、喝喝、玩玩、乐乐，在某种意义上，既是生活的手段，又是生活的过程，更是生活的目的。尤其是，优哉游哉的吃喝玩乐（至少是优哉游哉），是促进文学繁荣的一个重要手段和条件。艺术气质的先天不足使得北汉皇帝很少附庸风雅的兴趣，艺术环境的后天不佳使得北汉文人或者逃走，或者不愿意表现其风雅。这对文学都是不利因素。

影响文学的三个因素中，地狭民贫是第一重削弱，战攻不息是第二重削弱，艺术氛围差是第三重削弱。有了这三重削弱，北汉文学的成绩再怎么差，都不能算是意外。那么，北汉文学的成绩差不差，有多差，这只有看看北汉文学的实际情况才能知道。现在就去看看北汉文学的创作实绩。

第二节　北汉国的文学创作

地狭民贫、战攻不息、艺术氛围差三个因素共同作用，使得北汉文人诗歌创作的实绩非常差，以至于清代王士禛《五代诗话》不但没有给北汉开设章节，而且没有关于北汉政权文艺之事的任何记载。今知给北汉开设章节的唯一一部书是清乾隆四十五年庚子岁（1780）李调元编纂的《全五代诗》。

《全五代诗》第一〇〇卷《北汉》收 5 名诗人的 42 首诗（含无名氏在内）。其中谭用之 1 人有 37 题 38 首诗，其他 4 人有诗各 1 首。

先介绍一下除谭用之外 4 人 4 首诗的大致情况。

第一首诗是《天龙寺千佛楼碑铭》，作者是李恽（恽，读音为运）。李恽（916—988），字孟深，汴州舞阳人，仕北汉第一任皇帝世祖刘旻、第二任皇帝睿宗刘钧，深得刘旻、刘钧父子二人的宠爱和重用，累官至中书侍郎、平章事、陇西郡开国公。李恽文辞骈丽，见推流辈。北汉第四任皇帝英武帝刘继元时，天龙寺千佛楼建成，李恽撰写碑铭，翰林令刘守清、王廷誉勒文于石，一时无不叹绝。① "一时无不叹绝" 是史书（《十国春秋》）的记载，也完全可能是当时人的评价，但是考虑到其背景，这评价就值得怀疑。试想一想，奉皇帝之命写，由当红权臣写，写完之后以特别诚恳的态度请一帮下属提意见，提批评意见："看看写得咋样，注意要说实话，不要说好话，好话听得太多了，最想听的就是实话，尤其想听一听难听的实话。" 位尊多金者如此以诚待人和礼贤下士，能把心肠软的下属感动得眼泪哗哗的，心肠硬的下属可能没有眼泪哗哗，但也得装一装，使劲地装，于是就眼睛红红的。其结局必然是，李恽听到了一大堆实话，这些实话全都很好听，只有个别人心肠狠又胆子大，说了几句难听的话，只是这几句难听的话与好听的话的区别是，比好听的话更好听。史臣记载此事，自然会记成 "一时无不叹绝"。这事情也不能一味地责怪一帮下属溜须成性，拍马成风，不要说是你的上级了，即使是你的狐朋狗友、你的下属或至亲写了一首很差的诗请你评论，你也不可能畅所欲言，总得口下留德才是。当世人评当世诗，有利有弊，其利在得其实，其弊在不能言其实。异代人就不存在这个问题。例如今天就可以说北汉重臣兼诗人李恽写的《天龙寺千佛楼碑铭》未必就很差，但真的没什么好。不信就读一下好了。

天龙寺千佛楼碑铭

觉皇递兴，大教垂世。成位有期，坏空相继。
大哉贤劫，千佛重光。六度万行，轨躅相望。
浩劫迢遥，一念可摄。勿谓难逢，声尘相接。

---

① （清）吴任臣撰，徐敏霞、周莹点校：《十国春秋》（116 卷）（全 4 册），中华书局 1983 年版，第 4 册，卷 108，第 1532 页。

惟彼陶唐，宿列参墟。莓莓沃野，煌煌帝居。①

——清李调元《全五代诗》第一○○卷

　　先插说一个问题：《全唐诗》、《全唐文》漏收李恽作品，《中国文学家大辞典·唐五代卷》和《中国文学家大辞典·宋代卷》亦均漏收"李恽"辞条，需要补登进去。李恽的作品，除《天龙寺千佛楼碑铭》的碑文和铭文外，宋李昉等《文苑英华》卷一二收有李恽的《五色卿云赋》2首。

　　李恽的《天龙寺千佛楼碑铭》一诗，这里只抄写了一半多，以下12句省略了。四言诗以典雅厚重为本色，表情达意远没有五言诗、七言诗、杂言诗那样舒展自由，其表现力和感染力自然就差了一截。再加上李恽这首诗题佛楼、写佛事、用佛典，其奥旨精义尤非凡夫俗子所可知。所以，李恽这首诗在说什么？不知道。李恽这首诗文学性强吗？没感觉。不过可以感觉到的是，北汉国的百姓信仰自由，可以念佛经、做佛事、当佛徒，而且可以光明正大地念，大张旗鼓地做，心安理得地当。这也算是战攻不息的北汉国一个值得圈点的良好表现。

　　第二首诗是《画山水图答大愚》，作者是荆浩。第三首诗是《乞荆浩画》，作者是大愚。这两首诗像两个作者一样关系密切，故放在一起论述。清吴任臣《十国春秋》没有提到荆浩和大愚，看来吴任臣不知道荆浩和大愚是北汉人。清李调元《全五代诗》所收荆浩和大愚的所有资料来自于明代张丑的书画名著《清河书画舫》。那就直接抄录《清河书画舫》的记载如下：

荆浩

山庄图·古松图·峻峰图

　　河内荆浩，博雅好古，善画山水。值五季多故，隐于太行山之洪谷，自号洪谷子，著《山水诀》行世。所制《山庄图》简古劲健，在李公麟上，传世之珍也。旧传邺都青莲寺沙门大愚，尝乞画于浩，寄诗以达其意云：

六幅固牢健，知君恣笔纵。

不求千涧水，止要两株松。

树下留磐石，天边纵远峰。

近岩幽湿处，惟藉墨烟浓。

　　①　（清）李调元编，何光清点校：《全五代诗》（100卷）（全2册），巴蜀书社1992年版，第1册，卷100，第2002页。

后浩诗成，亦以诗答之云：

> 恣意纵横扫，峰峦次第成。
> 笔尖寒树瘦，墨澹野云轻。
> 岩石喷泉窄，山根到水平。
> 禅房时一展，兼称苦空情。
> 其为人风流文雅如此。①

张丑《荆浩》一文所引大愚的乞画诗被收于《全唐诗》卷八二五，题目作《乞荆浩画》，所引荆浩答大愚的诗被收于《全唐诗》卷七二七。《全唐诗》卷七二七对荆浩的介绍有为张丑《荆浩》一文所未提及的内容，故录之："荆浩，字浩然，沁水人，隐太行洪谷，自号洪谷子。工丹青，尤长山水，为唐末之冠。诗一首。"②《全唐诗》卷七二七关于荆浩的这个介绍得自于北宋熙宁（1068—1077）时人郭若虚的《图画见闻志》（6卷）和北宋佚名的《宣和画谱》（20卷）。《图画见闻志》卷二列荆浩于"唐末二十七人"之一，③《宣和画谱》卷一〇云荆浩是五代人。④据《新五代史》卷一〇知，天福六年（941），北汉开国皇帝刘崇的兄长刘知远任河东节度使，⑤刘崇与刘知远同年生，一直追随其兄刘知远，故北汉历史最早可追溯到天福六年（941）。沁水县位于山西省东南部，故荆浩出生地和隐居地确实是北汉政权的辖土，如果荆浩活到了941年刘知远任河东节度使时，甚至活到了951年刘崇称帝建立北汉时，那么，荆浩当然可以被视为北汉人，李调元《全五代诗》以荆浩为北汉人就没错。今日找不到荆浩活到北汉时期的证据，但也找不到荆浩没有活到北汉时期的证据，而从时间段上看，荆浩完全可能活到北汉时期，荆浩与大愚之间的这个故事也完全可能发生于北汉时期，故李调元将荆浩视为北汉人无可厚非。

弄清了山西人荆浩和河北人大愚（山西和河北一部分皆属于北汉辖境）

---

① （明）张丑撰：《清河书画舫》（12卷），景印文渊阁四库全书本，卷5上。

② 中华书局编辑部点校：《全唐诗》（900卷）（全15册），中华书局1999年版，第11册，卷727，第8414页。

③ （宋）郭若虚撰：《图画见闻志》（6卷），景印文渊阁四库全书本，卷2。

④ （宋）佚名撰：《宣和画谱》（20卷），景印文渊阁四库全书本，卷10。

⑤ （宋）欧阳修撰，（宋）徐无党注：《新五代史》（74卷）（全3册），中华书局1974年版，第1册，卷10，第100页。

关于乞画和赠画的故事完全可能出现于北汉国这个问题后，再来看看这二首诗说什么。"牢健"的意思比较费解，故大愚乞画诗的首联比较难懂，大约是说给六幅画当然可以了，知道你随意挥洒就可以画成。后面三联的意思是："不要千涧水，要两棵松树，还要松树下画一块大石头，远处的天边要有山峰，近处的岩石下要显得湿漉漉的（最末一句'惟藉墨烟浓'不好懂）。"荆浩画成后赠给大愚，同时也写了一首诗。其大意是："随笔挥洒了几下，一座一座的山峦就成了。树木又细又枯，那是尖尖的笔触画出的，天边的云又轻又淡，那是墨汁很淡很少造成的。有泉水从山缝中喷出来，水柱细细，山脚与水面交接的地方，波澜不兴，一片平静。这画拿到你的僧房里看一下，相信可以慰藉你苦行僧的单调生活。"这两首诗内容上无可称道，艺术上过于平庸。可是明人张丑的评价是："其为人风流文雅如此。"猛一看，觉得这评价驴唇不对马嘴，张丑的诗歌欣赏水平也太低了。仔细想，才知道这评价说得在理。如果有发现、有升华、有闪光点，才具有诗情画意，才可入诗入画，那么，这样的要求也太高了，以此要求去衡量生活，没有谁的生活不是一片灰暗。真正风流文雅的人，一定具有这样的本领：在灰暗中看到亮光，在日常中活出艺术，在平庸中发现精彩。荆浩和大愚显然属于风流一族，深谙文雅的精义，就是在"你给我画这个，你给我画那个，你不要画这个，你不要画那个，你要这样画，你不要那样画，……"和"我给你画了这个，是这样画成的，我给你画了那个，是那样画成的，……"之类啰啰唆唆、絮絮叨叨、一地鸡毛、满桌蒜皮的东拉西扯中，艺术呱呱坠地，走进生活，生活优哉游哉，成为艺术。明白地说是这样的：荆浩的画是艺术品，大愚的乞画诗和荆浩的赠画诗同样是艺术品，大愚乞画和荆浩赠画的行为更是艺术品。大愚乞画和荆浩赠画的故事，透露了五代时期北汉辖境内百姓追求生活和享受生活的一点信息，这是北汉鏖战背景中一抹靓丽的色彩，一阵和煦的春风，一泓清澈的山泉。可惜这种事情在北汉国太少了，刚刚勾起人的欲望就戛然而止，让人惆怅莫名。

第三首诗是《寄欧阳詹》，作者是太原妓。其诗云："自从别后减容光，半是思郎半恨郎。欲识旧来云鬓样，为奴开取镂金箱。"[①] 如果不考虑后二句诗的吓人意味（不知打开箱子后出现的是美人头，还是美人的头发），则这首诗很美，这名妓女的容貌很美、技艺很美、心灵很美，唯一不美的是，接受这首诗的欧阳詹（757—802）不但是福建晋江人，而且是中唐人，与北汉国毫

---

① （清）李调元编，何光清点校：《全五代诗》（100卷）（全2册），巴蜀书社1992年版，第1册，卷100，第2014页。

无关系，清代李调元《全五代诗》收录此诗，显然是个失误。

除上述李恽、大愚、荆浩3个各有1首诗留存的诗人外，北汉还有一个官位显赫程度与李恽差不多的诗人赵宏（908—974）值得一提。赵宏，虽无诗留存，但当时颇有诗名。《十国春秋》卷一〇八云：

> 赵宏，苏州渔阳人。父玉，常客沧州，依节度判官吕充。……赵宏入洛举进士，……擢甲科，历徐、兖、陈、许四镇从事。高祖时为河东掌书记。宏给捷，善戏谑，世祖雅爱之，及称帝，累官至翰林承旨、兵部尚书。天会四年（960），授中书侍郎、同平章事，转门下侍郎兼枢密使，加司徒。……太祖赐名文度。……授检校太傅、安国军节度使。……宋开宝七年（974）卒，年六十有七。……宏善为诗，人多讽诵，有《观光集》若干卷。又雅善音律，常与同州节度使宋某会饮，命乐官吹《采莲》、《送盏》，皆他工所不知。已又索笛自吹，声调清越，听者叹服。宏之降也，其母在太原，世以不能死节罪之。子昌图，仕宋，至内殿崇班、阁门祗后。①

"高祖"指后汉高祖刘暠（即刘知远）（895—948），世祖指北汉开国国主刘旻（原名刘崇，为刘知远弟）（895—954），"天会"为北汉第二任国主睿宗刘钧（926—968）年号，"太祖"指宋太祖赵匡胤（927—976）。可见，多才艺、善为诗的赵宏得到了后汉高祖刘知远、北汉开国国主世祖刘暠、北汉第二任国主睿宗刘钧、宋太祖赵匡胤四个皇帝的重用，是个在四个朝廷都吃得开的人物，可惜，其诗集《观光集》中的诗尽皆佚失，不知道讲些什么，只知道在当时的北汉国，谈诗论文时一定会提到这个赵宏。

如果抛开名气不论，仅就诗歌实绩或者诗歌水平而言，那么，以上所讲的李恽、大愚、荆浩和赵宏四位诗人加起来，还抵不上一个谭用之。如果把李恽等四位诗人看作北汉文学荒漠上有特色、有个性的几棵植物，那么，谭用之无疑是荒漠上的大树了，而且是其冠之大可遮云、其干之高可参天的大树。这评价听起来像吹牛，但是看看谭用之留存的39题40首诗即可明白，岂止不是吹牛，连溢美都算不上。谭用之的诗从数量到质量，不但把李恽等北汉诗人抛出很远，把晚唐五代的一些著名诗人都抛出不小的一段距离。

---

① （清）吴任臣撰，徐敏霞、周莹点校：《十国春秋》（116卷）（全4册），中华书局1983年版，第4册，卷108，第1530—1531页。

分析谭用之诗之前，先做一个小问题的辨正工作。

《御定佩文斋咏物诗选》（482 卷）（康熙 45 年即 1706 年成书）卷二九七收 1 首七绝，题目是《大石岭驿梅花》，诗题下作者一项作"唐谭用之"。① 该诗不无风骚，可惜作者应该是王周，不是谭用之。明曹学佺《石仓历代诗选》（506 卷）卷九一即将《大石岭驿梅花》一诗收于王周的名下，②《御定渊鉴类函》（450 卷）（成书于康熙四十九年即 1710 年）卷四〇〇即云"王周《大石岭驿梅花》诗"，③《全唐诗》卷七六五收有王周诗 1 卷（60 首），其中有《大石岭驿梅花》，又有 2 首诗写于己卯年（917 年、977 均是己卯年）、戊寅年（918 年、978 年均是戊寅年），胡震亨考证后认为王周"殆五代而入宋者"④，胡震亨这结论是正确的。但是，《中国文学家大辞典·唐五代卷》、《中国文学家大辞典·宋代卷》均漏收此人（即王周），修订再版时需要补录进去。清李调元《全五代诗》（1780 年成书）卷七《梁》（诗人）收王周诗，但仅有 37 首诗，漏收王周的《大石岭驿梅花》，不知何故会如此疏漏，今人修订此书（《全五代诗》）时亦应补录进去。

《御定佩文斋咏物诗选》（482 卷）卷二九七所收"唐谭用之"名下的 1 首七绝《大石岭驿梅花》不是谭用之的诗，那么，谭用之的存诗数目就十分清楚了。谭用之存诗 39 题 40 首，全部保存于《全唐诗》卷七六四，均是七律，另断句 4 联，也是七言句式，出自宋人陈应行编的《吟窗杂录》一书。《全唐诗》卷七六四未交代所收谭用之 39 题 40 首诗的来源，但其来源容易寻觅，而且足够清楚。《全唐诗》卷七六四所收谭用之 39 题 40 首诗的开头 1 题 2 首诗《塞上》，出自于北宋郭茂倩《乐府诗集》（100 卷）卷九二《同前二首》，"同前"即同前文高适的《塞上》，其他 38 题 38 首诗无疑出自于清钱谦益、何义门的《唐诗鼓吹评注》（10 卷）卷九⑤，因为不但所收诗的数量、题目相同，而且连排序几乎都是相同的。说"几乎"，那是因为有个别例外。准确地说，《唐诗鼓吹评注》卷九谭用之第 22 首《寄王侍御》、第 30 首《别何处士陵俊老》、第 34 首《古剑》被《全唐诗》卷七六四挪到了第 38 首《秋夜

①　（清）爱新觉罗·玄烨等撰：《御定佩文斋咏物诗选》（482 卷），景印文渊阁四库全书本，卷 297。

②　（明）曹学佺撰：《石仓历代诗选》（506 卷），景印文渊阁四库全书本，卷 91。

③　（清）爱新觉罗·玄烨等撰：《御定渊鉴类函》（450 卷），景印文渊阁四库全书本，卷 400。

④　中华书局编辑部点校：《全唐诗》（900 卷）（全 15 册），中华书局 1999 年版，第 11 册，卷 765，第 8764 页。

⑤　（清）钱谦益、何义门评注，韩成武、贺严、孙微点校：《唐诗鼓吹评注》（10 卷），河北大学出版社 2000 年版，卷 9，第 465—493 页。

同友人话旧》（即《唐诗鼓吹评注》所收谭用之 38 首诗的最末一首）之后，且先是《古剑》，再是《寄王侍御》，最后才是《别何处士陵俊老》，不知《全唐诗》卷七六四收谭用之诗为何会对这 3 首诗的顺序有所变动。《唐诗鼓吹》的编者和第一个注释者在《四库全书总目》卷一八八《唐诗鼓吹》（10 卷）的《提要》中有如此交代："《唐诗鼓吹》十卷（通行本）。不著编辑者名氏。据赵孟頫序称为金元好问所编，其门人中书左丞郝天挺所注。"① 不管《唐诗鼓吹》十卷的编者是元好问还是其他人，第一个注释者是元代学者郝天挺则是无疑的。那也就是说，《唐诗鼓吹》是元代或元代以前的书，故其可靠性比较强。那么，其中所收谭用之 38 首七律的真实性也是靠得住的。

李调元《全五代诗》卷一〇〇收北汉诗一卷，算无名氏共 5 人 41 题 42 首诗，谭用之为第 2 人，诗共 37 题 38 首。李调元《全五代诗》依据吴任臣《十国春秋》卷一〇八《王景绝传》（笔者按："王景绝"应是"王景纯"，详下。王景纯是北汉人）提到谭用之为王景绝友人而将谭用之置于北汉诗人之列。其实《十国春秋》卷一〇八《王景绝传》的材料来自于北宋尹洙《河南集》（27 卷）卷一二为王曙写的《文康王公神道碑铭并序》（笔者按：此文题目甚长，节选后 10 个字），序中提到，宋仁宗赵祯景祐元年（1034）王曙去世，王曙的父亲是王景纯，关于王景纯，该序云：

> 考景纯，少客燕地，感家世儒者，不当用材武进，乃南游嵩洛，得左嵩谭用之者，为之友，寖以文称。还太原，至境上。时刘氏方据其地。叹曰："天下将定，以区区一方支天下兵，此危国也。"遂不入，止。上党帅延致幕府，府罢，不复作吏。购四方书，或手抄之。晚年书数千卷。端拱（988—989）中，终京师。②

这里提到"左嵩谭用之者"，看来，谭用之为河南嵩山一带人。《全五代诗》卷一〇〇所引《宋史》卷四三九关于谭用之的材料可以透露谭用之的世次情况。《宋史》卷四三九《文苑·郑启传》原文是："又有颍贽、董淳、刘从义，善为文章，张翼、谭用之善为诗，张之翰善笺启。"③ 这段话证明谭用之后来入北宋为北宋初年文人。谭用之今存诗提到了 7 个省区：即江西省

---

① （清）永瑢等撰：《四库全书总目》（200 卷），中华书局 1965 年版，卷 188，第 1706 页。

② （宋）尹洙撰：《河南集》（27 卷），景印文渊阁四库全书本，卷 12。

③ （元）脱脱等撰：《宋史》（496 卷）（全 40 册），中华书局 1985 年 6 月新 1 版，第 37 册，卷 439，第 13012 页。

（《贻南康陈处士陶》）、湖南省（《秋宿湘江遇雨》、河南省（《别洛下知己》、《约张处士游梁》、《寄许下前馆记王侍御》）、陕西省（《再游韦曲山寺》、《寄岐山林逢吉明府》、《渭城春晚》）、山东省（《送友人归青社》）、安徽省（《春日期巢湖旧事》）。唯独没有提到山西省区。太原有索姓，其他省区也有索姓，故不能以谭用之的《赠索处士》一首诗为据，说谭用之提到了山西省区，更不能说谭用之是北汉人。

谭用之籍贯哪里，无从考知，李调元依据谭用之好友王景纯为北汉人而将谭用之置于北汉诗人之列，显然是不无凑合意味的权宜之计。既然这样，那就姑且算谭用之为北汉诗人，现在就对其诗予以分析。

谭用之存 39 题 40 首诗。就其体裁而言，全是七律。就其题材内容而言，1 首咏物诗，题目是《古剑》；1 首应酬诗，题目是《河桥楼赋得群公夜宴》；9 首写景咏怀诗，题目依次是《塞上》2 首、《江上闻笛》、《渭城春晚》、《江边秋夕》、《江馆秋夕》（以上 6 首着重于写景），《春日期巢湖旧事》、《再游韦曲山寺》、《秋宿湘江遇雨》（以上 3 首着重于咏怀）；其余 29 首诗均是送别或怀人的友情诗。

这里分析一首送别诗和一首怀人诗。

先看一首送别诗。

别洛下一二知己

金鼎光辉照雪袍，洛阳春梦忆波涛。

尘埃满眼人情异，风雨前程马足劳。

接塞峨眉通蜀险，过山仙掌倚秦高。

别来无限幽求子，应笑区区味六韬。①

这首诗首联出句引用了一个典故。刘宋王朝大明（457—464）年间的某一个日子，天降大雪，右将军谢庄（421—466）入朝上殿，宋孝武帝刘骏（430—464）（刘宋王朝第四任皇帝）看到谢庄全身落满白雪，认为这是祥瑞之事，让群臣以此为题，每人写一首雪花诗。②首联对句"春梦忆波涛"所用典故不详，估计指个人生活问题。这样，全首诗的意思就比较明了了。其大

①　中华书局编辑部点校：《全唐诗》（900 卷）（全 15 册），中华书局 1999 年版，第 11 册，卷 764，第 8755—8756 页。

②　（清）钱谦益、何义门评注，韩成武、贺严、孙微点校：《唐诗鼓吹评注》（10 卷），河北大学出版社 2000 年版，卷 7，第 359 页。

意是：

> 呆在京城就是好啊。居庙堂之高的时候，经常见到皇帝，深受皇帝宠爱，身上落点雪花，都能引起皇帝关切的目光，成为百官艺术创作的素材，这生活，多像诗画的意境啊；处江湖之远的时候，生活十分惬意，清晨品鉴奇花，夜晚欣赏异草，便有惊涛骇浪，无妨春梦美好，这生活，诗画的意境怎能比啊。

> 离开京城就是糟啊。抬眼一看，没有了皇帝关切的询问，没有了美人深情的目光，一天到晚扑面而来的，是窄窄的路径、蒙蒙的征尘、嗖嗖的冷风，更有异乡人冷漠戒备的眼神；低头一想，就算自己熬过了路途上的风吹和雨打，怎能保证目的地没有更大的雨打和风吹，那时候，疲惫不堪的自己还能挺得住吗？正低头凝眉深思的时候，发现鞋子破了，脚很痛，马蹄的铁掌单薄欲穿，马也快到疲劳的极限了。

> 虽然觉得人困马乏，无法继续下去，但是心里明白，万里长征只是开了个头，更遥远的路途、更具有挑战性的艰险还在后面呢。要过山，过高山，过很高的山，就像华山仙掌峰那么高的山，以及秦地比华山仙掌峰还要高的人生的坎儿；要通塞，通险塞，通很险的塞，就像四川峨眉山那么险的塞，以及比蜀地峨眉山还要险的社会的关塞。

> 去四川任职是如此遥远和凶险，我都认了，比这更尴尬的是，临出发的时候，幽居幽求的隐士，还笑话我《太公兵法》读得不精，里面的文韬、武韬、龙韬、虎韬、犬韬、豹韬那么有用，都不能阻止我赴蜀任职的错误行动。

这首诗的作者谭用之是中原人，去四川那么遥远的地方，一定是因为四川有一份比较好的差事在等着他，所以才不怕隐士嘲笑，不怕路途迢迢，而洛阳城里送他远行的一两个知心朋友，当然知道他此行的目的，在祝他一路顺风的同时，可能还流露出一点艳羡的神色和没机会随他入川的无奈与伤感。

出于对洛阳知己的安慰，可能还有得到美差时谦虚和低调的心理，谭用之把洛阳城的生活说得像童话世界一样美妙，把即将开启的旅程说得像恐怖小说一样吓人。这显然是一种艺术化夸张，但是所有的夸张都具有逻辑的真实性。京城虽没有谭用之说的那样好，但是确实好；关塞虽没有谭用之说的那么糟，但是确实糟，由此你就明白初唐诗人王勃《杜少府之任蜀州》（笔者按：题目无"送"字）一诗为什么要用"城阙辅三秦，风烟望五津"① 来对比长安和蜀地在生活宜居度上的天地之差了。这是谭用之这首诗认识上的一个价值。

就艺术性而言，因为要压制自己的欣喜、宽慰朋友的失望，把京城确实有的一点得天独厚夸张得失真，把旅途确实有的一些为难尴尬渲染到离谱，这种吹牛的功夫能把送别他的好朋友气得不怒也嗔。好玩倒是好玩，但是大大降低了这首诗情感的真实性和艺术的感染力。不过，出色的选材眼光和不俗的对句功夫使这首诗的中间两联，显得耐读、耐看还耐用："尘埃满眼人情异，风雨前程马足劳。接塞峨眉通蜀险，过山仙掌倚秦高。"二二二一对二二二一和二二一二对二二一二的节奏，再加上"劳"和"高"的韵脚，是不是耐读呢？"尘埃满眼"、"风雨前程"、"接塞峨眉"、"过山仙掌"，是不是有点熟悉，十分耐看呢？你没有去过异乡，没有领略过当地人戒备异样的眼神吗？你没有听说过峨眉之秀、华山之高，没有想过用文学语言概括她们吗？如果去过、想过、听说过，那你说这二联是不是有用呢？看了中间这二联，想来你一定会竖起大拇指了："高，实在是高，比仙掌峰还高；美，实在是美，比峨眉山还美。"《唐诗鼓吹》一书选谭用之诗最多，达 38 首，选陆龟蒙诗才 35 首，选李商隐诗才 34 首，选杜牧诗才 32 首，现在，你该知道为什么了吧？

再看一首怀人诗。

月夜怀寄友人

剑气徒劳望斗牛，故人别后阻仙舟。
残春谩道深倾酒，好月那堪独上楼。
何处是非随马足，由来得丧白人头。
清风未许重携手，几度高吟寄水流。②

先疏通一下字义。"谩"，可通"漫"，读音为慢，去声。"莫，不要"的意思。"谩道"，即休说、别说。

这首诗的大意是：

一开始自期宝剑，自期丰城、龙泉那样厉害的宝剑，而且是英气越过

---

① 中华书局编辑部点校：《全唐诗》（900 卷）（全 15 册），中华书局 1999 年版，第 2 册，卷 56，第 678 页。

② 中华书局编辑部点校：《全唐诗》（900 卷）（全 15 册），中华书局 1999 年版，第 11 册，卷 764，第 8756 页。

云霄、直冲斗星和牛星的丰城剑和龙泉剑，可是最终发现自己什么剑都不是，什么用都没有。"一剑在手，横行天下"的壮举和英名就不要提了，连去远方看看朋友这种小事情都做不到。是没有交通工具吗？哪里哪里，岂止有交通工具，而且有先进的交通工具，这种先进的交通工具就是日行千里的仙舟。仙舟又快又多，可是，我的条件从来没有够过，或者没有时间，或者缺少资财，或者时间和资财均有欠缺。于是，只能看着仙舟来来去去，而探望朋友的安排一拖再拖，从来没有被提上议事日程。

有朋友在的日子四季欢乐，即便哪个季节的某一段时间偶有不快，也能用友谊的利剑斩断愁水，哪怕只是一个瞬间的欢愉，也能延展出无限的欣慰。例如明媚的春光极盛而衰的时候，许多人都会像诗圣杜甫那样"感时花溅泪，恨别鸟惊心"，[①] 而我却既没有惊心，也没有溅泪，因为我和朋友正徜徉花间，满斟清酒，花香阵阵，酒香腾腾，比花香和酒香更让人陶醉的，是相契相得者之间悠悠传播的淡淡心香。可是现在这个暮春，朋友不在，那就不要说什么"花依旧，酒依旧，人依旧"之类的宽慰话了，即便酒很好，即便把酒倒得溢出来，又有什么兴致举杯呢？没朋友在的日子整天郁闷，即便万里无云，皓月当空，我也不可能一个人登楼赏月，因为那样做会勾起往事，惹出更大的伤感。

患得患失是一种很难克服的心理疾病，正是在得和失的反复权衡比较中，头发一根一根地变白，人迅速老去，而抛开得和失的纠缠，立刻启程旅行，则时光逐渐飞逝，美景次第铺开，马蹄得得声中，恩怨烟消云散。旅行本身就是对是非的抛弃，对得失的超越，而探望朋友的旅行，更是一种倒吃甘蔗的人生体验，愈到后来，甘甜愈浓，快乐愈多，欣喜愈不可抑制。你说我还会纠缠于俗世的是非恩怨而不愿奔向远方去和你相会吗？

"南风知我意，吹梦到西洲"[②] 中的人真有情怀，而且其情怀真的很好，可是更好的是他的运气，他碰上了善于体谅人意的暖暖的南风，于是他的梦由温馨而热烈，由热烈而甘甜，就这么一路甘甜到西洲。而我所碰到的风其实也算不上恶，甚至还有点宜人，是清风，可是它飘忽不定，意图不明，就是在这种"我不知道风是在哪一个方向吹"的迷茫中，我与

---

①　中华书局编辑部点校：《全唐诗》（900 卷）（全 15 册），中华书局 1999 年版，第 4 册，卷 224，第 2408 页。

②　（宋）郭茂倩编撰，聂世美、仓阳卿校点：《乐府诗集》（100 卷），上海古籍出版社 1998 年版，卷 72，第 775 页。

你"永结无情游"的美好愿望次次落空，真如李白《月下独酌》"相期邈云汉"①诗句所说的那样无望。这种无望已经够伤人了，但是更伤人的是，多少次眼瞅着就要和你相聚了，惹得我情不自禁地挥笔题诗，放声歌唱，可是每次都是好梦一场，梦醒后抬眼一看，满目都是"是处红衰翠减，苒苒物华休。惟有长江水，无语东流"②的感伤景象。你说这是不是比赵景真《与嵇茂齐书》中"携手之期，邈无日矣"③的慨叹还要令人伤心欲绝呢？

谭用之这首诗不是十分好懂，笔者如上的解读不无猜测意味，例如，首联出句"剑气徒劳望斗牛"是说自己以宝剑自期无济于事？还是说朋友像气冲斗牛的丰城剑、龙泉剑那样厉害，但自己不能与朋友会晤因而拥有这么厉害的朋友是白白拥有，故无济于事（这弯子绕得厉害，行文自然就绕口了）？读完整首诗也看不出来。笔者理解成前一种（即自期丰城剑或龙泉剑），可以讲通。元代廖文炳等人理解成后一种（即夸奖朋友是丰城剑或龙泉剑），也能讲通。且看廖文炳等人对整首诗的"解评"：

> 首句比友人于丰城之剑，谓徒望其宝气而仙舟阻隔，则无由得晤焉。余也思君之至，正值残春，谩拟深倾酒盏；而会逢好月，何堪独上楼头！且余更有感者，是非得丧若影随形，风波起于驰驱，容颜改于阅历。约略人己之间大抵如是。今且与君久别，感慨系之，而其相思之情，则但动高吟而付流水，其何时携手清风哉？④

首联的解评无问题。颔联的"谩道"就是"不要说"、"休说"，释"谩道"为"谩拟"（"拟"是准备的意思），语义更复杂费解，诗境亦有所偏离。颈联的"何处"是疑问词，但表示的是陈述语气，该联相当于说"自古是非远马足，由来得丧白人头"，谭用之可能觉得"远马足"不好理解，于是就说成了"何处是非随马足"，其含义还是说，旅行启程则是非消散。如果要表达

---

① 中华书局编辑部点校：《全唐诗》（900卷）（全15册），中华书局1999年版，第3册，卷182，第1859页。

② （宋）柳永著，薛瑞生校注：《乐章集校注》（3卷），中华书局1994年版，卷下，第194页。

③ （梁）萧统编，（唐）李善注：《文选注》，景印文渊阁四库全书本，卷43。

④ （清）钱谦益、何义门评注，韩成武、贺严、孙微点校：《唐诗鼓吹评注》（10卷），河北大学出版社2000年版，第469—470页。

"风波起于驰驱"的意思，谭用之就应该把"何处是非随马足"的"何处"改为"是处"、"处处"或"几处"；"容颜改于阅历"的说法正确无误，只是不准确而已，因为谭用之说得很清楚，让容颜很快衰老的是对得与失的计较。末联的解释可以讲通，只是相对于原诗句，大大地改变了谭用之的语气，也小小地改变了谭用之的意思。当然，从"诗无达诂"的角度讲，异说并起，诸解同存无疑是可以的，而且不同的解说可能会进一步丰富原诗的思想容量，也可能更深刻地领会作者的艺术构思。故谭用之《月夜怀寄友人》一诗，前贤廖文炳等人早已有简洁而不无精当的"解评"，笔者还是不揣冒昧，另行解释一番。识见浅陋，文不成句，同好者一笑之余，如果愿意垂手点铁，则不胜欣幸之至。

　　《别洛下一二知己》不仅缺乏送别诗的悲凉底色，而且劝慰朋友时半真半假的过度吹牛使得这首诗隐含了些许嬉皮士一般的吊儿郎当，但是选材眼光和对句功夫的双重杰出使得这首诗十分耐读，即便是在因没有悲凉情绪而感染力先天不足的情况下，仍可跻身于好诗之列。可见，就艺术手段而言，谭用之诚是作手。《月夜怀寄友人》所表现的"不要花好，不要月圆，只是要你；不在乎得丧，不在乎是非，只在乎你"的心声吐露更说明了谭用之在本性上是真性情的儒士，不是善作伪的骚客。从逻辑上说，这种不善作伪的人凝视世界的目光一定含有两个特点：一个是情感格外浓郁，无不是柔情蜜意；一个是理性特别充足，多的是独立见解。最能体现谭用之这两个特点的诗，还不是本章节（第十章第二节）分析的《别洛下一二知己》和《月夜怀寄友人》，而是《秋宿湘江遇雨》但是因篇幅所限，关于《秋宿湘江遇雨》这首七律在理性和感性上的双重美善，请容许笔者另行撰文分析，这里只是稍作提醒。读懂了谭用之这三首诗，你就知道着重于鼓吹中晚唐诗的《唐诗鼓吹》选谭用之诗最多的个中原因了。

小　结

综上所述，可知十国文学的大致情况。

吴国文学名气最大的诗人是杜荀鹤，只是杜荀鹤在吴国生活的时间太短，清李调元《全五代诗》置杜荀鹤于后梁文人之列，不为无因，真正算得上吴国文人且水平出色的诗人是殷文圭。

南唐国的词人和诗人都很出色，影响都很大。李璟、李煜的词很少写什么奢侈糜烂的生活，弥漫其中的情感更多的是忧愁，但他们的词与他们的享乐生活是分不开的。冯延巳的词不仅有忧愁的云雾笼罩其上，更有一种执着和不屈隐含其间，这是冯延巳词有境界、有思想的重要表现。李建勋、李中、徐铉均有不少出色的诗，三人的诗尤其是徐铉的诗颇具宋诗的韵味。在唐文学向宋文学转变的过程中，南唐诗人的诗表现得最明显。

拜享乐生活所赐，前蜀国时期，就出现了不少有名的词人，毛文锡、鹿虔扆等人均是，但这二人的词一向被视为后蜀国词，而且前蜀国词的繁荣情况既不如后蜀国的词，又不如前蜀国的诗。前蜀国诗人贯休、韦庄、唐求、张蠙、杜光庭不仅有不少好诗，而且有许多关于诗的故事，这使前蜀国的诗歌景象多姿多彩。

后蜀国孟昶时期有长达30余年的安定局面，乐于享受生活的孟昶聚集了不少文人从事词的创作，这使词这种新诗体在后蜀国变得又成熟又繁荣，而且对后世有深远影响。940年赵崇祚编集的《花间集》成为文学史上的一件大事和好事，《花间集》中的词从此传于后世，也垂范后世。

南汉国疆域之广、国祚之长在十国中都名列前茅，但是可能和南汉诸帝的残暴有关，南汉的诗数量不多，佳作也很少，最能给人以深刻印象的，是诗人周濆的七言绝句《逢邻女》，此诗因为写了"路逢美女、点头而笑"这种十分常见的生活场景而具有了穿越时空的魅力，为南汉文学陡添光彩。

汪遵的《长城》、裴说的《寄边衣》、刘昭禹的《怀华山隐者》、虚中的《泊洞庭》和《听轩辕先生琴》、廖图（又作廖匡图）的《赠沈彬》、廖凝（廖图之弟）的《中秋月》和《闻蝉》、李宏皋的《题桃源》、何仲举的《李宏皋试诗》、徐仲雅的《赠齐己》、廖融的《退宫妓》、翁宏的《春残》、张观的《过衡山赠廖处士》、颜萱的《送羊振文归觐桂阳》、刘章的《咏蒲鞋》、路洵美的《夜坐》、张迥的《寄远》……楚国的大诗人不见面，楚国的好诗说不完，这些名气不大的诗人如此多的好诗使得楚国文学盛况空前，也使楚国成为五代十国文学继西蜀、南唐之后的又一个重镇。

吴越国在五代十国时期最为安定，堪称百姓的乐土。但是，不知道受了"察举"这种选才陋规的毒害，还是受了钱镠反对享乐生活的拖累，吴越国的文学并不繁荣。其佳作当然也有一些，例如钱镠的《巡衣锦军制还乡歌》、吴仁璧的《投谢钱武肃》、延寿的《永明山居诗》（69首）。但总的来说，与其文人著作在十国中名列前茅的地位不相匹配。只有罗虬的《比红儿诗》100首艳称千古，可惜《比红儿诗》写于京城长安一带，由于毕竟出于吴越地区士人之手，故算作吴越国文学的成绩，勉强可通。

闽国文学有三个名诗人韩偓、黄滔和徐寅。韩偓的《香奁集》名气大而是非多。今天看来，《香奁集》是对美和爱的礼赞，值得褒奖，只是《香奁集》写于韩偓入闽前，算作闽国文学的成绩，也是勉强可通。韩偓入闽后的佳作不多，贡献与黄滔、徐寅相若。韩偓、黄滔和徐寅这三个名诗人使得闽国文学的成绩颇为可观。

唐五代诸多诗僧中，齐己独占鳌头。《花间集》18位词人中，孙光宪于温庭筠、韦庄这二位代表词人，亦未能多让。齐己的诗耀眼于前，孙光宪的词绽放于后，使荆南国文学虽不免大厦靠一木而支的尴尬，但总还有点面子。

北汉国29年的历史中，战事从未消歇，文学的土壤过于贫瘠（这不是说有战争就无文学，而是说战争过于严重，文学就难以产生），故北汉可称无文学或几乎无文学。清代李调元《全五代诗》将一个籍贯和国籍均不明的杰出诗人谭用之阑入北汉诗人之列，北汉文学才大放异彩，只是谭用之除与一个北汉人在外地曾经相识且有所交往外，与北汉就再也没有关系了。将谭用之视为北汉人，太牵强。

结　　语

现在对本书五编的内容予以总结。

一

第一编《十国艺文志考索》考察了十国文人著作在各公私目录书中的著录情况，收集了各个国家文人不同种类的著作，得出了如下的结论：

就十国整体（主要是南方九国，下同）而言，十国著作 241 人 559 种 9808 卷（不知卷数者不计，下同），占五代十国著作 375 人 815 种 12839 卷的比例分别是人数 64.3%、种数 68.6%、卷数 76.4%，可见，十国著作占五代十国著作的比重不会少于五分之三，换句话说，五代著作顶多达到十国著作的三分之二。这就是五代和十国的艺文对比情况。

就国别而言，各国著作种数的排列顺序是：南唐国（67 人）156 种、吴越国（43 人）113 种、前蜀国（23 人）98 种、后蜀国（45 人）66 种、吴国（20 人）40 种、闽国（14 人）30 种、楚国（13 人）22 种、荆南国（7 人）21 种、南汉国（6 人）11 种、北汉国（2 人）2 种（人数、卷数的排列与种数的排列大致相当）。总之，十国中各国著作多少的前 4 名是：南唐国、吴越国、前蜀国、后蜀国；后 3 名是：荆南国、南汉国、北汉国。

就地域而言，江南（吴国和南唐国）最多，达 87 人 196 种 2834 卷；蜀地（前蜀国和后蜀国）次之，为 68 人 164 种 2516 卷；吴越国又次之，为 43 人 113 种 1946 卷；闽国第四，为 14 人 30 种 194 卷；楚国第五，为 13 人 22 种 2114 卷；荆南国第六，为 6 人 21 种 147 卷；南汉国第七，为 7 人 11 种 55 卷；北汉国第八，为 2 人 2 种 2 卷。总之，十国中江南（吴和南唐）第一，蜀地（前蜀和后蜀）稍弱，排第二，吴越国和闽国地区分列第三和第四名。这就是十国著作在地域上分布的大致情况。

十国中就知道卷数的著作种数而言，前 10 名作者的著作种数是：前蜀国杜光庭 41 种 366 卷、南唐国乐史 23 种 661 卷、吴越国罗隐 15 种 86 卷、前蜀国王仁裕 14 种 267 卷、吴越国释延寿 14 种 115 卷、吴越国释赞宁 12 种 466 卷、南唐国徐铉 11 种 93 卷、前蜀国韦庄 10 种 34 卷、南唐国徐锴 9 种 576

卷、荆南国孙光宪 9 种 109 卷。

就分类而言，经部 3 种 47 卷；史部 11 种 249 卷；子部 43 种 569 卷；集部 26 种 164 卷。可见，十国存书中，子部最多，集部次之，史部第三，经部最少。

十国存书数量排前四名的国家及其存书情况是：吴越国 27 种 439 卷、南唐国 21 种 365 卷、前蜀国 11 种 103 卷、后蜀国 6 种 42 卷；存书数量排列于后三名的国家是：吴国 1 种 3 卷、楚国 1 种 1 卷、北汉国 1 种 1 卷。

二

第二编《十国文人集部著作序跋文字和著录文字辑录》共辑得十国中 7 个国家 21 人 26 部书的序跋文字 332 篇，比《古籍版本题记索引》所能检索到的 223 篇①，超出 109 篇，超过比例是 48.9%。这 21 人著作序跋按照篇数多少的顺序排列出来是：罗隐 45 篇、徐铉 41 篇、赵崇祚（《花间集》）30 篇、李中 27 篇、黄滔 25 篇、贯休 24 篇、韦縠（《才调集》）23 篇、韩偓 22 篇、齐己 17 篇、杜荀鹤 13 篇、韦庄 11 篇、唐求 10 篇、南唐二主（李璟、李煜）8 篇、张蠙 8 篇、罗虬 8 篇、徐寅 8 篇、杜光庭 5 篇、冯延巳 4 篇、李建勋 3 篇、殷文圭 0 篇。序跋篇数的多寡一定程度上反映了其人所受关注的情况，但也不尽然。例如徐铉和韦縠（《才调集》）序跋比较多，但是这二人的研究至今冷落，而冯延巳的序跋很少，但冯延巳研究一直比较热。这 332 篇序跋中的赵崇祚《花间集》序跋和韦縠《才调集》序跋，既多又有用，还鲜见，值得注意。

三

第三编《十国文人集部著作流传过程和版本源流考辨》说明，本编所研究 21 人著作版本的数量多寡不均。多者如罗隐，6 种著作达 64 种本子；少者如殷文圭，只有 4 种本子。当今研究者对这 21 人文学的关注和古文献家对这 21 人版本的关注有相当程度上的一致性，古今皆被冷落的文人就不用说了，即使从古到今皆是热点的文人，其著作流传过程和存世版本的面目仍然有进一步探索的必要。这从以下七个事实可以看出。

第一，1983 年 12 月中华书局出版、雍文华校辑《罗隐集》附录了罗隐著作序跋 21 篇，2011 年 7 月浙江古籍出版社出版、潘慧惠校注的《罗隐集校注》（修订版）（1995 年为初版）附录了罗隐著作序跋 22 篇，而笔者本项目

---

① 罗伟国、胡平编：《古籍版本题记索引》，上海书店 1991 年版。

收集罗隐著作序跋 45 篇（尚且有个别序跋知其踪迹而未能目见，只好暂付阙如）。

第二，日本静嘉堂文库所藏韦庄《浣花集》最早的刻本（南宋书棚本）至今未见有影印本，致使《浣花集》存世最早版本的真面目一直处于传说中。

第三，《杜荀鹤文集》三卷自明代以来一直被视为北宋刻本，持此观点的著名文献家不下 10 位，只有傅增湘先生断定此本是南宋中期蜀刻本；这个南宋中期蜀刻本《杜荀鹤文集》三卷现藏上海图书馆，此本因为被误认为是北宋刻本，自 1980 年至今被影印 2 次、影刻 1 次，广为流传；而南宋浙刻本《唐风集》三卷原本已佚，清人影宋抄本藏于国家图书馆，至今未有影印本。同为南宋中期刻本的两种杜荀鹤著作，受到的冷热待遇差别太大了。

第四，王仲闻先生校订的《南唐二主词校订》作为质量良好的本子被一版再版，多次印行，可是，该书所持《南唐二主词》为南宋初年无名氏编成的观点未必可靠。从施廷镛先生《古籍珍稀版本知见录·历代写本知见》一书对"《南唐二主词》一卷"的著录语"宋陈世修手辑，邑人萧飞涛抄本"①看，《南唐二主词》的编辑者是北宋中期人陈世修。这个问题，早该引起学界的注意了。

第五，徐寅《诏赐时奉寄二亲》一首七律收录于文渊阁四库全书本《徐正字诗赋》卷二，但该诗既不见于明人影宋抄本《唐秘书省正字先辈徐公钓矶文集》十卷（此本影印后即四部丛刊三编本），又不见于《全唐诗》及其补遗之作，真可谓失之眉睫。

第六，贯休诗歌已经被《全唐诗》和《全唐诗续拾》等补遗之作收集完备，可是，胡大浚先生的近作《贯休歌诗系年笺注》（中华书局 2011 年版）发现《全唐诗》及其补遗之作对贯休诗歌的收录颇有舛漏。

第七，再说一个比较普遍的粗疏。序跋语和著录语一身兼二任的情况十分常见，但是序跋语和著录语的性质截然不同，写于书前书后且与该书有关的文字，是序跋；某种目录类书目对一种书的介绍，才是著录。因此，《四库全书总目》中的各书提要，只能是著录语，而四库全书中各书书前的《提要》，算序跋肯定不错。可是，许多人对此都分不清或者不愿意分清。

种种事例说明，对十国文人存世的集部著作进行整理，是必要的；对已经有整理本的著作再来一次更彻底的整理，很可能仍然是必要的。

---

① 施廷镛编著，李雄飞校订：《古籍珍稀版本知见录》，北京图书馆出版社 2005 年版，第 134 页。

四

第四编《十国文人生平事迹与作品真伪辨正》考察了杜荀鹤等八个文人的九个问题，提出了如下的浅见：

杜荀鹤为杜牧微子的说法，证据不足，不予信从，思考一下这种说法产生的文化心理，倒很有必要，很有价值。

宋代以来流传的《阳春集》一书，系冯延巳的著作，这应该没有疑问，但是，对一种著作的真实性提出质疑，任何时候都是必要的，也是有益的。

罗隐"凡十上不中第"的"十"只是泛指以言其多，切不可认定确实是十次，古代文献中这种泛指的现象很多，往往被研究者理解为实指，然后争议不休，这种现象应该引起注意。

罗虬《比红儿诗》的本事本来是一个关于爱和美的文坛佳话，五代王定保《唐摭言》的记事粗疏（不完整、不连贯）、北宋李昉等《太平广记》（978 年编成）的擅自改编、后人的盲目相信这三个原因共同作用，制造了一个漏洞明显的凶杀案（诗人罗虬在姑娘根本没有得罪他的情况下杀死心仪已久的姑娘），让罗虬（？—881?）蒙冤千年之久。这个故事说明，"妄改古书"这个恶习很可能明人最严重，但绝不始于明人，北宋人就这么干了，不管谁这么干，都是要不得的。

被沉江而死，吴仁璧讨价还价时把握火候的水平太差了，是个迂儒，但是钱镠将挑战自己权威的文人处死，一下子暴露了自己度量、识见和品行上的硬伤，尽管这硬伤相对于他"礼敬中原"、"保境安民"的国策只是白璧微瑕，但微瑕也是瑕。

和罗虬《比红儿诗》100 首一样，《香奁集》近 100 首（87 题 99 首）是对爱和美的礼赞，是韩偓耿介又忠诚之品质在个人情感上的反映，可是，智慧被封建说教严重伤害的文人一方面对韩偓的政治品格钦佩得无以复加，一方面对《香奁集》关于女性的描写指责得夸张高调，于是就产生了《香奁集》不是韩偓所写的说法，而且这种说法颇具迷惑性，连徐复观先生这么声名显赫的学界通人都受其所蔽，于年逾花甲的时候发表了《韩偓诗与〈香奁集〉论考》这篇长文，以证明《香奁集》之劣质绝不可能出于韩偓之手。真可谓"智者千虑，必有一失。"

黄滔是闽人，曾入京应考并中了进士，晚唐政局不稳时离开中原，回到闽地，出任闽主王审知的幕僚。黄滔对后于他来到闽地避难的众多文人有过多方照顾，这完全可能。但由此得出结论说黄滔是中原士子避难闽地时的中心和宗主，还是闽国文坛的核心，又说王审知之不称帝，黄滔起了很大的作用，这就荒诞不经了。从年龄、职位、与黄滔的交往、黄滔在闽国时的具体情形看，都会发现关于黄滔的这些溢美之词靠不住。否定关于黄滔的溢美之词，只是求真，而不是要否定黄滔。黄滔的诗赋在当时就很有名，赋尤其有名，其诗还得到清人袁枚的称赞。质量上，黄滔诗赋俱佳；数量上，也可抗衡罗隐、韦庄、韩偓、杜荀鹤等晚唐五代诸多名家。总之，黄滔诗赋，至少是一时一方的作手，即使去掉后人加给他的溢美之词，黄滔仍然是晚唐五代值得研究的文人。

《四库全书总目》向以精审著称于世，但也不能无误。该书对黄滔《黄御史集》卷数、成书、编者、刊刻历史等问题的陈述多有舛讹，而且有的舛讹匪夷所思（例如说唐时知名进士，"多依"闽国王审知的话，一看就知道有问题，闽国为十国之一，晚唐知名进士，怎么可能多数人都投奔闽国。核实之后才知道是四库馆臣没有看懂《新五代史》的原话，由此也可见标点符号的重要性）。仔细辨析，不仅可以看出馆臣之误，而且可以看出馆臣出错的原因。四库馆臣关于黄滔《黄御史集》的诸多错误说法，不仅说明了清乾隆五十四年（1789）写定并刊刻的《四库全书总目》200卷继余嘉锡、胡玉缙、崔富章、李裕民、杨武泉等先生的辩驳之后，还可以继续辩驳，而且说明了黄滔及其作品的研究十分薄弱，亟须大力加强。

徐寅《唐秘书省正字先辈徐公钓矶文集》十卷于南宋初的1129年已经编成，而且有南宋刻本，清人钱遵王（即钱曾）曾藏有明人的影宋抄本，此影宋抄本于1936年被影印后收于《四部丛刊三编》中，2002年上海古籍出版社影印后又收于《续修四库全书》中。但是，徐寅诗赋自《新唐书·艺文志》一直到宋元史志均未记载，致使徐寅声名不彰，历代唐诗选家亦未选徐寅的诗，很可能受到了这些影响，四库馆臣为晚唐五代文人的诗文集撰写提要的时候，对徐寅及其作品多次贬低，关于徐寅生平行迹的叙述也有疏漏。辨析之后可知，实际上，至少就辞赋而言，徐寅在晚唐和后世的声誉，不但远胜黄滔，连司空图、罗隐也有所不及；如果就科第、仕途之顺利而言，徐寅就更强了。历代史志和公私目录类书目对古代文献的记载贡献很大，但是，网漏吞舟的现象时有发生，切不可依据历代史志和公私目录书未有记载就断定某人某著作一定为"伪"（即假托）或一定为"微"（即水平不行、名气不大）（但是质疑其真伪却是完全可以的，也是应该的）。徐寅及其《钓矶文集》就是一个例子。

五

第五编《十国文学创作述论》通过对十国作家作品的分析，得出了如下的结论：

　　吴国文学名气最大的诗人是杜荀鹤，但是杜荀鹤只是曾有一段时间生活于吴国第一任国主杨行密大将的手下，与杨行密没有直接交往，故杜荀鹤作为吴国文人的代表，有点勉强。真正能够代表吴国文学成就的诗人是殷文圭，殷文圭从人到诗，都脱去俗套，他是五代十国时期十分难得的有主见的诗人，吴国文学以此而让人刮目相看。

　　南唐国著名文学家数量很多，李建勋、冯延巳、李中、徐铉、李煜这五个著名诗人或词人的成就足以使南唐国文学成为十国文学中最为华美的一章，也是十国文学中对后世文学影响最为深远的地域文学。

　　从贯休、韦庄、王建（附王衍和众妃）、唐求、张蠙、杜光庭这些人的文学创作情况看，前蜀国诗的成就显然高过词的成就。前蜀国的诗题材广阔，对多方面社会生活皆有反映，艺术上多种风格兼具，即使众妃子的诗也有可观之处。词人数量很少，词作不多，难成规模，最著名的韦庄词，能看出写于前蜀国时期（而不是写于韦庄入蜀前）的也很少。前蜀国的文学成就主要体现于对晚唐诗歌内容和风格的继承和发展。

　　后蜀国的文学成就主要表现于词的创作，被《十国春秋》归于后蜀国的词人毛文锡、鹿虔扆、阎选许多词都作于前蜀国时期。但是，后蜀国时期一大批词人聚集于后主孟昶的周围，写作了大量的词，并结集为《花间集》，这不但使后蜀国的文学引人注目，而且使前蜀国词人的词借《花间集》而行世和传世，使整个西蜀地区成为五代时期文学繁荣的一个重镇。后蜀国文学的万丈光芒对后世有深远影响。后蜀国韦縠所编的《才调集》10卷选诗1000首，是唐人选唐诗中规模最大的一部选集，该著作强调风情的选诗标准，开元代《唐诗鼓吹》、清代《中晚唐诗叩弹集》的先声，只是该著作选十国诗人很少、选后蜀国诗人更少，置于十国诗人创作论中并不适宜，故本书只是考辨了其流传过程和版本源流，"才调"、"风情"含义的辨析和明清诸家笺注的汇录留待日后。

　　从南汉诗歌的创作实绩可以看出，就像南汉的地理位置距离中央王朝比较偏远一样，南汉诗歌不论在数量还是名声上，都离文坛的中心比较遥远，也就是说，南汉政权的文学成就是有限的、比较弱的。但是，就像南汉政权在许多方面都不及中原王朝而仍然值得研究一样，南汉诗歌尽管成就有限，其价值仍然是不容否定的。南汉诗歌一方面表现了唐末宋初长达五六十年的时期内两广地区独特的地理、气候特征和人文心理，这是两广地区的个性化表现，由此可更清晰地认识南汉政权历史文化的某些特征；另一方面反映了该时段该地区的士子们在日常生活中基于人性所生发的感悟和情怀，这是全人类的共性，由此可更深入地认识文学反映生活的广度和力度。

　　裴说、刘昭禹、释虚中 3 人的诗可以说明楚国的文学创作情况，这 3 个人皆有一些诗写得十分出色，为楚国文学增光不少。但是，楚国文学的盛况不是靠哪一个或哪几个著名诗人撑门面的，而是靠许多名气不大但是不乏佳作的诗人来体现其繁荣景象的。尤其是楚国第三任国主文昭王马希范设立了天策府，召集了 18 人为天策府学士。虽然天策府并不是文学团体，天策府学士也并非人人善诗。但是，其中还是有不少人喜欢诗且长于诗，而且真的有佳作传世。楚国众多诗人的大量名作使得楚国文学呈现出空前繁荣的局面，给人一种"百草作花，艳夺桃李"的感觉。可以说，仅就诗歌繁荣的情况看，在某种程度上，楚国文学绝不逊色于十国中的任何一国，楚国诗歌胜过闽国，可与西蜀词、南唐词鼎足而立，成为五代时期文学繁荣的又一个重镇。

　　吴越国王室文人钱镠的《巡衣锦军制还乡歌》与刘邦的《大风歌》感情基调大有不同，这种不同是二人在个性气质上大有不同的体现，他们最后的结局也大有不同。吴越国幕僚文人中，罗隐的诗歌为百姓鼓呼时多能奏效，于是，其诗由揶揄讽刺转向歌功颂德，考虑到罗隐歌颂的钱镠为人为王，确实不错，就很难对罗隐回到吴越国从事诗歌创作时的华丽转身说三道四。罗邺、罗虬、吴仁璧、薛正明也算幕僚文人，且均有不错的诗，其中罗虬的《比红儿诗》100 首特别值得称道。这可能是文学史上一个诗人向一个姑娘连写 100 首赞美诗的唯一的一个例子，罗虬和红儿因此载于史册，传于后世。布袋和尚（契此）在吴越国僧道两类诗人中名气最大，充满传奇色彩，但其诗很少，很难引起文学史研究者的注意。释延寿以《宗镜录》100 卷在学术史上久享盛名，但其《永明山居诗》69 首写得风流文雅，堪称巨制（只是变化少了点），就水平而言，如果说延寿不及唐诗三高僧皎然、齐己、贯休的话，那也是紧随其后。赞宁当时有文虎之称，后来果然有《大宋高僧传》30 卷（传主全是唐代僧人）传世，芳至今而不歇，可是其诗仅存 7 首，魅力也远逊延寿。

　　韩偓的佳作基本上都写于入闽以前，其中《香奁集》近 100 首（87 题 99 首）是对爱和美的礼赞，是其优秀的政治品格在个人生活和情感方面的具体表现，也是韩偓一生在文学上的最大贡献。其后期的诗歌《安贫》和《故都》追怀往事，一片深情，是韩偓闪亮人格在晚年的光芒。黄滔本来就是闽人，进士及第后归闽较早，故在闽国诗人中地位最高，但还不能说他是闽国文坛的宗主。《下第东归留辞刑部郑郎中诚》和《故山》是黄滔的两首名作，一写友情，一写乡情，皆雅洁流畅，真情动人，展示了黄滔的赤诚心地。徐寅的赋成就很高，在晚唐时期唯吴融可与之媲美，但是其诗更有价值。《诏赐时奉赠二亲》一首七律为《全唐诗》及其补遗之作所漏收，这首诗把封建社会举子及第后的欣喜若狂和所思所想写得又真实又全面，展示了徐寅长于叙事的才能和勇于自剖的品质，只是今天看来，把金榜题名当作幸福来追求且追求得孜孜不倦、生死以之，这样的人生未免过于南辕北辙了。韩偓、黄滔、徐寅三位杰出诗人使闽国文学的阵容在十国中比较壮观。

齐己大约 42 岁时写的《早梅》诗把一株残冬时的腊梅写得风姿绰约，灵动异常，显示了从小就出家为僧的齐己对美的热爱、对生活的热情，后来来到荆南国后，齐己认识了比自己年少大约 30 岁的孙光宪，并与孙光宪成为忘年交，《孙支使来借诗集因有谢》表明孙光宪既能给齐己生活以照顾，又能给齐己诗艺以切磋。孙光宪本是蜀人，一直生活于蜀地。前蜀国灭亡后，避难于荆南，此时大约 31 岁，从 31 岁到大约 68 岁荆南献土于北宋，孙光宪一直生活于荆南国，并且是荆南国的达官显贵。孙光宪在前蜀国时已经写了不少词，故 940 年后蜀国赵崇祚编成的《花间集》收孙光宪词达 61 首之多，在 18 名词人中排名第二，仅次于温庭筠的 66 首；但孙光宪存词 84 首，在唐五代词人中又是排名第二，仅次于南唐国词人冯延巳的 112 首。孙光宪词的成就不仅表现于数量多，而且表现于质量精。孙光宪词题材广阔，且有思想，有境界，水平并不逊色于温庭筠和韦庄，早有人认为孙光宪和温庭筠、韦庄在花间词人中可鼎足而立，可是不知什么缘故，孙光宪在文学史著作中一直默默无闻。不知什么时候，这个一直被忽视的词人才能引起人们的注意。

自居刘邦后人的北汉四帝总认为他人称帝，皆是僭伪，皆是偏霸，唯有他们刘家一姓，才是皇位的合法继承人，才是正统。这种正统怪圈使得北汉皇帝成为好战分子中的奇葩，即使屡战屡败也乐此不疲，北汉国因此百废不兴。作为北汉国百废之一的文学，不仅不兴盛，而且确实颓败。切切实实的北汉国诗人只有赵宏和李恽两个显贵，但两人的诗数量太少，也不出色。清代李调元《全五代诗》将一个籍贯和国籍皆不明确的诗人谭用之收于北汉国诗人中，北汉国的文学一下子大放异彩。谭用之长于言情、工于对句、精于择景，他的七律入选元代《唐诗鼓吹》者达 38 题 38 首，其风头盖过了柳宗元和刘禹锡，也盖过了李商隐和杜牧。就七律的精妙而言，谭用之俨然坐了中晚唐诗人的头把交椅。虽然这可能只是金人元好问的一人之见，但至少说明谭用之的诗歌水平绝非浮泛之辈。只是谭用之的经历和诗歌，都与北汉无关，谭用之其人，理应从北汉国剔除出去。北汉国的文学，就像塞北沙漠一样，基本上寸草不生，偶然有几根小草，也很孱弱。这才是北汉国文学的真实面貌。

依据各国文学的景象，十国文坛的座次大致如下。西蜀和南唐是五代十国文学最具成就的两个区域，也是对后世文学影响最巨大、最深远的两个区域，至于前蜀、后蜀、南唐三个国家，谁先、谁后、谁居中，真的难以轩轾。楚国没有什么大诗人和名诗人，但是楚国一大批小诗人颇具小名气，而且写了许多好诗，"百草作花，艳夺桃李"的桂冠十国中只有楚国戴上最合适，故楚地是继前蜀、后蜀和南唐之后，五代十国文学的又一个重镇。闽国有三个杰出诗人韩偓、黄滔和徐寅，闽国因此成为五代十国文学的第五名。荆南国前期的诗人齐己和后期的词人孙光宪，皆很出色，但是二人年龄悬殊太大，从而使荆南国文学给人的感觉是从头到尾，都是大厦靠一木而支。支得不错，可排名第六。十国中吴越国最为安定，文人著作数量也能进入前三名，但是也许和察举这种用人陋规有关，吴越国文学并不繁荣，只好屈居第七把交椅。吴国只有殷文圭算得上货真价实的吴国诗人，殷文圭从人到诗都不同流俗，写诗时也喜欢赞美具有独立思想的人，但是，30余首的存诗数量太少了，吴国文学像吴国政治一样弱。南汉国刘氏政权四个皇帝都很强势，政权时间也很长，但不知何故，南汉国文学相当弱。吴国和南汉国互相徘徊于第八名、第九名之间。北汉国刘氏政权四任皇帝比南汉国刘氏政权四任皇帝还要强势，他们以刘邦的后人自居，不但自己要做皇帝，而且不准别人做皇帝，所以，北汉国的历史就是不断进攻的历史，先进攻后周，后进攻北宋，一直进攻到战败国灭，方才罢休。长年累月的辛苦鏖战使北汉国根本就没有有成就的文人，去除清代李调元《全五代诗》阑入北汉政权名下的谭用之的话（没有证据证明谭用之是北汉人，当然也没有证据证明谭用之不是北汉人），北汉国的文学基本上是交白卷，故北汉国文学无可争议地叨陪末座。

引用文献

所有文献均按照汉语拼音音序排列。

B

《百川书志》，（明）高儒撰，上海古籍出版社 2005 年版。

《白莲集》，（唐）释齐己撰，四部丛刊初编本。

《白雨斋词话足本校注》，（清）陈廷焯著，屈兴国校注，齐鲁书社 1983 年版。

《北梦琐言》，（五代）孙光宪撰，贾二强点校，中华书局 2002 年版。

《梦溪笔谈》，（宋）沈括撰，刘尚荣校点，辽宁教育出版社 1997 年版。

《碧云集》，（南唐）李中撰，四部丛刊初编本。

《标点善本题跋集录》，（台湾）"国立中央图书馆"特藏组编，台北："国立中央图书馆"1992 年版。

《比红儿诗》，（唐）罗虬撰，明刻本，国家图书馆有藏。

《比红儿诗本事献疑》，作者：杨曙辉，《苏州科技学院学报》2003 年第 4 期。

《比红儿诗注》，（清）沈可培注，丛书集成续编本。

《补五代史艺文志》，（清）顾櫰三撰，张从罗校点、张兴武审订，《五代史书汇编》本，傅璇琮、徐海荣、徐吉军主编，杭州出版社 2004 年版。（下文凡出自此《五代史书汇编》丛书者，不再注明此丛书的编者、出版单位和出版年月）

《补五代史艺文志辑考》，张兴武著，上海古籍出版社 2016 年版。

C

《插图本中国文学史》，郑振铎著，北京出版社 1999 年版。

《才调集》，（后蜀）韦縠辑，明万历四十六年戊午岁（1618）沈春泽刻本。

《藏园订补郘亭知见传本书目》，（清）莫友芝撰，傅增湘订补、傅熹年整理，中华书局 1993 年版。

《藏书纪事诗》，叶昌炽著，上海古籍出版社 1999 年版。

《藏园群书题记》，傅增湘撰，上海古籍出版社 1989 年版。

《藏园群书经眼录》，傅增湘撰，中华书局 1983 年版。

《册府元龟》，（宋）王钦若等撰，景印文渊阁四库全书本。

《词集考》，饶宗颐著，中华书局 1992 年版。

《词苑丛谈校笺》，（清）徐釚编著，王百里校笺，人民文学出版社 1988 年版。

《词综》，（清）朱彝尊、汪森编，李庆甲校点，上海古籍出版社 1978 年版。

《禅月集》，（五代）释贯休撰，四部丛刊初编本。

《禅月集校注》，陆永峰著，巴蜀书社 2006 年版。

《崇文总目》，（宋）王尧臣等撰，景印文渊阁四库全书本。

D

《道藏》，张宇初等编，上海商务印书馆 1923—1926 年影印本。

《登科记考》，（清）徐松撰，赵守俨点校，中华书局 1984 年版。

《钓矶立谈》，（宋）史温撰，虞云国、吴爱芬校点，《五代史书汇编》本。

《订补海源阁书目五种》，王绍曾、崔国光等整理订补，齐鲁书社 2002 年版。

《东坡志林》，（宋）苏轼撰，王松龄点校，中华书局 1981 年版。

《杜荀鹤生平事迹考证》，作者：汤华泉，《阜阳师范学院学报》1986 年第 1 期。

《杜荀鹤及其〈唐风集〉研究》，胡嗣坤、罗琴著，巴蜀书社 2005 年版。

《杜诗详注》，（唐）杜甫著，（清）仇兆鳌注，中华书局 1979 年版。

《敦煌古籍叙录》，王重民著，中华书局 1979 年版。

F

《冯延巳〈阳春集〉真伪论考》，作者：木斋，《社会科学研究》2008 年第 4 期。

《佛祖历代通载》，（元）释念常撰，景印文渊阁四库全书本。

《福建通志》，（清）郝玉麟等纂，景印文渊阁四库全书本。

《福建通志》，（清）卢焯等纂，景印文渊阁四库全书本。

G

《绀珠集》，（宋）朱胜非撰，景印文渊阁四库全书本。

《古籍版本题记索引》，罗伟国、胡平编，上海书店 1991 年版。

《古籍珍稀版本知见录》，施廷镛编著，李雄飞校订，北京图书馆出版社 2005 年版。

《古今姓氏书辩证》，（宋）邓名世撰，景印文渊阁四库全书本。

《顾千里集》，（清）顾千里著，王欣夫辑，中华书局 2007 年版。

《姑苏志》，（明）王鏊撰，景印文渊阁四库全书本。

《贯休歌诗系年笺注》，（唐）贯休著，胡大浚笺注，中华书局 2011 年版。

《关于罗隐生平行踪的几个问题》，作者：吴在庆，《文学遗产》1994 年第 1 期。

《国家图书馆藏古籍题跋丛刊》，国家图书馆编，北京图书馆出版社 2002 年版。

《国立中央图书馆善本序跋集录》，（台湾）“国立中央图书馆”编，台北：“国立中央图书馆”1994 年版。

H

《韩偓诗的编集、流传与版本》，作者：周祖譔，《文学遗产》2000 年第 1 期。

《韩偓事迹考略》，陈继龙撰，上海古籍出版社 2004 年版。

《韩偓诗注》，（唐）韩偓著，陈继龙注，（上海）学林出版社 2001 年版。

《海录碎事》，（宋）叶廷珪撰，李之亮校点，中华书局 2002 年版。

《海日楼札丛·海日楼题跋》，沈曾植撰，钱仲联辑，辽宁教育出版社 1998 年版。

《河南集》，（宋）尹洙撰，景印文渊阁四库全书本。

《侯鲭录》，（宋）赵德麟撰，景印文渊阁四库全书本。

《花菴词选》，（宋）黄昇撰，景印文渊阁四库全书本。

《花间集》，（后蜀）赵崇祚集，清初武林赵昱、赵信小山堂影抄南宋孝宗淳熙 14 年（1187）本。

《花间集》，（后蜀）赵崇祚编，丛书集成初编本。

《花间集注》，华钟彦撰，中州书画社 1983 年版。

《浣花集》，（唐）韦庄撰，景印文渊阁四库全书本。

《后村集》，（宋）刘克庄撰，景印文渊阁四库全书本。

《后汉书》，（宋）范晔撰，（唐）李贤等注，中华书局 1965 年版。

《后山集》，（宋）陈师道撰，景印文渊阁四库全书本。

《黄御史集》，（唐）黄滔撰，景印文渊阁四库全书本。

J

《汲古阁书跋·重辑渔阳书跋》（《重辑渔阳书跋》），王士禛撰，陈乃乾校辑，上海古籍出版社 2005 年版。

《汲古阁书跋》，（明）毛晋撰，潘景郑校订，上海古籍出版社 2005 年版。

《汲古阁珍藏秘本书目》，毛扆撰，台湾新文丰出版公司 1984 年版。

《纪晓岚文集》，（纪昀撰）孙致中等校点，河北教育出版社 1991 年版。

《鉴戒录》，（后蜀）何光远撰，景印文渊阁四库全书本。

《鉴戒录》，（后蜀）何光远撰，刘石校点，《五代史书汇编》本。

《江表志》，（宋）郑文宝撰，张剑光、孙励校点，《五代史书汇编》本。

《江南野史》，（宋）龙衮撰，张剑光校点，《五代史书汇编》本。

《解注比红儿诗集》，（唐）罗虬撰、（宋）方愬注，明抄本，今藏国家图书馆。

《九国志》，（宋）路振撰，（宋）张唐英补，吴在庆、吴嘉骐校点，《五代史书汇编》本。

《旧唐书》，（后晋）刘昀等撰，中华书局 1975 年版。

《旧五代史》，（宋）薛居正等撰，中华书局 1976 年版。

《居易录》，（清）王士禛撰，景印文渊阁四库全书本。

《卷庵书跋》，叶景葵著，古典文学出版社 1957 年版。

《郡斋读书志校证》，（宋）晁公武撰，孙猛校证，上海古籍出版社 1990 年版。

K

《会稽志·会稽续志》，（宋）施宿、张淏撰，景印文渊阁四库全书本。

L

《李白集校注》，（唐）李白著，瞿蜕园、朱金诚校注，上海古籍出版社 1980 年版。

《浪语集》，（宋）薛季宣撰，景印文渊阁四库全书本。

《老学庵笔记》，（宋）陆游撰，李剑雄、刘德权点校，中华书局 1979 年版。

《类说》，（宋）曾慥编，景印文渊阁四库全书本。

《李冰若栩庄漫记笺注》，李庆苏、李庆淦编著，中国文联出版社 2009 年版。

《历代词选集评》，徐珂选辑，香港商务印书馆 1959 年版。

《历代诗话》，（清）何文焕辑，中华书局 1981 年版。

《历代诗话续编》，丁福保辑，中华书局 1983 年版。

《灵谿词说续》，作者：缪钺，《四川大学学报》1983 年第 2 期。

《柳如是别传》，陈寅恪著，三联书店 2001 年版。

《六艺之一录》，（清）倪涛撰，景印文渊阁四库全书本。

《刘禹锡集》，（唐）刘禹锡撰，卞孝萱校订，中华书局 1990 年版。

《洛阳缙绅旧闻记》，（宋）张齐贤撰，景印文渊阁四库全书本。

《罗隐的"十举不第"与晚唐科举》，作者：林启兴，《北京师范大学学报》1994 年第 2 期。

《罗隐集》，雍文华校辑，中华书局 1983 年版。

《罗隐集校注》，（唐）罗隐著，潘慧惠校注，浙江古籍出版社 2011 年版。

《罗隐年谱》，汪德振著，商务印书馆 1937 年版。

《罗隐年谱补正》，作者：李之亮，《郑州大学学报》1986 年第 6 期。

M

《毛本花间集来源补正》，作者：罗争鸣，《天津大学学报》（社会科学版）2001 年 12 月（第 3 卷第 4 期）。

《明一统志》，（明）李贤等撰，景印文渊阁四库全书本。

N

《南唐二主词校订》，（南唐）李璟、李煜撰，（宋）无名氏辑，王仲闻校订，中华书局 2007 年版。

《南唐书》，（宋）陆游撰，李建国校点，《五代史书汇编》本。

《南唐书》，（宋）马令撰，李建国校点，《五代史书汇编》本。

《能改斋漫录》，（南宋）吴曾撰，景印文渊阁四库全书本。

P

《潘子真诗话》，潘锌撰，见《宋诗话辑佚》，郭绍虞辑，中华书局 1980 年版。

《平津馆鉴藏记书籍·廉石居藏书记·孙氏祠堂书目》，（清）孙星衍撰，上海古籍出版社 2008 年版。

《莆阳黄御史集》，（唐）黄滔撰，丛书集成初编本。

Q

《齐己诗集校注》，王秀林著，中国社会科学出版社 2011 年版。

《骑省集》，（宋）徐铉撰，景印文渊阁四库全书本。

《七修类稿》，（明）郎瑛撰，上海书店出版社 2001 年版。

《钱氏吴越国文献和文学考论》，李最欣著，中国社会科学出版社 2007 年版。

《清河书画舫》，（明）张丑撰，景印文渊阁四库全书本。

《全宋词》，唐圭璋编纂，王仲闻参订，孔凡礼补辑，中华书局 1999 年版。

《〈全宋诗〉徐铉诗补校八则》，作者：陆平，《文教资料》2008 年 28 期。

《全唐诗》，中华书局编辑部点校，中华书局 1999 年版。

《全唐文》，（清）董诰等编，中华书局 1983 年版。

《全唐文补编》，陈尚君辑校，中华书局 2005 年版。

《全唐五代词》，曾昭岷、曹济平、王兆鹏、刘尊明编撰，中华书局 1999 年版。

《全五代诗》，（清）李调元编，何光清点校，巴蜀书社 1992 年版。

《屈宋古音义》，（明）陈第撰，景印文渊阁四库全书本。

《群书考索》，（宋）章如愚撰，景印文渊阁四库全书本。

R

《日本藏宋人文集善本钩沉》，严绍璗编撰，杭州大学出版社 1996 年版。

《日藏汉籍善本书录》，严绍璗编著，中华书局 2007 年版。

《容斋随笔》，（宋）洪迈撰，孔凡礼点校，中华书局 2005 年版。

S

《珊瑚网》，（明）汪砢玉撰，景印文渊阁四库全书本。

《山堂肆考》，（明）彭大翼撰，景印文渊阁四库全书本。

《石仓历代诗选》，（明）曹学佺撰，景印文渊阁四库全书本。

《史记》，（汉）司马迁撰，中华书局 1959 年版。

《诗境浅说》，俞陛云著，中华书局 2010 年版。

《石园诗话》，（清）余成教撰，《清诗话续编》，郭绍虞编选，富寿荪校点，上海古籍出版社 1983 年版。

《少室山房笔丛》，（明）胡应麟撰，上海书店出版社 2001 年版。

《邵氏闻见后录》，（宋）邵博撰，中华书局 1983 年版。

《实宾录》，（宋）马永易撰，景印文渊阁四库全书本。

《十国春秋》，（清）吴任臣撰，徐敏霞、周莹点校，中华书局 1983 年版。

《诗话总龟》，（宋）阮阅编，周本淳校点，人民文学出版社 1987 年版。

《诗薮》，（明）胡应麟撰，上海古籍出版社 1979 年版。

《石门文字禅》，（宋）释觉范撰，景印文渊阁四库全书本。

《十五家词》，（清）孙默编，景印文渊阁四库全书本。

《书丛老蠹鱼》，沈津著，中华书局 2011 年版。

《蜀词人评传》，姜方锬编，成都古籍书店 1984 年版（据成都协美公司 1934 年铅印本影印）。

《蜀梼杌》，（宋）张唐英撰，冉旭校点，《五代史书汇编》本。

《蜀中广记》，（明）曹学佺撰，景印文渊阁四库全书本。

《四库采进书目》（原名《各省进呈书目》），吴慰祖校订，商务印书馆 1960 年版。

《四库全书纂修研究》，黄爱平著，中国人民大学出版社 1989 年版。

《四库全书总目》，（清）永瑢等撰，中华书局 1965 年版。

《四库提要辨正》，余嘉锡著，中华书局 1980 年版。

《宋元明清书目题跋丛刊》，中华书局编辑部编，中华书局 2006 年版。

《宋元笔记小说大观》，本社编，上海古籍出版社 2001 年版。

《宋史》，（元）脱脱等撰，中华书局 1985 年版。

《宋诗话辑佚》，郭绍虞辑，中华书局 1980 年版。

《宋诗话全编》，吴文治主编，江苏古籍出版社 1998 年版。

《宋高僧传》，（宋）赞宁撰，范祥雍点校，中华书局 1987 年版。

《宋人别集叙录》，祝尚书著，中华书局 1999 年版。

《宋集序跋汇编》，祝尚书编，中华书局 2010 年版。

《遂初堂书目》，（宋）尤袤撰，景印文渊阁四库全书本。

《隋唐五代小说史》，侯忠义著，浙江古籍出版社 1997 年版。

T

《太仓稊米集》，（宋）周紫芝撰，景印文渊阁四库全书本。

《太平广记》，（宋）李昉等编，中华书局 1961 年版。

《唐才子传校笺》（全五册），傅璇琮主编，中华书局 1987 年至 1995

年版。

《唐代文学丛考》，陈尚君著，中国社会科学出版社 1997 年版。

《唐风集》，（唐）杜荀鹤撰，丛书集成续编本。

《唐风集》，（唐）杜荀鹤撰，景印文渊阁四库全书本。

《唐集叙录》，万曼著，中华书局 1980 年版。

《唐秘书省正字先辈徐公钓矶文集》，（唐）徐寅撰，四部丛刊三编本。

《唐末五代乱世文学研究》，李定广著，中国社会科学出版社 2006 年版。

《唐求诗集》，（唐）唐求撰，续修四库全书本。

《唐人绝句精华》，刘永济选释，人民文学出版社 1981 年版。

《唐人选唐诗新编》，傅璇琮编撰，陕西人民教育出版社 1996 年版。

《唐诗鼓吹评注》，（清）钱谦益、何义门评注，韩成武、贺严、孙微点校，河北大学出版社 2000 年版。

《唐诗三百首》（名家集评本），顾青编撰，中华书局 2005 年版。

《唐诗史》，许总著，江苏教育出版社 1994 年版。

《唐诗汇评》，陈伯海主编，浙江教育出版社 1995 年版。

《唐诗纪事校笺》，（宋）计有功撰，王仲镛校笺，中华书局 2007 年版。

《唐诗鉴赏辞典》，萧涤非、程千帆等撰写，上海辞书出版社 1983 年版。

《唐宋词鉴赏辞典》（唐·五代·北宋卷），唐圭璋等撰写，上海辞书出版社 1988 年版。

《唐宋词名家论稿》，叶嘉莹著，河北教育出版社 1997 年版。

《唐宋词人年谱》，夏承焘著，古典文学出版社 1979 年版。

《唐宋词十七讲》，叶嘉莹著，河北教育出版社 1997 年版。

《唐宋词通论》，吴熊和著，浙江古籍出版社 1989 年版。

《唐五代笔记小说大观》，本社编，上海古籍出版社 2000 年版。

《唐五代词纪事会评》，史双元编著，黄山书社 1995 年版。

《唐五代两宋词简析·微睇室说词》，刘永济著，中华书局 2007 年版。

《唐五代两宋词选释》，俞陛云撰，上海古籍出版社 2011 年版。

《唐五代诗考论》，彭万隆著，浙江大学出版社 2006 年版。

《唐五代文学编年史》，傅璇琮主编，辽海出版社 1998 年版。

《通典》，（唐）杜佑撰，景印文渊阁四库全书本。

《铁琴铜剑楼藏书目录》，（清）瞿镛编纂，瞿果行标点，瞿凤起覆校，上海古籍出版社 2000 年版。

《铁琴铜剑楼藏书题跋集录》，瞿良士辑，上海古籍出版社 2005 年版。

《通志二十略》，（宋）郑樵撰，王树民点校，中华书局 1995 年版。

《图画见闻志》，（宋）郭若虚撰，景印文渊阁四库全书本。

W

《万首唐人绝句》，（宋）洪迈辑，文学古籍刊行社 1955 年影印出版（据明嘉靖本影印）。

《万姓统谱》，（明）凌迪知撰，景印文渊阁四库全书本。

《王国维及其文学批评》，叶嘉莹著，河北教育出版社 1997 年版。

《未轩文集》，（明）黄仲容撰，景印文渊阁四库全书本。

《韦庄词笺注》，（五代）韦庄著，聂安福笺注，上海古籍出版社 2002 年版。

《韦庄集》，（唐）韦庄著，向迪琮校订，人民文学出版社 1958 年版。

《文献家通考》（清—现代），郑伟章著，中华书局 1999 年版。

《文献通考》，（元）马端临撰，中华书局 1986 年版。

《文渊阁书目》，（明）杨士奇撰，景印文渊阁四库全书本。

《文苑英华》，（宋）李昉编，景印文渊阁四库全书本。

《五代史补》，（宋）陶岳撰，顾薇薇校点，《五代史书汇编》本。

《五代诗话》，（清）王士禛原编，郑方坤删补，戴鸿森校点，人民文学出版社 1989 年版。

《五代文学》，杨荫深著，（上海）商务印书馆 1935 年版。

《五代艺文考》，张兴武著，巴蜀书社 2003 年版。

《五代作家的人格与诗格》，张兴武著，人民文学出版社 2000 年版。

《五灯会元》，（宋）释普济撰，景印文渊阁四库全书本。

《五国故事》，（宋）佚名撰，张剑光校点，《五代史书汇编》本。

《武林梵志》，（明）吴之鲸撰，景印文渊阁四库全书本。

《吴郡志》，（宋）范成大撰，景印文渊阁四库全书本。

《吴兴备志》，（明）董斯张撰，景印文渊阁四库全书本。

《吴越备史》，（宋）钱俨撰，李最欣校点，《五代史书汇编》本。

《吴越史事编年》，诸葛计、银玉珍编著，浙江古籍出版社 1989 年版。

X

《西湖游览志余》，（明）田汝成撰，上海古籍出版社 1998 年版。

《咸淳临安志》，（宋）潜说友撰，景印文渊阁四库全书本。

《小畜集》，（宋）王禹偁撰，景印文渊阁四库全书本。

《新安志》，（南宋）罗愿撰，景印文渊阁四库全书本。

《新补〈全唐诗〉102 首》，作者：查屏球，《文史》第 62 辑（2003 年第 1 辑）。

《新唐书》，（宋）欧阳修、宋祁撰，中华书局 1975 年版。

《新五代史》，（宋）欧阳修撰，（宋）徐无党注，中华书局 1974 年版。

《香港中国古典文学研究论文选粹》，邝健行、吴淑钿编，江苏古籍出版社 2002 年版。

《香奁集》，（唐）韩偓撰，《唐人六集》丛书本，明末毛晋汲古阁刻本，国家图书馆有藏。

《香奁集辨真》，陈敦贞著，见《新编中国名人年谱集成》第九十辑《唐翰林学士偓年谱》所附录之《香奁集辨真》，台湾商务印书馆 1982 年版。

《香奁集非韩偓所作再考订》，作者：张兴武，《甘肃高师学报》1998 年第 2 期。

《香祖笔记》，（清）王士祯撰，景印文渊阁四库全书本。

《徐骑省集》，（宋）徐铉撰，四部丛刊初编本。

《徐氏红雨楼书目》，（明）徐𤊹撰，上海古籍出版社 2005 年版。

《续仙传》，（唐）沈汾撰，景印文渊阁四库全书本。

《宣和书谱》，（宋）佚名撰，景印文渊阁四库全书本。

《宣和画谱》，（宋）佚名撰，景印文渊阁四库全书本。

Y

《演山集》，（宋）黄裳撰，景印文渊阁四库全书本。

《弇州四部稿》，（明）王世贞撰，景印文渊阁四库全书本。

《阳春集》，（南唐）冯延巳撰，王鹏运四印斋刻本。

《荛圃藏书题识》，（清）黄丕烈著，屠友祥校注，上海远东出版社 1999 年版。

《艺风藏书记》，缪荃孙著，黄明、杨同甫标点，上海古籍出版社 2007 年版。

《仪顾堂书目题跋汇编》，冯惠民整理，中华书局 2009 年版。

《艺林散叶》，郑逸梅著，中华书局 2005 年版。

《吟窗杂录》，（宋）陈应行编，中华书局 1997 年版。

《瀛奎律髓汇评》，（元）方回选评，李庆甲集评校点，上海古籍出版社 2005 年版。

《御选历代诗余》，（清）爱新觉罗·玄烨选，景印文渊阁四库全书本。

《御定佩文斋咏物诗选》，（清）爱新觉罗·玄烨等选，景印文渊阁四库全书本。

《御定渊鉴类函》，（清）爱新觉罗·玄烨等撰，景印文渊阁四库全书本。

《虞山钱遵王藏书目录汇编》，（清）钱曾撰，上海古籍出版社 2005 年版。

《玉海》，（宋）王应麟撰，景印文渊阁四库全书本。

《玉台新咏》，（陈）徐陵撰，景印文渊阁四库全书本。

《袁枚全集》，王英志主编，江苏古籍出版社 1993 年版。

《乐府诗集》，（宋）郭茂倩编撰，聂世美、仓阳卿校点，上海古籍出版社 1998 年版。

《乐章集校注》，（宋）柳永著，薛瑞生校注，中华书局 1994 年版。

Z

《载酒园诗话又编》，（清）贺赏撰，《清诗话续编》，郭绍虞编选、富寿荪校点，上海古籍出版社 1983 年版。

《增订四库简明目录标注》，邵懿辰撰，邵章续录，上海古籍出版社 1979 年版。

《战国策》，（汉）高诱注，（宋）姚宏续注，景印文渊阁四库全书本。

《张氏拙轩集》，（宋）张侃撰，景印文渊阁四库全书本。

《张元济古籍书目序跋汇编》，张人凤编，商务印书馆 2003 年版。

《浙江通志》，（清）曾筠等撰，景印文渊阁四库全书本。

《直斋书录解题》，（宋）陈振孙著，徐小蛮、顾美华点校，上海古籍出版社 1987 年版。

《中国藏书家通典》，李玉安、黄正雨著，中国国际文化出版社 2005 年版。

《中国藏书楼》，任继愈主编，辽宁人民出版社 2001 年版。

《中国丛书广录》，阳海清编撰，陈彰璜参编，湖北人民出版社 1999 年版。

《中国丛书综录》，上海图书馆编，上海古籍出版社 1986 年版。

《中国丛书综录补正》，阳海清编撰，蒋孝达校订，江苏广陵古籍刻印社 1984 年版。

《中国丛书综录续编》，施廷镛编撰，北京图书馆出版社 2003 年版。

《中国古籍善本书目》（集部），中国古籍善本书目编辑委员会编，上海古籍出版社 1998 年版。

《中国古籍善本总目》，翁连溪编校，线装书局 2005 年版。

《中国古籍总目·史部》（全八册），中国古籍总目编纂委员会编，中华书局、上海古籍出版社 2009 年版。

《中国古籍总目·丛书部》（全二册），中国古籍总目编纂委员会编，中华书局、上海古籍出版社 2009 年版。

《中国古籍总目·子部》（全七册），中国古籍总目编纂委员会编，中华书局上海古籍出版社 2010 年版。

《中国古籍总目·经部》（全二册），中国古籍总目编纂委员会编，中华书局、上海古籍出版社 2012 年版。

《中国古籍总目·集部》（全七册），中国古籍总目编纂委员会编，中华书局上海古籍出版社 2012 年版。

《中国历代年号考》（修订本），李崇智编著，2001 年版。

《中国历代人名大辞典》，张㧑之、沈起炜、刘德重主编，上海古籍出版社 1999 年版。

《中国文学家大辞典·宋代卷》，曾枣庄主编，中华书局 2004 年版。

《中国文学家大辞典·唐五代卷》，周祖譔主编，中华书局 1992 年版。

《中国文学史》，游国恩、王起、萧涤非、季镇淮、费振刚主编，人民文学出版社 1963 年版。

《中国文学史》，袁行霈主编，高等教育出版社 2005 年版。

《中国文学史》，章培恒、骆玉明主编，复旦大学出版社 1996 年版。

《著砚楼读书记》，潘景郑著，辽宁教育出版社 2002 年版。

《资治通鉴》，（宋）司马光编著，（元）胡三省音注，中华书局 1956 年版。

后　记

一

　　"狗肉上不得台盘，烂泥扶不上墙"是我母亲的口头禅，虽然她老人家每次这样讲的时候，并不总是指我而言，但每次听到这话或想起这话都能让我心头为之一紧。这种感觉在我表现不佳、心有惭愧的时候，尤其突出，例如现在为本书撰写后记就是这样。

　　本书《十国诗文集版本考述与十国文学研究》是笔者主持的2006年度国家社会科学基金青年项目的结题成果。当初申报的时候，凭直感知道该题目被立项的可能性极大，但生活经验告诉我，真被立项，才是奇迹。所以，直到学校科研处王敏老师把立项书发到我手里的时候，我才正式相信，这不是开玩笑，这真的是事实（这是我第一次申请国家项目，该项目立项也是我校古代文学和文献学科的第一个国家项目）。

　　这种意外成功让我在兴奋之余，产生了天花乱坠般不切实际的自期，以至于给社科基金主管部门递交了《承诺书》等相关文件后，我脑海中屡次上演这样的自说自话："你能把《十国文学研究》做多好？能赶得上清儒吴任臣的《十国春秋》？""什么叫赶得上啊？当然是要超过了。"这种不知天高地厚但想一想就自我沸腾的念头持续了个把月的样子才逐渐冷却，复归于常。

　　肯定和这种不自量力的高标自置有关，冷静下来的我依然迟迟进入不了研究状态。就像千辛万苦得到天赐圣果必须沐浴斋戒三日才敢开吃一样，我迟迟不敢染指正式的研究工作，而是着手解决所有外围问题。例如我准备给五代十国时的每一个人、每一本书都编个号码，就像公安机关注册过的每一个人都有身份证、正规出版机构印刷的每一本书都有书号一样；又如我准备给每首诗、每阕词、每篇文章不但编号码，而且汇异文、标出处、写赏析，力图把五代十国每个文人每篇作品写作的时间、地点、主旨、在选本中的入选次数都注得清清楚楚；又如我还准备首先弄清楚港澳台、欧美日学者关于五代十国文人的研究成果，我甚至为此准备出国访学并提交了出国访学申请书。

　　如果真的在外围工作上孜孜不倦而又十分勤勉、有点灵气，事情是不会太糟的。偏偏我天性驽钝，而且疏懒。于是，计划中三年的交稿时间过半的时候，我发现不但正式研究工作还没有开始，而且外围工作好像还没有完成。慌乱中，我只好仓促上阵，先完成了十国中几个主要国家的文学研究。这时候，得杭州市外国专家局和中国国家外国专家局的联合派遣，我开始了为期一年的国外访书、访学工作。

在国外的那一年，和项目密切相关的孤本秘籍倒是没有发现，但是，和项目中若干章节尤其是版本考有关的书籍和学者，如果我不出国，应该一辈子都不会知闻，图书馆、校园里、街道上等场所所目睹的值得回味的人和事，也一辈子都不会亲历。虽然这些亲历与项目成果没有直接的关系，但间接的关系还是有一点的。例如诗词分析之所以能够写得十分投入和开心，很大程度上源于双休日孤馆里的无书兼无聊；而异域同胞的温情感染和十国诗词人文情怀的契合，更使我经常性地在写完一篇分析文章后，很长时间才能从那种美好的意境里回过神来，然后自感失态、矫情，并为此羞涩，但是分析下一首诗词的时候往往故态复萌，矫情依旧，好在访学结束后，就很少有这种矫情的体验了。

2012年4月份回国后，因为自感火烧眉毛，我不再有心境和时间分析十国诗词了。我利用教学工作之余一切可能利用的时间和机会去外地图书馆，白天查阅书籍，抄录资料，晚上总结心得，形诸文字。我估计那些日子里我勤勉工作的样子格外忘我而动人，因为北京、上海、广州三地都有图书馆工作人员向我发出过"是不是在赶进度"、"是不是在赶工程"、"到结题阶段了是吧"之类的问询。一方面可能是真的天道酬勤，另一方面由于浙江省社科规划办的竭力帮助和国家社科规划办的特别恩准，我的项目成果在经历了一次重大波折之后起死回生，顺利送审，并以合格成绩拿到结题证书。

二

本书五编的主要内容及其结论在《自序》中已经有所交代，这里只对最容易引起专家读者误解的三个问题作些说明。

本书前三编是文学文献研究，相当于打地基；第四编是文学史实研究，相当于建基层或建裙楼；第五编才是文学作品研究，相当于造主楼。一个工程竟然有五分之三的程序是打地基，这已经会引起一些人的嘀咕了。如果您再认为只有作品研究才是文学研究，那么打地基的工作就占到了程序的八成（篇幅上是六成五），正经的文学研究程序上只有二成（篇幅上是三成五）。乍想之下，这结构未免给人以本末倒置之嫌，连五位审稿专家中唯一一个给了本成果优秀成绩的5号专家都认为第五编分量太轻。但是仔细思忖，就知道这种安排有相当的合理性。一个原因是，就像参天大树之所以风吹不倒，那是因为树在地下的根系数倍于树在地上的部分一样，一本书的前期工作、外围工作越扎实，书的基础才越坚固，书的结论才越可靠。另一个原因是，学位论文答辩时，主持人几乎对每个答辩人都有这样的告诫："不要讲你的论文写了什么，得出什么结论，因为论文里有，你说一说你是怎么做这个题目的？"主持人如此要求，显然是想知道答辩人的研究思路。本书五编内容"艺文志、序跋录、版本考、生平考、文学论"的安排正是遵照答辩主持人这种要求的必然结果。这是关于全书结构的说明。

古书分类，从历代艺文志到公私藏书的目录书、书志书，几乎皆按照"经史子集"四部分类或四部子目分类，其优点是便于学者"辨章学术，考镜源流"（清章学诚语），其缺点是，连一共收集了多少种著作这种最基本的事情都很难统计得准（一部古书可能见于多个类别，重收比较常见，故统计总数很难准确），如果再问："贵艺文志所收书籍一共有多少作者，这些作者各有多少著作？"其编者即使手持其艺文志，依旧一片茫然，更不用提"贵艺文志中著作最多的前十名作者都是谁"这类更仔细的问题了。对作者数量、各作者著作数量的问题，几乎没有概念，要么不会答，要么答得不靠谱，这是传统艺文志分类法的严重缺陷。因此之故，本《十国艺文志考索》没有使用四部分类法，而采取"以人领书，以书隶人"的分类法。这是权衡利弊后对传统艺文志分类法的主动摒弃，而不是不懂古书分类法。何况，如果能够联想到清嘉庆时董诰等人所编《全唐文》"以人领文，以文隶人"的方法，就可知笔者的作法也是踵武前贤，不过移了战场而已。这是关于艺文志考索未使用"经史子集"传统分类法的说明。

理论上说，所有发表或出版的学术成果都必须具有创新性，都必须超越前人，否则就没有发表或出版的必要。因此，关于本书的创新性，笔者本来是无须饶舌的。但是第一编《十国艺文志考索》全是抄录古书而成，极容易被认为重复性劳动，故不得不解释一下。一个根本的原因是，包括《汉书·艺文志》在内的所有艺文志全是抄录，绝无例外，也不可能有例外，所以抄录不能成为批评的口实。另一个原因是，南唐国艺文志有 6 种之多，而且分类法一样，但依然各有价值，所以，本书的《十国艺文志》作为迄今为止第一部十国艺文志，水平当然不高，但有价值应该是无疑的。第三，本书的《十国艺文志》以国别为分类标准的做法，学界未见有第二人这么做；而注明存佚、随时总结以及 397 则"笔者按"是对读者使用方便做出的最大的努力。可以说，本书的《十国艺文志》就首创和易用而言，理应得到读者的肯定。但是毋庸置疑，本书创新性价值的大小在各编不同问题上的表现是有所差异的。笔者自感第三编第一章《杜荀鹤为杜牧微子之说辨正》这 2300 余字创新性最弱，其他问题的论述感觉尚好。读者诸君如果发现哪个问题的论述有漏洞或很薄弱，劳驾赐知，笔者不胜感谢。这是关于创新性上是否无谓重复前人成果的说明。

三

如前所述，清儒吴任臣的《十国春秋》是十国历史的必读书，笔者拿到项目之初，野心勃勃，不仅下决心要把本项目做成关于十国文学的必读书，而且质量之精，准备把《十国春秋》甩出好远。可是一想到自己资质的驽钝很快就气短心虚了。一番思量后，只好把目标降为："质量未必要超过或赶上《十国春秋》，只要做到在诚实、扎实、切实好用三方面空前出色或踵武前贤就行。"本书在项目成果结题后经过了一番修改，才有了现在这个面目。即使现在这个面目，也不敢说就达到了自己预期的目标，倒是追求这个目标的过程中对昔贤时彦学术成果的礼敬欠周可能会让人觉得笔者谦逊不够，故在这里郑重致歉并稍作解释。

第二编第五章考辩《南唐二主词》的流传过程和版本源流时指出王国维先生认为《南唐二主词》成书于南宋初年的论断是错误的，而且说这个错误是原则性的（逻辑周密性原则）。就是说，即使在没有看到有用材料的情况下，这个错误仍然是可以避免的。像这种对学界名流的权威论断随意指点的事情，书中还有许多。我之所以如此不知天高地厚，绝不是想通过诟病名流以抬高自己，仅仅是出于诚实。

"杜诗三百首，惟在一联中"是说吴国诗人杜荀鹤的300余首诗只有《宫词》（早被婵娟误）这首五言律诗的颈联"风暖鸟声碎，日高花影重"值得称道，其他诗都没啥了不起。这两句话在北宋时就流播于士人之口，此后被广泛称引，未见有人提出异议。可是我认为，这联诗在这首诗中最差了，其他三联都比这联好。像这种推翻学界成说的事情，书中屡有出现。我之所以总是这么愣头青一样地翻案成瘾，绝不是为翻案而翻案，更不是故作惊人之论，也是出于诚实。

南宋人师保为前蜀国诗僧贯休《禅月集》所写的一则跋语为行草体，其中有6个字我多方请教后仍然没有辨认出来，只能以□代替。后来看到胡大浚先生整理、中华书局出版的《贯休歌诗系年笺注》所附录的这则跋语把这6个字辨认出来了，我就补上了这6个字，并以"笔者按"交代了认出这6个字的过程。也许有人会觉得我这么做纯属作秀。实际情况绝非如此。我之所以这么干，仍然是出于诚实。

罗隐集出版了四个专家的五种整理本，出版社有中华书局，项目级别有国家基金，版次有修订版，这些专家都是古籍整理方面的行家，故全都收集了罗隐集的序跋文字，而且序跋文字多达 22 篇。按道理，笔者只须认真抄录这 22 篇现成的序跋即可。可是，笔者还是亲自去国内几个大的图书馆借出罗隐著作各个版本（一般是胶卷）一字一句地抄录，这样，一共收集了罗隐集的 45 篇序跋，其中 22 篇常见序跋也和原书的序跋做了一字一句的核对。这种情况不仅出现于收录罗隐集序跋，其他 20 人集部著作序跋的收录也是这样。笔者抄录序跋之所以尽可能从原书抄录或与原书核对而不是辗转抄录，绝不是对前辈学者不放心，仅仅是为了把工作做得尽可能地扎实。

荆南国诗僧齐己《白莲集》的版本源流，万曼先生《唐集叙录》的交代不足 1300 字；本书作为项目成果在冲刺阶段，一个前来帮忙的学兄以我抄录的资料为据，写了将近 4000 字；但项目成果提交时，笔者写的这部分内容，有 16000 余字。《唐集叙录》为研究唐人诗文集版本的必读书，向称名著；那学兄是古籍整理的行家里手，成绩斐然（他早就在《文献》、《文史》上发表过论文，而且都不止一篇）。可是，关于《白莲集》的版本源流，实际目见诸多版本原书（一般是胶卷）的毕竟是我，抄录资料的也是我，所以，要更清楚地交代《白莲集》的版本源流，最好是我来捉刀。像这种论述同一个问题的文字，笔者所写往往比昔贤时彦所写多出许多的例子，书中还有不少。笔者之所以如此地不让前贤，是因为争强好胜，事事都想高人一等吗？不是，仅仅是为了把工作做得尽可能地扎实。

第一编艺文志考索可以让读者方便地知道十国中各个国家、各个作者著作的总数和存佚。第三编可以让读者直观地看出十国 21 人存世著作所有版本的演变情况。如果您对这两项工作因为不放心而不愿用，对第四编生平考和第五编文学论也不感兴趣，那么，第二编收集的多达 18 万字（电脑统计字数，非印刷字数）的 332 篇古人序跋一定是相关研究不可不看的材料。因为每则序跋后面均注明了出处，而且出处详细到了可以看出该序跋在哪个图书馆哪本书的哪个地方（书前第几项或书后第几项）；基本正确的标点符号、费力辨识的难认字词保证了即使有朝一日所有的古书序跋全都可以上网打开，本书抄录的这些序跋依然具有使用价值。这是对本书是否切实易用这个问题的解释。

虽然笔者自感在诚实、扎实、切实三方面做到了竭尽全力，但笔者依然认为此书是否有价值还得由读者说了算。一个网友购置了笔者的上一部书《钱氏吴越国文献和文学考论》后评价曰"此书颇有用"（其实听他那口气他好像只是说那本书的第二章《吴越国艺文志考索》6 万余字"颇有用"而已），这让笔者甚感安慰。如果本书也能得到某个读者"颇有用"的评价，则我同样会感到安慰。安慰之余，不胜感谢。

四

接下来谈谈本书在行文时语言风格方面的追求。

就我个人的生活体验而言，爱好与擅长完全不同，二者不仅是两回事，而且是天差地别的两回事，我甚至会认为，有些事情，似乎越是过度痴迷，越是一窍不通。例如从少年时代起，我一直都是一个文学爱好者，有雨或无雨（有雨更好）的日子，躺到床上拿本文学类书刊沉溺其中，那是"南面王不易"的幸福生活，可是我自己写下的文字与文学语言的简洁、流畅、灵动、优美全不沾边。又例如即使从攻读博士学位算起，我从事研究的时间也超过十五年了，这么多年来，优秀学术著作的魅力常常让我流连忘返乃至梦绕魂牵，可是，我自己撰写的论著与学术语言的严谨、周密、端庄、深厚相差很远。我无数次思索过之所以如此的原因和改进的方法，后来发现要改进的话顺其自然才是万全之策。与其绞尽脑汁地表现自己学术语言方面的素养以显得像个学者，不如自自然然地实话实说，只要是没有语病、符合规范的现代汉语就行，至于是否拿捏好了学术语言的分寸，就不应该在考虑之列了。何况学术语言的"分寸"既无书面的规则可供查对，也无口头的协议可供遵守，连"严谨"这样的共识也只是大体的感觉而已，很难有严格的细则和特点取得所有人或多数人的认同（经常性的情况是"仁者见仁，智者见智"或者"公婆相争，各有其理"）。所以，本书的语言竭力追求这样的目标或标准：第一，单个句子符合现代汉语的语法规范，不是病句。第二，句与句之间气脉贯通，无滞碍。第三，章节行文逻辑周密，无抵牾。做到第一条比较容易，做到第二条就有点难了，做到第三条非常难。如果您在本书中发现了病句，发现了叙述矛盾，或者发现了章节行文上的不通，还请赐告，笔者不胜感激。

众所周知，学术著作不宜张扬作者语言风格上的个性，可是当笔者自然而然地实话实说的时候，难免露出本相和原形，这就必然带有个性化色彩。估计您浏览了本书尤其是浏览了本书第五编之后会有这样的感觉："个性何止是张扬啊，简直是嚣张和猖狂。"其实个性最突出的是已经在朋友的建议下删除了的第六编《十国诗词名作细读》（当初的《项目申报书》并没有这样的内容和任务）。这样，第五编的个性化色彩即使有争议，也容易解释和平息。一个原因是，学术著作虽然不提倡张扬个性，但也不禁止个性，事实上也禁止不了，世界上没有两片完全一样的树叶，古今无数学者的著作都独具特色，读其字即可识其人。另一个原因是，个性化随着文体、内容的不同而不同。《四库全书总目》文雅雍容会让你以为这是纪昀的本色，其实南宋晁公武《郡斋读书志》和稍后陈振孙《直斋书录解题》以及晚清学者的书志类作品也是这种风格，而纪昀的其他著作如《阅微草堂笔记》就别有情趣和天地了。

本书前四编皆是考证性文字，这类文字对态度严肃、语气平和、逻辑周密的天然要求使得个性化色彩顶多有所表现而很难得到张扬，而到了第五编文学论尤其是其中的诗词分析，压制个性就变得不够理智了，因为缺乏个性化色彩的诗词分析一般来说总是吃力不讨好的。说到这里，笔者交代一下本书的诗词分析之所以那么不厌其烦的背景原因。

笔者旁听学位论文答辩时，多次听到答辩专家批评答辩者的论文对引用的诗词分析得不够，可是笔者从来没有看到哪一位答辩者对这种批评有过什么回应，似乎一直都是"你说你的，我写我的"，给人一种"井水要犯河水，河水不犯井水，亦不给井水犯"的感觉。本书中，笔者对所引用的诗词，不但切实地进行了分析，而且极力摆脱一般诗词鉴赏文字的风格，努力别开生面。之所以要这么做，很大程度上是迫不得已，否则可能被人诟病说："这书欣赏性文字太多，学术性不强，是低水平。"（那些从来不听专家"诗词分析要仔细"之建议的研究生，很可能就是有这种顾虑）我也确实听到过"诗词鉴赏没有啥学术性"之类的说法。实际上，记诵、标点、注释、鉴赏是检验古典文学造诣的四个基本手段，这四个手段一个比一个更见功力，鉴赏最见功力。所以，顶多说某篇鉴赏文章，主旨理解不透彻，意境还原不到位，不能说凡是鉴赏性文字，学术性就不可能强或不可能有。尽管如此，还是得强调一下，笔者的诗词分析虽然有个性，但只是个性之一种，更丰富、更鲜明的个性化分析还得高明者来完成，笔者的分析十分稚嫩，仅仅是抛砖引玉。诚望来哲慷慨献玉，万勿客套。

五

本书作为笔者承担的 2006 年度国家社科基金青年项目的成果，项目结题时的题目和项目申报时的题目都是《十国诗文集版本考述和十国文学研究》，出版时接受朋友们的建议，改"和"为"与"，于是就有了现在的书名。为保持项目成果的原貌，出版时没有把"本项目成果"之类用语改为"本书"之类措辞。特此说明。

本书作为项目成果申请结题时得到了 5 位匿名专家的审读。仅 4 号专家颇多不满，但依然认定本成果"有积极意义与较好价值"，并给了合格成绩。另四位专家不吝赞词，以至于使用了"集成"（2 号专家）、"集大成"（5 号专家）的措辞，还说"作者沉潜的工力令人激佩"（3 号专家，"工力"疑为"功力"），又说"这种研究模式，可以推广于其他地域性文学文献研究领域"（1 号专家）。当然，专家们的批评也不少。笔者知道，即使是 4 号专家的批评，也完全出于善意，笔者对 5 位专家深怀感激。本书在质量上之所以比原成果有较大的改善，很大程度上是因为吸收了专家们的部分意见和建议。特此说明并致谢。

志大才疏是笔者与生俱来的特点。得知本研究被国家社科基金立项时，笔者立志要做出一部国家项目历史上的典范之作，至少在"诚实""扎实""切实"三方面前无古人，可是最后拿到的成绩仅是合格而已。考虑到本成果头绪多而篇幅大，而且申请结题时一次性闯关成功，能得这成绩已经不错了。如果再与我的人格相比，更知这成绩之傲娇可爱。我觉得，就"智慧""勤奋""勇敢"而言，我严重不及格；就"正直""善良"而言，充其量我勉强及格；唯"诚实""守信"两项，笔者似乎基本达标。所以，该项目成果被评为"合格"，之于我这个人而言，绝对是一种荣耀。今后的日子里，笔者愿意踏实之中求踏实，以期荣耀之后争荣耀。

本书主要由笔者独立完成，但师友们的功劳也不可忘记。第一编艺文志有两个朋友就与其专业相关的书籍提出不少订正意见；第二编的序跋辑录有若干朋友纠正了不少标点错误；第三编有个学兄放下自己手中的国家项目为我写了 32000 余字（几乎被我全改过了，只有不到 7000 字的篇幅以其基本面目留存其中）；第四编部分内容发表时得到一些刊物编辑的修订，这次将其修订意见吸收了；第五编吴国、南唐国、前蜀国、后蜀国的文学研究得到博士后阶段几个导师的指正。项目冲刺阶段，有朋友每隔一段时间就询问进度情况，并要求阅读所写内容；两个本科生林盼盼小姐、陈予兮小姐帮我阅读了第五编，挑出了不少错别字；我所安身立命的单位杭州师范大学提供了出版资助，领导和同事多有督促、建议和帮助。可以说，没有上述人士的鼎力襄助，本书的出版是不可能的。大恩言谢亦须记，更须报。谢谢大家！笔者会牢记大家的好意，并以之鞭策自己老实做人，踏实做事，一定把大家的好意传播开去，相信这世界会越来越美好。

最后，笔者诚恳地请求专家和读者多多批评，不吝匡正。

谢谢。

李最欣

2017 年 11 月 25 日，杭州